U0154188

劍橋哲學辭典

THE CAMBRIDGE DICTIONARY OF PHILOSOPHY

英文版主編　羅伯特・奧迪 Robert Audi

中文版審訂召集人　林正弘

貓頭鷹

國際知名哲學家聯合推薦：

「《劍橋哲學辭典》搜羅廣泛、內容新穎，是哲學方面最好的小型英文參考書。」

——羅逖(Richard Rorty)，《偶然、反諷與一致》(*Contingency, Irony and Solidarity*)
及《真理與進步》(*Truth and Progress*)作者

「《劍橋哲學辭典》是一項不凡的成就，爲概括性參考著作之最，但卻不僅止於此。它所涉及的範圍極廣，全書文字清晰，適用於許多不同種類的研究。」

——麥金泰爾(Alasdair MacIntyre)，《德性之後》(*After Virtue*)作者

「《劍橋哲學辭典》是一部出色的參考著作，有助於哲學家和非哲學家瞭解哲學史中的主要人物及觀念。經過充分地前後參照及細心編輯，本書亦提供了學生及教師依循的導引，以及進一步閱讀與研究的方向。」

——薩依德(Edward Said)，《文化及帝國主義》(*Culture and Imperialism*)作者

「《劍橋哲學辭典》文字俐落、編纂縝密，不啻爲任何人文學者的藏書中必備之參考著作。這是部易於瞭解的概說，甚至消化了西方哲學傳統核心最複雜的觀念，對於觀念史及醉心於這些觀念的思想家而言，本辭典是一部極爲有用的導論。」

——小蓋茲(Henry Louis Gates, Jr.)，《鬆散的規範：文化戰爭筆記》
(*Loose Canons: Notes of the Culture Wars*)作者

「這是值得哲學家欣喜的事。簡潔、文字清晰、涵蓋論題廣泛，《哲學辭典》就該解答無數疑問，引發其他質疑，並挑起智性上的好奇，同樣也帶來爭端。」

——伯克(Sissela Bok)，《謊言：公衆及私人生活中的道德選擇》
(*Lying: Moral Choice in Public and Private Life*)作者

各大媒體書評：

「總之，《劍橋哲學辭典》是項非凡的成就……本書所有辭條都具有極高標準的清晰性……極爲值得推崇的是，它成功地完成了哲學辭典的任務。」

——《倫理學》期刊(*Ethics*)

「在編輯上琢磨出呈現的嚴密、簡明及清晰，是這部傑出著作的品質保證。在未來幾年，這部著作將會證明它的有用性。」

——《泰晤士報》教育副刊(*Times Education Supplement*)

「這無疑是我所見過在哲學方面最好的單冊參考工具……我發現，討論我毫無所知之主題的文章非常有用、簡明且清楚；至於我所熟悉的那些，同樣處理得極好。」

——《大洋洲哲學月刊》(*The Australasian Journal of Philosophy*)

「辭條撰稿適切、簡明、易於理解，且顯然具有權威性。」

——《美國參考書年報》(*The American Reference Books Annual*)

審訂委員名單

(依筆劃順序排列)

召集人：

林正弘　　台灣大學

審訂委員：

丁崇貞　　政治大學
丁福寧　　輔仁大學
方萬全　　中央研究院
王　巍　　北京清華大學
王文方　　中正大學
王祥齡　　逢甲大學
朱建民　　中央大學
江金太　　政治大學
米建國　　東吳大學
何志青　　中央研究院
何信全　　政治大學
何建興　　南華大學
吳秀瑾　　中正大學
吳瑞媛　　清華大學
呂健吉　　華梵大學
李國偉　　中央研究院
李瑞麟　　中正大學
沈清松　　加拿大多倫多大學
汪文聖　　政治大學
林　立　　淡江大學
林安梧　　師範大學
林志明　　台北師範學院
林從一　　政治大學
林維杰　　南華大學
林鎮國　　政治大學
俞懿嫻　　東海大學
洪漢鼎　　中國社會科學院
洪鎌德　　台灣大學
苑舉正　　東海大學
孫效智　　台灣大學
徐光台　　清華大學
徐佐銘　　淡江大學
徐學庸　　輔仁大學
袁保新　　醒吾技術學院
馬　森　　佛光人文社會學院
張旺山　　清華大學

張鼎國	政治大學
張福建	中央研究院
戚國雄	佛光人文社會學院
莊文瑞	東吳大學
許功餘	淡江大學
郭博文	中國文化大學
陳文團	台灣大學
陳金樑	新加坡大學
陳瑞麟	東吳大學
陳瑤華	東吳大學
陳懷恩	雲林科技大學
傅大為	清華大學
彭文本	東海大學
游淙祺	淡江大學
黃　藿	中央大學
黃居仁	中央研究院
黃冠閔	華梵大學
黃柏棋	政治大學
黃慶明	中國文化大學
楊世雄	政治大學
楊金穆	台灣大學
葉新雲	台灣科技大學
趙之振	清華大學
劉千美	東吳大學
劉希文	靜宜大學
劉孟奇	台灣大學
劉若韶	政治大學
劉述先	中央研究院
劉梅琴	成功大學
蔡源林	南華大學
蔡錚雲	政治大學
盧傑雄	香港嶺南大學
蕭宏恩	輔仁大學
賴建誠	清華大學
錢永祥	中央研究院
戴　華	中央研究院
謝世民	中正大學
謝仲明	東海大學
簡國榮	銘傳大學
鄺錦倫	東海大學
蘇文流	中央研究院
顧忠華	政治大學
龔卓軍	淡江大學
龔維正	中央大學

劍橋哲學辭典

THE CAMBRIDGE DICTIONARY OF PHILOSOPHY

英文版主編　羅伯特・奧迪(Robert Audi)

中文版審訂召集人　林正弘

主編	王思迅
副主編	張海靜
執行編輯	曾雅麟
助理編輯	黃琪雲
校閱編輯	王建功 王建智 古秀鈴 朱翰英 吳明峰 呂政倚 汪郁棨 林志達 林武佐 林秀萍 柯建廷 柳淑惠 奚　浩 張文城 張君溥 張愷忻 許貝羚 郭嘉敏 陳宛萱 陳政揚 陳銘恩 曾麒樺 楊士奇 楊勝欽 劉光中 劉亞蘭 劉盈成 歐陽敏 潘永傑 蔡佩青 蔡幸芝 鄧元尉 冀劍制 戴東源 薛清江 謝宗宜 簡淑雯 羅名珍 饒偉立
校對	王乾任 白淑美 林慧雯 吳瑞淑 黃榮珠 黃淑惠 楊如萍 劉素芬 潘筱瑜 賴淑芬 鄭窈窕 蕭佳傑
美術設計	徐璽設計工作室
行銷企劃	郭其彬　林芳吟
出版	貓頭鷹出版
發行人	蘇拾平
電話	(02)2356-0933
發行	城邦文化事業股份有限公司
地址	台北市愛國東路 100 號一樓
網址	http://www.cite.com.tw
電話	(02)2396-5698
傳眞	(02)2357-0954
劃撥帳號	18966004 城邦文化事業股份有限公司
香港發行所	城邦(香港)出版集團有限公司
地址	香港北角英皇道 310 號雲華大廈 4 字樓 504 室
電話	(852)2508-6231
傳眞	(852)2578-9337
新馬發行所	城邦(新馬)出版集團
地址	Penthous 17, Jalan Balai Polis, 50000 Kuala Lumpur, Malaysia
電話	(603)206-0833
傳眞	(603)206-0633
排版	辰皓電腦排版有限公司
印刷	成陽印刷股份有限公司
出版日期	2002 年 7 月初版
定價	3500 元
ISBN	986-12-0085-1

Contents
目錄

中文版序

哲學是由西方輸入的舶來品，中華文化原無以「哲學」為名的學術領域。但這不表示我們沒有類似西方哲學的思想內容。哲學的內容基本上是對文化的各個面向所做的深入反思。任何精緻的文化都會有某種形態的哲學思想。先秦諸子的學說、魏晉玄學、隋唐佛學、宋明理學，以及歷代文論、詩話、詞話、畫論中的文藝批評，都有極豐富的哲學思想內容。

西方哲學的輸入對我們有三層意義。第一、加深對西方文化的瞭解，不致停留在膚淺的層面；第二、幫助我們對自己文化及當前問題的反思，不致囿於傳統的思考方式；第三、以西方哲學的架構或論述方式為借鏡，整理出我們自己文化中所原有的哲學思想內容，建構中國哲學及中國哲學史的專業領域。

自從引進西方哲學以來，我們一直沒有全面的均衡介紹。我們有不少研究西方哲學的專家對某一學派、某一哲學家，或某一專題做較深入的介紹或論述，其至有一些出色的研究成果。但由於國內哲學專業人口不足，引介及研究的範圍始終未能涵蓋西方哲學的全部重要領域。不少重要的哲學領域、哲學家及學派，在中文著作中一片空白。一般國人對哲學的認識仍然限於這些零星的介紹。

對外來文化的吸收，原本就會依據本土文化的需要而做適當的選取。但這樣的選擇必須基於對被選取對象的全面瞭解，而不是依賴少數專家個人的興趣或主觀的偏好。哲學在國內一直都是冷門學科，我們不期待在可預見的將來，哲學專業人口會大幅增加，因此也不預期在短期內對西方哲學會有全面的詳細介紹。在此情況下，一本內容周延而可靠的哲學辭典可以暫時滿足我們在這方面的部分需要。目前國內由於哲學專業人口的不足，尚無把握能自行編纂令人滿意的哲學辭典。慎選適當的外文辭典譯成中文，是目前可行的辦法。

劍橋大學出版社於一九九五年初版，一九九九年增訂再版的《劍橋哲學辭典》頗能符合我們的需求。就涵蓋範圍而言，古代哲學與當代哲學，例如：東方哲學、阿拉伯哲學、非洲哲學亦能兼顧。至於辭條解說的詳略程度，它除了說明哲學名詞的基本意義之外，還討論相關的問題、爭論及學說。它一方面不像一般小本字典，對哲學名詞只做極簡略的解釋，查閱者無法得到最初步的理解；另一方面，又不像那些一、二十大冊的哲學百科全書，讀者無法在短時間內讀完一個辭條的解說。哲學名詞極易引起誤解，通俗化的闡釋更容易誤導讀者。本書完全避免了此一常見的弊病。某些辭條的解說，為求精確，難免稍嫌艱澀，初學者不易一目瞭然。但一般說來，本書在流暢易懂與精確可靠之間的拿捏，取得了相當好的平衡點。

我們希望本書的出版，不但有助於國人對哲學領域的全面認識，同時也使我們的概念及語彙更加豐富。最後，我們期盼讀者提出寶貴的意見，做為中譯本再版修訂的參考。

林正弘
2002.6.10

中文版序

《劍橋哲學辭典》的中文版翻譯是哲學出版界的一件大事。它是這一類全方位哲學參考書籍在中文翻譯上的首創之作，不管是在觀念上、歷史上或是傳記上各個面向，本書都將提供中文讀者在哲學相關領域的閱讀及學術研究上，非常重要的資訊。個人期待此譯本對溝通日趨緊密的中文與英文哲學讀者都能有所助益。

《劍橋哲學辭典》的翻譯工作十分吃重，在此謹對翻譯團隊的辛勞深深致謝。即使是翻譯傳記條目都是相當困難的，辭條中所牽涉到的專有名詞界定更屬非同小可的挑戰，而中英兩種語言之間的差異性，更使得要與原文意義達到完美的可信度是近乎不可能的苛求。誠如上言，即便有相對應的概念讓完美可信度成為可能，但翻譯的本身往往也會產生饒富趣味的哲學問題，或是引起概念上細微差異的不同詮釋。正因如此，對於此譯本的讀者，特別是能夠閱讀兩種語文的哲學讀者，應該會有超乎尋常的收穫。

哲學著作的翻譯不僅是高難度的學術努力，更是一門藝術。因此歡迎讀者對於本辭典的某些譯詞提出建議，個人相信《劍橋哲學辭典》中文版的編輯群會樂於接受意見，並對往後的版本有所幫助。

如同個人於英文版序所說的，個人也十分願意接受指正或批評，以利辭典的精益求精，特別在中國哲學家條目及中國哲學核心觀念方面，來自於熟稔中國哲學的中文版讀者的意見尤其寶貴，而他們在其他領域想必也能針對某些地方提出指正。

我們可以假設大部分的哲學從某方面來說是共通的，哲學的要素在任何的文化中也都佔有一席之地，許多哲學技巧與觀念在眾多語文裡，以及面對無數的問題時都是適用的，無論是實踐或理論上皆然。但也有另一種相關的假設，在某些特定語文的族群中，他們的哲學技巧與觀念是較少為其他語言族群所知，或至少是較不常用的。本書正好在中英文的哲學表達上提供一個難得的機會來檢驗這兩種假設。更重要的是，本書將成為中英文哲學作者溝通與相互滋長的最佳橋樑，個人深切期盼《劍橋哲學辭典》中文版的卓然有成。

羅伯特・奧迪(Robert Audi)

2002.5.20

英文版第一版序

哲學總是以尋常的用語完成不尋常的事，像是「相信」和「知道」、「原因」和「解釋」、「空間」和「時間」、「正義」和「善」、「語言」和「意義」、「真」和「美」、「藝術」、「宗教」、「科學」、「心靈」、「知覺」、「理性」，還有其他無數用語。這個領域有許多術語很難定義，但由於我們以日常語彙完成此事，使得它帶給辭典編纂者更大的挑戰。我指的不只是剛才所列的那些一般用字，還有很多或許聽起來更不起眼的字，像是「偶然」、「行動」、「文法」、「集合」及「模糊」。本書描述到的所有日常用語，都以某種方式在標準英語辭典中有所定義，或涵蓋於一兩本百科全書中。但許多哲學讀者，特別是非本科和其他領域的讀者，需要一本完全不同於這二者的參考書，它要比前者專業，但內容要比後者少得多。不管一般辭典部頭有多大，即便甚為精確，都無法提供足夠的訊息，以幫助必須為了哲學理由而查閱詞項的讀者；而且，即使百科全書和專業的參考書籍在哲學上有所啟發，但往往都太長了，且有時太過散亂，以至於對一詞項使用的哲學核心為何，無法為讀者提供簡明的陳述。本辭典符合了哲學參考書內容豐富、作者眾多的需求，同時在範圍上極為廣泛、大小上極為適中，而且內容上極為權威。和哲學百科全書或某些次領域專門手冊中的對等辭條所需的空間比起來，本書辭條所佔空間要小得多了，但本書所處理的眾多主題，對哲學辭典來說是適當的，且專業的作者使其具有某種深度。它目前盡可能地做到的是，使其為數眾多的辭條，對於只是對這個領域的有趣概念或深刻思想家好奇的人而言，讀來興味盎然。

本世紀的上半葉，以英文出版的主要哲學辭典為鮑德溫(James Mark Baldwin)的《哲學與心理學辭典》(*Dictionary of Philosophy and Psychology*)，這是一部多人著作的辭典，由麻州(Massachusetts)格魯塞斯特的彼德．史密斯(Peter Smith of Gloucester)所出版；它於 1901 年以兩冊出現(1905 年加進參考書目)，並於 1925 年修訂再版。本世紀下半葉，英文哲學辭典就比鮑德溫的要小得多，且若不是由一名作者撰寫，便是偶爾由一群作者籌畫，這樣的小組鮮少超過十二人，且在受限的小空間內工作。在這些著作中，幾乎沒有辭條超過五百字；最典型的是一百五十字以下的概述。

相對地，本辭典為國際團隊的著作成果，這個團隊囊括了三百八十一名精挑細選的撰稿者，分別代表了主要的哲學次領域及許多哲學傳統。它包含了對主要哲學家的紮實處理，這些辭條的內容常常多達數千字。而針對其他重要思想家也有數百條之多，往往都在五百到一千字，還有數千條對哲學上重要詞項的簡短定義。此外，它還對哲學的次領域，像是知識論、倫理學、形上學、心靈哲學和科學哲學，提供了詳細的總覽，有些還超出了六千字。它提供許多前後參照辭條，以幫助讀者理解哲學概念、瞭解學科術語，並品鑑哲學家本身。還有數百條針對來自非西方哲學的重要詞項及思想家，諸如來自中國、印度、日本及韓國的傳統。本辭典亦涵蓋了許多來自和哲學密切相關的領域，且在哲學上很重要的思想家及詞項，這些領域包括了資訊科學、經濟學、法律、語言學、文學、數學、心理學及其他行為科學，還有宗教。附錄定義了邏輯符號，並指出了其他在哲學中所使用的特殊符號。

在百科全書、入門書、手冊和類似的參考著作生產過剩的年代，更應該提的是對哲學辭典的需求。這些參考著作之間具有重大的差異：辭典是定義性的，雖然本辭典已超出這種範圍；百科全書、入門書及類似著作有時並不定義為首的詞項，這類著作的主要目的傾向於提供訊息、交待歷史及作為參考文獻。此處並沒有明顯的區隔；一定義或可提供訊息，而有關一論題的正確訊息，則能夠用來定義討論中的概念。但實際上，一個好的定義可以以一種百科全書或手冊文章根本不會如此處理(且不需要如此處理)，並在任何簡短、初步的形構中也通常不會這樣處理的方式，掌握住目標主題的概念核心。

有用語潔癖者可能會認為，辭典應該全數排除思想家的辭條，因為專有名詞並不容許定義。即使嚴格說來這是對的，但舉個例子，詢問蘇格拉底對哲學家而言是什麼意思，或由哲學上來談他是誰，則完全是可以理解的。這類有關於思想家的問題在哲學辭典中受到了適當的處理，且有可能像吸引哲學領域的眾多讀者一樣，引起一般讀者的興趣。回答這些問題並不需要參考文獻或其他的傳記，然而囊括這些東西將意味著一部更長且完全不同的書籍。針對哲學家的辭條通常會引用原文；但這些辭條主要是致力於所討論思想家的核心觀念。然而，和其他更小型的當代英文哲學辭典比起來，本書則較有深度，特別是針對主要哲學家、哲學的次領域及軸心哲學概念的辭條而言。

雖然本書的範圍超出了西方哲學，且實際上超出了受到狹隘認定的哲學，但核心焦點仍是西方哲學家和西方思想。我們已力求涉獵廣泛，但卻不自認為完備。即使辭條及細項已涵蓋了四千多個概念及哲學家，我們也無法囊括每一個哲學上的重要詞項或每一個思想家，即便他們是對哲學有興趣的人或閱讀哲學文獻時會查閱的。本書特別適用於哲學和其他學門重疊的領域，像是認知科學、經濟理論、女性主義研究、語言學、文學理論、數學、哲學和宗教。並且，我們已努力納入足夠的辭條，以幫助讀者接近極為多樣的「純粹」哲學文本，並理解跨學科之哲學研究的實質範圍。

為避免分散並打斷文本，文中的交互參照(即「參見」項)只在辭條的末尾出現。而文外的交互參照(即「見」項)則隨著主要辭條以字母排序，並指引讀者參考所討論的詞項或思想家的辭條。文中的交互參照並非全然完善，在此，我們似乎很明顯地可以將它視為是補充或相關的訊息。文中的交互參照數量也已儘量減少。這部分是要避免分散讀者的注意力，部分是因為本辭典所具有的辭條，已涵蓋了在文中所討論的大部分哲學家，以及撰稿者在他們的辭條中所用到的絕大部分哲學詞項。遵循書中所提供的交互參照，可以引向其他有用的辭條，並更能瞭解讀者原先想要查閱的論題。

人名索引中列出了許多本辭典付梓時仍在世的哲學家，所列出的人名，都附上了一項或多項辭條，以提供有關於此人的訊息。索引中所包含的人名呈現了六百多名來自所有哲學時期，且致力於其所研究課題的哲學家和思想家，雖然他們並非辭條的主題。為何本辭典沒有包含在世人物的辭條？理由有幾項。畢竟，許多將會成為這類辭條的人，包括索引中所列的大部分年長哲學家，都仍在從事哲學研究，我們不應該假定現在就可以對他們勾勒出充分的圖像。執筆描述的任務要像本書一樣夠簡潔，又要在智性上夠充分，通常不可能缺少歷史的深度。在許多的情況下，讀者會透過索引發現有用的訊息，這個索引列出了數百名當代哲學家及許多其他思想家(雖然這許多人名不可能全都在主要辭條中提到)。當然，在這個領域中有許多重要人物，撰稿者不幸未能將他們列入其極為有限辭條中。

某些讀者可能會很驚訝地發現，並沒有單論哲學本身的辭條。部分原因是並沒有足夠充分的簡短定義。它不會真的像許多人所做的，從字源學方面將「哲學」定義為「愛智」：雖說哲學家愛智慧，以及許多愛智慧者受激勵而從事哲學，是很自然的，但是，一名愛智者可以全然不具哲學性，甚至一名優秀的哲學家充其量也只能專精於幾個探究領域。或許有極為多數的哲學家(雖然不是全部)會同意，哲學大致上為對非限定的觀念和爭議範圍做批判而常態性的系統研究；但對於什麼樣的觀念及爭議為哲學中的核心，或關於研究它們的明確方法，這項特徵卻什麼也沒說。從某方面來說，這部辭典作為一個整體，展現了一種哲學概念，它在內容上很豐富，且廣泛地代表了過去、現在，以及或許長遠的未來，普遍被視為是哲學研究的事物。對於「好的『哲學』定義應該包含什麼」這種意義需求，有益的考量可能是，我們如何定義出許多主要哲學家的核心關懷，他們呈現出了不同的時期、哲學風格及文化。這樣的清單可能包括了柏拉圖(Plato)、亞里斯多德(Aristotle)、亞奎那(Aquinas)、笛卡兒(Descartes)、休姆(Hume)、康德(Kant)、黑格爾(Hegel)、彌爾(Mill)、裴爾斯(Peirce)、海德格(Heidegger)和維根斯坦(Wittgenstein)。我們也會試著對哲學的某些基礎領域，像是知識論、倫理學、邏輯和形上學，建構出統一的特徵描述，除此之外，我們還應該考量，那些次學科的核心為何，諸如美學、歷史哲學、語言哲學、邏輯哲學、心靈哲學、宗教哲學及科學哲學。閱讀針對這些哲學家和領域的辭條，大概會對何為哲學提供一種較好的指示，遠勝於我們從甚至為一千字的辭條中所能預期者。

對於某些讀者而言，有三項文本特色可能需要解說一下。首先，順著一般嚴謹的哲學寫作者的習慣，我們會將被指稱或被直接指涉的文字或較長的表達括上單括號，就像是，我們會說「論證」這個詞語不是指稱論證的過程，便是在其中所呈現的論證。第二點則牽涉到以「非」(non)開頭的詞語，像是「非-心靈的」。我們習慣是在「非」的後面加一個連字號，除非這樣的詞語有固定的用法，像是「非暴力」(nonviolence)及「非戰鬥人員」(noncombatant)這樣意義的字，不是單純對其基本、正面要素加以否定。舉個例子便可以看出差異。任何不是戰鬥人員的東西，任何從船、鞋和封蠟到山丘、小河、死湖和樹叢的東西，都是非-戰鬥人員，但這些東西並非因此而是非戰鬥人員。因此，「非戰鬥人員」、「非暴力」、「非參賽者」(nonstarter)及「非認知主義」(noncognitivism)就是所寫的那樣子，而「非-心靈的」及「非-推論的」則帶有連字號。這種習慣反應了大部分哲學家的自然傾向，並可部分基於如下的意義，即當用來形成補充詞語時，「非」扮演了一種特殊且非常重要的角色：較像是確定詞語的操作者，而非字頭的角色，以創造一個語意上不同的詞語。第三點則是有關於以日常用字來取代常被哲學家以專業方式使用的詞語。為了簡潔，也為了幫助不熟悉「只當」(just in case)這種專業用法的讀者，我們經常以「若」(provided)來取代「只當」，而後者則等同於「若且唯若」(if and only if)。除了受影響的撰稿者以外，沒有人會注意到這種取代，而被諮詢到這件事的人均不認為這種取代會改變內容；我之所以提到這項更動是因為怕有人會對此感到好奇。

生產這類著作大概不可能會沒有錯誤，特別是疏漏的錯誤。當然，搜羅廣泛並不要求完備性(假設對這類著作而言，存在一種清楚的完備概念)；而在一部包含了動態及發展領域的辭典中，完備性也是不可能的。我將樂於收到評論或修正，且負責將它們寄給適當的撰稿者(們)，並歸檔以備將來可能之用。在此，有必要再提出兩項解說。首先，雖然辭條長度並非無關於其論題的重要性，但其他因素，像是所討論概念的複雜性、目前或近來對其關切的程度，以及撰稿者的風格及想法，也決定了長度。其次，雖然我們已要求作者力求對它們的論題保有最高度的易讀性，但某些辭條並沒有企圖讓所有讀者都能充分理解(若真是如此，便無法幫助那些需要這些辭條的人)。我們相信，對於任何有興趣的讀者而言，所有辭條都有某種價值；但有些辭條便是打算提供專業化或學術性的訊息，而有些則是在一段開場後繼續處理專業化或學術性的內容，而這種開場即是有意要為任何諮詢這個辭條的讀者，提供可能的必要事物。

致　謝

當然要特別感謝顧問群，他們在決定辭條的選擇方面扮演了主要角色。他們許多人都謹慎研究了我寄給他們的長串辭條清單，也檢閱了辭條的樣稿。我特別想要感謝艾爾斯頓(William P. Alston)、伯克斯(Arthur W. Burks)、齊桑姆(Roderick M. Chisholm)、賈伯(Daniel Garber)、艾爾溫(Terence Irwin)、克萊茲門(Norman Kretzmann)、盧卡斯(John R. Lucas)、培里(John Perry)和伍德(Allen W. Wood)，因為他們所做的事遠超過要求，且他們全都不斷地提供批評和建議。我也非常感激已故的卡斯塔內達(Hector-Neri Castañeda)，還有爵茨基(Fred Dretske)、麥康奈-基內(Sally McConnell-Ginet)、穆爾(Michael S. Moore)、奧尼爾(Onora O'Neill)、羅逖(Richard Rorty)和圖美拉(Raimo Tuomela)，他們至少在某一階段提供了重要的協助。

如果在這本辭典的發展中，有任何一個人不斷保有睿智、持續而普遍的影響的話，那便是劍橋大學出版社的執行編輯穆爾(Terence Moore)了。他首先說服我擔任主編的工作，並在本書發展的每一個形成階段幫忙，還於每一個主要段落提供編輯上的建言。憑著銳利的批判眼光，他參與了風格和組織的細節；籌畫了作者、論題和程序；並指導了內文和封面的設計。

許多的撰稿者這一路來提供了不可或缺的建議，我非常感激他們的幫忙。其中有許多人根據編輯上的建言修改他們的辭條，有時還不只一次。在這項計畫的這幾年間，許多撰稿者還主動寄給我更新的版本或改進的內容。至於我，和撰稿者及編輯顧問所做的哲學討論，是這項長久而艱鉅工作的支撐要素。這些年來和世界最頂尖的跨部門哲學家密集工作，帶給我強烈的活力感及哲學專業的智性力量。我相信，獻身於學術和真理，將勝過流行及特異風格和論辯。

本辭典已受益於哲學次領域的許多專家的建言。德列夫生(Michael Detlefsen)提出了他在邏輯領域的長期編輯經驗，而徐姆(George Schumm)則編製了附錄部份的「專門符號與邏輯記號」，二者在決定及準備邏輯和數學哲學數百項辭條的相當部分，提供了極大的幫助。信廣來(Kwong-loi Shun)在中國哲學的數個論點上給了我建議。楊德(Keith Yandell)則在佛教及印度哲學方面扮演了類似的諮商角色。毛雷多(Alexander Mourelatos)在某些希臘哲學辭條上提供了優秀的建議。提出批評指教者亦多得無法一一列舉。其中包括了阿拉德(James Allard)、艾里森(David Allison)、巴赫(Kent Bach)、貝克(Lawrence Becker)、比恩(Joseph Bien)、布里扎爾(Daniel Breazeale)、伯茲(Robert Butts)、卡斯頓(Victor Caston)、柴爾德雷斯(James Childress)、戴維斯(Wayne Davis)、戴龍(John Dillon)、埃奇門狄(John Etchemendy)、蓋特(Bernard Gert)、古德曼(Lenn Goodman)、加西亞(Jorge Gracia)、格斯塔夫森(James Gustafson)、格廷(Gary Gutting)、黑爾(John Heil)、肯(Robert Kane)、克拉納(George Kline)、考克爾曼斯(Joseph Kockelmans)、庫安(Manfred Kuehn)、庫恩(Stephen Kuhn)、麥克布里奇(William McBride)、曼(William Mann)、馬丁尼希(A. P. Martinich)、梅爾(Alfred Mele)、摩西(Paul Moser)、蒙羅(Donald Munro)、潘納斯(Paul Pines)、波奇曼(Louis Pojman)、波西(Carl Posy)、羅威(William Rowe)、沙蒙(Wesley Salmon)、夏赫特(Richard Schacht)、施尼溫德(Jerome Schneewind)、施拉格(Calvin Schrag)、塞邦(Jean-Loup Seban)、齊格飛(Hans Seigfried)、素馬可(Sydney Shoemaker)、索沙(Ernest Sosa)、史特瓦(M. A. Stewart)、斯坦普(Elenore Stump)、沃克爾(Paul Walker)、懷特(Stephen White)、伍德(Rega Wood)，尤其還有麥克坎(Hugh McCann)。

許多人提供了技術及編輯上的協助。哈維赫斯特(W. M. Havighurst)獨力為出版社做了原稿編輯，並憑著敏銳的眼光和靈巧的手，明顯地在許多地方改善了原稿。他的工作需要確認大量訊息，探索數以千計的細節，且將近一年持續不斷地和我保持聯繫。我們一起合作，試著保持撰稿者的內容，並盡可能在這樣一冊書中，保留他們的風格。我也要特別感謝奈斯波(Allison Nespor)對於人名索引的廣泛協助，對於整本書的校對，還有在這項計畫的這幾年來，對於許多地方的編輯建言。必須附帶一提的是，出版的時間安排並不允許每一位撰稿者都讀過校樣，而某些讀過校樣的撰稿者，也並非讀了他們所撰寫的每一項辭條。有可能被數個校對所漏掉的錯誤，並不是撰稿者的責任。

在出版社方面，我受到了如下諸位的幫助及指教，包括了阿涅斯(Michael Agnes)、高德(Alan Gold)、格林豪爾(Kenneth Greenhall)、漢奈西(Cathy Hennessy)、默里(Christine Murray)、魯達(Alexis Ruda)，特別是普里布爾斯基(Sophia Prybylski)，她辛勤地監督了修正校樣的全盤過程。我在內布拉斯加大學(University of Nebraska)林肯(Lincoln)校區哲學系的助理們也提供了幫忙，他們是：格拉(Priscella Guerra)、斯隆奈格(Nancy Slonneger)、童得朗姆(Michael Tonderum)、韋伯(Douglas Weber)和楊小梅(Xiaomei Yang)。而內布拉斯加大學及我哲學系同僚們的支持也是不可或缺的。我也很感謝於 1994 年，在我擔任法哥西(Fagothey)傑出教授的學期間，聖塔克拉瓦大學(Santa Clara University)哲學系所給我的幫忙。

我對我家庭的虧欠是難以計量的。在這項計畫的七年間，我的妻子瑪莉-露易斯(Marie-Louise)給了我在原典和文獻材料上的建議，幫忙我整理檔案並組織給作者眾多信件中的部分。她和我的孩子凱瑟琳(Katherine)、伊芙琳(Evelyn)和保羅(Paul)，也協助了無數的編輯和文書工作，並愉悅地容忍干擾及問題，這是在編纂如此規模的書時所難以避免的。

羅伯特・奧迪(Robert Audi)

林肯，內布拉斯加(Lincoln, Nebraska)

1995.2

英文版第二版序

第一版廣受好評著實令人欣慰，而本書的中文、義大利文、韓文、俄文及西班牙文譯本也正著手進行中。然而，哲學的領域更加擴張了，即使不談我已知本辭典可為讀者提供更好服務的幾個面向。結果便是大量擴充了原來的辭條，即新增了四百個辭條。這項範圍的擴展需要六十名新作者，他們幾乎有半數都來自北美以外的地方。

新的辭條範圍橫跨整個哲學領域。我們特別費心增加了歐陸哲學及發展極為迅速的次領域，諸如倫理學、心靈哲學及政治哲學。我們也增加了許多參照辭條。書中的參照辭條是基本要件，許多讀者提到，他們發現這不僅對進一步瞭解原先的辭條有所幫助，而且也是很好的聯想資料及瀏覽導引。

除了在人名索引中所提到的許多在世哲學家之外，現在也在個別的辭條中選擇性地囊括了許多在世哲學家。除了極少數的例外，這個(非常小的)群體只納入了約六十五歲以上的思想家。這項涵蓋面的限制，部分受制於難以提供充分的哲學家圖像，因為這些哲學家仍活躍發展他們的見解，並且，也必須消去許多年輕的優秀哲學家，因為他們在觀點上仍進行著重大改變。即便是較為年長的哲學家，我們也不預設不會有重大的發展，而只是較有可能辨識出不可能被放棄的成熟見解罷了。

在決定在世思想家辭條這項困難的(在某種義意上來說是不可能的)任務中，所搜尋的意見一方面來自會議，一方面則來自其他許多資源。我們所受到的導引，部分亦來自第一版撰稿者對某些在世哲學家參考資料的依賴程度。由於本辭典的全方位目的及其讀者的廣泛程度(它涵蓋了許多哲學學門以外的讀者)，所做的篩選便加強於許多非-哲學家會想要查閱的作者，而某些分量則放在多樣性的考量上。為了維持本書的全面性及其讀者的多樣性，我們也決定不承受如下的重擔，即納入戮力於高度專業化次領域(諸如邏輯、電腦理論及許多科學哲學)的在世學者，或是主要貢獻在哲學史的哲學家。無論如何，在這些領域中是有許多重要的哲學家。許多已在索引中列出，索引亦列出了一名或多名撰稿者所提到的許多思想家，但他們卻不是個別辭條的主題。

在考量了對第一版讀者的回應後，我們盡可能地使這本辭典不要太厚且能維持單冊。有太多正面的回應，以至於雖然有許多原先的辭條已經修訂，但我們主要還是以在書中增加新辭條來尋求改進。少數讀者對於我們在每個辭條之後沒有加上參考資料，感到疑惑或不贊同。大體而言，我們的確用了所勾勒之思想家的第一手資料，不然，便是原本就值得注意的第二手資料。我們此處的政策，部分是由於嚴格的空間限制所造成，還有，特別是有了上述的說法，希望避免將讀者導入不充分的代表性資料或作品之中，這樣的東西可能很快就變成一種阻礙。它亦基於辭典及百科全書其間差別的意義。雖然其間的差別並不明確，但辭典畢竟是定義性的，而百科全書則主要為提供資料、交待歷史並作為參考。辭典將基本概念清晰化，而這是百科全書所不需要的方式。的確，有了好辭典的幫助，某些百科全書將更能夠被理解；沒有了辭典，有些百科全書甚至將難以閱讀。

關於第一版，我很樂意收到評論及勘誤，而且會將它們歸檔並寄給適當的作者(們)。本辭典的許多撰稿者和眾多謹慎的讀者一樣，寄來了建議性的勘誤，而大部分的建議都已被看過或當成了準備本版的資料。我應該再次重申，就像在第一版中所說的一樣，經過了這幾年的密集工作，與世界上最優秀的哲學家合作，我強烈地感受到哲學專業具有強大的生命力及智性力量。在撰稿者及顧問那裡，我都看到了一種對學術的堅定承諾，一種對正確性及理論深度的持續關懷，一種豐富的哲學想像，以及一種對高標準的忠誠，它勝過了往往很誘人的學派、流行或論戰潮流。要我為這樣一本集體合作的書做題獻也許不太適合，但如果真要這麼做，我會將它獻給辭條撰寫者，希望編輯本書所帶給我的一些愉悅，也能夠帶給撰稿者及讀者。

致　謝

經過了這麼多年來對本書的編纂，我從多得讓我記不得的意見及回應當中獲益，在如下的致謝當中有任何遺漏，都會令我感到歉疚。

顧問群主要的工作是選擇新辭條及新的撰稿人，值得致上由衷的謝意。我特別要感謝艾爾斯頓(William P. Alston)、伯克斯(Arthur W. Burks)、爵茨基(Fred Dretske)、艾爾溫(Terence Irwin)、已故的克萊茲門(Norman Kretzmann)、盧卡斯(John Lucas)、麥康奈-基內(Sally McConell-Ginet)、內哈瑪斯(Alexander Nehamas)、奧尼爾(Onora O'Neill)、培里(John Perry)、羅逖(Richard Rorty)、瑟爾(John Searle)、圖美拉(Raimo Tuomela)，以及佛拉森(Bas van Fraassen)，他們有許多人一再地提供了意見及建言。出版社的執行編輯穆爾(Terence Moore)在編輯上的建議，以及我在政策及設計事務上和他所做的定期討論，都具有難以估計的價值。沒有他的奉獻，這兩個版本都不可能完成。

第二版得力於許多人的建言，包括了很多幫忙準備第一版的人。這些人有寇克阮(John Corcoran)、格廷(Gary Gutting)、徐姆(George Schumm)、信廣來(Kwong-loi Shun)以及楊德(Keith Yandell)，他們均提供了編輯上的建議，並建議增加某些他們的哲學研究領域內的辭條，或者修訂其他辭條。提供意見及建言的人也多得無法枚舉。他們包括了亞瑟頓(Margaret Atherton)、亞美達(Claudio de Almeida)、貝克(Lynne Rudder Baker)、比恩(Joseph Bien)、卡羅(Noël Carroll)、克里斯普(Roger Crisp)、戴維斯(Wayne Davis)、賈斯伯(Philip Gasper)、闞特(Berys Gaut)、古德曼(Lenn Goodman)、格利夫斯(Paul Griffiths)、海耶克(Oscar Haac)、哈尼胥(Mike Harnish)、黑爾(John Heil)、胡克(Brad Hooker)、杭庭頓(Patricia Huntington)、賈桂特(Dale Jacquette)、肯(Robert Kane)、克拉納(George Kline)、庫安(Manfred Kuehn)、庫恩(Steven Kuhn)、馬克藍林(Brian McLaughlin)、曼(William Mann)、馬拉斯(Ausonio Marras)、馬丁尼希(Al Martinich)、梅爾(Alfred Mele)、曼多拉(Joseph Mendola)、米勒(David W. Miller)、摩西(Paul Moser)、莫非(James Murphy)、波奇曼(Louis Pojman)、普萊爾(William Prior)、沙蒙(Wesley Salmon)、沙茲伯利(Mark Sainsbury)、沈瓦德(Charles Sayward)、施尼溫德(Jerome Schneewind)、施拉格(Calvin Schrag)、沙德萊(David Sedley)、徐那(Roger Shiner)、辛格(Marcus Singer)、斯克爾姆斯(Brian Skyrms)、史特瓦(M. A. Stewart)、溫萊特(William Wainwright)、威利奇(Paul Weirich)，特別是麥克坎(Hugh McCann)、索沙(Ernest Sosa)和特勞特(J. D. Trout)。

謹慎的評論者和同事及讀者一樣，提供了對我有幫助的意見，以擴展並修訂第一版。在讀者之中(主要是哲學家)我特別要感謝麥金泰爾(Alasdair MacIntyre)、馬庫斯(Ruth Marcus)、穆勒(Dan Mueller)、斯坦普(Eleonore Stump)以及凡・羅真(Mark van Roojen)。

許多人提供了編輯及技術上的協助。在出版社方面，我受到了阿涅斯(Michael Agnes)、鮑斯特(Janis Bolster)(他監督了整個校樣訂正的過程)、高德(Alan Gold)、格林豪爾(Kenneth Greenhall)、漢奈西(Cathy Hennessy)、米拉(Nicholas Mirra)、默里(Christine Murray)、沙茲尼克(Gwen Seznec)，以及其他人的幫助及建言。哈維赫斯特(W. M. Havighurst)仍然是出版社的主要原稿編輯，他熟練而辛勤的工作在整個過程當中有很大的幫助。奈斯波(Allison Nespor)及我在內布拉斯加大學林肯校區(University of Nebraska, Lincoln)哲學系的助理亞方斯(Jonathan Evans)和楊小梅(Xiaomei Yang)都提供了幫忙。內布拉斯加大學及哲學系同事的支持都是不可或缺的。也很感謝聖塔克拉瓦大學(Santa Clara University)哲學系的幫忙，1999 年我在該校的人文及科學學院以傑出教授的席位授課。

和第一版的情況一樣，我對我的家庭感到無比的歉疚。我的妻子瑪莉-露易斯(Marie-Louise)既給了我文獻上的建議，又幫我整理檔案及部分信件。她和我的孩子們也欣然地容忍了許多干擾及問題，這樣範圍的書甚至是在第二版的編纂時，都無法避免這類的事。

羅伯特・奧迪(Robert Audi)
林肯，內布拉斯加(Lincoln, Nebraska)
1999.6

編輯說明

經過五年的翻譯、審定和編纂工作，《劍橋哲學辭典》中文版終於順利出版了。在八十餘位哲學教授與研究人員的努力下，這本篇帙浩大的辭書，完成了一件台灣哲學界，同時也是兩岸三地哲學界的創舉——即我們在辭條交由專業領域學者翻譯審定的前提下，出版了一本內容豐富、兼具方便與實用性，且擁有國際知名度，也備受世界知名哲學家讚譽的的哲學辭典。

這本辭典的出版，從某方面來說，代表台灣哲學界完成了一件里程碑式的創舉，但從另一方面說，它也只是一個開始而尚未完成的工作。如同許多審定老師所認為，這本書的出版將引起學界很大的迴響與討論，而這些討論的累積與沉澱，才是未來更辛苦的任務，或許要經過三五年後，我們才能真正看到這個「開始」的意義。

對於這樣一本大書，我們有必要說明整個編輯過程、工作方法，以及工作中可能會影響全書表現方式的編輯決定。

本書於一九九七年二月，由貓頭鷹出版社創辦人郭重興先生向英國劍橋大學出版社簽下版權，並委託北京幾位學者合作將其翻譯成中文；一九九九年中初稿完成，送回台北，但經編輯審查，發覺譯稿的品質十分不理想，因此決定在台灣邀集學者重新翻譯審定。由於辭典的翻譯審定工作非常細密且辛苦，加上台灣的學者大都十分忙碌，對於《劍橋哲學辭典》這樣一本超過兩百萬字的大書，初時並沒有把握這項工作能廣泛獲得學界的參與，但十分幸運的，我們一開始即獲得台灣大學林正弘老師，以及其他熱心老師的支持與鼓勵，初步找到約二十位願意參與翻譯審定工作的老師，接著透過這些老師的幫助和推薦，我們逐步擴大審定老師的參與人數，到最後，我們共邀請了八十一位老師成為這本書的審定者。

在開始與老師討論發稿事宜時，編輯部即確立一個「辭條審定者制」的概念。意思是這本書將以各辭條為審定單位，每個辭條找一位審定老師負責，辭條審定過程以該審定者為最高的權威，且只有審定者擁有文字表達的最後決定權。在這個概念下，審定老師有權取消原譯稿，由自己重新翻譯，或是由老師指定合適的人選重譯，再經老師仔細審定，或是老師願意以原稿核對原文逐一修改。而每個辭條在文末也將附上審定老師的名字。

為了便利讀者閱讀，我們在審定老師擲回審定稿後，又邀集二十幾位哲學系的博碩士生，將老師的稿件對照原文確認一次。主要工作內容是檢查錯別字、統一格式、補上專有名詞原文，和確定有無漏譯之處，同時也請這些博碩士生將他們在閱讀譯文時的疑問之處，以不同顏色的字體標註一旁，供審定老師參考，這一項工作我們稱之為校閱。校閱後的文字以電子郵件的方式發回給審定老師，經過討論與修改，最後確定的文字即進入紙面的排版。排版校對後的樣張再寄給審定老師檢查，若有修改較多的地方，則再輸出一次版面請老師過目，如此反覆確定後，才送廠印製。

在此有幾件事必須特別說明：一是有些老師在初步審視譯稿時，覺得核對原文修改即可，但實際審定後，發現錯誤情形比想像中嚴重許多，幾乎每行文字都有改正的必要，最後雖然改去了錯誤，但在流暢性上審定者並不一定滿意；其次，稍早發稿時，我們曾盡量讓同一個撰稿者的辭條由同一個審定者負責，結果發現這並不是好方法，因為原撰稿者可能有跨領域的辭條，雖然我們後來作了調整，但還是有些審定者被「勉強」完成非他們專業的辭條審定；再者，有些老師希望其研究生也能共同參與翻譯審定工作，因此我們同意由審定老師衡量其研究生參與的程度，決定是否和審定老師一起列名辭條文後，但因為編輯在這裡無法與老師討論出一個統一的標準，反而造成部份老師的困擾，對這一點我們感到十分抱歉。最後，在逼近本書截稿前，還是有很多老師希望對文稿再作潤飾修改，可是我們並沒能完全滿足老師的求好之心，如果因這樣而造成一些錯誤，責任應該由編輯部來完全承擔。

由於本書的工作方式是以各辭條為單位，也以審定老師為該辭條文字的最後決定者，這種方式當然有其明顯的優點，但同樣的，我們也必須犧牲很多我們原以為能作或該做的事。例如名詞統一的問題。我們雖然曾努力作出一個並不嚴格的名詞統一系統，但在實際溝通過程中，我們發現即使連非常基本的詞彙，如功利主義或效益主義，都很難取得所有審定老師的一致意見，這使我們慢慢明白每個審定老師在譯名的選擇上都有各自的學術的脈絡和道理，定於一尊是不可能也不合適的。於是我們退而求其次，只統一音譯的名詞，雖然如此，還是有少部分的老師希望保留自己的音譯譯法。無論如何，各種可能出現不同譯法的詞彙我們都隨後附上原文，供讀者參考比對。

每一本辭書在出版前都會聽到編輯的感嘆聲：「再給我半年的時間我可以把它作得更好。」我們也相信，這本書若再有更多的時間，一定能做得更好，但以一本已經工作了五年多的書來說，無論在成本或預算上，甚至是合約的規定上，恐怕環境並不允許我們繼續求全求好。因此我們希望讀者在書中發現的任何問題，都能不吝惜的寫信告訴我們，讓這本書在作第二版時能有改正的機會。

這本書首先要感謝的人是參與審定工作的八十一位老師，沒有他們的熱心參與，這本書是無法出版的。其次要感謝林正弘老師，他對本書提供了非常多重要的建議和幫助，即使本書在遇到財務預算危機的時候，他還是鼓勵我們繼續堅持下去。最後要感謝劉述先老師，他是審定委員中少數同時兼具原書撰稿人身分的老師，因為他的說明，我們才進一步了解原書的編輯過程和許多細節上的用意。

劍橋哲學辭典中文版編輯部主編
王思迅
2002.6.12

劍橋哲學辭典

THE CAMBRIDGE DICTIONARY OF PHILOSOPHY

貓頭鷹

Abailard, Pierre　亞伯拉，彼得　見 Abelard 亞伯拉

Abdera, School of　阿布德拉學派　見 Abderites 阿布德拉特

Abderites　阿布德拉特　是最早倡導古希臘哲學家路西帕斯(Leucippus)和德謨克利特斯(Democritus)原子論的人。儘管位於色雷斯(Thrace，希臘北部)的阿布德拉(Abdera)是三位先蘇格拉底派哲學家——路西帕斯、德謨克利特斯和普羅塔哥拉斯(Protagoras)——的共同故鄉，但「阿布德拉特」一詞和短語「阿布德拉學派」只限用在路西帕斯和德謨克利特斯身上。我們就此可以區分早期希臘的原子論和後來的伊比鳩魯學派(Epicureanism)，後者是經由雅典人伊比鳩魯(Epicurus)發展的晚期原子論版本。近代人「阿布德拉特」的稱呼並不合適，這是因為在某種意義上，阿布德拉特相應希臘文 *Abderitēs, -ai*，在古代被當作「傻子」(simpleton)的同義詞，這種稱呼不是為了污衊這三位哲學家中的任何一位，而是針對該地區。

參見 ancient atomism 古代原子論；pre-Socratics 先蘇格拉底學派

A.P.D.M.撰　苑舉正審訂

abduction　抽納　有關發現的推理規則，有別於科學假設或科學理論的檢證。

萊辛巴哈(Reichenbach)區別了「檢證的脈絡」(the context of justification)與「發現的脈絡」(the context of discovery)二者，他認為哲學僅關注前者，即關注檢證和證實，至於後者，則屬於心理學的事務。因此，他和其他邏輯實證論者聲稱，有有關檢證過程的歸納邏輯，但發現的邏輯並不存在。在有關檢證過程的諸多邏輯中，人們曾經提出的有假說——演繹的邏輯，也包括貝耶斯(Bayesian)或其他的或然性歸納邏輯等等。但對實際科學實踐活動的仔細觀察卻顯示出，這類邏輯的正當性其實是有困難的。

諾伍德·羅素·漢森(Norwood Russell Hanson)在接受某個假說的理由，與認為正確假說可能是某個特定假說的理由之間做了明顯的區分。他試圖為後者發展闡述所謂的「逆納」(retroductive)或者「抽納」(abductive)推理的邏輯。這些邏輯強調的是類比推理，但他沒能成功地使多數人相信，這些邏輯在性質上有別於檢證過程的邏輯。今天，很少有人認為，尋求嚴密的形式「抽納」邏輯會有什麼前途。探索毋寧說已經轉向尋求某種較弱意義上的「邏輯」，轉向於發現尋求種種激發靈感的程序和策略，以及諸如此類的東西。其他人則潛心於研究科學知識發展過程中的理性問題，也就是說，致力於探求科學研究的傳統或規則得以進步或衰退的種種條件。有些學者則嘗試引入源於認知科學和人工智能的種種技術方法。任何在這方面成功的宣告，一般而言都是有爭議的。

參見 confirmation 驗證；induction 歸納法；Reichenbach 萊辛巴哈

F.S.撰　王文方審訂

Abelard, Peter　亞伯拉，彼得　法文寫成「Pierre Abailard」或「Abélard」(1079-1144)，法國神學家，他的著作，尤其是《基督宗教神學》(*Theologia Christiana*)，是中世紀企圖以邏輯技巧說明基督宗教教義之較為令人注目的表現。他生於布列塔尼(Brittany)較不顯著的貴族家庭，他受教於十二世紀早期的名師，包括羅塞林(Roscelin)、熊波的威廉(William of Champeaux)及安瑟倫(Anselm of Laon)。但他的邏輯不久就青出於藍勝於藍，吸引了歐洲各地的學生。他的神學學說較不受歡迎，他對天主聖三的理論，二次被判為異端。他的一生風雲起伏：與他的對手艱苦地爭辯，以及他與海洛伊絲(Héloïse, c.1117)的一段危險但有名的愛情；這段愛情故事，許多細節皆記載於他的自傳《生平災難史》(*Historia calamitatum*)中。

亞伯拉的二本重要的邏輯著作，就是《邏輯導論》(*Logica ingredientibus*)與《論辯證》(*Dialectica*)。在這些書中及在其他的邏輯著作中，亞伯拉是第一位中世紀士林學者完全發揮亞里斯多德(Aristotle)《論詮釋》(*On Interpretation*)一書、波依修(Boethius)對此書的詮釋，並建構精密的詞與語句的指稱理論；理論中區分一詞所指的意義，以及使用此詞時心靈中所有的概念。亞伯拉認為心靈的圖像對思想有其作用，但他盡量排除圖像就是詞之指意的說法。他很清楚知道詞的主觀意義的理論能造成的陷阱。他對詞義正面的看法，與他對命題及共相的意義密切相關。對亞伯拉而言，命題是有真假值的語句，語句所說明的(*dicta*)就是其指意，而真假值首先就是針對此說明而言。自斯多噶學派(Stoics)以後，亞伯拉是第一位發展命題邏輯的人。另一方面，他認為共相是一個普通名詞或形容詞，它的意義是動詞片語、命題部分的指稱。這是片段的「說明」(*dictum*)，亞伯拉稱為「狀況」(status)、本性或屬性。亞伯拉稱「狀況」或「說明」皆非物體，但它們是獨立於思想的對象。亞伯拉特別劇烈地攻擊實在論對共相的理論。雖然他主張共相僅是詞而已，但他並不否認我們對世界有客觀的知識。

亞伯拉的邏輯與存學的理論，超越亞里斯多德透過古代詮釋者、尤其是波依修而流傳下來的傳統觀念。這些理論，原本可以構成西方邏輯思想形成新理論的根據，但當十二世紀亞里斯多德的邏輯著作更廣泛地傳入西歐之後，學者們轉移其專注力，以吸收這個組織嚴密的思想系統。因此亞伯拉的洞察雖敏銳且富有創意，但他對後來的士林哲學思想的影響並不如預期之大。

參見 Boethius 波依修；Roscelin 羅塞林；Scholasticism 士林哲學

M.M.T.撰　蕭宏恩審訂

abhidharma **阿毗達磨**　對構成佛教教義之主要概念範疇的系統性、分析性的陳述；它既指稱包含這些陳述的典籍，也指稱所陳述的內容。早期的阿毗達磨典籍(約至西元二世紀止)是教義問答式的，通過提問與回答來界定主要的教義術語。後起的典籍則較具有論辯性，往往包含對諸如過去事物之存在等爭議性形上學議題的充分討論。阿毗達磨的目標在於對種種存在物及其間可能有的關係，提出一份無所不包的清單。

參見 Buddhism 佛教

P.J.G.撰　何建興審訂

abhinivesha **執著**　梵文字詞，意為「自愛」(self-love)或「生存意志」(will to live)。一般在印度哲學裡，尤其是數論-瑜伽學派(Sankhya-Yoga)體系中，執著被看作是無明(*avidya*)的一個面向。無明的其他面向包括畏懼、貪欲和嫌惡等，這些都被視為會引生業的繫縛，並阻礙人獲得精神解脫。執著既然與這些面向合為一類，顯然具有負面的意涵；不過，在印度傳統裡，人若表現出自愛及於塵世力求生存發展的意志，卻不必然是錯誤的，有時甚至值得讚許。如此看來，執著的負面意含似乎意味著：原本可獲認許的事情，一旦做得過度或為錯誤的理由所驅使，可能會變成不恰當或罪惡的。

參見 *avidya* 無明

D.K.C.撰　何建興審訂

abortion　墮胎　見 moral status 道德地位

Abrabanel, Isaac ben Judah　阿布拉巴內爾，以撒・本・猶大(1437-1508)　西班牙猶太哲學家和政治家。阿布拉巴內爾置身於中世紀晚期的西班牙哲學和文藝復興的人文主義的交界線上，但他自身所關懷的仍然是中世紀傳統的猶太哲學主題，諸如創造、預言和辯神論(theodicy)等問題。他的著作既包括《聖經》的註釋，也包括哲學和神學的論文；他最重要的著述集中在《信仰原理》(*Rosh Amanah*, 1505)和《上帝的工作》(*Mifalot Elohim*, 1503)兩部書的批判，它們構成了對邁蒙尼德(Maimonides)的《解惑指南》(*Guide of the Perplexed*)的批判。阿布拉巴內爾在批判亞里斯多德學派方面受到了以撒・阿拉馬(Isaac Arama)的影響。阿布拉巴內爾贊同拉比的預言概念，因此他抨擊邁蒙尼德對預言的自然主義解釋；他論證摩西與其他先知並無不同，先知的知識不僅是科學和形上學的，更是上帝的奇蹟產生的。對奇蹟與自然的對立的強調，這種思想在他的歷史與政治理論中得到了進一步的闡述。他對於理想國家的看法則帶有人文主義的傾向。他確實視人類文明的政體是源於墮落的對上帝之背叛，他對在這種狀態下最好的政府方式感到興趣。藉此，社會的統一並不需要仰仗某種集中的權力，而是可以透過集體的意志獲得。阿布拉巴內爾聲稱，這種政府的方式既為妥拉(Torah)所提倡，又充分體現在同時期義大利的各個共和城邦之中。隨著彌賽亞的降臨，人類終將實現自己的精神潛能；而當物質世界朽滅之際，每個靈魂都能夠永恆地默觀到上帝的本質。阿布拉巴內爾的政治觀影響了晚期猶太教的彌賽亞運動，他的《聖經》註釋被翻譯成拉丁文，對晚期的基督宗教人文主義團體也產生了影響。

參見 Abrabanel, Judah 阿布拉巴內爾，猶大；Maimonides 邁蒙尼德

T.M.R.撰　丁福寧審訂

Abrabanel, Judah　阿布拉巴內爾，猶大　又稱「列奧納・埃布列歐」(Leone Ebreo)或「列奧・埃布拉厄斯」(Leo Hebraeus, c.1460-c.1523)，西班牙猶太哲學家、詩人和物理學家。猶大・阿布拉巴內爾是以撒・阿布拉巴內爾(Isaac Abrabanel)的長子，但在哲學上，他卻是義大利的柏拉圖主義學派的代表。1535 年，他撰寫了充滿新柏拉圖主義色彩的哲學論著《關於愛的對話錄》(*Dialoghi d'Amore*〔*Dialogues of Love*〕)。該書的原稿是由義大利文寫成，在 1551 年至 1560 年間，相繼被翻譯成法文、拉丁文、西班牙文和希伯來文。在這部柏拉圖風格的對話錄中，兩位分別叫索菲亞(Sophia)和斐羅(Philo)的對話者探討著宇宙之愛的本性。這種宇宙之愛不僅存在於上帝和受造物之間，而且活躍在質料與形式、在四大元素和整個宇宙之間；這種愛反映出感性的和智性的美；簡言之，這種愛是從上帝和宇宙之間的關係領域，被轉換成為一種基本的宇宙之力，它使萬事萬物各安其位、秩序井然。阿布拉巴內爾對愛的闡述存在著神祕的因素，因此毫不奇怪的是，在《對話錄》一書中，除了對星象學、天文學和美學的沉思之外，對神祕主義的沉思始終貫穿全書。雖然中世紀柏拉圖主義和新柏拉圖主義的影響佔著首位，阿布拉巴內爾也受到了馬許里斯・費希諾(Marcilio Ficino)、皮科・戴拉・米蘭多拉(Pico della Mirandola)、邁蒙尼德(Maimonides)和伊本・迦比諾(Ibn Gabirol)等人的影響。包括喬爾達諾・布魯諾(Giordano Bruno)和史賓諾莎(Spinoza)在內的許多哲學家，都曾讀過他的這部《對話錄》。他有關愛的看法影響了同時期義大利、法國和西班牙的抒情詩創作，這種影響也可以在米開朗基羅(Michelangelo)的《十四行詩集》(*Sonnets*)和托爾瓜托・塔索(Torquato Tasso)的詩集《敏圖爾諾》(*Minturno*)中發現。

參見 Abrabanel, Isaac 阿布拉巴內爾，以撒

T.M.R.撰　丁福寧審訂

absent qualia　覺知之質缺如、見的感質問題　見 functionalism 功能主義；philosophy of mind 心靈哲學

absolute, the　絕對　唯心論者(idealists)使用「絕對」來描述唯一且獨立之實在，所有事物皆為此實在之表徵。康德(Kant)使用「絕對的」(absolute)描述那些無條件有效(unconditionally valid)的事物。康德主張純粹理性(pure reason)尋求悟性的絕對基礎僅僅是個理想，然而在實踐理性(practical reason)中他卻設定絕對基礎為真實存在，以此作為道德的必要條件。這明顯的不一致使得康德的後繼者試圖將康德的理性概念系統化。因此，謝林(Schelling)引進「絕對者」概念作為主體跟客體的無條件基礎(此後為同一)。黑格爾(Hegel)批評謝林，並將絕對者定義為精神：在世界中體現自身的邏輯必然性，以期在歷史中達到自我認識與自由。許多傑出的英美唯心論者，包括鮑桑葵(Bosanquet)、魯一士(Royce)、布雷德利(Bradley)，都捍衛類似黑格爾的絕對概念的存在。

參見 Hegel 黑格爾；idealism 觀念論；Schelling 謝林

J.W.A.撰　林正弘審訂

absolute right　絕對權利　見 rights 權利

absolute space　絕對空間　見 space 空間

Absolute Spirit　絕對精神　見 Hegel 黑格爾

absolute threshold　絕對門檻　見 Fechner 費希納

absolute time　絕對時間　見 time 時間

absolutism, ethical　倫理絕對主義　見 relativism 相對主義

abstract　抽離　見附錄：特殊符號與邏輯記號

abstracta　抽象事物　見 abstract entity 抽象實體；naturalism 自然主義

abstract entity　抽象實體　一缺乏時空性質的客體，但我們卻假定它具備存有(being)、存在(exist)或(以中世紀士林哲學〔medieval Scholastic〕的用語來說)存續(subsist)著。抽象事物(abstracta)有時被歸於共相(universals)的範疇之下，它們包括了數學對象，諸如數、集合及幾何圖形，還有命題(propositions)、性質(properties)及關係(relation)。抽象實體被認為是由殊相(particulars)中抽象而來。抽象的三角形只具有一切三角形所共通的性質，而不是針對任何特定的(particular)三角形而言才有獨特(peculiar)性質；它並沒有明確的顏色、大小或者特定的形狀，像是等腰三角形或不等邊三角形那樣。如果是為了讓一已被接受之理論的命題為真，使我們必須假定抽象事物存在(或存續)的話，那麼，以蒯因(Quine)的判準來說，抽象事物便被一種存有論(ontology)所承認。性質和關係對於說明殊相之間的相似性(resemblances)是必要的，就像紅色性質是被所有紅色事物所分享(shared)的一樣。我們有時會說，思維(thought)和思維表達的抽象內容或意義這類命題，對於解釋語言之間的轉譯(translation)和其他語意性質及關係而言，是必要的。

從歷史的角度而言，抽象實體關聯著柏拉圖(Plato)之「理型」或「相」(Ideas or Forms)的實在論存有論(realist ontology)。對柏拉圖而言，「理型」或「相」是抽象且唯一真實的實體(real entities)，被在顯象(appearance)或經驗現象(empirical phenomena)之世界中具時空性質的客體(spatiotemporal objects)所實現或分有(participated)。亞里斯多德(Aristotle)否定了抽象實體的獨立存在，並將柏拉圖的形式(Form)加以淡化而重新定義為第二實體(secondary substance)，它固有於原初實體(primary substance)或時空中的殊相之中，將後者視為唯一的真正存在物。這項爭論在中世紀哲學中持續著，成了實在論形上學家(realist metaphysicians)和唯名論者(nominalist)之間的爭執，實在論形上學家包括了奧古斯汀(Augustine)和亞奎納(Aquinas)，他們接受了抽象事物的存在，而唯名論者如奧坎(Ockham)，則堅持這些相似的客體只是由相同的名稱所指涉，而非分有了一抽象形式。在現代哲學中，抽象事物的問題已成為理性論(rationalism)與經驗論(empiricism)的爭論點，理性論通常同意抽象實體的存在，而經驗論則拒斥抽象事物，因為它們無法藉由感覺所經驗到。休姆(Hume)和柏克萊(Berkeley)反對洛克(Locke)有關抽象觀念的理論，他們察覺到，內省(introspection)顯示出所有觀念均為殊相，由此，他們論斷出，我們對抽象實體並沒有適切的概念；取而代之的是，當我們在推論所謂的抽象事物時，我們實際上正在思考心靈所委派的特殊觀念，用以呈現相似殊相的整體集合，由此，我們若錯誤地得出特定於所選例子的結論之時，便可以自由地以其他觀念來替換。十九世紀的波爾札諾(Bolzano)和弗雷格(Frege)為抽象命題做了辯護，將之當作為語言和邏輯中思維的意義。關於抽象實體的必要及其特性始終有爭論，但許多哲學家相信，它們在形上學中是不可或缺的。

參見 Aristotle 亞里斯多德；Berkeley 柏克萊；Frege 弗雷格；metaphysical realism 形上學實在論；Ockham 奧坎；Plato 柏拉圖；property 性質

D.J.撰　黃冠閔審訂

abstraction　抽象　見 abstract entity 抽象實體；Berkeley 柏克萊

abstraction, axiom of　抽象化公理　見 axiom of comprehension 內涵公理

abstraction, lambda-　拉姆達抽象　見 combinatory logic 組合邏輯

absurd　荒謬　見 Camus 卡繆；existentialism 存在主義

absurdity　荒謬性　見 category mistake 範疇錯誤；*reductio ad absurdum* 歸謬證法

Abunaser　阿布那薩　見 al-Fārābī 法拉比

AC　選擇公理　見附錄：特殊符號與邏輯記號

Academic Skepticism　學園派懷疑主義　見 skepticism 懷疑論；Skeptics 懷疑學派

Academy　學園　柏拉圖(Plato)約於西元前 385 年所建的學校，位於雅典城(Athens)外柏拉圖自己的產業，接近一個同名的公園和體育館的地方。雖然學園可能沒有持久的傳統，

但為數眾多、各有所長的學園哲學家，將自己視為柏拉圖的後繼者，他們頌揚並研究柏拉圖的著作。這個學校以某種形式生存到西元 529 年，被東羅馬帝國(Eastern Roman)的皇帝查士丁尼一世(Justinian I)連同其他異教徒學校一起解散。某些學者將學園的歷史分成舊學園——包括柏拉圖、史攸西帕思(Speusippus)、塞諾克拉底斯(Xenocrates)及他們的追隨者，和新學園——西元前三及二世紀的懷疑論學園(the Skeptical Academy)。還有人說學園的發展可分為五個階段：即舊期(同前)、中期——阿爾克西勞(Arcesilaus)、新時期——卡奈阿德斯(Carneades)、第四期——拉里薩的斐羅(Philo of Larisa)，以及第五期——阿斯卡隆的安蒂歐克斯(Antiochus of Ascalon)。

學園的發展史中，大都致力於解說和柏拉圖有關且在《對話錄》中沒有完全說明白的學說。這些「未寫下的學說」(the unwritten doctrines)顯然傳給了他的直接後繼者，且主要透過亞里斯多德(Aristotle)的著作為我們所知悉：有兩種相反的第一原理，即太一(the One)和未定的二元(the Indefinite Dyad)——大和小；這些產生了理型(Form)和觀念(Idea)——這可視為是和數目相同的東西，由此衍生出中介的數學物，和最底層的感覺事物——見亞里斯多德的《形上學》(*Metaphysics*, I.6)。

柏拉圖於西元前 347 年去世後，學園傳給了他的侄子史攸西帕思(c.407-339)，他領導這個學派直到過世。雖然他的著作已亡佚，但他對於某些重要論述的看法，隨著一些引文，被後世的學者記錄下來。在後畢達哥拉斯學派(the late Pythagoreans)的影響下，史攸西帕思搶在普羅提納斯(Plotinus)之前，主張太一超越了存有、善，甚至智性(Intellect)，而二元——他視之為物質——則是萬有的原因。為了要解釋存有的層級，他假定了物質的層級，這使得亞里斯多德認為史攸西帕思主張宇宙是一系列不連續的偶發事件。史攸西帕思放棄把理型當成是理想數目的理論，他比其他的柏拉圖主義者(Platonist)更強調數學。

塞諾克拉底斯(396-314)曾隨同柏拉圖前往西西里(Sicily)，繼史攸西帕思之後領導學園，直到過世。雖然塞諾克拉底斯是一個多產的作家，但他的著作並沒有留存下來，而是透過他人的作品才為人所知。他受到亞里斯多德的影響，反對史攸西帕思的某些論點，也發展了影響中期柏拉圖主義(Middle Platonism)的理論，也影響了斯多噶主義(Stoicism)。在塞諾克拉底斯的理論中，太一即是智性，而理型則是在這神聖原理心中的觀念。太一並不是超越的，棲身於九天之上的智性空間。太一是善，二元是惡，下界的世界則等同於冥府(Hades)。他先將理型視為數學實體，所以不需用到中介層的數學物，進而將理型定義為使自然現象有規律的典範原因，且將靈魂定義為自己移動的數。

波雷蒙(Polemon, c.350-267)西元前 314 到 267 年領導學園，以為人善良而聞名，這為他的學生立下了自制的典範。斯多噶學派大概便是從他的訓示中導出「適應自然」(*oikeiosis*)的概念。波雷蒙死後，他的同僚克提斯(Crates)便領導學園，直到阿爾克西勞(Arcesilaus)繼任為止。

當阿爾克西勞於西元前 265 年成為這個學派的領導，新學園便產生了，並將柏拉圖的辯證傳統轉向懷疑論的擱置信念(suspending belief)。新學園和斯多噶主義間的爭執，主宰了下半世紀的哲學討論。在學園這一方，最著名的發言人是卡奈阿德斯(c.213-129 B.C.)。

西元前一世紀早期，拉里薩的斐羅試圖調和舊學園和新學園的學說。他的學生，前懷疑論者安蒂歐克斯，對此感到忿怒，於是在西元前 87 年離開新學園，重建舊學園。這是中期柏拉圖主義(c.80 B.C.-A.D. 220)的開端。安蒂歐克斯的學派是一種折衷主義，結合了柏拉圖主義、斯多噶主義和亞里斯多德哲學，他的學說主要透過西塞羅(Cicero)的《學園》(*Academica*)才傳下來。中期柏拉圖主義復興了史攸西帕思和塞諾克拉底斯的主要論點，但往往運用斯多噶和新畢達哥拉斯學派(neo-Pythagorean)的概念來加以解釋。這時期的學園可以強烈感受到斯多噶學派波西多尼亞斯(Posidonius, 135-50/51 B.C.)的影響，且隨著尤多羅斯(Eudorus, first century B.C.)和亞歷山卓的斐羅(Philo of Alexandria, fl. A.D. 39)，柏拉圖主義在雅典學園之外蓬勃發展，最顯著的是在亞歷山卓(Alexandria)。

斐羅死後，學園的核心回到了雅典，查羅尼亞的普魯塔克(Plutarch of Chaeronia, A.D. c. 45-c.125)和阿蒙尼烏斯(Ammonius)在這裡做研究，雖然普魯塔克一生絕大部分的時間都耗在波歐提亞(Boeotia)附近的家中。他的許多哲學論文是哲學史的豐富材料，被蒐入《道德》(*Moralia*)一書中；他對倫理和道德教育的興趣，使他寫下了《平行生活》(*Parallel Lives*)一書(以著名羅馬人比配雅典人的傳記)，他最為人所熟知的便是這件事。

此後學園便不再配稱為柏拉圖哲學的一員，雖然這個學派仍為柏拉圖主義的核心，特別是在新柏拉圖主義者普羅克勒斯(Proclus, c.410-85)的領導之下。

參見 Middle Platonism 中期柏拉圖主義；Neoplatonism 新柏拉圖主義；New Academy 新學園；Plato 柏拉圖

P.Wo.撰　俞懿嫻審訂

accent, fallacy of　重音謬誤　見 informal fallacy 非形式謬誤

accessibility, epistemic　知識的可理解性　見 epistemology 知識論

accessibility between two worlds　兩個世界之間的可進入性　見 possible worlds 可能世界

accident　偶性　一個實體(如生物或人工物品)的特質或性質，如果沒有此種特質或性質，此實體仍可能存在。根據一般本質論者(essentialist)所持對於人的觀點，蘇格拉底(Socrates)的身高、膚色與誠實等，屬於他的偶性，但他的人性則否。對笛卡兒(Descartes)而言，思維是靈魂的本質，至於某個靈魂所操持的任何特定思想都只是一個偶性。根據通常的神學觀念，神沒有偶性，因為所有關於祂的真理都必然從祂的本性而生。這些例子顯示出了傳統對偶性概念使用的分歧。其中並沒有一致的概念；但笛卡兒的觀點具有代表性，根據此觀點，偶性是實體本質的樣式(modes)(或將實體本質特定化的方式)。關於偶性的認定有一個重要的歧義：如果柏拉圖(Plato)與亞里斯多德(Aristotle)有相同的體重，此體重是一個偶性(舉例來說，秤起來正好七十公斤重的性質)？還是二個偶性(一個是柏拉圖的偶然因，一個屬於亞里斯多德)？不同的理論有不同的答案(而且有些人還曾改變過他們的想法)。在二十世紀，關於偶性的討論退到了邊緣地帶，因為對於實體(substance)的傳統關注已趨於式微。不過，有關於必然性(necessity)與偶然性(contingency)的更一般的問題卻相當活躍。

參見 contingent 偶然的；essentialism 本質論；property 性質

S.J.W.撰　黃冠閔審訂

accident, fallacy of　偶然性謬誤　見 informal fallacy 非形式謬誤

accidental generalization　偶然通則　見 lawlike generalization 似定律的通則

accidentalism　偶性主義　有關事件的發生既非必然地或由因果關係所決定的，亦非可以事先預見到的形上學論題。許多決定論者堅持認為，儘管所有事件的發生都有原因，確實有某些事件會偶然地發生，但這只是因為它們由其他不同的因果關係所決定。有些

哲學家則聲稱，即使決定論是真的，但像發現(a discovery)這樣的事件仍然不能被事先預測到，理由在於，預測某種發現其實就是造就這種發現。

「偶性主義」也可以說成是一種「個體化理論」(a theory of individuation)：同一種類的個體因所承受的偶然屬性的差異，而有數目上的區別(numerically distinct)。兩匹馬在本質上相同，但有數目上之區別，因為例如其中之一匹是黑的，另一匹是白的。偶性主義預設了「難以辨別之物的同一性」，但進而又認為偶然屬性說明了同種(species)之內的數目上差異(numerical diversity)。彼得・亞伯拉(Peter Abelard)批評了他的老師熊波的威廉(William of Champeaux)提出的某種偶性主義，理由在於：他認為偶然屬性依賴於它們所從出的各色歧異的個體的存在，因而屬性不能夠說明個體的差異。

參見 determinism 決定論；identity of indiscernibles 不可區別者的同一性

W.E.M.撰　丁福寧審訂

accidental property　偶然性質　見 property 性質

accidie　絕望　(亦稱為 acedia〔無生趣〕)冷漠(apathy)、無精打采(listlessness)和倦怠(ennui)。這種情況對於主張內在論者(internalist)構成挑戰，因為內在論者認為，道德上應該去做某事之信念，在概念上必然蘊涵有動力去做。安一直相信自己道德上應該幫助生病的母親，而她也按照義務的要求去做了。可是她似乎仍然可以繼續相信自己道德上應該這樣做，即使最近發生在個人身上的悲劇，已使她目前感到心灰意懶，完全缺少動力去協助生病的母親。

參見 *akrasia* 意志軟弱；motivational internalism 動機內在論；Socratic paradoxes 蘇格拉底詭論

A.R.M.撰　龔維正審訂

accomplishment verb　實現動詞　見 action verb 行動動詞

achievement verb　成就動詞　見 action verb 行動動詞

Achilles paradox　阿奇里斯悖論　見 Zeno's paradoxes 芝諾悖論

acosmism　反宇宙論　詞語的形構類比於「無神論」(atheism)，意思是否認世界的終極實在(ultimate reality)。厄尼斯特・特普雷特勒(Ernst Platner)以無宇宙論來描繪史賓諾莎(Spinoza)的哲學，他認為史賓諾莎無意否定「神性的存在，而是否認世界的存在」。梅蒙(Maimon)、費希特(Fichte)、黑格爾(Hegel)和其他人也有類似的主張。在費爾巴哈(Feuerbach)時，反宇宙論也用來描繪基督教的基本特性：否定世界或世界性。

參見 Fichte 費希特；Hegel 黑格爾；Spinoza 史賓諾莎

M.K.撰　陳瑤華審訂

acquaintance, knowledge by　由親知而來的知識　見 knowledge by acquaintance 由親知而來的知識

***acrasia*　意志軟弱**　見 *akrasia* 意志軟弱

act-content-object-psychology　動作-內容-對象心理學　見 act-object psychology 動作-對

象心理學

act, propositional　命題(的心理)行為　見 intentionality 意向性

act, voluntary　意志行動　見 action theory 行動理論

action, basic　基本行動　見 philosophy of action 行動哲學

action, philosophy of　行動哲學　見 action theory 行動理論

action at a distance　超距作用　見 field theory 場論

action theory　行動理論　是對人類行動的本體論結構之所以產生的過程，以及用以解釋人類行動的種種方法的研究。大多數人類行動是「主動的」(commission)：它們構成了一類事件，其中某個主體(行動者)導致事件起某一或某些變化；因此，當某人移動手指時，是某人使得他的手指在移動。如果所導致的變化是一個持續過程(例如，在一張紙上持續書寫文字)，那麼，這個行動就被稱作「活動」(activity)，如寫作。當行動者避免做主動的行動時，就成了「省略」行動(an action of omission)。由於主動行動都屬於事件，故而關於它們的本體論問題則從屬於關於變化的本體論。一個重要的論題也由此產生：當一個行動正在開展時，在行動中發生的事情應該被視為抽象的，抑或是具體的？根據第一種看法，行動被理解為或是類似命題的實體(例如：「布斯移動一個手指」)，或是某種共相——也就是說，某種「行為類型」(an act-type；即「移動一個手指」)。當 1865 年 4 月 14 日，布斯在福特劇院移動一個手指，所「發生」(occurred)的事情被認為是抽象的實體，該實體被視為可重複的；也就是說，布斯在任何其他場合移動手指都可被認定為同一實體。在另一方面，當行動被視為是具體之事時，布斯在福特劇院移動他的手指被認為是不可重複的殊相，手指的移動等同於一個行動標記(act-token)，它具體體現了所相應的行為類型。具體行動與時間緊密相關：每一個行動都附屬於某種自成一體的行為片段，同一行為類型的其他具體體現則被看作不同的事件。

第二個重要的本體論問題涉及如下的事實：布斯通過移動手指，同時也開了槍，並且刺殺了林肯。在某個自成一體的活動中總有不止一件的事情被完成，問題在於，所做的這些事情是怎樣被聯結起來的？如果行動被理解為是抽象實體的話，那麼，答案註定是這樣的：存在著多少可以例示的行為類型，在布斯一方也必然存在著多少不同的行動。但是，如果行動被視為殊相的話，那麼同一個行為標記即可視為不止一個行為類型的例證，這樣也使得同一性斷言成為可能。對此存在著不同的意見。行為個體化的「精微」理論(fine-grained theories)傾向於把同一性斷言限定在使用同一個主動詞的行動之上，這些行動僅僅因為修飾方式不同而有所不同，例如普拉西多唱歌和高聲地唱歌被視為同一行動；否則，不同的行為類型被認為需要不同的標記——布斯移動其手指的行動，由於導致了子彈發射和林肯死亡的結果，被認為已經引發或產生了不同的行動：手槍的開火和殺死林肯。「粗放」理論(coarse-grained theory)則與之相反，把這些行動之間的因果關係視為布斯的所作所為具有明顯同一性的依據。根據這種看法，對布斯而言，殺死林肯僅僅等於做某件導致了林肯死亡的事情——事實上這無異於僅僅移動他的手指；在他開槍之事上也是一樣。還有一種折衷的解釋，認為布斯的所作所為涉及部分與整體的關係，他所做的每一件事組成了最終導致林肯死亡的因果鎖鏈中的一環。根據這種看法，刺殺

林肯的活動存在於整個活動的序列之中；然而，手槍開火這一行動終止於手指的移動。

正如布斯事件顯示的那樣，當在一次獨立的活動中有不止一件的事情被完成時，某些事情是通過做其他事情而完成的。但是，如果所有的行動都是通過完成其他行動而完成自己的話，就會產生無窮後退的結果。因此，必須存在著一系列「基本行動」(basic actions)——也就是說，它們對完成其他所有行動來說是根本的，但這些行動本身卻不是通過完成其他事情而完成自己的。不過，在決定哪些是基本行動方面，意見並不統一。有些理論把身體的運動——例如布斯移動手指——看成是基本的；其他的理論則指出，人們可以在介入行動時不盡完成身體運動，例如當人們試圖移動某個癱瘓的肢體而失敗之時。根據這些看法，身體運動產生於更為基本的心理活動，即我們通常稱之為「意志力」(volition)或「意願」(willing)，它被認為構成了使所有外顯的行動得以完成的內在基礎。

關於身體行動是怎樣發生的問題，密切關聯著把身體行動和非意志的、身體反射的活動相區分的問題，以及把它和無機世界發生的事件相區別的問題。人們一般都同意，根本的差異在於身體行動涉及到參與行動的人們的心理狀況，尤其在於這樣的事實：有意志的行動(voluntary actions)無一例外都產生於行動者一方的意圖。但是這種關係的本質卻是很難的，複雜的因素表現為：有時意圖被認定歸結為諸如行動者的慾望和信念等其他的心理狀態。除此之外，這樣的情況也可能出現：非意向行動產生於更為基礎的意向行動，例如，當人們通過有意地猛扯鞋帶而無意地解開鞋帶的時候。然而，在意圖如何最初轉化為行動這一問題上，卻更是疑難重重，尤其是在身體運動被視為基本行動的前提之下。例如，人們不能僅僅因為布斯意圖移動其手指，甚至根據布斯的意圖確實引起他手指的移動(假設這是真的)這一點，就把布斯移動其手指視為某種意向行動。後一種情況很可能以這樣的形式出現：當時布斯神經極度緊張，純粹是出於某種自動的神經反應，布斯移動了他的手指，因此，這時布斯的行為根本不應被視為是一種行動，遑論所謂意向行動了。為避免淪入上述「因果鎖鏈」(wayward causal chains)的陷阱，就必須對真正的意向行動中，主體的有意識的控制作用加以說明——當身體行動被視為基本行動時，說明這一點是頗為艱難的。在此，用意志行動來解釋要遠為有效，這是因為，這些解釋可以堅持，只有當主體的意向通過意志行為而實現時，這些活動才具有意向性。然而，它們必須避免陷入另一種可能出現的無窮後退的困境：如果我們借助意志行為來解釋為什麼布斯移動其手指等於是意向行動的話，那麼我們卻不能以同樣的方式解釋意志行為本身。不過，在眾說紛紜的絕大部分解釋觀點中，意志確實具備了意向行為的特徵。因此，有關行動的意志理論必須為心理行為如何成為意向性的，提供一種可供選擇的說明。

人們借助行動者在從事行動時的理由來解釋行動。顯然，某個理由可被認為存在於行動者採取某一行動的積極態度中，存在於行動者相信從事該行動將會獲得結果的信念之中。因此，出於學法語的願望，以及相信在法國渡過整個夏天將是達到這一目的的最佳方案，愛米莉可能會在法國渡過這個夏天的時光。有關行動的理由，人們所爭執的問題包括以下方面：行動者必須在多大程度上相信，他所選擇的行動將在事實上導致所預期的結果；以及責任是否可以作為一種動機獨立影響行動者的願望。

對行動者而言，通常都有不止一種行動可供選擇。「思慮」(deliberation)即行動者尋求和權衡種種理由以做出必要選擇的過程。當我們成功地完成思慮之後，通常會做出某個決定，通過這個決定就形成了某種意向，意向然後成為行動。許多爭執集中在理由怎樣與決定和行動相關聯這一問題上。當行動者產生意向時，僅僅擁有一個理由並不足以充分解釋其行為：在愛米莉的事例上，儘管愛米莉想學法語，但她到達法國可能僅僅是因為在那裡過境。僅當行動者出於某個理由而做某事時，該理由才解釋了所做的事情。人們常說，這表示在行動者最充分的理由及其決定或者行動之間，存在著一種因果關係。不過，涉及到自由意志問題時，這種看法暗示著某種決定論的立場，因而使某些哲學家猶豫不前。另一種可供選擇的方案是，在解釋理由時採取目的論解釋的方法，即根據所設定的目的而決定某個行動的合理性及正當性。然而，如果不根據因果關係來解釋理由，這些觀點極需在以下問題做出解釋，即：為什麼根據或者按照這個、而不是那個理由來做出決定或有所行動。

參見 event 事件；free will problem 自由意志問題；intention 意圖；practical reasoning 實踐推理；volition 意志

H.J.M.撰　王巍審訂

act(ion)-token　行(動)個例　見 action theory 行動理論

act(ion)-type　行(動)類型　見 action theory 行動理論；type theory 類型論

action verb　行動動詞　一種應用於行動者(agent)的動詞，描述一活動(activity)或一行動(action)，或描述去行動之企圖，或描述一行動之終結(culmination)。應用於行動者的動詞可以按兩種基本方式加以區分：或是通過它們是否能有進行(progressive)(連續〔continuous〕)式，或是通過由該動詞所指稱的行動是否具有發生／完成之特定片刻。「活動動詞」(activity verb)描述在一段時間內持續，但並不具備內在終點(inherent endpoint)的事情，例如「駕駛」(drive)、「笑」(laugh)或者「沉思」(meditate)。人們可以停止做這種事，但是人們並不能夠完成做這種事。確實如此，只要人開始做這種事，他就可以被說成是已經做了它。「實現動詞」(accomplishment verb)描述在一段時間內持續趨向於一個內在終點的事情，例如「油漆」(paint)(一道籬笆)、「解決」(solve)(一個問題)或者「登上」(climb)(一座山)。做這樣的事情需要一定的時間，只有當事情完成時，才能說某人做了這件事。成就動詞(achievement verb)描述某種活動的終結，例如「完成」(finish)(一件工作)或者「達到」(reach)(一個目的)；或描述引起一種改變之活動，例如「解雇」(fire)(一名職員)或者「掉落」(drop)(一個蛋)；或描述經歷一種變化，例如「聽到」(hear)(一聲爆炸)或者「忘記」(forget)(一個名字)。一個成就(achievement)不會延續一段時間，但可以是一件延續一段時間的事情的終結。賴爾(Ryle)專門挑選出了成就動詞和狀態動詞(state verbs)(見下文)兩類動詞(加以論述)，一部分是為了使哲學家們從後面想法醒悟出來：心理動詞所指稱的必然永遠是內在行動或活動，而且以肢體的行動或活動為藍本去存想此種活動。任務動詞(task verb)是一種活動動詞，它意謂試圖做某種被成就動詞指稱的事。例如，尋找就是試圖找到，嗅就是試圖去聞到，而治療就等於試圖治癒。狀態動詞(不是行動動詞)描述一條件、傾向(disposition)或者習慣，而不是描述某種持續的事或發生的事，例如「擁有」(own)、「有……的重量」(weigh)、「要」(want)、「恨」(hate)、「常常出入」(frequent)，還有「完全不喝酒」(teetotal)。

芝諾．芬德勒(Zeno Vendler)在《語言學與哲學》(*Linguistics and Philosophy*, 1967)一書系統闡述了前述動詞的種種差異。兼顧這些差異，語言學家看動詞(以及動詞片語)是否適於後面形式：簡單現在式(simple present tense)、完成式(perfect tense)、進行式(progressive construction)，和各種時間副詞(temporal adverbials)(例如「昨天」、「最終」和「經常」這樣的副詞，以及「很久」〔for a long time〕、「有時」〔in a while〕這樣的介詞片語)，和根據這些形式之解釋，把動詞區分成四大面相類(aspectual classes)。由於一個動詞往往有幾個相關的用法，所以許多動詞同時屬於多個範疇。例如，「跑」(run)既是活動動詞，又是實現動詞；「weigh」既是狀態動詞，又是實現動詞。語言學家還挑出一類「使役動詞」(causative verbs)(加以論述)，如「迫使」(force)、「激起」(inspire)和「說服」(persuade)，它們有的是成就動詞，有的則是實現動詞。至於「打破」(break)、「點燃」(burn)，以及「改進」(improve)這一類使役動詞都同時關聯到不及物用法，譬如，打破某種東西就等於是導致某種東西破碎(to break something is to cause it to break)。

參見 philosophy of language 語言哲學；speech act theory 言說行動理論

K.B.撰　龔維正審訂

active euthanasia　**積極安樂死**　見 euthanasia 安樂死

active power　**主動能**　見 power 能

activity verb　**活動動詞**　見 action verb 行動動詞

act-object distinction　**動作-對象的區分**　見 Brentano 布倫塔諾；Meinong 邁農

act-object psychology　**動作-對象心理學**　動作-對象心理學是一哲學理論，又稱為動作-內容-對象心理學(act-content-object psychology)。此理論在每一心理狀態中都界定出三個構成要素：(1)一個心理動作；(2)一個伴隨的現象之內容，如一個心靈印象或對性質的描述；(3)一個被意向的對象，此對象是心靈動作藉由它的內容的導引所指向的對象。此動作、內容和對象之間的區分源自於霍夫勒(Alois Höfler)在邁農(Meinong)合作下所著的《邏輯》(*Logik*, 1890)，然而在歷史上，這個理論最常被連結到它在特瓦道斯基(Kazimierz Twardowski)的〈論表徵的內容與對象〉(*Zur Lehre vom Inhalt und Gegenstand der Vorstellung*〔On the Content and Object of Presentations〕, 1894)中的發展，縱然特瓦道斯基自己公開承認他的想法來自於霍夫勒。

動作-對象心理學的興起乃是作為對布倫塔諾(Franz Brentano)在其深具影響力的《一個經驗的觀點下的心理學》(*Psychologie vom empirischen Standpunkt*〔*Psychology from an Empirical Standpoint*〕, 1874)一書中所主張的內在意向性理論的一個回應。布倫塔諾的理論主張，意向性是「心靈的標記」(the mark of the mental)，而此標記是純物理現象所缺乏的。布倫塔諾認為，被意向的對象必須內在地屬於意向它們的心靈動作。但是，這個主張使得布倫塔諾被指控為認識論上的觀念論者和心理主義者。針對這個指控，布倫塔諾的追隨者認為，在接受思想的意向性下，我們可以避免觀念論和心理主義。他們論證，布倫塔諾將心靈內容混同思想的外在對象是錯誤且不必要的，而他們避免觀念論和心理主義的作法，主要是將一個心理狀態的被意向的對象(它超越動作)，自該心理狀態的現象性內容(它內在地包含動作)中分離開來。

特瓦道斯基進一步地主張，內容和對象永遠不能是等同的。這個將內容和對象區隔的主張，後來被胡塞爾(Husserl)在其〈邏輯研究〉(Logische Untersuchungen〔Logical Investigations〕, 1913, 1922)中嚴厲地挑戰。事實上，一些承襲現象學傳統的學者主張，一個自我反思的思想有時可以將它自身內容作為它所意向的對象，對這些學者而言，在這些被意向的對象中，對象和內容是無法區分的。動作-對象心理學仍持續是當代哲學所關心的主題之一，因為它仍關聯到現象學現今所發展的一些方案上，也因為它仍關聯到心靈哲學、認知心理學和對象理論學說(*Gegenstandstheorie*)中關於意向性和感質等概念的研究，以及邏輯哲學和語意學中關於存在和不存在對象的理論。

參見 Brentano 布倫塔諾；Husserl 胡塞爾；intentionality 意向性；Meinong 邁農；philosophy of mind 心靈哲學；Polish logic 波蘭邏輯；qualia 感質

D.J.撰　林從一審訂

act of commission　主動行動　見 action theory 行動理論

act of omission　省略行動　見 action theory 行動理論

actual infinite　現實的無限　見 Aristotle 亞里斯多德

actualism　現實主義　見 Gentile 真蒂萊

actualist　實存　見 modal logic 模態邏輯

actuality　現實性　見 possible worlds 可能世界

actualization, first　第一實現　見 Aristotle 亞里斯多德

actualization, second　第二實現　見 Aristotle 亞里斯多德

actual occasion　現行機緣　見 Whitehead 懷德海

actual reality　真實實在　見 reality 實在界

act utilitarianism　行為效益主義　見 utilitarianism 效益主義

Adam de Wodeham　亞當・德・渥德漢姆　見 Wodeham 渥德漢姆

adaptation　適應　見 Darwinism 達爾文主義

adaptive system　兼容系統　見 computer theory 計算機理論

Adelard of Bath　巴思的阿德拉爾德(c.1070-c.1145)　英國本篤會(Benedictine)教團的僧侶，他在西方世界因著介紹阿拉伯科學的顯著貢獻而著名。在杜爾斯(Tours)完成學業之後，他即至拿永(Laon)教書，其後又花費了七年時間遊走義大利，在他回到英國之前，也有可能走了一趟西班牙、基里基雅(Cilicia)，以及敘利亞。在他的對話錄《論同與異》(*On the Same and the Different*)中，關於共相(universals)他評述道，無論是個別(individuals)、殊種(species)或共類(genera)之名，乃因著不同的觀點，而皆歸於同一本質。另外，他根據所習得之阿拉伯的學問而寫了《關於自然的七十六個問題》(*Seventy-six Questions on Nature*)一書；他也寫了一些關於算盤及觀象儀之使用的著作，以及一本關於放鷹術的著作；他也翻譯了亞布・馬夏耳(Abu Ma'shar)之阿拉伯文的《天文學簡介》(*Shorter Introduction to Astronomy*)、亞爾・夸利茲米(al-Khwarizmi, fl. c.830)的天體表(astronomical tables)，以及《幾何原理》(*Euclid's Elements*)。

J.Lo.撰　蕭宏恩審訂

adequacy, analytic　**分析適切性**　見 material adequacy 實質適切性

adequacy, material　**實質適切性**　見 material adequacy 實質適切性

adequation　**充分性、符應**　見 Husserl 胡塞爾

ad hoc　**特置假設**　見 curve-fitting problem 曲線擬合問題

ad hoc hypothesis　**特定假說**　見 curve-fitting problem 曲線擬合問題

ādhyātman　**屬我**　梵文字詞，意為「關連或附屬於我」(relating to or belonging to the self)。在早期印度教典籍裡，它出現於對我之知識、有關我之精神實踐(*ādhyātma-yoga*)等論題的討論中。後來，它成為意指至上精神、至上我或有別於自我(ego)的靈魂(soul，靈我)的字詞。依不二一元論吠檀多(Advaita Vedanta)等一元論體系，是作為非人格絕對者(即梵，Brahman)的唯一真我，是唯一終極地存在著的純粹意識。在如二元論吠檀多(Dvaita Vedanta)等二元論體系中，是每個人的真我或靈魂。

R.N.Mi.撰　何建興審訂

adiaphora　**中性的**　見 Stoicism 斯多噶主義

adicity　**元**　見 degree 級

adjunction　**附加規則**　見 conjunction introduction 連言引入

Adorno, Theodor Wiesengrund　**阿多諾，希爾多．維森廣德**(1903-69)　德國哲學家及美學理論家，亦是以批判理論著稱之法蘭克福學派第一代的主要哲學家之一。阿多諾與霍克海默(Horkheimer)一起奠定了法蘭克福學派的哲學方向，以及社會研究所的研究主題。身為一位純熟的音樂家和作曲家，阿多諾起初專注於文化和藝術理論，自 1930 年代起寫下不少唯物主義觀點，但非化約主義式的藝術和音樂理論。其後他受到華特．班傑明(Walter Benjamin)的影響，轉而發展一種對文化產物的「微觀」看法，視這類人工產品為社會與歷史力量的「組合物」。

當他和霍克海默的合作愈益增加後，阿多諾開始探討現代理性和自由辯證式的自我毀滅問題。由於目睹納粹在歐洲似乎節節勝利，此一分析的焦點置於「啟蒙迷思的糾結」。他們倆在《啟蒙的辯證》(*The Dialectic of Enlightenment*, 1941)一書中，主張工具理性看似保證了不必受制於自然的主體自主性，結果卻是壓抑了自己的衝動和本性，重新使主體淪為奴隸。脫離這種自我支配的唯一出路，乃是在一種非壓制性的理性(仍避免不掉的)統一趨勢中，尋找那「非同一性的思考」。這種自我毀滅的辯證，則被比喻為像是將自己綁在柱子上，以抗拒女海妖歌聲的尤里西斯(Ulysses)。阿多諾起先希望能對啟蒙進行較正面的分析，期能克服現代理性的此一遺傳缺憾，但始終未能完成。相反地，他愈來愈悲觀地分析現代生活的物化傾向，以及出現一個「完全被管制之社會」的可能性。

阿多諾認為「自發性藝術」能夠打破既成現實、否定物化的經驗。他的《美學理論》(*Aesthetic Theory*, 1970)發展了自發性藝術的觀念，將其視作一種美學形式，或是藝術的一種能力，能經由內在組織重新建構原來存在的意義模式。親身經歷的藝術經驗，在其

帶來的能量中具有「真理價值」，可以令人覺察到社會的矛盾和對立。在《否定的辯證》(*Negative Dialectics*, 1966)中，阿多諾則是提供了社會批判的更普遍形式，揭露現代社會在理性化和支配之下的「斷裂」狀況。這些著作，特別是阿多諾針對通俗文化和「文化工業」的分析，對於文化批評理論產生過很大的衝擊。

參見 critical theory 批判理論；Frankfurt School 法蘭克福學派

J.Bo.撰　顧忠華審訂

Advaita　不二一元論　也稱後彌曼差派(Uttara Mīmāmsā)，印度教吠檀多學派(Vedanta)中的非二元論宗派。不二一元論吠檀多在現象層次與實在層次間，做了一個認識論而非形上學的區分。這區分對比出事物顯現的樣態和事物存在之本然二者；世界宛然有無數形色各異的人、事、物，以及一位人格神，實際上卻僅僅存在著無以言喻的梵(Brahman)。依據不二一元論者，這教義已為《奧義書》(*Upanishads*)所傳授，且可於名為「解脫」(*moksha*)的密契經驗中得到證解。不消說，下列的經驗都可以提供相反的證據：(1)所有具有主體意識與客體結構之雙重性的經驗(如看見日落的經驗)，這些經驗例證了人和他所經驗的外在對象二者間的差異；(2)所有具有主體與內容結構之雙重性的經驗(如感到疼痛的經驗)，這些經驗例證了人和他的心理狀態二者間的差異。但是，不二一元論吠檀多學者否定這些證據，認為這些經驗構畫了虛幻無實的區分。批評家宣稱，由於解脫被認定是人所得以從中學習或識取某物的密契經驗，它必然也含有區分的構畫。

參見 Vedanta 吠檀多

K.E.Y.撰　何建興審訂

adventitious ideas　偶發觀念　見 idea 觀念

adverbial theory　副詞理論　見 perception 知覺

Aenesidemus　埃尼西德穆斯　見 skepticism 懷疑論；Skeptics 懷疑學派

aesthetic attitude　美感態度　指一個人在接近藝術(或自然、或其他事物、事件)時的取捨態度，或心靈境界，以此態度不但能夠欣賞到所接近之物內在本有的可感知性質，同時也因此能夠享有美感經驗。

美感態度形成的方式有多種：(1)以無所待於利(disinterested)的方式，使人對藝術作品的體驗不受任何與實用可能有關之利益的影響；(2)以與個人所關切之物「採取距離」(distancing)的方式；(3)以默觀對象(the contemplation of an object)的方式，將對象視為純粹感知對象，就其本身、如其所是，以不受任何與之相關的認知方式或知識內容影響的方式，默觀對象。有關美感態度的不同觀念，有時也兼併於同一理論之內。

究竟是否有所謂「美感態度」的存在，是相當可議的疑點。沒有特殊的行動，也沒有日常具體可行的特殊方式，足以保證我們能依照作品如其「真實所是」(really is)的存在方式來觀看作品，並保證我們能夠因此得以擁有審美經驗。此外，也沒有所謂脫離一切認知內容的「純粹」感覺經驗的存在。而有關美感態度之觀念的各種批評，也造成作為哲學獨特研究領域之美學遭受攻擊的情形，更加嚴重。

參見 aesthetic property 美感特質；aesthetics 美學；beauty 美

S.L.F.撰　劉千美審訂

aesthetic form　美感形式　見 aesthetic formalism 美感形式主義；aesthetics 美學

aesthetic formalism　美感形式主義　其觀點為，在與藝術作品的互動關係中，形式應當有其既與的優先性。主張與其把「形式主義」(formalism)看作是用以指稱某種特殊藝術理論的名目，不如將它看作是某種理論「典型」(type)的指稱。此種強調藝術作品「形式」(form)之重要性的理論，是一種較佳、也較具代表性的說法。然而，由於各種藝術理論對形式的強調，乃依程度之別而有不同，因此最好把各種藝術理論排放在「較形式主義」(more formalist)和「較非形式主義」(less formalist)的連續整體的脈絡來思考。附帶要說明的是，各種藝術理論就其形態而言，乃是繁雜多樣的，包括，藝術的定義，有關在藝術中所應關注之事項的提示，美感本質的分析，有關美感評價的提示等等；這些構成藝術理論的各個單元，或多或少，都可以說是各種不同的形式主義理論。

運用形式概念的人士，主要是希望把藝術物(artifact)本身，和藝術物與其外在於其自身之存在物之間的關係，加以對比；也就是說，把藝術物和藝術物所表象的、所象徵的、所表現的各種事物，以及藝術物作為藝術家內在各種意向的產物、在觀賞者心中所喚起的各種心境，藝術物與其前趨者、其後繼者、同時代之作品間的各種影響關係和相似關係等等，做一對比。然而，有些人士在強調形式的重要性時，其意義並不在於只強調藝術物的重要性而已，而且也在於強調藝術物之可感覺形式、或其設計的重要性。例如，康德(Kant)在其論述美感特質的理論中，便不僅主張，與決定某物為美有關的唯一事物，即是此物的表象(appearance)，而且主張唯一與美相關者即在於此表象之中，亦即其形式、其設計：在視覺藝術中，與美相關者，不是各種色彩，而是由各種色彩所組構的關係；在音樂中，與美相關者，不是個別單音的音色，而是由聲音所構成的各種形式關係。

因此，音樂理論，比起文學與戲劇理論，以及介乎二者之間的視覺藝術理論來說，更具有形式主義的傾向，也就不足為奇了。

參見 aesthetics 美學

N.P.W.撰　劉千美審訂

aesthetic property　美感特質　指諸如「精緻的」(dainty)、「豔麗的」(garish)、「優雅的」(graceful)、「平衡的」(balanced)、「迷人的」(charming)、「宏偉的」(majestic)、「陳腐的」(trite)、「缺乏生命的」(lifeless)、「醜的」(ugly)和「美的」(beautiful)之類的特質或性質。對比之下，非美感特質則是指無需特殊感受力或感知力，便可感知到的性質——例如一幅畫主要是藍色的，畫的角落有一個紅色的小方塊，或畫的前景有一個跪著的人，或音樂在某一點上變得比較大聲。有時候也有人會主張，應該需要某種特殊的感知力或品味力，以便感知某件藝術作品的美感性質，並認為這正是決定某一性質是否為美感性質的要點。此一觀點導致以下推論，美感性質不能由非美感性質的語詞來定義，雖然有人主張美感性質是附加於非美感性質之上的性質。

參見 aesthetics 美學；beauty 美；supervenience 伴隨性

S.L.F.撰　劉千美審訂

aesthetics　美學　哲學的一門分支，探討藝術的本質、藝術經驗的特質、並探討與自然環境有關之經驗的特質。美學作為哲學研究的獨特領域，源於十八世紀，發達於英國和歐洲大陸。把美學視為哲學的一門獨特分支的認知，是與藝術有關的各種理論發展相一致的，這些藝術理論把繪畫、詩歌、雕塑、音樂、舞蹈(通常還包括園林風景)全部劃歸於美術(*les beaux arts*〔the fine arts〕)同一類別。鮑姆嘉通(Baumgarten)在其《詩學省思》

(*Reflections on Poetry*, 1735)一書中，採用了「感性之學」(aesthetics)這個語詞，用以指稱兩門研究知識之學科中的一門分支；亦即，用「感性之學」這個語詞，指稱研究與感覺相關之感性經驗的學問。鮑姆嘉通指出，此一研究所提供的知識形態，不同於研究明晰、抽象觀念之「邏輯」(logic)。鮑姆嘉通從古希臘文的*aisthanomai*(感受)一字，推衍出美學(aesthetics)一詞，意指所謂「美感」(the aesthetic)，常是與感性經驗及其所喚起的感覺密切相繫。

美學領域所研究的特殊問題有：在面對藝術作品、或面對自然環境時，是否該採取一種特殊態度，亦即採取一種美感態度？什麼是美感態度？是否有一種特殊的經驗形態，可稱之為美感經驗(an aesthetic experience)？什麼是美感經驗？是否有一種關注的特別對象，可以稱之為美感對象(the aesthetic object)？最後，是否有一種特殊的價值，堪與道德價值，認知價值和宗教價值相匹配的所謂美感價值(aesthetic value)？美學研究的某些問題是否與藝術哲學的問題相互重疊，例如，有關美之性質的判斷、以及在判斷自然物或藝術作品的美感特性與美感價值時，是否有一種所謂品味的能力在運作。

美學也涵蓋藝術哲學(the philosophy of art)，而藝術哲學的最主要的中心議題，始終在於如何定義「藝術」(art)。然而，並不是所有文化的藝術概念，都與西歐在十七和十八世紀所崛起的藝術概念相一致。西方人把自己的藝術概念用以解釋其他文化所創造的事物，但何以證成其解釋的有效性？此外，有許多圖畫(包括繪畫在內)、歌曲、建築和部分的文字書寫，並不是藝術。究竟是什麼因素，使得作為藝術的圖畫和音樂等作品，與非藝術的圖畫和音樂作品，能夠有所區別呢？以形式、表現性(expressiveness)、製作者的意向、物的社會角色、社會功能，來辨認藝術的特殊性質，各種答案，眾說紛紜。

十八世紀以來，關於何類事物是「藝術」的問題，一直爭議不斷。有人認為建築和陶瓷不是藝術，因為它們的功能主要在於實用，而長久以來小說也不在「美術」(fine arts)之列，因為它們不以感性媒材(sensuous medium)為體現方式。有關新媒體和什麼是新藝術形式的爭議，亦相繼興起；諸如電影、錄影(video)、攝影、表演藝術(performance art)、鑄造藝術(found art)、家具、各種廣告海報(posters)、地景藝術(earthworks)，電腦和電子藝術(electronic art)等，都是爭論之所在。近年來，雕塑品可以而是由污泥、垃圾或者各種廢棄物和量產之物所製成，而不一定是由大理石或青銅鑄造而成。此外，二十世紀的藝術家經常把藝術的手藝和技巧予以棄置，作品創作的題材也已經從過去神話、歷史和宗教的主題，擴展到庸俗而瑣碎的日常生活之內。所有這些發展，都對與「精緻」(fine)和「高雅」(high)有關的藝術範疇，提出了質疑。

其餘的藝術哲學議題，還包括與藝術作品的詮釋、鑑賞和理解等方面有關的論題。某些觀點強調藝術作品是個人努力的結果，因此應該依據創作者的知識、技巧和意向來理解作品。另外有些觀點認為，作品的意義應以藝術家所處之時代的社會習俗與規範來認定，雖然這些意義有時連藝術家自己可能都不知道也不了解。還有的觀點是認為，作品的意義應由使用者的實際運用來認定，雖然使用者並未實際參與作品的生產。

究竟是否具有評價個別藝術作品的客觀的準則或規範？由於價值判斷與個人品味和興趣有關(或者說與具有相同品味和興趣的個人團體有關)，因此對於價值判斷是否具有普遍有效性，或者關於品味是否無可爭論之類的問題，一直眾說紛紜。像「這真好」(This is Good)這個句子，看起來好像是針對作品本身所作判斷，雖然這類語句的基礎，通常來自於個人從作品獲得的某種感覺、某種理解、或某種體驗。一般而言，作品的美感價值或藝術價值，與對作品的單純喜愛有所不同。然而，是否可能確認，一件已經完成的作品，究竟應該為已具有藝術素養的欣賞者提供那些知識或體驗？而且，所謂「具有藝術素養」究竟何所指？這個問題的爭論點在於：一件藝術作品的美感價值的和藝術價值，是否獨立於作品的倫理、政治、或認知的立場和影響之外？

此外藝術哲學研究的內容，還涉及品味(taste)、美(beauty)、想像力(imagination)、創造力(creativity)、再現(representation)、表現(expression)、表現力(expressiveness)等性質；此外亦涉及風格，藝術作品是否傳遞知識和真理，敘事與隱喻的性質，藝術類型(genre)的重要性，藝術作品存有學的(ontological)定位，對藝術作品之情緒反應的特性。

美學和藝術哲學的研究工作，一直受到與語言或意義有關之哲學理論的影響，同時也受到知識理論(knowledge)和知覺理論(perception)的影響；其後又受到心理學理論和文化理論更深刻的影響，這些理論包括了符號學(semiotics)、精神分析學(psychoanalysis)、認知心理學(cognitive psychology)、女性主義(feminism)和馬克思主義(Marxism)等等。二十世紀晚期某些理論家，並不主張可以真正地把美感和「美術」予以區隔，並且將之理解為獨立自主的人文現象；他們反而認為，這些概念範疇本身即已顯示、並強化了某種文化態度和權力關係。這些理論家極力主張，不應該也不可以把美學看作一門獨立的研究領域，同時也不應該把「美感」視為某種特殊的價值。取而代之的是，他們偏好針對圖像(不僅指繪畫，而且包括電影、攝影和廣告)、聲音、敘事和三度空間的建築物……等，在表現和形塑人文態度和體驗驗所扮演的角色進行批判。

參見 aesthetic attitude 美感態度；aesthetic property 美感特質；beauty 美；expression theory of art 藝術表現理論；institutional theory of art 藝術習俗議訂理論

S.L.F.撰　劉千美審訂

affirming the consequent　肯定後件　見 formal fallacy 形式謬誤

a *fortiori* argument　不用說型的論證　指下列這種類型的論證：前提為：任何擁有某種特徵的事物將擁有其他某些特徵，以及某些事物相當明顯具有相關的前類特徵；而其結論為：因此，這些事物「不用說」(*a fortiori*)擁有後一類的特徵。在「不用說」型的論證中，第二個前提經常隱而不顯，所以，這種論證經常是「省略三段論式」(enthymemes)的一種。在柏拉圖(Plato)的對話錄《克萊多篇》(*the Crito*)中，我們可以發現「不用說」型論證的例子：「我們對我們的父母懷有感激和尊敬之情，所以我們不應做任何傷害他們的事情。雅典人對雅典城邦的法律懷有更加強烈的感謝和尊敬，所以，不用說(*a fortiori*)的是，雅典人不應做任何有害於這些法律的事情。」

參見 enthymeme 省略三段論式；syllogism 三段論式

R.P.撰　王文方審訂

African philosophy　非洲哲學　由未有文字的非洲諸文化產生的哲學，其特色是傳統背景之下的非洲哲學並未書寫下來。如果有人想研究比如說中國或阿拉伯哲學，那麼他可以找到個別思想家的著作供其利用。對比起來，非洲哲學(衣索比亞哲學〔Ethiopian philosophy〕是例外)長期並未產生任何書寫性的著作。

由於在非洲文化的過去缺乏書面哲學文獻這一主要原因，許多學者對是否存在著非洲哲學長期持懷疑的態度。某些學者拒絕把「哲學」一詞用於非洲傳統思考上，只把該詞用於由今天的非洲個別哲學家書寫的哲學著作之上。另外一些學者則根據以下理由：(1)他們自己關於哲學性質的理解；(2)他們對其他文化中有關哲學觀念進展的歷史意識；(3)他們堅信人性中普遍存在著驚訝的能力，或好奇的天性會引導各種文化中的某些人就人類的生活和體驗提出最基本的問題；(4)或者，他們堅信文字記載並非進行哲學思考(philosophizing)的必要條件，他們會把「哲學」一詞應用到非洲傳統思想的領域，他們中的某些人甚至會進一步把這種思想刻劃為「族群哲學」(ethnophilosophy)或者「民俗哲學」(folk philosophy)。關於非洲傳統思想的特性問題，人們做出了兩種假定(assumptions)，以至於它得到前述的稱號：一種假定是說，非洲思想即社群或集體所共同認定之「單一而不可分的」(monolithic)觀念和信仰體系；另一種假定是說，在這種思想中，缺乏個體思想家的因素。這些假設使得某些學者相信，非洲思想是整個族群共同信奉的觀念和信仰體系，儘管我們可以論辯道，即使這樣的思想也是某個個體智力的產物。某個個體可以在其他個體基礎上改進並構建其哲學工作，然而，這並不妨礙其哲學仍然是個體的智力事業。

在非洲發生的事情可能是這樣的：由於缺乏學說記述的傳統(a doxographic tradition)，無以名之(因為無法辨認)的個體的哲學觀念就在更廣闊的社會共同體中流行開來，變成了社會共同思想的一個成份，就這樣彷彿成為整個族群的思想產物，並最終表現在民間口頭文學的形式中：表現為格言、神話和民間故事，表現在禮儀、宗教信仰、藝術象徵、習俗和傳統之中。這些成份事實上構成了非洲傳統哲學這塊織物上面縱橫交錯的經緯線。

對非洲傳統思想在深度和廣度上加以批判地評價，可以成為現代非洲哲學的出發點。理由在於，絕大部分傳統的信仰、價值和概念並沒有失去它們對現代非洲人的生活和思想影響。但是，現代非洲哲學也將不得不包括對現代非洲社會所處的環境、現代非洲人的體驗和種種社會問題，做出思想觀念上的回應。目前，傳統的價值和觀念正在當代生活的潮流中，承受著來自內部和外部的沉重壓力，經歷了種種的變化，回應這一方面的哲學工作將不得不解答如何對這些變化做出批判的分析、闡釋和估價的問題。因此，非洲哲學將不是孑然獨立的理論體系(a unique system)，可對外界影響充耳不聞的「沒有窗戶的單子」(a windowless monad)。然而，可以設想——也許可以期望——的是，它將具有某些自己的特徵。

至於非洲哲學的中心論題，人們對它現階段所能恰當地從事的工作，就是：指出某些融入在非洲文化和歷史經驗之中的持久的假定、信念和價值。它們無疑包括：「超自然主義」(supernaturalism)，關於在非洲本體論中構想的神和其他精神實體的觀念，對外部世界的二元論的或者一元論的看法，(所謂的)非洲人生活的宗教性或者精神性；「人格性與社群主義」(personhood and communitarianism)，關於社會性的與人道主義的倫理學，集體的觀念與共同的善的觀念，幸福生活的性質，以及在非洲人的社會倫理思想中個人人格的地位；「政治理念」(political ideas)，關於首領與傳統政治權威，傳統的民主觀念，在集體主義架構內的民主思想，共識的政治與決策制定，政治的合法性，腐敗與政治道德；以及「傳統與現代」(tradition and modernity)，關於文化、族群性與國家性的觀念，民族文化和民族身分的性質與發展，以及發展概念、技術、社會和價值。

這些論題與其他論題一起，生發了各式各樣的觀念，它們都必須經過當代非洲哲學家批判的分析和評價；通過這種方式，他們將創造出一種現代非洲哲學；這種哲學植根於非洲人廣泛的文化和多重的經驗，而其中某些部分也許會被其他文化視為具有彌足珍貴的價值。由於當代非洲哲學家已經繼承了有文字記載的文化，透過他們個人自己的分析與論證，他們能夠為一種現代非洲哲學做出貢獻；這種哲學將自然而然地包含許多個體的哲學觀念、論證和立場。

K.G.撰　葉新雲審訂

***āgama*　聖傳書**　梵文字詞，意為「所傳承的」(what has come down)，意指印度各教派的權威宗教典籍。印度教、耆那教和佛教都有其聖傳書。印度教的聖傳書概分為三大類：有關毗師孥神崇拜的毗師孥派典籍(Vaiṣṇava texts)、有關濕婆神崇拜的濕婆派典籍(Saiva texts)，以及有關性力(Sakti)女神崇拜的怛特羅(密教)典籍(Tantric texts)。譬如說，濕婆派即有二十八部聖傳書。聖傳書可能指導人們如何建造廟宇和塑作神像，教授冥想技藝和哲學教義，或規定人們禮拜上神的方式。大乘佛教以「阿含經」(*āgama*)一詞稱呼上座部(Theravada)佛教傳統的基本教說。

K.E.Y.撰　何建興審訂

agape　阿伽披　對所有人的無私之愛。按照某種倫理學的理論，這種愛是主要的德行，行動若達到顯示這種愛的程度即為「善」，此即為所謂的「阿伽披主義」(agapism)。「阿伽披」是一個希臘詞彙，是聖經新約全書用到愛的詞彙中，出現最為頻繁的字；在現代語言中，「阿伽披」經常用來表達無論哪一種作者想要表達的理想化之愛。不過，在希臘文的新約全書中，它可能只是一種非常普通用來指愛的詞彙；所以，任何倫理上的理想都應該理解文本實質的意涵，而非字詞語言學上的意義。

R.M.A.撰　陳瑤華審訂

***agathon*　善**　希臘語詞，意為「一種善」(a good)或者「善」(the good)。從蘇格拉底(Socrates)開始，「*agathon*」即被當作哲學探究的中心對象；通常它一直被假定為所有理性行動的目標。柏拉圖(Plato)在《理想國》(*Republic*)關於太陽的比喻中，把等同於「善的形式」(the Form of the Good)，真理、實在與智性的本源。亞里斯多德(Aristotle)視其為「幸福」(*eudaimonia*)、為一種智性的或者實踐的德性，亞里斯多德的這種觀點並經過斯多噶主義和新柏拉圖主義的承傳，而被基督教所繼承。現代人關於實效(utility)的各種理論，可被視為是有關的同一個的問題。

R.C.撰　王文方審訂

agent-based ethics　以行為者為基礎的倫理學　見 virtue ethics 德行倫理學

agent causation　主體因　表達一個事件的主要原因在於一實體的想法，更特別的說，是由實體肇因，以別於由事件肇因。例如，一塊磚(一個實體)可以說是打破這塊玻璃的原因。「主體因」一詞的更狹窄的意義，也由里德(Reid)和其他人所使用，藉以表達某一具有意志和智性的主體在其能力上的運用。例如，一個人可以說是她開門行動的原因。就此狹義言(里德稱之為嚴格義與適切義)，一個主體因必須有能力去肇因某一行動或事件，也有能力不去肇因。更且，肇因或不肇因某一事件，必須由該主體決定。(例如，並不是由這塊磚頭決定要不要肇因打破這塊玻璃。)里德發展的嚴格義的主體因與主體擁有自由意志的觀點有密切關係。

中世紀的哲學家區別主體的內在活動與產生該活動的外在事件。前者稱為「內在因」(immanent causation)，而後者則稱為「外來因」(transeunt causation)。這些語詞被齊桑姆(Chisholm)和其他人所採用，用來區分主體因和事件因，其想法是說：內在活動的主體因，是在活動的那個人；至於外在事件的事件因，則是該主體的內在活動。

參見 causation 因果關係；free will problem 自由意志問題

W.L.R.撰　沈清松審訂

agent-neutral　主體中立　見 utilitarianism 效益主義

agent-relative　主體相對　見 utilitarianism 效益主義

agnoiology　無知學　源自希臘語 *agnoia*，意為「無知」，對無知、無知的性質及其條件的研究。

L.P.P.撰　丁福寧審訂

agnosticism　無知論　源自希臘語 *a-*，意為「無」(not)，以及 *gnāstos*，意為「知道」(known)；該詞由托馬斯・亨利・赫胥黎(Thomas Henry Huxley)於 1869 年發明，指某些人所持的哲學與宗教態度，他們認為形上學的觀念既不能被證實也不能被否證。赫胥黎這樣寫道：「我既不肯定也不否定人的不朽。我看不見相信它的理由，但是另一方面，我也無法否證它。對這種學說我沒有『先天的』(a priori)反對理由。」

無知論是懷疑主義的一種形式，被用於形上學，特別是有神論上。這種立場有時應歸功於康德(Kant)，他認為，我們不能擁有有關上帝和不朽的知識，但必須以信仰來滿足。「無知論」不應與「無神論」混淆，後者相信神不存在。

參見 atheism 無神論

L.P.P.撰　丁福寧審訂

agreement, method of　同共法　見 Mill's methods 彌爾方法

Agriculture School　農家學派　見 Hsü Hsing 許行

***ahaṁkāra*　我慢**　梵文字詞，意為「我之作者」(I-maker, I-crier)。在印度教思想中，我慢是產生自我感和個體人格的自我或機能，而引申為自我中心、自傲和自滿。在數論(Sankhya)和瑜伽派(Yoga)系統中，我慢是處於創造、轉化過程中的動態自然(Nature)的第三個要素，從中演化出其餘的現象世界。與自然——這還包括個體的理智(*buddhi*，覺)、知覺機能(*manas*，意)、器官和根等——相對待的，則是恆常不變的個體真我(*puruṣa*，神我；*Ātman*，真我)。人的困境來自於無知地將自身等同於自然，而非等同於其真我。在早期的文獻裡，我慢的宇宙論意義較受重視，而為造物者表述其自身以創造世界的工具。

R.N.Mi.撰　何建興審訂

***ahantā*　不壞**　梵文字詞，意為「不可毀壞」(indestructible)、「不變易」(unchangeable)、「永恆」(eternal)。印度教傳統哲學思想視真正的實在為不可毀壞的、永恆的。由於《奧義書》(*Upanishads*)的梵(Brahman)和它的主體對應物——真我(*Ātman*)——被視為是真正的實在，它們被認作是不變易和永恆的。印度教的宗教聖典《薄伽梵歌》(*Bhagavad Gita*，約成書於西元前五世紀至西元二世紀間)透過黑天(Krishna)的教諭，使「不壞」一概念廣為人知。書中黑天教導有修(Arjuna)說：即使人的身體滅壞，人的靈魂(soul)仍會是永恆、不壞的。這意味著，人的靈魂含有神性實在的本質。

參見 Bhagavad Gita 薄伽梵歌；Brahman 梵

D.K.C.撰　何建興審訂

***ahiṁsā*　非暴力**　傳統和字面義為對一切生命的非暴力；對現代印度思想家而言，它則是指善意對待所有造物的一種積極態度。對耆那教徒(Jains)而言，非暴力意指不在思想、言語和行為上傷害生命(*jiva*)的誓願。許多佛教徒視非暴力為否定自我的教誡而身體力行之，因為傷害他人無非是對自我本位的肯定。在現代，尤其是依聖雄甘地(Gandhi)之見，非暴力等同於對所有事物的自我犧牲的愛。對甘地而言，非暴力是從事非暴力反抗的擇

真固執者(*satyāgrahi*)的第一個誓願。
參見 Gandhi 甘地；Jainism 耆那教
R.N.Mi.撰　何建興審訂

Ahura Mazda　阿胡拉・馬茲達　見 Zoroastrianism 瑣羅亞斯德教

Ailly, Pierre d'　埃利，皮埃爾・德　見 d'Ailly 德埃利

***aisthesis*　知覺**　見 Aristotle 亞里斯多德

***aitia*　原因**　希臘文，意為「原因」。這個希臘語詞的原意指為對某罪行所負的責任，後來被哲學家們用於指「原因」(causality)，但這一用法比英語中的「原因」(cause)——傳統上用來翻譯希臘文 *aitia*——其意義更加廣泛。一個「原因」是任何對一個為什麼的問題(why-question)的回答。根據亞里斯多德(Aristotle)，這些問題應該怎樣回答是一個哲學問題，不同哲學家會做出不同的陳述。他自己區分了四種類型的回答，也就是四種「原因」，它們分別是對以下四類問題的回答：(1)為什麼雕像很重？因為它由青銅製成(質料因)。(2)為什麼波斯人入侵雅典？因為雅典人襲擊了他們的領土(動力或效力因)。(3)為什麼一個三角形的三內角之和等於兩個直角之和？因為三角形的本質(形式因)。(4)為什麼有人在飯後散步？因為(或為了)他的健康(目的因)。這些原因中只有第二因符合英語中的「原因」。雖然有人將「原因」譯作「解釋性原則」(explanatory principle)或者「理由」(reason)，但這些翻譯都不恰當地暗示著它們僅僅在心理上存在；取代這一說法的是，一個「原因」是一個事物，或者是一事物的面向。
參見 Aristotle 亞里斯多德；explanation 說明
E.C.H.撰　徐學庸審訂

***ākāśa*　虛空**　梵文字詞，譯為「以太」(ether)或「空間」(space)。印度哲學體系肯認實體(substance)等種種本體論範疇。在過去，人們以虛空為聲音的基體(substratum)，它因而被認為是一種實體。而由於人們以虛空能傳遞聲波，虛空一詞最好譯為「以太」，而非「空間」，但在這一點上學者們尚無共識。儘管虛空具有空間擴延性，它卻被視為是非物質性的實體。虛空無所不在、無限，既不可分割也不可知覺，僅能自聲音這一可感性質推導其存在。
D.K.C.撰　何建興審訂

***akrasia*　意志軟弱**　也拼作 *acrasia*，希臘詞語，意為「意志軟弱」(weakness of will)。意志軟弱是一種品行(character)上的缺失，也稱為無法自制(incontinence)，主要表現於與行動者自己的價值或原則相衝突的有意行為之上。它的相反是 *enkrateia*(意志堅強、自制和自我控制〔strength of will, continence, self-control〕)。亞里斯多德(Aristotle)認為，*akrasia* 和 *enkrateia*「都牽涉相較於大多數人品行而過度之部分；自制的人比多數人更能堅持決定，不自制的人則比多數人更不能堅持決定」(《尼可瑪古倫理學》〔*Nicomachean Ethics*, 1152a 25-27〕)。這些決定可視為「執行某種行動為最佳」之判斷，或者是「做這件事而非那件事比較好」之判斷。根據這樣的觀點，*enkrateia* 是一種行動的力量(*kratos*)，面對內心中種種動機衝突時，根據最好的判斷去做之力量。*akrasia* 則是這種力量之缺乏或不足(亞里斯多德自己則將上述兩種狀態做比現在這種作法更為嚴格的限定，

認為它們僅特別涉及「觸覺和味覺產生的快樂和痛苦，喜好和厭惡」〔1150a 9-10〕)。

哲學家普遍更感興趣的是無法自制和自制的行動，而非與之相應的品格之狀態。無法自制的或意志軟弱的行為(akratic behavior)可以分成不同的種類，如：無法自制的推論(incontinent reasoning)和無法自制的信念形成(akratic belief formation)。受到最多注目的意志軟弱的行為則是非受強制的、有意的行為，而且它在行動者採取行動的同時，與行動者有意識地秉持的較好或最好的判斷背道而馳。例如，當最好的判斷告訴你不要去吃第二塊餡餅，但你還是有意地吃了它，此時你的所作所為就是無法自制的——先決條件在於行為非在強制之下(比如說，你想吃餡餅的欲望並非不可抗拒)。蘇格拉底則否認這類行為的可能性，因而創造出蘇格拉底詭論(Socratic paradoxes)之一型。

在意志軟弱的行為中，有一些是「非正統」的例子，行為雖然與行動者較好的判斷相一致，卻顯現出意志之軟弱。一個男孩違背他較好的判斷，決定參加一個危險的惡作劇時，卻可能因為不必要的膽怯，而未能成行。在這個例子中，有人會認為，男孩沒有能夠按照自己的決定去惡作劇，顯示了他的意志軟弱。相反地，如果男孩克服了恐懼參加了惡作劇，雖然它如此行動違背他比較好的判斷，但他的所作所為可能就展現了意志的堅強。

意志軟弱的行為之發生似乎是一個生命之事實。與其他許多(明顯的)事實不同的是，它受到將近二千五百年相當多的哲學檢視。之所以有這麼多的關注之原因相當清楚：意志軟弱的行為使思想與行動的聯結變成嚴重的問題；這個聯結對大多數解釋有意行為之哲學理論而言，至關重要。就著道德理論之探討不得免去人類行為因由之證據，許多棘手的問題也就存在著。因此，看來是意志軟弱的行為，在心靈哲學和道德理論之交疊處，占有一哲學位置。

參見 action theory 行動理論；intention 意圖；practical reasoning 實踐推理；volition 意志

A.R.M.撰　龔維正審訂

***akṡara*　不滅**　梵文字詞，意為「不滅壞」(imperishable)，在諸般印度教思想系統中意指最高實在。最初，這字詞也意指「音節」(syllable)，反映出吠陀時期祭司思想家對終極實在的尋求，以及早期對祭祀的神聖言語之優先性的肯認。這言語維持了宇宙的儀式化秩序，其後被等同於音節「唵」(*Om*)。依據後起的印度教典籍及系統思想家，「不滅」意指最高實在，或為人格的至上存在，或為——如商羯羅(Shaṅkara, 700-50)的最高我(*paramātman*)——非人格的絕對者。若不做專技術語，「不滅」一詞可於任何思想系統中指稱一切信為不滅壞的事物。

R.N.Mi.撰　何建興審訂

***ālaya-vijñāna*　阿賴耶識**　梵文字詞，字面義為「儲藏識」(storehouse consciousness)。印度佛教形上學家發展出此一範疇，旨在解決某些特定的哲學問題，尤其是果報的延遲產生，以及具時間差距的因果關係等問題。阿賴耶識將行動者意志行為的結果，「儲藏」(stores)為尚未實現、僅僅潛存著的「種子」(seeds)，這些業的種子可能會在一段時間後現為果實。大部分的佛教學者視心識(*vijñāna*)剎那為意向性的，即擁有或導向於某個對象，但阿賴耶識是個例外。這點使得吾人在行動主體並不意識及任何事物的情況下(如在無夢的睡眠中)，仍可以論及其人心識持續的事實，它也使吾人可以論及，在那些情況裡行動者未來行為之潛勢力的持續一事實。

參見 *bhavaṅga* 有分識；*vāsanā* 習氣

P.J.G.撰　何建興審訂

Albert of Saxony　薩克森的阿爾伯特(1316-90)　來自於下薩克森(lower Saxony)的唯名論邏輯學家(terminist logician)，於 1351 至 1362 年間任教於巴黎的一所藝術學院。由於受到了布里丹(Buridan)與奧雷斯梅的尼古拉(Nicholas of Oresme)的影響而轉向數學、物理學，以及邏輯學的研究，因此始終未完成其神學學位。他於 1365 年創辦了維也納大學(the University of Vienna)，而於 1366 年開始出任哈爾伯塔(Halberstadt)的主教。他在邏輯學方面的著作包括：《邏輯學》(*Logic*)、《關於後天分析論的諸問題》(*Questions on the Posterior Analytics*)、《詭辯論》(*Sophismata*)、《義務論》(*Treatise on Obligations*)、《無可解性》(*Insolubilia*)。他也寫了關於亞里斯多德(Aristotle)的物理學方面的問題、薩克波斯各的約翰(John of Sacrobosco)所著之《論穹蒼》(*De Sphaera*)一書之諸多問題的論著，以及關於圓之方形(squaring the circle)與關於正方形邊線直徑之比率的一些短論。他的著作雖然相當充實，但卻鮮為其原著。

參見 terminist logic 唯名論邏輯

J.Lo.撰　蕭宏恩審訂

Albert the Great　大亞爾伯　見 Albertus Magnus 亞爾伯・馬格努斯

Albertus Magnus　亞爾伯・馬格努斯　也稱為大亞爾伯(Albert the Great, c.1200-80)，德國道明修會(Dominican)哲神學家(philosopher-theologian)。身為巴黎的神學教師，他服務於一責難塔木德(Talmud)的委員會。1248 年，他離開了巴黎而在德國的科隆(Cologne)建立了道明修會第一座「總研究書院」(*studium generale*)。從 1252 年起直到他的老年，亞爾伯重覆不斷地被請求出來當權威人士與調解人。1260 年，在短暫地出任雷根斯堡(Regensburg)地區的主教之後，他即受命向 1263 至 1264 年間在德國的十字軍(crusade)講道。他在科隆寫作度過了他生命最後的幾年。

亞爾伯對哲學的貢獻主要是作為一位亞里斯多德(Aristotle)的註釋者，雖然他偶或達到與亞里斯多德不同的結論。亞爾伯主要是位神學家，從他對彼得・隆巴德(Peter Lombard)的《言詞錄》(*Sentences*)的大量註解，以及對新約與舊約聖經(Old and New Testaments)的註釋即明白顯示出來。身為一名神學家，他慣常藉由註釋傳統的文本來發展他的思想。為亞爾伯來說，亞里斯多德確切地使用理性呈現知識，正如聖經基於上帝的聖言來訴說超自然的世界。亞爾伯視亞里斯多德的著作——許多是新近到手的——為一部關於自然宇宙之見聞的百科全書大要；含括在這裡面的是有關社會與政治條件及倫理責任的研究，因為亞里斯多德的「自然知識」(natural knowledge)處理自然史(natural history)也處理人性(human nature)。亞里斯多德就是一般所聲稱的「哲學家」(the Philosopher)；然而，不同於聖經的是，他必須在某些地方被修正。但相同於聖經的是，亞里斯多德偶爾會有些難以理解的地方。欲改正這些缺點，我們必須仰賴其他權威：就聖經來說，所參照者乃是教父們與被確立的詮釋者；就亞里斯多德來說，乃在於逍遙學派的學者們(the Peripatetics)。「逍遙學派的學者們」一語從古代的作者延伸至當代的作者——亞爾・法拉比(al-Fārābī)、阿維森納(Avicenna，伊本・西那〔Ibn-Sīnā〕)、阿威羅斯(Averroes，伊本・魯西德〔Ibn-Rushd〕)，以及戴米思德斯(Themistius)與阿芙羅迪西亞斯的亞歷山大(Alexander of Aphrodisias)；甚至於塞涅卡(Seneca)、邁蒙尼德(Maimonides)、「我們的」(our)波依修(Boethius)也都包含在內。

就大部分而言，亞爾伯是經由亞里斯多德與阿威羅斯的觀點來觀視柏拉圖，因為除了《泰密爾斯篇》(*Timaeus*)之外，鮮少柏拉圖的著作在拉丁文中可獲得。亞爾伯認為《論原因》(*Liber de causis*)是亞里斯多德的著作，由亞爾・法拉比、阿維森納，以及亞爾・

賈查理(al-Ghazālī)所增補且翻譯成拉丁文。當他為《論原因》做註時，亞爾伯並不知道這部新柏拉圖主義的(Neoplatonic)著作——此書述及這個世界是由太一(the One)流衍(emanating)而出，猶如由第一原因流衍出的一樣——是根據普羅克勒斯(Proclus)且最終是根據普羅提納斯(Plotinus)而寫成的。但是，亞爾伯的學生亞奎納(Aquinas)——他擁有關於亞里斯多德著作之較好的譯本——卻認出《論原因》並非亞里斯多德的著作。

亞爾伯的形上學，它是在其註解亞里斯多德《形上學》(*Metaphysics*)與《論原因》中被闡述，意味深長地包含著相對反的元素。他對綜合的傾向使他試圖去調和這些元素，如同在社會與教會的問題上一樣，他經常通過妥協來追尋和平。亞里斯多德在他的《形上學》與《物理學》(*Physics*)中，以及在他的《論天體》(*On the Heavens*)與《論生成與毀滅》(*On Generation and Corruption*)中，陳示世界是經常變化的(ever-changing)，且講授一不動的動者(an unmoved mover)(「思想其自身的思想」〔thought thinking itself〕)因著允准其屬靈的本性(spiritual nature)在其一切冷酷的、不易接近的美中被觀視而於運動(movement)與活力(animation)中持存每一事物。另一方面，《論原因》一書發展了此一理論：世界自太一流衍而出，以其泛神的(pantheistic)創造活動致使世界上的萬事萬物產生，以致這被造成的世界在神祕的和諧內回歸於太一。因此，亞爾伯從 1251 至 1252 年開始的對亞里斯多德的註解，於 1265 年時偕同其註解的一部著作而達於極致，他並未能認出此部著作的偽亞里斯多德的性格。雖然如此，亞爾伯將之置於亞里斯多德基礎上的基督宗教新柏拉圖主義(the Christian Neoplatonism)仍產生影響力數世紀之久。

在自然哲學方面，亞爾伯經常達至不依於亞里斯多德的觀點。依據亞里斯多德的《物理學》，運動(motion)不只是屬於單一的範疇；它是不完全的存有(being)。隨順阿維森納與阿威羅斯，亞爾伯詢問，例如，是否「成為黑色」(becoming black)——此乃在變化停止且黑暗(blackness)終被成就時終止——是在本質上(essentially，本質〔*essentia*〕)或只是在其存有上(being，存在〔*esse*〕)不同於黑暗。對反於阿維森納，亞爾伯確立了差異(the distinction)只是存有之一。

受到阿維森納的刺激，亞爾伯也在他關於位置(place)與空間(space)的討論上做出獨創性的貢獻。只有兩個向度(dimension)——廣度(width)與寬度(breadth)——在本質上隸屬位置範疇，因而在一個瓶子內的一種流體是因著瓶子的內貌而被塑形。根據亞爾伯，第三個向度：深度(depth)，其意義更為樸素，但卻非因此而不重要。設想一桶水：它的底部是基本的部分，而其圍繞一圈的桶壁卻維持著這桶水的聚合。

為亞里斯多德來說，時間的質料基礎不同於其形式定義。實質上，不變的星辰之運動是根本的，雖然時間本身不會運動也不會變化。說得更恰當一點，正如同前與後(before and after)在空間中是連續的，在運動中即隨著通過空間行進而是較早與較晚(earlier and later)的瞬間(moment)，所以，時間——是為運動的數量(the number of motion)——有較早與較晚的瞬間或「連串當下」(nows)。時間的質料是由不可分割的連串當下之無間斷之流而組成，而時間的形式與基本表現卻是數量。隨順亞爾・法拉比與阿維森納，亞爾伯對這些學說的詮釋所強調的不僅是「連串當下」之流的無間斷之連續性，而且是時間的量性(quantity)，亦即，有所區分的、分離的，以及清楚分別的數之序列。亞爾伯對時間的處理並不正好切合後來將時間思索為一向度；因此，他對時間的概念並不那般適用於我們對時空(space-time)的統合概念。

在《論原因與元素的特質》(*De causis proprietatum elementorum*)中對偽亞里斯多德的《論元素的特質》(*De proprietatibus elementorum*)之採納，給予亞爾伯的世界觀一種強烈的占星學(astrology)特色。在這裡的爭論是眾星體如何影響地球與人類。特別重要的是木星(Jupiter)與土星(Saturn)對火與海洋的影響；當其被增強時，它能產生猛烈的大火災，而當其被限制時，則成洪水氾濫。

亞爾伯像似一部百科全書：既是一位哲學家與神學家，又是一位科學家與學者。除了已被提及的著作之外，他也出版了關於偽狄奧尼修斯(Pseudo-Dionysius)的註解、《創造大全》(*Summa de creaturis*)、《神學大全》(*Summa Theologica*)，以及許多其他的論述。不同於其他註釋者，他的解說是連續的、一種廣泛的改寫；他提供了一種全然拉丁的及基督宗教的哲學。甚至在他的有生之年，他即為一位著名的權威；根據羅傑・培根(Roger Bacon)，他的觀點經常被賦與和亞里斯多德、阿維森納，以及阿威羅斯等哲學家同等的份量。他的學生或追隨者包括：亞奎納、斯特拉斯堡的烏利希(Ulrich of Strassburg, d. 1278?)、弗來堡的戴奧多里克(Theodoric of Freiberg, d.1310?)、萊辛斯的吉爾斯(Giles of Lessines, d.1304?)、艾克哈特師長(Meister Eckhart)、約翰・陶勒(Johannes Tauler, d. 1361)、亨利・蘇梭(Henry Suso, d.1366)，以及楊・萬・呂斯布魯克(Jan van Ruysbroeck, d.1381)。

參見 Aristotle 亞里斯多德；Neoplatonism 新柏拉圖主義；Peter Lombard 彼得・隆巴德

P.Hoβ.撰　蕭宏恩審訂

Albinus　亞爾比奴斯　見 commentaries on Plato 對柏拉圖的註釋；Middle Platonism 中期柏拉圖主義

alchemy　煉金術　一種擬似科學的實踐和祕術，主要盛行於古代和中世紀，旨在追求兩個主要目的：將賤金屬轉化為黃金，以及培育能令人永生的生命甘露(the elixir of life)。西方的古典煉金術可能於西元頭三個世紀起源於埃及(Egypt，還有早期的中國〔Chinese〕，及晚期的伊斯蘭〔Islamic〕和印度〔Indian〕煉金術分支)；在歐洲，煉金術得到像巴拉塞爾斯(Paracelsus)、牛頓(Newton)等人的潛心鑽研和實踐，一直興盛到十八世紀。西方煉金術致力於冶金術(metallurgy)的實踐，但它的哲學涵義則來自早期希臘(Greek)，關於基本元素之間關係的理論，來自於對煉金術中礦物轉化為黃金這一現象，所施的宗教和寓言理解。這種理解把上述物質轉化過程當成人超凡入聖的完善超升的精神歷程。煉金術認為從粗陋的礦物(塵世的質料)到黃金(質料的完善)的純化，可獲致某種起轉化作用的藥劑，即「點金石」(the philosopher's stone)。這種神奇實體，據信若混合酒精一起吞服，即可產生永生(精神的完善)。儘管煉金術尋找「點金石」未果，但它最終導致了對後世極有益的實驗工具(例如蒸氣泵〔the steam pump〕)和實驗方法(例如蒸餾法〔distillation〕)的發展。

J.D.T.撰　許全義、傅大為審訂

Alcinous　亞爾希奴斯　見 Middle Platonism 中期柏拉圖主義

Alcmaeon of Croton　克羅敦的阿爾刻邁翁　見 pre-Socratics 先蘇格拉底學派

Alembert, Jean Le Rond d'　蘭貝，尚・里・隆得・達　見 d'Alembert 達蘭貝

alethic modalities　真理模態　在歷史上，指一給定命題真假的四種方式或者「模式」(modes)：必然、偶然、可能、不可能。「真理」(alethic)一詞源自古希臘文「*aletheia*」，即「真理」(truth)之意。這四種模態及其相互間的邏輯關係可以被表述如下：一個「真的但可能是假的」命題是「偶然真的」命題(例如，「亞里斯多德教導過亞歷山大大

帝」)、一個「真的而且不可能是假的」命題是「必然真的」命題(例如，「紅的物體是有色彩的」)、一個「假的但可能是真的」命題是「偶然假的」命題(例如，「沒有老虎存在」)、一個「假的而且不可能是真的」命題是「必然假的」命題(例如，「七加五等於十四」)。

儘管四種真值模態中的每一種都可以根據其他任何一種來加以界定，但是，「必然」與「可能」一般仍被認為是更為基本的模態；事實上，絕大部分真理模態邏輯系統都把其中的一種視為基本的模態。不同的模態系統主要的差異在它們看待重述模態(iterated modalities)，重述模態的例子如「可能不存在老虎的可能性是必然為真的」(It is necessarily true that it is possibly true that it is possibly true that there are no tigers)。通常稱為 T 的模態系統是最為普遍的模態系統中程度最弱的一種，在 T 系統中，每一次重述模態都彼此相異。在稍強的 S4 系統中，某些給定重述模態是多餘的。舉例而言，上述命題在 S4 中即等同於「可能不存在老虎是必然為真的」。在程度最強並被普遍接受的 S5 系統中，所有的重述都是多餘的。因此，上述兩個命題都僅僅等同於命題「不存在老虎是可能的」。

參見 contingent 偶然的；modal logic 模態邏輯

C.M.撰　王文方審訂

Alexander, Samuel　亞歷山大，沙穆(1859-1938)　出生於澳大利亞的英國哲學家。生於雪梨，於牛津大學伯利爾學院(Balliol College, Oxford)接受教育，大半生涯在曼徹斯特大學(University of Manchester)執教。他企圖提供一種實在論的觀點來說明心靈在自然界中的地位，這工作大半體現在其《時間、空間與上帝》(*Space, Time, and Deity*, 1920)一書中。他將自然描述成一序列的存在層級，其中當較低層之存在變得足夠複雜後，不可再簡化的較高層性質就會不知所以然地顯露出來。在序列的最低層級，實在界乃由時空(space-time)組成，這組成過程乃是在時間點裡重新分配空間點，這樣的過程也可稱為純粹運動(pure motion)。從時空層級引出的複雜物，再衍生出次性(secondary qualities)、生命，以及心靈。亞歷山大認為上帝的靜寂高層性雖滿足人類的宗教情感，卻也描繪著宇宙的整體狀態，其乃衍生於心靈的不斷顯露歷程。

參見 philosophy of mind 心靈哲學

J.W.A.撰　林正弘審訂

Alexander of Aphrodisias　阿芙羅迪西亞斯的亞歷山大(fl. A.D. c.200)　希臘哲學家，古典時代晚期最傑出的亞里斯多德(Aristotle)註釋家之一。他對於晚期希臘哲學、阿拉伯和拉丁哲學都產生了重大影響，這種影響一直延續到了文藝復興時期。在共相的問題上(the problem of universals)，亞歷山大贊同某種類型的概念論(conceptualism)：儘管幾個個別物可以分享同一個單獨的共同性質，但是，這個性質並不是以一個共相存在，而是在思想中對伴隨著每一個特殊例證的環境中抽象而來的。亞里斯多德在《論靈魂》(*On the Soul* Ⅲ. 5)中在「主動的」(agent)和「被動的」(patient)的理智之間做了著名的區分，亞歷山大則把主動的理智等同於上帝，其為最可理解的實體，也使其他任何事物變得可以理解。作為其自我實現的對象(its own self-subsistent object)；只有上帝的主動理智是不朽的；與之相比，人的理智則隨著人死而一同朽滅。在亞歷山大的眾多註釋之中，僅僅只有註釋亞里斯多德的《形上學》(*Metaphysics* A-Λ)，《前分析論》(*Prior Analytics*)第一卷，《論題》(*Topics*)，《論感覺》(*On the Senses*)及《氣象學》(*Meterologics*)的篇章留存至今。我們還擁有他的兩篇針對斯多噶學派(Stoics)的論辯的文章，《論命運》(*On Fate*)和《論混合》(*On Mixture*)；一篇(以亞里斯多德的學說為基礎)心理學論著《論靈魂》(*De anima*)；以及一部論文彙編(其中包括《論理智》〔*De intellectu*〕)，還有他的《問題與解答》(*Problems and Solutions*)。在西元 198 年至 209 年之間，亞歷山大受羅馬皇帝塞維魯斯(the emperor Severus)的任命，擔任亞里斯多德哲學的講座；除了這件事之外，我們對他的生平一無所知。

參見 Aristotle 亞里斯多德；conceptualism 概念論；Stoicism 斯多噶主義

V.C.撰 徐學庸審訂

Alexander of Hales 哈爾斯的亞歷山大(c.1185-1245) 英國聖方濟修會(the Franciscan)神學家，以「無可抗辯的博士」(Doctor Irrefragabilis)之名聲而著名。他是第一位基於彼得・隆巴德(Peter Lombard)的《言詞錄》(*Sentences*)以講演的方式教授神學的學者，亞歷山大所強調的思辨神學(speculative theology)乃源自於士林哲學(Scholasticism)的黃金年代。亞歷山大為〈詩篇〉(the Psalms)及〈四福音書〉(the Gospels)寫了註解；其主要著作包括：他的《四本言詞錄的註解》(*Glossa in quattuor libros sententiarum*)，《在弟兄存在之前的問題辯論》(*Quaestiones disputatae antequam esset frater*)，以及《問題討論》(*Quaestiones quodlibetales*)。亞歷山大並未完成《亞歷山大兄弟的大全》(*Summa fratris Alexandri*)；教宗亞歷山大四世(Pope Alexander IV)在 1255 年下令聖方濟修會完成《哈爾斯大全》(*Summa Halesiana*)。

1222 年，亞歷山大成為神學教師，他在巴黎大學的歷史上扮演了相當重要的角色，為教宗額我略九世(Pope Gregory IX)撰寫了部分的〈科學之母〉(Parens scientiarum)之令諭(1231)。他也於 1235 至 1236 年間協助英國與法國之間的和平談判。稍後在 1236 年他放棄了為里奇菲爾德(Lichfield)的教團成員及柯芬奇(Coventry)副主教之職位，而成為聖方濟修會的會士，聖方濟修會的第一位神學教師；他的這份教職是聖方濟修會在巴黎的第一位神學講座。在聖方濟的會士中，其最為傑出的學生包括：聖・波拿文都拉(St. Bonaventure)、康沃爾的理查德・魯弗斯(Richard Rufus of Cornwall)，以及拉羅希勒的約翰(John of La Rochelle)，在他將近生命的終結，即將其神學講座委任於約翰。

R.W.撰 蕭宏恩審訂

Alexandrian School 亞歷山卓學派 一群匯聚在普羅克勒斯(Proclus, A.D. 412-85)麾下的同時代的新柏拉圖主義(Neoplatonic)哲學家，因普羅克勒斯定居並教學於亞歷山卓城(Alexandria)而得名。這群哲學家包括與普羅克勒斯一同就教於賽瑞亞內斯(Syrianus)的同學赫爾美亞斯(Hermeias, fl. c.440)；赫爾美亞斯之子阿蒙尼烏斯(Ammonius，一說 435-517，一說 445-526)；有阿蒙尼烏斯的三個學生，約翰・菲洛波努斯(John Philoponus, c.490-575)，沁布利修斯(Simplicius, writing after 532)，還有阿斯克列庇烏斯(Asclepius, mid-sixth century)。晚期亞歷山卓學派哲學家則有奧林庇歐多魯斯(Olympiodorus, 495/505-after 565)，基督徒埃利亞斯(the Christians Elias, fl. c.540)和大衛(David, late sixth century)。這些人都是終身致力於或主要從事於釋讀亞里斯多德(Aristotle)的著作。達瑪西烏斯(Damascius, c.456-540)在西元 475 年至 485 年的某段時間內，曾經聆聽過阿蒙尼烏斯的課，但從他的學說來看，他較屬於雅典的傳統。另一方面，儘管沁布利修斯移居到雅典講學，他的思想仍保留著較多的亞歷山卓學派的傳統。

自深受黑格爾(Hegel)歷史發展觀念影響的卡爾・普拉埃希特(Karl Praechter)以來，亞歷山卓的柏拉圖主義者一直被視為提出一種比雅典的學派(the Athenian School)精簡的形上學，且他們藉著把自己主要侷限在邏輯學、數學和亞里斯多德闡釋的領域內，刻意地避開與亞歷山卓城強大的基督宗教勢力發生爭論。普拉埃希特描述的這幅景象中有某些自明的真實性，但當代學者(其中尤其是依瑟特勞特·哈多特〔Ilsetraut Hadot〕)為此付出了相當的心力以指出，即使在阿蒙尼烏斯註釋亞里斯多德時，字裡行間也處處潛藏著明顯的新柏拉圖主義者的學說，因此與雅典學派的對比多少有些模糊不清了。可以這麼說，大約在西元 610 年，隨著斯特芬尼斯(Stephanus)離開亞歷山卓到君士坦丁堡接受一個哲學教席，亞歷山卓學派也結束了。

參見 Neoplatonism 新柏拉圖主義

J.M.D.撰　徐學庸審訂

al-Fārābī, Abu Nasr　法拉比，阿布·納瑟　也叫「阿布那薩」(Abunaser)，在拉丁文中，稱作「阿法拉比烏斯」(Alpharabius, 870-950)，伊斯蘭哲學家。他出生於突厥斯坦(Turkestan)，在伊斯蘭世界的文化中心巴格達研究和教學，當時，這座城市正熱衷於吸收希臘羅馬古典時代晚期的哲學和科學遺產。希臘哲學最後的繁盛地是西元六世紀的亞歷山大里亞(Alexandria)；在使希臘哲學轉化為伊斯蘭文化的過程中，法拉比有著至關重要的作用。儘管始終存在著種種意見，反對吸收異教和基督教作家的哲學，法拉比卻成功地使西方哲學在伊斯蘭世界本土化，並使之在隨後的三個世紀內一直保持著旺盛的生命力。法拉比逐漸以「第二導師」(the second teacher)而著稱於世，意為亞里斯多德(Aristotle)之後哲學思想的主要源泉。他對於亞里斯多德和柏拉圖(Plato)學說的註釋和闡釋得到了廣泛地閱讀，他企圖綜合兩家的做法也產生了重大影響。出於堅信真理的普遍性，也出於對柏拉圖和亞里斯多德兩位大師的高度尊重，法拉比把他們之間的差別減低到最低限度，採納了融兩種傳統為一體的新柏拉圖主義的學說和觀點。

與伊斯蘭世界的第一位哲學家，生活於九世紀的金迪(al-Kindī)不同的是，法拉比擁有古典時代最重要的著作，以及希臘化時代對這些著作所做的主要註釋的許多阿拉伯文全譯本。他自己對柏拉圖和亞里斯多德的著作所做的註釋和摘要，也使這些著作對後世的學者變得通順可讀；甚至他的那些相對獨立的論文，也為後世的穆斯林和猶太哲學家樹立了在邏輯上嚴密和精雕細琢的榜樣。阿維森納(Avicenna)即發現，在理解亞里斯多德原著方面，法拉比對《形上學》所做的註釋是不可或缺的；而邁蒙尼德(Maimonides)則推薦他的全部著作，稱它們為「精純的麵粉」(pure flour)。不過，中世紀經院哲學對阿威羅斯(Averroes)和阿維森納較之法拉比更感興趣。當代學者如列奧·斯特勞斯(Leo Strauss)和穆赫辛·馬赫迪(Muhsin Mahdi)等強調指出，法拉比的著作具有奧秘的性質，了解這一點，對於釋讀絕大部分中世紀伊斯蘭和猶太哲學都是至關重要的。

法拉比的主要興趣集中在邏輯學和政治學理論方面。他懂得《研究方法》(*Organon*)即某種用於理解、改進推理和邏輯論述的普遍工具。他反對傳統的伊斯蘭文法學家的看法，為希臘邏輯學的價值自由和中立的性質辯護；針對伊斯蘭神學(*the mutakallimun*)，他強調神學的辯證類型論述與哲學家們優先使用的三段論論證法的差異。導致伊斯蘭神學與哲學分道揚鑣的主要責任應歸諸法拉比，他盡可能地避免介入宗教教條，尤其是穆斯林信仰的種種紛爭。他可以把有關先知與啟示的信仰納入一般流出說之中，他自己則對伊斯蘭的先知未持任何特殊的看法。他對宗教持這樣一種一般的見解，認為宗教是哲學理念的公共化的、象徵化的展示，它經常是由哲學家設計出來的。在政治哲學的這個或其他領域內，柏拉圖《理想國》(*Republic*)的影響痕跡是顯而易見的，儘管法拉比在他的《關於最好國家公民的看法之諸項原則》(*Principles of the Views of the Citizens of the Best State*)一書中，試圖給柏拉圖的學說染上一層伊斯蘭的色彩。法拉比的形上學信仰仍很難確定，他被認為後來放棄了早年對靈魂不滅的信仰。

參見 Arabic philosophy 阿拉伯哲學

A.L.I.撰　蔡源林審訂

algebra, Boolean　布爾代數　見 Boolean algebra 布爾代數

algebra, full subset　全子集代數　見 Boolean algebra 布爾代數

al-Ghazālī, Abu Hamid　安薩里，阿布・哈米德(1058-1111)　伊斯蘭哲學家、神學家、法學家和神祕主義者。他出生於呼羅珊(Khurasan)，在當時東部伊斯蘭世界的知識中心尼夏普(Nishapur)接受教育。他被委任為巴格達新建立的尼薩米(Nizamiyah)神學院的院長，他在此講授法律和神學，獲得很大成就。不過，他對邏輯學和哲學的興趣引導他超越自己專業的侷限，以尋求知識的確定性。起初，他試圖在學術領域內探索和解決自己的問題，但是，在巴格達待了五年之後，他突然辭去教職，離家出走，過起神祕主義者離群索居尋求「哈克」(*al-Haqq*，阿拉伯語，意為「真理」、「真實唯一」)的生活。他作為一名蘇菲(Sufi)修行者，在伊斯蘭教的主要城市和學術中心輾轉漫遊達十年之久，最終返回尼夏普，在那裡教授神學直到辭世。

安薩里留下的文學和知識遺產極為豐富，可供做多方面的闡釋。論著作的浩瀚廣博和在伊斯蘭世界中所受到的尊崇，安薩里可說是和基督教世界中的亞奎納(Aquinas)，和猶太教傳統中的邁蒙尼德(Maimonides)相提並論。他的巨著《宗教科學的再生》(*Revivification of the Religious Sciences*)直到今天仍被視為是一部主要的神學集成。正如他那部名聞遐邇的自傳《從錯誤中解救》(*The Deliverance from Error*)做到的那樣，他的神祕主義論著也廣為人知。他的自傳記述了他一生尋求真理和確定性的過程，記述了他對於教條神學(既包括正統的遜尼派〔Sunni〕，也包括異端什葉派〔Shiite〕)及其前提，以及對於哲學家學說產生的失望之情。他相信，真理之光只有透過神聖恩惠才能降臨自身；他認為自己的感覺和推理能力都易受錯誤的影響。

正是這種深入骨髓的懷疑主義，導致安薩里即使在他仍在巴格達時，即開始考查哲學以知識宣稱的權利。他先是編寫了一部主要以阿維森納(Avicenna)的觀點為基礎的哲學學說集成，稱之為《哲學家的意圖》(*The Intentions of the Philosophers*)。然後他又出版了一部稱為《哲學家的矛盾》(*The Incoherence of the Philosophers*)的書，對前書做了詳細的、鞭辟入裡的批評。日後，阿威羅斯(Averroes)在穆斯林統治的西班牙起而捍衛哲學——尤其是亞里斯多德哲學——的尊嚴，他把他撰寫的書命名為《矛盾的矛盾》(*The Incoherence of the Incoherence*)。阿威羅斯的著作在西方受到更多的欣賞；不過，在安薩里的著作中，西方人更喜歡的是他編寫的《哲學家的意圖》一書，而不是他的《哲學家的矛盾》。前書刪削了為論辯目的而做的部分，因此變成了一部哲學集成；該書由多米尼克斯・根迪沙林努斯(Dominicus Gundissalinus)以《安薩里的邏輯學與哲學》(*Logica et Philosophia Algazelis*)的名字翻譯成拉丁文，該譯本在西方賦予安薩里以至少有時是哲學的擁護者之名聲。他還抨擊他那個時代的物理學和形上學，它們屬於亞里斯多德和新柏拉圖主義學說的混合物；這些抨擊牢固地植根於亞里斯多德的邏輯學之中，在理解因果關係的非必然性性質上已經為休姆(Hume)的觀點開了先河。對安薩里而言，世界的整體是出於上帝的意志，而不是本著任何永恆的或者邏輯的必然性才運作起來的。他相信，上帝的意志是無法按照哲學上的根據，即按照哲學家所持的神聖全知者的概念來加以辯護。哲學家的神不能以自己的名義與世界發生聯繫，因而最終在邏輯上是多餘的。一旦自然被認為不存在自主性或者必然性的內涵，那麼，被視為奇蹟的東西就變成可能了。

參見 Arabic philosophy 阿拉伯哲學；Sufism 蘇菲主義

A.L.I.撰　蔡源林審訂

algorithm　算法　可使用於任何一組特定符號輸入的有效程序，會在有限的時間和步驟內產生相應的符號輸出。可以擁有一個(有時超過一個)算法的函數，稱為「算法函數」(algorithmic function)。下面是一些例子：(1)給定 *n*，找出第 *n* 個質數；(2)求取某個多項式的微分；(3)求取 *x* 和 *y* 的最大公約數(歐幾里德算法，也稱為輾轉相除法)；(4)給定兩個數 *x* 和 *y*，決定 *x* 是否為 *y* 的倍數。像例子(1)、(2)、(3)，當算法被用來計算某個數值函數(numerical function)的值時，該函數也稱為是算法上可計算的(algorithmically computable)、有效可計算的(effectively computable)，或者就直接說是可計算的(computable)。一般而言，算法應該有以下性質(這些性質使算法在計算理論和丘奇-涂林論題〔Church-Turing thesis〕的發展中佔據重要的地位)：(1)算法可用有限長串的指令給定；(2)一個計算工具或操作者可以按照指令執行計算；(3)計算、存儲和取回等步驟都有辦法做到；(4)計算可以按照離散的方式，一步步執行(例如，以一部數位計算機來做)；(5)計算可以按照定向的(deterministic)方式執行(例如，使用某種定向的涂林機)。

參見 Church's thesis 丘奇論題；computability 可計算性；computer theory 計算機理論

F.A.撰　李國偉審訂

algorithmic function　算法函數　見 algorithm 算法

alienation　異化　見 Marx 馬克思

aliorelative　非反身的　見 relation 關係

al-Kindī, Abu Yusuf　金迪，阿布・玉素甫　在拉丁文中稱作「阿爾金姆杜斯」(Alkindus, c.800-70)，阿拉伯哲學家，是支持在穆斯林中進行哲學研究的早期最傑出的代表人物。他出身於阿拉伯顯貴家族，又身為哈里發朝廷的命官，兩種身分的融合，使他在歷史上這個關鍵時代為將希臘科學翻譯成阿拉伯文並加以發揚光大做出了重要貢獻。他以「阿拉伯人的哲學家」聞名，作為贊助人、藏書家、編輯和作家，他比他同時代的任何學者都更有力地導致了哲學在阿拉伯世界的誕生，儘管這種哲學來源於異族的、非伊斯蘭教的希臘。以後的阿拉伯作家在哲學知識的豐富程度上超過了他，而且他大量的書信、論文和論著都已散佚殆盡。在他的名目之下記錄著二百五十種論著的名稱，這些論著中的多半現已不存。大約有四十種論著以斷簡殘篇的形式存留下來，但其中疑文甚多，問題重重。儘管如此，金迪的著作仍充分顯示了，他對於亞里斯多德(Aristotle)，以及一定程度上對柏拉圖(Plato)的濃厚興趣。

金迪與日後伊斯蘭世界的哲學家們不同，他堅定不移地相信能夠把嚴格的《可蘭經》(*Koranic*)宗教教義(Koranic religious doctrines)與希臘哲學概念融為一體。《論第一哲學》(*On First Philosophy*)是他最著名的哲學論著之一(該書已由愛夫里〔A. Ivry〕翻譯成英文，並於 1974 年出版)，該書的主題是：「第一哲學」作為哲學最尊貴的部分，研究的是關於「第一真理」(the First Truth)和「第一因」(the First Cause)的知識。金迪在書中還加進了自己的論證，力申宇宙、時間和運動的有限性，隨之他則強調了造物主的無限性，強調造物主是上述諸項的原因，是作為所有事物根源的純粹統一體，而且，在金迪的思想中，造物主從無中(*ex nihilo*)創造出世界。在《論亞里斯多德著作中的數》(*On the Number of Aristotle's Books*)一書中，他在先知的靈知(prophetic knowledge)和普通的、論辯式的哲學之間做了區分，認為先知無須努力或借助時間即能直覺地靈知。

參見 Arabic philosophy 阿拉伯哲學

P.E.W.撰　蔡源林審訂

Allais's paradox　阿萊斯的悖論　關於合理性的一個難題，由阿萊斯(Maurice Allais, b. 1911)所設計。薩維奇(Leonard Savage, 1917-71)最先提出了確定事物原則，這項原則聲稱，一理性行為者在狀態 S 的情況下對兩場賭局做評估，其結果和他評估任何其他兩場賭局相一致，除非它們(即，首兩場賭局跟其他兩場賭局)在 S 狀態中還有某些其他的共同結果。阿萊斯設計了一個有四場賭局的明顯反例，所涉及的是一組有一百張彩券的樂透彩。下表列出了以十萬元為單位的獎。

	彩券號碼		
賭局	1	2-11	12-100
A	5	5	5
B	0	25	5
C	5	5	0
D	0	25	0

如果改變上表中 A 和 B 的共同結果，即將第 12 組到第 100 組彩券的獎金從五十萬改成零(數字 5 改為 0)，則分別掲注了 C 和 D。因此，確定事物原則同時禁止了較偏好 A 而不偏好 B，以及禁止了較偏好 D 而不偏好 C。然而，大部分的人都還是有這些偏好，這樣的偏好似乎也還是融貫的。這項衝突產生了這個悖論。

薩維奇在《統計學的基礎》(*The Foundations of Statistics*, 1954)一書中發表了確定事物原則。為了對這項研究的初步草案做出回應，阿萊斯在〈涉及風險之實證選擇理論的基礎及對美國學派之預設與公理的批判〉(The Foundations of a Positive Theory of Choice Involving Risk and a Criticism of the Postulates and Axioms of the American School, 1952)一文中表述出上列的反例。

參見 decision theory 決策論；empirical decision theory 經驗決策理論

P.We.撰　黃冠閔審訂

allegory of the cave　洞穴寓言　見 Plato 柏拉圖

all-things-considered reason　通盤考慮理由　見 reasons for action 行動理由

Alnwick, William of　威廉，阿尼威克的　見 William of Alnwick 阿尼威克的威廉

Alpharabius　阿法拉比烏斯　見 al-Fārābī 法拉比

al-Rāzī, Abu Bakr　拉齊，阿布·巴克爾　在拉丁文中稱作「拉齊斯」(Rhazes, c.854-925 or 932)，波斯醫師、哲學家和化學家。他在自己的出生地拉伊(Rayy)主持該地的醫院，後來主持巴格達(Baghdad)的醫院，但經常返回拉伊，並在那裡辭世。作為博學的蓋倫主義者(Galenist)同時是蓋倫的批判者(critic of Galen)，他在醫學領域中注入了相同的希波克拉底式(Hippocratic)的實驗精神，並運用這種醫學努力將煉金術轉化為一種(新柏拉圖主義式的〔Neoplatonically〕)自然主義的藝術。他在醫學領域的著述，包括一篇最早論述

天花的論文，吸收了廣泛的(和富於慈悲心的)臨床經驗與無所不包的大量閱讀——這些論著和人們的臨床觀察資料，都保存在達二十五卷之多的《哈維》(*Ḥāwī*)一書中，該書已於 1279 年以《集成》(*Continens*)之名翻譯成拉丁文。拉齊對享樂主義審慎的考慮，以及他所持的原子論觀點，產生了他溫和的禁欲主義倫理學。他可能從加倫那裡吸取了伊比鳩魯主義；因為堅持伊比鳩魯主義，他指斥所謂特異的先知其實是欺世盜名之舉，他論證說，只有神賦予所有人的理性才予人以充分的指引(只是因為興趣和應用領域的不同，才產生了工匠和智識階層的能力的差異)。神、世界靈魂、時間、空間和質料都是永恆不朽的實體。自然生於靈魂非理性地要求具體化的慾望，這是讓靈魂領會理智世界是其真正家園的唯一途徑。神的智性秉賦賦予靈魂在創造過程中激發的運動以秩序，並使其逃離一個殊多痛苦殊少歡樂、一切終歸死寂的世界。對某人而言，只要他「創造性地、勤勉和持之以恆地」(creatively, diligently, and persistently)參與哲學事業，他將注定遠勝於前人的命運；任何人只要他獨立地思考，即可保證獲得進步和不朽。

L.E.G.撰　蔡源林審訂

Alston, William P.　艾爾斯頓，威廉・P(b.1921)　美國哲學家。許多人認為他是當代最重要的知識論專家之一，也是二十世紀最重要的宗教哲學家之一。他特別為人所知的乃是提出對上帝的推定性知覺(putative perception)與對日常物質對象的推定性知覺在知識論意義上相若的論證。

艾爾斯頓在 1942 年畢業於百年紀念學院(Centenary College)，1946 年自美國軍中退役。由於他也是一位有天份的音樂家，他需要在哲學和音樂中間做抉擇，結果他選擇了哲學；他從芝加哥大學取得博士學位，然後在密西根大學開始他的哲學研究與教學生涯，在該校任教二十二年。自 1980 年以後，他在敘拉古大學(University of Syracuse)任教。雖然他的博士論文和早期著作都以懷德海(Alfred Whitehead)為討論對象，他不久以後就轉而研究語言哲學，並撰寫《語言哲學》(*Philosophy of Language*, 1964)一書。自 1970 年代初期以後，艾爾斯頓專注於知識論和宗教哲學的研究。

在知識論領域中，艾爾斯頓為基礎論(foundationalism)提出辯護(但是他所維護的並不是古典基礎論〔classical foundationalism〕)，他以不常見的深度和洞察力探究知識性證立(epistemic justification)，並喚起人們注意對不同重要層次的區分。他在這方面的重要著作包括論文集《知識性證立》(*Epistemic Justification*, 1989)，以及《感覺知覺的可靠性》(*The Reliability of Sense Perception*, 1993)。他在宗教哲學領域的主要著作有《上帝之本性與人類語言》(*Divine Nature and Human Language*, 1989，這是一本討論形上學和知識論問題的論文集)及《對上帝的知覺》(*Perceiving God*, 1991)。後者包含一個具有權威性的論證，主張人們對上帝的經驗意識(experiential awareness)——更具體地說，人們對上帝的知覺——對宗教信念的基礎十分重要。除了撰寫這些學術性著作之外，艾爾斯頓是基督宗教哲學家協會(Society of Christian Philosophers)的創辦人(這是一個包含超過一千一百位成員的專業性社團)，也是《信仰與哲學》(*Faith and Philosophy*)期刊的第一任編輯。

參見 epistemology 知識論；evidentialism 證據主義；foundationalism 基礎主義；justification 證成；philosophy of religion 宗教哲學

A.P.撰　劉若韶審訂

alternative, relevant　相干選擇　見 contextualism 脈絡論

alternative denial　選擇性否定　見 Sheffer stroke 謝弗之撇

Althusser, Louis 阿圖塞，路易(1918-90) 法國馬克思主義的哲學家。他在 1965 年出版兩本文集《贊同〔保衛〕馬克思》(*Pour Marx*〔*For Marx*〕)與《資本論閱讀法》(*Lire le Capital*〔*Reading Capital*〕)，使他成為法國知識界耀眼之星，也吸引一大堆國際的讀者群。兩書的英文譯本(分別出版於 1969 與 1970 年)造成 1970 年代整整十年間英語世界對馬克思主義者思想的探討與發展。

阿圖塞引用法國非實證主義的歷史學者與科學的哲學家之著作，特別是巴什拉(Bachelard)的作品，宣布馬克思的前後期著做出現了「認識論的斷裂」(epistemological break)，這個斷裂發生在 1840 年代的中期。在阿圖塞的觀點下，斷裂之前的青年馬克思採用了費爾巴哈(Feuerbach)和黑格爾(Hegel)的學說，主張一種前科學的理論性人本(文)主義。在斷裂之後，成年馬克思致力於歷史科學的闡述，這是歐洲十七世紀以來自然科學崛起後深具潛力，有如新座標的發展高峰。阿圖塞論述這種新款科學(歷史科學)的性質及其存在，有待人們(包括馬克思本人)的承認。因之，馬克思的著作，特別是《資本論》(*Das Kapital*)，需要重新建構。這點可從列寧的革命實踐與其他具有同樣心志的革命者之革命實踐去獲知，他們都瞭解馬克思的意向與所欲。對於這項新科學的內容，阿圖塞未加詳述。反之，他卻是不懈地衛護這項新科學(綱領地，而非涉及內容)，特別是用來對抗不同意見的馬克思主義解釋者。在這種做法下，他的批評與抨擊係針對新黑格爾派和「人道主義式的」(humanistic)馬克思主義學派，無意間也對抗他後半生入籍的法國共產黨。

1968 年以後，阿圖塞在法國的影響力日漸式微。不過他仍在法國最高師範大學(l'École Normale Superieure)執教，並進行寫作，對政治理論、「意識形態」(ideology)的理解和相關的概念釐清做出重大的貢獻。他也逐漸面對神經錯亂和情緒低潮的發作衝擊。1980 年他絞死了其髮妻，法國法庭判其為「暫時性精神異常」之罪行。阿圖塞未罹牢獄之災，但在 1980 年代中大部分坐困在精神病院中。在這些歲月裡，他寫了兩部非凡的回憶錄：《未來會永久》(*L'avenir dure longtemps*〔*The Future Lasts Forever*〕)與《事實》(*Les faits*〔*The Facts*〕)。兩書都在他逝世後的 1992 年出版。

參見 Bachelard 巴什拉；Feuerbach 費爾巴哈；Hegel 黑格爾；Marxism 馬克思主義；philosophy of history 歷史哲學

A.L.撰　洪鎌德審訂

altruism 利他主義 見 egoism 利己主義

ambiguity 歧義 指文字在音韻(或拼法)形式上由語言系統賦予多種意義(意思、特性和語意表徵)。「語詞上的歧義」(lexical ambiguity)，指詞項(字詞)由語言賦予多種意義，包括下列兩種：(1)「同音異義」(homonymy)，即兩個(或以上)不同的詞項，它們的唸法或拼法相同，但意思不同。例如：「knight」(騎士)／「night」(夜晚)、「lead」(名詞，「鉛」)／「lead」(動詞，「領導」)、「bear」(名詞，「熊」)／「bear」(動詞，「忍受」)。(2)「一字多義」(polysemy)，即一個單獨詞項，但具有多重意思，例如「lamb」(指動物，「羔羊」)／「lamb」(指食用肉，「羔羊肉」)、「window」(窗戶的玻璃)／「window」(窗戶)。至於如何區分語項是同音異義還是一字多義，這點尚有爭議。

「結構上的歧義」(structural ambiguity)，指片語或語句由於文法上的組成結構(或片語記號或其後繼者)而產生的不同聯繫。例如：「有才華的女性和男性應該去申請……」(Competent women and men should apply)有兩種意思：「[$_{NP}$[$_{NP}$ 有才華的女性]和男性]」應該去申請……」與「[$_{NP}$ 有才華的[$_{NP}$ 女性和男性]]」應該去申請……」，其中「NP」指「名詞片語」。

「範圍上的歧義」(scope ambiguity)是種結構上的歧義，導源於運算元(operators)在運算範圍上可以有兩種不同的解釋(見下文)。例一：「華特會節食並且會運動只有當醫生批准時」(Walt will diet and exercise only if his doctor approves)——語句運算元的範圍有兩種不同的解釋：醫生的同意是華特節食和運動的必要條件(necessary condition)(「只有」的運算範圍較廣)；醫生的同意是華特運動而非華特節食的必要條件(「並且」的運算範圍較廣)。例二：「貝蒂有個說明所有發生事件的理論」(Bertie has a theory about every occurrence)——量化號的範圍有兩種不同的解釋：一個說明所有發生事件的宏偉理論(「理論」所及範圍比「所有發生事件」)來得廣)；以及，由數個理論聯合起來說明所有發生事件(「所有發生事件」的範圍較廣)。「運算元的範圍」(scope of an operator)的對象是運算元所聯繫著的最短的完整子句式(full subformula)。因此，在「$(A \& B)C$」中，「&」的範圍是「$(A \& B)$」。對自然語言來說，運算元的範圍是它所C-支配(C-commands)的對象(在樹狀圖中，如果支配X的第一個分支點同樣也支配著Y，那麼我們說，XC-支配Y)。一個運算元的運算範圍相對於另一運算元的運算範圍來得廣，如果前一個運算元的運算範圍可以包含後一運算元的範圍。例子：在「$\sim(A \& B)$」中，「～的範圍比「&」的範圍來得廣；在「$(\exists x)(\forall y)Fxy$」中，存在量詞的範圍擴及全稱量詞。

「語用上的歧義」(pragmatic ambiguity)，指語言在使用時，根據語用原則(例如必須注意文字表面沒有明白指出的對象，或是談話內容中的言外之意)所產生的雙重意思。例如「我不知道他是對的」(I don't know that he's right)，根據說話脈絡的不同，這句話可以表示說話者的懷疑，也可以僅僅表示說話者的不知而已。

參見 implicature 語用蘊涵；meaning 意義；philosophy of language 語言哲學；pragmatic contradiction 語用矛盾；scope 範圍；vagueness 模糊性

W.K.W.撰　莊文瑞審訂

ambiguity, elliptic　省略型歧義　見 ellipsis 省略語

Ambrose, Saint　安布羅斯，聖　以米蘭的安布羅斯(Ambrose of Milan)而聞名(c. 339-97)，羅馬教會的領導者與神學家。擔任米蘭主教時(374-97)，他不僅領頭努力於反對亞利安(Arian)的異端及其政治上的政見，而且為講道、聖經的註釋，以及讚美詩提出新的典範。他的著作也對中世紀拉丁哲學有所貢獻。他對新柏拉圖主義學說(Neoplatonic doctrines)的領會在其自身即是值得矚目的，且在奧古斯丁(Augustine)身上並通過奧古斯丁強有力地發揮作用。安布羅斯關於〈創世紀〉(Genesis)的創造的重要性之註釋，即他的《論六日創造》(*Hexaemeron*)，為中世紀的讀者保存了許多古代自然史的片斷，甚至有一些物理解釋的元素。或許最為重要的是，安布羅斯致力於古代哲學倫理學以探索道德的訓示，此表徵於他對聖經的註釋上；他也改寫了西塞羅(Cicero)的《論職務》(*De officiis*)一書，成為一篇探討基督徒生活的德行及義務的論述。

M.D.J.撰　蕭宏恩審訂

Ammonius　阿蒙尼烏斯　見 commentaries on Aristotle 對亞里斯多德的註釋

Ammonius Saccas　薩卡斯・阿蒙尼烏斯(early third century A.D.)　任教於亞歷山大卓城(Alexandria)的柏拉圖主義(Platonist)哲學家。顯然地他在三世紀初期當過基督宗教哲學家奧利根(Origen)的老師。他也吸引了普羅提納斯(Plotinus)的注意，後者於 232 年來亞歷山卓城，試圖在哲學上尋求啟蒙(波菲利〔Porphyry〕，《普羅提納斯傳》第三卷〔*Life of Plotinus* 3〕)。阿蒙尼烏斯(他的稱呼「薩卡斯」〔Saccas〕似意為「經商者」〔the bagman〕)無疑是一個極富魅力的人，儘管他似乎受到過紐美尼烏斯(Numenius)的影響，但我們完全不清楚他的明確的學說，如果有的話，是什麼。他沒有寫任何東西，可以借用道茲(E. R. Dodds)的話，把他當作「新柏拉圖主義的蘇格拉底」(the Socrates of Neoplatonism)。

參見 Neoplatonism 新柏拉圖主義

J.M.D.撰　徐學庸審訂

amoralist　**無道德主義者**　見 emotivism 情緒論

amphiboly　**雙重論證**　見 informal fallacy 非形式謬誤

ampliatio　**擴充**　見 *proprietates terminorum* 詞項屬性

ampliative inference　**擴增性推理**　見 induction 歸納法

ampliative judgment　**(對知識)有所擴充的判斷**　見 Kant 康德

Analects　**《論語》**　見 Confucius 孔子

analogical argument　**類比論證**　見 philosophy of religion 宗教哲學；problem of other minds 他人心靈問題

analogical predication　**類比斷言**　見 Aquinas 亞奎納

analogies of experience　**經驗類比**　見 Kant 康德

analogy, argument from　**類比論證**　見 philosophy of religion 宗教哲學；problem of other minds 他人心靈問題

analogy of proportion　**比例類比**　見 Cajetan 卡其坦

analysandum　**被分析件**　見 analysis 分析；definiendum 被定義項

analysans　**分析件**　見 analysis 分析；definiendum 被定義項

analysis　**分析**　是對概念、命題、語言組合或者事實加以分解，以取得其簡單或最終組成的要素過程。在一分析中，被分析的對象稱為「被分析件」(analysandum)，從事分析的語言表述則稱為「分析件」(analysans)。許多二十世紀中最重要的哲學家包括羅素(Russell)、穆爾(Moore)和(早期)維根斯坦(Wittgenstein)在內，都認為哲學最合適的方法就是哲學的分析(philosophical analysis)。但是分析哲學家們對哪一類事物應被分析，則沒有統一的意見。例如，穆爾試圖分析感覺與料(sense-data)組成之要素。在這裡，被分析件是一組複合的心理事實，即所擁有的感覺與料。一般地說，分析哲學家試圖分析概念和命題，此即概念分析。還有一些哲學家則認為他們的工作在於分析各種類型的句子—

—例如涉及到專有名詞(proper names)和確定描述詞的分析；這是一種語言分析。種種的分析中，哲學家們都會面臨一種叫「分析悖論」(the paradox of analysis)的困境。對語言分析而言，該悖論為：如果某個分析是適當的，那麼，分析件必須與被分析件具有相同的意義；例如，如果「男性同胞」用來分析「兄弟」，那麼，這兩個詞必須是相同意義；然而，如果它們是相同意義，那麼「兄弟是男性同胞」與「兄弟是兄弟」也是相同意義；但上述兩個句子顯然具有不同的意義。而該悖論提出了以下的兩難困境：任何分析似乎都是不適當的(因為分析件與被分析件具有不相同的意義)，或都是不提供任何知識的(因為二者具有相同的意義)。

參見 analytic philosophy 分析哲學；definition 定義；mathematical analysis 數學分析學；meaning 意義；paradox of analysis 分析之詭論；Russell 羅素

R.Fo.撰　王文方審訂

analysis, mathematical　數學分析學　見 mathematical analysis 數學分析學

analysis, noematic　意向對象分析法　見 Husserl 胡塞爾

analysis, noetic　意向行為分析　見 Husserl 胡塞爾

analysis, regression　迴歸分析　見 regression analysis 迴歸分析

analysis, standard　標準分析學　見 mathematical analysis 數學分析學

analytic　分析的　見 analytic-synthetic distinction 分析-綜合區分

analytic, transcendental　先驗分析論　見 Kant 康德

analytical, definition　定義分析　見 definition 定義

analytical functionalism　分析功能主義　見 philosophy of mind 心靈哲學

analytical jurisprudence　分析法學　見 jurisprudence 法理學

analytical psychology　分析心理學　見 Jung 榮格

analytic hierarchy　分析的層系　見 hierarchy 層系

analytic jurisprudence　分析的法學　見 jurisprudence 法理學

analytic Marxism　解析的馬克思主義　見 Marxism 馬克思主義

analytic philosophy　分析哲學　一個概括性的術語，通常用於涵蓋幾種不同類型的哲學技術和哲學傾向。就像辨別小雞的雌雄(chicken-sexing)那樣，分析哲學和分析哲學家之辨認也相當容易，然而卻很難精確說出標準到底在哪。分析哲學有時也被稱作「牛津

哲學」(Oxford philosophy)或「語言哲學」(linguistic philosophy)，但是，這些標籤至少是誤導的。無論分析哲學是什麼，它顯然不是一個學派、學說，或是一組被公認的命題。儘管不排他，絕大部分分析哲學家都屬於英語世界的學者，他們的著作總體上是寫給英語世界的其他哲學家看的。羅素(Russell)、穆爾(Moore)和維根斯坦(Wittgenstein)，他們在二十世紀早期自覺地以「哲學分析」為志，而分析哲學家是這些哲學家的精神繼承者。羅素和穆爾所進行的分析，處理的並不是語言本身，而是概念和命題。在他們看來，雖然分析沒有窮盡哲學的全部工作，但是，它卻為揭露實在之邏輯形式(the logical form of reality)提供了有力的工具。維根斯坦在《邏輯哲學論》(*Tractatus Logico-Philosophicus*, 1921)中曲折地力辯：語言之結構顯示世界之結構；每一有意義的語句都可以分析至原子構成素(atomic constituents)，而這些構成素指涉簡單的實在構成素(constituents of reality)。維根斯坦在晚期著作放棄了這個在早期《邏輯哲學論》中的觀點，但這種觀點在 1920 年代對維也納學派(the Vienna Circle)，以及後來在 1930 和 1940 年代對邏輯實證論(logical positivism)都產生了相當的影響。兩位邏輯實證論的主將卡納普(Carnap)和艾耶爾(Ayer)都主張，哲學的任務不在於揭示難以理解的形上學真理，而是為科學的語句提供分析。(其他的語句，如倫理學的語句，則被認為缺乏「認知意義」〔cognitive significance〕)他們的模範是羅素的描述詞理論(theory of descriptions)，後者提供了技術以分析地消除掉，那些看起來像是對可疑東西之承諾(commitments)。在這期間，許多先前受到維根斯坦影響的分析方法的擁護者，後來採取了被稱之為「日常語言哲學」的哲學分析態度。持這種見解的哲學家把注意集中在普通說話者的生活中的語詞之角色，希望能擺脫長久以來的哲學困惑。他們認為，在追尋哲學論題(theses)的過程中，用來提哲學問題之語句之文法形式(the grammatical form of sentences)誤導我們的自然傾向，以致有這些困惑。(一個經典的例示可能是海德格〔Heidegger〕的哲學主張：「無」一定指涉某種東西，儘管是非常特殊的某種東西)

今天，想在分析哲學家的陣營中尋找更多的共同之處是極為困難的。所有的也許只是一種對於論證和明晰性之隱而不宣的尊重、關於什麼問題易或不易處理之一種漸次形成的但非正式的共識，以及相信哲學與科學在某個意義上是連續的。分析哲學家的工作侷限在同行的圈內對話，而非面向廣大的公眾，這一傾向遭致人們對於這種哲學過於「專技化」的指責，呼籲哲學家們重返多元的、面向社群的哲學問思風格。分析哲學家們則回應道，哲學史上一向清楚地表述了分析的技巧和標準。

參見 continental philosophy 歐陸哲學；ordinary language philosophy 日常語言哲學；pluralism 多元論；Vienna Circle 維也納學派

J.F.H.撰　龔維正審訂

analytic-synthetic distinction　分析-綜合區分　這區分由康德(Kant)提出而成名。根據康德，如果一個肯定的主-述形式述句(statement；命題〔proposition〕、判斷〔judgment〕)的述詞概念包含在主詞概念中，這述句就是一個分析述句，否則即為綜合述句。例如，「所有紅玫瑰都是紅的」這述句是分析的，因為「紅的」概念包含在「紅玫瑰」概念中。「所有玫瑰都是紅色的」是綜合的，因為「紅的」概念並沒有包含在「玫瑰」概念中。當一個肯定主-述形式述句是分析述句時，否定該述句會推衍出矛盾。例如，「不是所有紅玫瑰都是紅的」推衍出「有玫瑰既是紅的又不是紅的」。

依康德之意，一個語詞即使不是另一語詞之一部分，其所表達的概念仍有可能包含於另一語詞所表達的概念之內。例如「單身漢」的意思是「無配偶的男人」，因此「無配偶的」概念包含在「單身漢」概念中。據此，「所有的單身漢都是無配偶的男人」是分析的。同一個分析述句可由不同的同義語句(synonymous sentences)表示，例如「所有的單身漢都是無配偶的男人」跟「所有的無配偶的男人都是無配偶的男人」這兩個語句。語句(sentence)不像述句可分成分析的或綜合的，除非它相對於某個解釋(interpretation)。例如「所有的俄羅斯老師都是俄羅斯人」這語句，在「所有俄羅斯籍老師都是俄羅斯人」這意義下它是分析述句，而在「所有俄羅斯人的老師都是俄羅斯人」這意義下就是綜合述句。

康德革新萊布尼茲(Leibniz)與休姆(Hume)之處，在於把邏輯與語意的分析-綜合區分，區隔於知識論上的先驗-後驗區分(epistemological a priori-a posteriori distinction)，以及模態與形上學上的必然-偶然區分(modal-metaphysical necessary-contingent distinction)。分析述句是先驗的(不必由經驗證據而得知)、必然的(不可能為假)，這似乎是很明白的。但其反面卻引起高度爭議。康德及追隨他的理性主義者引用邏輯(矛盾是不可能的、等同關係具傳遞性)、數學(7 加 5 的和是 12、兩點間的最短距離是直線)、還有形上學(凡事必有因)中的例子來說明某些先驗、必然的述句是綜合的。經驗論者如彌爾(J. S. Mill)、卡納普(Carnap)、艾耶爾(Ayer)與劉易士(C. I. Lewis)等則主張，上述例子中的述句，它們要不是後驗綜合的，就是先驗分析的。

康德之後，哲學家就不斷試著去釐清分析-綜合區分，並試圖把此區分推廣適用到一切述句。其中一種定義是，一個語句(在給定的解釋下)是分析的，如果這語句「僅透過其組成字詞的意義或定義而為真」。任何語句的真假值，部分依賴在其組成字詞的意義上。例如「所有翡翠都是綠的」，這語句可能是假的，如果其中「翡翠」的意思是指「紅寶石」。而一個語句是綜合的，在於這語句的真假值也依賴(例如)翡翠本身的性質，例如翡翠確實是綠的。然而這說法似乎也適於分析語句：例如「所有紅玫瑰都是紅的」，這語句的真假值必須依賴紅玫瑰的性質決定，即紅玫瑰確實是紅的。因此，上述兩個語句都無法僅靠語句本身的意義而為真。

一種比較恰當的推廣方式是將分析述句定義成形式邏輯真理(formal logical truth)：一個述句若是「由其邏輯形式(logical form)而為真」，那麼任何具有相同形式的述句都是真的。語句經解釋後，若這語句是所謂的分析真理，就是指它是個顯明的邏輯真理(其表面結構代表著其邏輯形式)，或者在透過同義詞代換後，這語句即可成為一顯明的邏輯真理。根據此一定義，「明天不會既是星期天又不是星期天」這個否定述句是分析的，因為所有具有 ∫ (p&~p)形式的述句皆為真。康德的定義只是上述定義下的一種個例：一個主-述形式的肯定述句，若為邏輯真理，則其述詞包含於其主詞之內。

第三種推廣方式是說，有種述句，否定它就會推衍出矛盾，「分析的」就是用來指稱這類述句。當性質 S 可推導出性質 P，我們說主詞 S 包含著述詞 P。這種推廣比起第二種推廣來得寬或窄，取決我們如何定義「推導」、「邏輯形式」和「矛盾」等概念。在某些解釋下，「紅是一種顏色」是分析的，例如在第三種推廣方式中(因為否定這述句會推導出「有個既有色彩又沒有色彩的東西」)，但在第二種推廣方式下這述句就不是分析的(因為「紅」和「有顏色的」兩者間沒有邏輯結構關係)，然而與事實相反的條件句(counterfactual conditional)，例如「假如這是一朵紅玫瑰，那麼它就是紅色的」，則恰恰相反，在第三種推廣方式下不是分析的，而在第二種推廣方式下是分析的。

跟隨蒯因(Quine)之後，許多人不再認為分析與綜合間有任何區別。反對的論證中，有些質疑「透過意義為真」(true by meaning)此一定義，有些則是透過下列方式質疑：(1)分析-綜合區分必須透過「意義」、「概念」，以及「述句」等相關概念定義，而這些概念既不具有外延性，而且也無法以公開行為定義之；(2)有些述句(例如「所有貓都是動物」)難以歸類成分析述句或綜合述句；(3)在面對新出現的經驗證據時，任何述句都有可能被放棄。不過，如果上述論證是妥當的，那麼邏輯真理與其他真理之區別也就同樣可疑；但這結果很少人能接受。

有人將先驗真理(a priori truth)，無論是分析還是綜合的，描述成概念真理(conceptual truth)，在這理論中，先驗分析或先驗綜合根據其內含概念的性質而全都為真。概念真理沒有「事實內容」(factual content)，因為它們談的是概念而非實際世界裡的對象。不過這理論是有問題的，因為它將先驗分析真理與先驗綜合真理歸為一類。如前指出的，所有真理的成立，部分是因為它們之中的概念的等同，部分是因為它們涉及對象的性質。所有翡翠都是翡翠是個事實，這命題談的是翡翠，而非概念。

參見 a priori 先驗；conventionalism 約定論；necessity 必然性；philosophy of language 語言哲學；Quine 蒯因

W.A.D.撰　林正弘審訂

***anamnesis*　回憶**　見 form 形式；Plato 柏拉圖

***ānanda*　狂樂**　見 *sat/chit/ānanda* 真、智、樂

***ananke*　必然性**　古希臘字，意為必然性(necessity)。該詞由早期希臘哲學家用來表達一種能約束或能推動的自然力量。按照巴門尼德斯(Parmenides 見《斷簡》〔frg. 8, 30 行〕)，*ananke* 將實在界包含在有限的範圍中。按照迪奧奇尼斯．拉爾提烏斯(Diogenes Laertius)，德謨克利特斯(Democritus)曾把產生宇宙的漩渦稱為 *ananke*。柏拉圖(見《泰密爾斯》〔*Timaeus*〕, 47e 及隨後)認為 *ananke* 是自然中的非理性因素，而當理性創造物理世界時，便將它加以秩序化。至於亞里斯多德使用的「必然性」一詞(見《形上學》〔*Metaphysics*〕V. 5)，其基本意義為「那不可能是別的樣子者」，其中包含邏輯的必然性。亞里斯多德(《物理學》〔*Physics*〕, II. 9)也區別「單純必然性」和「假設必然性」(指某物若要發生時的必要條件)。

參見 Aristotle 亞里斯多德；Parmenides 巴門尼德斯

W.J.P.撰　沈清松審訂

anaphor　指代項　見 anaphora 指代法

anaphora　指代法　一種在語言中指涉或交互指涉的方法，其表現的方式通常是讓某詞(通常是一個代名詞，也稱為「指代項」〔anaphor〕)，去代表先前出現的另一個詞或名詞片語(稱為指代項的先行詞〔antecedent〕)，並讓指代項具有先行詞所具有的各種語意屬性。有時先行詞是一個專有名詞(proper name)，或是其他獨立指涉表詞。例如在句子「吉兒上了山，然後她又再次下了山」裡，指代項與其先行詞指涉同一物體。在其他地方，指代項是作為量化詞所拘束的變數來使用，例如在句子「如果任何一個礦工買了一匹驢，他就身無分文了」中，「他」就是之前的量化詞「任何一個」所拘束的變數。不過，指代法尚有令人困惑之處，因為並不是每一個例子都能恰如其分地符合上述兩組類型。在句子「約翰有一些羊，哈里為牠們種牛痘」中，指代項是否與先行詞「一些羊」有量限關係是有爭議的。而在句子「每一位擁有一匹驢的礦工都拍打著牠」(這是由紀治〔P. T. Geach〕所提供的著名例子)中，指代項可能既不為量詞「一匹驢」所拘束，又不與任何先行的表達式有關。

參見 quantification 量化；theory of descriptions 描述詞理論

M.M.撰　王文方審訂

anarchism　無政府主義　見 Kropotkin 克魯泡特金；political philosophy 政治哲學

***anattāvāda*　無我論**　肇始於佛陀(Buddha, sixth century B.C.)，佛教的無靈魂(no-soul)教義。佛陀的緣起(*pratītyasamutpāda*)觀念蘊生一種與變化有關的過程本體論(a process ontology)，其否定任何絕對、永恆和實體性的事物。於是，佛陀教導說，人的自我由一束可概分為五蘊(*skandhas*)的流動印象所組成，而非稱為「靈魂」(soul)的實體性存在。佛陀藉內省以了解吾人是否能內在地意識到某種類似靈魂之實體的方法，同休姆(David Hume)所採用的方法極為相似。印度教諸哲學流派則反對無我論，認為這理論無法令人滿意地解釋人格同一性(personal identity)、道德責任、業(karma)和再生等課題。

D.K.C.撰　何建興審訂

Anaxagoras　阿那撒哥拉斯(c.500-428 B.C.)　古希臘哲學家，他是先蘇格拉底學派(pre-Socratics)哲學家中第一位在雅典講學者(c.480-450)，並影響了雅典城最傑出的知識份子，其中包括伯里克利(Pericles)和歐里庇得斯(Euripides)。後來他因被判決不敬神靈而被迫離開雅典。為了回應巴門尼德斯(Parmenides)，他發展一種關於物質的理論。根據這種理論，既沒有東西產生也沒有東西消失。終極的實在是水、地、肉、骨之類的材質，它們與像熱與冷這種性質相反的東西同樣被當作材質。每一種現象的實體都包含所有基本元素的成份，同時，在任何事物中沒有最小的元素，只有物質在現象上呈現出在元素混合中一種佔優勢的屬性。阿那撒哥拉斯認為有無限多的基本材質，不同於與他同時代的恩培多克利斯(Empedocles)認為只有四種元素，不過，阿那撒哥拉斯熱衷於追隨巴門尼德斯，不容許任何宇宙中不存在而變成宇宙組成部分的屬性或物質出現。這樣，就不會在表象和實在之間造成根本的鴻溝：我們所感知的每一件事都是實在的。在阿那撒哥拉斯的宇宙起源學說中，當「努斯」(*noûs*；心靈〔mind〕)開始產生漩渦狀運動，就會將原先包含所有宇宙物質的最初渾沌區分為「乙太」(ether，上層的明亮空氣)、氣、水和地的同時，原初完全混合的渾沌漸次變成為有秩序的世界。存在於所有生命體的心靈比任何其他材質更精緻，也不與它們混合。阿那撒哥拉斯的心靈理論提供了最初的心物二元論的暗示。柏拉圖和亞里斯多德認為：阿那撒哥拉斯賦予心靈宇宙之力，使他看上去像是他的同時代人中的「清醒者」，但是，他們對他失望的是，他並未充分利用其思想，為自然現象提供一種目的論(teleological)的解釋。

參見 pre-Socratics 先蘇格拉底學派

D.W.G.撰　苑舉正審訂

Anaximander　阿那西曼德(c.612-545 B.C.)　古希臘哲學家和宇宙論學者，在米勒斯學派(the Milesian school)中以泰勒斯(Thales)的學生和繼承人而聞名。他描述宇宙是經由區分的運動而從「無限」(*apeiron*)中誕生，並形成了圓盤狀的大地，四週的虛空中環繞著包裹在空氣中的火圈。通過空氣中的「透氣孔」(breathing holes)，我們可以看見一些噴火口，這就是星星、月亮和太陽。大地端居其位，因為它沒有理由向其他方向傾斜。受到暫時性過程的掌控，在熱乾與濕冷兩種力量主宰之下，這就依次產生了四季的交替(象徵性地表徵了時間)。阿那西曼德描繪了一幅世界地圖，運用自然論的假設解釋了風、雨及電的形成。他也以預示進化論的方式，描述了生命的誕生。阿那西曼德對於宇宙學和宇宙起源學的興趣，以及他突出的假設，為後來的先蘇格拉底哲學學派設定了主要的論題。

參見 *apeiron* 無限；Milesians 米勒斯學者

D.W.G.撰　苑舉正審訂

Anaximenes of Miletus　米勒斯的阿那西曼尼斯(fl. c.545 B.C.)　古希臘哲學家，也是先蘇格拉底(pre-Socratics)時期的思想家。他追隨著米勒斯學派哲學家泰勒斯(Thales)和阿那西曼德(Anaximander)的傳統，思考有關宇宙學和氣象學。宇宙的原形(*archē*)是空氣(*aēr*，最初是霧)，它通過某種稀疏過程而成為火；通過某種凝聚過程而成為風、雲、水、地和石。空氣是神聖的，它導致生命。大地呈扁平狀，依靠在一個氣墊上面，而天體像一頂帽子環繞著它旋轉。阿那西曼尼斯還解釋了氣象現象和地震。儘管他不若他的先驅阿那西曼德那般具有原創性，但在訴諸稀疏與凝聚的量化過程而非包含擬人化的神話過程裡，他提出進步的自然論解釋。

D.W.G.撰　苑舉正審訂

ancestral　本源　(針對一特定關係 R 而言)指一種關係(亦稱作 R 的傳遞封閉〔transitive closure〕)，這種關係將特定個體關聯到第二個個體，若且唯若第一個個體可以藉由特定關係R的重複「應用」，而由第二個個體所「企及」。祖先關係(ancestor relation)就是親代關係(parent relation)的「本源」。因為，若一個人是另一個人的親代，或一個人是另一個人親代的親代，或一個人是另一個人親代的親代的親代等等，那麼，第一個人便是第二個人的祖先。弗雷格(Frege)發現了一個簡單的方法，以關係本身(加上邏輯概念)，對此特定關係的本源，賦與了實質上充分、形式上正確的定義。這個方法可以非正式地說明如下：為了要使一個人 A 成為第二個人 B 的一個祖先，充要條件是 A 要擁有屬於 B 的每一個親代的每一項性質，以及要擁有任何這些性質所屬之人的每一個親代的每一項性質。此一方法和其他相類似的方法，使得所有數字的概念可以化約到零及後繼者之概念，弗雷格並嘗試將後者化約到純粹邏輯的概念。弗雷格對本源的定義成了近代分析哲學中的典範，同時也是傳統邏輯和近代邏輯分界的歷史標竿。它彰顯了當代邏輯分析的精確性，相對地，也呈顯出傳統邏輯的狹隘。

參見 Frege 弗雷格；logicism 邏輯主義；relation 關係

J.Cor.撰　林正弘審訂

ancient atomism　古代原子論　由路西帕斯(Leucippus)創始，經德謨克利特斯(Democritus)發展的理論。他認為終極實在是原子和空。該理論日後被伊比鳩魯(Epicurus)所用，建構一種強調倫理關懷的哲學，即伊比鳩魯學派(Epicureanism)。

參見 Democritus 德謨克利特斯；Epicureanism 伊比鳩魯主義

D.W.G.撰　苑舉正審訂

Andronicus of Rhodes　羅德島的安卓尼庫斯(first century B.C.)　希臘哲學家，呂克昂(the Lyceum，亞里斯多德學園)的領導人物，我們今天所讀的亞里斯多德(Aristotle)的經典著作是由他負責建立的。他還編訂了希奧弗拉斯特(Theophrastus)的著作。在當時，亞里斯多德主要以其哲學對話錄見聞於世，這些對話錄只有斷簡殘篇存留於今；而他的那些較具組織的論著則在他去世不久即停止流傳。藉著編訂出第一部有系統的亞里斯多德全集的版本，安卓尼庫斯重新喚起了對亞里斯多德的論著的研究，一系列批評和爭論，引發了對哲學發展的戲劇性影響。安卓尼庫斯的辛勞鮮為人知；然而，他除了編輯亞里斯多德的著作，討論其論著的標題、篇章結構和真偽的問題之外，他試圖釐清亞里斯多德的思想並加以評價。在這樣的做法之下，安卓尼庫斯及其同僚開創了對亞里斯多德的評論的解釋的傳統。他的著作並未留存下來；以前歸屬在他的名下的一論述情緒的摘要是偽書。

參見 Aristotle 亞里斯多德；commentaries on Aristotle 對亞里斯多德的註釋；Lyceum 呂克昂

V.C. & S.A.W.撰　徐學庸審訂

Anesidemus　埃尼西德穆斯　見 Hellenistic philosophy 希臘化時期哲學；Skeptics 懷疑學派

***Angst*　煩**　德文字，用於指某種特殊形式的焦慮，某種被存在主義者視為既構造又顯現著人類狀況的情緒。「煩」在海德格(Heidegger)的著作中扮演著至關重要的角色，其概念與齊克果(Kierkegaard)的 *angest* 和沙特(Satre)的 *angoisse* 緊密相聯。煩之概念首先在齊克果的著作《焦慮之概念》(*The Concept of Anxiety*, 1844)中，取得其特別的意義，焦慮(anxiety)於此被描繪成「自由之眩暈」(the dizziness of freedom)。在此，焦慮代表著自由之自我覺識；這是試圖達到自主性的個體必備的心理前提，也是一種既魅惑又擾亂人心的可能性。

參見 Heidegger 海德格；Kierkegaard 齊克果；Sartre 沙特

C.S.E.撰　鄺錦倫審訂

anhomoeomerous　非各部分相同的　見 homoeomerous 各部相同的

animal faith　動物信念　見 Santayana 桑塔耶那

Anniceraioi　安尼色拉伊歐　見 Anniceris 安尼色里斯

Anniceris　安尼色里斯(fl. c.320-280 B.C.)　古希臘哲學家。安提帕特(Antipater)的學生。他設立以「安尼色拉伊歐」(*Anniceraioi*)聞名的居勒尼學派(the Cyrenaic school)的分支學派。他是屬於典型的居勒尼學派快樂主義的成員，因為我們無法了解別人的體驗，所以他認為每種行動的目的均在於求自身的快樂。可是，他又以另一種主張調和了快樂主義的蘊涵，而認為聰明人自會傾向於尊重父母、有愛國心、感恩圖報和重視友誼等價值，在這一方面他可能還影響了伊比鳩魯(Epicurus)。在快樂主義的實踐理性方面，安尼色里斯也減弱了居勒尼學派在實踐理性上所強調的理智作用，採取了一種亞里斯多德式的看法(Aristotelian view)，認為良好習性的培養是不可或缺的。

參見 Cyrenaics 居勒尼學派

R.C.撰　王文方審訂

anomalism of the mental　心理的異常　見 philosophy of mind 心靈哲學

anomalous monism　不規則一元論　見 philosophy of mind 心靈哲學

anomaly　異例　見 paradigm 典範

***Anschauung*　直觀**　見 Kant 康德

Anscombe, G(ertrude) E(lizabeth) M(argaret)　安絲康，傑楚德・伊莉莎白・馬格瑞特 (b.1919)　英國哲學家，分別在牛津大學和劍橋大學任職，以心靈哲學及對維根斯坦(Wittgenstein)後期著作之編輯和翻譯而聞名。她曾隨維根斯坦研讀哲學，因而與維氏私交甚篤，著有《維根斯坦論叢引論》(*An Introduction to Wittgenstein's Tractatus*, 1959)。安絲康的丈夫就是彼得・紀治(Peter Geach)。

《意向》(*Intention*, 1957)是安絲康第一本重要著作。安絲康認為，我們若要了解自己是理性的行為人(rational agents)，「意向」這概念乃是核心之所在。我們行動具有意向性，乃是一基本事實，而我們行動之有什麼意向，可從我們為自己行動辯解的理由中見得。這類理由通常是逐層往上推移，構成一實踐的三段論，而結論就是該行動本身。因此，我們的意向乃是一種在常態下會引生行動的實踐知識(practical knowledge)。在安絲康的比較下，這種知識的匹配指引性(the direction of fit)，就近似於購物單與所購物之間的關係。但若此購物單是由一旁觀者觀察購物者之採購行為後而列出者，便大有不同。她更認為，現代哲學(即中世紀以後的哲學)的錯誤，就在於以為一切知識都屬於後者，即觀察型的知識。

主動性的知識(active knowledge)，是透過行為人的意向而表現出來。此一構想跟休姆(Hume)及其擁護者對理性特徵的消極構想，有明顯衝突。因此，安絲康寫了多篇批判論文，挑戰休姆及其現代繼承者所做的實然-應然區分(the is-ought distinction)。在一篇著名論文〈現代道德哲學〉(Modern Moral Philosophy, 1958)中，她也辯稱說，應然述句(ought-statements)只有在道德神學的脈絡中才有意義。但道德神學是將道德立基於神聖命令中，而我們現今的文化並不接受這種神學，無怪乎「現代的道德哲學家們」覺得這類述句並無多大意義。因此，(安絲康認為)我們應該放棄它們而回復從前實踐理性(practical rationality)和品德(virtue)這些古老觀念，而這些概念及相關的自然律概念，對傳統天主教維護其關於性和關於戰爭的道德觀，及關於意向與預想(foresight)之區別，提供了堅強的依據。

安絲康的哲學和倫理學立場，沒有得到廣泛接受，但她從不畏縮。她出版了共三冊的《論文集》(*Collected Papers*, 1981)，其中有對單一因果關係的辯護、對思維主體觀念的攻擊，及對和平主義(pacifism)的批判。在同時代的英國哲學家中，安絲康實是最有原創性和最突出的其中之一。

參見 action theory 行動理論；direction of fit 契合方向；Hume 休姆；intention 意圖；natural law 自然法；Wittgenstein 維根斯坦

T.R.B.撰　謝仲明審訂

Anselm　安瑟倫　聖者，人稱「坎特伯里(Canterbury)的安瑟倫」(1033-1109)，生於義大利的英國哲神學家。他是聖本篤修會的修道士，第二個諾曼第的坎特伯里總主教，最為人所知的是他著名的方法——「信仰要求理解」(*fides quaerens intellectum*)；還有他在他的論著《論證篇》(*Proslogion*)中所進行的上帝存在之「存有學」(ontological)論證；以及他在《神為何成為人》(*Cur Deus homo*)一書中之贖罪理論的古典形式。

安瑟倫和在他之前的奧古斯丁(Augustine)一樣，於形上學方面是基督宗教的柏拉圖主義者。他主張最容易企及的上帝存在證明，乃是要透過價值理論：在他的論著《獨白篇》(*Monologion*)中，展開了一個宇宙論的論證，顯示出一個所有善的存在泉源，其即為善本身(the Good per se)，而因此是至高無上的善(supremely good)；同一事物自身存在，此即為至高存有(Supreme Being)。在《論證篇》中，安瑟倫由其「那比之無法設想之物更高的存在」之概念開始而展開了他的存有學論證，亦即，那比之無法設想之物更高的存在存於理智之中，因為即使愚人聽到這句話也能了解；但若它只存於理智之中，那麼，我們便可以設想一個更高者存在於現實之中。這個至高無上的高貴客體——無論它是什麼，任何其他事物亦然——本質上就是比不是它這個樣子要好，並因此而是在其本身為有活力的、睿智的、全能的、真實的、正義的、神聖的、非物質的、不變的，以及永恆的；甚至是感官善的典範，以其自身不可名狀的方式而為美、和諧、甜美及愉悅的觸感。儘管如此，上帝是卓然單純的，非眾多卓越特性的複合體，而是「全然而純然，總合而單一的善」(*omne et unum, totum et solum bonum*)，比無法設想之物更教人喜愛的存在。

由於上帝為一動因，上帝之外的任何事物都因著上帝而有其存在及其福祉。此外，上帝是所有受造物的典範，後者和上帝愈像，就愈能夠歸入較高的階層。因此，成為人類比成為馬更好，而成為馬比成為樹更好，即便和上帝比較起來，其他萬有根本「不值得一提」。對於每一個受造物而言，存在一種被造的原因(*ad quod factum est*)。一方面，安瑟倫將這種目的論視為是萬物本身之內在結構的部分：一個類型 F 的創造物真的是 F，只當它是／確為／例證了 F 所屬物的受造原因；一個有缺陷的 F 則否。在另一方面，對安瑟倫而言，一受造物的「目的」(*telos*)，就是上帝創造它的原因。因為上帝是具位格的，乃透過理性和意志來行動，安瑟倫便推論出，在創造之先(在解釋的順序上)，由於製造者的緣故，存在一種他將要造出之物的範例、形式、相似性或規則。在《論真理》(*De veritate*)中，安瑟倫堅持這種目的論所引致的義務：由於受造物的存在及福祉都歸於上帝之故，所以他們的存在及福祉都是上帝的功勞，在這種意義之下，便有義務要盡其所能成為最好的存在物以讚頌祂。因為每個受造物都有某種本性，因此，每個受造物都能夠藉著是為上帝創造它的原因，而成為最好的。抽去障礙、非理性之本性以成就如此之義務，並藉由本性的必然性而「正確地行動」；當他們履行其理性及意志的能力，以成就上帝創造他們的目的時，他們就是理性的受造者。因此，一受造物(如此善的一存在者)的善性，是如下成對要素的一種功能：其自然目的(此即它針對神性的模倣)，及其正當性(運用它的自然力量以完成其目的)。相對地，上帝因著絕對獨立而不虧欠何者任何事，而因此對受造物沒有任何義務。

在《惡的沉淪》(*De casu diaboli*)中，安瑟倫強調了其存有學的樂觀主義，推論出由於至高的善和至高的存有是同一的，因此所有存在都是善而所有善都是存在。由此引出了兩個進一步的結論。首先，惡是存在的缺乏，在某些應該有善的事物上缺乏了善(例如，在有正常視力之動物身上的失明，在人類或天使身上的不義)。其次，因為所有的真實能力都用來使得一存在者完成其自然目的，並因此而成為它所能成為的最佳存在，所以，所有的真實(在形上學上基本的)能力都極致化且本質上指向了善，使得惡只是其運作的偶然副作用，涉及了能力中的缺乏協調，或其運用和週遭脈絡之間的缺乏調合。因此，恰當地說，神的全能並不包含墮落性、被動性、或說謊的能力，因為後者是其他事物中的缺失和／或能力，其運作阻撓了墮落、被動、或潛在謊言的活躍。

安瑟倫的獨特行動理論始於目的論地觀察到，人類和天使被造為一浸淫於上帝中的幸福不朽者，而為達目的即被賦與了推理的能力以做出正確的價值評估，且因此亦被賦與了愛的意志。安瑟倫將自由和可歸罪性的選擇，視為所有理性存在之本質上及永恆的特徵。但自由不能被定義為相對的能力(朝向罪惡的能力和不朝向罪惡的能力)，因為上帝和善的天使都沒有朝向罪惡的能力，且因為罪是一種惡，並沒有任何具形上學基礎的能力能夠以它為目的。此外，自由是為其自身保留正義的力量。只當選擇和行動是自發的、來自行為者本身，才可將其歸咎於行為者。受造物不能藉由其本性的必然而自發地行動，因為它們並不從它們自身獲得本性，而是從上帝那裡獲得本性。為了要給它們機會成為它們自己，上帝賦與了它們兩種朝向善的動機驅力：一種是對利益的愛好(*affectio com-*

modi)，或者是因為事物對行為者本身的利益，而對事物欲求的傾向；一種是對正義的喜好(*affectio justiae*)，或者是因為事物自己本身的價值，而對事物欲求的傾向。受造物或是能夠整頓這些驅力(讓後者調和前者)，或是不能。善的天使保留了正義，因為他們不欲求對他們可能，但卻同時為上帝所禁止的某些利益；他們不再能欲求比上帝所為他們欲求的還要多的利益，因為祂為他們欲求了最大量的利益以作為報償。相對地，因拒絕配合上帝的延遲報償而犯罪的受造物，失去了意志的端正性，以及對正義的喜好，且因而失去了調和他們利益追求的能力，或者欲求最佳善的能力。正義永遠不會歸還給放棄了它的天使。但若動物性使得人類本質脆弱，它也會打開救贖的可能性。

安瑟倫對道成肉身之必然性的論證道出了正義和悲憫之間的辯證，這刻畫了他的祈禱。他從要求正義開始：正義是上帝賜給人類，以使得人類的所有選擇和行動都遵照祂的意志；無法表現出所被賦與之物便是侮辱了上帝的榮耀，且使得冒犯者有贖罪的義務；因為侮辱上帝比無數世界遭受摧毀還要糟，所以對於任何小罪的贖罪和任何創造的善都無法相比；要上帝忽略如此大的冒犯，會是最高度的無禮。這樣的計算威脅到了罪人的某種毀滅，因為唯獨神能夠執行／成為無限的報償，而且，將創造物的榮耀奪去(透過對其目的的永恆挫敗)似乎是平衡審判的唯一方法。然而，正義亦禁止上帝的目的透過創造的反抗而受到阻礙，而且正是「神的悲憫」(divine mercy)，使得人類和祂一起成為幸福的不朽者。同樣的，人類由於其生物上的天性而組成家庭(天使並沒有共享這種天性)，而正義允許一家庭成員的罪由另一成員來做補償。假定所有目前的人類都是第一對共同雙親的後代，安瑟倫主張，若上帝變成了人類，且交付給上帝亞當的家庭所虧欠之物，那麼，人類便可以為罪惡而贖罪。

當安瑟倫堅持人類是為了與上帝幸福地親近而受造，且因此有義務以他們所有的力量奮力迎向上帝時，他顯然將情緒和意志納入了理性或智性之中。上帝是操控的主體，對我們而言有部分是永遠無法接近的(因為神和創造物在存有學上的不相稱)，而且我們的進展進一步受到了罪惡之結果的阻礙。我們的力量將全力運作，因此，我們有責任在其使用中遵循正確的順序：首先順從信仰的整體訓練，它將關注於我們的靈魂，且為我們指出正確的方向。然而，在我們激賞權威時亦有責任不保持被動，反是因為信仰而尋求對所信之物的理解。安瑟倫的作品展現了一種辯證結構，充滿了問題、反駁和對立意見，企圖鼓動人心。他的教義對話四部曲——《論文法》(*De grammatico*)、《論真理》、《論自由意志》(*De libertate arbitrii*)及《惡的沉淪》，和他最後的哲學論述《論預知及預定的融合》(*De concordia*)一樣，在十三及十四世紀便如此主流地預想了士林哲學的這類問題(*quaestio*)。他的討論同樣值得注目的是注意到了模態(modalities)及專有和非專有語言的使用。

參見 divine attributes 神的屬性；free will problem 自由意志問題；philosophy of religion 宗教哲學

M.M.A.撰　蕭宏恩審訂

***An Sich*　自身**　見 Hegel 黑格爾；Kant 康德

antecedent　前件　見 counterfactuals 非現實句

antecedent, fallacy of denying the　否定前件的謬誤　見 formal fallacy 形式謬誤

***ante rem* realism　極端的實在論**　見 property 性質

anthropology, philosophical　哲學人類學　見 philosophical anthropology 哲學人類學

anthroposophy　人智論　見 Steiner 斯坦拿

antilogism　違理論　一種不一致的三段式命題，其中二項為有效直言三段論的前提，而第三項為此有效直言三段論的矛盾結論。違理論是前後矛盾或自相矛盾的一種特殊形式。

參見 inconsistent triad 不一致的三段式

R.W.B.撰　李國偉審訂

antinomianism　反規範論　認為人不受道德法則束縛的觀點，尤其是基督徒，經由恩寵，已經從服從道德法則的需要中解脫的觀點。在宗教改革時，有些人(但不包含馬丁・路德〔Martin Luther〕)相信反規範論是隨著路德因信稱義的學說而來的。

參見 justification by faith 因信稱義；Luther 路德

W.L.R.撰　沈清松審訂

antinomy　二律背反　見 Kant 康德

Antiochus of Ascalon　阿斯卡隆的安蒂歐克斯(c.130-c.68 B.C.)　希臘哲學家，新學園(New Academy)的最後代表人物。他在終結新學園長達兩個世紀之久的懷疑論上扮演重要的角色，並幫助復興了來自舊學園(Old Academy)的學說的興趣，這些學說他稱為柏拉圖(Plato)、亞里斯多德(Aristotle)及其追隨者。

促使產生上述根本轉變的動力來自知識論，在這一領域，懷疑論學園(the Skeptical Academy)長期以來都贊同斯多噶學派(Stoicism)，認為知識需要一種無誤的「真理標準」(criterion of truth)的這一看法，但對斯多噶學派的另一個觀點，認為可以在「認知性的感知」(cognitive perception)中找到這一標準，卻存有異議。安蒂歐克斯的老師，拉里薩的斐羅(Philo of Larissa)，打破了這一傳統且提出，感知不必是認知性的才有資格成為知識。拒絕拉里薩的斐羅所做的讓步，安蒂歐克斯為斯多噶學派的觀點提供了新論述，認為某些感知具有認知性，故而是知識。他也在倫理學領域做了類似的調停，一方面他贊同斯多噶學派認為僅憑德性即足以獲得幸福的觀點，另一方面又贊同亞里斯多德的看法，而認為德性不是唯一的善。諸如此類試圖調停基本爭議的做法，使得某些人給安蒂歐克斯貼上「折衷主義者」(eclectic)或者「調和主義者」(syncretist)的標籤；但是，他的某些建議，尤其是訴諸於舊學園，為「中期柏拉圖主義」(Middle Platonism)搭建了舞台，後者也致力於調和柏拉圖和亞里斯多德。安蒂歐克斯的著作沒有被保存下來，但是他一生桃李滿天下，他的學生中有許多優秀的羅馬人，其中最負盛名的當屬西塞羅(Cicero)，西塞羅在他的著作《學園》(*Academica*)中簡述了安蒂歐克斯的知識論，在著作《論目的》第4卷(*De finibus* IV)中闡述了他對斯多噶學派倫理學的批評，在《論目的》的第五卷(*De finibus* V)中則闡述了他那有亞里斯多德學派意味的倫理學。

參見 Academy 學園；Aristotle 亞里斯多德；Cicero 西塞羅；Middle Platonism 中期柏拉圖主義；Plato 柏拉圖；Stoicism 斯多噶學派

V.C. & S.A.W.撰　徐學庸審訂

Antipater　安提帕特　見 Stoicism 斯多噶主義

Antiphon　安提奉　見 Sophists 智者

anti-razor　反剃刀　見 Ockham's razor 奧坎剃刀

anti-realism　反實在論　反對主張存在獨立於心靈外(mind-independent)、可認知(knowable)的事實、客體(object)或性質(properties)之各類研究與論點。形上學實在論者(Metaphysical realists)普遍地斷言存在獨立於心靈之客體。各別領域中的實在論者(Realists)則更具體，並就特定範圍內立論。因此，道德實在論者(moral realists)主張存在獨立於心外的道德性質，數學實在論者(mathematical realists)主張心外有數學事實，科學實在論者(scientific realists)持著科學研究揭示了前所未知的心外實體(entities)與性質。反實在論者否認上述相關論述是心外之事實，亦否認對此種事實知識的可能性。

柏克萊(Berkeley)的主觀觀念論(subjective idealism)，主張世界只由心靈與其內容所構成，是形上學反實在論。另一方面，建構主義反實在論者(Constructivist anti-realists)否認世界僅由心靈現象(mental phenomena)所構成，而宣稱世界由我們的證據(evidence)或是信念(belief)所建構。很多哲學家認為建構主義作為形上學教條假設是含混不清，甚至前後不一致，但是若僅限於倫理學(ethics)或數學等個別領域，建構主義就比較說得通了。

實在論和反實在論的論戰在科學哲學中一直戰況激烈。科學實在論一直被建構主義者(constructivists)和經驗主義者(empiricists)所排斥。建構主義者如孔恩(Kuhn)，主張科學事實是由科學社群所建構；經驗主義者認為知識僅限於那些可被觀察到的。後者論述的複雜版是佛拉森(Bas van Fraassen)的建構經驗主義，該主義允許科學家自由地去建構科學模型，但是宣稱模型的證據僅能確證該模型可供觀察的蘊涵。

參見 constructivism 建構主義；direct realism 直接實在論；moral realism 道德實在論；scientific realism 科學實在論

P.Gas.撰　吳秀瑾審訂

Antisthenes　安提斯特尼　見 Cynics 犬儒學派

antisymmetrical　反對稱的　見 ordering 排序；relation 關係

antithesis　反題　見 Hegel 黑格爾

***apagoge*　演繹法**　見 Aristotle 亞里斯多德

***apatheia*　免於激情**　見 Stoicism 斯多噶學派

***apeiron*　無限**　古希臘詞彙，本為「沒有邊界」(the boundless)或「沒有限制」(the unlimited)的意思，進一步發展成「無限」(the infinite)的意思。阿那西曼德(Anaximander)把這個詞彙引入哲學，他認為萬物的本源即「無限」(*apeiron*)。阿那西曼德以該詞指空間上的無限，時間上的無限，或者是質的不確定性，各界仍存有不同的意見。其中較有可能的是，上述的第一種意思，而其他兩種意思恰巧也可適用於空間上的無限。在阿那西曼德之後，阿那西曼尼斯(Anaximenes)以他的第一哲學聲稱氣是無限的，而色諾芬尼(Xenophanes)則把他的扁平狀大地視作是無限向下伸展著，而或許也水平地向外無限伸展著。巴門尼德斯(Parmenides)否決了上述無限原則的傳統，他論證說：「存在物」(what-is)必須被保持在確定的邊界內。但是，他的學生麥里塞斯(Melissus)則再次論證：

「存在物」必須是無限的——既在時間上也在空間上——因為它不能有開始與結束。巴門尼德斯的另一位追隨者，伊利亞的芝諾(Zeno of Elea)論證：如果存在許多的實體，就會產生二律背反，包含實體在數目上既是有限的又是無限的(*apeira*)這樣的結論，而且它們小到無形又大至無限。阿那撒哥拉斯(Anaxagoras)則否決了這種一元論，並且為無限多數的無限大元素作論證。畢達哥拉斯學派的費羅勞斯(the Pythagorean Philolaus)更以限制物(*perainonta*)和無限制物(*apeira*)作為構成萬物的原則。原子論者路西帕斯(Leucippus)和德謨克利特斯(Democritus)構想了一個無限的宇宙，部分充實(無限的原子)，部分則是虛空；而且在這個宇宙中有無數個(*apeiroi*)世界。最終，亞里斯多德(Aristotle)達成了對「無限」(*apeiron*)的抽象理解，宣稱允許潛在的而非真實的劃分真實數量來解決有關無限的悖論(參閱《物理學》〔*Physics*〕Ⅲ.4-8)。從「無限」概念的發展顯示出，古希臘哲學家是如何從相對具體的觀念逐漸演化成更為抽象的哲學理念。

參見 Aristotle 亞里斯多德；pre-Socratics 先蘇格拉底學派

D.W.G.撰　苑舉正審訂

***apellatio*　名稱**　見 *proprietates terminorum* 詞項屬性

apocatastasis　萬有復興　源自希臘語，意為「重新建立」(reestablishment)，指包括撒旦及其徒眾在內的所有靈魂，在神國中重新恢復其原來的位置。上帝的善將戰勝邪惡，眾生的靈魂經過靈修教育(spiritual education)將會痛改前非，從而配得上神聖的生命。該理論源於奧利根(Origen)，但也被尼撒的額我略(Gregory of Nyssa)所持。在現時代，莫里斯(F. D. Maurice, 1805-72)和卡爾·巴爾特(Karl Barth, 1886-1968)也持這一立場。

參見 Gregory of Nyssa 尼撒的額我略；Origen 奧利根

L.P.P.撰　丁福寧審訂

apodictic　必然明顯的；必然的　見 Husserl 胡塞爾；Kant 康德

apodosis　結果子句　見 counterfactuals 非現實句

apophantic　宣說的　見 Husserl 胡塞爾

aporetic　設難的　見 *aporia* 難題

***aporia*　難題**　複數為 *aporiai*。希臘詞彙，意為「難題」(puzzle)、「需要討論的問題」、「疑難狀態」。「設難法」(the aporetic method)，即僅設難題而不提供答案的方法，是柏拉圖(Plato)的早期對話錄中，蘇格拉底(Socrates)所常取的典型疑難方式。其通常的表現方式為測試定義，然後經常以某個難題為對話做總結，(例如：虔誠既為諸神所煩，又為諸神所悅)。試比較芝諾(Zeno)的悖論，例如：運動既是可能的，又是不可能的。

在亞里斯多德(Aristotle)的辯證法裡，對某一論題的難題之破解，是哲學理解的重要根源。例如，藉著正確理解「自我」(self)一詞的涵義，我們便可以破解人須自愛甚於一切、但自愛卻是恥辱的這一難題。

透過正確論證而結論出兩種自相矛盾的觀點的可能性，在懷疑論哲學的發展史上扮演了重要的角色。在現代哲學中，康德(Kant)聲稱理性在企圖證明對應於先驗理念之對象的存在時，將會產生二律背反，這些二律背反可被視為是難題。

參見 elenchus 反詰

R.C.撰　王文方審訂

a posteriori　後驗　見 a priori 先驗

appearing, theory of　呈現論　見 theory of appearing 呈現論

appellation　名稱　見 Sherwood 舍伍德

apperception　統覺　見 Kant 康德

application (of a function)　(函數的)作用　見 combinatory logic 組合邏輯

applied ethics　應用倫理學　倫理學的一個領域。一方面，它涵蓋了各種專業倫理(professional ethics)，例如商業倫理學(business ethics)、工程倫理學(engineering ethics)和醫療倫理學(medical ethics)；另一方面，它指環境倫理學(environmental ethics)之類的實踐倫理學(practical ethics)。後者雖然屬於應用，因此著眼在實踐而非理論，卻不以任何單一專業為焦點。研究應用倫理學的人爭論的一個重點，就是道德究竟有沒有一種一般而且普遍的內容，對專業的倫理問題、對各項實踐議題都能適用。有的哲學家相信，各個專業、各個活動領域，都會為自己發展一套倫理規範，而(例如)商業倫理、醫療倫理和環境倫理之間，不需要一定有密切的關聯。但也有人認為，同樣一套道德體系，對一切專業和領域均一體適用。他們聲稱，之所以看起來有甚多的道德體系存在，只是因為在不同的專業和領域裡，會有不同的問題較為突出。

對前面一種立場來說，必須承認不同專業的倫理規範有可能相互衝突，例如一個涉入商業的醫生會發現，商業倫理要求他做某事，可是醫療倫理卻要求他做另一件事。升任經理職務的工程師，有時候會憂心於他們身為工程師的責任與他們身為企業經理人的責任並不相容。律師們似乎也認為，通行道德(common morality)的要求與他們身為律師的職責也有類似的緊張關係。主張一套普遍道德的人，則會認為這類衝突可以消除，因為實際上只有一套共通的道德。

這兩種立場背後，其實有一種流行但是錯誤的看法，那就是認為通行的道德可以為每一項道德問題都提供一個唯一而且正確的答案。主張個別的專業和領域各有其道德規範的人，不理解通行道德容許不同的義務之間發生衝突。提出各種道德理論的人，無論效益主義(utilitarianism)、康德主義(Kantianism)、契約論(contractarianism)，卻多數都想導出一套普遍性的道德體系，解決所有的道德問題。由於這種情況使然，許多從事應用倫理學的人覺得，理論倫理學(theoretical ethics)與他們的關懷無關。事實上，還有另外一種對於道德理論的理解，那就是比照科學理論去理解道德理論，認為道德理論的首要職責是描述通行的道德，而不是生產改良後的新版本。在這種理解之下，很清楚地，道德雖然會認為許多選項不能接受而加以排除，它不會給每一個有爭議的道德問題都提供一個唯一而正確的答案。

照這種理解，不同的專業和領域，對於通行的道德體系會以多少相異的方式提出詮釋。舉例而言，雖然沒有正當理由的欺騙永遠是錯的，但是什麼算做欺騙，各個專業會有不同的看法。醫生不告知病人還有其他的治療方式，構成了欺騙，可是推銷員不告知要買某商品的顧客市面上還有類似產品，卻不算是欺騙。加入一個專業會帶來什麼特殊義務，

專業本身往往也有自己的看法。因此，並不是將某種通行道德機械地應用到某個專業或者領域，即構成應用倫理學。應用倫理學乃是一個獨立的學門，對各個領域和專業的實務進行釐清和分析，以便通行道德可以應用。

參見 bioethics 生物倫理學；ethics 倫理學；morality 道德；practical reason 實踐理性；rationality 理性

B.Ge.撰　錢永祥審訂

a priori　先驗　先於(priori to)或獨立於經驗；相對於後驗(a posteriori)(經驗〔empirical〕)而言。先驗後驗兩詞主要是用來區分(1)知態證成(epistemic justification)的兩種模式，連同用來區分下列引申的區別(2)命題(proposition)的種類、(3)知識(knowledge)的種類，以及(4)論證(argument)的種類等等。這兩詞也被用來區別(5)獲得概念或觀念的兩種方式。

(1)一信念或主張的知態證成，也就是它為真的理由或保證，若完全不依賴於感覺經驗、內省經驗或其他種類的經驗，則此信念或主張是先驗地證成(justified a priori)；相反地，若一信念的證成至少有部分是依賴於上述經驗，那麼這信念就是後驗地或經驗地證成(justified a posteriori or empirically)。這區分僅是用來談論信念的證成，完全不涉及組成信念的概念如何獲得；因此我們不反對有某些信念，其證成是先驗的，而其所含概念卻需靠經驗來獲得。

我們知道，與經驗相關的概念包括了感覺、內省經驗，還有像運動經驗(kinesthetic experience)這類事物。同樣我們也知道，如果把經驗的可能意義放到最寬，將經驗解釋成任何種類都行的意識活動，那麼先驗後驗的區分就可能失效，因為即使是先驗證成，也都可能涉及某些認知時所需的意識活動。也許最忠於傳統用法的解釋就是將經驗視為任何的認知輸入，其導因於實際世界的一部分，而非其他可能世界。因此，像千里眼或心電感應這類官能果真存在，那麼這些官能就會是知識的形式，並且任何由此得到的知識也是後驗的；但對於性質、數字、或其他種類的抽象物體的直觀認識在所有可能世界都一樣，因此這種直觀知識就不會被當成後驗的。

依上述方式理解的話，先驗證成概念在本質上只是個消極的概念，因為我們指出信念之所以先驗乃因其不依賴什麼，但對於其依賴什麼卻隻字未提。從歷史上來看，主要的積極概念都是由理性主義(rationalism)哲學家(例如柏拉圖〔Plato〕、笛卡兒〔Descartes〕、史賓諾莎〔Spinoza〕與萊布尼茲〔Leibniz〕)提出，根據他們的說法，先驗證成來自於對必然事實的直觀理解，所謂必然事實尤指那些相關於共相或其他抽象對象的事實(雖然康德〔Kant〕通常被視為理性論者，但他將實質的先驗知識限制在表象世界，因而與主要的理性論傳承清楚區別開來)。相反地，若不要(像蒯因〔Quine〕一樣)把先驗證成全盤否定掉，傳統經驗論者大多是訴諸語言或概念上的約定來說明先驗證成。經驗論觀點(即由休姆〔Hume〕的觀點——所有的先驗知識都相關於「觀念關係」(relation of ideas)——發展而來)最標準的型式是說(典型的邏輯實證論說法)：所有先驗可知的主張或命題都是分析的(理性論者會立於反面立場說，至少有某些先驗主張或命題是綜合的)。

(2)一個命題若已是一個先驗證成信念的內容(content)，它通常就被稱為先驗命題(或先驗真理)。這個說法通常也適用於任何有能力成為先驗證成信念的內容的命題，無論這命題是否確已得到先驗證成。

(3)如果一個信念已先驗地或後驗地證成，而且也為真，此外還滿足了任何其他構成知識的必要條件，那麼這知識就是個先驗的或後驗的(經驗的)知識。(儘管先驗證成通常被認為是自我證成的真理，但這應該被當成後續的實質論點，而非先驗證成這概念的部分內容)在這個意義下，傳統上被視為先驗知識的例子有數學知識、關於邏輯真理的知識，以及日常概念中必定蘊涵與必定排除的知識(前者如「如果甲比乙大，且乙比丙大，那麼甲比丙大」，後者如「沒有一個東西可以全部同時既是紅的又是綠的」)，但許多形上學、倫理學甚或神學中的主張也被認為是先驗知識。

(4)一個演繹有效論證，若每個前提(或其中一個或多個特別重要的前提)皆為先驗證成，則這論證即為先驗論證。這名稱有時也用來稱呼那些被認為具上述性質的論證，即使認定是否正確仍有待討論。

(5)除了上面以先驗後驗來區分不同的證成模式之外，「先驗」、「後驗」兩詞也用來區分個人獲得概念或觀念的兩種方式。後驗的或經驗的概念或觀念是從經驗透過抽象過程或實指定義而獲得。相反地，先驗概念或觀念不是來自經驗，因此也不要求任何經驗的實現(雖說這類概念的實現亦需經驗作為「觸發器」)。哲學史上(主要是理性論者)將這類概念解釋成「天生的」(innate)，所謂天生指由上帝將概念嵌入我們心靈，或是用瓊姆斯基(Chomsky)、弗德(Fodor)和其他人主張的當代版本，天生概念來自演化發展。最典型被認為具有這種性質的概念包括實體概念、因果概念、上帝、必然性、無限性，其他還有許多。經驗論者與此相反，主張所有概念皆來自經驗。

參見 analytic-synthetic distinction 分析綜合區分；necessity 必然性；rationalism 理性主義

L.B.撰　林正弘審訂

a priori argument　先驗論證　見 a priori 先驗

a priori justification　先驗證成　見 a priori 先驗；justification 證成

A-proposition　A 命題　見 syllogism 三段論式

Apuleius of Madaura　馬道拉的阿布雷烏斯　見 Middle Platonism 中期柏拉圖主義

Aquinas, Saint Thomas　亞奎納，聖・多瑪斯(1225-74)　義大利哲神學家，中世紀時期最具影響力的思想家。他產生出一種有力的哲學綜合(philosophical synthesis)，即在基督宗教的背景中，以一種嶄新與獨創的方式結合了亞里斯多德與新柏拉圖主義的元素。

生平與著作　多瑪斯生於義大利羅克什卡(Roccasecca)的亞奎納城堡(Aquino castle)，他在蒙第・卡西諾(Monte Cassino)的本篤會修院(Benedictine Abbey)開始了他早期的學校教育。而後，他在那不勒斯大學(the University of Naples)攻讀通識學科(liberal arts)與哲學(1239-44)，並且加入了道明修會(the Dominican order)。作為一名道明會士，就在他欲前往巴黎求得更進一步學習的同時，他遭到家人的扣留約有一年之久。在被釋放後，他即在巴黎與道明會士們一同學習，也許是私自個人地學習，直到 1248 年，當其時他旅行至柯隆(Cologne)投入大亞爾伯(Albertus Magnus)之下工作。多瑪斯自己關於亞爾伯針對狄奧尼修斯(Dionysius)之《聖名》(*Divine Names*)之講演的報告(*reportatio*)，以及他對亞爾伯關於亞里斯多德《倫理學》(*Ethics*)之講演的註釋，其年代即起自於這個時期。1252 年，多瑪斯回到了巴黎，在那裡以一名神學學士的身分發表演說。他的致力於註釋彼得・隆巴德(Peter Lombard)之《言詞錄》(*Sentences*)的年代即起自這段時期，當其時他也書寫兩部哲學論著，《論存有與本質》(*On Being and Essence*〔*De ente et essentia*〕)與《論自然的原理》(*On the Principles of Nature*〔*De principiis naturae*〕)。

1256 年，他在巴黎開始以神學教師的身分做講演。就在這段時期間(1256-59)，他寫了一序列關於聖經的註釋，論辯的著作《論真理》(*On Truth*〔*De veritate*〕)、問題論叢第七卷至第十一卷(Quodlibetal Questions VII-XI)，以及《駁異大全》(*Summa against the Gentiles*〔*Summa contra gentiles*〕；後簡稱 *SCG*)。自 1259 至 1269 年，在義大利不同的地方，多瑪斯持續撰寫他非凡的著作，其中格外是包括了：*SCG* 的完成、註解《聖名》、論辯叢書《論上帝的力量》(On the Power of *God*〔*De potentia Dei*〕)與《論邪惡》(*On Evil*〔*De malo*〕)，以及《神學大全》(*Summa of Theology*〔*Summa theologiae*〕；後簡稱 *ST*)第一部。1269 年 1 月，他重回巴黎教學，任攝政教師(regent master)，而且廣泛地著述直至 1272 年回到義大利。就在此第二次任巴黎的攝政職位期間，他寫了論辯叢書《論靈魂》(*On the Soul*〔*De anima*〕)與《論德性》(*On Virtues*〔*De virtutibus*〕)；繼續寫 *ST*；問題論叢第一卷至第六卷與第十二卷(Quodlibets I-VI and XII)；《駁斥阿威羅斯主義者的單一理智論》(*On the Unity of the Intellect against the Averroists*〔*De unitate intellectus contra Averroistas*〕)；如果不是所有也是大部分其對亞里斯多德的註解；註解《論原因》(*Book of Causes*〔*Liber de causis*〕)；以及《論世界的永恆性》(*On the Eternity of the World*〔*De aeternitate mundi*〕)。1272 年，多瑪斯回到義大利，於那不勒斯講授神學並繼續寫作直到 1273 年 12 月 6 日，此刻，他終止了其廣博的著述工作。三個月後，他逝世於至里昂第二屆大公會議(the Second Council of Lyons)的途中。

學說　亞奎納既是一位哲學家也是一位神學家。而其著作最偉大的部分是神學方面的，但有許多嚴格哲學著作在他的大全內，諸如：《論存有與本質》，《論自然的原理》，《論世界的永恆性》，以及對亞里斯多德與《論原因》的註解。還有很大一部分也很重要的嚴格的哲學著作被編入神學的論著中，像 *SCG*、*ST*，以及各種的論辯叢書。

亞奎納清楚地分辨了嚴格的哲學探究與神學探究的區別。如果哲學是基於自然理性之光(the light of natural reason)，神學(theology，神聖的學說〔*sacra doctrina*〕)則預設了在神啟示內的信仰。而當理性的自然之光不足以發現只能經由啟示才能為人類所得知的事物時，例如：相信三位一體，多瑪斯堅持，那些通過信仰而由上帝所啟示予我們的事物，是不可能與那些我們藉著人類理性的使用而發現的事物相對反的。如果是這樣的話，一者或是另一者必然是虛妄的；而因為其二者都是從上帝臨於我們，那麼，上帝自身將是錯誤的作者，這是多瑪斯所厭惡而加以否定的一件事。因此，神學家以哲學思辨來研究神學是適合的。

亞奎納也區別了由神學家所遵循的，與由哲學家所遵循的秩序(the orders)之間的差異。在神學上，某者由對上帝及其啟示的信仰，而推論出關於受造之實在界的諸般含義；在哲學上，某者在能為人類理性所理解的範圍之內，由探究受造的實在界開始，而後尋求達到神性實在界(divine reality)的某種知識，神性實在界即被視為受造實在界之原因，以及某者哲學探求的目的或目標(《駁大全》*SCG* II, c. 4)。這個意思是說，亞奎納在其神學的《大全》(*Summa*, *SCG* 與 *ST*)中所遵循的秩序不同於那他為哲學家所指出的一樣(參見《形上學》註釋導論)。同樣是奠基於許多多瑪斯思想之下的尚有：他接受理論哲學或思辨哲學(包括：自然哲學、數學，以及形上學)與實踐哲學之間的不同。

存有與類比　為亞奎納來說，哲學最高級的部分是形上學，存有之為存有(being as being)的科學。這門科學的主題並非上帝，而是「存有」(being)，被視為不受任何既予存有樣式的限定，或僅僅被視為存有(《形上學》註釋導論；《論三位一體》，qu. 5, a. 4)。形上學家在此生並不享有對上帝的直觀，但卻能藉著由受造的結果而覺察到祂是它們的非受造原因，由此而推論出關於祂的知識。因此，上帝並不是形上學的主題，祂也不被包含於它的主題內。上帝只能間接地作為有限存有者之原因而為形上學家所研究，這些有限存有者乃在存有之為存有以下，是科學的主題。為了說明人類理智對存有之為存有的發現，相對於存有之為可動的(being as mobile)(為自然哲學所研究)或是存有之為可量度的(being as quantified)(為數學所研究)，多瑪斯訴諸一種特殊的理智運作，一種否定判斷(negative judgment)，這被他在技術上稱為「分離」(separation)。經由此一運作，某者可發現，存有為了如其所是的被認知，並不必要是物質的與可變的。只是因著此一判斷，某者研究存有之為存有即成為合理的。

隨順亞里斯多德(與阿威羅斯〔Averroes〕)，多瑪斯堅信，「存有」(being)這個詞以各種方式及不同的意義被使用。但是，這些不同的用法並非沒有關聯，且的確享有一根本的統一，這對存有之為存有來說，已足以成為一單一科學的主題。在有限存有者的層次上，多瑪斯參照第一序的存有而採取並調適了亞里斯多德的統一理論(theory of unity)。為多瑪斯、同樣也是為亞里斯多德來說，這個統一是因著最原初地關聯於我們對存有的表述——實體(substance)——而獲得保證的。其他事物之所以被稱為存有，只是因為它們以某種方式被指為或依附於實體，存有最原初的個例(instance)。由是，存有是類比的。因為多瑪斯將類比應用於聖名上乃是預設了上帝的存在，我們當首先檢視他在那個論題上的討論。

上帝存在與「五路論證」　多瑪斯主張，毋需藉助於人類理性——亦即哲學理性——即可藉由效果至原因的推論而證明上帝存在、祂是唯一等等(《論三位一體》，qu. 2, a. 3；*SCG* I, c. 4)。在他眾多關於上帝存在之論證的呈現中，最著名的是「五路論證」(five ways)。也許比他的形上學更令當今學者感興趣的一個由其最早的著作之一《論存有與本質》(c. 4)，所發展出之簡潔的論證。在那裡，他企望去確定，本質如何在其所稱「分離的實體」(separate substances)內被實現，此言「分離的實體」即指：靈魂、睿智存在者(基督宗教傳統中的天使)，以及第一因(上帝)。

在批判了受造的分離實體是由質料與形式(matter and form)所構成的之後，亞奎納反對它們全然不是合成的。它們是由一形式(或本質)與一存在的活動(existing，存在〔*esse*〕)所構成。他直接發展出一複雜論證：(1)我們能夠思及一本質或「實質」(quiddity)而無須知曉其是否真實存在。因此，在如此元目(entities)中，本質與存在的活動不同，除非(2)有一實質與存在的活動為同一的事物。他接著論述，依據或是經由某種差異的附加、或是經由在質料之不同個例中對其形式的接受而消除如此之一元目的多樣性，充其量也只能有一個像這樣的存有者。由是，任一如此的存有者只能是分離的與未被接受的「存在」，而在一切其他情況下存在則在某種其他的事物中——亦即，本質內——被接受。(3)由於「存在」在一切其他的元目中是因此而不同於本質或實質的，所以，存在是藉由某種其他事物而被傳送至如此之存有者，亦即，它們是被造成的。由於那經由某種其他事物而存在的必須追溯至那自身存在者，因此，必須有某一事物，其造成其他每一事物的存在，而且此一事物同一於其存在的活動。否則，某者將在存在的造成原因上落於無限後退，這卻是多瑪斯於此加以反駁而不予接受的。

在《神學大全》第一部第二問的論題一(*ST* I, *qu*. 2, a. 1)中，多瑪斯否絕了此一聲稱：上帝的存在對在此生的我們來說是自明的(self-evident)，而且在論題二(a. 2)中保留了：上帝的存在能藉著由一存在效果的知識推論至作為造成那效果之存在所必要之原因的上帝之知識而獲得證明。

「第一路」(The first way)或第一論證(art. 3)乃依於此一事實，即：在我們感官經驗的世界中的各樣事物是被動的。但是，無論被動的是什麼卻都是藉由其他某種事物而被動。為指明如此說法的合理性，多瑪斯推斷，被動就是由潛能性(potentiality)被化為實現性(actuality)，而無一事物能將其自身由潛能(potency)化為實現(act)；因為在那種情況下它必須同時且在同一點上既在於潛能(如果它是被動的話)又在於實現。(這並不意味著，一運動者必須於形式上擁有實現，它是要傳送至其他某事物，如果它欲使後者運動的話；它必須至少在實際上擁有實現，亦即，有那個力量去傳送它)因此，無論被動的是什麼，都必須藉由其他某事物而被動。某者不能因著諸多被動的動者而做無限後退，因為，這樣的話就將不會有第一動者(first mover)，而結果是沒有其他的動者；因第二動者不會動除非它們因著一第一動者而被動。因此，某者必須結論有一第一動者的存在，其不為任何其他事物而被動，而此即「每一個人都知道那就是上帝」(everyone understands to be God)。

「第二路」(The second way)論證所處理的，就如同藉由我們對感官事物的探究而指示給我們的一樣，其論點在於由形成因(efficient causes)的一個秩序系列而逐漸向上攀升。藉此，多瑪斯的意思是，我們感知此世的感覺事物，而某些形成因無法運作其因果的活動，除非它們也藉由其他某種事物而形成。但是沒有任何事物能成其為自己的形成因，因為，如果是這樣的話，它必須先於其自己。某者不能在形成因的序列內無限後退。在形成因的序列內，第一者為中間者的原因，而中間者為最後者的原因，無論中間者是一或是多。由是，如果沒有第一個形成因，則將不會有中間的與最後的原因。多瑪斯由此而下結論：某者必須承認有一第一形成因的存在，「每一個人都稱之為上帝」(which everyone names God)。

「第三路」(The third way)論證由兩個主要的部分所構成。某些文本上的差異複雜化了對第一部分的適當詮釋。簡言之，亞奎納訴諸此一事實：某些事物容易生成(generation)與腐朽(corruption)而顯示出它們是「可能的」(possible)，亦即，能夠存在與不存在。不是所有事物都能是這個樣子的(修訂本〔*revised text*〕)，因為那有不存在之可能性的東西在某個時候並不存在。因此，如果所有事物都能夠不存在，那麼，在某個時候是什麼都沒有。如果就是那樣，甚至於現在都將無一物，而由於那不存在的只能經由已存在的其他某種事物而開始存在。因此，並非所有的存有者都能夠存在與不存在，而必須要有某一必然的存有者。由於如此之一必然的——亦即不會腐朽的——存有者仍然可能藉由其他某種事物而被造成，因此，多瑪斯增加了第二部分的論證。每一必然的存有者，為了其必然性，或是依於其他某種事物、或是不依於其他任何事物。某者不能在必然存有者為其必然性而所依賴的其他某種事物上做無限後退。因此，必須要有某一存有者是在其自身為必然的、且並不為其必然性而依於另外的原因，此一存有者即上帝。

第一部分陳述道：那具有不存在之可能性者在某一點上不存在，這在註釋者間容易引起相當大的爭論。再者，即使某人容許如此且假定每一個別存有者為一「可能的」(possible)，並因此而在過去某一點上不存在，也不容易推論出：存在事物的總體也將曾經在過去的某一點上不存在。假定如是，某些詮釋者較喜歡由在 *SCG* I (ch. 15)與 *SCG* II (ch. 15)所發現之較令人滿意的譯文來取代第三路論證。

多瑪斯的「第四路」(The fourth way)論證乃基於在我們經驗到的存有者中所發現之完美(perfection)的不同等級。某些較之其他有較多或較少的善、較多或較少的真實、較多或較少的高貴等等。但是，這個較多與較少述說著不同的事物，這些事物是就它們在不同的等級上近似那最高等級的某物而被述說。因此，有某物之為最真實的與最好的以及最高貴的，其因而亦是最高等級的存有者。為支持這種說法，多瑪斯解說道：那些達至最高等級之真實的事物也享有最高等級的存有；換句話說，他訴諸存有與(存有之)真理的可轉換性。於此論證的第二部分，多瑪斯論證，在一既予的類別中，那至高的事物就是在那類別中一切其他事物的原因。因此，為一切其他存有者來說，乃有某物是存有、善等等的原因，此即我所稱之上帝。

有不少討論曾集中於多瑪斯所聲稱的：這個較多與較少述說著不同的事物，這些事物是就它們之近似那最高等級的某物而被述說。有人發現這並不足以證成一至高者必須存在此一結論，而欲於此插入訴諸於形成之因果關聯與他的分享理論(theory of participation)。如果某些元目(entities)分受或分享於如此之一完美而僅至於一受限的等級，那麼，它們必須由其他某種事物而接受那完美。儘管從一哲學視角觀之這會更為令人滿意，但如此這般地插入似乎為此第四路論證做了相當大的改變。

「第五路」(The fifth way)論證乃基於宇宙中被管轄之諸事物此一路徑。多瑪斯注意到，某些缺乏認知能力的事物，亦即自然物(natural bodies)，皆朝向一目的而行動。由這個事實可得知的結果是：它們總是或至少經常是以某種方式行動以期達至那之為最好者。為多瑪斯來說，這個結果指出：它們是藉由「意向」(intention)而觸及它們的目的，而非僅僅來自於機緣(chance)。而這樣一種情況，轉個方向來說，隱含之意為：它們是因著某一有所認知的與睿智的存有者的導引下而直指其目的。因此，存在一指揮著自然事物趨向它們之目的的睿智存有者。此一論證是倚賴於目的之因果關聯，而不應與任何基於秩序及設計的論證相混淆。

在此應該被提醒：亞奎納經常一再否認我們在此生能夠知道上帝是什麼。如果我們能夠知道上帝存在及祂不是什麼，則我們無法知道祂是什麼(ag=綠參見如*SCG* I, c. 30)。甚至當我們應用純粹完美之名於上帝時，我們首先會發現如此之完美是在於受造物中的受限形態。如此之完美之名意指於那所表徵者的確可以獨立於一切之不完美，但是每一這樣的名稱卻就在它所表徵的方式上帶有某種缺憾於其中。當一個名稱，譬如說：像是「善良」(goodness)，是抽象地被表徵時(例如：「上帝是善良者〔God is goodness〕」)，此一抽象的表徵方式令人想到的是：善良並非自身存在的。當如此之一名稱是具體地被表徵時(例如：「上帝是善的〔God is good〕」)，此一具體的表徵方式隱含著上帝與其善良之間的某種組合。由是，當如此之名稱依照它們所表徵者來肯定上帝時，也就在它們所表徵的方式上否定了祂。

這最後一點促使多瑪斯將其類比理論(theory of analogy)應用於上帝的名稱上。純粹完美之名，就像「善」、「真」、「存有」等等，不能正是以其所固有以肯定受造物之同樣的意義(同義地〔univocally〕)、也不能以全然不同的意義(異義地〔equivocally〕)而被應用於上帝。因此，它們是藉由一種類比來肯定上帝與受造物，此類比乃基於由被視為一效果的受造物與其為無因之因(uncaused cause)的上帝之間所獲致的關聯而來的。由於某一最小程度的相似性必須由任一效果及其原因之間而獲致，因此，多瑪斯堅信，一由原因造成之完美以某種方式模倣於與分享於上帝其無因的，以及無所分享的源頭。由於無一由原因造成之效果曾得以等同於其非受造之原因，因此，我們用以肯定上帝的每一完美以一種不同於我們在受造物中所發現的方式在祂內實現出來。此一不相似性竟是那般地巨大以至於我們在此生決不可能擁有關於上帝的實質知識(quidditative knowledge)(知道上帝是什麼)。但是，相似性為我們卻足以去斷定：那由我們藉著一種在受造物內的完美——如善良——所了解者是在上帝內以無所限定之形態呈現出的。即使多瑪斯對於這種被使用於指謂神之名稱的類比的認同歷經了某種發展，但在其成熟的著作中，如《論上帝的力量》(qu. 7, a. 7)、*SCG* I (c. 34)，以及 *ST* I (qu. 13, a. 5)，他仍確認此為「一對另一」(one to another)的類比，而不是「多對一」(many to one)的類比。在這些著作中沒有一本使用他所提之「比例性」(proportionality)類比，這是早先他曾在《論真理》(qu. 2, a. 11)一書中為其辯護過的。

神學的德性　當亞奎納堅信，人類理性能夠達至上帝存在之知識，以及神的名稱之饒富意義的表述時，他並不認為多數人實際上會成就此一努力的成果(*SCG* I, c. 4；*ST* II-IIae, qu. 2, a. 4)。因此，他斷言為上帝來說這是適合的：祂伴隨著其他啟示而向人類啟示出這樣的真理，是即使在原則上都絕不能以純粹的哲學探討來發現的。接受神所啟示之真理，這預設了賜予信仰者內心之信仰的神學德性。信仰是一種灌輸的德性(infused virtue)，這是因為我們在上帝的權威下領受祂所啟示予我們者。相信是理智的一種活動，理智的這種活動是在於理智因著一種下達於人類意志的命令而贊同神性的真理，而意志自身則是因著上帝經由恩寵(grace)而被推動(*ST* II-IIae, qu. 2, a. 9)。

為多瑪斯來說，神學的德性——享有上帝(終極目的〔the ultimate end〕)為其對象——先於一切其他德性，無論是自然的或灌輸的。由於終極目的在呈現於意志之前必須先呈現在理智內，而且由於終極目的是因著希望(hope)與仁愛(charity)(另兩種神學的德性)而呈現於意志內，因而，就此而言，信仰是先於希望與仁愛。希望是這麼一種神學的德性，通過它，我們相信，偕同神的助祐，我們將可達至無限至善——上帝的永恆享樂(eternal enjoyment of God)(*ST* II-IIae, qu. 17, aa. 1-2)。在生成(generation)的秩序中，希望先於仁愛；而在完美的秩序中，仁愛先於希望與信仰。而當既非信仰亦非希望將存留於那些在來生(in the life to come)觸及上帝之永恆享見(eternal vision of God)的人內時，乃是仁愛將在上帝恩寵的助祐內持之以恆。這是一種德性或是習慣的形式(habitual form)，其藉由上帝而灌輸於靈魂內，並使我們傾向於為其自身之緣故而去愛祂。如果仁愛較之信仰或希望更為優越(*ST* II-IIae, qu. 23, a. 6)，那麼，通過仁愛，其他一切德性的活動都將有秩序地朝向上帝、它們的終極目的(qu. 23, a. 8)。

參見 Aristotle 亞里斯多德；philosophy of religion 宗教哲學；Thomism 多瑪斯主義

J.F.W.撰　蕭宏恩審訂

Arabic philosophy　阿拉伯哲學　由具有各種民族和宗教背景的哲學家們用阿拉伯文撰述的哲學，伊斯蘭文明在他們生活的社會中佔據著主導地位，而這些哲學家們又認同著這種文明的文化價值。(所謂的「伊斯蘭哲學」的稱呼是不恰當的，這是因為該稱呼暗示著某種在其中並不必然包含的特殊宗教內容——這就像中世紀的拉丁哲學並不等於「基督教的」〔Christian〕哲學一樣。)在西方哲學的歷史演進過程中，阿拉伯哲學既是後普諾提諾學派(post-Plotinian)的晚期希臘哲學的繼承者，又直開晚期中世紀哲學的先河，對它產生了深遠的影響，同時又另外呈現了一條自阿維森納(Avicenna)之後直到二十世紀既平行又獨立的發展線索。

在高等教育中設置哲學課程，這種做法在西元六世紀的埃及、中東和伊朗的希臘化諸民族之中已蔚成風尚，所遵循的是亞歷山卓城的學科分類法，這種分類法是以亞里斯多德(Aristotle)的著作為基礎而發展成的。亞里斯多德的著作《工具論》(*Organon*)，包括《修辭學》(*Rhetoric*)和《詩學》(*Poetics*)，由波菲利(Porphyry)的《導論》(*Isagoge*)做序，構成了探討邏輯即哲學工具的經典九書。嚴格意義上的哲學因此被分成理論的(theoretical)和實踐的(practical)兩部分：理論的哲學進一步分成物理學、數學和形上學；而實踐的哲學則分成倫理學、經濟學(家業管理)和政治學。這種高等教育的傳播媒介乃是富饒的美索不達米亞肥沃月灣平原地帶的東方教會和修道院中心。隨著第七世紀伊斯蘭教的興起，以及阿拉伯語作為學術語言在事實上的擴散，上述全部課程遂在八世紀到十世紀這一時期被講敘利亞語的基督徒根據需要翻譯成阿拉伯文。這種需要來自阿拉伯知識份子，他們經歷了這一翻譯時代的薰陶，建立了自己重要的學術傳統，並且主動參與了種種翻譯工作。亞里斯多德的全部著作加上從阿芙羅迪西亞斯的亞歷山大(Alexander of Aphrodisias)以降的所有註釋著作，構成了阿拉伯文中關於邏輯學、物理學(包括氣象學、靈魂論和動物學)、形上學和倫理學的標準經典文本。形上學的研究也經常或是結合到偽亞里斯多德學派(the Pseudo-Aristotelian)的著作《亞里斯多德神學》(*Theologia Aristotelis*；部分章節見普羅提納斯的《九章集》〔*Enneads*〕，第 4-6 卷)和《論原因》(*the*

Liber de causis)，或是根據這些著作，再加上其他源自普羅克勒斯(Proclus)的著作《神學原理》(*Elements of Theology*)的部分章節而進行的。數學包括幾何學(歐幾里德的《幾何原理》〔Euclid's *Elements*〕)、天文學(托勒密的《大綜合論》〔Ptolemy's *Almagest*〕)、算術(尼各馬科斯的《導論》〔Nicomachus's *Introduction*〕)和音樂(托勒密的《和聲論》〔*Harmonics*〕)。經濟學幾乎純以新畢達哥拉斯學派的布賴松(Bryson)的著作《經濟學》(*Oikonomikos*)為基礎，而政治學則主要源自柏拉圖的《理想國》(*Republic*)和《法律篇》(*Laws*)，尤其是依據著亞里斯多德和亞歷山大之間偽託的書信往返(亞里斯多德的《政治學》〔*Politics*〕僅以斷片形式存於阿拉伯文)。在醫學領域，由於醫學被當成應用科學而被列於上述分類法之外，蓋倫(Galen)的全部著作都被翻譯成阿拉伯文。他對於柏拉圖的濃縮，以及他的斯多噶派化的邏輯學，構成了阿拉伯文中有關這些主題的基本知識來源。

早期阿拉伯哲學史呈現兩條相互獨立的發展線索。其一與阿拉伯第一哲學家兼通才的金迪(al-Kindī, d.873)及其門徒有關，其中著名的有薩拉赫西(as-Sarakhsī, d.889)、阿布·扎依德·巴爾希(Abū-Zayd al-Balkhī, d.934)，以及阿米里(al-'Āmirī, d.992)。這些哲學家顯得更為靠近雅典的新柏拉圖主義，而不是亞歷山卓城的新亞里斯多德主義，他們在其著作中尋求向阿拉伯讀者闡述哲學的各個方面，致力於把它們整合在伊斯蘭教的理智生活之中，解決在這一過程中出現的哲學問題。著名醫師拉齊斯(Rhazes，即阿布·巴克爾·拉齊〔Abū-Bakr ar-Rāzī, d.925〕)可以勉強地聯繫到這一條線索，儘管他看上去主要是一位自學成才者，他的哲學顯然具有更多的大雜燴的色彩，在他的身後也無人追隨。第二條發展線索則是巴格達的亞里斯多德學派，該學派由聶斯托里教派學者和翻譯家瑪塔·伊本·玉奈斯(Mattā Ibn Yānus, d.940)建立。他所闡述的亞里斯多德主義可以直接追溯到亞歷山卓城的註釋家們，並越過他們而經達阿弗洛迪西亞斯的亞歷山大和戴米思德斯(Themistius)。他的學生有法拉比(al-Fārābī, d.950)和雅赫雅·伊本·阿迪(Yaḥyā Ibn 'Adī, d.974)，以及日後形成的大批門徒，其中傑出的人物有阿布·蘇萊曼·西齊斯塔尼(Abū-Sulaymān as-Sijistānī, d.c.985)、伊薩·伊本·祖拉('Īsā Ibn-Zur'a, d.1008)、哈桑·伊本·蘇瓦爾(Al-Ḥasan Ibn-Suwār, d.c.1030)，以及阿布·法拉齊·伊本·塔伊布(Abū-l-Faraj Ibn aṭ-Ṭayyib, d.1043)，他們都參加了對亞里斯多德著作的嚴格的文本分析和哲學闡釋，在哲學的所有分支領域都撰寫了獨立的著作。巴格達的亞里斯多德學派的這一發展線索，尤其是法拉比的著作，大約在十世紀末期流傳到了伊斯蘭化的西班牙(安達魯斯〔al-Andalus〕)，奠定了那裡的哲學傳統的基礎，這一哲學傳統的主要成員有伊本·巴加(Ibn Bājja，即阿維帕斯〔Avempace, d.1139〕)、伊本·圖斐利(Ibn Ṭufayl, d.1186)、阿威羅斯(Averroes，即伊本·魯西德〔Ibn Rushd, d.1198〕)，以及邁蒙尼德(Maimonides，即伊本·邁蒙〔Ibn Maymūn, d.1204〕)。在安達魯斯的最後一位大哲學家伊本·吐姆露斯(Ibn Tumlās, d.1223)死後大約二十年後，隨著除格拉那達(Granada)之外的伊斯蘭西班牙的所有土地被基督徒所「光復」(*reconquista*)後，該哲學傳統遂告終結。

上述兩條哲學發展線索事實上在阿維森納的著作中融合了起來，他根據自己時代正當的關注之要求，為自己提出了綜合歷經各個時代發展出來的亞里斯多德哲學的各種傾向之任務。由於亞歷山卓的學科分類範式已經被阿拉伯哲學採納，那麼，借助它所建立的諸學科間的種種聯繫，該範式已經包含著為一種統括所有哲學的事業提供藍圖的意圖。在阿維森納之前，包括普羅提納斯之後的希臘和阿拉伯哲學家在內，他們都未能發掘其哲學的潛力，發展成為一種統括所有哲學的體系。阿維森納是第一位構想這一事業的人，他在其各類著作中創造了一個具有內在一致性的體系，各部分既相互依賴，同時又基於亞里斯多德的三段論邏輯。如此一來，他的哲學集成即標示著古代哲學的終結和經院哲學的開始。在這些著作中，阿維森納相對而言很少關注某些哲學分支，尤其是理論哲學

出了某種可以做出有效回應的存有模式(a mode of being)——「政治行動」(political action)以取代之：她發現，這種存有模式在前蘇格拉底(pre-Socratic)的希臘已有明確的形式，在羅馬和美國的共和制奠基之時也有過短暫卻輝煌的表現。政治行動乃是創始(initiation)，其所創之「始」是無法以因果(causally)的方式或目的論(teleologically)的方式加以說明的。這種「開始」的創造，乃是在由其他政治行動者之「在場」(presence)所構成的「現象空間」(Space of apperances)中完成的，而這些政治行動者的種種反應——亦即述說著彼此行動間同樣不可預測的故事——則決定了哪些行動將被採取並賦與行動參與者以角色。除了已經具備的種種精微的分辨之外，政治行動還需要有勇氣去鼓動那不知道事情原委的人。其結果乃是權力(power)；不是支配其他的人或物的權力，而是相互賦與權力去繼續一致地行動，並從而克服自我主義、獲得(積極的〔positive〕)自由和人性。

參見 Kant 康德；Nietzsche 尼采；political theory 政治理論

R.E.F.撰　張旺山審訂

aretaic　德行的　見 *arete* 德行

***arete*　德行**　古希臘字，意為德行(virtue)或卓越(excellence)。在哲學文脈中，該詞主要用來指稱人品之德。廣義而言，德行用於指稱各種不同能力的卓越。古典時期的「樞德」(cardinal virtues)是指勇敢、智慧、節制(temperance〔*sophrosune*〕)、虔誠和正義。哲士們，例如普羅塔哥拉斯(Protagoras)，宣稱可以教導這些德行，然而蘇格拉底(Socrates)卻挑戰他們這樣做的資格。有幾篇早期柏拉圖對話錄顯示，蘇格拉底追問各種德行的定義，而且在其他篇對話中，蘇格拉底也探究德行。一般認為，一個人可以有某一種德行(例如勇敢)，但會缺乏另一種(例如智慧)。不過，柏拉圖在《普羅塔哥拉斯篇》(*Protagoras*)中指出，蘇格拉底維護他關於德行的統一性的主張，該主張蘊涵了：當一個人有了一項德行之時，他就擁有了全部德行。柏拉圖對於「樞德」的說明(除了虔誠之外)，都可以在《理想國》(*Republic*)第四書中找到。亞里斯多德(Aristotle)的《尼可瑪古倫理學》(*Nicomachean Ethics*)一書，大部分是在討論德行。他將德行區分為品格之德和理智之德。這些討論可以說是大部分現代德行倫理學的先驅。

參見 Aristotle 亞里斯多德；virtue ethics 德行倫理學

P.Wo.撰　沈清松審訂

argument　論證　是一系列的陳述，其中一部分(前提〔premises〕)聲稱可以提供理由以接受其中的另一部分(結論〔conclusion〕)。由於我們提到過不好的論證或者弱的論證，所以一個論證的前提雖然可以不必在事實上支撐結論。但是，它們必須能夠做到似乎如此的假象，否則稱它們為「論證」就算誤用了該詞。邏輯主要關注著有效性的問題(the question of validity)：是否如果前提為真，我們就有理由去接受結論。一個擁有真前提的有效論證稱為「健全的」(sound)論證。一個有效的演繹論證是這樣一個論證：如果我們接受前提，那麼，我們應該「邏輯地」接受其結論；如果我們拒絕接受其結論，那麼，我們也邏輯地連帶著應該拒絕接受了某個或者更多的前提。二者必居其一，前提邏輯地蘊涵著結論。

好的歸納論證(有人把「有效性」〔valid〕一詞專門留給演繹論證)則是這樣一種論證：如果我們接受前提，那麼，我們就有充分證據證明結論很可能是真的。某些論證只有一個前提，但是(或者)卻可以有多個結論。

參見 implication 蘊涵；induction 歸納法；logical consequence 邏輯結論；mathematical function 數學函數

R.P.撰　王文方審訂

argument, a priori　**先驗論證**　見 a priori 先驗

argument, practical　**實踐論證**　見 practical reasoning 實踐推理

argument from analogy　**類比論證**　見 philosophy of religion 宗教哲學；problem of other minds 他人心靈問題

argument from authority　**訴諸權威的論證**　見 informal fallacy 非形式謬誤

argument from design　**設計論證**　見 philosophy of religion 宗教哲學

argument from evil　**來自惡的論證**　見 philosophy of religion 宗教哲學

argument from hallucination　**幻覺經驗論證**　見 perception 知覺

argument from illusion　**錯覺論證**　見 perception 知覺

argument (of a function)　**(函數的)論證**　見 mathematical function 數學函數

argumentum ad baculum　**訴諸武力的論證**　見 informal fallacy 非形式謬誤

argumentum ad hominem　**人身攻擊式的論證**　見 informal fallacy 非形式謬誤

argumentum ad ignorantium　**無知的論證**　見 informal fallacy 非形式謬誤

argumentum ad judicium　**證成的論證**　見 informal fallacy 非形式謬誤

argumentum ad misericordiam　**同情的論證**　見 informal fallacy 非形式謬誤

argumentum ad populum　**訴諸大眾的論證**　見 informal fallacy 非形式謬誤

argumentum ad verecundiam　**訴諸謙遜的論證**　見 informal fallacy 非形式謬誤

argumentum consensus　**訴諸共識的論證**　見 informal fallacy 非形式謬誤

Arianism　**亞利安主義**　早期基督宗教中的異端，但又是與基督宗教學說相關的一派，認為聖子是從屬於聖父。在對亞利安主義的反對中，教會發展了三位一體(the Trinity)的教義，認為聖子(以及聖靈)儘管具不同的「位格」(*hypostases*)，但與聖父等同，成為聖父的存有上的同等物且是上帝的一個存有或「實體」(*ousia*)。阿里烏斯(Arius, c.250-c. 336)任教於亞歷山卓城(Alexandria)，他根據中期柏拉圖主義(Middle Platonism)的階級模式，極為明確地區分《聖經》中超越的上帝和道成肉身在耶穌身上的 *Logos*（道）或聖

子。後者遭受痛苦，如人一般地順從於上帝，較遜於永恆不變的創造主，即所順從的對象。惟有上帝是永恆的且非受造的；聖子，其神聖性不是源自本性而是因為上帝的選擇，是受造的，具有某個開端：是獨一無二的受造物，透過他而創造所有的東西。西元 325 年召開了尼西亞會議(the Council of Nicea)，會議譴責了阿里烏斯(Arius)，卻贊同他的對手亞賽納西烏斯(Athanasius)，肯定了聖子的創造主位格和完全的神性，擁有與聖父同等的存有或相同實體(*homoousios*)。但亞利安主義依舊繁盛不衰，漸漸演化成極端的觀點，認為聖子的存有既非等同於聖父的存有，亦非與之相像(*homoiousios*)；而是與之不相像(*anomoios*)。這種觀點同樣遭到強烈的譴責，在西元 381 年召開的君士坦丁堡(Constantinople)會議上面，通過了一般所謂的〈尼西亞信經〉(the Nicene Creed)，裡面確立了三位一體主義的正統地位，以及三個位格之間的平等性，同時反對亞利安從屬主義(Arian subordinationism)。

參見 *homoousios* 實體相同

A.E.L.撰　徐學庸審訂

Aristippus of Cyrene　居勒尼的阿里斯底波　見 Cyrenaics 居勒尼學派

Aristotle　亞里斯多德(384-322 B.C.)　誕生於斯塔吉拉(Stagira)的傑出古希臘哲學家，故有時被稱作「斯塔吉拉人」(the Stagirite)。亞里斯多德青少年時來到雅典(Athens)，在柏拉圖學園(Plato's Academy)待了二十年。自柏拉圖於西元前 347 年辭世之後，亞里斯多德旅行到了阿索斯(Assos)和萊斯波斯(Lesbos)，在那裡他與希奧弗拉斯特(Theophrastus)有所來往，且收集了豐富的生物學資料，之後又到了馬其頓(Macedonia)；並在那裡任亞歷山大大帝(Alexander the Great)的私人教師。他於西元前 335 年返回雅典，並在呂克昂(Lyceum)建立了自己的哲學學校。在設有柱廊的建築下散步(*peripatos*)，賦予亞里斯多德及其團體「逍遙學派」(the Peripatetics)的名稱。亞歷山大大帝於西元前 323 年的辭世，雅典人反馬其頓(anti-Macedonian)的力量都釋放了出來。亞里斯多德被指控為不虔誠，他擔心重蹈蘇格拉底(Socrates)命運的覆轍，故移居到卡爾西斯(Chalcis)，並在那裡終老。

亞里斯多德主要受到柏拉圖的影響，但同時也廣泛運用了先蘇哲學家(pre-Socratics)的思想。許多著作都始於批評前人，但最終卻奠基於他們的看法之上。柏拉圖之影響的走向是有爭議的。有些學者把亞里斯多德的學術生涯看成是從柏拉圖學說慎重地出走。對其他學者來說，他開始時是一位堅定的反柏拉圖主義者，等到他成熟時又重新恢復了對柏拉圖的信仰。更可能的是，亞里斯多德早期致力於發展和闡述一種頗為獨立的觀點，這觀點對柏拉圖的某些學說一直表示疑惑，這些學說包括理型(Ideas)的獨立存在，及物理實在是由二度空間的三角所形構成的。上述不安定的因素，無疑被亞里斯多德對觀察的證據性價值的讚賞、以及對「長期被公認和執守的看法裡可能蘊涵至少是部分的真理」的確定信念所強化。

據說亞里斯多德撰寫了一些通俗的讀物以供出版，其中一部分是對話錄。有關這些對話錄我們僅有少數斷簡殘篇和報導。重要的佚文還包括他有關善和理念的講課記錄。古代的編目者列舉了約一百五十八部亞里斯多德所著的希臘城邦的政體著作。關於這些著作，現只有《雅典的政體》(*the Constitution of Athens*)留存下來，它是於 1890 年被發現書寫在一張紙草紙上。存留於今的著作卷帙浩繁，事實上已經包含了具有哲學重要性的每個主題。。著作大部分由詳盡的上課講義，工作手稿，還有由別人撰寫的上課筆記所組成。雖然在亞里斯多德生前已付出相當多的努力，但直到西元前一世紀，才由羅德島的安卓尼庫斯(Andronicus of Rhodes)把亞里斯多德的全部著作編輯成流傳至今的模式。

事實上，現存手稿的時代都不早於西元九世紀，所以說亞里斯多德的全部著作是經歷了複雜的手稿傳抄歷程而輾轉流傳下來的。到了 1831 年，柏林學院(the Berlin Academy)出版了亞里斯多德著作的校勘第一版。學者們至今仍在逐頁、逐段、逐行地引用該版的文字。

邏輯與語言 關於邏輯和語言的著作集中在六部早期作品中：《範疇論》(*Categories*)、《論詮釋》(*On Interpretation*)、《前分析論》(*Prior Analytics*)、《後分析論》(*Posterior Analytics*)、《論題》(*Topics*)，以及《詭辯的駁斥》(*Sophistical Refutations*)。這些著作自古典時代晚期以來即以《工具論》(*the Organon*)著稱，它們與我們今天稱為「語意學」(semantics)的學科有共同的關切。《範疇論》的焦點在，如「白」(white)或「人」(man)等，非複合詞之間的關係，及它們所意指的事物；《論詮釋》解釋詞彙如何連結起來以產生簡單的陳述；《前分析論》系統解釋了三個詞彙必須如何分成兩個定言陳述，以便在邏輯上產生第三個這樣的陳述；《後分析論》詳細說明了定言陳述必須滿足於在科學解釋中所扮演的角色。《論題篇》(據說有時候也包括《詭辯的駁斥》)是一部「論題」(topics)和用於辯證論證的技術的手冊，這些技術主要涉及四個描述詞：「偶然性」(accident；可能從屬或不從屬於一主體的事物，例如坐下從屬於蘇格拉底)；「定義」(definition；意指一主體的本質者，例如理性動物是人的本質)；「固有性」(proprium；不是一主體的本質，但對之具有獨一無二性，或者具有相反描述詞的性質者，例如所有人、也只有人是有笑的能力)；以及「類」(genus；在主詞的本質中與種〔species〕不同者，例如動物既是人又是牛的本質)。

《範疇論》處理的是存在的事物的基本種類，以及它們間的相互關係。亞里斯多德說，每個非複合的詞在本質上都意指十範疇中的一個——一實體(a substance)、一數量(a quantity)、一性質(a qauality)、一關係(a relative)、一地點(a place)、一時間(a time)、一所處(a position)、一所有(a having)、一活動(a doing)以及一感受(a being affected)。在這種學說中構成亞里斯多德的忠告：存在著多少範疇，「存有」(being)一詞就擁有多少合適的或者本質上的意義。為了把最初存在的事物，也就是「主要實體」(primary substances)，與所有其他事物區別開來，並且對其性質做出解釋，要運用兩種非對稱的本體依賴關係。首先，實體(*ousia*)藉以下事實而與屬性的範疇有所區分，每一個屬性都呈現在某個實體之中，因此，如果沒有一個實體藉以依附的話，屬性是不能存在的。其次，實體本身的範疇分成一般個體(ordinary individuals)或者主要實體(比如說蘇格拉底)和次要實體(secondary substances)，比如說作為種概念的人和作為類概念的動物。次要實體是用來表述主要實體，且指出主體代表著何種事物。其一特徵為，次要實體的名稱和定義可以被用於描述主要實體，正如「人」和「理性動物」(the genus animal)可以被用於描述蘇格拉底一樣。在非實體範疇中的共相也可以被用來描述主體，就像顏色可對白色做表述。因此，無論直接地或間接地，其他每件事物或是呈現在主要實體中，或是描述主要實體，如果沒有主要實體，則一切都不可能存在。主要實體則無需依靠任何東西而存在，因為它們既不呈現在主體中，也不對一個主體做描述。所以在《範疇論》中，一般個體在本體論意義上是基本的東西。

《論詮釋》對那些或真或假的有意義的表達，也就是陳述或斷言，所作的解釋。亞里斯多德在這裡沿用了柏拉圖的《詭辯家篇》(*Sophist*)中的說法，認為簡單陳述由語意學上異質的成份，名稱(*onoma*)和動詞(*rhema*)組成。在句子「蘇格拉底跑步」(Socrates runs)中，名詞具有嚴格的指稱功能，它意指著依附體的主體。另一方面，動詞在本質上是描述性的，意指主體擁有的某物。動詞也指示當某事被斷言，而如此就確定了陳述的真值條件。簡單陳述也包括一般的定言陳述(general categorical statements)。從中世紀以來，用字母來表示基本的定言式已成慣例：(*A*)每個人都是白人，(*E*)沒有人是白人，(*I*)某人是白人，以及(*O*)不是每個人都是白人。《論詮釋》在我們今天稱為「對立矩陣」(the square of opposition)的形式中勾勒了它們的邏輯關係：*A* & *E* 是相反的關係，*A* & *O* 以及 *E* & *I* 是矛盾關係，而 *A* & *I* 以及 *E* & *O* 則是超級蘊涵關係(Superimplications)。*A* 蘊涵 *I* 反映了下述不再流行的觀點：所有肯定陳述都帶有存在的涵義(existential import)。

《論詮釋》的一個野心在於為所有肯定或否定這事或那事的所有的陳述，建立一種真值條件的理論。不過，涉及未來偶然性的陳述提出了某個特殊的問題。試想一下亞里斯多德提到的著名的海戰這一例子。明天它將發生或將不發生。如果是前者，那麼「明天將有一場海戰」的陳述現在就是真的。因此，現在確定了海戰將在明天發生。如果是後者，那麼現在確定了海戰將不在明天發生。兩種方式都不涉及未來的偶然性。雖然有人認為這一結論所隱含的是，亞里斯多德採取決定論，但絕大多數學者則認為，亞里斯多德在這裡或是中止了把排中律(the Law of excluded middle)運用到未來的偶然性之上，或是乾脆否定二值原則(the principle of bivalence)可用於涉及未來偶然性的陳述之上。在第一種選擇上，亞里斯多德放棄了認為海戰將在明天發生或不發生的主張。在第二種選擇上，他保留了這種主張，但是卻允許讓涉及未來偶然性的陳述既非真的又非假的。亞里斯多德明顯的執著於排中律，他或許喜歡第二種選擇。

《前分析論》標示著邏輯的發明是一門形式學科，因為這部著作包含第一次幾近於完備的邏輯推演的系統，這種系統有時被稱為「三段論證的」(syllogistic)。《前分析論》的第一章提到了三段論證，無論何時，只要陳述了某事物，其他事物必然會隨之而來，這一事實可能表示亞里斯多德企圖獲得有關邏輯推論的一般概念。不過，構成《前分析論》體系的三段論證是侷限在《論詮釋》所介紹的基本的定言陳述的範圍之內。一個三段論證由三個不同的定言陳述組成：兩個前提和一個結論。《前分析論》告訴我們，那一對定言陳述可以邏輯地得到第三個定言陳述。十四種基本的有效的形式分成三格(figures)；每一格又分成式(moods)。這系統是基礎性的，因為第二與第三格的三段論證都可還原到第一格三段論證，而第一格的有效性是自明的。雖然三段論證通常被寫成條件句，但也許三段論證本身最好被視為是一有效的演繹推理的系統，而不是有效的條件句或者條件句形式的系統。

《後分析論》把三段論證擴展到科學和科學解釋的領域。一科學是有關一確定的類(a definite genus)或自然領域的一個具演繹性地系統的知識整體。科學知識(*episteme*)不在於知道「有什麼」(that)，例如，雲中有雷，而在於由知道「為什麼」(why)有雷。所以，科學知識的理論是一種解釋的理論，而解釋的工具即三段論證的第一格第一式(the first-figure syllogism *Barbara*)：假如(1)*P* 屬於所有的 *M*，以及(2)*M* 屬於所有的 *S*，那麼(3)*P* 屬於所有的 *S*。要解釋，例如為什麼有雷，即雲中為什麼有轟隆聲時，我們說：(3')轟隆聲(*P*)屬於雲(*S*)；因為(2')火光猝熄(*M*)屬於雲(*S*)；而(1')轟隆聲(*P*)屬於火光猝熄(*M*)。由於受科學解釋的事物具有恆定性並擁有必然性，一科學的或推導證明的三段論證(demonstrative syllogism)的前提必須是必然性的。對前提先於結論，並具有比結論更充分的認知性的要求下，亞里斯多德接受解釋的非對稱性這一觀點：結論的知識依賴於每一個前提的知識，但可以獨立於結論而知道每個前提。前提也必須賦予結論原因。探求為什麼 *P* 屬於 *S*，事實上也就是尋求提供原因的中詞。最後，前提必須是直接性的，具有不可推導證明的性質(immediate and non-demonstrable)。前提是具直接性的，是為了避免沒有中詞連接主詞和描述詞。假設 *P* 因為一個新的中詞 *M*1 而屬於 *M*，那麼就可能存在著一個新的，更基本的前提，那對於充足的解釋是必不可少的。

最終，對一已接受的事實的解釋在於一系列的三段論證，它們最終停止在直接性的最初前提之上。它們作為公理而規範現正討論的科學，因為它們反映了被解釋事實的主要的本質——正如在 (1') 例之中，雷的本質在於火光猝熄的閃電。因為它們是直接性的，所以最初前提不能用三段論的推導證明，如果蘊涵著它們的三段論證能夠構成結論中的知識的話，那這些前提必須是已知的。進而言之，假如必須要按照三段論推演的方式認識最初的前提的話，那就會導致無限進行或循環論證。前者不可避免地取消了解釋的可能性，而後者則破壞了其非對稱的特性。因此，最初的前提必須由理性(*noûs*)直接認知。這一點正好標示著一科學的最高原則被人們認知的適當的途徑——甚至連可推導證明的命題也可以被直接認知，但是只有在它們置身於相關科學的結構之中，也就是當它們被用三段論證所推導證明的時候，它們才算得到了解釋。雖然所有科學都展示出相同的形式結構、運用了某些共同的原則，但各門科學各自擁有不同的最初前提，乃至不同的主題。這種所謂的「一類一科學」(one genus to one science)的原則制定了每門科學和它所作的解釋的自主性。

亞里斯多德認識到三種的智性學科(intellectual discipline)。「生產性的」學科(Productive disciplines)，例如建築，它關心的是某外在於行為者的事物的製造。「實踐性的」學科(Practical disciplines)，例如倫理學，它關心的是不與行為者分離地對某些事的作為，即行動和選擇。「理論性的」學科(Theoretical disciplines)；關心的是真理本身。這樣，只有這三種學說才是《後分析論》的特殊意義上的科學。這三種主要的專門科學是由其研究對象來區分——自然科學是由分離的，但變動的對象來區分；數學是由不變的，但不分離的對象來區分；神學是由分離的，且不變的對象來區分。數學家與自然科學家研究相同的對象，但其研究方法迥然不同。數學家取一實在物，例如，在證明中他運用一由粉筆繪成的圖形，這個圖形的諸如尺寸的確定性，形狀的不完美性等屬性，被抽離了。因為它們與所研究的圖形作為純數理屬性的完美代表的性質毫不相干。數學家僅僅是把並不與質料分離的抽象圓形當成是與之分離的。在此方式下他們有關對象證明的定理，可以被當成是普遍的與必然的。

物理學　物理學作為自然(*physis*)的科學，它的研究對象具有這樣的性質：其原理，變化的原因和其他種種都蘊藏在事物內部。《物理學》是亞里斯多德論述自然的主要著作，它分析了自然現象最普遍的特徵：原因、變化、時間、空間、無限，和連續性。「四因說」(the doctrine of the four causes)在亞里斯多德的著作中，是特別重要的。一原因(*aitia*)是某種類似於解釋因素的東西。例如，一幢房子的「質料因」(the material cause)，即建房子所用的材料(*hyle*)；運動因或者說「動力因」(the efficient cause)是房屋的建造者，更準確地說，是建造者靈魂中的形式；「形式因」(the formal cause)是房屋的規劃或形式(*eidos*)；而「目的因」(the final cause)則是房屋的目標或目的(*telos*)：提供遮風避雨的場所。完整說明建造一所房子的全部過程將涉及到上述所有原因。動力因，形式因，和目的因在自然現象中經常重合在一起。因父親遺傳的形式既是孩子的動力因，也是他的形式，且後者則由孩子的目的或其全面發展來說明。這就說明了亞里斯多德為什麼經常要單單地把質料與形式相提並論的原因。雖然它的對象是由二者共同組成，但是物理學仍然優先研究自然的形式。這與《後分析論》堅持的觀點恰好一致：解釋的進行是通過敘述本質的原因，且反映了亞里斯多德對目的論(teleology)的投入。例如，一自然過程在本質上被當作一棵橡樹或一個人的成長，因為它的身份取決於在其目的中實現的完全形式。正如在所有的自然事物之中，目的都是過程中的內在主導原則，而不是它的外在目標。

一切自然物都受制於變化(*kinesis*)。變化被界定為：潛能本身的實現(the actualization of the potential *qua* potential)；變化不是一本體論上的基本物。沒有適用於變化的範疇。更恰當地說，它們是根據更基本的事物而被簡約說明的—這些事物包括實體，屬性，和潛能。例如，一膚色蒼白的人，他具有被曬黑或成為曬黑的潛能。假如這種潛能完全不被實現出來，那就不會有變化產生；假如這種潛能完全實現出來，那變化終將結束。所以，潛能必然被實現，但這並不是說潛能是被消耗掉的；換言之，潛能必然是作為潛能而被實現。《物理學》中對變化的定義是為了自然世界持續的運作所設計的，它並不涵括實體自身的生與滅。這類變化，涉及質料和基本元素的變化，在亞里斯多德的《論生成與毀滅》(*On Generation and Corruption*)中得到了詳盡的討論。

亞里斯多德駁斥原子論的主張，世界是由一無限的不可分割的原子，以各式各樣不同的排列所組成的。他的觀點毋寧是：基本物質是統一的基礎物質，它的任何一部分是可分割為更小的部分的。因為沒有任何一確實無限的事物能存在，只有在理論上物質是可進一步分割的。因此在默認潛在的無限性時，亞里斯多德斷然地否認現實的無限性。這對地上基本物體(地，風，火，及水)的運動，及對天體(由第五元素以太〔aether〕所組成，其自然運動是循環的)的循環運動來說是成立的。這些都在《論天體》中討論。在《氣象學》中更進一步討論這四個地上的元素，這部著作的第 4 章可被描述為是一部討論化合作用(chemical combination)的早期論述。

心理學　由於靈魂(*psyche*)正式的定義是具有生命潛能的身體的形式，心理學就成為自然科學的分支領域。事實上，亞里斯多德將質料和形式的說法應用到在傳統的希臘觀點上，他們認為靈魂是生活的原則和原因。雖然即使植物的營養和再生的力量是靈魂的效果，但亞里斯多德仍把他的大部分注意力集中在現代意義的心理學議題上。《論靈魂》對靈魂的主要認知功能的性質和數目作一般性的解釋。隨後的著作，主要是收集在《小自然》(*Parva naturalia*)中的那些，則把這種一般理論應用在從記憶與回憶到做夢、睡眠和甦醒的廣泛心理現象上。

靈魂是諸官能之集結。官能，至少就人所獨有的官能而言，是在認知上了解事物的能力。視覺了解顏色，嗅覺了解氣味，聽覺掌握聲音，理性了解共相。一有機體的形式是其質料部分的特殊組合，這些物質部分使其能夠發揮這些特有的作用。因為例如，嬰兒有從事幾何學的能力，亞里斯多德區分了兩類能力或潛能(*dynamis*)和實現(*entelecheia*)。這嬰兒僅僅在潛能上是幾何學家。這第一潛能(*first potentiality*)之所以為孩子所有，僅僅是藉著屬於這合適的種(species)，也就是說，生下來就賦有成為有能力的幾何學家的潛力。孩子借助經驗和訓練可以把這「第一潛能」轉化為實現，這樣，他獲得了「第一實現」(first actualization)。這種實現同時也是一「第二潛能」(second potentiality)，因為這種實現使他成為一名可以任意運用其知識的有能力的幾何學家。而運用知識自身則成為一種「第二實現」(second actualization)；這等於是對某一知識的特別事項，例如畢達哥拉斯學派(Pythagorean)的定理。所以，靈魂被進一步界定為一複雜的自然的身體的第一實現。

與科學一樣，官能也根據其對象來區分。知覺(*aisthesis*)的對象可分成三類。「特殊的(獨特的)感覺對象」(special sensibles)，例如顏色和聲音，它們由一種也只有通過一種感官而直接感知，且不會產生錯誤。它們分成五種感覺：視覺、聽覺、嗅覺、味覺、和觸覺。「共同感覺對象」(common sensibles)，例如運動和形狀，它們由不只一種特殊感覺而直接感知。特殊的和共同的感覺對象都是真正的感知對象，因為它們都對感知系統產生直接的因果關係。與之相比，戴里斯的兒子(the son of Diares)卻是一個「偶然的感覺對象」(an incidental sensibles)，這是因為，他並不是被直接感知到的，而是作為直接地感知其他某種事物的結果，而這種事物碰巧是戴里斯的兒子，例如一個白色物體。

亞里斯多德把理性(*noûs*)稱作形式的場所，因為它能夠了解與質料分離的對象。這些對象與柏拉圖的獨立自存的理型完全不相似。它們作為亞里斯多德的共相，其存在是需要具體事例且依賴於具體事例的。因此在《論靈魂》中的陳述，共相「總得在靈魂之中」(somehow in the soul)，只是反映了它們在確立思想的自主性上所扮演的角色。理性沒有感官，這是因為理性不是任何物理結構的形式或第一實現。所以，不同於感知的官能，它並不過分依賴於身體。不過，理性通過意象(images)的方式思考對象，意象類似於內在的表象，具物質性的基礎。因為理性依賴於想像(*phantasia*)，就此而言，它依賴於身體的程度是較小的。如果不是因為某些人認為這是不可救藥的二元論的話，這可能足以從中建立某種關於亞里斯多德的心靈的自然化本質的學說。為了區分在理性中形成一切事物的東西與成為一切事物的東西，亞里斯多德採用了一對眾所周知的概念，即主動的和被動的理智(the active and passive intellects)，甚至還暗示說，前者是獨立於身體的。關於主動理智性質的看法眾說紛紜，有人甚至認為這純屬毫不相干的竄文。然而與感知依賴於外在對象不同的是，思維是由我們決定的。因此，它決非僅僅心靈受影響的結果。所以亞里斯多德需要一種能使我們自動產生思想的機制(mechanism)。從功能角色的觀點來看，主動理智之本體論地位的問題反倒是不太重要的了。

生物學 亞里斯多德的生物學著作約佔據其全部作品四分之一的篇幅，他把生物現象放置在一般自然科學的框架內：四因說，形式與質料，實現與潛能，尤其是自然過程中的目的論特質。如果說《物理學》以一種先驗的風格(in an a priori style)來進行的話，那《動物誌》(*History of Animals*)、《動物的部分》(*Parts of Animals*)和《動物的繁殖》(*Generation of Animals*)三書則達成了集觀察、理論，和一般科學原理的高度綜合性。《動物誌》對動物的一般特徵加以比較研究，涉及到動物間相同的部分、活動、和傾向。雖然在動物形態和生理的描述方面，令人驚訝地看不出有多少目的論的痕跡，《動物的部分》仍充分具有目的論性質。動物的部分，尤其是器官，最終是由功能而不是形態加以區分的。例如，牙齒和軀體的組織，是由它們在有機體的全體的作用中所扮演的角色來決定的，因此需要目的論作解釋。《動物的繁殖》把形式—質料和實現—潛能的區別用於闡釋動物的生殖、遺傳、以及偶然特性的發展。種的形式規定了一有機體的發展，並決定了這有機體本質上是什麼。雖然在《形上學》和其他著作中，包括遺傳在內的偶然特性被排除在科學研究的範圍之外，但在生物學著作中，形式扮演一寬廣的角色，它解釋了例如眼睛顏色那樣的非本質特徵的遺傳。父親的形式越是充分地置於只有極小形式的母親的質料上面，那父親的特徵就越徹底地傳遞到子女身上。質料抵抗形式影響的程度決定了母親特徵顯現的程度，甚至也決定遠祖特徵呈現的程度。

亞里斯多德分享了柏拉圖關於動物分類的興趣。近年來的學術文章暗示，與其說亞里斯多德是對動物界的直系分類法的詳盡描述有興趣，不如說他是對建立複雜的「種差」(differentiae)與「類」(genera)——這對生物的定義來講是核心的——有興趣。此外，他的生物學著作主張，沒有一個單獨的種差能賦予一個種的全部本質，而賦予本質的諸種差則將分成不止一種的差別。如果說上述第二點駁斥了柏拉圖和學院所熱衷的二分法的話，那上述第一點則反對亞里斯多德自己的標準看法，認為本質可以被歸結為一個最終的單獨的種差。生物科學很難被納入在《後分析論》的解釋模式的範圍之內，在那裡本質或解釋的中詞被認為是一單一的因果關係的特性。

這一部分討論的主題，有相當一部分匯集在亞里斯多德一部相對來說較晚的著作，《動物的運動》(*Motion of Animals*)之中。它對於動物運動機制所作的心理的解釋，處在物理學，心理學，和生物學的交匯點上。

形上學 在安卓尼庫斯(Andronicus)的版本中，現今被稱為《形上學》(*Metaphysics*)的十四卷書排列在《物理學》(*Physics*)之後，這樣就產生了「形上學」(*Metaphysics*)的名稱，其字面涵義為「在物理學之後」(what comes after the physics)。亞里斯多德自己則更喜歡稱其為「第一哲學」(first philosophy)或稱為「智慧」(*sophia*)。形上學的主題被確定為：對最可認知者的原因和原理加以研究的理論科學。這使得形上學成為亞里斯多德廣泛地運用「什麼是更適宜為我們所知」和「什麼是更適宜通過自然而知」的區分中的一個受限制的例子。例如，類概念動物(genus animal)比種概念人(species man)更適宜於通過自然而認知，因為它更為遠離人的感官，也因為它可以獨立於種概念而被人認知。第一種狀況暗示最可被認知的事物是神學的，獨立自存的，完全非感覺的對象，因而形上學是一門特殊科學。第二種狀況則暗示，最可被認知的對象就是可普遍應用於一般事物的最一般的觀念。這種看法傾向於把形上學當作有關於「存有之所以為存有」的一般科學。特殊科學的研究是受限於存有的模式。例如，物理學研究的是存有之所以有一變化和靜止的內在原則。一般的存有科學，僅限於存在事物「存在」(they are)的範圍內，研究它們的原則和原因。《形上學》的大部分論述都支持著這種形上學觀。例如，在該書第四卷論述不矛盾律(the principle of non-contradiction)，第十卷論述統一性、相似性與差異性時，這些觀念都應用於一切事物。當然，對形式和實現的討論是在其中心諸卷：第7卷、第8卷、第9卷中。另一方面，第12卷似乎把形上學當作神學的特殊科學。

亞里斯多德自身試圖調和這兩種形上學觀。因為它研究不動的實體，所以神學被視為第一哲學。不過，恰恰因為它是第一哲學，它也是一般性的，所以它包括對存有之所以為存有(being qua being)的研究。學者們發現這種解決辦法與問題同樣令人迷惑不解。雖然《形上學》第12卷證明了作為不動之動者(an unmoved mover)的永恆實體其運動的因果必然性，但這並沒有在可感覺的混合物的諸形式和作為不動的動者的純粹形式之間建立概念性的聯繫。如果有一門單獨的學科要包容這兩者的話，那上述的聯繫就有必要了。

在試圖做出調和的問題之外，亞里斯多德還得面對有關一般存有科學的可能性這已有的難題。因為《後分析論》要求每門科學都有相應的類概念的存在，但《形上學》兩次聲稱存有不是一個類(a genus)。亞里斯多德從未放棄過這後一種主張，《範疇論》中也潛含著這一主張，存有在那裡被直接分成種(kinds)，也就是範疇。由於這些最高的類(genera)並非由某個單獨的類的差異所產生，所以也就不存在單一意義的存有概念可以涵蓋它們。然而，儘管存有就像範疇那樣含混不清，仍有一條線貫穿著它們。在《範疇論》中，與主要實體相吻合的本體論的優先性被當作《形上學》之中非實體的物體的定義的一部分：成為依附體根據定義即成為某個實體的依附體。因此，存有的所有各種不同的涵義都指涉著主要的存在類型，即實體。這就像運動，營養，醫藥，和氣候都與健康有著某種關係，故而都有益於健康一樣。「焦點意義」(focal meaning)的發現，如有時候所稱，引入了一種新的方式來提供科學所需要的內在統一性主題。因此《形上學》更改了《後分析論》中的那種嚴格的「一類一科學」(one genus to one science)的原則。一門單獨的科學也可以包括其定義迥異的對象，只要這些定義都聚焦於一個事物。所以，焦點意義使得存有之所以為存有的科學成為可能。

焦點意義也使實體成為研究的中心對象。一般存有的原則和原因是可以藉助對主要的存在事例的原則和原因的研究來闡述。雖然《範疇論》把主要實體與其他存在的事物做了區分，並且指明了它們的明顯的特徵(例如，當它們擁有相反的屬性時仍能保持同一性的能力)；但它仍不能解釋為什麼主要實體會擁有這些特徵。《形上學》的難懂的核心各卷——第7、第8、第9卷——就是明確地探究這一問題。事實上，它們主要追問的問題是，關於《範疇論》中什麼是說明主要實體的本質。簡言之，它們的目標在於《範疇論》中的那些主要實體的本質(the substance)。與具體的經驗的個別物一樣，主要實體由形式和質料混合而成(在《範疇論》中，形式與質料間的區分尚不清晰)；所以，它們的本質必須在這些內在結構特徵中尋找。因此，《形上學》第七卷關注於形式、質料，以及形式與質料的混合，然後又轉回到形式，把它當作最佳的候選者。在發展一能扮演所需的解釋的角色的形式觀念時，本質的觀念(*to ti en einai*)佔據了中心位置。例如，一個人的本質即構成一個人的某種質料的原因，也就是靈魂。所以，在本質意義上的形式即《形上學》中的主要實體。顯然這並非《範疇論》中的主要實體，儘管它們都使用了同一個詞(*eidos*)來指形式，但這種形式也不是《範疇論》中的種(the species)。在《形上學》中，後者被當作從個別的混合物中抽離出來的一種共相混合物，而且似乎被否定了其實體的地位。

即便有著廣泛的——但不是普遍的——共識認為，在《形上學》中形式是主要實體，但也同樣對下述問題存在著廣泛的歧見：這是否是特殊的形式，即屬於一單獨的個體的形式，抑或它是種的形式(species form)，即對種概念中的所有個體都共通的形式。在有關《形上學》的主要實體的學說與《範疇論》中的早期學說的關係方面，有著熱烈的討論。雖然有的學者在這裡發現了明顯的自相矛盾，但是大部分的學者則把這種歧異看成是關於亞里斯多德實體觀點發展的證據。最後，《形上學》中的中心諸卷作為一個整體依舊是受爭議的。有人視其為是對形式加以完整的、獨立的分析，其他人則把它們當成是對《形上學》第 12 卷中有關非感覺對象的形式所做的準備，並把不動的動者的角色看成是運動的最終原因。

實踐哲學　《尼可瑪古倫理學》(*the Nicomachean Ethics*)和《政治學》(*the Politics*)是亞里斯多德的兩部最受歡迎的著作，它們是對實踐哲學的論述。它們的目的是關於行為中有效的行動。因此它們處理的是由我們所決定的事物，且可以是不同的方式來決定，這是因為在這一領域存在著選擇和行動。倫理學的實踐本質主要體現在某一類型的行為者的發展上。亞里斯多德提醒我們，《尼可瑪古倫理學》的寫作「不是為了知道什是麼是德性，而是為了成善」。一個人是藉著成為一個好的選擇者和做事者而成善的。這不僅僅是關於選擇和從事正確的行動，更是關於以正確的方式選擇和從事行動。亞里斯多德假定，行為者，在大部分時候，都知道什麼是應該做的(惡人或不道德的人除外)。意志薄弱的(*akratic*)或道德上軟弱的行為者欲從事異於他知道他所應該做的事情，而且在行為時順從反對其較好的判斷的慾望。意志堅定的(*enkratic*)或道德上堅定的行為者與意志薄弱的行為者分享相同的慾望，但他能夠遵循著較好的判斷來行為。在這兩種選擇中，慾望與判斷都不是處在和諧的狀態。另一方面，在有德性的人身上，慾望和判斷達成了共識。所以，他們的選擇和行動是免於衝突與痛苦的，而這衝突與痛苦乃是不可避免地伴隨著那些意志薄弱的與意志堅定的人的。這是因為在他們靈魂中主宰選擇和行動的部分，有著使慾望和正確判斷相一致的傾向。獲得了這種穩固特質(*hexis*)，就等於獲得了道德的德性(*ethike arete*)。該特質關係到選擇，它們將由具有實踐智慧(*phronesis*)的人來決定；它們將是一些處在兩個極端境地之間的行為。這些行為在於一中道(mean)——通常稱作「黃金的中道」(the golden mean) ——這是相對於行為者的天資和經歷的。以這種方式做出選擇決非易事。例如，這涉及到要在合適的時間，針對合適的人，以合適的方式，出於合適的理由去感到憤怒，或者去樂善好施。諸如數學能力那樣的理智德性(intellectual virtues)可以通過教育而獲得，然而道德的德性卻不能。我可以知道什麼是應該做的，甚至表現出有德性的行為，卻不是「依德」(virtuously)而行。不過，由於道德的德性是有關選擇的一種特質，因此深思熟慮的從事有德性的行為，最終可以培養一種能夠和諧且愉快地選擇行為的特質，而因此依德而行。

亞里斯多德拒絕了柏拉圖式的不食人間煙火的先驗的善的理型(Plato's transcendental Form of the Good)，一般來說，他對絕對善的觀念也少有同情。選擇和行為的目的是人間的善，也就是說，能活得更好。不過，這並非單純是一件獲得所需要的實踐的特質的事情。為更好地生活所必需的實踐智慧，涉及到擅於盤算用最好的方式達成其目的，而這是一種理智的德性。然而，在深思熟慮中已預設了的目的，是由道德的德性所建立的。所有行為的目的，對人而言的善，其實就是幸福(*eudaimonia*)。大部分事情，如財富，只有在作為有價值的目的之工具時，才有價值。榮譽、快樂、理性以及像勇氣和慷慨那樣的個人的德性，它們被認為是自身具有價值的，但是它們也可以因為幸福之故而被追求。幸福，可以因為其自身之故而被追求。幸福不是靈魂的一種靜態的狀態，而是靈魂的一種活動(*energeia*)—是類似於人類燦爛的生命的東西。幸福的人的生活將是自足的，且達到最高度完全。因此，對人而言善是符合德性或最高德性的活動，如果有這麼一個最高的德性的話。在此「德性」(virtue)意味著某種類似優點(excellence)的東西，且運用到人之外的許多東西上面。一把斧頭的優點在於它的銳利，而一匹馬的優點在於它在馬術上的特質。簡言之，一事物的優點是關於它如何適度地發揮自己特有的功能，或者我們也可以說，在於它如何適切地實現其本性。

人的自然功能在於人們運用其自然的認知官能，其中最重要的是理性的官能。所以，人類的幸福是符合理性的活動。不過，人既可以在實踐中，也可以在純理論的事務上運用理性。前者暗示幸福在於道德德性的實際生活中，後者暗示幸福在於從事理論活動的生活中。《尼可瑪古倫理學》的大部分篇幅都致力於道德德性，但是它的最後一卷似乎認為理論活動(theoria)是最高的和最值得選擇的目的。這是人最接近於神聖活動的方式。新近的大部分學術研究都專注於這兩種善的概念之間的關係，尤其集中在它們是否具同等價值，以及它們是相互排斥還是相互包容這樣的問題上。

倫理學與政治學密切相關。亞里斯多德把城邦當作是一自然實體，它興起於人群中且具有一自然的功能。這種功能並不僅僅體現在諸如提供共同的防衛和促進貿易的方面。更恰當地說，《政治學》中的城邦也是以幸福作為其目的的，也就是說，是為了培養其公民擁有完整和自足的生活。亞里斯多德對政體做了一系列複雜的分類研究，但事實上則把它們歸結為三種類型：君主制，貴族制，和民主制。那一種政體最適宜於一個城邦的自然目的，在某種程度上，對亞里斯多德來說是一個相對的問題。雖然他似乎更鐘愛民主制，但在某種條件下，君主制可能更為適宜。

亞里斯多德著作的標準順序是以《修辭學》(*Rhetoric*)和《詩學》(*Poetics*)作結束的。《修辭學》廣泛討論了演說術或者稱為說服的藝術，這使它的位置處在政治學和文學理論之間。篇幅相對簡短的《詩學》則主要致力於悲劇的分析。該書對一般美學理論和戲劇創作都產生了巨大的歷史影響。

參見 Aquinas 亞奎納；essentialism 本質論；metaphysics 形上學；Plato 柏拉圖；practical reasoning 實踐推理；Socrates 蘇格拉底；syllogism 三段論式；virtue ethics 德行倫理學

M.V.W.撰　徐學庸審訂

Aristotle, commentaries on　對亞里斯多德的註釋　見 commentaries on Aristotle 對亞里斯多德的註釋

arithmetic hierarchy　算術的層系　見 hierarchy 層系

arity　位　見 degree 級

Arius　阿里烏斯　見 Arianism 亞利安主義

Arminianism　阿明尼烏主義　見 Arminius 阿明尼烏

Arminius, Jacobus　阿明尼烏，雅可布(1560-1609)　荷蘭神學家，作為一名荷蘭新教牧師，而後又為萊頓大學(the University of Leiden)教授，他對喀爾文派(Calvinist)關於預定論(predestination)和自由意志(free will)的正統說法提出了挑戰。在他死後，他的追隨者將他的觀點整理成文，認為對獲得拯救來說上帝的恩寵是必要的，但也並非不可抵抗的：神的意旨取決於人的自由選擇。這種主張構成了阿明尼烏主義(Arminianism)的基礎，它受到荷蘭新教宗教會議的譴責，但在幾個世紀中一直成為各種不同派別的新教神學家激烈爭執的話題。「阿明尼烏派」(Arminian)的稱謂有時仍會用在某些神學家身上，他們堅持人自由的答覆神的恩寵，以反對預定主義。

R.H.K.撰　丁福寧審訂

Armstrong, David M.　阿姆斯壯，大衛・M(b.1926)　澳洲心靈哲學家和形上學家，退休前一直在雪梨教授哲學。以心靈的物理論和共相的實在論而著名。其 1968 年的《心靈的唯物論》(*A Materialist Theory of the Mind*, 1968)一書，發展出一個深受科學啟發的觀點：心靈狀態和中樞神經系統的物理狀態是等同的。其 1978 年的《共相與科學實在論》(*Universals and Scientific Realism*, 1978)及 1983 年的《何謂自然法則》(*What Is a Law of Nature?*, 1983)二書則爭論說，一個在科學上適當的本體論必須承認有共相，否則無法解釋自然法則。阿姆斯壯認為，自然法則必須被看作是表達共相間必然性(而非表達殊相間規律性)的通則。但是，阿姆斯壯只承認那些在科學解釋上必要的共相之存在。此外，阿姆斯壯也採取了一個所謂內在的(相對於超驗的或柏拉圖式的)的實在論；換言之，他並不承認有「沒有例化」(uninstantiated)的共相存在，也不承認共相存在於時空之外。

最近，阿姆斯壯在其 1997 年的《一個事態的世界》(*A World of States of Affairs*, 1997)一書中，整合了其科學導向的物理論和性質的實在論。在該書中，他提出了所謂「真理製造者」(truthmaker)的原則：每一項真理都是由一些存在的事態所造成的；事態(而非構成事態的共相和殊相)才是構成實在界的基石。這樣的形上學類似於維根斯坦(Wittgenstein)在《邏輯哲學論》(*Tractatus*)一書中所提出的觀點，在這樣的形上學中，有關必然性和可能性則是藉著組合原則(combinatorial principles)而容納在其中的。正如阿姆斯壯在《一個有關可能性的組合理論》(*A Combinatorial Theory of Possibility*, 1989)一書中所解釋的，這樣的一種形上學較大衛・路易斯(David Lewis)所提倡的可能世界實在論要來得在本體論上經濟得多。

參見 lawlike generalization 似定律的通則；metaphysical realism 形上學實在論；philosophy of science 科學哲學；scientific realism 科學實在論

E.J.L.撰　王文方審訂

Arnauld, Antoine　阿爾諾，安托瓦內(1612-94)　法國神學家和哲學家，波爾羅亞爾修道院(Port-Royal)中冉森派社群(Jansenist community)中最重要和最著名的知識分子，他同時也是笛卡兒哲學虔誠和正統的捍衛者。其神學著作捍衛著奧古斯丁學派的有效恩典(efficacious grace)的學說，根據該學說，人不能憑藉自己的所作所為而獲得拯救，拯救是由上帝不可抗拒的恩寵所賜予的。他還主張嚴格的悔悟主義，人的赦罪必須基於真正的、發自內心的懺悔、基於對上帝之愛，而不是自私地恐懼上帝的懲罰。這些看法把他和波爾羅亞爾學派都帶入了十七世紀法國宗教爭論的中心，當時冉森主義(Jansenism)已被視為新教宗教改革運動中某種破壞性的伸展。

阿爾諾也不斷介入哲學論爭，他被視為在當時同期的哲學見解中，最敏銳且激烈的思想家之一。他對於當時幾位主要哲學家的批評，主要表現在他對於其哲學體系之上。在1641 年，阿爾諾受請評論笛卡兒(Descartes)的哲學著作《沉思錄》(*Meditations*)。他提出了很多反對意見，其中包括觀念的表徵性質、笛卡兒證明上帝存在的循環論證，以及笛卡兒關於物體性質的概念與天主教關於聖餐儀式可以把酒和麵包，變成耶穌血肉的變體學說之不相容性等等。這些反對意見，笛卡兒把它當作所有意見中最睿智和最嚴肅的部分而加以考慮。阿爾諾是以一種建設性的精神貢獻其反對意見，但日後他卻成為了一名笛卡兒哲學的熱情擁戴者，他把笛卡兒的哲學視為是有益於人類學術進步和基督教虔誠思想。例如他主張，基督教的靈魂不滅觀是很健全地奠基在笛卡兒的心身二元論之上。

在 1662 年，阿爾諾(與皮埃爾・尼柯爾〔Pierre Nicole〕一起)編撰了《波爾羅亞爾邏輯》(*Port-Royal Logic*)一書，這是一部論述語言和推理且具有影響力的書。在經歷了數十年的神學爭論(這期間他從法國遷居到了荷蘭)之後，阿爾諾出版以下兩部哲學著作而恢復了他公開的哲學活動：《論真與假的觀念》(*On True and False Ideas*, 1683)和《對自然和恩寵的新體系所做的哲學和神學反思》(*Philosophical and Theological Reflections on the New System of Nature and Grace*, 1685)。這兩本書為日後一場長期論戰的依據，它們對馬勒布朗士(Malebranche)的神學及其哲學基礎進行了詳盡的批判。第一部著作主要偏重於哲學論述，在這部著作中，阿爾諾堅持認為，觀念或心理表徵其實只是心靈的行為，這些行為使我們與世界上萬事萬物產生直接的認知和感知接觸。心理行為也擁有表徵內容或阿爾諾(追隨笛卡兒)所稱的「客觀實在」(objective reality；正如阿爾諾所理解的，馬勒布朗士主張觀念是上帝的理解力中非物質和非心理的對象，這些對象是用來代替物理事件，可以為我們認識和感知。因而，這場論戰經常被當作是阿爾諾的直接實在論〔direct realism〕和馬勒布朗士的表象理論〔representative theory〕的爭辯)。這些內容解釋行為的意向性(intentionality)，也就是行為直接指向對象的性質。阿爾諾日後與皮埃爾・培爾(Pierre Bayle；他是馬勒布朗士的捍衛者)討論是否所有心理現象都具有意向性；正如阿爾諾所相信的，以及培爾所斷言的那樣，靈魂中某些事件(例如快樂和痛苦)是非意向性的。

不過，在阿爾諾的意圖中，對馬勒布朗士的認識論和哲學觀點，所做的這些初期批判，僅僅是對其神學更重要的批判的序曲而已；這種批判尤其集中在馬勒布朗士認為上帝總是按照普遍意志而不是特殊意志行事的觀點之上。阿爾諾論說道，這種觀點動搖了真正天主教關於神的天命之體系基礎(The true Catholic system of divine providence)，還因為把上帝從直接君臨世界的位置上撤離，從而威脅到上帝意志的有效性。

在 1686 年，阿爾諾也參與了與萊布尼茲(Leibniz)的著作《形上學論》(*Discourse on Metaphysics*)的討論。在他們的通信往來中，阿爾諾把他的批評矛頭直指萊布尼茲的實體概念，以及有關他的因果理論和預成和諧(the preestablished harmony)的觀點。這次意見交換與上次與馬勒布朗士的討論一樣，阿爾諾關心著他認為如何理解上帝的自由和天命的最佳方式保留位置；雖然他也注意到實體(在此他反對萊布尼茲重新引入的「實體形式」〔substantial forms〕的概念)但他仍然堅持他所心儀的笛卡兒的本體論的主張，即身體僅僅是廣延(extension)，其中不存在任何精神因素。事實上，他在該世紀下半葉，大部分哲學活動都用在強烈地捍衛笛卡兒主義，尤其集中在神學根據的主題上(例如，展示笛卡兒主義的形上學與天主教關於聖餐儀式之間，變體的真實存的一致性)，而這一點終於導致他成為天主教和新教圈子的共同譴責的對象。

參見 Bayle 培爾；Descartes 笛卡兒；Leibniz 萊布尼茲；Malebranche 馬勒布朗士

S.N.撰　王文方審訂

Arouet, François-Marie　阿魯埃，法蘭西斯-馬里　見 Voltaire 伏爾泰

a round　「現實世界」的名符　見附錄：特殊符號與邏輯記號

arrow paradox　飛矢悖論　見 Zeno's paradoxes 芝諾悖論

Arrow's paradox　亞羅悖論　也稱作「亞羅的(不可能性)定理」(Arrow's〔impossibility〕theorem)，是社會選擇理論(social choice)的一項重要成果，得名於其發現者：諾貝爾經濟學獎得主肯尼思．亞羅(Kenneth Arrow)。一般人會直觀地假定，社會中個人的偏好可以形式化地表述，然後可以加總起來，表達出對社會的偏好(social preferences)，以作為一種社會選擇的函數(social choice function)。亞羅悖論指出，個人的偏好，就算可以充分地形式化，但不能因而加總成類似的社會選擇函數，並能同時滿足下列四項條件：(1)集體理性(collective rationality)：任何個人的偏好，必須能產生某種形式的社會排序；(2)帕雷托最佳境界(Pareto optimality)：如果所有的個體，都偏好這種而不是那種排序，那麼整個社會的排序也將與之一致；(3)非獨斷性(non dictatorship)：社會上的排序，必須不同於某個特定個人的排序；(4)能獨立於不相干的替代方案(independence of irrelevant alternative)：社會性的排序與個別排序的特性無關，而只取決於排序本身；在給定一系列的選擇時，社會性的排序僅僅取決於特定的排序替代方案。

大部分試圖解決此項悖論的努力，把注意力集中在第(1)和第(4)項上。有人主張，即使當偏好不具備遞移性(intransitive)時，它們也可以是理性的。也有人主張，數列性的排序(cardinal orderings)是這個理論的要點，人與人之間的偏好強度，也因而是可以比較的。

參見 decision theory 決策論；social choice theory 社會選擇理論

A.N.撰　賴建誠審訂

Arrow's theorem　亞羅定理　見 Arrow's paradox 亞羅悖論

art, philosophy of　藝術哲學　見 aesthetics 美學

art, representational theory of　藝術的重現理論　見 mimesis 模倣

artifactuality　人造性　見 institutional theory of art 藝術習俗議定理論

artificial intelligence　人工智慧　人工智慧也稱為 AI，是在科學上努力設計與建造有智慧的人工品(intelligent artifacts)。由於這樣的努力不可避免地會預設與測試關於智慧本質的理論，它對心靈哲學(philosophy of mind)有所蘊涵，甚至可能多於經驗的心理學。首先，實際的建構直接地進攻到了心物問題(mind-body problem)；如果人工智慧成功了，那麼，某種形式的唯物論(materialism)將似乎被確認。其次，一個工作中的模型，就算它有所限制，都需要對智慧是什麼有全面的概念，而不是做實驗去測試特定的假說。事實上，在這範圍裡，心理學本身對智慧的觀點，頗受一些得自人工智慧之基礎概念的影響。

雖然「智慧的人工品」之概念已是個老舊的想法，但嚴謹的科學研究從 1950 年代才開始，而且，它被關聯到可程式設計之電腦(programmable computers)的發展。智慧被認為是一個「結構的特質」(structural property)，或是一個活動系統的能力；也就是說，這與此系統是用什麼材質做出來的並無關係，只要它的各部分與這些部分的互動，可以全面

地表現出智慧的行為。舉例來說，如果解決邏輯問題、下棋、或是用英文交談等活動，可表現出智慧，則它是不是用電子的、生物的、或是機械的材質所「安裝」(implementation)並不重要，只要它會解決、會玩、或是會說就行了。電腦之所以有關聯，原因在於它的彈性與經濟：對每筆投資努力來說，要做出複雜的活動，軟體系統是無可比擬的。

不管可程式設計之結構的一般性與對心靈研究多樣的歷史進路，人工智慧的研究者大略可分為兩大陣營——我們可以分別想成是「語言導向」(language-oriented)與「形態導向」(pattern-oriented)。明顯地，它們鮮少受制約-回應典範(conditioned-response paradigm)、精神分析的傳統、心理圖像觀點、經驗主義者(原子論者)的聯想心理學(associationism)等的影響。此外，兩個人工智慧陣營都傾向於集中注意到認知的議題，有時包含了知覺與運動的控制。他們所明顯忽視的是一些心理學上重要的議題，如偏好(affect)、性格(personality)、審美與道德判斷、概念的改變、心靈疾病等等。或許這些東西已超出了人工「智慧」的範圍了；但關於智慧(intellect)能否獨立於人類生活的其他部分而隔離與實現，則是個不明顯的獨立議題。

人工智慧兩個主要的典範在 1950 年代一起出現(沿著人工頭腦學〔cybernetic〕和資訊理論〔information-theoretic〕的進路，結果發現都是行不通的)；現今兩者都很盛行。但在大部分的 1960 年代與 1970 年代，因為下列三個標誌性的理由，以語言為基礎導向的一支，得到了注意與資助：一、電腦的資料結構(data structures)與過程(processes)，本身類似語言(language-like)：資料依照語法與語意而連接(articulated)，而它的處理是局部的(序列的)。二、二十世紀的語言學與邏輯，使得這樣系統之運作、以及它們如何可能運作，變得清晰可理解：自動化的符號操弄(symbol manipulation)成就了清晰、有力的意味。最後，最依從此進路的表現——表明的(explicit)推論與「算出」(figure out)——打動了通俗的與高教育者的意見，使他們承認這些是特別「有智力的」(intellectual)；因此，早期的成功較受人注目，而那些「瑣碎」的障礙較容易被忽略掉。

語言或是「符號操弄」(symbol manipulation)陣營的基本觀點是「思考就像是說話」(think is like talking)——內部的交談(inner discourse)——因此，思想就像是句子。這個想法是珍貴的，因此，霍布斯(Hobbes)甚至明確地將它與計算(computation)連結起來。然而，將一般的想法轉成嚴謹的理論，是一項主要的科學成就。這樣的說法不只是，甚至不是特別地，適用於可以做意識反思的思考方式。也不是說「思想語言」(language of thought)就特別地像英文、述詞邏輯(predicate logic)、LISP、或是任何其他熟悉的表達法。而是說，它的詳細特徵是一個經驗的研究問題。而且，除了虛構的刻板印象之外，人工智慧的目的不在於創造出一個超級邏輯(superlogical)或是非人類式的理性自動機(rational automata)。人類的一些傾向——將事情視為理所當然、做直覺的跳躍思考與拒絕不合理的結論——這些並非 AI 所要努力去克服的弱點，而是真實智慧的整體能力(abilities integral to real intelligence)，那是 AI 所渴求分享的。

在什麼意義之下，思想才算是「類似語言」的呢？有三項是必要的。第一、每個思想都有組合式的語法結構(combinatorial syntactic structure)；也就是說，它們是由完善定義(well-defined)的原子成素(constituents)所構成的組合(compounds)，構成完善定義的(可遞迴地指明的〔recursively specifiable〕)安排。那些原子成素可類比成字(words)，而那些組合的安排可類比成片語與句子；但這並不預設它們必須要相似於任何已知的字或文法。第二、每個思想片段(thought tokens)的內容(contents)，它們的「意義」(mean)是一項它們組構(composition)的系統性功能(systematic function)：連結的成素與形式，已經決定了一些意味，它們合起來決定任何完善組成之組合(well-formed compounds)的內容。所以，這就像是句子的意義，是決定於它的文法與字的意義。第三、智慧的進展(progress)或思想的序列(sequence)可以藉由有語法的規則而區分出來——要實行它們，只可以按照敏感於語法性質的過程。這裡，我們可以類比於證明理論(proof theory)：一個論證之形式有效性(formal validity)是依據它形式表達的規則。但這樣的類比有些危險，因為它立即提議了邏輯推論的精確性；然而，如果智慧可以藉由形式規則而來界定，這比起形式邏輯來說，必定要是更寬容的、更脈絡敏感(context-sensitive)等等。

語法與成素是如何被確立(藉由聲音、藉由形狀、藉由磁力外形)、如何被安排(時間、地點、經由位置指示詞〔address pointers〕)，是完全中立的。實際上，它是個空白的參數(free parameter)：任何可以作為語意(semantics)與處理(processing)間橋樑的東西。這樣的說法與其他說法分享了許多的預設——思想是有內容的(有意義)、它們所發生的過程(processes)可以在物理上被實現。它可以被兩個更進一步的論說(theses)所區分，這兩個論說認為：我們必須有某些獨立描述這些思想的方式，它中介於(mediate between)(也同時是決定了)它們的內容，與它們之如何被處理；以及，它們是組構式地結構的。這樣的描述是「語法的」(syntactical)。

對於以語言導向(language-oriented)的AI，我們可以區分出兩個主要的時期，每個時期都持續約二十年。大體上來說，第一個時期強調處理(processing)(搜尋與推理)，而第二個時期強調表徵(representation)(知識)。如果要看它們的發展，重要的是要知道AI的智性孕育。一部機器，如電腦，除了隨機的(random)成分外，它是一個決定性(deterministic)的系統。對於一個可以完全限制的範圍來說，這是沒問題的，就像是對於數字的計算、排序(sorting)與語法分析(parsing)，或是對於那種除了已規定了的隨機性(prescribed randomness)之外都有全然限制的領域(domains)，如統計的模擬。但是，就一般的情形而言，智慧的行為既不是被完全限制、也不是除了其中的小小隨機變異之外，均完全受限；而是，它通常是專注的(focused)與敏感的(sensible)，但也是會失敗的(fallible)與有些可改變的(variable)。試著想想，例如下棋(AI 早期的測試溫床)：將在每個位置所有合法的走法列出來，是個可完全限制住的問題，以及容易的程式；但要找最好的一條路走，就不是這麼一回事了。一個有智慧的棋手不只是決定哪些走法是合法的，然後在這些走法裡隨便選一個來走；下棋時的智慧是去選擇一個就算不是最好、也至少是個好的走法。這是介於決定性(determinacy)與隨機之間的事情，所謂「介於」(between)並非只是兩者的混和。它是如何在一部機器(machine)裡完成的呢？

最具關鍵性的發明與首先使得人工智慧變成具體真實可想像的，是「啟發式的程序」(heuristic procedure)(「啟發式」〔heuristic〕這個字來自希臘文的「發現」，如同阿基米德(Archimedes)的「我發現了！」〔Eureka!〕的驚叫)。與人工智慧相關的要點是，AI既不是遵照著嚴格的指示以達成目標，也不是愚笨的好運，而是明智地四處察看，儘可能地依事先所知的與沿途所發現的來引導。所以一個啟發式的程序不是為了明智的發現，而是明智地引導搜尋的程序。下棋時，舉例來說，一個棋手好好地在心裡存著許多實用法則：當其他情況都相等時、城堡(車)的移動比武士(馬)的移動更有價值、控制棋盤的中心是個有利的條件等等。這樣的指導方針，當然，不會在每個情況下都是有效的；對某一個走法，它們也不會都一樣地成為最好的滿足狀況。但是，當儘可能地把每個景況都想得最遠而仍依從這些指導方針時，一個棋手在棋局的限制之下一般可以做明智的移動——比起隨機的移動來得好得多了。上述的描述與內心自省裡感覺要走哪一步是一致的，特別對於比較沒什麼經驗的棋手來說是這樣的。

一個對人工智慧必要的了解是，這個粗疏將就的(*ceteris paribus*)的規則可以寫成可決定的程式(can be deterministically programmed)，這全依賴於你如何看待它。從某一個觀點來看，完全相同的一段電腦程式，可以做到一個決定性的、絕對正確的程序，以計算每一個走法會改變多少棋子的優勢；從另一個觀點來看，它則是一個大體上聰明但可能會犯錯的程序，用以評估某個走法會有多麼「好」。所以，關於智慧的實質論點——人類的(human)與人工的(artificial)都差不多一樣——是說：我們能形成強有力的、但會犯錯的直覺感，以及有教育的猜測能力等，這是得自於(大部是無意識的)受這種啟發式規則所引導之搜尋。

以語言啟動(language-inspired)的人工智慧之第二階段，大約從 1970 年代中期開始，建立於啟發式程序的觀點，但它的重點有了戲劇性的改變。它們早期的工作，是架構在以下觀念：智慧是在「找」(finding)問題的解決方案(如：好的走法)。在這樣的觀點之下，問題的詳述(specification)(遊戲的規則與現在的位置)、與一些啟發式引導的規定(下一步範圍限定的規則)，都只不過是一些參數的設定；真正的工作，真正智慧的運作，在於在詳述的名詞之下進行密集地指引搜尋(intensive guided search)。它的後期特徵不在於人工智慧的問題解決能力，而是在於如何跟隨著「簡單」(simple)的常識(common sense)，這就將著重點由搜尋與推理，轉移到了知識。

這種轉移的動機可以從下列兩個句子看出來：

我們給猴子香蕉是因為它(it)熟了。

我們給猴子香蕉是因為它(it)餓了。

「它」(it)這個字是歧義的，就如後面的形容詞所說明清楚那樣。然而，通常聽者可以毫不費力地知道「它」指的是什麼、與「它」的意義，就算是沒有發現這裡有歧義。問題在於，聽者是如何辦到的？當然，這「只是一般常識」(just common sense)——猴子不會變熟，而且香蕉不會餓，所以……。但是，有三個進一步的觀察顯示，上述的答案不是個答案、而不過是把在此的論題重述一遍而已。一、句子依賴一般常識以避免誤解，根本不是少見的：談話裡充滿著這種情形。二、只是說到一個奇怪的事實，任何「大家都知道」(everybody knows)的可以是一種一般常識，瞭解下個句子要取決於它；這種知識的範圍是很巨大的。然而，三、即時的對話能夠時時進行沒有障礙，幾乎總是這樣的。所以，整個一般常識知識的範圍，必定是以某種方式時時隨侍於我們的心靈裡。

其根本的問題不只是速度或是品質，而是相關性(relevance)。一個系統怎麼可能在完全知道它所知道的，關於非洲食蟻獸(aardvarks)、美國阿拉巴馬州(Alabama)與斧柄，還熟悉地知道香蕉不會餓的適切事實，而只不過花了稍稍的時間去處理「它」這個代名詞？宣稱的答案既簡單、又有力：常識不只是隨機儲存的資訊而已，而是會因著主題而有高度的組織、有許多的索引、交互參照、表格、層級等。句子本身裡的字，會啟動關於猴子、香蕉、飢餓等的「一群項目」(articles)出來，於是，這樣就很快地顯示出猴子是哺乳動物、因此也是動物，香蕉是水果、所以也是植物，而飢餓是當動物覺得需要吃食物——這解決了問題。搜尋與推理的數量其實很小；相關性的問題反而是解決於既有知識本身先前的結構(structure)。由於這需要更大與更複雜的系統，我們的希望是能夠使得這樣的系統變得更快、更有彈性。

另一個人工智慧主要的方向——基於形態的進路，通常被稱為「連結論」(connectionism)或是「平行分散處理」(parallel distributed processing)，在符號處理(symbol processing)的陰影之下，只到 1980 年代才再出現，而且在許多方面仍然是比較少發展。連結論的靈感不是來自語言、或任何其他的心理現象(如意象或感動)，而是從大腦的微結構而來的。一個連結系統的構成物是相對簡單活動的節點(nodes)——「許許多多」這樣的節點——而且在這些節點間有著許多相對簡單的連結(connections)。一個重要的形式(最早顯現的)是將節點分成階層(layers)，使得位於 A 階層的節點都與 B 階層的每一個節點連結，而位於 B 階層的節點都與 C 階層的每一個節點連結，以此類推。每個節點都有個活化標準(activation level)，活化標準因著對其他相連節點的回應而變異；而且，每條連結都有個權重(weight)，它決定了一個節點的活化是多強地(與以何種方向地)影響了其他的節點。用神經元(neurons)與突觸(synapses)作為類比，雖然不夠精確，用意的確是如此。

所以，想像一層網路，它有調整好的連結權重與隨機的(或零)活化標準。現在，假設A 階層裡所有的節點的活化，都以某種特定的方式設定——在此階層的活化狀態加上了某種形態(pattern)。節點的活化，會沿著所有的連結由 A 階層傳到 B 階層，而且會活化那裡的某些形態。B 階層裡「每一個」節點的活化，是 A 階層裡「所有的」節點活化值之函數，並且也是從那些節點連結的權重之函數。但是，既然 B 階層裡的每個節點，都有它們各自與 A 階層節點的連結，它便以它自己獨特方式對 A 階層的活化形態有所回應。因此，B 階層產生的「形態」是一個聯合的函數，包括了 A 階層所賦予的函數，以及兩個階層間的連結權重之形態；同樣地，B 階層也是這樣影響 C 階層等等，直到最後的階層產生某些最後的形態。

這些模式是什麼呢？它們可能是任何事物；但我們可以區分兩種一般的可能性。它們可能等同於某種(kind, or kinds)未知形式的表徵(representation)(或是居於其下的實質，substrata beneath)，像是句子般的結構、或是圖像；或者，它們可以是某種(或多種)先前未知的表徵。現在，人們的確有時候以句子(也可能是圖像)思考；所以，就網路可以作為完全的大腦模型之程度而言，第一個選擇至少部分是正確的。然而就那一種程度而言，這樣的模型也是生理學多於心理學的：它是以安裝了的(implemented)句子或圖像來直接模擬心靈。因此，是這一種新表徵種類(genus)的可能性——有時稱之為是「分散式」表徵(distributed representation)——讓人格外興奮。依這種方式，心靈裡的形態以某種不同於模倣的影像、或語言連結式描述(articulate description)的方式表現。這是如何做的呢？

所有網路模型的一個重要特徵，是它們有著兩個截然不同範疇的形態。其一，是在多樣群集節點裡，相對短暫之活化形態；另一個，是在這些節點裡，相對穩定之連結強度的形態。由於一般連結是多於節點的，所以後者就比較豐富；並且，依照節點的形態來決定網路能力的，就是它們。許多在網路裡極容易、且「自然地」(naturally)實現的能力，可以納入「形態完成」(pattern completion)的標題裡：連結的權重會調整——可能是經由訓練的制度——如此一來，這樣的網路將可以從已先確定的(predetermined)群體，「完成」(complete)任何的活化形態。所以，假如網路中有一些(或一半)節點，給了那些模式中某一個模式所會給予的值(稱為 *P*)，而其餘的給了隨機的(或是預設的，default)的活化值時；則這個網路，當它在運作的時候，會調整後面的活化值，以合於 *P* 所擁有的值——這就是所謂的「完成」。如果沒有增加的活化值，被認為是變異(variations)或偏差(deviations)，形態完成就等於是「常態化」(normalization)，或者說是依其「相似性」(similarity)而聚集。如果原初或輸入的節點總是相同的(就如有階層的網路那樣)，那麼從輸入到輸出，我們有「聯合」(association)(或是轉換〔transformation〕)的形態。如果輸入的模式是個記憶的探測，形態完成可藉由「內容」(content)而得。如果輸出的模式是認定者(identifier)，則它是形態的「識別」(recognition)等等。要注意的是，雖然運算項是活化的形態，但是關於它們的「知識」，以及完成它們的能力，都包含於連結的形態；因此，那個能力，或知道如何(know-how)，就是網路所表徵的。

這些形態群集與連合的可能精細與錯綜複雜程度，並沒有明顯的上限。如果，輸入的模式是感覺刺激，而輸出模式是運動控制(motor control)，則我們有個協調(coordinated)甚至是有技巧的行為之潛在模型。如果有個系統同時也有語言能力，一個網路模型(或元素)可能可以說明字詞辨識(verbal recognition)與內容聯合(content association)，甚至是「非字面」(nonliteral)的效果，如比喻或是語氣。然而，不管網路的安裝是怎樣地像網路，至少某種「符號的操弄」對語言的使用而言是必要的。最近的想法是，可以把一套符號過程，近似地想成是認知系統裡，根本依著不同原理而運作的一個特別的子系統。

基於形態之進路的吸引力，在這個觀點上，實際上的還不如它所承諾的那樣大——這是基於兩個理由。首先，可能模型的空間是巨大的，這不只是網路的拓樸學(topologies)而已，也包括了形態的建構方式。那些目前為此已建立的、與已測試的，因著實際上的理由，仍然很小；所以，我們有可能在當前系統的限制之上，期待有著相當更加強大的能力。但是第二點，可能是更有吸引力的，基於形態的系統所顯示最有希望的那些方向——技巧、辨識、相似性與相似之種種，都在那些基於語言的人工智慧之最大挫敗的領域裡。因此，仍然有可能，至少是一陣子，忽視一個事實——至今仍沒有連結論網路可以表現長的除法(long division)，更別說是下棋，或解決符號邏輯的問題了。

參見 cognitive science 認知科學；computer theory 計算機理論；connectionism 連結論；formal logic 形式邏輯；grammar 文法；philosophy of language 語言哲學；philosophy of mind 心靈哲學

J.Hau.撰　劉希文審訂

artificial language　人工語言　見 formal language 形式語言；philosophy of language 語言哲學

artificial life　人工生命　人工生命是個跨領域(interdisciplinary)的科學，它研究生命基礎過程之最一般的特徵。這些過程包括自我組織(self-organization)、自我複製(self-reproduction)、學習、適應與演化。人工生命(或 ALife)之於理論生物學，大約就是人工智慧之於理論心理學一樣——電腦模擬是選擇的方法論。事實上，由於心靈展示了許多生命的基礎特質，人工智慧可以算是人工生命的一個次領域。然而，由於最傳統的人工智慧是結構複雜的序列系統、中央的控制者依全面狀態(global state)的資訊做決定、大部分顯示複雜自動行為的自然系統，是簡單物體之平行、分散式網路，只依照它們局部狀態(local state)之資訊做決定，所以典型的人工生命模型，也就有了相對應的分散式建築。

電腦的模擬所產生的「小蟲」(bugs)可以說明人工生命模型像是什麼。在一個二維的世界裡移動，週期性地填入一堆「食物」(food)，這些小蟲會吃、會複製，有的時候還會餓死。每隻小蟲的移動，在遺傳上受它們緊臨鄰居的食物數量所決定，此外，在複製過程中，隨機突變(random mutations)與互換(crossovers)修改它們的基因組(genomes)。模擬開始於隨機的基因，顯出自發的一波波高度調適的遺傳創新(genetic novelties)，持續地以可計量的速率掃過整個基因群。請參考朗藤(C. Langton)等人所編的《人工生命Ⅱ》(*Artificial life* II, 1991)一書。

人工生命科學引起了、並且承諾提供訊息給許多哲學議題，如：功能論(functionalism)對生命的進路是正確嗎？何時(如果有這麼一個時候)對生命的模擬(simulation)真的是有生命的(alive)？系統何時會顯現一些自發生成(spontaneous emergence)的性質？

參見 artificial intelligence 人工智慧；computer theory 計算機理論；connectionism 連結論；functionalism 功能主義

M.A.B.撰　劉希文審訂

ascriptivism　歸責主義　根據這個理論，說某個行為是「自願的」(voluntary)，並非在描述：做出這個行為的主體，在因果上以某種方式導致該行為發生；而是表達一種明確的態度，要這個主體為他的行為負責。因此，歸責主義運用在關於行為自願性的判斷時，是一種非認知主義(noncognitivism)。歸責主義是由哈特(H. L. A. Hart)在一篇〈權利與責任的歸屬〉(Ascription of Rights and Responsibilities)的文章(載於《亞里斯多德學會文集匯編》〔*Proceedings of the Aristotelian Society*, 1949〕)中提出的，但「歸責主義」(ascriptivism)這個名字是由紀治(P. T. Geach)在〈歸責主義〉(Ascriptivism，載於《哲學評論》〔*Philosophical Review*, 1960〕)一文中命名的，且紀治在同一篇文章中抨擊了歸責主義；哈特後來在他的著作《懲罰與責任》(*Punishment and Responsibility,* 1968)的序言中，宣布放棄這一主張。

參見 descriptivism 敘述主義

B.W.H.撰　謝世民、吳妍儀審訂

***a se*　從自身而產生的**　見 *ens a se* 由自身存有者

aseity　因己存在　見 divine attributes 神的屬性；*ens a se* 由自身存有者

A-series　A-系列　見 time 時間

Aspasius　阿斯帕西烏斯　見 commentaries on Aristotle 對亞里斯多德的註釋

aspectual action paradox　體行動悖論　見 deontic paradoxes 規範悖論

assent, notional　概念式的贊同　見 Newman 紐曼

assent, real　真正贊同　見 Newman 紐曼

assertability, warranted　被探究過得到保證的可斷言性　見 Dewey 杜威

assertability, conditions　可斷定性條件　見 meaning 意義

assertion　斷言　見 proposition 命題

assertion sign　斷言記號　見附錄：特殊符號與邏輯記號

assertoric　斷言的　見 modality 模態

assisted suicide　協助下的自殺　見 bioethics 生物倫理學

associationism　聯想論　聯想論是心理學的一個信條：聯想是學習、有智慧的思考與行為之唯一的或主要的基礎。聯想發生於當一種思想、觀念或行為，尾隨著另一種思想、觀念、行為或外在的事件，或視這些而定(contingent upon)；而且，第二個以某種方式與第一個結合在一起。如果蛋的觀念與火腿的觀念配對在一起，則這兩個觀念就可能會聯想起來。聯想論者辯論說，複雜的心靈狀態與心理運作可以分析成聯想的元素。複雜者可能是新的，但它的成分是過去聯想的結果。聯想論通常與快樂論(hedonism)聯結起來。快樂論是在解釋為什麼事件會聯想或結合：結合藉由快樂的經驗來融合。如果吃蛋的快樂與吃火腿的快樂聯結起來，則蛋與火腿的觀念便聯想起來了。結合也可以用許多非快樂主義式的聯結原理來解釋，如休姆(Hume)對於觀念聯想的理論。一種這樣的原理是時

間或空間的接近。

聯想論有貢獻於對智慧、理性活動的成素分析(componential analysis)，將它們分析成非智慧的、非理性、機械的過程(processes)。人們在做事時同時也相信，這並非是由於信念間的理性關聯，而是因為信念的結合。因此，一個人想到英國時會想到倫敦，這不是由於那個人在地理學的信念上具有內部的邏輯，而推論出倫敦位於英國。這兩個觀念的同時發生，可能是由於接近或是其他原理。

有幾種聯想論發生於古典與操作制約(conditioning)的行為主義模型。有某些聯想論者的觀念，如果不是聯想論本身的話，是出現於連結論者(connectionist)的認知模型，尤其是接近生出聯結此一原理。

許多哲學家與心理學家，哲學家包括休姆(Hume)、哈特里(Hartley)與彌爾(J. S. Mill)，心理學家包括索桑代克(E. L. Thorndike, 1874-1949)、史金納(B. F. Skinner, 1904-90)都是聯想論者。

參見 connectionism 連結論；Hartley 哈特里；hedonism 享樂主義；Hume 休姆；Mill, J. S.彌爾

G.A.G.撰　劉希文審訂

association of ideas　觀念聯想　見 associationism 聯想論

Astell, Mary　艾絲特，瑪莉(1666-1731)　英國早期女性主義者，著有《對女士們之嚴肅建言》(*A Serious Proposal to the Ladies*, 1694 and 1697)，《對婚姻之反省》(*Some Reflections on Marriage*, 1700)。這些書中立論婦女之缺陷並非由於缺乏智力，因為婦女擁有理性，她提出教育方案以因應她們理性地執行其宗教義務。艾絲特亦捲入當時之哲學、神學和政治論戰中。她《有關上帝之愛的書信》(*Letters Concerning the Love of God*, 1695)是和英國馬勒布朗士派(Malebranchian)約翰・諾利斯(John Norris)之往來信函，討論諾利斯認為人僅只對上帝有責任。她的最重要作品《基督教：一位英國教會女兒之誓約》(*The Christian Religion, as professed by a Daughter of the Church of England*, 1705)，鋪陳她對自然和啟示宗教的基礎與蘊義。這部作品中對洛克(Locke)的觀點有相當多的批評。這本著作和《書信》引起洛克好友達瑪莉思・卡德沃絲(Damaris Cudworth)之攻詰。

參見 Cudworth, Damaris 卡德沃絲，達瑪莉思；feminist philosophy 女性主義哲學；Malebranche 馬勒布朗士

M.At.撰　吳秀瑾審訂

asymmetrical　非對稱的　見 relation 關係

***ataraxia*　無所繫心**　見 Epicureanism 伊比鳩魯主義；Sextus Empiricus 塞克斯都・恩披里可；Skeptics 懷疑學派

Athanasius　亞賽納西烏斯(c.297-373)　早期基督宗教教父，亞歷山卓城(Alexandria)主教(儘管屢遭流放)；還是西元四世紀有關基督與上帝之關係的宗教辯論中的主角。藉著他撰寫的《論神成肉身》(*On the Incarnation*)、《反亞利安派》(*Against the Arians*)和《關於聖靈的書信》(*Letters on the Holy Spirit*)等主要著作，亞賽納西烏斯為有關「神成肉身」(the Incarnation)和「三位一體」(the Trinity)的正統學說做出了巨大貢獻。亞賽納西烏斯反對一切形式的亞利安主義(Arianism)，因為亞利安主義否定基督的神性並把他貶低為一受造物，他用〈尼西亞信經〉(the Nicene Creed)的語言教導說，基督聖子與聖靈同樣地是與上帝聖父同一本體(*homoousios*)。這樣，他所借用的源自希臘哲學的語詞與概念，幫

他熔鑄了完全基督宗教化的，同時也是非希臘式的關於永恆的三位一體的上帝的學說，這個上帝使自己肉身化在時間和物質世界之中，讓人性回歸不朽，因原罪而將此不朽性沒收，使它涉入毀滅及敗亡的境地。

參見 Arianism 亞利安主義

A.E.L.撰　徐學庸審訂

atheism **無神論**　源自希臘語 *a-*，意為「無」(not)，以及 *theos*，意為「神」(god)，認為神不存在的觀點。廣義上僅僅指不信神，並與不可知論一致。狹義上指不相信有神存在；這種狹義的理解已成為標準的理解。在《申辯篇》(*Apology*)中，蘇格拉底被指控為無神論，是因為他不相信官方的雅典諸神。有些人區分「理論的無神論」(theoretical atheism)和「實踐的無神論」(practical atheism)。一個理論的無神論者是自覺地否認一位超越存有(supreme being)的存在，而一個實踐的無神論者則可能相信有超越存有的存在，但卻生活得像無神存在似的。

L.P.P.撰　丁福寧審訂

Atheismusstreit **無神論**　見 Fichte 費希特

Athenian Academy　**雅典柏拉圖學園**　見 Damascius 達瑪西烏斯

Athenian School　**雅典學派**　見 Middle Platonism 中期柏拉圖主義

A-theory of time　**時間的 A 理論**　見 time 時間

Ātman **真我**　印度教思想中的個體(individual)，不二一元論吠檀多(Advaita Vedanta)將之等同於梵(Brahman)，其他吠檀多宗派則以其依待梵而能崇拜梵。在印度教裡，它有時被認為本質地具有意識及種種心理性質，有時則只在作為具形於肉身的我的意義下，才被說為具有種種心理性質。不管哪種情況，真我自無始時來，即已自此生向他生不斷地輪迴轉世(依不二一元論，真我只是宛然如此)。它先後具形或投生於不同的肉身、積聚業力並承受果報，但也可能藉由解脫而自轉世輪迴中脫解而出。

K.E.Y.撰　何建興審訂

atomism, ancient　**古代原子論**　見 ancient atomism 古代原子論

atomism, logical　**邏輯原子論**　見 Russell 羅素

atomism, semantic　**語意學原子論**　見 semantic holism 語意學的整體論

Atticus　**阿迪卡斯**　見 commentaries on Plato 對柏拉圖的註釋；Middle Platonism 中期柏拉圖主義

attitude, phenomenological　**現象學態度**　見 Husserl 胡塞爾

attitude, practical　**實踐的態度**　見 practical reasoning 實踐推理

attitude, propositional　命題態度　見 proposition 命題；philosophy of mind 心靈哲學

attitude, reactive　反應式態度　見 Strawson 史陶生

attribute　屬性　見 property 性質

attribution theory　歸因理論　歸因理論，是一個社會心理學上的理論，關注於一般人如何、以及為何解釋事件。人們的解釋，是把某一事件的因果力(causal powers)歸因於某些特定事件，而非其他事件。這個理論試圖描述與釐清日常生活常識(commonsense)性的解釋、試圖確定常識所預設解釋得以成功的判準、並試圖將常識解釋比較及對照於科學解釋。歸因理論的核心思想，是它認為人們會將因果力歸因於對他們來說是重要的因素，而他們相信這些因素與結果有共變關係。舉例來說，一個女人可能會認為性別的差別待遇是她在公司裡無法升遷的原因。身為女性，對她來說是重要的，而且，她相信升遷或失敗與性別有著共變的關係，男性得到升遷，女性則否。因果歸因傾向於使人們保有自尊(self-esteem)、降低認知失調(dissonance)，並減少個人對罪行的責任。當歸因的風格或習慣導向於情緒不健康的時候，例如長期的、不適當的沮喪或罪惡感，歸因理論提供了以下的治療建議：改變歸因，以減少不健康的情緒、並增進健康的情緒。因此，若有個女人責怪自己的失敗，而且如果她的自我責怪是她沮喪的歸因風格，她將被鼓勵向她自身以外的因素看去，或許可以是看到性別的差別待遇，以做解釋。

參見 explanation 說明；motivational explanation 動機說明

G.A.G.撰　劉希文審訂

attributive pluralism　屬性多元論　見 pluralism 多元論

attributive use of descriptions　描述詞的謂述用法　見 theory of descriptions 描述詞理論

Augustine　奧古斯丁　聖者，以希波的奧古斯丁(Augustine of Hippo, 354-430)而聞名，基督徒哲學家與教父，西方世界基督宗教思想的主要源頭之一；他在中世紀與當代歐洲哲學的重要性是不可能簡短地描述或是曾經加以圈限。由於奧古斯丁是以身為一名基督徒神學家而寫作，其大量的論著與辯證的寫作方式，在處理哲學論題上絕大部分只是因為它們對神學有所幫助——或是藉由它來做修正——所以問題處理起來益為困難。

奧古斯丁以其前半生的生活情事完成了《懺悔錄》(*Confessions*, 397-400)的敘述。因而，他提供了其後的傳記家們既可有一種關於傳記細節之引人入勝的選擇，又有他由青春期的淫蕩而至滿是肖像的摩尼教(the image-laden religion of the Manichaeans)，再到一種新柏拉圖主義(Neoplatonism)的觀點，最後歸入基督宗教之一連串轉變之撼人心弦的故事。這個故事並不擅於導入奧古斯丁的哲學觀點。例如，它顯示出奧古斯丁僅接受了極少的哲學正式教育。他被教育為一修辭學家，而就他所提及，在他早期讀物中唯一的哲學著作是西塞羅(Cicero)(已佚失)的《赫頓修斯》(*Hortensius*)，這是一股說服其從事哲學研究的動力。再者，在他的敘事中我們明白，奧古斯丁最後否絕了摩尼教(Manichaeanism)，因為他察覺到其為不好的哲學：一套缺乏理性的一致性或詮釋力量的詭辯幻想。更為重要的是，奧古斯丁最終轉變歸入基督宗教是因著他閱讀「柏拉圖主義者的某些書籍」(《懺悔錄》，7.9.13)而做了預備。這些拉丁文的翻譯書，它們似乎曾是哲學教學的文集或手冊，教給奧古斯丁一種新柏拉圖主義的思想形式，使得他能夠構思一種由一非

物質的、永恆的，以及睿智的上帝而逐漸下降的宇宙層級。就奧古斯丁的判斷，哲學所能做的最多就是那樣了；它並不能給予他指導其自己生活的力量，以使得自己能活得快樂，以及活在與時刻覺察之上帝的堅定關係中。然而，就在他成為基督徒的頭幾年中，奧古斯丁花費時間以哲學的形式寫成了一些著作。其中最為著名的是：一部對學園派懷疑主義(Academic Skepticism)的駁斥之論著(《反對學園派人士》〔*Contra academicos*, 386〕)、一部辯神論(*theodicy*)(《論秩序》〔*De ordine*, 386〕)，以及一部討論人類在上帝所創造之神授的秩序層級內之抉擇的對話錄(dialogue)(《論自由抉擇》〔*De libero arbitrio*, 388/391-95〕)。

在他轉變的十年內，奧古斯丁被徵召為教士(391)，而後獻身於主教之職(395)。在他獻身於聖職後之三十五年的生命中，他耗竭自身於代表教會，奔走於北非(northern Africa)及橫越逐漸分裂之帝國的拉丁語區。大部分奧古斯丁的書信著述在出處與形式上都引起爭論；他著述反對他評判為異端的作者與思潮，尤其是多拿弟主義者(Donatists)與培拉鳩主義者(Pelagians)。但是，奧古斯丁關於其作者身分的意會也使得他在可設想的龐大規模上撰寫基本神學的論著。

這些著作中最為著名的，超越了《懺悔錄》，它們是：《論三位一體》(*On the Trinity*, 399-412, 420)、《論依於聖言的生成》(*On Genesis according to the Letter*, 401-15)，以及《上帝之城》(*On the City of God*, 413-26)。《論三位一體》詳盡細緻地闡釋了聖父(Father)、聖子(Son)與聖靈(Spirit)在此受造的世界內，且特別是在記憶、理智與意志三合一的人類靈魂內之不同的「蹤跡」(traces)。對《創世紀》前三章(Genesis 1-3)的註釋，在當代的意會中，其所呈現出的意義遠多於只是「文字上的」(literal)註解，處理了許多哲學心理學(philosophical psychology)與人類學(anthropology)上的課題。他也教授像「種子理性」(seed-reasons〔*rationes seminales*〕)這一類的宇宙論(cosmology)學說，受造物藉著種子理性而被授予智思的形式。《上帝之城》起始於批判異端信仰之民間宗教及其隨侍之哲學家的道德破產，而在終結處，將人類的歷史描述成自愛(self-love)的力量，設想成地上的魔鬼之城，與上帝恩寵的愛(the graced love of God)之間的戰鬥，而發現了只有處於其內才有可能獲享安寧的天國之城(heavenly city)。

一些曾與奧古斯丁連在一起的其他、個別的學說，通常都缺少他無可避免會思及的辯證上的些微差異。有一個像這樣的學說關係到人類理智的神性「光照」(illumination)，亦即，上帝對人類知性(human understanding)慣常程序的某種主動的介入。另外一個典型地歸於奧古斯丁的學說是：人類意志沒有恩寵即無能行使在道德上之為善的行動。有一更可確定其真正是奧古斯丁之原作的教訓為：內觀(introspection)或內省(inwardness)是發現藉之而得上達於上帝之受造層級的途徑。另一確實為奧古斯丁的教訓應該是：時間，其為神性之「現在」(now)的膨脹，為受造物的回歸上帝貢獻為中間的或貫串事件的結構。但是，沒有任何學說或立場，無論真為其原作或並非真為其原作，能夠提供奧古斯丁思想之信仰上的表達，這只有通過其文本謹慎加工形成的修辭形式才能給出其自身。

參見 Neoplatonism 新柏拉圖主義；patristic authors 教父作者；philosophy of religion 宗教哲學

M.D.J.撰　蕭宏恩審訂

Aurelius, Marcus　奧勒利烏斯，馬庫斯　見 Marcus Aurelius 馬庫斯．奧勒利烏斯；Stoicism 斯多噶主義

Austin, John　奧斯汀，約翰(1790-1859)　以法的命令理論聞名的英國法律哲學家。作為一名律師，他的生涯並不成功；但作為一名學者，他的聲名卓著，以至於倫敦大學學

院(University College, London)成立伊始，他即被委以法理學講座教席。1832 年，他以《釐定法理學領域》(*The Province of Jurisprudence Determined*)的名義出版了他講座的最初十講(壓縮成六講)。儘管他也發表了幾篇論文，而稍嫌零散的《法理學講座》(*Lectures on Jurisprudence*, 1863)也在他身後出版，但他的學術聲譽主要靠《釐定法理學領域》一書維繫。他與邊沁(Bentham，他的朋友，他在倫敦的鄰居，同為效益主義者)是當時最傑出的法律哲學家，他們對於法律哲學這門學科的影響至今猶存。

奧斯汀認為，法律哲學的首要任務，在於澄清法律是什麼；如果可能的話，還要解釋法律何以如此——也就是說，還要解釋它們基本原理(rationale)；他為此傾注了自己大部分精力。只有當法律本身及其基本原理澄清了之後，才有可能瞭解立法提案和法律論證；否則，不相關的考慮免不了會混入其中。道德或神學的考慮，該出現在實證法(the positive law)「應該」是什麼的討論中，而非出現在他們「實際上」是什麼的討論中。既然上帝可以被假設為一個好的效益主義者，神學考慮便化約為道德考慮。正是實證法，「也就是說在單純和嚴格意義上所稱呼的法律」，「才構成一般法理學及特殊法理學的合適對象」。它們也必須有別於「借喻上所稱的法律」(laws metaphorical or figurative)。

「法律在其最一般的意義上」，即是「一個規則，由某個具有主宰力的理智存有者置放在另一個理智存有者身上當作指引，」法律是一種命令，不論它是如何被表述的。由人(政治上居優勢者)對人發出的命令，形成了實證法的主幹。一般或比較法理學，亦即特殊法的基本原理根源—如果真的有這種東西的話—之所以可能，，是因為存在著幾乎是普遍性的、可以歸諸於上帝或自然的命令；但只當這些命令被統治者所制定後，才會成為實證法。奧斯汀式的分析法理學，奠基在一組定義上，這組定義所形成的分析架構一直廣被接受，但是強有力的反駁——尤其來自哈特(H. L. A. Hart)的看法——已經動搖了命令理論的基礎。

參見 jurisprudence 法理學；philosophy of law 法律哲學

E.L.P.撰　謝世民、吳妍儀審訂

Austin, J(ohn) L(angshaw)　奧斯汀，約翰・朗修(1911-60)　英國哲學家，戰後「語言哲學」(linguistic philosophy)的代表人物。他在牛津大學的舍魯伯里和伯利爾學院(Shrewsbury and Balliol College)受教育，本是要成為一古典語文學者，但後來在瑪格德倫學院(Magdalen College)教授哲學。二次大戰期間，在英國軍情機構擔任高級職務，榮獲大英帝國勛章(O.B.E.)、法國十字軍功章(Croix de Guerre)和美國軍功章(Legion of Merit)。1952 年，被任命為牛津大學道德哲學懷特講座教授(White's Professor of Moral Philosophy)，並於 1955 年和 1958 年分別擔任哈佛大學和柏克萊大學的客座講座。奧斯汀在其短暫的事業生涯中，僅出版了數篇受邀而寫的論文；他主要是透過與同事們的討論而發揮其影響力，但他不是以既定的哲學觀來說服別人，而是憑批判的才智使人信服。

奧斯汀與某些人不同，他既不認為哲學問題都是緣於偏離日常語言而起，也不認為從日常語言中必然能找到哲學問題的答案；毋寧說，他認為日常用語(the vernacular)是良好且富於包容特徵的權威性資源，它應得到哲學家更多的關注。他認為，如果不先詳加考察像「知道」(know)、「真實」(real)和「存在」(exist)這些詞是如何和何時應用於日常生活的話，那麼，過於誇大像「知識」(knowledge)、「實在」(reality)和「存在」(existence)這些詞的意義是無濟於事的。在《感覺與可感事物》(*Sense and Sensibilia,* 1962；根據講課筆記整理而成)一書中，感覺與料理論(the sense-datum theory)即因這一方面的失誤而遭到奧斯汀嚴厲的抨擊。奧斯汀還引發了一場爭論，該爭論圍繞著他那著名的對於「執行式」(performative)和「斷言式」(constative)言說之區分而展開(例如，「我承諾」

做出了一個承諾，而「他承諾」卻僅僅報導一個承諾)；以後他又將這一區分改造成語言行為中的「言辭」(locutionary)、「言行」(illocutionary)和「言效」(perlocutionary)這三重「語力」(forces)的差異，各自(粗略地)對應著在這個或那個語境中說一件事所具有的意義(meaning)、意圖(intention)和結果(consequences)。儘管這些觀念從未得到充分地闡述，意義尚未確定，但是，它們在至今仍方興未艾的有關言語行為的研究中，卻占有一席之地。

參見 ordinary language philosophy 日常語言哲學；speech act theory 言說行動理論

P.He.撰　謝仲明審訂

Australian materialism　澳大利亞唯物論　見 Smart 思馬特

***autarkia*　自給自足**　希臘文，意為「自給自足」(self-sufficiency)。*autarkia* 被廣泛地視為人類善和幸福(*eudaimonia*)的標誌。一個自給自足的生活是值得選擇而且什麼都不缺的生活。是什麼使得一個生活自給自足——因而也就幸福——一直是一件具爭議性的事。斯多噶學派(Stoics)認為，僅僅擁有德性便足夠了；亞里斯多德(Aristotle)與逍遙學派(Peripatetics)則主張德性必須得到運用，甚至或許還伴隨著物質上的好處。在晚期希臘哲學家中也有著一場爭論，爭論自給自足的生活是獨居式的，或是只有在團體中生活才可以是自給自足的。

參見 Aristotle 亞里斯多德；Stoicism 斯多噶主義

E.C.H.撰　徐學庸審訂

authenticity　本真性　見 existentialism 存在主義；Heidegger 海德格

autological　自符合邏輯的　見 semantic paradoxes 語意悖論

automata theory　自動化理論　見 computer theory 計算機理論；self-reproducing automaton 自我複製自動機

automatism, conscious　自動作用意識　見 philosophy of mind 心靈哲學

automaton　自動機　見 computer theory 計算機理論；self-reproducing automaton 自我複製自動機

automaton, cellular　胞腔自動機　見 self-reproducing automaton 自我複製自動機

automaton, finite　有限自動機　見 computer theory 計算機理論；Turing machine 涂林機

automaton, self-reproducing　自我複製自動機　見 self-reproducing automaton 自我複製自動機

autonomy　自主權　見 free will problem 自由意志問題；Kant 康德；positive and negative freedom 積極與消極自由

autonomy of biology　生物學的自主性　見 unity of science 科學的統一

autonomy of ethics　倫理學的自律　見 ethics 倫理學

autonomy of psychology　心理學學門的自主性、心理學的學術自主性　見 philosophy of psychology 心理學哲學

avatar　化身　源自梵文字詞 *avatāra*, 在印度教思想中意指至上存在為了消滅罪惡、恢復秩序，而以動物、人身或二者的結合等方式重臨物質世界的降生。化身主要是毗師孥神(Vishnu)的作為，祂的降生世間意味著，身為上主的毗師孥神會視需要調節業之輪環(cycle of karma)。《薄伽梵歌》(*Bhagavad Gita*, 150 B.C.)最早論及化身觀念，書中黑天(Krishna)說，每當正法(dharma)衰微，他就會現為肉身，在不同的世代一而再地滅惡衛善。後來，毗師孥的化身據說有十或二十個，甚至更多，其中以黑天和佛陀最為著名。將具盛名的地區神明列於化身名單的做法，使這些神明的信仰為毗師孥信徒所影響，在今日，甚至連耶穌和穆罕默德也可說為毗師孥神的化身。拉達克里希南(Radhakrishnan, 1888-1975)等現代哲學家則依非有神論的理路重新界定該概念，將化身理解為已然獲得解脫的個人。

R.N.Mi.撰　何建興審訂

Avempace　阿芬帕斯　見 Ibn Bājja 伊本・巴哲

Avenarius, Richard　阿芬那留斯，理查(1843-96)　德國哲學家。出生於巴黎，在萊比錫大學(University of Leipzig)接受教育。他在萊比錫大學出任教授，並於 1877 年繼任文德爾班(Windelband)在蘇黎世大學的教席；曾經擔任《科學哲學期刊》(*Zeitschrift für wissenschaftliche Philosophie*)的編輯。《論史賓諾莎泛神論的兩個初步階段》(*Über die beiden ersten Phasen des Spinozischen Pantheismus*, 1868)是他的最早著作，代表作是《純粹經驗批判》(*Kritik der reinen Erfahrung*, 2 vols., 1888-90)，隨後出版的是他的最後研究成果《人的世界概念》(*Der menschliche Weltbegriffe*, 1891)。

在這部後康德哲學式的《純粹經驗批判》一書中，阿芬那留斯提出一種試圖把哲學奠基在科學原則上的徹底實證主義。這種「經驗-批判主義」(empirio-criticism)強調「純粹經驗」(pure experience)以及對經驗的描述性和一般性之定義。形上學欲超越經驗界的要求被拒斥為僅僅是心靈的種種創造。阿芬那留斯與休姆(Hume)一樣，否定實體(substance)和因果關係(causality)在存有學上的有效性(validity)。為了尋求一種科學的經驗主義，他致力於勾勒一個形式與純粹經驗內容兩者間的描述性限定。他認為主體與客體的二分法，即內在經驗與外在經驗的劃分，乃是曲解現實。假如我們能夠避免把情感、思想和意志「投射」(introjecting)到經驗之中(並藉此將經驗割裂為主體與客體)，那麼，我們即可以得到對世界原初的「自然」觀點。

雖然，阿芬那留斯在《純粹經驗批判》一書中認為大腦狀態的變化與意識狀態的變化是平行對應的，他並未把感覺或意識狀態化約為大腦的生理變化。阿芬那留斯對於純粹經驗的理論對教條唯物主義的基礎有所妨害，列寧(Lenin)在《唯物主義與經驗-批判主義》(*Materialism and Empirio-Criticism*, 1952)一書中即對之予以抨擊。阿芬那留斯的認識論主張影響了馬赫(Mach)，對於純粹經驗的強調也對詹姆士(James)造成重大影響。

參見 subject-object dichotomy 主客二分

G.J.S.撰　林立審訂

Averroes　阿威羅斯　在阿拉伯文中，為「伊本・魯西德」(Ibn Rushd, 1126-98)，伊斯蘭教哲學家、法學家和醫師。他出生於哥多華(Córdova)，為歷代宗教法官(religious judges)「卡迪」(qādīs)的後裔，自小經受伊斯蘭律法教育。他被哲學寓言《哈伊・伊本・雅喀讚》(*Ḥayy Ibn Yaqẓān*)的作者伊本・圖斐利(Ibn Ṭufayl)引見給阿爾穆哈德王朝(Almohad)統治者時，佯裝對哲學一無所知，但得知該王朝的統治者表面上極為憂心於維護正統信仰，卻私底下熱衷於哲學問題的討論。他被授予榮譽長袍和珠冠，日後受邀撰寫他的那些著名的亞里斯多德(Aristotle)註釋著作，並擔任塞維利亞(Seville)的卡迪(宗教法官)，最終繼伊本・圖斐利之後擔任御醫，當上了哥多華的大法官。他在下一任蘇丹(Sultan)借助正統信仰以支持他與基督教西班牙的宗教戰爭時遭到迫害，但卻平靜地死於馬拉喀什(Marrakesh)，那時迫害他的敕令已被廢棄。

他的大部分著作通常都保存在希伯來文和拉丁文的譯本中(「阿威羅斯」〔Averroes〕之名反映出是對「伊本・魯西德」〔Ibn Rushd〕的拉丁化)，其中包括醫學的和天文學的著作；包括對亞里斯多德(Aristotle)的或短、或中、或長篇的註釋他具有一個追根究底的(ultimate)心靈；包括對柏拉圖(Plato)《理想國》(*Republic*)的註釋；以及對哲學在法理上和概念上所做的充滿熱情的辯護：這就是《決定性的論文》(*The Decisive Treatise*)和《論矛盾的矛盾》(*Incoherence of the Incoherence*)。前者認為哲學(儘管侷限於專家)在《可蘭經》(the Koranic, 59:2)中得到核可，旨在反省神意的設計。後者是對安薩里的《哲學家的矛盾》(*al-Ghazālī's Incoherence of the Philosophers*)的回應，捍衛自然主義(naturalism)及其先設的結論，以及世界的永恆性，但同時也經常揚棄安薩里的主要對手阿維森納(Avicenna)的那些更為柏拉圖化的和原創的學說。阿威羅斯因此反對阿維森納的如下觀點：即使具有原因上的必然，世界本身仍然是偶然的；他認為如果去除作為上帝智慧之標誌的必然性，我們就不能推論出一個智慧的自然創造主。歸根結底，阿威羅斯反對流出說(emanation)，他尋求使自然神學重返物質和運動的物理學，懷疑阿維森納的形上學方法，並置真主的作為於永恆的物質秩序之中。在看待肉體復活、個人天命和奇蹟方面，他謹守權威、臆說、故弄玄虛；甚至他對因果關係必然性的捍衛，也帶點兒教條主義的味道，表現出他生硬的立場和僵化的逍遙學派思想。不過，他堅持理智是不朽的，而且是非人格性的觀念：只因物質才造成個體差異，所有心靈終極意義上是同一的；它們借助與「主動的理智」(Active Intellect)保持接觸(*ittiṣāl*；參見普羅提納斯〔Plotinus〕的 *aphe*)，而達到完滿和至福。

諸如那爾波尼(Narboni)和阿爾巴拉格(Albalag)等猶太哲學家，顯而易見都追隨著阿威羅斯的看法，因而重新闡釋邁蒙尼德(Maimonides)的思想。然而，阿威羅斯試圖融會修辭、辨證法和哲學論述為一體的做法，則導致他的基督教徒追隨者成為「雙重真理」(double truth)的信奉者之烙印，儘管阿威羅斯本人並沒有論著闡述這樣一種學說。布拉邦的西格爾(Siger of Brabant)、達西亞的波依修(Boethius of Dacia)和尼維爾的伯爾尼埃(Bernier of Nivelles)在 1270 年代的巴黎都曾被判決為信奉阿威羅斯主義的異端。但是，從十三世紀到十七世紀中葉，拉丁學者通常都是透過阿威羅斯的註釋而閱讀亞里斯多德的。響應其哲學的哲學家還包括伊本・塔依米亞(Ibn Taymiyya, d.1327)、杰森尼德(Gersonides)、大亞爾伯(Albertus Magnus)和亞奎納(Aquinas)。史賓諾莎(Spinoza)頑強的永恆論觀點顯然與阿威羅斯息息相關。

參見 Arabic philosophy 阿拉伯哲學

L.E.G.撰　蔡源林審訂

aversion therapy　嫌惡治療　見 behavior therapy 行為治療

Avicebron　阿維斯卜洛　見 Ibn Gabirol 伊本・迦比諾

Avicenna　阿維森納　在阿拉伯文中，為「伊本・西那」(Ibn Sinā, 980-1037)，伊斯蘭教哲學家和醫師。阿維森納出生於布哈拉(Bukhara)附近，這是因為他的父親是當地省長；當他成年時，正值波斯薩曼尼德王朝(Samanid dynasty)分崩離析之際，他的大半生都陷於逃避貪婪的征服者甘茲那的馬哈穆德(Maṁhmād of Ghaznā)之迫害的顛沛流離狀態之中，奔走於一個又一個的宮廷之間。他在自傳中描述自己對哲學和其他希臘科學情有獨鐘，但他當時尚不能理解亞里斯多德(Aristotle)《形上學》(*Metaphysics*)的要旨，直到有一天他讀到了法拉比(al-Fārābī, 870-950)的一篇短文，這才明白「形上學」意味著尋求存有之為存有的本性(the nature of being as such)。

阿維森納對哲學所做的最大貢獻正是在形上學領域，他極為高明地把亞里斯多德和新柏拉圖學派間相互對立的方法，與伊斯蘭教辨證神學(Islamic dialectical theology)(卡蘭姆〔*kalām*〕)的創世主義一元論綜合為一體。鑒於亞里斯多德在本性不動這種完整意義上尋找和發現存有(總而言之，在事物的種、天體和作為整體的宇宙之中)，卡蘭姆則把存有視為直接所與(the immediately given)，它不允許發生超越單獨的偶性材料而到達任何必然的屬性、相關性和持續者或繼發者之推論。結果是一種根本上依賴於某種早期版本邏輯原子論(logical atomism)的嚴格的原子論式偶因主義(atomist occasionalism)。阿維森納在經典的世界偶在性觀念之外，還保存了某種亞里斯多德的自然主義學說，他認為任何有限存在物本性都是偶然的，但同時又必然地與其原因相聯。他使法拉比的新柏拉圖主義流出說適應於這種系統化需要，並在哲學上把他自己頗具特色的「卡蘭姆」關於世界出自偶然性的論題加以自然化：任何存在物都必須或是必然的或是偶然的，但假如是偶然的，則需要一個原因；由於在因果關係上無窮後退是不可能的，所以必須有一個「必然存有」(Necessary Being)，它是單純的，是所有其他事物的終極原因。

阿維森納在某個阿拉・達夫拉(Ἀlā al-Dawla)的宮廷找到了避難所，後者英勇地抵抗著馬哈穆德對其伊斯法罕(Isfahan)周圍的領地施加的軍事壓力，並延聘這位哲學家和博學者做他的攝政。阿維森納在這裡完成了他著名的哲學著作《西發》(*Shifā'*，拉丁文為*Sufficientia*)和他的《醫學大典》(*Qānūn fī Ṭibb*)，即蓋倫學派的《醫典》(*the Galenic Canon*)，後者一直被奉為醫學教科書，直到文藝復興期間才因遭到強烈抨擊而終被廢置。阿維森納的哲學成為穆斯林神學家安薩里(al-Ghazālī, 1058-1111)神學批判的主要靶子，安薩里在其著作《論哲學家的矛盾》(*Incoherence of the Philosophers*)中，主要依據如下理由批判說，哲學家所保留的亞里斯多德學派關於世界的永恆性學說，與他所主張的真主是世界的創造者這一觀念格格不入。阿維森納的其他相關斷言，諸如因果關係的必然性和真主知識的普遍性，也遭到安薩里的批評，後者認為，這將使奇蹟成為不可能，並使神聖統治權過於非人格化，以至於無法與其名實相符。不過，阿維森納的哲學著作(數額過百，包括阿拉伯文和部分波斯原文)繼續對穆斯林(Muslim)和猶太哲學家發揮舉足輕重的影響，並(透過拉丁文翻譯)對西方哲學家發生同樣的影響。

參見 Arabic philosophy 阿拉伯哲學

L.E.G.撰　蔡源林審訂

***avidya*　無明**　梵文字詞，意為「無知」(ignorance)、「缺乏智慧」(lack of wisdom)。無明是印度哲學系統中的關鍵概念，用來解釋招致苦厄之業力繫縛(karmic bondage)的原

因，及解釋為何人能透過精神解脫而自彼束縛中脫解開來。一般認為，業的束縛源自於無明，亦即源於人們對實在之真實本性的無知；一旦智慧掃除無明，個人即從纏縛中脫解出來。印度哲學對無明的本質和形上地位有過熱烈的論辯。如果無明導致纏縛，而使個人陷於生死輪迴(*saṁsāra*)中，那麼，無明究竟存於何處，它又是如何產生的？
D.K.C.撰　何建興審訂

awareness　覺知　意識。它是我們的生命之核心特徵，但特難徵定。你經驗到世界中的事情興衰起落，轉向內(「內察」〔introspecting〕)，你則經驗到你在經驗。覺知之對象可能是內在的，也可能是外在的。手指按住桌邊，你能覺知桌緣，也能覺知按壓感(雖然可能不同時)。

哲學家從洛克(Locke)到內格爾(T. Nagel)堅持我們的經驗有特別的質(qualities)：有像經驗而具有質的東西(there is "something it is like" to have them)。因此，所覺知的對象之質與覺知之質，這區分是重要的。假定你覺知到一個圓的紅蕃茄，不是你的覺知，而是蕃茄才是圓又紅的。那麼，什麼才是覺知之質呢？我們在這裡遭遇一個極深的難題，而把理論家分成不相容的陣營。

一些唯物論者，像丹內特(Dennett)，則堅持覺知沒有質(或者覺知沒有和〔覺知之外在〕對象不同的質：我們以為經驗有之質，其實是經驗對象之質)。這開啟一個方向：取消現象質("phenomenal" qualities；覺知之質〔qualia〕)，亦即取消在物質世界似乎不存在的質。其他的學者(如內格爾、布洛克〔Ned Block〕)則認為這種質顯然真實，寧願去解消不能正面安排這種質的理論。由於相信覺知之質不可取消、不可還原到物質性質，一些哲學家跟隨傑克森(Frank Jackson)，主張覺知之質是「附現象的」(epiphenomenal)，真實但不能起因果(real but causally inefficacious)。但是仍有一些哲學家，包括瑟爾(Searle)在內，說明他們認為的覺知之「內在主觀」性與物理對象之「客觀」、「公共」性，但是否定這會產生附現象論(epiphenomenalism)。

參見 phenomenology 現象學；philosophy of mind 心靈哲學；qualia 感質
J.F.H.撰　龔維正審訂

axiology　價值學　見 value theory 價值理論

axiom　公理　見 axiomatic method 公理法

axiomatic method　公理法　就最原始的意義言，是一種方法，用來再組織一個既存科學中的已接受的命題和概念，旨在增加那些命題的確定性和概念的清晰性。一般認為應用這種方法時，需要定出：(1)構成該科學基本研究主題的東西之「論域」(universe of discourse)(定義域〔domain〕，種〔genus〕)；(2)不用定義而可以直接把握的「原基概念」(primitive concepts)；(3)不使用演繹推理，其真理即可直接認知的「原基命題」(primitive propositions)(或「公理」〔axioms〕)；(4)用原基概念，對每一個非原基概念做出的直接可接受的「原基定義」(primitive definition)；以及(5)每一個非原基命題的演繹推理(deduction)(由一系列最終可追溯至原基命題和原基定義，直接且邏輯上有說服力的推理鍊結構成)。或多或少現代化版的公理法的傑出擁護者像巴斯卡(Pascal)、尼科德(Nicod, 1893-1924)和塔斯基(Tarski)，他們強調公理法的批判和導正性的(regulatory)功能，明顯開啟了下述可能性：使現存的、前公理化的科學有可能拒絕或改進先前已經接受了的一些命題、概念和論證。

在許多情況下，試圖了解公理科學之理想已經使人發現「走私進來的前提」(smuggled premises)和其他先前未察覺的預設，進而又使人承認需要新公理。現代幾何學在細節之公理化程度遠較古希臘的要為詳盡。現存最早的公理化文本，當數歐幾里德(Euclid, fl. 300 B.C.)的公理化幾何學，而這幾何學又基於更早的，現已佚失的文本。阿基米德(Archimedes, 287-212 B.C.)是歐幾里德之後的一系列幾何學家中最早的幾位之一，以後則有希爾伯特(Hilbert)、維伯倫(Oswald Veblen, 1880-1960)和塔斯基(Tarski)，他們試圖改進古典幾何學的公理化。傳統公理法經常被稱為幾何學方法，它使用幾個如今不再廣為接受的預設。在這一點，非歐幾里德幾何學的出現就顯得特別重要。

對某些研究者來說，把一個現存科學再組織化(reorganizing)之目的已被併入一新目的，甚至已被該目的所代替；即徵定該科學的研究對象之結構(the structure of the subject matter)或給予該結構隱性的定義(implicit definition)。此外，在邏輯學和數學基礎方面已有的革新，尤其是在發展語法精確的形式化語言和形式演繹推理之有效(effective)系統方面，已經實質地增加了嚴格可致之程度。特別是，無論一個科學知識體系的批判性的公理化展示，在實現原始公理法的目的時有多成功，只要它不說明用來奠基它的邏輯(包括語言、語意學和演繹系統)，如今已不再認為它完全適切(adequate)。因為這些和其他的理由，「公理法」這一詞語經歷了多次的「再定義」，而有些定義與其原義的聯繫極微弱。

參見 categoricity 範疇性；deduction 演繹法；formalization 形式化

J.Cor.撰　龔維正審訂

axiomatic system　**公理系統**　見 axiomatic method 公理法；deduction 演繹法

axiom of abstraction　**抽象化公理**　見 axiom of comprehension 內涵公理

axiom of choice　**選擇公理**　見 Löwenheim-Skolem theorem 羅文漢-斯科倫定理；set theory 集合論

axiom of comprehension　**內涵公理**　也叫做「抽象化公理」(axiom of abstraction)，即：對任何一種屬性來說，都存在著具有該屬性的事物所組成的相應集合之公理；也就是說，$(\phi)(\exists A)(x)(x \in A \equiv \phi x)$，在這裡(代表某種屬性，而 A 代表某個集合。弗雷格(Frege)集合理論使用了該公理，但這導致了 1901 年「羅素悖論」(Russell's paradox)的發現。如果我們用 $x \notin x$ 去例示為 ϕx，那麼，$A \in A \equiv A \notin A$ 這一結果就很容易獲得。這最後一個式子，在古典邏輯中，會進一步產生 $A \in A$ & $A \notin A$ 這一明顯的矛盾。將內涵公理用分離公理(the separation axiom)來取代，該悖論即可避免，分離公理即 $(\phi)(\exists A)(x)(x \in A \equiv (\phi x \,\&\, x \in B))$。分離公理只會產生 $A \in A \equiv (A \notin A \,\&\, A \in B)$ 的結果，而這並不是一個矛盾。保留內涵公理但卻侷限符號語言，使「$x \in x$」不會成為一個有意義的表式，也可以避免悖論。羅素在《數學原理》(*Principia Mathematica*)一書中呈現的類型理論(type theory)即使用了這一方法。

參見 Frege 弗雷格；Russell 羅素；set theory 集合論；type theory 類型論

V.K.撰　王文方審訂

axiom of consistency　**一致性公理**　陳述某給定集合的句子具有一致性的公理。設想 L 為某種形式語言，D 為一作用於 L 的演繹系統，S 為某些 L 的句子構成的集合，而 C 為「S 具有一致性」這一陳述(也就是說，「在演繹系統 D 中，從 S 不可能推出矛盾」)。對特定集合 S (例如，D 的某些定理)而言，以下問題值得考量：C 能夠在語言 L 中表達出來嗎？如果可以，那麼，*C* 可以在演繹系統 *D* 中被證明嗎？如果 *C* 可以在 *L* 中表達出來，但卻不能在 *D* 中被證明的話，那麼，*C* 可以作為一個新公理加到 *D* 之中(仍保持一致性)嗎？由哥德爾(K. Gödel)提出的例子為：讓語言 *L* 和系統 *D* 適用於初等數論(elementary number theory)，而 *S* 為 *D* 的公理；那麼，*C* 可以在 *L* 中表達出來而不能在 *D* 中被證明，但可以作為一個新公理加入 *D* 而形成的一個更強的系統 *D'*。有時我們可以在語意學意義(semantic sense)上在 *L* 中表述一致性公理(也就是說，「存在著(可以解釋)S 中的所有句子都為真的論域」〔There is a universe in which all the sentences in *S* are true〕)。簡單的例子有：設想 *D* 之中唯一的非邏輯公理為「對任何兩個集合 *B* 和 *B'* 而言，都存在著 *B* 和 *B'* 的聯集」。那麼，*C* 就可能是這樣的：「存在著一個集合 *U*，對 *U* 中的任何集合 *B* 和 *B'* 而言，在 *U* 中都在著 *B* 和 *B'* 的聯集。」

參見 consistency 一致性；proof theory 證明論

D.H.撰　李瑞麟審訂

axiom of extensionality　外延性公理　見 set theory 集合論

axiom of infinity　無窮集公理　見 set theory 集合論

axiom of reducibility　可約簡性公理　見 type theory 類型論

axiom of replacement　替代公理　見 set theory 集合論

axiom of separation　分離公理　見 axiom of comprehension 內涵公理；set theory 集合論

axiom schema　公設系　見 transformation rule 轉換規則

Ayer, A(lfred) J(ules)　艾耶爾，阿弗雷德・朱利斯(1910-89)　英國哲學家，英國邏輯實證主義(the British logical positivists)最重要的代表人物之一。他在分析哲學領域佔據重要地位，但他後來卻逐漸改變了自己對於該學說主要原則的信奉。他在伊頓(Eton)和牛津(Oxford)接受教育，後來在維也納大學短暫的學習，於 1933 年在基督堂(Christ Church)任哲學講師。戰後重返牛津大學，任沃德海姆學院(Wadham College)研究員和院長。歷任倫敦大學心靈與邏輯哲學的格羅特講座教授(Grote Professor of the Philosophy of Mind and Logic, 1946-59)、牛津大學的威克海姆邏輯學講座教授(Wykeham Professor of Logic)和新學院(New College)研究員(1959-78)，以及牛津大學沃爾夫森學院(Wolfson College)研究員(1978-83)。艾耶爾 1973 年被授予爵士爵位，並任「榮譽軍團騎士」(Chevalier de la Légion d'Honneur)。

其早期著作清晰而有力地發展實證主義學說的蘊涵，認為所有認知性陳述句不是分析的和先驗的(a priori)，就是綜合的、偶然的和後驗的(a posterior)，並認為在經驗上具有意義的陳述句必須是可檢證的(verifiable)(必須得到驗證〔confirmation〕或反證〔disconfirmation〕)。為此，他捍衛(defend)對自我、外在世界和他人的心靈都進行化約論(reductionism)分析的說法。沒有經驗主義意義標準但卻藐視自然主義分析的價值陳述句，只配具有「情感意義」(emotive meaning)而被否定具有真值性。他的所有著作都維持知識論的基礎論者(foundationalist)的觀點，其中感覺材料(sense-data)(日後得到更為中性化地描述)，不僅佔據著知識論的優勢地位，更構成化約分析之中被使用的最基本陳述句的主題。雖然在後期著作中，艾耶爾對其早期的許多觀點做了重大的改變，放棄了大部分嚴格的化約論立場，但他對某種基礎論的經驗主義觀點以及對意義的可檢證性標準背後的基本觀念，仍保持著信心。他的著作包括：《語言、真理與邏輯》(*Language, Truth and Logic*)；《經驗知識的基礎》(*The Foundations of Empirical Knowledge*)；《知識問題》(*The Problems of Knowledge*)；《哲學論文》(*Philosophical Essays*)；《人的概念》(*The Concept of a Person*)；《實用主義的起源》(*The Origins of Pragmatism*)；《形上學與常識》(*Metaphysics and Common Sense*)；《羅素與穆爾：分析的傳統》(*Russell and Moore: The Analytical Heritage*)；《哲學的主要問題》(*The Central Questions of Philosophy*)；《概率與證據》(*Probability and Evidence*)；《二十世紀哲學》(*Philosophy in the Twentieth Century*)；《羅素》(*Russell*)；《休姆》(*Hume*)；《自由與道德》(*Freedom and Morality*)；《維根斯坦》(*Ludwig Wittgenstein*)；和《伏爾泰》(*Voltaire*)。

參見 emotivism 情緒論；logical positivism 邏輯實證主義

R.A.F.撰　苑舉正審訂

B

Babbage, Charles　巴貝奇，查理斯(1792-1871)　英格蘭應用數學家，發明家，機械和製造方面的專家。他主要的興趣是發展用來計算函數表的機械「引擎」。在電子計算機發明以前，這種印刷的表格是計算時的主要輔助工具之一。

巴貝奇發明了差分引擎(difference engine)，它由一系列的累加器構成，每個累加器依次將自己的內量傳輸到下一個累加器，下一個累加器把這些內容加到自己原有的內容。他只做出了模型，而喬治．舒茨和愛德華．舒茨(George and Edvard Scheutz)製做出能夠實際應用的差分引擎。雖然平方與立方表能夠用差分引擎計算出來，但是更常用的對數和三角函數卻不能這樣計算出來。為此及計算其他有用函數，巴貝奇又發明了分析引擎(analytical engine)，一種能夠用於數值分析的機械。

分析引擎具有儲存器(記憶部分)和轉輪(計算部分)。儲存器將十進制的數字用齒輪的方式承載下來，然後將它們傳輸到轉輪，最後用齒輪和齒棍的方式把結果傳遞回來。轉輪還能用機械方式做加、減、乘、除的算術運算，因而大為擴展了小型計算器的技術。轉輪的操作是通過有小凸柱的圓鼓，它的靈感來源於音樂盒。

一系列想要的操作方式是在卡片上打孔，像杰奎德(Jacquard)織布機上串起來的打孔卡片，然後用機械來讀取。當某個標示的數量變號時，機械的控制裝置能分叉去執行另一系列卡片。輸入數字及取出結果都能通過打孔完成。計算的結果也能直接印在金屬板上，然後作為模版印刷數表，如此便可減少校對產生的錯誤。

雖然巴貝奇曾經部分地勾畫出分析引擎的藍圖，也製做了一些零件，但是從來沒有把整個機器造出來。以當時機械計算技術的侷限而言，製造分析計引擎可能不是完成數值表的合乎經濟的方式。

現代電子計算機的發明和發展雖然與巴貝奇的先鋒工作完全無關，但是他的成果因而為人所知，也使他名氣大漲。

參見 computer theory 計算機理論

A.W.B.撰　李國偉審訂

Bachelard, Gaston　巴什拉，加斯頓(1884-1962)　法國科學哲學家和文學評論家。他的科學哲學(見《新科學精神》〔*The New Scientific Spirit*, 1934〕和《理性唯物論》〔*Rational Materialism*, 1953〕)始於反省二十世紀發生的相對論(relativistic)和量子力學的革命(quantum revolutions)。巴什拉將科學看成是一系列不連續性的變化(即知識論上的斷裂〔epistemological breaks〕)的發展過程。這些間斷的斷裂壓倒了知識論的障礙(epistemological obstacles)：常識的方法和觀念特徵及過時的科學妨礙了科學研究。巴什拉對於科學演進的不連續性的強調顯然促使了湯馬斯．孔恩(Thomas Kuhn)很多年以後對於革命典範(revolutionary paradigm)轉移的關注。但是和孔恩不同，巴什拉堅持科學革命的不連續性中的科學進步觀。儘管每個科學體系都將前人的理論拒斥為犯了基本的錯誤，但是早先的體系或仍擁有重要成就，並以特例方式留存於繼起的體系中(比如牛頓的運動定律〔Newton's laws of motion〕就是相對論中的特殊個案〔limit-cases〕)。

巴什拉將他的科學哲學建構在「非笛卡兒認識論」(non-Cartesian epistemology)的基礎之上：即反對笛卡兒主義所宣稱的知識必須建立在第一真理(first truths)的固有直覺之上。所有的知識判斷都需要因應新的證據來修正。同樣，他拒絕樸素實在論(naive realism)，該論以日常感官經驗的先在性(givens)來界定實在(reality)，忽略科學概念和工具性是本體建構。然而他認為反對此種實在論(realism)並不會導致接納觀念論(idealism)，觀念論僅視心靈(the mental)為終極實在。為此，他主張「應用理性主義」(applied rationalism)：認知建構知識對象時，理性的主動角色亦承認理性建構行動必須朝向已經存在的事物。

儘管巴什拉反對知覺(perceptual)和想像世界(imaginative worlds)的客觀實在，但他強調主觀和詩性的意義。除了科學著作外，他完成了一系列關於幻想和詩歌意象(poetic imagery)的著作(《火的精神分析》〔*The Psychoanalysis of Fire*, 1938〕，《空間的詩學》〔*The Poetics of Space*, 1957〕)，而這些著作巧妙地打開了原型(archetypal)(榮格〔Jung〕意義上的)的意象。他根據恩培多克利斯(Empedocles)關於物質基本形式的理論提出了「四元素法則」(law of the four elements)，認為所有的意象都和地、火、水、風相關。

巴什拉在索邦(Sorbonne)大學的後繼者，喬治．岡格彥(Georges Canguilhem)，和巴什拉大大地影響了幾代法國哲學學生。兩人在現象學(phenomenology)和存在主義(existentialism)蔚為風潮並廣為人知時，提供了重要的另類選擇，對於阿圖塞(Althusser)和傅科(Foucault)等人有很大的影響。

參見 Althusser 阿圖塞；Foucault 傅科；Frankfurt School 法蘭克福學派

G.G.撰　吳秀瑾審訂

backward causation　回溯的因果關聯　見 causation 因果關係

Bacon, Francis　培根，法蘭西斯(1561-1626)　英格蘭哲學家、散文家和科學方法學家。在政治上，培根曾晉昇到首席大法官兼上議院院長的位置。1621 年時，在他於法官任內接受賄賂的判決確定之後，辭職退休。

培根擁護出於早期現代科學成就的新經驗論(new empiricism)。他反對立基在訴求權威上的待證知識，也反對立基在士林哲學(Scholasticism)的貧瘠之上的知識。他認為所需要的是立基在嚴格科學實踐上的新態度和新方法論。獲得知識的目標是人類的福祉：知識就是力量。在他的《新亞特蘭提斯》(*New Atlantis*, 1627)一書中，他描繪了應用科學後所將造成的社會秩序。該如何應用歸納方法(method of induction)則在他的《新工具論》(*Novum Organum*, 1620)一書中得到詳盡地闡述。這種新的邏輯將用來取代亞里斯多德的三段論式(Aristotle's syllogism)，以及簡單枚舉例子的歸納法。這些較舊的邏輯學都不能提供實際自然律的知識。培根認為我們必須干預自然，藉由導向新技術發明的實驗控制來操作自然。

獲得因果律的知識有一些著名的阻礙。這類阻礙(假的意見、偏見)是(主觀地)「期望」自然而不是(客觀地)說明自然，培根稱它們為偶像(idols〔*idola*〕)。部落的偶像(idols of the tribe〔*idola tribus*〕)是自然的心靈傾向：為了尋找自然目的，要求自然實現我們的慾望與需要的衝動。穴居者的偶像(idols of the cave〔*idola specius*〕)是某些特別個人的性格。這些個人傾向於形成的意見，是建基在教育、社會交際、閱讀與偏愛權威的特殊癖好上。市場的偶像(idols of marketplace〔*idola fori*〕)被培根視為一切性向中，最具潛在危險性的性向，因為它們是從通常會造成爭辯的共同語言使用中產生的。許多字詞，雖然被認為很有意義，卻代表不存在的事物；其他的字詞，雖然稱呼實際的事物，卻定義不當或者被混淆地使用。劇院的偶像(Idols of the theater〔*idola theatri*〕)依賴於被接受的理論之影響。這類理論所擁有的唯一權威，在於它們是精巧的語言建構(verbal constructions)。獲得純正知識的目標不是依賴於使用言詞的優越技巧，而是在於自然律的發現。

一旦偶像被消除，心靈就能自由地尋找建立在實驗上的自然律的知識。培根主張除了服從固定法則而作用的物體(物質對象)外，沒有什麼東西存在於自然中。這些定律是「形式」(forms)。比如：培根認為熱的形式或原因，是構成物體的細小微粒之運動。熱的存在依賴於這個形式。歸納推理所要展示的就是在應用上完全通用、全面涉及的確定律則。在熱的每個情況，構成移動物體的微粒之運動有一種可以測量的變化。

培根認為科學歸納以下列方式進行：首先，我們尋找那些個案——在那兒，已知一定的變化必然會導致一定的結果。他舉例，如果在形式上的某些變化(微粒的運動)發生了，隨之總是有熱產生。我們試圖去找到造成一定結果的該形式之一切「肯定實例」。然後，我們調查「否定實例」，亦即該形式闕如的個案，其性質上的變化未曾發生。在這些方法的操作中，重要的是嘗試用實驗來產生「特權的案例」，即調查之下特別鮮明或特別典型的例子。最後，在一些案例中，研究的對象以或大或小的程度呈現出來，我們必須能夠說明為什麼這些變化會出現。在這樣的例子中，定量的熱度變化將被關聯到微粒運動的速度變化。這個方法蘊涵在很多情況中，我們能發明儀器來測量程度的變化。這類發明當然是科學探究的期盼結果，因為擁有它們能夠改善很多人類生活。

培根顯著的現代(但是並全然新穎)經驗論方法學影響了十九世紀的人物(比如約翰・赫歇爾爵士〔Sir John Herschel〕和彌爾〔J. S. Mill〕)。他們推廣了培根的成果，而且把它們用為展現科學方法學的新洞見之基礎。

參見 induction 歸納法；J. S. Mill 彌爾；Whewell 修艾爾

R.E.B.撰　陳瑞麟審訂

Bacon, Roger　培根，羅傑(c.1214-c.1293)　英國哲學家，贏得了絕佳導師(Doctor Mirabilis)的美譽。他是中世紀於西方拉丁世界率先演說並評論亞里斯多德(Aristotle)新發現之著作者，這些著作涉及了自然哲學、物理學和形上學。他出生於沙莫榭郡(Somerset)，並於牛津及巴黎大學接受教育，1237 年之前在巴黎獲文學碩士，於此任教約十年。1247 年，他辭去教職，將心力用於研究並宣揚他認為目前受到忽略卻重要的議題，因為這些議題將引向上帝的知識。英國的「實驗主義者」格洛塞德斯特(Grosseteste)，法國人馬里古的彼得(Peter of Maricourt)——磁學著作先驅及偽亞里斯多德式著作《祕之祕》(*Secretum secretorum*)的作者——影響了培根的新觀點。然而，部分是出自於疲憊，培根於 1257 年放下了他的工作進入英國的聖方濟修會(Franciscan order)。令他沮喪的是，他在修會中並沒有獲得他所期望的尊重及寫作和講學的自由。

1260 年代早期，培根有關改革大學課程的看法，到了樞機主教雷・高斯・迪・弗魁斯(le Gos de Foulques)的手上；他在 1265 年成為教宗克萊蒙四世(Pope Clement IV)時，要求看培根的著作。為了回應，培根創作了《大著作》(*Opus maius*, 1267)，這是一部百科全書式的著作，主要的主張有：(1)希伯來和希臘研究對了解聖經而言是不可或缺的，(2)數學研究(包含幾何學、天文學和占星術)伴隨著實驗，是所有科學的關鍵，且在神學中有所助益，並且(3)哲學可以藉由轉化非信仰者為神學服務。培根相信，雖然聖經是人類知識的基礎，但我們仍然能夠在知識的探尋過程中使用理性。他認為，這並不是說理性論證可以對任何事物提供全然的證明，而是說，有了理性之助，我們可以形構出關於自然的假說，這種假說能夠被經驗所確認。依培根所言，以這種方式達成的知識，將導致對自然之創造者的知識。所有哲學、科學、語言的努力，就其所能交付予神學的服務而言，是有終極價值的。培根於《小著作》(*Opus minus*)及《第三著作》(*Opus tertium*)中總結並發展他對這些內容的觀點，這些都是在《大著作》後的一年內所完成的。

培根在鼓吹課程改變方面全然慎重。他把握住所有機會斥責他同時代的著名人物(例如，哈爾斯的亞歷山大〔Alexander of Hales〕、波拿文都拉〔Bonaventure〕、馬格努斯

〔Albertus Magnus〕，以及亞奎納〔Aquinas〕)，因為他們並沒有受到適當的哲學訓練，且講授隆巴德(Peter Lombard)的《言詞錄》(*Book of Sentences*)以取代聖經，助長了神學的消亡。他亦撰寫了希臘文和希伯來文的文法，於光學方面做了重要的研究，並主張以他(一般認為是了無新意的)天文學調查做基礎來進行曆法改革。然而，我們不應該將培根視為是一個好的數學家或自然科學家。他在數學上顯然未曾導出任何一項定理或證明，他對於天文學能力也不具有好的判斷(他偏好阿爾比特拉基〔al-Bitrūjī〕而非托勒密〔Ptolemy〕)，並且，他高度重視煉金術，相信賤金屬可以轉變成銀或金。有些人甚至主張，培根在科學史上的名聲過份地受到高估，這部分是肇因於他和十四世紀的牛津計算者(Oxford Calculators)被混淆地牽扯在一起之故，而後者對於為十七世紀科學的某些發展鋪路確實有功。

培根獻身於課程改革，最後導致他被阿斯寇力的傑洛姆(Jerome of Ascoli)(後來的教宗尼可拉斯四世〔Pope Nicholas IV〕)所監禁，時間約為 1277 年到 1279 年之間。培根的訓條被認為包含了「可疑的創新」。由他被囚禁的年代判斷，這些創新可能是被巴黎主教田皮爾(Étienne Tempier)於 1277 年所定罪的許多命題。但他的監禁也可能和他確實引發的憤怒有關——因為他不斷地責罵其他修會成員的教育方式，或者也和他涉及天啟及反基督者即將到來的爭議性猶奇觀點(Joachimite views)有關。

從培根對教育改革的興趣及其系統化的本事來看，他極有可能與當時絕大部分的核心哲學議題齊頭並進，甚而有所論述。若如此，則他的作品普遍而言便可能是有關十三世紀經院哲學的一項重要資訊來源。關於這點，近來的研究顯示了，例如，培根可能在十三世紀至十四世紀初的邏輯和語言哲學發展上，扮演了重要角色。在挑戰某些人(其中一些人可能是康沃爾的理查德〔Richard of Cornwall〕、奧克塞爾的朗貝爾〔Lambert of Auxerre〕、布拉邦的西格爾〔Siger of Brabant〕、根特的亨利〔Henry of Ghent〕、達西亞的波依修〔Boethius of Dacia〕、舍伍德〔William Sherwood〕，以及抽象論大師〔Magister Abstractionum〕)對於記號本質和文字如何作為記號而運作這類觀點的過程中，培根發展並辯護了顯然具有原創性的觀點。相關的文本包括 Sumule dialectices(約 1250 年)、《論記號》(*De signis*)(《大著作》一書第三部的部分)，以及《神學綱要》(*Compendium studii theologiae*, 1292)。舉例而言，基督在三天的埋葬中是否可以被稱為人，關於這項問題(因此也關於如下相關問題，即當人不存在時，是否人可以被稱之為動物；也關於這樣的詭辯，即「這是一名死人，因此，這是一個人」)，培根並不滿意於像傳統那樣，由所有其他記號中區分出文字。他區分了源於自然的記號與源於靈魂的記號，也區分自然意義與約定(ad placitum)意義，後者是由一個或多個個體所加諸的意義或明顯或心照不宣所產生的。他主張文字在意指存在與不存在的實體時是含混不清的，因為文字在約定上只意指現存事物。故而，依此觀點，當「人」應用於一現存的人和一死人時，並非以單一意義來使用。

參見 Aristotle 亞里斯多德；Grosseteste 格洛塞德斯特；Peter Lombard 彼德．隆巴德

G.S.撰　林正弘審訂

Baden School　巴登學派　見 neo-Kantianism 新康德主義

bad faith　壞信仰　(1)自我欺騙中不誠實和值得責備的實例；(2)虛假以及自我欺騙地拒絕向自己和別人承認自己的自由，以避免做決定時的焦慮，避免對行為和態度承擔責任(沙特《存在與虛無》〔Sartre, *Being and Nothingness*, 1943〕)；(3)在說話和行為中的偽善或者虛偽，如做出一個無意遵守的諾言。沙特指出一個自我欺騙的辦法就是認同別人

的觀點，從而迴避形成自己的觀點，另一個辦法就是忽視自由選擇，這樣人的生命就被預先決定了地按照一個固定的方向發展。沙特偶爾也狹義地使用第四種含義：建立在對於證據的不真誠和不理性的解釋基礎之上的自我欺騙，為了否認一個更深的真理(我可以自由地改變)，而言不由衷地承認一個看似真實的看法(我想做一個小偷)。

參見 false consciousness 虛假意識；Sartre 沙特；vital lie 有益謊言

M.W.M.撰　王巍審訂

Bain, Alexander　培因，亞歷山大(1818-1903)　亞歷山大·培因是英國哲學家與改革家，以及詹姆斯·彌爾(James Mill, 1882)和約翰·斯圖亞特·彌爾(John Stuart Mill, 1882)的傳記作者，也是第一個心理學月刊《心靈》(*Mind*, 1876)的創刊人。在心理學的發展上，培因在英格蘭(與歐陸思想家泰尼〔Taine〕和洛采〔Lotze〕)代表了將心理學建立成為一門科學的最後階段。他的重要性在於，「將心理學與生理學統一起來(unite)」的願望，這個想法實現於他的著作《感覺和理智》(*The Senses and the Intellect*, 1855)、《情緒與意志》(*The Emotions and the Will*, 1859)，以及《心智和道德科學》(*Mental and Moral Science*, 1868)。但是，無論是他的生理學、還是他的心理學，都不是原創的。他的心理學源於英國經驗主義和聯想主義(associationism)，他的生理學主要是受到了穆勒(Jahannes Muller, 1801-58)的《生理學要素》(*Elements of Physiology*, 1842)的影響。穆勒是一位早期由神經系統去解說反射作用(reflex)及感覺運動(sensorimotor)的提倡者，他認為，無論是神經細胞將感覺訊號傳遞到大腦，或者是大腦在指揮運動，大腦都是把感覺連接到適當的運動回應。和在他之前的哈特里(Hartley)一樣，培因將心靈聯想的法則，建立於神經連結的法則上。與主張和當時的正統心理學相反，培因反對遍布於大腦不同區域的心靈力量(mental powers)之存在(參考他的《關於特徵的研究》〔*On the Study of Character*, 1861〕)。通過將聯想主義和現代生理學結合在一起，他使哲學式的心理學實質地轉變成為科學式的心理學。在哲學上，他最重要的概念是他將信念(belief)分析為「行動的預備」(a preparation to act)，藉由這樣將概念與行動的結合，他為實用主義(pragmatism)，以及「適應性行為」(adaptive behavior)這個現代心理學的中心焦點，建立了基礎。

參見 associationism 聯想論

T.H.L.撰　劉希文審訂

Bakhtin, Mikhail Mikhailovich　巴赫金(1895-1975)　蘇俄哲學家和文化理論家，影響及於為數眾多的學術學門，從文學詮釋學到人文科學的知識論、文化理論、女性研究等等。他可以恰當地被稱為正派歐陸哲學傳統中的哲學人類學家。由於他對於拉伯雷(Rabelais)和杜斯妥也夫斯基(Dostoevsky)開創性的研究成果，他在文學詮釋學領域中的影響最大。

毫無疑問的，對話，或者說「對話的營構」，是巴赫金思想的標記。對話標示出人的存在條件，在其中，自我與他者的關係雖是不對稱性的，但也是雙重聯繫的。用他的話來說，存在意指透過對話而溝通，而且，當對話停止，其他一切也隨之停止。巴赫金的對話論不同於黑格爾(Hegel)和馬克思(Marx)的辯證法，卻較接近中國人陰與陽的關聯邏輯，強調無窮多音、開放和不確定，或用他的話來說，是「未能完成的」(unfinalizable)。對話表示沒有第一句話，也沒有最後一句話。其中，「過去」與「未來」相連鎖，環繞著「現在」之軸而轉。

巴赫金的對話論，就以下三點而言，可說是典範性的。第一、對話絕非抽象的，而是具體的。社會存在，作為一種持續不斷的對話，其物質基礎在於「體驗的身體」。不但話語會取得身體，對話本身就是自我與他者的體現。因此，適當地說，巴赫金的身體政治學可以視為是一種斯拉夫版的「性力派」(Tantrism)。第二、巴赫金的對話論所體現的拉伯雷式的狂歡，是以「搞笑小丑」的地下反抗策略，來對抗官僚體系的「神聖司祭」的建制。第三，巴赫金對話論最明顯的特色，是他者對自我的優先性，這點具有兩項後果，其一是倫理學的，其二則有關知識論。在近代哲學中，對於「您」的發現，或者在不對稱的相互性中，他者對於自我的優先性，可歸功於費爾巴哈(Feuerbach)。這一發現被稱為是心靈、倫理、和社會思想中的「哥白尼革命」。在倫理學上，巴赫金的對話論，立基於他律，標示出一個新的責任哲學的誕生，挑戰並超越了英美的「權利論述」傳統。在知識論上，他引導我們聽信「他人可能是對的」，這一態度也被高達美(Gadamer)稱為是對話詮釋學的靈魂。

參見 Buber 布伯；Feuerbach 費爾巴哈；Gadamer 高達美；hermeneutics 詮釋學；philosophical anthropology 哲學人類學

H.Y.J.撰　沈清松審訂

Bakunin, Mikhail　巴枯寧，米哈伊(1814-76)　俄國(Russian)革命無政府主義者。他在1840-49 年間居住西歐(Western Europe)，其間在歐洲與俄國入獄，並流放西伯利亞。1861-76 年再度定居歐洲。巴枯寧以活力充沛，但對無政府與社會主義缺乏定見而著名。一方面他宣稱群眾「嚮往自由的本性」會引發革命之火花；他方面他又主張革命是從事陰謀活動的菁英之傑作，也就是遵守紀律，以革命為專業者的職責。不過在哲學方面，巴枯寧仍有顯明、但卻有限的貢獻。

(1)在 1840 年代初他談到「在負面的(否定的)火焰裡，正面(肯定)要不斷地自我燃燒」。因之他認為所謂的「火焰」乃是革命行動必要的、辯證的構成部分。他尖銳的批判並非對準現存秩序的保守維護者，而是針對(黑格爾式)〔Hegelian〕企圖把正面與負面加以調解的努力，也是針對「自由派」(liberal)的努力，企圖在正面裡頭為負面找到「最謙卑與無害的」避難所。對巴枯寧而言，負面的、否定的因素之存在完全可以從它把正面的、肯定的因素「建構性」(constructive)的消除得到正當化。他在解釋德文 *Lust* 一詞(1842 年)的雙重含義時，指出 *Lust* 包括「歡樂」與「肉慾」。在享盡與滿足「肉慾(破壞)」之餘，人們獲得了創造性的「歡樂」。

(2)從 1861 年至其逝世為止，巴枯寧致力科學學說(scientism)、唯物主義(materialism)與無神論(atheism)之研究。但在 1860 年代末，他對科學菁英與科學制度之政治與社會角色提出強力的批判。個人的生命是具體的與特殊的，但科學卻是抽象的與普遍的。科學無法理解與評價活生生的個人。相反地，它傾向於忽視個人或是剝削個人。過去主張與宣揚採用無政府的方式來推動教會與國家反叛的巴枯寧，如今卻在鼓吹「以生命反抗科學，或是反抗科學的統治(government by science)」。這點同他使用無政府主義的方式批評馬克思有關，也就是他批判了馬克思的國家主義與技術主義。但它提出一個更為普遍的問題，也就是一個繼續有關聯與迫切的問題：那就是，涉及公共政策的決策時，學者專家所扮演的角色之問題。

參見 political philosophy 政治哲學；Russian nihilism 俄國虛無主義

G.L.K.撰　洪鎌德審訂

Balguy, John　巴爾格，約翰　見 Hutcheson 哈奇生

Bañez, Domingo　巴勒茲，多明哥(1528-1604)　西班牙道明會的(Dominican)神學家和哲學家。他出生在瓦拉多利德(Valladolid)，在薩拉曼卡(Salamanca)受教育並在該處任教多年。作為阿維拉的聖德蕾莎(St. Teresa of Ávila)靈修導師，他對她的看法發揮了相當大的

影響。他因為對默里納(Molina)關於神的恩寵提出反駁而出名。反對默里納的觀點時，他堅持主張物質的預定(physical predetermination)，這種看法認為上帝在物質上決定了人的行動的次要原因。這可以顯出恩寵的內在實效性，以及它獨立於人的意志和作為。他之所以著名，也因其對於多瑪斯主義(Thomistic)形上學中關於存在(existence〔*esse*〕)的現實的中心性所提出的理解。巴勒茲最重要的工作，是他對亞奎納《神學大全》(Aquinas, *Summa theologiae*)和亞里斯多德《論生成與毀滅》(Aristotle, *On Generation and Corruption*)所做的註釋。

參見 Aquinas 亞奎納；free will problem 自由意志問題；metaphysics 形上學；Molina 默里納

J.J.E.G.撰　丁福寧審訂

Barbara　巴巴拉、第一格第一式　見 Aristotle 亞里斯多德；syllogism 三段論式

barber paradox　理髮師悖論　見 paradox 悖論

Barcan formula　巴爾肯公式　見 modal logic 模態邏輯

bare particular　光禿禿的個體　見 metaphysics 形上學

bargaining theory　交易理論　是賽局理論(game theory)中處理合約部分的理論，比方說，關於勞動者和管理者之間的報酬協議的理論。最簡單的交易問題中只有兩個交易者。他們能共同意識到不同的結果，包括他們達不成協議的實際結果。每個交易者都會為每種結果計算出一定的效用值。問題是如果他們理智的話，他們將會實現哪種結果？解決交易問題的方法是很有爭議的。最著名是納什(Nash)和卡萊(Kalai)及斯莫洛丁斯基(Smorodinsky)的假設。納什的主張是：相對於協議破裂點來說，交易者應追求將效用值最大化的結果。但卡萊和斯莫洛丁斯基則認為：相對於協議破裂點來說，交易者應追求將效用值最大化的結果，但效用值增加的比值應該等於最大可能增加值的比值。這些選擇某個結果的方法曾經被公理化。對於每一種方法而言，有一種選擇結果的公理只被這個所滿足。這些公理中包含了合作性賽局理論(cooperative game theory)中的理性原則。它們注重的焦點在結果的特質而非交易的策略。比如，有一個公理是這樣的：選擇的結果應該能產生最多的八里多(Paredo-optimal)，亦即，所選擇的結果對交易者而言應該不會比其他選擇更壞，同時也沒有其他選擇會比這個選擇更好。

交易問題可能因為幾個原因而變得更為複雜。首先，可能會有兩個以上的交易者。如果在利益協議上不需要全體一致，那麼就會形成分裂和聯合。其次，提議的方式或者討價還價也是相關的因素。這樣一來，與交易策略有關的非合作性賽局理論(non-cooperative game theory)可能就要用以證立某些解決方案。第三，交易的脈絡也是相關因素。比如，付款的時機、討價還價的能力和不同人之間的效用比較等，都會影響解決方案的選擇。第四，單純化的假設，比如交易者對於交易的形勢有完全的了解的假設，可能太過單純而需予以揚棄。

交易理論是哲學研究中對理性研究的一部分。在倫理學中也可以作為道德的契約理論和其他分配性正義理論的基礎。

參見 decision theory 決策論；game theory 賽局理論

P.We.撰　王文方審訂

Barthes, Roland　巴特，羅蘭(1915-80)　法國後結構文藝批評家(post-structuralism literary critic)和作家，生於雀兒堡(Cherbourg)。小時候為病痛所苦，多數光陰處於半殘疾狀態。離開軍隊後，他轉任不少教職，教過古典文學、文法和語言學。他對語言學的興趣終將他推向文學，1960 年代中期就已經發表了蔚為結構分析的經典，《符號學要素》(*The Elements of Semiology*)，書中主要訊息是：字詞只是一種符號，其意義端賴於字詞的差異關係。此一概念在稍後加以修改，包括閱讀主體，主體的結構效果(structuring effect)作用於文學作品，此概念見於後來發表的《S/Z》(*S/Z*)和《文本的歡悅》(*The Pleasure of the Text*)。巴特對後結構主義運動的成熟貢獻，是對視覺、觸覺和聽覺符號系統的機智和慧黠的詮釋，此詮釋在論攝影、廣告、電影和美食等論文中臻於頂點。

參見 postmodern 後現代；semiosis 符號探究；structuralism 結構主義

M.Ro.撰　吳秀瑾審訂

base, supervenience　伴隨性基礎　見 supervenience 伴隨性

base clause　基本句　見 mathematical induction 數學歸納法

basic action　基本行動　見 action theory 行動理論

basic belief　基本信念　見 Berkeley 柏克萊；foundationalism 基礎主義；logical positivism 邏輯實證主義；Plantinga 普蘭廷格

basic norm　基本規範　即德文的 *Grundnorm*，指在一個法律體系中，決定所有其他規範是具有法律效力的規範。這樣一個最終極規範的內容可能指的是，例如：凡是由一個立法機關或者一個法院所造的規範即有法律效力。而作為終極規範的基本規範其本身的有效性不能建立在社會事實上(例如，此一終極規範是被一個社會中的某些團體所接受，這樣的社會事實)。而毋寧是，任何既有法律體系的基本規範之有效性，必須藉著被基本規範所正當化為法律的那些規範的有效性所預設。基本規範的理念和法律哲學家漢斯．凱爾森(Hans Kelsen)是相連在一起的。

參見 jurisprudence 法理學；philosophy of law 法律哲學

M.S.M.撰　林立審訂

basic particular　基本殊相　見 Strawson 史陶生

basic proposition　基礎命題　見 epistemology 知識論

basic sentence　基本語句　見 foundationalism 基礎主義

basic statement　基本的陳述句　見 foundationalism 基礎主義

Basilides　巴西里德斯(A.D. c.120-40)　亞歷山卓(Alexandria)的敘利亞基督宗教諾斯替教派(gnostic)的老師，他也是瓦倫丁(Valentinus)的對手。瓦倫丁流出教義(doctrine of emanations)認為在神性之充盈(Pleroma, the fullness of the Godhead)中存在著三百六十五(一年的天數)個層次。巴西里德斯則改良了這個觀點，認為它們都來自於無以言諭的天

父(Father)。他在教學中提出對方的上帝是猶太人的上帝(《舊約》的上帝)，這個上帝只是創造了物質世界。救贖在於諾斯(*Noûs*，意為「思想」〔Mind〕)、天父的首生者(the first begotten of Father)以人的形式降臨，為了將人的肉體所囚禁的精神因素釋放出來。和其他的諾斯替教派觀點一樣，巴西里德斯認為我們是被知識所解救的，而不是信仰。他明顯抱持所有事物向神性之充盈的回歸前的再生(reincarnation)此一觀念。

參見 gnosticism 諾斯替主義；Valentinus 瓦倫丁

L.P.P.撰　丁福寧審訂

basing relation　基礎關係　也稱為根據關係(basis relation)，當兩個知識信念或者知識項目之間，後一種信念或項目會構成前一種信念和項目的理據(基礎；ground〔basis〕)時，即稱之為基礎關係。顯而易見的，有些知識是「間接(indirect)知識」，也就是說，它們都是根據某些證據(evidence)而得來的；這些知識和那些不需要透過證據就可以獲得的直接知識恰為反論(假設有所謂的直接知識的話)。被證成的信念也具有相同的情形。就其廣義用法來說，基礎關係只是將間接知識或者非直接證成的信念連繫到證據：對於間接知識或間接證成之信念的說明，也就是對於基礎關係的說明。

上述這種解釋還可能推導出另一個比較狹義的基礎關係看法：只有當一個人相信命題 P 是建立在某些證據或理由的基礎上，或者是位於某些證據或理由的序列之上時，他才會以證據和理由為基礎知道這個命題 P。我們可以用底下的問題表述這種狹義的基礎關係：當我們相信命題P構成間接知識或證立(justification)時，這類用來支持這種知識和證立的「信念」(belief)又是建立在什麼樣的證據或理由基礎上呢？最被廣泛認同的觀點認為，只當信念和信念或理由具有因果關係時，相關信念才能以事實或理由為基礎。除了這種因果關係之外，因果觀點的支持者對於狹義基礎關係的說明所需要的證明，有不同的看法。

參見 coherentism 融貫論；foundationalism 基礎主義；inferential knowledge 推論知識

G.S.P.撰　陳懷恩審訂

basis clause　基礎句　見 mathematical induction 數學歸納法

basis relation　根據關係　見 basing relation 基礎關係

Bataille, Georges　巴戴耶，喬治(1897-1962)　對後結構主義(post-structuralist)思想影響至為鉅大的法國哲學家與小說家。透過將價值放在反對累積的開支(expenditure)上，巴戴耶開啟了主體死亡的年代。他堅持，為了逃脫孤立與取得溝通，個人必須突破主體性所制訂的限制。巴戴耶主要的哲學貢獻是一些短文，其中最重要的幾篇被收集於一本題為《偏激行為的視野》(*Visions of Excess*)的選集中。這些文章介紹如下的核心思想，即「低下材質」(base matter)透過對個人迷失自我的連續性之挑戰，因而擾亂了理性的主體性。《內在經驗》(*Inner Experience*, 1943)，是巴戴耶的第一份長篇著作，接著他又出版《有罪》(*Guilty*, 1944)及《論尼采》(*On Nietzsche*, 1945)。這三份作品，合起來構成巴戴耶的《最高無神學》(*Summa Atheologica*)，它經由偏激行為的經驗(例如笑聲、眼淚、性愛主義、死亡、犧牲、詩篇等)來發掘事物孤立與瓦解的活動。《被詛咒的部分》(*The Accursed Share*, 1949)這本他認為最重要的著作，是他對於開支的社會與經濟含意，所做的最具系統性解釋。在《性愛主義》(*Erotism*, 1957)與《性愛的淚》(*The Tears of Eros*, 1961)這兩份著作中，他將焦點集中於「性愛」(sex)與「死亡」(death)之上。終其一生，巴戴耶關心價值的問題。他將價值問題置於刺傷個人與開放溝通管道的「偏激行為」(excess)之中。

參見 postmodern 後現代；structuralism 結構主義

J.H.L.撰　苑舉正審訂

Baumgarten, Alexander Gottlieb　鮑姆嘉通，亞歷山大·高蒂利布(1714-62)　德國哲學家。生於柏林的他，曾在哈勒(Halle)接受教育，並在哈勒大學(1738-40)和奧德河上的法蘭克福大學(Frankfurt an der Order, 1740-62)教書。鮑姆嘉通是在以弗蘭克(A. H. Francke)為首的虔敬主義(Pietist)的教育環境下成長起來的，他採納了沃爾夫(Wolff)所提出的反虔敬主義的(anti-Pietist)理性主義的哲學觀點。他寫了關於《形上學》(*Metaphysica*, 1739)、《哲學的倫理學》(*Ethica Philosophica*, 1740)、《實踐哲學的最初綱要》(*Initia Philosophiae Practicae Prima*〔*First Elements of Practical Philosophy*〕, 1760)的教材，這些著作後來成為康德(Kant)教學的課本。雖然他在形上學方面比沃爾夫更接近萊布尼茲(Leibniz)，也更推進了一步，但是從某個角度上看，鮑姆嘉通並沒有從沃爾夫的哲學中真正地獨立出來；和萊布尼茲不同，他堅持對於實在的物理世界之流傳，但是又不同於沃爾夫，他並不限定預定的和諧僅用來規定心物之間的關係，而是(弔詭地)將其擴大到所有的實體關係之中。

鮑姆嘉通的聲望來於他將美學的原理引入到德國哲學中，並且真正地使用了美學這個詞。沃爾夫將愉快解釋為透過感覺的方式感知到完美後的反應，然而他把這感覺理解為清楚但又混淆的知覺。鮑姆嘉通重新定義對於美的反應是我們的感覺感知到完美後的喜悅，即這種唯一可能的感性接受方式是和僅是概念的表象相反的，正是透過這一點，他巧妙而有意義地脫離了沃爾夫的哲學。這個概念最早出現在他的學位論文《關於詩的哲學沉思錄》(*Meditationes Philosophicae de Nonnullis ad Poema Pertinentibus*〔*Philosophical Meditations on some Matters pertaining to Poetry*〕, 1735)中，在這裡，他認為詩是「完美的感覺對談」(perfect sensate discourse)，而且將這些在他兩卷本(仍未完成)的《美學》(*Aesthetica*, 1750-58)中歸納討論。有人認為，鮑姆嘉通的美學是認知主義(cognitivist)而不是理性主義(rationalist)的；在科學和邏輯中，我們總是喜歡推論上的清晰，但是在藝術中，我們總是滿懷喜悅地將一個想法的密度(混淆地)擴展到最大限度。鮑姆嘉通的理論極大地影響到了萊辛(Lessing)和門德爾森(Mendelssohn)，以及康德的關於美的理念的理論，甚至黑格爾(Hegel)的美學。

參見 Wolff 沃爾夫

P.Gu.撰　彭文本審訂

Bayesian　貝耶斯主義者　見 Bayesian rationality 貝耶斯主義的合理性；confirmation 驗證

Bayesian rationality　貝耶斯主義的合理性　就最小的限度來看，是一個信念(或相信者)系統的性質，藉著系統「順從機率計算」(conforming to the probability calculus)而有的性質。「貝耶斯主義者」對於什麼是「合理性」所要求的見解有所差異，但大部分都同意(i)信念有(堅定性的)程度之別；(ii)這些「信念的程度」(在理論上或理想上)是可以量化的；(iii)這類量化可以透過如下方式來理解：即藉由相對於個人(person-relative)與將時間編排的「可靠函數」(credence functions)，而從信念對象(命題或語句)的適當集合——每個集合封閉在(至少)有限真函組合之下——到實數的集合來理解。(iv)在任何給定的時間裡，一個人在t時的可靠函數應該是個機率函數；也就是說，從該給定集合投影(mapping)到實數集合，其中指派給集合內的任何給定對象 A 的「機率」(值)大於或等於零；而且如果 A 是必然真理，則等於一；而且對集合內任何給定的對象 A 和 B 而言，如果 A 和 B 是不相容的(即它們連言的否定必然真)，則指派給它們選言的機率等於分別指派給 A 和 B 的機率之和。如此一來，尋常的一般命題機率公理，就把一種邏輯加在信念的程度上。如果可靠函數是機率函數，那麼它(或在任何給定時刻的相信者)就是「一貫」的(coherent)。

在這些事項上，在信念的條件程度上，在合理性的進一步限定上，很多貝耶斯主義者加上了「信念的改變，應該一致於『條件化』(conditionalization)」。讀者可以參看伊爾曼《貝耶斯或布斯特？貝耶斯主義驗證理論的批判檢討》(John Earman, *Bayes or Bust? A Critical Examination of Bayesian Confirmation theory*, 1992)；何森和烏爾巴哈的《科學推理：貝耶斯進路》(Colin Howson and Peter Urbach, *Scientific Reasoning: The Bayesian Approach*, 1989)；傑弗瑞的《決策的邏輯》(Richard Jeffrey, *The Logic of Decision*, 1965)。

參見 Bayes's theorem 貝氏定理；decision theory 決策論；Dutch book argument 荷蘭式賭博論證；probability 機率；rationality 理性

D.A.J.撰　陳瑞麟審訂

Bayes's rule　貝氏法則　見 Bayes's theorem 貝氏定理

Bayes's theorem　貝氏定理　(又稱貝耶斯定理)。指事前機率(prior probability)與事後機率(posterior probability)之間的一類關係，特別是下面所列的(1)到(3)的情況。所有的這些關係依賴於基本關係(0)，這種關係是同步的條件和非條件機率之間的關係。非貝氏主義者認為這些只能在狹隘範圍內使用，主要因為他們懷疑先決條件的意義和獲得的方法。

(0) $\mathrm{pr}(hyp_1 \mid data) = \mathrm{pr}(hyp_1 \,\&\, data)/\mathrm{P}(data)$

(1) $\mathrm{pr}(hyp_1 \mid data) = \mathrm{pr}(hyp_1) \times \dfrac{\mathrm{pr}(data \mid hyp_1)}{\mathrm{P}(data)}$

(2) $\dfrac{\mathrm{pr}(hyp_1 \mid data)}{\mathrm{pr}(hyp_2 \mid data)} = \dfrac{\mathrm{pr}(hyp_1)}{\mathrm{pr}(hyp_2)} \times \dfrac{\mathrm{pr}(data \mid hyp_1)}{\mathrm{pr}(data \mid hyp_2)}$

(3) $\mathrm{pr}(hyp_1 \mid data) = \dfrac{\mathrm{pr}(hyp_1 \times \mathrm{pr}(data \mid hyp_1)}{\Sigma_n \mathrm{pr}(hyp_n) \times \mathrm{pr}(data \mid hyp_n)}$

根據(1)事後機率是事前機率乘以「相關商數」(卡納普〔Carnap〕項)。根據(2)事後機率是事前機率乘以「似然比率」(費雪〔R. A. Fisher〕項)。關係(3)由關係(1)用全機率律展開 P(*data*)項獲得。

貝氏法則(4)作用在更新機率上，當資料的新確定性，使得機率可條件於未改變的資料來計算，則新的無條件機率可以設定為舊的條件機率。相應的法則(5)讓你在比較可能性上做同樣的工作。在決策論中說法略有不同，他們的法則是「做使效用的期望值最大的選擇」。

(4) $\text{new } \mathrm{pr}(hyp_1) = \text{old } \mathrm{pr}(hyp_1 \mid data)$

(5) $\dfrac{\text{new } \mathrm{pr}(hyp_1)}{\text{new } \mathrm{pr}(hyp_2)} = \dfrac{\text{old } \mathrm{pr}(hyp_1 \mid data)}{\text{old } \mathrm{pr}(hyp_2 \mid data)}$

參見 decision theory 決策論；probability 機率

R.J.撰　李國偉審訂

Bayle, Pierre　培爾，皮埃爾(1647-1706)　法國哲學家，也是無私的批判歷史學的先驅。雖然培爾是一位喀爾文主義者(Calvinist)，並因此在 1681 年被迫流放，但是他卻拒絕接受歷史學在當時流行的一種用法，也就是使歷史成為朋黨和宗派利益的工具。他因為多冊的《歷史與批判詞典》一書(*Dictionnaire historique et critique*, 1695)而贏得名聲，卻也因此蒙上惡名。對於這本書所涵蓋的每個主題，培爾都針對相關歷史記載和詮釋爭議，進行傳記式的勾畫與客觀的檢查。他也重複考察理性和信仰(哲學和宗教)的分際問題，二者的分際因為種種因素變得模糊，這種模糊也產生其他種種惱人的問題。在〈大衛〉(David)一文中，那些號稱上帝僕人的種種看似不當的行為，引發對上帝選民的道德及倫理學的自律做出反省。在〈皮浪〉(Pyrrho)一文中，培爾提出論證，主張自明性雖然是最可信的一種真理判準，卻受到基督宗教的非難，因為，有些自明的原理與基督宗教的基本真理衝突，這些原理因此是假的。最後，他還在書中提出論證(在〈摩尼教徒〉〔Manichaeans〕和〈保羅派信徒〉〔Paulicians〕二文中的立場尤其堅決)，主張惡的問題(problem of evil)並無在理性上可以辯護的解答。這種主張激發萊布尼茲(Leibniz)撰寫《辯神論》(*Theodicy*)一書。

培爾認為自己是一位持基督宗教立場的懷疑主義者，但是別人卻認為他是一位對宗教採揶揄態度的批判者，是法國啟蒙運動的先驅。培爾的純粹哲學反省支持他的這種自我評估，因為，他一貫地主張，哲學並不能導致領悟和滿足，卻只能產生悖論(paradox)和困惑。培爾藉著他為這個主張所提出的論證，證明自己是一位傑出的哲學系統批評者。譬如：〈愛利亞的芝諾〉(Zeno of Elea)討論空間、時間和運動；〈羅拉柳斯〉(Rorarius)討論心、物及動物的身體結構；而〈史賓諾莎〉(Spinoza)所討論的則是一元論所帶來的危險。培爾對哲學採取的懷疑主義態度在一定程度上影響了柏克萊(Berkeley)和休姆(Hume)。他的其他重要著作包括：《1683 年對彗星的種種反省》(*Penseés diverses de la comète de 1683*, 1683)、《對耶穌基督之「勉強人進來」言說的哲學詮釋》(*Commentaire philosophique sur ces paroles de Jesus Christ: contrain les d'entrer*, 1686)、《對一位鄉下人的問題的回答》(*Réponse aux questions d'un provincial*, 1704)，以及早期的學術刊物《文人新刊》(*Nouvelles de la République des Lettres*, 1684-87)。

參見 Leibniz 萊布尼茲

P.D.C.撰　劉若韶審訂

Beattie, James　畢提，詹姆士(1735-1803)　蘇格蘭哲學家及詩人，他對休姆(Hume)的批判，增加了休姆的知名度。畢提和奧斯瓦德(Oswald)及里德(Reid)同為蘇格蘭常識哲學(common sense philosophy)學派的一員，主要著作為《論真理的本質與不變性》(*An Essay on the Nature and Immutability of Truth*, 1771)，他於其中批判休姆助長了懷疑論(skepticism)及對真理的不忠。他的觀點是心靈保有常識，就是感知自明真理(self-evident truths)的力量。常識是本能的，無法由教育所改變；真理就是常識決定心靈想要相信的東西。畢提提到休姆，隨後又主張他的觀點導致道德和宗教上的惡。當畢提的《論真理的本質與不變性》譯為德文時(1772)，康德(Kant)可能讀了休姆對人格同一性(personal identity)及因果關係(causation)的討論。即使這些題目並不包含在休姆的《人類理解力探究》(*Inquiry Concerning Human Understanding*)一書中，但畢提讓康德接近了《人性論》(*Treatises of Human Nature*)一書中的兩個議題，並批判地發展出超驗觀念論(transcendental idealism)。

參見 Hume 休姆；Scottish common sense philosophy 蘇格蘭常識哲學

P.K.撰　俞懿嫻審訂

beauty　美　一種美感特質，一般視之為一種美感價值。美常被理解成(1)一種純粹的、不可定義的性質，一種不能用其他性質來予以定義的性質；(2)某物的某種、或某類性質，以使此物得以為頗具素養的欣賞者帶來愉悅的經驗；或者(3)雖然能帶給人獨特而愉悅的經驗，然而這種愉悅經驗則因人而異。在最後一點的意義之下，美被認為存在於「欣賞者的慧眼之中」(in the eye of the holder)。

如果美是一種純粹的、不可定義的性質，如同(1)所指出，美便無法藉由概念的定義被理解，而只能藉由直觀或品味能力來體會。就此而言，美即是美感的一種特殊性質。如果美是指某物得以令人產生愉悅經驗的能力，如同(2)所指出，就必須說明，是何種性質使得某物具有此種能力。而最受青睞的性質，一直都是屬於形式或結構上的性質，如秩序、對稱和比例。柏拉圖(Plato)在其《斐利布斯》(*Philebus*)篇中指出，美的形式或美的本質，是可知的、明確的、合乎理性的，且是可衡量的。他也主張，純粹的幾何形式、單純的色彩和音樂的聲調都有其「內在之美」(intrinsic beauty)，不但能引起欣賞者體會到純粹、「無雜的」(unmixed)愉悅感，而且不會隨情境而改變。

十六、十七世紀時，有許多討論個別藝術形式的論文，但每一篇都受制於其本身規範，而失之於武斷。十八世紀時，哈屈森(Hutcheson)主張「美」與「發自吾人內在的觀念」(idea raised in us)有關。任何能激起此一觀念者，即是美。他認為能激起此一觀念者的特質是「多樣的統一性」(uniformity in variety)。

康德(Kant)以分析「某物是美的」(something is beautiful)判斷，來解釋美的性質。雖然這類判斷涉及欣賞者的經驗，但卻不只是個人經驗的表達；我們認為別人也會有相同的經驗，而且也會做出相同的判斷(例如，「某物是美的」判斷，便具有「普遍的有效性」〔universal vaildity〕)。這類判斷與私利無關的，不受制於欣賞者個人任何需求或想望，僅出自於欣賞者對事物外觀的觀賞。這類判斷是與事物之「自由美」(free beauty)有關的判斷，只需運用人類共有的、可藉以相互溝通的心靈能力，便可做出判斷。就此而言，因著美而獲致的愉悅經驗，原則上，是能夠與所有人分享的。

有些人則像(3)的觀點一樣，主張「美」字之所以用於指稱某物的依據，在於此物所帶給人的愉悅感，而不在於此物特有的性質。阿里森(Archibard Alison)便主張，不可能尋獲任何所謂事物之美的共同性質。桑塔耶那(Santayana)確信美即是「被當成事物特性的愉悅感」(pleasure regarded as a quality of a thing)，而且毫不諱言某些性質的確會帶給人愉悅感。

希臘文*to kalon*，常被譯為「美」，並不是指事物所具有之獨立自主的美感價值，而是指事物由於與道德價值、或實用性有關而具有的「特優性」(excellence)。此一概念較接近於康德所謂之「依附美」(dependent beauty)的觀念，指某物作為某類事物而具有的美之性質，(例如，美的貓或美的馬)；而較不同於康德所謂之「自由美」，指不依據可用性之觀念，而僅依據事物存在表象來認定之物，所具有之美的性質。

參見 aesthetic property 美感特質；aesthetics 美學

S.L.F.撰　劉千美審訂

Beauvoir, Simone de　波娃，西蒙・德　見 existentialism 存在主義

Beccaria, Cesare　貝卡尼，西撒拉(1738-94)　義大利犯罪學家，法庭和刑法體制的改革者。他在帕爾瑪(Parma)和帕維亞(Pavia)求學，並在米蘭(Milan)教授政治經濟學。在米蘭，他結識了皮托(Pietro)、亞里桑德洛・維里(Alessandro Verri)以及其他一些試圖推動政治、經濟和法律改革的米蘭知識分子。他的主要著作是《論罪與罰》(*Dei delitti e delle pene*〔*On Crimes and Punishments*〕, 1764)，在這本著作中，他斥責了當時法律制裁和罪犯處置的方法。貝卡尼以論證指出，至高的善就是最多人能分享到最大的幸福；因此打

破這種狀態的行為是最嚴重的犯罪，損及個人與財產的行為稍輕，而危及公共和諧的罪行是最不嚴重的。懲罰的目的在於嚇阻犯罪、保護社會。無論如何，嚴刑逼供是不合理的，也是無效的：它的結果只會讓那些強壯而殘忍的人無罪開釋，羸弱無辜的人卻被宣判有罪。貝卡尼同樣反對死刑當作對付個人的手段。他聲稱，最足以影響罪犯的是懲罰的持續和確定性，而不在其嚴峻。貝卡尼的觀點受到孟德斯鳩(Montesquieu)、盧梭(Rousseau)和孔迪拉克(Condillac)的影響。他的主要著作被譯成多種語言，並成為幾個歐洲國家修訂刑罰體系的指導方針。

P.Gar.撰　丁福寧審訂

becoming　**流變**　見 time 時間

becoming, temporal　**時間流變**　見 time 時間

Bedeutung　**意義**　見 Frege 弗雷格

begging the question　**乞求(迴避)問題**　見 circular reasoning 循環論證

Begriff　**概念**　見 Hegel 黑格爾

behavioral equivalence　**行為等價**　見 Turing machine 涂林機

behavioralism　**行動主義**　見 jurisprudence 法理學

behaviorism　**行為主義**　概括地說，行為主義的觀點認為行為是理解心靈現象的基礎。這個詞在心理學的科學研究和哲學論述中都有所使用，因此我們將區分科學的行為主義(心理學和方法論意義上的)和哲學的行為主義(邏輯學和分析意義上的)。

科學的行為主義(scientific behaviorism)　最早由美國心理學家華生(J. B. Watson)提出(他在 1913 年提出這個概念)，此後由豪爾(C. L. Hull)、托爾曼(E. C. Tolman)、史金納(B. F. Skinner)進一步發展。行為主義通過重新定義心理學的正確任務，在於解釋和預測人的行為，從而和內省主義(introspectionist)的傳統分離。在新的前提下，行為被認為能夠提供它自已的「功能性分析」(functional analysis)，即明確說明在自變量(外部刺激)的作用下，某行為(反應)合乎規律地是一種功能。這種觀點強調的是所有的變量(包括作為應變量的行為)必須被清楚地表述為自然科學的實驗過程，而純粹內省的及意識的內部狀態，卻因此被排斥在正當的心理學範圍之外。儘管一些行為主義者傾向於同意把內部的神經生理狀態作為變量(中介變量〔intervening variables〕)，但是其他一些更激進的人如斯金納堅持只有環境變量，他們爭辯說所有在假定的內在狀態中的相關變化都在是(過去或現在)環境條件變化的功能(比如，水的匱乏導致「渴」的感覺)。儘管一些基本的反應是遺傳的本能反應，但是大部分的反應卻通過條件反射的過程而被掌握及整合為綜合的方式。在典型的(反射)訓練中(classical〔respondent〕conditioning)中，如果某反應和舊的刺激是重複成對出現的話，那麼一種由既定的刺激導致的反應將被新刺激引導出來：這就是我們如何能對新的環境做出反應。在「操作性條件反射」(operant conditioning)中，重複伴隨著強化刺激(獎勵)的反應會以較高頻率出現，因此在其他可能的反應中被挑選出來：這就是我們如何掌握新的反應。通過和舊的誘發刺激的長期分離或停止強化刺激，條件

性反應也能被放棄或壓抑。如何通過選擇性的加強和抑制反應的過程，勾勒出包括認識和智性行為在內的所有的人類行為，便是科學行為主義的最終目標。實現這一目標過程中存在的巨大困難導致了行為主義方法論的不斷放寬，並最終被更多以認識為導向的方法所取代(如瓊姆斯基〔N. Chomsky〕)。

哲學的行為主義(philosophical behaviorism)　從語意學觀點討論心靈表達的意義。邏輯實證論者(特別是卡納普〔Carnap〕、韓培爾〔Hempel〕和艾耶爾〔Ayer〕)給出了最樂觀的形式，他們斷言，包含有心靈表達式的陳述，和描述行為和身體的過程，以及向性的一系列可公開證實的(可驗證的和可檢測的)陳述具有同樣的意義，因此可翻譯成後者。由於邏輯實證論表現為物理主義和統一科學的還原論傾向，邏輯行為主義(一些實證論者偏愛的稱呼)成為以下觀點的必然推論。這種觀點認為心理學(通過行為主義分析)最終可還原為物理學，它所有的表述應該像物理學一樣，都可以用嚴格的外部語言來表達。

另一種有影響的哲學行為主義表現形式要歸於賴爾(《心靈概念》〔Ryle, *The Concept of Mind*, 1949〕)。他對笛卡兒(Descartes)式的二元論的典型批判在於，認為心靈謂詞經常被用來將向性歸於特徵行為：但對賴爾來說，這種歸屬具有條件句和自然律的形式。它的功能不在於呈顯出內在狀態(無論是物理的、非物理的)，行為是該內在狀態的因果式表現，而在於如果條件給定，行動者如何行為的推理。假定心靈語言的所有說明性用法都有事實陳述或報告功能，賴爾認為這犯了一系列的「範疇錯誤」(category mistakes)，因此笛卡兒和邏輯實證論同樣都是錯誤的。和實證論的行為主義不同，賴爾的行為主義不需要心靈語言的物理學還原，而是依賴於對人類行為的日常語言描述。

哲學行為主義更進一步的版本可以追溯到維根斯坦(《哲學探索》〔Wittgenstein, *Philosophical Investigations*, 1953〕)。他辯稱心靈術語應用的認知判準不是私有的、內省獲得的內在狀態，而必須是主體間的可觀察行為。和前面提到的哲學行為主義觀點不同，維根斯坦的行為主義看起來和形上學的身心二元論不矛盾，因此也不是還原論者。

哲學行為主義在 1950 與 1960 年代受到了嚴厲的批評，特別是來自齊桑姆(Chisholm)、泰勒(Charles Taylor)、帕特南(Putnam)和弗德(Fodor)。儘管如此，它仍以或多或少變弱的形式出現在不同哲學家，如蒯因(Quine)、丹內特(Dennett)、阿姆斯壯(Armstrong)、路易士(David Lewis)、普雷斯(U. T. Place)和杜米特(Dummett)等人的作品中。雖然現在的功能主義(functionalism)經常被認為是行為主義的繼承者，功能主義(尤其阿姆斯壯-劉易士一派)和行為主義截然分開，他們堅稱心靈謂詞雖然可以行為或行為向性的術語來定義，但指示內在因果狀態(inner casual states)，這些狀態傾向於引發特定的特徵行為。

參見 cognitive science 認知科學；functionalism 功能主義；philosophy of mind 心靈哲學；philosophy of psychology 心理學哲學；Ryle 賴爾；verificationism 檢證論

A.M.撰　王巍審訂

behaviorism, supervenient　伴隨行為主義　見 philosophy of mind 心靈哲學

behavior therapy　行為治療　行為治療是用於治療上的一系列行為修正技巧，如嫌惡治療(aversion therapy)、消失(extinction)、模擬(modeling)、重整作用(redintegration)、操作制約(operant conditioning)與降低敏感度(desensitization)。行為治療不像心理治療(psychotherapy)那樣去探查病人回憶的歷史，而是針對病人目前的行為，藉由行為實驗分析，以及藉由增強理論(reinforcement theory)所得的方法，來致力於消除不希望得到的行為與產生希望的行為。心理治療有一個長久以來的問題，病人的過去已經被有限的與偏差的回憶過程過濾掉。行為治療是比較機械的，它所產生的增強與制約系統，可能可獨立於

病人的長期記憶(long-term memory)而產生作用。

整體而言，行為治療的技巧形成了一個混雜的集合。一些行為治療家將來自於心理治療的技巧做些許調整，例如暗地裡的降低敏感度，是以口語引發的心理圖像作為加強之誘因(reinforcers)。行為治療的一個持續性的問題，是它可能需要重複地做。像嫌惡治療，它來自於將痛或處罰的刺激與不受歡迎的行為配對起來。治療後，痛的刺激消失了，而行為會再度產生，這是由於行為與處罰間的聯結(association)已中斷了。對行為治療的批評，是認為行為治療所處理的是當下的騷擾與明顯的行為，而忽略了根本的問題與不合理的事物。

參見 cognitive psychotherapy 認知心理療法

G.A.G.撰　劉希文審訂

being　存有　見 Heidegger 海德格；metaphysics 形上學；transcendentals 超越性

belief　信念　信念是一種傾向性的心理狀態，以此狀態，人會在某些條件之下同意一命題。根據傳統的理解，命題的知識便蘊涵著信念。

從一個行為的觀點來看信念，乃意味著：信念不外是以某些特定方式去行為的傾向而已。你相信「爐子是燙的」(the stove is hot)，不外是你會傾向以恰當地對待爐子為燙的方式去行為而已。但問題是：我們的信念，包括那些由「that-子句」所指的命題內容，基本上是被我們用來解釋為什麼我們會做我們所做的事情。例如，你避免碰觸爐子，那是因為你相信它是燙到足以令人受傷害。透過信念來解釋行為，無可避免地會涉及命題的內容，但行為的觀點卻沒有照顧到這一點。

從「狀態-對象」(state-object)觀點來看信念，乃意味著：信念是由心理狀態與信念對象(即所相信的事物)之間的特殊關係所構成的。依傳統的理解，信念的對象乃是抽象的命題，這些命題的存在，跟任何人是否對它們做思考是沒有關係的。而「相信」這種狀態便是一種命題的態度(propositional attitude)，它包含了對於信念的「命題對象」(propositional object)某種程度的信心。這樣的觀點承認：即使分開了很長一段時間的兩個人，也能夠相信相同的事物。

「狀態-對象」的觀點容許信念是傾向性的，而不發生在某一時段，因為就算什麼行動都沒有發生，信念仍能夠存在。但這樣的觀點也承認：由於一個人相信了某事，他可以具有去行動的傾向。關於心靈的活動，至少在適當的情況下，一個信念往往會產生一傾向，傾向於同意被相信的命題。然而，由於命題內容所扮演的重要角色，「狀態-對象」的觀點否認信念只是行為的傾向而已。除此之外，這樣的觀點應當區分「傾向性地相信」(dispositional believing)與「僅僅有相信的傾向」(a mere disposition to believe)；由於缺乏對相關的命題內容具有適當的心理態度，一個人可以僅僅只是傾向於相信許多他實際上並不相信的事物。

信念要麼是發生的，要麼是非發生的。不像非發生的信念，發生的信念需要當下同意所相信的命題。如果這同意是自我意識到的，那麼此信念便是一個明顯的發生信念；如果這同意是未被自我意識到的，那麼此信念便是一個隱含的發生信念。非發生的信念容許我們不會，而停止相信如「2+2=4」之類的事物，僅僅因為現在的我們剛好在想別的事，或根本什麼事也不想。

參見 act-object psychology 動作-對象心理學；behaviorism 行為主義；disposition 傾向；philosophy of mind 心靈哲學

P.K.M.撰　趙之振、趙茂林審訂

belief, basic　基本信念　見 Berkeley 柏克萊；foundationalism 基礎主義；logical positivism 邏輯實證主義

belief, degree of　信念程度　見 Bayesian rationality 貝耶斯主義的合理性

belief, ethics of　信念倫理學　見 Clifford 克利福特

belief, partial　偏信　見 probability 機率

belief, properly basic　恰當基本信念　見 evidentialism 證據主義；Plantinga 普蘭廷格

belief-desire model　信仰-慾望模式　見 intention 意圖

belief revision　信念修正　認知狀態由於新訊息而改變的過程。這個題目，在有關貝氏定理的討論及決策理論裡的其他進路之中，正逐漸浮現出來。促使信念修正的理由，其特徵是認知性的；它們所關心的是「證據之性質」和「導致真理之傾向」這類概念。對於吾人信念組的更新，人們已提出了許多不同的規則。一般而言，信念修正大致是在面對訊息增加時，調控可能犯錯的危險。一般認為，信念修正不是藉由擴張，便是藉由概念修正來進行。擴張藉著新觀察而出現；當一假說(或臨時信念)為證據所支持，其可能性很高，足以符合對知識有所保證的標準，則信念便改變，或者建立了新信念；由是假說便成了現存信念群的一部分，或足以促使信念修正。信念群藉著理論的假設得以組織起來，而當這些理論的假設，根據簡單性和解釋或預測力這類原則發生了適當的改變，則概念修正便出現了。在實際的情況裡，我們傾向於在相關的認知領域中，著眼於提出最佳的完整說明，以修正信念。

參見 Bayesian rationality 貝耶斯主義的合理性；coherentism 融貫論；epistemology 知識論；foundationalism 基礎主義；reflective equilibrium 反思平衡

J.D.T.撰　趙之振審訂

Bell's theorem　貝爾定理　見 philosophy of science 科學哲學；quantum mechanics 量子力學

beneficence　聖職人員　見 virtue ethics 德行倫理學

Beneke, Friedrich Eduard　貝聶克，弗里德里希・埃都瓦(1798-1854)　一位受到赫爾巴特(Herbart)、英國經驗主義和被批判的理性主義形上學(Criticized rationalistic metaphysics)所影響的德國哲學家。任教於柏林，發表了約十八本左右的哲學著作。重要作品是《作為自然科學的心理學教科書》(*Lehrbuch der Psychologie als Naturwissenschaft*, 1833)。他對康德的《純粹理性批判》(Kant's *Critique of Pure Reason*)與道德理論進行了一些批判性的論述。其他著作包括《心理學手稿》(*Psychologie Skizzen*, 1825)、《形上學與宗教哲學》(*Metaphysik und Religionphilosophie*, 1840)和《新心理學》(*Die neue Psychologie*, 1845)。

貝聶克發展出來的「新心理學」(new psychology)認為「器官機能」(faculties)的實體化導致了神祕心理學(mythical psychology)。他提出一種方法，以導引出一種靈魂的自然科

學，或者，最終能產出一種聯想主義的心理學(associationist psychology)。受到英國經驗主義的影響，他將精神生活的諸般因素設想為有動力的、主動的過程或衝動(*Treiben*〔impulses〕)。這些「基本機能」(elementary faculties)起初是因為受到刺激而開始活動，透過其持續作為的蹤跡，以及它們與新力量的持續發生關係之相互調適，產生心理事物本性的實質統一。

在貝聶克所謂的「實用心理學」(pragmatic psychology)中，心理活動是衝動、力量和功能的一束集合。心理學理論應基於對內在感知事實的歸納分析上。這將依次成為對邏輯、倫理學、形上學和宗教哲學這些哲學科目的基礎。就這點而言，貝聶克主張一種心理主義。他贊同赫爾巴特的看法，認為心理學必須建立在內在經驗的基礎之上，避開形上學的思辯，但他摒斥赫爾巴特的數學化約主義(mathematical reductionism)。貝聶克試圖在他的心理學基礎上創造出「實用心理學」。在生命的最後幾年，他投身於教育理論。

參見 associationism 聯想論

G.J.S.撰　林立審訂

benevolence　仁慈　見 virtue ethics 德行倫理學

Bentham, Jeremy　邊沁，傑瑞米(1748-1832)　英國倫理學與法政哲學家，他出生於倫敦，十二歲進入牛津女王學院(Queen's College)，畢業後進入林肯法學協會(Lincoln's Inn)學習法律。他在 1767 年得到律師執照，但從未真正執業。他花費一生的光陰在寫作、鼓吹對整個法律系統——特別是刑法的改革上；邊沁認為，這個改革必須遵循效益主義的路線(即是指：一個行動必須為此行動影響所及的每個人，謀取最大的幸福)。他在許多方面的改革都有重大的影響：如英國證據法的改變、廢止對負債者判處拘禁的法律、改革國會代議制、以考試方式遴選公職人員等等。他生前所出版的主要著作，就是《道德和立法原則導論》(*An Introduction to the Principles of Morals and Legislation*, 1789)。邊沁是一個「激進」團體的領袖，成員包括詹姆斯・彌爾(James Mill)與約翰・斯圖亞特・彌爾(J. S. Mill)；並創辦《西敏寺評論》(*Westminster Review*)和倫敦大學學院(University College, London)——他本人經過防腐處理的遺體，現在還安置在倫敦大學學院的一個陳列室中。他是俄國凱瑟琳女皇(Catherine of Russia)與約翰・昆西・亞當斯(John Quincy Adams)的朋友，且在 1792 年成為法國公民。

邊沁認為，快樂(pleasure)是唯一的善，而痛苦(pain)是唯一的惡：「除此之外，善惡這樣的字眼沒有意義。」他給了成串的例子，說明他所謂的「快樂」：嘗、嗅或觸碰的快樂；獲得財產的快樂；知道自己獲得他人善意對待的快樂；權力的快樂；看到自己所關注的對象快樂，因此而得到的快樂。邊沁還是一個心理快樂主義者：快樂與痛苦決定我們的行為。以痛苦為例。你的心理狀態可能因為包含了對痛苦的預期，而在「現在」(行動之前)就是痛苦的(比如說，預期自己將會灼傷所帶來的痛苦)；現在的痛苦(或對痛苦的預期，邊沁並未清楚界定是哪一個)會激發避免燒傷的行為。然而，對他人的福祉有感同身受的喜悅，可以是人的快樂來源之一。所以，期盼他人的快樂，似乎可能激發一個人去行動。在此，他的心理學與利他動機並不衝突。

邊沁的批判性效益主義，體現在他的主張中：任何行動，或政府的措施，「應該」(ought)只在能增加每個受影響者福祉的狀況下，才可以施行；這一主張並非有史以來第一次被提出。當「如此詮釋時，『應該』(ought)、『正確』(right)與『錯誤』(wrong)……是有意義的；當不這麼詮釋時，它們便沒有意義。」顯然，邊沁這麼說，並不是在對道德語彙的真實意義，發表純粹語言學上的觀點。這條原則也不能「被證明」(to be proved)；所有其他證明都是從這第一原則所導出。那麼，他可以用什麼樣的理由來支持這一原則呢？他有這樣的看法：效益原則至少在無意識的層面上，「不可避免地」主宰了「每個思考者」的判斷。但他對這個問題的主要答覆，出現在他批評另一個大家普遍接受的原則時。這個原則說：「一個人如果(在已告知事實的狀況下)不贊成某行為，則他稱呼那個行為是『錯誤的』，就很恰當。」——邊沁還引用其他字彙來說明同一主題：「道德感」(moral sense)、常識(common sense)、理解(the understanding)、自然律(the law of nature)、正確的理由(right reason)或「事物的合宜性」(fitness of things)，指的都是前述的「原則」。他說，這根本不是原則，因為「一個原則是用以指出某些外在考量，並以此來證成並引導內心的贊同情緒」。但前述的原則，卻還容許對「何謂道德」有廣泛的爭議。

至此，邊沁的方案還未確切告訴我們，如何決定一個行為或社會措施是對的或錯的。邊沁建議了一個快樂量表(hedonic calculus)，要我們比較兩個考慮中的措施，細數它們各自可能製造的快樂或痛苦——有多激烈？可延續多久？影響近或遠？再包括任何可能後續衍生的快樂或痛苦，以及所有會被影響的人們會有的快樂與痛苦，然後把它們累加起來。顯然，這些指示最多只能提供約略的結果；因為我們沒有立場決定，是否某個持續一小時的快樂比僅持續半小時的另一種快樂來得好——即便這兩種不同的快樂屬於同一個人，因此他可以比較它們。當這些快樂分屬於不同的人時，要怎麼判斷有沒有比較多呢？雖然如此，我們仍然可以下一些對懲罰理論而言重要的判斷：比如說，某人臉上挨一拳、但是沒有持續的傷害，跟攻擊他的人挨上五十鞭，哪個比較痛苦？

邊沁認為，兩個不同快樂如果在強烈與持續程度等方面都相等，它們的價值也就相等；為此他飽受批評。就如他所說，「快樂若等量，圖釘與詩歌一樣好。」某些人(如約翰·斯圖亞特·彌爾)認為，某些快樂——特別是智識上的——是比較高層次的，應該被估得高些。但此說可被反駁：這些所謂「較高級的快樂」，持續較久，隨後較不可能厭膩，而且能開啟更高的享受境界；如果把這些事實都列入考慮，給予智識上的樂趣較高的地位，似乎不見得必要。

邊沁的主要目標之一，就是把他的原則——最大化普遍效益——應用到刑法上。邊沁認為某個罪行如果未對任何人造成傷害，就不應懲罰。所以應該有多少刑罰呢？總的來說，能造成較大程度幸福所需的最少量刑罰就夠了。刑罰的益處主要在於嚇阻；把關於某個行為的念頭連結上關於痛苦制裁的念頭，這麼做可以同時嚇阻過去與將來的違法者。此外，考慮到懲罰不一定會實際發生，懲罰還必須嚴厲到足以凌駕犯行為行為者帶來的好處。

然而，有些傷害性的行為，予以懲罰是不好的。其一是某些為了製造更大益處、或避免嚴重危害的行為。其他的則是刑罰禁止所不能遏止的行為：比如在法令並未頒布的狀況下、或行為者心智瘋狂、或行為者還是兒童。在某些狀況下，社會對於行為者未來的行為不需有所警戒。因此，只在有意而為時，一個行為才算是有罪的；如果行為者相信，若某些信念為真，他的行為不會為他人帶來傷害、而且他是基於這些信念而行動，他會被寬宥——除非這些信念本身就是「該被譴責的」(culpable)，一個具有正常謹慎程度與善意的人，不會有這種信念。雖說沒有一個動機(如性慾、好奇心、求財、求名)本身就是壞的，懲罰某行為的適當性，也多少有賴於行為的動機。但某些增進社會安全的動機，會影響懲罰的適切性——因為有些動機，如同情或對名譽的關切，不可能導致有壞意圖的行為。當某個動機導致不良意圖時，通常是因為同情心、避免受懲罰的意圖或對法律的尊重等動機還不夠強。

一般說來，「道德」批評的制裁應採取類似理想法律的路線。但有某些形式的行為，如不謹慎或通姦，法律難於懲罰，可被道德所裁決。

道德哲學家的任務是提出規範：去說道德或法律「應該」是什麼。說明法律「是」什麼，完全是另一回事：法律是最高權威的「命令」(commands)，最高權威被定義為一個大眾通常習於遵從的人。關於命令的構成，它是強制性的(imperatival)。強制命令(the imperatives)可以公諸大眾，像是「不許偷盜」，或告訴法官：「法官應該判偷盜者吊刑」。或許有人會認為，法律有作為解釋的第三個部分，比如說，什麼算是一個人的財產；但這一部分可被強制性的部分吸收，因為財產的指定，不過就是對於「誰有自由做什麼事」的強制命令。為什麼人應該遵從實際的法律？邊沁的答覆是，當法律允諾最大化普遍的福祉時，人就該遵從法律，也只在這種狀況下才該遵從法律。他迴避了政治義務的契約理論：現在活著的個人既沒有簽下契約，那他們何需因此受束縛？他也反對訴諸自然權利。如果認真看待一般常提到的所謂「自然權利」，那沒有一個政府可能存在：政府不能課稅、也不能徵兵等等。他也不能接受訴諸「自然法」(natural law)，因為如果只有自然法才是法律，若某些法律被顯示是不道德的，我們就可以說那些法律不是真正的法律；那會顯得荒謬。

參見 hedonism 享樂主義；philosophy of law 法律哲學；utilitarianism 效益主義

R.B.B.撰　謝世民、吳妍儀審訂

Berdyaev, Nicolas　貝迪也夫，尼古拉斯(1874-1948)　俄國(Russian)的宗教思想家。在知識論(epistemology)、倫理學說(ethical theory)和歷史哲學(philosophy of history)裡，他最初以「康德式的馬克思主義者」(Kantian Marxist)之身份出現，但不久之後便排斥馬克思主義(marixism) (儘管他繼續接受馬克思對資本主義之批判)，轉向以神為中心的存在哲學，強調創造的價值與「先創性」(meonic)的自由——一種先於所有的存在物和先於上帝之前的自由。在 1922 年之後的流亡生涯裡，貝迪也夫成為(1920 年代初期)最早清楚理解馬克思主義者的歷史觀之頭一個人。他認為馬克思主義者在道德上貶抑「現代」(present)(包括活在現時的人類)的價值，也利用「現代」當工具，俾為遙遠的「未來」(future)所建立理想的共產主義社會效力。貝迪也夫在基督教與康德的立場上拒拆馬克思主義，認為它損害了人身內在的價值。他看出歷史的演變標誌了無可避免的悲劇，因之，贊成「歷史的終結」(end of history)。因為它意味著主體「存在的」(existential)時間「克服」(overcoming)了客體的歷史時間，以及主體存在於時間之具有自由、不再客體化之創造力。對貝迪也夫而言，「客體的世界」(world of object)——包括有形(physical)的事物、自然的法則、社會制度和人們的角色與關係——卻是對「自由的靈性的創造力」(free spiritual creativity)一股不斷擴散的威脅。不過這種創造力似乎難逃挫折的命運，原因是它外在的表現經常是「部分的與零碎的」(partial and fragmentary)，而它的「外在活動」(outward action)幾乎無法逃避最終的「悲劇性的失敗」(tragic failure)。俄羅斯東正教(Russian Orthodox)的傳統衛道之士譴責貝迪也夫把所有的創造當做「神與人的創造過程」(divine-*human* process)，以及譴責他否認神的全能。可是西方主張程序神學(process theologians)的學者，像哈特松(Hartshorne)卻高度讚賞貝迪也夫的說法。

參見 Russian philosophy 俄國哲學

G.L.K.撰　洪鎌德審訂

Bergmann, Gustav　伯格曼，古斯塔夫(1906-87)　伯格曼是奧地利哲學家，是維也納學派(Vienna Circle)中最年輕的一員。他出生在維也納，於 1928 年在維也納大學獲得數學博士學位。他最初受到邏輯實證論(logical positivism)的影響，但後來成為一個現象學者

(phenomenalist)，主張心智活動不能化約為感覺資料(sense data)(參見他的《邏輯實證主義的形上學》〔*The Metaphysics of Logical Positivism*, 1954〕)。雖然他最終拒絕了現象學，但是他的物質對象之存有論(ontology of material objects)仍然屬於結構性現象論者的(structurally phenomenalistic)說法。伯格曼的世界是一個短暫勉強的(momentary bare)(也就是說，非自然的)特稱(particulars)，而此一事物(在現象學上)構成簡單全稱(universals)，它們具有關係性的，以及非關係性的。在這些全稱中，有一些是非精神性的，比如顏色屬性及空間關係；而其他一些諸如「具有意向的特徵」(intentional characters)則是精神性的，藉著這些特徵一些特稱(心靈活動)意欲(intend)、或表徵作為它們「對象」的事實。伯格曼堅持世界的存在是獨立於我們對於世界的經驗、並獨立於我們對世界的思想與議論(discourse)，他宣稱：範例(exemplification)之間的聯繫、甚至於命題連詞(propositional connectives)和量詞(quantifier)，都是獨立於心智之外而存在著的(見《意義和存在》〔*Meaning and Existence*, 1959〕、《邏輯與現實》〔*Logic and Reality*, 1964〕，以及《實在論：對布倫塔諾和邁農的批判》〔*Realism: Critique of Brentano and Meinong*, 1967〕)。

伯格曼極端的實在論，招致了許多對他的哲學之批判，那些最後仍然在 1992 年他死後才出版的《存有論的新基礎》(*New Foundation of Ontology*)中登出，在書中他承認在他原子論進路的存有論裡，有著不可避免的侷限性，而且也指出了一條路，來使此一洞見與他一貫的實在論相互一致。

參見 metaphysics 形上學；Vienna Circle 維也納學派

W.He.撰　劉希文審訂

Bergson, Henri Louis　柏格森，亨利・路易斯(1859-1941)　法國哲學家，二十世紀上半葉最有影響的哲學家。出生於巴黎，並就讀有名的巴黎高等師範學校，1884 年開始在克萊蒙-費蘭(Clermont-Ferrand)教書，1900 年受聘於法蘭西學院(Collège de France)，他的講座獲得了空前的成功，直到 1921 年退休。置身於理想的戰前巴黎黃金年代，他的觀念對當時廣闊的藝術、文學、社會和政治運動大有影響。1918 年，他被授予騎士勛章，並接受為法蘭西學院院士。從 1922 年到 1925 年，他參加國聯，主持創立後來的聯合國教科文組織。晚年由於關節炎導致不良於行，形同隱居。1928 年，柏格森受頒諾貝爾文學獎。

柏格森最初是史賓塞(Spencer)的信徒，但是在仔細檢驗史賓塞的時間觀及其機械實證主義之後，他放棄了。史賓塞受到西方思想中一個深遠傳統的影響，將時間(類比於空間)看作是一系列不連續的數字單元：瞬間、秒、分。然而，柏格森主張，當這些概念面對經驗，特別是面對我們自己的心理狀態時，顯然是不充分的。不像鐘錶時間，真實時間是真實的綿延，它是質性、動態，以及不可逆轉的。它是不能被「空間化」(spatialized)的，否則就破壞了時間。時間使我們能在己內興起自由行動，這種行動既然是質性的、自發的，也因此是不可預測的。

柏格森關於「真實綿延」和「空間化時間」的強烈對比，最早是在《時間和自由意志》(*Time and Free Will*, 1890)一書中發展，其後則隨之以在 1896 年的《物質和記憶》(*Matter and Memory*)發展的「心靈-身體」理論。他在該書中認為，大腦不是思維的場所，而是一個從外部環境接受刺激，並可做出調整性回應的能動器官。在他關於時間和空間的形上學和心理學區別之外，他又在《形上學導論》(*An Introduction to Metaphysics*, 1903)加上有關直覺和分析的一個重要的知識論區別。直覺是以具體方式探索時間的綿延，而分析則把時間的綿延分裂成靜態的、片斷的概念。

柏格森在他最著名的《創造進化論》(*Creative Evolution*, 1907)中提出論證，反對拉馬克(Lamarck)和達爾文(Darwin)，強調生物進化的動力是生命衝力(elan vital)，後者催促生命去不斷地克服物質向下的、熵的漂流。生物有機體不像擲骰子，它們必須競爭，並經交換過程而存活。也因此出現了達爾文主義難以解決的兩難：突變是在一段時間中一次或分若干次發生(若果如此，每次發生的突變如何能被保存下來，以構成新的器官？)；或者，是一勞永逸地一次完成(若果如此，則有所謂「奇蹟」？)。

柏格森的生命論在文學界十分流行，但並未被許多科學家和哲學家所接受。但是，他認為機械論哲學並不與生物的進化相一致，也不適用於後者，這一基本觀點卻受到廣泛地贊同，對許多人而言頗具說服力。柏格森這方面的作品影響了摩根(Lloyd Morgan)、卡瑞爾(Alexis Carrel)、萊特(Sewall Wright)、德日進(Pierre Teilhard de Chardin)和懷德海(A. N. Whitehead)等人。

柏格森在他的思想中發展出來的對比因素(綿延／空間、直覺／分析、生命／熵)，其後在他 1932 年出版的《道德和宗教的兩泉源》(*The Two Sources of Morality and Religion*)中，則代之以一種新的二元，即「開放」和「封閉」。他認為在猶太-基督教傳統中，雖然其歷史同時包含封閉社會的和開放社會的兩種因素，但在其偉大聖哲和密契思想中，則含有一種人類精神朝向整體人性的深刻開放性。柏格森關於封閉社會和開放社會之間的區別，其後被波普爾(Carl Popper)在其《開放社會及其敵人》(*The Open Society and Its Enemies*)給普及化了。

儘管柏格森的哲學遭到嚴肅地批評，但還是極大地影響了後來的思想家。不同類型的小說家，如卡然扎奇斯(Nikos Kazankzakis)、普魯斯特(Marcel Proust)和福克納(William Faulkner)，詩人如貝奇(Charles Peguy)、佛洛斯特(Robert Frost)和馬察多(Aatonio Machado)，思想各異的心理學家如傑內(Pierre Janet)和皮亞傑(Jean Piaget)，都從他對綿延、概念化和記憶的探討中獲益良多。法國的存在主義和美國的歷程哲學都帶有他的思想的印記。

參見 Spencer 史賓塞；time 時間；Whitehead 懷德海

P.A.Y.G.撰　沈清松審訂

Berkeley, George　柏克萊，喬治(1685-1753)　愛爾蘭哲學家，愛爾蘭聖公會(Anglican)教堂主教，他和洛克(Locke)、休姆(Hume)三人並稱為英國重要的經驗主義者。柏克萊除了發展出一套關於距離、大小等視知覺的新穎理論，也建立了一套觀念論的形上學系統。他以看似矛盾的理論提出論證，認為他的形上學系統可以為常識提供最佳的辯護，同時也可以拒斥懷疑論主張。

柏克萊就讀於都柏林的聖三一學院(Trinity College)，十九歲畢業。1707 年獲選為該學院初級研究員，由此時開始一直到 1713 年，完成了大量的哲學寫作。1724 年當選為德利(Derry)教區的教長，此後遊歷了整個歐洲大陸。1728 年到 1732 年他一直在羅德島(Rhode Island)等待皇家政府撥款，以便在百慕達群島建立一所學院而未果。1734 年他當選為愛爾蘭克羅因地區(Cloyne)主教，直到去世前都在該地區擔任傳教工作。

柏克萊最早的重要出版品是《視覺新論》(*Essay Towards a New Theory of Vision*, 1709)，這本書基本上是一部關於視覺心理學的著作，然而書中也提出了相當重要的哲學預設和推論。柏克萊的視覺理論成為其後兩百年裡的主流觀點，並且也是心理學史上的里程碑。這本著作討論了三個相關的問題：我們如何看出或者以視覺估計出我們和對象之間的距離、如何看出對象所處的位置或場所，以及看出這些對象的數量。

柏克萊反對笛卡兒(Descartes)、馬勒布朗士(Malebranche)和莫利納克斯(Molyneux)這些人的早期視覺理論，原因在於他們對前述三個問題的回答有誤，依早期研究者的想法，人們在沒有學會如何將視覺和其他線索相互關聯之前，就可以看出距離。他們想當然爾地將距離推算視為某種自然的幾何學運算，亦即在物體的受光點及兩個視網膜之間畫出假想的直線，以形成一個三角形，當觀看者計算出此一三角形的高時，也就決定了他和這個物體之間的距離。與此相反，柏克萊認為距離的掌握是我們經過不斷的試誤過程而學習到的，這種學習主要是透過能夠暗示出距離的一些相關線索：視象的清晰或者模糊、透過眼球轉動所獲得的感覺、感覺對眼睛的反應調節。這些暗示全都不必然導致出對距離的判斷。

柏克萊根據一個案例得出上述的觀點，有位生而失明的盲人，當其復明之後，不能夠指出她和對象之間的距離，甚至也不能判斷圓和方的差別。他也認為，在視覺距離估算中，當我們能夠用步測的方法趨近某個物體時，我們才真的能夠估算出我們和所想要經驗到的某些觸覺觀念(tangible ideas)之間的距離。這些觸覺觀念本身並不必然直接和視象相關。相反地，柏克萊認為觸覺觀念和視覺觀念是截然不同的事物，換言之，它們有著數量和性質上的差異。性質差異是柏克萊順著自己的視覺理論所推論出的的哲學見解，這種推論和洛克《人類悟性論》(*Essay*)中的中心思想迥然不同，對洛克而言，視覺觀念和觸覺觀念之間一定會有一些共同之處。

柏克萊在《人類知識原理》(*Principles of Human Knowledge*, 1710)一書當中曾經花費相當大的篇幅討論洛克的學說，並且特別關注洛克在《人類悟性論》第 3 卷中的見解，柏克萊認為洛克在此處提出了有關於抽象普遍觀念的學理。然而柏克萊也極力論證這種觀念的不恰當之處。他認為：從一方面說，我們根本無法身處於所謂的抽象歷程當中；從另一方面說，某些抽象的觀念又根本不可能存在；再者，抽象觀念對於語言的學習和使用也毫無助益。對柏克萊而言，上述這些論證具有相當重要而基本的地位，因為抽象觀念正是支持形上學的實在論、絕對空間、絕對運動及絕對時間的關鍵所在(《原理》第 5、100、110-11 頁)，同時也是支持視覺觀念和觸覺觀念可以相同的基礎(《視覺新論》第 123 頁)。柏克萊認為這些學說都是錯誤的，而且形上學的實在論也和他的觀念論相衝突。因此，他必須刨根見底地解除掉這些學說從抽象觀念理論所延伸出來的推論。

柏克萊的觀念論所持的立場是：世界上只存在著一些有限的實體和無限的知覺者，而且，每個知覺者若不是某種精神，要不然就是心靈實體，而這就是實體被知覺到的方式。這種說法意味著：「被知覺」(perceived)正是一般物理對象之所以存在的充要條件。柏克萊將這個推證精簡為「存在即被知覺(*esse est percipi*)」原理：對於所有可感覺對象而言，換言之，對於所有能被知覺到的事物來說，其存在就是被知覺。柏克萊替這個理論提出兩個基礎論證：首先，他認為所有的物理對象都只是一些感覺性質的集合，而且每個感覺性質都是觀念。所以，物理對象只是感覺觀念的集合。世界上並不存在著不能被知覺的觀念，這是我們所必須承認的。因此，世上沒有什麼物理對象是可以既存在著而又不被知覺到的。第二個論證稱為主要論證，出現在《原理》第 22 至 24 頁中。在此，柏克萊認為人不能設想一個感覺事物會在不被知覺到的情況下存在。因為當他試圖這麼去做，他就會設想出某個確切的對象。他從這些論證中推導出：沒有什麼事物可以「不藉心靈」(without the mind)而存在，也就是說在不被知覺到的情況下存在。

很多柏克萊的反對者認為：物理對象最好被視為包含著某些感覺性質的物質性托體(substratum)。因此，柏克萊花了相當大的努力來駁斥所謂的物質性托體，他有時也將這種物質性托體稱為質料(matter)。其基本論證如下：感覺性質不可能包含在質料當中，因為感覺性質是一種觀念，而觀念只能存在於思維之中。如果感覺性質真的是一種觀念的話，那麼這個論證將是決定性的，但是不幸的是，柏克萊並沒有在《原理》中給定其他相關的論證。同理可證，他的觀念論也因此缺乏有力的基礎。再者，柏克萊所謂的主要論證也面臨著相當大的問題，因為柏克萊的論證顯然需要一個前提，即：當一個對象被提及的時候，這個對象就被知覺到了。但是這個前提顯然是相當可疑的。

柏克萊可能意識到他的觀念論論點並沒有成功，同時，他對於《原理》一書未能普獲重視也深感懊惱。在他的第二本書《希勒斯和菲勒諾斯的三個對話》(*Three Dialogues Between Hylas and Philonous*, 1713)當中，柏克萊試圖改正這些問題。他詳細地論證每一個可以被知覺的性質都是觀念的學理。他在本書再次提出主要論證，但是如果每種性質真的都是一種觀念的話，這種論證其實是沒有必要的。

在《對話》中，柏克萊同樣也堅決反對懷疑論，並且捍衛常識立場。他認為洛克所堅持的表象實在論(representative realism)將會導致對於外在世界的懷疑論主張，按照柏克萊的想法，這種懷疑論將會導致無神論和宗教信仰中的自由傾向。柏克萊更直接論證表象實在論的錯誤。他認為：洛克的論題意味著某些感覺觀念可以表象出對象的真實性質，亦即所謂的初性(primary quality)。然而柏克萊主張：感覺觀念和別種觀念的相似之處只在於它們全都是觀念，別無他事，因此觀念絕對無法顯示對象的性質。按照這種想法，柏克萊便排除了懷疑論的一大支撐理論，同時還強調了常識觀念的作用，確定我們可以藉由知覺，獲得對於存在的知識，同時也認識到一般物理對象的本質。

柏克萊在知識論上的積極看法，通常會被解釋為基礎論(foundationalism)的翻版。換言之，他經常被認為在捍衛「和當前知覺到的觀念相關的信念就是最基礎的信念」這樣的想法，這些信念都是一些立即直接的信念、不需推論即可證成的信念，或者是某種直接知識的片段；偶然性命題中所有其他尚待證成的信念，事實上都可以根據這些基礎信念來加以證成。這種基礎論學說確實是洛克、柏克萊和休姆等人所共有，並且以之協助界定經驗主義的普遍方式。但是無論這種說法用來詮釋洛克和休姆的學說如何妥貼，它卻不能夠被視為柏克萊的理論。因為柏克萊允許知覺者擁有關於自然對象的直接信念、不需推論即可證成的信念和知識。因此，我們可以說，柏克萊接受某種程度的基礎論，亦即認為基礎信念和人們對當前知覺到的觀念所持的信念之間確有差異。他更進一步主張：這些關於自然對象的信念也是經常具有確定性的，而這些看法顯然是洛克和休姆所不能接受的。

在反對質料存在的論證當中，柏克萊也堅持主張：我們並不具有對於質料的精確連貫概念，因為我們無法從質料獲得任何感覺觀念。但是如果遵循這個推理過程，則柏克萊顯然也會反對心智實體，這樣一來反而會威脅到他所主張的觀念論。柏克萊對於這條推理的線索相當謹慎，其結論是：我們對自我(self)並無觀念可言，然而我們確實有一些關於自我的「想法」(notion)，換言之，一些不太完整的概念。他認為人是透過某種反射行為得到關於存在和自然的直接知識，也就是說，當人知覺某些事物的時候，他同樣會意識到與此知覺過程相結合的某些事物，這種意識對於知覺實體的知識而言即已足夠。

柏克萊為了使自己的觀念論更加完善，在《原理》和晚期的拉丁語著作《論運動》(*De Motu*, 1721)中發展出一套科學的工具主義，這種學說啟發了馬赫(Mach)的觀點。在《對話》中，他試圖展示他的觀念論是如何和聖經中的創造理論及日常經驗一致。

柏克萊的三部晚期著作使他廣受關注。《阿希富隆》(*Alciphron*, 1734)完成於羅德島，是一部捍衛基督教義的哲學著作。它同樣包含著一些關於知覺的討論，補充了他早期的一些觀點。《分析家》(*Analyst*, 1734)對不斷變化的微積分方法進行了尖銳的批判，這些批判也導致後來出版了一本激烈反駁他批評的小冊子，而柏克萊在《對數學中自由思考的辯護》(*A Defense of Free Thinking in Mathematics*)一書中對此做了回應。在《希里斯》(*Siris*, 1744)中包含著對於油水(Tar-Water)醫藥價值的詳細分析，所謂油水是一種用某種特定的樹皮煮出的水。這本書也包含了為一種微粒說哲學辯護，而這種哲學似乎和他在早期著作中所經營而現在因之成名的觀念論不一致。

青年柏克萊曾在 1707 至 1709 年之間完成了一些關於哲學和數學的筆記。這些筆記目前以《哲學註釋》(*Philosophical Commentaries*)之名問世，讓柏克萊的研究者可以一窺偉大哲學家的完整思想發展過程。

參見 Hume 休姆；idealism 觀念論；Locke 洛克；perception 知覺；phenomenalism 現象論

G.S.P.撰　陳懷恩審訂

Berlin, Isaiah　柏林，以撒(1909-97)　英國哲學家兼觀念史家。柏林廣受推崇的貢獻，包括了他激進的客觀多元論(objective pluralism)學說、關於自由概念的著作、對於傳統自由主義(liberalism)的改動與深入，和面對二十世紀各種整體主義(totalitarian doctrine)(尤其馬克思-列寧主義〔Marxism-Leninism〕)的挑戰為自由主義所做的辯護，以及他針對馬基維利(Machiavelli)、維科(Vico)、馬克思(Marx)、索雷爾(Sorel)等思想家所做的精彩、開眼的思想史研究。在 1930 年代，他與奧斯汀(Austin)、艾耶爾(Ayer)等人共同開啟了牛津哲學(Oxford philosophy)，並且一本這派哲學的一般精神，寫過一些有影響力的論文。他沒有放棄這派哲學的經驗論(empirical)取向，不過漸漸不同意這套哲學太過貧瘠、教條、否定真理的傾向。1950 年代開始，他另起爐灶，投身於社會、政治哲學，以及一般性觀念的研究。

在社會與政治理論方面，他最重要的兩篇著作，就是〈歷史的必然性〉(Historical Inevitability, 1954)和他在 1958 年擔任牛津大學契切勒(Chichele)政治社會理論講座教授時的就職演說〈兩種自由概念〉(Two Concepts of Liberty)；這兩篇文章，後來與另外兩篇甚有價值的文章結集為《自由四論》(*Four Essays on Liberty*, 1969)出版。〈歷史的必然性〉對歷史決定論(historical determinism)、道德相對主義(moral relativism)和主觀主義(subjectivism)發動大膽而全面地攻擊，而對於自由意志和責任在人類歷史中的角色，則熱烈地予以肯定。在〈兩種自由概念〉裡，柏林試圖清楚地分辨「消極自由」與「積極自由」，造成了龐大的影響。消極自由在彌爾(J. S. Mill)、龔斯當(Constant)、尤其赫爾岑(Herzen)之類的思想家身上已見端倪，指的是對於主體的終極性質和需要只做最低度的假定，確保來自任何源頭的權威所造成的外在干預愈少愈好，同時在不違背最低度的社會組織與秩序的前提之下，留給個人最大的抉擇空間。另一方面，各種一元論(monism)與意志論(voluntarism)的思想家，尤其是黑格爾(Hegel)、德國唯心論者(German Idealists)，以及他們的後繼者，往往傾向於積極自由，以自我主宰(self-mastery)這個觀念開其端緒，進而對於主體的本質提出各種獨斷的、遠大的形上學假定。積極自由論會從這類假定推導出獲得自由的正確途徑，最後，在一個緊密的中央極權國家的架構裡，在理性專家不容辯駁的統治之下，不論真實的個人是否情願，設法驅使他們走上這些指定的途徑，將原先一個正當的人性理想——積極的自我指引、自我主宰——扭曲成了暴政。〈兩種自由概念〉還設法將這兩種意義下的自由與其他理想分辨開來，例如獲得承認的慾望、歸屬的需要、人類之間的親密團結、博愛或者平等。

柏林的觀念史著作，與他其他的著作屬於同一個整體。一元論、理性主義(rationalism)相信人類所有知識領域中所有事實與原則的問題，都可以在一套統一的真理體系中找到答案。這個蔓延兩千年的信念，遭到歷史主義與多元論所撼動；《維科與赫德》(*Vico and Herder*, 1976)一書呈現了這種歷史主義與多元論的出現歷程。在接下來的數卷文集中，柏林追索對這場深邃的思想翻轉所產生的現代主要思想運動，諸如民族主義(nationalism)、法西斯主義(fascism)、相對主義(relativism)、主觀主義(subjectivism)、虛無主義(nihinism)、意志論(voluntarism)、存在主義(existentialism)。這些著作包括了《反潮流》

(*Against the Current*, 1979)，《枸木人性》(*The Crooked Timber of Humanity*, 1990)，《現實感》(*The Sense of Reality*, 1996)。同時，他也既有說服力又清楚地提出了他所認同、並且已經成為他的招牌的客觀多元論。客觀的人類價值為數眾多而且無法化約，可是它們彼此又常不相容。因此，個人或者團體總是需要進行絕對的抉擇，並且正是由於這種抉擇的必要，柏林有關消極自由的想法獲得了最高的價值，也獲得了一種主要的理據。由於價值多元並且相互衝突，柏林遂得以堅持謂，烏托邦(utopia)——人類所有的合理目標和客觀價值同時在一個終極的綜合狀態裡獲得實現的世界——在概念上便根本不可能。

柏林本人雖然不曾創建任何明確的學派或者運動，作為哲學家、作為一個人，他的影響力相當龐大，尤其可以在很多不同的思想家身上見到，例如像漢普夏(Stuart Hampshire)，泰勒(Charles Taylor)，威廉斯(Bernard Williams)，沃海姆(Richard Wollheim)，科恩(Gerry Cohen)，路克斯(Steven Lukes)，裴爾斯(David Pears)等等。作為文人、外交家、音樂與藝術的贊助者、國際學術界的大老、大小人物敬愛信賴的朋友、眩目的演講者、閒談者、使觀念活起來的人(*animateur des idées*)，他對於二十世紀生活所形成的一般思想與道德衝擊，將是未來史家挖掘無盡的材料。

參見 free will problem 自由意志問題；liberalism 自由主義；political philosophy 政治哲學；positive and negative freedom 積極與消極自由

R.Hau.撰　錢永祥審訂

Bernard of Chartres　查爾特的伯納德(fl. 1114-26)　法國哲學家。他是查爾特(Chartres)之主教座堂學院(the cathedral school)的第一位老師(1114-19)，而後又成為校長(1119-26)，此學院後來成為學習通識學科(liberal arts)與哲學活躍的中心。伯納德自己則是以作為一文法家(grammarian)，亦即作為一困難文本的闡釋者，以及身為一名柏拉圖哲學的教師而著名。他的著作沒有一部是完整地被存留下來，而且只有三片由其他人所寫的斷簡殘篇被保存下來。他在當今最為人所知的就是由他的兩位學生所各自為他錄畫下來的肖像，這兩位學生一者為索爾斯伯利的約翰(John of Salisbury)，另一者為柯雀斯的威廉(William of Conches)。在伯納德的肖像中，他與他所有中世紀同時代的人都關聯到古代的作者們，就像「侏儒坐在巨人的肩膀上」一樣。索爾斯伯利的約翰以此肖像意指：中世紀的學者較之古人能看得更多與更遠，而他們能做到這樣就是因為他們已然被如此強有力的前輩們舉在高處了。

M.D.J.撰　蕭宏恩審訂

Bernard of Clairvaux　克萊爾旺斯的伯納德　聖人(1090-1153)，法國西篤會的隱修士、神祕主義者和宗教領袖。他是因為他關於基督徒的謙卑的學說和對神祕體驗的描述而廣為人知的，所有的這些對於後來基督宗教的神祕主義產生相當大的影響。他在法國受教育，然後在 1112 年進入西篤(Cîteaux)隱修院，三年以後他在克萊爾旺斯(Clairvaux)建立了一個女隱修會院。

根據伯納德的觀點，誠實的自覺(honest self-knowledge)的範圍，應該顯示出我們的行為和上帝希望的行為之間的差異。自覺應該使我們能控制自己的虛妄並變得謙卑。謙卑對於精神的淨化是必要的，而它對於神的默觀，也就是人和上帝結合的最高形式也是必要的。和正統的基督宗教教義一致，伯納德主張神祕的結合(mystical union)並不具備同一性。人不可能成為上帝，但是人的意志能夠和上帝的意志獲得完全的一致。

參見 mysticism 神祕主義

W.E.M.撰　丁福寧審訂

Bernoulli's theorem　伯努利定理　也稱作(弱)大數法則(weak law of large numbers)，這個原理是指一系列重復n次的試驗，其中如果(a)每次試驗有 0 和 1 兩種可能結果，(b)出現 0 的機率p在每個試驗中都相同，而且(c)這機率不受其他試驗結果的影響；則對任意正數ε而言，當試驗的次數n增加時，在n次試驗中結果 0 的相對頻率(relative frequency) r/n 和機率p之間的差值的絕對值$|r/n-p|$小於ε的機率逼近 1。這個定理的證明，首度出現在 1713 年出版的伯努利(Jacob Bernoulli)遺作《推測的技術》(*Ars Conjectandi*)的第 4 部。後來的數學家建構了簡化的版本，伯努利的結果也被推廣在一系列的「弱大數法則」中。雖然伯努利定理從一個有關於結果 0 的相對頻率 r/n 的機率之結論中導出(即給定p值，對很大的試驗次數n，結果 0 的相對頻率是r/n)，但在《推測的技術》和與萊布尼茲(Leibniz)的通信中，伯努利認為，在p值未知的情況下，它可以被用來從r/n的資訊中推出p。是否伯努利預期了貝耶斯(Bayes)逆推論？這問題的思考仍持續著。包括裴爾斯(Peirce)、尼曼(J. Neyman)、皮爾森(E. S. Pearson)等人的「信任度估算」(confidence interval estimation)，或者費雪(R. A. Fisher)的「基準論證」(fiducial argument)。

參見 probability 機率

I.L.撰　陳瑞麟審訂

Berry's paradox　貝里悖論　見 semantic paradoxes 語意悖論

Bertrand's box paradox　伯特蘭的盒子悖論　一個有關條件機率的難題。想像三個盒子，每個盒子都有兩個抽屜。第一個盒子的每個抽屜都放了一塊金牌。第二個盒子的每個抽屜都放了一塊銀牌。第三個盒子的一個抽屜放了一塊金牌，而另一個抽屜則放了一塊銀牌。我們隨機地選了一個盒子，然後將其中的一個抽屜打開。如果出現的是金牌，則選中的盒子就是第三個盒子的機率為何？機率似乎是二分之一，因為這個盒子不是第一個就是第三個，而且它們似乎有同樣的可能性。但第三個盒子出現金牌的機率低於第一個盒子出現金牌的機率，所以實際上較不可能選中第三個盒子，而較可能選中第一個盒子。根據貝氏定理(Bayes's theorem)，選中第三個盒子的機率為三分之一。法國數學家伯特蘭(Joseph Bertrand)在《機率的計算》(*Calcul des probabilités*〔*Calculus of Probabilities*〕, 1889)中發表了這項悖論。

參見 Bayes's theorem 貝氏定理；probability 機率

P.We.撰　李國偉審訂

Bertrand's paradox　伯特蘭的悖論　是一個和機率的古典定義相關的不一致的問題。機率的古典定義把事件的機率定義為偏好的情形(favorable cases)除以所有可能情形的結果。但設想這樣的情形，給定三個盒子，每個盒子有兩個抽屜。第一個盒子中每個抽屜都放著金子，第二個盒子的每個抽屜都放著銀子，第三個盒子中有一個抽屜中放著金子，另一個中放著銀子。設想你隨意挑選一個盒子，打開其中一個抽屜，其中放著金子，那麼這個盒子是第三個盒子的機率有多少？這個機率看起來是 1/2，因為這個盒子不是第一個就是第三個，這兩種可能性看來是同等的。但是金子在第三個盒子中的機率小於在第一個盒子中的機率，因此第三個盒子出現的機率要小於第一個盒子的機率。根據貝氏定理(Bayer's theorem)，它的機率應該是 1/3。法國數學家約瑟夫・伯特蘭(Joseph Bertrand)在《機率的計算》(*Calcul des probabilités*〔*Calculus of Probabilities*〕, 1889)一書中發表了這個悖論。

參見 probability 機率

P.We.撰　王文方審訂

Beth's definability theorem　貝斯的可定義性定理　一個初階邏輯(first-order logic)的定理。一個理論外顯地定義出一個項(τ a theory defines a term τ explicitly)，當且只當根據其他基本概念，這個項(的定義可以被這個理論所給出。一個理論內隱地(implicitly)定義一個項，當且只當這個理論的任何兩個模型如果有著同樣的論域(the same domain)和其他基本項上相同的外延(the same extension for the other primitive terms)，則兩個模型等同，也就是說對於這個所考慮的項而言有相同的外延。一個項的外顯定義陳述了這個項適用性的必要和充分條件。貝斯定理隱含在一種用來展示一個項的獨立性的方法之中，這種方法最早是由義大利邏輯學家阿里薩多諾·帕多阿(Alessandro Padoa, 1868-1937)使用。在1900 年帕多阿建議，一個基本代數項對於一組公理中出現的其他項的獨立性，可以由兩個對該組公理為真，但是只有對該項是不同的解釋建立起來。他宣稱，儘管當時沒有證明，這樣兩個模型的存在性對於獨立性而言不僅是充分的而且是必要的。

塔斯基(Alfred Tarski)最先在 1926 年對於懷德海(Whitehead)和羅素(Russell)的《數學原理》(*Principia Mathematica*)中的邏輯證明了貝斯定理。但是對於初階邏輯的這個定理直到 1953 年才由荷蘭邏輯學家伊文特·貝斯(Evert Beth, 1908-64)證明。在現代文獻中，貝斯定理可直接由克雷格插值定理(Craig's interpolation theorem)推得。在帕多阿方法的一個變形中，卡里爾·德·波維爾(Karel de Bouvère)在 1959 年描述了一種展示不可定義性的單一模型方法：如果一個理論中由其餘詞彙闡明的邏輯推論不能擴展至全部理論的模型，那麼所考慮的項不是根據這些詞彙外顯可定義的。在科學哲學的文獻中這被稱為蘭姆西項排除法(Ramsey-eliminability of the term)的失敗。

參見 model theory 模型論

Z.G.S.撰　李瑞麟審訂

Bhagavad Gita　薄伽梵歌　源於梵文字詞 *Bhagavadgītā*，意為「尊主之歌」(song of the blessed one/exalted lord)，於西元前五世紀至西元二世紀間編纂成的印度教虔信詩篇。它共有十八章，七百詩頌，列於印度史詩《摩訶婆羅多》(*Mahabharata*)的第 6 卷(第 23 至 40 章)內。依其敘事，武士有修(Arjuna)原本不願意參與戰爭，上神黑天(Krishna)因而教導他無私無我的行動和對神的虔信(*bhakti*)。嚴格說來，《薄伽梵歌》應屬聖傳典籍(*smṛti*)，一般卻被看作是天啟聖典(*shruti*)。商羯羅(Shaṅkara)、羅摩拏闍(Rāmānuja)和馬德瓦(Madhva)等思想大家，都曾註釋過這部備受喜愛的書。商羯羅認為，這部書旨在教導，解悟(enlightment)僅因正確的(不二一元論吠檀多)知識而有，不假諸任何宗教義務的實踐。羅摩拏闍則認為該書主張，解悟來自於宗教義務的實踐，特別是對神的虔信、獻身，畢竟說來，人是由於上神的緣故才必須踐履宗教義務以滌除罪惡。這種對神的虔信可引導至——或在其最高境地可包括——自我之知及對人格梵的知識。依馬德瓦之見，《梵歌》意在強調神之崇偉獨特，以及對神的愛慕與依附的必要性。

K.E.Y.撰　何建興審訂

***bhakti*　虔信**　梵文字詞，在印度教有神論思想系統中意為「獻身」(devotion)。虔信包括信仰、委身託付、摯愛和依戀等觀念，其最尋常的表達方法是透過供物來進行祭拜(*pūjā*)。羅摩拏闍(Rāmānuja)和馬德瓦(Madhva)等一神論思想家論證說，虔信是解決人類困境的關鍵要素。神藉由慈悲(*prasādam*)或恩惠回應人的虔信行為，而使信徒得到成功或解脫(*moksha*)。《虔信經》(*Bhakti Sutras*, twelfth century A.D.)區分以個人利益為目標的

較低虔信，和無私無我、只為取悅神明的較高虔信，後者實即解脫。當代印度教哲學家採納商羯羅(Shaṅkara)和現代印度教護教者毗韋卡南德(Swami Vivekānanda, 1862-1902，或譯「辨喜」的見解，往往崇尚知識(*jṅāna*)而貶抑虔信，以後者僅為無法領納哲學的凡夫所設；但很多有神論者卻斷斷致辯，以虔信之道為最高的道路，對他們而言，達到人生最高目標的障礙並不是無知，而是信仰的闕無。

參見 Hinduism 印度教

R.N.Mi.撰　何建興審訂

***bhavaṅga*　有分識**　南傳上座部(Theravada)佛教哲學家所主張，異於意向性心識活動的一種潛存的意識樣態。有分識在意向性心識活動止息(譬如無夢的睡眠)時依然持續存在，這確保了在這些時刻某一心識連續體的持續不斷。但有分識在感覺與概念構想等尋常事件中也作用著，以一種複雜的方式和這些意向性心識活動相連結；它也被用來解釋從死亡到重生的過程。一些佛教哲學家將有分識歸屬於解脫學的範疇，理解其為心識的純粹狀態，而為澄澈、光輝的心靈。

參見 *ālaya-vijñāna* 阿賴耶識；*nirodha-samapātti* 滅盡定

P.J.G.撰　何建興審訂

biconditional　雙條件句　邏輯算子，通常記成三槓的符號≡或雙向的箭號↔，用來指出兩命題有相同的真值：不是二者均為真便是二者均為假。一條命題或自然語言的詞句，如果用這個記號作為主要連接詞時，例如，P 若且唯若 Q，也稱為雙條件句。雙條件句的真值表如下

P	Q	P 雙條件 Q
T	T	T
T	F	F
F	T	F
F	F	T

雙條件句的命名理由是因為它在使用上邏輯地等價於如下的連言(或稱合取)：(若P則Q)且(若 Q 則 P)。

參見 truth table 真值表

R.W.B.撰　李國偉審訂

biconditional, Tarskian　塔斯基式雙條件句　見 Tarski 塔斯基

bilateral reduction sentence　雙條件化約句　見 reduction sentence 化約句

binary quantifier　二位的量化詞　見 pluralitive logic 複數量詞邏輯

bioethics　生物倫理學　倫理學的次領域，所關心的是醫藥及生物科學的進步所引發之倫理學議題。生物倫理學的一個核心領域，是醫療照護專業人員和病人之間的關係所引發的倫理學議題。第二個領域所關注的，則是在醫療照護中更廣泛的社會正義問題。第三個領域所關心的是新的生物學知識及科技所引發的倫理學爭議。

在醫療照護專業人員和病人間的關係中，一項基本的爭議是，在有關病人照護的決策中每一個人的適當角色。將主要決策權安排給醫師這種較傳統的觀點，已大規模地被分享決策的理想所取代，這種理想為病人安排了更為主動的角色。分享決策被認為更能夠

反應病人在對其照護的控制中自我決定的重要性。此一為病人所增加的角色，乃反應在道德及法律的知情同意學說上，它所要求的是，在沒有充分告知有能力的病患、且經過他自主性的同意之前，不能夠執行醫療照護。要求充分告知的同意，為醫療照護的專業人員加諸了正面的責任，去提供病患所需的資訊，讓他們做出有關照護的完善決策。要求同意必須自願，是要治療不受到強迫，病人的決定也不受到逼迫或操控。如果病人沒有能力做出適當的醫療照護決定，例如年幼的孩子或者認知受創的成人，則代理人——一般在孩童的情況下為雙親之一，而在成人的情況下為親近的家人——必須為他們做決定。代理人的決定應該遵從病人的先前指示，如果真有這樣的指示的話；或者代理人的決定應該是病人在有能力的情況之下所會做出的決定；抑或是，病人從未有能力或者她或他的意圖未知，代理人的決定便應該遵循病人的最佳利益。

一般而言，在生物倫理，特別是治療決策中，一項重要的焦點是臨終照護。目前廣泛受到認同的是，病人有權根據他們自己的價值，決定和拒絕任何維持生命的治療。他們也有權利要求可能會縮短他們生命的治療，像是減輕癌症劇烈疼痛所必要的高劑量疼痛藥物治療，雖然對許多病人而言，疼痛治療實際上仍然不足。更具爭議性的是，是否較主動的結束生命方式，像是醫師協助下的自殺和自願性安樂死，在個別情況下是道德上可允許的，或被證成為公共政策；除了在極少數的司法轄區之外，二者仍為非法。

對於定義醫療照護中專業人員和病人間的關係而言，有數種其他的道德原則已成為核心。真相告知原則要求專業人員不能對病人說謊。其實，在過去，不充分告知病人其診斷結果及預測是極其普遍的事，特別是對癌症末期病人，然而研究顯示，習慣已有了重大的改變，充分地告知病人，並不會對過去曾經恐懼的病人產生壞影響。隱私和保密原則要求，於專業人員和病人的關係中所蒐集而來的訊息，沒有經過病人同意不能透露給第三者。特別是在精神醫療照護中的高度私人訊息，或者會導致差別待遇的訊息，像是診斷出 AIDS。確保私密是信任的基礎，對於專業人員和病人間關係的充分運作也是必要的。儘管如此，為了防止對其他人造成立即而嚴重的危害而破壞保密原則，是道德及法律所充分認知到的。

最近，生物倫理學的研究已將焦點放在醫療照護分配中的正義問題上。雖然，幾乎所有已開發國家都視醫療照護為一種道德及法律權利，並且都透過了某種形式的國家醫療照護系統，以確保醫療照護遍及於他們的所有市民，但在美國，還有約 15%的人口仍然沒有任何形式的健康保險。這造成了如下的爭議：醫療照護是一種權利還是特權，是一種公共責任還是個人責任。由於醫療照護對人們的幸福、機會、規畫生活的能力、甚至自行存活所造成的基本衝擊，大部分的生物倫理學家都支持醫療照護的權利。然而，即使存在醫療照護的道德權利，也幾乎沒有人支持對所有醫療照護利益的無限權利，不管利益有多小，成本有多高。因此，有必要對醫療照護服務做優先排序或分配，以反應醫療照護的有限預算，而這麼做的標準和程序，在倫理學上都是有所爭議的。醫療政策中的效益主義者及損益分析擁護者，支持利用有限資源，以將群眾的總體醫療利益極大化。他們的批評者主張，這忽略了對公平的關懷，對醫療照護資源及健康狀態如何分配的關懷。例如，某些人認為，公平性需要將優先權讓給處理最糟糕或病得最重的人，即使犧牲了總體的醫療利益；此外，考慮不同治療花費差異的優先序列，會導致道德上成問題的結果，像是讓出較高的優位性以提供非常小的利益給許多人，而非提供非常大但個別而言較昂貴的利益給少數人，包括了生活救助的干預，就像是奧瑞岡州(Oregon)於早期所提供廣泛宣傳的優先排序計畫。在面對分配照護之標準的爭議時，很自然地要仰賴做出分配決策的公平程序。

其他的生物倫理學議題源自於生物知識和科技的戲劇性進展。或許最顯著的例子是對人類遺傳學的新知，主要受到全球性的人類基因圖譜計畫(Human Genome Project)所推動，這個計畫企圖解開全盤的人類基因組。這項計畫和相關研究將能夠防止遺傳疾病，但已引發的問題有，要在下一代防止哪種情況，而哪種情況應該接受並留存下來，特別是當防止這種情況的方法是將帶有這種情況的胎兒拿掉。

展望未來，新的遺傳知識和技術將可能提高我們的正常能力，不只是防止或治療疾病，而且還能夠操控未來孩子的基因，所引發的艱難問題是，要創造出什麼樣的人，還有，在創造我們的下一代中，謹慎的人類設計將取代「自然」到什麼程度。有一個戲劇性的例子展現了這種創造下一代的新能力，那就是 1997 年於蘇格蘭，從一頭成羊的單一細胞無性繁殖出一頭羊；這個事件引發了無性繁殖人類這種未來展望的極度爭議。最後，新的生殖技術，像是卵母細胞(卵細胞)捐贈，還有諸如代理孕母的施行，所引發的將是有關於親子關係及家庭的意義及本質的深層議題。

參見 dignity 尊嚴；ethics 倫理學；euthanasia 安樂死；informed consent 獲知狀態下的允許

D.W.B.撰　蕭宏恩審訂

biological naturalism　生物學的自然主義　見 Searle 瑟爾

biology, autonomy of　生物學的自主性　見 unity of science 科學的統一

biology, philosophy of　生物哲學　見 philosophy of biology 生物哲學

biology, social　社會生物學　見 social biology 社會生物學

Birkhoff-von Neumann logic　貝克霍夫-馮．諾曼邏輯　見 quantum logic 量子邏輯

bit　位元　從英文 *bi*nary digi*t* 縮寫而成。度量信息的單位或者尺度，最先由塔基(John W. Tukey)提出。位元既是信息的量(從八個同等可能性減少成為一個可能性時，產生三個位元〔$=\log_2 8$〕的信息)，也是用來表示那種量的數字系統。二進制只用 1 和 0 來表示數字。

參見 information theory 信息論

F.A.撰　李國偉審訂

bivalence, principle of　二值原則　見 principle of bivalence 二值原則

black box　黑盒子　黑盒子是一個假設單元，只以其功能角色來界定，用來解釋某些效果或行為。這個名稱可以指涉到一個單一實體，其結構或內部組織不明，只知道它實現某些已知的功能；或者，這個名稱也可以指涉到這類實體所屬的任何一個系統，這類實體的組織與功能，是由生物體的行為、或這些組織與功能所構成的實體推論得來的。

在行為主義(behaviorism)與古典學習理論(classical learning theory)裡，其基本功能是要產生一個支配刺激與回應間關係的機制，此機制包括增強(reinforcement)、抑制(inhibition)、廢除(extinction)與喚起(arousal)。組織被視為是實現這些功能的黑盒子。在神經機械學(cybernetics)裡，雖然沒有用簡單輸入-輸出法則來描述生物體，但是有著重功能組織與回饋，來控制行為。神經機械系統的構成要素被視為是黑盒子。在上述的兩個例子裡，潛在結構、機制與動力(dynamics)的細節，不是不明就是被認為是不重要的。

參見 behaviorism 行為主義；philosophy of mind 心靈哲學；theoretical term 理論術語

R.C.R.撰　劉希文審訂

bleen　藍綠　見 grue paradox 綠藍悖論

blindsight　盲視　因為大腦的某個區域(條痕皮質〔the striate cortex〕，第 17 號區域)受傷後殘留的視覺能力。在常規的臨床測試中，受此傷害的病人在視野的某些特定區域表現出重度失明(densely blind)。研究者很久以來就知道，在靈長類動物，類似的傷害(comparable lesions)並不會導致相似的缺陷(similar deficits)。但是，這種差異似乎不能歸因於大腦功能的差異。而且，事實上，當用一種測試非人對象(non-human subjects)的方式測試人的時候，這種差異消失了。儘管測試對象說他們在失明的視野區域(blind field)什麼也覺察不到，但是如果讓他們「猜測」在那區域的東西的性質時，他們卻答得很好。看起來他們似乎「知道」那區域之內容，卻又不知道他們(自己)知道，而當人們告訴他們測試結果的時候，他們還時常感到意外。

參見 perception 知覺

J.F.H.撰　龔維正審訂

Bloch, Ernst　布洛赫，恩斯特(1885-1977)　德國哲學家。他受馬克思主義的影響，但是到思想的成熟期的時候卻又超越了馬克思主義。他在 1930 年代離開德國，但是在二次世界大戰後又回到東德擔任教授的職務，在東德他那日益顯示出來的非正統思想受到共產主義權威的責難，最後被迫在 1960 年代遷往西德。他的主要著作《希望原理》(*The Principle of Hope*, 1954-59)，受到了德國觀念論、猶太神祕主義、新柏拉圖主義、烏托邦主義，以及馬克思主義和其他來源的影響。人從本質上說是未完成的(unfinished)，他受「希望」(hope)這樣一種宇宙的衝力的推動，朝向一種尚未實現(as-yet-unrealized)，這個方向是烏托邦式或者只是未來的一些可能性。暫且拋開他的無神論不說，布洛赫希望重新得到自我超越的感覺，這正是他從人類的宗教和神祕主義的傳統中看到的。他的思想在神學中和在哲學中同樣有著巨大的影響，加根．莫特曼恩(Jurgen Moltmann)的「希望神學」(theology of hope)即為一例。

R.H.K.撰　丁福寧審訂

Blondel, Maurice　布羅代爾，莫瑞斯(1861-1949)　法國基督教哲學家，他發現了人類行動的自然神信仰(deist)背景。在他的主要著作《行動》(*Action*, 1893；1950 年修訂再版)中，布羅代爾認為行動是人類本性的一部分，並因此成為哲學研究的目標。它應該通過哲學尋找出自己的意義，比如理性的實現自身。一種行動的適當現象學通過現象邏輯的描述，而揭示出行動的現象層面，但是又超越它。行動的這種超現象(supraphenomenal)的感覺能夠為它提供一種形上學的狀態。行動的現象學依賴於內在固有的辯證法：在行動目的和實現之間存有一條鴻溝。這個鴻溝在使行動者不滿足的同時，又使他開始新的活動。這種辯證法的唯一內在的解決方法及其結果是一個超越的萬物。我們不得不認識到我們和其他人一樣不能掌握自己的行為，而且必須承認我們的不足，同時承認我們的侷限和限制。這裡所謂的哲學是帶有缺憾的哲學，它的志向是在每個人類行動中，超越自然的因素的存在，這種因素我們稱之為上帝。人類的活動是神的恩賜的結果。通過行動，一個人可以接觸到上帝的存在，這個存在是不可能通過邏輯推導得到的。

在他晚期發展階段，布羅代爾放棄了他早年的「反智性主義」(anti-intellectualism)，並且強調思維和行動之間的緊密聯繫，他把二者之間的關係看成是不可分的，而且是相互關聯的。他逐漸將哲學看作是理解一個人的行為和缺陷的理性工具。

G.Fl.撰　江金太審訂

bodily continuity　身體的延續性　見 personal identity 人格同一性

Bodin, Jean　波丁，尚(c.1529-96)　法國政治哲學家，他的哲學主要在探討「主權」(sovereignty)概念。他的《共和論六書》(*Six livres de la république*, 1577)一書將「國家」(state)界定為由共同的公共利益、家庭和主權者所構成。主權者即是立法者(lawgiver)，地位高於他所擁有的種種絕對權利；但是他仍然必須遵守神法(law of God)、自然法(natural law)以及憲法(constitution)。對波丁而言，理想的國家乃是一種運用貴族制(aristocratic)與民主制(democratic)的統治結構去追求共善(common good)的君主制(monarchy)國家。為了獲致一種關於政治之更普遍的經驗圖像，他運用了種種歷史的比較。這一點在方法論上反映於他的《簡易理解歷史的方法》(*Methodus ad facilem historiarum cognitionem*, 1566)一書中。

波丁顯然是一位專制主義(absolutism)的理論家。作為「政治家」(Politique)團體的一個成員，他在將國家由教會解放出來的過程中，扮演了一個相當實際的角色。他的思想深受其內戰經驗影響。在他的遺著《七賢人對話錄》(*Heptaplomeres*)一書中，他呼籲容忍所有的宗教，包括回教(Islam)與猶太教(Judaism)。然而，身為一個檢察官，他也寫了一本供審判巫師案例參考的手冊《論巫師的附身狂》(*De la démonomanie des sorciers*, 1580)。由於強調強大的國家之締造和平的角色，波丁乃是霍布斯(Hobbes)的先驅。

參見 Hobbes 霍布斯；political philosophy 政治哲學

H.P.撰　張旺山審訂

body, objective　客觀身體　見 embodiment 體現

body, phenomenal　現象的身體　見 embodiment 體現

Boehme, Jakob　波墨，雅各(1575-1624)　德國新教派思辨神祕主義者。特別是受到巴拉塞爾斯(Paracelsus)的影響，波墨雖然只有受到很少的正規教育，但那已足以使得身為一名鞋匠的他將自己投身於他的著作中，詳細說明其宗教經驗。雖然他的著作足以吸引來自當地異端教士的出價，但是在他有生之年仍僅有極少量的出版。他聚集他的追隨者，而且他的著作在他去世後一一出版。他的著作並不是論證性的，而是精緻地象徵性的，但卻深切地回應了在基督徒世界觀中的根本問題。他堅持，神性(the Godhead)、全能的意志(omnipotent will)，對我們來說猶如空無(nothing)，因為我們絕無可能對它有所瞭解。「最大的奧祕」(Mysterium Magnum)，理想世界(the ideal world)，是在上帝的心靈內經由一衝力所致的自我啟示(self-revelation)而被構想。實際的世界，分離於上帝，是經由祂的意志而被創造，而且企求回返神性的安寧之中。世界如同上帝般是善的，但是它的良善卻逐漸沉淪了，而在歷史的終結才又復甦，雖然並不完全，因為某些靈魂被貶責下地獄永遭撻伐。人類享有自由意志，且經由信仰內的重生創造他們自己。人類元祖的墮落(the Fall)，為由其中甦醒而獲致的自覺(self-knowledge)來說，乃是必需的。認知一個人隱藏的、自由的自我，即是認知上帝在這世界的顯示，以至於人類的拯救完成了上帝自我啟示的行動。它也是植於所有個體存在之下對根源於盲目意志之惡的認知，沒有這個

認知，則除了上帝之外即一無所有。波墨的著作影響到黑格爾(Hegel)與晚期的謝林(Schelling)。

參見 mysticism 神祕主義；Paracelsus 巴拉塞爾斯

J.Lo.撰　蕭宏恩審訂

Boethius, Anicius Manlius Severinus　波依修，亞尼希烏・曼流斯・塞維利諾(c.480-525)

羅馬哲學家，以及亞里斯多德(Aristotle)的翻譯者與註釋者。他生於一羅馬的富有貴族家庭，而且在他因謀逆罪嫌被逮捕並執行死刑之前於東哥德王戴奧多雷克(Ostrogothic king Theodoric)之下有一顯著的政治生涯。他的邏輯與哲學神學對涵括古典末期與中世紀初期的哲學皆有著重要的貢獻，而且他對亞里斯多德的翻譯與註解深深地影響著哲學的歷史，特別是中世紀的拉丁西方世界。

他最有名的著作，《哲學之慰藉》(*The Consolation of Philosophy*)，寫成於其坐監期間，是對人類幸福的本性及惡之問題的一種動態的反省，而且含括了關於神的眷顧、命運、機緣，以及神的預知與人類的自由選擇之明顯的無可並存的古典討論。然而，在他的有生之年，他是作為希臘語言與古代希臘哲學方面的知識之卓越學者而為人所知，這使得他與其當時代的拉丁學者有所不同。他構想其學術生涯乃獻身於為拉丁西方保存與使得易於進入古代希臘的偉大哲學成就。為此目的，他發表了一份欲將所有柏拉圖(Plato)與亞里斯多德的著作翻譯成拉丁文以及撰寫註釋之雄心壯志的計畫，但是，他似乎只有在亞里斯多德的《工具論》(*Organon*)一書上達到這個目標。其現存的翻譯作品包括：波菲利的《導論》(Porphyry's *Isagoge*)(亞里斯多德《範疇論》〔*Categories*〕的導論)與亞里斯多德的《範疇論》、《論詮釋》(*On Interpretation*)、《前分析論》(*Prior Analytics*)、《論題》(*Topics*)，以及《詭辯的駁斥》(*Sophistical Refutations*)。他為《導引》與《論詮釋》寫了兩本註釋，以及一本為《範疇論》的，而且我們得到那看起來像是他註解《前分析論》的草稿。他對《後分析論》(*Posterior Analytics*)的翻譯與對《題旨》的註釋都遺失了。他也註解了西塞羅(Cicero)的《論題》(*Topica*)，以及寫了他自己在邏輯方面的論著，包括：《論假言三段論證》(*De syllogismis hypotheticis*)、《論範疇三段論證》(*De syllogismis categoricis*)、《範疇三段論導引》(*Introductio in categoricos syllogismos*)、《論神性》(*De divisione*)，以及《論不同的論旨》(*De topicis differentiis*)，在這些著作中，他詳盡地闡釋並補充了亞里斯多德的邏輯。

波依修分享了一般新柏拉圖主義的觀點，即：柏拉圖與亞里斯多德的思想系統能藉由隨順亞里斯多德在邏輯與自然哲學方面的觀點，以及柏拉圖在形上學與神學方面的觀點而達到調和。這個為調和的藍圖倚賴於一在兩種形式(form)之間的區分：(1)那與質料(matter)相結合以構成軀體的形式——這些，他稱為「形象」(images〔*imagines*〕)者，符應於亞里斯多德關於有形實體(corporeal substances)之形質論(hylemorphism)的解說中的那些形式；以及(2)那純粹的與全然分離於質料的形式，符應於柏拉圖之存有論上的分離形式(separate Forms)。他稱這些形式為「真實形式」(true forms)與「形式自身」(the forms themselves)。他堅持，前者，「置於質料內的」(enmattered)形式為其存有而依於後者，純粹形式。波依修將這三種元目(entities)——軀體、置於質料內的形式，以及可分離的形式——視為三種不同認知活動之各自的對象，此三種不同的認知活動構成了思辨哲學(speculative philosophy)的三項分支。自然哲學關切於置於質料內的形式之為置於質料內的，數學在於置於質料內的形式分別於其質料而被思(雖然於實際上它們並不真能分離於質料)，以及神學在於純粹的與可分離的形式。他認為，數學之心靈抽象的性格為理解逍遙學派(Peripatetics)關於共相(universals)的解說是重要的：發現於感官事物中之置於質料內的、特殊的形式能被思為普遍的，這是當它們分離於其固有於其內之質料而被思時即是如此(雖然它們並不真正能離於質料而存在)。但是，他突然停止承認這個關於共相之適度地實在論的亞里斯多德式的解釋。他的委付於一內含既非亞里斯多德之自然形式、亦非柏拉圖所謂離於質料而存在之形式的存有學，意含一股關於共相之強烈的實在論觀點。

除了《論天主教信仰》(*De fide catholica*)一書——此書是一本率直地信仰之陳述——外，波依修的神學論著(《論三位一體》〔*De Trinitate*〕、《論聖父與聖子》〔*Utrum Pater et Filius*〕、《如彼實體》〔*Quomodo substantae*〕，以及《駁斥歐迪肯與奈斯多留主義》〔*Contra Euthychen et Nestorium*〕)顯示出其委付於使用邏輯與形上學，特別是亞里斯多德關於範疇(categories)與謂詞(predicables)的學說，以澄清與解決基督宗教神學內的論爭。例如，《論三位一體》包含了關於亞里斯多德的範疇與不同種類的謂詞應用於上帝之一具歷史性影響的討論。簡略讀過這些論著，他的觀點是：在關係範疇內的謂詞是獨一的，這是由於並不經常為著它們的應用而在它們所適用於其上的主詞內要求一存有學的根據，一引起普遍中世紀對所謂實在的(real)與非實在的(non-real)關係之間的區分之學說。

無關乎波依修哲學觀念的內在實質意義，他屹立於中世紀的哲學史上是為一不朽的人物，在重要性上只有亞里斯多德與奧古斯丁能與之匹敵。直到十二世紀中葉，亞里斯多德的著作復甦，中世紀的哲學家們為了其關於異端古代哲學的知識，而幾乎全然倚賴波依修的翻譯與註解，而且他關乎邏輯的論著持續影響了整個中世紀時期。研究邏輯與特別是研究共相問題的早期中世紀哲學家們的偏見，大部分是由於它們曾為波依修與波依修的亞里斯多德所教導。這些神學的論著也在中世紀受到了廣泛的注意，引起了一個由第九世紀延伸而至文藝復興(Renaissance)的註釋傳統，以及具體成形了核心神學學說——就像三位一體(Trinity)與道成肉身(Incarnation)——的討論。

參見 Aristotle 亞里斯多德；commentaries on Aristotle 對亞里斯多德的註釋；future contingents 未來偶然性；philosophy of religion 宗教哲學；Plato 柏拉圖

S.Ma.撰　蕭宏恩審訂

Boltzmann, Ludwig　波茲曼，路德維希(1844-1906)　或譯波爾茨曼。奧地利物理學家，原子論的精神盟友，氣體動能理論(kinetic theory of gas)和統計力學(statistical mechanics)的先驅。波茲曼最著名的成就是傳輸方程式(transport equation)，H定理(焓定理〔enthalpy theorem〕)和熵(entropy)的機率解釋。這工作總結在他的著作《論氣體理論的演說》(*Vorlesung ueber Gastheorie*〔*Lectures on the Theory of Gases*〕, 1896-98)中。於 1902 年回到維也納大學當理論物理教授之前，他擔任過格雷茲(Graz)、維也納、慕尼黑(Munich)和萊比錫(Leipzig)等大學的物理學教席。1903 年他在維也納繼任馬赫(Mach)而且講授科學哲學。

在 1890 年代，原子動能理論受到馬赫和奧斯瓦德(Wilhelm Ostwald)所領導的唯能論者(energeticists)的攻擊。波茲曼的反擊可以在《普及作品》(Populäre Schriften〔*Popular Writings*〕, 1905)中找到。波茲曼同意他的批評家，他自己的很多氣體分子的力學模型不能是真的，但是像馬克思威爾(Maxwell)一樣，為模型作為無法估量價值的啟發工具而辯護。波茲曼同樣也堅持：試著從支持空洞方程式的諸理論中消除形上學的圖像是徒勞無益的。對於波茲曼而言，物理學的目標不僅在於方程式的發現，還在於實在的融貫圖像之建構。波茲曼保衛他的H定理，以反抗羅希密德(Loschmidt)的可逆性反論(reversibility objection)和哲梅羅(Zermelo)的循環反論(recurrence objection)，他承認熵的自發性減少雖然(理論上)可能，但(實際上)極端地不可能。波茲曼的觀點為：不可逆性依賴於初始條件的機率，以及熵的增加決定了時間的方向——萊辛巴哈(Reichenbach)在他的書《時間的方向》(*The Direction of Time*, 1956)為這個觀點辯護。

參見 entropy 熵；Mach 馬赫；Maxwell 馬克思威爾；philosophy of science 科學的哲學；Reichenbach 萊辛巴哈

M.C.撰　陳瑞麟審訂

Bolzano, Bernard　波爾扎諾，伯納德(1781-1848)　奧地利哲學家。他在布拉格學習哲學、數學、物理學和神學，得博士學位；1805 年得授牧師資格，1806 年受聘為查理大學(Charles University)宗教學的教授，1819 年因為批評奧地利的憲法而被解職。從 1823 年到 1841 年他完成了他的兩部主要著作：《知識學》(*Wissenschaftslehre*, 4 vols., 1837)和死後才發表的《量學》(*Grössenlehre*)。他的存有論和邏輯語意學影響了胡塞爾(Husserl)，間接影響盧卡西維茨(Łukasiewicz)、塔斯基(Tarski)和華沙學派(Warsaw School)中的其他人。他的倫理學和社會哲學的概念影響了波希米亞(Bohemia)之文化生活及奧地利的教育系統。

波爾扎諾認識到後面三者之深刻區別：人類的現實思想和判斷(Urteile)，思想和判斷之語言表式，獨立於思想、判斷和表式的抽象命題(abstract propositions〔*Sätze an sich*〕)及抽象命題之各部分(parts)。波爾扎諾所謂的命題是一序列先在的觀念自身(a preexistent sequence of ideas-as-such〔Vorstellungen an sich〕)的秩序。只有含有限個觀念自身的命題才能為人類心靈所理解。具體存在於時間和空間中的真實事物有實存性(subsistence〔*Dasein*〕，而抽象的對象，如命題，只有邏輯的存在(logical existence)。堅持，亦即一種力，被用於具體的實體，則產生主觀的觀念、思想或判斷。一個主觀的觀念是判斷的一部分，而判斷的一部分並不是判斷。判斷所成之集合由因果關係賦予秩序。

波爾扎諾的抽象世界是由集合、觀念自身、某些性質(properties〔*Beschaffenheiten*〕以及由它們組成的對象。因此，語句形狀(sentence shapes)是一種觀念自身，而觀念之某些複合體構成了命題。設定「是什麼什麼之對象」這樣的關係，便可以從語言的表詞產生觀念自身。類比地，設定「什麼什麼可以用至一對象」這樣的關係，便可以產生性質。

波爾扎諾的宗教觀念建基於命題(propositions)和判斷(judgements)的區分。在他的《宗教學教本》(*Lehrbuch der Religionswissenschaft*, 4 vols., 1834)中他區分客觀義的宗教和主觀義的宗教。前者是宗教命題之集合，而後者是個人的宗教觀點之集合。因此，主觀宗教可以包含客觀宗教。通過將宗教命題定義為「應該道德」和將命令定義為功利主義之種種規則，波爾扎諾把他的宗教觀念整合至他的存有論。

在《量學》中，波爾扎諾試圖詳細展述並堅實奠基他當時的數學，同時增闢新的研究領地。在弗雷格(Frege)之前的半個世紀，自然數被定義為一一對射(bijective)集合之性質(這些集合中的元素能一一對應起來)，而實數則理解成有理數的某些無限數列的集合之性質。基於無限集合之分析，他反對歐幾里德式(Euclidean)的「全體一定比部分大」之說法，並因此洞見：一個集合是無限的，若且唯若它對射於(bijective to)它自身的一個適當子集合。這一點預示了裴爾斯(Peirce)及戴德金(Dedekind)的工作。波爾扎諾之藉無限小而擴張有限數之線性連續體，蘊涵一種相當有建設性的非標準分析之方式。《量學》中的標準分析最值得注意的結論也預示了威爾斯特拉斯(Weirstrass)的發現：可微分的連續函數(differentiable continuous function)不存在。

波爾扎諾在《知識學》中打算為他的數學建立邏輯和知識論的基礎。波爾扎諾所謂的知識學(theory of science)是界劃科學教科書的集合之規則總集。「真命題之集合是否為科學教科書值得表達的對象？」是一個倫理問題，可由功利主義的原則來決定。

波爾扎諾把日常語言加以擴充並標準化，從而描述命題和命題的部分。他定義了真理之語意觀念，並引進一函應(function)，對應於應用到命題之「替換」操作(a"replacement" operation on propositions)。他最主要的成就之一是對於命題集合間之邏輯導衍(loigcal derivability〔*logische Ableitbarkeit*〕)的定義，亦即，(命題集合)B 可從(命題集合)A 邏輯地導衍出，當且只當，在替換其非邏輯的觀念自身後，A 和 B 之聯集中之所有元素同時為真，而且若 A 之所有元素為真，則 B 之所有元素為真。這個邏輯導衍概念類似於塔斯基 1936 年的歸結(consequence)概念。此外，他也有提出一個對應根臣(Gentzen)的歸結概念之觀念。可從空集合導衍出來命題是普遍有效的(universally valid〔*Allgemeingültig*〕)。至於其證明理論(proof theory)則提出相當於根臣的切除規則(cut rule)之規則。

波爾扎諾引入歸納機率(inductive probability)作為有限制定義域中之導衍性之普遍化(a generalization of derivability in a limited domain)後之結果。這種歸納機率有條件機率(conditional probability)之種種形式性質。這些性質及他用變分法之技術(the technique of variation)來徵定機率密度(probability density)使人想起維根斯坦(Wittgenstein)的歸納邏輯以及卡納普(Carnap)的正則驗證函數(regular confirmation functions)。

命題中的概念複合體(conceptual complex)之替換，如果將其運用於形式化的語言，會更接近代換語意學的(substitution-semantic)量限(quantification)概念。波爾扎諾自己的哲學語言則基於一種自由邏輯(free logic)。基本上，波爾扎諾用有限數量的前件(a finite number of antecedents)來徵定代換語意學之歸結(consequence)概念。他對個別概念和普遍概念(individual and general concepts)加以量限相當於建立一個最低階非基本邏輯(a non-elementary logic of lowest order)，含有述詞變元(predicate variables)的量限理論於其中，但是不包括像選擇公理(choice axiom)這樣的集合論原理。他對於普遍有效性概念和邏輯的上層語意結構(the semantic superstructure of logic)的概念使得謂詞邏輯版的劉易士(Lewis)模態邏輯系統 S5 可以有語意上的正當擴展(adequate extension)，而沒有詭論。人也能用一個以代換語意學方式建構的機率函數論，模擬波爾扎諾的機率理論。因此，通過一個存有上節省的上層結構(superstructure)，亦即沒有可能世界形上學(possible-worlds metaphysics)，波爾扎諾原則上能勾畫古典的邏輯真和加性的(additive)機率空間之規模。

在幾何學方面，波爾扎諾從拓樸學觀點創造一個新基礎。他定義集合之孤立點(an isolated point)觀念之方式，使人想起烏里松(Urysohn)與門格(Menger)意義下的點，而一集合在此點是良維度的(well-dimensional)。由此出發，他再引入連續體之拓樸學觀念，並遞歸定義了歐幾里德式三維空間之非空子集合之維度(the dimensionality of non-empty subsets of the Euclidean 3-space)，這與烏里松和門格之歸納維度(inductive dimension)概念極相關。在一個未完成的晚期手稿中的精彩段落，他已說出尤旦(Jordan)有名的曲線定理(curve theorem)。

參見 free logic 自由邏輯；modal logic 模態邏輯；philosophy of mathematics 數學哲學；probability 機率；set theory 集合論；Tarski 塔斯基

J.Be.撰　龔維正審訂

Bonaventure, Saint　波拿文都拉，聖(c.1221-74)　義大利神學家。生於杜斯卡尼(Tuscany)的巴格諾里亞市(Bagnorea)，名為費單查的約翰(John of Fidanza)。他在巴黎受教育，獲得藝術碩士學位及神學博士學位。他大約在 1243 年加入聖方濟修會(the Francisans)，當時仍然是一名學生，並於 1257 年時被推選為修會的總執政(minister general)。1274 年，由教宗額我略十世(Pope Gregory X)晉陞其為亞爾巴諾(Albano)的樞機主教(cardinal bishop)，波拿文都拉幫忙組成第二屆里昂大公會議(the Second Ecumenical Council of Lyons)，就在會議的進行期間，他去世了，時為 1274 年 7 月。他在 1482 年被封為聖人，而且於 1587 年被命名為教會博士(doctor of the church)。

波拿文都拉在哲學與神學之間的關係、靈性與宗教生活中之理性的角色，以及藉由「徒步旅行者」(wayfarer)而獲得關於上帝的知識所能達到的程度等方面著述廣泛且四處傳揚。他的基本立場於《論學術皆可歸結於神學》(*De reductione atrium ad theologiam*〔*On the Reduction of the Arts to Theology*〕)一書中有很好的表述：「上帝多樣的智慧，其清楚地啟示於聖經中，隱藏在一切知識與一切本性內。」他又說：「知識的一切部分都是神學的婢女。」然而，他批判那些想要將信仰與理性間之關係切斷的神學家。正如他在另一部著名的著作《心靈走向上帝之路》(*Itinerarium mentis ad deum*〔*The Mind's Journey unto God*〕, 1259)中所論證的：「由於，關聯於我們在地上的生活，世界是其自身為一上升於上帝的階梯，因此，我們在這裡發現了」神之手的「某些蹤跡、某些肖像(images)」，於其中，上帝反映出其自身。

雖然波拿文都拉自己的哲學見解是奧古斯丁的思想，但是，他也受到亞里斯多德的影響，新近可得到之亞里斯多德的著作他不但都讀過也都完全了解了。因此，當他支持亞里斯多德關於外在世界的知識是植基於感官，以及心靈乃如同一塊「白板」(*tabula rasa*)而進入存在之觀念的同時，他也主張，神的光照(divine illumination)對解釋由感覺象(sense images)而獲得的普遍概念與理智判斷的確切性都是必要的。他自己的光照認識論(illuminationist epistemology)尋求下述兩方面主張之間的一個中間基礎：一方面，那些主張永恆之光(eternal light)為人類的認知來說是唯一理性的學者，供應人類理智以其原型的(archetypal)與智思的(intelligible)對象，以及，另一方面，那些堅持永恆之光只是影響人類的認知，幫助引導它走向真理的學者。他堅持，我們的理智具有某種知識，當其為穩固時；永恆原型(eternal archetypes)「是藉著我們而被眺望(contuited)(一高貴的眺望〔*a nobis contuita*〕)」，連同經由其自身會犯錯的力量而產生出的理象(intelligible species)。

在形上學方面，波拿文都拉為模型說(exemplarism)做辯護，此學說為：一切受造物是因著上帝心靈內的模型因或觀念而仿製成。就像亞奎納(Aquinas)，卻不似鄧斯・斯各多(Duns Scotus)，他論證，上帝就是經由這樣一些觀念而認識一切受造物。他也採用流出說的原理(emanationist principle)：創造是出自上帝的良善而進行，其為自身擴散的(self-diffusive)，但卻不同於其他的流出論者，像是亞爾・法拉比(al-Fārābī)、阿維森納(Avicenna)，以及阿威羅斯(Averroes)等人，將此原理用於論證：神的流出既非必然的、亦非間接的(亦即，由第二動因或理知所實現)。的確，他看待這些伊斯蘭哲學家的觀點為，束縛於追隨一度被帶往其極端的亞里斯多德理性主義(Aristotelian rationalism)之錯誤的典型代表。他也因著其反對亞里斯多德的一個論證而聞名，此論證為：世界的永恆性——此事甚至亞奎納(隨順邁蒙尼德〔Maimonides〕)也承認為一理論上的可能性——顯然是謬誤的。

波拿文都拉也贊同一些具中世紀奧古斯丁主義(Augustinianism)性格的其他學說：普遍形質論(universal hylomorphosm)，由伊本・迦比諾(Ibn Gabirol)與阿維森納(在其他人之中)為其辯護的論文：除了上帝之外的每一事物是由質料與形式所構成；形式的多數性，在實體範疇中的主語與謂語是據於其形上學的在先性而被排置此一觀點；以及真理之存有學觀點，根據此觀點，真理是一種為心靈所覺知的正確性。在相似的脈絡上，波拿文都拉論證，知識終極地基於直接覺知於真理，無須論證或證明。

波拿文都拉也在密契神學(mystical theology)的傳統中寫了一些古典的著作。他最為著名與最為流行的密契論之著作為前述之《心靈走向上帝之路》一書，1259 年在往拉維納(La Verna)朝聖的旅途中寫成，就在這段期間，他目睹了六翼天使(six-winged seraph)；六翼天使也曾顯現予亞西西的聖方濟(Francis of Assisi)，就在聖方濟領受五傷(the stigmata)時。波拿文都拉簡略描述了一七階段(seven-stage)的靈性之旅，於其中，我們的心靈乃由第一階段在非理性受造物的完美內思及上帝的蹤跡，而至一安寧憩息的最終狀態而活動，於此狀態中，我們的情感(affections)「被轉移(transferred)及被轉化(transformed)而進入上帝」。他的著作在其靈性生活上的中心即在於「三個途徑」(three ways)之主題上：淨化之途(the purgative way)，由良心(conscience)所激起，此途驅逐罪惡；光照之途(the illuminative way)，由理智所激起，此途效法基督(Christ)；以及合一之途(the unitive way)，由智慧(wisdom)所激起，此途通過愛而使我們得與上帝合而為一。

波拿文都拉的著作大部分直接影響及其他中世紀奧古斯丁主義者的著作，如：亞卦斯巴達的馬太(Matthew of Aquasparta)與約翰・培坎(John Peckham)，以及其後之鄧斯・斯各多的追隨者。但是，其當代的名聲卻繫於他對哲學神學、方濟修會的靈修，以及密契思想的深邃貢獻，於所有這三者中，他都是一具權威性的泉源。

參見 Aristotle 亞里斯多德；Augustine 奧古斯丁

J.A.Z.撰　蕭宏恩審訂

boo-hurrah theory　不滿或好惡理論　見 emotivism 情緒論

***Book of Changes*　變易之書**　見 *I-Ching*《易經》

book of life　生命冊　在希伯來和基督宗教經文中可見的一個字眼，其標示著一份由上主保管的記錄，上面記有那些可以享受永恆幸福的人(《聖經》的〈出埃及記〉〔Exodus〕，32:32；〈詩篇〉〔Psalms〕，68；〈瑪拉基書〉〔Malachi〕，3:16；〈但以理書〉〔Daniel〕，12:1；〈腓立比書〉〔Philippians〕，4:3；〈啟示錄〉〔Revelation〕，3:5, 17:8, 20:12, 21:27)。中世紀的哲學家們在討論預定論(predestination)、神的全知(omniscience)、預知(foreknowledge)和自由意志(free will)等議題的時候，常常會提到生命冊。像奧古斯丁(Augustine)和亞奎納(Aquinas)這些人物就曾問道：究竟這本冊子是表徵了上帝正確的預知(foreknowledge)或預定(Predestination)早已說出的預知和預定，抑或有些名字可被增刪於其中。此外，這個詞也被一些當代哲學家用來指一個人的一生中所有事件的記錄。

參見 free will problem 自由意志問題

R.H.K.撰　丁福寧審訂

Boole, George　布爾，喬治　見 Boolean algebra 布爾代數；logical form 邏輯形式

Boolean algebra　布爾代數　(1)有序三元組(**B**,−,∩)，當**B**是一個包含至少兩個元素的集合，而且(和∩分別是 **B** 的一元運算(unary operation)及二元運算(binary operation)，並滿足(i)$a \cap b = b \cap a$，(ii)$a \cap (b \cap c) = (a \cap b) \cap c$，(iii)$a \cap -a = b \cap -b$，而且(iv)$a \cap b = a$ 當且只當 $a \cap -b = a \cap -a$。(2)一種代數的理論。這些結構是數學家布爾(G. Boole)在 1847 年出版的著作中，代數(首次成功的以代數方法表現邏輯)的現代發展。(在邏輯中將－和∩分別解釋成「否定」〔negation〕和「合取」〔conjunction〕，這樣可使布爾代數成為命題的演算。相似地，如果**B** = {T,F}而且－和∩分別表示「否定」和「合取」的真值函數〔truth functions〕，那麼，作為這兩個連接詞的真值表的〔**B**,−,∩〕構成一個二元素的布爾代數)。圖示布爾代數很容易，如果**B**是某給定集合的所有子集的集合，而且－和∩

分別表示補集和交集，(B,－,∩)將是一個「全子集代數」(a full subset algebra)。由此每個有限的布爾代數同構(isomorphic)於某一個全子集代數，而每個無限的布爾代數同構於某一個全子集代數的子代數(subalgebra)。正因如此，布爾代數通常也被稱作是「類演算」(the calculus of classes)。

參見 set theory 集合論；truth table 真值表

G.F.S.撰　李瑞麟審訂

borderline case　邊界事例　在邏輯的意義，指一個例子，而它落在一個模糊概念所關聯到的「灰色地帶」(gray area)或「模糊區域」(twilight zone)；在語用實踐的意義，指一個可疑的、被爭議、可爭辯的事例。當然，這兩個意思並非互相排斥。一個接近日出或日落之瞬間可以是邏輯意義上的白天或黑夜之邊界事例，但是不是語用實踐意義上的邊界事例。而一顆剛剛受精的卵在任何一種意義，都可以是人(person)之邊界事例。費馬(Fermat)的假設或者許多其他有爭議的數學命題，是語用實踐意義上的邊界事例，而不是邏輯意義上的。不論是何意義的邊界事例，它本質上不一定是極端事例(limiting case)或者退化事例(degenerate case)。

參見 degenerate case 退化事例；limiting case 極端事例；vagueness 模糊性

J.Cor.撰　龔維正審訂

Born interpretation　玻恩的解釋　見 quantum mechanics 量子力學

Bosanquet, Bernard　鮑桑葵，伯納德(1848-1923)　英國哲學家鮑桑葵，是最具理論系統性的英國絕對觀念論者；他與布雷德利(F. H. Bradley)同被視為絕對觀念論在英國的主要捍衛者。儘管其姓氏來源可上溯至(法國的)雨格諾教徒，他仍是個十足的英格蘭人。鮑氏生於阿特維克(Altwick)，就讀於牛津的哈羅(Harrow)與伯利爾(Balliol College)學院，並曾受聘為牛津之大學學院研究員達十一年之久。其父逝世(1880)之後，鮑氏由於繼承了遺產，因此得以離開牛津而前往倫敦，並開啟其作家與社會行動家的生涯。他一邊寫作，一邊也為倫敦倫理協會中心開授大學推廣課程，並義務服務於慈善組織協會。1895年，他與此協會的工作伙伴海倫．丹蒂(Helen Dendy)結婚，她曾翻譯克里斯多福．西格渥特(Christoph Sigwart)的《邏輯》(*Logic*)一書。1903 至 1908 年，鮑氏擔任聖安德魯(St. Andrews)的道德哲學教授；並在 1911 與 1922 年授課於基佛講座(the Gifford Lectures)。他一直住在倫敦直到去世為止。

基佛講座中兩冊內容豐富的結集作品：《個體性與價值之原理》(*The Principle of Individuality and Value*)及《個人的價值與命運》(*The Value and Destiny of the Individual*)，涵蓋了鮑氏哲學的主要層面。在《個體性與價值之原理》一書中，鮑氏認為：真理的尋求，乃是在經驗中把矛盾(contradictions)予以排除(就鮑氏而言，矛盾產生於某些對同一事實而彼此不相容的詮釋)。而這意味著區分(distinctions)的提出：區分是經由某個較大的知識範圍，來調和那些彼此間不相容的詮釋。鮑氏以為，人類所有的經驗構成了一個廣褒性整全(a comprehensive whole)，而此整全便是實在(reality)；但他並不認為缺乏對此經驗整全的了解，便會妨礙真理的尋求過程。他稱此全體為「絕對」(the Absolute)。對於同一事實之彼此相衝突的詮釋之間，在絕對中是可以調和的，而相互衝突的慾望(desires)之間也是如此。「絕對」解決了所有關於慾望的問題，而且提供鮑氏評價其他事物的標準，理由是：一件事物的價值是決定於其滿足慾望的能力。鮑桑葵由此總結說，人類作為絕對的部分(fragments)，當他們愈藉由參與絕對而理解自身，便會愈需求更高的價值。在

《個人的價值與命運》中，鮑氏解釋人類何以能夠完成上述的行為。人類作為有限物，面對著許多他們所不能克服的障礙，然而他們也期盼善(即絕對)，對於鮑桑葵來講，這樣的善能夠克服所有的障礙，以及滿足所有的慾望。鮑氏還認為，人們藉由對善的追求而放棄其私有慾望，最能夠了解對善的慾望。這種鮑氏稱之為宗教意識的放棄慾望態度，將人類聯繫到實在的永恆價值之中，並因此增強他們自身的價值與滿足。

鮑桑葵對於這種形上學觀點的捍衛，一大部分是建立在他的首要著作《邏輯，或知識的形態學》(*Logic or the Morphology of knowledge*, 1888，二版於 1911 年出版)。如同此書副標題所言，鮑氏將「邏輯」的根本問題視為知識的結構。如同多方面啟發他的黑格爾(Hegel)一樣，鮑氏將知識的性質定義為：結構重複於知識的不同部分中。他稱此結構為判斷的形式，並且試圖說明單純判斷是依賴於逐漸增多的複合單元，而最終就是依賴於能夠定義實在的全含判斷(all-inclusive judgment)。例如知識的最單純元素，是如同「這是熱的」(This is hot)的指示判斷(demonstrative judgment)，但是要做出這樣的判斷，必須預先了解「這」與「那」的對比。指示判斷因而就依賴於像「這個東西比那個東西更熱」的比較判斷(comparative judgment)，所以這些判斷並不依賴於其他判斷，而是把人類知識全然具體化，鮑氏宣稱這種持續增多的複合判斷(complex judgment)系列，並不是被安排在一個單純的直線秩序之中，而是順著不同的領域發展，且最終統一在選言判斷之中，這些選言判斷將大量的、彼此相互排斥的選項賦予了實在，而這些選項自身也是判斷。如果一個被包含的判斷是建立在另一個判斷的基礎上，那麼一個包含這兩者的判斷就是「推論」(inference)。對鮑桑葵來講，推論把判斷與判斷連結起來，這意思是說推論的結論是建立在理由上，如果這些理由明顯地出現在一個包含它們的判斷之中，那麼判斷就能夠使推論的性質具體化：那個判斷必須接受知識的結論或拒絕知識的全體，因為對鮑桑葵而言，介於任何判斷及這些判斷所呈顯的實在之間的區別就是：判斷是由抽繹實在而得出的理念所組成的、而一個完全的概括判斷則包含實在的所有層面，後者這樣的判斷就等同於實在。藉由把所有的判斷落實在這一點上，鮑氏宣稱他已經描述出知識的形態學，即他已經展示了「思想等同於實在」。

鮑桑葵在其《美學史》(*History of Aesthetics*, 1892)中，則對這種同一化表現了另一種看法，他通過絕對觀念論而從源頭處追溯美的哲學之發展。根據柏拉圖(Plato)與亞里斯多德(Aristotle)，美是在模倣實在中被發現的；然而在客觀觀念論中，美是感性形式中的實在。特別是依據康德(Kant)，鮑氏藉著說明愉悅感如何能夠參與理性，而將這個過程視為某種介於感性與理性之間對立的克服。他認為絕對觀念論藉由說明我們將對象感受為美而解釋了這種克服過程，因為它們的感性性質呈顯出理性的統一行為。

鮑氏在其著作《國家的哲學理論》(*Philosophical Theory of the State*, 1898，1920 年修訂)中處理了絕對觀念論的政治意涵，其間他論述到人們只有在社群中才能達成他們的目標。依據鮑桑葵，人們都會理性地追求他們自身的目標。因為他們的目標時時刻刻有所不同，他們理性地追求的目標在特殊的時刻便會調和他們的慾望。相同地，因為不同個人的目標均會有所重疊與衝突，他們理性地追求的東西就是調和他們慾望的目標，這就是人們在社群中的目標。這些目標是普遍意志所欲求的，它們的實現，就是自我原則或自由。這提供了政治義務的理性基礎，因為當代生活中涵蓋面最廣的系統就是國家，而國家的目標就是提供其國民最好的生活。

參見 Hegel 黑格爾；idealism 觀念論

J.W.A.撰　林維杰審訂

Boscovich, Roger Joseph　布斯科維胥，羅傑・約瑟夫　或作路哲・傑西・波士科維

(Rudjer Josip Bošković, 1711-87)，是克羅埃西亞的物理學家與哲學家。他的父母是塞爾維亞和義大利人，他是耶穌會的人，也是個博學的人，最為人知的是他的著作《一個將自然哲學化約至存在於自然裡行動的單一法則之理論》(*A Theory of Natural Philosophy Reduced to a Single Law of the Actions Existing in Nature*)。這本書試圖就點粒子(point particles〔*puncta*〕)的引力與排斥作用，來解釋所有的物理現象，而點粒子在它們內在性質的特質上是不可區分的。根據布斯科維胥的單一法則，點粒子在一定距離之下會吸引，直到靠近了另一個它們所排斥的點粒子，最後，達到均勢狀態(equilibrium)。就這樣，布斯科維胥保衛某種形式的物力論(dynamism)，或者說是保衛一種以力量(force)而非質量(mass)來了解自然的理論(這裡的力量指的是空間與距離的作用)。藉由省掉延伸的(extended)物質，布斯科維胥除了避免掉洛克(Locke)之自然哲學所面對之知識論的困難，還預料到當代物理學的發展。受布斯科維胥所影響的人包括了康德(Kant)(他保衛一種版本的物力論)、法拉第(Faraday)、馬克思威爾(James Clerk Maxwe ll)與卡文(Lord Kelvin)。

布斯科維胥的理論，被證明在用來解釋像光這樣的現象時，是經驗地不恰當。他的點粒子(是物理的實體〔substances〕)，因著它們的零度廣延(zero-dimensionality)而有在哲學上的困難。有道理的說法是，任何力量在其對象物的內在特質裡必定有一個基礎(basis)，但點粒子的力量似乎缺乏了這樣的支持。然而，點粒子所缺乏的是展延的性質，而布斯科維胥可能會主張，點粒子為一非展延的空間實體，這樣的明確性質(categorial property)，則提供了所需要的基礎。

J.Ho. & G.Ro.撰　劉希文審訂

bottom-up　由下到上的　見 cognitive science 認知科學

bound variable　拘束變元　見 ontological commitment 存有論承諾；variable 變數

Bouwsma, O(ets) K(olk)　鮑士瑪，歐伊特斯・考克(1898-1978)　美國哲學家、日常語言哲學的實踐者和有名的教師。通過對穆爾(Moore)的研究，以及跟像諾曼・馬孔(Norman Malcolm)與莫里斯・雷澤洛維茨(Morris Lazerowitz)這些他從內布拉斯卡(Nebraska)派遣去向穆爾學習的學生之接觸，鮑士瑪發現了維根斯坦(Wittgenstein)。透過他自己對於意義(sense)和無意義(nonsense)之掌握(這掌握常帶有幽默的特色)，他傳達了一種對「維根斯坦的哲學分析技巧」(Wittgenstein's techniques of philosophical anaiysis)的理解，並由此而建立其聲名。他專注於論證中的一個關鍵的語句，並提供種種關於這語句的想像情況，透過哲學家之口，來顯示出這語句是如何的缺乏意義。有時他稱此為「致敗之方法」(the method of failure)。舉例來說，關於笛卡兒的惡魔，鮑士瑪編了一個詳細的故事，在這個故事中，惡魔試圖利用一個完全是紙的世界，來進行永久欺騙我們的勾當，卻終歸失敗。「我們沒有能力去想像如此的欺騙」這樣的事實，使得惡魔論證的意義站不住腳。他的著作中充滿了類似的故事、類比，以及那些對「諸如柏克萊(Berkeley)的觀念論、穆爾的感覺與料(sense-data)理論和安塞姆(Anslem)的存有論論證(ontological argument)之類的哲學標準模範」之意義和無意義所作的種種揶揄。

鮑士瑪沒有倡導什麼理論，也不駁斥其他的哲學家的觀點。他的才華毋寧是顯示在：他常針對一個論證中的一些重要的語句，揭露出這些語句偽似是有意義而其實是無意義的。就這一點而言，他比維根斯坦走得更遠，使後者對於語言的種種洞見，更見具體而微。除了對維根斯坦作這樣的援用以外，他還援用齊克果(Kierkegaard)；在他的理解當中，齊氏也是驅除了一些哲學幻象(philosophical illusions)，這些幻象乃是起源於我們企圖去理解基督教。宗教性的哲學中的平常語言，便是聖典中的平常語言，在很多論及宗教課題的文章中，鮑士瑪都是依靠這種語言的。他的宗教向度充盈於這樣一位對傳統形上學毫不留餘地的人。他的論文曾以《哲學論文》(*Philosophical Essays*)、《邁向新的敏感性》(*Toward a New Sensibility*)、《無證無據》(*Without Proof or Evidence*)以及《維根斯坦對話 1949-51》(*Wittgenstein Conversation 1949-51*)等標題發表。他的哲學筆記現在存放在德克薩斯州的奧斯汀人文研究中心(the Humanities Research Center in Austin, Texas)。

參見 ordinary language philosophy 日常語言哲學；Wittgenstein 維根斯坦

R.E.H.撰　趙之振審訂

Boyle, Robert　波以耳，羅伯(1627-91)　英國的化學家、物理學家，十七世紀自然哲學的重要人物。在英國，對於他同時代的人而言，他是機械論哲學的「重建者」。他的想法是要取代逍遙學派(Peripateticism)的空洞解釋(例如雪的「白色性質」解釋了它為何令人目眩)，所憑藉的方法則是運用「兩個重要且最為普遍的物體原則，物質和運動」來詮釋。物質由微粒所組成，而運動則是發生在自然中一切事件的重要動因」。波以耳在科學方法論上的著作極具影響力，受了培根(Bacon)的影響，他強調實驗、實驗的精確，以及設計「良好及優秀」假說的重要性。在有關解釋性假說有效性的爭論上，波以耳與史賓諾莎的進路截然不同，前者採實驗方法；後者則採用理性分析的方法。1670 年代與摩爾(Henry More)爭論物體活動的存有學基礎，對照摩爾的「自然精神」(Spirit of Nature)，波以耳宣稱上帝直接賦予物質某種「本質性的變化」(運動及活動的「原初原則」)。波以耳是微粒說哲學的主要支持者，他是洛克(Locke)發展出初性和次性區分之前的一個重要環結。他也是擁護自然神學的先鋒，並在遺囑中建立了波以耳講座，以為基督新教辯護，來對抗無神論和唯物論。

參見 mechanistic explanation 機械論的解釋；philosophy of science 科學哲學；Spinoza 史賓諾莎

A.G.撰　孫效智審訂

bracketing　放入括弧　見 Husserl 胡塞爾；phenomenology 現象學

Bradley, F(rancis) H(erbert)　布雷德利，法蘭西斯・赫伯(1846-1924)　最富原創性與影響力的十九世紀英國觀念論者。生於克拉罕(Clapham)，某福音派牧師的第四個小孩。其胞弟布雷德利(A. C. Bradley)為一著名莎士比亞評論家。布雷德利從 1870 年一直到死前都是牛津大學莫頓學院(Merton College, Oxford)的教員。1871 年開始病發的腎臟病變，迫使他提早退休。他的病痛、強捍的寫作風格、對諷刺的愛好、獻給一不知名女子的三本著作，以及柏克萊(Berkeley)之後最偉大的英國觀念論者之美譽，增添了他個人生命的神祕氣氛。

布雷德利第一本重要著作《倫理學研究》(*Ethical Studies*, 1876)並非用來作為處理實際道德問題的指南(布雷德利指責這是一種詭辯)，而是用來說明是何原因使得道德得以體現於個人意識或社會團體。布雷德利認為道德行為者將道德視為目的自身，此舉將其意志等同於理想(假定有部分須透過行為者的社會地位完成)，並再經由行動將理想轉化成現實。布雷德利把這過程稱為自我實現(self-realization)。他認為道德行為者只有透過壓抑壞的自我才能實現好的自我，他因此結論說，道德永遠無法完完全全地實現，因為好的自我要實現就必須有個壞的自我。也因為這個原因，在他保守的基督宗教觀點下，布雷德利相信道德意識會發展成宗教意識，需要人們透過對道德理想之真實存在的信仰而放棄原始自我。

布雷德利在《倫理學研究》中坦承要充分捍衛他的倫理學，需要有一套形上學系統，而那是他當時所沒有的。布雷德利後來的大部分工作都在試圖提供一個形上學系統的綱要，來解決他所謂的「關於思想(thought)與實在(reality)之關係的大問題」。他最早在《邏輯原理》(*The Principles of Logic*, 1883)中觸及這問題，此書為他的「思想」(thought)觀點。他認為思想體現於判斷(judgment)中，判斷與其他心靈活動的不同在於判斷有真假。判斷之所以有真假在於它們的內容——布雷德利稱之為觀念(ideas)——代表著實在界。但有個問題是，觀念是普遍的並因此代表事物種類，然而事物本身全都是個別的。布雷德利的解決方式是，區分出判斷的邏輯形式與文法形式，並論證所有判斷皆具條件句的邏輯形式。條件句表明的是性質之間的普遍連結，這些性質皆來自實在界。性質是普遍的，性質之間以條件句形式連結，然而實在界是我們以直接經驗與其接觸的整全個體。在布雷德利的觀點中，所有判斷都是由多種彼此不具關係性(non-relational)的直接經驗經由抽象作用後的結果。由於判斷無可避免地一定是關係的(relational)，因而無法精確表徵不具關係性的實在界，也因此無法觸及思想的標的——真理。因此布雷德利不同於某些比他更黑格爾主義的同期人物，他的結論是：思想不等同於實在，而且思想不過是部分地真。

《表象與實在》(*Appearance and Reality*, 1893)為布雷德利的「實在」(reality)觀點：實在就是經驗，其內所有經驗以一和諧方式摻雜混合而成。布雷德利使用他對實在的判準來支持這觀點。他宣稱實在不與自身矛盾，任何會自身矛盾的就僅是表象(appearance)。在《表象與實在》的第一部分，布雷德利運用一個我們現今稱為布雷德利後退(Bradley's regress)的無窮後退論證來主張，關係及包括思想在內的所有關係性現象都是矛盾的。這些事物是表象，不是實在。在第二部分他主張表象是矛盾的，因為表象是思想抽繹自直接經驗而來。表象構成了這個整體的內容，而這整體在布雷德利眼中即為經驗。布雷德利將這統一、一致且無所不包的實在稱為「絕對」(the Absolute)。

今天人們記得布雷德利主要是因他提出的反對關係實在性的論證，以及他的哲學引起羅素(Russell)與穆爾(Moore)在哲學上的改革。不過最好是從他以判斷之邏輯形式作為形上學結論之理據的角度看他，把他視為二十世紀哲學的奠基者而記得他。

參見 Bosanquet 鮑桑葵；idealism 觀念論

J.W.A.撰　林正弘審訂

Bradwardine, Thomas　布雷德瓦丁・湯瑪斯　見 Oxford Calculators 牛津算學團體

Brahma　梵天　見 Brahman 梵

Brahman　梵　印度教的終極實在，具有真、智、樂三性，超然絕待，獨立自存。依限定不二一元論(Viśistadvaita)和二元論吠檀多學派(Dvaita Vedanta)，梵實即人格性的梵神(Brahma)，不二一元論吠檀多學派則視其為非人格、無屬性的，其真、智、樂三性應以否定方式理解。限定不二一元論和二元論者將大梵構想成有屬性的，即實德梵(*saguna*)，不二一元論者則以其不具屬性，而為離德梵(*nirguna*)。對限定不二一元論者而言，「梵」的第二義意指依待於梵的現象世界，亦即構成梵之身體的一切心物現象。對不二一元論者來說，一切似為個別的心靈(或其他事物)都與梵一般無二。二元論吠檀多並不以世界或任何其他事物為梵的身體。依據不二一元論吠檀多，出離生死輪迴的解脫有待於人瞭解到他與離德梵的同一，而根據二元論及限定不二一元論吠檀多，解脫有待於人之悔恨、棄絕其罪業，且全然信賴恩慈的梵神的救贖。

參見 Hinduism 印度教

K.E.Y.撰　何建興審訂

Brahmanism　婆羅門主義　見 Brahman 梵

brain in a vat　桶中大腦　見 Putnam 帕特南；skepticism 懷疑論

Brandt, Richard B.　布蘭特，理查德・B(1910-97)　美國道德哲學家，他的名字與規則效益主義(rule utilitarianism)緊密地連在一起——這個詞彙是由他創造的。布蘭特曾就學於丹尼森學院(Denison College)與劍橋大學(Cambridge University)，且在 1936 年於耶魯大學(Yale)得到博士學位。自 1937 至 1964 年他任教於斯華茲摩爾學院(Swarthmore)，自 1964 至 1981 年則在密西根大學執教。他的六本書與將近百篇論文，遍及宗教哲學、知識論、心靈哲學、行動哲學、政治哲學、以及法律哲學；他最大的貢獻在於道德哲學。他第一次為規則效益主義辯護，是在他所寫的教科書《道德理論》(*Ethical Theory*, 1959)中，但在 1960 年代的一連串論文中，他大幅度地修正了他的看法。這些文章廣泛地被討論，最後終於結集成書——《道德、效益主義、權利》(*Morality, Utilitarianism, and Rights*, 1992)。其論點更進一步的精緻化，出現在他的《一個對於善與正確的理論》(*A Theory of the Good and the Right*, 1979)與《事實、價值與道德》(*Facts, Values and Morality*, 1996)。

布蘭特格外著名的論證是：對「理性人」(rational person)的「革新定義」(reforming definition)。他主張，當我們說某人是一個理性人時，我們是在說這個人的欲求在面對各種相關經驗事實、以及正確邏輯思考的檢證時，能經得起考驗。他同時提倡，對於何謂「道德上正確」，也該有個革新定義；「道德上正確」的行為，在敘述上的意義是：「可以得到社會上所有道德規範(moral code)的允許，同時這個社會中的所有（或幾乎所有）理性人，在預期到必須一輩子活在這個社會的狀況下，會公開同意共處於這個行為者所在的社會。」以他的觀點，如何在道德規範之間作理性選擇，並非決定於先前的道德承諾，而是決定於預期的後果。布蘭特承認，不同的理性人可能有不同層次的天生善心(natural benevolence)，但是他也主張，多數理性人會贊成規則效益主義式的道德律。

參見 cognitive psychotherapy 認知心理療法；ethics 倫理學；utilitarianism 效益主義

B.W.H.撰　謝世民、吳妍儀審訂

Brentano, Franz　布倫塔諾，費蘭茲(1838-1917)　德國哲學家，他是他那個時期最有學術影響力與個人魅力的哲學家之一。他以底下的思想內容著名於世：(1)在思想的意向性(intentionality)或內在對象導向(object-directedness)之基礎上，區分了心理的與物理的現象，(2)他復興了亞里斯多德主義(Aristotelianism)，(3)哲學與心理學上的經驗方法，(4)由正確的先前(pro-)與反情緒(anti-emotions)概念或愛與恨的態度所支持的價值理論(value theory)與倫理學(ethics)。布倫塔諾在形上學的範疇理論(metaphysical categories)、現象學(phenomenology)、知識論(epistemology)、三段式邏輯(syllogistic logic)與宗教哲學上，都有很大的貢獻。他的教學對於渥茲堡(Würzburg)與維也納(Vienna)的學生有極深的影響，他們許多人在各自的領域都成了國際上普遍受重視的思想家，包括了邁農(Meinong)、胡塞爾(Husserl)、托瓦道斯基(Twardowski)、克里斯強・馮・艾倫菲斯(Christian von Ehrenfels)、安東・馬蒂(Anton Marty)與弗洛伊德(Freud)等等。

布倫塔諾在阿沙芬堡皇家巴發利亞中學(Aschaffenburg Royal Bavarian Gymnasium)開始

學習哲學，在1856年至1858年進入慕尼黑(Munich)與渥茲堡大學，接著，加入柏林(Berlin)大學，在那裡，在崔德倫保(F. A. Trendelenburg)的指導下，他著手研究亞里斯多德的形上學。1859至1860年，他加入了閔斯特學院(Academy in Münster)，非常認真地讀中世紀亞里斯多德哲學；在1862年，他得到了杜賓根(Tübingen)大學的哲學博士，但並未出席。1864年，他擔任天主教神父，後來並且涉入羅馬教宗是不是不會犯錯的爭論中，最後，在1873年的時候，離開教會。他一開始在渥茲堡哲學系當「獨立講師」(Privatdazent)(1866-74)，後來在維也納大學得到教授職位。1880年他決定要結婚，因此暫時辭去職位以取得薩克遜邦(Saxon)的公民權，藉此避免在奧地利所遭遇的困難——在那裡，當過神父的人之婚姻是不被官方認可的。布倫塔諾被允諾在規避這些限制後，可以取回他的職位，但儘管他恢復了教職，重任教授的申請卻是被含糊其詞地不斷拖延著。1895年時，他離開維也納，退休於義大利，那裡是他家族血統的來源。最後在義大利加入第一次世界大戰後不久，他搬到瑞士的蘇黎士(Zürich)。在那裡，他在哲學與心理學界仍然活躍，儘管他後來失去視力，他仍然寫作與修改無數的書與文章、頻繁地與以前的學生與同事會面與持續閱讀龐大哲學文獻，直到他去世為止。

在《經驗觀點下的心理學》(*Psychologie vom empirischen Standpunkt*〔*Psychology from an Empirical standpoint*〕, 1874)一書中，布倫塔諾認為意向性是心靈的標誌，即所有心理上的經驗都包含了一個意指的(intended)對象——也可以稱為一個意向的(intentional)的對象，那是思想的內容(about)或思想所導向(toward)之處。因此，談到欲求(desire)，就有被欲求的東西。根據內在意向性理論(immanent intentionality thesis)，這代表欲求的對象是事實上包含於欲求的心理學經驗。布倫塔諾認為不同於物理的(physical)或非心理(non-psychological)的現象，意向性只有單獨對心靈而言才是真的，故心理的意向性區分了心理的與物理的狀態。內在意向性理論提供了布倫塔諾所定義的三個心理學現象的範疇的框架：思想(thoughts〔*Vorstellungen*〕)、判斷與感情的現象。他更進一步主張所有的思想同時也是自我意識地回應(reflected)到它本身，以作為二階的意向對象(secondary intended object)，他稱之為「固有的染著」(*eigentümliche Verfleckung*)。

從1905年到1911年，在出版《論心理現象之分類》(*Von der Klassifikation der psychischen Phänomene*)一書的同一年，布倫塔諾逐漸放棄內在意向性理論而改為他後來的實質論(reism)哲學——據此，只有個體存在，排除了所有想像的、不存在的「非實在物」(*irrealia*)，如「沒有」(lack)、「缺乏」(absent)與「只是可能性」(mere possibilities)。同一時候，他的學生托瓦道斯基、邁農與胡塞爾等人反對他早期的意向性理論所包含的觀念論(idealism)、心理主義(psychologism)等而發展出修改的非內在(non-immanence)之進路，托瓦道斯基、邁農與其學生在格拉茲(Graz)的現象學心理學學派(phenomenological psychology)提出「對象理論」(*Gegenstandstheorie*，即超越的〔transcendent〕存在與非存在的意向客體理論)，胡塞爾後來也提出了超驗現象學(transcendental phenomenology)。布倫塔諾的心理意向性理論再度振興中世紀亞里斯多德式的哲學，這是他對當代非機械式(non-mechanistic)的心靈、意義與表達理論最重要的貢獻之一。布倫塔諾的內在意向性理論固然被上述哲學家們所反對，後者卻都同意他基本的宣稱，即思想在本質上是對象導向(object-directed)的。

布倫塔諾的價值理論(value theory〔*Werttheorie*〕)提供了一個對價值的多元說明，允許許多不同種類的事物可以擁有價值——雖然，為了維持他後來的「實質論」，他否認抽象實在之存在的價值。內在價值是客觀的，而非主觀的，在這個意義上，他相信先前與反情緒，我們可以客觀正確地面對一個行為或情境，如果他們以相同的必然(apodicity)或沒有問題的正確感呈現自己本身於情緒的偏好，以作為非倫理學(non-ethical)的判斷之自明的事物。布倫塔諾價值理論之有爭議的結果，是會得出沒有所謂絕對惡的東西這樣的結論。布倫塔諾的發現蘊涵了，首先，惡需要惡的意識，而且任何種類的意識，甚至是最壞的想像之惡或有害的惡，是(只用意識來想)本質善的。這意味著就算心靈存在著大部分惡的可能狀態，還是總是必然存在著最大的本質善，因為它只是意識地經驗，所以純粹的惡不可能獲得。布倫塔諾的價值理論承認不辯護那些面對情況時，沒有分享他所描述的相同的「正確」(correct)情感態度的人。如果有人反對道：另一個人的情緒偏好是只有善的意識是本質善的，而非常惡的意識，儘管處於意識狀態，仍不包含任何本質善是絕對惡；則此時無法依賴布倫塔諾的倫理學，除非他宣稱對於非常惡意識之相反的情緒態度同樣也是善的，即使這與他的評價相矛盾。

布倫塔諾的經驗心理學與意向性理論的主張、他的道德哲學與價值理論、他在亞里斯多德實在論不受重視的後-康德觀念論時代(post-Kantian idealism)研究亞里斯多德形上學、他的證據判斷之知識理論、他對於重新建構三段式邏輯(syllogistic logic)的建議、他對充分理由之原則與上帝存在的看法、他對哲學歷史連續走向之四階段循環(four stage cycle)的解釋，加上他的教導與個人道德示範，都繼續激發著各式各樣的哲學傳統。

參見 Aristotle 亞里斯多德；Husserl 胡塞爾；intentionality 意向性；Meinong 邁農；phenomenology 現象學；value 價值

D.J.撰　游淙祺審訂

Brentano's thesis　布倫塔諾題論　見 intentionality 意向性

bridge law　橋律　見 reduction 化約

British empiricists　英國經驗主義者　見 rationalism 理性主義

Broad, C(harlie) D(unbar)　布洛德，查理・頓巴(1887-1971)　英國知識論者、形上學家、道德哲學家與科學哲學家。他在劍橋大學三一學院(Trinity College, Cambridge)受教育，並在蘇格蘭的幾所大學任教，後來回到三一學院，最初擔任道德科學的講師，最後榮任道德哲學的奈特布吉講座教授(Knightbridge Professor of Moral Philosophy)。雖然受到他劍橋大學老師麥克塔格特(McTaggart)與約翰遜(W. E. Johnson)的實質影響，但布洛德的哲學觀點卻是屬於穆爾(Moore)和羅素(Russell)的廣義下的實在論傳統。布洛德在相當多哲學主題上撰述文章，著作等身且包羅萬象，舉其要者包括知覺之性質、先驗(a priori)知識和概念、歸納問題、心物問題、自由意志問題、道德哲學的各式議題、精神研究(psychical research)的性質及哲學意涵，以及像萊布尼茲(Leibniz)、康德(Kant)和麥克塔格特等各式歷史人物。

布洛德在知覺哲學(philosophy of perception)的研究集中在感覺與料(sense-data，或如他所稱的*sensa*)的性質，以及它們與物理對象間的關係。他主張知覺因果理論(casual theory of perception)中一種較謹慎且暫時性的版本。在先驗知識上，布洛德反對經驗主義把所有先驗知識當成分析命題，他的取代看法是：理性能直觀到性質或特性之間的必然普遍連結。在概念獲得上，他主張儘管大部分的概念是從經驗抽象而來，但有些概念是先驗的，雖然不是必然天生的。布洛德認為歸納推理的合理性依賴於某有關世界的更一般性的前提，這是自然齊一性(nature is uniform)的較複雜版本，其內容難以精確表述，更難以證成。

布洛德在心物問題上採取二元論(dualism)，儘管他最重視的是個別的心靈事件，且不確定心靈作為實體其存在與性質為何，而且相當同情副現象論(epiphenomenalism)。在自由意志問題上，他的主要貢獻在於詳細分析自由論者(libertarian)的自由概念，他認為那種自由概念既無法令人理解，但又可能是構成義務概念本質的先決條件。布洛德的倫理學著作多樣且難以總括概論，但大部分還是集中探討倫理判斷在本質上是否具認知意義。

布洛德是少數幾個認真看待精神研究的哲學家之一。他當過精神研究學會(Society for Psychical Research)的主席，也偶爾會觀察精神研究實驗。他在這課題上的哲學著作雖帶有批判，但更多的是同情，且大部分在捍衛像預知(precognition)等概念，反駁對其不一致的指控，並把它們導出的結果應用到相似的哲學議題。

布洛德在自然哲學上區分「批判」(critical)與「思辨」(speculative)哲學的不同。批判哲學是對日常生活與科學理論的基本概念進行分析，大致上即是穆爾和羅素所處的那個傳統。布洛德自己的作品極大比例都是這種分析，而且通常是以細節出奇詳盡為其特色。但是他也同情思辨哲學的努力，即希望對宇宙的性質，以及人類在其中的地位有個整全性地了解。然而同情之餘，布洛德也對這努力——即使正朝遙遠目標接近——是否可能完成表示懷疑。

上述的分項介紹透露出布洛德哲學思想的廣度，但卻未顯出其思想中最引人注目的價值。布洛德在各項議題的立場並沒有形成任何系統。(據說布洛德自己曾說，沒什麼可稱為「布洛德哲學」的東西)然而他的觀點永遠是敏銳、深思、具批判洞察力，很少因其片面新穎才在哲學中受到高度評價。他的觀點具有罕見的清晰、辯證的洞察，以及不偏不倚的特性。布洛德的下列技巧少有匹敵：揭露或展現一哲學議題的精確樣貌、澄清相關的論證與反對意見、詳盡羅列敵對兩造的優劣點。一個尋求問題之明確解決的人，他很可能會對布洛德謹慎細心的討論感到不耐煩與失望，那些討論花了大量功夫羅列所有該有的立場與論證。但一個尋求對問題能有全面且均衡理解的人，那他就很難再找到比布洛德更具價值的指導。

參見 parapsychology 特異心理學；philosophy of mind 心靈哲學

L.B.撰　林正弘審訂

Brouwer, Luitzgen Egbertus Jan　布勞爾，路茨根・伊格伯塔斯・揚(1881-1966)　荷蘭數學家、哲學家，數學哲學中直觀學派(intuitionist school)的創始人。他在阿姆斯特丹的瑪尼西帕大學(Municipal University of Amsterdam)受教育，1907 年獲得博士學位，此後，他留在那裡開始他的專業生涯。開始是「臨時教師」(*Privaat-Docent*)(1909-12)，後來成為教授(1912-55)。他是當時的傑出拓撲學者(topologists)，曾證明了若干重要結果。在哲學上，他的獨特之處在於，他確信關於數學本質的哲學觀念和論斷，應該和數學實踐之間互相影響。

他的數學哲學立場起源於康德學派(Kantian)。這顯現在他對古典數學中邏輯理性(logical reasoning)的角色的激烈批判；受到康德影響，布勞爾相信，古典的觀點，和數學推理(mathematical reasoning)中直覺所必須適度擔當的角色是不相容的。他對於排中律(excluded middle)和與此相關的古典邏輯原理的攻擊，即使不算是最基本的，也是他對古典數學任意使用邏輯理性這觀點的批判中最有名的部分。他挑戰它們的可靠性，認為從直覺的角度看，對於它們無限制的應用導致了不正確的結果。

但是，在這種批判的基礎部分，布勞爾並沒有像批判古典數學允許邏輯理性的角色那樣，去攻擊特定的古典邏輯原理。他相信邏輯結構(同樣也包括邏輯推論)是數學思維的語言學表達的產物，而不是思維本身的特質。他在所謂直觀主義的第一律(First Act of Intuitionism)中表達了他的這種看法，其中不僅包含了布勞爾立場中主要的批判觀念，同時也包括核心的積極成分。和康德一樣，這個積極的成分，表明數學實際上是一種非語言的心靈活動(布勞爾進而提出了某些康德只會部分同意的主張：這種活動是源於對時間流動的感知)。而藉由說明數學是完全不同於「數學語言」以及「通過邏輯所描述的語言現象」，他的批判性成分補充了他上述的觀點。

所謂直觀主義的第二律(Second Act of Intuitionism)擴大了第一律的積極部分，也就是原始直覺對於時間的流動的自我開展(self unfolding)，並不單是自然數建構的基礎，也是直覺上連續體(continuum)的建構基礎。這兩點在共同構成了布勞爾數學哲學的基礎，而布勞爾的哲學根本上異於二十世紀的大部分數學哲學。

參見 philosophy of mathematics 數學哲學

M.D.撰　李瑞麟審訂

Bruno, Giordano　布魯諾，喬爾達諾(1548-1600)　義大利思辨哲學家。他出生於那不勒斯(Naples)，1565 年進入道明會(Dominican order)，1576 年被懷疑為異端而脫離他的修會。他在日內瓦讀書和教學，後來為了與喀爾文教派(the Calvinists)的困難而離開。他隨後到圖魯茲(Toulouse)、巴黎、英格蘭、幾所德國大學和布拉格讀書和教學。1591 年他突然返回威尼斯，在 1592 年被威尼斯的宗教裁判所逮捕，次年轉移到羅馬宗教裁判所，在那裡他被定為異端者被燒死。

由於他不幸的結局，他對哥白尼日中心假設的支持，以及他宣稱的反亞里斯多德主義，布魯諾被誤認為是一個反對中世紀蒙昧主義(medieval obscurantism)的科學世界觀的支持者。事實上，應該將他放在文藝復興的隱修主義(hermetism)情境中來考察。誠然，布魯諾受到隱修文集，亦即一部由埃及赫密斯・崔斯麥吉士特斯(Hermes Trismegistus)撰寫的神祕主義著作所啟發，使他要求回到古代埃及的巫術宗教。他同樣也受到了盧祿(Lull)、庫薩的尼古拉 (Nicholas of Cusa)、費希諾(Ficino)和阿格帕・凡・那提西姆(Agrippa von Nettesheim)——十六世紀早期一部有影響力的巫術著作的作者——的影響。布魯諾有幾本書是關於巫術的，而且它們在他關於記憶術的著作中起了重要作用。提高記憶的技術是長久以來討論的話題，但是他卻將它們和這樣的觀念關聯起來：認為人能夠對於宇宙萬物留下深刻的印象，從而獲得關於神性實在的知識以及伴隨這種知識的巫術能力。他將想像作為主要的認知能力而加以肯定，因為它能使我們和神接觸。雖然如此，他同樣認為人類的觀念僅只是神的觀念的陰影，而且上帝是超越的並因此而是無法理解的。

布魯諾最有名的著作，是在英格蘭用義大利文寫下的對話錄，它們全部出版於 1584 年，包括《聖灰禮周三的晚餐》(*The Ash Wednesday Supper*)，《論原因、原理和統一》(*On Cause, Principle and Unity*)，《對勝利的猛獸的驅逐》(*The Expulsion of the Triumphant Beast*)以及《論無限宇宙和眾多世界》(*On the Infinite Universe and Worlds*)。他將宇宙理解為一個運動的、包含著無限數量的世界的統一體，每個世界都像一個巨獸，有著自己的生命。他主張物質與普遍形式或世界魂(World-Soul)的合一，這種觀點暗示出一種泛神論(pantheism)，吸引了晚期的德國觀念論者，比如謝林(Schelling)。但他從未將世界魂與上帝等同起來，他保留了形式與質料之間的區別。他將他對於自然的推理和新的自然主義倫理學的建議結合起來。在《聖灰禮周三的晚餐》中他支持了哥白尼日中心假設，這和他認為地球必須運動的信仰相關。他特別反對任何用純粹數學的方法去證明哥白尼日中心假設。在他的晚期著作中，他將單細胞生物描繪成德謨克里特的原子(Democritean atom)。除了些許明顯與史賓諾莎(Spinoza)和萊布尼茲(Leibniz)的相似之處外，他似乎未對十七世紀的思想家產生大量的直接影響。

E.J.A.撰　丁福寧審訂

Brunschvicg, Léon　布倫斯維克，里奧(1869-1944)　法國哲學家，索邦(Sorbonne)大學和巴黎高等師範學校(École Normale Supérieure of Paris)有影響力的教授，也是《形上學與道德期刊》(*Revue de Métaphysique et de Morale*, 1893)和法國哲學協會(Société Française de Philosophie, 1901)的創始人。1940年，他被納粹強迫離開巴黎，在非淪陷區尋求庇護，最後死於那裡。作為一個一元論的觀念論者(monistic idealist)，布倫斯維克闡明一種心靈哲學(《思維生命導論》〔*Introduction to the Life of the Mind*, 1900〕)。他的認識論突顯判斷(judgment)。思考是判斷，而判斷是行動。他將哲學定義為「思維之方法式的自我反映」，哲學研究人不斷增長的自我理解；心靈的深處或者形上的真理，可以通過對於心靈即時顯現的分析獲得。他主要的著作也因此將科學的進步描述為一種意識的進步，比如《數學哲學的階段》(*The Stages of Mathematical Philosophy*, 1912)、《人類經驗和物理因果關係》(*Human Experience and Physical Causality*, 1922)、《西方哲學中良心的進展》(*The Progress of Conscience in Western Philosophy*, 1927)，以及《心智的時代》(*Ages of Intelligence*, 1934)。作為雷努維耶(Renouveir)、古爾諾(Cournot)和拉韋松(Revaisson)的後繼者，布倫斯維克倡導一種道德和精神性的科學概念，而且試圖將觀念論和實證論(positivism)調和起來。

J.-L.S.撰　苑舉正審訂

B-series　B-系列　見 time 時間

B-theory of time　時間的 B 理論　見 time 時間

Buber, Martin　布伯，馬丁(1878-1965)　德國猶太哲學家、神學家和政治領袖。布伯的早期所受的影響包括哈斯德主義(Hasidism)和新康德主義(neo-Kantianism)。最後，他和後者分手，成為一個宗教的存在主義者。他主要的哲學著作包括他著名的《我與你》(*Ich und Du*〔*I and Thou*〕, 1923)、《摩西》(*Moses*, 1946)、《人與人之間》(*Between Man and Man*, 1947)，以及《上帝之歸隱》(*Eclipse of God*, 1952)。

在布伯思想中最關鍵的是他那個兩個基本關係的觀念：「我-你」(I-Thou)和「我-它」(I-It)。「我-你」關係是以真誠開放、相互尊重以及全心投入為特徵。「我」所面對的「你」並不是一個被研究、被衡量或者被控制的某物，而是一個獨特的「存在呈現」(presence)，這種存在呈現是對於我的個體性的回應。「我－它」關係的特徵是一種對待事物的態度，即將事物看作是不涉及個人情感的、而是由因果、社會或者經濟的力量所支配的對象。布伯否認人是孤立的、是按照抽象法則來行為的主體。他認為實在(reality)生成於人和人「之間」的交會與相互轉化。總而言之，實在是交相對話的(dialogical)。布伯將上帝表述為終極的「你」，而這個「你」永遠不會成為「它」。因此，吾人不能通過推理得見上帝。吾人唯有全心全意地對神性的存在呈現之具體的實在有所應答，這才能得見上帝。

參見 existentialism 存在主義；Jewish philosophy 猶太哲學

K.See.撰　鄺錦倫審訂

Buchmanism　布赫曼主義　又稱為道德重整運動(Moral Rearmament Movement)，一個非信仰的國際運動，其目的是藉著對客觀道德系統——主要是來自於〈四福音書〉(Gospels)的——的承諾，從而建立普遍的兄弟情誼。此一運動由弗蘭克・布赫曼(Frank Buchman,1878-1961)所建立，他是一位美國路德會的牧師，為了宣揚他的使命，在 1908

年他辭去教會職務。1921 年，布赫曼為推廣這一運動，在牛津大學建立了牛津團契(Oxford Group)。

L.P.P.撰　丁福寧審訂

Buddha　佛　(源自梵文字詞，意為「解悟者」〔the enlightened one〕)稱呼佛教創始人悉達多．喬答摩(Siddhārta Gotama, c.563-c.483 B.C.)和他之後的代表者。「佛」也指稱任何達到佛教所強調的解悟(enlightenment〔Buddhahood〕，佛性)境地的個人。《巴利藏經》(*Pali Canon*)即提到二十四個佛。悉達多．喬答摩是尼泊爾境內一個小國的王子，傳說他在二十九歲時離家以尋求解脫，而在三十五歲時得到解脫，其後他一直是行遊四方的導師，直到他八十歲入滅為止。他在印度文化中找到業(karma)和輪迴(*saṁsāra*)的概念，以及自輪迴解脫是最高善的觀點，並為這解脫提供了他自己的佛教式的法門。

參見 Buddhism 佛教

K.E.Y.撰　何建興審訂

Buddhagosa　佛音(fourth-fifth century A.D.)　上座部(Theraveda)佛教哲學家，其主要著作是《清淨道論》(*Visuddhimagga*)。他接受諸存在物(涅槃除外)皆剎那生滅的典型佛教教義。某一剎那的心識只是諸剎那狀態的剎那集合而已，於時間進程中則形成這樣的集合的系列，物理對象也是同樣的情況。他主張，物理對象可透過感官知覺而認識為獨立於心識之外的。有人以為，對象的知覺有賴於記憶、注意、確認和省察等作用，因而不可能僅發生於一剎那間。針對這樣的異議，佛音立論說，既存有物理時間，也存有心理時間，十六個相互接續的心理剎那相當於一個物理剎那，因此於一物理剎那之頃，由一系列心理剎那組成的複雜知覺過程便有可能發生。批評者(如佛教瑜伽行派哲學家)認為，這樣的觀點暗含對無常的否定。

參見 Buddhism 佛教

K.E.Y.撰　何建興審訂

Buddhism　佛教　佛陀悉達多．喬答摩(Siddhārta Gotama)所創立，主要位於東亞和中亞的宗教。佛陀在印度文化中找到業(karma)和輪迴(*saṁsāra*)的概念，以及自輪迴解脫是最高善的觀點。一如其他印度宗教，佛教教義為這最高目標的達致提供其獨特的法門。它教導說，問題的核心不外乎對財富、享樂、權力和長壽的慾望或貪著，這給生命的火焰火上加油，遂而釀成災害。解決之道在於遵循八正道(正語、正業、正命、正精進、正思維、正定、正見和正念)以求泯除貪欲。這裡的含意是說，佛教所教勸的道德行為和心識實修能引生直觀的智慧。這包括接受以下三個主張(三法印)：一切存在是「苦」(*dukkha*)、一切存在「無常」(*anicca*)，一切存在無恆常之我(*anatta*)。與這些主張並行的是剎那滅論(一切存在物都轉瞬即逝，僅只持續一剎那)和緣起說(一切存在物依待於他物而存在)。

在一神論宗教中，人們把神看作是獨立自存、永恆或永續不滅的，是以佛教裡並無一神論容身之處。佛教傳統也摒棄任何對實體(substance)的信念。於此，實體是指擁有某些性質，但本身不是一性質或諸性質的集合，且在時間中持續存在的事物。與佛教這立場形成鮮明對比的是印度教和耆那教的我(self)的概念，我是無始無終、不可毀滅的實體，有時被看作本質地具有意識，有時則只在具形於肉身的前提下才是意識性的。但是，即使「實體」概念指的是有終始的持續物，或所依待的因緣俱足才得以持續的事物，這概念仍與典型的佛教教義扞格不合。

據說，佛陀對世界是否永恆、世界是否無限及靈魂與身體是同是異等問題不置一詞，以這些問題的思辨毫無益處可言。佛陀之所以不置一詞的宗教理由在於他認為這些問題的思考無法引向解悟。而其哲學理由則有這樣的說法：如果像佛教主張的那樣，一切心、物實體均不存在，那麼那些問題就不會有平鋪直敘的答案。它們就好比「兔子的角有多重？」這樣的問題——兔子不長角，無從論其輕重。這些問題都暗示了心、物實體及它們所構成的世界的存在，因此回答這些問題，即使是否定的回答，多少意味著對該暗示的認同。

印度佛教概括地分成上座部(Theravada，指親聞且追隨佛陀的長者們的學說；也稱為小乘〔Hinayana〕)和大乘(Mahayana)兩大派。經量部(Sautrāntika)和分別說部(Vaibhāsika，毗婆沙)屬上座部，而中觀學派(Mādhyamika，空宗)和瑜伽行派(Yogācāra，唯識宗)則屬大乘佛教。

上座部學派(Theravada schools)　經量部認為，感覺經驗雖然能夠證立吾人對心外對象之存在的信念，這證立仍有待於我們從感覺經驗推論出我們所未能直接經驗的物理對象。這相當於表象實在論(representative realism)。因此，儘管我們似乎經驗到獨立於心識之外的對象一事不是幻覺，我們確認它並非幻覺的知識卻相當程度地取決於我們的推論，而不單只是我們的知覺。經量部學者對吾人所以不能如吾人所願地知覺——我們想看見並品嘗肉和酒，實際所見所嘗的卻只是米和水——一事實的解釋是：我們所看見的不單取決於所可以被表象的(外物)，也取決於我們所賴以進行知覺活動的種種條件。

分別說部學者(即毗婆沙註釋的追隨者)則為直接實在論(direct realism)辯護，他們宣稱，如果感官知覺無法證明吾人直接認識到(外在的)感官對象，那麼我們將無從推論出這對象的存在。如果我們所直接經驗的是我們從未看見的對象的所謂表象或複製品，而且只能從後者推論出被複製的對象，那麼我們根本沒有理由認為，這複製品真的是某個事物的複製品。我們並不決定我們知覺的內容，這內容全是我們知覺的對象為我們所決定的。唯心論者往往乞靈於夢眠與醒覺，或真實知覺與幻覺之間的區別，但這些區別之所以對唯心論者而言是適切的，不正是因為我們能夠區分某些知覺經驗是可靠的，而某些則不可靠。是而，唯心論者並無法成功地訴諸這些區別以遂行其目的。對這兩個上座部學派來說，除了需要將心識與物理對象看作是(不同種類的)剎那狀態的聚集之外，我們實在沒有必要修正我們對它們的信念。

大乘學派(the Mahayana schools)　中觀學派則持較為極端的修正說。我們依對物理對象的經驗而建立某些信念，譬如說事物正如同它們在知覺中所呈現的那樣，該經驗的可靠性取決於這些信念的真確性。而只有在我們能憑藉知覺分別不同個體事物的前提下，這些信念才會是真確的。問題是，每一事物都依待於其他事物才存在，而凡是依恃於他者才存在的事物都不能說是一個個體(individual)。因此，個體物並不存在，我們也無法區別出不同的個體對象。質是之故，我們的知覺經驗並不可靠，毋寧說它只是似有條理的幻覺罷了。中觀學派然後說，在我們的日常經驗與描述背後，其實隱藏著一不可言說的終極實在，只能為神祕的解脫經驗所臻及。在這一方面，中觀和不二一元論吠檀多的觀點相似，它也可能影響了後者。整個中觀教義的一個結果認為，涅槃(Nirvana)和輪迴(*saṁsāra*)——終極目標和日常生活——並無二致：概略地說，輪迴是未解脫者於涅槃處所見著的表相(我們也可概略地說，對不二一元論吠檀多而言，現象事物的世界是未解脫者於離德梵所見著的表相)。

瑜伽行派(Yogācāra，所以有「瑜伽」〔Yoga〕一詞，可能是因為這學派運用禪定修行來破除人對心外事物的信念)在修正吾人對現象事物的信念一點上，不若中觀學派那般極端，但卻較經量部和分別說部具有野心。瑜伽行派批評中觀學派說，如果心識自身不具有本質，唯一的實在又是不可說的，那麼將不會有人見著這個真理，也不會有發現這真理的可靠方法了。針對分別說部的直接實在論和經量部的表象實在論，瑜伽行派哲學家舉證說，夢境經驗似乎以存在於心識之外，且處於某公共空間的事物為對象，但實際上，這樣的事物和空間都不存在。我們真正擁有經驗證據的，只有(非實體的)心識的存在及心識所具有的經驗的存在而已。根本就沒有實體或物理狀態的存在，真正存在的無非是組成心識的種種心理狀態罷了。瑜伽行派哲學家必須解釋何以我們的知覺內容並非我們的恣意妄想所能決定，為此他們提出如下的理論：任何諸剎那狀態的集合，乃至這些集合所形成的每一系列，都含藏有代表過去經驗的印象(薰習)。這些印象在某些情況下發揮其效能，而決定吾人現行知覺的內容。這種潛勢的印象之流是記憶的儲藏所，它在瑜伽行派所扮演的角色同某些印度教學派的真我(*Ātman*)或命(*Jīva*)頗相類似，批評者也懷疑它是實體我的替代物。無著(Asaṅga)、陳那(Dignāga)、特別是世親(Vasubandhu)是主要的瑜伽行派哲學家。附帶一提，瑜伽行派唯心論的批評者指出，雖說這學派肯定他人心識的存在，它卻未能提出任何可以證立這個信念的方式。

我們到目前為止只討論印度佛教。佛教在西元十三世紀左右已於印度衰微殆盡，它卻在中國、西藏和日本等地蓬勃發展。日本的淨土宗(Pure Land Buddhism)比我們所討論的任何佛教傳統都更類似一神論。禪宗(Zen)是大乘佛教的一支，於西元六、七世紀發展於中國，並傳布至日本。它在聖傳典籍之外另有其密契教義，這教義的遵循據信可以引導至佛性(Buddhahood)的實現。

以上簡略討論的形上學和認識論議題顯示，佛教傳統很自然會超出它作為一宗教所要求的範圍，來對對象與人之本性及經驗內容之意義等問題提出結論。這些結論包括直接實在論、表象實在論及唯心論，這裡還有這唯心論是否會流為獨我論(solipsism)的問題。人們可以論證說，某些佛教教義與當代物理學的某些觀點並不相容(佛教護教者則認為，當代物理學在某個意義印證了佛教的基本範疇)。我們並沒有任何先驗的方式，來限定外表上繁複多樣，甚至不相干的種種議題或教義之間所可能顯現的關係。

參見 Chinese philosophy 中國哲學；Japanese philosophy 日本哲學；Korean philosophy 朝鮮哲學；metaphysics 形上學；philosophy of religion 宗教哲學

K.E.Y.撰　何建興審訂

Buddhism, Hinayana　小乘佛教　見 Buddhism 佛教

Buddhism, *Kyo-hak*　教派佛教　見 Korean philosophy 朝鮮哲學

Buddhism, Mahayana　大乘佛教　見 Buddhism 佛教

Buddhism, *Son*　禪佛教　見 Korean philosophy 朝鮮哲學

Buddhism, Theravada　上座部佛教　見 Buddhism 佛教

Buddhism, Zen　禪宗佛教　見 Buddhism 佛教

bundle theory　集束理論　一種觀點，它接受具體事物由屬性組成的觀點，但否定必須用基質(substrata)來說明它們的多樣性。與之形成對比的是一種關於具體事物的傳統觀點，認為具體事物都是由下述兩種更為基本的事物所組成的：一種是可以由許多不同事

物加以例現的屬性，一種是構成這些屬性從屬於某個特殊事物的基質。屬性說明了這些事物的「質的同一性」(the qualitative identity)，而基質則說明了它們的「數的多樣性」(their numerical diversity)。

集束理論通常被解釋成認為一具體事物僅僅是一束屬性的觀點。不過，這種解釋是不準確的。因為，假如一「束」(bundle)屬性即等於(比如說)一個屬性「集」(set)的話，那麼，屬性束顯然與具體事物有相當大的差別。因為屬性集是必然和永恆的，而具體事物則是偶然和會消亡的。

對該理論的一種更準確的陳述認為，一具體事物是屬性的一種複合品，而所有這些屬性彼此都處在一種根本性的偶然關係之中，可以把這種關係稱作「共現」(co-instantiation)。根據這種解釋，屬性的複合(complexes of properties)既不必然亦非永恆。不過，該理論的批評者則堅持認為，這些複合物在本質上(essentially)擁有其所有的屬性而且不能改變這些屬性，而具體事物則是偶然地(accidentally)擁有它們的某些屬性，而且它們能夠承受變化。這種反駁並未看到集束理論其實想處理兩個明顯不同的問題：(a)個體化(individuation)問題和(b)在時間中的同一性(identity through time)問題。第一個問題是針對所有事物而言的，其中既包括轉瞬即逝的，也包括持續存在的事物。不過，第二個問題只是對持續存在的事物而言的。集束理論非常典型地會對這兩個問題提供截然不同的答案。(比方說，休姆〔Hume〕認為自我〔self〕是一序列共現的印象和觀念的集束，這些印象和觀念是由相似性和因果關係所組合起來的〔此即所謂自我的集束理論〕。)一個持續存在的(enduring)具體事物會被分析為一系列處在某種偶然關係R之中的轉瞬即逝事物。這種理論的各種不同版本會對上述關係R做出不同的說明。不過，一個轉瞬即逝的(momentary)事物則會改Q分析為一種屬性複合體，其中所有屬性都彼此處在共現的關係之中。結果是，即使人們認為一個轉瞬即逝的屬性複合體在本質上擁有其全部的屬性，但這並不意味著，一個持續存在的事物(這樣的事物有許多轉瞬即逝的部分)必須也在本質上擁有其全部的屬性(除非你要堅持說，一個持續存在的事物在本質上擁有其全部的轉瞬即逝的部分)。類似地，就算一個人承認說，一個瞬間即逝的屬性複合體不能改變其屬性，但這並不意味著，一個持續存在的事物(這樣的事物有許多轉瞬即逝的部分)也不能改變其屬性。

集束理論的批評者論辯說，這種理論對轉瞬即逝事物的分析也存在著問題。這是因為，有可能出現兩個不同的轉瞬即逝事物，但它們卻擁有完全相同的屬性；不過根據集束理論，卻不可能存在有屬性完全相同的兩個不同屬性複合體。對此，集束理論的支持者可以有兩種回答。其一是在強和弱兩種版本的集束理論之間做出區分。根據強版本的集束理論，一轉瞬即逝事物是諸共現屬性的複合體這一命題是必然為真的命題；而根據弱版本的集束理論，該命題則是偶然為真的命題。擁有完全相同屬性的兩種轉瞬即逝事物的可能性只是針對強版本的集束理論所提出的。第二種回答則對兩種轉瞬即逝事物可能擁有完全相同屬性之論題的基礎提出挑戰。儘管批評者聲稱這種事態是可以設想的，但集束理論的擁戴者則論辯道，若我們仔細去研究，我們會發現，那些宣稱為可想像的事態其實是無法想像的。

參見 essentialism 本質論；identity of indiscernibles 不可區別者的同一性；metaphysics 形上學；phenomenalism 現象論；substance 實體；time slice 時片

A.C.撰　王文方審訂

bundle theory of the self　**自我的集束理論**　見 bundle theory 集束理論

Burali-Forte paradox　布拉里-佛提悖論　見 set-theoretic paradoxes 集合論悖論；set theory 集合論

Buridan, Jean　布里丹，尚(c.1300-after 1358)　法國哲學家。生於白求恩(Bethune)，在巴黎大學(the University of Paris)接受教育。他與當時代大部分的哲學家不同，布里丹的學術生涯是在一所藝術學院內擔任教師中度過的，並未追求更高的神學學位。他也罕以在世俗的僧侶而非教會團體中的一員的身分自居。

布里丹在邏輯及自然哲學方面的著作等身，雖然僅有少數以現代的版本出現。在其邏輯的著作中最重要的有兩本書，一本是《辯證法大全》(*Summulae de dialectic*〔*Sum of Dialectic*〕)，一本邏輯導論，被認為是對西班牙的彼得(Peter of Spain)所著、在當時被廣泛使用的邏輯教科書之《邏輯大全》(*Summulae logicales*)的修訂，以及更進一步為其做註解的著作。另一本是《結果論》(*Tractatus de consequentiis*)，是一本關於推論模式的論著。布里丹其他的著述大多是關於亞里斯多德(Aristotle)著作的短篇文義上的註解(《解說》〔*expositiones*〕)，以及長篇批判的研究論文(《問題集成》〔*quaestiopnes*〕)。

就像大多數中世紀唯名論者一樣，布里丹主張，共相除了作為心靈藉之而「中立地去設想許多事物」的概念之外，實際上並不存在。同樣地，他僅將個別實體(particular substance)與性質(qualities)納入其基本存有學內。但是，其唯名論的要目與此論的完成卻是有所差異的。例如，他在關於運動、時間，以及量(後者訴諸量性的形式以解釋物體的不可入性)的說明上與歐坎(Ockham)不同。在自然哲學方面，布里丹思想傳入西方世界最著名的就是以非亞里斯多德的衝力(impetus or impressed force)概念去解釋拋物運動(projectile motion)。雖然驢子經常出現在他的例子中，但是，有一個特殊的例子，後來(經由史賓諾莎〔Spinoza〕及其他哲學家的傳述)成為著名的所謂「布里丹的驢子」(Buridan's ass)——即一隻驢子餓死在兩堆等距的且同樣誘惑牠的乾草之間——卻非經由布里丹的著作而為人知曉。無論如何，那可能是源自於對布里丹之行為理論(theory of action)的模倣而來，這個理論主張，意志的自由行動主要是在於，在缺乏對行動之強制理由(compelling reason)以這個或其他方式行動的情況下，其有能力去拖延對行動方式的選擇。布里丹即藉此論點試圖在亞里斯多德的理智主義(intellectualism)與方濟學派的意志主義(Francisan voluntarism)之間找到一中間立場。

布里丹智識上的遺產是相當豐厚的。在他去世後，其著作在大學中延續好幾世紀持續地為人所閱讀與討論。在他的學生及門徒中有三位，薩克森的阿爾伯特(Albert of Saxony)、茵芬的馬西留斯(Marsilius of Inghen)，以及尼古拉．奧雷斯梅(Nicole Oresme)，後來皆因其本身之能力而接續他成為傑出的哲學家。

參見 metaphysics 形上學；Ockham 奧坎

J.A.Z.撰　蕭宏恩審訂

Buridan's ass　布里丹的驢子　見 Buridan 布里丹

Burke, Edmund　柏克，艾德蒙(1729-97)　是英國的政治家及十八世紀最偉大的政治作家之一。出生於都柏林，負笈倫敦研習法律，爾後則以文學和政治為志業。於 1765 年至 1794 年間擔任英國平民院的議員。在這段期間中他所發表的演說及時論小冊，為政治提出了一種意識形態上的觀點，時至今日，仍為保守主義者智慧之源泉。

柏克在議會生涯及著作中一貫秉持的哲學立場是懷疑論(skepticism)——對政治理性論的高度不信任——也就是說對抽象及理性結構、理想及目標在政治領域中致用的疑慮。

柏克式的懷疑論是相當反意識形態的(anti-ideological)，不喜歡那些從抽象、通則及理性範疇，去扭曲、批判或規劃他們視之為複雜、神祕及存在式的政治生活。

柏克懷疑式的保守主義最重要的表述是《法國大革命之反省》(*Reflection of the Revolution in France*, 1790)一書，然而，該書所呈現的保守主義早在1780年代初期，柏克為了回應英國議會民主化的激進改革中已露端倪。當所有智者都知悉：「一個依慣例而成立的政府(a prescriptive government)從未依據任何先前的理論來建構。」，英國激進派卻以為立法者可以改造政府，倘若硬要將政府置放在普羅克拉斯之床上(Procrustean beds)(亦即削足適履之意)，使它符合「飽學深思之士所建構的理論」，是多荒謬的一件事。這種自以為是的假定，其所要求的理性能力是遠非常人所具備。

柏克的懷疑論是以自由主義誇張式的契約理念作為批判的標的。他認為共和國既不是建構的也不應該依照先驗的原則去改造，然而一個原始契約行為所持的卻正是這樣的原則。柏克拒斥理性主義式自由主義契約論的唯意志論特質。在他看來，政治上唯一的契約是將過去、現在與未來世代連結在一起的協議，而且這只不過是「永恆社會偉大原始契約中的一項條款而已。」因此政治社會與法律「不受制於那些人的意志，反之有一種凌駕於這些人的義務，而且是至高無上的義務，要求他們的意志臣服於這項律則，」所以所有的人與團體「在道德上都不被允許可以自由的、隨心所欲的根據他們的玄想採取冒進式的改革」，拆散其社群並將其撕裂成「非社會、非文明的及不相連結的無序狀態。」

柏克認為我們的理性是相當微不足道的；儘管這些人仍然無視於他們基本的限制而耽溺於意識形態式的玄想；他們不承認自己能力上的限制，反而在政治上要求現實符合其玄想。柏克真誠的期待人們能認識到自我的侷限性，他們在「創世中的次級位階」，上帝「要求我們在指定的崗位上善盡其責，」而這個崗位分際就是認識到我們理性及思辨能力的侷限性。

與其依憑我們微弱的理性，政治家應妥為運用「無數世代、國家所積累的共同資產。」由於人們忘卻了這些，才會編織出非他們力所能及的理性改革方案。

身為政治懷疑論的鬥士，柏克力駁啟蒙運動中的理性主義(Enlightenment rationalism)，以及產出「革命理論及理論教條」的「自以為是的偽形上學」。法國的罪孽乃是由「那些笨拙難解的政治形上學」所造成的。由於深信「哲學家的獨斷論」致使他們依恃理性與抽象的理念，以及玄想和那些先驗的自然權利、自由及平等的原則，作為改革政治的基礎。像柏克般的英國人，沒有這般不切實際的幻想；他們瞭解人性及制度的複雜性與脆弱性，他們「不是盧梭(Rousseau)的皈依者……，不是伏爾泰(Voltaire)的信徒；愛爾維修(Helvetius)」對他們也無所增益。」

參見 political philosophy 政治哲學

I.K.撰　張福建審訂

Burley, Walter　布萊，華爾德(c.1275-c.1344)　英國哲學家，曾在牛津(Oxford)大學教授哲學，以及巴黎(Paris)大學教授神學。為一傳統亞里斯多德主義與實在論者，他攻擊奧坎(Ockham)的邏輯及其對亞里斯多德範疇的詮釋。布萊幾乎註解了所有亞里斯多德(Aristotle)在邏輯、自然哲學，以及道德哲學方面的著作。

身為一名早期的牛津思想家，布萊於1301年作為莫頓學院(Merton College)的高級研究員開始了他的工作。1310年他到了巴黎。他大概在1322年之前即已成為多瑪斯·威爾頓(Thomas Wilton)的學生；1324年，他成了索邦大學(the Sorbonne)的一名高級研究員。他對彼得·隆巴德(Peter Lombard)的《言詞錄》(*Sentences*)的註釋本已然遺失。離開巴黎之後，布萊受布利的理查(Richard of Bury)家族及愛德華三世(Edward III)宮廷之邀而成為其中的一員，愛德華三世並在 1327 年遣其為駐羅馬教廷大使。《論哲學家的生活與行事》(*De vita et moribus philosophorum*〔*On the Life and Manners of Philosophers*〕)，一本有影響力的、暢銷的、敘述諸多哲學家生平事蹟的著作，歷來常被歸為出自布萊之手，但是近來的文獻卻顯示出這樣的歸屬是不正確的。

許多布萊的獨立著作都是處理自然哲學的問題，較著名的有《論形式的強烈與緩和》(*De intensione et remissione formarum*〔*On the Intension and Remission of Forms*〕)、《論靈魂的能力》(*De potentiis animae*〔*On the Faculties of the Soul*〕)，以及《論圓周體》(*De substantia orbis*)。《論最初與最終的瞬間》(*De primo et ultimo instanti*〔*On First and Last Instants*〕)則是探討那一種時間的序列有內在的限制、那一種有外在的限制。在其《形式論》(*Tractatus de formis*)一書中，布萊攻擊奧坎關於量(quantity)的理論。同樣地，布萊關於運動(motion)的理論也與奧坎相對反。奧坎將運動的重要性限定於事物的活動，而且質(quality)、量，以及位置(place)皆必須藉由運動方可得。相反地，布萊強調運動的過程及此一過程的量化測度。布萊攻擊在運動中接連獲致之形式乃含括於最終所獲之形式內此一觀點。他嘲諷相對的性質(如熱與冷)能同時存在於同一主體內而產生一中間性質(如溫暖)此一觀點。

布萊在其《論邏輯藝術的純粹性》(*De puritate artis logicae*〔*On the Purity of the Art of Logic*〕)一書中強調了邏輯的形式性格，這本書是中世紀偉大的邏輯論著之一。奧坎曾在其《邏輯大全》(*Summa logicae*)中攻擊了《論純粹性》(*De puritate*)一書中的初步說法；因此布萊稱奧坎為邏輯的初學者。在《論邏輯藝術的純粹性》一書中，布萊將三段論法(syllogistics)在結論上做了一個細分。他對否定(negation)的處理乃特別偏好雙重否定的形式，將之作為其自己的觀點，並限定為一規則：非非 p 意指 p(not-not-p implies p)。布萊區分了類比語詞(analogous words)與類比概念及本質(analogous concepts and natures)。其類比理論值得去仔細探討。這些觀點，如同在布萊大多數的著作中所表明的諸多觀點一樣，都鮮為當代的哲學家們仔細、謹慎地研究過。

參見 Ockham 奧坎；Peter Lombard 彼得・隆巴德

R.W.撰　蕭宏恩審訂

business ethics　商業倫理學　見 ethics 倫理學

Butler, Joseph　伯特勒，約瑟夫(1692-1752)　英國的神學家和英格蘭聖公會的主教，在道德哲學方面有重要的貢獻，尤其是在理解道德的行動(moral agency)和義務論的倫理學之發展方面。當年他以《宗教的類比》(*The Analogy of Religion*, 1736)一書而聞名，該書堅守經驗主義之陣線，捍衛正統教義，「揭露」基督教的教義來反對自然神論者的批判主義。伯特勒的主要哲學遺產是一系列深具影響力的論證和論題，收在《布道》(*Sermons*, 1725)文集中，還有兩篇附在《宗教的類比》的〈論文〉(Dissertations)中——其中一篇論德行，另一篇論人格的同一性(personal identity)。這些論文的分析方法(每件事物都如其所是，並非另一件事物)提供了大部分英格蘭道德哲學一個可供遵循的典範。例如，伯特勒成功地反駁「心理學的享樂主義」(psychological hedonism)，這種觀點認為，所有的動機都可以被化約為追求快樂或幸福的慾望。他論證人類動機的根源是複雜的，在結構上則是多樣的。慾望和激情都尋找自己特定的對象，快樂本身必須理解為涉及一種對特定對象的內在正面之關注。其他哲學家也和伯特勒一樣，認為我們可以內在地意欲他人之幸福，而非將他人的幸福僅僅當作實現我們自己幸福的手段。而且其他的哲學家還論證一心一意只追求自己幸福者，未必能獲得幸福。伯特勒卓越的貢獻在於顯示：幸福和快樂本身的達成，需要通過我們擁有一種對特定對象的內在正面之關注。自愛(self-love)，也就是欲求自身之幸福，是一種反省性的(reflective)慾望，簡單來說，是慾望我們其他慾望之滿足。但自愛並非我們唯一反思性的慾望；我們還有「穩定合理的仁愛原則」(a settled reasonable principle of benevolence)。我們可以關注他人的幸福，而且在反省性地慾望他人或多或少的福祉，獨立於個人特殊情感，如同情心的牽連之外。

在道德上，伯特勒反對將德行化約為仁愛(benevolence)的各種嘗試，既使是最普遍和最無私的那種仁愛。仁愛尋求他人的善和幸福，而德行約束的原則則是良心，道德上贊同或不贊同行為和性格的能力。道德的行動(moral agency)必須有無私反省行動、動機和性格的能力，能用明確的道德語彙(而非單單根據它們與非道德的善與幸福之關係)來判斷它們，而且能通過這些判斷來指導行為。伯特勒以良心為道德生活之核心的觀點，對於義務論倫理學(deontological ethics)的發展，和完成道德行為相關的理解，都有重要的意義。在《宗教的類比》附錄的〈論文〉中，他認為最重要的部分最於，人所做的正確行為並不取決於行為所造成的結果之(非道德)好或壞，而是取決於其他與道德相關的特性，如行動者的人際關係承受受到影響的他人(朋友或受益者)，或涉及欺騙、不正義、背叛或暴力等等。伯特勒因此分析性地區分：行為明顯的道德評價和評價行為非道德的價值，如幸福之間的關係。並且為後來義務論的理論提出一連串例子，以說明正確的行為明顯不在於有最好的後果。

伯特勒相信上帝在我們心中灌輸了某種「反省的原則」或良心，藉著它我們內在地無法贊同諸如欺騙和不正義。同時他也相信，全能、仁慈的上帝之所以使我們適應這些道德態度，是因為「他預見到我們這些本性的結構，並非僅止於形塑我們單純普遍的仁慈之性情，而是產生更多的幸福」。不過，這種看法偏向反義務論或者結果論的觀點，有時被稱為「間接的結果論」(indirect consequentialism)，它樂於承認，正確的行動並不取決於行為會產生的最佳後果。對於間接的結果論而言，良心贊同或不贊同行為，基本上不以結果的計算為依歸，是完全合理的，因為它這樣做有最佳的結果。這樣的觀點在日後也會再次出現，例如在彌爾(Mill)捍衛功利主義(utilitarianism)時，反駁功利主義與正義、權利相衝突。道德是一種社會控制系統，它所要求的是忠於如正義和誠實之信念，而非功利。然而，只有在系統本身具有功利的程度下，他的要求才是正當的。

這樣的說法建立某種緊張關係。從良心的角度來看，一行動者必須區分最佳後果的行為與應該去做行為之問題。從這種角度來看，伯特勒認為，行為的標準以回應後面這個問題為依歸是必要的。這是伯特勒的名言：良心必然會內在地聲張自己的權威。因此，如果行動者一旦將良心視為達成好的後果的社會控制之方法，行動者就面臨著冒犯良心內在所聲稱的權威之危險。類似的問題也出現在探討良心和自愛的關係上。伯特勒指出，自愛和良心都是「人類本性的最高原則」，如果行為有違二者中的任何一個原則，對於人的天性而言，它是不恰當的。這麼一來，良心的權威只有在不與自愛相抵觸為條件下才能成立(反之亦然)。更甚於此，有一些學者看到其他段落中隱含這樣的意思：除非行動是行動者的利益之所在，否則行動者不能合理地順從良心。然而這只是再次顯示：行動者若在內化這樣的觀點，那麼，如果伯特勒是對的話，他將冒犯良心內在所聲稱的權威。對伯特勒而言，良心或反省性的原則乃是獨特的實踐判斷之能力。就算自愛或仁慈附加推理的能力和經驗的認知，仍然只有良心才會使道德行動成為可能。唯有具備良心的受造者，能夠遵從或背棄他應該如何行動的判斷，因此才成為「自我立法」。這個觀點像康德的觀點一樣，尋求連結義務論與自主性的道德行動之概念。

參見 egoism 利己主義；ethics 倫理學；hedonism 享樂主義；utilitarianism 效益主義

S.L.D.撰　陳瑤華審訂

C

cabala　卡巴拉　源自希伯來文*qabbala*，意為「傳統」(tradition)。是一種猶太教神祕主義和神智學(theosophy)體系，從十三到十八世紀受到人們的遵行和實踐；寬泛地說，指所有形式的猶太教神祕主義。「卡巴拉」據信是由摩西(Moses)在西奈山(Sinai)上受啟示而傳遞下來的傳統，「卡巴拉」文獻的主體叫做《佐哈爾》(*Zohar*)，被認為最初是十三世紀時人瓜達拉加拉的摩西・德・里昂(Moses de León of Guadalajara)的著作，儘管他託名為出自二世紀時人雷比・西蒙・巴爾・約海(rabbi Simon bar Yohai)法學家之手。《佐哈爾》奠基於更早的猶太教神祕主義之上，充滿著靈智學和新柏拉圖主義的論題。它向信徒提供進入上帝之存在、人之天命的神祕，以及索解誡律之意義的入門方法。在此，傳統拉比式猶太教中超驗的、同時嚴格意義上是單一的上帝，遇到了通常是十種神聖而真實的力量(被稱作*sefirot*)，它們加在一起代表上帝在宇宙中的存在和顯現，囊括陽性和陰性兩種原則。世間的惡被視為反映了這個宇宙體系中的某道裂隙，而在世上救贖則意味著必須修復神聖的秩序。人類可以透過知識、虔敬和遵循律法而參與完成這項任務。

以撒・魯里亞(Isaac Luria)在十六世紀時用圖解法發展了上述論題，他描繪了創世、宇宙裂隙及其修復的戲劇性過程，後一過程較之以往更需要人的參與。

A.L.I.撰　蔡源林審訂

Caird, Edward　凱爾德，艾德華(1835-1908)　蘇格蘭哲學家，為一重要的絕對觀念論者(absolute idealist)。他是格拉斯哥大學(Glasgow)道德哲學講座教授，也是牛津大學伯利爾學院(Balliol College, Oxford)的教師。其哲學目標在於克服理性之對立。在他的主要著作《康德的批判哲學》(*The Critical Philosophy of Kant*, 1889)中，他論證康德已達成目的，透過理性(reason)綜合理性主義與經驗主義，同時調和科學與宗教。不過凱爾德認為，康德不幸將理性視為主觀之物，因此在自我(self)與世界(world)間仍留有對立。凱爾德大致上隨著黑格爾(Hegel)，主張客觀理性或絕對(the Absolute)是一個較大的整體，自我與世界只是其中的一部分。在他的《宗教之演化》(*Evolution of Religion*, 1893)中，他論證宗教逐步地先將上帝理解為絕對者，再因此將上帝理解為自我與世界的調和者。如此使得凱爾德不必藉由聖經的文本真理，就主張基督教是宗教演化的最高階段。

參見 idealism 觀念論；philosophy of religion 宗教哲學

J.W.A.撰　林正弘審訂

Cajetan　卡其坦　原名托馬索・得・維奧(Tommaso de Vio, c.1469-1534)，義大利主教和神學家。他出生於加埃塔(Gaeta，他的名字即源於此)，於 1484 年進入道明會(the Dominican order)，並在那不勒斯(Naples)、波隆納(Bologna)和帕多瓦(Padua)等地研究哲學和神學。他於 1517 年成為樞機主教；在隨後的兩年內他到了德國，並在那裡參與了與路德(Luther)的神學論爭。他的主要著作是《聖・多瑪斯〈神學大全〉集註》(*Commentary on St. Thomas' Summa of Theology*, 1508)，這本書在十六世紀間促使人們興起了對士林哲學和多瑪斯哲學(Thomistic philosophy)的興趣。與亞奎納(Aquinas)一樣的是，卡其坦認為人類知識起源於感官知覺。與亞奎納相反的是，他否認靈魂不朽和上帝作為我們創造主的存在這樣的事情可以得到證明。在邏輯方面，卡其坦的工作雖立基於傳統的亞里斯多德(Aristotle)三段論邏輯，但其原創性表現在其對類比(analogy)的討論上。卡其坦區分了三種類型的類比：不對等類比(analogy of inequality)，屬性類比(analogy of attribution)和比例類比(analogy of proportion)。由於他認為前兩種類比是不確切的，他將最後一種視為基本型類比，並用它解釋人們是如何認識上帝的，也說明那應用於上帝和上帝的創造物的類比推理當如何避免多義的(equivocal)出現。

參見 Thomism 多瑪斯主義

P.Gar.撰　丁福寧審訂

calculi of relations　**關係的演算**　見 relational logic 關係邏輯學

calculus　**微積分學**　數學的重要分支，最初的想法在於決定對一條曲線的切線(或法線)並決定它與某個固定軸線之間的面積；但也包括曲面的體積和面積、曲線的長度等等的計算。「數學分析學」(mathematical analysis)是微積分加上函數理論和無限級數理論(the theories of functions and of infinite series)，為數學中更大的分支領域。二十世紀中發展了更為一般或更為抽象的分析學，並且應用到數學的其他分支領域，例如概率理論(probability theory)的領域。

微積分學的起源可以追溯到古希臘數學，通常只關於如何決定對於某條曲線切線的斜率(the slope of a tangent to a curve)，或如何決定由曲線與某些固定軸線(或另一條曲線)所圍的面積等等問題；有時也考慮諸如曲線的弧長或曲面的面積等等問題。該學科興盛於十七世紀，因為那時候笛卡兒(Descartes)的解析幾何學(aralytical geometry)為發展該學科的步驟提供了代數工具。當斜率和面積的問題被認為亟待發現新的函數，所屬過程被認為呈互為反運算關係之時，微積分學得到了進一步的發展。牛頓(Newton)和萊布尼茲(Leibniz)在十七世紀晚期獨立地以不同的形式得到這些洞見。

在萊布尼茲的「微分學」(the Leibnizian differential calculus)中，微分 dx 被當作是關於 x 的無窮小的增量，處在 x 的同一維度之上；曲線(隨 y 作為 x 的函數)之切線的斜率呈 dy/dx 的比例。積分 $\int x$ 為無窮大，處在 x 的維度之上；因此，對線性變量 x 和 y 來說，$\int ydx$ 的面積等於矩形(高為 y 和寬為 dx)的面積之和。所有的這些量都是變量，所以它們可用於產生更高階(higher-order)的微分與積分(ddx, $\int\int x$ 等等)。該理論在十八世紀得到擴展，這尤其應歸功於歐勒(Euler)，他用於處理多變量函數，並創立了變分學(the calculus of variations)。其主要目的在於解決微分方程問題：大部分問題是由力學產生的，該學科是當時數學唯一的最大分支。

牛頓發明的較不成功的「流數法」(fluxional calculus)，在基本定義上面運用了極限(limits)，因而也改變了所定義項的維度。流數(fluxion)是相對於「時間」的某個變量的變率(the rate of change)；反之，該變量則是其流數的「流積」(the fluent)。這些量也是變量；高階的流數和流積可以根據這些變量而加以定義。

拉格朗治(J. L. Lagrange)在十八世紀晚期研究和發展了微積分的第三種傳統。從他開始，對任意 x 而言，函數 $f(x)$ 的「導出函數」(the derived functions)，純由 $f(x)$ 的泰勒冪級數展開式(Taylorian power-series expansion)再經由代數方法處理即可定義。用這種方法可望避免應用無窮小量(infinitesimals)和極限(limits)，因為那樣的話會產生概念上的困難：前者基於其不清楚的本體論(their unclear ontology)——在值上大於零但小於任何正常的正數，而後者則因為它們的理論過於簡單不嚴謹。

在十九世紀早期，牛頓式的微積分學傳統已壽終正寢，而拉格朗治式的微積分學傳統尚未得到普通的承認；不過，萊布尼茲-歐勒式的傳統仍保持著部分活力，因為它在物理學應用領域有用武之地。但是，隨著科西(A.L. Cauchy)的數學分析學的興起，所有這些理論都逐漸式微下去。正如在牛頓的微積分學中那樣，極限的理論仍居中心地位，但是，它們被極為審慎地處理。科西給予導數(derivative)和積分「獨立的」定義，從而代替了當時習慣上把積分(或多或少)「自動地」當作微分(或流數)的反運算；如此一來，微積分學的陳述著微分與積分之間的互為反運算關係的這一基本「定理」，第一次成為一個真正的定理，而這需要對函數加充分條件來使基本定理為真。科西確實開拓了說明使分析學諸定理為真的必要或充分條件的詳細陳述。他的學說也和(非)連續函數的理論(the theory of〔dis〕continuous functions)，以及無窮級數的收斂發散(the convergence or divergence)的理論相結合。如同上述，他給了一般的定義及尋求使特定性質成立的條件。

科西的學說在十九世紀後半期，經魏葉斯特勞斯(K. Weierstrass)及其柏林的追隨者之手而得到改進和發展。對存在性公理(the existence theorems)(例如對無理數)的研究，以及對關於三角級數(trigonometric series)的技術性問題的研究，導致集合拓撲學(set topology)的誕生。更進一步地，他們開始關注數個變量同時改變的過程，結果是對量詞的重要性有所認識——例如，在把「存在有這樣一個 y，它對於所有的 x 而言……」的順序顛倒為「對所有的 x 而言，存在著一個 y」的這類情形。這種理論日後發展成為一般的集合論(general set theory)，以後又發展為數理邏輯：康托(Cantor)是集合論的主要代表人物，而皮亞諾(G. Peano)則在數理邏輯中戮力甚深。

按照「嚴密」的標準衡量，諸如 dx 般的無窮小量不能被當作數理對象而接受。不過，它們一直保持著某種非正式的地位，這是因為它們應用於微積分時具有的實用性，還有自第二次世界大戰以來諸多理論紛紛出籠，其中已建立的嚴密性和普遍性均得以保留(甚至得到改進)，但是無窮小量的概念則得到了重新承認。上述理論最負盛名的是羅賓森(A. Robinson)的「非標準分析學」(non-standard analysis)，它利用模型論(model theory)，把無窮小量定義為「超窮整數」(the transfinite integers)的算術倒數，這種「超窮整數」是由滿足皮亞諾公設(Peano's postulates)的某種「非標準模型」(a non-standard model)產生。

參見 mathematical analysis 數學分析學；philosophy of mathematics 數學哲學；set theory 集合論

I.G.-G.撰　李瑞麟審訂

calculus, fluxional　流數法　見 calculus 微積分學

calculus, lambda-　拉姆達演算　見 combinatory logic 組合邏輯；lambda-calculus 拉姆達演算

calculus, propositional　命題演算　見 formal logic 形式邏輯

calculus, sentential　語句演算　見 formal logic 形式邏輯

calculus, sequential　串列演算　見 cut-elimination theorem 割除消去定理

calculus of classes　類演算　見 Boolean algebra 布爾代數

calculus of individuals　個體的計算法　見 mereology 部分學

***calculus ratiocinator*　推理演算**　見 Leibniz 萊布尼茲

Calvin, John　喀爾文，約翰(1509-64)　法國神學家和教會改革家，新教宗教改革運動(the Protestant Reformation)的主要代表人物。他對於法國、瑞士、荷蘭、德國、蘇格蘭和英格蘭的所謂「改革教派」(the so-called Reformed churches)而言尤為重要。喀爾文與其說是一名哲學家，毋寧更是一名人文主義傳統的神學家。他評價哲學為「上帝的尊貴禮物」(a noble gift of God)，當哲學適用於他的目的時，他也引用哲學家(尤其是柏拉圖〔Plato〕)的言論；但是，他拒絕關於「更高層事物」(higher things)的哲學思辨，而且藐視——儘管有時也利用其資源——他那個時代的主流(士林)哲學，他是在巴黎大學被引導而接觸這種哲學的。他的折衷文化中，還包括一系列他自己經常也沒有意識到其來源的哲學觀念，這些觀念無可規避地有助於他形成自己的思想。他的著作《基督宗教制度》(*Christianae religionis institutio*，第一次編輯於 1536 年，但以後不斷得到擴充；在英文中一般引用為《制度》〔*Institutes*〕)，他的神學論文，他卷帙浩繁的《聖經》註釋及其書信，所有這一切都被翻譯成歐洲的大部分語言，這樣一來便以某種非系統的形式向他的時代和後世傳遞種種哲學的論題和哲學的態度。他向其追隨者傳遞的是來自「古代」(*antiqui*)和「近代」(*moderni*)兩方面的動力。

他從前者繼承了智性主義的人類學(an intellectualist anthropology)，把人格視為恰如其分地服從於理性的官能等級，這與他的福音神學(evangelical theology)並不一致；儘管他表示輕視斯多噶主義(Stoicism)，但是他所提倡的道德較之福音主義具有更多的斯多噶派色彩。他偶爾也依賴一下士林哲學的「問題」(*quaestio*)，經常像「古代」那樣，把名詞 substantives 當作真實的存有物(entities)。他思想中的這些因素也表現在某種自然神學的傾向中，這種自然神學基於某種天生和普遍的宗教本能，可以在隨處的自然中分辨出上帝存在及其屬性的種種證據，發現作為不可推動但可以理解的神性(the Deity)的觀念。喀爾文派的這一側面事實也表現在「神體一位論」(Unitarianism)和宇宙神論(universalism)之中。

不過，正是他思想中不同傾向間的那種不安的衝突，反映出他的聖經主義(biblicism)和另外一種唯名論的和蘇格蘭化的極端超越的上帝觀之間的差異(Scotist sense of the extreme transcendence of God)。與其他人文主義者一樣，他也對人類心靈把握終極真理的能力持極度的懷疑態度，這種態度對他而言既取決於原罪導致的結果，並僅取決於人類語言起源於約定俗成的性質。這種懷疑必然導致了他對於所有的人類心智構造持適然論的觀點，同時，甚至在涉及他們神學中像預定論學說(the doctrine of predestination)這般重要的因素時，都傾向於強調其實用性而不是其真理性。因此，日後諸如培爾(Bayle)、休姆(Hume)和詹姆士(James)等受到晚期喀爾文主義滋養的思想家的思想中一直存在著明顯的懷疑主義和實用主義的因素，這可能並非偶然。

參見 humanism 人文主義；philosophy of religion 宗教哲學；transcendence 超絕

W.J.B.撰　丁福寧審訂

Cambridge change　劍橋改變　劍橋改變，並非真正的改變。如果我變成蒼白的，我正在改變，但你的變成蒼白，對我而言，就只是個劍橋改變。當我得到「是這樣的：你是蒼白的」這樣的性質時，「我」並沒有改變。一般而言，一個物體得到新的特質並不構成讓此物體改變的充分條件（雖然有些其他的物體可能真的改變了）。因此，我有「是這樣的：你是蒼白的」這樣的性質，對我而言，同樣地也是劍橋性質，即我得到或失去都只是劍橋改變的那些性質。劍橋性質是外在特質的子集合：位於芝加哥之南被認為是我的外在特質，但因為我移動到加拿大是真是的改變，所以位於芝加哥之南，對我而言，就不是一個劍橋的性質。

劍橋改變的概念反應了一般看法中一個根深柢固的想法，但這很難說明白，而且它的哲學價值也是有爭議的。舉例來說，無論是科學或是形式的語意學，都不支持這樣的觀點。也許劍橋改變與特質，無論是好是壞，都離不開一個模糊的、直覺的形上學。

參見 property 性質；time 時間

S.J.W.撰　王文方審訂

Cambridge Platonists　劍橋柏拉圖主義者　一群十七世紀在劍橋大學的哲學-神學家，主要包括惠奇寇特(Benjamin Whichcote, 1609-83)，他常被指名為劍橋柏拉圖主義者之父，以及摩爾(Henry More)、古德沃茲(Ralph Cudworth, 1617-88)和史密斯(John Smith, 1616-52)。惠奇寇特、古德沃茲和史密斯於伊曼紐學院(Emmanuel College)受大學教育，或於某段時間在該學院任教，這裡是喀爾文主義(Calvinism)的大本營，他們在此受栽培，卻又受主要是伊拉斯莫斯(Erasmian)、阿米尼亞斯(Arminian)和新柏拉圖主義等的影響，而反叛喀爾文主義。在各種程度上分享了他們的觀念和態度的其他劍橋人有：卡弗偉(Nathanael Culverwel, 1618?-51)、史戴瑞(Peter Sterry, 1613-72)、拉斯特(George Rust, d. 1670)、渥辛頓(John Worthington, 1618-71)，以及派翠克(Simon Patrick, 1625-1707)。

作為一個種類的標籤，「劍橋柏拉圖主義者」只是一個方便的用語，而非學說團體或同盟的可靠記號。劍橋柏拉圖主義者並非自行組成的團體，條列了公開的聲明；他們之中也沒有任何兩個人共享同一組學說或價值。他們的柏拉圖主義並不只限於柏拉圖的原始教義，而是從柏拉圖式的觀念中成型，這些柏拉圖式的觀念據說已預示在赫密斯(Hermes Trismegistus)、迦勒底的神諭(Chaldean Oracles)和畢達哥拉斯(Pythagoras)的學說中，他們在奧利根(Origen)及其他教會神父那裡、在普羅提納斯(Plotinus)和普羅克勒斯(Proclus)的新柏拉圖主義中，以及在費希諾(Ficino)的佛羅倫斯新柏拉圖主義裡找到這些柏拉圖式的觀念。對於畢達哥拉斯和柏拉圖終究是從摩西和猶太神祕哲學導出他們的智慧的這個重要信念(起源於佛羅倫斯的皮科・戴拉・米蘭多拉〔Giovanni Pico della Mirandola〕)，他們則持對比而變動的立場。他們並未同等地信奉哲學追求，也未同等地專精於當時的新哲學和科學進展。

劍橋柏拉圖主義者最終所關懷的是宗教和神學，而非基礎哲學。他們是哲學化的神學家，為了護教的目的而折衷地使用哲學學說(不管是不是柏拉圖式的)。他們想要護衛「真正的宗教」——也就是他們那寬容主義見解(latitudinarian vision)的英國國教會——以對抗各式各樣的敵人，包括：喀爾文主義的命定學說、教派意識、宗教狂熱、盲信、政權轉變之際清教徒的「保守、拘謹」、復辟之後的「狹隘、迫害精神」、無神論，以及在某些當代的科學和哲學潮流中不信神的新興思想。在後者中值得注意的是機械論哲學家的學說，特別是霍布斯的唯物論和機械決定論，以及笛卡兒哲學的機械論主張。

神的存在，人類靈魂的存在、不朽和尊嚴，精神的存在活化了自然世界、人類自由意志，以及理性的首要性，都在劍橋柏拉圖主義者的基本信條之中。他們強調理性在哲學、宗教和倫理學所有面向的正面角色，特別堅持正是非理性危害了基督教生活。人類的推理力和理解力是「上帝之燭」(the Candle of the Lord)(惠奇寇特的名言)，或許是他們最受珍視的形象。用惠奇寇特的話來說：「反抗理性，就是反抗上帝……理性是人類生活的神聖督察；它就是神的聲音。」因此，「在任何真正的基督教論點和真正哲學及正確理性所確實決定或允許的事物之間，根本不存在真實的衝突」(摩爾)。理性將我們導向第一原理的自明，它「必定根據自身而被瞭解，且藉由內在的自然力量而被知覺」。然而為了要保持他們思想的柏拉圖式神祕要義，他們在人類的靈魂中找到了「神性的睿智」(摩爾用語)，它是人類理性的首要原因，因而超越了人類理性。他們拒絕天啟是精神之光的唯一來源這種喀爾文主義學說，他們教導的是「自然之光」使得我們瞭解神並詮釋了聖經。

劍橋柏拉圖主義是堅決的天生論者(innatist)。人類理性具有遺傳而不可變的智性、道德和宗教概念，是「靈魂的預期」(anticipations of the soul)，這否定了經驗論的主張。劍橋柏拉圖主義者對某種知識保持懷疑，並將懷疑論的角色認定為知識論中的批判工具。但他們不屑如下觀點：皮浪主義(Pyrrhonism)在從業哲學家——特別是在追求神聖知識與理解的基督教徒靈魂——的實踐事務中應受到嚴肅看待。真理不是我們無法想出必然的證明就可以妥協的。的確，惠奇寇特對於那些膽敢主張「理性之可疑和不確定性」的人，做了道德上的責備。

天生論和理性的自然啟蒙形塑了劍橋柏拉圖主義者的道德哲學。在神性心靈中不變而永恆的善惡觀念，是倫理公理或所意之物(noemata)的範例，使得人類心靈能做道德判斷。更多人主張了「向善能力」(boniform faculty)，這是一種高於理性的能力，藉由這種能力，靈魂便欣然於對善下了理性的判斷。

這個團體最具有哲學性和哲學系統的，是摩爾、古德沃茲和卡弗偉。史密斯或許是最具有理智天賦的，當然也最有前途(注意他的生卒年代)，他護衛惠奇寇特的基督教教義，堅持神學是一種「神性生命而非神性科學」。他們之中，嗜好較專事於神學的是惠奇寇特、拉斯特和史戴瑞，惠奇寇特的筆下鮮少嚴格哲學旨趣，拉斯特則追隨了古德沃茲的道德哲學。只有派翠克、摩爾和古德沃茲(全為皇家學會的會員)充分地受到新科學(特別是笛卡兒的研究)所吸引，對它詳加討論，或將它轉為哲學和神學的優勢。雖然卡弗偉常被描述為柏拉圖主義者，但他實際上是一個披上柏拉圖外衣的新亞里斯多德主義者，且就像史戴瑞，是個喀爾文主義者。他否定了天生的觀念，支持白板說(*tabula rasa* doctrine)，並稱頌「柏拉圖主義者……他們將人的精神看成是上帝之燭，雖然他們在燭火被點亮時受到欺瞞」。

劍橋柏拉圖主義者具有相當的影響力，因為他們是寬容主義者、理性神學的支持者、徹底機械論及唯物論的嚴格批評者，以及英國直覺主義倫理傳統的創始者。在洛克(Locke)大行其道的英國，他們的天生論和非經驗的哲學乃是個顯著的對等學說。

參見 More, Henry 摩爾；Neoplatonism 新柏拉圖主義；philosophy of religion 宗教哲學；Plato 柏拉圖

A.G.撰　陳瑞麟審訂

Cambridge property　劍橋性質　見 Cambridge change 劍橋改變

camera obscura　暗箱　一個黑暗的封閉空間，藉由某個針眼大的孔隙(而不是透鏡)，將來自某外在物體的光加以聚焦，因而產生了與景物倒轉(inverted)、顛倒(reversed)的影像在對面牆上。把暗箱當作眼睛的模型，給視覺的研究帶來了革命性的變化，是經由廢棄陳舊的思辨哲學理論，特別是藉由「放射理論」(the emanation theory)，也就是把視覺解釋為由物體的複製影像(copy-images)放射進入眼睛時所產生的，以及藉由把影像置於透鏡，而不是置於視網膜，來理解視覺影像的理論。暗箱學說則是將感覺(sensation)的投射位置轉到視網膜上，從而有力地支持了哲學上關於初性(primary sense qualities)和次性(secondary sense qualities)的區分，因而動搖了中世紀關於知覺的實在論觀點(realist view of perception)，並進而接近了「意識是徹底與世界區隔開」的想法。

參見 perception 知覺

T.H.L.撰　劉希文審訂

Campanella, Tommaso　康帕內拉，托馬索(1568-1639)　義大利神學家、哲學家和詩人。他於 1582 年加入道明會(Dominican order)。1592 年至 1634 年期間，他在大部分時間內，都因異端及企圖在南義大利建立一烏托邦共和國取代西班牙統治而身陷囹圄。1634 年他逃離到法國，在那裡自由地渡過了他的餘生。他在監禁於一個城堡的期間寫出了他最好的詩歌中的一部分；由於監禁的狀態比較寬鬆，他在此期間完成超過一百部著作，這些著作並沒有全部留存至今。《太陽城》(*The City of the Sun*, 1602；1623 年出版)是他最負盛名的著作，該著作描述了一個根據星象學原則加以治理的團體，並以一位神職人員為國家的領導者。在以後的政治性論著中，康帕內拉抨擊馬基維利(Machiavelli)，他提倡一種以教宗作為精神領袖的普遍的西班牙君主制，或以教宗作為精神和世俗領袖的普遍的神權政體(a universal theocracy)。他出版的第一部書是《感官宣示的哲學》(*Philosophy Demonstrated by the Senses*, 1591)，該書支持特勒蕭(Telesio)的理論，並開始了他長達一生的對亞里斯多德學派的不懈抨擊。他期望建立一種以自然和《聖經》二部書為基礎的新基督宗教哲學，這二部書都是上帝的啟示。在他訴諸於感覺經驗之時，他並不是一位率直的經驗主義者，因為在他看來自然世界是活著的、是有感覺的，他把巫術看作是利用自然力量的工具。在這一方面他受到了費希諾(Ficino)的強烈影響。雖然他自己與羅馬教廷有著困難，他仍寫信支持伽利略(Galileo)。

參見 Ficino 費希諾；Telesio 特勒蕭

E.J.A.撰　丁福寧審訂

Campbell, Norman Robert　坎貝爾，諾曼・羅伯特(1880-1949)　英國物理學家和科學哲學家。身為一名成功的實驗物理學家，坎貝爾(與伍德〔A. Wood〕一起)發現了鉀的放射性。他的科學分析依賴於實驗定律和理論之間的截然區分。實驗定律是建立在觀察上的通則(或推廣〔generalizations〕)。理論則有如下結構：首先，它需要一個(大致上是任意的)假說，本身不可檢驗(untestable)。為了使它可檢驗，理論需要連結假說與科學定律的命題之「詞典」(a "dictionary" of propositions)，這種詞典可以由實驗建立起來。但是，理論不只是假說和實驗定律之間的邏輯關係；它們還需要具體的類比(analogies)或模型(models)。的確，模型建議了詞典中的命題之本質。類比是理論的必要成分，而且對坎貝爾來說，它們幾乎總是機械的。他的科學理論大幅地影響了納格爾的《科學的結構》(Nagal's *The Structure of Science*, 1961)。

參見 philosophy of science 科學哲學；theoretical term 理論術語

R.E.B.撰　陳瑞麟審訂

Camus, Albert　卡繆，阿爾伯特(1913-60)　法國哲學小說家及隨筆作家，亦為散文詩人及其時代的良心。卡繆生長於阿爾及利亞(Algeria)，年幼失父並染肺結核，為阿爾及爾(Algiers)的年輕劇作家及記者，之後於第二次世界大戰期間在巴黎(Paris)參加反德地下抗暴運動，這些經驗全都成了他筆下的內容。他最為人所知的作品並非明顯與政治相關；他最著名的作品為小說《局外人》(*The Stranger*，中文版或譯為《異鄉人》；1940 年完成，1942 年出版)及長篇成冊論文《薛西弗斯神話》(*The Myth of Sisyphus*；1941 年完成，1943 年出版)，探討了「荒謬」(the absurd)概念。卡繆又將這個概念描述為人類境況及「我們這個時代的普遍感受」(a widespread sensitivity of our times)。荒謬，簡單的定義即為我們自己——伴隨著我們對理性和正義的要求——和「冷漠世界」(indifferent universe)之間的對立。受到神責罰的薛西弗斯，承擔著永無休止、徒勞無功的任務，即將石頭推上山(它又會由於本身的重量而從山上滾下)，因此而成了人類境況的範例，毫無希望且毫無目的地掙扎著要完成某事。另一方面，《局外人》中那個奇特的反英雄，無意地接受了生活的荒謬性。他不做判斷，像朋友鄰居這般地接受最冷淡的人物，對於他母親的死以及自己殺了人也無動於衷。在面對處決時，他「敞開心胸，面對親切的冷漠世界」(opens his heart to the benign indifference of the universe)。

但如此「斯多噶式」(stoic)的接受，並非卡繆哲學的旨意。薛西弗斯由於蔑視並反抗神，由於拒絕讓步於絕望的「反叛」(rebellion)而茁壯(他甚至「愉快」〔happy〕)。就是這個主題激發了卡繆後期的小說《瘟疫》(*The Plague*, 1947)及長篇論文《反叛者》(*The Rebel*, 1951)。然而，他的最後一部著作為小說《墮落》(*The Fall*)，出版於 1956 年，也就是他贏得諾貝爾(Nobel)文學獎的前一年。在這部小說中，卡繆呈現出了一名令人難忘的乖張人物，名為克萊蒙斯(Jean-Baptiste Clamence)，他例證了所有卡繆先前角色人物及論文所拒斥的的悲痛和絕望。克萊蒙斯和《局外人》中的角色一樣，拒絕對人下判斷，但莫梭(Meursault)(即「局外人」)是無法判斷，而克萊蒙(他曾為律師)則使「不判斷」(incapable of judgment)成為一種哲學原則：「我們之中又有誰是無辜的呢？」(for who among us is innocent?)我們尚不清楚他的思想方向為何時，卡繆已經過世於車禍意外(和他倖存的出版商加里馬〔Gallimard〕在一起)。

參見 existentialism 存在主義；Sartre 沙特

R.C.So.撰　苑舉正審訂

Canguilhem, Georges　岡格彥，喬治(1904-96)　法國歷史學家和科學哲學家，岡格彥繼巴什拉(Gaston Bachelard)之後，成為巴黎大學科學與技術史學院(Institut d'Histoire des Sciences et des Techniques)院長，發展並修正巴什拉之科學觀，將其擴展至生物與醫學課題，尤其特別側重其中的常態與病態的概念(《常態與病態》〔*The Normal and the Pathological*, 1966〕)。他主張常態(norms)的客觀性並非衍生於價值中立的科學研究，而是根據科學家們所規定的有機體的生物實在性(biological reality of the organisms)。

岡格彥也致力於在概念與理論之間進行重要的方法論區別，他排斥一般將科學概念僅視為是所在理論中的理論功能，他的立論是：使用概念詮釋資料完全不同於使用理論去解釋資料。因此，同樣的概念可能出現在不同的理論脈絡中。岡格彥尤其有效地將這區分運用於追溯反射運動(reflex action)概念的起源上。

參見 Bachelard 巴什拉；philosophy of the social sciences 社會科學哲學；psychopathology 精神病理學

G.G.撰　吳秀瑾審訂

Cantor, Georg　康托，格奧爾格(1845-1918)　德國數學家，十九世紀晚期的數學家和哲學家之一(其他包括弗雷格〔Frege〕、戴德金〔Dedekind〕、皮亞諾〔Peano〕、羅素〔Russell〕和希爾伯特〔Hilbert〕)，這些數學家和哲學家轉換了數學及數學的哲學基礎的研究方向。康托的工作具有三方面的哲學重要性。首先，正是康托率先將任意的匯集轉化為數學研究的對象，即集合。其次，他創造了關於無窮數的一貫理論，尤其是關於超限數(transfinite numbers)的理論。第三，與前兩者相關的是，他破天荒第一次指出有可能將整個數學都看成是集合理論，因而使集合理論成為數學的基礎。這一點為以下看法提供了依據，即認為數學基礎自身應該成為數學研究的對象。康托也堅持某種形式的豐盛性原則，堅信所有在其超限數理論中給定的無窮數不僅具有數學的(或「永恆的」實在性)，而且還具有上帝所創造世界的「流變的」(transient)實在性。

康托的超限數和無窮(infinity)理論是他最主要的和直接的研究成果。他(如同弗雷格)根據一一對應的原則規定了基數相同的特徵，由此相應接受了為伽利略(Galileo)和其他人所熟知的悖論結果，即：所有自然數的總體與所有偶數的總體具有相同的基數。他還在這些令人驚奇的結論之上有所增益，他在 1874 年的著作中顯示，自然數與代數數(同理適用於有理數)的數目一樣多，然而，在一條連續線上卻存在著比自然數(或有理數或代數數)更多的點，因此也就表明在普通的數學裡，至少存在著兩種截然不同的無窮概念，也就顯示有必要對這些無窮加以數學處理。後一個結論往往被稱為是連續體的不可數性。1892 年的康托定理即上述說法的推廣，它斷言一給定集合的所有子集的集合(冪集)必須在基數上大於該集合，由此便導致了會有無窮盡的且都截然不同的無限數的可能性。(所有實數的總集具有與自然數的冪集相同的基數。)康托的超限數理論(1880-1897)是他對於無窮發展出的數學理論，此外他還從 1880 年和 1883 年引入的無窮序數推展出無窮基數(ℵ-數或稱阿列福〔aleph-〕數)。ℵ-數事實上是無窮良序(well-ordered)集合的基數。該理論由此引發兩個著名的問題，即：是否所有集合(尤其是連續體)都可以有良序；如果可以的話，那麼，ℵ-數中的哪個數代表著連續體的基數。前一個問題於 1904 年由哲梅羅(Zermelo)做了正面的回答，不過他的回答是以做出某種假設為代價，這就是選擇公理(the axiom of choice)的假設，是數學史上最具爭議性的公理之一。後一個問題則是有名的「連續體問題」(continuum problem)。著名的康托「連續體假說」(continuum hypotheis，簡稱 CH)在於他揣測連續體的基數是第二個阿列福數$\aleph_1$。哥德爾(Gödel，於 1938 年)和柯亨(Cohen，於 1963 年)證明 CH 獨立於集合論的其他一般公理。柯亨的方法加以擴展後，可以證明假設連續體的基數是由無數ℵ-數中的任何一個所給定的，都不致於導出矛盾。連續體問題如今已被廣泛認為是無法解決的問題。

康托的集合觀經常被認為承認集合的總體也是一個集合，這樣就產生了自相矛盾，尤其會產生「康托悖論」(Cantor's paradox)。因為康托定理說集合的總體的冪集必須大於總體，同時，由於這種冪集是集合之一，那麼，它就必須被包括在集合的總體之中。不過，根據康托早期(1883 年)稱為「絕對無窮」的概念來看，日後發現造成悖論的類，都不是恰當的集合。此外，由康托在 1897 年與希爾伯特、1899 年與戴德金的通信(見康托，《數學與哲學論文全集》〔*Gesammelte Abhandlungen mathematischen und philosophischen Inhalts*, 1932〕)可以清楚看出，康托充分意識到，如果這些類被當做普通集合看待，那麼必然會產生矛盾。

參見 continuum problem 連續體問題；set-theoretic paradoxes 集合論悖論；set theory 集合理論

M.H.撰　李國偉審訂

Cantor's paradox　**康托悖論**　見 set-theoretic paradoxes 集合論悖論

Cantor's theorem　**康托定理**　見 Cantor 康托；continuum problem 連續體問題

capacity, diminished　**能力不足**　見 diminished capacity 能力不足

capacity responsibility　**能力責任**　見 responsibility 責任

cardinality　**基數**　見 set-theoretic paradoxes 集合論悖論

cardinal utility　**基數效益**　見 utilitarianism 效益主義

cardinal virtues　**基本德行**　指明智(實踐的智慧)、勇氣、節制和正義。中世紀人們認

為這些德行是基本的(cardinal，來自拉丁文 *cardo*，意為「樞紐」〔hinge〕)，因為它們在人類的繁衍中扮演著重要且關鍵的角色。在柏拉圖的《理想國》(*Republic*)中，蘇格拉底根據靈魂的三分說來解釋這些德行，他指出，當生活的知識(智慧)感化一個人的「理性」時，他是「明智」的，當感化的理性控制他「憤怒的力量」(capacity for wrath)時，他是「勇敢」的，當感化的理性控制他的「嗜好」(appetites)時，他是節制的，最後，當感化的理性之控制，使各個部分各司其職時，他就可稱為「正義」。基本德行的思想之發展與德行統一之學說有密不可分的關係，這也就是說，當某人擁有這些德行的一部分，同時也將擁有其他他所有的德行。

參見 virtue ethics 德行倫理學

J.L.A.G.撰　陳瑤華審訂

Carlyle, Thomas　卡賴里，湯瑪士(1795-1881)　生於蘇格蘭，小說家、歷史家和社會評論家；在十九世紀英國，也是最受歡迎的一個作家和演講家；其著作包括文藝批評、歷史、和文化批評。在哲學方面最重要的貢獻，就是其歷史理論。根據該理論，歷史最重要的因素，就是那些偉大人物。卡賴里在《論英雄、英雄崇拜和歷史中的英雄事蹟》(*On Heroes, Hero-Worship and the Heroic in History*, 1841)一書，有如下一段話：「世界歷史——人類在這世界的成就之歷史——歸根到底就是偉人的歷史。他們是人類的領袖；這些偉大的個人，是一般平民大眾所渴望達到的典型、模範，以及在一較寬意義下的創造者。我們見到屹立在世界的種種偉業，名符其實地是屬於這些來到世界的偉人的，是他們思想的外在的實質成果、是他們思想的現實化和形軀化。我們可以這樣認為：世界歷史的靈魂，就是這些人的歷史，如此說並無過當。」

但卡賴里的學說，受到來自多方面的挑戰。黑格爾學派和馬克思學派的哲學家就堅持說，那些所謂歷史的偉人，其實並非歷史的引擎，而僅是某些深層力量的反映而已，例如經濟力量。而且，當代歷史家則強調「基層歷史」(history from below)——平民大眾的社會歷史——的優位性，此更能代表歷史的過程。

參見 philosophy of history 歷史哲學

N.C.撰　謝仲明審訂

Carnap, Rudolf　卡納普，魯道夫(1891-1970)　德國出生的美國哲學家。他是維也納學派(the Vienna Circle)的領袖之一，該學派代表著被寬泛地稱為邏輯實證主義(logical positivism)或邏輯經驗主義(logical empiricism)的一種哲學運動。他對語意學(semantics)和科學哲學，同時對概率和歸納邏輯的基礎研究都做出重大貢獻。他還是科學統一性運動(the unity of science movement)的堅定辯護者，並積極參與此一運動。

卡納普於 1921 年在耶拿大學(the University of Jena)獲得哲學博士學位。他的第一部重要著作是《世界的邏輯結構》(*Die Logische Aufbau der Welt*, 1928)。在這本書中，他試圖應用新近由弗雷格(Frege)和由羅素(Russell)和懷德海(Whitehead)發展的新邏輯來解決科學哲學的問題。儘管這本書頗具影響力，但直到 1967 年它才被翻譯成英文，書名為《世界的邏輯結構》(*The Logical Structure of the World*)。其重要性在於，它包含最早的一批清晰而直接的宣稱，認為哲學的重要工作之一，乃是關於邏輯結構的陳述：語言及其邏輯應該成關注的焦點。1935 年，卡納普離開其祖國德國移居美國，任教於芝加哥大學，以後又任教於加州大學洛杉磯分校。

《語言的邏輯句法》(*Die Logiche Syntax der Sprach*, 1934)一書很快被譯成英文出版，書名為《語言的邏輯句法》(*The Logical Syntax of Language*, 1937)。緊隨著又於 1941 年

出版了《語意學導論》(*Introduction to Semantics*)，1942 年出版了《邏輯的形式化》(*The Formalization of Logic*)二書。1947 年，《意義與必然性》(*Meaning and Necessity*)出版；該書為模態邏輯(modal logic)的研究提供了基石，反映了在前兩部書中討論的一階邏輯(first-order-logic)在語意學上的謹慎發展。在這些書中引入的最為重要的概念之一，是「狀態描述」(a state description)的概念。某個「狀態描述」即某個可能世界在語言學上的對應部分：在某一給定的語言中，可以對某一世界做最完整的描述。

然後，卡納普轉向研究科學哲學和意義理論領域中影響最為深遠與重要的問題之一。說某個句子的意義是由種種條件給定的，根據這些條件，句子的意義將會被證實(verify)(正如早期實證主義者所抱持的那樣)，或說某個科學理論經過以後被證明為真的預測所證實，顯然是非常鬆散的說法。絕對證實(absolute verification)並不會發生。如果是以某種實在主義的方式實現科學哲學的計畫，那麼我們就必須談非結論式的證據所給予的支持，這些支持不是為科學知識提供知識論上的證成，就是賦予我們的科學語言中的許多詞彙的意義以特徵。這就要求某種概率性(probability)的理解，或者像卡納普所願稱呼的那樣：確認性程度(degree of confirmation)。我們必須區分兩種意義的概率：卡納普稱為「概率 1」(probability 1)的，對應於可信性(credibility)的概念，而「概率 2」(probability 2)，則對應於出現頻率(the frequency)或對應於是被萊辛巴哈(Reichenbach)和馮・米澤斯(von Mises)辯護之概率的經驗概念(empirical conception of probability)。「確認性程度」則是對應於可信性的形式概念。

《概率的邏輯基礎》(*The Logical Foundations of Probability*, 1950)一書是卡納普關於上述論題的第一部著作，它是根據其語意學著作相同的立場而寫作的。其目的在於對「$c(h,e)$」做出邏輯定義，也就是說：某個假設 h 的確認性程度，是相對於某類證據 e 的；或者說，合理地相信某個假設的程度，在於其全部證據 e，為 h 所做之承諾。當然，我們必須先決定某種形式語言，並以這種形式語言來表述假設和證據；為此，卡納普選擇了由有限的一位謂詞(one-place predicates)和可列的個別常數(individual constants)所組成的一階語言。根據這一背景，我們可做出如下還原：「$c(h,e)$」表述著一種「條件概率」(conditional probability)；因此它可以被表述為 h & e 的絕對概率與 e 的絕對概率之比例。絕對概率則可通過某種測度函數 m(a measure function m)之值來代表，用以定義這個語言的句子。問題是如何定義 m。由於在卡納普的語言中，每一個句子都等值於一個分離的「狀態描述」；根據概率演算(the probability calculus)，指派給「狀態描述」的測度也必須成為指派給所構成的「狀態描述」之度的總和。現在，問題成為如何為「狀態描述」而定義 m(回想一下「狀態描述」曾是卡納普早期所發展的結構中的一部分)。函數 $c^\dagger$是為每種「狀態描述」指派同等測度的確認性函數(a conformation function)。但它並不適當，因為如果假設 h 不被證據 e 所包含的話，那麼，$c^\dagger(h,e)=m^\dagger(h)$，「先驗測度」(the a priori measure)即會指派給假設 h。如此則意味我們不能「從經驗中學習」。不具備那種缺陷的測度為 m^*，它基於為每種「結構描述」(structure description)指派相同的測度。「結構描述」乃是「狀態描述」的集合，兩種「狀態描述」只有在透過相互個別常數的排列而獲取另外一種「狀態描述」下，才屬於同一「結構描述」。在「結構描述」之內，每一種「狀態描述」都被指派給相同的值。

卡納普在他下一部著作《歸納法的連續體》(*The Continuum of Inductive Methods*)之中，將我們從經驗中學習的比率，當成他所提概率的基本參數。正如基於「狀態描述」的測度一樣，單一預測推理的概率之值決定了其他所有的概率。所謂「單一預測推理」(the singular predictive inference)即依據如下推理：個體 1 具有一種集合的屬性，個體 2 則具有另一種集合的屬性，以此類推，最終得出結論：個體 j 將具有屬性 k。

最終，卡納普在其最後的著作《歸納邏輯和概率研究》(*Studies in Inductive Logic and Probability*，第一卷(1971)和第二卷(1980)，理查德・傑弗瑞〔Richard Jeffrey〕編輯)之中，以兩篇長文的篇幅構成了他的〈歸納邏輯的基本系統〉(Basic System of Inductive Logic)。這一系統環繞著某種擁有相似屬性(例如色彩或聲音)的語言而建構起來，可以通過述詞來加以掌握。基本結構仍然具有單子性質(monadic)，邏輯仍然缺乏同一性，但卻存在著更多的參數。有一個參數 λ 反映了「從經驗學習的比率」(the rate of learning from experience)；參數 η 則反映了屬於不同族類屬性之價值間的關係。任意地導入參數，使卡納普趨向於形成概率是主觀的或具有個人論的觀點。他期望在這條主觀主義的途徑行駛多遠，是一個有待討論的問題，但明顯的是，他在歸納邏輯中比在單一的科學語言中發現更多相關的東西。

卡納普關於形式語言的概率測度的研究注定具有長久的價值。他對於形式語意學的研究亦如此。他以清晰和精確，並提供許多具體例證，而成為哲學形式研究成果的堅定支持者。除了支持特定的哲學學說之外，這些堅持都刻劃出他對哲學的貢獻。

參見 confirmation 驗證；philosophy of science 科學哲學；probability 機率；Vienna Circle 維也納學派

H.E.K.撰　苑舉正審訂

Carneades　卡奈阿德斯　見 Academy 學園

Carroll, Lewis　卡洛，路易斯　查理斯・魯特維治・杜格森(Charles Lutwidge Dodgson, 1832-98)的筆名，為英國作家及數學家。他是一個牧師大家庭中的長子，在魯格比(Rugby)及牛津的基督教會學院受教育，他在那裡擔任數學講師(直到 1881 年)及資深者交誼廳的管理員，並在那裡度過了他平靜的一生。他的數學著作(以他的真名發表)量勝於質。然而，他是當時唯一對符號邏輯有所貢獻的牛津人，且人們記得的是他的三段論圖解、他建構及解決精巧的連鎖式詭辯問題的方法、他早期對邏輯悖論的興趣，以及一再出現在現代教科書當中許多他舉的有趣例子。他的成名幾乎純屬意外，他是《愛麗絲夢遊仙境》(*Alice's Adventures in Wonderland*, 1865)、《鏡中奇緣》(*Through the Looking Glass*, 1872)、《獵殺史納克》(*The Hunting of the Snark*, 1876)及《西維和布魯諾》(*Sylvie and Bruno*, 1889-93)的作者；除了最後一本書之外，這幾本是唯一不會讓成人讀者讀了臉色窘紅的童書。

杜格森於 1861 年獲執事職位，雖然他的牧師生涯並不活躍，但在許多方面卻是中規中矩維多利亞式牧師的典型。他謹慎想出了宗教見解，不過沒有什麼重要的哲學旨趣。牛津運動(Oxford movement)將他遺漏了；他擔心罪(雖然拒絕接受永恆懲罰的學說)、厭惡褻瀆神明，並斤斤計較星期天的儀式，但很奇怪地卻能夠容忍上劇院看戲，這是他終生的嗜好。且不管後來插入的充滿情緒性的話語，有關愛麗絲的書和《獵殺史納克》很慶幸都沒有宗教或道德用意；它們充滿了粗魯、冒犯和爭論不休的謬誤論辯，但另一方面，對哲學家卻有自然的吸引力，哲學家自由地將它們拿來做例證。兩矮胖子(Humpty-Dumpty)、各種的國王和皇后、瘋帽商(Mad Hatter)、毛毛蟲(Caterpillar)、白兔(White Rabbit)、赤霞貓(Cheshire Cat)、獨角獸(Unicorn)、提多兄弟(Tweedle brothers)、更夫(Bellman)、麵包師傅(Baker)和史納克(Snark)，都曾在下列哲學家的著作中曇花一現：包括了羅素(Russell)、穆爾(Moore)、布洛德(Broad)、蒯因(Quine)、納格爾(Nagel)、奧斯汀(Austin)、艾耶(Ayer)、賴爾(Ryle)、布蘭沙德(Blanshard)，甚至是維根斯坦(Wittgenstein)(他居然是冒牌烏龜〔Mock Turtle〕那個角色的愛好者)。第一次這樣引用為例證(引用了三月兔〔March Hare〕)出現在范恩(Venn)的《符號邏輯》(*Symbolic Logic*, 1881)中。通常引用的理由是指出意義、約定性定義、否定的邏輯、時間倒轉、夢的意識、虛構及非實存事物的具體化，或者太拘泥於「日常語言」字面意義所產生的荒謬性。(對於文字處理器的倡導者而言，透過拼字檢查程式來檢查無意義的言語〔Jabberwocky〕，其結果是終結了人工智慧的前景)

雖然卡洛本身並非哲學家，但他獨特的哲學幽默感使得他(和替他畫插畫的譚尼爾〔Sir John Tenniel〕)在當代世界仍然不失光彩。《愛麗絲夢遊仙境》一書已譯成了七十五國語言；新的版本及評論研究每年不斷地出現；模倣、諷刺詩文、卡通、引用，以及短暫的利用不計其數地增加；而愛好卡洛者的社團則在好幾個國家極為活躍，特別是在英國和美國。

P.He.撰　李國偉審訂

Cartesian circle　笛卡兒學派　見 Descartes 笛卡兒

Cartesian demon　笛卡兒之惡魔　見 Descartes 笛卡兒

Cartesian dualism　笛卡兒二元論　見 dualism 二元論；philosophy of mind 心靈哲學

Cartesian interactionism　笛卡兒交互作用主義　見 philosophy of mind 心靈哲學

Cartesianism　笛卡兒主義　見 Descartes 笛卡兒

Cartesian product　卡氏積　見 set theory 集合論

Cārvāka　順世論　印度的唯物主義。它的各種派別一致認為，心靈僅僅是身體及其功能而已，它們意見的歧異處在於，有的主張心理性質無非是心理學字詞所表述的物理性質(化約的唯物論)，有的則肯認自物理性質中突現，本身卻無物質力能也不可化約的心理性質(epiphenomenalism，偶發現象論)。有些唯物論認識論者(至少他們的批評者這樣子說)視知覺(perception，現量)為唯一可靠的知識來源，但是最為思慮深致的唯物論者，卻與現代邏輯實證論者所見略同，同意吾人在可知覺地探求的事態處仍可援引推論(inference，比量)以達致與該事態相關的結論。

參見 Hinduism 印度教

K.E.Y.撰　何建興審訂

Cassirer, Ernst　卡西勒，恩斯特(1874-1945)　德國哲學家暨思想史家。出生於布列斯勞(Breslau，原屬德國，現為波蘭城市沃羅斯拉夫〔Wroclaw〕)，曾經就讀於幾個不同的德國大學。於 1899 年在馬堡大學(Marburg)完成學業，他的指導教授是新康德主義馬堡學派(the Marburg School of neo-Kantianism)的創始人柯亨(Hermann Cohen)。卡西勒從 1906 年至 1919 年在柏林大學任教，隨後在新成立的漢堡大學接受教授職位；因納粹主義的興起，遂於 1933 年離開德國，首先在牛津大學萬靈學院(All Souls College)任訪問教授(1933-1935)，後赴瑞典哥德堡大學(the University of Göteborg)任教授職。1941 年移居美國，先任教於耶魯大學(1941-1944)，然後又轉赴哥倫比亞大學(1944-1945)擔任教職。

卡西勒的著作可以分成哲學史和文化史研究，以及個人哲學思想體系闡述這兩大類。前一類著作包括：萊布尼茲(Leibniz)和康德(Kant)主要著作版本編輯、四卷本研究著作

《知識問題》(*The problem of Knowledge*, vols.1-3, 1906-1920; vol. 4, 1950)，該書追溯了從尼古拉．庫薩(Nicholas Cusa)到二十世紀的知識問題；以及大量關於笛卡兒(Descartes)、萊布尼茲、康德、盧梭(Rousseau)、歌德(Goethe)、文藝復興、啟蒙運動和英格蘭柏拉圖主義等的個案專題研究。他的後一類著作包括：多卷本的《符號形式的哲學》(*The Philosophy of Symbolic Forms*, 1923-1929)，該書闡述一種人類文化哲學，這種哲學的基礎在於我們從神話、語言、數理科學當中所發現的符號類型；卡西勒也發表了大量專題研究，內容遍及邏輯學、心理學、美學、語言學和人類概念之形成諸領域。《人論》(*An Essay on Man*, 1944)和《國家的神話》(*The Myth of the State*, 1946)是他最負盛名的兩部著作。

在卡西勒看來，他的系統哲學著作和他的哲學史和文化史研究並非涇渭分明，而是相互支撐的。由於他與馬堡學派的關係，他在哲學上的立場通常被錯誤地劃歸為新康德主義學派。康德對其產生了重要的影響，但是黑格爾(Hegel)、赫德(Herder)、洪堡德(Wilhelm von Humboldt)、歌德、萊布尼茲和維科(Vico)諸人同樣也對他產生重要的影響。卡西勒最重要的哲學概念「符號形式」(symbolic form)主要來自赫茲(Heinrich Hertz)在力學中使用的記號(notation)概念，和黑格爾學派美學家費雪(Friedrich Theodor Vischer)的藝術象徵(the symbol in art)概念。廣泛地說，他的符號形式概念可以說是傳統觀念論哲學中的「觀念」(idea)和「形式」(form)概念的轉型。卡西勒的符號形式論並不區分開「象徵意義」(the symbolic)和「字面意義」(the literal)。在他看來，人類的所有知識都取決於借助某種符號類型而形成經驗的能力。人類知識的諸形式與人類文化的各種形式共存。在這些文化和知識形式中，他最經常分析的是神話、宗教、藝術、語言、歷史和科學。他認為這些符號形式構成了人類知識和文化的完整體系，並成為哲學的研究對象。

卡西勒的哲學對朗格(Susanne Langer, 1895-1985)的美學產生了最明顯的影響，然而他的符號概念卻滲透到理論人類學(theoretical anthropology)、心理學、結構語言學(structural linguistics)、文學批評、神話理論、美學和現象學諸學科領域之中。他對文藝復興和啟蒙運動的研究著作，至今仍是思想史研究中劃時代的作品。

參見 Hegel 黑格爾；Leibniz 萊布尼茲；neo-Kantianism 新康德主義；Vico 維科

D.P.V.撰　陳懷恩審訂

Castañeda, Hector-Neri　卡斯塔內達，海克特(1924-1991)　美國分析哲學家。卡斯塔內達深受蒯因(Quine)、齊桑姆(R.M. Chisholm)和老師塞拉斯(Wilfrid Sellars)的影響並對之作批判性回應，他出版了四本專著和超過一百七十五篇論文。他的著作集原創性、嚴密性、穿透力和一種非同尋常的綜合性於一體——其理論和批評的網路幾乎達到了哲學的每一個領域，其中包括行動理論、規範邏輯(deontic logic)和實踐理性、倫理學、哲學史、形上學和本體論、哲學方法論、語言哲學、心靈哲學和感知哲學，以及知識理論等。他最主要的貢獻在於形上學和本體論領域，在於指示性指稱(indexical reference)、規範邏輯和實踐推理方面。

在形上學和本體論領域，卡斯塔內達的主要工作在於樣態理論(guise theory)，這種理論第一次表述在 1974 年的一篇論文中，文章對語言、心靈、本體論和斷言(predication)做了複雜和全面的闡述。他主張日常的具體個體、屬性和命題都可以分解成各種不同的方面或樣態，他在理論上總結為：思維和指稱都指向後者。每一個樣態在本體論清單上都是一個真正的單項，都具有內在或外在的屬性；除此之外，樣態是通過各種各樣的同一關係聯結，這些關係中只有一種屬於我們熟悉的嚴格同一性關係。由於每一種樣態都享有真正的本體論身分(ontological standing)，而只有其中的一部分現實存在著，因此卡斯塔內達的本體論和語意學具有邁農式(Meinongian)特徵。借助對斷言關係的嚴格闡述，樣態理論對以下廣泛領域內的哲學問題，如非存在物(nonexistents)的指稱、否定性存在物(negative existentials)、意向同一性(intentional identity)、指稱的不透明性(referential opacity)和其他問題提供了統一的說明。

卡斯塔內達也在強化指示性指涉的意義起了關鍵性的作用。例如，假如保羅斷言說「我喜歡夏敦埃酒(Chardonnay)」的話，那麼鮑勃這樣陳述：「保羅說我喜歡夏敦埃酒」顯然是不對的，因為後一個陳述表達的是說話者(鮑勃)的參照關係，而不是保羅的。卡斯塔內達同時主張，如果鮑勃如此陳述保羅說的話：「保羅說保羅喜歡夏敦埃酒」，或是「保羅說阿爾在午餐時請的客人喜歡夏敦埃酒」(如果保羅是阿爾在午餐時請的唯一客人)，這也同樣是不對的，因為這兩種說法中的任何一個都未能表達保羅斷言中的那種十分重要的指示性性質。鮑勃可以正確地代之以這樣的陳述：「保羅說他自己喜歡夏敦埃酒」，這裡「他自己」是個準指示詞(quasi-indicator)，用來說明保羅指涉的是作為自我的他自己(himself qua self)。對卡斯塔內達(和其他人)來說，準指示詞在描述別人的思想和體驗時是人們不可還原的基本工具。他關於指示性質的看法、對樣態理論的充分闡述，以及對於限定摹狀詞(definite description)和專名的非同正統的理論，都收集在《思維、語言和經驗》(*Thinking, Language, and Experience*, 1989)一書中。

卡斯塔內達關於實踐理性和規範邏輯的主要看法導致他關於實踐與命題(practition-proposition)的基本區分。有關這些看法的許多有價值的論文，與他對這些論文的重要回答一起，都收集在湯柏林(James E. Tomberlin)編輯的《行動者、語言和世界的結構》(*Agent, Language, and the Structure of the World*, 1983)和《卡斯塔內達》(*Hector-Neri Castañeda*, 1986)二書中。後者還包括了卡斯塔內達的思想自傳。

參見 deontic logic 規範邏輯；guise theory 偽裝理論；Meinong 邁農；practical reasoning 實踐推理；practition 實踐性；quasi-indicator 近似指示詞

J.E.T.撰　王巍審訂

casuistry　決疑法　採用案例分析去詮釋普遍道德規範的方法。決疑法始於一些典範案例，這些案例指出應該如何、及在何時應用某個普遍道德原則，然後把這個原則類推到適用性較不明顯的其他狀況——例如：對某個教士來說，他不洩露別人告解秘密的唯一辦法，就是說謊。考察一連串案例的關鍵，在於澄清諸事件之間，道德上相關的相似性和差異性。決疑法盛行於十七世紀前半葉。為了因應決疑法在耶穌會(the Jesuits)中的風行，且反對決疑法限定普遍道德原則的傾向，巴斯卡(Pascal)在書信中猛烈抨擊決疑法，此後該詞一蹶不振(見巴斯卡的《一個鄉下人的書簡》〔*Provincial Letters*〕, 1656)。然而，該詞所指的推理方法，仍盛行於當代的應用倫理學之中。

B.W.H.撰　謝世民、吳妍儀審訂

categorematic　範疇的　見 syncategoremata 隨伴範疇語詞

***categorematica*　範疇語詞**　見 syncategoremata 隨伴範疇語詞

categorical grammar　範疇文法　見 grammar 文法

categorical imperative　定言令式　見 Kant 康德

categorical-in-power　基數的範疇性　見 categorical theory 範疇性理論

categorical proposition　直言命題　見 syllogism 三段論式

categorical theory　範疇性理論　某種所有模型都是同構(isomorphic)的理論。由於初階邏輯(first-order logic)微弱的表現力，在帶有等號的初階邏輯中，只有有限模型的理論(theories with a finite model)才是範疇性的；沒有等號，則所有理論都不是範疇性的。因此一種較為有趣的性質被考慮，就是相對於基數的範疇性(being categorical in power)：當一個理論所有其基數為α的模型均同構時，該理論即是相對於基數α範疇性的。基數範疇性(categoricity in power)顯示了它具有僅僅根據基數便完全界定其結構的特徵。例如，關於無端點稠密序的初階理論(the first order theory of dense order without endpoints)為相對於基數ω(即自然數的基數)範疇性的。具有初始元素的簡單離散序的初階理論(the first-order theory of simple discrete orderings with initial element)，也就是自然數的序，則並非相對於基數ω範疇性的。存在著其數目是可數的，與自然數並不同構的離散序(discrete orders)，而且初序等價(elementary equivalent)於自然數，也就是說，它們具有相同的基本初階理論。在初階邏輯中，範疇性理論是完備的(complete)。對於不滿足完備性定理的初階邏輯的外延而言，這種說法(即範疇性理論是完備的)並不必然為真。在這種邏輯中，某種公理集合可以在不提供具有唯一模型這種結果的情況下，仍然是範疇性的。「基本相當」一詞是由塔斯基(Alfred Tarski)於 1936 年左右引入，用於說明無法由基本方法(elementary means)加以區別的性質。奧斯瓦德・維伯倫(Oswald Veblen)於 1904 年在一次關於幾何學基礎的討論會上，第一次使用了「範疇性」(categorical)一詞，據他所說，該詞是受到美國實用主義哲學家約翰・杜威(the American pragmatist John Dewey)的啟發而產生的。

參見 completeness 完備性；model theory 模型論

Z.G.S.撰　李瑞麟審訂

categoricity　範疇性　一組語句(亦即一組「設準」〔postulates〕)之集合之語意性質，此等集合隱性地(implicitly)界定(完備地描述，或達到異質同構地徵定〔characterizes up to isomorphism〕)了標的解釋(intended interpretation)或標準模型(standard model)之結構。最有名的範疇性語句集合為數論(number theory)之設準集合，該集合源自皮亞諾(Peano)，完備徵定了算術級數(arithmetic progression)的結構。例如自然數系便有此結構，以零作為標出元素(distinguished element)，以後繼數(一之增益)作為標出函數(distinguished function)。這一結構還可用其他方式例示，例如以任一整數作為標出元素，以任一正整數或負整數的增益過程作為標出函數，還可以把標出函數重複應用於標出元素之結果作為論域(universe of discourse)等等。(見羅素，《數學哲學導論》〔Russell's *Introduction to the Mathemathical Philosophy*, 1918〕)

更為準確地說，假如某個設準集合的任兩個(滿足解釋〔interpretation〕的或實現〔realization〕的)模型是(彼此)同構(isomorphic)的話，那麼該設準集合即被界定為是範疇性的(categorical)。在此，所謂「兩種解釋是同構的」是說，這兩種解釋的各自論域有一一對應的關係，並使得其中之一的標出元素、標出函數和標出關係等正好映射其中之二的。笛卡兒(Descartes)分析幾何學的重大價值在於它與以下事實有關：某個標出「在……之左」關係之幾何線的點所形成的系統，與標出「小於」關係的實數系統同構。把公理法視為徵定研究對象(subject matter)而不是重組學問的方法，而範疇性作為成功使用這種公理法之理想極限，當把某些形式語言用於某些研究對象時，我們知道其範疇性不可能。

「範疇性」概念至少可以追溯到戴德金(Dedekind)；該詞語則源於杜威(Dewey)。

參見 axiomatic method 公理法；Löwenheim-Skolem theorem 羅文漢-斯科倫定理；mathematical analysis 數學分析學；model theory 模型論

J.Cor.撰　龔維正審訂

categories, table of　範疇表　見 Kant 康德

categories of the understanding　知性範疇　見 Kant 康德

category　範疇　一種究極的類。範疇是世上元目(entity)之最高屬(genera)。它們可以包括種(species)，但它們本身不是任何更高屬的種。亞里斯多德(Aristotle)是第一位有系統地討論範疇的哲學家，他列舉了十個範疇，包括實體(substance)、質(quality)、量(quantity)、關係(relation)、地點(place)和時間(time)等。假如有一組範疇是完備的，那麼，世界上的每一個元目都將屬於某個範疇，而沒有任何元目會從屬於一個以上的範疇。笛卡兒(Descartes)關於心靈與物質的二元分類，可謂是範疇組合的傑出實例。該實例清楚地顯示了範疇的另一種特徵：當某種屬性可被歸屬於某類範疇下的元目時，它即不可以成為任何其他範疇下的元目所具之屬性。因此，物質範疇下的元目具有廣延性和顏色，而心靈範疇下的實體則不可能具有廣延性和顏色。

參見 Aristotle 亞里斯多德；*genus generalissimum* 最普遍的類；Ryle 賴爾

J.W.M.撰　謝仲明審訂

category mistake　範疇錯誤　將某個元目(entity)安置在錯誤的範疇之內。用賴爾(Ryle)所舉的例子來說，把展示團隊精神的行為與在棒球遊戲中投球、擊球和接球的行為相提並論，即是犯了一項範疇錯誤；展示團隊精神並不像投球或擊球那樣是一種特殊的功能，而是使這些特殊功能得以展現的一種方式。「範疇錯誤」的第二種用法，就是把某個元目不可能具備(不僅僅是恰巧不具備)的屬性歸屬於它，例如在句子「這個記憶是紫羅蘭色的」，或卡納普(Carnap)用過的一個句子「凱撒是一個質數」之中的情形。這兩種範疇錯誤貌似有別，但都涉及對所談論事物性質的誤解。範疇錯誤不是一種單純普通的失誤，例如把某個事物能夠擁有但並未擁有的屬性歸諸該事物，而範疇錯誤則是把某些事物不可能具備的屬性(例如某種特殊的功能)歸諸該事物(例如團隊精神)。根據賴爾的看法，辨別範疇間的差異取決於以下這一點：在同一語句中以一個表達式(expression)取代另一個時，是否會導致他所謂的「荒謬性」，也就是造成不可理解。

參見 Ryle 賴爾

J.W.M.撰　謝仲明審訂

category-preserving　範疇不變　見 logical form 邏輯形式

category theory　範疇論　一種數學理論，通過結構間的相互關係來研究結構的普遍屬性。一個範疇 C 是由 Ob_c 和 Mor_c 兩個集合組成，這兩個集合即 C 的「物件」(objects)和態射(morphism)的集合，並滿足以下條件：(1)對每一對的物件(a,b)而言，都相應存在著某種態射集 $Mor_c(a,b)$，而 Mor_c 的每一個成員都是某個這種集合；(2)對 Ob_c 中的每一個物件 a 而言，都存在著某種態射 id_a，稱為 a 的單位元；(3)某種組合律將每一個態射 $f:a\to b$ 與每一個態射 $g:b\to c$ 聯結為 $gf:a\to c$ 的態射，稱做 f 與 g 的合成(composite)；(4)對態射

f:$a \rightarrow b$，g:$b \rightarrow c$ 和 h:$c \rightarrow d$ 而言，等式 $h(gf)=(hg)f$ 成立；(5)對任一態射 f:$a \rightarrow b$ 而言，等式 $id_b f=f$ 和 $f id_a=f$ 成立。具有特殊結構的集合，加上保持結構的種種映射就會形成範疇。例如：(1)集合及其間的函數；(2)群及其間的同態映射；(3)拓樸空間及其間的連續函數；(4)集合及其間以滿射(surjections)代替任意映射，則構成不同的範疇。但是，範疇並不需要由集合和集合間的映射組成。例如：(5)某個由邏輯推衍關係關聯在一起的命題集合可以形成一個範疇，任何前有序(preordered)集合亦然；(6)把一個單體(monoid)當做獨一物件，其元素當做態射也可以形成一個範疇。某個範疇中物件的屬性是由進入與發自該物件的態射所決定。具有普遍屬性的物件佔據關鍵位置。因此，所謂終端物件 a 由以下普遍屬性所刻畫：對任何物件 b 而言，都存在唯一的一個由 b 到 a 的態射。所謂單集合(singleton set)就是集合範疇中的終端物件。集合的笛卡兒積、群的乘積、命題的合取，都是合適範疇中的終端物件。範疇理論使概念得以統一起來，並使普遍性的觀念到新的理解。

參見 philosophy of mathematics 數學哲學

J.-P.M.撰　李國偉審訂

causal chain　**因果鏈**　見 causation 因果關係

causal closure　**因果的封閉性**　見 Davidson 戴維森

causal decision theory　**因果關係決策論**　見 decision theory 決策論

causal dependence　**因果上的依賴關係**　見 dependence 依賴關係

causal determinism　**因果決定論**　見 determinism 決定論

causal-historical theory of reference　**指稱之因果歷史理論**　見 philosophy of language 語言哲學

causal immediacy　**因果上的直接**　見 immediacy 直接

causal law　**因果定律**　若述句描述著事件或狀態類型之間規律且恆常的關聯(connection)，且此關聯在某種意義下是因果的，則此述句為因果定律。人們對於因果定律與其他定律的區別可以有各種不同的說法。有時因果定律指其將時間上相繼發生的事件或狀態關聯起來，此稱作繼起定律(law of succession)：例如「攝取神經興奮劑導致死亡」。此意義下的因果定律與共存定律(law of coexistence)相反，後者是將同時發生的事件或狀態聯結起來，例如：魏德曼-法蘭法則(Wiedemann-Franz law)將金屬的熱與電傳導聯結起來。

決定定律(deterministic law)為一重要的因果定律。這種因果定律敘述事件間無例外的聯結，而概率或統計定律(probabilistic or statistical law)則指出事件間的機率關係。對於任何被一組決定定律控制的系統，若在某時間點該系統具有一組狀態變元所描述的狀態，那麼這些定律會在稍後的任一時間點(或也許在稍早或稍後的任何時間)導致該系統的一個個獨特狀態。機率定律則是在一系統某一前件狀態下，僅僅導出稍後會發生另一狀態之機率值。古典力學(classical mechanics)的定律通常被認為是決定定律的典型範例，而量子力學(quantum mechanics)在本質上則是機率性的。

因果定律作為定律，有時是指其可明顯指出某些事件是某些其他事件的原因。這種定律的簡單形式是：「甲這類事件導致乙這類事件」；例如「熱導致金屬膨脹」。一個不那麼強的相關概念是：因果定律敘述事件之間的規律性，這規律性在事實上是作為原因與結果聯結起來的，儘管因果定律的敘述本身並沒有明白說出這點(由微分方程表示的運動定律也許是此一意義下的因果定律)。上述「因果定律」的意義已預設著先驗的因果概念。

最後，因果定律與目的論定律(teleological law)相反。目的論定律描述某些系統，特別是生物有機體，如何行動以致於達成某些「目標」或「目的狀態」。此定律有時主張去實現這樣的理念：尚未存在的未來狀態可以影響到系統的目前行為。不過，這些定律的形式為何，以及它們如何準確地與一般定律區別開來，至今尚未完全清楚。

參見 causation 因果關係；determinism 決定論；lawlike generalization 似定律的通則

J.K.撰　林正弘審訂

causal overdetermination　因果的過度決定　見 causation 因果關係

causal relation, singular　單一因果關係　見 philosophy of mind 心靈哲學

causal responsibility　因果責任　見 responsibility 責任

causal statement, singular　單一因果陳述　見 causation 因果關係

causal theory of knowledge　知識的因果理論、因果的認知理論　見 epistemology 知識論；naturalistic epistemology 自然主義知識論

causal theory of mental content　心靈內容的因果理論　見 skepticism 懷疑論

causal theory of mind　心靈因果理論　見 functionalism 功能主義

causal theory of perception　知覺因果理論　見 perception 知覺

causal theory of proper names　專有名稱的因果理論　專有名稱的因果理論。此理論認為專有名詞之所以指稱到其所稱呼的事物，是因為某種因果的連結。這樣的觀點是名稱「直接指稱觀點」(direct reference view)的一個特例，甚或是這個觀點的不當解釋。從此進路來看，專有名稱，如「馬基維利」(Machiavelli)，是如彌爾(J. S. Mill)所寫的「純粹地指稱……它指稱到被稱這個名字的個體；但它並不代表或蘊涵這些個體具有某些的特質(《邏輯系統》〔*A System of Logic*, 1879〕)。對於熟練的語言使用者而言，專有名稱可能暗示特定的特質，但任何這樣的連結都與這個名稱的意義無關。名稱，在這樣的觀點下，沒有意義。事物與名詞之間的連結，並非因為事物符合某些名稱意義中所提到的性質。名稱，本來只是加在事物之上作為標籤之用。一個專有名稱，一旦附加在某物上，就成了社會有用的裝置之一，以便在交談中對一定事物展開討論。

另一個主要的觀點——「描述論者的觀點」(descriptivist view)，則認為一個專有名稱有一定的意義。在此觀點下，「亞里斯多德(Aristotle)」，根據意義，指稱符合相關特質

的人——如「亞歷山大大帝的老師，他寫了《尼可瑪古倫理學》(*Nicomachean Ethics*)一書。」羅素(Russell)，認為一般專有名稱(相對於邏輯專名或真正的名稱)有其意義，它們是描述詞的縮簡。弗雷格(Frege)認為名稱有其意義(sense)，雖然他對專有名稱的解釋仍是學者們爭議的問題，但通常大家認為他的觀點與羅素的進路較接近。其他描述論者中最有名的是瑟爾(Searle)，他追隨描述論者的觀點。另一個有時被認為是弗雷格理論變形的一個主張則否定名稱有清晰的定義，但認為名稱仍有一些與它相連結的意義。這個最後的看法認為，一個專名的持有者(bearer)，根據定義，仍是唯一滿足相關「呈現模式」(mode of presentation)的事物。

直接指涉的進路有時被誤以為就是名稱的因果理論。但直接指涉理論的主要觀點並不涉及因果這個概念，直接指涉理論說的是：一個專有名稱只是作為它的持有者的標誌或標籤，而非作為描述性表式的替代品。可是這樣的誤會從何而來呢？當代對彌爾概念的辯護者，如凱思・鄧內朗(Keith Donnellan)與克里奇(Kripke)認為有必要詳述彌爾簡短的談論。是什麼連結了一個現在被使用的名稱與其指涉物(referent)呢？這裡鄧內朗與克里奇介紹了「溝通的歷史鏈(historical chains of communication)」這一概念。正如克里奇所說的，小嬰兒在受洗時得到一個專有名稱。這個名稱首先被那些出現在受洗儀式當中的人使用，以後，這個名稱被從談話和閱讀當中學到這個名稱的人所使用。這個名稱因此被傳播，在「像鏈子一樣由這裡連到那裡」的使用中被傳播開來(《命名與必然性》〔*Naming and Necessity,* 1980〕)。根據鄧內朗與克里奇的說法，名稱的使用產生了一個歷史鏈，它連接了名稱的現在使用與被稱呼的個體二者間的缺口。

「溝通的歷史鏈」有時與「溝通的因果鏈」相關聯。後者認為一個人對名稱的使用可以被認為是聽者使用該名稱來指稱相同個體之能力的因果因素。然而，雖然克里奇在《命名與必然性》一書中偶爾的確把溝通鏈視為是因果的，但他更常只是說溝通鍊而已，或者說名稱的傳遞是藉傳統而被連來連去(p. 106)。因果面向並非克里奇所強調的。關於這個主題，在更近一點的著作與演講中，克里奇從未提及連結裡的因果性，而且鄧內朗也懷疑溝通鏈是否應該被視為是因果鏈。

這並不意味沒有一種觀點應該被稱為「名稱的因果理論」。有這樣的觀點，但並非克里奇與鄧內朗的看法。名稱的因果理論是由物理主義的心靈哲學家所提出的觀點，他們希望將「指稱(reference)」的觀念「化約(reduce)」為某種物理學家更能接受的東西，如從「受洗(baptism)」到後來的使用這樣的因果鏈。這樣的觀點，其動機是克里奇所明確反對的，而且應該鮮明地與上述更普遍地反弗雷格式(anti-Fregean)的進路分開。

參見 meaning 意義；theory of descriptions 描述詞理論

H.W.撰　王文方審訂

causal theory of reference　指涉之因果理論　見 philosophy of language 語言哲學

causation　因果關係　原因和結果之間的關係，或者帶來結果的行動，結果可以是一事件、狀態或者客體(如，一雕像)。因果關係的概念長久以來即被視為是基本的哲學重點之一。休姆(Hume)稱它為「宇宙的接合劑」：因果關係以有意義的關係結合了這個世界的事件和客體。因果關係的概念似乎普遍呈現於人類的討論之中。它不只是由「造成」(cause)及其同性質的語言，還由其他許多辭項所表達，諸如「生產」、「帶來」、「生成」、「產生」、「引致」、「結果」、「決定」，以及無數其他辭項。此外，許多常見的及物動詞(「使役動詞」)，像是「殺害」、「破壞」和「移動」，都隱含了因果關係(例如，殺害涉及了導致死亡)。行動或執行的概念涉及了行為者(有意地)在某客體上造成改變；同樣地，知覺的概念則涉及被知覺的客體對知覺者造成一種特有的感知經驗。力(force)的物理概念顯然也涉及因果關係，以之作為一種本質上的要素：力是運動中變遷的因果作為者。尤有甚者，因果關係和說明密切相關：詢問一事件的說明往往便是詢問它的原因。我們有時會認為，一般做預測和歸納推論的能力，仰賴於我們對因果關聯的知識(或者仰賴於這類關聯會出現的假定)：水能止渴的知識保證了由「X 喝了水」到「X 不再口渴」的預測性推論。更普遍而言，在自然世界中所保有之因果關係的確認及系統描述，已被指稱為是科學的顯著目的。最後，因果關係在道德及法律推論上扮演了關鍵性的角色，例如對責任及義務的評估。

事件因果關係(event causation)是一事件因著另一事件的因果關係。因果上相關之事件的序列被稱為因果鏈。作為者因果關係(agent causation)指涉一作為者(人或物)的行動帶來改變；因此，我打開了窗戶(也就是我使得窗戶開了)便是作為者因果關係的一個例子。有一項爭議是說，是否作為者因果關係可以化約到事件因果關係。我打開了窗戶似乎可以化約到事件因果關係，因為實際上我手臂的某種動作，即一事件，使得窗戶打開了。然而，某些哲學家主張，並非所有作為者因果關係的例子都能如此化約。實質因果關係(substantival causation)是創造一全新的物質或客體，而非於先在(preexisting)的物質上造成改變，或只是將其重新安排。實質因果關係的可能性，至少是在自然界中的可能性，已受到某些哲學家的爭議。然而，事件因果關係在現代及當代期間，已成為哲學討論的主要焦點。

事件因果關係的分析已有所爭議。著名的有下述四項進路：即規律分析(regularity analysis)、逆實分析(counterfactual analysis)、操作分析(manipulation analysis)及或然性分析(probabilistic analysis)。規律(律則)分析的核心與休姆及彌爾(J. S. Mill)有關，其觀念為，因果相關的事件必定例證了相似事件間的普遍規律。更精確的是：如果 c 是 e 的一項原因，那麼，必定存在事件類型或種類 F 和 G，使得 c 屬 F 類，而 e 屬 G 類，而 G 類事件規律地尾隨 F 類事件。某些人將所涉及的規律性，單純地視為是所涉及兩事件類型實際上的「持續連結」；較普遍的觀點是，規律必須含有「律則的必然性」，也就是說，它必須是「定律」(law)。更強的觀點是說，規律必須展現因果律。一定律達成了包含因果關聯事件這項任務，即被稱之為「涵蓋」或「包含」律則，而要求這類律則的規律分析版本，則往往被指涉為因果性的「涵蓋律則」或「包含律則」模型。

規律分析顯然對於因果關係的某些面向給出了令人滿意的說明：例如，測試因果宣稱常藉由再造那被視為原因的事件或情況，然後觀察是否會發生相似的結果。然而，規律說明在其他方面似乎沒有進行得這麼順利：例如，要解釋如下的明顯事實便有困難，即我們可以在沒有普遍律的知識之下擁有因果關係的知識。譬如說，我們似乎有可能知道，某人患了流行性感冒，是因為他與患有這項疾病的病人有所接觸，而雖然我們並不知道這類接觸和罹患此疾病之間的任何規律(當然有可能僅有極少部分的人暴露於流行性感冒的病人之中會罹患此疾)。我需要知道有關於發癢和抓癢之間的普遍規律，才知道在我左手肘的發癢感受造成了我抓它嗎？進一步而言，似乎不是所有的規律性都呈現了因果關聯(例如，里德〔Reid〕所舉之日夜相繼的例子；以及一疾病的兩個連鎖徵候)。區別因果和非因果的規律，是規律性的理論家所面臨的主要問題之一。

根據逆實分析，使得一事件成為另一事件之原因的事實為，如果原因事件沒有發生，則結果事件也不會發生。這和如下的觀點一致，即原因對於結果的發生而言是一項必須而不可或缺的條件。原因是結果的必要條件，這種看法是基於類似的觀點。逆實說明的精確形式，則仰賴於非現實句如何來理解(例如，若非現實句以律則的角度來解釋，那麼，逆實分析便會成為規律分析的一種形式)。

逆實進路似乎也遭遇到了各種困難。如果賴瑞誠如其所應允地為我的植物澆水，我的植物也不會死，於是我便可以宣稱：「賴瑞沒有為我的植物澆水，造成了我的植物死亡」，基於這樣的事實，此宣稱便是真的。而如果喬治．布希為我的植物澆水，我的植物也不會死，此亦為真；但這認可了「布希沒為我的植物澆水而造成了它們的死亡」這種主張嗎？同樣地，顯然存在了許多由非現實句所表達之相依賴的例子，它們無論如何都不是因果相依的例子：例如，如果蘇格拉底(Socrates)不死，桑提帕(Xanthippe)就不會成為寡婦；如果我不舉起我的手，就沒有辦法打信號。於是，問題便成了，是否可以在不用到因果概念的情況下，區分出因果性的非現實句和非因果性的非現實句。還有我們如何確證逆實句的問題，特別是，是否我們對因果性非現實句的知識，最終仍仰賴於因果律及規律的知識。

某些人企圖以行動的角度來解釋因果關係，這便是操作分析：原因是一項事件或狀態，我們可以隨意創造或者操作，以造成他種事件作為結果。因此，假如引來第一項事件便能夠帶來第二項，那麼，一事件便是另一事件的原因。這項說明利用了先前所提及的行動及原因概念間的密切連結，並強調了因果關聯的知識在我們對自然事件之控制中所扮演的重要角色。然而，作為對原因概念的一種分析，它理所當然地也會使事情往後退：行動的概念似乎是一個更為豐富且複雜的概念，它預設了原因的概念，而一種以行動為出發點的原因分析，可能會有循環之嫌。

儘管缺少適當的規律性(甚至沒有高度機率)，我們認為某人暴露於流行性感冒的病人之中為其患此疾的原因，理由可能為此：暴露於流行性感冒的病人之中增加了罹患此疾的機率。因此，倘若假定了 X 發生，則 Y 出現的機率便高於 Y 先前的機率，那麼，事件 X 便可以說是事件 Y 的機率原因(probabilistic cause)。由於遭遇了許多困難，這項粗糙的定義必須進一步琢磨(例如，消去 X 和 Y 同為一共同原因的附隨結果這種可能性)。而仍有如下問題：是否機率性因果關係被視為是對普遍因果關係之概念的分析，或者被視為是一種特殊種類的因果關係，或者只是指出了因果關係之呈現的一種證據。機率性因果關係近來逐漸受到哲學家的注意。

當一項結果由兩項獨立的原因所引發，而兩項原因的其中之一就已足夠，我們便稱之為因果的過度決定(causal overdetermination)。因此，房屋失火可以同時由短路及雷擊所造成；兩項原因中的單獨一項便可以造成火災，因此，此火災在因果上是過度被決定的。是否實際存在過度決定的例子，仍受到質疑；我們可以主張只被短路所引發的火災將不會是相同的火災，同樣地，只被雷擊引發的火災也不會是相同的火災。

在鍋爐中不斷增加的壓力將導致鍋爐爆炸，但事實上，幾秒鐘前引爆的炸彈也會導致同樣的結果。在這樣的例子中，我們談到了先行(preemptive)或更迭(superseding)的原因。我們傾向於就著改變來談原因；然而，「不變」也是有原因的，例如，這張桌子在某段時期立在這裡：這張桌子持續地立在這裡是因為它受到堅固的地板所支撐。因此，地板的存在可以說是桌子持續立起的維持的原因。

原因往往被認為在時間上先於結果；然而，某些人已主張，我們必須允許原因在時間上後於結果的可能性，也就是倒退的因果關係(backward causation)(有時稱為逆行因果關係〔retrocausation〕)。然而對於原因是否可以和它的結果同時發生，也就是同時發生的因果關係(concurrent causation)，則沒有一致的看法。關於如下問題，大家的看法也不一致：原因和結果是否在概念上必然直接地或是透過相續事件的因果鏈而在時空上是「接續的」——也就是相續因果關係(contiguous causation)。

「分析」因果關係的嘗試似乎走到了死巷；手邊的提案似乎是如此地分歧，以致於我們會懷疑是否它們全都是對同一個概念的分析。但它們每一個似乎又說明了這個雜多觀念的某些重要面向，而我們則用了「原因」這個辭表達了這項雜多概念。可疑的是，是否存在一種單一的因果關係概念，可以被有啟發性的哲學分析所掌握。另一方面，這項概念的重要性很難被否定，不管是在一般的實際討論還是對科學這個世界的描述。這已鼓動了某些哲學家將因果關係視為無法做進一步分析的原始概念。還有一些人則擁護極端的觀點(因果虛無主義)，認為因果概念在高等的科學中，像是在時空及物質等基礎物理理論裡，並沒有扮演任何角色，而原因概念則是從我們對行動和力量的混淆觀念中導出的以人類為中心的投影。

參見 agent causation 行為因果關係；explanation 說明；philosophy of science 科學哲學

J.K.撰　林正弘審訂

causation, backward　**回溯的因果關聯**　見 causation 因果關係

causation, counterfactual analysis of　**因果的逆實分析**　見 causation 因果關係

causation, immanent　**內在因**　見 agent causation 主體因

causation, manipulation analysis of　**因果的操縱分析**　見 causation 因果關係

causation, probabilistic　**或然性因果作用理論**　見 causation 因果關係

causation, regularity theory of　**因果關係的規律性理論**　見 causation 因果關係

causation, substance　**實體因果關係**　見 agent causation 主體因

causation, transeunt　**外來因**　見 agent causation 主體因

causative verb　**使役動詞**　見 action verb 行動動詞

cause, efficient　**動力因**　見 Aristotle 亞里斯多德

cause, final　**目的因**　見 Aristotle 亞里斯多德

cause, formal　**形式因**　見 Aristotle 亞里斯多德

cause, material　**質料因**　見 Aristotle 亞里斯多德

cause, preemptive　**先行原因**　見 causation 因果關係

cause, superseding　**更迭因**　見 causation 因果關係

cause, sustaining　**持續的原因**　見 causation 因果關係

causes, the four　**四因**　見 Aristotle 亞里斯多德

causa sui　自因　拉丁文，意為「自己的原因」(cause of itself)。該語詞用於上帝，部分意思是說上帝的存在不來自別的，只來自祂自己，但這並不表示上帝使自己存在。該觀念表示，上帝的本性按照邏輯而言，就要求祂是存在的。一個存在物的存在若屬自因，其唯一的說明是來自其本性。

參見 philosophy of religion 宗教哲學

W.L.R.撰　沈清松審訂

cave, allegory of the　洞穴寓言　見 Plato 柏拉圖

Cavell, Stanley Louis　卡維爾，史丹力・路易斯(b.1926)　卡維爾是美國哲學家，他的作品探究的是懷疑論和其影響。自 1963 到 1997 年他在哈佛大學擔任美學與一般價值理論的華特・卡伯特(Walter M. Cabot)教授。卡氏的核心思想是：懷疑論並非為哲學理論所反駁的理論空想(theoretical position)，也不僅僅是某種日常語言的誤用而被擯除；它反省的是關於自我、關於他人，以及關於外在世界之知識的根本界線；此界線必須被接受(accepted)——以他的話來講就是被認知(acknowledged) ——若非如此，則會導致幻想而引發悲劇。

卡維爾在其作品中以實證主義與解構主義的立場來捍衛奧斯汀(J. L. Austin)的思想(《我們所說的一定要指稱什麼嗎？》〔*Must we Mean What We Say?*, 1969〕；《哲學的頂點》〔*The Pitch of Philosophy*, 1994〕)，但此捍衛並非源於他是個「日常語言」(ordinary language)哲學家，而是他捍衛奧斯汀乃通過回應懷疑論而使他自身成為日常哲學家：他探索可能性的條件，以及日常語言、日常知識、日常行動和日常人類關係的界線。他援引日常語言的材料與其他哲學家的論述，例如維根斯坦(Wittgenstein)、海德格(Heidegger)、梭羅(Thoreau)、愛默生(Emerson)，以及其他的藝術相關論述。卡維爾在《我們所說的一定要指稱什麼嗎？》——特別是在其著作《李爾王》(*King Lear*)的文章中——探索懷疑論的不可免除，並且在其 1979 年的巨著《理性的要求》(*The Claim of Reason*)中對此予以鋪陳分析。他審視人類自我理解之界線的認知，分析其中的利益所在，以及分析不進行這種認知的好處在哪兒，而其論述範圍則涵蓋電影(《被觀察的世界》〔*The World Viewed*, 1971〕、《幸福的追求》〔*Pursuits of Happiness*, 1981〕、《競爭之淚》〔*Contesting Tears*, 1996〕)到美國哲學(《沃頓的感官》〔*The Senses of Walden*, 1972〕、《這個新的、然而卻沒有被觸及的美國》〔*This New Yet Unapproachable America*, 1989〕中關於愛默生的章節，《英俊與不英俊的條件》〔*Conditions Handsome and Unhandsome*, 1990〕)這樣的廣大脈絡。

在《理性的要求》一書中，維根斯坦的判準(criteria)概念是卡維爾論述的主要依據。判準並不是我們遣辭用字時所遵循的規則而藉之以保證要求的正確性；其實，是判準呈現了我們遣辭用字時的要求。就更一般性的現象而言，在知識的要求、行為的從事，以及人際關係的經營上，我們經常失敗；然而同樣明顯的是，在這種失敗的危險中，我們也可能尋獲自由。卡維爾這樣的論述不僅該歸因於維根斯坦，也該追溯至康德(Kant)，特別是康德的《判斷力批判》(*Critique of Judgment*)。

卡維爾以這樣的觀點來理解古典戲劇與電影：像李爾王這樣的悲劇角色，他認為他們的悲劇肇因於他們拒絕接受人類知識和人類之愛的界線，以及他們堅持絕對與純真的、卻是虛幻的愛。《被觀察的世界》一書以實在論的眼光來解釋電影，認為我們應該認識到：我們對於電影的認知性與情緒性反應，其實反應了影片所描繪的真實人類情境。此種「電影的存有論」表現在其《幸福的追求》一書中，並以之處理再婚這類的喜劇，並

且在《競爭之淚》中延續這種存有論基調以處理通俗劇：如果我們對彼此之間的認識界限無所掌握，人類必然會悲慘而繼續對彼此的無知。

於《理性的要求》及後期著作中，卡維爾在捍衛「愛默生至善論」(Emersonian perfectionism)以反對洛爾斯(Rawls)對「道德至善論」的批判時，亦訴諸於道德哲學，他認為：不管講得多好，如果行為的任何一般性原則沒有好好建立就應用於實踐之中，那麼行動者的自我知識，以及與其所共同行動之他人知識就不曾得到充分地完成。因此，卡維爾的愛默生至善論其實是另一種他所應用的維根斯坦式與康德式的觀點：規則應該永遠由判斷力的能力來補充。

參見 Austin, J. L.奧斯汀；Emerson 愛默生；Kant 康德；ordinary language philosophy 日常語言哲學；Wittgenstein 維根斯坦

P.Gu.撰　林維杰審訂

Cavendish, Margaret　卡門迪許，瑪格莉特　新堡(Newcastle)郡主(1623-1673)，文體類型多樣化的英國作家。她的主要哲學關注是當時的自然科學發展。最早期作品中認可原子論(atomism)，但是在出版的作品《哲學書信》(*Philosophical Letters*, 1664)、《實驗哲學觀察》(*Observation upon Experimental Philosophy*, 1666)和《自然哲學的基礎》(*Grounds of Natural Philosophy*, 1668)中，她確立的是有機唯物論(organic materialism)。卡門迪許論證物質可以自行運動，漸進發展為具層次性之精密物質。《哲學書信》多項論題中，她提出笛卡兒(Descartes)主張物質不動(inert matter)概念的問題。在《實驗哲學觀察》中，她批判顯微鏡學者，如虎克(Hook)，犯了兩個錯誤，一是偏好儀器介入下的扭曲，勝於直接視覺；二是偏好感官勝於理性。

參見 organism 生物體

M.At.撰　吳秀瑾審訂

cellular automaton　胞腔自動機　見 self-reproducing automaton 自我複製自動機

Celsus　塞爾蘇斯(late second century A.D.?)　僅以《真正的學說》(*Alethēs Logos*)一書作者聞名的反基督宗教著作家，該書在亞歷山卓的奧利根(Origen of Alexandria)回應的著作《反塞爾蘇斯》(*Against Celsus*，寫於西元 240 年代晚期)中得到相當廣泛的引用。《真正的學說》之所以顯得重要，主要是因為它是第一部反基督教論戰的著作，我們從中可以獲得重要的知識。奧利根(Origen)把塞爾蘇斯視為伊比鳩魯主義者(Epicurean)，但他並不確定是否真是如此。從奧利根對塞爾蘇斯的引文來看，絲毫沒有伊比鳩魯主義的痕跡，相反，引文顯示他是一位缺乏重要原創性的折衷主義的中期柏拉圖主義者(Middle Platonist)，一位多神論者(polytheist)，他關於超越存在物只有通過「綜合、分析或類比」(synthesis, analysis, or analogy)的方法才可認知的「無可名狀的」(onnameable)第一神祇觀念，是以柏拉圖《理想國》(*Republic*)第 6 卷中對「善」(good)的描述為基礎的。與柏拉圖《泰密爾斯》(*Timaeus*)中描寫的一致，塞爾蘇斯相信神先創造了「不朽物」(immortal things)，然後由不朽物創造了「必朽物」(mortal things)。對他來說，宇宙是一具有神意的組織，其中人類並沒有特殊的地位，而宇宙的歷史是由一連串永恆重複的災難加以分割的事件之一。

參見 Middle Platonism 中期柏拉圖主義；Origen 奧利根

I.M.撰　徐學庸審訂

C

central state materialism　中央神經系統狀態唯物主義　見 philosophy of mind 心靈哲學

certainty　確定性　乃是「確定的」(being certain)這種屬性，它或者是人的一項心理上的屬性，或者是一些「類似於命題」(proposition-like)的對象(如信念、言說和陳述)的一項知識的特性(epistemic feature)。我們可以說：某人 S 在心理上對 p(此處「p」代表某命題)是確定的，只要 S 絲毫不懷疑 p 為真。因此，不管一命題在知識上的確證程度(degree of epistemic warrant)是如何，一個人仍可以(在心理上對該命題)是確定的。一般而言，哲學家們並不認為這是值得我們去探索的一項有意思的屬性，但彼得・恩格(Peter Unger)是一個例外，他替懷疑主義作論證，聲稱：(1)心理上的確定性為知識所需，以及(2)無人可以確定任何(或幾乎任何)事情。當「確定性」(certain)應用於命題時，它並沒有單一的意義。例如，某些作者(例如齊桑姆〔Chisholm〕)可能主張：某命題在知識上是確定的，只要沒有其他命題比該命題更為確證。依此解釋，則以下的情況仍是可能的：雖然某一命題是確定的，但卻存在著合法的理由去懷疑它——只要有同樣好的根據，來懷疑每一個同樣地被確證的命題即可。其他哲學家則對確定性採取了某種笛卡兒式(Cartesian)的解釋，根據這種解釋，一命題是知識上確定的，只要它是確證的，而且並不存在任何合法的根據來懷疑它。

無論是齊桑姆的抑或是笛卡兒式的對知識確定性之描述，都可用來替懷疑主義提供基礎。假如知識涵衍(entails)確定性，那麼人們可以論證說：即使有，也只有極少的事物才能夠被認識。這論證繼續說道：這是因為只有恆真句(tautologies)或諸如「我存在」(I exist)和「我具有信念」(I have belief)這樣的命題，才是最為確證或絕對不容置疑的。因此，幾乎沒有什麼事物是被認識的。大部分哲學家對此的回答，或是否認「確定性」是一個絕對的詞彙(亦即不容許有程度可言)；或是否認知識要求確定性(如杜威〔Dewey〕、齊桑姆、維根斯坦〔Wittgenstein〕和雷瑞〔Lehrer〕)。其他哲學家則贊同知識確實涵衍絕對的確定性，但他們卻論證：絕對的確定性是可能的(如穆爾〔Moore〕)。

有時候「確定性」一詞也被其他的語言表達式所修飾，例如「道德上的確定性」(morally certain)，「形上學的確定性」(metaphysically certain)以及「邏輯上的確定性」(logically certain)。同樣地，對這些詞彙也沒有普遍可接受的解釋。不過，它們往往被用於顯示某一命題受確證的程度，而這種受確證的程度，經常是要看我們所考慮的命題是屬於怎樣的命題類型而定。例如，「抽煙是癌症的原因」這一命題是道德上確定的，只要對這命題的確證，足以支持我們把這命題當作真的那樣來行動即可；或許對於這樣一個命題的證據，也必定是有賴於我們對世界某些個別特點的認識。另一方面，對於某一命題，譬如說「每一事件都有一原因」(every event has a cause)，為了使它是「形上學上確定的」，則其證據必須不是依賴於我們對世界某些個別特點的認識，而是依於我們認識到：為了使世界是如其所是的那種世界——亦即一個具有因果關聯的世界——什麼必須是真的。最後，某一命題(譬如說「每一結果都有一原因」)或許是邏輯上確定的，如果它可以從「邏輯真理」(truths of logic)中被推導出來，而這些邏輯真理，絲毫不依賴於任何有關我們世界之認識。由於哲學家們還對這些詞彙作其他方式的分類，所以重要的是，要去考察這些詞彙在它們所處的種種脈絡中的用法。

參見 epistemology 知識論；justification 證成；skepticism 懷疑論

P.D.K.撰　趙之振審訂

***ceteris paribus clause*　「假如所有其他情況均正常」條款**　見 philosophy of science 科學哲學

CH　連續體問題　見附錄：特殊符號與邏輯記號

chance　機會　見 determinism 決定論

change　變化　見 event 事件；time 時間

change, Cambridge　劍橋改變　見 Cambridge change 劍橋改變

Chang Hsüeh-ch'eng　章學誠(1738-1801)　中國歷史學家和哲學家，他發明了一種辯證的文明理論，認為信仰、實踐、制度和藝術的發展演變是出自對自然必然性的回應。該過程在孔子(Confucius)誕生前數世紀時達到高峰期，而孔子則躬逢其時成為記錄這一時勢的聖人。「六經皆史」(the Six Classics are all history)集中體現了他的學說，這是說「經」不是有關「道」的理論陳述，而是其運行的痕跡。在理想時代，「政」(government)與「教」(teaching)融合為一；沒有私學和學派流行，一切書寫都是隱沒無名的，且都與官方用途有關。以後歷史圍繞著這一理想而曲折演變，相繼被哲學、文字學(philology)和文學的時代所代替。

P.J.I.撰　林安梧審訂

Chang Tsai　張載(1020-77)　中國哲學家，新儒家(Neo-Confucian)的主要代表人物，其《西銘》(*His-ming*〔*Western Inscription*〕)為新儒家倫理學提供了形而上學的基礎。《西銘》聲稱，當渾然一體的氣(ether)從「太虛」(the supremely tenuous)的初始狀態凝聚成形時，宇宙即從單一的根源「太極」(Supreme Ultimate)中生成。因此宇宙(the universe)在本質上是純一的。聖人「與天地合為一體」(realizes his oneness with the universe)，(在更大的宇宙圖景中，他意識到了他的特別地位和角色)，但是他以差等的方式表達對宇宙之愛。由於氣稟的昏濁，致使絕大多數人無從了解世界的真實本性。他們蔽於其「私」(selfishly)而行事；然而，通過學習和禮儀的實踐即可克服自私，而臻聖境。

P.J.I.撰　林安梧審訂

chaos theory　混沌理論　見 philosophy of science 科學哲學

chaotic system　混沌系統　見 philosophy of science 科學哲學

character　品格　一個人倫理與才智方面綜合的特性。才智上的德行，如評估證據的小心謹慎，提升人追求真理的實踐能力。道德或倫理的德行，包含像勇氣和慷慨這樣的特性，不僅左右人的選擇和行動，而且也左右人的態度和情緒。這些特性通常有相對的穩定性，而且對應於理性。

對品格的評價，優於直接對特殊行為的評價，有利於檢討某一些類別的德行或(省思)人類生活作為整體值得讚揚的部分。在某一些觀點看來，值得讚揚的生活是個別行為之為善的基礎。這一點指出尋求引導並非專斷地信賴規則，而是從角色典範(role models)及其實踐中獲得。角色典範通常會單純地顯示情境突出的特性與相應的行為。在受到角色典範的引導之前，必須承認誰應該是角色的典範。雖然人的品格並不在特殊的形況下自動地產生特定的行為，但仍然可以依品格來行事。如果一個人品格中所擁有的德行有內在的緊張(internal tensions，如公正和友誼不能兩全其美)，人可能會有品格上的衝突。建

設性的教育之重要性在於人格的塑造，使品格的提升更容易達成。人有可能擁有好的特性，人格(personality)卻極富爭議性，或者擁有良好的人格，然而並沒有良好特性，因為人格不像特性，作為一個典型的規範性概念。

參見 cardinal virtues 基本德行；ethics 倫理學；personal identity 人格同一性；epistemology 知識論；virtue ethics 德行倫理學

M.J.M.撰　陳瑤華審訂

character, semantic　語意性質　見 indexical 索引詞

***characteristica universalis*　萬能符號**　見 computer theory 計算機理論；Leibniz 萊布尼茲

charity, principle of　慈善原則　見 meaning 意義

Charron, Pierre　夏隆，皮埃爾(1541-1603)　法國天主教神學家，他成為蒙田(Montaigne)思想的主要闡述者，將蒙田思想用訓誡的方法來闡述。《三種真理》(*The Three Truths*, 1595)是其第一部著作，書中通過對無神論、非基督宗教和喀爾文主義提出一種懷疑的挑戰，為天主教主義(Catholicism)陳述了一種消極的論證。他論證說，我們之所以不敢認識和理解上帝，是因為上帝的無限性以及我們認知官能的孱弱。我們也沒有充足的理由來否定基督宗教或天主教思想。因此，我們應當僅僅憑藉信仰而接受它。《論智慧》(*On Wisdom*, 1603)是其第二部著作，該書是對皮浪的懷疑論(Pyrrhonian skepticism)的系統闡述，同時對天主教思想進行了信仰的辯護。蒙田的懷疑主義和古希臘的懷疑論被他用來說明我們無法認知任何東西，除非是上帝把知識啟示給我們。這種觀點又隨著提供我們一種藉以生活的倫理學，某種非教條的斯多噶主義(Stoicism)。這是近代以來第一次在擺脫了宗教考慮的前提下對道德加以闡述。夏隆的《論智慧》在法國和英格蘭極為流行。十七世紀時的許多哲學家和神學家都讀過和引用過此書。有人認為他的懷疑主義導致他對天主教思想的辯護也成了問題，並指出他的信仰主義是不真誠的。他得到法國天主教會中重要人物的辯護。

參見 Montaigne 蒙田

R.H.P.撰　丁福寧審訂

cheapest-cost avoider　最低成本迴避者　對法律進行經濟分析時，論辯中的一方若以其自身最低的損失便能防止論辯，或是能使由論辯中所產生的損失最小化，即為最低成本迴避者。該術語包括了幾種行為的類型。所謂最低成本事故迴避者(the lowest-cost accident avoider)，指的是能夠用最低成本防止了事故發生的那一方。所謂最低成本保險者(the lowest-cost insurer)，指的是能夠針對論辯所會產生的損失而已事先保險的那一方；它可能是指能夠以最低的價錢買到保險或自我保險的那一方，或是能夠對預期的損失和事件發生的機率做出最佳評估的那一方。而所謂最低成本賄賂者(the lowest-cost briber)，指的是最少受制於交易成本(transaction costs)的那一方，即能夠在藉著購買他方權利而獲得權利轉讓時最佳地改正任何法律錯誤的那一方。所謂最低成本訊息採集者(the lowest-cost information gatherer)，指的是能夠就某行動的可能獲利效益和成本，基於充分的訊息而做出判斷的那一方。

參見 Coase theorem 寇斯定理；philosophy of economics 經濟哲學

M.S.M.撰　林立審訂

Ch'en Hsien-chang 陳獻章(1428-1500) (白沙先生)中國詩人、哲學家。在明朝初年，朱熹(Chu Hsi)的理學已成為正統，有僵化的趨勢。陳反對這樣的傾向，強調「自得之學」(self-attained learning)，在自己的生命裡找到意義的泉源。他不重讀書，或抽象的概念化。寧可用詩來表達他的觀念和感受。他首要是儒家，但也兼融佛、道。在明朝，他第一個體現到心學的深微處，後來才被王陽明發展成一整套的哲學。

參見 Chu Hsi 朱熹；Neo-Confucianism 新儒學；Wang Yang-ming 王陽明

S.-h.L.撰　劉述先審訂

***ch'eng* 誠** 中文，意為「誠實」(sincerity)。其意思要比單純的心理態度豐富得多。孟子(Mencius)僅僅觸及了該主題；在儒家經典《中庸》(*Doctrine of Mean*)中，該主題得到了重要而深入的闡述。終極的形而上原理具有「誠」的特徵，它真實無妄(true, real, totally beyond illusion and delusion)。根據該經典所言，誠是天之道(the Way of Heaven)；誠之者是人之道(the Way of man)；只有天下至誠的人，才能盡其性(fully develop their nature)，在盡己性、人性和物性之後，能夠參贊天地之化育(assist in the transforming and nourishing process of Heaven and Earth)。

參見 Mencius 孟子

S.-h.L.撰　劉述先審訂

Ch'eng Hao, Ch'eng Yi 程顥(1032-85)**、程頤**(1033-1107) 中國哲學家，兄弟二人，他們建立了成熟的新儒學(Neo-Confucianism)學派。他們將「理」(pattern)的概念提升到極高的地位，並把他們的形而上學與諸如「性」(nature)和「心」(heart/mind)等倫理學中心概念系統地聯繫起來。

程顥更具神祕主義傾向，是一位更為堅定的直覺主義者(intuitionist)。他強調生命普遍的創造精神，即「仁」(benevolence),「仁」像「氣」(ether/vital force)充塞於人的身體那樣充塞在所有事物之中，並把「不仁」(unbenevolent)的人比作「痲木」(paralyzed)的人。這兩種人都不能實現與宇宙的「渾然一體」(oneness)。

程頤闡述了一種更為詳盡和完備的哲學體系，在這種體系中，心中之「理」(pattern)因通過考察世上之「理」，尤其是在經典中顯示的「理」，並通過「推(*t'ui*)」(extending/inferring)，其相互關係而被喚醒。如果人們以「敬」(reverential attentiveness)的態度來作研究，那麼將可以獲得在認知上準確而且在情感上合適的「真知」(real knowledge)，程頤用一則寓言來說明這種「真知」，寓言中提到有些人僅只「知道」(也就是「聽聞」到)老虎是危險的，而有些人「知道」這一點，是因為他們曾被老虎噬傷過。

兄弟二人在關於自我修養的看法上大相徑庭。對程顥來說，修養多屬於內心之事：通過使某人的道德直覺充分實現便能讓人走上正道。對程頤來說，自我修養較屬於外界之事：通過「格物」(investigating things)而「致知」(extending knowledge)。此處標誌著新儒學主要學派——即程朱(Ch'eng-Chu)和陸王(Lu-Wang)學派——的開始。

參見 *li*[1] 理；Neo-Confucianism 新儒學

P.J.I.撰　林安梧審訂

***cheng ming* 正名** 也稱作「名稱的校正」(Rectification of Names)，儒家(Confucian)的語言改革計畫，提倡返回框正之言。《論語》(*Analects*)〈子路〉篇第三章裡，有一個關於「正名」的簡短文獻，然而，在荀子(Hsün Tzu)的著作中，則對此做了詳盡的討論。儘管荀子承認有時新字(名)有被創造的必要，但是他害怕字彙、辯術和個人用語(idiolects)

的繁衍會給有效的溝通構成危脅。他還對新的說話方式可能有助於詭辯表示關切，害怕它們可能在用於準確地區分貴族與庶民的目的時顯得捉襟見肘。

參見 Confucianism 儒家

B.W.V.N.撰　林安梧審訂

Cheng-shih hsüan-hsüeh **正始玄學** 見 Neo-Taoism 玄學

ch'i **氣** 中文，意為氣、空氣、肉體的生命力，以及季節、人、事件或工作的「氣象」(atmosphere)。「氣」可以是濁的/不純的，或是清的/純的，也可以是暖的/上升的/動的，或是冷的/下降的/靜的。勇敢者意氣風發，怯懦者垂頭喪氣。氣隨著人的興奮和健康而升，隨著沮喪和疾病而沉。「氣」成為與「理」(pattern)配套的概念，成為「理」得以嵌埋並被經驗的媒介。「氣」所扮演的角色類似於西方思想中的「質料」(matter)，然而卻具有「活性」(lively)和「流動」(flowing)的特點，它引發了一系列獨特的問題。

P.J.I.撰　林安梧審訂

Chiao Hung **焦竑** (1540?-1620) 中國歷史家與哲學家，隸屬於泰州學派(T'ai-chou school)，一般視為王陽明(Wang Yang-ming)心學的左派。然而他並不反對讀書。他博覽載籍，開考據之先河。他相信儒、道、佛三教合一。反對朱熹(Chu Hsi)的正統，他每每借助於禪宗(Ch'an Buddhism)的睿識來解釋古典。而學問對他來說，首要與終極地，乃是體現自己內在本有的德性的過程。

參見 Buddhism 佛教；Chu Hsi 朱熹；Neo-Confucianism 新儒學；Wang Yang-ming 王陽明

S.-h.L. & A.K.L.C.撰　劉述先審訂

Chia Yi **賈誼**(200-168 B.C.) 中國學者，他企圖綜合法家(Legalist)、儒家(Confucian)和道家(Taoist)的思想觀念。秦朝(西元前 221-206 年)用法家統一了中國，然而，由於它濫用酷刑，很快導致了其統治的崩潰；因此儒家的「禮制」(system of li)就被建立了起來，皇帝必須將其權力委任給有能力的大臣，讓大臣去照顧其臣民的福利。對賈誼來說，終極之道即「虛」(emptiness)，這是一個道家的觀念，但是賈誼卻把它解釋成是與「禮制」的實施和文化的發展完全相容的。

參見 Confucianism 儒家；Taoism 道家

S.-h.L.撰　劉述先審訂

ch'ien, k'un **乾、坤** 在傳統中國宇宙論《易經》(*Book of Changes*)的體系中，兩個最重要的卦名。「乾」(☰)由三條連線組成，是陽的符號(the symbol of yang)，而「坤」(☷)則由三條斷線組成，是陰的符號(the symbol of yin)。「乾」意味著天、父、創造性(creativity)；「坤」則意味著地、母和承載性(endurance)；它們相互協作形成宇宙的整體秩序。在《易經》的體系中，共有八卦(eight trigrams)，兩卦結合，即形成重卦(hexagram)，共有六十四個重卦。前兩個重卦也稱作「乾卦」(䷀)和「坤卦」(䷁)。

參見 *t'ai-chi* 太極

S.-h.L.撰　劉述先審訂

chien ai **兼愛** 見 Mohism 墨家

Ch'ien-fu Lun **《潛夫論》** (*Comments of a Recluse*)三十六篇，中國東漢(西元二世紀)王符(Wang Fu)撰。書中對東漢末期(later Han China)社會政治的腐敗，做出強烈批判，並提出對實際問題的解決方法，思想以儒家(Confucian)為主，其政治論和宇宙論最具特色，是後漢思想史上的一部傑出作品。宇宙的起源和存在均在於「氣」(vital energy)，氣分陰陽，分判天下，在這大層次方面王符和其他漢代思想家是一致的。但以氣為主的宇宙觀在王符筆下沒有形成一個否定人為的宿命論。人各稟氣，當有差等區別，但後天教育修養仍是有決定性作用。這是《潛夫論》的儒家有為思想。書中數篇也批評當時宗教淫祀，另對當時以門第出身和聲譽作為推舉士人做官標準的惡習更特別加以大力抨擊。才能和操行當為選士唯一的標準和門徑。王符追求的是「實」，潛夫論反映著荀子(Hsün Tzu)一派的功利主義(utilitarian)思想。

參見 *ch'i* 氣；Confucianism 儒家

A.K.L.C.撰　陳金樑審訂

Ch'ien Mu　錢穆(1895-1990)　中國歷史學家，當代新儒家的代表學者，香港新亞書院(New Asia College in Hong Kong, 1949)的創始人之一(與唐君毅〔T'ang Chün-i〕)。在他學術生涯的早期，因為對先秦諸子繫年(date the ancient Chinese philosophers)問題所作的努力，與他對漢朝(西元前 206-西元 220 年)儒家思想所作的研究而受到器重。第二次世界大戰期間，他撰寫了《國史大綱》(*Outline of Chinese History*)，在該書中他發展了一種民族主義的歷史觀(a nationalist historical viewpoint)，強調傳統中國文化的生命力。在他學術生涯的晚期，他出版了研究朱熹(Chu Hsi, 1130-1200)的巨著。他堅定不疑地相信，儒家和朱熹的精神應該在今天復活。

參見 Chinese philosophy 中國哲學；Chu Hsi 朱熹；T'ang Chün-i 唐君毅

S.-h.L.撰　劉述先審訂

***chih*[1]　知**　中文，大致相當於英文中的「知識」(knowledge)。《荀子》(*Hsün Tzu*)中對此有一個簡潔的說明：「知之在人者，謂之知；知有所合，謂之智」(that in man by which he knows is called *chih*; the *chih* that accords with actuality is called wisdom〔*chin*〕)。該定義指出在智力(intelligence)或能知的能力(the ability to know)與其結果或智慧之間做出區分，這種區分通常是根據知與智這兩個同音異形異義字做出的。後期墨家學派(later Mohists)則提供了種種更富技術性的定義，他們尤其強調名(names)與物(objects)之間的聯繫。儒家大多關心「知」的倫理學意義。因此，在孔子的《論語》(*Analects*)中，「知」除了獲取信息的意義之外，經常是在「實現」(to realize)的意義上當做動詞來使用的，表達的是對倫理知識的理解和偏好。儒家倫理學中的基本主題之一是所謂的「知行合一」(the unity of knowledge and action)。

參見 Confucianism 儒家；Mohism 墨家

A.S.C.撰　林安梧審訂

***chih*[2]　志**　中文，通常譯作「意志」(will)。它既指人生的普遍標的，也指一般生活中個別的目標和意向。「志」被認為從屬於「心」(heart/mind)，是某種可以被建立起來並獲得的東西。在中國哲學的文獻中，它有時被比作箭矢的瞄準，而被有些注疏家解釋為「心知所之」(directions of the heart/mind)。儒家強調「立志」(set up the proper *chih*)的必要，用立定的志向來引導人的行為與一般的生活方向，而道家則倡導人應順應自然隨遇而安，擺脫「志」的指向作用。

參見 Confucianism 儒家

K.-l.S.撰　林安梧審訂

chin-hsing ho-i **知行合一**　中文，由王陽明(Wang Yang-ming)提出，指儒家關於知識與行動統一性的學說。該學說有時是根據道德學習與行動的統一性來表述的。一種新近的詮釋認為這個學說重點在說明預期的和回顧的道德知識(或成果)之間的非偶然的聯繫。值得注意的是慾望、意圖、意志和動機在調節知識和行動時所起的作用，這種作用是由在反思中對變動不居的環境做出反應的實踐的合理性(practical reasonableness)體現的。王陽明的「知行合一」說最好被解釋為表述「仁」的具體意蘊的企圖，而仁乃為新儒學作為道德共同體的宇宙理想。

A.S.C.撰　林安梧審訂

Chillington, Richard　**基爾靈頓・理查德**　見 Kilvington 基爾威頓

Chinese Legalism　**中國法家**　中國「法家學派」(school of laws)理論家的集體看法，之所以叫做「法家」，是因為商鞅(Shang Yang, 390-338 B.C.)及其最傑出的繼承者韓非子(Han Fei Tzu, d. 223 B.C.)在其著作中極為推崇使用嚴刑峻法來治理國家。法家都是政治上的現實主義者(political realists)，他們相信，在戰國(Warring States China, 403-221 B.C.)時嚴酷的歷史背景之下，國家若想獲得成功，必須將國家組織成軍事的團體，失敗無異於政治上的滅絕。雖然他們以法律(law)和秩序(order)來挑戰儒家(Confucian)禮制社會模式的可行性，但他們藉由聲稱不同的歷史階段將會面臨不同的問題，而不同的歷史問題將需要不同的新的解決方案，而將禮法之爭棄置一邊。

商鞅相信，農業和軍事對國家來說是基本的同時又是互補的大事，若要做好這兩件大事，莫過於頒布明確的法律並始終堅持之，即使是稍有觸犯，也得施以重罰。其間假定了個人和國家之間的趣向(interests)上的對抗。統治者通過操縱賞罰和「生死權柄」(the handles of life and death)，即能控制民眾，使他們服從於國家的目的。法律將取代道德，作為唯一的善的標準而發揮作用。嚴密地使用法律，一旦稍加違背即施以重罰，據信是一項能夠防範犯罪，並將很快置刑罰於無用武之地的政策。

若法是作為客觀公正的標準而服務於國家，其目的即在於最小化(minimize)人們對主觀解釋的依賴。因此，法家把國家構想為在自我調節(self-regulating)和自我保存(self-perpetuating)的「系統」(systems)基礎上自動運作的機器。他們提倡諸如「刑名」(accountability)這樣的治國技術(*shu*〔術〕)，而為了要求規定的職責和實際效果之間絕對的一致性並做到「無為」(doing nothing)，統治者需要凌駕於國家的法律之上，且如有必要的時候即重新制訂法律，但反對為適應具體事例而重新解釋法律。

法家最終的、最具影響力的代言人是韓非子，他把軍事戰略上佔據優勢(*shih*〔勢〕)的訓誡用於國家的治理之上。統治者若不發揮其地位本具的威望和影響的話，則他絕大部分時候並無異於常人。他的選擇在於：他或是仰仗其個人能力，憑自己的個性以與民眾的集體力量形成對抗，或是運用其佔據的地位和所掌握的生死權柄來引導整個帝國的集體力量，並保證其意志得以貫徹。軍事上的戰略優勢變成了統治國家的政治優勢。只有狡黠詭偽、莫測高深與最大化(maximize)其所有優勢的統治者才能維持其統治於不墜。韓非子堅信，離權位愈近者，愈對統治者構成威脅。因此，為了預防謀逆的大臣和未來的篡位者，所有尊貴的德性和情感(諸如仁愛、信任、榮譽和憐憫)都要被棄絕，以免危害王權的絕對權威。生存取決於徹底的、不加稍懈的不信任。

參見 *fa* 法；Han Fei Tzu 韓非子；Shang Yang 商鞅

R.P.P. & R.T.A.撰　林安梧審訂

Chinese philosophy　中國哲學　從西元前六世紀到今天中國境內創造的哲學。

傳統中國哲學　其歷史可劃分為六個階段：

(1)先秦(Pre-Ch'in)，西元前 221 年以前

春秋(Spring and Autumn)，西元前 722-481 年

戰國(Warring States)，西元前 403-222 年

(2)漢(Han)，西元前 206-西元 222 年

西(前)漢(Western〔Former〕Han)，西元前 206-西元 8 年

新莽(Hsin)，西元 9-23 年

東(後)漢(Eastern〔Later〕Han)，西元 25-220 年

(3)魏晉(Wei-Chin)，西元 220-420 年

魏(Wei)，西元 220-65 年

西晉(Western Chin)，西元 265-317 年

東晉(Eastern Chin)，西元 317-420 年

(4)隋唐(Sui-T'ang)，西元 581-907 年

隋(Sui)，西元 581-618 年

唐(T'ang)，西元 618-907 年

五代(Five Dynasties)，西元 907-60 年

(5)宋－(元)－明(Sung-〔Yüan〕-Ming)，西元 960-1644 年

北宋(Northern Sung)，西元 960-1126 年

南宋(Southern Sung)，西元 1127-1279 年

元(蒙古)(Yüan〔Mongol〕)，西元 1271-1368 年

明(Ming)，西元 1368-1644 年

(6)清(滿洲)(Ch'ing〔Manchu〕)，西元 1644-1912 年

在秦朝(西元前 221-206 年)統一中國之前的周朝(西元前 1111-249 年)晚期，中國進入所謂的「春秋」和「戰國」時代，周朝的文化正在式微之中。思想「百家」爭鳴；其中有六家具有重要的哲學意義：

(a)儒家(Confucianism)，由孔子(Confucius, 551-479 B.C.)、孟子(Mencius, 371-289 B.C.?)和荀子(Hsün Tzu, fl. 298-238 B.C.)所代表。

(b)道家(Taoism)，由老子(Lao Tzu, sixth or fourth century B.C.)和莊子(Chuang Tzu, between 399 and 295 B.C.)所代表。

(c)墨家(Mohism)，由墨子(Mo Tzu, fl. 479-438 B.C.)所代表。

(d)名家(Logicians)，由惠施(Hui Shih, 380-305 B.C.)、公孫龍(Kung-sun Lung, b. 380 B.C.?)所代表。

(e)陰陽家(Yin Yang School)，由鄒衍(Tsou Yen, 305-240 B.C.?)所代表。

(f)法家(Legalism)，由韓非(Han Fei, d.233 B.C.)所代表。

就這樣，中國在先秦時期來了第一個哲學黃金時代。當時大部分中國哲學家紛紛對時代的實存問題做出回應，因此中國哲學在總體上具有實踐性格是不足為奇的。這種哲學從未發展出標誌著古希臘哲學性格的那種純粹的理論態度。

漢朝期間，儒家於西元前 136 年被樹立成為朝廷的意理(the state ideology)。但是它已融合了道家、法家和陰陽家的思想觀念。對宇宙的有機看法得到了發展；創造性思想也

被對「五經」(Five Classics)的研究所取代，這「五經」即《詩經》(*Book of Poetry*)、《尚書》(*Book of History*)、《易經》(*Book of Changes*)、《禮》(*Book of Rites*)和《春秋》(*Spring and Autumn Annals*)。由於秦始皇「焚書」(除了《易經》)，漢初學者用今文(modern script)寫下他們記憶中的經文。以後，一些用古文書寫的經文被發現了，但是，它們被今文經書的擁護者斥為偽經。由此產生了今文學派(the modern-script school)和古文學派(the ancient-script school)的長期論戰。

魏晉時期的學者對兩漢時期的煩瑣經學感到厭倦。他們也顯示了掙脫禮法束縛的傾向。其興趣轉向更具形而上學意味的東西上面；他們最愛讀的是《老子》(*Lao Tzu*)、《莊子》(*Chuang Tzu*)和《易經》(*I-Ching*)這三部書。流行的是向秀(Hsiang Hsiu, fl. A.D. 250)和郭象(Kuo Hsiang, d. A.D. 312)的《莊子》註釋本和王弼(Wang Pi, 226-49)的《老子》和《易經》的註釋本。王弼在視野上主要是道家式的，在《易經》研究上卻是盡棄「象數」(forms and numbers)專注「義理」(meanings and principles)的第一人。宋朝哲學家繼續對《易經》用「義理」方法研究，然而，他們卻是從儒家的視野對經典進行重新闡釋。

儘管佛教自漢朝後期起即引入中國，中國人在吸收佛教智慧和思維方式上面卻花費了數百年的時間。中國人首先不得不借助於「格義」(matching the concepts)的方法，即用道家觀念來傳遞佛家思想的信息。在大量佛經譯成中文，中國人對佛教學術薰染日深之後，到了隋唐時代，他們開始創出種種中國的佛教流派。總體上說他們偏愛大乘佛教(Mahayana Buddhism)遠甚於小乘(上座部)佛教(Hinayana〔Theravada〕Buddhism)，通過「華嚴宗」(Hua-yen)和「天台宗」(T'ien-tai)佛教門派的創立，他們發展了一種更為肯定生命的佛學態度，他們相信這種態度代表著佛陀成熟的思想。禪(Ch'an)則走得更遠，企圖用頓悟代替經典研究。禪(Ch'an)傳到日本後變成了「Zen」——這個在西方更為人知的名稱。

為了回應佛教的挑戰，新儒學思想家通過發掘潛藏在儒家的所謂「四書」(Four Books)中的思想洞見，對儒家哲學加以徹底的重新闡釋，這「四書」是由《論語》(*Analects*)、《孟子》(*Mencius*)、《大學》(*Great Learning*)和《中庸》(*Doctrine of the Mean*)(後兩部書是從《禮記》中選出的章節)組成。他們也推重《易經》。他們汲取了佛教和道教的許多觀念，以發展新的儒家宇宙論和道德形而上學。宋明新儒學(理學)把中國哲學提升到了一個新的高度；有些學者曾把這一時期稱作「中國的文藝復興時期」(the Chinese Renaissance)。新儒學運動始於周敦頤(Chou Tun-i, 1017-73)，但新儒學的真正奠基人當數二程兄弟：程顥(Ch'eng Hao, 1032-85)和程頤(Ch'eng Yi, 1033-1107)。然後是朱熹(Chu His, 1130-1200)，一位經常被比作西方的托馬斯・亞奎納(Thomas Aquinas)和康德(I. Kant)式人物的偉大的綜合思想家，他進一步將程頤的思想發展成為體系化的哲學，並創始了所謂的「程朱學派」(Ch'eng-Chu school)。但他的思想遭到了比他年輕的同時代人陸象山(Lu Hsiang-shan, 1139-93)的反對。到了明朝，王陽明(Wang Yang-ming, 1472-1529)復活了陸象山的洞見，進一步反對朱熹，因此形成了所謂的「陸王學派」(Lu-Wang school)。

到了清朝，由於滿州人的統治，學者們轉向故紙堆中研究歷史，對哲學思辨已鮮有興趣可言。到了晚清，康有為(K'ang Yu-wei, 1858-1927)復活了傳統的今文學派，並大力推行激進的改革，但是他的企圖不幸地失敗了。

當代中國哲學　可以分辨出相互交織著的三大重要思潮：西方哲學的引進、馬克思主義(Marxism)在中國大陸的統治、以及當代新儒家哲學的進展。二十世紀初期，中國因以下事實而驚醒：在與西方列強的競爭中，面臨著要把中國引入現代世界紀元的任務，傳統中國文化已顯得力不從心了。因此，當務之急即向西方學習。

幾乎所有的哲學運動都(在中國)找到了擁戴者，但它們不久都被馬克思主義的光焰所遮蔽，到了 1949 年，馬克思主義已成為共產黨人治下的中國的官方意識形態。毛澤東(Mao Tse-tung, 1893-1976)成為馬克思(Marx)、恩格斯(Engels)、列寧(Lenin)和斯大林(Stalin)之後的繼承者。共產主義統治對一切異己觀點持不寬容的態度。「文化大革命」(The Cultural Revolution)爆發於 1967 年，整整十年時間中國關上了通向世界的大門。無論共產黨黨內黨外，幾乎所有知識份子都遭到清算或迫害。文化大革命結束之後，大學於 1978 年恢復招生。從 1979 年到 1989 年，知識份子享受著前所未有的自由。《人民日報》(*People's Daily News*)的一篇社論聲稱，馬克思主義思想是十九世紀的產物，並沒有給當前的問題提供所有的答案，因此有必要進一步發展馬克思主義。學者們以不同的方式解讀社論中的信息。儘管學者們提出的種種思想尚缺乏深度，但當時活躍的氣氛可比擬於 1919 年開始的五四新文化運動(the May Fourth New Culture Movement)。不過，遺憾的是，1989 年發生於北京天安門廣場對示威者的鎮壓則中斷了這一過程。意識形態的控制從那時起變得更為嚴厲，但面向外部世界的大門並未完全關閉。

至於對 1949 年轉移台灣的國民黨政府來說，在其管轄範圍內意識形態的控制並不徹底；知識分子之中自由主義(liberalism)的勢頭很強。分析哲學(analytic philosophy)、存在主義(existentialism)和解釋學(hermeneutics)都有自己的追隨者；到了今天，甚至激進主義(radicalism)也對一些青年學者產生吸引力。

儘管二十世紀的中國主流思想對整個中國傳統都持批判的態度，然而這種傳統並未徹底斷絕。事實上在中國當代新儒家運動(the contemporary New Confucian movement)中可以發現中國最富於創造性的思想人才，他們探求把東方和西方思想結合起來。在仍居住在中國大陸的哲學家當中，馮友蘭(Fung Yu-lan, 1895-1990)和賀麟(Ho Lin, 1902-92)在共產黨治下改變了自己的早期觀點，然而，梁漱溟(Liang Sou-ming, 1893-1988)和熊十力(Hsiung Shih-li, 1885-1968)則保留了他們的部分信仰。錢穆(Ch'ien Mu, 1895-1990)和唐君毅(T'ang Chün-i, 1909-78)移居香港，而方東美(Thomé H. Fang, 1899-1976)、徐復觀(Hsü Fu-kuan, 1903-82)和牟宗三(Mou Tsung-san, 1909-95)則去了台灣，在那裡他們對年輕一代學者產生了深遠的影響。今天，當代新儒家在香港、台灣和海外仍不失為頗具生命力的知識分子運動；甚至在中國大陸也有人研究它。新儒家學者們強烈要求復活中國傳統思想中「仁」(humanity)和「生」(creativity)的精神；同時他們也面向西方，為把現代科學和民主精神引進中國文化而申辯。

在較窄意義的新儒家哲學運動衍生自熊十力的哲學睿見。他的學生中最具原創性的思想家當推牟宗三，他發展了自己的哲學體系。他堅持認為，中國哲學的三大主要傳統——儒家、道家和佛家——都承認人具有「智的直覺」(intellectual intuition)的能力，這意味著個人能夠參與到「道」(the Way)之中去。然而，所謂的「第三期儒學」則涵蓋更廣；其成員包括種種不同背景的學者在內，諸如余英時(Yu Ying-shih, b. 1930)、劉述先(Liu Shu-hsien, b.1934)和杜維明(Tu Wei-ming, b.1940)等，他們的觀念對一般知識分子產生了影響，他們的選集最近甚至被允許在中國大陸出版。中國哲學的前景仍將取決於引進的西方思想、中國化的馬克思主義和新儒家之間的相互碰撞和影響。

參見 Buddhism 佛教；Chu Hsi 朱熹；Confucianism 儒家；Hsiung Shih-li 熊十力；Neo-Confucianism 新儒學；Taoism 道家；Wang Yang-ming 王陽明

S.-h.L.撰　劉述先審訂

Chinese room argument　中文房論證　見 Searle 瑟爾

***ching*　敬**　中文，意為「恭敬」(reverence)、「端莊」(seriousness)、「專一」(attentiveness)和「穩重」(composure)。在早期文獻中，「敬」指的是對鬼神(spirits)、對某人的父母和統治者的合適的態度；最初可以與另一個術語「恭」(respect)交換使用。在新儒家(Neo-Confucians)那裡，這兩個術語得到了明確的區分：「敬」用於內在的心靈狀態，而「恭」則是其外在表現。這種區分是新儒家回應道教(Taoists)和佛教(Buddhists)的挑戰而發展，因為許多道教和佛教徒提倡在靜坐沉思中追求寂靜的目的。新儒學尋求不僅在靜坐沉思中，也在人的所有言行中，都保持「恭敬專一」(reverential attentiveness)這樣的沉著冷靜心態。「敬」的這種涵義最好被理解為是新儒學對於禪宗(Zen)「一心三昧」(universal *samādhi*)之理想的某種挪用，這種理解在諸如《壇經》(*Platform Sutra*)這樣的經文中是比比皆是的。

P.J.I.撰　林安梧審訂

ch'ing　情　中文，意為(1)「本質」(essence)、「實質的」(essential)；以及(2)「情感」(emotion)、「激情」(passions)。最初的時候，x 之「情」指的是若沒有它們則 x 將不成其為 x 的那些屬性。在這種意義上，它可與 x 之「性」(nature)相比較：x 之「性」即 x 所擁有的屬性是 x 這一類事物所實現的特徵。然而，到了荀子(Hsün Tzu)的時代，「情」變成指人類的情感或激情。「六情」(the six emotions)的枚舉很快的變成了公認的標準：即喜(delight)、怒(anger)、哀(sadness)、樂(joy)、愛(fondness)，及惡(dislike)。

B.W.V.N.撰　林安梧審訂

Chisholm, Roderick Milton　齊桑姆，羅德理克・米爾頓(1916-99)　深具影響力的美國哲學家，著作跨越各哲學領域，其中包括了倫理學與哲學史；但他主要是以知識論者、形上學家與心靈哲學家的身分而為人所知。在早期，齊桑姆對抗諸如現象論(phenomenalism)、外延主義(extensionalism)與物理主義(physicalism)等強力的化約主義(reductionism)，並發展出屬於自己原創的一套哲學。他在布朗(Brown)與哈佛(Harvard)大學(Ph.D., 1942)受教育，而後他的教職生涯幾乎全在布朗大學渡過。

他主要以下列貢獻而知名：(a)與他的老師，其後也是在布朗大學的同事，杜卡斯(C. J. Ducasse)合作，他以副詞為重點，發展出一套對感官經驗的解釋，並長期為之辯護，以抗衡當時流行的「感覺與料行為-對象」(sense-datum act-object)的解釋方式。(b)基於對自由意志問題的深入探究分析，他辯護自由主義者的立場，並反對長期在分析學圈占有權威地位的相容主義。此外，奠基於外在的(事件)因果關係與內在的(行動者)因果關係之區分，他的自由主義對行動做了不尋常的解釋。(c)對抗語言哲學上著名的語言轉向，他替意向性(intentionality)之優位做出辯護；此一辯護之聞名，不僅是由於一些重要的論文，而且也是由於他與塞拉斯(Wilfrid Sellars)廣泛的通信的緣故(這些通信最後也已出版)。(d)他迅速地了解到「*de se*」(關於自己)的重要性與特殊性，並樂於以之作為「*de re*」(關於事物)思想之基礎。(e)透過一個有關「涵衍」(entailment)的意向性的概念，並以此來定義他系統中的關鍵性的概念，以及提供佔據基礎範疇者之等同性的判準，他由此而發展出一套實在論式的存有論(ontology)。(f)在知識論方面，眾所周知地他替某些形式的基礎論與內在論作辯護，並為古老的「判準難題」(problem of the criterion)提出一套精緻的(消解)解決方式。

齊桑姆的知識論與形上學原則，並未先行地被設置為顛撲不破的公理。由於缺乏任何先行的特權，它們(這些原則)必須符合某些要求，即，要看它們的結果，以及與其他我們認為合理的事物相比較而定。在這點上，他與知識論者如波普爾(Popper)，以及伴隨著其演繹主義而來的有關證成之懷疑論，是大相徑庭的；他與蒯因(Quine)也成強烈的對比，蒯因的自然主義驅動了他極端的知識論與形上學；相比之下，齊桑姆並沒有先行設定知識論的與形上學的原則。他的哲學觀點之發展毋寧是辯證的，敏感地面對反省後揭露為相關的各種考量、範例或反例。這樣一來，觀點之建立便要求高度的複雜性，不過，透過大力追求存有論上與概念上的節約，此一複雜性乃得以緩和。

參見 epistemology 知識論；foundationalism 基礎主義；free will problem 自由意志問題；knowledge *de se* 關於自己的知識；problem of the criterion 判準問題；skepticism 懷疑論

E.S.撰　趙之振、趙茂林審訂

***chit*　智性**　見 *sat/chit/ānanda* 真、智、樂

choice, axiom of　選擇公理　見 Löwenheim-Skolem theorem 羅文漢-斯科倫定理；set theory 集合論

choice sequence　選擇序列　由布勞爾(L. E. J. Brouwer)引入的種種無限序列，在直觀主義範圍內，用來表示連續體(實數的集合)的非古典的屬性。一個選擇序列是由一個有限起始段(initial segment)與某個接續該序列的「規則」所共同決定的。不過，規則允許在選擇每一個後繼元時有一些自由度。因此，該序列可能是以有理數 0 開始，然後是 1/2，而規則可能要求第 $n+1$ 個元素是與第 n 個元素相差在$(1/2)^n$範圍內的某個有理數，此外不加任何進一步的限制。由此產生的有理數序列必須收斂到某個實數 r 上。然而，r 在連續體內的確切位置卻有變化的餘地。用直觀主義的語言說，r 違反了古典的「三分律」(law of trichotomy)：對於任何一對實數(例如 r 和 1/2)，則前者必須或小於、或等於，或大於後者。

從 1940 年代開始，布勞爾沒有藉助看起來非數學的所謂自由選擇觀念，得出了這種非古典的結果。他是用理想的數學家的活動(創造主體)，以及種種對他而言仍在未決定狀態的命題，來創造出所需的序列。給定這樣一個命題 P——例如是費馬的最後定理(Fermat's last theorem)，(對 $n>2$ 而言，不存在三個整數，使得前兩個數各自的 n 次冪的和，等於第三個數的 n 次冪)或是哥德巴赫猜想(Goldbach's conjecture)(即每一個大於 2 的偶數為兩個質數的和)——我們可以修改 r 的定義為：假如在研究的第 n 階段 P 仍保持著未定狀態的話，第 $n+1$ 個元素就定為 1/2。假如 P 在該階段被證明的話，這個元素及其所有後繼元素定為 $1/2+(1/2)^n$；假如 P 被否證的話，它們則為 $1/2-(1/2)^n$。由於布勞爾認為有無窮無盡的這類命題，他相信我們總是可以用這種方法來駁斥古典法則。

1960 年代早期，克林尼(Stephen Kleene)和威斯雷(Richard Vesley)以克林尼早年對直觀主義和選擇序列所做的遞迴論闡釋為基礎，用一種形式系統重新建構了布勞爾連續體理論的某些重要部分。幾乎是在同時——但是卻以截然不同、偶爾甚至是不相容的風格——克里奇(Saul Kripke)既沒有求助於遞迴函數，也沒有藉助創造主體或者自由選擇的觀念，卻也以形式系統捕獲布勞爾反例的力量。之後，克萊瑟爾(Georg Kreisel)、特羅埃爾斯特拉(A. N. Troelstra)、凡德倫(Dirk Van Dalen)等人也構造了形式系統，用以分析布勞爾有關像選擇序列這類意義仍在發展的物件的基本假說。

參見 mathematical intuitionism 數學直觀主義；philosophy of mathematics 數學哲學

C.J.P.撰　李國偉審訂

Chomsky, Noam　瓊姆斯基，諾姆(b.1928)　瓊姆斯基是美國卓越的語言學家、哲學家和政治活躍者，他的專業生涯皆在麻省理工學院(Massachusette Institute of Technology)度

過。瓊姆斯基在科學上最為人所熟知的成就，就是為自然語言之文法的科學研究建立一個嚴謹且具有哲學說服力的基礎。在《語法結構》(*Syntactic Structures*, 1957)中，藉由從形式語言的研究所獲得的工具，他給予自然語言的文法一個遠比以往的理論，更為精確和更具解釋力的理論。從該書起，他發展了若干對於自然語言文法的研究具有高度影響力的架構，例如《語法理論的面向》(*Aspects of the Theory of Syntax*, 1965)、《關於支配與約束的演講》(*Lectures on Government and Binding*, 1981)和《極約主義方案》(*The Minimalist Program*, 1995)。雖然這些方案彼此之間有些細節上的實質差異，但是它們仍分享了一些思想主軸，其中最為核心的主張是：所有的人類皆共同分享了一個內在的語言原則，而語言探究的目的是去描述語言學習者的原初狀態，以及透過最一般性的機制去說明語言的差異性。

在瓊姆斯基的語言學理論中，語言是個別言說者大腦中的結構，而他的理論在一個相當抽象的層次上描述這些結構。這些結構被視為發生在語言能力內，而語言能力被視為一個人類大腦的假說性的基本架構。普遍文法是那組被如軟體般內建於語言能力的原則，而該組原則決定了所有可能的人類語言所構成的集合。這個語言學理論包括了若干具有影響力和爭議性的想法：首先，那個關於普遍文法的假說蘊涵了內在語言原則的存在；其次，那個關於語言能力的假說蘊涵了我們關於文法的語言能力不是一個一般性推理過程的產品；最後一點——或許是最受爭議的一點，既然擁有那些結構之一是言說者的一個內在性質，因此這般理解下的語言性質，就必須是言說者本身的狀態就可以決定的。對於這個個體主義的語言理論而言，以往採取人類學進路的語言學理論視為語言的東西——那些屬於語言社群所決定的社會性的實體——在科學的語言學中是沒有任何存在空間的。

瓊姆斯基對哲學有許多深具意義的貢獻，如他對行為主義的拒斥(〈審論史金納的《口語行為》〉〔Review of Skinner's *Verbal Behavior*〕，《語言》〔*Language*, 1959〕)，乃是基於上述結論的精心推敲和辯護(也請參考《笛卡兒式語言學》〔*Cartesian Linguistics*, 1966〕；《對語言的反思》〔*Reflections on Language*, 1975〕；《規則和表徵》〔*Rules and Representation*, 1980〕；《語言的知識》〔*Knowledge of Language*, 1986〕)。瓊姆斯基的哲學論著被劃歸為方法論上的自然主義，這種自然主義主張，心靈被視為自然現象來研究。近年來，他也論證，在語言哲學所使用的指稱概念，在科學的語言理論中並不扮演任何角色(〈語言和自然〉〔Language and Nature〕，《心靈》〔*Mind*, 1955〕)。

參見 formal learnability theory 形式可學習性理論；grammar 文法；meaning 意義；philosophy of language 語言哲學；psycholinguistics 心理語言學

J.Sta.撰　林從一審訂

Chomsky hierarchy of languages　瓊姆斯基語言之層級　見 philosophy of language 語言哲學

***chora*　陰性空間**　見 Kristeva 克莉絲緹娃

Chou Tun-yi　周敦頤(1017-73)　中國新儒學(Neo-Confucian)哲學家。他最重要的哲學著作是《太極圖說》(*T'ai-chi t'u-shuo*〔*Explanations of the Diagram of the Supreme Ultimate*〕)，由一幅描繪了宇宙的組成要素、結構和演化過程的圖和說明文字組成。這篇著作和他的《通書》(*T'ung-shu*〔Penetrating the *I-Ching*〕)一起，為新儒家形而上學引入了許多基本概念。隨之而來的是對周氏圖式的熱烈爭論，有人認為既然它所描述的宇宙是從「無」(non-being)中產生的，那麼這種圖式所受的道家(Taoism)影響是顯而易見的，而且是支持道家學說的。周敦頤的主要興趣是宇宙論式(cosmological)的；他從未系統地把他的形而上學與其對倫理學的關懷聯繫起來。

參見 *t'ai-chi* 太極

P.J.I.撰　林安梧審訂

Chrysippus　克呂西普斯　見 Stoicism 斯多噶主義

Chrysorrhoas　克里索羅斯　見 John of Damascus 大馬士革的約翰

***ch'üan*　權**　中文，儒家(confucian)的關鍵概念，可譯作「對所在環境的權衡」(weighing of circumstances)、「緊急狀態」(exigency)或「道德上的裁量權」(moral discretion)等意思。其意原指稱重的桿秤，而後由此隱喻衍伸擴展，「權」基本上乃是依據當前所面對的相關事態就道德考慮上的輕重做出評估。圍繞「權」所做的事情在於，在面對當下的困境形成的問題時，必須對相互衝突的選擇做出輕重緩急的判斷。判斷必須符合「理」(principle, reason)，也就是說，必須是一個符合原則或合理的判斷。在「緊急狀態」的意義上，「權」指的是某種為難的事態，也就是說，某種可能超出處理事情的行為準則之外的事態。在「道德上的裁量權」的意義上，「權」必須與「義」(rightness)的要求保持一致。

參見 Confucianism 儒家

A.S.C.撰　林安梧審訂

Chuang Tzu　莊子　也叫莊周(Chuang Chou, 4th century B.C.)，中國道家(Taoist)哲學家。在許多學者看來，在《莊子》(*Chuang Tzu*)一書中，內篇(一至七篇)的思想可以歸諸莊子本人，而該書中的其他各篇則包含著與他的思想相關的各種觀念，以及後來從他的思想中發展出來的種種觀念。內篇中有對話、故事、韻文、格言和意在改變人生觀的短論。因為理解到在根據不同的觀點做出的相反的判斷之間，並不存在著可資評判的中立根據，因此鬆脫了人們對對與錯、生與死、自我與他人的判斷以及它們之間界線分別的重要性的沉重感覺。對莊子所提倡的生活方式有種種不同的看法。書中的部分章節所提倡的生活方式似乎並非迥異於通常的生活方式，只是要求較少的情感介入而已。而書中其他的章節則似乎提倡某種非常態的生活方式；人應該對各種境遇因任自然、隨遇而安，應該不抱事先構想的目的、不持是非對錯的成見，把所有發生的事情，包括自我身上的變化，都看成是自然存在的秩序的轉化過程。

參見 Taoism 道家

K.-l.S.撰　林安梧審訂

Chu Hsi　朱熹(1130-1200)　宋朝(960-1279)的新儒學學者，被公認為自孔子(Confucius)和孟子(Mencius)以來中國最偉大的哲學家。他思想的先驅者是程頤(Ch'eng Yi, 1033-1107)，所以他們的學派稱作「程朱學派」。朱熹把程頤的思想發展成為一種以「理」(principle)和「氣」(material force)為核心的無所不包的形而上學。「理」是非物質的，是一，是永恆不變的，永遠是善的；「氣」則是物質的，是多，是流變不居、亦善亦惡的。二者不離不雜。事物都由「理」和「氣」組成。朱熹(Chu Hsi)把「性」(human nature)看作是「理」，把「情」(feelings and emotions)看作是「氣」，把「心」(mind/

heart)看作是氣之精爽者(*ch'i* of the subtlest kind)，包具眾理。他把《大學》(*Great Learning*)中的「格物」(*ko-wu*)解釋為窮理(the investigation of principles inherent in things)，把「致知」(*chih-chih*)解釋為獲取知識(the extention of kmowledge)。他的觀點遭到陸象山(Lu Hsiang-shan, 1139-93)和王陽明(Wang Yang-ming, 1472-1529)的反對，他們聲稱心即理(mind is principle)。牟宗三(Mou Tsung-san, 1909-95)認為陸象山和王陽明的立場更接近於孟子學，應被尊為正統。然而，程頤和朱熹對「四書」(Four Books)的註釋則一直被當做從 1313 年開始到 1905 年廢止的科舉考試(civil service examinations)的基礎讀物。

參見 Ch'ien Mu 錢穆；Chinese philosophy 中國哲學；Confucius 孔子；Fung Yu-lan 馮友蘭；Mencius 孟子；Wang Yang-ming 王陽明

S.-h.L.撰　劉述先審訂

chung, shu **忠、恕** 中國哲學術語，重要的儒家(Confucianism)概念，分別意為「忠誠」(loyalty)或「承諾」(commitment)，以及「體諒」(consideration)或「交互性」(reciprocity)。在《論語》(*Analects*)中，孔子說：「吾道一以貫之」(there is one thread running through his way of life)，他的一位門徒描述說，「夫子之道，忠恕而已矣！」(the one tread as constituted by *chung* and *shu*)。「恕」在《論語》的文本中被解釋成「己所不欲，勿施於人」(not doing to anther what one would not have wished done to oneself)，而「忠」則缺乏明確的解釋。學者們對「忠」的闡釋眾說紛紜，有人說是對遵循「恕」的一種承諾，有人說是對遵循「禮」(rites)的規範的一種承諾(由「恕」補足，即由「恕」補足「忠」所缺乏的人情味，並給遵循禮制規範的行為增添靈活度)，也有人說，「忠」即嚴格遵守對上級或平輩的職責(也由「恕」來補足，因為「恕」涉及對下級或平輩之情的體恤，補足了「忠」所缺乏的人情味，並給人們在應用待人規則時增添一些靈活度)。這組概念在後期儒家那裡繼續得到應用，用來指倫理理想或自我修養過程中互相補足的兩個方面；例如，有人用「忠」指良善本心(heart/mind)的充分展現，用「恕」指推己心於他人。

參見 Confucianism 儒家

K.-l.S.撰　林安梧審訂

Chung-yung **《中庸》** 中國儒家(Confucian)經典《禮記》(*Book of Rites*)中的一篇。《中庸》(成書於西元前三或二世紀)在英文中的標準譯名是「*The Doctrine of the Mean*」(《擇中的學說》)，然而，更準確的譯法應該是「*Centrality* and *Commonality*」(《中道與正常(公常)》)。儘管《禮記》中的該部分在其歷史上早就被當做獨立的篇章來看待了，然而，一直要到朱熹(Chu Hsi)使之成為「四書」(Four Books)之一，《中庸》才取得了經典的地位。其文本由討論著相同主題的格言和短文匯集而成。部分文本勾勒了一種德性倫理(virtue ethic)，強調以靈活的態度回應變動的環境，把人的實現(human flourishing)認同為全面發展呈現於人性(nature)中的能力，並認為人性由天(Heaven)命所成。作為儒家的典型現象，認為家庭倫理的德性(virtue in the family)相當於政治德性(political virtue)。

參見 *ch'eng* 誠；*Ta-hsüeh*《大學》

B.W.V.N.撰　林安梧審訂

chün-tzu **君子** 中文，意為「紳士」(gentleman)、「上等人」(superior man)、「高貴的人」(noble person)或「作榜樣的個體」(exemplary individual)。「君子」是孔子(Confucius)在實踐中可以追求實現的倫理美德的典型。「君子」與「聖人」(sage)不同，他是在生活中以身作則的人，是依據著「仁」(humanity)、「禮」(propriety)、和「義」(rightness/righteousness)做事的人。「仁」屬於對社會中他人幸福的情感關切；「禮」指的是合乎恰當行為之傳統準則的禮儀；「義」則屬於人的正義感，尤其是在處理變動不居的環境時對正義的把握。「君子」的標誌在於，他對於預先設想的道德觀念和已成為現實的道德實踐持一種寬容的、中立的態度，以達成言與行的和諧一致。這些顯著的特徵使得「君子」能夠應付新的和動盪的環境，同時又不失對於傳統道德價值的關注，把它當做行為的指南。

A.S.C.撰　林安梧審訂

Church, Alonzo　丘奇，阿隆佐(1903-95)　美國邏輯家、數學家及哲學家，以下面成就而聞名：發現及應用純粹邏輯中之丘奇拉姆達運算子(Church lambda operator)，此運算子是他的丘奇拉姆達演算(Church lambda calculus)之核心觀念之一；他也嚴格形式化了類型論(theory of types)。類型論是一種高階的基層邏輯(a higher-order underlying logic)，早先由懷德海(Whitehead)及羅素(Russell)完成其原始但有缺陷的架構。以前人們只能有歧義地或者很費心思地改寫某一類的哲學及數學上的重要表詞，而拉姆達運算子使人能直接、無歧義表達它們。在哲學上，丘奇提倡以符號邏輯為基礎的嚴格分析方法。他的哲學特色是：他有自己的邏輯主義，亦即數學可化歸至邏輯，而且他毫不遲疑接受高階邏輯。高階邏輯，包括二階邏輯在內，都是存有上豐富(ontologically rich)的系統，它們含有高階變元之量限(quantification)，而高階變元是指涉性質、關係等等之變元。高階邏輯在過去為弗雷格(Frege)、皮亞諾(Peano)、希爾伯特(Hilbert)、哥德爾(Gödel)、塔斯基(Tarski)及其他人經常性地用於基礎工作，直到大約第二次世界大戰才一夕失寵。就著丘奇之邏輯主義及接受高階邏輯，他是逆著在 1950 至 1975 年逐漸興起之主流。當時的主流反對化歸數學至邏輯，反對高階邏輯之「存有上的過多」(ontological excess)。在 1970 年代，儘管人們對他的高標嚴格及高成就表示敬意，人們還是認為他保守，甚或反動。近年的意見則緩。

在邏輯之演算(computational)和知識論方面，丘奇有兩個主要貢獻。他是第一位陳構現今廣為接受的稱為「丘奇論題」(church's thesis)的原理：每一個有效可計算的算術函數(effectively calculable arithmetic function)是遞歸的。初看丘奇命題頗富爭議，這原理把算術之直覺、知態(epistemic)、外在(extrinsic)和運算(operational)的面相與它的形式、事實(ontic)、內在(intrinsic)和抽象的面相結合起來。丘奇命題定下演算可致(what is computationally achievable)之純算術外在界線(purely arithmetic outer limit)。丘奇之進一步研究希爾伯特之「決定問題」(Hilbert's "decision problem")導致發現與證明丘奇定理(Church's theorem)：原則上，沒有一個演算程序(computational procedure)可決定一個有限前提的一階論證(finite-premised first-order argument)是有效(valid)還是無效。這個結果和以前知道的後面結果明顯對立：可演算的真值表法(the computational truth-table method)足以決定一個有限前提的真值函應論證之有效性(the validity of a finite-premised truth-functional argument)。丘奇命題立刻使人注意了命題邏輯與一階邏輯間之巨大差異，並且定下了「自動化推理」可達到(what is achievable by "automated reasoning")之外在界線。

丘奇的數學及哲學著作受弗雷格(Frege)影響，特別在下面幾點：弗雷格的意義(sense)和指涉(reference)之語意區分、弗雷格強調的證明之純語法處理(purely syntactical treatment of proof)及弗雷格主張的語句指稱語句之真假值，亦即語句是語句真假值之名稱。

參見 Church's thesis 丘奇論題；computability 可計算性；formalization 形式化；Hilbert 希爾伯特；Hilbert's program 希爾伯特計畫；logicism 邏輯主義；recursive function theory 遞推函數論；second-order logic 二階邏輯；truth table 真值表；type theory 類型論

J.Cor.撰　龔維正審訂

C

劍 橋 哲 學 辭 典

church fathers　教會的父親　見 patristic authors 教父作者

Churchland, Patricia Smith　丘奇藍，珮特麗莎・史密斯(b.1943)　加拿大藉的美國哲學家及神經系統哲學的提倡者。1969 年她在牛津大學拿到學位後，在曼尼托巴大學(University of Manitoba)和普林斯頓研究所(the Institute for Advanced Studies at Princeton)任教。她在聖地牙哥(San Diego)的加州大學(University of California)設立了哲學與神經演算研究中心。

由於她對心理範疇在哲學上的先天詳述感到懷疑，以及不滿演算心理學以由上到下進路(Top-down approach)來解說它們的功能。丘奇藍開始在曼尼托巴大學的醫學院學習有關腦的知識；因此，她把腦科學與哲學合併成為特獨的神經哲學，而這門新科後來對於當時占有優勢的心靈方法學(Methodology of mind)，做出很大的挑戰。所以，在一系列的章獻中包括：〈弗德的論語言學習〉(Fodor on Language Learning, 1978)及〈心-腦觀點研究〉(A perspective on Mind-Brain Research, 1980)，她於新的神經生物學基礎上勾畫出範例。由於腦是進化的器官，所以她把這些範例納入非語言結構及有機組織。也因為認知系統的心靈狀態被高等的神經功能理論所解釋，所以它仍保存功能主義(functionalism)的特色。這個理論是心理學和神經科學合作的合作計畫，而當中的「相互進化」(co-evolutionary)過程在《神經哲學》(*Neurophilosophy*, 1986)做出完善的描述，在書中，它預報真正的認知現象是可以被一些概念化的常識架構或經過科學所改做而化約的。

同樣，對於智能的匯合也顯示在她與其他學者的共同研究上：例如，她與如心理學家及計算神經生物學家薛諾維斯基(Terrence Sejnowski)合著的《計算的腦》(*The Computational Brain*, 1992)、與神經學家羅多弗・萊納斯(Rodolfo Llinas)合著的《心-腦的連續性》(*The Mind-Brian Continuum*, 1996)，和哲學家及其丈夫保羅・丘奇藍(Paul Churchland)《論對立》(*On the Contrary*, 1998)(在麥考雷〔R. McCauley〕《丘奇藍和他們的批評者》〔*The Churchlands and Their Critics*, 1996〕中，她和保羅・丘奇藍同受評價)。從神經哲學的觀點來說，各學科間的合作是高等知識的本質，而真理會發現在理論與理論之間的脈絡中。

參見 philosophy of language 語言哲學；philosophy of mind 心靈哲學；philosophy of science 科學哲學

R.P.E.撰　王文方審訂

Churchland, Paul M.　丘奇藍，保羅・M(b.1942)　出生於加拿大的美國哲學家，領導消除的物理主義的提倡者。1969 年他在匹次堡大學(University of Pittsburgh)獲得學位後，在多倫多大學(Universities of Toronto)、曼尼托巴大學(University of Manitoba)及普林斯頓研究所(the Institute for Advanced Studies at Princeton)任教。他現任為聖地牙哥(San Diego)的加州大學(University of California)設立了哲學與神經演算研究中心的教授。

丘奇藍的文學性素材組成了他清晰和合乎科學描述之神經計算哲學的文章。他的《科學實在論和心靈的可塑性》(*Scientific Realism and the Plasticity of Mind*, 1979)主張科學是最好的真實解釋、感觀是概念地沒有觀察的規定驅動，而語言是整体，其意義被網路聯合應用所固定。並且，有關科學的結構，高等理論應該被種種基本的自然科學理論所包含或消除而化約。在特殊的情況，通俗心理學是一個極大錯誤的經驗理論，而它應該被非句子構成的神經科學框架所代替。這個有關「句子構成的」(sentential)切入普遍思路的懷疑，出現在他早期的文獻中，而後來再次從事〈消除的物理主義和命題態度〉(Eliminative Materialism and the Propositional Attitudes, 1981)之研究。

當非句子構成的神經科學框架完全的發展時，它採取了神經網路或平行分過程模式的形式。因此，在《神經計算觀點》(*A Neurocomputatioanl Perpective*, 1989)一書文中，丘奇藍認為真正的心理過程是神經網路序列的活動形式。科學理論是學習在空間有可能的活動樣態之向量，與科學解釋所存在優先向量的活動範例。事實上，他建議意義視為如何同義，或概念的分享是類似有關神經對空間-狀態的樣態。甚至道德知識被分析為社會事實的範例，而社會範例的出現是當個體從其他神經計算系統所操縱。而這種說明出現在其著作《理由的引擎，靈巧的位置》(*The Engine of Reason, the Seat of the Soul*, 1996)和與其妻子珮特麗莎·丘奇藍(Churchland, Patricia)合著的《論對立》(*On the Contrary*, 1998)。而他也提出自然主義的神經計算的具體說明；所有哲學應該有科學的保證，以及認識論、語言和道德在連結網路中被廣泛地延伸。

參見 connectionism 連結論；meaning 意義；philosophy of mind 心靈哲學；philosophy of science 科學哲學

R.P.E.撰　王文方審訂

Church's theorem　丘奇定理　見 Church's thesis 丘奇論題

Church's thesis　丘奇論題　由阿隆佐·丘奇(Alonzo Church)於 1935 年 4 月在美國數學協會(the American Mathematical Society)的一次會議上提出的論題，認為「正整數函數中的能行可計算函數(an effectively calculable function of positive integers)這一觀念應當被等同於遞歸函數(a recursive function)的觀念……」。這種說法之所以稱作「丘奇論題」，是因為克林尼(Kleene)在他的《後設數學導論》(*Introduction to Metamathematics*, 1952)一書中使用了這個名稱。關於能行可計算函數的非形式概念(也就是指能行程序或演算法)一直在數學和邏輯學中被使用，這概念用於表示一些依「機械方式」(a mechanical fashion)可解(也就是遵照某些給定的基本規則可以解決)的問題。當現代邏輯學在十九世紀晚期從公理方法轉移到理論的形式表現之時，邏輯的認識論關切即浮上檯面。希爾伯特(Hilbert)於 1904 年建議，這類形式表現的理論本身應成為數學研究的對象，而自 1920 年代以來，後設數學(metamathematics)也一直被有系統地努力研討。在研討過程中，一些具體問題的解決在於，人們需要確立關於能行程序之集(the class of effective procedures)的分界所在。希爾伯特提出的重要的「*Entscheidungsproblem*」，也就是述詞邏輯的判定問題(the decision problem for predicate logic)，即上述問題之一。該問題被丘奇和涂林(Turing)負面地解決了——相對於遞歸的明確概念而言。該結果由丘奇和涂林獨立獲得，但通常被稱作「丘奇定理」(Church's theorem)。第二個重要的問題是關於不完備定理(the incompleteness theorems)的一般設定，使之推廣應用於「所有」的形式理論(須滿足通常的可表現性〔representability〕和可推導性〔derivability〕等條件)，而不限於《數學原理》(*Principia Mathematica*)中的那種特殊的形式系統。

根據克林尼書中所述，丘奇於 1933 年提出把能行可計算性等同於λ-可定義性(λ-definability)。這種看法在當時並未發表，但是，到了 1934 年，丘奇提到在與哥德爾(Gödel)談話時提到了這種看法時，哥德爾認為這「完全不令人滿意」。1934 年普林斯頓講座(Princeton Lectures)中，哥德爾定義了遞歸函數(the recursive function)的概念，但他並未確定是否所有能行可計算函數都落入這一範疇。關於 λ-可定義性等於遞歸性的證明(由丘奇和克林尼證出)促使 1935 年丘奇首次發表丘奇論題(形式如前述)。丘奇在〈基本數論中一個不可解的問題〉(An Unsolvable Problem of Elementary Number Theory, 1936)一文中重申了該論題。涂林則在〈關於可計算數以及對於判定問題的一個應用〉(On Computable Numbers, with an Application to the Entscheidungsproblem, 1936)一文中引入了借助機器的可計算性概念，並堅持認為它精確地掌握了能行可計算性。頗思特(Post)的論文〈有限組合過程，第一形構〉(Finite Combinatory Processes, Formulation I, 1936)中有一種計算模式，它令人驚異地與涂林的模式相似。不過頗思特並沒有給出任何的分析；他建議將能行可計算性與他的概念的等同視為一種工作假說(a working hypothesis)，證實這種假說應通過研究更廣泛的形構，把它們化約至他的基本形構而得知。(哥德爾、丘奇、涂林、頗思特和克林尼的古典論文都匯集重印在《不可判定性》(*The Undecidable*, 1965，由戴維斯〔Davis〕編輯)。

丘奇在他 1936 年的論文中，對於他聲稱的等同性提出一個主要的理由，也就是任何其他合理的關於非形式化能行可計算性概念的陳述，在轉化成數學概念之時，都弱於或等於遞歸概念。丘奇考慮了兩種典範型的陳述，基於演算法的函數可計算性，或是基於某一邏輯的函數可計算性。在每一種情況中，在決定函數之值時使用的步驟都必須是能行的；假如步驟的能行性正如丘奇所指出的那樣，是被解釋為符合遞歸性質的，則該函數即是遞歸性質的。關於丘奇的「循序漸進的論證」(step-by-step argument；被轉化為希爾伯特和柏內斯〔Bernays〕在 1939 年發展，可依規則計算的函數其特徵的「遞歸條件」之一)，其中解釋上的基本困難(the fundamental interpretative difficulty)被涂林避開了。在分析人類機械運算(human mechanical computations)時，涂林被引導到有限性條件(finiteness conditions)上去，它們是由人類計算機的感覺侷限性(human computer's sensory limitations)造成的，但根本上則是因為記憶侷限性(memory limitations)。之後他顯示了，任何一個人類計算機可計算的且滿足上述條件的函數，必然也是可由他提出的機器來計算的。丘奇和哥德爾都認為，涂林的分析令人信服；事實上，丘奇在 1937 年所寫的一篇評述涂林論文的文章中提到，涂林的概念使得「在日常的(所謂「日常的」在該文並未明確定義)觀點下能行可計算性之等同變得顯而易見」。

這一兼具哲學及數學性質的反思性工作成果，為數理邏輯提供了最基本的概念之一。事實上，對這一概念足夠深刻的理解之於(判斷)後設數學主要成果的哲學重要性是極具關鍵性的——如哥德爾不完備定理或是丘奇定理。這項工作成果之於計算機科學、人工智慧和認知心理學也同樣地至為重要，它為這些學科領域提供了基礎的理論概念。例如，丘奇論題成為紐威爾(Newell)和西蒙(Simon)用以限定物理符號系統類(即具有特殊結構的一般機器〔universal machines with a particular architecture〕)的基石，見紐威爾的著作《物理符號系統》(*Physical Symbol Systems*, 1980)。紐威爾把限定視為「人工智慧和計算機科學對認知科學科際整合的最基本的貢獻」。至於涂林相繼在〈智慧機器〉(Intelligent Machinery, 1948)和〈計算機器和智慧〉(Computing Machinery and Intelligence, 1950)中所做的工作，紐威爾指出了物理符號系統在研究人類心靈時所扮演的基本角色：「基本假說是人即為物理符號系統之一例，以及(類似的觀點)心靈進入了物理世界……該假說提供我們探索關於心靈的科學理論時的若干術語」。

參見 computer theory 計算機理論；Gödel's incompleteness theorems 哥德爾不完備定理；proof theory 證明論；recursive function theory 遞推函數論

W.S.撰　李瑞麟審訂

Church-Turing thesis　**丘奇-涂林論點**　見 philosophy of mind 心靈哲學

Cicero, Marcus Tullius　**西塞羅，馬庫斯・圖里奧斯**(106-43 B.C.)　羅馬政治家、演說家、隨筆作家和書信作家。他的重要性不僅體現於闡述希臘化時期主要哲學派別之教義時添加的個人哲學論述，而且正像他所說的，體現在他「教哲學說拉丁語」上。後者的重要性絕非誇大其詞。西塞羅的創新在於，他幫助塑造了說拉丁語的西方世界的哲學詞彙，影響所及一直延續到近代早期。

西塞羅思想中最顯著的特徵在於他試圖把哲學與修辭學融為一體。最初的主要著作是《論演說家》(*On the Orator*)、《論共和國》(*On the Republic*)和《論法律》(*On the Laws*)三部曲，展現了一種身兼政治家與哲學家的智者觀點，最偉大的功績在於通過修辭上的說服而非暴力來引導政治事務。西塞羅聲稱，哲學需要修辭學來實現其最重要的實踐目的，但倘若缺乏哲學提供心理學、道德和邏輯之證明，修辭學也就徒勞無功。雄辯術與哲學的聯姻造就了他所說的「人文性」(*humanitas*)——這項發明的持續影響力在日後的「人文主義」(humanism)復興運動中得到驗證——並且為憲政體制提供了基礎；進而言之，這種「人文性」只有經過與自由公民身分相配合的種種學科(*artes liberales*)上的廣泛培訓才能獲得。在教育哲學領域，西塞羅集詩歌、修辭、歷史、道德與政治學於一身的人文教育觀念，始終被視為是一種理想，尤其對於那些確信公民在自由學科上接受陶冶是至關重要的人來說——如果公民的理性自主能力可在對文化和政治都有益的方式下表現出來的話。

西塞羅早期著作的宗旨在為羅馬的上層文化輸入希臘最為獨特的成果——哲學理論——同時展示羅馬人的卓越性。因此他認為，羅馬的法律和制度成功地展現了希臘的政治理論，而希臘人本身並不足以完成將此理論付諸實踐的偉大任務。西塞羅接受了斯多噶(Stoic)認為宇宙是一個理性整體，由神聖的理性加以統治的觀點，他認為人類社會必須基於自然法(natural law)。對西塞羅來說，自然法具有法律規則的特徵；尤其是它可以通過一系列相當廣泛的規則表述出來，人們可以依據這些規則對現存的社會制度加以衡量。事實上，由於羅馬法(Roman Laws)和羅馬制度緊密地反應了自然的需求，它們為人類社會提供了幾乎完美的典範。如果不計較具體細節，總體而言，西塞羅的理論為反實證主義的(anti-positivist)法律和道德理論樹立了持久的架構，亞奎納(Aquinas)、格羅秀斯(Grotius)、蘇亞雷斯(Suárez)和洛克(Locke)等人的理論盡見其中。

西塞羅在生命的最後兩年中創作了一系列對話體論著(dialogue-treatises)，它們提供了一幅希臘化時期哲學百科全書式的圖景。西塞羅追隨著來自拉里薩的斐羅(Philo of Larissa)和新學園派(the New Academy)的調適之易錯主義(the moderate fallibilism)。主張哲學是一種方法，而不是教條，他支持系統性的懷疑態度。不過，不同於笛卡兒主義的懷疑，西塞羅的懷疑並未擴及現象之後的實在世界，因為他從未設想過嚴格的現象主義(strict phenomenalism)之可能性。他也不認為系統性的懷疑可以導致知識的極端懷疑主義。雖然在區分真的與假的印象時，並不存在有效的標準可以避免錯誤，西塞羅仍然認為，某些印象較具有「說服性」(*probabile*)，我們可以靠它來指導行動。

在《學園》(*Academics*)一書中，他對希臘化時期有關認識論的論爭做了詳盡說明，以導向介於教條主義(dogmatism)和極端懷疑主義(radical skepticism)間的折衷路線。類似的策略也出現在他晚年的其他著作中。西塞羅介紹了各個重要學派的觀點，分別加以評論，也試驗性地支持任何他認為有「說服力」的立場。《論占卜術》(*On Divination*)、《論命運》(*On Fate*)和《論諸神的本性》(*On the Nature of the Gods*)這三部著作分別概述了伊比鳩魯學派(Epicurean)、斯多噶學派和學園學派(Academic)關於神學和自然哲學的論證。他在處理宗教思想與宗教實踐的問題時，大多抱持著冷靜、巧智和懷疑主義的採距態度——同樣地也表現在十八世紀「哲學家」(*philosophes*)的態度中，他們與休姆(Hume)一樣，發現西塞羅有許多可以仿效的東西。不過西塞羅承認斯多噶學派對於天意(providence)的論證是有「說服力的」。倫理學的領域亦然，他先在《論目的》(*On Ends*, 45)一書批評伊比鳩魯派、斯多噶派和逍遙學派的學說，接著在《托斯卡拉論爭》(*Tusculan Disputations*, 45)一書中批評他們關於死亡、痛苦、非理性情感和幸福的看法。但是，他的最後一部著作《論職責》(*On Duties*)，卻以斯多噶學派的原則為基礎，提供了一種實踐的倫理學體系。儘管有時被指斥為業餘愛好者的折衷主義，西塞羅精心從已經形成權威的專業體系中去篩選的方法，經常表現出相當的深思熟慮與原創性。

參見 Hellenistic philosophy 希臘化時期哲學；natural law 自然法；New Academy 新學園派；Stoicism 斯多噶主義

P.Mi.撰　汪文聖審訂

circularity　循環現象、循環定義、循環主義　見 circular reasoning 循環論證；definition 定義；diallelon 循環定義

circular reasoning　循環論證　從結論開始回溯到前提的論證，就像一個人繞了一圈又返回起點一樣。對該論題的討論是由理查德．沃特雷(Richard Whatley, 1787-1863)開始的，他在《邏輯》(*Logic*, 1826)一書中為此建立了十分清晰和深刻的標準。邏輯教科書經常從沃特雷的書中引用下述例子：

> 允許每個人享受毫無限制的言論自由，從總體而言應該說是有益於國家的；因為如果每個人都得以完全不受限制地享受表達自己情感的自由的話，這對社群的利益是極為有利的。

這段話顯示，循環論證在某些語言(例如英語)中是表現得比較隱晦的，用沃特雷的話來說，它「充滿著同義表達方式，這些同義式，在發音上截然不同，在語源上也毫不相干」。前提與結論並非由相同的詞彙依相同次序所組成，邏輯或語法規則也無法把前者轉化為後者。毋寧說，它們擁有相同的命題內容(the same propositional content)：它們是用不同的詞彙說著同一件事。這就是為什麼當我們用其中一個作為另一個的理由時，我們就像是把某個東西當成是自己的理由一樣。

循環論證經常被說成是「乞求(迴避)問題」(beg the question)。「乞求(迴避)問題」和「訴諸同樣原則」(*petitio principii*)是亞里斯多德(Aristotle)所用的片語的(英語的和拉丁文的)翻譯，這個片語與古代常玩的一種形式論辯的遊戲有關，而這種遊戲在今天早已被廢棄了。其中「question」和「begging」的意義並不以清楚明白的方式決定「question begging」的意義。

並沒有一個簡單的論證形式是所有循環論證所共有的。在沃特雷的例子中，決定前提和結論在內容上相同的並非邏輯。某些理論家對循環現象提出了更為複雜的形式或語法的說明。其他理論家則堅信，任何有關循環論證的說明，都必須涉及到推論者的信念(the beliefs of those who reason)。以下這個關於本詞典的條目的論證是否是循環論證，取決於我們為什麼要接受第一個前提的理由：

(1)推理的條目中不包括副詞不定式(split infinitives)。

(2)其他條目中也不包括副詞不定式。

所以，

(3)沒有條目包括副詞不定式。

我們須考慮兩種情況。情況一：儘管(2)在歸納意義上支持(1)，而無論(1)還是(2)都不須事先接受(3)而獨立地具有可靠的外部支持。該推理不是循環論證。情況二：某人在進行該論證時，他之所以接受(1)和(2)，乃是因為他相信(3)的緣故。這種推理就是循環論證，雖然在該論證中，前兩個前提的任何一個與結論並不表達完全相同的命題。但在說明循環現象時，我們究竟是得訴及推論者的信念呢？抑或是周遭的環境？這仍是一個問題。

推理的目的之一在於增加人們對結論中事實的可信度。暗中假設結論而在表面上以前

提支持結論的作法有違這一目的，這是因為前提中最初的可信度無法超越結論中最初的可信度使然。

參見 informal fallacy 非形式的謬誤；justification 證成

D.H.S.撰　王文方審訂

***citta-mātra*　唯識**　佛教瑜伽行派(Yogācāra)「識外無物」(there are no extramental entities)的學說，由世親(Vasubandhu)於西元四或五世紀時提出典範性的表述。這學說的古典形式是某種形態的唯心論(idealism)，它聲稱：(1)可以不訴諸任何識外之物，而對經驗事實提出融貫的解釋；(2)吾人無法融貫地解釋任何識外事物的本性；(3)因此，「識外無物」的觀點比同它對立的實在論主張更值得吾人採信。自古迄今，這主張及其論證一直在佛教形上學家之間引發爭議。

參見 *vijñapti* 識表

P.J.G.撰　何建興審訂

civic humanism　公民人道主義　見 classical republicanism 古典共和主義

civil disobedience　公民不服從　經深思熟慮後違背法律，旨在引起公眾注意，或謀求矯正法律或國家政策中的不公正。該論題所引起的相關問題包括：這些行為怎樣被證明是正當的？當這些行為被證明正當的時候，法律系統應當對這些行為做出怎樣的回應？以及，這些行為應該公開以非暴力的方式實施，而且行為者應該有接受相應法律制裁的意願嗎？或者，應該公開以非暴力的方式實行，但行為者不必帶有接受制裁的意願？

參見 nonviolence 非暴力；political philosophy 政治哲學

P.S.撰　謝世民、吳妍儀審訂

civil rights　公民權利　見 rights 權利

claim right　請求權　見 Hohfeld 霍菲爾德；rights 權利

clairvoyance　透視力　見 parapsychology 特異心理學

Clarke, Samuel　克拉克，塞繆爾(1675-1729)　英格蘭哲學家、布道家和神學家。他出生於諾威齊(Norwich)，在劍橋大學接受教育，在學時間受到牛頓(Newton)的影響。畢業之後旋即進入英國聖公會，一度擔任安妮女王(Queen Anne)的私人牧師。他在一生中最後二十年擔任西敏寺聖雅各堂(St. James, Westminster)的牧區司鐸。

克拉克就種種有爭議的神學和哲學課題——空間與時間的性質、上帝存在的證明、三位一體學說、靈魂的無形體性和本然不朽性、自由意志、道德的性質等等……撰寫了大量的論著。他最具哲學性的著述包括他於 1704 年和 1705 年所作的「波以耳講座」(Boyle lectures)講詞、他與萊布尼茲(Leibniz)的通信(1715-1716)，以及反駁安東尼．柯林斯(Anthony Collins)的論著。在「波以耳講座」的講詞中，克拉克發展出一種有說服力的宇宙論論證(the cosmological argument)，用以證明上帝的存在與本性，同時批駁了霍布斯(Hobbes)、史賓諾莎(Spinoza)和某些自然神論(deism)擁護者的觀點；在致萊布尼茲的書信中，他捍衛牛頓對空間和時間的看法，指責萊布尼茲所持觀點與人的自由意志不符；在反駁柯林斯的論著中，克拉克捍衛一種自由論觀點(libertarian view)，主張行動主體(the agent)

是自由行動的原因，這個原因不受其他事物決定。柯林斯對心靈持一種唯物主義觀點，克拉克針對柯林斯為這種觀點所提出的論證加以抨擊。克拉克在上述著作中都持一種極端理性主義(extreme rationalism)的立場，堅決主張上帝之存在和本性可以得到確切的證明；主張道德的基本原理是必然地真而且當下可知；也主張我們知道上帝會賞善罰惡，這種知識可以保證獎賞和懲罰在未來會一一成就。

參見 Hobbes 霍布斯；Leibniz 萊布尼茲；philosophy of religion 宗教哲學；Spinoza 史賓諾莎

W.L.R.撰　劉若韶審訂

class　類　經常被當作「集合」(set)的同義語。當這兩個詞需要區別時，「類」被理解為是邏輯意義上的集(collection)，也就是說，被當成某一概念的外延(extension)(例如，紅色物體的類)。與之相比，集合(也即數學意義上的集)則被理解為分級(stages)發生的現象，其中每一級的集合都由非集合(non-sets)和已經從上一級中形成的集合組成。當某個集合在一既定級上被形成時，只有非集合和先前形成的集合才具有作為成員的資格，然而，任何事物只要滿足合適的概念，就成為該類中的成員。由此看來，是類而不是集合出現於矛盾的無限制涵括原則(the inconsistent principle of unlimited comprehension)。在集合論(set theory)中，「真類」(proper classes)為從未在任何級上形成的集合的集(collections)，例如：所有集合的類(由於在每一級上都有新集合形成，不存在著能使所有集合都匯集為一個集合的級)。

參見 set theory 集合論

P.Mad.撰　李瑞麟審訂

class, equivalence　等價類　見 partition 分割；relation 關係

class, proper　真類　見 class 類

class, reference　參考類　見 probability 機率

classical conditioning　古典制約　見 conditioning 制約

classical liberalism　古典自由主義　見 liberalism 自由主義

classical republicanism　古典共和主義　亦稱「公民人道主義」(civic humanism)，是由義大利文藝復興(Renaissance Italy)時期的馬基維利(Machiavelli)和十七世紀英格蘭的詹姆斯・哈林頓(James Harrington, 1611-77)所發展出的政治觀點，經由十八世紀英國和歐陸著作家的改良，曾對美國開國元勛們的思想產生了重大影響。

馬基維利採納羅馬歷史學家的思想，認為唯有使一國之「男性」公民致力於該國之福祉，才能使國家免於命運的飄零，獲得安全。他們應該輪流作為統治者和被統治者，隨時準備為共和國而戰，並同時限制其私人財產。這些人將具備適合於政治人物的一套全然俗世「德行」(*virtù*)。過度貪戀私人利益所表現出的腐化，將因此成為對共和國最嚴重的威脅。哈林頓的烏托邦(utopian)著作《歐西那》(*Oceana*, 1656)即描繪在此種制度下的英格蘭。相對於霍布斯(Hobbes)的權威主義觀(authoritarian views)，此書描述了由富裕的男性公民彼此推選代表在一定時期內進行統治之制度；這些統治者將提出治理國家的政策，其他人則投票表決這些提案的可接受性。農業是經濟的基礎，但土地面積的範圍

將被嚴格控制。哈林頓主義(Harringtonianism)有助於形成以政黨與國王和宮廷的統治相抗衡的觀點。法國的孟德斯鳩(Montesquieu)援引古典思想，探討公民德行和為共和國奉獻的重要意義。

上述所有觀點都為傑佛遜(Jefferson)、亞當斯(Adams)和其他美國殖民地時期和革命時期的思想家所熟知；而某些當代社群主義(contemporary communitarian)美國文化評論家現亦重新回到古典共和主義之理念闡述其思想。

參見 Machiavelli 馬基維利；political philosophy 政治哲學

J.B.S.撰 陳文團、王喆審訂

class paradox 集合論悖論 見 unexpected examination paradox 不能預期的考試悖論

Cleanthes 克雷安賽斯 見 Stoicism 斯多噶主義

clear and distinct idea 清楚而明確的觀念 見 Descartes 笛卡兒

Clement of Alexandria 亞歷山卓的克萊門特(A.D. c.150-c.215) 在早期基督教會擔任導師，作為一名「基督教諾斯替主義者」(Christian gnostic)，他把對希臘哲學的激情融會到維護基督教會的信仰之上。他相信精神和智性朝向完全但隱蔽的知識或「靈知」(gnosis)的上升，這種「靈知」是為著真正地啟蒙所保留的。克萊門特的學派，並未忠於引用亞歷山卓之希臘傳統的制度化教會的權威，及可能之學說，這包括斐羅(Philo)及中期柏拉圖主義。對克萊門特來說，哲學在異教徒之中所起的作用，就像律法在猶太人中那樣，是為基督的出現作教育上的準備，在基督那裡，邏各斯(*logos*)和理性已經肉身化了。哲學家們現在應當把他們較差的理解力提升到顯現於基督中的完滿知識上去。儘管對諾斯替主義(gnosticism)及其思辯抱有敵意，克萊門特在哲學視野上卻是完全地希臘化的，有時候對幻影論(Docetism)提倡有責任，部分是因為他並不願意承認耶穌的完全人性論(the utter humanness of Jesus)。

參見 gnosticism 諾斯替主義

A.E.L.撰 徐學庸審訂

Clifford, W(illiam) K(ingdon) 克利福特，威廉・基頓(1845-79) 英國數學家和哲學家。他在倫敦的國王學院(King's College)和劍橋大學三一學院(Trinity College)接受教育，於 1868 年被聘為三一學院的研究員，並開始公開授課；在 1970 年成為倫敦大學學院(University College, London)的應用數學教授。他的學術生涯未臻佳境即告終結：他因為肺結核而英年早逝。克利福特最為人知的觀點，是他對信念與證據之間關係的嚴謹看法；他如此概略描述了他的主張：在「信念的倫理學」之中，「不論在何處，對任何人來說，以不充足的證據相信任何東西都是錯誤的」。他舉了這樣一個例子。設想一位船主將一艘移民船送入大海，儘管證據顯示，該船是否經得起出海相當可疑。船主對證據視而不見，而且他使自己相信，船的狀況好極了，而當船沉人亡之後，他卻毫無罪惡感地收取他的保險賠償款。克利福特堅持認為，該船主沒有「權利」相信船的堅固完好。「他的這種信念，不是誠實地得自有耐性的檢查船隻，而是靠排除自己的懷疑。」克利福特間接提及的權利是「道德上的」，這是因為，人們相信什麼並非個人私事，而是公共事件，會對別人產生嚴重的後果。他認為我們在道德上有責任，在任何場合都要徹底地檢查證據，假如某個信念的支持證據不足，我們對這個信念就必須有所保留、不輕易相信。不管某種信念是否瑣碎無聊、微不足道，這種責任都必須履行；一旦有所違背，就會「在我們的品行上永遠留下污點。」克利福特因此拒絕了他曾經皈依的天主教，並成為一名不可知論者(agnostic)。詹姆士(James)的著名論文〈相信的意志〉(The Will to Believe)批評了克利福特的這種觀點。在詹姆士看來，宗教信仰不必依照充足的證據，因為我們有權利去堅持超越證據的信念——假如這些信念是為追求某個合法目標而服務的話。

參見 epistemology 知識論；evidentialism 證據主義

M.St.撰　謝世民、吳妍儀審訂

closed formula　封閉式公式　見 well-formed formula 合式公式

closed loop　封閉循環　見 cybernetics 控制論

closed sentence　封閉語句　見 open formula 開放式

closure　封閉性　對象之集合 *O* 展示了封閉性或封閉於一既予的運算 *R* 之下，只要對於每一個對象 *x* 而言，如果「*x* 是 *O* 的元素，而且 *x* 與任何一個對象 *y* 具有 *R* 的關係」，那麼，「*y* 也是 *O* 的元素」。舉例來說，命題集合便是封閉於演繹推論(deduction)之下的，因為假如 *p* 是一個命題，而 *p* 涵衍(entails)*q*，也就是說，*q* 可從 *p* 演繹出來，那麼，*q* 也是一個命題(只因為只有命題纔能被命題所涵衍)。除此之外，命題集合的許多子集合，也是封閉於演繹推論之下的。舉例來說，真命題之集合便是封閉於演繹推論或涵衍之下的。其他則不然。在大多數有關信念的解釋之下，以下情形是可能的：事實上我們確是相信某些事物，但我們卻不去相信這些事物所涵衍的。因此，假如知識是具有「真的、被證成的信念」(true, justified belief)這種形式的話，那麼，知識便不是封閉於演繹推論之下，因為我們有可能不去相信一個被某已知命題所涵衍的命題。然而，還有一個引起相當爭論的相關課題，此即：被證成命題之集合是否也是封閉於演繹推論之下？要發展一個關於證成的解釋，則對這個問題的回答，其重要性是很明顯的；但除此之外，還有兩個知識論上的重要課題，也要取決於這一回答。

撇開細節不論，所謂的葛第爾難題(Gettier problem)，在相當程度上，是要依於對上述問題的肯定回答。理由是：假定一個命題可以被證成但同時卻是假的，則我們可能去建構這樣的一種狀況：一命題 *p* 是被證成的，又是假的，但同時卻被相信了。現在，讓我們來考慮一個真的命題 *q*，它是被相信的，同時又被 *p* 所涵衍。如果證成是封閉於演繹推論之下的話，那麼 *q* 便是被證成的、真的，以及被相信的。然而，如果相信 *q* 的唯一基礎是在 *p* 的話，那麼，很顯然地，我們並不知道 *q*。因此，真的、被證成的信念，並不足以成為知識。自從葛第爾發表了〈被證成的真信念是知識嗎？〉(Is Justified True Belief Knowledge?)(載《分析》〔*Analysis*, 1963〕)以來，怎樣才是對於這個難題的恰當回應，便一直是知識論的一個核心課題。

當我們對一個常見的、傳統的懷疑主義論證作評價的時候，證成是否封閉於演繹推論之下，也是至關重要的。請考慮一個人 *S*，而設 *p* 為任何一個日常被認為是可知的命題，譬如說「*S* 前面有一張桌子存在」；那麼，懷疑主義的論證進行如下：

(1)如果對 *S* 而言 *p* 是被證成的，那麼，由於 *p* 涵衍 *q*(於此 *q* 為「不存在一個惡魔使得 *S* 錯誤地相信 *p*」)，因此對 *S* 而言 *q* 也被證成的。

(2)*S* 之相信 *q* 不是被證成的。

因此，*S* 之相信 *p* 不是被證成的。

第一個前提依賴於「證成封閉於演繹推論之下」(justification being closed under deduction)。

參見 epistemic logic 知態邏輯；epistemology 知識論；justification 證成；skepticism 懷疑論

P.D.K.撰　趙之振審訂

closure, causal　因果的封閉性　見 Davidson 戴維森

Coase theorem　寇斯定理　由羅納德・寇斯(〔Ronald Coase〕，1991 年諾貝爾經濟學獎得主)所提出的一個非數理形式化的洞見：假設在以權利換取金錢的交易中不涉及任何(交易)成本，那麼不管權利在一開始如何分配，理性的個人都會買賣它們以使個人的報酬極大化。在法理學(jurisprudence)上，這個命題是關於權利應當被如何分配的主張之基礎——即使當交易成本很高的時候(一般的情況以此居多)，如果權利能夠在沒有交易成本的市場上出售，有些人會去購買這些權利，那麼法律就應該將權利授予這些人；舉例而言，就一個不可分、不可共享的資源而言，應當將它的權利授予那些願意為此付出最高價格的人。

參見 philosophy of economics 經濟哲學

A.R.撰　劉孟奇審訂

Cockburn, Catherine (Trotter)　考克朋，凱薩琳・特羅特爾(1679-1749)　英格蘭哲學家和劇作家，她的重要貢獻是(透過)克拉克的波以耳講座(Clark's Boyle lectures, 1704-05)，所引發的倫理的理性主義(ethical rationalism)之辯論。考克朋著作的主要論題集中於探討道德義務的本性。考克朋的哲學立場是前後一貫、非理論性地論證：道德的義務是從「事物的本性和適用性」中演繹出來的(《評論集》〔*Remarks*, 1747〕)，而非建立在外加的約束上。她的著作都以匿名的方式出版，以哲學論辯的形式與其他的哲學家對話，包括塞繆爾・露日福思(Samuel Rutherforth)、威廉・沃爾布頓(William Warburton)、以撒克・沃茲(Isaac Watts)、法蘭西斯・哈屈森(Francis Hutcheson)和夏夫茨伯里爵士(Lord Shaftesbury)等。她最著名的一次當代哲學論辯是 1702 年對洛克《人類悟性論》(Locke's *Essay*)的有力辯護。

S.H.撰　陳瑤華審訂

coercion　脅迫　見 free will problem 自由意志問題

cogito argument　我思論證　見 Descartes 笛卡兒

***Cogito ergo sum*　我思故我在**　拉丁文，意為「我思故我在」(I think, therefore I am)，笛卡兒(Descartes)知識系統的出發點。在《方法論》(*Discourse on the Method*, 1637)一書中，他發現「我思故我在」(I am thinking, therefore I exist〔*je pense, done je suis*〕)這一命題是「如此堅固確鑿，以至於最無所顧忌的懷疑論都不足以動搖它」。這個著名的短語以其更為人知的拉丁文形式還出現在《哲學原理》(*Principles of Philosophy*, 1644)中，但在《沉思錄》(*Meditations*, 1641)之中卻沒有出現，儘管後者中包含了他在確定自身存在所進行的推論的最充分的陳述。

參見 Descartes 笛卡兒

J.C.O.撰　王文方審訂

cognitive architecture　認知的建構　見 cognitive science 認知科學

cognitive dissonance　認知失調　認知失調，是導因於同時擁有衝突的信念與態度，而產生心理上的不適。雷翁・費斯亭格(Leon Festinger)首先在《認知失調》(*Cognitive Dissonance*, 1957)一書中，提出認知失調的理論，他認為認知失調有動機上的特徵。假如一個人考慮要新搬到一個城市，她同時考慮了伯明罕(Birmingham)與波士頓(Boston)，她不可能同時搬到這兩個城市，所以她必定要做出選擇。當做一個選擇的時候，例如選擇了伯明罕，她得到關於伯明罕的一些不受喜愛的訊息，以及關於波士頓的一些受人歡迎的訊息，這時，她便感受到失調了。失調的程度，決定於失調因素的相對強度，因此，如果唯一失調的因素是她知道波士頓比伯明罕來得冷，而且，她不認為氣候是重要的，這時，她所感到的失調只會是一點點。大部分對認知失調的研究，都放在選擇時的失調、對選擇的證成(justification)，與選擇後的心理後果，雖然如此，失調可能發生於許多種類的心理狀態或過程。認知失調可能有兩個現象會引起哲學家的興趣——自我欺騙(self-deception)與意志薄弱(weakness of will)。為什麼自我欺騙者會想要使他們自己，相信自己明明知道是假的的東西呢？在知識引起失調時，一個人可能會求助於自我欺騙。為什麼意志薄弱的人做一些他們知道是錯的事？當做對的事情的期待結果讓他產生失調時，一個人可能會變得意志薄弱。

G.A.G.撰　劉希文審訂

cognitive meaning　認知意義　見 meaning 意義

cognitive psychology　認知心理學　見 cognitive science 認知科學

cognitive psychotherapy　認知心理療法　布蘭特(Brandt)在《一個對於善與正確的理論》(*A Theory of the Good and the Right*, 1979)中引進的一種說法，指稱了評估並調整一個人的慾望、反感或愉悅(爾後總稱之為「態度」)的一種過程。這個過程是布蘭特對合理性之分析的核心，也是他對道德證成觀點的核心。

認知心理療法包括：行為人以一種理想的生動方式，於適當的時間，將一切可得的相關資訊重複地呈現給自己，從而批判自己的態度。布蘭特將關鍵的定義項刻畫如下：(1)「可得訊息」(available information)是「可以被行為人當時的科學所接受的命題，再加上由可公開獲得的證據(包括其他人對他們自己的證言)和邏輯原則所證成的事實命題」；(2)「相關的訊息」(information is relevant provided)是指，如果行為人重複地反省該訊息，「便會造成差異」，也就是說，會影響所討論的態度，且結果會是其內容的一項功能，而不是一種偶然的副產品；(3)相關資訊以一「理想生動的方式」(ideally vivid)呈現是指：當行為人以最大的清晰和詳盡對準該資訊，而且對其真實性毫不猶豫或懷疑；以及(4)「重複」(repeatedly)和「於適當時間」(at appropriate times)則分別指稱了會造成訊息對態度產生最大影響的頻率及時機。假設瑪麗的抽煙慾望會被她趨向注意力的焦點所澆熄是因為：每當她要吸煙時，某種受到證成的信念便會說，抽煙有害健康且可能會造成肺癌；那麼，瑪麗的慾望便會被認知心理療法所移除。

根據布蘭特，如果一態度在某人的認知心理療法中留存下來，或由認知心理療法所產生，那麼，此態度對某人而言便是合理的；否則便是不合理的。就這樣的意義而言，合理的態度提供了道德規範的基礎。大致上，正確的道德規範是人們將會選擇的道德符碼，它們通常滿足了下列條件：(i)被心理療法過程中留存下來的態度所引導而產生；還有(ii)

在選擇道德符碼時，他們充分意識且高度注意到所有可獲得的訊息，此訊息和選擇道德法規相關(這是對他們想要渡過一生的社會而言)。就以這種方式，布蘭特為道德規範找到了一種無需價值的證成——這證成可以避開其他理論的問題，如那些訴諸直覺的理論。

參見 ethics 倫理學；instrumentalism 工具主義；intuition 直覺；rationality 理性

Y.Y.撰　陳瑞麟審訂

cognitive science　認知科學　認知科學是個跨領域(interdisciplinary)的研究群組，其目的在於找出智慧活動的解釋——無論是活著的生物體(尤其是成年人類)、或機器所展現的智慧活動。因此，認知心理學與人工智慧(artificial intelligence)構成了它的核心。許多其他的學科，包括了神經科學、語言學、人類學、哲學，以及心理學的其他領域(如發展心理學)等，則是周圍的貢獻學科。典型的認知科學家是使用電腦模擬技術(發展電腦程式以模擬特定的人類認知行為)的人，但是至少那些周圍構成認知科學的學科，其廣大範圍的領域對此一研究事業提供了許多研究策略。當有著一些一般的機構(如部門、期刊、與社群)想要統一認知科學時，研究的問題與研究的方法常囿限於某一個它的單一組成學科。因此，與其將認知科學視為是一個新的學科，更適當的是將它視為是一個跨學科(cross-disciplinary)的事業。

雖然，對認知現象的興趣早就出現於認知科學的許多構成學科裡，然而創立「認知科學」這一個詞以專屬於一個多領域的研究活動，還是到 1970 年代才開始的。在此研究群組成立的前二十年，認知科學的構成學科逐漸掙脫了實證論者及行為主義者所設下的研究禁忌，那樣的禁忌阻擋了對人類心靈的運作進行系統性地探討。催化對認知活動進行新方式的探討的一個主要因素，是瓊姆斯基(Chomsky)所倡導的生成語法(generative grammar)，它不止於是語言的抽象理論，更是要解釋語言使用者的內心知識(他們的語言「能力」〔linguistic competence〕)。更為根本的因素在於能夠抽象地開展對資訊(information)加以理論化探討的一些進路，以及機器(例如電腦)的引進，藉以處理資訊。這樣的新理論探討方式，導致以下觀念的產生：人們可以為一部電腦做程式來處理資訊，藉以展現行為，如果是人類行為的話，那麼該電腦就展現了有智能的行為了。

如果有人試圖形塑出一個足以引導認知科學研究的問題，該問題可能是這樣的：認知系統是如何運作的？然而，即使這是一個共同的問題，在不同的學科中就有著很不同的詮釋。只要看看語言，就可以了解到此一差異了。當心理語言學家(psycholinguists，一般而言是心理學家)尋求找出心靈中構成語言使用之基礎的資訊處理活動，大部分的語言學家則把注意集中在這種內在資訊處理活動的產品之上，對之尋求清楚表述語言的抽象結構。對照之下，電腦科學家通常的目的則始終在於開發電腦程式，以對輸入的自然語言加以解析，並產生適當的語法和語意表徵(syntactic and semantic representations)。

認知科學諸學科之間的目標差異，關聯於方法論的差異。以下所示是認知科學構成學科的一些主要的方法論進路，以及每一種方法所遇到的問題。

人工智慧　如果人類的認知系統被看成是在計算，那麼，很自然就會有一個目標出現，就是模擬人類的表現。通常這需要對資訊表徵有一定的呈現形式(formats)，並且必須有一些程序(procedures)來搜尋、處理這些信息。最早期的人工智能，非常倚重初階述詞演算(first-order predicate calculus)的資源，把資訊呈現為命題形式，並根據邏輯規則來對這些資訊加以處理。然而，許多電腦模擬的努力，都證明必須把資訊模擬表徵為更大尺規的結構(larger-scale structures)，例如「框架」(frame)(馬文．明斯基〔Marvin Minsky〕)、「圖式」(schemata)(大衛．盧莫哈特〔David Rumelhart〕)、或「腳本」(scripts)(羅杰．香克〔Roger Schank〕)等，其中關聯於同一個對象或活動的不同資訊，將被貯存在一起。

這樣的結構一般把特定的刻畫處(slots)賦予一些預設值(default values)(詳細地說，例如：鹿是生活在森林中的)，以致它成為表徵的一部分，直到有新的資訊把那預設值改掉(例如，某頭特定的鹿生活在聖地亞哥動物園)。一個很有影響力的替代選擇進路，由亞倫·紐威爾(Allen Newell)所發展，他以程序性的(procedural)表徵取代陳述性的(declarative)的表徵，稱為產品(productions)。這些產品採取條件的形式，以在特定的條件滿足時(例如，一個語句與另一個語句相配合〔matches〕了)，指定所要執行的行動(例如，把一個語句拷貝到工作記憶裡)。

心理學　當一些心理學家在發展電腦模擬時，一個更有特質的活動是從人類主體取得詳細的資料，那將能夠顯露出認知系統的實際運作。這是個具有挑戰性的努力。當認知活動在我們當中發生時，它們經常以如此流暢與快速的方式出現，使得我們無從意識到它們。舉例來說，當我們辨識一個物體——例如椅子，或記得一個顧客的名字時，我們幾乎無法知覺到發生了什麼，雖然一些認知功能，似乎是明照於意識裡。舉例來說，我們可能會系統性地去接近一個邏輯問題，枚舉可能的答案，並依序做評估。紐威爾與西蒙(Herbert Simon)從受試者對此種問題的解決，以一些改善的方法來開發字詞的口頭協定。這些方法十分豐富，但必須注意到它們的限制。在許多事例中，我們認為我們知道我們是如何執行一個認知工作的，然而尼斯貝特(Richard Nisbett)與威爾遜(Timothy Wilson)認為我們被誤導了，我們依賴通俗的理論去描述我們的心靈是如何運作，而不是對它們的運作做直接的報告。大多的情況，心理學家不能依賴認知過程(cognitive processes)裡有意識的覺知(conscious awareness)，而是要像生理學家在試圖瞭解新陳代謝時一樣：他們必須要設計實驗來顯露出認知裡基礎過程的運作。有一個進路，是在錯誤(errors)中尋找認知系統所傾向的線索。這樣的錯誤，可能由某種基礎過程來解釋，要比其他的過程來得更容易一些。說話的錯誤，像是把「壞貓」說成「懷帽」(substituting 'bat cad' for 'bad cat')，可能可以藉以診斷建構言說(speech)的機制。這種進路，常與超載、或阻斷系統正常運作之策略相結合。一個普遍的技術是讓受試者同時做兩件事，例如在看著一個彩色點時讀一段文字。認知心理學家也會依賴分開兩種現象的能力(例如，當保留一個的時候，刪掉另一個)以建立它們的獨立性。其他形態的資料廣泛地用來推論認知系統，包括回應時間的形態(pattern)、錯誤率、首位作用(priming effects)(一個項目的活化，可以幫助取得相關的項目)。最後，發展心理學家，帶來許多種類的資料給認知科學的論題。舉例來說，取得時間之形態(patterns of acquisition times)，曾被用於相似於回應時間的形態，此外，說明系統之根源與發展，限定並闡釋了的成熟的系統。

語言學　由於語言學家著重認知的成品(product)，而非產生此結果的過程，他們傾向於直接針對我們對成品所共享的知識，來測試他們的分析。舉例來說，在瓊姆斯基之傳統的生成語言學家，藉由探測某些文法是否產生某些語言的句子，而非其他句子，來發展他們所測試的文法。雖然文法無疑地與發展處理(processing)模型有密切的關係，它們並不直接決定處理模型的結構。因此，語言學家主要的工作，在認知科學裡並不是主要的。然而，瓊姆斯基在他文法描述的工作裡增加了一些有爭議性的宣稱，那些的性質是心理語言學的(如他的先天論〔nativism〕與語言能力〔linguistic competence〕的觀念)。進一步，加入心理語言學家之關注點的另一種進路，是萊克夫(Lakoff)與藍加克(Langacker)的認知語言學(cognitive linguistics)，它對認知科學有很大的貢獻。

神經科學　認知科學家逐漸認定，他們所研究的過程，是實現於人類的大腦。然而，直到最近，神經科學對認知科學而言，還是相當周邊的學科。部分原因是神經科學家主要在關心過程的「安裝」(implementation)，而不是過程本身；另外也因為神經科學家所可用的技術(例如單細胞錄影〔single-cell recording〕)，最適合用來研究低階(lower-order)

過程(例如感覺〔sensation〕)。一個顯著的例外是始於布羅卡(Broca)與威尼克(Wernicke)對腦損傷(brain lesions)的古典研究，它顯示腦位置的損傷，的確是有相關於言說產生(production)的缺陷對比於言說理解(comprehension)的缺陷(更近的研究資料顯示布羅卡區的損傷，損壞了某種語法的運作)。然而，神經科學的其他發展，保證會使它的資料更相關於未來的認知模擬。這些資料包括了對簡單神經系統的研究，如康德爾(Eric Kandel)所做的aplysia(一種海洋軟體動物)研究，以及許多的技術發展，用它們來決定牽涉到認知工作的腦活動(例如，對大的腦結構裡引起回應電位之錄影，以及如電子放射顯影〔positron emission tomography〕的影像〔imaging〕技術)。未來的神經科學似乎有希望能提供更豐富的資訊，以針對認知模型，引導其發展，並限定其特質；儘管如此，神經科學將有可能不會變成認知科學的核心。認知科學本身是個豐富的、多學科的研究群組，貢獻於它的學科使用了一群複雜的研究方法。更進一步地說，認知科學的焦點，可以期待仍將是認知，而非它的安裝。

到目前為止，認知科學之被特徵化是依據其探索的模式。我們也可以依據的焦點放在已被探索之認知現象的領域(domains)。語言代表了一個這樣的領域。語法是認知科學裡第一個得到廣泛注意的領域。舉例來說，在瓊姆斯基提出他的轉換語法(transformational grammar)不久後，心理學家如彌勒(George Miller)，尋找轉換直接呈現於人類語言處理(language processing)裡的證據。以這為開始，一個更複雜、但更持久的關係，成型於語言學家、心理學家與電腦科學家之間，它已經形成了許多認知科學研究之最主要優勢。心理語言學家已經成熟；自然語言處理的精緻電腦模型已經被發展出來；並且，認知語言學家提供了一個特別的綜合，它著重於語意、語用，以及語言的認知基礎。

思考與推理　思考與推理構成認知科學裡一個重要的領域，它緊密地與哲學興趣相連著。問題解決(problem solving)，就像在解謎題(puzzle)時所成型於心的、玩遊戲、或當某個領域的熟手，都提供了思考的原型(prototype)。紐威爾與西蒙具有影響力的工作，是將問題解決建構成在問題空間(problem space)裡的搜尋(search)，並且，介紹了「啟發式」(heuristic)此一觀念——通常可信賴、但有時會出錯的簡化裝置，用以促進(facilitate)搜尋。一個問題解決的競技場(arena)——科學的推理與發現——是哲學家特別感興趣的。人工智慧研究者，如西蒙與藍賴(Patrick Langley)、與哲學家如泰加德(Paul Thagard)與達登(Lindley Darden)，發展了電腦程式，這種電腦程式所能利用的資料，和歷史科學家發展評估理論並計畫未來實驗所採用的那些資料相同。認知科學家們也試圖研究邏輯思考(包括演繹與歸納)的基礎認知過程，這樣思考的規約向度(normative dimensions)曾是哲學家所關心的。舉例來說，強生賴德(Philip Johnson-Laird)藉由描述建構與操弄「心理模型」(mental models)的處理過程，來尋求解釋人類在進行三段論推理(syllogistic reasoning)時的表現。最後，建構、使用類比(analogies)的過程，是推理的另一個向度，這是傳統哲學家與認知科學家所廣泛研究的。

記憶、注意力與學習　認知科學家已經區分了許多種類的記憶。長期與短期記憶(long- and short-term)之分，在 1970 年代的資訊處理(information-processing)模型中有很大的影響。短期記憶的特徵在於其有限的能力，例如在短時間內記住七位電話號碼的能力。在很多認知科學的工作裡，「工作記憶」(working memory)的觀念取代了「短期記憶」，但許多理論強勉將它解釋成分離的(separate)記憶系統(對照於長期記憶的一部分，它在某個特定的時間上活動)。圖溫(Endel Tulving)提出了語意記憶(一般的知識，沒有特定於某個時空)與事件式(episodic)記憶(對某個特別的事件或發生的記憶)。最近，沙克特(Daniel Schacter)主張強調意識(consciousness)的一個相關的區分：隱涵(implicit)記憶(無知覺的取用)與外顯(explicit)記憶(牽涉了知覺，且與事件式記憶相似)。認知研究裡的一個有趣的結果，是不同種類記憶的分解：一個人可能對最近事件的記憶都被嚴重地損毀了，但卻有著大量未損毀的隱涵記憶。更一般的，記憶的研究顯示，人類記憶不是只像存在檔案櫃裡的資料。而是，資訊會根據先前像腳本(scripts)那樣的結構而加以組織，而且，原來所儲存的東西會被後來的事件所影響。到底有什麼被儲存與提取，部分是決定於注意力(attention)，而且，在資訊處理傳統的心理學家，試圖建構一個強調記憶與注意力的一般認知模型。最後，關於學習(learning)的主題，再次地突顯出來。學習在前認知時期(pre-cognitive era)被行為主義者所廣泛研究；在 1970 年代，被記憶與注意力所取代，而成為一個研究的重點。在 1980 年代，人工智慧研究者展現了愈來愈大的興趣來設計能夠學習的系統；機器學習(machine learning)現在是人工智慧裡一個主要的問題領域了。在相同的期間，連結論(connectionism)興起以提供了另一種學習模型。

知覺與肌肉控制 知覺與肌肉系統提供了認知系統的輸入(input)與輸出(output)。知覺的一個重要的面向，在於辨識(recognition)某物是某種物體或事件之特定的「一種」(kind)；這需要取出物體或事件的知識。關於知覺的一個中心議題是：有多少程度的知覺運作受到高階(higher-level)認知資訊的影響(由上到下的處理〔top-down processing〕)？有多少是它們純粹被進入的感覺資訊所驅動(由下到上的處理〔bottom-up processing〕)？一個相關的議題是，視覺影像(visual imagery)是個明顯的認知過程，而且與視覺有密切的關係，可能此二者依賴於相同的大腦運作。許多認知科學的探索(如沙帕德〔Roger Shepard〕與克斯萊〔Stephen Kosslyn〕等人所做的)，著重於人類如何在解決問題時使用影像，並已經找到證據，顯示人們在解決問題時旋轉(rotating)或掃描(scanning)影像。這個研究極有爭議，因為其他的研究者反對有影像的使用，並試圖以命題表徵資訊(propositionally represented information)的使用，來解釋表現所產生的資料。最後，最近提出了「什麼」(what)與「哪裡」(where)系統間的區分。所有前面所提到的議題，都是關於「什麼系統」(what system)(這個系統辨識與表徵物體，作為範疇的一個範例)。「哪裡系統」(where system)，對照之下，關心物體在其所處的環境裡，並且特別適用於移動的動態關係(the dynamics of movement)。吉布森(Gibson)的生態心理學(ecological psychology)是長期以來對此一知覺面向的研究，此外，關於神經基質(neural substrates)的研究工作，現在正十分吸引認知科學家的興趣。

最近的發展 認知科學的廣度在最近幾年裡已經有所擴展。在 1970 年代，認知科學的研究傾向於著重成年人類的處理活動，或智慧表現的電腦模型；最好的工作經常是此二進路的結合。其後，研究者更詳細地檢視了認知系統如何發展，並且，發展心理學(developmental psychology)逐漸對認知科學有所貢獻。一個驚人的發現是，與詹姆士(William James)的宣稱相反，嬰兒似乎並未把所遭遇的世界當作是一個「繁盛地、嗡嗡地混亂」，而辨識物體與事件，是在她們生命十分早期時就會的。認知科學也沿著不同的面向擴展。直到最近，許多認知研究關注於在實驗室的安排之下人類可以做到什麼，在那裡他們所能夠執行的工作獨立於真實生活的脈絡。此種研究的動機在於，假設了認知運作是總體的(generic)，而不限定於某特定的脈絡。然而，許多的影響，包括吉布森的生態心理學(特別是經過奈索〔Ulric Neisser〕所詮釋與發展的)、與蘇維埃(Soviet)的活動理論(activity theory)，都發展了如下的觀念：認知是更動態的、處於真實世界的任務與環境脈絡中；因此，認知活動的研究必須要處於一個在生態上有效的方式。

另一種形式的擴展，源自於對如下問題的挑戰，即何為模擬認知的主導性建築(architecture)。建構定義了認知系統的基本處理能力。主要的認知建構曾被假設為心靈具有能力來儲存與操弄符號(symbols)。這些符號可以根據語法規則而被組合成一個較大的結構，然後，被可以辨識那些結構的形式規則所操作。弗德(Jerry Fodor)將這種認知系統的觀點稱為「思想語言假說」(language of thought hypothesis)，並清楚地推斷它是理性主義(rationalism)的繼承者。根據弗德與派萊辛(Zenon Pylyshyn)，其中一個基本的論證是：思想，就像是語言，展現多產性(productivity)(產生新思想的無限能力)與系統性(systematicity)(如「珍愛花商」與「花商愛珍」兩個思想間的內在關係)。他們主張只有當認知的建構有著像語言般的組成結構(compositional structure)時，才會有多產性與系統性兩種總稱特性，這時才不需要特別的一個例子一個例子(case-by-case)的描述。此建構的挑戰來自另一種建築的發展，稱為「連結論」(connectionism)，「平行分散處理」(parallel distributed processing)或是「神經網路模擬」(neural network modeling)，那是認為認知系統包含了巨大數量像神經元般的單元，它們會彼此激起(excite)或抑制(inhibit)。知識藉由調整各處理單元間的連結強度(connection strengths)，而儲存在這些系統中；因此，連結論是聯想論(associationism)的現代版。連結論者的網路提供了對特定認知現象的說明，並成為對符號建構的挑戰，包括了圖形辨識(patter recognition)、低限制下的推理，以及學習。他們是否也可以解釋多產性與系統性，是爭論的主題。

哲學對心靈的理論建構，往往為當代認知科學的模擬與經驗研究提供了起點。認知科學的提升，並不意味著哲學家已經停止在檢查認知上扮演角色。其實，許多哲學家努力尋求將他們的探索貢獻於認知科學，他們著重於下列的議題：將認知理論化約成神經科學理論之可能性、通俗心理學(folk psychology)之於新興心靈科學理論之地位、理性主義對立於經驗主義(empiricism)的優點，以及解釋心靈狀態之意向性(intentionality)的策略。然而，哲學家與其他認知科學家的互動是雙向的，而且，許多認知科學的發展挑戰、或修正了對認知的傳統哲學觀點。認知和社會心理學家挑戰以下假設：人類思考傾向於符合邏輯與決定理論的規範。對很多樣的工作，人類似乎是遵照程序(啟發式的〔heuristics〕)，違反了規範性的準則(normative canons)，引起一些哲學家應該如何將理性(rationality)特徵化的質疑。另一個挑戰了哲學假設的經驗研究領域，是對概念與範疇等的研究。從柏拉圖(Plato)開始的哲學家，都廣泛地假設一般語言的概念，如紅(red)、鳥(bird)與正義(justice)等，都應該以必要與充分條件來定義。但羅蘇(Eleanor Rosch)及她同事著名的研究指出，許多日常語言的概念，反而有「原型的結構」(prototype structure)。根據這樣的觀點，人類的思考範疇是特質化(characterized)於原型(最清楚的範例)，以及把範例依其典型程度而分級的一個公制系統。最近的研究也指出概念結構裡重大的不穩定性，以及理論信念在組織範疇裡的角色。這個對概念的另類說法，對一種以哲學的工作為概念分析的哲學方法論，有著深邃的意涵。

參見 artificial intelligence 人工智慧；intentionality 意向性；philosophy of language 語言哲學；philosophy of mind 心靈哲學

W.B.撰　劉希文審訂

cognitive value　認知價值　見 Frege 弗雷格

Cohen, Hermann　柯亨，赫爾曼(1842-1918)　德國猶太裔哲學家，他與納托爾普(Paul Natorp, 1854-1924)一起開創並領導了新康德主義的馬堡學派(the Marburg School of neo-Kantianism)。他從 1876 年至 1912 年在馬堡大學任教。柯亨先是為康德的幾本《批判》(*Critiques*)撰述註釋，然後出版了他的《哲學體系》(*System der Philosophie*, 1902-12)，該書由論述邏輯學、倫理學和美學的幾部分組成。他發展了一種有關自然科學的康德式的觀念論，他論證說，對這些科學的先驗分析(transcendental analysis)顯示，「純粹思想」(pure thought，亦即他的康德式的先天原理體系)「建構」(constructs)了「實在」(reality)。

他也把康德的倫理學發展成為一種民主社會主義的倫理學(a democratic socialist ethics)。他在柏林的一所猶太教拉比神學院退休，當時正在寫作他頗具影響的著作《源自猶太教的理性宗教》(*Religion der Vernunft aus den Quellen des Judentums*〔*Religion of Reason out of the Sources of Judaism*〕, 1919)，該書在他自己的康德式倫理觀念論的基礎上闡釋了猶太教。柯亨關於倫理－政治的觀點被 1918 年慕尼黑革命(the Munich revolution of 1918)領導人艾斯耐爾(Kurt Eisner, 1867-1919)所採納，而且也衝擊了德國社會民主黨(the German Social Democratic Party)的修正主義(相對於正統馬克思主義)，同時他的哲學著作亦大大影響了卡西勒(Cassirer)。

參見 Cassirer 卡西勒；Kant 康德；neo-Kantianism 新康德主義

H.v.d.L.撰　彭文本審訂

coherence theory of justification　**證成的融貫理論**　見 coherentism 融貫論

coherence theory of knowledge　**知識的連貫理論**　見 coherentism 融貫論

coherence theory of truth　**真理之融貫理論**　這個理論認為：真理的性質(nature)或決定真理的唯一判準，在於被評價的那個信念(或判斷)與其他信念(或判斷)之間的融貫關係。

作為真理性質的觀點，融貫理論是真理之符應理論(the correspondence theory of truth)的另一種選擇。符應理論主張，若一信念符應於獨立實在界(independent reality)，則此信念為真；反之，融貫理論主張，若一信念與其他信念處在一適當穩固的融貫關係中，以致信念者的整體信念系統形成了高度甚或完美的融貫系統，則此信念為真。在此一描繪下，由於真理完全依賴於信念系統的內在關係，這樣的真理概念在論及實在界的性質時立即導向觀念論，且融貫理論的主要倡導者也都是絕對觀念論(absolute idealism)的成員(主要有布雷德利〔Bradley〕、鮑桑葵〔Bosanquet〕，以及布朗德．布蘭沙德〔Brand Blanshard〕)。一種較不明顯的形上學式融貫理論觀點，也由邏輯實證論學派的某些成員(主要是奧托．紐拉特〔Otto Neurath〕和卡爾．韓培爾〔Carl Hempel〕)所主張。

至於融貫關係的性質為何，一直以來都是個未定且爭論的問題，通常都是以比喻的方式，把這關係描述成信念彼此間的吻合或密合。儘管相反立場間偶有誤解，但很清楚的是，融貫不僅僅是一致(consistency)，它的實質要求更多，必須能作為信念系統內的推論關係與說明關係。有時完美或理想之融貫被描述成信念系統中的每個信念皆蘊涵(entail)所有其他信念(不過請記住，這裡並沒有把蘊涵限制於那些本質上是形式或分析的蘊涵)。雖然我們可以了解完美融貫是什麼意思，但由於實際的人類信念系統似乎無法達到完美融貫，通常會認為系統內的真理最多不過是近似真理，也因此造成絕對唯心論者認為真理容許程度之分。

作為真理判準的觀點，真理之融貫理論主張決定某個信念是否為真的唯一判準或標準在於它與其他信念或判斷的融貫性，證成程度隨融貫程度而有所改變。此一觀點與知態證成(epistemic justification)之融貫理論相同。真理性質之融貫理論的支持者，大部分也都主張上述的真理判準觀點，雖然他們通常不把這兩種觀點清楚區別開。

對於那些同時主張這兩種觀點的哲學家而言，融貫是真理的唯一判準這論點通常具有邏輯優先性，而真理性質之融貫理論被當成結果採用。最清楚的論證就是，只有在以完美或理想之融貫作為真理性質的觀點下，訴諸融貫之程度作為真理判準才有意義。

參見 coherentism 融貫論；idealism 觀念論；truth 真理

L.B.撰　林正弘審訂

coherentism　融貫論　知識論中一種有關知識結構或被證成(be justified)的信念的理論。根據這種理論，所有呈現知識的信念是根據它們與其他信念的關係，尤其是根據它們從屬於一個融貫的信念系統的性質而被認知或證成。假設傳統對知識的解釋是正確的，至少在維持被證成的真實信念為知識所必需這一點上，我們可以識別出兩類知識融貫論：前一類之所以是融貫理論，因為它納入了一種證成的融貫理論(a coherence theory of justification)；後一類則在兩重意義上都是融貫理論，因為它根據融貫性同時要求了證成和真理。下文將集中在關於證成的融貫理論。

從歷史上看，融貫論是基礎論(foundationalism)之外最有意義的選擇。後者認為，某些基本的或基礎的信念，可以獨立於其他信念而被證成，而且其餘的信念則可以在基礎信念之上，衍生出自己的證成。基礎論把證成描繪成類似建築的結構，其中某些信念為基礎，支撐著其他所有的信念。融貫論拒絕這種描繪，並且以木筏來比喻證成。證成的信念，正如同製成木筏的木板，它們相互支持。這個融貫論的比喻來自實證主義者奧托・紐拉特(Otto Neurath)。在實證主義者之中，還有卡爾・韓培爾(Carl Hempel)也支持紐拉特的觀點。從十九世紀晚期到二十世紀初期，融貫論的其他捍衛者都是諸如布雷德利(Bradley)、鮑桑葵(Bosanquet)和布朗德・布蘭沙德(Brand Blanshard)等唯心主義者(idealists)(唯心主義者經常持上面所述兩重意義的融貫理論)。

基礎論和融貫論的對比一般經由「後退論證」(the regress argument)的觀點而發展。如果我們被問到，某個信念是被什麼證成的，非常典型的做法是，我們會引用其他的某個在邏輯上或在概率上支撐著該信念的信念。如果我們被問到這第二個信念又是被什麼證成的，我們會引用第三個信念，如此類推。這種「證據鏈環」(evidential chain)可能具有三種類型：它可以永無止境地沿續下去；也可以在事實上終止於某個信念；或者繞回到自身，即它蘊涵了某個已經產生過的信念，但循環在鏈環之上。如果說無限沿續的鏈環實際上是不可能的，我們就面臨在剩下的兩者，即終止的鏈環和循環的鏈環之間做出選擇。根據基礎論者的看法，假如鏈環開端的信念是被證明的話，那麼，「證據鏈環」必須最後終止在某個已被證成的基礎信念之上。然後，融貫論者則被認為，是堅持循環鏈環可以產生被證成信念的。

在某個意義上，上述描述是正確的。然而，它也可能是誤導的，因為這種描述表示融貫論和基礎論之間的不同僅僅被理解為「證據鏈環」之結構上的差異。在「證據鏈環」中，位於鏈環低處的信念對位於高處的信念負有責任的觀念，表示如真的鏈環之間存在著力的傳遞，在「證據鏈環」之間也存在著證成的傳遞。如此，基礎論看上去就像是一種真實的可能性；基礎信念已經獲得了證成，而「證據鏈環」則把證成傳遞到其他信念上。然而，融貫論則似乎沒有開端，因為如果在鏈環中沒有被證成的信念為起點，則也就不存在證成的傳遞。換一個比喻，我們可以說融貫論像是一隊正在傳遞水桶的隊伍，他們的活動並不終止在井裡，而僅僅是環繞成圓圈運行。

融貫論者試圖消除這個假象，指出「證據鏈環」的基本功能並非在信念之間傳遞證成這種知識狀態。確實，信念並非證成的首要重點。反而，在基本意義上，信念的整體系統被證成與否才是重點；個別信念的被證成是由於它們在某個合適的信念結構系統中成為一部分。因此，融貫論者聲稱，適當的「證據鏈環」將是循環的，而且它們確實很可能包含著多個循環，構成了信念被證成的系統。在這樣的系統中，個別信念之所以被證成，是因為它們在整個系統內佔據的位置，而不是因為另外一些信念處在某「證據鏈環」基礎的關係，而把知識狀態傳遞到它們身上。因而，人們可以相當準確地把融貫論看作是某種基礎論，認為所有的信念都是基礎信念。從這一角度來看，融貫論與傳統基礎論的差別，是與說明基礎信念的知識狀態(epistemic status)有關；傳統基礎論認為，這些信念可以透過多樣的方式得到證成，如知覺或理性；而融貫論則堅持，信念被證成的唯一方式，即成為某種合適的信念體系結構中的一員。

融貫論者所面臨的一個明顯的問題，在於精確地說明構成信念體系的融貫性是什麼？所謂融貫性(coherence)，它所涉及的內容，顯然不只是信念彼此之間沒有矛盾。有一種使得諸信念在邏輯上彼此不存在矛盾的方法，在於僅關注那些不相干的事物，然而這種信念所形成的一致性(consistent)體系，並不能實現構成融貫論核心觀念，即信念之間相互支撐的性質。進而言之，人們可以質問，在表面矛盾面前，邏輯上的一致性(logical consistency)是融貫性所必要的嗎？有關以信念或信念程度必需對應概率計算這個概念開始解釋融貫性也可以被提出。所以，儘管很難避免思考與融貫性所牽涉的邏輯與概率一致性這些形式特徵，但它們如何與融貫性牽涉卻不甚清楚。對融貫性的解釋可以從下面這個直覺觀念中更直接得出：一個信念的融貫體系之中，每一個信念在知識認定上都由其他信念所支持，並且承認不同的認定方式：例如演繹論證、歸納論證，或是由最好的解釋(best explanation)所得的推論。不過，這種觀點至少並未直接面對兩個問題。第一，由於少數的信念可以相互支持，融貫論者有必要針對信念體系必須擁有的範圍做說明，以展示所須證成的融貫性。其次，在相互支持的信念的可能性確定之後，在表面上依然有可能建立一種範圍寬廣的體系，在種種相互支持的信念之間，透過單純的組合，也就是說，不在它們之間構成任何具意義的支持關係。不過，由於所有真理的相互關聯性(the interrelatedness of all truths)似乎並不能通過分析證成概念而發現，融貫論者也不能完全排除在認識上彼此孤立的信念次系統(subsystems)。所以，融貫論者必須說，是那幾類孤立的次系統與融貫性相協調。

在清楚說明一個更為準確的融貫性概念時所產生的困難，不應該過分地施加在融貫論者身上。因為大部分基礎論者已經被迫在他們解釋證成過程中，承認融貫性的重要意義，所以強烈質疑融貫論者並不會因而從中獲得優勢。此外，人們很容易發現，在界定融貫性時產生的問題，幾乎都出現在一般哲學問題的脈絡之中，這些問題涉及歸納、解釋、選擇理論(theory choice)和認識支持的性質(the nature of epistemic support)等等。無論是否贊同融貫論，它們也都是邏輯學家、科學哲學家和知識論學者所面對的問題。

融貫論面臨著許多嚴重的質疑。根據融貫論，證成來自信念間的關係，因此，它似乎不能讓我們擺脫我們信念循環的束縛。這一事實導致人們抱怨融貫論不允許任何外在現實(external reality)的介入(例如透過知覺)；它既不能保證，也不敢聲稱融貫論的信念體系有可能接觸這種現實或能蘊涵真的信念。當人們廣泛承認，被證成的假的信念是有可能的，同樣被人們廣泛接受的，是在證成和真理之間存在著重要的聯繫，這種聯繫排除證成無助於追求真理這種解釋。我們可以用更生動的語言來表述人們的這些極為抽象的抱怨；在前一個例子上，我們可以想像一個擁有信念的融貫體系的人被冰凍了起來，他因而無法改變他所面對的感覺經驗世界；在後一個例子上，我們可以指出，除了防止對融貫性做出出人意料的解釋，各種信念的融貫體系都似乎是可能的，它們經常不但是相互無關的，甚至是彼此相互衝突的。

參見 coherence theory of truth 真理之融貫理論；epistemology 知識論；foundationalism 基礎主義；justification 證成

M.R.D.撰　苑舉正審訂

Coimbra commentaries　**考因布拉註釋**　見 Fonseca 佛西卡

collective unconscious　**集體潛意識**　見 Jung 榮格

collectivity　集體　見 distribution 周延性

Collier, Arthur　科利爾，亞瑟(1680-1732)　英國哲學家，威爾特郡(Wiltshire)教區的神職人員，其《普遍之鑰》(*Clavis Universalis*, 1713)一書，為一個與柏克萊(Berkeley)之觀點很像的非物質論的見解辯護。科利爾力辯，物質「存在於心靈或仰賴於心靈」。他斷然肯定物的存在，而且，如同柏克萊，辯稱非物質論為懷疑論的唯一另類選擇。科利爾承認，物似乎是外在的，但其「似外在性」(quasi-externeity)只是上帝意志的結果。在《普遍之鑰》的第一部中，科利爾論證(就像柏克萊在《視覺新論》〔*New Theory of Vision*, 1709〕中所主張的)，可見世界並非外在性的。在第二部中他論證(就像柏克萊在《人類知識原理》〔*A Treatise concerning the Principles of Human Knowledge*, 1710〕，以及《希勒斯和菲勒諾斯的三個對話》〔*Three Dialogues Between Hylas And Philonous*, 1713〕中所主張的)，外在世界「完全不可能存在」。科利爾的兩個對外在世界「本質性嫌惡」(intrinsic repugnancy)的論證，與康德(Kant)的第一及第二個二律背反(antinomy)很像。例如，科利爾主張，物質世界既有限又無限；他提議，只有藉由否定它的外在存在，才有可能避免矛盾。

有些學者懷疑科利爾有意地隱瞞他之受益於柏克萊；但大部分人都接受他所說的，他在付梓的前十年即完成了他的觀點。科利爾第一次提及柏克萊是在 1714 至 15 年所寫的書信中。科利爾在《真哲學的樣本》(*A Specimen of True Philosophy*, 1730)中，為創世紀的首節提供了一個非物質論的詮釋，他寫道，在柏克萊的《海拉斯與菲洛努斯的三個對話錄》中「除了一、兩個段落之外」，「我從未聽過」其他任何著作討論了我在《普遍之鑰》中所討論的相同主題。這是一個在多處令人困惑的評論，其中之一便是，在《希勒斯和菲勒諾斯的三個對話》的序言中，柏克萊描述了他早期的著作。科利爾的傳記作者聲稱，在他的論文(現已佚失)中看到一份時間為 1708 年的草稿，討論「有我們的或沒有我們的可見世界的問題」，但他並未多說什麼。這名傳記作者論斷，科利爾的獨立性無法合理地受到懷疑；或許這份草稿，如果出土的話，便可以建立起這樣的說法。

參見 Berkeley 柏克萊

K.P.W.撰　蕭宏恩審訂

colligation　綰合　見 Whewell 修艾爾

Collingwood, R(obin) G(eorge)　柯林吾，羅賓・喬治(1889-1943)　英國哲學家與歷史家。他的父親 W.G.柯林吾是羅斯金(John Ruskin)的朋友、秘書和傳記的作者。他父親最先把他留在康尼斯頓(Coniston)的家裡親自教導，後來送他去魯格比中學(Rugby School)和牛津大學就讀。他在 1912 年一畢業就被選為牛津大學彭布洛克學院(Pembroke College)的研究員(fellowship)。除了在一次大戰期間服務於海軍部情報局之外，他一直留在牛津大學，直到 1941 年因病退休為止。雖然他在自傳中對他那個時代牛津哲學的發展路線表示強烈的反對，但他是大學的「圈內人」。1934 年他被選為韋恩夫利特講座教授(Waynflete Professorship)，那是他在研究上有足夠成果、夠資格成為候選人之後，第一個空出來的講座缺。他也是一個羅馬佔領不列顛時期考古學的權威。

雖然柯林吾在學生時代深受威爾遜(John Cook Wilson)的「實在論」(realist)學說的影響，但他不只研究過英國觀念論者，也研究了黑格爾(Hegel)，以及同時代的義大利後黑格爾主義者。二十三歲時他出版所翻譯的克羅齊(Croce)論維科(Vico)哲學的書。他第一次嘗試以哲學上可接受的方式表述正統基督教的著作《哲學與宗教》(*Religion and Phil-*

osophy, 1916)，兼有觀念論的和威爾遜的成分。在此之後，威爾遜的成分就越來越少。在《心靈之鏡》(*Speculum Mentis*, 1924)一書中他探討四個特定的經驗形式——藝術、宗教、自然科學和歷史——的性質和最後的統一，以及它們與統攝性的第五個形式——哲學——的關係。他主張這四個形式雖然目前對於一個充實的生命而言都是必要的，但每一個形式都含有錯誤，要被較少錯誤的後繼者所修正。哲學並沒有錯誤，但本身不具有內容，「真理並不是某一個完美的哲學系統，而是了解到所有的系統，不管多麼完美，一旦被發現為只是系統時，就化為烏有」。有些批評者認為這種事業是觀念論式的(柯林吾寫此書時也接受這個稱號)而加以排斥。即使贊同的人也因為其結果顯然是懷疑論而感到困擾。一年後在《藝術哲學大綱》(*Outlines of a Philosophy of Art*)一書中，他把對於藝術的看法加以補充強化。

在此之後柯林吾所寫有關哲學的作品很多並沒有出版，有些還被不小心銷毀，因此他在《心靈之鏡》一書之後的思想難以探知，要等到徹底研究過他所留下超過三千頁的遺稿(1978 年收藏於波德雷安圖書館〔Bodleian Library〕)之後才能明白。這些遺稿是那些在 1990 年以前發表、有關他哲學體系的研究的學者們所未能看到的。

然而我們還是可以看出他哲學發展的三個主要趨勢。第一個是當他繼續探討四個特定的經驗形式時，他終於認為每一個就本身而言都是對的，而不是錯的形式。早在 1928 年他就放棄在《心靈之鏡》中把歷史的過去當作是一種在歷史家心靈之外的景象之看法。他後來所提出的理論把歷史視為解釋過去行為的思考，雖然這些行為在過往發生，卻可在今日重新思量。在過去一特定時間實現過的同一個思想，以後還可以一再重演(reenacted)，但是必須有實物證據顯示與其他的重演都不相容時，才可以說這是同一個思想的重演。在 1933 至 34 年間他寫了一系列演講稿(死後以《自然的理念》〔*The Idea of Nature*〕為名發表)，放棄早年對可量化的物質世界是否可被認知的懷疑，並探討他所承認的在歐洲科學史中的三個建設時期：希臘時代、文藝復興和近代，為什麼都可增進我們對於物質世界的知識。最後在 1937 年他回到藝術哲學，對克羅齊的後期作品做了周全的省察之後，指出想像是在表現情感，如果想像所表現的是沒有感受到的情感，那就變成是假的，如此他修正了早期把藝術當作純粹是想像的理論。他後期的藝術理論和歷史理論到現在還很受重視，他的自然理論在他死後雖然被後來的研究所修正，但在當初出版時卻是很進步的。

第二個趨勢是，當他對各個特定經驗形式愈少持懷疑論調時，他對哲學的看法也隨著改變。在他那本文字優美的《論哲學方法》(*Essay on Philosophical Method*, 1933)一書中，他主張哲學有一對象——作為太一(the one)、至真(the true)、至善(the good)的真實存有(*ens realissimum*)——而各個特定經驗形式的對象只是這個對象的表象而已。這個看法蘊涵著特定的經驗形式都是錯誤的意思，他後來已不採取。在《藝術原理》(*Principles of Art*, 1938)和《新利維坦》(*New Leviathan*, 1942)中，他駁斥《心靈之鏡》中，「抽離就會致誤」(to abstract is to falsify)的觀念論原則。在《論形上學》(*Essay on Metaphysics*, 1940)中他反對形上學是研究存有作為存有(being *qua* being)的學問，而把形上學視為是對各明確的歷史階段中各個特定經驗形式的「絕對預設」(absolute presuppositions)之探討。

第三個趨勢在二次大戰接近爆發時期主導他的思想，乃是認為嚴肅的哲學都是實踐性的，因此都具有政治的意涵。他跟羅斯金一樣，是個極端的保守派，他並不很反對自由派的、甚至是某些社會主義式的做法，而更為反對這些做法所由來的資產階級氣質。他看出歐洲法西斯主義的野蠻性，並且厭惡反猶太主義，因此他在外交政策上反對法西斯，並主張介入西班牙內戰，支援共和軍。他最後一部重要著作《新利維坦》生動有力地維護他稱為文明的事物，對抗他稱為野蠻的事物。雖然在二次大戰勝利後，這本書為政治理論學者所忽略，但最近共產主義的瓦解和回教國家的興起，又為它贏得新的讀者。

參見 Croce 克羅齊；Hegel 黑格爾；idealism 觀念論；philosophy of history 歷史哲學；Wilson 威爾遜

A.D.撰　郭博文審訂

color realism　顏色實在論　見 qualities 性

combinatory logic　組合邏輯　形式邏輯的一個分支，研究建構與操作函數的基本運算的形式系統，而此處函數被看做是利用定義表示的演算規則。

弗雷格(Frege)、皮亞諾(Peano)、羅素(Russell)和希爾伯特(Hilbert)等人開創了現代形式(或數理)邏輯的研究，在形式邏輯的發展歷程中，函數(function)是一個非常基本的觀念。弗雷格率先推廣數學中的函數觀念，而能包容命題函數，他用廣義的函數觀念形式地表示諸如概念、對象、關係、普遍性和判斷等觀念。弗雷格建議用變元和函數來取代傳統邏輯中的主詞和謂詞觀念，並因此把斷言(predication)看做是函數的作用，這標誌著形式邏輯史上的一個轉捩點。在大部分現代邏輯系統中，表示函數(包括命題函數)的記號，基本上跟普通數學中所使用的是相同的。正如在普通數學中，某些基本觀念被認為是已知的，例如用變元來指代換過程。

與現代形式邏輯原始的系統用意一樣，組合邏輯系統的設計目的也在於給數學提供一個基礎。然而，組合邏輯的興起旨在更深入地完成上述奠定基礎的目的。它對最初系統視為已知的觀念，尤其是代換和使用變元的觀念再做解析。因此組合邏輯的奠基者之一庫里(H. B. Curry)把組合邏輯看做是數學的終極基礎，而它研究的概念構成一套「前邏輯」(prelogic)。人們希望借助對這種前邏輯的分析，可以揭開與邏輯悖論相關的種種邏輯困難的真正緣由。

把一個函數作用到它的某個自變元上，這種運算稱做「作用」(application)，它是所有組合邏輯系統中的一項原始運算。如果用f代表某個函數，用x代表某個可能的自變元，那麼，函數作用運算的結果就用(fx)表示。在數學中，函數作用通常寫做$f(x)$，然而在組合邏輯中，(fx)的表達式更為方便。德國邏輯學家匈芬克爾(M. Schönfinkel)於 1924 年開始研究組合邏輯，他發現如果把函數的觀念擴展到，允許一個函數當做其他函數的自變元和值時，就沒有必要引入超過一個變元的函數。某個函數 $F(x,y)$可以用函數 f 來表示的，當函數f作用於自變元x時，就有了作為值的函數(fx)，當函數(fx)作用於y時，就產生了 $F(x,y)$，也就是說，$((fx)y) = F(x,y)$。為了方便起見，約定好向左結合，就可把所有括號省略，於是 $fx_1...x_n$ 所表示的就是$((...(fx_1...)x_n)$。匈芬克爾的主要貢獻在於他證明了怎樣通過引入兩個特定的原始函數，成為組合子(combinator)的S和K，以及規則$\mathrm{K}xy = x$，和 $\mathrm{S}xyz = xz(yz)$，使所研究的函數類在明顯定義操作下封閉。(為了用普通數學符號表示 S 的效用，令 f 和 g 分別為兩個自變元和一個自變元的函數；這樣，$\mathrm{S}fg$ 是使得 $\mathrm{S}fgx = f(x,g(x))$的函數。)一般而言，假如$a(x_1, ..., x_n)$是一個由常元和顯現的那些變元，經過函數作用建構出來的表達式，那麼，就會存在一個由常元(包括組合子S和K)構成的函數F，使得$\mathrm{F}x_1, ..., x_n = a(x_1, ..., x_n)$。這正好是邏輯學家在組合子理論中所謂「組合完全性」(combinatory completeness)的意義(參見庫里和費伊斯〔R. Feys〕合著《組合邏輯》〔*Combinatory Logic*, 1958〕；以及庫里、辛德萊〔J. R. Hindley〕和謝爾丁〔J. P. Seldin〕合著《組合邏輯》第2卷〔*Combinatory Logic, vol.*Ⅱ, 1972〕)。

以S和K作為僅有的原始函數的組合邏輯系統，是最簡單的本質上不可判定的方程演算。它是一種不受類型束縛的(type-free)理論，它允許像ff這種自我作用項的形成，這種項曾經導致解釋上的問題。也存在著以組合邏輯為基礎的類型理論。組合子理論可以加以擴充，允許容納代表熟知的邏輯概念，譬如否定、蘊涵和全稱等，或增設表達邏輯範疇中的包含概念，研究這類擴充的系統稱為「推論組合邏輯」(illative combinatory logic)。

組合子理論還有一種等價的形式，即由丘奇(Church)於 1932 年創造的不受類型束縛的λ-演算(the type-free λ-calculus)理論。與組合子理論一樣，該理論是一種把函數當做演算規則的形式系統，它最初是準備作為數學基礎的更一般函數系統的一部分。λ-演算把函數作用當做原始運算，但是，新的函數在此是通過函數抽象化(functional abstraction)獲取的，取代了通過某些原始函數經過作用而造出新函數的方式。假如 $a(x)$是一個通過常元和變元x及函數作用得到的表達式，那麼，$a(x)$即被認為定義了某個函數$\lambda x.a(x)$，它作用於變元 b 的值即為 $a(b)$，也就是說，$\lambda x. a(x))b = a(b)$。函數$\lambda x. a(x)$是通過函數抽象化從 $a(x)$獲取的。組合完備性(combinatory completeness)或閉合於明顯定義的屬性，是以函數抽象化的形式被預設的。組合子可以用函數抽象化來定義(即，$\mathrm{K} = \lambda x.\lambda y.x$ 以及 $\mathrm{S} = \lambda x.\lambda y.\lambda z.xz(yz)$)，反過來，函數抽象化也可以在組合子理論中得到定義。詳盡闡述λ-演算的著作可見巴倫德雷特(H. Barendregt)的《拉姆達演算，其句法和語意》(*The Lambda Calculus, Its Syntax and Semantics*, 1981)一書。

有可能用一組 λ-演算的閉合項來表示自然數序列。λ-演算中的某些表達式就可以用來表示自然數的函數，這些 λ-可定義函數恰好是一般遞迴函數或涂林可計算函數(Turing computable funtions)。λ-可定義性與一般遞迴的等價，正是丘奇用以支持一般人稱「丘奇論題」(Church's thesis)的佐證之一(所謂「丘奇論題」斷言有效可計算函數與遞迴函數等同)。關於遞迴不可決定性的最早的一個問題，就是丘奇關於 λ-演算中表達式的問題。

因此，λ-演算在遞迴函數的最初發展史上扮演了重要的角色。由於在組合邏輯中強調函數的計算性方面，人們發現組合邏輯的方法在證明論(proof theory)和建構性數學(constructive mathematics)系統的發展上頗有用武之地。出於同樣的原因，人們還發覺它已多次應用於計算機科學中程式語言的建構和分析。組合邏輯的技術也被應用於諸如蒙塔哥語法(Montague grammar)那樣的理論語言學中。

最近幾十年以來，組合邏輯與數理邏輯的其他領域一樣，已經發展成為某種專門的數學分支，它們最初的哲學用意和為數學尋找基礎的動機，已顯得無關緊要了。原因之一在於發現新的技術性應用，這些應用並非初創組合邏輯時所預想的，它們使研究興趣轉向幾個新的數學問題上。如此一來，最初的動機反而讓人覺得不太緊迫，而只具有歷史上的意義了。導致最初尋找基礎的哲學目標衰退的另外一個原因，可能是人們日益意識到在數學哲學中，以形式和數學方法作為澄清概念和尋求「終極基礎」(ultimate foundations)的工具，是有其侷限性。

參見 Church's thesis 丘奇論題；computability 可計算性；proof theory 證明論；recursive function theory 遞推函數論

S.St.撰　李國偉審訂

command theory of law　法律的強制理論　見 philosophy of law 法律哲學

commentaries on Aristotle　對亞里斯多德的註釋　該術語一般指古希臘學者對亞里斯多德著作的註釋，這些註釋著作大約有一萬五千頁之多，存於柏林「希臘亞里斯多德著作註釋」檔案(*Commentaria in Aristotelem Graeca*, 1882-1909)中，所有著作只得到了最粗略的編輯。直到 1980 年代，在倫敦大學國王學院(King's College)的理查・索拉比基(Richard Sorabji)的領導主持之下，開始了一項計畫，試圖把這些著作中最重要的部分譯成英文。它們至今仍是最大一部尚未譯成現代語文的希臘哲學全集。

這些著作中的絕大部分，尤其是後半部分新柏拉圖主義學派(Neoplatonic)的著作，並非單純的對亞里斯多德著作的註釋。它們也是從事哲學的一種方式，在思想史發展的這一階段以這種方式研究哲學是受中意的。因而，它們的重要性不僅體現在對亞里斯多德的理解上，也體現在對前蘇格拉底學派(pre-Socratics)和希臘化時期哲學家的研究中，尤其是對斯多噶學派(Stoics)，這些著作中保留了其許多斷簡殘篇，最後更體現在對新柏拉圖主義自身的研究中——及在約翰・菲洛波努斯(John Philoponus)的例子上，可以研究他在試圖使柏拉圖主義與基督宗教相融合的過程中所帶來的創新。

這些註釋大概可以分成三大類型。

(1)第一類註釋的作者是西元二至四世紀的逍遙學派學者(Peripatetic scholars)，其中最負盛名的是阿芙羅迪西亞斯的亞歷山大(Alexander of Aphrodisias, fl. c.200)，還有改寫家戴米思德斯(Themistius, fl. c.360)。不過，我們不能遺漏了提及亞歷山大的先驅者阿斯帕西烏斯(Aspasius)，他是現存年代最早的註釋著作的作者，其著作之一包括對亞里斯多德《尼可瑪古倫理學》(*Nicomachean Ethics*)的註釋——這部作品直到拜占庭時期晚期才有人再對其評註。亞歷山大註釋過的亞里斯多德的著作現存的有《前分析論》(*Prior Analytics*)、《論題》(*Topics*)、《形上學》第 1 至第 5 卷(*Metaphysics* Ⅰ-Ⅴ)、《論感覺》(*On the Senses*)和《氣象學》(*Meteorologics*)，現已佚失的則有關於《範疇論》(*Categories*)、《論靈魂》(*On the Soul*)和《物理學》(*Physics*)的註釋，它們在後世，尤其是對沁布利修斯(Simplicius)產生了深遠的影響。

(2)卷帙最為浩繁的一類是直到西元六世紀時的新柏拉圖主義者的註釋。早期註釋家中最為重要的是波菲利(Porphyry, 232-c.309)，他的著作現存的只有一部對《範疇論》的簡短註評，附帶著一篇對亞里斯多德邏輯著作的介紹(《導論》〔*Isagoge*〕)，這些註評文字本身又引起許多註釋，它們被證明對拜占庭文化的東方和(通過波依修〔Boethius〕)拉丁化的西方都產生了重大影響。他的主要工作是致力於調和柏拉圖和亞里斯多德。他對於《範疇論》的大部頭註釋對後世意義重大，該著作的許多殘片得以保留在沁布利修斯的著作中。他的繼承者依安布里克斯(Iamblichus)也對後世產生了影響，但他的註釋著作同樣佚失無存了。賽瑞亞內斯(Syrianus, c.375-437)和普羅克勒斯(Proclus, 410-485)的「雅典學派」(the Athenian School)也註釋亞里斯多德，然而現存的僅有賽瑞亞內斯對《形上學》第 3、4、13 和 14 諸卷的註釋。

不過，到了西元六世紀早期，現存的這些註釋著作中的主體已形成，這項工作肇始於赫爾美亞斯之子阿蒙尼烏斯(Ammonius, son of Hermeias, c.435-520)的「亞歷山卓學派」(the Alexandrian school)，但主要是在亞歷山卓由基督徒約翰・菲洛波努斯(c.490-575)和在(至少是從)雅典由沁布利修斯(532 年之後始寫作)撰述。菲洛波努斯主要註釋了《範疇論》、《前分析論》、《後分析論》、《論生成與毀滅》(*On Generation and Corruption*)、《論靈魂》第 1 至第 2 卷，以及《物理學》；沁布利修斯註釋了《範疇論》、《物理學》、《論天體》(*On the Heavens*)，以及(也許)《論靈魂》。

在亞歷山卓的註釋傳統由奧林庇歐多魯斯(Olympiodorus, c.495-565)、基督徒埃利亞斯(the Christians Elias, fl. c. 540)和大衛(David，亞美尼亞人，綽號為「無敵者」〔the Invincible〕, fl. c. 575)，最後由斯特芬尼斯(Stephanus)所繼承，後者曾於 610 年左右被拜占庭皇帝擢升為執掌君士坦丁堡的哲學教席。這些學者主要評註《範疇論》和其他介紹性著作(introductory material)，但奧林庇歐多魯斯則為《氣象學》做了註釋。

新柏拉圖主義者(Neoplatonist)的特徵在於試圖調和亞里斯多德和柏拉圖(比如認為亞里斯多德沒有摒棄柏拉圖的理型論)，並把亞里斯多德思想體系化，導致他自己與自己的調和。他們所面對的是一個長期以來對亞里斯多德的批判，這一批判認為亞里斯多德的思想存在著些不一致性與矛盾，依賴他們對亞里斯多德的著作有一全面的了解，他們關心的是如何解決這些不一致性與矛盾。只有作為基督徒的菲洛波努斯敢於批評亞里斯多德，尤其是其關於世界的永恆性的看法，還有關於無限性的概念(對此他做了一個巧妙的論證，這個論證在十三世紀時經由阿拉伯人由波拿文都拉〔Bonaventure〕所採用)。《範疇論》證明了是一富有成效的論戰場所，日後在實在論(realism)和唯名論(nominalism)之間展開的大部分辯論，都根源於這部著作中的特定論題。

從此以來這些註釋形式大都為當時的學者所採用，從原著中依次選取段落，或「萊瑪」(*lemma*)，從各個角度加以詳盡討論，但也存在種種差異。有時，首先討論一般主題，然後再檢驗文本細節；替代的方式為，不作任何這樣的區分，直接把「萊瑪」進一步分成各部分加以討論。註釋也可以回答前輩權威所提出的問題或「迷惑」(aporiai)的方式，清楚明白地進行。有些註釋，如波菲利關於《範疇論》所作的簡短註釋，或是依安布里克斯的學生德克斯普斯(Dexippus)就同一著作所做的註釋，皆採取了「問答法」(catechetical)的形式，即通過一問一答而進行。在某些情況下(正如現今維根斯坦〔Wittgenstein〕)註釋僅僅是學生對老師講課的筆記。例如現存的阿蒙尼烏斯的「註釋」(commentaries)就是如此。人們也可以沉迷於單純的改寫，就像戴米思德斯(Themistius)對亞里斯多德的《後分析論》、《物理學》、《論靈魂》和《論天體》所做的，然而即使在這裡，也涉及到了詮釋問題，這使他的著作依然有趣。

在說拉丁語的西方，波依修(c.480-524)代表著上述註釋傳統的一個重要的分支。正是他首先把亞里斯多德的邏輯學知識傳播到西方，使之成為中世紀士林哲學(medieval Scholasticism)不可分割的組成部分。他翻譯了波菲利的《導論》(*Isagoge*)，以及亞里斯多德的全部邏輯著作。他對《導論》做了兩次註釋，也對《範疇論》和《論詮釋》(*On Interpretation*)做了註解。他的思想主要依賴於波菲利，但更直接地說，似乎源自普羅克勒斯學派。

(3)第三種主要的註釋類型發生於晚期拜占庭(Byzantine)時代，似乎主要發源於十二世紀以安娜·孔內娜公主(Anna Comnena)為中心的學者圈。其中最重要的人物為尤斯特拉提烏斯(Eustratius, c.1050-1120)和艾弗所斯的麥克(Michael of Ephesus，起初定年為 1040 年左右，現確定為 1130 年左右)。麥克似乎尤為關心亞里斯多德著作中那些迄今為止從未被註釋過的領域。因而他廣泛地註釋了，例如，生物學著作，也註釋了《詭辯的駁斥》(*Sophistical Refutations*)。他與尤斯特拉提烏斯，也許還有其他人，似乎曾合作共同為《尼可瑪古倫理學》做過註釋，這項工作自阿斯帕西烏斯以來一直被忽略了。還有證據表明，他們也對《政治學》(*Politics*)和《修辭學》(*Rhetoric*)做過註釋，不過它們都佚失了。

共同註釋本《倫理學》於十三世紀在英格蘭被羅伯特·格洛塞德斯特(Robert Grosseteste)譯成拉丁文，然而，各種邏輯學著作註釋本的翻譯則早在此之前已由威尼斯的詹姆斯(James of Venice, fl. 1130)完成，他甚至可能在君士坦丁堡(Constantinople)與艾弗所斯的麥克相識。十三世紀晚期，克利莫那的傑拉爾德(Gerard of Cremona, d.1187)把其他註釋從阿拉伯文翻譯成拉丁文。希臘註釋傳統在從六世紀時的波依修開始經歷了長期的中斷之後，終於恢復了對西方的影響，然而只有到今天才有可能公平地說，其卷帙浩繁著作的全部意義正得到人們適切地欣賞。

參見 Aristotle 亞里斯多德；Boethius 波依修；Neoplatonism 新柏拉圖主義；Porphyry 波菲利

J.M.D.撰　徐學庸審訂

commentaries on Plato　對柏拉圖的註釋　該術語指對柏拉圖著作註釋(*hypomnema*)的

傳統，這種註釋傳統可以追溯到舊學園時期(the Old Academy，普羅克勒斯〔Proclus〕證明克蘭托爾〔Crantor〕是註釋過柏拉圖的《泰密爾斯》〔*Timaeus*〕的第一人)。該傳統更可能於西元前一世紀在亞歷山卓城(Alexandria)興起，我們發現尤多羅斯(Eudorus)在那兒再次註釋了《泰密爾斯》，而且可能還註釋了《賽阿提特斯》(*the Theaetetus*，如果學者們把《匿名的賽阿提特斯註釋》〔*Anonymous Theaetetus Commentary*〕歸諸他的名下這一說法是正確的)。似乎斯多噶學派(Stoic)的波西多尼亞斯(Posidonius)也撰寫了某種類型的《泰密爾斯》註釋。註釋形式(就像我們可以在亞歷山卓的斐羅〔Philo of Alexandria〕的聖經註釋中發現的那樣)多半得自斯多噶學派對荷馬(Homer)註釋的傳統，這傳統在西元前二世紀由柏家蒙學派(School of Pergamum)實際運用。正常的做法是：先挑選(通常按照順序)某部分文本(*lemmata*)，對之做一般的然後是詳盡的評論，提出並回答「問題」(*aporiai*)，批駁前人的觀點，同時處理學說和文字訓詁上的觀點。

在西元二世紀，柏拉圖註釋的傳統已牢固地建立起來。我們有證據表明，中期柏拉圖主義者該烏斯(Gaius)、亞爾比奴斯(Albinus)、阿迪卡斯(Atticus)、紐美尼烏斯(Numenius)和克羅尼烏斯(Cronius)都寫過註釋，主要是《泰密爾斯》，也有的關注至少是《理想國》(*Republic*)的部分章節，還有一部由阿迪卡斯的學生阿爾戈斯的赫波克拉提翁(Herpocration of Argos)所寫的著作，共二十四卷，將柏拉圖的著作視為一整體來註釋。這些著作現均已佚失，然而在現存普魯塔克(Plutarch)的著作中，我們發現了對柏拉圖部分著作的註釋，其中包括對《泰密爾斯》(35a-36d)中靈魂的創造的評論。卡西迪烏斯(Calcidius，西元四世紀)所做的拉丁文註釋基本上也是中期柏拉圖主義的模式。

在新柏拉圖主義時期(普羅提納斯〔Plotinus〕之後，他自己並不沉迷於正式註釋，然而他的許多論文事實上是非正式的註釋)，我們也有證據表明他有更多的全面註釋活動的存在。波菲利(Porphyry)開啟了註釋《斐多》(*Phaedo*)、《克拉底魯斯》(*Cratylus*)、《詭辯家》(*Sophist*)、《斐利布斯》(*Philebus*)、《巴門尼德斯》(*Parmenides*，現存匿名註釋的斷簡殘片可能是其一部分)和《泰密爾斯》的傳統。他也註釋了《理想國》中的「艾爾」(Er)神話。看上去似乎是波菲利應該對在柏拉圖對話錄的開端部分引入寓言詮釋負責任，然而實際上是他的學生依安布里克斯(Iamblichus)他也註釋了上述所有對話錄，再加上《艾爾西巴爾德斯》〔*Alcibiades*〕和《斐德羅斯》〔*Phaedrus*〕)引入了在每一篇對話錄中應當只有一個中心議題(或 *skopos*)的原則。這傳統在賽瑞亞內斯(Syrianus)的雅典學派(the Athenian School)及其學生赫爾美亞斯(Hermeias)(關於《斐德羅斯》——現存)和普羅克勒斯(關於《艾爾西巴爾德斯》、《克拉底魯斯》、《泰密爾斯》、《巴門尼德斯》——全部現存，至少部分現存)經營下，得以繼承下去。在日後又由達瑪西烏斯(Damascius)(關於《斐多》、《斐利布斯》、《巴門尼德斯》)和奧林庇歐多魯斯(Olympiodorus)(關於《艾爾西巴爾德斯》、《斐多》、《高齊亞斯》〔*Gorgias*〕——也都現存，然而有時只是以學生筆記的形式存在)所延續。

這些註釋著作的價值如今主要地體現在它們說明了柏拉圖思想的這一方面(儘管其中蘊涵了許多有用的見解，眾多有價值的信息)；但它們最好被視為以註釋形式出現的具創意的哲學論著，因為後期希臘哲學在相當程度上追求的不是原創性，而是忠實地對待某位具啟發性的大師和忠實地向一偉大的傳統邁進。

參見 Middle Platonism 中期柏拉圖主義；Neoplatonism 新柏拉圖主義；Plato 柏拉圖

J.M.D.撰　徐學庸審訂

commission　主動的　見 action theory 行動理論

commissive　承諾式　見 speech act theory 言說行動理論

common-consent arguments for the existence of God　上帝存在之一致同意論證　見 Martineau 馬堤南

common effects　共同結果　見 causation 因果關係

common good　共利　是多瑪斯(Thomas)與新多瑪斯主義(Neo-Thomism)倫理學提出的一項規範性的標準，用來評估社會、法律與政治制度是否合於正義；凡是能促進共同體每個成員的發達(flourishing)的制度，即稱為共利。一切有利之事物(good)，均可以看做既是有待追求的目標，在取得之後也是成全人性的一項資源。任何由兩個或以上的人追求與享用(或享用)的有利之事物，均可以視做某種共利(例如友誼即是一圈朋友所共有的有利事物)。真正道地的共利，乃是一個「完滿的」(也就是完整、形成政治組織的)人類共同體所需要的有利之事物——既是所有促進該共同體之正義的人所追求的目標，也是所有分享這些正義制度的人獲得圓滿發展的共有資源。

「共」(common)是一個類比性質的字眼，所指的分享在種類與程度上不一，可以起自最低度的相似，一直到深奧的存有論(ontology)意義下的合一。因此，任何有利之事物，若是它是我們共通人性的真正圓滿，它就是一項共利，與純屬偏好或者虛幻的有利之事物構成對比。不過，若是分享的程度已經不僅是恰巧相同，那麼有利之事物就是在一個更深的意義上是相「共」的：兩個小孩子各自從事相同的遊戲，是在共同享用一項有利的事物，不過如果他們一起玩同一個遊戲，他們實現一項共利的程度就更充分了。同樣地，一夥人各自在自己家裡觀賞同一部好電影，可以說共同享用了一項有利之事物；可是如果他們一起在戲院看這部電影，結束後還展開討論，他們就在一個更深的層次上實現了這項共利。簡言之，共利包括了私有的、個人的有利之事物的積累，可是藉著相互投報、共同活動以及人際的合一，又可以超越這種累積。

多瑪斯倫理學為什麼如此著重更深一層意義上的共同參與，以為比單純的做同樣的事更有價值？第一個原因，是亞里斯多德(Aristotle)將人理解為社會或者政治動物；照這種看法，人性獲得圓滿，許多方面都只能藉著在共同體——尤其是政治共同體——裡面共同參與的活動來達成。第二個原因，在於基督教三位一體的神學(Christian Trinitarian theology)，也就是單一的神竟是由三個神性的「位格」(person)奧妙地合而為一，形成共利的最佳典範。類比可知，人的人格，也同樣只有在社會性的合一關係之中，才可望趨向圓滿。

要追求這種緊密共享的有利之事物，需要高度複雜、精細的制度以進行協調，防止往往困擾這類努力的剝削、不正義情事。而建立並且維持這些社會、法律、與政治制度，乃是一個政治社會真正道地的共利，因為任何有利之事物，都要依靠這些制度安排所具有的品質與正義才能享有。政治共同體的共利，包括但不限於公共性的有利之事物(public good)，這類事物的特色在於非競爭、非排除，因此必須由公共機構普遍地提供。但根據輔助(subsidiarity)原則，在國家之外，許多低位階而不屬於公共性的社群、社團、與個人，也一樣對共利有其貢獻。例如，有宗教背景的學校，雖然不算公共性的有利之事物，但它們若是為沒有宗教背景的少數族群兒童提供教育，仍然有助於共利。

參見 Aquinas 亞奎納；justice 正義；political philosophy 政治哲學；social philosophy 社會哲學；subsidiarity 輔助

J.B.M.撰　錢永祥審訂

common notions　共同概念　見 Stoicism 斯多噶主義

common sense philosophy　常識哲學　見 Scottish common sense philosophy 蘇格蘭常識哲學

common sensibles　共同可感知者　見 Aristotle 亞里斯多德；*sensus communis* 共通感

common sensism　常識主義　見 Scottish common sense philosophy 蘇格蘭常識哲學

communication theory　通訊理論　見 information theory 信息論

communism　社群主義　見 political philosophy 政治哲學

communitarianism　共產主義　見 political philosophy 政治哲學

commutative justice　交換的正義　見 justice 正義

compactness　緊緻性　見 deduction 演繹法

compactness theorem　緊緻性定理　初階邏輯(first-order logic)的定理：如果一個無窮理論 *T* 的每一有限子集(subset)是相容的(consistent)，則理論 *T* 是相容的。本定理是完備性定理(completeness theorem)的直接結果：如果理論 *T* 是不相容的，則會有某種矛盾(比方說「*P* 和非 *P*」)從 *T* 證得。然而，該證明僅使用有限多的來自於 *T* 的公理，如此，這一個 *T* 的有限子集是不相容的。

對緊緻性定理的這種證明的應用是極為普遍的。任何具有合理(sound)和完備推論系統的語言，只要其中的每一推論規則僅僅允許有限多的前提存在，都將滿足緊緻性定理的要求。這一點是極為重要的，因為緊緻性定理直接推得：諸如有限集(finite set)或良序關係(well-ordering relation)等熟知的數學觀念在上述語言中是不可表述的。

緊緻性定理還因為其他理由而顯得重要。在初階模型論(first-order model theory)的研究中，它是最常被應用的結果；藉由探索符合類似緊緻性結果的無窮語言(infinitary languages)，緊緻性定理激發並促進了集合論及其基礎的饒有興趣的發展。

參見 infinitary logic 無窮邏輯

J.Ba.撰　李瑞麟審訂

compatibilism　相容論　見 free will problem 自由意志問題

competence, linguistic　語言能力　見 philosophy of language 語言哲學

complement　補　見 relation 關係

complementarity　互補性　見 philosophy of science 科學哲學；quantum mechanics 量子力學

complementary class　補類　在某個給定類之外所有事物的類。例如，假如C是所有紅色事物的類，那麼，它的補類就是蘊涵著所有不是紅色事物的類。這一補類甚至包括無關顏色(non-colored)的事物，比如數和類 C 自身。通常，根據上下文(the context)來決定某個包含較少物件的補類。假如B ⊆ A，那麼，A對於B之間的「補差」(the complement)即A − B。例如，假如A是物理實體(physical objects)的類，而B是紅色物理實體的類，那麼，B與A之間的補差即非紅色物理實體的類。

參見 set theory 集合論

P.Mad.撰　李瑞麟審訂

complementary term　補詞　見 contraposition 換質位法

complementation　取補詞的運算　見 negation 否定

complete negation　完全否定　見 necessity 必然性；philosophy of mind 心靈哲學

completeness　完備性　當某種事物——典型的例子為：某個公理集合、某種邏輯、某種理論、某種合式公式的集合(a set of well-formed formulas)、某種語言或是某個聯結詞的集合(a set of connectives)——在所需要的某個方面達到極致時具有的屬性。

(1)假如使用某些公理，則某種邏輯L的每一項定理都可以得到證明的話，那麼，這些公理組成的集合「對邏輯 *L* 而言就是完備的」。

(2)假如某種邏輯 *L* 中的每一有效句子(valid sentence)都是 *L* 的一項定理的話，那麼，該邏輯 *L* 就具有「弱的語意完備性」(weak semantical completeness)。假如對任意的句子集合 Γ 來說，Γ 的每一邏輯結論(logical consequence)都可使用 *L* 而從 Γ 中推導出來的話，那麼，*L* 就具有「強的語意完備性」(strong semantical completeness)，或是「演繹上完備的」(deductively complete)。假如無論何時 $A \vee B$ 是命題邏輯 *L* 的定理，且 *A* 和 *B* 不具有共同的變量(variables)，則 *A* 或 *B* 都是 *L* 的一個定理的話，那麼，該命題邏輯 L 即是「哈爾坦完備性的」(Halldén-complete)。假如 *L* 是一致的(consistent)但同一語言中沒有更強的邏輯是一致的，那麼，*L* 即為「頗思特完備性的」(Post-complete)。如果沒有進一步的限定，則每一種邏輯的「完備性」幾乎總是強語意完備性或弱語意完備性。只有一個例外：二階邏輯(second-order logic)通常被說成是「不完備的」，在此的意思是指它不能被公理化。

(3)假如對理論 T 中的每一句子 *A* 來說，*A* 或是∼*A*(*A* 的否定)在 *T* 中都可以得到證明的話，那麼，理論 *T* 即為「否定完備性的」(negation-complete，通常簡稱為「完備的」)。假如在T中某種性質 ϕ 之於每個自然數 0, 1, ...都是可證明的，則「每個數具有性質 ϕ」也是可證明的，那麼，*T*即為「歐米茄完備性的」(omega-complete)(對之加以普遍化，考慮任何合式公式的集合Γ，如果對任意 *A*[*v*]而言，假設對所有的項 *t*，*A*[*t*]均可由Γ 中推出，則有(*v*)*A*[*v*]可由Γ中推出的話，我們也稱作Γ是歐米茄完備性的，其中 *A*[*t*]是 *A*[*v*]中所有自由變量 *v* 同時代之以項 *t* 的結果〔*A*[*t*] is the result of replacing all free occurrences of v in *A*[*v*] by *t*〕)。

(4)假如某個給定類中每一條目在某語言 L 中是可以得到表述的，那麼，L 即為「表述上完備性的」(expressively complete)。通常，所涉及的類為(二值)真值函數(truth functions)的類。連接詞只有 ∼ 和 ∨ 的命題語言，因此被說成是在表述上或「函數」上完備性的(functionally complete)，而僅由使用連接詞 ∨ 而建立的命題語言則不是，因為不能在此表述否定一詞。我們也可以這樣說：集合{∼, ∨}是在表述上(或函數上)完備性的，而集合{∨}則不是。

參見 Gödel's incompleteness theorems 哥德爾不完備定理；second-order logic 二階邏輯；Sheffer stroke 謝弗之撇

G.F.S.撰　李瑞麟審訂

completeness, combinatory　完全性組合　見 combinatory logic 組合邏輯

completeness theorem　完備性定理　見 satisfiable 可滿足

complete symbol　完全符號　見 syncategoremata 隨伴範疇語詞

***complexe significabile*　複合意義**　其複數形為：*complexe significabilia*，也稱作：*complexum significabile*，在中世紀哲學中使用的術語。指由 *complexum*(陳述或直述句)、或 that 子句(a that clause)或由 *dictum*(不定詞子句，諸如：「我要他走」〔I want him to go)中的「他走」)所表達的意義。類似於現代所謂的命題。該學說似乎是在十四世紀早期由亞當・德・渥德漢姆(Adam de Wodeham)所創始的，但通常都把它與稍後的瑞朱尼的格瑞哥里(Gregory of Rimini)連在一起。「複合意義」無法納入在任何亞里斯多德(Aristotle)的範疇當中，所以它不是以平常的方式「存在」(exist)著。儘管如此，它們仍在某種程度上是實在的。這是因為，在創世之前，除了上帝無物存在，然而，即使在那一時刻，上帝仍知道世界將要存在。這種知識的對象不能已經是上帝自身(因為上帝是必然的，而世界的存在則是偶然的)，而它在創世之前也還不存在。然而，它已實在得足以成為知識的對象。某些持這樣看法的學者認為，這些實體不僅僅以某種借助複合陳述的方式而具有意義，它們自身就其內在結構上來說即為複合的；「複合意義」這一術語對它們的理論來說是極為特別的。關於「複合意義」的理論受到中世紀晚期的唯名論者(nominalists)的強烈批評。

參見 abstract entity 抽象實體；proposition 命題

P.V.S.撰　王文方審訂

***complexum significabile*　複合意義**　見 *complexe significabile* 複合意義

composition, fallacy of　組成的謬誤　見 informal fallacy 非形式謬誤

compositional intention　組合的意圖　見 Lewis, David 路易士，大衛・K

compositionality　組合性　見 cognitive science 認知科學；philosophy of language 語言哲學

compossible　可相容的　能夠一起存在或發生。例如，兩個個體是可相容的，如果其中一個的存在與另外一個的存在是可並立的(compatible)。用可能世界(possible worlds)的話來說，東西是可相容的，如果存在一個可能世界，而所有的東西都屬於這個世界；否則，它們就不相容。並非所有的可能性都是相容的，例如，在西元 3000 年來到之前地球上所有的生命都消滅了，是可能的事；而所有的生命持續到西元 10000 年，也是可能的；然而，上述兩件事不可能兩者都發生，所以它們是不相容的。萊布尼茲(Leibniz)認為，所

有並未實現的可能性(non-actualized possibility)都與已經實現的事不相容。
參見 principle of plenitude 充足原理
P.Mac.撰　劉希文審訂

comprehension　內涵　當用於某個詞時，指該詞所蘊涵的屬性的集合。例如，「正方形」的內涵包括以下屬性：是一個四邊形，每一條邊長度相等，是一個平面圖形……等等。某個詞的內涵與其外延(extension)形成對比關係，外延是該詞所能應用的個體的集合(the set of individuals)。詞的外延與內涵的差別是阿爾諾(Arnauld)和皮埃爾・尼柯爾(Pierre Nicole)於 1662 年在《波爾羅亞爾邏輯》(*Port-Royal Logic*)一書中引入的。現代邏輯中通常以「intension」(內涵)代替「comprehension」(內涵)。不過，這兩種表式本質上都有幾分含混。
參見 axiom of comprehension 內涵公理
V.K.撰　王文方審訂

comprehension, axiom of　內涵公理　見 axiom of comprehension 內涵公理

comprehension, principle of　涵括原則　見 set theory 集合論

comprehension schema　涵括公設系　見 set-theoretic paradoxes 集合論悖論

compresence　共現　用羅素(Russell)在他晚期著作(尤其是《人類的知識：其範圍和限度》〔*Human Knowledge: Its Scope and Limits*, 1948〕)中的話來說，共現是一種不可分析的關係，但它使具體特殊的物體成為可分析的。具體而特殊的物體可以分析為共現(compresent)在該物體的所有性質複合體(complexes of qualities)。儘管該關係只能給實指的(ostensive)定義，羅素仍然指出，它在心理學中呈現為「某個經驗中的同時性」(simultaneity in one experience)，在物理學中呈現為「時空重疊」(overlapping in space-time)。「完全共現複合體」(complete complexes of compresence)是具有以下兩種屬性的性質複合體：(1)該複合體中的所有成員都是共現的；(2)給定任何並非該複合體中成員的事物，則該複合體中至少有一個成員，與該物體不呈共現關係。羅素論證說，強有力的經驗證據支持，沒有兩個完全複合體具有全然相同的性質。最終，時空瞬間點(space-time point-instants)被羅素分析為完全共現複合體。而自另一方面而言，具體事物(concrete particulars)則被分析為與特定因果律相關的不完全共現複合體。
參見 bundle theory 集束理論；Russell 羅素
A.C.撰　王文方審訂

computability　可計算性　簡略而言，指用涂林機(Turing machine)做計算的可能性。由涂林(1936 年)首先所給出具有說服力的定義，可證明等價於種種其他合理的定義，因此一般認為可計算性概念是一個絕對的概念。涂林定義裡的計算是由一個想像的紙帶處理機執行，假若為現代的數位計算機提供充足的內儲能力，那麼，涂林機能與現代計算機計算相同的函數(不論是單純的和與積，還是高度複雜奇怪的函數)。所謂「涂林論題」(Turing's thesis)是一個絕對性的斷言：「任何可計算的函數都可用涂林機計算」。而「丘奇論題」(Church's thesis)是丘奇(1935 年)針對 λ-可計算性概念所做的類似斷言。馬可夫算法(Markov algorithms)和克林尼(S. C. Kleene)的一般遞迴性等也有相似的論題。已經證

明，所有這些方式計算出相同的函數。要想證明這些論題中的任何一個都是無望的，因為，這類證明需要先定義「可計算的」(computable)——這種定義只是使上表再新增一項，再多一個新的論題。然而，由於在特殊情形下，真正新種類的計算也許可以辨識出來。涂林論題及其等價論題如果是錯的，很可能因為發現某個特定的函數和計算它的方法，以及證明涂林機不能計算它，而決定性地被駁倒。

所謂「停機問題」(halting problem)是問可否找到涂林機來計算函數 $h(m, n) = 1$ 或 0，而該函數值為 1 當且僅當第 m 號涂林機一旦從帶上的起始數值 n 開動，最後計算會停止。這個問題是不可解的，理由如下：因為計算 h 的涂林機能夠修改成計算函數 $g(n)$，當 $h(n, n) = 1$ 之時，$g(n)$是無定義的(機器進入了無限循環之中)，否則 $g(n)$就與 $h(n, n)$相同。然而，這架修改的機器——比方說是第 k 號涂林機——將會產生矛盾：帶上從 k 開始，它最終會停機當且僅當它不會停機。涂林通過把停機問題化約到邏輯決定性問題(decision problem)，證明了決定性問題的不可解。決定性問題在尋求涂林機，把該機器應用於第 n 號句式時，判定它到底是否正確。化約是說解決後者的方法可以轉換成解決前者的方法。

參見 Church's thesis 丘奇論題；computer theory 計算機理論；Turing machine 涂林機

R.J.撰　李國偉審訂

computability, algorithmic　算法上的可計算性　見 algorithm 算法

computable　可計算的　見 effective procedure 有效程序

computational　計算的　見 computer theory 計算機理論

computational theories of mind　心靈的計算理論　見 cognitive science 認知科學

computer modeling　計算機編制模型　見 computer theory 計算機理論

computer program　計算機程式　見 computer theory 計算機理論

computer theory　計算機理論　關於現代數位電子計算機的設計、使用、能力和侷限的理論。它具有重要的哲學意義，我們可以從許多哲學論文討論方面問題看出這種重要性。

現代計算機是一種截然不同的新型機器，因為它們是邏輯和算術的形式語言在實際上的物理實現。計算機運用複雜精微的語言，它們具有比以前的機器高出好幾個數量級的推理能力。因為它們在許多重要任務上比人類自身的能力更為優越，它們導致一場與工業革命同樣影響深遠的社會革命，而且這場革命仍在極速發展之中。此外，計算機本身也在快速演化。

當一部計算機被增添了知覺和行動的機件時，它就成為一種強有力的控制系統，或成為一個機器人(robot)。要想理解計算機對於哲學的意義，人們應當去想像一個機器人，它具有被植入的基本目標和意志，甚至包括相互衝突的目標和相互競爭的慾望。這種觀念第一次出現在查佩克(Karel Čpek)的戲劇《羅蘇姆的萬能機器人》(*Rossum's Universal Robots*, 1920)中，所謂「robot」這個名詞也是在該劇中誕生的。

計算機具有「硬體」(hardware)和「程式語言」(programming languages)兩個部分。它們各自的理論都與哲學相關。

一部計算機的軟體和硬體在某種程度上類似於人的心靈和身體。如果我們在這方面追隨裴爾斯(Peirce)的思想，並把在自然和人體中的信息處理都考慮在內(而不僅僅侷限於對語言的有意識地運用)，那麼，這種類比的程度就更會加強。演化過程產生了一系列愈來愈高層次的符號使用和信息處理：如自我複製的化學物，細胞的再生，主導有機體形式生成的遺傳程式，有機體中的化學和神經信號，人的無意識信息處理，日常語言和專技語言等等。然而，每一層次都是從它的前身逐漸演化而來，導致身體與心靈的分界線非常籠統。

一部計算機的硬體典型地由三大塊組成：記憶體(memory)、處理器(processor)(包括算術單位和控制器)，以及各種用於機器和環境之間溝通的輸入-輸出設備(input-output devices)。記憶體既存儲要被處理的數據(data)，又存儲主導該處理的程式(program)。處理機擁有一個轉換數據的算術-邏輯單位(arithmetic-logic unit)，還有一個執行程式的控制器(control)。記憶體、處理器和輸入-輸出設備通過一個快速交換系統相互溝通。

記憶體和處理器是由寄存器(registers)、加法器(adders)、開關(switches)、電線和其他各種內部組件構成。這些東西自身則由電晶體(transistors)、電阻(resistors)和電線等電子原件構成。輸入和輸出設備既運用機械和機電技術，也運用電子技術。某些輸入-輸出設備也用做輔助記憶體，例如軟磁碟和磁帶。由於理論上的需求，可以想像計算機擁有無限可擴展的儲存帶。如此想像之下，一部計算機即一部涂林機的物理實現。所謂無限可擴展的記憶體觀念，類似於邏輯學家關於公理化形式語言擁有無限個證明和定理的概念。

一部現代電子計算機的軟體是以一種分層的程式語言來書寫的。高層語言被設計出來供程式設計員、操作員和維護人員所使用。「機器語言」(machine langnage)是基本的硬體語言，由控制器解釋和執行。其詞彙則是二進制的數字或「位元」(bits)的序列。書寫在中間層語言的程式，被計算機用於把人類使用者運用的語言，翻譯成為執行中的機器語言。

一種程式語言擁有實現以下三種操作的指令：數據運算與傳送、把控制從程式的一部分轉移到另一部分，以及程式的自行修正。馮・諾曼(von Neumann)設計了第一種現代程式語言。

一種程式語言是為一般性目的所使用的，執行這種語言的電子計算機在原則上可以實現任何演算或有效程序，其中包括模擬任何其他的計算機。因此，現代電子計算機是實用地實現了某種萬能涂林機的抽象概念。在實踐上究竟什麼可以被計算，當然得取決於計算機技術及其資源的發展現狀。

對許多分布在不同空間位置的計算機來說，通常會通過電話、無線電和衛星通訊系統，把它們相互聯結成複雜的網絡。因為網絡某部分的使用者能夠合法或非法地(例如借助某種「計算機病毒」〔computer virus〕)控制網絡的其他部分，一個全球計算機網絡實際上是一部全球計算機。如此龐大的計算機網絡極大地增強了人們在社會上的相互依賴性，這是對社會哲學至關重要的事實。

計算機理論具有兩個分支，分別對應於計算機的硬體和軟體部分。

硬體理論最基本的概念是所謂的「有限自動機」(finite automaton)，它既可以被表述為簡單的計算元件的某種理想化的邏輯網絡，也能被表述為相應的輸入、輸出和內部狀態的時間系統。

有限自動機可以被定義為真值函數開關和簡單記憶元件形成的邏輯網絡，它們彼此之間靠理想化的線路連結。這些元件同步發生作用，每一線路在每一時刻 t = 0, 1, 2, ...都處在二元狀態(0 或 1)之中。每一開關元件(或「門」)則執行簡單真值函數運算(否定、或、且、也不、不是-並且，等等)，並被想像為瞬間操作(可與句子連結詞和真值表做一比較)。某個記憶單元(觸發器，二元計數器，單位延遲線)能保存其輸入位元若干時間單位。

某個結構良好的開關和記憶單元網絡，不一定只從開關獲得迴路，它能典型地通過記憶單元而獲得反饋迴路。邏輯網絡的線路具有三種類型：輸入的，內部的和輸出的。與之相應，某個邏輯網絡在每一時刻都擁有輸入狀態、內部狀態和輸出狀態。邏輯網絡或自動機不必然擁有任何輸入線路，在這種情況下它就是一個封閉系統。

邏輯網絡的全部歷程可由決定律描述：在每一時刻 t，網絡的輸入和內部狀態決定了它的輸出狀態和它的下一個內部狀態。這把我們引向「有限自動機」的第二種定義：它是具有雙表的定向有限狀態系統，轉換表(transition table)對於每一對輸入和內部狀態指定產生的下一個內部狀態。輸出表(output table)則對於每一對輸入和內部狀態指定產生的輸出狀態。

對計算機硬體的狀態分析方法只對具有少量元件(例如，一個二進編十進計數器)的系統具有實用價值，因為狀態數目以元件數目的某種冪次增加。這種複雜度隨輸入大小快速增長的現象稱做組合爆炸，它適用於許多離散系統中。不過，對有限自動機的狀態分析方法，確實產生了由規則控制系統的抽象模型，這對於邏輯和哲學來說都是饒有興味的事情。一部正確運作的數位計算機是一部有限自動機。涂林根據狀態定義了我們現在稱為「涂林機」中的有限部分。人會不會比有限自動機具有更強的計算能力，是頗令人懷疑的。

一部封閉的有限自動機例示了尼采(Nietzsche)所說的「永恆迴歸原則」(law of eternal return)。由於一部有限自動機只有有限數目的內部狀態，那麼，內部狀態中至少有一個必須在任何無限的狀態歷程裡出現無限多次。還由於一部封閉的有限自動機是定向的，它也沒有輸入，那麼當重複狀態發生時，接續的同樣狀態序列會重複出現。因此，封閉有限自動機的歷程會呈現周期性，正如在尼采的永恆迴歸原則中那樣。

理想化的神經元有時被用做邏輯網絡中的元件，而且對任何大腦和中樞神經系統而言，都存在著表現和執行相同功能的邏輯網絡，這種說法似乎頗為可信。這顯示了有限自動機與大腦和中樞神經系統的緊密聯繫。一部有限自動機的開關和記憶元件可以具有機率性，因而產生「機率自動機」(probabilistic automaton)。這些自動機是非定向(indeterministic)系統的模型。

馮・諾曼向我們顯示了如何把定向性邏輯網絡，擴展到包含著自我生殖自動機的系統上去。這是一個與生命的本性息息相關的最基本的邏輯設計。

在計算機程式理論中，與哲學關係最為密切的部分包括對萊布尼茲(Leibniz)關於「萬能符號」(*characteristica universalis*)和推理演算(calculus ratiocinator)猜測的回答。萊布尼茲指出，「我們的所有推理都僅僅是對符號的連接和代換，不管這些符號是詞、是記號或是圖像。」因而他認為人能構造一種普遍的算術語言，它具有兩個哲學意義極大的屬性。第一，每一個原子概念將由一個質數來表示。第二，任何一個以萬能符號表述的邏輯上非真即假的命題的真值，是可以用算術來計算的，因此，任何理性的爭執都可通過計算而得以解決。萊布尼茲期望在計算器的幫助下，用手來完成計算任務；今天，我們可以在電子計算機上完成這一任務。不過，我們今天知道，萊布尼茲預期的語言不可能存在，這是因為，沒有計算機(或計算機程式)能夠把提供給它的每一個邏輯上非真即假命題的真值都計算出來。這一事實是根據某個關於計算機程式能力侷限的邏輯定理中引申出來的。讓 E 為某個具有無限可擴展記憶體的現代電子計算機，如此 E 已具有萬能涂林機的能力。同時讓 L 為所有算術命題都可以在其中表述的任何形式語言，而且它還具有一致性。萊布尼茲預想的「萬能符號」將會是這樣一種語言。現在，一部能正確操作的計算機就是一種行動的形式語言，它用演繹的方法執行其程式的指令。因此，哥德爾關於形式算術的不完備性定理可應用到計算機 E 之上。根據這些定理可知，沒有一個程式可以使計算機 E 來判定任意 L 命題的真假，無論該命題是否為真。更強地說，甚至不可能存在一種程式，能夠使 E 依次枚舉 L 語言裡的真語句。因而，萊布尼茲的「萬能符號」是不可能存在的。

電子計算機是第一種行動的或「活著的」數學系統。它們踵繼歷史上一長串求知的數學工具，如幾何學、代數學、微分和積分方程、機率和統計學，以及現代數學之後，成為最新的成員。

對計算機程式最有效的運用，在於指派計算機做比人做得更好的任務。計算機被設計和編寫程式來配合人類，使得人機雙方的計算、儲存和判斷能力得以綜合起來。這種人與機結合的力量，將隨計算機速度的加快、能力的加強和操作的更為便捷而以指數速率上升，與此同時，計算機則變得更小更便宜了。人機結合的社會意義極為重要。

現代電子計算機為發現的邏輯提供了新的工具。一位研究者(或眾多研究者)互動地操作一部計算機，可以把計算機當做一部萬能模擬器，動態地為系統製作模型，這些系統(包括非線性系統)因為過於複雜，以至於傳統數學方法無法對之加以研究。模擬通常是用於解釋已知的經驗結果，也用於發展可由觀察加以檢測的新假設。計算機模型和模擬在複雜度、動態、可控制性和視覺展示性等方面都是得天獨厚的。這些性質使它們在製模型方面成為重要的新工具，因而也與某些重要的哲學問題休戚相關。

人機結合尤其適用於研究具有反饋功能(參見「控制論」〔cybernetics〕條目)的複雜整體和分層系統，包括自我調適的目標導向系統。一個分層-反饋系統是一種組織成數個層面的動態結構，其中一個層面的複合物可作為更高一層面的原子或基礎構件，還具有在層面之上和之間運作的影響迴路。例如，一個複雜的人類機構具有數個層面，其中的人自身就是在化學的、細胞的、器官的，以及諸如肺和中樞神經系統等，系統意義上的分層組織。

一般來說，這些系統的運轉要比傳統力學系統的運轉複雜得多。試把某個有機體、某個社會或某種生態環境與我們的行星系統(由克普勒〔Kepler〕和牛頓〔Newton〕所描繪的)做一比較。簡單的公式(橢圓)即描繪了行星的軌道。若更深一層說，行星系統是穩定的，也就是小的擾動對行星系統後續過程產生相對微小的變異。與之相比，在某種整體的分層反饋系統狀態中，某個微小的變化則經常在行為上放大成巨大的差異，並成為「混沌理論」(chaos theory)所關心的課題。因為這一原因，在計算機上為這些系統製作模型，並跑一些樣本的歷程，是相當有用的。操作的人可以尋求有代表性的事例、令人感興趣的現象和操作的一般原則。

人機研究方法在研究生物演化和複雜的自我調適目標導向系統的實際歷史發展上應該是一項有用的工具。演化既是一個物理和化學過程，更是一個邏輯和溝通的過程。然而，演化傾向於統計性勝於傾向決定論性質，因為該系統在某時間的狀態並未導致後繼單一的歷程，而是諸多可能歷程的某種機率分布。例如基因的突變和互換操作，實際上是機率性的操作。然而，儘管演化是隨機的，但它並不能根據相對頻率的極限來得到理解，因為重要的演化在於新現象的反覆出現，可能並不存在著朝一種最終狀態或極限的演化收斂過程。毋寧說，為了理解演化現象，研究者必須對包括演化過程諸關鍵階段在內的演化史呈現的統計頻譜(statistical spectra)做一種模擬。

許多重要的演化現象是通過使用模擬方法，加上觀察與實驗，而加以研究。演化產生了一系列組織層面：化學的自我複製，細胞的自我生殖，細胞的群落，簡單有機體，單性生殖，帶有遺傳上的顯性與隱性性狀的雙性生殖，由器官構成的生物體，人類，和人類社會。大部分這類系統都是複雜的分層反饋系統，一個饒有興趣的問題是理解它們是怎樣從較早期的系統中浮現出來的。在演化的所有階段裡，競爭和合作構成的相互關係也是一個重要的課題，並與社會哲學和倫理學密切相關。

某些基本的知識論和形上學概念進入了計算機編製模型的工作中。模型是其對象的一個妥善發展的概念，表現了諸如結構和功能的特徵。模型在重要方面類似於其對象，但比對象更為簡潔，用數學術語說，某種模型與其對象是同態的(homomorphic)而非同構的(isomorphic)。不過，把模型想像成與它所依之做模型的系統的某個嵌入子系統(embedded subsystem)同構，則是頗為有用的。例如，氣體是由粒子的微觀狀態組成的複雜系統，但是，這些微觀狀態可以組合成宏觀狀態，其中的壓力、體積和溫度都滿足氣體定律 $PV = kT$。從氣體的詳細機制中推導出這一定律，其實就是把嵌入子系統化約到基底系統。在許多情況中，用簡單嵌入子系統進行運作是合適的，但也有些情況中，必須用更為複雜的但完全的基底系統進行運作。

嵌入子系統的定律可能在類別上不同於基底系統。比如設想一部隨機投擲硬幣的機器。投擲的序列遵循一種簡單的機率規則，而複雜的基底力學系統則是定向式的。投擲的隨機序列是一個嵌入在某個定向式系統中的機率系統，對這種嵌入關係所做的數學說明，完成了把機率系統化約到定向式系統。試與兼容主義者(compatibilist)的自由選擇可嵌入定向式系統中的斷言做一比較。也可與某種「偽隨機性」(pseudorandom)序列做一比較，該序列是一種定向式序列，但是對給定(有限)的模擬，它展現充分的隨機性。最後應該注意的是量子力學的機率系統是定向式力學系統的基底。

模型被目標導向系統用於解決問題及適應環境的方式，目前是由人機結合來作模型。由於計算機軟體可以轉化為硬體，合適運用模型的成功模擬就能夠在機器人的設計上採納。人類的意向性(intentionality)涉及運用模型，模擬人自己與他人及環境的關係。一部運用這樣模型能解決問題的計算機，將是朝具備全部人類能力的機器人邁進的一大步。

諸如此類的考慮把我們引向邏輯機械論的哲學(philosophy of logical mechanism)的中心論題：一部有限的定向式自動機可以執行人類的所有功能。該論題在原則上似乎是有理的(在賽爾蒙〔Merrilee Salmon〕編輯的《邏輯機械論的哲學》〔*The Philosophy of Logical Mechanism*, 1990〕一書中有專門的論述)。一部數位計算機具有推理和記憶能力。機器人從外部環境通過感覺輸入而收集信息，它們具備移動和行動的設備。為了得到一個具備人類能力的機器人，人們有必要把這些能力受制於一個具有慾望、目的和目標的系統。邏輯機械論是某種形式的機械論或唯物主義，然而，它與傳統形式的機械論或唯物主義學說不同，因為它依賴計算機的邏輯能力、演化的邏輯本性及其結果。現代計算機是某種特殊的複雜分層物理系統，該系統具備記憶體、處理機和控制器，並運用一種分層的程式語言。人是演化所創造的複雜分層系統，他具備在化學、細胞、器官和系統(例如循環系統、神經和免疫系統)之上的結構層面，還具備在基因、酵素、神經信號和免疫識別等語言學上的層面。傳統唯物主義者既沒擁有一部這類模型的計算機，也不曾達到當代人對於演化過程的認識程度，因而也不能對邏輯和推理，以及諸如目標導向和自我模造(self-modeling)等現象做出充分的說明。

參見 artificial intelligence 人工智慧；cybernetics 控制論；determinism 決定論；Gödel's incompleteness theorems 哥德爾不完備定理；self-reproducing automaton 自我複製自動機；Turing machine 涂林機

A.W.B.撰　李國偉審訂

Comte, Auguste　孔德，奧古斯特(1798-1857)　法國哲學家和社會學家，實證主義(positivism)的創始人。他在巴黎的綜合技術學校(l'École Polytechnique)接受教育，他曾在那裡短暫地教過一段時間的數學。因罹患精神疾病而暫時中止了工作。

為了與經驗主義保持一致，孔德認為有關世界的知識源於觀察。不過，他經由否定不可觀察的物理對象之知識的可能性，而如此超越了許多經驗主義哲學家。他把實證主義構想為一種基於觀察，並限於可觀察對象的研究方法。他主要應用實證主義於科學。他聲稱，科學的目的在於預測，而預測是通過使用連續律(laws of succession)而得以實現的。解釋就其可獲致的結果而言，具有與預測相同的結構。它把事件納入在連續律的影響之下；它不是一個因果關係。在康德(Kant)的影響下，他認為現象的原因和物自體(things-in-themselves)的本性是不可知的。他批評形上學(metaphysics)把精力浪費在對這些事物的無謂思辨上；他指責形上學沒有使想像力置於觀察之下。他把實證主義進一步擴展到所有科學，但是認為，每一門科學都有自己另外的專門方法，具有並非從人類智性自其他科學導出的法則。他與約翰・斯圖亞特・彌爾(J. S. Mill)頻繁通信，後者在信中鼓勵了孔德的工作，並在《奧古斯特・孔德和實證主義》(*Auguste Comte and Positivism*, 1865)一書討論這件事。二十世紀的邏輯實證主義(logical positivism)受到了孔德觀念的激勵。

孔德是社會學(sociology)的創始人，他把它稱為「社會物理學」(social physics)。他把科學分成靜態的和動態的兩類，它們分別處理社會組織(social organization)和社會發展(social development)的問題。他提倡一種包括上述兩類的歷史研究方法。當著眼於社會發展的法則時，他指出所有社會都經歷了三個思想發展階段，即：首先以神學方式，然後以形上學方式，最終以實證主義，方式來解釋現象。依據自然法則來理解社會發展，而這個一般觀念被馬克思(Marx)所採納。

孔德最重要的著作是他的六卷本巨著《實證哲學教程》(*Cours de philosophie positive*〔*Course in Positive Philosophy*〕, 1830-42〕)。該著作對各門科學做了百科全書式的論述，全書致力於弘揚實證主義，並在引進社會學這門學科時達到高潮。

參見 empiricism 經驗主義；logical positivism 邏輯實證主義

P.We.撰　江金太審訂

conative　意圖的　見 volition 意志

conceivability　可設想性　可設想性是一種被設想或被想像的能力，因此，金山是可設想的；圓的正方形是不可設想的。正如笛卡兒(Descartes)所指出來的，這裡所要求的可想像性，並不是那種形成心理圖像的能力。千邊形、笛卡兒式的心靈，以及上帝都是可以設想的，雖則它們都無法在「心靈之眼」(in the mind's eye)中形成圖象。歷史上可供參考的例子包括：安瑟倫(Anselm)對上帝的定義：一個不能設想較之更為偉大的存有者；以及笛卡兒從設想「非身體性的存有」(disembodied existence)之可能性來論證二元論。休姆(Hume)有好幾個論證也是依於這樣的格準：凡是可設想的便是可能的。例如他論證道：一個事件可以沒有原因而發生，因為這是可以設想的；而他對歸納法的批判便是依賴這樣的推論：從「正常的情形有所變化，這是可以設想的」到「這樣的變化是可能的」。在對此做回應時，里德(Reid)堅持主張：我們去設想，只不過是去理解一命題的意義而已。里德論證道：不可能性是能夠被設想的，那是因為我們必須要對「假」(falsehoods)能夠有所理解。許多人把可設想性與可能性完全等同起來，因此說某事物是(不)可設想的，便不外是說它是(不)可能的。這樣的用法是有爭議性的，因為廣泛地來說，可設想性是一個知識論的概念，它關心的是什麼事物可以被思想，而可能性卻是一個形上學的觀念，它關心的是事物為何能夠存在。

同樣的爭議也可發生在合共可能(compossible)或共可能(co-possible)的情形，只要兩個事態有可能都成立，則兩者是合共可能的；只要兩個命題的連言是可能的，則此兩者是合共可能的。又或者說，兩事物是合共可能的，當且僅當存在一個包含此二者的可能世界。萊布尼茲(Leibniz)主張：兩事物是合共可能的，只要它們都可以被歸屬到同樣的可能世界而絲毫沒有矛盾。「有許多的可能宇宙存在，合共可能物所組成的每一個集合，都構成了當中的一個可能宇宙。」還有其他人曾經論證：對於可能性或合共可能性來說，僅僅「非矛盾」(non-contradiction)是不夠的。

聲稱「某事物是不可設想的」，通常不單只是意味著我們沒有能力去設想而已，它更是要說：如果嘗試去設想的話，結果會有一種在現象上很明顯的心理拒斥感，例如當我們試圖去設想一個同時是全紅又全綠的對象的時候。依照這種用法，不可設想的事物可能相當於一個人可以完全看到其為不可能的事物。與此相關的有兩種對「可設想」的用法：(1)並非上述意義下的不可設想；(2)一個人可以完全看到其為可能的。數學上的哥德巴哈猜測(Goldbach's conjecture)，似乎是上述第一種而不是第二種意義下的「可設想的事物」之明顯例子。

參見 Leibniz 萊布尼茲；necessity 必然性；possible world 可能世界

P.Ti.撰　趙之振審訂

concept　概念　見 conceptualism 概念論

concept, denoting　指稱概念　見 Russell 羅素

concept theoretical　理論的概念　見 theoretical term 理論術語

conceptual analysis　概念分析　見 analysis 分析

conceptual immediacy　概念上的直接　見 immediacy 直接

conceptualism　概念論　認為共相(universals)不存在的觀點，以及認為人們所設想的共相的分類功能事實上是由心靈中的特殊概念所提供的觀點。共相是不止一個的個別物體(或殊相)在同一時間所例示的屬性；例如，假如這一頁書的形狀與下一頁書的形狀相同的話，那麼，這頁書的形狀就成為由兩個不同的事物在同一時間所例示的屬性。如果這頁書的形狀被看作位於這些書頁所在的地方，那麼，它就是「內在的」(immanent)共相。如果它被看作自身不具備時空位置，而是僅僅與佔據該位置的事物形成一種通常稱作「例示」(instantiation or exemplification)的關係的話，那麼該頁書的形狀就是「超驗的」(transcendent)的共相，並被假定為不需任何例示而可以自己存在，正如柏拉圖(Plato)所主張的那樣。概念論者反對以上兩種觀點，他們主張共相僅僅是概念。在最普遍的程度上說，某個概念可能被理解成為某種分類的原則(a principle of classification)，它可以在斷定某個實體是否歸屬於某個特定類時起指導我們的作用。當然，當性質被理解為共相時完全滿足這一定義，因此它們可以被稱為概念，正如弗雷格(Frege)所做的那樣。然而，概念論者對於概念的根本看法則認為，概念是(1)心理上的表徵(mental representations)，通常稱作「觀念」(ideas)，這些表徵基於與被分類事物的類似關係而發揮其分類功能；或是(2)概念是大腦的狀態，它們發揮相同的分類功能，然而這種分類功能不是通過與被分類事物之間的相似性而實現的；或是(3)概念是一般詞彙(形容詞、一般名詞、動詞)或對這些一般詞彙的運用，某個實體是否歸屬於特定的類是由該實體是否能用合適的詞彙來應

用的所謂可應用性(applicability)來決定的；或是(4)概念是正確分類的能力，不管它們是否得力於上述(1)、(2)、(3)中任何一條之助。贊同(3)的人們應該被更準確地稱作唯名論者(nominalists)。無論人們以何種方式理解概念，也不管概念論是對是錯，它們顯然對我們理解和認識任何事物都是至關重要的，即使是在認知的最基本層面——即認識識別(recognition)——上也不例外。關於該論題的經典著作是由普賴斯(H. H. Price)編輯出版的《思維與經驗》(*Thinking and Experience*, 1954)一書，而普賴斯本人則持上述看法中的第(4)條。

參見 metaphysics 形上學；Plato 柏拉圖；property 性質

P.Bu.撰　王文方審訂

conceptual polarity　**概念上的極端**　見 polarity 極端

conceptual priority　**概念先行性**　見 dependence 依賴關係

conceptual role semantics　**概念作用語意學**　見 meaning 意義；philosophy of mind 心靈哲學

conceptual role theory of meaning　**意義概念角色理論**　見 meaning 意義

conceptual truth　**概念真理**　analytic-synthetic distinction 分析-綜合區分

conciliarism　**教會會議至上主義**　見 Gerson 杰森

concilience　**統合**　見 Whewell 修艾爾

conclusive evidence　**終結的證據**　見 evidence 證據

conclusive justification　**結論性的證成**　見 justification 證成

concomitant variation, method of　**共變法**　見 Mill's methods 彌爾方法

concrescence　**共生**　見 Whitehead 懷德海

concrete universal　**具體的普遍**　見 Hegel 黑格爾

concretion, principle of　**具體化原則**　見 Whitehead 懷德海

concretism　**具體主義**　見 reism 實存主義

concurrent cause　**同時因**　見 causation 因果關係

concursus dei　**上帝的參與**　上帝的參與(God's concurrence)。從中世紀哲學神學中引申出來的觀念，根據這種觀念，任何有關受造物的因果關係事件既需要真正的因果力的作

用，也需要上帝在因果活動中的作用。尤其是當某人的行動是此人自身因果力之結果的時候，此時此人自身因果力包括此人深思熟慮和選擇的能力，以及上帝在因果關係中所持的贊同態度。上帝的參與主張，上帝活動的本質較單純地維持受造世界的存在更具決定性。儘管上帝的參與贊同機緣論(occasionalism)所持的認為上帝的大能為任何事件發生的必要前提的觀點，然而就機緣論把受造物看作是在因果關係中起主動作用而言，上帝的參與迥異於機緣論。

參見 occasionalism 偶因論

W.E.M.撰　丁福寧審訂

Condillac, Étienne Bonnot de　孔迪拉克，葉迪恩·波內·德(1714-80)　法國哲學家，經驗主義者，被視為是他那一代最偉大的分析心靈。他和盧梭(Rousseau)及狄德羅(Diderot)熟識，但一生均留在教會。他幾乎(或許過度)被認同為如下形象：在《感官知覺論》(*Treatise on Sense Perception*〔*Traité des sensations*〕, 1754)中，他賦予了五種感官以解釋知覺如何被同化並產生理解(亦可參照他的《人類知識起源論》〔*Treatise on the Origins of Human Knowledge*, 1746〕)。他與前輩們維持了關鍵的距離：他採納了洛克(Locke)的「白板」(*tabula rasa*)，但從他的首部著作到《邏輯》(*Logic*〔*Logique*〕, 1780)，他都堅持了心靈的創造性角色，因為心靈分析並比較了感官印象。他的《動物論》(*Treatise on Animals*〔*Traité des animaux*〕, 1755)納入了一個上帝存在的論證，思考有感生物，而非如笛卡兒(Descartes)般思考「動物機器」(*animaux machines*)，並視上帝為最終原因。在《單子學》(*Monadology*〔*Monadologie*〕, 1748；於 1980 年重新發現)中，他重塑了萊布尼茲(Leibniz)的單子。在《數的語言》(*Language of Numbers*〔*Langue des calculs*〕, 1798)中，他提出了數學，以作為清晰分析的模型。

語言的起源及符號的創造，最後成了他的主要關懷。他在《系統論》(*Treatise on Systems*〔*Traité des systèmes*〕, 1749)中拒絕形上學(metaphysics)的觀點，受到過度強調，孔迪拉克的確用感官經驗和反思取代了理性建構。他的經驗主義被誤認為唯物論，而清晰分析則被誤認為簡化。「觀念論者」(ideologues)得·垂思(Destutt de Tracy)和拉若米吉瑞(Laromiguière)在他的作品中發現了洛克。傑佛遜(Jefferson)讚揚他。迪·拜倫(Maine de Biran)雖持批評態度，但仍受惠於他的知覺及自我概念；科辛(Cousin)不喜歡他；索緒爾(Saussure)則將他視為研究語言起源的先驅。

參見 Leibniz 萊布尼茲；Locke 洛克；sensationalism 感覺主義

O.A.H.撰　苑舉正審訂

condition　條件　某種事態或「事物存在的方式」，一般最常被認為是與蘊涵之或被之蘊涵的某物有關。若以 p、q 和 r 作為代表陳述句的簡稱字母；讓 P、Q 和 R 成為所對應的名詞，例如，假如 p 是「雪是白的」(snow is white)，那麼，P 就是「雪的作為白色」(snow's being white)。P 可以在數種意義中的任何一種下成為 Q 的必要或充分條件。在程度最弱的意義上，P 是 Q 的充分條件當且僅當：若 p 則 q(或者若 P 是真實的則 Q 也是真實的)——此條件式被理解成是「實況」(material)，正如把它僅僅等同於-(p&-q)。同時，Q 是 P 的必要條件當且僅當：若-q 則-p。也就是說：P 是 Q 的充分條件當且僅當 Q 是 P 的必要條件。基本上來說，充分性和必要性較強的意義，可被定義如下：P 對 Q 來說是「自然法則地充分的」(nomologically sufficient)(或必要的)，當且僅當它依循著自然法則若 p 則 q(若 q 則 p)，若無此自然法則，它便不成立。P 對 Q 來說是「真實地或形上地」(alethically or metaphysically)充分的(或必要的)，當且僅當若 p 則 q(若 q 則 p)是真實地或形上地必然。然而，或許在所有解釋中最通俗的一種，是根據虛擬條件式(subjunctive conditionals)來解釋條件，在這種方式中，P 是 Q 的充分條件當且僅當，除非 Q 發生否則 P 將不會發生，或者為：若 P 應當發生，則 Q 將會發生；當 P 是 Q 的必要條件當且僅當，除非 P 發生，否則 Q 將不會發生，或者是：若 Q 應當發生，則 P 將會發生。

參見 causation 因果關係；property 性質；state of affairs 事態

E.S.撰　苑舉正審訂

conditional　條件句　由一個語句(前件〔antecedent〕)透過連接詞「如果……那麼」連到第二個語句(後件〔consequent〕)之複合句，例如「如果阿柏喚，那麼小本應」。條件句(conditional)表達的命題(陳述等)稱作「條件命題(陳述等)」，也簡稱作 conditional。根據「如果……那麼」這一語詞之歧義，可以把條件命題分成實質(material)條件句、因果(causal)條件句、與事實相反的(counterfactual)條件句等等。在傳統邏輯，條件句稱作假設句。在數理邏輯之某些領域，條件命題稱作蘊涵句(implication)。學者仍在為正確分析條件句之意義而努力及爭議著。

參見 corresponding conditional 論證之對應條件句；counterfactuals 非現實句；implication 蘊涵；proposition 命題；truth table 真值表

J.Cor.撰　龔維正審訂

conditional, material　實質條件句　見 counterfactuals 非現實句；implication 蘊涵

conditional, strict　嚴格條件句　見 counterfactuals 非現實句；implication 蘊涵

conditional probability　條件機率　見 probability 機率

conditional proof　條件證明　(1)論證形式「B 可由 A 推得；所以，若 A 則 B」，以及符合這種形式的論證。(2)推理規則，它允許人們去推得一個條件式，只要能假定(該條件式的)前件(antecedent)而推導出(該條件式的)後件(consequent)。這種規則也稱為「條件證明規則」(the rule of conditional proof)或「⊃-引入」(⊃-introduction)。

G.F.S.撰　李瑞麟審訂

conditional proposition　條件命題　見 conditional 條件句；converse 逆命題；counterfactuals 非現實句

conditioning　制約　制約，是一種聯結學習(associative learning)的形式，當思想或行為的改變是產生於事件的時間關係，它就發生了。一般區分兩種形態的制約；一、古典(classical)或巴夫洛夫(Pavlovian)式——行為的改變導因於發生於行為之前的事件；二、操作(operant)或手段(instrumental)的——行為改變的發生是因為行為後的事件。大致來說，古典與操作制約的行為對應於日常的、通俗心理學(folk-psychological)裡，對非自願與自願(或目標導向)行為的區分。在古典制約中，刺激或事件引起反應(如流口水)；中性的刺激(如晚餐鈴聲)可用來控制行為，當該刺激與已經引起行為的刺激(如晚餐的出現)配對起來的時候，此行為是非自願的。在操作制約中，刺激或事件在行為發生後來加強行為；中性的刺激之所以有增強(reinforce)的能力，是由於與實際的增強物配對起來。在這裡，行為增強的場合被當作是有差別的刺激引起(stimuli-evoking)行為。操作的行為是目

標導向的，如果不是有意識地或蓄意地，則是經由行為與增強間的聯結而來的。因此，晚餐的安排或調味可以當作是有差別的刺激，引起像「請把鹽遞給我」的請求，而說「謝謝」可以增強遞鹽的行為。

要把制約現象結合成一個制約的單一理論，並不太容易。有些理論學家力主操作制約其實是古典制約，只是它藉由事件間微妙的時間關係而隱藏了。其他的理論學家，力主操作制約需要增強與特殊刺激的心靈表徵(mental representations)。史金納(B. F. Skinner, 1904-90)在《華爾道二》(*Walden Two*, 1948)一書中，主張機敏的、仁慈的專家能夠、也應該使用制約來創造一個烏托邦(utopia)社會。

參見 redintegration 重整作用

G.A.G.撰　劉希文審訂

conditio sine qua non **必要條件**　拉丁文語詞，意為「一種無此則不成立的條件」(a condition without which not)即一般所謂的必要條件；某種若沒有它則其他東西不能存在或無從發生的東西。例如，成為平面是成為三角形的一種必要條件。有時該片語被特別強調為某種「無條件的預設」(an unconditioned presupposition)的同義詞來使用，不論這裡所指的無條件預設是指某個行動展開的無條件預設，或某個論證進行的無條件預設。

I.Bo.撰　王文方審訂

Condorcet, Marquis de　**孔多塞，瑪爾基·德**　瑪麗-讓-安托瓦內-尼古拉·德·伽里塔(Marie-Jean-Antoine-Nicolas de Caritat, 1743-1794)的尊稱，法國哲學家和政治理論家，他為《百科全書》(*Encyclopedia*)寫稿，還開創了對社會制度進行數學分析。儘管他是法國大革命時革命政府中一名重要人物，然而，他卻因自己的政治見解而遭控告，終致死於獄中。

孔多塞發現了投票悖論(voting paradox)，該悖論顯示，多數主義的投票選舉(majoritarian voting)會產生集團偏好的循環現象。例如，設想投票者 A、B 和 C，他們以以下方式排列提案 x、y 和 z：A：xyz，B：yzx，以及 C：zxy。那麼，根據多數主義的選舉，x 勝出 y，y 勝出 z，而 z 反過來又勝出 x。所以，由此導致的團體偏好即呈循環現象。發現這一問題有助於他開創估價投票選舉系統的社會選擇理論。孔多塞論證說，任何令人滿意的投票選舉系統，必須保證能夠在多數主義的競選中選擇一個勝出所有競爭者的提案。這樣一種提案稱作「孔多塞優勝者」(Condorcet winner)。他的「陪審團定理」(jury theorem)則指出，假如投票者表達他們對某件事情的看法(例如判斷被告是否有罪)，而且其中個別投票者代表的意見是正確的概率大於、等於和獨立於二分之一，那麼，多數人的投票較之個別人或少數人的投票就更傾向於正確。

孔多塞的主要著作有：《關於在由多數人投票獲得決定的概率時應用分析的論文》(*Essai sur l'ppication de l'nalyse à la probabilité des décisions rendues à la pluralité des voix*〔*Essay on the Application of Majority of Votes*〕, 1785)；以及一部他死後出版的論述社會事務的遺著《人類精神進步的歷史畫卷綱要》(*Esquisse d'un tableau historique des progrès de l'esprit humain*〔*Sketch for a Historical Picture of the Progress of the Human Mind*〕, 1795)。

參見 probability 機率；social choice theory 社會選擇理論；voting paradox 投票悖論

P.We.撰　江金太審訂

Condorcet winner　**孔多塞優勝者**　見 Condorcet 孔多塞

confirmation　驗證　在證據和由這種證據支持的任何陳述句(尤其是某個科學假說)之間的證據關係。有必要在該詞的兩種明顯的、截然不同的意義間做出區分：(1)「增加的意義」(the incremental sense)，在這種意義上，一件證據至少能對所證明的假說提供某種程度的支持。例如，在犯罪現場發現了嫌疑人的某個指紋，會給認為嫌疑人是罪犯的這一假說，增添些許份量；(2)「絕對的意義」(the absolute sense)，在這種意義上，一個主要證據為所證明的假說，提供了強烈的支持。例如，由起訴人陳述句的事實，使之在法律實踐中可以確定嫌疑人有罪。假如人們是根據概率來理解驗證，那麼，增加某假說概率程度的證據即「增加地」(increase)驗證了該假說，然而賦予某假說以「高度」概率的(highly probable)證據，則是絕對地驗證了該假說。

在前述兩種意義的每一種之中，人們都可以區別三種驗證的類型：(i)質的(qualitative)，(ii)量的(quantitative)，以及(iii)比較的(comparative)。首先是(i)：前文中的兩個事例描述的都是質的驗證，因為在驗證過程中並沒有提到驗證程度的數量值。其次是(ii)：如果一位參與賭博者獲悉其對手拿到特定的某張牌時，斷言他獲勝的機會已經從 2/3 增加到 3/4 了，該斷言即是增量的驗證的一個例子。假如某位醫師說，根據 X 光射線圖來看，病人患結核病的概率達 0.95，那麼這種說法就是量的絕對驗證的一個例子。在增加意義上，任何數量的驗證事例都涉及兩種概率值的「差別」(difference)；在絕對意義上，任何數量的驗證事例「僅涉及一種」(only one)概率值。(iii)：增加意義上的比較的驗證是這樣被說明的：某位調查者宣稱擁有謀殺凶器比在犯罪現場找到指紋對嫌疑犯，更為不利。在絕對意義上，比較的驗證則會發生在以下情況：起訴人聲稱擁有兩位嫌疑人涉嫌的證據，然而，針對其中之一的證據在程度上強過針對另一個的證據。

即使認知以上六種形式的驗證，然而，就對認知的分析仍然存有相當多不同看法。有些作者聲稱量的驗證並不存在；只有質的和(或)比較的驗證才可能存在。有些作者則堅持認為，驗證與概率毫不相干，而另外一些作者(以貝耶斯主義者〔Bayesians〕最有名)則根據對概率進行數學演算的貝氏定理(Bayes's theorem)，清晰地分析了驗證。在那些提供概率分析的作者們當中，也在那種解釋更適合於上述脈絡問題上，存在著差異。波普爾(Popper)採用某種根本地不同於驗證(confirmation)的認可(corroboration)概念。

許多(真實的或表面的)驗證悖論被提出；最著名的悖論當數「烏鴉悖論」(the paradox of the ravens)。設想「所有烏鴉都是黑的」可以通過對其中的某個事例，即一隻黑烏鴉的觀察而逐漸增量地驗證，這似乎是合理的。不過，語句「所有烏鴉都是黑的」在邏輯上等同於「所有非黑的事物都是非烏鴉」。同理，符合該陳述句的一例，也就是「任何非黑且非烏鴉事物」(例如一只白鞋)應當逐漸驗證該陳述句。進而言之，所謂「等同條件」(equivalence condition)——驗證某假說的任何事實必須同等地驗證任何在邏輯上與之等價的陳述句——顯然頗為合理。結果似乎是增加了「室內鳥類學」(indoor ornithology)，這是因為，對一只白鞋的觀察似乎可以增加地驗證「所有烏鴉都是黑的」這個假說。種種嘗試解決該悖論的方案都可以在文獻中找到。

參見 testability 可檢驗性；verificationism 可檢證性

W.C.S.撰　苑舉正審訂

confirmation, degree of　確認性程度　見 Carnap 卡納普

confirmation, paradoxes of　印證悖論　見 confirmation 驗證

confirmational holism　印證的整體論　見 philosophy of science 科學哲學

Confucianism　儒家　一種中國思想的學派和種種道德、倫理和政治訓誡的集成，通常是說由孔子(Confucius)所創建的。在孔子的時代(西元前第六-五世紀)之前，存在著一種稱為「儒」(正確地說，即為柔懦之人〔weaklings〕或是殷遺民〔foundlings〕)的社會群體，其成員都是禮儀主義者(ritualists)，有時也是教授專業的教師。孔子即屬於這一群體，然而，儘管他仍保留著對禮儀的興趣，他也十分關心當時極為混亂的社會政治狀況，並尋求解救之道，他相信藥方即在於恢復並維護特定的傳統價值和規範。後世立志追隨孔子的思想家們均共同具有上述的關懷和信仰，儘管他們在闡釋和發展孔子學說方面人言言殊，然而他們通常仍被視為同屬相同的學派，中國學者們在傳統上把他們歸諸「儒家」(*Ju-chia*)，或「儒」的學派。「儒家」(Confucianism)這一術語通常用來指涉及以下部分或所有領域的現象，其中包括：作為禮儀主義者團體的「儒」的生活方式；歸結為「儒家」的思想學派；由該思想學派捍衛的倫理、社會和政治理想(既包括又超越了禮儀的實踐)；以及這些理想對中國人的實際社會政治秩序和生活所發生的影響。

作為思想學派，儒家以一種共同的倫理理想為標誌，包括對所有生命的情感關切，並根據它們與自己的發生關係的方式，在程度和性質上確定這種關切的差別；包括對他人所持的尊敬態度，表現在遵循行為的形式規範之上，例如待客之道等等；還包括決定合適的行為過程的能力，無論這樣做是遵循抑或背離了傳統的規範；以及對合理行為的堅定承諾，以使儒者能夠不為極端形勢(如貧窮或死亡)所動。儒家思想認為每個人都具備實現這一理想的能力，人們被要求要時時刻刻對他們的品德保持警醒的狀態，使他們能夠轉化自己以充分實現上述的理想。在政治領域，體現了理想的君主將照料和養育其臣民，而臣民則受到君王仁德的吸引；他所建樹的道德典範將對臣民產生潛移默化的影響。

在倫理理想怎樣被證實和實現的方式上面，儒家中各思想家擁有截然不同的概念。孟子(Mencius, fourth century B.C.)認為只須將人所共有的道德傾向就其發端而使之充分實現，他強調人們有必要對之加以反省，並充分發展這些道德傾向。荀子(Hsün Tzu, third century B.C.)認為倫理理想的實現，在於使人類的前社會慾望(presocial human desire)的滿足加以提升而臻完美，他強調人們有必要學會制約著社會等級差別的種種規範，並對人們追求慾望滿足的活動加以調節和轉化。儒家思想的不同學派在後世繼續發展，並產生了董仲舒(Tung Chung-shu, second century B.C.)和韓愈(Han Yü, A.D. 768-824)等大思想家。韓愈則視孟子為儒家學說的真正傳人，而這通過了朱熹(Chu Hsi, 1130-1200)的努力，因之而被普遍接受。孟子形式的儒家思想通過朱熹、王陽明(Wang Yang-ming, 1472-1529)和戴震(Tai Chen, 1723-77)等大思想家以各種方法繼續發展，他們各自有其實現儒家理想的方式，以及支撐這一理想的形而上學。儘管儒家思想存在著不同的發展方向，然而，在這一思想傳統中孔子仍被尊為它的第一個最重要的思想家，而儒家思想的學派則一直到本世紀繼續對中國人的生活和政治秩序產生極為重大的影響。

參見 Chu Hsi 朱熹；Mencius 孟子；Wang Yang-ming 王陽明

K.-l.S.撰　林安梧審訂

Confucius　孔子　也以「孔丘」(K'ung Ch'iu)、「孔子」(K'ung Tzu)和「孔夫子」(Kung Fu-tzu, sixth-fifth century B.C.)聞名，中國思想家，通常被視為儒家思想(Confucian)學派的創始人。他的學說被記錄在《論語》(*Analects*)中，其中匯集了孔子和他的門徒的言談話語和他們之間的對話。他的最高倫理理想為「仁」(humanity, goodness)，包括對他人存在的情感關切，種種在家庭、社會和政治制度中都值得追求的德性(例如孝)和其他德性(例如勇〔courage, bravery〕)。該理想的一個重要組成部分是對於「禮」(rites)的普遍遵從，「禮」是調節人與人之間行為的傳統規範，它與人們間不同的社會地位有關，該理想要求人們在遵循禮制的同時，還須伴隨著一種對規範加以批判反省的態度，隨時準備使之與當時的時代相適應。人們的行為不應該被僵化的規則所束縛，而是應該敏於應對各種相關情況，並與「義」(rightness, duty)相一致。孔子的其他重要概念還包括「恕」(consideration, reciprocity)，指「己所不欲，勿施於人」(not doing to anther what one would not have wished done to oneself)；還有「忠」(loyalty, commitment)，對於「忠」的詮釋各有不同，比如是對於實行「恕」的承諾，或是對禮制規範的承諾，或是對於某人的長上和平輩所盡的義務等等。「仁」之理想在所有人的能力範圍之內，人們應當不斷地反省自己的品德，糾正自己的過錯。「仁」具有潛移默化之力(transformative powers)，理想的政治應以「仁」為基礎；統治者用仁德來照料和養育其臣民，而臣民則受到君王仁德的吸引，君王建立的道德典範將激勵臣民去改過遷善。

參見 Confucianism 儒家；*jen* 仁；*li*[2] 禮

K.-l.S.撰　林安梧審訂

congruence　應和　見 Lewis, C.I. 劉易士，凱倫斯・愛文

conjecture　臆測　見 Popper 波普爾

conjunction　連言　(或稱合取)兩命題間的邏輯運算，一般用對等連接詞「且」來表示。連言的真值表為

P	*Q*	*P*且*Q*
T	T	T
T	F	F
F	T	F
F	F	F

除了「且」以外，其他的對等連結詞包括「但」、「然而」、「此外」以及「雖然」，甚至分號「；」和逗號「，」都能夠表示邏輯連言。

參見 Truth Table 真值表

R.W.B.撰　李國偉審訂

conjunction elimination　連言消去　(又稱合取消去)(1)論證形式「A 且 B；所以，A(或B)」，以及符合這種形式的論證。(2)允許人們從某個連言(又稱合取)(conjunction)中，推論出任何一個合取肢(conjunct)的推理規則。也稱為「簡化規則」(the rule of simplification)或「∧消去規則」(∧-elimination)。

參見 conjunction 連言

G.F.S.撰　李瑞麟審訂

conjunction introduction　連言引入　(又稱合取引入)(1)論證形式「A，B；所以，A 且B」，以及符合這種形式的論證。(2)允許人們從它的兩個連言肢(又稱合取肢)(conjunct)中，推論出其連言(又稱合取)(conjunction)的推理規則。也稱為「連言引入規則(又稱合取引入規則)」(the rule of conjunction introduction)或「∧引入規則」(∧-introduction)、「附加規則」(adjunction)。

參見 conjunction 連言

G.F.S.撰　李瑞麟審訂

conjunctive normal form　合取範式　見 normal form 範式

connected　連接性　指這樣的一種關係 R：對該論域的任何「不同的」(distinct)兩個元素 x 和 y 而言，都一定會有 xRy 或 yRx 的關係。如果對該論域的任何的兩個元素 x 和 y 而言，即使它們是同一個東西，都一定會有 xRy 或 yRx 的關係時，我們就說 R 是強(strongly)的連接性關係。例如，假定正整數是我們的論域，那麼＜關係即是連接性的，因為對任何兩個不同的數 a 和 b 而言，它們一定會有 a ＜ b 或 b ＜ a 的關係。不過，＜關係並非強連接性的關係，因為當 a＝b 時，a ＜ b 或 b ＜ a 的關係都是不能成立的。≦ 關係卻是強連接性的關係，因為對任何兩個數 a 和 b 而言，無論 a 是否等於 b，a ≦ b 或 b ≦ a 兩者之一一定成立。非連接性關係的例證為子集關係 ⊆，因為對任何兩個集合 A 和 B 而言，A ⊆ B 或 B ⊆ A 並不是一定是會成立的。

參見 relation 關係

V.K.撰　王文方審訂

connectionism　連結論　連結論是模擬認知系統的一種進路，它利用由簡單處理單元(processing units)連結而成的網路(networks)，這些網路受啟發於神經系統的基礎結構。這種進路又稱為神經網路模擬(neural network modeling)與平行分散處理(parallel distributed processing)。連結論始於 1940-1965 期間，其先鋒研究者如羅森貝特(Frank Rosenblatt)與西爾費奇(Oliver Selfridge)。1970 年代期間，使用這種網路的興趣降低，其原因在於既有網路所遭遇到的限制，以及使用電腦來模擬心靈之愈來愈強的吸引力(根據這樣的模型，心靈在記憶裡儲存符號，並在它們之上記錄〔registers〕與執行計算〔computation〕)。連結論的模型在 1980 年代復興了，部分的原因在於它克服了先前的限制(例如，盧莫哈特〔David Rumelhart〕、亨頓〔Geoffrey Hinton〕與威廉斯〔Ronald Williams〕的倒傳遞學習演算法〔back-propagation learning algorithm〕的發展；亞克來〔David Ackley〕、亨頓與薛諾維斯基〔Terrence Sejnowski〕的波茲曼機器學習演算法〔Boltzmann-machine learning algorithm〕)；此外，部分也因為電腦模擬遭遇到了限制，而讓人們重燃對一替代者的興趣。採用連結論式網路的研究者，遍佈於許多學科，包括心理學、人工智慧、神經科學與物理學。這些研究者因他們努力的方向而有主要的差異：心理學家與人工智慧研究者，有興趣於使用這些網路來模擬認知行為；而神經科學家通常使用它們來做特定神經系統處理的模型。

一個連結論系統包含了一群處理單元，它們具有活化值(activation values)。這些單元都是連結起來的，以至於每個單元都可以激發或抑制其他的單元。任何特定單元的活化，是決定於一個或多個下列步驟：從系統外部而來的輸入、其他單元所提供的激發或抑制，以及此單元先前的活化。連結論系統有著許多樣不同的建構。「前傳網路」(feedforward nets)之單元聚集成多個層級(layers)，它們的連結，以單向的方式來傳遞活化值(activations)，從輸入單元層到輸出單元層，其通路有可能是沿著通過一個或多個隱藏的單元層(layers of hidden units)。在這些系統中，處理(processing)必須在網路中傳遞。「相互作用的網路」(interactive nets)顯示了雙向性的運作：某一特定單元可能激發或抑制另一單元，並且它或其他被它所影響的單元，可能激發或抑制第一個單元。(這樣的網路)確定將會有多個循環的處理迴路(processing cycles)，這是發生在一個輸入給了一些或全部的單元之後，直到最後這個網路安定於(settles into)某一種狀態，或是循環經過了一小群這種狀態的迴路。

連結論網路最吸引人的一項特質，在於它的學習能力。這是藉由調整系統中各個連結單元的權重(weight)而完成的，藉此是在修改網路對輸入的回應方式。為了要說明連結論學習的基本運作，請試想一個只有兩層單元與一層連結的前傳網路。一個學習程序(procedure)(通常稱為 delta 法則)首先需要網路使用現在的權重對輸入做回應。第二層單元的活化值，接著與一組目標活化值(target activations)做比較，所發現的差異將被用來調整由活化輸入單元而來之權重。這樣的程序逐漸降低實際回應與目標回應之間的差距。

為了將這樣的網路解釋為認知的模型，我們必須要對輸入與輸出單元加以詮釋。「局部論者的」(localist)解釋，將個別的輸入與輸出單元視為是表徵的概念，就如同自然語言的概念。「分散性的」(distributed)解釋，只將一些單元的活化形態(patterns of activation)與一般語言的概念連結起來。有時(但非總是)分散的模擬會將個別的單元解釋為與微特徵(microfeatures)對應。分散表徵之一個有趣的變異，稱為「粗糙的編碼」(coarse coding)，每個符號將被指定至系統裡不同子集的單元，而且，只有當先前定義好的一群單元都已經活化，才能夠說一個符號活化了。

連結論網路的許多特質，除了這些網路從經驗學習的能力之外，使它們在模擬認知現象時特別具有吸引力。它們做圖形辨識(pattern-recognition)的工作極為有效(effective)，而且，從訓練的輸入(training inputs)到相似的測試輸入(test inputs)，它們通常表現得很好。它們通常可以從部分的輸入，回復完整的圖形，這使得它們成為可依尋內容之記憶(content-addressable memory)的良好模型。相互作用的網路在模擬認知工作時特別有用，在那裡，多重限制必須被同時滿足，或者，目標是儘可能地去滿足競爭中的限制。當不可能滿足所有限制時，一個自然的方法是它們可以重寫一個問題的某些限制，因此，把限制視為是「輕微的」(soft)。然而，雖然認知的連結論模型並不是被意圖用來模擬實際的神經運作，這些模型建議了認知運作如何能夠實現於神經硬體(neural hardware)，它們也顯現了大腦的一個難以表達於符號系統的面相：當單元或是連結失去能力時、或是網路的能力超出時，這些模型的運作是優美地崩壞(degrades gracefully)，而非整個地崩潰。

關於連結論是否有用於作為模擬認知之工具，曾經有嚴重的挑戰。許多這樣的挑戰，來自著重語言之複雜性的理論學家，尤其是語言裡所顯示的系統性(systematicity)。弗德(Jerry Fodor)與派萊辛(Zenon Pylyshyn)，舉例來說，強調複雜語句的意義是組構式地(compositionally)由意義的成分(components)所建立起來的，並認為合成性(compositionality)一般適用於思想、且它需要一個符號系統。因此，他們宣稱，雖然認知系統可能安裝於(implemented)連結論網路，但是這些網路無法表現出認知系統自身構造的特徵，認知系統必須要有符號(symbol)儲存與操弄的能力才行。連結論者對這些反對，發展了許多樣的回應，包括強調如圖形辨識(pattern recognition)之認知功能的重要性，而圖形辨識是符號系統尚未成功模擬出的；挑戰解釋語言行為時符號處理(symbolic processing)的必要；以及設計更複雜的連結構造，如遞迴網路(recorrent networks)，以有能力回應或產生系統性的結構。

參見 artificial intelligence 人工智慧；cognitive science 認知科學；philosophy of mind 心靈哲學

W.B.撰　劉希文審訂

connective, propositional　**命題連接詞**　見 sentential connective 語句連接詞

connective, sentential　**語句連接詞**　見 sentential connective 語句連接詞

connotation　**義涵**　(1)使用表式時，在心裡出現的觀念與聯結(相對於外延〔denotation〕與意義〔meaning〕)。(2)專門的用法，為了正確運用表式於事物之上，事物所必須

具備的必要特質。

參見 denotation 外延；meaning 意義

T.M.撰　王文方審訂

conscience　良心　見 Butler 伯特勒；synderesis 道德良知

consciousness　意識　見 philosophy of mind 心靈哲學

consent, informed　獲知狀態下的允許　見 informed consent 獲知狀態下的允許

consent, tacit　默許　見 social contract 社會契約

consequence　結果　見 formal semantics 形式語言的語意論

consequence, logical　邏輯結論　見 logical consequence 邏輯結論

consequence, semantic　語意結果　見 modal logic 模態邏輯

consequence argument　結果論證　見 free will problem 自由意志問題

consequence relation　結果關係　見 formal semantics 形式語言的語意論；logical consequence 邏輯結論

consequent　後件　見 counterfactuals 非現實句

consequentialism　結果論　一個行為的道德正確性(moral rightness)唯獨由行為結果的善(goodness，或譯福祉)來決定的學說。重要的結果論者包括彌爾(J. S. Mill)、穆爾(Moore)和希季維克(Sidgwick)。結果論的極大化版本——也是最普遍的一種——堅持一個行為是在道德上是對的，若且唯若它產生了可用於關係人的最好的行為結果。溫和的結果論堅持一個行為在道德上是對的(morally right)，若且唯若它產生了一個仔細權衡後「夠好的」(enough good)結果。結果論者的理論通常和義務論者——像康德(Kant)——形成對比，義務論堅持行為的正確性至少部分由行為結果的善之外的某東西所決定。

結果論的一些版本是相對於行為人的(agent-relative)：也就是，它們給予每個行為人不同的目標，以致不同行為人的目標可能互相衝突。譬如，利己主義的結果論(egoistic consequentialism)堅持對一個行為人而言，一個行為的道德正確性，唯獨依賴於其結果對他或她的善。可是，大多數結果論者的理論是行為人中立的(agent-neutral)(而且結果論通常以更狹義的方式被定義，以致相對於行為人的版本不被視為結果論)。當一個學說賦予每個行為人相同的終極目標(ultimate aims)，以致不同行為人的目標不能互相衝突時，它是行為人中立的學說。譬如，效益主義(utilitarianism)堅持一個行為在道德上是對的，若且唯若，它對它所影響的「能感覺的存有者」(sentient beings)，比其他任何可用於行為者的行為，產生了更多快樂(happiness)。這賦予每個行為人相同的終極目標，所以是行為人中立的。

結果論者在「決定他們善的行為」有哪些特徵上有不同的意見。效益論的版本堅持產

生善的行為之唯一結果是，它在能感覺的存有者之幸福上的所造成的結果。但是一些結果論者也堅持其他事務的提昇——成就(achievement)、自律(autonomy)、知識或公平(fairness)。如此作為極大化、行為人中立、以快樂為基礎的效益論，只是種種結果論中的一種。

參見 ethics 倫理學；Mill, J. S.彌爾；Moore 穆爾；Sidgwick 希季維克；utilitarianism 效益主義

B.Ga.撰　陳瑞麟審訂

consequentialism, indirect　**間接的結果論**　見 Butler 伯特勒

consequential property　**隨之發生的性質**　見 supervenience 伴隨性

consequentia mirabilis　**驚人的蘊涵**　指這樣的邏輯原則：當某個陳述是自己的否定的結果時，該陳述必須是真的。嚴格意義上的 *consequentia mirabilis* 則是指這樣的一種原則：當某個陳述是自己的否定的邏輯結果時，該陳述必然是邏輯真理。該原則通常與嚴格蘊涵的悖論(the paradoxes of strict implication)有關。根據這類悖論，任何陳述都是矛盾命題的結果。由於每個套套邏輯(tautology)的否定都是一個矛盾命題，每個套套邏輯都是其否定的結果。不過，如果每一個「如果 p 則 q」形式的表式都蘊涵「非 p 或 q」(它們不必等值)的話，那麼，我們即可以「如果非 p 則 p」中推出「非非 p 或 p」並(透過雙重否定即重複原則)推論出 p。由於所有這些原則都無懈可擊，*consequentia mirabilis* 的原則亦應是無懈可擊的。不過，這原則多少有點違背我們的直覺，因此中世紀的邏輯學家給他取了這樣的名稱 *consequentia mirabilis*(字面意思為「驚人的蘊涵」〔the astonishing implication〕)。

參見 implication 蘊涵

R.P.撰　王文方審訂

conservation　**守恆**　見 philosophy of science 科學哲學

conservation principle　**守恆原則**　見 philosophy of science 科學哲學

consilience　**統合**　見 Whewell 修艾爾

consistency　**一致性**　在傳統亞里斯多德邏輯(Aristotelian logic)中，指下列語意觀念：當兩個或兩個以上的陳述在某種解釋下同時為真時，它們即被稱為是一致的(參見例如杰文斯〔W. S. Jevons〕的《邏輯基礎教程》〔*Elemantary Lessons in Logic*, 1870〕)。在現代邏輯中，它有一個語法定義(syntactic definition)，適用於自弗雷格(Frege)的《概念演算》(*Begriffsschrift*, 1879)以來發展的複雜(如數學)的理論:當任一表達式「P&-P」，不能由一些陳述句通過邏輯演算規則推導而出時，這些陳述句即被稱為是對於這一邏輯演算系統是一致的，也就是說，該理論不產生任何矛盾。假如對某種邏輯而言這兩個定義是等值的，我們就會得到一個重要的事實：這一等值就是該邏輯系統的完備性(the completeness of its system of rules)。第一種這樣的完備性定理是關於語句邏輯或命題邏輯，由保羅・柏內斯(Paul Bernays)於 1918 年(在他的《教授資格論文》〔*Habilitationsschrift*〕中，該著作的部分章節以《「數學原理」的陳述演算的公理考查》〔*Axiomatische Untersuchung des Aussagen-Kalküls der "Principia Mathematica"*〕之名於 1926 年出版)，以及埃

彌爾・頗思特(Emil Post)(在他的《基本命題的一般理論導論》〔*Introduction to a General Theory of Elementary Propositions*, 1921〕獨立地得到；而述詞邏輯的完備性定理則是由哥德爾在他的《邏輯述詞演算公理的完全性》〔*Die Vollständigkeit der Axiome des logischen Funktionenkalküls*, 1930〕中)證明。這些證明的關鍵步驟是語法一致性(syntactic consistency)蘊涵了語意一致性(semantic consistency)。

康托(Cantor)把一致性觀念應用於集合。在一封致戴德金(Dedekind)的信(1899 年)中，他區分不一致的重數和一致的重數(multiplicity)；前者指「其元素『合起來』即會導致矛盾的假設」，而後者是「『合起來』並無矛盾」。康托曾於 1897 年在一封致希爾伯特(Hilbert)的信中，表達了這些區分，以及做出這些區分的動機(參見普克爾特〔W. Purkert〕和依高茲〔H. J. Ilgauds〕著《喬治・康托》〔*Georg Cantor*〕一書，1987 年)。希爾伯特於 1904 年時明確指出，康托並未給出一個嚴格的判別標準來區分一致的與不一致的重數。希爾伯特早已在《論數的概念》(*Über den Zahlbegriff*, 1899)中建議為合適的公理系統證明其一致性作為補救；例如，通過建立實數的公理化刻劃(用現代術語說，即完備有序體的理論〔the theory of complete ordered fields〕)的一致性，來證明「實數整體的存在」或——用康托的術語——「實數系是一個一致的(完全的)集合這一事實」。他還隱晦地指出，「通過對類似方法加以適當改進」，便可以做到這一點。

1904 年之後，希爾伯特尋求新的方法來證明一致性。這種新的解決方法(仍然瞄準同一目標)運用了已有的形式化理論。不過，在 1920 年代希爾伯特計畫(Hilbert's Program)中，一致性證明的重點不再是保證合適集合的存在，而是建立強勢數學理論 T(例如公理集合論)相對於有限主義數學(finitist mathematics)的作為工具的有效性。這種考量基於下述觀察：表達了 T 在語法上的一致性的陳述等值於反映原則(the reflection principle) $Pr(a,'s')\rightarrow s$；在此 Pr 是理論 T 的有限主義證明述詞(the finitist proof predicate for T)，*s* 是一個有限主義意義上的有意義的陳述，而'*s*'則是將它翻譯成為 T 的語言。假如人們能夠在有限主義意義上建立 T 的一致性，那麼，人們就能夠(以有限主義為根據)確定，T 是對於證明有限主義陳述時一項可靠的工具。

還有許多有關相對一致性證明的重要例證：(1)非歐幾何學相對於歐幾里德幾何學，歐幾里德幾何學相對於數學分析；(2)具有選擇公理的集合論相對於集合論(沒有選擇公理)，具有選擇公理之否定(作為公理)的集合論相對於集合論；(3)古典算術相對於直觀主義算術，古典數學分析的子系統相對於建構序數的直觀主義理論(intuitionistic theories of constructive ordinals)。相對一致性證明的數學重要性，通常在推廣它們以得到保守外延結論(conservative extension results)時顯現出來；這些推廣結果可以保證這些理論有一樣的可證的全函數(provably total functions)。不過，尋求這些相對一致性證明的最初動機通常是帶哲學性質的；人們想要保證具有認識論基礎的原初理論的連貫一致(the coherence of the original theory on an epistemologically distinguished basis)。

參見 Cantor 康托；completeness 完備性；Gödel's incompleteness theorems 哥德爾不完備定理；Hilbert's program 希爾伯特計畫；proof theory 證明論

W.S.撰　李瑞麟審訂

consistency, axiom of　一致性公理　見 axiom of consistency 一致性公理

consistency, semantic　語意一致性　見 consistency 一致性

consistency, syntactic　句法的一致性　見 consistency 一致性

Constant, Benjamin　康士坦，班雅明　全名為亨利-班雅明．康士坦．迪．雷貝克(Henri-Benjamin Constant de Rebecque, 1767-1830)，瑞士出生的自由主義捍衛者，熱情的法國及歐洲政治分析家。他歡迎法國革命，但不歡迎「恐怖統治」(Reign of Terror)。為求避免該統治所導致的暴力，他接受了一個在布朗許維(Braunschweig, 1787-94)的低階外交職位。之後，他於 1795 年與許黛兒夫人(Madame de Staël)一起回巴黎，並介入議會爭論。他的小冊子刊物反對極端，因此同時對立於「雅可比激進黨員」(Jacobin)及「拿破崙主義王權維護者」(Bonapartist)。盧梭(Rousseau)的《社會契約論》(*Social Contract*)給他深刻的印象，但卻令他開始害怕，「普遍意志」(general will)會像拿破崙這樣的獨裁政權一般，威脅到民權。他開始時樂於接受拿破崙，但後來反對他的專制獨裁。他支持議會民主、政教分離，以及權利法案。隨著成為拿破崙時期由眾議院(Senate)所指派的法案評議委員會(*Tribunat*)委員(1800-02)，他的政治生涯達到了高峰。

他的中立立場在《政治原則》(*Principes de politique*, 1806-10)中相當明顯。他認為，難道共和的恐怖就不像帝國那麼具有破壞性嗎？在第十六至十七章，康士坦反對了古代的自由和現代的自由。他假定了希臘的世界就是要戰爭，因此強化了「政治自由」(political liberty)，這種支持國家優先於個人的自由(即古代自由)。他基本上很樂觀，相信戰爭是過去的事，而現代世界則需要保護「公民自由」(civil liberty)，也就是個人的自由(即現代自由)。康士坦對比所締造的重大成就是，對歷史力量的分析。他的理論認為，政府必須支援當下的需求，而不是依賴那些像是國家的大小、政府形式、地理、氣候及人種等命定因素。在此處，他和孟德斯鳩(Montesquieu)的觀念相左。

古代和現代自由之間的對立，表現出了一種基進的自由主義，它似乎不太適合法國的政治。然而，拿為國家服務的政治自由和為捍衛個人的公民自由相對照，成為自由傳統的開端(參照彌爾〔Mill〕的《論自由》〔*On Liberty*, 1859〕及柏林〔Berlin〕的〈兩種自由概念〉〔Two Concepts of Liberty, 1958〕)。《政治原則》在 1861 年以前仍為手稿；霍夫曼(Étienne Hofmann)的學術版本(1980)是較近期的事。霍夫曼稱《政治原則》為介於孟德斯鳩和托克維爾(Tocqueville)的重要文獻。它的英譯為《康士坦，政治著作》(*Constant, Political Writings*，馮他拿〔Biancamaria Fontana〕編，1988 及 1997)。

遭拿破崙強迫退休之後，康士坦開始撰寫他的文學著作《阿多菲》(*Adolphe*)及日記。他完成了《政治原則》，轉而埋首《思考宗教的起源、形式與發展》(*De la religion*)(六冊)，此份他自視為最高成就著作的撰寫。

參見 Montesquieu 孟德斯鳩；political philosophy 政治哲學；positive and negative freedom 積極與消極自由

O.A.H.撰　苑舉正審訂

constant, logical　邏輯的常項　見 logical constant 邏輯常項

constant conjunction　經常連結　見 causation 因果關係；Hume 休姆

constant sum game　總量恆定遊戲　見 game theory 賽局理論

constative　斷言式　見 speech act theory 言說行動理論

constitution　構成　具體殊項(包括客體及事件)及其部分之間的關係，據此，在某時間 t，一具體殊項指的是由其部分的總合所構成，但不必然等同於此總合。例如，在某特定時間 t，艾弗勒斯峰(Mt. Everest)是由各種石塊及其他物質所組成，而這些石塊及其他物

質於時間t形成了艾弗勒斯峰，而即便於時間t，與事實相反地少了總合中某一石塊，艾弗勒斯峰仍為艾弗勒斯峰。因此，雖艾弗勒斯峰並不等同於其於時間 t 之物質部分的總合，但它還是由這些部分所組成。構成的關係極為重要地出現在近來試圖解說並維護形上學的物理主義(自然主義)中。為了要掌握「所有存在事物最終都是物理性的」此一概念，我們可以說，在實在界(reality)的最底層，只存在微物理的現象，由微物理學所宰制，而所有其他的客體及事件，最終都是由微物理層的客體及事件所組成。

參見 identity 同一性；moral realism 道德實在論；naturalism 自然主義；physicalism 物理主義；reduction 化約

M.C.T.撰　林正弘審訂

constitutive principle　**構成的原理**　見 Kant 康德

construct　**建構**　見 logical construction 邏輯建構；operationalism 操作主義

construct, hypothetical　**假設建構**　見 operationalism 操作主義

constructionism, social　**社會建構主義**　見 social constructivism 社會建構主義

constructive dilemma　**構造性二難推理**　見 dilemma 兩難推理

constructive empiricism　**建構的經驗論**　見 social constructivism 社會建構主義

contructivism, ethical　**倫理建構論**　見 ethical constructivism 倫理建構論

constructivism, mathematical　**數學建構主義**　見 philosophy of mathematics 數學哲學

constructivism, social　**社會建構主義**　見 social constructivism 社會建構主義

consubstantiation　**共同體**　見 transubstantiation 實體轉化

containment　**包含**　見 Kant 康德

content　**內容**　見 indexical 索引詞；philosophy of mind 心靈哲學

content, factual　**事實內容**　見 analytic-synthetic distinction 分析-綜合區分

content, latent　**隱相內容**　見 Freud 弗洛伊德

content, manifest　**顯相內容**　見 Freud 弗洛伊德

content, narrow　**狹義內容**　見 philosophy of mind 心靈哲學

content, propositional　**命題內容**　見 circular reasoning 循環論證

content, wide　廣義內容　見 philosophy of mind 心靈哲學

content externalism　內容外在主義　見 philosophy of mind 心靈哲學

context principle　脈絡原則　見 Frege 弗雷格

contextual definition　脈絡定義　見 definition 定義

contextualism　脈絡論　認為推論的證成總是發生在一定的背景信念之下，而這些背景信念本身不是被證據所支持的。持此觀點的人不見得使用「脈絡論」這個名稱，但杜威(Dewey)、波普爾(Popper)、奧斯汀(Austin)與維根斯坦(Wittgenstein)等人在其著作中都對此有所提倡。由這個名單我們可以看出，脈絡論與「相干選擇(relevant alternatives)」的證成概念有密切的關係。因為後者主張知識的證成，並非是以排除任何與所有邏輯上的可能錯誤與不當基礎來建立的，而是以排除某些特定的相干選擇或知識的缺點來建立的，而這些相干的選擇或缺點，因問題的脈絡不同而不同。

形式上來說，脈絡論類似於基礎論(foundationalism)。但它在二個重要的地方有異於傳統的或主要的基礎論。首先，基礎論認為基本信念是自我證成的或本質上可靠的。的確，對當代的基礎論者而言，這種本質上的可靠性不需要相當於不可根除性，就如早期的理論學家試圖假設的一樣；但對基本信念而言，某些程度的本質上可靠性是不可缺少的。第二，主要的基礎論把本質上可靠性侷限於某(些)十分狹窄特定種類的信念上，因此它們處於知識論的基礎狀態。脈絡論者反對上述兩項主張，認為在適當的環境作為脈絡基礎的信念在種類上沒有限制，他們也反對本質上可靠性的要求。他們認為這是他們立場有力之處，因為解釋與辯護本質上可靠性的屬性一向是基礎論者主要的問題所在。

脈絡論同樣有異於證成的融貫論(Coherence theory of justification)——基礎論的傳統對手。融貫理論學家和脈絡論者同樣懷疑基礎論的基本信念。但融貫論者提出一個整體論的推論證成模型來回應。根據此模型，一個信念是經由併入一個整體融貫的信念系統或所謂「整體觀點(total view)」之中而被證成的。這樣的進路有許多著名的問題：融貫的判準從未被清楚地說明；它從未清楚說明為什麼滿足這樣判準使得我們的信念為真；而且，是否每個人對於他的信念系統整體有一個明確的圖像這件事也值得懷疑，因此，堅持說證成牽涉到比較所有競爭的整體觀點的優點，這似乎是過份地理想化。脈絡論，因為它與基礎論形式上的密切關係，宣稱它可以避免所有這樣的問題。

基礎論者與融貫論者傾向於認為脈絡論是因為沒有辦法說明純正的知識證成的可能性，才得到上述這些好處。基礎論者與融貫論者認為，脈絡論無法將自己與「證成(justification)」依賴某些無法證成的假設這樣的懷疑論觀點區分開來。即使，在脈絡上，這些信念是實際上可以被接受的，但在知識論上來說，它們仍然只是假設。

上述的反對產生這樣的問題：是否脈絡論者意在回答與傳統的知識理論學家所問的相同的問題，甚或他們是在以同樣的方式在回答它們。證成的傳統理論通常是在回應一般懷疑論的問題，對於外在世界，我們是否證成了什麼樣的信念？有可能(應該是)脈絡論者的理論是進階的，意不在直接回答懷疑論，而在於與某些對懷疑論的診斷或解決方式相關聯。脈絡論者需要說明傳統對「全面性的(Global)」的證成的要求如何與為何是搞錯了問題。如果我們正視傳統的懷疑論問題，則脈絡論者究竟是否能夠回答它們，是值得懷疑的。

參見 coherentism 融貫論；epistemology 知識論；foundationalism 基礎主義；justification 證成

M.W.撰　王文方審訂

contiguity　接近　見 associationism 聯想論

continence　自制　見 *akrasia* 意志軟弱

Continental philosophy　歐陸哲學　二十世紀在歐洲大陸發展的哲學觀點，其光譜雖隨時間而逐漸變化，然皆顯著不同於同一時期在英美世界盛行的各種形式的分析哲學。第二次世界大戰剛結束時，該詞或多或少等同於「現象學」(phenomenology)，後一詞早已在德國觀念論中使用，不過在胡塞爾(Husserl)的著作中獲得全新的意義。後來，該詞也用於諸如舍勒(Scheler)、普芳德(Alexander Pfander)、康拉德・馬修斯(Hedwig Conrad-Martius)、尼萊・哈特曼(Nicolai Hartmann)等許多歐陸哲學家和下文將提到的大部分哲學家的思想，不過意義常常大不相同。對胡塞爾來說，哲學的目的在於使人類為一種真正哲學式的生活作好準備，每一個人皆可憑此賦予他或她自身以理性的法則。自從文藝復興以來，許多哲學家都徒勞地試圖實現這一目的。按照胡塞爾的看法，其原因在於哲學家未能運用適當的方法。胡塞爾的現象學意在提供哲學以所需的方法。

在受到胡塞爾深刻影響的哲學家當中，必須先提及所謂「存在主義者」(existentialists)。「存在主義」(existentialism)的嚴格義僅指沙特(Sartre)和德・波娃(Beauvoir)的哲學。在廣義上，它指在方法上受胡塞爾影響，而在內容上受馬塞爾(Marcel)、海德格(Heidegger)、沙特或梅洛龐蒂(Merleau-Ponty)影響的一整群思想家的想法。就此而言，常用的是「實存現象學」(existential phenomenology)一詞。

當海德格的哲學在英美世界更為人所知時，「歐陸哲學」一詞再次獲得新的意義。從海德格第一本書《存有與時間》(*Being and Time*, 1927)中，可以清楚看到，他所使用的現象學觀念，在許多重要的方面有別於胡塞爾的。也因此他為該詞做了界定，論及「詮釋學現象學」(hermeneutic phenomenology)，並透過考察形成該詞的希臘字的「原初」字義，以釐清其意義。依他之見，現象學必須致力於「讓那顯現自身者能以它從自身顯現自身的方式而被看見」(to let that which shows itself be seen from itself in the very way in which it shows itself from itself)。海德格首先把他的現象學方法應用於探究人的存有模態，其目的在於透過這種現象學詮釋以解答存有本身意義的問題。在那些以海德格為出發點，又試圖超越海德格的哲學家中，必須提到高達美(Hans-Georg Gadamer)和呂格爾(Paul Ricoeur)。

法國的結構主義運動為「歐陸哲學」一詞增添了另一含義。「結構主義」(structuralism)一詞首先指一種活動、一種認知、說話和行動的方式，延伸到許多重要的人類活動範圍，包括語言學、美學、人類學、心理學、精神分析、數學、科學哲學和哲學本身。結構主義首先在巴黎、其後在整個西歐，成為一時之尚，並於 1950 至 1970 年代在歐陸達致其頂峰。其思想受到最先由俄國形式主義(Russian formalism, 1916-1926)和捷克結構主義(Czech structuralism, 1926-1940)的觀念的啟發，也受到源自馬克思(Marx)和弗洛伊德(Freud)著作的觀念的影響。在法國，結構主義的代表人物是傅科(Foucault)、巴特(Barthes)，阿圖塞(Althusser)和德希達(Derrida)。結構主義並非某種新的哲學運動；其特性在於結構主義者的活動，目的在於引發完全新穎的對象，這可以透過建構(constructive)和重構(reconstructive)兩種方式做到，然而這兩種方式並不能截然分開。建構的面向主要表現在結構主義美學和語言學上，而重構的面相則更表現在對結構主義活動的哲學反思上。由於受到尼采(Nietzschean)的想法影響，結構主義隨後沿著不同的方向發展，其中包括後結構主義(poststructuralism)，在此脈絡，必須提到德勒茲(Gilles Deleuze)、李歐塔(Lyotard)、伊莉嘉蕾(Irigaray)和克莉絲緹娃(Kristeva)等人的作品。

1970 年之後，「歐陸哲學」又有了一個新涵義：解構(deconstruction)。起初，解構是以對於哲學詮釋學的反動形式而出現的，即使解構論和詮釋學都宣稱自己是源自海德格對胡塞爾現象學的再闡釋。該運動的代表哲學家是德希達，他起初曾試圖沿著現象學和結構主義的路線思考。德希達用一種既復雜又暗示的語言，表達他的「最終」看法。不過，很難用片語隻字說清「解構」究竟為何。一般而言，可以說，被解構的乃是文本(texts)；文本之被解構，是為了顯示，在每一文本中有相互衝突的意義觀和含義，導致永遠不可能明確顯示一個文本的真正意義。德希達自己的解構工作主要關注的是哲學文本，而其他學者則主要把這種「方法」應用到文學的文本。在德希達看來，哲學的特性在於它極不情願面對這一事實：它本身也是語言和修辭語辭的產物。在此，解構是一種仔細解讀的過程，集中在哲學家在著作中刻意要抹去的語言和修辭層面之知的那些因素。有人說，如果說「建構」代表現代思想的典型，那麼「解構」即代表試圖激進地超越現代性(modernity)的思想模式。不過，這一看法過於簡單化，因為我們也可以解構柏拉圖和許多其他前現代的思想家和哲學家的作品。

關心社會和政治哲學得人們，若尋求與歐陸哲學的關係，會訴諸一般而言所謂的「法蘭克福學派」(Frankfurt School)的批判理論，以及，特殊而言，哈柏瑪斯(Jürgen Habermas)的溝通行動理論(theory of communication action)。哈柏瑪斯的觀點，與一般法蘭克福學派的立場一樣，在哲學上是折衷主義的。它試圖調和源自康德、德國觀念論、馬克思，以及來自知識社會學(sociology of knowledge)和社會科學的種種觀念。哈柏瑪斯相信，他的理論使得人們有可能發展出一種無異化(without alienation)的溝通社群，接受理性的指導，而能自由挺立於客觀既與的現實之外。批評家們已經指出，為了使這種理論得以實現，哈柏瑪斯必須證實其中的許多假設，而至今他都尚未能夠予以證立。

參見 analytic philosophy 分析哲學；deconstruction 解構；existentialism 存在主義；phenomenology 現象學；Sartre 沙特；structuralism 結構主義

J.J.K.撰　沈清松審訂

continental rationalism　大陸理性主義　見 rationalism 理性主義

contingent　偶然的　既非不可能又非必然的；也就是說，既是可能的又是非必然的。偶然的模態性質可以歸給某個命題、某種事態、某個事件或——頗可爭議地——歸給某個對象。自亞里斯多德(Aristotle)以來，哲學史上多有把偶然與其他模態性質相混淆的例證，而亞氏則先是把偶然性混同於可能性，然後又認識到某物是可能的也可以是必然的，而某物是偶然的則不能是必然的。即使今天，許多哲學家仍對偶然性與必然性之間的「對立」(opposition)關係不甚清楚，而錯誤地把它們當作相互矛盾的概念(可能是因為在「真」〔true〕命題範圍內偶然命題和必然命題彼此互斥之故)。然而，「必然」(necessary)的矛盾其實是「非-必然」(non-necessary)；「偶然」(contingent)的矛盾則是「非-偶然」(non-contingent)，正如以下模態邏輯方陣所示：

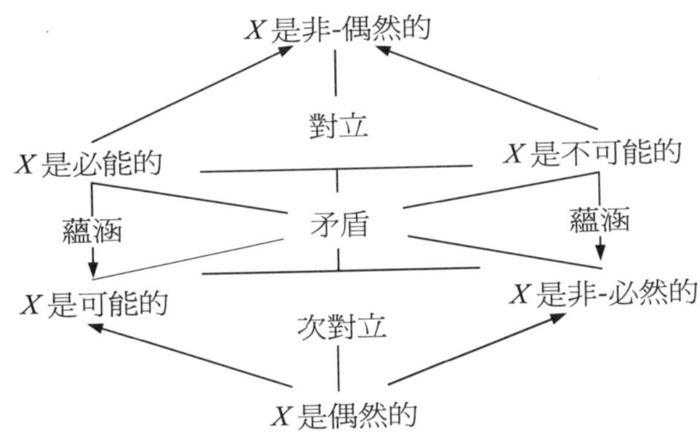

借助各種語意解釋，可以保留上述邏輯語法(logicosyntactical)關係，這些語意解釋包括(a)邏輯模態(只有當命題 P 既非邏輯真、又非邏輯假之時，命題 P 才是邏輯上偶然的)；(b)因果的或物理的模態(只有當事態或事件 E 既非物理上必然、又非物理上不可能之時，事態或事件 E 才是物理上偶然的)；(c)義務上的模態(只有當行為 A 既非道德上有義務的、又非道德上被禁止的之時，行為 A 才是在道德上非決定的行為)。

在上述任何一種情況中，「偶然」(contingent)都意味著「視……而定」(is contingent upon)的意思。不過，這種偶然性觀念似乎在某類關於上帝存在的宇宙論論證(the cosmological argument)中扮演了非常重要角色，亦即：所有被創造的物體都是偶然的存在，只有上帝自身才是必然的或非偶然的存在。把這種「偶然」的意義混同於其他意義，會使該概念的意義難以得到澄清。

參見 modal logic 模態邏輯；necessity 必然性

R.D.B.撰　王文方審訂

contingent being　適然的存在　見 philosophy of religion 宗教哲學

contingent liar　偶然說謊者　見 semantic paradoxes 語意悖論

contingents, future　未來偶然性　見 future contingents 未來偶然性

continuant　延續者　見 time slice 時片

continuity, bodily　身體的延續性　見 personal identity 人格同一性

continuity, psychological　心理的連續性　見 personal identity 人格同一性

continuity, spatiotemporal　時空連續性　見 spatiotemporal continuity 時空連續性

continuum hypothesis　連續體假說　見 Cantor 康托；continuum problem 連續體問題

continuum problem　連續體問題　在康托的無窮基數理論(Cantor's theory of infinite cardinal numbers)中提出的一個未決問題(open question)。根據定義，如果在兩個集合之間存在著一對一對應(one-to-one correspondence)的關係，那麼，這兩個集合即具有相同的「基

數」(cardinal number)。例如，把 0 對應至 0，把 1 對應至 2，2 對應至 4……，以此類推，則此函數顯示，自然數的偶數的集合，具有與所有自然數的集合相同的基數，稱作$\aleph_0$。($\aleph_0$ 並非唯一的無窮基數。根據「康托定理」(Cantor's theorem)：任何集合的冪集(the power set，也就是其所有子集的集合)都具有比該集合本身更大的基數。所以，例如自然數的冪集(即任意自然數集構成的集合)即具有比$\aleph_0$ 更大的基數。第一個大於$\aleph_0$ 的無窮基數為$\aleph_1$，$\aleph_1$ 之後的下一個無窮基數為$\aleph_2$……，以此類推。

當算術運算擴展至無窮時，自然數的冪集的基數最終成為 $2^{\aleph_0}$。根據康托定理，$2^{\aleph_0}$ 必須大於$\aleph_0$；猜測 $2^{\aleph_0}$ 等於$\aleph_0$ 即所謂的「康托連續體假說」(Cantor's continuum hypothesis，用符號表示為 CH 或 $2^{\aleph_0} = \aleph_1$)。由於 $2^{\aleph_0}$ 也是一條連續線上點的集合的基數，所以 CH 也可以表述為：由一條線上點構成的任何無窮集，或者可以與自然數的集合形成一一對應的關係，不然則與該線上所有點的集合形成一一對應的關係。

康托等人試圖證明 CH，然而沒有成功。根據哥德爾(Gödel)和柯亨(Cohen)的工作，人們後來很清楚地認識到，康托等人的失敗是無可避免的：由集合論的公理(ZFC)(作為假設)出發，連續體假說既不能被證明也不能被反駁。而連續體問題之真假仍是懸而未決的。

參見 Cantor 康托；infinity 無限；set theory 集合論

P.Mad.撰　李瑞麟審訂

contractarianism　契約論　種種運用到社會契約(social contract)觀念的道德和政治理論。傳統哲學家(如霍布斯〔Hobbes〕和洛克〔Locke〕等人)運用社會契約的觀念來證立某些國家觀念。到了二十世紀，洛爾斯(John Rawls)等哲學家則運用社會契約觀念來為道德概念(政治上的公正和個人的道德)作定義和辯護，他們通常(並非總是)在發展有關國家的社會契約理論之外做這項工作。「契約主義」(contractarian)的術語通常更普遍地用於第二種類型的契約理論。

至於契約意象是如何產生的，有兩種類型的道德論證，前一種來源於霍布斯，後一種源自康德。霍布斯學派是這樣開始他們的論證的，他們認為有價值的是人們意欲或愛好的東西，而不是人們應該去意欲或愛好的東西(因為並不存在這樣一種預先規定的對象)；理性的行為是能夠獲得慾望和愛好的滿足，或使這種滿足最大化的行為。他們繼而堅持，道德行為對個人來說是理性的，當且僅當這種行為促進了他的慾望或愛好的滿足。他們辯稱，因為道德行為把人們導向幾乎每個人的慾望或愛好都滿足的和平、和諧生活，所以道德行為對幾乎每個人來說都是理性的，因此也是「相互同意的」(mutually agreeable)。然而霍布斯主義者，為了保證相互協作的個人不致於成為不道德的侵犯者的犧牲品，道德行為必須是某個社會共同體中形成慣例的規範，導致每個人可以如此期望，只要他合作地行事，則其他人也會如此行事。這些慣例構成了社會中的道德制度。

所以霍布斯主義的道德理論承認道德是人為制度(human-made institution)的觀念，該觀念的正當性僅僅體現在它有效地擴展了人類利益的程度上面。霍布斯主義者通過訴諸人類創造慣例的活動而解釋社會中道德的存在，同時辯稱，在任何人類社會中，對道德的證立都取決於道德慣例怎樣更好地服務於個人的慾望或愛好。假如我們對社會的合作慣例加以重新評價及重新制訂，那麼通過考慮「我們能夠同意什麼」這件事，我們即可決定我們現有的慣例得到「相互同意」的程度，從而接受這種慣例並依之行事對我們來說便是理性的。因此，霍布斯主義者實際上在其理論的不同側面要求實際同意(或毋寧說慣例)和假設同意(涉及應該「相互同意」何種慣例的考慮)：前者指他們相信道德生活是由什麼組成的；後者指他們相信道德生活應當由什麼組成——也就是說，我們的實際道德生活「應當」以什麼為模型。所以，在霍布斯主義的道德理論中，契約觀念並非通過自身得到證立的：該術語僅僅是在隱喻意義上得到使用的。我們「能夠同意」的慣例之所以對霍布斯主義者來說具有道德力量，並非因為人們的允諾在假設的世界中具有約束力量，而是因為這樣一種同意(僅僅)是一個工具，用以顯示同意的結果怎樣對我們所有人而言都是理性的。尤其是，關於「我們所有人能夠同意什麼」的思想使我們能夠構造一種實踐理性的演繹推理，以決定哪種政策能夠給人們彼此帶來更多的好處。

第二種類型的契約理論來自康德的道德理論。康德在他的晚期著作中建議，「原初契約」(original contract)的觀念可被用於斷定哪種政策在某個社會中是公正的。當康德提問「人們能夠同意什麼？」之時，他並非是在借助在字面意義上喚起人們的同意，而試圖證立行為或政策的正當性。只有真正人民的贊同才能具有合法性，康德也談到了由假設的人民所做的假設的同意。但他確信，這些要使人們相信的贊同之所以對我們來說具有道德力量，是因為人們借之達到一致贊同的過程在道德上是顯明的。

康德的契約理論在洛爾斯等後世哲學家那裡得到進一步的發展，後者把注意力集中於設想中做出上述贊同的假設的人民之上，以使他們所作的推理不受不道德、不合理和偏見之累，並因而保證他們共同戮力的深思熟慮將在道德上是正當的。至於那些不贊同洛爾斯的契約論者則以不同的方式定義契約團體(contracting parties)，也因此產生不同的結果。因而康德式的社會契約是一種用於理論化過程中顯示何為公正、何為道德的設施。所以與霍布斯主義者一樣，他們關於契約的論談實際上僅是一種允許我們對道德問題做出概念回答的推理方式。然而，鑒於霍布斯主義者運用契約語言表達了如下事實：根據其看法，道德是一項人類發明，(如果是好的發明)應當彼此都獲得好處。而康德主義者對契約語言的使用則意味著去顯示如下道理：道德原則和道德觀念是可以得到證明的定理，它們是從道德上彰顯的同時具有權威的推理過程或「道德證明程序」(moral proof procedure)中推導出來的，而這些推理過程則都運用了社會契約的觀念。

兩種類型的契約理論都具有個人主義性質，它們都假定道德和政治行為必須涉及個人，並回答個人的需求而被證明為正當。這些遭致了社群主義(communitarian)哲學家的批評。他們認為，道德和政治行為能夠、而且應當在有益於社群的基礎上被決定。他們的看法也遭到功利主義理論家的抨擊。他們的道德標準在於針對團體利益的最大化，而不是個人慾望或愛好的彼此滿足。契約論則對此二派都做出回答，批評功利主義不能在人際之間做出認真的區別，契約論則使道德和政治方針能夠就個人合法的利益和需要做出回答。和社群主義者相反，他們將其作為道德理論的出發點。

參見 Kant 康德；political philosophy 政治哲學；social contract 社會契約；social philosophy 社會哲學

J.Ham.撰　王巍審訂

contradiction　矛盾　見 truth table 真值表

contradiction, pragmatic　語用矛盾　見 pragmatic contradiction 語用矛盾

contradiction, principle of　矛盾律　見 principle of contradiction 矛盾律

contradictories　相互矛盾的命題　見 square of opposition 對立方陣

contraposition　換質位法　在任何直言命題上的直接邏輯運算，完成的方法是，首先形成此命題主詞和述詞的補詞，然後再將這兩個補詞對調。因此，換質位法應用於如下直

言命題「所有的貓皆為貓科動物」，則得出「所有的非貓科動物都是非貓」，其中「非貓科動物」和「非貓」分別為「貓科動物」和「貓」的補詞。將換質位法運用於直言命題的結果，就稱為此命題的換質位命題。

參見 square of opposition 對立方陣；syllogism 三段論式

R.W.B.撰　李國偉審訂

contrapositive　換質位命題　見 contraposition 換質位法

contraries　反對　任何無法同時為真但可同時為假的兩命題；從而可說，無法同時適用於一事物、但卻可同時不適用於一事物的兩種性質。因此，「此物件通體紅色」和「此物件通體綠色」為反對命題，就像通體紅色和通體綠色為反對的兩個性質一樣。傳統上，認為直言命題 A「所有的 S 為 P」和直言命題 E「沒有 S 為 P」為反對命題；但根據狄摩根(De Morgan)和後來大部分的邏輯學家，當 S 根本不存在時，這兩個命題便同時為真，所以當代邏輯學家通常不會視直言命題 A 和 E 為真正的反對命題。

參見 existential import 存在輸入；square of opposition 對立方陣；syllogism 三段論式

R.W.B.撰　李國偉審訂

contrary-to-duty imperative　違反責任的律令悖論　見 deontic paradoxes 規範悖論

contrary-to-fact conditional　與事實相反的條件式　見 counterfactuals 非現實句

contravalid　反有效　指稱在一個邏輯系統中的命題 P，使得在此系統中的每個命題，都是 P 的推斷。在大部分典型及熟悉的邏輯系統中，反有效性都和自相矛盾相符。

參見 implication 蘊涵

R.W.B.撰　李國偉審訂

contributive value　貢獻價值　見 value 價值

contributory value　貢獻價值　見 value 價值

control　控制　一種明顯因果的現象，與能(power)非常接近，在像「有意的行動」、「自由」和「道德的責任」這些議題有重要意義。你之發現朋友偷車有可能是，也有可能不是，你的一個有意、自由的行為、或道德上應負責任的行為，這要看你是否能夠控制這件事。控制看起來是因果的現象。例如，試著想像控制一輛車，卻同時沒有任何效果。如果你沒有引起什麼，你就沒有把什麼效果留在車上，而一個人不可能控制一件事物而對該事物沒有什麼效果。但是控制並不一定是因果決定論的方式。就算在你車中操縱方向的機械裝置中有一個真正的隨機發生器(randomizer)，只給你百分之九十九的機會，讓你把車子轉到你想要的方向，你仍然在那範圍有相當大的控制。有些哲學家認為因果決定論若為真，那麼我們就沒有控制什麼。這樣的說法並不正確。開車時你通常可以控制車子的速度和方向，就算我們的世界碰巧是決定論式的。

參見 determinism 決定論；free will problem 自由意志問題；power 能

A.R.M.撰　龔維正審訂

convention 約定俗成 見 Lewis, David 路易士，大衛．K

conventional implicature 約定式語用蘊涵 見 implicature 語用蘊涵

conventionalism 約定論 認為邏輯真理和數學真理都由我們的選擇所創造，而非世界強加給我們的哲學學說。該學說乃關於邏輯和數學真理的語言理論的某個尤為特殊的版本，根據這種理論，邏輯和數學的陳述之所以是真的，是因為人們運用語言的方式的緣故。當然，任何陳述之為真在一定程度上都依賴於使用語言的事實。例如，「雪是白的」(在中文中)是真的，因為下述事實：(1)「雪」指雪，(2)「是白的」真於白色的事物，以及(3)雪是白的。該語言理論所斷言的主要在於，邏輯和數學陳述的真完全(entirely)依賴於人們使用語言的方式。諸如(3)等超語言的事實則與這些陳述的真毫不相干。那麼，究竟是使用語言過程的哪一方面導致了邏輯真理和數學真理呢？約定論者的回答在於：某些特定語言慣例。這些慣例包括推理規則、公理和定義等等。

隨著非歐幾何(non-Euclidean geometries)的發現，認為幾何學真理乃我們通過接受某些約定而創造的真理之想法得到了有力的支持。在非歐幾何發現之前，歐幾里德幾何學一直被視為是先驗知識(a priori knowledge)的範例。進一步發現證明，這些可供選擇的系統是相容的，這使歐幾里德幾何學看上去可被人拒絕，同時又無違於理性原則。那麼，我們究竟採取歐幾里德的系統抑或是非歐幾里德的系統，看上去就純屬一個基於簡單(simplicity)和方便(convenience)等實用考慮的選擇問題。

若移到數論(number theory)的領域，隨著算術系統若具有相容性則具有不完備性這一性質的發現，約定論看上去遇到了一次明顯的挫敗。因為，讓 S 成為某個不可決定(undecidable)的句子，即一個對之既不存在證明也不存在反證的句子。設想 S 為真的。那麼，它的真是由什麼樣的約定所組成的呢？既非公理、推理規則，亦非定義。因為，假如該句子的真是由上述這些項目組成的話，那麼它就是可證明的了。但假設 S 不是真的。那麼，它的否定即為真的。則它的否定之真又是由什麼樣的約定所組成的呢？再一次地，似乎這裡不存在答案。情況似乎是這樣的：假如 S 是真的，或 S 的否定是真的，而對 S 和對 S 的否定都是不可證明的，那麼，似乎並非所有的算數真理都是約定造就的真理。約定論者能夠給出的一種回答在於認為，假如 S 是不可決定的，則 S 和對 S 的否定都不是真的。這導致約定論者(conventionalist)聲稱：算術具有真值空缺(truth-value gaps)。

至於邏輯學領域，與數論和幾何學情況不同的是，古典邏輯中所有的真理都是可證明的，而公理則是不必要的，推理規則即已足夠。與幾何學中的情況一樣的是，在邏輯中也存在著不同於古典邏輯的其他邏輯。例如，直覺主義者(intuitionist)並不接受「從非非 A 推論出 A」的規則。甚至某些分離律的形式——「從 A，假如 A 則 B，推論出 B」——也遭到某些多值邏輯系統的拒絕。這些事實都支持著約定論者的下列學說：採取任何系列的推理規則是我們的一樁基於實用考慮的選擇事務。然而(反約定論者可能回應說)請考慮一下諸如「假如湯姆是高個子，那麼湯姆就是高個子」這樣一種簡單的邏輯真理。顯然，通過推理規則，這個句子可以從空的前提中得到證明。但是，為什麼說這會引申出其之所以為真，並不是由於有些有關湯姆的超語言事實所強加給我們的看法呢？假如湯姆是高個子，該句子即為真的，因為其後件(consequent)是真的。假如湯姆不是高個子，該句子也是真的，因為其前件是錯的。在這兩種情況中該句子的真都依賴於有關湯姆的事實。

參見 many-valued logic 多值邏輯；philosophy of logic 邏輯哲學；philosophy of mathematics 數學哲學；Poincaré 龐卡黑

C.S.撰　王文方審訂

conventionalism, ethical　**倫理慣例論**　見 relativism 相對主義

conventionalism, geometric　**幾何學的約定論**　見 Poincaré 龐卡黑

conventional sign　**約定記號**　見 theory of signs 記號論

convention T　**約定 T**　一個(真〔truth〕之定義之)實質適切性(material adequacy)之判準。由塔斯基(Tarski)於 1929 年定義一個形式化了的語言中之真概念(the concept of truth)時發現，再加以形式化、採用並命名為「約定 T」。在既哲學正確又邏輯精確地處理真概念之方面，約定 T 是塔斯基提過的許多最重要的獨立主張中的一個。他那些主張都被批評過，唯獨約定 T 沒人挑戰，而且幾乎被看成是分析哲學的公理。說一個現有概念(an established concept)之定義為實質適切，就是說它「既不太寬，也不太窄」，亦即這個定義所徵定的概念與現有概念共外延(coextensive)。塔斯基強調，由於許多形式化語言沒有真之判準，導致似乎不可能有真定義之實質適切性之一般判準。塔斯基聰明技巧地突破這個困難，他發現現有的真之對應概念(the established correspondence concept of truth)滿足之條件，而且此條件使得任兩個能滿足此條件的概念必然共外延。基本上，約定 T 要求：一個真定義若要實質適切，則一定蘊涵(imply)無限多相關的塔斯基式的雙條件，例如蘊涵：語句「某完全數(perfect number)是奇數」為真若且唯若某完全數是奇數。較粗地說，一個英文的塔斯基式的雙條件句可由後面方式產生：把一個英文句之名稱填入後面形式之左方空白，把一個英文句填入後面形式之右方空白，該：「語句____為真，若且唯若____」。塔斯基稱這些雙條件句為「形式 T 之等值句」(equivalences of the form T)，並稱該形式為「句式」(schema)。後人也就用「句式 T」去說該形式。

參見 formal semantics 形式語言的語意論；Gödel's incompleteness theorems 哥德爾不完備定理；material adequacy 實質適切性；satisfaction 滿足；Tarski 塔斯基；truth 真理

J.Cor.撰　龔維正審訂

convergence　**趨同收斂**　見 philosophy of science 科學哲學

conversational implicature　**語用蘊涵**　見 implicature 語用蘊涵

converse　**逆命題**　(也可稱為反命題)(1)狹義而言，是稱之為「換位法」(conversion)的邏輯運算，作用在任何定言命題上的結果，它是藉由互換此命題的主詞和述詞而完成。因此，「所有的貓都是貓科動物」這個定言命題的逆命題是「所有的貓科動物都是貓」。(2)較廣義而言，是指把給定的「若……則……」(條件句)命題，將其前項和後項，也就是分別跟隨著「若」和「則」的命題，交換後得到的命題；類似的，是指給定「P；所以 Q」這類形式的論證，將其前提和結論互換的論證。

參見 relation 關係

R.W.B. 撰　李國偉審訂

converse, outer and inner　**外反轉和內反轉命題**　內反轉命題是關係句(relational sentence)中之關係動詞(relation verb)反轉後之結果。外反轉命題是關係句中之兩(非關係詞

之)語詞(terms)反轉後之結果。「阿柏幫助小本」之內反轉命題為「小本被阿柏幫助」。「阿柏幫助小本」之外反轉命題為「小本幫助阿柏」。一簡單(關係)句或一原子(關係)句之內反轉及外反轉表達邏輯上等值的(equivalent)兩命題，因此當附說「反之亦然」(and conversely)或「反之不然」(but not conversely)時，雖然這裡的「反」未明指是哪一種反轉，卻不會有內容上的歧義。然而在複合的或用量詞的關係句，像「每個整數前有某個整數」(every integer precedes some integer)，(倘未明指是哪一種反轉，)便有內容上的歧義。分別依反轉後語句之普通解釋，外反轉表達假命題「某個整數前有每個整數」，內反轉表達真命題「每個整數被某個整數居前」(every integer is preceded by some integer)。而在用量詞的雙重關係句，像「每個整數在每個大於它之整數之前」，則必須進入更複雜的考慮。範圍(scope)概念解釋了後面的結構性歧義：「每個整數前有某個整數，反之亦然」，其中「反」若為外反轉，則範圍寬；若為內反轉，則範圍窄。

參見 ambiguity 歧義；converse 逆命題；relation 關係；scope 範圍

J.Cor.撰　龔維正審訂

converse domain　逆域　見 relation 關係

converse relation　逆關係　見 relation 關係

conversion　換位法　見 converse 逆命題

Conway, Anne　康威，安娜(c.1630-79)　英格蘭哲學家，她的《上古與現代的哲學之原則》(*Principia philosophiae antiquissimae et recentissimae*, 1690；英譯為〔*The Principles of the Most Ancient and Modern Philosophy*, 1692〕)主張一元論的存有論(a monistic ontology)，認為所有的受造物由同一精神實體的模式(所組成)，從上帝流出(emanating)。這個實體是由數目無限、分層安排的精神所組成，她稱為單子(monads)。物質是凝結了的精神。運動(的形式)不是動態性地(dynamically)，而是具有生命力地(vitally)。康威夫人的理論架構還包括痛苦和普遍救贖的可能性之道德解釋。她駁斥笛卡兒(Descartes)及她的老師亨利・摩爾(Henry More)的二元論(dualism)，也反對霍布斯(Hobbes)和史賓諾莎(Spinoza)的唯物論。她的著作受到猶太教神祕主義(cabalism)的影響，萊布尼茲透過她最後歲月的良師益友，弗蘭西斯・默克里烏斯・梵・赫爾蒙特(Francis Mercurius van Helmont)，得知她的哲學。

S.H.撰　陳瑤華審訂

Cook Wilson, John　庫克・威爾森，約翰　見 Wilson 威爾森

coordination problem　協調問題　見 social choice theory 社會選擇理論

coordinative definition　同格定義　見 definition 定義

Copernican revolution　哥白尼革命　見 Kant 康德

copula　聯結詞　在邏輯中，是指單稱命題(singular proposition)和斷言命題(categorical proposition)中聯結主詞和謂詞的「to be」動詞形式。諸如在「喬治是富有的」(George is wealthy)和「天鵝是美麗的」(Swans are beautiful)的命題中，「is」和「are」分別是命題中的聯結詞。並非「be」動詞的任何形式都有聯結的作用。像在「(美國)那裡有五十一個州」(There are 51 states)的句子中，「are」就不是一個聯結詞，因為它的作用並不是把主詞和謂詞聯結，而是作為存在量詞「there are」的組成部分。

參見 definition 定義；intension 內涵；meaning 意義

V.K.撰　王文方審訂

***copulatio*　連接**　見 *proprietates terminorum* 詞項屬性

Cordemoy, Géraud de　科多摩，格勞德(1626-84)　法國哲學家、笛卡兒學派成員。他最重要的作品是《心物問題的六個對話》(*Le discernement du corps et de l'âme en six discours*)，於 1666 年出版，此後(以略為不同的書名)多次重印。其他同等重要的作品還有：《物理論述中的語言》(*Discours physique de la parole*, 1668)，討論笛卡兒的語言與溝通理論；《一封關於自然宗教的信》(*Une letter écrite à un sçavant religieux*, 1668)，此書捍衛笛卡兒在幾個自然哲學問題上的正統說法。科多摩也寫法國史，但未完身先卒。

科多摩像笛卡兒一樣提倡用機械物理學中的大小、形狀與局部運動概念說明物理現象，並主張心靈是無形體的思考實體。科多摩也如同大部分笛卡兒主義者，擁護某種版本的機緣論(occasionalism)。然而不同於笛卡兒主義者，科多摩主張原子論(atomism)，並承認虛空(the void)存在。這些革新看法不受當時其他笛卡兒學派成員的歡迎。但後來的哲學家，例如萊布尼茲(Leibniz)，卻常舉科多摩為一重要的十七世紀原子論倡導者。

參見 occasionalism 偶因論

D.Garb.撰　林正弘審訂

corner quotes　角括號　見 corners 角符號

corners　角符號　角符號，也稱為角括號、半括號，蒯因(Quine)於 1940 年的《數學邏輯》(*Mathematical Logic*, 1940)一書中提出這樣(⌜ ⌝)的符號圖式，其目的是為了在談論此種與此類的不確定表達(expressions)有一個方便簡潔的方式。舉例來說，一個邏輯學家可能想要在後設語言(metalanguage)中以方便簡潔的方式表達，在對象語言(object language)中，任何二個完構式(well-formed formulas, wffs)間使用∨符號(真值函數所使用的邏輯連接符號，「或(or)」)的結果是它本身仍是個完構式。假設希臘字母「ϕ」與「ψ」可在後設語言中使用，並作為對象語言中完構式範限的變數，這就讓人想到上述的形式規則可以簡潔地表達為若 ϕ 與 ψ 是完構式，則「ϕ ∨ ψ」是完構式。但這卻是不會發生的，因為「∨」並不是完構式，而是後設語言中的二個變數加上對象語言中一邏輯連接符號的混合表達方式。問題在於放置括符號於希臘字母間的結果，只是指稱到了那些字母本身，而不是如期望的，指稱到了不確定完構式的內容。蒯因的角符號允許我們超越直接引述(straight quotation)的限制，因為半括號，如⌜ϕ∨ψ⌝，相當於引述了不變的內容基礎，「#∨#」可以想像不確定的表達 ϕ 與 ϕ∨ψ 被寫在空白的地方。

參見 use-mention distinction 使用-提起區分

R.F.G.撰　呂健吉審訂

corrective justice　矯正的正義　見 justice 正義

correlativity 相關性 見 polarity 極端；rights 權利

correspondence theory of truth 真理的符合說 見 truth 真理

corresponding conditional 論證之對應條件句 一種條件句，其前件為一個論證之所有前提之合取(conjunction)，而後件為論證之結論。例如，「若阿柏是小本，而且小本聰明，則阿柏聰明」，「若小本聰明，而且阿柏是小本，則阿柏聰明」，這兩句是後面論證之對應條件句：前提為「阿柏是小本」及「小本聰明」，結論為「阿柏聰明」。在單一前提之論證，其對應條件句之前件是那單一的前提，後件是結論。至於極端的事例(limiting case)，像前提之集合為空集合或集合中之前提無限多(the empty and infinite premise sets)，各個邏輯家有各自的處理，例如認為這種論證缺乏對應條件句，便是一種簡單的做法。

對應條件句之原理是：一論證為有效之充分必要條件是所有它的對應條件句為恆真句(tautological)。一般用的「論證之對應條件句」一詞也用在有後面兩規定之場合：1.論證(之前提)被理解作(有序的)系列前提，而非無序的前提之集合；2.(前提之)合取被理解作多項關係運作(polyadic operation)，以一唯一的方式從一系列前提產生一個單一的前提，而不是被理解作二項關係運作，僅把前提兩兩連結。在前述規定下，對應條件句之原理是：一論證為有效之充分必要條件是它的對應條件句為有效。對應條件句之原理與肯定前件(*modus ponens*)、條件證明(conditional proof)及所謂的演繹定理(deduction theorem)密切相關。

參見 argument 論證；conditional 條件句；conditional proof 條件證明；limiting case 極端事例；*modus ponens* 取拒式；proposition 命題；tautology 恆真句

J.Cor.撰　龔維正審訂

corrigibility 可糾止性 見 privileged access 具有優位性的特殊進路

cosmological argument 宇宙論論證 見 philosophy of religion 宗教哲學

cosmology 宇宙論 見 metaphysics 形上學

cost-benefit analysis 成本收益分析 見 decision theory 決策論

countable 可數的 見 set theory 集合論

counterdomain 相對域 見 relation 關係

counterexample 相反例證 見 counterinstance 反例

counterfactual analysis of causation 因果的逆實分析 見 causation 因果關係

counterfactuals 非現實句 又稱為「與事實相反的條件句」(contrary-to-fact conditionals)，預設前件為假的虛擬假設法的條件句，諸如「如果希特勒入侵英國的話，德國就贏了(但希特勒並沒有入侵英國)」，以及「如果我是你的話，我就會逃跑(但我不是你)」。

條件句(或假設陳述句)是具有「若 p，(則) q」，或「q 若 p」之形式的複合陳述句，p 被描述為前件(即條件子句)，而 q 則為後件(結果子句)。像「如果奧斯瓦沒有殺了甘乃迺，還會有其他人這麼做」(If Oswald did not kill Kennedy, then someone else did)這樣的條件句稱為直述句，因為前件和後件都為直述法。而像「要是奧斯瓦沒有殺了甘乃迺的話，還會有其他人這麼做(可是奧斯瓦殺了甘乃迺)」(If Oswald had not kill Kennedy, then someone would have)這樣的條件句則為虛擬假設句。許多虛擬假設句和所有直述條件句都是「開放」(open)的，均不對前件做任何的預設。「如果鮑伯會贏的話，他便會富有(可是他應該不會贏吧！)」(If Bob should have won, he would be rich)以及「如果鮑伯贏，他便富有」(If Bob won, he is rich)二句和「如果鮑伯贏的話，他便富有了(可是鮑伯沒有贏)」(If Bob had won, he'd be rich)不同，前二句都沒有蘊涵鮑伯並沒有贏。非現實句預設了前件為假，但並不是斷言前件為假。「如果雷根是總統的話，他會出名(但雷根不是總統)」(If Reagan had been president, he would have been famous)這句話似乎不恰當，因為雷根的確曾是總統，但並非錯誤。在邏輯上非現實句和開放假設句之間的差別較不重要，而假設句和直述句之間的差別較為重要。雖然上述關於甘乃迺的直述條件句為真，假設句卻極可能為假。將「還會有其他人」改為「沒有人」則此假設句為真。

非現實句最有趣的邏輯特徵是，它們並非真值函數。一個真值函數複合句的真值完全由其組成份子在每一種可能情況的真值所決定。例如，「總統為祖母」和「總統無子嗣」二句為假，邏輯上蘊涵(entail)「總統為祖母且無子嗣」為假：所有帶有假連言項的連言均為假。但雖然「如果總統是祖母，則總統會沒有子嗣(但總統不是祖母)」(If the President were a grandmother, the President would be childless)這個非現實句為假，其他帶有同樣假成分的非現實句卻為真，例如「如果總統是祖母的話，則總統便是一名母親(但總統不是祖母)」(If the President were a grandmother, the President would be a mother)。非現實句的真值部分由其組成成分的特定內容所決定。一般而言，直述條件句及假說條件句也是如此，變動上述例子中的一些字眼，就可看出這一點。現代邏輯的實質條件句(material conditional)$p \supset q$ 就非如此，它被定義為不是 p 為假便是 q 為真，這是全然的真值函數。「總統為祖母 ⊃ 總統無子嗣」和「總統為祖母 ⊃ 總統為母親」同樣為真。非現實句雖然比實質條件句要強，但卻弱於現代模態邏輯中斷言 $p \supset q$ 必然為真的嚴格條件句(strict conditional)$p \ni q$。「如果按了開關的話，燈就會亮(但開關沒按)」(If the switch had been flipped, the light would be on)事實上會是真的，即便可能因為燈泡燒壞了而開關按了燈卻未亮。

非現實句既非嚴格條件句，亦非實質條件句，這就產生了「非現實條件句的問題」(problem of counterfactual conditional)(由齊桑姆〔Chisholm〕和古德曼〔Goodman〕所提出)：非現實句的真值條件為何？它們如何由其組成份子所決定？根據類似於說明的演繹-律則模型(deductive-nomological model)的「後設語言」進路，當非現實句之前件與自然律及背景條件陳述合起來邏輯地蘊涵其後件，此非現實句便為真。照此說法，「如果按了開關的話，燈就會亮(但開關沒按)」(If the switch had been flipped, the light would be on.)為真，因為「按了開關」這個前件，加上電的定律和描述電氣回路之條件及安排的陳述，蘊涵了燈會亮。主要問題是在於，對於任何非現實句及脈絡而言，那些事實是「固定的」。背景條件不能包含前件或後件的否定，即便這些否定為真，也不能包含任何只要前件為真時即為假的其他事情。逆同一性語句(counteridentical)顯明了這項困難：「如果我是你，我會逃跑(但我不是你)」此句的背景必須包含有關於我的特徵和你的情況之事實，但反之不然。逆律則句(counterlegal)，如「若行星的軌道是長方形的，則牛頓定律便會失敗(但行星軌道並非長方形的)」(Newton's laws would fail if planets had rectangular orbits)，其前件否定了自然定律，這種句子顯示即使是定律的集合也無法總括無遺。

另一個主要進路(由史道耐克〔Robert C. Stalnaker〕和路易斯〔David K. Lewis〕所開拓)擴展了為模態邏輯所發展的可能世界語意學(possible worlds semantics)，按照這個語意學，在非現實句之前提為真的眾多可能世界中，有一個最接近真實世界；若非現實句之後件在此世界中為真，則此非現實句為真。假如一個按下開關而燈會亮的世界比一個按下開關而燈不亮的世界更接近真實世界，那麼，基於上述說明，關於開關的逆實句便為真。主要的問題則在於，對於任何特定的非現實句和脈絡而言，哪一個世界才是最接近的。直述條件句和假設法條件句之間的差別，可以用背景條件之不同，或是用遠近衡量之不同來說明。

非現實句出現於各種哲學脈絡之中。為了要區別像「所有的銅都導電」這樣的「律則」，和同樣為真的歸納句，如「在我口袋的每一樣東西都導電」，有人已看出可用逆實句來敘述其間的不同：任何事物只要是銅的話，它就會導電，但並非每樣事物，只要它在我的口袋裡，它就會導電。具有可溶解性這種「傾向」，不能只用在水中有沒有溶解來說明，而必須用非現實句來說明：「物體若浸於水中便會溶解」為真。一事件為另一事件的「原因」，也可用非現實句來說明：只要前者未發生，後者就不會發生。一行為是「自由」的：只要行為者意圖此行為，便能做或會做此行為。一個人處於一特定的「心理狀態」：只要給予某種刺激，他會以某種方式行為；而一行為是「正確」的：只要行為者是一個全然理性且充分被告知的，他就會選擇此行為。

參見 causation 因果關係；possible worlds 可能世界

W.A.D.撰　林正弘審訂

conuteridenticals　逆同一性語句　見 counterfactuals 非現實句

counterinstance　反例　也稱作相反例證(counterexample)。(1)指某種論證形式的特殊個例，它所有前提皆為真，但結論卻為假，因而顯示出該論證形式並非邏輯上有效的論證。例如論證形式「p∨q, ～p /∴～q」，通過下述反例：「草是紅色或是綠色；草不是紅色；所以，草不是綠色」，即可顯示出該論證形式在邏輯上是無效的。(2)指某種陳述的假的特殊例證，它展示該陳述形式並非邏輯的真。例如，陳述形式「(p∨q)R ⊃ p」的某個反例是：「如果草是紅色或是綠色；那麼，草就是紅色」。(3)指展示了某種普遍概括為假的特殊事例。例如「美國的所有大城市都位於密西西比河的東面」是一個普遍概括，但通過舊金山(San Francisco)這個特例(它是美國的大城市，但它並不位於密西西比河的東面)，即可顯示出該陳述為假。

V.K.撰　王文方審訂

counterpart theory　對應理論　對應理論，是用來分析個體關於什麼是可能的、與什麼是不可能的陳述(個體實在〔*de re*〕模態的陳述)，而這樣的分析是以以上個體之對應物(counterparts)在其他可能世界是什麼景況為詞的。對應物是一些「與某些個體相似但不等同」的個體(「對應理論」這個名稱由路易士〔David Lewis〕所創造，他是此理論的主要倡導者)。當一些理論分析「辛普森太太可能成為(might have been)英國女王」為「在某個可能世界裡，辛普森太太是(is)英格蘭女王」，對應理論將這句話分析為「在某個可能世界裡，辛普森太太的對應物，是英格蘭(之對應物的)女王」。對應理論的主要動機，是要將兩個觀點連結起來：(a)「*de re*」的陳述，需要給予可能世界的分析；(b)每個實際的個體只存在於真實的世界(the actual world)，因此不能以不同的特質而存在於其他可能世界。對應理論提供了一個分析，來讓「辛普森太太可能成為女王」真正地相容於(a)與(b)。因為，辛普森太太在其他可能世界的對應物，在那個辛普森太太本身並不存在的可能世界裡，可能有著那實際的辛普森太太所缺乏的王室特質。相對理論可能預先成型於萊布尼茲(Leibniz)的可能性理論(theory of possibility)。

參見 counterfactuals 非現實句；possible worlds 可能世界

P.Mac.撰　劉希文審訂

count noun　可數名詞　在語法上，符合下面任一條件的名詞即是可數名詞：(1)名詞前跟著「each」(每個)、「every」(每一個)、「many」(許多)、「few」(少數)、「several」(幾個)和數詞(numeral)等量詞；(2)名詞前跟著不定冠詞「a(n)」；(3)以複數形式出現的名詞。下面是些可數名詞(count nouns, CNs)的例子，與之配對的是與 CNs 在語意上頗為類似的不可數名詞(mass nouns, MNs)：「each dollar / silver」(每枚硬幣／銀子)、「one composition / music」(一首曲子／音樂)，「a bed / furniture」(一張床／傢俱)、「instructions / advice」(種種指令／勸告)。MNs 能夠伴隨如「很多」(much)、「很少」(little)等量詞出現，CNs 則否，例如：很多詩／詩歌(much poetry / poem〔s〕)、少量麵包／麵包(little bread / loaf)。CNs 與 MNs 都可伴隨「所有」(all)、「大部分」(most)、與「某些」(some)出現。在語意上，CNs 可以指稱個別的對象，提供計數的判準，而 MNs 則否。因此問 CNs 有多少(how many)才有意義，例如「有多少硬幣／金子？」在語意上，MNs 可以指稱集體的對象，而 CNs 則否。因此問 MNs 有多少(how much)才有意義，例如「有多少金子／硬幣？」

問題是，根據不同的語法和語意判準分類，將導致不同的分類結果；另一個問題是，我們要如何為含有不可數名詞的語句提供邏輯形式和真值條件。

參見 distribution 周延性；meaning 意義；sortal predicate 屬謂詞

W.K.W.撰　莊文瑞審訂

courage　勇氣　見 cardinal virtues 基本德行

Cournot, Antoine-Augustin　古爾諾，安托瓦內・奧古斯丁(1801-77)　法國數學家和經濟學家。在科學和哲學事務上他是一名批判實在論者(critical realist)，而在宗教和政治事務上是一位保守主義者。他的著作《財富理論的數理原則研究》(*Researches into the Mathematical Principles of the Theory of Wealth*, 1838)儘管在他所在的時代遭致慘敗，但卻開啟了數理經濟學(mathematical economics)的先河。古爾諾堅持一種介乎科學和形上學之間的中間立場。他的哲學取決於三個基本概念，即：秩序、機會和概率。他在著作《論機會和概率理論》(*Exposition of the Theory of Chances and Probabilities*, 1843)，集中論述概率演算(the calculus of probability)，闡述了一種機會發生的理論，並在客觀的、主觀的和哲學的概率之間做了區分。《論知識的基礎》(*Essay on the Foundations of Knowledge*, 1861)一書把科學定義為合乎邏輯地組織的知識。古爾諾發展了一種概率認識論(probabilist epistemology)，展示了概率論在對人類行為進行科學研究的相關性，並進一步假定了支撐宇宙的神聖天意和複雜秩序的存在。《唯物主義、活力論和理性主義》(*Materialism, Vitalism, Rationalism*, 1875)，承認了超理性主義(transrationalism)的主張，並為終極(finality)、目的和上帝保留了位置。

J.-L.S.撰　苑舉正審訂

Cousin, Victor　科辛，維克特(1792-1867)　法國哲學家，他綜合了法國心理學傳統和洛克(Locke)及孔迪拉克(Condillac)的實用主義，以及蘇格蘭學派(Scottish；里德〔Reid〕、史特瓦〔Stewart〕)和德國觀念論者(German idealist；康德〔Kant〕、黑格爾〔Hegel〕)的啟發。他在巴黎大學神學院(Sorbonne)的早期課程(1815-18)討論了以「絕對」(absolute)的價值來克服唯物論及懷疑論的觀點，引發了廣泛的熱潮。他於 1818 年的課程《真、美、善的事物》(*Of the True, the Beautiful, and the Good*〔*Du Vrai, du Beau et du Bien*〕)，保存於加尼爾(Adolphe Garnier)版的學生筆記(1836)；其他早期文本則出現於《哲學殘篇》(*Philosophical Fragment*〔*Fragments philosophiques*〕, 1826)。由於他是一名自由主義者，因而被免去了教職(1820)，並應法國警察的要求在德國被捕，且拘留於柏林(Berlin)，在黑格爾干涉之後才獲釋(1824)；直到 1828 年才復職。在路易斯-菲利普(Louis-Philippe)國王的執政下，他登上了最高位，成了教育部長，並將哲學引進課程。他那轉換成「唯靈論」(spiritualism)及對「中庸」(*juste milieu*)尊崇的「折衷主義」(eclecticism)，成為官方哲學。科辛因而依照「折衷主義」重寫了他的著作，甚至成功地將《真、美、善的事物》(第三版，1853)從羅馬教廷的禁書目錄中移除。他於 1848 年被迫退休。他聞名於教育改革、為一哲學史家、還有他的翻譯(普羅克勒斯〔Proclus〕、柏拉圖〔Plato〕)、編輯(笛卡兒)，以及十七世紀社會仕女肖像。

O.A.H.撰　苑舉正審訂

Couturat, Louis　古杜拉，路易(1868-1914)　法國哲學家和邏輯學家。他就哲學史、邏輯、數學哲學和某種普遍語言的可能性的領域撰寫著作。古杜拉拒斥了雷努維耶(Renouvier)的有限論(finitism)。他在《數學的無限》(*The Mathematical Infinite*, 1896)一書中倡導一種現實的無限(an actual infinite)。他聲稱無限數的假定對維持量值的連續性是不可或缺的。他視萊布尼茲(Leibniz)為現代邏輯的先驅。他對萊布尼茲的闡釋，基於萊氏的《形上學論》(*Discourse on Metaphysics*)和萊氏與阿爾諾(Arnauld)的通信。他的劃時代之作《萊布尼茲的邏輯學》(*Leibniz's Logic*, 1901)把萊布尼茲的形上學描述成「泛邏輯論」(*panlogism*)。古杜拉出版了一部有關康德(Kant)的形上學哲學的研究著作(《形上學》〔*Revue de Métaphysique*, 1904〕)，並在《邏輯代數》(*The Algebra of Logic*, 1905)一書中為皮亞諾邏輯(Peano's logic)、懷德海代數(Whitehead's algebra)和羅素的邏輯(Russell's logistic)做辯護。他也對安德烈・拉朗德(André Lalande)的著作《技術的字彙與哲學的批判》(*Vocabulaire technique et critique de la philosophie*, 1926)做出過貢獻。

J.-L.S.撰　苑舉正審訂

covering law model　涵蓋律模式　把科學說明視為演繹論證的觀點，此論證在其前提之間至少擁有一個普遍規律。這個觀點的名稱包括「韓培爾模式」(Hempel's model)、「韓培爾-歐本海默模式」(Hempel-Oppenheim〔HO〕model)、「波普爾-韓培爾模式」(Popper-Hempel model)、「演繹-規律模式」(deductive-nomological〔D-N〕model)，以及科學說明的「涵括理論」(the subsumption theory)。所謂「說明的涵蓋律模式」這一語詞是由德瑞(William Dray)所提議的。

科學說明的理論首度由亞里斯多德(Aristotle)發展出來。他建議，科學該透過四種不同類型的原因來得到不同事物的理解，以便從單純「知道內容」(knowing that)進展到更深層的「知道為什麼」(knowing why)。科學的三段論(scientific syllogisms)為「問為什麼的問題」(why question)提供了解答，也就是說，由於演繹論證——其前提必然為真，而且前提是結論的原因。典型例子為「涵括」型論證，可由巴巴拉三段論(the Barbara syllogism)來表達：

所有烏鴉都是黑的。
傑克是一隻烏鴉。
所以，傑克是黑的。

含有葉綠素的植物都是綠色的。
草含有葉綠素。
所以，草是綠色的。

用現代邏輯符號來表示，則為：

$$\forall x(Fx \rightarrow Gx)$$
$$\underline{Fa \qquad\qquad}$$
$$Ga$$

$$\forall x(Fx \rightarrow Gx)$$
$$\underline{\forall x(Hx \rightarrow Fx)}$$
$$\forall x(Hx \rightarrow Gx)$$

一種說明的論證後來在希臘文中被稱作「綜合」(*synthesis*)，在拉丁文中則稱作 *compositio* 或 *demonstratio propter quid*。十七世紀之後，解說(explication)和說明(explanation)變成常用詞。

十九世紀的經驗論者接受了休姆(Hume)對亞里斯多德學派的本質和必然性之批判，他們認為自然律是表達了齊一性(uniformity)的外延敘述(an extensional statement)，也就是說，性質(「所有的天鵝都是白的」)或事件類型(「閃電之後總是跟隨雷聲」)之間的恆常聯結。他們仍然接受了「說明的涵括理論」(the subsumption theory of explanation)即「指出一個個別事實的原因，也就是，敘述因果關係的定律(其產品是一個個例)，這個事實就被說明了」；或者：「原來的定律本身只是另一組定律的一個案例，或者從另一組定律中引導出來，當這另一組定律被指出時，自然的定律和齊一性就可說是被說明了」(彌爾〔J. S. Mill〕)。裴爾斯(Peirce)於 1883 年提出了一個機率說明的一般模式，把演繹說明當成特例。

韓培爾和歐本海默在 1948 年提出了由下列 D-N 說明的架構所構成的涵括理論之現代公式：

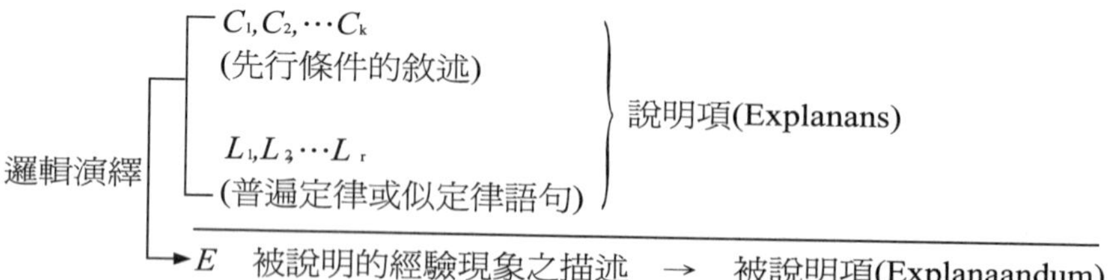

被說明項(Explanandum *E*)在此是一個語句，描述了已知的特別事件或事實(單一說明)或齊一性(定律的說明)的句子。說明是一種論證，用來回答一個尋求說明的「問題」——為什麼 *E* 會發生？(Why *E*?)——D-N 模式由演示 *E* 在普遍定律 ($r \geqq 1$) 和先行條件的基礎上，是規律上必然(nomically)可預期的。說明項(the explanans)和被說明項(the explanandum)之間是一種邏輯演繹的關係。在現象 *E* 已知的預設之前提下，說明有別於其他類型的科學系統活動(預測、溯測〔postdiction〕)，儘管這些活動與說明享有共同的邏輯特徵——這是一個通常被稱作說明和預測的對稱論題(the symmetry thesis)。上述特點也可以區分說明與尋求理由的論證(reason-seeking argument)，後者旨在回答「有什麼理由可讓人們相信 E？」這種形式的問題。韓培爾和歐本海默要求說明項具有經驗內容，亦即，可由實驗或觀察來檢驗，而且說明項必須為真。如果去掉「必須為真」這強條件，我們就說這是個「潛在說明」(potential explanation)。

針對非機率的傾向(non-probabilistic dispositions)，傾向說明也可以用 D-N 模式來形構。例如，讓 Hx =「x 被錘子所擊」，Bx =「x 破碎了」，而且讓 Dx =「x 是易碎的」。那麼，為什麼一片玻璃被打破的說明，就可以歸因於玻璃的易碎性及玻璃被擊打：

$$\frac{\forall x\,(Hx \rightarrow (Dx \rightarrow Bx)) \qquad Ha \,\&\, Da}{Ba}$$

很容易發現不能令人滿意的韓培爾-歐本海默(HO)說明的例子：自我說明(「草是綠的，因為草是綠的」)、前提太弱的說明(「約翰死了，因為他的心臟病發作或他的飛機墜毀了」)，以及資訊不相干的說明(「這食物在水中融化了，因為它是芬蘭生產的糖」)。企圖在句法和語意理由中，找到可以接受某一說明的充分必要的條件，並未得到一致同意。HO 模式也需要額外的亞里斯多德條件，即從原因導向結果的因果說明(causal explanation)。這一點已被展示在布龍伯格(Sylvain Bromberger)的旗竿範例中：旗竿的長度說明了旗竿影子的長度，相反則不成。斯克利文(Michael Scriven)論證反對韓培爾：個別事件的說明應該由單稱因果敘述「E 因為 C」來提供。可是，因果性的規律性理論(regularity theory of causality)(休姆式的或比休姆式更強的)蘊涵「這樣的單稱因果敘述預設了『類型 E 的事件普遍地跟隨著類型 C 事件而出現』這種形式的全稱律」。

涵蓋律模式的 HO 版本可在幾個方向上來加以推廣。說明項可以包含機率性或統計的定律。說明項-被說明項的關係可以是歸納的(在這種情況時，說明本身也是歸納的)。這就給了我們四種類型的說明：演繹-全稱式(deductive universal)(也就是 D-N)、演繹-機率式的(deductive-probabilistic)、歸納-全稱式(inductive-universal)、還有歸納-機率式(inductive-probabilistic)(即 I-P 模式)。韓培爾 1962 年的 I-P 說明模式，包含了一種機率式涵蓋律 $P(G/F) = r$，在此 r 是在給定 F 條件下的 G 的統計機率，括號中的 r 是給定說明項之下的被說明項之歸納機率：

$$\frac{P(G/F) = r \qquad Fa}{Ga}\ [r]$$

尋求說明的問題(the explanation-seeking question)可以從「為什麼必然是 E？」(Why necessarily E?)弱化為「E 的可能性有多高？」(How possibly E?)。在一個「修正說明」(corrective explanation)中，說明的答案指出被說明項的語句 E 不是嚴格意義上的真。這種情況是「近似性的說明」(approximate explanation)(例如牛頓〔Newton〕的理論蘊涵了伽利略〔Galileo〕和克普勒〔Kepler〕定律的修正形式)。

參見 causation 因果關係；explanation 說明；grue paradox 綠藍悖論；philosophy of science 科學哲學

I.N.撰　陳瑞麟審訂

Craig reduct　克雷格化約　見 Craig's interpolation theorem 克雷格插值定理

Craig's interpolation theorem　克雷格插值定理　初階邏輯(first-order logic)的定理：如果初階邏輯的句子 Ψ 蘊涵著句子 θ，那麼，就存在一個「插值」(an interpolant)，一個句子 Φ，它只用共同出現於 θ 和 Ψ 的語彙，且 Φ 既蘊涵著 θ 又被 Ψ 所蘊涵。起初，威廉·克雷格(William Craig)於 1957 年作為一個引理(lemma)證明了他的定理，是為了給貝斯的可定義性定理(Beth's definability theorem)提供一種更簡潔的證明，不過現在它自成一定理。在抽象模型論(abstract model theory)中，具有插值定理此一性質的邏輯被稱為具有克雷格插值屬性(the Craig interpolation property)。克雷格插值定理顯示，初階邏輯對內隱可定義性(implicit definability)具有封閉性，因此初階邏輯中的概念都可外顯地給定。

在科學哲學文獻中，「克雷格定理」通常指克雷格的另一結果：任何初階邏輯句子的遞歸可數(recursively enumerable)集合都可以被公理化(axiomatizable)。這一結果一直被用於說明理論術語(theoretical terms)原則上可從經驗理論(empirical theories)中消除的看法。假定一經驗理論可以在初階邏輯中被公理化，即：存在著一初階邏輯句子的遞歸集合使得該理論中的所有定理都能被證明，那麼，在「觀察的」(observational)子語言中，由公理所推得結果的集合即是一個遞歸可數集合。因此，根據克雷格定理，存在著一種適用於這種子理論的公理集合，即克雷格化約(Craig's reduct)，它只包含觀察語彙。有趣的是，克雷格化約理論(the Craig-reduct theory)可能在語意上呈較弱之態，在此指它可能具有某些模型，而這些模型無法擴展成完整理論之模型(a model of the full theory)。這種模型的存在證明了，理論語彙不可能僅僅在觀察語句的基礎上全部被定義，這個結論與貝斯的可定義性定理相關。

參見 Beth's definability theorem 貝斯的可定義性定理；proof theory 證明論

Z.G.S.撰　李瑞麟審訂

Craig's theorem　克雷格定理　見 Craig's interpolation theorem 克雷格插值定理

Crates of Thebes　底比斯的克拉特斯　見 Cynics 犬儒學派

Crates the Cynic　犬儒克拉特斯　見 Cynics 犬儒學派

Cratylus of Athens　雅典的克拉底魯斯　見 Heraclitus 赫拉克利特斯

Cratylus Zeyl　克拉底魯斯　見 pre-Socratics 先蘇格拉底學派

creation *ex nihilo*　從無中創造　從無中使某物存在的行為。據傳統基督宗教神學所述，上帝從無(*ex nihilo*)中創造世界。說世界是從無被創造的，並不意味著先存在著一個非存在的實體(there was a prior non existent substance)，世界從它那兒塑造成形，而是說，不存在任何上帝使之成為存在的東西。不過，有些教父學者受到普羅提納斯(Plotinus)的影響，例如尼撒的額我略(Gregory of Nyssa)就是，他們通常把從無中創造理解為一種源自上帝的「流出」(emanation)，根據流出說，受造物不是來自無，而是來自上帝本身。並非任何上帝的受造物都需要從無中創造；因為正如《聖經·創世紀》二章 7 節和 19 節所述，假如上帝是從事先存在的物質即始基(the ground)中造了人和動物，那麼上帝就不是從無中創造他們。不管身體是怎樣造成的，正統神學都認為人類靈魂是從無中被創造的；相反的觀點稱為「靈魂遺傳論」(traducianism)，認為靈魂與身體一起由父母遺傳。

參見 Gregory of Nyssa 尼撒的額我略；philosophy of religion 宗教哲學；Plotinus 普羅提納斯

E.R.W.撰　丁福寧審訂

creationism　創造論　按照字面上接受《創世紀》(*Genesis*)的前面幾章。《創世紀》宣稱，宇宙以及包括人類在內的所有生物，都是上帝在六天之內所創造的。隨著達爾文《物種起源》(*Origin of Species*, 1859)的出版，發現某種方式將這個故事與科學的宣稱相調和的這種需求，在十九世紀變得增強起來。在美國南部各州，當地的福音派新教基督教(Protestant Christianity)聲稱徹底反對演化論，拒絕任何調和的嘗試，並且堅持完全實行，按照字面上和「創造論者」(creationist)的方式去閱讀聖經。有鑑於此，有些州通過法律禁止教授演化論。直到最近，字面主義者(literalists)曾爭論說，《聖經》(*Bible*)可以賦予科學上的完全支持，因而他們主張，「創造科學」(Creation Science)可以在美國的州立學校裡適當地教，而不會違反政教分離的體制。1981 年，這種主張在阿肯色州遭到挑戰，而最後被聯邦高等法院否決。

創造論的爭論引發一些具有哲學旨趣和重要性的議題。最明顯的是，有關什麼構成真正的科學的問題。科學與非科學之間是否存在著一種恰當的判準來分界，並使演化論置於一邊而使創造論置於另一邊？有些哲學家以卡爾・波普爾(Karl Popper)的精神辯稱，認為我們可以發現這樣的判準。其他的哲學家並不這麼確定；還有一些哲學家則認為，我們可以找到一些這樣的判準，但這些判準會顯示，儘管已被證明為假，創造論仍是真正的科學。

教育哲學家對創造論以及它所代表的，也有興趣。如果人們承認，即使是最正統的科學也可能含有價值成份，反映及影響從業者的文化的話，那麼教授一門像生物學的學問，幾乎可以斷定並不是一種在規範上價值中立的事業。即使那樣，關於科學的真正性質或價值，我們並不是非得向創造論作任何的讓步不可，也許人們必須同意，科學教育並不能且不應該與社會上其餘的部分脫節，而視為全然不同的現象。

參見 Darwinism 達爾文主義；philosophy of biology 生物哲學；philosophy of religion 宗教哲學；philosophy of science 科學哲學；testability 可檢驗性

M.Ru.撰　徐佐銘審訂

creationism, theological　神學的創造論　見 preexistence 先存

credibility　可信性　見 Carnap 卡納普

Crescas, Hasdai　克萊斯加，哈斯達伊(d.1412)　西班牙猶太哲學家、神學家和政治家。他是巴塞隆那(Barcelona)和撒拉哥沙(Saragossa)兩地猶太社團的傑出代表人物。隨著其子於 1391 年的反猶太暴動中的喪生，他為之寫做了一部記述大屠殺的編年史(作為伊本・弗爾加〔Ibn Verga〕的著作 *Shevet Yehudah* 的附錄出版，維納〔M. Wiener〕編輯，1855)。克萊斯加在皈依受到鼓勵的時代致力於護衛西班牙猶太人的行徑被記載於一部現存的著作《基督宗教教條辯駁》(*Rufutation of Christian Dogmas*, 1397-1398)之中，該書於 1451 年被發現，但卻是約瑟夫・伊本・舍姆・托夫(Joseph ibn Shem Tov)的希伯來文譯本(*Bittul 'Iqqarey ha-Noṣrim*)。他主要的哲學著作是《主之光》(*Or Adonai*〔*The Light of the Lord*〕)，在計畫中該書是作為一部大書的第一部分而撰述的，包括他自己對猶太教律法(*halakḥa*)所做的更為詳盡的系統闡述，和對邁蒙尼德(Maimonides)著作的批評。但是，該書的第二部分「神聖誡律之燈」(Lamp of the Divine Commandment)從未寫完。

《主之光》是對亞里斯多德(Aristotle)學說所做的哲學的和教條的回答與反駁，在克萊

斯加看來，這些有關上帝的本性、時間、空間、場所、自由意志和無限的學說，對猶太教信仰構成了威脅。為了神學的目的，他試圖拒絕亞里斯多德物理學的基本信條。例如，他對亞里斯多德有關真空存在的論證進行了反駁。亞里斯多德學派對於時間的看法也被他拒絕。時間與空間一樣，在克萊斯加看來是無限的。進而言之，時間不是一種偶然的運動，而更是存在於靈魂之中的。為了捍衛妥拉(Torah)的基本教義，克萊斯加必須處理他的前輩邁蒙尼德和杰森尼德(Gersonides)曾經討論過的問題，所謂的調和神的預知(divine foreknowledge)和人類自由的問題。與這兩位思想家不同的是，克萊斯加採納了某種形式的決定論(determinism)，認為上帝知道可能的和必然發生的事情。某種行為於其自身是偶然的，於其原因和上帝的知識則是必然的。那麼，自由的意願對某行為來說並非是絕對偶然的，而應是讓它是「內在的意願著」，相對於「外在的意願著」。

對克萊斯加學說的反應是混雜的。以撒・阿布拉巴內爾(Isaac Abrabanel)雖然尊重克萊斯加的虔敬，卻視其觀點為「無以理解」(unintelligible)或「想法簡單」(simple-minded)而排斥之。另一方面皮科・戴拉・米蘭多拉(Giovanni Pico della Mirandola)則求助於克萊斯加對亞里斯多德物理學的批評；猶大・阿布拉巴內爾(Judah Abrabanel)的《愛的對話》(*Dialogues of Love*)可被認為吸收了克萊斯加的形上學看法；史賓諾莎關於必然性、自由和延展(extension)的觀念完全受到《主之光》中的學說的影響。

參見 Gersonides 杰森尼德；Maimonides 邁蒙尼德

T.M.R.撰　丁福寧審訂

criteriological connection　判準的聯繫　見 criterion 判準

criteriology　判準學　見 Mercier 梅西埃

criterion　判準　廣義而言，指某一性質呈現之充分條件(sufficient condition)或某一命題為真之充分條件。一般而言，一判準只要在普通情況下充分便可以，而不需要是(在任何情況下的)絕對的充分。一判準通常會在某一義特別，而這常是因為它既是充分條件，也是必要條件(necessary condition)。「criterion」的複數形式(criteria)通常指一組條件，它們分別而言都是必要條件，合起來則為充分條件。「一組真值條件」是指某一形式的命題為真之判準。而一個重要哲學概念之概念分析可採後面方式：提出含有該概念之範例命題之一組真值條件。哲學家們已為有意義(meaningfulness)、意向性(intentionality)、知識、證成、正義、正確和同一性(包括個人的同一性和事件的同一性)等觀念提出了判準。

「判準」之術語還有一個與維根斯坦(Wittgenstein)的著名論斷相關的特殊用法，此論斷即「一『內在過程』〔an inner process〕需要『外在判準』〔outward criteria〕」，例如，哼哼和呻吟是疼和痛的外在判準。想說的是，要在一類可理解、可認知的事物，和對聯繫來說不可理解、不可認知的一類事物之間，造就一個概念上的聯結，就需要一個判準上的聯繫(criteriological connection)。單純的徵狀(symptom)不能提供這種聯繫，因為在一徵狀和有該徵狀的事物之間建立相關性，預設了後者是可理解、可認知的。一個就前述判準說(criteriological view)(無論是關於疼痛抑或是關於物理學中的夸克〔quarks〕)提出的反駁在於，它與問題中的東西的實在論看法衝突，而且情況可能是陷入行為主義(behaviorism)或者工具主義(instrumentalism)的泥沼。這是因為就判準說之觀點，置定一個判準聯繫彷彿等於認為：一給定種類的東西之性質和存在能依於它的可理解性或可認知性之條件，而且這等於把知識論的大車安置在存有論的馬的前面。

參見 problem of the criterion 判準問題

K.B.撰　龔維正審訂

criterion, problem of the　判準問題　見 problem of the criterion 判準問題

Critical idealism　批判觀念論　見 Kant 康德

critical legal studies　批判性的法律研究　自 1970 年代中期以來，美國和英國的法學著作和思想家的一個鬆散集合之稱，其追求一種法理學和一種政治意識形態。與 1920 年代和 1930 年代的美國法律實在論者(the American legal realists)一樣，批判性的法律研究論者的法理學研究課題主要是否定性的，在於從作為整體的法律和諸如契約和刑法的法律領域中發現預想的矛盾。從這些預想的法律中的矛盾推導出的法理學蘊涵在於：任何案例上的任何斷案，都可以被辯稱為邏輯上是由某些(法律)體制的法律命題所推導出來的。這種主張使法律完全無法指導個別案例。與美國法律實在論者一樣，批判性的法律研究的政治意識形態隱隱約約是左傾的，他們贊同社群主義者對自由主義的批判。社群主義者責難自由主義過份強調個人權益和福利，不惜犧牲某些集體利益之內在價值。由於批判性的法律研究者中的許多人都具有認知相對主義的立場，批判法研究傾向於不去急切追求任何可以被稱為法律或政治理論的東西。

參見 jurisprudence 法理學；philosophy of law 法律哲學；political philosophy 政治哲學

M.S.M.撰　林立審訂

critical philosophy　批判哲學　見 Broad 布洛德；Kant 康德

Critical Realism　批判實在論　一種哲學流派，在一般性的最高層面上，意圖整合新實在論(New Realism)和唯心主義(idealism)二者的正面洞識。新實在論是對於十九世紀占統治地位的唯心主義所作的第一波實在論反擊。它採取的形式是直接實在論(direct realism)。為了避免任何導向唯心主義的表象主義(representationalism)，這一實在論傳統把意識的直接對象(the immediate data)跟物理世界的事物等同起來。在認知者和被知者之間不存在中間狀態。這一英雄主義的精心傑作終在錯誤、幻覺和知覺歧異(perceptual variation)諸現象上觸礁，但卻導致了一種成功的實在論——批判實在論——的誕生，後者承認「心理」(the mental)因素在我們認知把握物理世界時的居間調停作用。

「批判的實在論」是塞拉斯(Roy Wood Sellars)所寫的一部認識論著的標題(1916 年)，但該名稱得到一般的運用且泛指一哲學運動是源自一部合寫著作：《批判的實在論論文集：就知識問題的一項合作研究》(*Essays in Critical Realism: A Cooperative Study of the Problem of Knowledge*, 1920)；該書寫作成員包括德瑞克(Durant Drake)、勒夫喬伊(A. O. Lovejoy)、普拉特(J. B. Pratt)、羅傑斯(A. K. Rogers)、斯特朗(C. A. Strong)、桑塔耶那(George Santayana)和塞拉斯等人。批判實在論與新實在論一樣，堅持認為知識的原初對象(primary object)乃是獨立的物理世界，但直接呈現給意識的並非物理對象本身，而是某種相應的、一般廣泛地理解為心靈狀態(mental state)的東西。新實在論和唯心主義都認為，任何這類經中介來說明知識的辦法都是站不住腳的，而批判實在論則認為：對於外在世界的知識只有經過心理中介過程加以解釋，錯誤、幻覺和知覺歧異現象才能夠得到說明。我們要仔細地區分所知對象和得以認知的心靈狀態，藉由這種區分，我們可以做出一種不落入洛克式表象主義(Lockean representationism)窠臼的有關心理中介的說明。

批判實在論者彼此在知識論上和形上學上的看法也不盡相同。認知中的中介因素有被

理解為本質(essences)的、觀念(ideas)的，甚或感覺與料(sense data)的，這些因素在認知中的明確作用也得到不同的解釋。某些批判實在論者在形上學上是二元論者，他們把知識看成是根據物理過程無法解釋的事情，而其他的批判實在論者(主要是桑塔耶那和塞拉斯)則是唯物主義者，他們把認知僅僅看作是一種有意識的生物系統的功能而已。而塞拉斯的觀點可能產生了最持續的影響，因為他的哲學火炬被其子威爾弗利(Wilfrid)所繼承，他對於其父的觀點做了精緻的發展並進而使之影響深遠。

參見 idealism 觀念論；metaphysical realism 形上學實在論；new realism 新實在論；perception 知覺；Sellars, Wilfrid 威福利德．塞拉斯

C.F.D.撰　葉新雲審訂

critical theory　批判理論　任何同時是解釋性的、規範性的、實踐性的和自我反思性的社會理論。該述詞首先由霍克海默(Horkheimer)所發展，用於法蘭克福學派(the Frankfurt School)及其改造過的馬克思主義的自我描述。今天，它已成為包括任何批判的、理論的方法在內的意義寬廣的名詞，包括女權主義和解放哲學(liberation philosophy)。當這些方法要求提出科學的主張時，它們試圖對諸如意識形態信仰和經濟的依賴性等壓迫現象的原因做出嚴格的解釋，這些解釋必須反過來由經驗證據所確證，並運用最為適宜的社會和經濟理論。這些方法也是規範性的和批判性的，因為它們蘊涵著對流行社會實踐的否定性的評價。這些解釋也是實踐性的，它們在其中為主體提供了一種更好的自我理解，使他們有可能要求去改進受到批判理論否定性評價的社會狀況。這些變化一般而言旨在導致「解放」(emancipation)，而理論上的洞見則使主體有能力去超越人類自由的侷限，改變人類痛苦的原因。最終，這些理論也必須是自我反思式的：它們必須說明自身可能性的條件，說明其潛在的轉化世界和自身的力量。這些要求與有關科學理論和科學解釋的標準說法，尤其是實證主義關於事實與價值的二分法顯然相悖。因為這一原因，批判理論家的方法論論著通常抨擊實證主義和經驗主義，並試圖構造另外種種認識論。批判理論家也拒斥相對主義，因為文化規範的相對性將動搖對社會實踐進行批判評價和趨向於解放性變革的基礎。

有關批判理論與非批判理論的差異，可以通過比較馬克思主義的和曼海姆式的(Mannheimian)意識形態理論而略見一斑。曼海姆的意識形態理論僅僅描述社會狀況的觀念之間的關係，而馬克思(Marx)的意識形態理論，則試圖揭示特定社會實踐活動是如何在參與者的偽意識之下進行。馬克思的理論不僅僅解釋為什麼如此，而且也否定性地評價這些實踐活動；通過破除參與者的錯誤幻覺，馬克思的理論也是實踐性質的，它使參與者有能力從事改造世界的活動。它也是自我反思性質的，因為它揭示了為什麼有些實踐需要而另一些卻實踐不需要幻覺的原因，也揭示了為什麼社會危機和社會衝突將引導主體去改變其社會環境的原因。它是科學性質的，因為它訴諸歷史證據，並能夠按照更好的社會行動理論、語言理論和合理性觀念而得到改進。馬克思也曾指出，他的理論的優越之處在於其特殊的「辨證方法」(dialectical method)，然而，這一點現在遭到大部分批判理論家的質疑，他們為此增添了眾多不同的理論和方法。不過，對批判理論的這一寬泛定義仍在理論與實踐之間遺留下一道鴻溝，並給批判理論家在不借助所謂「不可阻擋的歷史進步」等觀念而證明其批判理論的正當性設置了巨大的障礙。這一問題已使得批判理論變得更富於哲學意味，使之更與自身的證成(justification)問題相關。

參見 Frankfurt school 法蘭克福學派；logical positivism 邏輯實證主義；Mannheim 曼海姆；relativism 相對主義

J.Bo.撰　顧忠華審訂

Croce, Benedetto　克羅齊，貝納德托(1866-1952)　義大利哲學家。出生於阿布魯齊(Abruzzi)的佩思卡索羅里(Pescasseroli)，1886 年之後生活於那不勒斯(Naples)。他短暫地入過羅馬大學，在那裡接受指導研究赫爾巴特(Herbart)的哲學。1904 年，他創建了影響深遠的雜誌《批評》(*La critica*)。1910 年，他成為義大利參議院的終身成員。在他生涯的早期曾與真蒂萊(Giovanni Gentile)交善，但這種友誼隨真蒂萊傾向法西斯主義而中斷。在法西斯統治義大利時期和第二次世界大戰期間，克羅齊作為義大利主要的反法西斯主義思想家而孤獨地生活著。他日後成為自由黨(the Liberal party)的領導人，並於八十歲高齡創建了歷史研究院(Institute for Historical Studies)。

克羅齊是一位文學學者和歷史學家，他同時也將對這兩個學門的濃厚興趣融合到哲學之中。他在英語世界最負盛名的著作是《作為表現科學和一般語言學的美學》(*Aesthetic as Science of Expression and General Linguistic*, 1902)。這是他的「精神哲學」(Philosophy of Spirit)中的第一部分，該書的第二部分為《邏輯學》(*Logic*, 1905)、第三部分為《論實踐》(*Practical*, 1909)，第四部分則是《歷史編纂》(*Historiography*, 1917)。克羅齊受到黑格爾(Hegel)和黑格爾派美學家弗桑克提斯(Francesco De Sanctis, 1817-83)的影響，也受到維科(Vico)有關知識、歷史和社會等觀念的影響，曾經撰寫《維科的哲學》(*The Philosophy of Giambattista Vico*, 1911)和著名的黑格爾評述：《黑格爾哲學中的死東西和活東西》(*What Is Living and What Is Dead In the Philosophy of Hegel*, 1907)，在後面這部著作中，他把他的「差別辨證法」(dialectic of distincts)當作較之黑格爾主義的對立辨證法更為基本的概念來加以發展。

克羅齊認為哲學總是誕生於偶然機遇，這種觀點或許根植於他對於歷史的具體研究。他也接受黑格爾主義關於哲學和哲學史同一的看法。克羅齊的哲學源自於他的美學概念，其美學中心思想是直覺觀，此一觀念隨著克羅齊的講學發展而有好幾個階段的演變。他把審美經驗視為認知的原始類型。直覺是對某個特定形象的覺察，同時也能構成知識的非概念形式。克羅齊認為：藝術是情感的表現，但絕非僅僅只是為了情感表現而存在，情感的表現還可以產生某種認知意識，使得被直覺為特定意象的具體事物還具備宇宙面相，使得人們可以從中察覺到普遍的人類精神。這種知覺過程在世界文學名著中體現得格外清楚。克羅齊的美學概念與康德(Kant)的「直觀」(*Anschauung*)概念有關，某個程度說來，與維科的原始思想形式基於想像(*fantasia*)的概念也有關聯。

克羅齊的哲學觀念論充分表達在其豐富的邏輯學、科學、法律、歷史、政治和倫理學觀念著述中，然而他的影響力迄今仍主要集中在美學領域，以及他對知識和文化觀念的歷史主義研究方法上面。克羅齊對維科的研究激勵了整個維科研究學派的形成。克羅齊的「精神哲學」(philosophy of spirit)觀也顯示出發展「後黑格爾主義的哲學」的可能性，他雖然採取黑格爾「真在於整體」(the true to be the whole)的觀點，但絕非單純地模倣黑格爾的學說。

參見 aesthetics 美學；Hegel 黑格爾；Kant 康德；Vico 維科

D.P.V.撰　陳懷恩審訂

crucial experiment　判決性實驗　一種在競爭理論間決定取捨的手段，競爭理論對大量系列現象提供了同一目的的解釋，該手段使之處在由某單一事實來決定的情形中。例如，牛頓學派的放射理論(emission theory)預言光在水中比在空氣中運行得快一些；根據波理論(the wave theory)，則光在水中比在空氣中運行得慢一些。多米尼各・弗朗索瓦・阿拉哥(Dominique François Arago)建議作一個判決性的實驗，以比較它們各自的速度。列奧・福柯(Léon Foucault)隨即設計了一種儀器以測量光在各種媒介物中的速度，而且發現光在水中比在空氣中運行得較慢。阿拉哥和福柯得出了波理論為正確的結論，他們相信該實驗駁斥了放射理論的觀點。其他的例子還有：伽利略(Galileo)對於金星盈虧(the phases of Venus)的發現(托勒密〔Ptolemaic〕天文學對抗哥白尼〔Copernican〕天文學)；巴斯卡(Pascal)在多姆山(Puy-de-Dôme)關於氣壓的實驗(真空論者〔vacuist〕對抗物質論者〔plenist〕)；弗萊斯納爾(Fresnel)關於循環陰影中光斑(spot of light)的預言(微粒〔particle〕光學對抗波動〔wave〕光學)；以及愛丁頓(Eddington)在日蝕期間對光線的引力彎曲的測量(牛頓式〔Newtonian〕引力對抗愛因斯坦式〔Einsteinian〕引力)。在判決性實驗上的爭議通常是一個新的預言。

該概念似乎源自法蘭西斯・培根(Francis Bacon)，他的論著《新工具論》(*New Organon*, 1620)討論了「指路牌的事例」(the Instance of the Fingerpost〔*Instantia-*日後的 *experimentum-crucis*〕)，一個借用於樹立在交叉路口指向幾個方向的指路牌的詞彙。判決性的實驗在十九世紀早期的科學方法論中被強調，例如在約翰・赫歇爾(John F. Herschel)的《自然哲學研究初論》(*A Preliminary Discourse on the Study of Natural Philosophy*, 1830)中就是如此。杜恩(Duhem)認為判決性實驗類似於謬誤的二難推理：物理學的假說並不成雙出現，所以判決性實驗不能把其中之一轉化為被證明的真理。就福柯的實驗加以討論，杜恩追問道，我們是否敢斷言其他假說是不可想像的。他並提議要取代光不是僅為微粒就是僅為波狀的看法，認為光可能也是其他某種東西，或許正如麥克斯韋爾(Maxwell)理論化的那樣，可能是一種在非傳導性的媒介(dielectric medium)中傳播的擾動。到了二十世紀，判決性實驗和新預言(novel prediction)的概念主要在依默爾・拉卡托斯(Imre Lakatos, 1922-1974)的著作中得到描述。拉卡托斯承認，判決性實驗不可能推翻種種理論；他把它們當作是研究綱領(research programs)的豐富性或進步的「回溯指示」(retroactive indications)來接受。

參見 Bacon, Francis 培根，法蘭西斯；confirmation 驗證；Duhem 杜恩；philosophy of science 科學哲學

R.Ar.撰　苑舉正審訂

Crusius, Christian August　克魯修斯，君士坦丁・奧古斯特(1715-75)　德國哲學家、神學家和虔誠的路德派牧師，認為基督教(religion)受到尤其是沃爾夫(Wolff)式理性主義觀(rationalist views)的威脅。他將其可觀的哲學才華投身於對沃爾夫透徹且深入的批判中，並同時致力發展一種不同於沃爾夫(Wolffian)體系的全面觀點。他的主要哲學著作出版於1740 年代。克魯修斯對於知識論和邏輯的理解，使他破除了許多允許沃爾夫由我們如何思考事物推論到事物如何存在的預設。例如，克魯修斯試圖揭示，因果關係中的必然性不同於邏輯的必然性。他拒斥了萊布尼茲(Leibniz)關於我們所在的這個世界是可能世界中最好的一個此種觀點，他也批判了沃爾夫將意志自由(freedom of the will)僅僅當作某種隱藏的精神式機械論(spiritual mechanism)之見解。

如同普芬道夫(Pufendorf)的自然法理論(natural law theory)般，他的倫理學強調人們依賴上帝及其旨意，然而，他卻是以某些驚人的原創方法開展了此一觀點。克魯修斯反對意志主義(voluntarism)，堅持認為上帝的旨意乃以意志天賦原則(innate principles of will)的形式展現(而非理智〔understanding〕)。其中每一個人都知道自己是什麼，所以(反對沃爾夫)人們並不需要道德專家。他們按照自身內在的動力行事，故而也不需要外在的懲誡。我們有義務審慎地從事能促使我們達成自身目的的事物，然而，只有當人純粹地遵循上帝的律法(God's law)並將出於自身的目的置於一旁時，真正的義務，也就是德行的義務才會產生。在這兩種關於義務的區分中，如同他的許多其他觀點般，克魯修斯明白地預示了許多康德(Kant)行將思考的方向。康德年輕時曾拜讀並欽慕克魯修斯的著作，

此為克魯修斯直至今日仍被人們言及的主要原因。

參見 Kant 康德；natural law 自然法；Pufendorf 普芬道夫

J.B.S.撰　陳文團、王喆審訂

Cudworth, Damaris　卡德沃絲，達瑪莉思　馬珊女士(Lady Masham, 1659-1708)，英國哲學家和兩本宗教論之作者：《有關上帝之愛的論述》(*A Discourse Concerning the Love of God*, 1690)，和《有關基督徒美德生命之聯想》(*Occasional Thoughts in Reference to a Virtuous Christian Life*, 1705)。前文反對約翰．諾利斯(John Norris)所持的英國馬勒布朗士派(Malebranchian)之觀點。後文明指女性教育的重要性，立論必須在理性原則上建立自然宗教，並探究理性架構中啟示宗教的位置。卡德沃絲的聲譽建基於她和約翰．洛克(John Locke)的長期情誼，兩人間的書信幾乎完全是私人性質的。她和萊布尼茲(Leibniz)亦維持短暫，但是深具哲學興味的書信往來。

參見 Locke 洛克；Malebranche 馬勒布朗士

M.At.撰　吳秀瑾審訂

Cudworth, Ralph　古德沃茲，拉爾夫　見 Cambridge Platonists 劍橋柏拉圖主義者；hylozoism 物活論

cultural relativism　文化相對主義　見 relativism 相對主義

Culverwel, Nathaniel　卡弗偉，那撒內爾　見 Cambridge Platonists 劍橋柏拉圖主義者

Cumberland, Richard　昆布蘭，理查(1631-1718)　英格蘭主教哲學家。他寫過一部拉丁文著作《論自然法》(*Treatise of the Laws of Nature*, 1672)，曾兩度被譯成英文，一度被譯為法文。昆布蘭敬佩格羅秀斯(Grotius)，他基於捍衛基督教道德和宗教觀的旨趣希望對霍布斯(Hobbes)之說加以駁斥。他不訴諸天生觀念(innate ideas)和先天論證(a priori arguments)說，因為他希望我們可用霍布斯自身之理論批判霍布斯。因此他對自然法(natural law)提供了一種化約的(reductive)和自然主義(naturalistic)式的解釋。自然的一個基本的道德法則在於，追求所有理性存在物(rational beings)的善(good)是達致個體自身之善的最佳途徑。這一點之所以為真，是因為上帝創造的自然是幫助他人的行為會伴隨著對自身有益的結果，而損害他人的行為則將給自身帶來損害的自然。因為行為的自然結果本身具有制裁，一旦人們知道這些道理，就會促使人為他人之善而行為，我們可以得出結論：存在一個人有責任遵循以追求共同善的神聖法律。而其他自然法都來自此一基本法。昆布蘭拒絕討論自由意志(free will)，這暗示著他認為人類的行為完全是由自然因素所決定。根據其理論，如果上帝創造一如此運作的自然(包括人類)乃是一種恩賜，那麼篤信宗教之讀者必會好奇：是否有為上帝在道德方面保有任何的角色呢？一般認為，昆布蘭是功利主義(utilitarianism)的主要先驅者。

參見 Grotius 格羅秀斯；Hobbes 霍布斯；natural law 自然法

J.B.S.撰　陳文團、王喆審訂

***cum hoc ergo propter hoc*　職是之故**　見 informal fallacy 非形式謬誤

***Cursus Coninbricensis*　《考因布拉系列評論》**　見 Fonseca 佛西卡

curve-fitting problem　曲線擬合問題　通過使曲線與數據相合，而從過去的觀察做出預測的問題。曲線擬合具有兩個步驟：首先選擇一系列曲線；然後通過諸如最小平方方法(the method of least squares)(換言之，選擇在曲線和數據之間具有最少平方偏差之和的曲線)的統計標準，而找到最適的曲線。樂堅德(Adrian Marie Legendre, 1752-1833)和高斯(Carl Friedrich Gauss, 1777-1855)在十九世紀早期為了從混亂的數據中推論出行星軌道，而率先提出了這種方法。

更一般地說，曲線擬合可用於構造低層面的經驗事實的普遍化。例如，假設理想氣體定律 P ＝ nkT 形式上決定了氣壓 P 相關於某固定體積氣體的平衡溫度 T 之間的關係，在此 n 指每單位體積的分子數，而 k 則為波茲曼常數(Boltzmann's constant，等於 1.3804×10^{-16} erg℃$^{-1}$ 的普遍常數)。當參數 nk 是可調節的時候，該定律會定出一系列曲線——對每一個參數值會有一條。曲線擬合問題可用於斷定該系列曲線中最適的曲線，因此會影響到理論參數 nk 的度量結果。

穿過原點的最適直線

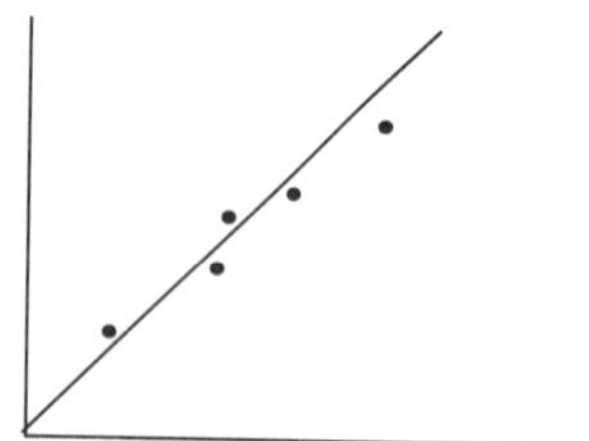

在哲學上，頗費周折的問題是如何證明對定律形式的最初選擇是正當的。一方面，人們可能會選擇一個非常大而複雜的曲線系列，它將保證能夠適應任何數據集合。伴隨這種選擇的問題在於，最適曲線有可能與數據過分吻合。如果過分關注數據裡的隨機因素，那麼，對於預測有用的趨勢和規律性反而會喪失。看起來好得難以置信的結果，通常也就不是正確的。另一方面較為簡單的曲線系列則冒著更大的風險，會對真正的定律形式做出相當錯誤的假設。直觀上說，答案在於選擇一種保持合理吻合度的簡單曲線系列。曲線系列的簡潔性取決於參數的數目少。問題在於如何說明吻合程度與簡潔性之間的取捨，以及為什麼要做出這種取捨。

當某種理論只有借助特置假設(ad hoc)——即動機不夠充分的——增加新術語和參數，才可以容納難以處理的數據時，那麼，學科學的人早就發覺，吻合程度的增加不應算做該理論的成就，這些增加成分有時被稱做特置假說。這類特置假說的著名事例，當數在托勒密(Ptolemy)和哥白尼(Copernicus)的行星天文學中在本輪(epicycles)之上增添本輪的做法。這種事例顯示，在吻合程度上的所得並不能抵銷掉簡潔性程度的所失。

當代哲學家有時採取不同的方式表述曲線擬合問題。他們通常假定數據不存在雜訊，再討論從不同曲線中選擇與數據精確吻合的曲線問題。那麼，問題就變成從所有穿過每一個數據點的曲線中選擇最簡單的曲線的問題。但問題是：並不存在普遍可接受的方法來定義單獨(single)曲線的簡潔性。不管曲線擬合問題如何表述，通常人們認為簡潔性應在理論選擇中起到一定的作用。理性主義者把曲線擬合問題當做數據不足以決定理論的證明，認為有必要就自然的簡潔性做出先驗的假定。而那些認為我們沒有這些先驗知識的哲學家，則仍然需要解釋簡潔性與科學的關係。

修艾爾(Whewell)把曲線擬合問題描述為數量科學中的事實總括問題，描述成度量過的參數(係數)的一致性問題，這種數據是通過各種歸納而獲得的。各種不同的事實總括(比方說不同體積的同一種氣體，或者其他氣體)可能在獨立度量的參數值(就像氣體分子的密度和波茲曼常數)中產生理想的一致性。通過辨識出達成一致的不同參數，我們不曾求助於先驗知識(這對經驗主義者是個好消息)就限制了該定律的形式。然而，因為統一性程度的增添卻惡化了總體上的吻合程度。因此，我們應當怎樣把統一性與總體的吻合程度做取捨，以及為什麼要做這種取捨，這樣的問題仍然存在著。

統計學家經常把一系列假說叫做「模型」(model)。統計學關於模型選擇的文獻正在急速增長，然而，這種情形仍沒有導致就交換簡潔性和吻合程度產生任何可普遍接受的式子的結果。不過，在統計學家中間存在著一種廣泛的認同，即：愈少的參數表示愈簡潔。

參見 explanation 說明；philosophy of science 科學哲學；Whewell 修艾爾

M.R.F.撰　李國偉審訂

Cusa　庫薩　見 Nicholas of Cusa 庫薩的尼古拉

Cusanus　庫薩努斯　見 Nicholas of Cusa 庫薩的尼古拉

cut, Dedekind　戴德金分割　見 Dedekind 戴德金

cut-elimination theorem　割除消去定理　指在古典邏輯中某一特定類型的推理規則(包括對應於「取拒式」〔*modus ponens*〕)實際上不需要的一種定理。這一想法由赫爾布蘭德(J. Herbrand)預料；而定理則由根臣(G. Gentzen)證明，並由克林尼(S. Kleene)推至一般情形。根臣發展了一種串列演算(sequent calculus)——即一種具有推導性(derivability)規則的演繹系統。它包括一種規則，我們在此表達為：「從(C ⊢ D,M)和(M,C ⊢ D)，推論出(C ⊢ D)」或「如果 C 產生 D 或 M，而且 C 加上 M 產生 D，則可以推論由 C 產生 D」。這種規則也稱作「割除規則」(cut rule)，因為它割除了中間項 M。根臣顯示了他的串列演算，乃是述詞邏輯的一種適當的形式化表示法，而在其中割除規則則可以被消去；任何使用割除規則可以證明(在串列演算下)的結果，也可以不使用割除規則證明同樣結果。其重要結果之一在於：如果一公式 F 是可證明的，那麼也存在有一個對 F 的證明僅僅由 F 的子公式(subformulas)構成。這一事實簡化了可證明性的研究。根臣的方法直接應用於古典邏輯，但也可適用於許多非古典的邏輯，包括某些直觀主義邏輯(intuitionistic logics)。它產生了某些有關一致性(consistency)的重要定理，也顯示從某些理論推出結論的過程中輔助假設(auxiliary assumptions)的作用。

參見 consistency 一致性；proof theory 證明論

D.H.撰　李瑞麟審訂

cybernetics　控制論　(1947 年由維納〔Norbert Wiener〕根據希臘字 *kubernētēs* 所造的字，意為「舵手」〔helmsman〕)研究用來控制與導引生物、物理或化學能量系統的通訊或信息處理。從歷史背景來看，控制論一直與有關信息(通訊)和計算的數學理論交織在一起。為了描述系統過程的控制論屬性，需要有描述和度量有關該系統及其環境內事件信息(減少不確定性)的種種方法。反饋和前饋(feedback and feedforward)作為控制論過程的基本要素涉及到信息——作為被前饋和反饋的東西，它們對諸如生物系統的體內平衡、工業自動化和導向系統等過程是最基本的。當然，它們最廣泛的應用場所，是在我們認知上目標導向系統的有目的行為(思想)中。

反饋發生於封閉循環系統而不是開放循環系統。事實上，「開放循環」(open loop)的說法當屬用詞不當(其實沒有涉及循環)，但這種說法已經積重難返了。典型的開放循環

系統例子，譬如像在一間封閉的屋子裡，放一台不斷輸出熱量的暖氣機。室溫可能偶然達到主人想要的程度，但也有可能遠遠超過這種程度。這樣的暖氣系統沒有辦法控制自己以適應所需要的條件。

與之相比，典型的封閉循環系統(closed-loop system)則包含了反饋功能。控制論的核心概念是控制。所謂被控制的過程，就是說它所達到的最終狀態，基本上受制於控制系統的行為，而非單純依賴外在的環境。也就是說，控制涉及到系統的部分獨立性。控制系統可視為同時具有內在的和外在的環境。內在環境由構成系統的內在事件組成，外在環境由對系統產生因果衝擊關係、可能破壞系統的健全和穩定性的事件組成。對一系統而言，為了維持在外在環境的紛擾波動下的獨立和同一性，必須有能力察覺外在環境紛紜變幻的信息。信息必須穿越內外環境相互作用的界面，系統必須有能力通過調節其內在環境和可變因素而補償外在環境的異動。否則的話，外在環境的干擾將會壓倒系統，導致系統的內在狀態與外在狀態平衡，因此使其喪失了作為具有顯著獨立性系統的身分。表現最明顯不過的地方就是身體(保持體溫或血糖水平)的體內平衡系統了。

控制用來達成目的方法，就是要使錯誤最小化。「消極反饋」(negative feedback)或說有關錯誤的信息，即系統實際執行的行為(輸出)和作為其目標而執行的行為(輸入)之間的差異。恆溫器控制的暖氣系統是消極反饋控制的典型事例。實際的室溫(系統輸出)把信息傳給恆溫器，該信息可(通過目標狀態比較器〔goal-state comparator〕)與恆溫器設定的室溫(輸入)相比較，然後做出校正——打開或關掉暖氣——以使差異(錯誤)達至最小。

「積極反饋」(positive feedback)傾向於把系統的輸出反加入系統的輸入值，因而擴大該系統(或干擾)的輸出值。這樣，該系統就使干擾更趨嚴重，如果未經檢查的話，最終會跨越不穩定性的邊緣。假設當室溫上升時，恆溫器的設定值也會成正比的上升，那麼暖氣爐就會繼續輸出熱量(終致產生災難性後果)。許多生物疾病恰好具有上述特徵。例如，嚴重的失血會導致心臟不能有效搏動，從而導致動脈壓力下降，這又導致流回心臟的血液減少，愈加減弱心臟搏動的效率。

認知的目標導向系統也是控制論系統。通過目標導向系統有目的地達成目標必須(至少)具有以下條件：(1)對系統的目標狀態有一個內在表徵(internal representation)(檢測所欲達成的狀態是否實現的檢測器)；(2)存在一種反饋循環機制，有關系統當下狀態的信息可以與被內在表徵的目標狀態加以比較，並且可以改正錯誤，使差異的程度達到最小；以及(3)系統輸出對於條件(2)的錯誤糾正過程在因果關係上的依賴性(為了區分成功達到目標或碰巧滿足目的)。

參見 computer theory 計算機理論；information theory 信息論；systems theory 系統論

F.A.撰　李國偉審訂

Cynics　犬儒學派　一種標榜禁欲主義的古希臘哲學流派，強調德性對於幸福(*eudaimonia*)來說即已綽綽有餘的觀點。其擁戴者在言詞上放蕩不羈，在行動上則毫無羞恥。犬儒派受到蘇格拉底(Socrates)的強烈影響，且對斯多噶(Stoic)倫理觀也產生了深遠的影響。

某種古代傳統常把犬儒學派與雅典人安提斯特尼(Antisthenes, c.445-c.360 B.C.)聯想在一起。安提斯特尼被人發現在塔那格拉之戰(the battle of Tanagra)作戰異常勇猛，他自稱如果他是兩個雅典人生的孩子而不是一個雅典人與一個色雷斯(Thracian)奴隸生的孩子的話，那他就不會在戰爭中表現得如此勇猛。他隨哥加斯(Gorgias)學習，日後成為蘇格拉底的親密夥伴，並親眼目睹蘇格拉底死亡。安提斯特尼對自己擁有的財富十分自豪，儘管他其實沒有錢，這是因為他對自己所擁有的感到滿意。他在以下三方面都追隨了蘇格拉底。首先，蘇格拉底自己在生活時是置快樂和痛苦於度外——例如，他曾光腳在雪地步行。其次，蘇格拉底認為有德者無論在任何環境中都要優異於無德者；安提斯特尼預示了斯多噶學派對德性學說的發展，即德性對於幸福即已足夠的觀點，因為有德性者只恰如其分地使用當下的東西。第三，蘇格拉底和安提斯特尼都強調靈魂比肉體更重要，都因為重視靈魂而貶抑肉體。不過，與晚期犬儒學派不同的是，蘇格拉底和安提斯特尼都接受只要合適的快樂。安提斯特尼倒並沒有對倫理學情有獨鍾；他曾留下包括邏輯學在內的其他學科領域的著作(據說他曾告訴柏拉圖〔Plato〕他可以看到一匹馬〔a horse〕但不能看到馬性〔horseness〕。對此，柏拉圖答覆，他還沒有獲得看到馬性的工具)。

西諾卜的提奧奇尼斯(Diogenes of Sinope, c.400-c.325 B.C.)則繼續強調靈魂和自我的充足性，但他把對快樂的漠不關心用於禁欲主義中(根據某個傳說、柏拉圖把提奧奇尼斯稱做「瘋了的蘇格拉底」)。他從西諾卜被流放之後來到了雅典，流放原因或許是因為在他父親的指使下，他或其他人毀壞了當地的貨幣。他把「毀壞貨幣！」(deface the coinage!)當作一句格言，意為流行標準是腐敗的，應該通過毀壞來標誌這種腐敗；他之所以毀壞貨幣是因為他拒絕以之過活。例如，他生活在一個酒桶裡，吃他偶然碰上的任何殘渣剩飯，並以讚許的口吻寫到吃人肉和亂倫。有一個故事說他在白天帶一盞點亮的燈去尋找一位誠實的人，此舉的言外之意似乎是：他所看見的人都是如此腐敗墮落，以至於不算是真正的人。他明顯地想要用真正的自然標準來代替已貶值的習俗標準，然而他所理解的自然，卻意味著一個人在摒棄社會的情況下，所能達到的最小程度上，有必要過人類的生活。正因為此，他被稱為「犬儒」，該詞源自希臘詞 *kuon*(狗)，因為他像一條狗那樣毫無羞恥感。

克拉特斯(Crates, fl. c.328-325 B.C.)是提奧奇尼斯最著名的繼承人。他是皮奧夏人(Boeotian)，來自底比斯(Thebes)，他捨棄了自己的財富而成為一名犬儒。他顯得比提奧奇尼斯更快樂；據某些記載，每一個雅典人的房門都向他敞開著，他甚至被雅典人視為家神(household god)而受到眾人崇敬。涉及克拉特斯的最著名事件或許當屬他與希帕爾夏(Hipparchia)的結婚，後者不顧家族的反對，毅然選擇了犬儒的生活方式；她認為自我教育的道路要高於在家中紡織度日。與提奧奇尼斯一樣，克拉特斯強調幸福即自我充足，並主張禁欲主義為自我充足所必需；例如，他奉勸我們不要放棄豆子而去選擇牡蠣。他認為，如果幸福的尺度是快樂與痛苦的平衡，那麼就沒有人是幸福的，因為在我們生活的每一階段，痛苦都甚於快樂。

犬儒主義在整個西元前三世紀都保持盛名，後來明顯衰落，直至西元二世紀又重新崛起。

參見 eudaimonism 幸福論；Socrates 蘇格拉底；Stoicism 斯多噶學派；virtue ethics 德行倫理學

H.A.I.撰　苑舉正審訂

Cyrenaics　居勒尼學派　是以享樂主義(hedonism)著稱的古希臘哲學學派，它的發展稍晚於蘇格拉底的興起，並延續了數世紀之久。古代作家把居勒尼學派的開創追溯到居勒尼的阿里斯底波(Aristippus of Cyrene, fifth-fourth century B.C.)，他是蘇格拉底(Socrates)的朋友。阿里斯底波之所以來到雅典，乃因受到蘇格拉底盛名的吸引，他後來在西西里(Sicily)享受極盡奢華的宮廷生活(有人把該學派的成立歸諸他的孫子阿里斯底波，因為一份古代記載中寫道，老阿里斯底波說過，他對人類的目的一無所知)。居勒尼學派的成員包括阿里斯底波的女兒阿萊忒(Arete)、阿萊忒的兒子阿里斯底波(受阿萊忒的教育)、赫吉修斯(Hegesius)、安尼色里斯(Anniceris)和特奧多羅斯(Theodorus)。該學派似乎終被伊比鳩魯學派所取代。居勒尼學派的著作大多遺失，我們真正擁有的僅僅是根據其他記載所殘留的一些思想梗概而已。

居勒尼學派迴避數學和自然哲學，他們對倫理學情有獨鍾，乃因為倫理學的實用性(根據他們的看法，研究自然不僅不能給我們帶來德性，也不能帶給我們強壯和富裕)。某些報導認為他們也迴避邏輯學和認識論。但這並不適用於居勒尼學派的全部成員：根據其他的報導，他們認為邏輯學和認識論是有用的，他們把論證及原因看作是倫理學中所包含的主題。他們也有一種認識論，這種認識論屬於懷疑主義性質的。我們能夠知道的僅僅是我們是如何受到影響；例如，我們能夠知道我們的臉色變得蒼白，然而這並非導致這種反應的東西本身是白的。這有別於普羅塔哥拉斯(Protagoras)的理論；與普羅塔哥拉斯不同的是，居勒尼學派不就影響我們的事物作任何推論，他們只是聲稱：外在事物具有一種我們不能認識的性質。然而與普羅塔哥拉斯一樣的是，居勒尼學派把他們的理論奠基於衝突現象的問題(the problem of conflicting appearances)。若依他們設定的認識論，假如人們將焦點永遠放在某種不以被影響下即能發生作用的事物上(根據他們的說法，即直接被知覺的事物)，我們即不能認識有關它的任何內容。因此，令人毫不意外的是，他們聲稱目的，是以某種方式之下的影響，尤其是他們享樂主義者(hedonists)。好行為的目的，乃在於具體的快樂(細微的變化)，而壞行為的結局，則是具體的痛苦(粗暴的變化)。其中，還存在一種中間狀態的行為，其目的既不是快樂也非痛苦。單純的沒有痛苦即處在這種中間狀態中，因為沒有痛苦可能僅僅是一種靜止的狀態。對阿里斯底波而言，快樂似乎是快樂感，不包括與之相關的心理狀態。我們應該追求快樂(儘管並非每人都如此)，因為在我們有意識地選擇快樂之前，我們像兒童一樣非常了解我們追求快樂的本性。幸福即某人體驗到的具體快樂的總和，它之所以值得選擇僅僅是因為構成幸福之具體快樂的緣故，因為具體快樂是因為自身而值得選擇。因此，居勒尼學派並不關心一生總體快樂的最大化，而僅僅關心具體快樂，故他們認為，在面臨增進總體快樂的機緣時，不應選擇放棄具體的快樂。

晚期居勒尼學派在許多重要方面都與原初的居勒尼快樂主義不同，或許這是為了回應伊比鳩魯(Epicurus)觀點發展的挑戰。赫吉修斯認為幸福是不可能的，因為痛苦與肉體相聯，所以把幸福理解成總體快樂與總體痛苦的抵消。他強調，智者因為自身而行事，否認人們實際上也為別人行事。安尼色里斯則在另一方面認為，即使智者鮮有快樂，但他們依然是幸福的，因此他似乎把幸福理解為快樂的總和，而不是快樂超過痛苦的結果。安尼色里斯也開始考慮心理上的快樂：他堅持認為不僅應當從有用的角度評價朋友，而更應從我們對他們的感情來評價他們。即使快樂是我們的目的，我們甚至應該為了朋友而承受喪失快樂的代價。特奧多羅斯比安尼色里斯將此更進一步發揮。他主張好行為的目的是欣悅(joy)，而壞行為的結局則是悲傷(grief)(令人驚異的是，他否認友誼的合理性，因為愚人僅僅出於有用而交朋友，而智者則不需要朋友)。他甚至把快樂視為實踐智慧(practical wisdom)及其對立物之間的中間狀態。這似乎涉及到把幸福視為目的，而不是具體快樂的主張；這也可能涉及為了長程幸福而失去具體快樂的主張。

參見 eudaimonism 幸福論；hedonism 享樂主義；Socrates 蘇格拉底

H.A.I.撰　苑舉正審訂

Czolbe, Heinrich　削爾伯，海因里希(1819-73)　德國哲學家。生於但澤(Danzig)，受到神學和醫學的教育養成。主要著作有《感官主義新述》(*Neue Darstellung des Sensualismus*〔*New Exposition of Sensualism*〕, 1855)、《自我意識的起源》(*Entstehung des Selbstbewusstseins*〔*Origin of Self-Consciousness*〕, 1856)、《人類知識的界限和起源》(*Die Grenzen and der Ursprung der menschlichen Erkenntnis*〔*The Limits and Origin of Human*

Knowledge〕, 1865)和過世後出版的《廣延認識論綱要》(*Grundzüge der extensionalen Erkenntnistheorie*, 1875)。

剴爾伯提出一種感官論的知識理論：知識是對現實(the actual)的複製，空間廣延性(spatial extension)甚至被歸因於觀念。空間是一切屬性的支撐物。他的晚期著作捍衛一種非還原主義的唯物主義(non-reductive materialism)。剴爾伯學說的一項中心原則就是放棄超感官事物(the supersensuous)，力倡極端的「感官主義」(sensationalism)。儘管如此，他並非主張教條的唯物主義，把他的哲學塑造為一種假說的形式。

在他對自我意識之起源的研究中，剴爾伯認為，基於對現實世界的不滿才產生了超感官的觀念，並為這種態度貼上「不道德的」標籤。他拒斥不以生理學或科學研究為基礎，卻對自然世界秩序的道德責任感，及對此道德責任感之滿足為基礎的超自然諸現象。同樣的評價方式導引他設定地球上生命的永恆性。尼采(Nietzsche)熟悉剴爾伯的著作，並把他的某些論旨整合到自己的哲學中。

參見 sensationalism 感覺主義

G.J.S.撰　林立審訂

D

d'Ailly, Pierre　德埃利，皮埃爾(1350-1420)　法國奧坎主義(Ockhamist)哲學家、主教、作家。受教於那瓦爾學院(Collège de Navarre)。1380 年，獲得索邦(Sorbonne)博士學位，1389 年被任命為巴黎大學校長，1395 年任主教，1411 年被任命為羅馬天主教會的紅衣主教。他受到米爾康特的約翰(John of Mirecourt's)的唯名論(nominalism)之影響。他曾教過杰森(Gerson)。在曾斥責過胡斯(Huss)學說的康斯坦斯議會(Council of Constance, 1414-18)中，德埃利擁護議會的優越性高於教宗的理論(conciliarism)。對占星術與歷史及神學之間的關係顯現在他主要的興趣中。在他 1414 年所寫的《星象學和諧的研究》(*Tractatus de Concordia astronomicae*)一書中，他預言了 1789 年的法國大革命。他創作了兩本《生命原則》(*De anima*)，分別為古羅馬哲學家波依修(Boethius)寫的《哲學的慰籍》(*Consolation of Philosophy*)，和另一位義大利神學家彼得・隆巴德(Peter Lombard)編纂的《言詞錄》(*Sentences*)做了評述。他早期的邏輯學著作《概念與難解之題》(*Concepts and Insolubles*, c.1472)，尤其具有影響力。在認識論上，德埃利通過對比對「自然之光」(natural light；明確無疑的知識)和理性(相對知識)進行區分，據此他便強調實驗知識的不確定性，以及古典經典對上帝存在的「證明」的僅有的概率性。在上帝學說當中，他區別上帝的絕對權力(potentia absoluta)與其在人世間的命定的權力(*potentia ordinata*)。他的神學預見了「信仰主義」(fideism，神僅因信仰而存在〔*Deum esse sola fide tenetur*〕)。他的倫理學中含有新教(Protestantism)精神，他的聖禮學(sacramentology)則是路德主義式(Lutheranism)的。

J.-L.S.撰　苑舉正審訂

d'Alembert, Jean Le Rond　達蘭貝，尚・里・隆得(1717-83)　法國數學家、哲學家和百科全書派(Encyclopedist)成員。據德國民間文學家格林(Grimm)的介紹，達蘭貝曾是沙龍哲學學派(philosophic party)當中的傑出人物。儘管是一個被遺棄的私生子，他最終還是在巴黎的「四國學院」(Collège des Quatre-Nations)受到了優良的教育。他攻讀過一段時期的法律，也曾鑽研過醫學，最後落腳於對數學的研究。1743 年，他發表了令人喝采的《動力論》(*Treatise of Dynamics*)。隨後，他進入了巴黎科學研究院，並寫了關於數學和物理的重要著作。1754 年，他入選法國科學院，隨後成為其常任秘書。與狄德羅(Diderot)的合作，他從事《百科全書》(*Encyclopedia*)的編寫，寫了劃時代的《緒論》(*Discours préliminaire*, 1751)，以及大量的有關科學的條目。1758 年，由於不願意與檢查制度妥協，他辭去了共同主編的職務。

在《緒論》中，達蘭貝詳細說明了有關人的哲學的區分：聖靈學(pneumatology)、邏輯，以及倫理學。與基督教哲學相左，他把聖靈學限制在僅對人的靈魂的研究上。他的《哲學要素論》(*Essay on the Elements of Philosophy*, 1759)中，他把哲學界定為是一種對自然現象的比較探討，因而預示了實證論(positivism)的觀念。由於受培根(Bacon)、洛克(Locke)和牛頓(Newton)的影響，達蘭貝的認識論把笛卡兒(Descartes)的心理學與觀念在感官上的起源聯繫起來。儘管他假定宇宙是被理性地安排好的，但他還是將形上學問題以其不能確證而丟棄。靈魂或物質的本體或本質是不可知的。不可知論(agnosticism)不可避免地產生於他以經驗為基礎的自然主義之中。達蘭貝的形象明顯地呈現於狄德羅為唯物主義所做的對話辯護《達蘭貝的夢》(*D'Alembert's Dream*, 1769)之中。

參見 *Encyclopedia* 百科全書

J.-L.S.撰　苑舉正審訂

Damascene, John　達瑪森，約翰　見 John of Damascus 大馬士革的約翰

Damascius　達瑪西烏斯(c.462-c.550)　希臘新柏拉圖主義(Neoplatonist)哲學家。他是西元 529 年被查士丁尼大帝(Justinian)關閉雅典柏拉圖學園(Athenian Academy)前的最後一位主持人。他可能出生於大馬士革(Damascus)，他起初在亞歷山卓(Alexandria)從事研究，後於 485 年在普羅克勒斯(Proclus)死之前不久移居雅典。他曾返回亞歷山卓，在那兒他參加了阿蒙尼烏斯(Ammonius)的講座，但大約於 515 年他又回到雅典掌管學園的職務。學園關閉以後，他和其他的一些哲學家，其中包括沁布利修斯(Simplicius)，短暫地退休前往波斯，但大約一年後他又離去，可能是去了敘利亞，並死在那裡。

他著述頗豐，包括他的老師依西多羅斯(Isidorus)的傳記，而這些著作大都以刪簡的形式保留了下來。其中對亞里斯多德(Aristotle)的《範疇論》(*Categories*)、《論天體》(*On the Heavens*)以及《天文學》(*Meteorologics*)第一卷(都已遺失)，而對柏拉圖的《艾爾希巴爾德斯》(*Alcibiades*)、《斐多》(*Phaedo*)、《斐利布斯》(*Philebus*)及《巴門尼德斯》(*Parmenides*)都保留了下來。此外還有殘存《論第一原理》(*On First Principles*)的論文。他的哲學體系是普羅克勒斯的繁瑣的新柏拉圖主義(the scholastic Neo-Platoism)的進一步擴展，展現了形上實體的一種極大程度的擴張。

參見 Neoplatonism 新柏拉圖主義

J.M.D.撰　徐學庸審訂

Danto, Arthur Coleman　戴安道，雅達・高文(b.1924)　美國藝術及藝術史哲學家，對歷史哲學、行動哲學、知識論、科學哲學及後設哲學(metaphilosophy)也有所貢獻。在哲學史方面，他對尼采(Nietzsche)、沙特(Sartre)及印度思想的研究，亦頗有影響力。

戴安道使用其所謂「不可辨別者方法」(method of indiscernibles)來研究藝術哲學，大大影響了當代的哲學美學。根據他的後設哲學，當我們有一理論上的需要去辨別兩個看起來是無法辨別的東西——例如審慎行動之與道德行動(康德〔Kant〕)、因果串鏈之與恆常聯結(休姆〔Hume〕)、完整夢境之與真實(笛卡兒〔Descartes〕)等——真正的哲學問題便會產生。戴安道應用這種方法來處理藝術哲學，他問，我們憑什麼來辨別一件藝術作品，例如渥荷(Warhol)的「比路盒」(Brillo Box)，與一件在真實世界看起來無甚差異的對應物，例如寶僑公司(Proctor and Gamble)(所產製)的比路盒。他的答案——亦是他對藝術的一部分定義——就是：x 是一藝術品只有當(1) x 是關於某事物的，且(2) x 負載了該事物的意義(即是說，揭現了一種呈現的模式〔mode of presentation〕以能切合於 x 所關乎的主題)。戴安道宣稱，這兩項必要條件足使我們能區別藝術作品與真實事物之不同——區別渥荷之比路盒及寶僑(所產製)的比路盒。

但批評者卻指這些條件是無效用的，因為真實的比路盒也是關乎某些事物(比路)，通過其呈現模式，它們負載或傳送了關於比路的某些信息(例如，比路是乾淨、清新，且動感十足)。更甚者，這並非是孤立的例子，故戴安道的藝術理論在判分真實的文化工藝品(如實業的包裝)與道地的藝術作品時，遇上種種系統性的困難。

除了藝術哲學外，戴安道更提出一種藝術史哲學。像黑格爾一樣，戴安道也認為藝術史——作為一發展的、進步的歷程——已經結束。他相信，現代藝術基本上是反照的(reflexive)(即只關於它自己)；它企圖用自己的形式和策略去揭露它自己的本質。例如說，

立體主義(cubism)和抽象表現主義(abstract expressionism)正好就凸顯出繪畫的平面特性；現代藝術每做一次實驗，就更近一步揭露它自己的本質。就拿渥荷的「比路盒」來說，戴安道認為藝術家已盡其所能地擔負起一項哲學工作——自我界定——因為像渥荷這樣一個藝術家一旦表示藝術作品在知覺上與「實物」無可分辨，而亦因此可以「看來像任何東西」時，就不再有所謂「藝術家之為藝術家可以藉由表象之媒介來顯示藝術的性質」這回事了。因此，戴安道總結說，為藝術下定義的工作，必須再委由哲學家以思辯來處理，而藝術史——作為一發展的、進步的自我界定的敘述——便於此結束。

一般都假定歷史的轉折是 1960 年代由渥荷所引發，故戴安道便認為目前的藝術創作是「後歷史的」(post-historical)。作為一個藝評家，戴安道紀錄了十五年來《國家》(*The Nation*)這作品的興衰起伏。不過，有些持異見的人，對戴安道之宣稱藝術史已終結，感到不滿，他們認為戴安道未能證明：一個發展的、進步的藝術史的唯一遠景，全在於藝術之自我界定的單項工作上。

參見 aesthetics 美學

N.C.撰　謝仲明審訂

Darwin, Charles　達爾文，查理斯　見 Darwinism 達爾文主義

Darwinism　達爾文主義　這種觀點認為，生物學上的物種(species)主要是經由偶然的變異(variation)和天擇(natural selection)而演化(evolve)。儘管在查理斯・達爾文(Charles Darwin, 1809-82)之前，就有好幾位重要的科學家提出物種演化的觀點，並且提出了演化的機制(mechanisms)；但是，達爾文是第一個以充分的細節來陳述他的機制，並提供適當的經驗基礎的人。雖然達爾文偏好用修飾(modification)去談繼承(descent)，但「演化」(evolution)這個術語卻很快被歸結為他的理論特色。根據達爾文的觀點，有機體的變異關係到它們的特徵。在一窩小狗當中，有些會長得比較大隻，有些會毛比較長一點，有些將具有較強的抵抗疾病的能力等等。達爾文把這些變異稱為偶然性 (chance)，並不是因為他認為這些變異就任何意義而言，都是「沒有原因的」(uncaused)，而是拒絕像拉馬克(Lamarck)所說的，一個有機體它可能需要的變異跟它所獲得的變異，二者之間具有任何普遍的關聯。反之，有機體的相續世代以較為迂迴的方式，去適應它們的環境。變異發生在各個方面。碰巧獲得存活(survive)與生殖所必需之特徵的有機體，就增殖了。那些沒有獲得這些特徵的有機體，不是死亡，就是留下較少的後代。

在達爾文之前，適應是指一個有機體適應它所處的環境之任何特性。在達爾文之後，適應這個詞就被限制在僅僅意指經由天擇而引發的那些有用的特性。例如，哺乳動物頭蓋骨中的骨縫可使分娩變得較為容易，但從演化的意義來看，它們卻不是適應，因為在那些沒有生下有活力之後代的祖先裡，這些骨縫就出現了，正如在孵蛋的鳥類之頭蓋骨裡，也顯示了同樣的骨縫。達爾文認為，由於有機體是整體的系統，因此適應必須經由無數的小的變異之累積而產生。結果，演化是逐漸的。達爾文自己無法確定，進步的生物演化到底是怎麼一回事。有機體在相繼的世代中，必然變得愈來愈適應它們所處的環境，然而，如同有機體適應它們的環境，環境有可能以同樣快的速度改變。因此，達爾文的演化論也許是目標取向，但不同的物種追求不同的目標，而這些目標是持續在改變的。

由於遺傳對他的演化理論是如此之重要，達爾文就把一種遺傳理論——泛生論(pangenesis)作為其演化論的補充。根據這個理論，一個有機體內遍布的各個細胞會產生許多微小的胚芽，這些胚芽會找到它們的途徑通往這個有機體的生殖器官，以便在生殖當中被

遺傳下來。每個後代從父母親那裡各自獲得不同數目的胚芽，作為自己的特徵。例如，父親也許遺傳給其中一個後代二百一十四個胚芽作為毛髮的長度，而給另一個後代一百二十一個胚芽等等，同時，母親或許給第一個後代五十四個胚芽作為毛髮的長度，而給第二個後代八十九個胚芽。結果，特徵趨向於混合。達爾文甚至認為胚芽本身可能會合併，但他並不認為胚芽的合併，對特徵的混合來說是個重要的因素。在達爾文當時，他的理論就引起許多的反對，其中最值得一提的，來自於他採取了遺傳的混合理論。正如天擇使演化偏向於某一個特殊的方向，混合的遺傳以同樣快的速度，中和了天擇的效果。達爾文的反對者主張，每一個物種有它自己的變異範圍。天擇或許會使某一物種的有機體偏向一個特別的方向，但由於一個物種的變異有其限制，因此額外的改變將會變得較為困難。區隔物種之間的鴻溝或許是狹窄的，但是，要跳過這個深溝，某些特殊的機制是必需的。

由於生物演化的信念，在達爾文於 1859 年出版《物種起源》(*Origin of Species*)的十年間或稍後變得廣泛流行，一般傾向於認為，是達爾文的演化觀點變得流行起來。從這個事實當中，我們無法進一步推衍。達爾文同時代的人發現他的理論過於唯物主義和過於偶然性，因為沒有超自然的或目的論的力量影響演化的發展。達爾文同時代的人願意接受演化，但卻不是達爾文所倡導的那種。儘管達爾文看待物種的演化，是把它放在個體發展的模式上，但他並不認為物種的演化，是受到像拉馬克所說的某種內在力量的指引，或是由環境所誘發。大多數達爾文主義者所採取的就是這樣的立場。他們也主張，物種產生於單一世代的一段時期內，以至於物種之間的界限，維持著像創造論者(creationists)所堅持的那樣截然不同。理想主義的形態學家甚至將任何真實短暫的時間向度，排除在演化之外。反之，他們把物種的演化，視為像數學家在看待橢圓變成圓那種非時間的方式。達爾文所煽動的革命，在大多數方面，都是非達爾文主義的(non-Darwinian)。在世紀之交，達爾文主義已走向決定性的衰落。

有關演化的機制，達爾文自己保持著相當開放的態度。例如，他願意接受拉馬克主義式的遺傳類型，在演化上扮演一個較為次要的角色，而且他承認，有時一個新的物種可以相當迅速地以安肯羊(Ancon sheep)的形式出現。有些達爾文的繼承者較缺乏變通性，他們排斥所有拉馬克主義式的遺傳形態，堅持演化的改變總是漸進的。最後，達爾文主義與這些新達爾文主義者(neo-Darwinians)的觀點變成同一。這樣，在世紀之交，當孟德爾(Mendel)的遺傳學突然出現的時候，達爾文主義的反對者就把這一新的微粒遺傳理論，視為跟達爾文的混合理論不相容。無論如何，達爾文的泛生論與孟德爾的遺傳學之差別，並未涉及遺傳粒子的存在。胚芽是類似基因的微粒。差異僅在於數量上的不同。根據早期的孟德爾遺傳學，每一種特徵都被一組單一的基因所控制。每一個後代不是從其父母那裡獲得數量不同的胚芽作為自己的特徵，而是從父母那裡各自得到單一的基因作為自己的特徵，而這些基因就任何意義而言也不會相互混合。在世代之間，即使當藍眼睛的基因具有了相對的棕色眼睛的性質時，長有藍眼睛的人也會代代保持其原先眼睛的藍色。

由於遺傳的性質是逐漸地出現，因此，生物學家開始認識到，達爾文的演化觀點可以跟孟德爾的遺傳學結合在一起。剛開始，後期新達爾文主義的建立者，在演化過程的信念上，表現出和以往相當不同的看法，但當他們努力地去提出一套單一的綜合理論時，他們傾向於比達爾文還像達爾文主義。雖然他們承認其他的因素，像微量的結果可能會對演化產生影響，但他們強調，在演化的過程中，天擇是唯一的引導力量。只有天擇才能說明有機體所表現出來的複雜適應。經由孤立某些開創者的有機體，或許會產生新的物種，但從群體的(populational)角度來看，演化仍然是漸進的。新的物種不會在單一的世代間，經由「有希望的怪物」(hopeful monsters)或是任何其他的發展方式而產生。演化一點也沒有方向的或進步的意思。有些系譜在某一時期可能會變得更加複雜，但同時，其他的系譜將會變得較為簡單。由於生物的演化是如此地充滿了機遇性，因此生命之樹是高度不規則的。然而新達爾文主義者所提出的理論陣線，就部分而言，是種幻覺。意見的不同持續著，例如，爭論世代交替(heterogenesis)應該是什麼樣子。

當新達爾文主義在演化生物學家當中，剛成為具有支配地位的觀點時，不久就出現了反對的聲音。現在，幾乎新達爾文主義的典範(paradigm)，在各個方面都受到了挑戰。沒有人聲稱反對自然主義，但是那些自認為是新達爾文主義的反對者卻極力主張，在新達爾文主義者看來是微不足道的因素，事實上是扮演更重要的角色。例如，新達爾文主義者把天擇視為極端精明的。任何劣等的有機體，無論其劣等是如何輕微，必定會被淘汰。幾乎所有的變異都是有害的。現在的演化論者，即使他們自認為是達爾文主義者，也會承認，在分子層面上的變異，有相當高的比率對存活或生殖的影響是中性的。根據現在的估計，一個有機體的基因，超過 95%以上根本就沒有任何功能。關於天擇所能影響的結構層面，也存在著不同的意見。有些演化生物學家堅持，天擇主要發生在單一基因的層面上，而其他的演化生物學家則認為，天擇可以作用在更高結構的層面上，當然這是指有機體的層面，也有可能作用在整個物種的層面上。有些生物學家強調發展的限制在演化過程中的影響，而另外一些人則發現像分子的作用這樣意想不到的機制。這個概念上的變異究竟有多少，將會結合在達爾文主義裡，有待我們去考察。

參見 mechanistic explanation 機械論的解釋；Mendel 孟德爾；philosophy of biology 生物哲學；teleology 目的論

D.L.H.撰　徐佐銘審訂

Darwinism, social　社會達爾文主義　見 social biology 社會生物學

***Dasein*　此在**　見 Heidegger 海德格

David　大衛　見 Commentaries on Aristotle 對亞里斯多德的註釋

Davidson, Donald　戴維森，唐納(b.1917)　戴維森是美國形上學家、心靈哲學家和語言哲學家。視我們自己為人以及視我們自己為複雜物理對象，戴維森對這兩個觀點之間關係的看法，對於當代哲學產生巨大的衝擊。戴維森將身心問題視為心靈和物理事件之間關係的問題；他對於說明的討論預設所說明的實體是事件；因果性是事件之間的關係；而行動是事件的一種，因此事件是行動理論的主題本身。他關於事件的中心思想為：事件是具體的個殊，它們是位於時空中不可重複的實體。事實上，戴維森並沒有視事件的存在為理所當然，他為它們的存在和關於它們的本性的一些具體主張提出論證。

在〈事件的個體化〉(The Individuation of Events)(於《行動和事件論文集》〔*Essays on Actions and Events*, 1980〕)一文中，戴維森論證，一個令人滿意的行動理論必須承認，在不同的描述下我們所談論的乃是相同的行動，因此，我們必須預設行動的存在。戴維森對於事件的存在最強的論證，乃是從他對形上學最具原創性的貢獻中導出，此貢獻即是真理的語意方法(《行動和事件論文集》，105 至 180 頁；《真理與詮釋論文集》〔*Essays on Truth and Interpretation*, 1984, pp. 199-214〕)。這個論證是基於英語的一個明顯的特徵(這個特徵並不是低等動物的訊號系統所明顯分享的)，亦即它的組合的產生性。我們透過學習組合的方法和單字，因此可以製造出我們從未遇到過的複雜表達式，我們也因此可以對我們從未遇到的複雜表達式做出反應；從這個現象，戴維森論證，我們對英文的理解要求預設事件的存在。

讓我們透過下列這組宣稱，來了解戴維森關於心靈和身體關係那相當複雜的看法：

(1)心靈和物理事件是有區別的。

(2)心靈和物理事件之間存在著因果互動。

(3)物理事件是因果地封閉的。

(1)是說沒有任何心靈事件是一物理事件；(2)是說有些心靈事件導致物理事件，反之亦然，而(3)是說所有物理事件的導因是物理的事件。如果心靈事件不同於物理事件，而有時心靈事件導致物理事件，那麼物理事件就不是因果地封閉的。上列這些宣稱每個都很合理可信，但是它們彼此之間卻明顯地不相容，因而產生了一個兩難，而這兩難正是傳統的身心問題。

戴維森消解這個兩難的方案包括了三個理論：

(4)不存在嚴格的心理學的或心理-物理學的法則，進一步地說，所有嚴格的法則都是以純粹的物理字彙表達出的。

(5)心靈事件和物理事件之間存在著因果的互動。

(6)事件 *c* 導致事件 *e*，只有當 *c* 和 *e* 是包括在某嚴格的因果法則之下。

一般認為，一個以 M 所表達的性質可以化約到一個以 P 所表達的性質(無論 M 和 P 之間是否具有邏輯關聯性)，只有當某毫無例外的法則連接著它們。因此，給定(4)，我們可以說，心靈性質和物理性質是不同的。而(6)則說，*c* 導致 *e* 只有當存在著對 *c* 的單稱描述詞 D 和對 *e* 的單稱描述詞 D'，以及存在著一個「嚴格的」(strict)因果法則 L，這 L 和「D發生了」蘊涵「D導致D'」。(6)和(4)的第二部分蘊涵物理事件只有物理導因，以及所有事件的因果性都是根植於物理性的。

(1)-(3)和(4)-(6)之間是平行對應的，那麼後者似乎也是不相容的，但是戴維森指出，(4)-(6)它們可以都為真，當(且僅當)所有心靈事件都等同於物理事件。讓我們這麼界定，一個事件 *e* 是一個物理事件當且僅當 *e* 滿足一個基本的物理述詞(亦即，在一個「嚴格」法則中出現的物理述詞)。既然只有物理述詞(或表達那些可以化約到基本物理性質的性質之述詞)出現在「嚴格」法則中，進入因果關係中的任何一事件都滿足一個基本的物理述詞，因此，那些進入因果關係的心靈事件也同時是物理事件。然而，無規的一元論只肯認了(1)的一部分：當心靈和物理事件不是以嚴格法則連接著，它們是有所不同的，但是，當心靈事件都是物理事件時，它們就不是不同的。

參見 action theory 行動理論；causal law 因果定律；event 事件；philosophy of mind 心靈哲學；supervenience truth 附生真理

E.L.撰　林從一審訂

de Beauvoir, Simone　德・波娃，西蒙　見 existentialism 存在主義

decidability　可決定性　為集合的一項性質，即存在著一個有效的程序(又稱為決定程序)可用之以決定任何事物是否是該集合一份子的性質。一個邏輯理論是可決定的，若且唯若，該邏輯理論的定理集是可決定的。證明可決定性的方法在於描述一個有效的決定程序。比方來說，真值表的方法就算建立了古典命題邏輯的可決定性。要證明某些東西是不可決定的，就得先嚴格地界定所謂有效程序的觀念。藉著這樣的一種界定，丘奇(Church)曾證明說古典述詞邏輯是不可決定的。

參見 Church's thesis 丘奇論題；truth table 真值表；Turing machine 涂林機

S.T.K.撰　王文方審訂

decidable　可決定的　見 decidability 可決定性

decision theory　決策論　關於做理性決策的理論，在政治學和其他社會科學也稱為「理性抉擇理論」(rational choice theory)。其基本的概念(也許是巴斯卡〔Pascal〕的)首見於阿諾德(Arnaud)的《波爾羅亞爾邏輯》(*Port-Royal Logic*, 1662)書末：「要判斷一個人趨吉避凶必須做什麼，他不僅要考察吉與凶本身，而且也必須考察吉與凶發生或不發生的可能性，必須像以幾何學的眼光去衡量各種成分所占的比例。」

當吉與凶涉及金錢時，貝爾努利(Daniel Bernoulli，於 1738 年)把這種觀念表現在報償行動的期望效用(utility)上。他認為，「正常情況下，在一個固定的然而卻是很小的財富增長中所獲得的效用，是反比於先前已擁有的財貨。」這種說法原來是想解決所謂「聖彼得堡悖論」(St. Petersburg paradox)：

> 彼得擲硬幣……直到(第 n 次)硬幣落地時正面朝上……。如果第一次就擲出正面，他答應給保羅一個金幣，以後每多擲一次，他要付的金幣就要加倍……儘管標準的計算結果顯示，保羅對(所將要獲得的金幣)的期望值是無限大(即下列數的總和，可能獲得的錢數×機率，$2^n/2 \times 1/2^n$)，但也不得不承認，任何相當合理性的人，會很高興地為了二十個金幣而出賣他的機會。

在這個例子當中，按照伯努利成反比的假設，保羅對於效用的期望值實際上是有限的。然而，正如門格(Karl Menger，於 1934 年)所注意到的，如果報酬是如此的巨大，以致使效用的期望值反比於機率，那麼伯努利的解決方法便失敗了，這樣一來，只有效用的尺度有界限才能解決這一悖論。

伯努利的財富邊際效用遞減的概念，出現在杰文斯(W. S. Jevons, 1871)、馬歇爾(Alfred Marshall, 1890)，以及皮谷(A. C. Pigou, 1920)等新古典主義著作中。他們認為，個人的效用判斷會引進偏好。但是，相反地，在 1930 年代，希克斯(John Hicks)和阿倫(R. G. D. Allen)等人的操作主義觀點則勸說經濟學家，(1)效用不是原因而是一種描述；其中(2)數字表明偏好的次序而非強度。馮．諾曼(John von Neumann)和摩爾根斯坦(Oskar Morgenstern)在《博奕論和經濟行為》(*Theory of Games and Economic Behavior, 1946)*當中，通過進一步擴展(1)而解除了(2)：預期風險的偏好序數型次序，可以用主觀效用的「間隔」*(interval)*尺度來描述*(*正如華氏溫標和攝氏溫標對溫度的描述一樣*)*。使得一旦效用，例如 0 和 1，分配給任何預期的或指定個事物，則其他所有事物的效用便決定於賭博的偏好，即，對於預期事物的機率分布。這樣，兩項預期物效用的中點，正好是把兩者各分配機率 1/2 所得的分布。

其實，蘭姆西(Ramsey)已經這樣做過，並且在一篇較少為人注意的論文(〈真理與機率〉〔*Truth and Probability*, 1931〕)當中，取笑主觀機率及以賭博定偏好的序數型次序。另一個由薩維奇(Savage)獨立發展的形式當中(《統計學基礎》〔*Foundations and Statistics*, 1954〕)，這一進路現在已廣泛被作為理性的決策分析(decision analysis)的基礎。1968 年，萊發(Howard Raiffa)所寫決策分析的書已成為 M.B.A.課程中的理論核心，M.B.A.的畢業生把它以一種簡明易懂的方式普及到工業界、政府及軍隊當中，所謂「成本收益分析」用期望的美元數、死亡數等，來取代以偏好為基礎的期望的效用。

社會選擇和群體決策構成個人效用相互比較的天然場所。這樣一來，哈桑伊(John C. Harsanyi, 1955)證明，如果(1)個人的和社會的偏好滿足馮．諾曼-摩爾根斯坦的公理，並且(2)當所有個體對兩項事物的偏好無分軒輊時，社會對它們也無高下之分，並且(3)當某人偏好一項事物勝於另一項，而其他人均無異議，則社會採取同樣的偏好，那麼社會效用就可以表示為區間尺度上個人效用的總和，這個區間尺度是按社會偏好伸展或壓縮個人尺度得來。這一定理告訴我們如何從被認為是平等對待個人偏好的社會偏好次序中，推導出個人偏好相互比較的強度。稍早亞羅(Kenneth Arrow)曾寫道，「個人偏好的相互比較是沒有意義的，事實上，有關個人偏好的度量對福利經濟是沒有相干意義的。」(《社會選擇和個人價值》〔*Social Choice and Individual Values*, 1951〕)——後來，亞羅放棄了這一立場(拉阿斯萊特〔P. Laslett〕與魯西門〔W. G. Runciman〕編輯：《哲學、政治學與社會》〔*Philosophy, Politics and Society*, 1967〕)。亞羅的「不可能原理」可以通過循環式偏好說明(孔多塞〔Condorcet〕於 1785 年最先發現)，1、2、3 號選民對 A、B、C 三候選人，按照偏好遞減的次序排列為：ABC、BCA、CAB。但多數決的規則，會產生三者間不可遞移的偏好，(1, 3)兩人寧選 A 而不選 B，(1, 2)兩人寧選 B 而不選 C，但(2, 3)兩人又寧選 C 而不選 A。一般而言，這個定理否定了，由公民個別的選擇來形成社會選擇的技術性民主程序的可能性。在定義「民主的」規則時，有一條被特別稱為「獨立於不相干選項」，在從候選人中做出社會選擇時，摒棄訴諸對非候選人的偏好，從而就把哈桑伊(Harsanyi)定理中運用賭博的偏好排除了。(由布魯姆〔John Broome〕：《衡量商品》〔*Weighing Goods*, 1991〕可以得到進一步的信息和參考文獻)

薩維奇從抽象的行為的偏好當中推出，行動者對狀態及結果的效用的機率，把結果定向性地分配給狀態可以表示抽象的行動。行動在偏好次序中的位置反映在它的期望效用(expected utility)，即其結果在各種狀態下，效用的機率加權平均。薩維奇的狀態和結果形成不同的集合，每次把結果分派給狀態都構成一個行動。雖然蘭姆西也把行為看做是從狀態到結果的函數，但他卻把各種結果視為命題(狀態的集合)，而把效用分配給各種狀態，而非分配給結果。言同樣方向在進一步，就把行動也表成命題(參見鮑爾克〔Ethan Bolker〕：《類似度量商數的函數》〔*Functions Resembling Quotients of Measure*, 1965〕；再有就是，傑弗瑞(Richard Jeffrey)：《決策的邏輯》〔*The Logic of Decision*, 1965, 1990〕)。鮑爾克的表示定理給出一些條件，使得對命題真理性之間的偏好，可以相當程度決定機率與效用，以致命題在個人偏好排序上，反映了它的「欲求程度」，也就是個人的條件期望效用。

除了像遞移性、連通性等基本屬性，薩維奇諸項假設中的一個支柱，是他的「確定原理」：

對於在某種狀態下具有同樣結果的行動的偏好，不受這些結果的任意變化所影響。

這就意味著，行動者視狀態在機率上獨立於各種行動，因此也就意味著，不可能偏好一個行動勝過宰制它的行動，所謂宰制就是行動的結果在每個狀態下的效用都不會更低。與「確定原理」不同，「選擇以便極大化 CEU(條件效用期望值)」這一原理，在合理化提高選擇偏好狀態的機率，正如戒煙是為了想延長壽命的期望一樣。但是，正如諾齊克(Robert Nozick)於 1969 年指出的那樣，有些問題的選擇價值取決於優勢而非CEU，正如有些吸煙者(例如費雪〔R. A. Fisher〕在 1959 年)相信，抽煙與肺癌之間的統計學關聯，歸因於某種遺傳的基因，有此種基因的人比別人更可能抽煙、更可能患肺癌，但是如果只在他們之間做比較，抽煙的人不見得更容易患肺癌。在這種(所謂紐康伯〔Newcomb〕)問題中，選擇不太能反映行動者只要能力所及，就想要促進或阻礙的條件。「因果關係的決策論」(causal decision theories)修正了 CEU，所求的評斷數據，能把因果關係的功效與證據的意義區分開來，例如，以與事實相反的條件句的機率來取代條件機率；或從所有有關原因的假設之下，計算CEU的加權平均，行動者對假設的無條件機率作為權數。

不贊成主觀機率的數學統計學家，繼續闡述瓦爾德(Abraham Wald)的《統計的決定功能理論》(*Theory of Statistical Decision Functions*, 1950)，把統計估計、實驗設計及假設檢驗，當做與「自然」相抗衡的零和對局。反過來把博奕論吸納到隨機決策論可參見斯克爾姆斯(Skyrms)的《理性討論的動力學》(*Dynamics of Rational Deliberation*, 1990)

哈爾登(Sören Halldén)的《「更好」的邏輯》(*The Logic of 'Better'*, 1957)，和馮・萊特(G. H. von Wright)的《偏好的邏輯》(*The Logic of Preference*, 1963)都避開了機率。哈爾登認為，當偏好 p 的真理性勝於 q 的真理性，那麼偏好 q 的假理性也必勝於 p 的假理性。而馮・萊特(與亞里斯多德一樣)認為，「這個比那個更值得選擇，是因為沒有那個時這個仍有選擇價值，但若無這個時那個則不具選擇價值。」(準則Ⅲ，118a)假如缺乏有關機率的假設，兩種原則皆失效，例如，當 p 與 q 的機率相等時。

一般人認為把決策論當做人類行為的描述，顯然是錯誤的，只能把它的地位擺在規範性上。但是有一些人，尤其是戴維森(Donald Davidson)，把決策論視為偏好這一概念的組成部分，以至於譬如說，偏好不能是非遞移的，正如命題不能同時為真又為假。

參見 empirical decision theory 經驗決策理論；game theory 賽局理論；rationality 理性；social choice theory 社會選擇理論

R.J.撰　李國偉審訂

decision tree　決定樹　見 decision theory 決策論

declining marginal utility　邊際效用遞減　見 utilitarianism 效益主義

decomposability　分解性　見 modularity 模組性

deconstruction　解構　解構是演示一哲學立場的不完整(incompleteness)或不一致(incoherence)，該哲學立場所使用的概念與論證原理乃僅由該立場本身來予以合法化。因此，解構是一種內在的概念批判，批判者暫時地、潛在地附著於所要批判的立場。雅克・德希達(Jacques Derrida)的早期著作是解構一詞的源泉，為解構提供了參考典範(paradigm)。

解構駐守(remains)在所要討論的立場中，源於對語言和思想性質的根本的解構論證。德希達最早的解構說強烈反對思想和意向(intention)的某種內在「語言」(interior language)的可能性，用以決定字詞本身的意義和指涉。這些字詞是「意義」(meanings)或邏各斯(*logoi*)。德希達稱呼預設此如此神奇思想詞(thought-terms)的論述為「邏各斯中心論的」(logo-centric)。他追隨海德格(Heidegger)的觀點聲稱，這些邏各斯概念是以西方形上學的概念為基礎，並且西方的形上學是我們文化活動和語言的基礎。這樣便沒有「日常言語」(ordinary language)能夠不受哲學的污染。邏各斯是所有關於意向、意義、真理和邏輯聯繫的解釋(accounts)基礎。在哲學史上，邏各斯的版本從柏拉圖(Plato)的理型，中間經過經驗主義者(empiricists)的自我解釋觀念(self-interpreting ideas)，到胡塞爾(Husserl)的意向實體(intentional entities)，不斷地在發生變化。

因此，德希達最完全的解構是針對清晰地敘述的邏各斯論述，尤其是他在其《語言和現象》(*Speech and Phenomena*)中對於胡塞爾的討論。該書中，德希達論證，原則上意義(meaning)完全呈現在意識中是不可能的。意義的觀念是一種可重複的觀念性(repeatable ideality)的觀念。但是「可重複性」(repeatability)的特徵不是可以出現的。因此，就意義本身而言，不能在心靈前完全呈現。自我解釋(self-interpreting)的邏各斯乃是不一致的臆測。

沒有邏各斯，思想和意向只不過是詞一樣的東西，與意義或指涉並沒有根本的關聯。緣此之故，「意義」便依據於各種語言片斷(pieces)的連接，以及我們與世界的語言的互動。沒有邏各斯，就沒有某種特殊種類的連接是特別地「有邏輯的」(logical)。大致說來，德希達同意蒯因(Quine)有關意義的本質和相關的觀點：不能一股腦就拋棄「理論」(theory)。如此，哲學家大體上會考慮一種邏各斯中心的哲學理論，這一理論用它所形塑(shaped)的語詞來形塑我們的語言。因而，解構便不在於廢除被批判的教條，而是一種更為複雜的、指涉自身(self-referential)的關係。

解構論證得出了沒有什麼東西比語言更有益的結論，即，徹底的唯名論(nominalism)。依據德希達的觀點，沒有邏各斯，則各種基本的哲學對立便失去了它們原則性的基礎。因為，這樣的對立隱涵的是，和邏各斯一詞相對的另一方是有缺失的。沒有邏各斯，很多對立就不能使之發揮出哲學所追尋的作為原理的功能。因而，比喻的(metaphorical)與文學的(literal)、修辭學(rhetoric)與邏輯學(logic)，以及其他哲學的核心概念之間的對比(contrasts)就顯示出，它們並沒有人們使用它們時所預設的基礎。

參見 Heidegger 海德格；Husserl 胡塞爾；meaning 意義；philosophy of language 語言哲學

S.C.W.撰　吳秀瑾審訂

Dedekind, Richard　戴德金，理查(1831-1916)　德國數學家，是十九世紀末以數學分析基礎問題的最重要人物之一。從哲學的角度來看，關於戴德金的著作，有三件事情是饒有興味的：(1)堅決主張數學的基礎數字系統應獨立於時空或幾何概念而得到發展；(2)堅持認為基礎數字系統的發展，依賴於某種屬於思想的基本心智能力，特別是心智能「創造」的能力；(3)辨識出這種創造是依照某些關鍵特性的創造，經過細心的數學分析可知這些特性是客觀事物的本質。(1)是戴德金與波爾札諾(Bolzano)、康托(Cantor)、弗雷格(Frege)及希爾伯特(Hilbert)等人所共同關心的問題；(2)分隔了戴德金與弗雷格；而(3)代表明確地轉向後來希爾伯特的公理立場，有些偏離了關心核心而抽象數學對象的性質，那恰是弗雷格最關心的主題。戴德金的大部分觀點在 1854 年的升等論文已經有了輪廓，那裡敘述的過程，先應用於由正數擴展到整數，然後再應用於擴展到有理數。然而，對於哲學家來說眾所周知的兩部著作，一是關於無理數的《連續和無理數》(*Stetigkeit und irrationale Zahlen*, 1872)，另一是關於自然數的《數是什麼和應該是什麼?》(*Was sind und was sollen die Zahlen?*, 1888)，這兩部書都繼續探討 1854 年開創的過程。在這兩部著作中，我們看到都有一個「分析」(analysis)的歷程，以此揭示所包含的本質屬性，緊接其後的是一個「綜合」(synthesis)的歷程，用以揭示確實存有這樣的系統，最後是一個「創造」(creation)的歷程，造出不多不少恰好擁有這些屬性的對象。

在其 1872 年的著作中，戴德金認為實數連續性的本質是，這條線被無論如何由某個分割(cut)劃分為兩部分，即分成兩個子集，A_1 和 A_2，如果 $p \in A_1$ 且 $q \in A_2$，則 $p<q$，如果 $p \in A_1$ 且 $q<p$，則 $q \in A_1$，以及如果 $p \in A_2$ 且 $q>p$，則 $q \in A_2$，那麼，就有一個實數 r 決定了這個分割，即 $A_1 = \{p;p<r\}$，並且 $A_2 = \{p:r \leq p\}$。目標是要刻畫出實數的特徵，使得上述諸性質為真。戴德金證明有理數自身不具備這些特性，然而由有理數構成的所有分割卻滿足這些性質。於是戴德金通過這一觀察來定義無理數，不過不像後人直接用有理數的分割來定義無理數，而是「創造」「新的(無理)數」來對應到目前為止還沒有產生數字的有理數分割。戴德金 1888 年的著作從一種對象到另一種對象的「映射」(mapping)概念出發，戴德金認為，「映射」概念對精確思想來說是必要的。戴德金進而發展一一對應的概念，用它來刻畫無窮大的特性(所謂「戴德金無窮大觀念」)。戴德金用基本的鏈的概念，刻畫出「簡單無限系統」，使得它同構於自然數系統。這樣，他便達成了在 1854 年論文中設定的目標：「精確地」分辨出自然數系統的特有屬性。然而，簡單無限系統，特別是自然數系統，真的存在嗎？戴德金證明任何無限系統一定包含一個簡單無限系統(定理 72)。相應地，戴德金便開始去證明無限系統的確存在(定理 66)。為此，他

用了一個讓人非議的論證法(使人想起三十年前波爾札諾的往事)，其中包含了「我的思想世界」等觀念。一般來說，大家認為這種論證是不起作用的，不過重要的是，別忘了戴德金想要證明由於數是人類心智的自由創造，所以他的證明應該只依賴於心智的屬性。然而，這一特殊的「創造」行動引進的時刻是，戴德金從任何簡單無限系統出發，把它的「特定屬性」抽象出來，而宣稱自然數的簡單無限系統也有同樣的結果。

參見 Cantor 康托；continuum problem 連續體問題；philosophy of mathematics 數學哲學

M.H.撰　李國偉審訂

Dedekind cut　戴德金分割　見 Dedekind 戴德金

***de dicto*　關於命題的**　相對於關於事物的(*de re*)。許多哲學家相信，下列的命題，取決於它們是否被解釋成關於命題的(*de dicto*)還是關於事物的(*de re*)：

(1)「美國的州的數目為偶數是可能的」。

(2)「伽利略相信地球是會動的」。

為了解釋性的目的，我們假定存在一些命題和性質。如果(1)被解釋為關於命題的，那麼它就斷言，「美國的州的數目為偶數」這一命題是一個可能的真(true)；確實為真，因為事實上美國有五十個州。如果(1)被解釋為關於事物的，它斷言，美國實際上的州的數目(五十)具有可能為偶數的特性，本質主義將其視為真。同樣地，對於(2)來說，它可能意味著伽利略的信念有一個確定的內容，即地球是會動的，或它也意味著，「伽利略相信地球是會動的」。

近來，主要由於卡斯塔內達(Castañeda)和培里(John Perry)，許多哲學家相信在 *de dicto* 與 *de re* 之外還有 *de se*(關於自我〔of oneself〕)存在。假設，當與別人喝酒時，我注意到有人正使啤酒溢出，後來，我終於理解那原來是我。開始時，我相信有人正使啤酒溢出，但我認為那不是我，一旦我這麼做，我就把我的杯子豎直。被假定的 *de se* 與 *de dicto* 的屬性區別在於，認為 *de dicto* 命題必定是真或假這一事實，沒有一個「真」的命題可以嵌入「我相信……」(I believe that...)之中，亦即，我自己正使啤酒溢出這一信念可以正確地歸於我。而「我正使啤酒溢出」這個語句卻不同，因為它使用了一個「本質的」(essential)指示的「我」(I)。例如，如果我指明了是「我自己」(myself)而非通過用「我」來把相關的信念歸於我自己，就不能解釋我豎直我的杯子這一行為。即使我相信 *de re* 利玻爾(Lepore)正使啤酒溢出，這仍不能說明我為什麼要扶起我的杯子，因為我可能不知道我是利玻爾。在這些論據的基礎上，一些哲學家推斷，*de se* 的屬性不能還原為 *de re* 或 *de dicto* 的屬性。

參見 knowledge *de re* 對象知識；token-reflexive 反身記號

E.L.撰　苑舉正審訂

***de dicto* necessity　有關命題的必然性**　見 necessity 必然性

deducibility relation　可推斷性聯繫　見 deduction 演繹法；附錄：特殊符號與邏輯記號

deduction　演繹法　是有限的句子序列，在該序列句子中的最後一個句子為結論(它被稱為是被推導出來的)，這序列中的每一句子或者是一條自明的公理或假設，或是由之前的句子按一種邏輯規則推導出來的。其近義詞便是「推衍」(derivation)。演繹是一個相對於系統的概念，因而只有相對於某特定的邏輯公理和規則系統時才有演繹可言。同樣

D

的句子序列相對於這樣的一個系統或許是一個演繹，而相對於另一個系統時卻未必如此。

演繹這一概念是對證明這一概念的普遍化。一個證明是一組有限的句子序列，其每一個句子都是一條自明的公理或按照某一邏輯規則由序列中前面的句子推導出來。這一序列中的最後一句話是一條定理。假如這個自明的公理和邏輯規則系統是可以有效指定的，那麼我們就有一個有效的程序，可以用來決定任何一組有限的句子序列是不是那個系統的一個證明。定理的概念不是可決定的。因為，我們通常並沒有一種可以找出某個句的證明的有效方法。

演繹和邏輯結果的概念是不同的。前者是語法的概念，後者是語意學的概念。邏輯學家發現，相對於古典邏輯的規則和公理，某一句子 S 是可從一組句子 K 中演繹出來的，那麼 S 便是 K 的邏輯結果，反之亦然。緊緻性(compactness)是在這發現中的一個重要結果。句子 S 是可以從 K 中演繹出來的，若且唯若，S 是可以從 K 的一些有限的子集中演繹出來的；這是很容易證明的事。但不容易證明的是：句子 S 是 K 的邏輯結果，若且唯若，S 是 K 的一些有限的子集的邏輯結果，這種緊緻的特性是需要證明的。

自然演繹系統是無公理的。在系統內，如果使用自然演繹法，對定理的證明一般來說是較為容易的。但有關係統的證明(即如前述的緊緻性等後設定理的證明)，如果使用自然演繹法，則反而較不方便。

「演繹法」的另外一個意義指的是，那些論證者宣稱結論可自前提推衍而得的論證。

參見 axiomatic method 公理法；compactness theorem 緊緻性定理；effective procedure 有效程序；formal semantics 形式語言的語意論；proof theory 證明論

C.S.撰　王文方審訂

deduction, natural　自然演繹法　見 deduction 演繹法

deduction, transcendental　先驗演繹　見 Kant 康德

deduction of the categories　範疇的演繹法　見 Kant 康德

deduction theorem　演繹定理　一項有關形式邏輯系統的結果，該結果主要在將可推演性(derivability)的觀念和實質條件句關聯起來。該結果的內容是：如果一個表式 B 可以從A(可能加上其他假設)推演出來，則 $A\rightarrow B$ 就可以不需要A這個假設而推演出來；該定理以符號表示如下：如果 $\Gamma\cup\{A\}\vdash B$，則 $\Gamma\vdash A\rightarrow B$。比方來說，如果「蘇格拉底是會死的」可以從「所有的人都會死」和「蘇格拉底是一個人」推演出來，那麼「如果蘇格拉底是一個人，則蘇格拉底是會死的」就可以從「所有的人都會死」推演出來。類似地，「如果所有的人都會死，則蘇格拉底是會死的」也可以從「蘇格拉底是一個人」推演出來。一般而言，演繹定理只有在對像希爾伯特風格(Hilbert-style)的公理化邏輯系統才格外有意義。在大多數的自然演繹法中，我們都可以有一個有關條件句的規則，讓我們可以從 $\Gamma\cup\{A\}$ 推演出 $A\rightarrow B$ 來。因此，在這樣的自然演繹法中，我們並不需要去證明什麼演繹定理。

參見 deduction 演繹法

S.T.K.撰　王文方審訂

deductive closure　演繹的封閉　見 closure 封閉性

deductive completeness　演繹的完備性　見 completeness 完備性

deductive explanation　演繹的說明　見 covering law model 涵蓋律模式

deductive justification　演繹的論證　見 justification 證成

deductive-nomological model　演繹規律模式　見 covering law model 涵蓋律模式

deep structure　深層結構　見 grammar 文法；philosophy of language 語言哲學；transformation rule 轉換規則

default logic　預設邏輯　以預設做推論的一種形式系統，由萊特(Raymond Reiter)於1980年所發展出來。萊特的預設有如下的形式：「$P : MQ_1,\ldots, MQ_n / R$」，讀作「若某人相信 P，且 $Q_1\cdots Q_n$ 和某人的信念一致，則某人可以相信 R」。命題和某人的信念是否一致，則仰賴於所已經使用過的預設為何。假定了預設 $P : MQ / Q$ 和 $R : M{\sim}Q / {\sim}Q$，以及事實 P 和 R，則應用第一個預設便產生了 Q，而應用第二個預設便產生了。所以，應用二預設之一就會阻絕另外一個預設。因此，預設理論可能會有好幾種預設外延。

具 $P : MQ / Q$ 形式的正常預設，對於表現非單調推論的簡單例子很有用，但對於較複雜的例子而言就不夠充分了。萊特為正常預設理論製造了一種清晰的證明論，並證明了每一個正常預設理論都有一個外延。

參見 defeasibility 可被廢除性；non-monotonic logic 非單調邏輯

D.N.撰　李國偉審訂

defeasibility　可被廢除性　乃是當規則、原則、論證或一段的推理，被某競爭對手(competitor)所擊敗(defeated)時所具有的一種性質。舉例來說，當知覺(perception)出現在很不尋常的環境的時候，(例如在有顏色的光線之下，)又或者存在著一些否決性的道德考量的時候，(例如為了防止謀殺發生，)那麼，「正常地來說，對象都具有它們所顯現的性質」這樣的知識原則，或者是「人不應當撒謊」這樣的規範原則，便都分別地被擊敗了。很明顯地，像「典型地來說鳥是會飛的」這樣的陳述句，可以部分地被看作是表達了「可被廢除的規則」(defeasible rules)，亦即把某樣東西之為鳥，當作是它會飛的證據。而可被廢除的論證與推理，其可被廢除性則是源自可被廢除的規則或原則之使用。

近來對可被廢除性之分析包括了限制及預設邏輯(circumscription and default logic)，它們都屬於「非單調邏輯」(non-monotonic logic)這個較廣闊的範疇。好幾個這些形式系統中的一些規則，都包含了一些特殊的先行條件；而這些規則並不真的是可被廢除的，因為只有那些條件被滿足的時候，才可以應用這些規則。在其他非單調性系統中的規則與論證，則只有當它們不被一些其他的事實、規則或論證所擊敗的時候，纔能夠證成它們的結論。波洛克(John Pollock)區分了駁斥性的(rebutting)與削弱性的(undercutting)兩種擊敗者(defeaters)。「雪正常地來說並不是紅色的」，(在某些適當的情況之下)可駁斥「看起來紅色的東西，正常地來說便是紅色的」這樣的原則；但是，「如果處於紅光色中，則不要使用『看起來紅色的東西，正常地來說便是紅色的』這樣的原則。」這說法卻僅僅是削弱了其中所提及的原則而已。大多數其他各種有關可被廢除的推理(defeasible reasoning)的形式系統之著作，都是受到波洛克的影響。

參見 default logic 預設邏輯；epistemology 知識論；non-monotonic logic 非單調邏輯

D.N.撰　趙之振審訂

defeat of reasons　**推理的無效**　見 epistemology 知識論；justification 證成

definiendum　**被定義項**　複數形為 definienda，指在定義中被定義的詞。給出定義的表式則稱為定義項(definiens；複數：definientia)。在下列的定義中

「父親」，雙親中的男性

「父親」是被定義項，而「雙親中的男性」則是定義項。在「人是理性動物」這一定義中，「人類」是被定義項，而「理性動物」便是定義項。在概念分析時我們也使用同樣的術語，不管它們是否為近義詞。「被定義項」因此可被視為「被分析項」；「定義項」則可被視為「分析項」。在知識三條件中，「*x* 知道 *p*，若且唯若 *p* 為真，*x* 相信 *p*，*x* 的信念 *p* 是良好有據的」，其中「*x* 知道 *p*」是被分析項，而「*p* 為真，*x* 相信 *p*，並且 *x* 的信念 *p* 是良好有據的(properly justified)」則是分析項。

參見 analysis 分析；definition 定義；meaning 意義

T.Y.撰　王文方審訂

definiens　**定義項**　見 definiendum 被定義項

definist　**定義主義者**　主張道德術語，如「對」(right)，以及價值術語，如「善」(good)，簡單地說就是規範性術語，可以用非道德與非價值的術語(亦即非規範性術語)來定義。威廉・法蘭克納(William Frankena)為定義主義者提供了一個更廣義的詮釋：凡是主張倫理學術語可以用非倫理學術語加以定義的人，皆是定義主義者。根據此一詮釋，倫理學術語可以由非倫理學的價值術語來界定；例如，「對」即可用非道德性的相關字詞加以定義。本身亦是自然主義者的定義主義者認為，道德術語可以由指涉自然性質(也就是其呈現或消失可被經驗觀察所察覺的性質)的術語來定義。他們有時將「善」定義為「可以促進快樂的事物」。非自然主義者的定義主義者則認為，用來定義的字詞不能指涉到自然性質，例如，「對」的意義是「由上帝所命令的事物」。

參見 ethics 倫理學；Moore 穆爾；naturalism 自然主義

B.R.撰　簡國榮審訂

definist fallacy　**定義論的謬誤**　見 Moore 穆爾

definite description　**特定描述詞**　見 theory of descriptions 描述詞理論

definite description operator　**確定描述詞算子**　見附錄：特殊符號與邏輯記號

definition　**定義**　指對表式的意義或概念內容加以具體指定的做法。例如，「十四天的時間」是「兩週」的一種定義。從傳統上來講，定義可以依如下的規則來加以評斷。

(1)一個定義不應該太狹窄。對於「單身漢」來說，「未婚的成年男性精神病醫生」這一定義就過於狹窄了，因為有些單身漢並不是精神病醫生。對於「脊椎動物」而言，「有脊椎和一個肝臟」這一定義也太過於狹窄，因為，即使所有有脊椎的東西實際上都會有脊椎和一個肝臟，但可能有一些有脊椎的東西卻沒有肝臟。

(2)一個定義也不應過於廣泛。「未婚的成年人」相對於「單身漢」來說就是一個太過

廣泛的定義。「沒有羽毛的兩足動物」相對於「人類」來說也是一個太過廣泛的定義。因為，即使所有人類實際上是沒有羽毛的兩足動物，但並非所有沒有羽毛的兩足動物都是人類。

(3)定義中的表式應(理想地)準確地符合被定義項裡某個程度的模糊性(除了在精確定義以外)。「成年女性」定義為婦女就不違背這一規則，但用「至少是十八歲的女性」來定義「婦女」就違背了這一規則。

(4)不應做循環定義。如果用「可欲的」(desirable)來定義「善」並且用「善」來定義「可欲的」，那麼這就是循環定義。

定義至少可以分成下列幾種：

分析定義(analytical definition)　與定義相關聯的雙條件句是分析的命題，或對被定義項予以分析。比如說，「母的狐狸」就是「雌狐」的分析定義，因為其相關聯的雙條件句「對所有 x 而言，x 是雌狐，若且唯若 x 是母的狐狸」是分析的命題。同樣地，「在所有可能世界中均為真」是「必然為真」的分析定義，因為其相關聯的雙條件句「對所有 P 而言，P 為必然地真，若且唯若 P 在所有可能世界中均為真」是分析的命題。

脈絡定義(contextual definition)　它是一種對出現在一個更大的表達式當中的表達式的定義：例如，「如果不是 Q 則 P」是對「除非」在「P 除非 Q」的脈絡定義。「至少有一種實體是 F，且它與任何一種是 F 的實體相互等同」是對「剛好一個」在「剛好有一個 F」的脈絡定義。迴歸的定義(見後)是一種很重要的脈絡定義。另一個有關脈絡定義的重要運用是羅素(Russell)的確定描述詞理論(theory description)，這一理論對「the」的定義方法是以它出現的脈絡來加以定義的。

同格定義(coordinative definition)　是指用非理論語詞來定義理論語詞的一種定義方法。例如「一米」的定義是「地球周長的四億萬分之一」。

種類定義(definition by genus and species)　當一個表式可以應用在某一類的部分，但非全部，而且不能應用在不是這類的東西時，這個類就叫做類(genus)，而其中該詞可以應用的部分就叫做次類(species)。比方說，把「人」定義為「理性動物」時，動物就是類，而人是其次類。類之下的各次類之間的差別叫做「類差」。

使用定義(definition in use)　指定一個表式如何被使用或被用來表達什麼的定義方式。例如，用「表達驚訝的情緒」來說明「我的天哪！」，維根斯坦(Wittgenstein)在他的意義理論中曾強調過這種定義方式是非常重要的。

類及類差定義(definition per genus et differentiam)　由類和類差來定義的方式，與前述種類定義相同。

明晰定義(explicit definition)　明確指定被定義項的內容的一種定義方式。例如，「父親」的定義是「雙親中的男性」；「對於任何 x 來說，x 是父親，若且唯若 x 是某一個人雙親中的男性。」

隱含定義(implicit definition)　與明晰定義相反的一種定義。

詞典定義(lexical definition)　適合用在編輯字典時，對日常語詞的定義；易言之，詞典定義指定一個字的約定意義。

名目定義(nominal definition)　對某個名詞(通常是某一集合名詞)的定義，給出其語言學上的意義。通常，名目定義會根據其特別突出的特徵來加以定義：例如，「黃色可延展的金屬是黃金」。洛克(Locke)曾談到名目本質，並把它與真實本質相對照。

實指定義(ostensive definition)　是通過例證加以說明的定義，在所舉的例證當中，被定義的對象是透過實際用手去指或以其他方式展示而被理解的。例如，「紅色是這樣的(實際用手指一下)一種顏色」，在此，在說「這樣的」一詞時，我們相伴隨地做出指著一塊彩色布的手勢；「疼痛就是這樣」，在此，在說「這樣的」一詞時，我們相伴隨地做出將一根針插入聽者皮膚的動作。「大袋鼠用來稱呼所有這樣的一種動物」，在此，在說「這樣的」一詞時，我們相伴隨地做出指著某一特定大袋鼠的動作。

說服定義(persuasive definition)　這種定義主要是為了影響或訴諸他人的心理狀態，由於這樣做的關係，這樣的定義在心理上感覺非常可信。例如，用「損人利己的操縱者」來說明「政治家」，在此，這一定義意味著所有的政治家都是不道德的。

精化定義(precising definition)　是指將某一模糊不清的表式以較精確的表式加以定義的方式。例如，以「長度長於半米卻短於兩米的蛇」這樣的表述來定義「普通長的蛇」；以「擁有的財產是中等人家的一萬倍」這樣的表述來定義「富有」。

規創定義(prescriptive definition)　是約定定義的一種，將已有一定意義的表式賦以新的意義的約定定義。例如，以「在性別喜好上較喜好男性的男性」來定義「男同志」。

真實的定義(real definition)　是指在形上學中，以必要及充足的條件，來說明一事物如何才算屬於某一名詞(通常集體名詞)所指的類的定義方式。例如，以「原子量 79」來定義「黃金」。洛克曾談及過真實本質，並與名目本質相對照。

迴歸定義(也稱作歸納定義或以迴歸方式做的定義)(recursive definition)　是指用下列三個句子來定義的方式：(1)被定義項適用於某些特定的事物(基礎子句)；(2)給出一個規則，讓我們可以找到其他適用被定義項的事物(迴歸的或歸納的子句)；(3)說明被定義項僅適用於上述兩類事物的子句(結束子句)。例如，「約翰的父母是他的祖先；任何約翰的祖先的父母都是約翰的祖先；其餘均不是約翰的祖先」。由基礎子句可知，約翰的爸爸和媽媽是約翰的祖先。然後，由迴歸的或歸納的子句我們可知，約翰媽媽的父母及他的爸爸的父母都是他的祖先；因此，這些人的父母也是約翰的祖先。最終，由結束子句我們可知，上述的這些人便詳盡地表述出了約翰的所有祖先。下面我們以加法來定義乘法：「$0 \times n = 0.(m + 1) \times n = (m \times n) + n$。再無別的東西是整數相乘的結果」。基礎子句告訴我們：$0 \times 4 = 0$，迴歸的或歸納的子句告訴我們：$(0 + 1) \times 4 = (0 \times 4) + 4$。繼而我們可知：$1 \times 4 = 0 + 4 = 4$。同樣地，$2 \times 4 = (1 + 1) \times 4 = (1 \times 4) + 4 = 4 + 4 = 8$。

約定定義(stipulative definition)　是指不注重表述常用的概念性內容或其通常意義的一種定義方式。它規定被定義項的內容，而不想捕捉被定義項的通常內容。任何一種明晰的定義，只要它在語言中引入了一個新的表式，都是一種約定性的定義。例如，「為了我們討論方便起見，讓我們用『存在的』一詞來指稱『可察覺的』」；「用『行屍走肉』(zoobeedoobah)來指『沉溺於酒色的富人』」。

同義定義(synonymous definition)　用同義的字來定義一個字(或其他語言中的字)的定義方式。例如，用「買」來定義「消費」；用「瘋狂」來定義「喪失理智」。

參見 analysis 分析；essentialism 本質論；meaning 意義；philosophy of language 語言哲學；theory of descriptions 描述詞理論

T.Y.撰　王文方審訂

definition, contextual　**脈絡定義**　見 definition 定義

definition, explicit　**外顯的定義、明晰定義**　見 Beth's definability theorem 貝斯的可定義性定理；definition 定義

definition, implicit　**內隱的定義、隱含定義**　見 Beth's definability theorem 貝斯的可定義性定理

definition in use　使用中的定義　見 definition 定義；logical construction 邏輯建構

deflationary theory of truth　真理的減縮理論　見 philosophy of language 語言哲學；truth 真理

degenerate case　退化事例　這詞語多少有些鬆泛地用來指一個別事例或指一類事例，這種事例不為一給定的背景類(background class)所包括，但又與後者極相關，因為常常可以把這種事例及背景類中的事例安排到一更廣的類中。一個類中的退化事例常常是一更廣的類中之極端事例。(例如，)靜止(零速度)是運動(正速度)之退化事例，另一方面靜止是速度之極端事例(limiting case)。圓是等邊及等角多邊形之退化事例。在技術及科學之脈絡，用來指背景類之傳統術語常被「擴大」，以把退化事例包括進來。在綜合幾何學(synthetic geometry)，兩相交直線是雙曲線之退化事例；但在解析幾何(analytic geometry)，兩相交直線卻成了雙曲線之極端事例。空集合在過去的理解是集合之退化事例，現在則是極端事例。如果矩形依長與寬之比排序，那麼線段是矩形之退化事例，而不是極端事例。

參見 borderline case 邊界事例；limiting case 極端事例

J.Cor.撰　龔維正審訂

degree　級　「級」在形式語言(formal languages)中也被稱為「位」(arity)或「元」(adicity)。級是謂詞(predicate)和函數詞(function)的屬性之一，其作用在決定一個謂詞或函數詞應和多少的名項(terms)結合，才能正確地組合成為一個完構式(well-formed expression)。如果某一表式(expression；謂詞或函數詞)與單一一個名項結合就能形成完構式，該表式便是一個一級的(degree one；一元的〔monadic〕、一位的〔singulary〕)的表式。如果某一表式(謂詞或函數詞)必須與兩個名項結合才能形成完構式，該表式便是一個二級的(degree two；二元的〔dyadic〕、二位的〔binary〕)的表式。其餘以此類推。級數大於或等於二的表式，統稱之為多元的(polyadic)表式。一個形式語言的形成規則必須有效地指明其初基表詞(primitive expressions)的級數，以便有效地決定該形式語言的完構式集。一個表式的級數通常用一個上標在該表式旁的阿拉伯數字來表示。在某些形式語言裡，某些表式的級數是不固定的(variable degree〔or variable adicity〕)，這些表式因而可以和任何有限個數的名項相結合，以形成完構式。述詞所指稱的關係(relation)也可以用級數去區分為一級(一位、一元)關係或二級(二位、二元)關係等等；同樣地，函數詞所指稱的函數也可以用級數去區分。

參見 formal language 形式語言；mathematical function 數學函數；property 性質

C.A.A.撰　王文方審訂

degree of belief　信念的程度　見 Bayesian rationality 貝耶斯主義的合理性；probability 機率

degree of confirmation　確認性程度　見 Carnap 卡納普

degree of unsolvability　不可解度　一群同等複雜的自然數集合構成的極大集合，自然數集合的複雜度的比較，是理解為遞迴論的化約性次序關係。遞迴論專家研究自然數集合間種種的化約概念，例如：在下列格式化的定義當中多種的填充方法。對於自然數集

合 A 和 B 而言，集合 A 可以化約到集合 B 當且僅當存在著這樣一種算法，要想回答任何給定元素屬不屬於 A(例如，「$17 \in A$？」)，都可以藉由一個能正確判定 B 的元素的「玄器」(oracle)的協助而得到答案。這種定義的動機是一種假設，如果有關判定B的元素的問題是可決定的，那麼有關判定A的元素的問題也是可決定的。另一方面，數學化約概念的定義並不包括任何假設性的條件句或者其他意向性的結構。不同化約概念的分別，取決於如何限制算法使用「玄器」。不強加任何限制則產生 T-化約(T-reducibility)，它是最重要、研究最多的化約概念。

確定某一化約概念 r：A 對於 B 來說是 r-等價的當且僅當 A 可 r-化約到 B，並且 B 可 r-化約到A。如果r-化約是可傳遞的，r-等價性便是關於自然數的一種等價關係，一種反映自然數集合間有相等複雜度的概念。相對於r的某一不可解度(r-度)便是一個在這種等價關係下的等價類，即自然數集合的某一極大類，其中任兩個集合是 r-等價的；也就是說，具有(從可 r-化約的意義上來說的)同樣複雜的自然數集合構成的極大數集合。自然數集合的可 r-化約次序可以轉化為 r-度之間的次序：對於 r-度 d 和 d'來說，$d \in d'$且僅當某個 $A \in d$ 並且 $B \in d'$，而集合 A 可 r-化約到集合 B。對於 r-度的研究就是研究這樣定義的次序關係。

由T-化約而產生的各種度便是涂林度(Turing degrees)。如果不另加說明，「不可解度」便意味著「涂林度」，最低的T-度包含了全部遞迴的(依丘奇論題〔Church's thesis〕來說就是可解的)自然數集合。因此「不可解度」這個名詞有點容易誤導，因為最小的度是「可解的」。

把從自然數到自然數的函數適當加以有效編碼，這些函數可看成是自然數的集合，我們就可以把這些函數當作屬於某個不解度，即它的編碼集合的度。

遞迴論家已將化約性和不可解度的概念推廣到別的領域，例如，用超窮序數和高等類型符號來替代自然數。

參見 Church's thesis 丘奇論題；philosophy of mathematics 數學哲學；recursive function theory 遞推函數論

H.T.H.撰　李國偉審訂

deism　自然神論　這種觀點認為真正的宗教就是自然宗教。一些自成一格的基督宗教的自然神論者還是能接受啟示，儘管他們認為其內容在本質上與自然宗教相同。大多數自然神論者並不認為啟示宗教是一種虛構。上帝希望祂的造物是幸福的，並制定德行是獲得幸福的方法。因為上帝的仁慈是無私的(disinterested)，祂確保幸福所需的知識是普遍地可以獲得。靈魂的拯救不能依賴於特別的啟示。真正的宗教是普遍的人的本質的一種表達，人的本質是理性，並且在所有的時代和地點都是一樣的。傳統宗教如基督宗教和伊斯蘭教來自於輕信、政治專制及僧侶的權謀，這些造成理性的墮落，並以不潔壓制了自然宗教。自然神論大致是十七到十八世紀的一種現象，並且在英國最為突出。其中較為重要的英國自然神論者有約翰．托蘭德(John Toland, 1670-1722)、安東尼．柯林斯(Anthony Collins, 1676-1729)、徹布雷的赫爾伯特(Herbert of Cherbury, 1583-1648)、馬修．廷達爾(Matthew Tindal, 1657-1733)，以及多瑪斯．邱柏(Thomas Chubb, 1679-1747)。歐陸的自然神論者包括有伏爾泰(Voltaire)和賴馬魯斯(Reimarus)。多瑪斯．潘恩(Thomas Paine)和埃莉胡．帕爾默(Elihu Palmer, 1764-1806)是美國傑出的自然神論者。這一時期正統的作家，把「自然神論」用作一個模糊的濫用之詞。到了十八世紀晚期，這一詞語的意思逐漸演變為對「缺席的上帝」(absentee God)的信仰：他創造了世界，制定了世界的律則，然後任其運行。

參見 philosophy of religion 宗教哲學

W.J.Wa.撰　丁福寧審訂

de la Ramsée, Pierre　德・拉・拉米，皮埃爾　見 Ramus 拉莫斯

deliberation　思慮　見 action theory 行動理論；practical reasoning 實踐推理

de Maistre, Joseph-Marie　德・梅斯特，約瑟夫・邁利(1753-1821)　法國政治理論家、外交家、羅馬天主教神權政治的解釋者。他受教於都林(Turin)的耶穌會。他的反革命的政治哲學的目的在於，重建法國大革命後的歐洲的道德、家庭、社會和國家的基礎。他反對啟蒙觀念，為此他曾從多瑪斯主義(Thomism)，捍衛世襲的和絕對的君主政體，支援教宗至上主義(ultramontanism)(見於《教宗》〔*The pope*, 1821〕一書中)。在《關於法國的思考》(*Considerations on France*, 1796)中他論辯，道德和宗教價值的衰落應由「邪惡的」1789 年的革命來負責。因此，基督教與啟蒙哲學被捲入了一場生死之鬥，並且教會將最終取得勝利。在對於人類本性悲觀的著作《政治憲法的產生原則論》(*Essay on the Generating Principle of Political Constitutions*, 1810)中，他追尋了人類因為渴望秩序和規訓導致威權的起源。《聖彼得堡之夜》(*Saint Petersburg Evenings*, 1821)中，他主張哲學應屈從於宗教、理性應屈從於信仰。

J.-L.S.撰　苑舉正審訂

demarcation　劃界　劃分經驗科學與數學、邏輯，或經驗科學與形上學(metaphysics)，或經驗科學與偽科學之間的界線。傳統上認為科學依賴歸納法(induction)，形式學科(包括形上學)依賴演繹法(deduction)。邏輯實證論者(logical positivists)根據可檢證性判準，把經驗科學／形上學的區分與認知上有意義／認知上無意義的區分當成同一回事，據此將形上學歸類為無意義的，但他們對邏輯與數學的態度比較寬容，把它們歸類為沒有意思的(without sense)。值得注意的是，由於歸納法是演繹上無效的，經驗科學的理論都是無法檢證的，因此波普爾(Popper)建議以可否證性(falsifiability)當成區分科學與非科學的特徵，並指出有些像是原子論(atomism)的形上學學說很明顯是有意義的。不過我們現在知道，科學裡其實充滿了各種形上學觀念，波普爾的判準因此也許只是一種區分經驗與非經驗科學的(粗糙)判準，而不是區分科學與非科學的判準。區分認知上有意義與認知上無意義也成為不必要的工作。

參見 falsifiability 可否證性；induction 歸納法；meaning 意義；metaphysics 形上學；Popper 波普爾；verifiability 可檢證性

D.W.M.撰　莊文瑞審訂

demiurge　造化神　源自希臘語 *dēmiourgos*，意為「手工藝人」、「工匠」，從已先存在的渾沌(the preexisting chaos)中塑造物質世界的神。柏拉圖(Plato)是在他的《泰密爾斯》(*Timaeus*)中提到造化神。因為祂是完滿的善，造化神希望傳達祂自己的仁慈。將形式(Forms)用作模型，祂把最初的混沌塑造成這些永恆的、不可改變的原型的最好、最可能的形象。可見的世界便是其結果。儘管這一造化神是最高的神和最好的原因，但祂與有神論(theism)中的上帝卻又不是等同的。祂的存有和價值的地位是低於形式，特別是善的形式 (the Form of the Good)。祂也是有限的。祂所使用的物質也不是由祂創造的。此外，這種物質是無序的和不確定的，因此它也不完全服從造化神的理性秩序。

在諾斯替教(gnosticism)當中，造化神是無知、懦弱、邪惡或其他宇宙的道德有限的原

因。在當代這一詞語偶爾也被用來指在權力和知識等方面是有限的某一個神。在彌爾(J. S. Mill)的《有神論》(*Theism*, 1874)當中第一次以這種意義出現。

參見 gnosticism 諾斯替主義；philosophy of religion 宗教哲學；Plato 柏拉圖

W.J.Wa.撰　丁福寧審訂

democracy　民主　見 political philosophy 政治哲學

Democritus　德謨克利特斯(c.460-c.370 B.C.)　古希臘時期先蘇格拉底(pre-Socratic)哲學家。他出生於色雷斯(Thrace)的阿布德拉(Abdera)。他以路西帕斯(Leucippus)的原子論為基礎，在《微小世界系統》(*The Little World-system*)和其他大量的著作當中，發展了自己的原子理論。在對伊利亞學派(Eleatics)的非存在的不可能性與必須存在不動的論證的回答中，原子主義者指出微小不能分割的存在物的多元性。原子或生或滅，但它們在虛空中運動，創造了某一世界存在的可能性以及許多世界的實在。由於虛空在廣度上是無限的，並且在其中充滿了運動而且互相碰撞的無限多個原子。在適當的條件下，原子的集聚產生一種吸引其他原子的渦漩運動(vortex motion)，並且構成球形的天空，圍繞成一個世界。我們的世界當中，平坦的地面被渦旋運動所支撐的天體所圍繞。類似於我們的世界的其他世界雖然也有誕生、繁榮和死亡，但他們的天文結構可能與我們的不同，並且它們不需要生物生存於其間。

原子質地堅硬，形狀和大小各異，很明顯，也具有重量、體積，及運動能力。其他所有的特性在某種程度上來說，也是由這些基本的屬性衍生出來的。宇宙的渦漩運動導致了相似的原子相互分離，恰如海水將細沙不安地放在海岸邊一般。例如，重量較重的原子沉入渦漩的中心，較輕的原子像火一樣向上升。通過變得相互牽扯的原子的集合體，混合的質地得以產生於其中。包括人類在內的有生命的東西，最初都是從渦漩與沉積中產生出來的。生命由精細的、球形的靈魂原子產生，當這些原子失去的時候，生物便死亡。人類文化通過偶然的發現和對自然的模倣而逐漸進化。

由於原子是不可見的，並且只有實在這個特性才是原子的特性，因而我們不可能有任何直接的知識。只有通過「習慣」(convention)我們才知道味道、溫度和顏色。一般來說，感覺除了給我們「不可靠的」知識外，不能給予我們任何東西。但是，有某種依賴理性的「合法」(legitimate)知識，它在感覺失靈之後接管，大致推測存在著感覺無法證實的原子。德謨克利特斯提出了一個感覺的因果關係的理論——有時稱之為流溢說(theory of effluxes)——用來說明依據於原子的某些形狀而產生的品味，也用來說明依據於「流溢物」(effluences)或在人眼中因為移動的原子而產生的視覺。

利用原子理論以及傳統智慧，德謨克利特斯發展了一種節制(moderation)的倫理學。生活的目的在於平衡(*euthumiê*)，它是通過平穩的節制與適度的愉悅而獲得的一種平衡狀態。嫉妒和野心是與美好生活不相容的。

儘管德謨克利特斯是古代最多產的作家之一，但他的著作卻全部遺失了。由於先蘇格拉底哲學之後，他的原子理論得到了最充分的發展，因而我們仍能辨別出他的原子理論。他的實體理論對柏拉圖(Plato)的《泰密爾斯》(*Timaeus*)產生了影響，並且他的自然論的人類學成為了自由社會理論的原型。德謨克利特斯沒有直接的傳人，但一百年後的伊比鳩魯(Epicurus)把他的倫理學改變成為一種建立在原子主義基礎之上的慰藉哲學(philosophy of consolation)。這樣，伊比鳩魯學派便成了原子理論媒介體，將之傳播到現代早期。

參見 pre-Socrates 先蘇格拉底

D.W.G.撰　苑舉正審訂

demonstration　證明　見 proof theory 證明論

demonstrative　指示代名詞　見 indexical 索引詞

demonstrative inference　證明性推論　見 inference 推理

demonstrative reasoning　證明性推思　見 inference 推理

demonstrative syllogism　證明的三段論證　見 Aristotle 亞里斯多德

De Morgan, Augustus　狄摩根，奧古斯特斯(1806-71)　多產的英國數學家、邏輯家、數學哲學家及邏輯哲學家。人們紀念他，主要是因為他對邏輯及邏輯哲學有許多深遠貢獻：他發現及開展論域(universe of discourse)概念，是關係邏輯之奠立者之一，編修了現在所謂的狄摩根律，也創制了許多術語(其中包括「數學歸納法」〔mathematical induction〕)。他的主要邏輯著作(《形式邏輯》〔*Formal Logic*, 1847〕、〈論三段推論〉〔On the Syllogism〕論文集〔1846-62〕)，顯示了廣博的歷史素養、哲學涵養、綜覽的眼界、深入的原創性和有說服力的客觀性。他的關係邏輯處理非常多種推論，所涉及的命題之邏輯形式比由亞里斯多德(Aristotle)而來的傳統架構下處理的還要複雜，如「如果每一個醫生是老師，那麼一個醫生之每一先人是一個老師之先人」。狄摩根之命題之邏輯形式無限多之概念大大豐富了他的前人之邏輯形式概念，甚至也影響他同時代的大家，如布爾(Boole)、漢密爾頓(Hamilton)、彌爾(Mill)及惠特立(Whately)。在創造現代數理邏輯方面，狄摩根之貢獻和他同時的任一學者可以等量齊觀。

參見 De Morgan's laws 狄摩根律；logical form 邏輯形式；relational logic 關係邏輯學；universe of discourse 論域

J.Cor.撰　龔維正審訂

De Morgan's laws　狄摩根定律　邏輯原理：

$\sim(A \wedge B) \equiv \sim A \vee \sim B$

$\sim(A \vee B) \equiv \sim A \wedge \sim B$

$\sim(\sim A \wedge \sim B) \equiv A \vee B$

以及

$\sim(\sim A \vee \sim B) \equiv A \wedge B$

通常這一術語偶爾只被用來指前兩式。

參見 distributive laws 分配律

G.F.S.撰　李瑞麟審訂

denial, alternative　選擇性否定　見 Sheffer stroke 謝弗之撇

Dennett, Daniel C(lement)　丹內特，丹尼爾・克雷蒙(b.1942)　美國哲學家，專著論述了下列領域之許多議題：心靈哲學、自由意志及演化生物學，倡言哲學對演化之經驗研究及對心靈性質之經驗研究之重要性。

丹內特最出名的主張恐怕是：一個生物(或者更一般地說，一個系統)「S」有某些心靈

狀態，若且唯若說它有這些心靈狀態會使我們更易解釋和預測S之行為(《意向性觀點》〔*The Intentional Stance*, 1987〕)。(S可能是人、猩猩、桌上型電腦、或溫度計)說S有信念及欲望時，我們對S採取態度(亦即採取意向性觀點)。我們當然可能採取其他觀點(雖然是為不同的目的)，像設計的觀點(我們把S理解成一種構造出來的系統)或物理的觀點(我們把S看成是一純然的物理系統)。

雖然我們的確常說桌上型電腦、或溫度計有信念及欲望，但是我們似乎並不真正是說它們有信念及欲望。然而丹內特主張(某物)有信念、欲望及其他心靈狀態就是(我們)藉它們去解釋(某物之)行為。他認為這不是貶抑信念，只是肯定：(某物)有信念即是(某物)可用這種特別的方式去描述。如果你被如此描述，那麼你有，真的有信念。丹內特把此進路應用到意識。他不把意識看作發生於一種「笛卡兒式劇場」(Cartesian Theater)的內在可觀察的行動，而看作是一種故事，一種我們說的關於自己之故事，是神經的亞次系統虛構的「多重草稿」之編輯(the compilation of "multiple drafts" concocted by neural subsystems)。(參考《解釋了的意識》〔*Consciousness Explained*, 1991〕)。在其他著作(《達爾文的危險想法》〔*Darwin's Dangerous Idea*, 1995〕)丹內特論述達爾文式的天擇原理用到不同的領域，包括有宇宙論及人類文化，同時他也提出一種自由意志之相容論，用行動者之控制他們自己之行動來說明自由意志(《夠伸肘的空間》〔*Elbow Room*, 1984〕)。

參見 Darwinism 達爾文主義；free will problem 自由意志問題；functionalism 功能主義；intentionality 意向性；philosophy of mind 心靈哲學

J.F.H.撰　龔維正審訂

denotation　指謂　一個表達式(expression)所指稱(apply to)的事物或許多事物；外延(extension)。這個名詞的使用相對於「意義」(meaning)與「內蘊」(connotation)。二個表達式可能會指稱相同的事物，即有相同的指謂，但卻有不同的意義：「三角形」，「有三個邊的」；「有一個心臟的生物」，「有一個腎臟的生物」；「鳥」，「有羽毛的生物」；「法國當今的首都」，「光的城市」。如果一個詞項不指稱任何事物，有人會稱它為無指謂(denotationless)，而有的會說它指謂空類。這些名詞可能會有不同的意義：「獨角獸」、「人馬」、「π的平方根」等。表達式可能指稱到相同的事物，但在心裡產生不同的關聯，即有著不同的內蘊：「固執的」、「頑固的」、「豬頭的」；「白領階級」、「坐辦公室的」、「專職文書」；「路易斯·卡洛」(Lewis Carroll)、「杜格森牧師」(Reverend Dodgson)。對於指謂-內蘊這樣的名詞可能會有混淆，因為這兩個詞可用來做其他的對比。有時候「內蘊」一詞被更廣泛地使用，所以任何不同的意義或是不同的關聯會被認為是不同的內蘊。於是，「有一個心臟的生物」、「有一個腎臟的生物」可以說是指謂(denote)了相同的個體(或集合)，但意蘊著(connote)不同的特質。

在第二種用法上，指謂就是表達式的語意價值。有時一個一般名詞的指謂被視為是一種特質，而不是具有此種特質的事物。這發生於當指謂-內蘊用語被用來對照於以內蘊來表達的特質時。因此「固執的」、「豬頭的」可以說指謂了相同的特質但有著不同的內蘊。

參見 connotation 義涵；extensionalism 外延論；intension 內涵；meaning 意義；philosophy of language 語言哲學

T.M.撰　洪漢鼎審訂

denotative meaning　外延的意義　見 meaning 意義

denoting concept　指稱概念　見 Russell 羅素

dense ordering　稠密的秩序　見 ordering 排序

denumerable　可數的　見 infinity 無限

denying the antecedent　否定前件　見 formal fallacy 形式謬誤

Deodorus Cronos　狄奧多羅斯・克洛諾斯　見 Megarians 麥加拉學者

deontic logic　規範邏輯　關於義務和許可的邏輯。有三個主要的形式規範系統。

(1)標準規範邏輯(standard deontic logic)，或稱為 SDL。來自傳統的命題演算加上一對單元規範算子(deontic operators)O 和 P，O 和 P 分別讀作「……是應該的」和「……是被允許的」。SDL 包括下列的公理：命題邏輯的重言式，$OA\equiv\sim P\sim A$，$OA\supset\sim O\sim A$，$O(A\supset B)\supset(OA\supset OB)$，以及 OT，在此 T 代表任何重言式。推理的規則是MP(modus ponens，肯定前項的推理)和置換(關於 SDL 的全面評述可參見福萊斯達爾〔Dagfinn Follesdal〕和希爾平〔Risto Hilpinin〕所編的《規範邏輯》〔*Deontic Logic*, 1971〕)。

(2)二元規範邏輯(dyadic deontic logic)源自於兩個二元的規範算子 $O(/)$ 和 $P(/)$，它們分別讀作「應該……，如果……的話」和「……被允許，如果……的話」。SDL 的一價算子 O 被定義為 $OA\equiv O(A/\mathrm{T})$，即絕對義務 OA 的表述變成了一種以重言式為條件的義務條件式。如果在 B 世界中採取 A 的價值比不採取 A 更好，條件式的義務 $O(A/B)$這一陳述為真。這種對義務的價值論解釋伴隨著這些推理的和推論規則：命題邏輯的重言式，MP 和置換，$P(A/C)\equiv\sim(O\sim A/C)$，$O(A\&B/C)\equiv[O(A/C)\&O(B/C)]$，$O(A/C)\supset P(A/C)$，$O(T/C)\supset O(C/C)$，$O(T/C)\supset O(T/B\vee C)$，$[O(A/B)\&O(A/C)]\supset O(A/B\vee C)$，$[P(B/B)\vee C〕\&O(A/B(C)\supset(O(A/B)$，$[P(\perp/C)\&O(A/B)\vee C)]\supset O(A/B)$，此處⊥是重言式的否定。(可比較阿奎斯特〔Lennart Aqvist〕另外一種二元系統，見《規範邏輯和規範系統理論導論》〔*Introduction to Deontic Logic and the Theory of Normative Systems*, 1987〕)。

(3)二類規範邏輯(two-sorted deontic logic)，出於卡斯塔內達(Castañeda《思與行》〔*Thinking and Doing*, 1975〕)，要點在於區分作為真值載體的命題(proposition)和包含有命令、律令、要求等內容的實踐。規範算子動用於實踐，就產生命題。規範算子 Oi、Pi、Wi、Li 分別讀作「i 是應盡的義務」(it is obligatory i that)、「i 是被允許的」、「i 是錯誤的」、「i 是選擇性的」。在此，i 代表各種不同的義務、許可等。我們以 p 代表陳述式，表達命題；以 A 和 B 來代表實踐式，表達實踐；讓 p*代表陳述式和實踐式。規範定義有 $PiA\equiv\sim Oi\sim \mathrm{A}$，$WiA\equiv Oi\sim A$，$LiA\equiv(\sim \mathrm{O}iA\&\sim Oi\sim A)$。公理和推論規則包括 p*，如果 p*具有真值表重言式的形式；$OiA\supset\sim Oi\sim A$；$O1A\supset A$，這裡 $O1$ 表示壓倒一切的義務(overriding obligation)；可用於陳述式和實踐式的 MP 規則；以及如果$(p\&A1\&...\&An)(B$ 是一個定理，那麼$(p\&OiA1\&...\&OiAn)\supset OiB$ 也是。

參見 deontic paradoxes 規範悖論；formal logic 形式邏輯；modal logic 模態邏輯

J.E.T.撰　王巍審訂

deontic operator　規範運作符　見 deontic logic 規範邏輯

deontic paradoxes　規範悖論　即規範邏輯的悖論。它是由於下列原因而出現：某一特定的有關義務或許可的英語句子的集合看起來在邏輯上一致，但當這些同樣的句子用規範邏輯方式加以表述時，結果卻是形式上不一致。為了加以說明，我們在後面將給出一個公式，看看兩個悖論是怎樣困擾標準規範邏輯。

「違反責任的律令悖論」(contrary-to-duty imperative paradox)，因齊桑姆(Chisholm，《分析》〔*Analysis*, 1963〕)而出名。它產生於兩個顯而易見的真理相並列之時，第一，我們中的一些人有時做一些我們不應做的事情；第二，當某些不正當的行為發生時，正是由於必須履行的強制性使得最好(或較好)的事情構成了不幸的處境。試想這樣一種具體的情況。阿特和比爾同住一屋，不知為什麼，阿特對比爾產生了強烈的敵意。一天夜裡，阿特敵意大發，偷了比爾價值珍貴的石版畫。後來，阿特東窗事發被抓了起來，並被帶到由當地人正式推選出的獎懲官蘇的面前。調查表明，阿特是一個慣竊而且一再違背他的誓言。在這種條件下，(1)-(4)似乎全部為真(並且因此是相互一致的)：

(1)阿特偷了比爾的東西。

(2)如果阿特偷了比爾的東西，蘇應該為此而處罰阿特。

(3)如果阿特沒有偷比爾的東西，蘇就不能因阿特偷比爾的東西而處罰他，這是義務。

(4)阿特不應該偷比爾的東西。

我們回到標準規範邏輯(standard deontic logic；或 SDL)上來，以 S 代表「阿特偷了比爾的東西」，以 P 代表「由於阿特偷了比爾的東西，蘇懲罰阿特」，那麼(1)-(4)用 SDL 的形式大致可自然地表述為如下形式：

(1a)s

(2a)$s \supset Op$

(3a)$O(\sim s \supset \sim p)$

(4a)$O \sim s$

其中，根據命題邏輯(1a)和(2a)可推出 Op；其次根據 SDL 公理 $O(A \supset B) \supset (OA \supset OB)$，3a 蘊涵 $O \sim s \supset O \sim p$；但後者通過和(4a)的合取，根據命題邏輯可推出 $O \sim p$。綜合 Op、$O \sim p$，以及公理 $OA \supset \sim O \sim A$，我們當然得到一個形式上不一致的集合。

知情者悖論(paradox of knower)由阿奎斯特(Lennart Àqvist，《心靈》〔*Noûs*〕, 1967)最早提出。它由這樣一些明顯的實際情況而產生：首先我們中的一些人有時做一些我們不應該做的事；其次，有些人不可避免地知道一些不正當的事情的發生。試想下面這種情況。瓊斯是當地一家商店的保安。一天晚上瓊斯當值時，商店前雇員史密斯因為對商店不滿前來報復，他在距離瓊斯工作處只有幾碼之遙的地方放了一把火。在此，(1)-(3)似乎均為真(而且因此一致)：

(1)當瓊斯值班時，史密斯在商店放火。

(2)如果史密斯在瓊斯值班時在商店放火，瓊斯有義務知道史密斯在商店放火。

(3)史密斯不應該在商店放火。

另外，作為知識概念的一種推論，有認識論定理：

(4)瓊斯知道史密斯在商店放火這一陳述，蘊涵了史密斯給商店放火這一陳述。

其次，在 SDL 中(1)和(2)必定蘊涵：

(5)瓊斯有義務知道史密斯在商店放火。

但(4)和(5)一起得出：

(6)史密斯應該給商店放火。

因為根據 SDL 定理，如果 $A \supset B$ 是定理，則 $OA \supset OB$ 也是定理。這裡有悖論：不僅(6)看起來是錯誤的，而且(6)和(3)的合取和 SDL 公理 $OA \supset \sim O \sim A$ 在形式上不一致。

規範邏輯學家中的主導觀點都判定 SDL 會引致規範悖論。但對如何解決這一難題的其他途徑卻有爭議。兩種最具吸引力的建議有卡斯塔內達(Castañeda)的二類系統(《思與行》〔*Thinking and Doing*, 1975〕)，以及弗爾德曼(Fred Feldman)的行動者-時間相對理論

(《哲學觀點》〔*Philosophical Perspectives*, 1990〕)。

參見 deontic logic 規範邏輯；formal logic 形式邏輯；moral dilemma 道德兩難；set-theoretic paradoxes 集合論悖論

J.E.T.撰　王巍審訂

deontological ethics　義務論倫理學　見 ethics 倫理學

deontologism, epistemic　知識義務論　見 epistemic deontologism 知識義務論

dependence　依賴關係　依賴關係在哲學上有三種主要的類型：知識的依賴關係(或者在認知程序上的依賴關係)；概念的的依賴關係(或者在理解程序上的依賴)；以及存有論的依賴(或者在存有程序上的依賴關係)。當依賴關係只是單向進行的時候，我們便有一種「先行性」(priority)的關係。例如，如果全體是在存有論上依賴於其部分，但後者卻不是在存有論上依賴於前者，則我們可以說部分是在存有論上先行於全體。「邏輯的先行性」(logical priority)一詞通常是指我們這種即將討論到的三種先行性當中的一種。

知識的依賴關係(Epistemic dependence)　當我們說「某集合 B 中的事實是在知識上依賴於另一集合 A 中的事實」的時候，意即：除非我們知道 A 中的某事實，以它作為 B 中事實之證據，不然我們不知道 B 中任何的事實。舉例來說，人們也許會主張：一個人要知道任何有關周遭的物理環境之事實(譬如爐子有火)，他便必須要知道一些事實(來作為證據)，而這些事實是有關他自己的感覺經驗之特性(譬如他感到熱而且看到火焰)。若如此，這便是主張：關於物理世界之事實是在知識上依賴於關於感覺經驗之事實。如果人們進一步主張這種依賴關係不是相互的關係，也就是說，一個人可以知道關於他自己的感覺經驗的事實，而並不知道任何有關物理世界之事實(來作為證據)，那麼，他便是同時主張前一種事實是在知識上先行於後一種事實。有關知識的先行性，還有以下一些似乎合理的例子(雖則這些例子有時是有爭議的)：有關他人行為之事實在知識上是先行於有關他們心靈狀態之事實；有關可觀察對象之事實是在知識上先行於關於「物理學所設定的不可見的粒子」之事實；而個別事實(如這隻烏鴉是黑的)是在知識上先行於普遍的事實(如所有的烏鴉都是黑的)。

是否存在著這樣的事實集合：所有其他的事實都是在知識上依賴於它們，而它們自己卻不依賴於任何其他事實(亦即它是知識大廈中最低層的了)？一些基礎論者說「是」，他們設置了「基本的或基礎事實」(basic or foundational facts)這樣的一個層次，這些事實是在知識上先行於一切其他的事實。經驗主義者通常也是基礎論者，主張基本的層次是由關於直接的感覺經驗之事實所組成的。融貫論者則認為不需要有一層具有特殊地位的事實，來替有關其他事實之知識奠定基礎；簡言之，他們否認有任何事實是在知識論上先行於任何其他的事實，並改而認為一切事實都是平等的，此中任一個事實之所以被認知，是依於它與其他的所有事實相互配合的方式之緣故。

有時候情形似乎會這樣：兩個命題或兩個命題集合在知識上以一種帶有謬誤的方式相互依賴——要知道 A，你必須先知道 B；而要知道 B，你又必須先知道 A。每當情況真的是這樣的時候，我們便陷入一個懷疑的困局，而無法知道兩個命題當中的任何一個。舉例來說：一直到他知道上帝存在並且不是一欺騙者之前，笛卡兒(Descartes)都相信他無法保證他自己的認知之可靠性；然而，除了依靠他自己的認知之外，他又如何能夠對上帝有任何認知呢？這便是著名的「笛卡兒式的循環」(Cartesian circle)的難題。另一個例子則是休姆所提出來的歸納法的難題：要知道歸納法是一種合法的推論模式，人們必須要先知道未來跟過去是相似的；但由於後面這一個事實只能靠歸納法才可能證立，所

以唯有當人們已經知道歸納法是合法的，才能知道這事實。這類問題的解決，必須明示出：跟初看之下相反，確是存在一方法來認識上述有問題的命題當中的一個，而不必依賴另外一個有問題的命題。

概念的依賴關係(Conceptual dependence)　我們說「B 在概念上依賴於 A」，意即要理解什麼是 B，你必須理解什麼是 A，或者只有透過概念 A，概念 B 才能夠被解釋或理解。舉例來說，這樣的聲稱可能是頗為合理的：「叔叔」這概念只能夠藉著「男性」(male)這概念來理解。經驗主義者的代表性主張是：唯有認識一外物會在我們身上引生甚麼樣的經驗，藉此我們才理解一外物(像一棵樹或一張桌子)是甚麼樣子的，因此，我們應用到物理事物的概念，是依賴於我們應用到我們經驗的概念。同樣地，經驗主義者往往也主張：這依賴關係並不是雙向的；因此，經驗的概念是概念地先行於物理的概念。

有些經驗主義者從上述的「概念先行性」(conceptual priority)的論題，來論證與之相應的「知識先行性」(epistemic priority)論題——有關經驗的事實是知識地先行於有關外在對象的事實。反過來，一些經驗主義者的對手，卻主張相反的概念先行性，亦即唯有藉著說明「何種對象造成我們的經驗」，我們才可以描述與理解我們所經歷的是何種經驗(例如：這氣味像是植物護根的味道)。有時候，他們把這當作一個理由，來否認有關經驗的事實是知識地先行於有關物理對象的事實。在這場爭論當中，雙方都假定：某一方向的概念先行性關係，與另一相反方向的知識先行性關係是互斥的。然而，為何以下兩者不能同時成立：有關經驗的事實是知識地先行於有關物理對象的事實，而且物理對象之概念是概念地先行於經驗之概念？各種不同的先行性與依賴關係之間如何相互關聯(例如：「概念先行性是否蘊涵知識的先行性」的問題)，是需要作進一步的研究。

存有論的依賴關係(ontological dependence)　我們說「一種存在物(B)在存有論上依賴於另一種存在物(A)」，意即除非有些 A 存在，否則沒有 B 可以存在，也就是說，「如果有任何 B 存在，則有些 A 也存在」是邏輯地或形上學地必然的。存有論的依賴關係，既可以是特殊的(任何 B 之存在都依賴於一特殊的 A 之存在)，也可以是一般的(任何 B 之存在，僅依賴於任一個 A 之存在)。如果 B 在存有論上依賴於 A，但反之卻不然，那麼我們便可以說 A 是在存有論上先行於 B。傳統的實體觀念，便時常以存有論的先行性來被定義——如同亞里斯多德所說的，實體可以沒有其他的事物而存在，但沒有實體，其他的事物卻無法存在。

萊布尼茲相信：複合的存在物，是在存有論上依賴於簡單的(沒有部分的)存在物——任何複合對象之存在，都僅是因為它具有某些以某種方式被安排的簡單元素。柏克萊(Berkeley)、彌爾(J. S. Mill)，以及其他的現象論者都相信：物理對象是在存有論上依賴於感官經驗的——一張桌子或一棵樹之存有，是在於感官經驗以某種有秩序的方式發生。史賓諾莎(Spinoza)相信：一切有限的存在物，都是在存有論上依賴於上帝；而上帝在存有論上卻不依賴於任何其他事物；因此，由於上帝在存有論上先行於一切其他的事物，在史賓諾莎的觀點之下，祂便是唯一的實體。

關於「存有論的先行性」(ontological priority)這種關係，它的方向到底如何，這問題時有爭論。有些哲學家主張：不佔體積的點是先行於佔體積的固體；另外有些卻認為固體先行於點。有些說東西先行於事件；另一些則謂事件先行於東西。在面對如此不同的意見的時候，仍然有些哲學家，如古德曼(Goodman)，卻倡議：沒有任何事物，是固有地或絕對地先行於任何其他事物；A 可能在一個概念架構中先行於 B，但在另一個概念架構中 B 卻先行於 A，而我們可能沒法說哪一個概念架構才是正確的。到底先行性的關係是絕對地成立、抑或只是相對於一個概念架構才成立，這個課題，讓實在論者與反實在論者的對立，壁壘分明。

參見 foundationalism 基礎主義；idealism 觀念論；metaphysical realism 形上學實在論；phenomenalism 現象論；substance 實體；supervenience 附隨性

J.V.C.撰　趙之振審訂

dependence, causal　因果上的依賴關係　見 causation 因果關係

dependence, epistemic　知識的依賴關係　見 dependence 依賴關係

dependence, ontological　存有論上的依賴關係　見 dependence 依賴關係

dependent beauty　依附美　見 beauty 美

depiction　圖徵　圖像式的表徵(pictorial representation)，有時也稱作「圖案表徵」(iconic representation)。語言表徵是約定的；藉著約定而說「cat」這個字指稱了貓。可是，貓的圖像(picture)似乎由非約定式的管道而指稱貓；觀看者可以正確地解釋圖像而無需特別訓練，人們卻需要特別訓練才能學會語言。雖然一些哲學家——像古德曼(goodman)(在《藝術的語言》〔*Language of Art*〕)——拒絕圖徵包含了非約定的元素，大部分哲學家則關心如何為「什麼構成了非約定的元素」提供一個說明。一些人堅持它由相似性(resemblance)構成：圖像部分地相似對象，所以才能指稱它們。對這個主張的反對意見是說，任何事物都可以在某種程度上相似於任何其他的事物；而且相似是一個對稱且自反的關係(symmetric and reflexive relation)，圖徵則否。其他哲學家避免直接訴諸於相似：沃海姆(《繪畫作為一種藝術》〔*Richard Wollheim, Painting as an Art*〕)論證圖徵是由於自然人的意向部置(intentional deployment)——即能在有顯著標誌的表面(in marked surfaces)上觀看對象的能力——才指稱對象；而華頓(《擬仿作為使相信》〔Kendall Walton, *Mimesis as Making-Believe*〕)論證圖徵是由於對象在豐富且生動的使相信遊戲中扮演了小道具(props)才被圖徵所指稱。

參見 mimesis 模倣；Peirce 裴爾斯

B.Ga.撰　陳瑞麟審訂

***de re*　關於事物的**　見 *de dicto* 關於命題的

***de re* necessity　關於某個事物的必然性**　見 necessity 必然性

derivation　推衍　見 deduction 演繹法

derivational logicism　推衍性的邏輯主義　見 logicism 邏輯主義

Derrida, Jacques　德希達，雅克(b.1930)　法國哲學家，解構主義者(deconstructionism)，後現代(postmodern)運動要角。後現代思想尋求超越現代主義，途徑是顯示自笛卡兒(Decartes)以降歐洲西方傳統之不一致性(inconsistencies)或矛盾(aporias)，這些矛盾往往和「本體-神學」(onto-theology)相關，海德格(Heidegger)以此詞來形容一種思考存有(being)與真理(truth)的態度，該存有與真理根本地植基於神聖(divinity)之概念上。解構是啟示的方法學：典型地包括找出一組組互相排斥的對立概念，如善與惡、真與假，是現

代思想關鍵，奠立在現代主義下的「本體-神學的形上學」(onto-theological metaphysics)是顯出的形上學(Metaphysics of presence)：存有即是顯出(present)，最終，絕對的絕對顯出(absolutely present to the absolute)，亦即：神聖性之存有是自身之顯出，正如同存有(being)和存有中之認知(knowing in the Being)的同時性(coincidence)認知所有事物，同時知道自身是所有事物存有之理由。因此，神聖性的功用是衡量真理。矛盾的是，解構顯示了現代主義者的衡量真理無法達到它的衡量尺度：存有與被認知的同時性，對有限的智識是不可能的。

影響德希達的思想家包括黑格爾(Hegel)、弗洛伊德(Freud)、沙特(Sartre)、索緒爾(Saussure)和結構主義(structuralist)思想家如李維・史陀(Lévi-Strauss)，但卻是其早期批評胡塞爾(Husserl)之著作，《胡塞爾之幾何學起源之導論》(*Introduction à "L'Origine de la géometrie" de Husserl*, 1962)使他贏得現象學傳統批評家之名聲，並立下他後來的作品的架構。德希達企圖演示：胡塞爾所設想的幾何學起源是西方思想的主導典範，是一完全認知的超時間(supratemporal)理想，是人類知識之目標；因此，幾何學起源不能離開其目的(end or *telos*)，這樣的思考稍後見於他對起源(origin)概念之解構的一般性討論中。他的論點這樣的理想不能在時間中實現，因此，不能立基於活生生的經驗，也不能達成胡塞爾指定為現象學的主要判準——「原理之原理」(principle of principles)，此原理是：所有認知必須立足於對客體的意識，又同時意識它自身。在此所顯示的現象學核心的矛盾和一般西方思想的矛盾尚未貼上解構之標籤，但是已經完成主導德希達後來解構論述的形式結構，揭示出奠立在現代主義下，西方思考臻於頂點的顯出形上學(metaphysics of presence)。

參見 deconstruction 解構；Heidegger 海德格；phenomenology 現象學；postmodern 後現代

M.C.D.撰　吳秀瑾審訂

Descartes, René　笛卡兒，列納(1596-1650)　法國哲學家和數學家，「近代」(modern age)的奠基者之一，並且大概是十七世紀啟蒙運動中最重要的代表。在這一啟蒙運動當中，奠基於亞里斯多德(Aristotle)的傳統體系受到了挑戰，並最終被推翻。笛卡兒對哲學的看法是：哲學是無所不包的；哲學既包括數學和物理學，也包括心理學和倫理學，哲學並以笛卡兒認為絕對牢固和可靠的形上學為基礎。他對知識的問題、確定性和人類心靈本質的探討途徑與方法，對他後來哲學思想的發展產生了重要影響。

生平和著述　笛卡兒出生於杜爾斯(Tours)附近的一個小鎮，現在這個小鎮以他的名字命名。他是由他的外祖母撫養長大的(他的母親在他出生後不久便死去了)，十歲時他被送到一所剛建立的著名耶穌會學校安茱的傅萊雪皇家學院(La Flèche in Anjou)讀書，在那裡他做了九年的寄宿學生。此間，他研究了古典文學和傳統的經典課程，例如歷史、修辭學、自然哲學(以亞里斯多德體系為基礎)和神學。後來，他寫到傅萊雪時，他認為「它是歐洲最好的學校之一」，但是，由於想到他在那裡所學到哲學思想，他認為「儘管它數百年來被無數菁英所培養，但它仍然沒有無可爭議之處，因此仍是值得懷疑的。」

在他二十二歲時(他已經在波傑爾〔Poitiers〕取得了法學學位)，笛卡兒開始了他一系列的在歐洲的旅行，正如他後來所指出的：「目的是試圖探尋除了在自己的內心中或者在世界這本巨大的書當中發現的知識以外，再沒有任何知識」。早期對笛卡兒最重要的影響是他與荷蘭人伊薩克・貝克漢姆(Isaac Beeckman)的交往，正是他喚醒了笛卡兒對數學的終生的興趣，在對數學的研究中，他發覺了數學的精確性和確定性，而這才是真正地值得稱之為「*scientia*」的學問(*scientia* 是笛卡兒對真正依據可靠性原理而得來的系統知識的稱謂)。笛卡兒年輕時代的相當大的一部分精力都貢獻給了純數學：他關於《幾何學》(*Geometry*, 1637)的論文體現了他在 1620 年代當中的研究成果。此外，他也把數學視為應用科學當中取得進步的關鍵。他的早期著作《音樂概略》〔*Compendium Musicae*〕寫於 1618 年，是為了獻給貝克漢姆而作的，其中便運用了定量原理研究了音樂的合諧與不合諧。一般說來，笛卡兒把數學視為全部人類知性的一種範例：「那些由一長串非常簡單而簡易的推理所構成的思考方法，也是幾何學家常常用它們去論證最為困難的證明的方法，讓我深深覺得，屬於人類知識範圍內的所有東西都應該是以同樣的方式相互關聯的」(《方法論》〔*Discourse on the Method*, 1637〕，第二部)。

1619 年 11 月 10 日，他旅行的過程中的某一天，在十七世紀德國一個小鎮的一間「爐火溫暖的小屋中」，在經過了一天的認真的沉思之後，笛卡兒做了一系列生動而逼真的夢，從而使他確信，他的使命是建立一種嶄新的科學和哲學的體系。在回到巴黎待了一段時間之後，1628 年，笛卡兒移居荷蘭，並在那裡度過了他的餘生(儘管經常變換通訊地址)。在 1633 年之前，他雖已準備了一篇關於宇宙論和物理學的專題論文，但當他聽說伽利略(Galileo)由於拒絕接受傳統的宇宙中心理論(就像笛卡兒在其論文《世界》〔*Le Monde*〕當中所做的一樣)而遭到宗教譴責時，他便又小心地把這篇文章從出版社撤了回來。但是到了 1637 年，笛卡兒的科學著作的代表作：題目分別為《光學》(*Optics*)、《氣象學》(*Meteorology*)及《幾何學》(*Geometry*)的三篇文章，被允許在法國出版。作為這部選集的序言的是一篇題目為〈談正確地引導人的理性和在科學上如何達到真理的方法〉(Discourse on the Method of rightly conducting one's reason and reaching the truth in the sciences)的一篇自傳體的介紹文章。這部包括對例如血液循環等若干科學論點進行討論的著作，包含了(在第 4 章)笛卡兒關於知識、確定性及科學形上學的基礎觀點的簡要的介紹。而其他人對其中的這些論點的批評使得笛卡兒創做了哲學名篇：《關於第一哲學的沉思》(*Meditations on First Philosophy*)，並於 1641 年用拉丁文出版。該書中鮮明地表達了笛卡兒從普遍性的懷疑到對自己存在的確認的發現過程，以及證實上帝存在、自然與外部世界的存在，以及身心的相互關係的論點。《沉思錄》(*Meditations*)在笛卡兒的同代人當中喚起了極大的興趣，當時著名的哲學家和神學家(包括梅森納〔Mersenne〕、霍布斯〔Hobbes〕、阿爾諾〔Arnauld〕和加森地〔Gassendi〕)寫了六部反對性的著作放在第一版中一起出版(第七部由杰斯維特・皮埃爾・布爾丁〔Jesuit Pierre Bourdin〕作，被收入 1642 年出版的第二版中)。

幾年以後，笛卡兒用拉丁文出版了關於他的形上學和科學觀點的鴻篇巨著《哲學原理》(*Pinciples of Philosophy*)，他希望這部書能夠成為大學的教科書，從而能與以亞里斯多德為基礎的標準的教科書相抗衡。在 1640 年代後期，笛卡兒開始對倫理學和心理學的問題發生了興趣，這部分是他與波西米亞公主伊莉莎白(Princess Elizabeth of Bohemia)長期而富有成果性的通信而引起的結果。在與笛卡兒的通信中，這位公主提出了關於笛卡兒的哲學體系邏輯結果的尖銳問題，從而促成笛卡兒對倫理學和心理學的研究。1649 年，他對此的研究成果被出版，題目為《論靈魂》的各種感情》(*The Passions of the Soul*)。同年，(經過長時間的猶豫之後)笛卡兒接受邀請前往斯德哥爾摩為瑞典的克里斯蒂納王后(Queen Christina of Sweden)進行哲學指導。他被要求在早上五點鐘就在皇宮進行輔導，這種對他習慣(他一生的習慣就是早上要在床上躺到很晚才起床)的違反造成的緊張，導致他患上了肺炎，終於在他五十四歲生日之後沒幾天就去世了。

笛卡兒的哲學體系　笛卡兒用一個有名的比喻來描繪他的整個哲學，他說他的整個哲學就像一顆樹，形上學是樹根，物理學是樹幹，樹枝是各種各樣的具體科學，包括力學、醫學及道德學。這個比喻至少對笛卡兒哲學體系掌握了三個重要的特徵。第一是他對知識本質的統一性的強調，這與亞里斯多德主義者把科學看作是各自分離的學科，並且各自都有自己的方法和精確性的標準的看法形成了強烈的對比。正如笛卡兒在其早期的一篇筆記中所提到的，所有的科學都是依次地「連結在一起的」(linked together)，就如數字的序列一般。樹的比喻所傳達的第二點是哲學對於日常生活的功用：樹之所以有價值，在於其果實。這些果實，笛卡兒指出：「不是來自樹根或樹幹，而是來自樹枝的末尾」——實踐科學。笛卡兒經常強調，他的首要的動機不是抽象的理論化，「撇開學校中教授的純理論的哲學」，我們就能夠也應該獲得「在生活中有用的」知識，這些知識終有一天能使我們成為「自然的主人和擁有者」。第三，把形上學或「第一哲學」(first philosophy)比喻為樹根恰恰抓住了笛卡兒所信仰的所謂基礎主義的那些東西——即這樣的一些觀點：知識必須建立在基礎上；直到我們回到第一原理為止之前，沒有任何東西能被看作是確確實實的。

懷疑和信仰的基礎　在笛卡兒的形上學的核心著作《沉思錄》當中，他觀察他從孩童時代就已接受的許多看法，由於這些看法後來證明都是不可靠的，所以他認為我們有必要「一生中至少一次推翻每一件事情並且重新開始，從其基礎加以整理」。隨之而來的便是對以前的信仰做系統的懷疑。所謂系統的懷疑，笛卡兒在《方法論》中解釋說，指的是「由於我現在全心全意地在追求真理，我覺得有必要去……將任何一個我們可想像有一點疑問的想法，都當作是絕對的錯誤，這樣，我們才有辦法看看，我們是不是還有什麼毫無可疑的信念會留下來。」在《沉思錄》當中，笛卡兒運用此方法，對以往的信念做了系統性的批判如下。建立在感官知覺上的信念都是可疑的，因為「通過經驗我們發現，感覺有時會欺騙我們；任何人只要欺騙我們一次，我們就應該不要完全信任他。」即使是像「我正站在火的旁邊」這樣表面看來非常明顯的判斷也有可能是錯誤的，因為無法保證我當下的經驗不是一個夢。這個現在叫做「夢的論證」(dream argument)的懷疑方法似乎無損數學的真理，因為「不論我是睡還是醒，二加三仍然得五」；但是，現在笛卡兒依據下列的兩難論證為懷疑方法引入一種更為激進的作法。如果存在著一個全知全能的上帝，他可能每當我計算二加三時都使我出錯；另一方面，如果上帝不存在，那麼，我的起源就不能歸功於一個強有力且充滿智慧的創造者，而是要歸功於一些偶然的不完全的原因，但如此一來，我們就更缺乏理由說我有關數學的基本的直覺是可靠的。

在「第一沉思」(First Meditation)的結尾，透過向人們介紹一個假想的「擁有極大強力和智慧」、用每種可能的方式來系統地欺騙他的惡魔，笛卡兒發覺自己處於全盤懷疑的困境中。我們所相信的每件事情——「天空、大地及所有外在的東西」——均有可能是這一惡魔設計的用以戲弄我們的幻覺。然而當這一懷疑被推向極端時，便產生在笛卡兒追尋知識的過程中的第一個不容置疑的真理——思者的存在。「不管惡魔如何欺騙我，他卻永遠不能使我不存在，只要我意識到我是某種存在物，……我是、我存在便是確定的，只要我思考。」在別的地方，笛卡兒以一句名言來表達這一觀點：我思故我在(*Cogito ergo sum*〔I am thinking, therefore I exist〕)。

在確證了自己的存在之後，笛卡兒在《沉思錄》的「第三沉思」(Third Meditation)中開始思索在他自身之內發現的各種觀念，其中，他發覺他的心中有一個最圓滿的存在物的觀念。他因果地推斷說(這個因果推論受到許多批評)，這一觀念是如此完美，以至於它不可能從它自己的內心中產生出來，而必須有某種實際完美的存在物——上帝才能使之在其心中生根。上帝的重要性在笛卡兒的哲學體系中極其重要。一旦神的存在被加以確證，笛卡兒便可以著手恢復他對他周圍世界的信仰：由於上帝是完美無缺的，因此不可能系統地欺騙我們。上帝讓我們有一強烈的傾向去相信我們外部物體是存在的，這樣的一種傾向必定是正確的；因此，外部世界是存在的(「第六沉思」〔Sixth Meditation〕)。更為重要的是，笛卡兒用神建立一套追求真理的方法。由於人類是有限的和不完善的，因此他們會經常出錯。尤其，正如笛卡兒所指出的那樣，由感覺所提供的事實常常是「模糊和混亂的」。但是我們每一個人仍然可以避免出錯，只要我們牢記在一些可疑的情況下要抑制判斷，並將我們的判斷限制在「清楚而明確」的純粹理性知覺之上。可靠的理智是上帝贈給人們的禮物，如果我們能盡可能細心地去使用它，我們一定能避免錯誤(「第四沉思」〔Fourth Meditation〕)。

在這一個笛卡兒哲學的中心部分，笛卡兒沿著奧古斯丁(Augustine)這一悠久的傳統(其最終的根本是在柏拉圖〔Plato〕那裡)前進。這一悠久的傳統有兩個特點：第一，對感覺證據懷疑，認為理智的抽象知覺較為可靠；第二，把理智的知識視為來自於高於人類自身心靈源泉的一種啟發。笛卡兒常常以古代哲人的「自然之光」(natural light)或「理性之光」(light of reason)的比方來表達理智的基本直覺是較為可靠的這一想法。用「理性主義者」的稱謂去稱呼笛卡兒的哲學是有些誤導人的，因為他認為人類知識的獲得並不單單依賴於理性：在他的科學理論的發展過程當中，他認為經驗的觀察在測試假說和理解自然的機制的過程當中扮演相當重要的角色(他的行星進化的「渦旋理論」〔vortex theory〕便是依據對漩渦運動的觀察而得來的)。

然而無疑的，笛卡兒認為科學的基本建築材料是一些先天賦予的觀念(特別是數學的觀念)。這些觀念之所以可靠，在笛卡兒看來，是由於它們是上帝賦予在人的內心中為保證的。然而，如果真是這樣的話，笛卡兒哲學體系的一個重要問題接著便會產生。這一問題是笛卡兒的一些同代人首先加以強調的(最為突出的是梅森納和阿爾諾)，這也就是我們現在所知道的「笛卡兒循環」(Cartesian circle)的問題。如果理智清晰而明確知覺的可靠性依賴於我們對上帝的知識，那麼，這種知識是如何被首先建立起來的？如果答案是我們從我們有清晰而明確的知覺這一前提出發便可以證明上帝的存在，那麼這似乎是循環論證。因為，在這一階段，我們怎麼知道我們清晰而明確的知覺是可靠的？笛卡兒解決這一問題的嘗試是不能令人完全滿意的，然而他一般性的回答似乎是：似乎有些簡單和自明的命題是這樣的，只要我們注意它們，即使沒有神性的保證我們也能確定其為真。

笛卡兒的科學及其二元論　在他寫作《沉思錄》之前，笛卡兒就已著手於他的科學體系的工做了，並在他以後的著作《哲學原理》中加以了詳盡地闡述，他試圖儘可能把自然現象都用簡化的算術和幾何做定量描述。他在《哲學原理》中如是說：「在思考有形的物質時，除了部分、形狀和運動以外，其他的東西我都不考慮。」這和他在形上學中僅依賴清晰而明確的觀念的信念是相連的。笛卡兒致力於以數學化的科學去取代中世紀士林哲學以「實體的形式」(substantial forms)和「真實的性質」(real qualities)等去說明自然的努力。物質世界，簡單地說，就是一個不確定的變化序列，這些變化序列體現在一個簡單的、同構的，並且被笛卡兒稱之為「廣袤性實體」(*res extensa*〔extended substance〕)在形狀、大小和運動各方面的變化上。這個所謂「廣袤性實體」，包括所有物理的和生物的事件，甚至包括動物的行為(笛卡兒把動物的行為看作是純粹機械過程的簡單結果，因為非人類的動物就如同機械人是一樣的，見其《方法論》第五部)。

然而，在笛卡兒看來，有一種現象不能用這一方法來加以處理，這便是有意識的經驗，他經常斷言，思想與廣袤性是相異的，並且是相互矛盾的：思想不占有空間，是沒有廣袤性和不可分割的。因此，笛卡兒提出了一種二元論的實體學說：除組成物質世界的廣袤性的物質以外，還有思想實體，它完全獨立於物質。並且每一有意識的個人便是一個獨特的思想實體：「這個『我』——即，靈魂，藉著它我才能成為我，完全不同於肉體，並且即使肉體不存在了，它也不會因此消失。」

笛卡兒關於靈魂的非物質性的觀點，不僅受到了他同時代的人的挑戰，也受到了後來的詮釋者的強烈的批評。在《方法論》和「第二沉思」(Second Meditation)當中，他極力強調人有形成一個存在主體的概念的能力，但同時他又懷疑任何物質事物的存在；但是，正如批評者所指出的那樣，這不足以證實如下這一結論，即他是一種思想性的實體——是一種其全部本質僅僅是由思想構成的存在。我們或許可以設想我沒有身體，但這並不能證明我可以沒有身體而實際上又可以存在(詳見《沉思錄》的提要)。另一個問題在於，我們每天的經驗都在證實這樣一個事實，即我們是有血有肉的動物，是物質性的存在。「自然通過疼痛、飢渴等感覺來教育我」，笛卡兒在「第六沉思」中坦言，「我並不是像一個水手住在一條船中一樣地住在我的身體之中，我是與這個身體緊密地聯繫和混合在一起的。」然而，非物質性的靈魂是如何與身體相互作用的呢？在他以後的著作中，笛卡兒把「靈魂和身體的結合」當作一個「初基的概念」(見 1643 年 5 月 21 日和 6 月 28 日給伊麗莎白的信)；他所想表達的意思似乎是這樣：正如有些屬性(例如長度)只屬於物質，而有些屬性(例如理解力)則只屬於精神一樣，我們的感覺基本上是心理性的，這些感覺之所以是我的感覺，乃在於我是一個有身體的、具體化的意識。這些心理生理交互作用的解釋正是笛卡兒在其最後一部著作《論靈魂的各種感情》當中的任務。在其最後一部著作中，他發展了他的大腦中的松果腺(the pineal gland)的理論，他認為，大腦中的松果腺是「靈魂的所在地」(the seat of the soul)，它接收感覺傳遞的信息(通過神經系統)，並且發動身體的運動。但是，儘管笛卡兒提供了大量的生理學的細節，然而，他的「人是由物質的身體和非物質的靈魂這兩種來源的東西所組成」的二元論所產生的哲學問題，一般人認為，在其最後一部著作中並沒有得到適當地區分與解決。

影響　儘管笛卡兒的哲學體系存在著許多的哲學困難，但他對實在界所提出的整合性地理解的洞見，直到現在對許多科學家和哲學家還保持著強而有力的影響。他對科學進步的道路在於對自然做定量解釋的堅決主張實際上已被證明為是正確的。如果僅從當代如此之多的認識論主張反對笛卡兒自我中心的觀點出發的這一角度來講，笛卡兒從有意識的自我的主觀意識開始去建立一種知識體系的嘗試，也具有同等的重要性。至於笛卡兒的心靈理論，我們現在可以很客觀地說，二元論的途徑現在被人們廣泛地認識到它所產生的問題要多於它所解決的問題。但是，笛卡兒堅持認為意識經驗的現象不能用純物理學的術語加以解釋的這一觀點仍有深遠的影響，他關於人的心靈的本質及它與物質世界間的關係所提出的一系列問題仍然遠沒有得到充分地解答。

參見 *Cogito ergo sum* 我思故我在；foundationalism 基礎主義；philosophy of mind 心靈哲學；rationalism 理性主義

J.Cot.撰　王文方審訂

description, definite　**特定描述詞**　見 theory of descriptions 描述詞理論

description, knowledge by　**通過描述所獲的知識**　見 knowledge by acquaintance 由親知而來的知識

description, state　**狀態描述**　見 Carnap 卡納普

description, structure　**結構描述**　見 Carnap 卡納普

descriptions, theory of　**描述詞理論**　見 theory of descriptions 描述詞理論

descriptive emergence　**描述性突現**　見 methodological holism 方法論的整體論

descriptive emergentism　描述突現論　見 holism 整體論

descriptive individualism　描述個體論　見 holism 整體論

descriptive meaning　描述意義　見 emotivism 情緒論；meaning 意義

descriptive metaphysics　描述形上學　見 metaphysics 形上學

descriptive relativism　描述相對主義　見 relativism 相對主義

descriptivism　敘述主義　這種觀點認為，任何評價性陳述(evaluative statement)的意義，都是純粹描述性的、或與事實相關的(factual)；也就是說：除了語法結構上的特徵之外，評價性陳述的意義，決定於語句內容的真假值。非敘述主義(non-descriptivism)則主張，純粹的評價性陳述「必然」表達說話者的情感、或他對此事的態度(commitment)；情緒主義(emotivism)和規範主義(prescriptivism)則非敘述主義的主要類型。要瞭解一個規範的意義，必須知道它的意義到底指涉到哪些性質？對於規範的意義所指涉的性質，它們的本質是怎麼樣的，敘述主義有三種不同派別：非自然主義(non-naturalism)、自然主義(naturalism)和超自然主義(supernaturalism)。敘述主義與認知主義(cognitivism)、道德實在論(moral realism)也相關。

參見 emotivism 情緒論；ethics 倫理學

B.W.H.撰　謝世民、吳妍儀審訂

descriptivist theory of names　名詞的描述性理論　見 causal theory of proper names 專有名稱的因果理論

***de se*　關於自我**　見 *de dicto* 關於命題的；knowledge *de re* 對象知識

desert　應得　見 meritarian 唯才主義者

design, argument from　設計論證　見 philosophy of religion 宗教哲學

designator, rigid　嚴格指示詞　見 meaning 意義

desire, extrinsic　外在欲望　見 extrinsic desire 外在欲望

desire, intrinsic　內在欲望　見 extrinsic desire 外在欲望

desire-belief model　慾望-信念模式　見 intention 意圖；motivation 動機

destructive dilemma　破壞性兩難推理　見 dilemma 兩難推理

detachment, rule of　分離規則　見 lottery paradox 彩票悖論；*modus ponens* 取拒式

determinable　上層屬性　近似於類概念(genus except)的一般特徵或屬性，它與類概念的差別在於，類概念與某個獨立於類概念的性質可以共同決定一個次類，但卻沒有獨立於上層屬性的性質可以和上層屬性共同決定一個下層屬性(determinate)。例如，相對於藍色而言，顏色是藍色的上層屬性，但卻沒有一個獨立於顏色的性質 F，可以和顏色的屬性結合而形成藍色的屬性。與此相對照的是，存在著這樣一種屬性「等邊」(having equal sides)，它可以和矩形這樣的性質相結合而形成正方形的屬性。正方形是矩形這個類的次類。

約翰遜(W. E. Johnson)在他的《邏輯學》(*Logic*)的第一部的第 11 節中介紹了「下層屬性」(determinate)和「上層屬性」(determinable；或確定屬性)這兩個術語。他對於這一差別的說明與上面的簡要敘述並不十分相似。約翰遜想要解釋的是像「紅色是一種顏色」和「柏拉圖是一個人」這兩個表面相似句子之間的不同。他的結論是，後者真正地對柏拉圖斷說了某些東西，亦即其為人的特性，而前者卻沒有對紅色做出任何的斷說。顏色並非是一種真正的屬性(約翰遜說「紅色」並不是一個形容詞)。確定的紅色、藍色和黃色被結合在一起並不是由於它們之間具有一種共同的性質，而是因為它們之間相互區別的方式。同屬一個上層屬性的下層屬性，具有一種別的上層屬性的下層屬性間不具有的特殊關係(且因此是可以互相比較的)。屬於不同上層屬性的下層屬性之間是不能比較的，如顏色和形狀。

「較確定的屬性」(more determinates)常常可以與「更為明確的」(more specific)相互代換。許多哲學家，其中也包括約翰遜本人堅持認為，事物的特徵是完全明確而特別的。對於以上這一斷言的詳細說明引出了在分析「上層屬性」和「下層屬性」之間關係過程中的另一個問題。亦即：我們是根據什麼樣的原則才認為說，「紅且圓的」不是紅色的下層屬性，而紅色又不是「紅或圓的」的下層屬性呢？

參見 Johnson 約翰遜；property 性質

D.H.S.撰　王文方審訂

determinate　下層屬性　見 determinable 上層屬性

determinism　決定論　這一觀點認為，任何事件或事態，都是由之前的事態及宰制這個世界的因果定律所造成的。任何這個世界的瞬間狀況都決定了一個特定的將來，因此，如果我們有所有現在事物狀態的知識，以及宰制這個世界的因果定律的知識，我們就可以絕對精確地預測世界將來的狀態。這個觀點在十九世紀初期被拉普拉斯(Laplace)所倡導；而拉普拉斯又是因為牛頓(Newton)成功地嘗試了對世界的物理知識加以體系化的結果，而受到了這樣的啟發。

當代的決定論者並不認為牛頓物理學是最完善的理論。他們中的一些人甚至認為，我們不可能將所有的理論結合為一種統一的理論。但他們認為，每件事情，不論我們怎樣精確地描述它，其描述總會可以從某些理論及對先前事態的描述中加以推衍出來。決定論者的理論有好些不同的版本：(a)每一個事件均有一個充分的原因；(b)在任何特定的時間時、給定特定的過去，則只有一種將來是可能的；(c)如果我們有所有現在事物狀態的知識，以及宰制這個世界的因果定律的知識，我們就可以絕對精確地預測世界將來的狀態。這樣一來，決定論者排斥機會的存在，儘管他們也承認，我們對於因果定律或所有相關的先前狀況的無知，使得我們無法預期某事件，因而這些事件顯得是偶然發生的。

「決定論」這個名稱也常常用來指任何認為世界只有一種可能的歷史的形上學理論。前面所描述的決定論其實是所謂的「科學決定論」(scientific determinism)或叫做「因果決定論」(causal determinism)，它之所以叫做「科學決定論」是因為，它的根據是一個有關自然秩序的普遍事實，也就是說，自然是被它普遍因果定律所宰制這樣的事實。除此之外，還有所謂的「神學的決定論」(theological determinism)，它認為，上帝決定每件事情的發生或不發生，同時因為上帝具有有關宇宙的完善知識的關係，只有上帝知道將要發生的事件才會真的發生。還有就是邏輯決定論(logical determinism)，它認為歷史次序的必然性是根據於這樣的邏輯事實：所有的命題，包括關於將來的命題，不是為真就是為假。另外，由於命定論(fatalism)認為，宇宙間存在著一種不因人的意志和希望而能轉移的強制力量(例如，星宿或命運)，因此，它被一些人認為是決定論的一種。但是，有些哲學家則不願意接受這種說法，他們的理由是，決定論者並不否認人類努力和渴望的效能，他們只是相信這些努力和渴望也是由它們自己之前的因素所決定的(就如同在事件的因果鏈一樣)。

由於決定論是一種普遍性的主張，因而包括了對人的行為和選擇的主張。但是，如果行為和選擇是決定好的，有些人便會得出如下的結論說：自由意志其實是一種幻覺。因為即使行動者深思熟慮，其行動和選擇仍是由先前的因素所決定的，因而使得其他選擇成為不可能。全知的神則可以事先預測一個人的行為和選擇。這一衝突產生了自由意志和決定論的問題。

參見 computer theory 計算機理論；free will problem 自由意志問題；philosophy of science 科學的哲學

B.B.撰　王文方審訂

determinism, hard　強決定論　見 free will problem 自由意志問題

determinism, historical　歷史決定論　見 Marxism 馬克思主義

determinism, linguistic　語言決定論　見 linguistic relativity 語言相對性

determinism, principle of　決定論原理　見 Mill's methods 彌爾方法

determinism, soft　溫和決定論　見 free will problem 自由意志問題

deterministic automaton　定向自動機　見 computer theory 計算機理論

deterministic law　決定定律　見 causal law 因果定律

deterrence　制止　見 just war theory 正義戰爭理論；punishment 懲罰

deviant causal chain　逸軌因果鏈　見 wayward causal chain 逸軌因果序列

deviant logic　異常邏輯　見 philosophy of logic 邏輯哲學

Dewey, John　杜威，約翰(1859-1952)　美國哲學家、社會評論家和教育理論家。在哲學正日益徹底專業化的時代裡，杜威仍不失為一位公眾哲學家，他對政治和教育有國際影響力。他的哲學生涯在他還是佛蒙特大學(the University of Vermont)的一名學生的時候就已開始了，但並不順利；大學卒業後，他在中學教書，而後前往剛成立不久的約翰·

霍普金斯大學(Johns Hopkins University)學習哲學。在約翰・霍普金斯大學，他在裴爾斯(Peirce)、霍爾(G. S. Hall)、莫里斯(G. S. Morris)門下，並且深受莫里斯所闡釋的那套黑格爾(Hegel)唯心論的影響。1884 年，在他獲得博士學位之後，杜威便前往密西根大學(the University of Michigan)，他在那裡與先已在此安身的莫里斯(Morris)再度合作。在密西根，他成為年輕的社會心理學家米德(G. H. Mead)的同事，而且在此期間，他的寫作集中於心理學的一般領域。1894 年，他接受了芝加哥大學(the University of Chicago)聘他為哲學、心理學與教育學系主任的職位，並與米德一同前往。在芝加哥，由於他的努力，促成了後來著名的實驗學校，他的一些有關教育的最重要著作，都產生於他在那所實驗學校當中的工作。1904 年，他離開芝加哥前往哥倫比亞大學(the University of Columbia)，在此，他與《哲學雜誌》(*The Journal of Philosophy*)的創辦人伍德布瑞治(F.J.E. Woodbridge)合作。1930 年，他從哥倫比亞退休，但到 1952 年他去逝之前，他仍然積極地參與哲學和公共事物的活動。縱觀其漫長的職業生涯，我們可以發現，他是一名多產的演講家和作家；他的四十部完整著作及其 700 餘篇論文就是很好的證明。

哲學　杜威的哲學方向是一種自然主義的經驗論(naturalistic empiricism)，其哲學中兩個最基本的概念是「經驗」(experience)和「自然」(nature)，可從他最重要的著作《經驗與自然》(*Experience and Nature*, 1925)得知。他的經驗概念來源於他黑格爾主義的背景，但杜威卻去掉了黑格爾主義中過度的思辨色彩。他明確地認為自己是一名經驗主義者，但卻又小心地將他的經驗概念不僅與唯心主義傳統(the idealistic tradition)的經驗概念相區別，而且也與英國古典的經驗主義相區別。唯心主義者過分強調了經驗的認知幅度，以至於他們忽視了其非認知性；另一方面，杜威認為英國的種種經驗主義是不恰當的原子論(atomistic)和主觀主義者(subjectivist)。對比於此，杜威形塑了一種經驗概念，於此，行動(action)、愉悅(enjoyment)和他所謂的遭遇(undergoing)都整合了起來且同樣基本。經驗上感覺的直接性(他一般地將其概括為經驗的感覺特性)是基本的且不能化約的。然而，他把認識的經驗放在這一寬廣的背景上，把它看成是由後者導出及決定的結果。認識的經驗是探究的結果，而探究則被視為這樣一種過程：它由我們經驗中感到的困難所引起，經由諸多可能解決方式在概念上的精鍊階段，最後到達經驗的重建，至此，起初的支離狀況的經驗轉化成一個統一的整體。認識的探究是從經驗到經驗的這一中介的過程，而知識則是使最終的更為整合化的經驗成為可能的那種東西——那種經驗杜威稱之為「經驗圓滿」(consummation)。

從這種觀點來看，認識是一種行為，並且知識的規準在於「被保證的可斷言性」(warranted assertability)。首先要明白，杜威認為，從柏拉圖(Plato)一直到近代哲學的主要的錯誤，乃是被他稱之為「知識的觀看者的理論」(the spectator theory of knowledge)。知識被視為對世界中的各種事實的被動的記錄，而成功則被看作是我們信仰與先前的事實相一致的那種事情。與之相反，杜威卻把認識看作為一種建構性的概念活動(constructive conceptual activity)，它預測並指導我們將來與我們環境之間經驗上互動的調整。正是由於心中有這種建構性的和有目的性觀點，杜威把他的一般哲學方向稱之為工具主義(instrumentalism)。概念是安排我們對付經驗世界的工具。知識的基本範圍被功能地加以理解，而古典哲學中的各種二元論(dualism；心-身、手段-目的、事實-價值)都最終要加以克服。

認識的目的是為了在某種實驗性的情況下造成某種改變，為了達此一目的，某些認識方案比其他的方案更為有效(effective)。這裡是「真理」(truth)通常被引用的脈絡(context)，但杜威要提出「被探究過得到保證的可斷言性」(warranted assertabillity)來代替它。他竭力避免真理(truth)這一概念(甚至它較不危險的形容詞和副詞形式「true」、「truly」)，因為杜威認為，它過分地暗示了兩種獨立的秩序(two separate orders)間的某種靜態的和最終的一致性。成功的認識是某種當下解決的動態之事(a dynamic matter of present resolution)；它是對於有問題的情境之舒解，導致經驗重建或「經驗圓滿」(consumation)。「被保證的可斷言性」指的就是這種成功特點，它具有恰如其分的規範性內涵，但不帶有過份的形上累贅。

杜威的經驗概念是與他的自然概念緊密地聯繫在一起的。他並不把自然設想為「可獨立於人的經驗之外的世界」(the-world-as-if-would-be-independent-of-human-experience)，而認為自然是自然的種種與人互動狀態(natural transactions)之持續發展系統；這種互動情況可分成三層：物理化學的層次、心物的層次以及人類經驗的層次；吾人同時理解，這三種範疇分化並不意味著任何斷然分離的不連續性。就經驗本身來說，它是自然互動層次中的一個層次，它不能化約為別的形式。對自然更為嚴格的「科學的」(scientific)表述，例如，某種純粹的機械性體系，在杜威看來只不過是一種為了特別的認識目的而進行的有用的概念化。這便使得他能夠把他自己的「自然主義」(naturalism)與「唯物主義」(materialism)區別開來。在他看來，他的「自然主義」是一種不能加以化約的經驗論，而「唯物主義」是一種可以化約的理性主義。對於這種看法，杜威和桑塔耶那(Santayana)之間已有過一段持續不斷的對話。

杜威提倡把科學方法用於一切範圍；從這種意義上來說，杜威的觀點也具有自然主義的色彩。在這一點上，他深受裴爾斯(Peirce)的影響，認為科學的方法不該被侷限於某一特定的領域，它是我們應該如何思考的方式(the way we ought to think)。所有反思性的思想結構都是未來導向的，並且都要經過下列歷程(movement)：首先是對感覺到的難題加以認識和彰顯，然後對可能的解決方案做出精煉的各個假設，最後到達證實或否證的階段。特定的科學(物理學、生物學、心理學)研究自然中事物互動的各個層次，然而科學研究的方式只不過是一種普通常識結構(the structure of common sense)概括性的精巧化而已，並且它本身沒有內在本質的限制。

由於杜威把自然視為一種有機統一體(organic unity)，不帶有任何徹底的不連續性，這就需要引入非自然的範疇或新的方法論策略。身與心、個人與社會、世俗的與宗教等等，這些斷然分離的二元論，還有更重要的，事實與價值的二元論，在杜威看來，都是一些老掉牙的概念工具(conceptual constructs)；它們的功用已不復存在。傳承的各種二元論不得不被超越，特別是事實與價值的二元論更應如此，因為它的作用使得理性作為人類行為指南的運用受到妨礙。照杜威看來，人們自然地既擁有價值(values)又擁有信念(beliefs)。只要具有人性，我們天生就會讚美、喜歡和重視某些活動和事態。人類的問題在於：人們並不能經常輕易地獲得上述這些東西，同時這些東西也並非總是和諧的。我們被迫去解決我們真正渴望什麼和我們應該追求什麼的問題。杜威建議把科學的方法延伸到這些領域。最終取得實踐判斷(a practical judgment)的深思熟慮過程，並非不同於最終取得事實信念(a factual belief)的深思熟慮過程。兩種判斷或許是相應的(responsible)，也許是不相應(irresponsible)，也許是正確的(right)，也許是錯誤的(wrong)。這種深思熟慮意義的評價其實預設了更為基本的意義評價，後者是關於我們重視並感到滿意的人類經驗之諸面相的評價。在此，還有一個適當性的面相，它所依據的基礎在於我們是什麼樣的存在物；所謂「我們」(we)也包含我們的社會歷史和社會發展。在這一問題上，杜威持有一種非常希臘的觀點，儘管它已被轉換成一種現代的演化論視角(a modern evolutionary perspective)。價值和人類完滿(human fulfillment)的根本問題，最終影響到我們的人類共同體(human community)的概念，而這又引導他對民主和教育問題的關注。

社會和教育　在杜威看來，理想的社會秩序是一種允許所有個體都能最大限度地自我發展的社會結構。它促進思想的自由交流；在政策決定的方式上，它承認每個人的能力能有效地參與社會生活方向。由於每個人的尊嚴受到尊重，所有人的共同福祉才因此得以樹立。杜威發現民主社會與這種思想最為接近，但他卻並未把當代的諸民主政體看成是這種理想的等同物。他並不滿足於以舊有的民主形式來解決新問題。與他的工具主義相一致，他堅持認為，我們應不斷地對我們的民主制度進行再思考和再塑造，以便它們更為適切地回應時代的變遷。這種不斷的重新思考大大地助長了智能(intelligence)的作用，這就強調了教育對於民主社會的重要性。

杜威最為人知的可能是他的教育觀點，然而，教育理論是他全部哲學的中心，這一點卻並非總為人們所體認。在他看來，教育的基本目的並不是為了傳播信息，而是為了發展思想批判的方法。教育是面向未來的，而未來是不確定的；因此，發展那些習慣，能夠使我們充分地評價新的情境並且制定處理其中疑難的策略，才是首要的。這並非意味著我們就可以不回顧過去，因為作為人我們已經學到的東西是將來活動的唯一的指南。過去並非由於它是過去而被認為是具有價值的；它的價值在於它在發展和指引批判能力(critical capacities)上能起一定的作用，而這些批判能力能使我們有效而可靠地應付變動不居的世界。

由於分析傳統成為美國哲學研究的主導力量蔓延開來，杜威的思想不再受到青睞。中小學教育界可能是它仍舊活躍、昌盛的所在。然而，近來隨著普遍實用傾向(pracmatic)在蒯因(Quine)、帕特南(Putnam)、羅逖(Rorty)以及其他人當中的再現生機，杜威哲學的精神經常地被加以援引。整體主義(holism)、反基礎主義(anti-foundations)、脈絡主義(contextualism)淡化科學與哲學、理論的與實踐的之間界限——這是杜威哲學中全部中心的論題——已經變得流行起來。新實用主義(Neo-pragmatism)是當代一個引人注意的話題。然而，對杜威的引用多於對杜威的閱讀；即使那些被引用的杜威觀點，也是被截頭去尾的，遠非那個建構一個全面哲學觀的歷史人物之真面貌。

參見 instrumentalism 工具主義；Peirce 裴爾斯；pragmatism 實用主義

C.F.D.撰　葉新雲審訂

dharma　法　在印度教(Hinduism)，特別是早期的吠陀(*Vedas*)文獻裡，法是賦予萬物本性的宇宙法則；在人類社會的脈絡中，它則是應予履行或遵循的一組義務和規範，其履行或遵循得以維護社會秩序，促進社會福祉，並使人合乎正義。法的追求是印度教徒四個人生基本追求之一，另三者則是財富(*artha*)、快樂(*kāma*)及精神解脫(*moksha*)的追求。《薄伽梵歌》(*Bhagavad Gita*)藉「自法」(*svadharma*)一詞使法的概念廣為人知，自法指的是由人之本性與能力——而非出身——所決定的義務。印度教的法律制定者摩奴(*Manu*，可能出現於西元前三世紀至一世紀間)依社會的四重層級編定法的義務，具體地引導人們依據他們的角色與職司來履行其社會義務。雖說摩奴和《薄伽梵歌》一樣，認為個人的義務與責任應和他的本性而非出身相符，以法為導向的印度社會終而發展出嚴格的種姓階級制度，並對女性的角色扮演多所限制。

參見 Bhagavad Gita 薄伽梵歌

D.K.C.撰　何建興審訂

Dharmakīrti　法稱(seventh century A.D.)　佛教瑜伽行派哲學家與邏輯學家。他的著作包括討論邏輯與認識論的鉅著《釋量論》(*Pramānavārttika*)，以及介紹他自已觀點的小書《正理滴論》(*Nyāyabindu*)。在《成他相續論》(*Santānāntara-siddhi*)一書中，他為他的知覺唯心論辯護以免於獨我論的指控，他宣稱他同他的知覺實在論論敵一樣，可以合法地運用類比論證以證明其他心識的存在(從顯然合乎理智的行為，推論出促生這些行為的心智的存在)。他批判正理學派(Nyāya)的有神論論證，並對其後印度的邏輯著作產生了巨大的影響。

K.E.Y.撰　何建興審訂

d'Holbach, Paul-Henri-Dietrich, Baron　**德巴赫，保羅．昂利．迪特里希**(1723-89)　男爵，法國哲學家中主要的唯物論者，也是百科全書派(*Encyclopedia*)中多產的作家。他出生於萊茵區伯拉提內特(Rhenish Palatinate)，從幼年時就定居於法國，並且在萊登(Leiden)學習法律。在繼承了其舅父的遺產和封號之後，他成為了巴黎國會的一名法務官。而且他經常是百科全書派和有名望的訪客(如吉本〔Gibbon〕、休姆〔Hume〕、史密斯〔Smith〕、史特納〔Sterne〕、普里斯利〔Priestley〕、貝卡尼〔Beccaria〕、弗蘭克林〔Franklin〕等)共進晚宴的主人。他精通化學和礦物學，通曉數種語言，並曾將德文的科學著作和英文的反基督教的小冊子譯成法語。

根本上來說，德巴赫是一個綜合性的思想家，他將狄德羅(Diderot)的自然主義系統化、激進化，因此，儘管他的思想並不具有原創性，但卻強而有力。他也吸收了霍布斯(Hobbes)、史賓諾莎(Spinoza)、洛克(Locke)、休姆、畢豐(Buffon)、愛爾維修(Helvétius)，以及拉美特利(La Mettrie)等人的思想，他的文章是如此地反對宗教和反對教會，以至於不得不在國外匿名或用假名發表：《揭穿了的基督教》(*Christianity Unveiled*, 1756)、《神聖的瘟疫》(*The Sacred Contagion*, 1768)、《耶穌的批判史》(*Critical History of Jesus*, 1770)、《社會體系》(*The Social System*, 1773)，以及《普遍的道德》(*Universal Moral*, 1776)。他的代表作，《自然體系》(*System of Nature*, 1770)，是十八世紀唯物主義者的「盧克麗霞式的」(Lucretian)綱要，它甚至使伏爾泰(Voltaire)也感到震驚。德巴赫認為物質和運動產生萬物，並且承認宇宙的必然性。保持自我的自然律(self-sustaining laws of nature)是有規範性的。因此，物質的真實性與形上學的欺騙相對比，自利與疏離相對照，以及塵世的幸福與天堂的快樂相對照。比托蘭德(Toland)更具解放性，德巴赫對基督教的徹底的批判先於費爾巴哈(Feuerbach)、斯特勞斯(Strauss)、馬克思(Marx)，以及尼采(Nietzsche)。他將超自然的啟示、有神論(theism)、自然神論(deism)和泛神論(pantheism)作為神話加以懷疑，把基督教的美德作為非自然的東西加以指責，給虔信打上盲信的記號、非難教士的無知、不道德，以及專制。他假設科學能將人們從宗教的霸權下解放出來，倡導感覺的和實驗的知識。由於相信社會和教育可以塑造人，他便以此為基礎闡述了一種機械論的人類學、一種幸福論(eudaimonistic)的道德，以及一種現世的、功利主義(utilitarian)的社會和政治綱領。

參見 *Encyclopedia* 百科全書；philosophy of mind 心靈哲學

J.-L.S.撰　苑舉正審訂

diagonalization　**對角性**　見 diagonal procedure 對角程序

diagonal procedure　**對角程序**　是由康托(Cantor)創始的一種方法，其功用在於證明存在著一些不能與自然數集(即，可被列舉的集合)一一對應的無限數集。例如，這種方法能夠被用於證明在 $0 < x \leqq 1$ 這一區間內，實數集 x 是不能被列舉的集合。假如 $x_0, x_1, x_2 \ldots$ 是對這個集合的一個列舉(x_0 是對應於 0 的實數；x_1 是對應於 1 的實數)。然後我們再來考慮下面的列舉，這一列舉將前述列舉中的每一個實數，均代之以代表該實數的一個無窮的小數：

. x_{00} x_{01} x_{02} …

. x_{10} x_{11} x_{12} …

. x_{20} x_{21} x_{22} …

…

(第一行的無窮小數代表 x_0；第二行代表 x_1 等等)。透過對角化我們挑選出對角線上的無窮小數：

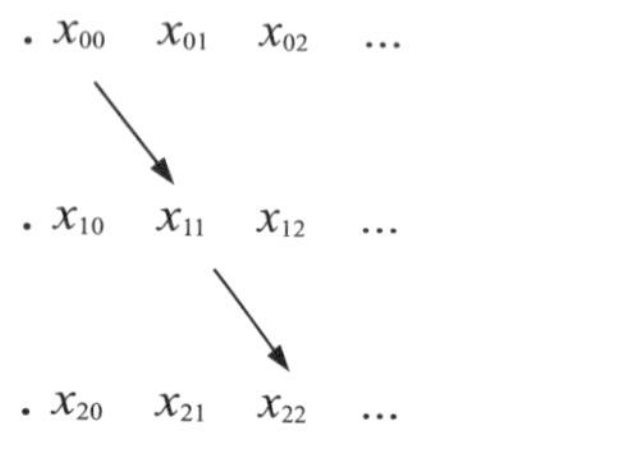

並且將每個 x_{nn} 換上不同的數，但需避免使該無窮小數變成有窮的小數。這一新的無窮小數

. x^*_{00} x^*_{11} $x^*_{22}\cdots$

就不會代表我們第一個列舉上的任何一個實數。因為它在十分位處不同於第一個實數，在百分位處不同於第二個實數，並且在千分位處不同於第三個實數等等。這樣，它所表示的實數就不會是我們假設的列舉中的任何一個實數了。

這一概念還可以更簡潔地加以表述。假設 f 是這樣的一個函數，對於任一個自然數 n 來說，$f(n)$是一個自然數集。那麼，就會有一個自然數集 S 是這樣的：$n\in S\equiv n\notin f(n)$。如此一來，很明顯地，對於每個 n 來說，$f(n)\neq S$。

參見 Cantor 康托；infinity 無限；philosophy of mathematics 數學哲學

C.S.撰　王文方審訂

dialectic　辯證法　一種包含反駁的相互論證，或與此相互論證有關的一種技巧或方法。這字的字源是希臘文的 *dialegein*，「論證」(to argue)或「談論」(converse)；在亞里斯多德(Aristotle)及其他人的思想中，這個字通常有「為一結論而論」(argue for a conclusion)，「藉論證來建立」(establish by argument)。在柏拉圖(Plato)之前，若不是更早，這個字已有一技術性的意涵：透過問與答的一種論證的形式。它的形容詞 *dialektikos*，「辯證的」(dialectical)可能意味著「與辯證有關」(concerned with *dialegein*)或(關於人)「精於論證」(skilled in *dialegein*)；這個字的陰性 *dialektikē* 便是「辯證的技術」(the art of *dialegein*)。

亞里斯多德說，伊利亞的芝諾(Zeno of Elea)發明了辯證法。明顯地他所想的是芝諾反對運動及多樣性的似是而非的論證，亞里斯多德視這些論證為辯證法，因為它們是建立在其反對者所認可的前提上，而從這些前提推論出矛盾的結果。那麼辯證式的論證的第一個定義或許為：「由問與答所進行的論證，建立在一反對者的認可上，並藉著獲得矛盾的結果來反駁此反對者為目標」。這個定義大致上符合於柏拉圖所描寫的蘇格拉底(Socrates)所運用的論證的形式。如此的分析，辯證法主要是一種反駁的技術。然而，柏拉圖把「辯證法」運用在哲學家獲得理型的知識的方法。他對那方法的了解似乎依著不同的對話錄而不同，且不易詮釋。在《理想國》(*Republic*)第 6 至 7 卷，辯證法是建立「非假設性的」(non-hypothetical)結論的一種方法；在《詭辯家》(*Sophist*)中，辯證法是藉著持續將類(genera)分割類為種(*species*)以發現定義的一種方法。

亞里斯多德的辯證法的觀念較接近於蘇格拉底與芝諾：它以問與答來進行，通常以反駁為目的，且無法在科學上或哲學上建立任何事情。亞里斯多德依它們的前提為基礎，來區分辯證的論證與明示的論證(apodeixis)，或科學的論證：明示的論證必須有「真的且主要的」(true and primary)前提，辯證的論證的前提是「似乎的」(apparent)，「受好評的」(reputable)，或「被接受的」(accepted)(這些都是意見〔endoxa〕這個字的替代的意思，且具爭議性的)。然而，辯證的論證，不同於爭辯的(eristic)或詭辯的(sophistical)論證，必須是正確的(valid)。《論題》(*Topics*)是為了辯證的辯論所形成的一本手冊，亞里斯多德稱其為辯證法的第一技術；第八卷清楚地預設了一規則導向的，形式化的論證的方式，這方式大概在學園(the Academy)中使用。

「辯證法」的運用在歐洲中世紀初期重新出現，雖然在十二世紀之後亞里斯多德的著作較廣為人知，辯證法逐漸地與大學中所使用的形式化的爭論相關(再一次提醒，形式的論證的使用在亞里斯多德的《論題》中已預設)。在康德的《純粹理性批判》(*Critique of Pure Reason*)中，他主張「辯證法」的古代意義是「妄想的邏輯」(the logic of illusion)且提出「超越的辯證法」(Transcendental Dialectic)，此辯證法分析「矛盾」(antinomies)(矛盾的結果的推論)。當純粹理性擴展超出了它適當的範圍時，它無可避免地導向矛盾。此一觀念由費希特(Fichte)與謝林(Schelling)進一步發展成一種「正題」(thesis)，反對「反題」(antithesis)；及合成的「合題」(synthesis)的三元一組的觀念。黑格爾(Hegel)將矛盾的觀念從邏輯的觀念轉變為形上學的觀念，這使得辯證法不僅僅是有關於論證的一個理論，也是在「精神」(spirit)的發展中歷史的過程；馬克思以「物質」(matter)取代「精神」進一步轉變這一觀念。

參見 Academy 學園；Aristotle 亞里斯多德；Hegel 黑格爾；Marx 馬克思；Plato 柏拉圖；Socrates 蘇格拉底；topics 論題

R.Sm.撰　徐學庸審訂

dialectical argument　辯證法的論證　見 dialectic 辯證法

dialectical materialism　辯證唯物主義　見 Marx 馬克思；Plekhanov 普列漢諾夫

dialecticians　辯士　見 School of Names 名家

diallelon　循環定義　循環主義(又寫做 circular definition)來自古希臘語 *di allēlon*，意為「透過彼此」(through one another)。如果在一個定義中，「被定義項」(*definiendum*)出現在「定義項」(*definiens*)之中，比如：「法律是一種具法律效力的命令」，這就是一個循環定義。或者，像在「法律代表統治階級的意志，而統治階級就是制定法律者」這句話中，第一個術語由第二個術語加以定義，但第二個術語又由第一個術語加以定義，這樣也是循環定義。

如果一個論證試圖去獲得結論，藉由一個除非已經事先知道其結論否則不能獲知的前提，那麼這個論證就是一個「循環論證」(*diallelus*)。例如，笛卡兒(Descartes)就曾論證道：我清楚而明白地理解上帝存在，而且我清楚而明白地理解的東西為真；因此，上帝是存在的。然而，他卻訴諸於「上帝存在」的知識，來證明他的論證前提——「清楚而明白的感覺為真」。

參見 circular reasoning 循環論證；definition 定義

M.St.撰　謝世民、吳妍儀審訂

diallelus　循環論證　見 diallelon 循環定義

dialogism　對話論　見 Bakhtin 巴赫金

***dianoia*　思想**　希臘文，希臘語中指思想官能的語詞，特別地是指從假設中得出結論和創立、依循論證的思想官能。也可以把這一語詞稱之為運用這一官能所得到的思想。我們可以運用 *dianoia* 去建立一數學的演算；相對於此，一個存在——如果有這樣的存在，它將是上帝——若能直接地直觀出公理的真理性，它所使用的便是智性的直觀官能，即 *noûs*(理性)。與 *noûs* 的官能相反，*dianoia* 特別是人類的理性官能。柏拉圖分別運用 *noûs* 和 *dianoia* 來稱呼在其線喻中(《理想國》〔*Repubilc*〕511d-e)所代表的最高與次高的官能層級。

參見 Plato 柏拉圖

E.C.H.撰　徐學庸審訂

dichotomy paradox　二分法悖論　見 Zeno's paradoxes 芝諾悖論

***dici de omni et nullo*　所有的都是以及所有的都不是**　見 *dictum de omni et nullo*　所有的都是以及所有的都不是

***dictum*　說明、不定詞子句**　見 Abelard 亞伯拉；*complexe significabile* 複合意義

***dictum de omni et nullo*　所有的都是以及所有的都不是**　有時也作 *dici de omni et nullo* (拉丁語，指「所有的都是，以及所有的都不是」〔said of all and none〕)。這是由中世紀的邏輯學家提出來的、構成所有有效的三段論的基礎的兩個原則。*dictum de omni* 大多數情況下自然地用來指普遍肯定的命題，其含義是，在這樣的命題中，歸於主詞類別中的東西也同樣歸於謂語的類別當中。這樣，在「每隻鯨魚都是哺乳動物」這句話當中，任何屬於鯨類的魚就必然是「哺乳動物」。*dictum de nullo* 用於普遍否定的命題當中，正如「沒有一隻鯨魚是蜥蜴」這句話便是說，歸於主詞類別中的東西都不歸屬於謂詞的種類當中。

參見 syllogism 三段論式

W.E.M.撰　丁福寧審訂

Diderot, Denis　狄德羅，丹尼斯(1713-84)　法國哲學家，百科全書派的一員，戲劇家、小說家、藝術批評家，啟蒙運動價值觀的一名鬥士。他主要由於作為《百科全書》(*Encyclopedia*)的主編(1747-73)而聞名於世，《百科全書》是一部關於十八世紀科學和技術的分析性和解釋的叢書。作為盧梭(Rousseau)和孔迪拉克(Condillac)的朋友，狄德羅曾把沙佛茲伯里(Shaftesbury)的《關於美德的探求》(*Inquiry Concerning Virtue*, 1745)譯成法文。他也揭露了盧克麗霞式的親近性(Lucretian affinities)於《哲學思想錄》(*Philosophical Thoughts*, 1746)一書中，他在《懷疑論者的漫步》(*The Skeptics' Walk*, 1747)當中攻擊了基督教，並於《論盲人的信》(*Letter on the Blind*, 1749)中為唯物主義和進化的宇宙觀加以辯護；導致他遭到了短期監禁。

狄德羅寫作普通平凡的資產階級的喜劇，也寫一些淒涼的小說《修女》(*The Nun*, 1760)，以及他的代表作，兩部諷刺性的對話體作品，《拉摩的侄兒》(*Rameau's Nephew*,

1767)和他的名著《命定論者雅克》(*Jacques the Fatalist*, 1765-84)。他創建戲劇理論《關於戲劇詩的談話》(*Discourse on Dramatic Poetry*, 1758)，並且於《在格林的文學通信沙龍》(*Salons in Grimm's Literary Correspondence*)中，把文藝批評提升為一種文學類型。由於卡特琳娜二世(Catherine Ⅱ)的邀請，1773 年狄德羅參觀了聖彼得堡，並籌畫了一所俄羅斯大學的創立事宜。

為了提升科學，尤其是生物學和化學，狄德羅闡明傾向於一元論(monism)的自然哲學。他的著作有生理學的調查研究，《論聾啞人的信》(*Letter on the Deaf and Dunb*, 1751)及《生理學要素》(*Elements of physiology*, 1774-80)；一種感覺主義的認識論，《對自然的解釋》(*On the Interpretation of Nature*, 1745)；一種美學理論，《關於繪畫的論文》(*Essays on Painting*, 1765)；一種唯物主義的科學哲學，《達蘭貝的夢》(*D'Alembert's Dream*, 1769)；一種人類學，《伯根維勒遊記的增補》(*Supplement to the Voyage of Bougainville*, 1772)；以及一篇反行為主義的文章〈對愛爾維修的著作《論人》的駁斥〉(Refutation of Helvétius' Work *"On Man"*, 1773-80)。

參見 *Encyclopedia* 百科全書派

J.-L.S.撰　苑舉正審訂

***différance*　衍異**　法文新詞彙，見於德希達(Derrida)《語法論》(*De la Grammatologie*, 1967)，書中他這樣定義：「指向生產差別(differing)／延遲(deferring)的生產概念」。衍異是多義的，但其主要功能在於指稱所有語言和思想運作的主要條件：差異是符號間之分殊，使我們能夠區分事物。延遲是符號間互相指涉之過程，構成語言核心的自我指涉(self-reference)，不用去捕捉先驗實體(transcendent entity)所朝向的存有(being)或是顯出(presence)，沒有符號反覆出現所產生的概念或觀念性，我們就不能指認狗是狗，也不能知覺狗(或其他事物)本身。因此，不再有語言的知覺來源；語言依賴「原始重複」(original repetition)，德希達以精心設想的怪物來形容「原始重複」，用以顯示我們不可能在身處語言架構中去想像語言之起源。衍異是語言之條件，語言是生產之條件：不管在世界中發現何種意義，都是意指(signifiers)的差異與延遲之遊戲。

「衍異」的概念及「意義依賴於語言」(meaning is language-dependent)的相關課題，被很多激進思想家所接收，他們企圖指出，政治不平等正是建立在支配不同文化之符號系統的習俗上。

參見 deconstruction 解構；Derrida 德希達；perception 知覺；postmodern 後現代

M.C.D.撰　吳秀瑾審訂

difference　差集　見 set theory 集合論

difference, method of　差異法　見 Mill's methods 彌爾方法

difference principle　差異原則　見 Rawls 洛爾斯

***différend*　《紛爭》**　見 Lyotard 李歐塔

differentia　類差、差別　見 definition 定義；topics 論題

dignity　尊嚴　通常歸屬給人的一種道德價值或道德地位。一般認為，人不但享有尊

嚴，而且也感受到尊嚴。人被認為具有(1)「人類尊嚴」(human dignity)(一種內在的道德價值、基本的道德地位或兩者兼具，人人平等)；而且具有(2)「尊嚴之感」(sense of dignity)(意識到自己的尊嚴，會傾向表明自己的尊嚴和拒絕受到羞辱)。人有可能缺乏尊嚴之感，卻沒有造成失去人類尊嚴之結果。

受到康德主張所有人有同等的尊嚴之影響，人類尊嚴奠基於實踐的理性之能力，尤其在順從定言令式(categorical imperative)，有能力自主地自我立法。康德認為相對於一切事物都有價格而言，人類尊嚴是無價的，沒有任何有價之物，如快樂、大眾福祉或其他善的後果，可以合理地取代或犧牲人類的尊嚴。康德的定言令式拒絕將人單單當作工具來使用，啟發了目前通行結合人類尊嚴與人權的觀念(參見，如：聯合國的「普遍人權宣言」〔Universal Declaration of Human Rights〕)。目前廣泛討論的尊嚴問題集中在「有尊嚴的死亡」(dying with dignity)和有利於達成人類尊嚴的生存條件之權利。

參見 Kant 康德；moral status 道德地位；rights 權利；value 價值

M.J.M.撰　陳瑤華審訂

dilemma　兩難推理　包含一個析取(disjunction)為前提的論證或論證形式。「建構性兩難推理」(constructive dilemmas)為如下的形式「如果 A 則 B，如果 C 則 D，A 或 C；因此 B 或 D」。當 A 是 C 以及 B 是 D 這一特例時，即為取拒式(modus ponens)。「破壞性兩難推理」(distructive dilemmas)為如下的形式「如果 A 則 B，如果 C 則 D，非 B 或非 D；因此非 A 或非 C」。相似的特例即為拒取式(modus tollens)。析取前提為假的二難推理，被稱為是一個「假的兩難推理」(a false dilemma)。

參見 moral dilemma 道德兩難

G.F.S.撰　李瑞麟審訂

dilemma, moral　道德兩難　見 moral dilemma 道德兩難

Dilthey, Wilhelm　狄爾泰，威廉(1833-1911)　德國哲學家和歷史學家，他的主要計畫是要奠立歷史知識(historical knowledge)的條件，很像康德(Kant)在《純粹理性批判》(*Critique of Pure Reason*)中針對我們的自然知識而發的計畫。他曾在海德堡(Heidelberg)大學和柏林(Berlin)大學研習神學(theology)、歷史(history)與哲學(philosophy)，並於 1882 年接受了柏林大學以前由黑格爾(Hegel)執掌的講座。

狄爾泰對「歷史理性批判」(critique of historical reason)的首度嘗試見於《精神科學導論》(*Introduction to the Human Sciences*, 1883)一書，最後的一次嘗試則見於〈精神科學中歷史世界的建造〉(Formation of the Historical World in the Human Sciences, 1910)一文。他也被公認為是對解釋學(hermeneutics)、文學批評(literary criticism)與世界觀理論(world-view theory)卓有貢獻的思想家。他的《施萊爾馬赫傳》(*Life of Schleiermacher*)以及有關文藝復興(Renaissance)、啟蒙運動(Enlightenment)和黑格爾的許多文章，也都被公認為是「精神史」(Geistesgeschichte)的經典作品，在這些文章中，他將一些哲學觀念關聯於其社會和文化環境而加以分析。

狄爾泰認為，生命乃是實在的終極關聯(ultimate nexus)，是我們所能達到的極限。他基本上不是像尼采(Nietzsche)和柏格森(Bergson)那樣，以生物學的方式理解生命，而是將生命當作是人類經驗之歷史性的整體。我們藉以反省生命的那些基本範疇(categories)，為科學的種種知識論(epistemological)範疇提供了背景。在狄爾泰看來，亞里斯多德(Aristotle)的「作為與遭受」(acting and suffering)這個範疇，乃是植根於前科學的經驗中的，

後來才在精神科學中被說成是「效果或影響」(efficacy or influence〔*Wirkung*〕)這個範疇，隨而在自然科學中則被說成是「原因」(cause〔*Ursache*〕)這個範疇。我們在精神科學(人文學)中對於「影響」的理解，較諸在自然科學中所達到的種種因果性的說明，是更接近完整的生命實在的。就這一點而言，精神科學可以主張自己具有一種優於自然科學的優越性。我們可以直接接近歷史世界的種種實在的元素(即心理物理性〔psychophysical〕的人類存有)，但像「原子」(atom)這樣的自然世界的元素，卻不過是一些假設性的實體。自然科學處理的是外在的經驗，而精神科學則是以內在的經驗為基礎的。內在經驗固然具有反省性，也暗中為我們所自覺到，但卻不一定是內省的或明白地為我們所意識到。事實上，我們的內在經驗與外在經驗常涉及相同的對象。外在經驗的焦點是對象的物理性質；而內在經驗的焦點則是我們對對象所感受到的反應。對對象的體驗(experience〔*Erlebnis*〕)則包括了二者。

自然科學與精神科學之間的差異，也關係到說明和理解之間在方法論上的差異。自然科學追求的是對自然進行因果性的說明，亦即試圖透過一些假設性的通則去連結外在經驗之種種不相連屬的表象(representations)。精神科學的目標，則在於追求可以弄清楚在體驗中給定的種種典型的生命結構的一種理解(understanding〔*Verstehen*〕)。由於發現體驗根本上就是相關聯著的並且是有意義的，使得狄爾泰反對傳統的種種原子論式的和聯想主義式(associationist)的心理學，並發展出了一種被胡塞爾(Husserl)認是預取了現象學的心理學(phenomenological psychology)的一種描述性的心理學(descriptive psychology)。

在〈觀念〉(Ideas, 1894)一文中，狄爾泰辯稱，描述性的心理學可以為其他的精神科學提供一種中立的基礎，但在他後來的一些影響了海德格(Heidegger)與高達美(Hans-Georg Gadamer)的解釋學著作中，狄爾泰卻拒斥了某種基礎學科和方法的可能性。在〈建造〉(Formation)一文中，狄爾泰斷言，所有的精神科學都是解釋性的，並且都是相互依賴的。在解釋學式的構想之下，理解乃是一種解釋「生命的種種客觀化」(objectifications of life，亦即人類的經驗與活動之外在的表現)的過程。對他人的理解，乃是由這些共同的客觀化所中介，而無法直接地透過「投入感受」(through empathy〔*Einfühlung*〕)而獲得。甚至，要完全地理解我自己，我也必須解釋我的生命的種種表現才行，就像解釋別人的表現一樣。

自然科學的目標在於追求越來越廣泛的通則；但精神科學則並重對個體性(individuality)與普遍性(universality)的理解。在狄爾泰看來，個體乃是他們所參與的那些社會和文化系統的交會點(intersection)。任何促進對人類生命的理解的心理學上的貢獻，都必須被整合進這種更具有公眾性的架構之中。狄爾泰雖然拒斥了「歷史的普遍法則」(universal law of history)的可能性，但他認為，個別的精神科學還是有可能建立一些限定於特定的社會與文化系統中的一致性。

在一系列為補充〈建造〉一文而寫成的手稿(1911)中，狄爾泰進一步針對精神科學而發展出了一些「生命的範疇」(categories of life)。在分析了諸如「部分—整體的關係」(part-whole relation)的一些共通於所有科學的形式性的範疇之後，狄爾泰區分開了「真正的精神科學的範疇」(real categories of human sciences)與「自然科學的範疇」。最重要的幾個精神科學的範疇乃是價值、目的、與意義，但這些範疇卻絕未窮盡我們在反省我們的存在之終極意義時所需的概念。這種反省之最完整的表現，就是一種「世界觀」(worldview〔*Weltanschauung*〕)，例如在宗教、藝術與哲學中發展出來的種種世界觀。一個世界觀構成了一種對生命的全面性的觀點，它總結了我們對世界的知識、我們在感情上對世界的評價、以及我們在意志上對世界的反應。由於狄爾泰區分開了三種彼此互斥且不斷重複出現的世界觀類型——自然主義(naturalism，例如：德謨克利特斯〔Democritus〕、休姆〔Hume〕)、自由的觀念論(idealism of freedom，例如：蘇格拉底〔Socrates〕、康德〔Kant〕)、以及客觀觀念論(objective idealism，例如：巴門尼德斯〔Parmenides〕、黑格爾〔Hegel〕)，因此他常常被認為是一個相對主義(relativist)者。但狄爾泰卻認為，無論是自然科學還是精神科學，都可以透過某種適當的方法感(sense of method)而在它們各自的方式下獲得客觀的真理。不同的世界觀的形上學(metaphysical)基礎之所以是相對的，純粹是因為它們都想要達成對所有的真理的一種不可能的綜合。

參見 *Einfühlung* 投入感受；*Erlebnis* 體驗；Hegel 黑格爾；hermeneutics 詮釋學；Nietzsche 尼采；philosophy of history 歷史哲學

R.A.M.撰　張旺山審訂

diminished capacity　能力不足　這是一種對於刑事責任的法律辯護方式，有兩種不同形式；(1)「犯意」類型(*mens rea* variant)：要控告某人犯了某罪，必須確定被告當時的心理狀態，確實滿足那項罪名在法律定義上所要求的心理判準；換句話說，被告確實有犯下被控罪名的「犯意」(*mens rea*)。但被告可以舉出心理失常(mental abnormality)的證據，如此一來起訴書中對被告的指控是否還成立，就變得相當可疑。(2)部分責任類型(partial responsibility variant)。在這種情況下，被告聲稱，雖然他犯罪時的確實有犯意，符合被控罪的心理狀態判準，但因為被告的心理狀態失常，得以減輕一部分責任，並因此應該被判處一個較輕的罪名、或服較短的刑期。心理狀態失常可能是由於精神疾病(mental disorder)、酒醉(intoxication)、創傷(trauma)、或其他原因。犯意類型的能力不足辯護，並不是去提出減輕刑罰或赦免的理由(excuse)：被告只是主張，檢方並不能證明被告具有該罪名所限定的精神狀態。部分責任則是一種量刑時可參考的理由，但它不同於類似的法定精神錯亂(legal insanity)，法律上的精神錯亂是完全的量刑理由；但部分責任不能導致無罪開釋，而只能導致減輕刑罰。在一個案件當中，被告可以同時運用一種或兩種能力不足辯護，以及精神錯亂辯護。

例如，按照通常一級謀殺罪的定義，檢方必須證明，被告人有殺人的意圖，且在預謀之後確實這麼做了。被控以一級謀殺罪的被告，可以提出如下的兩種能力不足辯護：為了否認有所預謀，被告可能會聲稱，他的殺人行為是因為忽然產生「命令性幻覺」所導致的。如果被採信，被告人便不能被判處「預謀(premeditated)」殺人罪，但可以判處較輕的二級謀殺罪；二級謀殺罪通常只要求證明有殺人意圖。而且，甚至事前有意圖且預謀殺人的被告，也可聲稱只有部分責任，因為被告處於類似精神病患的心理狀態，這使得被告的行動理由雖不理性，卻無可譴責。在這種情況下，不是罪名的級數降低，就是以一級謀殺定罪，但給予較輕的懲罰。罪名的級數降低，可能是因為部分從輕量刑的考量，而非被告不具備基本定義下的犯意。

在美國，雖然犯意類型的能力不足辯護，常受到各式各樣的限制，犯意類型辯護還是存在於約一半的州中。對於犯意類型的能力不足辯護，之所以多方設限，主要是為了避免被告以心理狀況失常為由，推翻被控罪名限定的「所有」心理狀態判準，且因此而無罪開釋。在英國法律中，也存在犯意類型辯護，但以犯意類型辯護支持的證據，有形式上的限制，因此限制了這種辯護方式的應用範圍。美國還沒有任何州採納特定的、直接的部分責任類型辯護，但各種相似的條款和程序已被普遍接受。比方說，如果被告的行為是出於「忍無可忍」，被告所受的刺激在法律上也認為其情可憫，那麼被告的故意殺人，罪名便應從謀殺罪(murder)減至蓄意過失殺人(manslaughter)；同時法官依他的自由裁量權，可因為被告的心理狀態失常，對被告從輕發落。以上的處置，基礎都是來自於部分責任類型的能力不足。除了上述與部分責任類型相似的條款外，英格蘭、威爾斯，以及蘇格蘭都已直接採納了部分責任類型，被稱之為「責任不足」(diminished responsibility)，但只適用於對謀殺罪的起訴。「責任不足」可將某些判決削減到一個較輕的罪名，如蓄意過失殺人(constitute murder)與過失殺人(culpable homicide)；這一類的行為在其他狀況下會構成謀殺罪。

參見 free will problem 自由意志問題；mens rea 犯罪意念；philosophy of law 法律哲學

S.J.M.撰　謝世民、吳妍儀審訂

diminished responsibility　責任不足　見 diminished capacity 能力不足

***Ding an sich*　物自身**　見 Kant 康德

Diodoros Cronos　狄奧多羅斯・克洛諾斯　見 Megarians 麥加拉學者

Diogenes Laertius　提奧奇尼斯・拉爾提烏斯　見 doxographers 古希臘哲學家各種主張的編輯者和註釋者；vagueness 模糊性

Diogenes of Apollonia　阿波羅尼亞的提奧奇尼斯　見 pre-Socratics 先蘇格拉底學派

Diogenes of Lonoanda　勞諾達的提奧奇尼斯　見 Epicureanism 伊比鳩魯主義

Diogenes the Cynic　犬儒學派的提奧奇尼斯　見 Cynics 犬儒學派

direct discourse　直接引述　見 indirect discourse 間接引述

direct intention　直接意向　見 intention 意圖

direction of fit　契合方向　從安絲康(Anscombe)《意向》(*Intention*, 1957)一書中的一個故事，引申出來的一個比喻。這個故事說一名偵探，他跟蹤一個購物者並記錄他所買下的物品。正如安絲康所言，該名偵探的物品紀錄單必須符合世界的實情(那購物者所買的物品都必須在該名偵探的物品紀錄單上)，而那購物者的購物單則是世界必須契合之(在購物單上的每一件物品皆是他必定買的)。這個比喻現在已被用來對兩種言說行為(speech act)(斷言相對命令)及兩種心靈狀態(mental states)(信念相對慾望)做區分。例如，信念被說成是「心靈-契合-世界方向」(world-to-mind direction of fit)，因為信念之本質在於其內容要與世界吻合：虛假信念要被拋棄。而慾望被說成具有相反的「世界-契合-心靈方向」(mind-to-world direction of fit)，因為慾望之本質在於要求世界契合其內容。至少就未滿足之慾望(unsatisfied desire)的功能言，這是真的，因為當未滿足之慾望碰到世界的某種狀況時，便會激發出行為來改變世界的狀況以滿足之。

參見 Anscombe 安絲康；belief 信念；motivation 動機

M.Sm.撰　盧傑雄審訂

direct knowledge　直接知識　見 basing relation 基礎關係

direct passions　直接激情　見 Hume 休姆

direct realism　直接實在論　這一理論認為，知覺在認識上是直接的，不經由有意識或無意識的推論(conscious or unconscious inference)來中介。一方面，直接實在論與間接的，或者是表徵的(representative)實在論不同，後者認為，物質對象(material objects)之知覺(perceptual awareness)以感覺表徵之覺知(awareness of sensory representation)為中介；另一方面，直接實在論也與種種形式的現象主義(phenomenalism)不同，後者把物質對象等同於心靈狀態(states of mind)。人可能認為直接實在論與知覺之因果理論(causal theories of perception)不相容。後者訴求被知覺的對象(object perceived)(原因)至知覺者的知覺狀態(perceptual states of perceivers)(結果)的因果串連。而果又一定不同於因，因而知覺(an instance of perceiving)與被知覺的對象間之關係似乎不可能是直接的。然而，這種說法混淆了認識的直接性(epistemic directness)與因果的直接性(causal directness)。直接實在論者只需主張前者。在「知覺到番茄是紅色」之情況，我的知覺之內容是番茄之為紅色(tomato's being red)。或許，我之進入這狀態是一番複雜的因果程序之結果。但是，我的知覺可以就著後面意義而言是直接的：它並不是透過表徵性的感覺狀態之覺知(an awareness of a representational sensory state)，才覺知到番茄。人通常認為知覺上的錯誤，以及較為特殊的錯誤，如幻覺(hallucination)和錯覺(illusion)，這些都是直接實在論者的特別難題。例如，我幻視到一個紅番茄，但這不是我直接覺知到紅番茄，因為即使沒有一個紅番茄，我仍可能幻視到一個。那麼，我的紅番茄幻視或許部分地是(因為)我直接覺知到一個圓紅的感覺表徵(a round, red sensory representation)。而且，如果我的覺知在這裡不能與我對真實紅番茄之知覺區別開來，那麼為什麼不認為我在無知覺錯誤時也應該覺知到感覺表徵？直接的實在論者可以如後回應：幻覺與無誤的知覺(veridical perceiving)其實不是不能區別開來；或者，他們質疑下面的論斷：如果得用感覺表徵來解釋幻覺，那麼在無知覺錯誤時也須假定感覺表徵存在。

參見 perception 知覺；phenomenalism 現象論

J.F.H.撰　龔維正審訂

direct reference　直接指稱　見 causal theory of proper names 專有名稱的因果理論

direct sense　直接意義　見 oblique context 間接脈絡

discourse ethics　論理倫理學　見 Habermas 哈伯瑪斯

discrete time　離散時間　見 time 時間

disembodiment　脫離肉體　指先前有身體的某人的存在的無形體狀態。這樣，脫離肉身就與不具形體(non-embodiment)或者無形物(immateriality)區分了開來。上帝和天使，如果他們存在的話，他們是不具形體的或是無形物。與此相對照，如果人類在形體死亡之後仍繼續生存，那麼他們就是脫離肉身。正如所舉的這個例子當中所建議的那樣，脫離肉身主要是在論不朽或者死而復生的脈絡中加以討論的。它假定這樣一種觀點，也就是，人是靈魂或是某類離開形體也能存在的無形的實體。人是否可以脫離肉身是一個有爭論的問題。大多數哲學家相信這是可能的認為，一個脫離肉身的人便是意識，但是這事實並不是顯而易見的。

參見 personal identity 人格同一性；philosophy of mind 心靈哲學；Plato 柏拉圖；survival 死後生存

E.R.W.撰　丁福寧審訂

disjoint　不相交的　見 set theory 集合論

disjunction　選言推理　見 disjunctive proposition 選言命題；syllogism 三段論式

disjunction elimination　選言消去　(又稱析取消去)(1)論證形式「A 或 B，如果 A 則 C，如果 B 則 C；因此，C」，以及符合這種形式的論證。(2)允許人們由一個選言(又稱析取)(disjunction)及分別從每一個選言肢(又稱析取肢)(each of the disjuncts)中推得 C，因而推論出 C 的推理規則。也稱為「選言消去規則」(the rule of disjunctive elimination)或「∨消去規則」(the rule of ∨-elimination)。

參見 disjunctive proposition 選言命題

G.F.S.撰　李瑞麟審訂

disjunction introduction　選言引入　(又稱析取引入)(1)論證形式「A(或 B)；因此，A 或 B」，以及符合這種形式的論證。(2)允許人從其兩個中的任何一個選言肢(又稱析取肢)(either of its disjuncts)推出一個選言(又稱析取)(disjunction)的推理規則。也稱為「附加規則」(the rule of addition)或「∨引入規則」(the rule of ∨-introduction)。

參見 disjunctive proposition 選言命題

G.F.S.撰　李瑞麟審訂

disjunctive normal form　析取範式　見 normal form 範式

disjunctive proposition　選言命題　(或稱析取命題)一命題其主要的命題算子(主要連結詞)為選言(析取)算子，也就是代表「且／或」的邏輯算子。因此，「(P 且／或 Q)且 R」並非一選言命題，因為其主要連接詞為連言運算，但「P 且／或(Q 且 R)」便是選言命題。

R.W.B.撰　李國偉審訂

disjunctive syllogism　選言三段論　見 syllogism 三段論式

disposition　傾向　是指某一客體或系統在特定環境或條件下，以特徵化的方式表現或再現的一種趨勢。易碎性、溶解性，以及放射性是幾種典型的物理傾向；慷慨、易怒則是人的典型傾向。對於行為主義(behaviorism)、功能論(functionalism)，以及某些形式的唯物主義(materialism)來說，精神事件，例如觀念的出現、信念的狀態也都是傾向。假設的或條件的述句是由傾向性的斷言來加以表達的，並且可以捕捉到它們最基本的涵義：如果玻璃受到適當的撞擊便會破碎；如果讓一個鐳原子處於不受干擾的狀態，那麼在特定的時間內它將衰退，等等。這些通常被視為虛擬的，而非實質的條件句(目的是為了避免當可溶的東西卻沒有進入水中這樣的問題)。表現或再現的特徵化的樣式——破碎、衰退等——被稱之為傾向的顯現或展現(manifestation or display)，然而它們不必定是可觀察得到的。易碎性是種「規律的」或「普遍的」傾向；玻璃受到適當的撞擊總是要破碎的。放射性卻是「變化的」(variable)或「概然的」(probabilistic)；鐳在某種特定的條件下可能會也可能不會衰退。傾向可能是「多軌跡的」(multi-track)或「多重顯現的」(multiply manifested)，而非是單一軌跡的或單一顯現；例如硬度或彈性，在不同的條件下，它們便可能有不同的顯現。

在《心靈概念》(*The Concept of Mind*, 1949)當中，吉爾伯特・賴爾(Gilbert Ryle)認為，

相對於傾向性的斷言來說，沒有任何東西比它們所涉及的條件更多：傾向性並不意味就會出現；擁有某種傾向性並不意味會有任何事件或出現、或以某種特定狀態呈現(這是與實證主義〔positivism〕拒斥不可觀察事象緊密結合的論點，把精神事件和狀態視為各種不同的傾向；這也支持了行為主義的觀點，認為這些精神事件或狀態不過是可觀察行為的傾向)。相反地，實在論(realism)認為，傾向性也涉及實際或發生的性質或狀態，有可能是我們不知道的或觀察不到。尤其是，一些有關內在性質或狀態的傾向的基礎，像易碎性的基礎是在於分子的結構，放射性的基礎則在於核子的結構。某種傾向的基礎至少部分地是被視為其顯現的原因。有些哲學家認為，這些基礎是範疇性的，而非傾向性的(阿姆斯壯，《心靈的唯物論》〔D. M. Armstrong, *A Materialist Theory of Mind*, 1968〕)。另外有些哲學家，著名者如波普爾(Popper)，則主張所有性質都是傾向性的。

參見 behaviorism 行為主義；counterfactuals 非現實句；philosophy of mind 心靈哲學；philosophy of science 科學哲學；propensity 傾向性；state 狀態

D.S.撰　莊文瑞審訂

dispositional belief　**傾向性地相信**　見 belief 信念

dispositional state　**傾向狀態**　見 state 狀態

dispositional theory of meaning　**意義傾向性理論**　見 meaning 意義

dispositional theory of memory　**記憶傾向性理論**　見 memory 記憶

disposition to believe　**傾向於相信**　見 belief 信念

disquotation theory of truth　**真理的去引號理論**　見 truth 真理

distinction, formal　**形式上的區分**　見 *fundamentum divisionis* 劃分之基礎

distinction, mental　**思想上的區分**　見 *fundamentum divisionis* 劃分之基礎

distinction, real　**真實區分**　見 *fundamentum divisionis* 劃分之基礎

distribution　**周延性**　指由一個詞指稱的代表每一個個體的一種性質。拉丁語 *distributio* 起源於十二世紀，它被用於作為指稱理論的一個重要部分的詞，而且它可以僅表示一個冠有全稱量詞(universal quantifier)的詞項所具有的性質。「狗」一詞在「每隻狗都有走運的時候」當中是周延的，因為在認定上它指涉了每一隻狗。相較之下，同樣的詞在「一隻狗咬了那個郵差」當中就不是周延的了，因為它僅指涉到一隻狗。經過了一段時間，周延性這一觀念逐漸只被用作確定定言三段論(categorical syllogisms)是否有效(validity)的一種工具：(1)每個在前提中周延的詞，在結論中也必須周延；(2)中項中的詞至少必須被周延一次。

邏輯學教科書中對於周延(這觀念)的解釋大多很草率；它認定普遍命題的主詞和否定命題的述詞都是周延的。就全稱肯定命題(A-propositions)來說這是直觀的，例如，「所有的人都是會死的」；「會死的」這屬性周延到了每一個人。對某些情形而言，比如說

特稱否定命題(O-propositions)的述詞，周延這觀念就不直觀了。依據這一原則，「有些人是不自私的」這語句實際上也就是說，如果將所有自私的事物和某個經過挑選的人(一個不自私的人)相比較，則那個人與任何自私的事物之間並沒有等同關係(同一性的關係〔the relation of identity〕)。注意，在這個解釋中並沒有提到周延這一觀念。周延這一觀念如今之所以聲名狼藉，主要是由於彼得・紀治(Peter Geach)在《指稱與普遍性》(*Reference and Generality*, 1968)當中的批判以及它與標準語意學理論的毫不相干。

相關詞「周延地」(distributively)意即「在某個程度或範圍內逐一指稱群組中的每一個項目」，它也被用來與「集合地」(collectively)一詞相對比。「那些石頭重一百磅」這語句是歧義的。如果「石頭」是被周延地處理，那麼，這語句就意指每一塊石頭都一百磅重。如果「石頭」集體地被處理的話，那麼這語句意即那些石頭的總重量為一百磅。

參見 syllogism 三段論式

A.P.M.撰　丁福寧審訂

distributive justice　分配的正義　見 justice 正義

distributive laws　分配律　邏輯原理：

A∧(B∨C)≡(A∧B)∨(A∨C)

以及

A∨(B∧C)≡(A∨B)∧(A∨C)

稱之為合取對析取分配(disjunction over conjunction)，以及析取對合取分配(conjunction over disjunction)。

參見 de Morgan's laws 狄摩根定律

G.F.S.撰　李瑞麟審訂

distributively　周延地　見 distribution 周延性

divided line　分割線　柏拉圖(Plato)在《理想國》(*Republic*, VI, 509d-511e)中提出，用以局部解釋至善的三大比喻之一(此外還有太陽比喻和洞穴比喻)。蘇格拉底(Socrates)將一條線劃分為不等的兩段，較長的一段代表可理解的世界，較短的一段代表感性世界。然後，每一段再以同樣比例分割。如此得到的四段線，蘇格拉底分別用以代表四種心靈狀態，從最短的開始，分別是：影子(*eikasia*)，指幻想或對於影子的知覺；信念(*pistis*)，指對於日常物質物體的信念；推知(*dianoia*)，指數學家所作的假設性推理；真知(*noesis*)，指透過辯證法使理性達到對至善的第一原理之知。

參見 Plato 柏拉圖；Socrates 蘇格拉底

W.J.P.撰　沈清松審訂

divine attributes　神的屬性　指上帝的諸種屬性，尤其是指對於上帝來說是本質的和獨特的那些屬性。在傳統的被認為是上帝的各種屬性當中，全能(omnipotence)、全知(omniscience)、全善(omnibenevolence)通常被認在最大的程度上意味著分別地擁有權能、知識，以及道德的善。在此，上帝被理解為是一個無限權能、知識和善的永恆的(或不朽)的存有，祂是宇宙的創造者和維持者，值得人們的崇拜。

「全能」便是最大的能力。某些哲學家，尤其是笛卡兒(Descartes)已經說過，全能需要徹底解決任何事情的能力，邏輯上也包括那些不可能的事情。然而，大多數神學家把全能理解為巨大的能力，因為存在仍然要以某種能力的限制範圍為條件，包含有對邏輯上不可能做到的事情的無能為力，對改變過去或做與已經發生的事相矛盾的事情的無能為力，以對某種具有別的神的屬性的存有不能做的那些事情的無能為力，例如，犯罪和欺騙。

「全知」便是無限的知識，依據最直接了當的說明，全知是所有真命題的知識，但或許有理由來確認有關某一存有成為全能必須知曉的真命題類別的界限。例如，如果有關於將來的真命題，那麼，全知應包括預知(foreknowledge)。但是，有些哲學家認為對人的行為的預知是與行為的自由不相容的。如此就導致了某些人對有關將來的真理的否定，以及另外某些人否認這樣的真理是可以被認識的。在後一種情況，全知可能被認為是一切可知的真理的知識。或者如果上帝是永恆的，並且存在著某些時態性(tensed)或時間性的指示(temporally indexical)命題，這種命題只能被某一位在時間中存在的認識，則全知很可能就不擴及到這些命題。全知是否也包括中間知識(middle knowledge)是一個有爭議的問題，中間知識是指如果其他的反事實的條件被得到的話，某個行為人將做什麼的知識。由於對中間知識的近來的批判(對照拜尼茨〔Báñez〕，以及其他十六世紀的默里納〔Molina〕的道明會的反對者)，常常否認相關的反事實的條件作為這種知識的對象的理由是真的，否認中間知識的可能性，毋需限制某一存有為成為全知者必須知道的真命題的集合。最後，全知這一概念並不自己限制某一全知的存有如何獲得其知識，但它常常被認為，上帝的知識既非推理　最即得自於前提或證據)亦非依賴於因果程序。

「全善」，從字面上來說是指對善的完全渴望，不太嚴格地來說，是道德上完美的善。從傳統上來看，它已被認為是這樣，上帝不僅碰巧是善的，而且祂也必須如此，並且祂不可能會做錯事。根據前一句的斷言，那麼上帝「本質上」便是善的；根據後一句的斷言，那麼上帝是「無瑕疵的」。上帝是否由於祂遵循了一種永恆的道德標準而成為完美的善，或者是祂自己確立了善的標準，這是一個有爭論的問題。

「神的至高權威」(Divine sovereignty)是上帝對所有受造物的統治。依照此一學說，上帝不僅創造世界，然後讓世界自己去運作；上帝還繼續按照祂的善，計畫管理世界的整個細節。故至高權威與上帝的護佑(providence)有關係。困難就在於如何調和上帝對世界的控制的有力觀點，和自由意志主義支持者的意志自由觀點。

「因己存在」(aseity 或 perseity)是完全的獨立。最直接的意思就是上帝的存在不依靠任何什麼或任何事物。依照因己存在的較強的釋意，即上帝是完全地獨立於任何事物之外，包括祂的特性(properties)。此一觀點支持神的單純的學說，依照該學說，上帝不與祂的特性有任何區別。

「單純」(Simplicity)是沒有任何部分的特性。依照神的單純的學說，上帝不僅沒有空間或時間的部分，而且在上帝與祂的本質之間、在祂的各種屬性之間(例如在祂之內，全知與全能是等同的)，以及在上帝和祂的各種屬性之間都沒有任何區別。中世紀神學將單純視為神的屬性，但此一學說為當代的哲學家而言，如不是不一致，則是頗為困擾。

參見 Descartes 笛卡兒；divine foreknowledge 神的預知；middle knowledge 中間知識；Molina 默里納；philosophy of religion 宗教哲學

E.R.W.撰　丁福寧審訂

divine command ethics　上帝誡命倫理學　一種倫理學理論，按照這種理論，道德的一部分或全部取決於上帝的意志，後者藉著祂的誡命頒布出來。這個理論在基督宗教倫理學史上有重要地位。上帝誡命理論在約翰·鄧斯·斯各多(John Duns Scotus)與威廉·奧坎(William Ockham)所建構的方濟會學派倫理學(Franciscan ethics)中十分顯著。奧坎的追隨者如德埃利(Pierre d'Ailly)、杰森(John Gerson)、與加布里爾・比爾(Gabriel Biel)等也支持這種理論；路德(Martin Luther)與喀爾文(John Calvin)也接受上帝誡命倫理學；就近代英國思想來說，上帝誡命理論的重要主張者包括洛克(John Locke)、柏克萊(George Berkeley)和培利(William Paley)。一般說來，上帝誡命理論是對道德的義務論部分所提出的說明，這個部分包含道德要求(義務〔obligations〕)、可容許的行為(對)和被禁止的行為(錯)。根據上帝誡命觀點，上帝所禁止的行為所以在道德上是錯誤的，就在於這些行為被上帝禁止，上帝沒有禁止的行為在道德上是對的，就在於這些行為沒有被上帝禁止，上帝命令世人遵行的行為所以是道德義務，就在於這些行為是上帝的誡命所要求的。

許多基督徒認為上帝誡命倫理學有吸引力，那是因為在〈福音書〉(Gospels)中所倡導的一套愛的倫理學將愛視為一種誡命的主題(subject)。按照〈馬太福音〉(Matthew)第 22 章第 37 至 40 節的記載，耶穌基督說我們被命令要愛上帝和鄰舍。按照齊克果(Søren Kierkegaard)的想法，我們設想基督宗教對鄰舍的愛必須是上帝誡命所規定的義務，是基於兩個理由：一，唯有一種義務的愛可以充分地擴充至包含一切事物，甚至包含某人的敵人；二，唯有一種義務的愛不會因為發現對象的改變而有任何改變。

對上帝誡命理論的主要批評是：對上帝誡命的依賴將使道德變成是任意的，甚至使人無法接受。按照上帝誡命倫理學，如果上帝不存在，或者雖然存在卻沒有禁止殺人，殺人就沒有對錯了。或許對這種反對意見的最有力駁斥，就是訴諸上帝的必然存在和本質的善。上帝不可能不存在，也不可能不是善的，因此上帝不可能不禁止殺人。簡言之，上帝的誡命不是任意的命令。

參見 ethics 倫理學；Locke 洛克；Ockham 奧坎

P.L.Q.撰　劉若韶審訂

divine command theory　上帝誡命(神聖命令理論)　見 divine command ethics 上帝誡命倫理學；ethics 倫理學

divine foreknowledge　神的預知　上帝關於將來的知識。由於全知(omniscience)可能包括所有真理的知識並且存在著關於未來的真理，因此，神的預知，似乎是祂有關於未來知識的全知的一種直接了當的結果。另外，神的預知似乎是正統教派宗教所堅持的神的預言和神的護佑所要求的。在前一種情況下，即使上帝知道將要發生什麼，祂也不可能可靠地啟示出什麼將要發生。在後一種情況下，要了解上帝在不知道將會是什麼的情況，卻能有一個發生什麼的計畫是非常困難的。然而，有一個問題便出現了，對於許多人來說，神的預知是與人的自由行動相互矛盾的。一些哲學家(尤其是波依修〔Boethius〕)也曾加以如下的解釋：如果上帝知道某人將施行某種行為，那麼這個人就必定施行這種行為；但是如果某人必定實行某行為，那麼此人便不是自由地施行這種行為。這種對於神的預知是與人的自由行為相矛盾的想法的解釋，犯了一個簡單的形式上的錯誤。問題一定是這一條件從句，即上帝知道某人將實行某種行為，那麼事實上此人也將施行此行為。但是，從上帝知道某人將施行某種行為的假設或前提當中，得出是令人難以置信的斷言的結論需要什麼，它不單單是此人施行此行為並且此人必定施行之的結果。可能也有舉例說明這一矛盾的其他嘗試，然而，也並沒有輕易地消除人們的疑慮。對於這一顯而易見的悖論的一種反應是說，關於未來的真理實際上並不存在，或者是根本上就沒有，或者是並沒有如未來的自由行為那樣的事件，由於當下的條件，它也常常不能成為必須的東西。另一種反應是，雖承認有關於未來的真理，但卻否認關於將來的自由行為的真理是可知的。在這種情況下，全知可能就會被理解為並非是所有真理的知識，而僅僅是所有可知的真理的知識。第三種回應是，並且具有歷史的重要性，認為上帝是永恆的而且由於祂對每件事的洞察是當下的，因而並非將來的。這些回應都含蓄地同意神的預知是與人的自由相互矛盾的，但他們各自提出了有關全知的不同說法，在這些說法中都不包括預知，或者無論如何，不包括有關未來自由行動的預知。

參見 divine attributes 神的屬性；free will problem 自由意志問題；middle knowledge 中間知識；philosophy of religion 宗教哲學

E.R.W.撰　丁福寧審訂

divine sovereignty　神的至高權威　見 divine attributes 神的屬性

division, fallacy of　分割的謬誤　見 informal fallacy 非形式謬誤

D-N model　演繹-規律模式　見 covering law model 涵蓋律模式

Doctor Irrefragabilis　無可抗辯的博士　見 Alexander of Hales 哈爾斯的亞歷山大

***Doctor Mirabilis*　絕佳導師**　見 Bacon, Roger 培根，羅傑

doctrine of infinite analysis　無限分析說　見 Leibniz 萊布尼茲

doctrine of minute perceptions　細微知覺理論　見 Leibniz 萊布尼茲

doctrine of the mean　中道、擇中的原則　見 Aristotle 亞里斯多德；*Chung-yung*《中庸》

Dodgson, Charles Lutwidge　杜格森，查理斯．魯特維治　見 Carroll 卡洛

dogmatism　教條主義　見 Skeptics 懷疑學派

domain　定義域　一門學問之定義域是構成其研究主題之個體所成的集合。動物學、數論及平面幾何學之定義域，分別是動物之集合、自然數之集合，以及平面圖形之集合。在《後分析論》(*Posterior Analytics*, 76b10)，亞里斯多德(Aristotle)觀察到每一門學問預設它的定義域、它的基本概念及基本原理。使用標準一階(first-order)形式語言來做現代的形式化的學問，常常，但不必然，以標的解釋或標的模型(the intended interpretation or intended model)之論域為其定義域，亦即不必然以個體變元之值域(the range of values of the individual variables)為其定義域。

參見 axiomatic method 公理法；formalization 形式化；formal logic 形式邏輯；model theory 模型論；ontological commitment 存有論承諾；universe of discourse 論域；variable 變數

J.Cor.撰　龔維正審訂

dominance, principle of　宰制原則　見 Newcomb's paradox 紐康伯悖論

dominate　支配　見 Schröder-Bernstein theorem 薛若德-伯恩斯坦定理

donkey sentences　驢句子　「凡有一隻驢子的人都打牠」，「如果一個人有一隻驢子，他打牠」。如同上列的範例及與其他相似的形式，是在中世紀時期所提出的邏輯謎題，在最近被紀治(Geach)所注意。問題在於這類句子的邏輯形式(logical form)——尤其是代名詞「它」與不定名詞片語「一隻驢子」的正確分析。將句子翻譯為述詞邏輯的一般策略，是把不定名詞片語轉成存在量化(existential quantification)與把代名詞轉成約束變元(bound variable)(如「約翰有隻驢子，而且打它」轉換為→(∃*x*)〔*x* 是隻驢子 & 約翰擁有 *x* & 約翰打 *x*〕)，這樣是既有壞的形式(ill-formed)也有著錯誤的真值條件。使用全稱量限詞(universal quantifier)在邏輯形式會產生有爭議蘊涵，即凡有驢子的人會打他所擁有的每隻驢子。為了努力想要解決這樣的問題，在邏輯與語言語意上產生了許多有意義的研究。

參見 logical form 邏輯形式

R.E.W.撰　呂健吉審訂

doomsday argument　審判日論證　一個論證(主要和數學家卡特〔Brandon Carter〕和哲學家列斯里〔John Leslie〕關聯在一起)，利用貝耶斯定理(Bayes' theorem)(和貝耶斯規則〔Bayes' rule〕)，旨在展示不管我們可以為人類命運即將終結(human life will end)這假說指派什麼先行條件，都是在放大我們對於自己生存時間的學問(或注意力)：我們正處在人類已存在幾百萬年中的關鍵少數幾千年(審判日之前的幾千年)之間。見列斯里，《世界的終結：人類滅絕的科學和倫理學》(*The Science and Ethics of Human Extinction*, 1996)。

這個論證是基於一個人類滅絕與墓碑上的名字之間的緊密類比：也就是說，已知我們在人類的時間尺度中的次序位置，則人類滅絕之機率問題，就好像從一個墓碑中散漫地挑出少數名字，而讀者的名字就在其中——這種情況可能會強化讀者的印象，以為墓碑擁有相當少的名字，而不是非常多的名字(換言之，讀者會認為墓碑只有相當少的名字，要不然不會挑到自己的名字)。

參見 Bayesian rationality 貝耶斯主義的合理性；Bayes's theorem 貝氏定理；probability 機率

D.A.J.撰　陳瑞麟審訂

dot notation　圓點式記號　見 logical notation 邏輯記號

double aspect theory　雙重面向理論　見 philosophy of mind 心靈哲學

double effect, principle of　雙果律　見 principle of double effect 雙果律

double negation　雙重否定　(1)也稱為雙重否定律(the law of double negation)，即是任一命題和它的雙重否定在邏輯上是等同的。這樣一來，「羅吉爾是一隻兔子」這一命題與「羅吉爾不是不是一隻兔子」這一命題就是等同的。這一定律適用於古典邏輯，而並不適用於某些非古典的否定概念。例如，在直觀主義邏輯(intuitionist logic)中，一個命題蘊涵其雙重否定，但未必被其雙重否定蘊涵。(2)也可以叫做雙重否定規則(the rule of double negation)，是推理的一種規則，它允許人從 A 推得 A 的雙重否定，反之亦然。

參見 formal logic 形式邏輯

G.F.S.撰　李瑞麟審訂

double negation, law of　雙重否定定律　見 double negation 雙重否定

double truth　雙重真理　按照這個理論，一事物可能就哲學來說(或者說按照理性的標準)是真的，而它的反面就神學來說(或者說按照信仰的標準)也是真的。這個理論是為了要回應理性與信仰的衝突而提出的。舉例來說，按照一種對亞里斯多德(Aristotle)的詮釋，理性人類靈魂只有一個，但是根據基督宗教神學，理性人類靈魂有許多個。阿威羅斯(Averroes)和布拉邦的西格爾(Siger of Brabant)、達西亞的波依修(Boethius of Dacia)等拉丁阿威羅斯主義者(Latin Averroists)，被他們的反對者指稱是雙重真理論的提倡者，但是，這些哲學家是否確實主張這個理論是值得懷疑的。阿威羅斯似乎主張，同一個真理在哲學領域中以科學方式鋪陳，在神學領域中則以譬喻方法表達。拉丁阿威羅斯主義者顯然認為，哲學所關注的是在沒有上帝特殊介入的情況下由自然必然性而來的可能真理，神學所要處理的則是由於上帝的介入而有的現實真理。根據這個觀點，如果沒有上帝的介入，理性人類靈魂只有一個。上帝奇蹟地把按照本性不可能變成雜多的人類理性靈魂變成雜多。但是，沒有任何人明白主張，理性人類靈魂同時只有一個卻又有許多個。

參見 Averroes 阿威羅斯；Siger of Brabant 布拉邦的西格爾

P.L.Q.撰　劉若韶審訂

doubt, methodic　方法論上的懷疑　Descartes 笛卡兒

downward saturated set　下飽和集合　見 Hintikka set 辛提卡集合

doxa　信　見 doxastic 信的或與信有關的

doxastic　信的或與信有關的　(源自希臘語 *doxa*，意為「信」〔belief〕)。例如，一個信的心靈狀態(a doxastic mental state)便是一信念(a belief)或者帶有一信念(incorporate a belief)。一方面，心靈之信狀態與非信狀態，像渴望(desire)、感覺(sensation)及情感(emotion)，有別；另一方面，它也與亞相信的(subdoxastic)狀態不同。擴充「信的」使用至原則，一個信的原則就是一個控制指導信念之(之形成或放棄)原則。它可以就是一些條件，而一行動者在此等條件下知識上地或其他方式地證成，他之形成(forming)或放棄某種信念。

參見 reasons for belief 相信之理由

J.F.H.撰　龔維正審訂

doxastic holism　信念或知識的整體論　見 holism 整體論

doxastic voluntarism　信念唯意志論　見 voluntarism 唯意志論

doxographers　古希臘哲學家各種主張的編輯者和註釋者　「doxographers」是從近代的拉丁文翻譯成英文的，它是由赫爾曼．迪爾斯(Hermann Diels)為其著作《希臘的意見記述》(*Doxographi Graeci*, 1879)的題目而新造的一個個詞。書中迪爾斯收集了一系列的希臘文本，在這些文本中他以一種相對地概要的方式，把從遠古到希臘化時期的許多哲學家的各種觀點加以編排。在一個冗長的序言中，迪爾斯重新編定了這些主張(即意見的記述〔the doxography〕)的寫作歷史；這種重新編定是現在的古代哲學的歷史編纂學的一個標準部分。意見記述本身作為早期古希臘哲學的信息資源，並且之後古代、中世紀，以及近代的作者，常常是依賴於它而非原始材料，因而凸顯其重要性。對於迪爾斯的重

新編定來說，具有決定性的文本是《哲學家的物理主張》(*Physical Opinions of the Philosophers*〔*Placita Philosophorum*〕)一書，傳統上認為此書應為普魯塔克(Plutarch)所作，但卻不認為是由他所寫。在諸如此類的主題下：「自然是什麼？」以及「論彩虹」，書中例舉了許多哲學家和哲學流派的諸多觀點。從此書及其他別的著作中，迪爾斯把它們重新編定為一部《意見集》(*Collection of Opinions*)，他把本書歸為艾提烏斯(Aetius, A.D. c. 100)；此人曾被西奧多里特(Theodoret, fifth century)提及，並把他作為這樣一本書的作者。迪爾斯把希奧弗拉斯特(Theophrastus)看作是艾提烏斯的終極的源泉，因為他曾寫過一部更具推論性的書《物理觀點》(*Physical Opinions*)。因為艾提烏斯提到了希奧弗拉斯特之後的希臘化時期一些哲學家的觀點，迪爾斯將艾提烏斯所言推斷為一中繼的資料(他稱其為 the *Vetusta Placita*, c.100 B.C.)。最容易理解的意見記述的材料是由提奧奇尼斯·拉爾提烏斯(Diogenes Laertius, A.D. c.200)所作的《著名哲學家的觀點及其生活》(*Live and Opinions of Eminent Philosophers*)，然而，他卻更關注於傳紀文學。他依據學派來編排哲學家，而各個學派則以時間的順序編排。

I.M.撰　徐學庸審訂

***dravya*　實體**　依據正理-勝論學派(Nyāya-Vaishesika)，一切有生命與無生命的事物都是實體(substances)，擁有屬性(*gunas*)且為效應的原因。實體分為九種：地、風、火、水、空(ether，以太)、時間、空間、意(minds)和物體(bodies)。耆那教(Jainism)則認為有六種實體：運動原理、靜止原理、空間、時間、精神(minds，命)和物體。時間以外的實體都具有廣延性，而物體之外的實體都不具有物質性。限定不二一元論吠檀多(Viśistadvaita)也主張有六種實體，包括——和二元論吠檀多(Dvaita Vedanta)一樣——上神(God)在內，後者是所有其他實體所賴以存在的根本實體。佛教學派頗具特色地否定任何實體的存在，認為所謂的實體其實只是一些事件或狀態的積聚罷了。

K.E.Y.撰　何建興審訂

***dravyasat*　實有**　梵文字詞，意為「實事性存在」(existence as a thing)或「首要存在」(primary existence)。佛教學者藉此一範疇標示事物所可能有的最基本的存在模式。它通常用來與「假有」(*prajñaptisat*，「假名性存在」〔existence as a designation〕、「次要存在」〔secondary existence〕)形成對反。依據大多數的佛教形上學理論，作為思想與言詞對象的事物必然在某個意義下存在；但是某些事物真實地、不依他地獨立自存(實有〔*dravya-sat*〕)，其他事物則僅作為言語指涉的對象而存在(假有〔*prajñapti-sat*〕)。舉例言之，前者可以是某剎那的物理形相，後者則是像瓶子這樣的日常事物，因為這樣的事物由前一種事物所組成。

P.J.G.撰　何建興審訂

dream argument　夢的論證　見 Descartes 笛卡兒

Dretske, Fred　爵茨基，弗雷得(b.1932)　美國哲學家，對經驗(experience)、信念(belief)、知覺(perception)及知識(knowledge)採外在表徵自然主義(externalistic representational naturalism)，因而聞名。受教於普渡大學(Purdue University)和明尼蘇達大學(University of Minnesota)，在威斯康辛大學(University of Wisconsin, 1960-88)及史丹佛大學(Standford University, 1988-98)任教。

在《看見與知道》(*Seeing and Knowing*, 1969)一書，爵茨基提出一種非知態的看見(non-epistemic seeing)之解釋，否定看見是相信(seeing is believing)——亦即例如否定：若一主體 S 看見一隻狗，S 一定把一概念(狗、動物、有毛皮的)用到它之上。對 S 而言，狗看起來一定有某個樣子(The dog must look some way to *S*)(S 一定在視覺上分別出狗，但是不一定概念地範鑄它〔*S* must visually differentiate the dog, but need not conceptually categorize it〕)。這與知態的看見(epistemic seeing)對立，在後者，若 S 看見一隻狗在他面前，S「會」(*would* have to)相信那是一隻狗。

在《知識與資訊之流》(*Knowledge and the Flow of Information*, 1981)，爵茨基把獨立於心靈的客觀意義的「資訊」用至命題知識(propositional knowledge)及信念內容(belief content)。「資訊」觀念取代了爵茨基較早的「最終的決定性理由(conclusive reason)」觀念(1971)。「知道p」一定含有一個由帶有真資訊p之事件因果地引起的為真的信念，或是含有一個由這種事件因果地維持的為真的信念。信念之語意內容就是最特定的數位轉碼後的那一段資訊，在一段時間的學習，它逐漸變得對此段資訊選擇性地反應(the most specific digitally encoded piece of information to which it becomes selectively sensitive during a period of learning)。

在《解釋行為》(*Explaining Behavior*, 1988)一書，爵茨基採取目的論之立場解釋表徵(及誤表徵〔misrepresentation〕)。於此書，一個結構之語意性意義(the semantic meaning of a structure)就是該結構作為指示器之功能(indicator function)。一個結構經強化它的指示 F 之因角色，又透過指示 F 之能力維持那因角色，此結構意謂 F——如此，認知狀態之內容是它的因角色，也避免了對此語意內容做附現象論的說明。

在《心靈之自然化》(*Naturalizing the Mind*, 1995)一書，爵茨基把他的意義理論應用到意識及覺知之質(qualia)問題。他主張：意識經驗之種種有經驗意義之徵相盡在於這些徵相具有的指示外在可感性質(external sensible properties)之功能性(及表徵性)角色。他反對下面觀點：意識是由心靈狀態之高階的層構(higher-order hierarchy)組成，覺知之質起於底基的物理系統(the underlying physical system)之內在而非表徵性的種種徵相。

爵茨基之所以有名，也因為他也在下列領域有貢獻：對比的敘述(contrastive statements)之性質、自然律、因果，以及知態的非封閉性(epistemic non-closure)。

參見 information theory 信息論；naturalism 自然主義；philosophy of mind 心靈哲學；qualia 感質

F.A.撰　龔維正審訂

dual-aspect theory　雙重面向理論　見 philosophy of mind 心靈哲學

dual-attribute theory　二元屬性理論　見 philosophy of mind 心靈哲學

dualism　二元論　主張實在界本身是由兩種分離的部分構成的看法。二元論的難題在於兩個完全異準的存在秩序之間，雖有表面上不可能架通的鴻溝，然而，如果要能證成「有一個可以理解的宇宙」的假定，則這兩者勢必要能協調才是。二元論展現在先蘇時期(pre-Socratic division)的「表象」與「實在」的區分；柏拉圖對於包含永恆理型的「存有」界，和包含萬物遷流不息的「變化」界的區分；在中世紀，則有「有限之人」與「無限的上帝」的區分；笛卡兒(Descartes)的實體有「能思想的心靈」與「擴延的物質」的二元論；休姆(Hume)的「事實」與「價值」的分離；康德的經驗「現象」與超越的「本體」之間的區別；詹姆士(James)和羅素(Russell)的知識論上的兩面論(epistemological double-aspect theory)，其中假定了有一中性的實體，可以分別了解為心靈或大腦：此外還有海德格(Heidegger)區分了存有與時間，啟發沙特(Sartre)將存有與虛無對舉。至於兩種真理的學說，聖與俗之分、或宗教與世俗之別，都是對於宗教和科學之間的衝突的二元論式回應。

笛卡兒的二元論被認為是「心與身」問題的根源。如果說心靈是主動的、無擴延的思想，而身體則是被動而不思想的擴延，那麼，這兩種本質完全不同而又獨立存在的實體，將如何能在因果上互動？心靈產生的觀念又怎能代表物質事物？換言之，心靈怎能認識與影響身體？笛卡兒說，心靈與身體會互動，而且觀念代表物質事物，但並不與之相像。不過，他並不能解釋如何，而只能斷定：上帝使這些事情發生。為了解決「心與身」問題而提出的二元論的解決，有馬勒布朗士(Malebranche)的機緣論(主張心身不互動，是上帝使其看來如此)；萊布尼茲(Leibniz)不互動的單子之間的預立和諧論；以及史賓諾莎(Spinoza)的屬性的二元論，兩種互斥而又平行的屬性，表達同一的上帝實體。最近的身心二元論者，有波普爾(Karl Popper)和愛爾克斯(John C. Eccles)。至於一元論對於二元論的替代方案，包含有霍布斯(Hobbes)的想法：心靈只是物質的副現象；柏克萊(Berkeley)的看法：物質事物是心靈觀念的集合；當代唯物論者的看法，像思馬特(Smart)、阿姆斯壯(Armstrong)、保羅・丘奇藍和珮特麗莎・丘奇藍 (Paul and Patricia Churchland)，他們認為心靈就是大腦。對於這些問題的討論，有一本古典著作，就是勒夫喬伊(Arthur O. Lovejoy)的《對抗二元論》(*The Revolt Against Dualism*)。

二元論與二值思考有關，也就是與二值的思想體系有關，例如，在邏輯中，定理或是有效，或是無效；在知識論中，知識的主張或是真，或是假；在倫理學中，人或是好，或是壞；行為或是對，或是錯。在《探求確性》(*The Quest for Certainty*)一書中，杜威(Dewey)認為所有現代哲學問題都是從二元對立而衍生，特別是精神與自然的二元對立。他像黑格爾一樣，提出對於對立雙方的綜合，有如正題與反題之綜合。

晚近對於「認為二元區分可以清楚描述或維持」的主張的攻擊，有維根斯坦(Wittgenstein)，他提出一種建立於重疊家族相似性上的一種分類架構，來予以替代；有蒯因(Quine)，他質疑「分析」或立基於意義的形式真理，和「綜合」或立基於事實的經驗真理，兩者之間的區分；還有德希達(Derrida)，他質疑我們區分主觀和客觀的能力。不過，儘管存有學的二元論所招致的極端難題，也儘管許多反對二元論的論證多麼令人信服，西方哲學仍繼續以二元論為主流，這點可由邏輯和倫理學中無可避免的二值型模見之，以及用物質機制來譯解心靈意向，或倒過來，以心靈意向來譯解物質機制，問題皆甚為棘手，也足以為證。

參見 metaphysics 形上學；philosophy of mind 心靈哲學

R.A.W.撰　沈清松審訂

dualism, Cartesian　笛卡兒二元論　見 dualism 二元論；philosophy of mind 心靈哲學

dualism, ethical　倫理二元論　見 Zoroastrianism 瑣羅亞斯德教

Ducasse, C(urt) J(ohn)　杜卡斯，庫特・約翰(1881-1969)　出生於法國的美國心靈哲學家和美學家。1900 年來到美國，獲哈佛大學(Harvard)博士學位(1912)，先後任教於華盛頓大學(the University of Washington, 1912-26)和布朗大學(the University of Brown, 1926-58)。

他最重要的著作是《自然、心靈與死亡》(*Nature, Mind and Death*, 1951)。其一般理論之關鍵是一種非休姆式的(non-Humean)因果觀：引起之關係(the relation of causing)是三重

的：包括(i)一個起始的事件(an initial event)，(ii)該起始事件於其下發生之一組條件，(iii)一個結果性的事件(a resulting event)；起始的事件是原因(cause)，結果性的事件是結果(effect)。以這種觀點為基礎，他建立了一範疇理論，闡明實體(substance)、性質(property)、心靈(mind)、物質(matter)，以及身體等概念。而他所辯護的觀點有：心靈是實體，心靈與身體因果地交互作用，以及，儘管每件事都有其原因，但人類是自由的。

在《對於「死後生命」這樣的信仰的一個批判性檢查》(*A Critical Examination of the Belief in a Life after Death*)，他結論到：「到目前為止所獲得的證據是傾向於……死後生命」正如他所尊崇的叔本華(Schopenhauer)一樣，杜卡斯接受遠東之宗教及哲學著作中的思想。他極客觀地論述，與所謂的超出科學可了解的現象(paranormal phenomena)有關的哲學問題。

杜卡斯在《真理、知識和因果性》(*Truth, Knowledge and Causation*, 1968)中發展他的知識論觀點。他提出了一種實在論的(realistic)知覺(perception)理論(關於感覺之性質〔sense-qualities〕，他說：「柏克萊(Berkeley)是對的，而實在論者是錯的」至於物質事物，他說：「實在論者是對的，而柏克萊卻是錯誤的」)。他提出了「副詞理論(adverbial theory)」或感覺性質(sense-qualities)的經典敘述，依照這樣的敘述，感覺性質並非是經驗(experience)或覺知(awareness)的對象(objects)，而是經驗或覺知的方式(ways)。人不藉感覺一個紅的感覺與料(sense-datum)來知覺一個紅的物質對象；因為，(如此，則)知覺涉及三種東西——(i)知覺主體，(ii)紅的感覺與料，以及(iii)紅的物質對象。然而一個人可因紅地(redly)感覺一紅的物質對象而知覺一紅色的物質對象；那麼所涉及到的東西只有(i)知覺主體及(ii)物質對象。類比於此，杜卡斯觀察到，儘管說「跳華爾滋」(dancing a waltz)或許是很自然的，但說「華爾滋般地跳」(dancing waltzily)會更為準確。

參見 perception 知覺；philosophy of mind 心靈哲學

R.M.C.撰　龔維正審訂

duck-rabbit　鴨兔圖　見 figure-ground 圖形-背景

Duhem, Pierre-Maurice-Marie　杜恩，皮埃爾·莫利斯·瑪利安(1861-1916)　法國物理學家，他在科學史和科學哲學方面有廣泛的著述。和喬治·海姆(Georg Helm)、威廉·奧斯瓦德(Wilhelm Ostwald)及其他的一些人一樣，他是一個熱力學者(energeticist)，相信普遍化的熱力學是全部物理學和化學的基礎。從他的物理學上未被接受的博士論文(該論文的另一版本被接受為數學博士論文)以《熱力學的位能》(*Le potentiel thermodynamique*, 1886)為題發表開始，一直到他的成熟論文《能量的特徵》(*Traité d'énergétique*, 1911)發表為止，杜恩花費了他全部的科研生涯來推進熱力學。他的科學遺產包括吉布斯-杜恩(Gibbs-Duhem)和杜恩-馬克里斯(Duhem-Margules)方程式。或許是由於他的著作被巴黎科學社群認為是危險的，或者是由於他的右傾的政治立場以及強烈的天主教主張，他始終沒有得到他在巴黎知識界當中應有的地位。他曾任教於里爾(Lille)、萊內(Rennes)，以及最後又到波爾多(Bordeaux)這樣一些省級的大學。

杜恩關於科學史和科學哲學著作可以被看成是對熱力學目的與方法的辯護，不管其最初的動機是什麼，他的歷史學和哲學著作呈現自己的風格。他所感興趣的課題有，科學史與科學哲學的關係、概念轉化的性質、科學知識的歷史結構，以及科學與宗教間的關係。杜恩是一個反原子主義者(anti-atomist)(或叫做反笛卡兒主義者〔anti-Cartesian〕)；在當代關於光和磁學的辯論中，杜恩的反原子主義立場也反對麥克斯韋爾(Maxwell)。在杜恩看來，原子主義者把可以感覺的形體變成更小的、無法感覺的形體，那麼可以觀察現象所指涉的，是解釋這些無法感覺的形體，與它們適當連結的運動。杜恩對於原子主義的拒斥是以其工具主義(instrumentalism)(或虛構主義〔fictionalism〕)為基礎的：物理學理論不是解釋(explanations)而是表述(representation)；它們並不揭示事物的真實性質，而只提供普遍規則，在這些規則之中，法則只解釋各個例子。理論的命題沒有真與假，只有便利與不便利。杜恩宣稱，把物理學作為非解釋性的理論來加以看待的一個重要原因便是，在物理學當中存在著普遍的一致，而形上學當中卻沒有，因此，他堅持物理學擁有形上學所沒有的自主性。但是，他也認為，在時間上，一直要到科學的表述獲得一種自然的分類(natural classification)地位，它們也就變得更為完全。所以，杜恩攻擊了一些科學家，例如法拉第(Faraday)和麥克斯韋爾對模型的使用。杜恩對原子主義的拒斥，是與對「歸納主義」(inductivism)的拒斥相聯繫的。歸納主義認為，只有物理學原理是基於觀察的事實而且是通過歸納而得到的一般規律。杜恩的拒斥形式是一系列的論題，這些論題被公認為「杜恩論題」(Duhem thesis)：物理學上的實驗，是現象的觀察伴隨現象的解釋；因此，物理學家並不提出單一的假設，而是提出整組的假設，受實驗控制。那麼，實驗的證據就不能單獨決定性地否證假設。基於同樣的理由，杜恩拒斥某種具有判決性實驗的可能性。在他的歷史研究當中，杜恩論證在中世紀與近代早期的科學之間並沒有突然的間斷——所謂的「連續性論題」(continuity thesis)；他論證，在西方拉丁語世界科學的發展過程中，宗教扮演一個積極的角色；他還論證，物理學的歷史也可以看作是一個累積的整體，確定了可以預料的進步方向。

杜恩的哲學著作，受到二十世紀哲學的奠基者如馬赫(Mach)、龐卡黑(Poincaré)、維也納學派的成員以及波普爾(Popper)等人的討論。對杜恩哲學的興趣的再生，起源於 1953 年蒯因對杜恩命題的引證(這一命題也被叫做杜恩-蒯因論題〔Duhem-Quine thsis〕)。因此，杜恩的哲學著作，如《物理理論的目的與結構》(*The Aim and Structure of Physical Theory*, 1954)和《挽救現象》(*To Save the Phenomena*, 1969)等便被譯成英文。相較而言，杜恩的廣泛的歷史著作，如《靜力學的起源》(*Les Origines de la statique*, 2 vols., 1906-08)，《達文西研究》(*Études sur Léonard de Vinci*, 3 vols., 1906-13)，以及《世界系統》(*Système de monde*, 10 vols., 1913-59)等，也被翻譯出來。甚至《世界系統》中的五卷，在 1954 年至 1959 年仍是以手稿的形式存在。與他的哲學著作不同，杜恩的歷史著作並沒有滿意地被他有影響的同代人所接受，最明顯的就是喬治・薩頓(George Sarton)。杜恩所假設的主要結論被他下一代的科學史家拒斥一旁，這些人認為，現代科學與中世紀的科學是不連續的。從 1960 年代早期開始，這一觀點在融合科學史的科學哲學家當中引起共鳴，這些人強調間斷性是科學變化中經常性的特點，例如孔恩(Kuhn)在《科學革命之結構》(*The Structure of Scientific Revolutions*, 1962)中所說的那樣。

參見 crucial experiment 判決性實驗；Mach 馬赫；philosophy of science 科學哲學；Quine 蒯因；Vienna Circle 維也納學派

R.Ar.撰　苑舉正審訂

Duhem-Quine thesis　杜恩-蒯因命題　見 Duhem 杜恩

Duhem thesis　杜恩命題　見 Duhem 杜恩

Dummett, Michael A. E.　杜米特，麥克・A・E(b.1925)　英國語言哲學家、邏輯學家和數學家，以闡述弗雷格(Frege)哲學和形上學的反實在論(anti-realism)而聞名。杜米特認為在任何問題領域中，接受二值原則是實在論者的標記。此二值原則說：任何有意義的斷言或者為真或者為假，其真值獨立於我們是否能藉經驗證據或證明方法來確定其真值的能力。根據杜米特，任何可學習的語言的語句都不能有超乎肯證(verification-transcendent)的真值條件，因此，我們對某些實在論者認為有意義的陳述應該加以懷疑。在這樣的理論基礎上，他在他的兩篇論文中對數學的實在論和往昔(past)實在論展開猛烈地批判，見其 1978 年之《真理與其他迷團》(*Truth and Other Enigmas*, 1978)及 1993 年之《語言之海》(*The Seas of Language*, 1993)。

在其 1991 年之《形上學的邏輯基礎》(*The Logical Basis of Metaphysics*, 1991)一書中，他認為形上學的問題必須透過語言哲學(尤其是意義理論)來處理。顯然他在該書中深受維根斯坦(Wittgenstein)和弗雷格的影響。杜米特可說是目前對弗雷格哲學最有名的詮釋者，他對弗雷格哲學的詮釋見其 1973 年之《弗雷格：語言哲學》(*Frege: Philosophy of Language*, 1973)及 1991 年之《弗雷格：數學哲學》(*Frege: Philosophy of Mathematics*, 1991)二書。雖然，弗雷格自己在語意學和數學哲學上都持著柏拉圖主義的觀點，這是和杜米特很不一樣的地方。不過，杜米特在 1993 年《分析哲學的起源》(*Origins of Analytical Philosophy*, 1993)一書中則認為，弗雷格最偉大的成就在預告哲學的「語言轉向」(linguistic turn)，而這項語言轉向則在維根斯坦後期的著作裡開花結果。維根斯坦哲學中有一項原則是杜米特意義理論和其反實在論傾向的基礎：即，掌握一個語言表式的意義必須完全顯現在該語言表式的使用當中。在邏輯和數學哲學中，這項原則顯現在杜米特對布勞爾(Brouwer)和海丁(Heyting)的直覺邏輯的同情當中(如同杜米特在 1977 年《直覺主義的要素》〔*Elements of Intuitionism*, 1977)一書中所說的，直覺邏輯否定排中律的正確性)。

參見 Brouwer 布勞爾；mathematical intuitionism 數學直觀主義；metaphysical realism 形上學實在論；Wittgenstein 維根斯坦

E.J.L.撰　王文方審訂

***dunamis*　潛能**　亦作 *dynamis*，希臘文，意為「力量」(power)、「能力」(capacity)。先蘇時期哲學家，像阿那西曼德(Anaximander)、阿那撒哥拉斯(Anaxagoras)，相信是基本性質能力之一，例如熱或冷，構成了世界。柏拉圖的早期理型論借用「性質能力」概念，視之為在事物中臨在的原因。例如，在《萊齊斯》(*Laches*)篇中，「勇敢」被視為是靈魂中的一種能力。亞里斯多德也用這一字的這一意義，來解釋諸元素的源起。在《形上學》〔*Metaphysics*〕(特別是第 9 書)中，亞里斯多德使用到 *dunamis* 一詞的另一意義，意指「潛能」，藉以與「實現」(*energeia* 或 *entelecheia*)相對比。在 *dunamis* 一詞的早期意義中，質料被視為是潛能，因其有接受形式的潛能，並藉此而實現為一具體實體。在後來亞里斯多德所使用的 *dunamis* 一詞的意義中，潛伏的能力也被視為潛能，「潛能」對於「實現」的關係，就如同睡著對於醒著的關係，或視覺對於看見的關係。

參見 Aristotle 亞里斯多德；*energeia* 能力

P.Wo.撰　沈清松審訂

Duns Scotus, John　鄧斯・斯各多，約翰(1266-1308)　蘇格蘭弗蘭西斯科(Scottish Franciscan)的形上學家、哲學理論家。他曾在牛津、巴黎及科隆(Cologne)等地講學，死於科隆，他的遺物至今仍受到人們的尊敬。

藉著修正阿維森納(Avicenna)的形上學概念為存有之為存有的科學(the science of being qua being)，唯應以單義來理解，鄧斯・斯各多指出形上學的目的是為揭示上帝為無限的存有(Infinite Being)(正如對摩西的啟示「我是我所是的」〔I am who am〕)，上帝的創造的意志是世界偶然性的源泉。因為愛，上帝給每一受造物都鑄就了一種獨特的個體性(a unique haecceity)或特性(particularity)，形式上與它的個別化的本性(individualized nature)區別。與它同類的其他者在描述上等同，這種本性，從個體性上以抽象的方式理解，同時是客觀的實在和潛能的普遍，且為裴爾斯(Peirce)所說的「斯各多的實在論」(Scotistic realism)的科學知識提供了基礎。

鄧斯．斯各多使得許多為他的方濟會(Franciscan)先驅所珍愛的奧古斯丁(Augustine)的洞見帶進了他那個時代的亞里斯多德主義(Aristotelianism)的主流思想。如果一個人拒絕「被推動的任何東西都是由別的事物推動的」這一原理的話，他們用於自我決定的意志的「超充分的潛能性」(supersufficient potentiality)是可以與亞里斯多德的「主動的潛能」(active potency)這一概念相融和的。弔詭的是，由於亞里斯多德認為，只有理性的功能可以用相反的方式來行動，並且由此而成為藝術創造力的源泉，因此，亞里斯多德的理性和非理性的潛能(rational and non-rational potencies)的標準證明意志的理性(rationality)而非理智的理性，因他聲稱只有理性的官能能以相反的方式行動，如此也是在藝術上創造性的泉源。若如此，則受客觀證據限定的理智，僅以一種模式行動，是非理性的；也因此，被稱為集體的本性(collectively nature)的主動潛能歸屬在一起。只有意志，「伴之以理性」(with reason)的行動，是自由的意願或不意願這或那，如此，「本性」和「意志」代表著鄧斯．斯各多的主動的潛能的首要區分，大致上符合亞里斯多德的理性和非理性的二分法。他對安瑟倫(Anselm)的意志的雙重傾向或「情感」(affection)的區別的發展也具有原創性：一是為利益(advantageous)，另一是為正義。第一者賦予意志一種對幸福和自我或種(species)的實現的「智性希求」(intellectual appetite)；第二者從其他的天性希求(natural appetites)賦予意志種的差別，基於意志與生俱來依照事物的內在價值，客觀的愛善的事物的渴望。在正確的理性引導下，這種「為正義的情感」(affection for justice)使得意志遵循倫理來行動，基於意志有著能從始終在尋找利益的需要上出來的先天的自由。兩種自然情感均可以被超自然化，由仁愛而生的「為正義的情感」使我們在一切之上愛上帝且是為了祂自身的緣故；藉著希望的德性為利益的情感可促使我們愛上帝將上帝視為我們的終極的善和真福(beatitude)的未來源泉。

另外一種有影響的心理學理論是直覺的理性認識(intuitive intellectual cognition)，或者稱之為某種此時此地的存在狀況的、簡單的、非判斷的意識。由於在來世中與上帝面對面的直觀，它作為一種必要的理論條件首次得到了發展，理性的直覺用於解釋我們的大多是偶然性的真理的確定性，例如，「我思想」(I think)、「我選擇」(I choose)，等等，以及我們關於存在的意識。與奧坎(Ockham)不同，鄧斯．斯各多從未把理性的直覺(intellectual intuition)作為他的認識論的基礎，他也不認為它把一個人直接地與任何心智之外的物質實體或精神實體聯繫起來，因為，至少在此世，我們的智性是藉著感覺想像而運作。理性的直覺似乎是模糊的氛圍與每一直接的感覺-智性認識(sensory-intellectual cognition)聯繫起來。我們很明顯的知道它，只有在內省(retrospect)時，當我們審視為理性的記憶的必要條件。作為一個討論和爭論的課題，它一直持續到喀爾文(Calvin)的時代，而喀爾文卻受到了蘇格蘭人約翰．梅傑(John Major)的影響，他運用某種理性直覺的聽覺而非視覺的模式來解釋我們「對上帝的體驗」。

參見 Augustine 奧古斯丁；Avicenna 阿維森納；Ockham 奧坎

A.B.W.撰　丁福寧審訂

Dutch book　荷蘭式賭博　指一種賭博或幾種賭博的混合，使得不管出現的結果如何，賭徒必定會輸錢。一個簡單的例子是，一場同時賭命題 p 與命題非 p 的賭博，兩者都是勝得二負賠三。假設每一場的賭資為五元。依據這樣的安排，如果 p 是真的話，則某人在第一項中贏得兩元，但在第二項中輸掉三元。如果 p 是假的話，某人會在第二項中贏得兩元，而在第一項中輸掉三元。因此，無論出現的結果如何，某人必然輸掉一元。

參見 probability 機率

R.Ke.撰　李國偉審訂

Dutch book argument　荷蘭式賭博論證　論證一個理性的人的信仰程度必須符合機率演算的公理，否則依荷蘭式賭博定理，他會受損於某種荷蘭式賭博。

R.Ke.撰　李國偉審訂

Dutch book theorem　荷蘭式賭博定理　如果某人相信以下(a)與(b)兩項假設，則他必然會受損於某種荷蘭式賭博。(a)當他賭的勝算與他相信 p 為真的程度相等時，他就認為賭命題 p 是公平的；(b)如果有幾個他分別認為是公平的賭博，他願意做各種組合起來的賭博。也就是說，任何認為(a)與(b)為真的人，而且他對兩個不相容命題的析取的相信度，不等於他對兩個命題分別相信度的總和時，那麼他必然會受損於某種荷蘭式賭博。

R.Ke.撰　李國偉審訂

duty　責任　一個人應盡的義務或被要求做的事。根據不同的基礎或背景，責任可以被區分為道德的、法律的、家長的、職業的責任等。由於一個特定的責任可以有數種不同的基礎，因此它可以同時是，比如說，道德與法律責任，雖然它不必然如此。「自然責任」(natural duties)是人之所以為人應盡的道德責任，也就是由人類天性決定的責任。我們有做某事的「初步的責任」(prima facie duty)，若且唯若我們有適當的基礎去做此事。例如，初步的道德責任即是擁有道德基礎或背景的責任。此種責任與「全面權衡的責任」(an all-things-considered duty)形成對照；我們對某事有全面權衡的責任，如果支持此一責任的基礎壓倒所有與之牴觸的責任基礎。

「消極的責任」(negative duties)是不去做某些事情的責任，例如，殺害或傷害他人；而「積極的責任」(positive duties)則是需以特定方式來履行的責任，例如，扶危濟困。雖然如何明確地區分消極與積極責任此一問題仍有爭議，但一般認為，消極責任的違逆與行動者導致某些「事態」(state of affairs)有關，而這些事態是錯誤行為的基礎(例如，傷害、死亡或毀約)；而積極責任的違逆則與行動者允許或引起某些事態的出現有關。

「不完全責任」(imperfect duties)，用康德(Kant)的話來說，就是「在性向的利益上允許靈活改變的責任」，此種責任允許行動者在實踐責任的多種可能性中自由選擇。「完全責任」(perfect duties)不允許這種靈活性。因此，幫助需要幫助的人是一種不完全責任，因為幫助生病者、飢餓者，或被壓迫者等等都能履行此一責任；同時，當某個行動者選擇幫助生病者時，他也能選擇他該幫助哪個生病者。然而，信守承諾與不傷害他人的責任則是完全責任，因為它們不允許行動者選擇該信守哪些諾言或選擇不該傷害哪些人。大部分的積極責任是不完全責任，而大部分的消極責任則是完全責任。

參見 deontic logic 規範邏輯；Kant 康德；rights 權利；Ross 羅斯

B.R.撰　簡國榮審訂

du Vair, Guillaume　杜・愛爾，吉爾隆(1556-1621)　法國哲學家、主教和政治家。他和猶斯圖斯・利普修斯(Justus Lipsius)是近代歐洲早期兩位最有影響力的新斯多噶主義(neo-Stoicism)之傳布者。杜・愛爾之《神聖哲學》(*Sainte Philosophie*〔*Holy Philos-*

ophy〕, 1584)，以及他較短篇的《斯多噶派的道德哲學》(*Philosophie morale des Stoïques*〔*Moral philosophy of the Stoics*〕, 1585)被譯成外文並經常再版。他在後一部著作中，呈現出埃比克提特斯(Epictetus)的思想在某一形式上對於處於困境中的一般人來說是能理解的：人們必須依尋自然並且依據理性(reason)生活、人不受其所不能掌控的事物之干擾、德行即是善。此外，杜・愛爾加上了一顯明的宗教註腳：我們必須虔誠，將自身命運當作上帝的意志(God's will)加以接受，並且把服從上帝的指令視為道德。如此一來，他使斯多噶主義基督教化(Christianized Stoicism)，使其廣泛地被接受。由於僅須透過上述道理之教導即可使人們知道應如何生活，他因此成了倫理學近代理性主義當中的一位奠基者。

參見 ethics 倫理學；human nature 人性；Stoicism 斯多噶主義

J.B.S.撰　陳文團、王喆審訂

Dvaita Vedanta　二元論吠檀多　主張大梵(Brahman)是獨立自存、全知全能的人格神的印度教宗派。依此派之見，雖說梵恆常地維持心靈與物體世界的存在，心靈與物體卻不能被視為是梵的身體，因為那將使人誤以為——就好像人可以為其身體所限制和影響那樣——大梵可為心靈與物體所限制和影響。《奧義書》(*Upanishads*)有關個我與大梵為一，以及一切在大梵中的陳述，並非主張心靈或物體與梵同一，而只是強調它們依待於梵且與梵相似罷了。每個人都有他自己的本質(可與中世紀士林哲學的「個體性」〔haecceity〕概念相比較)，因而有些人註定會得解脫，有些人將無止境地輪迴轉世，而有些人則註定境遇悲慘。

K.E.Y.撰　何建興審訂

Dworkin, Ronald M.　德沃肯，隆納德・M(b.1931)　美國法學家、政治哲學家，同時也是晚近法律與政治理論的主要貢獻者。他曾任牛津大學(University of Oxford)法理學教授(1969-98)，紐約大學(New York University)法律教授(1975 迄今)，以及倫敦大學學院(University College, London)的法理學昆恩講座教授(Quain Professor of Jurisprudence，1998 迄今)。對於哈特(H. L. A. Hart)的法實證主義(認為法律奠基於一組確定的社會規範)，他是第一個重要的批評者。德沃肯論證，法律除了法律規則(legal rule)以外，還包含法律原則(legal principle)。法律原則是普遍被使用的一些標準(比如說，「沒有人應該從他的錯誤行為中獲取利益」)；這些原則並沒有一個正式的「系譜」，而只是道德上的要求。儘管如此，法庭有義務採用這些原則，也因此法庭並不具有透過判決立法的裁量權。司法上所保障的法律權利，必須從作為先決條件的政治權利所衍生。德沃肯把權利界定為政治上的「王牌」——他的書因此題名為《認真看待權利》(〔*Taking Rights Seriously*, 1978〕，第二版)，書中收錄的文章為前述觀點作辯護。

德沃肯假定了一個理想的法官，赫丘力斯(Hercules)，他總能分毫不差地決定哪些權利可以由司法部門加以保障。藉由這項假定，德沃肯避開任何形上學的預設，進而同時強調裁決(adjudication)與法理論(legal theory)都有建構性與說明性的特性。呈現這些論證的論文，後來收錄成《原則問題》(*A Matter of Principle*, 1985)一書；《法律帝國》則把他的觀點予以系統化。在此書中他提出一個「法律即原則一致性」(Law as Integrity)的法律理論。法庭的義務，是盡其所能地為這個社會找出最符合制度歷史、以及道德原則的法律。赫丘力斯總是最善於決定最佳選擇。

德沃肯也對實質的政治理論有所貢獻。他致力於辯護某一派自由主義；這種自由主義，把平等放在與自由同等重要的地位。他對於平等的觀點，在一些各自獨立的論文中有詳細的闡述，可以參見〈自由主義式平等的基礎〉(Foundation of Liberal Equality)，收錄於《人類價值坦納講座文集》第 11 卷(*Tanner Lectures on Human Values* XI, 1990)。德沃肯在兩方面發揮他的自由主義理論。他持續地監督、批判美國最高法院，根據以下標準評價他們的決定：是否尊重立法原則、是否尊重平等、是否最能與過去的法制實踐相融貫。某些這方面的評論文章可以在上述兩本文集中找到，最近的文章則收錄在《自由的律法》(*Freedom's Law*, 1996)。《生命的支配權》則是這些理念在墮胎與安樂死議題上的延伸。

德沃肯的哲學思考，兼具概念上的豐富性與言詞機鋒；當這些特質控制失當時，讓他的理論在細節上顯得變幻難測。雖是如此，他的理念——裁決應根據原則並實現權利、我們都該受到同等的尊重，仍然產生一股強大的魅力。

參見 euthanasia 安樂死；Hart 哈特；jurisprudence 法理學；legal positivism 法實證主義；moral status 道德地位；natural law 自然法；political philosophy 政治哲學；rights 權利

R.A.Sh.撰　謝世民、吳妍儀審訂

Dyad　二元　見 Academy 學園

dynamic logic　動態邏輯　邏輯學的一個分支，其中除了可以解釋為命題的式子外，還有可以解釋為行動的表辭。動態邏輯(起初叫做程式的模態邏輯)出現於 1970 年代後期，它是理論計算機科學傳統中的一個階段，想要形式化及分析程式與其行動。特別要注重程式的檢驗：如果從某定點開始，程式會產生什麼樣的結果？為了達到此目的，引進了[α]和<α>這兩個算子，它們的直觀意義如下：[α]*A* 意味著「每一次依據(而可以終結的計算完成後，則 *A* 成立」，而<α>*A* 意味著「某些次依據(而可以終結的計算完成後，則 A 成立」。這兩個算子的邏輯可以看做是通常模態邏輯的推廣：在模態邏輯裡有一個方格算子□以及一個鑽石算子◇，在適當的語言中，對每一個表示程式的表辭(，動態邏輯便有一個方格算子[α]及一個鑽石算子<α>。

對於模態式邏輯來說，在一個可能世界的語意學中，它的模型是一個三元組(U, R, V)，其中 U 是點的全域，R 是一種二元關係，而 V 是一個賦值，分配給每個原子式一個 U 的子集。在動態邏輯中，模型是一個三元組(U, R, V)，U 和 V 與上述情況相同，但 R 卻是一族二元關係，對語言中每一個表示程式的表辭α，都有一個二元關係 R(α)。如果 x 是 U 當中的一個點，(在被討論的模型當中)，若「A 在 x 上是為真的」，則記為「$\models_x A$」。我們便有下列真值條件的刻畫(與模態邏輯一樣，真值函數的合成是由真值表來計算)：

如果 P 是一個原子式，$\models_x P$ 當且僅當 x 是 $V(P)$中的一個點，

$\models_x [\alpha]$當且僅當，對於所有的 y 而言，如果 x 與 y 是 $R[\alpha]$-相關，則 $\models_y A$。

$\models_x \langle\alpha\rangle$當且僅當，對於某些 y 而言，x 與 y 是 $R[\alpha]$-相關，且 $\models_y A$。

通常動態邏輯包含適當的方法，來表達關於程式的三個正則算子：「+」(和)、「;」(合成)，以及「*」(克林尼〔Kleene〕的星號算子)，還有可以處理測試算子「?」，當它作用在一個命題上就產生一個程式。行動α＋β表示執行α或執行β，行動α ; β表示先執行α再執行β，行動α*表示執行α有限次(不排除 0 次)，行動(action)? *A* 檢驗 *A* 是否正確。只有標準的模型反映了以下的直觀：

$R(\alpha+\beta) = R(\alpha) \cup R(\beta)$，

$R(\alpha;\beta) = R(\alpha) \mid R(\beta)$，

$R(\alpha^*) = (R(\alpha))^*$，

$R(?A) = \{(x,x) : \models_x A\}$

最小的命題動態邏輯(PDL)是在每一標準模型中的每個點上為真的式子的集合。注意，

動態邏輯可以分析非定向的行動——譬如對原子程式π而言，$R(\pi)$是一種關係，而不必然是一種函數，從 $R(\alpha+\beta)$和 $R(\alpha^*)$的定義也可看出非定向性。

動態邏輯有各種的推廣，例如推到一階和二階的謂詞邏輯。另外，正如道義邏輯(deontic logic)、時態邏輯(tense logic)等等，都算是廣義的模態邏輯。因此，狹義上的動態邏輯的外延，例如過程邏輯(process logic)也可稱為廣義的動態邏輯。

對於動態邏輯的哲學興趣，來自人們企盼它能成為分析一般行動的概念的有效工具：成功的分析不僅自身有價值，並且對於諸如道義邏輯和命令的邏輯(logic of imperatives)來說也具有重大意義。

參見 computer theory 計算機理論；deontic logic 規範邏輯；modal logic 模態邏輯

K.Seg.撰　李國偉審訂

***dynamis*　潛能**　見 *dunamis* 潛能；*energeia* 能力

dynamism　物力論　見 Boscovich 布斯科維胥

E

Eckhart, Johannes 艾克哈特，約翰 被稱為艾克哈特師長(Meister Eckhart, c. 1260-1328)，德國密契主義者、神學家及傳道者。艾克哈特很早就入了道明修會(the Dominican order)，開始了一趟學院巡禮，此一巡禮使他數次至巴黎當學生及神學教師，並受到大亞爾伯(Albertus Magnus)與多瑪斯．亞奎納(Thomas Aquinas)極大影響的思維方式，於焉得到啟蒙。在巴黎，艾克哈特寫了必讀之彼得．隆巴德(Peter Lombard)的《言詞錄》(*Sentences*)之註解，而且完成出版了至少三種形式辯論(formal disputations)的刊物。但他已經擁有了在道明修會內的職位，而且他持續交替地做行政官與教師這兩種工作。艾克哈特於這些年間都在講道，而且他持續以本國語言撰寫屬靈論著，其中最重要的一部是《神的慰藉書》(*Book of Divine Consolation*, 1313/1322)。艾克哈特的主要著作大約只有三分之一以拉丁文寫作，《分三部分之作》(*Opus tripartitum*)這部書似乎曾被完成。

1320年代初期開始，關於艾克哈特正統性之問題逐漸被提出。這些問題集中在其教學之特性為何上，這個特性也就是強調靈魂達致「空性」(emptiness)以便「神的誕生」(give birth to God)。靈魂因其空虛(emptying)而受尊崇，而且它可開始與神一起「分娩」(labor)以接生一扮演他們的愛之神奇的「結合-與-差異」(union-and-difference)之角色的火花。在被指為異端的罪名不成立後，艾克哈特被在科隆(Cologne)的一個委員會譴責取自其著作的一百零八個命題。此一譴責曾被上訴至聖座(the Holy See)，但是，在1329年，艾克哈特仍因著取自其學術與通俗兩方面著作內的二十八個命題中的十七個命題而被判決「有異端之嫌」(probably heretical)。此一譴責清楚地限制了艾克哈特於神學上的顯著影響，雖然他不僅為密契主義者如約翰．陶勒(Johannes Tauler)與亨利．蘇梭(Henry Suso)、也為教會的名人如庫薩的尼古拉(Nicholas of Cusa)與馬丁．路德(Martin Luther)所深切地引用。一直以來，因他的與眾不同，正如黑格爾(Hegel)、費希特(Fichte)，以及海德格(Heidegger)一樣，使他廣為後世的思想家們所研究。

參見 Albertus Magnus 亞爾伯．馬格努斯；Aquinas 亞奎納；Peter Lombard 彼得．隆巴德

M.D.J.撰　蕭宏恩審訂

eclecticism 折衷主義 見 Cousin 科辛

Eco, Umberto 艾柯，溫貝托(b.1932) 義大利哲學家、知識史家與小說家。符號通論、符號學(semiotics)領域中的領導人物。艾柯著作極豐，主要致力於詮釋(interpretation)這個理念，及其在溝通活動中扮演的角色。

積極的詮釋過程必須將符號本身視為符號，1960年代，艾柯基於此一想法，開展了「讀者導向的文學批評」(reader-oriented criticism)(包含《開放的作品》〔*The Open Work*, 1962, 1976〕；《讀者的角色》〔*The Role of the Reader*, 1979〕)，成功創造了一種整體論的(holistic)意義(meaning)觀，這種意義理論認為，詮釋者的所有信念、所有專門知識與字彙都與字詞意義有潛在的關聯。1970年代，在裴爾斯(Peirce)和法國結構主義者(French structuralists)的影響下，他提出了符號的統一論(a unified theoryof signs)(《符號學理論》〔*A Theory of Semiotics*, 1976〕)，企圖拓深溝通活動的研究基礎。他反對將溝通活動視為自然過程，在實在論(realism)與觀念論(idealism)之間尋求中道而行，所謂的觀念論，特別是指薩皮爾-沃夫(Sapir-Whorf)之類的意義理論而言。而實在論的相關爭議，直

到近年，仍在他的作品中隱約占有一席之地。在《詮釋的限度》(*The Limits of Interpretation*, 1990)及《詮釋與過度詮釋》(*Interpretation and Overinterpretation*, 1992)兩書中，他把矛頭指向解構主義(deconstructionism)。《康德與鴨嘴獸》(*Kant and Platypus*, 1997)一書，則為一種「契約論」(contractarian)式的實在論辯護，主張讀者的詮釋必須要把參考座標確定下來，此乃引申自裴爾斯學派(Peircean)對於客觀性的規制觀念，並且將說話者懸而未決的種種意向納入考慮。

他的史學隨筆，上自中世紀美學(《多瑪斯・亞奎納的美學》〔*The Aesthetics of Thomas Aquinas*, 1956〕)，下至努力為中世紀符號學建構出「完美」(perfect)的人工語言系統(《追尋完美語言》〔*The Search for the Perfect Language*, 1993〕)，不論是追溯當代語言哲學某些核心概念源頭(例如：意義、象徵符號〔symbol〕、指示〔denotation〕)，或者時下對心智(mind)語言與翻譯問題，甚而是歷史哲學更廣泛議題的關懷，他都留下了斑斑線索。

他的所有小說，都充滿了哲學提問，譬如：世界是個有序整體嗎？(《玫瑰的名字》〔*The Name of the Rose*, 1980〕)，我們能夠忍受詮釋到什麼程度，而不致變成某種共謀徵候下的犧牲品？(《傅科擺》〔*Foucault's Pendulum*, 1988〕)他的處處機鋒，讓讀者在(控制下的)詮釋活動中樂此不疲。

參見 deconstruction 解構主義；meaning 意義；semiosis 符號探究；structuralism 結構主義

M.Sa.撰　龔卓軍審訂

ecofeminism　生態女性主義　見 environmental philosophy 環境哲學

economics, philosophy of　經濟哲學　見 philosophy of economics 經濟哲學

economics, welfare　福利經濟學　見 philosophy of economics 經濟哲學

education, philosophy of　教育哲學　見 philosophy of education 教育哲學

eduction　釐清　將某一現象、文本或者論證做初步的說明的過程，一般發生在邏輯分析之前。從模糊且混亂的經驗中流露出的某些特徵被加以條理化或使之可理解，以便把注意力集中到它們上面來(亞里斯多德，《物理學》I〔Aristotle, *Physics* I〕)。這些特徵常常是潛在的、隱蔽的或者是不明顯的。釐清的觀念既被用於經驗上也被用於文本上。這樣一來，它就和對《聖經》的解釋與詮釋學緊密地聯繫了起來，意為在邏輯形式分析之前的初步說明過程。

參見 hermeneutics 詮釋學

F.S.撰　王文方審訂

Edwards, Jonathan　愛德華茲，強納生(1703-58)　美國哲學家、神學家。他受教於耶魯大學，在紐約市傳教，1729 年，他在麻薩諸塞州的北安普頓郡(Northampton)的一個社區中擔任牧師，在那裡他成了大覺醒(Great Awakening)這一運動的一位領導人。由於他與他的教區居民關於參加聖餐的資格問題的爭論，他被迫於 1750 年離開此地。1751 年，他負責一個距西部六十哩的一個偏遠小鎮——斯托克橋鎮(Stockbridge)——的教會。1757 年他被選為普林斯頓第三任校長(但就職典禮不久後便去世了)。

愛德華茲在美國深深地影響了公理會派和長老會派神學，前後超過了一個世紀，可是

對哲學的衝擊卻非常有限。二十世紀中葉人們對他的興趣再度興起，起初是在人文學者和神學家當中，而後是在哲學家當中。一方面，愛德華茲發表的大多數著作，是為喀爾文正統派(Calvinist orthodoxy)的清教徒加以辯護，同時，在他的筆記中也流露出對於哲學問題本身的興趣。儘管他曾受益於諸如馬勒布朗士(Malebranche)等大陸理性論者、劍橋的柏拉圖主義者，以及特別是洛克(Locke)，他自己的貢獻仍是精妙而具原創性的。

上帝絕對主權說(the doctrine of God's absolute sovereignty)得到了機緣論(occasionalism)、類似於柏克萊(Berkeley)的一種主觀觀念論(subjective idealism)，以及現象主義(phenomenalism)的闡釋。在愛德華茲看來，那被「俗稱」為因果關係的，不過就是恆常屢見的聯繫而已。「真正的」原因使它們的結果成為必然；由於只有上帝的意志能夠切合此一條件，因而上帝便是那唯一的真正原因，祂也是唯一的真正實體(substance)。物質對象是顏色、形狀，以及其他「形體上的」性質(corporeal qualities)等觀念的集合。有限的心靈是一連串的「思想」和「知覺」；凡有作為知覺、思想，以及「形體觀念」的基礎的任何實體，必須是「依已存在、立基撐持並保守著」物質和心靈性質的一種事物。由於只有上帝是唯一這麼做的，所以上帝是唯一的真實實體。由於其為唯一的真正原因和唯一的真實實體，因此上帝是「一般意義上的實際存有」(in effect being in general)。

上帝創造是為了通傳祂的榮耀。上帝內在的榮耀是由祂無限的知識、愛，以及作為至善的愉悅而構成的，祂的終極交往(communication *ad extra*)構成了祂對自身的知識和愛，以及在祂自身的愉悅，並將這些賜給所有的造物。上帝的內在和外在的榮耀的本質是「神聖」(holiness)或者「真正的仁慈」(true benevolence)，是一種對所有存有的公正的愛(即，對上帝和依賴於祂的存有之愛)。神聖構成了「真正的美」(true beauty)；神的壯麗或光輝不過是「次級的」(普通的)美，是一種不完滿的形象。上帝就是這樣至高無上的美，並且世界上到處都彌漫著祂的美。

對喀爾文主義中的罪和恩寵二概念的辯護可以在《意志的自由》(*Freedom of the Will*, 1754)和《原罪》(*Original Sin*, 1758)中找到。前一本書包含了為神學上的決定論(determinism)和相容論(compatibilism)的精妙的辯護，後一本書則包括了某些支持機緣論的論證，以及對於同一性(identity)的有趣的討論。愛德華茲認為，自然律決定了類(kinds)或是種(species)，而類或種又決定了同一性的判準。由於自然法則依賴於上帝「自由的」(arbitrary)決定，因而是上帝確立了同一性的判準；如此一來，譬如祂就可以把亞當和他的後裔構成為「一回事兒」。

愛德華茲的宗教認識論在《宗教情感論》(*A Treatise Concerning Religious Affections*, 1746)和《論真德的本質》(*On the Nature of True Virtue*, 1765)當中得到了發展。皈依的經驗包括一種「全新的心」(a new sense of the heart)的獲得，其核心是心靈對於一種「新的單純觀念」(a new simple idea)的領悟，亦即「真正的美」之觀念。正確的理解神學真理需要這一觀念。

真正的德行，也為愛德華茲的倫理學提供了最充分的說明。他的倫理學是一種將德行與仁慈相等同的道德的感覺理論。儘管他也曾得益於例如哈屈森(Hutcheson)這樣的他的同時代的人，愛德華茲仍批評他們試圖把倫理學建立在世俗的基礎上。真正的仁慈擁抱存有(embraces being in general)。因為，事實上，上帝是存有(being in general)，上帝的本質就是上帝的愛。範圍狹窄的家庭、國家、人類或別的「私有體系」的愛是一種自愛的形式。

參見 Berkeley 柏克萊；Calvin 喀爾文；free will problem 自由意志問題；moral sense theory 道德感覺的理論；occasionalism 偶因論

W.J.Wa.撰　丁福寧審訂

effective procedure　有效程序　是指計算函數值時的逐步方法。它決定每一步該做什麼，無需借用任何人(或任何機器)的創意。這一程序的輸入和輸出的項目可以用機械處理。理想化一點來說，輸入和輸出常常被看做是從一個有限字母表中拿出的字母所構成的字串。這種概念習慣上可以擴展到操作自然數，只要自然數用一種標準的記號表示出來即可，也就是先把每個數表示成一個數碼。有效程序的典型例子是標準的小學的加、乘等算法。一個人無需知道關於自然數的任何東西就可以操作這些程序。也常常稱為「機械程序」(mechanical procedure)或「算法」(algorithm)。如果有一種有效程序 A 可以計算函數 f，那麼函數 f 稱做可計算的(computable)。對於 f 的定義域中的每一個 m，如果把 m 作為 A 的輸入，它將產生 f(m)作為輸出。涂林機是有效程序的數學模式。丘奇論題(Church's thesis)或稱涂林論題(Turing's thesis)認為，只要存在著一個計算某一函數的涂林機，那麼該函數就是可計算的。換言之，對於每一有效程序來說，都有一個涂林機跟它計算同一個函數。

參見 Church's thesis 丘奇論題；computer theory 計算機理論；Turing machine 涂林機

S.Sha.撰　李國偉審訂

efficacious grace　有效恩典　見 Arnauld 阿爾諾

efficient cause　動力因　見 Aristotle 亞里斯多德

effluences　流溢物　見 Democritus 德謨克利特斯

effluxes, theory of　流溢說　見 Democritus 德謨克利特斯

ego　自我　見 Freud 弗洛伊德

ego, empirical　經驗自我　見 Kant 康德

ego, transcendental　先驗自我　見 Kant 康德

egocentric particular　自我中心的特稱　指的是某一種字，其指涉(denotation)決定於講話者是誰、時間、地點，以及哪些聽眾。廣泛被認為屬於這類詞的例子包括：「我」(I)、「你」(you)、「這裡」(here)、「那裡」(there)、「這個」(this)、「那個」(that)、「現在」(now)、「過去」(past)、「當前」(present)和「將來」(future)。「自我中心的特稱」這一術語是由羅素(Russell)在《對於意義和真理的探討》(*An Inquiry into Meaning and Truth*, 1940)一書中所提出。在羅素更早的著作〈邏輯原子論的哲學〉(The Philosophy of Logical Atomism，發表於《一元論者》〔*Monist*, 1918-19〕)當中，羅素把這樣的詞稱之為「加強語氣的特稱」(emphatic particulars)。

有一些重要的問題，環繞著自我中心的特稱，而被提出來。在自我中心的特稱中，是否某些詞彙要比其他的更為基本，使得這些較為基本的詞彙可以用來定義其他的，但是其他的詞彙卻不能反過來定義這些較為基本的？羅素認為所有的自我中心的特稱都能用「這個」加以定義；例如，「我」與「傳記中的這個人」具有同樣的含義，在此，「這個」是指講話者所經驗到的一種感覺資料(sense-datum)。然而，與此同時，「這個」也可以用「我現在所注意的」(what I-now notice)的組合詞來加以定義。是否我們必須至少

要用一些自我中心的特稱，以給出一個完整有關世界的描述呢？(羅素認為)我們從一個講話者中立的觀點(speaker-neutral perspective)出發來描述世界的能力——那樣使得我們在描述時所使用的詞的指涉，獨立於何時(when)、何地(where)，以及被誰所用(by whom they are used)——是決定於我們無需使用自我為中心的特稱而仍然能夠描述世界的能力。羅素主張，在任何對世界的描述中，自我為中心的特稱並非是必需的。

參見 causal theory of proper names 專有名稱的因果理論；indexical 索引詞；token-reflexive 反身記號

P.Mar.撰　劉希文審訂

egocentric predicament　自我中心的困境　每一個個人作為一個經驗主體，所明顯會有的一個有問題的地位(problematic position)。這是假設每個個人所擁有的經驗，都是私有的(private)，以至於不能夠讓別人擁有。那麼，我們獲得經驗知識的能力，會面臨兩個問題。第一，如果所有的經驗都是私有的，很難想像我們如何(how)去獲得別人有什麼(what)經驗的知識。我們沒有他們的經驗，來經驗到那(他們的經驗)像什麼樣子(what it is like)，這是因為我們所有的經驗都是我們自己的，而不是他們的。第二個問題，很難理解我們如何，獨立於我們的經驗之外，而獲得關於外在世界是如何(how the external world is)的經驗知識。我們所有的證成經驗信念(empirically justified beliefs)，似乎完全植基於我們個人經驗裡所被給予的事物(what is given in experience)，如果這些經驗都是私有的，似乎我們所具有的經驗，只能支持關於我們所經驗到之世界的證成信念。第三個主要的問題，涉及我們與他人溝通(communicate)的能力：很難想像，我們如何以他人理解的語言來描述世界。我們把意義賦予我們的一些文字，是把它們定義為已經有意義的其他詞語，並且這一定義的過程，似乎是止於一些外示定義(define ostensively)的詞彙上，也就是說，我們用這些詞彙來命名(name)一些經驗裡所給予的事物(something given in experience)。如果經驗是私有的，那麼，除了我們自己之外，就沒有任何其他人能夠領會我們以外示定義所定出之字詞的意義、或任何用這些字詞所定義出之詞彙(words)的意義，而且，也沒有任何其他人能夠理解我們之所以要描述世界的意圖(attempts)。

參見 private language argument 私有語言論證；problem of other minds 他人心靈問題

P.Mar.撰　劉希文審訂

egoism　利己主義　以「自我」(self)為理論中心的任何觀點。利己主義可被區分為許多不同版本，但都是處理行動與自我的關係。「倫理利己主義」(ethical egoism)主張，我們應該做符合自我利益的事情。「心理利己主義」(psychological egoism)則與人類的動機、傾向或性情有關。心理利己主義的陳述之一是，事實上我們總是做我們相信與自我利益相符的事情，且因人類天性之故，我們永遠無法以違反自我利益的方式行動。此學說亦認為，人們從來不會為了事物本身進行追求，而是追求他們相信能促進自我利益的事物而已。

「利他主義」(altruism)是利己主義的對立理論。任何蘊涵人們有時應以有利他人的方式行動，而不是事事依據自我利益行動的倫理學主張，都可被視為是某種形式的「倫理利他主義」(ethical altruism)。因人類天性之故，主張人們能夠以他們相信有違自我利益的方式行動的觀點，可以稱為「心理利他主義」(psychological altruism)。不同種類的倫理和心理利己主義分別源自於對「自利」(self-interest)與自利行為的不同詮釋。某些自利行為的廣義觀念認為，基於幫助他人的慾望而做出的行為是自利行為，如果這種行為總地來說並不會對行動者自身的利益造成損害。自利行為的狹義觀念則認為，只有當一個人的行動是出於促進自身「幸福」(happiness)的慾望時，此一行動才是自利的。伯特勒

(Butler)將「自愛」(self-love)等同於促進自身幸福的慾望，並將自利行為等同於僅源自於此慾望的行為。我們明顯地擁有其他慾望，如對榮譽、權力、復仇，以及促進他人利益的慾望等。因此，伯特勒認為心理利己主義必定是錯誤的。廣義詮釋自利行為的支持者也許會問道，如果人們相信，依據這些與自利無關的慾望而行動總地來說將對自己的幸福造成損害，那麼他們是否仍會根據這些慾望來行動？倘若有人仍會如此行動，那麼心理利己主義便是錯誤的。然而，如果由於人類天性之故，沒有人會如此行動，那麼即使自愛不是人類行動的唯一動機，心理利己主義仍是正確的。

如同自利行為有廣狹兩義之分，自利也分廣狹兩個意義，除此之外還有主客觀之別。主觀的自利概念只將某行動者的自利，與此行動者的慾望是否得到滿足，或此行動者相信能促進其生活的事物，關聯起來。客觀的自利概念將某行動者的自利，至少是部分地，與此行動者的慾望和信念區隔開來。某些自利概念較其他自利概念更為狹義，主張只有滿足某些特定的慾望，才能符合行動者的自利；例如，某些慾望的滿足能使行動者的生活更為美好。而某些自利概念則只認可理想慾望的滿足；所謂的「理想慾望」亦即行動者在反思慾望的本質與其結果後所會擁有的慾望。

參見 Butler 伯特勒；ethics 倫理學；motivational internalism 動機內在論；reasons for action 行動理由

B.R.撰　簡國榮審訂

egoistic consequentialism　**自我論的結果論**　見 consequentialism 結果論

eidetic intuition　**本質直觀**　見 Husserl 胡塞爾

eidos　**形式、本質**　見 Aristotle 亞里斯多德；Husserl 胡塞爾

Eightfold Path　**八正道**　見 Buddhism 佛教

eikasia　**影子**　見 divided line 分割線

Einfühlung　**投入感受**　德語，意為「投入感受」(feeling into)，相當於英文的「移情」(empathy)。相較於「同理心」(sympathy)，一個人在「同理心」中感受他人或與之共感時，並未喪失自己的同一性，但在移情或「投入感受」時，則一個人會傾向於將自己投入並喪失於他人之中。「投入感受」這個概念在希多爾・利伯(Theodor Lipps, 1851-1914)的著作中獲得了經典的表述；他將「投入感受」的特徵描述為一種無意的(involuntary)、內在的(inner)模仿過程，在這種過程中，一個主體透過感覺而將自己與另一個物體的運動(不論是一個舞者之真實的跳躍還是一個建築圓柱體之錯覺性質的上揚等同了起來。完全的移情被認為是美學(aesthetic)性質的，它提供了一種非表象性質(non-representational)的對美的接近。

胡塞爾(Husserl)運用了一種在現象學上(phenomenologically)的經過純化的「投入感受」概念，去論述自我直接承認他者的方式。胡塞爾的學生斯坦恩(Edith Stein, 1891-1942)將「投入感受」描述為一種可以無需擁有他人的經驗便可以達到他人經驗的一種盲目的認知方式。

「投入感受」與理解(*Verstehen*)或人的知性(human understanding)並不相同，因為後者正如狄爾泰(Dilthey)所指出的，必須運用一個人的所有心理能力，而不能被化約為一種純然感覺的方式。理解並非以移情的方式將某物掌握成某種具體經驗的投射點，而是要

將經驗的種種表現關聯於其脈絡去統攝其意義。理解是具有反省性的，而移情則是前反省的。

參見 Dilthey 狄爾泰；Husserl 胡塞爾；*Verstehen* 理解

R.A.M.撰　張旺山審訂

Einstein, Albert　愛因斯坦，阿爾伯特(1879-1955)　德裔美籍物理學家，狹義和廣義相對論的創立者，對於物理學的數個分支學、哲學分析及近代物理學評論貢獻卓著，是相對論(relativity)和量子理論(quantum theory)的重要人物。1922 年，「由於他發現光電效應定律(law of the photoelectric effect)的突出成就」而被授予諾貝爾物理獎(Nobel Prize for physics)。

愛因斯坦出生於德國符騰堡(Württemberg)的烏爾姆(Ulm)，在瑞士蘇黎士(Zürich)的科技大學(Polytechnic)學習物理學。約在第一次世界大戰極端民族主義的頂峰時期，愛因斯坦受聘到柏林擔任凱瑟・威爾海姆物理研究所(Kaiser Wilhelm Institute for Physics, 1914)的所長。而他的反應卻是傳播國際主義者「對歐洲人的宣言」(Manifesto to Europeans)並追隨猶太復國主義者(Zionist)與和平主義者(pacifist)綱領。隨著廣義相對論戲劇性地得到驗證(1919)，愛因斯坦成為一名國際知名人士。這種聲望使他成了德國反猶太主義(anti-Semitism)經常攻擊的目標，在一次著名的事件當中，他們把相對論稱為是「猶太人的騙局」(a Jewish fraud)。1933 年，愛因斯坦離開德國，前往設在普林斯頓(Princeton)的高等研究所。儘管他的生活總是集中於科學上，但他也參加了那個時代的政治和文化運動。他和名人及一般大眾進行了廣泛的通信(若出版的話將超過四十卷)，其中包括與卡西勒(Cassirer)萊辛巴哈(Reichenbach)、石里克(Moritz Schlick)，以及其他人意義深遠的哲學通信。雖然對於邏輯實證論(logical positivism)有所保留，不是很支持，但他或多或少是這一運動的贊助者，幫助這一運動的幾個領袖人物保障其學術地位。1939 年，愛因斯坦在由核子物理學家斯奇拉德(Leo Szilard)起草的一封信上簽名，信中向羅斯福(Roosevelt)總統通報了核能利用的前景，並警告說，德國人正試圖用它來製造炸彈。愛因斯坦並沒有進一步參與核子武器的發展，倒是在後來反對核武運動頗具影響。1952 年，他被授予以色列(Israel)總統的職位，但他拒絕。直到逝世，他仍為統一場理論(field theory)而繼續工作，而且還是推動裁減核武的普格瓦希運動(Pugwash movement)奠基人，此運動採用了他與羅素(Russell)所共同簽名的宣言。

因早期浸潤在康德(Kant)思想中，晚期研究休姆(Hume)和馬赫(Mach)，愛因斯坦的哲學也受其影響，這明顯地表現在 1905 年關於狹義相對論的著名論文中，處理時間的操作主義(operationalism)上。那一著作也顯示出了他對科學統一性的熱情。此熱情幾乎也是他全部物理思想的特徵，而這可能與史賓諾莎(Spinoza)的一元論(monism)有關。愛因斯坦一讀再讀史賓諾莎哲學。他自己對於相對性的理解，強調了時空間隔(space-time interval)的不變性，從而促進了關於時空結構的實在論(realism)。愛因斯坦關於布朗運動(Brownian motion)的著作(1905)也顯露出實在論的傾向。此著作明顯激發於二：愛因斯坦長期關注於分子(和原子)實在性；他在光電效應分析(1905)中，以實在論方法來處理光量子(realist treatment of light quanta)。儘管他是統計物理學發展(development of statistical physics)的開拓者，特別是他對量子現象(quantum phenomena)研究的創新性(1905-25)，但他從未打破其對決定論的信仰(belief in determinism)，而以決定論作為物理過程的唯一基本研究趨向。在此，我們可以再次看到他與史賓諾莎的密切關係。實在論和決定論(determinism)使愛因斯坦與新量子理論(new quantum theory)發生了衝突(1925-26)。新量子理論認為觀察者無法獨立於客觀物理事實之外，亦即物理事實有賴於觀察者(observer dependence)，並且「飛入統計力學」(flight into statistics)，以或然率的眼光來看待物理事實，這使他確信，新量子理論不能構成真正的物理學基礎。雖然愛因斯坦對此一理論發展有所影響，但他還是成為其最強烈的批評者。他從未對這一理論的修正有所貢獻，反而轉向，將電磁場(electromagnetic)與重力場(gravitational)統合為一個重大的、決定論的綜合綱領，亦即統一場論，而這一綱領或許以某種方式收容量子效應，使其成為(統一場論中)有限的或單獨個案。儘管他的夢想仍繼續激勵著其他統一綱領，而且他對量子力學的批評仍對與這一理論相關的工具主義構成挑戰；但是一般認為他的統一場論綱領並未成功。

愛因斯坦的哲學反思乃二十世紀思想史的重要篇章。與其說他將實在論視為形上學教條，不如說他將其理解成引動綱領(motivational program)。此外，他直接論證：決定論只是理論特徵而非一種世界面向。除了科學統一性外，他所思索的其他中心綱領還包括排斥歸納主義(inductivism)以及擁護整體論(holism)、建構主義(constructivism；或約定論〔conventionalism〕)。他強調：意義、概念和理論之為自由創造，不是從經驗邏輯推演而來，而受制於理解力的整個判斷標準、實際充分性及邏輯簡明性。整體論也表現在他對幾何學可證性的尖銳分析和對龐卡黑(Poincaré)幾何學約定論(geometric conventionalism)的排斥。

參見 determinism 決定論；field theory 場論；quantum mechanics 量子力學；relativity 相對論；unity of science 科學的統一

A.F.撰　許全義、傅大為審訂

***élan vital*　生命衝力**　見 Bergson 柏格森

Eleatic School　伊利亞學派　嚴格來說，包含兩位西元前五世紀的希臘哲學家：伊利亞的巴門尼德斯(Parmenides)和芝諾(Zeno)(在南義大利的伊利亞〔或 Hyele〕的愛奧尼〔Ionian〕希臘的殖民地，在羅馬時代變成菲利亞〔Velia〕，並且維持該地名至今)。柏拉圖在《辯士篇》(*Sophist*)242d 中所作的註記導致這樣的想法：活躍於南義大利和西西里(Sicily)的科洛芬的色諾芬尼(Xenophanes of Colophon)，是巴門尼德斯的老師，比巴門尼德斯的觀點早了一步並成立了伊利亞學派。況且，薩摩斯的麥里塞斯(Melissus of Samos)和(根據某些古代的資料)甚至原子論的哲學家阿柏德拉的路西帕斯(Leucippus of Abdera)，在分享巴門尼德斯和芝諾的基本觀點之意義下，也被視為「伊利亞學者」(Eleatics)。在該用詞廣泛和傳統的使用上，伊利亞學派獨特地堅稱「多即一」(all is one)，以及變化和多數是不真實的。如此陳述的話，該學派立場最佳的代表為麥里塞斯(Melissus)。

參見 Melissus of Samos 薩摩斯的麥里塞斯；Parmenides 巴門尼德斯；Xenophanes 色諾芬尼

A.P.D.M.撰　苑舉正審訂

elementary equivalence　初序等價　見 categorical theory 範疇性理論

elementary quantification theory　基本量詞化理論　見 formal logic 形式邏輯

elenchus　反詰　一種交相檢證或反駁。最為典型的是在柏拉圖(Plato)的早期對話錄中，蘇格拉底(Socrates)與一些自稱具有某種知識的人的對話，蘇格拉底藉著讓對話者知道他認為他知道的東西是與他其他的意見不一致的，來反駁他們自稱自己是有知識的這一主張。這種反駁就是「反詰」。它並非全部都是否定性的，因為它使談話者意識到自己的無知並鼓勵他們進一步發問，而且在反駁中所使用的概念和假設，乃成為對同一題目進行正面的柏拉圖式論述的基礎。與此相反，詭辯論的反詰卻只是爭辯性的。他們的目的僅在於藉任何手段來反駁某一反對者。因此，亞里斯多德把僅止於反對的謬誤稱作是「詭辯論的反詰」(sophistical elenchi)。

參見 Socrates 蘇格拉底

E.C.H.撰　徐學庸審訂

Elias　埃利亞斯　見 commentaries on Aristotle 對亞里斯多德的註釋

eliminability, Ramsey　蘭姆西項排除法　見 Beth's definability theorem 貝斯的可定義性定理

eliminative induction　消除歸納法　見 induction 歸納法

eliminative materialism　排除式唯物論　見 philosophy of mind 心靈哲學

eliminativism　排外主義　見 folk psychology 常民心理學

Elizabeth of Bohemia　波西米亞的伊莉莎白(1618-80)　日耳曼公主，其哲學名聲來自她與笛卡兒(Descartes)的書信往返。在這些書信中，最常被討論的部分集中於心物關係，以及笛卡兒所主張的心物結合為一個簡單概念。她有關自由意志和最高善性質的討論也富有哲學意趣。

參見 Descartes 笛卡兒；philosophy of mind 心靈哲學

M.At.撰　吳秀瑾審訂

ellipsis　省略語　一個(說出或寫下的)語詞，而為求精簡之故，已經刪去其語意或語法上的重要部分。省略句常用來回答問題而不重覆問題中的材料。例如，人可僅用「林肯」(Lincoln)來回答《蓋茲堡演講》(*Gettysburg Address*)之作者身分問題，或喬治・布爾(George Boole)之誕生地問題。當把「林肯」用為「亞伯拉罕・林肯」之省略語時，「林肯」這個單詞可以看成是一略名(elliptical name)。而當把「林肯」用為「亞伯拉罕・林肯寫了《蓋茲堡演講》」之省略語時，「林肯」這個單詞又可以看成是一省略句(elliptical sentence)。其他常見的省略句有：「(我是)十二(歲)」、「小賓(中午)十二點到」。在討論省略時常出現的例子包括使用省略句，但把省略的東西放在括號中(常帶有「亦即」〔sc.或 *scilicet*〕字樣)。省略之出現也(可能)超出語句之層次，在論證的過程中(可能)省去大家都知道的前提。「省略三段論式」(enthymeme)這個詞便是指一個以上的前提被省去的省略型的論證表達。「省略型歧義」(elliptic ambiguity)指因省略而來的歧義。

參見 ambiguity 歧義；argument 論證；logical form 邏輯形式

J.Cor.撰　龔維正審訂

emanationism　流出說　是一種關於世界的起源和本體論結構的學說，常常與普羅提納斯(Plotinus)和其他的新普羅提納斯主義者聯繫在一起。在這種學說看來，除了被普羅提納斯稱之為「太一」(the One)的第一性的統一體以外的其餘每種事情均是從「太一」當中流出來的。從太一當中流出的第一個產物是智力(*noûs*)，與柏拉圖(Plato)的型式世界相

似的領域。從智力當中流出靈魂(*psuchē*)，在這種限度內是可能的，即把它設想為一種強加於關於從靈魂中流出的物質的智力的理性結構的主動的原理(active principle)。流出的過程典型地被認為是必然的和無始無終的(timeless)：例如，儘管靈魂出自智力，但這種順序(procession)的概念是一種邏輯的依靠而非時間上的序列。太一雖經過流出但卻保持著未受影響和沒有減少：普羅提納斯把太一比作太陽，太陽雖然必須放射光，但它自然而無限的充裕卻未遭受變化或丟失其實體。儘管流出說對一些猶太教、基督宗教及伊斯蘭教的思想家都曾有過影響，但它仍和有神論有關神性活動的學說有著矛盾，這些學說認為，上帝的創造性的選擇(creative choice)及世界被創造成為這樣的狀況是適然的(contingent)，而且如果上帝做出選擇，祂能直接地與個體的萬物相互作用。

參見 Plotinus 普羅提納斯

W.E.M.撰　丁福寧審訂

embodiment　體現　人的主體性的身體面相。體現概念可說是歐洲現象學的中心課題，其中尤以梅洛龐蒂(Maurice Merleau-Ponty)的著作對此著墨最多。梅洛龐蒂對體現的說明，區分出「客觀的身體」(the objective body)和「現象的身體」(the phenomenal body)，前者把身體視為是一個生理學上的實體(physiological entity)；而後者所指的不只是「某個」(some)身體、某個生理學上的個別實體，而是我(或你)所經驗到的我的(或你的)身體。我們當然可以把自己的身體當作某種生理學上的實體來加以體驗，但實際情況並非如此，我們更常做的是去(緘默地)體驗自己的身體，體驗到我的身體是一種統一的、可以做這做那的潛能和能力——如用電腦打出這句話、抓癢……等。此外，要獲得這種自己具有運動能力的感覺(表現為一種對身體的自信)，實際上並不需要對於我們在實際行為中的生理過程具有知識。

想要理解現象學對體現的論述，客觀的身體和現象的身體之區分是相當核心的觀念。體現概念並不把身體理解為生理學上的實體。確切地說，它將身體理解為現象的身體，並且關心身體在我們的指向對象經驗中所扮演的角色。

參見 Merleau-Ponty 梅洛龐蒂；phenomenology 現象學

D.Le.撰　陳懷恩審訂

emergence　突現　見 methodological holism 方法論的整體論

emergentism, descriptive　描述突現論　見 holism 整體論

emergent materialism　突發唯物主義　見 philosophy of mind 心靈哲學

Emersonian perfectionism　愛默生至善論　見 Cavell 卡維爾

Emerson, Ralph Waldo　愛默生，拉爾夫・瓦爾多(1803-82)　美國哲學散文作家、演說家、詩人，超驗主義運動的領袖之一。他出生於波士頓，受教於哈佛。年輕時他曾在學校執教而且也做過基督教唯一神教派(Unitarianism)的牧師(1826-32)。1832 年，在他辭去牧師職務之後，他前往歐洲旅行，並拜訪了考勒瑞治(Coleridge)、卡賴里(Carlyle)，以及華滋華斯(Wordsworth)。他返回來之後，在麻薩諸塞州的康考德(Concord)定居了下來，並且重新開始成為一名公共演說家、散文作用和文化評論家。他一直保持著廣泛的通信，並且保留了一部詳盡的，可追蹤其思想言行的日記。這批材料的大部分已經發表，於是

對他思想的深度頗能提供有助理解的地方，並且往往超過了他的公開演說和書籍。

他的生活充滿了個人的不幸，最突出的便是，當愛默生八歲時他父親的逝世；結婚兩年後他的第一任妻子愛倫的早死；加上他五歲幼子瓦爾多的夭亡。一般人總以為愛默生未能正視惡的問題，但這些不幸正好駁斥了這類揣想。跟這類流行的揣想相反，他的作品可以解讀為一種不懈的奮鬥，要在我們的處境下發展出最豐富的可能形式，即便「事物總在上風掌握著人類」(things are in the saddle and ride mankind)。

儘管愛默生不曾寫過系統的哲學著作，但毫無疑問地他給後人留下一種重要的哲學的深遠視景和無數哲學篇章。愛默生一開始便關注於自然的基調(the motif of nature)，自然的廣含包容性，以及吾人不得不溶入自然活動之中所具有的律動；依據這些，他詳細描述了人生歷程中「補償性」(compensatory)的潮起與潮落。人類的靈魂與自然就像「印痕」(print)與「印章」(seal)的關係，而自然並非總是慈善的。在他的〈補償〉(Compensation)一文中，愛默生寫道：「宇宙的價值持續地使自己投向於每一點。如果哪裡有善，哪裡就會有惡；如果有親和，也就會有排斥；如果有強力，也就會有限制。」

在他的第一本書《自然》(*Nature*, 1836)的出版受到喝彩之後，愛默生便開始他頻繁的公眾演說，在這一臨場表達的傳播手段當中，他是令人著迷、令人心悅誠服且激動人心的。1841 年，愛默生出版了他的《散文，第一輯》(*Essays, First Series*)，其中便包括可愛的篇章〈循環〉(Circles)，在這篇文章中他得出了這一直率的格言：「我們每天都有煩惱」(we grizzle every day)，以及用於醫治的斷言：「生活是一系列的驚奇」(life is a series of surprises)。這一卷也包括〈依靠自己〉(Self-Reliance)，它為十九世紀美國個人主義的那種持己無畏的精神提供了座右銘。

對於愛默生散文集的熱烈反應，使得他在十年內出版了另外三部文集：《散文——第二輯》(*Essays-Second Series*, 1884)，《自然：講話和演說》(*Nature, Addresses and Lectures*, 1849)，以及《代表性人物》(*Representative Men*, 1850)。這些書及他後來的各個續作也包含了題材廣泛的大眾講演、專題演講、詩，以及即席講話；這類題材有關於哲學的、關於個人的、關於性格學的(characterological)、關於旅行的、關於歷史的，也有關於文學的。愛默生的散文敏銳、清晰、富於警句性，就像一系列隨機探索報告，其結果好像一床美國北方佬縫成的褥子，在形狀和色彩上都燦爛奪目。愛默生是為了有人聽才發表演說，為了有人讀才發表寫作，特別是平常被貶抑為「普通」(common)的人，對他來說更是他所希望的聽讀對象。事實也是如此，1848 年，愛默生在他歐洲巡迴演說過程中，曾給倫敦的一家報紙寫信，要求降低入場費，以便較貧窮的人也可以參加，因為「失去他們也就失去了十九世紀的一個重要的組成部分。」

愛默生深心的民主傾向有一個深思熟慮的哲學基礎。他相信，只要我們向日常經驗的無限啟示敞開自己，那麼日常經驗的真義才會讓我們理會。儘管他的外表和舉止有著婆羅門的矜持嚴肅，但愛默生仍不斷地保持與日常事物的接觸。他寫道，「我們主要的經驗是不拘形式的」(Our chief experiences have been casual)。他相信日常經驗具備爆發性和教育性的潛力；這一信仰突出地表現在他頗有影響的演講〈美國的文化人〉(The American Scholar)當中。在對美國思想中徹底的依賴性進行批判之後，他勾勒出產生一個真實的文化人所必要的影響力量，其中，他把自然和過去的認識列為首要條件，儘管他也曾告誡我們不要過度陷於回憶從而犧牲了「某種與宇宙間的原始關係」(an original relation to the universe)。正是他把「行動」(action)作為對於文化人的第三種影響力來加以討論，才使得他基本的哲學信仰獲得最清晰的表述。沒有行動，「思想永遠不能成熟為真理」(thought can never ripen into truth)；此外，「思想就是一種不完全的行動」(thinking is a partial act)；其實，生活是一種「整體的行動」(total act)。他特別反對心理學的、宗教的、哲學的或行為二元論(dualism)的任何形式；他勸導我們，精神性的東西並不是分離的、超出每天辛苦勞作的人們範圍之外的。確切地說，人類狀態深刻的意義，「潛藏」(lurk)於「普通的」(common)、「低下的」(low)、「熟稔的」(familiar)，以及「今天的」(today)之中。

愛默生思想的影響已超出了階級、等級、各式文體及各類信仰之外。各種各樣的思想家，如詹姆士(James)、尼采(Nietzsche)、惠特曼(Whitman)、普魯斯特(Proust)、斯坦恩(Gertrude Stein)、弗洛斯特(Robert Frost)、萊特(Frank Lloyd Wright)、奧爾姆斯蒂德(Frederick Law Olmsted)，以及史蒂文生(Wallace Stevens)等。這些人都從愛默生那裡汲收了豐富的思想營養；然而，只有杜威(Dewey)將愛默生不朽的遺產掌握得最好。他寫道：「愛默生哲學的整個意義就是追求不受限制、不可變更的存有(Being)與品格(character)的同一性。」

參見 transcendentalism 超驗主義

J.J.M.撰　葉新雲審訂

emotion　情緒　哲學家和心理學家視之為幾大類心理狀態中的一種，近於較早期哲學家如笛卡兒(Descartes)和休姆(Hume)所謂的「激情」(passions)。例如憤怒就是情緒的一個例子，恐懼也是，而喜悅又是另一例子。情緒也可以是賦有特定內容(content-specific)的類型，譬如恐懼地震；或是一情緒類型的個例，如瑪麗此刻之恐懼地震即將發生。

有許多典型地被歸為情緒的狀態，似乎是基於重疊的家族相似性才統屬在一起，而不是基於一組充分必要條件。由此可見，恰當的哲學或心理學的「情緒理論」(theory of emotion)，或許應該是一理論「家族」(family)。即使將此諸類狀態皆標示為「情緒」，都會使人誤以為，它們一概具有心靈受激擾(mental agitation，這是由受擾而動〔agitated motion〕這個本義而作的比喻性延伸)這種古代意涵下的「擾動」(emotion)之特徵。譬如說，一個人為某事而感到欣喜或傷心，就不屬於受擾動的典型。將憤怒、恐懼、喜悅、傷心等一律歸為「情緒」，助長了一種假設(詹姆士〔James〕說他視此假設為理所當然)，即這些都只是在質(qualitatively)方面有所不同的「心靈受激擾的感受」(feelings of mental agitation)。而這樣便誇大了激擾的重要性，而忽略了亞里斯多德(Aristotle)、史賓諾莎(Spinoza)等人所注意到的，以及其他各種引起情緒的情境之特性差異。

激情這個較古老的範疇，意謂「受到作用的方式」(ways of being acted upon)，掌握到大部分情緒的一項重要特徵。在許多種語言中，幾乎所有的情緒形容詞都是由分詞而來的：例如英文裡的「覺得有趣」(amused)、「感到煩擾」(annoyed)、「羞恥」(ashamed)、「感到訝異」(astonished)、「感覺愉快」(delighted)、「受窘」(embarrassed)、「感到興奮」(excited)、「嚇著」(frightened)、「深受震恐」(horrified)、「被激怒」(irritated)、「覺得悅樂」(pleased)、「感到驚駭」(terrified)、「驚訝」(surprised)、「煩悶不樂」(upset)、「憂心」(worried)。譬如當我們受窘的時候，便是某事物對我們起了作用，亦即困窘了我們：典型的例子是我們所察覺到的某個情境或事實，譬如我們穿著不成雙的鞋子。將受窘稱為一種激情，意即一種受到作用的方式，並不意謂我們在它而言是處於「被動狀態」(passive)的，亦即我們無法控制一既定情境令我們困窘與否，並因而不必為自己的受窘負責。

能對我們有所「施力」的不僅是情境與事實而已，還有「人」(persons)，譬如在愛與恨之中。而僅僅是「可能性」(possibilities)也可能會對我們產生作用，如恐懼及希望即是。因可能性而引起的情緒(possibility emotions)有時被形容為「往未來看」(forward-looking)，而對於實際情境或事實所反應的情緒，則被稱為「往過去看」(backward-looking)。這種時態性的描述方式既不準確，又導致誤解。我們有可能恐懼或希望某件事發生在過去，假令我們不確定它是否曾發生過；我們也可能會，舉例而言，受窘於即將發生之事，假令我們確定它將會發生。

各種情緒在我們身上所引發的作用，可能會包括不自主的生理變化、由自律神經系統的刺激而產生的激擾之感、特有的面部表情，以及易有脫離理據考量而產生的意圖性行動(intentional action)(或不行動)。然而就現象觀之，這些作用對我們而言並不像肌肉痙攣那樣地異己(alien)與非屬理性(non-rational)。它們毋寧構成了我們如何知覺情境，譬如，令人困窘，或一定會使我們受窘的情境。

參見 James-Lange theory 詹姆士-朗格理論；philosophy of mind 心靈哲學

R.M.G.撰　吳瑞媛、劉盈成審訂

emotions, the seven　七種情感　見 Korean philosophy 朝鮮哲學

emotions, the six　六情　見 *ch'ing* 情

emotive conjugation　情緒用詞組合法　一種幽默的詞語的組合，設計來揭露和嘲笑第一人稱的偏見，在其中，外表同樣的行動一個接一個地通過第一、第二和第三人稱，用愈加輕蔑的詞語來表達(例如，「我是堅定的，你是固執的，而他是一個自大的笨蛋」)。

上述例子使用於 1948 年羅素(Rusuell)在BBC電台的「智囊團(Brains' Trust)」節目的討論裡。這樣的語詞組合法用法在那年之後，當《新政治家》(*The New Statesman*)雜誌舉辦尋找其他的例子的競賽時，便流行起來了，有二千個例子參賽，造成了前所未有的熱烈響應，包括有：「我證據確鑿，你聽從流言，他相信他在報紙上讀到的」；以及「我去了牛津(Oxford)，你去了劍橋(Cambridge)，他去了倫敦經濟學院(London School of Economics)」(羅素曾受教於劍橋而且後來也在該處任教)。

參見 Russell 羅素

N.G.撰　劉希文審訂

emotive meaning　情緒意義　見 emotivism 情緒論；meaning 意義

emotivism　情緒論　一種對立於認知論(cognitivism)的非認知論之後設倫理學觀點。認知論認為道德判斷應被解釋為關於行為、個人、策略之道德特質及其他道德評價對象；道德述詞與指涉這些對象的性質有關，道德判斷(或他們所表達的命題)可為真或為偽，以及認知者對道德判斷所表達的命題能有信念的認知態度。非認知論拒絕這些宣稱，它認為道德判斷不下斷言或表達命題。如果道德判斷不表述命題，那麼道德判斷可能非真非假，而且道德信念和道德知識成為不可能的。情緒論者是非認知論者，宣稱道德判斷在它們主要的意義上表達了判斷者對判斷對象的態度(贊成或不贊成)，而不對該對象的性質下斷言。

因為情緒論把道德判斷看待為判斷者贊成和反對態度的表達，它有時指涉一種倫理學的不滿或好惡(boo-hurrah)理論。情緒論者將他們視道德判斷為判斷者態度的表達之論點區分於，主觀論者視道德判斷陳述或報導評價者的態度(該觀點為認知論的形式)。某些情緒論的不同見解，區別道德判斷初步的、情緒的意義，與次要的、描述的意義。在其主要的、情緒的意義中，道德判斷表達判斷者對判斷對象的態度，而不是把許多特質歸給判斷的對象。但次要地，道德判斷指這些判斷對象的非道德特質，藉此，判斷者擁有

且表達其態度。所以，如果我斷定你虐待的舉動是錯誤的，那麼我的判斷就有兩種成分。它的主要的、情緒的意義是，表達我不贊成你的行為。它次要的、描述性的意義意味你行為中那些我不贊成它的依據之反道德性。那些就是被假設成為某種虐待舉動的特質——簡言之，為了去懲罰、脅迫，或給與虐待的快感所造成之強烈痛苦的成因。

要使情緒的意義成為主要的，情緒論者主張，在基於他們道德語詞而使用不同的應用判準的說話者間，要維持共同的道德語言。同樣地，通過強調道德判斷與行為者的非認知態度之密切結合，情緒論者聲稱掌握了道德判斷提供動機的特質。透過接受對原初判斷同意為真的解釋，成為某些情緒論者企圖解釋道德判斷為真的理由。情緒論者必須認為，這樣一種視道德判斷的為真的作法，僅反映歸因者在非認知態度之中接受原初判斷所表達的態度。

情緒論的批評者們挑戰這些所謂的優點。他們宣稱，道德上的同意無需追隨態度上的同意；即使態度的相同，也可能有道德上的不同意(在具有不同道德觀點的道德主義者中)，即使道德同意(在道德主義者和非道德主義者之間)，也會有態度上的不同意。藉由區別道德用語的意義以及說者關於這些用語的外延的意義，批評者們宣稱，儘管道德的不同意，也無需引入主要的情緒意義，我們依然可以解釋共同的道德用語。批評者們也宣稱，情緒論視態度表達的道德判斷之分析，排除承認對不牽涉或反映斷定評價者態度道德判斷之可能性。例如，我們搞不清楚，情緒論是如何迎合了無道德主義者的，即那些承認道德卻無視於這些道德的要求。批評者們也責難情緒論不能掌握道德論述的認知層面。因為情緒論是一種關於道德判斷或斷言的理論，所以，對於情緒論者來說，要對在沒有斷言的脈絡下提出道德述詞的語意分析是困難的，例如在條件句的道德判斷前件中(例如，「如果他做錯了，那麼他就應該受到懲罰」)。最後，我們會想去認知某些道德判斷的真理，或許是為了道德錯誤的可能性保留空間。如果是這樣，吾人可能不滿意情緒論對真理認定所做的或非引證的(disqoutational)真理之訴求。

艾耶爾(Ayer)在《語言、真理與邏輯》(*Language, Truth and Logic*, 2d, ed., 1946)引介情緒論，史蒂文森(C. L. Stevenson)在《事實與價值》(*Facts and Value*, 1963)以及《倫理學與語言》(*Ethics and Language*, 1944)將之做進一步發展。

參見 cognitivism 認知論；ethical objectivism 倫理客觀主義；metaethics 後設倫理學；moral skepticism 道德懷疑論；nihilism 虛無主義；noncognitivism 非認知論；prescriptivism 規範主義

D.O.B.撰　苑舉正審訂

empathic solipsism　感覺經驗的獨我論　見 solipsism 獨我論

empathy　移情　對於另一個人處境的想像投射，特別是指有關情緒與動機性質的替代性掌握。這個詞彙是德文字：設身處地(*Einfühlung*)的英語翻譯(英美精神分析家 E. G. 鐵欽納〔E. G. Titchener, 1867-1927〕所用)，因希多爾・利伯(Theodore Lipps, 1851-1914)而普遍為世所知。這個詞彙也包括了美學思考中，對無生命對象的想像認同。早期在「同情」(sympathy)一詞下，曾有休姆(Hume)、亞當・史密斯(Adam Smith)，與其他蘇格蘭哲學家討論過關於移情的許多論點。移情被認為是倫理思維的先決條件，也是促成社會結合和利他行為、心靈狀態屬性、語言使用，以及翻譯的主要成因。

相關現象的範圍中還包括：對於他人真實／造作的情緒、痛楚、愉悅之表達或彰顯的那種自動的(通常是潛意識的〔subliminal〕)機動模擬；情緒的傳遞(因而如此「捕捉」〔catches〕)他人表面情緒，但通常是無意識地(unconsciously)，並不指涉情緒的原因或「對象」(object)。凝視方向的意識與無意識模擬，結果導致注意力從他人回應轉換到凝視方向的原因；以及意識與無意識的角色選取。這即是在想像層次上重建(使用／不使用想像力)他人處境的視點，就如同此人所感知(perceives)一般。

參見 *Einfühlung* 投入感受；emotion 情緒；expression theory of art 藝術表現理論；Hume 休姆；problem of other minds 他人心靈問題；simulation theory 摹擬理論；Smith 史密斯；*Verstehen* 理解

R.M.G.撰　苑舉正審訂

Empedocles　恩培多克利斯(c.495-c.435 B.C.)　希臘先蘇哲學家，為回應巴門尼德斯(Parmenides)，他結合畢達哥拉斯(Pythagoras)的靈魂觀念到他的哲學中而創造出一種物理學理論。追隨巴門尼德斯對生成(coming-to-be)和消逝的觀念，他提出四元素(他的「根源」〔roots, *rizomata*〕)地、水、氣和火。當它們依固定的比例混合在一起時，造就了像血液和骨骼複合的實體。愛和恨這兩種力量作用在這些元素上，前者結合不同的要素，後者則分離它們。在他的循環的宇宙創生論，這四要素結合形成大氣，一種充滿愛的完全同質球形體；它由恨所破壞，變成一宇宙，這些要素形成了不同的地、水(海)、氣和火的宇宙組合。恩培多克利斯是否將生物存放於該循環的一種或兩種階段，則頗有爭議(在某一觀點上，有兩時期，這兩階段間有一是完全分離的)。恩培多克利斯接受畢達哥拉斯學派的靈魂輪迴說，視生命為對原罪的處罰，與要求虔誠和哲學生活的贖罪。因此，個體靈魂的流放和回歸反映在該小宇宙，為一種從和諧到分離再到和諧的宇宙運動。一直到近代，恩培多克利斯的四元素變成自然哲學中的標準，亞里斯多德(Aristotle)把他的愛和恨視為動力因的早期表達。

參見 Pythagoras 畢達哥拉斯

D.W.G.撰　苑舉正審訂

empirical　經驗　見 a priori 先驗

empirical decision theory　經驗決策理論　對人類判斷及決策的科學研究。逐漸增多的經驗研究，已勾勒出了歸納推理的實際限制。相對的，傳統決策理論是規範性的；此理論提出了理想的程序，以解決某一類問題。

開創決策之描述性研究的人，包括了圖爾斯基(Amos Tversky)、卡納曼(Daniel Kahneman)、尼斯貝特(Richard Nisbett)、羅斯(Lee Ross)，他們的經驗研究已考證了推論中常用的各種啟發方法或簡單經驗法則的限制及偏失。代表性的啟發是一種經驗法則，以一類代表(或類似)另一類的程度為基礎，用來判斷或然性。例如，我們假定籃球選手在一場特殊的比賽中「手氣旺」(hot hand)，也就是連續不斷地射籃成功，因為我們低估了相對頻率，這類成功得分便以這種頻率，出現在此選手之記錄的全體群域之中。可用性啟發是一種利用安逸的經驗法則，很輕易地，一實例浮現心底便成了一事件之或然性的指標。當記憶明顯誤導時，這類規則便不可靠；例如，大部分的人都(不正確地)認為，死於鯊魚攻擊比死於墜落的飛機零件更可能(進一步概要，請參見卡納曼、斯洛維克〔P. Slovic〕、圖爾斯基編著之《不確定下的判斷：啟發方法與偏見》〔*Judgment Under Uncertainty: Heuristics and Biases*, 1982〕)。

這些偏見在門外漢及統計學專家身上都可以發現，它們有一種基於西蒙(Herbert Simon, 1957)「受限理性」(bounded rationality)這類概念的自然解釋。根據這項觀點，對我們決策的限制，部分地受到我們心理結構特定特徵的限定。這樣的結構對於處理速度及訊息容量這類要素加以限制，因而在表現上造成了可預測的系統性錯誤。因此，經驗決策理論並不是要提出高度理想化的規則，以切合一個全能的拉普拉斯式天才(Laplacean genius)——這倒是決策理論之傳統規範性進路的特徵——經驗決策理論試圖要針對理性，形構出一種描述上精確，且因此具有心理學上實在性的說明。

即使某些簡單規則，在特殊的情況之下，能夠超越其他的策略，但了解我們在充分代表日常決策的任務中所犯之系統錯誤的原因，仍然非常重要。一旦對脈絡做詳細的說明，經驗的「決策研究」(decision-making research)便使得我們能夠研究我們自然而然遵循的描述性決策規則，以及我們應該經由反省而遵循的規範性規則。

參見 Bayesian rationality 貝耶斯主義的合理性；decision theory 決策論；heuristics 啟發規則

J.D.T.撰　趙之振審訂

empirical ego　**經驗自我**　見 Kant 康德

empirical meaning　**經驗意義**　見 meaning 意義

empirical probability　**經驗主義的機率**　見 probability 機率

empiricism　**經驗主義**　「經驗主義」一詞是從拉丁文 *empiric* 而來，意即「依靠實踐經驗的醫生」；最終可溯源至希臘文 *empeiria*，意即「經驗」。經驗主義是知識論中的一種類型的理論，屬於這一類型的所有例子，其背後的基本觀念是：經驗在人類的知識以及證成的信念當中，具有根源性。由於經驗主義不是一個單一的觀點，而是一個類型，其中包含了許多不同例子，因此，恰當而言，我們不只是說「經驗主義」，更應說「諸經驗主義」(empiricisms)。或許在這各種不同的經驗主義之間，它們最基本的區別在於：有些經驗主義所聲稱的，是關於「概念」(concepts)的；而另一些經驗主義所聲稱的，則是關於「信念」(beliefs)的。我們分別稱之為「概念的經驗主義」(concept-empiricisms)與「信念的經驗主義」(belief-empiricisms)。

所有概念的經驗主義，首先都挑選出那些應用到經驗上的概念，例如暈眩之概念，即應用到暈眩的經驗；然後聲稱：人類所確實擁有與可能擁有的一切概念，或是應用到某些人曾經有過的經驗上去的，或是有人透過組合、區別、抽象等這樣的心靈運作，施加到這些概念，從中導出來的。至於我的概念，在多大程度上是關聯到、或必須關聯到我的經驗及我對那些心靈運作的施行，概念的經驗主義之間卻有不同的看法；不過大多數(即使不是全部)都會同意：透過語言的學習，我們每一個人都獲得許多概念；但以下的主張似乎不太可信：每一個透過這種方式而習得的概念，要嘛是應用到一個人自己某些已有的經驗，要嘛是他／她曾經從如此的概念導出來的。雖然關於概念之習得或概念之傳遞的種種條件，概念的經驗主義者之間有不同的意見，但把他們聯合在一起的，如前所述，是他們都聲稱：所有人類的概念都是應用到某一個人曾經實際擁有的經驗；或者它們是透過某人將那些組合、區別、抽象等心靈運作，實際地施加到這些概念，從中導出來的。大多數的概念的經驗主義者更會說：經驗必須曾經喚起擁有那經驗的人所具有的概念；或者說：擁有那經驗的人，必須曾經認識到「那概念應用到他或她的經驗上去」；或者諸如此類的話。

把所有信念的經驗主義者聯合在一起的，是他們都聲稱：要使得一個人的種種信念，擁有某種跟真理相關的價值，則它們必須以某種方式，跟某人的經驗發生關係。就一方面來說，信念的經驗主義者之間的差異，乃是在於上述聲稱所提及的「價值」。有些信念的經驗主義者聲稱：一信念並不具有「知識」(knowledge)的地位，除非它跟經驗有必要的關係；有些則聲稱：一信念缺乏「確證」(warrant)，除非它具有上述那種的關係；

另一些則聲稱：一信念並非「容許被秉持」(permissibly held)的，除非它具有那種的關係；還有一些是聲稱：它並非「真正科學的」(properly scientific)信念，除非它具有那種的關係。即使羅列了那麼多，仍未窮盡此中各種可能性。

就另一方面來說，關於與經驗的特殊關係是如何(此經驗是為了實現上述的價值所必要的)，信念的經驗主義者之間亦有差異存在。舉例來說，一些信念的經驗主義者主張：僅當一信念的命題內容，是報導一個人當前的或記憶中的經驗，這信念才是容許被秉持的；或者以這樣的信念為基礎而秉持其他的信念，相對於這些作為其基礎的信念而言，此一信念是可能為真的。相反地，康德(Kant)卻主張相當不同的觀點，認為如果一信念要構成(經驗的)「知識」的話，則它必須以某種方式關及到經驗。

第三、如果一信念要具有前述的價值，則它必須與某人的經驗發生前述的關聯；對於此中的「某人」，信念的經驗主義者之間，也有不同看法。「某人的經驗」並不總是指「我們考慮中的那個具有信念的人」的經驗，也可以是指某一個「對有關信念做證言」(giving testimony)的人的經驗。

一個哲學家有可能完全接受一種經驗主義，而卻拒絕其他的經驗主義，這一點應當是明顯的。因此，去問哲學家們是否為經驗主義者，其實是一個含混從而是空的問題。人們常說到洛克(Locke)，認為他是一名經驗主義者；事實上，他確是某一種類的概念的經驗主義者，但是，他跟信念的經驗主義一點都沾不上邊。

到目前為止，我們一直在使用「經驗」這一字詞，但對它卻沒有解釋。然而，任何一個熟悉哲學史的人都會察覺到：不同的哲學家用這一字詞來指不同的現象；甚至當他們是指相同現象的時候，對於這些被他們稱之為「經驗」的現象，其結構如何，他們也有不同的觀點。在這些事情上的種種差別，正反映出經驗主義之間區別，比我們上面所勾勒的更多。

參見 epistemology 知識論；logical positivism 邏輯實證主義；rationalism 理性主義

N.P.W.撰　趙之振審訂

empiricism, constructive　建構的經驗論　見 social constructivism 社會建構主義

empiricism, British　英國經驗主義　見 rationalism 理性主義

empiricism, logical　邏輯經驗主義　見 logical positivism 邏輯實證主義

enantiamorphs　對映結構　(源自希臘語，*enantios* 意為「相反的」，*morphe* 意為「形式」)以右手和左手的相異方式，在形狀上有區別的物體。通過鏡像，一對對映結構看起來完全一樣，但是光扭轉它們的方向，是沒辦法讓它們等同起來。對映結構在康德(Kant)的著作中有顯著的地位，他認為，對映結構的存在導致萊布尼茲(Leibniz)的空間關係理論應被排斥，從而有利於牛頓的絕對主義理論，同時，一些關於空間的事實只能通過「純粹直觀」才能被理解，因此空間不能獨立於心靈。

參見 Kant 康德；Leibniz 萊布尼茲

R.Ke.撰　李國偉審訂

***encrateia*　意志堅強**　見 *akrasia* 意志軟弱

***Encyclopedia*　百科全書**　在法語中寫作：*Encyclopédie*；而英語中完整的題目是：《百

科全書，或一部科學、藝術和商貿的敘述性詞典》(*Encyclopedia, or a Descriptive Dictionary of the Science, Art and Trades*)，1747年由巴黎出版商勒伯勒東(Le Breton)發起，他曾為達蘭貝(d'Alembert)和狄德羅(Diderot)的編輯職務鋪路。儘管有一個短暫的時期內《百科全書》被取消了它的王室特權，但從1751年至1772年，它還是陸續出版了。它由十七卷，八百一十八篇文章的十七個對開本和二千八百八十五個印版的十一個對開本組成，這一工作由二百七十二個撰稿人、作者和雕刻者組成。它收編了以往積累的知識，法國啟蒙運動中的理性主義、世俗主義者的觀點，並提出了經濟、社會和政治改革的建議。這部著作取得了巨大的成功，到1789年之前，先後被重印了五次。

投稿的「哲學家」有：伏爾泰(Voltaire)、盧梭(Rousseau)、孟德斯鳩(Montesquieu)、德巴赫(d'Holbach)、乃吉恩(Naigeon)，以及聖．朗貝爾(Saint-Lambert)；作者則有杜克羅斯(Duclos)和馬蒙特爾(Marmontel)；神學家默萊特(Morellet)和馬萊特(Malet)；開明的教士，例如：萊那爾(Raynal)；探險家如拉．康達邁(La Condamine)；自然科學家如道本頓(Daubenton)；醫生如波依萊特(Bouillet)；經濟學家如杜爾哥(Turgot)和魁斯奈(Quesnay)；工程師如派朗特(Perronet)；鐘錶製造家如伯桑德(Berthoud)；以及二十多個其他方面的專家。

狄德羅曾寫道：「《百科全書》的目的就是收集在地球上所傳播的知識，並說明其一般體系」(《百科全書》,Vol. 5, 1755)。《百科全書》為受過教育的讀者提供了大量綜合的、系統的和描述性的當代自由的和機械論的學科知識，就像豐富的儲藏所。在洛克(Locke)和孔迪拉克(Condillac)的影響下，達蘭貝和狄德羅發展了一種感覺主義的認識論(〈序論〉〔Preliminary Discourse〕)。他們依據理智的過程(noetic process)對存在的知識進行編輯與理性地分類(記憶、想像，以及推理)。以理論的統一性與慣例這一前提為假設基礎，他們的方式是實證論的(positivistic)和效益論的(utilitarian)。

百科全書派顯示實驗理性和自然準則的正確性，促進了批判的實踐，並且刺激了新科學的發展。對於宗教問題，他們力求模稜兩可以避開書報檢查制度。大多數投稿人不是持調和的立場就是持正統的立場，而達蘭貝、狄德羅，以及德巴赫幾乎沒有掩飾他們的自然主義(naturalistic)和無神論的觀點。他們的激進主義廣為流傳。超自然主義(supernaturalism)、蒙昧主義(obscurantism)，以及狂熱主義(fanaticism)是百科全書派最喜歡攻擊的幾個目標。他們把宗教與迷信相等同，把神學與邪惡的巫術相等同；斷言自然道德優越於神學倫理學；要求宗教寬容；擁護人權。他們創新地回顧了近代哲學發展的歷史條件。他們也進一步最先提倡關於貿易和工業的觀念，並且預先提出了史學、社會學、經濟學，以及語言學的時代相關性。

作為它那個時代最雄心勃勃且內容廣泛的參考著作，《百科全書》具體體現了十八世紀的資產階級運用理性的力量去驅散無知的陰影和改善社會的自信力。

參見 d'Alembert 達蘭貝；d'Holbach 德巴赫；Diderot 狄德羅；Voltaire 伏爾泰

J.-L.S.撰　苑舉正審訂

Encyclopedists　百科全書派　見 *Encyclopedia* 百科全書

end in itself　目的自身　見 Kant 康德

endurance　耐久　見 perdurance 持久

***energeia*　能力**　希臘文，由亞里斯多德(Aristotle)所創的希臘語詞，它常常被譯成英文的「活動」(activity)、「現實」(actuality)，甚至更被譯作「行動」(act)，但從字面上的

使用來看，則更具有「功能(的一種狀態)」(〔a state of〕functioning)的意思。因為，對亞里斯多德而言，某一物體的功能是它的目的(*telos*)或目標，*energeia* 也可以被描述為一種 *entelecheia* 或實現(realization)(這是他所創的另一個語詞，他用它來與 *energeia* 互換使用)或實現。這樣來理解的話，它就意味著，(a)某物是具功能性的，儘管當下並未使用；(b)某物實際的功用。此二者被亞里斯多德稱為「第一實現」(first realization)和「第二實現」(second realization)(《論靈魂》〔*On The Soul* Ⅱ.5〕)。一般說來，每個 *energeia* 都是與一些潛能(*dunamis*)相互關聯的，是一種能力或力量以某種特定的方式來作用。且在他的《形上學》(*Metaphysics*)的核心數卷中，亞里斯多德運用這兩個概念的聯繫來解釋形式與質料的關係。他也區分了 *energeia* 與 *kinēsis*(變化或運動)(《形上學》〔*Metaphysics* Ⅸ.6〕；《尼可瑪古倫理學》〔*Nicomachean Ethics* X.4〕)。一個 *kinēsis* 也可以參照它的目的(例如，學習如何運用乘法)來加以定義，因此，在達致結論之前的任何時刻它都是未完成的。與它相對照，一 *energeia* 就是一種在自身中完成的狀態(例如，看)。這樣，亞里斯多德說：在每一我正在看(seeing)的時刻說我已經看了(seen)，這是沒錯的。但在每一我正在學習的時刻說我已經學習了，這就不對了。在希臘語中，這種在時態方面的差別並沒有層面上的差別那麼大：完成時態標示著一種「圓滿的」或者完成的狀態，而且並不必然地是先前的活動。

參見 Aristotle 亞里斯多德

V.C.撰　徐學庸審訂

energeticism　唯能論　英文也稱作 energetism 或 energism。這一學說認為，能量是基本實體，支持所有變化。它最顯赫的倡議者是物理化學家奧斯瓦德(Wilhelm Ostwald, 1853-1932)。1895 年，他在盧貝克(Lübeck)發表〈科學唯物論的征服〉(Die Überwindung des wissenschaftlichen Materialismus〔The Conquest of Scientific materialism〕)的演說，他責難原子動能理論沒有進步，並且宣稱，一種統一性的科學——動能學，只能建立在能量概念的基礎上。奧斯瓦德的對唯物論和機械化約論的許多批評都是來自馬赫(Mach)。奧斯瓦德從能量守恆和轉換原理(principles of energy conservation and transformation)中演繹出熱力學和力學基本方程式的企圖，是受到海姆(Georg Helm, 1874-1919)著作，特別是《能量定律》(*Die Lehre von Energie*〔*The Laws of Energy*〕, 1887)和《能學》(*Die Energetik*〔*Energetics*〕, 1898)的影響。奧斯瓦德防衛海姆的「因子分解」(fractorization)的論旨：能量中所有變化可以被分析成強度(intensity)和容量(capacity)因子的積。這個因子分解論題和從能量學原理(principles of energetics)中導出力學和熱力學的企圖，遭到了波茲曼(Boltzmann)和普朗克(Max Planck)的毀滅性批判。波茲曼也批判了奧斯瓦德拒絕原子動能理論的教條主義。奧斯瓦德在能量學的旗號下統一科學的方案，面對這些批判時，逐漸地枯萎了。

參見 Boltzmann 波茲曼；Mach 馬赫；philosophy of science 科學哲學

M.C.撰　陳瑞麟審訂

energetism, energism　唯能論　見 energeticism 唯能論

Engels, Friedrich　恩格斯，弗里德里希(1820-95)　德國社會主義者與經濟學家，與馬克思(Marx)合創其後被命名的馬克思主義(Marxism)。在研究馬克思主義的學者中曾爭論過馬克思與恩格斯之間的重大不同。可以確定的是，他們兩人各有不同的重點與強調，但兩人也做好彼此的分工。並非馬克思而是恩格斯提供自然科學的馬克思主義說法，同

時也把達爾文(Darwinian)的演進觀點引進馬克思的理論裡頭。但是兩人也合寫幾部重要的作品，包括《神聖家族》(*The Holy Family*)、《德意志意識形態》(*The German Ideology*, 1845)和《共產黨宣言》(*The Communist Manifesto*, 1848)。恩格斯自認為他們終身合作事業中較為次要的伙伴。這種自我判斷是正確的，不過恩格斯的作品卻是很重要，且比馬克思的著作更易為讀者接受。他把他們共同的看法以淺白而受大眾歡迎的技巧表述出來。恩格斯受大眾歡迎的書，包括《社會主義：從烏托邦邁向科學》(*Socialism: Utopian and Scientific*)，以及《反杜林論》(*Anti-Dühring*,1878)。比起馬克思的著作來，恩格斯的作品更容易被第二國際的革命人士所接受，也被馬克思主義者中激進派接受為確定不移的馬克思主義之精神表現。只有在後來西方馬克思主義者的理論家崛起之後，他的影響力才開始下降。

恩格斯首部傑作《英國工人階級的條件》(*The Condition of the Working Class in England*, 1845)生動地描述工人生活、貧困與被系統性剝削的情形。不過他也看到工人階級是工業革命創造出來的新生力量。因之他闡述這股新興的勢力怎樣引向社會革命性的改造之途，包括生產資料集體擁有與控制、社會生活合理的安排。這些作法在克服人類生活條件之浪費與偏頗(不均)，這些浪費與偏頗與資本主義的運作是分不開的。

與馬克思合寫的《德意志意識形態》一長稿中，恩格斯首先提出所謂的歷史唯物主義(historical materialism)的論斷，這構成了馬克思主義理論的核心。它所表達的觀念是一個社會的經濟結構是該社會的基礎，生產力一旦提升，經濟結構便發生改變，跟著政治、法律、道德、宗教和哲學的理念也做相應的變化。在社會主義落實之前，各種社會都會分裂成敵對階級之對抗，一個人隸屬那一階級取決於他擁有或不擁有生產資料。一個社會中居於領導群倫的優勢理念是強烈地受到該社會經濟結構之制約，也是替統治階級的利益服務的。社會意識(統治的、主宰的意識形態)必然呼應與反映統治階級之利益。

自 1850 年代開始，恩格斯增大他的興趣於聯繫歷史唯物主義與自然科學的發展關連上。他這方面的努力表現在《反杜林論》之上，這是第一部對馬克思主義做全部與普遍的介紹；另外也表現在恩格斯遺作《自然辯證法》(*Dialectics of Nature*)之上(《反杜林論》也包含了他對道德的大部分看法)。在這些著作中恩格斯析述辯證法和系統性共產主義的世界觀，目的在建立他的論說：不只在社會中存在著規範經驗性活動的社會律則，就是在大自然與思想領域中也有這普泛的、宇宙的律則在運行。恩格斯相信這些辯證的律則透露了自然和社會是一個持續的相反相成的演化過程。

恩格斯不當看成為一位思辨的哲學家。就像馬克思一樣，他批評與嘲諷思辨哲學。要之，他是一位社會主義運動中核心的領導人物。雖然西方學者對他的解說咄咄逼人不無擔憂，但恩格斯的說法卻是推動工人階級解放與最終建立無階級社會一個真實而又合拍(有效)的工具。

參見 Marxism 馬克思主義；political philosophy 政治哲學

K.N.撰　洪鎌德審訂

Enlightenment　啟蒙運動　十八世紀晚期發生的一個國際性的思想運動，並分化為各種重要的社會與政治運動。啟蒙既是一種風格、一種態度，也是一種氣質：具批判性、世俗性、懷疑性、實證性和實踐性。啟蒙運動的特性也在於對人類理性、對其所謂的「自然」、對人類的自然情感，懷有一種核心性的信念。啟蒙的四大典型是休姆(Hume)、傑佛遜(Thomas Jefferson)、康德(Kant)和伏爾泰(Voltaire)。

啟蒙運動對於人類理性的信念，有以下幾個方面。其一，當人的行為是根據一項理由而做時，人便是自由的。也因此，凡由傳統權威所促成的行動，無論是出自宗教權威或政治權威，都不是自由的。所謂解放若非推翻這些權威，至少要削弱他們。其二，人類的理性是普遍的，只要有教育便可使之發展。全人類由於共同都有的理性，便具有某些權利，其中包括選擇並形塑自己的個人命運的權利。其三，對於人類理性的信念的最後一方面，是萬物的真實形式終究是可以發現的，無論其為宇宙的形式(牛頓法則)，或心靈的形式(聯想心理學)，或好的政府(例如美國憲法)，或美麗的建築(帕拉第歐〔Palladio〕的原理〔principles〕)……皆然。啟蒙運動可說是一道地的形式主義時期，至於其表達形式，則是散文，而不是詩。

啟蒙運動自認為是返回希臘，尤其是羅馬的古典理想。然而，事實上，它也提供了一種革命的泉源，在十八世紀末震撼了歐洲和美國，也奠定了一般的科學世界觀和自由民主社會的思想基礎，這些雖然遭到許多攻擊，但仍然繼續扮演文化理想的作用。

參見 Hume 休姆；Kant 康德；liberalism 自由主義；Locke 洛克；Voltaire 伏爾泰

G.G.B.撰　沈清松審訂

***ens a se*　由自身存有者**　(拉丁語，意為「一種從自身而產生的存有」〔a being from itself〕)一種完全獨立和自足的存有者。因為萬物的存在至少要依賴於上帝，因此只有上帝是*ens a se*。事實上，只有上帝是，且祂也必須是。因為，上帝若依賴於任何其他的存有，那麼祂將是需要依靠的，也就不是自足的了。在這限度內，存有論證(ontological argument)將上帝設想為一種從自身而來的存有，就很合理。換言之，那作為一種從自身而來的存有的上帝，是可設想到的最偉大的存有者。一種從自身而來的存有這一觀念，在安瑟倫(Anselm)的《獨白篇》(*Monologion*)和《論證篇》(*Proslogion*)中、在鄧斯．斯各多(Duns Scotus)的各種著作中，以及後期士林哲學當中，都非常重要。

按照安瑟倫的《獨白篇》，*ens a se* 應當與 *ens ex se* 區別開來。*ens a se* 是從它自身而來(from itself)，而非「外在於它自身」(out of itself)。換言之，*ens a se* 並不依賴於它自身而存在，因為它被認定為完全不依賴於任何東西。進而，如果 *ens a se* 依賴於它自身，那麼它就會成為它自身存在的原因，此外，在中世紀和士林哲學的哲學家們看來，那是不可能的，因為他們均認為，因果(causality)是不具反身性的(irreflexive)。(它卻具有傳遞性〔transitive〕和不對稱性〔asymmetric〕)因此，中世紀的*ens a se*觀念不應與史賓諾莎(Spinoza)的自因(*causa sui*)觀念混為一談。

後期的士林哲學家常常新創一些抽象的術語，以指稱那使某物成其所是的性質(property)或實體(entity)，譬如說，「嚴謹性」(rigidity)來自於「嚴謹的」(rigid)。拉丁術語 *aseitas* 就是由 *ens a se* 的前置詞短語這種方式所構成的；*aseitas* 譯成英語就是 aseity。由具體字詞構成抽象名詞的一個眾所周知的例子便是：*haecceitas*(此性〔thisness〕)是由 *haec*(這〔this〕)所構成的。

參見 Anselm 安瑟倫；divine attributes 神的屬性；Duns Scotus 鄧斯．斯各多；philosophy of religion 宗教哲學

A.P.M.撰　丁福寧審訂

***ens ex se*　自己存有者**　見 *ens a se* 由自身存有者

***en soi*　存在**　見 Sartre 沙特

***ens per accidens*　偶然的實體**　見 *per accidens* 偶然地

***ens perfectissimo*　最完美的存有**　見 *ens realissimum* 最真實的存有

ens rationis **理性的存有** (拉丁語，意為「理性的存有」〔a being of reason〕)依於理性或思想而存在的事物；有時被視為一種意向的存有(intentional being)。「理性的存有」是與例如某一個動物等真實的存有(*res* 或 *ens in re extra animam*)相對照的詞。真實的存有獨立於思想而存在，並且是真理的基礎。即使理性的存有以某個真實的存有為基礎時，但它仍是依存於思想或理性，而且它也是心靈的一種創造。(這種想法需要這樣的觀念：存有是有等級的。)理性的存有被區分為兩種；具有實在基礎的(with a foundation in reality)和不具實在基礎的。邏輯學的對象包括類(genera)和種(species)，例如動物和人，它們是具有實在基礎的理性存有，只不過是從實在中被抽象出來的。與此相對照，神話和小說的對象，諸如凱米拉(chimera)或畢加索(Pegasus)，就沒有實在基礎。盲和聾有時也被稱為理性的存有。

參見 Aquinas 亞奎納；Suárez 蘇阿雷

A.P.M.撰　丁福寧審訂

ens realissimum **最真實的存有** (拉丁語，意為「最真實的存有」〔most real being〕)在士林哲學家當中很少出現的一種稱謂上帝的非正式用語。在康德(Kant)的哲學中，它具有某種專門的意義。它是鮑姆嘉通(Baumgarten)的 *ens perfectissimum*(最完美的存有)觀念的一種延伸，而鮑氏所說的，是一種擁有最多數量之可能的極致優點(possible perfections to the greatest degree)之存有。在康德看來，由於 *ens perfectissimum* 將上帝指為一切可能性的總和，又由於現實性(actuality)優於可能性，因此，將上帝視為一切現實性的總和，即 *ens realissimum*，對於上帝來說是一個較為貼切的用詞。

康德認為，人類知識「被迫」假定必要的存有(necessary being)之觀念。對必然性最當之無愧的這個必然的存有，是一種完全不受條件限制的存有，亦即，其不依賴於任何事物；這就是最真實的存有。有時，他以三種方式來對它加以說明：作為一切真實事物的底基(substratum)、作為所有實在的基礎(ground)，以及作為所有實在的總和(sum)。雖然如此，最真實的存有在經驗上是無效的，因為它不能為人所經驗。對於理性來說它是某種觀念性的東西，而非經驗中的真實之物。

在康德看來，存有論證(ontological argument)是以最真實的存有這個概念開始，進而結論出某一存在的對象是歸在這概念下的(《純粹理性批判》〔*Critique of Pure Reason*〕, Book II, chapter 3)。

參見 Baumgarten 鮑姆嘉通；Kant 康德

A.P.M.撰　丁福寧審訂

entailment **蘊涵** 見 implication 蘊涵

entelechy **元極** 源自希臘語 *entelecheia*，意指「實現力」(actuality)，和「能力」(*energeia*)一詞皆為亞里斯多德(Aristotle)新造，就「實現」一意而言，視為是相近的同義詞。「元極」一詞出現在亞里斯多德對於靈魂的定義中：靈魂是自然身體的第一現實力(見《論靈魂》〔*On the Soul*〕第 2 書第 1 節)。在其解釋中，採用了與知識的類比：第一現實力對於知識而言，就有如第二現實力對於知識的運用。

「元極」一詞也是萊布尼茲(Leibniz)使用的術語，用以指稱每一單子(monad)中的原始活動力，與原質相組合，並可導出活動力(*vis viva*，生命力)。

生命哲學家德利希(Hans Driesch)在他的生物學說明中，使用亞里斯多德這一詞。他主張，生命就是一種元極；而元極是一種類似心靈，能夠控制有機歷程的實體物。

參見 *energeia* 能力；philosophy of biology 生物哲學

P.Wo.撰　沈清松審訂

enthymeme　省略三段論式　是一種不完全的三段論式，它的某一個前提，甚至結論，被省略掉了。這一術語有時也表示別種不完全表述的論證。當一個三段論式是省略三段論式時，我們被期望去補充丟失的前提或結論。這樣補充的結果，假設上應該是一個完整的三段論式推理。例如，「由於他是一個小偷，因而他終將被抓到」；或「由於所有的慣竊都能被抓到，因而他也終將被抓到」都是省略三段論式。把省略三段論式當作是不完全三段論式的想法由來已久，並且與亞里斯多德(Aristotle)本人對它的界定並不抵觸。因此，西班牙的彼得(Peter of Spain)就公開宣稱說，一個省略三段論式也就是只有一個前提的論證，需要進一步推導成完整的三段論式。但是，彼得也指出，亞里斯多德把省略三段論式當作是「*ycos* 且 *signum*」。他解釋說，「*ycos*」在這裡指「可能的命題」(probable proposition)，而「*signum*」在這裡指需要進一步的推論。「P，因此Q」，就該命題對於全部或許多人來說似乎為真的意義上來說，便是一個「可能的命題」；但由於P實際上具有某種雙重的能力(對於它自身及與它一同加以理解的命題而言)，因此就另一不同的角度來看，P 既是可能的，又是能夠被論證的。

參見 syllogism 三段論式

I.Bo.撰　王文方審訂

entity, abstract　抽象實體　見 abstract entity 抽象實體

entity, theoretical　理論實體　見 theoretical term 理論術語

entrenchment　穩固、鞏固　見 Goodman 古德曼

entropy　熵　在物理學上，是失序的量值(a measure of disorder)；在資訊理論中，是專技意義上的「資訊」(information)之量值。

在統計物理學中，可掌握一個大微粒系統(像一顆捲心菜或一個房間的裡的空氣)的種種微粒的微觀狀態(microstates)之數目，被表示為Ω。例如，可掌握的微觀狀態，可以是各種微粒子所能達到的能量階層。吾人可為這些可掌握的微觀狀態引入一種「對數量值」(logarithmic measure)，而大幅度地簡化某些特定自然律的敘述。這種被稱作熵的量值，由下列公式來定義：S(熵)＝(定義為)k(lnΩ)，其中k是波茲曼常數(Boltzmann's constant)。當一系統的熵增加時，則在大量的微觀狀態對進入系統的微粒變得可用的意義上，該系統就變得更紊亂與無序。

如果在一個大物理系統內，發生的能量交換是被隔絕的，沒有與它的環境進行能量交換，那麼這個系統的熵便是趨向增加而且絕不會減少。這個統計物理的結果是熱力學第二定律的一部分。實際上，正在逐漸形成的物理系統被有效地與它們的外部環境隔絕開來，熵增加，而且如此一來，依賴於只有一個有限範圍的可掌握的微觀狀態之系統組織的各面向就有了變化。例如，一顆捲心菜完全被隔離在一個容器內，它將腐爛為結構複雜的有機分子，而且在能量持續交換的過程，隨著熵的增加最終變成毫無結構。

在資訊理論中，如果一種狀態或事件比另一種狀態或事件的可能性較低，而且在一種意義上比後者更讓人驚奇，則我們說前者比後者擁有更多資訊。其他合情的約制建議了資訊內容的對數量值。假如X是多種可能狀態x_i的集合，$p(x_i)$是每個$x_i \in X$的機率。如果

狀態 x_i 出現一次，則它的該次出現的資訊內容被視為-$\log_2 p(x_i)$。當 x_i 的機率降低時，這個函數便增加了。如果我們不知道哪一個 x_i 將會出現，那麼 X 的期望資訊內容(expected information content)表徵為各種狀態 x_i 的資訊內容(在每一種情況中，由狀態的機率所權衡出來的資訊內容)之總和，乃是合理的。即：

$$-\sum_{x_i \epsilon X} p(x_i) \log_2 p(x_i)$$

這稱為夏農熵(Shannon entropy)。

夏農熵和物理熵都可以被認為是混亂的對數量值。但這敘述是利用了混亂的廣義理解。不該假定兩種熵的概念之間有密切的關係。

參見 information theory 信息論；philosophy of science 科學哲學

T.H.撰　陳瑞麟審訂

envelope paradox　信封悖論　決策理論中的一個明顯的悖論，其內容如下。有人向你出示兩個信封 M 和 N，告訴你每個信封擁有一定量的錢，其中任一信封裡的錢是另一信封的兩倍，而且這個資訊是可以信賴的。現在你只能選擇一個。把 M 信封裡的金錢總數稱作 m，N 信封裡的金錢總數稱作 n。結果似乎是 $m = 2n$ 的機會是一半；且 $m = n/2$ 的機會也是一半，如此一來，m 的期望值是 $(1/2)(2n) + (1/2)(n/2) = 1.25n$，所以你應該偏向選擇 M。但由類似的推理，似乎 n 的期望值是 $1.25m$，所以你應該偏向選擇 N。

參見 decision theory 決策論

D.A.J.撰　陳瑞麟審訂

environmental ethics　環境倫理學　見 environmental philosophy 環境哲學

environmental philosophy　環境哲學　界定有關人類與非人類的環境之間關係概念的批判性研究。環境倫理學是環境哲學的主題，旨在說明人和環境之間關係的規範意義。至少從達爾文(Darwin)開始，人們漸漸了解與人有關的生態關係，也逐漸感受到人類在生態關係惡化上的責任。這反應在卡爾森(Rachel Carson)《寂靜的春天》(*Silent Spring*, 1962)及辛格(Peter Singer)《動物解放》(*Animal Liberation*, 1975)等書中，促使人們對環境的關切達到了高潮。

環境哲學家舉出各種造成環境惡化的人類態度與做法，包括了宗教及科學態度、社會制度及工業科技。他們呼籲以一種新方向或新的「倫理」，以瞭解自然世界的「真正價值」(intrinsic value)來進行補救。如雷歐波(Aldo Leopold, 1887-1948)的「土地倫理」(land ethics)，將人類描繪為屬於，而不是擁有生物環境(即「土地」)的存有；深層生態學(deep ecology)則是 1912 年出生的挪威哲學家內斯(Arne Naess)所表達的立場，鼓吹認同非人類世界的做法；而生態女性主義(ecofeminism)則反對人類普遍對於自然世界的父權態度。

環境倫理學旨在清楚說明人類關懷自然世界的基礎。這包含了全球性的議題，也同樣包含了地方性的議題，並考量了人類和非人類世界長期生態的，甚至演化的命運。許多這方面的專家質疑人類中心主義(anthropocentric)的主張，將人類視為唯一的，或者核心的道德關懷。在這樣擴展關懷範圍和基礎的情況下，環境倫理學對傳統人際倫理學(inter-human ethics)的立場提出了挑戰，論辯著如何平衡現在與未來、人類和非人類、情感與非情感、個體與整體，探討經濟和生態系統間持久關係的展望，並追尋這種關係在社會正義和政治制度方面的涵義。環境哲學家除了考慮後設倫理學的(metaethical)問題：像是價值的客觀性(objectivity)和可共量性(commensurability)之外，還要考量環境變遷的本質與意義，以及物種和生態系統這類集體實體(collective entities)的本體論(ontological)地位。

以較為傳統的角度來看，環境哲學重振了圍繞著「人在自然中的地位」這個永恆問題的形上學爭議，並在早期的哲學和文化中找到了先例和靈感。

參見 applied ethics 應用倫理學；ethics 倫理學；feminism 女性主義；naturalism 自然主義；value 價值

A.Ho.撰　俞懿嫻審訂

***epapogē*　歸納**　希臘語，意為「歸納」(induction)。尤其是在亞里斯多德(Aristotle)的邏輯學當中，歸納是與三段論的論證相對立的。亞里斯多德把它描述為「一種從特殊到普遍的推論」。例如，有技術的航海者是最好的航海者，有技術的駕馬車者是最好的駕馬車的人，有技術的哲學家是最好的哲學家，從這些前提通過歸納可以得到這樣的結論，在某些事情上有專長的人常常是在這些方面做得最好的人。亞里斯多德認為它比三段論的方法更具說服力，更為清楚，因為它依賴於感官且對所有的人都是可以運用的。這一術語後來被運用於意在陷對手於陷阱的辯證論證上。

R.C.撰　王文方審訂

epicheirema　多重省略三段論式　是一種多重三段論，它的每一個前提都代表一個省略三段論式。例如，「謊言導致不信任，因為謊言是一種與真理不符的斷言；恭維的話是一種謊言，因為它有意地歪曲了真理；因此，恭維話導致不信任的產生。」上述論證的每一個前提都構成了一個省略的三段論式。因此，第一個前提可以被擴展成為下列正式的三段論式：「每個與真理不相符合的斷言都導致不信任；謊言是一種與真理不相符的斷言；因此謊言導致不信任。」類似地，我們也可以同樣對第二個前提加以擴展，並為它提供一個完全的論證。這樣一來，多重省略三段論式便成了口頭辯論上的一個強而有力的工具，特別是當一個人在進行所謂退卻性的辯論時：首先以省略三段論式說出支持結論的大致原因，然後——如果不得不這樣做——再把任何一個或全部這些省略的三段論式擴展成為標準的三段論式。

參見 syllogism 三段論式

I.Bo.撰　王文方審訂

Epictetus　埃比克提特斯　見 Stoicism 斯多噶主義

Epicureanism　伊比鳩魯主義　構成希臘化時期哲學的三大主要運動之一。它是由伊比鳩魯(Epicurus, 341-271B.C.)與他的關係密切的同事邁特勞得魯斯(Metrodorus, c. 331-278)、荷瑪克斯(Hermarchus；伊比鳩魯的繼承者，是雅典學派〔the Athenian school〕的主事者)，以及波利亞奴斯(Polyaenus, d.278)三人共同創立的。他先後在米提立尼(Mytilene)、蘭普薩庫斯(Lampsacus)和雅典(Athens)等地建立了伊比鳩魯公社，在雅典的花園(the Garden, 306 B.C.)成了伊比鳩魯主義的同義詞。這些群體打算過著理想的伊比鳩魯式的生活，與政治社會脫離且不主動地反對之，並且專心於哲學與友誼的形式的探討。他們的通信被後來的伊比鳩魯主義者編纂成冊，並且被作為一種哲學生活的範例來加以研究，對於他們來說，伊比鳩魯與他的另外三位共同的奠基者的著作被認為是「聖人」(the Men)，擁有一種實際上近似於聖經的地位。

伊比鳩魯的作品卷帙浩繁，但僅存三部簡短的節錄(在論物理學方面有《致希羅多德斯的書信》〔*the Letter to Herodotus*〕，在論天文學等等方面有《致皮紹克利斯的書信》〔*the Letter to Pythocles*〕，以及在倫理學的方面有《致邁諾西烏斯的書信》〔*the Letter to Menoeceus*〕)；一組格言，以及他的傑作《論自然》(*On Nature*)的紙草紙斷簡殘篇。

不然的話，我們幾乎完全依靠第二手的引文、意見的記述，以及他後來的追隨者的作品。

伊比鳩魯的物理學理論是原子論(atomistic)的，由西元前五世紀的德謨克利特斯(Democritus)的體系發展而成。獨立的存在物被劃分為物體和空間，它們的每一個在量上都是無限的。空間是，或者說包括，絕對的虛空，沒有虛空運動是不可能的，然而物體是由肉眼看不見的粒子，「原子」(atoms)，構成的。原子可進一步分析為絕對「最小量」(minima)的集合，即量的基本量子，它是由伊比鳩魯提出來用以克服伊利亞的芝諾(Zeno)從無限可分性的假設當中得出來的悖論的。原子自身只有一些根本的性質，諸如形狀、大小，以及重量。所有的第二屬性，例如，顏色，都由原子的混和物所產生；假定它們不具獨立性的地位，它們不能被列入獨立存在物的名單中，但不能斷定，如原子論中的懷疑主義的傳統所認為的那樣，它們不是真實的。原子以勻速(因為在純淨的虛空中沒有任何東西使它們的速度降低下來)做快速的不間斷運動。穩定性作為混合物的一切的屬性而出現，而這些混合物是一大群原子藉著習慣於複雜運動的規律的形式而形成的。這複雜運動受重力、撞擊，一種微小而偶然的運動，以及「偏斜」(swerve)，這三個動力原理的支配。而「偏斜」又引發了新的運動形式，而且抑止了決定論(determinism)的危險。與其他無數個世界一樣，我們的世界自身也是一個混合的、偶然產生的，而且只有有限持續時間的世界。在它的背後，或生命與社會進化的背後並不存在神聖的理智(mind)：諸神被視為理想化的存在，是伊比鳩魯主義良好生活的榜樣，因此極樂至福與我們的事務是分離開來的。

伊比鳩魯主義的知識理論的標準是建立在「所有感覺都是真實的」(all sensations are true)這一原理之上的。對於經驗認識的否認被認為是與懷疑主義相等同的，而懷疑主義又被以作為一種自我駁斥的立場受到揚棄。感覺在描述上(而非在命題上)是真實的。在「觀看」(sight)這一個標準範例中，原子(希臘語為 *eidola*，拉丁語為 *simulacra*)的薄膜不斷地溢出體外，我們的眼睛報導著那些它們所接觸到的東西，既不對其加以渲染，也不對其加以解釋。從這些得到保證的(逼真的，如它本身一樣)的資料來推論外部對象自身的性質，這推論包含了判斷，而錯誤唯有在判斷中出現。這樣一來，感覺便與情感(feelings)，一價值的和回顧(introspective)的信息的標準，以及預先獲得的觀念(prolepsis)，或稱之為自然獲得的一般性的概念，一起構成了三個「真理標準」(criteria of truth)中的一個。以感覺的證據為基礎，我們便可以推斷微小的和模糊的現象的性質。例如，神聖的現象不能被視為是由神聖所設計的(這是與認為諸神是寧靜的觀念相矛盾的)，而且經驗也提供了大量的以自然的方式對它們加以說明的模式。這樣的理由與直接觀察到的現象具有一致性，被稱之為「缺乏反證」(*ouk antimarturesis*)。似是而非的是：當相同的現象的幾種可替代的解釋都通過了這一測試時，它們都應被接受；雖然對於每一個形式的現象而言，這些解釋中只有一個是真的，而其他幾種解釋，假設它們實際的可能性和宇宙的時空無限性，在宇宙某處對同一種類的現象來說也一定是真的。幸運的是，當它歸結為物理學的基本原則時，它認為只有一種理論通過了與現象一致的測試。

伊比鳩魯的倫理學是享樂主義的(hedonistic)。快樂是我們內在自然的目標，相對於此，其他價值，包括德性，都是次要的。痛苦是唯一的邪惡，且沒有一種介於快樂與痛苦的中間狀態。哲學的任務在於揭示如何才能獲得最大限度的快樂，這種快樂如下所述：如果我們藉由志趣相投的朋友們的支持，來選擇能滿足我們自然的和必要的慾望的一種簡單的生活方式，肉體的快樂會變得更穩固。當肉體的痛苦是無法避免的時候，只有精神的快樂可以戰勝它，因為精神的快樂涉及到了過去、現在和將來。最高的快樂，無論靈魂的還是肉體的，都是一滿足的狀態，即是「靜態的快樂」(katastematic pleasure)。刺激的快樂、「動力的快樂」(kinetic pleasures)；包括由於奢華而產生的那些快樂，能改變靜態的快樂，但不具有增加的價值：整體的快樂並不因對於奢華物的追求而增加，只是加大了我們對於運氣的脆弱性。取而代之的是，我們的首要目標在於把痛苦減少到最低限度。對肉體而言，借助於一種簡單的生活可將痛苦最小化，而對於靈魂來說，獲得快樂的方式是研究物理學，物理學通過消除人類兩種極度苦惱的源泉：對神和死亡的恐懼來獲得終極的靜態的快樂，即「免於干擾」(ataraxia)。它教導我們(a)宇宙的現象並不傳達神的威脅；(b)死亡只是靈魂的消散，地獄只是一種幻覺。對我們未來不存在感到恐懼，就像後悔我們出生前所享有的不存在一樣，都是不理性的。物理學也教導我們如何去避免決定論(determinism)，決定論把道德的行為者變成了無知的宿命論者：偏斜理論(the swerve doctrine)確立了非決定論(indeterminism)，正如邏輯學中未來時態的命題，可能既不為真也不為假。雖然我們缺乏他們對自由意志所做的正面積極解釋的細節，但伊比鳩魯主義者仍是自由意志的第一個清楚的辯護者。最後，雖說伊比鳩魯主義的社群尋求遠離公共生活，但他們對公民的正義卻具有強烈的和令人尊敬的興趣，雖然他們並不把公民的正義看作絕對的價值，但卻把它作為一種人與人之間的契約，從而抑制以功利性為基礎的有害的行為，並依據外在環境不斷變化而不斷地修正。

伊比鳩魯主義享有廣泛的流行性，但它與其最大的對手斯多噶主義(Stoicism)不同，它從未進入到古代世界的知識潮流中來。它的理論立場被許多人視為俗氣，尤其是它對所有的文化活動的拒斥，文化活動與伊比鳩魯主義的美好生活不相稱。它也日益地被視為是無神論(atheistic)的，它的禁慾式的享樂主義(ascetic hedonism)也被曲解為粗鄙的肉慾論(sensualism)(此後近代「享樂主義」〔epicure〕的用法)。儘管如此，這一學派直到希臘化時期終結以後仍繼續盛行。西元前一世紀，這一學派的代表人物有菲勞德烏斯(Philodemus)，他流傳下的《論符號》(*On Signs*)的文章的殘篇證實了斯多噶派(Stoics)與伊比鳩魯學派間關於歸納所進行的繁複的辯論，還有盧克萊修斯(Lucretius)，他是伊比鳩魯主義的說教詩《物性論》(*On the Nature of Things*)的羅馬作家。西元二世紀時另一為伊比鳩魯主義者，奧納達的狄奧吉尼斯(Diogenes of Oenoanda)，把他的哲學作品雕刻在公共廊柱的石頭上，從而有成段的文章保留了下來。此後，伊比鳩魯主義便走向衰落。文藝復興時期的人文主義者對它的強烈的興趣使它得以復興，且它的原子論，特別是經過加森地(Gassendi)的作品對近代早期的物理學產生了重要的影響。

參見 doxographers 古希臘哲學家各種主張的編輯者和註釋者；Hellenistic philosophy 希臘化時期哲學

D.N.S.撰　徐學庸審訂

Epicurus　伊比鳩魯　見 Epicureanism 伊比鳩魯主義

Epimenides paradox　伊比蒙尼迪斯悖論　見 semantic paradoxes 語意悖論

epiphenomenalism　副象論　見 philosophy of mind 心靈哲學

episodic　事件的　見 disposition 傾向

***episteme*　科學知識**　見 Aristotle 亞里斯多德

epistemic　認識的　見 perception 知覺

epistemic accessibility　知識的可理解性　見 epistemology 知識論

E

劍橋哲學辭典

epistemic certainty　知識的確定性　見 certainty 確定性

epistemic deontologism　知識義務論　對於知識證成(epistemic justification)的本質，採取以責任為基礎(duty-based)的立場。知識論的一個主要課題，便是說明證成與未證成的信念之間有何區別。在知識義務論看來，「應該」(ought)、「義務性的」(obligatory)、「可允許的」(permissible)，以及「被禁止的」(forbidden)等術語，在與追求知識相關的特別意義之下，可以用來分析「證成」這個概念。假如某主體 S 在相信 P 時，沒有違背任何知識上的義務(epistemic obligation)，則她對 P 的信念，就是被證成的。所謂「知識上的義務」，來自於知識的目標：相信為真的命題，而不相信為假的命題。同樣地，如果從追求真理的角度來看，對於 S 來說相信 P 是「可允許的」(permissible)，則 S 相信 P 就是被證成的。在當代的知識論學者當中，齊桑姆(Chisholm)、勞倫斯・班佐(Laurence BonJour)，以及卡爾・吉內特(Carl Ginet)等人都持這一觀點。知識義務論具有雙重的重要性。首先，如果證成是滿足義務的作用之一，則證成是規範性的(normative)，這與自然主義知識論(naturalistic epistemology)之中的某些派別正好相反。其次，如果證成的規範性是義務論式的，那麼某一信念是否被證成的決定性因素，必定內在於主體的心靈中。知識義務論的批判者——其中最顯赫的一位就是艾爾斯頓(Alston)——爭論道，信念是非意願的(involuntary)，因此不能是義務的恰當對象。例如，正向窗外張望的人注意到天在下雨，那麼他在心理上就不得不相信天在下雨。這個批評有個基本前提：「知識上的義務要求著自願的信念」，知識義務論者可以駁斥這個前提，藉以反駁這個批評。或者，他們可以堅持，信念畢竟還是自願的，而且因此負有於知識上的義務，而且我們可以藉由「衡量證據」(weighing the evidence)或「仔細思考」(deliberation)的辦法，避免相信不該相信的事。

參見 epistemology 知識論；justification 證成

M.St.撰　謝世民、吳妍儀審訂

epistemic dependence　知識的依賴關係　見 dependence 依賴關係

epistemic holism　知識整體論　見 holism 整體論

epistemic immediacy　知識上的直接　見 immediacy 直接

epistemic justification　知識的證成　見 epistemology 知識論

epistemic logic　知態邏輯　對種種知態概念與陳述句之邏輯研究。知態概念包括知識(knowledge)概念、合理的信念、證成(理據，justification)、證據、確定性及相關的種種概念。知態邏輯通常被包括在有關信念(belief)的邏輯或信態邏輯(doxastic logic)之中。

近來有關知態邏輯的大部分工作，都是以如此的觀點為基礎：知態邏輯是形式邏輯的一個分支。在 1950 年代初期，馮・萊特(von Wright)便觀察到：被驗證的(verified；已被知為真的)、未決定的(undecided)及被否證的(falsified)知態概念，它們之間相互關聯的方式，與必然(necessary)、適然(contingent)及不可能(impossible)這些模態概念之間相互關聯的方式是相同的；而且在邏輯上，它們也以可相互類比的方式運行。事實上，人們經常從知識方面來解釋模態概念之意義，以此觀之，這樣的相互類比並不令人十分驚訝。例如，在 1890 年左右，裴爾斯(Peirce)將「信息的可能性」(informational possibility)定義為

「在某一既予的信息狀態中無法完全知道為非真者」(which in a given〔state of〕information is not perfectly known not to be true)，而稱「信息上是必然的」(informationally necessary)為「被完全知道為真者」(is perfectly known to be true)。

關於知態概念和信態概念(doxastic concepts)之模態邏輯，在辛提卡(Hintikka)的先驅性的著作《知識與信念》(*Knowledge and Belief*, 1962)中有系統的研究。在此書中，他將自己早先用以研究模態邏輯的語意方法(模態集合的方法)，應用到知識與信念的概念身上。根據這樣的進路，命題「a 知道 p」(簡寫為 $K_a p$)在一個可能世界(possible world)(或情況) u 之中是真的，意思乃是說：在 u 裡的一切知識的可選擇項(epistemic alternatives)中，p 都是成立的。此處「知識的可選擇項」是意指那些與 a 在 u 中所擁有的知識相容的各個世界。假使知識的可選擇性(alternativness)這關係是自反的，那麼「$K_a p \rightarrow p$」(只有事實纔能被知)這一原則便是有效的；而假使知識的可選擇性這關係是傳遞的，那麼，這會使所謂「雙知論題」(KK-thesis)「$K_a p \rightarrow K_a K_a p$」(如果 a 知道 p，則 a 知道「a 知道 p」)成為有效的。這兩個假設合起來，使得知識之邏輯與某一 S4 類型的模態邏輯很相似。如果我們把知識的運算符號K_a及相應的知態可能性的運算符號P_a，加到具有等同號的量化理論的身上，則對量詞與知態運算符號之間的互動、個體詞在知識的脈絡之中的行為，以及對諸如「a 知道 b 是誰」、「a 知道某些 F 是什麼」這類慣用說法之分析，全部都變得有可能加以研究。知態邏輯在此一領域的問題，乃是一個更一般性的問題當中的一部分，這個一般性的問題便是：給予命題態度(propositional attitudes)一個融貫的語意解釋。

如果一命題 p 在某一既予的世界中的所有知識的可選擇項都是真的，那麼，所有 p 的邏輯結果也皆是真的；這樣一來，上面所勾勒的有關知態概念的可能世界的語意學(possible-worlds semantics)，便會有這樣的結果：一個人知道「他所知道的事物之所有邏輯的結果」。這是一個弔詭的結論，它被稱為邏輯的全知(logical omniscience)難題。對這難題的解決，要求我們區分不同層次的知識——例如區分潛默的(tacit)知識與明顯的(explicit)知識；如果我們藉著對潛默的知識得以活動並明顯化的歷程做分析，進而使用那種動用到可能世界的基本的解釋，便可以得到一個更符合事實的知識模型。

在近來關於知識表徵(knowledge representation)的工作當中，以及在「問題與回答」(questions and answers)之邏輯和語意學當中，各種「模態的知態邏輯」(modal epistemic logics)的運用，已經有了豐碩的成果；而在「問題與回答」之邏輯和語意學當中，問題(question)是被詮釋為一種對於知識的要求，或被詮釋為「知識的斷言令式」(epistemic imperatives)。

參見 epistemology 知識論；KK-thesis 雙知論題；modal logic 模態邏輯

R.Hi.撰　趙之振審訂

epistemic operator　認識邏輯的運作符　見 operator 運作符

epistemic permissibility　知識的可允許性　見 epistemology 知識論

epistemic possibility　知識的可能性　見 epistemic logic 知態邏輯

epistemic principle　知識的原則　乃是一種應用於知識、證成及合理的信念等這類概念的理性原則。知識的原則包括知態邏輯的各種原則，以及把不同的知識的概念(epistemic concepts)相互關聯起來，或把知識的概念與非知識的概念(如語意概念)相互關聯起來的種種原則。知識的概念包括知識、合理的信念、證成、(知識的)或然率等概念，以及其他目的在用於評價信念和知識聲稱(knowledge claims)之合理性的種種概念。知識的原則可以被表述為關於信念系統或資訊系統的種種原則，所謂「信念系統或資訊系統」(belief system or information systems)，是指用以描述「某人在某一特定的時間下所可能具有的信念狀態」的系統；一個信念系統可以被解釋為種種(已被接受的)命題所構成的一個集合，或者是信念之種種程度(degrees of belief)所構成的一個系統。知識的原則有可能被區分為以下兩種：(a)關於某個單一信念系統之合理性的原則，以及(b)關於信念的合理變化的原則。前者包括對信念(以及或然率)的融貫性和一致性的要求，這樣的原則可以說是關於信念系統的靜力學(statics)；後者則包括信念之修正和調整的種種原則，此即關於信念系統的動力學(dynamics)的各種原則。

參見 closure 封閉性；KK-thesis 雙知論題

R.Hi.撰　趙之振審訂

epistemic priority　知識先行　見 dependence 依賴關係

epistemic privacy　認識上的私有性　一個人與一命題間的一種關係，而只有這個人直接或非推論地知道這一命題。大部分人認為，人對於關於人們自身之某些心靈狀態之命題，有認識上的私有性。在這種觀點看來，一個人可以直接知道他有某些思想、情感或經驗。或許其他人也能知道這個人有這些思想、情感或經驗，但是，這只是從關於此人的行為或物理條件的命題，推論出的結果。

參見 inferential knowledge 推論知識；privileged access 具有優位性的接觸進路

R.Fe.撰　龔維正審訂

epistemic probability　認識的機率　見 probability 機率

epistemic rationality　認知的理性　見 irrationality 非理性

epistemic regress argument　知識的後退論證　起源於亞里斯多德(Aristotle)的《後分析論》(*Posterior Analytics*)當中的一個論證，其目的在於顯示知識和知識的證成具有一種雙層的結構，就如同知識的基礎論所描繪的那樣。以下有關證成的概述便使用到這論證：如果你有任何被證成的信念，那麼這信念就出現在一串的證據鏈當中，此中包括至少兩個環節：支持的環節(即證據)，以及被支持的環節(即被證成的信念)。然而，這並不意味著所有的證據都是由信念構成的。證據鏈可以有下面四種：循環的鏈、無終端的鏈、以不被證成的信念為終端的鏈，以及止於基礎信念(fundational beliefs)的鏈，而這些基礎信念之證成，並不是從別的信念而來的。只有第四種，亦即基礎主義的那種，在替知識與知識的證成奠立基礎上，才是站得住腳的。

所有的證成皆會是推論性的嗎？當一信念 B1 的證成是依靠、或至少是部分地依靠別的信念 B2 的時候，信念 B1 便是推論上證成的(inferentially justified)。然則 B2 的證成又從何而來？如果 B2 的證成是依靠 B1，那麼我們就會有循環之弊；如果 B2 之具有證據的地位是要依靠B1，那麼B2 又如何能夠產生對B1 的證成(或證據)呢？另一方面，如果 B2 之證成是依靠另一信念 B3，而 B3 之證成卻是依靠另一信念 B4，如此無盡地下去，那麼我們就會有證成無限後退之弊；這樣的後退，對於最前頭的信念來說，似乎是產生不出任何實際的證成，最多僅僅是潛在的證成而已。進一步而言，實際上有限的人類，似乎也無法去理解(或擁有)證成之無限後退中的所有步驟。最後，如果B2 本身就是沒有被恰當地證成的，那麼，很明顯地，它就不能為 B1 提供證成。如此說來，就推論性的證成(inferential justification)而言，其結構便不是由循環的證成、無終端的證成所組成，也不是由一些沒有被證成的先行信念所組成的。

這麼一來，基礎主義便是對證據鏈的最可行的解釋，只要我們把基礎主義理解為這樣的一種結構的觀點：某些信念是以非推論性的方式被證成的(亦即證成不是從其他的信念推導而來的)，而這些信念卻可以為其他的信念提供證成。更精確一點來說，如果我們有任何被證成的信念，我們就會有一些基礎性的、非推論性的被證成信念。要欣賞到這個後退論證的充分威力，它還需要做更為細膩的修改。經過細膩的修改之後，基礎主義可以嚴厲地挑戰它的競爭對手，諸如融貫論和脈絡論等。在知識論的發展史上，後退論證一直是基礎主義的一個關鍵的推動力。

參見 coherentism 融貫論；epistemology 知識論；foundationalism 基礎主義

P.K.M.撰　趙之振審訂

epistemics　知識學　見 Goldman 哥德曼

epistemic virtue　認知的德行　見 virtue epistemology 德行知識論

epistemology　知識論　源自於希臘字 *episteme*(知識)，以及 *logos*(解釋)，是對知識及證成(justification)的研究；尤其是對(a)定義的特徵、(b)實質(substantive)的條件或來源，以及(c)知識和證成之限制的研究。這三類的研究可由下述傳統哲學中的三類爭議來代表：知識和證成的分析、知識和證成的來源(例如，經驗主義與理性主義的對立)，以及知識和證成相關的懷疑論的發展。

知識的種類(Kinds of knowledge)　知識不是清晰的(explicit)就是默晦(tacit)的。「清晰」的知識是自覺的(self-conscious)，認知者對知識的狀態有適切的認知，然而，默晦的知識是隱晦的，暗藏在自我意識之外。我們大部分的知識是默晦的：默晦的知識是真實的，透過適度的反省，我們即可以認知到它們，但我們卻無法認知其知識狀態的相關條件。在此想法下，知識與我們許多的心理狀態很類似。在一個人身上所存在的心理狀態不會要求當事者對該狀態有所認知，雖然它可以要求當事者對該狀態的對象有所認知(如被感覺或感受到的東西)。

哲學家已區分出各種各樣的知識：例如，命題性的知識(propositional knowledge)(某物是如此)，某物的非命題性知識(例如，通過了解和直接的意識所得的知識)，經驗的(後驗的)命題知識，非經驗的(先驗的)命題知識，以及如何去做某事的知識。在以下這些種類的區分上也產生了哲學的爭論；例如，諸如(i)這些種類彼此間的關係(例如，如何去做的知識能被化約為關於怎麼樣的知識嗎)，以及(ii)這種以種類區分知識的可行性(例如，是否真的有先驗知識這種東西的存在，或者，它們的內容是否融貫)。在十七和十八世紀，近代經典哲學所關心的首要問題是，先驗知識領域與後驗知識領域之間的關聯。諸如笛卡兒(Descartes)、萊布尼茲(Leibniz)以及史賓諾莎(Spinoza)等理性主義者(rationalist)主張，真實世界中的真實知識都是先驗的；與此相反，洛克(Locke)、柏克萊(Berkely)以及休姆(Hume)等的經驗主義者卻辯稱所有真實知識是後驗的。在他的《純粹理性批判》(*Critique of Pure Reason*, 1781)當中，康德(Kant)尋求一種大和解，其目的在於維護理性主義和經驗主義兩者的要旨。

自十七和十八世紀以來，後驗知識，被廣泛地看作是依賴於特定感覺或感受經驗的支持基礎的知識，而先驗知識則被普遍認為不依賴於這種經驗基礎的知識。康德及其他一些人把先驗知識的支持基礎歸結為純粹的智力過程，他們稱之為「純粹理性」(pure reason)或「純粹理解」(pure understanding)。邏輯知識與數學真理被用來作為先驗知識的典範；反之，關於物理客體的存在或呈現的知識，則是後驗知識的典型例證。關於先驗知識的論述之主要任務，是要解釋理智作用的相關內容是什麼，以及它們如何提供出非經驗知識。對後驗知識的論述而言，一個類似的任務則是對感覺或感性經驗是什麼，以及它如何提供出經驗知識做出解釋。更為重要的是，知識論者已經發展出針對所有命題性知識所做的「普遍解釋」，也就是，對什麼是先驗及後驗知識的解釋。

自從柏拉圖(Plato)的《米諾》(*Meno*)和《賽阿斯提特斯》(*Theaetetus*，西元前四世紀)問世以來，知識論者一直努力地辨別知識的本質的、確定的成份。辨別這些因素將會產生一種對知識本身的分析。而被柏拉圖和康德等人所倡導的傳統觀點是，命題性知識(即關於某事是這樣)有三個就個別而言是必要的，並且整體互相而言是充分的組成部分：證成、真理和信念(belief)。按照這個觀點，命題性知識就其定義而言，就是被證成為真實的信念。這就是被稱為「標準分析」(standard analysis)的三部定義。我們可以藉由對這三種條件分別進行簡要的分析來說明它。

信念條件(The belief condition)　就要求任何知道 p 的人(在這裡，p 代表任何的命題或陳述)都必須相信 p。因此，如果你不相信心靈即大腦(也就是說，因為你根本沒有考慮這個問題)，那麼，你就不知道心靈即大腦。一個認識者，必定是以某種心理上的方式，聯繫於對他而言是知識對象的某一命題。標準分析的支持者認為，只有信念能夠提供所需的心理聯繫。哲學家對信念的說明並非很一致，但一些考量卻提供了共同的背景。信念並不是贊成某一命題的行為，而是即使在未被揭示的情況下，它們也能存在的傾向性心理狀態(例如，你的注意力不在計算上時，你也不會停止相信 2 + 2 = 4)。我們對 p 的相信似乎要求我們在一定的狀態下有贊同 p 的傾向，但它看來也不只是一種單純的傾向。信念所要求的其他東西在當代的哲學家當中仍具有高度的爭議。

一些哲學家基於「我們能接受或贊同一個已知的命題，卻未必真的相信它」這個理由，而反對標準分析的信念條件。他們認為，即使我們不能獲得一種「相信」(believing)所要求的，在某種狀態下接受某一命題的傾向，我們仍然能夠接受這一命題。在這種觀點看來，接受是一種並不伴隨著任何傾向性心理狀態的行為，而這樣的接受足夠讓認識者與某一已知命題有心理性地聯繫。不管這種觀點如何地有道理，標準分析的底層假設似乎是正確的：我們的知識概念要求一個認識者，在心理上是以某種方式與一個已知的命題聯繫在一起的。如果排除了這一要求，那麼我們將很難解釋認識者如何「心理性地擁有」他們關於已知命題的知識。

即使知識需要信念，而對p的信念並不需要對p的知識，因為信念明顯地是會出錯的。這一觀察與柏拉圖的《賽阿斯提特斯》相近，它假定知識有一真實的條件。依據標準分析，如果你知道 p，那麼 p 就為真。因此，如果心靈即大腦是錯誤的，那麼你就不知道心靈即大腦。但是，例如，說「哥白尼(Copernicus)之前的天文學家知道地球是平坦的」是一種誤解；充其量只能說，他們有理由相信他們知道這一事實。

真理條件(The truth conditions)　這一標準分析的條件並未招致任何重大的挑戰。爭論的焦點集中在《聖經》中羅馬總督皮雷特(Pilate)所提出的惱人問題——什麼是真理？這一問題所關心的是，真理是由什麼「構成」(consists in)的，而不是我們「發現」(finding)真理的方法。對此有影響力的回答至少來自於三種方式：符應的真理(truth as correspondence)(即命題與實際狀態之間一些特定類型的一致性)；融貫的真理(truth as coherence)(即某一命題與某一特定的命題系統的內在相互連接性)；實用認知價值的真理(truth as pragmatic cognitive value)(即達到特定理智目標的某一命題之效用性)。我們無需去評價這些卓著的模式，但我們必須承認，根據標準分析，我們的知識概念似乎有一實際的要求：只有 p 是如其所示的情形時，我們才真正地知道 p。「如其所示」(its being the case)的切要概念似乎是與「真實為何」(how reality is)或「事物究竟為何」(how things really are)的概念相等同的。後一種概念對我們知識的概念來說似乎是必要的，但對它的闡釋卻仍有爭議。

證成的條件(The justification condition)　知識並非單純地只是真信念。如果某些真實的信念來自於幸運猜測之支撐的話，就不能稱為知識。知識要求它的信念條件的滿足要與其真理條件的滿足，「恰當地聯繫」(appropriately related)在一起；這是對標準分析中證成條件的概略理解方式。我們可以更明確地說，一個認知者必須對一已知為真的命題具有「適當的指示」(adequate indication)，如果我們把這類適當的指示理解為表示某一命題為真的「證據」(evidence)，我們就已達到了證成條件傳統的一般觀點：作為證據的證成。關於證成的各種問題在當代知識論招致了最多的爭議。爭議既關注於「證成」的意義，也關乎到恰當的知識方法下證明信念成立的實質性條件(substantive condition)。

當前關於「證成」意義的爭論主要圍繞這一問題而展開，即是否認識的(與知識相關的)證成的概念是(如果是的話，由如何是)規範性的？自從 1950 年代齊桑姆(Roderick Chisholm)就為下列義務的(deontological)(義務傾向性的〔obligation-oriented〕)證成想法做出辯護：此想法主張，某一命題p對你而言是認識地證成，那麼它就「意味」(means)著，避免接受 p 是錯誤的。換言之，說 p 是認識地證成，就是說對於 p 的接受是「認識地被允許」(epistemically permissible)的——至少，對於 p 的接受是與某一特定的認識規則體系一致的。這種義務論的說法在當代知識論中受到廣泛的引用。然而，對證成的規範性解釋未必得是義務論的；它無需運用義務和允許的概念。例如，艾爾斯頓(W. Alston)引入了一種非義務論的規範性證成概念，而它主要是依賴於從最大化的真理和最小化的錯誤這一角度而得出的「認識地對」(epistemically good)的概念。艾爾斯頓在結合了認識的對與下述之信念，即立基於反對理由從缺的信念，將認識的好與奠基於充分基礎的信念聯繫在一起。

一些知識論者把證成的規範解釋認作為不必要的而加以迴避。值得注意的觀點之一是，「認識的證成」(epistemic justification)僅僅意味著某一特定種類的「證據支持」(evidential support)。說 p 在某種程度上對你而言是可證成的，根據此種觀點，僅僅是說 p 在你證據理由的範圍中，是可被支持的。只要可支持性和某一證據理由的概念是非規範的，那麼，這種解釋也將是非規範的。一些哲學家已試圖不依賴談及認識的允許性和認識的正確性去闡明後一種(規範)概念。我們可以依據包括和解釋(或，對「為什麼」之問題〔why-questions〕的回答)的非規範概念來理解「支持」的相關概念。我們可以通過某一心理狀態的概念來理解某一「證據理由」(evidential reason)的概念，而前面所說的這一心理狀態可以在一種特定的真理-指示(truth-indicating)的支持下而與命題相關。例如，我們可以把「似乎感受到」(seeming to perceive)某物的明顯(non-doxastic)狀態(例如，在這兒似乎看到了一本字典)視為對於特定物理對象的命題(例如，這兒有本字典這一命題)的基本真理指示物，藉由這些命題，這些狀態可以得到最好的解釋。如果與此相似的任何方法都成功了，那麼就不需要前面提到的認識的證成的規範概念，也能獲得追求證成的成功。

基礎論與融貫論之爭(Foundationalism versus coherentism)　談到基礎的真理指示物，會把我們引至關於證成的一個關鍵爭議：認識的證成，也就是知識，是有基礎的嗎？如有，是在什麼意義上的基礎？這一問題也可被闡明為這樣一個議題，即是否某些信念不僅可以(a)「非推理性地」(non-inferentially)有它們認識的證成(即隔絕於任何其他信念的證據性支持)，而且也(b)為所有缺乏這樣非推理性證成的信念提供認識的證成。基礎論對這一問題做出了肯定的回答，並通過不同的方式被諸如亞里斯多德(Aristotle)、笛卡兒、羅素(Russell)、劉易士(C. I. Lewis)及齊桑姆等人表述了出來。

基礎論者並沒有對非推理的證成提供出統一的說法。一些人將非推理的證成解釋為「自我」的證成(self-justification)。另一些人則反對關於信念的自我證成的說法，並且論證具有非推理證成的信念是藉助於「非」信念(non-belief)的心理狀態——如知覺(即「看似知覺」〔seeming-to-perceive〕的狀態)、感覺(即「看似感覺」〔seeming-to-sense〕的狀態)或記憶(「看似回憶」〔seeming-to-remember〕的狀態)——而獲得實證的支持。另一些人透過信念被「可靠產生」(reliably produced)的過程，來理解非推論證成的信念，即起源或被支持於一些非信念式的信念產生過程或來源(比如知覺、記憶或內省)，而這些過程或來源，將傾向於產生真實的，而非虛假的信念。以上的觀點將一個信念因果關係的來源看作是對證成最至關重要的。與笛卡兒不同，當代的基礎論者將非推論的、基礎性的論斷從確定無疑的論斷中清楚地分離出來。他們典型地代表了一種「折衷」的基礎論(modest foundationalism)，這種折衷的基礎論意味著：基礎性的信念無需是毋庸置疑或不可錯誤的。這種觀點與笛卡兒所持的極端基礎論相對立。

基礎論傳統上的競爭者是證成的融貫論，即認識的融貫論。它不是指關於真理在定義上的融貫，而是指這樣一種觀點，任何信念的「證成」都依賴於其他信念，而這些信念又從其他具有融貫關係(如伴隨或解釋)的信念中得到證據性的支持。對此觀點有力的支持者包括黑格爾(Hegel)、鮑桑葵(Bosanquet)及塞拉斯(Sellars)。當代認識的融貫論有一個著名的主張，在各種信念中證據上的融貫關係是典型的解釋上的關係。用概要的概念來說，只要一個信念對你而言解釋了對你而言最具解釋力的信念系統，或是被該系統所解釋，那麼，對你而言，該信念便是證成的。當代的融貫論都是系統的或整體的，它在一個由相互關聯的或潛在的各種信念構成「體系」(system)中為證成尋找最終的根據。

旨在解釋以經驗性證成的融貫觀點都會遇上一個麻煩：「孤立論證」(isolation argument)。依照這一論點，融貫論應當會認為，當你接受一個與你的所有經驗證據不相容(或至少無法提供出證據)的經驗命題時，仍是可以認識地證成的。這一論證的主要假設是，你所有的經驗性證據，包括「非」信念的感覺的和知覺的意識狀態(諸如你對於疼痛的感覺或者你好像看見了什麼東西)，這些都不是信念狀態(belief-states)。認識上的融貫論，如上所定義，將證成僅僅賦予這樣的功能，即在命題(諸如為人相信或接受的命題)之間具備了融貫的關係。因此，融貫論似乎將證成從非信念的意識狀態的證據意義中分離了出來。融貫論者一直致力於解決這一問題，但並沒有一個獲得廣泛接受、令人滿意的解決方案。

因果與脈絡理論(Causal and contextualist theories)　包括了杜威(Dewey)、維根斯坦(Wittgenstein)及孔恩(Kuhn)等人，一些當代的知識論者對認識的證成抱持著脈絡主義。按照這一觀點，所有被證成的信念在其證據的支持上，都依賴於一些不需要證成的信念。在任何的探究脈絡中，人們僅僅假設某些命題(的可被接受性)作為探究的起點，而這些「脈絡的基礎命題」(contextually basic proposition)，儘管缺乏證據上的支持，卻能夠成為其他命題支持的證據。脈絡主義者強調，這些脈絡的基礎命題可以隨著脈絡的不同而改變(例如，神學的探究不同於生物學上的探究)，同時亦隨社會團體的不同而有別。對脈絡主義者來說，主要問題來自於他們所持的觀點，即「未被證成」(unjustified)的假定能為其他命題提供認識上的證成。我們需要一個確切的解釋：一個未加證成的假定如何能夠提供證據上的支持，一個未經證實的信念如何能夠使其他的信念變得可信。對此，脈絡主義者未能提供一個一致的解釋。

近來一些知識論者建議我們應該放棄傳統的知識的證成條件。他們提議我們要把證成條件建構為一種「因果」(causal)條件。粗略地說，這個想法就是：你知道 p，若且惟若(a)你相信 p，(b)p 是真的，並且(c)你確信 p 是因果地被使 p 為真的事實所造就或支持。這是「知識因果理論」(the causal theory of knowing)的基本立場，但這類理論在細部上有所不同。任何一類的因果理論在面臨全稱命題時都有嚴重的問題。例如，我們所知道的一個明顯的例子是，所有的字典都出自於人類之手，但我們之所以如此相信似乎並不是因果地由「所有字典均出自人類之手」的事實加以支持。「任何」(any)從後一事實因果上產生信念並不是顯而易見的。

此外，另一個難題是，因果理論典型地忽略了證成條件的關鍵陳述：在某種意義上，信念者對一個信念要「能夠取得」(be accessible)證成支持的要求。概略地說，一個人必須能夠接近，或達到了解，關於他信念之下的證成。當然，對一個信念者來說，一個信念的原因或起源，經常是非常複雜和難以接近的。因果理論因此就面臨了證成的可取得要求之問題。證成的「內在論」(internalism)認為，證成在「什麼提供證成」(what confers justification)上保存可取得性之要求。然而，認識上的「外在論」(externalism)則拒絕了這個要求。內在論與外在論之間的爭論充斥在當前的知識論之中，但內在論者們對可取得性的細部解釋上尚不統一。

葛第爾問題(The Gettier Problem)　對於知識的標準分析，無論多麼詳盡，都面臨著一個一開始就存在於知識因果理論中的挑戰：「葛第爾問題」。1963 年，葛第爾針對「如果你有一個經證成的信念 p，則你便知道 p」的觀點，出版了一場具有極大影響力的挑戰。這是他所舉出反例中的一個：史密斯相信一個經過證成的錯誤信念，瓊斯擁有一輛福特牌汽車，即(i)。基於(i)，史密斯推斷，並且因而經過證成相信，不是瓊斯擁有一輛福特牌汽車，就是布朗在巴塞隆那，即(ii)。當這一推論進行時，布朗正在巴塞羅那，因此(ii)是正確的。這樣，儘管史密斯經過證成而相信(ii)，但史密斯其實並不知道(ii)。

「葛第爾式的反例」(Gettier-style counterexamples)是講一個人有一個被證成的真實信念 p，但卻缺乏對 p 的知識。葛第爾問題是對為避免葛第爾式的反例所帶來的麻煩的標準分析所做的一種修正，或一種選擇方案。圍繞葛第爾問題的爭論是高度複雜，而且仍然無法解決的。許多知識論者吸取葛第爾式的反例的教訓，在證成、真理和信念條件之外，又提出命題性知識需要的「第四種條件」(fourth condition)。然而並沒有哪一種具體的第四種條件得到壓倒性的接受，但其中的一些建議廣為流傳。例如，所謂的「可廢除性條件」(the defeasibility condition)，一般而言，要求某些有關推翻證成的適當假設條件被證為真時，知識的證成即「不被推翻的」(undefeated)。舉例來說，某一簡單的可廢除性的第四條件，要求史密斯知道 p 時必須不存在真命題 q，如果 q 對史密斯來說是被證成的，那麼p對於史密斯來說將不再是被證成的。所以，如果史密斯以其視覺為基礎下，「獲知」(perception)瑪麗從圖書館拿了書，那麼，史密斯對瑪麗的孿生姐妹從圖書館拿了書這一真命題的「相信」，並不削弱史密斯關於瑪麗本人拿書的信念之證成。一種不同的方式可以避免上述那種虛擬的條件，而且認為，命題性的知識所要求的正當真實信念，是由真理的整體集合所支持的。這種方式在證成是被削弱的和被恢復的時候，需要有更詳細的說明。

葛第爾問題在知識論上是重要的。是一個知識論分支，尋求對命題知識(例如，主要的組成部分)的精確理解。我們若要對命題知識有精確的理解，就必須要對這類的知識進行葛第爾證明的分析。因此知識論者必須對葛第爾難題提出可靠的解答，不論這種解答將是多麼複雜。

懷疑論(Skepticism)　知識論者常常對知識的界限或範圍爭辯。我們愈是嚴格地限定知識的界限，我們也就愈產生懷疑，「知識的懷疑論」(knowledge skepticism)和「證成的懷疑論」(justification skepticism)是兩種有影響力的懷疑論形態。無止境(unrestricted)的知識懷疑論是指，沒有一個人知道任何事情，而無止境的證成懷疑論，則意味著一種更為極端的觀點，即沒有一個人在對任何事情的相信上是得以證實的。某些形式的懷疑論比其他形式的懷疑論更為強勢。最為強勢的知識懷疑論意味著，對任何人來說，了解任何事物都是「不可能」(impossible)的。較弱的形式雖否認我們擁有知識的現實性，但卻保留我們擁有知識的可能性。許多懷疑論者都把自身限定在某一特定的假定知識範圍內：例如，外部世界的知識、他人心靈的知識、過去或將來的知識，或者未被察覺之項目(unperceived items)的知識。在知識論的歷史上，這些限制性的懷疑論比那些無限制的懷疑論更為普遍。

支撐懷疑論的論證有多種形式。其中最為困難的便是所謂的「判準問題」(the problem of the criterion)，由十六世紀懷疑論者蒙田(Michel de Montaigne)所提出的觀點：「為了從事物的表象中判定(它們之間的真與假)，我們需要有一種區分的方法；為了證實這種方法，我們需要有一個正當的論證；但為了讓這個論證有效，我們需要藉助於處於爭論中的方法。在此，我們像輪子一般地轉圈」。這種源自於知識論自身的懷疑論路線起源於古希臘，它迫使我們面對這一個問題：我們如何在並未說明「如何」(how)知道的情形下，說明我們知道「什麼」(what)；以及我們如何在並未說明知道「什麼」的情形下，說明我們「如何」知道？逃出這一可怕的循環的任何合理的方法存在嗎？這是最為困難的知識論問題之一，而且，一種切實的知識論必須對此提供一種辯護性的解決方法，當代的知識論仍然缺乏對此一急待解決的問題，提出廣為接受的回答。

參見 a priori 先驗；coherentism 融貫論；foundationalism 基礎主義；justification 證成；perception 知覺；skepticism 懷疑論；truth 真理

P.K.M.撰　苑舉正審訂

epistemology, evolutionary　**演化知識論**　見 evolutionary epistemology 演化知識論

epistemology, genetic　**發生認識論**　見 Piaget 皮亞傑

epistemology, naturalistic　**自然主義知識論**　見 naturalistic epistemology 自然主義知識論

episyllogism　**後三段論**　見 polysyllogism 多重三段論證

epoché　**存而不論**　見 Husserl 胡塞爾；phenomenology 現象學

E-proposition　**E-命題**　見 syllogism 三段論式

epsilon　**易普西隆**　見附錄：特殊符號與邏輯記號

equipollence　**實力均等**　塞克斯都．恩披里可(Sextus Empiricus)所使用的一個術語，它被用來表達這樣一種觀點：即，關於任何問題的任何看法，都有同樣強而有力的論證來支撐，我們因此應該中止有關任何問題的任何判斷。

參見 Sextus Empiricus 塞克斯都．恩披里可

R.P.撰　王文方審訂

equipossible　可能性相同　見 equiprobable 機率相同的

equiprobable　機率相同的　指具有同樣的機率。有時與「可能性相同」(equipossible)用法相同，這個詞與拉普拉斯(Laplace)的(或謂「古典的」〔classical〕)對機率的解釋聯繫在一起，這種解釋法是說，一個事件的機率是有利於此事件的可能性相同物的數量與可能性相同物的總數的比值。例如，用一個「均勻」六面體的骰子滾動出標有偶數面的機率是 1/2——有利於此事件的可能性相同物有三個(2, 4, 6)，而可能性相同物的總數是六個(1, 2, 3, 4, 5, 6)，(於是 3/6 = 1/2)。現在，機率相同的這一概念不再廣泛用來解釋機率，因為自然的機率相同性並不經常為人所掌握(譬如對明天會發生熱核戰爭機率的估計)。

參見 probability 機率

E.Ee.撰　李國偉審訂

equivalence　等值　指可以相互推論。有以下主要情況：若兩個陳述句(statements)具有相同的真值(truth-value)，則為實質上(materially)的等值，而若彼此可以從對方中推導出，則為邏輯上(logically)的等值；若兩個句子或字在任何脈絡中彼此代換而不改變脈絡的原意，則這兩個句子或字在意義上是等值的。在真值函數邏輯（truth-functional logic）中，若兩個陳述句從未出現相異的真值，則它們是邏輯上的等值。根據此「邏輯上等值」的含義，所有的恆真句(tautology)彼此是等值的，而所有矛盾句(contradiction)亦是彼此等值。同樣地，在範程集合論(extensional set theory)中，如果兩個集合具有相同的數字，則此二集合是等值的，因此所有的空集合皆可視作是等值的。在非範程集合論中，只有當成為此集合之元素的條件在邏輯上等值或在意義上等值的條件時，集合與集合間才會是等值的。

R.P.撰　古秀鈴、楊金穆審訂

equivalence, behavioral　行為等價　見 Turing machine 涂林機

equivalence class　等價類　見 partition 分割；relation 關係

equivalence condition　等同條件　見 confirmation 驗證

equivalence relation　等價關係　見 partition 分割；relation 關係

equivocation　模稜兩可　在單個脈絡下的表達式(expression)，其使用出現兩種或兩種以上的意思。例如在「物之終結即其完美之展現。生命之終結乃死亡；故死亡即生命完美之展現」這個例子中，「終結」在第一次出現時，意思是「目標或目的」，但在第二次出現時則是「結束」的意思。在這個脈絡中，表達式的使用出現兩種意思，這就是一種模稜兩可。當表達式所在的脈絡是論證時，才會犯下模稜兩可的謬誤。

參見 informal fallacy 非形式謬誤

W.K.W.撰　莊文瑞審訂

equivocation, fallacy of　模稜兩可的謬誤　見 informal fallacy 非形式謬誤

Er, myth of　艾爾神話　見 myth of Er 艾爾神話

Erasmus, Desiderius　伊拉斯謨斯，德西戴瑞斯(1466?-1536)　荷蘭學者和哲學家，在文藝復興的人文主義運動中發揮了重要作用。像他的義大利先驅佩脫拉克(Petrarch)、科拉西奧．薩勒塔蒂(Coluccio Salutati)、羅倫佐．瓦拉(Lorenzo Valla)、列奧那多．布魯尼(Leonardo Bruni)，以及其他人一樣，伊拉斯謨斯在哲學與神學中，強調語言的精準、語法的正確，以及修辭的優美所起的作用。但對伊拉斯謨斯來說，對由研究古代拉丁和希臘作者所培植起來的「文學優美」(*bonae literarae*)的美德必須與基督教精神連接在一起。伊拉斯謨斯被(休金格〔Huizinga〕)稱為第一個現代知識份子，因為他曾試圖通過在受教會及政治陰影影響下的環境中，影響和改革社會的思想精神。他成為有效地利用對當時來講是先進的印刷術的最早的人文主義者之一。他的作品具有多種形式，包括議論、演講、慣用語、評論、對話，以及書信。

在完成於教會學校中的學習，並在距荷蘭的浩達(Gouda)不遠的斯蒂恩修道院(Monastery of Steyn)待了一段時間後，伊拉斯謨斯為不同的人工作過。他得到了一個為凱姆里克(Kamerijk)主教做秘書的職位，在此期間他寫了他的第一本出版的著作《格言》(*Adagia*, 1500年第一版)——一本拉丁文諺語的註釋集。此外，他也是皇帝查理五世(Emperor Charles V)的顧問，並為他獻上《基督教原理組織》(*Institutio principii christiani*, 1516)一書。在巴黎大學求學時，他曾上過人文主義者費伯爾．斯坦普拉斯(Faber Stapulensis)的課，完成在巴黎大學的學習後，伊拉斯謨斯由其主管蒙特伊勛爵(Lord Mountjoy)介紹，與英國人文主義者約翰．科勒特(John Colet)及托馬斯．莫爾(Thomas More)接觸。伊拉斯謨斯過的是一種不安定的生活，曾在好幾個歐洲城市定居過，包括倫敦、魯汶(Louvain)、巴塞爾(Basel)、弗萊堡(Freiburg)、波隆納(Bologna)、都林(Turin，1506 年在此地他被授予了神學博士頭銜)，以及羅馬。

借助於通向「文學優美」理想的現代語言學的手段，伊拉斯謨斯試圖變革他所處時代受基督教影響的心態。在瓦拉(Valla)註釋《新約全書》(*Annotationes*)啟發下，他完成了《新約全書》新的拉丁文譯本的工作，並編輯整理了早期教父，尤其是聖．哈諾尼莫斯(St. Hieronymus)的著作，同時還寫了幾篇關於〈詩篇〉的評論。他嘗試揭示其原初含義來恢復早期的基督教精神，從而抵制對其做學院式詮釋的背景。按他的觀點，當前教會的儀式是發展基督真精神的障礙。儘管他與路德(Luther)一樣都對現存的教會持有批判態度，但他並沒有站在「宗教改革」這一邊。在他的《長論自由意志》(*Diatribe de libero arbitrio*, 1524)中他為人類自由意志所做的辯護，由路德《論奴隸的意志》(*De servo arbitrio*)一書做出了回答。

伊拉斯謨斯在歷史上最有影響的著作有：《基督教士兵的手冊》(*Enchirion militis christiani*, 1503)，在這本書裡他攻擊了單純為金錢而受僱者和軍人；《瘋癲的稱讚》(*Encomium moriae id est Laus stultitiae*, 1511)，一篇諷刺近代生活和處於社會頂層的教士的作品；還有《漫談》(*Colloquia*，1518 年第一次出版，一直到 1553 年還常常被再版)。在《和平的悲嘆》(*Querela pacis*, 1517)這本小冊子中，他拒斥了奧古斯丁(Augustine)和亞奎納(Aquinas)所提出的「義戰」(justified wars)是正當的思想意識。為了反對戰爭的瘋狂，伊拉斯謨斯訴諸於寬容、友愛及文雅等美德。在他看來，這些美德才是基督教的本質。

參見 humanism 人文主義；More, Thomas 摩爾，托馬斯

H.P.撰　苑舉正審訂

***Erfahrung*　經驗**　德文，譯成英文時，尤其自康德(Kant)以來，通常譯為「experience」。康德並未將這個語詞當作術語使用；相反的，這個語詞意味著某種需要藉由一些更加精確地劃定的區分(諸如「感性」〔sensibility〕、「知性」〔understanding〕和「理性」〔reason〕之間的區分)加以說明的東西。在二十世紀初，胡塞爾(Husserl)有時候會區分開經驗(*Erfahrung*)與體驗(*Erlebnis*)，前者意指可以被顯題化並以有系統的方法加以描述與分析的經驗，而後者則指一種「被經歷到」(lived through)、卻永遠無法完全加以分析的經驗。這樣的一種區分，偶爾也會出現在後來的一些現象學(phenomenology)和存在主義(existentialism)的文本中。

參見 *Erlebnis* 體驗

J.P.Su.撰　張旺山審訂

Erigena, John Scotus　伊里吉納，約翰・史各都　也稱為蘇格蘭人約翰(John the Scot)、伊里烏吉納(Eriugena)，以及史各弟吉納(Scottigena, c.810-77)，生於愛爾蘭的學者與神學家。自 845 年開始，他即在靠近拿永(Laon)之查理二世(Charles II the Bald，禿子查理)的宮廷裡教授文法與辯證法。在 851 年的一場辯論中，約翰論證了只有一種宿命(predestination)，即：為善(to good)，因為惡(evil)精確地說是虛無的(nothing)。因此，沒有人會因著上帝的預知而被迫為惡，因為嚴格說來，上帝並不預知虛無之事。然而，他對辯證的信賴、他接受奧利根主義的(Origenist)概念認為世界是為修復因罪惡(sin)而導致之損害的教育所、他對宇宙論(cosmology)的興趣，以及他被察覺有培拉鳩主義的(Pelagian)傾向而激起的對抗，皆為特華市的普魯登蒂烏斯(Prudentius of Troyes)與萊恩斯的弗洛利斯(Flores of Lyons)所攻擊，他在瓦倫西亞大公會議(the councils of Valencia, 855)及朗格大公會議(the councils of Langres, 859)中被譴責。查理王委任他由希臘文翻譯偽狄奧尼修斯(Pseudo-Dionysius)的著作與證道者馬克西木斯(Maximus the Confessor)的《歧義論》(*Ambigua*)。這些著作開啟了一個新的世界，約翰亦順著他的翻譯註解了約翰福音(the Gospel of John)與偽狄奧尼修斯，而且他的主要著作《大自然的分類》(*Division of Nature* 或 *Periphyseon*, 826-66)乃隸屬新柏拉圖主義傳統(Neoplatonic tradition)。他將宇宙視為一出自上帝的歷程(procession)，在自然內實在的每一事物都是上帝的蹤跡，而後經由自然於人的理性內之臨現及人與上帝的合一而回歸上帝。約翰堅持，人的本性並不會因為與上帝的合一而毀滅，即使它是被神化的了。1210 年，他在巴黎被譴責為泛神論(pantheism)。

J.Lo.撰　蕭宏恩審訂

eristic　爭論術　爭辯的藝術或技巧，經常包含著謬誤但卻有說服力的推理。古代的詭辯派為了達成他們的個人目的而將這一技巧發展到了一個很高的水準。無論在日常生活中還是在法庭上，他們都能發現可用以論戰的素材。為了加強說服力，他們支持使用一些邏輯上不健全(unsound)的規則，諸如過速推廣(hasty generalization)、錯誤類比(faulty analogies)、不正當地訴諸權威(illegitimate appeal to authority)，以及錯誤歸因(the *post hoc ergo propter hoc*，即「在此之後，所以以此為因」)等等。亞里斯多德(Aristotle)在他的《詭辯的駁斥》(*Sophistical Refutations*)一書中揭露了爭論術所使用的手法，其中他從柏拉圖的《優西德米斯》(Plato's *Euthydemus*)裡援引了許多例子。下面這個著名的例子就是從柏拉圖的書中得來的：「那隻狗是一個父親，而那隻狗是他的，因此那隻狗是他的父親」。這個論證不但明顯地無效，更糟糕的是，它表面上與下面這個有效的論證極其相似：「這是一張桌子並且這是棕色的，所以這是一張棕色的桌子。」在《詭辯的駁斥》中，亞里斯多德試圖找出發現無效論證的程序，以及建立有效論證的一些規則。

參見 dialectic 辯證法；informal fallacy 非形式謬誤；syllogism 三段論式

I.Bo.撰　王文方審訂

Erklärung　**解釋**　見 *Verstehen* 理解

Erlebnis　**體驗**　在十九世紀末和二十世紀的德國哲學中，用來表示體驗的德語名詞。*Erlebnis* 的含意是在總體上包含了直接性的和生活全面性的經歷。它與另一個更為典型的德語單詞 *Erfahrung*(經驗)形成對照，與經過理智和反復推定的深思熟慮不同，它表示平常性的經歷。由於它是即時的、瞬間的，所以 *Erlebnis* 避免了概念化，包括當下現實及經歷內在化的概念化。由於它是直接性的，*Erlebris* 也是揭示性的，而且其作用非凡：儘管避免了思考，但它揭示了真實的東西。典型的例子有藝術、宗教，和愛情，所有這些也表明了反理性主義者的傾向、和概念的種種有爭論的用法。它尤其在浪漫的神祕主義者如諾瓦里斯(Novalis)和反理性主義者尼采(Nietzsche)和柏格森(Bergson)，以及現象學、生命哲學(*Lebensphilosophie*)和存在主義中非常流行。

由於在德國後黑格爾主義哲學中被使用，所以這個術語描述了主觀性的兩個方面。第一方面與人類學和現象學的認識論方面相關。與自然主義和客觀主義相反，哲學家們更傾向於從經驗的主觀特質方面，討論解釋者必須由內在去理解「那些是」被經驗到的主題。這個術語的第二個用法是表示特殊的、內在的體驗，如藝術、宗教、自由和生命力。在兩種情況下，這種經驗如何能立即地被識別或知曉則是不清楚的，因此在近代哲學思想中，像海德格(Heidegger)和詮釋學(hermeneutics)是反對這一概念的。

參見 *Erfahrung* 經驗；existentialism 存在主義；phenomenology 現象學

J.Bo.撰　顧忠華審訂

Eros　**厄洛斯**　希臘象徵性愛的神。厄洛斯最初作為理性(reason)的反面出現在海希奧德(Hesiod，西元前八世紀時的希臘詩人)中，後來逐漸成為象徵愛情的各個不同方面的標誌。然而一般來講，厄洛斯被希臘人(例如巴門尼德斯〔Parmenides〕)理解為一種統一的力量。在恩培多克利斯(Empedocles)的著作中，它是用來解釋宇宙歷史的兩種外在力量之一，另一種則是衝突。這些力量類似於赫拉克利特斯(Heraclitus)所謂的「隱藏著的和諧」(hidden harmony)。

柏拉圖(Plato)的《饗宴》(*Symposium*)是古代討論厄洛斯最有名的著作，包含了從不同角度的討論——神話的、詭辯的等等方向的探討。蘇格拉底(Socrates)說他從厄洛斯的女祭司狄爾提瑪(Diotima)處領悟到，性的慾望可以被發展成對美的形式理解上的追求。

阿伽披(agape)與厄洛斯之間的對比最初在德謨克利特斯(Democritus)那裡被發現。這在基督教對愛的說明中非常重要。在新柏拉圖主義中，厄洛斯意指哲學家所尋求的與存有的神祕統一。在近來歐洲大陸作家的作品中厄洛斯顯得很重要。

參見 agape 阿伽披

R.C.撰　王文方審訂

erotetic　**與問題有關的**　就其嚴格意義而言，指與問題有關的東西。「問題邏輯」(erotetic logic)是有關問題的邏輯。對問題的不同看法產生了各種不同的問題邏輯。比方說，對問題的「柏拉圖式進路」(Platonistic approach)學派就認為問題是獨立存在疑問句之外的。就梯趣(P. Tichý)而言，一個問題也就是對可能世界的一個函數，而該問題的正確答案則是該函數賦予現實世界的值。就梯趣這樣的柏拉圖主義者而言，問題邏輯因而就是研究這些函數的邏輯。對問題的「認識-祈使進路」(epistemic-imperative approach)學派(如阿奎斯特〔L. Åqvist〕或辛提卡〔Hintikka〕所主張的)則會從認識語句的系統開始，並將這種語句崁入到一個有關祈使語句的系統裡，因而得到像「使這樣的情形為真：我知道……」這樣形式的句子，以及由其所組成的複合句。「認識-祈使進路」學派會將某些這樣形式的句子定義為疑問句；因而，對「認識-祈使進路」學派而言，問題邏輯也就是認識祈使句及其真值條件(conditions for satisfaction)的邏輯。對問題的「抽象進路」(abstract interrogative approach)學派(如貝爾納普〔N. Belnap〕或柯賓斯基〔T. Kubiński〕及其他人所主張的)則會先選擇某些類型的表式當作是疑問句，然後對每一類型的表式都指定其他表式作為該問題的各種答案(直接的答案、部分的答案等等)。在「抽象進路」中，我們可以將問題等同於疑問句，也可以認為問題是疑問句所表達的東西；若是前者，疑問句所唯一具有的意義就是它有它自己的答案。但不論我們是將問題等同於疑問句，或是認為問題是疑問句所表達的東西，「抽象進路」學派所強調的重點都是疑問句。因而，對「抽象進路」學派而言，問題邏輯也就是提供疑問句並指定其答案的邏輯系統。

廣義而言，erotetic一字指與發言和回答有關的東西。就此而言，問題邏輯指的是下列這兩種語句之間關係的邏輯系統：(1)某些種類的句子及(2)聽起來像是對這些句子適當回答的語句。這種關係不限於問題與其答案之間，還包括，比方說，斷言(assertion)與同意(或不同意)、命令(command)與(表達)順從(或反抗)，及其他各式各樣句子與聽起來像是對這些句子適當回答的語句之間的邏輯關係。如此一來，問題邏輯也就是各式各樣的邏輯的總稱，每個問題邏輯之間的差別僅在於：其所處理的語句類型、被認為是適當答覆的語句類型、語句的其他被指定的內容(例如，預設〔presupposition〕、投射〔projection〕等等)，或其他細節上。

參見 deontic logic 規範邏輯；epistemic logic 知態邏輯；modal logic 模態邏輯

D.H.撰　王文方審訂

error theory　**錯誤理論**　見 moral realism 道德實在論

Esprit movement　**精神運動**　見 French personalism 法國位格主義

Esse est percipi　**存在即被知覺**　見 Berkeley 柏克萊

essence　**本質**　見 essentialism 本質論

essence, nominal　**名目本質**　見 essentialism 本質論

essence, real　**真實本質**　見 essentialism 本質論

essentialism　**本質論**　本質論是形上學理論，認為物體有其本質，並且在本質的述詞(essential predications)與非本質的／從屬的述詞(accidental predications)二者間有所區別。然而，在歷史上不同的哲學時期，不同的議題主要在本質與本質的述詞上有所爭論。現今，事物模態(*de re* modality)的觀念通常都被放入本質論者的理論當中；但在本質論者來自亞里斯多德(Aristotle)的傳統中，對本質與本質的述詞之討論，都著重於區分它是什麼(what an object is)與它看起來如何(how it is)二者。根據亞里斯多德，一個普通物體的共相包括了一些能指出它是什麼(what it is)的概念與另一些在某個方面能表現出它的特質卻無法指出它是什麼的概念。在《範疇論》(*Categories*)裡，他告訴我們，當我們說前者是

一個物體的一部分的時候，後者只是物體的表現。在其他的著作裡，他區分了他所謂的在已(*kath hauto* 或 per se)述詞(包括那些表達「什麼」的共相之述詞)與偶然(*kata sumbebekos* 或 *per accidens*)述詞(包括那些表示「如何」的共相之述詞)。他承認，共相述及一物體之在已，這對此物體而言是必然的，但他在這裡是以導衍(derivative)來推斷此必然性。因為當說 x 是什麼的時候，一個共相標示出此物體 *x*，因此強調出它是某個物體，並且此共相必然述及 *x*。

定義概念批判性地被含括於亞里斯多德的本質論中。首先，是種(kind)——「低等物種」(*infima species*)——在其下有一物體，或是一個項目(item)(類〔genus〕或差異〔differentia〕)、被含括於該種的定義之中，述及此物體之在已。但是，第二，亞里斯多德的本質概念，只是與定義有關連的存有學概念。在他的著作裡，我們把它翻譯成「本質」的用語，乃是在表述「它是什麼」(*to ti ein einai*〔the what it is to be〕)。典型地，這樣的詞句在與格的使用(dative case)下，被名詞的表達所跟從，所以指稱到本質的詞句，就像說「就以一隻馬而論，那到底是什麼」(the what it is to be for a horse)與「就以一棵橡樹而論，那到底是什麼」(the what it is to be for an oak tree)這樣的片語一樣。而且，亞里斯多德告訴我們，對任何種類 *K* 來說，什麼是 *K*，只是當我們對 *K* 提出完整而正確的定義、以確認它是 k 而已。

現在，亞里斯多德認為只有共相的定義，這使得他採取沒有個別本質的觀念。雖然他承認我們可以由他所列的十個範疇提供共相的定義，他仍自豪地從實體(substance)範疇抽離出共相的本質。實體共相(substance-universals)，可以不牽涉到其他範疇的本質而被確認，但性質、數量與其他非實體的本質，只有在牽涉到實體的本質時，才能被定義。在早期的著作裡，亞里斯多德把常識裡的日常個體(familiar particular)(像《範疇》五裡，個別的人或馬)當作是基本的實體；並且，在這些著作裡，本質是我們藉由定義種或類而獨立出來的，一般個體歸於其下即被建構成基本的或典型的本質。然而，在後期的著作裡，一般個體被視為是質料與形式的構成，一般個體的實體形式即是原初實體，所以他們的本質是原初的或基本的本質；而且亞里斯多德最成熟之作品的核心，主要是認為基本的實體與他們本質是必然為一、且在數量上相同。

本質(essence)的概念作為與定義具存有學上的關聯——通常稱為實質(quiddity)——保存在整個中世紀傳統中；並且，在早期的當代哲學裡，一物體之同一性(identity)的觀念由對他們而言扮演著十分重要角色的歐陸理性主義思想家們所建構。的確，在萊布尼茲(Leibniz)的著作裡，我們可以發現傳統本質論最極端的說法。亞里斯多德認為本質是不變的共性(general)，但萊布尼茲卻堅持每個個體都有其個別的本質。他稱一個事物(entity)的本質為它的完整個體概念；並且主張個體的概念以某種方式蘊涵所有特質，這些特質藉由相關的個體而證示出來。因此，萊布尼茲相信，對每一個可能世界與每一個可能個體而言，一個全知的存在會從該個體的個體概念推論出該個體的全部特質，這些特質乃為在該可能世界的該個體所例示。但是，由此全知者的觀點，所有指出個體實際上所展現出來之特質的命題，會表達出亞里斯多德所稱的偶然述詞。萊布尼茲當然會否認我們的觀點就是全知者的觀點；我們無法完整掌握個體的本質，所以，在我們的觀點裡，會有本質的與從屬的述詞二者之區別。

當古典理性主義者信奉徹底的本質論時，亞里斯多德對於本質與定義的概念一直是古典英國經驗論者(British empiricist)反覆攻擊的目標。如霍布斯(Hobbes)發現本質的觀念在哲學上無用，並且認為定義只是表現出語言表達約定上的意義而已。在另一方面，洛克(Locke)繼續談到本質，但他區分了實際上的本質與名義上的本質。如他所說的，他認為，常識中的一般物體乃是共同表現出來的(copresent)可感觀念之集合，對此我們賦予如

「人」或「馬」這樣的單一名稱。指出這些觀念建構起相關的集合，可給予我們人或馬名義上的本質。洛克不否認真實的本質也許是這些集合的基礎，但他堅持我們知識上所能得知的，乃為名義上的而非實際上的本質。接下來是休姆(Hume)，他贊成一般物體的觀念是可感觀念的集合，但他反對有什麼作為基礎的、我們無法得知的真實觀念。並且，他以攻擊事物必然性的觀念，隱然強化了霍布斯式對亞里斯多德式本質的批評。因此，定義只是表達我們習慣使用的字的意義，它與定義間之關聯的唯一必然只是語言學的或口頭上的必然性。

由其起源，二十世紀分析的傳統贊成古典經驗論者對本質的批評與休姆的觀點——必然性只是語言上的。的確，甚至休姆式的讓步——有一個特殊的陳述集合(class)，它們之為真乃是由於它們的意義——也在 1940 年代與 1950 年代出現了問題，那時的哲學家，如蒯因(Quine)爭論道：不可能提供一個非循環的判準來區別分析陳述與綜合陳述。故在 1950 年代末期，英裔美國哲學家共同的看法都認為，無論是實際上本質的概念或是對物體而言必要的衍生概念(那些屬於一個物體真實的特質)，二者都是哲學的死巷。但是，超越過去的三十年，模態邏輯(modal logic)在語意學上的發展，開始懷疑傳統經驗主義式的懷疑論關於本質與模態的主張，並使本質論得到了重生。在 1950 年代晚期與 1960 年代早期，邏輯學家(如克里奇〔Kripke〕、辛提卡〔Hintikka〕、理查．蒙塔哥〔Richard Montague〕等人)顯示出，形式邏輯的技巧如何使我們能夠對全部不等同的(nonequivalent)模態邏輯提供完備性(completeness)的證明，這些技巧具有作為他們直覺核心的萊布尼茲式的觀念——必然性是在所有可能世界裡的真。形上學家把握了這些形式方法下的直覺。他們主張我們嚴肅地採取另一種可能世界的圖像，並認為語句模態(*de dicto modality*)(命題使用到必然性與可能性)的屬性可以被了解為包含了跨越可能世界的量化(quantification)。因此，說一個命題 *p* 是必然的，是說對所有可能的世界 *W*，*p* 在 *W* 裡是真的；說命題 *p* 是可能的，是說至少存在一個可能世界 *W*，*p* 在 *W* 裡是真的。

這些形上學家繼續宣稱：可能世界的架構使我們能夠讓事物模態有意義。雖然附隨語句模態的命題被當做是一個整體，一個事物模態的歸屬則指出一個個體對一屬性之例示的模態狀態。因此，我們說蘇格拉底是必然地或本質地理性，而只是偶然地獅子鼻(snub-nosed)。在直覺上，一個物體本質的特質是那些它所不能缺少的；然而，它的偶然特質則是它可以例示卻可能例示不出來的特質。「可能世界的朋友」(friends of possible worlds)堅持說我們可以完全瞭解這種直覺的區分，如果我們說一個物體 *x*，表現一種特質 *P*，本質地只是下列情況：*x* 表現 *P*，在實際世界與在所有 *x* 存在的可能世界裡；*x* 在可能世界裡表現出 *P*，就跟 *x* 在實際世界裡表現 *P* 一樣地偶然；但至少存在一個可能世界 *W*，*x* 存在於 *W*，但 *x* 在 *W* 裡並不表現出 *P*。

不只是這些新本質論者(neo-essentialists)提出萊布尼茲的另一個可能世界的觀念來說明事物模態，許多人也贊成萊布尼茲的觀念，認為每個個體都有個別的本質(或有時稱為一個「此性」〔haecceity〕)。就如我們已看到的，一個個別本質的直覺觀念就是為一個物體本質地表現出來而沒有其他的個體可能表現的特質的觀念。當代的本質主義者重新說明這個直覺的觀念：一個特質 *P* 是一個物體 *x* 的此性或是個別本質，只在下列的情況下成立：(1)*x* 在實際世界與在所有 *x* 存在的可能世界表現出 *P*，(2)不存在一個可能世界，此世界有個不是 *x* 的物體表現出 *P*。而且，有些個別本質的捍衛者(如普蘭廷格〔Plantinga〕)跟隨萊布尼茲，認為一個物體的此性提供了那個物體的完整概念，如此蘊涵一個特質，對每一個可能世界 *W* 與每一個特質 *P* 而言，不是這個命題：討論中的物體在 *W* 擁有 *P*，就是這個命題：它在 *W* 中並未擁有 *P*。因此，他們同意一個全知者可以從一個物體個別的本質，得知此物體在每個它存在的可能世界中的歷史。

參見 Aristotle 亞里斯多德；definition 定義；haecceity 此性、個體性；modal logic 模態邏輯；necessity 必然性；possible worlds 可能世界

M.J.L.撰　蕭宏恩審訂

essentialism, mereological　部分論的本質主義、部分學的實在論　見 haecceity 此性、個體性；mereology 部分學

essential property　本質性質　見 property 性質

eternal recurrence　無窮循環、永恆回歸　見 eternal return 無窮回復

eternal return　無窮回復　指對以同樣次序、包含同樣事情發生的事件、在過去不定時地發生過多次，並且在將來仍然不定時地發生多次的現象進行研究的學說。最著名的當屬斯多噶派(Stoics)和尼采(Nietzsche)，這種學說與主張世界秩序是獨特的、部分地適然發生、並朝向某些目標的哲學和宗教的觀點正相反。斯多噶派把無窮回復闡釋成為將必然的因果原理以一種極其理性的、神佑的方式加諸於世界的永恆的神的活動。這個世界作為最好的可能，只能被無止境地加以重覆。斯多噶派沒有解釋為什麼這個最好的世界不能永恆，使重覆成為不必要。究竟尼采宣稱無窮回復是一個宇宙論原理，還是僅是用以挑戰人生的真實性的預先設計好了的想法，這一點還是不明確的：假使有人被委託來世上又活過一遭，是否他會宣稱生命是無止境的？在尼采著作的另一個闡釋中，與斯多噶派的學說一樣，它強調所有事物與事件之間必然的相互聯繫與不可抗拒性——儘管與斯多噶派觀點不同的是，它拒絕神的護佑(divine providence)。

參見 Nietzsche 尼采；Stoicism 斯多噶主義

W.E.M.撰　丁福寧審訂

eternal return, law of　永恆迴歸原則　見 computer theory 計算機理論

eternity　永恆　見 divine attributes 神的屬性

ethical absolutism　倫理絕對主義　見 relativism 相對主義

ethical constructivism　倫理建構論　一種倫理學的反實在論(anti-realism)的形式，認為有道德事實和真理存在，但堅持這些事實和真理以某種方式建構於或依賴於我們的道德信念、反應或態度。例如，依據一位評價者在適切理想化的條件下，從道德的贊成或反對來表示行為道德對錯的「理想觀察者理論」(an ideal observer theory)，就可以被理解為倫理建構論的一種形式。建構論的另一種形式為，將道德信念的真理等同於適當體系(appropriate system)(例如道德和非道德信念內在融貫體系)的一部分。該觀點維持一種道德真理的融貫理論(coherence theory)。道德相對主義(moral relativism)為容許道德事實和真理多元性的建構論觀點。因此，在理想觀察者的理論中，訴諸於理想化的條件，允許不同的判斷者在理想條件下的相同行為能有不同的反應，那麼這個理想觀察者理論就會是建構論一樣的道德相對主義的看法。或者，如果不同的道德信念體系滿足於同樣適當的知識條件(例如，同樣地融貫)，那麼個別的道德信念的真或偽，必定因不同的道德系統或規約而被相對化。

參見 ethical objectivism 倫理客觀主義；ethics 倫理學；ideal observer 理想觀察者；relativism 相對主義

D.O.B.撰　苑舉正審訂

ethical conventionalism　**倫理慣例論**　見 relativism 相對主義

ethical dualism　**倫理二元論**　見 Zoroastrianism 瑣羅亞斯德教

ethical egoism　**倫理利己主義**　見 egoism 利己主義

ethical eudaimonism　**倫理幸福論**　見 eudaimonism 幸福論

ethical hedonism　**倫理享樂主義**　見 hedonism 享樂主義

ethical intuitionism　**倫理直覺主義**　見 ethics 倫理學

ethical naturalism　**倫理的自然主義**　見 ethics 倫理學；moral realism 道德實在論；naturalism 自然主義

ethical nihilism　**倫理虛無主義**　見 relativism 相對主義

ethical objectivism　**倫理客觀主義**　主張倫理學的最基本概念(如「價值」〔values〕、「義務」〔obligations〕、「責任」〔duties〕、「應然」〔oughts〕、「權利」〔rights〕等)的「對象」(object)皆存在，或有關這些概念的事實皆客觀地為真，以及人們以類似語句所表達的「道德陳述」(ethical statement)皆傳達相同的「事實聲明」(factual claims)(因此與講話者自身的感覺無關)。當我們說某一事實是客觀的，或某物是客觀地存在時，通常意味著它的真值或存在，並不是從人們認為它為真或存在的想法中推論出來的。(在經院哲學術語〔the Scholastic terminology〕仍然流行的十七世紀，「客觀的」〔objective〕一詞多少只被當作是思想客體的某個屬性。)相反的，一個事實或事物的存在是「主觀的」(subjective)，如果它只在被人們認為它為真或存在的意義上為真或存在，或者只是人們為實用目的而設的方便假定。某個事實是「交互主體性地」(intersubjectively)為真，或某個事物是「交互主體性地」存在，如果它的真或存在倚賴所有認識主體(或與某一特定族群內的所有認識主體)對它的認可，儘管它並非在這些主體的認可之外為真或存在。某些哲學家認為所謂的「客觀性」(objectivity)，只能被適當地理解為是這種「交互主體性」(intersubjectivity)。

客觀主義者可以是「自然主義者」(naturalist)或「非自然主義者」(non-naturalist)。自然主義的客觀主義者相信價值與責任等都是可經由內省、知覺，或科學推論所察覺的自然現象。因此，價值可以被等同於任何人的特定經驗性質，而責任則可以被等同於有關行為結果的經驗事實，例如推動或阻礙社會的融合等。非自然主義的客觀主義者(迴避了穆爾〔Moore〕所稱的「自然主義謬誤」〔naturalistic fallacy〕)相信價值或義務(或其他任何倫理學的基本概念)，獨立存在於人們對於它們的信念之外，但它們並不像普通事實一般可以上述方式所察覺，而只能被與自然現象有(非分析性的)必然關聯的道德直覺所顯示。

「倫理主觀主義」(ethical subjectivism)通常指涉到將道德陳述視為談話者對其情緒的

「報導」(reports)，然而，令人感到疑惑的是，這種陳述居然可以是客觀地真或假的學說。也許我們應該說，此一學說主張事物本身並沒有好壞之分，但人們對事物的思考造成這種區別。「道德的態度理論」(attitude theories of morality)主張，道德陳述僅「傳達」(express)，但並不報導談話者的情緒；有時此理論也被稱為主觀主義，雖然它的支持者並不如此認為。

更普遍的意見是，客觀事物是能被所有理性的人共同認同的事物，主觀事物則是眾多相左的意見皆可合理接受的事物。在這個意義上，「主觀的」，在對上述問題更有哲學意涵的詮釋裡，也可以是非常「客觀的」。

參見 ethics 倫理學；Moore 穆爾；moral realism 道德實在論

T.L.S.S.撰　簡國榮審訂

ethical pragmatism　倫理實用主義　見 moral epistemology 道德認識論

ethical relativism　倫理相對主義　見 relativism 相對主義

ethical skepticism　倫理懷疑主義　見 relativism 相對主義

ethics　倫理學　道德的哲學研究，這個詞彙也常和「道德」(morality)一詞交替使用，意指這一門研究的主題；有時候則狹義使用，意指特定的傳統、族群、或者個體之道德原則，例如：基督教倫理(Christian ethics)、史懷哲(Albert Schweitzer)的倫理。在本文中，倫理學一詞將特指哲學研究。

倫理學與邏輯(logic)、形上學(metaphysics)、知識論(epistemology)，同為哲學的主要分支，若依照傳統的區分方式，哲學的研究範疇劃為形式、自然與道德哲學，倫理學對應的是這三門學科的最後一項。倫理學本身可以劃分為：善的一般性研究、正當行為的一般性研究、應用倫理學(applied ethics)、後設倫理學(metaethics)、道德心理學(moral psychology)，以及道德責任的形上學(metaphysics of moral responsibility)；這些研究部門的劃分，並非界限鮮明，而許多倫理學重要研究，特別是檢證或發展倫理學整體系統的研究，也是橫跨部門的。不過，這樣劃分，卻有助於辨別倫理學中不同的問題、運動和派別。

善的一般性研究和正當行為的一般性研究，二者構成倫理學的主要任務，相對地，首要的實質問題是：身為理性的人，什麼目的是我們應該選擇與追尋的？什麼樣的道德原則應該主控著我們的選擇與追尋？如何將這些問題關聯起來，是倫理學主要的結構問題，而倫理學諸系統間結構差異，反映出對此問題的不同解決方式；在當代倫理學，結構研究的重要地位日益顯著，特別是作為正當行為一般性研究的前置工作。不過，以說明的自然順序而言，還是要從實質問題談起。

善與目的問題(goodness and the question of ends)　哲學家通常以兩種方式處理「我們應當追尋何種目的」這個問題，要嘛視之為「什麼是美好生活的成份」這個問題的一部分，不然就認為它在追問「哪幾種事物自身即善」(good in themselves)。第一種處理方式，假定我們天生就會追尋美好的生活；因為我們渴求這樣的生活，因此找出美好生活的成份，也就等於斷定我們應當追尋何種目的。第二種方式，並沒有預設人類天性如何，卻假定自身目的就是值得選擇或追求的。第一種處理方式，直接導向人類福祉理論(theory of human well-being)，而第二種方式則直接形成內在價值理論(theory of intrinsic value)。

第一種理論源起於古代的倫理學，探討的主題可以用 *eudaimonia* 這個希臘字一語概括，這個字通常譯為「幸福」(happiness)，但有時譯為「美好」(flourishing)，以使人類

貓頭鷹讀者服務卡

◎**謝謝您購買《劍橋哲學辭典》**

為了給您更好的服務，敬請費心詳填本卡。填好後直接投郵(免貼郵票)，您就成為貓頭鷹的貴賓讀者，優先享受我們提供的優惠禮遇。

姓名：＿＿＿＿＿＿＿＿＿＿ □先生 □小姐　民國＿＿＿年生　□單身　□已婚

郵件地址：□□□＿＿＿＿＿＿縣市＿＿＿＿＿＿鄉鎮市區

＿＿＿＿＿＿＿＿＿＿＿＿＿＿＿＿＿＿＿＿＿＿＿＿＿＿＿＿

聯絡電話：公(0　)＿＿＿＿＿＿＿＿宅(0　)＿＿＿＿＿＿＿＿

身分證字號：＿＿＿＿＿＿＿＿傳真：(0　)＿＿＿＿＿＿＿＿

■**您的E-mail address**：＿＿＿＿＿＿＿＿＿＿＿＿＿＿＿＿

■**您從何處知道本書**？

□逛書店　□書評　□媒體廣告　□媒體新聞介紹

□本公司書訊　□直接郵件　□全球資訊網　□親友介紹

□銷售員推薦　□其他＿＿＿＿＿＿＿＿＿＿＿＿＿＿＿＿

■**您希望知道哪些書最新的出版消息**？

□百科全書、圖鑑　□文學、藝術　□歷史、傳記　□宗教哲學

□自然科學　□社會科學　□生活品味　□旅遊休閒

□民俗采風　□其他＿＿＿＿＿＿＿＿＿＿＿＿＿＿＿＿

■**您是否買過貓頭鷹其他的圖書出版品**？□有　□沒有

■**您對本書或本社的意見**：

---

*查詢貓頭鷹出版全書目，請上城邦網站 http://www.cite.com.tw　OWL2

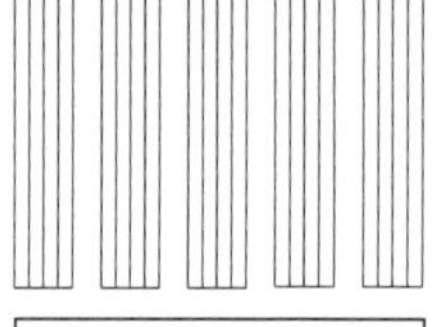

廣告回信
北區郵政管理局登記證
北台字第10158號
免貼郵票

100

台北市信義路二段213號11樓

城邦文化事業股份有限公司

貓頭鷹出版事業部 收

福祉理論的追問，似乎更著重於人在行為上表現有多好，甚於行為者自己覺得有多好。著重點的不同選擇，反映出理論背後的兩種不同的人類福祉觀。第一種觀點是，感受快樂或愉悅是人類福祉之本質，第二種觀點則認為，在值得踐行之事情上有卓越表現才是。前者乃是古典享樂主義(hedonism)，在先哲之中最著名的典型代表是伊比鳩魯(Epicurus)。第二種觀點是至善論(perfectionism)，通行於幾個古代倫理學學派，其支持者包括柏拉圖(Plato)、亞里斯多德(Aristotle)與斯多噶學派(Stoics)。時至現代，古典享樂主義與至善論的最著名捍衛者則分別是彌爾(J. S. Mill)與尼采(Nietzsche)。

雖然對於福祉本質，上述兩種觀點立場各異，卻也不否定對方的答案在人類美好之生活中有其一席之地。實際上，任何一方的成熟論述確都典型地將另一方的答案置於輔助地位。所以，伊比鳩魯的享樂主義，就將善於踐行值得踐行之事——以堪足為典範，多樣而豐富的方式去發揮智力並展現美德——當做體驗生命中最大愉悅可靠而真實的途徑。亞里斯多德開展的至善論，也強調悅愉的重要性(例如，源自踐行重要事情的至深滿足)，視之為踐行重要之事上表現卓越的自然產物。就其在這些成熟論述來看，這兩個觀點的差異不在於二者認為那類活動是美好生活的核心，而在它們闡述這些生活之善性的方式。因此，二者的差異是哲學的而不是規範的。

第二種理論，內在價值理論，亦在古代的倫理學有其根源，特別是柏拉圖的理型論。但理型論的基本論旨肯定價值之實在性與超越性，內在價值理論則不包含亦不預設任何形上學主張。其討論的課題，在於什麼是自身即善，而在這個論題上可以採取立場，而不需要談到善的真實或非真實性，也不必主張其超越性或內在性。哲學家認為自身即善的種種事物清單中，生命、幸福、快樂、知識、美德、友誼、美與和諧。擴充這個清單是輕而易舉的。

是什麼構成了清單中種種不同事物的善？對此一提問的關注，使得哲學家將焦點放到這個問題上：是否有什麼統合了它們？這個問題有一元論(monism)和多元論(pluralism)兩種對反的看法。一元論者堅持這個清單有統一性，多元論者則否認。舉例而言，柏拉圖是一元論者，他認為任何在其自身及善的事物，其善性都由和諧組成，因此自身即善的事物，其善性都應歸諸於其存在的和諧。另一方面，有些哲學家則認為快樂是構成善的唯一成份。的確，由於他們認為快樂是一種特殊的經驗或意識狀態，所以，這種經驗就是唯一的自身即善，其餘一切的善都是工具善，其善性歸因於快樂的根源。因此，快樂主義也是一元論。

然而，必須區別這兩種觀點：主張是個人自身的經驗才有內在善，與主張人人的快樂經驗，實則是所有有感知的存有者(sentient beings)的快樂經驗，都有內在的善。前者稱為(由希季維克〔Sidgwick〕所命名)唯我論的享樂主義(egoistic hedonism)，後者則是普遍論的享樂主義(universal hedonism)。此區分可概推為對什麼是自身即善此問題的唯我論觀點與普遍論觀點的區分，或如哲學家現在常說的，是與行動者相關的價值和行動者價值中立(agent-relative and agent-neutral value)之區分。這裡意謂著內在價值理論一個極具象徵性的歧義。其中，唯我論浮現出來的獨斷與盲點，使其更難站得住腳。然而，導出這個結論，依然必須謹慎，不要將唯我論觀點誤認為人類福祉理論的觀點，因為每個觀點代表針對一個不同的問題的一組選擇答案。換言之，普遍論與唯我論對抗中，普遍論雖然更能言之成理，但切勿就據而推論說普遍論乃善的一般理論之主導觀點。

正當行為(right action)　正當行為理論關注的，是支配我們選擇與追求的對錯原則，在當代倫理學，這些原則典型地被賦予法的概念。相對地，它們被理解為道德守則(moral code)的構成要素，界定了男男女女共同生活中的責任。這種道德原則的看法，雖然部分內容已經在斯多噶倫理學裡出現，但在西方主要還是深受基督宗教的影響。其在正當行為的一般研究中地位的躍升，使責任理論成為研究的核心。

正當行為理論有兩部分，其一，是對界定我們責任的道德守則，做系統性的闡述；其二，是證成這些守則。第一部分，在充分展開的論述中，呈現出對錯基本原則的完整建構，並顯示它們如何導出所有的道德責任；對於建構原則的依據，雖然有些哲學家選擇應用科學如醫學或戰略學的技術系統，但標準模型還是數學的公理系統。第二部分，若是論證成功，會建立起原則的權威性，並證立守則。於此，常用的方法和證成的判準種類繁多，不一而足，也沒有哪個單一方法是唯一正典。但不管論證從哪種方法出發，或使用到何種判準，要成功建立原則權威性，全有賴於論證的健全。

在公理系統觀念裡，隱然看到一個傳統的判準。根據這判準，對錯基本原則的權威性，乃在於它們是自我明證的真理。換言之，它們可拿來與公理相提並論，不僅因為它們是演釋系統的第一原則，也由於其真理可直接由反省來把握。使用這判準以建立原則的權威性，是直覺主義(intuitionism)的註冊商標，直覺主義曾經是倫理學的主流觀點，但在二十世紀對自明真理強大的懷疑論潮流下，其在倫理學的地位，已然受到嚴重侵蝕。

近來與使用公理系統闡明道德錯相一致，而又深具影響力的方法，是援用法的概念來看道德原則。這方法視原則為立法意志的表達(expressions of a legislative will)，相對地，原則的權威性衍生自人或集體的至上權，而原則正是用以表達其意志的。使用這種方法最古老的例子是神聖命令理論(divine command theory)，在此一理論，道德原則是神對人頒定的法律，其權威來自神的至高無上。神聖命令理論乃是基督教對道德原則之法律觀的原始根源。然而自啟蒙以降，世俗思想興起，此一理論的限制逐漸顯現，之後繼續吸引廣泛興趣與討論的例子，則是形式論(formalism)與契約論(contractarianism)。

形式論最佳的例子是康德(Kant)倫理學，認為道德原則是滿足普遍法則之形式判準的令言，而形式判準是純粹理性的標記。所以，道德是源自理性的法則，如同康德所說，法則是我們以理性存有者身分來頒給我們自己的，也是我們互相肯定對方的理性本性時，規範我們行為的法則。它們是理性共和國的法則，或如同康德所說的，道德原則乃建立目的王國(kingdom of ends)的法則，其立法包含所有理性的存有者。透過這樣的理想，道德原則的權威性來自理性至上權此一觀念，不再難以捉摸，而變得清晰有力。

契約論從康德倫理學、洛克(Locke)與盧梭(Rousseau)的社會契約論(social contract theories)汲取靈感。契約論最完整、最有影響力的論證出現在洛爾斯(Rawls)的著作。依據他的觀點，道德原則代表共同生活，彼此平等對待的一群人，形成社會合作的理想條件。具體地說，它們是這樣一群人之間理想協定的條件。要是他們以平等身分集會，共同商討以何種社會制度規範彼此關係，且以開放性論辯和理性考量達成共識，那麼，他們就會接受前述的理想協定。由此說來，道德原則的權威衍生自程序正義(經由這樣的程序，社會合作的條件，於此一假設的構成契約下達成)，和這樣的假定：任何理性的個人，若期望與他人和平共存，並設想自己是此一契約的一份子，都會由於其程序之正義而認同契約的結論。換言之，道德原則的權威衍生自被統治者的假定同意。

然而，運用科學的科技系統模型來設想道德守則的哲學家，會使用完全不同的證成方法。在他們看來，一如醫學原則所表達的是如何最佳地增進健康知識，對錯原則表達的則是如何最佳地增進道德目的之知識，因此，這些哲學家們對於道德守則持有目的論的看法，認為我們的基本責任是增進某個目的，而對與錯的原則在這一重點上組織與指導我們的努力。依據這個觀點，原則的成立理由，在於原則促進值得促進的目的，而其規定要做的行為，乃是最能達成目的之行為。換言之，原則有權威性，在於它在規定行為上有睿智的表現。

什麼是應當促成的正當目的？在諸多責任理論裡，不同的目的論觀點對這個問題就有不同的解答。最常見的答案是快樂；這些觀點裡的主要區分，反映出內在價值理論中唯我論與普遍論的區分。因此，責任理論的唯我論與普遍論分別主張：道德的基本責任是盡其可能去增進個人自身的快樂，或者盡其可能增進人類的快樂；前者是倫理學的唯我論，基礎在於理性自愛的理想，後者是效益主義，基礎在於理性仁愛(rational benevolence)的理想。在現代哲學，倫理學的唯我論最著名典型代表是霍布斯(Hobbes)與史賓諾莎(Spinoza)，自他們以後就少有特出的捍衛者，邊沁(Bentham)和彌爾是效益主義的捍衛者，效益主義觀點至今仍然持續發揮重要影響。

以目的論觀點而言，我們應該追求的目的為何，這個問題的答案會決定對錯原則。換言之，照目的論觀點看來，正當行為的一般性研究從屬於善的一般性研究，關於這兩門研究彼此如何相關的結構性問題，這是兩大主要答案之一，另一個答案則是，正當行為的一般研究多少是獨立於善的一般研究的。根據這方面某些有代表性的看法，有些對與錯的原則——特別值得強調的是公正與誠實——所要求的行為，在踐行時甚至可能是惡多於善的。此即本務論的觀點(deontological views)。「讓正義實現，即使世界毀滅」(*Fiat justitia ruat coelum*)，一語道破其精粹。目的論與本務論在倫理學上的對立，實乃正當行為的一般性研究中諸多論爭的根由。

倫理學主要的實質與結構問題，其源起不僅與人類一般生活有關，也和生活的特殊軌跡，像是醫學、法律、旅遊、工程和商業有關。順著這些專業、職業的日常實踐與傳統信條，來檢視倫理學的實質和結構問題，促成了應用倫理學的特殊研究；這方面的研究，將善與正當行為一般性研究的觀念與理論，應用到某些專業和職業的特殊情境和問題上，而標準的哲學方法被用來定義、澄清、組織在這些領域中遭遇的倫理學論題。特別是醫學方面，由於科技所創造的快速進步，一夜之間即產生了生死方面嶄新的倫理學問題，而相關的生命醫學倫理學(biomedical ethics)的研究，在執業醫師與學者之間都引起廣泛的興趣。

後設倫理學(metaethics)　大部分情況下，善與正確行為的一般性研究、應用倫理學的特殊研究，主要是把我們應該如何生活的信念，加以系統化、深入探討與予以修正。同時，哲學家會思索這些信念系統時，通常都會省察信念的本質與基礎。這些追問，若以倫理學信念為對象，即形成「後設倫理學」的領域。這一領域與其餘倫理研究的關係，通常是這樣來看的：其他的倫理學研究構成確切的倫理學領域，而後設倫理學則研究倫理學確切領域之概念、證成方法，以及存有論的預設。

因此，後設倫理的研究旨趣，或在於倫理學知識論，也可在其形而上學。根據第一種途徑，後設倫理學研究的重點在於倫理學知識的特質，典型地說，它關注最簡單的倫理概念，例如「偷竊是錯的」(Stealing is wrong)、「施比受更有福」(It is better to give than to receive)，分析這些倫理信念背後的概念，或者省察其邏輯基礎；第二種途徑的研究重點，則是追問倫理特性(ethical properties)的存在與特質問題，典型地說，它專注於最普遍的倫理述詞(ethical predicates)如善與錯，並思考是否真有這些述詞所表達的倫理特性，假使有，那麼這些屬性與自然世界是否且如何彼此交織。上述兩種研究方式是互補的，沒有一者支配另一者。

知識論途徑是比較性的，它以最成功的知識分支——自然科學與純數學——為參照的典範。在前者提供的典範裡，知識的基礎在於對自然現象的觀察；在後者的典範裡，知識似乎源自純然的理性運作。在這些典範的影響下，產生了三種不同的觀點，分別是自然主義(naturalism)、理性主義(rationalism)和非認知主義(noncognitivism)。

自然主義認為倫理學知識是經驗的，因此將其模型建立在自然科學之上，根據此一觀點，倫理學概念關係到的是自然現象。理性主義認為倫理學知識是先驗的，因此將其模型建立在純粹數學之上。根據此一觀點，倫理學概念所涉及的道德，在理解上，是完全不同於(雖可應用於)自然現象的，其內容與結構可以獨立地為理性所理解，不依賴感官輸入資料。非認知主義與其他觀點站在相對立場，它否認倫理學屬於知識血統譜系的一道分支，或者僅在有限的意義上才同意倫理學是知識的分支，但無論何者，非認知主義都不贊同倫理學以科學或數學為模型的適當性。極端形態的非認知主義，甚至認為沒有真正的倫理學概念，「對」(right)「錯」(wrong)「善」(good)與「惡」(evil)這類字眼，並無認知意義，僅是用以發洩感覺與情緒，表達決斷與承諾，或用以影響別人的態度與性情；較不極端的非認知主義則認為，這些字眼是有認知意義，但是傳遞意義確定是次於發洩感覺、表達決斷、或影響態度。自然主義的代表是彌爾的著作，理性主義則是康德與直覺論者。非認知主義一直到二十世紀才形成明確獨特的觀點，在史蒂文森(C. L. Stevenson)與赫爾(Hare)的作品中得到了強而有力的闡明，但其核心主張，最早由休姆(Hume)所提出。休姆懷疑論對理性主義的攻擊，為後設倫理學的後繼研究設定了論爭主題。

後設倫理學的形上學途徑，以客觀性問題為核心，追問倫理述詞是否象表著外在世界的真實屬性，或僅是顯現的、甚或是虛構的屬性，其存在是有賴於敘述者之知覺、情感或思維。兩種觀點分別支配著形上學途徑。第一是「道德實在論」(moral realism)，肯定倫理特性的真實存在，認為它們內在於外在世界，是獨立於知覺而存在的。在道德實在論看來，倫理學是客觀的學科，以發現並確認客觀真實自居；但道德實在論者在倫理屬性之特質為何的問題上，彼此看法有基本的不同。有些人，像是柏拉圖與穆爾(Moore)，認為它們是純粹知性的，因而與經驗屬性有不可化約的區別，而其他人，像是亞里斯多德與彌爾，則認為它們是經驗的，可以還原為，或者至少是伴隨著別的經驗屬性而起的。形上學途徑的第二種觀點，即「道德主觀主義」(moral subjectivism)，否認倫理學屬性的實存，依照此一觀點，說某人是善人，即是將感覺、衝動、或者其餘心靈狀態強加於這個世界，就像一個人描述感覺是喜悅或悲傷時，也是將感覺投射在環境上。根據道德主觀主義，倫理學無法提供客觀真理主義。在古代哲學中，某些詭辯學者(Sophists)主張道德主觀主義，最著名的是普羅塔哥拉斯(Protagoras)，在現代哲學，十八世紀時休姆做了不少闡明，二十世紀則是沙特(Sartre)。

不論從哪個途徑來看，後設倫理學的一個(可能是最核心的)問題，乃是價值如何與事實相關聯？以知識論途徑而言，這個問題通常是如此提問的：價值判斷是否可從事實敘述推導出來？或更精確地問，能否有邏輯有效的論證，其結論是價值判斷，而其所有前提都是事實敘述？形上學途徑則往往是這樣提問的：道德述詞象表的屬性，是否可分析為經驗屬性的複合物？不管可不可以，問題都在於，倫理學是否為一門自主學科，道德價值與原則的研究是否在某種程度上獨立於可觀察屬性與事件的研究。對前述知識論或形上學問題，若持否定的立場，即肯定倫理學的自主性；反之，則是否定其自主性，並意謂著倫理學乃是自然科學的分支。

道德心理學(moral psychology)　即使肯定倫理學自主性的人，也承認有些事實，特別是人類心理學事實，是與善和正當行為一般研究相關的。沒有人會認為，這些研究與人類慾望與激情的看法毫無關聯，或者以為這些研究的預設是毫不重視人類自願行動的能力；一般的看法是，對慾望、情緒、深思熟慮、選擇、意志、特質與個體性的適當理解，乃是對人類福祉、內在價值與責任做理論探討所不可或缺的，因此，探索這些心理現象的性質，是倫理學極為本質性的輔助研究，這些研究構成的附屬領域即是道德心理學。

道德心理學中特別讓人感興趣的，就是研究男性與女性身為道德能動者、作為能為行動負責者的能力。這個研究對於責任理論尤其重要，因為在現代哲學中，責任理論十分強調個人能為自己負責，也就是說，它以錯誤行為的可歸責原則為前提，該原則認為，罪行必須是出於個人自己的意志，而且不是無辜的。如此一來，對犯行的譴責才是合理的。只有道德能動者有能力達到這樣的條件。此中，也假定正常的成年人是符合道德能動者資格的，幼童與非人類的動物則否。因此，道德心理學的研究把焦點放在是什麼樣的能力，使前者以理性存有者身分而有別於後者區。

主要的論題在於，究竟是否單單理性的力量即說明這樣的能力？一方面來說，哲學家如康德，會堅持的確如此，在他們看來，理性同時是道德能動性的駕馭與引擎，不僅引導人做符合責任的行為，產生出踐履責任的渴望，並投注充足的力量於這一渴望之上，以克服慾望與激情的對抗力量；而另一方面，哲學家如休姆與彌爾，認為理性僅是構成道德能動性的諸樣能力之一，根據他們的觀點，理性的運作只是服務於自然與昇華的渴望、恐懼，以及厭惡感，以形成合理行為，引領理性者朝向其欲求的目標，而遠離其恐懼的對象。然而，理性自身不能產生渴望或恐懼，因此踐行正當行為的慾望、或厭惡罪行的感受，雖然是構成道德能動性的成份，卻不是理性的產物，而是透過某些社會化機制過程而獲得的。由於這個機制，踐行正當行為的渴望對象，和反罪行的厭惡對象，便與自然的渴望和厭惡連結起來。如此說來，有人認為道德能動性由理性支配行為的力量組成，因此理性是為個人行動負責的充分條件。但別的觀點則主張，道德能動性由數種要素共同組成，除了理性外，也包含了踐行正當行為的渴望，和對過錯的厭惡感，而此二者，都是源自自然的渴望與厭惡感的。由此看來，為個人的行動負責，必須要有理性，也必須有渴望與厭惡感，但渴望和厭惡感的獲得，卻不是成熟的理性可保證的。在道德心理學，這些觀點的基要測試之一，就看它們能否符合並說明道德能動性的日常經驗，例如良知、脆弱與道德兩難。

但從某方面看來，這些觀點須用自由的問題來測試，因為人不能夠自由行動的話，也就是說，沒有自由意志，當然就不能為自己的行動負責。因此，自由行動的能力乃是道德能動性的基本要素。但是，該如何說明這種能力？它在決定論的宇宙中有容身之處嗎？若否，是否就該拋棄道德責任的觀念？這些深入的問題，是研究道德能動性的人不得不面對的。但道德心理學並不能解答這些問題。於此，倫理學便紓尊降貴為形上學。

參見 bioethics 生物倫理學；contractarianism 契約論；hedonism 享樂主義；justice 正義；morality 道德；naturalism 自然主義；perfectionism 至善論；utilitarianism 效益主義

J.D.撰　戚國雄審訂

ethics, autonomy of　倫理學的自律　見 ethics 倫理學

ethics, deontological　義務論倫理學　見 ethics 倫理學

ethics, divine command　上帝誡命倫理學　見 divine command ethics 上帝誡命倫理學

ethics, environmental　環境倫理學　見 environmental philosophy 環境哲學

ethics, evolutionary　演化倫理學　見 philosophy of biology 生物哲學

ethics, teleological　目的論倫理學　見 ethics 倫理學

ethics of belief　信念倫理學　見 Clifford 克利福特

ethics of love　愛的倫理學　見 divine command ethics 上帝誡命倫理學

ethnography　民族誌　泛指人類學家(anthropologist)們在研究不同文化時所採取的一種沒有明確界線(open-end)的技術族群；也指由這種方法產生的種種對於其他文化之有組織的描述。文化人類學(cultural anthropology)——民族學(ethnology)——主要是以田野工作(fieldwork)為基礎的，透過田野工作，人類學家們將自己融入於某一地方性文化(村落、鄰近區)的生活中，並試圖描述及詮釋該文化的某些面向。細心的觀察是研究的一種主要工具。透過細心的觀察，人類學家可以觀察並記錄社會生活的種種特徵，例如，交易活動、農業技術、或婚姻安排等等。第二種主要工具是訪談，研究者透過訪談探測地方性文化的成員之種種信念與價值。歷史研究的各種工具(特別是口述歷史〔oral history〕)，在民族學中也是有用的，因為種種有趣的文化實踐常常導源於某一個遙遠的時間點。

參見 ethnology 民族學

D.E.L.撰　張旺山審訂

ethnology　民族學　是對不同文化所進行的比較性(comparative)與分析性(analytical)的研究，也稱為「文化人類學」(cultural anthropology)。人類學家的目的在於描述和解釋不同的社會族群(如：喀拉哈利沙漠〔Kalahari〕的狩獵採集者、中國廣東三角洲(Chinese Canton Delta)的耕種稻米村落、或者里弗摩爾實驗室(Livermore Laboratory)的一個物理學家社群等等)之文化的各個方面。特別感興趣的題目包括：宗教信仰、語言實踐、家族關係的安排、婚姻類型、農業技術、飲食實踐、兩性關係，以及權力關係等等。一般認為，文化人類學乃是一種經驗科學，而這一點則產生了許多方法論上(methodological)和概念上的困難。首先是觀察者的角色問題。一個異文化的觀察者之加入當地文化，不可避免地會對當地的文化產生干擾。其次則有「跨文化系統的可理解性」問題，亦即「徹底的翻譯」(radical translation)的問題。民族誌(ethnographic)研究的一個目標，就是要獲得對於(被認為與觀察者自身所擁有的那些信念與價值根本不同的)一組信念與價值的某種解釋；但如果情況是這樣的話，那麼這些信念與價值是否能被精確地翻譯成研究者的概念架構，便是值得懷疑的。第三，民族誌式的解釋如何在經驗上加以測試也是個問題。在什麼程度上，經驗性的程序的確會限制到人類學家對某一既定文化環境所做的某種解釋的建構？最後的一個問題則是「可普遍化性」(generalizability)問題：在什麼程度上，在某一地區所做的田野工作，允許人類學家普遍化到一個更大的脈絡(其他村落、此一村落所代表的散居各地的民族成員群體、或此一村落之不同時期)中？

參見 ethnography 民族誌；philosophy of the social sciences 社會科學哲學

D.E.L.撰　張旺山審訂

ethnomethodology　俗民方法論　是一種解釋在各種社會脈絡(context)下的日常行為與言說的現象學(phenomenological)進路。這種方法是由現象學的社會學(phenomenological sociology)導出，而由葛芬克(Harold Garfinkel)引進研究中的，其目標在於引導研究，使之成為如同參與者所經驗到的那種有意義的社會實踐。這種方法所追求的一個目標，就是要解釋出那些隱藏於日常實踐活動背後、並因而構成某一既定社會秩序一部分規範性基礎的規則。一般而言，從這種觀點出發的研究，大多關注世俗的社會活動——例如：精神病醫生對病患的病例檔案的評價，陪審團成員對犯罪被告人的審議，或者驗屍官對死亡原因的判斷。因此，研究者會試圖重建隱藏於他所觀察的活動背後、並可能引導了該活動的一組規則或(特別是)程序。這種研究進路著重社會實踐的脈絡性(contextuality)—

—亦即著重在某一既定實踐或活動中，引導參與者行動並賦與方向之未明說卻共有的理解之豐富性。

參見 *Verstehen* 理解

D.E.L.撰　張旺山審訂

Eucken, Rudolf　歐鏗，魯道夫　見 *Lebensphilosophie* 生命哲學

Euclid　歐幾里德　見 Euclidean geometry 歐幾里德幾何學

Euclidean geometry　歐幾里德幾何學　幾何學的一種形式，在其公理中包括平行公理(parallel axiom)。該公理斷言，對於平面上任一條直線 L，以及平面上任一不在 L 上的點而言，恰好只有一條平面上的直線通過該點且不與 L 相交。「歐幾里德幾何學」這種說法既是指歐幾里德的著作《原理》(*Elements*)當中被發現的幾何學說(西元前四世紀)，也指以後以此為基礎所建立的數學原理。為了解釋平面中直線、曲線及空間中的立體的特性，歐幾里德尋找了各種定義、公理(axioms)、公設(postulates)來作為推理的基礎。就幾何學本身來說，他的一些假設更應屬於基礎邏輯學。作為特殊的幾何學公理，最不自明的陳述就是，在一個平面上直線及其外一點僅有一條通過該點的直線與之平行。許多人努力嘗試從別的公理中推導出這公理。其中最明顯的攻擊來自於薩卻里(G. Saccheri)、普雷費爾(J. Playfair)，以及樂堅德(A. M. Legendre)，他們嘗試提出了從邏輯上與平行定理相矛盾的結論(例如，三角形的內角和大於 180°)，而且作為否證平行公理的可能例；然而，它們中沒有一個導致悖論。也沒有一個從邏輯上與平行公理相當(例如，三角形的內角和等於 180°)的公理，似乎與平行公理相比更為自明。這種考量的下一個階段導致了非歐幾何學。

從嚴密和邏輯觀點的角度來看，歐幾里德被認為是人類知識中之確定性的一個典範。實際上，「歐幾里德的」(Euclidean)也被用於指明確定性(certainty)，而無需與幾何學有任何特別的關係。諷刺的是，十九世紀後期所做的研究顯示，除平行公理問題以外，歐幾里德的體系實際上比他所認為的需要更多公理，填補其所有的缺陷將是一項龐大的任務。帕詩(M. Pasch)和皮亞諾(G. Peano)為此而做出了開創性工作，1899 年，希爾伯特(Hilbert)把它推到了頂點，希爾伯特提出了有望成為一完整公理體系的系統(甚至連續性公理也直到第二版才得以加入！)。這一努力超出了歐幾里德所完成的；它成為作為一個整體的數學當中公理化的發展的一個重要例子，而且它導致希爾伯特認為一個數學理論的一致性(consistency)和完備性(completeness)等問題必須在另一個層次上加以提問，這一層次稱之為後設數學(metamathematics)。這使得他的著作帶有形式主義(formalist)的特質；他認為他對點、線，以及面的公理式的討論也可以別的客體為對象。

在歐氏幾何學的領域內，近十年來關注於「新歐氏」幾何學(neo-Euclidean)，而在「新歐幾里德」幾何學中，平行定理是被認同的，但它卻假定了一種不同的距離觀。例如，假如一個平面(直角)三角形 ABC，A 與 B 之間的歐幾里德的距離是斜邊 AB，然而「矩形的距離」$AC+CB$ 也可滿足某一距離的種種性質，例如在經濟地理學(economic geography)當中用它來從事某種幾何學工作是非常有用的，任何一個駕車於城市行駛的人一樣將會輕易地理解。

參見 non-Euclidean geometry 非歐幾里德幾何學；philosophy of mathematics 數學哲學

I.G.-G.撰　李瑞麟審訂

E

eudaimonia　幸福　見 Aristotle 亞里斯多德；eudaimonism 幸福論

eudaimonism　幸福論　源自希臘語 *eudaimonia*，意為「幸福」、「繁榮」，該倫理學說認為幸福是對道德的最終證成(ultimate justification)。古希臘哲學家典型性地以對幸福的說明，來開展他們的倫理著作，然後論證達到幸福生活的最佳方式，即透過德性的培養和運用。大多數人都使美德或有德的行為成為幸福生活的一個組成部分。然而，伊比鳩魯主義者卻依據快樂來理解幸福，而且視德性如達到快樂生活目的之手段。倫理的幸福論有時結合了心理的幸福論(psychological eudaimonism)——亦即，所有自由的、有意圖行為的最終目的都在於行為者的幸福。古代對倫理學探討的一個共同的特點，以及區別於大多數現代哲學討論的觀點，是行為者從事一件給予幸福少於其他選項的行為時，他將無法被理性地證成。因此，大多數古代的理論似乎都是利己主義(egoism)的形式。但是，古代的理論又與近代的利己主義的各種形式不同，因為，依據古代的觀點，至少有一些德行基本上從其他動機而行為的傾向：雖然行為者的幸福是有德行為的最終證成，但它並不必然是導致該行為的動機。因為，幸福被大多數的古代人認為是證成我們行為的最終「目的」(end)，他們的倫理理論似乎是目的論的；即，正確或有德行的行為被解釋為有助於或最大化善的行為。但是這種表象再次引起了誤導，因為古代人典型地認為有德的行為就其自身也是有價值的，因而成為行為者幸福的組成部分。

參見 egoism 利己主義；ethics 倫理學；hedonism 享樂主義；utilitarianism 效益主義

D.T.D.撰　苑舉正審訂

Eudoxus of Cnidus　辛尼都斯的歐多克索斯(c.408-c.355 B.C.)　古希臘天文學家兼數學家，柏拉圖(Plato)的學生。他創立了檢驗兩個比例數相等的方法，發明了計算曲線邊界內部的面積和體積之窮盡法(method of exhaustion)，而且引入一個由同心天球(homocentric celestial spheres)構成的天文系統。此系統把可見宇宙視為二十七個天球組成的集合，每一個都把另一個包含在內，而且每一個都擁有和地球共同的球心。每個天體(celestial body)被定位在一個以等速環繞中軸自轉的理想天球之赤道上。兩極位於另一天球的表面，也以等速繞其中軸旋轉，然而此天球的中軸以一定常的角度傾斜於第一個天球的中軸。用這種方法，可引入足夠的天球來掌握所有天體的明顯運動。亞里斯多德(Aristotle)採納了這個同心天球系統，而且在他的宇宙論中為它提供了物理解釋。

R.E.B.撰　陳瑞麟審訂

Euler diagram　歐勒圖　是由數學家歐勒(Euler)發明的一種邏輯圖式，用兩個圓圈來代表三段論中標準形式的表式，而用三個圓圈來代表示該三段論證。歐勒圖在近代有了些許調整，周延的詞由實線的圓圈表示，而不周延的詞由虛線的圓圈表示：

A：每個 S 是 P。	P (S)
E：沒有一個 S 是 P。	(S) (P)
I：有些 S 是 P。	(S)(P)
O：有些 S 不是 P。	(S)(P)
A'：s 是 P。	(•s P)
E'：s 不是 P。	•s (P)

就表明三段論的有效性和無效性的明晰性來說，歐勒圖與范恩(Venn)圖相比是一種更為簡明易懂的方式，但作為一種機械的有效性的測試方法來說，歐勒圖卻只有更少的實用性。因為，用歐勒圖來表示一個三段論有數種方法，但只有一個能顯示出三段論的無效性來。

參見 syllogism 三段論式；Venn diagram 范恩圖解

R.P.撰　王文方審訂

Eurytus of Croton　克羅敦的尤里圖斯　見 pre-Socratics 先蘇格拉底學派

euthanasia　安樂死　廣義地來說，安樂死是出於善意而讓病人能選擇自己死亡的時機，或為病人爭取求死的機會。更為狹義而言，安樂死就是在一個人已生不如死的狀況下殺死他。從引申的意義上來講，「安樂死」這個詞過去常用來指以無痛方式殺死非人類的動物；而殺死這些動物，對於我們或這些動物都同樣有利。

積極安樂死(active euthanasia)，就是採取一些步驟去結束某個人——特別是某個病人——的生命。消極安樂死(passive euthanasia)，則是不作為(omission)或中止(determination)延長某人生命的手段，因為此人如果能免除這些措施，還會覺得更好過些。積極與消極安樂死之間的區別，可作為一個大致的指南，引導出在「有意使病人死亡」和追求其他目標之間，更為基本的差別。(所謂「追求其他目標」，就好比以緩解病人的疼痛為目標，但預期到他可能因此較早死亡。)

自願安樂死(voluntary euthanasia)，指徵得病人同意，或在他請求之下實施的安樂死。非自願安樂死(involuntary euthanasia)則指不顧病人反對而執行的安樂死。無意願安樂死(non-voluntary euthanasia)則是：當一個人被視為沒有能力(表達意願)之後，其他人——如父母——被授權代表此人要求死亡。由於準備安樂死的人經常處於無法做重大決定的狀態下，非自願安樂死跟無意願安樂死之間究竟有沒有差別，茲事體大。

只有極少數的衛道人士會認為，必須不計代價地延長生命。傳統的道德觀禁止有意地實施安樂死：人的生命屬於上帝，只有上帝可以剝奪它。贊成安樂死的最主要論證是：(1)不治之症患者所遭受的痛苦、喪失尊嚴感，(2)這些患者由於不能從事正常人類活動，而帶給他人負擔，以及(3)「人可以隨心所欲處置自己的生命」是一項權利。反對安樂死的非神學論證，則包含下列幾項：安樂死的原則有可能被過度引伸到其他人的狀況；死亡的曖昧難解性(opacity)，並因此導致死亡與生命之間不可互相比較，所以我們無法保證無誤地判斷：一個人死了是不是真的比較好？

參見 bioethics 生物倫理學；ethics 倫理學；informed consent 獲知狀態下的允許

P.E.D.撰　謝世民、吳妍儀審訂

event　事件　所發生的任何東西就是事件。哲學家通常一起處理兩個關於事件的根本問題：(1)存在著事件嗎？(2)如果是，它們的本性是什麼？有些哲學家只是假設事件的存在，有些則給予論證，而這些論證通常是基於一些關於以下事實之日常宣稱的語意理論：某行動者做了某事或某事物改變了。

多數哲學家預設，那些透過上述論證證明為存在的事件是抽象的個殊，「個殊」(particulars)意指它們是不可重複的並且在空間中可以定位的，「抽象」(abstract)意指在相同的地點，一個以上的事件可以同時發生。戴維森(Davidson)(在他關於因果的觀點中)、金姆(Kim)(雖然在這個面向上他的觀點歷經一些變動)、班耐特(Jonathan Bennett)和隆巴德(Lawrence Lombard)的事件理論皆視事件為抽象的個殊。然而，齊桑姆(Chisholm)視事件為抽象的共相，蒯因(Quine)和戴維森(在他後來的觀點中)則視事件為具體的個殊。

一些視事件為抽象的個殊的哲學家傾向於將事件的概念連結到變化(change)的概念，他們認為，一個事件是某對象的一個變化。(關於這點有些哲學家有所存疑，有些哲學家則斷然反對。)在一個事件被理解為一個個殊下，一個事件發生的時刻可以被連結到作為該事件的主體的對象產生變化的立即時刻，所謂變化是指一個對象從擁有一個性質到擁有另一個對反性質的過程。事件的空間位置承繼了事件所關聯的改變所涉及的對象之空間性質，因此，作為對象 x 從是 F 變化到是 G 的一個事件，這事件座落在 x 從是 F 變化到是 G 時所座落的位置。

有些事件的構成包含了某些其他的事件，例如某船之沉沒的構成物中似乎包括了該船的部分之沉沒，然而似乎同樣清楚的是，不是每一種事件的構成中都有其他的事件，在「太白星中的一個爆炸」和「我的誕生」中顯然就不包含其他事件。

任何有關事件本性的適當理論都必須回答以下這個問題：如果事件有必要的構成性質，那些性質是什麼？對於這個問題，第一個爭論點是，一個事件的導因(或後果)是否是它的必要的構成性質？第二個爭論點是，一個事件是否一定是那事實上被用來連結它發生在某特定實體上的變化？它有沒有可能被連結到一個發生在不同實體的變化？第三個爭議點是，一個事件是否一定是發生在它事實上發生的時刻？

事件理論的一個主要部分是事件的同一性判準(criterion of identity)，同一性判準是一原則，它陳述了充分必要條件以決定一個事件 e 和一個事件 e'是否是同一事件的充分必要條件。蒯因主張，事件可以被界定為物理對象的時間性的部分，因而事件和物理對象將分享相同的界定條件，亦即時空位置的相同性。戴維森曾經主張，如果事件具有相同的導因和後果，那麼它們就是等同的，但是後來戴維森放棄了這個主張，並轉向支持蒯因的立場。

金姆認為，一個事件是一個對象或一些對象對一個性質或關係的個例化，這個想法使得他認為，一個事件 e 等同於一個事件 e'當且僅當 e 和 e'是相同對象在相同時間對相同性質的個例化。隆巴德的觀點是上述觀點的一個變化型，它同時也是自下述想法中導出：事件是當物理對象改變時所處的變化。

參見 causation 因果關係；Davidson 戴維森；metaphysics 形上學；perdurance 持久；Quine 蒯因

L.B.L.撰　林從一審訂

event causation　**事件因果關係**　見 causation 因果關係

everlasting　**永恆的**　見 divine attributes 神的屬性

evidence　**證據**　與一個命題之真假相干的資訊。在哲學的討論中，所謂一個人所持的證據通常被看作一個人有的，與一命題相關的，所有支持或反對的資訊。哲學中使用的證據概念與一般的不同，後者以物理對象，如一根毛髮或一滴血，為證據。人對這些對象之資訊可以是哲學意義的證據。

證據概念在我們對知識(knowledge)和合理性(rationality)之理解有核心地位。一種傳統而廣泛流行的觀點認為，只當一個人有一建立在非常強的證據上的真信念(true belief)，一個人才具有知識。合理的信念(rational belief)就是建立在適切(adequate)證據之上的信念，即使此證據還不足以證明那些信念是知識。許多傳統哲學的爭論，譬如關於我們對於外在世界之知識、宗教信仰之合理性，以及道德判斷之理性基礎(rational basis)，主要集中於我們在這些問題中擁有的證據，是否足以產生知識或合理的信念。

感官(senses)是證據的一個首要來源。據此，雖然不是全部，但是大部分的信念及其證據最終都要回溯至感官經驗，其他的證據來源則有記憶和其他人的證詞；當然，這兩個來源終於還是依賴感官。依理性主義者的觀點，我們只藉理性(reason)或反省(reflection)也可為某些命題提供證據，所以理性是證據的再一個來源。

一個人用來支持一信念之證據可以是終結的(conclusive)或不終結的。終結的證據強到能排除所有的錯誤可能性。懷疑論之討論清楚地證明，我們沒有終結的證據，以支持我們關於外在世界、關於過去、關於他人心靈，以及關於幾乎任何其他主題(topic)之信念。因此，一個個體的知覺經驗僅提供不終結的證據以支持關於外在世界的種種信念，因為這樣的經驗可能騙人，或可能是幻覺。不終結的，或據初次印象而得的證據，總有可能被後來獲得的證據駁倒或推翻，例如，支持某一命題之評鑑可能被後來的經驗所提供的證據推翻。

參見 epistemology 知識論；skepticism 懷疑論

R.Fe.撰　龔維正審訂

evidence of the senses　感官證據　見 evidence 證據

evidentialism　證據主義　在宗教哲學中，是認為：如果一個人的「總體的證據」(total evidence)支持其宗教的信念，那麼這些宗教的信念便可以合理地被接受；此處所謂「總體的證據」，是意指一個人所知道或證成地(justifiably)相信為真的一切其他宗教信念以外的命題。證據主義者往往還補充說：一個人的信念之程度，應該與證據支持的強度成比例，才是理性的。證據主義曾經被洛克(Locke)表述為一種對付他同時代的宗派主義者的武器，而且自此之後，它被克利福特(Clifford)(及許多其他的人)使用來攻擊一般的宗教信仰。我們在亞奎納(Aquinas)身上發現一種具有較為溫和形式的證據主義，與克利福特不同，他認為宗教能夠迎接證據主義的挑戰。

一個與證據主義形成對比的觀點是唯信論(fideism)。對於唯信論，我們最好把它理解為這樣的宣稱：一個人的基本宗教信念，不需委與獨立的理性評價；此中的理由時常是說：對上帝的獻身應該是人們的「終極關懷」(ultimate concern)，而把信仰付諸於理性之判斷，就是將理性凌駕於上帝之上，以致於把上帝變成一個假神了。主張唯信論的人包括德爾圖良(Tertullian)、齊克果(Kierkegaard)、卡爾．巴爾特(Karl Barth)，以及一些維根斯坦主義者。

第三種觀點還沒有一個普遍被接受的通稱，或許可名之曰體驗主義(experientialism)；它斷言：一些宗教的信念可以直接被宗教的經驗所證成。體驗主義與證據主義之不同即在於：它認為宗教的信念，即使沒有從一個人們所秉持的其他信念推論而來的支持，其本身仍然可以是理性的；因此各種有神論的論證都是多餘的，無論此中是否有任何的健全論證可得。但是體驗主義不是唯信論，它主張：宗教信念可以不透過其他信念之中介，而直接奠基於宗教經驗之上；並因此可以是在理性上是正當的，就如同知覺信念是直接奠基於知覺經驗之上那樣。體驗主義的新近例子乃見於普蘭廷格(Plantinga)的「改革的知識論」(Reformed Epistemology)，它認為奠基於經驗的宗教信念可以是「恰當地基本的」(properly basic)。另一例子則見於艾爾斯頓(William Alston)的論點：主體在宗教的經驗當中，或許便「知覺到上帝」(perceiving God)。

參見 philosophy of religion 宗教哲學

W.Has.撰　趙之振審訂

evidential reason　證據理由　見 epistemology 知識論

evil, moral　道德罪惡　見 philosophy of religion 宗教哲學

evil, natural　自然罪惡　見 philosophy of religion 宗教哲學

evil, problem of　惡的問題　見 philosophy of religion 宗教哲學

evolution　演化　見 Darwinism 達爾文主義

evolutionary epistemology　演化知識論　一種知識的理論，從有機演化(organic evolution；這個術語是由社會心理學家唐納・坎貝爾〔Donald Campbell〕所創造的)的事實與過程當中得到靈感並衍生出來。大多數的演化知識論者贊成經由天擇的演化論，像達爾文(Darwin)在《物種起源》(*Origin of Species*, 1859)中所提出的那樣。然而，我們確實發現不同的例子，特別是其中之一，奠基於某種新拉馬克主義(neo-Lamarckism)，主張後天獲得的特徵之遺傳是重要的(史賓塞〔Spencer〕贊同這個觀點)，而另一個例子是奠基於某種急動的或「驟變的」(saltationary)演化論(湯馬斯・孔恩〔Thomas Kuhn〕在《科學革命之結構》〔*The Structure of Scientific Revolutions*〕一書之結尾，接受這個想法)。

演化知識論有二個研究路徑。第一，我們可以把有機體的變形及導致這種變化的過程，想成是知識(尤其是科學知識)成長的一個「類比」(analogy)。「達爾文戰犬」(Darwin's bulldog)赫胥黎(T. H. Huxley)，是首先提出這種觀點的人。他主張，正如在有機體之間有所謂的生存競爭，導致最適者的選擇，同樣的，在科學觀點之間也有所謂的競爭，導致最適者的選擇。當今這種觀點最著名的解說者包括史蒂芬・涂爾敏(Stephen Toulmin)，他詳細地論述這個類比，還有大衛・豪爾(David Hull)，他根據這個立場，提出一個敏銳的社會學透視。卡爾・波普爾(Karl Popper)認為這種形式的演化知識論，亦即觀點的選擇，跟他的科學觀點所謂大膽的猜測及嚴格的嘗試去加以反駁，是同一的，只是換了另一個名稱罷了。

演化知識論的這種類比形態，它的問題在於，生物學的原始變異(mutation，突變)是隨機的，而科學的原始變異(新的假設)很少是隨機的，二者之間並不相似。這項差異也許說明了這個事實，亦即，科學是(或似乎是)不斷進步的事業之典範，然而達爾文的演化論並非真正不斷進步的事業。由於這個問題，第二派從演化論得到靈感的知識論者堅持，我們必須「按照字面」(literally)來了解生物學。這群人，包括達爾文，他甚至在最早的筆記裡以這種方式思索，宣稱演化使我們傾向於用某些固定的適應的形態去思考。例如，邏輯的規則，就像數學及科學方法論的指令一樣，具有事實的基礎，亦即那些自稱是我們祖先的人，他們認真地取用那些規則，就使得那些規則得以保存下來並增殖，而那些祖先不取用的規則就沒被保存下來。沒有人宣稱我們具有像洛克(Locke)所推翻的那種先天的知識。反而，我們的生物學在某些方向上，為我們的思想開闢了道路。因此，從一個更新的生物遺傳定律來看，我們也許會說，雖然像 5 + 7 = 12 的宣稱，就種系發生學上而言(phylogenetically)是後天的，就個體發生學而言(ontogenetically)是先天的。

這個學派的主要分支是大陸演化論者，以晚期的康拉德・勞倫茲(Konrad Lorenz)最為著名，以及盎格魯-撒克遜(Anglo-Saxon)的支持者，像邁可・魯斯(Michael Ruse)。前者認為，他們的演化知識論只不過是把康德(Kant)的批判哲學加以更新而已，而生物學既解釋了先驗綜合的必然性，且為物自身(thing-in-itself)提供合理的信念。後者否認我們曾

經能夠得到那個必然性，當然不是從生物學獲得，或是說演化為客觀真實世界提供合理的信念，而此世界獨立於我們之所知。從歷史上來看，這些知識論者採取休姆(Hume)及某方面美國的實用主義者(pragmatists)，特別是威廉・詹姆士(William James)的立場。今天，他們承認跟諸如蒯因(Quine)的自然化的(naturalized)知識論者，有強烈的家族相似性，而蒯因已贊同某種演化知識論。

這種立場的批評者，比如菲利普・基契爾(Philip Kitcher)，他常常攻擊那些就他們看來是科學當中最容易遭受攻擊的部分。他們主張，認為心靈是根據各式各樣先天適應的渠道去建造的，這種信念並沒有獲得保證。它只不過是當今達爾文主義者的又一次表明，非法地以為適應到處都是。如果知識依賴人的話，那麼認為知識是根植於文化，這樣的想法是比較好的而且比較合理。

一個好的哲學標誌，就像一個好的科學標誌一樣，是因為它開啟了新的研究道路。雖然演化知識論不受傳統哲學家之喜愛，他們嘲笑哲學的改宗者(通常非哲學訓練出身)之粗率，而演化知識論的支持者覺得被說服，認為他們對於哲學研究計畫的向前發展，做出了貢獻。如同演化論者一般，他們習於花時間來證明自己的成功。

參見 Darwinism 達爾文主義；epistemology 知識論；philosophy of biology 生物哲學；social biology 社會生物學

M.Ru.撰　徐佐銘審訂

evolutionary ethics　演化倫理學　見 philosophy of biology 生物哲學

evolutionary psychology　演化心理學　心理學的一門次領域，運用演化生物學與認知心理學來解釋人類行為及文化配置，以發現、編目，以及分析心理機制。人類心靈被認為擁有許多先天的、特殊目的的、特定領域的心理機制(模組)，這些心理機制的發展需要最小的輸入量，而它們的運作則是受脈絡影響的、多半是自動地、而且是相互獨立的，並獨立於一般智力(爭論則僵持於功能上的獨立與模組的先天性)。某些演化心理學家將心靈——以其特殊化的模組——拿來和瑞士軍用小刀比較。不同的模組實質上使得結合了語言、社交、臉孔辨識等等之行為與認知受到了限制。

演化心理學家強調，心理現象反映了生物演化的影響。這些模組與相結合的行為模式假定了它們洪積世(Pleistocene)期間的形態。演化的觀點認同了適應問題，以及那限制了可能解答的洪積世之環境特徵。適應問題往往具有認知的面向。例如，幫助親屬這種演化上的命令，假定了有能力得知親屬關係。演化心理學家提出模型來面對必要的認知要求。似合理的模型應該製造出適應行為而避免無法適應的行為——例如，認同親屬時產生太多虛妄的正量。實驗心理學的證據與社會科學領域的觀察有助於對這些提案的評量。

這些模組有了些微的變化。現代人類以原始的「獵人-採集者」(hunter-gatherers)的認知設備，在由設備所生產出來的快速文化變遷中過活。這種變化的步調，已經超越了生物演化的能力之所及。因此，演化心理學家認為：(1)相反於直接訴諸生物演化的社會生物學，關於人類行為僅僅以演化的解釋是不充分的；(2)相反於文化演化的理論，類比地訴諸生物的演化，至少有可能並不存在適應性的文化配置；(3)相反於社會科學家，他們訴諸了某些普遍學習或社會化的概念來解釋文化傳送，特殊心理機制對此過程有其實質上之貢獻。

參見 cognitive science 認知科學；Darwinism 達爾文主義；modularity 模組性；philosophy of the social sciences 社會科學哲學；social biology 社會生物學

R.N.Mc.撰　蕭宏恩審訂

exact similarity　完全的相似性　見 identity 同一性

examination, paradox of the　考試悖論　見 unexpected examination paradox 不能預期的考試悖論

exciting reason　興起的理由　見 Hutcheson 哈屈森

excluded middle, principle of　排中律　見 principle of excluded middle 排中律

exclusionary reason　排他性理由　見 jurisprudence 法理學

exclusive disjunction　互斥選言　見 disjunctive proposition 選言命題

excuse　理由　見 justification 證成

exemplarism　模型說　見 Bonaventure 波拿文都拉

exemplification　例示　見 conceptualism 概念論

existence　存在　見 subsistence 抽象存在

existence, 'is' of　「是」的存在之意　見 is Be 動詞

existential　實存的　見 Heidegger 海德格

existential generalization　存在推廣　古典量化理論(quantification theory)中可採用的一條推理規則。它允許從特例$A(a/x)$推論出存在量化的命題$\exists xA$。(從直觀上來說，它允許從「愛皮曼第斯是一個說謊的人」推論出「存在一個說謊的人」)它等價於全稱舉例(universal instantiation)規則——此規則允許從$\forall xA$ 中推論出任何全稱量化命題$\forall x$A 的泛例$A(a/x)$(從直觀上來說，它允許從「每件東西都是有價值的」推論出「我的轎車是有價值的」)。這兩個規則都可以等價地寫成公理的樣子；因而稱為泛例(specification)($\forall x A\supset A(a/x)$)和特例(particularization)($A(a/x)\supset \exists xA$))。所有這些等價的規則都被自由邏輯所否認，自由邏輯只接受它們被削弱的形式。對於存在推廣而言，被削弱的形式是：從$A(a/x)$ & E! a 推論出$\exists xA$。(從直觀上來說，它允許從「愛皮曼第斯是一個說謊的人且愛皮曼第斯存在」推論出「存在一個說謊的人」)。

參見 existential instantiation 存在舉例；formal logic 形式邏輯；free logic 自由邏輯；universal instantiation 全稱例示

E.Ben.撰　李國偉審訂

existential graph　存在的線圖　見 Peirce 裴爾斯

existential import　存在輸入　對於由某一個句子、陳述、或命題所意指的某些事物的存在的承諾保證。例如，在亞里斯多德的邏輯學(Aristotelian logic)當中(儘管不是在現代的以量詞限定的理論中)，任何「所有F都是G」這樣形式的句子都意味著「存在著某個

F 是一個 G」，因此而被認為是對某個 F 且是一個 G 的存在，有一個保證來當作為存在輸入。依據羅素的描述詞理論(Russell's theory of descriptions)，包含限定描述詞的句子同樣也有存在輸入，這是由於「這個F是某個G」意味著「存在著一個F」。獨一項(singular terms)的存在也常常被認為是提出存在性承諾(existential commitment)。關於存在輸入這一概念(長時間地被蒯因〔W.V. Quine〕所強調)是基於下列想法：存有論式的承諾保證，是由(∃v)ϕ這種形式的「存在性句子」(陳述，命題)來加以衡量的。

參見 ontological commitment 存有論承諾

G.F.S.撰　李瑞麟審訂

existential instantiation　存在舉例　古典量化理論中可採用的一條推理規則。假若 *a* 不存在於 *A* 或 *B* 或論證任何其他的前提中(如果有的話)，那麼如果能從∃x*B* 的一個實例 *B*(*a*/*x*)中推論出來 *A*，則可以從存在量化命題∃*xB* 中推論出 *A* 來。(從直觀上來說，如果能從「*a* 是一個最大的質數」推論出來一個矛盾 *C* 且 a 不存在於 *C* 中，此規則允許從「有一個最大的質數」中推論出 *C*)自由邏輯允許此規則有一個更為強的形式：依照以上同樣的假設條件，如果 *A* 能從 *B*(*a*/*x*) & E! *a* 中推論出來，那麼它亦可以從∃*xB* 中推論出來。(從直觀上來說，可以從「*a*是一個最大的質數且*a*存在」推論出「有一個最大的自然數」)

參見 formal logic 形式邏輯；free logic 自由邏輯

E.Ben.撰　李國偉審訂

existentialism　存在主義　存在主義是第二次世界大戰後，在歐洲(尤其是法國)顯著發展出來的哲學與文學運動，它強調了每一個人類個體的獨特性，以其有異於抽象的普遍人類性質。歷史學者對於存在主義的來歷，有各種不同的解釋。有些人視存在主義者的先驅為巴斯卡(Pascal)，他用警句來表達天主教的虔信主義(Catholic fideism)，質疑理性主義思維的效力，並偏愛聖經的神勝過抽象的「哲學家的神」(God of the philosophers)。此外，雖然齊克果(Kierkegaard)早在存在主義此名稱出現之前許久的世代活動，但是許多人一致把齊克果當成現代存在主義者的第一人，因為他在新教的背景下，有著根本上跟巴斯卡相似的虔信主義(Protestant fideism)，對於將神或所有個體與神的關係定位在一種體系性的哲學之中的做法——就如黑格爾(Hegel)所做的那樣——有著深刻的不情願。另外有些人則視尼采(Nietzsche)為原始的存在主義者(proto-existentialist)，因為在他的著作裡有著警句式的與反體系的特質，此外，在文學的領域有人以杜斯妥也夫斯基(Dostoevsky)為存在主義者的原型(許多二十世紀的小說家，例如法蘭茲．卡夫卡〔Franz Kafka〕，也被貼上存在主義的標籤)。

在齊克果之後其他有神論的哲學家中，有一股強大的存在主義潮流，這些人像是如利奎耶(Lequier)、貝迪也夫(Berdyaev)、馬塞爾(Marcel)、雅斯培(Jaspers)與布伯(Buber)等人，但馬塞爾後來決定拒絕「存在主義者」的標籤，雖然這個詞還是他自己之前用過的。馬塞爾的拒絕反映著當時人逐漸把存在主義跟沙特(Sartre)的無神論存在主義畫上等號，沙特的成功在於——以小說《嘔吐》(*Nausea*)一書與哲學著作《存有與虛無》(*Being and Nothingness*)為例——大力地普及了存在主義這個詞。有一場以「存在主義是人文主義」(Existentialism Is a Humanism)為題的通俗大眾演講，沙特(雖然後來他後悔了)同意將講稿付梓，卻使得海德格(Heidegger)——他早期的思想深深影響了沙特的思想演進——與沙特的存在主義刻意保持距離，特別是它將自我意識焦點集中在人類的實在而不是在存有上。海德格的《人文主義書簡》(*Letter on Humanism*)原先是為了回覆一位法國的敬仰者(Jean Beaufret)，信中卻透露出海德格思想的重要轉向。然而，許多歷史學者仍持續將海德格歸類為存在主義者——這一點十分合理，他早期著重於存在的範疇，也著重於存在的觀念上，像是面對死亡的焦慮，感覺到我們被「拋入」(thrown)存在中，在我們行為中我們寧可選擇匿名而不是選擇本真性。這顯示了要確定「存在主義」一詞的困難。其他當時的法國思想家，都跟沙特十分熟悉，他們也常被歸為存在主義者，像是卡繆(Camus)、西蒙波娃(Simone de Beauvior)與——理由比較沒有那麼充分的——梅洛龐蒂(Merleau-Ponty)。

卡繆的小說，如《異鄉人》(*The Stranger*)與《瘟疫》(*The Plague*)，常常跟《嘔吐》相提並論，用來勾勒存在主義反英雄的獨特性，他們本真地表現出行為，即脫離了任何世俗期待於所謂人性(一個沙特所反對的概念)在某種處境下所應該的行為，而且有著個人的責任感與絕對的清醒，以避免大部分世俗中人所慣有的「惡念」(bad faith)或自欺欺人。然而，有些學者提醒我們，別將太多沙特式的範疇強加在卡繆身上。事實上，卡繆在他自己的短篇哲學論文——有名的《薛西弗斯神話》(*The Myth of Sisyphus*)——之中，就將存在主義的作家與哲學家(如齊克果)，跟荒謬主義(absurdist)的思想家與英雄做出區分，荒謬思想家與荒謬英雄才是卡繆更加重視的人，而且神話中薛西弗斯(被神施以永恆的處罰，被罰去推巨大的圓石上山，就在即將到達頂峰之前，石頭卻滾了下來，他被迫再重新開始推石)乃是荒謬的縮影。卡繆著重於荒謬(absurd)的概念，那是齊克果曾用來描述他宗教信仰的對象(一個化為肉身的神)。但對卡繆而言，存在的荒謬在於他所看到的一種事實，亦即，在人類的理性活動與其所意想的對象之間頂多有不完美的相符，因此要達成確定性是不可能的。對卡繆而言，齊克果在信仰上的跳躍，只不過是對於艱困而荒謬的現實之另一個偽解決(pseudo-solution)。

除了沙特(他本身更加注重社會與政治思想，且後來更受惠於馬克思主義)外，在前面我指出的這些人之中，幾乎只有西蒙波娃(1908-86)無條件地接受了存在主義的標籤。《曖昧的倫理學》(*The Ethics of Ambiguity*)一書中，西蒙波娃使用類似於沙特的範疇，企圖建立一種存在主義倫理學，將此倫理學基礎奠定在承認人類的根本自由乃「被拋入」(projected)於開放的未來，而拒絕非本真並且譴責「嚴肅精神」(spirit of seriousness)(相似於尼采所批評的「惰性精神」〔spirit of gravity〕)——在此嚴肅精神中，個人往往完全認同於某些固定的性質、價值、才能或偏見。她的女性主義傑作《第二性》(*The Second Sex*)高度地倚重一種半是存在主義式、半是精神面貌接近黑格爾式的區分——此區分區別出兩種生命，一種是內在性的生命，或被動地接受社會化的角色，另一種是超越性的生命，主動自由地測試人自己的各種可能性，藉以重新界定人的未來。西蒙波娃說，歷史上，女性被委付於內在性的領域，但事實上女性在傳統意味上並非是一個她被「塑造出來」(made)的東西，無須乞憐，女人毋寧是她所「變成」(becomes)的東西。

依據沙特《存有與虛無》的存有學觀點，有二個基礎不對稱的「存有區域」(regions of being)，一是在己存有(being-in-itself)，一是為己存有(being-for-itself)，後者有無法界定的本質，因此，它本身是「虛無」(nothing)，既是自由、創造、與行動的基礎，也是用存在主義進路考察人類存在時可用的理論框架(《存有與虛無》也還指出有第三個存有學區域——為它存有(being-for-others)，但我們在此處可以先不考慮它)。無論如何，如果要把沙特的存在主義洞見視為是仰賴於此種存有學，這是錯誤的，其他人更不能說仰賴它；因為沙特本人在他後來的作品中，都很少直接援引到此一存有學。相反地，倒是存在主義共同的核心主張意味著，我們人類存在於我們被「拋入」的世界中，是不需要合理化的證成的(因而是「荒謬」〔absurdly〕)，我們註定要對於我們自由的行動有完全的責任，乃至對於相應於行動的價值也有完全的責任，這種主張使得存在主義成為一種持續的哲學挑戰，特別是對於某些倫理學家形成挑戰，這些倫理學家相信在我們宣稱人類本質或人性中已經被賦予了正確選擇。

參見 Camus 卡繆；evidentialism 證據主義；Heidegger 海德格；Kierkegaard 齊克果；Sartre 沙特

W.L.M.撰　黃冠閔審訂

existential polarity　存在上的極端　見 polarity 極端

existential proposition　存在性命題　見 existential import 存在輸入

existential quantifier　存在量詞　見 formal logic 形式邏輯

***Existenz* philosophy　存在哲學**　見 Jaspers 雅斯培

***ex nihilo*　無**　見 creation *ex nihilo* 從無中創造

expected return　預期利潤　見 Saint Petersburg paradox 聖彼得斯堡悖論

expected utility　預期效用　見 Newcomb's paradox 紐康伯悖論；Saint Petersburg paradox 聖彼得斯堡悖論

experientialism　體驗主義　見 evidentialism 證據主義

***experimentum crucis*　交叉例證**　見 crucial experiment 判決性實驗

explaining reason　解釋性理由　見 reasons for action 行動理由；reasons for belief 相信之理由

explanandum　待說明項　見 explanation 說明

explanans　說明項　見 explanation 說明

explanation　說明　使某事成為合理或可理解的活動，例如指出某事為何或如何發生。幾乎任何事物都可以成為說明的對象，比如說：一個概念、一條規則、一個字的意義、一顆棋子的移動、一本小說的結構。不過哲學中被廣泛討論的兩種說明對象是：事件(events)與人類行為(human actions)。

個別事件，例如某座橋的崩塌，通常是透過指出該事件的原因(cause)來說明，例如我們說橋塌是因為洪水的強大水壓及橋身的脆弱。這是因果說明(causal explanation)的一個例子。不過某事件之發生通常有許多不同因素，這時要選哪個因素當作「原因」依不同脈絡而有不同考量。因此對某場車禍的原因說明可能是：有個說明歸因於道面冰滑；另一個說明歸因於駕駛經驗不足；另一說明歸因於煞車故障。脈絡可以在既有，以及可能的說明中，決定哪個才是適合的。說明某事件「為什麼」(why)發生與說明某事件「如何」(how)發生常被當作是兩種對立不同的說明。說明某事件如何發生通常包含描述致使此事件發生的過程，這樣的描述可能會涉入某些因果過程的描述。

涵蓋律模型(covering law model)企圖顯示所有說明的共同形式：對一事件的說明是由

某個定律來「收納」或「涵蓋」這事件。如果用來涵蓋的定律是決定性的，那麼這說明就是以演繹論證的形式出現：說明項(explanans)——普遍定律加上關於先行條件(antecedent conditions)的述句——邏輯地推導出待說明項(explanandum)——描述著待說明事件的述句。因此，我們可以用下列演繹論證說明某一棒子為何膨脹：「凡金屬受熱都會膨脹；這棒子是金屬製且被加熱；所以，這棒子膨脹。」這說明稱為演繹-律則說明(deductive-nomological explanation)。另一方面，以機率的或統計的定律說明個別事件稱為統計說明(statistical explanation)。因此，以某人暴露於某傳染病房來說明此人罹患傳染病，即可採用統計說明。統計模型在細節上有許多爭議。儘管說明——不管是在日常生活或科學上——很少完全符合涵蓋律模型，但涵蓋律模型卻代表著所有說明必須努力達到的理想。涵蓋律模型雖具影響，卻未受到普遍接受。

人類行為通常訴諸「合理化」(rationalized)來說明，即訴諸行為者的信念(belief)與慾望(desire)(以及其他一些「意向的」〔intentional〕心靈狀態，例如情緒、希望、期待)作為已發生行為的構成理由。你打開窗戶是因為你想要一些新鮮空氣，而且你相信打開窗戶就可以達到目的。爭議點在於，這樣的合理化說明是否是因果的；換言之，這些說明是否訴諸信念與慾望作為行為的原因？另一爭議是，這些「合理化」說明是否必須符合涵蓋律模型？如果是，是什麼定律可用來做此種說明？

參見 causation 因果關係；covering law model 涵蓋律模式；philosophy of science 科學哲學

J.K.撰　林正弘審訂

explanation, covering law　**涵蓋律說明**　見 covering law model 涵蓋律模式

explanation, deductive　**演繹的說明**　見 covering law model 涵蓋律模式

explanation, inductive　**歸納說明**　見 covering law model 涵蓋律模式

explanation, purposive　**目的說明**　見 philosophy of mind 心靈哲學

explanation, subsumption theory of　**說明的涵括理論**　見 covering law model 涵蓋律模式

explanation, teleological　**目的論解釋**　見 teleology 目的論

explanatory emergence　**解釋性的突現**　見 methodological holism 方法論的整體論

explanatory reductionism　**解釋性化約論**　見 methodological holism 方法論的整體論

explicit definition　**外顯的定義、明晰定義**　見 Beth's definability theorem 貝斯的可定義性定理；definition 定義

exponible　**需要被解釋的命題**　在中世紀的邏輯當中，需要被解釋的命題是那些需要被詳細說明的命題，目的在使它們真正的邏輯形式得以變得清楚。一個比較當代的例子或許是(來自蒯因〔Quine〕)：「吉奧吉尼(Giorgione)之所以被稱為吉奧吉尼是因為他的身材」。這個句子有一種容易使人誤解的形式，會讓人以為它是一個簡單的主述詞(predication)陳述，但它真正的意思是：「吉奧吉尼之所以被稱為『吉奧吉尼』是因為他的身

材」。中世紀的一些例子有：「除蘇格拉底〔Socrates〕以外的每個人都在跑」，它可以被解釋為：「蘇格拉底沒在跑，而除他之外的每個人卻都在跑」；以及比如說，柏拉圖(Plato)的：「只有蘇格拉底說了某些真的事」。薩克森的阿爾伯特(Albert of Saxony)說，柏拉圖的這句話除了應該被解釋為「蘇格拉底說的某些事是真實的，而除蘇格拉底之外沒有一個人所說為真」外，還需要一個第三子句：「柏拉圖說了一些錯的事」。

最後這一個例子明白地表示出了需要被解釋的命題的一個重要面向，即它們在詭辯中的用途。詭辯式的文章是一種普遍的中世紀文風，中世紀作者喜歡透過運用詭辯法去辯證式地解決難題，並藉以提出形上學和邏輯的問題。需要被解釋的命題的另一個重要之處，通常在於它們包含有一個需要被解釋的詞；對這種詞的研究，是隨伴範疇詞(syncategorematic expressions)的研究焦點之一，這在十三世紀時尤其是如此。然而，注意，這些「需要被解釋的詞」只能在脈絡或上下文中被加以詳細說明，而不能用一個明晰的定義來加以定義。產生需要被解釋的命題的隨伴範疇詞有諸如「兩倍」、「除……之外」、「開始」、「停止」，以及「只要」等等(例如，「只要蘇格拉底是理性的，他就是可笑的」)。

參見 syncategoremata 隨伴範疇語詞

S.L.R.撰　王文方審訂

exportation　輸出　(1)在古典邏輯當中，「$(A \wedge B) \subset C$ 與 $A \supset (B \supset C)$ 邏輯上相等同」這一原理。(2)$((A \wedge B) \rightarrow C) \rightarrow (A \rightarrow (B \rightarrow C))$ 這一原理，當「→」被讀作「遺傳」(entails)時，相干邏輯學家(relevance logicians)認為是謬誤的。(3)在命題意向動詞(propositional attitude verbs)的討論中，人們可從「*a* V*s* *b* 是一個ϕ」(*a* V*s* that *b* is a(n) ϕ)推論出「*a* V*s* *b* 的ϕ性質」(*a* V*s* ϕ-hood of *b*)，在此，V 有其關係的(relational)(清楚的〔transparent〕)意義。例如，輸出(在第三種意義上)使人們從「拉爾弗相信奧特卡是一個特務」可以推出「拉爾弗相信奧特卡的特務性質(或身分)」。在這裡，「奧特卡」現在可以被約束變量(a bound variable)所取代，從而產生(∃*x*)(拉爾弗相信 x 的特務性質)。

參見 quantifying in 量化入；relevance logic 相干邏輯

G.F.S.撰　李瑞麟審訂

expressibility logicism　表述性的邏輯主義　見 logicism 邏輯主義

expressionism　表現主義　見 expression theory of art 藝術表現理論

expression theory of art　藝術表現理論　一種把藝術界定為表達感覺或情緒的理論(有時被稱為藝術表現主義〔expressionism in art〕)。這些理論，最早是在十九世紀時，由於與浪漫主義(Romanticism)的興起有關，而受到看重。各種表現理論，對於何謂情緒表現之觀點，立場各不同，因而眾說紛紜。主要的理論有四種：

(1)「表現即是溝通」(Expression as communication)。要求藝術家，在情感表現的一開始，就必須對所表現的感情有實際的體驗。感情「具現」(embodied)於外在形式，並藉藉由形式傳達給欣賞者。托爾斯泰(Leo Tolstoy, 1828-1910)便是此種觀點的主張者。

(2)「表現即是直觀」(Expression as intuition)。所謂直觀是指對某物之整體性與個體性的體悟。直觀「在心中」(in the mind)，藝術作品也「在心中」。克羅齊(Croce)所採取的便是這種觀點，他在晚年的著作中便主張，直觀的整體性確立於感覺。

(3)「表現即是詮釋」(Expression as clarification)。所謂表現，是指藝術家從模糊而不確定感覺的開始，到弄清楚感覺、明白說出、並加以理解的過程。此一理論保留了克羅齊的觀點，不僅主張表現是在藝術家心中完成的，同時也主張，任何人只要能把感覺弄清楚、說出來、並對自己的感覺瞭然於心，便是個藝術家。柯林吾(Collingwood)便是此種觀點的主張者。

(4)「表現即是物的某種性質」(a property of the object)。藝術作品就其作為情感的表現而言，在於作品既有之結構或形式。蘇珊・朗格(Suzanne K. Langer, 1895-1985)主張，音樂和其他藝術所「呈現出的」(presented)、或展現出的，是一般人的感覺結構或形式。

參見 aesthetics 美學；institutional theory of art 藝術習俗議訂理論

S.L.F.　劉千美審訂

expressive completeness　表述上的完備性　見 completeness 完備性

expressive meaning　表達的意義　見 meaning 意義

extension　外延　見 intension 內涵

extensionalism　外延論　一種被限制於存在實體的本體論(ontology)與語意學的理論。外延論的本體論否認任何真實理論的範圍需要包含不存在物，如虛構的、想像的與不可能的事物，如飛馬——有翅膀的馬或圓的正方形。外延論的語意學將意義與真理化歸為語言的詞項與存在物體、標準的時空事物和抽象實體(這些都屬於詞項的外延之間的集合論〔set-theoretical〕)關係。名稱的外延是一個由名稱所指謂的特定存在物；謂詞的外延是所有具有謂詞所描述的特質之存在物體的集合。「所有的鯨魚都是哺乳類」這句話對外延論的語意學而言是真的，表示沒有鯨魚不是哺乳類，在謂詞「鯨魚」外延中不存在有不屬於「哺乳類」外延的存在物體。語言學的語境是外延的，是當(1)它們只指稱到存在物體；(2)它們允許同所指(codesignative)詞項(它們指稱相同的事物)之間可替代或邏輯上相等的命題之間可替代，而不失去真值(*salva veritate*〔without loss of truthvalue〕)；(3)對語境內所指稱的事物進行存在量化(existentially quantify)(結果是存在一個事物，這事物如此這般等)，這在邏輯上是有效的。凡不符合這些要求的語境則是內涵的、非外延的或指稱不透明的。

外延論的另一結果，與弗雷格(Frege)、羅素(Russell)、蒯因(Quine)與分析哲學主流的工作有關，即把它對心靈與意義的解釋限制於存在的物體、物質-機制(material-mechanical)的特質，以及專以外延性的用語來描述的關係。外延論的語意學必須試圖分析掉對非存在物體的表面指稱，或者如羅素關於限定摹狀詞外延理論所指出的，將所有這類的謂詞歸為錯誤。在心靈哲學中，外延論的本體論必須取消或化約掉命題態度(prepositional attitudes)或關於說(*de dicto*)的心理狀態，即以內涵性的用語所表達的心理狀態，如「相信____」、「害怕____」這類的用語，他們通常會支持神經生理學狀態的外延特質。是否外延論的哲學論點能夠滿足這些說明義務，就如同外延性的論題所堅持的，仍有待爭議。

參見 abstract entity 抽象實體；intensionality 內涵性；philosophy of language 語言哲學；Russell 羅素；theory of descriptions 描述詞理論；truth 真理

D.J.撰　洪漢鼎審訂

extensionality, axiom of　外延性公理　見 set theory 集合論

extensionality thesis　外延性論題　見 extensionalism 外延論

extensive abstraction　外延的抽象　見 Whitehead 懷德海

extensive magnitude　外延的量度　見 magnitude 量度

externalism　外在論　如後之觀點：有行動(action)之客觀理由(objective reasons)，而這種理由不依於行動者(agent)之欲望，並且就此義，它外於行動者。(關於理由之)內在論(internalism)則認為，行動之理由就後面意義而言一定是內在的：理由以關於行動者的動機事實(motivational facts)為基礎，例如，他的欲望(desires)和目標(goals)。古典的內在論者如休姆(Hume)就否認有行動之客觀理由。例如，「一行動增進健康」之事實是否是採行該行動之理由，這依於某人是否欲求健康。而一行動有益健康之事實，對某些人可能是理由，對其他人卻不是。這種學說因此便成為相對主義(relativism)的一種版本；一事實只有在它與能引起行動者行動(motivate the agent)之行動者心理狀態聯繫起來時，它才是理由。與此相對，外在論者卻認為，並非所有的理由都依於特定行動者的內在(internal)狀態。如此，一外在論者可以認為，增進健康在客觀上是好的，並認為，「一行動增進一個人的健康」之事實是一個人採行它之理由，而不論一個人是否欲求健康。

這一爭論與動機內在論(motivational internalism)之爭論緊密相關，動機內在論可以這麼理解：以道德信念為例，道德信念，因為蘊涵動機，所以是行動之內在理由。那些拒斥動機內在論的人必定否認(有效的〔sound〕)道德信念一定為行動提供理由，或者必定認為道德信念提供外在的理由。

參見 ethics 倫理學；motivational internalism 動機內在論；relativism 相對主義

W.T.撰　龔維正審訂

externalism, content　內容外在主義　見 philosophy of mind 心靈哲學

externalism, epistemological　認識上的外在論　見 epistemology 知識論

externalism, motivational　動機外在論　見 motivational internalism 動機內在論

external negation　外否定　見 negation 否定

external reason　外在原因　見 externalism 外在論

external relation　外在關係　見 relation 關係

exteroception　外覺　見 perception 知覺

extrasensory perception　超感知覺　見 parapsychology 特異心理學

extrinsic desire　外在欲望　指對一事物之欲望，而且之所以有此欲望，是因為此欲望有助於獲得另一個所意欲的事物。外在欲望有別於內在(intrinsic)欲望，後者是為著所欲事物本身的緣故而欲望，或者說，所欲事物是作為目的。因此，某人或許外在地渴望經

濟上的安全感，作為實現幸福的手段，而內在地渴望幸福，以幸福為目的。有些欲望是混和的：所欲望的對象不但作為目的，也是為了它們有助於獲得另外其他的事物。例如，傑克斯或許渴望去慢跑，不但為了慢跑本身的緣故(作為一種目的)，同時也為身體健康的緣故。一個欲望是嚴格意義的內在欲望，若且唯若所欲的對象單純基於此對象自身的緣故而被欲求。一個欲望是嚴格意義的外在欲望，若且唯若所欲的對象不是，甚或只是部分地不是基於自身的緣故而被欲求。(渴望聽到「好消息」，如——希望聽到某人的孩子在車禍中倖存——有時被歸為外在欲望，即使這個消息之所以被渴望，只是因為它所顯示的，而非為了它可能具有的任何工具價值)

每一種欲望都有助於解釋行動。部分因為起於混和的欲望去款待朋友，瑪莎可以有種種不同的外在欲望去完成種種有助於達成款待朋友之目標之行動。喬治內在地渴望擺脫牙痛，他有可能外在地渴望排定看牙醫的時間。如果一切順利，瑪莎和喬治的欲望將被滿足，而且部分是因為他們的欲望引起他們的行為。

參見 action theory 行動理論；intention 意圖；motivational explanation 動機說明；value 價值

A.R.M.撰　龔維正審訂

extrinsic property　**外部屬性**　見 relation 關係

extrinsic relation　**外部的關係**　見 relation 關係

F

***fa*　法**　中文，(1)指標準、模式、範例或典範，(2)指適宜的過程、行為或技能；(3)指規則或法則；(4)指佛教(Buddhism)中的「法」(dharma)。一個思想中圓的形象(*yi*)、一個圓規和一個特定的圓形都可以當做「法」來鑑別圓形。聖王所設立的制度以及其言行都可以當做「法」來仿效。行政手段(如獎懲制度)是「法」，明確頒布的法令和官僚政治的規則也是「法」(參見墨子《墨辯》〔*Mo Tzu* , Dialectical Chapters〕及《管子》第六章〈七法〉〔*Kuan Tzu*, chapter 6, Seven Standards〕)。佛教傳入中國後，「法」被用來翻譯梵文之「dharma」。

參見 Buddhism 佛教；dharma 法；Mo Tzu 墨子

B.W.V.N.撰　林安梧審訂

***fa-chia*　法家**　見 Chinese Legalism 中國法家

fact　事實　見 state of affairs 事態

facticity　實然性、現實性　見 Heidegger 海德格；Sartre 沙特

factual content　事實內容　見 analytic-synthetic distinction 分析-綜合區分

fact-value distinction　事實與價值的區別　指事情實際上是如何的與它們應該是如何之間明顯地基本差別。人們服從法律(或行為誠實或欲求金錢)是一回事，而他們是否應該這樣做則明顯是另一回事。前者是事實的問題，後者是價值的問題。

通常休姆(Hume)被認為是首先做出此一區分的人，他注意到人不能無爭議地從「實然」(is)中推導出「應然」(ought)(此即實然與應然的鴻溝)。從事實的角度說，若一個行為將可能最大限度地增加舉世的快樂，我們仍不能因此正當地——在沒有引入某些(可能被壓制的)評價性的前提之下——推衍出此一行為應該被做。我們可以藉著設立人們總是應該去做能夠最大限度地增加舉世的快樂的事情此一前提，來保全這一推理的合理性。但是這一假設很顯然是評價性的。況且，任何其他可能把據稱是非評價性的前提與評價性的結論相連結的前提看起來，都將一樣地是評價性的。一個非評價性的前提無論多麼詳細和周延，仍不能由其中(直接地並且是以純然是邏輯的事情之方式)得出評價性的結論。某些人回答說，至少有一些非評價性的言語的確包含評價性的結論。舉一個流行的例子來說，由做出某一承諾這個事實，我們可以(似乎)正當地推出承諾應該被信守。其他的事情也是一樣，都無須引入一個評價性的前提。很多人反駁道：這個推論是無法成立的，因為若不是其前提是評價性的，就是其結論是非評價性的。

休姆自己在探討實然與應然的意義時，是大膽且簡要的，他只有簡單地主張，「只要吾人有留意到此一問題，其將會顛覆所有通俗的道德體系，而且我們能看到，善與惡的區分並非僅僅建立在客體的關係之上，也不是由理性所感知」(《人性論》〔*Treatise of Human Nature*〕)。其他哲人的解釋更加廣闊。例如穆爾(Moore)實際上依據這一區分，(借助開放性問題的立論〔open question argument〕)，力主任何借助非評價性的術語來定義評價性的術語的嘗試都將犯自然主義的謬誤(naturalistic fallacy)。穆爾的主要目的是想

指出，「善」「意味著」「快樂」，在這種意義脈絡上，其謬誤被認為是在於把一種評價性的性質(善)，和自然的性質(快樂)相互等同起來。假定評價性的術語是有意義的，穆爾認為其中某些術語能藉著使用別的術語來加以定義(例如他認為「正確」可被定義為「能產生最大可能的善」)，但其他評價性的術語，儘管有意義，必然是不能被定義的術語，其只指涉簡單的非自然的性質。情感主義者(emotivists)和規定主義者(prescriptivist)(如艾耶爾〔A. J. Ayer〕、史蒂文森〔C. L. Stevenson〕和赫爾〔R. M. Hare〕)接受了穆爾對開放性問題的論證之運用，但拒斥了他的非自然主義和他認為評價性的術語一定具有(描述性的)意義之假定，他們認為評價性的術語在語言的使用中所扮演的角色不是在指示性質。按照他們的觀點，評價性的語言的首要角色不是描述，而是去規定。在他們看來，「實然」與「應然」之間邏輯上的鴻溝，既確立事實與價值的區分，也確立描述(事物是如何的)與建議(事物應該是如何的)的區分。儘管一些自然主義者也承認這一鴻溝，但其堅持主張評價性的命題仍然只指涉自然性質，在這程序中，他們否認開放性問題的論證的存有學力量，並且把評價性的命題作為一種特殊的事實類別來看待。

參見 ethics 倫理學；Moore 穆爾；moral realism 道德實在論

G.S.-M.撰　林立審訂

faculty psychology　機能心理學　機能心理學，認為心(the mind)是一群部門的集合，負責各種不同心理功能(functions)。與機能心理學相關的是功能定位理論(the doctrine of localization of function)，它認為每一機能在大腦裡都有其特定的位置。機能心理學反對主張心為一整體(mind as a unity)的理論(例如笛卡兒〔Descartes〕和聯想主義〔associationism〕的理論)，也反對心是多種能力之整合(a unity with various capabilities)的理論(例如奧坎〔Ockham〕的理論)，還反對大腦的整體分布主義(holistic distributionist theory)，或集體行動的理論(mass-action theory)。機能心理學起始於亞里斯多德(Aristotle)，他把人類的靈魂分為五個「特別感覺」(special senses)，由三種「內在的部分」(inner senses)——一般感覺(common sense)、想像(imagination)和記憶(memory)——及主動與被動心靈(active and passive mind)。在中世紀(如亞奎納〔Aquinas〕時期)，亞里斯多德的三種內在感覺被進一步分化，把五種感覺區分為更為細緻的七種內在理智(inward wits)。伊斯蘭的醫生兼哲學家，如阿維森納(Avicenna)，藉由提出大腦功能的部位，而把亞里斯多德的機能心理學與蓋倫醫學(Galenic medicine)結合起來。

機能心理學方面的兩項重大發展，出現在十八世紀。第一項是，以里德(Reid)為首的蘇格蘭哲學家，發展出一種機能心理學，來反對洛克(Locke)和休姆(Hume)的經驗主義和聯想主義式的心理學。這些蘇格蘭哲學家認為，上帝賦予了人類一些能力，由此而有關於這個世界及道德的知識。蘇格蘭的學說系統，在美國發生了相當大的影響，在那裡，它被當作道德和性格建立的原則，而被廣泛地教導；而在十九世紀，這一「舊心理學」還反對實驗的「新心理學」。在第二項發展中，高爾(Franz Joseph Gall, 1758-1828)，雖然他在當時被稱為密醫，但他以其大腦功能定位(localization of function)方面的工作，為現代神經心理學奠定了基礎。高爾反對當時的機能心理學，因為它是哲學性的、不是從生物的角度來討論，而且不能用來解釋日常行為。高爾基於比較解剖學、行為研究和人類顱骨的度量，提出創新的一列行為和生物的機能(faculties)，以及大腦定位。如今，機能心理學依然存在於討論人格之特徵與本能理論(trait and instinct theories)，也存在於弗德(Fodor)的以下理論：心智功能是安裝(implemented by)在神經「包囊」的器官(neurologically "encapsulated" organs)，以及大腦的定位理論(localizationist theories)裡。

參見 Aristotle 亞里斯多德；philosophy of mind 心靈哲學；philosophy of psychology 心理學哲學

T.H.L.撰　劉希文審訂

faith　**信仰**　見 bad faith 壞信仰；philosophy of religion 宗教哲學

fallacy　**謬誤**　見 formal fallacy 形式謬誤；informal fallacy 非形式謬誤

fallacy of accent　**重音謬誤**　見 informal fallacy 非形式謬誤

fallacy of accident　**偶然性謬誤**　見 informal fallacy 非形式謬誤

fallacy of affirming the consequent　**肯定假言命題後件的謬誤**　見 formal fallacy 形式謬誤

fallacy of composition　**組成的謬誤**　見 informal fallacy 非形式謬誤

fallacy of denying the antecedent　**否定前件的謬誤**　見 formal fallacy 形式謬誤

fallacy of division　**分割的謬誤**　見 informal fallacy 非形式謬誤

fallacy of equivocation　**模稜兩可的謬誤**　見 informal fallacy 非形式謬誤

fallacy of false cause　**錯誤原因的謬誤**　見 informal fallacy 非形式謬誤

fallacy of four terms　**四名詞錯誤**　見 syllogism 三段論式

fallacy of hasty generalization　**倉猝普遍化謬誤**　見 informal fallacy 非形式謬誤

fallacy of irrelevant conclusion　**無關乎結論謬誤**　見 informal fallacy 非形式謬誤

fallacy of many questions　**多重問題謬誤**　見 informal fallacy 非形式謬誤

fallacy of misplaced concreteness　**具體性錯置的謬誤**　見 Whitehead 懷德海

fallacy of *secundum quid*　**忽略限定條件的謬誤**　見 informal fallacy 非形式謬誤

fallibilism　**一定可能錯主義**　相對於某一類有意義的信念(beliefs)或命題(propositions)而言，一種認為它們在本性上(inherently)就是不確定(uncertain)或可能弄錯(possibly mistaken)之學說。此學說的最極端類型認為，每一信念都有不確定性；較不極端的類型認為經驗信念(empirical beliefs)有不確定性，或者認為關於過去、未來、他人心靈或外在世界的信念有不確定性。多數現代哲學家都拒絕接受這種學說之極端類型，而認為譬如像對基本邏輯原則的信念和對一個人當下的感受(feelings)之徵狀(character)的信念，不可能弄錯。

反對一定可能錯主義的哲學家通常堅持某些信念是分析地為真(analytically true)、自明

(self-evident)或直覺上明顯(如此)的(intuitively obvious)。這些用來支持某些信念不可能錯之方式現在都普受質疑。蒯因(W. V. Quine)曾對分析性真理之觀念提出嚴肅質疑，而且自明性或直覺明顯性之使用也受到下面批評：正式接受這種方式的人在「什麼是自明或直覺明顯」之問題上不常有一致的見解(沒有客觀的識別〔identify〕自明或直覺明顯之方式)，而且，被稱作是自明的信念，有時又再被證明是錯誤的，因果原則(causal principle)和(集合論中的)概括之公理(axiom of abstraction)即是明顯的例子。除了強調邏輯和數學原則的演變外，一定可能錯主義者主要還論證下面以支持他們的觀點：只有用實驗方法才能合法地確定獨立於心靈對象的存在和性質，同時，這種方法至多也只能產生概然(probable)而非確然(certain)的結果。

B.A.撰　龔維正審訂

false cause, fallacy of　錯誤原因的謬誤　見 informal fallacy 非形式謬誤

false consciousness　虛假意識　(1)對關於社會、宗教和價值觀的信念和態度的來源及重要性，缺乏明確的意識；(2)該反對的無知和錯誤信念；(3)自我欺騙的不誠實。馬克思主義者(如果不是馬克思本人)用這一術語解釋和譴責由不公平的經濟關係所產生的幻像。因此，沒有意識到異化的工作和只稍稍感覺到依賴性和極度絕望的「快樂的主婦」(happy homemakers)，都被經濟的權力關係所塑造而認為這樣的狀態是自然的，從而侵蝕了他們長遠的最佳利益。而宗教的產生是作為一種由經濟驅動的意識形態，充當阻止人類清楚認識其需要的麻醉劑(opiate)。柯林吾(Collingwood)把虛假意識解釋為否認自我情感和觀念的自我敗壞的不真實狀態(《藝術原理》〔*The Principles of Art*, 1938〕)。

參見 bad faith 壞信仰；existentialism 存在主義

M.W.M.撰　王巍審訂

false dilemma　假的兩難推理　見 dilemma 兩難推理

false pleasure　假快樂　是指因弄錯的事情而感到的快樂或高興。如果「張三誠實」是假的，可是李四相信張三是誠實的並且對張三是誠實感到高興，那麼李四的高興就是假的。如果高興或快樂被解釋為一種意向的態度，則高興或快樂的真或假要看它意向的目標是否達成。根據這樣的觀點，S 高興：p 是一種真正的高興，若且唯若 S 對 p 感到高興，而 p 為真。S 高興：p 是一種假高興，若且唯若 S 對 p 感到高興，而 p 為假。另一方面，柏拉圖(Plato)使用「假快樂」(false pleasure)一詞來指稱痛苦的中止或不含苦樂的中立狀態，這些是主體易與真正快樂相混淆的。因此一個剛掙脫桎梏的人很可能會被誤以為快樂，而實際上只是他的痛苦剛中止罷了。

參見 hedonism 享樂主義；value 價值

N.M.L.撰　黃藿審訂

falsifiability　可否證性　見 Popper 波普爾；testability 可檢驗性

falsification　否證　見 Popper 波普爾

falsum　真值「假」　見附錄：特殊符號與邏輯記號

family resemblance　家族類似性　見 Wittgenstein 維根斯坦

Fang Thomé H.　方東美(1899-1976)　中國文化哲學家。曾讀金陵大學(the University of Nanking)，留學威斯康辛大學(the University of Wisconsin)。早年對杜威(Dewey)的實用主義(pragmatism)有興趣，但在抗戰時期，卻回歸中國哲學的理想。他有一個龐大的哲學系統，常由古希臘(ancient Greek)、近代歐洲(modern European)、中國(Chinese)和印度(Indian)的比較視域來討論哲學問題。1949 年之後在台灣對年輕的哲學家發生了深厚的影響。

參見 Chinese philosophy 中國哲學

S.-h.L.撰　劉述先審訂

Fārābī, al-　法拉比，阿爾　見 Al-Fārābī 法拉比

fascism　法西斯主義　見 political philosophy 政治哲學

fatalism　宿命論　見 free will problem 自由意志問題

feature-placing discourse　質料安立論述　見 Strawson 史陶生

Fechner, Gustav Theodor　費希納，古斯塔伍・泰爾德(1801-87)　費希納是德國物理學家與哲學家，其《基礎心理學》(*Elemente der Psychophysik*, 1860；英譯，1966 年)一書開創了實驗心理學的先河。沉迷於心物問題的費希納，提倡了等同理論(identity theory)，主張每一物體(object)既是心靈的(mental)又是物質的(physical)，而且支持創立了心理物理學(psychophysics)——一門「心物間的功能關係的嚴格科學」。費希納的理論是從「閾限」(*limen*)這個概念開始，也就是所謂的感覺門檻(sensory threshold)——即為產生神經衝動的最小刺激。「絕對門檻」(absolute threshold)是引起意識感覺(S)所需的最小刺激強度(R, *Reiz*)，而「相對門檻」(relative threshold)是：還必須再加到一刺激，才能使「僅僅可以被注意到的差異」(jnd；just noticeable difference)被知覺到的最小刺激強度。韋伯(E. H. Weber, 1795-1878)提出，相對門檻與刺激強度之間，維持著一個常數的比例，韋伯的公式是：「$\Delta R/R = k$」。通過實驗來決定成對刺激強度(例如重量〔weights〕的「jnd」，費希納構造出他的「功能關係」(functional relation)，其公式為 $S = k \log R$，此為費希納定律，即是心靈與物質等同的公式。之後，心理物理學家以「$R = kS^n$」取代此定律，「n」在這裡取決於刺激的種類。心理物理學對心理學的重要之處，在於指出了將經驗量化是可能性，而且它為心理學實驗提供了一般的典範——被控制刺激狀況是系統性地變化著，而其結果是可觀察的。在其生命的暮年，費希納把這種實驗方法運用在美學上《美學的基礎》(*Vorschule der Aesthetik*, 1876)。

T.H.L.撰　劉希文審訂

Fechner's law　費希納定律　見 Fechner 費希納

feedback　反饋　見 cybernetics 控制論

feedforward　前饋　見 cybernetics 控制論

F

felicific calculus　幸福量表　見 Bentham 邊沁

felicity conditions　恰當得體之條件　見 speech act theory 言說行動理論

feminist epistemology　女性主義知識論　就女性主義者角度而言的知識論。它研究：知識實踐與探究者／認知者所具有的性別之相關性；此中的知識實踐，也包括了有關知識論的理論實踐。它可依論題而分為兩種不同的典型，一種是純粹的女性主義者的論題，因為它們只能由批判地關注性別而引發出來的，另一種是非純粹的女性主義者的論題，因為它們可由女性主義之外的其他政治化理論的角度所引發出來。

純粹的女性主義者的核心論題，乃是哲學的理性概念和文化的男性概念之間的關係。於此，必須要採取一歷史主義式的立場，從而，哲學被視為是處於歷史與文化中(因此也是被賦予性別)之作者的產物。這種立場考慮到許多思想組合的模式，或許就如同下列二者間的排列模式：其一是相對於情緒或直覺的「哲學的理性概念」，另一是相對於女性的「有關男性的文化概念」(cultural conceptions of masculinity)。

非純粹的女性主義者的核心論題，或可稱為知識論中的「社會-主義」(social-ism)。它有兩個主要分支：政治哲學，其形式為馬克思(Marx)歷史唯物論；以及科學哲學，其形式不是採用了蒯因式(Quinean)的自然主義，便是採用了孔恩式(Kuhnian)的歷史主義。第一支造成了女性主義式的立場論，此理論適應並發展了馬克思式的觀點，這樣的觀點認為，不同的社會群體具有不同的知識立場，並謂：其中一社群的物質境況，造就了一種知識的特權。第二支則造成了女性主義者在科學哲學中的研究，這些研究試圖揭示出，不僅是知識上的價值，還有非知識(如性別)上的價值，對於影響科學理論的產生有時都是必要的。如果可以揭示出這樣的事，那麼，一項重要的女性主義的計畫便油然而生：找出「管控這些價值的影響」(regulating the influence of these values)之理據，以使得科學本身更透明、更負責任。

認知者各自處於身份與權力的種種社會關係之中；此一事實之知識論意涵，是女性主義知識論嘗試去揭露的，藉著此一嘗試，女性主義知識論表現了分析哲學傳統中一種基進化的創新，因為這傳統對於「知識主體」(epistemic subject)的概念及「哲學家」(philosopher)的概念，往往都假定是非社會性的。

參見 epistemology 知識論；feminist philosophy 女性主義哲學；Kuhn 孔恩；Marxism 馬克思主義；Quine 蒯因

M.F.撰　趙之振審訂

feminist philosophy　女性主義哲學　是一種拒絕把人類經驗同化為男人經驗的哲學理論和傾向。從多種不同角度進行討論，女性主義哲學家從基礎上挑戰傳統哲學的數個領域，認為傳統哲學，(1)未能嚴肅對待女人的利益、統一性及其他問題；(2)未能確認女人存在、思維和能做與男人同樣有價值事情的(獨特)方式。

女性主義哲學家認為傳統形上學(metaphysics)的不妥之處是分裂了自我和他人，分離了心靈與身體，因為他們不知道「其他心靈」(other minds)是否存在，以及個人的統一性較依賴於記憶還是物質特徵。由於女性主義哲學家拒絕接受各種形式的本體二元論(ontological dualism)，他們強調透過移情神會(empathy)達到個人精神之間的相互融合方式，在這種方式中精神與肉體相互構成。

由於西方文化長期以來將理性與男性(masculinity)相聯繫，而把感情與女性(femininity)相聯繫，所以傳統知識論常常得出女人比不上男人的結論。對此，女性主義哲學家爭辯道，理性與感性是休戚相關、相互平等的知識源泉。他們還提出，笛卡兒(Cartesian)的知識論，就其所有的確定性與明晰性而言，是非常有限的。人們想知道比其存在更多的東西，想知曉其他人的思維和感覺。

女性主義哲學家也注意到，傳統科學哲學並非像他們所宣稱的那樣客觀中立，然而傳統科學哲學家常常把科學成果和科學家的控制能力、統治能力以及其他的宰制性質相聯繫，而這不過是對自然的統治。女性主義的科學哲學家把科學成就與傾聽自然自我顯示的能力相提並論。因為願意提供抽象理論以為具體事實的證言，因此，傾聽自然所言的科學可能比不傾聽自然所言的科學更具客觀性。

女性主義哲學家也批判傳統倫理學(traditional ethics)，與傳統社會和政治哲學。規則和原理宰制著傳統倫理學。無論是代理人為群體尋求最大功利或者為了職責而履行職責，他們按照一整套普遍的、抽象的和非個人化的標準來衡量人們的行為。女性主義哲學家常常把這種傳統的倫理觀稱為「公正」(justice)的視角，與強調義務和關係而非權力和規則的「關懷」(core)視角形成鮮明對照。這後一視角更為關注道德狀況的特殊性質而不是其一般意義。

女性主義社會和政治哲學把重點放在政治組成和使婦女地位永久低下的社會實踐。女性主義社會和政治哲學的目的是，(1)說明婦女受壓迫、受壓抑和／或虐待而男性則否的原因；(2)提供道德上可設想的、政治上可行的方式來保證婦女與男人具有同樣的正義、自由和平等。崇尚自由的女性主義者相信，由於婦女與男人享有同樣的權利，社會務必為她們提供與男人相同的教育和就業機會。馬克思主義(Marxist)的女性主義者認為，婦女不可能與男人平起平坐，除非婦女具備工作能力，而且繁重的家務勞動和撫養子女也能社會化。極端的女性主義者認為婦女遭受壓抑的基本原因是性別，婦女的生育作用或她們的性別作用導致她們地位低下。除非婦女設定她們自己的生育目的(不要小孩是母性合法的選擇)和她們的性生活議程(sexual agendas；女性同性戀、自主性欲和獨身是多相性別意識〔heterosexuality〕的選擇)，否則就不能獲得更多的自由。心理分析的女性主義者認為，婦女附屬性的地位，一方面是由於她們孩童時期的經歷導致她們過分發展了與別人建立聯繫的能力，而另一方面則是由於她們過低地發展了視自己為獨立個體的主張。婦女最偉大的力量，是發展深度關係的涵蓄力，但這也許是其最大的缺點：一種被別人的需求和需要所控制的傾向。最後是存在主義者的女性主義觀點，他們認為婦女從屬地位的終極原因是關乎存有的認識。婦女是異己(Other)，男人是自我(Self)。只有婦女按照自身來定義自己，她們才能進而按照她們的非己，即男人，來界定自己。

近來，社會主義者(socialist)的女性主義已試圖將這些鮮明的女性主義者的社會與政治思想交織成一理論整體。他們認為，婦女的條件，被生產、生殖與性意識的結構，和兒童的社會化所過度宰制。在這些結構中的所有婦女地位與功能，務必全盤改變，才有可能達成婦女的全面解放。進而言之，婦女的心態也要轉型。而且也只有到那時候，婦女才能從將埋葬其自我觀念，並總以自己為異的父權思想中，解放出來。

有趣的是，社會主義的女性主義試圖建立一種特別的女性觀，這種觀點如實地描述婦女無論怎樣看待世界，都必然要遇到麻煩的狀況。後現代女性主義者把這種努力看成一種典型的男人思維方式，它講的只是關於真實性、真理、知識、倫理和政治的故事。對於後現代女性主義而言，這樣的故事既不是可行的也不是可欲的。說其不可行，是因為婦女的經歷在階級、種族和文化程度上有差別；說其不可欲，是因為「太一」(One)和「真理」(True)是傳統哲學用以平息眾人聲音的哲學神話。女性主義的哲學必須面向眾多而不是唯一，因為婦女眾多而不是單一。女性主義者思考得越多越好。透過拒絕將不同思想聚集、凝固和黏結以成為統一而沒彈性的真理，女性主義哲學家才能避免傳統哲學的缺陷。

一如後現代女性主義趨向對哲學可能具有的吸引力一樣，一些女性主義哲學家擔憂，過分強調差異和拒絕統一性可能導致智識和政治性的解體。如果女性主義哲學不形成任何形式的觀點，它就難於提供基礎來說明在特殊性上什麼對婦女是善的，且在一般性上對人類是善的。因此，當代女性主義哲學的主要挑戰是調合多元與差異的壓力，以達到整合及達成共識的目的。

參見 ethics 倫理學；existentialism 存在主義；Marxism 馬克思主義；political philosophy 政治哲學；postmodern 後現代

R.T.撰　許全義、傅大為審訂

Ferguson, Adam　弗格森，亞當(1723-1816)　蘇格蘭哲學家和歷史學家。他研究的主題是德性在個人和社會中的高揚和衰落。在其最重要的著作《論市民社會的歷史》(*An Essay on the History of Civil Society*, 1766)中，他論證了人類的幸福(德性是其組成部分)是建立在追求社會利益而不是個人目的。弗格森認為，忽視了社會利益，不僅有礙社會進步，而且導致道德腐敗和政治專制主義。為了支持這一點，他利用從野蠻(barbarism)「原始民族」(rude nation)到文明社會的古典材料和旅行手記，來建造他的社會歷史理論。他由此表達了他對內在於他那個時代、剛剛開始的商業文明中，日益增長的自私自利的墮落危險的關注。他試圖在《道德和社會科學原理》(*The Priciple of Moral and Social Science*, 1792)一書中把道德哲學系統化。

J.W.A.撰　江金太審訂

Fermat's last theorem　費馬的最後定理　見 choice sequence 選擇序列

Feuerbach, Ludwig Adreas　費爾巴哈，路德維希．阿德雷亞斯(1804-72)　德國唯物論哲學家和宗教批判者。在由黑格爾(Hegel)的絕對觀念論(absolute idealism)發展到後來的一些(諸如馬克思〔Marx〕和「青年(新)黑格爾主義者」〔young(or new) Hegelians〕的)歷史唯物論(historical materialism)理論之間，費爾巴哈提供了主要的連結。費爾巴哈出生於巴伐利亞(Bavaria)，大學時研習神學(theology)，先是在海德堡(Heidelberg)，後轉往柏林(Berlin)，並在此開始受到黑格爾哲學的影響。他於 1828 年獲得博士學位，而在發表了一部早期嚴厲批判基督教的著作之後，便由德國官方的學院生活中退了下來。1836 年至 1846 年間，費爾巴哈寫成了他最有影響力的著作中的好幾部，包括：〈黑格爾哲學之批判〉(Towards a Critique of Hegel's Philosophy, 1839)，《基督教的本質》(*The Essence of Christianity*, 1841)、《未來的哲學之原理》(*Principles of the Philosophy of the Future*, 1843)與《宗教的本質》(*The Essence of Religion*, 1846)等。在與馬克思合作一段短時期之後，他在 1848 年這個革命時期裡，以一個政治自由主義(political liberalism)的鬥士的形象知名於世。在隨後而來的反動時期，他再度退出公共生活，直到死前都靠著朋友的接濟生活。

在許多方面，費爾巴哈在十九世紀的思想史上，可說都是極其重要的。首先，在經過德國觀念論者(German idealists)長達半個世紀的形上學(metaphysical)體系建構之後，費爾巴哈以一種新的形式復興了康德式的原始的哲學批判構想。然而，康德所努力的是要「限制理性以為信仰保留空間」(to limit reason in order to make room for faith)，而費爾巴哈則試圖揭露信仰和理性二者的神話性質，以突顯體現於歷史中的人類意識之具體展現於處境中的存在。其次，他的「變形批判」(transformatory criticism)的「方法」(method，主要針對的是黑格爾的哲學主張)，不但為馬克思所承接，也始終對後世具有哲學上的吸引力。簡言之，這一方法建議：藉由「顛倒」(inverting)黑格爾的觀念論主張中的主詞與述詞，而「使黑格爾以腳站立」(Hegel be stood on his feet)。例如，「個體乃是絕對者的一項功能」(The individual is a function of the Absolute)這句話應改寫為「絕對者乃是個體的一項功能」(The Absolute is a function of the individual)。第三，費爾巴哈斷言，德國觀念論的哲學終究而言乃是神學的一種辯解，而神學則不過是系統化了的宗教意識。但是，由於宗教本身事實上不過是一種「人類心靈之夢」(dream of the human mind)罷了，因此，形上學、神學和宗教都可以化約到「人學」(anthropology)上，亦即化約為對於具體體現出來的人類意識及其文化產品的研究。

費爾巴哈的哲學透過馬克思而幾乎影響到了後來所有的歷史唯物論立場，也預取了存在主義(existentialist)對於具體體現出來的人類存在的關懷，並且，對於社會科學而言，也是所有後來的宗教研究進路的一個典範。

參見 Hegel 黑格爾；Kant 康德；Marx 馬克思；Marxism 馬克思主義

J.P.Su.撰　張旺山審訂

Fichte, Johann Gottlieb　費希特，約翰·哥特利勃(1762-1814)　德國哲學家。他是先驗觀念論(transcendental idealism)的一個不妥協的體系，即「知識學」(Wissenschaftslehre)，的提倡者。這一體系在後康德哲學(post-Kantian philosophy)的發展中，發揮了關鍵性的作用。出生在薩克森(Saxony)，費希特在耶拿(Jena)和萊比錫(Leipzig)上學。康德的著作使他放棄了形上學的決定論(metaphysical determinism)，轉而把先驗觀念論作為「人類自由的第一體系」。他的第一本書《各種啟示批判嘗試》(*Versuch einer Kritik aller Offenbarung*, 1792)為他贏得了康德主義的優秀闡釋者的聲譽，而他的早期政治學著述則保證了他作為雅可比主義者(Jacobin)的聲譽。

受賴因霍爾德(Reinhold)、雅可比(Jacobi)、梅蒙(Maimon)和舒爾茨(Schulze)等人的啟發，費希特拒絕了康德主義的「文字」(letter)，他在耶拿(1794-99)所做的一系列演講和著作，促進了一種新的、嚴格的、他視為其「精神」(spirit)的體系表達。他省去了康德的物自體、官能之本源的二元性，和先驗的感性學(transcendental aesthetic)與先驗的分析學(analytic)之間的區分。通過強調理論理性和實踐理性的統一性在某種方式上是與「實踐理性之優位」相一致的，費希特試圖建立批判哲學和人類經驗的統一性理論。

在《論知識學之概念》(*Ueber den Begriff der Wissenschaftslehre*〔*On the Concept of the Wissenschaftslehre*〕, 1794)中，他把他的哲學解釋為「科學之科學」(the science of science)，是以自明的第一原理為基礎的推理體系。這一體系的基本「基礎」(foundations)，費希特稱為科學理論，形成了《全部知識學之基礎》(*Grundlage der gesamten Wissenschaftslehre*〔*Foundations of the Entire Wissenschaftslehre*〕, 1794-95)和《關於理論能力之知識學的明確特徵綱要》(*Grundriβ der Eigentümlichen der Wissenschaftslehre in Rücksicht auf das theoretische Vermögen*〔*Outline of the Distinctive Character of the Wissenschaftslehre with respect to the Theoretical Faculty*〕, 1795)兩書中，後來，又在他的演講集《知識學之新方法》(*Wissenschaftslehre nova methodo*, 1796-99)做了實質性的修正。

知識學的「基礎」部分把我們對自由的肯定與我們對自然必然性的經驗聯繫起來，它以前者作為起點(「自我僅僅設置自我」)，然後證明一個自由地自我設定的主體不僅意識到自我，而且意識到「為對必然性的感覺所伴隨的諸表象」，因而是對客觀世界的意識。費希特認為，自我之本質在於主動設定自我之同一性，因而自我意識就是一個自主的產生活動，即「實行」(Tathandlung or "fact/act")。然而自我所設定的自我僅是「有限的」；為了原始的「純粹自我設定」行為的出現，某種別的心靈行為必須同時出現，通過這一行動，自我就為自己設定了一個客觀的、時空的世界，以及一個屬於自由的和理性的存在物的道德世界。自我首先以「感情」(由不可說明的*Anstoβ*，或對自我的實踐努力的「障礙」所引起)的形式設定了自己的有限條件，然後作為「感覺」，又作為對事物的「直觀」，最後作為「概念」。自我和非我之間的區別，只是出現在這些不斷重複的自我設置行為中，因而對此的完整描述乃是對經驗之必要條件的「生發上的推導」(genetic deduction)。在自然必然性之脈絡中，自由被證明是可能的，而在那裡自由是有限的。同時，「我們的自由是我們的世界之理論上的決定原則」。儘管一個真正的自由行為者必須「絕對地」——即 schlechthin 或「不為任何理由」——設定其自由，此行為者只能作為有限的個人而存在，此有限的個人無止息地努力於克服他自身的有限性。

建立起他的「基礎」之後，費希特把他的「知識學」擴展到社會哲學、政治哲學以及倫理學。主體性自身本質上是「主體之間的」(intersubjective)，因為只有在眾人中，一個人才能從經驗層面意識到自己的「個體存在」，而且必須因此設定別人的自由才能設定自己的自由。但為了出現這種局面，每一個人的自由都必須受到限定。實際上，「權利或正義(Recht)的概念不過是數個理性的／感性的存有者底自由之共存。」《自然法權之基礎》(*Grundlage des Naturrechts*〔*Foundations of Natural Right*〕, 1796-97)檢查了個人自由在外部怎樣受限制的情況，如果自由個體之社群是可能的。此書還證明，一個正當的政治秩序是理性自身的要求，因為「正義或權利的概念是自我意識的條件」。「自然權利」(Natural rights)因此完全獨立於道德責任。不像政治哲學純粹涉及公共領域，倫理學是《倫理學之體系》(*Das System der Sittenlehre*〔*The System of Ethical Theory*〕, 1798)的主題，它涉及的是良心的內在領域。它不是把對象視為「給予」意識的，而是當作由自由行為「產生」的，而且所關注的不是「所是」而是「應是」。倫理學的任務，就是指出從規定人之自由的一般的義務(無上命令)來推導出各種特殊的義務。

當費希特把他的「知識學」擴展到宗教哲學後，他被指責為無神論而被迫離開耶拿。對他的所謂的無神論(atheism)的著名爭論(Atheismusstreit)是由〈論神統治世界的信仰之基礎〉(Ueber den Grund unseres Glaubens in einer göttliche Weltregierung〔On the Basis of our Belief in a Divine Governance of the World〕, 1798)引起的，在其中，他明確地區分了哲學和宗教問題。為了捍衛我們有權利去設定一個「道德的世界秩序」，費希特認為這個秩序不必要求人格化的神或「道德的立法者」。

遷至柏林(Berlin)之後，費希特首先關心的是，反駁人們對無神論的指責和回應在雅可比的《致費希特的公開信》(*Open Letter to Fichte*, 1799)中的把哲學看作「虛無主義」(nihilism)的指責。這就是《人之天職》(*Die Bestimmung des Menschen*〔*The Vocation of Man*〕, 1800)的任務。在法國居住期間，他發表了《致告德意志民族》(*Reden an die deutsche Nation*〔*Addresses to the German Nation*〕, 1808)，信中提出民族教育的範式，並試圖點燃德國的愛國主義熱情。他在柏林期間所出版的著作，包括對政治經濟學猛烈批判的《封閉的商業國家》(*Der geschlossene Handelstaat*〔*The Closed Commercial State*〕, 1800)、對人類歷史作思索性解釋的《現時代之特徵》(*Die Grundzüge des gegenwärtiges Zeitalters*〔*The Charactteristics of the Present Age*〕, 1806)和一部含有神祕色彩的論救世的《真福生活指導》(*Die Anweisung zum seligen Leben*〔*Guide to the Blessed Life*〕, 1806)。在未發表的私人講義中，他繼續研究極具新意的「知識學」體系。

費希特的影響不限於已知的對謝林(Schelling)和黑格爾(Hegel)的影響(這兩位都批判早期「知識學」中的「主觀主義」〔subjectivism〕)，他在德國的理性主義歷史上具有重要性，並且深刻地影響到早期的浪漫主義，尤其是諾瓦里斯(Novalis)和施萊格爾(Schlegel)。近數十年來又得見人們對費希特先驗哲學的興趣，尤其是後來未發表的「知識學」版本。但是，本世紀費希特研究最有貢獻的事件，莫過於費希特全集第一個校訂版之陸續出版。

參見 Hegel 黑格爾；idealism 觀念論；Kant 康德

D.Br.撰　鄺錦倫審訂

Ficino, Marsilio　費希諾，馬許里斯(1433-99)　義大利新柏拉圖主義哲學家，在佛羅倫斯(Florence)的文化界扮演著領導的角色。1473 年被祝聖為司鐸，他希望藉由柏拉圖主義(Platonism)引導人們走向基督。由於費希諾的翻譯和註釋，柏拉圖(Plato)的著作才第一次對說拉丁語的西方人變得可以接近，但柏拉圖著作的衝擊，亦受到費希諾在其他方面的興趣所影響。他接受了新柏拉圖主義對柏拉圖的解釋，包括他曾翻譯其著作的普羅提納斯(Plotinus)的解釋，他把柏拉圖看成赫密斯(Hermes Trismegistus)的繼承人。赫密斯是一個神祕的埃及智者，被當作煉金術大全的作者，此書費希諾很早就翻譯了。他接受一種「古代神學」(prisca theologia)的概念，這一融貫在哲學和宗教真理中的古代智慧，被傳遞給柏拉圖，後來因基督宗教的啟示而見效。費希諾的原始著作中最流行的是《關於生活的三本書》(*Three Books on Life*, 1489)，此書包含著完整的文藝復興時期巫術理論的開端，主要依據新柏拉圖主義的源泉。他假定了一個活的宇宙，在其中精神將世界魂(World-Soul)與世界身體聯繫在一起，這種關係反映在人身上，人的精神(或靈體〔astral body〕)與其身體和心靈相聯繫，而且，在小宇宙和大宇宙之間所產生的一致性，能夠使人藉著魔術控制自然客體又能上達上帝的知識。其他流行著作是他對柏拉圖《饗宴》(*Symposium*, 1469)的註釋，此書表現的是柏拉圖的愛情理論，他在《柏拉圖的神學》(*Platonic Theology*, 1474)中論證了靈魂的不朽。

參見 Neoplatonism 新柏拉圖主義

E.J.A.撰　丁福寧審訂

fiction　虛構　在最廣義的使用上，凡是對比於事實的任何東西就是虛構。可是，當應用到虛構的小說作品上時，這不是適當的對比。因為像歷史小說(historical novel)一類的虛構小說作品，它的歷史主角可能是真實的，但並不因此就使它不是虛構的。虛構的正確對比是非虛構。如果虛構的小說作品可能是真的，則如何最恰當地定義「虛構」？根據一些哲學家，如瑟爾(Searle)，認為非虛構的作者執行的是「在言說話行為」(illocutionary speech act)，就像斷說如此如此的行為出現了；而虛構的作者只是偽裝執行這些在言行為(illocutionary acts)。其他人則主張虛構的核心觀念是「使人相信」(making-believe)或「想像一定的事態」(imaging certain states of affair)。譬如，華頓《擬仿作為使相信》(Kendall Walton, *Mimesis as Make-Believe*, 1990)堅持虛構的作品該透過一個動力而被詮釋，此動力的功能在使相信的遊戲中發揮作用。兩種理論都容許虛構的作品結果變成真的可能性。

參貝 aesthetics 美學；imagination 想像力；philosophy of literature 文學哲學；speech act theory 言說行動理論

B.Ga.撰　陳瑞麟審訂

fiction, logical　邏輯虛構物　見 logical construction 邏輯建構

fictionalism　虛構主義　見 Duhem 杜恩

fideism　唯信論　見 evidentialism 證據主義

"Fido"-Fido theory of meaning　「費多」－費多意義理論　見 meaning 意義

field (of a relation)　(關係)場　見 relation 關係

field theory　場論　一種理論，把物理量的數值指派空間或時空上的諸點，然後建構關於這些數值的定律。例如，場論可能為物質密度設定一個值，或為每一時空點設定一個溫度，然後用不同的等式把這些值關聯起來。在這些例子中，至少有一個隱而未明的假定，即某種物理實體(physical substance)充滿相關的時空區域。但毋需做出這樣的假定。例如，在馬克思威爾的電磁場論(Maxwell's theory of electromagnetic field)中，每一時空點都負載了一個電場和磁場的值，而且這些值受馬克思威爾方程式所控制。在廣義相對論中，時空幾何(如曲率)本身就被當作場，它和能量與物質的分布之間有一近似定律的聯結。

根據場論形構的公式系統，解決了超距作用(action at a distance)的問題，該問題曾折磨過牛頓(Newton)和他同時代的人。我們通常認為因果聯結需要空間上的接觸。也就是說，對一個東西因果地作用在另一個東西而言，兩個東西必須是連續的。但是在牛頓對萬有引力的描述中，其作用跨越空間距離而無需互相接觸。同樣，在靜電力學(electrostatics)中，電荷的相互排斥也被描述為超距作用。在牛頓的時代與馬克思威爾的時代，許多人努力想透過某種充滿空間的媒介物，來理解這種超距作用；但是都沒有產生可行的理論。場論解決了這個難題。把物理量的數值直接分配給時空點，吾人就可以描述重力、電力和磁力，以及其他相互作用，無需超距作用或任何物理媒介的觀念。吾人把物理量的數(直接歸屬給時空點)描述為只能感應直接與其相鄰的諸點之值。在這種方式下，感應(influences)的傳遞貫徹時空，而不是瞬間越過空間或透過媒介。

當然，有一個形上學的代價：在這樣的描述上，時空點本身扮演一種去物質化的乙太(dematerialized ether)之角色。的確，某些人已經論證，場論的角色已滲透到當代物理學各處，而且場論描述需要時空點的觀念，構成了對時空點是否存在的強烈爭論。這個結論矛盾於「關係論」(relationalism)，其主張僅存在時空關係，但時空點或時空區域都不能被當成殊象(particular)。

量子場論(quantum field theory)似乎採取一個特別抽象的場論形式，因為它把量子力學運算符(a quantum mechanical operator)和每一時空點聯結起來。然而，既然運算符對應的是物理量而不是這類物理量的值，因此，最好以聯結了時空點的量子振幅為由，來思考量子場論中場論面向。

參見 Einstein 愛因斯坦；Newton 牛頓；philosophy of science 科學哲學；quantum mechanics 量子力學；space-time 時空

P.Te.撰　陳瑞麟審訂

figure　格　見 syllogism 三段論式

figure-ground　圖形-背景　圖形-背景，是把一個物體或圖形從其相對的背景或底圖上區分出來。即使當一個連接的區塊好好地被集在一起，就如同在有名的那個既可以看做是一對人臉、也可以看成是一個花瓶的圖形，我們可能可以交替地將區塊視為是圖形及背景。這個事實原先由魯賓(Edgar Rubin, 1886-1951)於 1921 年提出。圖形-背景效果，以及其他有歧義的圖形——如尼可立方體(Necker cube)與鴨兔圖(duck-rabbit)，挑戰了古典理論對知覺的優勢假設(例如由彌爾〔J. S. Mill〕與赫姆霍茲〔H. von Helmholtz〕等人所抱持的)：複雜的知覺(perceptions)可以藉由組成它們的基本感覺(sensations)來瞭解。

一個羅賓(Edgar Rubin)視覺顛倒的例子：所描繪的物體，可以交替地被看成是花瓶或是一對人臉。顛倒的發生在於到底是黑底白圖、還是白底黑圖。

視覺刺激知覺的不足決定性，柏克萊(Berkeley)在他 1709 年的論文中注意到了，可以解釋視網膜對於三維資訊的缺乏。視網膜上等同的刺激，可以來自於極端不同的末端來源。在完型心理學(Gestalt psychology)裡，完型(Gestalt)或是形態(pattern)，被視為是不足以決定於從構成部分得到的刺激。韋特海默爾(M. Wertheimer, 1880-1943)在 1912 年發現到，明顯的移動可以產生於一系列靜止圖片的快速播放。他推斷出對整體的知覺，包括移動，根本與對構成的靜止影像的知覺不同。克勒(W. Köhler, 1887-1967)發現到，視網膜的影像裡並沒有圖形-背景的清楚建構，並斷定出本然歧義的刺激，需要一些對知覺組織的自動選擇原則。如同後來的完型心理學家所發展的那樣，形式(form)被認為是知覺的基本單位。哲學上的看法，圖形-背景效果是用來主張如下結論的，即詮釋對知覺而言是重要的，而且，知覺只不過是基於感官資料的假說。

參見 Köhler 克勒；perception 知覺

R.C.R.撰　劉希文審訂

Filmer, Robert　費爾曼，羅伯特(1588-1653)　英國政論家，他留下的最重要的著作是身後出版的《家長政治》(*Patriarcha*, 1680)。此書為人所記得之原因是因洛克(Locke)在《政府二論》(*Two Treatises of Government*, 1690)中的第一論，對其加以批駁。費爾曼認為，上帝賜予亞當(Adam)完全的統治世界的權威，並且此一權威於其長子成為家長之時，透過亞當傳予其長子。因此只有從亞當直接嫡傳下來的為人父者才適於成為統治者。如同亞當的統治地位不來自家族的同意，所以國王承繼的權威也並不依賴於大眾的認可。儘管如同一個好父親，國王會考量其臣民的福利，但國王有權出於自身之喜好制定法律和徵稅。費爾莫的父權主義(patriarchalism)，試圖擴展國王的絕對權力，是在此議題中之古典英國論述。

參見 political philosophy 政治哲學

J.B.S.撰　陳文團、王喆審訂

final cause　目的因　見 Aristotle 亞里斯多德

finitary proof　有限證明　見 Hilbert's Program 希爾伯特計畫

finite automaton　有限自動機　見 computer theory 計算機理論；Turing machine 涂林機

finitism　有限主義　見 Hilbert 希爾伯特；philosophy of mathematics 數學哲學

first actualization　第一實現　見 Aristotle 亞里斯多德

first cause　最初原因　見 prime mover 第一推動者

first cause argument　第一因論證　見 philosophy of religion 宗教哲學

first imposition　第一謂詞　見 imposition 謂詞

first intention　第一意向詞　見 imposition 謂詞

first law of thermodynamics　熱力學第一定律　見 entropy 熵

first limit theorem　第一極限定理　見 probability 機率

first mover　第一推動者　見 prime mover 第一推動者

firstness　第一性　見 Peirce 裴爾斯

first-order　初階　見 order 階

first-order logic　初階邏輯、一階邏輯　見 formal logic 形式邏輯；order 階；second-order logic 二階邏輯

first philosophy　第一哲學　在亞里斯多德(Aristotle)的《形上學》(*Metaphysics*)中，研究存有之為存有的哲學，包括神學研究(如亞里斯多德所理解的)，因為神性是最完美的存有。笛卡兒(Descartes)的《關於第一哲學的沉思》(*Meditations on First Philosophy*)主要探討的是上帝的存有、靈魂的不朽、物質與心靈的本質等等。

參見 metaphysics 形上學

P.Bu.撰　王文方審訂

first potentiality　第一潛能　見 Aristotle 亞里斯多德

fitness　生殖成就　見 philosophy of biology 生物哲學

five phases　五種狀態　見 *wu-hsing* 五行

Five Ways　五路論證　見 Aquinas 亞奎納

Fludd, Robert　弗拉德，羅伯特(1574-1637)　英國的醫師及作家。因受到巴拉塞爾斯

(Paracelsus)、煉金術(hermetism)，以及卡巴拉思想(the cabala)的影響，弗拉德就在一種新柏拉圖主義(Neoplatonic)世界觀即將為新機械論哲學(the new mechanistic philosophy)所取代的前夕為其辯護。他為鋼鐵的製造做了一番改良，而且發明了體溫計，雖然他也使用磁石去治病且發明了一種適用於醫治由武器所造成之傷害的藥膏。他堅持，科學(science)的觀念，當其具有任何價值時，乃由對《聖經》(Scripture)比喻性的詮釋而獲得。他的著作結合了神學與關於《聖經》的一種神祕的、新柏拉圖式的解讀而完成，而且其中包含了無數精緻的圖案用以解釋人類的交互共感、自然世界，以及超自然世界，在一平衡和諧的結構中，每一者皆反映著它者。在與克普勒(Kepler)的論爭中，弗拉德聲稱要去顯露基本自然過程乃根植於自然的共感與上帝之光(God's light)的運作，而非僅是描述天體(the heavens)外在運動。創造就是神性光耀(divine light)的延伸入質料(matter)中。惡(evil)起自上帝內的黑暗，並非祂所意願的。質料並非被創造的，但是這對正統說法而言並沒有問題，因為質料是非存有(nothing)，僅為毫無一點實現性(actuality)的可能性(possibility)，並非與造物者(the Creator)同為永恆的「某物」(something)。

參見 Neoplatonism 新柏拉圖主義

J.Lo.撰　蕭宏恩審訂

fluxion　流數　見 calculus 微積分學

flying arrow paradox　箭矢悖論　見 Zeno's paradoxes 芝諾悖論

focal meaning　焦點意義　見 Aristotle 亞里斯多德

Fodor, Jerry A.　弗德，傑瑞．A(b.1935)　具有影響力的當代美國心理哲學家，因其對於內涵實在論(intensional realism)、思維的計算表徵模型(a computational-representational model of thought)，以及有關決定心靈狀態的內容的原子論(atomistic theory)、外在論(externalist theory)觀點，熱情(且往往富於機智)的辯護而聞名。弗德的哲學著作可歸入三個項目。首先，他曾為隱含於當代的認知心理學(contemporary cognitive psychology)中的心靈理論(theory of mind)，即認為認知(cognitive)的心-腦(mind-brain)既是表徵的(representational)／計算(computational)的裝置(device)，最終也是物理性(physical)的東西提出辯護。他反對行為主義者(behaviorists)(賴爾〔Ryle〕)、吉布森(J. J. Gibson)傳統下的心理學家，以及唯物主義的消除論者(eliminative materialists)(丘奇藍〔P. A. Churchland〕)。其次，他參與了認知心理學中的各種理論爭議，支持知覺(perceptual)和語言系統(language systems)的模組性(modularity)(大致而言，就是認為它們具有特定領域〔domain-specific〕、是強制性的〔mandatory〕、通路受限的〔limited-access〕、並為先天定的〔innately specified〕、是硬連線的〔hardwired〕、在訊息上是封裝的〔imformationally encapsulated〕)(《心靈的模組性》〔*The Modularity of Mind*, 1983〕)；他支持強形式的先天論(nativism)(即我們的概念〔concepts〕幾乎全為先天的〔innate〕)；他也支持「思想的語言」(language of thought)的存在(《思想的語言》〔*The Language of Thought*, 1975〕)。後者導致他反對作為心理學理論(psychological theory)(而不是作為補充及執行的理論〔implementation theory〕)的連結論(connectionism)。

最後，他曾為日常命題態度心理學(ordinary propositional attitude psychology)的觀點所主張的，我們的心靈狀態(1)是語意上可評價的(意向性的〔intentional〕)，(2)有因果力(causal powers)，且(3)常民心理學(folk psychology)的隱含的通則(generalizations)對這些心

靈狀態為真(true)等，做辯護。他的辯護有兩個層面。常民心理學在解釋力上是最好的；此外，只要日常的命題態度狀態可以被視為同於訊息處理狀態(information-processing states)，即那些狀態基本為對表徵的運算關係(a computational relation to a representation)，則常民心理學是為當代認知心理學所支持的。這種狀態的表徵成分，使得我們可以說明態度的語意的可評價性(semantic evaluability)；而計算成分則使得我們可以說明它們的因果效力(causal efficacy)。這兩種說明都有其困難。若要使第一種說明令人滿意，則需要輔以對表徵內容(representation content)做自然主義式的(naturalistic)說明。在此，弗德曾論證支持一種原子論、外在論者的因果理論(causal theory)《心理語意學》(*Psychosemantics*, 1987)，並反對整體論(holism；這項觀點認為沒有心靈表徵會具有內容，除非其他許多非同義的心靈表徵也具有內容)(《整體論：購買者指南》〔*Holism: A Shopper's Guide*, 1992〕)，以及反對概念角色理論(conceptual role theories；這項觀點認為表徵內容由其概念角色所決定)(布洛克〔Ned Block〕、勞〔Brian Loar〕)。他也反對目的功能理論(目的功能論〔teleofunctionalism〕認為，表徵內容至少部分是由表徵本身的生物功能(biological functions)所決定，或者由製造或使用這些表徵的系統所決定)(米立肯〔Ruth Millikan〕、帕皮紐〔David Papineau〕)。而若要使得第二種說明能令人滿意，則它要不會涵蘊有關於內容之性質的附現象論(epiphenomenalism)。為了要避免這樣的附現象論，弗德主張不但是嚴格定律(laws)，而且附加有其他情況若均相同(ceteris paribus)的條件的定律，都可以是因果性的定律。此外，他曾企圖調和他關於內容的外在論，以及因果效力需要對狀態採取從單一個人的(individualistic)角度，來加以個體化(individuation)的看法。有兩種解決方式受到探究：在廣(由外在所決定的〔externally determined〕)內容(broad content)上加上窄內容(narrow content)，而後者則是由「在腦中」(in the head)之物而附隨發生(supervene)(《心理語意學》)；以及，加上等同於思想的語言中的句子之呈現模式(modes of presentation)(《榆樹和專家》〔*The Elm and the Expert*, 1995〕)。

參見 cognitive science 認知科學；connectionism 連結論；folk psychology 常民心理學；holism 整體論；language of thought 思想的語言；meaning 意義；philosophy of mind 心靈哲學

B.V.E.撰　方萬全審訂

folk psychology　常民心理學　常民心理學在某些脈絡中，被認為是構成常識理論的要素，常識理論則被看成是對人類日常行為的說明。這理論把中心角色歸於心靈狀態，像信念、欲想和意向性。以研究日常心理解釋的例子為例：瓊斯走近冰箱是因為她想拿一瓶啤酒而且她相信冰箱裡有啤酒。諸如許多這樣的解釋，都涉及到一個所謂命題態度的一種心靈狀態，由一個動詞「信念」(believe)加一個 that 子句表達出來，其意向的內容是命題的；還有另一種心靈狀態，由一個動詞「想要」(want)加一個直接受語表現出來，其意向的內容則似乎不是命題的。

在另一個相關意義下，常民心理學是社會實踐的脈絡，它把這些心靈狀態歸於我們自己和他人，而且提供與這些狀態有關的人類行為的解釋。以上這兩種意義需要區分開來，因為有些哲學家承認常民心理學存在著第二種意義中，認為常識的心理解釋並不運用經驗的普遍性，因此，在這個意義中不存在像常民心理學這樣的理論。(因此，「常民心理學」將退縮在第一種意義上，未縮略的部分將運用在第二種意義上)

心靈哲學中的消除論(eliminativism)認為常民心理學是一種經驗性理論，因此，要經歷潛在的科學證偽過程。而且，成熟的科學很可能會得到結論認為，常民心理學是極端錯誤的，人類是不會接受像信念、欲想和意向性是心靈狀態這樣的看法。有一種消除論的論證首先提出某種方法論上的責難，此責難針對常民心理學怎樣與成熟科學結合以使其成為真正的科學(如被圓滿地化約為神經科學或為成熟的認識論所吸收)；其次又探討了能否克服這些責難的問題。還有一種論據先指出常民心理學體現了某種強烈的經驗性行為(如用心靈所表徵的語句的語法結構)，然後論證了這種經驗性的預設可能是錯誤的。

一種有影響的常民心理學的實在論(realism)版本與關注用什麼來維護常民心理學的消除論極為一致，但它也認為成熟的科學可能提供了這樣的保障。例如持這種信念的實在論者特別論證，成熟的科學很可能涵蓋常民心理學，而且也可能把信念、欲想、意向性和其他命題態度當作具有像語言的語法結構的狀態。其他種類常民心理學的實在論提出問題，(1)或者以消除論的觀點來對待常民心理學的經驗行為；(2)或者以消除論的責難針對 FP 必須(FP 即常民心理學)怎樣與成熟的科學搭配以使其成真，或二者兼而有之。有關問題(1)如一些哲學家堅持認為，FP 本身並不能交託給如語言一樣的心理表徵。如果成熟的認知科學不是思想語言的結果，則只可能只是證明，命題態度比透過像語言的表徵結構有利於在其他方式。

(2)一些哲學家認為 FP 本身可能是真的，只要不像消除論所要求的那樣與成熟的科學理論緊密相連。例如，要求特殊學科圓滿地化約為基本自然科學，被廣泛認為對理論之間的相容性來說是過分嚴格的標準，所以 FP 可以成真的條件是不圓滿地化約為神經科學。同樣，要求 FP 被直接納入經驗性的認識科學，或者作為 FP 成真的標準、或者作為其信念、欲想和其他命題態度的本體論之重要標準、或者作為 FP 所依賴的行為解釋合法性標準，有時覺得太過嚴格。假設 FP 是一種真正的理論，其解釋也是合法的，即使是它最終沒有變成科學中的一部分。即使 FP 的本體論的範疇不是科學的類型，其普遍性就像衣料一詞所具有的普遍性一樣，是真實的、通過解釋即可利用的、本體論上健全的。(沒有人懷疑帽子、外衣或圍巾的存在，沒有人懷疑「用厚材料製作外衣以便在寒冷的天氣使身體保暖」的真實性或其普遍性在解釋上的可利用性，儘管這些普遍性不是任何科學的規律)

然而另一種常民心理學的方法，常常結合了一些有關實在論中信念和欲想的觀點(儘管有時結合的是工具主義〔instrumentalism〕)，認為常民心理學並沒有運用經驗的普遍性，因而沒有一點理論的成份。還有一種與此不同的觀點否定常民心理學使用了任何普遍性概念，儘管是經驗性的還是其他類型的。另有一種不同的觀點認為，常民心理學存在著普遍性，但否認它們是經驗性的。與此觀點相反的是，認為它們是分析性的真理，或者是以理性為標準，或同時兼具二者。非理論觀點的擁護者特別把常民心理學看成解釋學或解釋性的或艱難的工作。他們也時常認為，命題態度的屬性，也是其貢獻和對通俗心理之解釋理論的理解，是一種想像性地把自己投入他人思想活動的事情，然後經過一種關於個人行為和行為背後動機的共通的理解。這一觀點最近的形式是解釋者揭開某個行為即將被解釋的人的「認知模擬」(runs a cognitive simulation)。

維護常民心理學實在論的哲學家，在其他方面來討論時，偶爾他們也利用會有自我無效的自然化約論的論證。這樣的論證一開始就假定行為概念是常民心理學的概念——一個行為事件之能被當作行為只有它被命題態度理性化(在一些適宜的行為描述條件下)所引起。如果是這樣，如果人們從不真正接受命題態度，那麼他們就從不真正地行動。特別是，他們從不真正宣稱什麼或爭論什麼(因為宣稱和爭論都是行為的種類)。所以，如果消除論是真實的，則論證的結論是，消除論不能斷言它也不能證明它——一個無法忍受的獨斷的矛盾。對此典型的回答是，儘管我們現在的行為概念可能是常民心理學，這並不排除未來有成功的概念的可能性，這些概念消除信仰和欲想的任何行為，就可能繼承很多我們現在的、常民心理學受感染的行為概念的作用。

參見 cognitive science 認知科學；philosophy of mind 心靈哲學；reduction 化約；simulation theory 摹擬理論

T.E.H.撰　王文方審訂

Fonseca, Pedro da　佛西卡，皮德魯・達(1528-99)　葡萄牙哲學家和邏輯學家。他於1548年加入耶穌會，除了有一階段(1572-82)在羅馬外，他一直生活在葡萄牙，在埃沃若(Evora)大學和考因布拉(Coimbra)大學教哲學和神學，並且擔任修會的多種行政職責。他是一本關於亞里斯多德(Aristotle)哲學的出版物的負責人，由他主導的《考因布拉系列評論》(*Cursus Conimbricensis*)在十七世紀廣為運用。他自己的邏輯著作《辨證法的構成》(*Institutes of Dialectic,* 1564)發行多版。由於他重視亞里斯多德的三段論而成為文藝復興時期亞里斯多德主義的好典範，但是，他也保留了一些中世紀的研究成果、著名結論、合理的解釋和假定。佛西卡也出版了一部關於亞里斯多德的《形上學》(*Metaphysics*)的註釋(自 1577 年開始以部分的方式出版)，該註釋包含希臘語的原文和標準的拉丁語翻譯，對原文的問題逐項進行評價，並對所選擇的哲學問題進行了廣泛的討論。他廣泛引用了中世紀哲學家的著作，包括基督徒和阿拉伯人以及新發表的有關亞里斯多德的註釋的著作。他本人的觀點與亞奎納(Aquinas)的相似，但總體上是相互獨立的。佛西卡的重要並不是因為他的任何的個別理論，雖然他的確是提出些原創性的觀點，諸如類比這樣的問題；而是因著他提供的完整的文獻，謹慎地寫作，以及完備論證的著作，這些著作和同一傳統下的其他書籍，在進入十七世紀的天主教和基督教新教的大學裡被廣泛閱讀。他通常被稱為第二士林哲學(Second Scholasticism)的代表。

E.J.A.撰　丁福寧審訂

Fontenelle, Bernard Le Bovier de　豐特奈爾，伯納德・里・波威爾・德(1657-1757)　法國作家，預示著「哲學家」時代的來臨。雖受耶穌會教育的薰陶，他卻是一位具有懷疑傾向而且多才多藝的自由思想家。《死的對話》(*Dialogues of the Dead*, 1683)顯示了他善於分析的思想和優美的文風。1699 年，他被任命為科學院的秘書。他以讚曲頌揚科學家：在《漫談古代與現代》(*Digression on Ancients and Moderns*, 1688)中，他維護現代科學相對於傳統科學的優越性；在《世界多樣性的會話》(*Conversations on the Plurality of Worlds*, 1686)中，他把哥白尼(Coperni)的天文學普及化——並因假定行星有居民而聞名；在《神諭的歷史》(*History of Oracles*, 1687)和《神話的起源》(*The Origin of Fables*, 1724)中，他責難迷信和輕信；在《笛卡兒的漩渦理論》(*The Theory of Cartesian Vortices*, 1752)中，他提倡笛卡兒物理學；在牛頓(Newton)和萊布尼茲(Leibniz)的啟發下，他寫了《微積分的元素》(*Elements of Infinitesimal Calculus*, 1727)。

J.-L.S.撰　苑舉正審訂

Foot, Philippa　傅特，斐莉帕(b.1920)　英國哲學家，對二十世紀後半期道德哲學的發展有深遠的影響。她所堅持並環環相扣的主題包括：反對一切形式的倫理主觀主義(the subjectivism in ethics)、品德與邪惡的意義，以及道德與理性的連結。她的主要篇文，彙編於《品德與邪惡》(*Virtues and Vices*, 1978)；在早期的論文特別是〈道德信念〉(Moral Beliefs, 1958)及〈善與選擇〉(Goodness and Choice, 1961)兩篇，傅特推翻了以史蒂文生(C.L. Stevenson)和赫爾(Hare)為首的對於道德「判斷」的主觀主義說明。她論證說，在評價與評價所依據的事實述句間，實有甚多邏輯或概念上的聯繫。在近期，她更把這種思想發展成一項自然主義的主張(naturalistic claim)，謂道德評價是由我們的生命和本性的種種事實所決定，就如對植物和動物之特性的評價(例如優良或低劣品種)，是由它們的本性和生命的事實所決定一樣。

傅特對主觀主義的反對，始終如一，但對品德與理性間的關係，她的觀點就經歷多次變化。在〈道德信念〉中，她把二者關聯於自利(self-interest)，認為一個品德一定有利於有德者；而在(其隨後予以否定的)〈道德作為一套假言命令的系統〉(Morality as a System of Hypothetical Imperatives, 1972)一文中，她甚至認為不寬厚或不公平未必與理性有任何對立。而在〈道德主觀主義是建立在一個錯誤之上嗎？〉(Does Moral Subjectivism Rest on a Mistake?〔*Oxford Journal of Legal Studies*, 1995〕)中，各種品德被了解為是實踐理性(practical rationality)的形式；這主張在她近期即將出版的《善之文法》(*The Grammar of Goodness*)繼續保留和發展，同時也重新肯定傳統之認為品德、理性幸福間有緊密關聯之說法。

參見 ethics 倫理學；Hare 赫爾；virtue ethics 德行倫理學

R.Hu.撰　謝仲明審訂

force, illocutionary　非言行事的語力　見 philosophy of language 語言哲學；speech act theory 言說行動理論

forcing　推導　由保羅．柯恩(Paul J. Cohen)在他的《集合論與連續性假設》(*Set Theory and the Continuum Hypothesis*, 1966)一書中介紹的一種方法，用以證明存在於哲梅羅-弗蘭克爾集合論(Zermelo-Fraenkel set theory；ZF)中的獨立性結果。柯恩證明了選擇性公設(the axiom of choice；AC)是獨立於 ZF 系統之外的，它也證明了連續性假設(the continuum hypothesis；CH)是獨立於 ZF + AC 之外的。AC + ZF 的一致性，以及 CH + ZF + AC 的一致性，早已被哥德爾(Gödel)用可建構的集合加以證明。一個 ZF 模型是由數個「層」(layer)所構成的，每一層裡的集合內所含的元素總是屬於較低的層次。以模型 *M* 開始，柯恩的方法產生了一個與 *M* 同樣多層的「外在模型」(outer model)N，其中每一層都有較 *M* 同層中為多的集合(哥德爾的方法所構造的卻是一個「內在模型」〔inner model〕*L*)：許多在 *N* 中為真的命題都能在 *M* 中被推導出來。這種方法只能運用於較為「抽象」(abstract)的數學分支學科(如無限組合學、一般拓朴學、測量理論、普遍代數、模型理論等)，在這些領域這種方法是無所不在的。這種方法的運用包括有：由羅伯特．M．索羅威(Robert M. Solovay)所證明的「所有集合(所有投射集)的度量與 ZF(含 Z F + AC)一致」；也包括由索羅威和道那德．A．馬丁(Donald A. Martin)所證明的「馬丁公設(Martin's axiom；MA)加上含有 ZF + AC 的連續性定理的否定(～CH)之間的一致性」(CH 蘊涵 MA；在所有已知的 CH 的結果中，約一半是被 MA 所蘊涵的，另一半是可由 MA + ～CH 證明為偽)。柯恩方法中的簡易版、擴展版和變形版(如布爾值模型〔Boolean-valued models〕)已被許多後來的人陸陸續續所提出。

參見 independence results 獨立性結果；set theory 集合論

J.Bur.撰　王文方審訂

Fordyce, David　福迪斯，大衛(1711-51)　蘇格蘭的哲學家和教育理論家，他的著作在十八世紀很有影響力。他的演講構成他《道德哲學的要素》(*Elements of Moral Philosophy*)的基礎，這原本是在 1748 年為《教育者》(*The Preceptor*, 1748)一書而寫，後來譯為德文和法文，並濃縮在 1771 年首版的《大英百科全書》(*Encylopaedia Britannica*, 1771)中的道德哲學文章中。福迪斯將強調美德的心靈訴求與道德「科學家」對人類心理的評估結合起來。他主張研究人類幸福的必要條件，並從實驗中導出我們的責任。

M.A.St.撰　丁崇貞審訂

foreknowledge, divine　神的預知　見 divine foreknowledge 神的預知

form　形式　在形上學中，尤其在柏拉圖(Plato)和亞里斯多德(Aristotle)的形上學中，形式指與物質相對構成事物本質的東西。

(1)柏拉圖的形式理論屬於實在論的本體論。在他的反駁論證中，蘇格拉底(Socrates)尋求著，比方說，所有椅子共同具有的東西。柏拉圖認為一定有一個本質或「形式」是某一概念下的所有事物共同分享的，這一本質使事物成其為該事物。一把椅子之所以成為椅子是因為它「分享有」椅子的形式。形式是理想的模型，它不發生變化，無始無終，是盡善盡美的。它們存在於獨立的世界中(猶如康德〔Kant〕的本體世界)。柏拉圖認為形式是自己的述詞，如美的形式便是完善的美。但正如他自己意識到的，這會導致必然有無數形式的「第三者論證」(Third Man argument)。柏拉圖認為真正的理解也就是關於形式的認識，我們通過「回憶」(*anamnesis*；recollection)才能獲得這種認識。

(2)亞里斯多德贊同形式與智性密切相關的觀點，但他否認它們是離開事物獨立存在於某一世界的。亞里斯多德通過實體形式與物質之間的區別來解釋變化和發生。一塊銅(物質)通過融鑄成為某一形狀(形式)而變為一尊塑像。在其早期形上學中，亞里斯多德把主要實體等同於物質和形式的組成，如蘇格拉底。後來，他認為主要實體是形式——是使蘇格拉底成其為自身的東西(這裡的形式就是心靈)。這種作為本質的形式概念與柏拉圖的觀點具有明顯的相似性，它們後來變成士林哲學(Scholasticism)的「實體的形式」(substantial forms)，這個觀點一直被接受至十七世紀為止。

(3)康德把形式視為經驗的先驗面向，現象界呈現給我現象邏輯的質料，這些質料本身沒有意義，唯有當心靈把某種形式賦予其上時它們才有意義。

參見 Aristotle 亞里斯多德；Kant 康德；metaphysics 形上學；Plato 柏拉圖

R.C.撰　王文方審訂

form, aesthetic　美感形式　見 aesthetic formalism 美感形式主義；aesthetics 美學

form, grammatical　文法形式　見 logical form 邏輯形式

form, logical　邏輯形式　見 logical form 邏輯形式

form, platonic　柏拉圖的理型　見 form 形式；Plato 柏拉圖

form, schematic　語型形式　見 logical form 邏輯形式

form, substantial　實體的形式　見 form 形式；hylomorphism 形質論

formal cause　形式因　見 Aristotle 亞里斯多德

formal distinction　形式上的區分　見 *fundamentum divisionis* 劃分之基礎

formal fallacy　形式謬誤　以形式邏輯描述的無效推論樣式，主要有三種：(1)僅僅因其形式或結構所產生的無效(或其他令人無法接受的)論證，不涉及前提和結論的內容(例如「模稜兩可」)，也不涉及其他特徵，通常是語用上的特徵或論證論述(例如為了達成某

個目的的論證，其不適當性使得其無法滿足論證在可接受度上的歸納標準等等；後一評價論證的條件成為非形式謬誤的討論範圍)；(2)無效的形式推論規則或論證形式(已賦予解釋的邏輯系統)，其個例是較為常見的、熟悉的、且容易使人對推論規則和形式所給予的名稱的長處產生誤解；(3)由謬誤的推論規則或論證形式得出的個例，且這論證本身是無效的。

形式謬誤之討論涉及了什麼才是一個令人滿意的論證之討論：一個令人滿意的論證，其判準即是有效性。在這個考量下，仔細考察那些可能擁有有效個例的無效推論規則及論證形式(其可能是另一個推論規則或論證形式，也可能是一個特定的論證)就顯得重要起來。因此下面這個論證形式：

(i)*P*，*Q*；所以 *R*

(此一論證形式是所有由兩個前提構成的論證——包括所有有效論證——共同的)是無效的，不過將(i)中的 *R* 替換成 *P* & *Q*，這個由(i)得到的論證形式(ii)卻是(i)的一個有效個例：

(ii)*P*，*Q*；所以 *P* & *Q*

由於(ii)並非無效論證，所以(ii)並沒有犯下形式謬誤；儘管(ii)是(i)的個例。由此可知，有些形式謬誤的推論規則或論證形式，其替代個例可能有效並因此沒有形式謬誤之虞。以下列出形式謬誤的例子，依據適於描述該謬誤的邏輯系統來介紹。附帶說一下，下面有些謬誤還沒有標準的命名。

語句(命題)邏輯的謬誤(fallacies of sentential〔propositional〕logic)

肯定後件的謬誤(affirming the consequent)　若 *p* 則 *q*；*q* 成立／∴*p* 成立。

「若理查派人殺了他的侄子，那麼理查就是壞人；理查是壞人。所以，理查派人殺了他的侄子。」

否定前件的謬誤(denying the antecedent)　若 *p* 則 *q*；非 *p* ／∴非 *q*。

「如果法院判定諾斯有罪，那麼諾斯犯了被指控的罪狀。法院沒有判諾斯有罪。所以，諾斯沒有犯下被指控的罪狀。」

條件句對換(commutation of conditionals)　若 *p* 則 *q* ／∴若 *q* 則 *p*。

「如果雷根是個偉大的領袖，那麼柴契爾也是。所以，如果柴契爾是個偉大的領袖，那麼雷根也是。」

不適當的換位(improper transposition)　若 *p* 則 *q* ／∴若非 *p* 則非 *q*。

「如果中東各國裁減軍備，那麼該區將會永保和平。所以，如果中東各國不裁軍，那麼該區將無法永保和平。」

不適當的選言三段論／肯定其一選言因子因而否定另一選言因子(improper disjunctive syllogism〔affirming one disjunct〕)　*p* 或 *q*；*p* ／∴非 *q*。

「約翰或是市議員，或是選區委員；約翰是市議員。所以，約翰不是選區委員。」(如果「或」的意思被解釋成「互斥地」(exclusively)，此推論規則就是有效的，也就是說，「*p* 或(互斥地)*q*」是真的，如果其中正好有個選言因子為真，有個為假。不過在標準的邏輯系統裡，「或」的意思都被解釋成「兼容地」〔inclusively〕)

三段論邏輯的謬誤(fallacies of syllogistic logic)

周延的謬誤(fallacies of distribution)　(此處 *M* 代表中詞〔middle term〕，*P* 代表大詞(major term)，*S* 代表小詞〔minor term〕)

中詞不周延的謬誤(undistributed middle term)　中詞在兩前提裡都不周延(簡略地說，中詞沒有指涉到它所指稱的那個集合中的每個成員)，如下所示：

有些 *P* 是 *M*　　「有些政治家是騙子。

有些 *M* 是 *S*　　　　有些騙子是小偷。

∴有些 *S* 是 *P*　　　∴有些政治家是小偷。」

大詞違法／大詞不周延的謬誤(illicit major〔undistributed major term〕)　大詞在結論裡周延，但在大前提裡不周延，如下所示：

所有 *M* 都是 *P*　　　「所有的急進份子都是共產主義者。

沒有 *S* 是 *M*　　　沒有社會主義者是急進份子。

∴有些 *S* 不是 *P*　　　∴有些社會主義者不是共產主義者。」

小詞違法／小詞不周延的謬誤(illicit minor〔undistributed minor term〕)　小詞在結論裡周延，但在小前提裡不周延，如下所示：

所有 *P* 都是 *M*　　　「所有的新納粹都是急進份子。

所有 *M* 都是 *S*　　　所有的急進份子都是恐怖份子。

∴所有 *S* 都是 *P*　　　∴所有的恐怖份子都是新納粹。」

否定的謬誤(fallacies of negation)

兩個否定前提／互斥的前提(two negative premises〔exclusive premises〕)　有兩個否定命題作為前提的三段論，如在：

沒有 *M* 是 *P*　　　「種族主義者都不是公正的。

有些 *M* 不是 *S*　　　有些種族主義者不是警察。

∴有些 *S* 不是 *P*　　　∴有些警察是不公正的。」

非法的否定／肯定(illicit negative/affirmative)　以否定命題作前提(或結論)，但不以否定命題作為結論(或前提)，如下情況：

所有 *M* 都是 *P*　　　「所有說謊者都是詐欺者。

有些 *M* 不是 *S*　　　有些說謊者不是市議員。

∴有些 *S* 是 *P*　　　∴有些市議員是詐欺者。」

以及

所有 *P* 都是 *M*　　　「所有說謊者都是詐欺者。

有些 *M* 不是 *S*　　　有些說謊者不是市議員。

∴有些 *S* 是 *P*　　　∴有些市議員是詐欺者。」

存在意涵的謬誤 (fallacy of existential import)　以兩個全稱命題作前提，一個特稱命題作結論的三段論，如下所示：

所有的 *P* 都是 *M*　　　「所有的馬都是動物。

沒有 *S* 是 *M*　　　沒有獨角獸是動物。

∴有些 *S* 不是 *P*　　　∴有些獨角獸不是馬。」

一個三段論犯下的謬誤可以不止一個。例如：

有些 *P* 是 *M*

有些 *M* 是 *S*

∴沒有 *S* 是 *P*

這個三段論犯下的謬誤包括：中詞不周延、小詞違法、大詞違法、非法的否定／肯定。

述詞邏輯的謬誤(fallacies of predicate logic)

非法的量詞轉換(illicit quantifier shift)　從全稱存在命題推論出存在全稱命題，如下所示：

$(\forall x)(\exists y)Fxy/\therefore(\exists y)(\forall x)Fxy$

「每個人有時是不理性的／∴有時每個人都是不理性的。」

有些是／有些不是(不具保證的對比)(some are/some are not〔unwarranted contrast〕)

從「有些 S 是 P」推出「有些 S 不是 P」；或從「有些 S 不是 P」推出「有些 S 是 P」，如下所示：

$(\exists x)(Sx \& Px) / \therefore (\exists x)(Sx \& \sim Px)$

「有人是左撇子／∴有人不是左撇子」

非法的等同替代(illicit substitution of identicals)　從 $\phi\alpha$ 和 $\alpha = \phi$，推出 $\phi\beta$。其中 ϕ 為一晦澀／間接(opaque/oblique)脈絡，α、β 為單稱詞，如下所示：

「檢查員相信海德是海德；海德是傑克爾／∴檢查員相信海德是傑克爾。」

參見 existential import 存在輸入；logical form 邏輯形式；modal logic 模態邏輯；syllogism 三段論式

W.K.W.撰　莊文瑞審訂

formalism　形式主義　這種觀點認為數學關心的是按照規定的結構規則所進行的有效操作。它與古老且更為一般的形上學的唯名論(nominalism)觀點類似。唯名論否認一切抽象客體的存在。唯名論不同於柏拉圖主義，柏拉圖主義把數學看作是對某種非語言的、非精神的客體之研究。唯名論不同於直觀主義，直觀主義將數學看作是對某種心智建構物的研究。在較為複雜的形式主義版本裡，數學活動可能還涵蓋對系統內可能的形式操作之研究，而「符號」(symbols)也不必看作是語言的或是具體的東西。形式主義時常與數學家大衛．希爾伯特(David Hilbert)關聯在一起。但希爾伯特認為數學中「有限的」部分(如簡單的算數)所描述的是真實的客體，而其他數學上的理想客體之所以被引入，也只是要促進對真實客體的研究。希爾伯特形式主義的觀點是，一旦我們證明了數學所得已被化約的形式系統的一致性，數學便得到穩固的基礎。哥德爾(Gödel)的兩個不完備性定理(incompleteness theorems)，對希爾伯特的計畫建立了相當重要的限制。

參見 abstract entity 抽象實體；aesthetic formalism 美感形式主義；Hilbert's program 希爾伯特計畫；mathematical intuitionism 數學直觀主義；philosophy of mathematics 數學哲學

S.T.K.撰　王文方審訂

formalism, aesthetic　美感形式主義　見 aesthetic formalism 美感形式主義

formalism, ethical　倫理學形式主義　見 ethics 倫理學

formalism, jurisprudential　法理學形式主義　見 jurisprudence 法理學

formalism, legal　法律的形式主義　見 jurisprudence 法理學

formalization　形式化　一個理論的抽象表現，這表現必須滿足比公理演繹法施加於理論結構上的更為嚴格的要求。這種方法可以回溯到歐幾里德(Euclid)的《原理》(*Elements*)。重要的附加要求是證明中推導步驟的組織化：不僅公理要事先給定，而且推論規則也必須在事先確定的表列中。為了避免證明定義(the definition of proof)的倒退，和獲得最低程度的互主體性，規則必須是「形式的」(formal)或「機械性的」(mechanical)，而且僅僅根據陳述的形式。因此，為了排除任何歧義性，需要一種準確的有效描述的語言來形式化特定的理論。這些一般性的條件對亞里斯多德(Aristotle)而言是清晰的，在萊布尼茲(Leibniz)也是明確的；但是，只有弗雷格(Frege)在他的《概念演算》(*Begriffsschrift*, 1879)中，除了提出表述上豐富而且具有關係和量詞的語言外，還給了一種合適的邏輯運算。實際上，弗雷格的邏輯運算，若限制在述詞邏輯的語言上，會是語

F

意完備的(semantically complete)。弗雷格是第一個提出了形式化數學證明的方法。

弗雷格追求的是一個清晰的哲學目的，即辨識出定理的「認識論本質」(epistemological nature)。在他的《算術基本原理》(*Grundgesetze der Arithmetik*, 1893)，弗雷格寫道：「由於堅持推導之鏈(the chains of inference)之中不能有任何裂縫(gaps)，我們成功地明確列出了每一個公理、假定、假設或任何一個證明所需要的東西；以這種方式，我們獲得了判斷定理的認識論本質的基礎。」弗雷格的方法被用於後來數理邏輯的發展上，尤其在證明論(proof theory)方面。哥德爾(Gödel)由他的不完備定理(the incompleteness theorems)，建立了形式化特定理論的基本侷限(fundamental limits of formalizations of particular theories)，例如《數學原理》(*Principia Mathematica*)或公理集合論一樣。形式理論的一般概念出現於後來丘奇(Church)和涂林(Turing)澄清「機械過程」(mechanical procedure)或「演算法」(algorithm)的概念的研究中。直到那時，陳述和證明滿足某種基本的表現性和推導性條件的一般形式理論之不完備定理才成為可能。哥德爾一再強調，這些結果並未為「人類理性能力設立任何界限，而是對數學純粹形式主義(pure formalism in mathematics)的潛能設立界限。

參見 Church's thesis 丘奇論題；Frege 弗雷格；Gödel's incompleteness theorems 哥德爾不完備定理；proof theory 證明論

W.S.撰　李瑞麟審訂

formalize　形式化　狹義的解釋是，把一門學科做成初階述詞邏輯的理論；廣義的解釋則是，在某個邏輯結果已經被定義的形式語言中，描述該學科的重要部分。對於希爾伯特(Hilbert)來說，對數學形式化的要求之一是：一定要有一種「有限的」檢查證明的方法。

參見 formalization 形式化；proof theory 證明論

S.T.K.撰　王文方審訂

formal justice　形式正義　見 justice 正義

formal language　形式語言　在這種語言中，表式(expression)的語法和解釋(若有的話)是由準確定義下的規則決定，而這些規則是由符號的形式(form)或樣式(shape)組成(而不是說話者的意圖)。通常皆公認這些規則是有限且有效的(所以有一套演算法來確定一個表式是否為語言中的句式(formula)，而且，這些文法規則定義下的表式具「唯一的讀法」(uniquely readable)，也就是它們是以唯一的一組規則方式產生的。一階述詞邏輯(first-order predicate logic)的語言系統便是一個典範，它原則上是從弗雷格(Frege)的《概念之跡》(*Begriffsschrift*)書中衍生而來的。在此語言系統中的句式可以由一個歸納般的定義來描述：(1)大寫字母「F」、「G」或「H」，後頭跟著一串小寫字母「a」、「b」或「c」，就是一個句式，無論這些字母有無數字下標；(2)如果 A 是一個句式，則非 A 也是；(3)若 A 和 B 皆是句式，則$(A \& B)$、$(A \rightarrow B)$及$(A \vee B)$也是句式；(4)若 A 是句式，v 是小寫字母「x」、「y」或「z」，無論有無數字下標，則$\exists vA'$和$\forall vA'$也是句式，其中 A' 是用 v 代替出現在 A(連同其下標，若有的話)中的一個或多個小寫字母得到的；(5)除了在 1 至 4 條的有限運用下能說明一串符號為句式，其他的皆不是句式。上述定義運用了後設語言學(metalinguistic)中變元(variables)這一概念：以「A」和「B」表示的子句，被視為是所有以述辭的名稱統一替代這些字母後所產生的子句的縮寫。它也運用了幾種命名習慣：把一串符號放置在單引號內，以此命名它；也用符號的名稱(name)代替符號串中的每一符號而命名此串符號；「∨」、「(∵)」、「&」、「→」及「～」等符號都可被視為它們自己的名稱。述詞邏輯的解釋可以藉由類似於在一模型(model)中為真(truth)的歸納定義而詳加說明。在適當的約定和設定下，句式的定義是具選擇性的，使得像「$(P \vee Q)$」這樣的表式可以就是句式的名稱，而不是句式本身。以這種方法，句式不必全然寫成符號，而形式也不必與狹義上的樣式等同。對塔斯基(Tarski)、卡納普(Carnap)和其他人來說，形式語言也包含了詳細說明一個句式何時能被視為其他句式之推論結果(consequence)的「變形」(transformation)規則。現今通常把語言和其形式推論關係(consequence relation)視為不同。形式化的語言常與自然語言如英語和斯瓦希里語(Swahili)相比較。然而理查．蒙塔哥(Richard Montague)試圖證明英語本身就是一種形式語言，其語法和解釋規則與述詞邏輯是類似的，儘管比後者要複雜得多。

參見 formal logic 形式邏輯

S.T.K.撰　古秀鈴、楊金穆審訂

formal learnability theory　形式的可學習性理論　是透過明確的形式模型，來研究人類語言的學習，一般而言是運用人工語言及已簡化的學習策略。此中基本的問題是，學習者如何能夠基於有限的出現語句樣本(或許也會有其他種類的訊息)，而得到語言文法。高德(E. Gold)做了初期的研究，他揭示出，大致上，一未受影響的學習者，對源自瓊姆斯基階層(Chomsky hierarchy)之某類文法的可學習性，需要非文法性字串(它們被視為是如此)的呈現，並伴隨著文法性字串。近期的研究則集中於其他文法類型(例如衍生轉換文法〔generative transformational grammars〕)、呈現的模型，以及在試圖更接近真實情況之下所做的有關於學習策略之種種假定。

參見 grammar 文法

R.E.W.撰　趙之振審訂

formal logic　形式邏輯　關於正確推理的科學，可回溯至亞里斯多德(Aristotle)的《前分析論》(*Prior Analytics*)，基於下列前提：即論證的有效性是其結構或其邏輯形式的函數(function)。形式邏輯在現代的具體化就是「符號(數理)邏輯」(symbolic〔mathematical〕logic)。這是在精確成型的人造語言下對有效推論的研究，而這種人造語言的句子或合式公式(well-formed formulas)所遵照的文法結構，是試圖忠實反映(或者系統化〔regimentation〕)自然語言文法的邏輯形式。這些「形式語言」(formal language)可以被視為自然語言某些片段的(數學)模型。就如同一般的模型一樣，這些形式語言是理想化的，避開了自然語言的模糊(vagueness)、模稜兩可(ambiguity)，以及時態(tense)。但是符號邏輯所要強調的是，在一定程度上它們反映了若干自然語言的結構特質(structural features)，因而關於形式語言的有效推論的研究可以提供對於論證工作進行的洞見。

任何對符號邏輯有興趣的人，第一個應該研習的標準課程是(古典)「命題演算」(〔classical〕propositional calculus)，也稱為語句演算(sentential calculus)或簡寫為 PC。在這種情形下，我們關於形式語言的有效推論的理論是以一些命題變量(語句符號)(propositional variables〔sentence letters〕)，以及一些表述性完備的連接詞(an expressively complete set of connectives)建構而成的。在命題演算中，我們所關心的論證有效性，是基於建構句子使用的(二值)真值函映語句的成型作用子(〔two-valued〕truth-functional sentence-forming operators)，例如(古典)否定(negation)、合取(conjunction)、析取(disjunction)，等等。接下來的是「述詞演算」(predicate calculus)，也稱為「低階函映演算」(lower functional calculus)、「初階邏輯」(first-order logic)或「基本量詞化理論」(elementary quantification theory)，也就是初階語言(first-order languages)的有效推論的研究。這些(初階)語言是由一些表現性完備的連接詞、初階全稱或存在量詞(first-order universal or existential quantifiers)、個體變量(individual variables)、名字(names)、述詞(關係符號〔relation symbols〕)，有時也包括函數符號(function symbols)所構成的。

更進一步地，也更專門地，符號邏輯的研究考慮命題演算或述詞演算的語言的片段，改變其原本標準的語意解釋方式(例如允許真值有裂隙或多於真假二值)，或加入新的語言符號(例如模態〔modal〕連接詞，或其他非真值函映連接詞〔non truth-functional connectives〕，或高階量詞〔higher-order quantifiers〕)，或自由化原先的文法或語法(例如允許無窮長的合式公式)。在其中的某些情形中，符號邏輯只略為和自然語言關聯，這是因為人們的興趣已移至各種形式語言本身，而這也是現今形式邏輯最先進研究成果的一個徵象。

參見 deontic logic 規範邏輯；epistemic logic 知態邏輯；free logic 自由邏輯；infinitary logic 無窮邏輯；many-valued logic 多值邏輯；mathematical intuitionism 數學直觀主義；modal logic 模態邏輯；relevance logic 相干邏輯；second-order logic 二階邏輯

G.F.S.撰　李瑞麟審訂

formal mode　形式模式　見 metalanguage 後設語言

formal reality　形式實在　見 reality 實在界

formal semantics　形式語言的語意論　研究形式語言之解釋的工作。形式語言可以獨立於任何解釋之外而加以界定，此界定之方式為：指定其符號集，然後指定其形成規則，以決定哪些符號的序列是合乎文法的，哪些則不是。當推論規則(有時又叫形變規則〔transformation rules〕)被加入到形式語言上，並且指定那些語句為公設(axiom)之後，這樣形成的結果就是一個邏輯系統(也稱為符號邏輯系統)。形式語言的解釋，大要地說，旨在賦予每一個符號一定的意義，並給每一個句子一定的真值條件。

通常邏輯學家會區分一個形式語言的標準解釋和它的非標準解釋。試考慮一個可以表達數學的形式語言。在此語言中，除了邏輯符號之外(變數、量化詞、括號及連接詞)，這個語言還包括「0」、「+」、「・」和「s」。該語言的標準解釋會將自然數集當作是該語言的討論論域、把「0」解釋為零、把「+」解釋為加法函數、把「・」解釋為乘法函數，並把「s」解釋為後續者函數。其他的標準解釋均與此同構(isomorphic)。標準解釋為「數字完備的」(numeral-complete)，意指它將數字一一映射至論域中的事物。哥德爾(Gödel)和羅斯(Rosser)曾證明說，如果皮亞諾(Peano)的公設是一致的，那麼有些式子$(x)A(x)$是這樣的：儘管每一個 $A(n)$都可以從皮亞諾的公設裡證明出來，但$(x)A(x)$卻不能從其中證明出來。由於如果皮亞諾的公設是一致的，那麼皮亞諾的公設在所有的標準解釋中都為真，因此，每一個式子$A(n)$在這樣的解釋中也都為真。甚者，由於標準的解釋是數字完備的，因而$(x)A(x)$在其中也為真。不過，由於非標準的解釋並非數字完備的，亦即，數字並不能一一映射至論域中的事物，因此，在有些非標準的解釋中，每一個式子 $A(n)$在這樣的解釋中為真，但$(x)A(x)$在其中卻為假。

在建構和解釋形式化語言時，我們使用如英語這樣我們已經熟知的語言。英語因而成為我們的後設語言，用來討論形式化語言這樣的對象語言。在對象語言中的證明的定理必須與在後設語言中證明的定理區分開來，在後設語言中證明的定理又稱為後設定理。

形式語言語意論的一個主要目的，在界定該語言中表式的邏輯結果關係，並證明與此關係有關的後設定理。一個語句 S 被稱為一集語句(a set of sentence)K 的邏輯結果，若且唯若S在K中所有語句均為真的解釋裡亦皆為真。這個邏輯結果的關係應與可演繹的關係加以區分開來。後者的界定只能訴諸於與形式語言有關的邏輯系統，而邏輯關係則可以獨立於邏輯系統加以界定。

參見 deduction 演繹法；logical syntax 邏輯語法；metalanguage 後設語言；proof theory 證明論；transformation rule 轉換規則

C.S.撰　王文方審訂

formal sign　形式的符號　見 semiosis 符號探究

formation rule　形式規則　見 well-formed formula 合式公式

form of life　生活形式　見 Wittgenstein 維根斯坦

Forms, theory of　理型論　見 Plato 柏拉圖

formula　分式　見 well-formed formula 合式公式

formula, closed　封閉式公式　見 open formula 開放式；well-formed formula 合式公式

formula, open　開放式　見 open formula 開放式；well-formed formula 合式公式

Foucault, Michel　傅科，米樹爾(1926-84)　法國哲學家和思想史家。傅科最早期之著作，如：《精神疾病與人格》(*Mental Illness and Personality*, 1954)聚焦於心理學，並在存在主義現象學(existential phenomenology)和馬克思主義(Marxism)中發展其架構。他不久就超越了這些架構朝向兩方面發展：分別是由巴什拉(Bachelard)和岡格彥(Canguilhem)(尤其是後者)所實踐的歷史和科學哲學；以及雷蒙．盧塞爾(Raymond Roussel)、巴戴耶(Bataille)和墨里斯．布朗肖(Manrice Blanchot)的現代主義文學。在精神醫學研究《古典時期瘋狂史》〔*History of Madness in the Classical Age*, 1961〕、臨床醫學《臨床醫學的誕生》〔*The Birth of the Clinic*, 1963〕和社會科學《事物之秩序》〔*The order of Things*, 1966〕的研究中，傅科發展出人文歷史的方法——「知識考古學」(The archaeology of Knowledge)，將思考系統視為獨立於個別思想家之意向性(intention)和信念(belief)的「論述形構」(Discursive formations)。就如同岡格彥的科學史和現代主義文學一般，傅科的考古學(archaeology)取代了人類主體自康德(Kant)以來人文主義主流文化中所扮演的中心角色，他在《知識考古學》(*The archaeology of Knowledge*, 1969)中，反省了考古學方法的歷史和哲學的重要性。

傅科承認考古學不能提供系統間遞變(transitions)的說明。因此，他引入「系譜」(genealogical)方法，不是以之取代考古學，而是超越它並解釋論述系統間的更替，而論述系統和社會權力結構的非話語實踐更是息息相關。傅科的系譜學承認正規的經濟、社會和政治原因，但是，以非正規的、尼采式(Nietzsche)的口吻，拒絕任何大一統目地觀(unified teleological)的解釋範疇(如維格〔Whig〕或馬克思歷史觀)。新的思考系統觀被視為是眾多瑣碎、不相關原因間之偶然結果，不是偉大歷史規畫的實現。傅科的系譜研究強調知識與權力的重要相關性。知識不是自主的人文結構，然後恰好被採用為培根式(Baconian)的權力工具。而是，知識和社會控制系統緊緊相扣。知識(knowledge)和權力(power)的根

本關係性反映了傅科稍後之觀點：權力不僅是壓制性的，亦是創造性的，或許總是危險的權力問題，亦是積極價值之來源。

《規訓與懲罰》(*Discipline and Punish*, 1975)中顯示監獄如何建構囚犯為規訓知識的對象。《性史》(*History of Sexuality*, 1976)第 1 卷中勾勒一個計畫：透過性學的現代生物學和心理分析，檢示個人如何被自我省察(self-scrutinizing)和自我形塑主體的知識所控制。第 2 卷的計畫是研究在基督教懺悔實踐中，主體性的現代概念之起源。傅科寫下《肉身之懺悔》(*The Confessions of the Flesh*)，但是不願出版它。因為他決定要正確地了解基督教的發展，需要和道德自我的古代概念進行比較。這樣的想法，讓他後來兩卷論希臘和羅馬性史(1984)：《快樂之使用》(*The Use of Pleasure*)和《自我關懷》(*The Care of the Self*)；這些晚期作品明確顯示實際上貫穿於傅科所有作品中的倫理規畫：從偽裝為不可超越的先驗限制(a priori limits)的偶然概念限制中解放人類，並且預示生存形式之另類取徑。

參見 Bachelard 巴什拉；Canguilhem 岡格彥；Nietzsche 尼采

G.G.撰　吳秀瑾審訂

foundationalism　基礎主義　基礎主義是這樣的一種觀點，它認為：知識以及知識的(與知識相關的)證成(justification)，具有一種雙層的結構：某些知識與證成的個例是非推論性的，或者是基礎的(foundational)；其他的個例則是推論性的，或者是非基礎的，意即它們最終是從基礎的知識或證成推導而來的。這種結構的觀點，源自亞里斯多德(Aristotle)的《後分析論》(*Posterior Analytics*)(至少在有關知識方面是如此)，而在笛卡兒(Descartes)的《沉思錄》(*Meditations*)中獲致一種極端的表述，在二十世紀的哲學家諸如羅素(Russell)、劉易士(C. I. Lewis)與齊桑姆(Chisholm)的著作中，則以各種細節上有所不同的面目繽紛綻放。各種版本的基礎主義之間的差異，乃在於兩個主要的項目：(a)精確地解釋「非推論性的或基礎的知識與證成」之本性；(b)具體地解釋「基礎的知識與證成，如何能夠傳遞至非基礎的信念」。關於這些項目，基礎主義允許種種的差異存在，因為從根本上來說，基礎主義是一種關於知識與知識證成之「結構」(structure)的觀點。

「知識是否具有基礎？」的問題，本質上便是「適用於知識的那種證成，是否具有雙層結構？」的問題。有些哲學家把前一個問題解釋為問「知識是否依賴於一些某種意義下的確定信念，例如一些不容置疑或不會犯錯的信念？」這樣的問題。然而，這種解釋只與基礎主義的一種類型相關，此即極端的基礎主義。這種基礎主義主要是以笛卡兒為代表，它要求基礎的信念必須是確定的，以及能保證它們所支持的非基礎的信念也具有確定性。極端的基礎主義目前並不流行，主要原因有二。第一，我們的知覺信念(perceptual beliefs)，很少(即使有的話)是確定的(亦即不容置疑的)；第二，在我們的信念當中，那些有可能被視為確定的(例如「我正在思考」〔I am thinking〕這樣的信念)，卻缺乏足夠的實質，來保證我們關於外在世界知識之確定性，而這些知識是相當豐富而且極具推論性的(例如我們的物理學、化學和生物學知識)。

當代的基礎主義者往往是秉持溫和的基礎主義，這種觀點認為，以非推論的方式獲致證成的基礎信念，既不需具有確定性，也不需提供確定性，更不需演繹地支持被證成的非基礎信念。基礎的信念(或陳述句)常被稱為基本的(basic)信念(或陳述句)，不過在基礎主義者之間，對於此處「基本的」(basic)一詞精確的理解，卻是有爭議的。然而，他們普遍地把「非推論地獲致證成的基礎信念」理解為這樣的信念：亦即這些信念的證成，並不是從其他的信念所導來出的；就此點而言，基礎主義者之間仍是意見一致的，雖則對於這些基礎信念之因果上的根據，是否要包括其他的信念在內，大家仍無定論(知識的證成是帶有程度的，但是為了簡單起見，我們可以把討論僅限於「足以滿足知識之證成條件」的那些證成之上；我們也可以把討論僅限於：一信念是要如何才是「具有」(have)證成〔justification；理據〕的。至於要如何才「顯示」(show)一信念是具有證成〔理據〕的，則可不作討論)。

關於非推論的證成，有三個著名的解釋可供溫和的基礎主義者選擇：(a)自我證成(self-justification)；(b)以非信念、非命題性的經驗來獲致證成；(c)以一信念之可靠來源而獲致證成，而這來源並不包括任何信念。自我證成之支持者(包括某一時期的杜卡斯〔Ducasse〕和齊桑姆)主張：基礎信念能夠證成自身，無需別處的證據支持。主張「以非信念的經驗來獲致基礎的證成」者，則避開了自我證成之窠臼，他們繼承劉易士，而認為基礎的知覺信念，能夠由非信念的感官經驗或知覺經驗所證成(例如「似乎看見了一部字典」這樣的經驗)，這些經驗可以使那些基礎的知覺信念為真，或者那些信念是這些經驗最好的解釋，不然則反過來，這些經驗支持了那些基礎的知覺信念(例如「那裡有或看起來有一部字典」這樣的信念)。主張「以可靠的來源而獲致基礎的證成」者，則在信念形成的歷程當中，發現了非推論的證成之基礎，而這些歷程(例如知覺、記憶、內省)，都是真理導向的，亦即傾向於產生真的而非假的信念。因此，這種觀點是訴諸一信念之「非信念的來源」(non-belief origin)之可靠性；而前面的觀點，則是訴諸那些特殊的感官的或知覺的經驗，這些經驗是與一個基礎信念相應的，譬如說使這基礎信念為真，或者這信念是這些經驗最好的解釋。

儘管對於「基礎的證成」(foundational justification)之根據何在有不同的意見，但是溫和的基礎主義者往往都同意：關於基礎的證成，其特點可以用「可被廢除性」(defeasibility)來描述，亦即：藉著一個人的證據或證成信念的某種擴充，基礎的證成是可以被廢除、削弱或推翻的。舉例來說，你相信你前面有一本藍色的字典，但如果你獲得新的證據，證明有一束藍色的光線照在你面前的字典上，那麼，這信念便可能喪失了它的理據(證成)(亦即那來自你當前知覺經驗的證成)。因此，基礎的證成能夠隨著時間的推移而發生變化，只要此中也伴隨著一個人的知覺證據上的相關變化的話。但是，我們不能由此而得出結論，認為基礎的證成便是積極地依賴(亦即奠基)於以下這樣的否定，亦即否定有任何(將基礎的證成廢除掉的)擊敗者(defeater)的存在；基礎的證成所要依賴的，可以被看作是消極性的，亦即只要真正的擊敗者不實際出現即可。基礎主義的批判者，有時候忽略掉後面這種有關知識的依賴性(epistemic dependence)之區別。

基礎主義者的第二大項工作，便是要解釋：證成是如何從基礎的信念，傳遞到「以非推論的方式獲致證成的非基礎信念」之上。對於這樣的傳遞，極端的基礎主義者堅持必須是涵衍的關係(entailment relations)，這些關係保證了非基礎信念是真的或者是確定的。溫和的基礎主義者則比較有彈性，他們容許只以或然性的推論來連接證成的傳遞。舉例來說，一名溫和的基礎主義者可以訴諸解釋性的推論來作連接，就如同以下情況：一個基礎的信念(例如「我好像感覺到濕濕的」)，透過一個特定的關於物理對象的信念(例如「我頭上的冷氣機把水漏到我身上」這樣的信念)，獲致對於某一個人來說最好的解釋。溫和的基礎主義者們還可以選擇其他各式各樣的或然性的推論，而且不會有任何東西原則上便要求他們把基礎信念限定在一個人所「似乎」感覺到或知覺到的範圍之內。

基礎主義的傳統動力，在很大程度上是來自一個「消除的後退論證」(eliminative regress argument)，這一論證最早鉤勒於亞里斯多德的《後分析論》(關於知識的部分)。這一論證的最簡短形式是這樣的：基礎主義是對證成結構的正確解釋，因為其他可供選擇的解釋均是失敗的。推論的證成是如此的證成：一信念 B1 是以另一個信念 B2 為基礎而獲致證成的。如果 B2 這個起支持作用的信念又是被證成的話，那麼它本身又是如何被證成的呢？亞里斯多德提出的意見是：很顯然地，我們這裡不能有一個循環，由 B1 來證成 B2；但是，我們也不能容許支持的鏈無終止地延伸下去，而沒有任何證成之終極基礎；再者，我們也不能容許 B2 一直是沒有被證成的，怕的是它會因此而缺乏支持 B1 的根據。如果這些說法是正確的話，那麼證成的結構便不會牽涉到循環、無限後退或一些沒有被證成的先行信念；也就是說，這結構很明顯地便是基礎主義式的。這便是基礎主義的後退論證的骨架形式。如果在其上添加些血肉，並對有關證成的懷疑主義多加措意，那麼，對於「知識證成之結構」(the structure of epistemic justification)的種種非基礎主義式的解釋，諸如知識的融貫論，這個論證便提出了嚴厲的挑戰。更重要的是，基礎主義將進一步顯示：它是對「知識與證成的結構」所做的最有力的解釋之一。這至少部分地解釋了為什麼基礎主義一直在歷史上受到矚目，而且在當代的知認識論中，仍然被廣泛地接受。

參見 coherentism 融貫論；epistemology 知識論；justification 證成

P.K.M.撰　趙之振審訂

foundation axiom　**基礎公理**　見 set theory 集合論

Four Books　**四書**　一套儒學(Confucian)教材，包括《大學》(*Great Learning*)、《中庸》(*Doctrine of the Mean*)、《論語》(*Analects*)和《孟子》(*Book of Mencius*)。後兩本書分別包含了孔子(Confucius, sixth-fifth century B.C.)和孟子(Moncius, fourth century B.C.)的教導，前兩本書選自《禮記》(*Book of Rites*)的章節。朱熹(Chu Hsi, 1130-1200)把它們選作進行儒學教育的基本教程，並且針對這四本著作撰寫了極具影響的注疏。自 1313 年至 1905，四書作為國家公務考試的基本內容，對於儒學思想的發展和中國人的總體生活都發揮了巨大的影響。

K.-l.S.撰　林安梧審訂

four causes　**四因**　見 Aristotle 亞里斯多德

four elements　**四元素**　見 Empedocles 恩培多克利斯

four humors　**四體液**　見 Galen 蓋倫

Fourier, François-Marie-Charles　**傅立葉，佛朗沙-瑪莉-查理斯**(1772-1837)　法國社會理論家和激進批評家，常被稱為空想的社會主義者。他主要的著作為《寰宇統一的理論》(*The Theory of Universal Unity*, 1822)和《新工業和社會世界》(*The New Industrial and Societal World*, 1829)。

他認為既然每個人都不具統合的心靈，而是整體心靈的一部分，則一個人只有與別人聯合時，他人格的完整才有可能。傅立葉以為所有曾經存在過而目前也存在的社會都是內部分歧、彼此對抗的。(在伊甸樂園的說詞之後，他認為社會是依蒙昧、族長制、野蠻和文明不同的階段在演進)。他相信這種社會的敵對只能改變成和諧。這就依靠十二種的情緒變化來完成(五種是涉及感覺的、感性的，四種涉及深情的、感觸的，三種涉及配置的、分配的。所有這些激情會促成人們走向團結諧和)。(他以團隊〔phalanx〕來組織新社會)社會的基本單位為團隊，每一團隊由三百至四百個家庭組成，總人數約在一千六百至一千八百之間，以科學方法把這些不同性格的人混合在一起。團隊不但是人群勞動的場域，也是每人的熱情獲得最大滿足之處。因之和諧的團隊將使勞動既動人而又愉快。團隊的份子之主要的職業為提供餐飲、劇藝和園藝。此外，建立愛的新世界(採取多配偶制之形式)使得男女得到平等的權利。傅立葉相信團隊將會吸引其他社會集團的成員，甚至也會吸引文明不發達的人民，而使這個新世界的體系日漸茁壯。

傅立葉對合作的看法(不只有理論，也曾進行實驗的落實)影響一些無政府主義者、工團主義者和合作運動。他激進的社會批判對法國、歐洲、北美政治與社會思想的發展有重大影響。

參見 political philosophy 政治哲學

G.Fl.撰　洪鎌德審訂

fourth condition　第四種條件　見 epistemology 知識論

fourth condition problem　第四條件問題　見 epistemology 知識論

frame　框架　見 cognitive science 認知科學

Frankena, William K.　法蘭克納，威廉・K(1908-94)　美國的道德哲學家，他著有一系列有影響力的論文與教科書，其中《倫理學》(*Ethics*, 1963)一書被翻譯為八國語言，而且至今仍通行中。法蘭克納曾任教於密西根大學(Michigan, 1937-78)，在那裡與他的同事查理斯・史蒂文森(Charles Stevenson, 1908-79)，最具代表性的非認知主義者(noncognitivist)，以及理查德・布蘭特(Richard Brandt)，重要的倫理自然主義者(ethical naturalist)，造就了多年以來世界上道德哲學方面最負盛名的學系。

法蘭克納以分析的嚴格和銳利的洞見聞名於世。在他最早的一篇論文〈自然主義之謬誤〉(The Naturalistic Fallacy, 1939)，就是品質的最佳保證。這篇論文反對穆爾(Moore)深具影響力的宣稱：倫理的自然主義(或任何其他化約論者〔reductionist〕的倫理學理論)有可能是犯了邏輯上的錯誤。法蘭克納顯示出，化約論者最多是將道德的性質錯置或誤判為一些其他不同的性質。法蘭克納論證：就算如此，這樣的斷言仍是丐題的(question-begging)。穆爾所認為的兩種不同性質，在自然主義者和化約論者看來只有一種。

許多法蘭克納最重要的論文都關注類似的基本議題，有關價值和規範性判斷。例如〈義務與動機在目前的道德哲學〉(Obligation and Motivation in Recent Moral Philosophy, 1958)就是處理內在論(internalism)與外在論(externalism)之間的爭論，前者認為動機對於義務、信念或知覺自身有義務而言是根本的，後者則認為動機對於它們而言是偶然的。除了後設倫理學之外，法蘭克納出版的著作廣泛地涵蓋規範倫理學理論、德行倫理學、道德心理學、宗教的倫理學、道德教育與教育哲學。雖然他倫理學史的著作不多，但他也以倫理學的史家而名噪一時。法蘭克納慣常以倫理學的歷史為框架來探討持續不斷的興趣之議題。

儘管如此，法蘭克納最為人知的仍是他的《倫理學》，這本書是二十世紀使用最廣、引用最多的哲學教科書之一。《倫理學》一直提供這方面主題無與倫比的介紹，不但對於初學者有用，而且對於研究生及專業的哲學家找尋清晰的方法、形構議題和塑造替代的解決方案，一樣有用。例如，1970 年代哲學家開始系統地研究規範的倫理學理論，都參照法蘭克納《倫理學》義務論與目的論之區分。

參見 ethics 倫理學；moral psychology 道德心理學；motivational internalism 動機內在論；naturalism 自然主義

S.L.D.撰　陳瑤華審訂

Frankfurt School　法蘭克福學派　是與1929年在法蘭克福成立的社會研究相關的哲學家、社會批評家和社會科學家組成的群體。其著名成員包括哲學家馬克思・霍克海默(Horkheimer)、希爾多・阿多諾(Adorno)和赫伯特・馬庫色(Marcuse)以及心理分析學家埃里稀・弗洛姆(Erich Fromm, 1900-80)和文學批評家華特・班傑明(Walter Benjamin, 1892-1940)。哈伯瑪斯(Habermas)是第二代主要代表人物。法蘭克福學派對於特定理論研究的名氣，沒有像對「社會批判理論」(critical theory of society)研究得到的名氣大。批評理論表現了一種繁複的努力，堅持馬克思(Marx)把道德哲學轉化成社會和政治批判的立場，但拒絕作為教條的正統的馬克思主義。批判理論基本上是構造哲學，試圖把哲學反思的規範性與社會科學的解釋成就相互綜合起來。其終極目的是聯繫理論與實踐，提供深刻的見解，使主體改變他們受壓抑的狀況，獲得人類的解放，建立能夠滿足人類需求和潛力的合理社會。

法蘭克福學派的第一代經歷了三個發展階段。第一階段從研究所的成立到1930年代末，可以被稱為「科際整合的歷史唯物主義」，在霍克海默有計畫的作品裡得到了最佳地表現。霍克海默認為，歷史唯物主義的修訂版可以利用社會研究的結果，給其賦予批判的視角。第二階段「批判理論」把放棄馬克思主義視為更為普遍化的批判概念。然而，隨著1940年代初納粹統治的臨近，霍克海默和阿多諾進入了該學派的第三階段，即「工具理性批判階段」。在他們的共同著作《啟蒙的辨證》(*Dialectic of Enlightenment*, 1941)及馬庫色的《單向度的人》(*One Dimensional Man*, 1964)裡，工具性統治自然的過程導致了非人性化和對人類的統治。在他們二戰後的作品中，阿多諾和霍克海默變得越來越悲觀，似乎環繞他們周圍的都是「完全受支配的社會」和受操縱的商品文化。

霍克海默最重要的論文都是第一階段寫的，中心是哲學與社會科學的關係。除了為批判社會理論提供清晰的定義和計畫，他提出哲學的恰當方向應當與社會科學中的經驗性研究相結合，這種後哲學定向有別於與「傳統」哲學相對的「批判」理論。例如，這樣一種規畫要求重新思考科學的社會學與認識論的關係。批判理論試圖證明怎樣的真理標準是歷史的和實踐的，而同時又不落入諸如曼海姆(Mannheim)的傳統知識社會學的懷疑主義或相對主義。

阿多諾的主要著作基本上屬於法蘭克福學派的第二和第三發展階段。阿多諾似乎變得愈來愈細緻，他在美學體驗和模倣自然的關係中尋求批判理論的可能性。阿多諾的方法是受現代社會是一個「錯誤的整體」的觀點激勵的，他對這種原因的分析一直追溯到基於對自然的統治和對人的統治的單面性和工具理性的擴張。為此，他追尋一種非工具化的，非統治性的與自然和人的關係。他發現這種關係在多樣性的細微的經歷中。在當今社會主要是在藝術中保留著這種可能性，因為在藝術中有一種模倣的可能性，或者說與對象的「非同一化」關係。阿多諾竭力避免「邏輯統一性」的努力，致使他去世後出版的著作《美學理論》(*Aesthetic Theory*, 1970)及其他後期著作的相互矛盾的特徵。

在對第三階段的發展做出回應的過程中，法蘭克福學派的第二代扔掉了批判理論的觀念，哈伯瑪斯的論證強調一個新的合乎規範的基礎，同時也是回歸社會科學的學科間研究規畫。在首先研究了認識旨趣理論(技術的、實踐的、解放的)方面的基礎後，哈伯瑪斯轉向了具有規範意義的溝通行動和論理倫理理論。解放的潛在性位於溝通的、無壓抑的合理性及表現這種合理性的實踐中，諸如民主的公共領域。哈伯瑪斯的溝通分析試圖為非支配的人與人的關係和廣義的理性概念提供標準。

參見 Adorno 阿多諾；Continental philosophy 歐陸哲學；critical theory 批判理論；Marxism 馬克思主義；philosophy of the social sciences 社會科學哲學；praxis 實踐；Weber 韋伯

J.Bo.撰　顧忠華審訂

Frankfurt-style case　法蘭克福式的案例　見 free will problem 自由意志問題

free beauty　自由美　見 beauty 美

freedom, negative　消極自由　見 positive and negative freedom 積極與消極自由

freedom, positive　積極的自由　見 positive and negative freedom 積極與消極自由

freedom, practical　實踐的自由　見 free will problem 自由意志問題

free logic　自由邏輯　一種有或沒有等號的量化理論系統，它能容納沒有指謂的個體項。在傳統量化理論中，所有的個體項(自由變元與個別常元)在各種模型裡都分配以一個指謂。但運用於自然語言時，這種情形似乎是違反直觀的。在自然語言裡，許多個體項(「飛馬柏伽索斯」、「名探福爾摩斯」之類)似乎是沒有指謂的。有不少人提出解決這個問題的方案，從弗雷格(Frege)的「選擇對象理論」(chosen object theory，給每一個沒有指謂的個體項分配一個任意的指謂)到羅素(Russell)的「描述理論」(description theory，不認為自然語言中許多表述算是個體項，並把它們從語言的「邏輯形式」中清理出去)，再到把量詞的「存在性引入」(existential import)弱化。(它允許指謂到非必然實際存在的對象)。所有這些解決方案都保留了傳統量詞理論的結構，只是在運用程度上做了一些調整。

自由邏輯是一種更為極端的解決方法：它允許個體項有無指謂的情形，也保留量詞的存在性引入，但修改了初階邏輯的證明論和語意學。在證明論裡，主要的修改在於取消了存在推廣規則，此規則允許從「柏伽索斯是一匹飛馬」推出「存在一匹飛馬」。在語意學中，核心問題是賦與包含無指謂的個體項真值條件，有幾種方式達成此項任務。在傳統語意學裡，以約定俗成的方式把真值賦予包含無指謂個體項的原子語句，然後像通常那樣確定複合語句的真值。在外域(outer domain)語意學裡，把解釋的範圍分為內部和外部，內在部分當做量詞的範圍，而外在部分為無指謂個體項提供「指謂」(因此使個體項從表面上看來並非無指謂，而是沒有實際「存在」的指謂)。在超值(supervaluational)語意學裡，在考慮語句A時，對於A的所有包含無指謂個體項的原子子式，給與真值所有的組合，然後算出 A 的值，最後把所有這些值的邏輯積分配給 A。(因此，「柏伽索斯會飛」和「柏伽索斯不會飛」都沒有真值，但「柏伽索斯會飛或柏伽索斯不會飛」卻為真，因為無論把什麼真值分配給其原子子式——「柏伽索斯會飛」，整個語句的真值為真。)如果自由邏輯允許量詞域為空集(不存在任何東西)，就稱為包容型，否則稱為排斥型。

參見 formal semantics 形式語言的語意論；proof theory 證明論；quantification 量化

E.Ben.撰　李國偉審訂

free rider　白吃午餐的人　得益於社會機制(social arrangement)而不承擔應有的份額來維持這種機制的人，例如得利於政府機構服務而不付稅以維持那服務的人。自由騎士從中獲益的機制可能是官方的(formal)或非官方的(informal)。一個允許自由騎士存在之合作共享性(cooperative)機制多半不穩定，這種措施的當事一方不可能持續承受維持它的負擔，倘若另一方只坐享其成。所以，合作共享性機制都包括阻止自由騎士之機制，如法律上的懲罰；在非官方的不成文的習俗，則是不認可自由騎士之有平等地位。得益於一

F

種措施而不貢獻維持措施的力量是否一定在道德上錯，這還有些爭議。

參見 justice 正義；social choice theory 社會選擇理論；utilitarianism 效益主義

W.T.撰　龔維正審訂

劍橋哲學辭典

free variable　自由變量　見 variable 變數

free will defense　自由意志辯護　見 philosophy of religion 宗教哲學

free will problem　自由意志問題　這個問題牽涉自由行動的本質，以及自由行動和行動責任的條件和緣起的關係。如果將「自由的」對比於「被決定的」，核心的問題在於：人類行動是自由的，還是受到外在不可控制的事件所決定？與此相關的問題也在於：行為當事人的行動責任，是否必須在當事人、行動或相關的決定是自由的情況下，才能成立？這會逐漸將注意力指向行為、動機、慎思、選擇和意向，乃至於指向明確的感受(如果有的話)，也就是明確地感受到：我們的行動在我們的控制之下。使用「自由意志」是傳統的術語；爭論的焦點在於自由是否恰當地歸因於意志或行動的當事人，或歸因於行為、選擇或慎思等。

有關行為責任之條件方面的論辯，構成了自由意志問題主要的歷史和理論背景。大多數主張道德責任歸因的學者在某個意義上承認，當事人在採取行動的當下，必須是自由的。對於那些被迫去做，或無論怎樣努力都無法避免的事，我們並不需要去承擔責任。但是，道德責任的理解和衡量有很多不同的觀點，對於這種「實踐的自由」(practical freedom)(這個觀念在康德也很重要)之內容和範圍，並沒有相互一致的看法。因此，自由意志的問題可歸結為下列一些問題：道德的責任必須預設任何一種實踐的自由嗎？如果必須，是哪一種的實踐之自由？人在實踐上是自由的嗎？實踐的自由是否與行動、思想和性格所做的事前之決定相互一致？關於最後這一個問題，有很熱烈的辯論。以一位正在慎謹考慮投票給哪一位候選人的婦女為例，從她第一人稱的觀點來看，她感到可以自由地選擇任何候選人，而且她能確信選擇是由她做主，無論有那些先前的影響因素。然而，如果把她個別事件的行為，看作是大的自然和歷史過程的一個部分，很多人都會認為，有一些背後的因素，決定了她的選舉。依照這種直覺的對比，任何嘗試確定選舉者是否自由，都有待於釐清「自由」、「決定」和「由她做主」這些詞語的準確意義。

一件事(事件，情境)「決定」另一件事，如果後者是前者的結果，或因前者而必然發生，例如投票者手部的運動取決於她的意向。正如通常所理解的，決定論認為無論發生什麼事，都是先前的條件所決定的，在這裡，「決定」(determination)通常理解為：由於先前的事件或情境所導致。這種意義下，決定論表示：任何時候的未來，都是確定的和獨特的，沒有其他發展的可能性。邏輯上的決定論宣稱，每一個未來的事件，都是受到已經存在的事實之決定，特別是受到那些將會使它發生的事實所決定。典型的神學上的解釋，接受所有事件和狀況都是「宿命」(predestination)的觀點，神聖的存有預知(或從永恆的觀點預知)這些事件和狀況的結果。

大多數所解釋「自由」有兩個共通點，第一，自由必須是決定論或某種特定決定性的不存在；第二，某人自由地行動或選擇，(而且)只有當這些努力是由他作主的時候。在這裡，各種解釋產生分歧。有些人認為懸而未決的自由或替代行為的偶然性有決定性的意義。因此，對於那位考慮選擇哪位候選人的婦女而言，每一個選擇，只要是可能而非強迫的選擇，都是一個開放的可能選擇。懸而未決被看作是動機上的均衡，有些人認為這個條件，對於「自由地抉擇必須是理性的」這個觀念而言，是不可或缺的。其他人則將重心放在自由的自發性上，此時，只要選舉者選擇或想要做這件事，她就是自由的。這種看法反映一般將自由等同於：「做你想做的」(doing what you want)這樣的流行見解。與這兩種分析相關的第三種觀點則認為，只要這位婦女運用她操控的力、具有旺盛的企圖心，也同時有能力去執行或克制一個行動，她就是自由地行動。第四種觀點把自由等同於自主，投票者的自主的程度在於她的選擇是自主決定的(self-determined)，完全是依照她的性格、深層的自我、較高的價值或知情的理性所做的決定。儘管有如此之多不同的理解，但它們並非彼此不相容，每一種成分其實都包括於實踐自由的很多考量之中。

如果實踐的自由需要偶然性(選擇替代行動的可能性)，決定論就會提出質疑。「不相容論」(incompatibilism)堅持認為決定論排除了自由，儘管不相容論者對於一切是否「是」被決定的持不同的看法。接受決定論的人贊同「強決定論」(hard determinism)(結合十八世紀思想家如德巴赫〔d'Holbach〕和近來的某些行為主義者)，按照這樣觀點，自由其實是幻想，因為行為是由環境和遺傳因素所決定的。一些強決定論者甚至否認道德責任的存在。相形之下，極端的「形上學的自由主義」(metaphysical liberatrianism)認為人有自由與責任，而且更重要的是，過去並不能決定一個獨一無二的未來——量子物理學的發展強化了這樣的立場。支持不相容論者(incompatibilism)以有責任的選擇並未受到先前的環境之決定(如伊比鳩魯〔Epicureans〕)，來倡導保持中立的自由。這種意義下的選擇若非任意，而是某人「自己」真正的選擇，那麼，很多因素，包括行動當事人的理由，限定了選擇的可能性之範圍，而且並沒有必然地影響這些選擇(這是萊布尼茲〔Leibniz〕和近來羅伯特．肯〔Robert Kane〕的主張)。極端自由主義者支持行為因果性，另一方面，卻在描繪自由選擇作為行為者未受其他原因之決定時(如卡奈阿德斯〔Carneades〕及里德〔Reid〕的觀點)，混淆了偶然性與自主性之差異。

雖然不願放棄實踐的自由，但又無法理解為什麼去除決定論，對於責任而言是必要或可欲的，許多哲學家認為實踐的自由和責任與決定論並不矛盾，因而贊同「相容論」(compatibilism)。那些接受決定論的人也支持詹姆士(James)所稱的「溫和決定論」(soft determinism)。追隨者包括等同自由與自主者(斯多噶學派〔Stoics〕、史賓諾莎〔Spinoza〕)和擁護自發性的自由者(霍布斯〔Hobbes〕、洛克〔Locke〕、休姆〔Hume〕)；後者認為自由(liberty)是按照個人意願行為或不行為的力量，因此，選擇一旦改變，結果也會跟著改變。失去自由且受到強制，只有當行為的當事人無法依其意願行為，或被迫去做不想做的事。延伸這個模式，不自由在於行為是以別無選擇的方式產生的，或是為了避免更大的危害(脅迫〔coercion〕)，或是因為有利用假想的可能選擇所做的蓄意干涉(操控〔manipulation〕)。

相容論者在回應批評者認為他們忽略了選擇的自由，或需要開放替代的選擇(the need for open alternatives)時，顯示出相當縝密的應變能力。有一些相容論者將自發性、控制或自主性的模式運用在作決定上，根據這樣的觀點，選民如果按照她的慾望來作決定，也就是在她的控制之下，或符合她的價值取向、深層的性格或知情的理性所作的決定，那麼，她就是自由地做選擇。其他的相容論者則挑戰下面這樣的說法：責任必須在行為有替代選擇的可能性之下才能產生。所謂「法蘭克福式的案例」(Frankfurt-style cases，由Harry G. Frankfurt所發展出來的)指的是一些情況，在這些情況中，行動者按照他的慾望和選擇而行動，卻因為出現了事與願違的干預者——一種機制，阻止行動者去做其他他想要去做的不同行為——行動者不可能不想那樣做。法蘭克福直覺地認為行動者無論是否有干預者出現都必須負責任，因此，有責任的行為並不需要有其他替代選擇的可能性。批評者挑戰法蘭克福式的案例的細節，嘗試摧毀這種直覺性的想法。

另外一些相容論者則承認需要開放替代的選擇，而且運用不同的模式來描述實踐的自由。如果選擇相對於環境中所涵蓋的特定狀態是偶然的，例如那些行動者已經知道或宣稱已經知道的，它們替代選擇的開放性是建立在人能夠選擇「人所知道的」(for all one knows)。相容論的對手則認為，這樣縝密的的修正既然容許行動者受制於外在的決定，甚至是受制於隱藏的控制者，因此，相容論其實仍持續面對不能克服的挑戰。反對相容論的意見被稱為「結果論證」(consequence argument，這個名稱是彼得・范・英瓦根〔Peter van Inwagen〕所提出的，他也是這個立場主要代表者)：如果每一件事都由人所不能控制的因素所決定，那麼，一個人的行動、選擇和個性其實也是在他的控制之外，這麼一來，行動者從來就不是自由的，因此，也不需要為任何事負責。這樣的推論應用原則斷言(principles asserting)，使「實踐的模態」(practical madality，能力、控制、可避免性、不可避免性等)在結果關係之下消失終結。無論如何，有理由去支持某種責任所需的能力和控制，包含行動者感受(sense)到自己能完成什麼。只要認知的情境一定不會終結於結果之下，那麼這些以結果論證為基礎的終結原則仍是有爭論的。

參見 action theory 行動理論；closure 封閉性；determinism 決定論；diminished capacity 能力不足；middle knowledge 中間知識；responsibility 責任

T.K.撰　陳瑤華審訂

Frege, Gottlob　弗雷格，高特羅(1848-1925)　德國數學家及哲學家。弗雷格是當代數理邏輯的一個創始者，邏輯主義的擁護者，以及二十世紀分析哲學的主要來源，他直接影響了羅素(Russell)、維根斯坦(Wittgenstein)和卡納普(Carnap)。弗雷格對語言表達式的意義及指涉所做的區分，持續受到爭議。

他在邏輯方面的首部出版著作，是 1879 年極富原創性的《概念記法》(*Begriffsschrift*〔*Concept-notation*〕)。他在此設計了一種形式語言，其主要創新為用以表達普遍性的量詞-變元(quantifier-variable)記法；在這個語言中，他鋪陳了一種二階量化邏輯，用來發展出一種對關係的祖先(the ancestral of a relation)的邏輯定義。弗雷格發明概念記法，是為了要避免使用口語的語言來陳述證明的缺點。口語語言在表達邏輯關係時是不規則的、不清晰的，且含混不清的。此外，命題內容的邏輯關鍵特徵仍可能會隱而未被明說。因此，任何在日常語言內所做的證明之結論，其所仰賴的前提無法毫無遺漏地加入決定。弗雷格的《概念記法》是要促使任何陳述之邏輯相關特徵，都能得到明文地表達。系統中的證明僅限於那些可以由一組明顯為真的邏輯公設，藉由少量保留真值的(truth-preserving)記號操作(推論規則)，而獲得的東西。弗雷格邏輯觀點的第一個特殊標記是：他的邏輯形構作為一種形式系統，以及這種呈現所促進的明文性及嚴格性的理想。雖然他以形式的精確性形構出的邏輯，使得形式化理論的後設數學探究成為可能，但他對後設數學問題幾乎毫無興趣。他想讓概念記法為人所使用。

然而弗雷格如何設想邏輯的課題內容呢？他的邏輯取向為他的反心理主義——他認為心理學和邏輯無關的堅信——所定型。他視其記法為本身即為完善的語言。邏輯公理並不涉及其研究屬於某些特殊科學的東西或性質；而弗雷格的量詞並不受限。如同他所說的，邏輯定律就是真理的定律，而這些是最普遍的真理。他擬想《概念記法》的邏輯字彙，補加上特定科學的基本字彙。《概念記法》以這種方式，為任何科學徹底嚴格的演繹發展，提供了一種架構。這種斷然地以非心理的普遍主義觀點，把邏輯視為最普遍主義的觀點，將他的進路和同時代布爾(George Boole)及薛若德(Ernst Schröder)的代數邏輯的進路做了明確的區分。維根斯坦在他的《邏輯哲學論》(*Tractatus Logico-Philosophicus*, 1921)及後來的著作中，都很批評弗雷格的普遍主義觀點。邏輯實證論，最顯著的是在卡納普的《語言的邏輯語法》(*The Logical Syntax of Language*, 1934)中，也同樣拒斥這種觀點。弗雷格的普遍主義觀點也和較為當代的觀點不同。基於他認為量詞本質上不受限的觀點，以及相信談論一個語言的不同詮釋，是以一個混淆不清的方式，企圖去表達可恰當地藉由二階的普遍化來加以表達的東西，他看不出有多大必要去談論對一語言的不同詮釋。尤其是，因哥德爾(Kurt Gödel)和塔斯基(Tarski)的研究，在邏輯中變得顯著的邏輯後果(logical consequences)的語意概念，對弗雷格而言是陌生的。

弗雷格在邏輯上的研究工作，是因對算術真理的根本基礎的一項探究而激發的。他批判了彌爾(J. S. Mill)將正整數的算數知識，歸納性地建基於我們對事物的小集合的操作的經驗主義的企圖。他亦粗糙地駁斥了視純數學為一種符號遊戲的形式主義的觀點。相較於這些及康德(Kant)的觀點，他希望用他的《概念記法》，以邏輯辭項明文地定義算術的基本概念，且從邏輯公理和這些定義，去推演出算術的基本原則。其邏輯形構的明文性及嚴格性，保證了不會有算術結論所需仰賴的邏輯以外的隱含前提。他相信，這類證明將顯示出算術是分析性的，而非康德所言，是綜合性的。然而，弗雷格重新定義了「分析性的」(analytic)，以意謂「可由邏輯定律」(以他非康德式的意義下的「邏輯」)和定義「證明的」。

弗雷格對這些證明的策略，建立於其 1884 年非專技著作《算術基礎》(*The Foundations of Arithmetic*)一書中，所展現的對基數概念的分析。弗雷格在注意到了像在「火星有兩個月球」這類陳述中的數字的使用，主張這個陳述包含了涉及一概念的斷言，它斷言了，剛好有兩個事物落入了「火星的月球」這個概念下。他亦注意到了，在這些陳述中的數字和那些純粹算術中的數字，都扮演了單稱詞的邏輯角色，即其專有名詞。他做結論謂，數是東西，因此對數概念的定義，就必須詳述數是什麼樣的東西。他認為

(1)F 的數目 = G 的數目，只當為 F 的東西和為 G 的東西之間存在一一對應。

(1)的右手邊是可用純粹邏輯詞彙來陳述。如同弗雷格所知道的，多虧了對一個關係的祖先之定義，(1)在《概念記法》的二階環境下，是足夠推導出基礎算術。然而，其邏輯主義的辯明，需要對「…的數目」(the number of)這表達式做邏輯定義。他尖銳地批判在數學中使用把集合視為是由其元素所建構而成的集合及群集(collection)概念。然而，他假定對應於每一個概念，都存在一個東西，即概念的外延。他視外延觀念為一種邏輯觀念，雖然概念是先於外延觀念。他採取了命運多乖的雙條件句作為基本的邏輯原理：即 F 的外延 = G 的外延，僅當每一個 F 都是 G，反之亦然。如果這項原理有效，他便可利用出現於(1)的右邊的概念的等價關係(equivalence relation)，去把 F 的數目(the number of F)等同於某一特定外延，因此而得到(1)作為定理。在《算數基本定律》(*The Basic Laws of Arithmetic*；第一冊，1893；第二冊，1903)中，他以《概念記法》包含了一個外延定律的普通化的一個修正版本，將基本算數定律設想上的證明加以形式化。然而，弗雷格的外延定律在他的邏輯脈絡中並不一致，就如同羅素於 1902 年告訴弗雷格的，它導致了羅素的悖論。因此，從弗雷格自身的角度而言，他企圖建立起邏輯主義的嘗試是失敗的。

在《概念記法》中，弗雷格駁斥了如下的論題，即每一個非複合句在邏輯上都分割成主詞和述詞。之後，他說他在邏輯上的進路的獨特處在於不是始於將概念綜合成判斷，而是始於真理的觀念，以及真理概念可以運用於其上的由陳述所表達之可判斷的內容或想法。雖然他說真理是邏輯的目標，但他並不認為我們有一種獨立於邏輯的對真理觀念的掌握。他避開了對真理的符應理論，而接受一種真理述詞的多餘觀點(redundancy view)。對弗雷格而言，稱真理為邏輯的目標，指向了邏輯關心推論，關心對一想法之真理(判斷)的認知基於對另一想法之真理的認知。這種對真理的認知並非由述詞而做了言辭上的表達，而是在於一個語句被說出時的斷言力(assertive force)。

邏輯的起點因此是在於反省分析了思想，以及顯露了語言中的邏輯所引發之邏輯及存有論範疇的融合，大概便是弗雷格藉由他在《算術基礎》中如謎般的脈絡原理(context principle)所指向的事物：只有在一個句子的脈絡中，一個字詞才具有意義。他視句子為具有一種函數-變項的分割，如同算數的詞項中所顯現的，例如，(3 × 4) + 2。真值函數推論模式，像是肯定前件律(modus ponens)，將句子分離出成為複合句中的邏輯單位。萊布尼茲定律(Leibniz's Law)——以一個等同式為基礎，在一個句子中將一個名字取代另一個名字——便將專有名詞分離出來。專有名詞指稱了客體。述詞——它藉著從句子中移去專有名詞而獲得——則指稱了概念。由一句子中移去述詞，遺留下了一個更高層的述詞，它指稱了第一層的概念落入其下的第二層的概念。對客體的全稱量詞便是一例：它指稱了第二層的概念，第一層的概念落入其下，如果每一個客體都落入此第一層概念之下的話。弗雷格將第一層概念視為確定地對任一物而言為真或為假。含混的述詞，像是「禿的」(is bald)，因此無法指稱概念。這種概念確定性的要求，是弗雷格對客體的量限認為本質上是不受限的這種分析的產物。因此，概念的確定性只是排中律的一種形式：對於任何概念 F 和客體 x 而言，不是 x 為 F 便是 x 不為 F。

弗雷格在 1891 至 92 年的三篇初期論文中經營並修改了他的基本邏輯觀點，這三篇論文分別為〈函數和概念〉(Function and Concept)、〈論概念和客體〉(On Concept and Object)，以及〈論意思和意謂〉(On Sense and Meaning)。在〈函數和概念〉中，弗雷格加強了他的語言的函數-變項結構的想法。他引入了兩項真值，即「真」和「假」，並認為句子是這些客體的專有名詞。概念變成了將客體對應到真或假的函數。一函數之值程(course-of-values)，是以一外延概念的普遍化而被引入。因此，一般而言，一客體是任何可以被一專有名詞所指稱的事物。在闡明客體究竟是什麼時，沒有比這更為基本可說的了。同樣的，從複合專有名詞中移去名稱所得到的表達式所指稱的，為第一層的函數。相對於飽和的客體，弗雷格稱函數為不飽和的(unsaturated)或不完全的。專有名詞和函數名(function name)之間是不可相互替換的，因此，客體和函數之間的差別是類型理論上的(type-theoretic)、範疇上的差異。沒有函數是客體；沒有函數名指稱客體；並不存在同時將函數及概念普遍化的量詞。

弗雷格對於他自己的觀點的解說，如果這不是這些觀點本身，就在此處遇到了困難。在解釋自己的觀點時，他用了「F 的概念」這種形式的專有名詞，來談論概念；而在比較不飽和的函數和飽和的客體時，出現了以一單一量詞對二者的普遍化。與弗雷格同時代的凱瑞(Benno Kerry)指責弗雷格的觀點為不一致。因為「馬的概念」是一個專有名詞，它必須指稱一客體。依弗雷格的觀點，「馬」的概念不是一個概念，而是一客體，這顯然不一致。弗雷格在〈論概念和客體〉中回應了凱瑞的批評。他接受了凱瑞的悖論，否認它代表了一個真正的不一致，而承認了他對函數-客體差異的評論，因為語言上一種不可避免的不便，是一種誤導。弗雷格認為，函數和客體之間的差異在邏輯上是簡單的，因此無法適當地加以定義。他對差異的評論是非正式而且不具太多實質意義，用以闡述在《概念記法》中藉著專有名詞和函數名之間的差異，以及伴隨著它們的不同量詞所掌握的東西。弗雷格對函數-客體差異的處理，是維根斯坦在《邏輯哲學論》中言說-顯示(say-show)差異的可能來源。

在〈論意思和意謂〉的一開始，弗雷格區分了專有名詞的指涉或意謂(*Bedeutung*)及其意思(*Sinn*)。他認為「晨星(the morning star)和晨星是等同的」是同一性原理的無趣的一個實例。相對的，「晨星和暮星(the evening star)是等同的」，這個句子表達了重要的天文學發現。這兩個句子因此在弗雷格所謂的認知價值(cognitive value)上有所不同：了解這兩個句子的人可能會相信第一個句子而懷疑第二個句子。這種不同不能以這些句子中名稱間指涉的任何差異，來加以解釋。弗雷格以「晨星」和「暮星」所表達的意思間的差異來解釋它。在死後出版的著作中，他指出，意思-指涉的區分同樣也擴展到了函數名。在這樣的區分中，弗雷格把由句子所表達之可判斷內容的想法擴展到名稱：名稱的意思是名稱對其所出現的句子所表達之思想(thought)所做的貢獻。在將句子分類為真假值的專有名詞的同時，弗雷格將名稱指涉到某物的想法應用於句子。弗雷格的函數-變項的邏輯分割的觀點，限制了他對複合名稱的意謂及意思的觀點：任何出現在名稱的複合表達式中，具有相同指涉(意思)的名稱間的代換，產生了一個有著相同指涉(意思)的新的複合表達式。

弗雷格提出了好幾個有關於意思的觀點，它們在語言哲學中已個別地或集體地成為爭論之源。首先，表達式的意思就是任何了解它的人所掌握的東西。儘管了解和意思之間的關聯，弗雷格並沒有提出同義詞的說明，也沒有提出意思的等同判準。其次，表達式的意思並不是心理性的東西。意思是客觀的。它們獨立於任何人對它們的掌握而存在；它們可為不同的思想家所用，是在科學上溝通的一個預設。第三，名稱所表達的意思，是名稱的指稱物的一個呈現模式(mode of presentation)。在此，弗雷格的觀點和羅素的觀點相反。對應於弗雷格思想(thought)的是羅素的命題。在《數學原理》(*The Principles of Mathematics*, 1903)中，羅素主張，在句子中有意義的字指稱了事物、性質和關係，它們本身是句子所表達之命題的組成成份。對弗雷格而言，我們藉由判斷以達客體和函數，是透過意謂客體與函數的名稱所表達的意思。這些意思，而不是它們所呈現的東西，出現在思想之中。表達不同意思的名稱可以指涉相同的項目；而某些名稱，雖然表達了意思，卻沒有指涉任何東西。任何包含了一個具有意思，但沒有指涉物的名稱的複合名稱，本身是缺乏意謂的。一個人可以充分地了解一個表達式，而不知道是否它意謂任何事物，且不知道它是否指稱了另一個被了解的名稱所指稱的事物。第四，當名稱出現於間接的引句中時，名稱通常所表達的意思就是這個名稱的指涉物。雖然晨星和暮星是同一顆星，但是，從「史密斯相信晨星是一顆行星」推論到「史密斯相信暮星是一顆行星」卻並不真確(sound)。然而，弗雷格毫無限制地接受了萊布尼茲定律。他因此而視萊布尼茲定律的這類表面上的失敗，為暴露了口語中的普遍曖昧性：在間接引句中的名稱，並不指稱它們在間接引句以外所指稱的事物。第四項論題為此一曖昧性提供了說明。

參見 logicism 邏輯主義；meaning 意義；Russell 羅素；set-theoretic paradoxes 集合論悖論；set theory 集合論

T.R.撰　方萬全審訂

Frege-Geach point　弗雷格-紀治論點　見 Geach 紀治

frequency theory of probability　機率的頻率說　見 probability 機率

French personalism　法國位格主義　一種基督徒的社會主義，強調社會行動論與個人責任，這是 1930 年代開始的基督徒工人「精神」(Esprit)運動的理論基礎。該運動是由慕尼也(Emmanuel Mounier, 1905-50)，一位基督徒哲學家和行動者，所推動。這一運動一方面受到齊克果(Kierkegaard)的宗教存在主義的影響，另方面接受馬克思所呼籲的極端社會行動，部分又從貝奇(Charles Péguy)的早期著作中獲取指引，因此在 1930-1940 年代強烈反對法西斯主義，並且呼籲工人團結。該運動並且催促以更人道的方式對待法國殖民地。位格主義使得基督社會主義獨立於其他更為保守的基督徒團體和共產主義的勞工聯盟和政黨之外。其中最主要的一本書是慕尼也的《位格主義》(*Personalism*)。至於《精神》季刊(*Esprit*)則經常刊登法國和國際思想領袖的文章。著名的基督徒哲學家，像杜美瑞(Henry Duméry)、馬塞爾(Marcel)、馬利坦(Maritain)、呂格爾(Ricoeur)等人，都曾被該項運動所吸引。

參見 Marcel 馬塞爾；Maritain 馬利坦；personalism 人格主義；Ricoeur 呂格爾

J.Bi.撰　沈清松審訂

Freud, Sigmund　弗洛伊德，西格蒙(1856-1939)　奧地利神經學家、精神分析家，精神分析學的創立者。從十九世紀晚期，弗洛伊德在維也納(Vienna)對歇斯底里(hysteria)的研究為起始，發展出關於心靈(mind)的理論，終至壓倒性地支配了現代思想。他提出潛意識(unconscious)的觀念、與自身抗衡的分裂心靈、表面上無意義活動的意喻深長、感覺的置換(displacement)與移情(transference)、精神分析中的快感階段、性衝動的普遍性與重要性，以及更多的其他種種共同塑造出現代意識。弗洛伊德的語言(與其翻譯者的語言)，無論是說明心靈的分裂(例如：本我〔id〕、自我〔ego〕與超我〔superego〕)、失調的類型(types of disorder)(例如：強迫型神經症〔obsessional neurosis〕)、或者經驗的結構(例如：伊底帕斯情結〔Oedipus complex〕、自戀〔narcissism〕)都已成為我們描繪與理解自身及他人時所使用的語言，正如同詩人奧登(W. H. Auden)於弗洛伊德逝世時所寫下的詩句：「若他往往是錯了，更有時是荒謬的／對我們來說，他不過是個凡夫俗子／而如今思潮的風起雲湧／在他的餘蔭下，我們卻活出不同的生命來……」

歇斯底里是一種失調，意指身體器官發生症狀，卻找不出明顯器官上的病因。根據他早期在神經生理學(neurophysiology)方面的研究工作(與約瑟夫·布爾〔Josef Breuer〕共同進行)，弗洛伊德發展出這樣的觀點：「歇斯底里主要因為記憶而痛苦」(hysterics suffer mainly from reminiscences)，特別是封藏在記憶中的創傷經驗，對它加以抑制(emerged)而造成影響(在轉換型的歇斯底里上〔in conversion hysteria〕)，會呈現在變形(distorted)的生理症狀之中。對它的治療方式則包括復原被壓迫(repressed)的記憶，以達致淨化效應、或者讓先前被替換與被抑制的情緒得以宣洩出來。這個論點成為弗洛伊德「誘惑理論」(seduction theory)的背景，那是將歇斯底里的症狀追溯至前青春期受到性侵犯所造成的創傷(典型的代表即父親)。然而弗洛伊德隨後捨棄了這個理論，因為其所假定的能量是有問題的(例如：若相關的能量只能來自壓抑陳舊的外在創傷所導致的情緒，那麼歇斯底里症狀的發作為何不能順利地耗盡其能量、將之根除呢？)，也同時是因為他發現到幻想(fantasy)擁有與事實經驗(actual events)記憶同樣的功效：「心理現實(psychical reality)要比物理現實(material reality)更為重要。」被壓抑(repressed)的並非記憶，而是慾望(desire)。這讓他明白症狀的一再發作，是受到內在能量，特別是性方面的，火上加油之故。

誠然弗洛伊德認為性快感(sexuality)的影響幾乎無所不在，然而這並非意味著他凡事都只是用性快感來解釋。精神分析是一種內在精神衝突的理論，而衝突的產生有待兩造雙方。雖然其間多有所發展與變遷，弗洛伊德的本能理論(instinct theory)自始至終都是絕對的二元論(determinedly dualistic)：從最初的原慾力(libido)相對於自我(ego)或自我保存本能(self-preservative instincts)；到最後的愛欲(Eros)相對於死亡欲力(Thanatos)，生與死的抗衡。弗洛伊德的本能理論(不能與一般動物中遺傳性行為模式的生物學觀念混同視之)將本能置於心靈與生理的邊界上，藉以強調它們的內在情結。尤其是性的本能應被理解為各種不同層次的要素所組成的(包括來源、目的與對象)。否則，一如弗洛伊德在《性學三論》(*Three Essays on the Theory of Sexuality*, 1905)中所言，無從理解何以各種的錯亂被認為與「性」(sexual)有關，而無視於其與性快感的「正常」(normal)概念(指成人之間異性戀〔heterosexual〕的生殖器性交)相去甚遠。他擴大了性快感的概念，強調性偏好的不同來源(動情帶〔erotogenic zones〕，或喚起身體的刺激部位)、目的(行動，像是用來達到快感與滿足的性交與觀賞〔looking〕)、與對象(objects)(無論是相同或不同性別，甚至或是整個活人〔whole living persons〕以外的存在者)，使其得以瞭解。這也讓幼兒性快感的認識成為可能。這些現象表面上不見得與性有關(例如兒童的吮指行為)，卻與明確的性行為有同樣的本質特徵(嬰兒感性地吸吮〔sensual sucking〕是因為刺激到口部動情帶所引發的愉悅，同樣的刺激亦發生在成人的性活動中，例如接吻)，因而可被理解為同一本能潛伏在發展的初期，進入到成人期後則以不同的方式來表達。標準的發展階段為口腔期(oral)、肛門期(anal)、陽具期(phallic)與生殖期(genital)。

被弗洛伊德視為「錯亂負面」(negative of perversions)的神經官能症(Neuroses)(即，相同的慾望，一旦有所壓抑，有些可能會導致錯亂的行徑，而造成神經官能症)，通常可以溯源至伊底帕斯情結的掙扎：「神經官能症的核心處」(nucleus of the neuroses)。在其正面的形式中，伊底帕斯情結設定了對雙親中的異性者產生性的感覺，而對雙親中的同性者產生曖昧的敵視，它暗示著人類普遍的形式關係是三角的。在性心理發展的陽具期(phallic stage)，這個衝突約在三到五歲時便達於頂點。情緒的基本結構根源於人類嬰兒依賴期的延長，導致對最初照顧者的依依不捨——愛的原初形式——通常是指母親(部分是就生理因素之故，諸如授乳〔lactation〕)，而把他人經驗為瓜分最初照顧者時間、關注與照顧的敵對者。弗洛伊德對伊底帕斯情結的觀點不應被簡化。舉例而言，所涉及到的性慾望具有潛意識的特色，且必然與嬰兒時期有關，這樣的嬰兒性意識與其所屬的慾望，將會在成熟的生殖時期，用不同的方式表達之。尤其是他在解釋女性性心理發展特徵上的努力，堪稱他最引人爭議的論點之一，包括假定了對陰莖的嫉羨(penis envy)，來解釋何以是女孩而非男孩，對他們最初所愛的對象(兩者都是以母親開始為對象)，會有性別上轉移的指標性經驗(standardly experience)。後來的愛欲對象，包括精神分析師作為情感轉移的對象(在分析場景〔analytic setting〕中，分析師的功能就像是一張空白屏幕〔a blank screen〕，讓患者將感情投射〔project〕於其上)，便是早期對象置換(displacement)或移情(transference)的結果：「一個對象的發現實際上就是對它的重新發現。」

弗洛伊德用相同於一些症狀的結構來解釋其他更為常態的現象，像是夢境、笑話，以及說溜嘴(slips of the tongue)。這一切都可視之為介於表達推力(forces pressing for expression)(被弗洛伊德的結構理論定位為本我〔id〕，當作潛意識本能的儲藏處)與抑制作用力(forces of repression)(有些也是潛意識的，以便達到道德與現實〔reality〕的約束)二者之間所做的妥協。在弗洛伊德底層的理論模型上，原過程(primary process)作為精神運作功能的基本過程，將使得精神能量毫無約束地釋放出來。如此地釋放被經驗為快感的，故基本過程的指導原則被稱之為快感原則(pleasure principle)。壓力的增強則被經驗為痛苦的，而精神機制的目的是一種平穩或恆常的狀態(弗洛伊德有時把這種狀態的目的說成彷彿是壓力的歸零，以致在弗洛伊德的《超越快感原則》〔*Beyond the Pleasure Principle*, 1920〕中，涅槃原則〔Nirvana principle〕與死亡本能〔death instinct〕連成一氣)。然而，因為快感事實上僅能在特定的情況下達到，而這些有時需要特別加以安排、計畫與延遲，故個體(individuals)有必要學習去抑制衝動的釋放，這就是次過程(secondary process)的思維，被弗洛伊德所謂的現實原則(reality principle)支配著。其目標依然是去滿足，但「生命的迫切需要」(exigencies of life)是要關注、推理與判斷，以免落入原過程如夢似幻(fantasy)的一廂情願。用來預防壓力或痛苦增加的防禦機制(defense mechanisms)有時候會失效，而引起神經官能症(一般就理論而言，神經官能症是指一種根植於潛意識的衝突，神經生理學上的失調——個別的神經官能症則與特定的發展階段、特定的防禦機制〔mechanisms of defense〕息息相關)。「壓抑」，由於將精神表現抑制在潛意識中，是最重要的防禦機制。要知道，壓抑異於前意識中的意念(preconscious ideas)，後者僅僅是敘述性的潛意識(descriptively unconscious)(即使吾人當下對此一無所察，它們對我們的意識依然通行無阻)，而嚴格意義下的潛意識，其中的意念則是藉著壓抑的力量而不被察覺到，但它們卻是生生不息的潛意識(dynamically unconscious)——這在治療過程中，被潛意識對意識化的抗阻(resistance)所證明。弗洛伊德對心靈中潛意識與意識所做的深層區分，超越了神經學症狀研究，有助於說明熟悉的非理性形式(irrationality)(像是自欺〔self-deception〕、愛恨交加〔ambivalence〕，以及意志薄弱〔weakness of the will〕)，這些在笛卡兒(Descartes)單一且不可分割的意識理論模型中並無容身之處，以致困難重重。或許，作為潛意識特徵(不受時間、矛盾、因果律等等現實的拘束)的原過程思維，其最佳的樣本就是從夢中發現到。

弗洛伊德認為夢是「認識潛意識的光輝大道」(the royal road to a knowledge of the unconscious)。夢是潛意識願望似是而非的滿足(the disguised fulfillment)。經由詮釋過程在萃取夢的意義之際，弗洛伊德借重於一項重要的區分：顯相內容(manifest content)(夢見之夢、醒來時所記得的夢)與隱相內容(latent content)(潛意識的夢思維)。弗洛伊德認為透過顯相內容中特定元素(elements)的連結所做出來的詮釋，翻轉了夢的建構過程，在築夢(dream-work)之中，種種曲解(distortion)的機制針對白日的殘餘(residues)(做夢之前當天所發生的種種知覺與思維)加以運作，與隱相的夢思維製造出顯相的夢境。在這些機制中，顯而易見的包括了壓縮(condensation)(指許多意義以一個單一意念來表達)與置換(displacement)(指一個具有意義與強度的意念轉移到另一個相連卻意義不明的意念上)，這也就是典型的神經症狀，以及再現性(representability)的考量與比較特別是針對夢的形成所做的次加工(secondary revision)。象徵手法(Symbolism)在弗洛伊德的夢理論中則不像一般常以為的那樣明顯；的確，討論象徵的篇章僅僅在《夢的解析》(*The Interpretation of Dreams*, 1900)後來的增訂版本中才出現。弗洛伊德顯然不認同古代「解夢術」(dream book)的詮釋模式，把夢視為一堆固定象徵符號，他相信人唯有透過夢者(而非詮釋者)對特定要素(elements)進行連結，才能揭開夢的隱藏意義。這樣的連結是自由聯想(free association)的一部分，患者(patient)於此被迫毫不保留地向分析師(psychoanalysis)道出所有的念頭。在精神分析裡，這是個極為重要的程序，既是一項精神治療的技術，也是一種研究心靈運作的方法。

弗洛伊德用他研究的成果去思索道德、宗教與政治權威的起源。他嘗試去發掘這些在個人早年發展階段中的歷史與心理學根源。特別是道德，他追溯出父母禁令與要求的內在化(作為解決伊底帕斯情結的一部分)，其所形成的良知或者超我(亦即自我審視〔self-observation〕與理想自我〔ego-ideal〕的所在之處)。由這樣的合作所促成的認同——內攝作用(introjection)——在一般個性的形成上扮演著重要的角色。道德要求本能的自制，通常是經由壓抑而達到的，弗洛伊德視之為讓一個有秩序的社會各安其分的必要成分。文明便是將本能欲力(instinctual drives)予以昇華，好為藝術與科學的種種成就擷取能量。只不過社會與文明，因著個人的挫折感、不快樂及神經官能症所付出的代價實在太昂貴了。弗洛伊德的個體治療(individual therapy)便是要引導出壓抑能量(其自身並不保證快樂)的釋放；他希望這也能同時提供出能量來改變世界、或是中和一下(moderate)對束縛的過度要求。然而，就如同他的個體心理學(individual psychology)建立在無法避免的內在衝突上，在其社會思想中，他發現某些限制(特別是侵略欲力〔aggression〕——向外轉向的死亡本能〔the death instinct turned outward〕)仍有其必要性，顯然，對這理性無可奈何的無窮掙扎，他在《文明及其不滿》(*Civilization and Its Discontents*, 1930)中，依舊是悲觀無比的。

參見 Jung 榮格；philosophy of mind 心靈哲學；philosophy of psychology 心理學哲學；self-deception 自欺

J.Ne.撰　蔡錚雲審訂

Fries, Jakob Friedrich　弗里斯，雅可比．弗里德里稀　見 neo-Kantianism 新康德主義

full subset algebra　全子集代數　見 Boolean algebra 布爾代數

function, mathematical　數學函數　見 algorithm 算法；mathematical function 數學函數

function, probability　機率函數　見 Bayesian rationality 貝耶斯主義的合理性

function, state　狀態函數　見 quantum mechanics 量子力學

function, teleological　目的論的功能　見 teleology 目的論

functional　函數的　見 relation 關係

functional abstraction　函數抽象化　見 combinatory logic 組合邏輯

functional calculus, lower　低階函映演算　見 formal logic 形式邏輯

functional completeness　函數上的完備性　見 completeness 完備性

functional dependence　函數相關　變量(variable magnitudes)(特別是物理量)與某一定的性質或過程之間的關係。在現代物理學中，有兩類型的定律陳述了這種關係。

(1)有一些數值律(numerical laws)敘述了某一定量的「相伴變動情況」(concomitant variation)，在其中，任一量的變動都伴隨著另一量的變動。一個例子是理想氣體定律：$pV=aT$，其中 p 是氣體的壓力，V 是氣體的體積，T 是氣體的絕對溫度，a 是從氣體的質量和性質推導出的常數。這類定律並沒有對變動的時間秩序(temporary order)說出什麼來，而且定律的驗證可以包含任一個相關量的變動。所要檢驗的是相伴的變動而不是因果順序。

(2)其他數值律敘述了與時間互相關聯的物理量之變動。伽俐略(Galileo)的自由落體定律斷說：朝著地球方向自由下落的物體(在真空中)，在單位時間內的變化等於 gt，其中 g 是常數，t 是下落的時間，而且 g 的時間變化率與時間間隔 t 互相關聯。此定律對任何處在自由下落狀態的物體而言都為真，下落時間無論持續多長也為真。這類定律也被稱作「動態的」(dynamical)(或「動力的」)，因為它們指稱了時間過程——通常可以由「作用物件上的力之設定」來說明。

R.E.B.撰　陳瑞麟審訂

functional explanation　功能性的說明　philosophy of the social sciences 社會科學哲學

functionalism　功能主義　用心靈狀態(mental states)之原因及果效(causes and effects)來定義心靈狀態的觀點。作為一種關於心靈狀態之本質(nature)的形上學主張，功能主義認為，使某一內在(inner)狀態有心靈性不是這一狀態的內在自有的(intrinsic)性質，而是這

狀態與感官刺激(sensory stimulation)(輸入)，與其他內在狀態，以及與行為(輸出)的(因果)關係。例如，使某一內在狀態成為痛的是：它通常是由針刺、陽光灼曬等等所引起的一型狀態(a type of state)，而且它又引起其他心靈狀態(如焦慮)及行為(如叫「哎喲」)。命題態度(propositional attitudes)也可用功能性的狀態(functional states)來識別：一個內在狀態之為喝水的欲望，部分是因為它使一個人拿起杯子喝其中的水，如果此人相信杯中有水的話。

功能主義需要的基本區分是：作用(role)(依此來定義某一型類的心靈狀態)和作用之所有者(occupant)(具有某一作用的特定事物)。功能性狀態表現多重的實現性(multiple realizability)：相對於不同種類的存有者(人類、計算機、火星人)，一個特定的因果作用可能有不同的所有者，像「p」信念(作為一種功能性狀態)，它的特定因果作用，可能為人之神經狀態所擁有，也可能為火星人之水狀態(hydraulic state)所擁有。因此，功能主義，跟行為主義一樣，蘊涵：(同一型類的)心靈狀態可能由物理上不相似的系統所有。儘管功能主義並未自動排除非物質的靈魂的存在，但是它一直要唯物論地解釋心靈性(mentality)。

電腦的出現給了功能主義新的刺激。首先，軟體與硬體之區分提示了作用(功能)與所有者(結構)之區分。其次，由於計算機是自動的，它證明在沒有小矮人(homunculus)(即有智能地導控輸出的「小矮人」〔a little person〕)的情況下，內在狀態如何能成為輸出之原因。第三，涂林機(Turing machine)提供一個模型給最早期版的功能主義中的一個版本。涂林機藉表(table)來定義，此表說明從當下狀態(current state)及輸入(input)至下一狀態(或輸出)之轉變(transition)。按照涂林機式的功能主義(Turing machine functionalism)，任何具有心理狀態的存有者都有獨一無二的最佳描述，而每一心理狀態等同於相應於那描述的一個機器表狀態(a machine table state)。處於心靈狀態型 M (To be in mental state type M)就是例化或實現 S 狀態中的涂林機 T。

涂林機式的功能主義，主要由帕特南(Putnam)發展，後來受到了帕特南、布洛克(Ned Block)和弗德(Fodor)的批判。這裡僅提一個重大問題：兩個機器表狀態(按照涂林機式的功能主義，便是兩個心理狀態)，如果產生不同的狀態或造成不同的輸出，那麼它們就是不同的。所以，如果針刺引起 A 說「哎喲」，而使 B 說「噢」，那麼，如果涂林式的功能主義成立，則 A 和 B 的疼痛狀態是不同的心理狀態。但是，我們不如此精細地給一個心理狀態徵相以使它與別的心理狀態有別(we do not individuate psychological states so finely)，我們也不應該這樣做：如此細微的個別化(individuation)對於心理學來說也不適合。而且，如果我們假定，從任一個狀態可以通到任一其他狀態，那麼，涂林機式的功能主義便有無法接受的結論，即沒有兩個系統有一個相同狀態，除非它們所有的狀態都相同。

也許，最突出的功能主義之版本是心靈之因果理論(causal theory of mind)。涂林機式的功能主義以專技的計算機理論或心理學理論為基礎，心靈之因果理論則依於常識性的理解：依心靈因果論，心靈狀態就是能引起某種行為的狀態(阿姆斯壯〔Armstrong〕)。關於心靈狀態的各個詞語是由這些詞語所在的普通理解定義的(路易斯〔David Lewis〕)。哲學家能(通過概念分析或通過定義)先驗地確定心靈狀態是什麼。然後，科學家確定什麼物理狀態擁有定義心靈狀態之因果作用。如果發現沒有物理狀態有疼痛之因果作用(亦即，疼痛起因於針刺等，再導致憂慮等)，那麼依因果理論，疼痛不存在。處於心靈狀態型 M 就是處於有因果作用 R 之物理狀態 N。

第三種功能主義之版本是目的論或「小矮人」式的功能主義，涉及到萊鏗(William G. Lycan)和早期丹內特(Dennett)的觀點。依據小矮人功能主義，人類類似於一個巨大的合作組體(corporation)，由各個能合作的部門(corporating departments)組成，每一部門都有自己要做的工作；這些部門解釋刺激(interpret stimuli)並產生行為反應。(在最高的次個人〔subperson〕層)每一部門依次由次一層的(在次次個人〔sub-subperson〕層的)單位組成的，如此一直推到神經(neurological)層。於此，作用與所有者之區分乃相對於層級：某一層之所有者是次一層之作用。按照這種觀點，處於心靈狀態型M就是有一個次……次個體層的ϕ-所有者處於特徵狀態 S (ϕ)。

功能主義的各種版本都面臨心靈狀態之質性(qualitative nature)問題。其困難在於功能主義以純關係項來個體化(individuate)狀態，而像造紙廠的刺激味似乎便有非關係性的、質性的特徵(qualitative character)，功能主義則完全忽略了這一點。如果兩個人在看熟透的香蕉，他們所處的狀態具有同樣的原因和結果，那麼，按照功能主義的定義，他們處於同一種心靈狀態，亦即例如，有一個黃色之感覺。但是一個人相對其他人而言，似乎可能有一個「相反的光譜」，因而他與別人的(黃色之感覺)狀態在質性上就會不同。(再)例如，想像在看香蕉時，兩人中的一個所處的狀態在質性上與其中另一個去看熟透了的蕃茄時所處的狀態無法區別。儘管一般的直覺以這種相反的光譜是可能的，但功能主義排除這種可能性。一個相關的問題是「覺知之質之缺如」(absent qualia)。中國的人口或波利維亞(Bolivia)的經濟，都可能在功能上等同於人類的大腦，亦即可能有一種函數(function)把中國人口之輸入、輸出和內部狀態之間的關係映射至人類大腦之輸入、輸出和內部狀態；但是，無論中國的人口之成員間怎樣相互作用又與別的國家間怎樣相互作用，直覺上中國的人口都不會有心靈狀態。(但是，)這些論證是否成立仍有爭議性。

參見 behaviorism 行為主義；intentionality 意向性；philosophy of mind 心靈哲學；Turing machine 涂林機

L.R.B.撰　龔維正審訂

functionalism, analytical　分析性功能主義　見 philosophy of mind 心靈哲學

functionalism, machine state　機器狀態功能主義　見 philosophy of mind 心靈哲學

functionalism, Turing machine　涂林機式的功能主義　見 functionalism 功能主義

functional jurisprudence　功能法學　見 jurisprudence 法理學

functor　算符　見 formal logic 形式邏輯

***fundamentum divisionis*　劃分之基礎**　拉丁語，意為「劃分之基礎」(foundation of a division)，士林學派邏輯和存有論用語，意為「區分之基礎」(grounds for a distinction)。有些區分將存在的事物分別地分門別類，如人與獸。這是一種真實的區分(a real distinction)，而且這種劃分之基礎即存於實在(reality)之中。有些區分所分門別類的，是一些不能單獨存在但能在思想上被區分的事物，諸如成為一個人和擁有幽默感之間的差別，或如靈魂和其某一能力(譬如思維力)之間的差別。思想上的區分(mental distinction)也叫作形式上的區分(formal distinction)。鄧斯・斯各多(Duns Scotus)因提出有事物基礎的形式區別(*formalis distinctio cum fundamento ex parte rei*)之觀點而著名，主要即為了以基督宗教的上帝概念來處理邏輯上的問題。上帝應當是絕對單純的(simple)，亦即，祂不會是由眾多成分所組成的；然而，根據傳統神學，有許多性質確能歸於上帝：祂是有智慧的、善良的和有大能的。為了維護上帝的單純性，鄧斯・斯各多聲稱，雖然智慧、善、大能之間的差異只是形式的，但其之於上帝自身的存有而言仍具有某種基礎。

A.P.M.撰　丁福寧審訂

Fung Yu-lan　馮友蘭(1895-1990)　中國哲學家。畢業於北京大學(Peking University)，在哥倫比亞大學(Columbia University)取得博士學位。他的《中國哲學史》(*History of Chinese Philosophy*)是首部由當代學者完成的有較高質素的哲學史。在第二次世界大戰期間，他試圖用在西方所學的新實在論(New Realism)觀點，來重建朱熹(Chu Hsi)的思想，並且發展出他自己的思想體系：「新理學」(a new philosophy of li〔principle〕)。共產黨(Communist)執政以後，他放棄了早先的思想，在文革(the Cultural Revolution)期間批判孔子(Confucius)的哲學。文革之後他再次改變了觀點，並以七卷本的篇幅重寫了他的《中國哲學史》。

參見 Chinese philosophy 中國哲學；Chu Hsi 朱熹

S.-h.L.撰　劉述先審訂

future contingents　未來偶然性　指在未來中，可能發生也可能不發生的個別事件或事情的狀態。有三個古老的問題涉及到未來偶然性：二值原則的普遍有效性問題、自由意志和決定論問題，以及預知的問題。

關於未來偶然性在現代哲學邏輯中的討論，是由盧卡奇維茨(Łukasiewicz)在討論三值邏輯時恢復的。他認為，為了避免宿命論的結果，我們必須承認，二值原則(對於任何命題 P 而言，P 是真的或非 P 是真的)對於有關未來偶然性的命題來說並不是恰當的。很多作者都認為盧卡奇維茨的這個觀點是混淆的結果。按照馮・萊特(G. H. von Wright)的觀點，當命題被說成是真的或假的，且當在「……是真的」中的「是」是無時態和無時間性的動詞時，決定論的幻想就不會產生。馮萊特認為決定論的根源在於將「……是真的」中的「是」，在具有時間性和不具有時間性的兩個意義上搖擺不定所造成的。在具有時間性的讀法中，或在諸如「它過去是／將來是／已經是真的」的時態變化中，我們可以用其他詞如「確定的」、「固定的」或「必然的」去代替「是真的」一詞。把這種歷時性的必然性運用於無時間性的真假述詞上，就產生了邏輯決定論的觀點。

在當代關於時態和模態的討論中，邏輯學家將時間當成是由左向右運動(即從過去到未來)，可能分成若干支流的模型，並用此模型來處理未來偶然性的問題。儘管「在某一時刻為真」這樣的概念在哲學上被認為是很有問題的，但前述這種時態和模態的模型，在討論歷史決定論和自由問題的文獻中仍然常常被使用。

亞里斯多德(Aristotle)的《論解釋IX》(*On Interpretation* IX)中有一些關於未來偶然性問題的經典討論，他還舉了一個明天海戰的著名例子。由於亞里斯多德在該處的討論及其對模態的概念都是相當歧義的，因此他的論證究竟為何有許多爭議。在《形上學》VI.3(*Metaphysics* VI.3)和在《尼可馬可倫理學》III.5(*Niocmachean Ethics* III.5)中，亞里斯多德試圖證明，並非所有的事物都是事先決定的。斯多噶學派代表了一種因果決定論的世界觀。古代邏輯決定論的例子則是狄爾多如斯(Diodorus)、科如奴斯(Cronus)反對偶然性的著名「大師論證」(master argument)。

波依修(Boethius)認為，亞里斯多德的觀點可能重述如下：二值原則普遍是有效的，但關於未來可能性的命題(不像關於過去和現在事物的命題)，它們不符合「嚴格的」二值規則；依據此規則，每一命題要麼確定為真要麼確定為假。只要使一個命題成真的條件還不固定，這個命題就不能說是確定為真。這是從亞伯拉(Abelard)到亞奎納(Aquinas)的標準拉丁理論。類似的討論也出現在關於《論解釋》的阿拉伯註釋中。

在十四世紀，許多思想家認為，亞里斯多德放棄了未來偶然性命題的二值原則，認為二值原則不適用未來偶然性命題。亞氏的這個想法通常受到了反駁，但我們也發現了像彼得・奧如利(Peter Aureoli)這樣的堅持者。鄧斯・斯各多(Duns Scotus)和奧坎(Ockham)嚴肅地批判了波依修-托米斯狄克(Boethian-Thomistic)認為上帝能夠知道未來可能性因為時間之流顯示為神聖的永恆性這樣的觀點。按照鄧斯・斯各多(Duns Scotus)和奧坎的觀點，上帝偶然預見到自由的行動。要解釋這一點是很麻煩的事情。默里納(Luis De Molina, 1535-1600)提出，上帝知道在任何可能的情況下任何可能的生物會做些什麼事情。這種有關虛擬情境下的自由的「中間知識」理論，在宗教哲學中仍受到討論。類似的問題也在虛擬推論理論中受到討論。

參見 Aristotle 亞里斯多德；Boethius 波依修；free will problem 自由意志問題；many-valued logic 多值邏輯；tense logic 時態邏輯；vagueness 模糊性

S.K.撰　王文方審訂

fuzzy logic　乏晰集合、模糊邏輯　見 fuzzy set 乏晰集合；vagueness 模糊性

fuzzy set　乏晰集合　一種集合，但是該集合與物件之間的屬於關係以程度差別表示。在古典集合論中，對於每一集合 *S* 和物件 *x*，或者 *x* 是 *S* 的成員(a member of S)，或者 *x* 不是 *S* 的成員。在乏晰集合論中，物件 *x* 可能是集合 *S* 的成員的程度為在 0 到 1 之間(含)的任一值。程度為 1 者即是(古典集合論中)「*x* 是 *S* 的成員」而程度為 0 者即是「*x* 不是 *S* 的成員」；而介於 0、1 中間值是表示其程度是模糊的或不確定的。(例如，設 *S* 是年齡在四十歲的禿頭男人的集合。)札德(L. A. Zadeh)研究出一種乏晰集合的邏輯(a logic of fuzzy sets)作為模糊命題邏輯(a logic of vague predicates)的基礎。一個乏晰集合可以在數學上表示為從所給定的論域映至實數區間[0, 1]的函數。

參見 set theory 集合論；vagueness 模糊性

D.H.撰　李瑞麟審訂

G

Gadamer, Hans-Georg　高達美，漢斯-格奧爾格(b.1900)　德國哲學家，詮釋學(hermeneutics)運動在二十世紀下半葉的領導人物。1920 年代就讀於馬堡大學(Marburg)，拜於納托爾普(Natorp)和海德格(Heidegger)門下。他的第一本書《柏拉圖的辯證倫理學》(*Plato's Dialectical Ethics*, 1931)，帶有他們的影響痕跡，也反映他對希臘哲學長久保持的興趣。《真理與方法》(*Truth and Method*, 1960)建立了他原創思想家的聲譽，並且對哲學以外的不少學科有所影響，其中包括神學、法學理論和文學評論。

《真理與方法》的三大部分聯合起來，置換原先科學的真理觀和方法觀在人文科學中扮演的理解典範的地位。第一部分是對美學意識中的抽象性的批判，高達美認為藝術品也對真理有所主張。稍後，高達美根據美感經驗中的藝術遊戲，提供一項類比，指出文本藉著其真理主張，將讀者帶向真理的臨現。在該書的中間部分，高達美將傳統視為理解的條件。對他而言，傳統不是歷史知識的對象，而是一個人的存有的組成部分。《真理與方法》的最後一部分關心的是語言作為傳統的所在。高達美設法將詮釋學的焦點，從晦澀難解的問題轉向交談的參與者經由語言而分享的理解的共同體。

高達美曾經參與了三次界定他對哲學的貢獻的辯論。第一次，是在他作品中從頭到尾都反映的他與海德格持續不斷的辯論。高達美並不全盤接受海德格在 1930 年代引進的新想法，尤其是對於將「哲學史」視為「存有史」的重建工作。高達美也不贊成海德格把赫德靈(Höderlin)提拔至權威的地位。由於高達美的著作較易接近，這使得哈伯瑪斯(Habermas)將高達美的貢獻視為是「將海德格的鄉間給都市化了」。第二次，是與哈伯瑪斯本人的辯論。哈伯瑪斯批評高達美拒斥啟蒙運動的「以成見反對成見」。哈伯瑪斯反對高達美重立「成見」的做法中所含的保守主義，對此，高達美回答說：他只是提出理解的先在條件，這些條件並不排斥任何劇變。第三次則是與德希達(Derrida)的辯論，其結果是《對話與解構》(*Dialogue and Deconstruction*, 1989)一書。德希達的解構來自海德格後期哲學，也因此這次辯論的重點之一，在於海德格之後哲學該走的方向。不過，許多觀察者認為，高達美與德希達之間並無交集。對有些人來說，德希達由於拒絕接受高達美所強調應該交談的條件，已經暴露出詮釋學所加諸的限制。不過，對於其他人而言，這點恰好確認了，任何想藉高達美詮釋學來強加交談的條件的嘗試，都會招致自我挫敗。

參見 Derrida 德希達；Heidegger 海德格；hermeneutics 詮釋學

R.L.B.撰　沈清松審訂

Gaius　該烏斯　見 commentaries on Plato 對柏拉圖的註釋；Middle Platonism 中期柏拉圖主義

Galen　蓋倫(A.D. 129-c.215)　古希臘小亞細亞的醫生和哲學家。定居在羅馬並成為皇帝馬庫斯・奧勒利烏斯(Marcus Aurelius)的御醫之前，他在古希臘羅馬地區廣泛旅行。他的哲學興趣主要在科學哲學(《論醫療方法》〔*On the Therapeutic Method*〕)和自然(《論部分的功能》〔*On the Function of Parts*〕)以及邏輯方面(《邏輯引導》〔*Introduction to Logic*〕，在這本書裡，他提出初步的但具原創性之邏輯關係的處理方法)。在自然解釋方面，蓋倫抱持一種直接目的論(directed teleology)的極端形式，試圖發展出一套綜合原因與解釋的圖像，並為此吸收柏拉圖、亞里斯多德、斯多噶學派和優秀的中世紀作家，尤其是希波克拉提斯(Hippocrates)等人的觀點；他試圖結合希波克拉提斯與柏拉圖的觀點(《論希波克拉提斯和柏拉圖的原則》〔*On the Doctrines of Hippocrates and Plato*〕)。他的著作涉及哲學心理學(《論感情和靈魂的錯誤》〔*On the Passions and Errors of the Soul*〕)他關於心靈的唯物論描述(《心靈特徵導因於身體狀況》〔*Mental Characteristics Are Caused by Bodily Conditions*〕)，因他對某些問題是不能被決定的謹慎態度(諸如對靈魂、壽命和宇宙結構之本質的實際內容)而著稱。在生理學方面，他接受了一種四體液說(four-humor theory)，即健康在於四種基本身體成份之間的平衡，而疾病就是破壞此平衡(這完全是希波克拉提斯的觀點)。他與理性論(rationalist)醫生並肩反對經驗論者，認為發展和支持有關身體基礎的理論是可能的；但他強調觀察和實驗的重要性，特別是在解剖學方面(他通過分離和結紮的方法發現回歸喉神經〔recurrent laryngeal nerve〕的功能)。透過阿拉伯的傳統，蓋倫成為古代最有影響的醫生，雖然有十七世紀的發現，但他的影響一直持續到十九世紀末。他在語意學方面也有廣泛的著作，但這些文本都遺失了。

R.J.H.撰　苑舉正審訂

Galileo Galilei　伽利略·伽利萊(1564-1642)　義大利天文學家、自然哲學家和物理學家。他的《兩個主要世界體系的對話》(*Dialogue concerning the Two Chief World Systems*, 1632)透過論證反對亞里斯多德宇宙論(Aristotelian Cosmology)的主要信條，並捍衛哥白尼(Copernicus)。在他的觀點上，以單一種運動代替了亞里斯多德的多層天體運動(celestial motion)和地界運動(terrestrial motion)；數學被運用於真實的世界；對自然事件的說明單只訴諸於動力因(efficient causes)，而不求助於假設的自然目的。伽俐略被傳喚到宗教法庭面前，被迫撤回他的哥白尼觀點，餘生都被軟禁在他的家中。《兩種新科學的論述》(*Discourse concerning Two New Sciences*, 1638)一書創建了現代力學；它證明自由落體定律，從而使加速度運動的研究成為可能；斷言諸力的不相干擾原則；提出了拋物線的彈道理論。惠更斯(Huygens)和牛頓(Newton)發展了他的工作。

伽俐略的科學和技術成就極其巨大。他發明了一種空氣測溫器、一個升高水位的設備，和一個在幾何學和彈道學上計量用的計算器。他在純科學上的發現包括了單擺的等時性和流體靜力平衡。他的望遠觀察導致了木星的第四衛星(美第奇星〔Medicean Stars〕)的發現，還發現了月球上的山脈、太陽黑子、月球的天平動(libration)，以及銀河系的本質。在方法論上，伽俐略接受古希臘證明科學的理想，並且運用了逆推法(method of retroductive inference)，藉著此法，所研究的現象被歸屬給遠因。他的許多工作利用了假設演繹法(hypothetico-deductive method)。

R.E.B.撰　陳瑞麟審訂

gambler's fallacy　賭徒的謬誤　也稱為蒙地卡羅(Monte Carlo)謬誤，這種謬誤以為在一系列出現的獨立事件中，較後出現結果的機率會為了「補償」較先出現的結果而隨之增強或減弱。例如，由於(伯努利定理〔Bernoulli's theorem〕)長時間投擲一枚公平的硬幣，極有可能的情況是硬幣正面朝上約佔一半的次數，人們可能就此認為，一枚有一段時間沒有出現正面的硬幣，一定「應該」出現正面——出現正面的可能性一定大於 1/2。但這是對大數定理的誤解，這個定理並不要求硬幣有這樣的補償傾向。儘管到目前為止，反面的出現有優勢，但每一次投擲正面朝上的機率仍然是一半。在足夠長的投擲過程中，對於反面佔據強大優勢的不太可能出現的情形居然出現的「補償」，只在於這種結果出現得極微稀少，因而在整體的統計特徵上不會發生什麼作用。

參見 Bernoulli's theorem 伯努利定理；probability 機率

R.Ke.撰 李國偉審訂

game theory 賽局理論 此乃是對遊戲或類似遊戲的人類互動的結構做探討，並對這些活動提供如何以理性的策略參與的理論。儘管此類思想有其先驅者，遊戲理論實際上是由數學家約翰・馮・諾曼(John von Neumann)和經濟學家奧斯卡・摩根斯騰(Oskar Morgenstern)在 1940 年代初期發明的。最引人注目的特徵是其對於在兩個或三個選擇者或遊戲者之間的互動做簡要的表述。例如，兩位遊戲者每一位都可能面臨兩種選擇，把這些選擇放在一起就產生了四種可能的結果。實際的選擇是策略的選擇而不是結果的選擇，儘管原本是對結果的評估在導引策略的選擇。為了在一個遊戲中有好的表現，甚至讓所有選擇者都能在這個遊戲中有好的表現——正如這常是可能的——人們普遍地要求必須考慮到所有其他選擇者的立場和興趣。因此，只直接評價策略而不參考他們在與其他人的相互作用下可能產生的結果，顯然是本末倒置的做法。因而，在倫理學上，遊戲理論一直被成功地運用到功利主義的道德理論中就不叫人感到奇怪了。

當遊戲者的數量和遊戲的策略增多時，遊戲的複雜性就以幾何級數的方式增加。如果兩個遊戲者，每一個人有兩個策略，且每一個都可排出四種可能的結果，且不計算平手和局的情況，那麼，就已經有七十八種在策略上不同的遊戲了。即便是不重要的真實人生中的互動，也可能產生比天文數字還巨大的複雜性。人們可能會抱怨，這將使遊戲理論變得毫無用途。但另一種思考方式是：人們正可能因此注意到，這會使遊戲理論變得有實在性，且有助於我們理解為什麼實際生活中的選擇至少正如同它們有時看起來的那麼複雜。遊戲者可以選擇「純粹」的策略之概然主義式的連接來進一步使問題更加複雜化。因此，在一個簡單的 2 × 2 的遊戲中，原始的四種結果就界定了潛在的諸結果的連續性。

在認知了遊戲的結構之後，人們可能會對這種純粹描述的直接意義留下深刻印象。一個有理性的個體被設想為，是在一個遊戲中企圖最大化他的潛能或其所期待某種結果。但是，如果在一個遊戲中有兩個或更多的選擇者，在假定所有其他人也都採取相同的企圖在行動時，總括視之，他們不可能都同時最大程度地得到他們所期望的結果。這是一條數學原理；總括視之，我們不能同時使兩個函數取得最大值。例如，「最大多數人的最大幸福」這個流行的概念是一種胡言亂語。因此，在互動性的選擇脈胳中，經濟合理性的單純概念是不合理的胡思。實際上，所有早期的遊戲理論都致力於尋找出一個解決互動的另一種替代原則。現在有許多所謂的「解答理論」(solution theory)，這類理論中大部分是關於結果，而不是策略的(它們規定，哪一種結果或結果的範圍就遊戲理論而言尚稱是合理的)。從僅僅寧可多做選擇而不是少做(以及展示一個一致的偏好)的普通合理性，到在遊戲中策略的一般選擇方法，對這些問題如何加以普遍化，人們少有共識。

「報償」(Payoffs)在早期的遊戲理論中，幾乎總被展現在重要的、可轉移的效益之中。可轉移的功效是一個奇異的概念，引入這個概念，明顯是為了避免經濟學家對待人際間的功效比較時所抱持的輕蔑態度。它看起來可以和金錢等量齊觀。在當代法律和經濟學的語言中，人們可以說這是企圖最大化財富的諸理論之一。在早期理論中，合理性的條件有如下幾種：(1)一般而言，如果報償的量對在不同結果中之遊戲者是不同的，則將被認為理智的諸遊戲者，將會設法妥善處理在他們自己中分配最大可能的報償。(2)沒有人願意接受於可獲得的「安全水準」以下的報償，即便是所有其他人聯合起來反對他。(3)最後，有時人們也認為，沒有一組遊戲者願意理性地接受少於他們那一組安全水準以下的報償——但在某些遊戲中，沒有結果能滿足此一條件。這是一個個人及集體的諸般元素奇異的集合。吾人有理由可認為，集體的元素僅僅是預測性的：如果我們每個人作為個體都希望把事情做好，我們就應該群策群力使我們這個團體得到最佳成果。但是，我們需要的是一種能把個人的偏好轉變成集體結果的理論。不幸地，在這理論的基礎中想在這一點上採取一步動作是「乞題的」(question-begging)。我們的基本負擔是去確定一種個人合理性的理論是否能夠產生集體的好結果，而不是規定必然會有好結果。

在重要的、添加性的報償之理論中，我們能把遊戲分成「總量恆定」(constant sum)——其中所有遊戲者的報償量在每一結果中是恆定的——以及另一種「總量可變」(variable sum)的兩種遊戲。「零合遊戲」(Zero-sum games)則是總量恆定的一種特殊事例。兩個人的總量恆定遊戲是純粹對抗的遊戲，因為一個選手的所得是另一選手的損失。在多於兩個選手的總量恆定和所有的總量可變遊戲中，一般都有理由結成聯盟使得聯盟中的成員的報償得以增多(因此，此乃訴諸上述 1 和 3 的假定)。不具有可轉移功效的遊戲，就如在選手僅有順序偏好的遊戲，當遊戲者對於結果的偏好順序個別而言是相反或同一時，或在混合動機的遊戲中，當他們偏好的順序是部分相同，部分相反時，可能會被描述為純粹對抗或純粹協同一致的遊戲。對這種遊戲的數學分析，比起具有重要的、添加效益的遊戲之數學分析明顯較難探究，而且他們的理論就再更廣泛被發展而言，仍僅算是處在初步階段。

儘管早期遊戲理論的合理性之假設具有明顯的循環性格，但正是遊戲理論家處於囚徒的兩難困境，才使人清楚知道強迫性的個人選擇原則，能產生集體地不足之結果。這個遊戲大約是 1950 年被發現的，後來被賦予投合時機，卻不適當的名稱。如果人們以與他們之間任何互動都孤立開的方式玩這個遊戲，則在這個遊戲中的兩位遊戲者，都能以看似對自己而言最好的行為的方式來行動，且達到雙方都認為低於由採取相反的策略選擇所可以得到的一種結果。即便知道這正是他們所面臨的問題，這些遊戲者仍有動機去選擇那些聯合起來產出較少成果的策略。囚徒的兩難包含協同一致及對抗。這一點在當代道德和政治哲學的討論中扮演一個核心的角色。主要涉及協同一致的遊戲(例如我們一致協調出所有人都靠右或靠左開車)也扮演類似的核心角色。對於這兩種遊戲的理解，已被套入對霍布斯(Hobbes)和休姆(Hume)的政治哲學之解讀方式中，另外也被套入互利的正義論中。

參見 decision theory 決策論；prisoner's dilemma 囚犯兩難；utilitarianism 效益主義

R.Har.撰　林立審訂

Gandhi, Mohandas Karamchand　甘地，莫漢德斯．卡若姆奇德(1869-1948)　被稱為莫漢瑪(Mahatma)，印度民族主義領袖，非暴力的群眾政治運動之倡導者，他反對南非的種族歧視(1893-1914)和英國在印度的殖民統治。他把他的方法稱為「真理的力量」(*Satyagraha*，梵文的 *Satya* 是「真理」的意思，*agraha* 則是「力量」的意思)。他把其方法視為在目的上是追求真理(他把真理等同於上帝)，以及在手段上是非暴力(*ahiṁsā*)的一門科學。他強調用建設性的方法解決衝突而不只是剔除衝突，他強調目的與手段的交互關聯(排除用不正當的手段達到好的目的，強調本身忍受痛苦而不是加諸敵人痛苦的重要性)。

甘地認為，有限的真理的知識剝奪了我們使用暴力的正當理由。他認為非暴力不止是單純戒除暴力的使用，非暴力要求勇氣、紀律和對敵人的愛。他否認一般人在沒有充分了解「真理的力量」的情形下便能實踐非暴力。他逐漸把「真理的力量」與消極的抵抗區分開來，消極的抵抗是一種弱者的武器，當面對失敗時，它卻能轉化成暴力。「真理的力量」則要求力量和一致性，且不能被用在不正義的原因中。甘地並不是一個絕對論者，他說儘管當必須在暴力和膽怯之間做出選擇時，人們比較會選擇暴力，但是，非暴力總是比較可取的。他毋寧更是一個實踐家，而非理論家，並認為「真理的力量」比暴力優越的道理只能藉著實際行動被證實，而非透過論證。他把他的工作視為對真理的實驗。他特別受到源自印度教思想的貝格維德．吉塔(Bhagavad Gita)、源自基督教的〈登山寶訓〉(Sermon on the Mount)，以及托爾斯泰(Tolstoy)、羅斯金(Ruskin)、愛默生(Emerson)和梭羅(Thoreau)等人著作的影響。

參見 Bhagavad Gita 貝格維德．吉塔；nonviolence 非暴力；pacifism 和平主義

R.L.H.撰　林立審訂

Gassendi, Pierre　加森地，皮埃爾(1592-1655)　法國哲學家、科學家。針對經驗上可觀察的物質世界，他主張一種中間路線，既避免笛卡兒的獨斷論(the dogmatism of Cartesians)，認為一定有確定知識，也避免蒙田(Montaigne)和夏隆(Charron)的懷疑論，懷疑我們對任何東西有任何知識。加森地認為，伊比鳩魯派的原子論(Epicurean atomism)可視為是物體的結構與互動的模範。他提出一套假設演繹法，認為實驗應可用來檢驗機械論的假設。就像古代的皮羅式懷疑主義者(Pyrrhonian Skeptics)一樣，他並不挑戰吾人感官的直接資料；不過，與他們不同的是，他辯稱即使我們無法得知事物的內在本質，我們仍可發展出對現象世界的可靠科學。就此而言，他可謂近代科學中的緩和派懷疑論的榜樣，依據經驗證據，不斷向新的修正開放。

加森地的第一本書《反亞里斯多德的詭論練習》(*Exercitationes Paradoxicae Adversis Aristoteleos*, 1624)，是對亞里斯多德的攻擊。最為人知的，他是對笛卡兒的《沉思錄》(*Meditations*)的第五組反對意見(1641)的作者，其中加森地指出，即使清晰明判的觀念，也可能不代表吾人心靈之外的任何事物。笛卡兒稱之為反對意見中的反對意見，不過仍以其會毀壞理性為由，而予以駁回。加森地的《伊比鳩魯派哲學大全》(*Syntagma Philosophiae Epicuri*, 1649)一書，包含了他對伊比鳩魯派哲學和科學的發展。他對機械主義的原子模式的加工，以及他對「用實驗檢測假設」的鼓吹，對於近代科學的興起，有關鍵性的重要地位。

加森地身為天主教神父、伊比鳩魯派原子論者、緩和派懷疑論者和機械論科學家的一生，使得他真正的信仰何在，成為一個謎題，就像其他幾位十七世紀神父哲學家一樣。一方面，他公開宣示他的信仰，並將基督宗教教義排除在挑釁之外。另方面，他使用懷疑論的論證作為武器，開始損毀、最後終將破壞教會的理性基礎。也因此，加森地似乎是今天幾乎人所不知的一類思想家，一個對他的基督教義的信仰和他的唯物主義科學之間的表面齟齬並不關心的思想家。

參見 Descartes 笛卡兒；Epicureanism 伊比鳩魯主義；Skeptics 懷疑學派

R.A.W.撰　沈清松審訂

Gauss, Carl Friedrich　高斯，卡爾．弗里德里希　見 non-Euclidean geometry 非歐幾里德幾何學

Gay, John　葛雷，約翰(1699-1745)　英國道德論者，企圖調和神令論(divine command theory)與效益主義(utilitarianism)。牧師之子。葛雷被選為劍橋大學希德尼薩西斯學院(Sidney Sussex College, Cambridge)的教師，並在那裡教授教會史、希伯來文與希臘文。他在一篇哲學論文〈德性或道德之基本原理論說〉(Dissertation Concerning the Fundamental Principle of Virtue or Morality, 1731)裡論證義務建立在上帝意志上，而由於人類註定是幸福的，這些義務指導著人類行為以促使全面幸福。葛雷建立了一套聯想心理學(associationist psychology)，根據此說，我們追求與幸福具聯結的對象(例如金錢)，而不管它們現

在是否使我們幸福；與哈屈森(Hutcheson)相反，他還論證我們的道德感是制約的而非自然的。葛雷把效益主義與聯想心理學結合起來，為大衛・哈特里(David Hartley)的道德心理學提供了基礎，後者影響了稍後的邊沁(Bentham)對古典效益主義(classical utilitarianism)的型塑。

參見 Hartley 哈特里；Hutcheson 哈屈森；moral sense theory 道德感覺的理論

E.S.R.撰　林正弘審訂

GCH　廣義連續體假說　見附錄：特殊符號與邏輯記號

Geach, Peter　紀治，彼得(b.1916)　英國哲學家和邏輯家，主要從事於邏輯和語言哲學的研究工作，對麥克塔格特(McTaggart)十分仰慕，曾為麥氏的《真理、愛和不朽》(*Truth, Love and Immortality,* 1979)做了十分貼切的疏解。同時，他一直力求達到他眼中的蘇格蘭觀念論思想的清晰性和嚴密性。紀治受弗雷格(Frege)和維根斯坦(Wittgenstein)的影響很大，此特別見於他對所謂的「弗雷格論點」(the Frege point)——或更適當地說「弗雷格-紀治論點」(the Frege-Geach point)——應用得可圈可點。所謂「弗雷格-紀治論點」，就是說同一個思想可能被斷定或不被斷定，但不管何者，該思想都保持同樣的真假值。這個論點曾被紀治用來否定歸責主義者(ascriptivist)的責任理論，也可用來對抗倫理學的非認知主義(noncognitivist)的種種理論：這些理論要面對弗雷格-紀治式的問題，即，如何說明像「如果他做錯了，他將被懲罰」這類脈絡中之道德歸責的意義。他與馬斯・布拉克(Max Black, 1909-88)共同翻譯了很多弗雷格的著作，把弗雷格的思想帶進英語世界，頗為人所稱道。在不受蒯因(Quine)的影響下，他獨立證明出在弗雷格對羅素詭論(Russell's paradox)之解答中含有矛盾(《心靈》〔*Mind*, 1956〕)。同時，他亦極力為弗雷格-羅素的現代邏輯辯護，以對抗傳統的亞里斯多德-士林學派邏輯(Aristotelian-Scholastic logic)。紀治對波蘭的邏輯家，也深深仰慕。

在形上學方面，紀治亦以其為「相對同一性」(relative identity)辯護而聞名。所謂相對同一性，主要論點是：對象 a 與對象 b 可以是同一的 F(F 是一個類名)，但不是同一的 G (雖然二者卻又同屬於 G)。不過，紀治的辯護亦受到相當批評，也沒有得到廣泛支持。這個論點明顯地可用於為「三位一體論」(the doctrine of the Trinity)辯護(例如說，聖父與聖子是同一個神，但卻不是同一個位格)；「三一論」一直都受到某些宗教哲學家的注意。

紀治的主要著作包括：《心靈行動》(*Mental Acts*, 1958)，此書攻擊心靈哲學中的性向說(dispositional theory)；《指涉與普遍性》(*Reference and Generality*, 1962)是一本關於邏輯的重要著作；以及《邏輯議題》(*Logic Matters*, 1972)等。紀治也是一個著名的天主教辯護者(縱使他對士林學派邏輯頗有非議)，其宗教觀主要見於《上帝與靈魂》(*God and the Soul*, 1969)、《天佑與邪惡》(*Providence and Evil*, 1977)及《品德》(*The Virtues*, 1977)等。他的妻子正是哲學家伊莉莎白・安絲康(Elizabeth Anscombe)。

參見 ascriptivism 歸責主義；Frege 弗雷格；identity 同一性；McTaggart 麥克塔格特；Russell 羅素；Wittgenstein 維根斯坦

D.S.O.撰　謝仲明審訂

***Gegenstandstheorie*　對象理論學說**　見 act-object psychology 動作-對象心理學

***Geist*　精神**　見 Hegel 黑格爾

Geisteswissenschaften **人文科學** 見 Weber 韋伯

Gemeinschaft **社群** 見 social philosophy 社會哲學

gender theory **性別理論** 見 postmodern 後現代

genealogy **系譜** 見 Foucault 傅科；Nietzsche 尼采

generality **普遍性** 見 vagueness 模糊性

generalizability **可普遍化性** 見 universalizability 可被普遍化性

generalization, existential **存在推廣** 見 existential generalization 存在推廣

generalization, universal **全稱通則化** 見 universalizability 可被普遍化性

generalization argument **普遍化論證** 見 universalizability 可被普遍化性

generalization principle **普遍化原則** 見 universalizability 可被普遍化性

generalized continuum hypothesis **廣義連續體假說** 見附錄：特殊符號與邏輯記號

generalized quantifier **廣義量詞** 見 formal logic 形式邏輯

general jurisprudence **普通法理學** 見 jurisprudence 法理學；philosophy of law 法律哲學

general relativity **廣義相對論** 見 relativity 相對論

general systems theory **普通系統論** 見 systems theory 系統論

general term **一般項** 見 singular term 獨一項

general will **公共意志** 見 Rousseau 盧梭

generative grammar **生成文法** 見 grammar 文法

generic consistency, principle of **總屬的一致性原則** 見 universalizability 可被普遍化性

generic sentence **涉類句** 見 philosophy of language 語言哲學

genetic epistemology **發生認識論** 見 Piaget 皮亞傑

genetic fallacy　起源的錯誤　見 informal fallacy 非形式謬誤

genotext　生成性文本　見 Kristeva 克莉絲緹娃

Gentile, Giovanni　真蒂萊，喬萬尼(1875-1944)　義大利的觀念論哲學家和教育改革者。他在巴勒莫(Palermo)、比薩(Pisa)和羅馬的大學裡教書，並且成為墨索里尼(Mussolini)政府第一任期(1922-24)的教育部長。他是法西斯政府最具影響力的知識分子，也促進了義大利學校制度的徹底轉型，雖然其中大多未能在那時代過後被保留下來。

真蒂萊反對將黑格爾(Hegel)的辯證法視為思想客觀化的歷程，他的現實主義(actualism，或現實的觀念論〔actual idealism〕)聲稱，唯有純粹的思維活動或超驗主體(the Transcendental Subject)才能經歷辯證的歷程。一切的實在，諸如自然、上帝、善與惡，都內在於那有別於諸經驗主體的先驗主體的辯證中。他的主要著作有《精神為純粹現實的理論》(*La teoria generale dello spirito come atto puro*, 1916；後被譯為〔*The Theory of Mind as Pure Act*, 1922〕)和《作為知識理論的邏輯體系》(*Sistema di logica come teoria del conoscere*〔System of Logic as a Theory of Knowledge〕, 1917)。

真蒂萊的教學觀也受到現實主義的影響。(他認為)教育是一種行動，它要克服主體間溝通的困難，並使師生在先驗主體內的統一得以實現(《作為一門哲學的教育學之概述》〔*Sommario di pedagogia come scienza filosofica*, 1913-14〕)。現實主義於真蒂萊在世期間在義大利很有影響力。由於克羅齊(Croce)的歷史主義，它影響了像鮑桑葵(Bosanquet)和柯林吾(Collingwood)這些英國的觀念論者。

參見 idealism 觀念論

P.Gar.撰　丁福寧審訂

genus　類　見 definition 定義

***genus, summum*　最高類**　見 *genus generalissimum* 最普遍的類

***genus generalissimum*　最普遍的類**　拉丁語，意為「最普遍的類」(most general genus)。不再隸屬於其他更一高級的類，是最廣泛的自然類別。亞里斯多德(Aristotle)的十大範疇屬之，也被稱為最高的類。對亞里斯多德和他的追隨者而言，這十大範疇並不從屬於某一更高級的類(比方說：「存有」〔being〕)。對亞里斯多德和他的追隨者而言，如果真有這樣一個包含所有範疇的類，這個類就會包含一切的類差，因而可以普遍地述及(predicate)這些類差。但沒有一個類能以這種方式述及它的類差，因此，並沒有一個包含了十大範疇的更高的類存在。沒有幾個作者能清晰地解釋亞里斯多德的這個推理，但有些人指出，如果「理性」的類差只是意指「理性的動物」，那麼，把「人」定義為「理性的動物」就等於實際上把他定義為「理性動物的動物」，這是不合文法的形式。所以一般而言，沒有類能以這種方式包括它的類差，因此也就沒有包含一切的類。亞里斯多德的十大範疇就是最普遍的類。

參見 definition 定義；praedicamenta 範疇；predicables 謂項

P.V.S.撰　王文方審訂

geometric conventionalism　幾何學的約定論　見 Poincaré 龐卡黑

geometry, Euclidean　歐幾里德幾何學　見 Euclidean geometry 歐幾里德幾何學

geometry, non-Euclidean　非歐幾里德幾何學　見 non-Euclidean geometry 非歐幾里德幾何學

Gerson, Jean de　杰森，尚・德　原名尚・查里葉(Jean Charlier, 1363-1429)，法國神學家、哲學家和教會神職人員。他在巴黎進行研究，後來接替唯名論者皮埃爾・德埃利(Pierre d'Ailly)於1395年成為該大學的校長。德埃利和杰森在康斯坦斯大公會議(The Council of Constance, 1414-18)的工作中扮演相當突出的角色。杰森對後來思想家的重要影響都源自其「教會會議至上主義」(conciliarism)，這種觀點認為，教會是一個政治團體，而為教會利益行動的總公會議(a general council)，有權廢黜不能促進教會利益的教宗，因為同樣的理由也可也適用於其他形式的政治團體。杰森的教會會議至上主義並不是現代意義上的立憲制，因為他訴諸於法人和聖統制觀念(hierarchical ideas)的教會政體，而且其情形並不依賴於任何個人權利的原則。他的主要著作涉及神祕神學，他認為這種神學比其他形式的神學使信徒更接近上帝的榮福直觀極樂世界。他受聖・波拿文都拉(St. Bonaventure)和大亞爾伯(Albertus Magnus)的影響，但尤其受偽狄奧尼修斯(Pseudo-Dionysius)的影響，杰森把他視為聖保羅(St. Paul)的弟子而不是柏拉圖主義者。他因此能夠接受反柏拉圖主義的觀點，來反駁神祕的如呂斯布魯克(Ruysbroeck)和同時代鄧斯・斯各多(Duns Scotus)的追隨者，諸如尚・德・里帕(Jean de Ripa)。在放棄了鄧斯・斯各多的實在論(Scotist realism)之後，他利用了唯名論者的觀點，尤其是強調神的自由的觀點。他告誡神學家不要因驕傲而誤以為自然理性獨自能解決形上學問題；他強調司鐸職責的重要性。雖然他早年卓有聲望，但他的晚年卻是在相對隱匿中度過的。

E.J.A.撰　丁福寧審訂

Gersonides　杰森尼德　也被稱為列文・本・杰書姆(Levi ben Gershom, 1288-1344)，法國猶太哲學家和數學家，在邁蒙尼德(Maimonides)之後領導猶太亞里斯多德學派。杰森尼德還是著名的塔木德學者(Talmudist)、《聖經》註釋學家和天文學家。他的哲學著作包括對阿威羅斯(Averroes)註解亞里斯多德的再註解(supercommentaries on most of Averroes' commentaries on Aristotle, 1319-24)、《論正確的三段論》(*On the Correct Syllogism*, 1319)，一篇有關三段論的論文和一篇重要的士林哲學論文：《主的戰爭》(*The Wars of the Lord*, 1317-29)。此外，他對聖經的註解可列為聖經的哲學註解中最好的例證，尤為值得一提的是他對作為寓言來描述人類理智上升到主動理智的〈雅歌〉(Song of Songs)的解釋。

杰森尼德在古希臘傳統哲學方面的老師是邁蒙尼德和阿威羅斯(Averroes)。但是，他比他們兩人都更堅持哲學真理及啟示真理(revealed truth)是同範圍的：他既不承認阿威羅斯在理性和啟示之間所看出的衝突，也不承認邁蒙尼德關於人類理智的有限性的批評性觀點。而且，雖然他沉浸在亞里斯多德的架構之中，杰森尼德並不是不對其加以批評，他的獨立性可由他的兩個最明確的觀點得到證明。第一，杰森尼德不贊成邁蒙尼德的觀點，他認為既可以證明亞里斯多德關於世界永恆說的錯誤(阿威羅斯的觀點)，又可以證明從虛無(*ex nihilo*)創造的荒謬性，這是邁莫尼德接受的傳統的拉比觀點，雖然未經理性的論證。相反，杰森尼德贊成的是柏拉圖(Plato)的由原初物質在時間中的創造理論。第二，不像邁蒙尼德和阿威羅斯，這兩人都認為在對未來可能事件的神的預知(divine foreknowledge)和人的自由之間所斷言的矛盾是虛假的，而杰森尼德把這種兩難(dilemma)視為真實

的。為了維護人的自由，他甚至認為，從邏輯上說，甚至上帝都不可能有個別的知識就其為個別的(knowledge of particulars as particulars)，因為上帝的知識只是關於一般規律的。與此同時，藉著重新定義「全知」(omniscience)為知道可知的一切東西，他顯示這種不可能性在上帝的知識方面也並非不完備。

雖然杰森尼德的聖經註解獲得了廣泛的直接承認，但是後來中世紀的猶太哲學家，如哈斯達伊．克萊斯加(Hasdai Crescas)，基本上消極反對他的嚴格證明的觀點。尤其隨著亞里斯多德主義在哲學領域、猶太教和基督宗教的沒落，他或者受到嚴厲批評或者乾脆被忽視。

參見 Aristotle 亞里斯多德；Averroes 阿威羅斯；Jewish philosophy 猶太哲學；Maimonides 邁蒙尼德；philosophy of religion 宗教哲學

J.Ste.撰　丁福寧審訂

***Gesellschaft*　社會**　見 social philosophy 社會哲學

Gestalt　完型　見 figure-ground 圖形-背景；Köhler 克勒

Gestalt psychology　完型心理學　見 Köhler 克勒

Gettier problem　葛第爾問題　見 epistemology 知識論

Gettier-style example　葛第爾式範例　見 epistemology 知識論

Geulincx, Arnold　格林克斯，阿諾德(1624-69)　荷蘭哲學家。生於安特衛普(Antwerp)，求學於魯汶(Louvain)，並在那成為哲學教授(1646)與學院院長(1654)。1657 年的時候，可能是因為他詹生主義者(Jansenist)與笛卡兒哲學(Cartesian)的傾向，被迫離開魯汶。1658 年，他搬到萊登(Leyden)，並成為了新教徒(Protestant)。雖然過世之前他一直在那裡教書，他在大學裡從未得到正式的教授職位。他主要的哲學著作為《倫理學》(*Ethica*, 1675)，此書只有第一部在他的生前問世，當時名為《德行及其首要屬性》(*De virtute et primis ejus proprietatibus*, 1665)。同樣在他生前付梓的書有《其他問題》(*Questiones quodlibeticae*, 1652；此書後來出版改名為《諷刺詩集》〔*Saturnalia*〕)、《邏輯》(*Logica*, 1661)與《尋求論證的方法》(*Methodus inveniendi argumenta*, 1665)。不過，他最重要的著作是在身後出版的。除《倫理學》一書外，還有《真實物理學》(*Physica vera*, 1688)、《逍遙學派之物理學》(*Physica peripatetica*, 1690)、《真實形上學》(*Metaphysica vera*, 1691)與《逍遙學派之形上學》(*Metaphysica ad mentem peripateticam*, 1691)。還有在身後出版的評論笛卡兒《哲學原理》(*Principia Philosophiae*)一書的二本書(1690 與 1691)。

格林克斯受笛卡兒的影響很深，故他的許多觀念與後期笛卡兒學者，以及那些比較獨立的思想家，如史賓諾莎(Spinoza)與萊布尼茲(Leibniz)等人，十分相似。雖然他的論據具有原創性，不過就像許多後期笛卡兒學者一樣，格林克斯主張一種偶因論(occasionalism)的觀點；他認為某人或某物只能做那些它知道如何去做的事，也因此我們不是我們自己身體運動的真正原因。在討論心物關係時，格林克斯使用一個相似於萊布尼茲在說明預定調和論時所用的時鐘類比。同時，格林克斯也主張一與史賓諾莎論點相類的心物實體觀。最後，他提出一套立基於美德意志(virtuous will)觀念的倫理學系統。儘管格林克斯與他同時期較著名之人的觀點有顯著的相似性，我們很難明確判定格林克斯對他們的影響，以及他們對他的影響。

參見 Descartes 笛卡兒；Leibniz 萊布尼茲；occasionalism 偶因論

D.Garb.撰　林正弘審訂

Ghazālī, al-　薩里，安　見 al-Ghazālī 安薩里

ghost in the machine　機器裡的鬼魂　見 Ryle 賴爾

Giles of Rome　羅馬的吉爾斯　其原名為愛吉狄歐．柯隆納(Egidio Colonna, c. 1243-1316)。義大利神學家及神職人員。為聖奧古斯丁隱修會的成員，他在奧古斯丁修道院修習藝術，以及在巴黎大學修習神學(1260-72)，但是卻被神學院所責難且不准許他教書，否定他的教師資格。由於教宗和諾里四世(Pope Honorius IV)的介入，後來他才得以由義大利回到巴黎教授神學(1285-91)，而後又被指派為其修會之會長(1292)，並成為布爾日(Bourges)地區的總主教(1295)。

吉爾斯為亞奎納(Aquinas)的觀念做辯護，而同時也對之做批判。他堅持，本質(essence)與存在(existence)在受造物中有實在的區別，但卻又將它們描述為「物」(things)；原質(prime matter)不能不藉由某種實體元形(substantial form)而存在；而且，在其生涯的早期，他認為一個永恆的受造世界是可能的。他辯稱只有一種實體元形存在於混成物中，包括人也是如此。在教宗鮑尼法八世(Pope Boniface VIII)與法國費利普四世(Philip IV of France)的爭辯中，他支持教宗。

J.F.W.撰　蕭宏恩審訂

Gilson, Étienne　吉爾松，艾提耶內(1884-1978)　法國天主教哲學家、歷史學家、多倫多(Toronto)中世紀研究宗座學院(the Pontifical Institute of Medieval Studies)之共同創建者，以及新多瑪斯主義(Neo-Thomism)的重要人物之一。吉爾松是經由其探究笛卡兒(Descartes)之士林哲學背景的開創性工作而發現中世紀哲學。作為一名歷史學者，他論證，當代哲學初期如果缺乏中世紀思想是無法理解的，中世紀哲學自身亦不像某些多瑪斯主義者所認為的乃表現為一關於實在界的統合理論。他對鄧斯．斯各多(Duns Scotus)、奧古斯丁(Augustine)、伯納德(Bernard)、亞奎納(Aquinas)、波拿文都拉(Bonaventure)、但丁(Dante)，以及亞伯拉與哈露易絲(Abelard and Héloïse)的研究，即在探詢這方面的歧異。但是，在他於傑福特(Gifford)對(1931-32)《中世紀哲學精神》(*The Spirit of Medieval Philosophy*)的講授中，吉爾松嘗試對中世紀哲學、形上學、倫理學，以及知識論上的教學做一概括性的綜合，而且將這樣的綜合使用於他對當代哲學的批判，即《哲學經驗的統一》(*The Unity of Philosophical Experience*, 1937)一書。最重要的是吉爾松嘗試重建亞奎納對受造的存有作本質(essence)與存在(existence)的區別，就如同在《存有與某些哲學家》(*Being and Some Philosophers*, 1949)一書中所做的那樣。

參見 Neo-Thomism 新多瑪斯主義；Thomism 多瑪斯主義

D.W.H.撰　蕭宏恩審訂

Gioberti, Vincenzo　吉爾伯第，威賽如(1801-52)　義大利哲學家和政治家。他被祝聖為一名司鐸，被監禁又因倡導義大利的聯合統一而被驅逐，且在文藝復興期間成為一位核心政治人物。

他的主要政治學著作《論義大利人的道德和全民職責》(*Del primato morale e civile degli*

Italiani〔*On the Moral and Civil Primacy of Italians*〕, 1843)，是為義大利聯邦以教宗為領袖而辯護。吉爾伯第的哲學理論《存有學》(*ontologism*)與黑格爾(Hegel)的觀念論相反的是，它將存有的辯證(the dialectics of Being)與上帝的創造視為同一。他的思想可以濃縮在一個公式裡：「存有創造存在者」(Being creates the existent)。存有的辯證，其即唯一的必然實體(substance)，是一種重演性(palingenesis)，或曰返回本原，在那之中，存在物首先從本原出發並模倣它的創造者(mimesis)，然後再返回到它的創造者(methexis)。透過直觀，人的心靈與上帝相遇，並回溯存有的辯證而發現真理。然而，超自然真理(supernatural truth)的知識只能由上帝的啟示給予(《超自然論》〔*Teorica del soprannaturale*, 1838〕和《哲學研究導引》〔*Introduzione allo studio della filosofia*, 1841〕)。吉爾伯第批評近代哲學家諸如笛卡兒的心理主義(psychologism)——從人性主體、而非從存有自身(Being itself)以及其啟示來尋求真理。他的思想在義大利仍具影響力，特別是在基督宗教的靈修主義(Christian spiritualism)中。

P.Gar.撰　丁福寧審訂

given　既與　在知識論裡，既與是「天然事實」(brute fact)成分，它被發現為、或者被設定為知覺經驗的成分。有的理論家主張經驗存在這既與元素，認為我們能藉著對自身經驗的謹慎內省，找出這元素來(穆爾〔Moore〕、普賴斯〔H. H. Price〕)，這些理論家通常會將日常知覺意識的成分，與我們嚴格知覺的成分做區分，前者才構成我們關於知覺對象的信念或知識。舉例而言，當我們看到一個蘋果，若是內省地分析這認知對象，就會發現被相信為蘋果的東西，是個具有柔軟雪白內在質地的三次元物體，而嚴格來說，我們眼中所看到的僅僅是它的表面之一，一個紅色形狀的廣延——這即是「既與」所指涉的意義。

其他理論家將既與的存在視為設定的，而不是內省的發現。舉例而言，有的理論家將認知看待成某種活動，其揭露意識經驗中的物質既與之形式。通常這種觀點被歸給康德(Kant)，既與和概念互相定義，邏輯上不可分離。有時候，這種相互依賴性，被視為一種產生既與是不可能的描述。在這種情況下，既與被說是不可表達的(劉易士，《心靈和世界秩序》〔C. I. Lewis, *Mind and the World Order*, 1929〕)。

在某些知識理論中(例如基礎論)，既與的第一個變種——既與是被「發現(奠基)」(found)而非被「設定」(postulated)的——提供了我們所知、或所證成信念的經驗基礎，因此，如果我在可靠證據上相信在我面前有一個紅蘋果，則證據是知覺意識之非認知部分，即我對這個紅的、蘋果形狀的廣延的知覺意識。也就是說，知識論設定的第一種既與，需要有單一的存有物類型來說明知覺的感覺本質，並為經驗知識提供直接的認識基礎；今天學者們普遍認為，這一要求不可能達成，塞拉斯(Wilfred Sellars)將這種不相信的論點描述為「既與的神話」(the myth of the given)。

參見 perception 知覺；phenomenalism 現象論；Sellars, Wilfrid 塞拉斯

T.V.撰　陳瑞麟審訂

given, myth of the　既與的神話　見 Sellars, Wilfrid 塞拉斯，威福利德

Glanvill, Joseph　格拉威爾，約瑟夫(1636-80)　英國哲學家、捍衛皇家學會(Royal Society)對抗經院哲學的英國國教牧師。格拉威爾相信確定性在數學與神學中是可能的，但在經驗知識中則否。在他最重要的哲學著作《獨斷之徒勞》(*The Vanity of Dogmatizing*, 1661)中，他主張自亞當墮落以來的人類腐化，阻礙了自然知識之獨斷。格拉威爾使用傳

統的懷疑論論證及類似後來休姆(Hume)對因果性的分析，論證所有的經驗知識都是透過逐步探究所獲得的概率混合物。格拉威爾儘管主張懷疑論，但居然還在《女巫與巫術》(*Witches and Witchcraft*, 1668)一書中論證女巫的存在。

J.W.A.撰　林正弘審訂

Gleason's theorem　格里森定理　見 quantum logic 量子邏輯

global supervenience　泛伴隨論　見 supervenience 伴隨性

gnosticism　諾斯替主義　一種在初代基督教會的二元論的宗教和哲學運動，在第二世紀瓦倫丁(Valentinus)和巴西里德斯(Basilides)領導下尤其具重要性。他們教導物質是邪惡的，宇宙分裂的結果導致一個邪惡的統治者(archon，經常與《舊約》的上帝雅威〔Yahweh〕相關)強烈地反叛了完整的精神世界(heavenly *pleroma*〔the complete spiritual world〕)。在這個過程中，神聖的火花從完整的精神世界釋放而寄居於人的物質軀體裡。耶穌是最高位的統治者(high-ranking archon，即「道、理」〔Logos〕)，受派遣藉著傳授奧祕的知識(gnosis)以神聖的火花回復那些靈魂美德到完整的精神世界。

諾斯替主義從內部和外部影響和威脅正統的教會。非基督宗教的諾斯替派別是基督宗教的敵手，而基督宗教的諾斯替流派藉著強調救恩是來自知識而非信仰而威脅到正統教義。像亞歷山卓的神學家克萊門特(Clement)和他的學生奧利根(Origen)認為，有兩種救恩之途，信仰之途是為大眾的，而奧祕或神祕的知識之途是為哲學家的。

諾斯替主義深刻地影響到早期的教會，迫使其定義聖經正典(scriptural canon)及發展一套信理和主教組織。

參見 Clement of Alexandria 亞歷山卓的克萊門特；Origen 奧利根

L.P.P.撰　丁福寧審訂

goal-directed system　目標導向系統　見 computer theory 計算機理論；cybernetics 控制論

Göckel, Rudolph　哥克爾，魯道夫　見 Goclenius 高克藍尼烏斯

Goclenius, Rudolphus　高克藍尼烏斯，魯道夫斯　德文名為魯道夫．哥克爾(Rudolf Gockel, 1547-1628)，德國哲學家。在某些地方擔任過些不重要的職位後，高克藍尼烏斯於 1581 年成為馬堡大學(University of Marburg)的教授，教授物理學、邏輯、數學，以及倫理學，一直到他去世為止。雖然他對上述學科的最新發展都能透徹理解並十分在行，但他基本上是同情亞里斯多德(Aristotle)的。高克藍尼烏斯在其同時代人中受到相當尊重，當時人們以馬堡的柏拉圖(Plato of Marburg)、基督教的亞里斯多德(Christian Aristotle)，以及歐洲之光(Light of Europe)稱呼他。他出版了非常多的書，包括《心理學是人完整的描述》(*Psychologia, hoc est de hominis perfectione...*, 1590)、《調合之哲學》(*The Conciliator philosophicus*, 1609)、《邏輯與哲學的爭論》(*The Controversiae logicae et philosophicae*, 1609)，以及其他許多關於邏輯、詩學、物理學、形上學及拉丁語的作品。不過他流傳最久遠的作品是《哲學辭典》(*Lexicon Philosophicum*, 1613)及其姊妹作《希臘哲學辭典》(*Lexicon Philosophicum Graecum*, 1615)，這些辭典清楚定義著後期蘇格拉底哲學的哲學術語，而且對十六世紀與十七世紀早期思想之研究，仍是極有用的參考書籍。

D.Garb.撰　林正弘審訂

God　上帝　見 divine attributes 神的屬性；philosophy of religion 宗教哲學

God, arguments for the existence of　關於上帝存在的證明　見 divine attributes 神的屬性；*ens a se* 由自身存有者；philosophy of religion 宗教哲學

Gödel, Kurt　哥德爾，柯特　見 Gödel's incompleteness theorems 哥德爾不完備定理

Gödel numbering　哥德爾編碼　見 Gödel's incompleteness theorems 哥德爾不完備定理

Gödel's incompleteness theorems　哥德爾不完備定理　有兩個定理，是奧地利邏輯學家柯特．哥德爾(Kurt Gödel, 1906-78)於 1931 年在他的著名論文〈論《數學原理》和有關系統 I 的形式不可判定性命題(Über formal unentscheidbare Sätze der *Principia Mathematca* und verwandter Systeme I)中完成的，算得上是邏輯學中最著名的結論。它們習慣上被稱為「不完備」定理，因為這兩個定理都證明，對於某一類型的形式系統，都存在一個可在語言中構成(formulable in its language)但不可在該系統下證明的句子，但人們希望證明它。在第一定理(G1)中，所不能證明的是給定理論的語言中的一個為真的句子。因此，G1 對於試圖以理論推得某些學科的所有真理的理論建構者來說是夢想破滅。在第二定理(G2)中，該理論不能證明的是一個「表示」(expresses)該理論一致性的句子。G2 因而使試圖直接完成希爾伯特計畫(Hilbert's Program)的人夢想破滅。

不完備定理的證明是基於三個主要觀念。第一個觀念是「哥德爾編碼」(Gödel numbering)，即把自然數指定給形式系統 *T* 內依語法分類的各種不同物件(如項〔terms〕、公式〔formulae〕、公理〔axioms〕、證明〔proofs〕等)，而在此所考慮的是形式系統 *T* (以後稱「表現理論」〔represented theory〕)的後設數學(metamathematics)。第二個觀念是「表現規畫」(representational scheme)，這包括(1)運用哥德爾編碼，發展關於形式系統 *T* 的各種後設數學性質的數論編碼(number-theoretic codifications)；(2)選擇一理論 *S*(以後指「表述理論」〔representing theory〕)，並由 *S* 中選擇一組公式(表現公式〔representing formulas〕)，使得理論 *T* 的若干後設性質被編碼為其定理。這一表現規畫的基本結果，就是系統 *T* 的定理(的哥德爾數)的弱表示(weak representation)，其中一組數 Λ 在理論 *S* 中由公式 $L(x)$ 弱表示，是指對每一個數 v 而言，$v\in\Lambda$，當且僅當 $L([v])$ 是 *S* 的一個定理，其中 $[v]$ 是 *S* 的項(standard term)，而且在對於 *S* 的解釋(intended interpretation)下，$[v]$ 被解釋為數 v。由於表現理論 *T* 的定理(的哥德爾數)構成的集合通常是遞歸可數(recursively enumerable)，而且表述理論 *S* 必須能弱表示該集合，因此對於 *S* 的基本表徵能力需求，是它能夠弱表示任一遞歸可數的自然數集合。因為基本的算術系統(如羅賓森算術和皮亞諾算術〔Robinson's arithmetic and Peano arithmetic〕)都有這種表徵能力，哥德爾定理就常被描述為使用含有算術的片段，來滿足對表述理論 *S* 的基本表徵能力需求(當然，表述理論也常常就是表現理論)。關於這一點下面還有更多的論述。

第三個觀念是，在系統 *S* 內做「對角建構」或「定點建構」(a diagonal or fixed point construction)，來處理 *T* 的「不可證明性」(unprovability-in-T)這一概念。也就是說，在理論 *T* 的哥德爾編碼，*S* 中對於 *T* 的後設數學概念的表現，以及對於 *S* 的解釋等設定下，建構出 *S* 的一個句子「Gödel」(a sentence 〔Gödel〕)，而這個「Gödel」在自身的 *T* 之中卻無法被證明。因此，「Gödel」如果是可證明的，則是錯的，因而它如果是對的，則是不可證明的。更明白地說，如果 $\mathrm{Prov}_T(x)$ 為一個 *S* 公式，而且弱表示所有 *T* 的定理(的哥德爾數)的集合，則「Gödel」可以是任一個在 *S* 中可證地等價於(provably equivalent)句

子「～Prov_T([*Gödel*])」的 *S* 句子。

綜合上述，G1 可描述如下：如果(a)：表述理論 *S* 是表現理論 *T* 的子理論(甚至是 *T* 本身)；(b)：表述理論 *S* 是一致的(consistent)；(c)：公式 $\mathrm{Prov}_T(x)$在表述理論 *S* 中弱表示表現理論 *T* 的定理(的哥德爾數)所成的集合；(d)：句子「Gödel」是任一個在表述理論 S 中可證地等價於～Prov_T([*Gödel*])的句子；此時，句子「*Gödel*」和句子「～*Göde*l」都不是表述理論 *S* 的定理。

這一證明分兩部分進行。第一部分要證明，對於任何表述理論 *S* (包括 *S* = *T* 的情況)，如果 *S* 是一致的，則句子「～*Gödel*」不是 *S* 的定理。考慮這種形式中條件最強者，我們選擇 *T* 之中最大子理論為 *S*，即 *S* = *T*，來進行歸謬論證(reductio)。假定(1)句子「～*Gödel*」是 *T* 的定理。從(1)和(d)可證出(2)：Prov_T([*Gödel*])是 *T* 的定理。從(2)和(c)(在「假如」這個方向上)可得出(3)：句子「*Gödel*」是 *T* 的定理。但(1)和(3)在一起意味著理論 *T* 是不一致的，因而若 *T* 是一致的，則句子「～*Gödel*」就不能是 *T* 的定理。

在這一證明的第二部分是要證明，若表述理論 *S* 是一致的，則句子「*Gödel*⋯」就不是 *S* 的定理。同上，我們再次取 *S* = *T*，然後由歸謬法得證。假定(A)句子「*Gödel*」是 *S* 的定理 *S* (= *T*)。從這個假定和條件(d)可得出(B)：～Prov_T([*Gödel*])是 *S*(= *T*)的定理。由(A)和(c)(在「僅當」這個方向)可以得出(C)：Prov_T([*Gödel*])是 *S*(= *T*)的定律。但從(B)和(C)可出得出，*S*(= *T*)是不一致的。因此，句子「*Gödel*」在任何一致的表述理論 *S*(包括 *T* 本身)都是不可證明的。

以上對 G1 的陳述，當然不是慣常的陳述。慣常的陳述隱藏了上面強調的表述理論和表現理論之間的區別，並將條件(c)以其他條件取代，其造成的結果是，*T* 是某些適當的算術弱系統(如羅賓森算術、原始遞歸算術〔primitive recursive arithmetic〕，或皮亞諾算術)的可遞歸公理化(recursively axiomatizable)的延伸。從後設數學來說，這是兩個條件，一個關於表述理論，另一個是關於表現理論。*T* 應該是所選擇的弱算術的延伸的要求，是關於 *T* 作為表述理論的適當性問題，這是因為所選擇的弱算術的延伸能夠弱表示所有遞歸可數集合。這一對於 *T* 作為表述理論的要求，是關聯於 *T* 作為表現理論的要求，即是 *T* 是可遞歸公理化的。這是因為 *T* 的可遞歸公理化性質保證了(在通常邏輯選擇下)其定理集合是遞歸可數的，因而 *T* 自身能夠弱表示該集合(基於 *T* 是弱算術的延伸)。

然而 G1 能夠擴展到某些具有「非」遞歸可數定理集的(哥爾德數的)理論。當這一點滿足時，要求表述理論的表徵能力，就不再僅僅是遞歸可數的自然數集合在其中是可表示的，而是它也能夠表示若干非遞歸可數集合，因而其表徵能力必須要強於前面提到的弱算術。

G2 比 G1 要求更強的條件。在 G1 中是對公式 $\mathrm{Prov}_T(x)$(用來表示表現定理 *T* 的可證明性概念)有所要求。在證明 G1 時，需要公式 $\mathrm{Prov}_T(x)$可以弱表示θ (= 理論 *T* 的定理的哥德爾數的集合)；即是在表述理論中能精確地登錄所有的表現理論的定理。G2 在 $\mathrm{Prov}_T(x)$上設置了附加條件，這些條件是基於，為了證明 G2，我們必須將 G1 第二部分的證明在 *T* 中編碼。要做到這一點，$\mathrm{Prov}_T(x)$必須是一個對 *T* 的「證明性述詞」(provability predicate)。也就是說，它必須滿足下述條件，通常稱為 $\mathrm{Prov}_T(x)$的可推導性條件(Derivability Conditions)：

(I)若 *A* 是表現理論的定理，那麼 $\mathrm{Prov}_T([A])$必須是表述理論的定理。

(II)每一個公式 $\mathrm{Prov}_T([A \rightarrow B]) \rightarrow (\mathrm{Prov}_T([A]) \rightarrow \mathrm{Prov}_T([B]))$的例子都必須是 *T* 的定理。

(III)每一公式 $\mathrm{Prov}_T([A]) \rightarrow \mathrm{Prov}_T([\mathrm{Prov}_T([A])])$的例子都必須是 *T* 的定理。

(I)當然只是 $\mathrm{Prov}_T(x)$在 *T* 中弱表示 *T* 的定理這個條件的一部分，所以它不會超出證明 G1 所要求的。但(II)和(III)都超出了 G1 所要求的。它們使得在 *T* 自身中可以「構造」G1

G

劍橋哲學辭典

的第二部分證明。(II)是在$\mathrm{Prov}_T(x)$的形式下呈現了「取拒式」(modus ponens)，由此從(A)可推論得(B)。而(III)將運用(c)從(A)中推導(C)的證明在 T 中編碼。

這種「形式化」過程的結果，就是公式$\mathrm{Con}_T \rightarrow$*Gödel*在$T$中的證明(這裡$\mathrm{Con}_T$是形如～$\mathrm{Prov}_T$([#])的公式，其中 $\mathrm{Prov}_T(x)$是對 T 的證明性述詞，而[#]是指在 T 中某一矛盾公式之哥德爾數 # 所對應的標準碼〔standard numeral〕)。從這和 G1 的第二部分證明(其中的第一個可推導性條件，正是(c)的「僅當」方向，明顯地用於形式化過程)，我們可以得出如下的結論，而它也是 G2 的一般化形式：若S是任一個一致的表述理論(上至T自身)，而且 $\mathrm{Prov}_T(x)$是對T的可證明性述詞，Con_T是形如～Prov_T([#])的公式，則 Con_T就不是S的一個定理。由於 $\mathrm{Prov}_T(x)$「表達」了表現理論T的可證明性概念，持平而論似乎Con_T表達了 T 的一致性。若這為真，可以合情合理地把 G2 解讀為，對於任何表述理論 S 和任何擴張 S 的表現理論 T，若 S 是一致的，則 T 的一致性在 S 中是不可證明的。

參見 computer theory 計算機理論；consistency 一致性；Hilbert's program 希爾伯特計畫；proof theory 證明論

M.D.撰　李瑞麟審訂

Godfrey of Fontaines　坊丹的哥弗雷(probably before 1250-1306 or 1309)　法國哲學家。他在巴黎教授神學(1285-c.1299; 1303-04)。在其主要著作中，有十五部問題論叢(Quodlibetal Questions)及其他的論辯(disputations)。在哲學上他是堅定的亞里斯多德主義者，而在形上學方面同時也受到新柏拉圖主義的影響。他辯稱在受造物內本質(essence)與存在(existence)的同一，反對其二者有實在的(real)或意向上的(intentional)區分之理論，而且，他主張證明上帝之存在，以及對上帝之有某種實質知識的可能性。就殊種(species)來說，他承認神性的觀念(divine ideas)，但是於殊種內的個體(individuals)則否。他將亞里斯多德(Aristotle)之「實現-潛能」(act-potency)的理論做了廣泛的應用——例如：靈魂及其力量(powers)的區分，關於智力(intellection)與意志力(volition)的解釋，實體(substance)與附質(accident)的一般理論，以及以較罕見的方式應用於受造物之「本質-存在」(essence-existence)之「構成」(composition)。

J.F.W.撰　蕭宏恩審訂

Godwin, William　哥德文，威廉(1756-1836)　英國哲學家、小說家和政論家。哥德文的主要哲學論著：《關於政治正義的探問》(*Enquiry concerning Political Justice*, 1793)，引起高度爭議。他極力倡議極端形態之決定論(radical forms of determinism)、無政府主義(anarchism)和功利主義(utilitarianism)。政府經由助長妨礙人們互視對方為不同個體之僵化思維，敗壞了每一個人。哥德文的小說《卡勒伯・威廉斯》(*Caleb Williams*, 1794)，描述了一位被偏見腐化之善人。一旦移除了偏見和人為的不平等，我們就能看出，人的行為是全然被決定的，這使懲罰失去了意義。唯有在小型的、無政府的社會裡，人們才能將他人真正當人對待，並因此對他人的幸福抱有真誠的關懷。唯有如此人才能是有德的，因為德行即是基於同情心將最高的幸福帶給所有受感動人士的行動。

哥德文忠實地採納了此一原則，並接受其所有結果。真理在人身上所顯示的不過是它帶來的幸福。如果信守承諾產生的好處較違背諾言少，那麼就沒有任何理由再信守之。如果某人必須在人類社會重要行善者之生命，或是其母親之生命的挽救間做出選擇時，他必須選擇行善者。理想上人們並不需要任何道德規範，它們會妨礙人們正確地看待他人，因而損害了構成德行的同情心。權力是無意義的，因為具同情心的人們會幫助他人。後來，像邊沁(Bentham)這樣的功利主義者很難把他們的觀點與哥德文此一聲名狼藉的觀點分開。

參見 Bentham 邊沁

J.B.S.撰　陳文團、王喆審訂

Goethe, Johann Wolfgang von　歌德，約翰・沃爾夫柑・馮(1749-1832)　德國作家，常被視為他那個時代引領風騷的文化人。他的著述有抒情詩、戲劇、小說、散文、格言警句，以及多種有關自然科學的著作，諸如解剖學、植物學和光學。作為一名訓練有素的律師，歌德的大半生都在薩克森-魏瑪(Saxony-Weimar)的省級法庭任政府官員。在他對世界文學的眾多貢獻中，例如小說《少年維特之煩惱》(*The Sorrows of Young Werther*, 1774)、《威爾海姆・梅斯特的學徒期》(*Wilhelm Meister's Years of Apprenticeship*, 1795/96)、《選舉的共鳴》(*Elective Affinities*, 1809)和《威爾海姆・梅斯特的人生旅程》(*Wilhelm Meister's Years of Pilgrimage*, 1821/29)，以及由兩部分組成的悲劇《浮士德》(*Faust*, 1808/32)中，歌德揭示出個人與社會之間，以及文化與自然之間的矛盾性——因為他深刻認識到它們之間悲劇性的對立，以及需要在藝術和社會事務中培養已經喪失的自律性。在他的詩篇和有關自然的科學著作中，他受了史賓諾莎(Spinoza)自然和神同一的泛神論影響，堅持認為自然界的每一事物都是活的，而且顯示了神的存在。在他的理論和科學實踐中，他反對量化和實驗的方法，而堅持對現象的描述，包括所有自然發展中基本形式的直覺掌握。

參見 pantheism 泛神論；Spinoza 史賓諾莎

G.Z.撰　馬森審訂

Goldbach's conjecture　歌德巴赫猜想　見 choice sequence 選擇序列

golden mean　黃金的中道　見 Aristotle 亞里斯多德

Goldman, Alvin I(ra)　哥德曼，阿爾閔・艾拉(b.1938)　美國哲學家，對行動理論(action theory)、自然化知識論(naturalistic epistemology)和社會知識論(social epistemology)、心靈哲學和認知科學做了最著稱的貢獻。他堅定地力言認知科學和社會科學對知識論、形上學、心靈哲學和倫理學問題的相關性。《人類行為的理論》(*A Theory of Human Action*, 1970)提議一個行為的因果理論，描述基礎和非基礎行為的普遍結構，而且論證自由意志和決定論的相容性。在〈認知學：認知的規定理論〉(Epistemics: The Regulative Theory of Cognition, 1978)一文中，他論證傳統的知識論應該被「認知學」(epistemics)所取代，後者借助經驗的認知科學，在描述知識、已證成信念和合理信念的特徵上不同於前者。傳統知識論使用信念的粗糙觀念，採用了太狹隘的認知方法之觀點、對理想的認知者而不是只擁有有限認知資源的人類提供建言，更忽略了在我們認知系統上的缺點——如果可以改善認知就必須承認它。知識論者如果打算對治這些傳統知識論上的不足，就必須注意認知科學的成果。哥德曼後來在《知識論和認知》(*Epistemology and Cognition*, 1986)一書中發展了認知學，在該書中，他發展了知識和認識的正當理由(epistemic justification)的歷史性的和可靠論的理論(a historical and reliabilist theory)，而且應用經驗認知科學來刻畫知識的特徵、評價懷疑論，並評估人類的認知資源。在《聯絡：哲學遭遇認知科學和社會科學》(*Liaisons: Philosophy Meets the Cognitive and Social Science*, 1992)和《社會世界中的知識》(*Knowledge in a Social World*, 1999)二書中，他防衛且精心建立一個對共有信念檔案、社會制度和社會實踐(例如，在一個陪審團審判中可以考慮的有限證據)的逼真性(亦即真理導向〔truth-oriented〕)評價。他反對下列這個廣被接受的觀點：心靈狀態是功能狀態(〈常民心理學的心理學〉，《行為科學和大腦科學》〔The psychology of Folk Psychology, *Behavioral and Brain Sciences*, 1993〕)而且為一個心靈狀態屬性的摹擬理論(a simulation theory of mental state attribution)辯護，其中，吾人是由想像「如果吾人在其他情境中時，心靈狀態是什麼」，而把心靈狀態歸屬給另一個(〈為心靈的摹擬理論辯護〉(In Defense of the Simulation Theory, 1992)。他也論證認知科學由於提供了道德評價、道德抉擇和聯結善(如幸福)的快樂狀態之本質的相關資訊，而相關於倫理學(〈倫理學和認知科學〉〔Ethics and Cognitive Science, 1993〕)。

參見 action theory 行動理論；cognitive science 認知科學；epistemology 知識論；reliabilism 可靠論；simulation theory 摹擬理論；social epistemology 社會知識論

F.F.S.撰　陳瑞麟審訂

good　善　見 ethics 倫理學

good, common　共利　見 common good 共利

good-making characteristic　造善特徵　「使內在或固有的善成為善」的特徵。「享樂主義者」(hedonists)認為，「快樂」(pleasure)或導向快樂是唯一的造善特徵。多元論者則主張這些特徵只是其他許多造善特徵中的一小部分；其他的造善特徵包括了知識、友誼、美和出自責任感的行為等。

參見 ethics 倫理學；hedonism 享樂主義

B.R.撰　簡國榮審訂

Goodman, Nelson　古德曼，尼爾森(1906-98)　美國哲學家，在形上學(metaphysics)、知識論(epistemology)和美學(aesthetics)上有重要貢獻。他和蒯因(Quine)一樣，反對分析性(analyticity)和同類(kindred)概念。閱讀古德曼的著作就如同閱讀一系列不預設哲學的哲學研究。他的主要關懷是，符號如何組織事實，以及我們對這些事實的理解。《表象的結構》(*The Structure of Appearance*, 1952)這本書表現出他的建構主義(constructionalism)立場。信念在未形成理論前，它們是模糊且相互不一致。我們可以設計形式系統並賦予解釋，以適當的初始字詞(primitives)導出或闡明這些符號，透過這個方式把信念帶入邏輯系統，消除其中的不一致，並揭露出無可預期的邏輯和理論的聯結。複合多樣的系統作為前理論信念的判準。任何滿足我們適當性判準的系統都同樣是可以接受的。沒有什麼系統比其他系統來得有理由接受。《世界形成的方式》(*Ways of Worldmaking*, 1978)提供的說明較為具體。範疇架構(category scheme)指出對象同一的判準，所以相互無法化約的範疇架構並不處理相同的事物。由於世界是由其包含的事物組成，沒法相互化約的架構制定出不同的世界。因此古德曼的結論是，如果有世界，那一定有許多個。由於定義事物的同一性條件的範疇是人建構的，因此我們製造出許多世界。

在《藝術的語言》(*Languages of Art*, 1968)中，古德曼主張藝術就像科學，它們同樣都是在建構世界、揭露世界。美學是知識論的一個分支，研究藝術的認知功能。古德曼分析符號系統的語法和語意結構，包括其字面義與寓意，並展示它們是如何促進我們對藝術及其他事物的理解。《事實、虛構與預測》(*Fact, Fiction, and Forecast*, 1954)提出歸納法的新謎題。一個東西是「綠藍的」(grue)，若且唯若它在未來時間 t 被檢查時是綠色的，或者尚未被檢查時是藍色的。此後所有被檢查的翡翠都是綠色和綠藍色。有什麼理由讓我們希望以後看到的翡翠是綠色，而不是綠藍色的？這個謎題證明了歸納法的有效

性，依據的是證據的分類。古德曼主張「綠色」是較合宜的，因為其在歸納運用上較為穩固。但這並不保證在推理過程中使用「綠色」可以產生真理。沒有人可以保證這點。但穩固的述詞(entrenched predicates)在實際使用上有其優點，因為它們吻合我們的思考習慣與其他的認知資源。古德曼的其他作品還包括《問題與投射》(*Problems and Projects*, 1972)、《論心靈與其他物質》(*Of Mind and Other Matters*, 1984)，以及與艾爾金(Catherine Z. Elgin)合寫的《更新概念》(*Reconceptions*, 1988)。

參見 aesthetics 美學；analytic-synthetic distinction 分析-綜合區分；grue paradox 綠藍詭論

C.Z.E.撰　莊文瑞審訂

Gorgias　哥加斯(c.483-c.376 B.C.)　希臘哲士。他是來自西拉卡斯(Syracuse)的雷翁提尼(Leontini)的修辭學教師，在西元前 427 年時，以其城邦使節身分來到雅典，並以其演講術轟動一時。他由於被許多後來的作家所引述和徵引，以及一些殘存的文字，因而名傳後世，其中包含兩篇演講和一篇哲學論著。他所教導的修辭風格在古代廣受模倣。要由聽眾付費，他才教導他們演講的範本。他不像其他哲士那樣，針對其他議題提供正式課程，他也不準備任何正式修辭手冊。

後人知道，哥加斯對於語言、實在物的本性和德行皆有所見。哥加斯的風格引人，主要是因為他使用詩的體裁，諸如押韻、格律、美麗的詞藻，以及常用巧設的比擬和平衡的對句。他僅存的演講，為海倫(Helen)和為巴拉美迪斯(Palamedes)辯護，其中展示的論證相當多用古人所謂的「擬像」(*eikos*，相像〔likelihood〕或概略〔probability〕)。哥加斯在〈海倫〉(Helen)一文中主張一篇演講可以催促聽眾去行動。在其他地方，他又說，在戲院裡面，能感動而幻化要比毫無所動更有智慧。

哥加斯的小書《論自然》(*On Nature*)在後人的兩段抄錄中倖存。其一是由塞克斯都．恩披里可(Sextus Empiricus)，其二是由亞里斯多德(現在認為更可靠)的作品《論麥里塞斯、贊諾豐和哥加斯》(*On Melissus, Xenophanes, and Gorgias*)，其中哥加斯論證三項論題：無物存在；即若有物存在，也不能認知；即若能認知，也不能與別人溝通。雖然這幾句話可能是一首諷刺詩的一部分，現在大部分的學者仍把它本身當成是一嚴肅的哲學論證。在倫理學上，柏拉圖曾報導，哥加斯認為對於男人和女人，有不同的德行。這一論題後來亞里斯多德在其《政治學》(*Politics*)中加以辯護。

參見 Sophists 智者

P.Wo.撰　沈清松審訂

Göttingen School　哥廷根學派　見 neo-Kantianism 新康德主義

grace, efficacious　有效恩典　見 Arnauld 阿爾諾

Gracián y Morales, Baltasar　格雷西．依．莫拉雷斯，鮑特薩(1601-58)　西班牙作家、道德家和重要的西班牙巴洛克藝術的文學理論家。出生於貝爾蒙特(Belmonte)，他於 1619 年進入耶穌會(the Jesuit order)，並成為塔若根尼(Tarragona)耶穌會學院的院長以及菲利浦王三世(King Philip III)最喜歡的人。格雷西最重要的著作是《處世的藝術》(*Agudeza y arte de ingenio*〔*The Art of Worldly Wisdom*〕, 1642-48)和《批評》(*El criticón*〔*The Critic*〕, 1651-57)。前者為概念主義(conceptismo)提供了哲學性的支持，所謂「概念主義」，即一西班牙文學運動，它試圖透過表述風格的發展、細微的特徵(agudeza)、靈巧的文學技巧而創造新的概念。格雷西以概念主義風格寫成的《批評》是一部哲理小說，

悲觀地抨擊了文明的罪惡。在盧梭(Rousseau)的文明的荒野(noble savage)的概念之前，格雷西已宣稱，雖然人性在基本上是善的，但卻被文明所腐化。回應當時西班牙思想的共同主題，他把文明極壞的影響歸於文明在表象與真實之間所產生的混淆。但格雷西的悲觀主義由於信仰而得到了緩和：當實在終被揭示之時，人在永生(afterlife)中是有希望的。

格雷西還寫了其他幾本有影響的書。在《英雄》(*El héroe*〔*The Hero*〕, 1637)和《政治家》(*El político*〔*The Politician*〕, 1640)中，他在討論理想君王的特質上追隨馬基維利(Machiavelli)；在《決斷者》(*El discreto*〔*The Man of Discretion*〕, 1646)裡，他考察了一般西班牙社會所認同的理想男士。格雷西的大部分書都以匿名發表，以避免他的修會的審查。西班牙之外的作家中援用他的觀念的有尼采(Nietzsche)、叔本華(Schopenhauer)、伏爾泰(Voltaire)和盧梭。

J.J.E.G.撰　丁福寧審訂

grammar　文法　詳述語言的一種規則系統。這個語詞往往還用來作為「語法」(syntax)的同義詞，此即是一些控管了以字詞(或許還包括了字詞衍生和詞形變化的系統——即格的標記、動詞時態記法，諸如此類)來建構句子的原理。在當代的語言使用中，這個語詞更常包含其他的語言系統的成分，像是語音學、語意學和語法學。我們在學校裡所學到的傳統文法，像是拉丁文或英文文法，一般而言都是片斷的而且往往是規約性的(prescriptive)，基本上選擇地羅列了一些形式及句型，以及一些要避免的結構。另一方面，當代的語言學的文法則致力成為是描述性的(descriptive)，甚至是解釋性的(explanatory)，也就是說，納入一個普遍理論之中，這個普遍理論提供了合理的理由，以說明為何自然語言是它們所成為的那個樣子。這和一般所接受的、語言作為一種科學的觀點是一致的，它視人類語言為一種要去理解的自然現象，就像是物理學家試著要讓物理客體的世界變得有意義一樣。

自從瓊姆斯基(Noam Chomsky)出版了《語法結構》(*Syntactic Structures*, 1957)和《語法理論的面向》(*Aspects of the Theory of Syntax*, 1965)之後，文法幾乎普遍地被視為是生成(generative)機制，也就是精確形構的演繹系統，一般稱之為生成文法；它詳述了一語言的所有完構句(well-formed sentence)，而且只詳述這樣的完構句，並詳細說明其相關的結構性質。依此觀點，英文文法具備了一個有關英文的「理論」之特徵，此中合文法的句子(及其結構)是其定理，而文法規則扮演了推論規則的角色。和任何經驗理論一樣，如果它的預測和事實不符——舉例而言，如果文法暗指了「白的或雪是」是一個完構句或者「雪是白的」不是一個完構句——那麼，它便被反證了。

這個理論結構的目標，是要塑造這樣的知識系統：擁有這個知識系統的人，能夠言說並理解此處所述語言所具有之無限多的新句子。因此，在此意義下的，文法是一種心理實體，一種人類心靈的組成元素，而語言學的任務(公認為是一種心靈的〔mentalistic〕學門)便是決定到底這項知識是由何者所組成。和其他的心靈現象一樣，它無法直接被觀察，而只能透過結果來看。因此，基本的語言(linguistic)「能力」(competence)不同於實際的語言「表現」(performance)，實際語言表現形成了基本語言能力的部分證據，但並不必然是對基本語言能力的正確反映，這種實際語言表現事實上包含了錯誤、假的起點等等。一項核心問題是，這種能力如何在個體中引發，也就是說，一個小孩在正常的發展過程中，基於所遭遇之有限、可變、不完美的言說樣本，如何能推論出文法。各種觀察強烈暗示：文法並非完全基於經驗而重新建構起來的。人們也廣泛地認為：小孩有一種重要的、受遺傳所決定的傾向，可根據充分定義的型式來建構文法。如果事情果是這樣，而且因為在學習過程中顯然沒有一種語言有勝過其他任何語言的優勢，那麼，語言能力中這種與生俱來的成分，便可以正確地稱之為「普遍文法」(universal grammar)了。它代表了所有自然語言之文法(因著人類具有先天的語言能力)所必然共有的任何事物，不管這種自然語言是實際的還是潛在的。自然語言的明顯多樣性，往往導致對普遍文法範圍的嚴重低估。

關於普遍文法的本質，最有影響力的提案之一是瓊姆斯基的轉換文法理論(transformational theory)。在這個架構中，一句子的語法結構，不是由單一的對象所賦予的(例如像在詞組結構文法中的分析樹〔parse tree〕)，而是由一系列的樹狀結構所賦予的，這些樹狀結構由稱之為「轉換」(transformation)的運作所連結。在這樣的序列中，最初的樹狀結構是由一詞組結構文法及語彙所詳述(衍生)，這最初的樹狀結構被認作是深層結構(deep structure)；序列中最終的樹狀結構則是表層結構(surface structure)，它包含了句子的詞素(morpheme)(具有意義的單位)，這些詞素的順序便是它們被寫出或說出的順序。例如，「約翰打中這個球」和它對應的被動式「這個球被約翰打中」可能導源於相同的深層結構(在這個情況中，樹狀結構看起來非常像主動句的表層結構)——除了可選擇的被動化轉換規則已被用來推演出後一句之外。這項規則重新安排了樹狀結構的組成成分，方式之一是，在深層結構中的直接受詞(「球」)變成了被動句之表層結構的主詞。因此，這個理論的一項重要特徵是：句子的文法關係，像是主詞、受詞，並不是絕對的，而是相對於結構的層次。這說明了以下的事實，即許多句子在表面上看起來結構相似(例如「約翰易於(被)取悅」〔John is easy to please〕、「約翰極欲取悅(別人)」〔John is eager to please〕)，但在認知上卻有不同的基本(深層結構)文法關係。的確，人們所爭論的是，任何文法理論若無法做深層結構／表層結構的區分，便不夠充分。

儘管如此，為了削弱減轉換規則的重要性，當代語言學理論傾向於相應地建立詞彙的角色，以及一般控制文法運作的原則。諸如普遍化的詞組結構文法及詞彙功能文法理論，根本就沒有設定轉換規則，而是以其他種方式，掌握了主動與被動句這類配對的相關性。瓊姆斯基的一些原理及其參數進路(1981)，將轉換成分化約到單獨的普遍轉移運作，它由許多原則或次理論的同時互動所控制：包括結合、主導、控制等等。文法的普遍成分因此而擴大，且特定語言的規則之貢獻相對應地縮減。支持者指出了此一進路在語言習得中所擁有的好處。照此來說，文法建構這項任務的一個相當部分，可能只在於設定少數參數的值，而它們可能已經被基於為數不多的合文法語句的實例所決定了。

一個頗為不同但已具有影響力的進路，則起源於蒙塔哥(Richard Montague)的著作。他將模型理論的相同技術應用於自然語言，這種模型理論是為了邏輯語言(像是述詞演算)而發展的。這種所謂的「蒙塔哥文法」(Montague grammar)用了一種範疇文法(categorical grammar)作為它的語法成分。在這種文法形式中，複合的詞彙和詞組範疇可以具有 A/B 的形式。典型來說，這樣的範疇由一種「取消」(cancellation)規則所連結：$A/B + B \rightarrow A$ (屬於範疇 A/B 的某物和屬於範疇 B 的某物結合，以提供屬於範疇 A 的某物)。除此之外，在一表達式的語法範疇及其語意類型之間，存在一種密切的對應；例如，一般名詞像是「書」和「女孩」，具有類型 e/t，而它們的語意值是由個體(實體，或 e-類型事物)到真值(T-類型事物)的函數，(或等價地來說，到個體的集合)的函數。這樣的結果是一種明確的、相互結合的語法及語意學，它不僅詳述了合文法語句的語法結構，還詳述了它們的真值條件。蒙塔哥的研究包含在他自己對普遍文法的觀點；大體而言，這個觀點對於語言學家並不具說服力。近年來，大量的注意力都集中於合併蒙塔哥文法無可置疑的長處，和在語言學上較為可取的普遍文法觀點。

參見 Chomsky 瓊姆斯基；logical form 邏輯形式；parsing 語法剖析；philosophy of language 語言哲學

R.E.W.撰　趙之振審訂

G

劍橋哲學辭典

grammar, categorial　範疇文法　見 grammar 文法

grammar, Montague　蒙塔哥文法　見 grammar 文法

grammar, transformational　轉換文法　見 grammar 文法

grammar, universal　普遍文法　見 grammar 文法

grammatical form　文法形式　見 logical form 邏輯形式

grammaticality intuitions　語法的直覺知識　見 intuition 直覺

grammatical predicate　文法的邏輯述詞　見 logical subject 邏輯主詞

grammatical subject　文法主詞　見 logical subject 邏輯主詞

Gramsci, Antonio　葛蘭西，安東尼奧(1897-1937)　葛蘭西是義大利政治領袖。由於投入義大利共產黨，遭法西斯政權監禁，然而，這監禁卻產生了諷刺性結果；監禁使他免於史達林主義的干擾，更能形構其獨特的政治哲學。1917 年，他迎接布爾什維克(Bolshevik)的革命，但是，他認為這項革命是一種反對「資本論」(Capital)更甚於反對資本主義的革命。這項革命有違馬克思主義決定論(the deterministic Marxism)的主張，根據該理論主張，社會主義只應發生在資本主義高度發展的社會，這種社會的條件才能提供基礎，保障社會組織結構進行徹底的改變。1921 年，葛蘭西支持義大利共產黨的創立，1924 年起任職該黨總書記，並嘗試強化其政黨民主路線。1926 年，法西斯政權禁制一切反對政黨，導致葛蘭西在各不同監獄中，度其餘年。在獄中他完成了千頁以上的筆記，有數行的即興之作，有成章的論文。這些《獄中筆記》(*Prison Notebooks*)確有詮釋的困難度，然而卻流露出作者對重要社會與政治問題，在掌握上的敏銳度、洞察力以及開放的心靈。

對葛蘭西思想最為人所接受的詮釋，源自陶里亞蒂(Palmiro Togliatti)，他是葛蘭西的接班人，義大利共產黨的領導人，法西斯政權崩解，第二次世界大戰之後，葛蘭西所謂的義大利社會主義之路，陶里亞蒂將之理解為一種策略，一種達成傳統馬克思主義所希冀的沒有階級社會的目標策略。這種目的的達成必須透過文化的手段，也就是透過教育、誘發的手段來完成。與布爾什維克不同，人們首先必須掌握社會組織，由這些組織誘發人民渴望政經現況的改變。這種馬克思主義革命的民主理論，曾經長期以來，被人認為特別適合西方的工業社會。因此，以及其他的理由，葛蘭西成為西方馬克思主義的關鍵人物。與此相類似的理論，尚有所謂的葛蘭西霸權理論(Gramsci's theory of hegemony)，該理論說明了具有控制權威的政治實體與弱勢政治實體之間的關係。

這種詮釋乃是一種政治的重構。此一重構植基於葛蘭西的獻身於共產黨以及《獄中筆記》的菁華。此外，馬克思(Marx)、恩格斯(Engels)、列寧(Lenin)以及真蒂萊(Gentile)對葛蘭西的影響也是該詮釋的要素。其他像克羅齊(Croce)、莫斯卡(Mosca)、馬奇維利(Machiavelli)，以及黑格爾(Hegel)對葛蘭西的影響則佔較少份量。對葛蘭西的理解尚未有新的共識產生，這有賴於分析的以及歷史學的艱困工作，而這項工作才剛開始。倒是有一項主要的討論議題業已展開，那即是：葛蘭西對傳統馬克思主義的方法產生質疑，是否致使他對這主義的目的也持懷疑態度。有一種見解認為，葛蘭西對理性說服、政治的

務實主義、方法學的可否定論、民主以及多元主義(pluralism)的熱中程度，遠深於他對無階級社會、揚棄私有財產以及官僚的中央集權政黨的傾向。尤其是他的多元主義，乃是他的辯證思維方式的一種面向。此一概念，他藉諸克羅齊得自黑格爾。

參見 Marxism 馬克思主義

M.A.F.撰　楊世雄審訂

great chain of being　存有的巨大鏈條　見 principle of plenitude 充足原理

greatest happiness principle　最大幸福原則　見 utilitarianism 效益主義

***Great Learning*　《大學》**　見 *Ta-hsüeh*《大學》

Greek Skepticism　希臘懷疑主義　見 Skeptics 懷疑學派

Green, T(homas) H(ill)　格林，多瑪士・希爾(1836-82)　英國絕對觀念論者、社會哲學家。英國國教牧師之子，於牛津大學研究與教書。他的中心關懷在於透過康德(Kant)與黑格爾(Hegel)的啟發來分析知識與道德，解決他視之為他那時代的精神危機。在他對休姆《人性論》(Hume's *Treatise*)的長篇導讀中，他論證休姆已經指出，知識與道德在經驗論原則下不可能成立。在他的主要著作《倫理學序論》(*Prolegomena to Ethics*, 1883)中，格林主張思想使感官之感覺與心中的衝動(其來源為不朽之意識)產生關聯，構成知識的對象與慾望的對象。更進一步，在對慾望的影響上，理性行為者追求自我滿足，而這樣的自我是透過自身行動實現。這追求要求理性行為者與所屬群體和諧相處，並因而使行為合乎道德。在《政治義務原則講演》(*Lectures on the Principles of Political Obligation*, 1885)中，格林透過下列主張轉化古典自由主義(classical liberalism)：即使國家沒有內在價值，也必須介入社會制定規則，讓理性存有者能夠達到自我完滿(self-satisfaction)。

參見 Hume 休姆；idealism 觀念論；political philosophy 政治哲學

J.W.A.撰　林正弘審訂

Gregory I　額我略一世　聖者，稱為大額我略(Gregory the Great, c. 540-604)，曾為教宗與羅馬政治上的領導者。出生於羅馬貴族，接受公職教育且於 570 年時成為羅馬官員。579 年，他被任命為駐康士坦丁堡(Constantinople)的教宗代表，而於 586 年返回羅馬擔任教宗培拉鳩二世(Pope Pelagius II)之參事。590 年，他即被遴選為教宗額我略一世(Pope Gregory I)。594 年，當隆巴人(Lombards)攻擊羅馬時，額我略以金錢驅走了他們。康士坦丁堡並未讓與、也沒有防禦義大利，額我略乃是作為教宗領地(Papal States)的世俗統治者而介入的。他主張羅馬主教的普遍裁決權，而且聲稱西方世界的父權統治。他的著作包括重要的書信；《倫理叢書》(*Moralia*)，一部解說〈約伯記〉(the Book of Job)的叢書，概述了基督教神學；《牧人的關懷》(*Pastoral Care*)，此書清楚界定了中世紀神職人員的義務；以及《對話錄》(*Dialogues*)，主要處理靈魂不朽之問題，擁有它即能立刻進入天堂而無需等到最後審判(the Last Judgment)。他的思想絕大部分是屬奧古斯丁主義的，並非原創性的，但在中世紀時卻被大量引用。

參見 Augustine 奧古斯丁

J.Lo.撰　蕭宏恩審訂

G

Gregory of Nyssa　尼撒的額我略　聖人(335-98)、希臘神學家和神祕主義者，他試圖調合柏拉圖主義和基督宗教。作為位於東部小亞細亞的卡巴多西亞(Cappadocia)的主教，他擁護正統信仰(orthodoxy)並在君士坦丁堡的第一屆大公會議裡表現傑出。他把三位一體論與柏拉圖的一和多的觀念相聯繫。他追隨奧利根(Origen)相信人的物質本性是由於墮落，並相信萬有復興說(apocatastasis)，即所有靈魂在神國(the kingdom of God)的普遍復興，包括撒旦的靈魂。

參見 apocatastasis 萬有復興

L.P.P.撰　丁福寧審訂

Gregory of Rimini　瑞米尼的格瑞哥里(c.1300-58)　義大利哲學家暨僧侶。求學於義大利、英國與法國，並且在波隆那(Bologna)、帕朵(Padua)、波魯基(Perugia)及巴黎大學教書。之後，成為其故鄉瑞米尼(Rimini)聖奧古斯丁修會的副院長，約十八個月後去世。同期的人公推格瑞哥里是奧古斯丁忠實的詮釋者，並認為他在奧坎(Ockham)及其門徒關於自然哲學與神學的懷疑論中間，成了一名傳統的捍衛者，因此贏得了「真實博士」(The Authentic Doctor)的榮譽封號。在他對彼得・隆巴德(Peter Lombard)的《言詞錄》(*Sentences*)的前兩部分所做的評論中，他否定因著上帝是全能的，故上帝能成就任何事且其本質與道路是不可知的這觀點。他並主張在亞當墮落之後，人類協同其自由意志需要上帝的幫助(恩典)才能做出道德上正確的行動。

在非宗教的論題上，格瑞哥里通常與複合意義(complexe significabile)的理論相關。依照這個理論的說法，科學所獲得之知識的對象既不是一個外在於心靈而存在的對象，也不是字詞或命題，而是由證明之結論所表達的命題完全並適當地表示出來的複合意義。

參見 complexe significabile 複合意義

G.S.撰　林正弘審訂

Grelling's paradox　格瑞林悖論　見 set-theoretic paradoxes 集合論悖論

Grice, H. P(aul)　葛來思，H・保羅(1913-88)　英國哲學家，其早期之著作專注於知覺(perception)與語言哲學，而其最具影響力的貢獻則是提出交談影射(conversational implicature)的概念，以及在理論上有關交談宣稱(conversational postulate)之機制。交談影射的概念乃葛來思在 1961 年一篇有關指涉的因果理論之論文上首次採用。葛來思將詞(或字)在一個句子中被採用時其所具有的意義，與說話者於談話時採用相同的詞(或字)所影射的意義區分開來。如果有人說「看起來好像有個郵筒在我面前」，這句話中字詞的選擇隱含了關於郵筒的某些疑問。但葛來思卻主張說，此句話本身並未具有任何疑問的隱含，疑問的隱含乃與句子中字詞的選取有關。

「交談影射」這個名詞在 1968 年於葛來思講演威廉・詹姆士(William James)哲學的課程中被介紹出來(於 1988 年出版)，且被用在邏輯中辯護實質條件(material condition)可當邏輯連詞「如果……則……」之翻譯。

在與史陶生(Strawson)一起發表的文章〈為教條做辯護〉(In Defense of Dogma)中，對於蒯因(Quine)所反對之分析與綜合命題之區分，葛來思給了精闢的辯護，並於之後所發表的一系列文章中，葛來思企圖在其他向度上給予此區分一理論上的基礎。

雖然葛來思早期之著作，乃屬於牛津日常語言學派(Oxford ordinary language)之傳統下的某部分，於 1968 年他遷往柏克萊之後，晚期之著作則愈趨形式化與理論化。在他最後的十年，其花費越來越多的心力於形上學，尤其是有關絕對價值之概念上。

參見 analytic-synthetic distinction 分析-綜合區分；implicature 語用蘊涵；ordinary language philosophy 日常語言哲學

R.E.G.撰　李瑞麟、鄭若望審訂

Groot, Huigh de　格羅，休・德　見 Grotius 格羅秀斯

Grosseteste, Robert　格洛塞德斯特，羅伯特(c.1168-1253)　英國神學家。生於蘇福克(Suffolk)封建社會中的下層階級，而後成為前宗教改革時期英國最具影響力的哲學家之一。他在牛津(Oxford)求學，於 1186 年到 1189 年間取得碩士學位。在這段時間後不久，他加入了赫里福(Hereford)主教的家族，即威廉・德・威爾(William de Vere)家。格洛塞德斯特也許已與赫里福當地的天主教學校有來往，學校的成員中有幾位就是高階科學傳統研究的成員。它是自然科學與占星學，亦是人文學與神學的研究中心。若是如此，這至少可解釋他終其一生熱中自然哲學研究的原因。在 1209 年到 1214 年間格洛塞德斯特取得神學碩士學位，可能是在巴黎取得的。1221 年他成為牛津地區首席的法官。1229 年到 1235 年間，他在當時建立的聖方濟修道會以教授牧師的身分講授神學。而也就是在這段終身任用於聖方濟修道會期間得以研究希臘文——對中世紀的經院哲學家而言是一項與眾不同的努力。

作為大學的學者，他是最早以亞里斯多德學派(Aristotelian)與奧古斯丁學派(Augustinian)為議論起點的思想家。他相信亞里斯多德所說的，感覺知識是所有知識的基礎，感覺知識則是基於發現那促使我們藉由實驗而有所經歷或讓實驗有所顯示的原因。同時他也相信奧古斯丁所說的，光(light)在創造中扮演著重要角色。所以他主張：上帝創造世界首先創造原質(prime matter)，原質流出光點(勒克斯〔*lux*〕)，成為第一個的物質形式或是力量，其呈現方式之一便是可見的光。光的擴散造成延伸，或是以九個同心的天體及四個由火、氣、水、地所組成的陸地而呈現的空間。依照格洛塞德斯特的說法，光的擴散符合數學比例的規則(幾何學)，所以任何事物都是光的顯現，因此一般說來數學對科學與知識而言便是不可或缺的了。格洛塞德斯特用以支持其觀點的原則，在其對亞里斯多德的著作所做的註釋中可見一般，如《分析後篇》(*Posterior analytics*)、《光》(*De luce*〔*Of Light*〕)和《論線、角與形狀》(*De lineis angulis et figuris*〔*Of Lines, Angles, and Figures*〕)。他所研究的領域似乎不同於一般的光學及天使學。

格洛塞德斯特是首先對新修復的亞里斯多德學派文本產生興趣，並將其引進牛津課程中的人之一——他翻譯了若干文本，並加上希臘文註解。他的研究及在自然哲學、數學、聖經研究、語言方面的興趣深深地影響了同時代的年輕學者，如羅傑・培根(Roger Bacon)，並影響了聖方濟修道會的教育目標，也助長了十四世紀期間在這些領域的研究。

參見 commentaries on Aristotle 對亞里斯多德的註釋

G.S.撰　林正弘審訂

Grotius, Hugo　格羅秀斯，休格　在荷蘭稱為休・德・格羅(Huigh de Groot, 1583-1645)。荷蘭人文主義者(Humanist)，近代國際法(international law)的奠基者及自然法(natural law)的主要理論家。作為法學家和拉丁學者，格羅秀斯發展了一種新的自然法觀點以反駁道德懷疑主義(moral skepticism)，並用以闡明在宗教信仰分歧情況下道德糾紛如何能理性地解決(rational settlement)。他在《戰爭與和平法》(*The Law of the War and peace*, 1625)中論證道，人類天生就是既競爭又社交的。自然法向人們展示儘管存在著衝突傾向，人如何能夠生活在一起，它可由對人本性(nature)和其狀況的觀察推導出。這些自然法反映了每一個個人都擁有權利的事實，此種權利規限(delimit)了人們自由追求自身

目標的社會空間。合法的政府(Legitimate government)產生於當人為了拯救或改善其生活而放棄某些權利時。格羅秀斯曾做出著名的宣稱：即便上帝不存在，自然法仍將約束著人們，它們為政府能夠正當制定的法律設立了基準。自然法反映了人們既擁有能為強制力所保護的精確完備之正義權，又反映了存在著不具可實行性，甚至嚴格地說是不穩定的不完善權利。格羅秀斯關於我們既競爭又社交的本性(sociable nature)，關於自然法的功能觀，以及關於完善(perfect)和不完善(imperfect)的權利觀，在日後關於道德和法律的討論中具有核心的重要性。

參見 natural law 自然法；rights 權利

J.B.S.撰　陳文團、王喆審訂

ground rule　基礎規則　見 thema 基礎規則

grue paradox　綠藍悖論　歸納法理論中的一個悖論，據此悖論，每一個直觀上可接受的歸納論證 A，都可以由無限多其他歸納論證所模仿——每一個似乎都和 A 十分類似且因此似乎是可以接受的樣子，然而儘管如此，每一個都在直覺上無法接受，而且假定那些歸納出來但未受驗證(A 之所以有趣在此)的事物，數量及樣式均夠多，那麼每一個都提供了與 A 的結論相反的結論。假設以下是一個直覺上可以接受的歸納論證：(A_1)所有截至目前為止所觀察到的翡翠都是綠色；因此，所有的翡翠都是綠色。現在，引進顏色述詞「綠藍」(grue)：(假定未來的某時期 T)，倘若一物體在 T 之前首度被檢驗且為綠色，或是不在 T 之前初度被檢驗且為藍色，那麼，此物體便為綠藍色。然後，考慮如下的歸納論證：(A_2)所有截至目前為止所觀察到的翡翠都是綠藍色；因此，所有的翡翠都是綠藍色。此前提為真，而 A_2 形式上和 A_1 類似。但 A_2 是直覺上無法接受的；如果存在於 T 之前未受到檢驗的翡翠，那麼，A_2 的結論便斷言這些翡翠為藍色，而 A_1 的結論便斷言它們是綠色。

還有其他同樣反直覺的論證：(A_3)所有截至目前為止所觀察到的翡翠為綠黃色(grellow)；因此，所有的翡翠為綠黃色(在此，如果一物體是綠色且位於地球，或者不在地球上而為黃色，那麼，此物體便是黃綠色)。

因此，某些對歸納法的「限制」似乎是必需的。歸納法之新困惑提供了兩項要求。首先是「陳述」了限制，也就是說，以某種普遍的方式，劃分了直覺上可接受的歸納和直覺上不可接受的歸納，以免不斷地訴諸直覺。其次，提出我們偏好一組歸納勝於另一組的理由。(新困惑的這兩部分常常匯集在一起。但我們至少可以設想，有可能解決其分析的、劃分的部分，而沒有解決提出理由的部分，反之亦然)

先驗地排除自然界中「似綠藍」(現在一般稱為「綠藍特質」(gruesome))的變化是沒有用的。水(單純的 H_2O)隨著溫度參數而變化其物理狀態。若如此，則為何翡翠不能隨著首次檢驗的時間參數而變化其顏色呢？

限制的對象可以針對歸納論證的結論(例如，所有翡翠都是綠色，所有翡翠都是綠藍色)，並區分可以合法應用者(稱之為「可投射的假說」)和不可以合法應用者。現在的問題是，是否只有非綠藍特質的假說(即那些不包含綠藍特質的述詞)才是可投射的。這答案是否定的，撇開「綠藍特質述詞」的定義工作不談(這可依所用語言之結構而辦到)。「固體且低於 0℃，或液體且介於 0℃和 100℃，或氣體且高於 100℃」這種英文述詞都是屬於綠藍特質的述詞，不管我們對綠藍特質的結構做任何合理的說明(注意，相似於「綠藍」：綠色且在 T 之前首度檢驗，或藍色且並非在 T 之前首次檢驗)。然而，我們樂於使用這些綠藍特質的述詞，來投射有關不轉變形狀之水的假設。此處所謂「不轉變形狀之水」乃是指在某一大氣壓力之下的純 H_2O(除去在 0℃或 100℃，水會溶解／冰凍或沸騰／凝結的情況)。

或許這是因為，如果我們將有關於不轉變形狀之水的投射，改寫為非綠藍特質假說的連言——也就是(i)所有於 0℃以下的水為固體，(ii)所有介於 0℃和 100℃之間的水為液體，(iii)所有 100℃以上的水為氣體——那麼，我們便可以看到 (i)-(iii) 都得到(已知正面實例)的支持；然而，如果我們將有關於翡翠的綠藍特質投射，改寫為多個非綠藍質假說的連言——(i*)所有於 T 之前首度檢驗的翡翠均為綠色,，(ii*)所有非於 T 之前首度檢驗的翡翠均為藍色——那麼，我們發現(ii*)尚未得到支持。

我們似乎可以這樣說：一非綠藍特質假說若未有反例且得到支持，則此假說為是可投射的；反之，一綠藍特質假說若未有反例且等值於某些非綠藍特質假說的連言，其中每一個連言都得到支持，則此綠藍特質假說便是可設定的。

綠藍悖論由古德曼所提出，於其《事實、虛構與預測》(*Fact, Fiction and Forecast*, 1955)一書中有最充分的陳述。

參見 problem of induction 歸納法問題；qualitative predicate 性質述詞

D.A.J.撰　林正弘審訂

***Grundnorm*　基本規範**　見 basic norm 基本規範

guise theory　偽裝理論　由卡斯塔內達(Castañeda)所發展的系統，用以解決許多涉及思想內容與經驗內容之爭議，包括指涉(reference)、同一之陳述(identity statements)、內涵的脈絡(intensional contexts)、用述詞謂述(predication)、存在之斷言(existential claims)、知覺和虛構的言說(fictional discourse)等。舉例來說，由於(i)奧迪帕斯(Oedipus)相信他殺了十字路口的男人，(ii)十字路口的男人是他的(奧迪帕斯的)父親，(iii)奧迪帕斯相信他殺死了他父親。偽裝理論排除這種導出關係(derivation)，它認為(ii)中的「是」所表達的不是真正的同一，而是(兩個)摹狀詞(descriptions)的清晰指涉項(distinct referents)間的一種偶然相同關係。不同於羅素(Russell)的摹狀詞理論(theory of descriptions)，這理論以限定的摹狀詞(definite descriptions)為指涉性的，而且不論在直接或間接言說(direct and indirect discourse)，摹狀詞的指涉項都是同一的，這又不同於弗雷格(Frege)的語意學。

為了支持這種方案，偽裝理論提出了用述詞謂述和單個指涉項(singular referents)之獨特說明。後者是個體的偽裝(individual guises)，像弗雷格的意義(senses)和邁農(Meinong)的不完全對象(incomplete objets)一樣，僅勉強是個別化了的面相、或者至多是一般物體之「部分」。每一偽裝都是一個結構 $c\{F_1,..., F_n\}$，其中 c 是運算子(operator)，由英語中的「the」來表示，它把一性質集合$\{F_1,..., F_n\}$轉變成一個明確具體的個體，每一性質都是此偽裝之「內在」性質。偽裝由於與其他內在地有這些性質的偽裝處於不同的相同關係，而有外在性質。有四種這樣的關係，除了真正的同一外，每一個在自己的範圍內都有一個等同關係。如果最老的哲學家恰好是聰慧的，那麼，例如，事實上智慧謂述「最老的哲學家」這個偽裝，因為它與「最老的聰慧的哲學家」是「同一體」的(consubstantiated)。其他的相同關係說明虛構的述詞謂述(fictional predication)(聯合)和必然外在的述詞謂述(合併)。存在(existence)是自我同體化(self-consubstantiation)。一個普通的物理對象在任何時刻都是一組彼此同體化的(consubstantiated)(因此是存在的)種種偽裝，而連續音(continuants)的形成則是通過在時間上有分別的各組偽裝之「變質體化」(transubstantiation)。沒有托體(substrates)，每一個偽裝「潛存」(subsist)，但並非都存在(exist)，例如，挪威人的雷神(the Norse God of Thunder)。如此，這種觀點容許單稱指涉(singular reference)之統一說明。

偽裝理論的任務之一是解釋一個「具體化的」性質之集合，如何內在地有別於一個單純(未「具體化的」性質之)集合。也許偽裝是一種思維方式，它的核心集合被具體化，如果核心偽裝之各成分性質可以被視為成就一個個例，具有可分析的非存在者，透過所認定的性質實際上能夠被認定為成就個例之失敗。但是，這種方法是否能夠達到卡斯塔內達對偽裝理論的要求是值得懷疑的。

參見 Castañeda 卡斯塔內達；practition 實踐性

T.K.撰　陳瑤華審訂

H

Habermas, Jürgen　哈伯瑪斯，尤根(b.1929)　德國哲學家和社會理論家，為以批判理論著稱之法蘭克福學派的第二代主要代表者。他的著作相當一致地回歸到社會批判主義的規範基礎問題，認為批判性的社會關懷並不侷限於傳統馬克思主義或如後現代主義的形式。他的升等資格論文《公共領域的結構變遷》(*The Structural Transformation of the Public Sphere*, 1961) 是一部深具影響力的歷史分析作品，處理了公共領域理念在十八世紀出現，其後卻逐漸崩解的過程。哈伯瑪斯隨後轉向社會科學的基礎和方法論問題，在《社會科學的邏輯》(*The Logic of the Social Sciences*, 1963)一書中發展了對實證主義的批判以及他自己的詮釋學方法，並呈現於他的第一本主要系統性著作《知識與人類旨趣》(*Knowledge and Human Interests*, 1967)。

哈伯瑪斯拒絕接受實證主義式的典型方法，他主張社會性的知識乃基於三種不同的旨趣：控制的、理解的和解放的。他特別希望運用解放的旨趣來克服理解模式的限制，並反對「詮釋學的普遍性」(如詮釋學家高達美〔Gadamer〕所聲稱者)，而贊成在社會科學中應當採取詮釋和解釋互補的方法。但他也不願意以精神分析的語彙來定義解放的旨趣，這使他尋求以更普遍的理性理論來為理解及社會批判奠立基礎。

在其生涯的下一個階段，他發展了一套全盤性的社會理論，積累為兩巨冊的《溝通行動理論》(*The Theory of Communicative Action*, 1982)。此理論的目標，是在(和工具理性相反的)溝通理性的基礎上建立一種「對現代性的批判理論」。本書第一卷提出立足於「論理」(或譯「論域」)的溝通理性理論，這種二度秩序式的溝通既存在於日常互動中，也存在於科學、法律、批判主義等論述的制度性實踐中。此一理性的理論源自於普遍或「形式」的語用學，即是有關溝通能力和言說行動的理論，為的是要釐清在語言互動中產生的規則與規範。第二卷則是在診斷現代社會「單向理性化」的徵候，這種趨勢導致溝通的生活世界被市場和官僚等「系統」所扭曲。

於後，哈伯瑪斯將他的理性概念應用到規範理論的領域，包括倫理學、政治和法律。〈論理倫理學：對道德證成的一套計畫〉(Discourse Ethics: Notes on a Program of Moral Justification, 1982) 強調了實踐理性的互為主觀特性，以及證成普遍規範的論理程序。此一「論理原則」為康德(Kant)的普遍理念提供了一種對話式的面向；唯有而且除非規範能夠符合所有當事者的合理論證，該規範才算得以證成。《事實與規範之間》(*Between Facts and Norms*, 1992)結合了他的社會和規範理論，對於法律與民主進行了系統性的討論。他此處的貢獻是就複雜的現代社會，提出相應的審議式民主理念。他一生各階段所有的著作，都是針對現代制度予以系統地批判和辯護，並辨明了公共實踐理性的普遍性聲稱。

參見 critical theory 批判理論；Frankfurt School 法蘭克福學派；hermeneutics 詮釋學

J.B.撰　顧忠華審訂

haecceity　此性、個體性　源自拉丁文 *haec*，意為 this，(1)寬鬆地說，指的是存在的個體性(thisness)；更精確地說，是存有者的不可化約的範疇，是一個存在實體之根本的現實性(actuality)。或(2)一種個別的本質，一個物體必然擁有的特質，缺乏此種特質，此個體將會不存有或將不再作為此個體而存在；而且，此種特質必然地不被其他物體所擁有。哲學史上對於「此性」的概念，有二種分歧的概念。原本的觀念來自十三世紀的哲學家鄧斯・斯各多(Duns Scotus)，同時期亞奎納(Aquinas)對此亦有討論，此性被當作一種積極的完美，它可充當原始的存在與具體存在物的個體化原則。斯各多明確地否認此性概念為形式(form)或共相(universal)，到十七世紀時，萊布尼茲(Leibniz)將此性的概念轉化為個別本質的概念，視為一種截然有別的本性或一組必然特徵，單單在不可辨別者同一律(principle of the identity of indiscernibles)的原則下，可資以辨別出此性的概念。鄧斯・斯各多的「此性」只用於在現實世界(actual world)中偶然存在實體(entities)的存有上，但萊布尼茲將這樣的原則擴展到對特殊的事物加以個別化(individuate)，不只是經由他們在現實世界中可能經歷的改變，而是在所有邏輯上可能的世界中(logically possible world)。依此推論，萊布尼茲承認著富有爭議性的論題——即認為所有的物體由於它的「此性」而本質地(essentially)或必然地(necessarily)擁有各種性質(properties)，故而，只有個體的對偶物(counterparts)才可以佔有不同的邏輯可能世界。進一步引理是——既然在特殊安排中擁有特殊的部分同時也是一種性質，並因此牽涉到了任何複雜的物體的此性——這個引理乃「部分論的本質主義」(mereological essentialism)的主張：所有的複合物(composite)都是必然地由特殊本有的部分的某種特別結構所組成，而且，一旦其中任何部分被移除或是取代了時，就會失去其自我同一性(self-identity)。

參見 Duns Scotus 鄧斯・斯各多；essentialism 本質論；identity of indiscernibles 不可區別者的同一性；metaphysics 形上學

D.J.撰　黃冠閔審訂

Haeckel, Ernst　海克爾，恩斯特(1834-1919)　德國動物學家，達爾文進化論的熱情擁護者。他最受歡迎的著作《宇宙之謎》(*Die Welträtsel*〔*The Riddle of the Universe*〕, 1899)成為暢銷書，當時有很大的影響力。據說列寧曾經非常讚賞他。海克爾的哲學特色消極方面，他自己稱之為一元論(monism)，他反對自由意志、靈魂不朽和一神論，他也對唯物論和觀念的傳統形式做批評。積極的方面，他最著名的部分在於極力論證有機界與無機界的基本統一性，和某種泛神論的形式。

M.K.撰　陳瑤華審訂

Ha-Levi, Judah　哈勒維，猶大(c.1075-1141)　西班牙猶太哲學家和詩人。出生於托利多(Toledo)，他研讀聖經和希伯來文學及哲學。他在詩集中把阿拉伯的形態引入希伯來人的宗教表達中。當他去世的時候，他正旅行到耶路撒冷參加一次朝聖。他的最重要的哲學著作是《古扎里：關於被藐視的信仰的證據和論證的書》(*Kuzari: The Book of Proof and Argument of the Despised Faith*)，旨在討論一名基督徒、一名穆斯林和一名猶太教徒，每一個都為卡扎斯(Khazars，在俄國南部)國王提供了採納其信仰的理由。約於 740 年，這位歷史上的國王和他的大部分臣民都轉向了猶太教。哈勒維描述基督徒和穆斯林為亞里斯多德主義的思想家，他們都無法使得國王信服。猶太教的發言人開始宣稱，他們信仰的是亞伯拉罕、以撒和雅各的上帝，是歷史的上帝，他在歷史中繼續活動，而不是哲學家的上帝。猶太人的歷史是世界歷史的內在核心。自西奈山(Sinai)的啟示——此乃任何宗教所宣稱之神聖事件中最為確證者——以來，猶太人的護佐史(Providential history)乃是上帝選擇用來向全人類清楚傳遞其訊息的方式。哈勒維的觀點是猶太特殊論(Jewish particularism)和民族主義的古典表達。他的觀點在猶太教中有過影響，並很早被印刷成拉丁文和西班牙文。

參見 Jewish philosophy 猶太哲學

R.H.P.撰　丁福寧審訂

Halldén-complete　哈爾坦完備性的　見 completeness 完備性

hallucination　幻覺經驗　見 pseudohallucination 偽幻覺

hallucination, argument from　幻覺經驗論證　見 perception 知覺

halting problem　停機問題　見 computability 可計算性

Hamann, Johann Georg　哈曼，約翰・喬治(1730-88)　德國哲學家。在科尼斯貝格(Königsberg)出生和受教育，他被稱為北方的馬古斯(Magus of the North)，是德國十八世紀後半葉最重要的基督教思想家之一。由於倡導一種反理性的信仰論(休姆〔Hume〕所激發)，因而反對流行的啟蒙哲學。他是狂飆(Sturm und Drang)文學運動的導師，對雅可比(Jacobi)、黑格爾(Hegel)和齊克果(Kierkegaard)產生極大的影響。作為康德的親近友人，他翻譯休姆的著作，對康德批判哲學的發展有重要的衝擊。哈曼最重要的著作是《蘇格拉底大事記》(*Socratic Memorabilia*, 1759)、《堅果殼中的美學》(*Aethetica in nuce*〔*Aesthetics in Nutshell*〕, 1762)和很多探討語言學的著作。基於對康德的尊敬，未發表他的後設批判(metacritical)著作。不過，在他死後，這些著作得以出版，構成他著作中最為人所知的部分。

M.K.撰　陳瑤華審訂

Hamilton, William　漢密爾頓，威廉(1788-1856)　蘇格蘭的哲學家和邏輯學家。生於格拉斯哥(Glasgow)，先後在格拉斯哥、愛丁堡(Edinburgh)、牛津受教育，他一生中的大部分時光在愛丁堡大學(1821-56)擔任教授一職。雖然他不是正統或里德(Reid)和史特瓦(Stewart)忠實的追隨者，但他是蘇格蘭常識哲學學派(Scottish common sense philosophy)最重要的成員，他的「有條件的哲學」(philosophy of conditioned)具有某種康德的氣息。像康德一樣，他認為我們之所以能具有知識，是「相對於存在的現象，存在在其自身，透過我們的最高智慧，認出它超出哲學所能觸及的範圍之外」。但與康德不同之處，在於他身處於里德式的傳統中，為「自然的實在論」(natural realism)辯護。知識的相對性理論，對於許多哲學家而言(包括彌爾〔J. S. Mill〕，和他的實在論相矛盾。對漢密爾頓來說，這二者被融合在一起是透過直覺主義(intuitionism)，強調知識的相對性理論和自然的實在論二者，都是最基本且不可再分析，它們是意識的事實。此二者雖對於知識而言是建構性的，但「較少是認知的形式而是信念的形式」(less forms of cognitions than of beliefs)。在邏輯方面，他主張一種包含謂詞量化的理論，並認為命題可被化約為方程式的觀點。

參見 Scottish common sense philosophy 蘇格蘭常識哲學

M.K.撰　陳瑤華審訂

Han Fei Tzu　韓非子　也稱為韓非(Master Han Fei, third century B.C.)，中國法家(Legalist)學者。他是韓國(state of Han)的公子且是荀子(Hsün Tzu)的學生。他的思想記述在《韓非子》(*Han Fei Tzu*)中，主要涉及施政方法且主要是對於統治者的建言。韓非子認為，人類是由其本性所驅使的，而且人性很難由教育和道德典範而改變。因此，統治者應當制定嚴格構思的並且明確宣布的法律體系(法)以規範人們的行動，並對違法者採用懲罰的強制形式。政府官員，除了受法律的約束外，其行為還要按照是否遵守了行政職責和

所提出的計畫而受到表彰和責罰。統治者應當加強這一體系的嚴格性而不是憑個人愛好行事，應當避免與屬下的接觸以免過於親近部屬，應當掩飾個人的愛憎以避免被人利用。如果恰當地建立起執政的機制，政府就能平穩地前進而無須統治者過分干涉。

參見 Chinese Legalism 中國法家

K.-l.S.撰　林安梧審訂

Han Yü　韓愈(768-824)　中國詩人和文學家。儘管他的思想缺乏哲學深度，但他是第一個強調「道統」(*tao-t'ung*)由聖王傳播到孔孟的人。他的觀點後來深刻地影響到宋朝的新儒家(Neo-Confucianism)。他在文化基礎上強烈地捍衛儒家(Confucianism)，抨擊佛教(Buddhism)和道教(Taoism)，認為僧侶和尼姑是社會的寄生蟲。在人性問題上，他提出了性三品的理論(a threefold theory on which human nature has superior, medium, and inferior grades)。

參見 Confucianism 儒家；Confucius 孔子；Mencius 孟子；Neo-Confucianism 新儒學；*tao-t'ung* 道統

S.-h.L.撰　劉述先審訂

happiness　幸福　見 Aristotle 亞里斯多德；hedonism 享樂主義；utilitarianism 效益主義

hard determinism　強決定論　見 free will problem 自由意志問題

Hardenberg, Friedrich von　哈登堡，弗里德瑞希・馮　見 Novalis 諾瓦里斯

hardware　硬體　見 computer theory 計算機理論

Hare, R(ichard) M(ervyn)　赫爾，理察・梅林(b.1919)　英國哲學家，他是二十世紀最有影響的道德哲學家之一，同時也是後設倫理學中規範主義(prescriptivism)的創始者。

赫爾在魯格比(Rugby)寄宿學校與牛津大學(University of Oxford)接受教育，在二次世界大戰中加入英國軍隊，曾在緬甸做過數年戰俘。在 1947 年他接受巴里爾(Balliol)學院的教職，且在 1966 年成為牛津大學的道德哲學懷特講座教授(White's Professor of Moral Philosophy)。從牛津退休後，1983-93 年間他成為佛羅里達大學研究教授(Graduate Research Professor)。他的主要著作是《道德的語言》(*Language of Morals*, 1953)、《自由與理性》(*Freedom and Reason*, 1963)、《道德思考》(*Moral Thinking*, 1981)、《倫理學分梳》(*Sorting Out Ethics*, 1997)。許多他的文選已經問世，而一冊其他哲學家對赫爾作品的評論集也已出版——《赫爾及其批評者》(〔*Hare and Critics*〕，西諾爾與佛湘編輯〔eds. Seanor and Fotion〕)。

根據赫爾的說法，只要仔細探究人類道德概念的本質，就會發現：對於一個人「道德上應該如何」所做的認真判斷，是一種意願的表示或一種對於行為的肯定，而這些表示與肯定在邏輯上受到某些限制。因為道德判斷是「規範性的(prescriptive)」，如果我們拒絕在某些相關處境下順應這些判斷的規範，則我們不可能誠心同意這些判斷。另一方面，因為道德判斷是「普遍的」規範(universal prescriptions)，所以除非我們在處於其他位置、擁有其他偏好的狀況下，還是願意遵循同樣的規範，我們不可能誠心地同意這些判斷。後來赫爾論道，真正設身處地想像自己處於他人的位置、設想這種狀況下什麼事應該發生在我們身上，牽涉到我們是否準確模擬到：真正身處於這種位置的人，到底偏好什麼。所以，在理想狀況下，我們在決定一項普遍規範時，不僅是基於實際處境中的現有偏好

來決定，還該考慮到：如果我們處於不同的位置，可能會有的其他偏好。我們所能夠給出的普遍規範，就是考慮怎麼樣才能使這些總和起來的偏好，達到最大的滿足。因此，赫爾總結道，他的道德判斷理論可導出「滿足偏好式的行為效益主義」(preference-satisfaction act utilitarianism)。然而，像多數的效益主義者一樣，他論證：把效益最大化的最佳方式，是擁有不直接以效益為依歸的人格傾向，並通常以此為行動指標；比如說，傾向於不傷害他人、不偷竊，遵守諾言且說實話，對自己的家庭負有特別的責任等等。

參見 emotivism 情緒論；ethics 倫理學；prescriptivism 規範主義；utilitarianism 效益主義

B.W.H.撰　謝世民、吳妍儀審訂

harmony, preestablished　預立和諧說　見 Leibniz 萊布尼茲

harmony of the spheres　球型天體的和諧定理　見 Pythagoras 畢達哥拉斯

Hart, H(erbert) L(ionel) A(dolphus)　哈特，赫伯・里歐奈爾・阿多弗斯(1907-92)　英國哲學家，是促成法律與政治哲學(political philosophy)在第二次世界大戰後復興起來的主要人物之一。戰爭期間，曾與軍事情報人員共事，戰後，哈特放棄了前途大好的法律實務工作而加入了牛津(Oxford)學院，在學院中，他是一位優秀的講師、一位既富同情又卓有洞見的評論家、也是許多學生的有雅量的老師。

和較早的「法實證主義者」(legal positivists)邊沁(Bentham)與奧斯汀(John Austin)一樣，哈特也接受「法律與道德的分離」(separation of law and morals)：道德的標準固然可以以審慎的方式納入法律之中，但法律與健康的道德原則之間卻無自動性與必然性的連結。在《法律的概念》(*The Concept of Law*, 1961)一書中，哈特批判了邊沁與奧斯汀認為「法律即是以一個政治社群之『主權者』(sovereign，即：享有習慣性的服從及習慣上不服從任何其他人的某個或某些人)的威脅為後盾的命令」的想法，並發展出了一種較為複雜的觀念：法律乃是一種「第一序與第二序規則的統一」(union of primary and secondary rules)。哈特同意：一套法律體系必須包含某些限制自由之「課以義務」(obligation-imposing)的「第一序」(primary)的規則。但他也指出：法律同時也包含著一些獨立的、使選擇變得容易的「賦予權力」(power-conferring)的規則；他並且證明了：一套法律體系必須要有一些能夠建立公共職務與授權官方行動的「第二序的」(secondary)規則，以及一些能夠決定哪些其他規則在體系中具有效力的「承認的規則」(rules of recognition)。

哈特認為，法律的規則都是「概括的」(open-textured)，具有意義明確的核心與意義不明確的邊緣，因而可以回答有可能產生的某些(但不是全部)法律問題。他懷疑：當合理的一些競爭性解釋出現的時候，法院是否能主張自己「發現了法律的意義」，並主張：法院之所以能裁決這類的「疑難案件」(hard cases)，基本上是在執行「填補法律中的漏洞」這種重要的「立法」性質的(legislative)功能。

哈特的第一部著作，是(與 A. M. Honoré 合著的)關於《法律中的因果關係》(*Causation in the Law*, 1959)之具有影響力的研究。他升任法理學教授時所發表的就職說〈法理學中的定義與理論〉(Definition and Theory in Jurisprudence, 1953)，開啟了他對「權利」所展開的一生事業的研究，這也反映在《邊沁論集：法理學與政治理論之研究》(*Essays on Bentham: Studies in Jurisprudence and Political Theory*, 1982)與《法理學與哲學論集》(*Essays in Jurisprudence and Philosophy*, 1983)二書之中。

哈特捍衛自由主義(liberal)的公共政策。在《法律、自由與道德》(*Law, Liberty and Morality*, 1963)一書中，他拒絕了戴福林爵士(Lord Devlin)所爭辯的「一個社會有理由將其道

德上的多數的法典(不論其內容為何)強加於社會之上」的觀點。在《刑法的道德》(*The Morality of the Criminal Law*, 1965)和《懲罰與責任》(*Punishment and Responsibility*, 1968)二書中，哈特對犯罪與懲罰之分析性與規範性的理論，都做出了實質的貢獻。

參見 liberalism 自由主義；philosophy of law 法律哲學；political philosophy 政治哲學；rights 權利

D.Ly.撰　張旺山審訂

Hartley, David　哈特里，大衛(1705-57)　哈特里是英國醫生與哲學家。雖然對觀念加以「聯想」(association)的想法古已有之，但他還是普遍地被認為，是聯想主義作為一自足心理學的奠基人。儘管他的聯想心理學與休姆(Hume)的聯想概念之間存在著相似性，但哈特里是獨立地發展他的體系，他只承認受了牧師約翰．葛雷(John Gay, 1699-1745)之著作的影響。套句彼得．葛雷的說法，哈特里是許多渴望成為「牛頓的心靈」(Newtons of the mind)的啟蒙思想家之一。在哈特里那裡，這一點表現為聯想哲學與生理學相結合的形式，這一設想後來由培因(Bain)而有豐碩地實現。哈特里的主要著作《對人類的觀察》(*Observations on Man*, 1749)，架構了心靈事件與神經細胞事件的平行運作，在其中神經細胞事件引起心靈事件。在心靈這一方面，哈特里(像休姆一樣的)區分感官感覺(sensation)與觀念(idea)之間的不同。在生理這一方面，哈特里採用了牛頓的想法：在神經纖維內有一種精細的顆粒狀物質，藉由此物質的振動而產生神經訊號的傳遞。分布在腦四周的感覺神經內的振動，對應於這些神經所引發的感官感覺；而腦中的小振動(*vibratiuncles*)，則對應於觀念。哈特里主張單一條聯想法則——被頻率所修正的相近性——這個聯想法則有兩種形式，一種形式是心智方面的，另一種是神經方面的：若兩個觀念(或腦中的小振動)有規律地一同出現，它們就會變成聯想起來的。

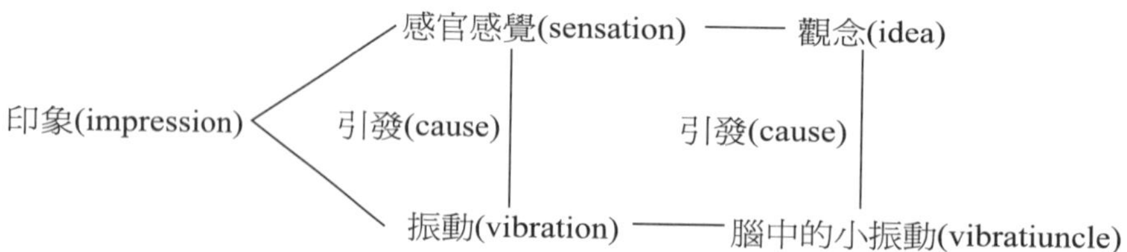

哈特里進一步地區分了「同步聯想」(simultaneous association)與「相繼聯想」(successive association)。同步聯想指的是，兩個觀念同時出現時所產生的聯結關係。而所謂的相繼聯想是說，當兩個觀念相繼(前後)出現時所產生的聯結關係。相繼聯想只可能向前聯結(後發生的向之前發生的聯結)，沒有向後的聯結。此一論點在後來有關記憶的實驗研究裡，產生了很多的爭論。

參見 associationism 聯想論

T.H.L.撰　劉希文審訂

Hartmann, Eduard von　哈特曼，埃都瓦．馮(1842-1906)　德國哲學家，他試圖綜合謝林(Schelling)、黑格爾(Hegel)和叔本華(Schopenhauer)的思想。他的十五本著作中最重要的一本是《無意識的哲學》(*Philosophie des Unbewusten*〔*Philosophy of the Unconscious*〕, 1869)。對哈特曼來說，意志和觀念是相互關聯的，並且是絕對的「物自身」(thing-in-itself)——即無意識(unconscious)——的表現。無意識是在自然和精神過程中主動的本質，並且是有機生命中目的論的動力。但矛盾的是，他主張內在於世界秩序和生命過程中的目的論是引導吾人洞悉「生存意志」(will-to-live)的非理性。他認為，理性意識的成熟將導致對全部意志過程的否定，而整個世界的進程將因此而停止。觀念指出了存在的「什麼」(what)，並且——連同意志和無意識一起——構成存在(being)的三種形式。儘管他思想的悲觀主義，這部著作獲享極大的歡迎。

哈特曼的哲學是一種思辨觀念論者與科學哲學家(捍衛生機論而抨擊機械主義唯物論)的奇特結合，他的悲觀主義倫理學是宇宙救贖劇的一部分。他後來的一些著作探討了一種達爾文主義的批判形式，這導致他採取了一種積極的進化論觀點，從而在不知不覺中，破壞了他早期的悲觀主義。他的總體哲學觀被他自我描述為「先驗的實在論」(transcendental realism)。他的《無意識的哲學》在 1884 年被庫普蘭(W. C. Coupland)翻譯為三卷本的英文。很少有人懷疑，他的無意識的形上學為弗洛伊德(Freud)後期的無意識心靈之理論準備了道路。

參見 Freud 弗洛伊德；Hegel 黑格爾；Schelling 謝林；Schopenhauer 叔本華

G.J.S.撰　林立審訂

Hartmann, Nicolai　哈特曼，尼古萊(1882-1950)　拉脫維亞出生的德國哲學家。他執教於馬堡大學、科倫大學、柏林大學和哥廷根大學(the Universities of Marburg, Cologne, Berlin, Göttingen)，並著有關於哲學史、本體論、認識論，倫理學和美學等多於一打的重要著作。作為認識論和本體論方面的實在論者，哈特曼認為認識就是理解獨立於理解行為或任何其他精神事件之外的某種東西。按照他的觀點，像胡塞爾(Husserl)這樣標準的現象學家會承認，我們所理解的不僅是具體的、時空中的客體，而且也有哈特曼明確將之與柏拉圖的形式(Platonic Forms)視為同一的「理想物體」(ideal objects)、「本質」(essences)等，其中包括倫理價值、數學和邏輯對象。我們對價值的理解具有情感特徵，就像舍勒(Scheler)所認為的。這一點是與認識對象的客觀性和獨立於心靈之外的特性相一致的，因為情感只是另一種形式的理解。但是這一觀點僅僅適用於倫理價值。美學價值本質上是主觀性的，它只為感受它的主體而存在。倫理價值的數量比通常所假定的要大很多，它們也不能從一個單一的基本價值推導而來。我們最多只能瞥一眼它們，甚至這一點都不可能同時實現。這就解釋並在某種程度上證立了在個人及個人，以及個人與整個文化之間道德不一致性的根源。

哈特曼很明顯受柏拉圖、胡塞爾和舍勒的影響，但他自身是一個重要的、原創性的哲學家。他沒獲得應有的重視，可能是因為他的觀點與那些近來在英美哲學或大陸哲學佔主導地位的思想很不相同所致。他最重要的著作《倫理學》(*Ethics*)於 1926 年以德文出版，比海德格(Heidegger)的《存有與時間》(*Being and Time*)早一年，並於 1932 年出現英文本。

參見 a priori 先驗；Husserl 胡塞爾；moral realism 道德實在論；Plato 柏拉圖；Scheler 舍勒

P.B.u 撰　王文方審訂

Hartshorne, Charles　哈茨霍恩，查理斯(b.1897)　二十世紀後期歷程哲學和神學(process philosophy and theology)在美國主要的闡釋者。他在 1923 年在哈佛(Harvard)大學取得哲學博士學位以後，受到懷德海(Alfred Whitehead)的影響，其後與保羅・懷斯(Paul Weiss)合編《裴爾斯論文集》(*The Collected Papers of C. S. Peirce*, 1931-35)。在《感覺的哲學與心理學》(*The Philosophy and Psychology of Sensation*, 1934)一書中，哈茨霍恩辯稱一切感覺都是對一「感性連續統一體」(affective continuum)的感受。這些觀念後來被納入一套「新古典形上學」(neo-classical metaphysics)中，這是一套泛心論和有神論的形上學。自然是創造活動的許多中心之間互動的舞台，這些中心的生命雖然短促，但是每一個都在上帝的記憶中成為客觀不朽。

在《人類對上帝的觀照中》(*Man's Vision of God*, 1941)中，哈茨霍恩指責哲學家忽視有神論具有多種形態此一事實。他對有神論的一種選擇稱為「二極有神論」(dipolar theism)，也在《上帝的相關性》(*The Divine Relativity*, 1948)一書中為這種觀點提出辯護。哈茨霍恩認為上帝是與每一實現之物(actuality)相關的至高存在，也對每一實現之物做出完美的回應。宇宙就是上帝的身軀。就不同角度來說，上帝既是無限的，又是有限的；既是永恆的，又在時間之中；既是必然的，又是適然的(contingent)。哈茨霍恩在《創造性綜合》(*Creative Synthesis*, 1970)一書中勾畫出一個形上學的工程，這套形上學致力探究關於存在的必然真理，由此可以證明上帝的存在。他對上帝的存在所提出的是一個複合論證，稱為總體論證(global argument)。這個複合論證的主要構成部分是一種模態邏輯形式的存有論論證(a modal version of the ontological argument)。哈茨霍恩在《完美性之邏輯》(*The Logic of Perfection*, 1962)與《安瑟倫的發現》(*Anselm's Discovery*, 1965)二書中提出模態邏輯形式的存有論論證，促成了存有論論證的重新建構。

《創造性綜合》也針對一個理論提出說明，即美感價值是最普遍的，而美是秩序／無序和簡單性／複雜性等眾多二極之間的中道。哈茨霍恩的第二十部著作《零謬誤》(*The Zero Fallacy*, 1997)就他對哲學史的評估做出總結——他這方面的觀點也曾在《偉大思想家的洞察與失察》(*Insights and Oversights of Great Thinkers*, 1983)和《美國哲學中的創造性》(*Creativity in American Philosophy*, 1984)二書中表達——並且對他的形上學做出重要修正。

參見 panpsychism 泛心論；philosophy of religion 宗教哲學；process philosophy 歷程哲學；Whitehead 懷德海

D.W.V.撰　劉若韶審訂

hasty generalization, fallacy of　倉猝普遍化謬誤　見 informal fallacy 非形式謬誤

heap paradox　堆積悖論　見 sorites paradox 堆垛悖論

heart　心　見 *hsin*[1] 心

Heaven　天　見 *t'ien* 天

hedonic calculus　快樂量表　見 Bentham 邊沁

hedonism　享樂主義　認為快樂(包括沒有痛苦)是生活中唯一內在的善。暫時撇開道德的問題不談，享樂主義者認為人必然會追求快樂(心理的享樂主義)；暫時撇開心理學的問題不談，道德上我們也應追求快樂(倫理的享樂主義)；或者認為我們不但必然，而且應該追求快樂(倫理和心理相結合的享樂主義)。

心理的享樂主義(psychological hedonism)本身容許有多種可能的形式。例如認為所有的動機都基於對目前和未來快樂的期望。更顯著的是，有一些哲學家認為未來行為的所有選擇，都以目前取得比較大的快樂為基礎，以此考慮(thought)採取某一項行動而非其他考慮。還有第三類的享樂主義——根源於經驗的心理學——獲得快樂是廣泛的有機物(包括人類)的基本衝動，透過某些形式的條件，它可以提供所有必要的動機。

倫理的享樂主義者(ethical hedonists)可以但不一定需要訴諸於心理學的享樂主義之形式，來支撐他們的立場。因為，最壞的情況是某種形式的心理學享樂主義，造成倫理享

樂主義的空洞化或侷限性——而非錯誤。作為一種價值的理論(探討什麼是終極的善之理論)，倫理的享樂主義很典型地導向道德上正確行為的兩種解釋，它若非導向其中的一種，就是導向其中的另一種解釋。這兩種解釋都表現為道德的結果論(moral consequentialism)，嚴格按照結果來判斷行為。按照功利主義(utilitarianism)的標準形式，行為是由所有人(有感覺的存有)產生快樂的總和來判定；按照為我論者(egoist)的一些形式，行為是由自己擁有快樂的結果來判定。但無論是為我論和功利主義都不必然結合享樂主義的價值理論。

享樂主義的價值理論承認關於快樂種類和獨特的來源，有各種不同的斷言。其中產生爭論的問題在於，什麼樣的活動產生最大數量的快樂——著名的代表包括哲學的對話和其他智能形式的對話，包括美學的沉思，以及產生「感官的快樂」(the pleasures of the senses)的活動。(大部分的哲學享樂主義者，除了使用這個流行的詞彙之外，並不贊成感官的快樂)由著名的彌爾(J. S. Mill)所提出的另一個問題是關於不同種類的快樂是否允許品質(quality)的差異(量上面也是)。就算量上面是等值的，我們能夠說才智活動的快樂在品質上優於看電視運動比賽的快樂嗎？如果我們肯定這件事，我們是否引入一種完全不依於快樂的另一種價值，而遠離了嚴格的享樂主義呢？

大部分哲學家已經發現——心理學和倫理的享樂主義——它們的主張有誇大之嫌。「享樂主義悖論」(hedonistic paradox)對這兩種享樂主義而言是一個難題，它可作如下的表述：許多生命中最深刻和最美好的快樂(如愛、養育孩子和工作)，似乎最常降臨到那些為了一些特定的理由專注於這些活動的人，而非為了尋求快樂的人。因此，有問題的部分不只在於認為我們在實際中總是追求(或僅僅想要)快樂，而且在於認為獲得快樂最好的方式是去追求它。

另一個困境是關於幸福及幸福和快樂之間的關係。在亞里斯多德的傳統中，幸福被廣泛地理解為福祉(well-being)，被看作是所有人類活動的一種自然的目的。而這種意義的「幸福」比「快樂」廣泛，快樂的範圍限定在指稱一種特定的感受，然而「福祉」並非如此。幸福的屬性以一種快樂的屬性所沒有的方式，來顯示其規範意義。在我們的想法中，一個真正幸福的人(無論是)已經達成、正在達成中或將要達成的事，是人類生活「真正重要」的事情。當然，這樣的成就明顯地會產生快樂的感受；同樣明顯的是專注於活動中，積極享受這個活動，這就像亞里斯多德最先指出的，離開所從事的活動之外，並沒有另一種獨立的快樂之感受。簡而言之，亞里斯多德式的觀點是認為幸福是所有人類活動的自然目的，即便這一點能夠成立，似乎也不能給享樂主義很多支持，無論它們是心理學還是倫理的享樂主義。

參見 Aristotle 亞里斯多德；ethics 倫理學；eudaimonism 幸福論；utilitarianism 效益主義；value 價值

J.A.M.撰，陳瑤華審訂

hedonistic paradox　享樂主義悖論　見 hedonism 享樂主義

Hegel, Georg Wilhelm Friedrich　黑格爾，喬治．威廉．弗里德里希(1770-1831)　最具影響力和最有系統性的德國觀念論哲學家之一，特別以其歷史哲學和宗教哲學而稱著。

生平與著作　黑格爾生於斯圖嘉特(Stuttgart)，是家庭中三個小孩中的長子。父親是符騰堡(Württemberg)公國中一個小小的財務官員。母親於黑格爾年僅十一歲時去逝。黑格爾在十八歲時進入了附屬於圖賓根(Tübingen)大學的神學院就讀；他攻讀神學、古典語言和文學，並與他日後的同事與論敵謝林(Schelling)友好，又和偉大的德國浪漫派詩人荷爾德林(Hölderlin)為同窗好友。1793 年於神學院畢業，黑格爾隨即接受了在瑞士伯恩(Bern)

的一個家庭教師的工作，至 1797 年移居法蘭克福(Frankfurt)，亦是擔任家庭教師。1799 年，父親去逝，留下一筆小小的遺產給黑格爾，使得他能辭去家庭教師的工作而從事學術研究，並試圖在大學中謀一教席。由謝林的協助，黑格爾於 1801 年移居耶拿(Jena)大學城。耶拿大學這時已因席勒(Schiller)、費希特(Fichte)和施萊格爾兄弟(the Schlegel brothers)之曾駐足而聞名。經過若干年的授課，黑格爾在 1805 年正式成為教授。

在移居耶拿之前，黑格爾的寫作主要是關於道德、文化理論和宗教哲學方面的問題。對於歐洲啟蒙運動和一般來說哲學在政治上與在道德上的影響(implications)，黑格爾和盧梭(Rousseau)及德國浪漫學派(German Romantics)有著共同的懷疑，即使他仍熱烈地倡導他名為「現代性原則」(the principle of modernity)的「絕對的自由」(absolute freedom)。他像許多人一樣，擔心對封建的政治威權和宗教威權的攻擊會導致內在化的、但仍具壓制形式的威權之重新建立。黑格爾於是和當時的德國知識分子合流，嚮往古希臘及其被認作和諧的社會生活之優越性，以之對比於猶太的和後繼基督教的權威主義的和律法主義的特性。

然而，在耶拿，他與謝林共同編輯了一本期刊，《哲學批判期刊》(*The Critical Journal of Philosophy*)，並逐漸把工作致力於由康德的批判哲學或「先驗觀念論」(transcendental idealism)以至賴因霍爾德(Reinhold)、費希特及謝林的著作所提出的哲學問題上。他的著作變得更受這些理論的計畫和以這些計畫去開展康德(Kant)的努力所影響。康德既尋求經驗之區分和評價所必需的基本範疇，也尋求一個能以某種非經驗的方式來導出這些範疇的主體理論(theory of the subject)。關於這範疇結構之完善性、相關性和存有論地位等問題是非常顯著的，與之相伴的是對一個自由的、自我決定的行動者與由道德原則和其他行動者而來的限制之間的關係的持續興趣。

他在耶拿的早些年裡(尤其在謝林於 1803 年離開之前)特別投入於系統哲學(systematic philosophy)的問題，這是對自然界基本範疇和對人類實踐活動的一種說明，而這一說明以普遍預設的、邏輯上相關聯的甚至可相互推演的原則來作為這些範疇的基礎。(用黑格爾的話說，這是「邏輯」〔Logic〕與「自然哲學」〔Philosophy of Nature〕及「精神哲學」〔Philosophy of Spirit〕之間的關係的問題。)然而，1803 年以後，正當他準備發表自己的系統哲學的時候，原來所計畫的對這一體系的一個簡略導論取得了自身的生命並成為黑格爾最有影響和最引起爭論的著作之一。在個人生活和政治生活動盪不安的時期裡，他緊張地完成了最後被稱為《精神現象學》(*The Phenomenology of Spirit*)的書。在這本書的最後寫作期間，他已經得知克里斯蒂娜·柏克哈德(Christina Burkhard)將要產下他的私生兒子。(路德維希〔Ludwig〕生於 1807 年 2 月。)他應該是在 1807 年的 10 月 13 日完成此書，這一天拿破崙的軍隊攻佔了耶拿。

這當然是一部史無前例的著作。從思想來看，它闡述的是人類自身作為主體而不斷發展和獲得更多自我意識的過程，但它的內容似乎涉及廣泛而又不相同的主題，從經驗主義認識論中的技術問題到葬禮的意義等。其範圍是如此多樣，以至於它是否具有整體的統一性或只是在最後的時刻拼湊成書，這問題在今天仍有爭議。除了這解讀問題外，黑格爾常常自己創造一些驚人的用語如「顛倒的世界」、「為了承認而奮鬥至死」、「不幸的意識」、「精神的動物王國」和「美麗的靈魂」等。

因為無法在耶拿繼續他的大學生涯，黑格爾接受了一份在班堡(Bamberg)作報紙編輯的工作。翌年，他作為紐倫堡(Nürnberg)一所文法中學(Gymnasium)的校長和哲學老師，開始了長達八年的工作任期(1808-16)。在這一段時間裡，四十一歲的黑格爾和二十一歲的瑪麗亞·封·杜澤(Marie von Tucher)成了家。他也撰寫了最難理解的、卻以之為他最重要的一部著作，即二卷本的《邏輯學》(*Science of Logic*)鉅著，試圖對所有可能的論說

(all possible kinds of account-givings)所必需的概念做一說明。

最後，在1816年，黑格爾在海德堡大學(University of Heidelberg)得到了一個哲學教授的席位，在那裡，他發表了他的《哲學全書》(*Encyclopedia of the Philosophical Sciences*)的第一版，這是他自己關於人類思維之「邏輯」(logic)與相關聯的範疇在和我們對自然的理解中，以及在我們對自己的活動的理解和評價中的「真實」(real)表現之間的關係的系統說明。在 1818 年，他在柏林(Berlin)接受了哲學上更具榮譽的職務，並一直居住在柏林直至 1831 年去逝。在他到達柏林後不久，他即開始對德國的知識界和知識分子之活動發揮了強有力的影響。在1821年普魯士(Prussia)政治和國家主義危機中，他發表了他關於政治哲學具爭議的著作《法權哲學》(*The Philosophy of Right*)。他在大學的講演後來作為他的歷史哲學(philosophy of history)、美學(aesthetics)、宗教哲學(philosophy of religion)和哲學史(history of philosophy)出版。

哲學思想　黑格爾最重要的觀點是在回應哲學上的許多問題以及回應歷史事件中逐漸形成的。而且，他的語言和方法是如此地異於常規，以至於關於他的立場之意義和正確性都有爭議。因此，任何對基本立場的概括都將同樣是對爭議的概括。

他不滿意在德國諸邦中和在一般所言的現代性中公共領域或任何形式的真正的社會團結之缺乏。他對他所謂傳統宗教的「立制性」(positivity)(它們對法律、聖經和對權威之抽象訴求的依賴)的憎恨，導致他付出多種努力去利用古希臘城邦和古典藝術、早期基督教對愛的理解和更新的「民族宗教」(folk religion)作為輔助，來對那些時代潮流作出批判。有一段時間，他也把較傳統的和現代的哲學自身視為無生命的分類工作，僅給我們當代留下零碎性、短視和混亂。

他一生中都保留著上述那些關懷。他因此被正確地認作首批現代思想家之一，這些思想家認為：現代社會和政治生活的中心問題，即國家權力的合法性，是被過狹地理解了。黑格爾認為，現在有著各種環境，而人們可以滿足於現代的合法性標準並「贊同」使用某種權力，但並不完全理解這些問題所由之被提出的條件，或以一種弱化的、忿恨的、受操縱的或混亂的方式來表示贊同。在這些情況下，他們將不經歷他們的個人意志和他們所認可的制度之實際內容之間的聯繫。現代的問題既是主權問題，也是異化(alienation〔*Entfremdung*〕)問題，在意志的實踐中，人的意志產物看來是「陌生的」、「外來的」、「異己的」，這導致許多現代生活儘管是被選擇或自願的，但基本上不能令人滿意。

然而，在耶拿的歲月裡，他關於這個問題的觀點改變了。更為重要的是，哲學問題在黑格爾的戲劇裡移到更接近中央舞台的地方。他不再把哲學視為某種自我否定的(self-undermining)活動——僅為躍進真正的「玄思」(speculation)作準備(這大體上是謝林的觀點)。他開始主張一種獨特的、對所有不同的古典哲學流派之間的相互關係所做出的、廣備而決定的反思。更可爭議的是，他也試圖去理解這些關係和轉變反映在藝術史、政治和各種歷史社群的宗教中的方式。他因此認為，哲學應該是對它過去歷史的某種回憶，即既認識到哲學過去致力於一種廣備的教導，而這些企圖有其片面性，卻不是錯誤的；又說明這些持續發展的企圖在其他的人類實踐之發展中有其中心性。透過理解這發展之「邏輯」，與那樣一個理性過程在當代生活中的種種關涉，或至少與內在於當代生活中的種種可能的問題，之各式各樣的調解才會是可能的。

在所有影響和發展中，黑格爾觀點中一個革命性的方面變得更為清楚了。因為黑格爾總是認為，哲學的主題是「理性」(reason)或「絕對」(the Absolute)，即人的所有表述和評價之無條件的預設，而哲學因此是對「整體」的理解，而自然界和人事是這整體的部分。他也常把這一主張的含義概括為：哲學之主題是人類經驗自身的歷史。哲學是關於人類變化發展之真實世界的，如此，黑格爾所理解的哲學是人類種族對自身的集體自我教育。哲學可能如此，這也滿足了更為傳統的理想，因為在他最著名的警句裡，「實在的就是合理的」(what is actual is rational)，或因為對人類歷史中重大觀念和政治變遷之邏輯的或目的論的秩序甚至必然性給出完整的描述。我們因此最終能使我們確信我們人類用以概念化和評價的方式不是有限的或偶然的，而與真實的存在是「同一的」。這種同一理論 (identity theory)或絕對知識(Absolute Knowledge)意味著，我們在世界中將能「有家可歸」，因此能理解哲學家一直努力要理解的東西，將能理解在最廣的意義上的事物怎樣在最廣的意義上結合在一起。所有事物結合在一起的方式最終是在某種集體的、歷史的和邏輯的意義上「由於我們」。(在他的《宗教哲學》(*Philosophy of Religion*)講演錄的某一很有爭議的段落裡，黑格爾甚至暗示出：這樣來理解，歷史自身將會結束。)

在這個總觀點下有幾個因素引起過很多的爭論和強烈反應。為了提出那樣的一些主張，黑格爾不得不反駁一種在現代思想中強有力的、有深刻影響的假定，即個別的、自我意識的主體之優先性。這樣一種假定意味著，幾乎所有的社會關係，幾乎所有的我們與其他人的結合，它們存在是因為且只因為它們是被制定的，是由於個體之意願而存在，而各個個體在自然的狀態中是互不相關的。

至於知識方面的主張，既然在我們與他人未經反思地共享的共同傳統中有許多信仰，這些共享的信仰也基本上被視為各個體不斷肯定這些信仰的結果，即使是出於不明白的或未經反思的方式。它們之被分享僅僅是它們被同時肯定或為個體所贊同的結果。

黑格爾的描述需要不同的圖像，他堅持某種共同主體之優先性，他稱此為人類「精神」(*Geist*)。他對觀念的和歷史的演變的一般理論需要假定這樣一個共同主體，這個主體甚至可以說對自身「達到自我意識」(coming to self-consciousness)，而這又要求他反駁如此之多地被理解為個人意志和反思的觀點。而且，他努力以多種不同的方式證明，似乎對個人而言，他或她自己特殊的意圖、欲望或信仰的形成，已經反映在一個複雜的社會傳承中，而這社會傳承又可以說是以其自身的「邏輯」正在進展中，甚至不斷在進展中。這種共同努力的自我認識之完成導致黑格爾所說的「絕對精神」(Absolute Spirit)之實現。「絕對精神」，他指的是人類努力認識自己之絕對完成，或者指某種超越人類之上的力量在人類事物中的實現，或指無限上帝之完全表現。

黑格爾試圖提出關於社會主體性的所有主張而不想以某種方式使這種主體實體化或物化，好像它獨立於個人的思想和行為之外。這個關於個人相互之間深刻的相互依賴(甚至為了他們的同一性)的主張，即便當他們維持了他們的獨立性，也是黑格爾試圖辯證地解決許多傳統的對立和過去的思想之矛盾的最有名的例子之一。黑格爾常認為，在哲學上看來是對反的東西，如精神與肉體、自由與決定論、唯心論(idealism)與唯物論、普遍與特殊、國家與個人乃至上帝與人類等，所以出現這些不相容的對立，只是因為那個未展開的、各種對立在其中被構成的片面的觀點。

所以，在一個對這些二元論的更為有名的攻擊中，按照黑格爾的觀點，人類的自由不能理所當然地理解為純粹理性的自我決定，獨立於他律的衝動之外，也不能把人類理解為理性與感性之間永久的對立物。在他的道德學說中，康德已經論證了後面的觀點，而黑格爾經常回歸到康德關於義務與性向對立的主張，以之作為現代二元論的典型。黑格爾認為，康德關於理性原則的觀點，即「絕對命令」(categorical imperative)，是如此的形式化而缺乏內容，不能充當行動的指南(它不能一貫地規範正確的行為)。黑格爾還認為，康德的「道德觀」(moral point of view)嚴格地要求一種純粹的或盡義務的動機，但行為人總難有此動機。通過比較，黑格爾認為道德二元論可以在倫理生活中被克服，即在給理性意志提供了內容和真正「對象」的那些社會制度裡。這些制度，家庭、市民社會以至國家，並不要求與我們自己的實質目的有潛在衝突的義務，反而是被意識為我們個人自由意志之實現。對黑格爾所言，真正自由的、理性的自我決定，繼續與我們的欲望一道，而不是壓抑尋求幸福和自我實現的欲望。其意旨為何，這仍是有爭論的。許多評論家已經注意到，在現代哲學家中，只有黑格爾極為稱慕的史賓諾莎(Spinoza)堅持這樣的一個「協和說」(compatibilism)，並極力拒絕接受將人看作永久自我對裂的基督教觀點。

在他對這種對立面最具雄心的分析中，黑格爾走得如此之遠以至他宣稱，當較高一級的「概念」(Notion〔*Begriff*〕)在融合或「揚棄了」(sublated)對立面時，對立雙方不僅能被證明最終是相容的，而且在對立中的一個對立項實際上函著或需要它的對方；而為了一致，那樣的一個概念之「置定」(positing)又需要否定它自身。正是這種辯證的對立能被證明為需要一個揚棄(*Aufhebung*，這一個黑格爾的術語，在德語裡的意思是「取消」、「保留」和「提升」)。

對我們的基本概念之辯證發展的這個主張，在黑格爾的哲學中受到了最猛烈的批判。許多批判者都懷疑：如此之多的基本的概念變化能由一個內在的批判來說明，而這一內在批判只是發展了內在於某些概念或觀點或相關的實踐中的預設。這一問題特別吸引了黑格爾的《邏輯學》的批評者，在此書中，黑格爾第一次試圖證明，以「有」(Being)來範疇僅僅和直接地存在的任何事物的努力，既「否定它自身」(negates itself，或最終以「無」〔Nothing〕來範疇每一樣東西)，而且這種自我否定就要求一個在更高級的「變化」(Becoming)範疇裡的解決。這種分析進一步試圖證明範疇化任何事物的努力都最終必須使用「本質」(essence)與「現象」(appearance)、三段論的諸成素〔概念、判斷和推論〕、最終則是黑格爾自己的辯證邏輯之區分，而且這一計畫的細節和大的構想都存在許多可爭論的主題(不幸的是，許多這樣的爭論都因黑格爾的辯證理論被聯繫於「正題」〔thesis〕、「反題」〔antithesis〕和「合題」〔synthesis〕的流行術語而弄得極其混亂。這些生粗的機械的概念是在1837年由一個較不敏感的黑格爾的闡述者喬里鮑茲〔Heinrich Moritz Chalybäus〕所發明的，但從未被黑格爾當作術語使用過)。

其他人則認為，黑格爾在不同的觀點和實踐之間所鑒別出的不和諧因素需要對歷史的，尤其是經濟的脈絡作更廣泛的分析，在這脈絡中，某些觀點得以形成並變得重要；或需要對至少導致基本的觀念演變的經驗的發現或困境，有更為細緻的觀察。

那些考慮後一問題的人對於黑格爾的陳述所意涵的普遍與特殊間的邏輯關係也提出了疑問。黑格爾繼費希特之後，把康德關於感覺中的純粹特殊性不可知的主張極端化了(康德寫道：「沒有概念的直覺是盲目的」)。黑格爾指責康德未從反經驗主義的主張中提取足夠重要的結論，認為康德應當完全重新思考過「所給予心靈的」和「心靈對所給予者所作的」之間的傳統區別。反之，黑格爾自信他擁有了一個關於「具體的普遍」(concrete universal)的理論，即概念不能被理解為蒼白的一般性或所給予的特殊性之抽象的表象，因為對特殊事物的理解便需要概念。概念並不在根源上有待於與特殊事物直接的照面，也不存在這樣的照面。批評者想知道，黑格爾是否仍有關於特殊性的理論，如果他不主張特殊事物，或與之相應的任何東西，都只是概念之間的關係，而在這些關係中，自然世界和人類歷史之構成之實在的細節在黑格爾的《哲學全書》中是作為概念的必然性而被演繹的(這種對黑格爾的解釋，即黑格爾認為所有的實在事物都實際上是一個單一的作為根據的精神實體之思想、表現或樣式，而這個精神按某種概念的必然性來發展並建立它自己。這被稱為「泛邏輯主義」(panlogicism)，而這一術語是由黑格爾的解說者賀爾曼・格洛克納(Hermann Glockner)於二十世紀前半葉提出的，是極有爭議的一個理解)。

這些評論者特別關心這一問題在黑格爾的政治學說中的意義。在黑格爾的政治學說中，國家與個人之間的巨大對立似乎受同樣的邏輯所支配，而且個人的真正的個別性據說就寓於且只寓於這種政治普遍者即國家中。因此，一方面，黑格爾的政治哲學常常因它對現代生活之基本的新的面相的分析和鑒別而得到贊許。從範疇上說，黑格爾突顯了現代性中政治生活的領域，或者說是「國家」獨立於從事競爭和私人聯結的私人社會(「市民社會」〔civil society〕)。但是，另一方面，他試圖論證在國家中，這些私人領域得到完成，或個人只能在忠於國家時才是自由的，這主張至少從馬克思(Marx)以來，已經成為他的哲學最受批評的方面。

最後，一些批評也常常對準在這些主張背後的根本動機：黑格爾長期在現代的思想與存在之許多碎裂的領域內追尋某個基本的統一性，他要求這種統一性在辨解的表述中被闡明，而不僅僅是能被感覺到、被指示、或在啟發性的思辨中被表彰。黑格爾之後的思想家傾向於懷疑對現代經驗的任何這種整體之提示，他們認為，由於前現代世界之解體，我們只能滿足於現代利害關係之斷裂的、自律自治的各個領域。

在他的講演課程中，這些基本的主題在文化歷史的基本建構之廣泛論述中得到了說明。歷史本身從根本上當被作政治的歷史，而且在典型的黑格爾的方式裡，政治史的主要時代由於過去其內部不正當性而被認作是其所故是，一直到實現或達到某種終極的政治半自覺。藝術同樣被看作發展性的，從象徵性的形式，經過古典的形式，到最強烈的審美主體之自覺的形式，即浪漫主義的藝術。《宗教哲學講演錄》(*Lectures on the Philosophy of Religion*)以某種最具爭議性的方式表現這些主題，因為黑格爾常常把宗教及其發展視為他自己關於思想與存在之關係的觀點之一種圖像表示或可理解的「表象」(representation)，而那一觀點是對人類的有限性和「無限性」(infinity)以及宗教生活之社會的或公共的本性的恰當理解。這在黑格爾的研究者當中激起了有特色的爭論，有些人認為黑格爾對宗教的理解證明他自己的主題本質上是宗教性的(若是基督教的一種不同尋常的、泛神論的觀點)，而其他人則認為在黑格爾那裡只有黑格爾化了的宗教問題，因而甚少明顯的宗教事物。

影響　上述最後一個爭論在黑格爾之後的傳統中是異常突出的。儘管在黑格爾去世後的數十年裡有很多法律史、政治哲學和美學方面的著作是由自稱為黑格爾主義者的人所做的，但大多數傑出的黑格爾的學術捍衛者都對神學感興趣。其中很多人對黑格爾做出與人格的上帝和不朽性的傳統基督教觀點相一致的解釋。這種情況開始發生變化，由於「青年黑格爾主義者」(young Hegelians)，諸如斯特勞斯(D. F. Strauss, 1808-74)、費爾巴哈(Feuerbach, 1804-72)、布魯諾·鮑埃爾(Bruno Bauer, 1809-82)以及阿諾爾德·魯格(Arnold Ruge, 1803-80)的工作，強調黑格爾的宗教表述之人文主義的(humanistic)和歷史的維度(historical dimensions)，反對老黑格爾主義傾向於與當代政治生活妥協，並開始闡述和擴展黑格爾對人類精神的生產活動的表述(最終把重心放在勞動而不是理智和文化生活上)。斯特勞斯自己依據一個人在政治上是批判性的抑或是保守性的，或對黑格爾的精神做出了一神論的抑或人文主義的解釋，刻劃描繪了黑格爾左派、中間派和右派之間的鬥爭。最有名的青年左翼黑格爾主義者是馬克思，尤其在他於巴黎與魯格共同作為《德法年鑒》(*Deutsch-französischen Jahrbücher*, 1844)的編輯的日子裡。

在大不列顛(Great Britain)，由於長期的懷疑主義的(skeptical)、經驗主義的(empiricist)和功利主義的(utilitarian)傳統，黑格爾的哲學直到十九世紀的後半葉才有一點影響，當像格林(Green)、凱爾德(Caird)這樣的哲學家研究了黑格爾哲學中的某些整體觀的主題，並在政治學和宗教方面提出一種新黑格爾式的問題的時候，黑格爾的哲學才開始在學術界產生影響。最傑出的英國新黑格爾主義的第二代人物有鮑桑葵(Bosanquet)、麥克塔格特(McTaggart)，特別是布雷德利(Bradley)，所有這些人都對黑格爾的觀念論之形上學涵義的許多方面感興趣，他們把黑格爾的主張視為在一個單一的、理想的或精神的實體內的所有特殊事物的「內在關係的」相互聯結。穆爾(Moore)和羅素(Russell)以傳統經驗主義和可以稱之為「分析哲學」的名義掀起一股巨大而有成效的浪潮，來反擊這種學問並在這種思潮中強烈地排斥了黑格爾的影響(或說在這些新黑格爾主義的觀念中歷史的黑格爾被保留下來了)。

在德國，黑格爾持續影響了許多新馬克思主義的不同學派，有時候他們本身僅被稱為「黑格爾式的馬克思主義」(Hegelian Marxism)，尤其是法蘭克福學派(the Frankfurt School)或「批判理論」(critical theory；特別包括阿多諾〔Adorno〕、霍克海默〔Horkheimer〕和馬庫色〔Marcuse〕)。黑格爾在法國也極有影響，特別由於俄國移民亞里山大・柯熱夫(Alexander Kojève)的出色的演講，他於 1930 年代在高等研究實踐學校(École Pratique des Hautes Études)給像梅洛龐蒂(Merleau-Ponty)和拉岡(Lacan)這樣的人教授黑格爾哲學。柯熱夫受馬克思(Marx)與海德格(Heidegger)的影響與受黑格爾的影響一樣多，但他的演講激發了許多思想家再次轉向黑格爾關於人類在時間中的自我決定的表述，轉向所有制度和實踐之歷史性，從而使黑格爾和戰後存在主義之間形成了非同一般的聯繫。

黑格爾哲學的問題在當代詮釋學中，在倫理學的「交往理論」(communitarianism)中，在人們越來越重視科學哲學中的觀念變遷和歷史中，不斷浮現出來。對許多人來說，黑格爾哲學現在不僅應當被視為強調人類存在之歷史的和社會的本質的歐洲哲學中一個出色的傳統之源泉，而且應當被視為可以對哲學之許多新穎的、而通常是科際整合的方法作出貢獻。

參見 Frankfurt School 法蘭克福學派；idealism 觀念論；Kant 康德；philosophy of history 歷史哲學

R.B.P.撰　鄺錦倫審訂

Hegelians, Young　青年黑格爾主義者　見 Hegel 黑格爾

Hegesias　赫吉修斯　見 Cyrenaics 居勒尼學派

Heidegger, Martin　海德格，馬汀(1889-1976)　德國哲學家，早期著作有貢獻於現象學和存在主義(如沙特〔Sartre〕)，晚期著作則導向詮釋學(高達美〔Gadamer〕)和後結構主義(德希達〔Derrida〕和傅科〔Foucault〕)。海德格出生於黑森林地區的梅斯克曲(Messkirch)，起先接受成為耶穌會士的陶成，但於 1911 年轉而學習數學和哲學。在擔任弗萊堡大學(Freiburg University)講師之後，他與現象學的創立者胡塞爾(Husserl)一起工作。他的成名作《存有與時間》(*Sein und Zeit*〔*Being and Time*〕, 1927)，出版於他在馬堡大學(Marburg University)任教期間。這部著作一反當時現象學對知識論的關注，而把重心放在形上學的傳統問題上：什麼是一般存有物的存有？海德格拒絕對這一問題作抽象理論的回答，卻吸取了齊克果(Kierkegaard)的宗教個人主義和尼采(Nietzsche)、柏格森(Bergson)和狄爾泰(Dilthey)等人的生命哲學，發展出一套認為「人是紮根於具體行動情境中」的高度原創性的哲學。海德格在 1928 年接任胡塞爾在弗萊堡大學的講座，1933 年被選任為該校校長，並加入納粹黨。儘管他在一年後下台，但新的證據顯示，他與納粹的同謀關係一直延續到戰爭結束。從 1930 年代後期開始，他的著作開始轉向「反人文主義」和「詩」的思維形式，稱為「後期海德格」。

海德格一生的研究計畫，旨在回答「存有的問題」(*Seinsfrage*)。這一問題就一般的事物(如岩石、工具、人……等等)，追問什麼是這些存有物的存有？這是從阿那西曼德(Anaximander)一直到亞里斯多德(Aristotle)的古希臘哲學家最先提出的存有學問題。但是，海

德格認為從柏拉圖開始，哲學家在試圖回答這一問題時，就已經走偏了，因為他們傾向於把存有視為恆常呈現在事物中的一種屬性或本質。換言之，他們陷入了「現前的形上學」，把存有視為實體。在傳統形上學中所忽視的，正是能使存在物以某種特定方式首先呈現為有意義，或有重要性的背景條件。在早期著作中，海德格試圖透過重新提出存有問題，而把這一已然被遮蔽的事物向度加以明朗化。什麼是存有的意義？或者，換不同的方式問，存有物怎樣以某種特定方式逐漸向我們顯示為可理解的？這一問題要求我們先分析對事物有某種預先理解的存有者，即人的存在或「此在」(*Dasein*，「存在」或「在此」的德語，用來指稱使對存有的理解成為可能的人的結構)。海德格的觀點是，「此在」對存有的先於理論性的(或先於存有學的)理解，體現在人的日常作為中，開啟了一個「光亮之處」，在其中，存有物才得以顯現為工具、中子、數字、心理事件……等等。這種以歷史性的方式展開的「光亮之處」，正是傳統形上學所忽視的。

為了闡明使存有的理解成為可能的條件，《存在與時間》從對「此在」的分析開始著手。海德格指出，傳統對於人的存在的詮釋是片面的，只集中於我們從事理論化和冷靜反思時的存在方式。正是這種狹窄的、集中於默觀的態度，導致笛卡兒(Descartes)把自我視為一種再現物質客體的心靈或主體的圖像，也就是所謂的「主-客」模式。為了避免這種傳統的圖像，海德格著手描述「此在」的「平庸的日常性」，即當我們置身於實際事務中的日常的、前反思的行動。「日常性的現象學」是用來導引我們看清楚人的存在的整體性，包括我們的心情、我們本真的個別性，以及我們與世界和他人打交道時的所有範圍。對「此在」的分析也是一種存有學意義上的詮釋學，它提供對於「理解如何可能？」的一般說明。分析的結果，是把人的存在描繪為與海德格所謂早期希臘人以「存有」為「興起於臨現」的經驗相符：作為人，是作為在時間中自我開顯的現象，讓其他類型的存有物首先在世界中「呈現和佇留」。從這種描述的立場看來，傳統的實體概念，無論是精神的或物質的實體，在理解人之時，都失去了作用。海德格對於傳統的精采診斷和解構，指出「實體」的概念是在那使存在物成為可能的條件被遺忘或遮蔽之時，才產生的。

海德格認為，人並沒有預先給定的本質，相反的，人，作為自我詮釋的存在，正是在其活動的生活過程中創造自己的存在。因此，作為日常的活動者，此在並不是一具有屬性的客體，而是「延展於生與死之間」的生命過程的「臨現」。此在被理解為是一時間運動或「變化」中的「歷史性」，具有三種主要的「存在性徵」，或由每一「具體存在」(特定的或場所的)的生活所分享的基本結構。第一，「此在」發現自身被「拋入」一個不由自己選擇的世界，一個被交付在具體脈絡中度自己生活的使命。我們生活的這種「實然性」，已然揭示在讓事物以某種方式對我們有重要性的氛圍中，例如，在我們的文化中，與隨著身為父母而來的沉重操心。第二，「此在」，作為企向(projection)，藉著在世界上的活動，總是早就對自己的生活採取了某種立場。人的存在被理解為活動者，在兩層含義上是「先於自身」的：(1)我們能勝任地應付日常情況，這點已為事物在未來會怎樣展現，勾畫出可能性的範圍；(2)我們的每一個行動，都有助於形塑一位特殊人物的生活。「此在」是在這個意義上指向未來的，即在我們活動的生命中不斷實現的可能性，構成了一個人的自我(或存有)。說「此在」是「邁向死亡的存有」，是說我們的立場(我們的「理解」)將我們的存有界定為一整體。因此，我實際對待我孩子的方式，終究界定了我身為父母的存有，不論我具有什麼樣的好動機。第三，此在是言說，意思是說我們總是在明說——或在「講話和討論」——那些在我們以關心專注於當前情境中呈現的存有物。這三種存在性徵把人類的存有界定為一種在時間中的展開。這三方面的結合——已在世界之中、先於自身之前和關切事物，海德格稱之為「掛念」。這就是「人是自己的存在對自己成為問題」這句話的意思所在。從我們自身存在的立場來說，我們通過我們的所作所為，構成了我們的自我。

此在作為時間性的形式結構，是透過人在世界中的特殊涉入而成為具體的(這裡的「世界」是在生活世界的意義上使用的，如我們談商界或學術界一般)。此在是在世存有的統合現象。海德格早期著作的核心之一，是關於此在對器物的實際處理，界定了呈現在世界中的存有物的存有。例如，在一個工作間敲錘子，一般呈現給我們的，並不是具有一些屬性的錘子這一器物，而是由我們的企畫形成的意義關係之網。用錘子敲，是「為了」釘合木板，而釘合木板又是「為了」製作一個書架，而作書架則是「為了」使一個人有整潔的書房。我們所遭逢的錘子，是在全體功能性脈絡中的位置中，也就是可用之物(ready-to-hand)。換句話說，器物的存在——它的「存有學定義」——是由它與其他器物的關係，及其在整個實用關係中的實際用途所構成。從這個角度看，傳統形上學所假定為素樸的、無意義的對象——「現前之物」(present-at-hand)——只有在我們日常處理事物出現故障時，例如當錘子壞了或丟失的時候，才會出現。就這意義言，可用之物就被說成是比被自然科學視為基本的物質對象更為原初。

由此可推：在世存有是由此在的作為所開啟的可解性或「開顯」的範圍所構成的。這種「朗現」，在希臘字*aletheia*的原意是「真」，海德格把這一語詞翻譯為「解-蔽」(unconcealment)。但是，如果認為在此所講的是，人在起初只是被給定的，然後才開始創造一個「朗現」，那就錯了。因為，按照海德格的觀點，我們自己作為特殊類型行動者的存有，是由我們被拋入的世界所確定的：在我的工作間，我可能是一名匠人或業餘愛好者，但不會是一名勤王的武士。我們作為行動者的身分，是由於生活中共享的形式和公共的生活世界中的語言實踐而成為可能的。大部分說來，我們是作為「他們」(*das Man*)而存在的，是歷史構成的「人民的共現」的參與者。

我們的存在植根在文化脈絡中，這點解釋了我們深染的非本真傾向。當我們被納入社群的實際作為中之後，我們就傾向於與群眾隨波逐流，做「別人」(one)所做的事、扮演刻版的角色，因而喪失了把握和界定我們自己生活的能力。這種向大眾俗務的沉淪，海德格視為是我們逃離自己是邁向死亡(理解為人類可能性的極限)的有限存在這一事實的表現。唯有透過焦慮和傾聽良心的召喚，面對我們「邁向死亡的存有」時，我們的生活才能有所轉化。成為本真，便是看清並面對一個人對其生命整體的責任。而且，由於我們的生命總是與我們的社群存在不可分離的，本真性也就涉及為了實現社會的「命運」而把握在共有「遺產」中的可能性。

海德格在當前歷史情境中果斷「採取行動」的理想，無疑促使他在 1930 年代躍入政治。依據他那一時期的著作，古希臘開創了西方文明的「第一次開端」，但經由數世紀的遺忘(從希臘字詞的拉丁化開始)，已經使我們從植根於初始環境的原初體驗轉偏了。海德格希望，藉著表現在偉大藝術作品(尤其是荷爾德林〔Hölderlin〕的詩)中偉大洞見的指導，國家社會主義有助於產生使世界再度年輕的「新開端」，而比美於古希臘的第一次開端。

海德格的晚期著作，試圖完全脫離從一開始到尼采一直在宰制西方思想的「主體主義」。例如，《藝術作品的起源》(*The Origin of the Work of Art*, 1935)，指出偉大的藝術作品，像希臘神殿，透過形塑人們在其中生活的世界，怎樣形成一個能在那種世界生活的人民。《形上學導言》(*Introduction to Metaphysics*, 1935)，致力於恢復人的希臘體驗，當時人們的聚集和命名的活動，首先是為了對超越人性者的回應。晚期著作強調對人類的完全宰制和理解的抗拒。諸如「虛無」、「大地」和「奧祕」等這類語詞暗示，那自身向我們開顯者，總是依賴於那自身不開顯者、那依然遮蔽者。語言被理解為一種中介，藉之，任何物，包括人本身，才會變成可以接近和了解的。由於語言是一切可理解性的根源，海德格認為；並不是人在說話，而是語言在向我們說話。這一觀念成為後結構主義理論的核心。

海德格在戰後的著作中，用「任其存有」(letting-be)或「任是」(*Gelassenheit*)的新觀念，代替了原先的「決斷」和政治主動論。這是一種以冥想性思考、對存有「贈與」的感恩，以及對語言寂靜召喚的開放的姿態。我們這時代，由於科技的「上架」(*Gestell*)，把所遭逢的一切都當作儲備為隨時可用之物，不當作是人之所為，而是當作是存有自身的開顯。這些後期著作中的「反人文主義」，在於把科技(動員一切只為了獲得更大效益的唯一目的)看作是「存有歷史」的時代性事件，看作是一種事物自身興發(*Ereignis*)，而不是作為人的成就。存有的歷史或「命運」是由許多時代構成的，這些時代不斷遠離由先蘇哲學家啟動的原始開端時代。由於人的意志力不能單獨產生新時代，科技不可能通過我們的努力而終結。但是，一種非科技性的遇逢事物的方式，在海德格對一只水壺的四相的描述——地、天、人、神——得到暗示，而且，海德格也省思詩的表現形式，認為詩指向一種新的、非形上學的體驗存有的方式。通過與語言和藝術的一種轉化關係，並放棄「存有神學」(一種將所有的存有物都奠基於一最高存有者的企圖)，我們或可為自己以轉化過的方式重新理解存有作好準備。

參見 continental philosophy 歐陸哲學；existentialism 存在主義；hermeneutics 詮釋學；Husserl 胡塞爾；*lebensphilosophie* 生命哲學；postmodern 後現代

C.B.G.撰　沈清松審訂

Heidelberg School　海德堡學派　見 neo-Kantianism 新康德主義

Heisenberg indeterminacy principle　海森堡的不可能決定性原理　見 quantum mechanics 量子力學

Heisenberg uncertainty principle　海森堡不確定性原理　見 quantum mechanics 量子力學

Hellenistic philosophy　希臘化時期哲學　希臘化時期的哲學體系(323-30 B.C.，雖然將它定義為西元前 311-87 年的一個哲學時代會更好)，以伊比鳩魯學派(Epicureanism)、斯多噶學派(Stoicism)和懷疑主義(Skepticism)而著稱。所有這些學派都出現在亞里斯多德(Aristotle)死後的(322 B.C.)的時代，並主導著哲學的辯論直至西元前一世紀，其間傳統的柏拉圖主義(Platonism)和亞里斯多德主義(Aristotelianism)再度興起。這是一個大部分的東方地中海世界吸收希臘文化的時代(被「希臘化」〔Hellenized〕，所以稱為「希臘化的」〔Hellenistic〕)；人們成群結隊地從這一區域到雅典(Athens)參與哲學，雅典直到西元前 87 年依然是哲學活動的中心。之後，羅馬掠奪雅典並驅逐流放了許多哲學家，從此，在那裡成長起來的哲學學派和風格再也沒有被完全恢復。

寥寥無幾的哲學著作完整地從那個時代保留下來。我們關於希臘化時期哲學家的了解主要依賴於後來的意見記述，依賴羅馬作家盧克萊修斯(Lucretius)和西塞羅(Cicero)(兩人都是西元前一世紀中葉的人)，還依據我們從後來的幾個世紀學派之間的批評所了解到的東西，如塞克斯都·恩披里可(Sextus Empiricus)和普魯塔克(Plutarch)。

「懷疑論者」(skeptic)，在希臘化時代結束之際這一語詞實際上並不流行，它不過充當了一個方便的標籤，用以描寫兩個哲學運動。第一個是新學園(New Academy)：由柏拉圖所建立的學派，學園(the Academy)，在希臘化時期變成了一個主要以辯證法為主的學派，專門收集對其他學派理論的批判而不表露自己的任何觀點，此外還主張(不論如何的慎重)沒有任何東西能被認識，而相應的建議是「懸置判斷」(*epoche*)。斯多噶學派的本質和活力很多都歸於它與新學園的長期辯論。這一學園的奠基人是阿爾克西勞(Arcesilaus；學派的主事者，c. 268-c.241)；它的最受尊敬和最有影響的主角是卡奈阿德斯(Carneades；二世紀中葉學派的主事者)；它最有聲望的意見是西塞羅(106-43 B.C.)的發言，他具有極大影響力的哲學著作主要是從新學園的立場寫成的。但是，西元前一世紀的初期之前，學園還傾向於回歸更為教條化的立場，在該世紀的後半葉，它又被第二個「懷疑主義」運動即「皮浪主義」(Pyrrhonism)所遮蔽。這是由懷疑論者埃尼西德穆斯(Aenesidemus)創立的，他是一為具開創性的懷疑主義者，儘管他的主張只是將早期希臘化時期的哲學導師，皮浪(Pyrrho)的哲學給復興。他的新皮浪主義今天之所以能存留，主要是通過塞克斯都·恩披里可(西元二世紀)的著作，恩披里可嚴格地說是這一學派的固守者，他代表這學派後希臘化時期的階段。

逍遙學派(the Peripatos)，即亞里斯多德的學派，正式地存在於這整個時代，但它不被當作一個明顯的「希臘化的」運動。儘管亞里斯多德的第一個繼承人希奧弗拉斯特(Theophrastus；學派主事者，322-287)具有顯著的地位，但這個學派之後便從頂峰衰落下來，它的命運大約在西元前一世紀的中葉有過復興。其他希臘化時期的哲學家究竟知道亞里斯多德的著作的程度有多少，這是很有爭議的，因為這些著作在任何情況下都不能視為對他們產生過重要影響。

每一個學派在雅典都有一個可以招收學員的地點。伊比鳩魯學派相對地是一個私人的組織，它的「花園」(Garden)在城牆外，形成了一個緊密團結的哲學團體。斯多噶學派根據斯多亞·波伊齊利(Stoa Poikile)而得名，在雅典中心的「著色的廊柱」(Painted Colonnade)聚集。學園派者以在城外的公共小樹林的學園為基地。哲學家是公眾人物，在城邦中是常見的人物。每一學派的哲學統一性的進一步的釐清是由於他們絕對忠實於其開創者的名字——分別如伊比鳩魯，西提姆的芝諾(Zeno of Citium)和柏拉圖——也由於在不同學派之間的論辯形成對立的思想。伊比鳩魯主義在大部分問題上與斯多噶主義正好相反。學園的懷疑主義提出對斯多噶主義的另一種反題，不是通過闡述任何他們自己的觀點(它沒有自己的觀點)；而是通過他們不斷的批評性的論戰反駁斯多噶主義的每一個命題。

人們常說，在這個時代古希臘城邦政治制度已傾倒，希臘化時期的哲學是對由此所產生的價值危機的回應。無論這種看法是否有道理，道德關懷相較於以前是更少地限定於個別的城邦的看法是清楚的，而且在極端情況下，這個界限在個人道德責任的範圍內被擴大到包括全人類。我們與全人類的「密切關係」(*oikeiosis*)是斯多噶學派原創的理論，這一點在其他學派內獲得了日益增長的認同。這一情形部分地反映了在希臘化時期國家與文化界限的弱化，也反映在隨後的羅馬帝國時代。

哲學三個認可的分支是倫理學、邏輯學和物理學。在倫理學中，核心的目標是陳述和辯護有關「目的」(*telos*)的表述，即所有的活動都須遵守的道德目的：伊比鳩魯主義者稱之為快樂(pleasure)，斯多噶主義者視為順應自然。很多的辯論都以半神祕化的智者為中心，他在每一個可構想的環境中的行為都被所有的學派所討論。邏輯學在該時代的意義上主要是斯多噶學派關注的方面，伊比鳩魯主義者視邏輯為無相關性而排拒它。但希臘化時期的邏輯學包括知識論，其中人們感興趣的主要焦點是「真理的標準」(criterion of truth)，這是衡量一切判斷能否被可靠檢驗的尺度。經驗主義是希臘化時期理論中不尋常地不具爭議的特徵：它對於柏拉圖-亞里斯多德的在嚴格意義上把知識視為非感覺性的觀點幾乎沒有興趣，教條主義者與懷疑主義者之間的辯論更關注於任何提出的感覺標準是否恰當的問題。斯多噶主義者和伊比鳩魯主義者，都把特殊的重要性歸於預先獲得的觀念(*prolepsis*)，即關於事物的一般概念，認為它這種概念是以先天的或自然的方式獲得，而這種方式賦予此概念具保證性真實的地位。物理學看出了否定神聖眷顧的伊比鳩魯主義的原子論，與沉浸於神聖理性的斯多噶主義的世界連續體(world-continuum)之間的對立。決定論(determinism)的問題也被置於哲學的版圖中：伊比鳩魯主義的倫理學依賴於對決定論的否定(包括物理和邏輯的決定論)；而斯多噶學派的倫理學，則與通過神聖眷顧的作用而產生的決定論的因果關係相融合，實際上也是需要它。

參見 doxographers 古希臘哲學家各種主張的編輯者和註釋者；Epicureanism 伊比鳩魯主義；Skeptics 懷疑學派；Stoicism 斯多噶主義

D.N.S.撰　徐學庸審訂

Helmholtz, Hermann von　赫姆霍茲，赫曼・馮(1821-94)　德國生理學家和物理學家，以在物理學、生理光學(physiological optics)、知覺心理學和幾何學哲學的突破性作品而著稱。形式上，他被訓練當一個醫生，但在 1848 年，他以能量守恆定律(the law of conservation of energy)的發現者之一的身分，在物理學上一舉成名。一直到過世之前，他也許是德國物理學界最有影響的人物。在哲學方面，他最重要的影響是空間的研究。直覺主義心理學家認為，三度空間的幾何結構是由天生的心理機制直接地賦予感覺的。赫姆霍茲把這一理論置於嚴格經驗的檢測之下而得到相反的結論，他論證我們的空間知識是從積累的經驗中推論而來的。在數學一面，他展示我們可能有非歐氏的幾何空間之視覺經驗(《論幾何公理的起源和意義》〔*On the Origins and Meaning of Geometrical Axioms*, 1870〕)，從而攻擊康德(Kant)的觀點「歐幾里德幾何學是外在直觀的先驗形式」。他最重大的洞見是，經驗幾何學依賴於測量工具行為(behavior of measuring instruments)的物理假定條件。這一點引發了龐卡黑(Poincaré)和邏輯經驗論的觀點：幾何學的經驗內容是由物理定義所固定的。也使愛因斯坦(Einstein)在物理學中使用非歐幾何成為可能。

參見 philosophy of mathematics 數學哲學；Poincaré 龐卡黑

R.D.撰　陳瑞麟審訂

Helvétius, Claude Adrien　艾爾維修，克勞迪・亞德里安(1715-71)　法國哲學家，是法國十八世紀唯物論(materialism)形成階段的重要人物。他的《論精神》(*De l'esprit*, 1758)一書受到了國際性的廣泛討論，但卻遭到巴黎大學(University of Paris)的譴責並被政府燒毀。艾爾維修曾試圖在他死後才出版的《論人》(*De l'homme*)一書中澄清他的學說。

承續洛克(Locke)對先天觀念(innate ideas)的批評，艾爾維修強調經驗在我們獲得知識上的功能。與德巴赫(d'Holbach)、孔迪拉克(Condillac)和拉美特利(La Mettrie)等的觀點一致，唯物論者艾爾維修也將知覺(sensation)視為我們所有知識的基礎。唯有透過比較、抽象和知覺間的連結，我們才能達到概念的層次。然而，艾爾維修的獨特之處，是強調我們知識之種種社會性的決定因素。我們所有的對知識的追求，都是以一些特定的興趣和熱情為起點的。「自我主義」(egoism)乃是我們的種種慾望與行為的根源。已啟蒙的國家之民法，則使自我主義得以轉變為社會性的競爭，並從而轉向公共福祉。

跟他同時代的唯物論者德巴赫和後來的孔多塞(Condorcet)一樣，艾爾維修也強烈地批判了宗教的社會功能。他認為，教士們給社會提供了錯誤的道德觀念。為了個人和社會的解放，他要求對教育制度進行一種徹底的改革。與盧梭(Rousseau)的教導相反，艾爾維修讚揚科學、藝術與工業的進一步發展為人類的歷史進步之工具。理想的社會，乃是由生活在舒適的、甚至適度奢侈的環境中受到良好教育而獲得啟蒙的公民所構成的。所有的人都應該藉由公開的爭辯與討論而參與對真理的追求。真理(truth)與道德上的善(moral good)乃是一體的兩面。艾爾維修對馬克思主義(Marxist)的歷史唯物論(historical materialism)具有一定的影響。

H.P.撰　張旺山審訂

Hempel, Carl G(ustav)　韓培爾，卡爾·古斯塔夫(1905-97)　著名的科學哲學家，在移民美國之前，屬於 1930 年代早期邏輯經驗論哲學家的維也納學派的一分子。此後，由於他對驗證概念與科學說明的邏輯分析之開創性的作品，而變成他那個時代最有影響力的科學哲學家之一。韓培爾在 1934 年於柏林大學接受萊辛巴哈(Reichenbach)的指導而獲得博士學位，其博士論文主題是關於機率的邏輯分析。他在 1929 至 1930 年間，曾在維也納大學修過卡納普(Carnap)的課，並參與科學知識的觀察基礎之「議定句辯論」(protocol-sentence debate)，爆發於維也納學派(Vienna Circle)之內，主要在石里克(Moritz Schlick, 1882-1936)和紐拉特(Otto Neurath, 1882-1945)之間。

韓培爾被紐拉特與卡納普所精鍊的「徹底物理論」(radical physicalism)所吸引，這個立場拒絕直接經驗扮演最基礎的角色，而且斷言科學的整個語言之所有語句(包括觀察報告或議定句)，都可以被科學進步所修正。這個觀點導致韓培爾第一篇主要的發表論文〈論邏輯實證論的真值理論〉(On the Logical Positivists' Theory of Truth, 1935)。他搬到美國後，於 1937 至 1938 年和卡納普一起在芝加哥大學工作。在普林斯頓(Princeton)的長期生涯(1955-1975)之前，他也曾在皇后學院(Queens College)和耶魯大學(Yale)教書。在 1940 年代間，他和朋友黑美爾(Olaf Helmer)和歐本海默(Paul Oppenheim)合作發表了一系列著名的論文，其中最有影響力的是〈驗證的邏輯研究〉(Studies in the Logic of Confirmation, 1945)和〈說明的邏輯研究〉(Studies in the Logic of Explanation, 1948；歐本海默為共同作者)。後一篇論文精鍊演繹規律模型(deductive-nomological model)，它把科學說明的特徵描繪為演繹有效的論證，從普遍律和先行條件引導出被說明的事實，而且作為該主題的所有未來工作之基礎。

韓培爾論說明和驗證的論文(也相關了像概念形構、有意義性的判準和科學理論等主題)被編成《科學說明面面觀》(*Aspects of Scientific Explanation*, 1965)這本論文集，戰後科學哲學最重要的作品之一。他也出版了一本更通俗、但在這領域上極端有影響力的導論性書籍《自然科學的哲學》(*Philosophy of Natural Science*, 1966)。韓培爾和孔恩(Kuhn)在 1960 年間變成普林斯敦大學的同事。另一個富有成果的合作發生了，它的結果是韓培爾在他後期的作品中，從卡納普的邏輯分析傳統轉向更自然主義(naturalistic)且更實效主義式的(pragmatic)科學概念。可是，就他自己的說明，後來的轉向也可以被看成是回歸紐拉特早期在維也納學派內所捍衛的類似的自然主義概念。

參見 Carnap 卡納普；covering law model 涵蓋律模式；explanation 說明；philosophy of science 科學哲學；Vienna Circle 維也納學派

M.F.撰　陳瑞麟審訂

Hempel-Oppenheim model　韓培爾-歐本海默模式　見 covering law model 涵蓋律模式

Henkin semantics　韓金語意論　見 second-order logic 二階邏輯

henotheism　單一神論　信奉一個至高神，但同時也承認其他神存在；也被描述為一神崇拜、初期的單神論(monotheism)或實踐一神論(practical monotheism)。它位於多神論

(polytheism)和極端一神論的中間地帶，這極端的一神論除了一實在外否認所有神的實在。據稱早期猶太教經過單一神論的階段，到承認中東的其他神(儘管指責他們的崇拜)，再到只承認耶和華(Yahweh)。但是從多神論通過單一神論再到一神論的進步的概念是理性化的建構，而不應理解為任何歷史上的宗教的複雜的發展，包括古以色列的宗教發展。
A.E.L.撰　徐學庸審訂

Henry of Ghent　根特的亨利(c.1217-93)　比利時神學家與哲學家。在杜爾內(Tournai)與布魯日(Brugge)擔任教區公務員服務於教區之後，1276 年開始即在巴黎教授神學。其主要著作有《普通問題大全》(*Summa quaestionum ordinariarum*〔*Summa of Ordinary Questions*〕)及《問題論叢》(*Quodlibeta*〔*Quodiletal Questions*〕)。他是十三世紀後四分之一期間在巴黎之新奧古斯丁主義運動(neo-Augustinian movement)具領導地位的代表人物。他的知識理論(theory of knowledge)結合了亞里斯多德(Aristotle)哲學的成分與奧古斯丁(Augustinian)的光照說(illuminationism)。他的此一觀點極度依賴於阿維森納(Avicenna)：受造物之本質(「本質存有」〔*esse essentiae*〕)自永恆即享有實在(reality)，他對受造物內之本質與存在之間無論是實在的區分(real distinction)與實在的同一(real identity)都加以否定，而他為其二者意向上的(intentional)區分做辯護。他也否定了靈魂及其力量(powers)之間的實在區分，並且否定了原質(prime matter)的純粹潛能之特性。他辯稱在人內之實體形式(substantial form)的二元性(duality)、在其他物質實體內的形式統一，以及意志在選擇行動上的首要地位。
J.F.W.撰　蕭宏恩審訂

Hentisberi, Hentisberus　海特斯拜里，海特斯貝里斯　見 Heytesbury 海特斯拜里

Heraclitus　赫拉克利特斯(fl. c.500 B.C.)　希臘哲學家。米勒斯學派(Milesian)哲學家和後來的多元論者(pluralists)之間的過渡性人物，赫拉克利特斯強調多變世界的統一性。他追隨米勒斯學者主張一系列世界基本材料的循環轉變。例如，他認為火變成水，然後變成土。進一步來說，他似乎支持自然實體的單一來源(或 *archē*)，即火。但他也觀察到，自然的轉變必然涉及相反的東西，諸如熱和冷、濕和乾等。的確，沒有對立面的存在，另一方也將無法存在，沒有對立，宇宙將不復存在。因此，爭鬥是正義的，戰爭是一切之王和主宰。在對立面的衝突中，有一種維持世界的隱藏和諧，可以比喻為拉開的弓或七弦琴的音。學者們不贊同赫拉克利特斯的主要觀點或許是多中僅存在「一」，或者那「一」是真實的。很清楚，基本的統一性對他是很重要的。但他也強調物理實體的短暫性及過程和質的重要性。而且，他的統一性的基本源泉似乎是一種過程和對立的規律。因此，他似乎肯定現象的統一性和過程的實在性。

赫拉克利特斯批評他的前輩如畢達哥拉斯(Pythagoras)和色諾芬尼(Xenophanes)只作研究而無洞見，他主張我們應當聽從「邏各斯」(*logos*)，邏各斯給我們的教誨是一切事物都是「一」。邏各斯是秩序和知識的原則，為一切東西所共同，但許多人卻無視它的存在，就像行路打盹的人未意識到周圍的存在一樣。所有的事情都按照「邏各斯」的原則行進，因此它是變化的法則，或至少是變化的表現。

赫拉克利特斯寫過一本單行本的書，也許併入了論宇宙學、政治學、倫理學和神學的一部分。然而非常明顯的是，他沒有提出連續的論述，而是通過隱晦如謎一般的語言提出一系列揭示自然真實性的警句。儘管他表面上是一個隱士而沒有直接的追隨者，但他可能激起巴門尼德斯(Parmenides)對他的反應以對付其對立面。西元前十五世紀後期，雅

典的克拉底魯斯(Cratylus)傳播了一種極端的赫拉克利特斯學說，按這個學說的觀點，一切皆在流變當中，因而無世界的知識可知。這種赫拉克利特斯主義的觀點，影響了柏拉圖(Plato)的可感世界的觀點，從而使得柏拉圖和亞里斯多德(Aristotle)把極為重要的流動理論歸功於赫拉克利特斯。德謨克利特斯(Democritus)模倣了赫拉克利特斯的倫理學說，在希臘化時期斯多噶學派(Stoics)吸收赫拉克利特斯的觀點，並視之為他們的基本原則。

參見 *logos* 道、理；Whitehead 懷德海

D.W.G.撰　苑舉正審訂

Herbart, Johann Friedrich　赫爾巴特，約翰・弗里德里希(1776-1841)　德國哲學家，對心理學和教育理論有重大的貢獻。他反對費希特(Fichte)和黑格爾的觀念論，嘗試建立一種以經驗為基礎的心理學形式。哲學的任務就是分析日常經驗所使用的概念。邏輯必須釐清這些概念，而形上學應當檢視它們，美學和倫理學則藉著價值的分析而使之完整。赫爾巴特倡導一種心理學和倫理學方面的決定論，認為主宰心理程序的規律等同於主宰天體的規律。在他看來，倫理學屬於美學之一支，論證我們的道德價值源自於某種欣賞與不欣賞的直接和不自覺之判斷。道德的五種基本觀念是內在自由、完善、仁慈、法律和公正或平等。赫爾巴特的教育觀——培養個人擁有內在的自由和品格的力量——在十九世紀的德國有深遠的影響。

M.K.撰　陳瑤華審訂

Herder, Johann Gottfried von　赫德，約翰・哥德弗利・馮(1744-1803)　德國哲學家，是德國由啟蒙運動(Enlightenment)轉變到浪漫主義(Romanticism)的過程中的一位重要的知識分子和文學家。他生於東普魯士(East Prussia)並接受早期的古典教育。約在 1762 年，當他在哥尼斯堡(Königsberg)大學研讀神學時，開始受到康德(Kant)的影響。也大約在這個時候，他開始了與哈曼(Hamann)一生的友誼；由於哈曼的影響，赫德對語言、文化和歷史之間的相互關係特別感到興趣。1765 年在被任命為路德派(Lutheran)的牧師之後，他開始了與柏林「科學院」(Berlin Academy)的聯繫，並因〈論語言的起源〉(Essay on the Origin of Language, 1772) 一文而贏得「科學院」聲譽極高的「獎」(prize)。1776 年，由於歌德(Goethe)的說項，他被任命為威瑪(Weimar)路德派教士的高等教士(Generalsuperintendent)。這項任命，使得他此後得以將他在思想上與文學上的能力，投注到他那個時代的大部分主要議題上。特別值得注意的是：他在《論人類心靈的認知和感覺》(*Of the Cognition and Sensation of the Human Soul*, 1778)中對心理學的貢獻；在《關於人類歷史的哲學的一些觀念》(*Ideas for the Philosophy of the History of Mankind*, 1784-91，這也許是他影響最大的著作)中對歷史與文化的哲學的貢獻；以及在《知性與經驗》(*Understanding and Experience*, 1799，這本書包含了他對康德《純粹理性批判》〔*Critique of Pure Reason*〕之廣泛的後設批判〔Metakritik〕)中對哲學的貢獻。

赫德是一個特立獨行、抗逆流行的知識分子，他寫作之時，啟蒙運動的理性概念固然已見頹勢，但康德對啟蒙運動的理性概念有限的捍衛和浪漫主義對理性概念全面的拒斥，在德語世界中卻尚未獲得確立。由於赫德拒斥任何理性的體系，因此，我們最好將他的思想看做是由一些在他的著作中以不同面貌不斷出現的觀念所組成的一種馬賽克。因為這些特徵的緣故，使得人們常將赫德的思想與盧梭(Rosseau)的思想相提並論。

可以說，赫德的哲學包含了自然主義(naturalism)、有機論(organicism)和生機論(vitalism)的許多元素。他反對所有訴諸於超自然或神聖的事物，如心理學中的「不朽的靈魂」(immortal soul)的概念、語言的某種「神聖的起源」(divine origin)或歷史中的「神

意」(providence)的哲學性說明。他試圖找出一種基本的原始能力去說明各種心理「能力」(faculties)之間的統一性。在他看來，這種朝向「有機的建構」(organic formation)的自然傾向，也在語言與文化中運作著，並且最終將會以一種「普世史」(universal history)的形式表現在不同文化的動態發展之中。最後，他的著作常讓人覺得，他是以生命本身的動態過程作為貫穿他的思想的基本隱喻的。

他的影響可以通過洪堡德(Humboldt)而追蹤到後來的語言學(linguistics)，也可以通過謝林(Schelling)和黑格爾而追蹤到歷史哲學與後來的德國的歷史主義(historicism)。他預取了叔本華(Schopenhauer)和柏格森(Bergson)的生機論的一些元素。

參見 naturalism 自然主義；organicism 生物體；philosophy of biology 生物哲學

J.P.Su.撰　張旺山審訂

hereditary property　遺傳關係　見 relation 關係

Hermarchus　荷瑪克斯　見 Epicureanism 伊比鳩魯主義

hermeneutic circle　詮釋學循環　見 hermeneutics 詮釋學

hermeneutics　詮釋學　詮釋的藝術或理論，也是一種以詮釋的問題為起點的哲學類型。詮釋學起初在較狹窄的意義上只關注對神聖文本的詮釋，(後來)，這一術語在其歷史發展中獲得了非常廣泛的意義，並在二十世紀的德國哲學中最終成為一種哲學觀。在詮釋學中有兩種對立的觀點：第一種由狄爾泰提出，他把詮釋看作人文科學和歷史的方法；而第二種由海德格(Heidegger)提出，他把詮釋學視為「本體現象」，一種詮釋者與作為被理解的歷史之一部分的文體之間的相互作用。為理解作者或原作者的「真正」意圖提供規則或標準，是第一種詮釋學的典型問題。詮釋的規律為第二種觀點提供了範例，因為運用定律的過程必然改變它。就一般而言，詮釋學是對這一過程和其可能性條件的分析。它特別把重點放在對古代文本、久遠的人物和案例的詮釋上，在這些情況下，不成問題的日常理解和交流不能被假定。

施萊爾馬赫(Schleiermacher)對與文本和言語有關的理解和表述的分析，標示著在現代意義上作為科學方法論的詮釋學的開始。這種對方法論的重視在十九世紀的歷史主義中得到繼續發展，並在狄爾泰在詮釋理論中為人文學科奠定基礎的努力中達到頂峰，這種詮釋理論被理解為可想像的、但公開可證實的他人主觀經歷的再現。這一種詮釋方法揭示了人類不能達到經驗主義者所要求的客觀知識的可能性，因而為人文學科提供了卓越的方法論。十九世紀的詮釋學分析的一個結果，是認識到「詮釋學循環」，首先是由施萊爾馬赫提出的。詮釋學循環涉及到部分與整體的關係，即對每一部分的詮釋都依賴對於整體的詮釋。但詮釋學循環是在嚴格的意義上使用的：如果每一詮釋自身以另一詮釋為基礎，那麼詮釋的循環，即便不是惡的循環，必然不能避免。

二十世紀的詮釋學進一步由海德格和漢・喬治・高達美(Gadamer)把詮釋學循環這一概念推向了極端化，即把它視為一切知識和活動的特徵。詮釋學從此不再是人文科學的方法，而具有了「普遍性」，詮釋也就成了所有人類認知有限而特定之特徵的一部分。「哲學詮釋學」因此批判在認識論上笛卡兒式的基礎主義，和在倫理學上的啟蒙普遍主義，把科學視為一種文化實踐，把偏見(或前見)視為在一切判斷中不可排除的東西。從積極的意義上看，它強調作為繼續著的歷史傳統和開放性對話的理解，其中，偏見受到了挑戰，而視野則得到了擴大。

參見 Gadamer 高達美；Heidegger 海德格；historicism 歷史主義；Schleiermacher 施萊爾馬赫；*Verstehen* 理解

J.Bo.撰　顧忠華審訂

hermeticism　祕教信仰　見 hermetism 祕教信仰

hermetism　祕教信仰　亦拼作 hermeticism，一種哲學神學，其基本觀點來自靈知的信念，認為人類的救贖仰賴於神的啟示知識(*gnōsis*)及關於人類和自然創造物的啟示知識。歸於赫密斯・崔斯麥吉士特斯(Hermes Trismegistus)——即埃及神索斯(Thoth)的希臘-埃及版本——的文獻，可能早在西元前四世紀就出現，但殘存下來的希臘文及拉丁文《赫密斯文集》(*Corpus Hermeticum*)，卻是西元二、三世紀的作品。同一批文獻的殘篇也見於希臘文、亞美尼亞文、哥普特文(Coptic)；哥普特文的版本是二次大戰後於拿・哈瑪第(Nag Hammadi)發現的一部分。這些《赫密斯文獻》(*Hermetica*)全都記錄了如上所述的祕教信仰。追溯到相同時期，晚期的阿拉伯文、拉丁文版本留存下來的《赫密斯文獻》，則處理了占星術、煉金術、法術及其他種類的崇拜。拉克坦修斯(Lactantius)、奧古斯丁(Augustine)以及其他早期的基督徒都對《赫密斯文獻》有所引用，卻不認可其價值；在依安布里克斯(Iamblichus)之前，異教徒哲學家均不太有興趣。穆斯林將赫密斯牽連到一個可蘭經的人物尹卓斯(Idris)，且因而擴張了中世紀的祕教信仰傳統，它於拉丁語系的西方，在十二世紀查爾特(Chartres)的柏拉圖主義者中，出現了最早的重大影響。因此，在西方唯一可得的古代祕教信仰文本便是拉丁文的《亞斯克雷比奧斯》(*Asclepius*)，但費希諾(Ficino)於 1463 年中斷了他劃時代的柏拉圖翻譯，轉而將《赫密斯文獻》主體中十七篇希臘文論述的其中十四篇譯為拉丁文(和斯托比亞斯〔Stobaeus〕所保存的許多希臘文殘篇不同，但費希諾並不知情)。

費希諾願意迅速轉向赫密斯，因為他相信這個埃及神祇立於「古代神學」(*prisca theologia*)之首，這個和基督教的聖經並駕齊驅的異徒天啟傳統，於柏拉圖時達到高峰，並為普羅提納斯(Plotinus)及後來的新柏拉圖主義者所發展。費希諾的赫密斯翻譯，他稱之為《皮曼德》(*Pimander*)，對法術和占星術並不感興趣，關於這些東西，他後來在他的工作中予以理論化。三位一體的神學(Trinitarian theology)是他的原初動機。《皮曼德》對後來的文藝復興有著重大影響，而皮科・戴拉・米蘭多拉(Giovanni Pico della Mirandola)、拉紮瑞里(Lodovico Lazzarelli)、列弗瑞・迪艾塔波(Jacques Lefèvre d'Etaples)、錢皮爾(Symphorien Champier)、喬巨(Francesco Giorgi)、史都寇(Agostino Steuco)、帕崔忌(Francesco Patrizi)及其他人，則豐富了西方對赫密斯的欣賞。首次付梓的希臘文《赫密斯文獻》，為 1554 年滕那巴斯(Adrien Turnebus)的版本。十九世紀之前的最後一次出版則出現於 1630 年，該版的脫漏反映了赫密斯聲譽的衰微，此乃緣於卡沙朋(Isaac Casaubon)在 1614 年以考據的方式證明了希臘文的《赫密斯文獻》必為後基督教，而非原始埃及智慧的留存。在卡沙朋之後，大部分西方哲學家已經不再流行祕教信仰的觀念，但是古代神學的編史仍對牛頓甚至之後的少數人造成了影響。《赫密斯文獻》的內容和新科學不合，所以卡沙朋的重訂年代將赫密斯留給了弗拉德(Robert Fludd)的通神學繼承者，他的敵對者(克普勒〔Kepler〕、梅森納〔Mersenne〕、加森地〔Gassendi〕)便不再對《赫密斯文獻》以及文藝復興人文主義文化感到興趣。於十九世紀，只有通神學者嚴肅地看待赫密斯，將他視為異教智慧的先知。之後，德國的基督教和希臘宗教的研究者再度發現，特別是瑞槙斯坦(Richard Reitzenstein)，他於 1904 年出版了他的《坡以滿得》(*Poimandres*)。我們現在讀到的古代《赫密斯文獻》是諾克(A. D. Nock)和費斯圖吉(A. J. Festugière)於 1946-54 年的版本。

參見 Ficino 費希諾

B.P.C.撰　林鎮國審訂

Herzen, Alexander　赫爾岑，亞歷山大(1812-70)　俄國(Russian)編輯者、回憶錄著者、以及社會哲學家。自 1847 年開始便流亡西歐(Western Europe)。赫爾岑浸淫於歷史哲學，卻從早期黑格爾(Hegel)的理性主義(rationalism)轉向「偶發(隨意)的哲學」(philosophy of contingency)，強調在自然與人生當中「機遇的旋風」(whirlwind of chances)隨時發作，也就是強調歷史過程「橫遭干擾的胡作亂為(即興式的演出)」。他拒絕決定論，強調體驗過「自由的感受」之「現象學的事實」。在杜斯妥也夫斯基(Dostoevsky)「大審判官的傳奇」(Legend of the Grand Inquisitor)之前，他便對人類「自由的逃避」(escape from freedom)提出原創性的分析，也對人們信持道德與政治的權威加以剖析。他還勾勒了頗富當代色彩的「情緒性」倫理學的理論。1848 年之後，他對「布爾喬亞的」(bourgeois)歐洲失望，也對它「自我封閉的個人主義」(self-enclosed individualism)不懷幻想，同樣地他對很多歐洲社會主義者所抱持的布爾喬亞理想表示失望。在失望之餘，赫爾岑轉向俄國的農民與俄國的農村公社，相信後者對一個更富人性的社會發展提供希望。在這個「俄國的社會主義」(Russian socialism)中，他預見了 1870 年代俄國民粹主義者(populists)的中心學說。

赫爾岑單獨地對抗諸如費爾巴哈(Feuerbach)、馬克思(Marx)、穆勒(J. S. Mill)等幾位彼此觀念歧異的思想家。這幾位意見不一致的思想家唯一共同的立場，便是低估歷史上現在時刻，而高估歷史未來的價值，而把現實的個人當作是實現遙遠未來的目的之手段。赫爾岑本身的中心主張為強力地與一貫地維護自由、獨立和活生生的人身之價值，它們不該被成工具來看待。他比起其同時代的人更清晰地看出，並沒有未來理想的人類可供我們預期，我們所碰見的卻是在現時出現在你我跟前自由的個人，他們在生活、運動與享有他們的存在。

參見 Russian philosophy 俄國哲學

G.L.K.撰　洪鎌德審訂

heterological　異質的　見 set-theoretic paradoxes 集合論悖論

heteronomy　他律　見 Kant 康德

heuristics　啟發規則　是一條規則或解決辦法，被採用來降低計算工作的複雜度，憑著這樣來降低對時間、記憶，以及注意力等資源的需求。如果一個演算法是一個提供問題正確解答的程序，那麼一個「啟發式的」程序(heuristic procedure)，即使在有解答存在著的情況下，也有可能不會取得一個解答、或者也有可能會找到一個不正確的答案來。啟發規則的可靠度(reliability)因著領域(domains)而異，所造成的偏離(biases)是可預測的，而且這樣的偏離可以提供系統設計(system design)的資訊。例如，下棋是一種有限的遊戲，有著有限數目的可能位置，但是卻沒有已知的演算法來發現最佳的(optimal)走法。電腦及人類都使用啟發規則來評估當下的走法，依靠一些關於遊戲品質(game quality)之有意義的線索(cues)，例如國王之安全、重要度的平衡(material balance)，以及對棋盤中央位置的控制。採用這樣的判準(criteria)會簡化問題，使得問題成為可計算處理的(computationally tractable)。那些判準是啟發式的引導(heuristic guides)，是可靠的，然而只能獲得有限度的成功。這樣的結果並不保證會是最好的走法，甚至不保證會是一個好的走法。然而那些判準仍然可以滿足於稱職的棋局走法。

人類判斷的工作說明了類似的道理。不適當判斷的例子，支持著這樣的觀點：人類的系統性推論違犯了統計推理，且忽略了事件的實際出現率(base rate)、樣本大小(sample size)，以及相關聯性(correlations)。經驗結果建議我們說，人類是採用了(utilize)判斷的啟發規則來估量機率，例如「代表性」(representativeness)，或者一個個人、或事件對於一個同範疇原形(a prototypical member of a category)的類似程度。這樣的啟發規則在許多情況之下都產生合理的判斷；然而，當衡之以貝氏(Bayesian)推理的標準時，發現到其所產生的有效性(validity)其實相當有限。判斷的啟發規則是有偏見的(biased)，並且會有系統性的落差(subject to systemic errors)。至於實驗到底是支持這些啟發規則的重要性到什麼樣的程度，則取決於實驗個案(cases)的主題到底是偏離常態標準(normative standard)有多遠。

參見 Bayesian rationality 貝耶斯主義的合理性；empirical decision theory 經驗決策理論

R.C.R.撰　劉希文審訂

***hexis*　氣性**　(源自希臘文 *hexo*，意為「具有」〔to have〕、「傾向於」〔to be disposed〕)一種(好或壞的)情況、氣質或狀態。傳統譯法「習慣」(habit，拉丁文為 *habitus*)，是一種誤導，因為它傾向於暗示一種非本意且僅是重複模式之行為的概念。「氣性」是一種特徵狀態或心靈狀態，它使得我們慎重選擇行為或以某種角度思考。在亞里斯多德(Aristotle)提出「氣性」在道德和智性上均為德行的種類此一觀點後，這個辭便獲得了半專技的地位。在《尼可瑪古倫理學》(*Nicomachean Ethics*)中，他區分了「氣性」和靈魂的情感(*pathē*)及機能(*dunamis*)。如果一個人在前線戰鬥，看見敵人迫近而感到害怕，那麼，他便經歷了一種非自願的熱情。他受到在這類或其他情況下的害怕所影響的能力，是他構造的一部分，即其機能之一。如果他選擇留在指揮官所指定的地點，那麼，這便是出自「氣性」或性格狀態，我們稱之為勇氣。同樣的，一個人一直擅於分辨出對某人最好的選擇，我們便可以說他具有一種被稱之為審慎的氣性。並非所有的狀態和傾向都值得讚揚。怯懦和愚蠢亦為氣性。在「狀態」和「持有」的意義下，氣性於亞里斯多德的範疇中都扮演了一個角色。

參見 Aristotle 亞里斯多德；virtue ethics 德行倫理學

A.G.-L.撰　林正弘審訂

Heytesbury, William　海特斯拜里，威廉　也稱為海特斯貝里斯(Hentisberus)、海特斯拜里(Hentisberi)、特斯拜里(Tisberi, before 1313-c.1372)。英國哲學家和牛津大學的校長。他著有《詭辯論》(*Sophismata*〔*Sophisms*〕)、《解決詭辯的規則》(*Regulae solvendi sophismata*〔*Rules for Solving Sophisms*〕)和《論合成與分離的意義》(*De sensu composito et diviso*〔*On the Composite and Divided Sense*〕)等，其他有關他的著作則被懷疑是偽作。海特斯拜里屬於繼托馬斯．布雷德瓦丁(Thomas Bradwardine)和基爾威頓時代(Kilvington)之後的人物，他躋身於牛津最有成就的演算學派成員之列，在物理學的早期發展中起了重要作用。不像基爾威頓而像布雷德瓦丁那樣，在處理變化、運動、速度和其他物理學概念時，除了邏輯和概念分析外，他還求助於數學計算。他的《解決詭辯的規則》可能包括了中世紀處理說謊者悖論最有影響的方法。海特斯拜里的著作廣泛使用「想像」(imaginary)的思想實驗方法，在這樣的方法中，他得以實驗那些在物理上不可能性但在邏輯上可能的情形。他的影響在十五世紀的義大利特別強烈，在那裡，他的著作被廣泛研究並受到許多好評。

參見 Oxford Calculators 牛津算學團體

P.V.S.撰　王文方審訂

hidden variable　**隱變量**　見 philosophy of science 科學哲學；quantum mechanics 量子力學

hierarchical system　**分層系統**　見 computer theory 計算機理論

hierarchy　**層系**　把數學對象按照反映它們複雜度的次序分成子集的劃分。在即將進入二十世紀時，對實數的「描述集合論」感興趣的分析學家，定義和研究了實數的兩個分類體系：波萊爾(Emil Borel)層系和 G 層系。在 1940 年代，對遞迴和可定義性感興趣的邏輯學家(最重要的是克林尼〔Stephen Kleene〕)研究和引入了實數(等同於自然數的集合)和實數集合的其他層系(包括：算術的〔arithmetic〕、超算術〔hyperarithmetic〕的和分析的〔analytical〕層系)。這些工作和早期的工作之間的清晰聯繫是由安迪森(J. Addison)於 1950 年代建立起來的。其他類型的層系在邏輯學的其他方面也已被引入了。所有這些所謂的層系至少具有如下的共性：它們把一類數學對象劃分成子集合，並且是依照自然反映它們所包含對象複雜性(對不同的層系有不同的定義)的良序(如子集關係)劃分。接下來從可定義性研究的角度描述幾個層系。(要尋求更多背景性或數學性的信息，可以參閱莫斯科瓦斯基〔Y. Moschovakis〕著，《描述集合論》〔*Descriptive Set Theory*〕，北荷蘭出版公司〔North-Holland〕，1980 年)

(1)式子的層系　考慮一個具有量詞「∀」和「∃」的形式語言 L，在 L 中若給定一組式子 B，則我們可以歸納性地定義一個把 B 中的成員當做「基礎」式子的層系。設 $\Pi_0=\Sigma_0=B$，假定式子的集合 Π_n 和 Σ_n 已經定義。令 Π_{n+1} = 具有 $Q_1\upsilon_1\cdots Q_m\upsilon_m\varphi$ 形式的式子的集合，$\upsilon_1,\cdots,\upsilon_m$ 是相異的變元，$Q_1,\cdots, Q_m$ 均為「∀」，而 $m \geq 1$，且 $\varphi \in \Sigma_n$。令 Σ_{n+1} = 具有以上形式的式子的集合，不過所有 $Q_1,\cdots, Q_m$ 均為「∃」，且 $\varphi \in \Pi_n$。

下面是兩個這樣的算術語言層系，把真值函數、「∀」和「∃」視為邏輯常元。

(i)令 L^0 = 具有以下成分的一階算術語言，相等符號「=」、一個二元的謂詞常元「<」、一個個別常元 0、表示後繼者、加法、乘法的函數常元；「一階」的意思是有界的變量都是一階的(只涉及個體)。我們將允許自由的二階變量(涉及性質或個體的集合)。令 B =有界式子的集合，就是那些用邏輯連詞和有界量詞從原子式子構成的式子：如果 φ 是有界的，則 $\forall\upsilon(\upsilon<\tau\supset\varphi)$ 和 $\exists\upsilon(\upsilon<\tau\,\&\,\varphi)$ 也是有界的。

(ii)令 L^1= 二階算術語言(從 L^0 加上有界二階變元所形成)；令 B = 二階變元都非有界的式子的集合，並把所有的 $\upsilon_1,\cdots,\upsilon_m$ 視為二階變元。

(2)可定義集合的層系　(i)算術層系。對於一個自然數的集合 A(稱這樣的集合為「實數」)來說，$A\in\Pi^0_n$〔或 Σ^0_n〕，當且僅當 A 在算術的標準模式上，(如有表示 0 的常元等等，而一階變元只涉及自然數)，通過像(1.i)描述的 L^0 中的 P_n〔或 Σ_n〕式子所定義。令 $\Delta^0_n=\Pi^0_n$ 則

$$\Pi^0_0 = \Sigma^0_0 \subseteq \Delta^0_1 \begin{array}{c} \subsetneq \Pi^0_1 \subsetneq \\ \\ \subsetneq \Sigma^0_1 \subsetneq \end{array} \Delta^0_2 \begin{array}{c} \subsetneq \Pi^0_2 \subsetneq \\ \\ \subsetneq \Sigma^0_2 \subsetneq \end{array} \Delta^0_3 \ldots$$

事實上所有的這些包含關係都是嚴格的。這種層級簡單地把實數依照算術式子分類。

例如，$\exists y x = y + y$就定義了所有偶數的集合 *even*。這個式子$\in \Sigma_1$所以 $even \in \Sigma_1^0$，而 even 也能由Π_1中的式子定義；所以 $even \in \Pi_1^0$，於是 $even \in \Delta_1^0$。事實上Σ_1^0＝遞迴可計數的實數的類，而Δ_1^0＝遞迴實數的類。實數在算術層系裡的分類反映了定義式子的複雜度，這有別於按照不可解度所做的分類，那種分類反映了計算複雜度的比較，但在這兩類分類之間是有關係的。

算術層系可以擴展到實數的集合(在定義句子時用自由的二階變量)。例如，「$\exists x(Xx \,\&\, \exists y\, y = x + x)$」$\in \Sigma_1$並且定義了一個會包含偶數的實數的集合，所以那個集合$\in \Sigma_1^0$。

(ii)分析層系。給定實數 A：$A \in \Pi_n^1$〔Σ_1^1〕當且僅當 A (在具有涉及所有自然數的集合的二階變量的算術標準模型裡)，通過像(1.ii)描述的 L_1 中的 Π_n 或 Σ_n 式子所定義；($\Delta_n^1 = \Pi_n^1 \cap \Sigma_n^1$。對於實數集合也可以同理處理。上面包含關係的圖像仍然成立，只要用 1 代替上標的 0。這就把實數和實數集合簡單地依照分析定義而劃分(如在二階算術)。

在「Π_n^0」等的下標「n」，範圍是自然數，但算術層系可以由分枝的分析層系「向上」擴展到超限的領域。讓 R_0 = 所有算術實數的類，對於序數 α，讓 $R_{\alpha+1}$ = 所有以下實數集合的類，這些實數集合由 L^1 中式子定義，而式子裡的二階變元只涉及屬於 R_α 的實數——這種限制會造成分枝。對於極限的序數 λ 而言，令 $R_\lambda = R_{\alpha<\lambda} R_\alpha$，對 $\alpha > 0$，每一 R_α 都進一步用上述(2.i)中所給的定義式子的分類再加以「層系化」。這一過程在稱為 β_0 的可數序數時就不再產生新的實數。用這個層系分類的實數均屬於Σ_2^1。此層系以遞迴的(也就是可建構的)序數開端的起初部分就是超算術層系，它所分類的實數正是 Δ_1^1 的實數。

上述層系出自算術，類似的層系也出現在純集合論中。如通過把產生分枝分析層系轉移到純集合論，我們得到了可建構集合的層系，這是哥德爾(Gödel)在他 1939 年關於連續性假設的專著裡所定義的。

參見 degree of unsolvability 不可解度；mathematical analysis 數學分析學；set theory 集合論

H.T.H.撰　李國偉審訂

higher order　高階　見 order 階

higher-order logic　高階邏輯　見 formal logic 形式邏輯；philosophy of logic 邏輯哲學；second-order logic 二階邏輯

Hilbert, David　希爾伯特，大衛(1862-1943)　德國數學家和數學哲學家。出生在柯尼斯堡(Königsberg)，他也在那裡完成學業和教書，1895 年他在哥廷根(Göttingen)接受了韋伯數學教席(Weber's chair in mathematics)。他在數學的許多不同領域做出了重大貢獻，並以對整個學科的理解而著稱。他的較為哲學化的著作分為兩部分。第一部分的重點是幾何學的基礎，這在他著名的《幾何學的基礎》(*Grundlagen der Geometrie*, 1899)中達到頂峰，這一部分的工作從 1890 年代初期開始，大約花費了他十年的時間。這是一種同時進行若干不同計畫的豐富而複雜的工作。在這些計畫項目中很突出的一個是希望確定連續性原則在幾何學論證中扮演的角色。希爾伯特對這個計畫的興趣根源於康德式(Kantian)的考量。這可以由《幾何學的基礎》中的題詞(出自於康德的批判哲學之提要)確定：「因此，一切人類的知識都從直觀開始，由此走向概念(concepts)，終於觀念(ideas)。」

康德認為連續性不能在直觀中表述，因而必須視為純粹理性的觀念(an idea of pure reason)——就像一個機制在我們幾何學知識(我們感官經驗形成之空間的知識)的發展中起純粹規範的作用。希爾伯特深受康德這種觀點的影響，他在幾何學的基礎方面的工作在很大程度上可以被視為驗證此觀點的嘗試，是藉由判斷是否能不求助於(或在什麼程度上不求助於)任何涉及連續性本質的原則來發展純粹幾何學，來驗證此觀點。在相當的程度上，希爾伯特的工作肯定了康德的觀點——以一種比康德更為精確的方式，證明了對連續性的運用確實能從很多幾何學推論中消去。

同樣的康德式基本取向決定了希爾伯特基礎工作的第二階段，不過其重點由幾何學轉向算術與分析。在這階段他發展了「希爾伯特計畫」(Hilbert's Program)。這項計畫開始成型於 1917 年的論文〈公理思考〉(Axiomatisches Denken, 1917)。(1904 年的論文〈關於邏輯與算術的基礎〉〔Über die Grundlagen der Logik und Arithmetik, 1904〕，已經偏離幾何學轉向了算術，但至多包含後來成為希爾伯特證明論〔Hilbert's proof theory〕中心思想的一點點)從哲學的角度看，1925 年的論文〈關於無窮大量〉(Über das Unendliche, 1925)、1926 年的演講〈數學基礎〉(Die Grundlagen der Mathematik, 1926)和似乎更為知名的 1930 年的論文〈自然數與邏輯〉(Naturerkennen und Logik, 1930)等達到了哲學上最成熟的形式。(從技術性而非哲學性的方式，古典的陳述也許是出自 1922 年的論文〈新建數學基礎——第一部分〉〔Neubegründung der Mathematik. Erste Mitteilung, 1922〕。)這一計畫的要點是(i)區分真實命題、理想命題、證明方法、推導方法；(ii)所謂的理想方法的觀念，儘管扮演康德式規範機制(Kantian regulative devices)的角色(正如希爾伯特在 1925 年的論文中清楚強調著)，對於我們數學知識推理的合理有效發展仍然是不可或缺的。(iii)理想方法可靠性的要求是由真實(或有限的)手段建立起來的。

眾所周知，希爾伯特計畫不久後即處於哥德爾不完備定理(Gödel's incompleteness theorems)的強烈攻擊之下，哥德爾不完備定理(尤其是第二不完備定理)，通常被認為證明了希爾伯特計畫的第三個要求(即尋求一個關於古典數學理想體系可靠性的有限證明)是行不通的。

參見 Gödel's incompleteness theorems 哥德爾不完備定理；Hilbert's program 希爾伯特計畫；proof theory 證明論

M.D.撰　李瑞麟審訂

Hilbert's Program　希爾伯特計畫　數學基礎方面的一項計畫，以其發明者德國數學家及哲學家大衛．希爾伯特(David Hilbert)的名字命名，希爾伯特第一次完整地提出這個計畫是在 1920 年代。其目的是想檢證古典數學(特別是古典分析和集合論〔set theory〕)的合理性，儘管在方法上只是作為康德式規範機制(a Kantian regulative device)而不是視之為描述性科學。這個檢證預先假定把古典數學分成兩個部分：希爾伯特稱為「真實」數學(real mathematics)的這一部分是被規範的(regulated)，而希爾伯特稱為「理想」數學(ideal mathematics)的這一部分是作為規範者(regulator)。

真實數學由有意義的、為真的數學命題與其證明構成。這些證明——一般被稱為有限證明(finitary proofs)——被視為一種特殊的基本的認識特徵，最終還原到準知覺直觀(quasi-perceptual intuitions)，這直觀涉及到由形狀和順序排列的考量方面，在知覺上可直觀到的符號的有限組合。另一方面，理想數學是由並未表述真實命題的句子，和並未為真實論據或證明的推論所構成。理想句子(特別指理想命題，儘管如同上述，它們並不表達真實命題)和理想證明的效用不是來自於它們的意義和／或明確性上，反而是來自於它們在某些形式代數(formal algebraic)程序或計算程序(用於決定句子真值)中的作用。因此，這是一種形式的或代數特徵的後設理論函數(metatheoretic function)，作用在這些命題和證明，根據它們在更大的推論程序中的位置引入的。希爾伯特打算使他的理想數學與他的真實數學的關係，等同於康德的純粹理性能力(faculty of pure reason)之於他的理解能力(faculty of understanding)一樣。作為一種規範機制，其適宜的功能是指導和促進我們真實判斷體系的發展。的確，在他 1925 年的論文〈關於無窮大量〉(Über das Unendliche, 1925)

中，希爾伯特得出的正是這種觀點，他注意到「如果，按照康德的用語，一個作為觀念理解的理性概念超越了一切經驗，而且藉由這概念，具體的(concrete)就可以在整體中實現」，則理想成分並不與實際中的任何東西對應，它僅僅充當的是「觀念」。

但是，希爾伯特計畫的結構所涉及的，多於僅僅把古典數學分成真實和理想命題及證明的劃分。除此而外，它還使用了把真實命題分成有問題(problematic)和無問題(unproblematic)的次級分類。事實上是真實命題的次級分類造成了理想命題的引入。無問題的真實命題，希爾伯特描述為算術的基本等式和不等式(如 3 > 2，2 < 3，2 + 3 = 3 + 2)，以及它們的複合句和使用限定量詞(bounded quantificational)的複合句等，都明顯地是數學最基本的判斷。它們可由有限的直觀立即理解和決定。更重要的是，它們可以在邏輯上以古典邏輯允許的各種方式進行操作運算，而無須引出真實命題的類別之外。另一方面，有問題的真實命題的特點是它們不能被這樣運算。

希爾伯特給出有問題的真實命題的兩個例子。一個是由全稱通則化(universal generalization)構成的，像「對任何非負整數 a 來說，$a + 1 = 1 + a$」，希爾伯特把這個稱為假設性判斷(hypothetical judgments)。這樣的命題之所以是有問題的，是因為對它們的否證並沒有限定尋找反例的範圍。因此，古典排中律(excluded middle)的例子並非一個真命題。因此，它不能被古典邏輯在不超出真實命題範圍的各種方式進行運算。其他類型的成問題的真實命題同樣被希爾伯特討論過了，那些都是限定性的存在量詞(bounded existential quantification)。每一個這樣的句子都有一個同樣類型的非限定存在量詞的句子作為其古典的結果。因此，由於後者不是一個真實命題，前者也不是一個完全能被古典邏輯的方法進行操作而不超出真實命題的範圍。所以它是「有問題的」。

為什麼完全的古典邏輯的可操作性應該被如此重視的這個問題，指出了希爾伯特的思想中的重點，即，古典邏輯被視為人類思維的優先偏好的邏輯——使人類的認識能力最大化地起作用的邏輯，人們的心靈(mind)按此可以最自然地、最有效地進行推論的邏輯。它因此具有特殊的心理學地位，正因為如此，它的繼續被使用的權利就必須保留。然而正如上述，這種權利的保留需要補充對應於真實部分的理想命題和證明，因為把古典邏輯運用於真實數學的真值會導致既包含理想成分也包含真實成分的系統。

希爾伯特認為，要證明這種補充的合理性，所需要的一切是證明它與真實數學是一致的(如說明它無法證明可被真實方法所反駁的真實命題)。而且，希爾伯特認為這必須由有限的方法(finitary means)完成。於 1931 年哥德爾第二不完備定理的證明，對希爾伯特計畫的這一部分產生了相當大的壓力，儘管它也未能證明希爾伯特計畫的不可達成性。

參見 Brouwer 布勞爾；Gödel's incompleteness theorems 哥德爾不完備定理；Hilbert 希爾伯特；philosophy of mathematics 數學哲學

M.D.撰　李瑞麟審訂

Hinayana Buddhism　小乘佛教　見 Buddhism 佛教

Hinduism　印度教　所有接受《吠陀》(*Vedas*)和《奧義書》(*Upanishads*)教理權威的印度宗教與哲學傳統所組成的家族，包括彌曼差(Mīmāmsā)、數論-瑜伽(Sankhya-Yoga)、正理-勝論(Nyāya-Vaishesika)及吠檀多(Vedanta)等六個學派(連字號「-」指示姊妹學派，它們因歷史與概念的聯繫而相互聯合)。大部分希臘-歐洲哲學所探究的重要議題，在古典印度思想中都有獨立的討論。或許同哲學(philosophy)一詞最接近的印度字詞是觀看(*darśana*)，對印度哲學家而言，哲學的目標並不是單純的理解，而更涉及出離輪迴與業報的解脫(*moksha*)。所有的正統學派都接受這樣的教義，即個體我無始時來從一身體至另一身體不斷地輪迴轉世，直到它臻及解脫為止，而且，它在每一世裡因種種行為而積累行為的結果(karma，業)，後者將在未來世裡現為果報；不過，有些學派(尤其是不二一元論吠檀多)所採取的形上學觀點，全然改變了輪迴與業力教義所可能有的意義。

這「觀看」包括對聖典內容的接受並為該內容所薰陶、轉化。在與印度教有相同文化和智識背景的學派中，唯物論(Cārvāka)拒絕這意義下的哲學，耆那教、佛教和某些印度教宗派則否定一神論，但唯物論以外的所有學派都接受某種宗教性立場，而且以某種意義的解脫為蘄向。

印度教有關形上學、認識論、邏輯和倫理學的論說極為豐富。一如希臘-歐洲哲學的典型情況(除了某些中世紀士林哲學家和當代符號邏輯學家以外)，演繹推論和蓋然性的研究並沒有同認識論涇渭分明，雖說印度教將這研究和心理學的考慮截然分隔開來。

印度教裡有不少有關自然神學之成功與否的爭辯，包括像目的論證與偶因論證的提出，以及對惡的問題的討論，後者特別涉及有關正義與業的思考。依據一神論的見解，世界恆常地依待於梵，世界既不是梵獨立存在一段時間後才被創造出，也不是時間形成的條件。典型的觀點以宇宙擺盪於兩種狀態間：一是諸原子聚合成物體而為轉世的靈魂(soul)提供肉身的狀態，另一則是諸原子彼此分離，而靈魂靜止不動的狀態。

亦有不少有關人的本性與人格同一性的爭議，表現為多元論對一元論及人格神對絕對者的對蹠。不二一元論吠檀多明顯主張，若 B 依待於 A，則 B 之為別異於 A 的個體是邏輯地不可能的。其他吠檀多宗派則(以不同的方式)認為依待性並不排除別異的個體性。前一觀點相容於(但不必蘊涵)一元論，後一觀點可承認(但並非必須肯認)一神論。有些學派雖是多元論(因而是非一元論)的，卻不主張單一神論。有的印度教學派認為，種種意識與自我意識狀態為靈魂本然具有，有的則以這些狀態僅屬於靈魂與肉身的結合體。前一見解以人或心靈輪迴流轉於此世他生，後一見解則不強調心靈的流轉性格。印度教、佛教和耆那教諸學派間，常就人與對象的實體式、事件式及狀態式三種理解之優勝劣敗相互論爭。對某些學派而言，非物質的靈魂和物質性的原子二者都無始時來即已獨立存在，對其他學派來說，它們無始時來便相互依待地存在著，另有些學派則認為，根本就沒有這些事物的存在。

此外，認識論、邏輯學和語言哲學也都有長足的發展。哲學家探究有效知識的來源——如知覺、推論和證言(testimony)——的判準，並因此論及有關證據的問題。印度文法派學者發展出將複雜語句化約為簡單語句的技術，且知道善為區分使用(use)與提及(mention)二者。彌曼差哲學家關心教令的邏輯分析，勝論派思想家則致力於字詞意義的分類，提出實體、屬性(quality)、動作、共相、終極差異(ultimate difference)、內屬關係(inherence)，以及無(absence)等範疇，並從中得到具有邏輯與本體論意義的結果。

倫理學方面也有豐富的論述，主要以輪迴轉世與業力繫縛的脫離為最高善(*moksha*，解脫)，後者的內容則諸家見解互異。有主張解脫無礙於人格同一性的保持，也有認為解脫意味著人格同一性的喪失，另有這樣的觀點，認為解脫時並不會有任何事物存留著。因此，道德哲學是依據宗教或形上學教義而建立的。與之相反，唯物論者——至少根據他們的反對者的解釋——則接受快樂主義的觀點，或者全然避開倫理學不談。根據某些宗教與形上學觀點，道德僅僅和人所必須從事或避免從事以獲得解脫的活動有關，而解脫本身卻沒有任何道德成分，甚至與人格同一性無關。依這樣的見地，道德價值只為宗教價值服務，後者卻不具有道德成素。依照其他的見解，即使在解脫時人也必須以個人的身分存在，這樣才有解脫可言，而最高善的本性也因此含有道德的成素。

古代印度教哲學家一般接受如下的命題：印度教經典包含了有關終極實在之本質、人類自我之本性，以及達到最高善之方法的真理。某些批評家——包括印度非正統的唯物論者——論證說，印度教裡面不可能有任何真正的哲學(相似的問題也曾針對猶太教、基督教和伊斯蘭教中世紀哲學家而被提出)。上述命題的接受並沒有告訴人們，有關終極實在、自我及最高善的真理究竟是什麼，而印度教經典中也充滿了有關這些議題，卻見解互異的各種論述。這就產生了一個問題：這些經典既然都具有權威性，它們的教義一定都是真的。可是不一致的命題不可能同時為真；一如英美分析哲學，在印度教哲學裡，顯示敵對者觀點的自相矛盾形同對敵方觀點的駁斥。是而，經典的教義必須是一致的，只是它們之中有些並不能就字面義來理解。然而，我們雖然知道表面上相互矛盾的教義不能皆就字面義理解，到底哪些教義可以依字面義理解，哪些不可以，卻不是顯而易見的事。所以，假如有人接受了上述的命題，他就必須確定哪一個對經典的闡釋是正確的。這確定所需求的並不僅只是單純的註釋而已。人們必須先決定所賴以確定那些教義可以依字面義理解的根據。通常，一觀點之正確與否主要取決於理性、經驗，乃至於論證本身。

另一方面，一旦確定權威性經典之論點的意義以後，人們仍可以進而探究其哲學意蘊(例如，也許令人吃驚的是，羅摩笯闍(Rāmānuja)的錯誤知覺理論同他關於神之屬性的觀點密切相關)。這些意蘊中可能有些似乎是錯誤的，如果這情況發生了，人們往往會重新探問經典的真正含義。但是即使沒有這種顧忌存在，為了清晰了解某一觀點的哲學意蘊，人們仍可能需要進一步闡明這些意蘊。

印度教哲學主要透過註解而進行，但是一如歐洲中世紀哲學，當註釋家本身也是哲學家時，他往往會討論與所註書觀點相去甚遠的論題。不消說，愈是涵蓋面廣、內容精深的註釋，它的進一步註釋就很可能有更廣的涵蓋面及更精深的內容，以至於形成一個相對獨立的哲學傳統。其結果是，我們在印度看到了龐大的哲學文獻與哲學傳統，而我們對這文獻與傳統的探究並不需要假定任何與上述命題相關的論點。

參見 *Ātman* 真我；Brahman 梵；karma 業；Upanishads 奧義書；Vedas 吠陀

K.E.Y.撰　何建興審訂

Hintikka, Jaakko　辛提卡，雅可(b.1929)　芬蘭哲學家，對邏輯(logic)、數學哲學(philosophy of mathematics)、知識論(epistemology)、語言學(linguistics)與語言哲學(philosophy of language)、科學哲學(philosophy of science)，以及歷史哲學(history of philosophy)貢獻良多。辛提卡對「分散化常態形式」(distributive normal forms)與「模型集合法」(model sets techniques)的研究創造了一個較為成熟的「歸納邏輯」(Inductive logic)。模型集合與卡納普(Carnap)的「狀態描述」(state-descriptions)的差異在於，前者是對「可能世界」(possible worlds)的片面不完整描述。模型集合法簡化了後設理論演算法，並為機率論與訊息語意理論帶來嶄新的結果。然而在哲學上，模型集合法的主要貢獻在於填補了「證明論」(proof theory)與「模型論」(model theory)之間的鴻溝。

被用來描述不同的可能「替代」(alternative)世界的模型集合為「模態邏輯」(modal logic)與「內涵邏輯」(intensional logic)提供了「可能世界語意理論」(possible worlds semantics)。辛提卡以這些模型集合作為「命題態度邏輯」(logic of propositional attitude)，如「知識邏輯」(epistemic logic)以及「知覺邏輯」(logic of perception)的基礎，並以之研究「個體化」(individuation)、「同一化」(identification)與「意向性」(intentionality)等觀念。知識邏輯亦為辛提卡的「問題邏輯」(logic of questions)提供了一個基石，使我們可以定義答案的「確定條件」(conclusiveness condition)。這個理論創造了「發問的質詢模型」(interrogative model of inquiry)，將原初的「大」問題策略性地組織成一系列的「小」問題，並將追尋知識的活動視為是追尋這些小問題的確定答案的活動，其應用包括了科

H

劍橋哲學辭典

學發現及科學解釋。辛提卡的「中立」(independence-friendly)邏輯為不同的應用提供了同一的基礎。

辛提卡的哲學背景及對形式語意學的策略及應用，所採取的是廣義的康德主義(Kantian)，強調「尋覓-發現」(seeking-finding)的方法，以及建構性的探詢活動。除了被康德所啟發的一系列研究之外，辛提卡也寫作了許多研究亞里斯多德(Aristotle)、柏拉圖(Plato)、笛卡兒(Descartes)、萊布尼茲(Leibniz)、弗雷格(Frege)與維根斯坦(Wittgenstein)等哲學家的著述。辛提卡的學術生涯不限於芬蘭(主要在赫爾辛基〔Helsinki〕大學)，也曾在美國史丹佛(Stanford)大學、佛羅里達州立(Florida State)大學擔任教授，現在則任教於波士頓(Boston)大學。辛提卡在芬蘭歸納邏輯學派(school of inductive logic)的學生與同事包括哈帕藍塔(Leila Haaparanta, b.1954)、席賓內(Risto Hilpinen, b.1943)、克努提拉(Simo Knuuttila, b.1946)、庫徹(Martin Kusch, b.1959)、尼尼羅托(Ilkka Niiniluoto, b.1946)、皮特里內(Juhani Pietarinen, b.1938)、藍塔拉(Veikko Rantala, b.1933)、參杜(Gabriel Sandu, b.1954)、斯托內(Matti Sintonen, b.1951)與圖美拉(Raimo Tumela, b.1940)。

參見 erotetic logic 問題邏輯；Hintikka set 辛提卡集合；inductive logic 歸納邏輯；model theory 模型論；possible worlds 可能世界；proof theory 證明論

M.T.S.撰　王文方審訂

Hintikka set　辛提卡集合　也稱為「模型集合」(model set)、「下飽和集合」(downward saturated set)，一組(某種類型)合式公式(well-formed formulas)在它們非邏輯符號的單一解釋(a single interpretation of their non-logical symbols)下都為真 (以雅可・辛提卡〔Jaakko Hintikka〕的名字命名)。這樣的一種集合可以被視為對邏輯上可能的事物的狀態或可能的世界的(部分)描述，可以完全充分地明示所描述的世界的確是可能的。因此，辛提卡集合 Γ 被要求如下條件：Γ 不同時包含任一原子公式(atomic formula)以及該原子公式的否定；若 $A \wedge B \in \Gamma$，則 $A, B \in \Gamma$；若 $A \vee B \in \Gamma$，則 $A \in \Gamma$或 $B \in \Gamma$，等等。

參見 possible worlds 可能世界；set theory 集合論

G.F.S.撰　李瑞麟審訂

Hippias of Elis　埃利斯的希庇阿斯　見 Sophists 智者

Hippocrates　希波克拉提斯(fifth century B.C.)　來自古希臘柯斯(Cos)相當傳奇的醫生。在他的名下現存的著作約六十種，但值得懷疑的是，他是否為其中任一作品的作者。希波克拉提斯全集包含多種不同的觀點，從反對一切重大理論(《論古代醫學》〔*On Ancient Medicine*〕)的極端經驗論立場到高度思辨的理論生理學(《論人的本質》〔*On the Nature of Man*〕、《論養生》〔*On Regimen*〕)。很多作品涉及對疾病的精確觀察和分類而不是治療(《流行病》〔*Epidemics*〕)。某些論文(《論技術》〔*On the Art*〕)辯護醫學的科學地位，反對那些指責醫學的不精確性和猜測性的人。其他論文(《誓言》〔*Oath*〕、《論禮節》〔*On Decorum*〕)指出職業倫理學的原則。幾乎所有的論文都因他反對「超自然解釋」的唯物論立場、對於觀察的強調、對孤立因果關係的關注而出名。大量論著集中在婦科上。希波克拉提斯全集成為後世醫生們衡量自己的標準；通過蓋倫(Galen)對希波克拉提斯方法的恢復和擴展，兩千年來，它成為西方醫學的基礎。

R.J.H.撰　苑舉正審訂

historical determinism　歷史決定論　見 Marxism 馬克思主義

historicality　歷史性　見 philosophy of history 歷史哲學

historical jurisprudence　歷史法學　見 jurisprudence 法理學

historical materialism　歷史唯物主義　見 Engels 恩格斯

historical theory of reference　指稱之歷史理論　見 philosophy of language 語言哲學

historicism　歷史主義　一種學說認為人類事務的理解帶有無可化約的歷史性格，否認對人性與社會的理解可以帶有非史的觀點(ahistorical perspective)。這裡所需要的是歷史知識的哲學析述，這將產生了人類活動健全理解的因由。

在這樣的解釋下，歷史主義是一種哲學學說，它在方法論(methodological)與知識論(epistemological)的前提下取向於批判的歷史學。在十九世紀中葉幾位德國思想家(狄爾泰〔Dilthey〕最為突出)擯棄科學與知識所包含的實證主義之理想，排斥知識的科學性模型，取而代之的則為歷史模型。他們不只在歷史學上應用此一方法，也包括對經濟學、法律原理、政治理論和哲學的廣泛範圍。歷史主義開始時只在處理特別的學科方法論的問題，但其後隨著它的發展企圖建立一個公共的哲學園地，俾能涵蓋各種各樣的學科。在人文學科中造成知識的要素乃是使用理解的方式，而這種理解方式早已運用於歷史的研究之上。在人文學科中，學者不在尋求自然的規則。反之，在這裡追求的是解釋的知識，也是根植於具體歷史事件中的知識。這種的知識必然是觀點式的(perspectival)，同時也是脈絡式的(contextual)(脈絡或境遇論)。於是這種說法引起了一個爭議，就是爭議歷史主義是否歷史相對主義的一種。歷史主義似乎接受這種主張，凡是某一民族認為千真萬確的事物，是受到他們特別的歷史觀點所決定的，也就是受到他們怎樣看待其生活、看待其社會所造成的觀點所決定的。對於獨一無二特性之堅持，對於具體特殊之強調，因之，排斥人類發展普遍律則些要求就加強了這種唯史主義的看法。吾人歷史知識的脈絡愈來愈大，這種知識脈絡的累積發展會使人質疑是否把歷史主義認同為歷史相對主義的主張。

上述歷史主義的說法來自於其主要思想家，像麥涅克(Meinecke)、克羅齊(Croce)、柯林吾(Collingwood)、奧爾特嘉・依・嘉塞特(Ortega y Gasset)以及曼海姆(Mannheim)。可是在二十世紀柏波爾(Popper)和海耶克(Hayek)卻提出對歷史主義的不同的看法，而獲得贊可與流行。對他們而言，一位歷史主義者乃是相信有「歷史規律」(historical laws)存在的人，或相信有「發展的律則」(law of historical development)存在之人。這種人相信歷史只有它的格式、典型(pattern)，甚至有其目的，因之主張社會科學之中心任務在於發現它，進一步認為這些律則在於決定政治行動和政策之方向。他們把這個主張歸因於馬克思(這是錯誤的說法)，因而大張旗鼓揭發它為假科學。可是其後的馬克思主義者(像盧卡奇〔Lukács〕、寇士〔Korsch〕和葛蘭西〔Gramsci〕)卻是非柏波爾式定義下的歷史主義者，反之是具有原創性精神的歷史主義者。同樣具有創意的歷史主義者，還有批判理論家阿多諾(Adorno)與詮釋學者高達美(Gadamer)。

參見 Collingwood 柯林吾；Croce 克羅齊；Dilthey 狄爾泰；Engels 恩格斯；philosophy of history 歷史哲學

K.N.撰　洪鎌德審訂

historicity　歷史性　見 philosophy of history 歷史哲學

H

history, philosophy of　歷史哲學　見 philosophy of history 歷史哲學

Hobbes, Thomas　霍布斯，托馬斯(1588-1679)　英格蘭哲學家，他的著作對後來的英格蘭道德和政治哲學產生極大的影響，尤其是英文版《利維坦》(*Leviathan*, 1651)。他還寫作了一部三部曲論著，由《論公民》(*De Cive*, 1642；英文版是《有關政府和社會的哲學基本原理》〔*Philosophical Rudiments Concerning Government and Society*, 1651〕)、《論物體》(*De Corpore*〔*On the Body*〕, 1655)和《論人》(*De Homine*〔*On Man*〕, 1658)三部書組成。這些書再加上《利維坦》(拉丁文改寫本於 1668 年出版)，構成霍布斯的主要哲學論著。不過，他早期思想的手稿《法律的自然和政治要素》(*The Elements of Law, Natural and Political*，該書也以 *Human Nature* 和 *De Corpore Politico* 而聞名)於 1650 年未經許可而出版。很多關於霍布斯對人性看法的錯誤解釋，都因錯把他的這部早期著作當成他成熟期思想的代表所致。

霍布斯的影響不僅限於英格蘭，而且也擴展到歐洲大陸。他是笛卡兒《沉思錄》(Descartes's *Meditations*)第三種反對(the third set of objections)的作者。史賓諾莎的《神學政治論》(Spinoza's *Tractatus Theologico politicus*)受到了霍布斯的深刻影響，影響所及不僅在政治見解上，更在處理聖經的方式上。霍布斯不僅僅是一位哲學家；而且也是查理二世的私人數學老師，更是一位古典著作的學者。他最早出版的書籍是翻譯古希臘歷史學家修昔底德斯(Thucydides)著作(1628 年)，而大約在半個世紀之後，他最後出版的著作也是對荷馬史詩《伊利亞德》(*Iliad*)和《奧德賽》(*Odyssey*)的翻譯。

霍布斯的哲學觀具有一種值得注意的當代特性。在形上學方面，他持有一種強烈的唯物論(materialist)觀點。有時，他把心理現象視為物質的附帶現象(epiphenomenal)，之後，又改變成為一種化約論(reductive)或排除論(eliminative)的觀點。在知識論方面，他持有一種精密而複雜的經驗主義，強調語言對於知識的重要性。既使他不是當代自由意志和決定論相容論(compatibilist)的發起人(見《自由、必然性和機會問題》〔*The Questions Concerning Liberty, Necessity and Chance*, 1656〕)，他也是這種主張基本的影響力之一。他曾是最重要的語言哲學家之一，清晰地認識到語言不僅描述世界，而且也表現出主體的態度，並且在實踐上做出承諾和制定契約。

霍布斯最引人注目的特性之一是他在智能上的誠實。儘管他可能有些靦腆羞怯(他自認為如此，他解釋說是因為他母親在生他時，受到了西班牙無敵艦隊入侵的驚嚇所致)，但他的著作絲毫沒有這樣的痕跡。在他漫長的一生中，幾乎有超過一半的時間他都在參加各種哲學的論戰，這在他的那個時代較之今天需要更多的勇氣。羅馬天主教會和牛津大學都曾查禁他的書籍，當時有傳言說，不僅要燒毀他的書籍，而且要燒死他本人。

要充分地解釋霍布斯需要詳細考察他對人性、理性、道德和法律的意見。儘管他的觀點並非完全一致，但是，他的道德和政治哲學卻具有明顯的連貫性。他的政治理論通常被認為需要一種為我論的心理學(egoistic psychology)，其實這樣的理論實際上只需要大部分人注意其自身的利益，尤其是他們的自我保存。它並不需要大部分人不關心其他人的利益。霍布斯所否定的是一種沒有差別的天然之仁愛(benevolence)：「因為如果一個人天生就應該愛另一個人(也就是)作為人，那麼就不可能有理由反駁：為什麼每一個人不該平等地愛每一個人，作為平等的人」他論證(的目標在於)有限的仁愛並非構成一個國家的充分基礎。

霍布斯的政治理論並不需要否定有限的仁愛，在《利維坦》有關激情(passion)的列表中，他確實是把仁愛納入：「慾望(desire)對他人的善，仁愛(benevolence)，善意(good will)，仁慈(charity)。如果普遍地對人，即善良本性(good nature)。」心理學的為我論不

僅否認仁愛行為，也否認出於道德感的行為，也就是人們會因為相信行為道德上是正確而去做。然而，霍布斯完全沒有否認這兩種行為中的任何一種。

不過，當這些字(公正〔just〕與不公正〔unjust〕」應用在人身上時，公正正意味著公平地對待的愉悅、學習如何做正確的事或努力去做公正的事情；不公正就意味著忽視正確的作法或不依據所承諾的契約，而只依據當下的某些利益來衡量。

霍布斯對於公正者的人數採取悲觀的態度，這是因為他認識到激情的力量，也確信大部分的人未受到良好的教育和訓練。

霍布斯是談論到人性的激情的部分與人類群體的少數哲學家之一。他說：「雖然邪惡的人比良善的人要少，但因為我們很難區別這兩者，所以，我們仍然有必要保持未決的、留神的、揣測的、自抑和自衛的態度，既使是處於最誠實和最公平的情況。」或許我們會知道某個小的社群的存在，他們人與人之間的互信和互敬使得法律的介入變得不必要，但是，這絕非是大型的人類群體所出現的情況。霍布斯的觀點在於：若大型的人類群體在一起生活，就必須建立公共的權力，以樹立社會的規則。從來都不曾有任何一起生活的大型人類群體，不依賴這樣一種公共權力之存在，這充分證實了霍布斯的觀點。

一般容易忽略霍布斯對於未受教化、彷彿動物般的人和文明人之區分，這種區分雖然十分抽象，但以兒童來形容像動物的人卻十分貼切：「除非你滿足兒童的所有要求，否則兒童總是乖張易變、哭鬧頻繁，時時糾纏他們的父母；他們表現出來的一切都源自他們的本性。」在自然狀態中，人沒有受到教育和訓練，所以有著「持續地恐懼著因暴力而死亡的危險，人的生命(是)孤獨、貧窮、骯髒、野蠻和短暫的」。然而，現實中的人是在家庭中成長，他們至少受到一定程度上的教化而成為文明人，他們行為處事的方式將取決於他們如何被帶大。霍布斯並未提到社會是種種不適應的集合體，是造成我們的行為惹上麻煩的原因——一種相應於心理學的為我論之立場。但他確實承認「許多人(也許是大部分人)或是由於心靈的缺陷、或是由於缺乏教育，他們終其一生都處在不適應的狀態；他們無論在兒童期還是在成年期，也擁有人性；因此，人不是因為本性，而是因為教育才能適應社會」。教育和訓練可以改變人，使他們出自真正的道德動機而行事。這就是為什麼主權國家最重要的功能之一，就是提供公民合適的教育和訓練。在目前有關自然與養育(nature and nurture)的辯論中，霍布斯明顯地會站在強調養育的這一邊。

霍布斯的理性概念，相較於源自於柏拉圖和亞里斯多德古典哲學傳統，認為理性設定行為的目的，和源自於休姆(Hume)的現代哲學傳統，認為理性的功能為一種手段，發現和達成激情所設定的目的，霍布斯的理性概念與古典哲學傳統有較多的共通之處。對霍布斯而言，理性是極為複雜的；它擁有維持自我保存的目標，而且也尋求達到這個目標的方法。理性也作為手段，發現和達成激情所設定的目的，但它會控制激情或是試圖控制激情，使理性自身的目標不受阻礙。由於理性的目標對所有人而言都是相同的，它是應用規則於所有人身上的根源所在。這與公認的理性說法有令人驚奇的相似性。我們一般認為那些放縱自己的激情，因而危及自己生命的人，是非理性的行為。我們也相信每個人都應該理性地行事，雖然我們清楚知道只有少數人始終如一地這樣做。或許正是因為霍布斯對理性的解釋與日常的看法非常接近，以至於他的觀點如此徹底地被忽視。

由於未認識到理性的根本目標在避免暴力死亡，霍布斯的道德和政治哲學的評價都受到扭曲；這是霍布斯思想最清晰且一致的觀點。他清楚地闡釋理性「教導每個人逃離反自然的暴力和死亡(mortem violentam)，是對自然能夠達到的最大惡作劇」。他持續提到，如果可能，正當的理性是尋求和平共處的，因為人不能「期望任何持久的自我保存可以繼續下去，而卻仍然處於自然狀態、也就是戰爭狀態中」。他稱節制和堅忍為理性的律令，因為它們有利於人的自我保存。

霍布斯把避免暴力和死亡視為理性的目的，這一點尚未得到普遍的認可，因為他經常在談到避免暴力和死亡時，似乎把它當作是激情的對象。其實是理性要求人們採取自我保存的必要措施；如果有可能的話，就尋求和平，如果沒可能的話，就必須抵抗。理性的命令是定言的(categorical)；若將理性的命令視為假言判斷(hypothetical judgments)，而且是訴諸那些將自我保存的慾望看得比任何其他相衝突的慾望更重要的觀點，這就扭曲了霍布斯的觀點。他對於非理性慾望之勢力，明白地表示出遺憾之意，而且明確地指出，理性的命令才使得人不去藐視其他人，因為「大部分人寧願失去生命(我不是說，他們的平靜)也而不願意受到誹謗」。他並沒有說：如果你寧願死也不願受到誹謗，這是符合理性的。

霍布斯追隨亞里斯多德的立場，認為道德與性格的特徵或習慣有關。由於道德是客觀的，只有那些被理性稱為善的習慣才是道德的德行。「理性聲稱和平是善的，根據同樣的理由，可以推出實現和平的所有必要手段也是善的；因此，謙虛、公平、信任、人道和仁慈等(我們已經說明它們對達成和平而言是必要的)，就是善的行為和習慣，也就是德行」。道德的德行是所有人的理性都必須稱許的行為之習慣。有趣的是霍布斯只有在《論人》中，才明確地承認：依據這種說法，審慎、節制和勇氣不是道德的德行。在《論公民》中，他將節制和堅忍和其他的德行區分開來，不稱它們為道德的德行，但他也沒有明確地否認它們是道德的德行。但在《論人》中，他明確地指出人們不應當「要求私人的勇氣和審慎，在只對其自身有用的情況下，被國家或其他人，(這樣的勇氣和審慎)對他們並不一定有用，卻仍尊崇或認同」。

道德受到理性的決定，而理性以自我保存為目的，這似乎導出以下的結論：道德也以自我保存為目的。然而，道德並非以個人的自我保存，而是以人民作為國家的公民的自我保存為目的。也就是說，道德的德行作為人的習慣，使所有人尊崇或認同它們，是理性的。這些習慣指的並非只是那些產生個人的自我保存，而是所有人自我保存的習慣；也就是說，產生和平和穩固的社會。因此，「善的氣質(Good dispositions)是那些適合邁向公民社會的性格；而善的禮儀(即道德的德行)是那些一旦產生即能得到最佳保存的習慣」。《論公民》提到道德時，他說：「行為之善在於為了實現和平，而行為之惡則關聯到無秩序」。

道德的本性是一個令人困惑的複雜問題。假如我們和霍布斯一樣，將道德看作主要應用於產生和平的禮儀和習慣時，那麼，他的觀點看起來是充足的。誠如霍布斯所言，日常所認知的，基於人這樣或那樣而產生的所有道德之德行，允許人們把勇氣、謹慎和節制與道德德行區分開來。也許最重要的是，這些德行近乎以自明的方式來證成(justification)道德。因為證成道德不就是在顯示理性所推崇的東西嗎？理性追求自我保存，必定推崇道德，道德追求和平和穩定的社會。因為理性認識到和平和穩定的社會，對自我保存的維持是本質上必要的。這種單純而優雅的證成道德並未將道德化約為審慎；而是一種嘗試，身處於柏拉圖所開創的偉大哲學傳統，調解理性或合理的自我利益與道德。

在自然的狀態中，人人是、而且應該只服從他們自己的理性。理性命令他們追求和平，這產生自然法則(the laws of nature)，然而人們使用任何他們相信是最好地保全自己的手段來保存自我是被允許的，霍布斯稱之為「自然權利」(The Right of Nature)。霍布斯觀點的洞見在於：除非人處於明顯和當下的危險中，擁有(當下)無可取代的自衛權利，否則，永續自我保存的最佳保證，在於放棄按照自己的決定來行事的權利，而同意按照單一或集體的統治來行事。如果允許所有的個人或集體都按照他們認為最佳的決定來行事，而不接受統治者的命令——也就是法律，作為他們行為的最高原則，那麼，結果就是無政府狀態和內戰。除了極為罕見與非常的情況之外，遵循統治者的決定一致之行為，較之遵循各自決定的分歧之行動，更容易導致持久的自我保存。每一個分歧的決定，若受統治者接受(這樣的決定)為自己的決定，它事實上甚至比統治者實際做出的決定，更容易導持久的自我保存。

這個論證解釋了霍布斯為什麼堅持主張統治者不能涉及不正義。而只有不正義者，才可以正當地懲罰。霍布斯並不否認統治者可能是不道德的，但他確實否認統治者的不道德可以正當地懲罰。這一點非常重要，否則統治者的任何不道德行徑都會成為懲罰統治者——也就是內戰——的口實。正義和不正義是由國家的法律來決定，道德和不道德則否。相較於正義，道德是一個含義更廣的概念，是由導致和平和穩定的內容所決定。無論如何，如果正義由人認為會導致和平和穩定的理由來決定，而非由統治者認為會造成社會無秩序和內戰的理由來決定，那麼就與道德的目的——穩定的社會與和平——背道而馳。人可以想像一種非常弔詭的狀況，對霍布斯而言，嘗試懲罰不道德的行為，特別是統治者的行為，是不道德的。霍布斯很願意接受這個看起非常弔詭的狀況，然而他從未偏離道德的目的在於和平。

總結霍布斯的體系：人民如果是理性的，他們希望在和平與安全的狀況下，度過他們自然的生命。這樣一來，他們必須集結成一定規模的城市或國家，以保衛自己不受到任何其他集體的襲擊。但是，當人民組合成如此龐大的集體，集體中總會有一些不能被信任的個體，因此有必要建立擁有權力的政府以制定和維護法律。這樣的政府，同時擁有統治的權利，以及受統治者同意它們如此統治的權力，以民眾的安全作為其基本職責。只要政府提供了這樣的安全保障，公民就有義務在所有事情上面都遵循國家的法律。因此，追求恆久自我保存的理性必須追求和平；這反過來要求建立一個擁有足夠權力的國家來維持和平。威脅到國家穩定的任何事情都應該被放棄。

霍布斯非常嚴肅地看待上帝和宗教，作為一種實踐上的要件，因為他認為它們提供行為最強而有力的動機。半部的《利維坦》試圖顯示他的道德觀和政治見解是聖經所支持的，如果摒棄這樣的宗教觀，就可能導致人民的紛爭。不過，接受霍布斯宗教觀的真誠，並不等於主張霍布斯認為上帝是道德的基礎。他明確地否定無神論者和有神論者服從於上帝旨意的看法，然而他從不否認他們都服從於自然或公民國家的法律。對霍布斯而言，只要認識到理性自身所提供的行為指導原則為所有的人所遵從，那麼，絕對沒有必要引入上帝。因為在他的道德和政治理論中，上帝能做的已經為理性所完成。

參見 contractarianism 契約論；natursal law 自然法；political philosophy 政治哲學

B.Ge.撰　陳瑤華審訂

Hohenheim, Theophrastus Bombastus von　何恩海姆，希奧弗拉斯特·波姆巴士圖斯·馮　見 Paracelsus 巴拉塞爾斯

Hohfeld, Wesley Newcomb　霍菲爾德，魏斯萊·紐康伯(1879-1918)　美國法學家，曾任教於史丹佛(Stanford)大學和耶魯(Yale)大學。他對法律與道德理論的主要貢獻，乃是鑑別了八個基本的法律概念：

一個人 X 對第二個人 Y 負有一項法律上的義務(duty)去做某個行為 *A*，當法律要求 X 對 Y 做 *A* 時。

X 對 Y 擁有一項做 *A* 的法律上的特權(privilege，或自由權〔liberty〕)，當 X 對 Y 不負有不做 *A* 的法律義務時。

X 對 Y 擁有一項要求 Y 做 *A* 的法律上的權利(right，或請求權〔claim〕)，當 Y 對 X 負有一項做 *A* 的法律義務時。

X 對 Y 不做 *A* 擁有一項法律上的無權(利)(no-right)，當 Y 對 X 擁有做 *A* 的一項法律上的自由權時。

X 對 Y 擁有對 Y 發生某種法律上的效果 *C* 的權力(power)，當 X 的某種志願性的行動將會對 Y 產生 *C* 時。

X 對 Y 擁有一項產生 *C* 的法律上的無能力(disability)，當 X 沒有任何行動可以對 Y 產生 *C* 時。

X 對 Y 擁有一項產生 *C* 的法律上的責任(liability)，當 Y 對 X 擁有產生 *C* 的一項法律上的權力時。

X 對 Y 擁有一項免於 *C* 的法律上的豁免權(immunity)，當 Y 對 X 不擁有任何產生 *C* 的法律上的權力時。

道德哲學家們採取了霍菲爾德的術語去表達類似的道德概念。

在法理學(jurisprudence)或倫理學(ethics)中，這些基本概念提供了某種類似原子的東西，使得所有較複雜的法律或道德關係都可以被分析成這些概念。在邏輯上，這些概念揭露了一些成對的對應概念(例如：「X 對 Y 擁有一項請求權」與「Y 對 X 負有一項義務」，在此，每一個概念都蘊涵了另一個概念)，以及一些成對的對立概念(例如：「X 對 Y 負有一項義務」和「Y 對 X 擁有一項自由權」，在此，它們是彼此矛盾的)。在權利理論中，霍菲爾德在種種自由權、請求權、權力和豁免權之間所做的區分，常被用來揭露關於各種「權利」的語言中的歧義性，或是被用來為各種權利進行分類。

參見 duty 責任；ethics 倫理學；rights 權利

C.We.撰　張旺山審訂

Holbach, Paul-Henri-Dietrich d'　**巴赫，保羅・昂利・迪特里希・德**　見 d'Holbach 德巴赫

Hölderlin, Johann Christian Friedrich　**荷爾德林，約翰・克里斯蒂安・弗里德里希** (1770-1843)　德國詩人、小說家和劇作家。他在圖賓根(Tübingen)就學期間與謝林(Schelling)和黑格爾(Hegel)相交，在耶拿(Jena)則與席勒(Schiller)和費希特(Fichte)為友。由於荷爾德林從未堅持任何一種學術立場，又不曾出版他的哲學論著，他對於哲學的影響主要是透過他的人格、交談和通信來進行的。他被廣泛視為所謂的〈德國觀念論最早的體系規劃〉(Oldest System-Program of German Idealism)一文的作者。這是一篇以高揚詩歌和呼籲新的「理性神話」(mythology of reason)為宗旨的殘篇。他的長篇小說《希佩里翁》(*Hyperion*, 1797/99)描繪了這一主題，它批判了倫理的觀念論(ethical idealism)的主觀英雄主義，強調自然之神聖性，試圖融合宗教與藝術而以之為「理性之監督者」(overseers of reason)。

在他尊崇自然並反對費希特處置「非我」(Not-I)的態度中，可以看出荷爾德林對謝林的自然哲學(Naturphilosophie)的唱和。在他的希臘主義(Hellenism)和對「反思哲學」(philosophy of reflection)的批判中(見《論存有和判斷》〔*Ueber Sein und Urteil* [*On Being and Judgment*]〕)，他預示並影響了黑格爾的觀點。由荷爾德林之高揚藝術並認之為唯一能夠揭示實在底本性者，可以看出他借鑒了席勒並預示了浪漫主義(Romanticism)。不過，他的詩人觀卻具有一種迥異於謝林和較年輕的浪漫主義者的悲劇向度。藝術家作為神聖自然的闡釋者在諸神和人類中居間調停，然而也正是因為這個緣故，他疏離於他的同時代人。荷爾德林思想的這一方面，影響了海德格(Heidegger)。

D.Br.撰　鄺錦倫審訂

holism　整體論　具有各種不同的形態，但其論旨是：以某種方式，肯定關係到某系統中各部分的這個系統整體，是具有相等或較大的實在性，或者具有解釋上的必要性。以哲學的角度而言，整體論(拼成「wholism」〔整全論〕較合理，但較不常用)的爭議，傳統上已出現於生物哲學、心理學的哲學，特別是人文科學的哲學。在談到「描述」(description)的問題時，關於某系統的整體論會堅持：整體具有某種其部分所缺的性質。這項學說之為真，通常並不足為奇，除非它進一步秉持描述突現論(descriptive emergentism)的論旨而主張：部分的性質無法定義整體的性質。而主張此中整體的所有性質可以如此定義者，則是描述個體論(descriptive individualism)的觀點。在談到「解釋」(explanation)的問題時，關於某個對象或系統的整體論，則或是堅持：(1)此中較為複雜之情況的律則，無法藉由任何組成律則或共存律則，而由較不複雜之情況的律則中推衍出來(例如，人們在群體中的行為律則，無法藉由組成律則或共存律則，而由單獨行為者的律則所推出)；或是堅持(2)所有用以構成系統的變數，均相互作用。這種對可推衍性的否定，也稱為形上學或方法論的整體論(metaphysical or methodological holism)，而肯定這種可推衍性的，便是方法論的個體論(methodological individualism)。在一個預設了描述突現論的解釋性整體論的這樣特例當中，整體論有時被理解成如下的論旨，即關於某個系統，整體具有一些對其部分之性質「作用回去」的性質。在生物哲學中，任何這類形式的整體論就是所謂的生機論(vitalism)；而在心理學的哲學中，它們被稱為完形(Gestalt)學說。

在社會科學的哲學中，「整體論」已有它在哲學中最通常的用法，許多爭議往往被化約為形上學的整體論和方法論的個體論之間的對立。這個術語反應了實證論者所相信的，認為整體論是非經驗性的，因為它主張社會「整體」或社會的實體超出了個別的人及其性質和關係(就像涂爾幹〔Durkheim〕和其他思想家——此中大部分都是歐陸思想家)；而個體論則是非形上學的(也就是經驗的)，最終只仰賴觀察性質，以描述並說明社會現象。

近來，「整體論」在哲學上獲得了另外的用法，特別是在知識論和語言哲學。信念或知識的整體論(doxastic or epistemic holism)的論旨涉及「信念之網」(web of belief)，通常其大意如下：一個人的信念是如此緊密地相連，以致於這些信念在任何項目上的改變，都會影響到它們在其他任何項目上的內容，或者是說，一個理性的人的信念是如此地相連。語意或意義的整體論(semantic or meaning holism)皆已被用來指稱如下兩種論旨，不是其一便是其二，其一是：在語言中所有詞項(或語句)的意義是如此地緊密相連，以致於任何其中之一的意義改變，都會改變任何其他的意義，其二為：信念的改變蘊涵了意義的改變。

參見 Köhler 科勒；methodological holism 方法論的整體論；philosophy of biology 生物哲學；philosophy of the social sciences 社會科學哲學；semantic holism 語意的整體論

L.A.撰　趙之振審訂

holism, confirmational　印證的整體論　見 philosophy of science 科學哲學

holism, doxastic　信念或知識的整體論　見 holism 整體論

holism, epistemic　知識整體論　見 holism 整體論

holism, methodological　方法論的整體論　見 methodological holism 方法論的整體論

H

holism, semantic　語意學的整體論　見 semantic holism 語意學的整體論

holistic system　整體論系統　見 computer theory 計算機理論

hologram　全息圖　由雷射光所造成之物體的三維圖像。而雷射光攝影術即是儲存和再造這類圖像的方法。全息圖的優越之處在於，它與一般攝影不同，它的每一部分都包含著整體的圖像，只不過減低了細節。因此，從一個全息圖上切下來的一小方塊，雖然喪失了部分細節，卻仍然能夠顯現最初被全息攝影儲存時的完整圖像。這一特點使全息圖，對大腦的功能分散論(the thesis of distribution of function in the brain)的支持者頗具吸引力，他們論辯說，記憶就像全息圖那樣，並不侷限於特定的某一特定的記憶痕跡(engram)中——這為功能局部化(localization of function)論者所持——而或許是散布在整個大腦皮質之上。儘管這一觀點頗為引人入勝，然而記憶儲存的全息攝影理論並未得到認可。當今的觀點偏愛赫伯(D. O. Hebb)的「細胞聚成」(cell assembly)的概念，根據這種概念，記憶被儲存在一組神經元之間的聯結(connections)裡。

參見 connectionism 連結論；perception 知覺

T.H.L.撰　劉希文審訂

homoeomerity　各部分相同的　見 homoeomerous 各部相同的

homoeomerous　各部相同的　源自希臘文 *homoiomerēs*，乃意味各個部分(不管多小)都分享著構成整體的屬性。衍生的抽象名詞為 homoeomery，意指各部分相同。亞里斯多德(Aristotle)用該詞的希臘文形容詞形式及其相應的否定形式 anhomoeomerous(「非各部分相同的」)來區分(a)生物體的非同一的部分(non uniform parts)，例如肢體和器官，以及(b)生物原料，例如血、骨和液體。儘管生物原料也是由四種元素構成，但是每一種生物原料在單獨和未經摻和的情況下，前後左右都是 F，在此 F 代表著該原料構成屬性的群體。因此，假如某物整體上具有血的性質，那麼，它的所有在數學上可能的次量部分(subvolumes)，無論大小，也都具有血的性質，因此血在各部分都是相同的。與之相比，一張臉、一個胃或一片葉子則是 anhomoeomerous(非各部分相同的)：一張臉的各部分並非一張臉，等等。在亞里斯多德的系統中，生物原料的各部分相同性是與他的質料無限可分性(infinite divisibility)的學說相關。這種區別已被柏拉圖(Plato)所預見(《普羅塔哥拉斯篇》〔*Protagoras*〕, 329d)。

「各部分相同的」一詞在應用時，較之日常用詞「同質」(homogeneous)和「同一」(uniform)更為嚴格。因為即使在某個物體的屬性，只有在超出一定範圍時才會呈現出來的情況下，我們也可以說這是一個同質的物體，例如：海的顏色可以在同質或同一的意義上是藍色的；但是它在「各部分相同的」意義上卻不是藍色的。

可能是在亞里斯多德用法的影響下，形容詞「各部分相同的」與名詞「各部分相同」出現，可能會具有傾向性——與前亞里斯多德學派古典哲學家克拉佐麥那的阿那撒哥拉斯(Anaxagoras of Clazomenae)的古代資料集中，涉及的是與後者的宇宙混合圖式有關的構成「物質」(*chrēmata*)。此外，各部分相同概念在古希臘哲學之外也扮演著重要的角色，值得注意的是在二十世紀有關質量名詞(mass terms)和可數名詞(count terms)或可分類名詞之間差別的說明。

參見 Anaxagoras 阿那撒哥拉斯；Aristotle 亞里斯多德；count noun 可數名詞；sortal predicate 分類述詞

A.P.D.M.撰　苑舉正審訂

homoeomery　各部分相同　見 homoeomerous 各部相同的

homoiousian　整體類似　見 *homoousios* 實體相同

homological　同態的　見 set-theoretic paradoxes 集合論悖論

Homomorphism　同態映射　在模型論中，從一種結構到另一種結構的保持結構的映射。結構是由某些物件的領域及可以解釋到該領域的函數構成，解釋函數對給定語言的關係符號、函數符號和個體符號指定好對應。對一種語言 *L* 來說，如果不同結構中的關係、函數和個體都是對 *L* 的同一符號的解釋，那麼就說它們是彼此對應的。所謂映射是「保持結構的」即是(1)如果第一種結構中的物件彼此間存在著某種關係的話，那麼它們在第二種結構中(在變換下)的影像彼此間也存在著相對應的關係；(2)在第一種結構中對一給定物件(或 *n*-維的物件)而言某函數的值經過映射後的影像，正好是在第二種結構中對該物件的影像(或 *n*-維的影像)而言相對應函數的值；(3)第一種結構中物件在第二種結構中的影像，正好是該物件相對應的物件。所謂「同構映射」(isomorphism)是某種一一對應的同態映射，而其逆映射也是同態映射。

參見 model theory 模型論

R.Ke.撰　李國偉審訂

homonymy　同音異義　見 ambiguity 歧義

homoousian　同一本體　見 *homoousios* 實體相同

***homoousios*　實體相同**　希臘文，意為「關於相同的實體」(of the same substance)基督宗教三位一體的學說中核心的概念，被銘記在西元 381 年的尼西亞信經(the Nicene Creed)中。它證實了聖子(且擴大到聖靈)是與聖父同一的存有或實體(*ousia*)。此概念反映出亞賽納西烏斯(Athanasius)對亞利安主義(Arianism)的反對，主張基督是上帝永恆的、等同的聖子，並不是受造物，尼西亞的 *homoousios* 也區別於一競爭的語式：*homoiousios*(希臘文，「實體類似」〔of similar substance〕)，此一語式確認聖子僅類似於上帝。雖然對希臘文字母「*I*」的爭論是惡名昭彰且膚淺的，但這一議題在哲學上意義重大並在神學上極其關鍵，它論及拿薩勒的耶穌(Jesus of Nazareth)是否為上帝自身存有的道成肉身，是否啟示出上帝的真理，以及是否中介了上帝的救贖的問題上，成為具有哲學性的意義及神學的重要性。

參見 Trinitarianism 三位一體主義

A.E.L.撰　徐學庸審訂

homuncular functionalism　小人功能主義　見 functionalism 功能主義

homunculus　小矮人　源自拉丁文，意為「小人」(little man)，寓居於人腦(或其他器官)中的微型成人，他感受所有感官接納的影像，向機體啟動所有命令。任何設置這樣一種內在主動者(internal agent)的做法都不免於某種無窮後退(有時也稱作「小人謬誤」〔the homunculus fallacy〕)的危險，因為我們可以如此追問：那麼，在小人的腦子中是否還有另一個小人在掌控其知覺和行為呢？如此類推，以至無窮。許多為我們熟知的心靈及其行動觀似乎都需要一個小人的存在。例如，視覺模型設置了某種內在圖像以作為視覺的結果，這顯然需要有一個小人去諦視該圖像；而把意圖當作對機體發布命令的行動模型顯然也需要有一個小人去處理這些命令。斷定一種理論是否涉及某個使理論陷於兩難的小人存在，決不是一件容易的事，在某些情況下，所謂小人可以在理論的中間層面上得以確立：「只有當小人們能夠重複它們被牽涉去解釋的全部能力，否則它們就僅僅是假想中的怪物。如果人們能夠得到一隊相對無知、心胸狹隘的盲小人來從事整體的智力行為，那會是種進步。」(丹內特，《腦力激盪》〔Dennett, *Brainstorms*, 1978〕)。(在心靈哲學、人工智能或認知科學哲學中)設置這種小人隊的理論被威廉・萊鏗(William Lycan)稱為「小人功能主義」(homuncular functionalism)。

D.C.D.撰　王文方審訂

Horkheimer, Max　霍克海默，馬克斯(c.1895-c.1973)　德國哲學家，亦是以批判理論著稱之法蘭克福學派第一代的主要理論家。霍克海默以作為社會研究所所長的身份，加上他早期在《社會研究期刊》(*Zeitschrift für Sozialforschung*)發表的文章，奠定了法蘭克福學派在社會科學領域的共同研究主題，包括對國家資本主義之發展的分析，對家庭、現代文化和法西斯主義的研究等。他處理哲學和社會科學之關係的綱領性文章，長期以來一直是法蘭克福學派之社會批判主義及相關研究的哲學根據，並且影響了哈伯瑪斯(Habermas)對於批判理論的重新修正。在他的著作如〈社會哲學的現狀和社會研究所的任務〉(The Present Situation of Social Philosophy and the Tasks of an Institute for Social Research, 1931)中，霍克海默透過科際整合式的歷史唯物論，精緻化了哲學和社會科學的合作關係。他的〈傳統和批判理論〉(Traditional and Critical Theory, 1937)則提出了區別批判和傳統理論的不同目標：批判理論是以解放人類為目的，遠甚於只去描述現實的存在狀態。

在第二次世界大進行最為激烈的時候，霍克海默開始與阿多諾(Adorno)合作《啟蒙的辯證》(*Dialectic of Enlightenment*, 1941)一書，他們檢討了現代理性和自主性的起源，認為這來自對自然及內在自我的支配。此一現代理性的考古學強調迷思和啟蒙有著不可分的「糾結」，這觀點亦在解釋歐洲的災難實源自於自身。霍克海默雖然想將黑格爾(Hegel)的辯證法顛倒過來，以超越上述困境，但他未能完成此一較正面的計畫。相反地，在《理性的晦暗》(*Eclipse of Reason*, 1947)中，他進一步批判工具理性，表示現代的制度，包括民主都難免受到形式和工具理性的支配，也被置於自我保存的無上命令之下。在此時期之後，他的創作減少，並在晚年轉向對宗教以及宗教經驗內容和概念的重新詮釋，發展出一套有關「完全他者」的負面神學。他主要的貢獻，在於他對朝向人類解放之實踐性和批判性問題的方法論，提出過清楚的陳述。

參見 critical theory 批判理論；Frankfurt School 法蘭克福學派

J.Bo.撰　顧忠華審訂

hormic psychology　動力心理學　見 Mcdougall 麥獨孤

Ho Yen　何晏(d. A.D. 249)　中國魏晉時代名士，三世紀玄學家(Neo-Taoist)初期軸心領袖。何晏的作品大多失傳，現見的只有零星片斷，其中思想最為後世稱頌的有兩點。其一是以「無」(non-being)的概念來解釋道為萬物之始。道是無窮無盡(without limit and inexhaustible)，構成一切事物的本體。無形無名(formless and nameless)，道化為有創造力的「氣」(vital energy)，氣分陰陽而成天地萬物。在這方面何晏試圖衝破漢代宇宙觀的模範，開玄學本體論先河。其二是何晏獨特的聖人無情論(the sage does not have emotions)。

聖人稟受天地之靈氣，純而不雜，體虛無而不受感情所困惑。何晏從這個理想角度更闡而批判當時士人的虛偽和政治權力的濫用。在何晏眼中此乃中國社會之急患。以「無」為中心的形上思想架構到底還是用在政治倫理的改革。

參見 *ch'ing* 情；Neo-Taoism 玄學

A.K.L.C.撰　陳金樑審訂

***hsiao*　孝**　中文，意為「孝順」(filial piety)。「孝」既指一種德性也指展現這種德性的行為。起初，「孝」與某人在其父母的葬儀上所表現的合適行為有關，並與對其祖先的獻祭有關。以後，「孝」逐漸演化為包括對現仍在世的父母恰如其分的善待。「孝」是儒家學說的基石，這種學說顯示，某人對其父母恰如其分的尊敬被認為與對合法政治權威的尊敬有關。

參見 Confucianism 儒家；*li*[2]*禮*

B.W.V.N.撰　林安梧審訂

***hsien*　仙**　在中國宗教哲學，特別是道教(religious Taoism)，因得「道」而至超越，達長生的人稱為「仙」或「神仙」(divine immortals or transcendents)。仙的概念遠源於中國上古。雖然在中國哲學中有對仙的存在的爭論，作為一個個人的理想，仙在傳統中國思想文化扮演著一個有相當影響力的重要角色。漢代以後仙的概念發展日趨成熟，與氣的概念相結合。仙人的特質是本著最清最純的「氣」(vital energy)，其氣之清，令仙人可以飛昇，逍遙暢遊於天地宇宙之間。在詩人和哲學家的筆下，仙意味著完美、解放和最極度的自由，超越一切俗世的束縛和限制，特別是不受慾望的驅使和影響，沒有個人成見和野心，與一般世俗的價值觀背道而馳。在道教史上對仙人長生可學可至的問題出現過激烈的爭議。成仙的修煉方法有很多種，總括於「內丹」(internal alchemy)和「外丹」(external alchemy)兩大類。

參見 *ch'i*;氣；Taoism 道學

A.K.L.C.撰　陳金樑審訂

Hsi K'ang　嵇康(A.D. 223-62)　著名中國哲學家，魏晉時代玄學(Neo-Taoism)中心領導人物。嵇康的哲學重點在「自然」，自然的基本意義是自然而然，用來描述一個以道為中心的事物世界的內在規律和條理。大自然因循著其「必然之理」(necessary principles)，而每一個人出生之時都賦有一份不同質量的「氣」(energy endowment)，因此以定其才性(nature and capacity)。雖然稟氣有厚薄優劣之分，後天的栽培和修養還是有一定的作用，特別重要的是排除私心，可以使人心平氣順，對身體和精神的培養都有幫助。在倫理和政治方面，嵇康提倡越名教(going beyond the orthodox teachings of Confucianism)而歸自然。名教是以重學問、循規蹈矩、效法傳統為主，在嵇康眼中與自然相違。嵇康還有一套著名的音樂理論，稱為「聲無哀樂論」(sounds do not have sorrow or joy)。意思是聲音是自然而發的，而喜怒哀樂等情感則是有主觀性和思考性的反應。

參見 *ch'i*;氣；Neo-Taoism 玄學

A.K.L.C.撰　陳金樑審訂

***hsin*[1]　心**　中文，意為「心」(heart)、「心靈」(mind)和「情感」(feeling)。一般而言，「心」既是我們稱為「心」的生理器官，又是我們的愛好、認知和情緒活動的功能，然而，有關「心」的確切性質和合適作用的問題，是一個據以區分不同中國哲學家的基本

問題。孟子(Mencius)提及「四端之心」(four heart)，並為每一種「心」都聯繫上一種特殊的德性，並為之配置了情感和認知功能。莊子(Chuang Tzu)聲稱，我們與其說是培養心毋寧說是「齋」(fast)心，並使我們接受「氣」的導引。荀子(Hsün Tzu)認為「心」應當控制和操縱「欲」。在新儒學(Neo-Confucianism)那裡，「心」被構想為經充分發展的道德感，它呈現於每一個人身上，而自私的慾望則滯礙了心的特定天賦。新儒學思想家們在認為「心即理」或「性即理」的問題上分出了不同的陣營。

參見 Confucianism 儒家；li¹理；Mencius 孟子；Neo-Confucianism 新儒學

B.W.V.N.撰　林安梧審訂

hsin² **信**　中文，意為「信任」(trust)、「信仰」(faith)、「值得相信」(trustworthiness)和「誠實」(honest)。在早期文獻中，「信」指的是崇拜者和神靈之間真誠的相互信任。在中文中這個字的字形由代表「人」(person)和「言」(speech)的兩個部分組成，這向我們提供了有關其根源意義的可靠線索：即言行合一。「信」成為儒家(Confucian)的基本德性之一：值得信任或誠實(但只有在服務於正確目的的前提下)。在佛教(Buddhist)文獻中，「信」可以意味著宗教意義上的「信仰」，例如，淨土宗(Pure Land School)對阿彌陀佛(Amitābha Buddha)的信仰。這種「信」對新儒學產生了影響，並展現為他們對於一種完滿、固有的道德天賦的信仰。

參見 Chinese philosophy 中國哲學；Neo-Confucianism 新儒學

P.J.I.撰　林安梧審訂

hsing **性**　中國哲學術語，一般認為導源於「生」(life, growth)，在英文中通常被譯成「nature」(本性)。它最早區別於「生」的用法，可能指一事物在未經破壞的情況下將實現其自身的發展傾向或方向(例如，新芽之「性」即成為沖天大樹，水之「性」即逶迤下流)，而人之「性」也被設想為人們合適地發展自己的過程。「性」之概念很可能是隨著與楊朱(Yang Chu, fifth-fourth century B.C.)相關的思想學派的發展而進入哲學討論的，楊朱即把人之「性」視為在特定時間內過一種身體健康、感性慾望得到恰當滿足的生活的傾向。它隨即成為儒家思想(Confucian)的一個核心概念，儘管不同的儒家思想家賦予它以迴異的理解。孟子(Mencius, fourth century B.C.)把道德的生活方式看作是對人類之「性」的充分實現，這種「性」是由心(heart/mind)所蘊涵的某些呈萌芽狀態的道德潛能及其他所暗示的發展方向所組成；而性是善的在於它具有一道德的方向。荀子(Hsün Tzu, third century B.C.)把道德的生活方式視為對人類之「性」的一種轉化，這種「性」主要是由人類先天秉承的自私自利的慾望構成的；「性」是惡的，它在肆無忌憚地追逐這些私欲之滿足的過程中，導致人類的彼此傾軋和無序。種種有關「性」的不同看法繼續發展，然而，一直要到經朱熹(Chu Hsi, 1130-1200)的大肆努力而把孟子樹立為孔子學說的真正繼承人之後，人性為善的觀念始成為儒家思想的核心。

參見 Confucainism 儒家

K.-l.S.撰　林安梧審訂

hsing-erh-shang **形而上**　在中國哲學中，意為「無形式」(formless)或「形而上」(metaphysical)。在《易經》(*the Book of Changes*)的繫辭中有一段話稱：形而上者之謂道(the Way)；形而下者(具有形式的〔with form〕)之謂器，即一具體事物。在中國式思維方式中，「道」和「器」被認為彼此不可分離；因為「道」(Tao)既是超越的(transcendent)又是內在的(immanent)，所以它滲透於事物之中，而事物亦不必與其形而上根源斷裂異

化。

參見 Chinese philosophy 中國哲學

S.-h.L.撰　劉述先審訂

***hsing-ming*　形名**　「形名」(forms and names)是古代中國哲學裡面一個相當有影響力的概念。在法家(Legalism)和在戰國-漢代初期(the Warring States and the early Han dynasty，西元前三至二世紀)流行的黃老(the Yellow Emperor and Lao Tzu)思想中特為重要。其後成為一個一般性的哲學詞語，跨越思想派別的分流。形名有兩個主要意思。其一，思想範圍較窄的，是指法律和刑罰系統，特別是針對政府官員的表現。其二，思域較廣的，意味著存在世界永恆不變的法則和規律，其中所有事物的「名」(names)，都有其「形」或「實」(form or reality)，在理想世界之中，名不違其形，名實是完全一致的。在政治上面，這就是說君主一定要深入觀察和貫徹瞭解宇宙的常規，萬物的常性和一切事物運作的常理，要令到百官不逾軌，盡心底力做好他們指定的工作，以至人民富裕，國壯家強，達到天下太平，實現形名思想底下的理想世界。

參見 Chinese Legalism 中國法家

A.K.L.C.撰　陳金樑審訂

Hsiung Shih-li　熊十力(1885-1968)　中國當代新儒學哲學家。他在年輕時是一位革命者，後來在歐陽竟無(Ouyang Ching-wu, 1871-1943)主持的支那內學院研究「唯識」(Vijnanavada〔Consciousness-Only〕)哲學。然而他對之頗為不滿，故發展了他自己的基於從《易經》(*I Ching*)中獲取的靈感的新唯識論創造哲學。他在哲學上影響深遠，他的門徒有牟宗三(Mou Tsung-san)、唐君毅(T'ang Chun-i)和徐復觀(Hsü Fu-kuan)等人。在共產黨於 1949 年統治大陸之後，他仍然拒斥唯物論，但卻接受了一種為他大部分先前的學生所不接受的激進社會哲學。

參見 Chinese philosophy 中國哲學；Hsü Fu-kuan 徐復觀；*I-Ching*《易經》；Mou Tsung-san 牟宗三；T'ang Chün-i 唐君毅

S.-h.L.撰　劉述先審訂

***hsü*　虛**　中文，意為「虛空」(void)、「空白」(vacuity)和「玄妙的」(the tenuous)。「虛」並非所有東西都不存在，而是事物無差別的一種狀況。對莊子(Chuang Tzu)而言，「虛」是理想的心靈狀態，心靈在「虛」的狀態中對所有事物都持開放的態度，它清晰地觀照，無為地做出反應，宛如一面明鏡映照出它面前的景象。荀子(Hsün Tzu)發展了莊子的這一理想，賦予心靈以「虛一而靜」(tenuous , unified and still)的性格。新儒學思想家們(Neo-Confucians)擴展了晚期道家的觀念，把「虛」視為宇宙的原初混沌狀態，萬物均出自於它且最終消散返歸於它。新儒學思想家把「虛」與佛教(Buddist)概念「空」(emptiness)加以區別，他們認為佛教的「空」否定了世界的終極實在。

參見 Neo-Confucianism 新儒學

P.J.I.撰　林安梧審訂

Hsü Fu-kuan　徐復觀(1903-82)　中國知識分子和思想史家，他曾於一個時期任蔣介石(Chiang Kai-shek)的侍從官，但在 1949 年國民黨(Nationalist)政府移居台灣之後，成為一名國民黨政府的批判者。他創建了《民主評論》(*Democratic Review*)雜誌，用這份頗具影響的雜誌擴展了當代新儒家的思想和觀念。他也於 1955 年創辦東海大學(Tunghai University)中文系，並邀牟宗三(Mou Tsung-san)加盟該系，使之成為香港新亞書院(New Asian College)之外的另一個新儒家重鎮。他把自己的位置定於學術與政治、歷史和哲學之間。他的代表作是三卷本的《漢代思想史》(*History of Han Thought*)；他關於中國文學藝術的著作得到了廣泛的徵引。

參見 Ch'ien Mu 錢穆；Hsiung Shih-li 熊十力；T'ang Chün-i 唐君毅

S.-h.L.撰　劉述先審訂

Hsü Hsing　許行(c.315 B.C.)　中國哲學家，農家學派(the Tillers or Agriculture School)的成員。農家相信在遠古時神農(the Divine Farmer)不以獎懲和行政管理的手段治理天下，當時的天下是由小型社團組成的無中心的烏托邦社會(utopia)，包括統治者在內的所有人都憑勞作自食其力。許行據此抨擊他同時代的統治者，認為他們不耕其田反而以剝奪其他人的勞動成果為生。他也試圖以控制供應的方式保持穀價的穩定：在豐年時貯存穀物，而在荒年時則分配穀物。

R.P.P.& R.T.A.撰　林安梧審訂

Hsün Tzu　荀子(third century B.C.)　一位硬心腸(tough-minded)的儒家哲學家，他以反對孟子(Mencius)關於人性本善的觀點而著稱。對荀子而言，人類的本性就其具有一種不確定的衝動結構而言是惡的：每個人都尋求滿足他／她自己的慾望；這些慾望除非受到「禮」(propriety)和「義」(rightness)的引導，否則這些慾望的衝突將不可避免，尤其是在物資匱乏、人性維護私利和偏袒與己親近者之天性的驅使之下。頗具意蘊的是，「禮」(或恰當行為的準則)行使著三種基本的功能，它們既限制又支撐人的行為，並且賦予人以尊榮。第一種功能劃出了合適行為的界線；第二種功能則提供了在界線內使慾望得以滿足的渠道；而第三種功能則依據「仁」(benevolence)和「義」(rightness)，提供了如何來高貴人格的根源。荀子也以強調「法」作為「禮」(恰當行為的準則)的補足；強調通過論證以解決倫理上意義分歧的必要性；強調追求倫理知識時思維明晰(與「蔽」〔obscuration〕相反)的重要性；又以強調儒家經典在人格教育上的重要性而著稱。

參見 Mencius 孟子

A.S.C.撰　林安梧審訂

***Huai Nan Tzu*　《淮南子》**　中國古代的一部知識匯集。於西元前 140 年左右在那個時代最傑出的文學家之一淮南王劉安(Liu An,Prince of Huai Nan)贊助下，由他麾下的一群學者編撰，並被呈示給漢武帝(Emperor Wu)的朝廷。二十篇論述構成全書的正文，包括種種關於天文學、地形學、曆法的科技資料，以及對種種滋生於古典中國哲學形成期的觀念(ideas)與信仰(beliefs)的最初重構。《淮南子》在許多方面均為漢朝(Han dynasty，206 B.C.-A.D. 220)已存知識的總匯，與大部分中國典籍一樣，它具有實踐的和規範的性質。作為一部政治文獻，它是調和式的，融匯儒家(Confucian)、法家(Legalist)和道家(Taoist)學說於一體並提出一種可實行的道家主張來取代政治中央集權主義(political centralism)。

R.P.P.& R.T.A.撰　林安梧審訂

Huang-Lao　黃老　中文詞語，「黃帝和老子的學派」。據稱基於神祕的黃帝(Yellow Emperor)和老子(Lao Tzu)之教誨的一種折衷式學派(西元前三世紀)，提倡一種「現實政治化的道家」(Realpolitik Taoism)，強調借助統治術(例如獎懲)和政治社會結構的權力進行統治。黃老學派試圖建立一個得到完滿組織的國家，它「自然」(naturally)平和地運作，其中統治者通過「無為」(non-action)來治理(而不是統治)。黃老學派的神祕一面在於它認為只有統治者才能獲得適合組織國家需要的那種整一的眼光，這種眼光只能通過「靜」(stillness)和「虛」(tenuousness)的實踐而獲取。

P.J.I.撰　林安梧審訂

Huang Tsung-hsi　黃宗羲(1610-95)　中國哲學家和史學家。作為明朝新儒學的最後一位大哲學家劉宗周(Liu Tsung-chou, 1578-1645)的弟子，他編撰了《明儒學案》(*Ming-ju-hsüeh-an*)和《宋元學案》(*Sung-Yüan-hsüeh-an*)(未完成)——明朝和宋元二朝新儒學思想家著作的重要選集和批判評述。他還寫作了《明夷待訪錄》(*Waiting for the Dawn: A Plan for the Prince*)；他在這部著作中指責了僅僅為了滿足統治者一己私利的政府體制。這部著作在朝廷政治即將覆滅的最後歲月中對人們產生了極大的影響。

參見 Chinese philosophy 中國哲學；Chu Hsi 朱熹；Wang Yang-ming 王陽明

S.-h.L.撰　劉述先審訂

Hu Hung　胡宏　也稱作「胡五峰」(1100-55)中國新儒學哲學家，湖南學派(Hunan School)的重要代表人物。在他看來，「心」(mind/heart)是「性」(human nature)的外在表現(以心著性)(hsin is the outward manifestation of hsing)；人們必須在能夠做道德涵養之前先察識「仁」(humanity)的本性。牟宗三教授相信胡宏繼承了周敦頤(Chou Tun-yi)、張載(Chang Tsai)和程顥(Ch'eng Hao)的傳統，代表著區別於程朱(Ch'eng-Chu)和陸王(Lu-Wang)學派的第三支新儒學(Neo-Confucianism)思想流派。

參見 Chang Tsai 張載；Ch'eng Hao 程顥；Chou Tun-yi 周敦頤；Chu Hsi 朱熹；Neo-Confucianism 新儒學

S.-h.L.撰　劉述先審訂

Hui Shih　惠施(c.380-305 B.C.)　中國哲學家，魏國(state of Wei)的首相，名家(the School of Names，也稱作〔辯者〕，即辯論家或詭辯家之意)學派的領袖。作為道家哲學家莊子(Chuang Tzu)的朋友和論辯伙伴，惠施用老練的邏輯和分析的嚴密性以與莊子汪洋恣肆的詩意想象和基於冥想的直覺洞見相抗衡。他是墨家兼愛(impartial concern for other)觀念的擁護者和戰爭的反對者，更以記載於《莊子》(*Chuang Tzu*)一書中的「歷物十事」(Ten Paradoxes)而著稱於世。儘管惠施對這些悖論的說明今已佚失，但是，像「今日適越而昔來」(I go to Yüeh today but arrived yesterday)和「南方無窮而有窮」(The south has no limit yet has a limit)這類悖論卻提出了與語言、價值和諸如時空等概念有關的相對性和觀點主義(perspectivism)的問題。

參見 Chuang Tzu 莊子

R.P.P.& R.T.A.撰　林安梧審訂

humanism　人文主義　人文主義有著一套預設，在此預設下，人類在所有事物的架構中佔有特殊的地位。人文主義不只是一個思想流派或特殊思想或主張的集合，它是一種看待世界的普遍觀點。此觀點在不同的歷史時期都有著逐漸而持續的連接，並不斷提供西方文明中心思想。當它跟兩個競爭立場相較時，人文主義就會突顯出來。一方面，它可以對照於強調超自然、超越的領域——認為人類完全仰賴於神聖秩序。另一方面，它拒絕用科學方式對待人類的傾向，將人類視為是自然次序的一部分，並等同於其他的生物體。處在中間的位置，人類察覺其自身獨特的能力與才能，可以為了其自身之緣故而教化與讚美。

「人文主義」這字開始普遍使用於十九世紀，但在更早的年代，就使用於智能與文化的發展上。義大利文藝復興時期，有位古典語言學與文學老師，被描述成*umanista*(對照於「法律教師」〔*legista*〕)，並且，我們現在所說的「人性」(the humanities)在十五世紀時被稱為「人文研究」(*studia humantitatis*)，代表文法、修辭、歷史、文學與道德哲學。這些研究的興起始於古典希臘與拉丁文獻的再發現；柏拉圖全集(Plato's complete works)首次翻譯出來，而亞里斯多德哲學則以比中世紀時期更正確的版本來加以研究。

古典文獻中對人文主義毫無保留的喜愛大大影響了文藝復興時期的學者。這個時期，人們覺得超自然對人類的心靈、獻身的敬意與忠誠等，沒有什麼影響力。人性——帶著它全部的獨特的能力、才幹、憂慮、問題、可能性——才是關注的中心。中世紀的哲學家們被認為已是一敗塗地(on their knees)，但在新研究的支持下，他們勇敢地站了起來，並提升至完全的水準。不再忠誠於教會拉丁文，表達的媒介使用一般大眾的語言——義大利文、法文、德文與英文。詩、抒情的自我表達有了動力，它影響了生活的各個面向。新的畫作亦顯示了對人類外形的極大興趣。甚至在描繪宗教的場景裡——如米開朗基羅(Michelangelo)著名的人類形體，亦在其中投注了內在的價值與尊嚴。日常生活的細節——食物、衣著、樂器；自然與土地；國內與國外等，都是畫與詩作喜愛表現的題材。新大陸與新國家的發現者，帶回來的故事激發了大眾的想像力，奇異而遙遠的人們的習俗與自然環境，則擴大了人類可能性的範圍。

人文主義式的思考模式深化且擴展了傳統，引領著十八世紀思想家的到來。他們包括了法國的哲學家，如伏爾泰(Voltaire)、狄德羅(Diderot)與盧梭(Rousseau)與其他歐洲與美國的哲學家，如邊沁(Bentham)、休姆(Hume)、萊辛(Lessing)、康德(Kant)、富蘭克林(Franklin)與傑佛遜(Jefferson)等人。這些哲學家總是未能彼此同意，但他們聯結形成一個族群，支持諸如對於像自由、平等、容忍、世俗主義(secularism)與世界主義(cosmopolitanism)這些價值。雖然他們支持心靈的無拘無束，他們同樣希望它適應社會與政治的革新，鼓勵個體的創造性，並把行動提升到沉思性的生活之上。他們相信人類本性的可完美性(perfectibility)、道德感與責任，以及進步之可能性。

可完美性的樂觀基調持續到了十九與二十世紀人文主義者的思想，縱使工業化的步調加速、都市人口的成長、犯罪行為的增加、國際紛爭與因意識形態衝突而導致高度殘忍的戰爭等，都讓人文主義觀念的有效性受到質疑。但就算是人類不好的經驗，還是彰顯了那些觀念的訴求，增加了人文主義者對忍耐、崇高、智慧、節制、可塑性、同情與愛等價值的信念。

人文主義者的特質對教育十分重要，他們認為教育是人格與個人才能的全能發展，故在詩歌中加入科學與在民主中加入文化。他們尊崇思想與觀念的自由、在科學與技術方面上理智與實證研究的運用，以及社會與政治系統受代議政治機構的支配。他們相信人類有可能在沒有形上學的或宗教的確定性下自信地活著；並且，所有的觀念都容許再修改與校正，他們認為人類依賴於開放的溝通、討論、批評與非強迫的一致而興盛。

參見 *Encyclopedia* 百科全書；political philosophy 政治哲學；social philosophy 社會哲學

K.K.撰　蕭宏恩審訂

humanism, civic　**公民人道主義**　見 classical republicanism 古典共和主義

human nature　**人性**　一種或一組屬於所有人且為人所獨有，說明人之所以為人的性質。所有人都是兩足且無羽毛的，然而「無羽毛的兩足動物」(featherless biped)並不能說

明人的社會意義特質。我們也都同時是動物和理性存有者(rational beings)(至少在潛能上〔potentially〕)，「理性動物」(rational animal)可能道出了我們所擁有而其他存有者(例如天使)所沒有的特質。

相信有人性存在，是相信所有自然物種均具有本質(essences)此一更大論題之一部分。接受這一立場相容於構成人性特殊性質的許多觀點。除了理性(rationality)和肉身(embodiment)性質之外，哲學家尚提到關於人性的組成性質還有：全然自利的、仁慈的、嫉妒的、社交的、對他人感到恐懼的、能夠說話和歡笑的，以及渴望永生的。

哲學家於人如何發現人性的方式上意見並不一致。有些哲學家認為對永恆形式或真理的形上洞察(metaphysical insight)是必要的，另外一些哲學家則認為可透過對生物學或行為之觀察研究而了解什麼是人性。大部分哲學家認為只有男人體現了充分的人性，而女人(即使是她們之中最優秀的)則是人性不完善或不完整的例子。

哲學家在人性是否決定道德的問題上也眾說紛紜。有些哲學家認為，透過指出人們與眾不同的特質，我們可推論出上帝意欲吾人所從事的。其他一些哲學家則認為人的本性至多只顯示了道德所能要求的界限何在，因為指引人們去過對人性來說不可能的生活方式是顯然無意義的。

一些哲學家聲稱人性是可塑的，能夠以各種方式加以形塑。其他一些哲學家則堅持認為以人性方式思考問題是無濟於事的，他們認為儘管人們享有相同生物物種份子的特質(features)，然而人身上的其他特質則是社會建構而成的。如果男人和女人之間的差異反映了人們教養孩童、工作和權力分配上的文化模式，那麼其在生物學意義上的共同性質並不能說明人之重要特質，因而也不能構成一種本性。

參見 embodiment 體現；essentialism 本質論；philosophy of mind 心靈哲學

J.B.S.撰　陳文團、王喆審訂

human rights　人權　見 rights 權利

human sciences　人文科學　見 Weber 韋伯

Humboldt, Wilhelm von　洪堡德，威廉・馮(1767-1835)　德國政治家、學者和教育家，常被視為是比較語言學(comparative linguistics)之父。威廉・馮・洪堡德生於波茨坦(Potsdam)，與其弟亞歷山大(Alexander)從小就以被認為是適合未來的普魯士(Prussian)外交官的「啟蒙」(enlightened)的方式受私人教師的教育。教育內容包括古典語言、歷史、哲學和政治經濟學等等。在完成了奧得河畔的法蘭克福(Frankfurt an der Oder)和哥廷根(Göttingen)的大學法律教育之後，他的事業大致上可分成三個部分：擔任各種外交官職務、對範圍廣泛主題進行論述以及(他的最愛)對各種語言進行研究。他那些涵蓋範圍極廣的著作顯示了：赫德(Herder)對其歷史與文化概念、康德(Kant)與費希特(Fichte)對其哲學、以及法國的「意識形態學者」(Ideologues)對其語言學產生了重大的影響。他最經得起時間考驗的著作，乃是他那關於爪哇島(Java)上所說的卡維語(the Kawi language)的大規模研究的導論(出版於 1836 年)。

洪堡德主張：語言作為一種活生生的動態的「有機體」(organism)，乃是理解人類心靈的種種運作和不同民族的文化之間所特有的種種特殊差異的鑰匙。每種語言都具有特殊的「內在形式」(inner form)，這種「內在的形式」以一種令人想起康德的那些更普遍的範疇(categories)的方式，形塑著某一民族及其文化之種種主觀經驗、世界觀、乃至制度。不僅後世的所有比較語言學家都受益於他的經驗研究和理論洞見，像狄爾泰(Dilthey)和卡西勒(Cassirer)這類的文化哲學家甚至還認為，是他一手確立了語言作為人文科學的核心關懷的想法。
J.P.Su.撰　張旺山審訂

Hume, David　休姆，大衛(1711-76)　蘇格蘭哲學家和歷史學家，是早期近代哲學新懷疑主義(neo-skeptic)的領導人物。休姆的許多哲學前輩，如笛卡兒(Descartes)、培爾(Bayle)和柏克萊(Berkeley)等，都曾把握到一些懷疑主義的重要元素。休姆則有意地將這些元素揉和為兼具懷疑性與建構性的哲學系統。

休姆在英國愛丁堡(Edingburgh)出生並受教。他花了三年(1734-37)的時間在法國為《人性論》(*A Treatise of Human Nature*)一書做最後定稿。中年的休姆除了撰寫過一系列題材廣泛的評論、眾多短論和一部長篇《英格蘭史》(*History of England*)之外，還曾短暫地服侍過一位精神失常的貴族。在成為愛丁堡的律師圖書館(the Advocates Library)館員之前，他當過外交武官。1763 年休姆擔任英國駐巴黎大使赫特福德勛爵(Lord Hertford)的私人秘書；1765 年成為英國駐巴黎大使館的秘書，之後擔任代辦(Chargé d'affaires)一職；1767 至 68 年間，他在倫敦擔任北方部(the Northern Department)的副國務秘書(under-secretary of state)。休姆於 1769 年退休返回家鄉愛丁堡，並在那裡辭世。

休姆早年的日常起居大都由守寡的母親照料。根據她的說法，年輕的休姆「不尋常地頭腦清醒」(uncommon wake-minded)，這在那個時期的方言，意味著休姆有著非比尋常的敏銳感。休姆現存的最早書信寫於 1727 年，信中顯示當時才十六歲的休姆所著手的研究，日後就成了他在 1739 年所出版的《人性論》前兩卷的基礎。當休姆於 1727 年離開大學時，他已對古典作家，尤其是西塞羅(Cicero)和主要的拉丁詩人、自然哲學——尤其是波以耳(Boyle)的作品，與數學、邏輯或知識論、形上學、道德哲學以及歷史等都打下了結實的基礎。他的早期閱讀包括許多同時代英法重要詩人以及評論家的作品。休姆自己就曾表示，在 1734 年三月之前的三年間，他研讀了「用拉丁文、法文和英文寫就的大部分名著」，同時也學會了義大利語。因此，儘管人們經常認為休姆的觀點，僅得益於他對少數一兩位哲學家如洛克(Locke)和柏克萊，或哈屈森(Hutcheson)和牛頓(Newton)的了解，但他廣泛的閱讀則顯示出，沒有任何一個作家或者哲學傳統，足以提供了解休姆思想的捷徑。

休姆最常被引用的著作包括：《人性論》(三卷，1739-40)、《人性論》第一和第二卷的《概要本》(*Abstract*, 1740)、將近四十篇評論的合集《道德、政治和文學論集》(*Essays Moral, Political, and Literary*)，大部分評論於 1741 至 1752 年間首次出版；《人類理解力探究》(*An Enquiry concerning Human Understanding*, 1748)、《道德原理探究》(*An Enquiry concerning the Principles of Morals*, 1751)；《宗教的自然史》(*The Natural History of Religion*, 1757)、六卷本從羅馬時代到 1688 年的《英格蘭史》(1754-62)、一部簡略的自傳《我的一生》(*My Own Life*, 1777)，以及《自然宗教對話錄》(*Dialogues concerning Natural Religion*, 1778)。

休姆新懷疑主義的立場清晰可見於他的每一部著作中。他堅持哲學「不能超越經驗；任何以發現人性的終極原初性質自居的假設，皆該被視為狂妄的幻想，受到拒絕」。他在《人性論》中指出這種假設，「是極具懷疑主義性格的，而且使我們以為人類理解力是不完美的，是狹隘有侷限的」。休姆自己卻超越了一般人對人類理解力有其侷限性的認識；他以懷疑主義為起點，規劃了一套以觀察為基礎的人性科學，試圖為人性和經驗提供全面性與建構性(constructive)的說明。

休姆的《人性論》以討論其哲學的要素為起點。他認為自然哲學家(科學家)應解釋「感覺」(sensation)如何運作，且著重於探討直接呈現於心靈，且只呈現於心靈之中的事物。休姆稱這些事物為「知覺」(perceptions)，並將之進一步區分為「印象」(impressions)和「觀念」(ideas)兩類。他起初認為印象——可再區分為「感覺」和「反省」(reflection)兩類——比觀念更為強烈或清晰。然而，某些觀念(如記憶中的觀念)有時也會呈現出足夠的力量和清晰度，因此也可被視為印象。同時，「信念」(belief)也可為觀念增添足夠的力量和清晰度，使之與印象幾乎不可區分。最後我們會發現，只有在觀念總是因果地依賴印象的情況下，印象與觀念才能被清楚地區別開來。

湯瑪斯・里德(Thomas Reid)指出，笛卡兒和洛克的知覺表象論(representative theory of perception)，猶如哲學上的特洛伊木馬(Trojan horse)一般，直接導致了懷疑主義的絕境。休姆意識到此一理論的懷疑主義內涵。他充分掌握了培爾(Bayle)和洛克的思想，其中說明笛卡兒證明外在世界存在的論證並不妥當。同時他對培爾和柏克萊針對洛克「初性與次性」(primary-secondary quality)的區分提出強而有力的詰難，也表示欣賞。休姆認為心靈的直接對象永遠是知覺；即使事實上此一觀點會導致外在世界不存在的懷疑主義，休姆還是接受這個觀點。他認為我們可以在思想和實在之間建立絕對可靠之聯繫的主張，已經徹底失敗，因此他不想解釋我們的「感覺印象」(impressions of sensations)如何與「未知因」(unknown causes)發生關聯。相反地，休姆轉而關心作為心靈對象的「知覺」：

> 至於由『感官』(senses)而來的那些印象，我認為它們的終極原因是人類理性所無法說明的，而我們也不可能確鑿無疑地斷定它們是直接由外在物體所引起，或是由心靈的創造力所導致，還是由我們的創造者所衍生出來的。同時，這個問題也與我們現在的目的無關。我們也許可以憑藉知覺的連貫性來進行推論，不論這些知覺是真是假，也不論它們是否正確地表象了自然世界，或者它們僅是感覺的幻象。

《人性論》的第一部旨在說明我們的知覺如何相互連貫起來以形成某些基本觀念，如「時間」(time)與「空間」(space)、「因果關聯」(causal connection)、「外在獨立的存在」(external and independent existence)以及「心靈」(mind)等觀念；儘管懷疑主義對這些觀念多有詰難，我們仍對之深信不疑，同時我們的「生活和行動也完全依賴」於對這些觀念的信念。

休姆認為我們沒有關於時間和空間的直接印象，但「時間」和「空間」這兩個觀念卻與我們的存在息息相關。他解釋道，空間觀念可溯及某種「表象的方式」(manner of appearance)：通過視覺與觸覺兩種感官，我們取得一些印象，這些印象好像排列在對比背景前的許多小點；「想像力」(imagination)再把這些「經驗的殊相」(particulars of experience)轉成某種「表象『廣延』(extension)的『複合印象』(compound impression)」，或是空間的抽象觀念。時間觀念也可以類似方式加以說明：「正如我們由可見與可觸對象的傾向中獲得空間觀念一樣，我們也可經由觀念和印象的連續(succession)來形成時間的觀念」。與其他的抽象觀念一樣，「時間」的抽象觀念也在想像力中，由某個「特定數量和質量的特殊個別觀念」與「時間」這個普遍指稱相聯繫來表象。

人們經常認為休姆否定「物理必然性」(physical necessity)，他不認為我們有任何「必然關聯」(necessary connection)的觀念。這種詮釋誇大地扭曲了休姆的意圖。笛卡兒主義者，尤其是馬勒布朗士(Malebranche)，曾說服休姆不論是感覺或者是理性，都無法證明作為原因的某物與作為其結果的某物，是以某物的出現必然蘊涵另一物存在的方式連結在一起的。經驗只顯示因果關聯的物體在時空中毗鄰是偶然的(contingent)，原因先於結果，而類似的物體曾在過去不斷地以同樣的方式彼此連結，這些便是因果關係可定義、可知覺的特徵。不過，問題似乎不僅於此。休姆指出，「世上存在著某種值得探究的必然關聯」，同時我們也必須解釋為什麼對這種關聯抱有堅定的信念。儘管我們無法發現或證明必然因果關係的存在，但從我們思考和行動的方式看來，卻有如我們事實上擁有這種知識。例如，我們在行動時經常認定未來必然與過去類似，假如我們說「太陽會在明天升起，或所有人終究會死，只是一種可能性」，那麼我們「將會顯得極端荒謬」。為了說明這種現象，休姆要我們想像，對亞當來說，如果他在剎那間被賦予生命，那麼世界在他看來會是何種模樣。休姆認為在這種情況下，亞當根本無法對事物的變化做出即使是最簡單的預測。亞當將無法預測一個撞上其他球的撞球，將會引起另一顆球的運動。然而擁有與亞當一模一樣能力的我們，則不僅能夠做出這種預測，以及其他無數的預測，也必然會如此預測。

那麼我們與亞當的區別究竟何在呢？答案是「經驗」(experience)。我們在經驗裡體驗到原因和結果持續不斷的「連結」(conjunction)——成對的物體或事件總是不變地先後發生，儘管在我們的經驗中沒有任何因果關係的線索，但我們所體驗到的連結，確實在心中引發了某個事件(原因)將伴隨著另一事件(結果)的發生，以及前者將持續地與後者相連結的期待。經驗的規律性引發這些感受，並因此將心靈的注意力由當下的印象轉移到與這印象連結，但尚未出現的物體的觀念上。必然關聯的觀念是從這些感受中複製臨摹過來的。這個觀念有其心靈基礎，並被投射到外在世界，然而這種觀念並不存在於外在世界。所以，必然關聯的觀念有相應的客觀物理必然性，只是一種不可驗證的假說；而試圖藉著必然關聯在過去曾不斷地發生，來保證未來也必將如此，同樣也是無法驗證的。因此休姆不否認或許有「物理必然性」(physical necessity)或者「必然關聯」觀念的存在，他對「因果必然性」(causal necessity)仍保持懷疑的態度。

休姆理論的另一個部分，旨在解釋我們如何形成有關未來的結果，或者未能看見的原因的信念，那幫助我們有效規劃行動的心靈歷程。這種信念與被相信的事物的觀念有關，且與不含任何信念的單純「概念」(conception)不同。這不同沒有別的觀念——可以解釋，當我們相信時，信念的觀念便會呈現，當我們只是在構想(conceive)時，則不涉及信念，因為信念的觀念並不存在。進而言之，假設心靈有能力自由地連結任何兩個持久的觀念，如果的確有信念的觀念，那麼我們只要通過意志將信念的觀念與任何其他觀念組合起來，便可相信任何事情。但這與我們的經驗不符。休姆因此總結道，信念只是「構想物體的不同方式」；信念是更有力、更堅實、更鮮活且更強烈的概念。對於特定事實的信念，便是相信因為某個事件或物體已被人們經驗到，所以其他尚未被經驗到的事件或物體也將在未來被經驗到的想法，是由先前已被經驗到的兩種印象之間的持續關聯所引起的。這兩種印象總是以下述方式連結在一起：對其中一個印象的經驗能自動地引起我們對另一個印象的觀念，這經驗具有把印象的力量與清晰度傳送到與之連結的觀念上的效應，並因此引起有關這觀念的信念，或者取得相關印象的鮮明特徵。

我們對持續獨立存在的物體以及持續存在的自我的信念，依休姆之見，僅僅是對虛構(fiction)的或者是完全超越經驗之物的信念。我們自然而然地，但卻錯誤地將印象視為持續存在的外物；然而進一步的分析則顯示，印象轉瞬即逝，並且是「依賴觀察者而存在的」(observer-dependant)。但我們的印象並沒有提供印象本身起源於外物的明確證據。同樣地，當我們專注於自己的心靈時，我們僅經驗到一連串的印象和觀念，卻從未遭遇這些知覺所依存的心靈或自我(self)本身。對我們而言，自我看起來只像是「各種知覺的一叢集束或集合，這些知覺快速地彼此接續著，無止境地流轉運動著」。那麼我們如何形成有關外在物體、自我以及「自我同一性」(self-identity)等信念的呢？理性(reason)和感覺(senses)兩者，即使與印象和觀念一起作用，也無法提供有關外在物體或統一自我持續存在的有力證據。這兩種能力的確不足以說明我們對物體或者自我的信念。如果我們只是擁有理性和各種感官，也就是兩種分別被理性主義者(rationalists)和經驗主義者(empiricists)所擁護的能力，我們將陷入使自己失能而毀滅的不確定性之中。為了避免這樣不幸的結果，我們只有仰仗不可靠的第三種能力，也就是想像力，借助其謬誤且瑣碎的暗示，形成有關自我和獨立外物存在的信念。以此哲學的懷疑主義，既肯定我們無法提供任何有關外在世界存在的論證，也暴露出它不具任何實用價值的事實。想像力作為一種非理性(irrational)的能力，將我們從哲學的過度(excess of philosophy)當中拯救出來：假如自然不以想像力的形式做到這一點的話，休姆說，「哲學將會使我們成為徹底的『皮浪主義者』(Pyrrhonian)」。

休姆在《人性論》的第二和第三部以及《道德原理探究》中，運用了和他的人性科學一致的方法。在假設道德判斷中的內容是不可化約的前提之下，為道德行為以及道德判斷提供說明。休姆試圖從前人特意的解釋(ad hoc explanation)和否定的評價中挽救「激情」(passions)的價值。自柏拉圖(Plato)和斯多噶學派(the Stoics)以來，激情經常被描繪成非理性和非自然的動物性特徵，假如任其滋長，就會動搖人類真實的理性本質。「理性是，而且應當僅是，激情的奴隸」，是休姆對激情所下的最著名註腳。這段話唯有在這脈絡裡才能得到最佳的理解——我們也要記得休姆主張理性能夠消滅某些的激情的話。相對於正統的說法，休姆認為激情是人性的一個必要部分，不需借助物理或形上學思辨便可解釋。激情可被視為是某種知覺：它們是從先前的印象和觀念中推衍而出的「次級印象」(secondary impressions)或「反省印象」(impressions of reflection)。某些激情(如驕傲與謙卑、愛與恨等)可說是「間接的」(indirect)激情；它們是印象和觀念之間的雙重關係所造成的。這雙重關係賦予激情某種意向性的(intentional)特質。激情既具有可指定的原因(其典型是某人的或某人所擁有的對象的性質)，也擁有間接的對象(也就是前面提到的某人，或某人的對象)；驕傲或謙卑的對象永遠是某人本身，而愛或恨的對象則永遠是另一個人。直接的激情(如慾望、厭惡、希望、害怕等)是由快樂、痛苦或預期所直接引起的情感，因此這些激情都以外在物體或事件作為意向的對象。

休姆在解釋「意志」(will)的時候主張，儘管所有的人類行為都有原因，但這些行為仍是自由的。他認為我們對因果關聯的描述都根植於同樣的事實，也就是對某物與另一物之間「齊一的且有規律的關聯」的觀察。我們從人類活動中，也可以觀察到像自然世界中的「自然齊一原理與規律性」。同時，對這齊一性的期待與對物理規律性的期待，也完全相同。由這兩個事實，我們可以說，休姆並沒有主張「否定必然性和原因」，或者「漠不關心的自由」(liberty of indifference)。意志是「我們感受和意識到我們有意地引起」任何思想與行動時的「內在印象」(internal impression)；意志是經常連結和後果預期的產物，任何行動或思想永遠是與先前原因相連的結果。然而只要我們的行動沒有受到外來的限制或阻礙，就某種意義而言，我們仍是自由的：也就是說我們保有了「自發性的自由」(a liberty of spontaneity)。進而言之，也只有這種自由才與道德一致。漠不關心的自由，也就是超越因果的可能性，將會阻斷道德評價，因為道德評價預設了行為與動機之間的因果關係。

對休姆而言，道德全然是植基於人性(human nature)和生活情境中的人類事務——這可說是某種形式的自然主義(naturalism)。身為眾多物種之一的人類，擁有某些值得注意的傾向，隨著歷史的推展最後發展為道德。這些傾向包括了組織緊密的家庭的傾向、交流並分享情感的傾向(如同情心)、對別人的行動感到贊同或不贊同的傾向(如道德感)，以及形成一般規則的傾向。我們組織家庭的傾向形成了小型的社會單元，也使我們發揮了慷慨的自然天性。我們可能有慷慨心證明自私自利是錯誤的，這也提供了區別善惡的基礎。不同的道德感相應於不同的動機——我們對源自良善意圖的行為感到贊同，對源自邪惡意圖的行為感到不贊同，意味著我們的道德評價有情感上的根源，但仍不失其認知基礎。

對某個客觀的觀察者而言，如果有人主張古羅馬暴君尼祿(Nero)是邪惡的，那麼他心中必定對尼祿懷有不贊同的情感，而這個不贊同的情感則是他在觀察尼祿的行事動機與性格之後，所做出的判斷。道德判斷所具有的這種情感基礎，說明了道德實踐和動機的特徵。理性是「全然遲鈍的」，因此我們實踐的、指導行動的道德判斷，必定源自於道德感所提供的「情愫」(sentiments)與情感。

休姆還曾區分「自然德性」(natural virtues)——如慷慨、仁慈等等——和「人為德性」(artificial virtues)——如正義、忠誠等等。兩者的差異在於，前者不僅在每一次的實踐中都產生「善」(good)，同時也得到讚許。相較之下，個別正義行動的具體實現，則有可能與「公共之善」(public good)相悖，且也只有當那行動是「整個有利計畫或行動系統」的一部分時，才會得到讚許。另一個差異在於，人為德性源自於「生活的情境與必需」。在自然狀態中，人類並不需要人為德性，因為我們的自然傾向與反應，適於維持以親屬關係為基礎的小型社會組織。然而隨著人口的增加，以及特定物資的逐漸匱乏，這些組織彼此衝突的可能性，尤其是針對財產而起衝突的可能性，日益昇高。結果「自利心」(self-interest)的傾向，逐漸引導人類祖先建立起管理財產與交換財產的規範。在這必然發展的早期階段，人類形成一般規則的傾向是不可或缺的部分；在這之後的發展階段裡，同情心則促使個體透過自利心和對他人的關懷，進而追求人為德性，這使發展成熟的人為德性植基於自利心與同情這兩種動機。

休姆的《人類理解力探究》和《道德原理探究》，顯示他想把《人性論》中重要的部分「改寫」成容易為人所接受的形式。休姆的《道德、政治和文學論集》則把他那以人為中心的哲學分析，擴展到政治體制、經濟學和文學批評等領域。而休姆最暢銷的《英格蘭史》，除了內容豐富之外，對維新黨(Whig)和托利黨(Tory)對英國憲法的起源與性質的爭議，做了詳盡的歷史分析。

休姆對宗教的尖銳批評主要見於《人類理解力探究》、《宗教的自然史》和《自然宗教對話錄》等著作。為了抑制宗教教條主義的擴張，休姆將焦點集中在「神蹟」(miracles)、「設計論證」(argument from design)和一神論(monotheism)觀念的起源等問題上。神蹟是證明信仰某些宗教信條的推定事實。這些信仰通常伴隨著固執的心態和對異議的不寬容。休姆認為，流行的看法雖主張神蹟可以超越自然律的限制，但這種看法根本站不住腳。他說即使是支持最類似於神蹟現象的證據，頂多也只與支持聲稱被神蹟所超越的自然律的證據勢均力敵，但支持神蹟的證據必然是可疑的。休姆的論證並沒有質疑自然律有被違反的可能性，但他認為有關神蹟的信念，確實缺乏有力的證據，不足以替許多宗教特有的傲慢與不寬容作辯護。

休姆對設計論證的批判也具有類似的結果。設計論證旨在證明這個井然有序的世界，必然是某個終極智慧的產物；世界這個神聖的被造物，其中每一部分都是經過完美的設計，以便實現良善的目的，而這種種結果都向我們展示了神的關愛和慈善。休姆指出，這些結論遠遠地超出了可得到的證據的範圍。這個世界中看似混亂笨拙的部分，並不少於看似經過精心設計的部分。我們對因果關聯的知識，乃是由我們對事件經常連結的經驗所決定的。這種關聯使得印象的鮮明性被移轉到與該印象連結的觀念上，並讓我們形成有關該觀念的信念。然而設計論證中有待解釋的結果，也就是宇宙，是獨一無二的存在，但它的原因卻是未知的。因此我們不可能找到任何經驗證據，支持設計論證的推論。根據經驗所提供的基礎，我們充其量只能說這世界是一個巨大混雜的結果，而就像我們透過經驗相信因與果必定是等量齊觀的，所以這個世界也許也擁有一個與它等量齊觀的、巨大混雜的原因。進而言之，當這個結果些微類似人造物時，我們可以說「造成宇宙秩序的某個或多個原因，也許和人類智慧有些微相似」。所以，我們的確可以從宇宙這一獨特的結果推論出該結果的原因，但這個推論既不是神學家們(theologians)的「論證」，也不當支持宗派主義者(sectarian)的矯飾與不寬容。

《宗教的自然史》關注宗教在人性中的起源問題，並提供了一個徹底自然主義的答案：有個廣泛但不是普遍的信念，相信有不可見的心智力量，實出於我們好推演且偏頗的本性。原始人類不認為自然世界是由某個慈愛的設計者所創造的有秩序的整體，而是反覆無常的、令人恐懼的某種東西。他們將自然的種種活動看成是各種神靈的作用，而人們可以藉著取悅神明的崇拜改善自己的生活。在這之後，相同的恐懼和感受則將「多神論」(polytheism)轉化為「一神論」；一神論主張世界是由唯一全能的存有所創造統治的。休姆並指出，一神論在立論上顯然更為圓融，然而在道德上卻趨於退化。一神論自然而然地流於宗教狂熱與不寬容，它鼓勵低下的「僧侶式德性」(monkish virtues)，同時也對社會構成威脅。一神論是暴力之源，是不道德行為的原因之一。相較之下，多神論(休姆視之為無神論的一種形式)則寬容並蓄，是促使人類進步的真正德性。由道德的角度而言，至少這種形式的無神論優於有神論。

參見 bundle theory 叢束理論；causation 因果關係；empiricism 經驗主義；ethics 倫理學；philosophy of religion 宗教哲學；problem of induction 歸納法問題；skepticism 懷疑論

D.F.N.撰　俞懿嫻審訂

humors　體液　見 Galen 蓋倫

Hu Shih　胡適(1891-1962)　中國哲學家、歷史學家，當代中國的一位著名的自由主義知識份子。他在哥倫比亞大學(Columbia University)受杜威(Dewey)指導研究哲學，並把實用主義(pragmatism)帶到中國。他在第二次世界大戰期間任中國駐美國大使，後任台北的中央研究院(Academia Sinica)院長。作為一名多才多藝的作家，他幫助發起了中國文學的白話文運動(the vernacular movement)，並於 1919 年出版了他的《中國哲學史大綱卷上》(*Ancient History of Chinese Philosophy*)——第一部以現代人的觀點寫就的中國哲學史，並致力於鼓吹中國的全盤西化或現代化。作為一名獻身於民主理想的改良主義者(reformist)，他一生維持著反共的立場。

參見 Chinese philosophy 中國哲學；Liang Sou-ming 梁漱溟

S.-h.L.撰　劉述先審訂

Husserl, Edmund　胡塞爾，艾德蒙(1859-1938)　德國哲學家，現象學創始人。生於普羅斯尼茲(Prossnits，今捷克共和國的普羅斯調伏〔Prostějov〕)，曾在萊比錫大學(Leipzig)就讀科學和哲學，在柏林大學學習數學和哲學，在維也納大學和哈勒大學(Halle)學習哲學和心理學。他曾任教於哈勒大學(1887-1901)、哥廷根大學(Göttingen, 1901-1916)和弗萊堡大學(Freiburg, 1916-1928)。胡塞爾和弗雷格(Frege)分別是二十世紀兩大哲學潮流的創始人。弗雷格透過其著作，和他對羅素(Russell)、維根斯坦(Wittgenstein)和其他人的影響，啟發了以「分析哲學」為名的哲學運動；而胡塞爾則是透過他的著作，和他對海德格(Heidegger)、沙特(Sartre)、梅洛龐蒂(Merleau-Ponty)和其他人的影響，建立了以「現象學」(Phenomenology)為名的哲學運動。

胡塞爾的學術生涯是從數學開始。他在柏林大學時，隨克羅內克(Kronecker)和魏葉斯特勞斯(Weierstrass)研習數學，其後在維也納大學撰寫數學博士論文時，受到布倫塔諾(Brentano)的影響，興趣轉向哲學和心理學，但仍與數學有關。他在哈勒大學撰寫的教師資格論文，是有關於「數」的概念的心理學與哲學研究，該論文發展成他的第一部書《算術哲學》(*The Philosophy of Arithmetic*, 1891)。其中，胡塞爾區分「直觀呈現的數」和「符號意指的數」。前者是作為計數的行為的客觀對應物而呈現的；當我們計數陳列於我們之前的東西時，我們便構成了數的集合(groups)，而這些集合可以彼此比較多或少。藉著這種方式，數列中最初幾個數就可以直觀地呈現出來。雖然絕大部分的數僅只是符號意指的數，然而它們作為數的意義，是從那些直觀呈現的數中導衍出來的。

胡塞爾在 1890-1900 期間，將其哲學的關切從數學擴展至邏輯學和一般知識理論，他的思考成果累積在他的《邏輯研究》(*Logical Investigations*, 1900-01)。該書由六篇研究，前加一冊導論而成。導論是對於所謂「心理主義」(psychologism)的堅決而有力的批判。所謂「心理主義」是把諸如命題、共相和數等邏輯項，化約為一些心理狀態或心理活動的學說。胡塞爾主張這些意識對象具有客觀性，並指出把它們化約為心理活動的悖謬。該書的其餘部分檢視記號(signs)與字詞(words)、抽象(abstraction)、部分與全體、邏輯語法、「呈現」的觀念(the notion of presentation)，以及真理和明證性(evidence)等等。他早年對直觀呈現(intuitive presentation)和符號指意(symbolic intention)所作的區分，如今從我們對數的覺識擴展到所有意識對象的領域。「空意向」(empty intention)和「滿意向」或直觀之間的對比，如今應用於知覺對象，也應用於他所謂的「範疇對象」(categorial objects)，諸如事態、關係、因果關聯等等。胡塞爾宣稱我們可以對這些事物擁有一種智性直觀(intellectual intuition)，並對這種直觀加以描述，認為它會在我們明說某對象擁有某特定屬性或關係時發生。範疇對象的形式結構與語言的語法巧妙地相關。至於簡單的物質對象，胡塞爾認為我們可以或空或滿地意向它們，不過，即使當這些對象在直觀中呈現之時，它們仍有部分保持不呈現的狀態，只能以共同意向指向之，所以，知覺本身是空與滿的意向的混合物。

「意向性」(intentionality)一詞同時指空的和滿的、指向的和直觀的意向活動。它用來指稱意識對事物的關係，無論這些事物是直接呈現，或在不呈現狀態中被意指。胡塞爾也指出，當我們發現我們曾經以空的方式意指的對象，如今與實際呈現於我們的對象是相同之時，便可以認定該事物的同一性。這同一性甚至可以在知覺經驗中呈現，只要事物的各側面與各面相繼續呈現為同一對象，不過，同一性會在範疇直觀中更顯態地呈現，其中，我們認出某一事物與其特性之間的部分同一性，或者，我們直接專注於某一物與其自身的同一性。這些現象是在「同一性與綜合」(identity-synthesis)的標題下陳述的。

第一版的《邏輯研究》的弱點之一，在於胡塞爾在其中仍然有點康德派，區分呈現的事物和事物自身(the thing-in-itself)；他聲稱在他的現象學裡僅描述呈現給我們的事物。在 1900-10 的十年間，胡塞爾透過對我們的時間經驗、記憶和哲學思想的本性的更深入思考，克服了此種康德式的二分法，宣聲物自身可以在直觀中呈現為多元現象中的同一性。他的這一新立場表達在《純粹現象學和現象學哲學的觀念》(*Ideas Pertaining to a Pure Phenomenology and Phenomenological Philosophy*, 1913)一書中。該書被許多人誤解為接受了傳統唯心論的立場，致使許多讚賞胡塞爾早期著作的思想家因而疏遠了他新近講授的學說。

胡塞爾隨後又出版了三部書，《形式邏輯與先驗邏輯》(*Formal and Transcendental Logic*,1929)寫成於他剛退休之後，《笛卡兒沉思》(*Cartesian Meditations*, 1931)先以法文譯文的形式出現，這是他在巴黎所作演講內容的精心結集；此外，經斯坦恩(Edith Stein)的收集和海德格的編輯，胡塞爾關於時間經驗的部分早期手稿，以《內在時間意識的現象學講錄》(*Lectures on the Phenomenology of Inner Time Consciousness*)的名義於 1928 年出版。可見，胡塞爾生前總共才只出版六本書，然而他卻留下了卷帙浩繁的手稿、講課筆記和研究論文。他一直保持著科學家的精神，以嘗試實驗的方式進行哲學研究。他的許多著作與其說是體系性的闡述，毋寧更是各種實驗的匯編。也因為他思想的探索性和發展的性格，使他的思想未曾變成一種學說的撮要。胡塞爾具有猶太人血統，去世之後他的手稿面臨著納粹政權的危脅；它們被一位比利時學者梵．布瑞達(Herman Leo Van Breda)全部帶出德國，並在第二次大戰之後建立了魯汶(Louvain)的胡塞爾檔案館(the Husserl Archives)。這個機構與位於科隆(Cologne)、弗萊堡、巴黎和紐約的各胡塞爾中心，一直指導著《胡塞爾全集》(*Husserliana*)系列中許多卷著作的審定版的出版。

胡塞爾相信，事物以各種方式向我們呈現，哲學應該投入對這些現象的精確描述；應該避免建構大型理論，避免為意識形態辯護；應該去分析，例如，視覺對象是怎樣被感知的，它們是怎樣依賴我們的看、注意、移視等認知活動，怎樣依賴觀看、觸覺和把握的活動的相互對應。哲學應該對諸如物質對象、生命體、他人和文化對象等「存在領域」呈現給我們的不同方式，加以分別描述；過去和現在是怎樣被我們所意向的；說話、數字、時間和空間，還有我們的身體等等，又是怎樣呈現給我們的。胡塞爾自己完成了許多這類的分析，在所有的分析中，他都區分呈現的對象和我們使之呈現的主體的有意識行為。對對象的現象學描述，稱為「意向對象分析」(noematic analysis)，對主體意向的現象學分析，稱為「意向行為分析」(noetic analysis)；noema 是指現象學描述的對象，noesis 則是指相應的心理活動，也由現象學來描述。客體與主體是相互對應的，而且永遠不能化約為其中的任何一方。

為了做出這些描述，我們必須直指事物的本質結構。我們要做到這一點，憑藉的不是把我們已經驗過的事例加以普遍化，而是透過一種他稱之為「自由變換法」(free variation)或「想像變換法」(imaginative variation)的程序。我們試圖透過想像，移去我們所分析對象的某些特性；該對象在移去某些特性時仍保持完整，而在移去另外一些特性時，即會遭到破壞。因此，當我們遇到後者時，我們就知道切中事物的本質所在。想像變換法由此導向「本質直觀」(eidetic intuition)，意即洞見了此一或彼一特性是該事物之「本質」(eidos)。本質直觀不僅指向對象，而且也指向各種形式的意向性，如在我們試圖決定知覺、記憶、判斷等等的本質之時。

胡塞爾認為，對於意向性及其對象的本質分析，會產生必然明顯的真理(apodictic truth)，也就是可以被視為是必然的真理。例如：人不可能沒有過去和將來而存在；每一個物質知覺對象都具有不同側面和面相，隨著呈現時刻的不同而有異。胡塞爾承認，知覺經驗的對象，即物質事物，呈現於我們的知覺，並不具必然明顯性，因為它們只包含空意向的部分。但他堅持，對知覺經驗的現象學反思，也就是對產生「知覺涉及空和滿的意向之混合」的述句的反思，可以是必然明顯的：我們必然明顯地知道，知覺必須含有空和滿的意向的混合。胡塞爾在 1920 年代確實承認，儘管現象學的經驗和述句可以是必然明顯的，然而它們對於所描述之物則是絕不充分的，也就是說，總還可以對它們所意指者更進一步闡明。這點意味著，我們可以必然明顯地確定，假如人沒有擁有過去和未來之感，人就不成其為人；然而，到底什麼是擁有過去和未來，其意義則需要更深刻的闡明。

胡塞爾對於哲學思想有很多話可說。他區別「自然態度」，即我們直接涉入事物和世界的態度，和「現象學態度」，即我們據以對實現在自然態度中的意向，和這些意向的客觀相關物，進行哲學分析的反思態度。當我們進入到現象學態度中時，我們中止行動或懸置所有的意向和自然態度的信念；這並不是說，我們懷疑或否定它們，我們只是與它們保持一段距離並靜觀其結構而已。胡塞爾稱這種懸置為「現象學的存而不論」(the phenomenological *epoch*)。在我們人的生活中，我們當然是從自然態度開始的，我們據以從自然態度轉向現象學態度的這一過程，其名稱為「現象學的還原」(the phenomenological reduction)，即從自然信念「返回」到對意向及其對象進行反思性的考量。在現象學態度中，我們觀看我們通常視而不見的意向，這些意向在我們與世界的直接涉入中，匿名地作用著。終其一生，胡塞爾嘗試了多種「還原方法」或論證以建立其哲學。有時他試圖效法笛卡兒(Descartes)的方法式的懷疑來從事論證；有時他試圖指出，如果面向世界的科學要想成為真正科學的，就需要用現象學的反思來進一步補充。

自然態度的特性之一，在於它簡單地接受世界，當作我們所有個別經驗和信念的背景或視域(horizon)。世界既非一個龐然大物、亦非所有事物的總和，它是所有個別事物和事態的視域或母模。作為「意向對象」的世界，對應著作為「意向行為」的我們對世界的信念(world-belief or world-doxa)；在現象學態度中，我們甚至要對我們在世界中的自然存在採取距離，並且描述何為擁有一個世界。胡塞爾認為這種極端的反思和極端的探問，為開始從事哲學和進入他所謂的純粹或先驗現象學(pure or transcendental phenomenology)所必要的；只要我們未能追問我們對世界的信念和世界本身，我們便未能達到哲學的純粹性，而我們的分析將實際變成世俗科學(worldly science，例如心理學)的一部分，而不會成為哲學的。

胡塞爾區別了宣說的領域和存有的領域。「宣說的」(apophantic)指的是意義和命題的領域，「存有的」(ontological)則指事物、事態、關係等等的領域。胡塞爾用「直謂分析學」(apophantic analytics)稱呼考察直謂邏輯領域中形式和邏輯結構的學科，用「形式存有論」(formal ontology)稱呼考察存有論領域中的形式結構的學科。在自然態度中會發生在關注宣說的領域和關注存有的領域之間的移動，然而，在現象學態度中，這一移動卻要受到描述。這一移動確立了命題和事態的差別，並使科學的證實成為可能的；科學是以之字形的運動，在關注事物和關注命題之間建立起來的，當它們透過事物呈現的方式而獲得肯定或否定之時，它們也就獲得到了證實或證偽。明證性或是擁有某物的直接呈現的活動，或是在空意向和滿盈該意向的直觀之間，體驗它們的一致或不一致的活動。有各種不同程度的明證性；事物在呈現時，其完整和明晰的程度各有不同。當一個直觀完全地滿盈了某一空意向之時，則具有充分性。

胡塞爾也區別「被動、不思想的重複字詞」和「顯態的判斷活動」，藉之我們明確做出自己的判斷，這一區分甚有助益。顯態的思想本身也會重新墮入被動性之中，或當人們視為理所當然時，成為「沉積物」，並在其上建構更多的思想。這種沉積的思想有必要加以激活，以重振其意義。被動的思維可能含有矛盾和不一致；形式邏輯的應用則假定了已經明確做出的判斷。

在反思性的現象學分析中，我們描述了各種意向行為，但我們也發現了寓於行為之後，作為主人或行動者的自我。胡塞爾區分了「心理的自我」，即被視為世界的一部分的自我，以及「先驗自我」，即被視為擁有一世界、置身於真理並因此在某種程度上超越世界的自我。他經常評論自我顯著的雙重性，它既是世界的一部分(作為一個人)，又超越世界(作為擁有世界或意指世界的認知中心)。先驗自我與個體是不可分割的；它是每一個人都具有的向度。我們每個人都有一個先驗自我，因為我們都是意向性和理性的存在物。胡塞爾也投注許多努力去分析互為主體性(intersubjectivity)，他試圖釐清「他我」和「他心」，其他意識的和理性覺識的中心如何可以被呈現和被意向。身體的作用，言語及其他溝通方式的作用，還有我們所有人都分享事物和一個共同的世界這一事實，都在這些分析中佔有重要的位置。

先驗自我是所有意向行為的根源，它是通過時間而構成的：它擁有自己的同一性，後者不同於事物和事態的同一性。自我的同一性是透過經驗之流，透過記憶和預期而建構起來的。胡塞爾的一大貢獻，在於他對時間意識(time-consciousness)及其與自我同一性的關係所作的分析，這是一個他經常回過頭來討論的主題。他區分三種時間：客觀世界的時間、我們經驗之流的內在時間(諸如知覺、判斷和記憶的行為)，以及第三種，更深層的，他稱為「內在時間意識」。正是這第三種、最深層面的內在時間意識，才使我們有可能把甚至連心理活動都體驗為時間性的。這種最深的時間層面也提供了使自我同一性得以構成的終極脈絡。在某種程度上，我們透過我們所儲存和喚起的記憶，達致我們意識的同一性，然而，這些記憶本身不得不由時間性的最深層連綴在一起，以便使它們能被重新喚起為歸屬於同一自我。胡塞爾指出，在此內在時間意識的最深層面，我們從未有過某種單純的、原子狀的現在：我們所達到的終極物是一種流動的形式，它對剛成為過去的(the immediate past)有所回攝(retention)、對正要到來者有某種企盼(pretention)，並有一個中心內核。這種內在時間意識的形式即胡塞爾所謂「活的現在」(the living present)的形式，它甚至先於自我，這是他的哲學分析所達到的頂峰。

胡塞爾在他生涯的最後十年所發展的重要論題之一，是「生活世界」(*Lebenswelt*)。他宣稱科學的和數學的抽象性是植根在先於科學的世界，也就是我們生活其中的世界。這個世界有它自己的顯現、指認、明證和真理的結構，而科學的世界則是奠基在它的基礎之上。現象學的任務之一，在於指出科學的理想物項是如何從生活世界中導出其意義的。胡塞爾宣稱，像各種幾何形式便是植根於我們在生活世界中體驗到的測量活動，以及我們對大小、表面、角度、交叉等現象的理想化過程。科學世界及其物項的意義，不應當置於生活世界的對立面，卻應該透過現象學分析，顯示它們是出自生活世界中所發現的現象的發展。此外，生活世界自身的結構和明證性也必須要以哲學的方式加以描述。

胡塞爾對哲學的影響，在整個二十世紀，尤其是在歐洲大陸，甚為鉅大。他的「意向性」概念被認為是克服笛卡兒的「心靈-世界」二元論的一條途徑，他有關符號、形式系統、部分和全體關係的研究，對結構主義和文學理論頗有價值。他的「生活世界」概念被用來當作整合科學與其他更為廣闊的人類活動形式的途徑，而他的時間觀和人格的同一性概念則對精神分析理論和存在主義頗為有用。他也啟發了社會科學領域的研究，近些年來，他的觀念已證明為對研究認知科學和人工智慧領域的學者也很有助益。

參見 Brentano 布倫塔諾；intentionality 意向性；Kant 康德；phenomenology 現象學

R.So.撰　沈清松審訂

Hutcheson, Francis　哈屈森，法蘭西斯(1694-1746)　蘇格蘭哲學家，為早期當代道德感覺理論(moral sense theory)及另一個類似地假定了美之知覺的理論的主要代表者。他生於愛爾蘭的爪馬里格(Drumalig)，於 1717 年在格拉斯哥(Glasgow)大學完成神學的訓練，之後並在此教授哲學。他是長老會的牧師，並在都柏林(Dublin)為長老派的年輕人創設學院。

霍布斯(Hobbes)在《巨獸論》(*Leviathan*〔利維坦〕, 1651)一書中發表的論題，認為人類的行為總是發於自我的利益，鼓舞了十八世紀的道德議題盤據在「純粹善行之可能性」上。哈屈森把他的第一本著作《吾人之美、善觀念的源由探究》(*An Inquiry into the Original of our Ideas of Beauty and Virtue*, 1725)，描述為對他的前輩沙佛茲伯里(Shaftesbury)之非自利主義(non-egoistic)道德感覺理論的辯護，以此反對曼德維勒(Bernard Mandeville, 1670-1733)的自我主義(egoism)。他的第二本著作《關於道德感覺中之激情與感情的本質與行為》(*An Essay on the Nature and Conduct of the Passions and Affections with Illustrations on the Moral Sense*, 1728)，探討了人類行為的心理學，很顯然地受伯特勒(Butler)對激情之分類所影響(《布道》〔*Sermons*, 1726〕)。

哈屈森提出許多「內在」(internal)感覺的存在，相對於對物體的知覺，那種對概念

(如，對尼羅(Nero)之個性的概念)知覺的回應之能力。那些內在的感覺是榮譽、同情、道德與美的感覺。然而，哈屈森只詳細討論了後面二者，他以洛克(Locke)經驗論者的知識論架構，發展他對這二者的說明。對哈屈森而言，美的觀念產生於我們自身，是當我們想到某一特定的自然物品或藝術品時，所經驗到的愉悅；就像我們道德善之概念，是產生於當我們想到一個人的行為時對此作為者所投以的贊同感，即使他的行為對我們沒有任何的利益。美與善(及其相反的概念)類似於洛克的次性(secondary qualities)，如顏色、味道、氣味與聲音，它們的存在以某種方式依賴於知覺者的心靈。美感所持續尋求的愉悅性質是種「多樣中的劃一」(uniformity amidst variety)樣式，而道德感所一貫贊同的則是慈善。

哈屈森認為我們擁有道德感的主要的理由在於我們贊同許多與我們無關或甚至是與我們利益相反的行為——這樣的事實顯示了並非所有的贊同都是以理性為基的。再者，他認為試圖去解釋我們贊同或不贊同的感覺時，未提及道德感覺是無效的：我們的理性終究立基於我們只是天生關懷他人且以慈善為樂這樣的事實上(為了他人自身的緣故而關懷他人的性質)。舉例來說，我們贊成節制，因為放縱代表了自私，而自私是與慈善相違逆。哈屈森同時也發現仁慈的人所促進的傾向於產生最大多數人的最大幸福。因此，因為他認為發自慈善的動機使得一行為是道德上善的行為，故哈屈森的理論是種動機的效益主義(motive utilitarianism)。

在哈屈森的道德心理學下，我們最終不只受理性，還受那產生於我們自身期待自己或他人之愉悅的慾望所驅使。哈屈森形成幾個數量的設準(maxim)，旨在連結慾望驅動的強度與善或利益投射在不同行為上的程度，——預先準備了邊沁(Bentham)快樂主義計算的分析。哈屈森也是首先瞭解並利用興起或鼓舞、理由與證成理由之區別的哲學家之一。興起的理由(exciting reasons)是感情或慾望，用以解釋作為者某特定行為的動機。證成理由(justifying reasons)來自道德感的贊同，用以指出為何某一特定的行為是道德上善的。這二類理由的關係是相當多爭論的來源。

同時期的評論包括約翰．巴爾格(John Balguy, 1686-1748)，他認為哈屈森的道德理論使得德性是任意的，因為它依賴於上帝給予我們的任何人類本質上，以至於也可能使得懷恨是令人高興的。哈屈森與休姆(Hume)通信討論他的觀點，休姆後來將自己未出版的對道德情感之說明手稿送給哈屈森(《人性論．卷三》〔*Book III of A Treatise of Human Nature*〕)。身為亞當．史密斯(Adam Smith)的老師，哈屈森幫助史密斯形成具廣泛影響力的經濟學與道德理論。哈屈森的主要著作還包括《道德哲學概論》(*A Short Introduction to Moral Philosophy*，原於 1742 年以拉丁文出版)與《道德哲學系統》(*A system of Moral Philosophy*, 1755)。

參見 Bentham 邊沁；Hume 休姆；moral sense theory 道德感覺的理論；Smith 史密斯

E.S.R.撰　林正弘審訂

Huygens, Christiaan　惠更斯，克裡斯蒂安(1629-95)　荷蘭物理學家和天文學家，為他那個時代最重要的實驗科學家之一，對其他許多思想家(包括萊布尼茲〔Leibniz〕)產生過影響。他用拉丁文寫作物理學和天文學論著，如《鐘擺的擺動》(*Horologium Oscillatorium*, 1673)和《離心力》(*De Vi Centrifuga*, 1703)。用法文為《斯加旺雜誌》(*Journal des Scavans*)寫這兩個領域的文章。他是法蘭西科學院的創始成員。惠更斯為透鏡的製作立下根基，也建造望遠鏡，發現了土星的光環，發明擺鐘。《宇宙論》(*Cosmotheoros*, 1699)是他最通俗的著作，該書受豐特奈爾(Fontenelle)的啟發，讚美宇宙的神聖設計者，並猜測在其他星球上可能有理性生命的存在。

J.-L.S.撰　苑舉正審訂

***Hwajaeng-non*　和諍論**　見 Korean philosophy 朝鮮哲學

***hyle*　質料**　古希臘字，意指「質料」(matter)。亞里斯多德用該詞於哲學，藉以與「形式」一詞對比，用來指稱四因之一。亞里斯多德通常用「質料」一詞以表示「用以製造某物的材料」，不過，他也用該詞指稱「那具有形式者」。在亞里斯多德哲學中，「質料」一詞也指潛能和底基。新柏拉圖主義者則將*hyle*等同於柏拉圖所謂的「容受器」。

參見 Aristotle 亞里斯多德；form 形式；hylomorphism 形質論；metaphysics 形上學；substance 實體

P.Wo.撰　沈清松審訂

hylomorphism　形質論　亞里斯多德最先講授的學說，認為具體的實體包含了在質料中的形式。這套理論的細節參見亞里斯多德《形上學》(*Metaphysics*)的*Zeta*、*Eta*、*Theta*等三書。

參見 Aristotle 亞里斯多德；form 形式；*hyle* 質料；substance 實體

P.Wo.撰　沈清松審訂

hylozoism　物活論　源自希臘文*hylē*(物質)，和*zōē*(生命)，其主旨認為，物質在本質上是活的，或認為大到世界整體，小到最細微的顆粒的一切物體，都具有某種程度或某種類型的生命的學說。它不同於泛靈論(panpsychism)，儘管這種差異有時會被忽略。而常所被忽略的是，它贊成生命本身而不是靈魂或心理屬性的普遍呈現的觀點。鑑於物活論，它也堅持認為一切生命都由物質構成，有神論哲學家通常駁斥物活論為某種形式的無神論。該術語由十七世紀劍橋柏拉圖主義者拉爾夫・古德沃茲(Ralph Cudworth)責難式地引進，旨在幫助建立一種既不同於靈-肉二元論(soul-body dualism)(畢達哥拉斯、柏拉圖、笛卡兒〔Descartes〕)，也不同於化約的唯物主義(reductive materialism)(德謨克利特斯〔Democritus〕、霍布斯〔Hobbes〕)和亞里斯多德學派的形式質料說(hylomorphism)。根據這個理解，物活論在十八及十九世紀的科學家和以自然主義思考為主的哲學家當中，擁有不少擁戴者。到了二十世紀，該詞開始被沒什麼幫助地用來指早期希臘哲學家(尤其是泰勒斯〔Thales〕、阿那西曼尼斯〔Anaximenes〕、赫拉克利特斯〔Heracliyus〕和恩培多克利斯〔Empedocles〕)抱持萬物有靈論和素樸有機論傾向的眾哲學家，然而他們當中沒有一個人可以算得上是古德沃茲複雜意義下的物活論者。

參見 artificial life 人工生命；Cambridge Platonists 劍橋柏拉圖主義者；hylomorphism 形質論；panpsychism 泛靈論

A.P.D.M.撰　苑舉正審訂

Hypatia　希帕蒂亞(c.370-415)　希臘新柏拉圖主義(Neoplatonist)哲學家，住在並從事教學於亞歷山卓城(Alexandria)。她因為與亞歷山卓城極富攻擊性的總主教西里爾(Cyril)為敵的市政長官關係密切，而遭一位基督教暴徒的野蠻殺害。據說她為某些數學著作撰寫了評註，然而她現存唯一的著述活動的痕跡見於其父賽翁(Theon)對托勒密(Ptolemy)的《大綜合論》(*Almagest*)第三卷的註釋，賽翁說該書出自希帕蒂亞的編纂。希帕蒂亞似乎是一位相當受歡迎的哲學教師。她大概講授標準的新柏拉圖主義課程，把數學當作上升至智性世界的梯子。從她的學生敘納西烏斯(Synesius)，托勒美斯(Ptolemais)主教及一位折衷主義文學家的論文、讚美詩和書信中，對希帕蒂亞的觀點可有一不錯的了解。希帕蒂亞的現代聲譽可以追溯到啟蒙運動時期的反教權主義(anticlericalism)運動；例如可以參看愛德華・吉朋(Edward Gibbon)的《羅馬帝國衰亡史》(*History of the Decline and Fall of the Roman Empire*, 1778)的第四十七章。在查理斯・金斯雷(Charles Kingsley)的教誨式歷史小說《希帕蒂亞或老臉新敵》(*Hypatia or New Foes with an Old Face*, 1853)中，對她有一深刻的描繪。根據古代紀錄，希帕蒂亞不僅才華橫溢，而且美豔驚人，並曾引起她的(至少)一個學生的愛慾激情；她在被害之前是呈裸體狀。凡斯種種事例，都重新引起人們對研究她的興趣有所增進。

參見 Neoplatonism 新柏拉圖主義

I.M.撰　徐學庸審訂

hypostasis　實體化　源自拉丁文，意為「實體」(substance)，把一個概念或抽象物視為獨立或真實實體的過程。其動詞形式「hypostatize」(加以實體化)或「reify」(加以具體化)是指某人為了理論之目的而設定某種東西(objects of a certain sort)的行為(act)。有時它意味著：如果採取這類過程或作為，就會帶來謬誤的意思，就像說「柏拉圖錯在把共相加以具體化」(Plato was guilty of the reification of universals)。這個問題主要地要看什麼樣本體論承諾(ontological commitment)規準才能決定。

參見 metaphysics 形上學；ontological commitment 存有論承諾

C.F.D.撰　葉新雲審訂

hypostatize　加以實體化　見 hypostasis 實體化

hypothetical consent　假設同意　見 contractarianism 契約論

hypothetical construct　假設建構　見 operationalism 操作主義

hypothetical imperative　假言令式　見 Kant 康德

hypothetical syllogism　假言三段論　見 syllogism 三段論式

hypothetico-deductive method　假設演繹法　一種檢驗假設(hypotheses)的方法。許多人把假設-演繹法(H-D)看成是理想的科學方法，認為它比枚舉歸納法(the method of enumerative induction)更為可取，而休姆(Hume)已經決定性地證明了後者的侷限。由引入一個先前的歸納所產生的說明性假設、一種猜測或一種創造性想像的活動，就可應用假設演繹法。假設在邏輯上和初始條件的敘述形成(邏輯)連言。此連言的純演繹結論被導出以作為預測項目，而且斷定它們(預測項目)的諸敘述則受到實驗或觀察的檢測。用更形式的話來說，設定$(H \cdot A) \rightarrow O$，$H$ 是假設，A 是初始條件的敘述，而 O 則為$(H \cdot A)$的可檢驗結論之一。如果假設是「所有鉛都是可鍛造的」，而「這一塊鉛現在正被錘煉」則敘述了初始條件，我們可演繹地導出「這塊鉛將改變形狀」。在演繹邏輯中，此架構

$$\frac{\begin{array}{l}(H \cdot A) \rightarrow O \\ O\end{array}}{(H \cdot A)}$$

在形式上無效，它犯了肯定後件的邏輯謬誤。但，我們可以說 O 的重複出現驗證(confirm) H 和 A 的連言，或者，使它的機率更高。另一方面，架構

$(H \cdot A) \rightarrow O$
非- O
非- $(H \cdot A)$

是演繹是有效的(否定後件〔modus tollens〕的論證形式)。基於此理由，卡爾・波普爾(Karl Popper)與其追隨者認為H-D方法最好被應用來尋求理論假說的否證(falsification)。此否證方法的批評則指出，在H-D模式中，有無限多的假設可以說明給定的與料，以致後繼的預測不能提供證據；而且(遵循杜恩〔Duhem〕的觀點)檢驗孤立單一的假設是不可能的，因為假設總是被包含在複雜的諸理論中，在面對否定證據時，可以消除任一局部(而保留整個複雜理論)。

參見 curve-fitting problem 曲線擬合問題；Duhem 杜恩；testability 可檢驗性

R.E.B.撰　陳瑞麟審訂

I

Iamblichus　依安布里克斯　見 commentaries on Plato 對柏拉圖的註釋；Neoplatonism 新柏拉圖主義

Ibn Bājja, Abu Bakr　伊本・巴哲，阿布・巴卡　拉丁名阿維帕斯(Avempace, d.1139)，是後來阿拉伯權威學者例外地一致重視的西班牙伊斯蘭哲學家。他在擔任政府官員和攝政期間，著有重要的哲學論文，但顯然大部分都未完成。其中一篇，部分依據具體形式的逐步抽象和主動理智的普遍性概念，給出了人類與理智結合的重要理論。另一篇論文則假設有一位善良之城的代表，像一根孤獨且異常的「蘆葦」(weed)生存於敵意與邪惡之城，並以此為背景提出了一種政治哲學。

P.E.W.撰　蔡源林審訂

Ibn Daud, Abraham　伊本・達烏德，亞伯拉罕　又名拉巴德(Rabad, c.1110-80)，西班牙猶太歷史學家和天文學家，邁蒙尼德(Maimonides)的哲學前輩。他出生於哥多華(Córdova)，在仁慈的叔父巴魯奇・艾巴利亞(Baruch Albalia)指導下學習猶太和希臘-阿拉伯的學問。1146 年阿爾穆哈德(Almohad)入侵時，他逃離出國，定居於基督教的托萊多城(Toledo)，並於此殉道。他的《傳統之書》(*Sefer ha-Qabbalah,* 1161；1967 年傑森・柯亨〔Gerson Cohen〕譯為 *The Book of Tradition*)建立了猶太精神史中恩寵式的連續性。他的《昂揚之信仰》(*Emunah Ramah,* 1161；1986 年羅伯特・薩穆爾森〔Norbert Samuelson〕譯為 *The Exalted Faith*)是用阿拉伯語寫成，但卻以希伯來文保存下來。此書以阿維森納的形上學(Avicennan metaphysics)鞏固了猶太神學和倫理學，並調合以唯意志論解釋流出說和斷言上帝創造物質。伊本・達烏德確信上帝對未決之事件的可能性無所不知，以此來拯救人類自由的觀點。他辯解先知性就是主動理智——或上帝的主動理智——流溢於那些本質和環境允許其接受感召的人。先知的奇蹟就是對事物常見性質的完美之自然修正。

參見 Avicenna 阿維森納

L.E.G.撰　蔡源林審訂

Ibn Gabirol, Solomon　伊本・迦比諾，所羅門　拉丁名為阿維斯卜洛(Avicebron, c.1020-c.1057)，西班牙猶太哲學家和詩人，新柏拉圖思想的阿拉伯文經典作品《生命之泉源》(*The Source of Life*)的作者；此作品的寫作與猶太教沒有任何明確的聯繫，且僅以一個十二世紀的拉丁語譯本《生命之泉源》(*Fons vitae*)保存下來，因此，它的作者在上個世紀以前一直被認為是穆斯林或基督徒。直到文藝復興時期，猶太新柏拉圖主義者和神祕主義者都熟悉此書及其作者，它在基督教經院哲學圈子裡的影響也為人所知。伊本・迦比諾的哲學同樣反映在他的希伯來文史詩《王冠》(*The Royal Crown*)。此詩將詩人的個人情感和宗教感情與其充滿形上學、天文學信念的文辭結合在一起。

《生命之泉源》雖然是一部冗長且時常前後矛盾的作品，但卻表現了深邃的創造力。它受普羅克勒斯(Proclus)和第一個猶太教新柏拉圖主義學者，即十世紀的以撒・以色列利(Issac Israeli)的影響也很明顯。伊本・迦比諾極力把另一套更有創造力、更基本的實體：太一、神意、形式與質料，強加於傳統的新柏拉圖主義的理智、靈魂與自然三合一的普遍實體。他最徹底的建構之一，是認為這種最初的形式與質料不僅充斥於由此進化而來的整個世界，而且能在太一本身內部發現，質料是神聖本質，形式則是神意。質料對於神的存在來說，是比形式更先、更基本的面貌出現；此乃蘊涵神根本等同於潛在可能性和變化，這是一個神祕主義者從未失落的觀點。

參見 Jewish philosophy 猶太哲學

A.L.I.撰　蔡源林審訂

Ibn Khaldūn, ʿAbdurrahmān　伊本・赫勒敦，阿布都拉赫曼(1332-1406)　阿拉伯歷史學家、學者、政治家，第一個在其《世界通史》(*Universal History*，阿拉伯文為 *Kitāb al-ʿibar*，著於 1377-82)「歷史導論」卷(*Muqaddima*，最終修訂於 1402 年)中清晰表述史地學和歷史哲學的通盤性理論的思想家。他出生和成長於突尼斯(Tunis)，在西北非洲和穆斯林統治下的西班牙度過了生命中政治積極的第一段時光。1382 年，他移居開羅謀得在大學教授馬立克律法(Mālikī)和擔任法官的職位。

伊本・赫勒敦在「歷史導論」(1967 年由羅森索〔F. Rosenthal〕譯成英文版)創立了他所謂「完全原創的科學」。他透過在歷史運作的一套基本法則的理論來建立一種應用於史地學的科學方法論，以便讓過去的事情不僅能夠重現，而且也能夠讓人理解「事情為什麼發生、怎樣發生」。史地學是根據史料的批判；批判所用的標準是歷史報導(*khabar*；複數：*akhbār*)的內在可能性——根據對重要的政治、經濟、文化因素的洞察來做判斷——以及它們與現實和歷史過程本質的一致性。關於歷史過程本質，他分析為在人類社會(ʿ*umrān*)接受王國首領的權威表現出一種政治凝聚力(ʿ*aṣabīya*)的範圍內，人類社會的循環升降(每隔三代約一百二十年發生)。伊本・赫勒敦的史料是伊斯蘭歷史的真實進程，以及在希臘、波斯、阿拉伯對王子所寫的殷鑑和智慧文學之中發現的有關政治、社會行為的誡命，透過亞里斯多德式目的論的現實主義／經驗主義而緊密結合；與此相對，他批評諸如法拉比(al-Fārābī)之類思想家柏拉圖式形而上的烏托邦空想。他在晚期阿拉伯作家尤其是鄂圖曼王朝的史地學的影響力被覺察出來。在十八世紀以來一直認真研究他的西方，他被公認為社會學、經濟史和其他現代國家理論的奠基者(見阿扎默《伊本・赫勒敦》〔A. Al-Azmeh, *Ibn Khaldūn*, 1989〕)。

參見 Arabic philosophy 阿拉伯哲學

D.Gu.撰　蔡源林審訂

Ibn Rushd　伊本・魯西德　見 Averroes 阿威羅斯

Ibn Sīnā　伊本・西那　見 Avicenna 阿維森納

Ibn Ṭufayl, Abu Bakr　伊本・圖斐利，阿布・巴卡(d.1186)　在促成阿威羅斯(Averroes)哲學生涯方面扮演重要角色的西班牙伊斯蘭哲學家。不過，他自身的貢獻卻是一個著名的哲學幻想故事《哈義・伊本・葉格贊》(*Hayy ibn Yaqzan*)——記述一個在無人煙的荒島上生長的孤獨自修者，透過個人自身的努力，最終發現了對世界和神聖真理的哲學(亞里斯多德式)解釋。後來，在終於與人類社會發生接觸後，此人也認識到宗教法律和法規對於本質上不完善的彼岸社會的必要性，儘管他仍認為就自己而言能擺脫這種必要。1671 年該書出版之後，在十七世紀晚期的歐洲，吸引了相當多的注意力。

參見 Arabic philosophy 阿拉伯哲學

P.E.W.撰　蔡源林審訂

I-Ching **《易經》** (變易之書〔Book of Changes〕)一部早在西元前七世紀就以某種形式存在的中國占卜手冊。直到西元前200年左右，它增加了一組傳注「十翼」(Ten Wings)才具有哲學意涵。該書之所以在漢代(Han dynasty)以來的中國思想中有巨大的影響力，至少有兩個理由。第一，它以宇宙的本質提供了一種系統地立基於某些觀念(特別是儒家〔Confucian〕的倫理主張)的宇宙論。第二，它通過一個幾乎提供無限種詮釋可能的隨意形容的符號系統，表述了這種宇宙論。為了正確地「解讀」(read)經文，一個人需要成為某種特定類型的人。以此方式，《易經》同時容納了中國早期思想中的兩個主要特性：直覺主義(intuitionism)和自我修養主義(self-cultivationism)。與此同時，經文無止境解釋的可能性也使它能為各式各樣的思想家以完全不同的方式所使用。

參見 Chinese philosophy 中國哲學；Confucianism 儒家

P.J.I.撰　林安梧審訂

icon　象符　見 Peirce 斐爾斯

id　本我　見 Freud 弗洛伊德

idea　觀念　十七、十八世紀時的用法，指當人們思考時立即呈現於心靈之前的任何東西。此一思考的說法涵蓋範圍相當廣泛，包括知覺、記憶、想像及狹義的思考概念。

觀念這個名詞，在與知覺相關時，通常指表象(representational images)，亦即某個事物的形象(images)(雖然並不總是如此，柏克萊〔Berkeley〕就是個例外)。在其他用法裡，觀念(ideas)則指的是概念(concept)，如一匹馬的概念或者無限的量的概念，都可以說是觀念，儘管這類概念並不一定能夠呈現為形象。

所謂「天賦觀念」(innate idea)，所指的是概念或者普遍真理，諸如「相同之物相加，仍為相同之物」(Equals added to equals yield equals)之類的說法，就常被認為不是後天學習所得的想法，而是某種存在於心靈(mind)中的觀念。對笛卡兒(Descartes)來說，天賦觀念與其說是概念或真理，不如說是一種認知能力，然而這種認知能力也是天生的。

「偶發觀念」(adventitious idea)，指的則是形象(image)或概念，是涉及此觀念非-心靈因素之判斷所伴隨而來的觀念。例如，視覺形象(visual image)就是一種偶發觀念，人們在產生這個觀念之時，還會判定那個觀念是由於外在於心靈的某種事物所引起的，可能是由被看見的物體引起。

參見 Berkeley 柏克萊；Descartes 笛卡兒；Hume 休姆；Locke 洛克；perception 知覺

G.S.P.撰　陳懷恩審訂

idea, clear and distinct　清楚而明確的觀念　見 Descartes 笛卡兒

idea, innate　天賦觀念　見 idea 觀念

idealism　觀念論　認為真實(reality)在某種程度上與精神相關或相合的哲學學說——即構成「外部世界」(external world)的真實客體不獨立於認知的精神，而僅以在某種方式上與精神作用相關的方式存在。此學說的中心概念是：我們所理解的真實反映了精神的活動。也許它最激進的看法是在基督教科學(Christian Science)中得到更新的古代東方唯靈論的(Oriental spiritualistic)或泛心論的(panpsychistic)觀念(idea)，即精神及其思想就是所有存在物——真實僅是一個或多個精神之所見(visions，或夢境？)之總和。

觀念論陣營中一個經久不衰的爭論是：上述觀念論的用語中所探討的「精神」(the mind)，究竟是一種位於自然之外或其背後的精神(「絕對」觀念論〔absolute idealism〕)？還是某種彌漫於自然中的理性力量(「宇宙」觀念論〔cosmic idealism〕)？或是民眾共有的、非個人的社會精神(「社會」觀念論〔social idealism〕)，抑或僅僅是個體精神之個別的總集(「個人」觀念論〔personal idealism〕)。數年來，這個理論中略少浮誇的說法逐漸嶄露頭角，並且近來幾乎所有的觀念論者在其理論中，都把所探討的「精神」解釋為帶有社會形成因素的、獨立的個體精神。

無疑，某些觀念論的看法並不帶有那種存有論的觀念論(ontological idealism)之唯靈論立場(如康德於《導論》〔*Prolegomena*〕第 13 節、註釋 2 所言)，即認為「思維著的存在者之外並無他物」。觀念論不必走到斷言精神「創造」物質或「構成」物質那麼遠，它只要主張下面這種看法就足夠了，如：自然存在物所具有的特性與可由感官感知的感覺屬性相似，二者都表現出以某種特定方式作用於賦有心靈的生物的性向，因此，如果不關涉於精神，這些屬性就無立身之處。僅認為對真實適切的「解釋」總是需要訴諸精神的運作，這解釋的觀念論(explanatory idealism)更是較弱的一個觀點。

從歷史上看，一般來說的觀念論立場曾為諸多思想家所主張。例如，柏克萊(Berkeley)主張「成為真實即被感知」(to be〔real〕is to be perceived〔*esse est percipi*〕)。但由於這是以全知之內在承諾為前提，因而似乎不是特別的合理。如果採用「存在即是可被感知的」(to is to be perceivable〔*esse est percipile esse*〕)的說法，似乎更合理些。當然，對柏克萊來說，這是個沒有任何差異的區別：如果某物是完全可被感知的，那麼上帝就能感知到它。但如果我們在哲學上放開對上帝的仰賴，那麼，事情看起來就會不同。對於那些在「真實世界」中「可自然領悟的」感知者來說，這取決於什麼東西是可被感知的問題，如此一來，「自然的」存在便可被看作——並不那麼不合理——等同於原則上的可觀察性(observability-in-principle)。

有三種立場，大意是真實物恰好正是哲學、科學、「常識」所理解的事物——通常分別被指稱為「士林哲學的」(Scholastic)實在論、「科學的」(scientific)實在論、「素樸的」(naive)實在論之見解——實際上是認識的觀念論(epistemic idealism)之不同形式，此正是由於它們視真實為內在地可知的和未曾思考精神對於真實的超越性。因此，素樸(「常識」)實在論的論點「外在事物之存在，恰如我們所認識的那個樣子」聽起來算是現實主義抑或觀念論，端視人們強調那句話中的前半部抑或後半部而定。

就價值評判在本性上為一種心理歷程而言，舉凡視真實為可以價值來解釋的「自然目的論」(natural teleology)之理論，在此範圍內可算是一種觀念論。固然，一個或一種生物的善」(例如它們的安好或倖存)不必是精神所展現的某種東西。不過，那樣的善之所以為善，正是因為假若這裡所說的生物「能」思索善的話，它們就「會」將之視為目的。正是這個情況，使得任何一種目的論的解釋至少在概念上具有觀念論的性質。從柏拉圖(Plato，試想《斐多》〔*Phaedo*〕裡的蘇格拉底〔Socrates〕)時代到堅持真實世界必是最好的可能世界的萊布尼茲(Leibniz)時代，這種學說一直被視為哲學的庫存物。並且，近來在一些理論物理學家所支持的有爭議的「人的原理」(anthropic principle)中，這條思想線索再次捲土重來。

那麼，沿著費希特(Fichte)的「知識學」(*Wissenschaftslehre*〔The Science of Knowledge〕)設想的線索，思索出一種看法來是很有可能的，即認為理想為真實提供決定因素。以此觀點，真實不能通過我們實際擁有的科學來描述，而是由理想科學——即我們的科學努力的「目的」(telos)——來描述。根據這種威廉・馮特(Wilhelm Wundt)稱為「理想實在論」(ideal-realism〔*Idealrealismus*〕)的方式(見其《邏輯》〔*Logik*, vol. 1, 2d ed.,

1895〕)，在科學事務中通過對事實適切描述而獲得的符應真實的知識(adaequatio ad rem)，並不是當代科學實際提供的知識，而僅是一種理想科學或完美科學的知識。

數年來，對觀念論的諸多異議已經向前發展。薩米爾・約翰遜(Samuel Johnson)考慮以踢石子(kicking a stone)的方式駁斥柏克萊的現象論(phenomenalism)。他輕易地忘了柏克萊曾竭盡全力提供石子——甚至到了代表他們向上帝祈求幫助的地步。穆爾(Moore)指出，人類之手是一個不可否認的、精神之外的物質客體。他忽視了當他打手勢時，他所做的不過是根據人們的手勢「經驗」來引導人們領會他的動作。皮爾斯(Peirce)的「哈佛實驗」(Harvard Experiment)，將舉至高處的石頭放開，被認為是建立了士林哲學的實在論，因為他的觀眾不能抑制他們對石頭落地的期待。但是，無法控制的期待仍是期待，這裡所說的實在論不過是一種實在論式的思想展示(thought-exposure)。

康德著名的「對觀念論的反駁」(Refutation of Idealism)，論證了「我們自己是賦有精神的」此一觀念預先假定了物質客體，因為我們把賦有精神的我們自己看成是存在於一個客體的時間秩序中，這樣的一個秩序之成立，需要周期性的物理歷程(鐘、鐘擺、行星的規律性)存在。然而，這個論證至多是成功地顯示物理歷程不得不為精神所假定，而它們之獨立於精神的真實存在問題仍未被提出。(康德式的實在論是一種經驗之內的「經驗的」實在論〔empirical realism〕。)

有時候人們說，觀念論混淆了客體和我們對客體的知識，而把真實和我們對真實的思考混為一談。但這種指責並沒有擊中要害。我們這些探究者能與之有認識交往的真實，就是如我們所認知那般的真實。我們僅有的有關真實的資料都經由精神的作用——我們進入真實的唯一認知渠道，乃是以精神所設計的關於真實的模式為媒介。

或許對觀念論最為常見的反駁，是訴諸「真實獨立於精神」的預設：「即使沒有精神，事物在本質上當然還是大致不變的。」在某個意義下，即就「因果」關係而言，這是十分合理的——這也是因果觀念論(causal idealism)之所以有問題的理由所在。但從「概念上」來說，這肯定非真。反對者必須指明依然不變的究竟是甚麼。「在一個剝去了精神的世界中，玫瑰氣味肯定同樣芬芳香甜！」嗯……既是且非。肯定的是，精神的缺乏不會「改變」玫瑰。但是，玫瑰、玫瑰的芬芳和香甜——甚至玫瑰的「大小」，全都是由諸如嗅聞、視查、測量之類的心靈作用來界定的因素。為了辨別世間某物為玫瑰並確定它具有某些特性，仰賴精神的歷程是必須的。鑒別、分類和性質歸屬全都是必要的，並且它們本性上就是心靈作用。固然，精神的角色在此是假設性的(「被選定的觀察者們一旦發生互動，就會有某些結果被注意到」)。但在施行適當的心靈活動的境域不被預設的脈絡中，事實仍然是：沒有什麼東西可以被辨別或被描述為玫瑰。

也許支持觀念論最有力的論證，是我們能設想的對真實的任何描述一定是精神的構造物：「我們」能獲知有關真實是什麼的信息的唯一途徑，是以精神為媒介的。觀念論看來正確之處，在於這樣的一個事實，即我們在探究真實時，顯然得被迫使用我們自己的概念來提出我們的論點——即，只能以我們自己的參考條件來了解真實。但是實在論看來正確之處，在於我們對真實所提出的各個問題是由真實本身來提供答案的——不管這些答案如何，它們實質上還是它們，因為正是真實本身決定了它們理應如此。

參見 Berkeley 柏克萊；Fichte 費希特；Hegel 黑格爾；Kant 康德；metaphysics 形上學

N.R.撰　鄺錦倫審訂

idealism, critical　批判觀念論　見 Kant 康德

idealism, transcendental　先驗的觀念論　見 Kant 康德

ideal language 理想語言 理想語言是一個符號系統，設計這種語言的用意，在於透過讓表式的結構反映其所要表達的命題的結構，而讓日常語言的缺點得以改進。藉著這樣語言而得以矯正概念錯誤，或解決哲學問題的想法，出現在萊布尼茲(Leibniz)、卡納普(Carnap)、維根斯坦(Wittgenstein)、羅素(Russell)和弗雷格(Frege)等人的著作中。對於羅素來說，理想的語言或邏輯上完美的語言，也就是文法結構與邏輯結構相符的語言，其中沒有任何模糊或歧義的字眼，也沒有任何不指涉的詞。弗雷格的《概念寫作》(*Begriffsschrift*)可說是為徹底執行這個完美語言想法而寫的一本書，該書中的各項演繹，任何人都可以有效地檢查其正確性。

參見 Carnap 卡納普；formal language 形式語言；logical form 邏輯形式；Russell 羅素

S.T.K.撰 王文方審訂

ideal market 理想市場 這是一種假設性的市場，作為經濟分析的一種工具。在此市場內，所有的相關人員對商品的價格和生產成本，都有完全的資訊；此外，所有的經濟交換(economic transactions)都沒有交易成本。理想市場可以說是對完全競爭市場的一種特定解釋。此詞有時被擴展應用，來說明整個經濟體系都是由理想市場所組成。

參見 perfect competition 完全競爭；philosophy of economics 經濟哲學

A.N.撰 賴建誠審訂

ideal mathematics 理想數學 見 Hilbert's Program 希爾伯特計畫

ideal observer 理想觀察者 理想觀察者是一個假設性的存在，有著許多特質與特徵，它對於行為、人與事件狀態的道德反應(判斷或態度)，在特定的倫理學理論中扮演中心角色。對於理想觀察者理論有兩個主要的觀點：(1)把理想觀察者的反應視為是道德判斷「正確性」(correctness)的標準；(2)就理想觀察者的反應來分析道德判斷的意義。

第一種理論——正確性的理想觀察者理論——認為，像「約翰對布蘭達隱瞞了她父親的死訊，這是錯的(壞的)」這樣的判斷，正顯示了任何理想的觀察者都會做出跟約翰相反的行為。類似地，「艾莉森拒絕洩漏病人的祕密資料，這是對的(好的)」這樣的判斷，亦顯示了任何的理想觀察者對於艾莉森這樣的行為都會持正面態度。這樣的觀點可以追溯到亞當・史密斯(Adam Smith)，他經常讚許此觀點而把理想觀察者的概念放入哲學裡，雖然他是用「客觀的旁觀者」(impartial spectator)來指涉此一概念。關於道德判斷的正確性，史密斯寫道：「我們無法在其他地方找到明確而清楚的道德衡量，只有客觀與擁有一切資訊的旁觀者同理的感受，才是明確而清楚的衡量。」(《道德情感理論》〔*A Theory of Moral Sentiments*, 1759〕)

第二種理論——意義的理想觀察者理論——將理想觀察者的概念視為正是一般道德判斷裡意義的一部分。因此，根據羅德理克・費斯(Roderick Firth)的論文(〈道德絕對主義與理想觀察者〉〔Ethical Absolutism and the Ideal Observer〕，《哲學與現象學研究》〔*Philosophy and Phenomenological Research*, 1952〕)，以他的觀點，道德判斷的形式「x 是善(惡)的」意思是「所有理想觀察者都會贊成(反對) x 」，其他的道德判斷也是相似的情形(在此，這樣的贊成或反對，表示感覺有著某種「要求特質」〔demand quality〕)。

對理想觀察者不同的概念使得這個存在(即理想觀察者)有著各種不同的特徵與特質。史密斯所認為的特質包括了知道一切資訊(well informed)與客觀。但對費斯而言，一個理想的觀察者必須是：全知的(omniscient)、全感的(omnipercipient)，即有一種能夠鮮明想像所有可能情況的能力，包括了別人的經驗與主觀的狀態；無私的，即對於任何必須牽涉到的人或事都沒有私心或喜好；冷靜的；一致的；此外還是一個正常(normal)人。但上述兩種理論都會遇到以下的兩難：一方面，如果理想觀察者被認為是客觀的、無私的與正常的，則既然這些用語被用來當作道德評價的語詞，那麼，理想觀察者的反應就循環(circular)了(無論是用來作為正確的標準或是意義的分析)。另一方面，如果理想觀察者的特質純粹是非評價性的用語，則因為沒有理由假設這樣的理想觀察者在他們對行為、人與事件的反應通常會完全同意，則大部分的道德判斷最後結果都會變成錯的。

參見 ethical objectivism 倫理客觀主義；ethics 倫理學；relativism 相對主義

M.C.T.撰　蕭宏恩審訂

ideal proposition　理想命題　見 Hilbert's Program 希爾伯特計畫

ideal type　理想類型　見 Mosca 莫斯卡；Weber 韋伯

ideal utilitarianism　理想的效益主義　見 Rashdall 萊斯道；utilitarianism 效益主義

ideas of practical reason　實踐理性觀念　見 Kant 康德

ideas of pure reason　純粹理性觀念　見 Kant 康德

ideas of reflection　反省觀念　見 Locke 洛克

ideas of sensation　感覺觀念　見 Locke 洛克

idea theory of meaning　意義觀念理論　見 meaning 意義

ideational theory of meaning　意義之觀念形成說　見 philosophy of language 語言哲學

identity　同一性　每一事物只跟自身相涉的那種關係。形式的表達為：$a = b \leftrightarrow \forall F(Fa \rightarrow Fb)$；非形式的表達為：$a$ 和 b 的同一性蘊含了它們分享了它們的所有性質，反之亦然。由左至右讀過，這個雙條件句斷言了等同者的不可分辨性；而從右讀至左，則斷言了不可分辨者的等同性。等同者的不可分辨性不要和後設語言學的原則混淆了，後者的大意是：如果 a 和 b 是同一客體的名稱，那麼，每一個名稱都能在一句子中被另一個所取代，而不會改變其真值——然而這可能為假，端看所討論之語言的語意學是如何。同樣的，不可分辨者的同一性並不是主張：如果 a 和 b 能在所有的語句脈絡中對換而不影響真值，則它們便指稱了相同的客體。因為，這樣的可相互代換性，可能發生在「我們所討論的語言根本缺乏可以區分 a 及 b 之指涉物的述詞」的時候。簡言之，事物的同一性不是名稱之間的關係。

嚴格意義的同一性是「數目的同一」(numerical identity)，有別於「完全的相似性(質的同一)」(exact similarity〔qualitative identity〕)。直覺上，兩完全相似的客體為相互間的「拷貝」(copies)；但它們仍然為二，因此並不等同。表達這種概念的一個方法，是透過外在(extrinsic)及內在性質(intrinsic properties)的概念：完全相似的客體之間的差異只在於前者。但我們最好可以將「內在性質」解釋成是這樣：一事物的內在性質便是它和其拷貝所共享的那些性質。這些觀念看來實際上可以相互定義(注意：外在性質的概念必須相對於事物的集合或種類。不在舊金山是某些人的外在性質，但卻大概是城市的內在性質)。雖然質的同一性是一種大家熟悉的觀念，但它在理論上的用處卻不清楚。然而，性質同一的絕對觀念，應該和毫無問題的相對觀念做區分：如果我們列出某些關於顯著性質的清單，將之固定於一種特定脈絡(例如說是在力學或規範倫理學中)，那麼，相對於那個脈絡，完全相似的事物，就是那些在所列性質上性質相符的事物。

不可分辨者的同一性和同一者的不可分辨性，有時都被稱為「萊布尼茲定律」(Leibniz's law)(後者較少見)；但以之稱此兩者，皆屬不當。雖然萊布尼茲會接受前一原則，但他明顯主張的是：完全相似之客體的不可能；在數目上不同的個體甚至不能分享所有的內在性質。此外，對他而言，這不只是同一律，還是他充足理由原理的應用。而同一者的不可分辨性，是對同一性之一般性理解的一部分。使得萊布尼茲與眾不同的，是他在形上學及邏輯理論中那些著名的有關同一性的陳述。

雖然同一性仍為一清晰且基本的邏輯概念，但關於一些可疑的對象種類之同一性問題，仍引發了困難。其中一個例子是性質的等同，特別是在涉及化約問題的脈絡中，更是如此。雖然我們知道同一性為何，但性質的概念太不清晰，足以使我們在評價涉及性質而又具理論重要性之同一性陳述的時候，產生系統性的阻礙。另一個困難涉及了人格同一性，或在數學基礎中，數和集合的可能等同。在這些例子中，同一性問題僅僅是承受了關於人、性質、數這類概念的困難，且提供了活潑生動的表述方式；但對於同一性概念本身，並沒有重新思考的意思。然而，關於日常物體與其組成物質之關係的種種困惑，卻可以暗示出，邏輯學家對同一性的分析，並沒有全然地掌握我們日常生活的觀念。

試考慮一座銅製的雕像。雖然這座雕像似乎不外乎它的物質，但反省一下時間的變遷，卻暗示了一種差異。我們可以將雕像熔掉，因而損毀，雖然銅還續存，或許只是一團物質，或者也許由同樣的銅再重塑一尊新的雕像；又或者，即使雕像某部分的銅被酸所溶解，雕像還是可以存續。因此，雕像似乎是一物而銅是另一物。然而，除了是一座雕像之外，銅還是甚麼？的確不可能會有兩座雕像(或似雕像的物體)在同一個地方嗎？某些作者覺得，同一性關係的各種型態，可以讓我們對雕像和銅之關係做明白的描述：

(1)時態的同一性(tensed identity)：假定一組受時間約束的性質——粗略而言，就是一物體在一時間所可具有的種種性質，而不管此物體在其他時間有什麼性質(例如，一雕像的形狀、所在的地點、優雅的姿態)。倘若 a 和 b 於時間 t 分享了所有受時間約束的性質，則 $a =_t b$。因此，雕像和銅便可以在時間 t_1 為同一，但卻不在時間 t_2 為同一。

(2)相對同一性(relative identity)：a 和 b 可以相對於一概念(或述詞)而等同，但相對於另一概念則不然。因此，雕像可以和銅一樣被視為是同一堆物質(lump of matter)，而不是同一個藝術品(object of art)。

在每一個例子中，只有詳細的研究才能揭示出：這些不同型態的同一性觀念，是否可以立即以自然的方式來描述變化，並有資格成為可留存下來的同一性概念((2)便引起了強烈的質疑)。但似乎有可能的是，我們日常對同一性的談論，具有一種豐富性和歧義性，它是形式上的描述所沒有掌握到的。

參見 essentialism 本質論；identity of indiscernibles 不可區別者的同一性；personal identity 人格同一性；property 性質；time 時間

S.J.W.撰　趙之振審訂

identity, 'is' of　「is」的等同意義　見 is Be 動詞

identity, psychophysical　心(理)物(理)同一　見 physicalism 物理主義

identity, theoretical　理論的同一關係　見 philosophy of mind 心靈哲學

identity of indiscernibles　不可區別者的同一性　指下列的任何一個原則：

(1)如果物 *a* 和 *b* 全部性質(properties)都相同，那麼，*a* 和 *b* 是同一個東西。

(2)如果物 *a* 和 *b* 全部質的性質(qualitative property)都相同，那麼，*a* 和 *b* 是同一個東西。

(3)如果 *a* 和 *b* 全部非關係性的質的性質(non-relational qualitative property)都相同，那麼，*a* 和 *b* 是同一個東西。

圍繞這些原則產生了兩個問題：如果該原則為真的話，(1)至(3)哪一個是真？如果其中任何一個為真的話，它是必然為真嗎？

有關不可區別者的同一性的討論，向來把該原則的範圍限定於具體的事物上。儘管質的性質和非關係性的質的性質的概念在這一類的討論中有顯著的作用，但是它們之難以界定也是眾所周知的事實。直覺而言，一個質的性質應該是能夠被多個事物所呈現的性質，並且這樣的性質不應該涉及到與另一個特殊物體的關係。從這裡我們不能推論出所有的質的性質都是非關係的性質，因為諸如「在棕色桌子之上」這樣的關係性的質的性質就也不涉及到任何一個特殊的個別物體。

(1)通常被認為是必然的真，但卻是瑣碎地為真。因為如果 *a* 和 *b* 全部的性質都相同，那麼，*a* 就擁有與 *b* 同一的性質，並且 *b* 也擁有與 *a* 同一的性質。因此，大多數的討論集中在(2)和(3)。(3)通常至多被認為是一種偶然的真，因為我們似乎可以很容易地想像兩個大小、顏色陰暗和組成一樣但又不同的紅球。但有些人曾經論證說，科學的基本粒子，如電子，是(3)為偶然真的反例。(2)作為偶然的真顯然是可以辯護的立場，因為在現實世界中，任何兩個紅球或電子之間的關係性的性質方面是有差別的。不過，人們認為(2)不是一個必然真理，因為設想一個僅由兩個紅球組成的世界是可能的。在這樣的世界中，一個球所擁有實質的、關係的屬性，另一個球也同樣擁有。捍衛(2)必然為真的人則論證說：對上述所謂的反例小心考察後，我們將會發現，其中其實有一些未揭示出的，可以用來區別這兩個紅球的質的性質。

參見 identity 同一性；individuation 個體化；Leibniz 萊布尼茲；property 性質；substance 實體

A.C.撰　王文方審訂

identity of persons　人的同一關係　見 personal identity 人格同一性

identity theory　同一論　見 philosophy of mind 心靈哲學

identity thesis　等同論　見 philosophy of mind 心靈哲學

ideographic　表意文字　見 Windelband 文德爾班

ideology　意識形態　一般而言，乃是一個具有貶意的語詞，常被用來描述一個人認為不健康的他人的政治觀點。這種用法，起源於馬克思(Marx)用此詞來表示一個特定社會階級的成員所共同擁有的錯誤意識。例如，根據馬克思的說法，資產階級的成員都有一種意識形態，即認為：競爭市場的法則乃是自然的、非人格性的；在一個競爭市場中的工人，已被支付了所有他們可被支付的報酬；各種在生產工具方面的私有財產制度都是自然的和正當的。

參見 Marxism 馬克思主義；political philosophy 政治哲學

J.P.St.撰　張旺山審訂

ideo-motor action　意動行為　是一種關於意志(will)的理論，認為「每一個動作的表徵，會在某種程度上喚起實際的動作，那就是表徵的對象了」(詹姆士〔William James〕)。意動行為理論是由生理學家卡彭特(W. B. Carpenter)所提出，經由洛釆(Lotze)和雷努維耶(Renouvier)的講授，而由詹姆士所發展成型的。詹姆士反對當時對意志行為的正統分析——該分析認為，意志的運作即是重新恢復在傳出神經(efferent nerves)中作用之「神經分布的感覺」(feeling of innervation)(馮特〔Wundt〕)。他利用內省法和生理學，去說明「神經分布的感覺」並不存在。詹姆士把意動行為理論進一步發展成為意念(volition)的心理學基礎：當思考時，行動就趨向於自動發生，除非另一個相反的思考正在壓制此行動。意志是基於將注意力全神貫注於某種被渴望的想法，直到它支配了意識，然後行動的執行就隨之發生。詹姆士也駁斥了培因(Bain)式的聯想主義所主張的，認為快樂或痛苦是行動的必然動力的觀點，因為詹姆士認為，根據意動行為理論，一個行動的思想自身就可以產生該行動。詹姆士的分析雖然變成了基本教義，但也遭到了心理學家桑代克(E. L. Thorndike, 1874-1949)的攻擊，桑代克提出了行為主義原則，主張想法無法引發行為，並且論述，相信意動行為理論就等於相信交感的神奇(sympathetic magic)一樣。因此桑代克主張將「意志」一詞踢出心理學的字典。

參見 James 詹姆士；volition 意志

T.H.L.撰　劉希文審訂

idols of the cave　穴居者的偶像　見 Bacon, Francis 培根，法蘭西斯

idols of the marketplace　市場的偶像　見 Bacon, Francis 培根，法蘭西斯

idols of the mind　心靈的偶像　見 Bacon, Francis 培根，法蘭西斯

idols of the theater　劇場的偶像　見 Bacon, Francis 培根，法蘭西斯

idols of the tribe　部落的偶像　見 Bacon, Francis 培根，法蘭西斯

iff　若且唯若　「若且唯若」(if and only if)的一種縮寫，可以當作像是單一的命題算子(連接詞)來使用。「若且唯若」的另一個同義詞是「僅當」(just in case)。要將「若且唯若」當成像是單一的命題連接詞，其理由為：「P 若且唯若 Q」為「P 若 Q，且 P 唯若 Q」的簡寫，且這項斷言邏輯地等價於「P 雙條件 Q」。

參見 biconditional 雙條件句

R.W.B.撰　李國偉審訂

***ignoratio elenchi*　反駁的無知**　見 informal fallacy 非形式謬誤

Il'in, Ivan Aleksandrovich　衣林，伊凡・亞歷山德絡維齊(1883-1954)　俄國哲學家兼保守的法律學家與政治理論家。1918 年他撰述有關對黑格爾(Hegel)學說重要的評論(共二卷)，外加出版涉及倫理學(ethics)、政治理論(political theory)、美學(aesthetics)和涉及靈性問題之廣泛的著作。1922 年流亡外國，以激烈反對布爾塞維克主義(Bolshevism)而著

名。也因為提出重建未來後共產主義的俄國的國家、社會、教會而著名。此外，也因為獻身於俄國東正教的神明，而受矚目。各方皆推崇他為俄國語文的專家(大師)，也因為他對俄國文化史精湛的解釋，而廣受推崇。他的文集最近於莫斯科(Moscow)出版。

參見 Russian philosophy 俄國哲學

P.T.G.撰　洪鎌德審訂

illation　推論　見 induction 歸納法

illative　推論的　見 induction 歸納法

illative sense　推論本能　見 Newman 紐曼

illicit process of the major　大詞不當的錯誤　見 syllogism 三段論式

illicit process of the minor　小詞不當的錯誤　見 syllogism 三段論式

illocutionary act　在言行為　見 speech act theory 言說行動理論

illocutionary force　以言行事的語力　見 philosophy of language 語言哲學；speech act theory 言說行動理論

illocutionary force potential　以言行事語力潛能　見 speech act theory 言說行動理論

illusion, argument from　幻覺論證　見 perception 知覺

image theory of meaning　意義意象論　見 meaning 意義

image theory of memory　記憶心像論　見 memory 記憶

imagination　想像力　思維的功能，有時被認為包括思考一切新穎的、與現實相對立的，或當前不被知覺的事物活動；如：「想像林肯沒有被刺殺」，或者「運用你的想像力為四輪滑冰創造一個新設計」。「想像力」也表示此類思考中與知覺相似的重要方面，想像某事就是想起它將是什麼樣子，如同知覺它一樣。想像力的哲學理論必須闡釋其明顯的意向性：當我們想像時，我們總是在想像某物。想像總是指向某一物體，即使該物體並不存在。進一步說，想像力，如同知覺，常常被認為涉及感質，或特別的主觀性質，這些性質有時被認為用作懷疑唯物主義，尤其是功能主義、心靈理論。想像力的意向性及其感知的性質導致了一些理論把想像力等同於「造像」(imaging)，即意識或感知到精神影像。然而由於此類影像的存在狀態及其性質的本質是模糊的，因而很多哲學家否定了精神影像支持一種狀語理論，想像某種紅色之物最好分析為想像成「紅色的」。這種理論避免了與心靈影像相連的困難，但它必須提供其他一些方式來解釋想像的明顯意向性及其感知的性質。

在胡塞爾(Husserl)和沙特(Sartre)的關心下，想像力成為現象學一個特別恰當的主題。它也被引用為一種區別人類思維與任何形式的人工智能的功能。最後，想像力常常特別

地包括對可能性的思考，什麼是可以想像的通常樂於與什麼是可能的相互共存。

參見 conceivability 可設想性；idea 觀念；intentionality 意向性；perception 知覺；philosophy of mind 心靈哲學

L.-M.R.撰　王文方審訂

imaging　造像　見 imagination 想像力

immanence　內存　這個詞彙最常用來與「超越」(transcendent)一詞相對，表達人們所認為上帝在世界中存在的方式。內存最極端的形式可以在泛神論中看到，泛神論認為上帝的實體部分地或整體地與世界等同。與泛神論有著明顯差異，猶太教和基督宗教認為，上帝是完全獨立於世界以外的實體。在基督宗教的體系中，上帝與世界是各自獨立的實體，這種想法是藉由上帝從虛無創造世界(creation *ex nihilo*)的教義來保證的。亞奎納(Aquinas)主張，一個動力因(或譯促成因〔efficient cause〕)如何在它作用的事物中存在，上帝也如何在世界中存在。因此，由於上帝不斷作用在世界之上，使世界得以繼續存在，我們說上帝在世界之中存在。或許最寬鬆的內存概念，可以在十八、十九世紀的自然神論中發現。在自然神論的主張中，上帝起初創造了世界，制定了它的普遍法則，不過，祂基本是一位不在場的主人，在世界的後續歷史中，上帝並未加以掌控、安排和眷顧。

參見 deism 自然神論；natural religion 自然宗教；philosophy of religion 宗教哲學；transcendence 超絕

W.L.R.撰　劉若韶審訂

immanent causation　內在因　見 agent causation 主體因

immaterial　非實體　見 disembodiment 脫離肉體

immaterialism　非實體主義　認為物體對象最好被描述為僅僅是性質集合體的觀點：「前方有一具有特定色彩、口感、氣味、外形及組成成分者，但覺其會聚，可斷其為單獨物件，何以表之？名之曰『蘋果』。」(柏克萊，《人類知識原理》〔Berkeley, *Principles*〕)。如果根據這種理論的建構方式來看，非實體主義大約早在二百年前就預示了二十世紀初期羅素(Russell)所捍衛的學說。非實體主義學說的負面效應是否定掉了物質實體(substance)或物質質料(matter)，某些哲學家曾經認為普通物體是一些個別的、包含著性質內容的物質實體。按照非實體主義的看法，這種解釋是錯誤的，因為世上並沒有諸如物質實體之類的物體，因此，性質也不會是實體固有的屬性。

非實體主義不能與柏克萊的觀念論混淆在一起。柏克萊的觀念論認為被知覺是某個物體及其性質存在的充要條件，但非實體主義則不這麼認為。

參見 Berkeley 柏克萊；idealism 觀念論；phenomenalism 現象論

G.S.P.撰　陳懷恩審訂

immediacy　直接　不憑藉任何中介物而呈現給心靈。「直接」一詞及其同源字的使用遍及整個哲學史，而一般並未多作解釋。例如，笛卡兒(Descartes)這樣說明他的思維概念(notion of thought)如下：「我用這個詞來涵蓋一切內在於我們的，意即我們直接地對其有所知覺(immediately aware of it)的事物。」(第二組答辯〔Second Replies〕出自《第一哲學沉思錄》〔*Mediationes de prima philosophia*〕)他並沒有對直接知覺提出任何解釋。不過，「直接知覺」依這樣的用法而作為一元素性概念(primitive)，或許正意謂著：思維乃是知覺的直接對象，因為，嚴格而恰當地說，人不需要先知覺到任何中介物便能知覺到思想，思想乃是唯一被知覺的事物。

有時候「直接」表示「非間接的」(not mediated)。(1)由前提而至結論的推論，可以由於不依賴其他前提，而呈現出邏輯上的直接(logical immediacy)。這是證明理論(proof theory)描述某一類推論規則形式的專門用法。(2)一概念可以由於它在定義上是本始(primitive)的，而呈現出概念上的直接(conceptual immediacy)，如在柏克萊學說中，對屬性(qualities)的知覺是直接的，而對物體的知覺，則是藉由對這些被直接理解的(be directly understood)屬性之直接知覺來定義。(3)我們之知覺某事物，可以因為不是由知覺或認知的介入動作所引發，而呈現出因果上的直接(causal immediacy)。例如直接看到某個人本人，而非藉由電影螢幕上的影像。(4)信念的形成過程，可以因為不包含推論(reasoning)這種次過程，且因此而不含有心理中介，而具備心理上的直接(psychological immediacy)。(5)我們對某事物的知識，可以因為毋需推導自其他命題就被證成，而呈現出知識上的直接(epistemic immediacy)，例如對自我存在的直覺性知識，即不需要任何知識上的中介物(mediator)。

關於直接一詞，有一項特殊的應用值得注意，即羅素的「藉由直取對象而產生的知識」(knowledge by acquaintance)這觀念。該觀念發展了源出柏拉圖(Plato)、並見於奧古斯丁(Augustine)的宏論，謂欲理解某個對象的本質，我們必須在認知上直接取得該對象(immediate cognitive access to that object)。於是對柏拉圖而言，要了解美的本質必須直取於美本身。此與下列的觀點形成對比：一則認為，要了解美的本質，必須具備使用「美」這個字的「語言能力」(linguistic competence)；或者，必須擁有對於美的「心靈表象」(mental representation)。關於藉由直取而知的事物，羅素舉了感覺與料(sense data)和共相(universals)為例。

直接一詞除了這些涵意以外，還可以加上另一類，其中的涵意依特定的哲學傳統而有其特殊性。例如：在黑格爾(Hegel)的哲學中，如果（經由「不可能者」〔*per impossibile*〕）一個對象可以被設想為「純然直接地存在」(as existing in simple immediacy)，它就可以被當作「在己存有者」，未為概念化所改變。而在現象學裡，「直接的」經驗，大體言之，就是「放入括弧」(bracketed) 的經驗。

參見 Berkeley 柏克萊；Epistemology 知識論；Idea 觀念；Inferential knowledge 推論知識；Perception 知覺；Philosophy of mind 心靈哲學

T.V.撰　吳瑞媛、劉盈成審訂

immediate inference　直接推論　見 inference 推理

immortality　不朽　見 disembodiment 脫離肉體；soul 靈魂

impartiality　公平無私　一種達到下列程度的狀態或傾向：吾人的行為和態度在相關的方面上不受到影響，這些相關方面為相關群體的成員們不受到吾人的行為或態度的裨益或傷害。例如，當這位裁判規則的應用未被這判定有助某一隊或其他隊的影響時，一位棒球裁判及其裁定是公平無私的。如果那態度源於球迷對某一隊的偏愛，球迷對判定的贊成缺乏公平無私。

一般意義上，公平無私不排除任意性或保證的公平性；它也不要求價值中立，因為一位法官可以在不同黨派維持公平無私，同時在面對它們時偏好自由與平等。在不同方面上，不同的情境在對不同群體可能要求公平無私，所以，意見分歧產生，例如，當道德要求或允許對朋友、家庭或國家的偏好時。道德哲學家對於由道德所要求的這種公平無私已提出各種的測試，包含角色的可逆性(葛特．貝耶〔Kurt Baier〕)、可普遍性(赫爾〔Hare〕)、無知之幕(a veil of ignorance，洛爾斯〔Rawls〕)和對所有理性者共享的信念的限制(貝爾那．蓋特〔Bernard Gert〕)。

參見 ethics 倫理學；Hare 赫爾；Rawls 洛爾斯；universalizability 可被普遍化性

W.S.-A.撰　苑舉正審訂

imperative, categorical　**定言令式**　見 Kant 康德

imperative, hypothetical　**假言令式**　見 Kant 康德

imperfect duty　**不完全責任**　見 duty 責任；Kant 康德

imperfect rights　**不完善的權利**　見 Grotius 格羅秀斯

implication　**蘊涵**　兩個陳述句之間的一種關係，如果第一個陳述句的真保證了第二個陳述句的真，則前者蘊涵後者。如果一群陳述句共同的真保證 Q 的真，那麼它們共同蘊涵了 Q。一個論證是演繹上有效的，若且唯若其前提蘊涵其結論。下列各種的表達方式通常是有同樣的意思：「P 蘊涵 Q」、「Q 可自 P 推出」，以及「可從 P 推出 Q」。

在日常的討論中，「蘊涵」有更廣泛的含義，而這些含義對理解一切形式的推理和溝通是相當重要的。「上周二主編在午餐時從頭到尾都是很清醒的」，這個句子並不蘊涵說主編不總是清醒的。但通常斷言這個句子的人卻有(蘊涵)這個意思。語用蘊涵(conversional implicature)理論解釋了說話者如何能運用語言去表達語句所不蘊涵的意思。

「蘊涵」一詞也適用於某類條件句上。實質蘊涵形式(material implication)為具有這樣形式的句子：「如果 P，那麼 Q」(通常以符號表示為「$P \to Q$」或「$P \supset Q$」)；只要條件子句 P 是假的，或主要子句 Q 是真的，該實質蘊涵形式就為真；僅當 P 為真，且 Q 為假，該實質蘊涵形式才為假。嚴格蘊涵式(strict implication)也是具有這樣形式的句子：「如果 P，那麼 Q」(通常以符號表示為「$P \prec Q$」)，嚴格蘊涵式只有在相應的實質蘊涵式為必然真時才為真；即：當不可能 P 為真 Q 卻為假時。下列的有效論證形式常被稱為實質蘊涵悖論(paradoxes of material implication)：

Q。因此，$P \supset Q$。

非 P。因此，$P \supset Q$。

此處之所以有「悖論」，是因為「蘊涵」不僅用作稱呼陳述句之間的關係，也被用作稱呼條件句所造成的。一個條件句即使其構成句之間毫無關係也可以是真的。試考慮以下有效的推理：

奶油浮在牛奶上。因此，魚夜間睡眠 ⊃ 奶油浮在牛奶上。

因為這個簡單的前提是真的，條件句的結論也因而為真，儘管魚夜間的活動和牛奶、奶油之間毫無關係可言。「魚夜間睡眠」這個陳述句並不蘊涵奶油會浮在牛奶上。因此，為了避免混淆起見，前述的「$P \supset Q$」最好是稱為「實質條件句」(material conditional)而不是實質蘊涵句。

嚴格條件句同樣比「嚴格蘊涵」更合適。不過，做出這樣的區別，並不能化解所有有關嚴格蘊涵悖論的難題：

Q 是必然地真，因此，$P \prec Q$。

P 不可能為真。因此，$P \prec Q$。

以下是上面第一個悖論形式的例子：

必然地，所有的矩形都是矩形。因此，魚夜間睡眠→所有的矩形都是矩形。

「所有的矩形都是矩形」是一個所謂「空泛的」真理(之所以這樣稱呼，是因為它沒有什麼實質的內容。)「所有的方形都是矩形」和「五大於三」就不是「空泛的」真理。但不論空泛不空泛，它們都是必然的真理。

以下是上面第二個悖論形式的例子：

「奶油總是浮在牛奶上但有時也不浮在牛奶上」是不可能為真的。因此，奶油總是浮在牛奶上但有時不浮在牛奶上 → 魚夜間睡眠。

上述結論中的If子句是否蘊涵其主要子句？從某一方面看，奶油在牛奶中的情形，如前所述，與魚夜間是否睡眠無關。基於此理由，相關邏輯否定了這兩句間有蘊涵或推出的關係。然自另一方面看，不可能If子句為真而主要子句卻為假，因為If子句根本就不可能為真。

參見 counterfactuals 非現實句；formal logic 形式邏輯；implicature 語用蘊涵；presupposition 預設；relevance logic 相干邏輯

D.H.S.撰　王文方審訂

implication, paradoxes of　蘊涵悖論　見 implication 蘊涵

implication, strict　嚴格蘊涵　見 implication 蘊涵

implicature　語用蘊涵　一種語用的關係，與蘊涵關係(entailment)的語意關係不同但又容易混淆。這個概念首先由葛來思(H. P. Grice，《字詞方式研究》〔*Studies in the Way of Words*, 1989〕)定義、說明和使用。葛來思定義了語用蘊涵的兩種主要形式：約定式語用蘊涵和會話式語用蘊涵(conventional and conversational)。說話者在說出一個句子時，能夠以下述的方式「會話式地語用蘊涵」*p*：如果*p*在邏輯上雖然並非由說話者所說的話所蘊涵，但是在假定說話者是在嘗試合作對話的基礎上，我們可以推論出說話者相信 *p*。如果B說「街角附近有一個修理廠」，以回答A的話「我的汽油用完了。」B以會話式語用蘊涵汽車修理廠正在營業，並有汽油出售。

葛來思說明了幾種會話的原則，他認為這是交談者必須遵循的原則，這些原則並能讓我們推論出說話者的語用蘊涵。在上述例子中，語用蘊涵的推論源自相關原則。另一個重要原則是數量原則(使你貢獻的資料和要求的一樣多)。源自數量原則的推論之一稱為程度推論(scalar implicatures)，其中牽涉的句子包括了一些與程度有關的數量詞。說出這樣的句子，說話者就以會話式地語用蘊涵方式蘊涵著：說話者並不相信高於語句中所提出的程度的相關命題。例如，當說話者說「動物園的『一些』動物跑掉了」時，我們可以推出他們不相信動物園的大多數動物跑掉了，也不相信動物園的所有動物都跑掉了。

與會話式地語用蘊涵不同，約定式語用蘊涵僅僅源自於所說的句子的意義。葛來思認為；說出一個句子，如果句子的意義使說話者承諾 *p*，那麼，即使所說的句子並不包含*p*的意思，說話者也以約定的方式語用蘊涵了命題*p*。因此，當說「她窮但她誠實」時，雖然沒有明確說出「窮」和「誠實」之間是相對立的，但說話者已蘊含了「窮」和「誠實」之間是相對立的。

參見 presupposition 預設

M.M.撰　王文方審訂

implicit definition　內隱的定義、隱含定義　見 Beth's definability theorem 貝斯的可定義性定理；definition 定義

imposition　謂詞　名詞的一種屬性。起自於對事物命名所作的語言約定。名詞不是聲音而已，而是有意義的聲音。那些用以命名語言之外實體的名詞，諸如「樹木」、「石頭」、「藍色」等等，自波依修(Boethius)以來的傳統，即被歸類為「第一謂詞」(terms of first imposition)。至於那些以其他名詞為命名對象的名詞，諸如「名詞」、「變格」等等，則通常被歸類為「第二謂詞」(terms of second imposition)。第一謂詞和第二謂詞之間的差別屬於書面語言或口語的範圍。而另一個與此平行的、有關「第一意向詞」(terms of first intention)和「第二意向詞」(terms of second intention)之間的差別則屬於心理語言的範疇：第一意向廣義上是有關樹木、石頭、顏色之類的思考，而第二意向則是對第一意向的思考。

參見 Intentionality 意向性；Metalanguage 後設語言

I.Bo.撰　王文方審訂

impredicative definition　非表述定義　即以概念所屬的整體來定義概念。羅素(Russell)在《數學原理》(*Principia Mathematica*, 1925)第二版中引入「非表述的」(impredicative)一詞，禁止在數學的概念基礎中使用此類定義，因為它們蘊涵了形式的邏輯悖論。在羅素悖論(Russell's paradox)中，非表述定義「所有不屬於它們自己本身的集合」構成的集合 R 會導致自我矛盾，即 R 是它自己的元素，若且唯若(if and only if)它不是自己的元素。為了避免在邏輯之形式化中遇到此種悖論，羅素首先在他的網狀類型理論(ramified type theory)執行惡性循環原理(vicious circle principle)，即沒有整體可以包含那種只能以此整體定義的部分。網狀類型理論的限制在於不使用非表述定義就無法量化所有的數學對象，而只能量化某個層級或類型內的所有數學對象。但無法全面量化所有實數，許多古典實數論(classical real number theory)中最重要的定義與定理就無法形式化。有鑑於此，羅素後來放棄了網狀類型理論而改採簡單類型理論(simple type theory)，在不限制使用非表述定義的情況下，藉由禁止任何類型(對象、性質與關係、性質與關係的高階性質與關係等等)之語詞述語來表述相同類型，以此避免邏輯悖論。

參見 definition 定義；philosophy of mathematics 數學哲學；quantification 量化；set-theoretic paradoxes 集合論悖論；type theory 類型論

D.J.撰　林正弘審訂

impredicative property　不謂述性質　見 type theory 類型論

impression　印象　見 Hume 休姆

improper symbol　不適當符號　見 syncategoremata 隨伴範疇語詞

inclusive disjunction　相容選言　見 disjunctive proposition 選言命題

incoherence, self-referential　自我指涉的不融貫性　見 self-referential incoherence 自我指涉的不融貫性

incommensurability　不可共量性　在科學哲學(philosophy of science)中，此一性質被表現在兩套科學理論之間，其條件為：這兩套理論即使在邏輯上不相互矛盾，卻也指不出共同的一套資料。諸如卡納普(Carnap)之類的實證主義(positivist)和邏輯經驗主義(logical empiricist)科學哲學家們，曾長期探尋一種中性-理論語言(theory-neutral language)的充分說明，以作為測試相互競爭中的理論孰優之基礎。這種語言的述詞(predicates)，被認為是要指涉可觀察的事物；觀察語言描述了可觀察的世界，或者說(在理論術語〔theoretical terms〕之情形中)其原則上可以這樣做。這個觀點被懷疑具有兩個重大缺點。第一，觀察受理論的影響——除了相關的理論之外，還有其他什麼可以鑒別觀察術語的意義呢？甚至，感知得詮釋那些被知覺的對象、將其概念化。而且，借助儀器的觀察又怎麼說呢？難道這些不是完全受理論的限制嗎？第二，孔恩(Kuhn)、費耶阿本(Paul Feyerabend)以及其他人的研究指出，在科學領域的革命性變化時期，採納新理論包括接受一個完全嶄新的概念體系(conceptual scheme)，而這與舊的、現已放棄的理論是不可共量的。兩套理論之所以不可共量，是因為它們的組成術語無法對應到一組理論-中性的(theory-neutral)觀察；相互競爭的理論之間在觀察意義上沒有重疊部分；甚至要解釋的資料也不一樣。因此，當伽利略(Galileo)推翻亞里斯多德(Aristotle)的物理學時，他以他的概念體系——他的「典範」(paradigm)——來替換；這個體系在邏輯上並非不能與亞里斯多德體系相容，而是不可共量，因為從某種意義上說，它涉及一個不同的世界(或者被設想為迥異的世界)。亞里斯多德對物體運動的說明，依於類似自然傾向的神祕性質；伽利略則倚重可用數學計算各種因素的實驗設計工作。費耶阿本甚至更加徹底，認為如果科學家們不引入與舊理論不可共量的新理論，科學就無法進步，因為誤謬狀態(falsehoods)將永遠不會被揭穿。這些有關不可共量性的觀點有一項重要蘊涵：接受理論不僅必須與可觀察的證據有關，亦與主觀因素、社會壓力以及科學社群(scientific community)的期待有關。這種接受就發展出一套融貫的科學方法論之可能性看來，似乎是有所威脅。

參見 paradigm 典範；philosophy of science 科學哲學；theoretical term 理論術語

R.E.B.撰　許全義、傅大為審訂

incompatibilism　不相容論　見 free will problem 自由意志問題

incompleteness　不完備性　見 completeness 完備性

incomplete theorem　不完備定理　見 Gödel's incompleteness theorems 哥德爾不完備定理

incompleteness symbol　不完全符號　見 logical construction 邏輯建構；Russell 羅素；syncategoremata 隨伴範疇語詞；theory of descriptions 描述詞理論

incompossible　不可相容的　見 compossible 可相容的

inconsistent triad　不一致的三段式　(1)最廣義而言，就是任何三命題不會產生三者均為真的情況；(2)狹義而言，就是任何三個直言命題不會產生三者均為真的情況。對於一個直言三段論而言，假如它的兩項前提，加上其結論的否定(即矛盾)，形成不一致的三段式，則原三段論為有效的；這項事實是各種直言三段論有效性測試的基礎，這樣的測試往往被稱為不一致三段式的「方法」。

參見 antilogism 違理論；syllogism 三段論式

R.W.B.撰　李國偉審訂

I

incontinence　無法自制　見 *akrasia* 意志軟弱

incorrigibility　不可糾止性　見 privileged access 具有優位性的接觸進路

indenumerable　不可枚舉　見 infinity 無限

independence　獨立性　見 dependence 依賴關係

independence, logical　邏輯獨立性　見 independence results 獨立性結果

independence, probabilistic　機率獨立性　見 probability 機率

independence, statistical　統計的獨立性　見 probability 機率

independence results　獨立性結果　有關不可演繹性的證明。下列各種等值說法中的任何一種都可稱為獨立性：(1)*A* 不能由 *B* 演繹而來；(2)*A* 和 *B* 一致；(3)至少有一個 *B* 模型不是 *A* 的模型；例如，歐幾里德的平行公理(Euclidean axioms)是否可由其他公理演繹出來的問題，就和平行公理的否定是否與其他公理一致的問題是同樣的問題。獨立性結果有時在形式上不是絕對的而是條件式的，比方說：「如果 *B* 是一致的(或有一模型)，那麼 *B* 連同 *A* 也就是一致的(或有一模型)」；例如，非歐幾何學的模型就是在歐氏幾何學中建構出來的。獨立性結果還有另一種意義，在此意義下，集合 *B* 也會被認為是獨立的，如果它是不累贅的：即 *B* 中的每一假設都獨立於其他的假設。最後，*A* 也可被稱為是獨立於 *B*，如果它不能由 *B* 決定，這就是說，*A* 不僅獨立於 *B* 而且與 *B* 一致。

哥德爾(Gödel)的不完備性定理是獨立性結果，它是古典數學子系統或古典數學整體不可決定性諸多進一步證明的原型。其中最著名的是連續性假設的不可決定性，哥德爾使用其可建構集合證明它相對於 ZFC(ZF + AC，哲梅羅-弗蘭克爾集合論〔Zermelo-Fraenkel set theory；ZF〕與選擇性公設〔the axiom of choice；AC〕)是一致的，保羅・J・柯恩(Paul J. Cohen)則使用其推導法則證明它相對於 ZFC 是獨立的。較之以這種建構模型方式更勝一籌的方法是，*A* 的獨立性(一致性)也可以通過顯示 *A* 蘊涵(或被蘊涵)有某些業已知道其獨立性和一致性的 *A**來建立起來。諸多這樣的 *A**(杰森〔Jensen〕的鑽石、馬丁公理〔Martin's Axiom〕等等)目前已是俯拾皆是。哲學上，形式主義認為 *A* 對 ZFC 而言是不可決定這件事，顯示出有關 *A* 是否為真這樣的問題是毫無意義的；柏拉圖主義學者認為獨立性結果所顯示的是，我們需要找到新的公理，如大基數公理(與不完備性定理有關的思考顯示出我們甚至沒有證明這些公理相對一致的希望，但是它們透過確定性公理卻蘊涵了諸多關於實數是獨立於 ZFC 的重要結果)。

如果是非古典邏輯，如二階邏輯，上述(1)-(3)就可能不會等值，如此一來，獨立性的幾種意義就變得清晰可辨。在形式化系統中我們照樣可以問一個公理是否獨立於其他公理的問題，通常，對這個問題的答覆是透過多值邏輯模型加以解決的。

參見 forcing 推導；Gödel's incompleteness theorems 哥德爾不完備性定理；set theory 集合論

J.Bur.撰　王文方審訂

indeterminacy argument　不定性論證　見 skepticism 懷疑論

indeterminacy of translation　翻譯的不確定性　起初出自關於徹底翻譯(radical translation)之思想實驗的一對論題。蒯因(Quine)最先在《字詞與對象》(*Word and Object*, 1960)中提出，隨後又於《存有論的相對性》(*Ontological Relativity*, 1969)、《理論和事物》(*Theories and Things*, 1981)和《真理的追求》(*Pursuit of Truth*, 1990)中加以發展。徹底翻譯是一想像的脈絡，於其中，田野語言學家面對的挑戰，是譯出一種迄今未知的語言。此外，它規定被翻譯的語言與語言學家使用的語言間無歷史關聯，而且語言學家未接觸過通此雙語的人。假定語言學家唯一可採用的資料，就是當地人在其公然可見的環境中可觀察的行為。

(1)不確定性的強論題：整體而言，理論語句的翻譯不確定性，主張在徹底翻譯的脈絡中，語言學家可以建構出許多手冊，將(當地的)來源語言(source language)翻譯成(語言學家的)目標語言(target language)，使得每一本手冊可以和所有當地人可能行為的資料相一致，然而手冊間可能會相互歧異到，在無數處將不同的目標語言句(就整句而言)指定為相同的來源語言句(就整句而言)的翻譯，甚至歧異到所指定的(目標)語句間的真值具有衝突。同時，卻無進一步的物理或心靈資料，可在這群翻譯手冊中挑選出一本是唯一正確的翻譯手冊。因此，只要它們和所有可能行為的資料一致，所有這些翻譯手冊都是正確的。

(2)不確定性的弱論題：指稱的不確定性(或指稱的不可預先確定性)，主張給定了所有可能行為的資料，目標語言對一個來源語言句在字詞上產生的分歧詮釋，可以相互彌補，以維持目標語言對相同的來源語言句的不同翻譯。同時，卻無進一步的物理或心靈資料，可在這群詮釋中挑選出一個是唯一正確的詮釋。因此，只要它們和所有可能行為的資料一致，這群詮釋都是正確的。這種較弱的不確定性有兩種形式：一種是存有的形式，另一種是語法的形式。蒯因著名的例子，即來源語言詞項「gavagai」可以被解釋為「兔子」、「未與兔子分離的部分」、「兔類」等(見《字詞與對象》)，且在他的「代理函數媒辭論證」(proxy function argument)中，不同的存有論可以相互對映(見《存有論的相對性》、《理論和事物》、《真理的追求》)，二者都例證了指稱的不確定性之存有形式。另一方面，在他所舉的日文類別詞(classifier)例子中，一個由特別的三個字結構的日文，可在被翻譯成英文時，在等同的證成下，結構的第三個字可被解析成一個具分割指稱的類別詞(a term of divided reference)，或是一個不可分割的物質名詞(a mass term)(見《存有論的相對性》和《真理的追求》)，因而例證了指稱的不確定性之語法形式。

參見 meaning 意義；philosophy of language 語言哲學；philosophy of mind 心靈哲學

R.F.G.撰　徐光台審訂

indeterminacy principle　不可能決定性原理　見 quantum mechanics 量子力學

indeterminate　不確定　見 vagueness 模糊性

index　索引　見 Peirce 皮爾斯

indexical　索引詞　表式的一種，其語意學的「值」(value)部分取決於說話脈絡的性質，因而可能隨脈絡變化而變化。索引詞的例子有諸如「我」、「你」、「他」、「她」及「它」之類的代名詞，諸如「這個」、「那個」之類的指示代名詞，諸如「現在」、「今天」、「明天」之類的時間表達式，以及諸如「這裡」、「那裡」之類的方位表達式等等。儘管古典邏輯忽視索引詞，但是近來許多追隨理查・蒙塔哥(Ricard Montague)的實踐者在形式語意學的語境方面提供了嚴格的索引詞理論。或許處理索引詞最合理、最徹底的是戴維・卡普蘭(David Kaplan, b.1933；美國著名的語言及邏輯哲學家，其未出版的長篇專題論文〈指示代名詞〉〔Demonstratives, 1977〕尤其具有影響力；該篇論文最後收錄於歐莫〔J. Almog〕、培里〔J. Perry〕與維特斯坦〔H. Wettstein〕合編的《卡普蘭文集》〔*Themes from Kaplan*, 1988〕)。卡普蘭令人信服地論證了單稱索引詞語(indexical singular terms)是直接指稱詞(directly referential designator)和一種嚴格指稱詞(a species of rigid designator)。他從索引詞中領悟到一個關鍵的啟示，並堅定地提出卡普蘭稱為「內容」(content)和「性質」(character)的兩種意義。一個包含有索引詞的句子，如「我餓了」，在不同的脈絡中可用來說明不同的事，部分原因是因為「我」在這些脈絡中有不同的語意學貢獻。卡普蘭把一個詞項對一個脈絡中所做的貢獻稱為「內容」(content)。儘管一個索引項如「我」之類的內容隨著脈絡的變化而變化，然而它在語言中仍有一個單一的意義，此即卡普蘭稱之為索引項的「性質」(character)。這種性質可以視為在不同脈絡中分配索引詞的不同內容的函數規則。

參見 philosophy of language 語言哲學；token-reflexive 反身記號

M.M.撰　王文方審訂

Indian philosophy　**印度哲學**　見 Buddhism 佛教；Hinduism 印度教；Jainism 耆那教

indicator, logical　**邏輯指示詞**　見 logical indicator 邏輯指示詞

indicator word　**指示詞**　見 logical indicator 邏輯指示詞

indifference, liberty of　**懸而未決的自由、漠不關心的自由**　見 free will problem 自由意志問題；Hume 休姆

indifference, principle of　**無分軒輊原則**　見 principle of indifference 無分軒輊原則

indirect consequentialism　**間接的結果論**　見 Butler 伯特勒

indirect discourse　**間接引述**　間接引述，也稱為 *oratio obliqua*，使用文字報告別人所說的話，但沒有直接地引用。當一個人說「約翰說，『並非所有醫生都是誠實的』。」這個人所使用的是直接引用別人的話，他使用直接引述(direct discourse)來斷說關於約翰所說的。正確的直接引述必須要一字不差。但在間接引述時，一個人可以使用其他的用字，而不是使用約翰所用的字以報告約翰所說的，如「約翰說有某些醫生不誠實」這裡所使用的字描述出約翰所斷說的意思(他所主張的命題)。

延伸地說，「間接引述」也可以用在使用字詞報告信念的時機。這時，一個人使用字詞來描繪所相信的命題，而不是用它來做直接的斷說。當艾利思說「約翰相信有些醫生是不誠實的」，她使用「有些醫生是不誠實的」來呈現約翰所相信的命題。她並不斷說此命題。相對地，直接引述又稱為 *oratio recta*，是使用字詞以做斷言的作法。

參見 intensionality 內涵性；quantifying in 量化入；referentially transparent 指稱上透明的

T.M.撰　王文方審訂

indirect intention　間接意圖　見 intention 意圖

indirect knowledge　間接知識　見 basing relation 基礎關係

indirect passions　間接的激情　見 Hume 休姆

indirect proof　間接證明　見 reductio ad absurdum 歸謬證法

indirect sense　間接意義　見 oblique context 間接脈絡

indirect speech act　間接言說行動　見 speech act theory 言說行動理論

indiscernibility of identicals　等同的不可區別性　指這樣的一個原則：如果 *A* 和 *B* 是等同的，那麼 *A* 和 *B* 之間沒有任何差別；對 *A* 為真的每一件事都是對 *B* 為真，且對 *B* 為真的每一件事也都是對 *A* 為真；*A* 和 *B* 有完全相同的屬性；沒有 *A* 有而 *B* 卻無或者 *B* 有而 *A* 卻無的屬性。如果把這個原則說明為「任何兩個等同的事物共有它們全部的屬性」，這幾乎是無意義的話；因為兩個事物之間永遠不可能等同。「*A* 在數量上等同於 *B*」意指 *A*、*B* 是相同的一物。*A* 和 *B* 具有同樣的屬性是因為 *A*，也就是 *B*，具有它有的屬性。這個原則有時被稱為萊布尼茲法則(Leibniz's law)。它應該與其反題，即萊布尼茲的更易引起爭議的不可區別者的同一性法則，加以區別開來。

等同的不可區別性的另一個形式——稱之為可區別者的不等同性——顯現了它在哲學辯證法中的作用。如果某事是對 *A* 為真而不是對 *B* 為真，或者(用不同方式說同一件事)，某事是對 *B* 為真而不是對 *A* 為真，那麼，*A* 和 *B* 就不是等同的；它們是不同的。有人用這個原則攻擊等同(identity)的主張。古典的二元論就利用這個原則，努力去找些心靈具有、但沒有任何物質具有的性質。例如，思維，不同於物質的事物，是看不見的。同樣，思維的存在，也不同於物質事物的存在，也是毫無疑問的。這最後的一個論證反映出，在內涵性的語脈中運用可區別者的不等同性原則是需要非常小心的。

參見 identity 同一性；intensionality 內涵性

D.H.S.撰　王文方審訂

individual　個體　見 metaphysics 形上學

individualism　個人主義　見 political philosophy 政治哲學

individualism, descriptive　描述個體論　見 holism 整體論

individualism, methodological　方法論的個體主義　見 methodological holism 方法論的整體論

individuation　個體化　(1)形上學中，由共相(例如「貓」)例化(becomes instantiated)為一個體(例如「一隻名為『咪咪』的貓」)——也稱個殊事物(particular)——的過程。(2)認識論上，為一認識者辨認個體的過程(例如，有人辨認出咪咪)。這種對個體化的雙重理解產生了兩個不同的問題：認出形上學的個體化之原因，以及認識論上的個體化之原因。

在這兩方面，這些原因被指涉為「個體化原理」(principle of individuation)。如要解決與個體化有關之形上學問題和認識論上的問題，就得對「個體性」(individuality)的性質有一番預設的理解。個體性已涉及種種解釋如下：不可分割性(indivisibility)、差異性(difference)、同種內之劃分(division within a species)、時間內的同一性(identity through time)、不可表述性(impredicability)，以及不可例化性(non-instantiability)。概言之，個體化理論試圖對這些當中的一個或一些提出各式各樣的說明。

個體化既可應用於實體(如咪咪)又可應用於其特徵(如咪咪的毛色)，由此產生了不同的兩類理論。最常被提出的實體之形上個體化(the metaphysical individuation of substances)理論指明有六類原理(principles)：一束特徵(a bundle of features)(羅素〔Russell〕)；空間和(或)時間(波依修〔Boethius〕)；質料(亞里斯多德〔Aristotle〕)；形式(阿威羅斯〔Averroes〕)；一種去特徵化的(decharacterized)、屬自類的(*sui generis*)構件，其可稱之為無飾殊件(bare particular——伯格曼〔Bergmann〕)或此性(haecceity——鄧斯·斯各多〔Duns Scotus〕)；以及存在(阿維森納〔Avicenna〕)。有時候幾種原理會被結合在一起；例如，對亞奎納(Aquinas)來說，個體化原理是幅度之下的物質(matter under dimensions)。有兩種意見常被提出，以反對這些有關實體的形上個體化的觀點。其一即指出，其中有些理論違背了相識原則(principle of acquaintance)，因為它們所認定為具有個體化的存有物(entities)並沒有經驗上的證據。第二點反對即以論證指出，其中一些理論以偶然(accidents)來解釋實體的個體化，因此和主體論上實體先於偶然相牴觸。

有兩種最常見的關於實體的認識論的個體化(the epistemological individuation of substances)之理論，其將實體的時空位置和(或)特徵當作使實體個體化的要素(individuators)：我們之所以能將事物認識為一個個體，是透過它在時間和空間中的位置，或是透過它的特徵而進行的。針對這些理論而提出的反駁，一般在於那些原理根本無法放諸四海而皆準地解釋我們對所有類型的個體所作的辨別。

有關實體特徵之形上個體化理論分為兩派。有些認定實體本身就是個體化的原理；其他一些則認定實體的某(些)特徵才是個體化作用的要素(individuator[s])。針對實體特徵之認識論的個體化所作的多數解釋，皆與這些觀點相類似。

反對有關特徵之形上學的個體化理論最常見的意見，皆試圖指出，這些理論要不是不完備就是循環論證。例如，它論證以實體來解釋特徵的個體化之所以不完備，是因為實體的個體化也必須得到解釋：一旦去除了樹的特徵，一個人又怎麼能夠知道他所看到的是什麼樹呢？就這樣，實體要是透過其特徵而被個體化的話，就會陷入一種惡性循環。有關特徵之認識論的個體化理論方面，也有類似的觀點被提出。

撇開上述觀點不談，有些哲學家即堅持個體在本質上(就自身而言〔*per se*〕)就是個別的，也因此，它們並不經歷個體化的程序。在那種情形之下，或者不需要形上學的個體化原理(奧坎〔Ockham〕)，或個體化原理被認定其本身即為個別存有物(individual entity——蘇阿雷〔Suárez〕)。

參見 bundle theory 集束理論；identity 同一性；metaphysics 形上學；*principium individuationis* 個體化原理

J.J.E.G.撰　丁福寧審訂

indubitability　無疑性　見 privileged access 具有優位性的接觸進路

induction　歸納法　(1)狹義而言，指的是綜合個例後而得到一般通則的推論。(2)廣義而言，指的是任何擴增性的推論(ampliative inference)——即結論的內容超出了前提的全部內容。廣義上的歸納法包括下列各種有趣的項目：類比論證(argument by analogy)、預測推理(predictive inference)、由符號和徵兆推論至原因的推論，以及科學法則與理論的印證(confirmation)。狹義上的歸納法適用於一種不具擴增性的極端例子，那就是數學歸納法(mathematical induction)，其論證的前提必然地蘊涵某一般通則，而此通則即為該前提的結論。

最廣義的歸納邏輯(inductive logic)可看成作為評價擴增性推理的理論。在這個意義上，多數的機率論(probability theory)、理論統計(theoretical statistics)，以及可計算理論(theory of computability)都是歸納邏輯的一部分。此外，科學方法的研究也被認為以一種較不正式的方法處理了歸納推理的邏輯問題。不過，「歸納邏輯」之名也關聯到貝耶斯(Bayes)、拉普拉斯(Laplace)、狄摩根(De Morgan)，以及卡納普(Carnap)等人之著作所引發之議題的特殊進路。在這進路下，一人在無知狀態(state of ignorance)時所做出的先驗機率(prior probabilities)是由某些無知的量化法則來決定或限制，並以證據為獲知的條件。此進路所不斷遭遇到的一個難題是，量化無知的方式依賴在問題被描述的方式，不同的邏輯等值描述會導致不同的先驗機率。

卡納普為其歸納邏輯的應用寫下一條設定：「一個人應總是受他的整體證據所制約」。這整體證據規則通常被視為理所當然，但有什麼理由可證成它呢？古德(Good)指出對新資訊之期望值的標準貝式分析(Bayesian analysis)提供了理由。純粹不費一文(cost-free)的資訊總是有非負期望值，並且如果影響決定的機率為正，其期望值即為正數。拉姆齊(Ramsey)在一份未曾刊行的手稿裡也提出了同樣的觀點。該證明可概括至各種獲知不確定證據的模型。

若消除了結論為假的可能性，歸納法的進行則呈現為演繹的說明。因此，彌爾(Mill)的實驗探究有時也被分析成消除多種可能選擇的進程。在更一般的背景下，科學的假設演繹說明(hypothetico-deductive account of science)認為理論是由其觀察結果所印證——即消除這個實驗或那個觀察否證理論的機率。消除歸納法(Induction by elimination)有時被作為除了以機率說明歸納法外的另一種說明，但至少有一種消除歸納法的說法與機率之說明是一致的——消除歸納法事實上是機率說明的結論。機率的一個基本事實是，如果潛在的否證者(falsifier)*F* 與 *T* 不一致，而二者的機率都嚴格地介於 0 和 1 之間，那麼，以「非-*F*」為條件的 *T* 機率高於無條件下的 *T* 機率。

從某種意義上來說，全稱普遍化(universal generalization)因歸納個例而得到的支持可能是上述問題的一特殊情況，但是這個觀點必須謹慎而行。首先，全稱普遍化必須有正先驗機率(值得注意的是，卡納普歸納邏輯系統並不滿足這個條件，儘管辛提卡〔Hintikka〕和尼尼羅托〔Niiniluoto〕的系統能滿足這個條件)。其次，個例的概念必須以事實上是全稱普遍化的邏輯結果(logical consequence)解釋之。因此，在適當的意義上，「如果 *A* 是一隻天鵝，那麼 *A* 是白色的」是「所有的天鵝都是白色的」的一個例子，但是「*A* 是一隻白天鵝」則非。後一個述句在邏輯上強於「如果 *A* 是一隻天鵝，那麼 *A* 是白色的」，而一個論及個體 *A* 的種類、重量、顏色、性別等等的全面性描述將會更強。這樣的述句不是全稱普遍化的邏輯結論，定理也不因其成立。例如，一個身高 7 英尺 11 又 3/4 英寸的男人的紀錄，實際上會降低「所有男人的身高低於 8 英尺」此全稱述句的機率。

對上述問題殘餘的顧慮，也許卡納普針對韓培爾(Hempel)討論印證悖論(paradoxes of confirmation)而提出的觀點能解消之。「印證」是含糊不清的。「*E* 印證 *H*」可能意味著 *H* 以 *E* 為條件的機率大於 *H* 在毫無條件下的機率，在此情況下，*H* 的演繹結論印證了在以上條件下的 *H*。或者「*E* 印證 *H*」可能意味著 *H* 以 *E* 為條件的機率很高(比如說大於 0.95)，在此情況下，如果 *E* 印證 *H*，那麼 *E* 印證 *H* 的每一個邏輯結論。兩種意義的合併可能導致結論是一個悖論，即 *E* 印證 *E* & *P*，因而印證 *P*，不論 *P* 是什麼述句。

參見 confirmation 印證；mathematical induction 數學歸納法；Mill's methods 彌爾方法；problem of induction 歸納法問題

B.Sk.撰　林正弘審訂

induction, eliminative　消除歸納法　見 induction 歸納法

induction, intuitive　直觀歸納法　見 Ross 羅斯

induction, mathematical　數學歸納法　見 mathematical induction 數學歸納法

induction, new riddle of　歸納法之新困惑　見 grue paradox 綠藍悖論

induction, problem of　歸納法問題　見 problem of induction 歸納法問題

inductive clause　歸納子句　見 mathematical induction 數學歸納法

inductive definition　歸納定義　見 definition 定義

inductive explanation　歸納說明　見 covering law model 涵蓋律模式

inductive justification　歸納證成　見 justification 證成

inductive probability　歸納機率　見 probability 機率

inductivism　歸納主義　波普爾(Popper)與費耶阿本(P. K. Feyerabend)發明的科學哲學名詞，用此反襯出他們自己的觀點。根據歸納主義，某套獨特的先驗歸納邏輯(a priori inductive logic)能使人構建出一套演算法，這套方法能由輸入的資料算出哪套科學理論能對這些資料做最好的說明。

參見 algorithm 算法；Duhem 杜海姆；philosophy of science 科學哲學

B.Sk.撰　林正弘審訂

infallibility　絕對確實　見 privileged access 具有優位性的接觸進路

inference　推理　從前提或假設得出結論的過程；或較鬆散地說，指如此推論出的結論。論證則指任何的一群陳述句，其中一個陳述被指定為結論，其他則被指定為前提。前提是否蘊涵結論是獨立於任何人對它們的實際信念。不過，信念對於推理是必不可少的，推理僅僅在某人由於相信前提而相信結論，或比以前有更大信心繼續相信結論時才會發生。因為推理需要一個有信念的主體，有些(理想的)關於可接受的推理的要求，並不能適用於抽象論證上：推論者必須相信前提；推論者必須相信前提能支持結論；前述任何信念都不能是建立在一個人對結論的事先信念之上。約翰遜(W. E. Johnson)稱此為推理的認識論條件。在從特定前提演繹出自我矛盾的「歸謬法」(*reductio ad absurdum*)論證中，並不是所有的論證步驟都符應於推理的步驟。沒有人深思熟慮地推理出一個矛盾來；在這樣的論證中，人們所推理出的是：某些特定前提是不一致的。

根據上述的要求，可接受的推理可能不是理想的可接受推理。在認識論條件中所謂有關的信念有時並不是那麼確定的。嬰兒和孩童儘管不能領會複雜的支持概念，但他們仍能推理。理想化的一個功能是為那些不足的推理而設置標準。判斷幾乎不明確的、無意識的、未深思的、不理想的推理究竟滿足理想的要求到何種程度是可能的。

在日常的英語中，「推理」(infer)經常履行「蘊涵」(imply)作為同義詞使用，例如在英文中我們可以說「新稅法推理出(蘊涵)我們不得不計算灌木的價值」。細心的哲學寫作會避免這種用法，蘊涵是陳述句之間的關係，但推理不是。

有效的演繹推理與有效的演繹論證是相一致的：當結論為假時，在邏輯上不可能所有的前提同時為真。這也就是說，在有效的論證中，所有前提與結論的否定的合取是不一致的。不論何時，當這樣的合取是不一致時，就有一個由某一合取項的否定做結論、其他合取項為前提的有效論證存在(相關邏輯對有效性的限制會避免這個結果)。不論何時，一個論證在演繹上有效時，以不同方向進行的論證也會有效。(1)「司達茜把她的拖鞋留在廚房」蘊涵了(2)「司達茜有拖鞋」。我們無須熟悉司達茜或她的廚房，就能從(1)推理出(2)，或從不是(2)推理出不是(1)來。形式邏輯能告訴我們蘊涵和演繹的有效性，但它不能告訴我們何時去推理或推理出什麼來。合理的推理取決於合理信念的相對程度。

當一個推論的前提和其每一步驟都沒有問題時，我們就叫它「證明性推論」(demonstrative inference；同樣地，滿足這樣條件的推思〔reasoning〕，就叫做證明性推思)。但由於什麼算是「沒有問題」會因情況而異，因而什麼算是證明性推論也就因情況而異。「證明性推論」這個詞來自亞里斯多德的《後分析學》(Aristotle's *Posterior Analytics*)一書。要想了解亞里斯多德對證明的看法，我們得先了解他區分推論的架構。

不是所有的推理都是演繹的。在一個歸納推理中，人們可以從一個被觀察到的特性組合推理出某些未被觀察到的類似組合。

「推思」、「推理」、「推論」(在英文中皆以「reasoning」表示之)就好像「繪圖」、「結霜」這樣的詞一樣，是過程-結果歧義的字。推論可以看成是在時間中的過程，也可以看成是這個過程的結果。寫給主編的信裡可以包含有許多推論，但也可以說是這些推論的結果。有些時候，我們很難弄清楚，像「統計性的」這樣的字眼是用來修飾一個推論程序中的某階段呢，還是用來修飾那個推論結果的內容。

有一個簡單而吸引人的看法是：推論程序中的階段對應於一個推論成果的一部分。但你很難找到證實這樣看法的例子。就像其他創造性的活動一樣，在推論的過程中，我們也會做些像測試其他選擇、拋棄或撿回某些想法、修正某些看法等等的活動。推論的成果很少忠實地反映出這個歷史過程來。

在《對威廉．漢密爾頓哲學的檢省》(*An Examination of Sir William Hamilton's Philosophy*)一書中，彌爾(J. S. Mill)說推論是我們獲得新真理的來源之一(第 14 章)。只要我們記得並非所有的推思都是推論，那麼這樣的說法其實是很正常的。

參見 deduction 演繹法；implication 蘊涵；induction 歸納法

D.H.S.撰　王文方審訂

inference rule　推論規則　見 logistic system 邏輯斯蒂系統

inference to the best explanation　最佳說明推論　一種推論，吾人可以在「這說明是某事的最佳說明，而且其他人都相信該事是事實」的基礎上，而結論說某事是事實。這種推論的典型例子可以在自然科學中找到，其中假說就是在它是相關觀察資料的最佳說明之基礎而被接受。譬如，物質有原子結構的假說，乃是這類物質如何互動的一大堆觀察資料的最佳說明。最佳說明推論也在每日生活中出現。假設你走進你的屋子裡，看到地板上躺著摔破的桌燈，在這個基礎上你推論是貓撞倒了它。這很合理地被分析為最佳說明推論；你相信貓撞倒桌燈，因為這是地板上摔破的桌燈的最佳說明。

最佳推論說明的本質和它的使用範圍兩者都有爭議。不同的立場包括(a)這只是不同種類的歸納推論；(b)所有好的歸納推論都包含了最佳說明推論；(c)這絕不是不同種的推論，而是枚舉歸納(enumerative induction)的特例。另一個爭議是判斷最佳說明的判準是什麼？簡單地說，有人建議「認知的合適」(cognitive fit)、「說明力」(explanatory power)為相關的優點，但我們對這些觀念都沒有充分地理解。最後，有一個令人起疑的問題：科學知識和常識都合理地包含了最佳說明推論，但我們並不清楚「為什麼對一個人而言的最佳說明可能是真的」。

參見 abduction 抽納；explanation 說明；induction 歸納；inference 推理；philosophy of science 科學哲學

J.G.撰　陳瑞麟審訂

inferential justification　推論性的證成　見 foundationalism 基礎主義

inferential knowledge　推論知識　一種「間接的」(indirect)知識，即根據推論或來自推論的知識。假定知識的必要條件是真實的證成信念(true, justified belief)，推論知識是由真實的證成信念構成，其證成乃由於信念推論自某些其他的信念。「7 等於 7」這知識是非推論的(non-inferential)。我們不從任何事物推論出 7 等於 7，它是明顯而且自明的。相反地，「7 是 343 的立方根」這知識是推論的。我們無法不透過其他推論(例如 343 是 7 乘 7 乘 7 的結果)而知道這件事。

我們可區分兩種推論關係。「我由降半旗做了有人死掉的推論」可能為真，因為我昨天獲得了有關旗子的信念，而此信念致使我相信有人死去。「我由目前降半旗，推論地相信有人死掉」現在可能為真，因為我保留有人死去的信念，且其保留乃基於我對旗子的知識。可見我相信某人死去可以是「偶發推論的」(episodically inferential)，也可以是「結構推論的」(structurally inferential)。偶發過程是信念獲得間一種實際發生的因果關係。結構關係涉及信念之保有，無需是發生實際的推論過程(有些人將「推論」保留給偶發推論)。某個推論信念建基於某基礎而成立，但它也可能建基於其他基礎而成立，例如當我忘了自己看到降半旗這事但卻還持續相信某人死掉，這是因為我看到新聞報導亦可支持上述信念。

追問「你如何知道？」並要求「證明它！」中肯地反映著所有知識都是推論的，此乃一種融貫理論(coherence theory)的觀點。不過，著名的無限後退論證(infinite regress argument)指出並非所有知識都可以是推論的，此乃一種基礎論(foundationalism)的觀點。因為如果 S 推論得知某事，S 一定是從 S 認定為真的前提中透過正確推論得知此事。至於追問那些前提是否也由推論而來，答案若不是產生(人力無法完成的)推論的無窮後退，就是產生了(無法構成個好推理的)證成的循環論證。

即使假定基礎論為真，哪種知識來源是非推論的仍還是個問題。當我們看見一顆蘋果是紅的，我們的知識是根據蘋果看起來的樣子。「你怎麼知道它是紅的？」可以用「因為它看起來的樣子」來回答。但進一步說，這個回答只有在「蘋果看起來的樣子」可以保證推出「蘋果為紅色」時才正確。不過，知覺信念(perceptual belief)的形成是自發的，把它說成推論似乎不甚恰當。此外，推論可以是獲得信念的過程(process)，這些信念是經由接受其他信念而獲得的；推論也可以是維持信念的狀態(state)，這些信念經由其他信念的支撐而維持。這兩種推論是有區別的。作為過程的推論知識不必在狀態上也是推論的，反之亦然。

參見 foundationalism 基礎主義；inference 推理；practical reasoning 實踐推理

W.A.D.撰　林正弘審訂

infima species **最小的種**　拉丁語，意為「最小的種」(lowest species)。一個不是任何其他種之屬的類(genus)。根據傳統邏輯或亞里斯多德(Aristotle)邏輯關於歸類、劃分以及定義理論的部分，每一個個體是某個最小的種的一個樣本。一個最小的種是一個類的成員，依順序變為某個更大的屬的一個種，如此下去，直到抵達一個最高類(*summum genus*)，即一個不是更大的類的一個種的類。蘇格拉底(Socrates)和柏拉圖(Plato)是人類這個最小的種(會死的理性動物)的樣本，人類又是理性動物這個類的一個種，理性動物又是動物這個類的一個種，如此推下去，直到成為最高的類實體的一個種。然而動物的兩個樣本——如一個個體的人和一個個體的馬——部分可由其本質性質加以區分，但是人類這個最小的種沒有兩個樣本可以從本質上加以區分。

參見 Aristotle 亞里斯多德；essentialism 本質論；*genus generalissimum* 最普遍的類；tree of Porphyry 波菲利之樹

W.E.M.撰　丁福寧審訂

infinitary logic　無窮邏輯　無窮長度表達式的邏輯。蒯因(Quine)曾提出主張，認為初階邏輯(first-order logic, FOL)是一種科學語言，這主張得到許多追隨者的採納。不過，數學及科學的許多重要概念，並不能用初階邏輯來表達。「有限性」(finiteness)這個重要的數學概念便不能用初階邏輯表達。例如「僅有有限多個星星」這樣一個簡單精確的敘述，就無法用初階邏輯表達。初階邏輯中類似這樣在表達上的侷限性，嚴重阻礙了它在數學研究中的應用性，並且導致了更強邏輯的研究。

為了避免侷限性，有各種各樣的進路來從事所謂強邏輯的研究，這包括二階邏輯(second-order logic，量詞可作用在集合或性質上，不限於個體)、廣義量詞(generalized quantifiers，為存在〔there exists〕和全稱〔for all〕量詞之外的量詞)和分枝量詞(branching quantifiers，引入變量獨立性〔independence of variables〕概念)。最富成果的方法之一是引入理想上的「無限地長」(infinitely long)的陳述句。例如，上述關於星星的陳述句可用一個無限析取式(infinite disjunction)表示：至多有一顆星、至多有兩顆星，或者至多有三顆星等等。這些析取式的任何一個都可以用初階邏輯表示。

初階邏輯表達的侷限性，與哥德爾(Gödel)著名的完備性定理及不完備定理(completeness and incompleteness theorems)緊密關聯。這些結果顯示，無論是哪一種方式，任何將邏輯法則系統化的嘗試都將是不充分的。或者它將受制於表達上有侷限性的語言，以至於上述概念無法被表達；要不然就是，如果它們能被表達，那麼任何有效地列出其公理和推論規則的嘗試，都將不會成功。在無窮邏輯中，推論規則有無限多的前提，因此這些前提不可能被有效地表列出。

無窮邏輯的早期研究著重於基數(cardinality)：一個析取式、合取式(conjunction)或量詞串(quantifier string)是否可以被使用，僅和所考量的集合基數有關。而這些邏輯中最富成果的是，具有可數的合取式和有限個初階量詞的語言。這個語言經進一步的修改成為所謂的可接受語言(admissible languages)。其中，更周密的集合論的考量，在決定什麼被視為是「合法邏輯式」時有所影響。

無窮語言也與強無窮公理(strong axioms of infinity)這類的陳述句有關，而這類公理雖不能被一般集合論證明，但是有證據顯示它們為真，或者和一般集合論相容。特別是，緊緻基數(compact cardinal)是無窮基數，這使得相關的無窮語言也有類似於初階邏輯緊緻性定理(compactness theorem)的性質。這些基數在現代集合論中非常重要。

在 1990 年代，某些無窮邏輯在計算機科學領域中扮演了令人驚異的角色。在容許任意長度的合取式和析取式，但只允許有限多個變量(開放的或限定的)之情形下，這樣有吸引力的封閉性質的語言，被發現可以表達某些計算機科學的歸納程序，而這種歸納程序是不能用初階邏輯來表達的。

參見 compactness theorem 緊緻性定理；completeness 完備性；Gödel's incompleteness theorems 哥德爾不完備定理；infinity 無限；second-order logic 二階邏輯

J.Ba.撰　李瑞麟審訂

infinite, actual　現實的無限　見 Aristotle 亞里斯多德

infinite analysis, doctrine of　無限分析說　見 Leibniz 萊布尼茲

infinite regress argument　無窮後退論證　一種獨特的哲學論證，旨在揭示一個論點是有缺陷的，因為它產生了一個無窮系列，而這個系列或者不存在(形式 A)，或者就算存在(形式 B)，這個論點也會喪失它原來假定所起的作用(如作為正當的理由)。

僅僅產生一個無窮系列並不會有什麼問題。因此，把「無限後退」(或「後退」)與「無窮系列」(infinite series)等同起來是很誤導人的。例如，下列兩個說法都產生了一個無窮系列：(1)每一個自然數都有一個本身就是自然數的後繼者；(2)每一個事件有一個本身就是事件的前因。但是(1)是真的(必然的真)，而(2)在邏輯上來說可能是真的。同樣地，以下的假設都能產生一個無窮系列，但卻不會與邏輯相違背：(3)每一個自由行為都是一個自由選擇行為的結果；(4)每一次智力運算都是一次精神的智力運算的結果；(5)無論何時，當個體 x 和 y 共有一個屬性 F 時，就存在一個第三個體 z，z 具有屬性 F，並且 x 和 y 和它有某種關係(如複製、參與等等)；或(6)每一個經驗通則，都可以透過訴諸於其他經驗通則，而從這些經驗通則中歸納地推論出來。

(3)中的自由意志的看法是洛克(Locke)(在《人類悟性論》〔*Essay concerning Human Understanding*〕)所反對的，(4)中的「理智主義傳說」(intellectualist legend)的看法，則是賴爾(Ryle)(在《心靈概念》〔*The Concept of Mind*〕中)所反對的。而他們反對的理由是：事實上我們無法做出無數次的選擇行為或心智運算。事實上，他們的無窮後退論證屬於形式 A：他們論證有關的理論必被否定，因為這些理論錯誤地蘊涵了有這樣的無窮系列存在。

我們有理由認為，柏拉圖(Plato)關於他自己的形式理論(在《巴門尼德斯篇》〔*Parmenides*〕)，以及波普爾(Popper)關於彌爾(Mill)提出的歸納法(在《科學發現的邏輯》〔*Logic of Scientific Discovery*〕)的無窮後退論證，最好被解釋為形式 B 的無窮後退論證，而且他們的無窮後退論證與其說是在反對(5)和(6)，不如說是在反對(5*)和(6*)這種較弱的知識論的版本，亦即，(5*)：僅當我們知道存在著一個 z，z 具有屬性 F，並且 x 和 y 和它有某種關係(如複製、參與等等)時，我們才會知道 x 和 y 如何能共有一個屬性 F；(6*)既然歸納法則自身必定是由經驗而得來的通則，那麼，僅當它能通過借助一個更高階的、更有理由的歸納法則由經驗推理得出時，我們才有理由接受它。他們論證，由於(5)、(6)產生的系列是無窮的，因此，由(5*)和(6*)所保證的認識將永遠躲我們躲得遠遠的。

當無窮後退論證成功時，無窮後退論證昭示我們，某些特定的解釋、理解或證明其實是縹渺不可及的。正如帕斯摩(Passmore)所指出的(在《哲學推理》〔*Philosophical Reasoning*〕)，「解釋」有一種重要的意涵，在此意涵之下，我們不可能去解釋斷說(predication)。我們既不能透過說「x 和 y 冠有同樣的名」(唯名論〔nominalism〕)或「x 和 y 落於同一個概念之下」(概念主義〔conceptualism〕)，也不能透過說「x 和 y 與同一個形式有關」(柏拉圖現實主義〔Platonic realism〕)，來解釋 x 和 y 具有共同的屬性 F，因為這裡的每一個說法都指涉 x 和 y 所共同擁有的某一種屬性。同樣地，透過假設其他事物的存在(如有神論的上帝)來試圖解釋一件事為什麼存在，也是毫無道理的。事物存在及事物之間共同擁有屬性這類的普遍真理，是有關這世界的最基本事實。

一些無窮後退論證之所以失敗，主要是因為它們針對的是「稻草人」(straw men)。布雷德利(Bradley)有一個反對多元主義「將事實分析成關係和性質」的無窮後退論證，他並且由此得出一元論是正確的結論，這是一個典型無窮後退論證失敗的例子。他正確地論證說：如果一個人假定兩件或更多件事物的存在，那麼，在它們之間是必定有這種或那種的關係。但隨後(他暗地假設這些關係本身就是事物)他結論說，在這些關係之間必定永遠有更高級的關係存在。但布雷德利的無窮後退論證沒有效果，因為一個多元主義者會拒絕他的假定。此外，一些無窮後退論證之所以失敗，是因為他們假定任何一個無窮系列都是危險的。亞奎納(Aquinas)反對一個無窮系列推動者的後退論證，並從其中得出必定有一個最初的推動者的結論，就是一個涉及這種混淆的論證。

參見 epistemic regress argument 知識的後退論證；infinity 無限；vicious regress 惡性後退

R.D.B.撰　王文方審訂

infinity　無限　集合論中一種集合的性質，就是該集合有一真子集的元素可以與該集合的元素一一對應起來。如偶數可以用函數 $f(x) = x/2$，與自然數一一對應，即：

$$\begin{array}{ccccc} 2 & 4 & 6 & 8 & \cdots \\ \downarrow & \downarrow & \downarrow & \downarrow & \\ 1 & 2 & 3 & 4 & \cdots \end{array}$$

戴德金(Richard Dedekind)不受制於自古以來一般人的直觀，以為部分不能與全體一樣大，而發明了這種有關無窮的集合論式定義。像羅素(Russell)的哲學家公開讚揚這種工作，並督促哲學家效仿這種概念分析，它能說明原來假定時間、空間、甚至上帝及其能力、智慧等等所具有的無窮性。

一個稱為是可數的(denumerable)集合——換言之，能使其元素與自然數一一對應——更容易表示定義一個無限集的無窮性是什麼。康托(Cantor)舉出實數(以無窮小數展開式來表示)作為對照的反例，以他著名的對角線證法(diagonal argument)證明它們是不可數的。假定所有介於 0 和 1 之間的實數能與自然數一一地對應，因此：

1 ←　.8632···
2 ←　.3476···
3 ←　.9832···
.　　　.
.　　　.
.　　　.

沿著主對角線向下，可以建構一個在無窮「方陣」中不出現的新實數，如：.954 . . .。集合論最重要的成果——康托定理，被想法與眾不同的追隨者斯科倫(Skolem)借助於這樣一個事實而弱化：雖然在任何標準公理系統中建構的實數，相對於該系統的規定來說是不可數的，但從體系外來觀察，它們有可能是可數的。像斯科倫的人拒絕接受任何集合的絕對不可數性，經由將概念相對化於某些公理系統的做法，提供了傾向相對主義誘因的例證。

更激進的是唯名論者，他們拒絕接受任何抽象的實體，特別是集合，也許會被認為應該放棄康托定理。但並非如此。德謨克利特斯(Democritus)假定有無窮多的他那種由堅硬物質組成的原子。一一對應於每一個由這些原子組成的無窮子集的是「部分論的和」(merelogical sum)或說「融合」(fusion)，即特定量的堅硬物質。由於具體的實體對唯名論者來說是可接受的，這些量很容易證明為不可數的。康托超越$\aleph_1$的更高級的無窮是否有唯名論的實現，仍是一個大部分未探索的領域。如果將$\aleph_0$(阿列夫零)理解為對應於自然數全體的無窮，那麼(假定在連續體假設之下)就有$\aleph_1$個實數，而實數的冪集有$\aleph_2$個元素，再來的冪集合有$\aleph_3$個元素等等。總之，假定 K_1 的元素能一一對應於 K_2 的某個真子集，而 K_2 的元素不能一一對應於 K_1 的任何真子集，那麼，就說 K_2 的元素數(有限或無限)比 K_1 的元素數更大。

關於高級無窮性的懷疑甚至可以向下發展到$\aleph_0$，就像亞里斯多德(Aristotle)批評芝諾(Zeno)，及康德(Kant)處理宇宙論的二律背反，都拒絕接受任何實體的、完備的無窮，那麼，當代與布勞爾(Brouwer)的數學直觀主義接軌的杜米特(Michael Dummett)，利用回歸到驗證主義的主張提出了強烈的挑戰。超越認知的語句如「星星的總體數量是無窮的」，被指責違背了語言使用者所要求的、用以表述領會此句子意義的相互主觀的條件。

參見 continuum problem 連續體問題；set theory 集合論

J.A.B.撰　李國偉審訂

infinity, axiom of　無窮集公理　見 set theory 集合論

informal fallacy　非形式謬誤　非形式謬誤是論證(argument)裡推理或策略的錯誤，此論證可用來說服他人相信你實際上為誤的論證是正確的。一般邏輯教科書大量著墨於亞里斯多德(Aristotle)所列舉的非形式謬誤，但非形式謬誤有許多變形，並且一直有新的謬誤出現，有的非形式謬誤在教科書裡具有重要地位。「非形式」一詞意指：這些謬誤並不單純是邏輯上的錯誤或失敗，即無法在一個論證的既予命題(前提與結論)中符合語意學上的正確性(像是演繹邏輯〔deductive logic〕)，而是該論證與相關的為論證者所從事的推理脈絡或對話類型的誤用。「非形式邏輯」(informal logic)是邏輯研究裡的一個次領域，主要是在處理這些謬誤。典型地，非形式謬誤有其實用的(pragmatic)(實踐的〔practical〕)面向——與如何使用論證有關；還有辯證的(dialectical)面向，屬於對話的脈絡——一般指的是在討論中，兩個參與者的交流。這兩個面向是非形式邏輯主要關心的。

邏輯教科書以許多方式將非形式謬誤歸類，但目前還沒有一個明確而廣為接受的分類系統被建立起來。有些教科書非常有創意與創造力地提出許多不同的謬誤，包括新鮮與奇異的謬誤；其他的教科書則比較保守，保持了二十個左右或是在亞里斯多德原初處理中為主要特色的、或是從中推導出來的謬誤，比較少有大量的增加。下面數段文字，涵蓋了大部分這些「主要的」或被深刻刻畫過的謬誤、最常遇到的謬誤，其名稱來自日常教育性談話的語言。

「起源的謬誤」(the genetic fallacy)是從事物之來源的某種善的特質或惡的特質，推導出關於事物的某種善的特質或惡的特質的不適當結論。舉例來說，「這個藥物是從一有毒的植物提煉出來的；所以，雖然我的醫生建議我吃它，我還是覺得若我吃了這個藥，會對我很不好」。從藥物的來源推導到它必定在任何形式或任何情況下都是有毒的，此不適當的論證是錯誤的所在。來源的謬誤經常在廣義的解釋下與人身攻擊式論證(*argumentum ad hominem*)(見下面的說明)有共同的外延，後者藉由批評它的來源或提案人以批評先前的論證。

「訴諸大眾的論證」(*argumentum ad populum*〔argument to the people〕)，是一種訴諸大眾情感以支持結論的論證。有時也稱為「訴諸群眾」(appeal to the gallery)或「訴諸大眾的言論」(appeal to popular pieties)或甚至是「暴民訴求」(mob appeal)，這類的論證傳統上就被視為是一種謬誤。然而，只要他們證據的價值沒有被過度誇大，在論證中訴諸大眾的情感本身是沒有錯的。即使如此，當企圖使用群眾的熱情作為隱瞞錯誤的替代品，以帶出那類要求用來支持某人結論的證據時，這樣的策略便說是謬誤。

「同情的論證」(*argumentum ad misericordiam*〔argument to pity〕)是種訴諸同情(pity)、同感(sympathy)或憐憫(compassion)以支持結論的論證。在某些討論中，這樣的論證可以擁有合法的地位，例如尋求慈善樂捐時。但在論證中，當試圖去掩蓋一個弱的情況(weak case)時，它們同時也會造成回答者情感上的壓力。舉例來說，一個學生對於他的遲交作業提不出什麼合法的理由時，希望老師能給他高分，不然，他失望的母親，可能會心臟病發作。

「組成的謬誤」(the fallacy of composition)，這種錯誤指的是將全體裡某個部分的特質當成整體的特質。如：「燈光是這個機器裡重要的一部分；因此，這個機器是燈光」。但部分的特質並非總是能夠轉換成整體的特質。在某些情況下，組成的謬誤的例子是把「全部」(all)的部分當成一個整體(whole)。如：「這個國家裡每個人都付自己的帳單；所以，國家付它的帳單。」「分割的謬誤」(the fallacy of division)是組成的謬誤的相反情況：一種把整體的特質轉換成部分之特質的錯誤。如：「這部機器很重；所以，這部機器的全部零件都很重」，問題在於整體所擁有的特質不必然轉換到部分之上。

「錯誤原因的謬誤」(the fallacy of false cause)，有時稱為「在此之後，職是之故」(*post hoc, ergo propter hoc*〔after this, therefore because of this〕)，是這樣一種錯誤：因為兩個事件彼此相互關聯，特別是當它們非常接近的時候，便推論其中一個是另外一個的原因。舉例來說，歐洲某地區白鸛的總數與人口出生率二者間可能的確有所關聯。但只依據單一的基礎即做出「白鸛的出現引起嬰兒的出生」這樣的結論便是錯誤的。然而，一般來說，關聯是個好的——如果偶爾是弱的——因果證據。當關聯的證據的強度是被誇大為因果的證據時，問題就會產生。表面的連結可能是巧合(coincidence)，或是歸因於其他可以被放入一起討論的因素，例如同時引起二個相互關聯的事件的第三個因素。

「忽略限定條件的謬誤」(*the fallacy of secundum quid*〔neglecting qualifications〕)，此謬誤產生於某人從普遍規則推論到特殊案例，反之亦然。對於此謬誤的一種說法，是普遍規則會忽略或隱藏合法的例外情形。這種錯誤也常被稱為「偶然性的謬誤」(the fallacy of accident)。一個論證例子是：「每個人都有言論自由的權利；因此，如果我高興，我可以在擁擠的戲院裡大喊『失火了！』」。忽略限定條件的謬誤的另一種說法，有時被稱為「反偶然性的謬誤」(the fallacy of converse accident)，或「倉促普遍化的謬誤」(the fallacy of hasty generalization)，這種錯誤是企圖從一個特殊案例推論到並不適用於此一案例的普遍規則。一個論證例子是：「鴕鳥是種不會飛的鳥；因此，鳥不會飛。」錯誤之處在於不知道，就飛而言，鴕鳥並非典型的鳥。

「訴諸共識的論證」(*argumentum consensus gentium*〔argument from the consensus of the nations〕)是種訴諸人類的共同意見以支持結論的論證。過去許多哲學家與神學家都使用這樣的論證來支持像上帝存在與道德原則之約束力等結論。舉例來說：「實際上過去與現在的人普遍相信上帝；因此，關於上帝存在之命題的真實性，此假設有其實際上的分量。」「訴諸共識的論證」的一種說法可用此一例證來說明，這個例證有時會在邏輯教科書裡作為「訴諸大眾的論證」(見上面說明)的一個例子而提及：「每個人都相信(接受)P 是真的，因此 P 是真的。」如果被解釋成適用於所有情況，則訴諸大眾的論證一般來說並不健全，而且可能被認為是種謬誤。然而，若視其為僅適用於某些情況的推論，並且，當反例存在的證據出現時，主體就會放棄這樣的推論時，它有時可以被視為是弱的、但可接受的論證，用以作為謹慎行為或明智判斷的暫時性引導。

「人身攻擊式論證」(*argumentum ad hominem*〔argument against the man〕)是種使用人身攻擊來阻止爭辯者反駁其論證的論證。在惡言的或個人的變形中，爭論者的特質(尤其是與眾不同的特質)是被攻擊的對象，如：「你不能相信史密斯的話——他是個騙子。」在評價性的證詞(如法律上的交叉詢問〔cross-examination〕)裡，某些情況下，攻擊爭論者的特質可以是合法的。同時，在政治上的爭論，特質也可以是個合法的議題。然而，「人身攻擊式論證」一般都謬誤地用來攻擊對手的不正直——例如不應該出現的攻擊；或分散聽眾的焦點，不去注意更為相關的論證理路。在環境狀況的變形中，當爭論者個人的環境狀況被宣稱與論證相衝突時，這代表了爭論者不是弄混了就是不誠實的，如：「你沒有依你所主張的去做」。舉例來說，一個曾經主張不要加稅的政治家可能被控告為「突然轉向反方向」(flip-flopping)，如果他後來贊成加稅的合法性的話。這類論證並非本質上是謬誤的，而是用錯了方面，或是被謬誤地使用，例如當環境改變了，或者是被宣稱的衝突其實沒有攻擊者所說的那麼嚴重。另一種變形是「毒害源頭」(poisoning the well)式的「人身攻擊式論證」，此刻爭辯者被說是不重視真理，這代表了他以後所說的，無法被相信為真。

然而，另一種常被教科書引用的「人身攻擊式論證」的變形是：「回說你也是」(*tu quoqu*〔you-too reply〕)，這時，爭辯者藉著反用「人身攻擊式論證」，並問「那你呢？你以前從未說過謊嗎？你也一樣糟。」來進行攻擊。還有一種變形是偏見式的「人身攻擊式論證」，爭論之一方在論證中指探另一方不誠實、不正直、帶有隱藏的動機或個人的利益。

「訴諸武力的論證」(*argumentum ad baculum*〔argument to the club〕)是種訴諸威脅或恐懼以支持結論或脅迫回應者接受它。訴諸武力的論證通常採取間接的形式，如：「如果你不做這個，就可能會有可怕的結果跟隨著你」。在這樣的例子裡，言詞通常都可以當作是威脅。訴諸武力的論證並非本質地謬誤，因為訴諸威脅或恐懼的處罰，如：對酒後駕車嚴厲的處罰等，不必然是批判性論證的失敗。但因為訴諸武力的論證在挑起情緒上非常有力，故它們在論證中通常是作為辯論的策略而勸說性地使用，以避免舉證責任的要求。

「訴諸權威的論證」(argument from authority)是使用專家意見(實際上的權威〔*de facto authority*〕)或擁有機構職務或頭銜(法律上的權威〔*de jure authority*〕)者的發言，來支持一個結論。作為一種實用但易犯錯的方法(使討論轉向一預設的結論)，訴諸權威的論證可以是一種合理的免除舉證責任的方式。然而，如果在討論中過度地使用，或讓它顯得比明顯的證據更能證成結論，它就會成了「訴諸謙遜的論證」(*argumentum ad verecundiam*)(參考下列的說明)。然而，應該注意的是，基於專家意見的論證，無論在人工智慧或日常生活的論證中，在正確的條件下，它作為合法與健全的論證都是被廣為接受的。雖然來自權威的論證在某些歷史時期被強烈批評為是本質上的謬誤，現在的情形是認為在某些情況下它們是可接受的，即便它們是容易犯錯的論證、易走錯方向或被詭辯的說客所誤用。

「證成的論證」(*argumentum ad judicium*)是種以知識為基礎的論證，它是經驗的，而有異於依賴論證者個人的觀點或見解。用現在的說法，它明顯地是基於客觀證據的論證，而有異於某人主觀的看法。這個名詞是由洛克(Locke)所發明的，相對於一般所使用的三種論證，而為第四種特殊的論證。前三種論證，都是基於論證答辯者已接受了前提。因此，它們本質上可被稱為是「個人的」(personal)。第四種論證——「證成的論證」，不需要基於某人所接受的前提，所以可能被稱為是「非個人的」(impersonal)。洛克寫著前三種論證可以使某人接受真理，但無法幫助他到達真理；只有「證成的論證」可以。前三種論證來自「我的謙遜、無知或錯誤」。而「證成的論證」「來自證據、論證與事物本身的本質之光」。前三種論證只具有發現事物真理的預備性功用，但證成的論證是更直接有助於我們找到真理。

「訴諸謙遜的論證」(*argumentum ad verecundiam*〔argument to reverence or respect〕)是種在論證中使用專家意見試圖說服某人接受結論的謬誤。在《人類悟性論》(*Essay concerning Human Understanding*, 1690)一書裡，洛克描述這種論證是種試圖說服某人表示同意的策略，他的方式是當對方沒有很快地屈服於某些引用的權威觀點時，就說他是不敬的或是不謙虛的。然而，洛克並未宣稱所有訴諸專業權威的論證都是謬誤。如果審慎地使用，它們可以是合理的。

「無知的論證」(*argumentum ad ignorantiam*〔argument to ignorance〕)採取下列的形式：一個命題 a，尚不知道或被證明為是真的(假的)；所以 a 是假的(真的)。它是以知識為基礎或推論思考的相反形式，通常都不是決定性的；然而，當證據還無法解決一個爭論性問題時，在平衡考量(balance-of-consideration)的情況下，無知的論證通常還不是謬誤。在這種情況下，它是一種基於預設(presumption-based)的論證，在缺乏真實知識以決定結論的真假時，用以暫時支持某一個結論。舉例來說：我們已經超過七年沒有史密斯的消息了，也沒有任何可以證明他仍活著的證據；因此，我們可以假設(為了安置史密斯的資產)他已經死了。無知的論證不應該太過強調或使用時有著太強的自信。有個來自1950 年美國參議院的例子：參議員約瑟．麥卡錫(Joseph McCarthy)使用歷史的例子，以主張國務院裡某個人應該是共產黨員。在一個例子裡，他說：「除了機構裡的一般聲明——沒有任何可以反證他與共產黨的關聯的檔案外，對此我沒有太多的資訊。」任何無知的論證的強度來自依賴於搜查的徹底程度。來自無知的論證只有在謠傳、諷刺或錯誤控告取代了真實證據的情形下，才可以被使用以免除舉證的責任。

「反駁的無知」(*ignoratio elenchi*〔ignorance of refutation〕)是個傳統的名詞，來自亞里斯多德，是在論證時無法抓住重點的錯誤。這個謬誤也稱為「無關乎結論」(irrelevant conclusion)或「沒抓到重點」(missing the point)。這樣一種關聯上的失敗本質上乃是指無法在討論時與問題保持足夠密切的關係。假設在一個犯罪的審判上，檢查官拿出受害人的血衣，並在最後主張謀殺是個可怕罪行；此一離題可能是與被告是否犯有謀殺罪此一問題無關的。在論證中此一類型的錯誤，有時是相當難以公正判定的，而且，規則依賴於爭辯者所預設要討論的問題而定。在某些情況下，程序之習慣或制度上的規定——例如在一次罪行審判中——有助於決定一個論證過程是否應被判定為有關或無關的。

「在討論中使用待證明的規則」(*petitio principii*〔asking to be granted the "principle" or issue of the discussion to be proved〕)，也稱為「丐題」(begging the question)，是種不適當的循環論證的謬誤。循環推論不該被預設為本質上的謬誤，但當循環論證被用來掩飾或掩蓋負起舉證責任的失敗，它就成了謬誤。問題產生於論證的答辯者將待證明的結論放入假定的前提中。假如我要你證明「這台腳踏車(其所有權是爭論的重點)是漢克特的」，然後你回答道：「這裡所有的腳踏車都是漢克特的」。問題在於沒有用其他方法顯示的獨立證據，前提「這裡所有的腳踏車都是漢克特的」已讓「這台腳踏車是漢克特的」變得理所當然，而不是以適當完整的證據來證明它。

「多重問題謬誤」(the fallacy of many questions)，亦被稱為「複合問題謬誤」(the fallacy of complex question)是種策略，把許多未經證實的前提塞入問題，使得答辯者任何直接的回答都會落入這些前提的圈套內。一個傳統的問題是：「你最近停止毆打你的配偶了嗎？」無論回應者如何回答，答是或不是，她都承認了上述二個前提：(A)她有配偶；而且(B)她以前曾毆打配偶。在此，這二個前提都是未經證實的，這個問題是多重問題謬誤的一個例子。

「模稜兩可的謬誤」(the fallacy of equivocation)發生於一個歧義(ambiguous)的字多次出現於論證中，此字在一個情況下可解釋成一個意思，在另一個情況下則是另一個意思。如果在該脈絡中字詞使用的轉變使得這些不同詮釋看來合理，則這樣的論證可能會有說服力。然而，在較長的論證序列中，字詞意義若有微小但意義重大的轉變，模稜兩可通常被視為是嚴重的欺騙。一個簡單的例子可以說明此謬誤的要點：「新聞媒體應該報導大眾利益(public interest)所在之所有事情的所有事實；大眾興趣(public interest)在於電影明星的日常生活；所以，新聞媒體應該報導電影明星私生活的所有事實。」此論證便是藉由使用「public interest」一詞的歧義性，從看似合理的前提推導出不合理的結論。在某種意義上，它指的是「大眾利益」(public benefit)；而在另一種意義上，它意指某種近似好奇心的東西。

「雙重論證」(*amphiboly*〔double arrangement〕)是一種傳統的論證(來自亞里斯多德的謬誤表)，它指的是使用語法上歧義的句子，像「省了肥皂而浪費了紙」(Save soap and waste paper)。雖然邏輯教科書常常提出這樣的句子作為謬誤的例子，但它們從來沒有清楚地說明，如何在嚴肅的討論中，用它來欺騙對方。的確，所引用的這個例子甚至不是個論證，而只是一個歧義的語句。以一句廣告詞：「兩個披薩一個特價」(Two pizzaa for one special price)為例，從這句話中，我們可以看出雙重論證會如何嚴重地誤導讀者以為上述廣告詞的意思是：「買兩個披薩只要一個披薩的錢。」「重音」是用來轉移注意力以欺騙對方的方法。舉例來說，如果說話者在「所有的人生來都是平等的」這個句子裡，把重音放在「生來」(created)上，它就意味著(藉由暗示的方法)「所有的人生來都是平等的」此一命題的對立命題：「並非所有的人(在現在)是平等的」。口頭的強調允許說話者偷偷地建議聽者可能的推理，並且對後者否定他曾說過這樣的話，以逃避暗示結論的罪行。

「滑坡論證」(the slippery slope argument)其一種形式是，基於以下方式來勸阻某個企圖的行動(或不行動)：一旦去做它，那將會是一連串事件的第一步，這些事件將是難以抵擋的，而且將會(或可能會、或必定會)最終導致某個危險的(或不想要的、或悲慘的)後果。常有的爭議如：一旦我們同意任何形式的安樂死，像是在醫院裡撤銷對垂死病人的積極治療，則(經過對人類生命尊嚴的磨耗)你最終將結束於一個極權政府——在此，那些年老衰弱的或政治上有問題的個體，都會例行地被消滅。有些滑坡論證可以是合理的，但它們不該被誇張地使用，或在沒有充分證據下被支持，或用作為駭人的策略。

參見 circular reasoning 循環論證；formal fallacy 形式謬誤；implicature 語用蘊涵；informal logic 非形式邏輯；pragmatic contradiction 語用矛盾；valid 有效的

D.W.撰　蕭宏恩審訂

informal logic　非形式邏輯　非形式邏輯，也稱為實踐的邏輯(practical logic)，當論證出現在日常生活對話的脈絡中時，使用邏輯來確認、分析與評估論證。在非形式邏輯中，論證的評價是在一個看情況決定的基礎上，相關於論證如何在一個既予的脈絡中被用來說服某人接受結論，或至少給出一些與接受結論有關的理由。

參見 circular reasoning 循環論證；formal fallacy 形式謬誤；implicature 語用蘊涵；informal fallacy 非形式謬誤；pragmatic contradiction 語用矛盾；valid 有效的

D.W.撰　蕭宏恩審訂

information-theoretic semantics　信息論的語意學　見 philosophy of mind 心靈哲學

information theory　信息論　又稱通訊理論(communication theory)，一種通訊的基本數學理論。在它的發展過程中，最初的推動者包括申農(Claude Shannon)、奈奎斯特(H. Nyquist)、哈特萊(R. V. L. Hartley)、維納(Norbert Wiener)、波茲曼(Boltzmann)，以及斯奇拉德(Szilard)。信息論的原始興趣是電報和電話的理論和應用，其早期發展主要是圍繞這些領域中的工程問題。哲學家(巴爾-海勒爾〔Bar-Hillel〕、爵茨基〔Dretske〕、賽耶〔Sayre〕及其他人)有興趣用信息論來發展信息和意義的語意學理論。數學理論則較少注意消息如何取得意義的細節，而較多關注申農所謂的「通訊基本問題」——在一個點上精確地或大體地重製另一個點上選定的一條消息(已含有意義)。因此，這兩種對信息的興趣——數學的和哲學的——一直保持著互不相屬的關係。

信息是一種客觀的(獨立於心智的)實體，它由認知者(詮釋者)的消息(詞、句)或其他物件產生或運載。的確，通訊理論主要集中於涉及編碼(語言)消息的產生和傳輸的條件。但是，幾乎所有事情可以(並且通常)產生能被編碼或傳輸的信息。例如，柯玲得了紅斑包含了柯玲感染麻疹的信息，白髮可以包含她祖父衰老的信息。這些信息可以(分別地)編碼成有關麻疹或衰老的消息而被傳輸，不過這些信息獨立於其編碼或運載之外而存在。也就是說，這些信息因麻疹導致斑點和衰老導致白髮本身的發生而必定會產生——不管有沒有人注意到。

信息的這種客觀性使得哲學家和認知科學家，可以從知識論和語意學方面研究信息。例如，在知識論方面，一個包含(運載)柯玲患麻疹的訊號(事件、消息或柯玲的斑點)，是個人(媽媽、醫生)知道柯玲患麻疹的憑藉。一般而言，一個包含信息p的事件(信號)，就是個人認識p是實情的憑藉——倘若個人認識確實是根據信息p的話。由於信息是客觀的，它能產生我們從知識上所需要的東西——注視到世界客觀形成的方式。在語意學方面，信息有意向性或有關性。一處發生的事情(柯玲口中溫度計的讀數升高)，可以承載有關另一處發生的事(柯玲體溫升高)的信息。這個消息(或是心理狀態)可包含別處正在發生事情的信息，表示了一個引人入勝的前景：能從信息的起源追蹤一個消息(或一個想法)在環境中的意義。有關這方面的詳盡工作就是信息的語意學內容。

信息的數學理論只注意信息的量的面向。它只探討度量和傳輸信息的數量問題，讓別人去說明意義或內容如何與信息、消息發生聯繫。關於信息的數量，我們需要方法度量有多少信息是由一個事件(或消息)產生的，以及怎樣才能反映出這個數量。信息論提供了這方面的答案。

因為信息是一個客觀的實體，與某事情相關的信息總量和事情的客觀機率(可能性)有關。較不可能發生的事情產生的信息，多於較可能發生的事情產生的信息。例如，投擲沒有做弊銅幣時人頭出現的信息，比投擲偏向人頭(0.8)銅幣的信息為多。或者，發現有新聞檢查的國營電台故意廣播謊言的信息，少於無新聞審查的自由電台(如英國廣播公司)故意廣播謊言的信息。將事情的信息總量與客觀可能性相關連的一個(也許令人意外的)後果，是一些事情不產生任何信息。具體地說，$5^5=3125$，或者水(在某種具體情形下)在零度結冰，根本不產生任何信息——因為這些事不可能有相反的情形(它們成相反情形的機率為零)。因此，它們的出現產生零信息。

申農致力於探索度量消息產生的信息量，和信息接收器接受到的信息總量(或一個頻道可傳輸的信息平均量)。自從他的研究，以不確定性的縮減來度量信息逐漸成為標準。信息就是事件或事態發生所反映的不確定性縮減或機率的消除，信息量等同於消除掉的機率有多少。儘管其他的度量方式也是可能的，但通常反映信息數量最方便、最直觀的方式是用(以 2 為底數的)對數，表示成位元(bits，二進制數位 binary digits 的簡稱)，也就是需要以二元決策削減或消除機率的量。如果某人 A 從十六條可能性相等、可相互替換的消息篩選出一條消息(例如從十六個數字中公正地抽取一個數字)送給 B，那麼，選擇一條消息可以表示成四位元信息($16 = 2^4$ 或 $\log_2 16 = 4$)。

因此，從 n 個可能性相等消息(信號、事件)篩選出一條消息 *s* 的信息量 *I* 可用下式計算：$I(s) = \log_n$。

如果有一系列並非全部可能性相等的消息(從 *s*1 到 *sN*，消息 *si* 發生的機率計為 *p* (*si*))，那麼，篩選消息 *si* 而產生的信息量可用下式計算：

$I\ (si) = \log 1/p\ (si)$

$= -\log p\ (si)(\log 1/x = -\log x)$

雖然上述式子都說明了篩選一個具體消息 *p* 產生的信息量是多少，通訊理論基本上很少只對這些度量感興趣。不過，哲學家卻感興趣。因為，如果認識 *p* 要求必須接收到 *p* 發生的信息，並且如果 *p* 的發生有四位元信息，那麼，只有當 S 接收的信息(至少)相當於四位元時，S 才知道 *p* 發生了。這對於 S 瞭解 *p* 也許不夠充分——因為 S 必須以一種正常的、因果式的方式來接收適量的信息，並且 S 必須能解讀信息的內容——不過這看來顯然是必要的。

通訊理論中信息的其他有意義度量，還包括某個信息源的平均信息量或熵(entropy)，$I\ (s) = \Sigma p\ (si) \times I\ (si)$，

這是雜訊(noise，B 接收的信息總量並非 A 所發送)的度量；以及混淆(equivocation，A 想要或試圖送給 B 而 B 沒接收到的信息總量)的度量。這些出自信息理論的概念及度量信息數量(和其他方面)的式子，不僅為通訊上的應用，也為哲學的應用，提供了豐富的工具。

參見 computer theory 計算機理論；epistemology 知識論；perception 知覺

F.A.撰　李國偉審訂

informed consent　獲知狀態下的允許　在獲得相關資訊前提下的自願同意，尤指病患之同意一醫療程序。例如，一名有行為能力(competent)的成年病患，在恰當了解所有相關的醫療選項及其風險之後，允許了某一種療程。一般皆認為，在道德與法律上都要求，除非取得有行為能力的成年人在獲知狀態下的允許，否則任何療程都不得加諸其身。自 1950 年代以來，獲知狀態下的允許這項理念就成為判例法(case laws)中的焦點，並且在醫療倫理學中廣受討論。基於保護病患的自我決定權以及對病患福祉的關懷，這項理念乃受到引介，以描述醫師有責任告知病患可行的醫療方式之風險與效益，並就某一治療或診斷程序取得他們的允許。有關這項理念的合理範圍之詮釋，集中在幾個議題上：何種範圍內的病患有行為能力來給予允許，並由此而論對哪些病患必須徵得其獲知狀態下的允許；必須將多少、詳細到何種程度，以及哪一類的資訊告知病患，以取得其允許；在何種必要條件下，才能確定資訊得到了正確的理解，並且確定其允許是真正出於自願、而非醫師制度性權威的不當影響所致。

參見 ethics 倫理學

J.R.M.撰　吳瑞媛、劉盈成審訂

Ingarden, Roman Witold　殷佳登，羅曼・維多德(1893-1970)　波蘭著名現象學家，曾

任教於勒福(Lvov)大學與格拉考(Cracow)大學，以其美學著作與文學哲學研究享譽於英語國家。所著《文學藝術作品》(*Literary Work of Art*，德文版 1931，英文版 1973)是對文學作品的本體論層次結構研究。殷佳登認為文學藝術品包含了語詞、聲音和意義，被表象的對象和風貌，以及與其相關聯的形上學和美學性質。

殷佳登的著作，其實可說是他的哲學立場的表述和本體論觀點的局部展示，更反映出他對其師胡塞爾(Husserl)的先驗觀念論的爭議。殷佳登的本體論研究在其《對世界存在的爭論》(*The Controversy over the Existence of the World*，波蘭文版 1947/48，德文版 1964-74)中表現得更為徹底，此書英文節譯本為《時間與存有模態》(*Time and Modes of Being*, 1964)。他在此書當中提出形式、質料和存在本論的三層區分，也包含了對個別事物、事件、過程、事態、屬性和關係等本體論結構所做的延伸解析。殷佳登嘗試著對意識和實在之間的可能關係提出詳盡地說明，以藉此對觀念論提出批駁。

參見 phenomenology 現象學

B.Sm.撰　陳懷恩審訂

inherent value　固有的價值　見 value 價值

innate idea　天賦觀念　見 idea 觀念

innatism　天生論　見 Cambridge Platonists 劍橋柏拉圖主義者

inner converse　內反轉命題　見 converse, outer and inner 外反轉和內反轉命題

***in rebus* realism　溫和的實在論**　見 metaphysical realism 形上學實在論

inscrutability of reference　指稱的不確定　見 indeterminacy of translation 翻譯的不確定性

***insolubilia*　不可解命題**　包含一個例如說謊者悖論(liar paradox)一類的語意學二律背反(semantic antinomy)的語句。中世紀後期的邏輯學家使用「不可解命題」來分析自我空洞化語句(self-nullifying sentences)，一切語句涵蘊自身為真的可能性，以及口述語言、書寫語言和心靈語言之間的關係。最初，理論家把焦點放在空洞化之上，用來解釋例如「我正在說謊」之類的語句，這種語句一旦被述說就會涵衍(entail)說話者「什麼都沒有說」。布雷德瓦丁(Thomas Bradwardine)主張這樣的語句意味它們同時既真又假，促使布萊(Walter Burley)辯稱一切語句涵蘊它們都是真的。羅吉爾・斯溫奈斯海德(Roger Swineshead)使用「不可解命題」來區分真理與對實在的符應(correspondence to reality)；雖然「這個語句是假的」本身是假的，它與實在符應；而它的矛盾句「這個語句不是假的」也是假的，但是後者與實在不符應。其後，威克里夫(John Wyclif)使用「不可解命題」來描述所謂一語句可能為真的不同意義，這促使他相信邏輯存有者(logical beings)或理性事物(entities of reason)的實在，構成了他的實在論的核心信念。皮埃爾・德埃利(Pierre d'Ailly)使用「不可解命題」來解釋心靈語言與口述及書寫語言有何區別，主張心靈語言的不可解命題並不存在，由於口述及書寫語言容許一個語句對應兩個截然不同的心靈語句，因此讓這兩種語言產生不可解命題的現象。

參見 Burley 布萊；d'Ailly 德埃利；Oxford Calculators 牛津算學團體；semantic paradoxes 語意悖論；Wyclif 威克里夫

S.E.L.撰　劉若韶審訂

instantiation　實際的例示　見 property 性質

instantiation, universal　全稱例示　見 universal instantiation 全稱例示

institution　制度　(1)一個組織(organization)，例如公司或學院；(2)一種社會實踐(social practice)，例如婚姻或作承諾；(3)一套規則，用以界定某一個可能的社會組織形態，例如資本主義與社會主義，便有著對立的經濟交換原則。

就制度對社會及個人生活之形塑力量而言，專業倫理學者探討四個主要的議題。一、什麼樣的政治及法律制度是可行的、公正的及值得追求的？(柏拉圖〔Plato〕的《理想國》〔*Republic*〕、洛爾斯〔Rawls〕的《正義論》〔*A Theory of Justice*〕)二、價值是如何透過構成性規則(constitutive rules)(這些規則界定一個制度，例如「做承諾就是負上義務」)及規管性規則(regulatory rules)(這些規則來自制度之外)埋置在制度之中，從而使得參與建制成為一種有價值負載的活動(value-laden activity)？(瑟爾〔Searle〕《言說行為》〔*Speech Acts*, 1969〕)三、制度具有集體責任(collective responsibilities)，還是只有個人才有責任？一般而言，個人、制度及社群(communities)之責任如何相關聯？四、更具體的問題是，我們如何防止制度受到金錢和權力(麥金泰爾《德性之後》〔MacIntyre, *After Virtue*, 1981〕)、家長式偏見(patriarchal prejudices)(奧肯《公正、性別與家庭》〔Susan Moller Okin, *Justice, Gender, and the Family*, 1989〕)之侵蝕呢？

參見 philosophy of law 法律哲學；professional ethics 專業倫理；responsibility 責任

M.W.M.撰　盧傑雄審訂

institutional theory of art　藝術習俗議定理論　主張某物之所以成為藝術作品，端賴此物在文化機構的議定慣例(a set of institutions)中所處的地位。

此一理論由喬治．迪基(George Dickie)所創立(《藝術與美感》〔*Art and the Aesthetic*〕, 1974)，略受雅達．戴安道(Arthur Danto)於《哲學期刊》(*Journal of Philosophy*, 1964)所發表之〈藝術世界〉(The Art world)一文的影響。最初的理論雛形在於主張，所謂藝術作品即是人工製品(artifact)，其所具有之等候被欣賞的地位，是由代表藝術世界的某些人士所商議核定的。也就是說，某些在像博物館、畫廊，或出版評論的報章雜誌社，這類文化機構裡工作的人士——如館長、董事、經銷商、表演者、評論家，以接受某件物品參加討論和展出的方式，來決定什麼是藝術，什麼不是藝術。而所謂人造性(artifactuality)的概念可以擴展延伸至鑄造藝術(found art)、概念藝術(conceptual art)，或其他不改變材料原樣的創作品，只要是可用來展出之物、或用作展出背景之物，都足以成為某種人為的藝術製品。

這種藝術定義引起某些問題。如果獨立於這種藝術觀念之外，何以能夠確定某一文化機構是屬於藝術世界的成員？也就是說，此一定義是否終究是一種循環圈？接受某物作為欣賞候選物的依據是什麼？由於除了藝術欣賞外，還有其他種類的欣賞，此一概念豈不是也有構成循環圈的危險？

參見 aesthetics 美學；expression theory of art 藝術表現理論

S.L.F.撰　劉千美審訂

instrumental conditioning　工具的制約作用　見 conditioning 制約

instrumentalism　工具主義　最通常的意義是指科學理論中一種反實在論(anti-realistic)的觀點；其意義是：理論被了解為計算的設計或工具，目的在於方便地使一組給定的觀察過渡到一組預測的觀察。由於這個原因，理論陳述不是對真理或指涉(truth or reference)的描繪，並且理論不具有本體論內容。這種對理論的看法是建立在觀察陳述與理論陳述之間的斷然區別上，同時認為觀察陳述具有認識上的優越特權地位(the privileged epistemic status)。這個看法在實證主義時代(the era of positivism)風靡一時，隨後衰落；近來又重新復活，很大程度上是由於物理學中量子論真正令人迷惑的性質。

「工具主義」與杜威(Dewey)的實用主義認識論(the pragmatic epistemology)相連，具有一種不同、更為普遍的意義。杜威式的工具主義是一種對所有概念(包括科學概念)的功能性概括描述，其中概念的認識論地位和行動的理性地位都被看成是一種功能，即它們在整合、預測、控制我們與我們經歷的世界的具體互動中所起的作用。觀察與理論之間並沒有任何實證主義的區別，並且真理和指涉也被「被保證的可斷言性」(warranted assertability)所取代。

參見 Dewey 杜威；metaphysical realism 形上學實在論；philosophy of science 科學哲學；theoretical term 理論術語

C.F.D.撰　葉新雲審訂

instrumental rationality　工具的理性　見 rationality 理性

instrumental sign　工具的符號　見 semiosis 符號探究

instrumental value　工具的價值　見 value 價值

insufficient reason　不充足理由　見 principle of insufficient reason 不充足理由原理

intelligible world　理智世界　見 Kant 康德

intension　內涵　內涵是一表達式的意義或意涵；與之相對的是一表達式的外延或意指，後者是由這表達式所指稱的事物所組成的。一陳述句的內涵常常被視為一命題，而一述詞表達式(如普通名詞、形容詞)的內涵則常被視為一概念。對於弗雷格(Frege)來說，一述詞表達式指涉一概念，而一述詞表達式之內涵或意義(*Sinn*〔sense〕)則是一表象模式(mode of presentation)，它跟概念是有所不同的。像命題或概念這種對象，它們可以是字詞之內涵，故亦被稱為「內涵的對象」(intensional objects)(注意：「內涵的」(intensional)與「意向的」(intentional)並不是同一個字詞，雖然此二者是有關係的)。一陳述句之外延常被視為一事態，而一述詞表達式之外延則是這樣的一些對象之集合：這些對象都隸屬於一個概念下，而這概念便是該字詞(即述詞表達式)之內涵。外延跟指涉並不相同，舉例來說，「紅」(red)這個字可能可以說是指涉到「紅性」(redness)這樣的性質，但它的外延卻是所有紅色事物之集合；又或者有另一種看法：性質與關係有時被視為內涵的對象，但「紅性」這性質卻怎樣也不被當作是形容詞「紅」之外延的一部分。

參見 extensionalism 外延論；intensionality 內涵性；intensional logic 內涵邏輯；meaning 意義

D.N.撰　趙之振審訂

intension, compositional　組合的意圖　見 Lewis, David 路易士，大衛

intensionality　內涵性　不具備外延性之意。一個語言的脈絡是外延的，若且唯若當我們把該脈絡中的部分表式用具有相同外延的表式加以替換時，這樣替換的結果並不會更動原來脈絡的真假值。模態的、意向的及直接引用的脈絡，是內涵脈絡的主要實例。以語句脈絡為例，一個語句的外延是它的真或假(真假值)。一個確定描述詞的外延是真於它的東西：「桑提帕(Xanthippe)的丈夫」和「柏拉圖(Plato)的老師」具有同樣的外延，因為他們真於同一個人，亦即蘇格拉底(Socrates)。從這裡，我們很容易看出「某某某必然和桑提帕結婚」是內涵性的脈絡，因為「桑提帕的丈夫必然和桑提帕結婚」是真。但是，「柏拉圖的老師必然與桑提帕結婚」卻為假。其他產生內涵脈絡的模態語詞包括「可能」、「不可能」、「本質上」、「偶然地」等等。假定史密斯聽說過桑提帕但沒有聽說柏拉圖，那麼「史密斯相信某某某和桑提帕結婚」是內涵性脈絡，因為「史密斯相信桑提帕丈夫是和桑提帕結婚」是真，但是，「史密斯相信柏拉圖的老師和桑提帕結婚」卻為假。其他產生內涵脈絡的動詞包括「知道」、「懷疑」、「考慮」、「擔心」、「企圖」、「陳述」和「想要」等等。「『……』中的第四個字由九個字母所組成」也是內涵性脈絡，因為「『桑提帕的丈夫(the husband of Xanthippe)』中的第四個字由九個字母所組成」為真，但「『柏拉圖的老師(the teacher of Plato)』中的第四個字由九個字母所組成」卻為假。

參見 extensionalism 外延論；meaning 意義；quantifying in 量化入；referentially transparent 指稱上透明的

T.Y.撰　王文方審訂

intensional logic　內涵邏輯　內涵邏輯是演繹邏輯的一部分，專門處理那些其有效性與否取決於其部分語詞意義是否「嚴格地等同」(strict difference, or identity)的論證。一個單詞(singular term；亦即一個專有名詞〔proper name〕或確定描述詞〔definite description〕)所指涉的事物(denotation)、一個可以用某一謂詞真確地述及它們的事物集(class)，以及一個語句的真假值，可以稱為這些語言表式各自的外延(extension)。而它們的內涵則是這些表式的意義：亦即，單詞所傳達(個體)概念，謂詞所表達的屬性，以及語句所斷言的命題。形式邏輯中最廣泛被人研究的部分大多是僅依賴外延的推理。外延邏輯中的一個原則是，如果兩個單詞有相同的外延，那麼包含這些詞項的相應句子的真假值也會是相同的。因此，從「伯恩是瑞士的首都」到「你在伯恩，若且唯若你在瑞士的首都」這樣的推論是有效的。但以下的推論卻是無效的：「伯恩是瑞士首都。因此，你相信你在伯恩，若且唯若你相信你在瑞士首都。」上面這個推論之所以無效，是因為某個人可能不相信伯恩是瑞士的首都。由這例子來看，我們似乎應該區分「伯恩」與「瑞士首都」的內涵意義。人們似乎假設只有在內涵嚴格地相等時，兩個表式才可以在表達命題態度(propositional attitude)的脈絡中相互交換，而不會改變該脈絡語句的真假值。雖然有人曾經懷疑內涵的觀念是否真正能應用於專有名詞之上，但是利用意義不同但外延相同的兩個謂詞，甚或運用意義不同但外延相同的兩個語句，我們也可以一樣輕易地構做出類似上述的例子來。一般而言，「在一個表式中互換兩個外延相同的表式，並不會改變原表式的外延」這樣的原則在內涵脈絡(intensional contexts)中似乎是不成立的。

能夠產生這類內涵脈絡的表式，包括諸如「知道」(know)、「相信」(believe)、「假設」(suppose)、「斷言」(assert)、「想要」(desire)、「宣稱」(allege)、「懷疑」(wonders whether)之類的心理動詞；傳達諸如「必然性」(necessity)、「可能性」(possibility)、「不可能性」(impossibility)之類的模態詞；一些諸如「故意地」(intentionally)這樣的副詞；以及林林種種的其他表式——「證明」(prove)、「暗示」(imply；蘊涵)、「使可能」(make probable)等等。儘管有些涉及這些表式的推理非常容易理解，但是，對於如何處理涉及這些概念的論證的最佳方式，卻沒有一個共識。

參見 modal logic 模態邏輯

C.A.A.撰　王文方審訂

intensive magnitude　內含的量度　見 magnitude 量度

intention　意圖　(1)一種行動的特徵，就如一個人「出於意圖」(intentionally)或「懷著一特定意圖」(with a certain intention)而行動。(2)一種心靈的特徵，就如一個人意圖(intends, has an intention)在此時或將來採取某項行動。比方貝蒂出於意圖而行越房間，她懷著取飲的意圖而這麼作，她現在意圖於今晚稍後離開這場派對。重要的問題是：(1)與(2)如何相關聯？(參見安絲康《意向》〔Anscombe, *Intention*, 1963〕，書中對這些及其他關於意圖的基本問題有開創性的處理。)

有些哲學家認為，懷意圖而行動是基本的，而且可以納入三件式分析(three-part analysis)裡。貝蒂懷著取飲的意圖而行越房間，亦即貝蒂之行越房間藉適當的方式而可以解釋為，她懷有想要取飲的慾望或(有時候說成是)正向態度(pro-attitudes)，並且她相信行越房間是取飲的一種途徑。在這種「慾望-信念模式」(desire-belief model，或意欲-信念模式)中，懷意圖而行動的主要元素是：(a)該行動，(b)恰當的慾望(正向態度)與信念，以及(c)在(a)與(b)之間有恰當的解釋關係(參見戴維森〔Davidson, Actions, Reasons, and Causes〕，收入《行動和事件論文集》〔*Essays on Actions and Events*, 1980〕中)。以(b)來解釋(a)的時候，我們藉由行動者之所以如此行動的目的或理由(purpose)來解釋其行動。而這衍生出根本性的問題：這是一種什麼樣的解釋？而它與訴諸物理性原因來解釋貝蒂的動作有何關聯？

至於意圖在將來行動，又是如何呢？試考慮貝蒂意圖在稍後離開派對。雖然所意圖的行動是稍後的，這項意圖或許有助於解釋貝蒂從此刻到將來之間的某些計畫與行動。有些哲學家試圖將這些未來導向的意圖直接納入慾望-信念的模式裡。譬如奧斯汀(John Austin)就會將貝蒂之意圖等同於她相信自己稍後將離開，因為她想要離開(《法學講稿》〔*Lectures on Jurisprudence*, vol. I, 1873〕)。其他哲學家視未來導向的意圖為一種獨特的態度，無法還原為慾望與／或信念。

信念是如何關聯於意圖呢？這裡的問題在於，我們意圖作A時，是否必相信自己將會作A？第二個問題是，我們相信自己在執行某些意圖之後將會作A，是否可以肯定我們有意圖作A？試想，貝蒂相信她行越房間將會打斷包伯的談話。雖然她並沒有想要打斷，但她仍然舉步行越房間，那麼她懷有打斷談話的意圖嗎？或者說，一個人所意圖作的，與實現了意圖所能預期的結果，兩者之間是否有說得通的界線？關於這類情況，可以邊沁(Bentham，見《道德和立法原則導論》〔*An Introduction to the Principles of Morals and Legislation*, 1789〕)之說，謂貝蒂之行越房間乃是「顯意圖性」的(directly intentional)，而打斷談話只是「隱意圖性」的(obliquely intentional) (或間接意圖性的〔indirectly intentional〕)來解釋。

參見 action theory 行動理論；principle of double effect 雙果律

M.E.B.撰　吳瑞媛、劉盈成審訂

intention, direct　顯意圖性　見 intention 意圖

intention, first　第一意向詞　見 imposition 指謂

intention, indirect　間接意圖　見 intention 意圖

intention, oblique　隱意圖性　見 intention 意圖

intention, second　第二意向詞　見 imposition 指謂

intentional fallacy　意圖謬誤　堅持一件藝術作品的意義被藝術家的意圖固定下來的(所謂)謬誤(溫沙特〔Wimsatt〕和柏斯萊〔Beardsley〕引入了這個詞，也使用它來指稱藝術家的目的和決定一件藝術作品的成功有關的〔所謂〕謬誤；可是，這個不同的用法並沒有普遍流行)。溫沙特和柏斯萊是形式主義者(formalists)；他們堅持解釋應純粹對準藝術作品本身，而且應該排除對藝術家的生平資訊的訴求，也不該考慮藝術家附加在他的言談上的私人意義。

是否意圖謬誤事實上是個謬誤？乃是在美學中引起很多討論的爭議。意圖論者(intentionalists)拒絕它是個謬誤；他們堅持藝術作品的意義被某組藝術家的諸意圖所固定下來。譬如，沃海姆(《繪畫作為一種藝術》〔Richard Wollheim, *Painting as an Art*〕)堅持一件畫作的意義，被藝術家在畫它時充滿的意圖所固定下來。其他意圖論者並不訴諸於實際的藝術家意圖，而是藝術家隱涵或預設的意圖——這「藝術家」是批判的建構，而非一個真實的人。

參見 aesthetic formalism 美感形式主義；aesthetics 美學；intention 意圖

B.Ga.撰　陳瑞麟審訂

intentionality　意向性　意向性(aboutness)，趨向他事之事，顯示出意向性。信仰及其他心靈狀態顯示出意向性，由此追溯，句子、書籍、地圖和圖片及其他表象也是如此。從這個哲學意義而言，形容詞「意向的」(intentional)是一個專門的術語，與其描述故意做某事的較為常見的意義不應混淆。例如，希望和擔心不是我們所做的事，不是後者那種通常意義上的有意識的行為，但它們在專有意義上是有意向的現象：希望和擔心是趨向各種事情的活動。

這個術語是中世紀經院哲學所造，源自拉丁語動詞 *intendo*，「指向」(to point〔at〕)或「針對」(aim〔at〕)或「趨向」(extend〔toward〕)。因而，有意向性的現象是把它們自身指向其他事物：不管它們是什麼或關於什麼的。這個術語被十九世紀的哲學家和心理學家費蘭茲・布倫塔諾(Franz Brentano)復活，他主張意向性劃分了心靈與物質的區別；只有心靈現象顯示意向性。由於意向性是心靈現象不可化約的性質，以及由於沒有任何的物質現象能顯示它，因而心靈現象不可能是物質現象的一種。這個通常被稱為布倫塔諾論題或布倫塔諾不可化約論的主張，常被引用以支持心靈並非大腦的觀點，但是這個主張並不被廣泛接受。

1960、70 年代，分析哲學家，尤其是齊桑姆(Chisholm)、塞拉斯(Sellars)和蒯因(Quine)，提出了這個術語的另一種解釋。齊桑姆試圖通過將此概念轉換為對意向的表現方式(intentional idioms)的邏輯定義——用於提及心靈狀態和事件，而不是通過試圖對狀態和事物自身的意向性的定義，來澄清這個概念。意向的表現方式包括常民心理學常見的「心靈主義的」(mentalistic)觀點，也包括它們在認知科學理論和討論技術上相對應的述語，「X 相信 p」和「X 要求 q」是標準的意向表現方式，不過，按照齊桑姆關於指稱隱晦性(referential opacity，即不能以相同外延的名稱來替代確保持真值)的邏輯定義，諸如「X 儲存 p 信息」和「X 提出更優先達到 q 事態」之類不太常見的表現方式也算是意向性的。

儘管哲學家之間關於意向性概念的正確定義，仍存在著很深的隔閡，但他們有相對一致的看法：它是一種居於心靈現象中心地位的性質——趨向性或滿意，因而也是一個任何心靈的理論所必須解決的問題。

參見 Brentano 布倫塔諾；folk psychology 常民心理學；quantifying in 量化入；referentially transparent 指稱上透明的

D.C.D.撰　王文方審訂

intentional object　**意向對象**　見 Brentano 布倫塔諾

intentional species　**意向殊種**　見 Aquinas 亞奎納；Aristotle 亞里斯多德

interchangeability *salva veritate*　**保存真值的可替換性**　見 substitutivity salva veritate 保存真值之替代

internalism, epistemological　**認識內在論**　見 epistemology 知識論

internalism, motivational　**動機內在論**　見 motivational internalism 動機內在論

internalism, reasons　**理由內在論**　見 externalism 外在論

internal necessity　**內在必然性**　見 necessity 必然性

internal negation　**內在的否定**　見 negation 否定

internal realism　**內在實在論**　見 philosophy of science 科學哲學

internal reason　**內在理由**　見 externalism 外在論

internal relation　**內在關係**　見 relation 關係

interoception　**內覺**　見 perception 知覺

interpersonal utility　**人際間的效益**　見 utilitarianism 效益主義

interpretant　**意解**　見 Peirce 斐爾斯

interpretation　**解釋**　見 modal logic 模態邏輯

interpretation, non-standard　**非標準解釋**　見 formal semantics 形式語言的語意論

interpretation standard　**標準的解釋**　見 formal semantics 形式語言的語意論

interpretive system　**解釋系統**　見 operationalism 操作主義

intersection　交集　見 set theory 集合論

intersubjectivity　互為主體理論　見 Merleau-Ponty 梅洛龐蒂

intersubstitutivity *salva veritate*　保存真值的互可替換性　見 substitutivity *salva veritate* 保存真值之替換

interval scale　區間尺規　見 magnitude 量度

intervening variable　中間變量　中間變量，在心理學上，是一個生物或人的情況，它被假設來以因果(而非內在特質)解釋行為。食慾，被認為是中間變量，可以用未進食的時數(原因)與想要得到食物的強度(結果)來定義，而不是用飢餓的感覺(內在特質)來定義。之所以要假定中間變量，至少有三個理由。第一、刺激與行為間的時間間隔可能很大，就像動物可能吃幾個小時前所找到的食物。為什麼動物不在找到食物時就立刻把它吃掉呢？可能在發現食物的時候，它已經吃飽了，所以它的食慾降低了。第二、相同的動物或人在同樣的情境之下，可能會有不同的行為，就像我們某天中午吃飯隔天卻到下午三點才吃飯一樣。同樣地，這也可能是因為食慾的不同。第三、行為可能在沒有外在刺激時發生，如動物之尋覓食物；這一點，同樣可以食慾的強度來解釋。中間變量可以取決於背景理論而被視為是方便的虛構、或心理學上真實的情況。

參見 theoretical term 理論術語

G.A.G.撰　劉希文審訂

intrapersonal utility　個人內部的效益　見 utilitarianism 效益主義

intrinsic desire　內在慾望　見 extrinsic desire 外在慾望

intrinsic property　內在屬性　見 relation 關係

intrinsic relation　內部關係　見 relation 關係

intrinsic value　內在價值　見 value 價值

introjection　內攝作用　見 Freud 弗洛伊德

introspection　內省　見 awareness 覺知

intuition　直覺　一種不基於知覺、記憶或內省，而與命題、概念或實體等有關的非推理性知識或「領會」(grasp)；或者是實現這種認知方式的能力。人們可以直覺地認識「1 + 1 = 2」此一命題，亦即不需以其他命題為根據來推論這個命題。人們也可直覺地知道黃色是什麼；也就是說，儘管「黃色」這個概念不能被定義，人們還是可以理解。人們對神或其他實體也可能擁有直覺的認識；某些通靈者相信神可被直覺地領會到。「倫理直覺主義者」(ethical intuitionists)認為我們不但對某些不可定義的道德概念擁有直覺知識，同時也能通過直覺理解某些道德命題，如「快樂是內在善」等。「自明命題」(self-evident proposition)就是那些一旦被認知者完全理解後，就可被(非推理地)領悟為真的命題。人們通常認為，所有的自明命題而且唯有自明命題才可經由直覺得知；在這個意義上，直覺被等同於某種理智的或理性的洞察力。人們經常將道德或其他哲學命題與概念的直覺知識，以及熟練的語言使用者所擁有的有關語法的直覺知識，拿來比較。後者令語言使用者不必求助任何有意識的推理，即可直接判斷某語句是否合乎語法。

參見 a priori 先驗；epistemology 知識論

B.R.撰　簡國榮審訂

intuition, eidetic　本質直觀　見 Husserl 胡塞爾

intuition, sensible　感性直觀　見 Kant 康德

intuitionism, ethical　倫理直覺主義　見 ethics 倫理學

intuitionism, mathematical　數學直觀主義　見 mathematical intuitionism 數學直觀主義

intuitionism, Oxford school of　牛津學派直觀主義　見 Prichard 普里查德

intuitionist logic　直覺邏輯　見 formal logic 形式邏輯；philosophy of logic 邏輯哲學

intuitions　直觀　見 preanalytic 前分析的

intuitive induction　直覺歸納　見 Ross 羅斯

inversion, spectrum　光譜反轉　見 qualia 感質

inverted qualia　相反的感質問題　見 philosophy of mind 心靈哲學；qualia 感質

invisible hand　看不見的手　見 Smith 史密斯；social philosophy 社會哲學

involuntary euthanasia　消極安樂死　見 euthanasia 安樂死

inwardness　內在性　見 Taylor, Charles 泰勒，查理斯

Ionian Philosophy　愛歐尼亞哲學　西元前五、六世紀的典型自然主義和理性主義思想的希臘哲學家。他們活躍於小亞細亞(Asia Minor)沿岸及比鄰的群島之古希臘殖民地愛歐尼亞(Ionia)地區。第一批愛歐尼亞哲學家是三位米勒斯學者(Milesians)。

參見 Milesians 米勒斯學者；pre-Socrates 先蘇格拉底哲學

A.P.D.M.撰　苑舉正審訂

iota operator　伊歐塔算子　見附錄：特殊符號與邏輯記號

I-proposition　I 命題　見 syllogism 三段論式

Irigaray, Luce　伊莉嘉蕾，露絲(b.1930)　法國女性主義哲學家暨精神分析學家，早期作品多為精神分析研究和語言學著作，研究重點為精神分裂者所用的語言當中的否定詞意義(《語言》〔*Languages*, 1966〕)。伊莉嘉蕾為精神分析學科班出身，實務經驗豐富，曾參加拉岡(Lacan)在法國高等師範學校所開設的講習班，並在凡賽納(Vincennes)大學精神分析系任教數年。1974 年因出版《對其他女性的檢視》(*Speculum, de l'autre femme*〔*Speculum of the Other Woman*〕)一書，遭凡賽納大學解聘。在此書當中，她論證精神分析其實是受到歷史和文化態度所制約的，尤其是在對待女性時，這種態度更為明確，但是這種陽具崇拜式的偏見卻一直被視為普遍的真理。

在《檢視》和《此性非一》(*Ce Sexe qui n'en est pas un*〔*This Sex Which Is Not One*〕, 1977)當中，她的著作觸角超越了心理分析的範疇，開始對哲學進行批判地檢查。伊莉嘉蕾的觀點主要受到黑格爾(Hegel)、尼采(Nietzsche)和海德格(Heidegger)的影響，對傳統哲學思想的基本範疇，例如：一和多、同一和差異、存有和非存有、理性和非理性、心和身、形式和質料、先驗和感性……均一一加以批判。她企圖展示出這些形上學建構所賴以成立卻又被刻意加以隱瞞的層面，質言之，所有形上學建構所不願承認的生母。在《檢視》一書中，伊莉嘉蕾用「內視鏡」的比喻來說明西方學術在詮釋和評論上的自我設限，她認為西方主體思想在研究女性時，只是像醫師利用內視鏡來窺看女體一般，完全受限於鏡面，因此所有的理解，充其量只是建立在男性的想像之上。伊莉嘉蕾的目標在於建構出一個女性可以作為他者而真正存在的真實世界——而不僅是上述這樣一個鏡花水月的世界。這本哲學史討論著作，不僅強調了傳統哲學論述的歷史決定論色彩和性別取向弊端，更主張要讓哲學從先驗層次重返人間和具體的元素。

伊莉嘉蕾的重要哲學貢獻在於對性別差異的見解，她在《性差異倫理學》(*An Ethics of Sexual Difference*, 1984)中，宣稱當代哲學工作的中心任務就在於透過性差異來從事思維。她的性別差異看法雖然有時會被某些學者視為女性主義的基本教義主張，然而揆其實質，卻只是對傳統以來問題叢生的性別概念所做的分類爬梳。伊莉嘉蕾指出：傳統哲學思想中，一向認定無論女性或者男性都必須具有極為嚴格的性別認同和驗證，然而所謂性的差異，其實只是我們對他者的情慾需求罷了，這種欲求是一切觀念和行動的泉源，它使每個人不斷與自己相異。伊莉嘉蕾的這種看法，事實上挑戰了從亞里斯多德(Aristotle)以來對萬物本源(*arche*)的看法，依亞氏，所謂本源，必須是某個堅實的理據、基礎或實體(*hypokeimenon*)，然而伊莉嘉蕾將性差異作為萬物的理由(*aition*)或第一因來看待，性差異一方面讓事物得以萌形，另一方面又能讓事物和存有相關聯，而她就是在這種關聯性的基礎上形構出她自己的性差異倫理學。

伊莉嘉蕾近期著作所關注的仍舊是倫理學問題，不論在《面向差異文化》(*Towards a Culture of Difference*, 1990)或是《我愛你》(*I Love to You*, 1995)當中，她都宣稱：女人因為從未擁有確切的公民權，因此男人和女人也就不可能具有相等的社會地位及政治地位。她還提出一種以建立性別互惠為取向的合法性基礎論證，伊莉嘉蕾指出：在現實上，這個世界上從未存在過真正的全稱命題，換言之，一般概念並沒有能夠反映出性別的差異；而由於這種現實上的概念缺失，便使得男性和女性所具有的權利與義務也沒有辦法被如實地反映出來。因此，伊莉嘉蕾宣稱：我們必須將各種權利加以「性別化」(sexuate)。這些近期著作依舊維持了伊莉嘉蕾一貫的作風，清晰地展示出她的情慾論述和倫理學規畫：由於她從性差異的觀點來進行思考，因此更能包容和連結那些被後天畫分性別而非天生如此的現實存有者，以及拒絕因死亡、權力或金錢而犧牲慾望的人。

參見 Freud 弗洛伊德；Hegel 黑格爾；Heidegger 海德格；Nietzsche 尼采；postmodern 後現代

P.Bi.撰　陳懷恩審訂

irrationality　非理性　不合理性。無論這意味了什麼，非理性可以刻畫信仰、慾望、意向及行動。

非理性經常被以工具的、或目的導向的用語來解釋。如果你(有意地)不能盡己所能，或至少做你認為足夠充分的事，以完成你的目標，那麼，你便是非理性的。如果終極目標可合理地企及，如同亞里斯多德(Aristotle)與康德(Kant)的傳統所主張的，那麼，理性與非理性即非全然為工具性的。後一種傳統視某個特定(種類)的目標，像是人類福祉，是為理性所必要的。隨著現代決策理論的興起，這種實體論(substantialism)的進路已經不流行了，現代決策理論蘊含著，為了要滿足某種一致性與完整性的需求，我們對可行的行動之可能結果的偏好、藉由判定其結果的個人效益，從而決定了對某個人而言什麼樣的行動是理性的與非理性的。不同的理論家已在現代決策理論的兩個基礎上發現了缺陷：人類典型地缺乏為標準的決定理論所要求的偏好之一致性及推理能力，但並非因此就是非理性的；而且，理性要求儘可能多地超過有效目標滿足的好處。

當相關目標關切的是真理的獲得與虛妄的避免時，所爭論者乃是「認知的」(epistemic)理性與非理性。不然的話，就會考量某種非認知的理性或非理性。非認知的理性與非理性的種類所對應的相關目標為：道德的、明智的、政治的、經濟的、美學的或其他。對非理性的全面說明，將闡明認知的與非認知的非理性，其來源乃是意志的缺陷與無基礎的信仰。

參見 decision theory 決策論；justification 證成；rationality 理性

P.K.M.撰　蕭宏恩審訂

irredundant　無贅　見 independence results 獨立性結果

irreflexive　非反身的　見 relation 關係

irrelevant conclusion, fallacy of　無關乎結論謬誤　見 informal fallacy 非形式謬誤

is　Be 動詞　Be 動詞第三人稱單數形，該詞至少有三種不同的基本涵義，哲學家將這些涵義用不同邏輯方式將之做適當的表達。其涵義之一是存在(如「花園中有一隻獨角獸」〔There is a unicorn in the garden〕，以符號表示為：$\exists x\,(Ux \wedge Gx)$)，哲學家以存在量化詞來表達它。其涵義之二是等同(如「晨星即暮星」〔Hesperus is Phosphorus〕，以符號表示為：$j = k$)，哲學家以等同述詞來表達它。其涵義之三是謂述(如「參申很強壯」〔Samson is strong〕，以符號表示為：Sj)，哲學家以將述詞符號與常名並置的方式來表達它。

關於第一個涵義有一些哲學的爭議。有些哲學家如邁農(Meinong)堅信，「is」的用法比「存在」(exists)的用法來得更廣泛些；前者當與「鹿」或「獨角獸」相結合時形成真句，而後者只有與「鹿」相結合時才形成真句。另外有些哲學家如亞奎納(Aquinas)認為「being」(或 *esse*)指的是每一個存在物都必然表現的某種特別活動；在它們的用法中，「is」一字的涵義是和我們的用法相當不同的。

關於第二個涵義也有一些哲學的問題。在「晨星即暮星」中，我們除了談論它們的等同外，是否還談了些什麼？對這些問題的探討，讓弗雷格(Frege)結論說，日常語言中的常名(及其他有意義的表式)有其「意義」(sense)或「呈現其所指涉事物的方式」，這種意義是外延邏輯系統所未能捕捉到的。「is」的等同意義和其謂述意義的區別，相應於弗雷格「事物」(object)與「概念」(concept)的區別：代表事物的字可以用「is」的等同意

義符號連接起來，代表概念的字則相應於邏輯中的述詞。雖然對這樣一個簡短而常見的字，有這樣多深且困難的哲學概念環繞著，我們卻千萬不要引起不必要的誤會。有些語言將英文中「is」的三種用法用不同的方式去區分和表達，有些語言則用該字表達其他不一樣的東西。

參見 existential import 存在輸入；identity 同一性；qualities 性

S.T.K.撰　王文方審訂

Isaac Israeli　以撒・以色列利　見 Jewish philosophy 猶太哲學

***Isagoge*　《導論》**　見 Porphyry 波菲利

Islamic Neoplatonism　伊斯蘭教新柏拉圖主義　伊斯蘭教哲學家採納的幾種哲學傾向之一所構成的一種新柏拉圖主義。亞里斯多德(Aristotle)被那些深受古希臘哲學影響的伊斯蘭世界的哲學家所熟知和徹底研究；柏拉圖(Plato)影響稍次。某種程度上，二者均以新柏拉圖的專門術語而為人所知。不過，由於《九章集》(*Enneads*)一開始就被錯誤地標為《亞里斯多德的神學》(*Theology of Aristotle*)，「普羅提納斯」(Plotinus)的名字就失去了意義。同樣的情況降臨到其他古代新柏拉圖主義學者，因而，新柏拉圖學派觀點中《神學》(*Theology*)和其他重要材料，通常僅被視為兩個比較重要的希臘哲學權威的「神學」(theological)冥想——主要是亞里斯多德：所有這種材料存在大體上等同於伊斯蘭教新柏拉圖主義稱為「神聖的柏拉圖」(divine Plato)的東西。此外，對於一些伊斯蘭教哲學家來說，如異常重要的法拉比(al-Fārābī)，新柏拉圖主義則影響微弱。他們遵循一個哲學研究傳統，僅根據對亞里斯多德的精確知識，加上柏拉圖不含「神學」的政治教誨。不過，在那些被認為較少「哲學」意味的思想家的作品中，一批假託為古代新柏拉圖主義的殘篇——《九章集》的小部分，普羅克勒斯《神學原理》(Proclus, *Elements of Theology*)的片斷(特別是著名的《論原因》〔*Liber de causis*〕的阿拉伯譯本)，以及各種充滿新柏拉圖觀念的偽銘文頌歌——產生了真正的伊斯蘭教新柏拉圖主義。

這個發展沿著兩條不同的途徑。第一條也是較直接的途徑，包括一系列第十世紀的作者，他們為新柏拉圖主義關於上帝或太一完美的和妙不可言的超越性觀點，關於理智的統一性和普遍性的觀點，以及關於靈魂作為持續地存在於普遍的及特殊的存在事物——後者即個人靈魂——的原質之各種理論所吸引。這些學說對它們的宗教和哲學的效用具備了同樣的訴求力。新柏拉圖主義的另一種形式在伊斯蘭教神祕主義，即蘇菲主義(Sufism)的理智要素中發生。在這裡，普羅提納斯關於與太一的感通入神與最終結合的概念之影響力，得到了一個雖未被承認但實為明確的回音。此外，在晚期，經由一系列如阿勒坡的蘇哈拉瓦迪(Suhrawardī of Aleppo, twelfth century)和穆拉・薩德洛(Mullā Ṣadrā, seventeenth century)之類對逃離繁瑣學派思想的嚴格限制感興趣的有影響力哲學家，「神聖的柏拉圖」經歷了一次重要的復甦。

參見 Arabic philosophy 阿拉伯哲學；Neoplatonism 新柏拉圖主義；Sufism 蘇菲主義

P.E.W.撰　蔡源林審訂

Islamic philosophy　伊斯蘭教哲學　見 Arabic philosophy 阿拉伯哲學

Isocrates　依索克拉底斯(436-338 B.C.)　希臘修辭學家和教師，被視為是柏拉圖(Plato)當時的主要敵手。他是蘇格拉底(Socrates)和哥加斯(Gorgias)的學生，在西元前 392 年建立了一所學校，吸引了許多外國學生到雅典，為他賺得了相當多的收入。他的許多作品都是關於教育理論。在這方面，《反哲士派》(*Against the Sophists*)和《論矯正法》(*On the Antidosis*)是最重要的著作。後者為依索克拉底斯自己辯護，就像《自辯篇》(*Apology*)為柏拉圖辯護一般，不過不是為他的生命辯護，而是為他的財產辯護。他的教育目標是達至在實際事務中下好的判斷，而且他相信，自己透過教育對希臘所作的貢獻，遠比立法的可能貢獻還要有價值。他拒絕教導理論哲學，並且堅持將他自己教的修辭學與詭辯法區別開來，認為後者只會給予聰明的演說家以不當的利益。在政治上，依索克拉底斯是一位泛希臘主義的愛國份子，他敦促彼此爭戰的希臘城邦在一個強而有力的領導下聯合起來，以武力對抗波斯帝國。他最著名的作品，也是他最感到自傲的，是《頌詞》(*Panegyrigus*)，這是一篇讚美希臘人的演講。一般而言，他支持雅典的民主政治，不過到了晚年，他苦澀地抱怨民主體系的濫用。

P.Wo.撰　沈清松審訂

isolation argument　**孤立論證**　見 epistemology 知識論

isomorphism　**同構映射、同型論**　見 categoricity 範疇性；homomorphism 同態映射；Köhler 克勒

is-ought distinction　**實然與應然的區別**　見 fact-value distinction 事實與價值的區別

is-ought problem　**實然與應然的問題**　見 fact-value distinction 事實與價值的區別

Israeli, Isaac　**以色列利，以撒**　見 Jewish philosophy 猶太哲學

iterated modality　**重述模態**　見 alethic modalities 真理模態

iterative hierarchy　**疊代層級體系**　見 set theory 集合論

I-Thou relationship　**我-你關係**　見 Buber 布伯

J

J

Jacobi, Friedrich Heinrich　雅可比，弗里德里希・海因里希(1743-1819)　德國文學家、通俗小說家和若干有影響的哲學著作的作者。他的《論史賓諾莎的學說》(*Ueber die Lehre des Spinoza*, 1785)引起了他與門德爾森(Mendelssohn)關於萊辛(Lessing)所宣傳的泛神論(pantheism)的爭論。這次「泛神論的爭論」(*Pantheismusstreit*〔pantheism controversy〕)焦點在於人類自由與對現實的任何系統的、哲學的解釋之間的明顯衝突。在他所著《大衛・休姆論信仰或觀念論與實在論》(*David Hume über den Glauben, oder Idealismus und Realismus*〔*David Hume on Belief, or Idealism and Realism*〕, 1787)的附錄中，雅可比詳細審查了康德(Kant)的新先驗哲學(new transcendental philosophy)，並且使康德論述的「物自身」(things-in-themselves)遭到毀滅性的批判。雅可比認為，儘管一個人未假設物自身的存在便不能進入批判的哲學，但如此的信念與那種哲學的主張是不相容的。這個批判深刻地影響了後康德主義者(例如費希特〔Fichte〕)在先驗觀念論(transcendental idealism)的改進上所做的努力。在1799年給費希特的一封「公開信」中，雅可比對哲學進行了總體批評，並特別批判先驗觀念論為「虛無主義」(nihilism)。雅可比提倡一種信仰主義型的直接實在論(direct realism)，並描述他自己的觀點為「非認知」(non-knowing)之觀點。他應用了「休姆懷疑論」(Humean skepticism)的論據，以維護「信仰之躍」(leap of faith)的必要性不僅僅在於道德與宗教，也存在於人類生活的每個領域之中。雅可比對於理性與科學的批評，極深刻地影響了德國的浪漫主義。在他的學術生涯即將結束時，他加入了與黑格爾(Hegel)及謝林(Schelling)就信仰與知識關係而展開的激烈論戰。

參見 Kant 康德

D.Br.撰　鄺錦倫審訂

Jainism　耆那教　與佛陀同時代的大雄(Mahāvīra)，於西元前六世紀下半葉與五世紀初所創立的印度宗教與哲學傳統。這傳統主張，每一個人(*jiva*，命)都永恆不滅，即使在最終的解脫狀態，這人仍以具有自我意識之個人的身分存在著。它認同個人的不死性，卻沒有擁抱一神論。在知覺經驗的基礎上，它肯認獨立於心識之外的物理對象的存在，且認為內省經驗本身足以證立存續不斷之自我的存在。它接受再生與業報的教義，並以自輪迴出離一事為最高善。此外，它拒絕所有形態的暴力，認為暴力同解脫扞格不合。

參見 Buddhism 佛教

K.E.Y.撰　何建興審訂

James, William　詹姆士，威廉(1842-1910)　美國哲學家、心理學家、實用主義奠基人之一。他生於紐約市(New York City)，是五個孩子中的老大，是小說家亨利・詹姆士(Henry James)和日記作家愛麗思・詹姆士(Alice James)的兄長。他們的父親——老亨利・詹姆士(Henry James, Sr.)是一個非正統的宗教哲學家，深受斯維登堡(Swedenborg)思想的影響，其中一些滲透到詹姆士後期迷戀的精神研究中。

詹姆士一家人定居在麻薩諸塞的劍橋(Cambridge, Massachusetts)，但是父親堅持讓孩子們接受歐洲教育，經常在英格蘭和歐洲大陸長期旅居，而讓詹姆士學會多種語言和特別的世界主義。事實上，在詹姆士的個人生活與創作生涯中，一個普遍深入的主題是他被深深地分裂在美國和歐洲事物之間：他感覺像是一個重婚者「與太多的國家調情」。

詹姆士個人在心理與身體方面都非常敏感。可以說是「神經衰弱」——不斷受到消化不良、視覺問題及情緒低落這類身心性病症的折磨。在 1868 年他記錄了一次意義深遠的個人經驗，「對自我存在的異常害怕」。在 1870 年的兩篇日記中，詹姆士第一次思考自殺問題後，宣稱他相信自由意志，並決定按照他對於「實踐、受苦和創造」的信念而行動。

在那時實驗心理學的萌芽作品的影響下，詹姆士試圖根據經驗的基礎來支持他下述的信念：自我是自決的、自創的，而不是受制於傳承或社會背景的影響。這關於個體性的大膽而且極端的主張，是透過他攻擊新黑格爾主義(neo-Hegelian)和聯念主義(associationist)二者的學說來支持的。他認為這兩種方法都未看到生動地被經驗到的關係在經驗上的真實性，也未看到意識之「流」的真實性，意識並非絕對者的某一側面，亦不只是一個裝著一串對應於單一感官印象的概念盒子。

在 1890 年，詹姆士出版了他的經典著作《心理學原理》(*The Principles of Psychology*)，奠定他在歐美心理學界的先驅地位。該書幾乎針對所有那時存在的心理學文獻做了大規模的綜述和批評，但是它也表明這門學科仍處起步階段。詹姆士相信他所挖掘的問題僅能通過哲學方法理解。

詹姆士僅有一個學位，即哈佛大學的醫學士，而且他早期在哈佛教授解剖學和生理學。他後來成為心理學教授，不過在寫《原理》的過程中，他開始教哲學而成為魯一士(Royce)和桑塔耶那(Santayana)的同事。從 1890 年以後，詹姆士把一些根本議題的本質視為哲學的，並密集地探討認識論和形上學方面的問題；特別是「宗教問題」吸引了他。

《相信的意志及通俗哲學論文集》(*The Will to Believe and Other Essays in Popular Philosophy*)在 1897 年出版。首篇文章〈相信的意志〉(The Will to Believe)曾被廣泛地誤解，部分是因為它所依據的形上假設尚未出版，而部分是因為它對社會達爾文主義(social Darwinism)和新黑格爾絕對主義(neo-Hegelian absolutism)的盛行主張發起攻勢，這二者都貶抑個體的個人力量。對詹姆士來說，一個人不能得出一個結論、固定一種信仰，或者堅持一種道德或宗教的格律，除非他已遍究替代立場的所有建議。進一步來說，唯有當一個人跨出他的參考框架、尋求新奇並「以意志相信」那些超越當前視野的可能性。

對人類生活採用這樣一種冒險，在詹姆士的〈決定論的兩難〉(The Dilemma of Determinism)和〈道德哲學家和道德生活〉(The Moral Philosopher and the Moral Life)中有更詳細的論述，兩者都強調在我們判斷中含混性的不可化約、偶然性的存在和暫時性的必要。

在發表吉福德演講(Gifford Lectures)後的 1901-02 年，詹姆士出版他的經典之作《宗教經驗之種種》(*The Varieties of Religious Experience*)，該書結合了他對於健康與病態的精神狀態的興趣，並讓他有機會再次發表他的堅定信念：人生的特色顯現在一大系列個人、文化和宗教的路向，其間不能也不應該被彼此化約。對詹姆士而言，「世界的真實特性」必須是任何對於真理的哲學討論的中心。他於 1909 年的希伯特演講(Hibbert Lectures)出版為《多元宇宙》(*A Pluralistic Universe*)，其中詹姆士在一個更廣泛的背景上(就整個宇宙來理解的意識所及之範圍)來呈現這種意義的人類經驗的多元、開放和多樣。

僅有幾位與他通信的哲學人士知道，詹姆士持續對於身心問題和意義與真理之間的關係的反省，以及對於早期在《原理》中建立的關係學說所進行的哲學探索和擴充，早已寫滿了好幾本筆記。他在 1904-05 年發表而在 1912 年他死後結集出版的一系列文章中，論述了經驗的意義與知識問題。在 1904 年給法蘭科斯・皮隆(François Pillon)的信中寫到：「我稱我的哲學為徹底經驗論、多元論、『機緣論』(tychism)，其中主張秩序已逐漸獲得並總是在創造中」。順著他 1889 年的文章〈論內省心理學的若干疏漏〉(On Some Omissions of Introspective Psychology)和他的《原理》一書〈思想流〉(The Stream of Thought)一章，詹姆士視為當然地認為事物之間的關係如同事物本身一般地被經驗到。因此，「本質唯一的意義是目的論的，而分類與概念化是心靈的純目的論的武器。」

把意識描繪成溪流，其中有焦點也有邊緣，一直有所取捨，這種講法使他推到下一步，而形成實用主義的知識論，這種知識論受到裴爾斯(Peirce)的影響但又與裴爾斯的不同。1907 年出版的《實用主義》(*Pragmatism*)在大西洋兩岸造成轟動，因為詹姆士在其中坦然自若地宣布「思想『碰巧』成為真理。它『成為』真理，並因事件『造成』為真。」他也引進哲學上名聲不佳的主張——「理論」必須被發現是「有用的」。事實上，他的意思是一個命題不能獨立於其藉由經驗而判斷的結果之外，而判定為真。

詹姆士的文字，特別是在《實用主義》一書中，時而閃爍，時而清晰。這種特色導致他的意圖不明，並使讀者誤以為簡單。他不否認對於真理的標準定義，亦即，真理是關於某種存在者的命題宣示，因為他寫道：「一個人的信念若是不遵守他真實經驗所依循的秩序，真令人感到悲哀，這些信念不是無法提供任何引導，就是造成錯誤的連接。」不過，他把這種結構僅僅視為人類心靈創造活動的序幕。也是在《實用主義》中，提到世界是「真正可塑」(really malleable)時，他主張真理是人於實在界製造出來的。作為一位徹底經驗論者，詹姆士肯定我們經驗中呈現有生硬而頑固的多方面關聯，而作為一位實用主義式的理想主義者，他又堅持自我要像普羅米修斯(Prometheus)那樣以建構性、開創性的力量去創造自己個人的世界，這兩者之間的緊張，貫穿他整個著作。

《實用主義》一書受到的批評，在數量、質量與慘烈的程度上，令詹姆士感到失望和刺激。他試圖在一本收集零散文章的書——《真理的意義》(*The Meaning of Truth*, 1909)中回答這些批評。但這本書不太能說服他的批評者；因為他們大多不知道他的徹底經驗論的形上學，當然也不知道他未出版的論文，而在培里(Perry)的兩卷權威研究著作《威廉．詹姆士的思想與性格》(*The Thought and Character of William James*, 1935)出版之前，詹姆士的實用主義一直受到誤解。

到 1910 年，詹姆士的心臟病已經惡化；他到歐洲尋求治療，完全知道這是一次告別旅行。在他返回新罕布什爾喬科魯阿(Chocorua, New Hampshire)的暑期別墅後，不久就去世了。一個月前，他提到他的一篇手稿(在 1911 年他死後以《若干哲學問題》〔*Some Problems in Philosophy*〕為名而出版)說：「我可以說是希望藉由它來完成我的體系，此體系目前很像一座僅有一邊的拱門。」即使他活得再久一點，另一邊拱門會不會出現，還是可爭論的，因為他哲學的根本方向在於追求新穎、驚奇、機緣與多元，並否認任何結論能拍案論定。他警告我們，「經驗本身，整體來說，能擴大它的邊緣」，而且不論我們的個人目的多麼值得讚美或誘人，「生命是在轉變中」。

包括他未發表的手稿，《威廉．詹姆士全集》(*Works of William James*)由哈佛大學出版社輯成一套多達十九卷的校正版(1975-88)。他的著作可以被看作進入二十世紀之前的一座極富想像力的廳堂。他的思想與魯一士、烏納穆諾(Unamuno)、尼爾斯．玻爾(Niels Bohr)、胡塞爾(Husserl)、蒙台梭利(M. Montessori)、杜威(Dewey)，和維根斯坦(Wittgenstein)產生了共鳴。

參見 Dewey 杜威；Peirce 裴爾斯；pragmatism 實用主義

J.J.M.撰　朱建民審訂

James-Lange theory　詹姆士-朗格理論　分別由威廉．詹姆士(William James)，以及丹麥解剖學家朗格(C. Lange)所提出的理論。主張情緒是對知覺到或想到的事物之身體反應的感覺意識(the felt awareness)(詹姆士)，或只是身體反應本身(bodily reaction themselves)(朗格)。根據更具影響力的說法(詹姆士，〈何為情緒？〉《心靈》〔'What Is an Emotion?'

Mind, 1884〕)，「我們思維的自然方式」錯誤地假定了知覺或思維(thought)引起了情緒，例如，害怕或憤怒，這些情緒進而引起身體反應，像是心跳加速、落淚、顫抖、扮鬼臉，以及奔跑和打鬥這類行動。然而，實際上害怕或憤怒基本是由這些反應所引起的身體的感覺。

為了要支持這個理論，詹姆士提出了一個思想實驗：想像(imagine)感覺到某種「強烈」(strong)情緒，我們便會有一股明顯的「身體騷動」(wave of bodily disturbance)，然後從想像中去除掉這種騷動的感覺意識。詹姆士發現，所剩的是「智性知覺冰冷而中性的狀態」，一種缺乏情緒色彩的認知(cognition)。因此，是我們的身體感覺將我們的意識情緒化，以情緒性質感染我們的知覺和思維，並以其特殊的感覺性質(feeling quality)賦與每一種情緒，像是害怕、憤怒或愉悅。但這並沒有保證詹姆士認為的，情緒或情緒狀態(emotional states)是身體反應的結果而非原因，這個激進的結論。這項結論需要另外為詹姆士及其許多同時代的人共持的一個假定，即各種情緒只不過是特殊的感覺性質。

從歷史的角度而言，詹姆士-朗格理論導致了對情緒感受之生理(physiological)及認知原因的進一步探究，並有助於將情緒心理學(psychology of emotions)從仰賴內省(introspection)的描述研究，轉化為更寬廣的自然主義式的(naturalistic)探究。

參見 emotion 情緒

R.M.G.撰　方萬全審訂

Jansenism　冉森主義　由歐洲羅馬天主教改革者、神職人員及學者在十七、十八世紀提出的一套學說。此學說以強調宿命論觀點為主要特徵，其中包含「亞當的墮落」、「無法抗拒的有效恩典」、「有限的贖罪」、「選舉」和「譴責」。冉森主義起源自一位法蘭德斯主教(Flemish bishop)——康內流斯．冉森(Cornelius Jansen, 1585-1638)；他藉著特倫托會議(Council of Trent, 1545-63)解決「自由意志」和「恩典」所留下的問題，具體呈現十七世紀奧古斯丁主義(Augustinian)的復興，並彙編一套引用奧古斯丁(Augustine)反貝拉基教義(anti-Pelagian)的《奧古斯丁論》(*Augustinus*)。這思想被聖．克雷(Saint Cyran)和安托瓦內．阿爾諾(Antoine Arnauld)於《常領聖體》(*On Frequent Communion*, 1643)中所宣傳，也被羅亞爾港地區(Port-Royal)的修女們採用，還被巴斯卡(Pascal)於《一個鄉下人的書簡》(*Provincial Letters*, 1656-57)中，用來反擊耶穌會的攻擊。在超過一百五十年的時間中，冉森主義從荷蘭的烏德勒特(Utrecht) 傳到羅馬的天主教會。受到教宗依諾森十世(Pope Innocent X) 在其《在機會上》(*Cum Occasione*, 1653)諭令的譴責，並被法王路易十四(Louis XIV)和法國的神職人員壓制(見 1661 年《公式書》〔the 1661 formulary〕)。法國之外地區生存下來的冉森主義，致力整頓，並擬重新出發。教宗克雷孟十一世(Pope Clement XI)通過《天主的獨生子憲章》(*Unigenitus*, 1713)譴責「第二代冉森主義」的帕斯奎爾．格斯奈爾(Pasquier Quesnel, 1643-1719)。「第二代冉森主義」的思想中，含有較少的奧古斯丁主義，卻有更多的嚴格主義者(rigorist)思想，並且提倡長老會制(Presbyterianism)和教宗權限制主義(Gallicanism)的觀點。

J.-L.S.撰　苑舉正審訂

Japanese philosophy　日本哲學　哲學在日本是先從佛教思想開始，然後才發展成為學術上的「哲學」(*tetsugaku*)，然而學術上的「哲學」則是從 1868 年的日本明治維新時期才出現。在日本的傳統佛教哲學思想的代表中，一定要提起天台宗(Tendai)的最澄 (Saichō, 767-822)，真言宗(Shingon)的空海(Kūkai, 774-835)，淨土真宗(Jōdo Shinshū)的親鸞(Shinran, 1173-1262)，曹洞宗禪(Sōtō Zen)的道元(Dōgen, 1200-53)，和日蓮宗(Nichiren Buddhism)的日蓮(Nichiren, 1222-82)。在中世紀，受到儒家與禪的影響，以忠誠與自我犧牲作為天職的武士倫理從武士的武士道傳統中產生。同時禪宗也影響了日本藝道或藝術家創作方法中一個重要的傳統宗教美學中美的觀念，例如哀(sad beauty)、幽玄(profundity)、閑(interval)、侘(〔淒〕，poverty)、寂(solitariness)、澀(〔拙〕，understatement)等。當每一派系發展自己的特點時，傳統日本佛教哲學的一個整體特徵則是它所強調的「非永恆性」(無常)，透過藝道中美的易毀壞性以及武士道倫理中對死亡恆久的記憶，來表達所有非物質現象的短暫性。

絕大部分的二十世紀日本哲學集中於發展西田幾多郎 (Nishida Kitarō, 1870-1945)和「京都學派」(Kyoto School)的思想，並對這些思想加以批判性地反動。「京都學派」則是由田邊元(Tanabe Hajime)、西谷啟治(Nishitani Keiji)、久松真一(Hisamatsu Shin'ichi)、竹內義範(Takeuchi Yoshinori)、上田閑照(Ueda Shizuteru)、阿部正雄(Abe Masao)，以及更重要的和辻哲郎(Watsuji Tetsurō)、九鬼周造(Kuki Shūzō)、鈴木大拙(D. T. Suzuki)所維繫。西田的思想被描述為，努力在佛教徒的「空」(emptiness)或「無」(nothingness)的一個基本框架內，去聯結東西方哲學和相互信仰間的對話。在他的處女作《善之研究》(*A Study of Good*, 1911)中，西田詳述了一個特別受到威廉．詹姆士(William James)所影響的「純粹經驗」(pure experience)理論。像詹姆士一樣，西田把「純粹經驗」表達為，在意識流中的直接認識領先於主觀／客觀二元論出現。西田根據他自己研究的佛教禪，重新詮釋的「純粹經驗」已被廣泛地認同。

在他的一生中，西田不斷地用這些概念，例如「自我意識」(self-awareness)、「絕對意志」(absolute will)、「有作用的直覺」(acting intuition)、「絕對的無」(absolute nothingness)，以及「社會歷史的世界」(social-historical world)等說法來改寫「純粹經驗」的理念。《從動者到見者》(*From the Acting to the Seeing*, 1927)一書是西田思想轉折點的標誌。書中他介紹了他對「場所」的新理解。「絕對虛無」的「場所」，在「真正的自我」(ture self)中產生作為一種「絕對矛盾的自我認定」(self-identity of absolute contradictions)。西田的倒數第二篇文章《場所的邏輯與一種宗教的世界觀》(*The Logic of Place and a Religious Worldview*, 1945)表達了一種在虛無的場所中以「自我否定」(self-negation)自身和上帝二者為基礎的宗教經驗理論。在這個背景下，他陳述了基督徒的「自我空」(self-emptying)與佛教徒的「空」(emptiness)的傳統之間相互真誠的對話。

在《宗教與虛無》(*Religion and Nothingness*, 1982)中，西谷啟治以禪的邏輯觀發展了西田的哲學，就「存有」(Being)的永恆觀點而言，所有的事物都是空的，至少在「相對無」(Relative Nothingness)的概念之下亦是如此，它依序注入了佛教徒的「空」(*śūnyatā*)和基督徒的「虛己」(*kenōsis*)二者所展現的虛空或絕對無的中道觀點。對於西谷這種從相對到絕對的無的轉化，是克服尼采(Nietzsche)闡述的虛無主義 (nihilism)的策略。久松真一在《禪與美術》(*Zen and the Fine Arts*, 1971)中，按照西田的自我絕對虛空的觀點解釋了日本美學。

西方哲學與禪宗「虛空」的對話，由阿部正雄在《禪與西方思想》(*Zen and Western Thought*, 1985)一書中獲致進一步發展。像西田、西谷、久松、上田和阿部這樣的思想家，以透過自覺的「自力」(self-power)所直接經驗到的「絕對無」為基礎，發展了一種禪宗的思維方法。田邊元所著的《作為元理智學的哲學》(*Philosophy as Metanoetics*, 1986)反而專注於親鸞的淨土真宗佛教，據此，虛空是透過信仰絕對「他力」(other-power)的作用所轉換而來的恩賜。

當代日本道德理論上的首要著作，和辻哲郎的《倫理》(*Ethics*, 1937)，發展了一種根基於個人及人間社會的日本觀，把個人的「人際關係(間柄)」當作社群倫理的觀點。這兩個特點揭示了人既是社會的、又是個人的雙重構造。九鬼周造的《生的結構》(*The Structure of Iki*, 1930)常常被認為是當代日本美學中最具有創造力的作品，將江戶時代精神理想分析為具有三重結構的「生」(*iki*)或「氣」(chic)，分別以藝妓的「媚態」(amorousness〔*bitai*〕)、武士的「志氣」(valor〔*ikuji*〕)和佛教徒的「諦觀」(resignation〔*akirame*〕)三者作為代表象徵。馬克思主義(Marxist)思想家，如戶坂潤(Tosaka Jun, 1900-45)，對西田和京都學派的哲學進行了強烈的意識形態批評。總之，當代日本哲學的突出貢獻是在亞洲世界觀的全部框架內，努力打造一種東西方價值的綜合體。

參見 Buddhism 佛教；Confucianism 儒家

S.O.撰　王祥齡、劉梅琴審訂

Jaspers, Karl Theodor　雅斯培，卡爾·希爾多(1883-1969)　德國心理學家和哲學家，存在主義運動(existentialist movement)的主要代表人之一(儘管他拒絕「存在主義」作為存在哲學的一種變形)。從 1901 到 1908 年雅斯培在海德堡(Heidelberg)、慕尼黑(Munich)、柏林(Berlin)和哥廷根(Göttingen)的大學攻讀法律與醫學。他於 1908 年在海德堡大學以《思鄉病與犯罪》(*Homesickness and Crime*)論文獲得醫學博士，結束了他學生的生涯(他留在該校直到 1948 年)。從 1908 到 1915 年他以志工助理身分在精神病診所工作，並出版了他的第一部主要著作《普通精神病理學》(*Allgemeine Psychopathologie*，德文版 1913；*General Psychopathology*，英文版 1965 年)。在 1913 年取得了心理學的大學教師資格(habilitation)後，雅斯培以兼任講師(Privatdocent)身分授課。在 1919 年他出版了《宇宙觀的心理學》(*Psychologie der Weltanschauung*〔*Psychology of Worldviews*〕)。兩年後他升任哲學教授。由於他個人的信念以及他娶了猶太女子葛露德·梅耶(Gertrud Mayer)，1937 年納粹(Nazi)政府剝奪了他的教職，並查禁他所有的著作。在 1945 年 4 月 14 日他們夫婦原本要被遣送到死亡集中營，就在那個日子來臨前幾天美軍解放了海德堡，因而得以倖免。1948 年他接受了瑞士巴塞爾大學(University of Basel)的教授職位。

上大學時，雅斯培對學院哲學感到強烈的憎惡。然而，當他對精神病學和心理學領域獲得洞見之後，他理解到人類的研究和科學研究的意義二者都指向那些要求他們自身思考與反省的疑問與問題。雅斯培在他的三卷一套的《哲學》(*Philosophie*〔*Philosophy*〕，德文版 1931 年；有附言的 1956 年版；英文版 1969-71 年)一書，和 1100 頁的《論真理》(*Von der Wahrheit*〔*On Truth*〕, 1947)一書中對這些問題進行了系統的說明。在第一卷《哲學的世界定向》(*Philosophical World-orientation*)書中，他就一般的人類處境與特殊的科學學科來探討哲學的地位與意義。在第二卷《存在的照明》(*Clarification of Existence*)一書中，他將客觀(科學的)知識的模式與在自我關係、溝通和史實性上的存有可能的(且本質上非客觀的)察知對比起來，二者都作為在自由中、在必然中，和在超越界中呈現自身的自我存有，並且作為存在於界限處境(如死亡、苦難、掙扎、罪行)中遭遇其絕對性以及主體性與客體性的兩極糾纏。在第三卷《形上學》(*Metaphysics*)一書中，他專注於超越界意義的探討，對於可能的存在，無論面對或抗拒挫敗的衝擊，超越界在(對於自然、歷史、意識、藝術等)動人的密碼中，成為半透明的。

他的《論真理》是計畫寫作的「論哲學邏輯」(philosophical logic)(參照《哲學邏輯的遺產》〔*Nachlaβ zur philosophischen Logik*〕，H. Saner 和 M. Hänggi 主編，1991)的第 1 卷，在該書中他將他的哲學中較形式的部分進一步發展為「統攝存有學」(periechontology)(統攝者的存有學〔ontology of the encompassing / *Ontologie des Umgreifenden*〕，統攝者〔*des Umgreifenden*〕與其存在模式〔modes of being〕包括：意識自身〔consciousness / *Bewusstsein-ueberhaupt*〕、精神〔mind / *Geist*〕、存在〔existence / *Existenz*〕、世

界〔world / *Welt*〕、超越界〔transcendence / *Transzendenz*〕、理性〔reason / *Vernunft*〕)並闡明起源。在上兩部作品中，雅斯培的重點放在「存在哲學」(existential philosophy)上，而所謂存在哲學是：「人類設法透過它來尋回自我的思考方式，一方面運用一切真實的知識，另一方面又超越了這種知識。這種思考並不認知對象，卻立即照明並實現了依此種方式思考者的存在。」(《哲學自傳》〔*Philosophische Autobiographie*〕, 1953)。

在雅斯培將對理性與真理的「哲學信仰」(philosophical faith)精心構思結合他對真實存在的追尋上，他必須對哲學史、政治史和宗教史獲得一種徹底的理解，並同時對現狀做恰當的評估。他的目標是一套世界哲學，從自由與不受限制的溝通精神、毫無限制的開放胸襟，以及不屈不撓的真誠，對於世界和平做出可能的貢獻。除了一套大部頭的哲學史《偉大哲學家》(*Die groβen Philosophen* Ⅰ, 1957; Ⅱ 和Ⅲ, 1981；*The Great Philosophers*，英文版，2卷，1962，1966)和許多傳記：庫薩努斯(Cusanus)、笛卡兒(Descartes)、達芬奇(Leonardo da Vinci)、謝林(Schelling)、尼采(Nietzsche)、斯特林堡(Strindberg)、梵谷(Van Gogh)、韋伯(Weber)之外，他還寫了一些專書，例如：《大學的理念》(*Die Idee der Universität*，德文版，1946；*The Idea of the University*，英文版，1959)、《當代的精神處境》(*Die geistige situation der Zeit*，德文版，1931；*Man in the Modern Age*，英文版，1933)、《歷史的起源和目的》(*Vom Ursprung und Ziel der Geschichte*，德文版，1949；*The Origin and Goal of History*，英文版，1953)，在書中他發展了「軸心時期」(axial period)的觀念。關於罪責的問題有《德國罪責問題》(*Die Schuldfrage*，德文版，1946；*The Question of German Guilt*，英文版，1947)；關於核子武器(the atomic bomb)有《原子彈和人類的未來》(*Die Atombombe und die Zukunft des Menschen*，德文版，1958；*The Future of Mankind*，英文版，1961)；關於德國政治有《德國的未來》(*Wohin treibt die Bundesrepublik?*，德文版，1966；*The Future of Germany*，英文版，1967)。他也探討了有關神學與宗教的議題：《神話轉型的質疑與布特曼的討論》(*Die Frage der Entymythologisierung. Eine Diskussion mit Rudolf Bultmann*，英文版， 1954)；《神話與基督宗教》(*Myth and Christianity*, 1958)；《面對啟示的哲學信仰》(*Der Philosophische Glaube angesichts der Offenbarung*，德文版，1962；*Philosophical Faith and Revelation*，英文版，1967)。

參見 existentialism 存在主義；metaphysics 形上學

W.D.撰　黃藿審訂

Jean Poinsot　讓．普安索　見 John of Saint Thomas 聖多瑪斯的約翰

***jen*　仁**　中國哲學術語，在儒學(Confucianism)中非常重要。(在英文中)被譯為「仁慈」(kindness)、「仁愛」(humanity)或「慈善」(benevolence)。關於「仁」的基本涵義，學者們認為「仁」既不屬於貴族團體，也非一般所謂的「仁慈」，特別是統治者對其臣民的仁慈。在孔子的思想中，仁用於指一種人類的徹底的倫理理想(當這樣用時，常常譯為「仁愛」、「人道」〔humaneness〕或「善」〔goodness〕)，尤其指一種對所有生物的感情關注，其關注的程度與性質取決於個人與這些事物關係的親疏程度(當這樣用時，常常譯為「慈善」)。後來的儒家解釋「仁」為個人與所有事物的一體感，因此仁者能感通(sensitive and responsive)他人的幸福。在政治領域，儒家理想中的政府應該以「仁」為施政的基礎。「仁」君用仁德來照料和養育其臣民，而臣民則受到君王仁德的吸引，並且為之激勵而改善自身。這樣的統治者將成功地帶來秩序而沒有敵人，成為真正的王者(*Wang*)。

參見 Confucianism 儒家
K.-l.S.撰　林安梧審訂

jen hsin　**人心**　見 *tao-hsin, jen-hsin* 道心、人心

jen-yü　**人欲**　見 *t'ien li, jen-yü* 天理、人欲

Jevons, William Stanley　**杰文斯，威廉・史丹利**(1835-82)　英國經濟學家、邏輯學家和科學哲學家。在經濟學方面，他澄清價值(value)的觀念，論證它是效用(utility)的函數。後來的理論家，模倣他對微積分和其他數學工具的使用而得出理論結果。他的進路預期了邊際效用(marginal utility)的觀念，它是現代經濟學的概念基礎。杰文斯把彌爾(J. S. Mill)的邏輯視為不恰當，而偏愛布爾(Boole)的新符號邏輯。他的一個永久的貢獻是引入了「兼容的或者」(inclusive "or")(兼容的選言)概念，其意義是「二者任一，或，二者都可」(either or, or both)。為了幫助教授「類」(classes)和命題的新邏輯，杰文斯發明了他的「邏輯鋼琴」(logical piano)。彌爾和惠威爾(Whewell)兩人在不同的理由上，認為歸納能達到精確和必然的真理；杰文斯反對兩人對歸納的自信，論證科學產生的只是「逼近」(approximations)。此外任何在理論與觀察之間的完美配合，必須扎根在我們是錯誤的懷疑、而不是我們是正確的自信之上。杰文斯引入了「機率理論」(probability theory)來顯示敵對的假設如何被評價。他是位主觀主義者(subjectivist)，堅持機率是一種衡量：即完全理性的人，將會相信給定的有用證據中的哪一些之衡量。

參見 induction 歸納法；probability 機率；utilitarianism 效益主義
R.E.B.撰　陳瑞麟審訂

Jewish philosophy　**猶太哲學**　學科主題開始於亞歷山卓的斐洛・猶大厄斯(Philo Judaeus of Alexandria, c.20 B.C.-A.D. 40)。他應用斯多噶(Stoic)的寓喻方法，發展了把聖經中的人物和地點轉化為普遍的信條和德行的哲學聖經註解學：保留了希伯來聖經中的超然存在的上帝這一觀點，斐洛將柏拉圖(Plato)的世界理念與上帝的心靈或詞語視為等同，把它解釋為創造世界的中介。這個「邏各斯」(*logos*)理論對基督教神學的影響極大，但對猶太教的影響卻很小。猶太法學家傳統對包括斐洛作品在內的希臘哲學的所有說法，均加以漠視，並且可能是敵對的。

遠溯到斐洛的哲學神學傳統，僅僅在九世紀才在猶太教扎下根基，也正是僅在被伊斯蘭世界所接受之後，這裡是當時猶太人所散居的地方。薩阿迪亞・加翁(Saadiah Gaon, 882-942)的哲學著作《批判性抉擇信仰和宣示之書》(*The Book of Critically Chosen Beliefs and Convictions*)，便是以穆斯林(Muslim)自由意志神學家所寫的神學論文為樣版而寫成的。無論如何，不像他們，薩阿迪亞反對猶太人的卡拉派(Karaites)，並拒絕了原子論的偶因論，而接受一種哲學家自然秩序的觀點，儘管它是由上帝創造的。薩阿迪亞的希臘哲學知識是不完整的和大雜燴的，但為了肯定相信一個被創造的宇宙，進而相信一個創造者的必要性，他仍然深刻地論證了反對無限延續的概念。薩阿迪亞在更多教條的基礎上承認西奈山(Sinai)啟示的真實性和猶太法律的正當性，但他發展了一種誡命分類法，在更多或更少的合理性基礎上區別它們。

以撒・以色列利(Isaac Israeli, 850-950)儘管是薩阿迪亞同時代的人，但與他的區別就像東方(代表巴格達〔Baghdad〕的薩阿迪亞)與西方(代表北非凱拉望〔Qayrawan〕的以色列利)的不同。以色列利對神學不感興趣，並被吸引到新柏拉圖主義(Neo-platonism)和第

一個穆斯林哲學家金迪(al-Kindī)所提倡的思想上。猶太哲學嚴格的哲學及基本新柏拉圖主義方法，隨著所羅門・伊本・迦比諾(Solomon Ibn Gabirol, 1020-57)《生命之泉源》(*Fons Vitae*)而達到一個新高度。他在強調形式與物質優越於普遍心靈或理智方面追隨以色列利。這預示著亞里斯多德(Aristotle)的概念在中世紀猶太哲學中支配地位的上升，除了政治思想外的各方面，第一次完整表述此種支配地位的是伊本・達烏德(Abraham Ibn Daud, c.1110-80)在西班牙所寫的《昂揚之信仰》(*The Exalted Faith*)。這裡保留了新柏拉圖主義的許多主題和看法，特別是流出說和靈魂透過理智的聯合回歸其本源，以及上帝的不可知和嚴格的單一性的概念；但是新柏拉圖主義的特殊結構對亞里斯多德及其評論者做了讓步。這種混合方法由穆斯林哲學家法拉比(al-Fārābī, 872-950)和阿維森納(Avicenna, 980-1037)所完成，對大多數猶太哲學家來說，他們成為貫穿十二世紀的主要權威，後來與阿威羅斯(Averroes, 1126-98)互相抗衡，以爭取猶太哲學家的心靈。

猶大・哈勒維(Judah Ha-Levi, 1075-1141)在用西班牙文所寫的《卡扎爾人書》(*The Kuzari*)中以其對亞里斯多德的前提有見地的批判來抗拒這種對哲學的吸引力，但是邁蒙尼德(Maimonides, 1138-1204)在他的寫於埃及並成為中世紀猶太哲學的主要作品《解惑》(*Guide to the Perplexed*)中，發現除了接受一個永恆的宇宙之外，沒有理由去挑剔哲學家。他對這個主題的保留和他在討論一些猶太人信仰的其他信條時的緘默，導致許多懷疑他的正統學說並探詢他的所有哲學觀點的神祕涵義，這個習慣一直持續到今天。不論他對哲學的忠貞，邁蒙尼德把猶太教作為哲學宗教的典範，並且把理想的哲學家看作致力於其團體福利的人，甚至無論多少個人幸福最終僅僅在上帝的默思中發現。杰森尼德(Gersonides, 1288-1344)生於普羅旺斯(Provence)，完全是邁蒙尼德和阿威羅斯教導的回應，在他的《主之戰》(*Wars of the Lord*)一書中，否定了大眾信仰的個人恩寵。這類主張導致克萊斯加(Hasdai Crescas, 1340-1410)攻擊哲學家們自己的前提，並且提供了一個神聖之愛的模式來代替理智，作為理解人自身與上帝的主導概念。

現代猶太哲學開始於德國的門德爾森(Moses Mendelssohn, 1729-86)，他試圖在哲學上從猶太教消除其神權和政治壓迫方面的內容。赫爾曼・柯亨(Hermann Cohen, 1842-1918)進一步強調，在康德(Kant)和黑格爾(Hegel)的影響下，他所構思的是猶太教的基本倫理的和普遍的理性之教誨。馬丁・布伯(Martin Buber, 1878-1965)引人注意地介紹了一種存在的個人主義進入猶太教的倫理學解讀，而福蘭茨・羅森茨維格(Franz Rosenzweig, 1886-1929)試圖用一種其傳統信仰和實踐的現象學功效的鑑賞，來平衡猶太教存在的必然式和反歷史的解釋。這些哲學的樂觀與普遍的方向經歷了第二次世界大戰的嚴峻考驗，而猶太思想家在那次衝突後更加堅定地主張民族哲學。

參見 Buber 布伯；Crescas 克萊斯加；Gersonides 杰森尼德；Maimonides 邁蒙尼德；Philo Judaeus 斐洛・猶大厄斯；Saadiah 薩阿迪亞

A.L.I.撰　蔡源林審訂

***jhāna*　禪定**　上座部(Theravada)佛教徒所使用，意為「沉思」(pondering)、「默想」(contemplation)的字詞，常英譯為「meditation」(冥想)。這是用來描述冥想的技藝，以及使用這技藝所達致的意識狀態的眾多術語之一。「禪定」一詞有一特定的專技用法：它指稱某一由四種(有時說有五種)意識狀態所構成的層級序列，這些狀態係經由情感經驗的漸次減損而產生。此中第一種狀態包括五種心理因素，是不同類型的情感與認知作用，最後的狀態則僅由靜定(equanimity)所構成，為絲毫不受情感沾染的狀態。

參見 *samatha* 止；*vipassanā* 觀

P.J.G.撰　何建興審訂

Joachim of Floris　菲奧雷斯的約阿基姆(c.1132/35-1202)　義大利神祕主義者，去聖地旅行過，在他返回後成為一個西篤會(Cistercian)會士和修道院院長。他後來引退到義大利南部的卡拉布里亞(Calabria)，在那兒他成立了菲奧雷聖若望會(the order of San Giovanni in Fiore)。在餘生他專注於默想(meditation)和記錄他先知性的神視(prophetic visions)。在他的主要著作《新舊約之間的詞語註解書》(*Liber concordiae Novi ac Veteri Testamenti*〔*Book of the Concordances between the New and the Old Testament*〕, 1519)、《默示錄評註》(*Expositio in Apocalypsim*, 1527)和《十琴弦聖詠集》(*Psalterium decem chordarum*, 1527)之中，約阿基姆闡釋歷史的深層涵義是以他在他的神視中體會到的來闡釋。歷史以共存的兩種和三種模式發展。新、舊約兩部書分別代表了歷史分為第一個將臨期和第二個將臨期的結束(the First and Second Advent)。歷史也以與聖三位一體(聖三，the Holy Trinity)相對應的階段前進。聖父時代是律法時代；聖子時代是恩寵時代，約結束於 1260 年；聖神時代產生一個充滿聖神的教會。一些隱修會(monastic orders)如方濟會(Franciscans)和道明會(Dominican)則自認為已屬於這最後的聖神時代，並把約阿基姆的預言詮釋為其暗示著當代教會組織的傾覆。他的一些觀點在 1215 年的拉特朗大公會議(Lateran Council)上遭到譴責。

P.Gar.撰　丁福寧審訂

Johannes Philoponus　約翰內斯・菲洛波努斯(c.490-575)　希臘哲學家和神學家，在亞歷山卓(Alexandria)工作(菲洛波努斯〔philoponus〕是他的綽號，其意為「工作狂」〔workaholic〕)。從出生就是基督徒，他是柏拉圖主義者(Platonist)阿蒙尼烏斯(Ammonius)的學生，且是第一位基督徒亞里斯多德學者(Aristotelian)。如此，他挑戰許多亞里斯多德與基督宗教教義相衝突的觀點；例如：世界的永恆性、一個無限力量的需要、場所的定義、真空的不可能性、成為天體的實體的第五元素的必要性。約翰內斯為亞里斯多德的《範疇論》(*Categories*)、《前分析論》(*Prior Analytics*)、《後分析論》(*Posterior Analytics*)、《氣象學》(*Meteorologics*)和《論靈魂》(*On the Soul*)寫了評註；以及一篇論文〈反對普羅克勒斯：論世界的永恆性〉(Against Proclus: On the Eternity of the World)。關於這些評註是否顯示了對這些問題的見解的變化(離開正統的亞里斯多德主義)是有爭論的。

J.M.D.撰　徐學庸審訂

John Damascene　約翰・達瑪森　見 John of Damascus 大馬士革的約翰

John of Damascus　大馬士革的約翰　聖者，也稱為約翰・達瑪森(John Damascene)與克里索羅斯(Chrysorrhoas，黃金講者〔Golden Speaker〕，c.675-c.750)，希臘神學家與東方教會博士。生於大馬士革一富裕的家庭中，他曾受過希臘、阿拉伯，以及伊斯蘭的思想教育。他在政府內達至一高位，卻在反基督者卡利夫・阿巴杜・馬立克(Caliph Abdul Malek)手下辭去職務，並大約在 700 年時成為一名僧侶，居住在耶路撒冷(Jerusalem)外邊。他遺留下了廣博的著作，大部分與較古老文本的編纂是一樣的。754 年的破除偶像宗教會議(the Iconoclastic Synod)譴責了他在三部《反破除偶像談話》(*Discourses against the Iconoclasts*, 726-30)的著作中支持肖像崇拜的論證，但他的正統性仍在 787 年的尼卡亞第二屆大公會議(the Second Council of Nicaea)中被確認。其《知識的泉源》(*Sources of Knowledge*)之著作由一部《辯證法》(*Dialectic*)、一部關於異端的歷史，以及一部關於正統性的說明所組成。自第八世紀的終了即尊其為一聖者，他在東方世界是那般地受到敬重，而且在中世紀時被西方世界視為一重要的東方正統思想的見證人。

J.Lo.撰　蕭宏恩審訂

John of Saint Thomas　聖多瑪斯的約翰　也被認作讓·普安索(John Poinsot, 1589-1644)，葡萄牙神學家和哲學家。他生於里斯本(Lisbon)，而後就學於考因布拉(Coimbra)和魯汶(Louvain)等校、進入道明會(Dominican order, 1610)，並在埃納雷斯堡(Alcalá de Henares)、皮亞森查(Piacenza)和馬德里(Madrid)等地教學。他最重要的作品《哲學教程》(*Cursus philosophicus*〔*Course of Philosophy*〕, 1632-36)，是一本論述邏輯和自然哲學的著作；還有《神學教程》(*Cursus theologicus*〔*Course of Theology*〕, 1637-44)，是一部針對亞奎納(Aquinas)的《神學大全》(*Summa theologiae*)所做的註釋。

約翰認為他自己是個多瑪斯主義者(Thomist)，但他在幾個重要的方面上修正了亞奎納的觀點。《哲學教程》的第一部分「邏輯藝術」(Ars Logica)，是後來天主教教授邏輯學的主要源頭。它被分為兩部分：第一部分處理形式邏輯(formal logic)並提出一套有關詞項、命題與推理的綜合理論；第二部分則討論質料邏輯(material logic)中諸如可述事物(predicables)、範疇(categories)與演示(demonstration)之類的主題。其第一部分的重要貢獻，在於一套完整的記號(signs)理論，這套理論已引起如馬利坦(Maritain)、西蒙(Yves Simon)、外爾得(John Wild)及其他二十世紀哲學家們的重視。第二部分的主要貢獻，是根據物理學、數學、形上學的各種程度所做的知識分類，而這部分後來也為馬利坦所採納。約翰在《哲學教程》的第二部分及《神學教程》中處理了形上學的問題。他的觀點是亞奎納觀點的修正。例如，亞奎納主張個體化原理是由數量(quantity)限定的物質，約翰則將此原理詮釋為基本上來自於由幅度(dimensions)所決定的物質，而幅度是不確定的(indeterminate)。

相較於與該時代其他西班牙裔士林哲學的主要人物，約翰在政治和法律方面的理論著墨不多。他認為倫理學和政治哲學是思辨的而非實踐的科學，並採用了某一形式的概然主義(probabilism)。再者，當一個人在行動方針上有疑慮時，他就可以採納任何由審慎的道德家所提出的中肯觀點。

參見 Aquinas 亞奎納；Peirce 裴爾斯；semiosis 符號探究

J.J.E.G. 撰　丁福寧審訂

John of Salisbury　索爾斯伯利的約翰(c.1120-80)　約翰是英國的高級教士與人文學者。1135 至 1141 年間，在巴黎向彼得·亞伯拉(Peter Abelard)學習辯證法，並從波傑爾的吉伯特(*Gilbert of Poitiers*)學習神學。在這段期間，他可能也向位於沙特爾市(Chartres)天主教學校(Cathedral School)的柯雀斯的威廉(William of Conches)學習文法、修辭學與部分的《四科》(*quadrivium*)。1147 年後，他有段時間是羅馬教庭(Roman Curia)的成員，擔任坎特伯雷(Canterbury)總主教狄奧波(Theobald)的秘書，同時也是湯馬士·貝克特(Thomas Becket)的朋友。由於他在貝克特封聖過程中所扮演的角色，法王路易七世(Louis Ⅶ)在 1176 年封他為沙特爾的主教。

雖然約翰是專注的哲學學生，但稱他為哲學家是容易產生誤解的。在他的書信、安賢(Aselm)與貝克特的傳記，以及《對天主教法院的回憶錄》(*Memoirs of the Papal Court*, 1148-52)一書裡，他以可能是中世紀裡對古典拉丁風格最好的摹筆，為他那個時期某些極為重要的觀念、事件及人物提供了說明。無論他的這些工作或是他的著作——《波利克立圖斯》(*Polycraticus*)與《後設邏輯》(*Metalogicon*)，這是他最著名的——都不是系統性的哲學論述。然而，《波利克立圖斯》被認為是率先以更廣泛的方式從事政治理論的中世紀論述之一。在書中，約翰認為若一個統治者未依據自然道德法則制定法律，則對他合法的反抗可以包括暗殺。另一方面，在《後設邏輯》一書中，約翰以人文主義者的精神，討論了一個建基於亞里斯多德邏輯而富於哲學訓練的文明世界，所能有的種種益處。他同時也呈現了當時對於共相本質的觀點。不令人意外地，他支持亞里斯多德的看法，認為共相既不是外於心靈的實體，也不僅僅是文字；而是有實在作為基礎的心靈概念——它們是心靈從外在實體中抽繹出共同部分的成果。

G.S.撰　林正弘審訂

Johnson, W(illiam) E(rnest)　約翰遜，威廉・恩尼斯特(1858-1931)　英國哲學家，在劍橋大學講授哲學和邏輯。他的《邏輯》(*Logic*)分為三部分出版：第一部分(1921)；第二部分，《證明性的推論：演繹的和歸納的》(*Demonstrative Inference: Deductive and Inductive*, 1922)；和第三部分，《科學的邏輯基礎》(*The Logical Foundations of Science*, 1924)。他未完成《論機率》(*On Probability*)的第四部分，但在 1932 年的《心靈》(*Mind*)中出版了其計畫中的三章。約翰遜的其他哲學文章都發表在《心靈》中。他在文章〈論感情的冷漠〉(On Feeling as Indifference, 1888)中處理了分類問題。在〈邏輯微積分〉(The Logical Calculus, 1892；三部分)中，雖然繼承了杰文斯(Jevons)和范恩(Venn)的傳統，但也加入了後來「劍橋」的邏輯風格；他的邏輯微積分與形式邏輯一樣，都是在處理邏輯的真理。〈思考的分析〉(Analysis of Thinking, 1918；兩部分)提倡了經驗的副詞理論。約翰遜在劍橋的哲學影響超出了這些出版物的影響，因為人們能從約翰・內威爾・凱因斯(John Neville Keynes)的《形式邏輯研究和實踐》(*Studies and Exercises in Formal Logic*)，及他的兒子約翰・梅納德・凱因斯(John Maynard Keynes)的《論機率》(*A Treatise on Probability*)的論文中找到約翰遜的論述。

《邏輯》一書中有對歸納法、形上學、心靈哲學和哲學的邏輯等的原創而又與眾不同的處理。約翰遜的推理理論提出了一種有別於羅素(Russell)與懷德海(Whitehead)的《數學原理》(*Principia Mathematica*)中的蘊涵理論。他創造了「直指定義」(ostensive definition)的術語，並介紹了上層屬性與下層屬性的區別。

參見 determinable 上層屬性；inference 推理

D.H.S 撰　王文方審訂

John the Scot　蘇格蘭人約翰　見 Erigena 伊里吉納

joint method of agreement and difference　同共法與差異法　見 Mill's methods 彌爾方法

***ju*　儒**　見 Confucianism 儒家

Juan Chi　阮籍(210-63)　中國魏晉時期著名玄學家(Neo-Taoist)。與嵇康(Hsi K'ang)同為竹林七賢之首，極為時人所敬重。其現存作品最重要的是《達莊論》(*Ta-Chuang lun*〔*Discourse on the Chuang-Tzu*〕)和《大人先生傳》(*Ta-jen hsien-sheng chuan*〔*Biography of Master Great Man*〕)。阮籍的思想歸根於「自然」(naturalness)這一個中心概念。「大人先生」(great man)是阮籍筆下的個人理想，其心中沒有半點私念，沒有半點虛假，情真性純，自然而樂，融和於天地之間，與大自然為友。相反地，儒家「名教」(orthodox tradition)以禮法約束人的真性情和率直來建立利益的基礎。在政治上，「自然」象徵著一個原始質樸，以道為本的無君主義(anarchism)的自治社會。但是大人先生反映著的不是一個積極要打倒皇朝政府的革命者，也不是一個想退世歸隱，明哲保身以達到其個人目的的逃避者。作為一個全面性理想的象徵，大人先生啟發著一個以自我的真為主的新信息，帶動一股以誠為本的新能量，引導社會回復到依道無為自然的領域。

參見 Neo-Taoism 玄學

A.K.L.C.撰　陳金樑審訂

judgment　判斷　見 *akrasia* 意志軟弱；faculty psychology 機能心理學；Kant 康德

Jung, Carl Gustav　榮格，卡爾・古斯塔夫(1875-1961)　瑞士心理學家，分析心理學(analytical psychology)的創始者，他開創了一種不同於弗洛伊德(Freud)的精神分析形式，主要強調潛意識(unconscious)的集體特徵，以原型(archetypes)為潛意識的特殊內容。一如弗洛伊德，榮格早年深受哲學影響，在他投入精神醫學(psychiatry)領域之前，曾經針對特定哲學旨趣寫過數篇論文，對榮格來說，最重要的哲學家無疑是康德(Kant)，榮格將原型構想為人類心靈(human psyche)的先天結構(priori structures)；另外，柏拉圖(Plato)與新柏拉圖主義者(Neoplatonists)、叔本華(Schopenhauer)，特別是尼采(Nietzsche)(榮格曾以長達數年的講座，討論《查拉圖斯特拉如是說》〔*Zarathustra*〕)，都具有關鍵重要性。榮格是詹姆士(James)的精讀者，他的《心理類型》(*Psychological Types*, 1921)一書除了廣泛地討論了唯名論(nominalism)與唯實論(realism)之外，還詳盡處理了詹姆士的本我(self)類型論。

榮格認為本我是「外精神」(ectopsyche)的混合體(amalgamation)，由四種功能(直覺〔intuition〕、感覺〔sensation〕、情感〔feeling〕、思維〔thinking〕)組成，它們圍繞著自我(ego)，自我的構造並不是一個單一實體(singular entity)，而是觀念與情感的複合物(complex)，一個「內領域」(endosphere)(亦即，在記憶、影響……等等之中轉向內在的意識)。讓弗洛伊德全神投入研究的個人潛意識，突出了內領域與其遭受「入侵」(invasions)的狀態，然而其基底在於全人類共有的集體潛意識之中。榮格從對於夢境象徵(dream symbols)的分析、精神病理學症狀(psychopathological symptoms)的研究，導出了集體潛意識，它是繼承了古代神祕形式(archaic-mythic forms)與形象(figures)的文庫，重複地出現於迥然不同的諸文化與歷史時代，這些形式與形象，亦稱為「原型」，被認為是先於構成理性思維之「觀念」(ideas)的「原初意象」(primordial images)，於是，與其說本我是自主獨立的，實則是被深埋在前個人與前歷史(prehistoric)的背景之下，沒有一個有效的出口。不過，透過長期心理治療(psychotherapeutically)所引導的「個體化」(individuation)過程，集體潛意識在日常生活的同化作用會慢慢產生，導向豐富與擴充的經驗覺察(sen se of experience)與本我感受(selfhood)。

參見 Freud 弗洛伊德；James 詹姆士；Nietzsche 尼采

E.S.C.撰　龔卓軍審訂

***jung, ju*　榮、辱**　表達儒家(Confucian)在光榮與羞恥或者恥辱之間區別的中文。最具權威性的章節討論(常被引證的章句)見於荀子(Hsün Tzu)的著作。榮(honor)辱(disgrace, shame)之區別與境遇有關。在常態的個人處境、在安全或危急之時、或在有害或有利的境地中，判斷榮辱的關鍵處在於，其榮，僅得之於外在的肯定，或是真正的名副其實；其辱，是因環境所迫，如窮困，或由於本身德行上的缺損。而君子(典範的個人)應該安於因環境而導致的羞恥，不應有行為放蕩而得到的恥辱。關鍵點在於，榮或辱的斷定，以仁(benevolence)和義(rightness)為準，而不取決於超乎個人控制之外的偶然因素上。

參見 Hsün Tzu 荀子

A.S.C.撰　林安梧審訂

jurisprudence　法理學　法律的科學或知識；因此在最廣泛的意義上，法理學研究任何法律體系的法律學說、規則與原則。然而在一般的狀況下，「法理學」一詞並不是指研究某特定法律體系中的實際法條，而是研究一個法律體系，或所有法律體系共通的普遍概念與原則(即「普通法理學」〔general jurisprudence〕)。這種意義上的法理學，有時也叫法律哲學(philosophy of law)，可以根據特定研究的主要焦點，去做進一步細分。例如：歷史法學(historical jurisprudence，研究法律原則的歷代發展，常常強調法律起源於習慣或傳統，而不是制定的規則)、社會法學(sociological jurisprudence，檢視法律規則與個人、團體或機構的行為之間有何關係)、功能法學(functional jurisprudence，探究法律規範和基礎社會利益或需要之間的關係)，以及分析法學(analytical jurisprudence，探究法律概念的意義，以及概念與概念之間的關聯)。

在分析法學之中，最重要的思想主要聚焦在法律概念本身的意義(法理論〔legal theory〕)，以及法律概念和道德概念之間的關係。「法實證主義」(legal positivism)認為，法律與道德之間沒有必然聯繫，而反對自然法(natural law)觀點所認為的，法律與道德概念之間沒有明確界線。法實證主義的觀點，有時被認為來自於實證主義的堅持：法律的有效性決定於某些基本社會事實；如約翰・奧斯汀(John Austin)所說的「統治者的命令」(the command of the sovereign)，漢斯・凱爾森(Hans Kelsen)所謂的「基礎規範」(the Grundnorm)，或來自哈特(H. L. A. Hart)的「承認規則」(the rule of recognition)。不同的實證主義者，對於決定法律的基本事實，做出了不同的特徵描述，而這些不同的描述又產生了對法律規範性特色的不同主張；古典實證主義者(如約翰・奧斯汀)主張法律系統本質上是強制性的，但近代實證主義者(例如漢斯・凱爾森)則堅持法律系統是規範性的。

在法理論中的爭議，常常來自於裁決理論(theories of adjudication)的爭論；或者說，來自於法官實際上如何，或「應該」如何裁決案件的爭論。根據機械論法學(mechanical jurisprudence)，或稱「形式主義」(formalism)，所有案件都能只靠分析法律概念就下決斷；許多人認為，形式主義正是十九世紀司法裁決和法律推理的特徵。到了二十世紀，形式主義就變成了各種「法實在論」(legal realism)的現成箭靶。依法實在論的觀點，要決定法律，最好觀察法庭和公民們實際上怎麼做，這比分析實定法的法律規則和概念要好得多。

自然法傳統的新近發展，也集中在裁決過程，以及規範性的命題上——這些規範性的命題，與司法上對法律權利與義務的判定密不可分，同時成立。自然法學者論證，這些規範性命題的存在，顯示法律權利是一種政治或道德權利。因此，必須修正現行的裁決理論、拋棄法律的社會事實理論(如隆納德・德沃肯〔Ronald Dworkin〕便如此認為)，或者探究法理論與傳統政治哲學問題之間的關係：在什麼條件下，法律義務——即使是由社會事實所決定的法律義務，會導致真正的政治義務(比如說，守法的義務)？其他法理學概念中，與政治理論議題有所重疊者，還包括法治(rule of law)、法的道德主義(legal moralism)、公民不服從(civil disobedience)。

法律與道德之間究竟是什麼樣的關係，在法律理論中還有所爭議，但不該與道德理論中的「自然法」討論混為一談。在道德理論中，「自然法」對道德規範的客觀地位，指出某個特殊的觀點；關於自然法，文獻相當可觀，從古代希臘羅馬的思想，歷經中世紀神學作品，到當代倫理思想，莫不有之。雖然說，「道德與法律不能截然二分」這個主張，常常是一般自然法道德理論的一部分，道德理論中的「自然法」與法律理論中的「自然法」，並沒有明顯的邏輯關係。一個道德理論家可以認定，在法律與道德之間沒有必然的連接，並因此認可一種法實證主義式的法律觀，又同時一致地提倡道德本身的自然法觀點；反之亦然，一個自然法法律理論家，在接受法律與道德之間有必然關係的同時，仍可能認同另一個獨立的道德理論，與自然法道德理論的意涵截然不同。

參見 legal realism 法實在論；natural law 自然法；philosophy of law 法律哲學；political philosophy 政治哲學；rights 權利

P.S.撰　謝世民、吳妍儀審訂

jury nullification　陪審團越法　指陪審團的一項能力，或指這種能力的行使。儘管發現的事證顯示，某位刑事案被告明顯違反刑法條文，陪審團仍然開釋該名被告，即稱為「陪審團越法」。這項能力不是一項「權利」，而是一種對刑事程序的額外設定；在不成文法中，陪審團只有決定事實的權威，而由法官裁定如何使用法律，陪審團對事證的發現不能覆審。

「越法」(nullification)一詞，暗示「陪審團越法」是違反法律規範的。這個想法只在極端嚴格的法實證主義(legal positivism)下才成立；亦即，法律只是成文法，而且成文法已經涵蓋了所有可能發生的狀況。陪審團越法最好被視為「衡平法」(equity)的一種形式，一種對成文法本身內在限制的矯正。在越法行為中，陪審團創制了法律。如果把陪審團越法當成一種權利，則會引起關於民主立法制度的問題：比如說，一小群隨機挑選出的市民，是否該有這種樹立新法的權威？

參見 jurisprudence 法理學；legal positivism 法實證主義；natural law 自然法；political philosophy 政治哲學

R.A.Sh.撰　謝世民、吳妍儀審訂

jury theorem　陪審團定理　見 Condorcet 孔多塞

***jus ad bellum*　正當化訴諸戰爭**　見 just war theory 正義戰爭理論

***jus in bello*　規定戰爭以何種方式方能被允許進行**　見 just war theory 正義戰爭理論

justice　正義　每個人取得他或她所應得的部分。形式正義(formal justice)是公平與一致地應用原則，無論原則本身是否合乎正義；實質正義(substantive justice)則與權利緊密結合，亦即個人可以正當地要求他人或政府去做什麼(例如關於要求自由的保障或平等的促進)。

報應正義(retributive justice)所關切者，為何時與為何處罰(punishment)的施行是合理的。然而處罰究竟是因為報應(retribution)過往的惡行，抑或因為制止未來的惡行而得以被證成(justification)為合理的問題，有著持續的爭論。那些強調報應係作為處罰過去惡行因而是合理的人，通常都相信人具有自由主義者(libertarian)所說的自由意志(free will)；而那些強調報應作為制止未來惡行因而是合理的人，通常他們所接受的是決定論(determinism)的主張。

至少從亞里斯多德(Aristotle)開始，一般就已經將正義與遵守法律以及公平(fairness)地對待每一個人視為是相同的。但如果法律全然是人為的約定俗成(convention)，而正義則不是的話，那麼正義便不能與遵守法律視為同一。在法律實證論(legal positivism)與自然法理論(natural law theory)的論述中，包含了許多關於人為的約定俗成被視作法律是否應有道德限制的爭論。

矯正的正義(corrective justice)所關切者，是要求對人民損失賠償的公平性；交換正義

J

(commutative justice)所關切的，是公平的報酬、價格與交易行為；分配正義(distributive justice)則關切在資源分配(the distribution of resources)上的公平。交換正義與分配正義是相關的，因為人們的報酬影響了他們所獲資源的多寡。然而差異是有其重要性的，因為可能出現付給 *A* 比 *B* 較多的報酬是合理的情況(因為 *A* 比 *B* 更有生產力)；或 *B* 扣稅後得到的資源較多是合理的情況(因為 *B* 比 *A* 有更多的小孩必須養育)。然而，在現代哲學中，在什麼是構成資源合理分配因素的這個較大問題之下，關於合理報酬與價格的爭論已相形失色。有些人(例如馬克思〔Marx〕)倡導依據需求(needs)來分配資源；有些人則主張根據長遠觀點下產生的效益極大化(maximizes utility)進行資源分配。也有一些人指出，在某些意義下，公平的分配應依據每一個人的利益(advantage)。另外，還有一些人主張合乎正義的分配，乃取決於自由市場(free market)的機制。有些理論家，則兼採以上這些相關的論點。

參見 ethics 倫理學；Kant 康德；rights 權利；utilitarianism 效益主義

B.W.H.撰　何信全審訂

justice as fairness　公平式的公正　見 Rawls 洛爾斯

justification　證成　一個橫跨認識論(epistemology)和倫理學(ethics)的範圍廣闊的概念，在特定的情況中，它也被視為是關於適當行為及正確行動的概念。此概念具有非常多樣化的應用。許多不同種類的事物能被證明，其中特別顯著的是信念(belief)與行動。說 *X* 是證成的就是說出某種關於 *X* 的「實證性」(positive)。在其他相同的事物中，有被證成的 *X* 比沒被證成的 *X* 來得好。然而不是所有好的東西都是「證成」的。風暴的減輕可能是好事，因為可以挽救生命，但並不因此而是證成的。我們之所以能認定證成或不證成，在於我們能適當地聯繫某些人的能力或選擇(如果信仰者傾向於接受神聖天命的判斷，他們便可能因此認為暴風雪的減輕為證成的)。

正如同在認識論中，我們需要區別出真理與證成，因為兩者中，任何一方都可能應用著某一種自己具有而對方卻闕如的信念，因此在倫理學中我們必須區別出實用性(utility)與證成：一種行動可能是有用的卻不是證成的，也可以是證成的卻不是有用的。證成的特色是蘊涵著當事人的評價(無論多麼遙遠，卻也關乎到選擇的能力)。說一個信念是(認識上地)證成(適當)的，或說一種行動是(倫理學上地)證成(「正確」〔right〕——在某種意義上)的，是指做出或意謂對一個主體的判斷和他(或她)如何達成那個行動或信念。

一個相當狹隘的證成概念常常被使用，即只有當 *X* 已經或至少能透過舉出理由而被證成時，*X* 才是成立的。理由的舉出可以用數種論證的形式提出：例如結論性的(conclusive)、表面上證據確鑿的(*prima facie*)、歸納的(inductive)或演繹的(deductive)。

一個結論性的證成或論證，對在結論中估算決定時可能的(對象的)行動或信念舉出結論性的理由。反之，這些理由若且唯若在它們將「結論性」的行為或信念提升到如此高的地位，以致讓相關主體(決定人)建議去提出結論性的思考或調查時，它們才是「結論的」。

一種表面上證據確鑿的證成或論證，引證了一個(或多於一個表面上證據確鑿的原因 *R*)，支持在估算決定時可能的(對象的)行動或信念 *O*。反之，*R* 對 *O* 而言是一個表面上證據確鑿的證明原因，若且唯若 *R* 詳細說明了一個優點或實證的理由支持 *O*，使 *O* 表達更好的見解。不過就算 *R* 對 *O* 是一個表面上證據確鑿的證明時，*R* 依然能被相反的考量 *R'* 超越、克服或取代。因此我歸還一把小刀給我承諾所要歸還正確的主人，這個表面上證據確鑿的原因支持我的法律義務和諾言的履行，但如果這個主人已經語無倫次地發瘋了，那麼我可能有反對歸還的理由克服、超越或取代原有的理由(並且也可能有理由「否定」〔defeat〕一個實際的表面上證據確鑿的理由，卻不是一個從相反思路中所形成的理由，因此可能在被脅迫的情況下撤回歸還小刀的理由)。

對某個結論 *C* 之(有效的)演繹的論證是一種思想的序列，或綜述其最後一個要件是 *C* (不必是時間的最後，而是順序的最後)，而且其中每一個要件或者是論證的前提或假設，或者是奠基於一個根據必然推論的合理原則之系列中的先前要件。例如「簡化律」(simplification)：從(*P* 和 *Q*)推出 *P*；或「附加律」(addition)：從 *P* 推出(*P* 或 *Q*)；或是「肯定前件律」(modus ponens)：從 *P* 和(*P* 則 *Q*)推出 *Q*。然而一個演繹的論證的前提，必然附隨著結論，當前提完全真的時候，結論不可能不是真的，不過一個演繹的結論的前提並不如此地伴隨著其結論，而是提供僅僅在某種程度上可能比其他理由更可能得出結論的理由。從天下雨和如果天下雨，街道是濕的這個前提，一個人可以推斷出街道「是」濕的結論。然而，從「我買了我的小汽車以後兩年間的許多個冬天早晨，當我試圖發動它而且它總是發動」的這個前提，雖然一直到昨天都正確，卻不能推斷出這意謂著今天它會發動。在此，結論並未演繹地隨之而出。儘管這兒前提所提供的原因對相信結論來說僅僅是一個歸納的原因，而且實際上是一個表面上確鑿和可廢除的理由(defeasible reason)，卻無論如何都符合我們所謂的「結論性」原因的意義。因為它可能使我們恰好來推論調查與／或商議，並且繼續(在這個案例，行動或)相信，直到我們的注意力轉變到其他事物時(例如開車到我們的目的地)。

參見 epistemology 知識論；ethics 倫理學；skepticism 懷疑論

E.S.撰　苑舉正審訂

justification, conclusive　結論性的證成　見 justification 證成

justification, deductive　演繹的論證　見 justification 證成

justification, epistemic　知識的證明　見 epistemology 知識論

justification, inductive　歸納證成　見 justification 證成

justification, inferential　推論性的證成　見 foundationalism 基礎主義

justification, propositional　命題的證明　見 epistemology 知識論

justification by faith　因信稱義　新教改革的典型教義，指身懷原罪的人可以通過信仰耶穌基督而在上帝面前被釋罪。「被釋罪」(being justified)是以法庭的術語來理解：在神聖公義之法庭前，人們並不因著他們的原罪而被認定為有罪，卻藉著基督之義而被上帝稱為聖義；這是上帝為人所作的。為了一己的救贖，人透過信仰基督而獲釋罪，此中的信仰不僅僅是相信基督教的教義而已，並且包括一種對上帝的真誠與衷心的信任和承諾。這樣的信仰，如果是真實不偽的話，會導致我們接受從上帝的恩賜而來的種種轉化性的影響，並且也會引導我們走向一種充滿愛、服從與事奉上帝之生活。不過，信仰的這些結果，與其說是釋罪，毋寧說是聖潔化(sanctification)更對。

與上述新教對立的羅馬天主教之釋罪學說——常常被新教徒錯誤地標名為「因作工而釋罪」(justification by works)——則對主要的術語有不同的理解。「被釋罪」主要不是以

法庭的術語來理解，而是意指與上帝發生恰當的關係的一種全面性的狀態，此中包含對原罪的寬恕、對上帝恩寵的接納，以及心靈內在的轉化。釋罪是上帝所作的工，最開始是完成於受洗的時候。在可以使人類獲得釋罪的種種性向中，包括了信仰(意即相信上帝所啟示的真理)、對一己擔負原罪之自覺、對上帝的慈愛之仰望，以及遵從主命之決心。救贖是上帝的恩賜，它超過人類所應得到的；但蒙受恩寵的標準衡量，在某種程度上，是依於尋求救贖的罪人真心誠意所作的努力。新教和天主教之教義並非完全相互一致，但它們也不是像它們自己經常相互諷刺地描述對方所顯示的那樣極端地對立。

參見 philosophy of religion 宗教哲學

W.Has.撰　趙之振審訂

justification by works　**因作工而釋罪**　見 justification by faith 因信稱義

justifying reason　**證成理由**　見 Hutcheson 哈屈森

just in case　**僅當**　見 iff 若且唯若

just war theory　**正義戰爭理論**　一組試圖正當化訴諸戰爭(*jus ad bellum*)和規定戰爭以何種方式方能被允許進行(*jus in bello*)的條件。該理論是對戰爭之道德評判的一種西方探究方式。它源於基督教傳統，以奧古斯丁(Augustine)為濫觴，後來開展出宗教的和世俗的(包括法律主義的)兩種形式。

一場正義的戰爭被設定的條件在數字和詮釋兩者上皆有變化。對訴諸戰爭的正當性考慮其典型的要求有：(1)正義的原因：一種真實的，或即將發生的衝著國家而來的錯誤行為，通常是一種對權利(rights)的侵犯，但某些時候其原因是為了保護無辜者、維護人權，或保衛自己或其他人的生活方式之需要；(2)有權能的機關：限定從事戰爭者須是一個國家具正當性的統治者；(3)正確的意圖：目標只能是和平與正義原因的目標(而不是戰爭所伴隨的苦難、死亡和毀壞)；(4)均衡性：確保預期的益處沒有被害處所凌駕；(5)最後的手段：在走向戰爭前要試盡一切和平的方法；並且(6)成功的可能性：戰爭將會勝利的合理展望。再者，基於戰爭以何種方式方能被允許的考量下又要求(7)比例原則：確保在戰爭中所使用的方法應與正義原因的諸目的和他們產出的善與惡總合。以個體的角度觀之時，在(4)的意義上要比例適當；(8)區別原則：禁止殺害非戰鬥人員和(或)無辜者。某些時候(4)、(5)和(6)條被包括在(1)內。通常，這些完全正義之戰爭的條件就個別而言被視為是必要的，就集體而言則被視為是充分的。但有時候正義原因的效力被用於抵銷手段上的缺乏均衡，並且有時缺乏正確的目的被認為會導致一個戰爭成為邪惡(儘管不必然是非正義的)。大多數的正義戰爭理論家拿訴諸戰爭的正當性去允許僅僅防衛性的戰爭。但一些人卻遵從早期的文獻並允許正義的侵略戰爭。

早期理論家主要處理訴諸戰爭的正當性，而後來的作家則處理訴諸戰爭的正當性與戰爭以何種方式方能被允許。最近的作家強調戰爭以何種方式方能被允許，且特別注意嚇阻：即企圖藉由逐漸灌輸對報復的恐懼導致敵人放棄進攻。一些人相信雖然大規模使用核子武器將會破壞了比例原則和區別性的要求，但這類武器被用作為嚇阻而能維持和平，並因此正當化了核子武器的嚇阻體系。

參見 political philosophy 政治哲學

R.L.H.撰　林立審訂

K

kabala　卡巴拉　見 cabala 卡巴拉

***kāla*　時間**　印度思想常以宇宙永恆地擺動於秩序與混沌之間，其宗教面傾向於將自時間中出離一事看作是人類存在的目標的一環。耆那教(Jainism)將時間視為是非物質的，無有起始且連續無間，並區分所知覺的時間(為吾人時間量度之單位所分劃)和如實本有的時間(無單位分劃)二者。數論-瑜伽派(Sankhya-Yoga)則認為，並沒有別異於原子的時間，最小的時間單位實即一原子橫越其空間單位的週期。對於正理-勝論學派(Nyāya-Vaishesika)而言，時間是一獨立存在的實體，它之所以好像具有部分，是因為我們藉觀察變化來知覺時間。吠檀多不二一元論學派(Advaita Vedanta)以時間僅只是現象和表象；限定不二一元論學派(ViśistadvaitaVedanta)則視時間為依待於梵的惰性實體，與原質(*prakṛti*；自性)階位相同而無有起始。

K.E.Y.撰　何建興審訂

***kalam*　凱拉姆**　一個表示宗教和神學論述形式的阿拉伯專門術語。這個詞本身字面的意思是「爭辯」(argue)或「討論」(discuss)；儘管它常被翻譯成「神學」(theology)或「辯證的神學」(dialectical theology)，但穆斯林(Muslim)的語言用法不能精確地對應。最初凱拉姆是一種論辯地回應，以針對教義討論中關鍵問題的某個已知偏差——如罪人的地位、真主的公正，以及真主的屬性。因此，凱拉姆的論題和內容在歷史上通常是具體的而非一般性地思辨。後來，在與哲學正式遭遇之後，一直被使用的佔主導地位之推理的辯證模式，在十二世紀讓位於三段論方法的充分使用。最終，一連串的思辨出現在主要權威的繁瑣複雜之集大成著作中，直到凱拉姆變成在理智上思辨而且在教義上保守。

在一個重要的發展中，凱拉姆的一個學派——艾舍里派(Ash'arites)——採納了原子論，拒絕直接或概然之因果關係的必然性，轉而論證被覺察的自然模式，僅僅是真主的習慣行為，因為祂永恆地重新創造和更新宇宙。

參見 Arabic philosophy 阿拉伯哲學

P.E.W.撰　蔡源林審訂

K'ang Yu-wei　康有為(1858-1927)　光緒皇帝時推動激進改革而被迫流亡國外的中國學者。就《春秋經》(*Spring and Autumn Annals*)的研究而言，他屬於今文學派(modern-script school)，並且相信孔子僅僅是托古改制(borrowing the names and authority of the ancient sage-emperors)。康在他的著作《大同書》(*Ta-tung*；《偉大的統一》〔*Great Unity*〕)表達了烏托邦理想(utopian ideals)。他的弟子有譚嗣同(T'an Ssu-t'ung, 1865-98)和梁啟超(Liang Ch'i-ch'ao, 1873-1929)。在他晚年，他蛻變為保守份子，拒絕接受中國已變成共和國的事實。

參見 Confucius 孔子；Liang Ch'i-ch'ao 梁啟超

S.-h.L.撰　劉述先審訂

Kant, Immanuel　康德，伊曼努爾(1724-1804)　傑出的德國哲學家，他特別關心的是去證實理性的權威。他相信，透過對理性自身力量的批判性考察，理性可以將無法證成的傳統形上學主張與以下原理區分開來：即(1)決定我們自身在時空經驗的理論要求所必需的原理；(2)與所有其他理性意志相一致的立法的實踐要求所必需的原理。因為這些原理是必然的和可被發現的，所以它們勝過經驗主義和懷疑主義；並且由於它們被表明僅僅為我們一致地自己在經驗之內指引方向的認知條件，以致它們與傳統的理性主義和獨斷論(dogmatism)相對立。

康德出生並成長於東普魯士科尼斯堡(Königsberg；今天的加里寧格勒〔Kaliningrad〕)的大學城，除了曾有短暫時間在附近鄉村擔任家庭教師之外，他在這裡度過了他作為學生和教師的一生。他雖然受過虔敬主義者(Pietists)及萊布尼茲(Leibniz)和沃爾夫(Wolff)的追隨者的訓練，但也深受牛頓(Newton)和盧梭(Rousseau)的影響。

在 1750 年代，他的理論哲學開始試圖證明，形上學必須如何調整為某奠基現代科學的基本原理；在 1760 年代，他的實踐哲學開始試圖證明(以未公開發行的形式)，我們的道德生活必須如何根據一個合理的、可普遍理解的，並且類似於盧梭政治原理的自我立法。在 1770 年代的一個理論上的突破，出現了他獨有的哲學立場。當時他堅持把認識論看成是第一哲學。他在其就職論文(〈論此一感性和理智世界之形式和原理〉〔On the Form and Principles of the Sensible and Intelligible World, 1770〕)論證了二者：我們時空的經驗知識僅僅應用於現象(appearances)，以及我們仍然可以使那些關於實在的「理智」(intelligible)特徵或非時空特徵(例如，存在一個因上帝行動而內部連結的實體世界)的形上學主張成為合法；隨後，他有一個「沉默的十年」，以準備其大著，亦即那開創新紀元的《純粹理性批判》(*Critique of Pure Reason*：第一版或「A」版，1781 年；第二版或「B」版〔有多處修改〕，1787 年。康德對第一版〔讀者〕的批評所作的初步回應，幾乎佔滿了他寫的一部短評，亦即《未來一切形上學導論》〔*Prolegomena to any Future Metaphysics*, 1783〕；《導論》一書的整個標題的意思是「對於任何將能展示自身為科學的未來形上學之先行研究」，即作為某些真理的自身)。這部作品導致了他的成熟學說「先驗觀念論」(transcendental idealism)，也就是說，我們所有的理論知識僅僅限於時空的現象。這個也稱為「形式的」(formal)或「批判的」(Critical)觀念論，因為它批判了那些超出經驗範圍的理論和主張，另一方面它也堅持，即使經驗形式是理念上的或相對於我們的，那並不否定有獨立此形式的實在。康德的早期作品通常之所以被稱作「前批判的」(pre-Critical)，不僅因為它們(在時間上)先於他的批判，也因為它們並不是完全符合這種觀念論。

康德用幾本對實踐哲學同樣有影響力的著作，補充了他的《第一批判》(通常僅引用為《批判》)——《道德的形上學基礎》(*Groundwork of the Metaphysics of Morals*, 1785)、《實踐理性批判》(*Critique of Practical Reason*, 1788；即《第二批判》)和《道德的形上學》(*Metaphysics of Morals*, 1797；包含了「正義學說」〔Doctrine of Justice〕和「德行學說」〔Doctrine of Virtue〕)。康德的哲學，在為傳統神學的主張(上帝的存在、不朽，和一個與我們的善行成正比的超驗〔transcendent〕獎賞或懲罰)發展一個純粹的道德基礎時達到頂峰，而這被形容為「否認知識以便為信仰開路」。更準確地說，康德的批判方案就是要以這樣的方式來限制理論知識，以使實踐知識能揭示純粹理性的信仰，如何具有一種對我們的絕對要求。這個見解在《判斷力批判》(*Critique of Judgment*, 1790；即《第三批判》)中被重申，藉由論證這些領域各自的先天而有限的(a priori but limited)原理，康德的哲學擴展到美學和科學方法論。康德被激進的觀念論者(費希特〔Fichte〕、謝林〔Schelling〕)追隨，但他認為自己是一個啟蒙運動哲學家，並且在無數短篇作品中詳盡地說明了他的信念，即一切都必須服從「批判的檢驗」(test of criticism)，亦即人類理性必須面對一個責任：確定其自身原理的來源、程度和範圍。

《批判》關注純粹理性，因為康德相信所有這些限定可以構成先天知識；換言之，它們存在的理由不依賴於任何特殊的經驗歷程(純粹〔pure〕和先天〔a priori〕因而通常可以替換)。鑒於康德「純粹理性」常常意味著僅僅是純粹理論的理性，它決定了自然領域和實然領域，但是康德也相信有「純粹實踐理性」(或意志〔*Wille*〕)，它先天而獨立於感性之外地決定了自由的領域和應然的領域。實踐理性一般被定義為決定慾望和意志能力的規則(rules)，而與認知能力和感受能力相反。不過，在康德成熟後的觀點中，就道德因素而言，實踐的領域是必然關聯於道德的思考而被理解的，並且這些考量依序關係被認為具有一種無條件的命令力量的法則(laws)，這種力量的有效性，要求假定那些法則被歸於一個擁有絕對自由的存在者，而絕對的自由就是為其目的而選擇(任意地〔*Willkür*〕)願意或不願意行動的一種能力。

康德也論證說，任何人類自由的證據，都不能從作為空間、時間的自然部分的自身經驗知識出現；並且，如果我們認為我們的實在是單單由空間、時間現象的法則所決定的話，那麼，我們關於自由的信念，以及預設這個信念的道德法則，便不得不被放棄。因此，為了維護他哲學中關鍵的實踐部分，康德必然首先要用他的理論哲學來證明，空間、時間領域不能窮究實在至少是可能的，因此自我可以有非經驗的、自由的一面。由此，康德的《第一批判》成為他整個體系的理論基礎，它致力於建立的不僅是(i)空間、時間領域最一般的必然原理——一個被稱為「經驗的形上學」的方案——而且是(ii)這個領域可能毫無矛盾地定義最終的實在(因而是他先驗的觀念論)。這些主張的第一條包括康德對專門術語「先驗的」(transcendental)的最初運用，也就是在他稱為「先驗演繹」(transcendental deduction)的脈絡，奠定我們經驗之中先天原理必要任務的論證或「闡釋」(exposition)。正如康德所解釋，當數學原理是先天的和對於經驗是必然之時，這些原理的數學證明本身並非先驗的；(至於)什麼是先驗的毋寧是此一哲學論證，即這些原理在經驗中必然成立。當某些先驗論證，以這種方式可以從一門已經建立的科學(例如幾何學)而假定某些命題時，其他的則可以由比較謹慎的假設開始——典型的命題是假設確實存在著經驗和經驗知識——隨後由此進而揭露出那知識的特殊面貌所要求的先天原理。

康德以連接形上學和先天綜合判斷(synthetic a priori judgment)的問題開始。必然地，形上學的主張一定會具有先天的地位，因為我們不能僅透過後天的(a posteriori)手段來確定它們是必然的。作為客觀的形式而非純粹的形式，形上學的判斷(不同於邏輯判斷)也被認為是綜合的。這種先天綜合的特性被康德認為是神祕的，而又為他那個時代數量龐大、無所爭議的命題所共有。一個命題如何可以被得知為必然的，卻依然是客觀的、「(對知識)有所擴充的」(ampliative)，或不只是「分析的」(analytic)，即其神祕所在。對於康德來說，一個分析命題就是其述詞「包含於主詞」的命題。他的意思不是說這種「包含」關係是從心理上理解，因為他強調我們在心理上、甚至在認識論上可能被迫肯定非分析命題。這種包含，在相當程度上僅僅由主詞和述詞的概念所包含的內容決定。不過，康德同樣否認我們已經有經驗的或先天的概念的真正的定義，因而，一個人怎樣確定一個主詞或一個述詞包含的內容是不清楚的。他似乎依賴直觀的程序，來說出什麼時候一個人必然聯結一個主詞和述詞，而不是依靠一個隱藏的概念關係。因此他主張，是數學結構及非純粹概念的解析，保證了有關三角形的必然判斷(necessary judgments)。康德稱這類判斷是「(對知識)有所擴充的」，這並不意味著，它們僅僅是擴大到我們對主詞外表上所見或內在隱含的了解中，因為他也承認複雜的分析判斷可能相當能提供資料(informative)，因而在心理或認識論意義上是「新的」。

當康德強調非分析的判斷或綜合判斷依賴於「直觀」(intuition〔*Anschauung*〕)時，這不是它們定義的部分。如果一個命題可以單獨地由其概念而被認識，它一定是分析的，但如果它不能由這種方式被認識，依此只能推斷說，我們需要概念之外的東西。康德假設這個東西必須是直觀的，而其他人暗示其他的可能性，如公設(postulation)。直觀是康德的一個專門觀念，它指的是那些與其對象有直接聯繫的表象(representations)。人類的直觀也是完全感知的(或訴諸感官的)或被動的，並且擁有一個個別而不是一般的對象，但是這些並非直觀最基本的特色，因為康德不僅強調(非人類的)非感性直觀或「智性」直觀的可能性，而且他也暗示，指涉的個別性可以透過非直觀的(non-intuitive，不按感性直觀的)方式(如在上帝的定義中)而獲得。直觀的直接性是關鍵，因為它與概念互相區分開來，而概念本質上是表象的表象，也就是說，表達著一組表象的共通點的規則。

康德聲稱，我們的空間、時間概念的數學解釋和形上學解釋，可以揭示幾種明顯的先天綜合判斷；例如，存在一個無限的空間。在被問及是什麼使得人們相信這樣的命題確定無疑的時候，康德提到了他的「哥白尼革命」(Copernican revolution)。這就是不考慮我們的表象怎樣必然地符合這樣的對象，而是考慮對象怎樣必然地符合我們的表象。「前哥白尼」的觀點認為，物體僅僅透過它們自身而被思考，即(它是)與我們表象的內在認知關聯的「物自體」(things-in-themselves〔*Dinge an sich*〕)完全脫離的，因而我們從前怎樣以先天方式決定它們是神祕的。但是，如果從我們自身的表象能力開始，我們可以在其中找出那個決定對象何以必然如此的東西——至少當它們已被認為是「現象」(*phenomena*；單數：*phenomenon*)，即經驗的對象，而不是「本體」(*noumena*；單數：*noumenon*)，亦即物自體，它在消極方面被認為是無法被認知的，或是超出我們的經驗之外；或在積極方面被認為是可以用絕對非感性方式而被認知——康德堅持對於像我們這樣的感性存有者，在理論上是不可能的。例如，康德主張當我們思考我們接受印象或感受性的能力時，我們不僅可以找出偶然的內容，而且可以找出兩種必然的形式或「直觀的純粹形式」：空間，形成賦予我們的一切外部表象；時間，形成一切內部表象。這些形式可以解釋數學的先天綜合命題，將如何必然地運用於一切我們經驗的對象。更準確地說，如果我們假定在直觀這些命題時，我們就正在獲得對我們表象形式的先天洞察力，而這種表象形式必定支配著能形成我們感性認識的一切，那麼，我們經驗中的一切對象將不得不符合於這些命題，就變得可被理解了。

康德把他的先驗觀念論描述成較其他所有可供選擇更好的解釋，這些解釋是他所了解的對數學知識的可能性，和空間、時間的形上學地位的解釋。不同於經驗主義(的解釋)，它允許這個領域之中必然的主張；不同於理性主義(的解釋)，它使這種知識免於只是概念分析，並且不同於牛頓學派(the Newtonians)，它完成這一切，卻沒有給空間和時間像絕對之物或上帝的述詞那樣的神聖地位。從嚴格的限制而言，康德關於空間和時間先驗概念性的學說，可以被理解為初性和次性(primary and secondary qualities)的一種近代觀念的激進化。正如其他人的主張，例如可感受的顏色和聲音的性質，當它們的存在僅僅相對於我們的感受性，而不是在自身上歸因於對象時，它們在主體相互之間是有效的，甚至在客觀上是有基礎的，所以，康德建議時空的述詞應該也是一樣。但是，康德學說在這方面的獨特之處在於，不是經驗的假設使我們易於找到其他理論性的及非理念式的述詞以解釋特殊經驗，反而是形上學的論題以先天的架構豐富了經驗的解釋；不過，除去架構存在於此種人類感受性「結構」的陳述之外，它為這種架構的任何解釋找到了藉口。

這個「哥白尼式」的假想並未清楚地證明，空間、時間的性質不能運用於脫離我們直觀形式的對象，但是康德關於理性的宇宙論「二律背反」(antinomies)的討論卻給這種強烈主張以更多的支持。一個「二律背反」是由來自理性的兩個先天論證之間的一個矛盾，當獨特地充當聯結判斷系列的高級邏輯機能時，它假定了各種不同假想的三段論在起源之初都有一個真實的無條件項。存在著量、質、關係、樣式的二律背反，並且它們每一個都透過一對獨斷論的論證而發展，這種論證認為，既然一種無條件的項不能找到，如一個絕對第一個的事件，那麼，另一種項則必定被假定，如一系列完全無限的過去的事件。對於其他大多數的二律背反來說，康德指出，若允許經驗之中無限的系列(如因果的鏈條，依賴的存在系列)，亦即那相容於——但顯然不用這樣要求——經驗之外的無條件項(沒有原因的原因，必然的存在)的系列，便可以避免這種矛盾。但是，對於量的二律背反來說，唯一的解決辦法是放棄共同的獨斷論的假設，即，空間、時間的物體集合構成了一個確定的整體，不管它是絕對有限還是絕對無限。它採取這個辦法指出，時空性一定是先驗的理念，只是我們經驗的一個未被規定的性質，而不是物自體的一個特徵。

甚至當由空間和時間的純粹形式構成時，可感知的表象是直到它們為概念所掌握，以及這些概念結合於一個判斷之中時，才產生知識。否則的話，我們保留的只是分散而不可了解的「大量」(multiplicity)或「雜多」(manifold)的純印象；用康德的話說，「無內容的思想是空洞的，無概念的直觀是盲目的」，判斷既需要概念又需要直觀；概念之間不是以任意的關係而是以特殊的方式相結合，一個「客觀的」統一，使得一個概念能作為另一個概念的述詞——例如，「一切物體是可分割的」——而且後者「運用於將自身呈現給我們的某種現象」，亦即被直觀到。因為一切的判斷都涉及一個可以增添「我思」(I think)語詞的思想統一性，康德論及一切表象，就它們可由我們判斷而言，是服從於「統覺」(apperception)的必然統一。統覺這個術語最初表示與直接意識或知覺相對的自我意識，但康德使用它主要是相對於「內感」(inner sense)，時間表象前認識的多樣，因為它們僅在心靈中是被給予的。康德也把「經驗自我」(empirical ego)，即經驗中偶然地被認識的我，與「先驗自我」(transcendental ego)，即在整個經驗中必然地被當作直觀和思維的結構主體的我，兩者互相作對比。

對概念判斷的基本需求暗示我們的「結構」(constitution)(認識能力)可能要求的不僅是直觀的形式，而且是概念的形式，也就是說，「知性的純粹概念」(pure concepts of the understanding)，或「範疇」(categories)。我們的經驗確實要求這種形式的證明，出現在「知性純粹概念的客觀有效性的演繹」，也稱為先驗的「範疇演繹」，或者簡稱為「演繹」。這個康德所有論證中最出名的論證，看起來，一方面難於純粹直觀的先驗論證，一方面又易於純粹直觀的先驗論證。那些直觀對於我們的經驗來說被認為是必然的，因為作為我們感受性的結構，如果沒有它們，不可能想像出任何事物來賦予我們。但是，正如康德所指出，有可能一旦表象被以這種形式賦予，我們仍然可以想像，就這種因果性純粹概念而言，它們沒必要隨後結合。另一方面，康德提出，一個假定的範疇名單，可以從一個判斷邏輯表的必然形式名單中導出，並且由於這些形式一定為一切有限的知性所必需，因而不管知性的感受性樣式是什麼樣，純粹概念的有效性可能比純粹直觀的有效性的確更不可避免。不過，人們一旦思考康德名單中的種類時，範疇的先驗論證中存在的一個具體困難就變得明顯了。判斷的邏輯表是一個一切可能的判斷形式的先天集合體，在四個主題下組織起來，每個主題有三個副形式：量(全稱的、偏稱的、單稱的)，質(肯定的、否定的、無限定的)，關係(定言的、假言的、選言的)和模態(或然的〔problematic〕、確然的〔assertoric〕、必然的〔apodictic〕)。這個名單不能在康德時代的任何一本邏輯教科書中精確地表現出來，但與它們有諸多相似點；因而「或然」判斷不過就是那些表達邏輯可能性(logical possibility)的判斷，「必然」判斷則是那些表達邏輯必然性(logical necessity)的判斷。

這個表為康德充當了一個範疇的「形上演繹」(metaphysical deduction)的線索，宣稱其指出了這些真正先天的概念有一個起源，並且，在這個表是正確的前提下亦指出，所導出的這些概念可被認為是基本的和完備的。但是，名單不能透過自身精確地指出範疇由何而來，換言之，伴隨不同的判斷形式，不管對我們的經驗樣式來說它們具體的意義是什麼，什麼是必然使用的。最重要的是，即使論證每一次經驗和每一個判斷，至少需要四個一般形式中的一個，以及使用任何判斷形式，都涉及一個應用於被判斷對象的相配的純粹概念(列在範疇表中：實在性、否定性、限制性；單一性、複多性、總體性；依附性暨實體性、原因性暨結果性、交互性；可能性-不可能性、存在性-非存在性、必然性-適然性)，這也並不表示複合的關係形式與原因性、交互性等它們的相應範疇就是必然的，除非指出這些判斷的特定形式對於我們的經驗來說「各個都是」必然的。正是因為起初這不是明顯的，正如康德所指出，諸如原因性之類有爭議的範疇的有效性，不能像直觀形式的有效式那樣容易建立起來。更進一步說，康德甚至不試圖證明傳統模態範疇的客觀性而根據以下原則來處理，即只把它們作為關聯於經驗的純粹定義。因此，一個或然判斷，即處於「肯定或否定被看成是僅僅可能的」判斷，在以下情況被使用，即當某個事物在它「符合經驗的形式條件，即符合直觀和概念的條件」的意義上，被認為是可能之時。

一條拯救關係範疇的線索在〈先驗演繹〉(B 版)結尾附近處提出，在此處，康德指出處理感性所要求的時間和空間的先天也包含一切性(all-inclusireness)和統一性(unity)，如同認知的統一性一樣，最終必定在判斷中有一個基礎。康德藉由提出「經驗類比」(analogies of experience)的這一節，進一步擴充這個觀點，論證在時間(間接地包括空間)統一性中，我們從客觀地位的決定來判斷對象的可能性要求三個先天的原理(每一個都被稱為一個「類比」〔Analogy〕)，這些原理恰好採用關係範疇似乎特別值得懷疑。因為這些範疇正如同時間、空間的決定所要求的那樣建立起來，而它們自身已被論證是先驗的觀念，因而康德可以得出結論說，對於我們，即使使用知性純粹觀念的先天主張，也提出了僅僅是先驗觀念主張的東西。因此，在絕對的意義上，我們不能確定有關諸如實體、原因、交互性(community)之類範疇的理論主張，它超出了我們的經驗，但是，我們可以為它們時空的具體內容建立原理，稱為「圖式」(schemata)，也就是三個類比：「在一切的現象變化中，實體是永恆的」、「一切變動的發生與因果聯結律一致」，和「一切實體，只要它們被覺察共存於空間，都處於徹底的互動之中」。康德起初稱這些為制約性的經驗原理，因為在一個統一體中組織我們的經驗知識的一切物體需要它們，並且，不同於量、質範疇構成的原理(如：「一切直觀(對於我們)是外延的量」，和「在一切現象中為知覺一個對象的實在具有內涵的量，準確地說，一個度」)，它們不能透過一切個別物自身來作特徵描述，而只能透過個別物與經驗的其他對象的事實上的關係，作此描述。然而，與純憑經驗的或方法論的原理(例如，探尋單純或目的論的解釋)相比較，這些類比對於經驗來說被康德認為是客觀必然的，並且由於這個原因，類比也可在廣義上稱為構成性的。

《批判》的剩餘部分闡述了純粹理性的「原初的」或「先驗的」觀念，而這種純粹理性誤以為是建構性的或理論上被保證的，但(它們)涉及完全超越經驗領域的無條件成份。它們不僅包括如上所指二律背反的宇宙論觀念(如康德強調的先驗的自由觀念，即無因的因果觀念)，而且包括作為一個不朽實體的靈魂的理性心理觀念，和作為一個必然、完美存在的上帝的理性目的論觀念。正如知性純粹觀念在判斷的必然形式上有一個起源一樣，這些觀念據說發源於不同的理性三段論形式：靈魂——實體觀念是一個定言三段論無條件的首項的關聯物(也就是說，一個主詞永遠不能是其他物的述詞)，上帝的觀念是可能述詞的完整總和的關聯物，而此述詞說明了用於完整定義一個物體屬性的選言三段論的無條件首項。雖然這些概念有先天的起源，但康德聲稱我們不可能在理論上建立起它們的有效性，即使它們在組織我們關於一個人或神的精神實體概念方面的確是具有制約性的價值。因此，如康德所論證，即使靈魂不朽的傳統證明，以及上帝存在的目的論論證、宇宙論論證、本體論論證是無效的；但如他所言，它們涉及的概念也可以被確認，只要存在一個充分的、非理論的，即道德的論證。當根據這樣一個論證來解釋時，它們就轉化為實踐理性觀念，如同完美德性一樣的觀念，不能在感性經驗中被檢證或被認識，但在純粹實踐方面具有合理的理由。

儘管康德純粹實踐哲學在宗教希望中達到頂峰，但它主要是一種義務學說。道德價值最終由行為者意向的本質決定，而後者反過來又由康德說明一個人行為的所謂普遍格律(general maxim)或主觀原理(subjective principle)決定。如果一個人的格律沒有假定一個無條件的目的、一個不管感覺的任何慾望的目的(如履行義務)，而是假定一個取決於偶然意欲的「物質目的」(例如，直接說「得到這份食物」，是為了感到快樂)，那麼他遵循的便是「假言令式」(hypothetical imperative)。相反，一個「定言令式」(categorical imperative)就是單獨從純粹理性的判斷方法來直接說出應該做什麼；它之所以是定言的，乃因這種判斷方法所命令的不依感覺的情形而定，並且它總是帶著否認的價值(overriding value)。定言令式的普遍形式就是：只根據那些格律來作，即它們可以願意被當成普遍法則並且前後一致——某事被認為不可能作為(普遍)格律，它就是僅指向物質目的。在接受這種令式時，我們是雙重地自我決定，因為我們不僅自由地決定我們的行為，正如康德所信，人類按照一切選擇機能的實施而活動；而且我們也接受一個原理，其內容為對於行為者所絕對必要的——即我們的純粹的實踐理性——所決定。因而，當我們服從定言令式時，我們遵循我們自己的法則並由此自律；否則，我們落入他律，或者(自由)接受其內容被獨立地決定，而不依賴於我們自身終極存在的基本性質的原理，這是合理的。

考慮到他先驗觀念論的形上學，康德可以說定言令式揭示了我們內部一種自由的超感覺的力量，使我們必定要把自身看成一個理智世界的一部分，也就是一個最終不由自然法則，而由理性法則來決定的領域。作為這樣的一個合理存在，一個行為者本身就是目的，即其價值不取決於外在的物質目的，它是偶發的和有價值僅僅是作為通往快樂目的的手段——其自身僅是一個有條件的價值(因為滿足於一個邪惡願望一定是不適當的)。康德把接受定言令式看成是等同於把合理的本質考慮為一個目的本身，和把意願看成似乎是我們在為一個目的王國立法。這是要世界變成一個「不同的理性存有者透過共同律而來的系統和諧」，也就是，尊重和履行一切理性存有者的自由。儘管只有一個道德的基本原理，但是具體的義務有不同的類型。一個基本區別是嚴格的義務和不完美的義務之間。公正的義務，在行為中尊重他人的義務，或者不損害理性行為者尊嚴的義務，是嚴格的義務，因為它們對每個人的喜好而言是毫無例外的。一個完美的義務，要求一個具體的行動(如信守諾言)，而一個不完美的義務，如完善自我的義務或幫助他人的義務，不可能完全地由他人的任命或要求，因而它有相當大的自由決定何時和如何被尊重。一個值得讚賞的義務必須超越嚴格的要求之外，並由此產生一個對他人的義務，因為他非常有助於他人和「值得」他們感謝。

參見epistemology 知識論；ethics 倫理學；idealism 觀念論；metaphysics 形上學；rationalism 理性主義；transcendental argument 先驗論證

K.A.撰　彭文本審訂

Kao Tzu　告子(fifth-fourth century B.C.)　中國思想家，是孟子(Mencius, 4th century B.C.)在哲學上的論敵。在孟子的著作《孟子》(*Book of Mencius*)中被提及。一個與墨子(Mo Tzu, fifth century B.C.)同時代(或許更早些)的同名者也出現在《墨子》(*Mo Tzu*)中，但是，這兩個名字是否指的是同一個人就需要進一步的考證了。據《孟子》記載，告子主張性無善無惡(human nature is morally neutral)，道德生活要求人從「心」(heart / mind)外的其他來源來學習「義」(rightness)，而由此形塑人的生活方式。這些思想與孟子的信仰是相對立的。孟子認為人的「心」中即具有道德性之端倪，而「義」即可由此導出，因此，道德生活牽涉到人是否能充分地體現這些道德性。自從經由朱熹(Chu Hsi, 1130-1200)的大肆努力，孟子是為儒家(Confucians)真正繼承者的觀點被確立後，儒家就已遠離了告子的立場，甚至對哲學立場近於告子者亦加以批判。

參見 Confucianism 儒家；Mencius 孟子

K.-l.S.撰　林安梧審訂

karma　業　在印度思想裡意指使善、惡行為於此世或未來世招致利益或懲罰的力量；業的作用並不是任意的，而是依律則進行的。人的出身(性別、種姓階級及生活環境)深深地為人過去積累的業力所影響。佛教的一個獨特的觀點認為，無意識的世界在任何既予時刻的狀態大大地為該時刻世界整個的業力情況所決定。

對於所有接受業與輪迴觀點的印度思想而言，代表至善的解脫包括脫離業力的束縛一事。要是行為絕不可能不引生業的積累，人將無法脫離業力的束縛(自殺僅能說是自殺者肉體生命的結束，且一般被視為是不對的，因此，自殺的果報只會是更大的懲罰)。是而，非有神論的(non-theistic)見解認為，達致解脫前之境地的個人——這境地可藉觀想、施捨、苦行及神祕知識而達致——若能夠不執著於(disinterestedly)行動，便可以藉行動來維繫其生命，而不因此積累業力。以惡行是罪孽、善行是對上神的遵從的有神論觀點則認為，業代表梵(Brahman)的正義，梵可以寬恕誠心悔改的罪人，使他不承受他自己行為的惡果，甚至使他在死後免於生死輪迴之苦。

參見 Brahman 梵；Buddhism 佛教

K.E.Y.撰　何建興審訂

karmic　業的　見 karma 業

Katastematic pleasure　靜態的快樂　見 Epicureanism 伊比鳩魯主義

Kepler, Johannes　克普勒，喬漢尼斯(1571-1630)　德國數理天文學家，思辯形上學家和自然哲學家。他出生於靠近史圖加(Stuttgart)的懷德希德(Weil der Stadt)。在杜賓根(Tübingen)大學師從麥斯特林(Michael Maestlin)學習天文學，而後學習一般神學課程，以期成為路德派(Lutheran)牧師。在完成學業前不久，他在格雷茲(Graz)得到教授數學的職位。當時數學被認為包括天文學和占星術。在那裡，他出版了《宇宙的奧秘》(*Mysterium cosmographicum*, 1596)，該書是哥白尼在半個世紀前發表《革命》(*De revolutionibus*)一書以來，首次引用哥白尼理論所寫的主要天文學著作。哥白尼的太陽中心說使克普勒能夠針對行星的距離(造物者運用五個多面體描述了行星運動的連續軌道)及運動(以太陽為中心的力隨著與太陽距離的增加而減少)，用這種方法，他聲稱克服傳統數理天文學家對他所假設的運動解釋為真的批判。「解釋」一直是哲學家的特徵。

當宗教和政治鬥爭彌漫了大半個北歐地區時，作為路德派忠實信徒的克普勒被迫離開以天主教為主的格雷茲，避難於帝國首都布拉格，在那裡，當時最偉大的觀察天文學家第谷・布萊黑(Tycho Brahe)建立了一個天文台。第谷邀請克普勒為他寫辯護，反對厄休斯(Nicolaus Ursus)，他將第谷的理論視為「單純的假設」。結果是從未發表的《辯解》(*Apologia*, 1600)，它包含對天文學假設本質的深刻分析。克普勒爭辯說，只是解釋現象通常並不足以把托勒密和哥白尼這兩種數學體系區分開來的，還需要其他更適合的「物理」標準來解釋。

利用第谷收集的數據，克普勒開始對火星軌道進行研究，不久，第谷就突然逝世了(1601 年)。克普勒繼承了第谷的皇家數學家位置，更重要的，是他被委託以第谷的珍貴資料。數年的工作導致《新天文學》(*Astronomia nova*, 1609)一書的出版，並宣稱發現火星的橢圓形軌道。克普勒長年探求軌道真正形狀的一個重要特色，就是在結論其為天體的真正運動前，他對於發現一個針對所有行星運行軌道物理解釋的堅持。以太陽具有吸引力，使他能夠假設，太陽對於地球的吸引力會隨著地球軸心面向太陽方向之不同而隨之改變，並可能由此解釋地球在其軌道運行上所出現的不同距離與速度。他的著作的完整標題更清楚地顯示了他的雄心：《建立在因果上的新天文學，或，天的物理學》(*A New Astronomy Based on Causes, or A Physics of Sky*)。

布拉格的問題再一次迫使克普勒離開。他最後在林茲(Linz)找到歸宿(1612 年)，借鑑了神學、哲學與音樂、數學的觀念，繼續在此探索宇宙的和諧。《宇宙和諧論》(*Harmonia mundi*, 1618)是他最傾心的著作，其中克普勒說：「本書可以為讀者等待一個世紀，因為上帝本身為一個見證已經等待了六千年。」他眾所周知的第三定律的發現，即任意兩個行星之間，它們軌道長度與它們距太陽距離為平方與立方之比例計算其週期有關，確證他長期所抱持的信念，宇宙是按完美的和諧關係而形成的。

在《哥白尼天文學綱要》(*Epitome astronomiae Copernicanae*, 1612)中，他繼續探索「自然的或原始的原因」，不單是為研究行星的運動，而且還涉及到太陽體積的測量和行星的密度。他比以往更相信，天體物理學必須以解釋(而不是預言)行星和月球運行的特性為基礎。阻礙他向前更進一步走向新的物理學的，是他沒能掌握後來所謂的「慣性原理」(the principle of inertia)。所以，他被迫假設太陽與地球之間存在引力，而且還認為有第二種力在推動行星運動。牛頓證明了這第二種力是不需要的，同樣也是牛頓建構體現克普勒雄心的「天體物理學」。但是，如果沒有克普勒在行星與太陽之間量化引力的觀念，這是他因浸沉於新柏拉圖主義形上學與聖靈神學(theology of the Holy Spirit)所引發的想像力而形成的非正統觀念，牛頓就不能做出這些。

參見 Newton 牛頓

E.M.撰　苑舉正審訂

Kerry's paradox　凱瑞悖論　見 Frege 弗雷格

Keynes, John Maynard　凱因斯，約翰・麥納德(1883-1946)　英國經濟學家和官員，他對經濟理論有革命性的貢獻，也將經濟理論應用在政府的政策上。他最重要的論著，是《就業、利息和貨幣的一般理論》(*The General Theory of Employment, Interest and Money*, 1936)與《機率論》(*A Treatise of Probability*, 1921)。凱因斯在英國哲學界也很活躍，與穆爾(Moore)和蘭姆西(Ramsey)等人熟識。

在機率哲學(philosophy of probability)方面，他倡導把命題視為機率分配(probability assignment)的一種，這和傳統的主觀主義者(subjectivists)不同，他將機率視為諸命題間的一種可以客觀證實的關係。從認識論的角度來看，這些關係可以從人的直覺來體認。凱因斯體系(Keynes's system)的一個顯著特點，是不同機率的分配並不是都可以相互比較的(即一個機率不能說是可以等於、小於、大於另一個機率)。

現代的經濟學原理教科書，通常會介紹凱因斯經濟學(Keynesian economics)，他在理論上和政策上仍有持久的影響力。凱因斯的經濟學思想，包含許多重要的哲學面向。雖然他的理論分析屬於資本主義的傳統，但他反對史密斯(Smith)認為經濟體系的運作，並不需要個人或政府的干預，只要靠「看不見的手」(an invisible hand)就可以使經濟運轉最適化。這表明是在否定自由放任的經濟政策(the economic policy of laissez-faire)，因為依據自由放任理論，政府的干預是無益的，甚至是有害的。凱因斯強調，自然的力量將會使經濟偏離最適的成長軌道，並使經濟長期失去平衡。在《一般理論》裡，他提議一些調整經濟運行的機制。他提倡政府徵稅和支出的方案，但並不是要由政府提供公共財(public goods)，而是要達到增進繁榮與避免失業。這種觀點為政治哲學家提供了另一種思想，用以辯護強大政府存在的正當性。

凱因斯的理論到目前為止，對其他經濟理論仍具有指導意義。主要的一點，就是他把個體經濟學(microeconomics)和總體經濟學(macroeconomics)明確地區分開來。凱因斯認為，個體經濟學分析(microeconomic analysis)著重在理想的個人理性(ideal individual rationality)和完全競爭(perfect competition)的基礎上。把這種方法用來理解就業(employment)、利息(interest)和貨幣(money)這類重要的總體經濟現象(macrophenomena)，顯然是不充分的。他試圖揭示，若要研究人類心理的缺陷和市場的摩擦，就必須用一種性質不同的方法，來分析總體經濟現象。目前有許多現代經濟理論，在理解個體與總體經濟現象，以及個體與總體經濟學的關係時，嘗試著要消除兩者之間的隔閡或界限。從日後經濟理論的化約來看，這是個重要的哲學問題。

參見 philosophy of economics 經濟哲學；probability 機率

A.N.撰　賴建誠審訂

Kierkegaard, Søren Aabye　齊克果，索倫・阿拜(1813-55)　丹麥作家。齊克果自謂其「文學」包括哲學、心理學、神學與靈修的文學、小說和文藝批評。他生於一個富足的中產階級家庭，在極其短暫的時間內撰寫了大量的作品，並耗盡了他所繼承的遺產。他的一生受到其虔誠而憂鬱的父親的深刻影響，從父親那裡繼承過來他自己的憂鬱氣質，並對此經常有所掙扎。他與雷金納・奧爾森(Regine Olsen)解除婚約是一個關鍵性的事件，而此事件是他創作活動的始因。在一定程度上，他最初的作品就是要以一種隱喻象徵的手法，來解釋他覺得自己之所以不能結婚的原因。後來，齊克果捲進了一場爭論當中，流行的諷刺雜誌對他進行了無情的攻擊；這一經歷加深了他對苦痛的理解，同時也使他深刻地感受到個體與「群眾」對立時真正的個體獨立的必要性。由此他放棄了當牧師的計畫，他所受到的神學教育，本來是為使他獲得這種職位作準備的。在去世之前，他只能孤單地在流行出版物和他自己創辦的期刊上公開呼籲，以反抗丹麥的國家教會。當他帶著《快報》(*The Instant*)這雜誌最後一期去付印時，他跌倒在街頭，隨即被送進醫院。他拒絕了官方教會牧師的聖餐，懷著強烈的基督信仰，於數週後去世。

儘管有些研究者懷疑齊克果的著作是否容得下一致的詮釋，但是，他自己將他的文學看作是為基督教服務的；他把自己也看作一名「傳教士」，而其使命就是要「將基督教再度引入基督教的國度中」。然而，這種文學大多不直接著墨於基督教義，而把重心放在對人類存在的分析上。齊克果認為這是必要的，因為基督信仰是首要的一種存在之道(a way of existing)。他認為，許多關於基督信仰的困惑乃根源於對存在(existence)的本性的混淆；因此，為了澄清前者，就必須對後者予以徹底分析。「基督教國度」(Christendom)和「現時代」(the present age)的最大不幸，就是人們「忘記了存在(to exist)的意義」，而齊克果將自己看成是現代的蘇格拉底(Socrates)，其任務就是要「提醒」他人那已經知道卻又忘卻了的東西。因此，他對人類存在的分析，無疑也就引起了非基督教作家們的極大興趣。

齊克果經常在一種特殊的意義上使用動詞「存在」(*at existere*)，來指涉人類的存在。在這意義上，上帝被認為是不存在的，儘管上帝具有永恆的實在性。齊克果將人類存在看成是一個未完成的歷程，其中「個體」(the individual，齊克果思想中的一個關鍵概念)必須負起透過自由選擇而達成自我認同的責任。為了強調齊克果「單有理智思考不足以引發行動」的觀點，這種選擇被形容為一種「跨躍」(leap)。必須有結束這一思考歷程的決心，而且這決心必須由激情來產生。形成一個人的自我的這種激情，被齊克果指為個體的「內求性」(inwardness)或「主體性」(subjectivity)。最要緊的激情如愛情和信仰，並不只是偶然發生的；它們是必須被培育和養成的。

在齊克果的形容下，個體成為自我的歷程在理想上要經過三個階段，他將此稱之為「生活方式的階段」。人類的發展是自由的，而不是機械的，然而，個體卻可能被固著在這三個階段中的任何一個階段。這樣，這三個階段也就作為三種不同的人生觀或「存在的境界」而相互區別開來。這三個階段或三種境界，就是感性的階段、倫理的階段和宗教的階段。齊克果的文學的一個顯著的特徵在於，這三種人生觀乃由化名的「人物」(characters)所闡述，而這些化名的人物實際上也有自己的一些著作；這造成了研究上的困難，因為我們很難區分哪些作品屬於齊克果本人，而哪些作品屬於化名的人物。萬幸的是，他也以自己的真名撰寫了許多關於祈禱和宗教的著作，在此就不存在那樣的問題。

依齊克果描述，感性生活的目的與所在即為「片刻」(the moment)。儘管它能有所開展，像是在美術裡，人學會在玩味中享受人生，其依然受制於「直接性」(immediacy)或是人直接欲望的滿足。感性的人所缺乏的是義務(commitment)，而義務對倫理生活卻不只是一種片刻的訴求，而是一個關鍵性的要素，因為倫理的生活是要透過信奉一種恆久有效的理想來達成一個統一的自我。如果個體能認識到真正的理想所具有的超越特性，認識到在實現這些理想上個人是多麼的不足，那麼宗教的生活就可以由倫理的生活發展出來。

在《總結的非科學性附言》(*Concluding Unscientific Postscript*)中，宗教的生活被分為兩種不同的形式：「自然的」宗教(宗教「A」)和基督宗教(宗教「B」)。在宗教「A」中，個人試圖與神建立關係並解決罪的問題，其所依賴的僅在於人對神之「自然而內在」的觀念；在宗教「B」中，上帝道成肉身為人，為要建立一種與人類相繫的關係。基督宗教唯有透過「信仰之躍」(leap of faith)才能被接受。它不是一個「內在」(immanence)的宗教，而是「超越」(transcendence)的宗教，因為它是以啟示為基礎的。啟示無法在理性上得到明證，因為道成肉身是一種超乎人類理性的弔詭。然而，當信仰的激情到來時，人的理性卻能理解這樣的適切境界：認識到理性自身的限度，同時以耶穌基督的形式來認可上帝這種弔詭的道成肉身。真正的基督徒不僅是對耶穌的讚美者，而且還是一個因成為跟隨者而信奉祂的人。

齊克果引用亞伯拉罕(Abraham)心甘情願地服從上帝的命令，把自己的兒子以撒獻祭的聖經故事，來說明宗教的生活不可化約為倫理的生活。在《畏懼和顫慄》(*Fear and Trembling*)中，齊克果(以其筆名約翰尼斯・得・塞拉蒂歐〔Johannes de Silentio〕)將亞伯拉罕的行為看成是一種「倫理生活之目的論上的中止」。亞伯拉罕的行為不能只在倫理的意義上被理解為一種義務上的衝突，就此衝突而言，一個理性上可理解的義務被另一個更高的義務所取代。相反的，亞伯拉罕似乎心甘情願地「中止」整個的倫理生活，而接受一個更高的宗教義務。於是，如果有人承認亞伯拉罕是「信心之父」，他就得承認有一種不能被化約為僅僅是道德德性的性質。有些人將此解讀為，宗教信仰可以靠非道德行為來成就；還有人認為，在目的論上中止倫理生活的行為所化解的(relativized)並不是那些永恆有效的道德要求，而是這些植根於人類社會制度之中的倫理義務。這樣，在論證

「倫理的生活」並非存在之最高成素時，齊克果留下這樣的可能性：我們的社會制度和這些制度所體現的倫理理想，並不值得我們的絕對而無條件的效忠。這樣的一個觀念具有重要的政治意涵。

合乎其聲稱「存在不能被化約為理智思考」的是，齊克果相當關注於情緒和激情。焦慮是特別重要的，因為它反映出人的自由。焦慮包含著「同情的反感和反感的同情」；它是人陷於罪惡之前的心理狀態，但它並不解釋這種「跨躍」，因為根本沒有任何關於自由選擇的最終解釋。像絕望和內疚這類負面情緒，也是齊克果所重視的；它們揭示出感性生活的空虛以及倫理生活中迫使個人走向宗教生活的那種究極上不完滿的特徵。對於存在的場境而言，諷刺和幽默也被視為重要的「邊界地帶」(boundary zones)。發現了自身的「永恆確實性」(eternal validity)的人，能以一種諷刺的態度來檢視那些箝制著以感性形式過活的大多數人的相對價值，他們感性地存在於自己的生活中。同樣地，由於已看出這些必然蔓延在我們倫理的人類籌劃中的不諧和，那些「存在為懷的幽默家」正置身於宗教生活之邊境。

齊克果還分析了信仰和愛。信仰在究極上被理解為「意願成為自我」(willing to be oneself)，它是藉由與那「創造了自我的大能」相繫的一種明晰、可靠的關係而成為可能。齊克果區分了種種形式的愛，強調基督徒的愛必須被理解為一種和睦之愛，是既聯合又不源於任何如友誼或親屬這類與自我相繫的自然關係，但它最終要建立在這事實上，即所有人類都分享著一種與其創造者相繫的關係。

齊克果以其對黑格爾(Hegel)絕對觀念論(absolute idealism)的批判而聞名。黑格爾自稱已經撰寫了絕對觀念論的「體系」(the system)，此一聲稱所自詡的終極性也為它招致了嘲諷。在這個丹麥人看來，儘管「實在」對於上帝而言可能是一個系統，但是對任何一個存在的思想者而言卻不是這樣，因為無論實在還是思想者二者都是不完善的，而系統卻蘊涵著完善性。黑格爾主義者也因其自稱已建立一個無條件的或絕對的起點而受到批判；對齊克果而言，哲學不僅開始於懷疑，而且還以好奇為起點。反思所潛藏的能力是無限的；導致懷疑論的懷疑不能僅僅由思想來終結，而只能以堅決的意志來終結。齊克果也堅持傳統的亞里斯多德(Aristotelian)邏輯和無矛盾原則，以此來反對黑格爾主義者將「運動」(movement)的概念引入邏輯。齊克果對黑格爾主義者將上帝看成是內在於社會的傾向特別感到不安；他認為將上帝理解為「完全的他者」、是那永遠不能在人的成就和制度中得以徹底實現的「絕對的異者」，這理解是非常重要的。站在上帝面前，人就必須在「畏懼和顫慄」中立定為一個個體，意識到這可能要求我們與既有的社會秩序決裂。

齊克果常被標榜為存在主義之父。這是有理由的；實際上，他並不像存在主義者那樣進行哲學思考，但是，他對二十世紀的許多存在主義者，例如沙特(Sartre)和卡繆(Camus)，具有深遠的影響。但這樣的標榜卻是個時代的錯置，因為存在主義作為一種運動是二十世紀的現象，況且在齊克果與這些存在主義者之間的差異也是深刻的。如果存在主義被界定為否認有什麼諸如人的本質或本性的東西，就不太可能會說齊克果是一個存在主義者了。最近，這個丹麥人又被看成是後現代主義(postmodernism)的先驅，他對傳統基礎主義認識論(epistemologies)的拒絕和晦澀的文學技巧的運用，例如他使用假名，又使人多少感覺有點故弄玄虛。然而，儘管他拒絕體系，並批判人類對終極性和確定性的要求，他似乎並沒有採納任何形式的相對主義或者對「反實在論」(anti-realism)寄予絲毫的同情。他具有渴望明晰的特點，而且喜歡作明確的劃分，而這常常是與當代「分析」(analytic)哲學相聯繫的。終究，他必須被看成是他自己，即一個獨特而敏感的基督徒，而這種敏感在許多方面上與其說是後現代的，毋寧說是更為希臘的或前現代的。形形色色的思想家真誠地喜歡他，又猛烈地批判他。他仍是他所描寫的「個體」，並為此獻上了大量的作品。

參見 Camus 卡繆；existentialism 存在主義；Hegel 黑格爾；postmodern 後現代；Sartre 沙特

C.S.E.撰　鄺錦倫審訂

Kilvington, Richard　基爾威頓，理查德　又名基爾明頓(Kilmington)、基爾靈頓(Chillington, 1302/05-61)，英國哲學家、神學家和牧師，與伯利(Bury)的理查德家族關係密切，牛津算學團體(Oxford Calculators)的早期成員，在物理學的早期發展中有重要貢獻。目前就我們所知他唯一的著作是《詭辯論》(*Sophismata*)。其中，他探討了關於變化、速度和加速、動力、開始和結束、連續、無限、認識和懷疑、說謊者悖論及其相關的悖論。在上述問題的探討中，他的方法別出心裁，與布雷德瓦丁(Bradwardine)、海特斯拜里(Heytesbury)及其他牛津算學團體的後期學者所採用的數理「演算」(calculation)的方法不同，他開闢了一條純邏輯化或純概念化的道路。他還對彼得．隆巴德(Peter Lombard)的《語句》(*Sentence*)、亞里斯多德(Aristotle)的《論生成與毀滅》(*On Generation and Corruption*)、《物理學》(*Physics*)和《尼可瑪古倫理學》(*Nicomachean Ethics*)等著作做了評註。

參見 Oxford Calculators 牛津算學團體

P.V.S.撰　王文方審訂

Kilwardby, Robert　基爾瓦德比，羅伯特(d.1279)　英國哲學家與神學家。他顯然就讀於巴黎大學且可能曾在那裡教書，後來入了道明會(the Dominicans)，而且可能在牛津(Oxford)授課。1272 年，他成為坎特伯里(Canterbury)地區的總主教，而於 1277 年時，他譴責了三十個命題，在其中亞奎納(Aquinas)的命題為：在人內只有一個單一的實體形式(substantial form)。1278 年，基爾瓦德比辭去了其總主教的職務而被指派為義大利聖魯斐納(Santa Rufina)地區的主教，他也在那裡與世長辭。

基爾瓦德比著作廣博且對中世紀有著不可忽視的影響，尤其是在語言哲學(philosophy of language)方面；但是現在卻格外難以確定那些著作是真正屬於他的。《論科學的起源》(*De Ortu Scientiarum*)提出了一套如何命名的複雜原由，以及邏輯之本性與角色的一個詳盡理由。在形上學中，他主張「物」(things)是個別的，而「共相」(universality)則起自於靈魂的運作。他在討論「幸福」(happiness)的著作等身，而且熱衷於指出某種幸福在現世生命是可能的。在心理學方面，他堅持，抉擇的自由乃是一種傾向(disposition)，起自於理智(the intellect)與意志(the will)的共同運作。

C.G.Norm.撰　蕭宏恩審訂

Kim, Jaegwon　金姆，葉格王(b.1934)　韓國及美國哲學家，在分析哲學之傳統內寫作，是一些形上學及心靈哲學的重要著作之作者。

金姆護衛一個「細緻的」(fine-grained)事件概念，事件是一個對象在一時間具有的性質(參見《因果、律則的包含及事件概念》〔*Causation, Nomic Subsumption and the Concept of Event*, 1973〕；這個詞條所參考的這個及其他著作都集於《附隨發生與心靈》〔*Supervenience and Mind*, 1993〕)。這個觀點一直是一個與戴維森(Davidson)關聯的「粗糙的」(coarse-grained)事件概念之顯著對手。

金姆對附隨發生概念之論述，影響很大，特別是在心靈哲學(參見《附隨發生作為一個哲學概念》〔*Supervenience as a Philosophical Concept*, 1990〕)。他視附隨發生(或，用他現在更喜歡的「性質共變」〔property covariation〕)為性質家族(例如，心靈性質與物理性質)間之關係。若(所有) *A* 種性質(*A*-properties)附隨發生於(supervene on)(所有) *B* 種性質，則對任一 *A* 種性質 *a* 而言，若一對象 *o* 有 *a*，則必然(necessarily)有某個 *B* 種性質 *b*，使得 *o* 有 *b*，而且任何有 *b* 之東西(必然)有 *a*。改變括弧中的「必然」之模態強度(modal strength)或者完全刪去「必然」，則可得到較強及較弱版的附隨發生。

雖然附隨發生之觀念一直為偏好某種形式的「非化歸式的物理主義」(non-reductive physicalism)(「心靈類〔the mental〕依於，但不能化歸於物理類〔the physical〕」之立場)哲學家所擁抱，金姆自己則懷疑物理主義能避免化歸(《非化歸式的唯物論之迷思》〔*The Myth of Nonreductive Materialism*, 1989〕)。如果心靈性質附隨發生於物理性質，但又不同於物理性質，那麼很難看出心靈性質跟物理效應(或心靈效應，倘若已假定心靈類之依於物理類)之產物(the production of physical effects)有關。

最近，金姆發展一種「功能上的化歸」(functional reduction)之說法，依此，附隨發生的性質起因果效應，若且唯若此性質於功能上可化歸至先前視為起因果效應的性質(《在物理世界中的心靈》〔*Mind in a Physical World*, 1998〕)。不可如此化歸之性質，包括意識經驗之性質，是「附隨現象的」(epiphenomenal)。

參見 Davidson 戴維森；event 事件；philosophy of mind 心靈哲學；reduction 化約；supervenience 伴隨性

J.F.H.撰　龔維正審訂

Kindī, al-　金迪　見 al-Kindī 金迪

***kinesis*　變化**　見 Aristotle 亞里斯多德

kinetic pleasure　動力的快樂　見 Epicureanism 伊比鳩魯主義

kingdom of ends　目的王國　見 Kant 康德

KK-thesis　雙知論題　乃是說：「知道」(knowing)涵衍(entails)「知道某人知道」(knowing that one knows)。以命題的知態邏輯的符號表示之：$Kp \rightarrow KKp$，於此「K」代表「知道」。根據雙知論題，知識的(命題)邏輯類似於模態邏輯的 S4 系統。在《知識與信念》(*Knowledge and Belief*, 1962)中，辛提卡(Hintikka)將雙知論題引入到關於認識論的探討中。辛提卡把雙知論題稱作一個「真實的蘊涵」(virtual implication)，一個我們無法為其否定作辯護的條件句。自從柏拉圖(Plato)和亞里斯多德(Aristotle)以來，許多哲學家都或明或暗地接受這一論題，以作為他們知識觀的一部分。如果此一論題被形式化為 $K_a p \rightarrow K_a K_a p$，於此「$K_a$」讀作「$a$ 知道」，那麼只有當 a 這個人知道「a」代表他自己的時候，這論題才能成立；這一限定自然也適合於第一人稱(first-person)的情況。此一論題的有效性，似乎是要依於「知道」一詞之種種涵義的變化而定。有時候，此論題被認為是用來突顯一個強的知識概念，例如，一種奠基於(事實上)確切的理由的知識，或者是與潛默之知完全相反的主動的(active)知識。如果知識是被視為基於確切證據的真信念(true belief)，那麼，雙知論題便涵衍著：一個人知道 p，僅當他對 p 的證據，同樣也足以證成「他知道 p」這樣的聲稱；而知識的聲稱不應要求更多的證據。

參見 epistemology 知識論

R.Hi.撰　趙之振審訂

Kleist, Heinrich von　克萊斯特，翰里希・馮(1771-1811)　德國哲學家及文人，他的全部作品均建基於理性與感性的矛盾，此二者對他而言，同樣無力。它的作品並也反應了世紀之交的「啟蒙」(*Aufklärung*)危機。1799 年，他辭去了普魯士(Prussian)的軍職。讀了康德(Kant)之後，他對於以萊布尼茲(Leibniz)、沃爾夫(Wolff)及沙佛茲伯里(Shaftesbury)的理性論作為「生命規劃」(life's plan)啟發失去了信心。他在盧梭(Rousseau)當中找尋救贖，但論斷，一旦人離開了原初的德行狀態，同時了解自己並非傀儡也非神，則感性便和理性一樣不值得信任(見《傀儡劇論集》〔*Essay on the Puppet Theater*, 1810〕)。

克萊斯特的第一部劇本《薛芬斯坦家族》(*The Schroffenstein Family*, 1802)，重複了莎士比亞的(Shakespearian)主題，即分屬於兩個為敵家族的兩名年輕人的愛情故事。我們在其中已發現了克萊斯特世界的主要元素：個體無法掌控其命運、悲劇性錯誤的主題，還有法律的重要性。1803 年，克萊斯特回到了哲學及文學，並在《安弗依崔昂》(*Amphitryon*, 1806)中承認，個體要了解自身及世界，並在其中從容行事，是不可能的。作為悲劇藝術之規範的神性秩序(the divine order)已告瓦解，隨同的還有認同原則(the principle of identity)。克萊斯特式的角色，「現代」(modern)個體，說明了這種規範的混亂。《破甕》(*The Broken Jug*)(寫於 1806 年的喜劇)則展現了克萊斯特對法律的興趣。在他的兩部相似劇作，《潘色西利亞》(*Penthesilea*)和《海爾布隆的年輕凱撒琳》(*The Young Catherine of Heilbronn*)中，克萊斯特呈現了一項抉擇：不是「世界的神奇秩序」(the marvelous order of the world)及帶領著凱撒琳命運的神義論(theodicy)，便是似基督的那種崇高而可疑的個人，他擔負了必須拯救瓦解秩序的使命。於 1811 年自殺之前，克萊斯特即在德國朝向文藝復興(renaissance)發展中，找尋從歷史面向跳脫出這種形上衝突的可能。

參見 Leibniz 萊布尼茲；Shaftesbury 沙佛茲伯里；Wolff 沃爾夫

G.Ra.撰　苑舉正審訂

knower, paradox of the　知情者悖論　見 deontic paradoxes 規範悖論

knowledge, tacit　默晦的知識　見 epistemology 知識論

knowledge, causal theory of　知識的因果理論、因果的認知理論　見 epistemology 知識論；naturalistic epistemology 自然主義知識論

knowledge, direct　直接知識　見 basing relation 基礎關係

knowledge, indirect　間接知識　見 basing relation 基礎關係

knowledge, inferential　推論知識　見 inferential knowledge 推論知識

knowledge, propositional　命題知識　見 epistemology 知識論

knowledge, relativity of　知識的相對性　見 Mannheim 曼海姆

knowledge by acquaintance　由親知而來的知識　直接覺知對象而得的對象知識。「由親知而來的知識」的概念最早是由羅素(Russell)(《哲學之問題》〔*The Problems of Philosophy*, 1912〕)提出的。羅素首先將真理(truths)的知識與事物(things)的知識區分開來，

然後，又將事物的知識區分為兩種，即由親知而來的知識和由描述而來的知識(knowledge by description)。日常語言使人覺得，我們親知我們當下周遭的人和物理對象。然而，在羅素看來，我們與這些事物的接觸不是直接的，而是以我們的心靈表徵(mental representation)為中介。他認為，我們唯一能親知的是我們的心靈內容(the content of our minds)、抽象的共相(abstract universals)，或許加上我們自己(ourselves)。

羅素認為，由描述而來的知識是關於對象的間接知識，我們的知識是透過其他對象和真理才產生。他提出，我們只能通過描述(例如，我現在的經驗之因)來認識外在對象，像桌子和他人。羅素對這個問題的討論相當困惑人。使他說我們沒有親知外在對象之理由，嚴格講，也使他說我們對外在對象缺乏知識。這似乎相當於說，他所謂的「由描述而來的知識」在嚴格的意義上根本就不是什麼知識。

羅素還認為，人所理解的任何命題一定完全由人所親知的成素構成。這使得他用我們親知的心靈對象，來分析我們熟識的命題。

參見 perception 知覺；Russell 羅素

R.Fe.撰　龔維正審訂

knowledge by description　由描述而來的知識　見 knowledge by acquaintance 由親知而來的知識

knowledge *de dicto*　命題知識　見 knowledge *de re* 對象知識

knowledge *de re*　對象知識　「某對象(object)有某性質」或「一些對象處於某關係」之知識。對象知識通常與命題知識(knowledge *de dicto*)對比，後者是事實或命題之知識。如果甲和乙兩個人知道選舉的獲勝者已被宣布了，但是只有乙知道哪個候選人獲勝，那麼他們都擁有「某人獲勝」之命題知識，但是只有乙擁有關於某個候選人獲勝之對象知識。乙在認識上能將「是獲勝者」(being the winner)之屬性賦予其中的一個候選人。一般認為，要擁有關於一個對象的知識，就一定至少在某種意義上熟知或與該對象有因果關係。

與此相關的一個概念是自我知識(knowledge *de se*)。這是用「我是____」來表述的自我之知識(self-knowledge)。自我知識不只是關於自我之對象知識。一個人可以在鏡子中看到一群人，並注意到其中一人的鼻上有一個紅點。這樣他就擁有了「群體中有一人鼻上有個紅點」之命題知識。依多數的說法，他對有個紅點的個人也有對象知識，但是，如果他沒有認出他本人就是那個有紅點的人，那麼，他沒有自我知識。他不知道(或不相信)他用「我有一個紅點」所表達的。因此，按照這種觀點，自我認識並不只是關於自身的對象知識。

參見 *de dicto* 關於命題的

R.Fe.撰　龔維正審訂

knowledge *de se*　自我知識　見 knowledge *de re* 對象知識

knowledge, tacit　默晦的知識　見 epistemology 知識論

Köhler, Wolfgang　克勒，沃夫更(1887-1967)　克勒是德國及美國(1935 年後)心理學家。與韋特海默爾(Wertheimer)、科夫卡(Koffka)共同創立了完型心理學(Gestalt psychology)。克勒對完型心理學學說做出了兩大貢獻，一是經驗方面的，一是理論方面的。在經驗方

面，克勒的貢獻是對動物思維所做的研究，那是在 1913 年至 1920 年期間，在騰奈那夫島(Tenerife Island)上進行的(《猴子的心智》〔*The Mentality of Apes*, 1925〕)。當時佔據主導地位的問題解決理論，是桑代克(E. L. Thorndike, 1874-1949)的聯想主義的試錯學習理論(trial-and-error learning theory)，這個理論主張，動物通過一系列的行為嘗試來解決問題，其中某個行為嘗試會由於成功而逐漸地「印入」(stamped in)。然而克勒指出，在桑代克的實驗中，試錯行為只有在問題狀況的某些部分被隱蔽的時候才會發生。因此他做了一些使問題的狀況都沒有隱蔽的實驗，例如將香蕉掛在天花板上，小猴子必須使用箱子(在牠的視線內)攀登才能取到它。他的實驗結果顯示，小猴子顯示了「洞察力」(insight)——一下子就找到了正確的解決。雖然克勒展示了洞察力的存在，但是洞察力的本質卻仍難以解釋，所以試錯學習理論依然是心理學研究的焦點。

克勒在理論上的貢獻，是他所提出「同型論」(isomorphism)的概念，那是關於心理表徵的完型心理學理論。他主張身體與心靈的同一論(identity theory)；而他的同型論，是主張在生物體活動的行為場(behavioral field)(請比較勒溫〔Lewin〕)與大腦的電流場(fields of electrical currents)(並不是「心靈」)之間，存在著有拓樸學的對應(topological mapping)。這種對應的電流迄今並未被發現。克勒主要的著作有：《完型心理學》(*Gestalt Psychology*, 1929)、《價值在事實世界中的地位》(*The Place of Value in a World of Facts*, 1938)、《心理學的動力學》(*Dynamics in Psychology*, 1940)和《克勒文集》(*Selected Papers*, 1971，亨勒〔M. Henle〕編輯)。

參見 figure-ground 圖形-背景

T.H.L.撰　劉希文審訂

Ko Hung　葛洪(fourth century A.D.)　中國晉朝名哲學家，號「抱朴子」(Master Who Embraced Simplicity)。葛洪對道家道教(Taoism)思想發展有很大的貢獻，起集古開今的作用。其主要著作《抱朴子》(*Pao-p'u tzu*)強調道德倫理修養為追求精神解放不可缺少的一步。因此後世學者常稱謂葛洪學兼儒道，將儒家的修身救世思想帶進了道家的理想世界。葛洪非常重視金丹藥物的使用，認為丹藥可以清身淨神(purify the body and spirit)，以至道家道教的理想超越。葛洪深信神仙，並謂神仙可學可至。試用種種方法煉成仙丹，為道教「外丹」(external alchemy)傳統建立了一定的基礎。在中國古代，外丹燒煉實驗和科學發展帶著密切的關係，所以葛洪在中國科技史上也占有一席相當重要的位置。

參見 *hsien* 仙

A.K.L.C.撰　陳金樑審訂

Korean philosophy　朝鮮哲學　朝鮮的傳統哲學。朝鮮位於亞洲大陸的東部邊緣，由於三面環海而與其他潛在的敵對影響相隔絕，由於具有兩千多年的有記載歷史，以及源遠流長的哲學思考傳統，朝鮮很早就受到中國廣泛而深入的影響。中國對朝鮮產生廣泛影響的最主要帶有宗教色彩的東方哲學體系有三個方面：道家、佛家和儒家。這給朝鮮的哲學、文化、宗教、語言和社會留下了不可磨滅的印象。在三國時代(西元前 57 年至西元 558 年)，亞洲大陸的影響開始滲透到朝鮮文化，然而，這種影響並非在真空中產生的。即使面對強大而深遠的外界影響，薩滿教(shamanism)——一種關於人和自然的泛靈論(animistic)觀點——也保存了朝鮮文化的強大基礎，並影響與緩和了最近兩千年來傳入朝鮮的思辯宗教、哲學和思維方式。

起初，通過摒棄世俗慾望而獲得人的解放的哲學思想，在由發源地而來的傳播過程中，佛教已經充分地同化了祕教的神和禮拜的形式，發展成為一個新的流派——大乘(Mahayana)，而且它是一種適合朝鮮國情的佛教。在平民階層，其信仰進一步與樸素的薩滿教相融合而發展成為薩滿形態(shamahistic)的多神教。朝鮮佛教信仰調和論的特點，在哲學上表現出其本身正朝向反教條主義的折衷主義的綜合方向發展，朝鮮佛教造就了許多佛教徒哲學家，而他們的哲學著作的影響超出了朝鮮。在這些佛教哲學家中，新羅(Silla)的元曉(Wonhyo, 617-86 年，姓薛，為留學唐朝之高僧)和高麗(Koryo)的普照知訥(Pojo Chinul, 1158-1210 年)是最具獨創性、最有代表性的。

當佛教的地位得到鞏固之後，許多佛教教義的問題和爭論就開始顯露出來。其中最根本且最為重要的，就是大乘佛教思想中中觀學派(Madhyamika)與唯識宗(Vijnaptimatratavadin)的爭論。在形而上學的意義上，前者傾向於否定存在，而後者傾向於肯定存在。這一本體論(ontological)意義上的爭論在認識論上導致的必然結果，就是與先驗真實(transcendental truth)相對應的現世真實(secular truth)可能性的爭論。前者否認現世真實的可能性，後者卻肯定其可能性。在這兩個學派中，不存在中間的調和可能性，無論是在這一思想的發源地印度(India)還是在高麗，這種調和似乎都是不可能的。

元曉把調和這兩個相互否定的學派作為自己的任務，通過對佛教經典，特別是《大乘起信論疏》(*Taeseung Kishin-non*，大乘信仰的覺醒)的一系列注解和闡釋，他提出了一種後來被稱為「和諍論」(Hwajaeng-non)的主張，這是一種解決爭論的理論。它認為兩個相互否定的學派爭論的本質是人的心靈的兩個不同面向。元曉的「和諍論」作為解決大乘佛教中兩個相互否定學說的第一個完善標準，經常出現在中國和日本注釋佛經的著作中。

同樣的調和論精神在後來高麗王朝(918-1392 年)知訥的著作《勸修定慧結文》(*Junghaessangsu*)中也有體現，在此朝鮮的禪宗(Son)創始人試圖調和教(Kyo-hak，佛教的沉思學派)和禪(Son-ga，佛教的佛經學派)二門教義，而這將陷入一場嚴重的對抗。儘管許多教義源於大乘佛教哲學，但是，佛教的禪宗學派(Son school)強調不依賴於佛教教義來實現頓悟，而佛教的佛經學派(Scriptural school)卻強調通過信仰和踐行所理解的佛經來循序漸進地得到啟示。作為禪宗的掌門人，知訥通過將佛經派佛教的教義轉變為禪宗實踐的哲學基礎，為朝鮮禪宗奠定了哲學基礎。知訥對禪、教二門教義的成功綜合，為禪宗佛教發展的朝鮮特色提供了基礎，這就是現在人們說起朝鮮佛教時的最初形式。

倫理的自我修養以儒家思想為核心。在此基礎之上，儒家的國家和社會關係理論得以建立，在它所涉及的這一領域中，形而上學的思考在儒家思想中也佔有一席之地。西元 372 年，高麗王朝的國立高級儒學院太學(Taehak)的建立，說明三國時代在朝鮮半島學習儒家思想的優良傳統已經存在了。儘管佛教是統一的新羅時期(668-918)的國教，然而，儒家思想還是成為哲學和思想界的主流。從 682 年開始，當統一的新羅王朝建立了國立學院作為高級官員的培訓基地，朝鮮正規教育就開始包含有儒家學說和其他中國經典的內容。這種情況一直持續到十九世紀。由於儒家被朝鮮李氏王朝(Choson dynasty, 1392-1910)的締造者作為國家的意識形態。因此在朝鮮歷史上，儒家至上就得到了進一步的加強。

李氏王朝時期興盛的儒家思想是新儒學，這是一種由中國哲學家朱熹(Chu Hsi)在十二世紀形成的原始儒家、道家和佛家思想的綜合。在以新儒學為正統的五百年間，許多朝鮮學者成功地將新儒學的哲學思考提升到一個新的創造性的高度，其影響遍布海內外。在此，我們應牢記如學者李滉(Yi Hwang，字「景浩」，號「退溪」，1501-70)和他的對手李珥(Yi I，字「淑獻」，號「栗谷」，1536-84)這兩位思想家。

退溪解釋了四種基本德行(仁、義、禮、智)的來源和七種情感(喜、怒、哀、樂、愛、恨、欲)，他認為，「義」的原則高於物質力「氣」的原則。退溪比他的宋朝老師朱熹更進一步，他認為，「理」的原則在自身中包含著物質的創造力。這一理論遭到了栗谷的批判，栗谷認為，宇宙中創造力(generative power)的源泉在於物質力(material force)本身。他們的哲學爭論持續了很長時間，對倫理和國家管理的影響通常更為明顯，而且討論的程度比在中國還要複雜，特別是退溪的思想對新儒學在日本的傳播具有很大的影響。

然而，退溪和栗谷之後那些影響較弱的學者，對新儒學的哲學思考卻因過度地理論化而不切實際。加之十七世紀中葉，新儒學發展成為僵化而刻板的國家正統思想。對這一正統思想的不滿，由於受到十七世紀初開始從中國傳入的基督教思想和西方科學的最初衝擊而進一步加深。加上日本入侵(1592-97)之後的政治和經濟改革的迫切需要，這種趨勢造就了一大批傑出的儒家學者，儘管他們的個人生活橫跨 1550 到 1850 年的三百年，後人將其統稱為「實學」(Silhak)。無論他們的興趣和態度如何千差萬別，他們都高舉恢復儒家思想本來面貌的旗幟，信仰實用和功利的精神，在所有的學術研究中，尋求可以實證的事實。被稱為集實學之大成的丁若鏞(Chong Yag-yong，字「美鏞」，號「茶山」，1762-1836)，非常卓越地將這些因素和傾向轉化為一種儒家思想的新綜合。

參見 Buddhism 佛教；Chinese philosophy 中國哲學；Confucianism 儒家；Japanese philosophy 日本哲學；Neo-Confucianism 新儒學

Y.K.撰　王祥齡、劉梅琴審訂

Kotarbiński, Tadeusz　柯塔賓斯基，塔迪斯(1886-1981)　波蘭哲學家。與盧卡西維茨(Łukasiewicz)和萊希涅夫斯基(Leśniewski)一起創立了華沙邏輯學研究中心(the Warsaw Center of Logical Research)。他廣泛的哲學興趣和對人本主義的關注、篤信、非凡的學術成就、論述問題的明確清晰、合乎邏輯的說服力以及對人權的堅決倡導，使他成為現代波蘭哲學之父，並被公認為哲學大師卡西米爾・特瓦道斯基(Kasimir Twardowski)的繼承人。在哲學、歷史和方法論方面的著作中，有著名的《知識、形式邏輯和科學方法論的要素》(*Elements of Theory of Knowledge, Formal Logic, and Scientific Methodology*, 1929；mistitled *Gnosiology* in English translation)。他將他同事更為專業的貢獻予以推廣，並堅持特瓦道斯基的實在論及「反非理性主義」(anti-irrationalist)的批判傳統，強調精確和明晰。他認為除了對經驗和演繹科學中的邏輯與分析方法外，哲學並沒有自身獨特的方法。作為一個思想自由的自由主義和人道主義社會活動家，他決心要成為「一個指南針，而不是一個風標」，他積極地倡導自主的倫理學，而反對左、右兩個方面的獨裁主義。他畢生對社會活動的關注，使他將人類行為學作為有效行為的理論。

與萊希涅夫斯基對特瓦道斯基柏拉圖主義的反駁相一致，柯塔賓斯基堅持將抽象解釋為更具體的概念。他對柏拉圖主義、現象學和內省論採取了「回歸論者、激進的實在論者和模倣主義者」(reist, radical realist, and imitationist)的立場，其主要的原則是：(1)以泛物論(pansomatism)或本體論上的回歸論(ontological reism)作為現代化的唯物主義一元論的基礎：即任何事物，甚至靈魂都是物體，即一個具體的個體對象，是有抵抗力和在時空上的瞬間持續物；(2)激進的實在論(consequent radical realism)：沒有「屬性」(property)、「關係」(relation)、「事件」(event)、「事實」(fact)或「抽象實體」(abstract entity)，也沒有「感覺與料」(sense-datum)、「現象」(phenomenon)或本質上為「個人的心智活動」(private mental act)、或僅能由「內省」(introspection)才能察覺的「事實」(fact)；(3)以具體主義(concretism)、語意學的回歸論(semantic reism)和模倣論(imitationism)作為一種相應的唯名論計畫，據此，看起來像是命名抽象實體的抽象名詞，其實都只是假名，可以被哲學分析和解釋加以說明或加以消除。抽象事物的「實體化」似乎蘊涵著柏拉圖的共相的存在，但其實可以被轉化為有關物體特性的全稱命題而已。心理學命題同樣也可以最終還原為這樣的一種基本形式：個體擁有如此如此這般的經驗。只有根據這樣的還原，那些潛在容易被誤解的表式才能真正地被理解，並讓我們判斷是真是假。

參見 Polish logic 波蘭邏輯

E.C.L.撰　王文方審訂

***ko wu, chih chih*　格物致知**　中國哲學概念。在《大學》(*Great Learning*)中用以表示自我修養歷程中的兩個相關的階段(或方面)，後來的儒家(Confucian)賦予它不同的解釋。「格」的涵義是「端正」(correct)、「獲得」(arrive at)或「克服」(oppose)，「物」是指「事物」(things)，「致」表示「操存」(expend)或「推擴」(reach out)，「知」表示「知識」(knowledge)。朱熹(Chu Hsi, 1130-1200)認為，「格物」意指在人事中獲得「理」(principle, pattern)。「致知」意指知識的拓展，而自我修養過程中最重要的環節在於通過每日的自省、經典與史書的研習，以擴展自身的道德認知。王陽明(Wang Yang-ming, 1472-1529)認為，「格物」即為「正心」(correcting the activities of one's heart/mind)，「致知」即為「致良知」(reaching out of one's innate knowledge)；而自我修養過程中最重要的部分在於通過持之以恆地提防不當的慾望的產生與對其之消除，以完全地體現人的良知(innate knowledge)。

K.-l.S.撰　林安梧審訂

Krause, Karl Christian Friedrich　克勞塞，卡爾·克里斯提安·弗雷德里希(1781-1832)　德國哲學家，是在泛神論(pantheism)和神祕主義(mysticism)的方向上發展康德(Kant)思想的一種傾向的代表人物。在耶拿(Jena)大學受教育時，開始受到費希特(Fichte)和謝林(Schelling)的影響。由於將費希特對自我意識(self-consciousness)的分析當作自己的哲學的出發點，並將對史賓諾莎(Spinoza)哲學的某種「精神化」(spiritualize)的有系統整理當作自己的計畫(這有點像青年謝林之所為)，他獲得了一種他稱之為「萬有在神論」(panentheism)的立場。根據這種立場，雖然自然和人的意識是上帝或絕對存有的組成部分，但絕對者卻既不窮盡於、亦不等同於這二者。在某種範圍內，他預取了黑格爾(Hegel)訴諸某種「歷史的目的」(end of history)的觀點，在這種觀點中，有限的人類事務之王國，將在一種普遍的道德性和「精神性」(spiritual)的秩序中，重新與無限的本質統一起來。

參見 Fichte 費希特；pantheism 泛神論；Schelling 謝林

J.P.Su.撰　張旺山審訂

Krebs　克利布斯　見 Nicholas of Cusa 庫薩的尼古拉

Kripke, Saul A(aron)　克里奇，索爾·阿隆(b.1940)　克里奇是美國數學家和哲學家，在邏輯和哲學的領域中，他被認為是具有深遠影響力的人物之一。當他還是個十餘歲的青少年時，他就基於萊布尼茲(Leibniz)的可能世界概念形構了一個關於模態邏輯(必然性和可能性的邏輯)的語意學，而且運用這個工具證明了一些系統的完備性(1959, 1963)。我們後來看到，可能世界語意學(卡納普〔Carnap〕和其他的人對此也有所貢獻)是邏輯和哲學中最有成果的發展之一。

克里奇的 1970 年普林斯頓(Princeton)演講集《命名與必然性》(*Naming and Necessity*, 1980)，樹立了一個分水嶺。該書主要關心的是個體之專名(如「亞里斯多德」)，但他對專名的想法也延伸至自然種類詞項(例如：「水」)以及其他近似的表達式上。克里奇主張，任何專名都是嚴格指稱詞(rigid designator)，一個詞是嚴格指稱詞當且僅當，如果它在某個世界指稱到某個事物，那麼它在該事物存在的所有可能世界中都指稱到該事物，而且在該事物不存在的世界中，該詞則不指稱任何東西。克里奇藉由這個主張進行一個與既存的弗雷格式(Fregean)觀點不同的論證：我們不能透過一個賦予某一專名意涵的一個描述詞，在語意的面向上固定該專名的指稱；相反地，用來連結到一個專名所具有之特定使用的描述詞，常常會指稱到完全不同的東西。從這些想法，克里奇導出，有些我們一般認定為後驗必然真理的例子是存在的。此外，他也為本質主義(essentialism)辯護。本質主義主張，有些事物，當它們存在時，它們就必須擁有一些性質。克里奇藉由他的本質主義和他關於自然種類詞項的理論，去論證心靈實體不等同於它們的物理展現(例如將感覺等同於具體的神經事件)。在一個後續的論文中，即〈一個關於信念的困惑〉(A Puzzle about Belief, 1979)，克里奇回應了那個發生在用來描述信念和其他命題態度的語句脈絡中的替換失敗問題。此外，克里奇將後期維根斯坦(Wittgenstein)詮釋為一個語意的懷疑論者，這個詮釋也同樣產生深遠的影響(《維根斯坦論規則和私有語言》(*Wittgenstein on Rules and Private Language*, 1980, 1982)。

克里奇關於真理的語意理論〈一個真理理論的大綱〉(Outline of a Theory of Truth, 1975)重新點燃人們對說謊者悖論(「這個陳述是假的」)及其他相關悖論的興趣，同時也引燃了人們產生興趣去研究，包含它們自身真理述詞的非古典語言是否能作為自然語言的可能模型的問題。在邏輯上，他也因他在直覺主義的工作和他的可承認序數轉換遞歸理論而知名。後來，作為哲學麥可席教授(McCosh Professor of Philosophy，榮譽退休教授)，克里奇仍為他在邏輯和哲學上的一些進一步重要成果發表演說，但這些成果並沒有出版。

參見 a priori 先驗；causal theory of proper names 專有名稱的因果理論；meaning 意義；philosophy of language 語言哲學；Wittgenstein 維根斯坦

N.S.撰　林從一審訂

Kripke semantics　克里奇語意學　對表示必然性的模態運算符(operator)□和表示可能性的模態運算符◇的一種形式語意學(有時也稱作「可能世界語意學」〔possible worlds semantics〕或「關係語意學」〔relational semantics〕)。有時該詞也指直覺主義邏輯的語意學(semantics for intuitionistic logic)。在這種語意學的最基本形式中，帶有□和◇的命題邏輯之框架(frame)指的是一個二元組(W,R)，在此 W 表示一個非空集合(「可能世界」集)，而 R 表示 W 上的一種二元關係——「相對可能性」(relative possibility)或「可通達」(accessibility)的關係。建立在框架(W,R)之上的模型是一個三元組(W,R,V)，在此 V 表示一個函數(賦值函數〔valuation function〕)，它對每一個命題變元都賦予在可能世界中的真假值。如果 $w \in W$，那麼命題□A 在模型中的 w 世界上為真，若且唯若 A 在所有與 w 具有 R 關係(亦即 wRv)的可能世界 v 裡都為真。較鬆散地說，如果 A 在所有可能世界中為真，而 w 是現實世界，那麼□A 在 w 世界中就為真。這是對萊布尼茲(Leibniz)所說的「必然就是在所有的可能世界中都是真理」的觀點加以概括的結果。如果 A 在模型(W,R,V)中的所有 $w \in W$ 裡都為真，那麼 A 就在此模型中是有效的。如果 A 在奠基在(W,R)框架之上的所有模型中都有效，那麼 A 在框架(W,R)中就是有效的。如果 A 在所有的框架中有效，那麼它就是有效的。在謂詞邏輯中，一個框架可能包含另一種成分 D，D 賦予每個可能世界 w 一個非空集合 Dw(可能世界 w 中的存在物)。述詞邏輯中的詞項和量化詞可以做對象性的處理(指稱和涉及個體)或做概念性的處理(指稱和涉及可能世界到個體的函數)。量化詞也可以當作實存量化詞或可能量化詞(分別指稱和涉及實在或可能的存在物)。在上述有些處理中，我們還得決定對指稱非存在事物之間關係的命題究竟應賦予何種真值的問題。

克里奇語意學的發展是模態邏輯系統的現代研究的分水嶺。在 1930 年代、1940 年代和 1950 年代，有許多研究必然性和可能性的公理系統，魯道夫．卡納普(Carnap)證明了在這些系統裡的最簡單的系統中，例如劉易士(C. I. Lewis)的 S5 系統，$\Box A$ 可以被解釋為「A 在所有的狀態描述下皆為真」。然而，在解決其他系統最基本的問題上，當時的邏輯學家們仍得付出相當大的努力與創意。在 1950 年代末和 1960 年代初，斯蒂格．康格(Stig Kanger)、理查．蒙塔哥(Richard Montague)、索爾．克里奇(Saul Kripke)和查卡．辛提卡(Jaakko Hintikka)透過可通達關係而分別對這些系統加以系統化地解釋，這些解釋基本上是將卡納普語意學概括後的結果。在這些系統化的努力中，克里奇語意學顯得比其他人的語意論更為自然，因為其中的可通達性關係可以解釋為一種數學上初基的「可能世界」之間的關係。而且，在一系列論文中，克里奇也證明了克里奇語意學能對許多模態邏輯系統提供界定性的說明。因此，克里奇的形式化語意論就成為一種標準語意論。關係語意學完善地解決了一些有關不同系統的差異和相對強度的老問題。它也開闢了新的領域，得出了一些通則化的結果(解決無數模態邏輯系判定性及其他特性的問題)、不完備性的結果(證明了某些系統不能用任何一類框架來界定)和符合性(correspondence)的問題(揭示了界定特定模態命題的框架確實是符合 R 上某些特定條件的框架)的解決等等。克里奇語意學也能對有關於義務與允許、認識的必然性和可能性、可證明性與一致性，以及計算法之無法避免性與可能結束狀態等推論的邏輯，提供相似的語意解釋。它同時也刺激了非古典條件句語意論，以及一種更為普遍的可能世界「鄰居或功能變化語意論」的產生。

克里奇語意學的哲學效用則難以評估。因為經常用模態運算符來解釋可通達關係，所以，堅持認為克里奇語意學提供了一種對這些運算子的分析，就是比較困難的事了。此外，哪種語意學的形式較為正確(特別是對於謂詞模態邏輯系統的語意論)的問題，與這世界及其中事物的本質的問題息息相關。克里奇語意學對模態概念的涵義具有重大的限制，而且提供了一種了解許多哲學問題的方法。

參見 formal semantics 形式語言的語意論；modal logic 模態邏輯；necessity 必然性；possible worlds 可能世界

S.T.K.撰　王文方審訂

Kristeva, Julia　克莉斯緹娃，茱莉亞(b.1941)　保加利亞出生的法國語言學家、臨床精神分析師，具有廣泛影響力的社會理論家，以及小說家。克莉斯緹娃記號學理論的核心有兩個相關要素：其一為關注言說主體體現了潛意識的動機(並非單純的胡塞爾〔Husserl〕超驗主體之意識意向性)，另一個是闡明指涉現象為動態、多產的過程(非一靜態的記號系統)。

克莉斯緹娃最具系統性的哲學著作《詩的語言中的革命》(*La Révolution du language poétique*, 1974)，透過有效整合心理分析(弗洛伊德〔Freud〕和拉岡〔Lacan〕)、語言學模型的要素(從傑寇森〔Roman Jakobson〕到瓊姆斯基式〔Chomskyan〕的衍生文法)及記號學(從索緒爾〔Saussure〕到裴爾斯〔Peirce〕和海斯陸〔Louis Hjelmslev〕)，還有對文本的文學進路(受巴赫金〔Bakhtin〕的影響)，將她的記號學帶向了成熟的表達。象徵(symbolic)和記號(semiotic)這兩種辯證且無法中和的意義形態在一起，才建構了指涉過程。象徵指出了控制指示性及命題言說的系統規則，而記號則孤立了意義的一段古老階層，它既非表徵式的，也非基於記號間的關係。陰性空間(chora)的概念結合了記號、超語言的意義階層(生成性文本)和精神分析式、以驅力為基礎的模型，屬潛意識聲音的產物，還有夢的邏輯，以及奇幻人生，它反抗著全然的象徵連結。陰性空間引用了柏拉圖

(Plato)非統一的母性容納處的概念(《泰密爾斯》〔*Timaeus*〕)，它構成了主體性產生的空間。在幼兒完成反思能力，發展出空間直覺和時間意識，並斷定自身為發聲主體之前，驅力在前戀母情節階段間便在節奏性模式中就變得「秩序化」了。當嬰孩形成了聲音表達和運動感覺發展之間的連結，並且以母親的軀體之調節作為這些連結之模式，秩序化的記號功能便產生，這種秩序化並非根據象徵的律則。記號的陰性空間雖然在認同形成中受到部分壓抑，但仍將主體前語言然而卻有情感功能的生命和意義相連。

所有的文學形式，包括了史詩故事、後設語言、冥想或「理論活動」(theoria)以及文本，都結合了兩種不同的意義實踐，即呈現性文本(phenotext)和生成性文本(genotext)。然而，它們以不同的方式這麼做，且沒有任何一者全然包含了兩種領域。呈現性文本指涉到語言本身的「溝通」功能，並能夠以句法及語意的角度來做分析。生成性文本雖本身並非語言式的，但它以如下方法透顯出自身，即以「音素」和「旋律裝置」以及「句法和邏輯」特徵建立「語意」領域。生成性文本孤立了文本昇華驅力的特殊模式；它是指示的一種「過程」，藉由這種過程，一文學形式產生了特殊類型的主體性。詩的語言獨特就是因為它大量透顯了生成性文本。

這種記號過程、生成性文本及詩的語言之間的結合，完成了早期的語言學計畫(1967-73)，並引發了一種新的後黑格爾(post-Hegelian)社會理論。綜合了記號學和毀滅性的死亡驅力對凝滯的攻擊，技巧地重建了黑格爾式否定性的永存。詩的模倣，由於在支持意義時踰越了文法規則，於是再度活化了驅力過程中不可化約的否定性及異質性。詩如此成就了記憶，在語言中透顯了主體的組成，藉著開放其受壓抑的慾望而非將其常規化，進而促成了對於象徵及制度化價值的批判性分析。後期著作像是《恐怖的力量》(*Pouvoirs de l'horreur*, 1980)、《我們是自己的陌生人》(*Etrangers à nous-mêmes*, 1989)、《愛的故事》(*Histoires d'amour*, 1983)、《靈魂的新疾病》(*Les Nouvelles maladies de l'âme*, 1993)，則從集體的政治行為轉移到地方性、文化治療的焦點。檢視了仇外的社會組成、卑劣(abjection)及社會的暴力、羅曼史、悲傷、女性在父權下的憂鬱毒害，以及在後形上學時代的道德價值危機，它們為倫理學及社會理論孕育著有力的意涵。

參見 Bakhtin 巴赫金；feminism 女性主義；Freud 弗洛伊德；postmodern 後現代；semiotics 記號學；structuralism 結構主義

P.Hu.撰　林志明審訂

Kropotkin, Petr Alekseevich　克魯泡特金，彼得・亞歷克西維齊(1842-1921)　俄國地理學者、地質學家、自然主義者與哲學家。他最著名之處為其主張的無政府主義和社會進化中人群的互助論。1862 至 1867 年間他參加西伯利亞(Siberia)科學探險活動，到處旅行。受到達爾文(Darwin)剛出版的進化論之激勵，遂利用天寒地凍的西伯利亞風光，作為追求證實達爾文自然淘汰與適者生存的說法，這種達爾文的進化說之背後潛藏著馬爾薩斯(Malthusian)之理論的原則。不過在他的追尋中卻發現，人口不足是常態，而威脅人類的生存主要是氣候。在這艱難的生存環境下，人類的繼續存活，靠的是彼此相互協助，這點遠遠超過達爾文的承認與理解之外。不久之後他便把這些發現概括化，而變成他的社會理論(social theory)，也用以反對社會的達爾文主義(Darwinism)，同時他也開始引進無政府的理論。

參見 anarchism 無政府主義；Darwinism 達爾文主義；Russian philosophy 俄國哲學

P.T.G.撰　洪鎌德審訂

Kuan Tzu　管子　亦稱管仲(Kuan Chung, d.645 B.C.)，中國春秋時期政治家、齊國宰

相，被認為是法家思想的先驅。歷史上託名於他的《管子》(*Kuan Tzu*)是一部涵蓋了西元前四世紀至二世紀的法家(Legalist)、儒家(Confucian)、道家(Taoist)、五行(five phases)和黃老(Huang-Lao)思想的著作總集。作為齊國宰相，他通過實行霸權體制(the hegemonic system〔霸〕)維持了諸國的和平和社會秩序，由當時的統治者周王認可下，在最強大的封建諸侯之間實行集體的權力分享。

R.P.P. & R.T.A.撰　林安梧審訂

Kuhn, Thomas S(amuel)　**孔恩，湯瑪斯・塞繆爾**(1922-96)　美國科學史學家及科學哲學家。孔恩於哈佛(Harvard)求學，獲物理學學位(1943, 1946)及科學史博士學位。其後於哈佛(1951-56)、柏克萊(Berkeley, 1956-64)、普林斯頓(Princeton, 1964-79)及麻省理工學院(M.I.T. 1979-91)教授科學史或科學哲學。孔恩追溯他從物理學到史學及科學哲學的轉變，時為 1947 年，當時他需要對主修人文的學生講授科學。為了要找尋個案以說明牛頓力學的發展，孔恩翻閱了亞里斯多德(Aristotle)的《物理學》(*Physics*)，驚訝於它犯了「如此明確的錯誤」。不久之後，孔恩便改以「亞里斯多德式物理學家的方式進行思考」，並了解到，亞里斯多德的基本概念全然不同於牛頓的概念，以其自身的角度來理解，亞里斯多德的《物理學》並非拙劣的牛頓力學。這項新觀點促成《哥白尼革命》(*The Copernican Revolution*, 1957)一書，它研究了從亞氏地球中心說的世界圖像到現代太陽中心說之轉變。

思考了這些改變的結構之後，孔恩寫就了他影響深遠的第二本書，《科學革命之結構》(*The Structure of Scientific Revolutions*, 1962)。他主張科學思想由「典範」(paradigm)所定義，並以各種方式將這些典範描述成學科的母體或範例，也就是包含由一既定社群的成員所分享的信念、價值、技巧的概念性世界觀，或者這類架構中的一項要素：此即「用來作為研究模範之種種具體成就」。根據孔恩的觀點，科學家在「常態科學」(normal science)期接受一個普遍的典範，並藉著精練其理論及律則、解決各種謎題(puzzles)、建立更精確的常數測定，以試圖闡明典範。然而，他們的努力最後會產生異例(anomaly)；只有在以典範所提供的期望為背景之下，這些異例的誕生才帶給我們困難。異例的累積引發了危機，這種危機有時由革命來解決，也就是以新典範取代舊典範。關於這類典範轉移的實例，我們只要看亞氏物理學和地球中心說被牛頓力學及太陽中心說所取代便可以了。在這方面，孔恩挑戰了科學進步為逐漸的、累積的知識習得這類傳統概念。在後期著作《必要的張力》(*The Essential Tension*, 1977)及《黑體理論和量子不連續性》(*Black-Body Theory and the Quantum Discontinuity*, 1978)中，他對這些主題加以經營，並擴展了他的歷史探究。

參見 paradigm 典範；philosophy of science 科學哲學

R.Ar.撰　趙之振審訂

k'un　**坤**　見 *ch'ien, k'un* 乾、坤

kung, szu　**公、私**　中文對「公共」(public)和「個人」(private)利益之間對立的一種相應的區別，是儒家(Confucian)和法家(Legalist)倫理學的一個重要特徵。有時，這一區別也相應地用公平和不公的區別(例如在《墨子》〔*Mo Tzu*〕中)或天理(Heavenly principle)和私欲(selfish desire)的新儒家(Neo-Confucian)方式的區別來表達。對儒家而言，私人和個人的利益僅僅在他們不違背禮(禮儀)和義(公正)原則的範圍內才被接受。依個人親等關係不同而有所「不公」的情形是可以合理地被接受的，尤其當它並不悖於仁(或人道的理

想)時。這與個人主義(egoism)、利他主義(altruism)和功利主義(utilitarianism)有著鮮明的區別。

參見 Chinese Legalism 中國法家；Confucianism 儒家

A.S.C.撰　林安梧審訂

***K'ung Ch'iu*　孔丘**　見 Confucius 孔子

Kung Fu-tzu　孔夫子　見 Confucius 孔子

Kung-sun Lung Tzu　公孫龍子(fl. 300 B.C.)　中國哲學家。因堅持「白馬非馬」(A white horse is not a horse)的命題而著名。也許公孫龍子將他的悖論僅僅用為爭論(辯)中的一個有趣的訓練，並不當作是一種哲學的論證。然而，它卻在中國的名辯理論中引起了嚴重的分歧，因此而聲名不佳。關於「白馬」論，解釋各有不同，最近的理論是，公孫龍子假設當「馬」僅僅指稱馬的形狀時，「白馬」則指稱兩種不同的事物(馬的形狀和顏色)，那麼單純地觀察它的全部(形狀和顏色)就和它的一部分(形狀)不能等同。

參見 *pien* 辯

B.W.V.N.撰　林安梧審訂

K'ung Tzu　孔子　見 Confucius 孔子

Kuo Hsiang　郭象(d. A.D. 312)　中國玄學(Mysterious Learing)學派的思想家，與王弼(Wang Pi)一類的思想家一樣，被看成是一個新道家(Neo-Taoist)的思想家。郭象將理(pattern)的概念發展成為宇宙的基本結構，而每個事物都從其獲得個體的「分」(allotment)。在扮演這種「自然的」角色過程中，每個事物都是唯一的(one)，而通過「自然」(spontaneous)，能與所有的事物一道成為一個神祕的唯一。在郭象看來，人類的「分」包含有典型的儒家(Confucian)的美德。郭象的《莊子注》備受讚譽，因為他校訂了《莊子》(*Chuang Tzu*)一書現行的版本，而這是目前《莊子》一書所存最古老的詮釋。

參見 Neo-Taoism 玄學

P.J.I.撰　林安梧審訂

***Kyo-hak* Buddhism　禪宗**　見 Korean philosophy 朝鮮哲學

Kyoto School　京都學派　見 Japanese philosophy 日本哲學

L

Labriola, Antonio　拉布里奧拉，安東尼奧(1843-1904)　義大利的馬克思主義哲學家，研究過黑格爾(Hegel)思想，且與恩格斯(Engels)有過幾年的通信往來(*Lettere a Engels*, 1949)。他研究馬克思主義的一些論文首次是以法文發表在《唯物史觀論集》(*Essais sur la conception matérialiste de l'histoire*〔*Essays on the Materialist Conception of History*〕, 1897)這本選輯中；另一部很有影響力的著作《談社會主義與哲學》(*Discorrendo di socialismo e di filosofia*〔*Talks about Socialism and Philosophy*〕, 1897)則匯集了十封他致喬治·索雷爾(Georges Sorel)論馬克思主義的書信。拉布里奧拉並無意開展出一套具原創性的馬克思主義理論，而只求對馬克思的思想提出準確的闡釋。他堅信社會主義是資本主義社會的內在矛盾的必然結果，認為馬克思觀點是客觀的科學真理。他批判修正主義(revisionism)，認為必須保持馬克思思想的正統。他的觀點和著作由他的兩個學生——法國的索雷爾和義大利的克羅齊(Croce)——公開發表。在 1950 年代，安東尼奧·葛蘭西(Antonio Gramsci)重新注意到拉布里奧拉，並將他當作純正、獨立的馬克思主義的範例。

參見 Marxism 馬克思主義；Sorel 索雷爾

P.Gar.撰　丁福寧審訂

Lacan, Jacques　拉岡，雅克(1901-81)　法國精神分析學說的思想家和實踐者，拉岡在索緒爾(Saussure)創立的結構主義語言學(structuralist linguistics)的基礎上，發展並改造了弗洛伊德的(Freudian)理論和實踐。根據拉岡的思想，潛意識(the unconscious)不是生物本能或驅力(drives)的聚集(congeries)，而是語言意指的系統(a system of linguistic signifiers)。例如，他將凝縮(condensation)和換置(displacement)的基本弗洛伊德程序，解釋為隱喻(metaphor)和轉喻(metonymy)的例證。拉岡提出了一種弗洛伊德主義(Freudianism)，其中，實質的笛卡兒自我(Cartesian self)的痕跡(trace)都被符號功能的系統所替換。與正規看法相左的是：自我(the ego)是一種想像的投射(imaginary projection)，不是導向實在「真實界」(the real)的管道(在拉岡看來，這種取徑是語言所不能達到也不能表達的界限)。順此，拉岡提出了一種新精神分析法，認同分析者之成熟自我，他試圖去避免(avoid)而不是要獲得「移情」(transference)，移情指被分析者(analysand)認同分析者(analyst)之成熟自我。拉岡的論著(如《拉岡文選》〔*Écrits*〕和多卷本的《研討錄》〔*Séminaires*〕)明顯地難於理解，是一個具有獨特風格的體系體裁，充滿了隱喻、文字遊戲和矛盾。有人感覺其思想豐富而富有啟發性，也有人認為其思想含糊(obscure)而不可靠，除了精神分析學說之外，拉岡對文藝理論家和後現代主義哲學家，如傅科(Foucault)、德希達(Derrida)和德勒茲(Deleuze)也有特殊的影響。

參見 Foucault 傅科；Freud 弗洛伊德

G.G.撰　吳秀瑾審訂

Laffitte, Pierre　拉菲特，皮埃爾(1823-1903)　法國實證主義哲學家，孔德(Comte)的學生，於 1878 年為《西方雜誌》(*Revue Occidentale*)的創始人。拉菲特採取孔德的「普遍教程」(popular course)的格式來傳播實證主義。他忠實地信仰孔德的客觀方法和人道主義的宗教。拉菲特撰寫了《人類的偉大典型》(*Great Types of Humanity*, 1875-76)。在《實證倫理學》(*Positive Ethics*, 1881)中，他區分了理論倫理學和實踐倫理學。他的《關於第一哲學的講演錄》(*Lectures on First Philosophy*, 1889-95)提出一種形上學或一個普遍與抽象規律的實體，來試圖完善實證主義(positivism)，解決主觀與客觀之間的紛爭，以避免唯物主義。

參見 Comte 孔德；logical positivism 邏輯實證主義

J.-L.S.撰　苑舉正審訂

La Forge, Louis de　朗佛吉，路易斯・德(1632-66)　法國哲學家、笛卡兒學派(Cartesian school)成員。1650 年左右，朗佛吉開始對笛卡兒哲學產生濃厚興趣，並成為一名顯眼且積極的支持者。朗佛吉(與格瑞爾德・范・古特斯秀芬〔Gérard van Gutschoven〕一起)闡述笛卡兒 1644 年版的《論人》(*L'homme*)，並且提供大量集注；這些闡述與集注通常隨著原著重新刊印。他主要的著作《人的精神特徵》(*Traité de l'esprit de l'homme*, 1665)儘管不是笛卡兒哲學的評注，卻是「與列納・笛卡兒的原理一致」，如其書之副標所示。此書企圖藉由討論心靈及其與身體的一致，繼續笛卡兒生前未完成的《論人》中的計畫。

朗佛吉的作品在許多方面都是相當正統的；他小心翼翼地跟著笛卡兒論身體性質、靈魂性質等等觀點，這些觀點呈現在他所能讀到的笛卡兒的著作中。但與笛卡兒學派的其他人一起，朗佛吉的貢獻是建立了機緣論(occasionalism)學說作為笛卡兒學派的正統，這是笛卡兒作品中沒有清楚呈現的。

參見 Descartes 笛卡兒；occasionalism 偶因論

D.Garb.撰　林正弘審訂

Lambda-abstraction　拉姆達抽象　見 combinatory logic 組合邏輯；lambda-calculus 拉姆達演算

lambda-calculus　拉姆達演算　亦稱λ-演算，一種數學函數的理論，它的特色是(a)「與邏輯無關的」，即不包含任何邏輯常元(式子的連詞或表達式的量詞)，(b)等式型的，即等號「=」是其唯一的謂詞(不過它的後設理論涉及詞項間可化約的關係)。λ-演算有兩種：有類型的和無類型的，每一種都有進一步的更細分類。

詞項總是通過歸納法加以定義的(如果演算是有類型的，那麼它就是類型表達式)。作為一個詞項的定義，至少要包括以下這些條件：(如果演算是有類型的，每種類型)有無限多個變元是詞項；對任一(如果演算是有類型的，對於合適類型的)詞項 τ 與 σ 而言，$(\tau\sigma)$ 也是詞項(如果演算是有類型的，可以通過 τ 和 σ 的類型判定其類型)；對任一詞項 τ 和一個(或許需要滿足某些條件的)變元 υ 而言，$(\lambda\upsilon\tau)$ 是一個詞項(如果演算是有類型的，而且可以通過 τ 和 υ 的類型判定其類型)。$(\tau\sigma)$ 是一個應用詞項；$(\lambda\upsilon\tau)$ 是一個 λ-詞項，是 τ 的 λ-抽象，它的 λ-前置詞約束 τ 中所有自由出現的 υ。對於其自由變元所做的(如果演算是有類型的，合適類型的)任何賦值 a，每個詞項都表示唯一的一個項目。給定一個詞項$(\tau\sigma)$，τ表示一個函數，把那個函數使用到相對於 a 的 σ 所指謂的東西，$(\tau\sigma)$ 表示所產生的輸出。$(\lambda\upsilon\tau)$ 表示相對於 a 得來的函數，當它使用到任何東西(如果演算是有類型的，合適類型的) x 時，輸出的是把 υ 指定給 x，而後 τ 相對於 a 的指謂對象。

大約在 1932 年，丘奇(Church)提出了一種無類型的λ-演算作為數學基礎的根據，並將所有的數學對象都看成是函數。它刻畫了函數的討論域，每個函數都以那個討論域作為自身的定義域與值域。結果這是接近於組合邏輯(combinatory logic)的一種變形，組合邏輯首先由匈芬克爾(Moses Schonfinkel)所論述(1920)，並由伯哈曼(Behmann)發表(1924)。

1940 年丘奇提出了最簡單的有類型的λ-演算。這一理論刻畫了物件和函數的定義域，每一種都具有唯一的類型，以至於任一特定的函數的類型都可以判定另外兩個類型，一種是該函數定義域中的所有物件的類型，另一種是該函數輸出物件的類型。

1972 年吉拉(Jean-Yves Girard)提出了第一個二階有類型的 λ-演算。它使用更多附加類型表達式，它們是通過二階 λ-抽象加以構造，也使用更複雜的詞項，它們是把有類型的變元再加 λ-抽象所造出來的，此外也把這些詞項用到有類型的表達式。

對 λ-演算的研究加深我們對數學構造性問題的理解。這對證明論、類型論和計算機科學都有意義。

參見 category theory 範疇論；combinatory logic 組合邏輯；proof theory 證明論

H.T.H.撰　李國偉審訂

lambda-operator　拉姆達算子　見 lambda-calculus 拉姆達演算

lambda-term　拉姆達詞項　見 combinatory logic 組合邏輯；lambda-calculus 拉姆達演算

Lambert, Johann Heinrich　蘭伯特，約翰·亨里希(1728-77)　德國自然哲學家、邏輯學家、數學家和天文學家。生於墨爾豪斯(Mulhouse)的阿爾薩斯(Alsace)。自學有成，成為慕尼黑科學院(1759 年)和柏林科學院院士(1764 年)。他在物理學和數學方面都有重大發現。最重要的哲學著作是《新工具論》(*Neues Organon*；新工具論，或論真理的探究和歸納，以及錯誤與表象的區別〔New Organon, or Thoughts on the Investigation and Induction of Truth and the Distinction Between Error and Appearances, 1764〕)和《建立體系之設置》(*Anlage zur Architectonic*；體系之計畫，或哲學和數學知識簡單且基本的要素之理論〔Plan of an Architectonic, or Theory of the Simple and Primary Elements in Philosophical and Mathematical Knowledge, 1771〕)。蘭伯特嘗試修正形上學。他反對德國理性論與英國的經驗論，選擇接近類似康德(Kant)與特藤斯(Tetens)的現象主義(phenomenalism)之立場。類似這兩位同時代的哲學家，他相信心靈包含一些基本的概念和原則，使知識可能。哲學家的任務可分為兩個面相：首先，必須分析這些基本的概念和原則；其次，科學真理必須從這些基本概念和原則推導而來。在他努力達成這樣的目標時，蘭伯特(的立場)比較接近萊布尼茲(Leibniz)，而非洛克(Locke)。

M.K.撰　陳瑤華審訂

La Mettrie, Julien Offroy de　拉美特利，朱林·阿弗瑞·德(1707-51)　法國哲學家，是他的時代最著名的唯物主義者、無神論者和享樂主義者(hedonist)。生於布列塔尼(Brittany)，在萊登(Leiden)受教於機械主義醫學家(iatromechanist)赫爾曼·波爾哈維(Hermann Boerhaave)，拉美特利將波爾哈維的著作譯成法文。作為洛克式的感覺論者(sensationalist)，對加森地(Gassendi)有過研究，又追隨瑞士生理學家海勒(Haller)，拉美特利認為自然是生活的原動力和根本原則。1745 年他出版了《心靈的自然史》(*Natural History of the Soul*)，批判笛卡兒哲學的二元論，並拋棄了上帝。

從笛卡兒的動物就是機器的觀點出發，拉美特利的名著《人是機器》(*Man the Machine*, 1747)認為，只有物質的有機組織能解釋人的肉體和智力的能力。將心理學同化為機械主義生理學，拉美特利將人合成為自然的一部分，並提出了唯物主義一元論。作為一個伊比鳩魯主義者和宗教上的自由主義思想者，在《反塞涅卡》(*Anti Seneca*, 1748)中，他否認任何宗教的或理性的道德，認為人的行為應適應自然法則。在薩德(Sade)的虛無主義之前，他的《享樂論》(*Art of Enjoying Pleasures*, 1751)和《形上學的維納斯》(*Metaphys-*

ical Venus, 1751)頌揚人的情慾。愛爾維修(Helvétius)、德巴赫(d'Holbach)、馬克思(Marx)、普列漢諾夫(Plekhanov)和列寧(Lenin)都承認受到了他的信念「哲學家的寫作就是要宣傳唯物主義」的影響。

J.-L.S.撰　苑舉正審訂

Lange, Friedrich Albert　朗格，弗里德里希・阿爾伯特(1828-73)　德國哲學家及社會科學家。生於索林根(Solingen)附近的瓦爾德 (Wald)，1851 年成為波昂(Bonn)大學教師，1870 年擔任蘇黎世大學歸納邏輯學教授，1873 年任馬堡(Marburg)大學教授，並在此創立新康德主義研究會。1865 年他出版了三部著作：《工人問題》(*Die Arbeiterfrage*〔*The Problem of the Worker*〕)、《數學心理學的奠基》(*Die Grundlegung der mathematischen Psychologie*〔*The Foundation of Mathematical Psychology*〕)和《約翰・斯圖亞特・彌爾對社會問題觀點與卡瑞所假設的社會科學的革命》(*J. S. Mills Ansichten über die sociale Frage und die angebliche Umwälzung der Socialwissenschaftlichen durch Carey*〔*J. S. Mill's Views of the Social Question and Carey's Supposed Social-Scientific Revolution*〕)。然而，朗格最重要的著作卻是 1866 年出版的《唯物論史》(*Geschichte des Materialismus*〔*History of Materialism*〕)。1873-75 年再版了該書兩卷本的擴增版，後來再印的三個版本亦是如此。

《唯物論史》不僅對唯物論的發展，而且對當時的物理學、生物學和政治經濟學作品都做了詳盡而豐富的研究，其包括有對康德(Kant)之知識論分析的註解。朗格對人和自然界的科學解釋以及對科學理論的約定俗成主義，採取了一種有限度的實證主義探討方式，並鼓勵從「理想的立場」(the standpoint of the ideal)對「宇宙」(the All)做審美解釋之設計。為了批駁歸納的唯物論，朗格力圖證明對唯物論的嚴格分析會導致無法排除的唯心論之理論結果，因此他採取了一種「唯物-唯心」的形式。他的《唯物論史》替工具假設論、實用主義、保守主義和心理學上的自我論提供了理論上的準備。沿著他所論述的懷疑論者的科學家，朗格對構成現實的終極元素採取不可知論和激進的現象主義。其主要著作受到了羅素(Russell)的推崇，並且對尼采(Nietzsche)的思想也產生了重大的影響。

由於科學的發展、宗教的衰落和「社會問題」日增的緊張，《唯物論史》一書預示了社會政治上的「地震」即將到來。《工人問題》一書探討了工業化和科技對「社會問題」的衝擊，並以已經可被認定為社會達爾文主義的口氣預言了社會上的「為了求生存的奮鬥」即將來臨。無論在理論上還是實踐上，朗格都是工人的鬥士，他擁護一種民主社會主義的形式。他對彌爾和經濟學家亨利・卡瑞(Henry Carey)的研究，對社會科學和政治經濟學理論都是有價值的貢獻。

參見 James-Lange theory 詹姆士-朗格理論；neo-Kantianism 新康德主義

G.J.S.撰　林立審訂

language, artificial　人工語言　見 formal language 形式語言；philosophy of language 語言哲學

language, natural　自然語言　見 formal language 形式語言；philosophy of language 語言哲學

language, philosophy of　語言哲學　見 philosophy of language 語言哲學

language game　語言遊戲　見 Wittgenstein 維根斯坦

language of thought　思想語言　見 meaning 意義；Mentalese 心靈語言；philosophy of language 語言哲學

Lao Tzu　老子(sixth century B.C.)　一般認為是與孔子(Confucius)同時代的中國哲學家，而且是《道德經》(*Tao Te Ching*，〈道經〉與〈德經〉〔Classic of *tao* and *te*〕)的作者。當代大多數的學者主張老子是由早期傳說中哲人賢士所複製而成的人物，而《道德經》則是一本名言文選，為一部年代不早於西元前三世紀的學說。《道德經》中包含了弔詭的神祕思想與講究實際的政治建言(韓非子〔Han Fei Tzu〕曾為道德經做註解)，並且呼籲返回初民的烏托邦世界，而不要受到人為造作的文明所污染，例如：儀式典範(ritual；禮〔*li*〕)、奢華的物事，甚至於文字著述。《道德經》在其思想中頌揚自發性的活動，而貶抑儒家的德性，例如：仁(*jen*)。這理路使人想到了莊子(Chuang Tzu)，然《莊子》思想在風格上(用辭嚴謹優雅而至艱澀的程度)與其政治傾向上，其實是與《道德經》中的思想是有區別的。《道德經》的翻譯主要是根據王弼(Wang Pi)的註解，或近來挖掘出土的馬王堆(Ma-wang-tui)文獻。

參見 Neo-Taoism 玄學；Taoism 道學

B.W.V.N.撰　袁保新審訂

La Peyrère, Isaac　拉佩瑞爾，愛薩卡(1596-1676)　法國宗教作家、喀爾文派教徒(Calvinist)，或許具有馬拉諾(Marrano)血統，由天主教轉信新教。他的救主論(messianic)與人類學著作《亞當之前的人》(*Men Before Adam*, 1656)同時批判猶太教徒、天主教徒和新教徒。他預期了基督教團結主義(ecumenism)和猶太復國主義(Zionism)，《猶太人的復興》(*The Recall of the Jews*, 1643)中，宣稱改變信仰的猶太教徒和基督教徒將聯合起來帶動普世的救贖。他的三重「救贖的歷史」支援「馬拉諾神學」：(1)對猶太教徒的選擇；(2)拒絕猶太教徒及對基督徒的選擇；(3)猶太人的召回。

J.-L.S.撰　苑舉正審訂

Laplace, Pierre Simon de　拉普拉斯，皮埃爾・西蒙・得(1749-1827)　法國數學家、天文學家。他提出了古典機率理論的權威性公式，曾在巴黎的多所院校(包括 École Militaire)任教。最後他決定將有關機率問題的著作獻給他的學生拿破崙(Napoleon)。

在拉普拉斯看來，機率源於人的無知。世界是確定的，所以，可能事件的機率來自於我們對它了解的限度，而不是決定它如何產生的自然力。我們計算機率的主要意義是來自不充分理由的原則或中立原則(principle of insufficient)。他認為，如果沒有理由相信可能出現，但卻相互排斥的 n 種可能情況中的某一種情況會出現，以至於它們是同樣地可能時，那麼每種情況的機率就是 1/n。此外，析取的機率等於各種偏好的情況除以所有的可能情形。例如，一副已經洗好的樸克牌的第一張是方塊的機率是 13/52。拉普拉斯關於機率的主要著作是《機率的分析理論》(*Théorie analytique des probabilités*〔*Analytic Theory of Probabilities*〕, 1812)。

參見 probability 機率

P.We.撰　王文方審訂

La Ramée, Pierre　拉・拉米，皮埃爾　見 Ramus 拉莫斯

large numbers, law of　大數法則　見 Bernoulli's theorem 伯努利定理

latent content　隱相內容　見 Freud 弗洛伊德

Latin American philosophy　拉丁美洲哲學　拉丁美洲哲學起源於歐洲，也構成了西方哲學史的一個篇章。雖然前哥倫比亞的本土文化(Pre-Columbian indigenous cultures)早已開展出某些關於世界的觀念，而且也已被一些學者詮釋為具有哲學性的觀點，但是，我們並沒有證據證明這種觀念曾被融入後來時興於拉丁美洲的哲學之中。想要以一種適用於其前後達五百年歷史的方式來標示出拉丁美洲哲學的特色，是很困難的。我們充其量可說的是，與歐洲和英美哲學相較之下，拉丁美洲哲學不僅持有一種強烈的人道與社會關懷，並長期受到士林哲學和天主教思想的影響，而且也對當地的社會、政治制度產生了深遠的影響。拉丁美洲的哲學家常常積極參與其祖國的教育、政治和社會生活，對本土文化的認同給予了深切的關注。

哲學在拉丁美洲的歷史可劃分為四個時期：殖民時期、獨立主義時期、實證主義時期和當代時期。

殖民時期(Colonial period, c.1550-c.1750)　在此時期是受在伊比利半島的官方士林哲學所主導著。其所研究的文獻多是中世紀的士林哲學家的著作，主要有亞奎納(Aquinas)和鄧斯．斯各多(Duns Scotus)，以及伊比利半島當地的評註者的論著，如維多利亞(Vitoria)、索托(Soto)、佛西卡(Fonseca)，尤其重要的是蘇阿雷(Suárez)。大學課程都是以伊比利半島主要的大學(薩拉曼卡〔Salamanca〕、阿爾卡拉〔Alcalá〕、考因布拉〔Coimbra〕)的課程為範本，而且大學的教師既講述系統性的論著，也對古典的、中世紀的，以及當時的文獻進行評述。殖民時期的哲學關注，在於那些西班牙、葡萄牙的正統哲學，且集中在一些從中世紀流傳下來的邏輯和形上學方面的議題，以及一些由新大陸的發現與殖民所引發的政治、法律問題。前者所包括的某些議題，不僅涉及了詞項(terms)和命題(propositions)的邏輯，還涉及共相(universals)與個體化(individuation)的種種問題；後者中則有印第安人的權利及土著與征服者之間的關係等問題。

殖民初期主要的哲學中心在墨西哥；秘魯成為重鎮則是十七世紀的事。1700 至 1750 年間，其他重鎮雖亦有所發展，但那時士林哲學卻已開始式微。1553 年墨西哥皇家宗座大學(the Royal and Pontifical University)的建立，開啟了士林哲學教育在新大陸的講授。第一位在大學授課的哲學教師是阿朗索．得．維拉．克魯茲(Alonso de la Vera Cruz, c. 1504-84)，其本身即為一位奧古斯丁主義者(Augustinian)，又是索托的門生。他撰寫過幾部論及邏輯、形上學和科學的教導性質的論著，包括有《初級邏輯學》(*Recognitio summularum*〔*Introductory Logic*〕, 1554)、《高級邏輯學》(*Dialectica resolutio*〔*Advanced Logic*〕, 1554)和《物理學》(*Physica speculatio*〔*Physics*〕, 1557)。他還寫了一部關於神學－法律的著作《論婚姻》(*Speculum conjugiorum*〔*On Marriage*〕, 1572)，其所關切的是殖民時期前的印第安人的婚姻狀況。阿朗索的論著具有集大成和教誨的特點，也表現出來自於亞里斯多德(Aristotle)、西班牙的彼得(Peter of Spain)還有特別是維多利亞的影響。墨西哥另一位重要的士林哲學人物，是道明會士(Dominican)多瑪斯．得．墨卡多(Tomás de Mercado, c.1530-75)。他對西班牙的彼得和亞里斯多德的邏輯學著作做了註解，並撰有一部論及國際貿易的論著《論契約》(*Summa de tratos y contratos*〔*On Contracts*〕, 1569)。他其他部分的思想源頭則得自於波菲利(Porphyry)和亞奎納。此一時期最重要的人物可能就屬安東尼奧．魯比奧(Antonio Rubio, 1548-1615)了，也就是那寫於新大陸最著名的士林哲學書籍《墨西哥邏輯學》(*Logica mexicana*〔*Mexican Logic*〕, 1605)的作者。這部著作在歐洲發行了七版，並成為阿爾卡拉的邏輯學教科書。魯比奧的研究源頭得自於亞里斯多德、波菲利和亞奎納，但他也提出了幾個具有原創性的邏輯專題的論述。此外，魯比奧還註解了幾部亞里斯多德的其他著作。

在秘魯，有兩位作家值得一提。朱安・波瑞茲・曼那卡霍(Juan Pérez Menacho, 1565-1626)是一位著作甚為豐富的作者，只可惜被流傳下來的，僅有一部道德方面的論著《論神學與道德》(*Theologia et moralis tractatus*〔*Treatise on Theology and Morals*〕)和一部對亞奎納《神學大全》(*Summa theologiae*)的註解。生於智利的方濟會士(Franciscan)阿爾方索・布瑞森諾(Alfonso Briceño, c.1587-1669)雖在尼加拉瓜和委內瑞拉從事研究工作，但他活動的中心卻在利馬(Lima)。與當時大多數哲學家的亞里斯多德-多瑪斯式風格所不同的是，布瑞森諾是一個斯各多派的奧古斯丁主義者(Scotistic Augustinian)。這一點明顯地表現在《論斯各多探討語句的第一部書》(*Celebriores controversias in primum sententiarum Scoti*〔*On Scotus's First Book of the Sentences*〕, 1638)以及《為約翰・斯各多辯護》(*Apologia de vita et doctrina Joannis Scotti*〔*Apology for John Scotus*〕, 1642)等著作中。

儘管士林哲學在殖民化的拉丁美洲知識界佔著主導地位，但有些學者還是受到了人道主義(humanism)的影響。其中，在墨西哥最重要者有朱安・得・祖馬拉哥(Juan de Zumárraga, c.1468-1548)、印第安人的著名捍衛者巴托羅莫・得・拉斯・卡薩斯(Bartolomé de Las Casas, 1474-1566)、卡洛斯・斯哥恩查・依・剛果拉(Carlos Sigüenza y Góngora, 1645-1700)，以及索・朱安那・恩斯・得・拉・克魯斯(Sor Juana Inés de La Cruz, 1651-95)。上述最後一位是著名的詩人，如今被認為是女性主義運動的先驅。在秘魯，尼古拉・得・奧利亞(Nicolás de Olea, 1635-1705)表現突出。雖然這些作家大多受過士林哲學的訓練，而在他們的工作中卻融入了人道主義者的關懷與理念。

獨立主義時期(Independentist period, c.1750-c.1850)　在獨立前後不久，在拉丁美洲居領導地位的知識份子對士林哲學議題失去了興趣，並轉而關注社會和政治問題，儘管他們並沒有完全放棄士林哲學的研究源頭。誠然，他們承自於維多利亞和蘇阿雷的自然律理論，在形成他們理念的過程中扮演了重要的角色；但是，他們也借鑒了非士林學派的歐洲思想家的理論。笛卡兒(Descartes)和其他歐陸哲學家的理性主義、加上洛克(Locke)的經驗主義、盧梭(Rousseau)的社會理念、邊沁(Bentham)的倫理觀、伏爾泰(Voltaire)及其他百科全書學派學者的懷疑主義(skepticism)、孔多塞(Condorcet)和孟德斯鳩(Montesquieu)的政治觀、科辛(Cousin)的折衷主義(eclecticism)、德斯圖特・得・垂思(Destutt de Tracy)的意識形態(ideology)，所有這些思想都有助於作為獨立主義運動背景的自由理念的發展。此一運動中大多數的知識領袖都是將觀念用於實際目的的行動者，而他們的觀點的理論價值也很有限。他們為社會和政府問題的合法性標準提出理據，並為自然法則中的革命性觀念尋求證成(justification)。此外，他們還對當權者進行批判；一些視宗教為迷信的人，也反對教會的勢力。這些觀念為後來實證主義(positivism)的發展鋪出了一條平坦的道路。

隨著士林哲學對拉丁美洲知識份子影響的淡化，以及早期近代哲學(modern philosophy)——特別是笛卡兒——與日俱增的影響力，獨立主義時期於焉展開。在頭一批轉向近代哲學的作家中，有墨西哥的朱安・本尼托・笛雅茲・得・伽馬拉・依・達瓦洛斯(Juan Benito Díaz de Gamarra y Dávalos, 1745-83)，他著有《人類悟性的失誤》(*Errores del entendimiento humano*〔*Errors of Human Understanding*〕, 1781)和《哲學的學院》(*Academias filosóficas*〔*Philosophical Academies*〕, 1774)。同樣在墨西哥的尚有弗朗西斯哥・伽維爾・卡拉維基洛(Francisco Javier Clavijero, 1731-87)，他寫過一本討論物理學和墨西哥通史的書。在巴西，用了較長的時間脫離士林哲學。弗朗西斯哥・得・蒙特阿爾瓦尼(Francisco de Mont'Alverne, 1784-1858)是第一批受到近代哲學影響的作家之一，這種影響表現在其《哲學綱要》(*Compêndio de filosofia*, 1883)。隨著這些擺脫士林哲學的早期行動而來的，是那群直接涉入獨立主義運動的人們更為一致的努力。在這些人中，有南美安第斯(Andean)地區的國家中反叛西班牙統治的領袖西蒙・玻利瓦(Simón Bolívar, 1783-1830)，以及米古爾・希德爾哥・依・哥斯蒂拉(Miguel Hidalgo y Costilla, 1753-1811)、喬塞・馬利亞・莫羅洛思・依・帕汎(José María Morelos y Paván, 1765-1815)、喬塞・喬奎因・弗南德茲・得・利薩笛(José Joaquín Fernández de Lizardi, 1776-1827)等墨西哥人。在阿根廷，則有馬利安諾・墨瑞諾(Mariano Moreno, 1778-1811)、朱安・克瑞索托莫・拉菲穆(Juan Crisóstomo Lafimur, d.1823)和迭哥・阿爾哥達(Diego Alcorta, d.1808)等人傳達自由的理念，以作為獨立的思想背景。

實證主義時期(Positivist period, c.1850-c.1910)　在這一時期，實證主義不僅成為拉丁美洲最流行的哲學，而且還成為一些國家的官方哲學。然而，1910 年以後，實證主義就徹底地衰敗了。拉丁美洲的實證主義是折衷的，它受到了許多思想家如孔德(Comte)、史賓塞(Spencer)和海克爾(Haeckel)的影響。實證主義者強調經驗科學的解析價值，同時也駁斥著形上學。在他們看來，一切知識都是以經驗而不是以理論的思辨為基礎的，其價值在於實際的應用。他們的座右銘保留在巴西的國旗上，即「秩序與進步」(Order and Progress)。這種實證主義容不下多少自由與各種價值；宇宙是無情地按照機械法則而前進的。

實證主義是獨立主義者理念的自然延伸。它在某種程度上回應了拉丁美洲那些剛被解放的國家的需求。在獨立之後，拉丁美洲知識份子的關注所在，從政治解放轉向了秩序、正義和進步。實證主義的開端，可以追溯到拉丁美洲因回應這些關注而將焦點轉向法國社會主義者如聖西門(Saint-Simon)和傅立葉(Fourier)的時代。阿根廷的恩斯特班・恩特瓦利亞(Esteban Echevarría, 1805-51)和朱安・鮑提斯塔・阿爾伯蒂(Juan Bautista Alberdi, 1812-84)，就受到了他們的影響。恩特瓦利亞的《社會主義的信條》(*Dogma socialista*〔*Socialist Dogma*〕, 1846)就融合了社會主義的觀念、十八世紀的理性主義和文學上的浪漫主義，阿爾伯蒂也如法炮製，儘管他終究還是轉向了孔德。此外，阿爾伯蒂還是第一個考慮要發展一套哲學以符合拉丁美洲需求的哲學家。他在《觀念》(*Ideas*, 1842)一書中就說，哲學在拉丁美洲應與當地的經濟、政治和社會要求並行不悖。

另一個受到蘇格蘭哲學和英國經驗論影響而轉變的思想家，是委內瑞拉的安德烈・貝婁(Andrés Bello, 1781-1865)。由於其著作豐富，使他成為十九世紀最著名的拉丁美洲哲學家。他的《理解之哲學》(*Filosofía del entendimiento*〔*Philosophy of Understanding*〕, 1881)將形上學還原為心理學。貝婁還發展出一些關於語言和歷史的原創觀念。1829 年之後，他在智利工作，並在此留下了強烈的影響。

阿爾伯蒂和貝婁之後的那一代拉丁美洲哲學家，絕大多數都是實證主義的。實證主義的全盛期時是十九世紀的下半葉，但是它的代表人物，阿根廷的喬塞・印基尼亞(José Ingenieros, 1877-1925)和古巴的恩瑞奎・喬塞・瓦洛那(Enrique José Varona, 1849-1933)卻一直生活到二十世紀。這二人在許多重要的方向對實證主義進行了修正。印基尼亞為形上學保留了一些餘地，在他看來，形上學涉及了「有待經驗」(yet-to-be-experienced)的領域。在他最為重要的著作中，包括有：明顯反映出愛默生(Emerson)的影響的《走向無教條的道德》(*Hacia una moral sin dogmas*〔*Toward a Morality without Dogmas*〕, 1917)、其對心理學採取化約論進路的《心理學原理》(*Principios de psicologia*〔*Principles of Psychology*〕, 1911)，以及頗受拉丁美洲青年歡迎的啟發性書籍《平凡的人》(*El hombre mediocre*〔*The Mediocre Man*〕, 1913)。在《哲學演講錄》(*Conferencias filosóficas*〔*Philosophical Lectures*〕, 1880-88)中，瓦洛那則超越了實證主義者對行為所一致採取的機械論解釋。

墨西哥最早的實證主義代表是伽比諾・巴洛達(Gabino Barreda, 1818-81)，他在朱瑞茲

(Juárez)總統的支持下進行了教育重整。作為一個孔德的積極追隨者，巴洛達以實證主義作為他教育改革的基礎。他的追隨者朱斯托．斯洛(Justo Sierra, 1848-1912)則轉向史賓塞和達爾文(Darwin)，而偏離了孔德，並對巴洛達的教條主義進行批判。

實證主義是在伯南布科州(Pernambuco)被托比亞斯．巴洛托(Tobias Barreto, 1839-89)和斯爾沃．羅麥羅(Silvio Romero, 1851-1914)引介到巴西的，時為 1869 年左右。1875 年，班雅明．康士坦(Benjamin Constant, 1836-91)在里約熱內盧(Rio de Janeiro)則創立了實證主義協會(the Positivist Society)。實證主義在這國家中最具影響力的兩位代表是米吉爾．勒默斯(Miguel Lemos, 1854-1916)和萊芒多．塔克斯洛．門德斯(Raimundo Teixeira Mendes,1855-1927)，二者都是孔德的正宗信徒。實證主義在巴西不只是一種具專技性的哲學，它的觀念流傳甚廣，在第一共和的憲法中就可以明顯地看出實證主義的觀念含括其中。

智利最引人注目的實證主義者是喬塞．維多瑞諾．拉斯塔利亞(José Victorino Lastarria, 1817-88)和瓦倫廷．勒特萊亞(Valentín Letelier, 1852-1919)。對此運動較為專斷的擁護者則屬拉伽瑞古兄弟(the Lagarrigue brothers)，即喬治(Jorge, d.1894)、朱安．恩瑞奎(Juan Enrique, d.1927)，以及劉易斯(Luis, d.1953)；實證主義在拉丁美洲各地式微之後，他們卻在智利倡導實證主義。

當代時期(Contemporary period, c.1910-現今)　當代拉丁美洲哲學始於實證主義的式微。此一時期的第一階段佔據統治地位的，都是反對實證主義的思想家。被弗郎西斯哥．羅麥羅(Francisco Romero)稱為創始人(the Founders)的主要人物，有阿根廷的阿爾伽德洛．柯恩(Alejandro Korn, 1860-1936)、秘魯的阿爾伽德洛．歐克塔瓦．德塞圖(Alejandro Octavio Deústua, 1849-1945)、墨西哥的喬塞．瓦斯康塞洛斯(José Vasconcelos, 1882-1959)和安東尼奧．卡索(Antonio Caso, 1883-1946)、智利的恩瑞奎．默里納(Enrique Molina, 1871-1964)、烏拉圭的卡洛斯．瓦茲．弗瑞拉(Carlos Vaz Ferreira, 1872-1958)，以及巴西的萊芒多．得．法利亞斯．布瑞托(Raimundo de Farias Brito, 1862-1917)。儘管在這些哲學家中，其相互間的互動並不顯著，但他們的宗旨和關切所在都很類似。由於受過實證主義的訓練，他們並不滿足於實證主義的教條主義固執、機械主義的決定論(determinism)和對實用價值的強調。德塞圖在《人類思想史上的秩序和自由之觀念》(*Las ideas de orden y de libertad en la historia del pensamiento humano*〔*The Ideas of Order and Freedom in the History of Human Thought*〕, 1917-19)中，詳盡地批判了實證主義式的決定論(positivistic determinism)。大約同時，卡索在《存在作為經濟、無私和博愛》(*La existencia como economía, como desinterés y como caridad*〔*Existence as Economy Disinterestedness, and Charity*〕, 1916)中，表述了他將人看作是一種凌駕於自然界之上的精神性實在的觀點。沿著卡索的足跡，受畢達哥拉斯(Pythagoras)和新柏拉圖主義者(Neoplatonists)的影響，瓦斯康塞洛斯在《美學一元論》(*El monismo estético*〔*Aesthetic Monism*〕, 1918)中，發展出一以美學為基礎的形上學體系。

稍早對實證主義的批判，可在瓦茲．弗瑞拉(Vaz Ferreira)的《生活邏輯》(*Lógica viva*,〔*Living Logic*〕, 1910)中找到，它以建立在經驗上的生活的邏輯相反實證論者所偏好的抽象、科學的邏輯，那種經驗能掌握到實在的動態性質。最早嘗試替代實證主義的努力是由法利亞斯．布瑞托開始的。在 1895 年至 1905 年期間，他出版了他的三部曲《世界的目標》(*Finalidade do mundo*)，其中他將世界視為一個理性的活動，這種活動是與上帝的思想相一致的，因此在本質上是精神的。理性能統一和反映實在，但是人的意志卻分解它。

實證主義被它的創始人以先是來自法國、其後以德國的思想所替代。這一過程開始於伊泰那・伯垂克斯(Étienne Boutroux, 1845-1921)和柏格森(Bergson)，以及法國的生機主義(vitalism)和直觀主義(intuitionism)的影響。但是當奧爾特嘉・依・嘉塞特(Ortega y Gasset)於 1916 年訪問阿根廷期間，將其介紹到拉丁美洲的時候，它綜合了舍勒(Scheler)、尼古萊・哈特曼(Nicolai Hartmann)和其他德國哲學家的思想。柏格森的影響在其大多數創始人那裡是顯而易見的。特別是對默里納，他在 1916 年撰寫《柏格森的哲學》(*La filosofía de Bergson*〔*The Philosophy of Bergson*〕)。柯恩是個例外，他在尋求替換實證主義的過程中轉向了康德(Kant)。在《具有創造力的自由》(*La libertad creadora*〔*Creative Freedom*〕, 1920-22)一書中，他論證了自由的創造性觀念。在他最為重要的著作《價值學》(*Axiología*〔*Axiology*〕, 1930)中，他主張主觀主義者的立場。

在創始人之後的一代哲學家中，我們可以強烈地感覺到德國哲學包括黑格爾(Hegel)、馬克思(Marx)、叔本華、尼采(Nietzsche)、新康德主義(neo-Kantian)，以及奧爾特嘉的哲學上的透視主義(perspectivism)和歷史主義(historicism)的深刻影響。墨西哥的薩姆爾・拉姆斯(Samuel Ramos, 1897-1959)，阿根廷的弗郎西斯哥・羅麥羅(Francisco Romero, 1891-1962)和卡洛斯・阿斯特拉達(Carlos Astrada, 1894-1970)，巴西的阿爾卡・阿莫洛索・利馬(Alceu Amoroso Lima, 1893-1982)，秘魯的喬塞・卡洛斯・馬利亞特奎(José Carlos Mariátegui, 1895-1930)等等都沿著創始人的足跡反對實證主義，在許多情況下偏向一種與實證主義對科學的強調相區別的哲學風格。這些思想家中最重要的是羅麥羅，他的《人論》(*Theory of Man*, 1952)在一種關於超越形上學(a metaphysics of transcendence)之脈絡下發展出一種有系統的哲學人類學(philosophical anthropology)。實在是按照超越性的程度來加以排列的。最低層次是物理的，而最高層次是精神的。拉姆斯的思想基礎，可以在奧爾特嘉及舍勒和哈特曼身上找到。拉姆斯借鑒奧爾特嘉的透視主義，在《人的形象與墨西哥文化》(*Profile of Man and Culture in Mexico*, 1962)中，他著手描繪墨西哥的狀況。在瓦斯康塞洛斯的《宇宙的歷程》(*Raza cósmica*〔*Cosmic Race*〕, 1952)體現出來的獨特文化風格中存在著某種預定的意義，而拉姆斯打開了從此之後深受歡迎的拉丁美洲文化的哲學的覺醒。拉姆斯最傳統的著作《走向一種新的人道主義》(*Hacia un nuevo humanismo*〔*Toward a New Humanism*〕, 1940)就表現了一種奧爾特嘉啟發的哲學人類學。

阿斯特拉達曾經留學德國，在《存在主義的遊戲》(*El juego existential*〔*The Existential Game*〕, 1933)中，批判舍勒的價值論時借鑒了存在主義和現象學的思想。後來，在《存在主義與哲學的危機》(*Existencialismo y crisis de la filosofía*〔*Existentialism and the Crisis of Philosophy*〕, 1963)中開始轉向黑格爾和馬克思。阿莫洛索・利馬則依照天主教的傳統，他的論著顯示出馬利坦(Maritain)的影響。他的《精神與世界》(*O espírito e o mundo*〔*Spirit and World*〕, 1936)和《年齡、性別與時間》(*Idade, sexo e tempo*〔*Age, Sex, and Time*〕, 1938)代表著有關人的精神的看法，而與馬克思主義及存在主義的觀點形成鮮明的對比。馬利亞特奎在拉丁美洲是馬克思主義最具有代表性的哲學家。他的《秘魯現實解讀七論》(*Siete ensayos de interpretación de la realidad peruana*〔*Seven Essays on the Interpretation of Peruvian Reality*〕, 1928)對社會哲學(social philosophy)做了重要的論述，其中，他大量地運用馬克思主義的思想來分析秘魯的社會政治狀況。

在 1930 年代末期和 1940 年代，由於西班牙內戰造成的政治動亂，大量半島上的哲學家移居拉丁美洲。其中最有影響的是喬奎因・西爾奧(Joaquín Xirau, 1895-1946)、奧多爾多・尼可(Eduardo Nicol, b.1907)、劉易斯・瑞卡森斯・帝克斯(Luis Recaséns Siches, b. 1903)、朱安・伽塞亞・巴卡(Juan D. García Bacca, b.1901)，尤其是喬塞・高斯(José Gaos, 1900-69)。高斯與卡索一樣是一位極為優秀的教師，啟發了許多的學生。除了他們帶回的歐洲思想動態之外，這些僑民還引進了方法論上更為精煉的研究哲學的方法，包括以原文從事哲學的研究，進而也促進了泛美洲(Pan-American)內的思想交流。他們從烏納穆諾(Unamuno)和奧爾特嘉那裡承襲了西班牙文明至上(hispanidad)的概念，促進了這種交流的進程。他們對 1910 年前後出生的那一代產生了特殊的影響。對這一代的人而言，拉丁美洲哲學形成了自己專門而規範的學科、哲學學會、研究中心和成立的眾多的期刊雜誌。這一代人的核心沿襲德國的傳統。瑞謝爾．弗郎笛茲(Risieri Frondizi, 1910-83；阿根廷人)、奧多爾多．伽塞亞．梅涅茲(Eduardo García Máynez, b.1908；墨西哥人)、朱安．拉姆比亞斯．得．阿茲巴多(Juan Llambías de Azevedo, 1907-72；烏拉圭人)、米奎爾．瑞勒(Miguel Reale, b.1910；巴西人)都深受舍勒和哈特曼的影響，並關心價值學(axiology)和哲學人類學。弗郎笛茲深受英美哲學的影響，他在《自我的性質》(*Substancia y función en el problema del yo*〔*The Nature of the Self*〕, 1952)中，為有關自我(the self)的一種功能性觀點而辯護，並在《何謂價值？》(*Qué son los valores?*〔*What is Value?*〕, 1958)中堅持價值是一種格式塔完形心理學(Gestalt quality)上的特性。除了這些思想家之外，在這一代人中還有一些其他傳統的代表。由於追隨拉姆斯，勒波爾多．茲義(Leopoldo Zea, b. 1912；墨西哥人)激起了墨西哥的觀念史研究，引起了一場至今仍在持續的論戰，這場論戰的核心在於拉丁美洲哲學的認同(identity)與可能性等問題。代表存在主義的是維森特．弗瑞拉．達．西爾瓦(Vicente Ferreira da Silva, b.1916；巴西人)，他著述不多，但在《哲學文集》(*Ensaios filosóficos*〔*Philosophical Essays*〕, 1948)中，對那些他視之為黑格爾式和馬克思式的主觀主義的學說提出了嚴厲的批判。在他對存在主義產生興趣以前，他早就對邏輯抱有濃厚的興趣，並出版了第一本在拉丁美洲本地所撰寫的數理邏輯教科書——《數理邏輯之基本原理》(*Elementos de lógica matemática*〔*Elements of Mathematical Logic*〕, 1940)。有一位對數理邏輯有興趣的哲學家使他放棄了現象學(phenomenology)，那個人就是弗郎西斯哥．米羅．奎沙達(Francisco Miró Quesada, b.1918；秘魯人)。他對於理性(rationality)以至於分析哲學(analytic philosophy)的觀點，都進行了一番探究。

由於馬利坦的影響，這一代中有些人採取了新多瑪斯主義或士林哲學。主要人物有墨西哥的奧斯瓦爾多．羅貝爾(Oswaldo Robles, b.1904)、阿根廷的奧克塔維奧．尼古拉．德瑞西(Octavio Nicolás Derisi, b.1907)、秘魯的阿爾貝托．瓦格納．得．羅易那(Alberto Wagner de Reyna, b.1915)，以及在智利和哥倫比亞的克拉倫斯．棻萊松(Clarence Finlayson, 1913-54)。在這個傳統下從事研究的作家，甚至也以價值學和哲學人類學作為自己的課題。因此，在 1940 年到 1960 年期間，拉丁美洲哲學其實有相當具有主題的統一性，其整體走向與前一時期也沒有顯現極端的差異。其創始者運用法國的生機主義來反對實證主義，而後一輩學者則借助於奧爾特嘉的影響力，將德國的靈修主義(spiritualism)與某些從現象學和存在主義引進的新觀念相融合，繼續向這樣的方向前進。結果，舍勒和哈特曼的現象學及海德格(Heidegger)和沙特(Sartre)的存在主義，在 1940 到 1960 年期間成為拉丁美洲的主流哲學。對此我們也絕不能忘記新士林哲學的復興。少數哲學家游離於這種哲學時尚，但這些人卻沒有什麼影響力。他們之中有些人贊同哲學分析，有些人致力於繼續發展馬克思主義。

從 1960 年開始，特別是由於重新關注馬克思主義，分析哲學的影響日益加強，加上一種所謂的解放哲學(philosophy of liberation)的新哲學思潮的發展，使這種情形開始發生變化。此外，在 1940 年代由茲義(Zea)在拉丁美洲哲學的認同(identity)和可能性等議題上所提出的問題，仍然是一個引發注意和爭論的焦點。而近來，某些歐陸的哲學家如傅科(Foucault)、哈伯瑪斯(Habermas)和德希達(Derrida)，以及像羅逖(Rorty)這類的新實用主義者(neopragmatists)和女性主義哲學(feminist philosophy)，也已引起了人們的興趣。社會主義思想如今對拉丁美洲來說也不陌生。在二十世紀，烏拉圭的愛米利奧・弗郎哥尼(Emilio Frugoni, 1880-1969)和秘魯的馬利亞特奎(Mariátegui)等人接受了馬克思主義的想法，儘管它是非正統的馬克思主義。只是，在過去三十年間，馬克思主義才在拉丁美洲的學術圈內受到正視。的確，馬克思主義直到最近才擺脫其在拉丁美洲作為一種邊緣性的哲學運動的色彩。馬克思學說的流行已使其日益穩固的地位成為可能。其中最重要的思想家，有阿多爾夫・桑舍・瓦茲奎(Adolfo Sánchez Vázquez, b.1915；西班牙人)、維森特・羅姆巴多・托利達諾(Vicente Lombardo Toledano, b.1894)、墨西哥的艾利・得・哥塔瑞(Eli de Gortari, b.1918)，以及巴西的伽奧・普洛多・朱尼奧(Caio Prado Júnior, 1909-86)。

與馬克思主義相較之下，哲學分析(philosophical analysis)之所以較晚傳入拉丁美洲，是由於其專業性與學術特性，只對少數拉丁美洲哲學家產生影響。然而，一部分拜其高度的理論性，哲學分析已成為當地最強有力的哲學思潮之一。帶有分析傾向的期刊的出版，如墨西哥的《批判》(*Crítica*)、阿根廷的《分析哲學》(*Análisis Filosófico*)、巴西的《手稿》(*Manuscrito*)等；此外，阿根廷分析哲學學會(Sociedad Argentina de Análisis Filosófico; SADAF)和墨西哥的伊比利亞美洲哲學學會(Sociedad Filosófica Iberoamericana; SOFIA)的創立，以及像《拉丁美洲哲學研究》(*Revista Latinoamericana de Filosofía*)這類分析性出版品在眾多持中立哲學導向的期刊中的增長，均顯示出哲學分析已經在拉丁美洲扎根。分析哲學活動的重鎮，有布宜諾斯艾利斯(Buenos Aires)、墨西哥城(Mexico City)，以及巴西的康賓那斯(Campinas)和聖保羅(São Paulo)。拉丁美洲分析哲學的興趣集中在倫理學、法律哲學和科學哲學，以及最近的認知科學的問題上。在其最重要的倡導者中，有阿根廷的哥那洛・R・卡瑞奧(Genaro R. Carrió, b.1922)、格里哥奧・克利莫夫斯基(Gregorio Klimovsky, b.1922)、多瑪斯・莫洛・辛普森(Tomás Moro Simpson, b.1929)，墨西哥的路易斯・維婁羅(Luis Villoro)，秘魯的弗郎西斯哥・米羅・奎沙達，波多黎各的羅貝托・托瑞提(Roberto Torretti, b.1930；智利人)，在加拿大工作的海克特・卡斯塔內達(Héctor-Neri Castañeda, 1924-91；瓜地馬拉人)。

解放哲學是拉丁美洲的本土運動，它融合了一種拉丁美洲學術獨立，以及天主教和馬克思主義觀念的強調。勒波爾多・茲義的歷史主義的觀點(historicist perspective)——亦即以解放神學(theology of liberation)而聞名的運動，以及由民族大眾的培隆主義意識形態(Peronist ideology)而來的一些要素，都為其奠定了基礎。這場運動開始於 1970 年代初期，由一群阿根廷的哲學家所發起；他們由於 1976 年到 1983 年在阿根廷境內的軍事鎮壓，而被迫流亡於拉丁美洲各國。這早期的離散造成了這場運動的持久的分裂，並將它的理念在這地區傳布開來。儘管這個觀點的倡導者們並非總是目標一致，但他們共同將解放的觀念當作基本概念：由意識形態引起的要求拉丁美洲從奴隸中的解放。真正本土化思想的發展來自於對拉丁美洲現實的反省。如此，他們的觀點根本就是拉姆斯及其他人在二十世紀初期發起有關拉丁美洲文化認同(cultural identity)討論的思想之延伸。

J.J.E.G.撰　丁福寧審訂

lattice theory　**格論**　見 Boolean algebra 布爾代數

law, bridge　**橋律**　見 reduction 化約

law, natural　**自然法**　見 natural law 自然法

law, philosophy of　**法律哲學**　見 philosophy of law 法律哲學

lawlike generalization　似定律的通則　也稱作規律必然的(nomological, or nomic)通則，不像偶然通則(accidental generalization)，它擁有規律上的必然性或「逆實的」(counterfactual)的意思。比較這兩個命題：(1)所有黃金片的熔點都是1063℃；(2)在我花園裡的岩石都是沈積岩。(2)可能是真的，但它的通性被限定在我的花園裡。它的真實性是偶然的；它並未敘述什麼必定是事實。(1)為真，而且沒有限制地真。如果我們把(1)寫成條件句「對任一x，在任一時間t，如果x是一片被加熱到1063℃的黃金，那麼，x將會熔化。」我們看到這種通則敘述的就必定是事實。(1)支持了假設的逆實斷言：「對任何一片黃金x，在任一時間t，如果x被加熱到1063℃，那麼x將會熔化」，意味我們接受(1)的作為規律上必然的：即使沒有進一步的黃金被加熱到所需要的溫度，(1)仍然為真。但(2)則不真，因為我們知道，在某個未來的時間，一塊火成岩可能出現在我的花園裡。像(2)的這種敘述就不是似定律的；它們並沒有擁有未限定的必然性——這是似定律的敘述所需的條件。納格爾(Ernest Nagel)曾主張一個規律必然的敘述必須再滿足其他兩個條件：它必定演繹地蘊涵了其他定律，或被其他定律所演繹的蘊涵；而且它的預測範圍必定超過它的已知證據。

參見 causal law 因果定律

R.E.B.撰　陳瑞麟審訂

lawlike statement　似定律的敘述　見 lawlike generalization 似定律的通則

law of double negation　雙重否定定律　見 double negation 雙重否定

law of eternal return　永恆迴歸原則　見 computer theory 計算機理論

law of identity　同一律　見 identity 同一性

law of large numbers　大數法則　見 Bernoulli's theorem 伯努利定理

law of nature　自然律　見 natural law 自然法；philosophy of science 科學哲學

law of succession　繼起法則　見 causal law 因果定律

law of trichotomy　三分律　見 choice sequence 選擇序列；relation 關係

laws of thought　思維律則　有效思維(valid thought)進行時依據或符合的律則，或證成有效推論(inference)的律則，或所有有效演繹(deduction)可以還原過去的律則。思維律則是毫無例外地應用於思想的任一之規則(rules)；有時，它也被看作是邏輯學的研究對象。「思維律則」，這個在不同的作者幾乎便有不同的意思的術語，長久以來一直關係到以下三個都有歧義的詞語：同一律(ID; the law of identity)、矛盾律(或不矛盾律，NC; the law of contradiction or the law of non-contradiction)和排中律(EM; the law of excluded middle)。

有時，這三個詞語用來表達具有最寬泛可能研究對象的形式存有論(formal ontology)的命題，被當作適用於所有的東西(entities)本身的命題：(ID)每一事物(thing)都是(亦即，都等同於)其自身；(NC)沒有一事物具有某一給定性質又不具有該給定性質(例如，沒有一偶數是非偶數)；(EM)任一事物或者具有某一給定性質或者不具有該給定性質(例如，每一個〔正整〕數或者是偶數或者不是偶數)。在較老的著作中，「同一律」等三個詞語用來表達有關命題之後設邏輯(metalogic)原理：(ID)每一命題都蘊涵(implies)其自身；(NC)沒有一命題既真又假；(EM)每一命題非真即假。十九世紀中到晚期，「同一律」等詞語用於表示布爾代數(Boolean Algebra)關於類(classes)的命題：(ID)每一類都包含其自身；(NC)任一類與其補類(complement)的交集(intersection；「積」〔product〕)都是空類(null class)；(EM)任一類與其補類的聯集(union，「和」〔sum〕)都是全類(the universal class)。最近，「同一律」等詞語中的後兩個與後面學問關聯起來使用：古典的命題邏輯(propositional logic)和所謂的原始論題學(protothetic)或量限命題邏輯(quantified propositional logic)；其中，不矛盾律涉及某物(something)及其否定之合取(conjunction；「與」〔and〕)之否定，而排中律則涉及某物及其否定之析取(disjunction；「或」〔or〕)。在命題邏輯中，「某物」是用來表示一個佔位記號(place-holder)的形式字(schematic letter)，而在原始論題學中，「某物」則是一個真正的變元(genuine variable)。「不矛盾律」和「排中律」兩詞語也可以用於表述涉及語句及其解釋之模型論的語意學原則(semantic principles of model theory)：(NC)沒有一解釋使得一給定語句既真又假；(EM)任一解釋使得一給定的語句非真即假。

上面提到的詞語過去已有許多其他用法。許多其他的命題也都被當作思維律則，包括亞里斯多德(Aristotle)的全有及全無原理(*dictum de omni et nullo*)、歐幾里德(Euclid)的相同(相等)的東西之代換(the substitutivity of identicals〔or equals〕)原理、萊布尼茲(Leibniz)所謂的「不可分別的東西之同一(identity of indiscernibles)原理」及其他的「邏輯真理」(logical truths)。布爾(Boole, 1815-64)用「思維律則」來指其「邏輯代數」(algebra of logic)的定理，使得「思維律則」一語更加突出；事實上，他還用「思維律則之研究」(*An Investigation of the Laws of Thought*)來為他的第二部邏輯著作命名(1854)。現代邏輯學家幾乎都不同意布爾的觀點，而認為「思維律則」這一詞語被誤用了；(因為)思維是心理學研究的一種心靈現象，而上述統稱為「思維律則」的命題都不是關於思維本身的，那些命題也不明白指涉到思維者或認識者，不像語用學或認識論之情形。(而且)心理學(心靈現象之研究)和邏輯學(有效推論之研究)之區隔是眾所周知的。

參見 conventionalism 約定論；*dictum de omni et nullo* 所有的都是以及所有的都不是；philosophy of logic 邏輯哲學；set theory 集合論

J.Cor.撰　龔維正審訂

leap of faith　信仰之飛躍　見 Kierkegaard 齊克果

least squares method　最小平方方法　見 regression analysis 迴歸分析

***Lebensphilosophie*　生命哲學**　德文，英譯為「philosophy of life」，流行於十九世紀下半葉的許多通俗性與哲學性的反省。諸如狄爾泰(Wilhelm Dilthey, 1833-1911)與歐鏗(Rudolf Eucken, 1846-1926)這類的哲學家們，往往將生命哲學說成是一種普遍的哲學研究進路或態度，藉此一方面與黑格爾(Hegel)及其追隨者所建構的「整全性體系」(comprehensive system)區分開，另一方面則突顯出自己與經驗主義(empiricism)和早期實證論(positivism)的那種「將人類的經驗化約為一些關於知覺或印象的知識論問題」的傾向的不同。「生命哲學」的出發點是：承認我們所體驗到的那種具體的、本身已經有意義的人類經驗具有多樣性與複雜性；它認為，所有的人(包括哲學家在內)都是隨時生活在歷史過程

和各種形式的組織之中的；而其目標則是想要避免抽象與化約，直接去理解、描述、甚至改變這些過程與組織形式以及它們之間相互作用的種種類型。像狄爾泰與歐鏗的這種「生命哲學」，為那種將社會科學設想為解釋性的、而非說明性的學科的想法，提供了大量的哲學背景。這種哲學也預取了現象學(phenomenology)的某些核心觀念，特別是胡塞爾(Husserl)的「生活世界」(Life-World)觀念，以及海德格(Heidegger)版本的存在主義(existentialism)中的某些密切相關的論題。

參見 Dilthey 狄爾泰；Husserl 胡塞爾；*Verstehen* 理解

J.P.Su.撰　張旺山審訂

***Lebenswelt*　生活世界**　見 Husserl 胡塞爾

legal disability　法律上的無能力　見 Hohfeld 霍菲爾德

legal duty　法律上的義務　見 Hohfeld 霍菲爾德

legal ethics　法律倫理學　見 ethics 倫理學

legal formalism　法形式主義　見 jurisprudence 法理學

legal immunity　法律上的豁免權　見 Hohfeld 霍菲爾德

Legalism, Chinese　中國法家　見 Chinese Legalism 中國法家

legal liability　法律上的責任　見 Hohfeld 霍菲爾德

legal moralism　法律道德主義　這個觀點在二十世紀時，由派屈克．戴福林爵士(Lord Patrick Devlin)等人士倡導。持此觀點者認為，法律可以適當地用以加強道德要求、特別是「性道德」。當代對此觀點的批評者，如哈特(H. L. A. Hart)，則擴充闡釋彌爾(Mill)的論證——認為法律應用於防止對他人的傷害。

參見 Mill, J. S.彌爾；philosophy of law 法律哲學；political philosophy 政治哲學

P.S.撰　謝世民、吳妍儀審訂

legal no-right　法律上的無權利　見 Hohfeld 霍菲爾德

legal positivism　法實證主義　一種關於法律本質的理論。通常可以用兩種主要的原則來論述：(1)法律與道德之間沒有必然關聯；(2)要決定法律的有效性，最終要參考某些基本的社會事實(basic social fact)，例如，約翰．奧斯汀(John Austin)所稱「統治者的命令」(the command of the sovereign)，漢斯．凱爾森(Hans Kelsen)所稱的「基礎規範」(the Grundnorm)，或哈特(H. L. A. Hart)所稱的「承認規則」(the rule of recognition)。對於基本社會事實的不同敘述，導致不同學者對於法律的規範性特色，做出不同的主張。古典實證主義者(如約翰．奧斯汀)就認為法律在本質上是強制性的，而現代實證主義者(如漢斯．凱爾森)則認為法律是規範性的。法實證主義者的傳統反對派是自然法理論家，他們認為法律與道德之間沒有明確的差別，實證主義者的第一條原則因此面臨挑戰。法實證

主義的第一條原則是否從第二條原則導出，是現今問題焦點所在，而且同時不可避免地引出典型的政治理論問題：在什麼條件下，法律上的義務(即使是由社會事實所決定的)，會導致真正的政治義務(例如：守法的義務)？

參見 jurisprudence 法理學；philosophy of law 法律哲學

P.S.撰　謝世民、吳妍儀審訂

legal power　法律上的權力　見 Hohfeld 霍菲爾德

legal principle　法律原則　見 Dworkin 德沃肯

legal privilege　法律上的特權　見 Hohfeld 霍菲爾德

legal realism　法實在論　法律哲學或法理學中的一種理論；法實在論的特徵是，主張最好透過觀察法庭與公民的實際作為，來瞭解法律的本質，這比分析指定的法律規則與法律概念好得多。與法實在論相關的另一個想法是：法律規則其實是經過偽裝的預測，試圖揣測法庭將會怎麼做，而實際上真正構成法律的，是法庭的實際決定。

法實在論有兩個重要的傳統，分別來自斯堪地那維亞(Scandinavia)和美國。二者都開始於本世紀早期，都關注實際法律制度的現實(因此稱之為「法實在論」)，而非法律本身的官方形象。斯堪地那維亞傳統是更為理論性的(theoretical)，且自視為奠基於懷疑論方法的哲學論述，關注法律的規範性；法律的規範性力量，只在於公民或官方的感受，或者二者對法律規範力量的信念。歷史較悠久的美國傳統，可說是更注重經驗(empirical)、或更具社會學傾向、或者說更具工具主義傾向(instrumentalist)，關注焦點集中在：法律實際上如何制定，規定如何實際應用，實際的法庭判決是怎樣做出的等等。當代的美國法實在論，以「批判法學研究」(critical legal studies)之名而為人所知。批判法學研究探討的內容，既有經驗方面的——我們所體驗到的法律，以及被性別、種族、階級所壓制的法律，也有理論方面的——法律本質上是不確定或有待詮釋的，這種不確定與有待詮釋的特質，使得法律在政治操作中也扮演一定的角色。

參見 critical legal studies 批判性的法律研究；jurisprudence 法理學；legal positivism 法實證主義；philosophy of law 法律哲學

R.A.Sh.撰　謝世民、吳妍儀審訂

legal right　法律上的權利　見 Hohfeld 霍菲爾德；rights 權利

legal rule　法律規則　見 Dworkin 德沃肯

legisign　法則記號　見 Peirce 裴爾斯

Leibniz, Gottfried Wilhelm　萊布尼茲，哥特弗里德・威爾翰(1646-1716)　德國理性主義哲學家，對地質學、語言學、編史工作、數學、物理及哲學都有創造性的貢獻。萊布尼茲生於萊比錫(Leipzig)，死於漢諾威(Hanover)。他受過法學訓練，曾當過顧問、外交官、圖書館員和歷史學家，都是為漢諾威小邦服務。萊布尼茲在數學、物理學和哲學上的貢獻眾所周知，並且憑藉著自己在歐洲重要學術期刊上發表的論著，以及和眾多領域的學者之間廣泛通信，在當時的知識界頗負盛名。萊布尼茲一生中最著名的是他對數學的貢獻，特別是微積分的創立。人們對牛頓(Newton)或萊布尼茲兩人，哪個才是微積分的發明者，仍有爭議。目前學界流行的共識似乎是，他們各自獨立地發現了微積分的基本原理。牛頓的發現早於萊布尼茲，而萊布尼茲則早牛頓一步發表微積分的基本理論。

萊布尼茲對哲學的貢獻經由他在學術期刊上發表的論著、與其他學者的通信，以及他生平唯一出版過的著作《辯神論》(*Theodicy*, 1710)，而為同時代的人所知。另外，他還撰寫了一本大部頭研究洛克(Locke)哲學的《人類悟性論新論》(*New Essays on Human Understanding*)，但當他得知洛克去世的消息之後，便決定不將該書付梓出版。後世學者對萊布尼茲手稿的研究顯示，萊布尼茲一生中所發表的論著，其實只是冰山的一角。

萊布尼茲形上學最完備的陳述，可見於 1698-1706 年他與萊頓大學(the University of Leyden)哲學教授沃爾德(Burcher De Volder)之間的通信。萊布尼茲在這些書信裡，如此鋪陳他的基本本體論主張：

> 當我們正確地考察這些問題時，就會發現事物之中除了單一實體之外，別無他物；而在單一實體之中，除了知覺(perception)和慾望(appetite)之外，也別無他物。並且物質和運動並不像知覺存有所見那種實體或事物，反而比較像是有知覺的存在所引發的現象，其「實相」(reality)在於每個知覺者在不同的時間與其自身，或與其他知覺者間的和諧關係之中。

這裡，萊布尼茲主張，一個可接受的本體論只能有「單子」(monads)作為基本的個體。單子是空間上不可分割的、非物質的實體，其基本性質是由知覺與慾望所共同決定的功能(function)。萊布尼茲認為，每個單子對其他單子擁有不同清晰度的知覺；但上帝除外，因為上帝以絕對清晰的知覺來知覺所有的單子。萊布尼茲主張被造單子之間的因果關係如下：上帝在創造與保存被造單子，且在每個被造單子的活動中顯現自己。每個被造單子所有的狀態，除了它在一開始被創造出來時，或起因於神蹟之外，都是以先前狀態為因導出的結果。「實體內的」(intrasubstantial)因果關係是與被造單子有關的法則，頗不同於唯有上帝才能操弄的「實體間的」(intersubstantial)因果關係。

萊布尼茲知道這種單子論乍看之下有違直覺，因為世上明顯地存在著由不同部分所構成的廣延實體；這些實體存在於空間與時間之中，且彼此因果地互動著。上述引文的第二句話透露出萊布尼茲「預立和諧說」(preestablished harmony)的某些要素；其中一個要素就在於保留這些有充分根據的(well-founded)、值得保留的現象。有關物質的問題，萊布尼茲以單子知覺間的和諧為基礎，主張某種形式的「現象主義」(phenomenalism)。就與被造單子實體內的因果關係而言，萊布尼茲認為，背後的實相是表面主動因的相關知覺清晰度的增加，必伴隨著表面被動者相關知覺在清晰度的相對減少。

萊布尼茲把物質與被造單子間的實體內因果關係看作是「有充分根據的現象」(well-founded phenomena)。與此相反的是，他將空間和時間看成是「觀念實體」(ideal entities)。萊布尼茲的形上學根據實體與實相的實在性區分為三類：觀念實體、有充分根據的現象，以及實際的存在物(actual existents)；實際的存在物便是擁有知覺與慾望的單子。在上述引文中，萊布尼茲將實際存在物及單子，和被他稱為「有充分根據的現象」的物質實體區別開來。他在寫給沃爾德的另一封信中，有系統地闡述了觀念實體與實際存在物的區別：

> 在實際存在物中除了分散的數量，也就是大量的單子這實體之外，別無他物。但「連續的數量」(continuous quantity)純屬觀念；連續的數量從屬於可能的存在物，同時也因此從屬於實際的存在物。實際上每個「連續體」(continuum)都包含了不確定的部分，但實際存在物並不包含任何不確定的部分，因為在實際存在物中，每個可分割的部分都已被分割了。實際存在物是以單元(unit)構成數的方式組合而成，觀念實體則以分數

(fraction)構成數的方式組合而成。「部分」在實在的整體中是實在的，在觀念的整體中則否。當我們在可能存在物中尋找確定的部分，或在實際存在物的聚合裡尋找不確定的部分時，經常由於混淆了觀念事物和實際實體之間的區分，而陷入連續體的迷宮以及莫名其妙的自相矛盾中。

根據萊布尼茲的看法，連續體是攪亂哲學思考的兩個謎團之一。萊布尼茲為解決這個謎團所採取的進路，成為單子論的起源。最後他斷言，所有由無限可分割的、沒有最後不可分的實體，都不在基本本體論討論的範疇內。萊布尼茲根據他對個體的本質，以及個體在時間中同一性的研究所得出的結論為前提，主張只有最後不可分的實體才是真實的。他並認為只有當個體的後續狀態是先前狀態在因果關係上的結果時，這個體才能在時間中持續存在。萊布尼茲發展單子論形上學的洞見日益精闢，他也就提出更多重要的形上學命題。其中之一是「不可區別物的同一性」(identity of indiscernibles)原理；這原理主張個別實體間的差異在於它們「本有的」(intrinsic)、「非關係性」(non-relational)的性質上。其次是「細微知覺」(minute perceptions)理論；此理論主張，任何被造實體都有它本身無法意識到的知覺。

在論證預立和諧現象的存在時，萊布尼茲提出了許多與當時流行的笛卡兒主義(Cartesian)對物質的看法相反的主張。尤其特別的是，他主張伽利略(Galileo)有關自由落體加速現象的發現證明，「力」(force)不等同於「運動量」(quantity of motion)——即質量乘以速度；不同於笛卡兒(Descartes)的看法，萊布尼茲認為，力應以質量乘以速度的平方為其度量根據。更且萊布尼茲還認為力為質量乘以加速度的平方，在自然中守恆，而不是運動量守恆。從這些結果，萊布尼茲導出一些重要的形上學結論來；他說力與運動量不同，不可被化約為廣延上變化的連結，力是物質的主要性質。因此他認為笛卡兒將物質化約為廣延及其變化的看法是錯誤的。萊布尼茲認為，每個物體必然擁有可以解釋其動力的實體形式。這些結論與萊布尼茲視為現象的實體有關。他也對被他視為終極真實的實體，也就是單子，下了類似的結論。雖然萊布尼茲認為每個單子都是絕對簡單的，也就是沒有可分割的部分，但他也認為物質與形式的區分適用於被造的單子上。在一封給沃爾德的書信中，萊布尼茲寫道：

> 因此，我區分(1)初始的生命或精神，(2)原始物質，即原始的被動力，(3)由上述兩者所構成的單子，(4)質量(mass)，即次物質(second matter)，……其中不可數的從屬單子結合成一體，(5)動物，即肉體實體，在其中某個起決定作用的單子轉變為一部機器。

根據萊布尼茲的說法，第二個模糊哲學思考的謎團是「自由」(freedom)。持平而論，對他而言，自由的謎團基本上在說明偶然存在的「事態」(state of affairs)如何可能，也就是解釋某些事實上為真的命題如何可能為假。萊布尼茲對「偶然性」(contingency)的討論有兩個截然不同的來源：神學的(theological)及形上學的(metaphysical)。我們可各以一個論證來了解這兩個源頭，這些論證都有萊布尼茲容易同意的前提及結論，那結論斷言每個已出現的事態都是必然的，因此沒有所謂偶然命題(contingent propositions)存在。

萊布尼茲形上學論證的核心在於他對「真理」(truth)的主張。萊布尼茲認為所有命題的「真值」(truth-value)取決於「基本命題」(elementary propositions)的真值，而基本命題是由「主述式」(subject-predicate)語句來表達的命題。萊布尼茲還認為，若且唯若，一個主謂語句的主詞(subject)概念包含述詞(predicate)概念時，這個主述語句所表達的命題才為真。但此一主張似乎暗示萊布尼茲認為一個基本命題為真，若且唯若它在概念上為真，而這又似乎暗示一個基本命題為真，若且唯若它必然為真。因此萊布尼茲對非基本命題真值和基本命題真值關係的主張，好像蘊涵著偶然命題並不存在的結論。但他否認如果某個基本命題在概念上為真，那麼它必然為真，所以他也拒絕接受上述結論。萊布尼茲這一部分的討論可以在他嘗試發展普遍知識(scientia universalis)的計畫中發現。這計畫有兩個部分：第一個部分是普遍符號或「普遍記號」(characteristica universalis)的發展，其目的在於提供一套如代數符號般清晰地記錄科學事實的方法。第二部分是用來對被記錄的事實進行推理的形式推理系統——「推理演算」(calculus ratiocinator)。他相信普遍知識和推理演算的可行性和實用性；所有的概念都源自簡單原始概念的結合與互補。所有的概念都可以被分析拆解至其原始的組成部分。唯一的但書是，在某些情況下，概念不能被無限地拆解至其原始的組成部分，不過對這些概念的分析可以逼近構成它們的原始部分，但不能觸及那些部分。這就是「無限分析說」(doctrine of infinite analysis)。萊布尼茲以這些學說來迴避他的真理論對偶然性造成的威脅。他認為一個基本命題必然為真，若且唯若，經由有限的分析即可證明此命題的主詞概念包含述詞概念。相反地，一個基本命題偶然為真，若且唯若沒有類似的有限分析可證明該命題的主詞概念包含其述詞概念，但對其述詞概念的分析則可逼近其主詞概念的某個組成部分上。

萊布尼茲的神學論證是這樣的。假如上帝選擇不創造任何世界，那麼沒有任何世界得以存在。每個「抉擇」(choice)都必須有如此選擇的充分理由，而每個存在的事態都必須具備如此存在的充足理由。這就是萊布尼茲的「充足理由原理」(principle of sufficient reason)。上帝選擇創造世界的理由，在於上帝的能力與德行之中。但上帝是全能全善的，祂必然具備這兩種屬性。因此出於必然性，上帝必然會選擇創造最完美的可能世界，而任何最完美的可能世界都是因為必然性而完美的。同理，任何實際存在的可能世界都是因為必然性而實際存在的。由於可能世界是透過存在於其中的事態來界定的，任何存在的事態都是必然地存在，所以偶然命題並不存在。

在這一點上，萊布尼茲沒有太多的選擇。他接受當我們假定上帝是全能全善的，並把充足理由原理運用到上帝創造世界的抉擇上時，會得出我們所在的是最完美的可能世界的結論；這個結論是萊布尼茲解決「邪惡」(evil)這問題的一個重要部分。萊布尼茲提出兩個論證來避免上述結論。第一個論證主張，雖然上帝是「形而上的必然完美」(metaphysically perfect of necessity)，祂有所有單純且正面必然的完美，且是道德完美的，但祂不是因為「必然性」而是因為「抉擇」才取得了「道德的必然完美」(morally perfect of necessity)；上帝擁有完美的德性，因為祂如此抉擇。第二個論證否認最完美的可能世界都是必然地完美，並主張某個特定的可能世界是否完美，必須經由與無數的其他可能世界做比較才能得知；所以即使我們所在的可能世界確實完美，也只是偶然如此。這裡萊布尼茲再度運用無限分析說來證明，他的理論並不會導致否定偶然性的存在的「必然主義」(necessitarianism)。

萊布尼茲哲學神學(philosophical theology)的主要動機在於為基督教的復合——特別是新教徒(Protestants)方面的路德教派(Lutherans)和喀爾文教派(Calvinists)的復合，以及最後在新教徒和天主教教徒(Catholics)之間的復合，建立一個哲學與神學的基礎。萊布尼茲認為大部分有關上帝存在的傳統論證，如果能仔細闡述的話，都可成功地證明上帝的存在。比如說，萊布尼茲深信，笛卡兒的本體論論證在加上「絕對完美的存有是可能的」這個重要條件之後，便可證明完美存有事實上的確存在。萊布尼茲相信，沒有任何人曾建立這一條件，所以他決定挑起這個任務。他的基本想法是，「完美」(perfection)是一個單純而正面的屬性。因此我們不可能證明，斷言眾多的完美可以同在某個存有中的主張，有任何形式上的矛盾。如果沒有這樣的證明，那麼某個存有所擁有的完美就是可能的，因此完美的存有是可能的。

萊布尼茲並沒有仔細地探討過引起笛卡兒和英國經驗論(British empiricists)熱烈討論的知識論(epistemological)的基本問題，但他對知識論卻貢獻非凡。他對偶然真理(contingent truths)知識的說明，與經驗主義知識論如出一轍。他主張偶然真理的知識有其感官知覺上的基礎。同時他認為列舉式的簡單歸納法並不能解釋有關普遍偶然真理的知識，而必須以「先驗假設法」(a priori conjectural method)，也就是「假設演繹法」(hypothetico-deductive method)，來彌補其不足。除此之外，萊布尼茲也對機率的形式理論的發展有所貢獻，他認為這種理論是解釋偶然真理所不可或缺的。

萊布尼茲的理性主義(rationalism)傾向，顯見於他對先驗知識(priori knowledge)的說明；對他而言，先驗知識就是必然真理(necessary truths)的知識。萊布尼茲認為，洛克的經驗主義並沒有對先驗知識提供適當的理論，因為洛克相信所有具證成力的質料都出於感覺經驗(sensory experience)，因此忽視了被萊布尼茲視為是先驗知識主要來源的心靈天賦。萊布尼茲是這樣總結他與洛克之間的爭論的：

> 我們的分歧在於某些重要的議題上，這些議題的重點在於釐清心靈自身是否完全空白，就像是一面尚未寫上任何文字的乾淨「白板」(*tabula rasa*)，……白板上的文字是否只源自感覺和經驗，或者心靈原本就包含著種種概念與理論的根源，外在物體所提供的只是揭示這些概念與理論所需的契機而已。

某些概念和理論先天即存在於心靈的主張，不僅是萊布尼茲認識論的核心，也是他形上學的重要部分，因為他認為形上學最基本的概念，如自我(the self)、實體(substance)和因果(causation)等都是先天概念。

萊布尼茲運用普遍符號理論的觀點，鋪陳出一個可以取代亞里斯多德(Aristotle)「三段論邏輯」(syllogistic logic)與現代「量化邏輯」(quantification logic)的形式邏輯系統。萊布尼茲假定，所有的命題都以某種方式由概念所構成，而所有複合概念也都以某種方式由基本的簡單概念所構成。他憑藉著這些假定，發展出一種根據特定的規則，用數字來表示概念的邏輯。這整個計畫倚賴於前述萊布尼茲的「概念含攝真理論」(concept containment account of truth)。當討論到這套邏輯的後設理論時，萊布尼茲提出下列原理來：「可以相互取代彼此且不改變真值的事物是相同的」(*eadem sunt quorum unum alteri substitui potest salva veritate*)。對這原理的適當詮釋，有賴於釐清萊布尼茲所謂的「事物」是什麼。萊布尼茲有可能試圖藉此提出概念同一性(concept identity)的判準。然而這個原理可能與前述的「不可區辨物的同一性」原理不同，也與「萊布尼茲定律」(Leibniz's law)不同；萊布尼茲定律主張，如果 x 和 y 是相同的個體，那麼任何對 x 為真的事物對 y 亦為真，且反之亦然。

以上的討論集中在萊布尼茲成熟時期的思想，他在形上學、知識論和邏輯等方面的主張。當然這些主張的演變也值得深入研究，不過人們一直得等到柏林的知識學院(Akademie der Wissenschaften)出版的萊布尼茲哲學作品全集問世之後，才有機會得以窺見萊布尼茲哲學的全貌。

參見 Descartes 笛卡兒；identity of indiscernibles 不可區別者的同一性；Locke 洛克；possible worlds 可能世界；rationalism 理性主義；Spinoza 史賓諾莎

R.C.Sl.撰　俞懿嫻審訂

Leibniz's law　**萊布尼茲定律**　見 identity 同一性；Leibniz 萊布尼茲

lekton　**意識內容**　希臘文，意為「所說的是什麼」(what can be said)。斯多噶學派的基本概念。有時被翻譯為「一言詞的意義」，lekta 不同於言詞的地方在於，它是言詞所「意指」的東西：它們被認為是在使用希臘文時，說希臘文的人了解但非說希臘文的人所不能了解的東西。此外，lekta是非物質的，在斯多噶學派(Stoics)看來，嚴格地說，這

意味著它們並不存在，而只能「維持」(subsist)，所以它們不能影響或被影響。它們構成我們一些心靈狀態的內容：它們是我們所贊同的和努力追求的東西。而且它們還「對應於」(correspond)只有理性動物才能做到的描述。斯多噶學派認為 lekta 既是描述詞也是語句(包括詢問、發誓和命令)；公理(axiomata)或命題是 lekta，它們是可被贊同，也可以是真的或假的(儘管在本質上有時態限制〔tensed〕，但它們的真值是可變的)。斯多噶學派的指稱理論(theory of reference)認為，它們也承認單稱命題(singular propositions)，當指稱的對象「不復存在」(perish)的時候，它們也會失去意義。

參見 philosophy of language 語言哲學；proposition 命題；Stoicism 斯多噶主義

V.C.撰　徐學庸審訂

***lemmata*　部分文本**　見 commentaries on Plato 對柏拉圖的註釋

Lenin, Vladimir Ilich　列寧，烏拉迪米爾．伊利齊(1870-1924)　俄國政治領袖與馬克思主義理論家，為蘇維埃辯證唯物主義(Soviet dialectical materialism)主要的創造人。在《唯物主義與經濟批判主義》(*Materialism and Empirio-Criticism*, 1909)一書中，他抨擊俄國同代思想家，企圖利用阿芬納留斯(Avenarius)與馬赫(Mach)的現象論實證主義之精神來解釋馬克思的哲學。他們的立場被列寧當成唯心主義者的看法而遭拒斥。他同時指出，物質並非從感覺建構起來，而是獨立於人的意識之外的客觀實在。由於我們的感覺直接地拷貝(影印)這個實在，客體的真實才變成可能。列寧的辯證觀在其遺作《哲學筆記》(*Philosophical Notebooks*，1914-16 年間寫好)中有較佳的析述。這是一部讀書報告與觀感斷片，其中他注意到黑格爾式辯證法(Hegelian dialectic)，也表示了他對這種辯證法之熱中與興趣，不過他也表示一些不同的看法，像他認為辯證法不應以唯心主義的方式，而應當用唯物主義的方法來加以解釋。列寧最具創意的理論工作表現在其作品《帝國主義為資本主義最高階段》(*Imperialism as the Highest Stage of Capitalism*, 1916)與《國家與革命》(*State and Revolution*, 1918)兩小冊中。在此他致力於分析壟斷資本主義(capitalism)和帝國主義(imperialism)之關連，以及分析使用暴力推翻布爾喬亞(即資產階級)統治之後，首先出現「普勞(即無產)階級的專政」，其後才是國家形式消失的共產主義。列寧認為，所有的哲學都是階級鬥爭中各為其主、偏頗不公正的鬥爭工具。因之，他不惜引發爭議把他自己的哲學投入於共產主義的革命中，為共產主義的利益而奮鬥。

1917 年 11 月布爾塞維克人奪得俄國政權，革命勝利的結果使列寧的理念變成蘇維埃知識文化的神壇盟主，直至 1980 年代末期的改革開放政策(透明化〔glasnost〕)施行為止，列寧的思想被視為至高無上，甚至蓋過所有的批評與質疑。隨著 1991 年俄國共產統治的告終與前蘇聯的解體，列寧的影響力江湖日下急劇減退。

參見 Marxism 馬克思主義；Russian philosophy 俄國哲學

J.P.Sc.撰　洪鎌德審訂

Leopold, Friedrich　洛波爾德，弗里德里希　見 Novalis 諾瓦里斯

Lequier, Jules　利奎耶，朱利斯(1814-62)　法國哲學家，在巴黎讀書，其論著在其生前未曾出版。他對雷努維耶(Renouvier)影響巨大，後者甚至把利奎耶視為他的「哲學導師」。透過雷努維耶，他受到了詹姆士(James)的注意，詹姆士也稱利奎耶為「天才哲學家」。利奎耶哲學的中心思想，在於自由之觀念；自由在此被理解為「創造」或者是給世界添加新東西之力量。這樣的自由含有某種任意性，是與決定論(determinism)不相容

的。在詹姆士之前，利奎耶就認為決定論無疑會導致真理和價值問題上的懷疑論(skepticism)，雖然他是一個虔誠的羅馬天主教徒，但他的神學思想對他所處的時代而言是非正統的。上帝直到自由的行為發生的時候才能預測到它們的情況，因此它們並不是完全不變的，也不是永恆的。利奎耶的觀點以顯著的方式預示了詹姆士、柏格森(Bergson)、亞力山大(Alexander)和裴爾斯(Peirce)等人的某些觀點，以及懷德海(Whitehead)與哈茨霍恩(Hartshorne)的過程哲學(process philosophies)和過程神學(process theologies)。

R.H.K.撰　丁福寧審訂

Leroux, Pierre　勒胡，皮埃爾(1797-1871)　法國哲學家，被認為將「社會主義」(*socialisme*)這個詞引進法國(約在 1834 年)。在他的自傳《沙瑪端茲的海灘》(*The Beach at Samarez*〔*La Grève de Samarez*〕, 1863)中，他自稱是第一個將「團結」(*solidarité*)當成社會學概念的人。

勒胡是巴黎咖啡商之子，畢生從事新聞業，既是印刷業者(專事於一種排版前的前置作業)，也是許多重要系列出版品的創立者。他和雷諾(Jean Reynaud, 1806-63)著手的《新百科學書》(*Encyclopédie Nouvelle*, 1833-48，未完成)，是以狄德羅(Diderot)鉅著的精神所撰寫的。該書想在七月王朝(July Monarchy, 1830-48)期間，成為共和主義者(republican)及民主思想的講台。勒胡對同時代的人物，像是雨果(Hugo)、柏林斯基(Belinsky)、米歇雷特(J. Michelet)和海涅(Heine)的影響，是不容忽視的。

勒胡極為相信受到神聖啟發的無限進步。他將這種學說視為是十八世紀法國對啟蒙運動(Enlightenment)的特殊貢獻。進步必須在雙重危難之間找到自已的路：即「靈光乍現的愚蠢想法」(follies of illuminism)或「愚蠢的精神主義」，以及「卑下的唯物論狂歡」(abject orgies of materialism)這雙重危難。因此，勒胡責備孔迪拉克(Condillac)從他的感覺論(sensationalism)中排除了先天主體(innate Subject)，已「起草了唯物論的法典」(《新百科學書》〈孔迪拉克〉)。科辛(Cousin)的折衷主義(eclecticism)是七月王朝之下的官方學說，也是不變的同義詞——勒胡於 1838 年模倣科辛諷刺地說「不必進一步去發展哲學，它已是完滿的了」，正是勒胡經常攻擊的目標。勒胡已放棄了傳統的基督教信仰，把不朽(immortality)看成是世俗的無限再生，而我們對於人格同一性的感受，則是透過柏拉圖式(Platonic)的「回憶」(reminiscences)得以保留——見《關於人性》(*De l'Humanité*〔*Concerning Humanity*〕, 1840)一書。

參見 Condillac 孔迪拉克；Cousin 科辛；Enlightenment 啟蒙運動

D.A.G.撰　俞懿嫻審訂

Leśniewski, Stanisław　萊希涅夫斯基，斯坦斯勞(1886-1939)　波蘭哲學家、邏輯學家。與盧卡西維茨(Łukasiewicz)和柯塔賓斯基(Kotarbiński)一起創立了「華沙邏輯學研究中心」(the Warsaw Center of Logical Research)。在其數學和亞里斯多德的邏輯現代化的綜合中，他完成了由弗雷格(Frege)、施羅德(Schröder)、懷德海(Whitehead)和羅素(Russell)所創立的古典數學的邏輯重建。作為對塔斯基(Tarski)影響巨大的科學語意學先驅，萊希涅夫斯基在建立真正的數學科學理論中，將真正的信念弔詭與未經解釋的述詞演算之形式不一致性做了明確的區分。像弗雷格對形式主義進行了尖銳的批評一樣，他試圖給予科學研究一個可涵蓋性廣的真實邏輯工具。他的邏輯體系綜合了他主要的成就，該邏輯體系相對於標準的初階邏輯來說，可證明為一致的，同時該邏輯體系又有其獨特的哲學動機和邏輯上的簡明性。他在其他方面的貢獻包括有表意符號的理論、由假設進行的自然演繹方法和其他系統的不一致性證明(甚至弗雷格修改後的數學基礎理論)。這些成就主要有：(1)1913 年對特瓦道斯基(Twardowski)的柏拉圖主義抽象理論批判。這成為了他的「建構唯名論」(constructive nominalism)；(2)對羅素悖論的深刻分析，這使他區分了分散謂詞(distributive predication)和集合謂詞(collective predication)(這個區分可以概括地運用在格瑞林悖論〔Grelling's paradox〕和尼爾森悖論〔Nelson's paradox〕)，還區分了邏輯悖論和語意悖論，而且(在蘭姆西〔Ramsey〕和哥德爾〔Gödel〕之前)還區分了這些悖論的各種變形。他不僅區分了對象語言和後設語言，還區分了相關的語言階段(Stages)，並因此把語意學的概念相對於後設語言階層上的連續層次的層次。

他的邏輯系統和數學基礎理論包括三個公理演繹理論的層次：原型論(protothetic)、本體論和物積論(mereology)。每一部分都分別以一個公理為基礎，而此公理引入一個未界定的詞項。其原型論理論是其他的深層次理論的基礎。而本體論是主體論的應用，補充主體論並形成了他的邏輯學。萊希涅夫斯基在本體論中發展了他的謂詞邏輯理論，例如，他認為單稱述句(將「這樣那樣的」〔so and so〕個體描述為「如此這般的」〔such and such〕的敘述)正如羅素的「無集合之集合理論一樣」，是不需要類的抽象演算的。但他在有關名詞、唯名的或謂述函項等的邏輯理論(這個理論可說是綜合了亞里斯多德(Aristotle)、萊布尼茲(Leibniz)、布爾(Boole)、施羅德和懷德海的思想的結果)，也提出了一種有關存有的普遍理論。這個存有論包括了個體詞和它們的特性、種類或被「分配地」理解的類(單元素的類在內)。

在萊希涅夫斯基的原型論和本體論中，從他對定義和邏輯語法的說明，已足以提供對開放語句或函數表式的非拘束階層。借助於意義對語境的依賴，語境限定的習慣約定就允許同類形式的表達式的明確使用，與對語意類型進而與其所指稱的對象不同，由此就可以說明亞里斯多德和羅素所說的多義詞之間的系統類推。系統自身的對象語言中單純語意類型的不同，和相應的語意學概念的元語言學分層理論結合一起，就可以預防邏輯悖論和語意悖論，而且和羅素的分支類型論一樣有效。

萊希涅夫斯基的邏輯系統，儘管其內容豐富得足以允許以共相來解釋的柏拉圖主義，但是，由於他在本體論上並沒有承認些什麼，因此，他仍然具有「形上學的中立性」。它既不規定、也不假設、更不蘊涵個體和共相的存在，而僅僅依賴一些沒有存在意涵、僅僅是用來介紹和說明新詞項的等值式。在他對柏拉圖之無窮抽象階梯的「唯名論」的構作中，邏輯的原則可以借助消除抽象概念的定義(借助於定義，將抽象概念解釋為描述相關個體的普遍概念)，而從任一低層次向高層次逐層晉級。就這種意義而言，萊希涅夫斯基的邏輯是一種「建構式的唯名論」：發展中的語言不必訴諸於「方便的虛構」，而總是可以引介新的詞和新的範疇。

萊希涅夫斯基在 1922 年完成了他的邏輯系統，就邏輯上和時間上而言，該系統較羅素在 1925 年對《數學原理》(*Principia Mathematica*)的修訂以容納蘭姆西對類型論的簡化來說，都要早上許多。然而，萊希涅夫斯基的英年早逝、隨之而來嚴重地損害他的手稿的戰爭、索賓辛斯基(Sobciński)和雷金沃斯基(Lejewski)在戰爭時的四散飄零，以及萊希涅夫斯基因為過分追求完美，而耽誤了其著作的出版等等因素，在在影響了人們對萊希涅夫斯基豐富思想的認識。

參見 Polish logic 波蘭邏輯

E.C.L.撰　王文方審訂

Lessing, Gotthold Ephraim　萊辛，哥特候・阿夫萊恩(1729-81)　德國哲學家、評論家及文人，他的哲學及神學著作意圖藉由透過公眾爭論尋求真理，以取代所謂的擁有真理。他是新教牧師之子，研讀了神學，旋即放棄轉而加入哥特許(Gottsched)和瑞士的波德瑪

(Bodmer)及布雷亭格(Breitinger)之間的文學論戰，這個論戰所處理的，是法國的古典主義(布瓦羅〔Boileau〕)和英國的影響(莎士比亞〔Shakespeare〕的戲劇及彌爾頓〔Milton〕的詩)。他的文學評論《新文學書信集》(*Letters on the New Literature*〔*Briefe, die neueste Literature betreffend*〕, 1759-65)、他自己的戲劇作品，還有他的神學-哲學(theological-philosophical)反省，全都統一於他實際的啟蒙(*Aufklärung*)概念，這和所有的哲學或宗教教條對立。萊辛所創立且指導的德國漢堡國家劇場(National German Theater of Hamburg, 1767-70)則有助於形成德國國家認同感。

1750 年，萊辛出版了《摩拉維亞修士思想》(*Thoughts on the Moravian Brothers*)，將「虔誠派社群」(pietist community)所奉行的宗教與擁有教會制度的宗教相比較。1753 到 1754 年，他寫了一系列「復原」(rehabilitations〔*Rettugen*〕)，以彰顯教條和異端、「真理」(truth)和「錯誤」(error)之間的對立，和生活中的宗教思想不相容。這種立場為他晚年所發展的宗教歷史概念埋下了種子。1754 年，由於史賓諾莎(Spinoza)的啟發，他再度嘗試了一種基督教基本真理的演繹方式。結果是，萊辛拒絕了這種理性論，視其為拿理性的獨斷取代宗教的獨斷。為了要將這項議題訴諸公論，他出版了賴馬魯斯(H. S. Reimarus)的《匿名作者殘篇》(*Fragments of an Anonymous Author*, 1774-78)，新教階層將此作品視為無神論。他的論證似乎導向相對主義及柔性自然神教，而這論證也在他的《人類教育》(*Education of Mankind*, 1780)中，轉化為真理的歷史理論。

萊辛認為，所有的宗教都具有相同的尊嚴，因為有任何宗教擁有獨特的「那個」(the)真理；宗教只在人類的歷史中，展現了倫理及實踐的瞬間。天啟被理解為人類的教育，而上帝則被喻為教師，只對人類透露人類能夠吸收的事。這種救贖史的世俗化，其中神變得遍在於世界，稱之為泛神論(即泛神論的爭論〔the quarrel of pantheism〕)。對萊辛而言，猶太教和基督教為第三福音——「理性福音」(Gospel of Reason)——的初步階段。《共濟會的對話》(*The Masonic Dialogues*, 1778)介紹了這種歷史及實踐的真理概念，並將之視為從「獨自思索」(thinking by oneself)到對話(即與朋友一起努力思考)的進步。

在文學領域，萊辛拒絕巴洛克文化(the culture of the baroque)：他反對巴洛克悲劇中的非凡人物及殉難者，提出了任何觀眾必須都能夠參與其中的中產階級悲劇。萊辛於 1755 年出了第一部貧乏的劇本《莎拉・珊普松小姐》(*Miss Sara Sampson*)，它只反應了時代的「感傷主義」(sentimentalism)，之後便以《艾米莉亞・加洛蒂》(*Emilia Galotti*, 1781)創造了一種戲劇種類的模型。《漢堡編劇法》(*The Hamburg Dramaturgy*, 1767-68)被認為受到亞里斯多德(Aristotle)的影響，但其對恐懼及悲憫的揉合卻受到門德爾森(Moses Mendelssohn)「混合感受」(mixed sensations)理論的極大影響。萊辛的全盤美學並非建基於永恆的存有論、宗教或道德規則，而是建基於觀眾的興趣。在《勞孔》(*Laokoon*, 1766)中，他結合了這種「觀眾接受美學」(aesthetics of reception)和藝術作品，也就是一種對方法的反省，透過這種方法，詩和塑像藝術創造了這種「觀眾興趣」(interest)：塑像藝術透過了自然符號，而詩則透過了任意的符號，藉由模擬行動而非模擬自然，這些符號克服了它們的造作。像極了溫克曼(Winckelmann)那種影響德國古典主義相當長時間的美學，萊辛受柏拉圖理想理論(theory of ideal beauty)啟發的美學，反對巴洛克美學，而且還以創作者及接受者之間的協定，取代了美的基礎。

參見 Mendelssohn 門德爾森

G.Ra.撰　苑舉正審訂

Leucippus　路西帕斯(fl. c.440 B.C.)　先蘇格拉底(pre-Socratic)時期的希臘哲學家。由於建立原子論，並在其著作《大宇宙秩序》(*The Great World-system*)中闡發了原子論而備受讚譽。他假定了原子和虛空的存在，並藉助位置的變動，解決了伊利亞學派(Eleatic)反對變化的思想。原子群的排列和組合可以解釋世界宏觀的變化，甚至還可以解釋世界自身。關於路西帕斯的其他情況我們知道甚少。而且我們也很難將他的貢獻與其多產的追隨者德謨克利特斯(Democritus)二人區分開來。

參見 ancient atomism 古代原子論

D.W.G.撰　苑舉正審訂

level　層　見 type theory 類型論

Levi ben Gershom　列文・本・杰書姆　見 Gersonides 杰森尼德

Levinas, Emmanuel　列維納斯，艾曼努爾(1906-95)　是立陶宛出生(Lithuanian-born)的法國哲學家。他自幼因教育而成為一猶太教正統派信徒，並是一位俄國公民，後於史特拉斯堡(Strasbourg)與弗萊堡(Freiburg)學習哲學，並將胡塞爾(Husserl)與海德格(Heidegger)的哲學引入法國。列維納斯曾在巴黎的一所猶太學校教書，並在德國的勞工營待了四年，其後任教於布傑爾(Poitiers)、南特(Nanterre)與索邦(Sorbonne)等大學。

面對西方哲學傳統(包含黑格爾〔Hegel〕與胡塞爾的觀念論與海德格的存有論)化約下導致「相似性」(the same)所造成的「非人整體性」(impersonal totality)，列維納斯反對「人類他者」(human other)那「不可化約的異他性」(the irreducible otherness)、死亡、時間、上帝等觀念。他在《整全與無限：論外在性》(*Totalité et Infini: Essai sur l'extériorité*, 1961)一書中，闡釋「他者」(other)的面部表情與言談方式如何驅使哲學超越理解的範疇。另一部著作《存有之外或超過本質》(*Autrement qu'être ou au-delà de l'essence*, 1974)將焦點集中於我本身如何為他者而存在的概念。訴求於柏拉圖(Plato)「善的理型」(form of the good)與笛卡兒(Descarte)「無限的概念」(idea of the infinite)，列維納斯形容「他者」的「優越性」(highness)及「無限性」(infinity)與「我」(me)之間的不均衡關係；我的自我享樂並因而遭遇到一個基本命令的干涉：「別殺害我，讓我活下去！」他人存在的事實，立即顯示倫理學中的「應然」(ought)；他喚醒我一個永遠無法去選擇與拒絕的責任。我如此所顯示的「被動性」(passivity)，顯示人在暫時中所表現出來時空錯置的特色。這也指涉「神」(God)，祂那無可回憶的過去。祂的「祂性」(Illeity)仍然不同於「人類他者」：祂是神，或是善的本身，祂既非一個物體，也不會是你。宗教與倫理會結而為一，因為會見神的唯一途徑，就是實踐人為他者所應當負擔的責任，而他者則處於「神的痕跡之中」(the trace of God)。

雖然全面的主題化與有系統的客體化一直會導致「他者」面對化約的威脅，但是它們擁有相對與依附的真實性，尤其是相對於我個人無法論及的那種普遍正義，以及包含所有人的經濟與政治條件。因為「他者」與「透過他者」，我得以遇見「所有」(all)的人。在這個經驗中，可以找到平等與人權的起源。同樣的，如果「理論主題化」(theoretical thematization)能夠維持因為關懷「他者」而扮演的輔助與守護的角色，那麼「理論主題化」就具有一個正面的角色。在哲學中所說出來的一切，違反了在傳遞哲學時所應有的作法。所以，哲學在回到這個作法時，必須是不說的。哲學不當以渴望理論智慧為主，因為它是一種愛的智慧。

參見 Heidegger 海德格；Husserl 胡塞爾

A.T.P.撰　苑舉正審訂

Lewin, Kurt　勒溫，庫特(1890-1947)　勒溫是德國及美國(1932 年之後)心理學家，而且可能是對美國完型心理學(Gestalt psychology)最有影響力的心理學家。他認為傳統心理學已經卡在以亞里斯多德式(Aristotelian)的古典邏輯為方法的理論限制，因此，他提出心理學應該進一步向伽利略(Galileo)的場理論(field theory)階段前進。其根本的場概念就是「生活空間」(life space)，包括個人及他的心理環境。他主要的研究在於動機，認為人的行動(locomotion)是由生活空間對象的「驅力」(valence)引起的，那是作用於人之心理向量的力，就如同作用於物體之物理向量的力一樣。具有正值驅力的對象，對人產生吸引力；而具有負值驅力的對象，則產生排斥力；有矛盾情緒的對象則兩種力都產生。為了保有理論的嚴密，勒溫藉助於數學拓樸學(topology)，將生活空間投射為圖表。例如，下面就表示在披薩和漢堡之間做選擇時，思想衝突的情況：

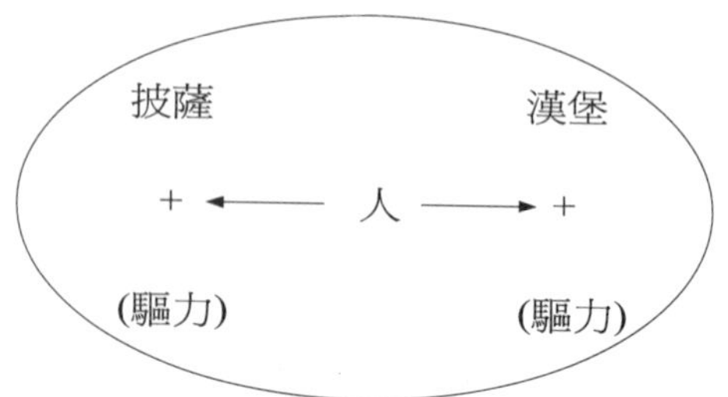

生活空間經常含有心理上的障礙，阻礙著趨近或遠離某一有驅力的對象(例如缺錢)。1939 年勒溫建構了重要的群動力場論(field of group dynamics)，進行對兒童和成年人的創新研究，尤其是針對群體的內聚力，以及領導風格的效應。其主要著作有《人格的動力理論》(*A Dynamic Theory of Personality*, 1935)、《拓樸心理學原理》(*Principles of Topological Psychology*, 1936)和《社會科學中的場論》(*Field Theory in Social Science*, 1951)。

參見 Köhler 克勒；motivational explanation 動機說明

T.H.L.撰　劉希文審訂

Lewis, C(larence) I(rving)　劉易士，凱倫斯．愛文(1883-1964)　美國哲學家。他提倡某種式樣的實用主義和經驗主義，但卻深受康德(Kant)的影響。劉易士生於麻薩諸塞州，於哈佛大學受教育，並任教於加州大學(1911-20)和哈佛大學(1920-53)。他在邏輯學方面的著作有《符號邏輯概覽》(*A Survey of Symbolic Logic*, 1918)、《符號邏輯》(*Symbolic Logic*, 1932，與朗格佛德〔Langford〕合著)；知識論方面的著作有：《心靈和世界秩序》(*Mind and the World Order*, 1929)、《對知識與評價之分析》(*An Analysis of Knowledge and Valuation*, 1946)；倫理理論方面的著作有：《權利之基礎與本性》(*The Ground and Nature of the Right*, 1965)、《我們的社會遺產》(*Our Social Inheritance*, 1957)。

一般的觀點　感官的使用涉及到感官經驗的種種「表象」(presentations)，這些表象把外在的對象符號化。對感官經驗與心理「內涵」(intensions)之關係做反省，使得我們的思想指涉到客觀實在界的一些側面，因此，我們可以經驗到那些沒有被表象的客觀情況。內涵(包括心靈的範疇)即是日常意涵下的「意義」(meanings)，而在哲學的意涵下乃是指「概念」(concepts)。當我們下一個判斷，而這判斷可以被視為知識時，則這判斷便具有一種未來導向的功能，而且，在追尋一個人所評價為善的事物時，這判斷也具有「指導行動」(guiding action)這種獨特的價值。內涵並不一定要依賴於這樣的語彙來表述——亦即那些可以表達它們並因之而獲得意義的語彙。與康德不同的是，當在實踐上並不成功的時候，我們的範疇是可以被更換的，而且有時甚至被發明；雖則典型的情形是：範疇是經過社會逐漸灌輸的。同樣地，康德也沒有了解到：任何的先天知識都只跟「分析的真理」(analytic truth)所表達者有關，而分析的真理乃是可以經由對內涵作反省而確定地被認識的，而且還可以指涉到客觀屬性之間的必然包含(inclusion)或必然排斥(exclusion)的關係，這樣的包含／排斥的關係便是「涵衍關係」(entailments)，它可以用不同於實質蘊涵(material implication)的「若……則……」來表達。

對於以下兩者——亦即關於客觀實在界的一項經驗判斷，例如「在某人面前有一個門的把手」，以及任何對「這判斷所帶來的一些可能的後果」的信念——其證成之程度(degree of justification)是接近於確定的，如果上述的判斷與一群被證成的判斷，具有「應和」(congruence)的關係的話。例如這群判斷包含了「某人記得剛才看見一個門的把手」，以及「某人剛才並沒有轉身」等判斷。

劉易士的經驗主義包含了某一類型的現象論。雖然在形上學方面，他把「外在的情況」(external conditions)跟「感官經驗之過程」(passages of sense experience)看作是不同的，但是他卻主張：認識前者之歷程，不外乎是對後者之認識，因此當他說到一內涵的「感官意義」(sense meaning)時，指的是一種客觀的情況。一內涵的感官意義所關心的，乃是人意圖把什麼看作是檢證「該特殊內涵應用到客觀的世界上」的一個歷程。一個陳述句的感官意義，可以被設想為此陳述句所額外「涵衍」的，並且可以用無限數目的陳述句所組成的連言來表達，而此中每一個陳述句都是「一個特殊的可終結的判斷之普遍形式」(定義見下)。劉易士希望以他這種對感官意義的處理，來排除柏克萊「對象只有被知覺的時候才存在」的觀點。

如同康德所了解的，對於一個客觀判斷的檢證，很大的一部分是以一個非社會性的歷程來說明的，這歷程是以一行動規則來表達：以想像的行動，回應可想像的當前感官經驗(如「看見一個門的把手」)，由此而具有可想像的未來感官經驗(如「感覺到一個門的把手」)。這樣的感官經驗過程的實際示例，造成了客觀判斷的或然性——對這客觀判斷的檢證，總是不完全的。對感官經驗之覺知是一種判斷，這判斷的獲取，並不是以一種「可以設想會產生錯誤」的方式，建築在某些基礎之上；這樣的覺知是「確定的」(certain)；劉易士在使用後面這個字詞(「確定的」)的時候，意思可能不只一種，不過此處的用法，至少意味著那判斷是合理地可信的，而且在上述意義之下是不會錯的。因此，這樣的覺知是像既予的材料似的，亦即我們合理地用它來判斷其他的事物；而且它也是直接的，亦即以非推論的方式形成，以與表象相應。這些表象造成了「(感官的)與材」(the〔sensory〕given)。把一個人對一客觀情況之經驗當中的那些不夠確定的成份都剔除之後，剩餘的便是感官經驗。劉易士認為某種樣式的知識的後退論證是正確的，因此他替笛卡兒式的觀點辯護：沒有一些確定的東西作基礎，則沒有任何判斷有任何程度的理據。

專門術語　表象(Presentation)：包含在經驗中的某物(例如一視覺印象)，藉此一個人擁有非推論性的判斷，而這判斷即包含此物於其中。

與材(The given)：具有內容的表象；而它們之具有如此的內容，絲毫不依賴於一個人之意想或決定它們具有如此的內容。

可終結的(Terminating)：原則上可以決定地和完全地被檢證或否證。(例如：當 S 確認一當前的經驗，A 確認一「似乎引發一行動」的經驗，而 E 確認一感官經驗之未來的示例，那麼，判斷「S 而且若 A 則 E」便是可終結的。

可終結的判斷「S 而且若 A 則 E」之普遍形式(The general form of the terminating judgment that S and if A then E)：這樣的條件句：如果「S」，那麼「如果 A，則 E」(以這樣的條件句來表達的實際的判斷，是奠基於對「S/A/E 類型之感官經驗的過程」的記憶，而這判斷的證成，是靠歸納原理，以及如此的原理：對一事件之彷彿記憶，可以使「該事件曾發生」之判斷，至少有某種程度的理據。這些陳述都關係到某一關聯，這一關聯之成立，跟是否有人在思想，是毫無關係的；而我們在若干程度上依賴於自我以外之物，其合理性也是以此關聯為基礎的)。

應和(Congruence)：一群陳述句之間具有「應和」這種關係，當以下的條件句為真的時候：如果每一陳述句，都獨立於其餘的陳述句而具有若干程度的理據，那麼，如果把它跟其餘真的陳述句相結合，則會獲致更大程度的理據(當這條件句的前件為真的，而且在那群陳述句中的一個陳述句是這樣子的：除非這個陳述句是真的，否則其餘所有的陳述句很不可能皆為真；那麼，這便使得這陳述句成為非常有理據的了)。

實用的先驗(Pragmatic a priori)：它們是這樣的判斷：其基礎不在於感官之使用，而是在一群內涵之運用；但它們卻容許這樣的情形發生，亦即由於轉移到另一群不同的內涵，而這些內涵之運用從實用上來說更為有用——粗略地說，更有利於具有內在價值的事物之獲得——從而把這些判斷合理地擱置起來。

評價(Valuation)：把某些事物評定為「具有價值」(having value)或「是道德上正確」(being morally right)之活動(凡不是因為其結果而具有價值者，便是具有內在價值的；譬如在理性的生活中自我實現的愉悅經驗，即是一例。至於其餘對什麼是善的評價，則皆是經驗判斷，這些判斷關心的是：在導致「具有內在善的事物」之行動當中，可能包含了些什麼。理性的反省容許對各種不同的道德原則有所自覺)。

參見 analytic-synthetic distinction 分析-綜合區分；a priori 先驗；certainty 確定性；foundationalism 基礎主義；phenomenalism 現象論；pragmatism 實用主義；Sellars, Wilfrid 塞拉斯

R.K.S.撰　趙之振審訂

Lewis, C(live) S(taples)　路易士，凱里夫・斯塔里斯(1898-1963)　英國文藝評論家、小說家、基督宗教的維護者。生於貝爾法斯特(Belfast)的路易士，於牛津大學取得三項一級文憑，1925 年並成為該校馬格達倫學院(Magdalen College)的導師(tutor)，1954 年則於劍橋大學擔任中世紀和文藝復興研究之講座教授(chair)。他豐富的著作包括許多研究中世紀文學和文藝批評的著作，而且還因他的小說創作和對基督宗教的護教而聞名。路易士將詩的意境和論證的技巧融為一體，使得他能將複雜的哲學和神學的材料傳達給一般讀者。

他在宗教哲學方面廣受歡迎的作品涉及了許多內容，包括上帝的本性及其存在(《純粹的基督宗教》〔*Mere Christianity*, 1952〕)、奇蹟(《奇蹟》〔*Miracles*, 1947〕)、地獄(《巨大的分離》〔*The Great Divorce*, 1945〕)和惡的問題(the problem of evil，《悲痛的問題》〔*The Problem of Pain*, 1940〕)。在他的自傳(《為喜悅所驚奇》〔*Surprised by Joy*, 1955〕)中，記載了他以一個成年人對基督宗教的皈依。在為有神論(theism)的辯護中，路易士使用了自然神學的論證(關於倫理論證和目的論論證的最著名的說法)和宗教經驗的論證。在《人的取消》(*The Abolition of Man*, 1943)中，他的哲學興趣也是為了維護他的道德絕對論(moral absolutism)。

參見 philosophy of religion 宗教哲學

W.J.Wo.撰　丁福寧審訂

Lewis, David K.　路易士，大衛・K(b.1941)　在很多領域中具影響力的美國哲學家。路易士在 1962 年獲得斯華茲摩爾(Swarthmore)大學哲學學士，1967 年獲哈佛大學哲學博士學位。他曾於加州大學洛山磯分校哲學系任教(1966-70)，現則在普林斯頓(Princeton)大學

(1970-)。

在心靈哲學上，路易士以下列論文著稱：〈支持同一理論的論證〉(An Argument for the Identity Theory, 1966)、〈心理物理和理論同一〉(Psychophysical and Theoretical Identifications, 1972)、〈瘋人的痛和火星人的痛〉(Mad Pain and Martian Pain, 1980)。他論證支持心靈狀態是由它們典型的功能角色(functional role)所定義的功能論論題，也論證支持心靈狀態的確定因果角色是由物理狀態所佔據。路易士應用蘭姆西語句(Ramsey sentence)的形式概念，發展了理論定義一般而言就是功能定義的觀點。而且他建議常識或常民心理學(folk psychology)的傳統說法構成了隱然定義心理學概念的理論。

在語言哲學和語言學之中，路易士以下列著作最為知名：《約定俗成》(*Convention*, 1969)、〈一般語意學〉(General Semantics, 1970)、〈多樣語言和單一語言〉(Languages and Language, 1975)。他的約定理論的來源之一是純粹合作之賽局理論(theory of game)，此賽局理論係馮．諾曼(von Neumann)和摩爾根斯坦(Morgenstern)所發展的。大體上而言，一旦有個先例已建立時，就永遠會存在合作的問題，而約定是對合作問題的隨意性解決，因為合作者為一個共同的利益服務。路易士要求約定成為共同的知識，即人們偏愛肯定一個「別人都是這麼做」的約定俗成的規則性。他把語言意義看成是組合的意圖(compositional intentions)。詞彙成份(lexical constituents)的基本內涵乃是把外延指派給標記(indices)的功能，它們包括了脈絡因素和一個可能世界。一個分析語句在每一個標記上都是真語句。諸語言是從語句到意義的諸功能，而一個群體的語言是該群體有一真誠(truthfulness)與信賴(trust)的約定之語言。

在形上學與模態邏輯(modal logic)中，路易士的知名作品是〈配對理論與量化模態邏輯〉(Counterpart Theory and Quantified Modal Logic, 1968)、《論世界的多元性》(*On the Plurality of Worlds*, 1986)。基於模態實在論(modal realism)的理論優點，路易士論證支持它：其他可能世界與在該世界的物件，就是和實際世界及它的居民一樣地真實。路易士發展了一個模態邏輯的非標準形式，其中物件頂多只存在於一個可能世界，同一的必然性也不適用了。性質(properties)被指認為在任何可能世界中都有它們的物件之集合，而命題則作為世界(命題在這些世界中為真)的集合。他也發展了結構化的性質(structured properties)和命題之微粒子式的概念(finer-grained concept)。

在哲學邏輯和科學哲學上，路易士最知名的作品是：《非現實句》(*Counterfactuals*, 1973)、〈因果關聯〉(Causation, 1973)、〈條件之機率和條件性的機率〉(Probabilities of Conditionals and Conditional Probabilities, 1976)。他為逆實句發展了一個形式語意學，比起先前可行的實質或嚴格條件分析，更加適切地配合它們的真值條件和邏輯。大體言之，如果非現實句的後件在每一可能世界中都為真，則它也為真；而且在可能世界中，它的前件為真的情況，完全類似於在實際世界中，前件被容許為真的情況。路易士因此透過非現實句而為因果關聯辯護：如果 c 沒有先出現，e 就不會出現的話，則 c 是 e 的原因；或者有一個事件鏈(a chain of events)可以從 e 導回 c，其中每個事件都在非現實的情況下依賴於下一個，則 c 就是 e 的原因。他提出一個歸謬法(reductio ad absurdum)的論證，以便展示條件性的機率不能同一於任何種類的條件之機率。

路易士也寫了論視覺經驗、事件、類的部分(parts of classes)、時間旅行、生存和同一、主觀和客觀機率、作為信念的慾望(desire as belief)、態度、義務邏輯(deontic logic)、決策理論、囚犯兩難與紐康伯問題(the prisoner's dilemma and Newcomb problem)、效益主義、價值的傾向理論(dispositional theories of value)、核子嚇阻、懲罰、學術倫理。

參見 causation 因果關係；conditional 條件句；functionalism 功能主義；meaning 意義；possible worlds 可能世界

W.A.D.撰　陳瑞麟審訂

lexical ambiguity　語詞的歧義　見 ambiguity 歧義

lexical ordering　語詞排列(順序)　亦稱「字典排列」(lexicographic ordering)。指的是，給定一個有限且有序的符號集(set of symbols)，例如英文字母，將這些符號的有限序列(sequence)加以排定順序的方法。例如，所有字母的有限序列就可以按照下列方法加以排列：首先按照字母順序列出所有的個別字母，然後按照 aa, ab,...az; ba...bz; za...zz 的順序列出兩個字母的符號序列。在此，兩個字母序列首先按照第一個字母分組排列，在各組中再按照第二個字母在字典中的順序加以排列。三個字母、四個字母的序列等等也可按照類似的程序排列。按照這種方法，對任意的 n 而言，n 個字母的所有序列都會被列在排出的清單上。

儘管語詞排列會用到字母順序，但語詞排列與字母順序畢竟不同，因為在語詞排列時，n 個字母的所有序列總要先於所有 n + 1 個字母的序列。因此，zzt 將先於 aaab。語詞排列的一個用途就是可以顯示出一個語言符號的所有有限序列的集合，以及其所有語詞的集合，最多是可數(denumberably)的無窮多而已。

參見 infinity 無限

V.K.撰　王文方審訂

***li*[1]　理**　中文，表示「範式」(pattern)、「原則」(principle)、「合理秩序」(good order)、「恆常的秩序」(inherent order)或「使其有秩序」(to put in order)。在漢朝(Han dynasty)，「理」不僅表示特定事物、事件或過程的範式，而且還表示任何事物最根本的最高的範式、宇宙的深層結構。後來，大乘佛教(Mahayana)的華嚴宗(Hua-yen)認為，萬事萬物都由於過去的因果關係而相互制約、相互聯繫，而主張每個事物都反映萬事萬物的「理」。這對新儒家(Neo-Confucians)產生了深遠的影響。新儒家發展了理和氣(ether)的形而上學思想，它認為，萬事萬物都具有所有的「理」(並因此在某種更深層的意義上是個「整體」〔one〕)。可是由於它們在「氣」上特性的不同，所以，事物又千差萬別，並具有不同的屬性。「心」(heart/mind)包含所有的理(有人主張心即是理)，但因氣之「濁」(impure)而有所障蔽。因此，我們可以認識某些事物，並研究其他的事物。通過自我修養，人就能純化自己的「氣」，並獲得完善的智性(understanding)。

參見 Neo-Confucianism 新儒學；Taoism 道學

P.J.I.撰　林安梧審訂

***li*[2]　禮**　中文。表示「禮儀」(rite)、「儀式」(ritual)、「禮節」(etiquette)、「典禮的禮節」(ritual propriety)。禮最早的涵義是指「政治、宗教的禮儀」，例如祭祖或喪葬。後來，禮發展成為包含禮儀的所有事務，例如接待賓客。在有的文本脈絡中，甚至還包含有道德的或自然法(morality or natural law)的涵義。孟子(Mencius)認為，「禮」是一種美德，但是，如何區分禮和他所說的其他主要美德，並沒有清楚的說明，對「禮」的強調是儒家思想的一個鮮明特徵。持不同意見的思想家指責強調禮乃是將天性與舊習做出勉強的湊合，或僅只是一種素樸的墨守傳統主義者(naive traditionalism)。其他的思想家認為，「禮」的概念(notion)引起了人們對道德和習慣之間微妙複雜的相互關係的注意，並指出只有將現世看成是神聖的(the secular as sacred)，才能創造真正的大同社會。

參見 Confucianism 儒家；Mohism 墨家；Taoism 道學

B.W.V.N.撰　林安梧審訂

***li*³　利**　中文。表示「利益」(profit)、「有益」(benefit)。也許還有「順利」(smooth)或「暢通無阻」(unimpeded)的基本涵義。墨子(Mo Tzu, fourth century B.C.)把為社會謀「利」(benefit)看成是「義」(rightness)的標準，而其他一些經典的中國文獻也將「義」看成是謀「利」的原則。儒家(Confucians)傾向於使用「利」的負面意義來表示為自己或自己所屬的團體(例如家庭)謀利，而將「義」和「利」對立起來。按照儒家的思想，人們應該合理地用「義」、而不是用「利」來指導自己的行為，在社會政治領域中，對於「利」的熱衷追求將會導致衝突和混亂。

參見 Confucianism 儒家；Mohism 墨家

K.-l.S.撰　林安梧審訂

liability responsibility　承擔褒貶獎懲之責任　見 responsibility 責任

Liang Ch'i-ch'ao　梁啟超(1873-1929)　中國學者和作家。康有為(K'ang Yu-wei)的弟子，青年時期梁啟超是一個改革派(reformist)，但他並不贊同孫中山(Sun Yat-sen)的革命行動。然而，在民國建立之後，他又接受了民主的思想。他希望引進西方的思想用來教育中國人民。但在漫遊歐洲之後，他對西方文明又有了重大的保留。1923 年對歐洲不良的印象觸發了科、玄論戰(a debate between science and metaphysics)。其學術著作包括對佛學(Buddhism)和近三百年中國思想史的研究。

參見 Chinese philosophy 中國哲學；K'ang Yu-wei 康有為；Sun Yat-sen 孫逸仙；T'an Ssu-t'ung 譚嗣同

S.-h.L.撰　劉述先審訂

***liang-chih*　良知**　中文語詞。通常表示「對善的內在認識」(innate knowledge of the good)，但要通過翻譯來表達這個語詞的涵義是非常困難的。這一概念首先出現在孟子(Mencius)的著作中，但它在王陽明(Wang Yang-ming)的哲學中方成為一關鍵概念。要通貫地理解這個概念必須注意下面的幾個特點。(1)孟子的良知(是非之心)是區分是非的能力，對王陽明來說，「是非之心只是好惡」(this sense of right and wrong is nothing but the love〔of good〕and the hate〔of evil〕)。(2)王陽明的良知是一種對仁的願景或與萬物「同體」而感知的道德意識。(3)良知的實踐包含著在對變化的環境進行處理時的慎思熟慮。(4)良知的擴充(extension)對於求仁而言是絕對必要的。

參見 Mencius 孟子

A.S.C.撰　林安梧審訂

Liang Sou-ming　梁漱溟(1893-1988)　中國哲學家。被認為是最後一個儒家，然而，實際上他卻以佛教哲學(Buddhist philosophy)比儒家哲學(Confucian philosophy)更深刻。為了對抗西化派(Westernization)的主張，他指出西方和印度文化都走向了極端，只有中國文化才是中庸的。但是，中國文化是早熟(immature，意應為不成熟的、生硬的、未完成的)的，必須首先向西方學習，然後再向印度學習。新中國成立後(After the Communist take-over)，他拒絕否定傳統中國文化。他崇尚人心，認為西方科學和馬克思主義(Marxism)都忽視了人情。由於他敢於和毛澤東(Mao Tse-tung)爭論而受到海內外的欽佩。

參見 Chinese philosophy 中國哲學；Hu Shih 胡適；Mao Tse-tung 毛澤東

S.-h.L.撰　劉述先審訂

Li Ao　李翱(fl. A.D. 798)　中國哲學家。研究過佛學(Buddhist dialects)，並發展了人性

(性〔*hsing*〕)和人情(情〔*ch'ing*〕)的理論。比韓愈(Han Yü)(他的老師)更富有思辨性。撰寫了非常著名的《復性論》(*Fu-hsing shu*)(《論人性的復歸》)。這對宋明新儒學(Sung-Ming Neo-Confucianism)產生了深刻的影響。他認為，人有七情：喜、怒、哀、樂、愛、惡、欲。七情會迷惑人的天性。只要人去情復性，就會得到人性的滿足。聖人雖然也有七情，但是卻能不為所動。因此，在一定意義上可以說聖人無情。

參見 Han Yü 韓愈；Neo-Confucianism 新儒學

S.-h.L.撰　劉述先審訂

liar cycle　說謊者迴圈　見 semantic paradoxes 語意悖論

liar paradox　說謊者悖論　見 semantic paradoxes 語意悖論

liberalism　自由主義　是一套政治哲學，相應於現代民族國家(nation-state)的成長茁壯，首次在啟蒙時期成型。所謂現代國家，特色在於它將各種治理的職能加以統合到中央，聲稱唯有自己才具有權威而在其疆域之內施展強制性的權力。自由主義一貫的一項核心論點，就是政府必須向人民證明它能保障他們的自由，才有資格擁有這種權威。當代自由主義的一項核心論點，則認為政府必須在有關人生如何方有價值的爭議上保持中立。

自由主義的奠基者之一洛克(John Locke)，為了要證明立憲君主制方可保障自由，曾指出在自然狀態中自由而平等的人，由於希望保護他們的自由和財產，會相互協議選擇在立憲君主體制之下生活。古典自由主義(classical liberalism)認為經濟自由具有重大的價值，即推洛克有關政府必須保障財產的論證為其鼻祖。洛克取用協議——也就是社會契約(social contract)——的觀念，為後來由盧梭(Rousseau)所倡導、由康德(Kant)完成的一種自由主義立下了基礎。康德認為，應該受到最高推崇的自由，乃是自主性(autonomy)。康德表示，當行為主體遵照出於自己所訂立的法則生活，就具備了自主性。自由主義目前正在發展中的一章，是由洛爾斯(John Rawls)的《正義論》(*A Theory of Justice*, 1971)界定其主題的。洛爾斯問道，在一種他稱之為「原初情境」(the original position)的訂定契約的情境下，公民們會協議得出什麼樣的正義原則？他認為，他們會同意的原則，將保障足夠的基本自由、公平的平等機會，還會要求經濟的不平等必須有利於處境最不利的人。政府若是尊重這些原則，就能保障其公民的自主性，因為這時候它的運作，符合公民們在原初情境裡自己制定的原則。由於原初情境的條件使然，公民們不會選擇來自某種有爭議性的理想生活觀的原則。由此可見，在這類生活觀之間維持中立，乃是洛爾斯理論的基石之一部分。

有批評者指出，自由主義如此強調自主性和中立性，讓它無法處理傳統、社群、或是政治參與等事物的價值，也無法在必要的時候對個人自由施加限制。也有人指出，要說明為什麼像性別歧視這類常見的壓迫是錯誤的，自主性並不是能派得上用場的自由概念。還有人指出，自由主義將焦點擺在西方民主體制，使它無法面對當代最迫切的政治議題。自由主義晚近的著作，因此常在追問自由主義是否能夠容納各類宗教或種族群體的要求，是否能夠支撐一套妥當的民主制度觀，是否能夠掌握女性主義(feminism)對現存權力結構的批判，是否能夠面對分離主義、民族主義，以及基本教義的主張，引導國族的建構。

參見 Kant 康德；Locke 洛克；political philosophy 政治哲學；Rawls 洛爾斯；Rousseau 盧梭；social contract 社會契約

P.J.W.撰　錢永祥審訂

liberal theory of the state　國家自由理論　見 Locke 洛克；political philosophy 政治哲學

libertarianism, metaphysical　形上學的自由主義　見 free will problem 自由意志問題

libertarianism, political　政治自由主義　見 political philosophy 政治哲學

liberty　自由；自由權　見 free will problem 自由意志問題；Hohfeld 霍菲爾德；jurisprudence 法理學；political philosophy 政治哲學

liberty of indifference　懸而未決的自由、漠不關心的自由　見 free will problem 自由意志問題；Hume 休姆

liberty of spontaneity　自由的自發性　見 free will problem 自由意志問題；Hume 休姆

liberty of the ancients　古代自由　見 Constant 康士坦

liberty of the moderns　現代自由　見 Constant 康士坦

liberty right　自由權　見 rights 權利

***liberum arbitrium*　自由判斷**　拉丁語語詞，其意即為「自由判斷」(free judgment)，通常用來指那些有關自由選擇或自由意志的中世紀學說。這個詞可見於奧古斯丁(Augustine)的啟發性著作《論意志的自由選擇》(*De libero arbitrio voluntatis*〔通常譯為 *On the Free Choice of the Will*〕)的標題之中，亦見於許多其他的中世紀論著(例如，亞奎納〔Aquinas〕在《神學大全》〔*Summa theologiae*〕)第一部中即問道：「人究竟有沒有自由選擇〔*liberum arbitrium*〕這回事？」。在中世紀思想家看來，「意志所做的」判斷(*arbitrium*)是實踐推理(practical reasoning)的結論——「我願意這樣做」(因此，是一種選擇或決定)——這與「理智所做的」判斷(「情況就是如此」)成對比，而此一「理智所做的」判斷正是理論推理(theoretical reasoning)之歸結所在。

參見 free will problem 自由意志問題；practical reasoning 實踐推理

R.H.K.撰　丁福寧審訂

***Li Chi*　《禮記》** (*Record of Rites*)中國儒家(Confucian)經典。關於禮(禮儀、合理行為的規則)的三部經典之一。由於《禮記》對禮的理論論證(reasoned justification)、人類社會關係中善的作用，以及個人修養與祭奠重要性之間的關係等方面的重視，所以，它對儒家的倫理學說是非常重要的。或許更為重要的是《禮記》還包含有儒家倫理學說經典「四書」(Four Books)中的兩部：《大學》(*The Great Learning*〔*Ta Hsüeh*〕)和《中庸》(*The Doctrine of the Mean*〔*Chung Yung*〕)。《禮記》中還有一篇關於學習的短文，它強調學習與道德教育的相互影響。

參見 Confucianism 儒家

A.S.C.撰　林安梧審訂

***li-ch'i*　理氣**　中國新儒學(Neo-Confucianism)專門術語。最早在探討純理論宇宙學(speculative cosmology)、形上學(metaphysics)和本體論(ontology)時用於解釋現象變化及其道德意義。「理」經常表示「原則」(principle)、「秩序」(order)、「方式」(pattern)或

「理性」(reason)；「氣」表示「物質的力量」(material force)、「以太」(ether)或「能力」(energy)。近來對新儒學的研究中並沒有為「理」與「氣」做明確的分別。然而，在倫理學意義上，這一區別常常用於解釋人類「善」與「惡」的起源。在純理論意義上，「氣」與「理」是不可分割的整體，按照儒家道德規範的意義，氣可以合理地加以論證。一般來說，氣之不純粹被解釋為人性惡的原因。這一錯綜複雜的差別至今仍是學術研究的課題。

參見 *ch'i* 氣；*li*[1] 理；Neo-Confucianism 新儒學

A.S.C.撰　林安梧審訂

Lieh Tzu　列子　亦稱列禦寇(Lieh Yu-k'ou, 440?-360? B.C.)，中國道家(Taoist)學派的哲學家。他的名字也是一部成書時有待考證的著作名稱。《列子》(*Lieh Tzu*)的一部分(或大部分)成書晚於西元三世紀或四世紀，它基本上是一部道家著作，但是它包括了反映與楊朱(Yang Chu)思想相關的一個篇章。然而，楊朱原本的思想是強調人保護自身身體的完全、健康和長壽的義務，而這可能需要修煉的功課，《列子》中關於楊朱的篇章卻提倡以享樂主義(hedonism)作為養生的方法。《列子》的基本思想認為命運是絕對的，而意志和後天的努力卻是微不足道的。

R.P.P. & R.T.A.撰　林安梧審訂

life　生命　生命，是活著的物體或東西所特有的性質；它或者是關聯於心理活動的能力，如知覺、思考(心靈生命)，或者是關聯於物理的活動，如吸收、排泄、新陳代謝、合成、繁殖(物理生命)。生物的(biological)或碳所構成的生命(carbon-based life)，是物理生命中的一個自然類(natural kind)，它實質上包含了高度複雜、自我調節的碳所構成的大分子和水分子系統。矽所構成的生命(silicon-based life)，完全是物理生命的一個思維出來的自然類，它實質上包括了高度複雜、自我調節的矽所構成的大分子系統。此類生命是有可能的，因為在高溫下，矽形式大分子與碳所構成的大分子，在化學性質上有些相似。生物體有著高度的功能組織，具有一個調節或控制的主理部分，如狗的神經系統或單細胞生物的DNA或細胞核。心靈生命通常被認為是依賴或依附(supervenient)於物理的生命，但有些哲學家主張至少有個純粹精神心靈生命之可能性——即靈魂。上述對生物生命的特性描述，適當地蘊涵了病毒不是活物，因為它們除了小小的複製形式之外，缺乏活物的特質活動。

參見 artificial life 人工生命；organism 生物體

J.Ho. & G.Ro.撰　劉希文審訂

life space　生活空間　見 Lewin 勒溫

life world　生活世界　見 Husserl 胡塞爾

light of nature　自然之光　見 Descartes 笛卡兒

***li-i-fen-shu*　理一分殊**　中國傳統哲學用語，涵義是「理是唯一而職責或表現卻是繁多」。張載(Chang Tsai, 1020-77)撰寫了《西銘》(*The Western Inscription*)，他認為，天下所有的人都是同胞。程頤(Ch'eng Yi, 1033-1107)的弟子楊時(Yang Shih, 1053-1135)懷疑張載在傳授墨子(Mohist)的「兼愛」(universal love)思想，於是，程頤將張載的思想概括為

「理一分殊」並予以澄清：張載確實是在傳授儒家「愛有差等」(graded love)的思想——理念是唯一而職責卻是繁多。朱熹(Chu Hsi, 1130-1200)將這一思想進一步上升到形而上學的高度，認為理是唯一而表現卻是繁多，正所謂「月印萬川」(the same moon shines over different rivers)。

參見 Chinese philosophy 中國哲學；Chu Hsi 朱熹

S.-h.L.撰　劉述先審訂

limited variety, principle of　受限變體原理　見 Mill's methods 彌爾方法

limiting case　極端事例　一個給定背景類(background class)中的一個體(individual)或子類(subclass)，而這種個體或子類，相對於某種不一定明白提及的秩序，與該背景類的「典型的」(typical)或「典範的」(paradigm)元素之差距達到最大。零是基數(cardinal numbers)的極端事例。三角形是多邊形之極端事例。如果長方形用長與寬之比來排序，正方形就成為長方形的極端事例。根據「主觀確信(subjective conviction)之強度」來排列信念時，確定(certainty)就成為信念之極端事例。根據「客觀理由之適切性」來排列信念時，知識就成為信念之極端事例。極端事例一定是背景類之一事例(成員)；相對地，邊界事例(borderline case)就不一定是(背景類之)一事例，退化事例(degenerate case)完全不是(背景類之)一事例。

參見 borderline case 邊界事例；degenerate case 退化事例

J.Cor.撰　龔維正審訂

linear order　線性序　見 relation 關係

linguistic analysis　語言分析　見 analysis 分析

linguistic competence　語言能力　見 philosophy of language 語言哲學

linguistic determinism　語言決定論　見 linguistic relativity 語言相對性

linguistic performance　語言行動　見 philosophy of language 語言哲學

linguistic philosophy　語言哲學　見 analytic philosophy 分析哲學

linguistic relativity　語言相對性　這論點是說，在某語言內發現的區分不會出現在任何其他的語言中(此乃沙帕-伍夫假設〔Sapir-Whorf hypothesis〕的其中一種說法)；更普遍地說，此論點主張不同語言使用不同的表現系統，其提供的資訊是不可共量的(incommensurable)，因此是非等值的。由語言本身的任意所產生的差異，導致每種語言在語詞與文法上的編碼方式不會出現在另一種語言中。

「語言決定論」(linguistic determinism)主張，人們知覺或認識世界的方式(特別是分類系統)，是被其語言系統或共通於人類語言的共同結構在因果上所決定和影響。特別是隱含或明顯化的語言範疇，其決定並影響了非語言範疇的各個面向，例如記憶、知覺，或更普通地說，我們的整個認知體系。最強形式的語言決定論主張，人類無法理解或想像那些不是使用語言形構的概念(這可能不是語言決定論的真正立場，而是被拿來當成稻草

人攻擊用的)。較弱形式的語言決定論主張，使用語言形構的概念比起思想而言更易於接近，且更容易記住；此論點與語言相對性是相互獨立的。語言決定論配合上這裡所定義的語言相對性蘊涵了沙帕-伍夫假設。

參見 Sapir-Whorf hypothesis 沙帕-伍夫假設

W.K.W.撰　莊文瑞審訂

linguistics, philosophy of　**語言哲學**　見 philosophy of language 語言哲學

linguistic semantics　**語言語意學**　見 philosophy of language 語言哲學

linguistic theory of logical truth　**邏輯真理的語言理論**　見 conventionalism 約定論

literal meaning　**字面意義**　見 meaning 意義

literary theory　**文學理論**　對文學作品的性質、原因、結果及其獨特的表徵進行評價的理論。據此，文學理論就是系統性文學研究的一部分，以「批評」為名義，包括文學著作的詮釋、語言學、文學史和對特殊作品的評價；因為它試圖為實際的批評提供理論基礎，故文學理論也被稱為「批評理論」(critical theory)。然而，即使「批評理論」被法蘭克福學派(Frankfurt School)關係密切的新馬克思主義者(neo-Marxists)用於指稱其所謂的社會批判，但「文學理論」倒很少造成誤解。由於所關心的是文學作品不同於其他口頭創作及藝術作品，於是在很大程度上，文學理論不免與哲學、心理學、語言學及其他社會科學重疊。

首要的文學表述(*ex professo*)理論，歷來被作為典範的是亞里斯多德(Aristotle)的《詩學》(*Poetics*)。在亞里斯多德看來，詩是人類生活形式的口頭模擬，以及在語言中被隱喻生動化的行為。它激勵聽眾去反思人生的條件、豐富人的領悟、進而造成源於認知能力訓練的快樂。文學理論中第一次真正的典範轉移是十九世紀的浪漫主義所帶來的。薩默爾・泰勒・考勒瑞治(Samuel Taylor Coleridge)的《文學傳記》(*Biographia Literaria*, 1817)回顧了作者從休姆(Hume)的經驗主義(empiricism)到德國的觀念論(idealism)的轉變，確定做詩不能被看作是客體結構的再現，而是創作主體充滿想像的自我表達。其重點不是把詩歌看成是快樂的根源，而是看作是精神活動的一種高級形式。從古典主義(模擬)到浪漫主義(表達)，其理論嬗遞的典範之作就是阿布拉姆斯(M. H. Abrams)的《鏡與燈》(*The Mirror and the Lamp*, 1953)。

二十世紀，理論在文學研究中佔了顯要的地位。二十紀上半葉，理查茲(I. A. Richards)的著作——從他早期實證觀點的詩歌論如《科學與詩》(*Science and Poetry*, 1926)到他後期的觀念論者(idealist)的觀點如《修辭哲學》(*The Philosophy of Rhetoric*, 1936)——導引了美國新批評的實踐。本時期最具影響力的理論家是諾爾斯洛普・弗萊(Northrop Frye)，他的形式主義宣言《批評的解析》(*Anatomy of Criticism*, 1957)欲使文學批評成為「文學的科學」。1960 年代以降，歐陸思想引進了英語國家文學批評界，引發了紛繁的文學理論爭論：諸如俄國的形式主義(Russian formalism)、結構主義(structuralism)、解構理論(deconstruction)、新歷史主義(new historicism)、馬克思主義(Marxism)、弗洛伊德主義(Freudianism)、女性主義(feminism)，還有被稱之為「新實用主義」(new pragmatism)的反理論運動。對這些發展最好的概括說明是弗蘭克・林垂夏(Frank Lentricchia)的《新批評之後》(*After the New Criticism*, 1980)。

鑒於目前文學批評理論上近乎無序的狀態，文學理論的將來是難以預期的。但是，這種無序本身為哲學分析提供了廣闊的機會，而它也需要這類分析所能提供的那種概念區分；反之，文學理論的研究也使得哲學家更能夠理解哲學文本，以及由具有文學形式的哲學文本所決定的哲學內容。

參見 aesthetics 美學；philosophy of literature 文學哲學

L.H.M.撰　馬森審訂

literature, philosophy of　文學哲學　見 philosophy of literature 文學哲學

Liu Shao-ch'i　劉少奇(1898-1969)　中國共產黨領袖，毛澤東的親密戰友。「文化大革命」(the Cultural Revolution)期間，因他抵制毛澤東(Mao Tse-tung)的冒進路線，在臨終前被開除出黨，與實幹家鄧小平(Teng Hsiao-ping, 1904-97)一道被認為是中國最大的走資派(Capitalist Roader)。1939 年在延安做了具有重要影響的演講「論共產黨員的修養」(How to Be a Good Communist)。1943 年公開出版。中國共產黨黨員展開了廣泛的學習。他強調自我修養，在他的思想中，似乎比較重視儒家學說。文章在「文化大革命」期間被禁，並被指控為在革命陣營中宣揚復辟孔孟之道。後來他被平反昭雪。

參見 Mao Tse-tung 毛澤東

S.-h.L.撰　劉述先審訂

Liu Tsung-chou　劉宗周(1578-1645)　亦稱「蕺山」(Ch'i-shan)，中國哲學家。通常被認為是宋明新儒學(理學)(Sung-Ming Neo-Confucianism)的最後一個思想大師。他反對所有形式的二元論，包括朱熹(Chu Hsi)的哲學思想。對於一些王陽明(Wang Yang-ming)的弟子所宣揚的滿街皆聖人的觀點，他也很不以為然。他將討論重點由「正心」(rectification of the mind)轉變為「誠意」(sincerity of the will)。並對《中庸》(*Doctrine of the Mean*)的「慎獨」(watchful over the self)做出了新的解釋。在他的弟子中有著名的思想史家黃宗羲(Huang Tsung-hsi)。

參見 Chu Hsi 朱熹；Huang Tsung-hsi 黃宗羲；Hu Hung 胡宏；Neo-Confucianism 新儒學；Wang Yang-ming 王陽明

S.-h.L.撰　劉述先審訂

Llull, Ramon　盧祿，雷蒙　見 Lull 盧祿

Lobachevsky, Nikolai　尼古拉・羅巴切夫斯基　見 non-Euclidean geometry 非歐幾里德幾何學

locality assumption　位置假說　見 quantum mechanics 量子力學

Locke, John　洛克，約翰(1632-1704)　英國哲學家，經驗主義的擁護者，特別是以《人類悟性論》(*Essay concerning Human Understanding*, 1689)及《政府論次講》(*Second Treatise of Government*)兩部著作而聞名，後者亦於 1689 年出版，雖為匿名之作。他來自莎莫錫(Somerset)的一個中產階級清教徒家庭，並於牛津求學時熟讀士林哲學。他在教會或大學中並未發現迷人的事業，於是接受了一陣子醫師的訓練，並與新成立之皇家學會的許多成員逐漸有所接觸；化學家波以耳(Robert Boyle)和物理學家牛頓(Isaac Newton)都與之過從甚密。1667 年，他加入了當時倫敦的亞緒雷勛爵(Lord Ashley)家族，即後來的首位

沙佛茲伯里(Shaftesbury)伯爵；他在那裡變得相當投入有關反抗天主教君王查理士二世(Charles II)的政治討論。1683 年，他走避英國，前往荷蘭，在那裡他完成了《人類悟性論》的最後草稿。他於 1689 年回到英國，剛好在新教徒威廉(William of Orange)登上英國王位的後一年。晚年的他是英國最負盛名的知識份子，或許在歐洲也是。洛克並非一沉浸於「學派」(the schools)之哲學討論中的大學教授，而是熱烈地參與當時的社會及文化議題；其作品的訴求對象並非專業哲學家，而是受過教育的一般大眾。

《人類悟性論》　對致成《人類悟性論》此一思路最原初的衝擊早在 1671 年即發生了，那是洛克和在沙佛茲伯里勛爵倫敦寓所裡的某些朋友，針對道德與啟示宗教的問題所做的討論。在《人類悟性論》之開頭致讀者的書信中，洛克言及，討論者：

> 很快地便發現他們自己由於來自各方的困難而陷入僵局。在我們對那些困擾我們的疑惑沒有得出任何較接近的解答，而自己困惑了一陣子之後，我的思緒即泛起了一個念頭：我們走錯了方向，而在我們將自己置於對那本性之探究之前，必須得先檢視我們自己的能力，看看我們的悟性適不適合處理那般的對象。

洛克充分瞭解到，千年以來，歐洲的人文思想便是向它的典籍遺產請益，以解決道德與宗教上的迷思；詮釋、區分等等精心規畫的策略，已然發展成由這些不同的資源中抽取出一種統一的、高度複雜的真理之體。他同樣也充分瞭解到，在他的時代，宗教改革開始一百多年之後，歐洲的道德與宗教傳統已崩解為彼此爭戰與對立的片斷。因此，他再三地警告他的讀者，不要將他們的信念僅建築於斷言、建築於未受檢驗的傳統之上。就像他在後來的一本小書《悟性的導引》(*The Conduct of the Understanding*)中所寫的，「我們不應以人的意見來判斷事物，而該以事物來判斷意見」。我們應當注意「事物本身」，如同他有時所表述的一樣。然而，想要知道如何企及事物本身，則必須「檢驗我們自己的能力」，洛克如是認為。因而才出現了《人類悟性論》的具體呈現。

《人類悟性論》共有四冊，第四冊達至巔峰。欲理解洛克在第四冊中的思想，基本上便是明白到，如洛克所認為的，知識是一種根本上不同於信仰的現象。洛克認為，的確，知識向來為信仰所「伴隨」(accompanied)，但縱或如此，知識並不等同於信仰。知識，就其所認為的，是對某種事實的直接覺知——用他自己的說法，就是在事物中某種一致或不一致的知覺。信仰，相反地，卻是由「認定」(taking)某個命題之為真所構成——無論某者是否直接覺知其相應之事實。那麼，問題就來了：我們人類對那些種類的事實有直接的覺知呢？洛克的答案是：僅僅由我們諸多「觀念」(ideas)間之關係所構成的那些事實。當洛克談到觀念時，到底心中想的是什麼，是個受到爭議的論題；傳統的看法是，他視觀念為「心靈客體」(mental object)，這種看法有許多可談。此外，他清楚地視某些觀念為其他本質存在(entity)的「再現」(representation)；他自己的觀點是，我們只有在覺知到再現出那些非心靈實在之心靈的本質存在的情況下，才能思及非心靈的本質存在。

洛克爭辯道，在如此的理解下，知識是「短缺且貧乏的」——對於生命的生活而言更是過於短缺且貧乏。生命需要對事物形成信仰，而此處正是知識所無能為力的。現在，讓任何瞰視過人類信仰的人震驚的是，許多信仰是虛妄的。同樣使得對此一現象有敏銳觀察的人震驚的是，我們往往能夠——或已經能夠——對此做些什麼。用洛克的語言來說，我們能夠「規整」(regulate)與「管制」(govern)我們的「信仰-形成」(belief-forming)能力，使其符於正確理解事物的目標。洛克相信，我們不單單「能夠」(can)如此規整與管制我們「信仰-形成」能力；我們也「應該」(ought)這麼做。它是神所賦予繫於我們所有人的責任。明確而言，每一個人都有某些如此「關切」(concernment)的事務，如同洛克所稱，以將人置於責任之下，盡其所能地正確理解事物。對於我們所有人而言，仍將有許多議題並不屬於這類關切；關於那些情況，無論是以自然或習慣教導我們的任何方式形成信仰，都是可以接受的。但對我們每一個人而言，都會有某些實踐的事務，關於這些事務，我們有義務盡力而為——這些事務則因人而異。而屬於這類關切的某些倫理與宗教之事務，對每一個人來說，我們全都有義務竭盡所能，在這些事務上觸及實在。

當知識——知覺、覺知、洞識——無能為力時，我們又是由什麼構成我們的盡己所能呢？我們可以將洛克所推薦的實踐策略，設想有三個步驟。首先，我們蒐集任何我們所能發現的支持或反對所討論之命題的證據。這類證據必須由我們「所知」的事物所構成；否則我們只是在黑暗中徘徊而已。而全盤的證據必須是我們所考量之命題的或然性的可信賴指標。其次，我們分析證據以決定基於此證據所討論之命題的或然性。最後，相應於此命題在充分證據上的或然性有多少，我們對此命題便產生了多少程度的信任。如果這個命題基於此類證據而為高度可能的，我們即會對之相當堅信；如果它只是大致上可能的，我們對它的信賴即會相形減弱等等。《人類悟性論》第四冊後半部的主要一擊是洛克告誡他的讀者，在對高度關切之事務上形成信仰時，要採用這種實踐——特別是對道德與宗教方面的事物。他的觀點是，由他的朋友波以耳與牛頓及其他人所發展的新科學，正是使用了這種方法。

雖然第四冊明顯地被洛克視為《人類悟性論》的巔峰，但它絕非建構出這部書的絕大部分。第一冊著手於對先天觀念及先天知識的著名攻擊；他論辯，所有我們的觀念與知識都能藉由追溯如下路徑而得以說明，即心靈使用其先天能力以處理藉由感覺與反省(亦即自我覺知)呈現給它的質料。第二冊則基於如下的假定以負責說明我們所有的觀念，即假定了唯一的「輸入」是感覺和反省的觀念，而且假定了生來就是一片「白板」(*tabula rasa*〔blank tablet〕)的心靈，藉由像連結、分割、普遍化，以及抽象之類的操作以推動這些觀念。而在第三冊中，洛克討論了文字在我們試圖企及事物本身時，所帶給我們的各種阻礙。

隨著當時代的許多其他思想家，洛克區分了他所謂的「自然」(natural)神學與「啟示」(revealed)神學。他的觀點是，上帝的存在可以被賦予一種令人驚嘆的、證明式的論證，因而我們可以有上帝存在的「知識」；上帝存在是我們自身存在的一個條件。此外，他堅信，上帝已然啟示了一些事物予人類。然而，如其所見之情況，關於上帝所啟示者，我們頂多只有「信仰」，而非「知識」。因為我們絕無法僅由「眼見」那在人的事務中的某段插曲而知其為神聖啟示的一個事件。因此，我們必須應用以上所勾勒出的實踐策略，開始藉由集合可以滿足的證據，以論斷出某段插曲真的是一項神聖啟示的事件。在洛克的觀點中，神蹟的出現提供了所需的證據。這些關於自然的與啟示的宗教之論題的一項涵義是，我們在沒有顯示其為真的證據、而且沒有最終經由吾人直接「眼見」其為真之事物所構成的證據，而相信其為關於上帝的某事物時，這決然是不正確的。

洛克堅持道德義務的神聖命令論；在道德上有義務做某事，是因為上帝對某人的要求而某人行之。而如同洛克所認為的，由於耶穌所教導的事物有大部分是道德義務的法典，因此，一旦我們確認耶穌之言的啟示地位，我們即自動確認耶穌所教導我們、作為我們道德義務的，便確實是那樣子。然而，洛克堅決認為，啟示並非我們接近道德義務的唯一模式。藉著使用我們的自然能力而不受啟示之助，即便不是全部，也可以達成我們絕大部分的道德義務。關於原則上可以用我們的自然能力達成的這一部分道德義務，洛克(以傳統的方式)名之為「自然法」(natural law)。洛克自己的觀點是，道德原則上可以被建構為一演繹科學，就像數學那樣：我們會先論證上帝的存在，以及我們作為上帝之創造物的地位；我們會再論證上帝是善的，且關照其創造物的幸福。然後我們會論證如此之一善的上帝會對祂的創造物定下命令，以指望其整體之幸福。由之，我們會繼續反省，事實上是何者指引了人類的幸福。諸如此類。洛克一直未完成此一倫理學演繹系統的細節；在他生命的晚期，他論斷這超乎了他的能力。但他從未放棄這個理想。

《政府論次講》及其他著作 洛克的自然法理論直接進入到公民服從理論，這是他在《政府論次講》中所發展的。他言及，想像一群人居住在他所謂的「自然狀態」(state of nature)中——此即在一沒有政府權威亦無私有財產的條件下，他們仍處於神聖義務下；而絕大部分(若非全部)的義務都可以藉由其自然能力的使用而為他們所企及。對他們而言，就會有一種自然法。於此自然狀態中，他們對於自己這個人與勞力皆有所權利；自然法告訴我們，這些是我們生來就「擁有」的。但除此之外，便不擁有任何東西。物理世界就像一塊巨大的英國公有地，是上帝給予全體人類的。洛克便向自己提出了兩個問題：我們當如何說明由此情況政治義務的出現，我們又當如何說明私有財產的出現？關於前者，他的答案是，我們實際上相互訂立了一種契約，為消除在自然狀態中的某些不完備而建立一個政府，然後我們服從那個政府，規定它去做那我們已經相互約定好的它應該做且不踰越此限之事。在自然狀態的不完備中，我們預期政府要導正的是：人類侵犯他人財產的罪惡傾向，以及同等罪惡的、用比自然法所允許的還要嚴厲的方式去懲處這種罪犯的傾向。關於私有財產的出現，當特定的一個人將他或她的勞力「混入」了來自於世界的某物，一般說來此物即成為此特定之人的財產。因為，雖然上帝將這個世界作為一整體一起給了我們所有人，但是自然法告訴我們，每個人的勞力均屬於他或她自己——除非他或她自由地將其勞力約定給予其他人。洛克的《政府論次講》因此是一種所謂政府自由理論的清晰陳述；它依舊是這類著作中的佼佼者，而且確定具有深遠的影響。洛克針對宗教寬容所寫的《寬容書簡》(*Letters concerning Toleration*, 1689, 1690, 1692)，則可視為一種補充，他在裡面主張，所有未對某異國政權宣誓公民忠誠的有神論者，都應該應允相同的寬容。

某些洛克寫給朋友關於朋友兒子之教育的書信，也應該被視為這個雄偉視野的補充。如果我們瀏覽信仰在人類中實際形成的方式，我們會看到激情、不同傳統的黨派性、早期訓練等等，扮演著重要的阻礙角色。要從我們的生命中全盤清除這類因素的影響是不可能的。但是，當遇上了高度「關切」的事物時，我們就有義務這麼做；我們就有義務去履行以上所勾勒之三步驟的實踐策略，洛克辯稱要對其盡己所能。但洛克並不認為，在他心中的文化改革——此乃藉由這種新實踐的適當使用而呈現——能夠只靠寫書及傳遞忠告就產生出期望的成果。新實踐的訓練是需要的；特別是對幼童在不好的習慣根深柢固之前的訓練。因此，洛克在《有關教育的一些思想》(*Some Thoughts concerning Education*, 1693)中提出了一種教育規畫，目的在訓練孩童何時及如何蒐集充分的證據，基於如此證據以評估命題的或然性，並且相應於在證據上的或然性，而判定對那些命題可以有多少程度的信任。

參見 Berkeley 柏克萊；epistemology 知識論；ethics 倫理學；evidentialism 證據主義；Hume 休姆；political philosophy 政治哲學

N.P.W.撰 蕭宏恩審訂

locutionary act 單純話語行動 見 speech act theory 言說行動理論

logic, combinatory 組合邏輯 見 combinatory logic 組合邏輯

logic, default 預設邏輯 見 default logic 預設邏輯

logic, deontic 規範邏輯 見 deontic logic 規範邏輯

logic, deviant　異常邏輯　見 philosophy of logic 邏輯哲學

logic, dynamic　動態邏輯　見 dynamic logic 動態邏輯

logic, epistemic　知態邏輯　見 epistemic logic 知態邏輯

logic, erotetic　問題邏輯　見 erotetic 與問題有關的

logic, formal　形式邏輯　見 formal logic 形式邏輯

logic, free　自由邏輯　見 free logic 自由邏輯

logic, higher-order　高階邏輯　見 formal logic 形式邏輯；philosophy of logic 邏輯哲學；second-order logic 二階邏輯

logic, infinitary　無窮邏輯　見 infinitary logic 無窮邏輯

logic, informal　非形式邏輯　見 informal fallacy 非形式謬誤；informal logic 非形式邏輯

logic, intensional　內涵邏輯　見 intensional logic 內涵邏輯

logic, many-valued　多值邏輯　見 many-valued logic 多值邏輯

logic, mathematical　數理邏輯　見 formal logic 形式邏輯

logic, modal　模態邏輯　見 modal logic 模態邏輯

logic, non-monotonic　非單調邏輯　見 non-monotonic logic 非單調邏輯

logic, ordinal　序數邏輯　見 ordinal logic 序數邏輯

logic, philosophy of　邏輯哲學　見 philosophy of logic 邏輯哲學

logic, pluralitive　複數量詞邏輯　見 pluralitive logic 複數量詞邏輯

logic, Polish　波蘭邏輯　見 Polish logic 波蘭邏輯

logic, predicate　述詞邏輯　見 formal logic 形式邏輯

logic, quantum　量子邏輯　見 quantum logic 量子邏輯

logic, relational　關係邏輯學　見 relational logic 關係邏輯學

logic, second-order　二階邏輯　見 second-order logic 二階邏輯

logic, symbolic　符號邏輯　見 formal logic 形式邏輯

logic, tense　時態邏輯　見 tense logic 時態邏輯

logic, terminist　唯名論邏輯　見 terminist logic 唯名論邏輯

logic, three-valued　三值邏輯　見 many-valued logic 多值邏輯

logical atomism　邏輯原子論　見 Russell 羅素

logical behaviorism　邏輯行為主義　見 behaviorism 行為主義；philosophy of mind 心靈哲學

logical certainty　邏輯上的確定性　見 certainty 確定性

logical consequence　邏輯結論　一個命題、語句或其他的陳述是由一個或多個命題、語句或陳述在邏輯上蘊涵的。如果命題 P_1、P_2、……P_n 都為真，命題 C 也必然為真，那麼命題 C 就可以說在邏輯上被 P_1、P_2、……P_n 所蘊涵，或者說 C 是 P_1、P_2、……P_n 的邏輯結論。例如，命題「史密斯腐敗」就是「所有的政客都腐敗」和「史密斯是政客」這兩個命題的邏輯結論，因為如果假定命題「所有的政客都腐敗」和「史密斯是政客」為真，那麼「史密斯腐敗」就也是真的。

需要注意的是，即使 P_1、P_2、……P_n 等命題實際上並不是真的，命題 C 也可以是它們的邏輯結論。這就是我們在舉例中所說的那種情況。命題「所有的政客都腐敗」實際上並不為真，有些政客是正直的。然而，如果這一命題為真，而且史密斯也是一個政客，那麼「史密斯腐敗」就必然為真。正因如此，我們才說它是這兩個命題的邏輯結論。

邏輯結論這種關係經常用符號 $\vDash$ 來表示，這叫做雙柵門(double turnstile)。這樣，為了表示 C 是 P_1、P_2、……P_n 的邏輯結論，可以記為：

P_1、P_2、……$P_n \vDash C$

或者：

$P \vDash C$

這裡，P 表示包含 P_1、P_2、……P_n 的集合。

有時，「邏輯結論」一詞專門用來表示由 P_1、P_2、……P_n 推斷 C 時，僅取決於這些命題所包含的所謂邏輯表達式(logical expressions)(如「有些」、「所有」、「或者」、「並且」、「並非」)涵義這一類情形。在這一更為嚴格的意義上，命題「史密斯不是政客」就不是「所有的政客都腐敗」和「史密斯是純潔的」這兩個命題的邏輯結論。因為要認定其中的邏輯結論關係，就必須理解這兩個非邏輯表達式「腐敗」和「純潔」的特定涵義。

參見 deduction 演繹法；implication 蘊涵；logical form 邏輯形式；proof theory 證明論

J.Et.撰　李瑞麟審訂

logical constant　邏輯常項　表現邏輯形式的符號，如邏輯連結詞～、∧、⊃、≡，和基

本量詞理論(elementary quantification theory)的量詞∃或∀。邏輯常項一詞用以對比於表達式(例如項〔terms〕、述詞〔predicates〕和函數符號〔function symbols〕)，因為表達式是用於表示語句或命題的「內容部分」(content)。除此之外，理解邏輯常項的方式並不甚一致。例如，有時如果一個符號，其解釋的方式在所允許的可能解釋範圍(admissible valuations)中是固定不變的，則視之為邏輯常項，儘管在如何才算「固定不變的」這一點上會有不同意見。這似乎說明邏輯形式僅僅是一種模型論(model theory)中的人為選擇(而並非自然之物)。更一般地，人們問：是否存在客觀的基礎，來辨別某些表達式是邏輯的或非邏輯的？還是這樣的區分只是約定俗成的？有些哲學家認為，邏輯常項與其說是語意學概念，還不如說是認識論概念。籠統地說，α是一個邏輯常項，只要另外某些表達式的語意行為和α的語意作用共同地、先驗地決定(或者按照某種認識論上的說法)α出現在其中的複合表達式的外延(the extensions of complex expressions in which α occurs)。這裡也有一個引人爭議的問題，即特殊的符號，例如等號、模態算子(modal operators)與∃和∀不同的量詞，是否應該被視為邏輯常項呢？

參見 logical form 邏輯形式；model theory 模型論

G.F.S.撰　李瑞麟審訂

logical construction　邏輯建構　由某些元素藉著邏輯運算所建構而成者。假定任何語句 S 明顯地包含了指涉到類型 F 之客體的詞項，並能夠被改寫為某(有可能是更為複雜的)語句 S_p 而對內容沒有任何本質上的減損，而 S_p 只包含指涉到類型 G (有別於 F)之客體的詞項：在此例中，類型 F 的客體可說是來自類型 G 之客體的邏輯建構物。這個觀念源自於羅素(Russell)「不完全記號」(incomplete symbol)的概念，他將這個概念引入以連繫到他的描述理論。根據羅素，一個確定描述詞，也就是一描述片語，像是「現任法國國王」，很顯地挑出了一個獨特的客體，但它卻無法在表面上被視為是真正的指涉詞項。其中的一個理由是，表面上被這個語句所指涉的客體，其存在可以遭受到有意義的否定。我們可以說，「現任的法國國王並不存在」。但是，如果「現任法國國王」之為有意義，卻必須指涉到現任的法國國王，那麼，我們便會很難理解，我們如何能說上述的話。邁農(Meinong)所提倡的一個解決方法是主張：依日常文法所示為單詞者，其指涉物要求必須具有某種「存有」(being)，即使這不需要等同於實際的存在。但這項解決冒犯到羅素「強烈的實在感」(robust sense of reality)。根據羅素，我們可以將「那 F 是 G」理解成等同於(類似於)「有一而且唯有一事物是 F，而且這事物是 G」(「有一而且唯有一」這措辭可以由量詞及同一性來改寫)。這項分析的關鍵特徵是，它並沒有提供同義詞來定義有問題的措辭：而是，它提供了一規則，羅素稱之為「使用中的定義」(a definition in use)，以將它們出現的句子整句改寫成它們不出現的句子。這便是為何確定描述詞為「不完全的記號」：我們並不詳述作為其意義的客體；我們鋪陳了一個規則，它解釋了包含確定描述詞在其中的整個句子的意義。因此，確定描述詞在分析之下便消失了，而伴隨它們消失的，還有住在邁農的存有領域(realm of being)裡頭曚朧不清(shadowy)的佔有者。

羅素認為，由描述理論所呈現的這種分析，對於哲學的適當方法提供了線索：即用削減存有論承諾(ontological commitments)的方法解決形上學(metaphysical)及知識論(epistemological)的問題。哲學的任務，便是盡可能地以邏輯建構物，來取代由推論所得的實體。因此，在數學哲學中，羅素試圖消除作為不同的客體範疇的數，他所藉助的方法是，揭示出數學陳述如何能翻譯成(他所認為的)純粹邏輯陳述。但羅素計畫特殊之處是他所認為的：我們只能指涉我們所直接親知的對象。這使得他認為，所有詞項，如果它所指涉到的對象，顯然無法被視為是親知的對象，那麼，就應該跟隨著描述理論那樣，對它們做脈絡的定義，也就是說，視超出親知範圍的每一項事物為邏輯建構物(或「邏輯虛構物」〔logical fiction〕)。最引人注意的是，羅素將物理客體視為來自感覺與料的邏輯建構物，拿這個來解決有關於我們對外在世界之知識的懷疑論(skeptical)問題。

揭示物理客體如何能被視為是來自感覺與料的邏輯建構物，此計畫是分析哲學家在大戰期間的主要關切。卡納普(Carnap)的《世界的邏輯結構》(*Der Logische Aufbau der Welt*〔*The Logical Structure of the World*〕, 1928)便是一個重要的里程碑。然而，這項計畫並不成功。甚至卡納普的建構物，也涉及了無法用感覺與料語詞來分析的時空座標系統，而且時至今日，幾乎沒有哲學家相信這樣野心勃勃的計畫能夠執行，如果有的話也是極為少數。

參見 definition 定義；reduction 化約；Russell 羅素；social constructivism 社會建構主義；theory of descriptions 描述詞理論

M.W.撰　趙之振審訂

logical dependence　**邏輯的依賴關係**　見 dependence 依賴關係

logical empiricism　**邏輯經驗主義**　見 logical positivism 邏輯實證主義

logical fiction　**邏輯虛構物**　見 logical construction 邏輯建構

logical form　**邏輯形式**　從一個命題、一組命題或一個論證，經抽離它的內容語詞(content terms)之內容或把它的內容語詞只當作一佔位記號(placeholder)或空格，得到的形式。在一邏輯上完善的語言(a logically perfect language)，一個命題(或一組命題，或一個論證)之邏輯形式，由表達它的語句(或語句組，或論證文句)之文法形式(grammatical form)決定。在此，兩個語句(或語句組，或論證文句)具有相同的文法形式，只要對其中的內容語詞(content words)進行一對一的統一替換就能夠把一個語句(或語句組，或論證文句)準確地轉變成另一個語句(或語句組，或論證文句)。語句「阿柏適當尊重所有自尊的人」和「小本慷慨協助所有自助的病人」，可看成有相同的文法形式的語句。用於判定文法形式同一性之替換不包括形式語詞(form words)，像「每(every)」、「沒有(no)」、「有些(some)」、「等於(is)」等之替換，而且這種替換必須維持範疇不變(category-preserving)，亦即必須以專名替換專名、以副詞替換副詞、以及物動詞替換及物動詞，依此類推。兩個有相同文法形式的語句有完全相同的形式語詞，而形式語詞也是按照完全相同的方式分布；而且，儘管這兩個語句不需要，通常也不會有，相同的內容語詞，但它們有正好相同數量的內容語詞。形式語詞也叫做語法範疇語詞(syncategorematic terms)或邏輯語詞(logical terms)，它的最明顯的特點就是它們的主題中立性(topic neutrality)；語句中的形式語詞完全獨立於語句的內容或主題，而且也完全不指示語句的內容或主題。

在數理科學之形式公理化中使用的現代形式語言(formal languages)，常被看作是邏輯上完善的語言之範例。對邏輯上完善的語言所進行的開創性研究，是由布爾(George Boole, 1815-64)、弗雷格(Frege)、皮亞諾(Giuseppe Peano, 1858-1952)、羅素(Russell)和丘奇(Church)完成的。根據邏輯形式之原則，一個論證僅依於邏輯形式而為(形式)有效或無效(〔formally〕valid or invalid)。顯而易見的是，任意兩個具有相同邏輯形式的論證，或者同時有效，或者同時無效。所以，與一有效論證有同一邏輯形式的論證都是有效的，與一無效論證有同一邏輯形式的論證都是無效的。一給定論證之形式並不僅由其成分命題(constituent propositions)之邏輯形式來決定；成分命題之相互關係位置也是關鍵性的，因為把一有效論證之前提與結論互換，便可能破壞有效性，產生無效論證。

形式邏輯因邏輯形式之原理而得其名，這原理通常用來確立論證之無效性和命題集合之一致性(consistency of sets of propositions)。要證明一給定的論證是無效的，只需要說明與它同邏輯形式的另一個論證的前提為真而結論為假，就足夠了。要證明一個給定的命題集合是一致的，只需要說明與它同邏輯形式的另一個命題集合完全由真命題構成，就足夠了。這種方法的歷史可以經由非康托集合論(non-Cantorian set theory)、非歐幾何學(non-Euclidean geometry)和中世紀的邏輯學家(尤其是安瑟倫〔Anselm〕)，追溯到亞里斯多德(Aristotle)。運用這些方法來分析語言時必須極其謹慎。例如英語，由於它的省略、意義不清、歧義等問題，它在邏輯上不完善。例如，「這是一隻公狗」蘊涵「這是一隻狗」，但是，「這是一隻銅猴」就不能像我們要求邏輯上完善的語言所能做到的那樣蘊涵「這是一隻猴」。與此相類似，有歧義的語句「小安和小本已婚」通常就表達兩個命題，一個蘊涵命題「小安嫁給了小本」，而另一個則不。

蒯因(Quine)和一些邏輯學家謹慎而有效用地區分了命題(唯一的)邏輯形式和(繁多的)語型形式(schematic form)。*A* 命題「如果阿柏是小本，那麼若小本聰明，阿柏也就聰明」只有一個邏輯形式，而且它和 *B* 命題「如果卡爾是阿丹，那麼若阿丹和善，卡爾也就和善」共有這個邏輯形式。在此，這兩命題的任一個具有下面每一個語型形式：(1)如果 *P*，那麼若 *Q* 則 *R*；(2)如果 *P*，那麼 *Q*；(3) *P*。命題形式之原理是：有相同邏輯形式的兩個命題或者都是恆真的(tautological；邏輯必然的〔logically necessary〕)，或者都是非恆真的。如此，雖然命題 *A* 及 *B* 都是恆真的，但是具有上述任一語型形式之命題卻可能是非恆真的。

如果將邏輯形式與語型形式混為一談，就會導致謬誤。按照上述所說的邏輯形式之原理，每一個與一個無效論證有相同邏輯形式的論證是無效的，但是，每一個和一個無效論證僅有相同語型形式的論證不一定是無效的。後面正好反對了錯誤想法：「如果阿柏是小本，那麼小本是阿柏」和「小本是阿柏」這兩個命題合起來，在邏輯上蘊涵結論「阿柏是小本」，即使這論證和「犯」肯定後件謬誤(the fallacy of affirming the consequent)的無效論證有相同的語型形式。

參見 ambiguity 歧義；formal logic 形式邏輯；laws of thought 思維律則；logical syntax 邏輯語法；tautology 恆真句

J.Cor.撰　龔維正審訂

logical form, principle of　邏輯形式的原理　見 logical form 邏輯形式

logical grammar　邏輯文法　見 grammar 文法

logical graph　邏輯線圖　見 Peirce 裴爾斯

logical immediacy　邏輯直接　見 immediacy 直接

logical implication　邏輯蘊涵　見 implication 蘊涵

logical independence　邏輯獨立性　見 independence results 獨立性結果

logical indicator　邏輯指示詞　亦稱指示詞，通常用來認定一個論證的結論，或用以認定證明結論的前提。一般來說，前提的指示詞包括「因為」(for)、「由於」(because)和

「是因為」(since)；結論的指示詞則包括「因此」(so)、「所以」(it follows that)、「於是」(hence)、「由此可見」(thus)、「由是之故」(therefore)。

「因為湯姆坐在劇院的後面，他聽不清楚演員的台詞，所以，他不能寫出合適的戲劇評論。」

「因為」一詞明確指出了湯姆的座位是他聽不清楚台詞的理由，「所以」一詞則指出命題「湯姆不能寫出合適的戲劇評論」是推論的結論。

T.J.D.撰　王文方審訂

logically perfect language　邏輯完善語言　見 logical form 邏輯形式；scope 範圍

logically proper name　邏輯專名　見 Russell 羅素

logical mechanism　邏輯機械論　見 computer theory 計算機理論

logical necessity　邏輯必然　見 necessity 必然性

logical notation　邏輯記號　為明確表述演繹邏輯的推論和原則所設計的符號。這樣的邏輯記號通常會對自然語言的一些語詞、詞序等做若干修正。在古代時，亞里斯多德(Aristotle)、麥加拉學派(Megarians)、斯多噶學派(Stoics)、波依修(Boethius)和中世紀的學者便曾嘗試過使用語架。然而，萊布尼茲(Leibniz)對普遍的邏輯語言的這項洞見，卻是在最近的一百五十年間才真正被實現。

邏輯記號還沒有被標準化，但是，下面這些在命題演算和謂詞演算中的邏輯運算子符號卻值得注意。假定「p」，「q」，「r」等等都是命題變數或命題，我們發覺在一般文獻中常見對它們行運算的運算子符號如下(這些運算子也叫真值函數連接詞)：

否定：「$\sim p$」、「$\neg p$」、「$\bar{p}$」、「p'」。

合取：「$p \cdot q$」、「$p \,\&\, q$」、「$p \wedge q$」。

弱分取或包含性分取：「$p \vee q$」。

強分取或排斥性分取：「$p \dot{\vee} q$」、「$p + q$」、「$p \veebar q$」。

實質條件句(有時也叫實質蘊涵)：「$p \supset q$」、「$p \rightarrow q$」。

實質雙條件句(有時也叫實質等值)：「$p \equiv q$」、「$p \leftrightarrow q$」。

假定「x」、「y」、「z」等等是個體變數，而「F」、「G」、「H」等等都是謂詞，我們發覺在謂詞演算中有兩個量化詞：全稱量化詞和存在量化詞：

全稱量化詞：「$(x)Fx$」、「$(\forall x)Fx$」、「$\wedge xFx$」。

存在量化詞：「$(Ex)Fx$」、「$(\exists x)Fx$」、「$\vee xFx$」。

有關包含有二元或二位運算子(聯結詞)的語架形成規則是，邏輯運算子要被放置在由其所連結的命題變數(或命題常數)之間。但有一種邏輯記號法，即所謂的波蘭式記號(Polish notation)，其語架形成規則規定，所有的算子(operators)，不只是否定符號和量化詞，都要放在它所限定的範圍的前面。下面的表式就是運用這種波蘭式記號規則的結果：

否定：「Np」。

合取：「Kpq」。

弱分取或包含性分取：「Apq」。

強分取或排斥性分取：「Jpq」。

條件句：「Cpq」。

雙條件句：「*Epq*」。

謝弗之撇：「*Dpq*」。

全稱量化詞：「ΠxFx」。

存在量化詞：「ΣxFx」。

記住：「*K*」、「*A*」、「*J*」、「*C*」、「*E*」和「*D*」都是二元函數。我們希望用它們來連結兩個命題符號，其中每個符號本身可以是簡單的，也可以是複合的。這種波蘭式記號的好處是，我們不需要為了預防歧義性而使用括號。此外，這種記號還可以使複合命題的主要類別的區分更加清楚：我們所需要做的只是去看看最左邊的運算子而已。例如，「$p \vee (q \,\&\, r)$」是「*p*」和合取「*Kqr*」的分取，即「*ApKqr*」。「$(p \vee q) \,\&\, r$」是分取「*Apq*」和「*r*」的合取，即「*KApqr*」。「$\sim p \rightarrow q$」可以寫作「*CNpq*」，即「如果 *N p*，那麼 *q*」。條件句的否定「$\sim (p \rightarrow q)$」就變成了「*NC*pq」。邏輯定理，如「$((p \,\&\, q) \rightarrow r) \rightarrow ((s \rightarrow p) \rightarrow (s \,\&\, q) \rightarrow r))$」就可以簡化為「*CCKpqrCCspCKsqr*」。全稱命題「$(\forall x)(Fx \rightarrow Gx)$」寫作「$\Pi xCFxGx$」，而謂詞命題的真值函數「$(\forall x)\, Fx \rightarrow (\exists y)\, Gy$」則寫作「$C\Pi xFx\Sigma yGy$」。等值式如「$(\forall x)\, Fx \leftrightarrow \sim (\exists x) \sim Fx$」變作「$E\Pi xFxN\Sigma xNFx$」，餘依此類推。

圓點式記號(dot notation)是一種用圓點構作完構式的方法，由於運用範圍(scope)漸進的圓點符號，這種記號法比運用括號來表示範圍更為簡明。但是，與沒有括號、完全根據真值函項邏輯運算子的次序來確定完構式組合的波蘭式記號相比，圓點式記號就稍顯繁瑣了。目前文獻中已有各種不同設計的圓點式記號。通常採用的約定是，圓點總是與它們旁邊的連接詞符號「相疏遠」(operate away)。要了解這是什麼意思，我們最好舉些例子：

(1)「$p \vee (q \sim r)$」寫作「$p \vee .q \rightarrow \sim r$」；

(2)「$(p \vee q) \rightarrow \sim r$」寫作「$p \vee q. \rightarrow \sim r$」；

(3)「$(p \rightarrow (q \leftrightarrow r)) \vee (p \vee r)$」寫作「$p \rightarrow .\, q \leftrightarrow r\!: \vee .\, p \vee r$」；

(4)「$(\sim p \leftrightarrow q) \cdot (r \rightarrow s)$」寫作「$\sim p \leftrightarrow q \,.\, r \leftrightarrow s$」。

在此，需要注意的是，用於表示合取的圓點，不能和標點式圓點相混淆，不過在某些場合中附加標點式圓點是必要的。例如，「$p.((q \,.\, r) \rightarrow s)$」可以寫作「$p : q.r. \rightarrow s$」。*n* 個圓點的範圍通常延伸到 *n* 個或更多個圓點。

(5)「$\sim p \leftrightarrow (q.(r \rightarrow s))$」寫作「$\sim p. \leftrightarrow : q.\mathrm{r} \rightarrow s$」；

(6)「$\sim p \leftrightarrow ((q \,.\, r) \rightarrow s)$」寫作「$\sim p. \leftrightarrow : q.\mathrm{r}. \rightarrow s$」；

(7)「$(\sim p \leftrightarrow (q \,.\, r)) \rightarrow s$」寫作「$\sim p \leftrightarrow .\, q.\mathrm{r}: \rightarrow s$」。

模態命題的記號的普及是由劉易士(C. I. Lewis)完成的。他用「◊」來表示可能性，並以此來界定其他的邏輯(alethic)模態記號。於是，「◊*p*」表示「*p* 是可能的」，「∼◊*p*」表示「*p* 不是可能的」(即「*p* 是不可能的」)，「∼◊∼*p*」表示「非 *p* 不是可能的」(即「*p* 是必然的」)，「◊∼*p*」表示「非 *p* 是可能的」(即「*p* 是偶然的」或「*p* 不是必然的」)。在確定了初基或非界定的可能性的記號之後，劉易士進一步引進了嚴格蘊涵(strict implication)的符號，它是由「⥽」來表示的，並被定義為：「$p ⥽ q. =. \sim \Diamond (p \cdot \sim q)$」。近年來的約定則發現用「□」(表示必然性的一個被定義的或者初基的符號)來表示更為方便。在沒有括號的波蘭式記號中，字母 M 通常用來表示「可能性」，有時 L 則加進來表示必然性。當它們與已有的真值函數運算子「*N*」、「*K*」、「*A*」、「*J*」、「*C*」、「*E*」、「*D*」不相混淆的時候，採用這些字母也沒有什麼不便之處。因之，我們可以將語句「如果 *p* 是必然的，那麼 *p* 是可能的」形式化為「*CNMNpMp*」或「*CLpMp*」，「所有的 *F* 都是 *G* 是必然的」可以形式化為「$NMN\Pi xCFxGx$」或「$L\Pi xCFxGx$」，「凡

是 *F* 都必然是 *G*」可以形式化為「*ΠxCFxNMNGx*」或「*ΠxCFxLGx*」。其他的依此類推。

參見 implication 蘊涵；modal logic 模態邏輯；well-formed formula 合式公式；附錄：特殊符號與邏輯記號

I.Bo.撰　王文方審訂

logical paradoxes　邏輯悖論　見 set-theoretic paradoxes 集合論悖論

logical positivism　邏輯實證主義　亦稱實證主義。一種由經驗主義和檢證論（verificationism)引發的哲學運動。始於二十世紀 1920 年代，流行了二、三十年。當哲學家們仍認同一些邏輯實證主義的觀點時，它的主要思想在二十世紀下半葉已經開始受到深刻的批判。在某種意義上，邏輯實證主義可以看成是激進的或英國的經驗論以及邏輯原子論(logical atomism)的自然發展結果。實證主義的推動力量也依附在認知陳述句意義的檢證標準之上。對這一原則的接受，導致了實證主義者拒絕承認許多宗教、倫理和被他們當作形上學的哲學的主張；在他們看來，這些主張是有疑問的。

意義的檢證標準(The verifiability criterion of meaning)　極端的經驗主義將真正的觀念看成是，由可追溯(traceable)的經驗要素的簡單觀念構成。如果這一想法是真實的，而且如果關於經驗世界的思想是由觀念「構成」(made up)，那麼似乎所有關於這世界的真正思想，都必須具有作為經驗指示內容的思想。儘管並不是所有的實證主義者都這樣明確地將意義與經驗論者心中的體驗的性質相聯繫，但是他們相信，一個關於這世界的真正的偶然判斷必須通過經驗或觀察來加以檢證。

這隨即產生了關於「檢證」(verify)的確切涵義的問題。極端的實證主義理論用蘊涵有關命題真實性的經驗或觀察來解釋檢證。於是，我為了要說明斷定我面前有一張桌子是有意義的，那收集能夠保證桌子存在的證據和理由，就必須在原則上是可能的，而且這些證據和證成，必須使得桌子不存在是不可能的。即使如此，對這一觀點的陳述句也是曖昧不明，因為錯誤的不可能性可以被解釋為邏輯的、概念的或者是更為薄弱的某種東西，比如說是因果的。從兩者而言，極端的實證主義在反對意見前似乎顯得脆弱。全稱命題，例如「所有金屬遇熱都會膨脹」是有意義的，但是，任何觀察能決定性檢證它們是值得懷疑的。有人可能會修改檢證的標準，使其僅僅包含能被決定性地驗證(confirmed)或反證(disconfirmed)的命題才有意義。然而，即使關於物質世界的普通陳述句，能否滿足極端實證主義者所堅持容許決定性的檢證或否證(falsification)的觀點也是有疑問的。如果我們所擁有的證據能使我們相信，這個物質世界是由短暫主觀的感覺所組成，那麼由邪惡力量的存在所導致的幻覺或蒙蔽的可能性，似乎會排除任何有限感覺序列的可能性，而這對物質對象存在與否的確立會產生決定性的影響。

面對這種困境，至少有些實證主義者被迫退卻到檢證論的一種更為溫和的形式，而堅持如果一個命題是有意義的，就必須能夠找到命題為真的「相關可能性」(likelihood)的證據或證成。當然，要找到檢證主義這種比較薄弱的形式的反例也是非常困難的。但是，由於同樣的原因，要保證這一形式如何完成實證主義者希望它所完成的，也就是排除表面上有問題主張的工作，也是很困難的。

必然真理(Necessary truth)　邏輯實證主義的另一個中心信條是，所有有意義的命題都將分為兩類，一是必然真理，它們是分析的和先驗的知識。二是偶然真理，它們是綜合的和後驗的知識。如果一個有意義的命題不是偶然的，是可以通過經驗檢證的經驗命題，那麼它就或者是一個形式的套套邏輯(tautology)，或者是分析的，亦即通過同義表述的替換，可以還原為同一個形式。在實證主義者看來，重言式和分析真理並不描述世界，是由關於語言規則的某種事實來確定其真值(如果為真)或假(如果為假)。命題「P 或非 P」的真是由我們所具有的規則來確定，這一規則規定了連結詞「或」(or)和「非」(not)的用法，規定了謂詞「真」(true)和「假」(false)的分配。

對邏輯實證主義還有一些眾所周知的問題。通過同義表述的替換是很難將如下一些顯而易見的必然真理還原為形式的套套邏輯的：(1)所有(全部)藍色的東西都不是(全部)紅色的，(2)等邊三角形都是等角三角形，(3)命題不可能既真又假。具有諷刺意味的是，在處理這些表明他們觀點的特有論題時，實證主義者遇到了大量的麻煩，例如，關於意義和檢證的主張，以及分析-綜合的區別的主張。

還原論(Reductionism)　大多數的邏輯實證主義者都接受基礎論(foundationalist)的知識論，據此，所有可證成的信念，最終都依賴非推論證成(justify)的信念。這些非推論證成的信念有時被描述為是基本的，而以這種方法認識的真理經常被歸因於自明的(self-evident)，或者是「記錄」(protocol)陳述句。由於實證主義者對關於如何理解基本信念或記錄陳述句的概念有爭論，甚至對關於何者為其合適的例證也有爭論，因此實證主義並不是一個單一的運動。同時，也因為意義的檢證標準和一些關於證成的基礎何在，以及什麼構成正當的推理的信念，這些因素都促使許多實證主義者接受了還原論的極端形式。簡言之，他們之中的絕大多數人含蓄地承認只有演繹法及(勉強的)歸納法才是推理的正當模式。在這種觀點的基礎上，困難的知識論漏洞，就在可資利用的證據和我們所要觸及關於我們周圍世界的常識性結論之間產生。對於那些認為只有描述感知(perceptions)或主觀感覺(sensations)的命題才是真正經驗基礎的經驗主義者而言，這種問題就尤為尖銳而深刻了。這種哲學家面臨著一個巨大的困難，即解釋我們關於感知的知識如何才能驗證我們關於客觀的物質世界的斷言。顯而易見的是，我們不能從我們關於感覺的了解(記得有幻覺產生的可能性)演繹出任何關於物質世界的真實(truths)。同樣，當我們最終不得不依賴的根據，只是我們的感覺意識的時候，我們似乎也不能歸納地將感覺作為物質世界存在的證據。面對我們關於物質世界的共同斷言可能無法經受檢證而成為有意義的情況下，許多實證主義者開始大膽地論證關於物質世界的陳述句能否被看作是可以還原為(在意義上等於)關於感覺極為複雜的陳述句。所謂的現象論者(phenomenalist)認為，斷言某個桌子存在，在意義上就等於一個觀察者在擁有其他感覺時，針對該對象所獲得的感覺或一系列的感覺所做出的複合斷言(complex assertion)。

感覺與物質世界之間的鴻溝，是認識上的鴻溝之一，威脅了對於世界的共同斷言。如果我們對於他人精神狀態的認識，只能從他們的物理行為中推導出來，那麼就必須解釋這種推導如何得到證成。於是，那些將記錄陳述句包含關於物質世界的普通斷言的邏輯實證主義者，就自然地將對他人精神狀態的探討還原為對他人行為的探討；這就是邏輯行為主義(logical behaviorism)。即使那些認為經驗命題最終必須被還原為對感覺的探討的實證主義者，也有些人準備將對他人精神狀態的探討轉化為對他們行為的論述。諷刺的是，這將仍然會返回到對感覺論述的轉譯之中。

許多實證主義者最初關心理論物理學的假說問題，這似乎遠遠超出所能觀察的任何事物。在科學哲學的脈絡下，有些實證主義者似乎將假說看作是關於宏觀世界的不成問題的普通陳述句，但是對它還要加以判定，或者將科學中的理論陳述句還原為關於可觀察世界的複雜陳述句，或者將理論的實體(entities)看作是一種方便的虛構；它是一種實際上沒有任何真值的描述。然而，當他千方百計地要掌握關於過去的知識時，實證主義者接受還原論的一廂情願的限制就會被檢驗出來。描述記憶經驗的命題(如果這種「經驗」〔experiences〕確實存在的話)似乎不能蘊涵關於過去的真實，也不可能將記憶歸納地建立成關於過去的可靠指標(那麼，我們如何在不依賴過去的記憶之下，建立與過去的相關性)。還原論者的真正核心，事實上是在玩弄將對過去的探討還原為對現在和將來的探討的可能性，但在此提出還原綱領的可能性所做的建議，可能還是低估了(understatement)問題。

參見 analytic-synthetic distinction 分析-綜合區分；behaviorism 行為主義；empiricism 經驗主義；foundationalism 基礎主義；philosophy of science 科學哲學；verificationism 檢證論；Vienna Circle 維也納學派

R.A.F.撰　苑舉正審訂

logical predicate　**邏輯述詞**　見 logical subject 邏輯主詞

logical priority　**邏輯的先行性**　見 dependence 依賴關係

logical probability　**邏輯機率**　見 probability 機率

logical product　**邏輯積**　一種命題或述詞的連言。「積」這個詞源自與算術裡乘法的相似性，而在布爾代數(Boolean algebra)這類代數邏輯中明顯地被如此使用。同樣地，「邏輯和」(logical sum)通常意指命題或述詞的選言，而「和」這個詞也是源自與算術裡加法的相似性。在十九世紀的邏輯文獻中，例如在裴爾斯(Peirce)的著作中，「邏輯積」及「邏輯和」往往分別指涉相對積及相對和。在布爾(George Boole)的著作中，「邏輯和」所指涉的運算，對應到的不是選言而是互斥性的「或」。范恩(John Venn)引入當代意義的「邏輯積」用法，爾後為裴爾斯所採納並發揚。「相對積」是由狄摩根(Augustus De Morgan)所引入，也受到了裴爾斯所採納並發揚。

R.W.B.撰　李國偉審訂

logical reconstruction　**邏輯重構**　見 rational reconstruction 理性重構

logical subject　**邏輯主詞**　亞里斯多德(Aristotle)及傳統邏輯中的普通名詞(the common noun)，或者有時候指普通名詞之內涵(intension)或外延(extension)，它跟隨在一語句的起始量詞(quantifier word)(「每」〔every〕、「有些」〔some〕、「沒」〔no〕……等)之後，而與文法主詞(grammatical subject)不同，後者是包括量詞及名詞之整個名詞片語，在某些用法還包括任何可用上的修飾詞(modifiers)。「每一個大於零之數是正的」(every number exceeding zero is positive)之文法主詞是「每一個數」(every number)，或者在某些用法則以「每一個大於零之數」(every number exceeding zero)為文法主詞，然而邏輯主詞則是「數」(number)或「數」之內涵或外延。與此相類似地，我們可以做邏輯述詞(predicate)及文法述詞之區分：在剛才的例子，「是正的」(is positive)是文法述詞，而邏輯述詞是形容詞「正的」(positive)，有時則是「是正的」這個性質(the property of being positive)，甚或是「正的」這詞之外延。在標準一階邏輯(first-order logic)，某一給定解釋下的一個語句(a sentence under a given interpretation)之邏輯主詞是這解釋之整個論域(the entire universe of discourse)。

參見 grammar 文法；logical form 邏輯形式；subject 主詞；universe of discourse 論域

J.Cor.撰　龔維正審訂

logical sum　**邏輯和**　見 logical product 邏輯積

logical syntax　邏輯語法　對語言表式的形式之描述，藉此表述間的邏輯關係得以建立。邏輯語法這個想法中的隱含假設是：所有的——或絕大部分——邏輯關係的建立主要都是由於語句形式所造成的：例如，「如果雪是白色，那麼雪是有顏色的」和「雪是白色」之所以共同地蘊涵「雪是有顏色的」，就是因為它們各自的形式：「如果 *P* 則 *Q*」、「*P*」和「*Q*」。在邏輯語法中指定給一個表式的形式，也就是該表式的邏輯形式。

邏輯形式可能不能由表述的外在形式直接顯現出來。(1)「所有人都是有肉體的」(every individual is physical)和(2)「某些人是有肉體的」這兩個語句在表面上都具有主謂式結構，但是，這種表面形式卻並不是這些語句(或它們所表達的命題)和其他語句(或命題)發生邏輯關係的原因，因為如果是的話，(1)和(2)就應該與所有的語句(或命題)都具有相同的邏輯關係，然而，它們卻非如此。(1)和(3)「亞里斯多德(Aristotle)是個人」能共同地蘊涵(4)「亞里斯多德是有肉體的」，而(2)和(3)卻不能夠共同地蘊涵(4)。因此。(1)和(2)在邏輯形式上是不同的。由弗雷格(Frege)發展的現代邏輯語法，對(1)和(2)指定了極其不同的邏輯形式，(1)為「對所有的 *x*，如果 *x* 是個人，那麼 *x* 就是有肉體的」，(2)則為「對某個*x*，*x*是個人而且*x*是有肉體的」。另一個例子(5)「月球的衛星上有水」似乎蘊涵著「至少有一個東西環繞月球」而且「只有一個東西環繞月球」。按照這一想法，羅素(Russell)對(5)所指定的邏輯形式是「至少有某個 *x*，*x* 環繞月球運動，而且對所有的 *y*，如果 *y* 也環繞月球運動，那麼 *y* 與 *x* 是同一個的東西，而且對所有的 *z*，如果 *z* 環繞月球，那麼 *z* 上有水。」

參見 grammar 文法；logical form 邏輯形式；theory of descriptions 描述詞理論

T.Y.撰　王文方審訂

logical system　邏輯系統　見 formal semantics 形式語言的語意論；logistic system 邏輯斯蒂系統

logical table of judgments　判斷的邏輯表　見 Kant 康德

logical truth, linguistic theory of　邏輯真理的語言理論　見 conventionalism 約定論

logicism　邏輯主義　認為數學或者至少是數學的相當部分其實算是邏輯的主張。作為對卡納普(Carnap)建議(首見於「*Erkenntnis*」學報發表的〈數學的邏輯基礎〉〔The Logicist Foundation for Mathematics, 1931〕)的修正，這種主張包含下面兩個論點：表述性的邏輯主義(expressibility logicism)：主張數學命題就是純邏輯命題(或者是純邏輯命題的替代表述)。推衍性的邏輯主義(derivational logicism)：主張數學的公理和定理可以由純粹的邏輯推導出來的。

這裡舉一個取自自然數算術的例子來說明。令基數量詞可以被表述為「恰存有……個 *x* 使得」，其簡寫為「(…*x*)」，而「……」可由任何阿拉伯數字取代。這些量詞可以借助於帶等號的一階邏輯來加以表述；例如，「$(2x)Px$」與「$\exists x \exists y (x \neq y \& \forall z[Pz \equiv (z=x \vee z=y)])$」是等價的。後者並不包含有數字或其他特殊的數學語彙。$2+3=5$ 是一個純粹的數學真理，我們可以將它表述如下：如果我們將兩個東西加上另外三個東西，那麼我們就有五個東西。這是一個不包含任何數學語彙的二階邏輯的有效式：

$$\forall X \forall Y ([(2x)Xx \& (3x)Yx \& \neg\exists x (Xx \& Yx)] \supset (5x)(Xx \vee Yx))$$

此式可在任何形式化二階邏輯的片段中加以證明，只要其中包含帶有等號的一階邏輯

和二階的「∀」引入律。

但是，什麼才算邏輯？什麼才算推衍？什麼才算從純粹邏輯做的推衍？在解決這些難以澄清的問題時，使得哪種形式或修正形式是正確的邏輯主義的討論非常活躍。

邏輯主義的「古典」表述是弗雷格(Frege)的《算術的基礎》(*Grundgesetze der Arithmetik*)和羅素(Russell)與懷德海(Whitehead)的《數學原理》(*Principia Mathematica*)。弗雷格將邏輯看成是形式化二階邏輯的片段(fragment)，再加上可以從「不完全」表達式造出單數詞項的算子。這種「不完全」表達式代表第一階(即，類型 1)的概念，而算子造出的詞項是它的外延。《算術的基礎》的公理 5 是一條概括公理，它蘊涵任一弗雷格式的一階概念都存有外延。羅素在他 1901 年那封著名的書信中，證明這條公理會引起矛盾，因此，使弗雷格原有的設想落空。

羅素與懷德海將邏輯看作是分枝的完全有限階(即，類型 ω 邏輯的形式化片段，它裡面的高階變元涉及適當的命題函數。不過《數學原理》和他們的其他著作沒有把後一條件講得十分清晰。為了替表述的邏輯主義辯解，《數學原理》具有如下的獨特風格：它假定會有曖昧性的地方，而樸素的數學似乎是明確的，例如，每個類型在高兩個類型之上有自己的自然數體系。為了替推衍的邏輯主義辯解，《數學原理》使用某種形式的選擇公理、可化約公理和無窮公理而產生了缺陷，因為這些公理的自明性頗有爭議。可化約公理可以(如蘭姆西〔Ramsey〕提議的那樣)通過消除邏輯的分枝加以省略。然而，即使這樣，甚至自然數算術也還是要運用到無窮公理。實際上，無窮公理斷言存在無窮多個個體(即，類型 0 的實體)。儘管無窮公理是純邏輯的，就是說只包含邏輯表達式，羅素在《數理哲學導論》(*Introduction to Mathematical Philosophy*, p.141)中承認，無窮公理是「不能光靠邏輯判定為真的」。但是羅素(在 194-95 頁)又忘了這個說法。他又說：「如果還有不承認邏輯與數學等同的人，那麼我們就請他們指出在《數學原理》連續的定義和推論中，什麼時候邏輯中斷而數學開始。顯然任何一種答案都頗有些任意性」。然而，答案卻非完全任意，即「第 120 節首先採用無窮公理處」。在《數學原理》中，羅素和懷德海說他們「寧可將無窮公理當做一個假設。」(第 2 卷，第 203 頁)或許他們並不確實地將邏輯與數學等同起來，而是認為邏輯與數學有一種對應：對應於每個數學命題 ϕ 都存在一個邏輯的條件句，它的前件是無窮公理，它的後件是 ϕ 的純邏輯的等價敘述。

儘管「古典的」邏輯主義面臨著這樣的問題，但是，如果我們將所謂的高階(至少是二階)邏輯看做是邏輯，如果我們重新將邏輯主義的主張解釋為「數學的每個領域都是某一種邏輯，或者某一種邏輯的部分」，那麼邏輯主義就還活得好好的。

參見 Frege 弗雷格；Gödel's incompleteness theorems 哥德爾不完備定理；philosophy of mathematics 數學哲學；set theory 集合論

H.T.H. 撰　李國偉審訂

logic of discovery　發現的邏輯　見 abduction 抽納

logic of validation　檢證的邏輯　見 abduction 抽納

logistic system　邏輯斯蒂系統　具有一組公理和推論規則的形式語言，現今許多人稱之為「邏輯」(logic)。關於邏輯斯蒂系統的初始想法是，形式語言、公理、推論規則、伴隨而來的概念如證明和定理，都將要按照精確的數學方法加以詳細地闡明，進而使演繹推理的研究成為精確的科學。首先，對形式語言的初始符號有效地明訂，並規定何種有限的符號字串可視為形式語言的語句或合式公式(well-formed formulas)。其次，選擇某些語句作為公理，並給定推論規則，而且必須有可行程序(an effective procedure)來判斷是否所考慮規則為該系統的推論規則，或是該系統許可的推論。證明(a proof)就被定義為一語句的序列，其中每個語句或者是公理，或者是由其先前的語句按照推論規則得出的，而一個證明的最後一句即是所要證明的定理(a theorem)。邏輯的後續發展顯示，可行性的條件(the requirement of effectiveness)有時是被忽略的，類似的語句的有限性和證明長度的有限性(sentences and proofs be finite in length)等條件亦然。

參見 algorithm 算法；infinitary logic 無窮邏輯；proof theory 證明論

G.F.S.撰　李瑞麟審訂

logocentric　邏各斯中心論　見 deconstruction 解構

***logoi*　邏各斯**　見 deconstruction 解構；*logos* 理、道

***logos*　理、道**　複數為*logoi*，希臘語詞，意為「語詞」(word)、「言語」(speech)、「理性」(reason)。它具有下面主要的哲學涵義：(1)規則、原理、法則。例如，在斯多噶學派看來，「理、道」就是神聖的命令；新柏拉圖主義用它來表示感覺世界中的可以理解的控制力。基督教進而用它表示上帝的命令，在創造世界的過程中的上帝力量的表現，而在《新約全書》(*New Testament*)中，它又表示基督的化身。(2)命題、理由、解釋、說明、論點、論證。例如，亞里斯多德(Aristotle)用第一原則來描述「理、道」。(3)理性、推理、理解的能力、抽象理論(與經驗相對)、論述的推理(相對於直覺)。例如，柏拉圖(Plato)的《理想國》(*Republic*)用它來表示靈魂的理性要素。(4)尺度、關係、比例、比率。例如，亞里斯多德討論了音樂的比例的「理、道」。(5)重要性、價值。例如，赫拉克利特斯(Heraclitus)在探討人性問題時，就認為人的「理、道」比其他的物種的要偉大得多。

R.C.撰　王文方審訂

Lombard, Peter　隆巴德，彼得　見 Peter Lombard 彼得・隆巴德

Longinus　朗基納斯(late first century A.D.)　希臘文學批評家，《論崇高》(*On the Sublime*〔*Peri hypsous*〕)的作者。這部論著在手稿中被認為是屬於「狄奧尼修斯或者郎基納斯」(Dionysius or Longinus)的，其成書的時間大約是在西元一世紀末。作者探討了文學中崇高的五種根源：(a)思想的崇高和(b)深厚的感情，這兩者都是作者「本性」(nature)自然流露的成果；(c)談話的風度(d)語言運用上的高貴性和原創性特，與(e)在技術性的藝術創作和發聲上的節奏與和諧。其中論述情緒的章節遺失了。這部論著，帶有亞里斯多德(Aristotle)的風格，但具有熱情奔放的精神，說明了希臘文學許多偉大的章句中的情緒效果；尤其值得注意的是其中關於荷馬(Homer)的評論(第九章)。在一獨裁政權和夢幻的自由時代，它對詩人及演說家有著一種近乎浪漫式的獨立和偉大的角色，以及想像力的懷舊性的訴求，是相當獨特與值得回味的。

參見 aesthetics 美學；Aristotle 亞里斯多德

D.Ar.撰　徐學庸審訂

loop, closed　封閉循環　見 cybernetics 控制論

L

loop, open　開放循環　見 cybernetics 控制論

lottery paradox　彩票悖論　是一種悖論，有兩條關於正當化的似真假設，但它們導出的結論，任何完全理性的思考者，應該會合理地相信與它們矛盾的命題。這種令人不悅的結論導致哲學家否定上述假設中之一。由基伯格(Henry Kyburg)所提出的這一悖論，通常是這麼產生的：假定我正在考量要不要買一種公正抽獎的彩券，彩券的數量為 n (n 是足夠大的)，而且我很正當地相信有且僅有一張彩券會中獎。假定相對於某人的證據，p 的機率超過一個小於但非常接近 1 的門檻，那麼此人可以正當地相信就是 p (而不只是正當地相信非常可能是 p)。有時，此規則稱做歸納假設的「分離規則」。現在假設彩券的數量 n 足夠大，規則就允許我可以正當地相信(T_1)第一張彩券不會中獎(因為如果 n 是足夠大的，那麼 T_1 的機率〔= (n-1)/n〕會超出指定的門檻)。依此類推，我有理由相信(T_2)第二張彩券也不會中獎，對剩餘的彩券我也可以做同樣的處理。如果某人可以正當地相信 p，同時他也可以正當地相信 q，那麼他就可以正當地相信 p 且 q。這是所謂「正當化的演繹閉合」的一個結論，也就是說，從正當相信的事，按照演繹法則推出的結論，也就可以正當地相信。因為有閉合性我就可以正當地相信 T_1 且 T_2 且……, T_n。然而，這個合取命題就等於說，沒有一張彩券會中獎，然而，我們探討問題的起點卻是我可以正當地相信恰有一張彩券會中獎。

參見 closure 封閉性；justification 證成

A.B.撰　李國偉審訂

Lotze, Rudolf Hermann　洛采，魯道夫・哈曼(1817-81)　德國哲學家及後黑格爾時期(post-Hegelian)德國形上學之具有影響力的代表人物。洛采生於包森(Bautzen)，大學時在萊比錫(Leipzig)研習醫學、數學、物理學與哲學，畢業後在此擔任講師，先是教授醫學，後來則教授哲學。他的早期思想(主要表現在他的《形上學》〔*Metaphysik*, 1841〕和《邏輯學》〔*Logik*, 1843〕二書中)深受黑格爾以前的學生威瑟(C. H. Weisse)的影響。後來，他接替赫爾巴特(J. F. Herbart)而在哥廷根(Göttingen)大學擔任哲學教授，從 1844 年直到去逝前不久都在此任教。1856 到 1864 年之間，他出版了他最著名的三大卷著作《小世界》(*Mikrocosmus*)。《邏輯學》(1874)和《形上學》(1879)二書，則是他未完成的三卷本著作《哲學體系》(*System der Philosophie*)的前兩個部分。

洛采雖然也像他的德國觀念論(idealist)前輩一樣，喜歡形上學和體系性的建構，但他卻拒斥觀念論者的主智主義(intellectualism)，而強調感覺的優位；他相信，形上學必須完全尊重經驗科學的方法、結果和「機械論」(mechanistic)式的假定；在他看來，哲學乃是一種永無止境的努力，不斷試圖提出並解決在科學、倫理學和藝術中，由於各種方法與興趣之不可避免的多元主義(pluralism)而產生的問題。洛采認為，感覺向我們揭露了我們與一人格神及其在自然中的目的論式的運作的某種關係；此一斷言顯示了一種強烈的人格主義(personalism)色彩。在美國，他的深遠影響可以由魯一士(Royce)追蹤到桑塔耶納(Santayana)、布朗恩(B. P. Bowne)與詹姆士(James)，而在英國，則可以由鮑桑葵(Bosanquet)追蹤到布雷德利(Bradley)。

參見 idealism 觀念論；personalism 人格主義

J.P.Su.撰　張旺山審訂

love, ethics of　愛的倫理學　見 divine command ethics 上帝誡命倫理學

Löwenheim-Skolem theorem　羅文漢-斯科倫定理　對於任一標準述詞邏輯(即初階邏輯)的命題的集合，如果存在任一使該集合的命題都為真的解釋，那麼也就存在一個解釋，其論域(domain)由自然數組成，並且該集合的命題在其中均為真。理歐波德．羅文漢(Leopold Löwenheim)在 1915 年證明了，對有限個標準述詞邏輯命題的集合而言，如果存在任一該集合的命題均為真的解釋，那麼也就存在一個使它們為真的解釋，其論域是第一個解釋的論域的子集，而且新的論域可以一對一對應到(one-to-one onto)一個自然數集合。他的證明包含有某些漏洞，隱含地使用「選擇公理」(the axiom of choice)為其證明中不可少的條件，但是，選擇公理這一集合論原則，其真確性從過去到現在仍然是一項爭議。實際上，羅文漢-斯科倫定理與選擇公理是等值的。1920 年索拉夫．斯科倫(Thoralf Skolem)給了一個更為詳盡的證明，這個證明對選擇公理的使用更為明顯，並將該定理的範圍擴展到包括了無窮個命題的集合。1922 年他又給了一個在本質上不同的證明，它不依賴於選擇公理，而且其中的論域是由自然數構成，並非只是和自然數集合相等大小的集合。在當代的文獻中，斯科倫的結果被由哥德爾(Gödel)、赫爾布蘭德(Herbrand)或者韓金(Henkin)後來設計的方法所證明，而這些方法還證明了其他的結果。如果(形式)語言不包含有等號述詞(identity predicate)，那麼斯科倫的結果就是第二個(解釋的)論域由所有自然數的集合構成；如果(形式)語言包含有等號述詞，那麼第二個論域就可能是自然數的一個真子集(參見凡．海真諾特《從弗雷格到哥德爾：數理邏輯資料集 1879-1931 年》1967 年版，為原始論文的譯文集〔van Heijenoort, *From Frege to Gödel: A Source Book in Mathematical Logic 1879-1931*, 1967〕)。

這些原創性的結果具有重要的意義，因為它們證明了在許多情況下，除了原先設想的既定解釋之外，還能夠構造出具有較小論域的預料之外的解釋。後來還證明了使同一個集合的命題為真且具有較大論域的解釋，也是可以構造的。這就是外擴的羅文漢-斯科倫定理(Upward Löwenheim-Skolem theorem)。而先前表述的定理有時被稱為是內縮的羅文漢-斯科倫定理(Downward Löwenheim-Skolem theorem)。

羅文漢-斯科倫定理之所以令人震驚，是因為一般認為某些公理的集合界定了論域的特性，例如，實數構成的連續體(the continuum of real numbers)，它比自然數集合要大。這種意外被稱為「斯科倫悖論」(Skolem's paradox)。但是，值得強調的是，這是一個哲學上的難題，並非一個形式上的矛盾。早期對於這一悖論的反應有兩種主要的思路。相信連續體的存在和我們對它的認識和描述無關的實在論者(the realist)認為，由此定理推得：或者關於連續體結構的完全真理是無法表達的，或者這至少意味著研究連續體需要使用標準初階述詞邏輯之外的邏輯。而相信連續體在某種意義下是我們創造出來的構造論者(the constructivist)認為，由此定理顯示無窮集合的比較大小不是絕對的，而是相對於特定的描述。這兩種立場已經獲得了許多在細節上不同而又非常複雜的形式化，而它們仍然是這方面研究中兩條主要的思路。

參見 set theory 集合論

R.E.G.撰　李瑞麟審訂

lower functional calculus　低階函映演算　見 formal logic 形式邏輯

Lucretius　盧克萊修斯(99 or 94-55 B.C.)　羅馬詩人，是《物性論》(*De rerum natura*)這本包含六卷敘事詩的作者。身為一正統的伊比鳩魯主義(Epicurean)者，盧克萊修斯將討論的重點放在物理學與哲學最具技術的層面，在幫助人們獲得情緒上的寧靜、消除世俗宗教造成的恐懼心理所扮演的角色上。每一卷都研究了伊比鳩魯主義的某個方面，目的在於為他的讀者美米烏斯(Memmius)提供一個基本的訓練。每一卷都以華美的序篇開頭，而以極富感染力的段落結尾；思想的論述常以個人對當時羅馬和義大利的景色觀察來闡述。第 1 卷論述除了無限的原子在無限的虛空運動之外，沒有什麼別的東西存在。它以序詩開始，描述了維納斯和馬斯(Venus and Mars；羅馬和平的寓言)的愛情，最後以伊比鳩魯為征服者的形象，將戰戟擲出天文學家以地球為中心的有限宇宙之外。第 2 卷則證明有限世界必然滅亡的命運；在證明了人的靈魂必然滅亡之後，第 3 卷最終以聖歌的形式論述了對死亡是沒有感覺或恐懼作結束。在第 4 卷，從對感覺和思維的探討引導我們對性欲求所造成的痛苦進行了批判。第 5 卷探討了可以感知的世界的形狀和內容，最終描述了人類文明的起源。第 6 卷對控制氣象、地震及相關的自然現象的自然力進行了探討，最終描述了西元前 429 年雅典瘟疫的恐怖場面。出乎意料的悲慘結局建議著這部詩作尚未完成(它也對伊比鳩魯主義的兩個極為重要問題——友誼和上帝沒有討論)。

參見 Epicureanism 伊比鳩魯主義

D.Ar.撰　徐學庸審訂

Lu Hsiang-shan　陸象山(1139-93)　中國新儒學(Neo-Confucian)哲學家。朱熹(Chu Hsi)形而上學(玄學)思想的對立者。對陸象山而言，欲實現孔子(Confucian)天人合一的思想，吾「心」(mind)便已具足。當朱熹關注「要沿著研究和懷疑的途徑」(following the path of study and inquiry)的時候，陸象山卻強調「要實踐(人的)道德本性。」(honoring the moral nature〔of humans〕)陸象山是一個形而上學的唯心主義者(metaphysical idealist)，最典型的觀點就是「宇宙內事，乃己分內事」(The affairs of the universe are my own affairs)，他對於儒家經典的態度是：「學苟知本，六經皆我注腳。」(If in our study we know the fundamentals, then all the Six Classics〔the Book of Odes, Book of History, Book of Rites, Book of Changes, the Chou-li, and the Spring and Autumn Annals〕are my footnotes)儒家思想的完成最終就在自我實現，他的思想為我們理解王陽明(Wang Yang-ming)哲學的重要特徵奠定了基礎。

參見 Neo-Confucianism 新儒學

A.S.C.撰　林安梧審訂

Luis de Molina　路易斯・德・默里納　見 Molina 默里納

Lukács, Georg　盧卡奇，喬治(1885-1971)　匈牙利馬克思主義哲學家，因著《歷史和階級意識：馬克思主義辯證法研究》(*History and Class Consciousness: Studies in Marxist Dialectics*, 1923)而聞名。1918 年加入匈牙利共產黨，然而此後大部分時間盧卡奇與黨有許多爭議。1919 年他在庫恩(Béla Kun)政府中擔任過幾個月的人民教育委員，後來他流亡到維也納和柏林。1933 年他離開希特勒統治的德國前往莫斯科，直到第二次世界大戰結束，才返回布達佩斯(Budapest)擔任大學教授。1956 年他在短命的納吉(Imre Nagy)政府中擔任文化部長。這一經歷曾使他被短期流放到羅馬尼亞。在晚年他重回布達佩斯任教大學，並獲得了匈牙利政府的極高贊譽。他的《全集》(*Collected Works*)將以德文與匈牙利文出版。他在文學批評和青年馬克思思想的重構方面亦饒負盛名。

為研究方便起見，盧卡奇的作品經常被劃分為三個階段：前馬克思時期、史達林時期和後史達林時期。串連這三個階段並始終如一的，是有關辯證法整體觀念的問題。他強調馬克思主義關於主體與客體的辯證統一的觀點。他認為主體與客體的辯證統一終將通過無產階級的自我實現並伴隨著經濟異化在社會的瓦解而獲得，同時人們要理解真理是仍須被逐漸實現的整體(a still-to-be-realized totality)(在第二次世界大戰之後，這是南斯拉夫的實踐理論者所採行的觀點)。年輕的新康德主義者(neo-Kantian)盧卡奇提出一種美學，強調人類經驗的主觀性(subjectivity of human experience)和社會經驗的空虛(emptiness of social experience)。這使得許多法國哲學家認為他是二十世紀最早的存在主義者(existentialist)，但他對此堅決否認。後來他肯定實在論(realism)才是理解文藝批評的唯一正確的途徑，論證因為人性是任何社會討論的核心，形式依靠內容，所以所有對文學的歷史社會詮釋最關鍵的，是政治內容。

歷史上，使盧卡奇在馬克思主義陣營中成名的，是他認為馬克思的唯物史觀(materialist theory of history)與經濟支配的結果，只有在該理論中容許必然性和類種(species)自由才能理解。在發現《1844 年經濟學和哲學手稿》(*Economic and Philosophical Manuscripts of 1844*)之前，他就在《歷史和階級意識》中強調馬克思受益於黑格爾辯證法(Hegelian dialectics)。盧卡奇強調他的黑格爾式的馬克思主義才是正確的馬克思學說，並以此來超越和反對由恩格斯(Engels)所啟發的並已確立的蘇維埃自然辯證法(Soviet version of a dialectics of nature)。他主張，要恢復馬克思主義方法論，首先強調整體觀念的基本立場。透過馬克思對辯證法的運用，資本主義社會在本質上可以被視為具體的，而無產階級可以被視之為歷史的真正主體和拯救人性的唯一可能。所有的真理都由與無產階級之歷史使命的關係來檢視。馬克思的唯物史觀本身也必須由無產階級的知識來檢驗。真理不再是既定的，而必須透過理論與實踐統一的彰顯過程中的相對時段來理解，此即社會關係的總和。這種統一不能由統計解釋來實現，相反地，應該透過無產階級意識和包含主客體的引導式政黨行為來掌握(曼海姆〔Karl Mannheim〕在「認識社會學」(the sociology of knowledge)著作中包含這種社會歷史相對論的修正理論)。在歐美這種理論導致西方馬克思主義。在東歐和蘇聯它卻遭到了譴責。如果認識的主體與被認識的對象是同一個事物的兩個面向，那麼這裡就有一個兩方向的辯證關係，而馬克思主義就不能只從恩格斯的自然辯證法的單一方向來理解。

共產主義對盧卡奇的批判非常嚴厲，以致他認為有必要寫一篇有關既定列寧觀點(Lenin)的辯護。在《青年黑格爾：辯證法與經濟學關係的研究》(*The Young Hegel: Studies in the Relations between Dialectics and Economics*, 1938)中，盧卡奇對自己的觀點進行了修改，但他仍然強調黑格爾與馬克思的辯證相同性。晚年，盧卡奇發展全面的倫理學理論的企圖卻不成功，所留下的是兩千多頁的關於社會本體論(social ontology)的初步成果。

參見 Marxism 馬克思主義；praxis 實踐

J.Bi.撰　苑舉正審訂

Łukasiewicz, Jan　盧卡西維茨，詹(1878-1956)　波蘭哲學家、邏輯學家，華沙學派最著名的代表。因創建多值邏輯(many-valued logic)而成名，不僅如此，他還發明了沒有括號的波蘭式記號，給出了最早的有關命題演算公理系統的一致性、完全性、獨立性和公理簡化的結果。澄清了以前歷史學家對斯多噶邏輯的曲解和混亂，並恢復了斯多噶邏輯作為第一個形式化演繹理論應有的歷史地位，最後在他的《從現代化形式邏輯的立場看亞里斯多德的三段論》(*Aristotle's Syllogistic from the Standpoint of Modern Formal Logic*)中，他結合了亞里斯多德的三段論、命題和模態的論述，而形成了一個演繹系統。

受到亞里斯多德在《論詮釋》(*On Interpretation*)中關於未來或然性思想的影響，盧卡西維茨在 1918 年提出了第三真值「可能」(possible)，加上「真」(true)和「假」(false)，構成了一個三值的形式邏輯。在他的系統裡，記號 *Cpq* 表示「如果 *p*，那麼 *q*」，*Np* 表示「非 *p*」，*Apq* 表示「*p* 或者 *q*」，*Kpq* 表示「*p* 並且 *q*」，該三值系統可以依下列真值表加以定義(1/2 是第三個真值)：

C	1	1/2	0	N
* 1	1	1/2	0	0
1/2	1	1	1/2	1/2
0	1	1	1	1

Apq 被定義為 *CCpqq*；*Kpq* 則被定義為 *NANpNq*。該系統在 1931 年被馬奇斯伯格(Wajsberg)予以公理化。盧卡西維茨在構造三值邏輯的形式系統時的動機，在於打破了普遍決定論對哲學和科學思想的宰制。在他看來，不僅有因果關係上的決定論(被不久後的量子理論打破)，而且還有邏輯上的決定論。後者根據二值的原則而論斷說，命題「J.L.明年 12 月 21 日中午將在華沙」在任何時間上都是非真即假的。在三值邏輯中，這一命題將採取 1/2 的真值，這樣作法的好處在讓自由意志避免了由二值法則所造成的威脅。

參見 many-valued logic 多值邏輯；Polish logic 波蘭邏輯

S.Mc.撰　王文方審訂

Lull, Raymond　盧祿，雷蒙　也拼寫成 Raymond Lully、Ramon Llull(c.1232-1316)，卡達隆(Catalan)的基督宗教密契學家及傳教士。身為一名反伊斯蘭思想的辯論家、一名深入社會的小說家，以及國際聯合計畫的建立者，盧祿在哲學史上最為人所熟知的就是對形上原理(metaphysical principles)做了類代數的(quasi-algebraic)或排列的(combinatorial)處理。其關於神的邏輯與受造物之屬性的論述首先在《真理發現的概要法》(*Ars compendiosa inveniendi veritatem*, 1274)一書中發跡，接著在《證明法》(*Ars demonstrativa*, 1283-89)中出現，而後又在此兩本書的重著中及《知識樹》(*Tree of Knowledge*)中論及，而最終是在《簡約法》(*Ars brevis*)與《最終普遍法》(*Ars generalis ultima*, 1309-16)二書中討論。這些書中每一本皆內含表格與圖解，可以讓讀者去估量不同原理之間的交互作用。雖然在他所處的時代將他放置於成熟士林哲學(Scholasticism)的階段，但是，盧祿諸多以方言與伊斯蘭語或猶太語所寫成的著作，卻將之貶抑於士林哲學論辯的外緣。他的影響力反而在中世紀晚期，以及文藝復興時期的卡巴拉思想(cabalism)與鍊金術(hermetic)的傳統中更容易被見到。

參見 cabala 卡巴拉；Scholasticism 士林哲學

M.D.J.撰　蕭宏恩審訂

***lumen naturale*　自然之光**　見 Descartes 笛卡兒

***Lun Yu*　《論語》**　見 Confucius 孔子

***Lü-shih ch'un-ch'iu*　《呂氏春秋》**　中國戰國後期(late Warring States，西元前 403-221 年)一部中國哲學論著。由大約在西元前 240 年成為秦國(the state of Ch'in)宰相的呂不韋(Lü Pu-wei)為贊助者編纂而成。作為最早的百科全書式的著作，他與後來的《淮南子》(*Huai Nan Tzu*)有著密切的聯繫。它包括了豐富的不同哲學流派的觀點，涵蓋了從在人性問題上的對立觀點到當前的農業生產等多方面的內容。它的一個重要的特徵就是運用陰陽五行(yin-yang and five-phases)的理論來解釋世界上自然與人類的發展過程、四季之間的關係、天體、氣味、嗅覺、物質、顏色、方位等方面的問題。

參見 *Huai Nan Tzu*《淮南子》；*wu-hsing* 五行；*yin, yang* 陰陽

R.P.P. & R.T.A.撰　林安梧審訂

Luther, Martin　路德，馬丁(1483-1546)　德國宗教改革家、基督教新教改革的領袖。他是奧古斯丁會的修道士，非系統化的薩克森(Saxony)神學家，鑽研過唯名論(奧坎〔Ockham〕、拜爾〔Biel〕、斯達佩茲〔Staupitz〕)和受過聖經語言的訓練。最初在維滕伯格大學(Wittenberg University)教授哲學，後來在該校又教過基督教聖經(羅馬書〔Romans〕、加拉太書〔Galatians〕、希伯來書〔Hebrews〕)，路德開始他的宗教改革事業於一次公開譴責行動中。1517 年 10 月，他在九十五條論綱(95 theses)中公開地譴責出售贖罪券。路德於 1520 年散發了三種煽動性的小冊子：《致貴族書》(*Appeal to the Nobility*)、《教會的巴比倫之囚》(*The Babylonian Captivity of the Church*)和《論基督徒的自由》(*The Freedom of a Christian Man*)，並因此立即被開除教籍。在 1521 年的教徒集會(Diet of Worms)上，他宣稱：「我受我所引用的《聖經》的約束，我的良心服從上帝的話語。我不可以而且也不會撤銷任何東西，因為違背我的良心，既不是安全的，也不是公正的。我站在這裡，上帝請幫助我。」

儘管他在「良心高於傳統」主要問題上的態度是現代主義的，這位改革家還是在《論奴隸的意志》(*De servo Arbitrio*, 1525)書中因自由意志的問題，與伊拉斯謨斯(Erasmus)決裂，並發動了一個奧古斯丁主義的反人文主義的主張。他的卓越成就，是將聖經翻譯成德文(1534/45)，這對德國的現代語言的產生有決定性的影響。由於基督教聖經的中心地位及他的反哲學化的神學的力量，他宣揚因信稱義和所有信徒的「教士」身分。他開展了神學批判(*theologia cruics*)，改革了彌撒，僅承認兩種聖禮(洗禮和聖餐)，堅持聖餐中耶穌血肉同在(consubstantiation)，反對變體論中使聖餐麵包和酒變成耶穌的肉和血(transubstantiation)，在政治與教會的關係上提出了兩個王國的理論。

參見 justification by faith 因信稱義；transubstantiation 實體轉化

J.-L.S.撰　苑舉正審訂

Lyceum　呂克昂　(1)位於雅典正東宏偉的古代阿波羅神廟，公共競技場，亞里斯多德(Aristotle)晚年在此講學。(2)亞里斯多德及其同道所組織的對科學與歷史進行系統研究的哲學中心。起初只是一個非正式的團體，也沒有任何合法的地位，直到約西元前 315 年亞里斯多德的同事和主要繼承者希奧弗拉斯特(Theophrastus)在此申請到土地並建造了房屋。按照一般的哲學上的含義(參見「學園」〔Academy〕、「牛津」〔Oxford〕、「維也納」〔Vienna〕)「呂克昂」這名字逐漸地演變成為用於統稱亞里斯多德學派的成員及其方法和觀點，雖然相對而言該學派仍然是非教條式的。對亞里斯多德學派及其思想的信徒的另一個稱呼，顯然源於亞里斯多德在呂克昂的迴廊道(*peripatos*)上漫步講學的習慣，即「逍遙學派」(Peripatetic)。

亞里斯多德學派在其最初的十年達到了鼎盛階段，此時其成員有歐德謨斯(Eudemus)(被遺失的《數學史》的作者)；亞里士多克森(Aristoxenus)著述豐富，最重要的是在音樂方面(其兩篇論著的大部分是關於音樂的)；笛凱爾楚斯(Dicaearchus)博學者，研究的範圍從倫理學、政治學到心理學和地理學；米諾(Meno)他編輯了醫學史；法勒昂的德謨垂斯(Demetrius of Phaleron)精力充沛的智者，著述豐富，並為了西元前 317 至 307 年的異族王朝的原因治理過雅典。在希奧弗拉斯特及其後繼者斯特拉頓(Strato)之下，此學派發表了許多創造性的論著，尤其是在自然科學方面。但是，在西元前三世紀中葉，呂克昂喪失了其初始的輝煌。由於判斷的證據貧乏，亞里斯多德學派只能提供良好的教育，就很少能產生新思想；一些成員享有政治影響力，但在將近兩個世紀內，嚴肅的理論研究就被思想史和通俗的說教所替代。西元前一世紀，當安卓尼庫斯(Andronicus)編纂第一部有條理的亞里斯多德著作，並開始其以阿芙羅迪西亞斯的亞歷山大(Alexander of Aphrodisias, fl. A.D. 200)不朽的系統評註而達到高峰的註解傳統的時候，亞里斯多德學派又獲得較為適度的復興。

參見 Academy 學園；Andronicus of Rhodes 羅德島的安卓尼庫斯；Aristotle 亞里斯多德；commentaries on Aristotle 對亞里斯多德的註釋；Strato of Lampsacus 蘭普薩庫斯的斯特拉頓

S.A.W.撰　丁福寧審訂

Lyotard, Jean-François　李歐塔，尚・法蘭西斯(1924-98)　法國哲學家，英語世界所熟知之後結構主義(post-structuralism)運動的主要代表人物。在後結構主義思想中(德勒茲〔Gilles Deleuze, 1925-97〕、德希達〔Derrida〕、傅科〔Foucault〕)，李歐塔和後現代主義(postmodernism)關係最為密切。深受現象學(Phenomenology)(是梅洛龐蒂〔Merleau-Ponty〕之學生，李歐塔第一本著作《現象學》〔*Phenomenology*, 1954〕，致力於現象學之歷史和關注於帶有歷史的現象學)和馬克思主義之影響(1960 年代，李歐塔和由柯內利斯・卡斯托利阿迪斯〔Cornelius Castoriadis, 1922-97〕與克勞迪・利佛〔Claude Lefort, b. 1924〕成立之巴巴利〔Barbarie〕之社會主義馬克思陣營結合)，李歐塔作品集中於藝術、語言和政治問題。

他第一本主要著作《論述，圖像》(*Discours, figure*, 1971)，表達對結構主義(structuralism)的不滿，一般而言，他不滿於任何逃避歷史的理論方法，該方法訴諸於無時間性、偏離於吾人經驗之語言普遍結構。《慾望經濟學》(*Libidinal Economy*, 1974)反映對 1968 年學生運動的激烈與熱情，不滿於馬克思主義者對該運動之反應。《後現代狀況：一份知識報告》(*The Postmodern Condition: A Report on Knowledge*, 1979)，是在魁北克政府委託下所寫就的即景作品，它將李歐塔推向了批判論戰的最前線該文中他對後現代的定義是「對後設敘事的不信任」(incredulity toward metanarratives)：後現代不是指一特定的歷史時期(specific epoch)，而是一種反基本主義(anti-foundationalist)的態度，超越當下合理化的正統性。這麼一來，後現代性寓於現代核心，挑戰所有全體化和無所不包的大敘述(master narratives)(如：解放理性主體的啟蒙敘述)，這些大敘述乃用以合法化其實踐方式。李歐塔建議以較不具野心之「小敘述」(little narratives)，藉由承認事件之獨特性(specificity)與單一性(singularity)來避免全體化的斷言。

包括李歐塔在內，多數人視《紛爭》(*The Differend*, 1983)這本書為其最具原創性和重要的著作。採用維根斯坦的《哲學探索》(Wittgenstein's *Philosophical Investigations*)和康德(Kant)之《判斷力批判》(*Critique of Judgment*)，該書反映出在無法訴諸於判斷規則下，該如何進行判斷(政治的和美學的)。此即是「紛爭」：至少有兩方在爭執中，各自以完全異質的語言遊戲運作，它們是如此的不可共量，以至於完全不能達到原則上或是規則上的共識，用來指導如何解決該紛爭。不同於法律訴訟，雙方使用同樣的語言和判斷規則來解決爭訟，紛爭抗拒解決(舉例而言，原住民土地權和現在居住者之土地權糾紛)。充其量：我們可以表達紛爭，藉由避免解除任一方宣稱的合理性來呈現該爭端；換句話說，要做到公正的話，就要以尊重衝突雙方的差異性來重述該紛爭。

《紛爭》之後的歲月中，李歐塔發表了美學、政治學和後現代主義之作品；其中最重要的應是他閱讀康德的《第三批判》，見於《關於崇高分析之課程》(*Lessons on the Analytic of the Sublime*, 1991)。

參見 Derrida 德希達；Foucault 傅科；postmodern 後現代；structuralism 結構主義

A.D.S.撰　吳秀瑾審訂

M

McCosh, James　麥考錫，詹姆斯(1811-94)　蘇格蘭哲學家，一位常識觀點的實在論者(common sense realist)，他嘗試去調和基督教和演化。麥考錫是一位多產作家，在成為新澤西學院(the College of New Jersey；現為普林斯頓大學〔Princetoin University〕)的校長之前，他曾經是蘇格蘭的牧師以及皇后學院(Queen's College)和貝爾發斯特(Belfast)的教授。在《心靈的直覺》(*The Intuitions of the Mind*, 1860)一書裡，他主張，當智能的行動跟自我的立即知識或外在事物連在一起而開始時，行動同時展現了在形成對事物的確信中之自明的直覺。跟康德(Kant)與漢密爾頓(Hamilton)相反，麥考錫並不是把直覺當作是心靈強加在事物上所得到的型態，而是心靈跟隨歸納確定的法則，在察覺事物之後而形成對事物的確信。在《檢驗彌爾先生的哲學》(*Examination of J. S. Mill's Philosophy*, 1866)一書裡，麥考錫批評彌爾(Mill)否認直覺在運作當中的存在。在《宗教觀點的演化論》(*The Religious Aspects of Evolution*, 1885)一書裡，麥考錫為設計論證(design argument)辯護，將達爾文的偶然變異等同於超自然的設計。

J.W.A.撰　徐佐銘審訂

McDougall, William　麥獨孤，威廉(1871-1938)　英國與美國(1920 年後)心理學家。他可能是首位將心理學界定成行為科學(science of behavior)的學者(《生理心理學》〔*Physiological Psychology*, 1905〕；《心理學：行為科學》〔*Psychology: The Science of Behavior*, 1912〕)。他提出了策動心理學(hormic psychology；亦稱為目的心理學〔purposive psychology〕)。二十世紀初期，心理學正努力提高其科學性之時，目的(purpose)已成為備受質疑的概念，但麥獨孤追隨史托特(Stout)的觀點，認為有機體內在所擁有的自我決定之力量，讓目標的追尋(goal seeking)成為個體行為重要而根本的特徵。由於反對機械論(mechanistic)與智識論(intellectualistic)心理學，麥獨孤再次循著史托特的思路，提出「本能」(instincts)的概念(後來改為「天生行為傾向」〔propensities〕)，並認為是本能直接或間接地促動個體所有的行為(《社會心理學概論》〔*Introduction to Social Psychology*, 1908〕)。不同於眾所熟知的心理分析式的本能，麥獨孤所提的大多是社會性的本能(例如，合群、順從)。更甚者，麥獨孤從未認為人僅僅是由一些不相干但卻時常發生衝突的驅力所拼湊而成，相反地，他認為由於人有高層驅力(supreme motive)可以組織其他的驅力，因此，使人得以成為統整而一貫的個體。麥獨孤對於天生目的性的重視，影響了行為論者托爾曼(E. C. Tolman)，但卻為其他機械論的行為論者與實證論的社會學家所排拒。在晚年，麥獨孤更加遠離主流心理學思潮，而接近拉馬克主義(Lamarckism)，並發起超心理學(parapsychology)的研究。由於熱衷社會問題的探討，麥獨孤大力鼓吹優生學(eugenic)(《美國是民主的安全之地嗎？》〔*Is America Safe for Democracy?*, 1921〕)。

T.H.L.撰　許功餘審訂

Mach, Ernst　馬赫，恩斯特(1838-1916)　一位奧地利的物理學家與重要的科學哲學家。他出生於蒙羅維亞的圖拉斯(Turas, Moravia，現為捷克共和國的一部分)，並在維也納大學就讀物理。1864 年，他在格雷茲(Graz)受聘為數學教授，1867 年於布拉格受聘為物理講座教授，並成為當時歐洲最重要的科學家之一，他不僅在物理的傳統科目(如光學、電學、力學、聲學)，也在精神物理學(psychophysics)這種新科目方面，尤其在有關感覺的領域中做出重要貢獻。1895 年，他回維也納，受聘為「歸納科學的歷史與理論」這個新哲學講座的教授。他在科學哲學方面的作品深深地影響了維也納學派的創始人，導致馬赫被視為邏輯實證論(logical positivism)的前驅者。

他最有名的著作《力學科學》(*The Science of Mechanics*, 1883)略述他哲學中的主要題目。他透過力學歷史與程序的研究，解析力學的邏輯結構。力學滿足了人們的需求，以最經濟的方式來縮短運動的事實。力學立基於「感覺」(sensations；類似於古典經驗論中所談的「理念」〔ideas〕或「感官印象」〔sense impressions〕)；的確，如此說來這個世界是由感覺所「組成」(這個議題使得後來列寧在一份著名的批判文字中責難馬赫為唯心論者)。力學是歸納的，而非展示的(demonstrative)；它並不具有任何先驗因素。不同科學之間的分類，也必須承認是武斷的或僅是一種方便其事的作法。各種科學必須被視為描述性的，而非解釋性的。理論雖然在「表面上」具有解釋性，但理論中所包含的個體，例如原子，至多只是預測的輔助。假設它們代表實在，則是形上學的作法，也是無益處的作法。馬赫對於哲學所留下的遺產，也就是他對於任何「形而上」事物所抱持的懷疑。

參見 logical positivism 邏輯實證主義；Vienna Circle 維也納學派

E.M.撰　苑舉正審訂

Machiavelli, Niccolò　馬基維利，尼可羅(1469-1527)　義大利政治理論家，常被認為是文藝復興時代最具影響力的政治思想家，生於佛羅倫斯(Florence)，接受城邦人文主義(civic humanist)傳統的教育。馬基維利於 1498 年至 1512 年間出任佛羅倫斯共和國(Republic of Florence)第二總理辦事處秘書，主管外交事務和國內民兵的重整工作。他的職責牽涉到義大利國內與國外無數的外交事務。佛羅倫斯共和國在 1512 年垮台之後，馬基維利被復辟的美第其(Medici)王朝解除職務，並於 1513 年至 1527 年間被迫退休，以寫作自慰，並偶爾被任命擔任某些次要職務。

馬基維利的著作分成兩個在起源上相關的領域：秘書時期的著述(包括各種報告、備忘錄和外交文字)，以及正式論著，其中主要的作品有《君王論》(*The Prince*, 1513)、《論述集》(*Discourses*, 1517)、《戰爭的藝術》(*Art of War*, 1520)、《佛羅倫斯史》(*Florentine Histories*, 1525)，以及喜劇劇本《曼卓哥拉》(*Mandragola*, 1518)。由於馬基維利的著作，政治作為導向創造自由和有力國家的自主活動之新見識顯現了。這個新見識由人們的實際作為，而不是人們的應然行為，導出其規範。因此使得「罪惡」(evil)躍居問題的核心：當權者應保留「如果必要則不避罪惡」的權力。藉著重新定義「德性」(*virtù*)，此一見識立即滿足了古典哲學、中世紀哲學與城邦人文主義哲學對政治只可在德性的界線內運作的要求。馬基維利式的德性，乃是獲取「有效能的真理」(effective truth)的能力，與道德的、哲學的，以及神學的約束無關。他將德性限定於下列二個因素：(1)「運氣」(*fortuna*)，此一限制應被理解為機會，或是象徵天體因果力量的女神。(2)行為者的性情、體質，以及時代的限制。前現代時期的占星學宇宙論，以及由此宇宙論推演而出的人類學與歷史循環論，於是構成了馬基維利政治哲學的理論基礎。歷史，乃是人類活動和天體活動的共同產物，是世間人類全部活動的「一般原因」(general cause)。善在歷史中並沒有任何主導的空間，統治的心靈或神意也是一樣。王國、共和國及各種宗教，皆遵循著誕生、成長、與衰亡的自然規律。但是，由於政治是依賴德性與運氣鬥爭的結果，因而具備了更新的可能性；而馬基維利則自視為政治更新理論哲學家。

在歷史上，馬基維利哲學被等同於「馬基維利主義」(Machiavellianism, or Machiavellism)，亦即追求不承認道德優位的「國家理性」(reason of state)，而且在追求的過程中可以容許一切作為的學說。儘管馬基維利自己並未曾用過「國家理性」此一術語，但他所揭櫫的原則一直不斷地被援引辯護。

參見 political philosophy 政治哲學；social philosophy 社會哲學

A.J.P.撰　陳瑞麟審訂

Machiavellianism　馬基維利主義　見 Machiavelli 馬基維利

machine state　機器狀態　見 philosophy of mind 心靈哲學

machine state functionalism　機器狀態功能主義　見 philosophy of mind 心靈哲學

Mach's principle　馬赫原理　見 philosophy of science 科學哲學

MacIntyre, Alasdair　麥金泰爾，阿拉斯戴爾(b.1929)　英國—美國哲學家，也是亞里斯多德倫理學在當代的傑出代表。他在蘇格蘭出生，英格蘭受教育，先後任教於英國和(主要是)美國的多所大學。他的早期著作，包括了對馬克思(Marx)和弗洛伊德(Freud)深有見地的批判性討論，以及影響廣大的《倫理學簡史》(*A Short History of Ethics*, 1966)。不過，他引起最多討論的著作，當推《德性之後》(*After Virtue*, 1981)，從亞里斯多德德行倫理(virtue ethics)的立場出發，對現代倫理觀點進行分析與批判。

麥金泰爾由顯明而無法解決的現代倫理歧見出發，認為原因在於找不到任何大家共有的實質性倫理價值(substantive conception of the ethical good)。而共有的實質性倫理價值之闕如，起因在於本來需要由人性來為人的生命提供意義和目標，可是現代卻否定了人性這回事。麥金泰爾認為，在啟蒙運動的影響之下，人性被視為單純的原子式(atomistic)的個體，運用純粹屬於形式的理性，尋求個體的現成慾望之滿足。現代道德理論卻總想要從這樣理解的人類實相導出道德價值。效益主義者從慾望出發，主張滿足慾望的方式必須提供最大的幸福(效益)。康德主義者從理性出發，主張人若服膺理性，就必須承認他人也有權利得到我們自己想要得到的東西。可是麥金泰爾認為，效益和權利這些現代想法都是虛構：從個體的慾望出發，絕對無法證明使他人幸福是一項利益，或者所有的人都具有不容侵犯的權利。據此他強調，啟蒙式的自由主義(liberalism)無法建構一套融貫的倫理學；我們僅有的選擇，因此只有二途：接受尼采(Nietzsche)將道德還原到權力意志(will-to-power)的做法，或者回歸到一種奠基在實質人性觀上的亞里斯多德式倫理學。

麥金泰爾自己的哲學方案，是發展並維護一套(根據亞奎納〔Aquinas〕的思想來的)亞里斯多德式的德性倫理學。這裡所謂德性，指的是成全人性潛能所需要的各種道德品質。他的目的，不在於單純復興亞里斯多德的思想，而是參考這套思想兩千五百年來的歷史，重新陳述——必要時修正——這套思想。

麥金泰爾尤其用心地發展了幾個概念：實踐(practice)(以某種固有價值為導向的社群活動)，德性(圓滿進行某種實踐所需要的習慣)，以及傳統(一個在歷史上持續的社群，攸關人性之成全的各種實踐可以在其中進行)。他有關傳統的想法尤其值得一提。他的傳統觀，想為亞里斯多德主義提供一個亞氏本人絕對不會認同的歷史取向；而相對於柏克(Edmund Burke)，麥金泰爾的傳統乃是對舊實踐進行理性反思和修改的場所，而不是單純表達情性的眷戀。關於如何在相頡頏的傳統之間根據理性做仲裁，麥金泰爾投入了許多思考(特別是在《誰之正義？何種合理性？》〔*Whose Justice? Which Rationality?*,

1988〕一書)，而為了證明亞里斯多德的傳統優於啟蒙傳統和尼采主義的傳統，他也倍用心力(特別是在《三種對立的道德研究樣式》(*Three Rival Versions of Moral Inquiry*, 1990一書)。

參見 Aquinas 亞奎納；Aristotle 亞里斯多德；ethics 倫理學；Kant 康德；liberalism 自由主義；virtue ethics 德行倫理學

G.G.撰　錢永祥審訂

McTaggart, John McTaggart Ellis　麥克塔格特，約翰・麥克塔格特・伊利思(1866-1925)　英國哲學家，為英國個人觀念論的領導者。除了童年時期，和兩次長期造訪紐西蘭外，麥克塔格特都住在劍橋，是三一學院(Trinity College)的學生及研究員。他在一段時期中相當程度地影響了其他三一學院的成員，包括羅素(Russell)和穆爾(Moore)，不過他一直沒有長久的追隨者。麥克塔格特藉由批判地檢視黑格爾(Hegel)以開始陳述與辯護自己的觀點。在《黑格爾辯證法研究》(*Studies in the Hegelian Dialectic*, 1896)一書中，他認為黑格爾的辯證法雖然有效，但卻是主觀的，因為由它所導出的絕對觀念(Absolute Idea)，不含有任何與辯證法相應之物。在《黑格爾宇宙論研究》(*Studies in Hegelian Cosmology*, 1901)一書中，他將辯證法運用於諸如罪惡、處罰、神與永恆等主題上。而在《黑格爾邏輯評論》(*Commentary on Hegel's Logic*, 1910)一書中，他認為哲學的任務在於使用類似於黑格爾辯證法的方法以反思真實的本質。

麥克塔格特嘗試在他的主要作品《存在的本質》(*The Nature of Existence*，二卷，1921、1927)裡做到這一點。在卷 1 當中，他試圖只用兩個經驗的前提——有些事物存在，而且它們具有部分(parts)——由自明(self-evident)的真理推論出實在的本質。他認為有實體存在，它們之間彼此相關，而且它們有無限數量的實體作為部分；每個實體都有一個充分的描述(sufficient description)，這描述只適用於它而不適用於其他實體。接著，麥克塔格特宣稱，除非對實體的充分描述蘊涵了對它們部分的描述，否則以上的結論會是不一致的。也就是說，實體與它們的部分之間必須要有所關連。麥克塔格特稱這種關係為決定性的對應(determining correspondence)。在卷 2 裡他將這些結果運用於經驗世界，認為物質(matter)是不真實的，因為它的部分無法被決定性的對應所決定。在麥克塔格特的哲學最著名的部分，是他認為時間是不真實的，因為時間預設了一系列的立場，每個立場都有過去、現在、未來這些不相容的性質。他認為試圖排除這不相容會導致惡性的無窮後退。基於這些與其他的考量，他主張自我(selves)是真實的，因為它們的部分可以被決定性的對應所決定；而實在則是永恆、自覺(perceiving)的自我的群體(community)。在這樣的群體裡，他否定有內在自我(an inclusive self) 或神的存在，但他肯定自我之間的愛整合了群體，產生了超越人類悟性上的滿足。

參見 Hegel 黑格爾；idealism 觀念論

J.W.A.撰　林正弘審訂

Madhva　馬德瓦(1238-1317)　建立二元論吠檀多(Dvaita Vedanta)學派的印度哲學家。其主要著作包括：*Brahma-Sūtra-Bhaṣya*(這是跋達羅衍那〔Bādarāyana〕的《梵經》〔*Brahma-Sūṭrās*〕的註釋書，而同商羯羅〔Shaṅkara〕及羅摩孥闍〔Rāmānuja〕的註釋書爭長競短)，*Gītā-Bhāṣya* 和 *Gitatatparya*(二者都是《薄伽梵歌》〔*Bhavad Gita*〕的註釋書)，*Anu-Vyākhyāna*(這是 *Brahma-Sūtra-Bhāṣya* 的擴編，包含對不二一元論吠檀多的批判)，*Pramāṇa* Laksana(闡述馬德瓦的知識論)，以及 *Tattva-Saṃkhyāna*(闡述馬德瓦的本體論)。他區分獨立自存的梵和依待於梵的人與物體的世界，主張每個人都有其獨自的個體本質。

參見 Advaita 不二一元論；Vedanta 吠檀多

K.E.Y.撰　何建興審訂

Mādhyamika　中觀學派　以「中道」(middle way)為名的大乘佛教學派，在有關事物本性的論議中，它既不主張無物存在，也不贊同存在有諸多相異事物的觀點，而是抱持萬物皆空的立場。中觀學派對佛陀為何拒絕回答「解脫者於死後是否仍繼續存在」一問題提出解釋，認為四種答案(即肯定、否定、既肯定又否定、既不肯定也不否定)中沒有一種是適當的。

佛教的緣起教義主張，萬事萬物都依待於他物而存在；除涅槃(nirvana)以外，沒有事物能獨立自存。從這教義出發，加上主張若甲物不能離乙物而獨存，則甲物並非異於乙物的個體物，中觀學派結論說：人們在提出因果描述(或時空性描述)時，其實假定了我們可以區別開種種個體事物。但如果一切事物待緣而有，而待緣而有的事物都不是個體物，那麼個體物就不存在。是而，我們並無法區別開種種個體事物。這意味著，我們所據以提出因果描述(或時空性描述)的假定是錯誤的，而這些描述也因而具有根本的缺陷。

中觀學派進一步提出一教義，肯認隱藏於吾人日常經驗與描述之後的不可說的終極實在，後者僅能為奧秘的解脫經驗所揭顯。佛陀之所以拒絕採用上述四種答案，是因為原先問題所處的脈胳錯誤地在日常經驗的事物間施設了個體化的假定。既然這假定是錯謬的，所有四種答案也就不免誤導。再者，每一答案也都錯誤地假定了解脫者與他者的差別。中觀學派似乎認為，唯有獨立自存者方為真實；日常經驗的對象缺乏自己的本質或實性，因而都只是空的(*śūnya*)。這些對象只是宛然可知，真實者卻渾合無跡。

批評者(如同屬大乘佛教的瑜伽行派哲學家)卻不認為這見解具有融貫性，甚至認為這裡並無任何見解。在某個意義上，中觀哲學家龍樹(Nāgārjuna)本人也不認為這裡有任何立場可言，他的批判性論點只是為了顯示其論敵所持觀點的謬誤，而不在於提出他自己的正面主張。不過，從龍樹的著述裡，或特別是他身後的傳統中，我們可以看出，這學派仍假定了某物事，而以該物事的證解為臻及解脫的根本條件。再者，中觀哲學家還面臨一極難調和的處境：一方面他必須說，終極真理關涉一不可言說的實在，且這點並不是一主張；另方面他還須表示，這正是佛陀本人所教示的，而異於其他佛教教派的錯誤詮釋及非佛教的論點。

參見 Buddhism 佛教；Nāgārjuna 龍樹

K.E.Y.撰　何建興審訂

magnitude　量度　一個事物關於某個屬性(attribute)方面的範圍或尺寸(大小)，在技術上，它指「量」(quantity)或向度(dimension)。「量」對比於「質」(quality)，「量」允許若干乃至於無限多數目的等級；而「質」(性質)(如「三角性」〔triangularity〕)則是這樣的：一個物件要不有某性質，要不就沒有該性質(沒有第三種可能)。

「測量」把數值指派給物件，以這樣的方式，那些數值對應了物件所擁有「量」之數量或等級。測量的理論研究這些數值的指派的諸條件，以及獨一無二性。令 *D* 為物件的論域(a domain of objects)(例如一組物體)，而 L 是此論域中的關係；亦即，Lab 可以指：如果把 a 和 b 放在天平的兩邊秤盤上，有 a 的秤盤，當其低於另一秤盤時，就不會靜止。令。指用同一個天平來稱量兩個物體的操作。我們因此有一個經驗關係系統：**E** = < *D*, *L*, 。>。吾人能證明：如果 **E** 滿足特定的條件，那麼存在一個測量函數，把 *D* 投影(mapping)(一一對應)到一個實數集合 *Num*。以這個方式，*D* 中物件之間的 *L* 關係和。關係，對應了它們的數值之間的≦關係和+關係。這樣一個測量函數定理：從經驗關係系統 **E**

到數值關係系統 **N** = < *Num*, ≦ + >，也被稱為「表徵定理」(representation theorem)。

測量函數並非獨一的，而是一條「獨一性定理」(uniqueness theorem)，為了一個特定種類的經驗關係系統和特定類型的數值形象，而描繪了這類函數的特徵。例如，假設任何為了 **E** 的測量函數 f 和 g，存在一個實數 $\alpha > 0$，以致對 D 中的任何 x，$f(x) = \alpha g(x)$。則，測量就可以說是「比例尺規」(ratio scale)。當 x 屬於實數時，函數 $\sigma(x) = \alpha x$ 就是尺規的「轉換式」(scale transformation)。對於某些經驗系統，吾人可以由 $f = \alpha g + \beta$ 來證明任兩個測量函數是相關的，在此 $\alpha > 0$ 而且 β 是實數。那麼測量是在一個「區間尺規」(interval scale)上，以尺規轉換式 $\sigma(x) = \alpha g + \beta$ 來進行。譬如，不設立絕對零度的溫度測量，就是在區間尺規上。除了比例尺規與區間尺規之外，其他的尺規類型，是按照種種尺規轉換式來定義的。許多關係系統，為了應用到行為科學上，已受到數學分析。弱尺規類型的測量，只能提供物件的排序，所以，量的測量和比較性的排序，能夠使用同樣的普遍方法來處理。

測量方面的較早文獻，通常要區分「外延的」(extensive)量度和「內含的」(intensive)量度。在前一種情形，總是假定有一個經驗操作(例如上文的。)，在某種意義上直接對應了數值上的增加。內含的量度則被假定為沒有這樣的經驗操作。人們有時宣稱，純正的量必定是外延的，而內含的量度則是「質」。這種外延對內含的區分(及其在分辨「量」與「質」中的使用)並不精確，已被上文描繪的尺規類型理論取代了。

參見 operationalism 操作主義；philosophy of science 科學哲學

R.L.C.撰　陳瑞麟審訂

Mahabharata　摩訶婆羅多　見 Bhagavad Gita 薄伽梵歌、梵歌

Mahāvirā　大雄　建立耆那教(Jainism)的印度宗教導師 Vardhamāna Jnātṛputra(sixth century B.C.)的尊稱。耆那教傳統以他為一系列宗教引渡者(*Tīrthankaras*)與無明超克者中的第二十四位，也是最晚近的一位，此外，他也是耆那教社群的建立人。依據耆那教經典的描述，他的解脫使他不朽的靈魂從輪迴與業中脫解而出，並使他無所不知。耆那教傳統認為，大雄出生於武士階級，三十歲時成為尋求解脫的遊方行者，並在四十二歲得到解脫。

參見 Jainism 耆那教

K.E.Y.撰　何建興審訂

Mahayana Buddhism　大乘佛教　見 Buddhism 佛教

maieutic　催生法　見 Socrates 蘇格拉底

Maimon, Salomon　梅蒙，所羅門(1753-1800)　立陶宛出生的德籍猶太裔哲學家，是摩西·門德爾森(Moses Mendelssohn)的朋友和門生，早年曾對康德有激烈的批評，後來又成為康德的追隨者。最重要的著作包括《超驗哲學之嘗試，包括象徵知識之附錄》(*Versuch über die Transzendentalphilosophie. Mit einem Anhang über die symbolische Erkenntnis*〔Essay on Transcendental Philosophy, With an Appendix on Symbolic Cognition〕, 1790)、《哲學辭典》(*Philosophisches Wörterbuch*〔Philosophical Dictionary〕, 1791)，以及《關於一種新的邏輯或思想的理論之嘗試》(*Versuch einer neuen Logik oder Theorie des Denkens*,〔Attempt at a New Logic or Theory of Thought〕, 1794)。梅蒙論證反對賴因霍爾

德(Karl Leonhard Reinhold)和舒爾茲(Gottlieb Ernst Schulze)所理解的「物自身」(thing-in-itself)概念。對梅蒙而言，物自身僅是一限制性的概念，而不是現象「背後」(behind)的真實對象。雖然他認為康德的體系足以反駁理性主義或「獨斷論」(dogmatism)，但卻認為康德不僅沒有、也無法成功地反駁懷疑論。他確實推展那可被稱為懷疑論式的康德之解釋。另一方面，他論證反對康德感性和知性的截然劃分，卻贊成設定「無限的心靈」(infinite mind)觀念之必要性。他以這樣的方式為費希特(Fichte)和黑格爾鋪路。然而，他的理論在很多方面比較接近和柯亨(Hermann Cohen)的新康德學派。

參見 Jewish philosophy 猶太哲學；neo-Kantianism 新康德主義

M.K.撰　陳瑤華審訂

Maimonides　邁蒙尼德　摩西・本・邁蒙(Moses ben Maimon, 1135-1204)的拉丁化名字，生於西班牙的猶太哲學家、醫師和法學家。邁蒙尼德出生於哥多華(Córdova)，1148年阿爾穆哈德(Almohad)入侵時，為了逃避由此而來的強制改宗，邁蒙尼德全家隱姓埋名來到費茲(Fez)，一直到1165年在開羅獲得庇護。在開羅，邁蒙尼德充任薩拉丁(Saladin)攝政的醫生，薩拉丁(Saladin)於1171年推翻了法蒂瑪王朝(Fāṭimid dynasty)。他寫過十篇醫學論文，不過，確立他猶太法學家最崇高地位的卻是三部著作：《聖誡書》(*Book of the Commandments*)，其中條列了六百一十三條聖經法令；《密希那評述》(*Commentary on the Mishnah*)，闡釋上古猶太法典中的理性目標；還有長達十四卷的《密希那-托拉》(*Mishneh Torah*)，這是對猶太法典的編纂，迄今仍具有近於經典的權威性。

其用阿拉伯文寫成的哲學鉅作《解惑指南》(*The Guide to the Perplexed*)，在聖典的諺語和哲學的諺語之間做出調解，透過巧妙解說經文中的神人同形說，而得到某種精妙的否定神學。這種神學拒絕做出絕對肯定地論證創世，而只從反駁法拉比(al-Fārābī)和阿維森納(Avicenna)永恆主義的角度對神聖創世做出辯護。邁蒙尼德認為，阿拉伯辯證神學(Arabic dialectical theology，卡蘭姆〔*kalām*〕)中的激進偶因論原本導源於這一類的努力，結果卻使得大自然難以理解，使得神聖統治成為非理性的：如果上帝創造某一特殊事件、自然原因卻只是擺設，那麼，在很大程度上，創造也就是徒勞的。只是，亞里斯多德(Aristotle)教導了我們所熟知的例示原則，正如亞氏求助於勸服性語言時所顯示出的那樣，亞氏清楚地知曉，其對於永恆所持的論點，並非例示性的。這些論點從形上學角度，對於時間、質料和潛能，只就它們現時所是，而不計及某一事物在其本源處自有其不同本性之可能性，做出某種分析。如果這種分析可以被證偽，那麼，我們就能用寓言方式敘述經典中的創造。只是實際情形並非如此，所以我們認為：創造說相對於與其相對的其他各說，在概念上乃是更為可能，在神學上乃是更為可取。言其更為可能，是因為：自由創造行為允許世界的多樣性從神聖的單純性中脫逸出來之後的變異，而那似乎是嚴格地被建構之流出說的機械式必然性所不可能的。言其更為可取，是因為：阿維森納式的聲稱，即上帝是世界的創作者、是世界之偶然性的決定者，透過斷言大自然自從前到現在都是現在的這個樣子，這類論斷也就不攻而自破了。

邁蒙尼德主題明確地閱讀聖典中的訓誡，這是為了以人類的性格和理智來傳道。他追隨法拉比，把聖典(*Scripture*)的閱讀柏拉圖化，亦即把其自己所特別熟知的各類題材做出象徵性的闡釋。於是他宣稱：先知們從啟示中並未獲取新知識；愚者仍是愚者，智者如果能遵奉德性，尤其是能保有勇氣和隨遇而安，那麼，智者所具有的想像稟賦，就會給思想插上翅膀，使得這些思想進入大眾的心靈，並將之付諸實踐。從原則上講，任何有品格、富於想像力的哲人，都可能是先知；但在實際上，在立法方面、倫理方面和創造神話方面運用著的想像力，又是可以服務於哲學的，所有這些方面又在一種傳統中獲得了最充分地表達。想像力在其最高階段，只是產生純粹智慧的聯合，它曾為摩西(Moses)所獨有，又在猶太教及其所衍生的各種宗教當中得到過發揮。邁蒙尼德的哲學對於其後的猶太思想家至關緊要，亞奎納(Aquinas)及經院哲學曾予以高度評價，史賓諾莎(Spinoza)在其希伯來文翻譯中曾有過研究，萊布尼茲(Leibniz)在布托爾芙(Buxtorf)1629 年的翻譯作品《解惑博士》(*Doctor Perplexorum*)中曾對之做出註釋。

參見 Jewish philosophy 猶太哲學

L.E.G.撰　蔡源林審訂

Maistre, Joseph-Marie de　梅斯特，約瑟夫・邁利・德　見 de Maistre 德・梅斯特

major premise　大前提　見 syllogism 三段論式

major term　大詞　見 syllogism 三段論式

Malcolm, Norman　馬孔，諾曼(1911-90)　是二次大戰後一位在分析哲學陣營中頗負盛名的美國哲學家，同時，也可能是維根斯坦(Wittgenstein)學說在美國的最佳詮釋者與提倡者。他與維根斯坦之間的聯繫，源起於 1938 到 1940 年之間的劍橋大學研究生生涯，這一段往事都被生動地記錄在他 1958 年的著作《維根斯坦傳略》(*Ludwig Wittgenstein, A Memoir*)之中。對馬孔產生影響者，還包括他在內布拉斯加大學(University of Nebraska)的老師鮑士瑪(O. K. Bouwsma)，以及他在劍橋大學認識的另一位大師穆爾(G. E. Moore)。馬孔在康乃爾(Cornell)大學的教書生涯長達三十多年，並且在 1978 年退休之後，在倫敦國王學院(King's College)從事研究教學。

馬孔早期寫了一些處理「知識」(knowledge)及「懷疑論」(skepticism)等議題的論文，例如 1950 年的〈檢證的論證〉(The Verification Argument)、1952 年的〈知識與信念〉(Knowledge and Belief)；也有兩篇論文處理穆爾的哲學。1942 年他發表〈穆爾與日常語言〉(Moore and Ordinary Language)一文，把穆爾對於「常識」(common sense)的辯護詮釋為「對於日常語言的辯護」；但是在 1949 年發表的〈為常識辯護〉(Defending Common Sense)一文則主張，穆爾曾提出「兩支手(two hands)的論證」用以證明外在世界的存在，其論證方式錯誤地使用了「知道」(know)這個用詞。1949 年，維根斯坦造訪位於紐約州的綺色佳(Ithaca)。訪問期間曾與馬孔針對穆爾的證明進行廣泛討論，並且因此為維根斯坦帶來靈感，刺激他寫出《論確定性》(*On Certainty*)一書。

馬孔在 1954 年發表的〈維根斯坦的哲學研究〉(Ludwig Wittgenstein's Philosophical Investigations)一文，是討論維根斯坦後期哲學——特別是有關後者所提出的「私有語言論證」(private language argument)——的作品中，極具影響力者。這段時期中，馬孔還有兩項代表作：一是《作夢》(*Dreaming*, 1958)這本書，他在書中主張夢境並不具有任何實在的持續性，也不在時間上佔據特定位置，更沒有任何實在的經驗會伴隨著夢境出現；另一項作品是 1960 年發表的〈安瑟倫的本體論證〉(Anselm's Ontological Arguments)，他在文中為某一種本體論證提出辯護。

過去馬孔也曾以記憶為主題，發表大量的作品。首先是發表在 1963 年《知識與確定性》(*Knowledge and Certainty*)一書中的「記憶三講」(Three Lectures on Memory)，其後則於 1976 年出版有關記憶的專書：《記憶與心靈》(*Memory and Mind*)。他在《記憶與心靈》一書中批評哲學與心理學兩種觀點的記憶理論，認為所謂「記憶痕跡」(memory trace)的概念，「並不是一種科學發現……(而是)一種哲學思考的產物；這種哲學思考自

然而然會對人們產生極大吸引力，但所造成的，卻是徹底的混亂」。一個在馬孔思想中不斷重複出現的主題是：如果要獲致真正的哲學理解，我們就要去了解一個問題的根本所在，那就是：為何人們老是無法抵擋誘惑，情不自禁地提出某些哲學學說；同時，一旦我們真正了解這問題的癥結之後，就會把這些哲學學說視為出於混淆，或來自無意義的主張。儘管他深信二元論及其他有關心靈的笛卡兒式觀點是完全出於混淆的，但是對於當代唯物論與功能論的各種觀點，以及目前有關心理學及語言學領域中的理論建構，他同樣嚴厲批評——馬孔的一篇論文，乃以〈認知歷程與結構的迷思〉(The Myth of Cognitive Processes and Structures)為題。馬孔和維根斯坦一樣，對「科學至上論」(scientism)都很反感，而對宗教則保抱持尊重態度。他和穆爾則同樣是憎惡「愚昧主義」(obscurantism)、尊重常識。

馬孔在生前所出版的最後一本書是《無所藏匿》(*Nothing is Hidden*, 1986)，內容主要在檢視維根斯坦前後期哲學之間的關係。其餘作品包括：1971 年《心靈的問題》(*Problems of Mind*)、1977 年《思想與知識》(*Thought and Knowledge*)，以及 1984 年與阿姆斯壯(David Armstrong)合著的《意識與因果性》(*Consciousness and Causality*)。他的作品別具特色，風格清楚易讀、直接而又生動。

參見 Bouwsma 鮑士瑪；Moore 穆爾；ordinary language philosophy 日常語言哲學；Wittgenstein 維根斯坦

S.Sho.撰　戴華審訂

Malebranche, Nicolas　馬勒布朗士，尼克拉斯(1638-1715)　法國哲學家和神學家，一位非正統的笛卡兒哲學支持者。紅衣主教貝魯爾(Bérulle)於 1611 年建立起一種崇尚通俗說教的神父團體，貝魯爾本人傾向於笛卡兒哲學，馬勒布朗士是該神父團體中的神父。馬氏於 1644 年讀過笛卡兒的生理學論文《論人》(*Treatise on Man*)，雖然他對於笛卡兒的本體論、認識論和物理學做出過基本性的修正，但他最後還是成為了一個笛卡兒主義者。

馬勒布朗士最重要的哲學著作，是《追尋真理》(*The Search After Truth*, 1674)，在該書中，他表達了自己兩個最為著名的想法：上帝的遠見(the vision in God)和偶因論(occasionalism)。他同意笛卡兒和其他哲學家的觀點，認為觀念或者心靈中非物理性質的表徵，在知識和感覺中有最基本性的作用。但是，笛卡兒所說的觀念乃是精神性實體、或者說是靈魂的校正物，馬勒布朗士辯論說：在人類認識中發生作用的觀念其實是在上帝之內的——觀念只不過是存在於神聖理智當中的實質或者理想原型。如此，觀念具有永恆性，不依賴於有限心靈而存在，並且使得對於客觀而必要真理之認識成為可能。馬勒布朗士關於上帝之遠見的觀點，雖然他依照笛卡兒理智與感覺的認識論區分，而與奧古斯丁在認識論上有著不同觀點，而且也對於奧氏的觀點做出過修正，但馬氏本人仍認為他與聖奧古斯丁的觀點是相同的。馬氏理論既解釋了人類對於宇宙萬有的理解，以及數學和道德原則，而且更申辯說，概念性的成分使得與人類與外部世界保持感覺上的理解。與笛卡兒的觀念理論一樣，馬勒布朗士的思想，部分地受到反懷疑論的推動；因為上帝的觀念不可能無力揭示永恆的真理、也不可能無力揭示上帝所創造世界中萬物的本質。不過，所謂上帝的遠見，卻很快地成為了洛克(Locke)、阿爾諾(Arnauld)、富希爾(Foucher)和其他人批評的目標，他們認為，這個思想導致出一種不切實際、使人懷疑宗教教條的唯心主義，同時也使心靈被神聖觀念的面紗永遠地遮蓋住了。

馬勒布朗士是最著名的偶因論(occasionalism)支持者。偶因論認為，有限的受造物都不足以成為其他事物的原因，只有上帝才是真正的原因。從笛卡兒對於物質、運動和原因的前提出發，承認肉體的本質只由廣延性所構成、而運動是肉體的樣式，因果關係只是原因和結果在邏輯上為必要的關係，馬勒布朗士辯論說：肉體和心靈既不可能是物理事件的真正原因，也不可能是心靈狀態的真正原因。他宣稱：外延的肉體，本質上是惰性的、被動的，因而不能擁有運動的力量，也不能引發和承受運動。而且，在任何心靈狀態(例如意志)或物理事件和通常隨之而發生的肉體運動之間，並沒有什麼必要的關聯。這種必要性只有在萬能者的意志和它的效果當中才可以發現。因此，所有的現象都是由上帝直接而當下地操縱，雖則上帝總是以合於法則的方式和在合適的場合而行動。

馬勒布朗士的觀念理論及偶因論，體現在其《追尋真理》(*Search*)和後來寫成的《形上學對話錄》(*Dialogues on Metaphysics*, 1688)二書中。它們在柏克萊(Berkeley)思想的發展過程中產生了很大的影響。其相關的原因理論的各論點預示了後來由休姆(Hume)所描述的、有關原因和歸納的各種思考。除了對於笛卡兒形上學和認識論所做的革新之外，馬勒布朗士還修改了笛卡兒物理學的原理，這最突出地表現在他對於物體的硬度和運動定律的解說上。

在其另一主要著作《論自然和恩典》(*Treatise on Nature and Grace*, 1680)當中，馬氏提出一種神學主張，解釋上帝的智慧、善意和權能是如何跟世界上那些明顯的不完美性，以及罪惡相和解。在這本書裏，他借萊布尼茲(Leibniz)的元素，馬勒布朗士聲言：上帝當初本來可以創造出一個更完美的世界，一個沒有缺陷的世界；但是，創造這樣的一個世界，從上帝來看，卻涉及到更大的複雜性。上帝總是以最簡單的可能方式，以及只通過合乎規律的總體意志而行動；上帝從不根據「特殊的」或者混亂的意志行事。不過，這意味著：在任何特定的場合，上帝可以干預和阻礙某個按照自然規律的過程中，所將要發生的罪惡(例如旱災)，但上帝不會去這麼做，因為這樣就會危及上帝所使用方法的單純性。世界的完美或善，只與這世界的各種定律之單純性有關(或者，以另一種的說法，就是：只與按偶因論者的觀點，統治著這個世界的神聖意志的普遍性)。綜合起來看，世界的定律和現象，構成了與上帝的本性相稱的一個整體——事實上這可能就是最好的結合。馬氏由此進一步分析，上帝的恩典在人類的分配問題上，是存在著的明顯不公平性。正是這個分析，首先激起阿爾諾的攻擊，並將馬氏置入持久的哲學和神學爭辯，這種爭辯一直持續到那個世紀的末期。

參見 Arnauld 阿爾諾；Berkeley 柏克萊；occasionalism 偶因論

S.N.撰　王文方審訂

Mani　摩尼　見 Manichaeanism 摩尼教

Manichaeanism　摩尼教　(亦作Manichaeism)，這是由不同信仰調合而成的一種宗教，由巴比倫先知摩尼(Mani, A.D. 216-277)創立。摩尼聲稱從上帝獲得啟示，自視為一個包含佛陀(Buddha)、瑣羅亞斯德(Zoroaster)和耶穌(Jesus)在內的道統中的一員。在戲劇性的神話故事中，摩尼教提到兩個王國，把善的上帝王國與光明聯在一起，又把惡的魔鬼王國與黑暗聯在一起。由於察覺到光明的存在，在黑暗中引起了貪婪、仇恨和妒忌；這就激起了黑暗對於光明的進攻。聖父派遣原人(Primal Man)應戰，但是原人在戰爭中失利，光明和黑暗因此混合在一起。原人請求救援，結果差來了活靈(Living Spirit)。活靈在一場戰役中獲勝，用黑暗的殘骸創造天地，又把一部分被擄的光釋放。上帝又差遣了第三位使者，結果引發黑暗的力量創造了亞當(Adam)和夏娃(Eve)。在亞當和夏娃之內包含著仍受黑暗力量支配的光。後來，耶穌(Jesus)被差遣到當時尚是純真的亞當那裡，可惜亞當終於還是犯了罪，啟動了產生人類的繁衍過程。

這就是摩尼教對基本宗教問題的一套說明的神話背景：人類靈魂是一小點被擄的光明，

宗教的問題就是要通過苦修和秘傳的知識，把靈魂從黑暗中釋放出來。摩尼教否認耶穌被釘在十字架上，因此，曾經一度成為摩尼教徒的奧古斯丁(Augustine)，把摩尼教看成是幻影論派異端(Docetic heresy)的一支，幻影論派否認三位一體中的第二位格(聖子)曾經化身成人，取得真正的軀體。摩尼教呈現一種將從肉體中解脫視為得救條件的思想模式，這種模式也可以在印度教和佛教中看到。

參見 Augustine 奧古斯丁；Buddhism 佛教；Hinduism 印度教

K.E.Y.撰　劉若韶審訂

manifest content　顯相內容　見 Freud 弗洛伊德

manifold　雜多　見 Kant 康德

Mannheim, Karl　曼海姆，卡爾(1893-1947)　生於匈牙利的德國社會科學家。他以知識社會學(sociology of knowledge)著名。出生於布達佩斯(Budapest)，在那裡他取得大學哲學學位。1919 年以私人學者身份定居於海德堡(Heidelberg)，直至 1928 年應聘法蘭克福(Frankfurt)大學任社會學教授為止。1933 年納粹政權(Nazis)以其為猶太籍(Jew)又出生外國，遂取消其教職。不久他接受倫敦政經學院(London School of Economics)之邀請，在英國擔任講師職達十年之久。1943 年曼海姆變成倫敦大學(Uinversity of London)第一位的教育學教授，他擔任此職直到 1947 年逝世為止。

在黑格爾(Hegelian)哲學薰陶之下，曼海姆學識淵博，不易隨便歸類。在豐厚的政治學知識方面，他可以被看作追求社會計畫的自由派人士；他對文化社會學、政治意識形態、社會組織、知識社會學等之精研，造成他為社會學與政治學奠定各種分科。1940 年他出版了《重建時代中的個人與社會》(*Man and Society in an Age of Reconstruction*)一著作，表達他對社會計畫之承諾。可是他最著名的作品《意識形態和烏托邦》(*Ideology and Utopia*)(德文原做出版於 1929 年，英文修訂版譯本於 1936 年出梓)一書中卻建立了知識社會學作為一個新的學科，或稱社會學中的新分支。同時此書也對進行社會計畫的科學知識存疑。就像曼海姆所演展的內涵，知識社會學在尋找信仰、信念的社會「原因」，以別於人們持有這些信念的「理由」。曼海姆似乎相信他的考察既設定了、也證明了有關社會「客觀的」(objective)知識不可能存在。這就是把知識社會學牽扯到德國的哲學與社會理論(特別是馬克思主義〔Marxism〕)，也追溯到更早的法國大革命之後「意識形態家」(*idéologues*)的思想。

L.A.撰　洪鎌德審訂

Mansel, Henry Longueville　曼瑟，亨利．朗格維利(1820-71)　英國哲學家與牧師，蘇格蘭常識哲學(Scottish common sense philosophy)的著名擁護者。曼瑟是牛津大學的哲學與教會史教授，且是聖保羅大教堂的主任牧師。他有許多哲學觀點是來自於漢密爾頓(Hamilton)解釋下的康德(Kant)。在《邏輯序論》(*Prolegomena Logica*, 1851)中，他將邏輯定義為思想法則的科學，不過在《形上學》(*Metaphysics*, 1860)中，他論證人類的認知官能不適於認識事物的究極性質。他將這些觀點運用到宗教，在他最具影響力的著作《宗教思想的限度》(*The Limits of Religious Thought*, 1858)中，他主張上帝是理性所無法想像的，而唯一可獲得的上帝概念是來自啟示的類比概念。由此他結論說宗教教義免於受理性批判。在後續爭論中，曼瑟受到了史賓塞(Spencer)、赫胥黎(Thomas Henry Huxley, 1825-95)，以及彌爾(J. S. Mill)等人的批評。

J.W.A.撰　林正弘審訂

many questions, fallacy of　**多重問題謬誤**　見 informal fallacy 非形式謬誤

many-valued logic　**多值邏輯**　此種邏輯反對二值原則(the principle of bivalence)，二值原則認為：所有命題要麼就是真、要麼就是假。不過，多值邏輯反對二值原則的模式有兩種。首先，就是真值函數模式(這是嚴格意義上的多值邏輯)，在此模式中，命題除了簡單的真或假之外，還可以有各式各樣不同的值，一個命題的值仍是由構成它的部分的值來決定的；其次，真假值缺口模式(truth-value gap mode)，在此模式中，僅有的二個值就是真與假，但命題可以既不是真也不是假。在後者的模式中，一個命題具有或不具有什麼樣的值，並不是由構成它的各成分的值來決定的。

多值邏輯的起源，可以追溯到盧卡西維茨(Łukasiewicz)和頗思特(Post)在 1920 年前後各自進行的工作，當時也是真假值表和語意學方法最初發展的時候。盧卡西維茨提出三值計算法的哲學動機，乃是要解決那些真假值為開放的(open)或「可能發生的」(possible)命題，諸如那些涉及未來的命題。盧氏認為，這類命題可能獲得某種第三值。三值邏輯用 1 來表示真，用 0 來表示假，第三值的表示法是 1/2。在三值邏輯中，如果我們以¬(表示「非」)和→(表示「蘊涵」〔implication〕)作為初基符號，那麼 $v(\neg A) = 1 - v(A)$；而 $v(A \rightarrow B) = \min(1, 1 - v(A) + v(B))$。這些配值方式也可用表格的方式表示如下：

→	0	$\frac{1}{2}$	1	¬
0	1	1	1	1
$\frac{1}{2}$	$\frac{1}{2}$	1	1	$\frac{1}{2}$
1	0	$\frac{1}{2}$	1	0

盧卡西維茨於 1922 年將此更進一步推廣。開始時，它只適用於數量有限的若干種值，而最終卻適用於數量無限且連續的許多值(0 與 1 之間)。這樣一來，我們再也不能借助真值表來表示函數性。但是，前列的計算式仍可運用。馬奇斯伯格(Wajsberg)於 1931 年將盧卡西維茨的計算式予以公理化。1953 年，盧氏出版了關於四值的外延模態邏輯之著作。

1921 年，頗思特提出一種多值計算法(m-valued calculus)，其中的值包括了 0 (表示「真」),…, m-1(表示「假」)，還有¬和v(表示「或者」)計算函數：$v(\neg A) = 1 + v(A)$(modulo m)，$v(A \vee B) = \min(v(A), v(B))$。為了比較，我們將此式轉換成如上真值表，其結果如下(其中 1 表示真、0 表示假)：

→	0	$\frac{1}{2}$	1	¬
0	1	1	1	1
$\frac{1}{2}$	0	$\frac{1}{2}$	1	$\frac{1}{2}$
1	$\frac{1}{2}$	$\frac{1}{2}$	1	0

符號的這種奇怪而循環的特性，使得頗思特的系統難於加以解釋(雖然他曾經以古典命題序列〔sequences of classical propositions)做出這樣的一種解釋)。不同的動機也曾使得波希瓦(Bochvar)於 1939 年時發展出一個三值系統，這個動機就是要為邏輯悖論找到某種解答的方法。(盧卡西維茨曾提及：其三值系統不會產生悖論)。波希瓦三值系統中的第三個值是不確定的(因而波希瓦的系統其實是真值缺口的三值系統)，而一個複合命題中

只要其組成的部分中有不確定值的部分，該複合命題的值就是不確定的；當所有組成部分的值都確定時，波希瓦的三值系統就還原為古典的二值系統。因此，透過使用 1、1/2 和 0，依照上所列式子，我們可以得出波希瓦的三值系統真值表如下：

$\rightarrow$	0	$\frac{1}{2}$	1	$\neg$
0	1	$\frac{1}{2}$	1	1
$\frac{1}{2}$	$\frac{1}{2}$	$\frac{1}{2}$	$\frac{1}{2}$	$\frac{1}{2}$
1	0	$\frac{1}{2}$	1	0

為了發展多值邏輯，邏輯學家需要界定論題(thesis)或邏輯真理是什麼。在多值邏輯中，標準的界定方法，是先把值分為指定的和非指定的兩種。這樣的做法在實質上等於以下列的形式重新定義了二值性：每一命題要麼就是指定的，要麼就是非指定的。因而，在盧卡西維茨的圖表中，1(真)乃是唯一的指定值；而在頗思特的圖表中，被指定值包括了所有的 0, ..., n-1，其中 $n < m$，(0 表示真)。一般來說，我們可以把各類被指定的值視為各類型的真理，或者是某個命題可能為真的方式，而把非指定值視為某個命題可能是假的方式。這樣一來，若且唯若某個命題只獲得指定的值時，這命題才是一個論題。例如，$P \rightarrow P$ 是一個盧氏系統的論題，而 $P \vee \neg P$ 則不是。

然而，這一辦法卻讓某些真值表可能產生不了邏輯真理，例如根據波希瓦的真值表，任何一個表式只要其中的變數的值是不確定的，那麼該表式的值就是 1/2。如果 1 和 1/2 都是指定的值，那麼，古典邏輯的所有論題就都是論題了；但如果只有 1 才是指定的值，那麼，就沒有任何論題了。在此，多值邏輯與古典邏輯之間的區別也就消失了。波希瓦的解決方法是加進去一種外部斷言(external assertion)和外部否定(external nagation)。不過，如果把這種外部否定運用到羅素式的悖論(Russell-type paradox)當中去，這反過來會解消了多值邏輯在哲學上的意義。

另一種方法，就是不要管邏輯真理而關注於邏輯結果之上：如果對於任何一個賦值(assignment of values)而言，要麼就是 X 中的某些成員得到非指定的值、要不然就是 A 獲得指定的值時，A 就是該集表式(a set of formulas)X的邏輯結果。波希瓦的結果關係(其中只有 1 才是指定的值)就是透過限制古典邏輯，讓每一個 A 中的變數都要在 X 的某個成員中出現所造成的結果。

把多值邏輯擴展為謂詞和量詞邏輯，並沒有什麼技術上的困難。例如，在盧卡西維茨的邏輯中，$v((\forall x) A) = \min\{v(A(a/x)): a \in D\}$，這裡，$D$ 是一組常項集，它們的配值窮盡了該論域。這也就是把全稱量詞理解為「無限的」合取。

1965 年，扎德(Zadeh)引進了「模糊集」(fuzzy sets)的觀念，這讓元素與集合之間的從屬關係允許不確定出現：元素與集合之間的從屬關係變成映射入[0, 1]單位區間中的函數，這裡，1 表示確定屬於該集合，而 0 表示確定不屬於該集合。「模糊集」的觀念可以用來解決連鎖詭辯的悖論，該論證是一個有關穀堆的悖論。人們可以不再去堅持認為，在一堆與不是一堆之間存在著明顯的差別，也可以不再堅持認為紅色與黃色之間的明顯差別，我們只需引進某種不確定的光譜就行了，這樣的做法會讓概念的明確應用漸漸變得不明確起來。

不過，許多人仍然認為在真與假以外給予其他值的想法是違反直覺的，因此他們寧願去發展真假值的空口理論。這種想法的一種應用出現在克林尼(Kleene)於 1938 年所做出的強弱真值表中。克林尼的動機是要發展某種部分函數的邏輯。對於某些的引數，這些部分函數並不給出確定的值；不過，這種部分函數可以在後來被延伸而給每一引數某一確定的值。為了要做出這樣一種有關部分函數的真值表，克林尼因而要求真值表應該是規則的：任何組合都不能給予以後可被改變的確定的值，當真值表給出確定的值時，這些賦值必須是古典的賦值。克林尼的弱的真值表與波希瓦的相同。它的強的真值表則如下所示(1 表示真、0 表示假，u 表示不確定)：

→	0	u	1	¬
0	1	1	1	1
u	u	u	1	u
1	0	u	1	0

巴斯・凡・佛拉森(Fraassen)於 1960 年代提出了另一種真值缺口的辦法。假設如果對於 A 中的子式 B，$v(B)$是不確定的，那麼，$v(A)$也就是不確定的。稱任何這樣的配值為對上述配值的古典延伸：當 v 配給一個表式 0 或 1 時，該新的配值亦同；而當 v 不配給一個表示任何值時，該新的配值則賦予它 0 或中的任一個。如此一來，我們就可定義一個在 v 之上的超級配值(supervaluation) w 如下：如果所有 v 的古典延伸配給 A 的值都是 1，那麼，v：$w(A)$=1；如果 A 的值是 0 和不確定，那麼，$w(A)$ = 0。如果對於所有的超級配值 w: $w(A)$ = 1，那麼，A 即為邏輯上有效的。藉此方法，我們可以證明排中律仍是有效的，因為排中律在所有部分配值的古典延伸裡其值均為 1。凡・弗拉森提出過超級配值的幾種應用，其中之一是用之於免於存在預設的邏輯(free logic)，亦即用在那種允許空的名項的邏輯。

參見 free logic 自由邏輯；vagueness 模糊性

S.L.R.撰　王文方審訂

Mao Tse-tung　毛澤東(1893-1976)　中國共產黨的領袖，成立於 1949 年的中華人民共和國的締造者。他相信，必須使馬克思主義的思想(Marxist ideas)適應於中國的實際。與強調工人的馬克思主義正統派相反，毛在農村組織農民。其哲學著作包括寫於 1937 年的《實踐論》(*On Practice*)和《矛盾論》(*On Contradiction*)，企圖把辯證唯物論(dialectical materialism)同中國傳統哲學相結合。在其晚年，他背離了其《新民主主義論》中的漸進戰略而不斷採用激進方法以改變中國。他最後又於 1967 年發動了文化大革命(the Cultural Revolution)，使中國陷於災難之中。

參見 Chinese philosophy 中國哲學；Liang Sou-ming 梁漱溟；Liu Shao-ch'i 劉少奇

S.-h.L.撰　劉述先審訂

Marburg School　馬堡學派　見 neo-Kantianism 新康德主義

Marcel, Gabriel　馬塞爾，加俾爾(1889-1973)　法國哲學家和劇作家，法國存在主義思想的主要代表。他是法蘭西學院政治與社會科學院院士。身為音樂家、戲劇評論家和具有國際聲望的演講家的他，寫做了三十部戲劇以及數量相當的哲學隨筆。他認為自己的主要貢獻，乃是一種哲人戲劇家的貢獻。其戲劇作品與哲學著作一起，為透過充分使用自由以提高人的生命的尊嚴開闢了一條路。他把自己人生中的衝突和挑戰搬到了戲劇；其哲學作品隨之而努力透過嚴格且理由充足的分析，以批判地辨識出生命所提供的另一些選擇。

《破碎的世界》(*The Broken World*)是其戲劇傑作。該劇以同情的筆調描述了毀滅性的空虛感、膚淺的活動和那一直困擾著近代的破碎關係。該劇不僅為馬塞爾理出一條超越十九世紀英國和德國觀念論的道路，也明確表達出馬氏對於問題(problem)與奧祕(mystery)的區分，而且開展出一種存在主義的進路；這進路以沉思方式釐清那些可為人類生活提供深度和意義的奧祕。在其〈論存有的奧祕〉(On the Ontological Mystery)一文中，亦即其《破碎的世界》的哲學續集中，馬塞爾面對著如下問題：「我是誰？——存有(Being)是空虛還是實有？」他探索了身體或具有形體的存有的主體間性(intersubjectivity)及超越性(transcendence)等領域。其研究主要著力於主體間性，由此以闡明「你-我」(I-Thou)間的相遇、人際關係、承諾和創造性的忠誠等問題所必須採取的態度與基本特徵——這些想法在其《行者》(*Homo Viator*, 1945)與《創造性的忠誠》(*Creative Fidelity*, 1940)中也有所發展。

馬塞爾的思想協調了絕望與希望、不忠與忠誠、自我欺騙與求真精神。他認識到了自由的角色，也認識到了基本態度或前哲學性格(pre-philosophic dispositions)的角色：這些都影響到一個人的存有方式以及對人生意義的詮釋。

對於那些已經過世卻又受人愛戴者之臨在的關切，出現在馬塞爾的戲劇和哲學作品之中，特別是《臨在與不朽》(*Presence and Immortality*)。此種關切，連同其對於主體間性的反思，促使馬氏去探尋人類主體如何才能去體驗上帝之臨在、或那些雖已去世而仍受愛戴者之臨在。通過個人體驗和戲劇性想像、以及哲學性研究，他發現，主要依靠內省的方法和深度，就可以體驗到此種臨在。「臨在」乃是某種精神的專注，它會深刻地影響一個人的存有、提升他的境界、豐富他的個人資稟。臨在，它固然取決於個人心靈的開放和可滲透性，但卻並非個人所能頤指氣使。賦予或臨在總是某種免費的饋贈，其標誌是一種明顯的利益，是一種創造的動力。所以馬塞爾對人際間心靈共融(communion)的反省，使他能夠在哲學上構想：上帝是怎樣能夠作為賦予生命的和位格化的力量對人臨在著，其作用即在於總是激勵人們去創造。

參見 Buber 布伯；existentialism 存在主義；philosophy of literature 文學哲學

K.R.H.撰　丁福寧審訂

Marcus, Ruth Barcan　馬庫斯，露絲·巴坎(b.1921)　美國哲學家，以邏輯哲學之著作而聞名。她於 1946 年時發表了第一個對模態量化邏輯的系統化研究成果，因而讓學者們得以把蒯因(Quine)對結合模態邏輯與量化論的一致性的攻擊置於一旁。後來，她並將其初階的模態量化邏輯延伸為含有等同符號的二階邏輯(1947)，並將集合論模態化(1963)。馬庫斯的著作介紹了一系列的哲學問題，這些問題在她之後的哲學討論裡變得益形重要。其中較為重要的有巴爾肯公式(Barcan formula, 1946)、等同的必然性定理(1963)、彈性的外延性觀念(1960, 1961)，以及日常語言中的專有名詞是無內容、直接指涉標籤的觀點等等(1961)。最後這一個觀點，日後導致了克里奇(Kripke)、鄧內朗(Keith Donnellan)、卡普蘭(David Kaplan)等人所倡導的直接指涉理論。

馬庫斯在倫理學上的理論也是革命性的，她有關重複義務模態的論文顛覆了標準義務邏輯的整體結構(1966)。1980 年時她爭辯說道德困境是真實的困境，並認為道德困境既不來自於不一致的規則，亦不蘊涵道德的反實在論。

在她一序列談論信念的論文中(1981, 1983, 1990)，她不接受將信念等同於對語言或準語言項目的態度之理論。相反地，她爭論說，A 相信 p 亦即是 A 會以 p 為真的方式去行動之意(p 在此是一個可能的事態)。她的分析導致了將理性人(rational agents)當作是尋求將信念之語言與非語言表徵致力融貫的這一個想法。

馬庫斯的大部分生涯是在耶魯大學擔任哲學教授。她也曾經擔任美國哲學學會董事會的主席和該會中區的執行長、符號邏輯協會的總裁，以及國際哲學協會的總裁。

參見 belief 信念；causal theory of proper names 專有名稱的因果理論；modal logic 模態邏輯；moral dilemma 道德兩難；philosophy of language 語言哲學；philosophy of logic 邏輯哲學；Quine 蒯因

D.R. & W.S.-A.撰　王文方審訂

Marcus Aurelius　馬庫斯・奧勒利烏斯(A.D. 121-80)　羅馬皇帝(從西元 161 年)和哲學家。《沉思錄》(*Meditations*)(希臘名《對他自己》〔*To Himself*〕)十二章的作者。馬可斯主要是對作為自己倫理學自畫像的斯多噶(Stoic)哲學的歷史(他是斯多噶哲學的勤奮鑽研者)感興趣。除了他在第一章中詳細描述了他對家庭、朋友、老師的感謝外，他的格言警句安排得毫無章法；很多是在戰爭期間的軍營裡寫的。這些反映了舊斯多亞(Old Stoa)及波西多尼亞斯(Posidonius)較為折衷的觀點，他與這兩者都認為，參與公共事務是一道德義務。馬可斯與斯多噶學派觀點相符，他不相信人能長生不老；幸福在於對萬有斯多噶神(panentheistic Stoic God)的意志的耐心的接受，萬有斯多噶神是物質世界的物質靈魂。生氣，就像所有其他情緒一樣，是為這位斯多噶皇帝所禁止的；他規勸他自己對弱者和邪惡要有同情心。「不要成為『凱撒』，或被染成紫色：因為那會發生」(6.30)。「去愛那些即使是殘廢的人，這是人的特權」(7.22)。像這類不屬於專業論述的格言，給予了這本書在文學史中的地位。

參見 Hellenistic philosophy 希臘化時期哲學；Stoicism 斯多噶學派

D.Ar.撰　徐學庸審訂

Marcuse, Herbert　馬庫色，赫伯特(1898-1979)　德國出生的美國政治哲學家，曾重新詮釋馬克思(Marx)和弗洛伊德(Freud)的理念。馬庫色的作品是法蘭克福學派(Frankfurt School)理論家中最為系統和哲學取向的一位。在他的升等資格論文《黑格爾的本體論及歷史理論》(*Hegel's Ontology and the Theory of Historicity*, 1932)中，他最早嘗試透過一種歷史的本體論，將黑格爾(Hegel)、馬克思和海德格(Heidegger)三人予以融合，之後他整個三十年代都在關心批判歷史社會理論中的真理問題，並以一種獨立於脈絡之外的真理觀，來對抗知識社會學中的相對化趨勢。馬庫色認為黑格爾的「辯證法」提供了取代相對主義、經驗主義和實證主義的不同選擇，他甚且發展出對黑格爾遺產的革命性詮釋，寫下了《理性與革命》(*Reason and Revolution*, 1941)向波普(Popper)有關極權主義的論點挑戰。

二次世界大戰後，馬庫色以對待黑格爾的方式重新解讀弗洛伊德，在《愛慾與文明》(*Eros and Civilization*, 1955)一書中，將其基本概念轉為一套控訴文明之壓制特徵的批判理論。但在很多方面，這本書比起任何其他法蘭克福學派的著作，對於理性和啟蒙的概念有更正面的評價。馬庫色指出由於文明不斷地壓抑人類基本本能，以致文明製造了快樂和自由的二元對立。依照馬庫色的看法，人類的生存是立基於愛慾，但是這種衝動依賴於並被勞動所形塑。馬庫色綜合了馬克思和弗洛伊德，宣稱當愛慾和勞動統一的時刻，快樂和自由的烏托邦便能夠實現，這觸及到「剩餘壓迫」的徹底消除，並以此作為理性經濟和解放的社會批判主義之終極目標。

上述的目標同樣存在於他的美學著作《美學面向》(*The Aesthetic Dimension*, 1978)中。而在《單面向的人》(*One Dimensional Man*, 1964) 及其他作品裡，馬庫色對於為何一個自由和理性的社會始終無法實現的理由做了解釋：在於目前社會整體的非理性，也在於它創造並操縱了錯誤的需求（或「壓制性的去理想化」），以及對自然的敵意。或許沒有別的法蘭克福學派哲學家比馬庫色更有通俗的影響力，他在學生運動和生態運動中受到的歡迎程度可作為明證。

參見 critical theory 批判理論；Frankfurt School 法蘭克福學派

J.Bo.撰　顧忠華審訂

marginal utility　邊際效用　見 utilitarianism 效益主義

Mariana, Juan de　馬利安納，瓊安・德(1536-1624)　西班牙耶穌會歷史學家和政治哲學家。生於塔拉維亞(Talavera de la Reina)，求學於阿爾卡拉(Alcalá de Henares)，且在羅馬、西西里島和巴黎任教過。他的政治思想包含在《論君權》(*De rege et regis institutione*〔*On Kingship*〕, 1599)和《論貨幣》(*De monetae mutatione*〔*On Currency*〕, 1609)等書中。馬利安納認為政治權力是建立在公民社群的基礎上，帝王的權力來源於人民。人類的自然國家不包括政府和其他政治機構，這與維多利亞(Vitoria)的觀點相似。自然國家是一種公正(justice)體系，一切財產公有，合作為人類關係的特徵。私有財產是工藝進步的結果，也因此而產生嫉妒和衝突。馬利安納早於霍布斯(Hobbes)和盧梭(Rousseau)，提出人們簽了契約，把政治權力委托給領導者，以消除不公正和衝突。然而，只有人民有權利來改變法律。一個君主，如果不遵從法律，不為公眾謀利，是可以被迫下台的。誅殺暴君在某些情況下也就有了正當性。

參見 contractarianism 契約論；political philosophy 政治哲學

J.J.E.G.撰　丁福寧審訂

Maritain, Jacques　馬利坦，雅克(1882-1973)　法國天主教哲學家，其對亞奎納哲學(Aquinas's philosophy)創新的詮釋使他成為新多瑪斯主義(Neo-Thomism)的核心人物之一。柏格森(Bergson)的教學將他由形上學的絕望及其與未婚妻相約自殺中拯救出來。在他發現亞奎納之後，他因著對概念的實在論考量與一種知識的統合理論而拒絕接受柏格森思想(Bergsonism)，在《區別為了合一或知識的等級》(*Distinguish to Unite or The Degrees of Knowledge*, 1932)一書中，結合了經驗科學(the empirical sciences)與自然哲學、形上學、神學，以及密契主義。馬利坦反對懷疑論與觀念論，這兩種思想將心靈(the mind)與感性(sensibility)二者切斷開來，其典型的代表即為笛卡兒之直覺主義(Descartes's intuitionism)的「天使論」(angelism)。馬利坦追蹤天使論在藝術、政治，以及宗教內的實際影響。他的《藝術與士林哲學》(*Art and Scholasticism*, 1920)一書使用了古代與中世紀之作為一德行(virtue)的藝術觀念，以及作為一存有之超驗面相(transcendental aspect of being)的美之觀念。在政治方面，尤其是《人與國家》(*Man and the State*, 1961)一書，馬利坦強調「位格」(person)與「個體」(individual)的區分、自然權利的存有學基礎、民主理想的宗教始源，以及公益(common good)的重要性。他也論證了來自卻並未妥協整理其原貌的啟示與料之訊息的哲學之可能性，並在《整體人文主義》(*Integral Humanism*, 1936)一書中肯定那擁護人類之永恆命運的政治秩序。

參見 Aquinas 亞奎納；Neo-Thomism 新多瑪斯主義

D.W.H.撰　蕭宏恩審訂

Markov process　馬可夫歷程　見 stochastic process 隨機歷程

Marsilio dei Mainardine　曼那帝的馬里西歐　見 Marsilius of Padua 帕多瓦的馬西留斯

Marsilius of Inghen　茵芬的馬西留斯(c.1330-96)　荷蘭哲學家與神學家。出生於鄰近尼墨根(Nijmegen)的地方，馬西留斯在布里丹(Buridan)的指導下研究，在巴黎教書達三十年，而後，於 1383 年，遷移至新設立的海德堡大學(University of Heidelberg)，也就在那裡，他與薩克森的阿爾伯特(Albert of Saxony)共同開創了德國的唯名論(nominalism)。在邏輯方面，他出版了一本書是對西班牙的彼得(Peter of Spain)所著之《論叢》(*Tractatus*)做奧坎思想式的(Ockhamist)修正，這本書在十六世紀初葉的德國經常作為《文本辯證》(*Textus dialectices*)而發行，而且也出版了一本註釋亞里斯多德《前分析論》(*Prior Analytics*)的書。他以自己的方式來發展布里丹的衝力理論(theory of impetus)，接受布雷德瓦丁(Bradwardine)有關速度之比例(the proportions of velocities)的說明，而且採取了奧雷斯梅的尼古拉(Nicholas of Oresme)關於形式之強烈與緩和的學說，應用了新的物理學(physics)去註釋亞里斯多德有關物理學的著作。在神學上，他追隨奧坎強調信仰的懷疑論性格，認可一個人能夠依循斯各多思想的進路(Scotistic lines)來證明上帝存在，但卻堅持，由於自然哲學無法附會宇宙乃「由無中」(*ex nihilo*)所創造，因此上帝的全能只有經由信仰方得獲知。

J.Lo.撰　蕭宏恩審訂

Marsilius of Padua　帕多瓦的馬西留斯　以義大利語稱之，即 *Marsilio dei Mainardini* (1275/80-1342)，為義大利政治學家。他在 1312 至 1313 年間，擔任巴黎大學的校長；然而他的反教宗觀點迫使他離開巴黎(1326)到紐倫堡(Nuremberg)，在那裡他是巴戈利亞的路易斯(Louis of Bavaria)的政治和教會顧問。

馬西留斯的主要作品《和平的保衛者》(*Defensor pacis*〔*Defender of Peace*〕, 1324)，攻擊了教宗至上的教義，並認為被選舉代表人民利益的世俗統治者的權威，在世俗和精神事務中的權威要比教宗和司鐸的權威要高。馬西留斯理論的三個主張是：是理性、而非本能或上帝使我們認識公正之事，其亦有助於人類社會的繁榮昌盛；政府須通過高壓手段迫使人民遵從法律；政治權力終究屬於人民。他受亞里斯多德(Aristotle)的國家理想所影響，認為這對促進人的繁榮是必要的。他的思想在政治哲學史上被看作是主要的一大步，也是共和政體主義(republicanism)的首批辯護力量之一。

P.Gar.撰　丁福寧審訂

Martineau, James　馬提南，詹姆士(1805-1900)　英國宗教哲學家、倫理直覺主義者(ethical intuitionist)。身為牧師與教授，馬提南主張一位論(Unitarianism)而反汎神論(pantheism)。在《宗教探究》(*A Study of Religion*, 1888)中，馬提南同意康德(Kant)說我們經驗到的實在界乃心靈的作品，但馬提南認為我們沒理由懷疑我們的直覺，即現象界符應於真實世界，此真實世界內之對象乃持續存有且具因果關聯。他認為唯一合理的因果概念是由意志而來，並結論說實在界乃上帝意志的表徵，且上帝意志也是道德威權的根源。在《倫理理論的類型》(*Types of Ethical Theory*, 1885)中，他主張倫理學的基本事實是一種人類對於動機的贊成或不贊成的行為傾向，那些動機可產生志願行為，且兩動機呈現於意識之前。在自由選定其中一個動機後，行為者才決定哪個行為能最佳達成之。由於馬提南認為人能透過良知直覺地知道哪個動機比較高層，因此他的倫理理論核心在於他所排列出的十三個首要動機，其中最高層為崇敬(reverence)。

參見 intuitionism 直覺主義

J.W.A.撰　林正弘審訂

Marx, Karl　馬克思，卡爾(1818-83)　德國社會哲學家，經濟學理論家和革命家。他以記者身分生活與工作於科隆(Cologne)、巴黎(Paris)和布魯塞爾(Brussels)。在 1848 年歐洲各地爆發革命但卻失敗之後，他在倫敦定居，從事研究與寫作，並以擔任《紐約論壇報》(*New York Tribune*)通訊員的身份勉強賺一些錢補貼家用。

在其早期的著作中，他對居於主導地位的黑格爾(Hegel)哲學所造成的宗教上與政治上的保守影響，提出精緻與深刻的批判，認為在這些保守的思想中包含了對現存私有財產制度與財產關係之認可，以及由此私有財產關係所產生的人之異化。馬克思理解異化為：(1)個人之間、 (2)個人們與他們的生活行動(或勞動)之間、以及 (3)諸個人與其生產體系之間的一種極端不和諧之狀態。其後，在其主要的傑作《資本論》(*Capital*)(第一卷出版於 1867 年、第二卷 1885 年、第三卷 1894 年)，馬克思應用黑格爾辯證法的方法去批判資本主義的理論與實踐，這種的批判是一種內在的批評。他展示在諸種設準(主要的設準是認為人類的勞動是經濟價值的源泉)之下(此一設準為早期理論家亞丹・斯密〔Adam Smith〕所發現)，資本主義這一體制必然經歷不斷增大嚴峻的危機，而導致不斷擴增的生產資料(工廠、大農場等等)集中在少數資本家，亦即產業擁有者之手中。這些人數相對減少、資產相對增加的資產階級擁有者所形成的階級；變成了少數階級。但資本主義的體制危機將造成生產資料控制權被剝奪。取代資本階級將是過去貧困的無產業可以擁有的工人，亦即普勞(proletariat)階級。他們所以要從資產階級奪取生產資料的控制權，其目的在建立一個無階級、無剝削、無異化的共產主義新社會。

馬克思早期的作品，帶有烏托邦空想的色彩，大多在其生前未獲出版。這些作品強調社會倫理和本體論(ontology)。在這些著作裡，他標誌他的立場為「人本主義」(humanism)與「自然主義」(naturalism)。在《費爾巴哈提綱》(*Theses on Feuerbach*)中，他折衷了黑格爾自然史的唯心敘述(把歷史看做精神的自我發展歷程)與馬克思所認為的費爾巴哈非史的、機械的、被動的唯物主義。馬克思提出一套新的歷史觀點，認為歷史為人類的活動所塑造，也就是產自人類的實踐(praxis)。這種人造的歷史是在時空的變遷中，受到其物質條件所制約、所決定的。在後來的馬克思主義中，這一歷史觀點被貼上「辯證唯物主義」(dialectical materialism)的標籤。

馬克思開始徹底與根本地質疑哲學的性質，把它看作為「意識形態」(ideology)。所謂的意識形態乃是一套思想體系，表面上是獨立自足，實質上卻依賴產生這套思想與觀念的社會之物質條件，是故為社會物質(經濟)活動的反映。《資本論》整體觀之，既非哲學論述，也非道德說教，而較具社會科學的剖析。比起早期的著作來，《資本論》趨向於歷史決定論。該書充滿對資本主義盲目追求利潤所造成的惡行惡狀之憤怒不滿。書中也涉及作者要追求的理想：建立一個「組合的生產者之社會」(亦即社會主義、或共產主義的新社會)，目的在取代資本主義社會。他熱誠預言內在的、世界性的革命改變之到來，這些預言分別出現在其通訊、文章以及《共產黨宣言》(*Communist Manifesto*)(發表於 1848 年；與其親密戰友恩格斯合寫)之中，與《資本論》中帶有更多假設性的口吻，不太搭調。

把馬克思早期與後期的思想加以銜接連繫的關鍵，也是他作為一名社會哲學者永恆的貢獻，就是他對人類勞動力的分析。人類的勞動力在商品交易的體制中(參考他所著《剩餘價值理論》〔*Theory of Surplus Value*〕)變成了一種特別的「商品」，可供人們的買賣。但勞力的特殊性，依據他的說法，存在於其創造更大的交易價值之上。這種更大的交易價值，超過僱主對工人(僱員)所支付的薪資。是故在勞動力的買賣中，僱主賺取工人的剩餘價值，資本家剝削了工人。可是把人類當成製造盈利的商品看待，不免視人為物，忽視了人的本質與價值。

參見 Marxism 馬克思主義；political philosophy 政治哲學；praxis 實踐

W.L.M.撰　洪鎌德審訂

Marxism　馬克思主義　指馬克思的哲學，或從他那裡引申而得數種思想體系，或對社會批判的數種途徑而言。這個名詞也不正確地使用在二十世紀中葉受到執政共黨所創立的數個社會政治結構體之上。

馬克思本人在獲悉與評鑑某些法國批評者在引用他的名字，而杜撰這個名詞——馬克思主義——時，慨然地指出：就他所知，他並不是一位馬克思主義者。造成這個名詞的混淆應該是馬克思的伙伴與信徒。事實是這樣的，他的革命伙伴恩格斯(Friedrich Engels)是一位把馬克思的觀念組織化與體系化的人物，他比馬克思對自然科學懷抱更大的興趣，他又比馬克思多活了十二年，因此在其所著《自然的辯證法》(*Dialectics of Nature*)一書中，企圖把馬克思哲學中的辯證法應用到宇宙的發展之闡釋上。俄國共產黨革命領袖列寧(Lenin)，在臨終前發現馬克思的《資本論》(*Capital*, 1867)與黑格爾的《邏輯科學》(*Science of Logic*, 1812-16)有著過去未被大家所承認的緊密聯繫，因之做出結論(也就是在他的《哲學筆記》〔*Philosophical Notebooks*〕中下達結論)，聲稱過去半個世紀的馬克思主義者對馬克思懵懂無知。對於馬克思學說之重加解釋，因而使馬克思主義逐漸成型為領先的政治、經濟、社會、思想之意識形態係來自多方面的運作，這包括十九與二十世紀之交德國社會民主黨中馬克思主義派、俄國社會主義陣營中列寧所領導的布爾塞維克派、以及後來效忠「馬克思－列寧原則」的各國革命領袖與理論家。幾十年來蘇聯(Soviet Union)及其附庸，宣稱建立了政治上強力推行的基本馬克思主義學說之大要，導致以「正統的馬克思主義」為標誌的教條觀出現。一旦異議份子被迫去接受這種得勢的教條觀作為真正的馬克思主義時，那麼對這種馬克思主義的排斥與拒絕必定是普遍的、徹底的。

馬克思從來不曾對他的思想做過系統性的敘述。他的思想每隨時間的變遷，而有不同的重點轉移。其思想包含著歷史學、經濟學、社會學的一些要素，也透露著他對傳統的哲學之關懷。在一封給友人的信上，他特別警誡讀者，不要把他對西方資本主義發展史的描述，當成某一時代任何社會必然的演展史之超時空的分析。因之，後現代哲學家把馬克思主義認同為「總體化的」(totalizing)體系，而卻不強調它是「極權」(totalitarian)體系，是令人費解的。蓋後現代哲學家排斥普泛的、寰球的理論，也視「大敘述」(grand narratives)為本質上無效的。但無論如何，從馬克思的時代以來，馬克思主義的演進，就能夠幫忙我們去解釋這個認同。

「正統」(orthodox)馬克思主義強調歷史決定論(historical determinism)，認為事物先後發展的次序之必然性會導致資本主義被社會主義的經濟體系所取代(依據馬克思在《哥達綱領批判》〔*Critique of the Gotha Program*〕的說法，此一階段中每人按其勞動獲取報酬)，最終又進展到共產主義的社會(其中每人按其需要獲得報酬)。這種歷史決定論成為普列漢諾夫(Plekhanov)史觀的先驅。普列漢諾夫在其作品《個人在歷史中的作用》(*The Role of the Individual in History*)中指出：每個人的特質特性都是偶然的，就算拿破崙不曾存在，歷史也不會有重大的改變。列寧在《唯物主義與經驗批判主義》(*Materialism and Empirio-criticism*)一書中，加強了馬克思主義者的認識觀，認為馬克思主義是一種獨特的、真實的世界觀，因為它主張知識的「拷貝」(copy)理論或「反映」(reflection)理論，也就是真正的概念，就像照相機一樣，能夠映照外頭客觀的實在。可是在書中的某處，他卻條分縷析駁斥了「經濟主義」(economism)，認為強調共產主義取得最終的勝利之必然性，會使人們避開政治行動的說法。反之，列寧堅稱在俄國沙皇嚴酷的政治迫害情況下，只有專業革命家的秘密政黨，權充工人階級及其利益之先鋒，進行造反與革命，才能產生政經、社會根本上的改變。其後在史達林(Josef Stalin)長期的政治統制下，蘇聯一黨獨大的共產黨便被指認為這些工人利益最高的衛護者與解釋者，由是正當化極權的統治。

所謂的西方馬克思主義剛好是針對上述「正統」馬克思主義而來。西方馬克思主義最早的代表人物為盧卡奇(Georg Lukacs)，他曾經精明地看出黑格爾的哲學與馬克思早期的思想之關連，也就是在馬克思早期的著作從檔案裡尋找出來與出版後，而證實這番關連之前，盧卡奇便預言這種關係。其目的在增強他的論點，聲稱革命(共)黨為普勞階級(proletariat)(見其著作《歷史與階級意識》〔*History and Class Consciousness*〕)，他方面也增強盧卡奇另一項看法：即「社會主義的現實主義」(socialist realism)之藝術，在美學方面壓倒當時種種的文藝實驗形式。其同代人物的寇士(Karl Korsch)在《馬克思主義與哲學》*Marxism as Philophy*)一書中，把馬克思主義當成啟發新知的方法來看待，指出重大的社會現象(像社會階級、物質條件等等)常被其他的哲學所忽視。他的建議一般為法蘭克福學派(Frankfurt School)，也就是批判性哲學所接受，包括華特．卞雅敏(Walter Benjamin)有關美學的理論、阿多諾(Theodor Adorno)有關社會批判、賴希(Wilhelm Reich)對性分析之心理學說。此外一大堆「新馬克思主義」(new Marxisms)——都是聲稱忠實於馬克思的原創思想的學說——一一出現，特別是在馬克思早期的作品紛紛出版之後，它所浮現的馬克思為一位更為關注倫理，而較少偏向決定論的馬克思。不過在此無法細述。在這些新馬克思主義者當中值得一提的是布洛赫(Ernst Bloch)，他探索馬克思主義與烏托邦思想的關連；另外為批評工業社會為「一度空間」(one-dimensionality)的思想家馬孤哲(Herbert Marcuse)；南斯拉夫哲學家所組成的實踐學派(Praxis school)(取其雜誌之名稱，以及他們對社會實踐的關懷)；以及後期的沙特(Jean-Paul Sartre)。此外，尚值得一提的為長期受著墨索里尼法西式統治(Mussolini's Italian Fascist rule)監禁的義大利哲學家葛蘭西(Antonio Gramsci)。他強調任何時代中居於主宰地位的政治與意識形態之決定性因素，主要是文化。

隨著近年間共產政權的沒落或崩潰，「正統馬克思主義」特權地位跟著一落千丈。這時英美哲學家所善用的技術發展出新的研究途徑，其集體表現一般稱為解(分)析的馬克思主義。這一新趨勢的研究者特別關注正義的問題、歷史的理論和令人質疑的馬克思剩餘價值理論之本質。這一發展顯示，在很多圈圈中，當今馬克思主義之不受青睞、不夠風尚，固然是與前述共產政權糾纏勾結而導致被人誤會的結果，主要的卻是暫時的現象。未來的馬克思主義在範圍上很有可能超越馬克思本人特別的關注，儘管它會接受他的承諾與志業去指認、解釋和批評人類社會中(特別是經濟秩序裡)上下統治與臣屬的不平關係。

參見critical theory 批判理論；Frankfurt school 法蘭克福學派；Lukacs 盧卡奇；Marx 馬克思；praxis 實踐；praxis school 實踐學派

W.L.M.撰　洪鎌德審訂

mass noun　不可數名詞　見 count noun 可數名詞

master argument　主人論證　見 Megarians 麥加拉學者

material adequacy　實質適切性　一概念之形式定義徵定或「抓到」概念之外延(或實質)，則該定義便有之性質。直覺地說，一概念之形式定義為實質適切，若且唯若它既不太寬也不太窄。塔斯基(Tarski)在他的約定T(convention T)裡面所發現的真(truth)之定義之實質適切性之判準，推進了哲學語意學之研究。實質適切性與分析適切性不同，一個定義提出了一忠實的分析(a faithful analysis)，便為分析適切。定義一整數之為偶數，若且唯若它是兩個連續整數之積，是實質適切，但不分析適切；然而定義一整數為偶數，若且唯若它是二之積(a multiple of 2)，既實質適切，又分析適切。

參見 convention T 約定 T；definition 定義；formal semantics 形式語言的語意論；Tarski 塔斯基；truth 真理

J.Cor.撰　龔維正審訂

material cause　質料因　見 Aristotle 亞里斯多德

material conditional　實質條件句　見 counterfactuals 非現實句；implication 蘊涵

material equivalence　實質等值　見 equivalence 等值

material implication　實質蘊涵形式　見 implication 蘊涵

material implication, paradoxes of　實質蘊涵悖論　見 implication 蘊涵

materialism　唯物主義　見 metaphysics 形上學；philosophy of mind 心靈哲學

materialism, Australian　澳大利亞唯物論　見 Smart 思馬特

materialism, central state　中央神經系統狀態唯物主義　見 philosophy of mind 心靈哲學

materialism, dialectical　辯證唯物主義　見 Marx 馬克思；Plekhanov 普列漢諾夫

materialism, emergent　突發唯物主義　見 philosophy of mind 心靈哲學

materialism, historical　歷史唯物主義　見 Engels 恩格斯

materialism, non-reductive　非還原主義的唯物主義　見 philosophy of mind 心靈哲學

material mode　質料模式　見 metalanguage 後設語言

material supposition　物質設指　見 *suppositio* 設指

mathematical analysis　數學分析學　又叫標準分析學(standard analysis)，屬於所謂實數系的數學領域，即，此領域可以建基於一公理集合(axiom set)之上，而此公理集合的標的解釋(intended interpretation；標準模型〔standard model〕)以實數集作為範圍(domain；論域〔universe of discourse〕)。因此，數學分析的眾多分支包括有初等代數(elementary algebra)、微積分學(differential and integral calculus)、微分方程學(differential equations)、

變分學(the calculus of variations)和測量理論(measure theory)。分析幾何學(analytic geometry)涉及到把分析學應用到幾何學。分析學包括大部分在數學物理(mathematical physics)中用到的數學。相對於任意單位長度，在幾何直線上任意確定的零點，在它的右邊量得的是正值，左邊量得的是負值，那麼，可用有限及無限小數表達的實數，可以有用地理解為(或對應於)所量到的距離。特別的是，實數集包括那些漸次更廣的子集：自然數(natural numbers)、整數(integers)(正數、負數和零)、有理數(rational numbers)(或分數〔fractions〕)和代數數(algebraic numbers)(如二之平方根)。特別重要的是，實數集中出現了非代數數的(non-algebr aic)(或超越的〔transcendental〕)無理數(irrational numbers)，如π。實數集包括任意小的數和任意大的數、有限數(finite numbers)，但不包括無限小(infinitesimal)和無限量(infinite quantities)。

數學分析，常被理解成連續量(continuous magnitude)之數學，而與算術(自然數論)相對，算術是離散量(discrete magnitude)之數學。分析也常被認為不僅包括實數，而且包括虛(imaginary)(複〔complex〕)數。傳統以來，人用二階語言或高階語言來表達分析學，在這種語言中，它的公理集合有範疇性(categoricity)；它的每一個模型(model)都與標準模型同構(isomorphic；有同樣的結構)。1950 年代以來越來越多人用一階語言做分析學，如果人在一階語言做出分析學，那麼，範疇性便不可能，而且它除了標準模型外，還有非標準模型。分析學之非標準模型是一種與標準模型不同構之解釋(interpretation)，但卻滿足公理集合。有些非標準模型含有的項目(objects)使人回想起極受輕視的「無限小」，「無限小」對萊布尼茲(Leibniz)的微積分進路極為核心，但飽受柏克萊(Berkeley)和其他哲學家及哲學上敏銳的數學家的抨擊。然而這些非標準模型產生了一個新領域的數學，非標準分析學。在這個領域，萊布尼茲和其他早期分析學家所用的錯誤的論證，啟發了新而嚴格的證明。

參見 calculus 微積分學；categoricity 範疇性；philosophy of mathematics 數學哲學

J.Cor.撰　龔維正審訂

mathematical constructivism　數學建構主義　見 philosophy of mathematics 數學哲學

mathematical function　數學函數　一種運算，當它運作到叫自變量的物件(或一組物件)上時，產生了對應於自變量的值的物件。這種運算可用 $y = f(x)$形式的函數方程式來表示。如果對應於每一個 x 值，只有唯一一個 y 值與它相對應，y 就是變量 x 的一個函數。x 叫做主變量(或函數自變量)，y 叫做因變量(或函數值)。(有些定義認為函數是指這種關係，而不是指因變量，另外一些定義允許對應於一給定的 x 值，可有多個 y 值，如 $x^2 + y^2 = 4$)。更抽象地說，函數可看成是一種特殊的關係(是有序對形成的集合)，對應定義域(domain)內的任一元素，在值域(range)內只有唯一元素與它對應。如果當集合 S 中有元素$\{x,y\}$和元素$\{z,y\}$，必能得出 $x = z$ 時，那麼這個函數就叫做一一對應關係。例如，考慮函數$\{(1,1), (2,4), (3,9), (4,16), (5,25), (6,36)\}$，集合裡的每個元素都是$(x,x^2)$形式——就是平方函數。或再考慮函數$\{(0,1), (1,0)\}$我們稱之為否定函數。形成對比的是互斥析取函數(就如你可以有一杯啤酒或一杯果酒，但不能同時有二者)。這就不是一種一一對應關係。因為 0 是(0,1)和(1,0)的值，1 是(0,0)和(1,1)的值。

假如我們考慮定義在自然數上的函數——就是對於不同的n(大多情況下，$n = 1$ 或 2)，從 N^n 到 N 的函數，所謂部分函數(partial function)就是它的定義域不是整個 N^n(即非對所有自然數均有定義)，所謂從 N^n 到 N 的全函數(total function)它的定義域就是在整個 N^n 上，(例如所有的自然數)。

參見 functionalism 功能主義；teleology 目的論

F.A.撰　李國偉審訂

mathematical induction　數學歸納法　一種定義的方法，亦是證明的方法。一個集合中的事物可以歸納方式定義之。這個集合中的所有成員可用此歸納法證明具有某種性質。以這種歸納法而定義的集合中，較為人熟悉的是自然數(natural number)和形式化語言(formal language)中的「良型句式」(well-formed formulas)。例如，「自然數」集合的歸納定義即為滿足下述(B)跟(I)的最小集合 *N*：(B)0 屬於 *N*，(I)對於 *N* 中任意元素 *x*，*x* 的後繼元素(successor)也屬於*N*。(B)就是這種定義當中作為基礎的句子(basic clause)，(I)為歸納子句(inductive clause)。又如，假設一個只以否定(negation)和連言(conjunction)兩個邏輯連詞而建構成的命題語言(propositional language)。我們從單句(atomic sentence)的可數集合開始，以 ATOM＝｛A1, A2, …｝表示。然後，我們定義「良型句式」——我們稱之為 WFF——所形成的集合，是滿足(B)和(I)的最小集合：(B)ATOM 集中的每一元素都屬於 WFF；(I)如果 *x* 屬於 WFF，那麼(～*X*)屬於 WFF，如果 *X* 和 *Y* 屬於 WFF，那麼(*X* & *Y*)也屬於 WFF。藉由證明在這種基礎定義下的成員具有某種性質，並證明該性質在歸納法中得以被保留，由此進而證明，歸納定義下的集合中所有成員都具有該種性質。例如，藉著證明(i)所有單句有偶數個括號；(ii)如果 *X* 和 *Y* 這兩個的句子的括號數目都是偶數，那麼(～*X*)和(*X* & *Y*)的括號數目也是偶數，來說明所有的良型句式皆有偶數個括號。這也證明，括號數目為偶數的良型語句所形成的集合滿足(B)和(I)。括號數目為偶數的良型語句集合就必定等同於 WFF，因為——依定義——WFF 是滿足(B)和(I)的最小集合。

一般的數學歸納法證明指示，所有自然數或是擁有自然數有序類型(order type)之集合的所有元素，它們都具有某一性質。更普遍的數學歸納法證明形式——超限歸納法(transfinite induction)——則顯示良序(well-ordered)集合的所有元素具有某種性質。一個集合是良序集合，若且唯若該集合的每個非空子集都有一個最小元素(least element)。自然數是良序的，它是選擇公設(axiom of choice)下的結論——選擇公設指出每個集合都可以是良型的。假設一集合 *X* 是良型的，*P* 是 *X* 的一個子集且所有的元素具有某一專項性質。假設我們可以證明，對所有 *X* 的元素 *x* 而言，只要所有小於 *x* 的其他 *X* 之元素都屬於 *P*，那麼 *x* 也屬於 *P*。則由超限歸納法可推出，所有 *X* 的元素具有該專項性質，*X*＝*P*。因為若 *X* 不符合 *P*，由不屬於 *P* 的 *x* 之元素所成的集合就不會是空集合(即有些 *x* 的元素就不會屬於 *P*)。而既然 *X* 是良型的，這個集合會有一個最小元素 x^*，但由定義可知，*X* 元素中所有小於 x^*的元素都屬於 *P*，而由假設可知，x^*就一定會在 *P* 裡面。

參見 induction 歸納法；philosophy of mathematics 數學哲學；proof theory 證明理論

B.Sk.撰　林正弘審訂

mathematical intuitionism　數學直觀主義　二十世紀的一種運動，想依照唯心主義知識論和康德(Kant)的形上學來重建數學。具體地說，它的創始人布勞爾(Brouwer)認為，沒有不經經驗的真理，數學對象來源於那些產生經驗對象的意識行為的先驗形式。然而，布勞爾不同於康德的觀點，他反對空間的先驗性，認為數學只以細緻的時間直觀為基礎。

直觀數學(Intuitionistic mathematics)　依據布勞爾的看法，最簡單的數學行為就是憑意識去辨別兩種不同的元素。通過這些行為的反覆和接續，我們創造了各個自然數、標準的算術運算，以及有理數和它們的運算。然而，這些簡單的、有限的過程，不能產生有理數的收斂無限序列，我們需要這些序列來產生連續體(不可數的實數集合，或說線上的點)。一些「樸素直觀主義者」(proto-intuitionists)能接受，由有限性可描述的規則決定其元素的無限序列。然而，所有這些可計算的序列的集合是可數的，過於稀疏而無法造出連續體。布勞爾迴避這個困難的第一個想法，就是假定有一個不斷增長的連續體直觀，反映了亞里斯多德認為連續體是由不可分割部分組成的動態整體的觀點。但這種方法與布勞爾所採用的集合論框架不相容，至 1918 年，他已用無限選擇序列的概念取代了這種方法。有理數的一個選擇序列確由一種「規則」而產生，但在選擇後繼元素時，這種規則留有一些選擇自由度的餘地。例如，也許只要求第 $n+1$ 個選擇是有理數，而這個有理數與第 n 個選擇相差在 $1/n$ 的範圍內。由這種半決定性的序列產生的實數集合，可以證明是不可數的。按照布勞爾的知識論信念，他所能接受的選擇序列的性質，必須由規則和有限個實際選擇所決定。他把這種限制與他的集合論系統結合起來，得到與標準(古典)數學衝突的一系列結果。其中較為著名的是，他證明了在某區間裡所有實數上完全定義的函數必然是均勻連續的。(以圖示來說，函數的圖形沒有間斷和跳躍)。有趣的是，這個定理的一個推論是，實數集合不能分為相互排斥的子集。這種性質有力地復原了亞里斯多德有關連續體的圖像。

同古典數學的衝突(The clash with classical mathematics)　布勞爾不像他的門徒海丁(Arend Heyting)，把直觀數學和古典數學看成分隔開的，因而是相容的學科。他卻把直觀數學和古典數學看成是對同一主題的不相容的處理方式。布勞爾甚至偶爾指責，在與直觀主義有分歧的地方，古典數學是有矛盾的。衝突關注的基本概念是哪些才算是數學對象。直觀主義能接受而古典數學卻排斥的是，有些數學對象的某些性質可以有不確定性。

邏輯和語言(Logic and language)　因為布勞爾相信，數學建構出現於語言之前的意識，他反對通過任何一種語言的表達能力來限制數學。他認為邏輯只是把數學推理完成的部分記錄下來。例如，「排中律」來自一個「觀察期」，那個時候人類(用可決定的性質)給有限的現象加以分類；他嘲笑古典數學，把這種原則不恰當地應用到數學的無窮方面。

形式化(Formalization)　儘管有布勞爾的觀點，在 1930 年，海丁仍然創造了直觀主義邏輯(IL)和數論的形式體系。這些工作激發了進一步的形式化(甚至包括選擇序列的理論)，以及一系列把直觀主義和古典形式化體系關聯起來的證明論、語意學和代數的研究。例如，克林尼(Kleene)用遞迴函數的古典理論，來解釋直觀主義邏輯(IL)和其他直觀主義形式體系。哥德爾(Gödel)曾證明，直觀主義邏輯(IL)不能與任何有限多值邏輯相同，也向人們展示了直觀主義邏輯與模態邏輯 S4 的關係；克里奇(Kripke)為直觀主義邏輯(IL)提供了一種形式語意，類似於為 S4 提供的可能世界(possible worlds)語意。有一段時間，人們用很古典的方法去研究直觀主義形式體系，但從 1970 年代以來，直觀主義方法也同時被採用。

意義(Meaning)　海丁的形式化理論，反映了在布勞爾的知識論和形上學中暗含的意義理論，用建構性證明概念代替傳統的真理的對應概念。最近，杜米特(Michael Dummett)在數學以外的領域，把這種理論引伸為意義的保證肯定性理論。他已向人們表明了，斷言主義者怎樣制訂一個戰略，與現實主義者對物理對象、精神對象、過去這些主題進行辯論。

參見 Brouwer 布勞爾；choice sequence 選擇序列；philosophy of mathematics 數學哲學；set theory 集合論

C.J.P.撰　李國偉審訂

mathematical logic　數理邏輯　見 formal logic 形式邏輯

mathematical space　數學空間　見 space 空間

mathematical structuralism　數學結構主義　認為數學各分支的研究對象都是結構的觀點，它的口號是「數學就是結構的科學」。所謂「自然數系」(natural number system)就定義為由可數的無窮個物件所組成的總體，其中有一個指定為起始物件，然後有一個滿足數學歸納法的「後繼數」(successor)關係。「自然數系」的例子包括阿拉伯數字、無窮個時間瞬間的序列。根據結構主義的看法，算術討論的是所有自然數系的共有形式或結構。從而一個自然數就好像組織裡的一個職位，或者花式中的一個位置。同理，實分析所討論的是實數結構，也就是一切完備有序體的共有形式。有關結構主義的哲學問題涉及結構的本質，以及它們的地位。因為結構具有以一攝多的性質，它就像是一種共相。結構主義者因此也會為一些有關共相的傳統立場，如實在主義、唯名論來辯護。

參見 mathematical induction 數學歸納法；Peano postulates 皮亞諾公設；philosophy of mathematics 數學哲學

S.Sha.撰　李國偉審訂

mathematics, philosophy of　數學哲學　見 philosophy of mathematics 數學哲學

matrix mechanics　矩陣力學　見 quantum mechanics 量子力學

matter　物質　見 metaphysics 形上學

matter, prime　原質　見 hylomorphism 形質論

matter, principle of the conservation of　物質守恆原理　見 philosophy of science 科學哲學

maxim　格律　見 Kant 康德

maximal consistent set　極大一致集合　在形式邏輯中，任何命題集合 S 如果是一致的(也就是說，從命題集 S 不會推得矛盾)，而且在滿足此條件的集合包含關係為最大(即，如果 T 是一致的且 $S \subseteq T$，那麼 $S = T$)。可這樣來說，如果 S 是極大一致的(maximally consistent)，σ是相同語言中的一個命題，那麼σ或 $\sim\sigma$(σ的否定)是屬於 S。因此，極大一致集合(作為一個理論)是完備的(complete)：它可解答該語言中的每個問題。

參見 completeness 完備性；set theory 集合論

P.Mad.撰　李瑞麟審訂

maximal proposition　最大命題　見 topics 論題

maximin strategy　最大化策略　將行為人的最小所得加以最大化，或反過來將最大損失加以最小化的策略。著重損失的作者則把這樣的策略稱作最小化策略。「安全策略」(security strategy)這個詞可以避開潛在的混淆，現在廣為人所使用。對每一行為而言，它的安全層次乃是它的報酬不少於最壞狀況的設想。

一個行為人的安全策略將他所預期的效益最大化，若且唯若(1)他確定「自然」(對方)實際上有他的最壞利益，而且(2)他確定自然(對方)在選定她的策略時，將會確定他的策略。第一個條件在兩人的零和遊戲中被滿足了，在其中報酬的結構通常是已知的。在這情況中，「自然」是另一位參與遊戲者，而且她的收獲等於第一位遊戲者的損失。很清

楚的是，這些條件並不適於一切決策理論。

參見 decision theory 決策論；game theory 賽局理論

B.Sk.撰　陳瑞麟審訂

Maxwell, James Clerk　馬克思威爾，詹姆斯・克洛克(1831-79)　蘇格蘭物理學家，對電磁理論、氣體動能理論、色彩視覺理論提出先驅性的貢獻。他在電磁學方面的作品被總結在《論電和磁》(*Treatise on Electricity and Magnetism*, 1873)中。1871 年，他成為劍橋大學第一個實驗物理學教授，創建了卡門迪許實驗室(Cavendish Laboratory)，去世前一直擔任實驗室主任。

馬克思威爾最重要的成就是他的電磁場論(the field theory of electromagnetism)和冠以他的名字之馬克思威爾方程式的發現。場論統一了電和磁的定律，把光認定為電磁乙太(electromagnetic ether)的橫向振動，並預測了無線電波(radio wave)的存在。馬克思威爾方程在洛倫茲轉換(Lorentz-invariant)上保持不變，以及擁有了光速是常數這個事實，在狹義相對論的誕生上扮演了重要的角色。他由尋求乙太的「一致表象」而得到他的理論，亦即乙太的內在運作與力學定律一致的一個模型。這個一致表象的尋求並沒有成功，但他的論文使用機械模型和類比來引導他的思考。像波茲曼(Boltzmann)一樣，馬克思威爾提倡模型建構的啟發價值。

馬克思威爾也是統計物理學的一位先驅，他從氣體分子散漫碰撞的假定條件上推導出控制氣體巨觀行為的定律，直接導致波茲曼的傳輸方程式和不可逆性的統計學分析的出現。為了展示熱力學第二定律(the second law of thermodynamics)是機率的，馬克思威爾想像一個「只有指頭」的魔鬼，它能分隔移動較快的氣體分子和移動較慢的氣體分子，從而造成氣體的熵值的減少。

參見 philosophy of science 科學哲學；relativity 相對論

M.C.撰　陳瑞麟審訂

***māyā*　摩耶**　這字詞在印度思想中有種種用法，譬如表示大梵生起行動的力量，此中，大梵的行動包括像取得其顯現相可隨意改變的物質形態。惡魔和諸神被認為具有摩耶，此時摩耶意指從事人類望塵莫及的活動的力量。在更深層次的意義上，摩耶意指大梵得以不斷維繫整個宇宙的力量。

自一神論觀之，摩耶是全知全能之神創造現象世界的力量。這力量一般被視為是陰性的性力(Sakti)，而該神的各種表徵——諸如毗師拏神(Vishnu)和濕婆神(Siva)——則是擁有女性配偶的男性。若無性力，大梵本身會是陽性的、被動的，以致將不會有造物世界的存在。藉由連結關係，摩耶也可說是創造活動的產物。所創造的世界是依待性的，既是神性力量的顯現也是梵與信神者間的障幕。如依(不二)一元論的觀點，摩耶表達了這樣的觀念：繁複多樣之意識與無意識事物所組成的世界只是宛然而有，唯有無可言喻的梵存在，多樣性卻是假象。大梵以某種方式產生人、事、物之多樣性的幻相，而解脫正在於看穿這幻相。一神論者對一元論者的觀點提出質疑，問說誰才具有產生幻相的能力，以及幻相如何能看穿它自身。一神論者認為，造物世界局部地揭顯但同時也遮蔽大梵，解脫取決於人對梵的虔信，虔信者可於其虔信的宗教體驗中認識到梵的本性。

參見 Brahman 梵

K.E.Y.撰　何建興審訂

Mead, George Herbert　米德，喬治・赫伯特(1863-1931)　美國哲學家、社會理論家和

社會改革家。他是芝加哥實用主義派(Chicago school of pragmatism)的成員之一，其中還包括詹姆士．圖夫茨(James Hayden Tufts)和約翰．杜威(John Dewey)之類的人物。懷德海(Whitehead)同意杜威對米德的評價：「第一流的傑出心靈」。米德成長於新英格蘭(New England)清教主義根深柢固的家庭，但他最終成為公認的自然主義者，而相信現代科學能使自然過程成為可理解的。在他的自然主義成長道路上，他曾在哈佛從學於唯心主義者魯一士(Josiah Royce)。費希特(Fichte)、謝林(Schelling)和黑格爾(Hegel)的德國唯心主義(The German Idealist)傳統(在《十九世紀的思想運動》〔*Movements of Thought in the Nineteeth Century*〕中，米德把他們描繪成浪漫主義哲學家)，對米德的思想有長久的影響，儘管他成了一位公認的經驗主義者。

米德被視為社會學中符號互動學派(school of symbolic interaction)的先驅，最為著名的是，他根據語言發展和角色扮演，對心靈和自我的解釋。作為傑恩．亞當斯(Jane Addams, 1860-1935)的密友，米德在這個領域的理論著作，對他有關進步的政治信念，具有舉足輕重的作用。人們也常認為米德是一位社會行為學家。他採用刺激和反應的範疇來解釋行為，但與約翰．華生(John B. Waston)之類的行為學家相反，米德沒有摒棄那些未被其他人觀察到的行為。他檢驗了自我意識的本質，在《心靈、自我和社會——來自社會行為學家的看法》(*Mind, Self, and Society, from that Standpoint of a Social Behaviorist*)一書中，他描寫了自我意識的發展。在《行動哲學》(*The Philosophy of the Act*)中，他根據有機體適應環境的階段，對行為也做了評述。

他作為自我社會發展的理論家的聲望，似乎要掩蓋他在其他哲學家關注的領域裡的原創性著作，例如，倫理學、知識論、形上學和科學哲學。受達爾文的影響，米德根據突創的過程，不但試圖理解自然，亦試圖理解社會關係。他強調，具有新性質的生命形式是透過自然過程和知性過程出現的。當新奇事件出現時，過去就改變了，因為過去已在現在造成具有新性質的東西，必須從不同的視野來看待。在新秩序(新奇事件所引起)到來和舊秩序消亡之間，有一個重新調整期，米德把這個調整期描述為社會性時期。在《當前哲學》(*The Philosophy of the Present*)中，米德發表了對這些問題和相關問題的觀點和看法。米德在哲學方面從來沒有發表過專書。上面提到的書是由他沒有發表的原稿和他學生的筆記編輯出版的。

參見 philosophy of the social sciences 社會科學哲學；pragmatism 實用主義

M.Ab.撰　朱建民審訂

mean, doctrine of the　中道、擇中的學說　見 Aristotle 亞里斯多德；*Chung-yung*《中庸》

meaning　意義　「意義」是指：在一個既有語言中的表詞、構句或語句(expression, construction, or sentence)，或者非語言性的號誌或者符號，所表達出來約定的、一般的或者標準的意思。「字面意義」(literal meaning)是指：一個語言中的表詞或語句，藉由字在字典中的意義，加上其所引入之語法結構，而具有非象徵性的、嚴格的意義。所謂「同義」(synonymy)是指字面意義上的相同性(sameness)：例如，「變戲法的人」(prestidigitator)意指「巧手妙技的專家」。有人認為，一個好的翻譯所保留的就是意義；而這個意義可能是字面的，也有可能不是字面的：在法文中「*Où sont les neiges d'antan?*」的字面意義是指：「去年的雪如今安在？」，但其象徵性的意義是：「萬物皆無法持續」。號誌形態與符號都具有非語言性的約定意義：白旗意謂著休戰，而獅子則意謂著耶穌門徒聖馬可(St. Mark)。

「意義」的另一個意思是指：一個人透過特定的言談(utterance)所想要傳達的，葛來思(H. P. Grice)把它稱為「言談者的意義」(utterer's meaning)；或者用史蒂芬・席佛(Stephen Schiffer)的話來說，就是「說話者的意義」(speaker's meaning)。說話者的意義和所言談出來的字面意義，也許會互相吻合，也許不會互相吻合，也有可能是非語言性的；例如，「非字面的」(non-literal)：珍說：「我們即將置身於我們的熱帶天堂。」意謂著他們很快就要到達南極了；「字面的」(literal)：珍說：「那是有落葉性的(that's deciduous)。」她意謂著那棵樹的葉子每年都會凋零。「非語言性的」(non-linguistic)：珍聳聳肩，表示贊同。

一個語句的字面意義，通常不會完全決定一個說話者透過字面上的言談所要說的東西：在約翰說出「她正在讚美我」這句話時，此語句的意義預留了很大的空間，例如，它可以是指，珍在 1991 年 12 月 21 日中午 12 點時讚美約翰。有一種並非不平常(但背後卻充滿了理論背景)的方式，可以用於理解這種狀況；也就是說，我們可以把說話者所說的那些在各種脈絡中的特定事物當成是命題(propositions)，是可以用多種不同語言予以表達的實體，同時(對於某些理論而言)，也是說話者所說出的、所相信的，以及所欲求的內容。基於以上假設，一個句子的字面意義就是：一個獨立於脈絡之外的規則或者功能(a context-independent rule, or function)，它依據句子的表述脈絡來決定一個特定的命題--命題就是說話者所說出的內容。戴維・卡普蘭(David Kaplan)將這種規則或功能稱之為語句的「性格」(a sentence's "character")。

用奧斯汀(J. L. Austin)的語辭來說，一個語句的字面意義也包含了它執行作言行為(illocutionary acts)的可能。一個祈使句的意義決定了什麼命令、請求等等能字面地表達出來：珍可以依字面上的意義說出「坐在那裡」，來要求(或命令、或促請)約翰在上午 11 點 59 分坐在聖塔莫尼卡的某一張長凳上。因此，一個語句的字面意義包含了它的性格及作言行為的強制內容：它把脈絡加諸於具有(多少像)確定的命題內容的作言行為上。一個脈絡包括說話者、聆聽話者的身分，言談的時間，並且也包括說話者之意圖的諸面向。

在倫理學裡，早已出現一個字或語句的「表達情感的意義」和「認知意義」之間的區別。一個言談或語詞的情感意義即是它所表達的態度，例如，「騙子」這個字的輕蔑意義。一個倫理學的情感主義者，例如史蒂文森(C. L. Stevenson, 1908-79)，主張「它是好的」的字面意義等同於其所表達的情感意義，也就是它所表達出來的積極態度。根據赫爾(R. Hare)的理論，「應該」(ought)的字面意義就是它的「規範意義」(prescriptive meaning)，它把命令式的力量(imperative force)加諸於包含它的語句之中。這種「非認知主義式的理論」("noncognitivist" theories)能允許像「好」這一個詞也有非字面的規範意義，涵蘊了一個對象的非評價的性質。相較之下，認知主義者則把一個倫理學詞彙的字面意義當作它的認知意義：「好」代表一個客觀性質，並且在斷定「它是好的」時，吾人字面所表達的，並不是一個態度，而是為真或為假的判斷。

「認知意義」和任何其他語詞一樣，是用來捕捉在倫理學以外的意義理論中核心的部分，也就是從作言行為和情感的面向中抽離出來，而保留的意義中的「事實的」要素。它就像「明天會有日蝕」和「明天會有日蝕嗎？」這兩個語句所共同分享的部分，這個共同要素通常被視為一個命題(或一個「性格」)，但再一次地，在此概念的背後仍然充滿著許多理論的意含。雖然認知意義是二十世紀意義理論的主要探討內容，它仍難以非理論的詞項來明確地加以定義。假設我們說，一個語句的認知意義是「它能夠為真或為假的意義的面向」：這將無法捕捉到意義的非真值條件理論(見下文)中的本質。假設我們說它是「能夠被斷定的」：那麼一個情感主義者也許會允許吾人能斷定一個事物是好的。還有許多哲學家也會視之為理所當然的是，他們對「認知意義」(不論是否以此名稱來稱呼它)已熟知到足以把其中的組成要素加以理論化，這將是下文的焦點。

近代哲學裡，最古老的意義理論是從十七到十九世紀的觀念理論(也稱為觀念化的理論)和意義的意象理論，根據這些理論，公眾語言中語字的意義得自於這些語字被用來表達的觀念或心象。至於何者構成觀念的表象性質，笛卡兒(Descartes)主張它是一種心靈的基本性質，是不可解釋的，而洛克(Locke)則主張它是界於觀念和事物之間的一種相似性(就某種意思來說)。比起觀念和意義，當代分析哲學較常論及命題態度——思想、信念、意向；並且常論及此態度的內容：如果珍相信在非洲有獅子，這個信念的內容是「在非洲有獅子」。幾乎所有哲學家都同意，命題態度與意義之間具有一些關鍵的連結。

一個意義理論的根本要素是它把意義的基礎放在何處，是在思想上，在個別的言說中，或是在社會的實踐之中。(I)意義也許可以被視為，完全得自於思想的內容或命題態度，而心靈內容自身的構成，可以獨立於公眾語言的意義之外(「獨立地構成」並不涵蘊「不被形構」)。(II)它也可以被視為信念的內容和溝通的意向自身，且其一部分是得自於公開言說的意義，或甚至得自於社會的實踐。那麼意義將是被個別的心理事實和社會的語言事實所共同組成。

上述的第一類型理論，包含了那些葛來思式的各種理論，根據此理論，語句的意義是被實踐或隱含的約定所決定，這些實踐或約定掌控著說話者在使用相關的字詞和詞組時，所要表達的意義。一個說話者的意義可以用某些命題態度的詞項來解釋，也就是說話者企圖在聆聽者身上所產生的某種結果。意謂天正在下雨就是用言談或做一些事(未必是語言式的)，意圖來讓我們的聆聽者去相信天正在下雨。關於說話者的意義的理論已被葛來思和席佛竭力完成。大衛・路易士(David Lewis)曾提出，語言意義是由隱含的約定所構成，其系統性地連結於說話者的信念，而非溝通的意向。

思想的內容可以被視為獨立於溝通之外構成語言意義的基本要素。羅素(Russell)和維根斯坦(Wittgenstein)早期的著作中，論及有關意義時，似乎將一個語句所要表達的信念或思想的命題內容，視為關鍵的事物；他們明顯地視此為建立在一個個人的基礎上，而非本質上得自於溝通的意向或社會實踐。而瓊姆斯基(Chomsky)述及語言的重點時，也將之視為一種「思想的自由表達」。這些觀點建議「語言的意義」或許代表了兩個性質，一個包含了溝通意向和實踐，另一個更緊密地關聯於思考和構想。

比較起來，命題態度的內容和公開言說的意義可以被視為互相關連的事實，它們不能個別獨立地獲得：為了要詮釋其他人，我們必須賦予給他們信念／意向的內容，並且賦予給他們言談的意義。這在戴維森(Davidson)的真值條件理論(見底下)中十分明顯；也許我們在後期維根斯坦學派的意義概念中也可以看見，把意義視為「可斷定性條件」(assertability conditions)--例如，在杜米特(Dummett)著作中所表現出來的主張。

除此之外，還有別人主張語言意義基本上是社會性的。根據克里奇(Kripke)的詮釋，維根斯坦在其晚期著作中主張社會規則對於意義而言是十分基本的，其理由是，光是憑藉社會規則就可以解釋意義的規範性面向(normative aspect of meaning)，並且解釋以下這個事實：表詞的意義決定了某些使用是正確的，而某些使用是不正確的。「意義基本上是社會性的」這一主張還可以在帕特南(Putnam)的「語言勞動的分工」(division of linguistic labor)中見到：他認為，某一些語詞的意義(例如在植物學或精緻傢俱製造業中)是由專家為其他人所設定的。這一種現象也可以延伸到某些非技術性的字眼上面，例如「紅色」：一個人對於這個字眼的使用也許是一種社會性的順從，他嘴裡所說的「紅色」是什麼意義，被決定於某一規則；然而，此一規則並非由他個人的使用來決定，而是被他在語意上所順從的社會團體的使用所決定。泰勒・伯舉(Tyler Burge)也曾為這一現象進行論證，並推論出：思想的內容本身多少與社會事實有所關聯。

讓我們假定有某個語言 *L* 並不包含指示詞(indexical terms)，例如「現在」、「我」，也不包含指示的代名詞(demonstrative pronouns)，但是只包含專有名詞、一般名詞、形容詞、動詞、副詞，以及邏輯性的字詞(並沒有任何一自然語言是如此的，但這一假設可以簡化接下來的討論)。不同的意義理論主要在於它們如何指出 *L* 中某個語句 S 的意義。以下是幾種主要的說法。(I)指出「S 的真值條件」：S 是真的，若且唯若有一些天鵝是黑色的。(II)指出 *S* 所表達出來的「命題」：*S* 意謂著(其命題是)：有一些天鵝是黑色的。(III)指出 *S* 的「可斷定性條件」(assertability conditions)：*S* 是可以以斷定的，若且唯若我們目睹黑色天鵝或者有任何黑色天鵝的案例出現，等等。(IV)把 *S* 翻譯成我們語言中的一個句子，這個句子和 *S* 有相同的「用法」(use)，或者它們具有相同的「概念角色」(conceptual role)。

有某一些理論，特別是上述的第 I、II 種理論，認為「意義的組合性」(the compositionality of meaning)是最基本的。以下是一個很基本的事實：語句的意義就是組成語句的語辭和構句的意義的功能，如此我們才能夠說出和了解新的語句--以舊語詞及舊構句所形成的新語句。弗雷格(Frege)的「指涉理論」(theory of Bedeutung or reference)所論述的，特別是他所使用的「功能與對象」兩個概念(the notions of function and object)，就是有關「組合性」的問題。維根斯坦在《邏輯哲學論叢》(*Tractatus*)中，使用「意義的圖像理論」(picture theory of meaning)與「真值條件的理論」(theory of truth-functions)來解釋「組合性」。根據維根斯坦的主張，一個語句或者命題，就是一個事態(state of affairs)的圖像，「語詞」及「非語言性的成素」兩者之間相互符應，而「那些語詞在語句中的排列」及「語句所代表的事態中成素的排列」，兩者具有相同的形式。

「意義的真值條件理論」中最具主導地位的，是由戴維森依據塔斯基(Tarski)的著作所提出的學說。塔斯基認為，我們可以為某些特定的形式化語言(formalized languages)建構一組有限的規則，從這組規則我們可以為此形式化語言中包含著無數像 *S* 的語句，推演出「*S* 是真的，若且唯若……」(*S* is true if and only if...)的句型。這些有限的可陳述規則有時被稱為一種「語言的真理理論」(a truth theory of the language)，並可推演出：「$(x)(Rx \rightarrow Bx)$」是真的，若且唯若所有烏鴉都是黑色的，其推演的方式，是透過對「*R*」、「*B*」、「→」，以及「*x*」個別予以分配的詮釋，不論這些形式化語句有多複雜，其真值條件都可以被其組合的方式所決定，透過類似於上述對語句描述的方式。

戴維森主張，塔斯基所提出的設計也能夠被應用於自然語言之中；更可以用來對「意義是什麼」提出解釋，其原因是基於以下的理由。詮釋涉及到一種「慈善原則」(a principle of charity)：亦即，對某人 *N* 進行詮釋時，意謂著我們要儘可能地把 *N* 所說的賦予最合理的意義，而這也意味著在賦予意義時，要假設其所說的內容大部分為真。對於 *N* 的語言之系統化詮釋，可以被視為一個「塔斯基式的真理理論」(a Tarski-style truth theory)，這種理論把 N 所說的內容大部分視之為真。如果此真理理論蘊含：「在 *N* 的語言中有一語句 *S* 是真的，若且唯若有一些天鵝是黑色的」，那麼，這就告訴我們在 *N* 的語言中語句 *S* 的意義。

一個「意義的命題理論」則會對意義的「組合性」採取以下的處理方式：一組有限的規則，這些規則規定著 *L* 的所有語詞及構句；而且，藉由 *S* 的語詞及構句，(衍生地)為每一個語句 *S* 分配一個命題(把歧義性暫時放在一旁)。如果 *L* 中包含著指示詞，那麼這些規則就不會為每一個語句分配一個完全的特定命題，而是在上述的意義之下，為語句指定一種「性格」。我們可以用兩種方式來看待命題：(a)命題就是可能的情境或者「世界」(worlds)所構成集合--那麼在英文中「暮星是熾熱的」(Hesperus is hot)這一命題就可以被分配到一組可能的世界；在這些世界中，暮星是熾熱的。(b)命題是某些因素的結構性混合(structured combinations of elements)--那麼「暮星是熾熱的。」這一命題就是由一對有特定次序的因素< M1, M2 >所組成的集合。關於 M1 與 M2，有兩種理論。M1 與 M2 或許是「暮星」及「是熾熱的」的「意含」(sense)，那麼M1 與M2 這對有特定次序的集合就是一種「弗雷格式的命題」(a "Fregean" proposition)。M1 與M2 也有可能是「暮星」及「是熾熱的」的「指涉」(references)，那麼 M1 與 M2 這對有特定次序的集合就是一種「羅素式的命題」(a "Russellian" proposition)。這兩種理論　孜″漁 t 異反映出二十世紀語言哲學的最主要爭論。

一個語詞的「內涵或意含」(connotation or sense)是它的「呈現的模式」(mode of presentation)，是用以呈現其「指稱」或指涉的方式(denotation or reference)。具有相同指涉或指稱的語詞可能用不同方式來呈現其所指涉的內容，因此在意含或內涵上有所差異。這對於「義大利的首都」和「台伯河之城」這樣的複雜語詞而言是沒有問題的，這兩個語詞透過不同的內涵來指涉羅馬城。爭議發生之處是在於單純語詞之上，例如專名或者一般名詞。弗雷格為所有的表詞做了「意含」與「指涉」(sense and reference)的區分；「晨星」與「暮星」這兩個專名，是根據是我們對於「晨星」與「暮星」的了解，表達其描述性意含(descriptive senses)--「晨星」是描述「黎明之前在東方天空可以用肉眼看見，像星星一樣的明亮物體」，而「暮星」則是描述「日落之後在西方天空可以用肉眼看見，像星星一樣的明亮物體」；藉由其意含它們都指涉到金星。羅素則將一般的專名，例如「Romulus」(羅馬的始祖羅慕洛)，視為確定描述詞的縮寫形式，在這方面他與弗雷格觀點相似。但是羅素也主張，有些從陳述句中所分析出來的單純語詞(Romulus除外)，它們的意含與指涉並沒有辦法予以清楚區別；其「意義」就是羅素式的命題(但是羅素對於有關它們的構成因素之觀點，與現在的觀點有所出入)。

克里奇反對弗雷格與羅素對於一般專名的觀點；他主張，一個專名的指涉並非由一敘述性的條件所決定；而是典型地藉由連接名稱與指稱之間的因果連鎖來決定；例如「暮星」的例子，或許是決定於一個部分的「知覺關係」；而「亞里斯多德」的例子則決定於一種「因果的、歷史的關係」。他認為，專名是一種「嚴格的指示詞」(a rigid designator)：任何一個具有「亞里斯多德是……」形式的語句都表達出一個命題，此命題在某一個可能世界中為真(或在一組情境之中)；若且唯若我們(實際上)的亞里斯多德在那個世界滿足了「是……」這一條件的時候。對比來看，在弗雷格和羅素的觀點中，命題所包含的，並非實際上的指涉，而是「亞里斯多德」一詞所內含的一個描述性的條件(類似像《形上學》一書的作者，或其他)，因此對他們而言，即使當描述性的內含是固定的時候，名稱的指涉在不同的世界中也會有不同。

近來有些哲學家根據「嚴格的指示詞」的觀點，而激發出一個更頑固的主張，亦即意義就是羅素式的命題(或者把命題置於一個脈絡中的「性格」)：在上述命題／意義< M1，M2 >中，M1 就是指涉物本身(金星這一星球)。這就是所謂的「意義的指涉理論」(a referential theory of meaning)，此理論把意義等同於指涉。但是必須予以強調的是，從「嚴格的指示詞」的觀點，並不能直接推演出意義的指涉理論。

但述詞的意義是什麼呢？上述的 M2 是哪一種項目呢？帕特南與克里奇兩人也都曾論證過一種「反對描述式的觀點」(an anti-descriptive point)，諸如像「是金色的」、「是老虎」，以及「是熾熱的」等「自然種類的語詞」(natural kind terms)。它們並不等同於描述的語詞——「黃金」並不意謂著「黃色的金屬，具有可鍛造性等等」，而只是在自然種類之下的某種「嚴格的指示詞」，這些種類是經由科學所發掘出來的。就羅素式命題所代表的那種「意義的指涉理論」而言，「金色」的意義就是一種自然種類(但糾紛也隨之而起：就我們的了解，「寡婦」的性質或種類看來似乎就是我們所瞭解「寡婦」的意含或內涵。因此弗雷格命題與羅素命題之間的區別並非在每一方面都很穩固)。

根據弗雷格式的命題所提出之標準的「意義的意含理論」(sense-theory of meaning)，M1 與 M2 都是純粹描述性的意含。但根據一種葛瑞斯・伊文斯(Gareth Evans)的「新弗雷格主義」(neo-Fregean)的觀點，其建議(而非公開主張)：把 M1 與 M2 當作「視對象而定的意含」(object-dependent senses)。例如，「晨星」與「暮星」兩者嚴格地指示著相同的對象，但其不同的意含若沒有提及對象則不能被具體分辨。值得一提的是，如果說專名或自然種類的語詞有任何一類意義的話，其意義將因人而異。

意義的一個命題式的解釋(或「性格」的符應解釋)可以說是一個更廣泛的意義理論的一部分，例如：(a)某種涉及隱含的約定的葛來思式理論；(b)某種主張「意義從語言與思想的密切連結中衍生出來」的理論；(c)一種在詮釋人們的言說時，訴諸於類似「慈善原則」的理論；(d)一種社會理論，根據此一理論，意義無法完全由「個人的思想或使用」所獨立地建構出的內容所推導出來。

在二十世紀的意義理論中還有一個主要的傳統，此一傳統把意義等同於除了「命題」(前述意義下的命題)，以及「真值條件」(truth-conditions)之外的其他因素。一個句子的意義是：「人們藉此句子所了解到的東西」；而對於一個句子的了解就是：「知道如何去使用這一句子」——亦即知道如何去證明這一句子，與何時去斷定它，或在進行推論及實踐性推理時，能以此語句進行思考，並能使用此一語句。以下是這一類型中較具競爭力的幾個理論。

在 1930 年代，邏輯實證論的支持者提出一種「意義的檢證理論」(a verification theory of meaning)；這種理論主張，一個語句或陳述句的意義在於它可被證成的條件，是被確證為可接受的。這個觀點背後的動機是受到邏輯實證論者的經驗主義影響，同時也是因為他們把「真理」的觀點視為一種形上學的或非經驗性的概念。受到後期維根斯坦的影響，檢證主義的一個承續主張是：一個語句的意義在於它的「可斷定性條件」(assertability conditions)，也就是說，一個人在斷定一個語句時被證成的情況。如果證成與真理兩者之間，如他們表面上看起來是可以被分別開來的，則一個句子的「可斷定性條件」就可以從它的真值條件中區別出來(如同非檢證主義者所主張的)。杜米特就曾論證說「可斷定性條件」是意義的基礎，而真值條件的語意學則是建立在一錯誤之上，(所以，上述〔a〕所說的命題語意學也是錯誤的)。然而一般認為，「可斷定性理論」的問題在於：以語句的可斷定性條件為依據的組成性理論是難以建構的。

「意義的概念角色理論」(conceptual role theory of meaning，也可稱為「概念角色語意學」)一般來說都會預設：我們都是以一種「思想的語言」來進行思考(這是弗德〔Fodor〕所持的一個觀念)，這種「思想的語言」是一種如語言般的內在狀態的系統，它也許會或也許不會和我們的自然語言間有密切的關聯。一個語詞的概念角色是指：包含這個語詞的思想如何像具有傾向似地關連於其他思想、感覺狀態，以及行為。哈特立・菲爾德(Hartry Field)也曾指出，我們對於「暮星」與「晨星」的弗雷格式的直觀，可以透過這些語詞所具有的不同概念角色來解釋，而不需訴諸於類似弗雷格的描述意含的概念；這也會和「那些語詞嚴格地指示相同對象」彼此相容。這種混合式的主張可以用以下兩方式予以闡明。吉爾伯特・哈曼(Gilbert Harman)主張意義是一種「廣的」概念角色("wide" conceptual role)，所以概念角色所容納的不僅是推理性的因素等等，同時也包括克里奇-帕特南所提出的外在指涉關係。此外也有像菲爾德與其他人所主張的「意義的兩層因素理論」(two-factor theory of meaning)；他們認為意義有兩層，一層符應於「一個人如何了解一個語詞」——這是它的「窄的」概念角色；另一層則涉及「指涉」、羅素的命題及真值條件。

正如上述「思想的語言」觀點所指出的，有些關於意義的問題已經被所謂「思想內容」或「命題態度」的理論所承接。而有關思想的「窄的內容」及「寬的內容」兩者之間則常被加以區別。如果心理學上的解釋僅僅訴諸於「在頭腦中的東西」，而思想內容對於心理學上的解釋又是很重要的話，那麼思想必然具有一種「窄的內容」。很多理論也會訴諸於像內在語句的「語法結構」、概念角色，或者「性格」，同時也訴諸於「意象」及「成見」。一個思想的「寬的內容」則也許會被視為一種羅素式的命題(這是由克里奇-帕特南的論證所促成的)。而決定這種命題的基本要素是一自然主義式的「指涉-關係」，這種「指涉-關係」則是弗德、爵茨基(Dretske)，以及魯斯・米立肯(Ruth Millikan)在提出因果的、「消息性的」，以及「目的論的」理論時所關注的焦點。

可斷定性理論與概念角色理論兩者，皆被稱為一種廣義的「意義的使用理論」，而與「真值條件理論」之間形成對比。根據這個廣義的「意義的使用理論」，了解意義就在於知道如何去使用一個語詞或語句，或者在回應特定的外在或概念的因素時會傾向於使用某個語詞或語句。但是「使用理論」也指涉著後期維根斯坦著作中的學說，對他來說，把意義理論抽離出語言的各種人際間之使用，那將會是一種哲學家的錯誤；他認為語詞和語句的意義是屬於一種在「語言遊戲」(language games)中，語詞和語句所扮演的角色，這裡面所牽涉的多樣性，複雜到不可能在一個哲學家的意義理論中捕捉到一個共同的結構。

概念角色理論傾向於一種「意義的整體論」(meaning holism)，意義的整體論主張，一個語詞的意義不能從其整體的概念聯繫中被抽離出來。從一個整體論的觀點看來，任何含涉一個語詞的信念或者推論聯繫，都可能是決定這個語詞意義的要素之一。但如果我們肯定一種分析-綜合的區別(the analytic-synthetic distinction)，這種情形就可以避免；根據這種區別，有一些語詞的概念聯繫是構成其意義的必要成分，有一些則只是偶然的(前者例如「單身漢是未婚的」，後者則是「單身漢享有稅收上的優惠」)。但是許多哲學家追隨蒯因(Quine)對此一區別所提出的質疑。整體論的理論意含是極為徹底的，因為它嚴格地涵蘊：不同人的語字不可能具有同樣的意義。在科學哲學中，「意義的整體論」已經被理解為一種涵蘊著理論間的不可共量性；根據此一說法，一個後來出現的科學理論雖然將前一個理論取而代之，但是並不能說它和前一個理論相矛盾，也不能說是對於前一個理論的修正或者改善——顯然，對於兩個理論而言，其所共有的語詞似乎都是模稜兩可的。對於這個難題的改善方法也許包括：仍然為科學語詞維持某種分析-綜合的區別，或者，如菲爾德所主張的，概念角色的理論(因而整體論本身)只適用內在於一個個人之中的例子，而在人與人之間和理論與理論之間進行意義的比較時，則應採用指涉的和真值條件的理論。但是即使如此，一樣會導致一些有關科學理論的詮釋上的難題；一個與蒯因有關聯的極端立場，把作為一個整體的理論的意義，視為其「經驗意義」——也就是說，經驗意義是一組實際的或可能的感官和知覺的情境，這些情境可以被用來檢證作為整體的理論。這可以被看作是檢證理論的後繼者，只不過它用「理論」取代了檢證理論主張中的「陳述句和語句」。內在於一個理論之中對意義所做的釐清與說明似乎都將是假造的；同樣的，所有一般有關意義的直觀，也都是假造的。這與蒯因的懷疑論可說不謀而合，亦即他的「翻譯的不確定性」(indeterminacy of translation)的主張；此主張強調，把另一種語言翻譯成我們自己的語言時，並沒有客觀的事實足以讓我們區分出任何一種較好的翻譯和那些有明顯錯誤的翻譯之間的差別。許多意義的建構性理論也許可以視為對蒯因和其他懷疑論(對語意事實的客觀地位的懷疑)的回應。

參見 formal semantics 形式語言的語意論；philosophy of language 語言哲學；philosophy of mind 心靈哲學；semantic holism 語意學的整體論；speech act theory 言說行動理論；verificationism 檢證論

B.L.撰　米建國審訂

meaning, conceptual role theory of　**意義的概念角色理論**　見 meaning 意義

meaning, descriptive　**描述意義**　見 emotivism 情緒論；meaning 意義

meaning, dispositional theory of　**意義傾向性理論**　見 meaning 意義

meaning, emotive　**情緒意義**　見 emotivism 情緒論；meaning 意義

meaning, focal　**焦點意義**　見 Aristotle 亞里斯多德

meaning, idea theory of　**意義的觀念理論**　見 meaning 意義

meaning, ideational theory of　**意義之觀念形成理論**　見 philosophy of language 語言哲學

meaning, image theory of　**意義意象理論**　見 meaning 意義

meaning, picture theory of　**意義圖像理論**　見 meaning 意義；Wittgenstein 維根斯坦

meaning, referential theory of　**意義指涉理論**　見 meaning 意義；philosophy of language 語言哲學

meaning, speaker's　**說話者的意義**　見 meaning 意義

meaning, truth-conditional theory of　**意義真值條件理論**　見 meaning 意義

meaning, use theory of　**意義的使用理論**　見 meaning 意義；philosophy of language 語言哲學

meaning, verifiability theory of　**意義可證實性理論**　見 meaning 意義；philosophy of language 語言哲學；verificationism 證實論

meaning, holism　**意義整體論**　見 holism 整體論

meaning postulate　**意義假說**　具體說明一個述詞的部分或全部意義的句子。意義假說將包括明確的(explicit)、上下文的(contextual)和遞歸的(recursive)定義、性質述詞的化約句(reduction sentences for dispositional predicates)以及，更廣義地，任意句子用於描述述詞的外延(the extensions of predicates)如何相關於那些述詞的意義。例如，形式如下的化約句$(x)(x$ 有性質$\phi \supset (x$ 是柔順的$\equiv x$ 有性質$\Psi))$，就是述詞「是柔順的」(malleable)的意義假說。意義假說這一概念是由卡納普(Carnap)引進的，源於試圖明示那些從分析上是真的(根據意義是真的〔true by virtue of meaning〕)，但非為邏輯上真的句子。如果Γ是一些意義假說所成的集合，我們說 A 對於Γ是分析的，當且僅當 A 是Γ的一個邏輯結論。例

如，「傑克是一個沒有結婚的單身漢」這句話對於{所有的單身漢都沒有結婚}是分析的。

參見 analytic-synthetic distinction 分析-綜合區分；meaning 意義；reduction sentence 化約句

G.F.S.撰　李瑞麟審訂

measurement　測量　見 magnitude 量度

measurement, theory of　測量理論　見 magnitude 量度

mechanical jurisprudence　機械論法學　見 jurisprudence 法理學

mechanism, logical　邏輯機械論　見 computer theory 計算機理論

mechanistic explanation　機械論的解釋　一種解釋的觀點，其範圍從主張所有的自然現象，可以完全用牛頓力學中假設的那種質量運動的語詞來解釋之極端立場，到主張比自然主義的解釋稍微多一點點的立場。極端形式的機械論顯然是錯的，因為許多最普通的物理現象，無法完全根據質量運動來解釋。力學只是物理學的一小部分。從歷史的角度來看，機械論的解釋被命名用來顯示，在解釋當中不含最終原因或生命力的指涉。在這種弱意義下，當今所有的科學解釋都是機械論的。機械論解釋的恰當性經常連結到生物上，尤其是那些能夠審慎行動的生物。例如，成對的染色體在準備進行減數分裂時，看起來像是有什麼一回事，其實只不過是個純粹的機械過程，而且，我們對這個過程發現愈多，此過程愈像是機械的。有關減數分裂的機制來自於變異與天擇，因此，如果不訴諸演化的歷程，就無法完全理解，然而，減數分裂在它發生的每一時刻，看起來是個純粹機械的物理化學的過程。有目的的行為，是最能抵抗全然訴諸物理化學語詞來解釋的現象。問題不是我們對於中央神經系統的作用了解得不夠多，而是，不管此系統如何作用，我們並不願意全然用物理化學過程的語詞，來解釋人類的行動。這種不願意的明證，使得問題轉變為，當我們在描述人們的行為時，說那是有目的的，這到底是什麼意思。即使如此，我們也許會錯將更多的行為歸諸人類的行動，而非純然訴諸物理化學的過程就可以得到解釋。

參見 behaviorism 行為主義；explanation 說明；philosophy of mind 心靈哲學

D.L.H.撰　徐佐銘審訂

mediate inference　間接推理　見 inference 推理

medical ethics　醫療倫理學　見 ethics 倫理學

Medina, Bartolomeo　梅地那，巴特羅米爾(1527-80)　西班牙道明會(Dominican)神學家，先後在阿爾卡拉(Alcalá)和薩拉曼卡(Salamanca)等校教授神學。他的主要作品是對亞奎納(Aquinas)的《神學大全》(*Summa theologica*)作評註。梅地那常被稱為概然論(probabilism)之父，但學者們對這種說法的正當性有不同意見。支持這一點的理由，包含在梅地那對亞奎納《第二卷第一部》(*Prima secundae*, 1577)一書的評註中。梅地那否認，一意見足以成為可能(probable)，因為有明顯的理由支持它，並獲得許多人的支持。所有錯誤都是可能的。一種意見是可能的(probable)，如果能為人接受，沒有受到指責和斥責，如同有智慧的人以很好的理由陳述和支持這種看法。梅地那建議將這些判準運用在道德兩

難(moral dilemmas)的解決上(《倫理問題大全》〔*Suma de casos morales*[*Summa of Moral Questions*], 1580〕)。

P.Gar.撰　丁福寧審訂

Megarians　麥加拉學者　又叫麥加拉學派(Megarics)，活躍在西元前四世紀和三世紀早期一群組織鬆散的希臘哲學家，他們在邏輯學上的著作，深深地影響了古代哲學的發展方向。這名稱源於歐幾里德(Euclid，約死於西元前 365 年，與後來的那位數學家無關)的故鄉麥加拉，他是蘇格拉底的熱心同伴和(失傳的)蘇格拉底對話錄的作者。關於他的思想的記載很少，他的遺產為他的哲學思想繼承者所承襲。其中較著名的是歐布利德斯(Eubulides)，他是亞里斯多德(Aristotle)同時代人和批判者；他修正了邏輯學上的諸多的悖論，包括說謊者和連鎖詭辯或堆積悖論(the liar and the sorites or heap paradoxes)。對於很多人來說，這種天資似乎具有純爭議性，這是有點適於他的標誌。他的同事之一亞歷西尼斯(Alexinus)，是芝諾(Zeno)的一位主要評論家(芝諾是斯多噶主義〔Stoicism〕的創始人)，他用鋒利的諷刺詩文揶揄芝諾的論據。斯底爾波(Stilpo, c.380-c.300 B.C.)，麥加拉本地人，因善於辯論而出名，但最出名的是他的作品《冷淡》(*apatheia*)。作為自恃的傳播者，斯底爾波與犬儒學派(Cynics)相抗衡，他曾堅信，即使他居住的城市和家受到劫難，他也不會失去任何，因他保有他的知識和德性。斯多噶學派的芝諾是在他的影響下的眾多追隨者之一。

麥加拉學派中最聰明者是狄奧多魯斯(Diodorus, fl. 300 B.C.)，綽號克魯斯(Cronus)或「守舊主義」(Old Fogey)，他對斯多噶主義和懷疑論學園派(the skeptical Academy)產生了巨大的影響。在命題邏輯的第一批探討者之中，他和他的同事被人們稱為「辯證家」(the dialecticians)，這不是指有組織的一個學派或一系列學說，而僅指高度的推理的原創形式。狄奧多魯斯把「可能」(the possible)狹義地解釋為，是真的或將成為真的東西，把「必然」(the necessary)廣義地解釋為，凡是真的或不會是假的東西。他與他的同事，物質的第一個倡導者費羅(Philo)的觀點相反，他堅持一「條件句」(conditional)是真，若且唯若其「絕非」此等情況：它的前提為真而結論為假。他認為，物質由原子組成，時間和運動同樣都是不連續的。他用展覽家的敏銳眼光，藉著為他的僕人「巴特」(But)和「豪威爾」(However)命名，向人們展示了意義是約定俗成(conventional)的。很值得慶賀的是，他的主人(或統治者)(Master〔or Ruling〕Argument)的論證有的三種命題：(1)關於過去的每個真值都是「必然的」；(2)任何「不可能的」事物是從「可能的」事物中得出；(3)某些事物是「可能的」即現在和將來都不真的。藉著演示，(3)中的否定與(1)和(2)不一致，狄奧多魯斯的目的很明顯，是想建立對可能的定義的框架，關於這一點，他認為是顯而易見的。想在這裏反對決定論理論的各類斯多噶學派，藉著推翻(1)和(2)，尋求維持可能性的一種廣泛形式。狄奧多魯斯的名聲，使他成為著名詩人的諷刺對象。據說，他不能當場回答斯底爾波在一次聚會上提的一個難題，蒙羞而死。

參見 Academy 學園；Aristotle 亞里斯多德；Cynics 犬儒學派；Socrates 蘇格拉底；sorites paradox 堆垛悖論；Stoicism 斯多噶主義

S.A.W.撰　丁福寧審訂

Meinong, Alexius　邁農，亞歷修斯(1853-1920)　奧地利哲學家及心理學家，對象理論(*Gegenstandstheorie*)的創始者，也就是(存在及非存在)客體的理論。他是羅素(Russell)在劃時代的論文〈論指稱〉(On Denoting, 1905)中，所批判之非存在客體之觀念的目標。

邁農在維也納中學待了八年之後，於 1870 年進入了維也納大學，研究德國語言學及歷史，並完成了一篇論布列西亞(Arnold von Brescia)的論文(1874)。在這段時期之後，他變得對哲學有興趣，最後便批評性地自修康德(Kant)。在他的老師布倫塔諾(Franz Brentano)的建議下，他對休姆(Hume)的經驗主義做了系統性的研究，累積了他在哲學上的首批出版物，《休姆研究》(*Hume-Studien*I、II, 1878 and 1882)。邁農於 1882 年任命為格雷茲大學(University of Graz)的傑出教授(Professor Extraordinarius)(於 1889 年升等為講座教授〔Ordinarius〕)，他在那裏一直待到過世。他在格雷茲建立起了奧地利第一個實驗心理學實驗室，且終其一生關注於心理學及哲學問題。以邁農及其學生為核心的格雷茲現象學心理學和哲學語意學學派，對對象理論的哲學語意學、形上學、存有論、價值理論、知識論、證據理論、可能性及或然性，還有對情緒、想象及抽象的分析等都做出了重要的貢獻。

邁農的對象理論建基在布倫塔諾的內在意向性主張之上，該主張說，每一個心理狀態都包含了一個意向性的對象，而心理事件(或用一個較不常用的術語，心理行動)則在語意上被導向於這個對象。然而，邁農反對布倫塔諾早期的內在意向的觀點，堅持思維是被導向於超越的、獨立於心靈之外，存在或非存在的客體。邁農區分了兩種判斷，一種是有關於思維意向對象之存在(being〔*Sein*〕)與否的判斷，一種是有關於它們「如此這般」(so-being)的判斷，即其特徵或本性(nature〔*Sosein*〕)的判斷。他主張，每一項思維都是意向性地導向於超越的、獨立於心靈的之外的客體，這是思維所意指的，它蘊含了至少在某些情況中，偶然的不存在物及甚至不可能存在的客體，例如柏克萊(Berkeley)的金山(golden mountain)或方圓(the round square)，在語意領域的對象理論中，都必須被接受為非存在的意向對象。邁農進一步堅持，一個意向對象的性質(*Sosein*)獨立於其存在(*Sein*)或存有論狀態之外，獨立於是否這個客體剛好存在。這意味著，與許多哲學家所認定的恰好相反，非存在的客體可以真實地擁有在思維中為它們所斷定的組成性質。

邁農的對象理論演化了數年，且歷經了許多的增加和修改。它的成熟形式包含了下列原則：(1)思維可以自由地(甚至錯誤地)假定任何可描述之對象的存在(無限制之自由假定原則，或無限制之自由取用主張〔*unbeschränkten Annahmefreiheit* thesis〕)；(2)每一項思維都意向性地被導向於一超越的、獨立於心靈之外的意向對象(修正的意向性論題)；(3)每一個意向對象都有一種本性、特徵、「之所以如此之性」、「如此的存在」或「如此這般的存在」，而不管它的存有學狀態(性質獨立於存在的論題)如何；(4)存在或不存在不是任何意向性對象的性質部分，也不是對象之為對象的部分(漠然論題，或存在之外而無家可歸之純粹客體的學說)；(5)意向對象有兩種存在模式：(a)時空上的存在及(b)柏拉圖式的存續(存在／存續論題)；(6)某些意向對象根本不具有存在性，它們既不存在也不存續(即「真的不存在這樣的客體」的對象)。

對象理論和外延主義者的語意學不同，它使得指涉及真實地斷言非存在客體的性質成為可能，就像在許多日常及科學思維語言中所做的一樣。關於邁農的理論有許多的誤解，這些誤解可以從其反對聲浪中反映出來，如：邁農是一個超級柏拉圖主義者，他誇大了帶有不存在客體的存有論，儘管這種不存在客體在某種意義上存在；還有，對象理論容許了徹底的邏輯不一致性，而非只是在不可能的意向對象性質中的不相容。羅素在 1904-1905 年對邁農理論的檢閱中，提出了存在的方圓的問題，由於性質獨立於存在，存在的方圓似乎存在，而由於存在的方圓既方且圓，存在的方圓似乎又不存在。邁農的反應涉及了幾個複雜的區分，但可以看出來的是，要避免這項困難，他只要訴諸於區分組成的(*konstitutorisch*)或核心的性質，以及組成之外的(*ausserkonstitutorisch*)或核心之外的性質，這是採自於他學生瑪里(Ernst Mally, 1878-1944)的一項建議，據此，只有一般的核心性質像紅色、圓的或十公分高是構成任何客體之本性的部分，而排除了非核心的性質，像是存在、斷決、可能或不可能。這避免了像存在的方圓這樣的反例，因為它將性質獨立於存在的原則限制在核心性質上，這意味著存在的方圓不會有存在的性質，不存在的方圓也不會有不存在這個性質。我們不能只藉由自由假定和性質獨立於存在的原則，就說它們真的有存或不存在這樣的性質。

參見 Brentano 布倫塔諾；extensionalism 外延論；formal semantics 形式語言的語意論；intentionality 意向性；metaphysics 形上學

D.J.撰　王文方審訂

Meister Eckhart　艾克哈特師長　見 Eckhart 艾克哈特

Melanchthon, Philip　梅蘭希頓，腓力　見 synergism 神人協同論

meliorism　世界改良論　源自拉丁語*melior*，意為「較好的」，這種觀點認為，世界既不是完全好，也不是完全壞，較大的進步或退步依靠人類活動。藉著創造性的理性和教育，我們能改善環境和社會條件。這種立場首先歸於喬治．艾利奧特(George Eliot)和威廉．詹姆士(William James)。懷德海(Whitehead)建議，世界改良論能用在上帝，上帝能藉由人類改善世界的努力同時改善維持世界。

參見 James 詹姆士；Whitehead 懷德海

L.P.P.撰　丁福寧審訂

Melissus of Samos　薩摩斯的麥里塞斯(fl. mid-fifth century B.C.)　傳統上被歸於伊利亞學派(Eleatic)的希臘哲學家。他也因為在薩摩斯島人(Samians)先發制人地進攻雅典海軍(西元前 441 年)中，作為勝利的指揮官而聞名。麥里塞斯同巴門尼德斯(Parmenides)觀點一致(他一定對麥里塞斯產生了影響，儘管兩者沒有曾相遇的證據)，麥里塞斯辯論道：「事實的真象」(what-is)或「真實的事物」(the real)，不可能來自於無物，也不可能消失得無影無蹤；它們是同質的(homogeneous)，是沒有變化的。確實，他明確地討論了(但巴門尼德斯只是隱含地說)，只有一種統一體的存在，沒有空虛，即使是空間的改變(spatial rearrangement〔metakosmēsīs〕)，都必須排除掉。但與巴門尼德斯不同的是，麥里塞斯做出推論，事實的真象是暫時地無限的(與巴門尼德斯形成鮮明的對比，不論後者認為事實的真象，嚴格地存在於「現在」〔now〕，或非暫時地存在)。此外，麥里塞斯辯論，事實的真象在空間上是無限的(但巴門尼德斯提出「界限」〔bounds〕的概念，把事實的真象與渾圓形製作的球相比較)。更為重要的，是麥里塞斯反覆提到「太一」(the One)。正是當時，我們發現麥里塞斯的思想對一元論的重視，更甚於巴門尼德斯或芝諾(Zeno)。在麥里塞斯主要思想的一個自然發展結果中，他論證道，「如果有很多事物，每個都確實像太一」。這一點被詮釋為原子論者所接受的挑戰。但是，這更有理由被理解成為哲學戰略家先發制人的進攻策略：麥里塞斯期待著五世紀後半葉的多元論理論體系能有如下作法，即加入一個多元論，它由永恆和無變化的元素所形成的重新排列。

參見 Eleatic School 伊利亞學派；Parmenides 巴門尼德斯；pre-Socrates 先蘇格拉底學派

A.P.D.M.撰　苑舉正審訂

memory　記憶　過去的經驗或以前獲得的資訊之留住，或留住能力。關於記憶，有兩個主要的哲學問題：(1)記憶由何構成？(2)在記憶之基礎上，什麼構成「知道事實」(knowing a fact)？不是所有的記憶都是記得事實(remembering facts)，雖然有的記得是記

得一個人以某種方式知覺或感受或行動，儘管後者蘊涵記得「一個人的確以那種方式經驗」之事實。記得事實一定不只是這樣。不是所有的記得事實都是知道事實：極猶豫地試圖想起一個地址，如果記對了，便算是記得這個地址，即使這個人很不確定這個記得地址算是知道地址。

(1)對第一個問題的各種回答，在一些顯而易見的觀點上是一致的：記憶需要(a)主體之目前狀態或主體之內的目前事件、(b)主體之過去狀態或主體之內的過去事件、(c)二者之間的內在的和因果的關係之正確類型。而且，我們必須區分記憶狀態(memory states)(記得一個人一年級老師的名字，長達數年)和記憶發生(memory occurrences)(在人問時，憶起名字)。人常認為記憶狀態是一種傾向(disposition)，一種當給予適當的刺激，便能展現一個相稱的記憶發生之傾向。但哲學家們在進一步的細節上並不一致。有一種理論(許多經驗主義者，從休姆〔Hume〕到羅素〔Russell〕等，持此理論，但此理論現在備受質疑)，認為發生出現的記憶由過去經驗之心像(images)構成(經驗有一種特質，標記〔經驗之〕心像成記憶心像)，而事實之記起由這種心像記憶再產生出來。這忽略了一點，就是通常人們憶起事實，而不必憶起過去什麼時候，以什麼方式刻意去記住事實。一種更為精巧的(現在很流行的)事實記憶(factual memory)理論認為，事實之憶起，除了過去有經驗該事實，還需要(i)該事實之當下心靈表徵(present mental representation)(也許是一種語言式的表徵)和(ii)當時和現在這段時間，對該表徵之連續貯存。但條件(i)在概念上也許不必要(，因為)：一個人想給家裡打電話時，他撥正確號碼之傾向，構成他記得號碼(假設這件事在因果上，能適切地回溯至過去對號碼之刻意記下)並且也顯示了即使一個人在此過程沒有在心中表徵那個號碼是多少，撥正確號碼之傾向是記起號碼是多少號。條件(ii)則或許過強(，因為)：後面似乎至少在概念上是可能的：以一種不在過去和現在的相關發生之間插入某種接續的東西之關係，來保證記憶之因果連結(在《心靈之分析》(*Analysis of Mind*)中，羅素應許這種可能性，並稱之為「記憶的因果」)。

(2)得添加什麼至記得 p，才有「知道 p 是因為記得 p」之情形？(這種知道是稱作記起性的知道〔knowing something by remembering it〕，它對應的知識稱作記得的知識〔memory knowledge〕)我們已知，一個人一定不可以不確定p。（但是）一個人(這個人覺得他記得 p)也一定要有理由才能信賴自己記得的印象(memory impression) p 嗎？(進一步問，)一個人除了基於記憶而知道自己記起的印象之理由，還有其他方式去有理由嗎？一個人不基於記憶而能知道的事實，至多是這個人當下知覺到的和這個人當下認為自明的。如果只當一個人記起地知道自己的記憶可靠性，記得的信念(memory belief)才成為知識，那麼，不可能成功認定記得的 p 是知識(，因為)：將會有無窮無盡的事實鏈或循環——這個(記得的)信念是記得的知識，若且唯若當事人相信自己知道自己記憶之可靠性，而這個相信為正確，若且唯若當事人相信自己知道自己後面最近的記憶之可靠性，等等——第一個若且唯若後面的一串東西永遠無法形成一個蘊涵「一(記得的)信念是記得的知識」之集合。基於這種推理，一個懷疑論者可以否認可能有記得的知識。我們可以避免這種結果，而又不用走到另一鬆泛的極端，去承認任何正確的記憶印象就是知識；我們可以加上一個(通常令人滿意的)要求：一個人沒有適切於特殊情況之理由來相信他的記憶印象時，這樣的相信也許是不可靠的。最後，唯若因為一個人覺得他記得 p，而相信 p 時，記得 p 才是記起地知道 p。一個人也許記起 p，並自信地相信 p，但如果這個人沒有以前刻意記住 p 之記憶印象，或這個人有這種印象，但不信任這種印象，而他是因其他理由(或無理由)相信 p，那麼人不該認為這個人基於記憶而知道 p。

參見 epistemology 知識論；perception 知覺；skepticism 懷疑論

C.G.撰　龔維正審訂

memory, image theory of　記憶心像論　見 memory 記憶

memory, occurrent　記憶發生　見 memory 記憶

memory, representational theory of　記憶表徵理論　見 memory 記憶

Mencius　孟子　又稱孟軻(Meng K'o, fl. fourth century B.C.)，中國儒學思想(Confucian)哲學家，應該是中國傳統上最有影響的哲學家。他的言談、論點和辯論被他的弟子編入《孟子》(*Meng-tzu*)一書中。

孟子因為他的人性本善觀點而最為聞名，但他對人性本善意義的說明並不明確。他只說了一點，就是他只說明了一個人能變善。儘管他在其他場合說人的本性是善的，正如水往下流，意味著人的本性發展只要沒有受到妨礙，人就會變善。當然，這其中部分寓意是：孟子相信，人本性是善的，所有的人都具有他描寫的四種「心」(hearts)或「端」(sprouts)——「仁」(benevolence〔*jen*〕)、「義」(rightteousness〔*yi*〕)、「禮」(ritual propriety〔*li*〕)、「智」(wisdom〔*ohih*〕)。「端」似乎是指一種對善性的原初情感或行為反應。例如，孟子說，任何人見到一個小孩將要掉到井裡，就會產生自發的關注情感，這就是仁之端。儘管所有人都有這四端之情，但為了把它滋養成成熟的美德，「存」(concentration)是很必要的。孟子沒有具體說明存的意思，但這也許涉及到對四端發育的不斷的關心和愛護。「存」和隨後「端」的長養愛護，都是「擴充」(filling out)、「推」廣(extension *t'ui, ta, chi*)那原初怵惕惻隱的反應的結果，因此，例如，「仁」就彰顯而施於所有受苦的人。然而，孟子堅持一個信念，就是對於那些由於特殊關係，如親屬關係，與我們關聯較密切的人，我們有更大的道德責任，這是典型的儒家思想。孟子認為美德首先在家庭中顯現出來，這也是儒學思想。

儘管孟子是一位私淑古人的自修者，他也相信，一個人的環境能積極或消極地影響一個人的道德發展，並鼓勵統治者創造有利於德性發展的社會條件。然而他承認，儘管環境險惡，仍有很多道德不凡之人。

孟子的思想，就像亞里斯多德(Aristotle)結合了唯信仰論(antinomianism)與對具體情境中道德判斷的客觀性的信念一樣，但他對智德和仁的偏愛，使人聯想起約瑟夫．伯特勒(Joseph Butler)。但孟子與伯特勒不同，因為儘管他認為儒學思想方法最能使人受益，但他譴責把利益或自愛作為一種動機。孟子把自己看作是反對其他思想家的哲學家、孔子(Confucius)學說的捍衛者，特別是反對墨子(Mo Tzu)和楊朱(Yang Chu)。為了做到這點，他常超越孔子談論的範疇。

參見 Chuang Tzu 莊子；Confucianism 儒家；Four Books 四書；Hsün Tzu 荀子

B.W.V.N.撰　林安梧審訂

Mendel, Gregor　孟德爾，葛雷格(1822-84)　奧地利植物學家，以及現在被認為所謂遺傳原理的發現者。孟德爾是個奧古斯丁教徒(Augustinian monk)，他在布林(Brünn；現為捷克共和國的布爾諾〔Brno〕)的一個修道院花園裡，進行植物培育的實驗，他發現一種常見的花園豌豆變種的某些特徵，以一種令人訝異的規則方式遺傳。他所處理的特徵，以兩種截然不同的狀態發生，例如，平滑的豆莢或是隆起的豆莢。在這些特徵當中，一種是顯性的(dominant)，而配對的另一種則為隱性的(recessive)，亦即，當我們把每一類的變異加以混種時，所有的後代都出現顯性的特徵。然而，當這些混種的後代本身再互相混種時，結果顯性與隱性的比率是三比一。以當代的術語來說，成對的基因(alleles，

對偶子)在生殖(segregation，分離)時分開，而每個後代只得到每對的一分。同樣重要的是，隱性的特徵在受到暫時抑制的情況下，會重新出現而不受影響。對偶子維持純粹。孟德爾也注意到，他所研究的成對特徵彼此獨立混合，亦即，如果兩對的特徵經過相續的混種以後，在統計上找不出它們在遺傳上的相關性。隨著世紀之交以後遺傳學的發展，孟德爾所提出的簡單「定律」(laws)，被加以擴充和修改。只有少數的特徵，呈現出兩種截然不同的狀況，其中一種相對於另一種表現出顯性的樣子。在許多情況下，異型接合子(heterozygote)表現出一種中間的(intermediate)狀態。此外，基因並非孤立的存在，而是彼此共同存在於染色體當中。只有那些存在於不同對的染色體中的基因，在混種時才會是彼此互相完全獨立。

在研究期間，孟德爾曾與植物混種的一位主要權威人士卡爾馮內格利(Karl von Nägeli, 1817-91)進行書信往來。馮內格利力勸孟德爾進行各式各樣常見鷹草之混種。當孟德爾接受他的建議後，卻無法發現他原先在豌豆上所找到的遺傳類型。1871 年，孟德爾停止他的研究，而去接管他的修道院。1900 年，雨果・得・佛利(Hugo de Fries, 1848-1935)在發展他自己的物種起源理論時，偶然撞見一些比率為三比一的例子。在他剛出版他的研究成果不久，兩位年輕的生物學家就宣布獨立發現了其後為人所知的孟德爾定律。現代遺傳學的創始人放棄嘗試去解決胚胎發展的複雜性這個問題，而集中精力只去研究遺傳。由於一些不幸的誤解，結果使得早期的孟德爾遺傳學家認為，他們的遺傳學理論跟達爾文的演化論是不相容的。然而，這兩個理論最終合併在一起，形成了演化的綜合理論。在此過程中，費雪(R. A. Fisher, 1890-1962)對孟德爾研究的真實性曾提出懷疑，他辯稱孟德爾能得到像他所宣稱得到的一樣好的數據，其唯一的方法就是將數據消毒。

當今的歷史學家在看待所有的先前事件時，其見解是非常不同的。在世紀之交，遺傳科學的發展是如此地異於孟德爾心目中所曾想像的那樣，以至於幾乎無法保證孟德爾會被認為是遺傳學之父。只有通過閱讀後來的遺傳學發展文章，回溯到孟德爾的早期論文中，才會使忽視孟德爾的作品變得看起來如此有問題。像得・佛利一樣，孟德爾的主要興趣是在發展一套物種起源的理論。孟德爾在鷹草上的研究結果，引發人們質疑他在豌豆上所發現的規律是否可以普遍化，但鷹草研究的結果，卻支持孟德爾所謂經由混種而產生物種的理論。類似地，只有忽視這些作者所表達的觀點之重要差異，才能將孟德爾定律的重新發現，視為多重的與同時發生的發現之例子。最後，孟德爾當然不是粗心大意地去組織和報告他的數據，然而，只有在非常經驗的和歸納的科學觀點之對照下，孟德爾所使用的方法才能被說成是有問題的。也許孟德爾跟孟德爾主義者一點也不同，但他也不是個騙子。

參見 Darwinism 達爾文主義

D.L.H.撰　徐佐銘審訂

Mendelian genetics　**孟德爾遺傳學**　見 Mendel 孟德爾

Mendelssohn, Moses　**門德爾森，摩西**(1729-86)　德國哲學家，被稱為「猶太人的蘇格拉底」。他起先是位《聖經》和塔木德(Talmud)學者。遷到柏林後，他學習拉丁文和德文，並成了萊辛(Lessing)的密友(萊辛在門德爾森死後，在戲劇《智者內森》〔*Nathan the Wise*〕中扮演猶太人)。門德爾森首先是對當時的主要哲學話題寫作，1764 年，他獲得一枚柏林科學院獎章。他積極從事美學、心理學和宗教的討論，並提出了一種經驗的、主觀主義的觀點，在當時非常受歡迎。他最著名的作品有《晨時》(*Morgenstunden*〔*Morning Hours*〕)，或《上帝存在講演》(*Lectures on the Existence of God*, 1785)、《弗多》(*Phaedon*，或《弗冬，論靈魂的不朽》〔*Phaedo*〕)(*On the Immortality of the Soul*〕, 1767)和《耶路撒冷》(*Jerusalem*, 1783)。

門德爾森堅決主張，一個人能證明上帝的存在和靈魂的不朽。他接受了存有論證(the ontological argument)和設計論證(the argument from design)的觀點。在《弗多》中，他說，既然靈魂是一種單純實體(a simple substance)，那麼就是不可毀滅的。康德(Kant)在第一部《批判》(*Critique*)中，批判了門德爾森的觀點。瑞士科學家拉瓦特爾(Lavater)要求門德爾森作解釋，作為一個理性的人，為什麼他不接受基督宗教。一開始，他不理會這種挑戰，但後來他在《耶路撒冷》中，闡述了他對宗教和猶太教的哲學觀點，書中他說，猶太教不是一系列教義，而是一系列的實踐。有理性的人能接受一種理性的世界宗教，能夠接受上帝制定為猶太人所遵循的實踐。門德爾森極力提倡宗教寬容和政教分離。他的觀點在猶太人的解放中起了重要作用，在十九世紀初德國盛行的猶太教啟蒙運動中也起了重要作用。

參見 Jewish philosophy 猶太哲學

R.H.P.撰　丁福寧審訂

Meng K'o　孟軻　見 Mencius 孟子

Meng-tzu　孟子　見 Mencius 孟子

***mens rea*　犯罪意念**　從字面上看，在法律拉丁文中，指的是犯罪意念。在英美法體系中，這是在第一印象下就有責任受到刑事懲罰的兩個先決條件之一，而另一個是犯罪的實際行為(*actus reus*)。在這種法律體系中，若要想懲罰一個人，那麼，此人不僅必須做了法律上禁止的行為，例如殺了另一個人；而且他還必須是用該受譴責的意志狀態去這樣做，即具有犯罪的意念。這種該受譴責的意念狀態有三種：追求目的式的有動機狀態、信念的認知狀態、疏忽的非心理狀態。

吾人以殺人行為來分別說明上述這三種意念方式：一個殺人犯殺人，也許是把他人的死當作最終目的，或是為了達到某個更進一步的、最終的目的，而把殺人當作中介性目的。又另一種意念情況是，殺人犯也許相信一種實踐上的確定性，即他的行為將導致另一個人的死亡，儘管這種死亡是一種不被期待的副作用，或者他也可能相信，有一種實質性的和沒有被合理化的風險，致使他的行為將促成另一個人的死亡。殺人犯也可能只是疏忽，即其不合理地拿別人的生死來冒險，即使他沒意識到這種風險或沒意識到這種冒險是缺乏正當性的。

犯罪的意念通常不必涉及到行為者是否認知到其所做的行為在道德上是錯誤的，或在法律上是被禁止的。犯罪的意念——不論是在行為當中或在事後——也不必涉及到任何罪惡感或後悔的問題。有時，在較老的用法中，這個術語用來包括缺乏藉口和對第一印象責任必不可少的心理狀態；在這種用法中，其被要求的以「一般的犯罪意念」(general *mens rea*)來稱之是有助益的。而對上面所談到的，其被要求的情況則被稱為「特殊的犯罪意念」(special *mens rea*)。

參見 diminished capacity 能力不足；ethics 倫理學；intention 意圖

M.S.M.撰　林立審訂

mental content, causal theory of　同前例　見 skepticism 懷疑論

mental distinction　思想上的區分　見 *fundamentum divisionis* 劃分之基礎

Mentalese　心靈語言　「思想語言」(the language of thought，在 1975 年傑瑞・弗德〔Fodor〕的一本書之名稱)，或是「大腦書寫的語言」(brain writing)(D・丹內特〔Dennett)所用的名詞)。具體地說，這是一種類似語言的表徵媒介，在這個媒介裡，精神事件的內容，假設被表達或記錄下來(這個名詞或許由威福利德・塞拉斯〔Wilfrid Sellars)所創造的，因為這個詞從他的觀點所聯想出來的)。如果一個人相信的是一種命題，則這命題可以引起被假設為我們所相信的事物，透過心靈語言以某種命題的形式在我們的心靈或腦中恰當地表達出來。至少我們在思考時是「沉默地」(wordlessly)去思考(在沒有以系統以句子構成思想內容或以普遍語言的語詞所構成的詞組做表達外)，因此我們創造一種短暫的心靈語言，表達在心靈中特別的場所或工作空間。再者在概念運用中，去理解自然語言句子的過程可被看作為把句子轉譯為心靈語言的一種過程。心靈語言經常被爭論說，對它做這樣理解的觀點只是延緩了理解意義問題的困難，因為它並沒有回答心靈語言怎樣逐漸產生它們真正的意義的過程。對於心靈活動被心靈語言所引導這樣的看法，坊間已經發展種種不同的版本假說及對它的批評。一些批評者全盤否定了有所有在心靈或腦中任何的表徵；其他批評者則稱，在大腦中所使用的表徵系統不像自然語言亦不應被稱作語言。在心靈語言的擁護者之中，已經很少人會認為所有人的腦中都「表達」(speak)相同的心靈語言。

參見 philosophy of language 語言哲學；philosophy of mind 心靈哲學；Sellars, Wilfrid 塞拉斯，威福利德

D.C.D.撰　王文方審訂

mentalism　心靈主義　明確地假定心靈事件和過程的理論，這裏「心靈」(mental)的意思是展示意象性，不必然具有非物質的或非物理的性質。心靈主義的理論是以「信念」(belief)、「欲想」(desire)、「思想」(thinking)、「感覺」(feeling)、「願望」(hoping)等詞來表達。一個非心靈的理論純粹地是完全使用外延性的詞來表達：這些詞只指涉行為或神經生理學的狀態和事件。B.F.史金納(B. F. Skinner)引導了行為主義者對心靈主義的批評，他的批評不設想心靈主義者為二元論者和認知科學的掘起後所修改過的心靈主義(一種「徹底的當代心靈主義」〔thoroughly modern mentalism〕，弗德〔Fodor〕所稱)，很顯然，這是一種物理的觀點。

參見 behaviorism 行為主義；cognitive science 認知科學；philosophy of mind 心靈哲學

D.C.D.撰　王文方審訂

mental representation　心靈表徵　見 cognitive science 認知科學

Mercier, Désiré-Joseph　梅西埃，德希黑-約瑟夫(1851-1926)　比利時天主教哲學家，新多瑪斯主義(Neo-Thomism)的構成人物，以及魯汶(Louvain)的哲學高級研究所(the Institut Supérieur de Philosophie, 1889)之創立者。在教宗良十三世(Pope Leo XIII)的要求下創設，梅西埃的研究所乃視亞奎納(Aquinas)為歷史研究的主題，及一與當代思想相關的哲學家。他對新多瑪斯主義的研究是獨特的，這是因為他直接針對由觀念論(idealism)、理性主義(rationalism)，以及實證論(positivism)所提出的知識論的挑戰做回應。梅西埃的知識論被稱為一判準學(criteriology)；它意圖藉由提出一個引導判斷之動機與規則的理由，來為理智的確切性(certitude)做辯護以反對懷疑論。真理之被理智的判斷肯定，乃是理智的判斷而使其自身符應於其抽象的理解而非符應於物自身(the thing-in-itself)。由於判斷的確切

性是在人類靈魂內認知能力的一個狀態，因此梅西埃視判準學為心理學；可參見其書：《確切性的一般判準學或一般理論》(*Criteriologie generale ou Theorie generale de la certitude*, 1906)，《當代心理學的起源》(*Origins of Contemporary Psychology*, 1918 年英譯)，《士林哲學手冊》(*Manual of Scholastic Philosophy*, 1917-18 年英譯)。

參見 Aquinas 亞奎納；Neo-Thomism 新多瑪斯主義

D.W.H.撰　蕭宏恩審訂

mereological essentialism　部分論的本質主義　見 haecceity 此性、個體性

mereological sum　部分學意義的總和　見 mereology 部分學

mereology　部分學　源自希臘字 *meros*，意為「部分」(part)。是關於部分(parts)的數學理論；特別是萊希涅夫斯基(Leśniewski)之部分的形式理論。典型地，一個部分理論使用了如下的觀念：嚴格的(proper)部分、不嚴格(improper)的部分、重疊(有共同的部分)、分開(disjoint)(沒有重疊)、部分的積(重疊物體的交集〔intersection〕)、部分的和(部分的聚集)、部分的差異(difference)、全部的和、部分的餘數與原子(atom；那些沒有嚴格部分的)。

形式部分學是公設化的系統。萊希涅夫斯基與古德曼(Goodman)的形式部分學(他稱為個體的計算法〔Calculus of Individuals〕)與唯名論(nominalism)相容，即集合、性質、或其他抽象的實體並沒有指稱(reference)。萊希涅夫斯基希望他的部分學，由於有許多方面與集合論(set theory)平行，可以提供在集合論之外的另一種數學基礎。

萊希涅夫斯基與古德曼的理論裡，基礎而有爭議的蘊涵，包括了他們的外延性(extensionality)與集體主義(collectivism)。外延的理論蘊涵了任何的個體 x 與 y，若 $x=y$，則代表了 x 的嚴格部分與 y 的嚴格部分是相同的。外延性有所爭議的一個理由是，它排除了個體可以失去或得到一個部分，因此，它與一般的常識相信不一致，像是一台車子有了新的輪胎，或是桌子少了一小片木頭。第二個有爭議的理由是外延性與以下那樣的相信不相容：一個青銅雕像與構成它的那塊青銅，兩者有著相同的部分，但卻是不同的物體。

集體主義蘊涵了任何的個體，無論它是如何地潰散，都有其部分的一個總和，或者是構成了一個物體。更進一步地說，根據集體主義，部分的聚集或解散並不影響物體的存在，那也就是說，聚集、或解散，並沒有創造、或破壞什麼東西。因此，集合主義不相容於一般常識的相信，譬如說，當一隻手錶被解體了，它就被摧毀了；當它的某些部分被組合起來，就產生了一隻手錶。

因為上述的形式理論避免了模態(modality)，所以它們缺乏資源來表達「整體必然(necessarily)擁有它所有的部分」這樣的理論。最近，部分學的本質論(essentialism)之辯護者為齊桑姆(Roderick Chisholm)。

參見 essentialism 本質論；extensionalism 外延論；metaphysics 形上學；set theory 集合論

J.Ho. & G.Ro.撰　劉希文審訂

meritarian　唯才主義者　唯才主義者認為，個人才幹(merit)與設計社會結構和分配資源相關，並且可以作為一項獨立的證成條件，決定社會結構與資源分配。「唯才主義」(meritarianism)是最近在社會和政治哲學中新創的名詞，與「唯才是用制度」(meritocracy)緊密相關。平等主義(egalitarian)、效益主義(utilitarian)與契約論(contractarian)的原則，是立基於名份(entitlement)、權利(right)、利益(interest)與需要(need)等概念之上；唯才主義

則提出一些重要的考量，補強與批判平等主義、效益主義與契約論的原則。例如，一個人急迫地需要獲得奧林匹克獎章，但沒有得到獎章的才幹；一個人有錢可以買下大師名作，卻不配擁有；一個人有權利可以得到某種利益，這利益卻不是他應得的。唯才主義者認為，在這種情況下，「應得」的考慮(considerations of desert)總是相關的，有時會有決定性的意義。

什麼算是才幹呢？在道德、社會和政治決定中，才幹有多重要呢？對這些問題的回答，可以把唯才主義者之間不同的立場分辨出來，而且有時候還會模糊唯才主義立場和其他立場的差別。才幹也許指下列任何一個：比較上的位階(comparative rank)、才能(capacities)、一般能力(abilities)、努力(effort)、企圖(intention)或成就(achievement)。而且，必須滿足一個相關條件：比如在賽跑比賽中，最高榮譽應歸於最應得者，也就是說，榮譽應歸於最具有相關才幹者；在賽跑上的相關才幹，應該是速度，而非優雅。此外，唯才主義者之間，可能對於才幹原則的影響力、以及多少種政治或社會結構應受才幹原則影響，有不同的意見。

參見 ethics 倫理學；justice 正義

L.C.B.撰　謝世民、吳妍儀審訂

meritocracy　唯才是用制度　在一般日常用法中，這指的是一種體系；這種體系下的晉升，是基於能力和成就；或者說，在這種體系裡，由具才能的成功者掌握領導權。這個詞也可指有才能的成功者所組成的菁英團體。這個詞在哲學用法中的意義，與一般日常用法的意義相似：一個唯才是用制度是一種社會組織方案，在這種方案中，主要職位，甚至各種職業與工作的安排，滿足下列四種條件之一：(a)職位只對那些有相關資格、足以表現良好的人開放；(b)或者，職位只給予有可能表現得最好的職位競爭者；(c)或者，對職位的安排讓人們只能依工作表現的品質，決定晉升或保留原職；(d)或者，滿足上述(a)(b)(c)的全部條件。

參見 justice 正義；meritarian 唯才主義者

L.C.B.撰　謝世民、吳妍儀審訂

meritorious duty　有功績的義務　見 Kant 康德

Merleau-Ponty, Maurice　梅洛龐蒂，墨利斯(1908-61)　法國哲學家，保羅．呂格爾(Paul Ricoeur)形容他是「法國最偉大的現象學家」(the greatest of the French phenomenologists)。梅洛龐蒂曾任索邦大學(Sorbonne)兒童心理學與教育學教席，後來成為法蘭西學院(Collège de France)哲學教授。他在完成一份重要手稿之前，突然撒手人寰，後來，由克羅德．勒佛(Claude Lefort)編輯成書，名為《可見與不可見》(*The Visible and the Invisible*)。這部晚期、未完成遺作與其早期的《知覺現象學》(*Phenomenology of Perception*, 1945)之間的關係，成為許多學者討論的焦點。有些論者認為他的晚期思想有重大轉向，另有論者則堅持主張他的作品首尾一貫。就此而言，就像他在世時，他的哲學同時被稱為「模糊」哲學(philosophy of ambiguity)和「模糊的」哲學(ambiguous philosophy)，他死之後，其哲學的確切意義至今仍帶有根本的模糊性。

梅洛龐蒂和他的同胞友人沙特(Sartre)，是將艾德蒙．胡塞爾(Edmund Husserl)的現象學引介到法國的關鍵人物。梅洛龐蒂主要是為晚期胡塞爾思想和他的生活世界(life-world〔*Lebenswelt*〕)理念所傾倒，他結合了胡塞爾運用於知識論議題(epistemological issues)的超驗進路(transcendental approach)和引申自海德格(Heidegger)、馬塞爾(Marcel)的存在取向(existential orientation)。海德格企圖透過將胡塞爾「超驗自我」(Transcendental Ego)加以「存在化」(existentializing)(視之為「此在」〔*Dasein*〕)的過程，來超越胡塞爾，但梅洛龐蒂走得更遠，他不僅想強調人類主體的存在(existential)(世間〔worldly〕)特質，更想強調人類主體的身體特質。就此而言，他的哲學可以一言以蔽之為生活身體(lived body)或身體主體(body subject〔*le corps propre*〕)的哲學。雖然尼采(Nietzsche)曾提醒世人注意身體的極端重要地位，但是，將身體視為核心議題，對它進行精細的哲學分析，梅洛龐蒂算是第一人。他打開了一片極富原創性的視野，讓我們得以重新思考知識、自由、時間、語言和互為主體性這些源遠流長的哲學爭議。特別是在梅洛龐蒂的早期思想裡，他與絕對主義思想(absolutist thought〔*la pensée de l'absolu*〕)交戰，強調所有的意義和真理都有無可避免的偶發(contingency)和模糊(ambiguity)之處。他成了笛卡兒式理性主義(Cartesian rationalism)的主要反對者，進而成為這種立場的早期熱切發言者，現在，這種立場被稱為反基礎論(antifoundationalism)。

梅洛龐蒂早期的主要著作《知覺現象學》一書，最膾炙人口的核心論題便是「知覺的優位」(the primacy of perception)。他在這本篇幅甚長的研究中主張，意識活動中，所有「較高」(higher)層次的作用(如思考、意志活動)，都根植於主體反思前的身體存在，亦即知覺作用(「所有的意識都具有知覺成分，即便是對我們自身的知覺亦然。」)不過，梅洛龐蒂強調，知覺這個概念在過去的傳統哲學中從來不曾被適切探索過。因而，此書很大的程度是透過辯證的方式，面對梅洛龐蒂所認定的兩種客體思維的主要形式：理智論(intellectualism)和經驗論(empiricism)，他認為，兩者都忽略了知覺現象(phenomenon)。他的主要目標就是要超越傳統哲學的理智建構(諸如感覺與料 sense-data)，以便「回歸現象」(a return to the phenomena)，回歸到任何理論作用之前，回歸到我們實際上作為身體主體(embodied subjects)的體驗世界。他的主要論證(直接挑戰主流哲學)是這樣：生活身體不是世界裡面的客體(object)，也不是(笛卡兒所謂的)認知主體(knowing subject)，它是主體本身在世間的觀點；身體本身乃是源初的認識主體(雖然是個非人稱、尚未有人稱的「匿名」〔anonymous〕主體)，所有其他型態的知識由此而生，即便是幾何學亦不例外。依現象學(梅洛龐蒂又說是「考古學」〔archaeological〕)的企圖是要揭露人類存在的基礎(肉身(flesh的)模態來說，它強調人稱主體的紮根處(enracinement)，在於身體那無可名狀(obscure)和模糊的生活中，就此而言，所有的意義都有其無可袪除的偶發的一面，《知覺》(phenomenology)一書立即被一般人認定是法國存在主義(French existentialism)的主要陳述。

梅洛龐蒂在 1940 年代晚期和 1950 年代的後續著作中，藉由許多篇幅較短的論文和隨筆，詳盡說明了「知覺優位」(the primacy of perception)在哲學上的後果。這些作品致力回應紛至沓來的反對聲浪：將所有理智和文化學習的成果，「紮根在」(grounding)身體的前反思(prereflective)生活中，《知覺現象學》造成了一種化約論(reductionism)和反智論(anti-intellectualism)，徒然教導人們一種「壞的模糊性」(bad ambiguity)，換言之，完全葬送了理性與真理的理念。梅洛龐蒂於是將關注焦點由知覺現象轉移至(創作的 creative)表達現象，以便找出「好的模糊性」(good ambiguity)，證明如何「與他者(others)溝通，而思維又如何提昇、超越了知覺領域，引領我們朝向真理。」發表《知覺》之後，他預告的下一個目標是，要為一種真理學說、互為主體理論(intersubjectivity)(包含歷史理論)「以嚴密的方法找到哲學基礎」。這些工程浩大的著作(亦即《知覺》的後續之作)並未面世，然而，在從事這項計畫時，他反思了各色各樣的論題，有繪畫、文學語言、索緒爾語言學(Saussurian linguistics)、結構人類學(structuralist anthropology)、政治、歷史、人文學科、精神分析、當代科學(包括生物學)，以及自然哲學。

無論如何，梅洛龐蒂走向生命終結之時，確已動手完成了龐大計畫中的一部分手稿，其斷簡殘篇後來被整理出版為遺作《可見與不可見》。這本著作的特色(如同克羅德・勒佛所指出)，乃是展現了梅洛龐蒂毅然走上了一條道路，試圖探索一種嶄新的哲學語言。他在這份早產的手稿中所表現的關懷，顯然是存有學(與其早期著作中侷限於現象學的關懷大相逕庭)，他不斷嘗試避開意識哲學(由胡塞爾的「超越觀念論」〔transcendental idealism〕所傳導下來)的主體(意識〔cosciousness〕)／客體語言，這類語言正是《知覺現象學》的主要特色。雖然梅洛龐蒂許多的後期思想是在回應海德格(Heidegger)，但是，在這本未完成的遺作中，他立意遠離海德格，主張唯一可能成立的存有學(ontology)，乃是一門間接的存有學，一門無法直接通達存有(Being)的存有學。事實上，如果梅洛龐蒂真的完成了這部著作，他的新存有學裡面，可能發生勒佛的評論指出的狀況：「存有這個字眼已不必說出。」他孜孜不倦地想要調和「可體察的世界」(the sensible world)；他的存有學思想中的關鍵字，與其說是「存有」(Being)，不如說是「肉身」)，這個詞在哲學史上找不到相應的說法。傳統哲學所謂的「主體」(subject)、「客體」(object)，其實並不是兩種截然不同的實在(reality)，而只是「單一、固執附著於存有(自然〔Nature〕)上之肉身的差異分化」(differentiations of one sole and massive adhesion to Being which is the flesh)。梅洛龐蒂將知覺主體視為「可見界與可見者交互纏繞」(A coiling over of the visible upon the visible)，他試圖超越現代哲學的主客二分法，這種二分造成了外在世界(external world)與他者心靈(other minds)的棘手問題。他相信，運用肉身這個理念，他最後終能超越現代哲學的獨我論(solipsism)，發現真正互為主體性(intersubjectivity)的基礎(基本上是一種互為肉身〔intercorporeity〕的互為主體性)。

「肉身」指出了什麼意義重大、且不同於梅洛龐蒂早期「身體」(body)思想的東西嗎？他逐漸擴大的存有學關懷(和自然方面的問題)，表示他放棄了早期的現象學(對現象學而言，自然的問題極為陌生)？至今，這仍是梅洛龐蒂學者爭論不休的主要論題。

如同梅洛龐蒂最後未完成的作品所示，其畢生心血就整體而言仍處於未成型(oeuvre)狀態。他曾一貫強調，真正的哲學視體系為敵，他也拒絕終止辯論和拍板結案。相較於海德格眾多景從的學生和追隨者，我們很難想像「梅洛龐蒂哲學學派」(Merleau-Ponty school of philosophy)會是什麼樣子。這樣說並不是要否認梅洛龐蒂的作品產生過什麼重大的影響力。他在謝世後，雖然幾乎是立即被打入法國學術界的冷宮，但是，像傅科(Foucault)、德希達(Jacques Derrida)這些後結構主義的後起之秀，都不經意地顯示出他們在梅洛龐蒂生前與哲學現代性(modernity)的鬥爭經驗中，蒙受了多麼重大的教益。另外，在德國、英國，尤其是北美，梅洛龐蒂一直都是哲學靈感的來源，也成為遍及各學科的學術工作主題。雖然他的作品並非立意要解答關於存在(existence)的種種關鍵問題，它卻成為一個相當突出的哲學範本，讓人感受到它始終如一地追索探問。正是這樣一種提問(探求〔zetetic〕)的態度，配合其非教條式(non-dogmatic)的人文主義(humanism)，不僅持續吸引著眾多哲學家，也吸引了人文學科實務工作方面的廣大聽眾(現象學心理學〔phenomenological psychology〕便是一個特別顯著的例子)。

參見 continental philosophy 歐陸哲學；existentialism 存在主義；phenomenology 現象學；subject-object dichotomy 主客二分

G.B.M.撰　龔卓軍審訂

Mersenne, Marin　梅森納，馬林(1588-1648)　法國神父，曾編撰大量的哲學、數學和自然科學著作，並與伽利略(Galileo)、笛卡兒(Descartes)、霍布斯(Hobbes)等人大量書信往還。他曾翻譯伽利略的《機械學》(*Mechanics*)和徹布雷的赫爾伯特(Herbert of Cherbury)

的《論真理》(*De Veritate*)，並安排出版霍布斯的《論公民》(*De Cive*)。他最為人所知的是收集了對笛卡兒《沉思錄》(*Meditations*)的反對意見，並連同該書一起出版。梅森納在近代哲學和科學興起時扮演的功能，就有如今天的專業學報和學會。

在他的作品中，包含了對自然神論者、無神論者、自由思想主義者、和懷疑論者的批評，不過，他也提出緩和的懷疑論，作為達至科學知識的有用方法。他並不相信我們可以達到對於內在本質之知，不過，他辯稱、而且也展示，我們對於物質世界擁有廣泛的知識，足夠滿足我們的需要。

梅森納像加森地(Gassendi)一樣，在科學中主張機械式的解釋。他追隨伽利略，為物質現象提供數學模式。像伊比鳩魯派(Epicureans)一般，他相信機械論便足以拯救現象。因此，他拒斥亞里斯多德派的形式，以及神祕力量。梅森納是十七世紀偉大的神父哲學家之一，相信增加科學知識就是認識並奉事天主。

參見 Descartes 笛卡兒；Epicureanism 伊比鳩魯主義

R.A.W.撰　沈清松審訂

Merton School　莫頓學派　見 Oxford Calculators 牛津算學團體

metaethical relativism　後設倫理學的相對主義　見 relativism 相對主義

metaethics　後設倫理學　見 ethics 倫理學

metalanguage　後設語言　在形式語意學(formal semantics)中，是一種用來描述另一種語言(對象語言〔object language〕)的語言。對象語言可以是自然(natural)語言或形式語言。形式語意學的目的是為對象語言提供意義之公理理論(axiomatic theory of meaning)，或其他方式的意義之系統理論。後設語言用來規定對象語言之符號和形成規則(formation rules)，這些符號和規則決定對象語言中合於文法的語句或完構式(well-formed formulas)之條件；後設語言並且把意義或解釋賦予那些語句或句式(formulas)，例如，在外延(extensional)語意學中，人用後設語言把指稱項(denotations)賦予單稱詞(singular terms)、把外延(extensions)賦予普遍詞(general terms)、把真值條件賦予語句。如同塔斯基(Tarski)在〈真之語意學概念〉(*semantical conception of truth*)所陳構的那樣，賦予真值條件的標準格式是一T語句，T語句的形式為「S為真，若且唯若p」。戴維森(Davidson)用這種格式建立他的意義之真值理論解釋(truth-theoretic account of meaning)。用中文作為後設語言，T語句的例子有：「『*La neige est blanche*』為真，若且唯若雪是白的」，於此，對象語言是法語；意義相同表達不同的T語句例子為：「『雪是白的』為真，若且唯若雪是白的」，於此，對象語言是中文。

雖然為了形式的目的一定得維持後設語言和對象語言之區分，做法上，一個人仍然可以用一語言去談同一個語言中的表詞。用卡納普(Carnap)的話說，一個人可以從質料模式(material mode)轉移到形式模式(formal mode)，例如，從「每個獸醫是動物醫生」，轉移到「『獸醫』意謂『動物醫生』」。這種轉移在同義字和分析-綜合區分(analytic-synthetic distinction)的討論中很重要。卡納普的區分對應使用／提及區分(use-mention distinction)。當我們說一個詞或其他表詞類型有某性質時，例如談到它的拼寫、發音、意義或文法上的分類，或當我們說一個表詞個例(expression token)拼錯了、發音錯了或誤用時，我們正以形式模式說話(我們正在提及一個語言表詞)。當我們說「理姆斯很難發現」時，我們正以質料模式說話，而當我們說「『Reims』很難發音」時，我們用的是形式模式。

參見 philosophy of language 語言哲學；type-token distinction 型類／個例之區分；use-mention distinction 使用-提及的區分

K.B.撰　龔維正審訂

metalogic　後設邏輯　見 proof theory 證明論

metamathematics　後設數學　通過限制性(特別是有限性)的方法，對古典數學的各種體系的一致性(consistency)或可靠性(reliability)進行研究和建立。這個詞引進於 1870 年代，與非歐幾里德幾何學(non-Euclidean geometries)的討論相關聯，而其引進與「形上學」(metaphysics)有關，帶有輕蔑之意。在去除其負面意義後，如這裡所描述，是由希爾伯特(Hilbert)引進了這個詞參見其 1922 年的論文〈新建數學基礎——第一部分〉〔*Neubegründung der Mathematik. Erste Mitteilung*〕)，他又把它稱為證明論(*Beweistheorie* or proof theory)。數年以後參見塔斯基〔Tarski〕1930 年論文〈關於後設數學的一些基本概念〉〔*Über einige fundamentale Begriffe der Metamathematik*〕及〈演繹科學方法基本概念，I〉〔*Fundamentale Begriffe der Methodologie der deduktiven Wissenschaften. I*〕)，塔斯基用一種稍廣泛而較少限制的意義潤色了這個詞：廣泛是因為，它所關注的不僅是一致性問題，而且也包括一些其他問題(例如，獨立性、完備性〔completeness〕和可公理化〔axiomatizability〕等問題)，這些都屬於塔斯基所指的「演繹科學方法論」(同義於後設數學)；較少限制是因為證明的標準放寬，允許使用不同於有限性的(事實上，不同於建設性的〔constructive〕)方法。

關於塔斯基這個較廣的概念，形式化演繹規律大致形成了後設數學的研究領域；在意義上這相當於空間實體之於幾何學的研究領域，或動物之於動物學的研究領域。他說這些形式化演繹規律將被看作是一組句子，從它們的一致性、(各種類型的)可公理性、完備性、範疇性(categoricity)或範疇度(degree of categoricity)等等加以研究。最終，(請參見其 1935 與 1936 之論文〈系統計算之基本特質，第一部分〉〔Grundzüge des Systemenkalkül, Erster Teil〕和〈系統計算之基本特質，第二部分〉〔Grundzüge der Systemenkalkül, zweiter Teil〕)塔斯基把後設數學關注的全部語意學問題(semantical questions)包含進去，這與希爾伯特之關注於語法(syntactical)部分相當不同。現在所謂「後設理論」和「後設邏輯」是用來表示更廣泛的，同時包含形式語言和體系的語法和語意的研究，而塔斯基將這些都包括在後設數學之下。那些特別地涉及到語意學的，屬於現代邏輯學更特殊化的分支，稱為「模型論」(model theory)，而那些涉及到純語法問題的、屬於證明論(proof theory)(證明論後來允許採用不同於有限性的方法)。

參見 categoricity 範疇性；completeness 完備性；consistency 一致性；model theory 模型論；proof theory 證明論

M.D.撰　李瑞麟審訂

metaphilosophy　元哲學　關於哲學本質的理論，特別是它的目標、方法和基本預設。基本(first order)哲學研究包括如知識論(epistemology)、存有論(ontology)、倫理學(ethics)和價值理論(value theory)之類的學科。元哲學構成了過去和現在哲學家的主要哲學活動內容。基本哲學的研究，把哲學研究提升到一個較高的層次。這種較高層次的研究就是元哲學。基本哲學學科，例如認識論，把認識的本質作為是它的主要焦點，但這類學科本身能成為較高層次哲學研究的焦點。後者的焦點形成了元哲學的一個種類，稱為元認識論。其他兩種顯要的種類是元倫理學和元存有論。元哲學的每一種分支中，每種都研究基本哲學學科的目的、方法和根本假設。

典型的元哲學主題包括：(a)一種聲稱是哲學而不是非哲學的條件；(b)基本哲學聲稱是富有意義的、真實的或具有理由(warranted)的條件。例如，元認識論不是直接探索知識的本質，而是聲稱真正是認識論的和聲稱是富有意義的、真實或是有理由的條件。哲學和元哲學之間的區別，類似於大家熟悉的數學和元數學之間的區別。

在元哲學中，出現了關於自主性、客觀性、相對性和哲學聲稱的模式狀態(modal status)的問題。自主性問題，關乎到哲學和其他諸如構成自然和社會科學的學科之間的關係。例如，哲學在方法論上獨立於自然科學之外嗎？關於客觀性與相對性的問題，牽涉到哲學宣稱所提到的真理和保證。例如，哲學真理，特別是或曾是經由自然科學那般透過「獨立於心靈的現象」(mind-independent)所證實的事物，是真的嗎？或者，哲學的真理不可避免是約定性的，完全由(因而總相關於)語言約定所決定嗎？它們是否是分析的而不是綜合的真理，而由之而來的知識是否因而是先驗的而不是後驗的？至於模式狀態的問題，是思考哲學的主張是否是必然的，而不是偶然的？哲學主張裡對於自然科學中反對偶然性的論述，是必然地真或假？前述的問題刻畫出當代元哲學中爭議的主要範圍。

參見 analytic-synthetic distinction 分析-綜合區分；a priori 先驗；epistemology 知識論；meaning 意義

P.K.M.撰　苑舉正審訂

metaphor　隱喻　一種語言的象徵(figure)(或一個比喻〔trope〕)，其中使用某一個字或一個詞(phrase)時，不將它用來指涉(denote)字面上原來的東西，卻用來指稱別的東西，從而對兩個事物做暗示性地(implicitly)比較。例如，在句子「密西西比是一條河」的正常用法中，「河」這個字是按字面地使用(literally used)，或照一些人所喜愛的說法，是採用了它的字面意義(used in literal sense)。但是如果有人陳述說「時間是條河」，那麼，這個人隱喻地使用了「河」這個字(或說是在隱喻的意義上，使用了這個字)。

早在亞里斯多德(Aristotle)開始，隱喻就成了哲學討論的問題之一；而事實上，哲學家對隱喻所做的討論，幾乎比所有其他類型的比喻的討論的總和還多。在對隱喻的討論中，有兩個主要的論題一直到十九世紀都很突出。第一種主張隱喻和所有其他類型的比喻一樣，都是一種言語的「修飾」(decorations)，因此有「言語插圖」(figures of speech)這個詞。所以我們可以說，隱喻是一種裝飾品(adornments)或圖案(figurations)，它們並不對文章的認知意義有所貢獻；取而代之的是，它們使文章更有色彩、更生動、更能引發情緒的效應……等等。因此，啟蒙運動，以及原始啟蒙運動的哲學家——霍布斯(Hobbes)和洛克(Locke)是好的例子——的特質，就是堅持說，雖然哲學家在演說或傳達他們的思想給別人時，有時有良好的理由使用隱喻，但是，當哲學家們思考時，就必須完完全全地遠離隱喻。隱喻討論的另一個直到十九世紀都很突出的論題，在於考慮省略的直喻(elliptical similes)，就其在認知上的力量而言。當我們說「時間是(is)一條河」時，這個句子在認知上的力量上，就像是以直喻的方式說「時間像是(is like)一條河」。

從浪漫主義時代(Romantics)一直到二十世紀，幾乎所有關於隱喻的理論都在駁斥上述這兩種傳統隱喻理論的論題而主張說，隱喻並不是一個與認知無關的裝飾品，它們對文章的「認知」(cognitive)意義有所貢獻，它們是不可或缺的(indispensable)，不僅對宗教演說是如此，而且在於日常生活，甚至於科學文章也是如此，當然更不用說在詩方面了。事實上，尼采(Nietzsche)甚至主張，所有的言語都是隱喻的。雖然到現在為止，對於隱喻如何能對意義有所貢獻及具有什麼意義，還沒有共識，我們也還不知道如何識別隱喻所貢獻的意義，但是已經有了一個幾近的共識(near-consensus)：隱喻不是一個省略的直喻。

參見 meaning 意義；philosophy of language 語言哲學；trope 抽象的殊相、喻

N.P.W.撰 劉希文審訂

metaphysical certainty **形上學的確定性** 見 certainty 確定性

metaphysical holism **形上學整體論** 見 methodological holism 方法論的整體論

metaphysical libertarianism **形上學自由主義** 見 free will problem 自由意志問題

metaphysical naturalism **形上學自然主義** 見metaphysics形上學；naturalism自然主義

metaphysical necessity **形上學必然性** 見 necessity 必然性；philosophy of mind 心靈哲學

metaphysical realism **形上學實在論** 在最廣的意義上來說，形上學實在論具有下列觀點：(a)有些真實的東西存在(通常指在時空中的東西)；(b)它們獨立於我們對它們的經驗或認識而存在；(c)它們擁有性質，也和其他東西發生關係，這些東西和關係獨立於我們對它們的理解，也獨立於我們描述它們的語言。反現實主義(anti-realism)是反對這三種觀點中的一個或多個觀點的一切觀點，儘管如果(a)的觀點被否定了，那麼(b)和(c)的觀點自然無從成立(如果僅反對物質的存在，那麼它的傳統名稱就是「唯心論」〔idealism〕)。

形上學實在論在所有三部分中，都得到常識、科學和多數哲學家的認可。形上學實在論的主要反對意見是：既然一切概念都必須建立在我們已經形成的概念和建立在我們的語言和經驗基礎上，我們就不能形成獨立於心靈之外的實體的概念。這種反對意見似乎意味著我們不能具有實體自身存在的認識，似乎真理不能被理解為與這種實體的對應。但這本身還有一些意義更加深遠的結果：(i)我們應接受沒有任何實體存在這種看似荒謬的觀點(既然這項反對的意見同樣可以運用到思維和狀態、概念和與詞、性質和關係，以及經驗等等)，因為我們幾乎不能相信一些我們根本就不能形成的概念的現實性；(ii)我們必須急劇地改變我們對「現實」(reality)、「概念」(concept)、「經驗」(experience)、「認識」(knowledge)、「真理」(truth)和其他諸如此類的字的意義。另一方面來說，有人認為上述反對意見可以被化約為一個套套邏輯(tautology；同義反複)，亦即，「我們僅能知道我們所知道的現實」，一旦這樣化約之後，我們就可以說，其實沒有哪種實質的看法(反現實主義所主張的)可以從一個套套邏輯中推演出來。然而，即使反對意見是一種套套邏輯，它可用來促使我們避免提出一種對世界的認識關係的簡化主義觀點。

在討論共相時，形上學實在論是承認共相存在的一種觀點，並通常用來與唯名主義形成對比。但這或者排除了一個第三類的觀點，即概念論，或者預設了概念為一般詞(形容詞、一般名詞、動詞)或這類詞的使用。如果這個預設被接受的話，那麼概念論確實等同於唯名主義，但這樣的做法需要論證，不可以僅以口頭上規定。傳統概念論認為，概念可以認為是心智的實體，或至少是心智的傾向，具有共相被假定具有的分類作用，也能解釋常見詞何以具有其分類作用。

參見 Armstrong 阿姆斯壯；conceptualism 概念論；metaphysics 形上學；moral realism 道德實在論；property 性質；scientific realism 科學實在論

P.Bu.撰 王文方審訂

metaphysical voluntarism **形上學的唯意志論** 見 voluntarism 唯意志論

metaphysics　形上學　對實在的本質、構成和結構的最一般的哲學研究。由於形上學傳統關注的觀點之一是非物質實體的存在，例如上帝，因此形上學在範圍上比科學如物理學、甚至於宇宙論(關於宇宙的本質、結構和起源的科學)要廣。同時由於形上學研究的是科學所預設但未回答的問題，所以形上學的研究比科學更為基本。這些問題例如：物體是否真正存在？每個事物是否都有原因？

由於形上學的敘述在經驗上不能得到證實，邏輯實證論說它們是「在認知上無意義的」，因而反對形上學。最近的哲學家，例如蒯因(Quine)，也反對形上學，其理由是，只有科學本身才提供真正的關於實在界的知識。但伯格曼(Bergmann)在《邏輯實證主義的形上學》(*The Metaphysics of Logical Positivism*, 1954)中說，邏輯實證論和一切如蒯因這樣的觀點，其實都假設了某種的形上學理論。邏輯實證論所謂認知意義的標準，從來就沒有被滿意地說明過。實證主義者史陶生(P. F. Strawson)對形上學的態度表現在他對他所謂的「描述形上學」(descriptive metaphysics)的偏愛上(特別在《論個體》〔*Individuals*, 1959〕中)，他認為描述形上學「僅描述我們對世界的思想的真實結構」，這和「致力於創造出一種更良好結構」的「修正形上學」(revisionary metaphysics)形成鮮明對比。

有一種被認為是科學的看法(但這只是一種假設)，即認為實在界中只有占有時空(「自然」的一部分)的東西，而且我們只能透過科學方法才能獲得對它們的認識，這種看法其實本身就是一種形上學，或叫做形上學的自然主義(不要混淆於自然哲學)，它不是科學本身的組成部分。

既然一切哲學研究都是研究實在界的一部分，例如認識、價值和有效推理，那麼在最普遍的意義上說，形上學似乎在整體的哲學是一樣的。但由於哲學的各個不同分支，如認識論、倫理學、美學和邏輯學，都提出各具特色的問題，因此在哲學各部分之中保留對這些具體問題的研究，仍然有其用處。

也許在形上學中最為熟悉的問題是，是否只有物質的存在——唯物主義(materialism)——或是否只有精神的存在，即心靈和其狀態——唯心主義——或兩者皆有——二元論。這裡「存在」(entity)有最廣泛的意義：一切的東西。形上學中較具體的問題關注的則是某些個體(individuals)——也叫殊相(particulars)——是否存在及其本質的問題(例如，上帝)；或某種性質是否存在的問題(例如，可不可能有些性質實際上並沒有任何東西具有它？)；或關係是否存在的問題(例如，事件之間是否真有一種必然連結的因果關係，還是只有純規律性地相伴發生而已？)。時空的本質也是這較為具體問題的另一個重要的例子。時間和空間是「包含」(contain)常見個別東西的特殊個體嗎？還是它們僅是個別事件間的關係系統而已？例如，(空間上)較高，或(時間上)較先這樣的關係？不管答案是什麼，時間和空間是讓世界為其組成部分所構成的整體的東西。由於我們對世界的時空面向和其內部結構的認識極其有限，我們不得不同意世界有無數多種現在、過去和未來的可能方式。這種想法引發了無數多可能世界的觀念，而這種觀念在我們了解必然真理(必然的真理即是在所有可能世界中皆為真的命題)的本質上是極有益的，因而在模態邏輯學中常被運用。不過，這込堨 i 能世界的觀念能使可能的世界似乎成為真實的世界，因而是一種頗具爭議性的觀點。

在討論現實主義和反現實主義的爭論時，哲學家們通常運用了時空世界的概念，雖然現實主義和反現實主義的爭論在有關共相、價值和數字等通常不認為具有時空性的東西時也會出現。雖然說「沒有任何存在的事物」這樣的說法似乎不容易有清晰的意義，但說「沒有時空世界」則似乎是清楚地有意義的，尤其是當我們附帶地說：心智和觀念則是存在的。這是柏克萊(Berkeley)的觀點。但當代提出關於時空世界實在問題的哲學家們，則並不喜歡柏克萊學派所提出的心智和觀念，他們通常只是含糊其詞地說「我們自己」(ourselves)或「表徵」(representations)。後者通常被理解為物質的(大腦的狀態)，這對於任何反對時空世界的實在的觀點的人來說，很顯然是一種不一致的觀點。

通常當代反現實主義並不是真正否認時空世界的存在，而是採納了一種類似康德(Kant)的超驗唯心主義的觀點。反現實主義者總認為，我們對世界的概念，是基於我們對世界的感覺和概念官能，包括我們的語言而來。那麼我們有什麼理由認為，這個對世界的概念是對的，它對應於世界自身呢？如果我們的官能和語言不同，那麼我們對世界就會有大不相同的概念。即使根據我們目前的官能，仍有可能出現許多對世界大不相同的概念，比方說，許多大不相同的科學理論，就似乎能由相同的數據中得到支持。到目前為止，我們還沒有嚴格意義上的反現實主義。但這只差一小步而已：假如我們對一個獨立的時空世界的概念必然是主觀的，那麼我們沒有很好理由去假設存在著這樣的一個世界，特別當我們說一個獨立於我們的概念能力的東西的時候，這樣的說法似乎是自相矛盾的。很顯然，這個問題幾乎像所有的一般的形上學問題一樣，至少有一小部分是屬於認識論的問題。

用亞里斯多德(Aristotle)的「第一哲學」(first philosophy)的觀念來看(在《形上學》〔*Metaphysics*〕中，該標題是由他作品的一個早期編輯者所給，不是亞里斯多德本人給的)，形上學也可以在一種更為明確的意義上被理解為對存有之為存有(being qua being)的研究，即，任何事物要被認為是一種存在項(entity〔*ens*〕)所必須具有的最一般的和必然的特徵的研究。有時候這樣的研究又稱為「本體論」(ontology)，不過，「本體論」通常被作為形上學的同義詞。

任何事物要被認為是存在項(entity)所必須滿足的標準(在形上學中，每種標準都是一個議題)，可以舉例如下：

(A)每個存在項或者必須是個別的事物(例如，蘇格拉底和這本書)，或者是一種性質(例如，蘇格拉底的色彩和這本書的形狀)，或者是一種關係(例如，婚姻和兩座城間的距離)，或者是一個事件(例如，蘇格拉底的死)，或者是一種事態(state of affairs；例如，蘇格拉底已經死了)，或者是一個集合(希臘哲學家集)。這些存在項的種類通常稱為範疇(category)，而形上學很關注下列問題：是否只有這些範疇？是否有其他範疇？是否其中的一些存在項可以被化約為其他存在項？(例如，事件化約為事態，個別事物化約為事件的時間序列)

(B)一個事物的存在或存有，就是能夠使其成為存在項的東西。

(C)任何等同於自己而又和其他事物截然不同的事物，就是一種存在項。

(D)在存在項和存在項的性質或關係間的「聯繫」(connection)的本質，就是使其能成為存在項的東西。每個存在項都必須具有某些特性，並可能與一些其他存在項有一定關係。

(E)每種存在在邏輯上一定是自我一致的。值得一提的是，當亞里斯多德宣布他的第一哲學的計畫之後，他立即開始辯護所謂的非矛盾規律(non-contradiction)。

關於(A)，我們可以問：(i)是否至少有某些個別事物(殊相)是亞里斯多德學派意義上所謂的實體，也就是說，能經歷時間和性質與關係的變化但本身維持不變的東西，還是所有的東西其實都只是瞬間性的東西而已？在後者的情況下，人們常識中的個別事物(如，這本書)，其實只是瞬間性個別事物的時間序列而已，比方說，這本書其實只是一序列書本在某時在桌上的事件序列而已。我們也可以問：(ii)是否有任何的東西具有本質(essential properties)，即，沒有它東西將不再存在的性質；或者是否所有的性質都是偶然的，即使東西不具有該性質，它仍可以繼續存在。我們也可以再問：(iii)性質和關係是殊相呢？還是共相？例如，假設這一頁書和下一頁書的顏色是確實一樣，那麼它們的顏色是否是兩個不同的存在物，有它的各自空間位置呢，或它們其實是同一個東西，只是被不同的兩頁書在不同的位置上顯現出來呢？

關於(B)，我們也可以問，存在本身是否是一種性質。如果是，怎樣去理解它；如果不是，又怎樣去理解「x存在」和「x不存在」？這些問題似乎對日常生活和科學討論都很重要，而它們所表達的思想對日常生活和科學思想也都很重要。我們是否應該像邁農(Meinong)那樣，承認不存在的東西嗎？例如金山，因為我們能談到和想到金山。我們能談到和想到一座金山，甚至能表達出「金山是金色的」這樣的真命題。但我們也自始至終知道，我們所思所談的一切都不存在。如果我們不把不存在的東西看做是某些東西，我們就會得到一切事物都是存在的這樣令人吃驚的觀點。

關於(C)，我們可以問，怎樣去解釋傳達出信息的等同敘述呢？舉一個弗雷格(Frege)的例子，「暮星與晨星是一樣的」。這個句子與無足輕重、囉唆無聊的敘述，如「暮星與暮星是一樣的」形成了鮮明的對比，後一句話在通常的或科學的討論中幾乎不會被說出來。前者對於一致的、系統的認識(甚至於日常對於人和地點的認識)是很重要的。但這種敘述卻很讓人迷惑。嚴格地說起來，我們不能說，它斷定「兩個」東西其實是「一個」東西，雖然日常上我們常會這樣說。我們也不能說，它斷定某個東西和它本身相同，因為如果這種敘述具有傳達訊息的特性的話，這種觀點就很明顯是錯的。弗雷格的例子中使用了確定描述詞(「暮星」〔the Evening Star〕、「晨星」〔the Morning Star〕)，羅素(Russell)認為這是問題所在。但這其實是不相干的。傳達訊息的等同語句就算不用確定描述詞而只用專用名稱也能出現，甚至用指示代名詞也可以(例如，「Hesperus 與 Phosphorus是一樣的」，「這個〔這頁書的形狀〕與那個〔下頁書的形狀〕是一樣的」)，其中的指涉並不是根據描述來建立起來的，而是根據實指建立起來的。

關於(D)，我們可以問到這個關係(通常稱為展現〔instantiation or exemplification〕，存在於存在項和性質或關係之間的一種關係)的本質為何。毫無疑問地，這樣一種關係是存在的。但它幾乎不像一般普通關係，如連結同類事物的婚姻關係。我們還可以問，關係和與它連結的存在物(亦即，別事物和其性質或關係)之間的關係又是什麼。正如布雷德利(Bradley)認為的，這個問題的提出，似乎會導致一種無窮的後退，因為所假設的關係仍是一種需與其他事物相聯繫的另一種關係。但是我們怎樣才能避免這種無窮後退呢？當然，某個個別事物和它的性質與關係之間並不是不相關聯的東西。它們具有某種統一性。但這是什麼？除此之外，除了透過對個別事物的性質和關係的認識外，我們幾乎無法辨認某個個別的事物。然而如果我們說，個別事物其實只是一束性質和關係的總和，那麼，是否會有兩個東西具有完全相同的性質和關係呢？(這個問題所關注的是所謂的個別化的問題〔problem of individuation〕和「不可分辨即為等同」的原則〔the principle of the identity of indiscernibles〕)如果個別事物是不同於它的性質和關係的總和(這通常叫做光禿禿的個體〔bare particular〕)，它對於我們來說，似乎會變成不可觀察的，也因此變成不可知的。

關於(E)，幾乎沒有哲學家懷疑非矛盾律。但非矛盾律的地位為何則是非常重要的問題。非矛盾規律僅是一種語言規定嗎？一些哲學家支持這種觀點，但這似乎很不合理。非矛盾律是一種關於「存有之為存有」的深奧真理嗎？如果是，(E)與(B)(C)關係就很密切，因為我們就能把一致、等同和存在的概念，看成為最重要的形上學概念。它們同樣對邏輯學也很重要，但即使邏輯學最終歸根於形上學，邏輯學仍有其另外豐富的討論課題(有時這些課題是從數學中得來)，因此可以看作為哲學的一個獨立分支。

「形上學」一詞至少還有另外兩種意義：第一，「超」(transcending)人類經驗的存在物或事態的研究，特別是有關上帝的存在、靈魂的不朽、意志的自由的研究(這對康德而言，是需要「批判」〔critique〕的形上學概念)；第二，任何對超自然或神祕現象的研究。例如鬼怪和心靈遙感現象。第一種意義嚴格來說是哲學的意義，儘管今天很少人再做類似的研究。第二種意義很流行，因為這些相關的超自然現象，無論在哲學或科學上都受到人們懷疑。它們不應該與哲學神學的論題相混淆，哲學神學可以看做是最廣義形上學的一部分，而亞里斯多德則把它當作是研究「存有之為存有」(being *gua* being)的形上學的一部分。

參見 bundle theory 集束理論；causation 因果關係；naturalism 自然主義；philosophy of religion 宗教哲學；property 性質；time 時間

P.Bu.撰　王文方審訂

metaphysics of presence　**在場的形上學**　見 Derrida 德希達；postmodern 後現代

metatheorem　**後設定理**　見 formal semantics 形式語言的語意論

metatheory　**後設理論**　見 philosophy of logic 邏輯哲學

metempsychosis　**輪迴定理**　見 Pythagoras 畢達哥拉斯

method, axiomatic　**公理法**　見 axiomatic method 公理法

methodic doubt　**方法論上的懷疑**　見 Descartes 笛卡兒

methodism　**方法主義**　見 problem of the criterion 判準問題

method of agreement　**共同法**　見 Mill's methods 彌爾方法

method of difference　**差異法**　見 Mill's methods 彌爾方法

method of doubt　**懷疑方法**　見 Descartes 笛卡兒

method of residues　**剩餘法**　見 Mill's methods 彌爾方法

method of supervaluations　**至極定值的方法**　見 vagueness 模糊性

methodological conservatism　**方法學保守論**　見 philosophy of science 科學哲學

methodological holism　**方法論的整體論**　亦稱為形上學的整體論，其論旨為：關於某系統，存在著「解釋性的突現」(explanatory emergence)，也就是說，在系統中較複雜之情況的律則，無法藉由任何組成律則或共存律則，由較簡單或最簡單情況的律則推衍出來。在一系統中，解釋性突現會因為任何如下的理由而存在：即在某種較為複雜的層級，一變數互動的方式並不會在較簡單的層級發生；或「整體」的一項性質和「部分」的許多性質互動；或相關變數在較複雜的層級基於層級的複雜性，藉著不同的律則互動；或者(是如下的限制情況)，嚴格的律則性在某種較複雜的層級失效。因此，解釋性突現並不預設描述性突現，描述性突現的論旨是：存在「整體」(或較複雜情況)的性質，它無

法透過「部分」(或較簡單之情況)的性質而被定義。

與方法論的整體論相反的是「方法論的個體論」(methodological individualism)，亦稱為「解釋性化約論」(explanatory reductionism)，據此，所有「整體」(或較複雜情況)的律則，都能從較簡單或最簡單情況的律則組合推衍出來，並且不是從某種組成律則就是共存律則中推衍出來(端賴於是否存在描述性突現)。方法論的個體主義者不需要否定：在「整體」的性質中可能存在重要的律則性連結；但卻必須堅持：所有的這類性質，是可以透過「部分」的性質來定義，或是透過種種共存之律則，而與「部分」之性質相連結。

參見 holism 整體論；philosophy of the social sciences 社會科學哲學；reduction 化約

L.A.撰　趙之振審訂

methodological individualism　方法論的個體主義　見 methodological holism 方法論的整體論

methodological naturalism　方法論自然主義　見 naturalism 自然主義

methodological skepticism　方法論懷疑論　見 skepticism 懷疑論

methodological solipsism　方法上的獨我論　見 solipsism 獨我論

methodology　方法論　見 philosophy of science 科學哲學

Metrodorus　邁特勞得魯斯　見 Epicureanism 伊比鳩魯主義

microreduction　微化約　見 reduction 化約

middle knowledge　中間知識　是對一類特殊命題之知識，這類命題現在通常稱為「關於自由的逆實句」(counterfactuals of freedom)；十六世紀的耶穌會士默里納(Luis de Molina)首先把這種知識歸之於上帝。這些命題陳述的是：對於上帝所能創造的每一個可能的自由的受造物，在這自由受造物所可能發現自身所處的每一個自由選擇的情境當中，這受造生物會做什麼樣的事情。聲稱「上帝知道這些命題」，乃提供了一些重要的神學上的好處：它可以有助於我們解釋上帝怎樣能夠對自由行動具有先行的知識，同時又解釋上帝怎樣能夠對一個包含有自由的世界，維持一種依於神意的緊密操控。反對中間知識的典型論證是認為：關於自由的真的逆實句是不可能存在的。

參見 free will problem 自由意志問題；Molina 默里納

W.Has.撰　趙之振審訂

Middle Platonism　中期柏拉圖主義　此柏拉圖主義時期介於阿斯卡隆的安蒂歐克斯(Antiochus of Ascalon, c.130-68 B.C.)和普羅提納斯(Plotinus, A.D. 204-270)之間，其特徵是拋棄了新學園(the New Academy)的懷疑立場，在形上學的原則上，雖有很多個別變化，但逐漸發展到一種綜合的教條觀點，同時在倫理學領域中，向人們展示了某種介於斯多噶化觀點(Stoicizing)和逍遙派化觀點(Peripateticizing)的自由立場。

安蒂歐克斯本人受斯多噶(Stoic)的唯物主義的影響很大(儘管在倫理學上與斯多噶學者

M

劍橋哲學辭典

分歧很大)，但在下一代，一種新畢達哥拉斯學派(neo-Pythagorean)的影響出現，創造出混合學說，這學說也許可以合適地稱為中期柏拉圖主義的學說。從亞歷山卓的尤多羅斯(Eudorus of Alexandria, fl. c.25 B.C.)開始，一種超越的、兩種世界的形上學相當流行，它的特徵是一個最高上帝，或單子(〔Monad〕次要的創造神)和一個世界靈魂，這給倫理學帶來了一個重要變化，用「善物的目的」(end of goods〔*telos*〕)、「像神」(〔likeness to God〕出自柏拉圖《賽阿斯提特斯》〔*Theaetetus*〕176b)，代替了安蒂歐克斯的斯多噶化的「與自然合一」(assimilation to nature)。

我們對這個時期的觀點，受到缺乏流傳下來的文獻的影響，但很清楚地，在缺乏一個確認的中心權威(學院作為一種機構似乎在西元前88年，米斯瑞達特斯〔Mithridates〕攻占雅典的初期〔Athens〕消失了)，相當可觀的不同的學說在個別柏拉圖學者(Platonists)中和柏拉圖流派(schools of Platonists)中流行著，特別是對亞里斯多德的(Atistotelian)或斯多噶的倫理學原理有所偏好有關。　最著名的活動發生在西元一世紀和二世紀。這個時期的主要人物有查羅尼亞的普魯塔克(Plutarch of Chaeronea, c.45-125)、喀爾文納斯・陶若斯(Calnvenus Taurus, fl. c.145)和阿迪卡斯(Atticus, fl. c.175)，他們的哲學活動集中在雅典(雖然普魯塔克依然忠誠於在波歐提亞的查羅尼亞〔Chaeronea in Boeotia〕)；該烏斯(Gaia, fl. c.100)和亞爾比奴斯(Albinus, fl. c.130)——不要與《教科本》(*the Didaskalikos*)的作者亞爾希奴斯(Alcinous)相混淆；修辭學家馬道拉的阿布雷烏斯(Apuleius of Madaura, fl. c.150)，他也寫了一篇關於柏拉圖生平和學說的有用論文；新畢達哥拉斯主義者嘎德斯的摩德拉特斯(Moderatus of Gades, fi c.90)、吉拉薩的尼克馬古斯(Nicomachus of Gerasa, fl c.140)和紐美尼烏斯(Numenius, fl. c.150)，然而，他們卻沒有形成一個「學派」(school)。對於中期柏拉圖主義的早期，猶太哲學家亞歷山卓的斐洛(Philo of Alexandria, c.25 B.C.-A.D. 50)提供了良好的證據。

也許對於晚期普羅提納斯(Plotinus)的柏拉圖主義和他的繼承者來說，一位最重要的人物是紐美尼烏斯，我們只保留了他的斷簡殘篇。然而，他對第一原理的本質的推測似乎激發普羅提納斯對超越本質的一(a supraessential One)的提出。普魯塔克的重要性在於其為一位文學人物，儘管他的大部分嚴肅的哲學作品已遺失；亞爾希奴斯和阿布雷烏斯的手冊，對於我們理解二世紀的柏拉圖主義有相當的意義。

參見 commemtaries on Plato 對柏拉圖的註釋；Neoplatonism 新柏拉圖主義；Peripatetic School 逍遙學派；Plato 柏拉圖；Stoicism 斯多噶學派

J.M.D.撰　徐學庸審訂

Middle Stoicism　中期斯多噶主義　見 Stoicism 斯多噶主義

middle term　涵衍中詞　見 syllogism 三段論式

middle way　中道　見 Mādhyamika 中觀學派

Milesians　米勒斯學者　乃指米勒斯的先蘇格拉底(pre-Socrates)哲學家們。米勒斯(Miletus)是小亞細亞愛歐尼亞(Ionian)海岸上的一個希臘城邦。西元前六世紀期間，泰勒斯(Thales)、阿那西曼德(Anaximander)和阿那西曼尼斯(Anaximenes)創造了最早的西方哲學，強調「太初」(*archē*)或物質來源學說，認為宇宙和宇宙裡的一切物質是由「太初」所造成的。

參見 Anaximander 阿那西曼德；Anaximenes of Miletus 米勒斯的阿那西曼尼斯；Thales of Miletus 米勒斯的泰勒斯

D.W.G.撰　苑舉正審訂

Mill, James　彌爾，詹姆斯(1773-1836)　蘇格蘭出生的哲學家和社會理論家。他把同時代哲學家邊沁(Bentham)的效益主義(utilitarianism)，應用到教育和政府體系、法律和刑法體系、殖民政策這類的社會問題上。他也提倡休姆(Hume)的聯想主義(associationism)。在十九世紀早期的倫敦，彌爾是一位有影響力的思想家，但他在哲學史上最重要的貢獻，是對他兒子約翰・斯圖亞特・彌爾(J. S. Mill)的影響。他用聯想主義的教育理論，來栽培那位日後青出於藍的兒子。他的效益主義觀點，被約翰・斯圖亞特・彌爾發展擴充，他的聯想主義也被兒子採納，並成為後來現象主義(phenomenalism)的一位前驅。

參見 Mill, J. S.彌爾，約翰・斯圖亞特

A.N.撰　賴建誠審訂

Mill, John Stuart　彌爾，約翰・斯圖亞特(1806-73)　英國經驗主義哲學家，主張以功利主義(utilitarianism)進行社會改革。他的父親詹姆斯・彌爾(James Mill)是一名研究印度史(英屬時期)的學者，也是邊沁功利主義(Bentham's utilitarianism)的重要擁護者，他根據此一哲學立場倡導改革。彌爾的父親跟洛克(Locke)一樣，以按照聯想心理學(associationist psychology)的原理教育年幼的彌爾；這項心理學原理源自哈特里(Hartley)，後為功利主義者吸收採納。彌爾的父親有意將彌爾栽培為功利主義學派的擁護者，因此彌爾從小就在這樣的環境與期待下成長。三歲時，他開始學希臘文，八歲時，修習拉丁文，後來他還協助父親教導年幼的弟妹。二十歲那年，彌爾到法國學語文，並在蒙特利埃(Montpellier)攻讀化學和數學。1824 至 1828 年，他為一本名為《西敏寺評論》(*Westminster Review*)的功利主義期刊定期撰寫文章。1828 年，他經歷了一場精神危機，而且歷時數月之久。後來，他把這場危機歸因於他所受的嚴格教育訓練；儘管如此，當彌爾擺脫這段極度沮喪期，他還是一名功利主義的擁護者，只是他擁護的功利主義已經過相當程度的修改。1830 年革命期間，彌爾造訪巴黎，結識了拉斐德侯爵(Lafayette)及其他深得民心的領袖，他的名字被引用到聖西門(Saint-Simon)和孔德(Comte)的作品中。同樣也是在 1830 年，彌爾邂逅了哈麗雅特・泰勒夫人(Mrs. Harriet Taylor)，對她一見鍾情。1851 年泰勒夫人的丈夫死後，他倆才結婚。1823 年，彌爾在東印度公司(East India Company)的印度財團總部擔任檢查員，一直到 1858 年印度兵變事件後公司解散。彌爾在 1865 年至 1868 年間擔任國會議員。1858 年，泰勒夫人與世長辭，安息於阿維尼翁(Avignon)，此後彌爾每年固定有一半時間居住在阿維尼翁，直到終老。

彌爾的主要作品有：《邏輯體系》(*System of Logic*)、《歸納和演繹》(*Deductive and Inductive*, 1843, 第一版)、《政治經濟學》(*Political Economy*, 1848, 第一版)、《論自由》(*On Liberty*, 1860)、《功利主義》(*Utilitarianism*, 1861，最早刊登在《弗雷澤雜誌》〔*Fraser's Magazine*〕)、《婦女的屈服》(*The Subjection of Women*, 1869)、《漢密爾頓哲學的探討》(*An Examination of Sir William Hamilton's Philosophy*, 1865)和遺著《論宗教的三篇文章》(*Three Essays on Religion*, 1874)。彌爾的文體優美，其《自傳》(*Autobiography*, 1867)闡述他自己心智發展歷程，是維多利亞時代一部相當重要的文學作品。

彌爾在哲學上的主要反對者是惠威爾(Whewell)與漢密爾頓(Hamilton)，他們在形上學(metaphysics)、科學哲學(philosophy of science)及倫理學(ethics)上的直覺主義(intuitionism)，在彌爾死後就不再受到支持。彌爾自己的觀點後來在格林(T. H. Green)、布雷德利(F. H. Bradley)及其他英國觀念論者(British idealist)前黯然失色。不過在本世紀，彌爾在形上學與科學哲學中的觀點再度獲得重視，並且得到羅素(Russell)和邏輯實證論者(logical positivists)的支持，同時他的功利主義倫理學也再次成為主要的倫理學理論之一。他的社會哲學深深地影響了費邊社(the Fabians)與英國左翼團體。而且其影響力持續至今。

彌爾在父親的嚴格功利主義教育下成長，並深信其說。但他自己後來的發展，大部分卻是在拓展功利主義的廣度，以更寬廣、同情的角度看待人性，並把功利主義的計畫設計得更加人性化以符合他的人性觀。在彌爾自己的觀點裡，當然會認為自己主張的絕大部分是對的，但他並不認為自己拋棄了父親持有的功利主義原則，反倒是在填補他們理論間的空隙，消除其中的僵化和粗糙。彌爾繼承父志，終其一生致力於傳播促進人類幸福的重要原則。這些原則的涵蓋面從道德原則擴展到政治經濟原則，再擴展到邏輯與形上學的原則。

心理學　彌爾對人的看法根源於他所支持的心理學理論。在心理學上，他擴展他父親的聯想主義，反對里德(Reid)和惠威爾的直覺主義。根據他的心理學理論，觀念(ideas)起源於感覺(sensation)，複合觀念(complex idea)又是從最簡單、最基本的觀念，通過固定模式的聯結，在當下感覺中產生的。這套心理學分析理論揭露出觀念的基本成分，因此也成為探究觀念因果起源的方法。彌爾的父親跟洛克(Locke)一樣，以定義模式進行分析，因此，心理的組成要素呈現在其組成的觀念中，觀念只是其聯結要素。彌爾在擺脫精神危機後，認識到精神狀態常不僅是觀念發生的觀念總和。根據修正的分析模式，分析組成部分不是真正出現在觀念中，而是在分析體系下，僅通過聯繫方可能被發現。而且是字詞得到定義，而不是觀念，儘管字詞只通過與觀念相聯繫變得一般。

分析因此變成經驗性的工作，而不是根據某人的形上學預設所安排出的先驗之物，如同彌爾的前人所做的那樣。修正後的心理學，允許年輕的彌爾用比早期聯想主義者更為精確的方法，以經驗說明感覺狀態的各種變化。例如行為的最初動機是快樂的簡單感覺，但通過聯想，作為目的的最初願望的事情就與快樂相互聯繫，因此行為作為目的，作為快樂的部分，就成為令人愉快的事情了。但這些獲取的動機不僅是組成它們的簡單快樂的總和；它們不僅是那些發生前提的總和。所以，彌爾與他的父親相同的是，他們都認為人在追求最大化的快樂，但與父親不同的是，不是所有的目的都是自私的，快樂不僅在量上，在質上也有不同。

倫理學　在倫理學上，彌爾同意直覺主義的是道德情感(moral sentiments)與初級愉悅是性質上的不同，但不同意直覺主義結論說道德情感是天生具有。彌爾跟隨他父親和邊沁的觀點，極力主張基本的道德規範就是遵循效益原則(principle of utility)：一個行為是對的，如果這行為能促使人類幸福的極大化。人總是去做那些能極大化自己快樂的事，但除了追求個人快樂，普遍的人類幸福也是人追求的快樂之一。彌爾因此也就沒有他父親遇到的問題(其所創心理學有著明顯的利己主義傾向)。唯一的問題是，人是否應該(ought)去促使人類幸福的極大化，人是否「應該成為」(ought to be)具有此種動機的那種人。

彌爾在這點上的主張是：人的確就是應該去成為這種人。他試著透過下列方法把人們改變成他心目中的人性狀態：藉由實例說明；藉由欣賞像是華茲華斯(Wordsworth)的詩，或閱讀像是耶穌(Jesus)和蘇格拉底(Socrates)等偉大道德家的作品，以此敦促人們擴大其同情心範圍；以及藉由其他任何可以促使道德進步的方法。

彌爾也提出論證來為效益原則辯護。惠威爾等人認為快樂並不是一項基本的權利。彌爾反對他們的說法，指出心理學上的事實是：人們所追求的就只有快樂而已。彌爾以此結論說，若有人建議我們應該去追求快樂以外的事，這是沒有意義的。經驗上的檢驗因此排除了追求快樂之外的其他目的。到這裡為止，這論證還頗為合理。不合理的地方在於彌爾進一步論證說，由於每個人追求他自己的快樂，所以普遍的善是所有人的(最終)

目的。這論證不幸的是它預設了一個無效的前提，即適用於整體的定律來自於適用在這整體的各個部分的定律。

其他道德規則都可以透過其產生的效益及其在經驗上的檢驗予以證成。例如，有些正義原則像是保障個人財產與信守諾言等準則乃因應某些基本人類需求而生，它們因此得到證成。上述之外的其他次要準則都可訴諸效益原則證成。不過有種效益，其效益多少無須在每個應用情境中都予以冗長的功利主義式計算，這提供了一種客觀方式(以效益原則的角度來看)來證成次要規則中的例外。

邏輯和科學哲學　經驗檢測也被用來支持道德之外的其他規範，像是在邏輯和科學哲學上的規範。彌爾反對理性主義者，認為科學不能通過直觀前提獲得證明。在演繹邏輯裡，推理不是關於證明的邏輯，而是關於一致性(consistency)的邏輯。任何科學的基本公理皆導衍於經驗概括。公理是普遍的，並且為它們運用的特定對象的可能假設畫出界線。這是實驗與觀察的任務，即消除謬誤並決定哪個假設為真。公理——最普遍的公理是自然齊一律(the law of the uniformity of nature)不是根據這種消除謬誤的過程得到，而是根據簡單列舉的歸納法得到：彌爾認為，根據經驗，當這種歸納方法變得更可靠，用來驗證的假設也就更普遍。但彌爾和休姆一樣認為，任何從經驗得到的概括，都無法充分地消除所有懷疑的可能性。

對彌爾與邏輯實證主義者而言，「說明」(explanation)是根據事實概括下的總括得到的。敘述充分條件(sufficient conditions)或充要條件(necessary and sufficient conditions)的因果概括來作為說明，比起單純只用規律性來說明更令人滿意。然而更令人滿意的是，對於系統的任何狀態，單個定律(law)或成組的定律給出了充要條件，也就是說，成組的定律間沒有空隙。對於定律的說明，能通過減少空隙來完成，或是通過包含在聯合數個領域裡的定律所形成的一般理論來完成。

彌爾認為社會科學的內容太過複雜，以致不能使正規的實驗方法。但他也反對功利主義政治經濟學家純粹只用演繹法，如他父親和大衛・李嘉圖(David Ricardo)的做法。而且，運用在全體的定律(即經濟學定律和社會學定律)必須從運用在部分的定律(即心理學定律)導衍而來，然後對照積累的歷史數據檢驗這些導衍出的定律。彌爾從孔德那兒得到這種社會科學方法論的想法，但不幸的是，這想法受到錯誤觀念的污染，即我們前面提過的，在沒有任何更一步的前提下，我們可以從適用於部分的定律導出適用於全體的定律。之後的社會科學方法論者，逐漸以比較合理的統計學方法，取代這個由彌爾所提議的無效方法。

彌爾的科學方法論在經驗科學上(例如他那時代的化學)運用得相當不錯，他也向人們展示了其對大量的物理學問題也能夠做出清楚的說明，儘管其無法在說明物質的原子和次原子結構理論上做出判斷，這點雖然還有爭議，不過彌爾本人卻也準備承認這觀點。彌爾欲把他的觀點應用於幾何學上，甚至更不合理地要應用於算術。在這些領域裡，惠威爾當然勝過彌爾，而且在這些領域裡的合理的經驗主義說明出現之前，世界必須等待著羅素和懷德海(Whitehead)的邏輯著做出現。

形上學　所有推論的起點都是我們通過感官所獲得的觀察，而且我們從經驗得知，沒有觀念不來自於感覺經驗，因此我們無法設想一個超越感官所認識的世界。確實，我們能形成一般概念(例如對某事件的概念)，這概念再使我們去形成實體概念(而這實體是我們無法經驗到的)，例如，「使我手錶停止的小沙點」之概念或「引起我當下感覺的事件」之概念。彌爾認為，我們對於感覺定律的瞭解足夠我們合理地去假設引起某人當下感覺的直接原因乃其神經系統狀態。我們對客觀物理對象的概念也是屬於這種：成組事件的連結是構成我們固定感覺的可能原因。正由於我們對規律的歸納知識證成我們這樣的信念：有屬於這些概念的實體存在。重點是，這些實體雖然無法感覺到，卻是(我們相信它們是)我們藉由感官認識到的世界的一部分。

對照諸如理性主義者的實體和超驗觀念，或者宗教信仰者的上帝，這些實體只能通過超越感官和從那裡得到的歸納推論來認識。彌爾基本上還是採取達爾文以前的觀點(pre-Darwinian)，接受下列假設的合理性：宇宙中存在個有智慧的設計者在設計知覺秩序。但這假設是具有其科學地位，而不是去相信某種實體或超越經驗、時間世界之外的位格神。惠威爾——一度是科學和倫理學的理性主義觀念的擁護者、既有宗教的擁護者——即是彌爾蔑視的一個特殊人物。

社會與政治思想　彌爾對宗教領袖(如耶穌)的訓示充滿敬意，但宗教機構就像政府機構和經濟機構一樣，都受到基於效益原則而來的批評：這些機構能促進人類幸福嗎？有沒有其他做得更好的機構足以取代之？因此，彌爾認為自由市場經濟有許多優點，但由於窮人佔了大多數，這個因生產工具私有所造成的缺點，也許意味著我們應該建立社會主義或改採生產工具之公有制。他用類似的方式討論作為社會機構的公用事業：在這樣的社會秩序下，個人將會獲得激勵，個人反過來又能產生知識、科技和道德上的革新，而這明顯地促進了大眾幸福。相反地，遏制個人的機構和傳統，如宗教機構經常做的那樣，應該逐步被改革掉。類似的考量還用來說明民主代議政體，以及能使個人免於受到輿論與多數專制壓迫的法定權利系統。

婦女地位　彌爾主張婦女應有女權、婦女投票權、受教育和工作的管道均等。不過彌爾還無法擺脫他那時代的影響，仍舊認為婦女工作維持家計不是件令人愉快的事。彌爾不同意他父親和邊沁所說，人的所有動機皆出於自私自利，不過他認為在多數經濟和政府事務中，此種動機還是佔主要地位。他因此不同意他父親的觀點——不必投票選舉婦女，因為男性能代表家庭發言。彌爾認為，為了檢驗男性自利的追求，恰好需要婦女的選舉權。更一般地說，如果家庭需要去滿足家庭本身的利益需要，而不是像迄今那樣只滿足男性的自利，那麼婦女的平等就很重要了。把男性與女性之間的關係變成一種平等關係，將會促使二者抑制他們的自私，擴展他們的同情心及於個人外的社會和他人。婦女選舉權是朝人類道德進展的重要一步。

參見 Bentham 邊沁；empiricism 經驗主義；Mill's methods 彌爾方法；philosophy of the social sciences 社會科學哲學；utilitarianism 效益主義；Whewell 惠威爾

F.W.撰　莊文瑞審訂

millet paradox　**粟米悖論**　見 sorites paradox 堆垛悖論

Mill's methods　**彌爾方法**　發現必要條件(necessary conditions)、充分條件(sufficient conditions)及充要條件(necessary and sufficient conditions)的程序，這些術語的用法如下：每當 A 就 B(例如，每當有火，就發現氧化)，那麼 B 是 A 的「必要(原因)條件」；每當 C 就 D(例如，每當糖放到水裡，它就溶化掉)，那麼 C 是 D 的「充分(原因)條件」。

共同法(method of agreement)　設有兩個關於必要條件的假設，例如：

(1)每當 A 發生，則 B_1 發生

每當 A 發生，則 B_2 發生

單獨觀察到 A 發生而 B_2 沒有發生，我們會把第二個選項當成假的排除掉，結論說沒被排除掉的假設是真的。這個發現必要條件的方法稱為同共法。我們用例子說明。假設幾個人在某家餐廳吃了馬鈴薯沙拉而全都拉肚子，但另一方面他們各自又吃了不同的東西，有人吃了肉，有人吃了蔬菜，有人用了甜點。有人拉肚子但他沒吃肉，肉就排除在

病因外；有人拉肚子但他沒用甜點，甜點就被排除在病因外；其他以此類推。最後拉肚子的人都同意不排除的就是病因。我們因此結論說，這就是他們拉肚子的原因或必要條件。

差異法(method of difference)　同上，設有兩個關於充分條件的假設，例如：

(2)每當 C_1 發生，則 D 發生

每當 C_2 發生，則 D 發生

單獨觀察到當 C_1 發生而 D 沒有發生，我們將排除第一個假設，並結論說第二個假設是真的，這就是差異法。稍微變動一下，通常就可以得到使用差異法推論出充分條件的例子。如果上述的 C_1 改成 C_2，D 改成非 D，整個例子改變了，我們會結論說 C_2 是 D 的原因。因此，當貝克勒(Becquerel)注意到鐳的有無是他燒傷時與燒傷前的唯一差別，他會推論說放在口袋瓶子裡的鐳是他燒傷大腿的原因。在這個例子中，貝克勒發現到鐳會引起燒傷，換言之，他發現到靠近鐳是被燒傷的充分條件，而非必要條件。

很明顯地，這兩種方法可以推廣運用到任何有限假設的選項組。共同法和差異法的合併使用，稱為「同異併用法」(joint method of agreement and difference)，用以發現充分必要條件。

有時不用根據觀察，而是根據先前所推論出的法則就可能排除某個假設選項。如果我們靠先前的推論法則知道所有的 C_2 都不是 D，那麼就不需要透過觀察來排除(2)裡頭的第二個假設，而且我們可以因此推論說，被保留下來或剩餘的假設指出 D 的充分條件。被先前推論所排除的選項，這個方法稱為「剩餘法」(method of residues)。

剩餘法可以推廣運用到關於量的定律上。引起 Q 發生的原因，也許不被拿來當成 Q 的充要條件，而是當成影響 Q 的因子 P，即 Q 的量在函數上取決於 P 的量度。如果當 Q 變化，P 也變化，那麼我們可以使用排除法推論說 P 引起 Q。此一方法稱為「共變法」(method of concomitant variation)。我們需要更複雜的方法才能推論出連結兩量度的精確函數。

很明顯地，如果我們根據給定資料結論說(1)裡頭有個假設為真，我們需要一個附加的前提：

B 至少有個必要條件，而且這必要條件在 A_1 和 A_2 構成的集合中。

這裡的宣稱即是大家所知的「決定論原理」(principle of determinism)，而把選項局限在某個範圍即是「受限變體原理」(principle of limited variety)。其他方法需要類似的原理。這樣的原理很明顯是經驗性的，而且如果使用排除法要有決定性的話，必須給予先前歸納出的結果予以支持。實際上，一般的科學理論提供這些原理來指導實驗者。因此，根據證成克普勒(Kepler)定律的那些觀察，牛頓(Newton)可以排除所有行星繞日運動之力的相關假設以保全平方反比定律，如果他也把建立在他三大運動定的一般理論框架運用於這類個別系統上，其宣稱存在著一種說明行星運行的力(決定論)，並且這力滿足了某種條件，例如作用力與反作用力定律(受限變體)。

排除法構成了科學實驗方法的基本推理方式。法蘭西斯・培根(Francis Bacon)是第一個對排除法進行詳盡闡釋的哲學家參見溫伯格〔J. Weinberg〕所著《抽象，關係與歸納》〔*Abstraction, Relation, and Induction*, 1965〕)。排除法後來又經休姆的再次說明，赫歇爾(J. F. W. Herschel)的闡述，最後在彌爾手中定立其在科學方法論的中心地位。從現代的邏輯發展對排除法的結構進行研究的學者有凱因斯(Keynes)、約翰遜(W. E. Johnson)，特別是布洛德(Broad)。

參見 causation 因果關係；confirmation 驗證；grue paradox 綠藍悖論；induction 歸納法；philosophy of science 科學哲學

F.W.撰　莊文瑞審訂

Mīmāmsā　彌曼差派　又稱前彌曼差派(Pūrva Mīmāmsā)，印度教的一個正統學派，接受永恆但不以意識為本質的靈魂的存在，肯認恆常的物質原子以及離心獨存、原子相互吸引所造成的物理對象。它持無神論立場，但也同其他正統學派一樣，接受靈魂輪迴轉世與業力運作的教義。

彌曼差派以知覺(perception)、推論(inference)和證言(testimony，或權威〔authority〕)為有效知識的來源。證言可區分為人格的與非人格的兩種。人格的證言指可信賴的個人所提供，能引生知識的語言文字，而為描述性的。非人格證言(《吠陀》經典〔the Vedas〕則是命令式的，提出人須執行祭儀的命令，適當了解並遵循這些命令是解脫的根本條件。可信賴的個人的證言以可靠的知覺和推論為基礎，非人格的證言則不然。

假定(postulation)是獲得知識的第四個來源。如果假定A事件的發生，能適當地解釋B事件的發生，那麼儘管A的發生並不被知覺，且A事件與B事件間也沒有普遍的連結，吾人仍能知道A事件確然發生。這種知識既不是知覺的，也不是推論的。

參見 Hinduism 印度教；karma 業

K.E.Y.撰　何建興審訂

mimesis　模倣　源自希臘文 *mimēsis*，意為「模倣」(imitation)意義是指以某一事物來對另一事物加以模擬(modeling)，或以某一事物來代表(presenting)另一事物；或與模倣(imitation)同義。這個概念，在柏拉圖(Plato)和亞里斯多德(Aristotle)對今日所謂純藝術(fine arts)的說明裡，有著核心的地位。詩人、劇作家、畫家、音樂家，以及雕刻家，全都在從事於一種對實在(reality)的模倣。雖然柏拉圖在對繪畫的說明裡，明確界定繪畫為對自然實物的模倣，但是人們認為對柏拉圖和亞里斯多德所用的模倣之概念，較好的翻譯是重現(representation)而不是模倣(imitation)。它涉及了藝術作品重現實在的本質——使實在重新出現(to re-present reality)。這種「藝術的重現」或「模倣理論」，在浪漫主義(Romantic)出現之前，一直不是西方的主流理論——雖然並不是所有的人都會同意柏拉圖所認為，藝術家所重現的只是具體的物理實體。模倣理論在浪漫主義的堅持之下瓦解了。浪漫主義主張，並非藝術作品是一種模倣，而是藝術家在他或她的創造活動中，藉著構築一個獨立對象，而來模倣自然或上帝。

當前的藝術理論家，很少有人會主張藝術的本質就是重現(represent)；模倣理論幾乎已經死亡。這部分是反映了浪漫主義所提出的新選擇，施之於模倣理論的力道。而另一部分，是反映非寫實的、抽象的繪畫與雕刻，以及「純」器音樂("absolute" instrumental music)在十九世紀的顯赫地位。然而，「重現」的現象卻從來不會不吸引理論家的注意。近幾年來，三種不同的重現理論已經出現：尼爾森・古德曼(Nelson Goodman)的《藝術語言》(*The Languages of Art*)、尼古拉斯・渥特夫(Nicholas Wolterstorff)的《藝術作品和世界》(*Works and Worlds of Art*)和肯道・華頓(Kendall Walton)的《擬仿作為使相信》(*Mimesis as Make-Believe*)。

參見 aesthetics 美學

N.P.W.撰　劉希文審訂

mimetic theory of art　藝術模倣理論　見 mimesis 模倣

mind　思維　見 *hsin*[1] 心；philosophy of mind 心靈哲學；problem of other minds 他人心

靈問題

mind, causal theory of　心靈因果理論　見 functionalism 功能主義

mind, philosophy of　心靈哲學　見 philosophy of mind 心靈哲學

mind-body problem　心物體問題　見 philosophy of mind 心靈哲學

***ming*　命**　中文，意思是「命運」(fate)，「命令」(mandate)。一般而言，命是在人控制之外的東西。「命」因此幾乎與「天」的一種用法意義相同，如孟子評述的：「莫之為而為者，天也；莫之致而至者，命也。」(That which is done when no one does it is due to t'ien；that which comes about when no one brings it about is due to〔ming〕)。命也能指統治的命令，由天或每個人的「道德天賦」(moral endowment)發出。

參見 *Chung-Yung*《中庸》；*t'ien* 天

B.W.V.N.撰　林安梧審訂

***ming chia*　名家**　見 School of Names 名家

minimalist theory of truth　真理的最簡式理論　見 truth 真理

minimax strategy　最小化策略　見 maximin strategy 最大化策略

Minkowski space-time　閔可夫斯基時空　見 relativity 相對論；space-time 時空

minor premise　小前提　見 syllogism 三段論式

minor term　小詞　見 syllogism 三段論式

minute perceptions, doctrine of　細微知覺理論　見 Leibniz 萊布尼茲

miracle　神蹟　由上帝所成就的非常事件。按照中世紀對自然的理解，事物具有某些能力，也具有在某些情境下運使那些能力的傾向。石頭具有掉在地上的能力，也具有在高處被釋放時運使那種能力的傾向。神蹟(例如一塊在高處被釋放的石頭往上升起)就是一個非常事件，這個事件並非因為任何事物運使其自然能力所導致，而是直接由上帝所造成。

根據現代對自然的理解，真實存在的只有事件(事物的樣態)和決定某些事件在另一些事件之後發生的自然規律。世界上有這樣一個自然規律，決定重物在高處被釋放時必墜落在地面上。神蹟就是上帝對自然規律的「違反」(violation)。我們所謂規律，是指在沒有自然秩序以外的力量介入的情況下，決定什麼事件發生的原理，而所謂「違反」就是指這樣一種外力的介入。對神蹟的辨識涉及三個問題。第一是要確定屬於某種類型的一個事件如果一旦發生，它是否違反自然規律(或者說，是否在事物成就某些事件的自然能力之外)。如果要認知這個事實，我們必須知道有哪些自然規律。第二個問題是：我們需要了解這樣一個事件是否確實在某種個別情況下發生。我們的記憶、他人的證詞，以及

種種物理痕跡都會是這個事件的歷史證據，但是這些事物也有誤導我們的可能。如果我們從其他時候發生的事件找到證據，確認某規律 L 是一個自然規律，這個證據也可以用來支持一種觀點，即就我們要討論的情況來說，L 是有效的，因此並沒有違反自然規律的情形。休姆(David Hume)宣稱，實際上從來沒有支持某個神蹟的充分證據可以勝過前述後一種反面證據。最後，我們必須證明上帝是自然規律被違反的原因。要達到這個目的，我們需要從自然神學獲得理據，支持我們相信有一位上帝存在，而且祂在這類情況下很可能會介入自然的運作。

參見 event 事件；lawlike generalization 似定律的通則；philosophy of religion 宗教哲學

R.Sw.撰　劉若韶審訂

Miskawayh　米斯卡瓦伊(936-c.1030)　波斯朝臣政治家、歷史家、醫生、伊斯蘭教中希臘和其他古代學問的提倡者。他的《性格涵養論》(*On the Refinement of Character*，1968 年譯本為《持續的無限時間》〔Constantine Zurayk〕)在伊斯蘭教中被稱為「對哲學的倫理學最有影響的作品」。它把《可蘭經》(Koranic)的無上命令倫理學(*ta'dib*, 參照希臘文〔*paideia*〕，Koranic command ethics)轉變為亞里斯多德(Aristotle)的德性倫理學，目的是約束我們易怒的本性，用愛和友誼表達我們內心深處的統一性。米斯卡瓦伊的理論體系得到廣泛複製(更重要的是安薩里〔al-Ghazālī〕對德性倫理學全然經典般地處理)，但由於安薩里代之以虔誠的主題而轉化了，在此米斯卡瓦伊似乎太世俗或人性化了。

參見 al-Ghazālī 安薩里

L.E.G.撰　蔡源林審訂

misplaced concreteness, fallacy of　具體性錯置的謬誤　見 Whitehead 懷德海

***Mitfreude*　同樂**　見 value 價值

mixed hypothetical syllogism　混合假言三段論　見 syllogism 三段論式

M'Naghten rule　孟納夫坦規則　在英美刑法中界定法律上的精神失常之規則，目的是創造一種對犯罪責任的保護：法律上的精神失常是指源於精神疾病之一切理性的缺陷，其導致一個被指控的罪犯，或不知道他行為的本性或性質，或不知道他的行為在道德上或法律上是錯誤的。這個規則於 1843 年在孟納夫坦的案例中被採用，它的本源是對兒童責任能力的測試，看看他們是否足夠成熟去理解對與錯之間的區別。此外，在今天，這個規則被看作是一個人作為道德行動者之普遍身分的測試，或者在什麼時候一個被認可的道德行動者，由於事實上或道德上／法律上的錯誤，而仍舊可被寬恕的測試。在對於規則的第一種(身分)解釋，精神失常者乃因為他們像年幼的兒童一樣，缺乏道德人格本質上所需的理性作用，而得以被免除刑事責任。而對於規則的第二種(或行為錯誤)之解釋，精神失常者乃因為他們體現了一般被接受的因錯誤或無知而在道德上可獲得寬恕的例子，而被免除刑事責任。

參見 diminished capacity 能力不足；responsibility 責任

M.S.M.撰　林立審訂

mnemic causation　記憶因果　這是一種因果關係。為了要解釋一個生物體(organism)行為之近似的產生原因(proximate cause)，不僅必須確定這個生物體目前的狀況，以及目前

作用於它之上的刺激，還必須要確定該生物體過去的經驗。這個詞介紹於羅素(Russell)的著作《思維的分析》(*The Analysis of Mind*, 1921)。

參見 memory 記憶

N.G.撰　劉希文審訂

modalities, alethic　真理模態　見 alethic modalities 真理模態

modality　模態　命題描述或應用於它的主題所用的「方式」。從字源上看，「模態」指模態命題所描繪的實體或事態的特徵。

模態之分類如下：斷言命題(assertoric proposition)是純事實的表達。真值模態(alethic modality)包括必要性和可能性(這兩個有時又分別稱為必然模態〔apodictic modality〕和可疑模態〔problematic modality〕)。因果模態(causal modality)包括因果(或經驗)必然性和可能性。義務模態(deontic modality)則包括義務與允諾之模態。此外，我們還有認識(epistemic)模態，如知道某事，和信念(doxastic)模態，如相信某事等等。

按照中世紀邏輯學家的解釋，命題屬於哪種模態，是根據修飾聯繫動詞或動詞的副詞，或連接命題的連接詞，屬於何種模態來決定的。現代的人則只以連接命題的連接詞來作為區分模態種類的標準。非斷言命題中的模態連接詞，一般被認為會產生指涉隱晦(referential opacity)或間接指涉(oblique)的脈絡，在這樣的脈絡裡，拿具有相同外延的表式互相替換，並不見得會保留原來命題的真假值。

模態邏輯和義務邏輯提供了各種模態的形式分析。內涵邏輯研究的是隱晦脈絡的邏輯。模態邏輯學家創造了可能世界的語意論，在這樣的語意論中，命題「MP」(其中 M 代表：邏輯上可能、因果上可能、義務上允許、理性上可接受等等)為真，若且唯若P在某些適當的可能世界裡是真的。模態實在論者或者承認有不同於真實世界的其他可能世界，或者認為模態是客觀實在界的一個組成部分。

參見 intensional logic 內涵邏輯；modal logic 模態邏輯；quantifying in 量化入

F.S.撰　王文方審訂

modality, iterated　重述模態　見 alethic modalities 真理模態

modality, practical　實踐模態　見 free will problem 自由意志問題

modality, problematic　可疑模態　見 modality 模態

modality *de dicto*　語句模態　見 essentialism 本質論

modality *de re*　事物模態　見 essentialism 本質論

modal logic　模態邏輯　對「可能地」(it is possible that)和「必然地」(it is necessary that)等連接詞的邏輯的研究。這兩個連接詞常分別用◇和□來表示，每一個連接詞可根據另一個連接詞來定義。說一個命題是可能的，或可能是真的，就是說它不必然是假的。故◇ϕ就可以看成是～□～ϕ的簡化。同樣地，說一個命題是必然的，或必然是真的，就是否定它可能是假的。故□ϕ可以看作為～◇～ϕ的縮寫。然而，把兩者都當作是初基語詞較有利於理解。

語句模態邏輯系統是透過添加◇和□到語句邏輯上而得到；如果所加上的語句邏輯是古典／直覺／最小邏輯，我們便分別得到古典／直覺／最小的語句模態邏輯。這裡，讓我們把注意力集中到古典邏輯的情況上吧。正如其他邏輯一樣，模態邏輯系統有三個組成部分：語法，用以決定形式語言$\mathcal{L}$和完構式(wff)這個概念；語意學，用以決定完構式間語意結果的關係；推論系統，用以決定完構式間演繹結果的關係。模態連接詞的語法在每種系統中都相同：簡短地說，模態連接詞，如否定詞一般，是一位連接詞。文獻中有很多不同的模態邏輯系統，分別由不同的語意論所產生。每種語意論又可與一種既健全又完備的推理系統相聯繫。換種方式說，我們也可先制定好一種推理系統，然後尋找一種相對於它既健全而又完備的語意論。本文中，我們是把語意論觀點放在第一位。

在模態邏輯中，「語意結果」(semantic consequence)這一概念與常見的古典解釋方式相同：某組句子Σ邏輯上蘊涵σ，即Σ⊨σ，若且唯若沒有一個解釋I讓Σ中所有句子為真，卻讓σ為假。問題是怎樣從命題邏輯中擴展解釋的概念，以便運用在模態詞上。在古典命題邏輯中，一個解釋分配了每個簡單句的真假值，複雜句的真假值則是通過語意論中連接詞所表達的真值函數，應用於這些簡單句之上計算而得。但我們不能將真值函項分配給模態連接詞，因為這些連接詞並非真值函數連接詞，因而上述的方法並不管用。例如，只給定(是真的這樣的條件，我們不能決定□ϕ的真值，因為如果ϕ是個偶然的真理(例如「休姆〔Hume〕是個著名的哲學家」)，那麼□ϕ是假的；但如果ϕ是必然的(例如「所有著名的哲學家都是哲學家」)，那麼□ϕ便是真的。

這個問題的解決辦法是，把◇和□看作是有關可能世界(possible world)的量化詞。一個可能世界也就是整個世界的一種可能的方式；現實世界固然是一種可能世界，但事物其他一切可能方式也是一種可能世界。例如，休姆不出名的可能情形就是一種可能世界。如此一來，□ϕ就被解釋為(在所有可能世界裡是真的，而◇ϕ則被解釋為，ϕ「至少在一個」可能世界裡是真的。如果一種敘述在真實世界(通常記為「w^*」)裡是真的，那麼，它就是真的。給定任意一些可能世界，在真實世界裡的一切敘述(的真假值，便可透過把這兩個規則逐步應用到模態詞上來加以計算(加上非模態詞的真值函數連接詞)。例如，□(B → ◇(C & D))在w^*中為真，若且唯若 B → ◇ (C & D)在每個世界w中都是真的。而 B → ◇ (C & D)在每個世界w中都是真的，若且唯若B在w中是假的，或在某些世界u中，C 和 D 都是真的。這樣，如果我們知道在每個世界中，句子 B、C 和 D 的真假值，我們就能衡量□(B → ◇ (C & D))的真假值。

一個解釋因此應包含可能世界的集合W(包括稱為w^*的世界)，和對於每個世界w中對所有句子的真假值的指定；換句話說，在W中的每個w裡我們都對語言的非模態部分加以解釋。然而，除了前述二者之外，一個解釋仍有第三個組成元素。如果所有在u中必然為真的命題在v中都為真，世界v便可說成是相對於世界u而言為可能的世界。這裡主要的想法是：一個命題到底是必然或可能，得視現實世界如何而定；因此，給定事物真實存在的方式，某些事會是可能的；但如果真實情境變得不同，不同的某些事物也許會成為可能。假設我可能由一個不同的精子，或一個不同的卵子而來，但不是二者；再假設在真實世界中，我生於精子s_1和卵子e_1。因此，有我生於s_1和e_2的可能世界u，和另一個我生於s_2和e_1的可能世界v。那麼，u和v都是相對於真實世界的可能世界。但如果在每個世界裡，一個人不可能生於不一樣的精子和卵子，那麼，u和v就各自相對於另一個而言為不可能的世界。解釋的第三個組成元素因此是一種規定，規定W中的世界有哪些相對而言是可能的。這種規定表現在對W上的二位關係R。對一個集合中的兩位關係，就是這個集合中各對物體的集合；例如，在自然數上的「前一個數」關係就是$< m,n >$許多對數的集合，其中$n = m + 1$。為了決定在一個模型中的相對可能性，我

們把 *R* 看成是＜ *u,v* ＞的集合，這裡每個對應的 *u* 和 *v* 都在 *W* 中。如＜ *u,v* ＞在 *R* 中，*v* 便相對於 *u* 為可能的世界；如果＜ *u,v* ＞不在 *R* 中，*v* 便相對於 *u* 為不可能的世界。相對可能性關係於是乎在評價模態詞時發生作用。例如，我們不願說在真實世界中，我可能生於一個不同的精子和卵子，因為所有這些世界相對於真實世界都是不可能的。我們可以得出這樣的規則，如果(在某些世界 *v* 中是真的，而 *v* 相對於 *u* 是可能的，◇(在世界 *u* 中便是真的。類似地，如果(在每個相對於 *u* 是可能的世界 *v* 中是真的，那麼，□(在世界 *u* 中便是真的。

R 也許會具有一些簡單的一階性質，如反身性(refiexivity)((∀*x*)*Rxx*)、對稱性(symmetry)((∀*x*)(∀*y*)(*Rxy* → *Ryx*))、傳遞性(transitivity)((∀*x*)(∀*y*)(∀*z*)((*Rxy* & *Ryz*) → *Rxz*))等等；不同的模態系統可由對 *R* 加上這些性質的不同組合的限制而得(其他系統則須加上高階性質〔higher-order〕限制才能獲得)。限制最少的系統是系統 K，完全沒有結構性質加於 *R* 上。在 K 中，◇(B & C)蘊涵◇B，因為如果在 *w**中◇(B & C)為真，那麼在某些相對於 *w**的可能世界 *w* 中(B & C)便應為真，因而根據對真值函數連接詞的解釋，B 在 *w* 中為真；因而◇B 在 *w**中為真。因此我們得出◇(B & C)蘊涵◇B。所以使◇(B & C)為真(=在 *w**中真)的一切解釋，也使◇B 真。既然在 K 中，對 *R* 沒有限制，我們可以預期在限制 *R* 而產生的模態邏輯系統中，◇(B&C)也邏輯上蘊涵◇B。不過，對 K 來說，我們也能證出，C 並不蘊涵◇C。因為，假定 C 在 *w**中為真。◇C 在 *w**中為真，若且唯若 C 在一些相對於 *w**的可能世界中為真。但 *W* 中不一定要有這種世界。尤其是當 *R* 不具備反身性時，*w**本身不一定相對自己為可能的世界。如果我們規定 *R* 必須具有反身性時，我們便會得到 C 蘊涵◇C 的結果。有這種結果的最簡單的系統就是 T：除了規定 *R* 在每個解釋中具有反身性外，T 在語意上與 K 一樣。在其他系統中，更多或不同的限制會加於 *R* 上。例如，在系統 B 中，每個解釋一定有個是反身和對稱的 *R*；在體系 S4 中，每個解釋一定具有反身和傳遞的 *R*。在 B 中，我們可以得出◇C 不蘊涵◇◇C，這可以用非傳遞的 *R* 這種解釋來證明；在 S4 中，我們可以證出◇□C 並不蘊涵 C，而這可以用非對稱的 *R* 這種解釋來證明。相對地，在 S4 中，◇C 蘊涵◇◇C，而在 B 中，◇□C 蘊涵 C。*R* 具反身、傳遞和對稱的系統稱為 S5，在這種系統裡，*R* 可以省略。因為如果 *R* 具有全部三種性質，*R* 是一種等價(equivalence)關係。也就是說，它把 *W* 劃分為相互排斥，共同窮舉的等價集。如果 C_u 是 *u* 在其中的等價集，那麼一個命題在 *u* 中的真假值與不在 C_u 中的世界無關。所以在 S5 的解釋中，只有在 C_{w*} 中的世界與命題的真假有關。但在 C_{w*} 中，*R* 是普遍的關係：每個世界相對於另一個世界而言都是可能的。結果，在 S5 解釋中，我們不必具體說明相對可能性的關係，對◇和□的評價不必提到相對可能性。例如，我們可以說，如果至少有一個世界 *v*，在 *v* 中(是真的，那麼在世界 *u* 中，◇(便是真的。值得一提的是，根據 *R* 的特性，如果在 K、T、B 或 S4 中，Σ蘊涵σ，那麼在 S5 中，Σ也蘊涵σ：換句話說，其他系統都包含(contained in)在 S5 中。K 包含在我們提到的所有系統中，T 包含在 B 和 S4 中，但 B 和 S4 二者都不互相包含。

擴充命題模態邏輯所得的述詞模態邏輯中，S5 是其中最有名的。正如在命題邏輯的情況下，模態邏輯解釋中的每個世界都相應一個命題邏輯中的解釋，在述詞模態邏輯中也一樣，每個世界與在非模態一階邏輯中所熟悉的這類解釋相關聯。更具體地說，在述詞模態邏輯 S5 中，每個世界都分配了一個論域 D_w(存在於 *w* 中的事物)，其中至少一個 D_w 是非空的，每個 *n* 位原子述詞也都在每個世界中指定了該世界的哪些東西滿足該述詞，以作為該述詞的外延。所以即使把我們限制在一個從命題邏輯延伸出的一階述詞模態邏輯 S5 中，我們顯然也有各種程度的自由。讓我們來討論：(a)論域(domains)的變化性；(b)量化詞(quantifiers)的解釋；(c)謂述(predication)。

(a)所有世界應有相同的論域嗎？不同世界的論域也許不同嗎？後者似乎更多的是自然的選擇；例如，如果 D_{w*}和 D_u 都不互為子集，這代表了這樣的直覺：存在的一些事物可能不存在，而可能存在的事物在現實中並不存在(儘管為了闡述後者，我們必須給我們的模態語言加上「事實上」這樣一個模態詞)。因此我們應該區分 S5 的兩種版本，其一為具有不變論域的S5C，另一為有可變論域的S5V。(b)$(\exists v)\phi$在世界 w 中為真的條件為何？是要ϕ在 w 中真於 D_w 中的某些東西呢？還是(真於 D 中的某些東西即可？(D 是由所有可能的事物所形成的論域 $U_{w\in W}D_w$)。前者稱為量詞的實存(actualist)讀法，後者稱為量詞的可能(possibilist)讀法。在 S5C 中，這兩種讀法並無選擇，因為在 S5C 中，對於一切 w，$D = D_w$。但在 S5V 中，選擇何者則是開放的。(c)我們是否應該要求，對於一切 n-place 原子述詞而言，只有在每個 n-tuple 的物體均屬於 D_w時，該 n-tuple 物體才能在 w 中滿足 F 呢？也就是說，我們是否應要求原子述詞為存在蘊含(existence-entailing)的述詞呢？

如果我們用 Ex 來縮寫$(\exists y)(y=x)$(代表「x 存在」)，那麼在 S5C 中，$\Box(\forall x)\Box Ex$ 邏輯上有效，不論你把其中的量詞作實存讀法或可能讀法。若讀成前者，該式說在每一個世界中存在的一切事物，都在每個世界中存在，而這是真的；但若讀成後者，該式說在每一個世界中，存在於某個世界或其他世界的一切事物，對於每個世界來講，都存在於某個世界或其他世界，而這也是真的；該式在S5C中用可能量詞仍然有效，即使我們規定 E 為一個初基述詞常名(primitive logical constant)，並假定 E 在每個世界中僅對存在於該世界中的事物為真。但在 S5V 中用實存量詞時，$\Box(\forall x)\Box Ex$ 如同$(\forall x)\Box Ex$ 一樣都是無效的，(試考慮如下的解釋：對於某個世界 u，D_u是 D_{w*}的一個常義子集)。然而，在 S5V 中用可能量詞時，如果「Ex」為定義詞，則上述式子是否有效依等同符號是否為存在蘊含述詞而定。如果它是存在蘊含述詞，那麼$\Box(\forall x)\Box Ex$ 無效，因為 D 中的一個物體，僅在它存在於 w 中時，才在 w 中滿足$(\exists y)(y=x)$。但如果等同符號不是存在蘊含述詞，則該式有效。

上述各種選擇在兩個著名公式評價上的相互影響也很明顯：巴爾肯公式(Barcan Formula)「$\Diamond(\exists x)\phi x \rightarrow (\exists x)\Diamond\phi x$」及顛倒巴爾肯公式「$(\exists x)\Diamond\phi x \rightarrow \Diamond(\exists x)\phi x$」。在 S5C 中，不論「$Ex$」是經由定義而來或是初基詞，這兩個公式都有效。但在S5V中，用實存量詞時，兩者都無效。對於後一種情況，如果在顛倒的巴爾肯公式中，用$\sim E$取代ϕ，我們會得到這樣的一個條件句：如果有個世界 u，D_u 是 D_{w*}的常義子集(proper subset)，則條件句的前件在w*中為真，但它的後件在邏輯上卻是假的。巴爾肯公式則在下列情形下為假：有一個世界 u，D_u不是 D_{w*}的常義子集，但條件ϕ卻對於存在於 u 中的某個不存在物體是真的，而對於w*中一切存在的物體都不是真的。因為，如此一來，$\Diamond(\exists x)\phi$在w*中便為真，但$(\exists x)\Diamond\phi$x 卻在w*中為假。然而，如果我們要求原子述詞蘊含存在，那麼，當ϕ為原子述詞時，巴爾肯公式就成立。在 S5V 中使用可能量詞時，上述兩個公式的所有例子都成立，因為$(\exists x)\Diamond$和$\Diamond(\exists x)$此時分別對應於$(\exists x)(\exists w)$和$(\exists w)(\exists x)$，這二者是等價的。(用實存量詞時，前述這兩者分別對應於$(\exists x\in D_{w*})$和$(\exists w)(\exists x\in D_w)$；而如果$D_w$和 D_{w*}不是相同集合時，它們是不等價的)

最後，在S5V中使用實存量詞時，標準的量詞引進規則和排除規則必須要稍加調整。假設 c 是實際上不存在的一個物體的名字；那麼$\sim Ec$ 為真而$(\exists x)\sim Ex$ 為假。量詞規則必須是自由邏輯的量詞規則：從ϕc和Ec，我們可以推出$(\exists v)\phi$v；而從$Ec\rightarrow\phi c$，正如一般的$\forall$的限制，我們則可以推出$(\forall v)\phi v$。

參見contingent 偶然的；essentialism 本質論；mathematical intuitionism 數學直觀主義；possible worlds 可能世界；second-order logic 二階邏輯

G.Fo.撰　王文方審訂

modal logic of programs　程序的模態邏輯　見 dynamic logic 動態邏輯

modal realism　模態實在論　見 Lewis, David 大衛．K．路易士

modal square of opposition　模態的對立方陣　見 contingent 偶然的

mode　樣態　(源自拉丁文 modus，意指「方式」〔way〕、「形式」〔fashion〕)在哲學裡有多重意義的一詞。在亞里斯多德邏輯學(Aristotelian logic)中，它有兩種用法。一種指的是三段論中對於普遍、特殊、肯定、否定命題的安排方式(英文中常譯為「mood」)——其中只有某些安排方式是有效的。另一種用法指的是命題所擁有的性質，命題因之而為必然或偶然、可能或不可能的。在士林哲學的形上學中，「樣態」，在不全然為技術用語的意義下，常被用來意指那能夠描繪某一事物、而使之與其他事物有所區別的東西。麥克雷流斯(Micraelius)在《哲學辭典》(*Lexicon philosophicum*, 1653)一書中寫道：「樣態並不構成一事物，而是區隔出它，使它確定。」此外，在區別理論(theory of distinction)中，我們也會在「樣態的區別」(modal distinction)這一脈絡下使用「樣態」一詞；在這裡，它指的是一個實體與它的多個樣態之間的區別，或者是單一實體的兩個樣態之間的區別。「樣態」同時也出現在中世紀思辨文法(speculative grammar)的術語當中，與「指意樣態」(modi significandi)、「理解樣態」(modi intelligendi)，以及「存在樣態」(modi essendi)等概念有關。

「樣態」一詞在十七世紀時變得特別重要，笛卡兒(Descartes)、史賓諾莎(Spinoza)及洛克(Locke)分別採用了它，並在各自的體系中賦予它不同的特殊意義。笛卡兒在《哲學原理》(*Principia philosophiae*)一書中把「樣態」當作其形上學的主要概念。對他而言，每個實體都有一種主要的屬性，例如心靈的屬性是思想，而物體的屬性是展延性。所謂樣態，就是指展延與思考的特定方式，比如：特定的尺寸、形狀等，或是個別事物(實體)所擁有的特定思想，以及(廣義而言的)性質。在這樣的論述下，「樣態」於笛卡兒哲學中所扮演的角色，一如「依附體」(accident)於亞里斯多德哲學中所扮演的角色。只不過對笛卡兒來講，每一種樣態都必須與實體的主要屬性有所關連，是展延的一種方式、或思考的一種方式；而對亞里斯多德來說，依附體並不一定要與實體所本具的本質有任何關聯。

如同笛卡兒，史賓諾莎承認三個基本的形上學語詞：「實體」、「屬性」，以及「樣態」。而與笛卡兒相類似，他將「樣態」定義為：「實體的衍生物(affections)，或是那存在於他物之中，藉由他物才能設想的東西」(《倫理學》〔*Ethics*〕卷 1)。不過對史賓諾莎而言，實體只有一個，它擁有所有可能的屬性。這讓我們很難確定他所謂的「樣態」究竟是什麼：它們是否在某種意義下被理解為上帝——唯一的無限實體——的「性質」；抑或是較廣義而單純地理解為個別事物，其依賴上帝而存在——就如同笛卡兒式的樣態依賴笛卡兒式的本質而存在一般。史賓諾莎同時也提出其他模糊的分別，區分了無限與有限的樣態，以及直接與間接的無限樣態。

洛克使用「樣態」的方式，很明顯的是因襲笛卡兒而來，但也有所不同。對他而言，樣態是「這樣一種複合『觀念』(Ideas)：無論它們如何組成，都不包含其獨自存在(subsisting by themselves)的假定；相反地，它們被視為是實體的從屬物(Dependences)或衍生物(Affections)」(《人類悟性論》〔*Essay*〕第二部)。因此，樣態是那些呈顯出事物複合性質的觀念，它們由洛克所謂的簡單觀念導出。而簡單觀念則是由經驗而來。洛克區別了簡單樣態與混合樣態。前者包括數字、空間與無限，由同一觀念重複多次而組成；後

者則包括義務或偷竊，由不同種類的簡單觀念結合而成。

參見 Descartes 笛卡兒；Locke 洛克；metaphysics 形上學；property 性質；Spinoza 史賓諾莎

D.Garb.撰　林正弘審訂

model　模型　見 computer theory 計算機理論；model theory 模型論

modeling, computer　計算機建模　見 computer theory 計算機理論

model set　模型集合　見 Hintikka set 辛提卡集合

model theory　模型論　數理邏輯的分支，處理語言和語言的解釋或結構之間的關聯。模型論基本上就是尋求條件的界定，使得在此條件下，某一句子在結構上解釋為真。有點令人混淆的是，「模型」(model)一詞用法有些不同：一個句子的模型就是這句子所屬語言的結構，且在這個結構上，該句子被解釋為真。模型論最初是為明確建構的形式語言而發展的，其目的是研究數學的基礎問題。但後來被應用到經驗理論的語意分析，由荷蘭哲學家伊文特・貝斯(Evert Beth)起始的，也應用於自然語言的語意分析，如蒙塔哥文法(Montague grammar)那樣。最近不久，在「情境理論」(situation theory)中，我們發現了一種語意學理論，其中重點不是在一個結構中真值的概念，而是在敘述所攜帶的關於一個情境的信息概念。

「模型論」一詞在 1930 年代才開始使用，波蘭邏輯學家阿弗雷德・塔斯基(Alfred Tarski)對初階模型論(first-order model theory)進行研究，但這個領域的一些最重要成果要追溯到塔斯基時代之前。這個領域的歷史，在 1910 年代和 1920 年代顯得錯綜複雜，這是因為當第一個模型論被發現時，初階邏輯和初階邏輯的外延(extensions)之間的分離尚未完成。1915 年，在羅文漢(Leopold Löwenheim)的文章中，出現了現稱為羅文漢-斯科倫定理(Löwenheim-Skolem theorem)的第一個版本。羅文漢證明，每個可滿足的句子有一個可數的模型，但他並非依據我們現在所知的初階邏輯上做出此成果。首先根據初階邏輯中做過研究的邏輯學家之一是挪威的斯科倫(Thoralf Skolem)，他在 1920 年證明了「任意初階語句的集合，如果有一個模型，則會有一個可數模型」，也就是羅文漢-斯科倫定理的一種形式。斯科倫認為，邏輯就是初階邏輯，而初階邏輯是後設數學研究的合適基礎，他完全採取集合論概念限定於初階邏輯中的這種相對性。在哲學中，斯科倫這個論點仍居主導地位，但在數理邏輯中，並非如此普遍。1930 年，柯特・哥德爾(Kurt Gödel)解決了希爾伯特(Hilbert)和阿克曼(Ackermann)的一個未決問題，證明了初階邏輯的完備性定理(completeness theorem)。由此可以立即導出另一個模型論的重要結果，緊緻性定理(compactness theorem)：如果一組句子的任意有限子集均有一個模型，那麼該組句子有一個模型。初階邏輯的模型論或古典模型論的重要參考資料，仍是張辰中(C. C. Chang)和開斯勒(H. J. Keisler)的《模型論》(*Model Theory*, 1973)。

當初階邏輯和高階邏輯的區隔被完成，而初階邏輯模型論成為一個成熟領域時，邏輯學家們在 1950 年代後期，進一步研究初階邏輯的一些外延的模型論：首先是基數量詞(cardinality quantifiers)，後來是無窮語言(infinitary languages)和二階邏輯的某些部分(fragments of second-order logic)。在這麼多種邏輯之間，有些情形古典定理可以推廣，有些則不然。皮爾・林斯重(Per Lindström)在 1969 年證明了何以初階邏輯與初階邏輯的外延有很大的不同：初階邏輯是所有具緊緻性且滿足羅文漢-斯科倫定理的邏輯中的最強者。這項結果是研究各種邏輯之於各種性質之間的關聯性的一個開端，即所謂的抽象模型(abstract model)。

參見 formal semantics 形式語言的語意論；Löwenheim-Skolem theorem 羅文漢-斯科倫定理；satisfaction 滿足

Z.G.S.撰　李瑞麟審訂

modernism　現代主義　見 postmodern 後現代

modest foundationalism　溫和的基礎主義　見 foundationalism 基礎主義

modularity　模組性　保證功能獨立與專門化的認知系統，於心理組織，或更一般的是在任何複雜系統的組織裡。模組性蘊涵了：行為是一些從屬功能成素的產品，這些功能模組實現於具體分立的物理系統，並且，諸次系統之間的相互作用低到極度。模組組織有多種變化，從簡單可分解性(simple decomposability)，到西蒙(Herbert Simon)所稱的近的分解(near decomposability)。前者，組成的系統是獨立的，它們依據其內定的原理而運作；系統行為是這些獨立貢獻系統之外加或集成的功能。後者，組成(components)的短運作(short-run)行為獨立於其他組成的行為；系統行為是由貢獻份子所構成的相對簡單功能。

十九世紀初期，高爾(Franz Joseph Gall, 1758-1828)主張心／腦的模組化組織，他認為大腦半球由許多種器官或中心組成，它們都各自服務於特定的智能與道德功能。這樣的大腦圖像——將大腦視為是各個相對獨立器官的集合——與傳統的說法有著強烈的對比，因後者認為智力的活動牽涉了大腦裡各領域(domains)裡一個一般機能的運作，這樣的觀點對笛卡兒(Descartes)、休姆(Hume)、和富勞倫斯(Pierre Flourens, 1794-1867)——高爾的主要反對者，等人而言，是很普通的。十九世紀中期，法國物理學家鮑伊勞德(Jean-Baptiste Bouillard, 1796-1881)與布羅卡(Pierre-Paul Broca, 1824-80)主張語言是由大腦左半球之區域性結構(localized structures)所控制，而且是獨立於其他的認知活動。其後，威尼克(Karl Wernicke, 1848-1905)發現至少有兩個語言控制中心，一個比較後面，一個比較前面。上述的觀點，都認為在腦中有個具體的物理結構來負責語言，而它與負責其他心理功能的結構是分開來的。因此，它是模組化的組織。雖然這兩個語言中心的明確功能到底是怎樣的特徵仍有爭議，但這個關於語言的神經生理學組織之觀點，持續到了二十世紀都有其提倡者。有更多最近的觀點，傾向於縮小模組化至更周邊的功能，如視覺、聽覺、運動神經的控制、言談等，但都排除了所謂的高階認知運作。

參見 cognitive science 認知科學；philosophy of mind 心靈哲學

R.C.R.撰　劉希文審訂

***modus ponendo tollens*　排斥性的選言三段論式**　見 syllogism 三段論式

***modus ponens*　取拒式**　(也稱為肯定前件)全稱 *modus ponendo ponens*(拉丁文，「命題方法」〔proposing method〕的意思)，(1)論證形式「如果 A 則 B，A；所以 B」，以及符合這種形式的論證(參照「肯定假言命題後件的謬誤」〔fallacy of affirming the consequent〕)；(2)允許人們從條件句及條件句的前件，推導出這一條件句後件的規則。也稱為「⊃-消去規則」(the rule of ⊃-elimination)或「⊃-分離規則」(the rule of ⊃-detachment)。

參見 counterfactuals 非現實句；formal fallacy 形式謬誤

G.F.S.撰　李瑞麟審訂

modus tollendo ponens **排斥性的離斷律** 見 syllogism 三段論式

modus tollens **拒取式** (也稱為否定後件)全稱*modus tollendo tollens*(拉丁文，「移除方法」〔removing method〕的意思)，(1)論證形式「如果 A 則 B，非 B；所以非 A」，以及符合這種形式的論證(參照「否定假言命題前件的謬誤」〔fallacy of denying the antecedent〕)；(2)允許人們從條件句及條件句後件之否定，推導出這一條件句前件之否定的規則。

參見 counterfactuals 非現實句；formal fallacy 形式謬誤

G.F.S.撰 李瑞麟審訂

Mohism **墨家** 是墨子(Mo Tzu, fl. 479-438 B.C.)創立並發展起來的一種古典的中國思想學派。墨子是挑戰儒家(Confucianism)思想的第一位重要的哲學家。儒家思想認為道德生命是自為目的的，而墨子認為「義」(moral rightness)的測定取決於對神、國家和人民的「利」(benefit)的數量，這是墨子提倡的功利主義(utilitarianism)的一種形式。因此，墨子譴責戰爭，認為戰爭有危害性，批評儒家思想追求奢侈的葬禮和大肆鋪張的禮樂。墨子提出建立一個政治強人集權的唯才主義階層社會制度(hierarchical meritocracy)，作為統一衝突的道德觀和人民利益的最有效辦法，也從而達到社會秩序的穩定、和平。墨子也反對宿命論(fatalism)和儒家思想的不可知論(agnostic)，他堅定地相信，諸鬼(spirits)和一人格「天」(an anthropomorphic Heaven)會懲惡揚善。他最著名的思想主張就是「兼愛」或公正的關懷(常譯為博愛〔aniversal love〕)。而儒家思想卻擁護關係倫理(relational morality)：個人的義務是由其所在團體的地位和親密程度來決定。墨子認為，任何個人應平等地成為道德關愛的對象。

在戰國時期(Warring States period, 403-221 B.C.)，墨家流派分成三支。後期墨家的主張大致成書於西元前三世紀，有著明顯的分析推理和邏輯論辯的特徵。後期墨家學者追求一種建立在邏輯(和因果)必然性(必)上的理性的功利主義，而不是墨子那種以宗教為基礎的功利主義。他們研究的對象非常廣泛，從政治、光學到經濟學，分成四個課題：(1)演說(discourse)，即有關名稱(names)和對象的關係的知識；(2)倫理學(ethics)，即關於行為方式的知識；(3)科學(sciences)，即關於對象的知識；(4)辯論(argumentation)，即有關名稱的知識。後來隨著儒家思想逐漸成為國家的意識形態，墨家流派在漢代初期(early Han dynasty，西元前 206-後 220 年)沒落消失。當時儒家思想最有代表性的詮釋者荀子(Hsün Tzu, c.298-238 B.C.)在其著作中吸收了相當多墨家學者的概念。

參見 Confucianism 儒家；*li*[3] 利；Mo Tzu 墨子；*yi* 義

R.P.P. & R.T.A.撰 林安梧審訂

Mohist School **墨家流派** 見 Mohism 墨家；Mo Tzu 墨子

moksha **解脫** 見 *māyā* 摩耶

Molina, Luis de **默里納，路易斯·德**(1535-1600) 西班牙耶穌會神學家和哲學家。他曾在考因布拉(Coimbra)和埃武拉(Évora)求學和任教，而後又到里斯本和馬德里任教。他最主要的作品是《自由意志和恩寵》(*Concordia liberi arbitrii cum gratiae donis*〔*Free Will and Grace*〕, 1588)、《多瑪斯《大全》第一部分之註解》(*Commentaria in primam divi Thomae partem*〔*Commentary on the First Part of Thomas's Summa*〕, 1592)和《論正義和法

律》(*De justitia et jure*〔*On Justice and Law*〕, 1592-1613)。

默里納以其中間知識(*scientia media*)學說而聞名於世。中間知識的目的是，基督宗教教義在堅持神的恩寵(divine grace)功效的同時，仍保留自由的意志。多瑪斯主義者如巴勒茲(Bañez)則反對，他認為上帝行使的物理預定(physical predetermination)在人的行動的第二因(secondary causes)之上；因此，恩寵是本質的實際有效，與人的意志和功績無關。對默里納來說，儘管上帝有著人要去做什麼的預知(foreknowledge)，可是這種知識和上帝的恩寵都不會決定人的意志，上帝的恩寵和人的意志的結合，也不會決定意志產生一種特別的行動。這成為可能是由上帝的中間知識導致的。中間知識是指處在上帝對過去、現在和將來會存在和上帝對過去、現在和將來不會存在的之間的知識。中間知識是指上帝關於有條件下的未來偶然事件的知識，也就是說，在任何可能的一系列條件下，人們會做什麼的知識。由於這種知識，上帝才能通過不決定人的意志，只預先安排好選擇事件的環境，安排人某種行為的發生。因此，上帝的恩寵和行為的意志共同存在，上帝的恩寵也不預先決定行為的意志，這使得多瑪斯主義在足夠和有效的恩寵之間的區別為多餘。

參見 Aquinas 亞奎納；free will problem 自由意志問題；future contingents 未來偶然性；middle knowledge 中間知識

J.J.E.G.撰　丁福寧審訂

Molyneux question　莫利納克斯問題　也稱莫利納克斯的難題，是一個在威廉・莫利納克斯(William Molyneux〔or Molineux〕, 1656-98)(一個都柏林〔Dublin〕的律師兼愛爾蘭國會議員)與洛克(Locke)的通信中提出的問題。洛克把它插入他的《人類悟性論》(*Essay Concerning Human Understanding*)第二版(1694 年；第二卷第九章第八節〔book 2; chap. 9, section 8〕)：

> 假如訓練一個現已成年的天生盲人，讓他通過觸摸來區分用相同金屬製成的，而且幾乎同樣大小的立方體和球體，結果當他一個一個地觸摸時，他能說出哪個是立方體，哪個是球體。假定把立方體和球體放在桌子上，並且使這盲人不再盲。問題是，在觸摸前，憑他的視覺，他能否區分並說出哪個是球體，哪個是立方體。

儘管人傾向於把莫利納克斯問題，看成只是經驗的問題，但種種評估剛恢復視力的成年人的能力之努力，產生令人失望的、模糊不清的結果。也許更令人感興趣的是，不同的知覺理論對這一問題的回答。根據洛克的觀點，各種感覺方式(sensory modalities)分別構成不相連屬的知覺途徑(perceptual channels)，即知覺者必須學會聯繫這些知覺途徑的內容。這種理論給予這個問題否定的答案(正如莫利納克斯自己所做的那樣)。其他的理論支持與之不同的回答。

參見 perception 知覺

J.F.H.撰　龔維正審訂

monad　單子　見 Leibniz 萊布尼茲

monadology　單子論　見 Leibniz 萊布尼茲

monism　一元論　見 philosophy of mind 心靈哲學

monism, anomalous　不規則一元論　見 philosophy of mind 心靈哲學

M

劍橋哲學辭典

monism, neutral　中立一元論　見 philosophy of mind 心靈哲學；Russell 羅素

monotonic　單論性　見 non-monotonic logic 非單調邏輯

Montague grammar　蒙塔哥文法　見 grammar 文法

Montaigne, Michel de　蒙田，米榭爾・德(1533-92)　法國散文家、哲學家，曾闡述了希臘懷疑主義的文藝復興說法。他出生並生長於波爾圖市(Bordeaux)，擔任過該市市長，成為基督宗教改革和反改革運動領導者的顧問。1568 年，蒙田翻譯了西班牙理性神學家萊門德・塞邦(Raimund Sebond)關於自然神學的著作。不久後蒙田剛開始寫《散文集》(*essais*)，據作者說，他乃嘗試描述自己。作為此一文類的開端，這些作品是零散的、對於各種課題的討論、並提出了容忍和非教條的斯多噶派道德觀。最長的散文〈為萊門德・塞邦辯護〉(Apology for Raimund Sebond)，「捍衛」塞邦的理性主義，他論證道，因為在神學、哲學或科學上的任何觀點沒有充足的理由和證據，所以人們不應因為這些觀點而譴責塞邦。蒙田後來在塞克斯都・恩披里可(Sextus Empiricus)和西塞羅(Cicero)的基礎上，提出並發展了懷疑主義的觀點。

蒙田把懷疑論的觀點和當時的發現和問題聯繫起來。他辯論道，探索者的資料加強了古代懷疑論者的文化和倫理相對主義。在士林哲學學者、柏拉圖主義者和文藝復興的自然主義者之間，關於幾乎所有事物的爭議，對任何理論是否正確提出了質疑。像哥白尼和巴拉塞爾斯(Paracelsus)等科學家，與以前的科學家間產生了矛盾，而且也可能與以後的科學家產生矛盾。蒙田提供懷疑論者更為理論化的反駁，即感覺經驗和推理的不可靠性、追求真正認識的準確標準的無能為力。極力去了解實在就如極力去抓住水流。我們應該怎麼做？蒙田提出了對所有超越經驗的理論擱置判斷、不獨斷地接受經驗、依從自然地要求生活，遵循所處社會的制度和習慣。因此，我們接受我們出生的地區的宗教，並且只接受上帝選擇向我們啟示的原則。

蒙田的懷疑主義曾極大地影響了歐洲的思想家，使他們不再盲目相信以前的理論，並促使他們去尋找基礎知識的新方法。他對建立在習慣和信仰上的宗教的接受，提供了他的完整懷疑主義的生活方式。他運用現代語言表達懷疑主義，形塑了現代時期的哲學詞彙與哲學問題。

參見 skepticism 懷疑論；Skeptics 懷疑學派

R.H.P.撰　丁福寧審訂

Montanism　孟他主義　早期基督宗教中一具魅力的，教派分立的運動，起源於第二世紀末的弗利吉亞(Phrygia)。指責主流宗教的鬆散和無情，教導道德純樸、嶄新的，即後聖經的，啟示及世界的內在目的性。得自於對此運動的批評，傳統解釋包含一些誇張和可能一些編造的因素。孟他努斯(Montanus)本人受馬克西米拉(Maximilla)和普里西亞(Prisia)這兩位女預言家的唆使，在欣喜若狂的演講中宣布了一種嶄新的、最終時代的預言。這完成了《聖經》的諾言，即在世界末日來臨之際，神靈將會普天而降(〈約耳書〉〔Joel〕, 2: 28ff.；〈律令〉〔Acts〕, 2: 16ff.)；及傳授「全部的真理」(the whole truth)(〈約拿書〉〔Jon.〕, 14: 26；16: 13)。這預言也授權孟他派的門人去參與比耶穌所要求的更嚴厲的約束。這個宗派反對認為通過洗禮的原諒，能庇護隨後的嚴重罪惡；禁止寡婦和鰥夫的重婚；實施禁食；譴責逃避迫害的信仰者。後來的一些追隨者也許把孟他努斯視為等同於聖靈自身，儘管他稱他是聖靈的代言人。「新預言」(new prophecy)盛行了

一代，特別在北非，德爾圖良(Tertullian)是一著名的皈依孟他主義的信徒。但教會的主教批判了宗派運動的批評和革新，更加絕對地反對後使徒時代的啟示、天啟的期待，及禁欲主義的極端。

A.E.L.撰　徐學庸審訂

Montanus　孟他努斯　見 Montanism 孟他主義

Monte Carlo fallacy　蒙地卡羅謬誤　見 gambler's fallacy 賭徒的謬誤

Montesquieu, Baron de La Brède et de　**孟德斯鳩**(1689-1755)　孟德斯鳩又稱查理斯・路易斯(Charles Louis)，法國的政治哲學家，啟蒙運動(Enlightenment)中的政治哲學家。他出生於拉布里德(La Brède)，從 1700 年到 1705 年間受教於居里演講家學院(the Oratorian Collège de Juilly)，並在 1708 年獲得彼爾圖大學(the University of Bordeaux)的法律學位。1716 年，他從他叔叔那兒繼承了孟德斯鳩男爵爵位，以及波爾圖市的蓋亞那國會(the Parliament of Guyenne at Bordeaux)的議員職務。隨著其著作《波斯人信札》(*Lettres persanes*〔*The Persian Letters*〕)在荷蘭與法國的出版，轉瞬間他的名聲便在國內外傳播開來。這本書是啟蒙運動的重要里程碑。他的《歐洲共同君王制的反省》(*Réflexions sur la monarchie universelle en Europe*, 1734)的寫作和發表，是為了提醒當權者要盡職盡責。但這本書是在不適當的時機發表的不適當言論；當時法國正支持被俄國和奧地利廢除的波蘭國王斯坦尼斯勒斯(Poland's King Stanislas)，書中卻倡言反軍國主義，提倡和平主義和自由貿易。不過孟德斯鳩在《反省》一書出版之前就把它抽回去了，而以《羅馬人論》(*Italic Considerations on the Romans*)取代之：這篇論文事實上起著相同的作用，但只針對古代歷史文獻進行深刻的剖析。這個策略獲得了成功：從此阿姆斯特丹(Amsterdam)的版本可以自由進入了，而巴黎的版本也在 1743 年獲得皇室的特許而出版。

在《羅馬人論》發表幾個月後，孟德斯鳩又寫了一篇《法意》(*L'Esprit des lois*)。這本書是現代政治科學的大綱，被認為是政府制定有效政策的依據。發生在 1740 到 1748 年的奧地利繼承權戰爭(the War of Austrian Succession)所造成的災難動搖了孟德斯鳩的樂觀主義，寫作中的《法意》匆匆一改先前樂觀的初衷。在印行的初期，作者發現了自己哲學實踐的真正本質：孟德斯鳩所追求的不是終結的、不變的計畫，而是在永恆價值的光照中，不斷地、積極地去適應無法預測的歷史時代環境。

根據《法意》一書，孟德斯鳩認為政府有三種類型：共和制(republics)、君主制(monarchies)和封建專制(despotisms)。就政府組成的原理或動機看來，這些不同的國家類型分別代表著政治美德、榮譽和恐懼。人民所擁有的政府的類型取決於它的特徵、歷史和地理狀況。只有立法權、行政權和司法權三權分離的憲政政府(constitutional government)，才能真正保障人民的自由和權力。他認為君主立憲的三權分立制是最好的政府形式。孟德斯鳩對美國憲法的起草者和政治哲學家柏克(Burke)、盧梭(Rousseau)都有深遠的影響。

參見 Burke 柏克；*Encyclopedia* 百科全書；political philosophy 政治哲學；Rousseau 盧梭

C.J.B.撰　俞懿嫻審訂

mood　式　見 syllogism 三段論式

Moore, G(eorge) E(dward)　穆爾，喬治・愛德華(1873-1958)　英國哲學家，他率先抨擊唯心論(idealism)，是各種形式的實在論的主要支持者：形上學的、知識論的和價值論

(axiological)的形式。他生於倫敦郊區的上諾烏德(Upper Norwood)；在劍橋大學完成大學學業；在 1898-1904 年這段時間他為三一學院的研究員；1911 年返回劍橋成了一名講師；1925 年在劍橋大學獲得教授職位。他也是《心靈》(*Mind*)雜誌的編輯。

穆爾大部分作品分為四種類型：形上學、知識論、倫理學和哲學方法論。

形上學 在這個領域，穆爾以企圖駁斥唯心論及維護實在論而聞名。在他的〈駁斥唯心論〉(The Refutation of Idealism, 1903)中，穆爾論述，對唯心論的結論「所有實在都是心靈的(精神的)」而言，唯心論有一重要前提是「所有」(all)可能論證的根基。這個前提就是：「存在就是(is)被知覺」(從廣義的「知覺」〔perceive〕來說)。穆爾論道，在對這前提的所有可能解釋下，它若不是同義反覆(tautology)就是錯誤；因此，從這個前提不可能推出有意義的結論。穆爾的積極維護實在論有幾種方向。其一就是某些非實在論哲學家的主張，是既唯心論的也懷疑論的主張。穆爾在〈維護常識論〉(A Defense of Common Sense, 1925)中提到，這些主張不是事實上錯誤，就是自我矛盾，或者在某些方面，沒有令人信服的好理由。穆爾所攻擊的是這些主張：「關於(意味著)物質陳述的命題是錯誤的」；「至今還沒有人知道這些命題是真的」；「每一種(意味著)物質陳述在邏輯上依賴於某種精神實在」；及「每一種物質陳述在因果上依賴於某種精神實在」。穆爾維護實在論的另一種主要的方向是論證，外在世界是存在的，後來他又為此寫了一篇文章〈外在世界存在的證據〉(Proof of an External World, 1933)。

知識論 穆爾在這一領域的大部分著作是關於我們具有的各種知識、為什麼要區分它們，及知覺的問題與對一外在世界的認識。因為穆爾在形上學中證實了外在世界的存在，在此他專注於闡述我們「如何」(how)認識外在世界。在他的許多論文和篇章中(如〈知覺對象的本質和實在〉〔The Nature and Reality of Objects of Perception, 1906〕)中，他檢驗，且有時支持三種主要立場：單純(naive)或直接的實在論，表徵(representative)或間接的實在論、現象主義(phenomenalism)。雖然一開始，穆爾似乎傾向於支持直接實在論，但在他大部分的文章中他發現，表徵的實在論儘管有些問題，卻是最可行的立場。另應值得一提的是，關於他傾向於表徵的實在論，穆爾主張，感性材料(sense-data)是存在的，並詳細闡述了它們與物質對象的關係。穆爾從未懷疑過感性材料的存在。問題是，它們的(存有學的)地位是什麼？

關於各種各樣的知識(或認識的方法)，穆爾把它們區分為意向的(dispositional)知識(非實際的)和實際(actualized)的知識。在實際的知識中，穆爾區分了直接的理解(常常被認為是藉相識而有的知識)和非直接的理解，及完全的知識(命題的知識)。他投入大量的精力來尋找完全的知識的條件。

倫理學 在他的關於倫理學的代表作《倫理學原理》(*Principia Ethica*, 1903)中，穆爾主張倫理學的中心問題是：什麼是善(good)？——以此意而言，不是什麼事物是善的，而是「善」如何定義。他論證，這只能有一個答案，一個可能令人失望的答案，也就是說：善就是善，或替代的說法，善是不可定義的。因此，「善」是指一種不可定義、無法分析的「唯一、單純的思想對象」。他在對此觀點的第一個論證中指出，以其他物體來確認善(即，對「善」下定義)；就是犯了一個自然主義(naturalistic)的謬誤。而犯這個謬誤是使倫理學的命題化約為心理學的命題，或化約為關於人們如何用字的報告性定義。換言之，倫理學的命題「X 是善的」所有的意涵變成關於人們慾望或詞語用法的事實的命題。穆爾的第二個論述如下：假如「善」可以定義。那麼其結果會比把倫理學的命題化約為非倫理學的命題所產生的結果更糟糕——倫理學的命題就變成同義反覆！例如，假設把「善」定義為「快樂」(pleasure)。然後假設你認為快樂就是善。那麼你所論述的是快樂就是快樂，這是一同義反覆。為了避免這一點，「善」「必須」(must)意味著與

「快樂」不同的東西。為什麼這是犯了「自然主義」(naturalistic)的謬誤？因為善是一非自然的屬性。但即使它有自然屬性，這仍有謬誤。因此，有些人提議把善稱作「定義論的謬誤」(the definist fallacy)——一種試圖藉一切方式給「善」下定義的謬誤。這個論證通常被稱為開放問題的論證，因為無論何人給「善」下任何定義，它總是會成為一開放的問題：是否任何一個滿足這定義的事物「真正地是」(really is)善的。在《倫理學原理》的最後一部分，穆爾轉而討論，在我們所認識的事物之中，那種事物是最大的善。他論述來支持這一觀點：最大的善是由個人情感和審美愛好決定。

哲學方法論　穆爾的哲學方法論包括很多部分，但有兩項最突出：一是他訴諸於及維護常識，二是他對不同(哲學的／概念性的)分析方法的運用。〈維護常識論〉一文支持了他的觀點：對世界的常識觀是完全正確的，及反對這一觀點的任何觀點若不是事實錯誤，就是自我矛盾。在他的全部作品中，穆爾區分出好幾種分析的方法，並在處理哲學問題時大量運用。這些都可在上文提過的作品和穆爾的論文集《哲學研究》(*Philosophical Studies*, 1922)和《哲學論文集》(*Philosophical Papers*, 1959)中找到。它們被視為駁斥的分析法(refutational analysis)，有兩種附屬形式，表現矛盾法和「轉化為具體」(translation into the concrete)；區分的分析法(distinctional analysis)；分解的分析(decompositional analysis)(定義的或分割的)；化約分析法(reductional analysis)。

作為一位老師穆爾受到相當的尊崇。他的許多學生和同事用非常溫馨和感激的語詞來對他表示敬意。

參見 analysis 分析；definition 定義；epistemology 知識論；ethics 倫理學；naturalism 自然主義

E.D.K.撰　徐學庸審訂

Moore's paradox　穆爾悖論　由穆爾(G. E. Moore)首先討論，這困惑包含在由聯繫詞所表達的陳述中。如，「現正下雨，但我相信現在並沒下雨」及「現正下雨，但我並不相信現正下雨」。這種以現在式第一人稱所表達的「相信」(to believe)的奇特之處，似乎是這類連接詞所特有的。因為它預設了，當陳述——粗略地說，它所表述的為真——一連接詞時，我們也陳述其所連接的句子(conjuncts)，以及，就「規則」(as a rule)而言，陳述者「相信」(believes)這所陳述的命題。因此，從下列的陳述中不會引起困惑：「今天下雨，但直到我走到門口之前我都(錯誤地)相信沒有下雨」及「若現正下雨但我相信沒下雨，我被氣象報告所誤導」。然而，有理由相信，如果我們只依賴這些假設與例子，我們對問題的描述是不恰當地狹隘。第一，陳述似乎只因為我們對陳述者所相信的事物有興趣而有關聯。第二，這些連接詞只有在它們能指出某些陳述者的信念，「雖然是偶有的，只能是非理性地持有」的範圍內會產生干擾。第三，可能被正當地用來以非理性的理由來控訴報導者的自傳性的報導，不必要是他的信念系統，不須是連接詞的，也不須是真的(如，「我不存在」〔I don't exist〕，「我沒有信念」〔I have no belief〕)；也不須是假的(如，「現正下雨，但我沒有證據證明下雨」)。因此，穆爾的悖論最好被視為由「偶有」(contingent)命題所提出的問題，而這命題是無法被有理地相信。可爭議的是，在形成有關這些命題的一個信念時，信念者獲得反對相信這些信念的「無法忽略的證據」(non-overridable evidence)。依循這些思維的一個成功的問題分析或許有著重要的知識論上的成果。

參見 contingent 偶然的；epistemology 知識論；evidence 證據；justification 證成；Moore 穆爾；paradox 悖論；proposition 命題；rationality 理性；reasons for belief 相信之理由

C.d.A.撰　徐學庸審訂

moral argument for God's existence　上帝存在的道德論證　見 philosophy of religion 宗教哲學

moral certainty　道德的確定性　見 certainty 確定性

moral dilemma　道德兩難　(1)與道德有關的任何難題。這種廣泛的用法不僅包括道德理性的衝突，而且還包括道德理性與法律、宗教或利己的理性間的衝突。從這個意義來說，當上帝命令亞伯拉罕犧牲他兒子時，即使在道德上他並沒有理由去服從這個命令，亞伯拉罕就陷入道德兩難之中。同樣，如果不放棄一個道德上中立卻能賺錢的商機，就不能幫助經濟困難的朋友，那麼我也處於道德兩難中。

「道德兩難」也常指第(2)種解釋：任何事物，不知其道德上好或對的議論領域。例如：吾人追問，墮胎是否在任何方面都是不道德的，我們可以稱該議題為「墮胎的道德兩難」。這種知識的使用，基本上未包含任何事物是「真正不道德的」。

最近，道德哲學家們已經討論一組更縮小範圍的道德兩難情境。他們經常將道德兩難定義為(3)：行為者在道德上「應該」(ought)做兩件事，卻不能兩件都做的情境。最著名的一個例子就是沙持的一個學生，從道義上講應該去巴黎照料父母，但同時在道德上他也應該去英國參加「自由法蘭西」(Free French)，同納粹作戰。

然而，「應該」這個詞含蓋了在道德上未被要求的理想行為，例如，一個人應該為慈善事業盡力，卻不被要求如此做。基於有關道德兩難普遍多數的例子包含道德責任和道德義務，我們把道德兩難縮小地定義為(4)會更精確：行為者有道德「要求」(requirement)去做兩件行為，卻不能同時去做。

當衝突的必要事物之一明確地被忽視不顧，像是為了救人，我一定要違背微不足道的承諾，某些哲學家也拒絕稱該情境為道德兩難。排除這些可以解決的問題，我們得到道德兩難式的第(5)種解釋：即行為者被要求去採取兩種選擇的每一種，而且兩者「皆」不可忽視，但行為者無法同時去完成的情境。

另一種一般的處置將道德兩難界定為(6)：任何一種選擇在道德上都是「錯」的情境。這種解釋分別與(4)和(5)等同，只要一切行為違反任何道德要求或任何不可忽視的道德要求，它在道德上就是錯誤的。可是我們一般不認為這種行為是錯的，除非它違背主要的道德要求，因而，根據定義排除了道德兩難式的第(6)種解釋，因為主要的道德要求，明顯是不會發生衝突的。

雖然第(5)種解釋看起來較好，有些人將會反對第(5)種定義含括了一些瑣細的要求和衝突，如微不足道承諾的衝突。為了只包含悲慘的情境，我們將定義道德兩難為(7)：即行為者有很「強」的義務或道德要求去採取兩種選擇，每一種選擇都是不可忽視的，但行為者卻不能同時採用兩種選擇的情境。這定義正好強到引起道德兩難的重要爭論，而不會強到由定義排除它們的可能性。

參見 deontic logic 規範邏輯；duty 責任；ethics 倫理學

W.S.-A.撰　苑舉正審訂

moral epistemology　道德認識論　是一門位在倫理學和認識論交匯處的學科，其研究認識的狀態和道德判斷與道德原則之間的關係。它的發展源自對正當化及可被正當化的問題之興趣，而這是倫理學與認識論兩門學科共有的興趣；在認識論中，是指對敘述或信念的正當化及可被正當化的問題之興趣；倫理學中，是指行為及行為的判斷和判斷的一般原則正當化及可被正當化的問題之興趣。道德認識論最顯著的問題包括以下幾個方面：規範性的要求能夠是真的還是假的呢？如果能夠，它們如何能夠被認識為真或假呢？如果規範性的要求是非真也非假的，它們的狀況又是什麼呢？它們能夠被正當化嗎？如果它們能夠被正當化，則又如何來被正當化呢？這種規範性的要求的正當化與特定的要求和一般原理的正當化有區別嗎？

最近幾年，在認識論中出現了這樣一種趨勢，即接受了把一個對知識的解釋認為是有效的(valid)，若是此一解釋包含了被正當化的真實的信念(justifiedtrue belief)。這種觀點不止要求解釋，而且還要求正當化和被正當化的信念的解釋。因此，在什麼條件下，某人在認識論上能檢視其所相信的某物？在倫理學中，行為、判斷和原理的正當化，長久以來就是一個中心的要素了。只是到了近來，正當化的問題在倫理學中才逐漸被認為是一個認識論的問題。因此，「道德認識論」作為一種用語，確實不假，是最近才新造的語言，雖然其所涉及的問題早已源遠流長。

懷疑論的挑戰提供了一個對與道德認識論恆長以來的關連性。懷疑論在倫理學中所關注的可以是對與錯之間存有任何真正的區別嗎？或也可以關注於吾人是否可能獲得任何對與錯、好或壞的知識。「有沒有一個正確的答案？」是一個倫理學之形上學中的問題。「我們能認知正確的答案是什麼嗎？如果可以認知，又如何認知？」則是道德認識論的一個問題。感覺和觀察的問題及觀察敘述或感性材料的問題，在認識論中扮演一個重要的角色。在道德認識論中，還沒有明顯的和認識論的情形相對應的情況，除非在道德認識論中要扮演為道德理論提供材料的角色的，是指先於反省的道德判斷，或常識性的道德判斷(即尚未被任何開放性的道德理論所引導的道德判斷)，而且它們需要被解釋、被系統化、被一致化，或被修定以達到理論和材料間的一個合適的關係。這樣就類似於拿認識論的材料去提供給道德理論，但不是由感性材料和觀察結果所提供，而是由感覺判斷或觀察敘述來提供。一旦做了這一步，則道德認識論和認識論相對應的情形就非常緊密了。激起道德懷疑論之思想的一個來源正是對道德屬性顯然缺乏任何可被觀察到的對應物，這導致人們去疑問，如果道德判斷毫無與之相對應之物，其如何能夠是真的呢？另一個道德懷疑論的來源是明顯地(在道德問題上)恆久的意見不一致性及不確定性。而這似乎只能被懷疑論的假定解釋得通，即否認道德性質的實在性。倫理學中的非認知主義主張，道德判斷不是知識的對象，這些判斷所做的陳述無法被證明為真或假，但它們和態度的表達是同屬一類的。

其他一些各種倫理學理論的主要差異，大部分在性格上都是認識論式的。直觀主義主張基本的道德命題可被直觀所認知。倫理學中的經驗主義者主張道德命題可透過經驗手段被確立，或其為經驗陳述的複雜形式。倫理學的理性主義主張道德的基本原則，能夠作為必然性的支點而先天地被確立，康德(Kant)的道德哲學正是一個範例，在其哲學中，斷言命令被認為是先天綜合命題。更近來，阿蘭．蓋維茲(Alan Gewirth)在 1912 年所說的「總屬的一致之原則」(principle of generic consistency)亦是一範例，他主張去否定此一原則將會陷入自相矛盾。倫理學上的經驗主義之範例即古典的功利主義，例如邊沁(Bentham)的功利主義；其熱切地希望將倫理學發展成一門經驗科學。如果行為的結果能夠被科學化地預測，且其功效可被計算，那麼倫理學便可成為一門科學。情況主義(situationism)就其主張我們能夠立即認知在特定情況下什麼是應該被做的事這一點上來說，和「具體情形的直觀主義」是相同的。但是大部分的倫理學理論則主張，所謂應該被做的事——用彌爾(J. S. Mill)的話來說——是透過將法則運用到一個個別的情況之後才被決定的。不同的理論對這些法則的知識情狀及運用法則的過程皆有不同的見解。不論是經驗主義式或理性主義式的演繹主義者皆主張，法則本質上在其運用中是不變的。而非演繹主義者則主張法則在其運用的過程中會遭到調整(威爾〔F. L. Will, 1909-98〕在其《超越演繹》〔*Beyond Deduction*, 1988〕一書中對此區別有加以解釋)。而若是有任何事物是自明(self-evident)的話，則哪些事物是自明的，對此問題，也和上述問題一樣也存有各種不同的觀點。希季維克(Sidgwick)主張只有某些高度抽象的原則是自明的，羅斯(Ross)主張只有普遍的規則是自明的，而普里查德(Prichard)則主張只有具體的判斷，即透過一種道德思維的行動是自明的。

道德認識論的其他問題，是來自事實與價值的區隔，以及是否有任何這樣的區隔，還有應然與實然的問題，即一個道德判斷，如何能夠由純然的事實陳述中被導出來之問題。自然主義者肯定這種可能性，非自然主義者則否定之。規定主義者主張道德判斷是規定，而不能由純然描述性的陳述中被演繹出來。這個問題最終導向一個終極的原則如何能夠被正當化的問題。如果其不能由事實的陳述中被演繹出來，那麼此路就不通了。如果其必須由某些其他的道德原則被演繹出來，那麼被演繹的這個原則就不會是終極的了；而且在任何情形之下，這個過程要不是循環的，或就是導向一個無限後退(回溯)。如果終極的原則是自明的，那麼這個問題就有了一個解答。但如果它不是自明的，則它就顯得武斷了。對一個終極原則正當化的問題，持續地在道德認識論中作為一個主導性的問題。

近來，學界對於「道德事實」(moral facts)的存在及其情狀有了不小的興趣。有道德事實存在嗎？它們是什麼？它們如何被確立為「事實」(facts)？這和道德實在論的問題相關連。道德實在論主張道德屬性是真實的而且可被認知為如此。反實在論者則否認之。此否認和道德屬性與自然屬性相伴生的觀點相聯繫。而「伴生」(supervenience)的問題是倫理學和認識論另一個新的連接點。

倫理學的實用主義主張，道德問題就和任何其他問題一樣，即它也是一個探索的時機，而道德判斷應被視為須藉由「多有能力來解決問題」此一標準來加以測驗的假設。這等於是一種要去迴避實然與應然問題及所有這種「二元主義」(dualisms)問題的嘗試。建構主義(constructivism)也是如此。而其發展要大大歸功於洛爾斯(Rawls)的作品，其立場和道德實在論是相對反的。建構主義主張道德理論是人的構作，而構作的任務既非認識論的，也非形上學的，而是實踐的和理論的，即要去達到慎思判斷(considered judgments)及能協調一致化並解釋慎思的判斷的原則兩端的反思平衡(reflective equilibrium)之構作。依此觀點，並不存在道德事實。反對者會說，這是以一致的構想來取代倫理學基本主義者的思想。

對於道德認識論的問題是否可以用這種方式被迴避掉的問題，本身即可被視為是道德認識論的一個問題。而道德奠基的問題，以及是否有奠基，也仍可被視為是道德認識論中的一個問題，而且是和如何最方便及最有效力地安排我們的道德理念此一問題明顯有別的問題。

參見 ethical constructivism 倫理建構論；ethics 倫理學；intuition 直覺；moral realism 道德實在論；reflective equilibrium 反思平衡

M.G.S.撰　林立審訂

moral evil　道德罪惡　見 philosophy of religion 宗教哲學

morality　道德　是一套非正式的公共體系，對一切理性人都適用，管轄對於他人有所影響的行為，目標在於降低邪惡或者傷害，內容則包括一般所謂的道德規則(moral rules)、道德理想(moral ideals)、和道德德性(moral virtues)。說它是一套公共體系，意思是說它所適用的一切人，都必定了解它，同時若是他們用它去決定如何行動、根據它去裁判它所適用的其他人，均毫無不理性可言。球賽便是典型的公共體系。所有的球賽都有其重點和用意，球賽的規則對所有參與者都適用。所有球員都了解該遊戲的重點或者用意，也知道它的規則；而且若是他們遵照這些重點和規則行動、根據它們去裁判其他參與者的行為，都說不上不理性。說道德是非正式的，意思是說沒有決定程序或者權威存在，可以解決它的每一項爭議問題。道德因此比較像在家裡後院打籃球，而不像一場職業籃賽。雖然在大多數的道德議題上都存在著壓倒性的共識，可是一些具爭議性的問題只能就個案來解決，甚至於毫無解決之道。舉例而言，墮胎是否以及何時屬於可以接受，乃是一個無解的道德議題，不過各個社會和宗教都可以選取自己的立場。可是道德不會承認任何一個立場居於權威的地位，這正好就是道德與法律和宗教不同的一個最重要的地方。

雖然道德必須包括禁止殺害和禁止欺騙這類一般都接受的道德規則，不同的社會對這些規則會做多少不同的詮釋。對於道德的範圍，也就是道德是否保障新生兒、胎兒、人以外的動物，各個社會也會有不同的看法。因此，不同的社會會有多少不同的道德，但是這種差異也有其限度。在個別社會之內，對於什麼情況之下方有理由違背一項道德規則，例如欺騙某人得防止多少的傷害，個人也會有他自己的看法。因此，兩個人的道德可能多少有些不同，但是他們在數目龐大的非爭議性個案上，還是會有一致的看法。

道德理論企圖描述、說明、並且盡可能地證立道德。不幸的是，多數道德理論都想要得出一套經過簡化的道德準則，而無意於描述業已在使用中的複雜的道德體系。道德不會解消所有的爭執。道德不會要求人的行為一定得產生最好的後果，也不會要求人只按照自己會希望每一個人都照做的方式行動。相反，道德既包括了沒有人可以逾越的道德規則，也包括著所有的人都應該追隨的道德理想，可是一個人的大部分作為，卻並不是道德所能管轄的。

參見 applied ethics 應用倫理學；ethics 倫理學；justice 正義；utilitarianism 效益主義

B.Ge.撰　錢永祥審訂

morality, slave　奴隸道德　見 Nietzsche 尼采

moral patient　道德客體　見 moral status 道德地位

moral point of view　道德觀　見 ethics 倫理學

moral psychology　道德心理學　(1)道德心理學，屬於心理學的一個次領域，它在於追蹤個人從事道德推理與判斷時的發展。(這個次學科〔subdiscipline〕的研究者包括了皮亞傑〔Jean Piaget〕、柯柏格〔Lawrence Kohlberg〕與吉利根〔Carol Gilligan〕等人)。(2)為哲學研究中，心靈哲學與倫理學重疊的部分，探討所有與道德相關的心理學問題。許多不同的心理學問題都與倫理學有關，而且，每一個問題可能在多方面與之相關。不同的倫理學理論蘊涵著不同種類的關聯。所以，道德心理學的研究題材，種類繁多而分歧，但傳統上還是有其核心的關懷。

有些道德心理學探討與後設倫理學(metaethical)相關的心理學問題，即關於道德真理、判斷與知識的普遍本質的問題。不同的後設倫理學理論以相異的方式牽涉到心理現象：非認知主義(noncognitivism)主張語句(sentences)所表達出的道德判斷沒有真假值可言，而像是在表達某種感情或是指定某種行為。所以有些形式的非認知主義意謂著，對某些特定種類情緒，或特殊的活動(例如：那些可能涉及心理因素，對別人發號施令的行為)的理解，乃是充分理解倫理學語句意義的關鍵。特定形式的認知主義認為道德(陳述的〔declarative〕)語句表達了真假值，意謂著道德事實是由心理事實構成的。舉例來說，道德判斷乃是針對所判斷的對象，表達某類正向的心理學態度。而且，根據某些「投射主義」(projectivism)的說法，對於心理現象如情感(sentiment)的了解是很重要的。投射主義者主張，我們認為屬於事物的那些道德屬性，只是我們對情感對象的一種錯誤投射而已。傳統的道德感(moral sense)理論與某些傳統形式的直覺主義(intuitionism)都主張，特殊的心理機能是我們認知道德真理的決定性因素。

規範倫理學(normative ethics)裡的一些特殊觀點——對行為、個人與其他評價對象之道德地位(moral status)的看法，也認為倫理學有必要理解某些心理因素。行為、意圖與品格是規範倫理學評價的目標，而且，對它們的適當了解，牽涉到許多心靈哲學上的議題。同時，許多規範性理論學家認為在愉悅、快樂或慾望的滿足與個人的善之間，有著密切的關聯。而這些也是心靈哲學所關懷的。除此之外，行為的正當性常常與動機、信念與其他行為背後的心理現象緊密連結。

許多其他傳統的哲學研究，也把道德的及心理的問題關聯起來。例如，個人道德與推理之長期發展的模式與本質；道德教育與懲罰的適當形式；義務與動機間的關聯，亦即道德理由與心理因素的關聯；自由意志的概念與道德責任與自主間的關係。有些心靈哲學的著作認為道德現象，或至少是某種規範性的現象，在各種心理現象之說明或構成上，都扮演著決定性的角色，但道德心理學的傳統關懷，一直都在於探討有助於倫理學的那類心靈哲學。

參見 *akrasia* 意志軟弱；ethics 倫理學；practical reasoning 實踐推理；self-deception 自欺

J.R.M.撰　戚國雄審訂

moral rationalism　道德理性主義　這觀點認為道德的要義通常是以一般的道德原則為形式，能夠先天地被認知。康德(Kant)在《道德底形上學之奠基》(*Groundwork of the Metaphysic of Morals*)為此觀點辯護，不過這個觀點至少可追溯至柏拉圖(Plato)。柏拉圖與康德皆認為先天的道德知識(a priori moral knowledge)，毋須倚賴我們具有任何慾望，也能夠對我們所做的行為發揮影響。這種動機性觀點(motivational view)通常與道德理性主義聯繫在一起。這裡有兩種不同的聯繫方式：一、先天的道德知識由獨特的(sui generis)心靈狀態(mental state)所構成，它既像信念又像慾望。這看來是柏拉圖的觀點，因為他主張「某東西是好的」這信念自身就是一個促成該東西之性向(disposition)；二、先天的道德知識是由那些能夠合理地產生慾望之信念所構成。

贊同第一個主張的理性主義者，要對付以下的難題：有可能有人一方面相信某東西是好的，但又由於意志力薄弱而沒有鼓動慾望去行事。因此，這些理性主義者被迫將意志力薄弱解釋為對善缺乏認識(ignorance of the good)。贊同第二個主張的理性主義者，由於他們認為理性有產生行動的能力，故此毋須面對上述難題，因而成為較多人願意接受的觀點。有關道德之最著名的反理性主義者乃休姆(Hume)，他的《人性論》(*Treatise of Human Nature*)既否認道德的要義可單憑理性而認識，又拒斥單憑理性可產生行動。

參見 *akrasia* 意志軟弱；ethics 倫理學；Hume 休姆；Kant 康德；moral sense theory 道德感覺的理論；motivational internalism 動機內在論；rationalism 理性主義

M.Sm.撰　盧傑雄審訂

moral realism　道德實在論　許諾倫理學客觀性的一種後設倫理學觀點。它有三個部分：(1)形上學的(metaphysical)、(2)語意學的(semantic)，和(3)認識論的(epistemological)。

(1)形上學部分主張：有道德事實和道德特質(moral properties)，它們的存在和本質獨立於人們關於對錯的信念與態度。在這種主張中，道德實在論對比於一種錯誤理論(error theory)，和其他拒絕道德事實和特質存在的虛無主義(nihilism)。它也與各種道德相對論的各種版本，以及主張道德事實包含關於人們道德信念和態度的倫理建構之各種形式，形成強烈對比。

(2)語意學成分主要是認知論的(cognitivist)。認知論主張下述四點，道德判斷應被解釋為行為、人、政策和其他道德判斷對象的道德特性之斷言；道德述詞聲稱指向該對象的特質；道德判斷(或道德判斷表達的命題)可能是對或錯，以及認知者們能夠具有對道德判斷表達的命題之認識態度。這些認知論的觀點對比於情緒論(emotivism)和規約論(prescriptivism)的非認知主張，據後者的觀點，道德判斷主要目標即是表達判斷者的態度和行為，而非陳述事實和認定特質。道德實在論也認為道德判斷的真理是非知識的；依此，它對比於道德相對論(moral relativism)和倫理建構論(ethical constructivism)的其他形式，這些認為道德判斷的真理是知識的理論。

形上學和語意學的主題部分包含有道德命題為真。某種錯誤理論接受了認知論的語意學主張，但拒絕實在論的形上學論點。該錯誤理論認為，道德判斷應被解釋為包含指稱的表達和具有真值，卻堅持指稱的表達是空洞的，因為它們沒有道德事實，以及沒有真實的道德主張。而且在這種理論中，常識的道德思想預設道德事實和特質的存在，但在系統上是錯誤的。這種錯誤理論用這種方式來面對道德實在論時，就好比在有神論者的世界中堅持無神論(麥凱〔J. L. Mackie〕在他的《倫理學：杜撰對錯》(*Ethics: Inventing Right and Wrong*, 1977)中，介紹和捍衛了這種錯誤理論)。

(3)最後，如果道德實在論要避開懷疑論，它必須宣稱某些道德信念是真實的，有證成道德信念的方法，以及道德知識是可能的。

當作這些形上學、語意學、認識論的宣稱時，道德實在論與各式各樣的其他的形上學、語意學、認識論原理相容，所以它能夠採取不同的形式。二十世紀早期的道德實在論者一般來說是直觀論者(intuitionists)。直觀論結合對道德實在論的許諾與基礎論者(foundationalist)的道德認識論，根據後者道德知識必須依靠自明的道德事實，以及結合非自然主義(non-naturalist)的觀點，認為道德事實和特質是自成一類的，不能化約到任何自然事實和特質上。非認知論支持者發現直觀論的形上學和認識論的許諾過度，於是拒絕道德實在論。後來，道德實在論者們一般力圖捍衛未受直觀論的形上學和認識論束縛的道德實在論。該道德實在論觀點，採取自然主義的形式。該倫理自然主義的形式認為，當我們的道德信念彼此和各種非道德信念共同形成一整套信念體系時，道德信念就得到證成；以及堅持道德特質僅僅是人們、行為和使其成形的政策之自然特質。實在論者與反實在論者，以及實在論陣營內部爭論的焦點集中在如下的議題：道德判斷與行為間的關係、道德的理性權威、道德認識論和方法論、道德和非道德自然特質間的關係、倫理學在自然世界觀中的地位，以及倫理和科學的對等。

參見emotivism 情緒論；ethical constructivism 倫理建構論；ethical objectivism 倫理客觀主義；ethics 倫理學；naturalism 自然主義

D.O.B.撰　苑舉正審訂

Moral Rearmament Movement　道德重整運動　見 Buchmanism 布赫曼主義

moral sense theory　道德感覺的理論　一種由十八世紀幾位英國哲學家所發展出的倫理學理論，其中最著名者包括沙佛茲伯里(Shaftesbury)、哈屈森(Hutcheson)與休姆(Hume)；

根據這一理論，當一個人想到(或觀察到)某一種人格特質時，其所感覺到的快樂或痛苦，分別表示這一特質的善或惡。這是一種為了回應主張道德區分僅由理性便可推導出的道德理性主義，而有的道德知覺理論。道德知覺的理論結合了當時廣為流傳的洛克(Locke)之經驗主義學說，主張所有的觀念始於經驗中的信念，且知覺在道德評價與道德動機中扮演了重要的角色。根據此理論，我們針對人之人格所產生的情感反映，通常就是我們對道德性所具有的「知覺」(perceptions)，就好像我們經驗到蘋果的「紅色」、「甘甜」，其實就是我們對其顏色與味道的知覺。這些道德的觀念被視為一種「內在」感覺的產物，因為這些概念是由觀察者對她所觀察到的(或深思熟慮的)行為或特質形成觀念後所產生的——例如，一人看到某人故意傷害另一人，而發出不悅的反應。道德感覺被類比為人類辨認事物不同程度之美的能力，或可能是該能力的一面向；現代的作者們稱該能力為「美的感覺」(sense of beauty)。

沙佛茲伯里拒絕「道德的基礎是上帝的意志」這普遍的觀點，他主張的是，道德依賴於人之本質；他亦引進關於對錯之感覺的觀念，此觀念由能獨自反省的人類所特有。哈屈森論道，「贊同某一特質」就是認為這種特質是道德的。對他而言，理性能夠發掘無生命事物與理性主體之間的關係，但卻沒有辦法引發我們的贊同感。終究而言，我們可以說明何以我們贊同某人節制的人格特質，只要訴諸在想到那展露慈善的特質時就感到愉悅(有時就等於贊同)的自然傾向，這是所有德行可被追溯的特徵。這種感覺到贊同(或不贊同)的傾向，就是哈屈森所表明的道德感覺。

休姆強調，唯有以無私的、「普遍的」觀點來經驗所獲得的感受(sentiments)，才是基於感覺而做出道德區分的典型。換言之，固然事實上我們總是從較親近者身上感覺到比較疏遠者更為強烈的情感，但我們可將最初的感受轉化為道德判斷，以此彌補。依據對休姆廣為接受的詮釋，道德感覺不僅提供道德判斷，也鼓舞依此判斷而有所作為，因為，感覺可以是一種驅策的熱情，也可以引發這種熱情。

根據羅德理克．費斯(Roderick Firth, 1917-87)在二十世紀所提出的「理想觀察者理論」(ideal observer theory)，假定一位全知、無私且擁有其他理想特質的觀察者，道德上的善便由此觀察者預定的反應所指示出。費斯與布蘭特(Brandt)的當代道德觀察者理論(moral spectator theory)都是道德感覺理論的後繼者。

參見 Butler 伯特勒；Hume 休姆；Hutcheson 哈屈森；Shaftesbury 沙佛茲伯里

E.S.R.撰　林正弘審訂

moral skepticism　道德懷疑論　任何就道德整體提出基本質疑的後設倫理學觀點。不同的質疑導向不同的道德懷疑論。

道德懷疑論的幾種主要類別都是知識論上的。「道德證成的懷疑論」(moral justification skepticism)宣稱在相信任何實質的道德主張上，沒有人曾有(任何或適切)的證成。「道德知識的懷疑論」(moral knowledge skepticism)，宣稱沒有人曾知道任何實質的道德主張為真。經常的假定是，如果知識包含證成，那麼道德證成的懷疑論則包含道德知識的懷疑論。但即使知識要求證成，其實它要求更多，所以道德知識的懷疑論就不包含道德證成的懷疑論。

另一種在後設倫理學中的懷疑論觀點立基於語言分析。某些情緒論者(emotivists)、表現主義者(expressivists)和規約論者(prescriptivists)們論證，類似情緒或慾望的表達(例如「吓，欺騙！」)的道德主張(例如「欺騙在道德上是錯的」)或是對行為的規約(例如「不要欺騙」)，它們既非真也非假，所以道德主張本身既非真也非假。如果知識包含真理的話，那麼這種「語言的道德懷疑論」(linguistic moral skeptivism；有時候稱為非認知論

〔noncognitivism〕)，則包含道德知識的懷疑論。

即使該語言分析受到拒絕，吾人依然能夠堅稱，諸道德特性或事實真的不存在。這種「本體論的道德懷疑論」(ontological moral skepticism)與道德宣稱及肯定道德質性與事實的語言觀點結合來看，產生出一個任何正面道德訴求均為偽的錯誤理論。

一種不同的道德質疑經常被提出，「為什麼我應該是道德的？」「實踐的道德懷疑論」(practical moral skepticism)回答道，並不總是有任何理由或適當的理由去成為道德的或作道德上被要求的事。這觀點關心的是行為的理由，而不是相信的理由。

所有這些道德懷疑論常被視為非道德的，但是道德懷疑論者能夠相當類似於非懷疑論者們來作為、被激發，甚至抱持道德信念。道德懷疑論者們僅拒絕的，是他們或任何其他人的道德信念被證成為知識或真理，或是他們成為道德的適當理由。

參見 emotivism 情緒論；ethics 倫理學；justification 證成；moral epistemology 道德認識論；prescriptivism 規範主義；skepticism 懷疑論

W.S.-A.撰　苑舉正審訂

moral status　道德地位　這個詞與以下幾種情境有關：某個存在體被視為直接道德關懷的對象，是否適切？某個存有者的能力，就本質或就程度上來說，是否有足夠的立足點提出主張，與其他道德主體相抗衡？某個(或某種)存有者在道德上是否有立場、位階或者重要性？某個存有者是否處於「道德客體(moral patient)」的狀況？是否在道德上值得考量？如果上述問題中有任何一個的答案是肯定的，則該存有者就具有道德地位。

一般的道德思考涉及到考慮他人。但是「哪些」他人該被考慮呢？而且該怎樣權衡各種道德考量的對象呢？任何事物都可能成為道德討論的主題，但並不是每種事物都被認為是道德關注適當的「直接」對象。如果我們對待某個陶盤的方式也受到倫理上的約束，這些似乎是源於對其他存有體的考慮，而不是由於盤子本身的利益、善或對盤子本性的考慮。對於一塊泥土，大概也可以依此類推。許多哲學家用同樣的方式看待活著、而沒有知覺的生命，如蒲公英；但其他哲學家持懷疑態度。而根據某些哲學家的看法，甚至連有知覺的動物，都不見得比蒲公英或泥土更值得從道德上加以考慮。這種傳統看法，限定只有人類才具有重要的道德地位，動物解放支持者強烈反對此說；反對者直批，這是一種「物種主義」(speciesism)，而且論證：就像根據種族、性別、或社會階級來劃分道德地位是不合理的，在道德地位上的「人道主義」(humanism)也是不合理的。

有某些哲學家，已把道德關注適當的直接對象，稱為「道德客體」。行為受道德評估影響的存在體，就是道德「主體」(moral agent)；依此類推，如果某個存有者，因為成為某道德主體行為的對象而承受痛苦，這種痛苦允許、或者要求道德評估，這個存在體就是道德「客體」(moral patient)。其他哲學家對「道德客體」一詞，做更狹義的限定：只能用於道德關懷適當的直接對象，而且這個對象不能同時也是道德主體。

道德地位的相關議題，所關注的不只是那些存在體是否值得在道德上加以考慮，還有該被考慮到什麼程度。無論如何，作為道德客體的存有者，他們的要求也許還有可能被其他具有「特殊」道德地位的存在所凌駕。例如，我們也許像羅勃．諾齊克(Robert Nozick)一樣，主張「以功利主義對待動物，以康德主義對待人」。同樣的狀況，也可見於為墮胎辯護的身體自主權論證；這個論證因湯姆森(Judith Jarvis Thomson)而聞名。這個論證並不反對胎兒(fetus)具有道德客體的地位，但堅持懷孕婦女對於控制自己的身體有優先權，所以胎兒要求生存的權利，受限於母親對自己身體的控制權。

一般常認為，道德地位與位格(personhood)狀態，應該聯繫在一起。背後的想法不外乎是：只有「位格人(person)」才是道德客體，或者位格人具有「特殊的道德地位」，使他們在道德上比非位格人更重要。因此，位格有時被看成為道德客體的一種最低限度條件。為什麼？因為道德客體常被視為與道德主體性是「互為關聯的」(correlative)：一個生物要不然同時是道德客體與道德主體，要不然就哪個都不是。或者說，人並未被當做唯一的道德客體，而是被視為道德客體中的特權階級，不只享有利益，還有「權利」。

參見 ethics 倫理學；Kant 康德；personal identity 人格同一性；personhood 位格；rights 權利

E.J.撰　謝世民、吳妍儀審訂

moral subjectivism　道德主觀主義　見 ethics 倫理學

More, Henry　摩爾，亨利(1614-87)　英國哲學家、神學家和詩人，最多產的劍橋柏拉圖主義者。他於 1631 年進入基督學院(Christ's College)，1641 年成為特別會員之後，便在那裏渡過一生。他主要是個反喀爾文主義的辯護者，寬容主義的那一型，他根深蒂固的哲學-神學目標，是去證明靈魂的存在與不朽，並治療「心靈的兩大動亂」，無神論和「宗教狂熱」(enthusiasm)。他將自己描述成「哲學家的漁夫，渴望將他們帶往基督的信仰或將他們留在基督的信仰中」。他的折衷方法配置了新柏拉圖主義(特別是普羅提納斯〔Plotinus〕和費希諾〔Ficino〕)、密契神學、猶太神祕哲學學說(以摩爾所誤認的方式)、經驗發現(包括關於巫術與鬼魂的報告)、新科學及新哲學，特別是笛卡兒(Descartes)的哲學。然而他反對笛卡兒的動物-機器學說、他的二元論版本，以及以笛卡兒式的機械哲學能說明所有物理現象的主張。動物具有靈魂；宇宙是活生生的，具有靈魂。身體和精神在空間上可展延，前者本質上無法穿透、具有惰性、且可分割成部分，後者則本質上可穿透、不可分割成部分、活潑、且具有一種精神上的密度，摩爾稱之為本質的「精神度」(spissitude)，「實體膨脹或收縮，進入比它有時佔據的空間還小的空間」。物理過程由自然精神所活化及排序，自然精神是一種「物質根源」(hylarchic principle)及「神的代理力量，加諸於這個巨大的自動機，世界」。摩爾的自然哲學的作品，特別是他的無限空間學說，被認為影響了牛頓(Newton)。摩爾攻擊了霍布斯(Hobbes)的唯物論，並於 1660 及 1670 年代間，攻擊荷蘭笛卡兒主義的不信神，包括了史賓諾莎(Spinoza)和他的圈子中為人所知的無神論。他後來後悔於「狂熱」而改宗康威(Anne Conway)的教友派(Quakerism)，康威是他的「校外」學生，摩爾勤於與她通信。

摩爾偏好創新詞及外來語。「笛卡兒主義」(Cartesianism)(1662)及實詞「唯物論者」(materialist)(1668)都是他的傑作，「笛卡兒主義」一詞就在法國首次出現相當字眼的前幾年就被造出來了。

參見 Boyle 波以耳；Cambridge Platonists 劍橋柏拉圖主義者；Descartes 笛卡兒；Neoplatonism 新柏拉圖主義

A.G.撰　陳瑞麟審訂

More, Sir Thomas　摩爾，托馬斯(1477 or 1478-1535)　英國人道主義者、政治家、殉道者，以及聖徒。他的職業是律師，1517 年進入英國皇家服務，1529 年成為內閣大臣。在拒絕支持任命亨利八世(Henry VIII)為英國教會領袖的王權運動(Act of Supremacy)後，摩爾以賣國者之名被斬首。

儘管他的著作包括了傳紀文學、詩、信件及反異教小手冊，不過他僅有的哲學著作《烏托邦》(*Utopia*，1516 年以拉丁文出版)才是他最傑出的作品。《烏托邦》主題涵蓋廣泛，包括政府、教育、刑罰、宗教、家庭生活及安樂死，對比當時歐洲社會制度與想像之烏托邦島在上述方面的不同。受到柏拉圖(Plato)《理想國》(*Republic*)的部分啟發，設計烏托邦自治體系的目的是為了教授德性，並以幸福作為回報。烏托邦中沒有金錢、私有財產，以及大部分的社會區別，使得其居民得有閑暇發展獲得幸福的才能。但由於摩爾性好諷刺，《烏托邦》也有其他相當不同的詮譯。

J.W.A.撰　林正弘審訂

Mosca, Gaetano　莫斯卡，賈塔諾(1858-1941)　對民主精英主義(democratic elitism)有開創性貢獻的義大利政治科學家。把大學教授生涯與政治家生涯結合起來，他教授憲法、公共法、政治科學與政治理論史等學科；在不同時期中，他還是國會公報的編輯、眾議院的候任成員、殖民地事務機要秘書、報紙專欄作家，以及參議院成員。

對莫斯卡來說，「精英主義」(elitism)指每個社會皆由有組織的少數人統治的實務推廣。他的民主貢獻在於體現他所謂的司法辯護(juridical defense)：一種判斷政治發展的規範原則，檢視政治發展是否及如何防止任何個人、階級、勢力或機構宰制其他成員。他的第三個主要貢獻在於提出一個架構，其由兩個區分交集出四種可能的理想類型(ideal types)，其定義如下：在專制政體中，權力是由統治者流向被統治者；在自由主義政體中，權力是由被統治者流向統治者；在民主政體中，統治階級可被其他階級的成員更換；在專制則否。他受到實證主義(positivism)的影響，並且轉而影響實證主義，這是因為精英主義論點建立了政治「科學」的基本「法則」。更深的影響是他與馬基維利(Machiavelli)政治實在論(political realism)的關連；他無疑是奉行此說的實踐者。在精英主義傳統中，他可能被拿來與帕雷托(Pareto)、麥西斯(Michels)，以及叔姆比特(Schumpeter)做比較與對比；在義大利政治哲學的傳統中，則被拿來與克羅齊(Croce)、真蒂萊(Gentile)及葛蘭西(Gramsci)等人比較。

參見 Croce 克羅齊；Gentile 真蒂萊；Gramsci 葛蘭西；Machiavelli 馬基維利；Weber 韋伯

M.A.F.撰　林正弘審訂

Moses ben Maimon　摩西・本・邁蒙　見 Maimonides 邁蒙尼德

Mo Ti　墨翟　見 Mo Tzu 墨子

motion　運動　見 Newton 牛頓

motivation　動機　在有意的行動(intentional conduct)之動機說明(motivational explanation)中占有核心地位之性質。「安今天正開車去波士頓，因為她想看紅襪(the Red Sox)隊打球，而且她相信他們今天是在波士頓打球」這樣的斷言就是對「安今天正開車去波士頓」之行動提出一個動機的說明。按照流行的說法，前述斷言提到兩個態度(attitudes)：欲望(desire)及信念(belief)。安的欲望之所以是一個典型的動機態度，在於它促使安去滿足這個態度。動機態度的主要功能在於激發行動者(agent)採取合適的行動，使動機自己能被滿足。可以說，按照這樣的方式，任何具有這種功能的態度就是一種動機態度。與此關聯的後面主張則是有些問題的：「只有具有這種功能之態度才是動機態度」，或更精確地說，「這種功能相對於動機態度而言是建構性(motivation-constituting)」。(因為，譬如說，)安希望昨天是紅襪隊獲勝。既然安無法控制過去發生的事，這樣的希望並不能引發她尋求希望自身之滿足。不過，這希望似乎又可以引發行動(例如安打開收音機聽取運動報導)，在這種情況下，希望是建構動機的。有一些哲學家認為，「人合於道德地要求我們採取某種行動」這樣的信念是動機建構的要素。然而很明顯地，這樣的信念並沒有引發滿足信念自身之功能(亦即，〔證明該信念為〕真理)。不過，這種觀點及相關的立場「這種意義下的信念其實是『信念欲望』(besires)，亦即，不僅是信念也是欲望」，依然是有爭議的。

參見 accidie 絕望；action theory 行動理論；motivational explanation 動機說明；motivational internalism 動機內在論

A.R.M.撰　龔維正審訂

motivational explanation　動機說明　目的導向行為(goal-directed behavior)的一種說明類型，說明項(explanans)訴諸於行為者的動機。這種說明通常以下列形式呈現：史密斯很努力游泳是為贏得比賽。在此史密斯所做的事之描述，指認了被說明的行為，而「為了」這語詞則指認了行為背後的動力所要獲得的目標或事態。一般假設是，其行為被說明的行為者，能夠審慎考慮而且按照審慎考慮後所達到的決定來行動。如此，本句「植物轉向太陽是為了接收更多陽光」中所擁有的說明，是否是一種動機說明就很令人懷疑了。

關於動機說明，有兩個問題待思考。首先，在行動之時，被設定為目標的事態是不存在的，它只能藉由顯現為行為者內在心理狀態的意向對象(intentional object)，而作用為「動力」(moving force)。因此，動機一般是種慾望，欲求行為者的行動想達成的特殊對象或事態。所以，動機說明基本上是常民心理學(folk psychology)所提供的說明類型。如此就繼承了後者據說擁有的一切問題。其次，在一個描述下，被認為是某個行動的動機，無法作為在另一個描述下，相同行動的動機。例如，我說「喂」的動機可以是我答覆電話的慾望，但是我大聲地說「喂」的動機，則是表達我的憤怒——針對那個在深夜中打電話給我的人。

參見 action theory 行動理論；explanation 說明；folk psychology 常民心理學；philosophy of mind 心靈哲學

B.E.撰　陳瑞麟審訂

motivational internalism　動機內在論　主張道德動機內在於道德責任(或責任感)之中。此觀點呈現了當代對休姆(Hume)「道德在本質上是實踐的」這一論點的理解。休姆指出，對事實之陳述表達理論的判斷(theoretical judgments)，而對於應當怎麼做的陳述則表達實踐性的判斷(practical judgments)，兩者之間明顯有邏輯上的缺口。而動機內在論為此缺口提供了一種解釋：對事實的認定本身，並不包含任何動機。

此觀點所斷言的內在關聯乃是必然性(necessity)。因此，動機內在論主張，如果我們知道自己有責任去採取某一行動，或知道這麼做是對的，那麼，我們必然具有這麼做的動機。例如：假如我們知道自己負有捐血的責任，那麼，我們必然有捐血的動機。而相反的觀點，即動機外在論(motivational externalism)，則否認有這種關聯。其主張者認為，有可能我們知道自己有責任去採取某一行動，或知道這麼做是對的，卻沒有這麼做的動機。典型的動機外在論者，否認在理論性與實踐性的判斷之間有任何真正的缺口，儘管他們並非一概如此。

動機內在論有理性主義(rationalist)與反理性主義(anti-rationalist)這兩種型態。理性主義者，如柏拉圖(Plato)和康德(Kant)，他們主張一項道德要求的內容或其真值，保證了理解它的人有服從的動機。而反理性主義者，如休姆則認為，道德判斷必然具有某種情感或意志的成份，這種成份為相關的行動提供了動機，但它亦使得道德關乎情感或承諾(commitment)更甚於理性與真值。按照以上的劃分方式我們也可將動機外在論劃分為認知主義(cognitivist)與非認知主義(noncognitivist)。但是，由於動機外在論所關注的，是將實踐的判斷同化為理論的判斷，故而只有認知主義的型態才具有影響力。

參見 emotivism 情緒論；ethics 倫理學；Hume 休姆

J.D.撰　吳瑞媛、劉盈成審訂

Mo Tzu　墨子　又稱墨翟(Mo Ti, fifth century B.C.)，中國哲學家和墨家流派的創始人，在古代中國，墨子是儒家思想(Confucianism)的主要反對者。《墨子》(*Mo Tzu*)一文包含了墨子教學的各個方面和墨子思想的發展狀況。墨子認為「義」(rightness)取決於對社會有益的「利」(benefits)，這裡「利」可以理解為社會秩序和經濟繁榮。墨子反對儒家思想的音樂活動和損害公共利益的宗教習慣(ritual practices)。墨子極力宣揚利益均分、避免衝突的思想(交相利)。既然對個人、家庭和社會群體因分配不公會造成摩擦和混亂，實施這種思想對公共利益大有好處。而且，人人互相平等，互相關愛，是上天(Heaven)的意志，人們實施這種思想會得到上天的獎勵，否則會得到上天的懲罰。針對有些人對此思想可行性的擔憂，墨子堅持地主張若要把這個理想付諸於行動是很簡單、很容易的，他因忽視情感控制的複雜性，而受到人們的非難。

參見 Confucianism 儒家；Mohism 墨家

K.-l.S.撰　林安梧審訂

Mou Tsung-san　牟宗三(1909-95)　中國哲學家，可能是當代新儒家中最富原創性的思想家。曾讀北京大學(Peking University)。他先攻西方哲學，後來由於受到熊十力(Hsiung Shih-li)的影響，才回歸中國哲學。在宋明理學(Sung-Ming Neo-Confucian philosophy)的研究方面有所突破，他以朱熹(Chu Hsi)是「別子為宗」(a side branch that took the position of the orthodoxy)。他認為中土儒、釋、道三教都肯定「智的直覺」(intellectual intuition)，通過個人的證悟可以體道。

參見 Chinese philosophy 中國哲學；Hsiung Shih-li 熊十力；Hsü Fu-kuan 徐復觀；Neo-Confucianism 新儒學；T'ang Chün-i 唐君毅

S.-h.L.撰　劉述先審訂

moving rows paradox　排列移動悖論　見 Zeno's paradoxes 芝諾悖論

multiple realizability　多重的實現性　見 functionalism 功能主義

multiple-relation theory　多樣關係理論　見 perception 知覺

mystical experience　神祕體驗　聲稱能揭示在通常情況下，感覺經驗和認識不能揭示的某方面實在的一種體驗。這種體驗的典型特徵是對體驗者有深深的情感影響、超越時空限制、時間短暫，並難以描述，這種體驗常與宗教傳統聯繫在一起。在有神論的宗教領域裡，這種神祕體驗認為是上帝或其他超人力量帶來的。有神論的神祕體驗引起人們敬畏的感覺。這種體驗的內容變化多端，從與神的親密感一樣聯繫不密切的某物，到啟示神學中的具體條款的某物，例如，一位基督宗教的神祕家的聖三的神視(a vision of the Trinity)。無神論的神祕體驗常認為是去揭示所有事物的形上的統一，提供給體驗者一種內心平靜或幸福的感覺。

參見 mysticism 神祕主義

W.E.M.撰　丁福寧審訂

mysticism　神祕主義　一種堅持認為一個人可以不透過感覺知覺、或推理、概念思想而獲得實在的知識的教義或學科。神祕主義通常與宗教傳統聯繫密切，可以以一種有神論的形式出現，如在猶太教、基督宗教、伊斯蘭教中，也可以以一種無神論的形式出現，如在佛教和各種類型的印度教中。神祕主義稱神祕體驗是獲得神祕的知識的工具，人們通常在經過祈禱、反省、齋戒、戒律和放棄俗念等靈魂淨化後，才得到神祕體驗。有神論的各種神祕主義把神祕體驗描繪成是由上帝賜與的，因此不受神祕家(the mystic)的控制。儘管有神論者宣稱，為了在神祕體驗中感覺與上帝很親近，他們把自我與上帝的同一認為是異端。無神論的各種神祕主義，更傾向於把神祕體驗描繪成是受神祕家的力量的誘導和控制，能區別自我和實在、主觀和客觀間的差異，在此神的力量的表現為虛幻。神祕家認為，儘管神祕體驗是真實的，卻無法用語言來充分描述，因為普通的交流是以感覺經驗和概念差別為基礎的：神話作品的明顯特徵就是隱喻(metaphor)和明喻(simile)。所有的神祕體驗是否基本上是一樣的，它們之間的明顯差異是否受不同文化傳統的影響而解釋的結果，這都引起很多爭議。

參見 mystical experience 神祕體驗；philosophy of religion 宗教哲學

W.E.M.撰　丁福寧審訂

myth of Er　艾爾神話　柏拉圖(Plato)的《共和國》(*Republic*)結尾中的一個神話，藉著描繪再成肉身(reincarnation)的過程，戲劇化正義和哲學的回報。為了使作品的主要論證更加充分，即正義在本質上較不正義來得好，柏拉圖在這篇最長的神話中，運用傳統的描繪和思辨的宇宙論相調合手法，揭示一般在今生和必定在來世，正義總會得到回報的。艾爾是一位勇士，在死後不久又轉世為人，是死後復活的一名武士，艾爾報告說，判官如何將正義者升入天堂，將作惡者打入下層世界，還有多數經過千年後返回人間的人，怎樣目睹天上的制度，怎樣選擇來生，和重新的再生。

參見 Plato 柏拉圖

S.A.W.撰　丁福寧審訂

myth of the given　既與的神話　見 Sellars, Wilfrid 塞拉斯，威福利德

N

Nāgārjuna　龍樹(fl. early second century A.D.)　印度大乘佛教哲學家，中觀學派(Mādhyamika)的奠基人。《中觀論頌》(*Mūlanadhyamakārikā Prajñā*)和《七十空性論》(*Sūnyātasaptati*)為其主要著作。他區分世俗諦(a conditional truth)與勝義諦(a final truth)二者，前者反映吾人在日常言語中所做，或在日常經驗中所發現的種種區分，而為暫時的、有條件的真理，後者則是以不可言喻之獨立實在為唯一存在的終極真理。人們需要超克對世俗真理的接受，才能在解脫中直觀終極真理。

參見 Mādhyamika 中觀學派

K.E.Y.撰　何建興審訂

Nagel, Ernest　納格爾，里斯特(1901-85)　生於捷克(Czech)的捷克裔美國哲學家，1930年代中期至1960年代時期，顯赫的美國科學哲學家。他十歲時移民美國而抵達紐約，在紐約市立學院(College of the City of New York)獲得理學學士學位，1931年獲得哥倫比亞大學(Columbia University)哲學博士學位。1930年至1970年間在哥倫比亞大學哲學系任教。納格爾和他的老師柯亨(M. R. Cohen)合著了一本具影響力的《邏輯和科學方法導論》(*An Introduction to Logic and Scientific Method*)。他的多本出版品中，包括了兩部著名的經典《機率理論的原理》(*Principles of the Theory of Probability*, 1939)和《科學的結構》(*Structure of Science*, 1960)。

納格爾對邏輯、數學的基礎和機率理論的發展相當敏感，他和羅素(Russell)及維也納學派(Vienna Circle)的成員，如：卡納普(R. Carnap)和法蘭克(Phillip Frank)一樣，都重視科學探究和哲學反省的相關性。不過，他的作品也揭露了柯亨的影響，以及裴爾斯(Peirce)與杜威(Dewey)的實效論思考傾向之影響。納格爾自己把裴爾斯和杜威稱為「脈絡主義的自然論」(contextualist naturalism)。他對羅素在感覺與料上的觀點與維也納學圈一些成員的同類觀點的批判具有說服力，這些觀點把感覺與料當成知識的非推論性前提〔non-inferential premise〕的來源。不像弗雷格(Frege)、羅素(Russel)、卡納普、波普爾(Popper)等人，他拒絕如下觀點：即認為如果在描述方法時考慮到脈絡，就會使哲學反思被某種不可接受的心理主義所污染。後來，這個立場允許他反對科學哲學的歷史主義與社會學家的進路。

納格爾的脈絡主義反映在他對如下觀念的爭論上：他認為決定論、機率、說明和化約的觀念，「只有在它們指向一個科學的理論或公式體系而不是其內容時，才能有意義地討論」(《機率理論的原理》)。這種態度灌注在他的一些具有影響力的討論上，即對涵蓋律說明、統計說明、功能說明，和將一個理論化約到另一種理論的討論，包括自然科學和社會科學。同樣地，在實在論和工具論(instrumentalism)的爭辯中，他質疑參與者是否該先澄清他們在(相關脈絡的)科學方法上的差異？懷疑此爭辯的意義，就是他的論證核心。

除在科學知識方法論方面著述甚豐外，納格爾在測量、數學史和法律哲學方面，也寫過一些具影響力的論文。

參見 covering law model 涵蓋律模式；philosophy of science 科學哲學；reduction 化約；Vienna Circle 維也納學派

I.L.撰　陳瑞麟審訂

Nagel, Thomas 內格爾，湯瑪斯(b.1937) 美國紐約大學的哲學、法律教授，以其在形上學、知識論、倫理學及政治哲學等領域的重要貢獻聞名。內格爾在這些領域裡的研究統合於其對反覆出現的哲學問題所持的特有觀點，根據這觀點，哲學問題來自於兩種視野的衝撞，從這兩種視野，人類可以看到他們自己及世界。由於我們把自己從自己特有觀點區隔開來，使我們從非個人(impersonal perspective)的視角努力達成客觀的世界觀；反之，從個人的視角(personal perspective)，我們有特有的世界觀。根據內格爾，在嘗試理解實在時，非個人視角的支配地位導致不合理的哲學觀點，因為它無法安置關於自我、心靈、行為者及價值等等透過個人視角所顯露的事實。

內格爾在心靈哲學中批判了各式心靈化約理論，這些理論來自完全的非個人視角，內格爾之批判乃因化約理論無法說明意識不可化約的主觀特性。在倫理學中，結果論(consequentialist)的道德理論(像效益主義〔utilitarianism〕)展現強烈公正主義的(impartialist)要求，這要求源自於分離的、非個人視角的採用，但卻發現來自個人視角的反抗，個體的目標和動機在個人視角中很重要，但在強公正主義的道德理論中則否。此類問題在形上學、知識論及倫理學中的討論，可以在他的《道德問題》(*Moral Questions*, 1979)與《來自無處的觀點》(*The View from Nowhere*, 1986)中找到。在《平等與不公》(Equality and Partiality, 1990)中，內格爾主張非個人視角引發出一種對所有人公平的平等主義形式，這常與個體由個人視角而來的目標、關懷、情緒相衝突。更普遍地看，如內格爾所視，哲學的重要任務是去找出方法使得這兩種視角在理論及實際事務上得以整合。

內格爾在理性或合理性的性質與可能性上，不管是其理論用法還是實際運用，也都有重要貢獻。《利他的可能》(*Possibility of Altruism*, 1970)探討實踐理性的結構，在此書中內格爾辯護謹慎(prudence)與利他的合理性，論證此種行為的可能性與我們下列能力有關聯：謹慎乃我們自視為在時間中的持續存有，利他乃我們認可他人之實在性。《最後的話》(*The Last Word*, 1998)為理性辯護以對抗懷疑論觀點，主張理性僅是特定文化之偶然、邏輯制約下之物，也因此是相對的。

參見 ethics 倫理學；moral rationalism 道德理性主義；philosophy of mind 心靈哲學；practical reason 實踐理性

M.C.T.撰 林正弘審訂

naive realism 素樸實在論 見 perception 知覺

name, logically proper 邏輯專名 見 Russell 羅素

name, causal theory of 名詞的因果理論 見 causal theory of proper names 專有名稱的因果理論

name, descriptivist theory of 名詞的描述性理論 見 causal theory of proper names 專有名稱的因果理論

narrow content 狹義內容 見 philosophy of mind 心靈哲學

narrow reflective equilibrium 狹義的反思平衡 見 reflective equilibrium 反思平衡

nativism 先天論 見 Fodor 弗德

Natorp, Paul Gerhard　納托爾普，P. G.　見 neo-Kantianism 新康德主義

natural deduction　自然演繹法　見 deduction 演繹法

natural duty　自然責任　見 duty 責任

natural evil　自然罪惡　見 philosophy of religion 宗教哲學

naturalism　自然主義　自然主義秉持雙重的觀點：(1)一切東西都是由自然的存在體(natural entities)所組成的，所謂「自然的存在體」，是指種種科學所研究的對象(有些版本的自然主義則是指自然科學所研究的對象)，這些存在體的性質決定了事物的一切性質，此中「事物」(things)也包括了人，(以及諸如「可能的事物」〔possibilia〕和數學對象等「抽象物」〔abstracta〕，如果它們是存在的——亦即由科學所容許的抽象存在體所建構而成的)。(2)證成(justification)與解釋的各種可接受的方法，從某種意義上來說，是與科學中的各種方法相連貫的。第(1)項是形上學的或存有論的，第(2)項則是方法論的和／或知識論的。對自然主義之表述，時常只是針對一個特殊的主題或論域。因此，倫理的自然主義便是主張：道德的屬性等於或至少是取決於某些自然的屬性，由是，道德判斷便是事實的判斷或描述的判斷的一個子集合，或者是以非化約的方式，受到這些判斷所決定；而證成道德和解釋道德之恰當的方法，也與科學中的證成與解釋相連貫。

亞里斯多德和史賓諾莎(Spinoza)，有時也像德謨克利特斯(Democritus)、伊比鳩魯(Epicurus)、盧克萊修斯(Lucretius)以及霍布斯(Hobbes)一樣，被算作是自然主義的先祖。但近兩個世紀以來，導向自然主義的主要動力，乃是來自科學的進步，以及由這些進步所標示著的解釋能力的增長。到 1850 年代，尿素的合成、對能量守恆的種種反省、對「動物電」(animal electricity)的研究，以及生理學上的若干發現，使費爾巴哈(Feuerbach)、布希納(L. Buchner)和其他一些人認為：人類的各方面，都能以純粹自然的角度來解釋。達爾文(Darwin)的理論甚至產生了更大的衝擊。至十九世紀末，自然主義的哲學逐漸向一度被唯心主義安然統治的領域大舉進軍，至此自然主義的大軍包括了史賓塞(H. Spencer)、庭朵爾(J. Tyndall)、赫胥黎(T. H. Huxley)、克利福特(W. K. Clifford)，以及海克爾(E. Haeckel)。在二十世紀早期，桑塔耶那(Santayana)的自然主義曾經強烈地影響過一批美國的哲學家，就像後來杜威(Dewey)的自然主義那樣。在 1930 年代和 1940 年代，仍然有其他各式各樣的自然主義在美國盛行，包括了塞拉斯(R. W. Sellars)和柯亨(M. Cohen)的自然主義。今天大部分的美國哲學家與其他的心靈哲學家，都是某種類型的自然主義者，這主要是因為他們看到了科學持續進步所帶來的教訓，此中有些是相當驚人的，在腦科學方面尤其如此。

然而，主要而言二十世紀的哲學卻一直都是反自然主義的。胡塞爾傳統下的現象學、弗雷格(Frege)傳統下的分析哲學以及兩者之傳人，都聯合在一起來反對心理主義(psychologism)，而心理主義正是這樣的一種自然主義，它認為：要理解知識、語言和邏輯之本性，則有關心靈歷程的種種發現，是占有關鍵地位的。為了抵抗描述性科學的入侵，維護哲學之自主性，許多哲學家都曾經論證哲學優先於科學，從而優先於科學所聲稱一己所具有的任何自然主義的義蘊，試圖以這樣的作法來扭轉形勢。許多人仍然繼續這樣作，他們的理由時常是：光憑哲學便可以闡明知識、語言與邏輯當中所涉及的規範性(normativity)與意向性(intentionality)；或者理由是：哲學可以評價科學實踐的種種規範性與制約性的預設，而科學本身對於這預設卻是盲目的，或是沒有適當的工具來對它們作分析；

又理由或者是：哲學理解到一點，亦即科學語言並不比其他任何的語言，更能夠被我們用來超越它自身，因此，與其他任何的語言相較，我們並不見得更加認識到「科學語言是觸及到世界和我們自身的」；或者再來的理由是：關於基礎的方法(當然也包括自然主義的方法在內)之各種可能的證成，它們必然是循環的，因為它們一定會用到這討論中的方法本身。

回答以上各項的理由，自然主義者論證說：自然主義有關方法論的第(2)項，涵衍著(entails)教條主義的反面，事實上它要求一種堅定的可錯論(fallibilism)來對待哲學的事務，而這可錯論與科學之開放的、自我批判的精神是相連貫的。萬一證據累積到足以反駁自然主義有關形上學的第(1)項時，則(1)便必須被修正或拒斥，而且並沒有任何先驗的(a priori)理由認為這樣的證據原則上是永遠不能被發現的。許多自然主義者確實連先天的事物也一併拒斥了。同樣地，一旦有不利的證據，(2)本身也可能必須被修正或甚至被拒斥，因此，就這一點而言，(2)在自我指涉方面並無不一致之處。然而，在不利的證據出現之前，第(2)項至今仍通過了嚴格的批評，這便給予它足夠的證成理由了；情況就像科學中的「假設」那樣，在它們自身的(正面的或負面的)評價過程當中，這些假設常常被設置而無循環之弊(參看布朗〔H. I. Brown〕的〈循環證成〉〔Circular Justifications, 1994〕)。同樣地，語言也可以用來表達有關「語言與前語言世界(prelinguistic world)之關係」的種種假設，也不會有循環之弊(見以下的闡述：米立肯〔R. Millikan〕的《語言、思維及其他生物學範疇》〔*Language, Thought and Other Biological Categories*, 1984〕比較頗思特〔Post〕的〈知識論〉〔Epistemology, 1996〕)。至於規範性與意向性，自然主義並不涵衍物質主義(materialism)或物理主義。物理主義認為：一切的事物都是由物理學所研究的那些存在體或歷程所構成的，而這些基本物理事態的屬性，決定了事物之一切屬性(就像在蒯因〔Quine〕的情形那樣)。有些自然主義者則對此表示反對，他們主張：要對規範性、意向性與意識有所解釋，我們要求的事物，遠超於物理學所夢想的。

自然主義也不需要是化約的(reductive)——意即把每一屬性都等同於某些自然的屬性。許多物理主義者本身確實解釋了「事物的物理的(從而也是自然的)屬性，可能怎樣來決定其他的非自然的屬性」，而卻不把兩種屬性看作是等價的(如海爾曼〔G. Hellman〕、賀根〔T. Horgan〕、大衛・路易士〔D. Lewis〕，並參看頗思特〔J. Post〕的《存在的面貌》〔*The Faces of Existence*, 1987〕)。通常那些起決定作用的物理屬性，並不就是那個「具有非自然屬性的」東西 x 的全部屬性，更是包括了一些這樣的屬性：它們屬於那些跟 x 在時空上相分離的事物；或者在某些情況之下，屬於那些跟 x 沒有任何物理關係——任何「決定 x 之種種屬性」的物理關係——的事物(參看頗思特〈「總體的」附隨發生的決定：太寬大了嗎？〉〔'Global' Supervenient Determination: Too Permissive?, 1995〕)。因此，自然主義容許一相當高程度的整體論(holism)與歷史性(historicity)，這便替規範性與意向性之非化約的解釋——就像米立肯所提出的解釋——開啟了一條道路，這種解釋可以避免掉一般的反對意見，這些反對意見大多數便是針對化約的問題而發的。爵茨基(Dretske)與弗德(Fodor)另外提供了我們一些心理語意學的理論，但這些理論大部分來說都是化約的，因而仍然會受到上述那些反對意見的責難。

非化約的自然主義試圖以各式各樣的方式，來結合存在體的一元論與屬性的多元論，此處「存在體」(entities)是指那些組成一切事物的自然的存在體，而此中許多屬性都是非化約的或是突現的(emergent)。並不是一切的事物都純然是自然的事物；自然主義也無需把存在之「自然面相」(natural face)這一面，賦予一種全面的原初性，事實上，有些自然主義者是把宇宙看成是具有宗教與道德向度的，這些向度便享有某種原初性，而這種原初性卻具有關鍵的地位。而又有些自然主義者提供了一些更具傳統有神論色彩的神學，如韋依曼(H. N. Wieman)、哈特維克(C. Hardwick)與頗思特等人所作的。宇宙非但沒有對人類及其命運表現出絲毫「惡意的冷漠」，反倒可以是令人神迷心醉的歸宿。

參見 a priori 先驗；emergence 突現；holism 整體論；intentionality 意向性；metaphysics 形上學；philosophy of mind 心靈哲學；physicalism 物理主義；property 性質；psychologism 心理主義；supervenience 伴隨性；theological naturalism 神學自然主義

J.F.P.撰　趙之振審訂

naturalism, biological　生物學的自然主義　見 Searle 瑟爾

naturalism, ethical　倫理的自然主義　見 ethics 倫理學；moral realism 道德實在論

naturalism, metaphysical　形上學自然主義　見 metaphysics 形上學；naturalism 自然主義

naturalism, methodological　方法論自然主義　見 naturalism 自然主義

naturalism, reductive　化約的自然主義　見 naturalism 自然主義

naturalism, theological　神學自然主義　見 theological naturalism 神學自然主義

naturalistic epistemology　自然主義知識論　一種知識論的進路，它把人類主體看作自然現象，並且利用經驗科學來研究認識的活動。這個語詞是由蒯因(Quine)所引介的(〈自然化的知識論〉〔Epistemology Naturalized〕，見《存有論的相對性及其他論文》〔*Ontological Relativity and Other Essays*, 1969〕)，他建議知識論應當作為心理學的一部分。蒯因把傳統知識論解釋為笛卡兒式的知識論(Cartesian epistemology)——一種試圖以某種牢靠的邏輯方法，將所有知識奠基於直接經驗上的知識論。在二十世紀，這種笛卡兒式的知識論即具體體現於：希望按照感性經驗、邏輯和集合論的原理來翻譯所有的論述，並賦予一切科學某種演繹性的有效理據。蒯因視這樣的希望為虛渺而拒斥之，從而極力主張摒棄認識論，並以心理學取而代之；這樣一來，它便成為一門科學的研究，研究關於主體如何把感覺刺激當作輸入來接受，又如何把一個有關三維世界的理論當作輸出來發送出去。這樣的表述，看起來似乎是把知識論的規範性的任務給取消掉了。但在後期的著述中，蒯因曾經提議，規範的知識論可以被工程學當中的一部分來加以自然化：此即是一種預測經驗或感覺刺激之技術。

某些知識理論之所以是自然主義的，是在於它們將認知者描述為一些與環境發生相互因果作用的物理系統。比如因果的認知理論，即是此中一例。這理論認為：如果某人對 p 的信念，與相應的事態(state of affairs)有著適當的因果關聯，那麼他就知道 p 了。另一個例子是爵茨基(Dretske)所發展出來的資訊理論進路(《知識與資訊之流》〔*Knowledge and the Flow of Information*, 1981〕)。這一進路認為：一個人知道 p，唯若某些信號「輸送」(carries)這資訊(p)給他；於此，資訊是被解釋為一種客觀的物品，它可以經由工具、計量器、神經元之類的東西，來加以處理並傳輸。當兩處的事件被某種適當的、合乎律則的依存關係所關聯起來時，資訊就會從一處向另一處「輸送」。

規範的證成(justification)觀念也已經成為自然主義學說中的課題。許多有關被證成的信念(justified belief)的理論，都著眼於證據與假說之間的邏輯的或概率的關係；但自然主義的理論卻著眼於一些心理歷程，而信念之所以產生，便是歸因於這些歷程。信念的邏輯

地位並不決定它的證成地位。舉例來說，對一恆真句的信念並不是被證成的——如果這一信念是來自於對某位無知教主的盲目信任的話。根據高德曼(Goldman)的觀點(《知識論和認知》〔*Epistemology and Cognition*, 1986〕)，一信念是有資格被當作是被證成的，唯若它是經過一些可靠的形成信念的歷程所產生的；這些歷程之所以可靠，乃在於：一般而言，它們產生真理的比率是高的。對於自然主義的知識論，高德曼有一個更大的計畫，稱為「知識學」(Epistemics)——一個科際整合的計畫，而認知科學會在其中扮演著主要的角色。知識學將致力於徵定在種種對人類認知者有用的認知機制中，最有利於帶來真理的那一部分。與真理相關聯的性質有關係的還包括：解決問題的能力和速度，亦即能獲取並快速獲取所關心的問題之正確答案的能力。

克拉克・格萊莫爾(Clark Glymour)、吉爾伯特・哈曼(Gilbert Harman)、約翰・波洛克(John Pollock)及保羅・泰加德(Paul Thagard)曾指出知識論與人工智能之間的緊密關聯。哈曼強調：邏輯規則不會直接給出有關好的推理之原則。例如前斷律(Modus Ponens)就不會告訴你：如果你在已經相信 p 以及「如果 p，則 q」，那麼，你就可以推論出 q。在某些情況之下，少去相信某一個前提，比多去相信結論 q，會來得更好一些。信念的修正，也要求我們要注意到心靈在資料貯存與計算方面的極限。比如記憶的侷限性，就要求我們確立一條避免雜亂的原則：心靈中不要塞滿大量無用的信念(哈曼的《觀點之改變》〔*Change in View*, 1986〕)。

另外一些自然主義的知識論則是把焦點放在科學史上。拉瑞・勞丹(Larry Laudan)把自然主義的知識論看作一種科學的探究，它收集與各種不同科學方法論的過往發展記錄有關的經驗證據，目的是要決定當中哪種方法論，最能提升我們所選擇的各種認知目的。

自然主義的知識論無需把注意力僅僅侷限於個別的認知行動者；它也可以研究行動者之社群。在這種觀點之下，處理「追尋知識的努力當中所涉及的社會性方面」的科學，便可以做出其貢獻了。然而，如果自然主義的知識論是一種規範性的探究活動，則它必定不能只限於對社會的實踐或社會的影響作描述而已；它必須分析這些因素對於認知目的之達成所造成的影響。一些哲學家，如大衛・豪爾(David Hull)，尼可拉斯・瑞夏(Nicholas Rescher)，菲利普・基契爾(Philip Kitcher)和阿爾文・高德曼等人，受人口生物學和經濟學的影響，曾經勾勒過一些模型，來探討研究活動的不同的分配方式所造成的各種認知的結果，以及探討職業上的回報對研究過程所可能產生影響之種種不同的方式。

參見 artificial intelligence 人工智慧；epistemology 知識論；naturalism 自然主義；reliabilism 可靠論

A.I.G.撰　趙之振審訂

naturalistic fallacy　自然主義的謬誤　見 Moore 穆爾

natural kind　自然類　實體(entity)的範疇，傳統上被認為具有模態上(modal)的意涵；例如，如果蘇格拉底(Socrates)是人類這個自然類的一個成員，那麼，他必然就是一個「人類」(human being)。自然安排了某些種類以作為正確的分類，像是指示出各種實體的「水」和「人類」，而這種觀點的根源至少可以追溯到柏拉圖(Plato)和亞里斯多德(Aristotle)。古普他(Anil Gupta) 藉由可獨立出滿足那些述詞之殊件(particular)(集合名詞的部分〔bits〕或總合〔amounts〕)的判準，以及將這些殊件歸類的判準，主張種類是由性質所區分，性質則由述詞所指稱，如「紅色」。

許多人發現自然類的模態意涵極為可議，其中最著名的是蒯因(Quine)。他主張，自然類的概念乃根植於對比較下的相似性一種前科學(prescientific)的直覺判斷(intuitive judgments)，而他提出，當這些直覺分類被基於科學理論的分類所取代時，這些模態的意涵便散去。克里奇(Kripke)和帕特南(Putnam)主張，科學事實上所用的自然類詞項即具有蒯因所異議的模態意涵。他們發現，能夠藉著指出滿足述詞的殊件而明白地指稱這樣的自然類，在科學方法論中扮演重要的角色。某些科學中的推論，像是測量一個或數個電子的電荷，而普遍地推論出電子的電荷，似乎是自然類詞項在科學活動所扮演的角色中附加的面向。自然類概念在科學方法論中的其他角色，已在海克因(Ian Hacking)和孔恩(Thomas Kuhn)的近期著作中有所討論。

參見 count noun 可數名詞；essentialism 本質論；philosophy of science 科學哲學；qualitative predicate 性質述詞

W.Har.撰　古秀鈴、楊金穆審訂

natural language　自然語言　見 formal language 形式語言；philosophy of language 語言哲學

natural law　自然法　也稱自然律(law of nature)，乃是在道德或政治哲學中指引人們行為的一項或一系列客觀規範。它類似於人類統治者之實證法(positive laws)，但自然法一視同仁地拘束所有人，並通常被理解為具有一超自然的立法者。

古希臘(Ancient Greek)和羅馬(Roman)思想，尤其是斯多噶學派(Stoicism)，提出了指引所有理性存有者行動，並構成宇宙本身結構之永恆法(eternal laws)觀念。羅馬法學家發展一種所有文明種族均會認可之法律學說，並嘗試以對動物和人類都適用的自然法加以解釋。然而最具影響力的自然法理論形態，是稍後提出的以斯多噶派(Stoic)和法律語言建構出的一種基督教道德和政治理論。建構此種理論的目的在於揭示僅憑人的理性，不需要啟示(revelation)，就可以使人們獲知道德的原理，從而使全人類都能知道如何正確地生活。在此種理解下之自然法僅僅適用於理性存有者，因為只有他們才能有意地、自由地遵循或者不遵循自然法。此種自然法因而在種類上不同於上帝為萬物中無生命的、無理性的部分所制定的法則。自然法理論家經常發現適用於人類之自然法和適用於其他萬物的自然法間存在著連續性(continuities)和類似性(analogies)，但並不混淆二者。

最具長遠影響力的自然法學家是多瑪斯・亞奎納(Aquinas)。根據他的觀點，上帝的永恆理性制定了指引萬物為了宇宙全體之善與彰顯上帝自身榮耀而行事的法則。人之理性(reason)能夠充分地參與上帝的永恆理性，向人們顯示人類群體之善。自然法因而是人們以一種適於人性的方式對永恆法之分享。上帝透過啟示的方式頒定一些其他法則；這些神聖法(divine law)指引人們趨向其永恆的目的(eternal goal)。自然法則關心人們現世之善(earthly good)，並需要人為法(human laws)加以補充。此種法律於不同社會中可能有所不同，但必須總是不逾越自然法的限制才能具有拘束力。上帝將自然法中最基本的原則同樣地刻印在每個人的心靈(mind)中，但這些原則的詳細應用所需要的推論能力卻不是每個人都能具備的。

亞奎納的反對者——所謂的意志主義者(voluntarist)認為，法律的淵源是上帝的意志(God's will)而非其理智(intellect)，並且上帝可能對人們頒布了不同的自然法。格羅秀斯(Hugo Grotius)拒斥此種觀點；但不同於亞奎納認為自然法是指引吾人實現某些特定之共同善，格羅秀斯認為自然法乃是在一些方式上加以限制，透過這些方式每個人都能適當地追求其自身的個人目標。循著意志主義的發展脈絡，格羅秀斯式之論點在霍布斯(Hobbes)、普芬道夫(Pufendorf)和洛克(Locke)那裡得到發展。直到十七世紀末，多瑪斯主義(Thomistic)的觀點仍被新教(Protestant)和羅馬天主教(Roman Catholic)的學者們加以進一步地闡釋。此後，雖然自然法理論依然為天主教教義(Catholic teaching)的核心，但同時卻也不再吸引眾多新的非天主教支持者(non-Catholic proponents)。

多瑪斯主義和格羅秀斯式觀點中的自然法學說都把道德基本上看作是一種對法律之遵從。義務與責任、遵從與違抗、品德與罪愆、獎勵與懲罰，是其中的核心概念。德行僅僅是遵從法則的習慣。儘管自然法適合於吾人特別之人性，並且可以透過適當地運用理性來發現，但它不是人自我設立的法則(self-imposed law)，遵循它實際上就是在服從上帝。

從十八世紀初期開始，關於客觀道德(objective morality)是否存在的哲學爭論已大體上不再集中於自然法，然而此一觀念仍存在於法理學(jurisprudence)中。自然法理論相對於法律實證主義(legal positivism)。後者認為人類主權者制定之法是唯一有拘束力的法律，而制定此法之主權者本身不能是較高法律限制之對象。當法律理論家論述存在著對具有立法權之統治者的理性客觀限制時，他們常以自然法之角度思考這些限制，即使在其理論中並沒有援引或暗示早期自然法學說中的任何宗教層面。

參見 Aquinas 亞奎納；Grotius 格羅秀斯；Hobbes 霍布斯；philosophy of law 法律哲學；Pufendorf 普芬道夫

J.B.S.撰　陳文團、王喆審訂

natural light　**自然之光**　見 Descartes 笛卡兒

natural meaning　**自然意義**　見 meaning 意義

naturalness　**自然**　見 Juan Chi 阮籍

natural number　**自然數**　見 mathematical analysis 數學分析學；mathematical induction 數學歸納法

natural philosophy　**自然哲學**　對自然或時空世界(the spatiotemporal)的探究。在現代科學，尤其是物理學和天文學出現以前，自然哲學被看作是哲學的一項使命；這個術語現在僅僅用於指涉前現代時期的哲學。關於自然的哲學問題依然存在，譬如，唯物主義是否正確等等，但這些問題通常被放在形上學或作為形上學一個分支的「自然的哲學」(philosophy of nature)裡來討論。自然哲學不應與「形上學的自然主義」(metaphysical naturalism)相混淆，後者是一種形上學的觀點(它不是科學的觀點)，它認為時空世界也就是所有的東西，探究這個時空世界的唯一方法是經驗科學的方法。自然哲學也不應與自然神學(natural theology)混淆，後者也應被看作是形上學的一部分。

參見 metaphysics 形上學

P.Bu.撰　王文方審訂

natural religion　**自然宗教**　最早出現於十七世紀下半葉的一個語詞；其用於三種相關的意義，最常見的一種是(1)可以藉由自然理性(natural reason)而發現的關於上帝和我們的義務(duty)的一套真理。這些真理為得救是足夠的，或者說(根據某些正統基督徒的觀點)本來是足夠的——如果亞當沒有犯罪的話。在這種意義上說的自然宗教應該同自然神學分開，後者並不包含上述意思。自然宗教也可能是(2)具有一種區別於神的人的起源的宗教。自然宗教還可能是(3)一種關於人性之類的宗教，其有別於由地域環境決定的宗教信仰和實踐。第三種意義的自然宗教等同於人類的原初宗教。在上述所有的三種意義中，自然宗教都包括了對上帝存在、公正、仁愛、和照顧的統治(providential government)的信仰，對不朽(immortality)的信仰，以及對公共道德支配力的信仰。由於觀念上與自然神論(deism)相通，自然宗教也得到了某些基督宗教作家的同情對待。比如克拉克(Clarke)就論證說，啟示宗教只不過是將自然宗教歸於它原始的純潔性，並為順從這回事增添了一些誘因而已。

參見 Clarke 克拉克；philosophy of religion 宗教哲學

W.J.Wa.撰　丁福寧審訂

natural right　**自然權利**　見 rights 權利

natural selection　**天擇**　見 Darwinism 達爾文主義

natural sign　**自然記號**　見 theory of signs 記號論

natural theology　**自然神學**　見 philosophy of religion 宗教哲學；*theologia naturalis* 自然神學

natura naturans　**能產的自然**　見 Spinoza 史賓諾莎

natura naturata　**所產的自然**　見 Spinoza 史賓諾莎

nature, law of　**自然法**　見 natural law 自然法；philosophy of science 科學哲學

nature, right of　**自然權利**　見 Hobbes 霍布斯

nature, state of　**自然狀態**　見 Hobbes 霍布斯

Naturphilosophie　**自然哲學**　見 Schelling 謝林

Naturwissenschaften　**自然神學**　見 Weber 韋伯

Néant　**虛無**　見 Sartre 沙特

necessary　**必然的**　見 contingent 偶然的

necessary condition　**必要條件**　見 condition 條件

necessary truth　**必然真**　見 necessity 必然性

necessitarianism　**必然論**　認為必然性是世界的一個客觀特徵的學說。自然語言允許說話者表達下列模態：事件可以是真實的(actual；例如：巴黎位於法國)，僅僅是可能的(possible；例如：葉綠素可以使植物變藍)，或必然的(necessary；例如：2 + 2 = 4)。反必然論者認為這些區分不是建立在世界本質的基礎上。他們中的一些人堅持認為這些區分不過是文字上的區分而已。另外一些人，比如休姆(Hume)，則相信心理事實(如我們對未來事件的期待)能解釋必然性的觀念。不過其他人有爭論說這些模態反映的是認知上的考

慮；如必然性就反映出一個研究者最高層度的贊同感。一些必然論者相信存在著不同模式的形上學的必然性，比如，「因果的」(causal)和「邏輯的」(logical)必然性。某些唯心主義的支持者則認為每一事件都必然地與其他每一事件相關聯，所以科學探索的終極目標就在於發現世界完全是一個精確的數學系統。

參見 determinism 決定論；free will problem 自由意志問題

B.B.撰　王文方審訂

necessity　必然性　當一個命題被認為不可能為假時，這個命題的模態特徵就是必然性(我們這時說，這種必然性是有關命題的〔*de dicto*〕)。狹義一點解釋，當命題 *P* 滿足一定的語法規則時，即 *P* 的否定在形式上是自相矛盾的，那麼，*P* 在邏輯上就是必然為真的。放寬一點解釋，當 *P* 滿足一定的語意條件時，即無論在什麼情況下(可能世界裡)非 *P* 都為假而 *P* 為真，*P* 在邏輯上就是必然為真的。這樣的語意條件最早由萊布尼茲(Leibniz)提出，維根斯坦(Wittgenstein)和卡納普(Carnap)加以完善，到 1960 年代由克里奇(Kripke)、辛提卡(Hintikka)等人加以發展成為「可能世界語意學」(the possible world semantics)。在此以前，哲學家們在判斷有關必然性命題的可接受性與否時必須依賴直覺，並對究竟哪一個(由劉易士〔C. I. Lewis〕於 1930 年代所發展的)模態邏輯的公理系統才真正掌握了必然性的觀念感到困惑。比如，對劉易士的 S4 系統的主要公設 NN，即：$\Box P \supset \Box\Box P$(如 *P* 是必然的，那麼它就必然是必然的)就有很多爭議。但是，在設定具有$\Box\alpha$形式的陳述之真值條件為萊布尼茲式的，亦即：(R1)如果α在所有可能世界中都為真，那麼$\Box\alpha$即為真的；(R2)如果至少存在著一個α在其中為假的可能世界，那麼$\Box\alpha$即為假的；那麼，透過「歸謬法」(*reductio ad absurdum*)我們就可以建構出 NN 的一個證明。假設$\Box P \supset \Box\Box P$ 在某一任意選定的世界 W 中為假。那麼他的前件在 *W* 中將為真，因此(根據 R1)，(a)*P* 在所有可能世界中都為真。但同樣地這一條件句的後件在 *W* 中將為假，因此(根據 R2，$\Box P$ 在至少一個可能世界中為假，因此(再根據 R2)(b)*P* 在至少一個可能世界中為假，但這樣就會與(a)相矛盾。對系統 S5 的主要公理，即$\sim\Box\sim P \supset \Box\sim\Box\sim P$(如果 *P* 可能是真的，那麼 *P* 就必然是可能的)，我們也可以給予類似的證明。

必然性也可以是關於某個事物(*de re*)的必然性。我們說事物 *O* 必然地具有 *F* 特徵，若且唯若不可能 *O* 存在卻缺乏 *F* 特徵——這種關於事物的必然特性又稱做 *O* 的內在的或本質的特徵。例如，等同於 *O*(being identical to *O*)這一不可重複的屬性對 *O* 是必然的，而具有廣袤(being extended)這一可重複的屬性，則對所有有顏色的物體而言是必然的。

參見 contingent 偶然的；essentialism 本質論；haecceity 此性、個體性；modal logic 模態邏輯；possible worlds 可能世界

R.D.B.撰　王文方審訂

necessity, metaphysical　形上學必然性　見 necessity 必然性；philosophy of mind 心靈哲學

necessity, nomic　規律的必然性　見 lawlike generalization 似定律的通則

negation　否定　一種在命題上的邏輯運算，例如由先行子句「並非……」標示出來。否定通常會與述詞上所謂取補詞的運算嚴格區分，後者的作用是加字首「非」(non-)。因為否定亦可由副詞「不」(not)所指出，因此往往會有外否定和內否定的區分。外否定是對斷言附上「並非……」的先行句，內否定的方式則將副詞「不」(或許再加上文法上所

必須的字，像是do，does)插入斷言，以點明副詞「不」修飾了動詞。在一些情況下，有人質疑外否定和內否定是否得到邏輯上等價的結果。例如，「並非聖誕老人存在」似乎很明顯地為真，然而「聖誕老人不存在」對於某些哲學家而言，似乎預設了所要否定之物，理由是除非聖誕老人存在，否則我們無法對聖誕老人斷言出任何為真的語句。

參見 double negation 雙重否定；truth table 真值表

R.W.B.撰　李國偉審訂

negation-complete　否定完備的　見 completeness 完備性

negative duty　消極的責任　見 duty 責任

negative feedback　消極反饋　見 cybernetics 控制論

negative freedom　消極自由　見 positive and negative freedom 積極與消極自由

negative liberty　消極自由　見 positive and negative freedom 積極與消極自由

Nemesius of Emesa　埃默沙的耐密修斯(fl. c.390-400)　希臘基督徒哲學家。他討論靈魂的論著《論人的本性》(*On the Nature of Man*)，在中世紀時(約 1160 年)由沙來諾的阿爾芬努(Alphanus of Salerno)與比薩的布爾昆狄歐(Burgundio of Pisa)共同從希臘文翻譯成拉丁文，本書乃歸因於尼撒的額我略(Gregory of Nyssa)之緣故，而且享有某種權威；這本論著不接受柏拉圖對靈魂與肉體之統一的輕描淡寫，也不接受亞里斯多德所認定靈魂於本質上是有肉體性的(corporeal)。靈魂是自立性的(self-subsistent)、無肉體性的(incorporeal)，以及在本性上是不朽的(immortal)，卻自然地適合於與身體(the body)相結合。耐密修斯依據阿蒙尼烏斯・薩卡斯(Ammonius Saccas)與波菲利(Porphyry)，同時也類比於基督(Christ)內神性與人性的結合，來解釋不會腐朽的靈魂與會腐朽之身體的完美結合。他對靈魂之力量(the powers of the soul)的評論特別是依於蓋倫(Galen)關於腦的論點。他對理性受造者乃因著理性力量而具有自由意志之觀點，影響了證道者馬克西木斯(Maximus the Confessor)與大馬士革的約翰(John of Damascus)。

J.Lo.撰　蕭宏恩審訂

Neo-Confucianism　新儒學　從十世紀晚期至十七世紀中期復興於中國的儒學。新儒學也被稱為道學(Tao-hsüeh)(對道進行探求)或廣義下的理學(Li-hsüeh)(對理進行探求)。毫無疑問這仍然是儒學，因為宋明儒依然把「仁」(*jen*，人性或人心)確立為終極託付，並以「禮」(*li*，propriety)來規範人們的行為。但既然新儒學是在應對佛教(Buddhism)和新道教(Neo-Taoism)的挑戰中出現，它就已經具有新的特徵。因此，新儒學提出了關於人心和人性的縝密理論，以及遠遠超出先秦儒學理論範圍的宇宙論(cosmology)和形上學(metaphysics)。如果儒家的理想可以概括為「內聖外王」(*nei-sheng-wai-wang*，inward sageliness and outward kingliness)的話，那麼新儒學家就更偏重於「內聖」，因為他們把「為己之學」(*wei-chi-chih-hsüeh*，learning for one's self)作為其第一要旨，並提出可與佛家和道家所實踐的默坐澄心(transcendental meditation)相比較的關於修心的縝密學說。他們強調發明本心。因此他們摒棄了漢以來廣泛註解「五經」(Five Classics)的做法，而是代之以「四書」(Four Books)作為儒學的入門讀物，「四書」即：《論語》(*Analects*)、《孟子》(*Mencius*)、《大學》(*The Great Learning*)、《中庸》(*The Doctrine of the Mean*)。他們也認為應該把他們從聖人言行中學到的東西付諸實踐，從而完善自身。新儒學的出現是針對五代(Five Dynasties period, 907-60)時期道德標準滑落而發起的一場新運動。

按照朱熹(Chu Hsi)的觀點，這場運動發軔於周敦頤(Chou Tun-yi, 1017-73)。周敦頤與張載(Chang Tsai, 1020-77)，賦予《易經》(*I-Ching*)和《中庸》新的解釋，與《論語》和《孟子》結合，發展出新的宇宙論和形而上學，以回應佛教和道教的挑戰。邵雍(Shao Yung, 1011-77)，一位《易經》研究的專家，由於觀點過於道家化而被排斥在新儒學的統緒之外。但這場運動的真正奠基者和領導者則是「二程」兄弟——程顥(Ch'eng Hao, 1032-85)和程頤(Ch'eng Yi, 1033-1107)。「二程」曾是周敦頤的學生，後來將「理」發展成一個哲學概念。儘管華嚴宗(Hua-yen Buddhism)已經首次使用了這個術語，程氏兄弟還是從儒學的角度賦予它全新的涵義。後世學者發現程氏兄弟二人的觀點在形式和內容上都有所不同。程顥崇尚「一本」(one foundation)，而程頤則提出理(principle)氣(material force)二元論的形而上學概念。表面上看朱熹是程氏兄弟倆一脈相承的傳人，但事實上他只是繼承了程頤的思想，並促進了狹義的所謂「理學」(對理的探索)的發展。與他同時代、年齡小於他的陸象山(Lu Hsiang-shan, 1139-93)反對朱熹格物窮理的方式。他主張心即理(principle within one's own mind)，回復了孟子(Mencius)教導人們要先立其大的說法，從而創立了所謂「心學」(hsih-hsüeh)(心的學問)。但朱熹對「四書」的註解在元朝成為士子考試的基本科目；陸象山的觀點則基本被人忽略了，直到明朝才由王陽明(Wang Yang-ming, 1472-1529)加以復興，後者強調心即是理、知行合一(knowledge and action are one)。由於陸王學說比較接近於孟子，而孟子為道統嫡傳，所以牟宗三(Mou Tsung-san)提出理論認為朱熹是「別子為宗」；他還認為胡宏(Hu Hung, 1100-55)和劉宗周(Liu Tsung-chou, 1578-1645)形成了除程朱學派和陸王學派之外的第三支新儒學派別。他的觀點引起了廣泛的爭論。宋明新儒學被推崇為晚周之後中國哲學發展的第二個黃金時期。黃宗羲(Huang Tsung-hsi, 1610-95)是劉宗周的弟子，他是宋明新儒學的最後一位重要代表，他廣泛研究了這場運動並對這場運動做出了一些重要的著述。

參見 Chu Hsi 朱熹；Confucianism 儒家；Confucius 孔子；Huang Tsung-hsi 黃宗羲；*li ch'i* 理氣；Mencius 孟子；Shao Yung 邵雍；Wang Yang-ming 王陽明

S.-h.L.撰　劉述先審訂

neo-Euclidean geometry　新歐幾里德幾何學　見 Euclidean geometry 歐幾里德幾何學

neo-Friesian School　新弗里斯學派　見 neo-Kantianism 新康德主義

neo-Kantianism　新康德主義　1860 年代出現於德國的提倡復興康德(Kant)哲學的各個流派，1870 年代獲得穩固的學術地位，在第一次世界大戰前的三十年間達到頂峰，隨著納粹主義的興起而逐漸消亡。這一運動最初專注於重新研究並闡述康德的認識論，以回應自然科學與日俱增的知識權威，並在黑格爾式和思辨式唯心論，以及畢希納(Ludwig Büchner, 1824-99)出眾興起的唯物論之外提供另一條出路。後來新康德主義探究了康德的整個哲學體系，把康德的批判方法應用於不同於自然科學的學科之中，並發展出自己的哲學體系。新康德主義的發起者和／或早期響應者，包括費舍(Kuno Fischer, 1824-1907)、赫姆霍茲(Hermann von Helmholtz, 1821-94)、朗格(Friedrich Albert Lange, 1828-75)、澤勒(Eduard Zeller, 1814-1908)和李普曼(Otto Liebmann, 1840-1912)。李普曼的《康德及其後繼者》(*Kant und die Epigonen*, 1865)反覆表達了一個新康德主義者的座右銘：「回到康德！。(Back to Kant!)

必須區分幾種形式的新康德主義。奧斯特賴希(T. K. Oesterreich, 1880-1949)在《弗雷德里克．尤伯韋格的哲學史綱要》(*Friedrich Ueberwegs Grundriss der Geschichte der Philosophie*〔*F.U.'s Compendium of the History of Philosophy*〕, 1923)一書中，提出了標準的、大致是以年代為依據的分類法：

(1)赫姆霍茲和朗格的生理學新康德主義。他們認為生理學是「經發展的和被修正的康德主義」。

(2)晚期李普曼的形上學新康德主義。他以「假說」的形式探討事物的本質，來論證某種康德主義的批判的形上學」(超越認識論)觀點。

(3)里爾(Alois Riehl, 1844-1924)的實在論新康德主義。他強調康德「物自體」(thing-in-itself)是確實存在的。

(4)馬堡學派(the Marburg School)、柯亨(Hermann Cohen, 1842-1918)和納托爾普(Paul Natorp, 1854-1924)的邏輯方法論的新康德主義。

(5)巴登或西南德學派(the Baden or Southwest German School)、文德爾班(Windelband, 1848-1915)和李凱爾特(Heinrich Rickert, 1863-1936)的價值論新康德主義。

(6)齊美爾(Georg Simmel, 1858-1918)的相對論新康德主義。齊美爾論證說，康德哲學的範疇是相對於個人和文化而言的。

(7)納爾遜(Leonard Nelson, 1882-1927)的心理學新康德主義。納爾遜是哥廷根學派(the Göttingen School)的創始人；也被認為是繼其自認的先驅者弗里斯(Jakob Friedrich Fries, 1773-1843)之後的新弗里斯學派(the neo-Friesian School)的著名代表人物。與弗里斯一樣，納爾遜認為康德哲學的先天原則不能先驗地被證成，而只能透過內省來發現。

奧斯特賴希的分類法現已被縮小範圍或加以了修正，部分原因是因為對一名「康德主義的」哲學家如何才能被界定為「新康德主義」哲學家，仍然存在相互衝突的觀點。就連「新康德主義」這一術語也甚至被打上了問號，因為該詞所稱的真正知識共性(intellectual commonality)在這些人身上幾乎無處可尋。但是，人們也愈來愈一致地認同，馬堡學派和巴登學派新康德主義是其中最重要和最具影響力的。

馬堡學派　其創始人柯亨透過論證物理對象只有訴諸這些科學的法則——而這些科學的法則預設了一系列康德式先天原則和概念的應用——才能被真正地了解，發展了有關自然科學的特徵化康德式觀念論。柯亨透過消除康德關於感性(sensibility)和知性(understanding)的二分法精心設計了這套觀念論體系，強調空間和時間是「純粹思想」的構造方式，而不是感性認知的先天形式，那種認為任何「與料」(感知的材料)先於「純粹思想」的「活動」的觀念是毫無意義的。由此，柯亨將康德的「物自體」重新系統地闡述為制約的理念(regulative idea)——藉此對於世界的數學描述總是可以得到修正和改進的。柯亨還強調「純粹思想」不是指個體的意識——在他的論述中，康德並沒有留下充分的「主－客體」(subject-object)認識論——而是指他自己的先天原則系統所包含的內容，他把這些內容看作是隨著科學進步而變化的。正如柯亨認為認識論必須以「科學的事實」為基礎一樣，他在超越康德的決定性的一步上也論證說，倫理學必須先驗地從人文科學演繹出道德律和理想的道德主體——更確切地說，要從法人(legal person)的法理學觀點演繹出來。這一分析引出如下論點：道德律要求所有制度，包括經濟企業，都成為民主制的——以便他們作為法人的先驗條件表達統一意志和意向——而且所有的個體都成為共同立法者。由此柯亨得出他常提的主張：康德「是德國社會主義真正且真實的創始人。」其餘重要的馬堡學派康德主義者尚有柯亨的同事納托爾普，其尤以對柏拉圖(Plato)和教育哲學的研究而聞名；以及他們的學生福倫德(Karl Vorländer, 1860-1928)和卡西勒

(Ernst Cassirer, 1874-1945)，前者主要研究康德式社會主義倫理學以矯正正統馬克思主義。

巴登學派 哲學及其先驗方法的基本任務，是判明具有不同表現形式的文化之所以可能的普遍價值。自然科學尋求系統解釋普遍規律——訂立普遍法則的知識(nomothetic knowledge)——而歷史科學則尋求描述獨特事件——獨特的知識(idiographic knowledge)，文德爾班對此進行了有影響的分析，在這些分析中，上述關注是顯而易見的。這種區分是建立在控制自然的價值(興趣)和理解並重新體驗個體獨有的過去，以肯定我們個體性的基礎。文德爾班認為歷史科學具有獨特性的觀點，向他的後繼者李凱爾特提出了在著述時如何選擇材料的根本問題：歷史學家怎樣才能客觀地決定哪些個別事件才是具有歷史意義的呢？李凱爾特論證說，這種選擇必須建立在經過調查確認的，在各文化風俗中是被普遍接受的價值觀點的基礎上，而不能建立在歷史學家們自己的價值觀點上。李凱爾特還提出先驗論證，認為歷史科學必須假定：在不同文化中被普遍接受的價值，在不同程度上與普遍有效價值相接近。這一論證受到韋伯(Weber)的反對，儘管後者的方法論著作在很大程度上得益於李凱爾特。

參見 Cassirer 卡西勒；Cohen 柯亨；Kant 康德；Lange 朗格；transcendental argument 先驗論證；Windelband 文德爾班

H.v.d.L.撰 彭文本審訂

Neoplatonism 新柏拉圖主義 在普羅提納斯(Plotinus, A.D. 204-69)哲學思索所提供的動力下，所形成的那一時期的柏拉圖主義。這一時期至少延伸至 529 年雅典(Athens)的柏拉圖學派(the Platonic School)被查士丁尼大帝(Justinian)關閉為止，至多則歷經拜占庭帝國(Byzantium)時期，以麥克・普塞魯斯(Michael Psellus, 1018-78)、普萊梭(Pletho, c. 1360-1452)等為代表人物；文藝復興時期(費希諾〔Ficino〕、皮科〔Pico〕和佛羅倫斯學院〔Florentine Academy〕)；現代早期(劍橋柏拉圖主義者〔Cambridge Platonists〕、湯馬斯・泰勒〔Thomas Taylor〕)，直到十九世紀初出現了施萊爾馬赫(Schleiermacher, 1768-1834)對柏拉圖著作進行的「科學性」(scientific)研究。新柏拉圖主義一詞，以前還用於指從柏拉圖立即的繼承者史攸西帕斯(Speusippus)和塞諾克拉底斯(Xenocrates)的舊學園起，貫穿現在被稱為中期柏拉圖主義的時期(c.80 B.C.-A.D. 220)，直到普羅提納斯時期的整個階段。這種說法使新柏拉圖主義的時期限制到了「最小」(minimum)的詮釋範圍。

真正的新柏拉圖主義或許可以分為三個主要的階段：普羅提納斯及其直接的追隨者(第三世紀)；依安布里克斯(Iamblichus)及其追隨者的敘利亞學派(Syrian School)(第四世紀)；由雅典的普魯塔克(Plutarch)開創的雅典學派(Athenian)，包括賽瑞亞內斯(Syrianus)、普羅克勒斯(Proclus)及他們的後繼者，直到達瑪西烏斯(Damascius, fifth-sixth centuries)。

普羅提納斯及其學派 普羅提納斯對柏拉圖主義的改進(在其論文中，《九章集》〔*Enneads*〕，發展出來，這一著作是由其學生波菲利〔Porphyry〕在其死後收集編撰的)，主要表現在兩方面：(a)在早期柏拉圖主義(和亞里斯多德主義)傳統的最高原則上，即一種自我思維，其也被視為真正的存有，普羅提納斯假設了一種更優越於理智和存在的原則，即完全地統一的及單純的(「太一」〔the One〕)；(b)他視實在為一系列的層級(「太一」、「理智」〔Intelligence〕和「靈魂」〔Soul〕；每一較高的層級面流出或放射出較低的層級，然而其自身則仍寂然不動，藉著「反映」(reflecting back)它們的先驅者，較低層次的實在確立其自身的存有。這一永恆歷程賦予宇宙存在和特性。理智在一種非時間的同時性狀態中運動，它備萬物之「形式」(forms)於一身。接下來，靈魂則產生時間，它把形式收於己身作為「理性原則」(*logoi*)。我們的物質的三度空間世界，它是靈魂(本質)的較低的一面將其自身投入到普羅提納斯稱為「物質」(matter)的消極勢力領域的結果。物質不具備積極的存在，而僅僅是為了靈魂在其最低層面的展現的接收器，並讓靈魂在三度空間投射種種形式。普羅提納斯經常把物質說成是「惡」(evil)(例如《九章集》第 2 卷第 8 章)，把靈魂說成是受難於一場「墮落」(fall)(《九章集》，第五卷第一章第一節)，然而，在事實上，他把整個宇宙歷程看成是「太一」過多創造力的產物，因此是「所有可能世界中最好的一個」(the best of all possible worlds)。

普羅提納斯本身是一名神祕主義者，但他完全藉助邏輯方法而獲取其哲學結論，而且對傳統宗教或新近興起的迷信的使用並不多。與他接近的學生阿米利烏斯(Amelius, c. 225-90)和波菲利(234-c.305)，儘管他們多少較能接受這些宗教與迷信，大致上仍忠實於他的哲學(儘管阿米利烏斯在三元一組地撰述形上學〔triadic elaborations in metaphysics〕方面稍遜一籌)。波菲利作為對柏拉圖及亞里斯多德的新柏拉圖主義的註釋傳統的奠基者，他在講拉丁語的西方(通過馬里烏斯・維克多里奴斯〔Marius Victorinus〕、奧古斯丁〔Augustine〕和波依修〔Boethius〕等人)和講希臘語的東方(甚至通過翻譯對中世紀的伊斯蘭世界)都產生了深遠的影響。但他主要為人所知的是普羅提納斯哲學的闡釋者。他極少增添新意，然而這極少一點新意目前漸獲好評。

依安布里克斯和敘利亞學派　依安布里克斯(Iamblichus, c.245-325)，敘利亞(Syrian)一個古老貴族家庭的後裔，是波菲利的一位學生，但在很多重要的問題上與波菲利有歧見。他在敘利亞的阿帕麥(Apemea)創建了自己的學校，吸引了許多學生。

與波菲利的歧見中的一個主要點是對法術(有著哲學基礎的真正地合法的巫術，並非不同於基督宗教神聖的神學)的角色的認知。反對波菲利，依安布里克斯聲稱僅靠哲學的推論而沒有法術儀式的輔助，是無法達到啟蒙的頂點，他的這一觀點也得到所有後期的柏拉圖主義者們的認同。他也藉著一煩瑣哲學(Scholastic)的補充，通常加上三元一組的系統，及普羅提納斯較為流暢及活躍的處理哲學的方式所留下來的「存有鏈」(chain of being)的缺口的系統，創造了一個比普羅提納斯更複雜的形上學架構。例如，他假定了兩個太一，一個完全是超越的，另一個是所有受造物的本源，從而「解決了」(resolving)普羅提納斯的形上學中的一個張力。

依安布里克斯還盡可能地多將傳統中的諸神納入其哲學體系中，這一點在後來引起了羅馬皇帝裘利安(the emperor Julian)的注意。他在試圖創立一種希臘式的宗教以與基督宗教相抗衡時，依據的就是依安布里克斯的觀點。但這一計畫隨著 363 年他的去世而流產。

雅典學派　依安布里克斯的學生與雅典學派的奠基者普魯塔克(Plutarch)之間存在著什麼樣的傳承關係，目前仍不清楚，但雅典學派一直對敘利亞學派保持著一種崇高的敬意。普魯塔克自己是一不明確的代表人物，而賽瑞亞內斯(Syrianus, c.370-437)從他的學生普羅克勒斯(Proclus, 412-85)經常提及他，這一點可以看出他是這一學派的主要代表人物，儘管他的著作留存下來的很少。而且普羅克勒斯的形上學理論大部分都源自於他。

雅典學派的哲學家們在實質上發展了依安布里克斯的學說並使之進一步系統化，創造了更新層次的神祇(例如可理解的-理智的神〔intelligible-intellectual gods〕、太一世界的「靈魂」〔henads〕——然而他們反對「兩個太一」〔the two Ones〕的說法)。這種發展和創造在雅典學派的最後一名代表人物達瑪西烏斯(Damascius, c.456-540)的思想中達到了頂點。

這個使實在體系化和概念客觀化方向發展的傾向，最具戲劇性地體現在普羅克勒斯的《神學原理》(*Elements of Theology*)一書中。這種傾向成為留給後來新柏拉圖主義者的永恆的遺產，並對其他人，如黑格爾(Hegel)，的思想產生了深遠的影響。

參見 commentaries on Plato 對柏拉圖的註釋；Islamic Neoplatonism 伊斯蘭教新柏拉圖主義

J.M.D.撰　徐學庸審訂

N

Neoplatonism, Islamic　伊斯蘭教新柏拉圖主義　見 Islamic Neoplatonism 伊斯蘭教新柏拉圖主義

neo-Scholasticism　新士林哲學　由教宗利奧十三世(Pope Leo XIIII)頒發《永恆之父》(*Aeterni Patris*, 1879)通諭而發起的一次運動；藉著對亞奎納(Aquinas)的強調，該通諭是以研究中世紀士林哲學作為解決所有現代問題的良方的一普遍建議。利奧十三世假定存在著一種共同適用於亞奎納、波拿文都拉(Bonaventure)、大亞爾伯都(Albertus Magnus)和鄧斯・斯各多(Duns Scotus)的學說，而亞奎納則是該學說的傑出代言人。沃爾夫(Maurice De Wulf)用「永恆哲學」(perennial philosophy)一詞指這種共同的中世紀哲學核心，而「士林哲學」一詞則是後世使用的術語。像曼多內(Mandonnet)、格拉白曼(Grabmann)和吉爾松(Gilson)等歷史學家不久便對這種認為存在著單一中世紀思想的觀念提出挑戰，並將注意力放在偉大的中世紀大師之間深奧難解的差異上。布里埃爾(Brehier)於 1931 年促成了一次基督宗教哲學的討論，並產生出各種認為中世紀思想家和後來的基督宗教哲學家有共同之處的主張，但這卻迥然有別於《永恆之父》的假定。這種學理上的暗示再加上後來的教諭，其所帶來的卻是多瑪斯主義(Thomism)在修院、教會學院和天主教大學中的復興，而非士林哲學的復興。

在樞機主教梅西埃(Cardinal Mercier)領導下的魯汶大學(Louvain)高等哲學研究所(Louvain's Higher Institute of Philosophy)和其刊物《新士林哲學期刊》(*Revue de Philosophie Néoscolastique*)，是這場多瑪斯主義復興運動的最初成果。道明會(the Dominican order)的「一般研究」(*studia generalia*)繼續向前跨進了一步，索爾克瓦(the Saulchoir)出版了《多瑪斯主義期刊》(*Revue thomiste*)。在相繼於米蘭、馬德里、拉丁美洲、巴黎和羅馬等地建立的研究所中，人們接受訓練以擔任學院和修院中的教學工作，而學術研究也開始繁榮起來。列奧尼那版本(Leonine edition)的亞奎納著作問世不久，波拿文都拉、鄧斯・斯各多、奧坎(Ockham)，以及大阿爾伯都等人之新批判版本即接踵而來。廣義的中世紀研究因收集手稿和古文字學和手稿學而獲益非淺。

除了上面提到的那些歷史人物之外，一位皈依天主教的在俗人士馬利坦(Jacques Maritain, 1882-1973)，在他的祖國法國和美國兩地都做了大量的工作以促進亞奎納哲學的研究。隨著吉爾松、馬利坦的定期與頻繁駐留，在多倫多的宗座中世紀研究院(The Pontifical Institute of Mediaeval Studies)，就像魯汶大學、羅馬的耶穌會額吾各大學(the Jesuit Gregorianum)和道明會天使大學(Dominican Angelicum)那樣，已經成為加拿大和美國的學院和大學教師的培育地。在 1940 年代時，有些美國人就是在魁北克的拉瓦爾學院(Laval)取得神學和哲學博士學位的，而且很快就能感受到查理斯・得・科寧克(Charles De Koninck)的影響力。於是，聖路易斯大學(St. Louis University)的耶穌會開始出版《現代士林哲學家》(*The Modern Schoolman*)雜誌，在華盛頓的道明會則出版了《多瑪斯主義者》(*The Thomist*)，而美國天主教哲學學會(the American Catholic Philosophical Association)則出版了《新士林哲學》(*The New Scholasticism*)。美國天主教大學(Catholic University)的哲學院(The School of Philosophy)長期以來都是(該學科)教授和學者的最大培育地，後來又有聖路易斯大學、喬治城大學(Georgetown)、聖母大學(Notre Dame)、佛丹姆大學(Fordham)和瑪魁特大學(Marquette)提供的研究所課程加入了它的陣容。

在多瑪斯主義於美國復興的黃金時期，即從 1930 年代直到 1965 年第二屆梵蒂岡大公會議(the Vatican Council II)結束，基於各種對哲學和科學間關係的不同看法，而有各式各樣的多瑪斯主義出現。1960 年代期間，多瑪斯主義哲學是所有天主教學院和大學課程中一個突出的部分。到 1970 年時，多瑪斯主義差點因為人們誤以為第二屆梵蒂岡大公會

議的目的是要否定多瑪斯主義而銷聲匿跡。這卻產生了一種效應，即其將亞奎納(思想)擴展到了更廣闊的哲學世界。

參見 Aquinas 亞奎納；Neo-Thomism 新多瑪斯主義；Scholasticism 士林哲學

R.M.撰　丁福寧審訂

Neo-Taoism　玄學　「玄學」(Profound Learning, Mysterious Learning, or Dark Learning)是中國魏晉南北朝時期一個創新領域、多面性的道家學術(Taoist Learning)復興運動。西方學者常翻譯為「新道家」。玄學以道的詮釋為本，對先秦道家儒家思想做出新理解和發揮，從西元三至六世紀，成為當時的哲學主流和國家的一種官學。「玄」字出自《老子》(*Lao Tzu*，《道德經》〔*Tao Te Ching*〕)，其本義是一種深紅的顏色(dark red)。在老子道家哲學裡面，玄是指道不可形容的奧妙。西元 220 年，曹氏家族正式取代漢皇朝(Han)，建立魏國(Wei)新政府。但當時魏蜀吳三國鼎立，社會政治環境極不穩定。魏名士結交，多參與當時流行的清談(Pure Conversation)，品評時人時事。雖然有少數可能已經厭倦政治生涯，但大部分的名士還是希望以道的詮釋建立一套新的政治理論，重新大一統天下太平的理想，而玄學就此生產，成為清談的一個主題。

玄學的初期發展以魏正始年間何晏(Ho Yen, c. 190-249)和王弼(Wang Pi, 226-49)為代表。二者對漢代的學術傳統做出嚴重的批判，認為漢代儒家正統(the Confucian orthodoxy)誤解孔子本身的教義(the original teachings of Confucius)，甚至妨礙其之復興。博士鴻儒由於私利，甚至歪曲先聖前賢的學說，這樣最少間接導成漢朝的滅亡。孔子是聖人，他的中心思想是「道」，老子和其他的有識之士所要講的也是道，要魏國強，再度統一中國，就要對道有一個新的正確認識。

玄學其中最重要的一個哲學辯論是「言意之辯」(the debate on words and meaning)。玄學家一致批評漢學對古代經典的詮釋。漢代學者解經用的是章句之學，試圖詳盡解釋每一章每一句的字面意思。而何晏、王弼和大多數的玄學家(Neo-taoists)則以為聖人經典的真正意義超越表面的字義，認為言不可以盡意，或者是得意需要忘言。這場辯論可以說是詮釋學在中國哲學史上第一次出現。基於章句繁瑣，漢儒多獨專一經，而玄學家則認為整個古代文化哲學遺產都需要瞭解，以深入體會道之玄義。

上古聖人對道的認識是一致的，而道的意義在《易經》(*I-Ching*)、《老子》(*Lao Tzu*)和《莊子》(*Chuang Tzu*)裡面說得最清楚。這三部哲學經典在當時被稱為「三玄」(Three Profound Treatises)，玄學家多有為其作註解，以正漢章句之誤。王弼的《老子注》和《周易注》是中國哲學史上的重要著作，而另外一位玄學家郭象(Kuo Hsiang, d.312)可以說是中國思想史中最重要的《莊子》註解者。

道是萬物之始。漢人多以「道」為有創造力的造物者「天」(heaven)或元「氣」(vital energy)。王弼則認為「有」(being)生於「無」(non-being)。「無」的概念出於《老子》，形容道的無窮無盡，無名無形。在王弼眼中，道一定是超越萬有，而「無」作為一個反面的形容是最適當的，正好說明「道」為萬物之始在邏輯上不可能是「有」的一部分，沒有萬物的名、形和其他性質。

郭象同樣反對漢代學者對道的解釋，但是他認為「無」只是一個抽象的概念，不可能生「有」。而若無不能生有，又若造物者的概念是有問題的，那麼唯一的解釋就是萬物是自為存在的了。因此郭象就提出了萬物自生自化的本體論。「自化」(self-transformation)就是說萬物沒有一個時間上的起點，有是永恆的。個別事物當然是有它們的生成因素，但推到最原始的生化就只可以用自化來解釋。在本體論上，中國史書多以王弼的「貴無」(valuing non-being)和郭象的「崇有」(exaltation of being)相對，為玄學的兩大理論。

在道德倫理和政治方面，王弼強調「道」在實質世界中表現為不變的常「理」(principles)，王弼認為這就是經典中所謂的「自然」(naturalness)，即自然的最終意義(what is of itself so)。理不單指大自然的物理，並包括社會倫理。換言之家庭和社會的基本制度都是本於道。

王弼強調的是「一」(unity)，是萬物根本統一的理，而郭象的思想重點是「眾」(diversity)，認為每一人皆有其個別所稟受的氣「分」(share of vital energy)，以定每人不同的體質、思力和道德器量。人生而各有其獨特的天份，這是天然的，應該接受的，但不同人的分別並不代表優劣。每一個人都是完全的，在大環境中扮演著不可缺少的角色。所以郭象玄學的道德觀是以「真」為主，就是說每人都要認識和珍惜自己的真我，修身養性，以達到完全發展個別天賦的理想。

在政治上，自然發揮成道家「無為」(non-action)，和法家(Legalist)所強調的嚴刑峻法相反。王弼以為「無為」可以保全自然的規律，令萬物無阻地發展達到其應有的終點。實際上，王弼是說君主和人民都要除去私心，歸於「清靜」(emptiness and quiescence)，過著純樸的生活，不被私欲所束縛和擺布。

郭象清楚指出無為並不是沒有任何行動，而是說人生處世每一舉一動都應以自我的天份為本，自然盡量發揮。道德仁義之理是天生的，所以無為不容半點虛假、自私、和自欺欺人的行為。無為的道德觀並不是代表逃避現實，做一個隱士。聖人雖然身處於廟堂之上，其心也如處於山林之中。雖然面對權力鬥爭，也一樣存心養性，處之泰然，沒有任何私欲。在治國方面聖王當然自然減少私見和違理的限制，改變制度以適應世代的轉變，任用有才幹的人，委任適當的人選管理不同的部門。一般來說，無為的政治是建立一個適當的環境令人民天下萬物都可以生得其所，發展個別自我的才華。

西元 249 年，司馬氏(Ssu-ma family)發動政變奪取曹氏政權，何晏被殺，王弼亦於同年因病而亡。後世史學家以王弼何晏的時代為正始玄學，玄學的第一期。

司馬氏政權終於在西元265年正式代魏而建立晉皇朝(Chin dynasty)。在魏晉過渡時期，玄學的代表者是當時有名的「竹林七賢」(Seven Worthies of the Bamboo Grove)。在哲學上，其中以嵇康(Hsi K'ang, 223-62)，阮籍(Juan Chi, 210-63)和向秀(Hsiang Hsiu, 227-80)最具重要性。

從不同的角度和途徑，他們都以自然為更生的基本要素。玄學中的種種辯論大多環繞著「名教」(orthodox teachings)與「自然」的關係。名教是指儒家傳統的禮教。據王弼和郭象，政治社會制度應本於自然，理論上二者並無一定的衝突。但據嵇康和阮籍，名教則有違自然。

這樣玄學也幫助鼓吹起一股反正統禮教文化的風氣。在哲學層次上，最重要的問題是感情和道德倫理的關係。情慾到底是對道德行為有正或負的影響？何晏以為聖人無「情」(emotions)，史書謂其論甚精。聖人無情是因為其稟氣精純，沒有絲毫雜亂。這亦表示在何晏的立場情慾是達到道德完全的一種阻礙。

嵇康同樣重視無私無欲，而向秀則認為修身需要用禮教來節制情慾。但是有多數玄學清談家就認為強烈無拘束的感情是表達真我的最佳途徑。這樣玄學就常與名教禮法發生衝突。到清談在南北朝大盛的時候，有名士就以真情流露，毫無節制的行為來表達自我的真性，反對名教，以此建立自己的名聲。

玄學之自然名教之辯也引起了「才性」關係(talent or capacity and its relationship to human nature)的問題。才能是否與道德本性有因果的關係？在魏晉玄學才性之辯有四種不同的說法，一說才性「同」(identical)，二是才性「異」(different)，三才性「合」(harmonious)，四才性「離」(separate)，史稱才性四本論。才性問題直接影響選舉政府官員的制度，所以在當時極受重視。

西元四世紀初期，晉皇朝被逼南渡，當東晉名士在南方定居之後，他們感嘆追念何晏、王弼的「正始之音」，為玄學的高峰。雖然清談依然是士人必修的課門，但已經沒有太多創新的哲學思想概念。到玄學晚期，另外一本道家典籍《列子》(*Lieh-tzu*)受到廣泛的注重，與三玄相比。張湛(Chang Chan, c.330-400)所著的《列子》注特為重要，不只對以前的玄學思想做了一個總結，另加入了若干佛家(Buddhist)的思想。從四世紀開始，佛學大師也常參加清談的行列，與玄學家爭相競旅，大暢玄風。

參見 Buddhism 佛教；Chinese Legalism 中國法家；Chinese philosophy 中國哲學

A.K.L.C.撰　陳金樑審訂

Neo-Thomism　新多瑪斯主義　這是十九及二十世紀重振亞奎納(Aquinas)思想的神哲學運動，是由天主教教宗良十三世(Leo XIII)的《永恆之父》(*Aeterni Patris*, 1879)通論所發起。他呼籲復興多瑪斯原理的思想，以面對現代性在思想與社會上的挑戰。1950 年代是該學派之顛峰期，並繼續對某些組織：如美國天主教哲學會發揮作用。新多瑪斯思想學者中的重要人物有克魯根(Joseph Kleutgen)、梅西埃(Désiré Mercier)、馬雷夏(Joseph Maréchal)、魯塞洛(Pierre Rousselot)、伽利古拉剛(Réginald Garrigou-LaGrange)、格拉曼(Martin Grabmann)、辛諾(M.-D. Chenu)、馬利坦(Jacques Maritain)、吉爾松(Étienne Gilson)、西蒙(Yves R. Simon)、派柏(Josef Pieper)、拉納(Karl Rahner)、法卜洛(Cornelio Fabro)、高瑞德(Emerich Coreth)、郎尼剛(Bernard Lonergan)，以及克拉克・諾利斯(W. Norris Clarke)。這些學者中，若有則屬少數，是以新多瑪斯主義者自居；有的則明確反對此一稱號。除了對亞奎納思想的投入，以及理解其思想對當代思想的重要性之外，新多瑪斯主義者少有共通之處。他們的研究使得人們更能從歷史的角度正確理解亞奎納及其對中世紀思想的貢獻(格拉曼、吉爾松、辛飾嬌)，其中包含先人所忽略的、亞奎納的思想中柏拉圖形上學及分享說的因素(法卜洛)。對亞奎納的思想更深入的理解，就像在相對立的傳統中鍛造出一創意的綜合，更易於說明其重要性。那些對當代思想存疑的新多瑪斯主義者，對於將亞奎納之文本應用於當代問題上提供嶄新的理解(派柏、吉爾松)。他們的影響，可見於德行理論之再興及麥金泰爾(Alasdair MacIntyre)的著作中。其他人則借後期多瑪斯主義者(馬利坦、西蒙)之助而設法發展亞奎納之思想，並將改革派之學者：如卡其坦(Cajetan)與普安索(Jean Poinsot)的詮釋整合進來，形成對理智、意向性、符號學，以及實踐知識之更加複雜與引起爭議的評價。那些意欲以當代哲學之用語來面對當代哲學的新多瑪斯學者，乃是同情地利用亞奎納之原理來詮釋當代哲學(馬雷夏、郎尼剛、克拉克)，他們尋求交談而非正面衝突。然而某些對亞奎納的理解，是如此徹底地被整合進當代哲學中，以致似乎被後者所同化(拉納、高瑞德)；他們高度個人化的形上學，不僅受到亞奎納、也受到其他哲學影響的高度啟發，尤其是海德格(Heidegger)。從學者們常常用以描述立場的語詞，反映出此一運動與批判的、後康德式的方法論之差異。「存在的多瑪斯主義」(Existential Thomism)被用於那些人，他們同時強調本質與存在之間實在的差異，與可感與件在心靈首先理解的存有概念中所扮演的角色。「超驗多瑪斯主義」(Transcendental Thomism)指馬雷夏、羅士洛、拉納、高雷德等學者之思想，他們依據心靈傾向實在之天生動能論——此乃根植於亞奎納主動理智的理論——而演繹出他們的存有形上學。

參見 Aquinas 亞奎納；Gilson 吉爾松；Maritain 馬利坦；Mercier 梅西埃；Thomism 多瑪斯主義

D.W.H.撰　蕭宏恩審訂

Neumann, John von　諾曼，約翰・馮　見 von Neumann 馮・諾曼

neural net　神經網　見 connectionism 連結論

neural network modeling　神經網路模擬　見 connectionism 連結論

Neurath, Otto　紐拉特，奧托　見 Vienna Circle 維也納學派

neurophilosophy　神經哲學　見 Churchland, Patricia 珮特麗莎・丘奇藍

neuroscience　神經科學　見 cognitive science 認知科學

neustic　示意內容　見 prescriptivism 規範主義

neutrality　中立　見 liberalism 自由主義

neutral monism　中立一元論　見 philosophy of mind 心靈哲學

New Academy　新學園　柏拉圖所建立的學園(Academy)，在西元前大約 265 年左右，被學園中的懷疑論者主導，改稱「新學園」。這一時期，該學園的主要領導人物為阿爾切西勞(Arcesilaus, 315-242)和卡奈阿德斯(Carneades, 219-129)；關於新學園可用的資料是西塞羅(Cicero)的《學園記》(*Academia*)。

卡奈阿德斯是連鎖式三段論證這類邏輯技術的大師(他從迪歐多魯斯〔Diodorus〕那裡學得該項技術)。他試圖重振柏拉圖的辯證法，用它來達到「終止信念」，這是他從皮羅(Pyrrho)那裡學到並予重視的。後來，新學園在卡奈阿德斯的領導下，與斯多亞學派(Stoics)發展出一種特殊的關係。當斯多亞學派發現新的方法來維護其有關判準的學說之時，新學園也發現了使用斯多亞學派的說法來予以駁斥的方法。卡奈阿德斯在西元前 155 年與一位斯多亞派代表和一位亞里斯多德派代表一起遊訪羅馬，標示出羅馬開始對希臘哲學感到興趣。卡奈阿德斯反對斯多亞學派的論證，經由其繼承人克里多瑪秋斯(Clitomachus, d. c.110 B.C.)所記載下來，後者的作品經由西塞羅的節要而為後人所知。

克里多瑪秋斯的繼承人是拉里薩的斐羅(Philo of Larisa, c.160-79 B.C.)，後者是阿斯卡隆的安蒂歐克斯(Antiochus of Ascalon, c.130-)的老師。斐羅後來設法協調老學園和新學園，設法軟化新學園的懷疑論，但也培養一種對柏拉圖的懷疑主義式閱讀。安蒂歐克斯為此憤而出走，約於西元前 87 年建立其所謂老學園，該學園現在被視為是中期柏拉圖主義的開端。大約在這時期，埃尼西德穆斯(Aenesidemus，生卒不詳)重振了嚴格意義的皮羅派懷疑主義(Skepticism of Pyrrho)，並建立了學派；該派經由塞克斯都・恩披里可(Sextus Empiricus)的作品，而為我們所知。不過，學園派的懷疑主義不同於皮浪派懷疑主義，在於尖銳地集中對付斯多亞派立場，並且約略首肯概然之知(不同於其所終止的信念)，至於皮浪派懷疑主義則譴責學園派懷疑主義在拒斥知識的可能性時態度武斷。新學園對近代哲學的發展影響很大，主要是透過休姆(Hume)，後者認為其緩和式的懷疑主義屬於這一學派。

參見 Academy 學園；Islamic Neoplatonism 伊斯蘭教新柏拉圖主義；Skeptics 懷疑學派

P.Wo.撰　沈清松審訂

Newcomb's paradox　紐康伯悖論　著名的「紐康伯的問題」，重點在凸顯兩個被普遍接受的理性判定原則之間的衝突。其問題如下：有兩個盒子擺在你面前。第一個盒子裡可能裝有一百萬美金，也可能什麼都沒有。第二個盒子裡裝有一千美金。你可以只取走第一個盒子，也可以把兩個盒子都取走。具有超凡預見能力的某人已經事前預見到了你的選擇，並根據他的預見安排好了第一個盒子。如果他預見到你將只取走第一個盒子，他會在盒子裡放上一百萬美金；如果他預見到你將把兩個盒子都取走，他會讓第一個盒子空著。一個選擇的預期效用通常是這樣計算來的：將各可能結果的效用乘以在某個選擇下該結果出現的機率，再將這些乘積加起來。因為預測者是相當準的，所以假定你只取走第一個盒子，那麼你得到一百萬美金的可能性是很大的；而如果你把兩個盒子都取走，那麼你得到一百萬美金的可能性很小。因此，只取走第一個盒子的預期效用要大於兩個盒子都取走的預期效果。因此根據「預期效用最大化原則」(the principle of maximizing expected utility)，你應該只取走第一個盒子。然而，「宰制原則」(the principle of dominance)卻說，如果決定結果事態在因果上獨立於所做的選擇，而且有一個選擇比其他狀態下的任何選擇都要好，那麼你應該選擇那個最好的結果。既然你的選擇並不會成為決定第一個盒子裡是否會裝有一百萬美金的原因，而且兩個盒子都取走顯然只是在第一個盒子裝的內容物(不管有還是沒有)的基礎上又加上一千美金，根據這個「宰制原則」，你何不把兩個盒子都取走呢？

紐康伯悖論是根據其提出者威廉・紐康伯(William Newcomb)的名字命名的。羅伯特・諾齊克(Robert Nozick)在〈紐康伯的問題和選擇的兩條原則〉(Newcomb's Problem and Two Principles of Choice, 1969)一文中正式將它提出來並進行了闡述。很多理論學者試圖解答這個悖論。他們改變選擇的預期效用之定義，希望能藉此改變，使預期效用這個觀念能與某選擇對決定結果的事態之因果影響有關，但卻與該選擇對決定結果的事態之證據力無關。

參見 decision theory 決策論；utilitarianism 效益主義

P.We.撰　王文方審訂

Newcomb's problem　紐康伯問題　見 Newcomb's paradox 紐康伯悖論

Newman, John Henry　紐曼，約翰・亨利(1801-90)　英國主教與宗教哲學家。紐曼曾經是英國牛津大學(Oxford)歐瑞爾學院(Oriel College)的院士，也是英國聖公會「牛津宗教復興運動」(the Anglican Oxford Movement)的健將。1845 年，他皈依羅馬天主教，並且在 1847 年開始擔任聖職，在 1879 年成為紅衣主教。

紐曼最重要的一部哲學著作是《贊同的語法》(*Grammar of Assent*, 1870)。在這本書中，為了把「具體的真理」(concrete of truth)與「歷史的真理」(historical of truth)予以區分，他特別針對以下兩種思考方法之差異做了一番探討，亦即：「形式推理」(formal reasoning)與「心智的非形式活動」(informal movement of the mind)或者說是「心智的自然活動」(natural movement of the mind)。以自然推論(natural inference)之模式存在的具體推理，通常是隱而未顯的、未經反思的；這種思考所處理的並非一般通則本身，而是這些通則在特定情境之下的運用。因此，科學家有必要判斷他眼前所遭遇的現象到底是具有意義的新穎經驗與料(a novel significant datum)，還是一項巧合，或者僅僅是經驗與料中的一種無意義變項。

人們用來進行上述判斷的那種後天能力，紐曼稱之為推論本能(the illative sense)；這是一種由經驗與個人洞見所形成的思想本領，一般而言，每個人在這方面的能力限定於某些專長領域。形式性的論證只能為初學者提供一種客觀的或然性，因為形式性的推論僅僅掌握判斷過程之部分輪廓；然而，推論本能卻可能讓初學者做出準確的判斷。由此觀之，所謂或然性與準確性兩者之間，並不必然具有對立的關係。

在了解到其所具有的默示性面向之後，紐曼乃闡述出其所認可的推論模式，即：「非形式性的推論」(informal inference)。他把非形式推論與形式思考兩者予以區別。藉由推論本能所進行的非形式性推論最後將對事情的真實性得出準確的判斷(這是一種「真正的贊同」)。形式思考受到推論前提所限制，而形式乃思考所贊同的結論，也是在這種限定之下所得出的結論(這種贊同，是一種「概念式的贊同」)。在「真正的贊同」之中，命題所扮演的角色是把真實性「顯像」(image)出來，使得真實性展現出來。

在《基督教教義發展》(*Development of Christian Doctrine*, 1845)一書中，紐曼對過去學術研究傳統當中，某些理念只在歷史發展中來做展現的一些方式進行了分析。他想從政治學、哲學或者是宗教裡面來界定出這種歷史展現的共通模式。雖然宗教教義的發展才是其主要興趣所在，他也強調這一類漸趨清楚明白的模式之一般特性。

F.J.C.撰　黃柏棋審訂

New Realism　新實在論　二十世紀早期在英國和美國復興的各種形式實在論(realism)。新實在論是在繼承十九世紀與占統治地位的唯心主義(idealism)進行論戰的傳統而發展起來的。在美國這種復興運動是以六位哲學家聯合發表了一篇名為〈六位實在論者的綱領和第一篇宣言〉(A Program and First Platform of Six Realists, 1910)的文章出現的。這六位哲學家是：培里(Relph Barton Perry)、霍爾特(Edwin Holt)、蒙塔哥(Willian Pepperell Montague)、皮特金(Walter Pitkin)、斯波丁(Edward Spaulding)，和馬爾文(Walter Marvin)。兩年後，他們又聯合發表《新實在論》(*New Realism*)一書，在書中六人每人各寫了一篇論文。

這部書較為系統地闡述了新實在論的主張，並給這六位哲學家帶來「新實在論者」的稱號。儘管他們在一些細節方面還有分歧，但在哲學風格和知識論論點上的很多方面都達成了共識。對於哲學問題，他們在程序上採取了通力合作和一個問題接一個問題的討論方式，因此，他們在氣質上傾向分析的細密性(closeness of analysis)，為日後的哲學趨向鋪好道路。在內容上，一些在反對唯心論上至關核心的知識論立場，他們都眾口一致。

拒絕把認識論看成是基本的，是新實在論學說之一。新實在論認為在邏輯學、數學和科學中研究的實體，都不是任何日常意義上「心理的」(mental)東西；認為已知事物既非認知關係的結果，亦非在任何基本意義上由它們被認知的東西所決定；他們還認為已知對象是獨立於認識關係而直接呈現給意識的。新實在論是某種形式的直接實在論(direct realism)，它把人們引進的知識中介和表象(mediation and representation)的觀念看作是起首便錯的步驟，一定滑向唯心主義。

他們對唯心主義的駁斥集中在指出：每一知識對象都是被認知的，這固然是人人皆知的自明之理，但唯心論依此推說知識對象的存有性(being)是在被認知之中，這就犯了推論的謬誤。我們身處我們所認知的東西之中心，並不蘊涵著我們所知者的任何性質。培里把這一事實稱為「自我中心的困境」(the egocentric predicament)，並對此觀察輔以其他論證來證明：知識對象在事實上獨立於認知的關係而存在。

作為某種形式的直接實在論，新實在論不免也有直接實在論早就具有的概念困難：「相對性事實」(the facts of relativity)，即錯誤、幻覺、知覺變異和價值評估等等的問題。若不藉助所謂的「心理中介物」(mental intermediaries)而去處理上述現象，則已被證明是困難重重的。不久，新實在論即讓位給另一組美國哲學家進行的第二次合作事業，他們是以「批判實在論」(Critical Realism)的主張而著稱的。

「新實在論」這一術語偶爾也被用在一些英國哲學家身上(他們中主要人物有穆爾〔Moore〕和羅素〔Russell〕)，只因為他們同樣從事拒斥唯心主義的工作。雖然這群哲學家就個體而言比上述美國哲學家更為重要，但是他們並不具備通力合作的性質，所以集團名稱「新實在論」還是主要以用於美國哲學家為主。

參見 Critical Realism 批判實在論；idealism 觀念論；perception 知覺

C.F.D.撰　葉新雲審訂

new riddle of induction　歸納法之新困惑　見 grue paradox 綠藍悖論

new theory of reference　新的指涉理論　見 Putnam 帕特南

Newton, Sir Isaac　牛頓，伊撒卡爵士(1642-1727)　英國物理學家、數學家和天文學家，有史以來最偉大的科學家之一。1642 年 12 月 25 日生於林肯郡(Lincolnshire)沃爾索(Woolsthorpe)，1661 年入劍橋大學(Cambridge University)，1665 年獲文學學士學位；1667 年入劍橋大學三一學院，1668 年獲碩士學位，1669 年任劍橋大學數學教授。他於 1671 年被選為皇家學會會員，1703 年起任皇家學會會長直至逝世。1696 年他被委任為造幣廠廠長。晚年投入政治、行政事務，而不是從事積極的科學研究。他是一個敏感、不坦率的人，有性情暴躁的傾向——這一點在他與萊布尼茲(Leibniz)爭論誰是微積分的最早發明者時表現得最明顯。他在科學上所做出的空前成就，使他在古年代學(ancient chronology)、聖經研究學(biblical study)、神學(theology)、及煉金術(alchemy)等方面深入而持久的研究，顯得黯然失色。

二十出頭時，牛頓就在數學和實驗的創造性上，表現出驚人的天賦。在 1664-67 年間，他就發現了二項式定理(the binomial theorem)；「流數法」(method of fluxions；微積分)；光的合成原理(the principle of the composition of light)；以及奠立萬有引力定律(universal gravitation)的基礎。

牛頓於 1687 年發表了其名作《自然哲學的數學原理》(*Philosophiae Naturalis Principia Mathematica*〔*The Mathematical Principles of Natural Philosophy*〕)。這部著作揭示了物理學和「世界體系」(the system of the world)的數學法則。他的論述以歐幾里德幾何學(Euclidean geometry)為模型：所有論點都由定義(definition)和數學公理(mathematical axioms)以數學演繹證明。世界系統由靜止或運動中的物質實體所組成(質量由硬粒子組成)，據三項公理或運動定律而相互作用：

(1)一物體如不受外力作用，則將保持靜止或等速直線運動的狀態。

(2)作用於物體上的合力與物體的動量變化率成正比，動量變化與力的方向相同。(在這裡，外力等於質量乘以速度變化率，即加速度。用公式表示就是：$F = ma$)。

(3)當一物體對另一物體施加一個作用力時，前者必受到後者一個大小相等、方向相反的反作用力。

牛頓的萬有引力定律(用現代語言重述)是：

每一物體都與其他物體相互吸引，吸引力與它們的質量乘積成正比，與它們之間距離的平方成反比。

運動定律的陳述所追隨的是同樣著名的註解，牛頓在其中公布了宇宙系統的最終條件：絕對時間、空間、位置及運動。他將這些視為是獨立存在的「量」(quantities)，據此，我們可以對物體及運動做真實的測量，而有別於相對的「感官測量」(sensible measures)

及表面觀察。牛頓似乎已認為，他的數學原理系統預設了絕對架構，而且是絕對架構使其有效。這種註解已成為許多批評討論的主題。所涉及的主要問題是絕對架構的證成。牛頓推崇固守實驗觀察及歸納法，以提昇科學知識，反對冥想式的假說。但絕對時間及空間卻是無法觀察得到的。(牛頓在這樣的註解中，確實提供了一個著名的實驗，他使用旋轉中的一桶水，以作為區分真實及表象運動的證據，並證明絕對運動。)值得注意的是，牛頓的科學概念中蘊涵理性主義(預期了康德〔Kant〕)及經驗主義(預期了休姆〔Hume〕)的衝突血統。這些爭議的部分，在牛頓的《光學》(*Optics*, 1704，特別是1730年的第四版)一書中亦很明顯，它涉及了一系列暗示性的「疑問」，討論了光、重力、物質、科學方法和上帝的本質。

牛頓《原理》(*Principia*)受到廣泛接納，在英國和歐洲大陸引起對他個人和他工作的高度美化。因此，波普爾(Alexander Pope)為他寫了著名的墓誌銘：

自然和自然的法則被隱藏在黑暗中；

上帝說，『讓牛頓去吧！』於是世界被照亮了。」

因此，「牛頓學說」(Newtonian)這個辭代表了如下觀點：自然為一普遍系統，具有數學依據及秩序，受到神聖的創造及支配。「宇宙機器」(universal machine)這個隱喻受到頻繁的運用。這種觀點是十八世紀啟蒙運動的核心，啟發了理性宗教及對社會及人類心靈的科學研究。更精確而言，「牛頓學說」暗示了一種化約，即將任何主觀內容化約到個別粒子的存有學，以及定律和力學的基本詞術語：質量(mass)、長度(length)和時間(time)。

參見 field theory 場論；philosophy of science 科學哲學；quantum mechanics 量子力學；space 空間；time 時間

H.S.T.撰　許全義、傅大為審訂

Newtonian　**牛頓學說**　見 Newton 牛頓

Nicholas Kryfts　**尼古拉．克立夫茲**　見 Nicholas of Cusa 庫薩的尼古拉

Nicolas of Autrecourt　**奧特赫古爾的尼古拉**(c. 1300-after 1350)　法國哲學家與神學家。生於奧特赫古爾(Autrecourt)，他在巴黎接受教育而且獲得神學與法律的學士學位，以及藝術的碩士學位。1346年，就在其著作中一連串的命題遭到責難之後，他被判決公開焚燬其著作及撤消自己的言論，次年，他在巴黎執行了這項判決。1350年，他被指派為梅茲主教座堂(Metz cathedral)的副主教。

尼古拉在教會內的麻煩部分起自於九封書信(其中有兩封仍倖存)，這九封書信中將顯象(appearances)即能為確切的與明顯的知識提供充分基礎此一觀點歸於荒謬。相反的，除了「信仰的確切」(certitude of the faith)之外，我們只能確認那等同或還原於不矛盾原理(non-contradiction)的事物。因此他同意，我們絕不可能有效地由另一事物的存在推論出某一不同事物的存在，包括：由性質(qualities)推論出實體(substances)，或是由結果(effects)推論出原因(causes)。的確，他發現：「在其整個的自然哲學與形上學中，亞里斯多德幾乎沒有兩個、甚或沒有一個結論是具有如此(明顯的)〔evident〕確切性」。尼古拉所投身的另一篇著作〈行政階層的評判〉(Exigit ordo executionis)一文(亦被知為〈普遍論〉〔The Universal Treatise〕)，則延續了對亞里斯多德主義(Aristotelianism)的批判。這篇論文攻擊，在他同時代埋首固著於亞里斯多德與阿威羅斯(Averroes)的人就像是盲人一樣，論文中指出，與許多被提出來的已被亞里斯多德(the Philosopher)證明之結論——例如：連續體的可分割性，運動的實在性，以及顯象的真實性——相對立的都正是與那些

結論自身同樣的明顯或顯著。

然而，由於其現存的作品實在太少，所以要那般地確定尼古拉自有的思想的確是相當困難。同樣地，他被譴責的理由也無法完全明白，雖然近來的研究已提出，他的麻煩可能是由於對某些觀念的反應所致，這些觀念乃是借之於英國的神學家，如亞當・德・渥德漢姆(Adam de Wodeham)。

尼古拉的觀點所引致的註解不僅來自於教會當局的權威人士，而且來自其他哲學家，包括：布里丹(Buridan)、茵芬的馬西留斯(Marsilius of Inghen)、薩克森的阿爾伯特(Albert of Saxony)，以及奧雷斯梅的尼古拉(Nicholas of Oresme)。然而，不管一些表面的相似處，沒有證據顯示他在確切性或因果性方面的教義對近代的一些哲學家如笛卡兒(Descartes)或休姆(Hume)有任何影響。

參見 Aristotle 亞里斯多德；Ockham 奧坎；Rationalism 理性主義

J.A.Z.撰　蕭宏恩審訂

Nicholas of Cusa　庫薩的尼古拉　也稱為尼古拉・庫薩努斯(Nicolaus Cusanus)、尼古拉・克立夫茲(Nicolas Kryfts, 1401-64)，德國哲學家，重要的文藝復興時代(Renaissance)之柏拉圖主義者(Platonist)。生於摩西勒(Moselle)河傍的庫斯(Kues)，他在 1423 年獲得教會法(canon law)的博士學位。他因著其所著《論天主教的和諧》(*De concordantia catholica*)一書而出名，寫成於 1432 年的巴塞爾大公會議(the Council of Basel)，一部反對教宗而為宗教會議之立場辯護的著作。後來他決定，只有教宗能夠為教會在其與東方世界(the East)的交通中提供統一(unity)，並將其自己與聖座(papacy)結合起來。1437-38 年，在由教廷公使(papal legation)之職位返回君士坦丁堡(Constantinople)的途中，他擁有了其著名的洞識：無限中之對立的統一(the coincidence of opposites〔*coincidentia oppositorum*〕)，其《博學的無知》(*On Learned Ignorance*)一書即建基於此觀念之上。他的不停奔走成為促成 1448 年與東方教會之維也納協定(Vienna Concordat)的主要原因。他在 1449 年晉陞為樞機主教以作為其努力成果的償報，並於 1450 年被委任為布里克森(Brixen，布瑞森農〔Bres-sanone〕)的主教。他在其職位上安定下來之前，以教廷公使(papal legate)的身分走遍了整個德國。

庫薩的中心洞識乃在於：一切對立物在其無限量度(infinite measure)內被統一，因而，為有限事物來說，會在邏輯上相矛盾者將無矛盾的共存於上帝內，上帝是一切事物之量度(即形式或本質)，祂之與它們同一乃在它們的實在(reality)、實質(quiddity)、或本質(essence)上同一。把它想成受束縛於個體內，那麼，一事物就只是其量度的一個形象(image)，而非一實在(reality)之在其自身。他的立場乃依於數學的模式，例如，他論證：一無限之直線正切於一圓是圓周曲線的量度，因為一無限直徑的圓周，含納著一切可能於一圓內的存有，將會與此切線相一致。一般說來，一事物的量度必須含括那種事物之一切可能的存有，而因此在其存有內是無限的，或無所受限的。庫薩攻擊亞里斯多德主義者是因為他們不願放棄不矛盾原理(the principle of non-contradiction)。他的認識論(epistemology)是一柏拉圖式的懷疑論(Platonic skepticism)的形式。我們的知識絕非對實在——作為事物之本質的事物之無限量度——的知識，而僅僅是對實在之有限形象——符應於我們所必須處理的有限摹本——的知識。這些形象是由我們自己的心靈所建構，並不表象出任何實在界之一直接可掌握者。它們最高的形式是在數學中被發現的，而且理性只有通過數學才能理解這個世界。在與無限實在的關係中，這些能使我去認知的形象與受束縛的實在事物僅有一極微量的實在。我們的知識只是一堆臆測，也就是說，那為真的斷言是就它們攫取真理的某部分來說的，卻絕非整體的真理(whole truth)、無限的量度、如實地在其自身。庫薩在文藝復興時代廣泛地為人所閱讀，而且有時候被說為曾對十八世紀的德國思想，特別是對萊布尼茲(Leibniz)與德國觀念論(German idealism)具有重大影響，只是，不管其思想之無可忽視的內在價值，無法確定是否真是這樣。

參見 Plato 柏拉圖

J.Lo.撰　蕭宏恩審訂

Nietzsche, Friedrich Wilhelm　**尼采，弗里德里希・威爾漢**(1844-1900)　德國哲學家和文化批評家。尼采出生於普魯士薩克森省(the Prussian province of Saxony)的一座小城，他受的早期教育集中在宗教、古典語言和文學領域。他在波恩(Bonn)大學讀了一年之後，轉學到萊比錫(Leipzig)大學學習古典語文。他在求學期間偶然讀到了叔本華(Schopenhauer)的《作為意志和表象的世界》(*The World as Will and Representation*)，這部書深刻影響了他往後的學術興趣和他早期哲學思想的形成。不過，他是作為一名古典語文學家而被延聘至巴塞爾的瑞士大學(the Swiss University at Basel)擔任教授的。令人驚奇的是，其實他才二十四歲，而且尚未拿到博士學位！

他的一生只給他留下了短短二十年的創作時期，這一時期於 1889 年一月因他精神和生理崩潰而告終結，嗣後他未再回復。他在巴塞爾擔任教授達十年之久，1879 年，他在普法戰爭期間充當一名自願看護時得到的疾病導致了身體狀況惡化，因而辭去了教職。在巴塞爾(Basel)時期，他講講授了一系列主要與古典語文研究相關的課程，其中包括希臘羅馬文學和哲學。他在巴塞爾任教的早期即與作曲家華格納(Richard Wagner)過從甚密；他對於華格納的迷戀反映在他數部早期著作中——其中最著名的是他的第一部著作《悲劇的誕生》(*The Birth of Tragedy*, 1872)，及其隨後出版的論文《華格納在拜伊洛特》(*Wagner in Bayreuth*, 1876)。他後來與華格納交惡，這尤其體現在他的論戰性著作《華格納事件》(*The Case of Wagner*, 1888)中，這一事件對他的影響既深且痛。開始時尼采視華格納為開啟了通往文化和精神復興道路的創造性天才，到了後來，尼采把華格納及其藝術看作是他正愈益關注的基本問題的某種象徵和惡化的徵兆。

這一問題即是尼采那個時代席捲而至的思想和文化危機，尼采後來用「上帝之死」(death of God)和「虛無主義」(nihilism)的出現來描述之。傳統的宗教和形上學思想方法正在壽終正寢，它們留下了一個現代科學無法填補的虛空並威脅著文明的健康。尼采首要關切的是發現某種異於叔本華的極端悲觀主義的肯定生命的學說。在《悲劇的誕生》中，他以希臘人為線索，以華格納為靈感，堅信他們的藝術能夠為因失去宗教的安慰而又喪失對代替宗教的科學和理性信心的人類，提供復興的良方。他在之後的一系列《不合時宜的沉思》(*Untimely Meditations*, 1873-1876)，進一步發展他那有必要重建人類思想的主題，為了實現這一目標，他還對他同時代人中間流行的種種有礙於這一目標之實現的傾向做了無情的批判。

尼采身體條件的惡化，以及他學術興趣的轉移(離開他最初從事的古典語文學)，使他無法保留在巴塞爾的職位。在他退休之前的最初幾年，他完成了從一名語文學家向一名哲學家的過渡，同時出版了他的《人性的，太人性的》(*Human, All Too Human*, 1878-1890)的數個部分、《破曉》(*Daybreak*, 1881)一書，以及《快樂的科學》(*The Gay Science*, 1882)一書的最初的四個部分。這些格言式的寫作，就人們的各種精神趨向和形形色色社會、文化和知識現象，提出了既尖銳又廣泛的分析和批判。在這一時期他的思想變得日趨精深老道；隨著《查拉圖斯特拉如是說》(*Thus Spoke Zarathustra*, 1883-1885)四部分的發表，他發展出自己獨特的哲學風格和哲學關切；這些都在他短暫而活躍的創作生活中最後幾年所寫的著作得到成熟的表現形式。

在這些洋溢著創造力的最後歲月中誕生了如下著作：《超越善與惡》(*Beyond Good and Evil*, 1886)；《快樂的科學》的第五部分；《道德的譜系學》(*On the Genealogy of Morals*, 1884)；《華格納事件》(1888)；一系列為其早期著作所寫的序言(1886-1887)；以及數部在他精神崩潰後才出版的著作——《偶像的黃昏》(*Twilight of the Idols*, 1889)、《反基督者》(*The Antichrist*, 1895)，和《看哪，這個人》(*Ecce Homo*, 1908)。他還撰有大量的筆記，其中的某些部分後來以《求力意志》(*The Will to Power*)之名出版(這些遺稿〔Nachlass〕在尼采思想中所占的位置和意義一直是人們聚訟不已的主題)。

在尼采撰寫《查拉圖斯特拉如是說》的1880年代早期，他已經產生了某種關於人類生活可能性——以及有關價值和意義——的新觀念，他認為據之可以克服叔本華的悲觀主義和虛無主義；後者在他看來，乃是傳統宗教和哲學解釋模式分崩離析之結果。

他預言在傳統宗教和哲學模式衰亡之後，是一個虛無主義時代的到來；然而這一前景令他悲傷莫名。他確信，「上帝存在的假說」(God hypothesis)以及有關世界和我們自己的所有宗教的和形上學的解釋，都站不住腳；不過，他卻充分認識到，眼下的當務之急是肯定生命的可能性，而不是單純拋棄上述種種之「謊言」(lies)和「虛構」(fictions)。他認為：如今對哲學構成最基本的挑戰，乃是依循可立足的堅實路線重新闡釋世界和人生，用以克服虛無主義。

尼采所謂的「上帝之死」即是一個文化事件——以「基督教道德」(Christian-moral)闡釋人生和世界的日薄西山和氣息奄奄——也意味著一種哲學的進展：對任何類似於「上帝假說」(God-hypothesis)的東西，也包括所有半神明的絕對物的拋棄。作為一個文化事件，它是一個必須加以重視的現象，是人們的深切關心的所在；因為他害怕緊隨其後會產生一輪「虛無主義的回波」(nihilistic rebound)，擔心如果沒有力挽狂瀾的力量，就會對人類的生活和文化帶來惡果。另一方面，作為一項哲學進展，「上帝之死」是他的出發點；他循此以進，對從生命、世界、人的存在、知識、價值到道德的一切事物皆進行徹底的重估。像「自然的非神化」(de-deification of nature)、「讓人重屬自然」(translation of man back into nature)、「價值的重估」(revaluation of values)、對「道德譜系」(genealogy of morals)的追蹤和批判，以及對知識、價值、道德和我們的全部「精神」(spiritual)性所作的「自然主義」精心闡述，都成為他需要解決的主要問題。他已出版和未出版的著作包含著大量極為重要的種種論說、觀察和意見，都是針對這些問題試求答案。

但人們對他仍有爭論：即使在那些高度評價尼采的學者看來，尼采闡述問題的方式與在尼采之前和之後的那些主流哲學家們闡述問題的方式，有沒有什麼相似之處呢？他嚴厲批評他的先驅者和同時代的人，而且他從根本斬斷了他與他們在觀念和方法上面的基本聯繫。此外，他自己的著作與其他大部分哲學家鮮有共同之處。他在當時出版的論著(與他寫在筆記本中的思考一樣)，都不曾系統地建立和發展他的觀點。論著中的絕大部分毋寧說都是由短小的段落和精練的格言匯集而成，其總體聯系(如果有的話)是十分鬆散的。其中有許多部分討論哲學問題，然而用的卻是非同尋常的方法；由於他對這些問題的討論見於他的眾多著作中，所以它們很容易被人斷章取義或誤解。此外，他對於某些問題的論述大部分僅見於十分粗略的筆記形式中，這些筆記蘊涵著十分豐富的思想，但是他對這些思想到底信持到什麼程度，卻未能確定。再者，他的語言交替使用著冷靜的分析、熱情的爭論、尖銳的批評和高度的隱喻種種風格；也很少明確地指出他所持論點的使用範圍，道明他使用術語的準確涵義。

許多哲學家發現自己很難從尼采那裡取得什麼，很難十分嚴肅地對待尼采。某些哲學家認為：就哲學家們長期以來始終關心的那類問題並尋求合理答案的傳統哲學事業而言，他是徹底拋棄了；他的作為不僅預示了宗教和形上學思維的「死亡」(death)，而且也預示了哲學本身的「死亡」。其他哲學家對他的理解則截然不同，認為他做的是重新確定哲學思維基本方向的工作；他透過言論和自身的榜樣來指陳怎樣更好地從事哲學研究。以前一種方式理解尼采者把他對他的前輩哲學家和同時代人所作的批評擴展到任何這類的議題之上。他們抓住他的某些有關真理和知識之較廣泛的否定看法，認為它們暗示著尼采相信我們作為群體或個體，只能製造虛構物，只能對我們的慾望要求加以僅僅出自權宜之計的(或可能是創造性的)透視表達或視角表達(perspectival expressions)。他們因此視尼采為一名極端虛無主義者，他所關心的是顛覆整個哲學事業並代之以某種更近似於探索人類之可能性的文學的形式——即某種擺脫真理和知識束縛的藝術遊戲。另一方面，根據後一種方式理解尼采者，則十分嚴肅地認為，尼采所關心的是如何找到一種克服被視為是傳統思維方式之必然結果的虛無主義的良方；認為尼采保留了加以重新理解的真理和知識觀念；此外，他還明顯關心著——尤其是在他的晚期著作中——一系列廣泛的現象，並期望對它們的理解有所貢獻。對尼采的這種理解方式與前者一樣遭到了不少非議；然而它卻提供了一種理解尼采著作的富於哲學意義的解釋。

尼采無可爭辯地堅持人類一切思想的「闡釋」性(the interpretive character)；他呼喚「新哲學家們」(new philosophers)緊隨其後，以更具自我意識和思想上更可靠的方式，對人類生活進行普遍地闡釋，並對這些闡釋加以評判和改進。他也深切關注著應該怎樣更好地對這些闡釋做出評估，關切著人類據之生活和可能更好地生活的種種價值、地位和標準的問題。關於上述兩項任務為他所採取的有效研究方法之一，是對多種闡釋模式和評估模式據以產生的條件進行「系譜學」研究(genealogical inquiry)。他認為這僅僅是完成上述兩任務必須進行的種種研究之一，僅僅是在確定任何結論之前為其他必須進行的研究所做的準備工作。

尼采進一步強調一切思想的「透視」(perspectival)性(「視角」性)和一切認知活動的囿限性，拒絕超越一切透視角度(一切視角)的絕對知識之可能性的觀念。不過，由於他也拒絕事物或價值具有脫離關係之「自在」(in themselves)的絕對觀念，他堅持認為，如果從顯示了各種關係的多重透視的角度(視角)來看，事物是容許有一種理解尺度存在的。這種「透視主義」(「視角主義」〔perspectivism〕)因此並不排斥符合這一名稱的任何知識的可能性，而且昭示了這種知識是怎樣被構想取得的。他這種被他形容為「快樂的科學」(fröhliche Wissenschaft)的哲學，正是他以各種「透視」方法處理各種題材而加以開展的。

因此與事物(我們可能會想到或是說「存在」〔being〕)相符合意義上的「真理」(truth)，對尼采來說並不存在，也不存在任何「真正的存在世界」(true world of being)——即我們甚至可能去想像不曾與它相符合的世界；不存在根據任何這類真理和實在想法的「知識」(knowledge)；進而，完全不存在任何絕對的、非透視(非視角)的和確定不變的知識(即使是關於我自己和我們是其組成部分的世界的知識)。然而這並非尼采全部的論點。比如說，確實存在著各種類型的思想，它們可能由相關的種種不同的旨趣和實踐或多或少地加以保證，不僅在社會生活的背景中，而且在我們處置我們周遭世界的過程中都是如此。尼采關於真理和知識的重新思考架構，是沿著自然主義認識論(a naturalistic epistemology)的方向，那表明他已經取代了他前輩哲學家的真理和知識觀，並填充了似乎是由他的前輩們的失敗而留下的虛無主義空白。而且，他確信關於我們自己和我們的世界，有許多事情是我們可理解的。我們的理解，可能被限制在我們的生活和世界向我們顯示的東西，以及在我們經驗中的東西上面；但是，假如這就是唯一的實在，那麼也就不再有理由把它們與真理、知識和價值的觀念相分離。因此問題就在於：怎樣更好地闡釋並評估那些我們在繼續探索它們時所發現的東西。尼采的晚期著作主要致力於這些闡釋和

「重估」(revaluation)的工作。

至於上帝之死，在尼采思想中並不僅僅指拋棄上帝存在的假說(他認為這是完全「不值得信仰」(unworthy of belief)的，由於它是虛構的，而且全然訴諸於天真、錯誤、過於人性的需求和隱祕的動機)，而且指終止一切對這種假說的形上學代替品。他也對實體化的「靈魂」(souls)和自足自在的「事物」(things)等相關假設做了批判和拒斥，把他們當作是本體論(存有論)的虛構，它們僅僅反映了我們人為(雖然方便)的語言——觀念上的速記(linguistic-conceptual shorthand)，起著統一結果、過程和種種關係的作用。為了取代這些傳統本體論的範疇和闡釋，尼采把世界構想成力量的相互激盪，並不帶任何內在結構或終極目的。它無休止地組織和重組自己，就像他稱為「力量意志」(the will to power；求力意志)的傾向所相繼產生的力量關係。「這個世界即力量意志——除此之外一無所有」，他寫道：「你自己也是這力量意志——除此之外一無所有！」

尼采的「永恆迴歸」(the eternal return or eternal recurrence)觀強調了此一既無開始亦無終結的世界觀，事物在這個世界以重複的方式一而再、再而三地發生。最初介紹該觀念時，他把該觀念當作對人類肯定自己生命之能力的考驗：在既無保留和限制，也不訴諸任何超越實體的情況下，考驗我們能否在這樣的世界肯定生命的一般特質。後來他懷有下述思想：所有的事件可能恰恰是按著相同的順序永恆地重複發生，他在其未出版的文稿中曾嘗試證明這個結論。不過在大部分場合，他都限制自己靈活運用這一觀點，並不按照上述極端形式而強求字面的意義。他對該觀念所做的華麗的修辭以及實驗式的提煉，可能旨在使該思想更富有激動人心的活力；然而他運用該觀點的目的，卻在於描述這個世界中的事件的極端非線形的(non-linear)特性和它們基本的同質性(homogeneity)，在於提供一種方式來考驗我們與這樣的世界共同生活的能力。設若我們這個世界中的事件將按同一順序永恆地發生，假如我們是夠堅強並能夠在前述假設下仍肯定生命，那麼我們即便是在尼采相信的幻想破滅的世界中，仍會擁有生存的繁榮所需要的那種東西。

尼采根據力量意志及其衍生物對人性和人的存在做出自然主義的理解；據他看來，人類形成的種種複雜的動力系統(systems of dynamic quanta)都是力量意志及其衍生物的表現與建構。「靈魂僅僅是關於肉體情況的詞彙」(The soul is only a word for something about the body)，他藉助查拉圖斯特拉之口如是說；而肉體根本上是自然力和自然過程的某種變化形式。同時，他又堅持社會組織和相互的社會關係在發展人類的意識和活動形式方面的重要意義。他也強調：能夠在一般人類準則之上獨立和創造性地提升人類的另類人出現的可能。這就是為什麼他要強調「高等人」(higher men)和「群氓」(the herd)之間差異的原因；他透過查拉圖斯特拉宣稱：「超人」(*Übermensch*)是「大地的意義」(the meaning of the earth)，藉著這一形象也傳達了克服「過於人性的」(all-too-human)痼疾和盡可能創造性地「提升生命」(enhancement of life)的理想。他絕非是要通過強調動物性而企圖消弭人性；相反地，他想要做的恰恰是引導我們努力達成「更高的人性」(higher humanity)，即能夠在救贖和證明人類的意義上堂堂正正地做人，此外還需要具備豐盈飽滿的文化生活。

儘管尼采經常被當作一名虛無主義的，然而他在事實上卻試圖反抗並克服虛無主義，因為他預估虛無主義會在傳統宗教和形上學闡釋和評價模式式微之後而大行其道。當尼采嚴厲地批判傳統宗教和形上學時，他的本義並非單純反對它們；因為他試圖進一步開發出各種真理和知識形式的可能性，這正是對生命和世界進行哲學闡釋者所追求的目標，同時，他提倡某種「酒神價值標準」(a dionysian value-standard)以取代所有非自然主義的評價模式。為了與他根據力量意志闡釋生命和世界的做法保持一致，尼采是根據他對生命和世界的闡釋制訂了這一標準的。在虛無主義之外的唯一合理選擇，必須基於對世界基本特性的重新認識和肯定。這意味著作為一種一般價值標準而確立以下這種生活：在其中力量意志作為存在的創造性轉化力量極度提升到可能達到的最高強度、最佳的表現。這轉過來又使他把「提升人生」和創造性視為他重估一切價值和發展一種自然主義價值理論的指導觀念。

這種思維方式隨即轉化為尼采的道德思想。他堅信道德與其他傳統評價模式一樣，都應該在「生命的透視角度中」(in the perspective of life)得到評判，而他認為道德中的大部分都與提升生命力的目的相悖，反映出「過於人性的」需要和軟弱，以及對較少受人喜愛的人群類型的恐懼。他對「主人」(master)道德和「奴隸」(slave)道德做了區別，他發現後者在現代世界中已然成為統治地位的道德類型。他把當今人類的道德視為「群氓-動物道德」(herd-animal morality)；它們恰好適合於充當人類規範的平庸之輩的需要並受他們的崇敬，然而卻消磨和敗壞了例外者發展潛能的可能性。他由此而關注這種道德類型的起源及其功能(作為弱者面對現實或潛在的強者的一種捍衛並維護自己報復他人的社會控制機制)。他進而建議例外者「更高道德」(higher morality)的可欲性，其中基本上「奴隸／群氓道德」(slave/herd morality)性質的「善與惡」(good and evil)對比範疇，將由「主人道德」(master morality)的近似「好與壞」(good and bad)之對比範疇來取代。主人道德帶有改進(和可變)的內容，能更好地適應例外的人可達到的生命提升高度和情況。

「更高的人性」及其相關的「更高的道德」這種帶有強烈創造性意味的尼采觀念，反映了它們與尼采視為至關重要的藝術觀念之間的親緣關係。藝術對尼采來說在本質上是創造性的(而不是認知性的)；它的作用在於催生生活的一種敏感性、一種新方式，這種生活反映了人類的最高潛能。正像我們於小範圍和某些媒體中發現的那樣，藝術作為創造性轉化世界的力量，能使我們得以一窺這樣一種更充實的生活，並朝向它的來臨邁進了一步。因此，尼采成熟期的思想只是發揮他有關藝術和生命的證立之間的基本聯繫的觀念，而那種觀念正是他第一部重要著作《悲劇的誕生》中的一般主題。

參見 existentialism 存在主義；Hegel 黑格爾；Kant 康德；Schopenhauer 叔本華

R.Sc.撰　葉新雲審訂

***Nihil est in intellectu quod non prius fuerit in sensu*　凡是在理智中的沒有不是早已在感覺中的**　拉丁語，「凡是在理智中的沒有不是早已在感覺中的」，經驗主義的一條基本信條。對這一信條較弱的解釋包含：所有概念來自於感性經驗；沒有概念是天賦的或先驗的。較強的解釋則加上一條：所有的命題知識來源於感性經驗。亞奎納(Aquinas)解釋則加上一條：所有的命題知識來源於感性經驗。亞奎納和洛克(Locke)持較弱解釋的觀點，不過他們認為我們可以從概念之間的關係認識到一些命題為真。約翰・斯圖亞特・彌爾(J.S. Mill)則持較強的解釋，他論證說甚至連數學的真理也是由經驗歸納得來。

參見 empiricism 經驗主義

W.E.M.撰　丁福寧審訂

***Nihil ex nihilo fit*　無中不能生有**　拉丁文，意為「無中不能生有」(Nothing arises from nothing)，為一直觀的形上學原理，在西方首先由巴門尼德斯(Parmenides)所發表，經常將之等同於這個命題：事物不可能無因而生(Nothing arises without a cause)。「從無中」(*ex nihilo*)創造是上帝產生這個世界而未借助任何自然的或物質的原因，但卻含有一超自然的原因，因而不會違背此原理。

J.Lo.撰　蕭宏恩審訂

nihilism, ethical　倫理虛無主義　見 relativism 相對主義

nihilism, philosophical　哲學虛無主義　見 Nietzsche 尼采；Russian nihilism 俄國虛無主義

nihilism, Russian　俄國虛無主義　見 Russian nihilism 俄國虛無主義

nihilism, semantic　語意學虛無主義　見 semantic holism 語意學的整體論

***nirodha-samapātti*　滅盡定**　也稱為 *samjñāvedayita-nirodha*，梵文字詞，意為「滅受想定」(attainment of cessation)。印度佛教學者藉此字詞來指稱禪定所產生，一種並不存有任何種類之心理活動的狀態。在滅盡定中所有心識的運作均已中止，唯有無心的身體留存著。有些佛教徒認為這狀態具有解脫意含，而將它與涅槃(Nirvana)相提並論。但是它主要的哲學意義在於它對佛教理論學家所產生的難題：在所有事物均剎那滅這一泛佛教的前提下，吾人如何提出一適切的因果解釋，以闡明何以從無物存在的連續體中能有心理活動的再現？

P.J.G.撰　何建興審訂

NN thesis　NN 定理　見 necessity 必然性

noema　意向對象；所思　見 Husserl 胡塞爾；noetic 理智的

***noemata moralia*　悟性道德**　見 More, Thomas 多瑪士．摩爾

noematic analysis　意向對象分析法　見 Husserl 胡塞爾

noesis　真知、能思　見 divided line 分割線；Husserl 胡塞爾

noetic　理智的　(源自希臘文 *noētikos*，來自 *noētos*，意為「知覺」〔perceiving〕)屬於或涉及透過理智所達成的領會(apprehension)。在嚴格的意義上，這個詞指涉的是認知機能被給予的非感官資料(non-sensuous data)，認知機能揭示出資料中可理解的意義，而與資料的感官領會部分做區分。我們聽到一個說出來的句子，可是，唯有當它的聲音可以作為理智領會的基礎時，這個句子對我們而言才可以理解。

對柏拉圖而言，這類領會(*noetá*)的對象是形式(*eide*)，相對於這個形式，感官現象只是其呈顯的機緣：形式本身超越了感官，且在一個不同的領域擁有它們的存在。對於經驗主義的思想家，例如洛克，嚴格來說並沒有明顯的理智面，因為「觀念」(ideas)就只是模糊的感官印象。然而，以較為鬆散的意義來談，我們可以將觀念視為獨立於對某特定感官印象的指涉，亦即獨立於其起源，如此觀念便可以用來指稱一類對象。

胡塞爾用這個詞來描述意向性，或普遍而言意識的二元特徵；亦即，其包含了直觀(eidetic)或範疇(categorial)的認知及知覺的認知。他談到了「能思」(*noesis*)——意向活動——與「所思」(*noema*)——意向對象——之間的相互關係。範疇或直觀的客體，是在智性上被認知的知覺客體；它並不在一個不同的領域，而是當知覺客體的顯現模式受到範疇式所思意向時，被彰顯或呈現(「被建構」)的事物。

參見 Husserl 胡塞爾；*noûs* 奴斯

F.J.C.撰　林正弘審訂

noetic analysis　**意向行為分析**　見 Husserl 胡塞爾

noise　**雜訊**　見 information theory 信息論

nomic　**規律必然的**　見 lawlike generalization 似定律的通則

nomic necessity　**規律的必然性**　見 lawlike generalization 似定律的通則

nominal definition　**名目定義**　見 definition 定義

nominal essence　**名目本質**　見 essentialism 本質論

nominalism　**唯名論**　見 metaphysical realism 形上學實在論；property 性質

nominalization　**名詞化**　見 state of affairs 事態

nominatum　**指涉**　見 oblique context 間接脈絡

nomological　**規律必然的**　見 lawlike generalization 似定律的通則

nomothetic　**律則性**　見 Windelband 文德爾班

non-action　**不作為**　見 *wu wei* 無為

non causa pro causa　**原因誤認**　見 informal fallacy 非形式謬誤

noncognitivism　**非認知主義**　見 emotivism 情緒論；ethics 倫理學

non-contradiction, principle of　**不矛盾原則**　見 principle of contradiction 矛盾律

non-duplication principle　**非複製原則**　見 philosophy of mind 心靈哲學

non-embodiment　**不具體形**　見 disembodiment 脫離肉體

non-epistemic　**非認知的**　見 perception 知覺

non-Euclidean geometry　**非歐幾里德幾何學**　各種幾何學公理化的方式，其中歐幾里德幾何學的平行公理，在經歷了非常多次不成功的證明嘗試之後，被排除在外。正如在數學的其他許多分支領域中一樣，高斯(C. F. Gauss)早已考慮過，但他卻把他的大部分思想秘而不宣。因此榮耀歸於波里艾(J.Bolyai)和羅巴切夫斯基(N. Lobachevsky)二人，他們

從 1820 年代晚期開始分別獨立地發展非歐幾里德幾何學。他們提出了這樣一種幾何學，其中一直線允許多於一條平行線(過線外一定點)的存在(取代了一個平面上直線及其外一點，僅有一條通過該點的直線與之平行這一平行公理)，而「三角形」諸內「角」的總和小於 180°。到了十九世紀中葉，黎曼(G. F. B. Riemann)則構想了這樣一種幾何學，其中直線必定相交(因此就沒有平行線)而(「三角形」諸內)「角」的總和超過 180°。在這種關係中，他區分了作為其廣延屬性的空間無邊際性(unboundedness)，和距離可能會為測度無限大的特例(它取決於該空間的曲率)。

黎曼根據高斯(已發表)的洞見，認為某個面的曲率，只有依據完全由該面自身決定的屬性(後被稱為內在屬性〔intrinsic〕)來加以定義，他也以一種極為概括和內在的方式，依據微分弧長(the differential arc length)來定義曲面上的距離(metric)。他澄清了由非歐幾里德幾何學的先驅們引入的「距離」(distance)觀念(之於三角函數和雙曲線函數)；弧長如今依測地線方式(geodesically)被理解為某個曲面上兩「點」之間最短的「距離」，而且無關於把該曲面鑲嵌於其中之某種幾何學上的任何假定。諸如關於三維立體的「體積」等屬性也加以研究。

非歐幾里德幾何學的兩種主要類型，再加上它們的根源歐幾里德幾何學，綜合如下表：

發現者	平行線數目	曲率	內角和
「歐幾里德」	一	零	＝180°
羅巴切夫斯基、波里艾	二或更多	負的	＜ 180°
黎曼	零	正的	＞ 180°

對這些幾何學的回應就進展得非常緩慢，但它們的影響逐漸地顯現。它們作為數學的合法性遭到了懷疑；但是到了 1868 年，貝爾特拉米(E. Beltrami)在一個平面圓內建構一個波里艾式二維空間的模型(Bolyai-type two-dimensional space)。這一模型的重要性在於它顯示了這種幾何學的一致性，依賴於歐幾里德幾何學一致性，因此這消除了人們擔心它是某種缺乏一致性的突發奇想。在十九世紀末的最後三十年內，各式各樣的幾何學紛紛出現，它們間的關係及投影幾何學(projective geometry)均被研究。

在實際經驗方面，這些幾何學(尤其是黎曼的方法)影響到了對幾何學和空間之間關係的理解；尤其是它提出了空間是否彎曲的問題(歐幾里德幾何學認為不是)。這些幾何學因此在相對論的出現和表述過程中扮演著重要的角色，尤其是在微分幾何學和張量微積分(tensorial calculus)領域中(由於在其中這些幾何學的數學屬性可以充分表示)。

在哲學方面，新幾何學強調公理方法的(公理即為)假設這項本質，這與習慣性地把數學理論視為真實(在某種通常並不明確的理性之下)的觀點形成了對比。這一特質導致它們被稱為「後設幾何學」(metageometry)；並有意(來自於反對者的某種反諷性的提議)使之與哲學中形上學的假說性本質相一致。它們也有助於激發慣例論者(conventionalist)科學哲學的發展(例如龐卡黑〔Poincaré〕)，並促使先天知識之(不)可能性問題舊貌換新顏。

參見 Euclidean geometry 歐幾里德幾何學；philosophy of mathematics 數學哲學

I.G.-G.撰　李瑞麟審訂

non-monotonic logic　非單調邏輯　某種未能呈現單調性的邏輯，用證明理論的話說，即它未能滿足下述的條件：對所有命題 $v_1, \ldots, v_n, \phi, \psi$，如果「$v_1, \ldots, v_n \vdash \phi$」，那麼，對任何 ψ，「$v_1, \ldots, v_n, \psi \vdash \phi$」。(等價地說，令$\Gamma$代表一組命題 $v_1, \ldots, v_n$，在單調邏輯中，如果「$\Gamma \vdash \phi$」，那麼，對任何ψ，「$\Gamma, \psi \vdash \phi$」，在其他事例亦如此)非單調邏輯是任何具有下述屬性的邏輯：對某個Γ, ϕ, ψ，「$\Gamma_{NML} \phi$」，但是「$\Gamma, \psi \not\vdash_{NML} \phi$」，這是一種

弱態非單調邏輯。在某種強態非單調邏輯中，對某個Γ, ϕ, ψ，其中 Γ 是一致的，而$\Gamma \wedge \phi$ 也是一致的，我們可推出：「$\Gamma, \psi \not\vdash_{NML} \neg \phi$」。

(人工智能研究者)研究非單調邏輯或可宣告無效推理(defeasible reasoning)的原始動機，在為常識推理中經常可見的理所當然的推理或可宣告無效的推理，製造一種機器的表徵。對可宣告無效推理的興趣很快擴展至知識論，邏輯和倫理學領域。

實際生活中遇到當務之急時，需要超越手頭證據或製造假設，直接跳躍至結論。這樣做的時候，我們經常會犯錯，因此有必要從結論倒回，解除所做的假設，或修正信念。舉一個文獻中的標準例子，「啾啾」是一隻鳥，除了企鵝和鴕鳥所有的鳥都會飛。那麼，「啾啾」會飛嗎？如果非回答不可的話，我們就需要對此事形成某種信念。如果後來發現「啾啾」是一隻企鵝，我們就不得不收回先前得出的結論。可宣告無效推理的任何表徵都必須捕捉到這種推理的非單調性。非單調邏輯企圖在邏輯本身範圍內做到這一點——做法是通過增添不必然保留單調性的推理規則。

實際情況要求我們可能無效地進行推理，儘管如此，在標準邏輯中增添非單調性推理規則，可能並非捕捉非單調性的最佳途徑。人們在這些系統中所放棄的，例如演繹定理和一致性觀念，是有些得不償失。因此，非單調邏輯(或可宣布無效的推理)面臨的挑戰在於，如何在不喪失或放棄單調(標準)邏輯於歷史中艱辛獲得的屬性下，發展一種嚴密的方法以展示非單調推理的結構。

參見 artificial intelligence 人工智慧；default logic 預設邏輯；defeasibility 可被廢除性

F.A.撰　李國偉審訂

non-natural properties　**非自然屬性**　見 Moore 穆爾

non-predicative property　**非謂述性質**　見 type theory 類型論

non-propositional knowledge　**非命題知識**　見 epistemology 知識論

non-reductive materialism　**非還原主義的唯物主義**　見 philosophy of mind 心靈哲學

non-reductive physicalism　**非還原的物理主義**　見 Kim 金姆

non-reflexive　**非自反的**　見 relation 關係

non-standard analysis　**非標準分析**　見 mathematical analysis 數學分析學

non-standard interpretation　**非標準解釋**　見 formal semantics 形式語言的語意論

non-standard model　**非標準模型**　見 standard model 標準模型

non-standard semantics　**非標準語意**　見 second-order logic 二階邏輯

non-symmetric　**不對稱的**　見 relation 關係

non-transitive　**不可傳遞的**　見 relation 關係

nonviolence 非暴力 在個人的、社會的或國際的事務中放棄暴力的使用。它通常包括一個承諾(亦可被稱為積極的非暴力或非暴力的直接行動)要以非暴力的諸般手段積極地反對暴力(以及邪惡與視不正義為善者)。

非暴力可能只指放棄肉體的暴力，也可能指既放棄生理的暴力，也放棄心理的暴力。它可能僅代表一種純粹個人的承諾，也可能被意欲同時作為對其他人都通用的規範。當非暴力指的是無條件時——即絕對的非暴力——它在所有現實的或假設的情況下都放棄使用暴力。當非暴力指的是有條件的時——即有條件的非暴力——它承認在某種假設的情況下使用暴力可被正當化，但在實踐上仍否定暴力。若非暴力是依道德的理由而被主張(原則化的非暴力)，則此種承諾屬於一種行為的倫理學或德行的倫理學。若是指前者，它將可能會被表述為一種道德的規範或原則(例如，一個人的行為應該永遠是非暴力的)來指導行為。若是指後者，它將要求人們培養非暴力性格的特徵和性情(人們假定這種性格將會被表現在非暴力的行動中)。非暴力作為一條原則，可能會被視為是基本的，或是派生的。而無論是哪一種，它正當化的原因可以是功利主義式的，也可以是義務論式的。

若非暴力是依非道德性的理由而被主張的(實用主義的非暴力)，則非暴力是達到特定的社會、政治、經濟或其他目的的一種手段，這些目的本身是依非道德性的理由而被主張。對這種非暴力行為的正當化毋寧是取決於其對實現這些有限的目的之有效性，而不是作為一種生活的方式或者作為對一般行為的指針。作為力量的另一種來源，它可能被用來替善服務，也可能被用來替惡服務。非暴力的社會行動，無論是原則式的，還是實用主義式的，都可能包含有不合作，集會示威、遊行、罷工、聯合抵制以及公民不服從等行動——這些行動技術都在吉恩．夏普(Gene Sharp)的著作中被廣泛地探究過。當非暴力被用於保衛整個民族或國家時，它提供一種戰爭以外的另一種抵抗方式。它試圖藉著不提供欲達成有效統治所需的居民的配合及喚起非暴力的直接行動(包括公民不服從)，來否認入侵者或佔領者的武力達成其目標的能力。非暴力還可以用於反抗國內的高壓統治或為了爭取社會正義的運動中。甘地反對英國統治印度的非暴力不合作運動，第二次世界大戰中斯堪地納維亞人(Scandinavian)反抗納粹佔領的運動，以及美國的馬丁．路德．金恩(Martin Luther King, Jr.)爭取公民權的運動，都是很好的例子。

非暴力的理念在遠東的思想中有其源頭，尤其是在道家(Taoism)和耆那教(Jainism)的學說中。它在猶太教經典《塔木德》(*Talmud*)中亦有跡可循，很多人發現它亦被蘊涵在《新約全書》的〈登山寶訓〉(Sermon on the Mount)篇中。

參見 civil disobedience 公民不服從；Gandhi 甘地；pacifism 和平主義

R.L.H.撰　林立審訂

norm 標準(規範) 見 basic norm 基本規範

normal form 範式 一種等值於某給定表式的邏輯表式，但具備一些特殊的屬性。其各種主要類型如下：

合取範式(Conjunctive normal form)　假如 $D_1 ... D_n$ 中的每一個都是像($p \vee \sim q \vee r$)這樣將命題變數或它們的否定所連接起來的析取(disjunction)時，那麼，像 F 這樣的表式 $F = D_1$ & D_2 & ... & D_n 就是一個合取範式。例如，下面的表式就是一個合取範式：($\sim p \vee q$) & ($p \vee q \vee r$) & ($\sim p \vee \sim q \vee \sim r$) & ($\sim q \vee r$)。命題邏輯的每一表式都具有等值的合取範式；這一事實可被用來證明命題邏輯的完備性。

析取範式(Disjunctive normal form)　假如 $C_1 ... C_n$ 中的每一個都是像(p & $\sim q$ & $\sim r$)這樣將命題變數或它們的否定所連接起來的合取時，那麼，像 F 這樣的表式 $F = C_1 \vee C_2 \vee ... C_n$ 就

是一個析取範式。例如，下面的表式就是一個析取範式：$(p \& \sim q) \vee (\sim p \& q) \vee (p \& q \& \sim r)(\sim p \& \sim q \& \sim r)$。

前束範式(Prenex normal form)　假如(1)所有量詞都出現在表式的開端，(2)量詞的範圍包含整個表式，以及(3)位於量詞之後的表式至少包含每量詞中的變數的一次出現，那麼，這樣的謂詞邏輯的表式就是一個前束範式。因此，$(\exists x)(\exists y)(Fx \supset Gy)$和$(x)(\exists y)(z)((Fxy \vee Gyz) \supset Dxyz)$都是前束範式。前束範式可以包括有自由變數在內；因此，$(\exists x)(y)(Fxyz \supset Gwyx)$是一個前束範式。不過，下列表式則不是前束範式：$(x)(\exists y)(\mathrm{F}x \supset Gx)$; $(x)(y)Fxy \supset Gxy$。謂詞邏輯的每一表式都具有同值的前束範式。

斯科倫範式(Skolem normal form)　假設(1)F是在一個前束範式中，(2)每一存在量詞都先於任何全稱量詞，(3)F至少有一個存在量詞，以及(4)F沒有自由變數，那麼，這樣的謂詞邏輯的表式就是一個斯科倫範式。因此，$(\exists x)(\exists y)(z)(Fxy \supset Gyz)$和$(\exists x)(\exists y)(\exists z)(w)(Fxy \vee Fyz \vee Fzw)$都是斯科倫範式；不過，$(\exists x)(y)Fxyz$ 和$(x)(y)(Fxy \vee Gyx)$則不是斯科倫範式。任何公式都有一個等值的斯科倫範式；這蘊涵著謂詞邏輯的完備性。

參見 completeness 完備性

V.K.撰　王文方審訂

normative　**規範的**　見 definist 定義主義者

normative ethics　**規範倫理學**　見 ethics 倫理學

normative reason　**規範性理由**　見 reasons for action 行動理由；reasons for belief 相信之理由

normative relativism　**規範相對主義**　見 relativism 相對主義

notation, logical　**邏輯記號**　見 logical notation 邏輯記號

notion　**想法**　見 Berkeley 柏克萊

notional assent　**概念式的贊同**　見 Newman 紐曼

notum per se　**自明**　拉丁語，意為「自明」(known through itself)不證自明的。這語詞大致對應於「分析」(analytic)一詞。在多瑪斯主義神學(Thomistic theology)中，一件事物成其不證自明，有兩種方式：*secundum se*(在其自身〔in itself〕)和 *quoad nos*(對我們而言〔to us〕)。「上帝存在」這命題於其自身乃不證自明，因為上帝的存在等於其本質；但對我們(人)而言，它並非不證自明，因為人並不直接識悉上帝的本質。見亞奎納(Aquinas)的《神學大全》(*Summa theologiae*, I,q.2,a.1,c.)。

參見 analytic-synthetic distinction 分析－綜合區分；Aquinas 亞奎納；self-evidence 自明

A.P.M.撰　丁福寧審訂

noumenal world　**本體世界**　見 Kant 康德

noumenon　**本體**　見 Kant 康德

noûs **奴斯**　希臘文，在希臘文中為心靈或理性(reason)的官能。*noûs* 是思想的最高類型，即神所從事的那類思維。有時，奴斯也被稱為是智性直觀的能力，它在某人理解定義、概念和任何一馬上完全理解的事情時發揮作用。*noûs* 與另一種智性能力 *dianoia* 形成對比。當我們逐步論證時，我們在運用 *dianoia*；而不須論證即斷定結論為真——就像一個神可能「看見」(see)它那樣——我們即在運用 *noûs*。究竟 *noûs* 可理解那類物體，對此一直存在著爭論。

E.C.H.撰　徐學庸審訂

Novalis　諾瓦里斯　弗里德瑞希．馮．哈登堡(Friedrich von Hardenberg, 1772-1801)的筆名；為德國詩人、早期德國浪漫主義哲學家。他的起點是費希特(Fichte)的反思型先驗哲學(reflective type of transcendental philosophy)；他透過在論述中包容其他形式的心智體驗，如信仰、愛、詩意及宗教等，試圖補充費希特在哲學思辨上的探討，並顯示出它們在存在上等同地自律的狀態。這種觀點的特殊重要性，表現在他對與理性相對照的想像力的分析，以及對與理性才能相區別的詩的創作力的分析。諾瓦里斯堅持認為這兩個領域之間有一種互補的互動，堅持哲學應與詩相結合。他的思辨中另一個重要的面向，是有關內在與外在世界之間、主體與客體之間、人類與自然之間的關係。諾瓦里斯試圖揭示這兩個領域之間的對應性，甚至是統一性，並把世界描述為人類心靈的「宇宙比喻」(universal trope)或「象徵圖像」(symbolic image)，而且反之亦然。他的哲學思想主要見於一些片斷性的論述中。

參見 Fichte 費希特

E.Beh.撰　彭文本審訂

Nozick, Robert　諾齊克，羅伯特(b.1938)　美國哲學家，曾任教於哈佛(Harvard)大學，最著名的著作是《無政府、國家與烏托邦》(*Anarchy, State, and Utopia*, 1974)。在這部著作中，諾齊克捍衛自由放任主義(libertarian)的立場，認為唯有「最小的國家」(minimal state，即限定於維護權利的國家)才是正義的。諾齊克論證道：唯有權限最小的國家、而不是權限較大的國家，能夠不侵犯權利。藉由援引康德(Kant)「人不得被當作純是工具加以利用」的令式(dictium)，諾齊克說：人的權利無論如何都是不可侵犯的，不管這些侵犯對國家多麼有用。他批判「再分配正義」(redistributive justice)的各種原則——理論家們據以捍衛「權限較大的國家」(extensive state)的各種「再分配正義」的原則，如「效益原則」(principle of utility)和洛爾斯(Rawls)所主張的「價值(goods)應當作有利於最劣勢者的分配」原則。強制實行這些原則，必然會減少自由交易的累積成果，而這就侵犯了(永久的、死後還可以遺贈的)財產權(property rights)。諾齊克自己所提出的「資權理論」(entitlement theory)說：唯有當處於某種分配下的人對其所有物有資權(entitled)時，此種對所有物的分配才是正義的。反過來說：我們也可以運用在「取得」(acquisition)、「轉移」(transfer)與「改正」(rectification)等方面的「正義原則」(principles of justice)，去澄清各種資權。

諾齊克的其他著作還包括：《一些哲學性的說明》(*Philosophical Explanations*, 1981)、《經檢視的人生》(*The Examined Life*, 1989)、《合理性的本性》(*The Nature of Rationality*, 1993)、以及《一些蘇格拉底式的困惑》(*Socratic Puzzles*, 1997)等。這些著作的主題包括了理性選擇理論(rational choice theory)、知識論(epistemology)、形上學(metaphysics)、心靈哲學(philosophy of mind)、宗教哲學(philosophy of religion)與倫理學(ethics)等。《一些哲學性的說明》一書有二項特別重要的貢獻。第一項貢獻是諾齊克的(可靠論的，因果的)

觀點：構成知識的那些信念必須「追蹤到真理」(track the truth)。例如：我對「墊子上有隻貓」的信念，唯有當(a)如果墊子上沒有貓，我將不會相信，並且(b)如果有隻貓在那兒，我就會相信，這時候我才是「追蹤到了真理」。這種「追蹤論述」(tracking account)的立場，使諾齊克反對「人們可以藉由演繹的方式，而由他們所知道的事物推論出：他們也知道他們所相信的所有事物」的原則，並且反對所有建立在這種「封閉原則」(principle of closure)之上的各種版本的懷疑論(skepticism)。

第二項貢獻是諾齊克的「同一性之最緊密的連續者理論」(closest continuer theory of identity)：根據這種理論，A 在某一稍後時間上的同一性，可以根據關於其他現存的事物的事實加以確認，因為 A 的同一性依賴於(1)連續著 A 出現而足夠緊密到使 A 成為 A 的東西，以及(2)比其他任何現存的事物都還更緊密地連續著 A 而出現的東西。諾齊克 1969 年的文章〈紐康伯的問題和二個選擇原則〉(Newcomb's Problem and Two Principles of Choice)一文，則是另一項重要的貢獻。這是對霍菲爾德的問題(決策理論中的一個問題)的首度討論，說出了許多在後續的爭論中極為重要的立場。

參見 closure 封閉性；Newcomb's paradox 紐康伯悖論；political philosophy 政治哲學；Rawls 洛爾斯

S.L.撰　張旺山審訂

***n*-tuple**　**n-元(組)**　見 set theory 集合論

null class　**空類**　見 set theory 集合論

null relation　**空關係**　見 relation 關係

number　**數**　見 mathematical analysis 數學分析學；philosophy of mathematics 數學哲學；qualities 性

number, natural　**自然數**　見 mathematical analysis 數學分析學；mathematical induction 數學歸納法

number, rational　**有理數**　見 mathematical analysis 數學分析學

number, real　**實數**　見 mathematical analysis 數學分析學

number, transcendental　**超越數**　見 mathematical analysis 數學分析學

numbers, law of large　**大數法則**　見 Bernoulli's theorem 伯努利定理

number theory　**數論**　見 philosophy of mathematics 數學哲學

Numenius of Apamea　**阿帕米亞的紐美尼烏斯**(fl. mid-second century A.D.)　具有新畢達哥拉斯主義(neo-Pythagorean)傾向的希臘柏拉圖主義(Platonist)哲學家。除了他居住在敘利亞(Syria)的阿帕米亞(Apamea)外，我們對其生平所知甚少，但他的哲學論述的重要性是很大的。他的精神實體三層次系統——一主要的神(至善，聖父)，他幾乎是超理性的；一位次要的造物之神(柏拉圖《泰密爾斯》〔*Timaeus*〕中所說的造物主)；及一個世界靈

魂——相當程度地促使一個世紀後普羅提納斯(Plotinus)提出的同類型理論，雖然他在對待物質世界和物質的態度上是比普羅提納斯更堅決的二元論者。他對東方智慧和比較宗教學很感興趣。他最重要的著作是一部對話錄《論至善》(*On the Good*)，該對話錄的斷簡殘篇被尤斯比烏斯(Eusebius)保存下來。但他也寫過一部辯論性的著作《論柏拉圖以來學園派的歧議》(*On the Divergence of the Academics from Plato*)，這表明他也是一位活躍的辯論者。

J.M.D.撰　徐學庸審訂

numerical identity　數目的同一　見 identity 同一性

***nung chia*　農家**　見 Hsü Hsing 許行

Nussbaum, Martha C(raven)　娜思包姆，瑪莎・克拉文(b.1947)　美國哲學家、古典學者、也是一位公共知識份子，在人性的理想價值(human good)、情緒及情緒在實踐推理(practical reasoning)中的角色、女性與同性戀者的權利等議題上，提出了甚有影響力的看法。她在哈佛大學攻讀古典文字學(classical philology)，出版了一卷亞里斯多德(Aristotle)《動物的運動》(*Motion of Animals*, 1978)的原文校訂本，並附有翻審訂和註釋。書裡的詮釋論文提出了一些她後來繼續發展的觀念：知覺是可以訓練的、想像是詮釋性質的、慾望是對於理想價值的追求。《善的脆弱性》(*The Fragility of Goodness*, 1986)對柏拉圖(Plato)、亞里斯多德、埃思齊魯斯(Aeschylus)、索福克里斯(Sophocles)、歐里庇得斯(Euripides)進行大膽解讀，指出許多真正的理想價值都受制於運氣、沒有共通的度量尺度、並且需要細緻的辨識。收在《愛的知識》(*Love's Knowledge*, 1990)一書中的文章討論普魯斯特(Proust)、狄更斯(Dickens)、貝克特(Beckett)、亨利・詹姆士(Henry James)、以及其他人，目的在於探索人類的脆弱在情緒上的意義，以及實踐推理的偏頗特色。這些文章還有另一重任務，那就是反駁柏拉圖對詩人的古老譴責，數年之後娜思包姆又用她的論證與波斯納(Richard Posner)法官展開辯論。斯多噶(Stoic)學派深信，人的脆弱需要藉哲學的治療將情緒去除，娜思包姆在《慾望治療》(*The Therapy of Desires*, 1994)一書裡剖析這種觀點。雖然她認為斯多亞學派關於理想價值的看法是錯誤的，他們認為情緒體現了判斷的看法，她卻加以採用並且強化，她的吉佛德講座(Gifford Lectures)《思想的變動》(*Upheavals of Thought*, 1993)一書即為顯例。

1987 年，娜思包姆開始在聯合國支持的世界發展經濟學研究所(World Institute for Development Economics Research)擔任兼職研究顧問，是她生涯中的一個轉捩點。在該處，經濟學家兼哲學家森恩(Amartya Sen)正在發展「能力觀」(capabilities approach)，供政策制定者用來測量個人的幸福(well-being)。娜思包姆應用她亞里斯多德式的人類理想價值說法，為「能力觀」尋找基礎。娜思包姆列出了過理想而有價值的生活所必需的各種人類能力，將它們整合為一套細緻敏感、但是以普遍性為訴求的自由主義。這個觀點向幾個方向發展。《詩的正義》(*Poetic Justice*, 1996)主張，能力觀在法律層面的落實，須要在一般性與具有情緒敏感度的想像力之間求取平衡，避免效益主義(utilitarianism)和經濟學會助長的簡化趨勢。《性與社會正義》(*Sex and Social Justice*, 1998)探索她的觀點對於性別不平等、同性戀權利，以及性的客體化等問題具有什麼意義。她在 1998 年發表的西理講座(Seeley Lectures)，題為「國際女性主義」(*Feminist Internationalism*)，主張一套有效的國際女性主義必須爭取權利，避免相對主義(relativism)，並且仔細認識在地的傳統，以便理解其間的多樣性。

參見 aesthetics 美學；Aristotle 亞里斯多德；emotion 情緒；practical reasoning 實踐推理；virtue ethics 德行倫理學

H.S.R.撰　錢永祥審訂

Nyāya-Vaishesika　正理-勝論學派　印度教正統學派之一。這學派認為地、風、火和水是四種形態的原子，空則是諸原子的容器。原子永存不滅，它們的結合物則不然。複合物的性質可藉由它的構成分子的性質來解釋。雖說複合物具有因結合而突現的性質，後者並非無中生有，人們只要訴諸廣義的因果連結關係就能夠加以解釋。

正理派採一神論的立場，正理派哲學家烏達衍那(Udayana)於西元十世紀寫了一部名為 *Kusumāñjali* 的書，討論自然神學，而為此一主題的經典著作。除了原子所組成的物質外，還有非物質的人。每個人都是一持續性、實體性的自我，以意識為其屬性，而能愛與恨、感受樂與苦及做種種選擇。我們從正理-勝論學派對推論和知覺的研究可以看出，這學派是印度教裡最接近英美哲學的哲學派別了。

參見 Hinduism 印度教

K.E.Y.撰　何建興審訂

Oakeshott, Michael　歐克秀，米榭爾(1900-91)　英國哲學家與政治理論家，曾在劍橋(Cambridge)和德國受教育。先後在劍橋和牛津(Oxford)任教，1951 年起擔任倫敦政經學院(London School of Economics and Political Science)政治學教授。他的著作包括《經驗及其諸形態》(*Experience and Its Modes*, 1933)、《政治學中的理性主義》(*Rationalism in Politics*, 1962)、《論人的行為》(*On Human Conduct*, 1975)和《論歷史》(*On History*, 1983)等。

歐克秀的一般聲望是建立在《政治學中的理性主義》一書上的，但卻也因此讓人誤以為他是一位保守的政治思想家。《經驗及其諸形態》是在黑格爾(Hegel)傳統下的一部有系統的著作。人類的經驗完全是一個「觀念的世界」(a world of ideas)，而這個「觀念的世界」只要是融貫的，就可以理解。這個世界可以分成許多形態(歷史的〔historical〕、科學的〔scientific〕、實踐的〔practical〕和詩的經驗〔poetic experience〕)，而每一種形態都是部分地融貫(coherent)的並和所有其他形態之間有著範疇上(categorially)的差異。哲學乃是一種想要將「觀念的世界」的融貫性和特殊經驗在整體中的地位清楚表達出來，但卻永遠無法徹底達成的企圖。

他的晚期著作檢視了歷史的和實踐的經驗之種種預設，特別是宗教、道德與政治的預設。所有實踐形態的行為都預設了自由(freedom)，並且都是行為者繼承傳統語言和觀念進行自我立法這「類活動」的「心智的展現」。某些行為追求特定的目的而在由具有共同目標的人所組成的「目的團體」(enterprise association)中發生。但許多最值得重視的行為方式(如交談)，卻不具有這種目的，而是在種種對法律與道德等純「副詞」(adverbial)性的考量下發生於「市民社會」(civil society)中的。「理性主義者」(rationalists)不當地用哲學去指揮實踐性的經驗，並將人類行為納入某些主要目的之下。歐克秀的突出成就，乃是將整體論式的觀念論(holistic idealism)與一種極端肯定「個體性」(individuality)的道德與政治融合了起來。

參見 political theory 政治理論

R.E.F.撰　張旺山審訂

***obiectum quo*　中介客體**　拉丁語，意為「中介客體」(object by which)。在中世紀和士林哲學認識論中，所謂中介客體，是指藉由它而得以認識另一客體之客體。要理解中介客體，就應該與被知客體(*obiectum quod*)相對照。例如，當一個人認識到蘋果是什麼東西時，那蘋果就是被知客體，而他所擁有的蘋果概念(concept)就是中介客體。也就是說，概念是認識蘋果的工具，而非被認識的蘋果本身。為了獲得知識，人類需要借助於概念，因為相對於上帝其創造性的的知識而言，人類的知識是接受性的。(上帝創造了祂所知的一切。)人的知識是媒介的(mediated)；神的知識是直接的(immediate)。

士林哲學家相信，中介客體和被知客體之間的區分披露出觀念論的關鍵錯誤所在。根據觀念論者的說法，知識的客體，亦即一個人所認識到的，就是觀念(idea)。相反地，士林哲學家主張，觀念論者混淆了知識的客體及那使人的知識成為可能之中介。人必須藉著某個事物(*obiectum quo*)以連接知識的客體，但是那連接人的(中介)並不就是人得以連接到的那個對象(知識客體)。

A.P.M.撰　丁福寧審訂

O

劍橋哲學辭典

object, intentional　意向對象　見 Brentano 布倫塔諾

object, propositional　命題對象　見 proposition 命題

objective body　客觀身體　見 embodiment 體現

objective probability　客觀機率　見 probability 機率

objective reality　客觀實在　見 Descartes 笛卡兒；reality 實在界

objective reason　客觀理由　見 reasons for action 行動理由

objective rightness　客觀正確　在倫理學中，一個行為只要它本身真是正確的，那麼，不論行為者或其他人是否相信其正確性，它就都是客觀正確的(objectively right)。若行為者相信或有理由相信，某個行為是(客觀上)正確的，那麼，該行為便是主觀正確的(subjectively right)。例如，根據效益主義(utilitarianism)，一行為所造成的結果若至少和行為者可能採行的其他行為所造成的結果一樣好，那麼該行為就是客觀正確的。假設效益主義的正確性，那麼，若且唯若一個行為者(在任何場合)所採行的行為符合效益主義的原則，該行為便是客觀正確的行為。一行為可以同時在客觀及主觀上正確，也可以同時都不正確。另一方面，一行為也可以是主觀上正確，但在客觀上卻不是正確的，例如當一個行為並不帶來最佳結果(這裡再次假定效益主義的理論正確性)，但行為者卻相信該行為在客觀上是正確的。此外，一行為也可以在客觀上正確，但在主觀上卻不正確，例如行為雖為客觀上正確，但行為者並不相信它的正確性，或錯誤地相信它是客觀上不正確的。

在我們對行為者及其行為的道德評估中，這個區別很重要。如果我們判斷出一個人的行為在客觀上是錯的，但若同時我們也判斷出這個行為對行為者而言是主觀上正確的，我們往往會緩和對該行為者的判斷。同樣的主-客觀區分也應用於其他倫理學範疇，像是錯誤性和義務性等概念上。某些哲學家更把這個區分擴展運用到行為以外的領域，例如情緒。

參見 ethical objectivism 倫理客觀主義；subjectivism 主觀主義；utilitarianism 效益主義

M.C.T.撰　孫效智審訂

objectivism　客觀主義　見 ethical objectivism 倫理客觀主義

object language　對象語言　見 metalanguage 後設語言

objectual quantification　對象性量化　見 quantification 量化

obligating reason　義務性理由　見 reasons for action 行動理由

obligation　義務　見 deontic logic 規範邏輯；ethics 倫理學

obligation, political　政治義務　見 political philosophy 政治哲學

obligationes **「必須」研究** 對一類論證的研究，這一類論證在推論上是必須接受的，但是就邏輯來說卻是怪異的；中世紀後期的邏輯學家把「必須」研究應用在對推理的分析之上。在《論題》(*Topics*)VIII.3 中，亞里斯多德(Aristotle)指出在一個哲學論證中，回答者(respondent)的責任就在於提出答案，因此，如果他們必須為不可能的立場辯護，這種不可能性存在於立場的性質之中，而不在它的邏輯辯護中。亞里斯多德在《前分析論》(*Prior Analytics*)I.13 主張，任何不可能的事物都無法從可能的事物導出。布萊(Walter Burley)的邏輯學是十四世紀初期「必須」論著的典型，他對由這種研究產生的邏輯練習加上描述，那是對話者(interlocutor)與回答者之間的競賽。對話者必須迫使回答者為了替某個立場辯護而主張矛盾的述句，而回應者則必須避免這種情況，同時也必須避免主張不可能的立場；這不可能的立場或者是與辯護立場在邏輯上不相容的某個立場，或者本身就是不可能的。讓士林學派邏輯學家尤其感興趣的，是內在於這些辯論之中的爭辯悖論(paradoxes of disputation)。假設一位回答者成功地為他的立場辯護，對話者或許能夠提出一個平常的立場，在第一個、已經成功地辯護的立場為真的前提下，讓回答者既無法接受，也無法拒絕。

羅吉爾・斯溫奈斯海德(Roger Swineshead)針對「必須」推理提出一種有爭議性的革新，後來為威尼斯的保羅(Paul of Venice)所反對。按照「必須」推理的傳統模式，只有在下列其中一種情況下，一個前提才與論證有關：(1)這個前提或者可以從作為辯護對象的命題推衍而得，或者與該命題不一致；(2)這個前提或者可以從一組前提的所有成員推衍而得，或者與所有這些前提彼此不一致；這些前提在邏輯關係上後於待辯護命題，但是先於待決前提。

又或者所有由前者推得及在相關前提之先的前提。斯溫奈斯海德容許一個前提僅自待辯護命題推衍而得，或者與待辯護命題不一致，卻不涉及中間前提，因此取消了對話者所提出語句次序的相關性，使回答者的任務變得更加困難。

參見 Aristotle 亞里斯多德；Burley 布萊；Kilvington 基爾威頓；Oxford Calculators 牛津算學團體；Paul of Venice 威尼斯的保羅

S.E.L.撰　劉若韶審訂

oblique context **間接脈絡** 如同弗雷格(Frege)於〈論意義與指涉〉(Über Sinn und Bedeutung, 1892)中所解釋的，一語言脈絡是間接的(oblique〔*ungerade*〕)，若且唯若在此脈絡中的一項表式(例如，專有名詞、從屬子句、或者句子)並沒有表達出它的直接(慣常)意義。對弗雷格而言，一表式的意義是其指涉(nominatum)的呈現模式，如果有任何這類指涉的話。因此，在直接的言說中，一表式的直接(慣常)意義指稱了它的直接(慣常)指涉。例如，「克普勒」(Kepler)這個專名在如下脈絡並不是間接的(也就是直接的)

(1)克普勒死得很悲慘。

因為這個專名表達了它的直接(慣常)涵意，也就是所謂之「發現橢圓形行星軌道的那個人」的意義，因而指稱了它的直接(慣常)指涉，即克普勒本身。此外，整個句子表達出了它的直接意義，也就是克普勒死得很悲慘這項命題，因而指稱了它的直接指涉，一種真值，也就是：真。相對地，在非直接的言說中，一表式既沒有表現出它的直接意義，因此也沒有指稱它的直接指涉。有一種這類的間接脈絡是直接引用，如同

(2)「克普勒」有三個字。

出現在括號中的文字既沒有表達出它的直接(慣常)意義，因而也沒有指稱它的直接(慣常)指涉，即克普勒。反而，它所指稱的是一個名詞，一個專名。另一種間接脈絡是由命題態度的動詞所引發的。因此，「克普勒」這個專名的脈絡在如下句子中是間接的

(3)弗雷格相信克普勒死得很悲慘。

因為這個專名表達了它的間接意義，比方說，「廣為人知為克普勒的這個人」這些文字的意義，因而指稱了它的間接指涉，也就是「發現橢圓形行星軌道的那個人」的意義。要注意的是，「克普勒」在(3)之中的直接指涉，和「克普勒」在(1)之中的直接意義是相同的。因此，「克普勒」在(1)中指稱了克普勒這個人，而「克普勒」在(3)中則指稱「克普勒」這個詞在(1)中的直接(慣常)意義。同樣的，在(3)之中，「克普勒死得很悲慘」這個從屬子句的脈絡是間接的，因為這個從屬子句表達了它的間接意義，也就是「克普勒死得很悲慘這個命題」這些文字的意義，因而指稱了它的間接指涉，也就是克普勒死得很悲慘這個命題。要注意的是，在(3)之中「克普勒死得很悲慘」這項間接指涉，和(1)之中「克普勒死得很悲慘」的直接意義是相同的。因此，在(1)之中「克普勒死得很悲慘」指稱了一種真值，而在(3)之中「克普勒死得很悲慘」則指稱了一個命題，也就是在(1)之中「克普勒死得很悲慘」這些文字的直接(慣常)意義。

參見 indirect discourse 間接引述；meaning 意義；quantifying in 量化入

R.F.G.撰　王文方審訂

oblique intention　隱意圖性　見 intention 意圖

observation　觀察　見 philosophy of science 科學哲學

observation language　觀察語言　見 incommensurability 不可共量性

observation sentence　觀察語句　見 philosophy of science 科學哲學

observation term　觀察詞　見 philosophy of science 科學哲學

obversion　換值法　一種直接推理法，允許將肯定式的 A 命題和 I 命題轉變為相應的否定式的 E 命題和 O 命題，或將 E 命題和 O 命題轉變為相應的 A 命題和 I 命題。不論是上述的何種轉換，原句主語和謂詞的順序保持不變，但將原來的謂詞改為補語(complement)，即改變為否定的謂詞。例如，將「每個人都會死」改為「沒有人不會死」；「有一些學生感到幸福」改為「有一些學生沒有感到不幸福」；「沒有狗會妒嫉」改為「所有的狗都不會妒嫉」；「一些銀行家並不富裕」改為「一些銀行家是不富裕的」。

參見 square of opposition 對立方陣；syllogism 三段論式

I.Bo.撰　王文方審訂

obviousness　明顯性　見 self-evidence 自明

Occam, William　奧坎，威廉　見 Ockham 奧坎

occasionalism　偶因論　一種關於原因的理論，由十七世紀一批重要的笛卡兒主義哲學家提出，主要代表人物包括克勞伯(Johannes Clauberg, 1622-1665)，科多摩(Géraud de Cordemoy, 1626-1684)，格林克斯(Arnold Geulincx, 1624-1629)，路易斯・朗佛吉(Louis de la Forge, 1632-1666)和尼克勒斯・馬勒布朗士(Nicolas Malebranche, 1638-1715)。最為極端的偶因論者認為，所有有限被上帝創造的東西都不能成為事物的原因，上帝才是唯一真

正的原因。物體在其他物體或心靈中產生效果，而心靈也不能在物體或自身中產生效果。上帝是直接地、非間接地、唯一地產生所有現象的原因。當一根針刺入皮膚時，物理上的事件(針刺入皮膚)僅僅是上帝藉此促成精神狀態(疼痛)的時機(occasion)；舉起一隻胳膊的想法或考慮某件事也僅僅是上帝藉之將胳膊舉起或將某種觀念呈現於心靈中的時機；一顆撞球撞擊另一顆撞球也僅僅是上帝藉此移動了第二顆撞球的時機。所有常見的三種「因果」關係——心-身(mind-body)關係，物-物(body-body)關係或僅僅只是心靈自身(mind only)的關係——其實都只是上帝按照一般規律，無所不在地促成的活動。而且，在這些活動中，上帝只在必要的物質或精神條件具備的情況下才會運作。沒有這麼極端的偶因論則會限制神的因果作用範圍(如限制在心-身關係和物-物關係上)。偶因論並不是因笛卡兒哲學心身關係問題而產生的特殊解法或專職(ad hoc)解法，它是從對因果關係本質之一般性考量，(這種看法後來出現在休姆的著述中)，從對笛卡兒哲學中物質概念和有限實體的必然無用看法，以及，這可能是最為重要的，從對全能上帝和被創造世界之間必然的本體聯繫的神學前提出發，而得到的看法。偶因論也可以被看作是在替機械論的自然主義哲學提供一個形上學的基礎。偶因論者認為運動最終必須歸因於某種高於被動的、惰性的笛卡兒哲學的物體(笛卡兒哲學中的物體，就經院哲學的觀點來看，是一種缺乏實體形式的物質)的存有物；運動的原因必須是一種主動的力量。但是如果物體僅有廣袤，主動的力量就不可能是物體的性質。偶因論者因此認定上帝意志和驅動物體運動的原因是同一個東西。就此而言，偶因論者不過是演繹出了笛卡兒哲學中關於物質和運動的形上學結果罷了。

參見 Cordemoy 科多摩；Geulincx 格林克斯；Leibniz 萊布尼茲；Malebranche 馬勒布朗士

S.N.撰　王文方審訂

occurrent　出現　見 disposition 傾向

occurrent belief　發生的信念　見 belief 信念

occurrent memory　記憶發生　見 memory 記憶

occurrent state　出現的狀態　見 state 狀態

Ockham, William　奧坎，威廉(c.1285-1347)　也寫成 William Occam，他外號「高深莫測的博士」(the More than Subtle Doctor)，是一位英國的士林哲學家，作為唯名論(nominalism)之父，以及代表聖方濟教會與教宗若望二十二世(Pope John XXII)辯論放棄財產的問題，兩者都使他在歷史上聲名大噪。威廉．奧坎可能生於倫敦附近名為「奧坎」的小村落，早年即進入聖方濟修會擔任神職；他就讀牛津大學，獲頒「正式的學士學位」(*baccalarius formatus*)。其在教會中之生涯可謂精采紛呈，但卻如曇花一現而且極具爭議性。曇花一現的起因在於，當時前牛津大學校長約翰．盧特羅(John Lutterell)從奧坎的著作中摘錄出五十六條他宣稱具有異端性質的學說，並上呈教宗瀏覽；最後，教庭委員會花了兩年的時間研究這些學說，發現裡面有四十一條學說極易招來詰難，但是他們並沒有對其提出正式的譴責。後來，奧坎來到當時教庭所在地亞維農(Avignon)；根據他的研究，之前的教宗在「財產」這一問題上對聖方濟修會多所讓步，並不堅持修會的教士不能集體放棄其擁有財產的權利，奧坎得出的結論是：因為若望二十二世所持見解與其先輩大相逕庭，因此「他不是真正的教宗」。在他寫下這些控訴之後，便與聖方濟修會的主教「來自西森納的麥可」(Michael of Cesena)相偕逃往義大利的比薩(Pisa)，最後抵達德國慕尼黑；他在慕尼黑了其餘生，並且完成許多有關政教關係的文章。雖然奧坎與他自己威名赫赫的先輩們都大不相同，與教會之間紛紛擾擾的關係使他身後獲得極不公正的狼藉聲名，但其思想若以現代眼光觀之，在哲學上和神學上都是極其保守的。

就大多數的形上學議題而言，奧坎把自己視為亞里斯多德(Aristotle)的忠實詮釋者。他拒斥「共相」(universals)真實存在的理論，認為這是「哲學中最差勁的錯誤」；他主張，共相不過是名相或概念而已。奧坎摒棄的，不僅僅是柏拉圖主義，同時也包括當時許多實在論的主張；實在論認為，自然萬物有雙重存在模式，一種是在智性中的共相，但也是數量繁多的個體。然而，奧坎認為，每一真實的事物都只有個別的、特定的存在，所謂「普遍性」是一種僅僅附屬於名相的性質並藉由其指意功能(signification)而相互關聯。因為奧坎了解到初級名相(primary names)——也就是那些本來就有指意功能的概念——所進行的是一種心智的活動，因此其自己的共相理論最適宜於被歸類為某種類型的「概念主義」(conceptualism)。

奧坎拒斥原子論(atomism)，並且為他自己在物理學與形上學中所主張的亞里斯多德式「形質論」(hylomorphism)提出辯護；對於「自立體的形式」與「依附體的形式」兩者之間的區分是其形質論的特色。但是，他也反對當時「當代人」(moderns)(一些與其同時代的不知名對手)在理論上的物化傾向；他們把亞里斯多德的十種範疇各自都設定為某種特定的事物(*res*)；奧坎主張——從一個純粹哲學的觀點看來——把實體與性質賦予個體之外的其他事物乃是行不通的。奧坎跟隨過去聖方濟學派的主張而承認：生物身上的自立體形式具有其雜多性(a plurality of substantial forms in living things)(例如，在人類身上就具有肉體、感覺靈魂與智性靈魂等多種形式)，但是，過去鄧斯．斯各多(Duns Scotus)認為這些形式之間僅僅存在著形式性的差別，奧坎則把這些差別視為實質性的。

亞里斯多德已在自然的規律性相互關聯之後，設定了「自立體」與「依附體」，作為具有理論解釋力量的最原初實體，有了這兩類實體才興起了足以產生規律性的力量(或者，這兩類實體就是此力量本身)；與此相似的，奧坎從必要的因果性(sine qua non causality)區分出一般所謂的動力的因果性(efficient causality)，後者依賴於：A 與 B 的相互關聯不是出自 A 的力量、就是出自另一者的意志，奧坎並明確拒絕了自然中存在著任何「必要的因果性」。此外，奧坎以一種亞里斯多德式的風格堅持主張，自然中所有被創造出來自立體及依附體其實在本質上都具有其自身存在的因果力量，因此都是以獨立存在的方式與其他事物發生關係的；所以，即使是上帝也沒有辦法把熱力變成一種自然的冷卻劑。雖然上帝無法做這一改變，但仍然和其他祂所創造的事物一樣，有能力足以阻礙「亞里斯多德式的」生產力量("Aristotelian" productive powers)，讓其無法正常運作。奧坎所主張關於共相的唯名論式概念主義(nominalistic conceptualism about universals)並沒有導致他自己反對自然原理的一致性(uniformity of nature principle)，因為他主張自然中的個別事物是具有力量的存在，因此同一特定種類的事物就極可能具有相似的力量。相同的，就他所訴諸的一些先驗因果原則而言，也可以看出其哲學墨守傳統的特性，例如：「每一樣在運動中的事物都受到某種事物的驅動」、「存在不可能從無到有」(Being cannot come from non-being)、「被產生出來的事物一旦存在著，必然受到產生它的事物之約制」等。他甚至認為被創造出來的因與果兩者之間具有一種必然的關聯——例如，雖然上帝能夠獨力產生出任何被創造出來的「果」，但是一個個別的被創造出來的果不能擁有一個與其同一類的被創造出來的因。奧坎在因果性這個議題上的最重要創見，就是他攻擊鄧斯．斯各多過去對「本質的次序」及「偶然的次序」之劃分，他提出與之相反的論點，即：每一個純粹的動力因(efficient cause)都是其所產生結果的直接原因(an immediate cause of its effects)。

奧坎在認識論的主張上是一個亞里斯多德式的信賴主義者(reliabilist)，因為他把人類的認知官能(包括感性與智性)視為永遠或者是在大部分的時間裡都是可靠的。奧坎的推論方式是：既然我們擁有對於物質存在與我們自己心智活動的特定知識，那必然存在著某一特定種類的認識(一種直觀的認知)，方才有能力產生這種明證的判斷(evident judgments)。奧坎認可了以下兩項事實，一是人類的認識功能會遭到阻擾(例如感官中發生的幻覺)；二是神意會以許多不同方式介入人類的認識功能之中。這對奧坎來說是毫無疑義的，因為他所定義的「確定性」是指：能夠避免「真正」(actual)的疑問與錯誤，而非避免「邏輯學的、形上學的，以及自然的犯錯之可能性」(logical, metaphysical, and natural possibility of error)。

在行動理論上，奧坎主張任何被創造出來的或者是神聖的理性存有(rational being)，都具有不採取行動或者是偶然地採取行動之自由(the liberty of indifference and contingency)。奧坎繼承了鄧斯·斯各多對於意志的了解，他認為意志是一種有能力逆其道而行的自我決斷能力(self-determining power for opposites)，但他反對鄧斯·斯各多對於因果模式的厭惡。因此奧坎認同以下兩項主張：(1)意志的不自主行動可能無法避免，或者是因為行動者之本性使然，或者是因為行動者的其他行動使然，或者是一外在原因使然；(2)自由意志行動的動力因可能包括行動者在智性與感性上的認知，也有可能是意志本身。雖然他認為人類作為一行動主體具有內在動機的傾向——例如尋求感官愉悅或逃避痛苦的傾向、「追求利益的傾向」(*affectio commodi*，追求自身利益的傾向)，以及「公正的傾向」(*affectio iustitiae*，愛好事物內在價值的傾向)，但他不認為這些傾向會限制人類自由意志的範圍。因此，奧坎賦予自由意志的能力遠遠超過鄧斯·斯各多，他認為人類在進行選擇時，能夠採取贊同的意志(他稱為 *velle*)，也能採取反對的意志(他稱為 *nolle*)，或者根本就不採取行動。奧坎的結論是，無論是基於無知或者是一意孤行，意志能夠反對行善，進而做出討厭上帝、摒棄自身幸福、摒棄一般善(good-in-general)，或者不願意清楚地看到上帝等等行為。意志也能夠為惡，採取任何與正確的理性規定相左的行動，或者是不公正、不誠實，以及所有與理性相反，邪惡的不義之舉。

奧坎強化了傳統上對於道德科學所進行的區分——非實證道德或是倫理學：將行為予以導正，讓行為的依據不是任何更高層的權威，而是那些直接從理性與經驗中抽離出來的原則；實證道德：所處理的是法律，法律使我們不得不追求或者是避免某些事物，並非因為這些事物本身的善惡，而是一個具有合法性的更高級存在做出如此的命令(some legitimate superior commands them)。有些人因為斷章取義或者視聽遭到混淆，才主張奧坎支持一種未經修正的倫理學神意理論(divine command theory of ethics)。事實不然；在非實證道德的領域裡，奧坎提出了一種我們可以稱之為「經過修正的適當理性理論」(modified right reason theory)，這理論以亞里斯多德理性的自我節制概念為起點；根據此一概念，合乎道德的德行涉及到行動者依據其自由意志，在選擇及適當的理性兩者間進行配合。他觀察到，接受了適當資訊的適當理性會主張：「上帝，作為一至高無上的善，應該最為人所喜愛、且是為著祂自身的緣故。而且為了要表達這份愛，世人應該殫精竭慮地取悅祂(在其他事物上藉由遵從一切祂的旨意來取悅祂)」。因此，如果適當的理性是倫理學中第一序的規範依據，那麼神的旨意就是第二序的規範依據。於此，奧坎又再次全然不顧這兩個規範因為神意具有忽視一切的自由，而可能會在邏輯上發生相互衝突的可能性(例如，如果上帝的旨意與適當的理性相反)。對奧坎而言，這兩種規範在事實上相符(de facto congruence)，已經足夠作為道德生活的依據了。有關實證道德的一個分支，即救贖神學所具有的優缺點，則是相反的一回事：神意是第一序的規範，因為在末世救贖時是否能夠被神所接納的判準裡，也包括了「遵從適當理性的規定」，因此適當理性在此變成第二序的、衍生性的規範。

參見 Aristotle 亞里斯多德；divine command ethics 上帝誡命倫理學；Duns Scotus 鄧斯．斯各多

M.M.A.撰　蕭宏恩審訂

Ockham's razor　奧坎剃刀　奧坎剃刀也稱為節約原則(the principle of parsimony)，為一在方法學上於建構理論時委於簡化傾向的原則。簡化的參數，是唯一當注意的事，它有著許多不同的考量，從實體(entities)的種類到預設公設(presupposed axioms)的數量，再到由資料點(data point)連成的曲線之性質等。這想法亦可見於亞里斯多德(Aristotle)，有一段常被引用的句子「實體不應該在非必要的情況下被增加」，成為連結威廉．奧坎(William Ockham)的一段文字(儘管他未曾陳述過「這個」說法，也儘管甚至是不矛盾(non-contradiction)而非節約才是他在形上學辯論中愛用的武器)，可能是因為它點出了奧坎哲學結論的精神。反對者認為他的節約原則說得太遠了，並主張反剃刀(anti-razor)原則，在此原則下，較少的實體是不夠的，需要更多。

參見 curve-fitting problem 曲線擬合問題；Ockham 奧坎

M.M.A.撰　蕭宏恩審訂

oligarchy　寡頭政治　見 political philosophy 政治哲學

Olivi, Peter John　奧利威，彼得．約翰(c.1247-98)　法國哲神學家，他對方濟會神貧(poverty)之理論與實踐的觀點，導致了一系列長時間關於其正統性的探討。奧利威的偏好謙遜，同時就如他所被看待的一樣也偏好懷疑，卻阻礙了他在巴黎成為一神學教師。1285 年之後，他有效地得到辯明並獲准在弗羅倫斯(Florence)與蒙貝里耶(Montpellier)任教。但是在他去世之後，一部分可能是由於他的遺著與觀點為方濟會靈修派(Franciscan Spirituals)所尊崇與擁護，因此他的正統性又再次地被檢視。維尼大公會議(the Council of Vienne, 1311-12)譴責了三條會與奧利威聯想在一起、卻相互無所關聯的教義。最後，在1326 年時，教宗約翰二十二世(Pope John XXII)根據奧利威對聖經啟示錄(Apocalypse)的註解而譴責了一系列的陳述。

奧利威認為他自己主要是一名神學家，撰寫了有關聖經的豐富註釋；他的歷史哲學則是受到費奧利的喬亞金(Joachim of Fiore)的影響。他對神貧的觀點啟發了方濟會嚴修會(Franciscan Observant)之領導者西恩納的聖伯納迪諾(St. Bernardino of Siena)的改革運動。除了他對神貧的觀點之外，奧利威最為人所知的就是其在哲學上的不依於亞里斯多德，並責其為唯物論者(materialist)。對反於亞里斯多德的拋物運動理論(theory of projectile motion)，奧利威提倡一種衝力理論(theory of impetus)。他掘損對亞里斯多德範疇的正統觀點。他對關係範疇的攻擊被認為對三位一體的神學(Trinitarian theology)有隱含的危害。奧坎之量的理論(Ockham's theory of quantity)有一部分即是為奧利威所提之觀點作辯護。奧利威批判亞里斯多德也批判奧古斯丁(Augustine)的觀點；他捨棄了種子理性(seminal reason)與神性光照(divine illumination)之理論。他也論辯反對去假定被銘刻於內之可感覺的與可理解的意象(impressed sensible and intelligible species)，主張只有靈魂而非知覺客體方在知覺上扮演積極角色。一如他的哲學觀點之大膽，他也嘗試將它們呈顯出來。

作為一意志主義者(voluntarist)，他強調意志的重要。他主張，一理解的活動缺乏了意志的活動將是不可能的。他為意志的自由提出了一重要的經驗論證。

其關乎契約的論述揭露了一經濟學上的涵養深刻之理解。其關於福音書之神貧的論述

包含了最先為教宗無謬論(papal infallibility)辯護之理論。

R.W.撰　蕭宏恩審訂

Olympiodorus　奧林庇歐多魯斯　見 Neoplatonism 新柏拉圖主義

omega　歐米茄　希臘字母中最後一個字母 (ω)。依康托(Cantor, 1845-1911)之用法，小寫的「ω」作為第一個無窮序數(the first infinite ordinal number)之專有名詞，表示按自然順序排列的有限序數集合(the set of finite ordinals)之一個序數。以後，ω 被引申用作有限序數集合本身，甚至自然數集合之專有名詞。依哥德爾(Gödel, 1906-78)之用法，「ω」則作為語句集合的一些邏輯特性之名稱之前綴，最有名的像，ω完備性(omega-completeness)和 ω一致性(omega-consistency)。

ω完備性(ω-completeness)，本義源自塔斯基(Tarski)，表示形式算術語言中之語句集合(sets of sentences)之語法特性(syntactical property)，此語言有符號「0」表示數 0，有符號「*s*」表示所謂的後續項函數(successor function)，(加上)每個自然數用後面序列中之一數目字去指稱：「0」、「*s*0」、「*ss*0」等等。例如，5 用「*sssss*0」去表。如果一個語句集合(演繹地)產生每個普遍語句(universal sentence)，每個普遍語句產生它所有的單稱例句(singular instances)，則這個語句集合就稱作 ω 完備。在此架構下，通常，每個普遍語句「對於每個 *n* 來說，*n* 有 *P*」，產生每一個它的單稱例句：「0 有 *P*」，「*s*0 有 *P*」，「*ss*0 有 *P*」等。然而，正如至少是中世紀以來邏輯學家所知道的那樣，反之卻不然，也就是說，後面並不普遍成立：一個普遍語句可從其單稱例句集合中演繹出來。因此除了某些例外的集合(exceptional sets)外，人們不應期望找到 ω 完備性。所有為真的算術語句所成的集合就是這種例外集合；原因是後面的語意學事實：每個普遍語句(不論是不是算術語句)都與其所有單稱例句之集合實質相等(materially equivalent)。一個不是 ω 完備的語句集合就稱作ω不完備。ω不完備的語句集合之存在是哥德爾 1931 年提出的不完備性結論的核心現象。他的結論表明，每個「有效的」(effective)算術公理集合是 ω 不完備的，並且因此，一普遍語句之所有單稱例句是它的定理，但是該普遍語句不是定理之一。儘管這讓人印象深刻，ω不完備性集合本身之存在，若僅依稍早所述，仍不明顯。事實上，空集合和所有恆真句(tautologies)之集合都是ω不完備的，因為任一個這樣的集合產生一個非恆真的形式語句(the non-tautological formal sentence) *FS* 之全部單稱例句，此非恆真的形式語句表達下面命題：每個數或者是 0，或者是一個後繼數(successor)。

一集合有 ω 一致性，如果它不產生任一普遍語句之否定和由普遍語句產生的所有單稱例句之否定。不是 ω 一致的集合稱為 ω 不一致。 ω 不一致性當然包含一般意義上的一致性；人很容易找到一個一致的集合，但卻沒有 ω 一致，例如，一個以上面提到的形式語句 *FS* 之否定作為唯一元素之集合。對應上文提過的語法性質，有類比的語意性質，(亦即)後者之定義可藉由把「(演繹地)產生」代以「(語意地)蘊涵(implies)」而獲得。

希臘字母 ω 和它的英文名稱在現代邏輯中有許多其他用法。卡納普(Carnap)提出了一種叫做「歐米茄規則」(omega rule)的非有效(non-effective)非邏輯的(non-logical)規則，用來從一個普遍語句之單稱例句「推論」出一個普遍語句；在標準公理化的算術中加入歐米茄規則，會產生一個完備但非有效的(non-effective)公理化。一個歐米茄值邏輯(omega-valued logic)是一種多值邏輯(many-valued logic)，其真值集合是自然數集合或者與自然數集合同大小(is the same size as the set of natural numbers)。

參見 completeness 完備性；consistency 一致性；Gödel's incompleteness theorems 哥德爾不完備定理

J.Cor.撰　龔維正審訂

omega, order type　序型歐米茄　見 order type omega 序型歐米茄

omega-complete　歐米茄完備性　見 completeness 完備性；formal logic 形式邏輯；omega 歐米茄

omega-consistent　歐米茄一致性　見 formal logic 形式邏輯；omega 歐米茄

omega rule　歐米茄規則　見 omega 歐米茄

omega-valued　歐米茄值　見 omega 歐米茄

omission　省略　見 action theory 行動理論

omnibenevolence　全善　見 divine attributes 神的屬性

omnipotence　全能　見 divine attributes 神的屬性；paradoxes of omnipotence 全能悖論

omnipotence, paradoxes of　全能悖論　見 paradoxes of omnipotence 全能悖論

omniscience　全知　見 divine attributes 神的屬性；privileged access 具有優位性的接觸進路

omniscience, logical　邏輯全知　見 divine attributes 神的屬性

one-many problem　一多問題　亦稱一與多問題，是關於萬物是一還是多的問題。根據柏拉圖(Plato)和亞里斯多德(Aristotle)的說法，這個問題是前蘇格拉底(pre-Socratic)哲學家們所關心的中心問題。認為萬物是「一」(one)，一元論者，他們把萬物歸於一種單一的本質，如水，空氣或一本身。他們似乎不被許多事物或許都擁有這一本質的觀念所困擾。另一方面，多元論者，區別出各種原則或各種類型的原則，雖然他們也承認每個規律的統一性。有些一元論者認為萬物的統一的同時否認了運動，而一些多元論者進一步發展其觀點來駁斥這種否定。根據現有的資料判斷，我們可得知早期希臘形上學正是圍繞著一和多的問題而展開的。現代一元論者和多元論者爭論的核心問題是到底心和物是組成了一個或兩個實體，若一個，它的本質是什麼。

參見 pre-Socratics 先蘇格拉底學派；Spinoza 史賓諾莎

E.C.H.撰　徐學庸審訂

one over many　多之上的一　一共相(universal)；特別是一柏拉圖(Plato)的理型。根據柏拉圖的說法，如果有，例如，許多(many)大的事物，一定有某一大自身(one largeness itself)，那些事物因著它而為大；這個「多之上的一」(*hen peri pollōn*)是一可理解的實體，一個理型，它與感官世界相對照。在說明一個性質如何可以多的形式出現，及為什麼一與多不會一起組成另一個多(如《巴門尼德斯》〔*Parmenides*〕, 131a-133b)，柏拉圖本身意識到困難。亞里斯多德(Aristotle)持續的批評柏拉圖的理型(《形上學》〔*Metaphysics*〕, A 9, Z 13-15)，包括了這些困難與其他的問題，亞里斯多德比柏拉圖更常以「多之

上的一問題」(one over many)來說明柏拉圖的理型。

參見 Aristotle 亞里斯多德；one-many problem 一多問題；Plato 柏拉圖

E.C.H.撰　徐學庸審訂

one-way reduction sentence　單向化約句　見 reduction sentence 化約句

ontological argument　存有論證　見 philosophy of religion 宗教哲學

ontological commitment　存有論承諾　存有論所共有的客體，此中的存有論符合了某些(編成的)理論(由蒯因〔Quine〕所塑造出來的用語)。一(編成)理論的存有論在於此理論所假定存在的客體。為了要顯示一理論假定了一特定客體，或一特定集合之客體，我們必須顯示出，理論要為真，僅當這個客體存在，或這個集合不是空集合。這一點可以在兩個不同但等價的方式中顯現出來：如果理論的記號包含了一階述詞邏輯的存在量詞「(Ex)」，則我們便可以揭示出此理論假定了一個特定客體，或特定集合之客體——倘若為了使理論為真，此客體在拘束變元的值當中是必要的，或(除此之外)在一特定述詞論域中的值當中是必要的。因此，如果此理論推衍出「(Ex)(*x* 是一隻狗)」這個句子，那麼，拘束變元(bound variable)「*x*」所涵蓋的值就必須至少包含一條狗，以使得這個理論為真。另一種可選擇的方式是：如果理論的記號包含了每一個述詞的補詞，那麼，理論便假定了一個特定客體，或特定集合之客體——倘若為了使理論為真，我們需要某些述詞對該客體為真(to be true of that object)的話。因此，如果理論包含了述詞「是一隻狗」，那麼，「是一隻狗」的外延(extension)就不能是空集合——倘若這個理論為真的話。然而，不同的、甚至互斥的存有論(ontology)，有可能同樣完善地符合於一個理論。因此，一個包含牧羊犬而排除西班牙獵狗的存有論，和一個包含西班牙獵狗而排除牧羊犬的存有論，二者都符合一個可以推衍出「(Ex)(*x* 是一隻狗)」的理論。因而，一理論(在其存有論上)所假定的某些客體，可能不會在此理論在存有論上所承諾的客體當中。如果一理論在存有論上對一特定客體有所承諾，那麼，此客體便是一切符合於該理論的存有論所共有的。而一理論在存有論上對一特定集合之客體是有所承諾的，倘若根據每一個符合此理論的存有論，此集合非空集合的話。

參見 quantification 量化；theory of descriptions 描述詞理論

R.F.G.撰　趙之振審訂

ontological dependence　存有論上的依賴關係　見 dependence 依賴關係

ontological priority　存有論的先行性　見 dependence 依賴關係

ontological solipsism　存有上的獨我論　見 solipsism 獨我論

ontologism　存有主義　見 Gioberti 吉爾伯第

ontology　本體論　見 metaphysics 形上學

onto-theology　本體神學　見 Derrida 德希達

opacity　晦澀　見 quantifying in 量化入；referentially transparent 指稱上透明的

opacity, referential　指涉上的不透明性　見 referentially transparent 指稱上透明的

opaque construction　不透明結構　見 quantifying in 量化入

opaque context　不透明的脈絡　見 quantifying in 量化入

open formula　開放式　也稱開放語句，指有自由變元(variable)出現的語句。與其相反的是封閉語句(有時也叫陳述句)，其中的變元不能自由出現。

如果一個句子中的唯一變元拘束詞是量化詞，且變元的出現是在量化詞所限定的範圍內或在量化詞內部時，則該句子中的變元的出現就是拘束的；變元的出現如果不是拘束的，則它的出現就是自由的。在句子「$xy > 0$」中，「x」和「y」都是自由地出現，所以該式是開放語句。在「對於某些實數y而言，$xy > 0$」中，「y」的出現不是自由的，但「x」的出現則是自由的，所以它也是一個開放式。「對於每個實數x和某些實數y，$xy > 0$」則是一句封閉語句，因為在這個句子中沒有一個變元的出現是自由的。

從語意來說，像「$xy > 0$」這樣的開放式是沒有真假可言的；當我們對於變元提供語意值時，我們最多只能說它是真或假於哪些變元的值。例如，當我們給予x和y兩個正數或兩個負數時，$xy > 0$就真於那些值。相反，當我們給予x和y為0，或某一變元是正數而另一個是負數時，該語句就為假於這些值。

參見 quantification 量化；scope 範圍

C.S.撰　王文方審訂

open loop　開放循環　見 cybernetics 控制論

open question argument　借助開放性問題的立論　見 Moore 穆爾

open sentence　開放語句　見 open formula 開放式

open society　開放社會　見 Popper 波普爾

open texture　開放結構　即模糊的可能性。弗瑞德瑞克・威斯曼(Friedrich Waismann)在《亞里斯多德學會學報》(*Proceedings of the Aristotelian Society*, 1945)發表的〈可檢證性〉(Verifiability)一文中引進此一概念，主張開放結構乃經驗語詞的共同特徵。威斯曼宣稱，即使人們採取了各種措施使得表達式(expression)精確，但事實上總還有許多模糊的可能性。他的理由有兩點：(1)無論表達式用於何種情境，其不確定的情況有無數的可能性。例如我們無法肯定一隻反覆出現、消失，然後再出現的似貓動物是否是一隻貓。威斯曼的說明是：當我們在為經驗語詞下定義時，我們只就可預見的情境來為其制定適用判準，然而並非所有可使用該語詞的可能情境都能被我們預見。因此在某個未預見情境下，不管是真的有或只是可能的，該語詞的適用判準對該語詞的適用與否無法明確回答。(2)即使像是「黃金」這語詞，也有幾種精確的適用判準(例如明確的重量、X光光譜、在王水裡的溶解度等)，使用不同判準將導致不同的裁定，這樣的結果就是一種模糊性。

威斯曼使用開放結構這個概念說明了為何經驗述句不是決定性地可檢證，以及為何現

象論者無法成功地去翻譯物質對象述句。

參見 phenomenalism 現象論；vagueness 模糊性；verificationism 檢證論

W.K.W.撰　莊文瑞審訂

operant conditioning　操作性條件反射　見 conditioning 制約

operational definition　操作定義　見 operationalism 操作主義

operationalism　操作主義　在科學哲學中主張以實驗過程和觀察結果解釋科學概念的看法。其創始人是 P.W.布里奇曼(P. W. Bridgman)，布里奇曼把理論上的概念和用以檢測該概念的操作等同起來。邏輯實證主義有關認知意義(cognitive significance)的標準就內含了布里奇曼操作主義的觀念：理論語詞 T 應透過直接的、可觀察的條件 O 來明確加以定義。不過，這樣的明確定義(explicit definition)並不適用有兩個以上檢測程序的理論概念。因而，明確定義的想法後來就被化約語句(reduction sentences)所取代。這種化約語句是像「在可觀察的條件 C 下，如果且僅僅如果 O 為真，x 才是 T」這樣的句子，其作用在局部地對每一個個別的概念下定義。但是，這樣的化約定義的要求仍然太強，所以後來仍被另一種想法所取代：個別的概念不能被化約語句所局部地定義，但概念群組可以透過指出可觀察效果的解釋系統(interpretative systems)來加以局部地定義。

各式各樣的行為主義也內含了這種認知意義的看法，僅管這些布里奇曼學派的科學家在明確定義時很少使用「操作定義」(operational definition)一詞：「介入變元」(intervening variables)是由化約語句所定義的理論概念，而假設建構則可由解釋系統(而非化約語句)來定義。在科學的脈絡中，可觀察的語詞經常被稱為依賴或獨立變元(dependent or independent variables)。

在科學中，當理論概念僅被局部地定義時，觀察的結果並不能完全地表達其內容，所以觀察的資料並不能完全決定理論中斷言的真假。此處所謂「不能完全決定」(underdetermines)指的是：可能有多於一個以上的斷言是相容於所有的觀察資料的。

參見 behaviorism 行為主義；reduction 化約；reduction sentence 化約句；theoretical term 理論術語

F.S.撰　王文方審訂

operator　運作符　指一位(one-place)的語句連接詞；亦即這樣的表式：當前置於一個開放或封閉語句之前時，它會產生一個新的開放或封閉的語句。因此，「這不是真的：」就是一個(真值函數的)運作符。最被徹底研究過的運作符是內涵運作符。一個內涵運作符 *O*，當前置於一個開放或封閉語句 *E* 之前時，它會產生一個新的開放或封閉的語句 *OE*，*OE* 的外延並不由 *E* 的外延來決定，而是由 *E* 的其他性質來決定。至於這其他性質為何，則視內涵運作符為何而定。比方來說，一個封閉語句 *A* 的外延就是它的真假值，但如果把「必然地」前置於 *A*，其結果的外延得視 *A* 的外延是必然屬於 *A* 呢？或只是偶然屬於 *A* 而定。*A* 的這項性質通常在模型中是以賦予 *A* 所有可能世界 *W* 的子集 *X* 的方式來表示的。如果 $X=W$，則「必然地 *A*」為真；如果 *X* 只是 *W* 的一個常義子集，則「必然地 *A*」為假。另一個內涵運作符的例子是涉及認識觀念的「這是相當可信的：」。由於一個真的語句可能很可信，也可能不可信，因此「這是相當可信的：*A*」的真假值顯然不能由 *A* 的真假值來決定，而應該由相對於思考者及該脈絡來說支持 *A* 的證據來決定。這個運作符也可以用可能世界的架構給予模型；在這樣的模型中，對每一個世界，我們都規定相對於它而言，哪些世界算是可信的世界。有關內涵運作符的討論是很有爭議性的，有些人甚至懷疑這些標準例子裡的運作符，是否真正反映了其正確的邏輯形式。比方來說，有人認為「必然地」經仔細分析後，其實是可能世界的全稱量化詞，或有關語言表式的述詞。前者的看法是，像「必然地 *A*」這樣的句子應被分析為「在所有的可能世界裡，*A*(w)」；而後者的看法是，像「必然地 *A*」這樣的句子應被分析為「『*A*』是必然為真的。」

參見 intensional logic 內涵邏輯；modal logic 模態邏輯；possible worlds 可能世界

G.Fo.撰　王文方審訂

operator, deontic　規範運作符　見 deontic logic 規範邏輯

operator, propositional　命題運作符　見 sentential connective 語句連接詞

operator, scope of　運算元範圍　見 ambiguity 歧義；scope 範圍

operator, sentential　語句作用詞　見 sentential connective 語句連接詞

operator theory of adverbs　副詞運符理論　一種把副詞或其他謂詞修飾語當作謂詞形式運符的理論。透過加上不同位數的運符，該理論使一階邏輯語法與語意得到相應的補充。羅曼・克拉克(Romane Clark)、特倫斯・柏森(Terence Parsons)和理查・蒙塔哥(Richard Montague)(與漢斯・坎普〔Hans Kamp)合作)於 1970 年代早期分別獨立地發明了這套理論。例如：「約翰快速地跑過廚房」這句話中包括一個簡單的一元謂詞「跑」(由約翰實施該動作)、一個零元運符「快速地」，和一個一元運符「通過()」(加上「廚房」一詞就變成「通過廚房」)。這個句子的邏輯形式是

$[O_1^1(a)[O_2^0[P(b)]]]$

可讀作：

〔通過(廚房){快速地〔跑(約翰)〕}〕。

語意上而言，「快速地」為一個從「跑」的外延到「跑」外延的子集的函數，「約翰快跑」因此邏輯上蘊涵「約翰跑」。「通過(廚房)」和其他運符的語意與此雷同。各式各樣的謂詞修飾語使推理的條件和運符語意論變得複雜。「約翰終於做完了」蘊涵「約翰做完了」；「約翰快做完了」則蘊涵「約翰還沒做完」。克拉克努力區別各種類型的謂詞修飾語，並對不同種類運符進行了不同的語意分析。副詞運符理論可輕易地描述謂詞修飾語疊堆的語法特色。此外，謂詞被修飾後仍是謂詞，並保留了原來的位數。甚者，如果我們把「快速地」當成普通謂詞，似乎我們得將「約翰之跑」變成這個謂詞的主詞，但這是很有問題的做法。所幸的是，副詞運符理論似乎可以避免掉這樣的窘境。

T.J.D.撰　王文方審訂

O-proposition　O-命題　見 syllogism 三段論式

***oratio obliqua*　間接引述**　見 indirect discourse 間接引述

order　階　由自由變元所涉及的實體的類型所決定的邏輯水準。最低類型的實體通常稱為 O 型實體，亦即個體，而其他較高級的實體則是由低級實體所構成。例如，1 型實體指：(1)從個體或 *n* 個個體項到個體的函數；(2)*n* 個個體間的 *n* 位關係。初階邏輯(first-order logic)的變元所涉及的是個體，因而其模型中有一個所謂的個體論域。其他邏輯稱為高階邏輯(higher-order logic)。二階邏輯是高階邏輯的第一類邏輯，包含了有 1 型實體的變元。在二階邏輯的模型中，初階論域決定了二階論域。為了要讓每個句子都有確定的真假值，只有全函數(total function)才被允許為二階函數變元的值。因而，這些二階函數變元所涉及的是從 n 個個體到個體的所有全函數的集合。二階謂詞變元所涉及的則是所有 n 個個體的集合的子集合。所以，如果「D」是模型的個體論域，1 型實體就是下列這兩個集合的聯集 $\{X: \exists n: X \subseteq D^n \times D\}$ 和 $\{X: \exists n: X \subseteq D^n\}$。量詞可以量限二階變元但須遵從引入(introduction)和排除(elimination)規則。因此，在初階邏輯中，我們可以從「蘇格拉底是智慧的」(Ws)，可以推斷出「某人是智慧的」($(\exists x)\,Wx$)；在二階邏輯中，我們則還可以從此推斷出「蘇格拉底有某種特徵」($(\exists X)\,Xs$)。從初階邏輯到二階邏輯的步驟可以在更高階的邏輯中被重複：一般而言，在第(n+1)階邏輯中，n 型實體是第(n+1)階變元的值域。有關所有這些階的理論被稱為類型論。

參見 type theory 類型論

G.Fo.撰　王文方審訂

ordered *n*-tuple　有序 n-元組　見 set theory 集合論

ordered pair　有序對　見 set theory 集合論

ordering　排序　指對一組元素按先後順序的排列。如果 X 是一個集合，我們可以把對 X 的排序 R 等同於 $X \times X$ 的一個子集 R，亦即 X 中所有有序對的集合。如果 $< x,y > \in R$，則 x 在 X 排序中位於 y 之前；如果 $< x,y > \notin R$，且 $< y,x > \notin R$，則 x 和 y 不具可比較性。由於集合 X 的關係是任何 $X \times X$ 的子集，X 的排序也就成了 X 上的一個關係。一個排序關係的最低條件應滿足：(1)自反性：$(\forall x)Rxx$；(2)反對稱性：$(\forall x)(\forall y)(Rxy \,\&\, Ryx) \supset x = y)$；(3)傳遞性$(\forall x)(\forall y)(\forall z)((Rxy \,\&\, Ryz) \supset Rxz)$。滿足以上三個條件的關係稱為部分有序的關係(partial order)，如果自反性由不自反性所取代，即$(\forall x)\sim Rxx$，這樣的關係則稱為嚴格部分有序的關係(strict partial order)。

其他的排序則不過是強化了這些條件罷了。X 的樹狀排序(tree-ordering)是一個含有根元素(root element)α，亦即$(\forall x)R\alpha x$，的部分有序的關係，且滿足反向線性條件，即從任何元素出發，有且只有唯一一條回到 α 的路徑，即：$(\forall x)(\forall y)(\forall z)((Ryx \,\&\, Rzx) \supset (Ryz \vee Rzy))$。X 的完全排序(total order)是滿足連接性要求，亦即$(\forall x)(\forall y)(Rxy \vee Ryx)$，的部分有序的關係。完全排序有時稱為嚴格線性排序，相對應於弱線性排序而言，後者並不要求反對稱性。自然數線一般是嚴格線性排序，X 的不同元素可以在此排序的階層上被找到，加上反對稱性意味著每個階層上僅有一個元素。

另外兩個重要的排序是稠密(部分或全)排序(dense order)和良序(well-order)。在稠密排序中，任兩個元素之間，都有一個第三者。如果 R 是完全的，且 X 的每個非空子集 Y 都有一個最小的 R 元素，則 X 集合就是良序的(以符號表示：$(\forall Y \subseteq X)[Y \neq \phi \supset (\exists z \in Y)(\forall w \in Y)Rzw]$)。良序排序排除了無限遞減序列的可能，非自反性的嚴格良序則排除了迴圈的可能。最典型的例子是公理集合論(axiomatic set theory)的元素關係，這種關係中沒有如 $x \in y \in x$ 或者 $x \in x$ 的迴圈，也沒有無窮遞減的序列$\ldots x_2 \in x_1 \in x_0$。

參見 relation 關係；set theory 集合論

G.Fo.撰　王文方審訂

ordering Archimedian　阿基米德排序　見 lexical ordering 語詞排列(順序)

order type omega　序型歐米茄　指數學中自然數無窮集合的序型，希臘字母的最後一個字母歐米茄(ω)被用來表示這種序型，因而 ω 也是第一個無限序數。它可定義為所有按大小順序排列的有限序數集合，即 ω=｛0,1,2,3...｝。如果一集合是可數的無窮多、有第一個元素但沒有最後一個元素、每個元素僅有一個後續元素、僅有一個無直接前元的元素時，則該集合就有序型 ω。按大小順序排列的偶數集合｛2,4,6,8...｝有序型歐米茄。按大小順序排列的偶數在前，同樣按大小順序排列的奇數在後的集合｛2,4,6,8...; 1,3,5,7...｝則沒有序型歐米茄，因為在該集合中存在兩個元素 1 和 2 沒有其直接前元。按大小順序排列的負整數集合｛...,-3,-2,-1｝也沒有序型歐米茄，因為該集合並沒有第一個元素。
V.K.撰　王文方審訂

ordinal logic　序數邏輯　指任何有效而均勻的方法，對每個構造序數符號 a，分配一個(在形式公理化系統意義上的)邏輯 S_a。涂林(Alan Turing)在他的論文〈序數邏輯系統〉(Systems of Logic Based on Ordinals, 1939)中提出了這個概念和術語。涂林的目的是克服哥德爾(Gödel)在 1931 年提出的形式系統的不完備性，其手段是通過超限地疊堆，逐步加入無法證明但卻正確的原理。例如，根據哥德爾的第二不完備性定理，對於每個有效表示出的、包含少量初等數論的形式體系 *S* 而言，如果 *S* 是一致的，則用來表示 *S* 一致性的純粹一般數字命題 Con_s(通過對於式子的哥德爾編號法得到)，即使是正確的，也不能由 *S* 得到證明。然而，包容 Con_s 和 *S* 的擴充系統 *S′*有可能是不一致的。這種情形不會發生，如果 *S* 中的每個可證明的純粹存在命題都是正確的，這種狀況稱為(*E-C*)。如果 *S* 滿足了(*E-C*)，則 $S' = S + Con_s$ 也滿足(*E-C*)的條件；*S′*儘管較 *S* 而言更具完備性，但根據哥德爾定理，*S′*仍是不完備的。顯然地，從 S 到 S'的過程可被有限次地疊堆，以任何滿足(*E-C*)條件的 S_0 開始，從而形成 $S_1 = S'_0$，$S_2 = S'_1$ 等。這個過程也可以通過引入 *Sw* 而被擴展為超限的，*Sw* 就是所有 S_n 的聯集，其中 $n = 0, 1, 2, \ldots$。之後可令 $S_{w+1} = S'w$，$Sw + 2 = S'_{w+1}$等，在此過程中條件(*E-C*)始終滿足。

根據丘奇(Alonzo Church)和克林尼(Stephen C. Kleene)1936 年提出的理論，要想了解從任一有效表示的 *S* 體系到另一有效表示的 *S′* 體系的有效外延程序，可以被疊堆至超限的程度，需要一個構造性序數符號集合 *O* 的概念。*O* 是一些自然數的集合，集合 *O* 中每個 *a* 表示一個序 α，記做 $|a|$。集合中 *O* 中有一特定符號表示 0，每個 *a* 與同樣屬於 *O* 集合中的符號 *sc(a)*相聯繫，其關係為 $|sc(a)| = |a| + 1$。如 *f* 是一個有效函數{*f*}的編號，而對於每個 *n*，$\{f\}(n) = a_n$ 屬於 O 集合，且$|a_n| < |a_{n+1}|$，則我們可得出一個屬於 *O* 集合的符號$\ell(f)$，關係式為 $|\ell(f)| = \lim_n |a_n|$。

對於從 *S* 至 *S′* 的一般有效外延程序和任一給定的 $S_{0'}$，*O* 集合中每個 *a* 可分配一個形式系統 S_a，滿足 $S_{sc(a)}=S'_a$ 且 $S_{\ell(f)}$是所有 $S_{(f)(n)}$的聯集合$(n = 0, 1, 2, \ldots)$。然而，由於每個構造性序數都可能有許多表示符號，因此如果 $|a| = |b|$ 那麼 S_a 和 S_b 不必然有同樣的推論，所以序數邏輯不必然是不變的。涂林證明一個序數邏輯不可能既對真的純粹全稱命題是完備的，同時又是不變的。通過某種證明論的反映原理，涂林使用外延程序建構了一個序數邏輯，該序數邏輯對於真的純粹全稱命題而言是完備的，因而不是不變的。(這段歷史及序數邏輯後來的發展，本條目作者在赫肯〔Rolf Herken〕所編《通用涂林機：半世紀的概覽》〔*The Universal Turing Machine: A Half Century Survey*, 1988〕中〈涂林於 O(z)之域〉〔Turing in the Land of O(z)〕一文另有詳述)。

參見 Gödel's incompleteness theorems 哥德爾不完備定理；reflection principles 反映原理

S.Fe.撰　李國偉審訂

ordinal utility　序數效用　見 utilitarianism 效益主義

ordinary language philosophy　日常語言哲學　一個結構鬆散的哲學運動，認為概念之意義(the significance of concepts)，包括在傳統哲學中很核心的概念，如真理和知識之概念，由語言的踐行(linguistic practice)決定。所以，哲學家必須理解與概念連屬的語詞之實際使用。這場運動主要表現於英語界的哲學家們，發生在 1940 年代中期和 1960 年代早期之間。最早受到維根斯坦(Wittgenstein)的工作所啟發，其後又為衛子登(John Wisdom)、賴爾(Gilbert Ryle)、馬孔(Norman Malcolm)和奧斯汀(J. L. Austin)所鼓動，雖然該運動的根源至少可回溯至穆爾(Moore)，甚且到蘇格拉底(Socrates)。日常語言哲學家並不是想建議人們：徵詢與我們說同一語言的人的意見，或者乾脆請教字典，來發現真理為何；而是：要想知道真理是什麼，我們應該了解「真理」這個語詞怎樣在日常的、非哲學的語境中起作用。一個哲學家的真理論倘與日常的使用不一致，便是錯認了(真理)概念。而具諷刺意味的是，維根斯坦認為哲學上的錯誤正是源於受語言所「蠱惑」。從事哲學思維時，我們很容易被語言的表面上相似所誤導。例如，一部分是因為「心」(mind)和「身」(body)的文法上的相似，我們才認為心靈應該是某種特別的東西。如果我們沒發現一個可以合理地視為是心靈之東西，我們結論到心靈一定是非物理的(nonphysical)東西。只有我們提醒自己，日常言說者實際上如何使用「心靈」和它的同源字(cognates)，才能糾正這種錯誤。

參見 analytic philosophy 分析哲學；Austin, J.奧斯汀

J.F.H.撰　龔維正審訂

organic　有機的　擁有一些部分，它們是以相同於或相似於動物或其他生命組織之部分相互聯結起來的方式。因此，一個有機單一體(unity)或有機整體(whole)，是一個就上述的意義而言的有機整體。這個詞主要是使用於並非是字面意義所言的生物體，而是使用於那些想必是類似於生物體之物體上。有機單一體這個概念的使用包括：藝術的工作、國家(例如黑格爾〔Hegel〕的使用)，以及將世界當成一個整體(例如在絕對觀念論〔idealism〕裡所言)。

此概念的最基本要素，或許是一個其部分必須訴諸於對整體的貢獻才能被理解的物體。因此，把某個東西說成是個有機整體，一般就是蘊涵了說，它本身的性質不能夠化約解釋為其部分之性質；反倒是，至少一些部分的性質，它們本身必須訴諸於整體的性質才能解釋。因此，此概念通常包含了一種形式的整體論(holism)。有時，歸給有機整體的其餘特質還包括了：部分和整體的存在之間的相互依存，以及需要藉由某種與整體有關之目標或目的，來對部分之性質做目的論式的解釋。這些特質有多少程度是屬於真正的生物體，仍是有爭議的。

參見 organicism 機體說；organism 生物體

P.Mac.撰　劉希文審訂

organicism　機體說　機體說，是個使用有機單一體(organic unity)概念的理論，尤其是談到那些就字面意義而言不是生物體(organism)的東西。

穆爾(G. E. Moore)在《倫理學原理》(*Principia Ethica*)中，陳述了一個有機單一體的原則，關聯於內在價值：一個整體的(內在)價值，並不需要等同於其部分之(內在)價值的總

和。穆爾在下列的主張中使用了此一原則：「一個複雜整體裡某元素之內在價值」，與「該元素的出現在整體價值上所造成的差異」之間，並沒有系統性的關係。舉個例，穆爾說，雖然某人因想到一美好的事物而感到愉悅之情境，比起她想著相同的事物卻沒有感到愉悅之情境，具有更多的內在善(goodness)，但這不意味著說愉悅本身就很有內在價值。

參見 holism 整體論；reduction 化約；value 價值

P.Mac.撰　劉希文審訂

organic unity　有機單一體　見 organic 有機的

organism　生物體　生物體，一個由碳構成(carbon-based)的活物或實體，例如：草履蟲、樹或螞蟻。此外，「生物體」也可以指假設性活物，那是屬於另一種自然類(natural kind)，例如由矽構成(silicon-based)的活物。一個由碳構成的活物 x 可以由以下條件來定義。一、x 有一個由 m-分子(m-molecules)，也就是說由重複單元組成的碳所構成的大分子(macromolecules)，所構成的一個層(layer)，這樣的分子有高度的能力對其他相似的分子做選擇性的回應。x 可以經由此層來吸收與排泄。二、x 可以使 m-分子新陳代謝。三、x 可以藉由 x 之部分——核心分子(nuclear molecule)，它是可以自我複製的 m-分子——之活動，來合成 x 裡的那些 m-分子。四、x 可以執行上述的能力，經由使對應的活動因果地相互關聯起來，這是以以下的方式進行的：x 的吸收與排泄因果地對 x 的新陳代謝有所貢獻；這些過程共同因果地對 x 的合成活動有所貢獻；並且，x 的合成因果對 x 的吸收、排泄與新陳代謝有所貢獻。五、x 屬於一個合成物理物質的自然類，此類中可以有某種成員 y，這樣的 y 有一部分 z，z 是一個核心分子；並且，y 藉由 z 的自我複製而繁殖。六、x 不可能是某個滿足一至六之東西的部分。最後一個條件描述了一個生物體的獨立性與自主性，例如，一個心細胞(heart cell)並不是個生物體。該條件也說明了生物體的聚集(colony)，例如一群螞蟻，也不是一個生物體。

參見 life 生命；organic 有機的；organicism 機體說

J.Ho.&G.Ro.撰　劉希文審訂

***Organon*　工具論**　見 Aristotle 亞里斯多德

Origen　奧利根(A.D. 185-253)　基督宗教神學家和亞歷山卓教會的聖經學者。出生於埃及，是亞歷山卓的要理學校的領袖。正如他的老師，亞歷山卓的克萊門(Clement)一樣，受中期柏拉圖主義的影響(Middle Platonism)。主要著作有《舊約六面對照》(*Hexapla*)，《論第一原理》(*On First Principles*)和《駁凱爾斯》(*Contra Celsum*)。《舊約六面對照》僅有少部分保存下來，它包括《舊約》的六個希伯來本和兩個希臘本，以及奧利根的註釋。《論第一原理》系統地闡述了早期教會的基督宗教神學，包括一些後來被宣布為異端的教義，如聖子(「第二位上帝」〔a secondary god〕)和聖神的附屬(subordination)於聖父、人的靈魂的先存(preexisting，但不是靈魂的輪迴)，以及每一人的靈魂在前世從恩寵墮落。奧利根最著名的觀點是他的萬有復興的觀念(the notion of apocatastasis)、普遍的救恩、所有受造物回到上帝的普世回歸，在上帝內邪惡將被打敗，以及魔鬼和它的奴僕要懺悔它們的罪。奧利根把地獄解釋為暫時的煉獄，在那裡，不潔的靈魂將被淨化，並為走向天堂做好準備。533 年，他的天主之子對父的附屬觀念(the notion of subordination)受到教會的譴責。

奧利根的《駁凱爾斯》是現存第一部基督宗教的護教學，在異教徒世界面前，捍衛了基督宗教。奧利根是對《聖經》進行寓意解釋的重要解說者，認為《聖經》的文本所有的三個層次的意義對應著人的本性的三個部分：身體、靈魂和精神。第一種是歷史意義，一般人都能認識；第二種是道德意義；第三種是神祕意義，只為最深的靈魂(deepest souls)所開啟。

L.P.P.撰　丁福寧審訂

original position　原初情境　見 liberalism 自由主義；Rawls 洛爾斯

Orpheus　奧爾菲斯　見 Orphism 奧爾菲主義

Orphism　奧爾菲主義　古希臘的宗教運動，它可能影響了柏拉圖和某些先蘇哲學家。該運動的本質以及它的影響範圍皆未被適當地理解：古代的材料和現代的學者傾向於把奧爾菲主義和畢達哥拉斯和古代神祕信仰混淆在一起，特別是巴奇克(Bacchic)或戴奧尼薩伊克(Dionysiac)的神祕信仰。〈奧爾菲詩篇〉(Orphic poems)，即認為是奧爾菲斯(Orpheus；一位神祕的人物)的詩篇，早已流傳在西元前六世紀中葉。對於早期〈奧爾菲詩篇〉我們只有間接的證據；但是我們的確有來自古代寫作成的詩篇相當多的斷簡殘篇。早先版本和後來版本中的核心，是一種神譜學的宇宙(theogonic-cosmogonic)敘述，它斷定黑夜為最初的本體——明顯是對赫西德(Hesiod)解釋的修正，以及強調酒神(the god Dionysus)出生、透過分割的死亡、再生。柏拉圖針對他那時代周遊各地的宗教教師的存在，提出明確的證據，顯示他們利用「奧爾菲之書」(books of Orpheus)，執行並教導啟蒙和淨化的儀式，該儀式意圖在他的今世或來生獲得神明的眷顧。像馮維拉莫維茲・摩任鐸夫(Ulrich von Wilamowitz-Moellendorff)和林伏特(I. M. Linforth)這兩位關切早期奧爾菲主義對希臘宗教和希臘哲學重要性的極端懷疑論學者，已受到最近幾十年來的考古發現的打擊，這些發現為：德維尼(Derveni)的寫本，它是對奧爾菲的神譜學的哲學評論之斷簡；以及刻有奧爾菲對於死者指示的碑文，來自於南義大利、希臘本土和克里米亞半島的墓地。

A.P.D.M.撰　苑舉正審訂

Ortega y Gasset, José　奧爾特嘉・依・嘉塞特，喬塞(1883-1955)　西班牙哲學家和散文家。1883 年生於馬德里，先後在馬德里、萊比錫(Leipzig)、柏林和馬堡(Marburg)讀書，1910 年被授予馬德里大學哲學教授並在該校任教達二十六年，直至 1936 年奧爾特嘉由於支持西班牙共和國而被迫離開西班牙時才離開該校。1945 年又返回西班牙。

奧爾特嘉是一位勤奮的作者，一生共完成九部大部頭的著作。他最具有影響的書是《唐吉訶德沉思》(*Meditaciones del Quijote*〔*Meditations on the Quixote*〕, 1914)、《現代主題》(*El tema de nuestro tiempo*〔*The Modern Theme*〕, 1923)、《大眾反叛》(*La revolucién de las masas*〔*The Revolt of the Masses*〕, 1932)，《藝術的去人性化》(*La deshumanización del arte*〔*The Dehumanization of Art*〕, 1925)，《歷史體系》(*Historia como sistema*〔*History as a System*〕, 1941)和其死後才發表的《人和民族》(*El hombre y la gente*〔*Man and People*〕, 1957)及《萊布尼茲原理觀念》(*La idea de principio en Leibniz*〔*The Idea of Principle in Leibniz*〕, 1958)。他在西班牙和拉丁美洲的影響很大，部分是由於他的寫作和演講的卓越風格，如他盡量避免用艱深晦澀的字眼，也不用系統化的語言；他的作品大部分起先都是為報刊和雜誌而寫的。1923 年，他創立了《西方評論》(*Revista de Occidente*)

雜誌，用以傳播他的思想，並介紹德國的思想。

奧爾特嘉涉獵了哲學的幾乎所有分支，但他的核心觀點是他的生命理性的形上學(metaphysics of vital reason)和他的透視法的認識論(perspectival epistemology)。他認為，實在(reality)就等同於「我的生活」，事物的真實僅僅由於它根源於並出現於「我的生活」中。「我的生活」進一步理解為「我自己」和「我的周遭環境」。自我並不是一個與周圍環境分離的元目(entity)；自我和事物之間有一種動態的互動和互依。這些和自我共同構成了實在。

因為每個人的生活都是自我與環境相互作用的結果，所以每個自我有其獨特的唯一的透視法(perspective)。故真理也是透視的，它依賴於某種獨特的觀點，沒有一個透視是錯誤的，除非一個人的聲明是排他的。這種學說被稱為奧爾特嘉的「透視法」(perspectivism)。

J.J.E.G.撰　丁福寧審訂

ostensive definition　實指定義　見 definition 定義

Ostwald, Wilhelm　奧斯瓦德，W　見 energeticism 唯能論

other minds, problem of　他人心靈問題　見 problem of other minds 他人心靈問題

ought-is problem　應然-實然問題　見 fact-value distinction 事實與價值的區別

***ousia*　實體**　古希臘語詞，傳統上譯為「實體」(substance)，它是由分詞「being」所形成，*ousia* 這個字指的是存在的特性，「實在」(beingness)，仿彿其自身是一實體。就像紅色是紅色事物的特徵一樣，*ousia* 是所有存在物的特徵。因此，「某物的」ousia 也就成了事物得以存在的特徵，它的本質。但 *ousia* 也指向實體(entity)本身具有「存在」，因為某物的 *ousia* 就是這物自身，即為一例子。這樣的一事物因它自己而擁有存在；正因為它的存在不依賴於它物，所以它是自我實現的，且比其他任何依賴它物而存在的事物有更高程度的存在。這樣的存在就是一 *ousia*。

亞里斯多德提出了到底那些實體符合了 *ousia* 的標準的問題。僅僅作為依附體而存在，如紅色，它不具有在其自身的存在。個別的人是一種 *ousia*，但亞里斯多德也論證：更好說他的形式是 *ousia*；而一個不動的動者是 *ousia* 最高級的樣式。這個字在傳統拉丁文中譯為 substantia 和在英文中譯為「實體」(substance)，這些譯名僅僅適用於在亞里斯多德的《範疇論》(*Categories*)的脈絡中的概念，一個 *ousia* 是支撐著(stands under)屬性。亞里斯多德在《形上學》(*the Metaphysics*)中主張，一個實體不能描述 *ousia*，且在其他希臘哲學家的筆下，「實體」常常不是一個適當的翻譯。

參見 substance 實體

E.C.H.撰　徐學庸審訂

outer converse　外反轉命題　見 converse, outer and inner 外反轉和內反轉命題

outer domain semantics　外域語意學　見 free logic 自由邏輯

overdetermination　超定義　見 causation 因果關係

overman　超人　見 Nietzsche 尼采

overriding reason　決定性理由　見 reasons for action 行動理由

Oxford Calculators　牛津算學團體　由一群自然哲學家、數學家、邏輯學家所組成的學術團體，他們活躍於牛津大學的年代約在十四世紀的 1326-50 年之間。團體的名稱來自於《算學之書》（*Liber calculationum*〔*Book of Calculations*〕），其成書年代大約在西元 1350 年之前。這本書作者的真名可能是理查・斯溫奈斯海德（Richard Swineshead）；在歐陸，他被其後繼者們稱為「算學家」（Calculator）。《算學之書》中所討論的，是一些與「量化」有關的議題，例如如何把空間中的運動、變化與增加等現象予以量化；有關本書的更完整描述可參見約翰・梅鐸與愛迪斯・席拉（John Murdoch and Edith Syllaf）所編《科學名人傳記字典》(*Dictionary of Scientific Biography*, 1976) 第十三卷中有關理查・斯溫奈斯海德的條目。一直以來，科學史家們都把《算學之書》當成研究的對象，並且把它和另外一些討論自然哲學議題的著作歸類在一起，例如湯瑪斯・布雷德瓦丁（Thomas Bradwardine）、威廉・海特斯拜里（William Heytesbury），以及約翰・丹柏頓（John Dumbleton）等人的著作，這些人被合稱為牛津算學團體。以往有許多被歸類為「牛津算學團體」的人，被當成「莫頓學派」（the Merton School）的成員，因為他們大多是牛津大學莫頓學院的院士。但是，因為有許多可以被納入「牛津算學團體」這個知識傳統的作者，就吾人所知，其著作與莫頓學院之間並無任何關聯；因此，「牛津算學團體」可以說是一個較為精確的稱謂。例如，理查德・基爾威頓（Richard Kilvington）所寫的《詭辯論》（*Sophismata*）一書就可以代表著一部分「牛津算學團體」知識傳統在早期的發展；後來，威廉・海特斯拜里所寫之另一本同樣名為《誤謬推理》的書，可以說是這一特定知識傳統的縮影。

牛津算學團體的成員們所完成的著作可以說反映出了當時牛津大學的人文教育脈絡。有關這點，可以參見諾曼・克萊茲門(Norman Kretzmann)、安東尼・肯尼(Anthony Kenny)與詹・蘋堡(Jan Pinborg)三人所編《劍橋版晚期中世紀哲學史》(*The Cambridge History of Later Medieval Philosophy*, 1982)中愛迪斯・席拉(Edith Sylla)寫的〈牛津算學團體〉(The Oxford Calculators)一文。在當時的牛津大學教育中，邏輯學可以說是早期學士教育的重點所在。除了邏輯學，牛津大學也以數學、天文學與自然哲學等方面的成就而聞名。當時牛津人文學院的學生們，在學習人文學科之外，同時也受到自然哲學、道德哲學與形上學等課程的薰陶；此外，他們也必須參與辯論的訓練。威廉・海特斯拜里所寫《解決誤謬推理之規則》(*Regule solvendi sophismatum*〔*Rules for Solving Sophismata*〕)一書，其寫作動機顯然就是準備作為辯論課程的教材；而理查・斯溫奈斯海德的《算學之書》儘管寫作動機不明顯，但似乎也不脫此一用途。

牛津算學團體的著作形成了以下三大影響：首先是造就出一個評論亞里斯多德(Aristotle)著作的學術傳統；其次是在邏輯理論上的發展，特別是範疇詞（categorematic terms）與非範疇詞（syncategorematic terms）的理論以及邏輯假設的理論；最後是數學上的發展，特別是比率理論——湯瑪斯・布雷德瓦丁所寫的《論運動中的速率問題》（*De proportionibus velocitatum in motibus*〔*On the Ratios of Velocities in Motions*〕）就是論述比率理論的一本書。除了斯溫奈斯海德、海特斯拜里、丹柏頓與基爾威頓之外，其他牛津算學團體的成員與其作品包括：華爾德・布萊（Walter Burley），其著作包括《論最初與最終的瞬間》（*De primo et ultimo instanti*）、《論叢一》（*Tractatus Primus*, 又名為《論偶發的形式》〔*De formis accidentalibus*〕）、《論叢二》（*Tractatus Secundus*, 又名為

《論延伸與後退的形式》〔*De intensione et remissione formarum*〕）；羅傑・斯溫奈斯海德（Roger Swineshead），著有《有關運動的描述》（*Descriptiones motuum*）；約翰・波德（John Bode），著有"*A est unum calidum*"一書。這些與其他相關作品對於日後歐陸學術產生莫大影響。

參見 Burley 布萊；Commentaries on Aristotle 對亞里斯多德的註釋；Heytesbury 海特斯拜里；Kilvington 基爾威頓

E.D.S.撰　古秀鈴、楊金穆審訂

Oxford philosophy　牛津哲學　見 analytic philosophy 分析哲學

Oxford school of intuitionism　牛津直覺主義學派　見 Prichard 普里查德

P

PA　皮亞諾算術　見附錄：特殊符號與邏輯記號

***pa*　霸**　見 *wang, pa* 王、霸

pacifism　和平主義　包括下列幾種形式：(1)反對戰爭，通常基於道德的或宗教的理由，但有時也基於實際的理由(實用主義的和平主義)，認為戰爭是浪費的以及沒有效力的；(2)反對所有的殺戮與暴力；(3)只反對某種特殊形態的戰爭(例如反對核子戰爭的和平主義)。

和平主義不能同消極主義相混淆，它通常包含積極地促進和平，被理解為意涵著在諸民族之間要有合作與正義，而不僅僅是沒有戰爭。但有些(通常是宗教的)和平主義者願意服兵役，只要不讓他攜帶武器。許多和平主義者贊同非暴力。但是有些人認為在個人自衛、執行法律、墮胎或安樂死等事項中，暴力和(或)殺戮是被允許的。「絕對的和平主義」(absolute pacifism)拒斥在各種假設的和實際狀況下的戰爭，「有條件的和平主義」(conditional pacifism)承認在某些假設的情況下戰爭是可被允許的，但在實際上仍主張其為錯誤。假如，至少有些假設上的戰爭比其替代方案的效果更佳，那麼絕對的和平主義在本質上幾乎不可避免地是義務論式的，其堅持戰爭本質上即是錯的，或者戰爭是毫無例外地被道德原則或神的命令所禁止。有條件的和平主義可以是基於義務論的或功利主義的(即目的論的或有時是後果主義者〔consequentialist〕)的理由。如果是基於義務論的理由，它仍可能認為戰爭頂多只是在乍看之下本質上是錯誤的，但儘管如此，實質上在實踐中，由於缺乏互相平衡使其趨向正確的力量，它總是不應被允許的。如果是基於功利主義的理由，它將認為戰爭是錯的，但並非本質性的錯誤，而僅僅由於它的後果。它也許會說，每個個別的戰爭比起避免戰爭有更惡劣的後果(行為功利主義)，或者普遍地接受(或者跟隨或服從)即使偶然地個別戰爭有最好的結果，禁止戰爭(就更廣泛的經驗來看)會產生最好的效果這一條規則(規則功利主義)。

參見 nonviolence 非暴力

R.L.H.撰　林立審訂

Paine, Thomas　潘恩，多瑪斯(1737-1809)　美國政治哲學家，民主和人權的革命性捍衛者，三個國家人民激進主義的急先鋒。他生於英國的塞特津(Thetford)，於 1774 年遷居美國殖民地，後來到了法國，並於 1792 年成為法國公民。1802 年他回到美國，由於支持法國大革命而遭到公眾指責。潘恩因身為美國革命的論戰家而廣為人知。在許多光輝的小冊子中，他呼喚一個新的、更民主的共和主義。他直率的風格和毫不妥協的平等主義廣得人心。

在《常識》(*Common Sense*, 1776)中，潘恩聲稱一般人民和土地貴族間是平等的，因此有助於激起殖民地人民的憎恨，有效支持脫離英國而獨立。政治正當性的唯一基礎是普遍的、主動的同意；納稅而無代表是不公正的；當統治者與被統治者的契約撕毀之際，人民有權反抗。

他在《論人權》(*The Rights of Man*, 1791-92)中捍衛法國大革命、反對權力集中於任何個人，反對有財產資格限定的選舉權。因為順乎本性每個理性的人都可以獲得自然法及

正當理性的昭示，主權在民而不從屬於階級或國家的成員身份。由於極端反對激進的雅可比主義(Jacobins)者，他同孔多塞(Condorcet)合力草成一部確保革命的憲法。

《理性的年代》(*The Age of Reason*, 1794)是潘恩著作中蒙受最多誤解的一本書，其中潘恩主張為了尋求一個良序社會賴以為繫的內聚力，必須以神聖的信仰為基礎，但由於他所主張的是自然神論(deism)，並且書中批判現存的宗教是奴役人們的工具，如此一來反而疏離了他試圖啟蒙的勞動階級。終其一生他反對奴隸制、主張男性普選權，在《土地的正義》(*Agrarian Justice*, 1797)中力主財產重分配。

參見 deism 自然神論；political philosophy 政治哲學

C.H.S.撰　張福建審訂

Paley, William　培利，威廉(1743-1805)　英格蘭道德哲學家和神學家。生於彼得巴洛(Peterborough)，就學於劍橋(Cambridge)。在接受英格蘭聖公會一系列職務以前，曾在劍橋講授道德哲學、神學和希臘文新約聖經。他在英格蘭聖公會最後擔任的職務是卡利索爾副主教(Archdeacon of Carlisle)。他的《道德與政治哲學原理》(*The Principles of Moral and Political Philosophy*, 1785)一書最先將效益主義(utilitarianism)介紹給普羅大眾。道德義務是由上帝的誡命所產生，後者與永恆的獎賞或懲罰「聯繫」(coupled)在一起。上帝的誡命可以「從聖經和自然之光」得到確認，但是培利特別強調後者。因為上帝希望人類的福祉獲得成就，行為的對或錯是由這些行為「促進或減損普遍幸福的傾向」所決定。《保羅書信和使徒行傳之比較所顯示的聖保羅聖經史之真實性》(*Horae Pauline: Or the Truth of the Scripture History of St. Paul Evinced*)及《關於基督宗教證據的一種看法》(*A View of the Evidences of Christianity*)先後在 1790 年與 1794 年問世。後者為基督宗教神蹟的真實性辯護，針對休姆(David Hume)做出反駁。《自然神學》(*Natural Theology*, 1802)提出一種支持上帝存在的設計論證，以及對上帝屬性的證明。大自然顯示大量設計的痕跡，「眾多部分因著一個目的而被建構和組合在一起」。這些設計證明有一位大能、智慧和仁慈的設計者存在。但是，它們不能證明設計者的能力和智慧是無限的，而「全能」(omnipotence)與「全知」(omniscience)僅是「最高級形容詞」(superlatives)。在十九世紀初期以前，培利的《道德與政治哲學原理》與《關於基督宗教證據的一種看法》二書一直是英美地區採用的教科書。

參見 divine attributes 神的屬性；Hume 休姆；miracle 神蹟；philosophy of religion 宗教哲學；utilitarianism 效益主義

W.J.Wa.撰　劉若韶審訂

Panaetius　巴內堤烏斯　見 Stoicism 斯多噶主義

panentheism　萬有在神論　見 Krause 克勞塞；pantheism 泛神論

panlogism　泛邏輯主義　見 Hegel 黑格爾

panpsychism　泛心論　主張物理世界充滿了心靈(psychical)、感知(sentient)或意識(conscious)的學說(以上三者應被視為同一事物)。這個學說主張，物理世界可被解析為或瞬息生滅或萬古長存的終極「單元」(units)或「微粒」(particles)，這些單元或微粒擁有獨特的「感知力」(sentience)或「意識」(consciousness)；某些較為複雜的物理單元的感知力，是由這些物理單元組成部分的感知力的互動中「浮現」(emergent)出來的，有時可通過一系列的解析被拆解為基本的「感知單元」(sentient units)。動物意識是附屬於大腦重要部分或層面的所有感知力總體；而每個神經元都擁有其獨特的感知力，就如同原子和次原子微粒一般。此外，感知單元只存在於原子或次原子的層次上。

我們應該區分兩種源自不同依據的泛心論。第一種泛心論對物質的本質沒有特殊的主張，它只將某個特定單元的感知力，當成是此物質單元本質的額外性質。這個理論的要旨在於解釋動物以及人類意識，是由感知單元的互動甚至融合中浮現出來的。較有具體立意的另一種泛心論主張，物質的內在本質不為人知。我們只知道物理事物的結構，或者它們對感知力(例如，我們自己)的影響。泛心論者假定物質不可知的內在本質，是由可被解析為基本單元的感知力或意識所組成的，而我們則將這些基本單元等同為基本微粒，或者將之視為附屬於複合體或複合體的複合體等等的「伴隨特徵」(supervening character)。泛心論者因此得以將「無意識即無實在」的唯心主義主張，與拒斥主觀主義者將物質世界化約為人類經驗的觀點結合起來。

現代泛心論(例如懷德海〔Whitehead〕、哈茨霍恩〔Hartshorne〕與斯皮里格〔Sprigge〕)與其原始的形式，也就是「物活論」(hylozoism)，僅部分類似。我們必須注意，這兩種泛心論不需主張所有的物理實體都擁有意識；簡單地說，沒有人會認為一群有意識的蟋蟀，其群體本身另有獨特的意識。

參見 hylozoism 物活論；Whitehead 懷德海

T.L.S.S.撰　簡國榮審訂

pantheism　泛神論　一種上帝與萬物為一的觀點。它可被視為兩種傾向的結果：強烈的宗教精神，與認為整個實在從某種方式來說是統一的的信念。泛神論應與萬有在神論(panentheism)區分開來，後者的觀點是上帝在萬物中。正如水可以浸潤海綿且就那樣存在整個海綿中，卻又不等同於海綿，同樣的，上帝可在萬物中而不與萬物等同。

史賓諾莎(Spinoza)是西方哲學中最有名的泛神論者。他論證說，因為實體是完全自足的，而且只有上帝才是自足的，所以上帝是唯一的實體(substance)。換句話說，上帝就是萬物。黑格爾(Hegel)有時也被視為泛神論者，因為他把上帝等同於存有的總體。

許多人認為泛神論可說就等於無神論(atheism)，因為他們相信，就有神論(theism)的標準而言，上帝至少在某種程度上必須超越一般的、可感覺的實在。有神論要求一個超越的或位格觀念的上帝(personal notion of God)這一點並不顯明；也許有人會說，這種信念的確是關於上帝的一種人神同形觀(anthropomorphic view)的結果。在東方哲學中，尤其在印度哲學的吠陀(Vedic)傳統中，泛神論對多神論(polytheism)多少有所排斥。表面上多樣的實在是一種幻象。究極真實或神聖的東西是梵天(Brahman)。

參見 Brahman 梵；*Pantheismusstreit* 泛神論論戰；philosophy of religion 宗教哲學

A.P.M.撰　丁福寧審訂

***Pantheismusstreit*　泛神論論戰**　德語，意為「泛神論論戰」(dispute over pantheism)。主要發生於德國哲學家雅可比(Jacobi)與門德爾森(Mendelssohn)之間的論爭，儘管它也包括了萊辛(Lessing)、康德(Kant)和歌德(Goethe)。其基本論題在於泛神論是什麼，以及是否所有泛神論者都是無神論者(atheist)。特別是，它涉及到史賓諾莎(Spinoza)是否為泛神論者，如果是的話，則他是否為無神論者；以及在多大程度上萊辛的思想與史賓諾莎相近。由萊布尼茲(Leibniz)和培爾(Bayle)所提出的標準觀點認為，史賓諾莎的泛神論不過是掩飾其無神論的一片薄紗。萊辛與歌德並不接受這種粗糙的詮釋，他們堅信，他的泛神論避免了標準猶太-基督宗教的上帝概念中那種疏離的超越性。爭論還包括萊辛是不是一個史賓諾莎主義者或某種持有神論觀點的泛神論者。萊辛批評了教條式的宗教，否認

有任何啟示是所有人可以憑藉理性接受的。也許他曾告訴雅可比他是一個史賓諾莎主義者，但是他也許是在譏諷或者做假設。

參見 Spinoza 史賓諾莎

A.P.M.撰　丁福寧審訂

Paracelsus　巴拉塞爾斯(1493-1541)　希奧弗拉斯特・波姆巴士圖斯・馮・何恩海姆(Theophrastus Bombastus von Hohenheim)的筆名，瑞士化學家、物理學家和自然哲學家。他在德國與奧地利的許多大學學習過醫學，大概在弗拉拉大學(Ferrara, 1513-16)完成學業，之後他和學術界幾乎沒有聯繫，除了在巴塞爾大學(Basle, 1527-28)任過極為短期的醫學教授。其後他開始作軍隊的外科醫生，而後在德國、奧地利和瑞士作巡迴醫生。他的著作主要是用德語而非拉丁語寫成的，而且極少在生前出版。

他在行醫上的重要性在於他不懈地觀察與實驗，以及在製藥過程中使用化學方法。不過，十六世紀後期至十七世紀巴拉塞爾醫學(Paracelsian medicine)與化學的成功，主要歸功於他提供的理論背景。他堅持摒棄古典醫學遺產，尤其是蓋倫(Galen)把病理解為體液(humors)的不平衡；他整合聖經的觀點、德國神祕主義、煉金術、以及在費希諾(Ficino)中找到的新柏拉圖主義的巫術，而提出了一套有關人性與宇宙的統一的看法。他把人看作小宇宙(microcosm)，藉著其不朽的靈魂反映神聖的世界的本性，藉著其靈體(astral body)或生命的原理反映星體世界的本性，藉著其可見的身體反映地球世界的本性。知識需要同客體相聯繫，但是由於所有世界的元素都可以在人身上找到，他便能獲得關於宇宙和上帝的知識，這是部分地在本性上被啟示出來的。為了醫療，醫生需要有關生命原理(vital principles，稱為 *astra*)的知識。疾病是由能夠影響人類生命原理及可見身體的外在因素引起的。化學方法可以用來分離存在於礦物或草木植物中之適宜的生命原理，它們可以用作解毒劑。

巴拉塞爾斯還認為，事物含有硫、水銀和鹽三種要素，據此，他認為藉著變動這些基本要素的比例把一種金屬變成另一種金屬是可能的，而這種變化亦可用於製藥。

參見 alchemy 鍊金術；mysticism 神祕主義

E.J.A.撰　丁福寧審訂

paraconsistency　異一致性　邏輯性質，指在一個邏輯中，人們不能從一個矛盾中推導出所有語句。從古典邏輯的觀點來看，矛盾所產生的問題不只是因為它們是錯誤的，而且是它們蘊涵了所有語句：一個人接受矛盾即是接受所有語句。然而，在異一致性邏輯學(paraconsistent logics)中，例如相干邏輯學(relevance logics)，矛盾被從推論上隔離開來(contradictions are isolated inferentially)，因此相對上無害。對這種邏輯學的加以考慮源於這個事實：人們有時在不一致性(也就是矛盾)被顯示之後，仍在不一致理論繼續進行工作，而且並無運用矛盾導出所有結論。這種現象能否為古典邏輯學家滿意，或者其是否表明科學與數學的邏輯其實是某種非古典的異一致邏輯，仍有爭議。

參見 consistency 一致性；relevance logic 相干邏輯

G.F.S.撰　李瑞麟審訂

paradigm　典範　當它被孔恩(Thomas Kuhn)所使用時(《科學革命之結構》〔*The Structure of Scientific Revolutions*, 1962〕)，是指一套科學和形上學(metaphysical)的信念；這些信念構成了一個理論參考架構(theoretical framework)，在其中科學理論可以被檢驗(tested)、評估，必要時且被修正。典範的觀念在孔恩的主要論題中占有中心地位，而這個論題在結構上，圍繞著反對邏輯經驗主義者關於科學理論變遷觀點的論證而展開。經驗主義者(empiricists)把理論變化當作是平直向前的、累積性的過程，在其中透過觀察和實驗發現的經驗事實，迫使我們修正理論，從而增加對世界日益增長的知識。所主張的是，結合這類修正過程，存在了一種理論間相互化約的過程，使得我們能夠以微觀理解宏觀，最終並達成科學統一的目的。孔恩認為這種觀點和科學史案例中所發生的具體事實不一致，科學變遷以「革命」(revolutions)的方式進行著，拋棄舊典範，為與之不相容甚至不相應的參考架構所代替。因此，經驗主義者所認為可以用來支持舊理論的經驗「事實」成為與新理論毫不相干的東西；新框架裡的提問與回答片斷割取自舊參考架構，並斷章取義，事實上這兩個參考架構的字彙(vocabulary)組成了不同的語言，很難彼此翻譯。這些革命插曲被長時期的「常態科學」(normal science)所區隔，在常態科學時期中，既有的典範理論被雕琢、精鍊以及精緻化。這段時期有時被稱為「解謎活動」(puzzle solving)期，因為這些變化被理解為，調整理論細節去「拯救異常現象」(save the phenomena)，而非帶領我們更近真理。

許多哲學家抱怨孔恩的典範概念太不精確，不能達到其所預設的目標。事實上，十五年後孔恩承認術語至少運用兩個截然不同的觀念：(1)「共享要素(shared elements)說明了專業溝通中比較不成問題的特徵，並說明了專業判斷的相對共識」；(2)「在極其普遍的意義上，為科學團體所接受，作為典範的具體問題解答」。(孔恩：〈關於典範的再思考〉〔*Second Thoughts on Paradigms*〕，1977。孔恩為這兩個觀點分別提供了兩個術語：「學門規訓模式」〔disciplinary matrix〕和「範例」〔exemplar〕。)

參見 Kuhn 孔恩；logical positivism 邏輯實證主義；philosophy of science 科學哲學；reduction 化約；unity of science 科學的統一

B.E.撰　許全義、傅大為審訂

paradigm case argument　範例論證　此論證是設計出來，針對「A's 真的是 B 嗎？」(Are A's really B?) 這種因懷疑(skeptically motivated)而引起的問題類型，予以肯定的答覆。例如，物體真的存在嗎？人的一切行動都是自由的嗎？歸納法真能為人們的信念提供合理的根據嗎？這種論證的結構其實很簡單：在「一般的」(typical)、「例式的」(exemplary)與「典型的」(paradigmatic)情境下，一些常識(common sense)或者是一般用語(ordinary language)所提供的標準中，屬於 B 的部分本質上包含了 A。因此，質疑 A's 是否為 B，或者是質疑 A's 一般而言是否為 B，是很荒謬的。(這種論證在以下的語言模式〔linguistic mode〕中更為常見：在基本範例〔paradigm cases〕中，某事物為 B 的部分意義就是此事物為 A；因而，去質疑 A's 是否為 B，是沒有意義的)

範例論證的例子之一，是它在歸納問題(problem of induction)中的應用，(參見史陶生的著作《邏輯理論引論》Peter F. Strawson, *Introduction to Logical Theory*, 1952)。當一個人基於很好的歸納證據而相信「所有的 F's 都是 G」(All F's are G)這種形式的概括命題；而此證據是由無數的、不同的 F 所構成，其中所有的 F's 都是 G，藉此因而得到相信「所有的 F's 都是 G」的好理由。宣稱「所有的 F's 都是 G」的論證基礎，是根據合理性(reasonableness)及證據強度(strength of evidence)這些概念的內容。因此，史陶生主張以下這兩個命題是分析的：

(1)我們對於由相當強度的證據所支持的命題，具有一定程度的信仰，是合理的。

(2)當案例的數目龐大，及其出現在許多不同的狀況中，則其概括命題的證據將具有相當的強度。

因此，史陶生結論出，「當我們問：『信賴歸納法程序是否合理？』就好比我們問：

『隨著證據強度的增減，來調整我們信念的程度是否合理？』在此脈絡中，『什麼是合理的』正意味著對歸納證據的信賴。」(《邏輯理論引論》第 257 頁)在此論證中，「訴諸於典型範例」(appeal to paradigm cases)的角色是十分關鍵的。在史陶生的說明中，典型範例(paradigm cases)是由「無數的、(以及)不同的例子」(innumerable and varied instances)所構成的。若不訴諸於此，則此論證將完全地失敗；因為，很明顯的，並非所有歸納法的使用都是合理的。然而，即使「訴諸於典型範例」可以被清楚地設立，此論證仍然是有問題的，因為它仍然無法有效地面對原來問題中「真的是」這個字眼所提出的深具懷疑性的挑戰。

參見 analytic-synthetic distinction 分析-綜合區分；problem of induction 歸納法問題

B.E.撰　米建國審訂

paradox　悖論　基於看似真實的假設，並經由一個看似合理的推理導向矛盾(或其他明顯假結論)。一個悖論揭示出，或者推理的原則是假的，或者推理所根據的假設是假的。一般說來，當錯誤的原則或假定被清楚認出並拋棄掉後，悖論就被解決了。悖論有時揭示出根本性錯誤的假設或者錯誤的推理技巧，悖論的哲學重要性正由此得出。

有兩組悖論在現代哲學中得到極大關注。它們是語意悖論(semantic paradoxes)及集合論悖論(logical or set-theoretic paradoxes)，由它們可揭示出我們對於語意學和集合論基本觀念的直觀理解上的重大困難。

其他著名悖論包括理髮師悖論(the barber paradox)和預測(或絞刑吏或意外測驗)(the prediction〔or hangman or unexpected examination〕)悖論。「理髮師悖論」主要作為一個易被解決的悖論的範例。假定我們被告知，有一位牛津的理髮師只為所有不給自己理髮的牛津(男)人刮鬍子。用這段描述，我們顯然得到這樣一個矛盾：這個理髮師既給自己刮鬍子又不給自己刮鬍子。(如果他不給自己刮鬍子，那麼根據描述，他一定是由他為之刮鬍子者中之一；如果他給自己刮鬍子，那麼根據描述，他不是由他為之刮鬍子者中之一。)這個悖論可用兩個方法解決。第一，簡單拒絕原先說這樣一位理髮師存在的斷言：也許無人適於所宣稱的描述。第二，這樣的理髮師也許存在，但不屬於牛津(男)人之列：比如是一個女理髮師，只為所有不為自己刮鬍子的牛津(男)人刮鬍子。

「預測悖論」有多種形式。假定一位教師在星期五告訴她的學生她將在下週做一個小測驗。但這將是個意外：學生們在測驗前一天晚上不會知道小測驗會在次日進行。他們推斷她不會做出這麼一個小測驗。總之，她不能等到週五再做這個小測驗，倘若如此，他們會在週四晚上知道。那就剩下週一至週四是唯一可能有小測驗的日子。但這麼一來，週四也可以被用同樣的推理排除掉：他們將在週三晚上知道。週三、週二和週一可以用同樣的推理被排除掉。被這樣一個似乎正確的推理所說服，學生們不為小測驗做準備。在週三早上，他們很驚訝老師給了小測驗。學生們的推理被指出有這樣的特徵：為了排除所有的日子，他們必須假定小測驗一定舉行，並且是個意外。但他們宣稱的結論是小測驗不會舉行，否則它將不是個意外，這就違逆了他們的假設。卡普蘭(Kaplan)和蒙塔哥(Montague)在《一個悖論的復得》(A Paradox Regained, *Notre Dame Journal of Formal Logic*, 1960)辯證：被稱為知情者悖論(knower paradox)是這個難題的核心——當從直覺上看似有道理的知識原則(及其和邏輯結論的關係)被用於結合知識的主張，而其內容或結論是對此主張的否定時，悖論便出現了。

參見 deontic paradoxes 規範悖論；paradoxes of omnipotence 全能悖論；semantic paradoxes 語意悖論；set-theoretic paradoxes 集合論悖論；Zeno's paradoxes 芝諾悖論

J.Et.撰　李瑞麟審訂

paradoxes, deontic　規範悖論　見 deontic paradoxes 規範悖論

paradoxes, logical　邏輯悖論　見 set-theoretic paradoxes 集合論悖論

paradoxes, semantic　語意悖論　見 semantic paradoxes 語意悖論

paradoxes, set-theoretic　集合論悖論　見 set-theoretic paradoxes 集合論悖論

paradoxes of confirmation　印證悖論　見 confirmation 驗證

paradoxes of material implication　實質蘊涵悖論　見 implication 蘊涵

paradoxes of omnipotence　全能悖論　哲學神學中的一系列悖論，堅持神不能夠是全能的，因為這個概念是前後矛盾的，是假稱來自於「如果神是全能的，那麼神必定能做任何事」的直覺觀念。

(1)神能做邏輯上矛盾的工作嗎？如果能，那麼神應能使祂自己同時既全能又非全能，那是荒謬的。如果神不能，那麼看來有些事神不能做。很多哲學家透過宣稱做一件邏輯上矛盾的工作的概念是空洞的，以及透過宣稱問題(1)沒有指定神能做或不能做的工作，來設法避免這一後果。

(2)神能停止全能嗎？如果神能夠並這麼做的話，由此在任何時間，神會不復是萬事萬物的完全主宰。如果神不能夠，那麼神不能做其他人能做的某些事，即對自身能力加以限制。一個大眾化的對問題(2)的看法是：全能是一個必然存在的存有的基本屬性。根據這一看法，雖然神不能停止是全能的，正如神不能停止存在，這些特徵並非妨害而是在神之中缺少妨害。

(3)神能創造另一個全能的存有嗎？兩個存有都是全能的，這在邏輯上可能嗎？看起來可能，倘若他們實際上從不相異議，然而倘若全能要求控制所有可能除了反事實的情形，只有當兩者不可能異議時，才會有兩個全能的存有。

(4)神能創造一塊重得神搬不動的石頭嗎？如果能，那麼有些事神不能做——搬動這麼塊石頭——如果不能，那麼有些事神不能做到——創造這麼塊石頭。一種回答認為「神不能創造一塊神搬不動的石頭」是「神能創造任何重量的石頭，和神能夠挪動任何重量的石頭」的無害的推論。

參見 divine attributes 神的屬性；philosophy of religion 宗教哲學

W.E.M.撰　丁福寧審訂

paradoxes of self-reference　自我指涉悖論　見 Russell 羅素；type theory 類型論

paradoxes of set theory　集合論悖論　見 set-theoretic paradoxes 集合論悖論；set theory 集合論

paradoxes of strict implication　嚴格蘊涵悖論　見 implication 蘊涵

paradox of analysis　分析之詭論　以「意義之分析不可能提供資訊給已經理解這個意義的人」為內容之論證。(亦即)設想：「一個 F 是一個 G」(如，「一個圓是一條其所有

點和某一點等距的線」)正確分析了「F」之意義，只當「G」與「F」同義；但任何已經理解「G」與「F」之意義的人必定已經知道句子「一個 F 是一個 G」說的是什麼；的確，句子「一個 F 是一個 G」說的將和無價值的平凡(trivial)句「一個 F 是一個 F」說的相同，因為把一個句子中的一詞用另一個同義詞去代，不會改變原句所說的。(但是)「語句『一個 F 是一個 G』不可能提供資訊(對已理解句中所有詞項的人而言)」之結論只有在後面情況才是詭論：「G」不僅是「F」的同義詞且比「F」更複雜，如此以達到「F」的分析。(「第一個堂和表兄弟姊妹是父母的兄弟姊妹的後代」有做出一個分析，但「爸爸是父親」則沒有，而且事實上不能夠為已經知道其所有詞語意義的人帶來資訊)(主張有)詭論(的人)看來未能區別不同種類的知識。當一個人第一次聽聞(並理解)一個他已經理解其意義之詞語之正確意義分析，他從只是隱默地知道該分析為真，轉至開顯地知道該分析為真。他知道那分析確實抓到意義，並由此知道一個過去未曾想到過的表達該意義之方法。

參見 analysis 分析；definition 定義；meaning 意義

C.G.撰　龔維正審訂

paradox of omniscience　全知悖論　反對全知之可能性的一種論證，由帕特里克・格林(Patrick Grim)所提出。這個論證訴諸康托冪集定理(Cantor's power set theorem)的一種應用。全知要求認知每一個真理；按照格林的看法，那意味認知一切真理之集合(set of all truths)中的每一個真理。假設 **T** 是這樣一個包含一切真理的集合。讓我們對集合 **T** 的一切子集(subset)——即冪集(power set) $\mathscr{P}$T的一切成員——加以考量。假設有某一真理 $\mathbf{T}_1$。就 $\mathscr{P}$**T** 的每一個成員來說，或者 $\mathbf{T}_1$ 是那個集合的成員，或者 $\mathbf{T}_1$ 不是那個集合的成員。如此一來，對應於 $\mathscr{P}$**T** 的每一個成員，都有一個描述 $\mathbf{T}_1$ 是或不是那個集合之成員的真理。因此，真理的數目至少與 $\mathscr{P}$**T** 成員的數目相等。按照冪集定理，$\mathscr{P}$**T** 成員的數目大於 **T** 的數目。因此 **T** 並不是一切真理之集合。由相似的論證可以推知，沒有任何其他集合是一切真理之集合。因此一切真理之集合歸根究柢並不存在，既然如此，沒有任何人能夠認知那個集合的每一個成員。如果有人要對這種反對全知的論證加以反駁，他或許可以主張，「就每一個命題 p 來說，如果 p 是真的，上帝知道 p」這個命題並不涵蘊有一個一切真命題之集合(set of all true propositions)存在。

參見 Cantor 康托；divine attributes 神的屬性

E.R.W.撰　劉若韶審訂

paradox of self-deception　自欺悖論　見 self-deception 自欺

paradox of the examination　考試悖論　見 unexpected examination paradox 不能預期的考試悖論

paradox of the heap　堆垛悖論　見 sorites paradox 堆垛悖論

paradox of the knower　知情者悖論　見 deontic paradoxes 規範悖論

paradox of the ravens　烏鴉悖論　見 confirmation 驗證

paradox of the stone　石頭悖論　見 paradoxes of omnipotence 全能悖論

parallel distributed processing　平行分散處理　見 connectionism 連結論

parallelism　平行論　見 philosophy of mind 心靈哲學

parallelism, psychophysical　心物平行論　見 philosophy of mind 心靈哲學

parapsychology　特異心理學　某一定的異常現象之研究，我們不能確認其有明顯的因果關聯，但傳統科學也不能清楚地拒絕它們。特異心理學的基本調查領域是超感知覺(extrasensory perception, ESP)、心靈致動(psychokinesis, PK)，以及一些暗示肉體死亡後心靈運作殘存的案例。ESP 的研究傳統上對準兩種明顯的現象，心靈感應(telepathy；一個人的心靈狀態明白卻異常地影響了另一個人的心靈狀態，通常被認定為在兩個心靈之間，顯然透過超感官工具來進行溝通)和透視力(clairvoyance；物理事態顯著卻異常地影響了某人的心靈狀態，一般被認定為具有知覺或認知未呈現於感官的物體或事件的假想能力)。ESP 的形式要不是被看作認知的類型(例如，對另一個人心靈狀態的異常知識)，要不就只是異常因果影響的一種形式(例如，遠方燃燒的房屋致使吾人可能有火的思想——可能不協調)。PK 的研究涵蓋了產生種種物理效應的明顯能力，這些物理效應獨立於常見或已被確認的因果鏈，包括遠處物體的可見移動、物化(materializations；物質瞬間產生)、移形換位(apports；物體的瞬間移位)、和(在實驗室的實驗中)常態上隨機微觀歷程(像輻射衰變〔radioactive decay〕)在統計上出現了意義重大的非隨機行為。靈魂不死的研究則對準肉體再生和靈媒(例如，來自一個顯然已消逝了的通訊者〔communicator〕的資訊「傳送」)的案例。

顯而易見的前知(precognition；事先認知)的案例，也可以被看成是心靈感應和透視力的類型，而且暗示了某個事態可能是一個稍早事件的原因(一個行為人顯而易見的前知經驗)。然而，對立於後溯的因果關聯(backward causation)的那些案例，可以把顯而易見的前知解釋為下列兩者之一：要不是作為一種無意識的推理形式，立基在超感知覺所獲得的同時訊息上；就是作為心靈致動的一種形式(可能連結了心靈感應的影響)，由此心靈致動形式，前知者引發了明顯被事先認知到的事件。

特異心理學的資料引發了兩個特別深層的問題。暗示靈魂不死的證據，對心靈的唯物理論提出了直接的挑戰。超感知覺和心靈致動的證據，暗示了通常與所謂原始社會連結在一起的「巫術」世界觀(magic worldview)的可行性，根據此世界觀，我們直接且立即地通抵且影響了其他人的思想與身體狀態。

參見 philosophy of mind 心靈哲學；philosophy of psychology 心理學哲學

S.E.B.撰　陳瑞麟審訂

Pareto efficiency　帕雷托效能　亦稱帕雷托最佳狀況，指若是有人的生活福祉被增進，則必有其他人的生活福祉受到減損。義大利經濟學家維爾弗萊多・帕雷托(Vilfredo Pareto, 1848-1923)所提及的毋寧是最佳狀況性而非效能，但實際的語用卻轉向較不正規的用法。帕雷托認為功利主義所主張的個體之間福祉的加法是無意義的。他總結地主張，唯一有用的福利合計尺度必定是序數的。縱使，在沒有使他人的生活更差的前提下，我們就不能進入下一個事態，這一種新事態依帕雷托原則而言仍是比原一種更好。儘管帕雷托標準(Pareto criteria)一般被認為是實證性的而非規範性的，它們仍常被用作規範性的原則來正當化特定的改變或放棄做出改變。例如，一些經濟學家和哲學家拿帕雷托標準作為道德上強制的理由，用此去反對某些政府的政策。在市場和自願交換的脈絡中，去主張每

一個交換，至少是對交換有直接參與的各方而言，每一筆交換依帕雷托原則而言都是一種改進，是不無道理的。然而，如果我們無法解釋我們的交換對其他人的外在效力，這種情形依帕雷托原則而言就不是一種改進了。此外，在提供要求許多個體努力合作及同心協力的集體利益上，我們可能會是失敗的。由是，即使在市場上，我們也不能指望獲得帕雷托效能。因此，我們也許會認為我們應該請政府的干預來幫助我們。但在典型的社會脈胳下，吾人常常難以相信意義重大的政策改變依帕雷托原則而言是能夠帶來改進的，因為任何變革必定會產生輸家。

參見 perfect competition 完全競爭；social choice theory 社會選擇理論；utilitarianism 效益主義

R.Har.撰　林立審訂

Pareto optimality　帕雷托最佳狀況　見 Pareto efficiency 帕雷托效能

Pareto-superior　有帕雷托優越感的　見 Pareto efficiency 帕雷托效能

Parfit, Derek　巴費特，德瑞克(b.1942)　英國哲學家。因在人格形上學(metaphysics of persons)、道德理論與實踐理性(practical reasoning)等方面有重大貢獻，而馳名國際。首先讓巴費特在學界脫穎而出的是他對於人格同一性(personal identity)之普遍觀點的挑戰。一般人認為人格同一性是一個「深層事實」(deep fact)，非是即非，且在理性與道德思慮中，扮演著極關鍵的角色。然而藉由探討分裂與融合的案例，巴費特對人格同一性提出一種化約論的說法，認為生存中最重要的，是物理與心理的連續性。而這是程度上的問題。所以，對於未來的某一個人會不會是我這樣的問題，有時是沒有答案的。

巴費特的巨著《理由與人格》(*Reasons and Persons*, 1984)是一本極富原創性，又充滿驚人結論的書，它極大程度地重塑了哲學的議程。本書的第一部分處理了有關道德、理性，以及善的不同理論；無可譴責的錯誤行為；符合道德的非道德行為(moral immorality)；符合理性的非理性行為(rational irrationality)；感覺不到的傷害與利益(imperceptible harms and benefits)；不會造成傷害的折磨(harmless torturers)；以及某些理論的自我矛盾之處(self-defeatingness)。第二部分則介紹了一種關於個人理性的批判性當下目標理論(present-aim theory)；並抨擊一般的自身利益理論(self-interest theory)。同時討論了對於時間各種態度的合理性，比如關心將來甚於過去、關心目下之事甚於遙遠之事。在自身利益與道德兩者之間的古老衝突上，巴費特指出，不同於自身利益理論所要求的，我們可以合理地去關心某些其他目標，就如同，甚至更甚於，我們關心自己未來的福祉一般。此外，他也指出，自身利益理論是一種混合的觀點——在時間上，它採取中立；在人的部分，它則是局部的(partial)。所以，我們可以在一方面以道德來挑戰它——因為道德在人與時間上都是中立的，而在另一方面以當下目標理論來挑戰它——因為當下目標理論在人與時間上都是局部的。第三部分更精煉地陳述了巴費特在人格同一性方面的觀點，並進一步地批判自身利益理論：人格同一性是無關緊要的，因此，我們之所以特別關心未來，並不是基於那會是「我們的」未來這項事實上。第四部分則討論了關於未來世代的難題；他認為，我們在考慮未來人們時所需要用到的道德原則，必須以一種非人格(impersonal)的形式出現。巴費特的論證強烈地挑戰了我們對於道德理想的了解，同時，有些人相信，也挑戰了對後果加以比較的可能性。

巴費特尚有三篇即將出版的手稿，分別暫時命名為《重新發掘理由》(*Rediscovering Reasons*)、《自我的形上學》(*The Metaphysics of the Self*)，以及《論關鍵物》(*On What Matters*)。他目前的研究焦點是理性的規範性。雖然他在人格的問題上是一位化約論者，在理性問題上，他則是非化約論者。他相信在嚴格意義上而言為真、並且不能化約的規範信念。對於能夠行動及能夠關心的理性，他採取實在論立場，並質疑自然主義者(naturalists)、非認知主義者(noncognitivists)，以及建構主義者(constructivists)的觀點。他主張內在論者(internalists)將規範性與動機力量(motivating force)兩者混為一談；與一般認為「所有」理性皆由慾望而來的看法相反，他認為「沒有」理性是從慾望而來的；並且，康德(Kant)對於理性主義所構成的威脅，要比休姆(Hume)來得大。

巴費特是英國牛津大學萬靈學院的資深研究院士，並且定期於哈佛大學與紐約大學擔任客座教授。他頗富傳奇的一面是常動輒以專論的篇幅對收到的書稿提出批評，而他也是牛津倫理學叢書的編輯。這套叢書的目標在於促進道德的可觀進展，這也是一般認為巴費特本人已經達致的目標。

參見 ethics 倫理學；externalism 外在論；moral realism 道德實在論；motivational internalism 動機內在論；personal identity 人格同一性；practical reason 實踐理性

L.S.T.撰　林正弘審訂

parity of reasons　理由相當　見 principle of indifference 無分軒輊原則

Parmenides　巴門尼德斯(early fifth century B.C.)　先蘇格拉底(pre-Socratics)最有影響力的希臘哲學家，活躍於南部義大利的愛歐尼亞(Ionian)希臘殖民地的伊利亞(Elea；羅馬和現代維利亞〔Velia〕)。他是名副其實的第一位古希臘本體論者和形上學者。柏拉圖(Plato)稱讚他為「值得尊敬和敬畏」，「有了不起深度」的學者(《賽阿斯提特斯》*Theaetetus*, 183e-184a)，並在對話錄《巴門尼德斯篇》(*Parmenides*)中，用一種虛構和辨證的置換法，把他表現為具有柏拉圖自己的理論形式的一位勇於探索真理的批評家。

至今，近一百五十行巴門尼德斯的教誨詩得以保存，並且集合成二十個片段。第一部分，「真理」(Truth)，提供了希臘思想史上連續演繹法的最早樣本。以有關思想、知識和語言的直觀感受為來源，巴門尼德斯辯稱：「真實」(the real)、「所是」(what-is)或「存在」(being〔*to eon*〕)必定是非創生的和不朽的、不可分割的和不可改變的。一個巴門尼德斯的觀點，後來延續構成一個由柏拉圖所啟發的傳統，強調「一切是太一」(all is one)。但這句話在殘篇中沒有出現；巴門尼德斯甚至未曾論及「太一」(the One)；或者可能是一個整體論的太一或絕對單子的多元性符合巴門尼德斯的演繹。儘管如此，人們也很難去反對這個觀念，即爭辯焦點集中於「存在」，或「全部」(the All)，或「太一」這獨一實體上。

巴門尼德斯完全接納經驗世界不能視為「真實」(what-is)的弔詭結果。儘管如此，在第二部分詩歌中的〈觀點〉(Opinions)，他詳細勾勒了一個二元論的宇宙觀。是否這是旨在作為一種坦率的現象學——表象的學說——抑或作為對「真理」的諷刺的反襯，並不清楚。值得注意的是巴門尼德斯可能是一位職業醫生，從殘篇中的胚胎學主題(來自《觀點》)，以及從維利亞(Velia)的考古發現(此發現乃是出於巴門尼德斯的回憶，和考古現場羅馬時期醫學學校的遺跡聯繫起來推論求得的)，可發現古代報告中，關於巴門尼德斯是職業醫生的這一項推測。儘管不是巴門尼德斯自己的看法，《觀點》記載了四個主要的科學突破，其中一些無疑是巴門尼德斯自己的發現：地球是一個圓球，兩個回歸線與北極圈及南極圈把地球分割成五個區域；月亮從太陽得到光明；晨星和夜星同樣是行星。

伊利亞學派(Eleatic School)這一術語，當它用於意指一個據說是屬於巴門尼德斯、伊利亞的芝諾(Zeno)、薩摩斯的麥里塞斯(Melissus of Samos)和(先於巴門尼德斯的)科洛芬的色諾芬尼(Xenophanes of Colophon)的共同特色時，是一項誤導。事實上，從西元前五世紀中葉開始，很多哲學團體和運動在不同方式上受到巴門尼德斯的影響，包括「多元論者」(pluralists)，恩培多克利斯 (Empedocles)，阿那撒哥拉斯(Anaxagoras)和德謨克利特斯(Democritus)。巴門尼德斯的演繹法由芝諾，得以轉變成悖論全盛的保留項目，給詭辨學派的議論和蘇格拉底的辯駁提供了範例。此外，巴門尼德斯對於「真實」(what-is)的標準，未失真地奠基於如下的背景之中：柏拉圖的理型論及亞里斯多德(Aristotle)系統的突出特徵——尤其是「真實性優於潛在性」(actuality over potentiality)、「不動的動者」(unmoved mover)以及「人生人原則」(man-begets-man)三者的優先性。確實，所有設想(關於實體、物質和物質能量)保存原則的哲學或科學體系，都是巴門尼德斯演繹法的不可分隔的後繼者。

參見 Eleatic School 伊利亞學派；Melissus of Samos 薩摩斯的麥里塞斯；pre-Socratics 先蘇格拉底學派

A.P.D.M.撰　苑舉正審訂

parousia **出現、復臨**　見 Plato 柏拉圖

parse tree　**剖析樹**　見 parsing 語法剖析

parsimony, principle of　**節約原則**　見 Ockham's razor 奧坎剃刀

parsing　**語法剖析**　「根據既定語法的規則來決定句子的句法結構」，以上所說的過程就是所謂的語法剖析，或簡稱剖析(parsing)。剖析與辨識(*recognition*)是應該區分的兩回事，後者一般而言是一件較為單純的任務——所謂辨識只需決定一個既有的字串在形式上是否可以被接受(即所謂「合於語法」(grammatical)。總而言之，針對某一種特定類型的語法，我們可以運用許多不同的語法剖析策略；這些不同剖析技術間相對的效率，是研究上相當受關注的題目。有關語法剖析，研究得最為透徹的理論架構是「語境自由詞組結構語法」(the context-free phrase structure grammars)；這類語法的句法結構以「樹狀圖」(trees)的形式來表達，這個樹狀結構由單一的根節點往下生長，同一層的節點稱為姊妹節點(sister nodes)，並有由左至右的順序關係。因此，剖析步驟可以依照樹狀圖建構的順序而加以大體地分類：「由上而下」相對於「由左而右」；「深度優先」(depth-first)相對於「廣度優先」(breadth-first)。此外，還有各種處理多重選擇的策略(如議題、回溯、平行處理等)，另有圖表(charts)等工具用來避免重複已進行過的步驟。當電腦在處理語言時，無論是自然語言或者是人工語言(例如，程式語言)，如何進行高效率的語法剖析，當然是很重要的。當人類理解自然語言語句時，句法剖析進行得很快，且毫不費力。由於我們對人類理解語言所進行的程序了解尚不夠充分，心理語言學家(psycholinguists)希望可以藉由對機械式語法剖析即由電腦進行剖析研究的成果中得到啟發。

參見 grammar 文法

R.E.W.撰　黃居仁審訂

partial belief　**偏信**　見 probability 機率

partial function　**部分函數**　見 mathematical function 數學函數

partial order　**偏序**　見 relation 關係

partial ordering　部分有序　見 ordering 排序

participation　參與　見 Plato 柏拉圖

particular　殊相、個殊事物　見 conceptualism 概念論；individuation 個體化；metaphysics 形上學

particular, bare　光禿禿的個體　見 metaphysics 形上學

particular, basic　基本殊相　見 Strawson 史陶生

particularism　特例主義　見 problem of the criterion 判準問題

particular proposition　特殊命題　見 syllogism 三段論式

partition　分割　一種區分，將一集合分成相互排斥(mutually exclusive)且共同耗盡(jointly exhaustive)的子集合。就推衍上而言，「分割」可意味著任何集合 P，它的成員是集合 S 之子集合，這些子集合相互排斥且共同耗盡 S。每一個分割 P 的成員，都被稱為 S 關於 P 的分割類(partition class)。分割和等價關係(equivalence relations)有密切的相關性，也就是說，和具有遞移(transitive)、對稱(symmetric)，以及反身(reflexive)這些特性的關係有關。假定一定義於 S 的等價關係 R，R 可以用如下自然方式導出一 S 的分割 P：成員 s_1 和 s_2 屬於相同的 P 分割類，若且唯若，s_1 對 s_2 具有關係 R。相反的，假定一 S 的分割 P，P 可以用如下自然方式，導出一定義於 S 的等價關係 R：成員 s_1 對成員 s_2 具有關係 R，若且唯若，s_1 和 s_2 屬於相同的 P 分割類。因而，由於顯而易見的理由，分割類又被稱為「等價類」(equivalence classes)。

參見 relation 關係；set theory 集合論

R.W.B.撰　林正弘審訂

***Parva naturalia*　《小自然》**　見 Aristotle 亞里斯多德

Pascal, Blaise　巴斯卡，布萊斯(1623-62)　法國哲學家，也以身為數學家、物理學家、發明家、神學家、辯論家和法語散文家(prose stylist)的出眾才華而聞名。生於奧弗涅(Auvergne)的克萊蒙-費蘭(Clermont-Ferrand)，其父親埃提安(Étienne)親自教育他，而且首度記錄了他對數學的貢獻。十六歲那年，巴斯卡在德扎格斯(Desargues)的影響下，寫了一本圓錐體的射影幾何(projective geometry of the cone)。這部著作在 1640 年以《論圓錐曲線》(*Essai pour les coniques*)的標題出版，其中包括自此知名的巴斯卡定理(Pascal's theorem)。巴斯卡其他的數學成就包括機率理論的原創性發展，他和費馬(Fermat)的通信討論，協助他完成了無限小分析(infinitesimal analysis)的方法，萊布尼茲(Leibniz)稱許此方法啟發他建立微積分。巴斯卡早期的科學聲譽也依賴於他的物理學作品，包括一篇論流體靜力學的專論〈論液體平衡與空氣的重量〉(*Traités de l'équilibre des liqueurs et de la pesanteur de la masse de l'air*)，以及他用氣壓計的實驗。此實驗企圖建立真空的可能性，以及空氣重量是水銀懸浮的原因。

巴斯卡身為散文家的聲譽基本上是建立在他的《外鄉書簡》(*Lettres provinciales*,

1656-57)上，此文匿名參與冉森主義者(Jansenist；以阿爾諾〔Arnauld〕為首)和耶穌會會士(Jesuits)之間的爭辯。冉森主義是羅馬教會的宗教運動，在恩寵與自由意志的問題上，強調奧古斯丁式的立場(Augustinian position)。巴斯卡自己並非冉森主義者，他寫了一系列尖刻的諷刺書信，既嘲笑耶穌會士的曲解，也嘲笑冉森主義者因企圖堅守詹森的奧古斯丁論(Augustinus)的五種主張而遭到的迫害。

巴斯卡的哲學貢獻散見於他的所有著作，但主要在他的《箴言集》(*Pensées*, 1670)中，它是一篇旨在為基督教辯護的著作，直到他死時並未完成，而且片片段段的。因為《箴言集》有非凡的洞見、激情和深度，因此對宗教思想和後來的存在主義的影響十分深刻。巴斯卡死時，一些片段被裝訂成集；其他的片段則未經整理。近來學界已發現許多原初的整理計畫。《箴言集》提出的懷疑論點，已變成自蒙田(Montaigne)以來哲學嘉言的一部分。像笛卡兒(Descartes)在《沉思錄》(*Meditations*)中一樣，這些論點最初似乎是為了拒絕知識的可能性而提出，但巴斯卡試著利用它們來獲得一個肯定的結果。他論證了懷疑論向我們顯示的並不是知識不可能，而是人性中有一某種弔詭性(paradox)：我們擁有知識，但我們也確認這種知識不能被合理地證成，合理的論證甚至可以用來反對它(片段109、131 和 110)。這種特殊性只能通過基督教的墮落學說來說明(如，片段 117)。

藉著破壞上帝存在的直接證明之可能性的基礎，巴斯卡擴展了他的懷疑論考察。這種知識在哲學根基上是不可能的，因為只有在拒絕上帝存在而導出的荒謬中，以及自然沒有為我們提供與「不相信」相容的知識時，這樣的證明才能成功(片段 429 和 781)。此外，上帝存在的直接證明和基督教認識論宣稱並不相容，該宣稱認為上帝的位格主體(personal agency)對宗教知識而言是必要的(片段 460、449)。巴斯卡對懷疑論的使用和他拒絕承認對上帝存在的證明引起了一些評論者，如波普金(〈虔誠論〉〔Richard Popkin, Fideism, 1967〕)和潘那倫(〈懷疑論和虔誠論〉〔Terence Penelhum, Skepticism and Fideism, 1983〕)，把巴斯卡解釋為虔誠論者，即拒絕宗教信仰可建立在除了「實用理由」(pragmatic reasons)外的任何理由上。但這樣的解釋忽略了巴斯卡的企圖——顯示基督信仰由於其教義(尤其是墮落的教義)的說明力，因而是合理的(如，片段 131、137、149、431、449 和 482)。基督教在說明上的優越性之刻意證明，為巴斯卡著名的「打賭」(wager)論證(片段 418)提供了基礎。

「打賭」所在的殘稿片段，在巴斯卡死時尚未被分類，但文本的證據表明它本來被包含在第 12 節，標題為「開場」(commencement)，置於對基督教的優越說明力之證明的後面。「打賭」直接應用了巴斯卡早期論機率的作品中所發展的原理。在那些作品中，巴斯卡發現了計算法，在吾人面對未來事件的不確定性時，可以幫助吾人決定最合理的行為，現在就是知名的決策論(decision theory)。現在，情況是：基督教真理及基督教對來生(afterlife)的主張是不確定的；而且所要考察的是要不要信奉基督教。最合理的行為之選擇，依賴於今天所謂的行為「期望值」(expected value)。一個行為的期望值決定於(1)為行為的每一個可能結果，指派一個值，s；(2)從 s 值中減去行為的代價，c；然後(3)把差值和的各個結果的機率乘起來，而且把這些積加在一起。巴斯卡邀請讀者考慮要不要信仰基督教時，就好像在基督教的真實性上進行打賭的行為。如果吾人信，那麼會有兩種可能結果——上帝不是存在、就是不存在。如果上帝確實存在，這個打賭贏得的是無限的生命。如果上帝不存在，也沒什麼損失。因為潛在的獲利是無限的，因此宗教信仰有較大的期望值，比不信更為合理。

「打賭」受到無數批評。威廉・詹姆士(William James)爭論它並未判定什麼，因為它可以同等地應用到任何宗教的有效性上，只要該宗教提供了無限報酬的承諾(《相信的意志》〔*The Will to Believe*, 1897〕)。但這忽視了巴斯卡的謹慎企圖，他顯示只有基督教有適當的說明力，所以只考慮信或不信基督教之間的選擇。對打賭的強烈反對起於當代的決策理論的作品，它們禁止引入無限值，因為無限值有使得「最輕微的風險也是不合理的」這種反直觀的結果(counterintuitive result)。但如果這些反對是有效的，它們並未拒絕巴斯卡在《箴言集》中的策略，因為《箴言集》一書對基督教說明力和打賭的證明，只是扮演誘導讀者尋求宗教確定性的原初角色，而這宗教確定性唯獨來自他稱為「啟示」(inspiration)的救贖宗教經驗(片段 110、381、382、588、808)。

參見 decision theory 決策論；philosophy of religion 宗教哲學；probability 機率

D.F.撰　陳瑞麟審訂

Pascal's wager　巴斯卡的賭注　見 Pascal 巴斯卡

passion　激情　見 emotion 情緒；Hume 休姆；practical reasoning 實踐推理

passions　激情　見 emotion 情緒

passions, direct　直接激情　見 Hume 休姆

passions, indirect　間接的激情　見 Hume 休姆

passive euthanasia　消極安樂死　見 euthanasia 安樂死

passive power　被動能　見 power 能

paternalism　干涉主義　干涉他人之自由與自律(autonomy)。干涉的合理性是訴諸於提升他人之利益，或是令他人免於受傷害。準確地說，P 對 Q 是干涉的，當且僅當(if and only if)：(a)P 的行動意圖在於使 Q 避免傷害，或是促進 Q 之利益；(b)P 的行為和 Q 目前的偏好、慾望或價值觀相左(或者漠不關心)；(c)P 的行為限制 Q 的自主性或自由。

(c)中所出現的自主性和自由可以允許這樣的事實，對某人說謊不全然是干涉其自由。注意：說真話可以是某人的干涉行動(正如在違反病人的意願下，大夫堅持讓病人知道其病情之實貌)。亦要注意的是：此詞之定義不能解決有關干涉主義的干涉是合理或不合理的問題。

干涉行動的典型例子是：(1)法律規定機車騎士要戴安全帽；(2)法院裁定醫師可在違反耶和華見證人之信徒的意願下，替他們輸血；(3)醫師欺騙病人，以避免他們沮喪；(4)對會加害自身之行為者所行使之公民強制力；(5)法律禁止當救生員不在場時不能游泳。

軟性(soft)(或弱意〔weak〕)干涉主義主張，只有在行為者是非自願的(non-voluntarily)，或我們需要時間才能判定其行動是自願與否的情況下，干涉才是正當的。硬性(Hard)(或強意〔strong〕)干涉主義則主張，即使被干涉者的行動是自願的，干涉有時還是正當的。

此詞的分析是相對於某些問題。如果對大企業的組織行為有興趣，可以採用不同的定義，不用侷限於國家行使強制的權利。關於干涉行動的典型法規問題是：個人的福祉，到何種程度，才更重於必須尊重他們自行選擇生活方式和自行下決定的欲求(即使他們是錯的)。彌爾(J. S. Mill)就是實際上絕對反對干涉主義的最佳例子，至少就關於國家行使干涉主義的權利而言。他論證除非有理由相信行為者行動不是自願的，就如同正要過橋

的人渾然不知橋就要塌下來了，否則我們應該允許成人行動自由，即使該行動會傷害他們自己。

參見 free will problem 自由意志問題；Mill, J. S.彌爾，約翰・斯圖亞特；political philosophy 政治哲學；positive and negative freedom 積極與消極自由；rights 權利

G.D.撰　吳秀瑾審訂

patriarchalism　父權主義　見 Filmer 費爾曼

patristic authors　教父作者　也稱為教會的父親(church fathers)，起初如此命名一群早期基督宗教的作者，是因為他們被認為是正統基督徒教會(the orthodox Christian churches)的「父親」(fathers〔*patres*〕)。這個術語當今被更廣泛地用來指那些大約活躍於基督宗教時代的頭六個世紀之正統或非正統的(heterodox)作者。年代學(chronology)的區分是相當有彈性的，而且它是為了某些特殊意圖而有規律地向後移動了幾個世紀。此外，對這些作者的研究傳統上因語言而被區分開來，關於此區分，主要的幾種是希臘文、拉丁文，以及敘利亞文(Syriac)。在教父學者中經常以不同語言所做之鮮明劃分，部分是地方教會之不同歷史的反映，部分是當代學術之社會學的反映。

希臘教父　希臘的教父時期通常被視為從《新約聖經》(*New Testament*)後的第一批作者，一直延伸到諸如證道者馬克西木斯(Maximus the Confessor, 579/580-662)或大馬士革的約翰(John of Damascus, c.650-c.750)這等人物。此時期於傳統上大約是以尼西亞大公會議(Council of Nicea, 325)做劃分。前尼西亞的希臘作者於哲學史上有重要性的包括：依例內(Irenaeus, 130/140-after 198?)、亞歷山卓的克萊門特(Clement of Alexandria, c.150-after 215)，以及奧利根(Origen, c.180-c.254)。尼西亞的與後尼西亞的重要作者包括：亞賽納西烏斯(Athanasius, c.295-373)；卡帕多西的教父們(the Cappadocians)，也就是納齊祖的額我略(Gregory of Nazianzus, c.330-90)、柴沙瑞亞的巴西留(Basil of Cesarea, c.330-79)，與他的兄弟，尼撒的額我略(Gregory of Nyssa, 335/340-c.394)；以及約翰・克利索斯頓(John Chrysostom, c.350-407)。

這些希臘的作者們不斷地從事哲學論題的研究與實踐。例如，儒斯丁・馬爾底爾(Justin Martyr, second century)描述他之改宗於基督宗教，顯然是通過哲學較下層的形式而進入真實哲學的一次變遷。再者，亞歷山卓的克萊門特使用普羅克例弟可(the protreptic)的哲學樣式與相當多的古代文本來說服其異教讀者：就真正的智慧來說，他們應該成為基督徒。奧利根致力撰寫之《反塞爾蘇斯》(*Against Celsus*)一書詳盡地抗辯一名異教哲學家對基督宗教的攻擊。如果再精細一點，更為重要的是：卡帕多西的教父們之主要的著作挪用及轉化了許多哲學作者的教義——首先是柏拉圖與新柏拉圖主義者，而亞里斯多德、斯多亞學派(the Stoics)，以及蓋倫(Galen)也都在其中。

拉丁教父　拉丁教會總計將四位後尼西亞的作者歸為其主要教師：安布羅斯(Ambrose, 337/339-97)、耶柔米(Jerome, c.347-419)、奧古斯丁(354-430)，以及大額我略(Gregory the Great, c.540-604)。其他具哲學興趣的拉丁作者包括：德爾圖良(Tertullian, fl. c.195-c. 220)、拉克當修斯(Lactantius, c.260-c.330)、馬利烏斯・維克多里奴斯(Marius Victorinus, 280/285-before 386)，以及波傑爾的希拉利(Hilary of Poitiers, fl. 356-64)。

拉丁教父時期的典型算法是由第二世紀起至第五或第六世紀止，亦即，大致是由德爾圖良而至波依修(Boethius)。拉丁的作者們與其同時代希臘的作者共同分享了與異教哲學學派有關的知識領域，此既為相對立的組織、又為有益教導的泉源。例如，德爾圖良的《反對諸國》(*Against the Nations*)與《護教書》(*Apology*)叱責異教反對基督宗教的責難，

而後反擊一些異教信仰，包括哲學信念。相反地，馬利烏斯·維克多里奴斯、安布洛斯，以及奧古斯丁等教父的著作扮演著轉化哲學教誨的角色，尤其是來自新柏拉圖主義者的教誨。因為一般而言，關於哲學的廣博學識，在拉丁教父中並不像在希臘教父中那樣巨大，他們既更加渴望地去接受哲學學說，又更為自由於即興寫作關於它們的變化。

參見 Augustine 奧古斯丁；Boethius 波依修；Clement of Alexandria 亞歷山卓的克萊門特；Gregory of Nyssa 尼撒的額我略；Tertullian 德爾圖良

M.D.J.撰　蕭宏恩審訂

Paul of Venice　威尼斯的保羅(c.1368-1429)　義大利哲學家和神學家。一個聖奧古斯丁的隱士(a Hermit of Saint Augustine；〔O.E.S.A.〕)，他在牛津當了三年學生(1390-93)、在帕多瓦大學(the University of Padua)執教，並於 1408 年時在該地取得藝術和神學博士。他也擁有在帕爾瑪(Parma)、塞那(Siena)和波隆納(Bologna)大學的教職。他十分活躍地安排他的生活秩序，擁有很多高級職位。威尼斯的保羅曾對亞里斯多德(Aristotle)邏輯學、倫理學和物理學寫做了許多集註，但他的名字特別常和一本當時極流行的課本《小邏輯》(*Logica parva*，超過一百五十份手稿仍保存，並曾被印刷成四十多種版本)，以及一本巨著《大邏輯》(*Logica Magna*)連在一起。從十四世紀末葉貫穿至十五世紀底，威尼斯的保羅所寫的這些深受牛津影響的著作，在義大利北部的大學裡促成了有助於英文邏輯發展的氣氛。

I.Bo.撰　王文方審訂

Peano, Giuseppe　皮亞諾，爵塞普　見 logical form 邏輯形式；Peano postulates 皮亞諾公設

Peano postulates　皮亞諾公設　亦稱皮亞諾公理(Peano axioms)，指一些假設，由這些假設中，所有整數能夠從某些初始整數、等式和後繼數關係(successorship)中被定義出來，也通常被視為定義出來的級數(progressions)。皮亞諾(G. Peano)在 1889 年提出關於算術的皮亞諾公設。他將整數集合 N 和一個第一項 1 和一個等式關係置於當中，並設想了這九個公設：1 屬於 N；N 多於一個數；等式是自反的(reflexive)、對稱的(symmetric)和傳遞的(transitive)，並封閉於 N；在 N 中的任何整數的後繼數(successor)也屬於 N，並是唯一的；當運用「數學歸納法原則」(mathematical induction)於 N 的數上，如果 1 屬於 N 的某個子集合 M，並且任何 M 的元素的後繼數也都屬於 M，那麼事實上 M = N。在某種意義上來說，皮亞諾的形式化(formulation)是不清楚的。他沒有明晰的推理規則，也沒有為歸納定義(由戴德金〔Dedekind〕在他稍前創立)的合法性做任何保證。此外，關於等號的四個性質被視為屬於「邏輯」部分而不屬於算術部分；現在這部分被去除了。

皮亞諾自己認識到，公設定義了級數而非整數(例如 1、1/2、1/4、1/8、…，只要適度選取解釋便能符合公設)。但他在算術公理化上的工作十分重要；由羅素(Rrussell)和其他人發展的更深刻的基礎工作在數學基礎上的一般集合論(general set theory)扮演重要角色。

二十世紀早期，基於此一洞見，由維伯倫(O. Veblen)、斯科倫(T. Skolem)和其他人在集合論和數學分析上發展所謂「非標準」(non-standard)模型；也就是在自然數序列「1, 2, 3,…」的「…」之後加上更多的物件，產生一些有價值的其他模型(對於皮亞諾公設而言)。這些步驟對模型論相當重要，尤其在一公設系統的非範疇性(non-categoricity of an axiom system)這一點上具有重大意義。一個顯著的例子是羅賓森(A. Robinson)的「非標準分析」，在「非標準分析」當中，無窮小量被定義為超窮數的倒數(arithmetical inverses of transfinite numbers)，如此並未降低其嚴密性。

參見 philosophy of mathematics 數學哲學

I.G.-G.撰　李瑞麟審訂

Peirce, Charles S(anders)　**裴爾斯，查理斯・桑德斯**(1839-1914)　美國的哲學家、科學家、數學家以及被稱為「實用主義」(pragmatism)的這一哲學運動的創始人。裴爾斯生於麻薩諸塞州的康橋，是班傑明・裴爾斯(Benjamin Peirce)的次子，班氏本人是哈佛的數學及天文學教授，並且是美國居領導地位的數學家之一。查爾斯・裴爾斯就讀於哈佛大學，並於 1863 年獲得化學學位。1861 年他開始在美國海岸測地局工作，並且在這個職位上待了三十年。除了作為一名專業科學家，裴爾斯同時也致力於邏輯和哲學，他在不同的大學和機構講授哲學與邏輯，但一直未能獲得哲學教師的長期學術職位。1887 年，他退休遷居於賓夕凡尼亞州(Pennsylvania)的繆爾福德(Milford)，並把餘生投入哲學的工作。他靠偶爾的演講，以及替期刊和字典撰文，來獲取極為微薄的收入。他在貧病交加中渡過生命中最後的歲月。

實用主義(Pragmatism)　裴爾斯在〈信念之固定〉(The Fixation of Belief)和〈如何使我們的觀念清楚〉(How to Make Our Ideas Clear, 1877-78)這兩篇文章中表述了實用主義的基本原則。後一篇文章的題目涉及笛卡兒「清晰與判明的觀念」(clear and distinct ideas)的學說。依裴爾斯，清晰性與判明性的判別標準，必須再補上有意義性(meaningfulness)這個第三項的條件，這一條件是說：一命題或一「理智概念」(intellectual conception)之意義，乃在於其「實踐的後果」(practical consequences)。在其論文〈實用主義〉(Pragmatism, 1905)中，他表述了「實用主義之原則」(Principle of Pragmatism)或「實用的格準」(Pragmatic Maxim)如下：

為了要確定一個理智概念的意義，我們應該考慮到：哪些實踐的後果可以想像是必然地由此概念之為真而導出；而這些後果的總和，便構成這概念的整個意義。

所謂「實踐的後果」，裴爾斯意指具有「若 p 則 q」這種形式的條件命題，此中前件描述了一些行動或實驗的條件，後件則描述一可觀察的現象或一「可感知的效果」(sensible effect)。根據實用的格準，一個命題(或一個「理智概念」〔intellectual conception〕)的意義，可以用一串這樣的「實踐的條件句」(practical conditionals)的連言(conjunction)來表達。

實用的格準也許會遭受到批評，這批評的根據是在於：許多有意義的句子(例如理論性的假設)本身並不涵衍任何「實踐的後果」，而它們只與其他的假設相連結而已。裴爾斯預料到這樣的反對意見，他早就觀察到「實用主義之格準乃是這樣的：一個概念與另一個概念之間，在邏輯的結果與意涵上，可以沒有任何的差別，除了這種情形，亦即當第一個概念與其他的概念與意向相連結時，我們可以想像第一個概念所改變我們的實踐行為，與第二個概念所改變我們的實踐行為，是有所不同的。」(〈實用主義與逆推〉〔Pragmatism and Abduction, 1903〕)。

探究理論與科學哲學(Theory of Inquiry and Philosophy of Science)　裴爾斯採用了培因(Bain)對「信念」(belief)的定義：信念乃人所準備按之而行動者。信念引導行動，而作為信念內容的命題，可被看作是行為的格準。依裴爾斯，信念是一個令人滿足和可欲求的狀態，而信念的反面，即是懷疑的狀態，是一個不能令人滿足的狀態。探究的起始點，通常是某些使人驚奇的現象，這些現象與一個人先前所接受的信念並不一致，由此而產生懷疑的狀態。探究之目的，便是要以信念的狀態來取代懷疑的狀態：「探究的唯一目標，乃是意見之確立。」一個成功的探究，導致一個穩定的意見，此即是一個日後無需被放棄的信念狀態。裴爾斯把這種意見的終極穩定性，看作真理和實在(reality)的判準：

「實在的東西……乃是資訊和推理遲早最後會達至的東西，從而它是獨立於你我種種異想之外的。」然而，他接受一種客觀主義式的真理觀和實在觀：實在物之根本特性，便是它不依賴於個人們的種種意見。

在〈信念之固定〉中，裴爾斯論證：科學的方法，亦即讓我們的信念由外在的實在來決定(由「我們的思想對之毫無影響的東西」來決定)的這樣一種方法，是確定意見之最佳途徑。他的許多哲學著作，都致力於分析各種應用於科學的推論和論證之形式。他研究或然率的概念，以及科學中的或然推理，並批評主觀論者對或然率的觀點；而自己則採取客觀論者的概念，根據這種概念，或然率可被定義為一種長期的相對頻率。

裴爾斯區分了三種主要的推論類型，此三者相應於探究的三個階段：(i)逆推法(abduction)，是指對解釋性假設的一種暫時性的接納，如果這一假設是真的，它會使被研究的現象成為可以理解的；(ii)演繹法(deduction)，從解釋性假設推導出可測試的結果，以及(iii)歸納法(induction)，藉著這些導出的結果，對假設做出評估。他稱這種探究的方法為「歸納的方法」(inductive method)；但在當代科學哲學中，它通常被稱作假設-演繹(hypothetico-deductive)法。按照裴爾斯，這種科學方法可被視為實用的格準的一項應用：從一解釋性假設中推導出來的種種可測試結果，構成了它(在實用的格準意義下)的具體「意義」(meaning)。因此，這一格準便決定了一假設是否能被容許成為一個可能的(有意義的)解釋。

依照裴爾斯，探究總是依賴於一些信念，在從事探究活動的當時，這些信念並不被置疑；但是，這樣的信念卻可能會在其他的情況下被質問。我們的知識並非以不容置疑的「第一前提」(first premises)為基礎，而所有信念都依於其他的信念。根據裴爾斯的可錯論(fallibilism)的學說，科學的各種結論總是暫時性的，科學方法的合理性，並不取決於其結論之確定性，卻取決於其自我修正的(self-corrective)特性：通過對方法持續的應用，科學可探測並更正它自己的錯誤，並從而最終導向真理之發現。

邏輯、記號理論與語言哲學(Logic, the theory of signs, and the philosophy of language)〈關係邏輯〉(The Logic of Relatives)一文發表於 1883 年裴爾斯與其在約翰·霍普金斯大學的學生合著的論文集《邏輯研究》(*Studies in Logic* by Members of the Johns Hopkins University)，在此文中，裴爾斯使用小寫的標記來代表個體(個體變元)，以此來把關係陳述句(relational statements)形式化；又將量詞「一些」(some)和「每一」(every)解釋為對變元作拘束的運算符號(variable binding operators)；因此，裴爾斯(和德國邏輯學家弗雷格〔Frege〕一起)，可被看成是量化理論(述詞邏輯)的奠基者之一。在他的論文〈論邏輯之代數——對符號哲學的一項貢獻〉(On the Algebra of Logic - A Contribution to the Philosophy of Notation, 1885)中，他把命題邏輯詮釋為一種對真值(truth-values)的運算，並且把(命題邏輯中的)(邏輯地)必然的真理定義為：無論對語句字元的真值分配為何其結果皆為真者。他研究有關模態之邏輯，並於 1890 年代發明了邏輯線圖(logical graphs)之系統(被稱為「存在的線圖」〔existential graphs〕)，它的基礎是在於把命題作圖像式的表徵，於此，他預見了模態邏輯的可能世界語意學的一些基本概念。裴爾斯的書信和筆記包含了許多重要的邏輯和哲學的洞見。例如，他檢視了三值真值表(〈三價邏輯〉〔Triadic Logic〕)，並(於 1886 年)發現了這樣的可能性：以電子的開關線路，來表徵命題邏輯裡種種真值函應的連詞(truth-functional connectives)。

裴爾斯把邏輯看作是一個更為普遍的探究領域的一部分，這領域乃是記號理論(the theory of signs)，他亦稱之為符號學(semeiotic；現時通常寫作「記號學」〔semiotic(s)〕)。依照裴爾斯，記號關係是三元的，包記號自身，它的對象(或記號所代表者)，以及意解(interpretant)，意解決定符號如何表徵對象；意解可被看作是記號的意義。一記號的意解是另一個記號，後者又有其自己的意解(或一些意解)；如此一連串的種種意解止於一個「終極的邏輯意解」(ultimate logical interpretant)，它則是「行為習慣的改變」(a change of habit of conduct)。

以記號關係的三元特色為基礎，裴爾斯劃分了記號的三種區分方式，這些區分是奠基於(i)符號自身的特性，(ii)符號和它的對象之間的關係，以及(iii)意解表徵對象的方式。這些區分反映了裴爾斯有關「三個基本的存有論範疇」(three fundamental ontological categories)的系統，他把這些範疇命名為性質或第一性(Quality or Firstness)，關係或第二性(Relation or Secondness)，以及表徵或第三性(Representation or Thirdness)。因此，根據第一種區分，一個記號可以是(a)一個性質記號(qualisign)，是純然的性質或現象，是一個第一(First)；(b)一個單一記號(sinsign)或類例(token)，一個個體的對象或事件，一個第二(Second)；或者(c)一個法則記號(legisign)或一個普遍的類型(type)，一個第三(Third)。其次，以記號與對象的種種關係為基礎，記號又可被區分為象符(icons)，標記(indices)，和符號(symbols)：一個象符之指涉到一對象，是奠基於它與對象(在某些方面)的相似性；一個標記則跟它的對象發生動力的(dynamic)或因果的關係。而符號具有作為一個對象之記號的功能，乃是憑藉意解之規則或習慣，裴爾斯的第三種區分把記號區分為：詞項(rhemes；述詞記號)、命題記號(命題)，以及論證。裴爾斯所引介的一些概念與區分，例如「類型」(types)與「類例」(tokens)之分別，以及把記號區分為「象符」(icons)、「標記」(indices)和「符號」(symbols)，都已經成為哲學與記號學之標準的概念綱目。裴爾斯在他的語言哲學中，對命題和斷言(assertion)做了區別，並對斷言性的言說行動(speech acts)有所研究。

形上學(Metaphysics)　儘管對傳統形上學持批評的態度，裴爾斯仍相信我們能夠以一種有意義的方式，來討論形上學的問題。依裴爾斯，形上學是研究實在界最普遍的特性，以及種種人們習焉而不察的現象。在裴爾斯的形上學當中，上述的基本範疇第一性、第二性和第三性，占有中心的地位。尤其是在其晚年的著作當中，他強調第三性之實在性，以及它在形上學方面的不可被化約性；並且替這樣的觀點作辯護：普遍的現象(例如普遍的法則)，不能夠被視為純然是這些現象的實際個例之連言(conjunctions)而已。此一觀點和裴爾斯的連續論(synechism)相關聯，而連續論這一學說是認為世界包含著真正連續的現象。他把連續論看作是一種新形式的經院實在論(Scholastic realism)。在模態這個領域方面，裴爾斯的基本範疇乃表現為可能性、實際性與必然性。於此他論證：實在(reality)並不等同於存在(或實際)，而是由種種實在的(客觀的)可能性所組成。這一觀點的部分理由，是在於他了解到：許多條件陳述句，例如(在「實用的格準」(Pragmatic Maxim)之意義下)表達一命題之經驗意涵的「實踐的」(practical)條件句，便無法被解釋為實質的(material)或具有真值函應性質的(truth-functional)條件句，而必須被視為模態的(虛擬的)條件句。在他的宇宙論中，裴爾斯提出機緣論(tychism)學說，根據這學說，宇宙中存在絕對的機緣(chance)，而自然之基本法則卻是或然的與不精確的。

裴爾斯在當代哲學中的地位　裴爾斯幾乎沒有什麼追隨者，但他的一些學生和同事卻成為美國哲學和科學界具有影響力的人物，例如哲學家詹姆士(James)、魯一士(Royce)和杜威(Dewey)，以及經濟學家費柏林(Thorstein Veblen)。透過詹姆士的演講和著作，裴爾斯的實用主義得以廣為人知，但對於詹姆士本人對實用主義的解釋，裴爾斯卻不滿意，因而將他自己形式的實用主義，重新命名為「pragmaticism」，他認為這個字詞「醜陋到沒有人肯去綁架它的地步」。通過杜威(科學哲學和教育哲學)、劉易士(C. I. Lewis)(知識論)、蘭姆西(Ramsey)、納格爾(Ernest Nagel)和蒯因(Quine)(科學哲學)，實用主義在二十世紀期間，成為一場極具影響力的哲學運動。裴爾斯在邏輯學上的著作，主要通過他與德國邏輯學家施瑞德(Ernst Schröder)的接觸，而對二十世紀邏輯學中的模型理論的傳統，產生了影響。

比較周全的裴爾斯論文集有三部：《裴爾斯文集》(*Collected Papers of Charles Sanders Peirce*, 1931-58)，卷 1-6 由查理斯・哈茨杭(Charles Hartshorne)和保羅・懷斯(Paul Weiss)編輯，卷 7-8 由阿瑟・伯克斯(Arthur Burks)編輯；《數學新要素》(*The New Elements of Mathematics* by Charles S. Peirce, 1976)，由卡羅玲・艾絲莉(Carolyn Eisele)編輯；以及《裴爾斯著作編年集》(*Writings of Charles S. Peirce: A Chronological Edition*, 1982-)。

參見 Dewey 杜威；James 詹姆士；philosophy of science 科學哲學；pragmatism 實用主義；truth 真理；tychism 機緣論

R.Hi.撰　趙之振審訂

Peirce's law　裴爾斯定律　((A→B)→A)→A 原則在古典邏輯學中成立，但當「→」被讀為「遺傳」(entails)時，在相干邏輯學家(relevance logicians)的眼中則不成立。

參見 implication 蘊涵；relevance logic 相干邏輯

G.F.S.撰　李瑞麟審訂

Pelagianism　貝拉基亞主義　基督宗教神學中的學說，認為通過實踐自由意志，人類可以達到道德完美性。致力於這一主張的廣泛運動僅僅鬆散地和初始的領導者有關係。貝拉基亞(Pelagius, c.354-c.425)，來自於英國或愛爾蘭的一位非神職的神學家，在羅馬於西元 410 年被掠奪之前，執教於該城。他和他的門徒賽勒斯提烏斯(Celestius)在奧古斯丁(Augustine)那兒發現一強有力的對手。他們激起了這對手對有關原罪、意志的束縛、人性對神恩的完全倚賴、救贖的命定的強硬態度。對貝拉基烏斯而言，這構成了宿命論並鼓勵了道德冷漠。神不要求完美，如《聖經》有時所暗示，如果完美是不可能獲得的。相反地神恩使得為那即使在它缺席時也並非不可獲得的神聖而作的努力變得容易。雖然因墮落的緣故，習慣於犯罪，但我們沒有喪失戰勝犯罪習慣的能力，亦沒有從一定要這麼做的強制性中解脫。這一教義的所有道德熱忱和〈新約〉(the New Testament)的大部分的內容相衝突，尤其是奧古斯丁的詮釋，在西元 418 年它被判為異端。意志的束縛常被重新肯定，可能最值得注意的是路德(Luther)和伊拉斯謨斯(Erasmus)的爭論。然而基督宗教神學和實踐總是有貝拉基亞主義的同情者，並贊同貝拉基亞主義的不願意去證明意志的喪失，原罪的不可避免性，及神恩的完全必要性。

A.E.L.撰　徐學庸審訂

Pelagius　貝拉基亞　見 Pelagianism 貝拉基亞主義

***per accidens*　偶然地**　拉丁文，意為「偶然地」(by accident)，指「藉由(或被當成，或者屬於)偶發事件或非必要的特徵」。一個「偶然的述詞用法」(*per accidens predication*)，是指偶發事件被當成「實體」(substance)之性質的述詞用法。此一術語源自中世紀；應注意的是，偶發事件與實體本身，而非用來指稱它們的字詞，才是述詞關係所連結的關係項。「偶然的實體」(*ens per accidens*)所指的，可以是偶發事件，也可以是實體與偶發事件兩者的「偶然結合體」(accidental unity)——例如，笛卡兒(Descartes)堅持主張，所謂的「位格」(person)，不等同於身體與心靈兩者的偶然結合體。

參見 accident 依附體；essentialism 本質論；property 性質

S.J.W.撰　戴華審訂

percept 知覺 見 perception 知覺

perception 知覺 關於吾人環境的資訊(外覺〔exteroception〕)與吾人自己身體的資訊(內覺〔interoception〕)之使用與萃取。種種外感官——視覺、聽覺、觸覺、嗅覺和味覺——雖然它們在某程度上重疊，而且它們遞送的資訊種類(例如，光、聲音、溫度、壓力)也不相同。自覺(proprioception)——自我的知覺，則是關於起自吾人自己身體內部而且攜帶資訊的刺激——如加速度、位置和胳臂的方向。

在感覺資訊的使用和萃取中，有一些不同的階段，一個(一個較先的階段)對應我們對物件(對象、客體)(和事件〔events〕)的知覺，另一個是較後的階段，對應著關於這些對象的事實之知覺。例如，我們同時看到「沙發上的貓」(一對象)和「貓在沙發上」(一事實〔fact〕)。看一物件(或事件)——一隻在沙發上的貓、一個街道上的人、一輛汽車的移動——毋需以任何特別的方式來指認或確認該物件(事件)(無論如何，這是有爭議的)。例如，吾人可能看到一隻沙發上的貓，卻誤認牠為一件皺掉的毛衣。飛機的燈光通常被誤認為星星，而且吾人可能把一個物件的移動看成吾人自己的移動(在某些視覺條件下)或者看成膨脹(或收縮)。在這個意義上，看物件和事件是非認知的(non-epistemic)：吾人可以看到O而不知(或不相信)正在看的就是O。另一方面，看到事實是認知的(epistemic)：如果吾人不知道有一隻貓在沙發上，吾人就不可能看到有一隻貓在沙發上這件事實。看到一件事實是以某種視覺的方式而知道該事實。一個可能看到物件——如在湯裡的蒼蠅——而毋需理解有一隻蒼蠅在湯裡(或許認為它是一顆豆或麵包屑)；但是看到一個事實，有一隻蒼蠅在湯中，必然知道它是一隻蒼蠅。這個區分也可以應用到其他感覺模態上。一個人可能聽到電話鈴響，而不了解它是通電話(或許它是電視機或門鈴)；但是聽到一件事實——它是一通(正在鈴響的)電話，必然得知道它是一通正在鈴響的電話。

我們描述我們所知覺的另一個方式，最初是在這兩個基本的論題上變動。例如，在看到他去「哪裡」、他「何時」離開、「誰」和他去，以及他「怎麼」打扮當中，我們正在描述某一定種類的事實，而沒有透露它正是那一種事實。如果瑪莎看到他去哪裡，則瑪莎看到(因此知道)某個關於他去哪裡的事實，某個擁有「他去那裡」這形式的事實。在說及狀態(states)和條件(conditions)(他的房間的景況、她的傷口)和性質(properties)(他的領結的色彩、建築物的高度)，就如在物件的情況上，我們有時意指描述一個非認知的知覺行為，一個沒有攜帶任何知識涵義的行為。在如事實的情況上，我們意指描述某些知識的獲得。吾人可能看或聽到一個字而沒有確認它為一個字(它可能是外國語言)，但吾人可能看到一個錯字，卻不知道它是個錯字嗎？顯然依賴於吾人用「錯字」來指稱什麼：一個物件(一個被寫錯的字)或一個事實(它是錯字這個事實)。

在檢查或評價知覺的哲學或心理學理論時，區分事實知覺(fact perception)和物件知覺(object perception)是必要的。因為一個理論可以是物件知覺的合理理論(例如，「早期視覺」的心理理論)，然而，在我們對事實的知覺方面，卻一點也不合理。包含了知識(因而也包含了信念)的事實知覺，以一種前者所沒有的方式而利用了整個認知系統(記憶、概念等等)。知覺的相對性——例如，「凡是我們所知覺的，都相對於我們的語言、我們的概念架構(conceptual scheme)，或者我們用來『解釋』現象的科學理論」這種觀念——若要作為我們對物件知覺的理論，則相當地不合理。一個不懂「金橘」(kumquats)這個詞的人，沒有這個概念、沒有分類這些物件的科學方法(它們是水果？蔬菜？或動物？)，仍然可以看到、摸到、聞到和嘗到金橘。物件的知覺並不依賴、因而不相對於觀察者的語言的、概念的、認知的和科學的優點或缺點。可是，事實認知是另一件事。如果吾人沒有金橘是什麼的概念或觀念時，吾人明顯地就不能看到籃中有金橘。看到事實，更敏感於(因而更相對於)觀察者的概念資源、背景知識和科學理論，而且在評價知覺相對性的主張時，這個差異必須被記在心上。雖然無知(ignorance)並沒有使物件不可見到，卻易於使人們無法由知覺來掌握事實。

關於不同的感官，有著特別的經驗。雖然都是相同的物件被知覺著(的確，相同的事實——它是一顆金橘——被知覺著)，品嘗金橘一點也不像看著金橘。當然，這個差異是在一個已經在知覺金橘的人的主體(主觀)經驗(subjective experience)中。知覺的因果理論(A causal theory of perception)(或物件的因果理論)堅持我們正看著、嘗著、聞著的知覺物件，或者不管什麼，就是致使(causes)我們有這主體經驗的物件。知覺一個物件，乃是物件(以恰當的方式)致使吾人有適當類型的經驗。我在我的湯中看到一顆豆子，如果它事實上是一顆豆子，則它是一顆致使我有這個視覺經驗的豆子。我品嘗一個東西，如果事實上它是一顆致使我擁有我現在所有的那種品嘗的經驗，則我品嘗一顆豆子。如果它是一隻小蟲(而我不知道)，而不是豆子，則我正看著(非目擊地〔unwittingly〕)而且嘗著一隻小蟲——或許是一隻看起來和嘗起來像豆子的小蟲。我們所看到(或嘗到、聞到等等)的物件是什麼，是被有爭議的因果事實所決定的。我們知道和相信什麼、我們如何解釋這經驗，是不相關的，雖然它當然會決定我們說我們看到和嘗到什麼。稍微改變一下，我們對事實的知覺也是同樣的情況。如果「有一隻小蟲在我的湯裡」這事實，致使我相信我的湯裡有一隻小蟲，則我看到有一隻小蟲在我的湯裡。當「我的湯裡有一隻小蟲」這事實致使我透過某種味覺而有這信念時，我就能嘗到(taste that)我的湯裡有一隻小蟲。

知覺的因果理論的內容比「我們知覺的物理對象，致使我們有經驗和信念」這個主張更多一些。這個多出的部分相當清楚。它是如下的主張：這個因果關係是知覺的構成要素，而且必然地，「如果 S 看到 O，則 O 致使 S 有某種經驗」。根據這個理論，在概念的基礎上，如果一個人和某物沒有因果上的接觸，則不可能知覺到該物。例如，如果未來的事件沒有造成(cause)現在的事件，即如果沒有「回溯的因果關聯」(backward causation)，則我們不可能知覺到未來的事物和物件。是否未來的事實可以被知覺(或認識)，依賴於知識的因果條件被解釋得多寬廣。

雖然我們承認有一個獨立於心靈的物件(樹、星、人)世界，致使我們有經驗。傳統上，一些被稱作表象實在論者(representative realists)的哲學家，論證我們並不因此而直接知覺這些外在物件。我們直接知覺的物件作用在我們心靈上的效果——一種內在的形象(image)、觀念或印象，有時較精確有時較不精確地(依賴於觀察條件)代表／再現了外在實在界(external reality)。人們以種種名稱來稱呼這個主觀的、直接被攝取的對象：感覺(sensation)、知覺(percept)、感覺與料(sense-datum)、感受(sensum)，有時則強調它的代表一面就直接稱作「表象」(*Vorstellung*，德文的「表象」〔representation〕)。正如出現在電視螢幕上的形象代表／再現了它們的遠因(發生在遠處音樂廳或劇場的事件)，出現在心靈中的形象(視覺、聽覺等等)——我們在常態知覺下直接地意識到的感覺與料——也代表／再現了(有時會出錯，就稱作誤表／誤現〔misrepresent〕)它們的外在物理原因。

表象實在論者典型上訴諸於「幻覺論證」(arguments from illusion)(幻覺意味關於幻覺經驗〔hallucination〕的事實)，以及支持他的觀點之時間性考慮(temporal considerations)。幻覺經驗被假設為例證了一種情況：當(我們的湯中)沒有小蟲致使我們有「看到小蟲」的經驗時，(如我們通常所言)我們卻看到一隻真實的小蟲，這時我們可以有和「看到真實的小蟲」同種的經驗。當我們產生幻覺時，我們「看到」的小蟲，事實上是我們自己想像的虛構事物，一個心中的形象(image)(即，感覺與料〔sense-datum〕)，因為它分享了一隻真實的小蟲的一些性質(形狀、顏色等等)，使得我們可能誤認為有一隻真實的小蟲。既然這個主體的經驗(subjective experiences)和「當(如我們通常說的)我們看到真實小蟲時，我們擁有的經驗」不可區分，則推論(表象實在論者論證)「在正常的知覺中，當我們相信自己看到一隻真實的小蟲時，我們直接意識到的也是心中像小蟲的形象」就是合理的。一個幻覺經驗之所以不同於正常知覺，並不在於我們意識到內容(在兩種情況中，都是感覺與料)，而在於這些經驗的原因。在正常的知覺中，原因是隻實際的蟲；在幻覺經驗中，原因是(譬如說)血液中的藥物。雖然在兩種情況中，都造成了相同的東西：一個像小蟲的意識，一個在正常知覺下我們會天真地視為真實小蟲的對象(如此我們說，或鼓勵我們的孩子說：我們看到一隻小蟲)。

幻覺論證指出如下事實：甚至當我們知覺(或者我們說我們知覺)的某物體保持不變時，我們對該物體的經驗也可能會改變。雖然物理對象(小蟲或任何東西)保持相同的顏色、大小尺寸、形狀，但是當我們改變光線、觀看角度和距離時，我們所經驗的對象也會改變其顏色、形狀和距離；因此，足以結論我們所經驗者，實在不是物理對象本身。因為它隨著觀看條件和對象兩者而變動，我們所經驗的必定是一個原因的結果、一個效應，即「我們通常說我們看到的物體(小蟲)」和「我們觀看它的條件」兩者的共同效應。我們就可以結論說，這個內在效應，即是感覺與料。

表象實在論訴諸於下列事實：知覺一物理對象是個要花時間的因果歷程。在遠方物體(如恆星)的案例中，這種時間延遲最具戲劇性，然而每個物理對象都存在這種時間延遲(temporal lag)(中立的訊號從感受器表面傳輸到大腦需要花時間)。結果，此刻(光離開物體表面後的短暫時間)我們看到一物理對象，它可能不再存在了。在光被傳送到眼睛的時間內或者從眼睛傳達到大腦的時間內，物體可以停止存在。然而，即使在我們意識到任何事物之前(在視覺經驗發生之前)，物體停止存在，我們仍在這因果歷程抵達大腦那一刻時，意識到某物(或者似乎意識到某物)。這個我們意識到的某物，不可能是該物理對象(它不再存在了)，必定是感覺與料。因而，表象論者在這個「時間延遲論證」(time-lag argument)的論證中結論說：即使當物理對象沒有停止存在(這當然是正常情況)，我們直接意識的並不是物理對象，而是它(稍後出現)的表象。

「我們意識到的感覺與料，有多類似於(我們未意識到的)外在對象」這個問題，表象實在論者彼此間有所分歧。一些人認為外在原因必定有與料的有某些性質(所謂的初性〔primary properties〕，如「擴延」〔extension〕)，但沒有與料的其他性質(所謂「次性」(secondary properties)——例如，色彩)。

直接(或素樸)實在論和表象實在論都同樣許諾了一個擁有獨立存在物件的世界。兩個理論都是知覺實在論(perceptual realism)的形式。可是，對於我們如何在日常知覺中相關了這些物件的觀點，兩者有所不同。直接實在論拒絕當我們說看到一棵樹或聽到電話鈴響時，我們意識到的是心靈的中介物(mental intermediaries)(感覺與料)。雖然直接實在論者在素樸的程度——知覺如何以及在哪方面被設想為直接的——上有所不同，然而，他們不需素樸到拒絕知覺背後有因果歷程這個科學事實。例如，直接實在論可以很輕易地承認物理對象致使我們擁有一個特別種類的經驗，而且這些經驗是私人的(private)、主觀的或心靈的。他們甚至可以承認它就是物件和經驗之間的因果關係——構成我們看到和聽到這個物理對象的因果關係。換言之，他們不需要拒絕知覺的因果理論。可是，如果他們想保持直接實在論的立場，他們所必須拒絕的是這個(物件致使我們擁有的)意識到某物件的主觀經驗之分析。因為，在給定經驗本身的整個主觀特徵之條件下，把這個經驗理解為某物的意識，乃是把一個心靈元目(mental entity)(正是經驗所意識到的東西)插在知覺者和致使他擁有這個經驗的物理對象之間，而物理對象被設定為直接知覺到的。

因此，直接實在論免於把知覺經驗分析為一個行為(感到〔sensing〕、意識到〔being aware of〕、親身經驗〔being acquainted with〕)和一個物件(感受〔sensum〕、感覺與料

〔sense-datum〕、感覺〔sensation〕、心靈表象〔mental representation〕)。當我們知覺到一物理對象或事件時，我們所擁有的經驗，是在某個方式下被理解。副詞理論(adverbial theory)是這樣一個可能的理論。如這名稱的提示，副詞理論從名詞和形容詞有時可以變更成副詞而沒有損失其內容之中，得到啟發。譬如，不管是我們「把一個會話描述成活潑的」(conversation as animated)或者說「我們活潑地進行會話」(conversed animatedly)，兩者差不多是在講同一件事。所以，根據一位副詞論者，我們一般會說，當我們看到一顆紅球時，紅球(隨後)使我們有一個經驗。是的，但並非(如表象實在論者所言般)是個紅色且圓形的(形容詞)感覺與料(心靈對象)之意識(心靈行為)。這個經驗最好被理解為根本沒有對象，而是我們「紅地且圓地感受著」(sensing redly and circularly)(副詞)。副詞論者堅持吾人可以「紅地且圓地經驗著」，而無需有一個紅的圓形事物(事實上，這就是副詞論者認為出現在夢中或紅圓形的幻覺中的東西)存在於心靈中或任何其他地方。「紅地經驗著」並不是「有一個紅的經驗」；也不是經驗到(心中)的紅性(redness)。副詞論者說，它是知覺普通對象(特別是在正常光線下的紅色事物)的一種方式(a way or a manner)。正如優雅地舞蹈並不是一件我們在舞蹈的事(a thing we dance)，所以，「紅地知覺到」也不是一件我們經驗的事——確定不是一件在心中的紅色事物。

對已經承認知覺的因果基礎、同時又堅持我們和獨立存在物件之間的知覺關係之直接性的直接實在論者而言，副詞理論是唯一的選項。重要的並不是經驗要以副詞來加以詮釋，而是經驗不能像表象實在論者所解釋的那般，被解釋某種內在對象的意識。對一個直接實在論者而言，顯像(appearances)是主觀的(依賴心靈的)，因而不是被安插在能意識的心靈和外在世界之間的對象(客體)。

在古典的理解上，素樸和表象實在論都是關於對象知覺的理論。它們的差異在於是否我們在通常的感官知覺中(最直接地)掌握的對象是外在對象或內在對象(心靈中的觀念)。但是，在對我們周遭世界的分析上、在他們對事實知覺的說明上，他們不需要有所不同(雖然他們常常如此)。例如，關於對象知覺上的直接實在論者，在於我們所知的關於該對象的事實上，可能是個間接實在論者。因為吾人不只是看到「一顆紅色」在吾人面前，而且也看到「有一顆紅球在吾人面前」，所以在對象知覺的直接理論上，從吾人對紅球的經驗這些更直接的事實上推論出(或以某種方式導出)這個事實，可能是必然的。既然一位直接實在論者可以是因果論者，例如，可以認為「看到一顆紅球」部分地由擁有某種經驗構成的，則她可以堅持對這些經驗的原因之知識，必定從經驗本身的知識中推導出來。如果吾人是副詞論者，例如，吾人可能堅持物理對象的知識，從吾人「如何」(紅地？藍地？圓地？方地？)經驗這些對象的知識中被推導出來。

由相同的證據，表象實在論者也能採用事實知覺的直接理論。雖然我們直接看到的對象是心靈性的，我們由經驗到這些主觀元目(subjective entities)而獲知的事實，正是關於普通物理對象的事實。我們並未從我們意識經驗(來自於一隻小蟲造成我們的感覺之事實)的事實(更直接地認知到)中，推論出(至少不是在意識的層次上)湯中有一隻小蟲。而是，我們的感覺致使我們直接地擁有關於「湯中有小蟲」的信念；因此沒有中介的知識；因此沒有中介的事實知覺。在這個意義上，事實知覺是直接的。否則，這樣的表象實在論者就可以堅持即使許諾了包含在這事實中的物件(湯和小蟲)是間接知覺的。這再一次地顯現出區分物件知覺和事實覺的必要性。

參見 direct realism 直接實在論；epistemology 知識論；metaphysical realism 形上學實在論；philosophy of mind 心靈哲學；skepticism 懷疑論；theory of appearing 呈現論

F.D.撰　陳瑞麟審訂

perceptual realism　知覺實在論　見 perception 知覺

perceptual relativity　知覺的相對性　見 perception 知覺

Percival, Thomas　佩西瓦爾，湯瑪斯(1740-1804)　英國物理學家及《醫療倫理學》(*Medical Ethics*, 1803)的作者。他在推動西方醫療倫理的傳統，從祈禱者與誓言(例如，希波科拉底誓言〔the Hippocratic oath〕)的(指導原則)走向更為細緻、現代的專業規範，扮演著核心的角色。佩西瓦爾關於醫療執業在規範層面的論述，有一部分涉及倫理、明智的忠告，專業的慣例和司法體系。《醫療倫理學》一書處理醫生執行專業所必須具備的準則，包括外科醫生和藥劑師(藥理人員與一般的開業醫師)，以及醫院、私人診所和法律。佩西瓦爾所探討的問題包括隱私權、事實之告知、專業諮詢的規定、人體實驗、公與私(領域)之間的信任、憐憫、心智健全、自殺、流產，死刑及環境的危害等。佩西瓦爾在英美有非常大的影響力。美國醫療協會在 1847 年創立之初即以《醫療倫理學》作為最早的醫療倫理法則之依歸。

M.J.M.撰　陳瑤華審訂

perdurance　持久　持久，依據一個一般的哲學用法，是在時間上連續與有時間片段(parts)的性質。對於時間連續的本質，至少有兩個相衝突的理論，根據第一個理論，時間連續的本質有時間的片段(它們是持久的)；然而，根據第二個，它們沒有。依據一個一般的哲學用語，耐久(endurance)是時間上連續但「沒有」時間片段的特質。上述的兩種理論，有著模態的(modal)說法版本：舉例來說，第一個理論的一個說法版本是，時間上連續的本質必然(necessarily)具有時間片段；而另一個理論的說法是，它們可能(possibly)沒有時間片段。第一種理論的一些其他說法版本認為，時間連續的本質是由即時的時間片段或「物體階段」(object-stages)所組成，然而對另一種說法而言，這些物體階段不是片段(parts)而是邊界(boundaries)。

參見 identity 同一性；metaphysics 形上學；personal identity 人格同一性

J.Ho.&G.Ro.撰　劉希文審訂

perfect competition　完全競爭　是一種理想市場(ideal market)，具有下列的條件：(a)市場中的每個消費者，都是完全理性的最大效用追求者；(b)每個生產者都是完全的最大利潤追求者；(c)有眾多(或無限多)的商品生產者，足以保證沒有單一的生產者，能夠為自己的產品定價(否則將會有少數主控〔oligopoly〕或壟斷佔有〔monopoly obtains〕的狀態)；(d)每個生產者所提供的產品，都和其他生產者的產品相同(如果消費者能對商品做出區分，則競爭就不是完全的)。

在這些條件下，市場價格(market price)等於生產最後一單位的邊際成本(the marginal cost)。這將會決定商品的市場供給(market supply)，因為當市場價格超過邊際成本時，生產者會增加產量來獲利；而當邊際成本高於市場價格時，則會降低產量以減少損失。完全競爭有時具有政治哲學(political philosophy)的規範性意義，因為完全競爭的結果，會得到帕雷托最佳狀態(Pareto optimality)。

完全競爭的概念，在考慮市場的演化時，會變得相當複雜。不能使邊際成本與市場價格相等的生產者，將得不到利潤而被逐出市場。如果這種情況經常發生，生產者的數量將不足以大到維持完全競爭，此時就需要有新的生產者來加入市場。

參見 philosophy of economics 經濟哲學；production theory 生產理論

A.N.撰　賴建誠審訂

perfect duty　完全責任　見 duty 責任；Kant 康德

perfectionism　至善論　一種倫理學的觀點，根據這種觀點，個人和他們的行動的價值是透過所成就的最大標準來評斷——尤其是他們完成美學、智能、情感或生理的「完善」之理想的程度。因此，至善論有可能離開或排除約定的道德標準，而將標準放在那些看起來是非道德的價值上。這些標準反映出我們對於那些人類成就極難達到的程度之讚嘆。很多這類標準的特性有可能是藝術及其他形式的創造性；但它們明顯地包括很多不同的，被稱為是「高貴的」行動與情感狀態——例如，經歷巨大痛苦時表現的英勇承受力。因此，至善論者會傾向於一種比較非平等的——甚至是貴族的——人類的觀點。根據這種觀點，只有少見的天才，具有魅力的少數人，飽受痛苦但是有勇氣的藝術家——這些例子中所呈現的人類，至善才有真正的價值。

雖然沒有人嘗試建立一種完全設計好的「至善論哲學」系統，但這些理論的觀點都可以出現在像尼采(Nietzsche)這樣的哲學家中。亞里斯多德(Aristotle)在他構思人類善的特性時，看來也認可了至善論的觀點。正如好的豎琴演奏者不僅僅表現出這門行業的特有的氣質，而是去達成這門行業的極致標準，對亞里斯多德而言，普遍的人類生活必須特別在德行上達到極致的標準。

參見 Aristotle 亞里斯多德；Nietzsche 尼采；virtue ethics 德行倫理學

J.A.M.撰　陳瑤華審訂

perfectionism, Emersonian　愛默生至善論　見 Cavell 卡維爾

perfect right　完善權利、有效權利　見 Grotius 格羅秀斯；rights 權利

performance, linguistic　語言行動　見 philosophy of language 語言哲學

performative　以言行事　見 speech act theory 言說行動理論

performative fallacy　執行的謬誤　見 informal fallacy 非形式謬誤

***per genus et differentiam*　類及類差定義**　見 definition 定義

Peripatetic School　逍遙學派　亦稱漫步學派(Peripatos)，是亞里斯多德(Aristotle)在西元前 335 年返回雅典(Athens)後在一個公共體育館(呂克昂〔Lyceum〕)建立的哲學社團。一般認為「逍遙」一詞起源於亞里斯多德學派「漫步」(peripatein)之傳統的說法，可能是錯的。這個名詞應解釋為學園設施中一座「有頂的漫步大廳」(peripatos)。學園主持人大致管理兩個層級的成員：一是可能承擔一些教學任務的長老級，一是青年級。迄今沒有證據顯示呂克昂學園中有女性哲學家的存在。

不論是在學園內部，還是城邦內部，在亞里斯多德有生之年中的演講可能是主要的吸引力與核心活動所在；但在假設亞里斯多德具有組織群體研究計畫的能力下，我們可以臆測年輕與年長的逍遙學派成員把許多時間用於從事自己的個別工作，這一工作或在圖書館進行，他們可向過去作家的作品請教；或在某些用來進行動物學與植物學研究的標

本陳列室中。作為一個外來的居民，亞里斯多德在雅典沒有自己的財產，因此也不曾是學園的合法主人。他於西元前 322 年最後一次離開雅典時，他的長期合作伙伴，來自萊斯波斯城愛爾索斯的希奧弗拉斯特(Theophrastus of Eresus in Lesbos, c.370-287)繼任為學園主持人。

希奧弗拉斯特是一位有才能的亞里斯多德主義者，他的著作廣及形而上學、心理學、生理學、植物學、倫理學、政治學，以及哲學史。在逍遙學派督導來自法里榮的德謨特留斯(Demetrius of Phaleron)的幫助下，他獲得了學園硬體設備的所有權。在希奧弗拉斯特的領導下，逍遙學派繼續盛行，據說曾擁有二千名學生，當然不是在同一時間內。他的繼任者，來自蘭普薩克斯的斯特拉頓(Strato of Lampsakos, c.335-269)有著較狹隘之學術興趣，也放棄了亞里斯多德的主要教義。從他開始，學派逐漸式微，當然這也得歸咎於早先即已失去了亞里斯多德的個人圖書館，而這是被來自斯克普西斯的奈留斯(Neleus of Skepsis)帶到小亞細亞(Asia Minor)去的。西元前一世紀，逍遙學派不復存在。後期贊同亞里斯多德觀點的哲學家也被稱為逍遙主義者。

參見 Aristotle 亞里斯多德；Lyceum 呂克昂

A.G.-L.撰　汪文聖審訂

Peripatos　逍遙學派　見 Hellenistic philosophy 希臘化時期哲學；Peripatetic School 逍遙學派

perlocutionary act　以言取效行動　見 speech act theory 言說行動理論

permissibility　可允許性　見 deontic logic 規範邏輯；epistemology 知識論

Perry, Ralph Barton　培里，拉爾夫・巴頓(1876-1957)　美國哲學家，曾任教於哈佛大學，其論著廣泛涉及倫理學(ethics)、社會哲學(social philosophy)與知識論(the theory of knowledge)。他於 1936 年因《威廉・詹姆士的思想與性格》(*The Thought and Character of William James*)一書而獲得普利茲文學獎(Pulitzer Prize)，該書是一本傳記，主角是他的老師，也是他的同事。培里的其他重要著作包括：《道德經濟學》(*The Moral Economy*, 1909)、《價值的一般理論》(*General Theory of Value*, 1926)、《清教主義與民主》(*Puritanism and Democracy*, 1944)及《價值的王國》(*Realms of Value*, 1954)等。他最為人所熟知的或許是他關於價值的觀點。在《價值的一般理論》一書中他寫道：「任何對象，無論它是什麼，當任何一種利益(interest)——無論這是什麼利益——被納入其中時，即獲得了價值；正如同任何東西，只要有人瞄準它，它立即成為標靶一樣。」某物之所以具有價值只是因為它成為某種欲求的目標，想要知道該物是否有價值，人們只需知道它是否是某人欲求的目標。道德的目標在促進道德的善，培里把它定義為「和諧的幸福」(harmonious happiness)。這種幸福存在於所有利益的調解、和諧與實現之中。

培里的認識論(epistemological)與形上學(metaphysical)的觀點是針對唯心論(idealism)與二元論(dualism)的部分反動。他與其他五位哲學家共同撰寫了《新實在論》(*The New Realism*, 1912)一書。這些「新實在論者」(New Realists)認為，知覺與記憶的對象直接呈現於意識中，而且就是它們呈現出來的樣子；在認知者與外在世界之間沒有任何干擾。他們認為，他們認為知覺與記憶的對象透過觀念而呈現的觀點導致唯心論、懷疑論(skepticism)與荒謬。同樣使培里出名的是，他曾與霍爾特(E. B. Holt)一起，發展了「特定反應理論」(specific response theory)，該理論試圖根據身體的調適與行為來解釋信念與知覺。

參見 New Realism 新實在論；value 價值

N.M.L.撰　黃藿審訂

per se　在己　見 essentialism 本質論；per accidens 偶然地

perseity　因己存在　見 divine attributes 神的屬性

personal identity　人格同一性　人在不同時間歷程中的(數目上之)同一性。「人格同一性是什麼？」這一問題，其實就是探討人格同一性的必要與充分條件：為什麼存在於某一時間之人與存在於另一時間之人是同一個人？問題不在於人格的「同一性」是否為實體；我們要將「人格同一性是基於某某條件」之敘述了解成：「有關人格同一性的事實(存在於某一時間之人等同於存在另一時間之人的事實)是基於某某條件」。(這不應該與一般談話及心理學中的用法混淆在一起：在這種用法中，我們常常說每個人都具有各樣的同一性，即身分，人們有時追尋、有時失去、有時又重獲這些同一性，因為它們密切涉及我們形塑人生所訴諸的價值架構與目標)

在討論人格議題時，就如同在別處，我們所使用的「同一」與「相同」兩個字並無不同。因此，人格同一性的問題並不在於為「同一」這個字界定一個特殊意義；同樣的，若有人說人格同一性問題的特色在於描繪出一種特定「種類」的同一性，也是有所誤導的。借用蒯因(Quine)的口號：「沒有同一性即無實體」，或許有人認為刻畫一種事物必須指出該類事物之等同條件。例如，「集合」(set)這個概念的一個說明是：具有相同成員的集合是同一的。根據這個說法，問「人格同一性是什麼？」這一問題，就是在問「人格到底是什麼樣的事物？」。但是，傳統上人們在討論這一議題時，往往把主要焦點擺在「人格同一性」所具有的某一種特質：在時間歷程中的同一性；而所要問的問題往往是：人所具有在時間中的持續性是由什麼所構成的？

人格同一性(持續性)問題激發出特別哲學興趣，有部分原因在於這一問題所構成的知識論，有部分則是基於這一問題與道德及價值事物的關係。知識論中有一個極關緊要的事實是：每一個人都能在記憶裡接觸到他們自己過去的歷史，而這一種接觸，跟接觸到別類事物(包括別人)的歷史是絕不相同的；當人們回想起某一行動或經驗時，一般而言不用援引任何同一性的判準就可以知道：行動或經驗之主體就是自己(也就是說，與自己是同一的)。和人格同一性相關之道德、價值事物，包括道德責任及未來之存續與福祉。在道德責任方面，一個人需要為某行為負責，只有當他是(等同於)行為者時；在存續與福祉方面，一個人意欲存活他所關切的是：他與未來存在的某個人具同一性。

現代哲學史中有關人格同一性議題的討論是從洛克(Locke)開始。他主張人格的同一性既非某一種非物質性實體的同一性(這是二元論者可能會希望提出的主張)，也不是某一種物質性實體或「動物身體」的同一性(這是唯物論者可能會希望提出的主張)，而是由「相同的意識」所構成。看來他的觀點似乎是：人格之所以會具有一種穿越時間的持續性，是基於以下這一事實：某些行動、思想、經驗發生在不同時間點上，卻在記憶中都被統合起來了。接續洛克傳統的理論都把記憶的連續性視為心理的連續性的一種特例，後者是前者的普遍化；並主張人格同一性就是由此普遍連續性所構成的。這些理論常訴諸「人格階段」概念，即人格歷史中的一個瞬間的「時間片段」(time slice)：一系列的人格階段具有心理連續性，當在此系列中，後發生的心理狀態(包括記憶)以某種特別的方式衍生自前發生的心理狀態。根據這心理連續性理論，發生在不同時間的人格階段可以是屬於同一個人，如當這些階段隸屬於一個單一的、沒有分歧的、在心理上連續的人格階段系列。

洛克與新洛克主義(neo-Lockean，即主張心理連續性構成為人格同一性)的反對者分為兩個陣營。有些人追隨里德(Reid)與伯特勒(Butler)，主張人格同一性是無法予以定義的，我們對於人格同一性之構成並無可說。其他人則主張，人格的同一性是由某種物理的連續性所構成——也許是人類身體之同一性，或者是人類大腦的同一性。

在我們所知的真實案例中(姑且不論那些死後仍存在於軀體之外的議題)，心理的連續性與物理的連續性是同步存在的。「心理連續性」與「物理連續性」兩種理論的最大爭議焦點在於如何詮釋某些思想實驗，例如「大腦移植」、「大腦狀態的轉移」等等；就是在這些思想實驗中，兩種理論產生了分歧。這些例子所凸顯出的問題是：「人格同一性是什麼」的基本判準到底是一種心理的、物理的，還是兩種性質兼具的判準？

有關人格同一性這一議題，近來在哲學上發生了一注意力的轉向：過去我們常常追問「人格同一性由何構成？」，現在則追問「人格同一性問題的重要性何在？」。「分裂」(fission)的假設性案例(時間在後的兩人分別與先前某人具有心理連續性)意味著(至少對於某些人而言)：我們可以在缺乏人格同一性的情況下存活——或幾近存活。此外，還意味著：我們基於自身利益而關切未來，實際上我們所關切的是未來與我們具有心理連續性的任何一個人。

參見 philosophy of mind 心靈哲學

S.Sho.撰　何志青審訂

personalism　人格主義　從十九世紀中晚期到二十世紀中期在美國(主要是在波士頓大學)盛行的人格唯心主義的一種論調。其主要的支持者是博登・帕克・包尼(Borden Parker Bowne, 1847-1910)及他的三個學生：阿爾伯特・克魯德森(Albert Knndson, 1873-1953)；拉爾夫・弗勒維林(Ralph Flewelling, 1871-1960)；他們創立了《人格主義者》學刊；最為重要的是埃德加・舍菲爾德・布萊德曼(Edgar Sheffield Brightman, 1884-1953)也在他們行列。他們的人格主義觀點既是唯心主義的，又是有神論的，在哲學與神學中都有影響。人格主義的哲學譜系可以追溯到柏克萊(Berkeley)與萊布尼茲(Leibniz)那裡，其作為基本見識的觀點是：所有的實在最終都是人格性的。上帝是超越性人格物(person)，是所有其他人格物(persons)的基礎與創造者；自然是為了人格物或存在於人格物的思維中的對象。

包尼與布萊德曼都認為自己是柏克萊傳統中的經驗主義者。當下經驗是出發點，但這種經驗包含了作為可改變狀態的人格性存在的自我的認識。在這種多元論主張中，一致性、秩序與普遍的了解都被認為起源於上帝這個非受造的人格物。包尼的上帝是古典有神論的永恆與全能的存在，而布萊德曼認為如果上帝是真實的人格物，他必須被描述為暫時的與有限的。在邪惡事實存在的情況下，上帝的意志被視為是內在有限的，他只能逐步獲得對他所創造的世界的控制。

人格主義的另一形態在法國於新學院派之外得以發展。莫尼爾(E. Mounier, 1905-50)，馬利坦(J. Maritain, 1882-1972)與吉爾松(E. Gilson, 1884-1978)認為自己是人格主義者，因為他們把無限的人格物(上帝)與有限的人格物視為內在價值的源泉與所在。然而，他們並不認為自然秩序是內在人格化的。

參見 idealism 觀念論；Neo-Thomism 新多瑪斯主義

C.F.D.撰　葉新雲審訂

personality　人格　見 character 品格

personal supposition　人稱設指　見 *suppositio* 設指

personhood　位格　成為一個人所必備的條件或性質，特別指在道德及形上學上具有重要性的條件。位格人(person)被認為牽涉許多特徵，包括(道德)「主體性」(agency)；「推理能力」(reason)或「理性」(rationality)；語言，或者語言所可以支持的認知技巧，如「意向性」(intentionality)或「自我意識」(self-consciousness)；以及被視為某個自我定義(self-defining)團體的成員，亦即與其他位格人進入適當「關係」(relations)的能力。布伯(Buber)強調在「我-它」關係(I-It relationship)與「我-你」關係(I-Thou relationship)之間的差別：前者是在自己與另一「物體」(object)之間，後者則是在自己與另一個「位格人」(或其他可被如此稱呼者)之間。丹內特(Dennett)則以「意向立場」(intentional stance)來解釋人的位格，這涉及以信念、慾望、意向來解釋他人的行為。

人的位格從何時開始、何時結束？這個問題在關於墮胎、殺嬰與安樂死的辯論上曾是爭論焦點；因為，位格若非一個存在體取得特殊道德地位的基礎，至少也是重要指標。

參見 ethics 倫理學；moral status 道德地位；personal identity 人格同一性；philosophy of mind 心靈哲學

E.J.撰　謝世民、吳妍儀審訂

person stage　人格階段　見 personal identity 人格同一性

perspectivism　視角主義、透視法、觀點主義　見 Nietzsche 尼采；Ortega y Gasset 奧爾特嘉・依・嘉塞特；Teichmüller 泰希穆勒

persuasive definition　說明定義　見 definition 定義

Peter Abelard　彼得・亞伯拉　見 Abelard 亞伯拉

Peter Lombard　彼得・隆巴德(c.1095-1160)　義大利神學家與《言詞錄》(*Book of Sentences*〔*Liber sententiarum*〕)的作者，一本在中世紀後期著名的神學原典。彼得在進巴黎的聖母學院(the school of Notre Dame)教學前，曾在波隆納(Bologna)、理姆斯(Reims)，以及巴黎受過教育。他在 1144-45 年時成為聖母大教堂的教士，而且於 1159 年被遴選為巴黎的主教。他現存的著作包括：對詩篇(the Psalms)的註解(撰寫於 1130 年代中期)，與對保羅書信(the epistles of Paul)的註解(約 1139-41)、證道集(a collection of sermons)；以及其單冊的基督徒教義概要《言詞錄》(*Sentences*)(完成於 1158 年)。

《言詞錄》由四卷書所組成：卷一，《論三位一體》(*On the Trinity*)；卷二，《論萬物的創造》(*On the Creation of Things*)；卷三，《論道成肉身》(*On the Incarnation*)；以及卷四，《論記號的教義》(*On the Doctrine of Signs*)或《論聖事的教義》(*On the Doctrine of Sacraments*)。他的討論是圍繞特殊的問題或論題而構成，例如：〈論知識、預知，以及神意〉(On Knowledge, Foreknowledge, and Providence)(卷一)，〈上帝是惡與罪的原因嗎？〉(Is God the Cause of Evil and Sin?)(卷二)。對一個被給予的論題，彼得伴隨著簡短的引文典型地提出一關於其主要立場之簡潔的概說，其主要立場乃建立於聖經與教會內的教父與博士們的著作，而隨順著其自己對此主題的限定與決斷。他自己在神學上是居於保守的，彼得似乎有意以此種關於聖經與古代學說上之教義的編輯來作為對俗世流行的駁斥，而由近時復甦之亞里斯多德邏輯的重要部分與辯證法在神學問題上的應用來補充資源。

《言詞錄》從一開始即享有廣泛的流傳與讚美，而且在其完成的一世紀中，即成為神學課程的標準範本。自十三世紀中葉開始一直到十四世紀中葉，每一個神學生，正值獲得最高學位的最後階段，都會被要求去講演與評論彼得的文本。後期中世紀的思想家們經常以「師長」(the Master〔*magister*〕)之名提及彼得，因此也為《言詞錄》在神學訓練內的卓越做了見證。在諸多演講與註解中，這段時期之最偉大的智者們即使用彼得之文本為架構以發展其自己獨到的立場，以及與他們同時代的人做辯論。正因為如此，「《言詞錄》-註解」的傳統即成為後期中世紀哲學與神學思想之一格外富庶的寶庫。

S.Ma.撰　蕭宏恩審訂

Peter of Spain　西班牙的彼得　人們認為歷史上有兩個西班牙的彼得。一個是西班牙的高級教士與哲學家(c.1205-77)。他生於里斯本，就讀於巴黎，在錫耶那(Siena)教授醫學(1248-50)。他於 1276 年被選為教宗約翰第二十一世(John XXI)，在此之前他曾在葡萄牙與義大利接受過不同的神職(1250-73)。他寫過幾本有關哲學心理學的書，並編了一本名為《窮人的寶藏》(*The saurus pauperum)*的醫學書。

第二個西班牙的彼得是西班牙多明尼加人，他活在十三世紀的前半葉。他的《論文》(*Tractatus*)，後來稱為《邏輯學小冊》(*Summulae logicales*)，在隨後的幾個世紀中再版了一百六十六次。《論文》一書展現了亞里斯多德邏輯學(Aristotelian logic)的精髓(命題、共相、範疇、三段論，辯證的論題與複雜的謬誤)，同時促進了威廉·舍伍德(William Sherwood)有助記憶的詩篇；他後來介紹了被稱之為「小邏輯」(*parva logicalia*)的主題(假設、關係、擴大、命名、限制、分配)，所有這些都在中世紀晚期得到了廣泛的發展。沒有充分的證據顯示彼得寫過關於「結果」(consequences)的特別論文，但他對作為必然關聯之斷言的條件句的理解，無疑對有關簡單結果的規則起了重要的作用。

I.Bo.撰　王文方審訂

***petitio principii*　在討論中使用待證明的規則**　見 informal fallacy 非形式謬誤

phalanx　法朗吉　見 Fourier 傅立葉

***phantasia*　想像**　希臘文「表象」、「想像」。(1)當某事對我們而言為真的時候我們所處的狀態；(2)一種能力，藉此事物向我們呈現。雖然「想像」(phantasia)通常被用於意識的與意象的經驗，但它並不侷限於這類狀態；特別是，它可被運用於某物被認為是真的任何一種命題的態度中。但正如英文「呈現」(appears)一詞所意味的那樣，人們對什麼是確實地真有知識上保留，因而「想像」暗示了：為表象所誤導的可能性，以及經常因此而被當作批評的對象。根據柏拉圖的看法，「想像」是感覺與信念的「混合」(mixture)；而在亞里斯多德(Aristotle)的思想中，它成為了使真假得以可能的獨特官能。斯多噶學派(Stoics)則認為，「想像」構成了最基本的精神狀態之一，其他的精神狀態都據此得以解釋，而在理性動物中它有著表達在語言中的命題內容。當在古代文學與修辭學理論中，後一種用法意指如此一種語言能力——感動著我們，並鮮活地將主題傳遞給我們，彷若越過我們直接經驗的界限——時，此一用法便顯出其重要性了。這即是想像力的現代概念的起源(雖然並不同於浪漫派關於幻想與想像的區分)。之後的新柏拉圖主義者，如普羅克勒斯(Proclus)，認為「想像」能使我們設想空間關係，因而對諸如幾何學一類的抽象的學問是必要的。

參見 imagination 想像力

V.C.撰　徐學庸審訂

phase space　拓樸空間　見 state 狀態

phenomena　現象　見 Kant 康德

phenomenal body　現象的身體　見 embodiment 體現

phenomenalism　現象論　此觀點認為，確定物理對象存在的命題，在意義上，等同於確定主體具有特定的感覺序列的命題；同時，後者還將具有其他特定的序列。現象論背後的基本觀念可以與關於自我(the self)或意識主體的一些不同的分析相容。現象論者可以把自我理解為實體、個別或是一個實際與可能經驗的建構(construct)。這一觀點也與在假設法條件句(subjunctive conditionals)前因後果中描述的視覺、觸覺、聽覺、嗅覺、味覺與運動感覺的分析相容；該假設法條件句被現象論者用以分析物理對象命題(所有這些都在最後一段得到闡明)。也許被傳統的現象論者最常採納的關於感覺分析理論是「感覺材料理論」(sense-datum theory)，其中感覺材料被描述為依賴於心靈的實體。但是，沒有什麼能阻止現象論者接受副詞理論(adverbial theory)或表現理論(theory of appearing)。

現象論的起源已很難追溯，這部分是因為其觀點的早期陳述句經常不是很周密。當柏克萊(Berkeley)在《對話篇》(*Dialogues*)中，讓斐洛諾斯(Philonous)解釋他如何使僅包含心靈與觀念的本體論和在人類存在之前發生的創造史一致時，他暗示了現象論的思想。斐洛諾斯料想，如果他在上帝創世時即已存在，他應能見到某些事物，亦即對在聖經的秩序中所描述的事物有感覺。然而，當約翰・斯圖亞特・彌爾(J. S. Mill)在《關於威廉・漢密爾頓爵士哲學的考查》(*An Examination of Sir William Hamilton's Philosophy*)一書中，把物質視同於「感覺的永恆可能性」(permanent possibility of sensation)時，他第一次做出明確的現象論分析。當彌爾解釋這種永恆的可能性為何物時，他使用了描述人們在特定條件下的感覺的條件句作為典型。

古典現象論的吸引力在邏輯實證主義(logical positivism)興起及其接受意義檢證標準之後得以發展。現象論者通常又是「基礎論者」(foundationalists)，即他們相信關於物質世界的證成(justified)信念，最終依賴於有關我們感覺的非推論性的證成信念。因為現象論者隱晦地(implicitly)認為只有歸納推理與演繹推理才是正當的，同時進一步假定，人們如果要相信在命題 E 基礎上的命題 P 是被證成的，他們必須相信命題 E 及命題 E 使命題 P 成為可能，這二者都是被證成的。所以，現象論者在確立所予物理對象普遍概念關於物質世界之一般陳述句的證成信念時，遇到了不可克服的困難。如果所有最終作為我們相信物理對象的證據是我們對感覺產生的認識，那麼我們如何使感覺成為物理對象存在的證據呢？我們顯然無法從任何有限的感覺的序列中推斷出物理對象的存在。例如，感覺可能是幻覺。我們為了得出感覺是物理對象的可靠指標的結論而提出的歸納論證的前提，並不能通過觀察感覺與其他事物的關係而獲得。現象論者論證解決這一問題的關鍵，在於把關於物質世界的斷言轉化為關於主體將具備其他感覺序列時所擁有的感覺序列的複雜斷言。如果人們願意主張關於物質世界的真值是獨立於心靈的，例如，如果我具有一隻貓的視覺印象，那麼有一隻貓在我眼前。如此，那這樣一個條件句的真值可能不依賴心靈而存在。這樣一來，使現象論者如釋重負的是，我們似乎只需要與感覺相聯繫，就能透過這種條件陳述句而證成我們的信念。

今天許多哲學家已放棄了現象論者透過感覺來理解我們與物質世界的關係問題時所提

出的一些知識論的、本體論的後設哲學的預設。但在歷史上使許多哲學家信服並放棄現象論的歷史決定性的論證，是齊桑姆(Chisholm)在〈知覺的問題〉(The Problem of Perception)中首次提出的知覺相對性的論證。齊桑姆提供了一個攻擊任何現象論分析的策略。第一個步驟就是迫使現象論者陳述一個條件句，該條件句只描述物理對象命題所宣稱結果的感覺。例如，劉易士(C. I. Lewis)在《知識與評價的分析》(*An Analysis of Knowledge and Valuation*)一書中主張，斷言 P：有一只門把手在我的左前方；蘊涵斷言 C：如果我似乎見到並試圖觸及這只把手，那麼我就似乎感覺到它。齊桑姆論證如果 P 真的蘊涵 C，那麼就不存在與 P 結合但不蘊涵 C 的斷言 R。然而確實有這樣的斷言存在：我不能移動我的手足，但幻覺讓我覺得我正在移動它們；我似乎經常能做出抓握的動作，但沒有與任何物體接觸的感覺。齊桑姆論證，實際上，如果人們將具有其他的感覺時所具有的感覺「總是」(always)部分依賴於知覺的內部與外部的「物理」(physical)條件時，這一事實決定了只通過描述感覺間聯繫來表達物理對象命題的真值之充要條件的企圖之命運。

參見 Berkeley 柏克萊；Lewis, C. I.劉易士；logical positivism 邏輯實證主義；perception 知覺

R.A.F.撰　苑舉正審訂

phenomenal property　**現象的性質**　見 qualia 感質

phenomenal world　**現象世界**　見 Kant 康德

phenomenological attitude　**現象學態度**　見 Husserl 胡塞爾

phenomenological reduction　**現象學還原**　見 Husserl 胡塞爾

phenomenology　**現象學**　二十世紀由胡塞爾(Husserl)及其追隨者所發展的哲學。這一語詞自十八世紀中期就已使用，且在康德與黑格爾的著作中獲得了謹慎界定的技術性意義，但現在已不被用來指稱一種同質與系統發展的哲學立場。「現象學是什麼？」的問題，可能暗示現象學是一學說界定明確、且其本質特性能透過一組精選述句來表達的當代許多哲學學說之一。然而，這種觀念並不正確。在當代哲學中並沒有任何體系或學派可稱之為「現象學」，且具有明確界定的學說體系特性。現象學在當代哲學中，既不是一個學派，也不是一種趨向。它毋寧是一種運動，其支持者由於不同理由而朝不同方向加以推動，其結果是在今天，它對不同的人便意味著不同的東西。

在整體現象學運動中，雖有一些相關的潮流，但它們也絕不是同質的。雖然這些潮流有共同的出發點，但目的卻不相同。大多數現象學家的思想變化很大，因而他們各自的觀點只能透過顯示其逐步發展，才能充分展示。這不僅對現象學的創始人胡塞爾是正確的，對後來的現象學家如舍勒(Scheler, 1874-1928)、尼古萊・哈特曼(N. Hartmann, 1882-1950)、海德格(Heidegger, 1889-1976)、沙特(Sartre, 1905-80)與梅洛龐蒂(Merleau-Ponty, 1908-60)等人，也是正確的。

對任何不帶偏見研究現象學運動的人來說，現象學潮流之間的區別是很明顯的。有人說，現象學是對意識的分析與描述；也有人主張，現象學已與存在主義融合了。現象學確實是一種對本質的研究，但它同樣試圖把本質放回存在之中。它是一種先驗哲學，其興趣在於現象學還原之後的「剩餘」，同時它也認為，早在反思之前，世界即已存在。對某些哲學家來說，現象學是對先驗主體的思考，而對其他一些哲學家而言，現象學是達到具體存在的一種方法。一些哲學家把現象學當成一門說明時間、空間與世界，一如

我們在其中體驗並「生活」的哲學。最後，也有人說，現象學試圖按本來面目來直接描述經驗，而不考慮其心理源起及因果解釋；但胡塞爾同時談論了「生發」(genetic)現象學與「構成」(constitutive)現象學。

對一些人而言，發現同一學科有如此豐富的觀念，是一種奇怪的狀況；對其他人而言，思考這種「混亂」現象是令人生氣的；還將有一些人認為，一門不能界定範圍的哲學，不值得那麼多討論。根據許多人的觀點，後一種態度不僅沒有理由，而由塞維納(Thevenaz)所主張的相反觀點卻更應得到採納。塞維納認為「現象學」一詞首要強調的是一種方法觀，這種方法最初是為了一個非常特殊而有限的目的發展起來的，但竟然能擴充為許多不同形式，這顯示其中有潛藏的真理與再生力量，含有不凡的生命力。

在談及現象學運動中看法的多樣性時，梅洛龐蒂指出，相關的哲學家應該意識到，現象學可視為是一種思考方式或風格而加以實踐和認同，而且，它在成為全面自覺的哲學之前，先是以作為一種運動而存在。與其迫使一個有活力的運動成為一種體系，不如像歷史學家和哲學的理想那樣，在它自身的發展中追隨這一運動，並試圖描述與評價它自身展示的許多支流。實際上，情況並不像第一眼所見那樣糟糕。儘管存在著明顯的差別，大多數的現象學家仍分享著同一類確定的洞見，這對於他們相互的哲學概念的整體來說，非常重要。在這一關鍵上，必須提及下列幾點：

(1)大多數現象學家承認在「自然態度」與「哲學態度」之間存在顯著的差別。這必然會導致哲學與科學間同樣顯著的不同。為了給這種差別定性，一些現象學家贊同胡塞爾的觀點，只強調知識論問題；而其他一些人則追隨海德格，將注意力只集中於存有學主題上。

(2)儘管有顯著的不同，在哲學與科學之間仍存在一系列復雜的關係。在這些關係的脈絡中，哲學在某種意義上對於科學有奠基的任務，而科學則至少為哲學提供了其問題的實質部分。

(3)為了完成這一任務，哲學必須進行某種還原工作，或存而不論，這是態度上的極端轉變，哲學家的關注點從事物轉向它們的意義，從存有物轉換向存有學，從在科學中發現的客觀化的意義領域，轉向在「生活世界」中直接經驗的意義領域。換言之，雖然不同的現象學家對於還原的定性觀點不同，但沒有人會嚴重質疑還原的必要性。

(4)所有的現象學家都贊同意向性學說，雖然大多數人都會以自己的方式加以琢磨。對胡塞爾來說，意向性是意識現象或意識行為的特性；在深一層意義上說，它是一個有限意識在最初尚無世界時的特性。對海德格及大多數存在主義者而言，意向性就是人的實存自身；作為在世存有(being-in-the-world)，其本質即包含於其存在之中，亦即包含在它對世界的挺立中。

(5)所有現象學家都同意以下這一基本觀念，即哲學的基本關切在於回答有關存有者的「意義與存有」的問題。此外，所有人都同意，要實現這一目標，哲學家應首先對存有者的存有和世界的存有如何構成感到興趣，而不是對所有有限存有者的最終原因感到興趣。最後，所有人都同意，為了回答存有的意義的問題，應賦予優先地位給主體，也就是那對存有者的存有提問的存有者。然而，現象學家們在確立主體的意義時仍有差異。一如上述，胡塞爾認為主體是無世界的單子(a worldless monad)，海德格與大多數後來的現象學家則認為它是在世存有。談到海德格對自己的現象學理論的新詮，胡塞爾寫道：

「他對我的現象學的誤釋，後退到我原先志在克服的層面，換言之，他未能理解現象學還原法的基本創新之處，以及由世俗主體(即人)向先驗主體的進步；結果他仍侷限在人類學之中……根據我的學說，它仍未能達到真正的哲學水平，其作為哲學的詮釋意味著向『先驗的人類主義』，也就是『心理主義』的退步。」

(6)所有的現象學家都維護某種形式的直觀主義，並贊同胡塞爾所謂「一切原理的原理」：「任何以原初形式(一如其物質實在)在『直觀』中呈現自身之物，必須照其所給出者而接受，雖然這受到它自身呈現的限制。」然而，同樣的，在這裡每一個現象學家都根據其對整體現象學的一般想法來詮釋這一原理。

因此，現象學家們雖然確實分享某些洞見，但該運動的發展是如此，不可能簡單地界定什麼是現象學。事實是，有許多的現象學家，也有許多的現象學。因而，人們只能通過閱讀現象學家們，忠實地報導他自己對現象學的體驗。

參見 Heidegger 海德格；Husserl 胡塞爾；Merleau-Ponty 梅洛龐蒂；Sartre 沙特；Scheler 舍勒

J.J.K.撰　沈清松審訂

phenotext　呈現性文本　見 Kristeva 克莉斯緹娃

Philodemus　菲勞德烏斯　見 Epicureanism 伊比鳩魯主義

Philo Judaeus　斐洛・猶大厄斯(c.20 B.C.-A.D. 40)　亞歷山卓學派的猶太希臘哲學家，他經由為《聖經》作註解與講道的方式來組織自己的大量著作。他是我們所知的第一位試圖將啟示的教理與古典哲學理論綜合起來。雖然斐洛並不是第一位將寓意解釋(allegorical interpretation)運用於《聖經》，但其解釋的數目與多樣性使得他相當獨特。運用這一解釋工具，他把《聖經》敘事轉變為柏拉圖式的關於靈魂對上帝的追求及其對情感的奮鬥的陳述，並把摩西十誡轉變為對一般自然律的特別顯示。

斐洛最有影響的觀念是他的上帝概念，它綜合了《聖經》的位格神和倫理神(personal, ethical deity)的觀念與柏拉圖主義和畢達哥拉斯主義的抽象的超驗主義神學觀。斐洛的神既是有愛心和正義的希伯來家長制(Hebrew Patriarchs)的上帝，同時又是永恆的一(the eternal One)，其本質是絕對不可知的，他藉著意志從原初物中創造物質世界，物質世界又是上帝據此自虛無(*ex nihilo*)中創造。斐洛是所知的最早被認為論及上帝的思想，視為觀念的可理解的領域的一位哲學家，此外，他還設置了一種中介性的神聖的存有，他用《聖經》語言稱之為「邏各斯」(the *logos*)。雖然邏各斯的確切本質難以確定——斐洛仍在不同意義上，沒有考慮其一致性，稱之為「非被創造的父的首生子」(first-begotten Son of the uncreated Father)，「第二上帝」(Second God)，「觀念的觀念」(idea of ideas)，「人類理性的原型」(archetype of human reason)，及「創造的模式」(pattern of creation)等——其主要功能是明確的：為超越的神與低層的世界之間的鴻溝所搭建的橋樑，同時作為宇宙的統一律和其秩序與理智的基礎而存在。作為一個哲學上的折衷主義者，斐洛並不為中世紀的猶太哲學家所知，然而，除了他對新柏拉圖主義的期望之外，藉著亞歷山卓的克萊門(Clement)、奧利根(Origen)和安布羅斯(Ambrose)他對基督宗教有著深遠的影響。

參見 Hellenistic philosophy 希臘化時期哲學

J.Ste.撰　丁福寧審訂

Philolaus　費羅勞斯(470?-390? B.C.)　先蘇格拉底(pre-Socratic)時期的希臘哲學家，來自南義大利的克羅敦(Croton)，是第一位有著作的畢達哥拉斯派(Pythagoreanism)學者。其留傳下來的片斷是畢達哥拉斯學派最早的文本，但仍有為數眾多的假片斷也被保存了下來。

費羅勞斯的著作從宇宙起源論開始，它還包括天文學、醫學及心理學學說。他的主要創新觀點是認為，宇宙及其中的每一事物不是「無限者」(unlimiteds；被構成和有秩序的，例如物質元素)而是「有限者」(limiters；構成與有秩序的元素，例如形狀)。這些元素以一種「和諧」(harmonia，彼此適應)的方式聚集在一起。它們根據清晰的數學關係，例如整體的數的比率與調和的區間(例如，音階＝1 ： 2)相適應這一關係而確定。他論證確定的知識獲取，只有在我們根據事物聚集在一起的方式來把握「數」(number)的情況下才是可能的。他的天文學系統因為首先把地球看成一個行星而知名。地球與太陽、月亮、恆星、五大行星及對地(這構成了完美的數字 10)，一起圍繞中心的火(限定者「中心」〔center〕與非限定的「火」〔fire〕的連結)作圓周運動。費羅勞斯的影響可以在柏拉圖的《斐利布斯》(*Philebus*)中看出；他也是亞里斯多德關於畢達哥拉斯主義的描述的主要來源。

參見 Pythagoras 畢達哥拉斯

C.A.H.撰　苑舉正審訂

Philo of Larisa　拉里薩的斐羅　見 Academy 學園

Philoponus, John　菲洛波努斯，約翰內斯　見 Johannes Philoponus 約翰內斯・菲洛波努斯

philosopher's stone　點金石　見 alchemy 煉金術

***philosophes*　十八世紀法國革命哲學家**　見 *Encyclopedia* 百科全書

***philosophia perennis*　永恆哲學**　拉丁語，意為「永恆哲學」(perennial philosophy)，在偉大哲學家的著作中所假定的一套真理，或者在對立的哲學觀點中共同的真理。這一術語源自一本書的標題(《論永恆哲學》〔*De perenni philosophia*〕)，該書由古比歐的阿古斯提諾・斯塔古(Agostino Steuco of Gubbio)出版社在 1540 年出版。它暗示哲學家之間的區別是非基本的、表面的，而通常共同的基本真理部分地在主要的哲學學派中呈現。赫胥黎(Aldous Huxley)把它當作標題來使用。拉維勒(L. Lavelle)、尼古萊・哈特曼(N. Hartmann)與雅斯培(K. Jaspers)等也運用過這一術語。得・伍爾夫(M. De Wulf)與其他一些人使用這一術語把新多瑪斯主義(Neo-Thomism)定為被選擇的基本哲學真理的工具(the chosen vehicle of essential philosophical truths)。

R.M.撰　丁福寧審訂

philosophical anthropology　哲學人類學　哲學人類學對人性作哲學探討，經常以下列問題開始：跟其他生物和事物對比起來，人類到底有哪些一般特性？因此，如果取其廣泛的涵義，這門學問可說與哲學本身同樣古老，從蘇格拉底(Socrates)到沙特(Sartre)，有無數哲學家都從事這類探討；它含蓋了哲學心理學(philosophical psychology)、心靈哲學(philosophy of mind)、行動哲學(philosophy of action)和存在主義(existentialism)。此種探討並不預設不變的「人性本質」(essence of man)，但卻假定在何者為人和何者不為人之間可做有意義的區分，並且認定哲學和其他學科對此可做出有助於吾人自我理解的貢獻。至於自然界中或人造的事物中是否有東西具備我們人類的特徵，此門學問並不預設立場；對我們獲致的人性(attained humanity)的方面，它認為生物演化過程、歷史發展過程、社會因素、個人因素可造成種種相異的特性。

如果取其窄狹的涵義，哲學人類學是最近歐洲哲學(European Philosophy)的一個特別運

動；它發端於舍勒(Scheler)和普列斯納(Helmuth Plessner)，嗣後格倫(Arnold Gehlen)、卡西勒(Cassirer)以及後期的沙特(the later Sartre)進一步踵事增華。這個運動出現於 1920 年代的晚期，當時的德國哲學家把目光轉向對人類生活的理解；跟它同時崛起而且互為競爭的，還有海德格(Heidegger)的存在哲學(the existential philosophy)，和法蘭克福學派(the Frankfurt School)的批判社會理論(the critical social theory)。這個運動從一開始便試圖把現象分析(phenomenological analysis)的洞識和得自人類及比較生物學(comparative biology)的觀點整合起來，後來，這種整合工作也擴及社會研究；這是此一運動非常突出的地方。這種自然主義轉向，即視吾人為眾多生物之一來加以探討的方式，反映在 1928 年出版的兩本書上：舍勒(Scheler)的《人在自然中的地位》(*Man's Place in Nature*)和普列斯納(Plessner)的《有機物之層級與人》(*The Levels of the Organic and Man*)；該兩本著作啟動了此一運動。對舍勒和普列斯納以及他們的後繼者來說，要了解人性，必須考慮人類生活的社會、文化和思想的層面。有些人像格倫(Gehlen)，儘管他的《論人》(*Der Mensch*, 1940)顯示很強的生物學導向，都非常強調人類的社會、文化和思想的層面；他們注目於人類生物特性如何限制、如何促成這些層面的生活。對這些人而言，人類生活中生物與社會文化層面的關係，是他們的主要關注所在，同時也是理解人性的鑰匙。

有一個主題貫串在後來的哲學人類學文獻之中(這些文獻包括卡西勒的《人論》〔*An Essay on Man*, 1945〕、沙特的《辯證理性批判》〔*Critique of Dialectical Reason*, 1960〕、普列斯納的《人之條件》〔*Contitio Humana*, 1965〕和格倫的《早期之人與晚近文化》〔*Early Man and Late Culture*, 1963〕)。這個主題是：人性的可塑性(the Plasticity of human nature)；人性之所以能有極大的可塑性，乃是人類生物構造的特殊性，以及由之而來的人們生活方式之鉅大差異性所造成的。但我們不可因此就可以說：對於人類的一般通性，我們得不到任何有意義的看法；事實上，它是教導我們：我們要在繁複的、差異極大的人類生活中去尋找各式各樣的一般通性。

有不少批評家對哲學人類學的觀念以及此一學問的可能性都持保留立場。比如說：阿圖塞(Althusser)和傅科(Foucault)等人就是典型的批評者。他們一般地否定人類有什麼共同特性，或主張這些共同性不會超出生物科學領域之外(而哲學人類學對科學不可能提供任何實質的貢獻)。這兩類批評並不是無可爭論的。哲學人類學的工作仍是一項可行的、具有潛在意義的工作。

參見 Frankfurt School 法蘭克福學派；Nietzsche 尼采

R.Sc.撰　葉新雲審訂

philosophical behaviorism　**哲學的行為主義**　見 behaviorism 行為主義

philosophical psychology　**哲學心理學**　見 philosophy of mind 心靈哲學

philosophical theology　**哲學神學**　見 metaphysics 形上學

philosophy, critical　**批判哲學**　見 Broad 布洛德；Kant 康德

philosophy, Latin American　**拉丁美洲哲學**　見 Latin American philosophy 拉丁美洲哲學

philosophy, speculative　**思辯哲學**　見 speculative philosophy 思辯哲學

philosophy of action　行動哲學　見 action theory 行動理論

philosophy of art　藝術哲學　見 aesthetics 美學

philosophy of biology　生物哲學　運用在生物學上的科學哲學。從保守的科學哲學的觀點來看，相同的原理適用於整個科學。生物學提供了額外的例證，但並沒有提出任何特別的問題，或是需要新的原理。例如，從孟德爾(Mendel)的遺傳學到分子生物學的化約(reduction)，例證了同樣類型的從熱力學到統計力學的化約，而同樣概括性的化約分析，等同適用於二者。較激進的哲學家主張，生物學的主題具有某種獨特的特性；因而，生物哲學本身是獨特的。堅持生物哲學是獨特的人，最常提到生物學的特性有三個，它們是具有功能性的組織(functional organization)、胚胎的發展(embryological development)、以及天擇。有機體是依其功能而組織起來的。它們有能力在面對其所處環境中相當劇烈的變化時，維持其整體組織。有機體在其遺傳構造與相續環境極端複雜的互動結果下，也歷經了本身的發展。在每個階段上，一個有機體所採取的路徑，是由它的遺傳構造、發展當時的處境，以及它碰巧面臨的環境之交相影響所決定的。這種相互作用的複雜性產生了先天(體質)-後天(教養)(nature-nurture)的問題。除了人工產物之外，類似的組織在非生命的世界裡並沒有發生。

「物種問題」(species problem)在生物哲學當中，是另一個古典的議題。自從亞里斯多德(Aristotle)以來，生物的物種就已成為自然種類的範例。根據幾乎所有前達爾文主義(pre-Darwinian)的哲學家之觀點，物種是宇宙基本組成的一部分，就像重力與黃金一樣。它們被認為是永恆的(eternal)、不變的(immutable)與不連續的(discrete)，就像其他自然種類的例子一樣。如果達爾文是對的，物種就不是永恆的。它們有生有滅，而一旦滅絕，就不會重新出現，正如亞里斯多德不會再在雅典(Athens)的街道上漫步一樣。物種也不是不變的。一個鉛的樣品可以變成黃金的樣品，但在這樣的外表改變當中，這些元素維持不變。然而達爾文堅持，物種本身不僅是它們的實例，而且是演化的。最後，由於達爾文認為物種是逐漸演化的，物種之間的界限並不明顯，因此他質疑他當時所流行的本質論的(essentialist)學說。簡言之，如果物種演化，它們就不具備該物種的任何傳統特徵。今天的哲學家與生物學家正在釐清，我們這種激進的世界觀之改變所造成的影響。

在晚近的文獻當中，引起生物哲學家最關注的議題是演化理論的本質，尤其是選擇(selection)、適應(adaptation)、生殖成就(fitness)，以及物種的群體(population)結構。為了使選擇能夠進行，變異是必須的，相續的世代必須按系譜來組織，而個體必須與其環境發生不同的相互作用。在最簡單的例子裡，基因在傳遞當中，保持其大部分結構的原封不動。此外，它們提供製造有機體所必需的訊息。有些有機體比其他的有機體，在應付環境及生殖上更加良好。結果，在相續的世代中，基因就永遠不同。那些幫助有機體應付環境的特徵被稱為適應。就更嚴格的意義而言，只有那些通過以往的選擇，所產生的特性並呈現優勢的特徵，才算是適應。

正如 IQ 這個概念，作為一種單一的衡量，被設計用來衡量那些影響我們心智能力的綜合因素，生殖成就也是一種生殖上相對成功的衡量。主張最適者生存(survival of the fittest)這個原理是套套邏輯，係出自粗率的斷定，以為生殖成就只不過意味著生殖上的相對成功，如同智力就是 IQ 測驗所衡量的一樣。生物哲學家已經和生物學家共同合作，一起去分析關於生殖成就的概念。這些文獻集中於探討因果關係(causation)在選擇當中所扮演的角色，因而，在有關生殖成就的任何恰當解釋中，因果關係必定也扮演某些角色。一種重要的區分已經出現，亦即，區別複製環境以及跟環境的不同交互作用。選擇是這兩種過程交互作用的函數。由於變異在選擇當中所扮演的基本角色，因此屬於同物種的所有生物，在任何的時間裡或是自始至終，不可能在本質上相同。以統計學的術語共分散(covariance)來說，物種也不能恰當地被視為特徵或基因。物種的群體結構是關鍵的。例如，形成無數的、部分隔離的類群的物種，比那些沒有如此的物種，更加容易分化。一個特別引起爭議的問題是，物種本身在演化的過程當中，是否能夠發揮功能，還是說，物種只不過是演化過程中所產生的結果而已。

雖然生物哲學家在生物學本身裡，扮演著愈來愈重要的角色，然而他們也提出更傳統的哲學問題，尤其是跟演化知識論與倫理學相關的問題。「演化知識論」(evolutionary epistemology)的倡導者主張，知識可以訴諸這樣的語詞來理解，亦即對於正確知識所抱持的適應特徵。那些對環境與其他有機體抱著錯誤信念的有機體，會比抱著正確信念的有機體，更沒有機會繁衍它們自己。無論這種主張具有多大範圍的說服力，它只適用於像人一樣大小的實體和事件。對演化知識論的一種常見反應是，在我們生活的世界裡，有時那些持顯然錯誤信念的人，以犧牲他人來換取自己的活躍，而那些對我們生活世界持著較為實在觀點的人卻成為犧牲品。從演化知識論的另一種觀點來看，知識的獲得被視為只不過是選擇過程的又一個例子而已。爭論點不在於去證明我們的信念成立，而是去了解我們的信念如何產生與增殖。演化倫理學(evolutionary ethics)的倡導者試圖訴諸存活價值的語詞，去證明某種倫理原則成立。任何增加存活與生殖的可能性之行為，就是「善的」(good)，而任何減低這些目的之行為，則為「惡的」(bad)。演化倫理學的反對意見主要是說，它違反了實然-應然(is-ought)的區別。根據大多數倫理學的系統，我們被要求犧牲我們自己，以便成全他人的幸福。如果他人是限定在生物學上的親戚，那麼總體生殖成就(inclusive fitness)也許適合用來說明這種利他主義的行為，然而倫理系統的範圍超出個人生物學上的親戚之外。演化倫理學的倡導者在解釋那些傳統上被認為是美德的行為時，如果是指所有範圍的行為，將會陷入困境。其結果或是生物學的演化無法為倫理行為提供一個恰當的證成，或是倫理系統必須徹底地縮減它們所適用的範圍。

參見 Darwinism 達爾文主義；essentialism 本質論；mechanistic explanations 機械論的解釋；Mendel 孟德爾；philosophy of science 科學哲學

D.L.H.撰　徐佐銘審訂

philosophy of economics　經濟哲學　研究與實證經濟理論有關的方法論議題，以及研究在福利經濟學(welfare economics)與政治哲學(political philosophy)交界處的規範問題所涉及的方法論議題。

方法論上的議題(Methodological issues)　經濟哲學將科學哲學上的研究取向及問題專門應用在經濟學上，它探究由於經濟理論的解釋目標及策略所衍伸出來的認識論上與概念上的種種問題：經濟理論關於個人選擇的假設是否構成法則，而這些假設是否解釋了從理論所推演出來的關於市場及經濟的一般化命題？這些一般化命題是否是法則？如果是的話，要如何使用觀察經濟過程所得到的結果來測試它們？而在經濟學不同部門——個體經濟學(microeconomics)、總體經濟學(macroeconomics)——之間的理論是如何彼此關聯？它們又如何與計量經濟學(econometrics)彼此關聯？經濟學之中的不同學派——新古典(neoclassical)、制度學派(institutional)與馬克思學派(Marxian)等等——如何彼此關聯？而怎樣的測試方式能夠允許我們在這些學派的理論之間進行選擇？

從歷史性的角度來看，在經濟哲學的發展中最主要的研究議題就是所謂的「理性經濟人」(economic man)假設在實證上是否適當。這個假設宣稱所有主體(agents)的基數(cardinal)或序數效用的排次(ordinal utility rankings)，或偏好排序，都滿足完全性(complete)與遞移性(transitive)，同時他們在所有可及的選項當中總會選擇能使他們的效用或偏好極大化的選項。因為主體的實際行為顯得與這些假設不符，因此如果說這些假設構成了說明經濟行為的因果律(causal laws)，這種說法很難成立。從另一方面來說，對於二十世紀的經濟學而言，關於偏好極大化行為(preference-maximizing behavior)的假設是不可或缺的。這兩個因素結合起來，就使得我們無法宣稱經濟學能夠在解釋力與證據的確定性上面滿足物理科學的崇高標準。因此，經濟學家與哲學家投入了大量的研究工作，用於爭論理性選擇理論的假設是否為偽，或者用於爭論從此而衍伸出來的結論：如果將經濟理論視為經驗科學，那麼它的認知狀態是不是搖搖欲墜的？常有人堅稱理性選擇假設是無害的與不可或缺的理想型，就如同在其他科學中的情形一般。這種看法必須能夠回答下面的質疑：不同於在理論當中同樣包括理想型的其他科學，雖然經濟理論考慮進這些關於主體理性計算的假設，相較於完全不考慮任何與主體選擇有關的假設的情形，它並沒有獲得多少額外的預測能力。

規範性議題(Normative issues)　經濟學家與政治哲學家都相當重視的一個議題是，如何確立原則以保證稀有物品能夠被公正、公平或平等地予以分配。基於這個原因，新古典經濟理論(neo-classical economic theory)同道德哲學(moral philosophy)中的功利主義(utilitarianism)有共同的歷史淵源。當代福利經濟學仍然持續探索著功利主義主張的極限何在，它認為最適當的經濟或政治計畫應當能夠極大化(maximize)和／或平等化(equalize)效用(utility)、福利(welfare)或某些替代品。它同時也檢視這些效用主義原則的替代選擇是否合宜。因此，經濟學與政治哲學及道德哲學在此分享同樣的研究旨趣。在經濟學與哲學中，功利主義都受到同樣的限制，那就是學者很早就認識到效用既無法從基數上予以測量，也無法在人際間進行比較。因此我們並無法毫無疑義地遵從所謂必須極大化和／或平等化效用的主張。無論如何，福利理論學者仍然嘗試著建立一些原則，讓我們能夠決定各種經濟計畫的平等性(equity)、公平性(fairness)或公正性(justice)，同時又無須測量是否一種分配能夠極大化或平等化它所調處的所有主體的效用，否則這種測量必然涉及人際間的比較。有些哲學家放棄功利主義，轉而採取其他平等性、公平性、或公正性的分配原則，受到這些哲學家的啟發，福利經濟學家也在一個溝通兩種學科的研究計畫中探討康德主義(Kantian)、社會契約論(social contractarian)，以及社群主義者(communitarian)的其他選擇。

正如同福利經濟學從道德哲學中受益一般，政治哲學也從經濟理論的創新當中獲益良多。福利經濟學的定理證明了市場有能力滿足最適與公平分配的最低條件，這些定理促使道德哲學家重新檢討自由市場交易的道德地位。不只於此，哲學家也開始認同，有時候強制性的社會制度(coercive social institutions)最好被視為是一種用以確保公共財(public goods)的機制——像是警察保護之類的財貨，一旦提供給那些願意為它付費的人，就沒有辦法不同時也提供給那些不願意付費的搭便車者(free riders)。由於福利經濟學家的貢獻，我們現在認識到，如果用來支付這些公共財的強制力不被實行的話，包括那些搭便車者在內，每個人的福利都會變得更差，而這引發了重新探討霍布斯(Hobbes)著作的強烈興趣，因為他似乎早就預見了這種論點。

參見decision theory 決策論；philosophy of the social sciences 社會科學哲學；political philosophy 政治哲學；social choice theory 社會選擇理論；utilitarianism 效益主義

A.R.撰　劉孟奇審訂

philosophy of education　教育哲學　哲學的分支之一，它實際上涉及教育事業的每一層面。它的內容與哲學上其他較主要的分支領域(尤其是認識論與倫理學，甚至邏輯與形上學)相重疊。這一領域幾乎可以被理解成對柏拉圖(Plato)《米諾》(*Meno*)的「一系列註腳」，其中提出了下列的基本議題，如：德行(virtue)是否可以教導？德行是什麼？知識是什麼？德行的知識與具備德行之間的關係如何？知識與教學間的關係為何？以及教育是否可能，如何可能？雖然很少人會贊同柏拉圖在《米諾篇》中的學說(或許只是為了方便的虛構)：即通過受教而學習是一種回憶的過程，但促成此一學說探究的弔詭(the paradox of inquiry)立即成了理性主義(rationalism)與經驗主義(empiricism)永恆爭論的文本根源，同時也極不確定地暗示著，教學傳遞理解(teaching passeth understanding)。

在教育脈絡中所考量的主流哲學課題，往往受到純哲學發展的影響。因此，譬如：知識論(epistemology)這門被分析哲學(analytic philosophy)視為辯護與說理的學科，探討的內容如果不是各種知識主張的歷史起源的話，那麼就會是探討人們一般如何因接受教育而產生知識的過程。然而，即使當教育哲學家們轉而贊同某些類似於柏拉圖「知識是經證明的真實信念」的古典主張時，他們仍傾向於主張，經由教導的知識傳承應該在傳達學生真實的信念同時，也多少提供他們正當的理由——從而重新引入一個主題中久已缺乏的發生學向度。實際上，也許分析哲學對教育哲學的一般的(雖然不是普遍的)忽視，在某個程度上對後者幾乎不可避免的發生學觀點在某些方面是有跡可尋的，這種觀點被前者貶抑為安樂椅上的科學(armchair science)，同時把它視為對適當哲學探究的自主性與完整性的威脅。如果這已成為忽視的基礎的話，那麼哲學家晚近拒斥任何經驗研究與哲學研究之間二分的自然實質問題探究的後分析轉向(postanalytic turn)，可使教育哲學成為一個較為有趣的領域。

教育哲學先驅領導者懷德海(Alfred North Whitehead)曾經指出，我們生活在受杜威(Dewey)教育思想影響的時代，這項講法至今仍無人否認。杜威的工具主義(instrumentalism)，也是他特有的實用主義(pragmatism)品牌，表明了他包羅萬象的進步主義教育哲學(progressive philosophy of education)；而他曾一度把全部的哲學定義為一般的教育理論。他把教育過程等同於經驗的增長，等同於作為發展的成長——在此經驗比較是以積極的意義被理解，涉及了改變人們的客觀環境與內在條件的行動，而非消極意義下，如洛克(Locke)「印象」(impression)般的經驗模式。甚至傳統主義的教育哲學家，最有名的是馬利坦(Maritain)，也曾讚賞杜威式教育(Deweyan educational)方法的明智，並根據杜威的哲學觀點，把他與進步主義者的爭論重構為一種有關恰當教育目的的爭論——從而不是很充分地贊同了杜威對手段——目的二分的嚴厲批判。甚至近來的一些分析的教育哲學家例如彼德思(R. S. Peters)，也可視為將杜威式的洞察(例如，對於教育目的的洞見)轉化為分析式慣用語的翻譯者。

由彼德思、謝富樂(Israel Scheffler)以及其他英美哲學傳統的哲學家標示的分析教育哲學，運用了語言分析當作工具來探討眾多不同的教育概念(學習、教學、訓練、制約、灌輸等)，並研究它們相互之間連結的關係：教(teaching)蘊涵著學(learning)嗎？教學必然包含灌輸嗎？等等。這種仔細的、微妙的、哲學上極富巧思的工作使得教育辯論中非常需要的概念精確表達成為可能，雖然那些對輿論與政策最具影響力的辯論者很少受惠於這種概念的精確表達。然而，近來教育哲學的工作已確立了一些主要的教育目標——道德價值與其他價值、批判性思考與創造性思考——能夠獲得對實際教育行為產生影響的保證。教育哲學(在教育學派中)曾長期與其他的學院派哲學社群孤立開來，同時也與專業的教育主流相隔離。杜威確實使這一現狀發生了改變。

參見Dewey 杜威；epistemology 知識論；Piaget 皮亞傑；Plato 柏拉圖；pragmatism 實用主義；virtue ethics 德行倫理學

D.M.S.撰　黃藿審訂

philosophy of history　歷史哲學　關於人類歷史及對人類歷史的記錄和解釋之哲學研究。英文的「歷史」一詞(以及它在大部分近代歐洲語言中的對應詞)有兩種主要意義：(1)大規模的、主要是但不完全是過去的人類事件和行為，在時間中的進展過程，和(2)用以獲得或尋求關於人類過去的知識之學科或研究。由此而有「歷史哲學」的兩種意義，依哲學家所關心的對象是那一種意義的歷史而定。對第一種意義的歷史之哲學研究通常稱為實質的(substantive)(或思辯的〔speculative〕)歷史哲學，可列入形上學的範圍。對第二種意義的歷史之哲學研究稱為批判的(critical)(或分析的〔analytic〕)歷史哲學，可列入知識論的範圍。

實質的歷史哲學　在西方，一般認為實質的歷史哲學是在基督教時期才開始。奧古斯丁(St. Augustine)在《上帝之城》(*City of God*)一書中探問，為什麼羅馬在還沒有接受基督教之前非常興盛，信了基督教之後卻沉淪了。上帝的獎賞與懲罰是對整個民族，而不只是針對個人。歷史事件的開展應顯示有一種在理性上、道德上、(而且對奧古斯丁而言)神學上可理解的設計。奧古斯丁是個基督教徒，所以他深信有這種設計，雖然這種設計不一定時時都可明顯看出來。在近代，維科(Vico)與赫德(Herder)等哲學家也企圖尋找這種歷史的可理解性。他們也相信歷史有長程的方向或目的，這種目的往往和個人的目的相對立，而又利用個人的目的來達成。這個進路最複雜最有名的例子是黑格爾(Hegel)。黑格爾認為在歷史中可看出人類自由的逐步實現，雖然在這個過程中必定有大量的奴役、暴政和苦痛。馬克思(Marx)也宣稱他知道歷史的開展所依循的法則——他認為是經濟性的。二十世紀也有人從事探討人類歷史整體意義的工作，最著名的有十二卷的《歷史研究》(*Study of History*)的作者湯恩比(Arnold Toynbee, 1889-1975)，以及《西方之沒落》(*Decline of the West*)的作者史賓格勒(Oswald Spengler, 1880-1936)。但是這整個工作被十九世紀後期的實證論者和新康德主義者貶斥為「不負責的形上思辯」。二十世紀的新實證論者和他們有些屬於分析哲學傳統的繼承者也採取這種態度。這有一點諷刺性，因為實證論對孔德(Comte)等思想家而言明顯含有、對其他思想家則是暗地含有一信念，認為人類歷史有幾個發展階段，愈到後來愈開明，到近世科學時代而達於顛峰。

批判的歷史哲學　批判的歷史哲學，也就是關於歷史知識的知識論，可以追溯到十九世紀後期，而且一向為自然科學的典範所支配。屬於實證論、新實證論和後實證論傳統的人，依據科學統一的理念，認為要了解歷史上的過去就是「說明」(explain)過去事件的因果關係，而所有的因果說明終究說來都是同一個類型。說明人的事件，就是將它們從法則導出，這些法則可能是社會的、心理學的、或許歸結為生物學與物理學法則。和這種化約論立場相對立的人，如新康德主義者和狄爾泰(Dilthey)則認為，歷史學和其他人文學科(Geisteswissenschaften)一樣，有它自己不可化約的規則。歷史學所關心的是特定的事件或發展本身，而不是把它們當作普遍法則的個例。它的目的是「理解」(understand)而不是說明人的行為。這個爭論在二十世紀又重新出現在英語世界。韓培爾(Hempel)與懷特(Morton White, b.1917)等哲學家申論歷史中因果說明的概念，而柯林吾(Collingwood)與德瑞(William Dray, b.1921)等人則主張，「理解」歷史人物要把握行為背後的「思想」(thought)，要發現行為的「理由」(reasons)而不是「原因」(causes)。歷史與自然科學的比較，以及化約論者與反化約論者的爭辯，也主導著其他問題的討論，例如：歷史可以或應該是像科學一樣客觀而不帶價值色彩嗎？歷史家永遠無法接觸到他們所關心的事件，因為這些事件已經過去了，那麼這一事實有什麼重要性？歷史家是否會被他們自己的觀點、他們在歷史上的位置所限制，而科學家則不會？有些實證論者寧可把歷史排除在科學之外，而不願把它變成科學的一種，他們把歷史降低到「文學作品」(literature)的層次，因為它永遠無法符合客觀性和真實說明的標準。反而往往是反實證論者起來為我們有關過去的知識辯護，認為它具有認知上的正當性。

在非化約論的傳統中，哲學家愈來愈注重歷史的敘事(narrative)性格：理解人類的行為，特別是過去的行為，就是敘述一個有關這些行為的完整故事。根據蓋利(W. B. Gallie, b.1912)的說法，歷史是「故事」這個屬(genus)之中的一種(species)。但是歷史並不因此就成為虛構，敘事仍然是一種「認知的工具」(cognitive instrument)(敏克〔Louis Mink, 1921-83〕的說法)，適合於它的領域，就如同理論建構適合於科學一樣。不過原先與虛構的敘事相連結的一些概念，例如情節結構，開頭、中間、結尾等，也可用到歷史的敘事上。這個傳統由海頓．懷特(Hayden White, b.1928)做進一步發展，他把十九世紀的經典歷史著作(甚至包括實質的歷史哲學，如黑格爾的作品)加以分析，把它們視為傳奇(romance)、喜劇(comedy)、悲劇(tragedy)和諷刺(satire)的個例。懷特書中這種分析模式，使他對歷史能否「代表」(represent)過去的真相帶有懷疑：敘事結構往往是為了意識形態的理由強加在歷史資料之上，而不是從歷史資料導出。懷特的觀點與某些實證者有一定程度的相合處，後者認為歷史的文學性格使它被排除在科學的領域之外，不過對懷特而言，這並不是缺陷。有些哲學家對於在討論歷史時強調敘事的作法加以批評，因為這樣一來會忽略找尋、發現、解讀、評估史料的工作，對歷史家而言，這些比寫出結果的方式更為重要。何況，並不是所有的歷史都是以敘事的形式呈現。歷史哲學家中支持和反對敘事論的人之間的爭論，也同樣出現在歷史家之間。晚近的學院歷史學有一個從傳統的政治史轉變為對人類過去做社會、文化與經濟分析的強烈轉向。敘事常和一般認為已過時的、集中於國王、教宗和軍事將領的事蹟上的方式連在一起。那些事蹟被人(如法國歷史家布勞岱〔Fernand Braudel, 1902-85〕)認為，如果和深藏底部、緩慢流動的社會和經濟變遷的潮流相比，只是表面的小風波而已。歷史家所要借重的是社會科學的方法和概念，而不是說書人的技藝。現在這個爭論已不那麼激烈，在歷史家之間，敘事式的歷史似乎又復甦了。在哲學家中，呂格爾(Paul Ricoeur)曾試圖證明，即使表面上看似非敘事式的歷史，也還保留敘事的特徵。

歷史性　歷史性(historicity，或 historicality、*Geschichtlichkeit*)在現象學和詮釋學的傳統中(從狄爾泰與胡塞爾〔Husserl〕一直到海德格〔Heidegger〕與高達美〔Gadamer〕)是用來指稱人存在基本特徵的語詞。人不只是存在於歷史中，他們的過去，包括社會的過去，也融入他們對自己，以及對未來的可能性之概念中。因此對於過去的意識，在成為一個認知性的學科之前，已是構成自我的一個成分。

現代主義與後現代　晚近歐陸哲學中有關現代與後現代的一些爭論，也可以看作是一種新的歷史哲學。李歐塔(Lyotard)和傅科(Foucault)等哲學家認為現代是從啟蒙運動與浪漫主義到現在，其主要特色是對歷史進步的「大敘事」(grand narratives)之信念，不管這個敘事是資本主義式、馬克思主義式或實證論式，而「人」是這個故事中最後獲得勝利的英雄。這個信念正在(或應該)被拋棄，把現代主義帶到終點。在一個意義下，這就像早先對實質歷史哲學的攻擊一樣，因為它也揭露出有關大型歷史模式的信念乃是一種不正當的道德褒貶。它甚至比早先的攻擊更進一步，因為它發現，這些信念即使在沒有明白表達出來的地方也發生作用。在另一個意義下，後現代的觀點是實質歷史哲學的延續，因為它自己對大型歷史模式也提出巨觀的主張，在這一點上它與當前一些哲學家連手，把知識全面歷史化(例如科學哲學與科學史的結合)，甚至把哲學本身也歷史化。例如後期的海德格——以及更晚近的羅逖(Richard Rorty)——把哲學本身看作是接近或已到達終點的西方歷史中的一個大型插曲。因此哲學與哲學史合而為一，不過這要歸功於把這個歷史(哲學史)看作是歷史全體的一部分所做的一種哲學省思。

參見 explanation 說明；Hegel 黑格爾；historicism 歷史主義；philosophy of the social sciences 社會科學哲學；*Verstehen*

理解

D.C.撰　郭博文審訂

philosophy of language　語言哲學　自然語言及其作用機轉之哲學研究，尤其是對語言意義及語言使用的研究。自然語言是在人類群體中歷史地發展的，而且被用於種種日常目的的幾千種不同語言中的任何一種——包括英語、義大利語、斯瓦希里語(Swahili)、拉丁語等——自然語言與形式語言(formal language)及其他人工「語言」相對，後者這些是數學家、邏輯學家、計算機科學家所發明的，例如，算術語言、謂詞演算(predicate calculus)及LISP語言或COBOL語言等。也有一些語言介於上述二者之間，例如世界語(Esperanto)、一種將字頭的子音調至字尾，再多加一個音節之行話(Pig Latin)或混合英文語詞與邏輯符號的「哲學用語」(philosophese)等。當代語言哲學集中於意義理論(theory of meaning)，但也包括指稱理論(theory of reference)、真理論(theory of truth)、哲學語用學(philosophical pragmatics)，以及語言學之哲學(philosophy of linguistics)。

意義理論所提出的主要問題是：物理性的跡(marks)或音(noises)憑藉什麼才成為有意義的語言表詞？一組特定的跡或音又是憑什麼而有特定的意義？意義理論也應對「意謂現象(meaning phenomena)」，或者語句的一般語意特徵：同義(synonymy)、多義(ambiguity)與蘊涵(entailment)等等，做出全面說明。一些理論家曾經想用不相對於特定語言的(language-neutral)、被稱作「命題」(propositions)的東西，表述前面這些問題及爭論：「一組特定的跡或音憑藉什麼來表達命題？」；譬如，「『*La neige est blanche*』(法文：雪是白的)表達『雪是白的』這一命題」及「同義句表達相同的命題」。在這種觀點看來，理解一個語句就是「掌握」它所表達的命題。但對於像命題這樣的東西之解釋上的角色，甚至它的存在，仍有爭議。

人常主張：某些特殊的語句(「所有的單身漢都是未婚的」；「如果一物是藍的，那麼它就是有顏色的」)只是因為它的意義和／或(and/or)其成分語詞的意義而為真，而不用考慮非語言的世界為如何如何。這種空無意義的真(vacuously true)語句被稱為分析(analytic)句。然而，蒯因(W. V. Quine)及其他人則爭論是否真有像分析性(analyticity)這樣的東西。

哲學家們對意義之本質(nature of meaning)提供了不少彼此極不相容的假設，包括有：(1)指涉說，即語詞因代表事物而意謂(什麼)(words mean by standing for things)，而一語句(sentence)意謂(means)它所意謂的，因為語句的成分(parts)指涉上對應世界中的一個實際的或可能的事況(state of affairs)中的組成素(elements)；(2)觀念形成(ideational)說或心靈主義者(mentalist)觀點。根據這種說法，意義是人心靈(minds)中的觀念(ideas)或其他心理現象。(3)「使用」(use)說，(較多)由維根斯坦(Wittgenstein)，較少由奧斯汀(J. L. Austin)所啟示：一個語言表詞(expression)的「意義」是它在習俗中被賦予的角色，即語言表詞作為個例(token)在一個或多個現存的社會性踐行中使用，像遊戲的一部分。(4)葛來思(H. P. Grice)的假設，即語句與語詞的意義是後面這種反應之函應(function)：一個典型的說話者在說出語句或語詞時想要達到的在聽者方面的反應；(5)推論角色說，由塞拉斯(Wilfrid Sellars)根據卡納普(Carnap)與維根斯坦的觀點發展而成：一個語句的意義是由可以正確地推論出該語句之語句集合，並由該語句可以正確地推論出之語句集合共同決定(塞拉斯自己還規定除了推論，「語言入口」〔language-entry〕與「語言出口」〔language-exit〕也是意義構成的一部分)；(6)檢證論(verificationism)，這種觀點認為語句的意義在於能使之得以證實或為其真提供證據的可能的經驗之集合；(7)真值條件(truth-conditional)理論：語句的意義在於使其為真的特定條件，在於如果其存在就能使語句為真的情況(situation)

或事況(state of affairs)；(8)意義空無假設(null hypothesis)，或取消論者(eliminativist)觀點，即「意義」是一種迷思(myth)，根本就沒有這種東西存在——這種激進的主張源於蒯因的翻譯不確定性(indeterminacy of translation)說或心靈哲學中的唯物取消論(eliminative materialism)。

繼承了 1950 年代由卡納普、亞倫佐・丘奇(Alonzo Church)、辛提卡(Hintikka)與理察・蒙塔哥(Richard Montague)所開創的工作，意義理論加強了「可能世界」(possible worlds)(概念)的使用，亦即它以作為分析工具的內涵性邏輯(intensional logic)為基礎。命題(即，被當成東西〔entities〕之語句意義)與在上面第(7)項中所說的真值條件，現在一般被視為可能世界之結構化集合(structured sets of possible worlds)。例如，有「亞里斯多德(Aristotle)的外祖母憎恨花椰菜」之各個世界形成一集合，而加於這個集合的結構，對應命題之直觀組成分結構(constituent structure)(例如「外祖母」與「憎恨」兩個概念是前述命題之構成要素)，並說明了表達命題的語句的意義性質(meaning-properties)。

意義理論也可稱作語意學(semantics)，如：「葛來思派的(Gricean)語意學」，「實證論語意學」等，雖然這一術語有時被侷限在指稱理論和／或(and/or)真值條件理論(後者置定詞語〔words〕和非語言世界之間的意義構成〔meaning-constitutive〕關係)。語意學通常與語法(syntax)和語用學(pragmatics)相對照，語法是指完構(well-formed)句中，文法可允許的字詞與字詞間的配置關係之結構，語用學則是指規範有意義語詞在特定的言說脈絡(contexts)中之使用規則(之學)；不過語言學家們已經發現，語意現象不可能完全從語法現象或語用現象獨立出來。

在更為特殊化的使用中，語言語意學(linguistic semantics)是對特定的自然語言中特定結構類型的詳細研究(通常內在於真值條件之典範)，例如英語中的信念子句(belief-clauses)或瓜基烏圖語(Kwakiutl)中的副詞片語。這個意義的語言語意學研究是由某些語言哲學家或由某些語言學家，有時則由二者合作來從事。蒙塔哥文法(Montague grammar)與情境語意學(situation semantics)是這類工作的共同典範，二者都以內涵性邏輯為基礎。

指稱理論探討人們接受意義之指稱理論還是真值條件理論之問題。它的主要問題是：一個語詞憑藉什麼而指稱(designate)世界中的一個或多個事物？(在完成「designate」、「denote」與「refer」三個字之專技用法之理論與定義之前，它們可以互換使用)指稱性語詞分為單稱詞(singular terms)與普遍詞(general terms)，前者旨在指稱特殊個別的事物，後者能在一次運用中指稱一個以上的事物。單稱詞包括專有名稱(proper names)(如「辛蒂」、「孟加拉共和國」)、特定描述詞(definite descriptions)(如「我的兄弟」、「在新世界誕生的第一個嬰兒」)，以及各種單數代名詞(singular pronouns)(如「這」、「你」、「她」)。普遍詞包括普通名詞(common nouns)(如「馬」、「金屬製垃圾桶」)，物質名詞(mass terms)(如「水」、「石墨」)與複數代名詞(plural pronouns)(如「他們」、「那些」)。

二十世紀主流的指稱理論是描述詞理論，它認為語詞藉著表達描述性的徵相或性質來指稱事物，而所指項(referent)就是一個或多個有那些性質的項目(item)。例如，一個特定描述詞如「我的兄弟」直接做到這一點。「我的兄弟」這一名詞指稱具有「是我的兄弟」(being my brother)這一性質的任何一個人。根據由羅素(Russell)最清楚論述的專有名稱之描述詞理論，這類名稱藉著簡縮特定描述，間接表達(所指項的)識別性質。普遍詞如「馬」則被認為表達了馬才有的一組性質；等等。但是描述理論在 1960 年代晚期卻遭受了來自鄧內朗(Keith Donnellan)、克里奇(Kripke)與帕特南(Putnam)的強烈批評，人們分別基於許多理由中的一個放棄了它，轉而贊同指稱之因果歷史理論(causal-historical theory of reference)。這種因果歷史觀念認為，一個語言表詞之特殊使用之指稱什麼，溯因地基於所指的東西或所指的群體；一個特定形式的歷史因果鍊結可以在時間上由指稱之活動回溯到(眾)所指項。晚近，伴隨原初陳構的因果歷史理論而來的問題，使研究者踩了些煞車，並且加了描述詞理論的某些說法。關於指稱的其他觀點也被提了出來，尤其是類似於上面所列舉的意義理論——主要是(2)-(6)及第(8)項——之觀點被提了出來。

在指稱理論中模態脈絡(modal contexts)與命題態度(prepositional-attitude)脈絡造就了特殊的問題，因為出現在這種脈絡的指稱性語詞似乎改變了自身的正常語意表現(normal semantic behavior)。已經不知有多少論文探討後面問題：在一含有模態或命題態度的語句，進行有相同被指稱項的語詞取代，為什麼能而且如何能改變該句之真值？

有趣的是，真理理論在歷史上先於對意義或指稱之清楚研究，因為哲學家們一直在尋找真理之本質。人常認為一語句為真，是因為它表達了一個為真的信念(true belief)，真首先是信念之性質，而不是語言性東西之性質；但是主流的真理理論也都直接應用到語句。符應論(correspondence theory)認為語句之所以為真，是因為它的組成要素反映了事實或實際事況。融貫論(coherence theory)則把真看作是真語句與其他語句的關係，通常這關係是知態(epistemic)關係。實用論(pragmatic theories)則認為真理是實用性(a matter of practical utility)或理想化的知識保證(idealized epistemic warrant)。減縮論(deflationary theory)，例如傳統的多餘論(redundancy theory)及格羅夫(D. Grover)、坎普(J. Camp)與貝爾納普(N. D. Belnap)的代語句論(prosentential theory)則否認，有比已經在一個語言的遞歸的(recursive)塔斯基式(Tarskian)真理定義中陳構出來的真理概念更重要或更實質的真理概念存在。

語用學研究語言在脈絡中的使用，以及語言解釋之不同面相之脈絡依賴性(context-dependence)。首先，因為歧義(ambiguity)或脈參性(indexicality)或者二者的共同作用，同一個語句在不同的脈絡可以表達不同的意義或命題。一個有歧義的語句之所以有一個以上的意義，是因為它的一個成分語詞有一個以上的意義(例如「bank」一詞就有一個以上的意義)，或者因為可以對該句進行一個以上可能的語法分析(如「Visiting doctors can be tedious」、「The mouse tore up the street」)。一脈參語句(indexical sentence)之所以在不同的脈絡可能改變真值，是因為其成分語詞之所指常隨脈絡改變，例如指示代詞(demonstrative pronoun)之所指便是如此(如「She told him off yesterday」、「It's time for that meeting now」)。語用學的一個分支便是研究脈絡如何決定一個在特殊境況下使用的語句之單一命題意義(propositional meaning)。

言說行動理論是語用學的第二個分支，它假定了言說(utterances)的命題意義或「單純話語的」(locutionary)意義，研究奧斯汀(J. L. Austin)所謂的言說的以言行事的語力(illocutionary forces)，即由說話者在言說時所完成的語言行動之種種類型。(例如，在說出「今晚我將在那裡」時，說話者可以是發出警告，威脅，做出承諾或僅僅提出一個預測，這依賴於情境之習俗及其他社會特性。而「特此」〔hereby〕之引入可以粗略檢測以言行事語力：例如，如果一個人的言說，能公正地改寫成一個以「我特此警告你……」〔I hereby warn you that...〕這樣的方式開頭的「明示行事」〔explicitly performative〕語句，那麼該言說有警告之語力。)言說行動理論在某種程度上與語意學相互影響，尤其是在明示行事言說，言說行動理論同時也有相當戲劇性的語法上的效果。

語用學的第三個分支(不完全與第二分支分離)是交談理論(theory of conversation)或暗示理論(theory of implicature)，它由葛來思(H. P. Grice)在1960年代創立。葛來思注意到，在特定語境中表達的語句，通常會產生「暗示」(implications)，而此暗示並非該語句的邏輯歸結(logical consequences)(如，「瓊斯是好的哲學家嗎？」——「他的書寫非常工整」)。這些暗示通常可以視為說話者在說他的話時意謂的東西；(基於這個及其他理由)

因此，葛來思所謂的說話者的意謂與語句意義或「無時間性的」意義極端不同。為了解釋那些非邏輯的暗示，葛來思提供了一個現在被廣泛接受的交談暗示理論。交談之暗示在說出的話和交談各方共有的背景假設(background assumptions)與某些有效的、合作的交談原則(principles of efficient and cooperative conversation)之交互作用之下呈現。

語言學哲學(philosophy of linguistics)研究語言學之學院式的理論，尤其是被視為是科學或聲稱是科學的理論語言學(theoretical linguistics)；語言學哲學考察方法論(methodology)與種種基本假設，並試圖把語言學家們的發現融入語言哲學的其他部分。理論語言學集中探討語法，哈理斯(Zellig Harris)與瓊姆斯基(Chomsky)於 1950 年代奠定了它的當代形式：它的目的是根據適用於一種自然語言的生成文法(generative grammar)來描述該自然語言。生成文法是連結語詞的一套遞歸(recursive)規則，將產生一自然語言的所有且「完構的(well-formed)字串」或合乎文法的語句。這一套規則必須有限而遞歸，因為：我們用以識別合文法字串的處理訊息的資源(是我們頭腦的次行動者〔subagencies〕)是有限的；在任何一種自然語言中，無論是單一的合文法語句的長度，還是合文法語句的數量，都是無限的；而一個小的語言裝置一定得有無限的生成能力與文法分析能力。許多文法之機制如後：首先生成簡單的「深層結構」(deep structures)(一種樹狀圖)，然後利用重組深層結構各部分之規則，產生作為其變體(variants)的多重「表層結構」(surface structures)。表層結構是自然語言語句之種種語法分析(parsings)，而導出表層結構的深層結構則記載語句主要成分之間的文法關係與(依某些理論)語句的主要語意性質之間的文法關係；因而，有相同深層結構的語句將共有某些基本的文法性質，以及共有其所有或大部分的語意學。

正如保羅．季夫(Paul Ziff)與戴維森(Davidson)在 1960 年代所看出的，前述語法問題及其解決方案有語意學上的類比。僅從有限的資源，說話者無限制地，幾乎是瞬時地理解了任意長而新造的語句——算出了它們的意義。這種能力看來要求語意組構性(semantic compositionality)之存在，亦即一個語句之意義是語意始基詞(semantic primitives)或最小的意義成分之函應(function)，而這些始基詞以合乎語法的方式結合。組構能力看來也為學習能力的一部分，因為一個正常兒童最多在兩年的時間裡就能學會一種無限複雜的方言，但他學習語意始基詞時一次學一個。

自然語言的文法通常被認為是心理學的一個部分，為說話者的語言能力(verbal abilities)和語言行為提供了部分解釋。然而這樣一來，文法在很大程度上就成了一種理想化：它是一種關於說話者的語言「能力」(competence)，而不是關於實際的言說行動(verbal performance)的理論。這種區分為後面事實所要求：即說話人對文法正確性所做的經過熟慮的反思性判斷，與他們實際上不通過反思而表達與理解的句詞並不完全一致。某些合乎文法的語句對於說話者來說，很難迅速對之做出語法分析；某些語句又太長以致根本不能完成這種分析；說話者常說那些他們知道是形式上不合文法的字串；真正的話語通常有不完整、間以母音化(vocalizations)、錯誤的開頭等等現象。現實上偏離形式合文法性之現象被語言學家們歸因到「執行上的種種侷限」，亦即歸因到記憶衰退、計算能力欠佳，或失神等心理因素；於是，他們把實際的言說行動解釋成，執行上的種種侷限，干擾語言能力後的產物。

參見 grammar 文法；meaning 意義；speech act theory 言說行動理論；theory of descriptions 描述詞理論；truth 真理

W.G.L.撰　龔維正審訂

philosophy of law　法律哲學　也稱普通法理學(general jurisprudence)，研究關於法律本質的概念與理論問題，或任何法律體系所共通的概念與理論問題。

法律哲學中的問題大致可以分為兩類。第一類包括法律和法律體系內部的問題。這包括(a)探討法律規則(legal rules)的本質是什麼：法律規則存在與影響實踐的條件是什麼？法律規則規令性(mandatory)或建議性(advisory)的規範性特徵是什麼？法律規則的語言是決定性或非決定性的？(b)探討法律規範(legal norms)的結構與邏輯特徵：把法律原則(legal principles)作為一組法律規範來分析，會得到什麼樣的結果？法律的規範力與強制(coercion)之間的關係是什麼？(c)法律體系的同一性條件(the identity conditions)是什麼？其中問題包括：法律體系在何時存在？在何時一種法律體系終止，而另一種法律體系開始發生效用？(d)法庭裁決案件時所做的推論，它的本質是什麼？(e)探討如何證成法律決定(legal decisions)：法律的證成，是通過一連串的推論，還是藉由規範與決定之間的一致性而完成？法律內部的(intralegal)證成，與外於法律的(extralegal)證成，兩者之間是什麼樣的關係？(f)法律有效性(legal validity)的本質是什麼？規範之所以成為有效法律的條件又是什麼？有效性與效能(efficacy)之間的關係是什麼？(法律的效能是指：被規範的主體〔the norm-subjects〕遵守法律規範的程度)(g)探討法律系統的性質：探討包括總括性(comprehensiveness，規定是否涵蓋任何行為)與完整性(〔completeness〕，法律是否沒有「縫隙」，對於所規範行為的每一面向，都有確定的罰則)在內的性質；(h)探討法律權利(legal rights)：在何種條件下公民擁有法律權利？法律權利的結構是什麼？(i)對法律詮釋(legal interpretation)的探究：法律詮釋是否是法律的普遍特徵，或者只在某種形式的裁決中才能發現？法律詮釋是合理的或不合理的？法律詮釋是否本質上就有意識形態的特徵，或者根本沒有本質上的意識形態特徵？

第二組問題，涉及法律作為社會中一種特別的制度，與該社會中更廣泛的政治、倫理生活之間的關係：(a)探討法律義務(legal obligation)的本質：公民是否有某種初步(prima facie)或最終(final)的義務，必須去遵守如此的法律？是否只在某種標準得到滿足後，才存在遵守法律的義務？若是如此，那種標準會是什麼？(b)探究法的權威性(authority)：在何種條件下，法律體系具有政治、道德權威，或者政治、道德的正當性？(c)法的功能(the functions of law)：在一社會中，是否有內在於法的制定，而由法律體系實施的功能？從「政治性道德」(political morality)的層面，分析法律體系的功能運作，會得到什麼樣的結果？(d)探究「責任」在法律上的概念：法律上對責任概念如何分析？道德、政治上的責任概念，與法律上的責任概念之間，究竟有什麼樣的關係？這個部分的探究，還特別著重心理(mental)因素與因果(causal)因素在責任歸屬中所佔的地位，以及對這些因素的分析。(e)分析與證成法律中的懲罰；(f)探究法律上的自由(legal liberty)，以及法律系統介入個人自由的合理限度或其他條件——比如下面這個問題：法律道德主義(legal moralism)是合理的嗎？(g)探究法與正義之間的關係，以及法律體系在維護社會正義上所扮演的角色。(h)探究法律權利與政治權利、道德權利之間的關係；(i)法律推論(legal reasoning)作為一種實踐理性推論，有什麼樣的地位？法律與實踐理性(practical reason)之間，又有什麼樣的關係？(j)關於法律與經濟：法律上的判決是否實際上出於追求經濟效能的考量？若實際上並非如此，是否應該這麼做？(k)作為政治權力來源與體現的法律體系是什麼？法律本質上有沒有滲入性別、種族、或階級的偏見？

法律哲學的理論立場可分為三大類——法實證主義(legal positivism)、自然法理論(natural law)與法實在論(legal realism)。法實證主義集中探討第一類問題，並通常為此提出表面形式上(formal)，或獨立於內容的(content-independent)解決方案。例如，法實證主義傾向於視法律有效性為法規的一種特徵，這種特徵僅從它與其他法規的形式關係中推出；對法實證主義者來說，假如滿足了所需的形式存在條件，道德上的惡法(a morally iniquitous law)仍是一種有效法規。法律權利作為有效法規的規範性結果而存在；從政治性道德的觀點來看，法律權利的地位問題是不會產生的。法實證主義也不否認第二類問題的重要性，但把處理這些問題的任務交給了其他的學科——政治哲學、道德哲學、社會學、心理學等等。對法實證主義而言，社會應該如何制定法律制度的問題，嚴格來說並不是法律哲學的問題，雖然許多法實證主義者還是對此問題提出了自己的理論。

相形之下，自然法理論或法實在論卻認為，這兩類問題的明顯區分，是實證主義者人為造成的結果。他們關於第一類問題的回答是實質性的(substantive)，或者說，有賴於內容的(content-dependent)。例如，自然法理論就認為，一項法律與實踐理性是否協調，或者一個法律體系是否具有政治與道德上的正當性，這些問題全部或部分決定於法律有效性，或某個法律規範是否承認了某個法律權利。自然法理論認為，法律體系與正義或自由之間的關係，全部或部分地決定於這個法律體系及其法律的規範力與正當性。法實在論，特別是偏重政治面向的當代版法實在論中，法律在合法化特定性別、種族、階級利益上所扮演的角色，被視為法律在理論分析中的主要突出特質；而有關法律規則的決定性、法律詮釋、或法律權利的問題，只有在企圖提出方案來解釋法律或法律體系的政治力量時，才有價值可言。

參見 Dworkin 德沃肯；Hart 哈特；jurisprudence 法理學；legal moralism 法律道德主義；legal positivism 法實證主義；legal realism 法實在論；natural law 自然法；political philosophy 政治哲學

R.A.Sh.撰　謝世民、吳妍儀審訂

philosophy of liberation　**解放哲學**　見 Latin American philosophy 拉丁美洲哲學

philosophy of linguistics　**語言學哲學**　見 philosophy of language 語言哲學

philosophy of literature　**文學哲學**　文學理論。往往身兼文學評論家的文學理論家，其首要的興趣在於實際批評的理念基礎；而通常由哲學家所建立的文學哲學，更關注的是把文學放在哲學體系的脈絡中來考察。柏拉圖的對話錄頗多談及詩歌，但主要是透過它與其形上學、知識論和倫理-政治觀點相配套來談。亞里斯多德(Aristotle)的《詩學》(*Poetics*)是西方最早的文學理論，也企圖將希臘詩人的實踐納入其整體哲學體系中。吸收了哲學家康德(Kant)和謝林(Schelling)的思想，薩默爾・泰勒・考勒瑞治(Samuel Taylor Coleridge)在其《文學傳記》(*Biographia Literaria*)中提出了一種文學哲學，這種文學哲學之於浪漫詩學，就如同亞里斯多德的著作之於古典詩學一般：這種文學理論同時為作品具有合法地位的詩人，以及引出這種理論的形上學所肯定。許多哲學家，包括休姆(Hume)、叔本華(Schopenhauer)、海德格(Heidegger)和沙特(Sartre)，都曾試圖在其哲學大廈中為文學留下一席之地。有些哲學家，如德國的浪漫主義作家，使文學(及其他藝術)成為哲學的基石。(參閱菲利普・拉古拉巴爾特〔Philippe Lacoue-Labarthe〕和讓呂克・南希〔Jean-Luc Nancy〕《文學的絕對》〔*The Literary A bsolute*, 1988〕)。

「文學哲學」有時具有第二種含義：哲學「與」文學，即哲學與文學分立，但基本上相互維繫一定的關係。在此意義下的文學哲學，是試圖驗明能把哲學與文學區別開來的差異(*differentiae*)；並詳細說明兩者的相互關係。哲學與文學有時透過論題而區分(如哲學處理客觀的結構，而文學則處理主觀性)，有時透過方法而區分(哲學是理性行為，文學則是想像、靈感或者無意識的產物)，有時透過其效果來區分(哲學產生知識，文學則產生感情上的滿足或舒解)等等。哲學與文學的關係占有雙方無從截然分開的領域。即使兩者論題截然不同，它們的效果也是一樣的(哲學和文學皆產生理解，哲學是關乎於事實，而文學則關乎情感)；即使它們的方法截然不同，它們也是用不同的方法探討同一論題等等。比如，在亞奎納(Aquinas)看來，哲學和詩歌涉及的是同一對象，哲學以演繹推理的方式傳達關於對象的真理，詩歌則透過比喻的語言激發對象的感情。在海德格看來，哲學家研究存在的意義，而詩人則根據神聖的事物為作品命名，但他們各自的意圖在最深層的思想處會合。在沙特看來，文學是結盟(*engagé*)的哲學，即自由所提供的存在主義政治活動。

「文學哲學」仍有第三種含義：文學「中」的哲學，即試圖在文學的文本中找到哲學的趣味與價值。哲學家可以辨視、考查及評價文學文本中的哲學內涵，這些內涵包括了哲學觀點的表達，以及哲學問題的討論——譬如，在費奧多爾・杜斯妥也夫斯基(Fyodor Dostoevsky)所著《卡拉瑪佐夫兄弟》(*The Brothers Karamazov*)一書中關於自由意志和神正論的論辯。大學的許多關於文學哲學的課程都是用這種觀點講授的。許多有趣而重要的研究也是以這種風格完成的，例如桑塔耶那(Santayana)的《三個哲學詩人》(*Three Philosophical Poets*, 1910)、卡維爾(Cavell)關於愛默生和梭羅(Emerson and Thoreau)的論文，以及娜思包姆(Nussbaum)的《愛的知識》(*Love's Knowledge*, 1989)。應指明的是，用這一方法研究問題必須預先假定文學和哲學是用不同形式表達同一內容：哲學以辯論的形式表達，而文學則以抒情、戲劇和敘事的形式表達。哲學家對於文學的處理意指了：他最適合闡明文學和哲學共同探討的論題，哲學語言最適於表達那些不適於用文學語言表達的內容。黑格爾(Hegel)的《精神現象學》(*Phenomenology of Spirit*)堪稱這種觀點的典型。《精神現象學》視藝術(連同宗教)為對真理的不完善的預示，而真理只能以哲學辯證的概念模式得到充分和適當的表達。

對這種預先假定(及其不言而喻的哲學高於文學的特權)的不滿導致在哲學與文學的關係上出現不同觀點，從而出現不同的文學哲學的方案。齊克果(Kierkegaard)自覺的文學寫作形式是其駁斥黑格爾派哲學帝國主義的組成部分。在二十世紀，哲學家德希達(Derrida)及追隨他的哲學家和批評家提出：把哲學和文學看作是同一內容的可資選擇的兩種表達方式是錯誤的，而視哲學為經典論述，文學則不適宜表達恰當的內容，更是嚴重錯誤。根據這一觀點，所有的文本都具有「文學的」形式，哲學家的文本正如小說家和詩人的文本一樣，其內容都內在地被「表達方式」所決定。哲學裡有文學，正如文學裡有哲學一樣。因此，文學的哲學家不再能簡單地從文學的形式中抽象出哲學的問題。毋寧說，文學表達方式使哲學家面對與其本業有關的問題。例如，小說的模擬手法(特別是後現代作家的作品)提出了可能性問題，以及真實描寫的規範問題，如此自然涉及到摧毀傳統把「事實」抬高到「虛構」之上的等級制度。

哲學家對虛構陳述的真實價值的困惑，就是文學研究可以為哲學實踐創造問題的一個例子(見羅逖(Rorty)《實用主義的後果》〔*Consequences of Pragmatism*〕1982 年版，第七章)。此外，現代文學文本的自我反省，引領哲學家批判性地反省其自身的任務，並嚴重動搖了傳統的自我指涉性(self-referentiality)觀念。如果不把文學當成是哲學思想的另一個引人注意的、然而可能是低層次的來源的話，那麼，文學呈現給哲學家的，就是知識論、形上學及方法論的問題，那是在「正常」哲學化的思考過程中所遇不到的。

參見 aesthetics 美學；literary theory 文學理論；postmodern 後現代

L.H.M.撰　馬森審訂

philosophy of logic　邏輯哲學　致力於考察邏輯學範圍及本質的哲學領域。亞里斯多德(Aristotle)把邏輯學看作是知識的工具或知識的基礎。毫無疑問的，推理是許多人知識的來源。邏輯學區分推理的好壞並試圖為好的推理找到其所以為好的理由。但我們無須像亞里斯多德一樣把邏輯學看成是認識論不可或缺的部分。另外，諸如維根斯坦(Wittgenstein)之類的哲學家還認為，語言的結構反映世界的結構。此外，因為推理中包含有語言的成分，或者至少可用語言表達的成分，所以邏輯學展現著語言結構的一般特性。這使得邏輯學成為語言學不可或缺的，而且，根據維根斯坦的觀點，它也是形上學必不可或缺的部分。最後，許多哲學論辯都以邏輯為武器。由於上述種種理由，哲學家試圖去了解邏輯學是什麼、什麼是邏輯的基礎，它又能告訴我們些什麼有關理性、語言和世界的訊息。

邏輯學的本質(The nature of logic)　邏輯學可定義為推理的科學，而推理又可定義為從前提引出結論。一個簡單的論證就是一序列的命題，其中之一是結論，其他部分則來支持此結論。一個複雜的論證就是一序列簡單的論證。邏輯學因此主要談論論證。然而，這裡仍然有幾個問題：(1)誰認為前提支持結論？是說話者嗎？是聽眾嗎？還是任何一個能駕馭該語言的人？(2)什麼是論證的組成部分？是思想？還是命題？蒯因(Quine)的追隨者會覺得這些答案都因缺乏明確的等同標準而毫無吸引力，「語句」(sentences)對他們而言才是較具體且較能明確地個別化(individuated)的東西。然而，這裡的語句指的是語句的類別(types)呢？還是個別的語句(tokens)？句子的脈絡常影響的句子的解釋；因此，看來我們還必須把句子看作是在脈絡中的語句類別，或在脈絡中個別的語句才行。此外，許多句子，就算提供完整的脈絡，仍然是歧義的。包含有歧義語句的序列是一個論證呢？還是多個論證？以後我們將會說明，論證的組成部分應是真理的主要載體(bearer)。(3)最後，可能也是最重要的一點，即這裡所謂的「支持」(support)是什麼意思？

邏輯學透過區分好壞論證來評價推理。由於其許多的部分是規範性的，因而產生了邏輯學的地位問題。邏輯哲學更因而產生了邏輯本質和其理論根據的問題，這點與後設倫理學頗為近似。此外，解決這些問題的方法隨著不同的邏輯體系而異。有些邏輯學家試圖界定自然語言中的推理；而另一些邏輯學家則試著將數學或其他科學推理系統化。還有一些邏輯學家則試著設計出一個與這些完全不同的關於推理的完美體系。界定自然語言、數學或科學推理的邏輯學家傾向於借用在這些語言中實際被使用的推論，去證明他們準則的正當性。這種描述之所以能證明準則的正當性，部分原因是它們所描述的不僅包括推理，也包括對這些推理的評價在內。

邏輯學的範圍(The scope of logic)　用來說明自然語言推理的邏輯學系統引起了邏輯學的範圍問題。邏輯學與語意學——關於意義的科學總體——有何不同？邏輯學家常常只論述那些依賴諸如「不」、「假如」、「而且」、「或者」、「所有的」和「有些」的常用詞的推理，把它們或與其相應的符號語言表達式看作是邏輯學上的常名(constants)。他們忽略那些不依賴常名的推理，如：「我哥哥已結婚，因此，我有嫂子。」

然而，語意學家逐漸擴展了「邏輯」一詞的意義，語意學家談及信念邏輯、知覺邏輯、抽象邏輯，甚至親屬關係的邏輯。這種用法似乎是把邏輯學看作與語意學一樣廣闊的範圍。那些尋求保持語意學和自然語言邏輯區別的哲學家則試著提出有關邏輯常名非任意的判準。

假如一個前提的真保證其結論的真，那麼，這個論證就是有效的。這一定義依賴於真的觀念，而真的觀念又有哲學上的難題。而且，問前提與結論有何種關係是很自然的。有一種答案說：假如用同一範疇的任何命題去取代一個組成論證的簡單命題，但卻不去更動邏輯上的常名，並不會產生真的前提和假的結論時，那麼，這個論證就是有效的論證。根據這一觀點，有效是形式上的事：如果一個論證是一個有效的形式的例子，那麼，它就是有效的。邏輯學因而也就成了邏輯形式理論。根據另一種觀點，如果一個論證的結論在其前提為真的每一個可能世界或模型中也都為真，那麼它就是有效的。這一想法無須依賴於邏輯上的常名觀念，因而與那種認為邏輯學和語意學具有一樣廣闊範圍的想法是一致的。

邏輯哲學中的許多問題是因為邏輯學家設計的體系過多而產生的。這些體系當中有些是異常的邏輯(deviant logics)，那就是那些似乎與古典邏輯或標準邏輯探討同一主題而又不同於它們的邏輯。例如，直覺邏輯(intuitionistic logic)把連接詞和量詞解釋為非古典的，它拒絕排中律和量詞的相互可界定性，並從語意學和本體論中得到論證的支持。布勞爾(Brouwer)、海丁(Heyting)等人把直覺邏輯當作關於無限的恰當邏輯。杜米特(Dummett)把它當作是有關自然語言的正確邏輯。免於存在預設的邏輯(free logic)允許非指稱(non-denoting)的指涉(referring)詞，但卻把量詞解釋為只適用於存在的事物。多值邏輯(many-valued logics)則至少使用三個真假值，它們拒絕傳統的二值假定——即認為每一種表詞或是真的或是假的。

許多邏輯體系試圖把古典邏輯擴展成能包容時態、模態、抽象運作詞(abstraction)、高階量化(higher-order quantification)、命題量化、補語構作(complement constructions)或真值謂詞在內。這些想法引發了許多重要的哲學問題。

模態和時態邏輯(modal and tense logics)　時態乃自然語言無所不在的特徵，它對平行程式感興趣的計算機科學家而言也是至關重要的。各種類型的模態——例如邏輯類型的(可能性、必然性)和義務類型的(義務、允許)——以各種語法形式出現在自然語言中。被當作模態處理的可證明性(provability)則能顯示出數學的形式化特徵。

邏輯學家通常把模態和時態當作語句的運算詞(sentential operators)來處理。劉易士(C. I. Lewis)和朗福德(Langford)開拓了種種有關邏輯模態的領域；馮・萊特(von Wright)開拓了有關義務模態的領域；普賴爾(Prior)則開拓了有關時態邏輯的領域。在每一個領域都有各種相互競爭的系統齊頭並進；到了1970年代晚期，單單在命題模態邏輯(propositional alethic modal logic)領域的文獻中，就有超過二百種公理化系統存在。

這些相互競爭的系統應如何評估？克里奇(Kripke)的模態邏輯語意學對此頗有助益。克里奇語意學事實上把模態運算詞當作遍及可能世界的量化詞來處理。例如，A 在某個世界中必然為真，若且唯若A在從該世界可進入的所有世界中都為真。克里奇顯示了某些普通公理系統是由可進入性關係加上簡單的條件所產生的。他的工作導致對應理論(correspondence theory)的產生，此理論專門研究模態公理和施加於模型之上的條件之間的關係。它有助於哲學家和邏輯學家去理解在選擇某種模態邏輯時所存在的問題，並產生了是否存在著某種真正的模態邏輯的問題。由於涉及到可進入性關係的某些屬性的緣故，模態用語可能是含混的，或是不確定的。可能世界則另外引起了本體論和認識論的問題。

模態與時態在日常語言中似乎是粘在一起的，然而，試圖把時態邏輯和模態邏輯融為一體的做法為時尚短。時態對語言之內和語言之外脈絡的敏感性，對於用運算子展現時態的規畫投下了陣陣疑雲。坎普(Kamp)即在萊辛巴哈(Reichenbach)早期工作基礎上，以事件的結構去展現動詞的時態和方面。

真(Truth)　塔斯基(Tarski)的真理論顯示，我們可以為特定語言歸納式地定義「真」。不過，根據塔斯基的假設，能夠指涉其本身語句的語言則無法給予這種定義——因為它們會導致說謊者悖論和其他悖論的產生。塔斯基總結說，為了給某種語言賦予語意，我們必須升至更強有力的後設語言上。不過，克里奇等人則顯示，如果我們放棄二值性或將真值謂詞視為索引詞(indexically)，就有可能在允許自我指涉的語言中定義「真」這個謂詞。

高階邏輯(Higher-order logic)　一階謂詞邏輯只允許量化詞涉及個別的東西。高階邏輯則允許量化詞量入謂詞的位置(predicate positions)。自然語言似乎是允許這種量化詞的：「瑪麗有約翰欣賞的每一種品性」。此外，數學也可以被優雅地表述在高階邏輯中。舉例而言，皮亞諾(Peano)算數和哲梅羅-弗蘭克爾集合論(Zermelo-Fraenkel set theory)在一階邏輯中需要無限公理，但它們在二階邏輯中則可以被有限地公理化——同時在二階邏輯中它們的所有模型都是同構的。

因為高階邏輯對屬性和關係加以量詞限定，它們似乎承認柏拉圖主義。數學可以化約為高階邏輯；蒯因(Quine)因此結論說後者並非邏輯。高階邏輯最自然的語意論似乎預設了對屬性和關係的理解。這種語意論也迥然有異於一階邏輯的語意論。與集合論一樣，高階邏輯的語意論是不完全的(incomplete)；它也不是致密性的(compact)。這導致了有關邏輯之範圍的問題。邏輯必定可以公理化嗎？發展一種足以證明每一種有效論證之有效性的邏輯系統是可能的嗎？可不可能一個有效的論證具有無限多的前提，而用其中任何有限多的前提所做出的論證都是無效的呢？

藉某個運算子形成源自謂詞的抽象語彙(abstract terms)，我們就可以很容易地在高階邏輯中表述悖論。羅素(Russell)和懷德海(Whitehead)正是出於這一原因而採納了類型理論(type theory)，該理論與塔斯基的真理論一樣，運用了無限的分層結構和相應的句法上的限制以求避免悖論。不拘類型的理論(Type-free theories)則透過拒絕二值關係或通過索引式地理解抽象化運算子的方式，來避免悖論。

參見 formal logic 形式邏輯；free logic 自由邏輯；modal logic 模態邏輯；relevance logic 相干邏輯；tense logic 時態邏輯；type theory 類型論

D.Bo.撰　王文方審訂

philosophy of mathematics　數學哲學　研究由數學內容和實踐引起的本體論問題和知識論問題。這一領域當前研究的題材是由批判性的發展演化而來，特別值得注意的有畢達哥拉斯主義(Pythagoreanism)的崩潰、近代微積分的發展，以及二十世紀早期的基礎性危機。這一危機迫使數學家和哲學家檢查數學的方法和預設條件。

希臘數學(Greek mathematics)　代表早期希臘論證性數學發展高峰的畢達哥拉斯派相信：所有科學上的關係可以用自然數(1, 2, 3 等)或自然數之比來度量，這樣，他們假定存在度量空間、時間及運動的離散的原子單位。無理量的發現，破壞了上面第一項主張。芝諾(Zeno)的悖論表明：第二項主張和空間可無限分割的自然預設互相矛盾。古希臘人的回應基本上被編入了歐幾里得(Euclid)的《幾何原本》(*Elements*)，包括了柏拉圖(Plato)把數學與經驗科學分開，以及在數學領域裡把數論——研究離散有序的實體——與研究連續體的幾何學區別開來。歐幾里得追隨亞里斯多德(並應用歐多克索斯〔Eudoxus〕改善了的方法)，證明中只用「潛無限的」幾何學和算術程序。《幾何原本》的公理形式及其建構性的證明，立下了未來數學的規範。而且，它對視覺直觀的依賴(其後邏輯推理的罅隙已由阿基米德〔Archimedes〕看出)，連同歐幾里得的(關於平行線的)第五公理的挑戰，以及著名的懸而未決的圓規和直尺做圖的問題，成為後世數學家的研究主題。

微積分(The calculus)　在歐幾里得之後兩千年，我們才看到了新的分析工具(例如，笛卡兒〔Descartes〕的幾何學)，把算術上的考慮與幾何學上的考慮結合起來，並可以操弄無窮小。這些，連同物理學應用的需求，誘使數學家拋棄了古希臘的二分法。隨著牛頓(Newton)和萊布尼茲(Leibniz)(幾乎同時)發現微積分的強有力的計算方法而日益發達。微積分的計算方法使得物理科學以前所未有的方法得到統一，但是，這些方法對不明確的無窮小時空增量觀念的依賴，使其哲學基礎愈發動搖。例如，柏克萊(Berkeley)因微積分的非直觀性而譴責微積分。然而，此時，新方法的力量激起顯明的保衛反應。特別是康德(Kant)試圖以直觀作為新數學的支撐點。他聲稱，數學家以對時空的「純直觀」來構建其對象。這些數學上的對象是超驗的理想的經驗對象的先驗形式。在康德看來，結合知識論上的經驗主義與本體論上的唯心主義解釋了數學在物理學上的應用，這樣就賦予數學過程「客觀有效性」(即科學的合法性)。

十九世紀的兩個進展徹底切除了這種康德式的建構主義，而支持了更抽象的數的學概念圖像。首先，波里艾(Jànos Bolyai)、高斯(Carl F. Gauss)、黎曼(Bernhard Riemann)、羅巴切夫斯基(Nikolai Lobachevsky)及其他人提出不發生矛盾的非歐幾里得幾何學，消除了康德式的單一先驗空間科學情景，並再一次在純數學與其在物理上的應用之間造成裂縫。其次，康托(Cantor)、戴德金(Dedekind)把實數(即，連續體的元素)定義為無理數(最終推至自然數)的無限集合。這樣，他們把數學建立在無限集合及自然數的概念基礎之上。康托的集合論使得無限集合概念成為嚴格的數學概念；而皮亞諾(Peano)和弗雷格(Frege)(兩人都鼓吹通過使用形式語言達到嚴密性)使得自然數的概念成為嚴格的數學概念。皮亞諾把數論公理化，而弗雷格從本體論上把自然數化約為集合(純邏輯概念外延的集合)。弗雷格的柏拉圖主義式的觀念，把數看做不可直觀的對象，以及數學真理是從純邏輯定義分析得來——邏輯主義論點——都是高度反康德的。

基礎的危機與運動(Foundational crisis and movements)　但反康德主義有其自身的問題。首先，克羅內克(Leopold Kronecker)(追隨迪瑞西黎特〔Peter Dirichlet〕)想把數學最終化約到算術，以教條式的立場攻擊康托的抽象集合論。更糟的是，內在矛盾的發現正好挑戰了抽象基礎的一致性。這些矛盾中最著名的是羅素(Russell)的悖論(所有不是其自身元素的集合的集合，既是該集合的元素，又不是該集合的元素)，它削弱了弗雷格的基本假設，也就是說否定了每一個良構的概念都有一個外延。這是一個全面性的危機。羅素本人(連同懷德海〔Whitehead〕)通過組織集合的整體成為有級別的層系，使得任何一個集合都不能成為其自身的元素，從而維護了邏輯主義的基本方法。(這就是類型論)然而，危機促進了兩個明顯是康德式的基礎方案。第一個方案，即希爾伯特(Hilbert)方案，試圖保證數學的「理想」(即，無窮性)部分，其方法是把數學的「理想」部分形式化，進而證明作為結果的形式體系是有限性理論的保守外延(從而也是一致的)。既然除了簡單數字計算——有限性論證——之外，這一證明本身未使用更複雜的方法，整個後設數學的方案就歸屬於數學的未染污(「實質的」〔contentual〕)部分。有限性論證是想更新康德建立在直觀基礎上的知識論，希爾伯特的一致性證明就模擬康德的客觀有效性概念。第二個方案是布勞爾(Brouwer)的直觀主義，他放棄了形式化方法，因而，不僅從知識論上是康德式的(把數學推論建立在對時間的先驗直觀基礎之上)，而且從本體論上也是康德式的。直觀主義通過時間上有次序的意識行為來形成自然數和實數。特別是實數，起源於選擇序列，而選擇序列利用了布勞爾知識論上關於開放的未來的假設。

這些基礎的運動最終都失敗了。類型理論需要臨時性的公理來表達實數；希爾伯特方案因哥德爾定理(Gödel's theorems)而栽觔斗；而直觀主義只能站在邊緣的位置，因為它放棄了古典邏輯學及制式的數學。不過，這些運動的遺產——其形式化方法，甚至其哲學議題——仍成為現代對數學本體論和知識論研究的特性。例如，集合論(雖然最近受到範疇論的挑戰)是現代數學的通用語言。形式語言及其精確的語意學，普遍存在於技術性和哲學性的辯論中。甚至連直觀主義的數學都形式化了，而杜米特(Michael Dummett)把其本體論上的唯心主義重新鑄造為語意學上的反實在主義，這種反實在主義把真理定義為有根據的可斷言性。貝納塞拉夫(Paul Benacerraf)在類似的語意學脈絡裡建議，希爾伯特的研究方法所帶來的哲學問題，是它不能為數學中所謂理想的和實質的部分，提供一個均勻的實在的(即，指謂的，非知識上的)語意學；而柏拉圖主義的問題是其語意學使得它的對象不可知。

本體論問題(Ontological issues)　從近代觀點來看，最簡單的實在主義就是徹頭徹尾的柏拉圖主義，它把由「獨立的」物件組成的標準模型分配給一階語言(即，量詞約束物件而不約束性質)表達的古典理論。但實際上，實在主義在每一環節都允許變異。首先，羅文漢-斯科倫定律(Löwenheim-Skolem theorem)表明，形式化理論可以有非標準的模型。存在有擴充性的非標準模型：例如，羅賓森(Abraham Robinson)用皮亞諾(Peano)公理的無窮非標準模型嚴謹地重新導入無窮小。(無窮小在這樣的模型裡大致就是無限的倒數。)也存在「建構式的」模型，其物件必須是明確可定義的。斷言式的理論(導源於龐卡黑〔Poincaré〕和韋爾〔Hermann Weyl〕)用階段式的方法下定義，每次只指謂先前已定義過的物件，就是一種「建構式的」模型。哥德爾的可建構集合總體，允許較寬鬆的定義法，以便給像選擇公理這種非構造性公理建立模型，它可作為另一類「建構式的」模型的例子。但也有其他觀點(各種形式的結構主義)根本否認形式理論有唯一的標準模型。這些觀點——肇因於其實戴德金(Dedekind)已意識到的，存在多樣的對形式算術等效的實現這一事實——允許數學理論刻畫一族廣泛的模型，而否認屬學詞項有唯一的指謂。最後，某些實在論的進路提倡用二階語言來做形式化，而有些進路完全避開普通語意學，寧可改用可替換量詞(這些方法仍是實在論的，因為它們仍然把真理與知識區分開來)。

嚴格的有限主義——由維根斯坦(Wittgenstein)更嚴格的知識論限制引起的——甚至拒絕接受布勞爾承認的對未來開放的物件，僅僅支持有限的(或甚至僅僅「可及的」)物件。另一方面，馬可夫(A. A. Markov)及其在俄國的學派，採用了一種算法的語法概念。他們從這種概念發展出「建構性分析」領域。美國數學家比夏普(Errett Bishop)類似布勞爾，從數學實在主義和嚴格的形式進路中脫離開來，用非形式的建構性框架，重建了大部分的古典分析。

所有這些方法都假定抽象的(即，因果上孤立的)數學物件，這樣，它們就難以解釋數學(結構性的或其他方面)在經驗科學裡的廣泛應用。有一種反應，即蒯因(Quine)的「不可或缺」觀點，把數學理論整合入經驗科學的網絡中。在蒯因看來，數學對象——正如普通的物理學的對象一樣——它們的存在僅僅因為它是我們最好的科學理論術語所指的東西。相比之下，菲爾德(Hartry Field)否定有任何抽象的對象存在，他也否定有任何純數學的斷言確實為真。菲爾德試圖用沒有數學詞項的關係語言來重鑄物理科學，並進而用希爾伯特式的保守的外延結果來解釋抽象數學的效用。帕特南(Hilary Putnam)和帕森斯(Charles Parsons)分別主張，數學沒有專屬其自身的對象，而是它只關注物理建構的可能性。最近，希爾曼(Geoffrey Hellman)把這種形式方法與結構主義結合起來。

知識論問題(Epistemological issues)　在 1930 年代證明了幾個對可計算性的不同描述，其實與初等算術裡描寫的推理等價，導致丘奇(Church)建議：有限性論證的概念已經精確地做出定義。丘奇的論題(由克林尼〔Stephen Kleene〕所命名)激發克萊瑟爾(Georg Kreisel)(在 1960 及 1970 年代)對精確分析其他非形式哲學概念的一般條件進行研究，類似這樣的哲學概念有：語意學結論，布勞爾式的選擇序列，以及集合這個概念。費弗曼(Solomon Feferman)最近曾建議，這種逐段的概念分析在數學裡本來已有。正是這種工作而不是任何廣泛的基礎才是基礎研究的真正任務。根據這一精神，現代證明論裡的相對一致性論證(一種希爾伯特方案的延續)，提供了關於各種數學理論知識論基礎的訊息。一方面，這種證明使一個看來有問題的數學理論，成為另一個更有把握的理論的保守的外延，因而為前者提供了某些知識論上的支持。另一方面，古典的數論相對於直觀主義的數論是相容的，這一事實表明(異於希爾伯特的期望)，希爾伯特的建構性推論觀點必然不同於直觀主義者的觀點。

哥德爾並不相信，數學需要與經驗知覺綁在一起。然而他建議，對於數學直觀我們應當有一個特別的非知覺性的官能，經過適當磨練後，能夠幫助我們判定在形式上獨立的集合論命題，以及數學的其他分支裡的命題。相比之下，帕森斯檢查了數學推論中類似知覺的直觀的地位。帕森斯已研究了由準具體的對象(比如，數碼和其他符號)組成的算術模型及集合論模型。其他人(與帕森斯的某些觀察相一致)曾對數學直觀做出了胡塞爾式(Husserl-style)的現象學分析。

弗雷格的影響促進了邏輯實證主義者和其他哲學家們，把數學知識看成是分析的或約定俗成的。龐卡黑回應說數學歸納的原則不可能是分析的，而維根斯坦也抨擊這種約定俗成主義。近年來，各種形式獨立的結果和蒯因對分析性的抨擊，已經激勵了哲學家和數學史家們把注意力集中在不是從概念分析或嚴密的形式證明中產生的數學知識的事例上。某些人(特別是斯坦納〔Mark Steiner〕和基契爾〔Philip Kitcher〕強調經驗的發現和數學的發現之間的相似性。他們關注的是數學中的概念演化，和由個別例證支撐的數學推廣事例。基契爾特別討論了數學中的公理化和理論的統一性之間的相似性。邁迪(Penelope Maddy)研究了接受各種集合論公理的內在數學根據。更普泛而言，拉卡托斯(Imre Lakatos)認為大部分數學領域的進步都由猜想、反駁和證明形成的概念伸展過程所產生。這種見解導致了一場歷史爭執的產生，即認為上述數學中的批判進展是否代表著孔恩(Kuhn)式的革命乃至危機，或它們只是均勻發展科學中的自然而然的概念進步。

參見 calculus 微積分學；Gödel's incompleteness theorems 哥德爾不完備定理；Hilbert's program 希爾伯特計畫；logicism 邏輯主義；mathematical intuitionism 數學直觀主義；set theory 集合論

C.J.P.撰　李國偉審訂

philosophy of mind　心靈哲學　心靈哲學是哲學的一個分支，它包括心理學哲學、哲學心理學，以及關於心靈現象的本質和它們是如何與實在界因果結構相符合的形上學。作為科學哲學一個分支的心理學哲學，專就心理學對於心靈現象的看法進行檢討。心理學哲學檢查心理學理論的某些面向，如其所使用的模型、所提供的解釋，以及所提出的法則等等。心理學哲學也檢查心理學如何與社會科學和自然科學相結合。哲學心理學則探討常民心理學，亦即關於心靈現象的常識的和前科學的見解總體。這種探索較為系統化且企圖提煉常民心理學中有關概念化活動、記憶、感知、感覺、意識、信念、欲想、意向性、推理、行為等等的看法。心物體問題是心靈哲學中一個核心的形上學問題，該問題探討心靈現象是不是物理現象，如果不是，它們又是怎樣與物理現象相連結的。心靈哲學中其他的形上學問題包括是否有自由意志的問題、個人同一性的問題，以及像癲狂和自欺這種非理性現象是如何可能的問題。

心物二元論(Mind-body dualism)

笛卡兒式的二元論(Cartesian dualism)　儘管在柏拉圖(Plato)那時便有了靈魂與身體截然不同的教條，且一直在哲學史上得到討論，但笛卡兒(Descartes)還是被認為是現代心物問題之父。他堅持認為物理世界的本質是空間中的廣延。心靈這樣的一種實體，它不在空間裡廣延，因此不同於任何物理實體。心靈實體的本質在於思考。這一二元性的觀點被稱為笛卡兒二元論。笛卡兒很清楚地意識到了心與腦之間的緊密的聯繫(須知，並沒有任何先驗的理由讓我們認為心腦密切相連，亞里斯多德〔Aristotle〕就沒有將二者聯繫起來)。笛卡兒(錯誤地)認為心腦連結點是在松果腺那裡。他堅持認為我們的心靈不是我們的腦，我們的心靈缺乏空間位置，並且在我們死後和我們的身體消滅後仍繼續存在。

笛卡兒二元論引來了一個問題：是什麼連結我們的心靈和腦呢？笛卡兒的答案是因果關係：我們的心靈狀態是和我們的腦狀態因果地互相影響。諸如疼痛、騷癢這些身體感覺之所以使得我們哭笑抓撓，是因為它們因果地產生某種腦狀態(事件、過程)，腦狀態又反過來導致身體運動。在深思熟慮的行為裡，我們按照我們的欲想、動機和意向，將我們的目的實行出來；這些心靈狀態的實行又會引起相關的腦狀態，腦狀態反過來又使得我們的身體運動，從而(因果地)影響物理世界。物理世界呢，又反過來透過我們的腦而影響我們的心靈。對物理世界的五種感知——視、聽、嗅、嘗、觸——都與從物理世界到心理世界的因果轉換有關：我們所感知的事物(看到的、聽到的等等)都會引取感官經驗(視覺經驗、聽覺經驗等等)。所以笛卡兒認為有雙向的心物因果互動：從心靈到物理(如有意行為)和從物理的到心靈(如感知)。笛卡兒二元論的設想和雙向心物因果的觀點被合稱為笛卡兒互動論。

關於這種觀點，最受爭議的問題也許是：一個非空間的實體(心靈)狀態怎能與一個處於空間中的實體(腦)狀態互為因果呢？這樣的互動在許多哲學家看來是十分神祕的。同樣神祕的是，一個不廣延的心靈竟會位於空間中的某個點上(即松果腺的中心)。笛卡兒互動論還說，心與腦的狀態之間的因果關係是根本的，即沒有任何的中介機制。腦狀態會與心靈狀態因果互動，但它們是如何做到這一點的，卻沒有答案。心腦之互相影響只是基本的事實。但許多哲學家，包括笛卡兒同時代的許多人，卻發現很難去接受這一理論。

平行論(Parallelism)　馬勒布朗士(Malebranche)、萊布尼茲(Leibniz)等人拒絕接受心物互動的可能性。他們提出了平行論的看法：認為心理和物理領域平行地各行其是，某類心靈現象會與某類物理現象一起發生，但它們彼此之間卻絕無因果互動關係。所有已知的平行論都認為，心物現象之所以平行發生，是因為上帝創造的緣故。萊布尼茲所提出的平行論是所謂的先定和諧說。根據這種觀點，某類心靈現象之所以和某類物理現象一起發生的原因在於：在上帝實現出來的可能世界(即現實世界)裡它們是一起發生的。在討論心靈與物理領域的關係時，萊布尼茲用了「同步但無關的兩個時鐘」類比。然而這一類比卻多少具有誤導性。人們會以為在每個時鐘內部自有其因果機制：所以這類比似乎是在暗示說儘管沒有心物之間的互動，卻有心內的和物內的(因果)溝通。但是萊布尼茲的單子論排除了這種溝通的可能性：心靈的和物理的現象即使是在它們各自的領域之中也沒有因果關係。馬勒布朗士則提出偶發論，根據這種理論，唯有上帝的行動才是萬事發生的原因：非神聖的現象則永遠也不能導致任何事。偶發論不同於先天和諧說的地方在於它認為上帝持續不斷地投入創造。在每一個時刻，上帝都令世界常新，而同時又使對應關係得以保持。

平行論的兩個分支都面臨著可怕的困難。首先，二者都依賴於極有爭議和模糊的神學假設。認為上帝存在和世界是由上帝創造的看法，這些看法本身就需要進一步地辯護和解釋。上帝與世界的關係看來至少和笛卡兒那裡的心腦之間的關係一樣神祕。其次，既然平行論否認了心物互動的可能性，它的提倡者也就必須為感知因果論和行為因果論提出一種替代的理論，或者至少得否定我們能夠感知和能夠成為具有意向的行動者。第三，既然平行論拒絕心靈內部的因果關係，它或者必須否認理性推理是可能的，或者得解釋在沒有思想之間的因果聯繫下推論是如何可能的。第四，既然平行論反對物理的相互影響，它就難以解釋一個物理事物如何會推動另一個事物：因為這會要求第一個事物導致第二個事物改變其位置。也許這些大困難沒有一個是最終不可克服的；但不管怎麼說，平行論已經被人們拋棄了。

副象論(Epiphenomenalism)　經驗研究顯示，任何腦狀態的發生在原則上都可以只用別的物理狀態來給予因果的解釋。為了與此經驗證據相適應，一些哲學家提出了「副象論」，認為只有物理狀態導致心理狀態，心靈狀態卻什麼也導致不了(這個看法，在十九世紀末時被赫胥黎〔Huxley〕和赫莒森〔Hogeson〕以「意識自動作用」〔conscious automatism〕之名加以探討。威廉・詹姆士〔William James〕是第一個使用「副象」去指謂那些沒有因果效力現象的人。詹姆士・渥德〔James Ward〕則在1903年創造了「副象論」一詞)副象論意味著，只有單向的心物關係——從物理到心靈。既然副象論認可這樣的因果行為，它因而能夠接受感知因果論。然而，如果將它和笛卡兒二元論結合起來，副象論就會和笛卡兒互動論一樣，意涵著一個有問題的論點，即一個有廣延的實體的狀態如何能夠影響一個無廣延的實體的狀態呢？副象論者可以藉著下列方法來避免這個困難：一方面否定心靈是無廣延的實體的看法，一方面認為心靈狀態與事件仍是和物理狀態與事件十分地不同。但副象論仍有其他可怕的困難所在，我們很難明白副象論要如何解釋我們是有意向的行動者。因為有意向的行動者要求基於理性來行動，而根據行動的因果論，這就是要求理性與行為之間的因果聯繫。既然副象論否認這樣的因果聯繫的可能，它就必需或者認為我們的行動主體感是幻覺，或者提出行動因果論的替代理論。同樣的，副象論也必須解釋，在思想間沒有因果關聯的情形下，我們是如何能夠思考的。

一元論(Monism)

雙重面向理論(The dual-aspect theory)　許多哲學家反對笛卡兒將實在界劃分為心靈和物理的實體的二分法。史賓諾莎(Spinoza)持有一種二元屬性論或雙重面向論，認為心物乃是同一實體(即上帝)的不同模式。事實上，史賓諾莎認為心和物只是上帝這個具有無限多模式的實體的兩個面向而已。許多哲學家則選擇了一種徹底的一元論，認為一切實在其實都是同一種類。唯心主義、唯物主義和中立一元論是一元論的三個主要分支。與笛卡兒同時代的霍布斯(Hobbes)提倡唯物主義，認為所有的事物都是物質的或物理的。柏克萊(Berkeley)的名字則常與唯心主義連在一起，該主義認為一切東西都是心靈的。柏克萊認為心物兩種現象都是上帝心中的感知。黑格爾(Hegel)的唯心主義則認為，萬物都是世界精神的部分。二十世紀早期的英國哲學家布雷德利(Bradley)和麥克塔格特(McTaggart)也持唯心主義觀點。中立一元論認為一切實在最終都是同種類的，但既非心亦非物。休姆(Hume)是一個中立一元論者，認為心靈實體和物理實體都確實只是中立實體的集束。中立一元論後來有馬赫(Mach)堅持，羅素(Russell)也一度擁護過。羅素稱他的中立實體為「感覺元」(sensibilia)，並宣稱心物客體都是由感覺元邏輯地建構起來的。

現象論(Phenomenalism)　二十世紀由艾耶爾(Ayer)和其他人所提倡的現象論認為一切經驗陳述都等同於某個與現象表象有關的陳述。雖然現象論的內容是關於陳述的，但現象論或者是中立一元論的一個分支，或者是唯心主義的一個分支，這取決於所說的現象表象是既非心靈亦非物理呢，還是心靈性的而已。不幸的是，現象論者要求將物理陳述翻譯為現象陳述的作法，被證明並不太可能成功。齊桑姆(Chisholm)說明了他們為什麼不會成功：物理事物(如一間房子裡的東西)的表象既依賴於觀察時的物理條件(如光線)，又依賴於感知者的物理情況(如感知者的神經系統的條件)。只有當某些觀察時的物理條件和某些感知者的物理情況得到滿足時，那些關於現象表象的陳述才會等值於一個有關物理事態的陳述。

唯物主義(materialism)　任何一元論都要面對兩個問題：它一定得將它所要主張的現象當作是基本的，並且它必須要能解釋基本現象是如何構成非基本現象的。唯心主義和中立一元論在這兩個問題中一個或兩個的解釋上大為不妙。由於二十世紀科學的成就，特別是物質的原子論的復活和量子力學在解釋化學，以及化學反過來解釋大部分生物學上的成功，使得許多哲學家認為唯物主義終會在唯心主義和中立一元論顯然在失敗的地方獲得成功。不過，唯物主義有許多不同類型，而各類型又各有其各自的困難。

邏輯行為主義(Logical behaviorism)　賴爾(Ryle)諷刺說笛卡兒式的主張是認為機器(身體)中住了一個靈魂。賴爾認為把心靈當作是實體的觀點，是建築在所謂的範疇錯誤之上：「心」(mind)是一個名詞，但卻不是任何東西的名字。笛卡兒式的主張混淆了有關心靈討論的邏輯與有關身體討論的邏輯。具有心靈並不是具有某種特別的實體，具有心靈只是具有某種傾向和能力而已(試比較這樣的主張：具有生命並不是具有某種諸如「生命原理」〔an entelechy or *élan vital*〕之類的實體，而是具有某種傾向和能力而已)。賴爾甚至堅持說，將心靈狀態如信念、慾望和意向性等當作是行為的內在原因是一個錯誤。他說，這些狀態只是外在行為的傾向而已。

二元論者認為我們可以懂得日常生活中的心理學詞匯(如「相信」、「慾望」、「疼痛」等)而同時又對大腦中的物理狀態和事件一無所知。為了要反駁這種二元論的觀點，有人提出了作為一種唯物主義教義之一種的邏輯行為主義來解釋這一事實。根據邏輯行為主義這種理論，關於心靈現象的談論只不過是關於現實的和潛在的外部身體行為(也就是外在行為的傾向)的談論的簡化說法。邏輯行為主義主要是在1930年代起到1960年代早期這一段時間裡得到大量討論(雖然賴爾有時被當作是邏輯行為主義者，但他並不認為所有有關心靈的說法都可以被翻譯成有關行為的說法)。

邏輯行為主義所許下的翻譯似乎是不能實現的。正如帕特南(Putnam)和其他人所指出的，一個人可以在外表上裝得比如像疼痛的樣子，而實際上卻一點也不疼；一個人也可以實際上很疼，但卻表現得若無其事或想要表現得若無其事(這個人也許癱瘓了或他是超級強悍者)。邏輯行為主義在翻譯關於羅素所謂命題態度(即，「相信p」、「想要p」、「希望p」、「意圖p」等等)的句子時遇到了相似的困難。想想下面的例子(這個例子類似於卡納普所提出者)：若且惟若某人在傾向於同意「貓在蓆子上」時他才算是相信貓在蓆子上。首先，只有在某人的同意是可以用純粹行為的方式去理解時，這個建議的翻譯才滿足純粹行為主義式的條件。但這是可疑的。這一建議也沒有提供充分或必要的條件來使人相信貓在蓆子上。某人可能同意「貓在蓆子上」但不相信貓在蓆子上；因為這個人可能試圖欺騙。甚者，只有當一個人理解了被問到的問題，並且想要指出他相信貓在蓆子上時，貓在蓆子上的這一信念才會使他傾向於同意「貓在蓆子上」。但是這些條件沒有一個是相信貓在蓆子上所必要的。此外，如果我們加入這些心理上的條件，那將會使行為主義者將信念句子翻譯為純粹行為句子的企圖變成完全不可能。

雖然邏輯主義者的翻譯計畫被放棄了，丹內特(Dennett)近年來仍提倡一個屬於邏輯主義精神的理論，即「意向性系統理論」(intentional systems theory)：有關信念或慾望這種談話的功能乃在於描述(在一個環境脈絡中的)外在行為的一般性傾向類型，以便於預測外在的行為。這種理論有時又被稱為「伴隨行為主義」(supervenient behaviorism)，這是因為它主張一個人是否有某種信念、慾望或意圖是伴隨在他外顯行為的傾向之上的：如果兩個人在外顯行為的傾向方面完全一樣，其中一個有意向性的狀態若且唯若另外一個也有。(但本觀點允許一個人意向性狀態的內容——他所相信的、想要的等等——會依環境的因素而變化。所以本觀點並不認為意向性狀態的內容是伴隨在外在行為的傾向上的。詳見以下有關內容外在主義的討論)布洛克(Ned Block)反對丹內特的觀點，布洛克認為丹內特的觀點會使我們誤將一個大的檢查表——又名「呆頭」(a Blockhead)——當成是具有意向性的主體，因為它對周邊的行為總是有著相同的行為傾向(呆頭是一種簡單的機械設置，用來檢視預先設計好的反應)。

等同理論(Identity theory)　1950年代早期，費格爾(Herbert Feigl)宣稱心靈狀態即腦狀態。他指出，如果心靈性質或狀態的類型只是法則性地與物理性質或狀態類型相連結，這樣連結的法則將會是「法則上的晃蕩者」(nomological danglers)，因為這樣的連結既無法被化約為物理法則，也無法被化約為其他基本的法則。根據等同理論，這些連結法則並不是基本法則(也不是法則上的晃蕩者)，因為它們可以被將心靈與物理性質等同的方式來加以解釋。

在 1950 年代後期和 1960 年代早期，哲學家思馬特(J. J. C. Smart)和心理學家普雷斯(U. T. Place)為唯物主義感知等同於腦過程的觀點辯護。思馬特宣稱，儘管有關心靈狀態的術語在含義上異於物理學述語，科學研究卻揭示出它們有共同的指稱(比較如下事實，儘管「晨星」和「暮星」含義不同，經驗研究卻顯示它們有同一個指稱，即金星)。他們兩人共同宣稱，比如疼痛感就是某種腦過程，至於是哪一種腦過程則可以用科學研究來加以決定。思馬特宣稱，感覺語言可以被翻譯為主題中立的語言，亦即那種並不預設感知是心靈或物理狀態的語言。比如，「我有一個桔子的殘像」可被解釋為「某事正在我面前進行，它跟我張開眼睛、清醒著、並且有一只桔子在我前面被光照著時很相像；簡單地說，正在我前面進行的事與我真正在看到一只桔子時所發生的一樣。」這個描述是主題中立的，因為它並沒有預設說在我前面進行的事是心靈的還是物理的。思馬特宣稱，科學研究會揭示說，這個主題中立描述的事物其實是一個腦過程。他認為，諸如「疼痛是C神經發動」這種心理學上的等同命題是偶然的，就跟諸如「閃電是電子釋放」這樣的命題一樣，它們都只是偶然的真理，我們唯有通過經驗的研究才能夠知道。

中央神經系統狀態唯物主義(Central state materialism)　唯物主義的這一分支在 1960 年代後期和 1970 年代早期得到阿姆斯壯(David Armstrong)等人的辯護。根據這種理論，心靈狀態是傾向於引起一些特定行為的某種狀態。中央神經系統狀態唯物主義者認為，科學研究顯示這些狀態就是中央神經系統的狀態。因此，根據這種理論，一切心靈過程都偶然地等同於中央神經系統的狀態。與邏輯行為主義不同，中央神經系統狀態唯物主義並不認為有關心靈狀態的語句可以被翻譯成有關物理狀態的語句。與邏輯行為主義和意向性系統理論不同，中央神經系統狀態唯物主義認為心靈狀態事實上是能夠產生因果結果的內在狀態。但與笛卡兒互動論不同的是，它認為心物互動只是物理的因果互動。

某些中央神經系統狀態唯物主義者此外還堅持認為心即腦。但如若心即腦，大腦中的一切變化都是心靈中的變化，但事實似乎不是這樣：並非大腦中的一切變化都是心靈中的變化。還有，腦一旦死亡，心靈就會停止存在，但大腦並未停止存在。今天絕大多數唯物主義者從這裡得出的教訓是，心靈不是任何物理的實體，因為它根本就不是任何實體。擁有心靈並不是擁有一個特殊的實體，而是擁有一定的能力——去思想、去感覺等等。就此而論，賴爾是對的。不過，中央神經系統狀態唯物主義者堅持認為正常功能的腦乃是心靈能力的物理基礎，認為心靈能力的運用是一種腦過程，以及認為心靈狀態就是可導致行為的腦狀態。

有人對中央神經系統狀態唯物主義提出了一些認識論上的反對意見。我們擁有自我意識：我們有特殊管道知道我們的心靈狀態。這種特殊途徑確切為何，它是不是內省，人們對此有所爭議。但在許多哲學家看來，我們對自己的心靈狀態的特權在於它只對我們自己開放，但我們對自己的中央神經系統卻沒有相同的特權。我們對自己的中央神經系統狀態的理解，是跟我們對別人的中央神經系統狀態的理解有著一樣的途徑。因此，某些人宣稱說，恰好和中央神經系統狀態唯物主義及等同理論所說的相反，心靈狀態不可能是我們的中央神經系統的狀態。

羅逖(Rorty)堅持認為我們對心靈狀態的特權途徑蘊涵著我們對心靈狀態有不可根除的知識。由於他對於將這種特權途徑以唯物主義方式去理解的作法感到失望，羅逖因此提出所謂的排除式唯物論(eliminative materialism)，也就是事實上沒有心靈現象的主張。但較為普通的唯物論反應則是否定我們對心靈狀態的特權途徑蘊涵著我們對心靈狀態有不可根除的知識，並堅持說特種特權途徑與唯物論不是不一致的。有些唯物論者堅持說，儘管有些心靈狀態的類型(比方說，感知)是神經系統狀態的類型，但我們只有透過經驗研究才能知道它們是同一類型。假設疼痛是一個神經狀態 N，我們只能後驗地知道疼痛是N為真。通過特殊途徑，一個人相信他是在一種疼痛的狀態裡，但不是相信他是在一個N狀態裡。一個人能夠相信他是在一種疼痛狀態裡而不相信他是在一個N狀態裡，那是因為疼痛的概念不同於 N 概念，儘管如此，疼痛仍是 N(比較如下事實：儘管水是 H_2O，水的概念卻異於 H_2O 的概念。所以，儘管水是 H_2O，一個人卻可以相信杯裡有水而不用相信杯裡有 H_2O)。特殊途徑概念性地將 N 呈現為疼痛，卻從來不會將 N 概念地呈現為神經狀態。特殊途徑與我們的心靈概念的運用有關，而與我們的神經性概念運用無關。然而，我們的心靈概念和我們的神經生理學概念一樣都可以用來說明某些屬性(或狀態類型)。

等同論和中央神經系統狀態唯物主義都認為心物的性質和之間的等同是偶然的。在這一傳統中，有些理論家試圖將理論的等同與嚴格的等同區分開來。他們認為心靈狀態是理論地而非嚴格地等同於腦狀態。S.克里奇(Kripke)對此提出了異議。他論證說，等同性是形上學上必然的，兩個等同的東西在任何可能世界裡都是等同的。若 A = B，則必然地 A = B。克里奇承認有些等同的陳述是偶然陳述。但這樣的陳述，他論證說，其中至少有一個詞不是嚴格的指稱詞，即一個在一切世界裡都指稱同一個事物的詞。所以，既然「雙重焦點透鏡的發明者」不是一個嚴格的指稱詞，「富蘭克林〔Benjamin Franklin〕是雙重焦點透鏡的發明者」就是偶然的等同陳述；儘管富蘭克林事實上是雙重透鏡的發明者，他卻有可能不是。然而，克里奇論證說，只具有嚴格指稱詞的等同陳述是形上學地必然的為真(如果它是真的話)。克里奇認為專有名詞是嚴格的指稱詞，所以，「西塞羅是圖裡」(Cicero is Tully)這個真的等同陳述是形上學地必然為真的。儘管如此，克里奇認為一個形上學地必然等同的陳述只能被後驗地知道或證實。確實，「西塞羅是圖裡」是後驗地為人所知和確證的。克里奇認為「水」和「H_2O」二者都是嚴格指稱詞：二者都在一切可能世界裡指稱同一種物質。儘管「水是 H_2O」不是被先驗地知道的，水是 H_2O 卻是形而上地必然的。在克里奇看來，任何心物等同陳述如果使用嚴格指稱詞且為真，便也就是形而上地必然為真。

中央神經系統狀態唯物主義認為心靈性的概念其實等於某種描述性的概念，而其描述的內容是：這個狀態在如此這般的情形下容易引起如此這般的行為。這些描述性的內容賦予意義給心靈性的概念，而不只是偶然地固定其指稱而已。這些心靈性的概念並不是嚴格指稱詞。所以，看來中央神經系統狀態唯物主義者可以同意，等同陳述，如果是真的話，便是形而上地必然為真；但他們也可以堅持說，心物等同的陳述只是偶然的等同陳述，因為其中所使用的心靈性語詞並不是嚴格指稱詞。但克里奇論證說，我們的感覺和其他心靈性質的概念並不是這種描述性的概念。「痛」(pain)這個詞，他堅持說，是嚴格指稱詞。如果我們可以用物理或其他中立的語詞成功地將心靈概念功能性地分析掉，我們就可以反駁掉克里奇的立場。但問題是，這樣一種成功的分析從來就沒出現過(詳見以下有關意識的部分)。

唯物論者可以贊同克里奇說「痛」這個詞是嚴格指稱詞，說「疼痛是C神經發動」如果為真則必然為真，並且說「疼痛是C神經發動」是後驗地為我們所知。但克里奇對這種唯物論提出了一個可怕的問題。克里奇指出說，如果一個陳述是形上地必然為真，但卻是後驗地為我們所知，它們看起來像是偶然為真這件事，便需要一個有力的解釋。「水是 H_2O」儘管必然為真，看起來卻像偶然為真。根據克里奇，我們可以用下列方式解釋這個表象：我們可以一致地想像有一個世界，在那裡有一種東西，它具有水的一切表面特性，故而是水的一個「認識論對應物」(epistemic counterpart)，但它並不是 H_2O。我們能夠邏輯一致地想像這樣的認識論對應物這一事實，解釋了為何「水是 H_2O」看來是偶然的。但克里奇宣稱，這種解釋對一個像「疼痛是C神經發動」這樣的命題並不適用。

原因在於疼痛的認識論上的對應物、具有疼痛的一切表面屬性的對應物，就是疼痛。某些東西可以看起來、聞起來、嘗起來像水，但卻不是水。但感覺起來像痛的東西就是痛：痛就是痛的感覺。與此相反，我們可以解釋像「水是H_2O」這樣的說法顯然是偶然性的，因為水不是由它的現象上的屬性構成；我們對水的概念允許它有一種「隱藏的本質」(hidden essence)，即一種本質性的微觀結構。如果克里奇是正確的，則任何堅持認為關於身體感覺類型和物理狀態類型的等同性命題都是形而上地必然但卻是後驗的知識的人，都必須對我們提供一個與前述水的例子不同的解釋，而這是一個可怕的挑戰(在最後有關意識的那一節中，我們將簡略提出一些唯物論者對克里奇的答覆)。

屬性和狀態類型的等同是富有爭議的問題。儘管水的概念異於H_2O的概念，但宣稱水即是H_2O卻是可信的。然而，與屬性或狀態類型等同有關的問題，卻遠比與實體類型的等同有關的問題有爭議得多。對屬性或狀態類型來說，並沒有一個被普遍接受的「非複制原則」(non-duplication principles)存在——用大衛・K・路易士(David Lewis)的話說(A的非複制原則是說並不存在兩個在某個方面完全一樣的A；比如說，不存在有兩個完全一樣元素的集合)。人們普遍否認，沒有兩個屬性能被完全相類似的東西占有。兩個屬性能被同一個東西占有；同樣，兩個狀態類型能夠發生在相同的時空域。即使認為心靈概念異於物理概念，要決定心靈狀態類型是不是物理狀態類型，必須先解決狀態類型的非複制原則這一富有爭議的話題。

個例物理主義與類型物理主義(Token and type physicalisms)　個例物理主義與類型物理主義有別。前者認為一切個體都是物理的；後者則認為一切實體類型或種類都是物理的。所以，等同論和中央神經系統狀態唯物主義都是一種類型唯物主義的論點，因為它們蘊涵說心靈狀態類型是神經狀態類型。類型物理主義蘊涵個例物理主義：如果我們假定前者，由於每一個個例都屬於某一類物理類型，所以個例——個例地等同於一個物理類型的某個個例。但個例物理主義並不蘊涵類型物理主義；個例物理主義對是否每一個物理個例都屬於某個非物理類型這個問題是持開放態度的。有些唯物主義或物理主義者反對類型物理主義，卻贊成個例副象論。

非化約的唯物主義(Non-reductive materialism)　非化約的唯物主義是這樣的一種主張，它蘊涵個例物理主義但卻否定類型物理主義，且否定心靈類型(屬性等等)可被化約為物理類型。這種觀點至少從十九世紀晚期成了討論的主題，並且在二十世紀的頭四分之三時間裡屬於討論的焦點。英國哲學家列威斯(George Henry Lewes)、亞歷山大(Samuel Alexander)、摩根(Lloyd Morgan)、布洛德(C. D. Broad)都認為某種非化約性的唯物主義是可信的。他們堅持或同情這種觀點，即每種實體都完全是由物理粒子所構成的，正常功能的腦是心靈能力的性質的位置，以及個別的心靈狀態(事件、過程等等)是個別的神經物理狀態(事件、過程等等)。然而，他們也持有或者至少認為如下觀點是可信的，即心靈能力、屬性等等是由物理的潛能、屬性等等所「突發」(emerge)出來，因而不可被化約成物理的潛能，屬性等等。列威斯創造了「突發」(emergence)一詞，而這種觀點則被布洛德稱為突發唯物主義(emergent materialism)。突發唯物主義者認為連接心靈屬性與物理屬性的法則是不可被化約的(這些法則是費格爾所謂的「法則上的晃蕩者」)。

戴維森(Donald Davidson)的不規則一元論是非化約唯物主義的當代分支。他明確地闡述了這一唯物主義對事件的論點；他的不可化約性論點嚴格地侷限於意向性的心靈類型上——即相信、渴望、傾向等等。不規則的一元論說，每一事件個例都是物理的，但意向性的心靈謂詞(表達命題態度的)和概念則不能藉著定義或法則被化約為物理的謂詞或概念。他為這一不可化約論點給了一個原創性的論證。他說，心靈的謂詞和概念是受理性的構成原則所控制的，但是物理謂詞和概念卻不是這樣被控制的。此一差異排除了將心靈謂詞和概念化約為物理謂詞和概念的可能性。此外，他還否認存在著嚴格的心理學的和心理生理學的規律。他將此一論點和他的不可化約性論點合稱為心理的不規則主義原則。戴維森對個例唯物主義的論證訴諸於心理的不規則主義原則，也訴諸於所謂的因果法則性原則，即當兩個事件有因果聯繫時，它們會遵守嚴格的規則。他說一切嚴格的規則都是物理的。從一切嚴格的規則都是物理的這個宣稱，以及因果法則性原則的宣稱，我們可以推論出：作為因或果的每一事件都是一個物理事件。根據這種觀點，心物因果只是物理事件之間的因果而已。西弗(Stephen Schiffer)也堅持一種非化約唯物主義，他稱之為「本體論的物理主義和句子的二元論」：每一個個別的事物都是物理的，但心理的真理是不能被化約為物理的真理的。

非化約的唯物主義預設了心靈狀態(事件)的個例能被歸到物理狀態類型之下，且被當作物理狀態類型的個例。這一預設是有爭議的，而且沒有一個不受爭議的有關狀態個例的非複製原則可以解決這一問題。然而，假設心靈狀態的個例實際上是物理狀態的個例，而心靈狀態的類型卻不是物理狀態的類型，那麼，有關心靈狀態的類型如何能與物理狀的態類型相關聯這一問題仍有待解決。假設某個物理個例 x 屬於一個心靈類型 M(比如，相信貓在蓆子上這一信念)，另外一個物理個例 y 不屬於心靈類型 M。由於 x 是，而 y 不是屬於 M，在 x 與 y 之間必定有某種差異存在。否則的話，說 x 是，而 y 不是屬於 M，便只能是一個簡單的事實，但這聽起來並不可信。說某些物理狀態的個例屬於某種心靈類型只是一種簡單的事實，這只會使我們剛才所談的 x 與 y 的差異變成不可理解。但若它不是一個簡單事實，就應該有對於為何某個物理狀態個例是某類心理狀態類型的解釋。非化約的唯物主義者必須給我們一個不蘊涵心物化約的解釋，而這似乎不是一件容易的事。

此外，即使非化約的唯物主義能夠宣稱說，心靈狀態之所以是原因，是因為它們是產生物理結果的物理狀態，但心靈狀態類型是不是與因果關係有關仍是一個問題。假設一切狀態都是物理狀態。如果每當物理狀態因果性地互相影響時，它們之所以能夠如此是因為屬於某種物理類型，則只要有狀態因果性地互相影響，它們之所以能夠如此都是因為屬於某種物理類型使然。這產生了下面的問題：是否狀態可以因為它們屬於某種心靈類型而成為原因。類型副像論是這樣的一種觀點：沒有狀態能夠由於屬於某一心靈類型而產生結果。個例副像論則認為心靈狀態什麼也導致不了，因而蘊涵了類型副像論，但類型副像論並不蘊涵個例副象論。非化約的唯物主義並不需要接受個例物理主義。個例機械論可能是錯的，而類型機械論可能是對的，因為心靈狀態之可以是原因是由於屬於物理類型，而不是由於屬於心靈類型使然。布洛德提出了類型副象論的問題並討論突發唯物主義是否須接受它。宏德里許(Ted Honderich)、金姆(Jaegwon Kim)、索沙(Ernest Sosa)等人在最近幾年裡提問，非化約的唯物主義是否須接受類型副象論。馬克藍林(Brian McLaughlin)論證說，儘管心靈類型並不等同於物理類型，事件之所以成為原因是因為落於某種物理類型的宣稱，與事件之所以成為原因是因為落於某種心靈類型的宣稱並不互相矛盾。但就算是這樣吧，心靈類型與物理類型之間的關係仍需要說明。拉波(Ernest LePore)、勞威爾(Barry Loewer)、傑克森(Frank Jackson)、比提特(Philip Pettit)和亞伯羅(Stephen Yablo)等近年來企圖說明心靈類型與物理類型之間的關係，以使得心靈類型能夠具有因果上的相關性。但是否非化約的物理主義者能夠找到心靈性質與物理性質間的關係，以使得心靈類型能夠具有因果上的相關性，這仍是一個尚未解決的問題。

戴維森的不規則一元論看來像是一種雙重面向理論：有些事件能夠有兩個各自自主的方面，心靈的方面和物理的方面。然而，儘管他堅持心靈性質(或類型)不能被化約為物理性質，他仍認為事件的心靈性質依賴於它的物理性質，因為前者是伴隨(supervene)於後者之上的：沒有兩個事件是能夠在一切物理方面完全相像而在心靈方面有所不同的。這一說法將伴隨的觀念引入了當代心靈哲學。非化約的唯物主義者一般認為心靈性質(類型)伴隨於物理性質(類型)之上。但是金姆(Kim)區分了各種不同的伴隨關係，有強的也有的弱。他論證說那些太弱的伴隨關係不能用來維護唯物主義(但可以用來維護雙重面向理論)，而那些強的伴隨關係則太強了以至於蘊涵化約性，所以不能用來闡述非化約的唯物主義。按照他的看法，非化約的唯物主義是一個不穩固的觀點。

伴隨性物理主義的主張(Materialism as a supervenience thesis)　近年來有些哲學家企圖用全面伴隨主張(global supervenience thesis)來界定唯物論的看法。他們的目標不在說明某種非化約唯物主義；他們認為他們的伴隨性主張可能蘊涵化約性的結果。他們的目的毋寧是在闡明任何一個純粹的唯物論者都必須贊成的主張。路易士認為唯物論為真，若且唯若，任何與現實世界在物理方面無法區別的非異態(non-alien)世界與現實世界在心理方面是無法區別的。所謂非異態世界也就是那些與現實世界有完全相同的純自然性質的世界。傑克森提出了下面的看法：唯物論為真，若且唯若，任何現實世界的最小物理副本(minimal physical duplicate)都是現實世界的單純副本(duplicate simpliciter)。一個世界是現實世界的物理副本，若且唯若，它與現實世界在物理方面(物理事物對物理事物，物理性質對物理性質，物理關係對物理關係等等)完全相同。一個世界是現實世界的單純副本，若且唯若，它與現實世界在所有方面完全相同。一個世界是現實世界的最小物理副本，若且唯若，它是現實世界的物理副本，且不包含任何作為現實世界物理副本之外的物理事物、性質或關係等等。對這種物理主義的說明有個明顯的問題：這種說明是否適當？如果是　A 它是否為真？

功能主義(Functionalism)　十九世紀英國哲學家列威斯認為，雖然並不是每一個神經系統的事件都是一個心靈的事件，但每一個心靈的事件都是神經系統的事件。他宣稱說，讓神經系統事件是心靈事件的因素在於它們在有機體內的因果角色。這是最早版本的功能主義，而現在功能主義已經是心物問題的一個主要理論途徑。

對於什麼東西致使某一狀態個例成為某類心靈狀態類型 M 的個例這個問題，功能主義蘊涵這樣的答案：它等同於某種功能狀態的某個例子。事實上，我們一共有兩種不同的功能主義。第一種認為，任何一種心靈狀態類型 M 都等同於某種扮演一定因果角色 R 的狀態類型。其中，「某種扮演一定因果角色 R 的狀態類型」這個描述詞是非嚴格的指稱詞；在不同的有機體中，可能有不同的狀態去扮演這個角色 R，此時，我們說這個心靈狀態是「可被多重地實現的」。在第二種功能主義中，心靈狀態類型 M 等同於某種二階狀態，也就是處在某種扮演因果角色 R 的一階狀態的狀態。由於不只一種一階狀態可以扮演角色 R，所以 M 仍是「可被多重地實現的」。不論是哪一種版本，如果因果角色可以用物理及中性的語詞來說明，這種對心靈狀態類型的功能性定義便是原則上可被物理化約的。由於這個角色至少部分地需要用中性語詞來加以說明，因此在某些可能世界中心靈狀態可能不是透過物理狀態來實現的，因此功能主義並不蘊涵個例物理主義。不過，功能主義者通常堅持說，就經驗證據來看，心靈狀態在我們的世界中是只被物理狀態實現的。功能主樣有許多不同的版本。

思馬特對我們感知談話的主題中立式分析在精神上算是功能主義的。阿姆斯壯的中央神經系統狀態唯物主義也被認為是一種功能主義，因為他認為心靈狀態是能夠產生一定範圍的行為的狀態，從而透過它們的因果角色而將之等同於心靈狀態。然而，現在大多數功能主義者認為，因果角色包括輸入和輸出狀態類型，並包括有機體系統的內在狀態的類型。

在 1960 年代，路易士提出了分析功能主義，根據這個主張，有關諸如「信念」、「慾望」、等的心靈述詞(但不包括「相信 p」或「欲求 p」這樣的述詞)，可以結合一些常民心理學中的老生常談來加以定義，並以蘭姆西語句(Ramsey sentence)來說明這樣的結合。相關的蘭姆西語句是一種二階語句，它量入常民心理學中的心靈謂詞，從此我們可以演繹出對心靈述詞的定義。從這個角度來看，某種心靈狀態(如信念)是扮演某種因果功能角色的狀態的命題是分析的命題；至於這是什麼狀態呢，這就是經驗研究的事了。路易士宣稱，這樣的研究揭示出，扮演此種角色的狀態類型乃是物理的。

在 1960 年代早期，帕特南提出了一種科學功能主義：「機器狀態功能主義」(machine state functionalism)。根據這種觀點，心靈狀態是涂林機圖表狀態的類型。涂林機是一種機械裝置，它的組成成分是空白或有符號的方格所形成的帶子，以及一個讀寫磁頭，該機器能夠在方格帶上移到左邊，或在方格帶上移到右邊，或保持在原地不動。它的讀寫頭能夠在一個方格上寫一個符號，或者抹掉一個符號，或者保持原狀(根據丘奇-涂林論點〔Church-Turing thesis〕，所有的可計算的功能都能被涂林機計算)。有兩個特定的函數可以用來指定該機器：一個是從輸入狀態到輸出狀態，一個是從輸入狀態到輸入狀態。這兩個函數是可以用虛擬條件句來表達的(比如，「若機器在狀態 S_1 並接受了輸入 I，它就會發射輸出 O 並進入狀態 S_2」)。機器圖表便是由這些表達這些函數的虛擬條件句來加以說明的。所以，機器功能主義的主要理念是，任何給定的心靈狀態的類型都可被定義為某種參與虛擬關係的狀態類型，而這些虛擬關係是透過純粹的形式而非語意解釋的狀態類型來加以限定的。任何系統，若它的輸入、輸出及內在狀態，是以這種虛擬的方式與一個機器圖表相連結時，那它就是那一機器圖表的實現。這個版本的機器狀態功能主義已經被大多數人放棄了：沒有人再堅持心靈具有涂林機的結構。不過，計算心理學(認知心理學的一支)卻預設了認知狀態的科學功能主義觀點：它認為心靈具有計算的結構(詳見以下關於認知心理學的部分)。

功能主義——認為某狀態之所以是某種心靈狀態的實現，其理由在於前者佔據一定的因果角色這樣的看法——仍是心靈理論中的顯學。但功能主義有其困難。布洛克指出其中之一。如果我們對那些用以定義心靈狀態、涉及因果角色的輸入與輸出狀態說明得不夠詳細，我們所給的功能性定義會太過自由：它們會將某些不是心靈狀態的狀態算作是心靈狀態。然而，從另一方面來講，如果我們對這些輸入及輸出狀態說明得太詳盡，功能性定義就會變得太沙文了：它們會將某些是心靈狀態的狀態算作不是心靈狀態。其次，有些人認為功能主義不能說明意識狀態，因為意識狀態的類型並不允許功能性的定義。

認知心理學、內容與意識(Cognitive psychology, content, and consciousness)

認知心理學(Cognitive psychology)　許多人認為，認知心理學的目標之一是為意向能力、為處於意向狀態的能力(如相信)，和為從事意向活動(如推理)的能力等等提供解釋。弗德(Fodor)論證說，古典認知心理學假設了一種思想語言：一個帶有組合性語法和語意學的心理表徵系統，以及根據它們的語法結構對這些心理表徵所實施的計算過程。根據這個看法，認知是一個有規則的符號操作。心理符號有其意義，但它們之所以參與計算過程只是由於它們的語法或形式特徵使然。這樣說來，心靈就是一個語法機器了。這種觀點隱涵著一種內容的平行主義：符號之間對語法敏感的因果轉換將保持語意上的一致性。弗德論證說，按這種「思想的語言」(language-of-thought)的認知觀(古典論)，處於某一「相信 p」的狀態，可以被理解為與一個意味著 p 的思想語言中的句子具有某種的計算關係(這個關係是信念的構成成分)。慾望、意向等等可以透過類似的方式來理解。意向能力的解釋，則可由心理句子的計算理論加上一種心理語意學理論(關於心理句子的意義理論)來提供。

認知科學中一個稱為「連結論」(connectionism)的研究計畫假設了類似神經元的單位網

絡系統。這些單位可以打開也可以關閉，或有持續活動的層級。這些單位是彼此連接的，這些連接有不同的力量強度，連結可以是壓抑的或激奮的。連結論對於神經網絡系統如何計算資訊這件事，提供了相當有成效的模型。甚者，連結論在類型認知模型(如面孔識別)和從個例學習範疇的工作上也獲得了極大成功。有些連結論者認為在對意向性狀態和能力的解釋上，連結論將取代傳統的「思想語言」解釋。但也有人偏好一種「混合的模式」(mixed-models)：有些認知能力是符號的，有些則是連結的。有人則認為連結論將為符號認知體系提供一個實踐性的架構，它有助於解釋一個符號認知體系是如何在神經系統中被實現。

內容外在主義(Content externalism)　許多人相信，帕特南和伯舉(Tyler Burge)孿生地球(Twin-Earth)的思想實驗顯示出了主體的心靈狀態的內容並不伴隨在主體的本有性質之上：兩個個體能夠在一切本有性質方面完全相似，但卻有不同的心靈內容(為了回答孿生地球的思想實驗，有些哲學家企圖界定一種所謂的狹義內容，也就是那種伴隨在主體本有性質之上的內容)。外在主義者說，內容依賴於外在的、脈絡的因素。如果這種外在論的內容觀是正確的，那麼心理語意學就必須檢查心理符號與決定內容的外在環境因素之間的關係了。斯第奇(Stephen Stich)論證說，心理學應該避開心理語意學並且只考慮心理句子的語法特徵。這樣的一種心理學不能解釋意向能力。但斯第奇說，計算心理學也避開的這個解釋性的目標。然而，若心理學要解釋意向能力，它就需要一種心理語意學的理論。弗雷德．爵茨基(Dretske)、弗德(Fodor)、帕皮紐(David Papineau)和米立肯(Ruth Millikan)都曾獨立地嘗試，以物理主義的方式為心理語句或內在物理狀態提供一個自然主義式的內容外在論的基礎。也許這些內容理論的主要問題在於，去解釋某一狀態的物理和功能性事實如何決定其獨特的內容。藉著訴諸於蒯因和克里奇的理論，有些哲學家論證說，這些事實並不能決定這些狀態的內容。

外在內容論在因果論及認識論上都引起相當多的關注。外在內容論引來一個問題，即擁有一定內容這一特徵是不是因果上相關的。如果內容是一個狀態的環境性質，狀態還能由於其內容而產生結果嗎？這是一個重要的要點，因為意向狀態不僅由於它們的意向模式(它們是否信念或慾望等等)，而且是由於它們的內容而在解釋中起作用。試考慮那些通常的信念-慾望解釋。主體相信冰箱中有牛奶這個事實，以及主體想要喝牛奶這個事實，對解釋為何主體走向冰箱來說是十分重要的。堅持內容依賴因果-歷史脈絡的爵茨基，試圖解釋有一定內容這一性質是如何因果相關的，即使擁有這一性質依賴於因果-歷史的因素。其他的哲學家則企圖去說明，為何內容的因果相關性與內容並不伴隨在主體的本有性質這件事實是不互相矛盾的。另一個進一步的問題是：是否內容外在主義與我們對我們思想內容具有獨特管道這件事實，也同樣是不互相矛盾的。

意識(Consciousness)　意識狀態諸如痛、視覺經驗等等的特殊之處在於：具有意識的主體必須親身經歷知道該狀態「像」(like)是如何，才算身處在這些狀態中。這些狀態有其現象上、質的一面。經驗這個「像是如何」(what-it-is-like)的面向就稱為「感質」(qualia)。「感質」對物理主義而言是一個難題。布洛德論證說，我們可以知道一個化學物品的所有物理性質，以及它如何與其他物理現象作用，但卻一點也不知道它聞起來像是怎樣。他結論說，該化學物品的味道並不是它的一個物理性質，而是它不可化約的突發性質的一種。傑克森最近提出一種被稱為知識論證的論證。傑克森論證說，我們可以設想有一個超級科學家瑪莉，她知道所有關於色彩視覺、光線和物質的物理及功能性事實，但因為她終身待在黑白的實驗室中，所以從來沒有經驗過紅色，也不知道具有紅色的視覺經驗像是什麼樣子。他結論說，可見物理及(主題中立的)功能性事實並不蘊涵所有的事實，因此唯物論是錯的。內米若(Lawrence Nemirow)、路易士及其他人回答傑克森說，知道在某種意識狀態下像是什麼樣子是一種「知道如何做」(比方說，能夠想像自己在該狀態下)的技能，而非有關事實方面的知識。因此，就算物理及功能性事實並不蘊涵這種「知道如何做」(know-how)的知識，這也不蘊涵說唯物論是錯的。

功能主義的一大困難在於它似乎難以解釋感質，因為後者似乎無法功能性地加以定義。弗德和布洛克提出了如下的論證。兩個狀態能夠具有同樣的因果角色，從而實現同樣的功能狀態，然而與它們相連的感質卻可能恰好相反。這稱為「相反的感質問題」(inverted qualia)。比如色譜就可能對兩個個體來說完全反轉過來，即使他們處於同樣的功能狀態裡。他們更進一步論證說，實際上，兩個狀態可能實現相同的功能狀態，但其中一個有感質相伴隨，另一個則否。這被稱為「不見的感質問題」(absent qualia)。素馬可(Sydney Shoemaker)論證說，功能主義可以排除不見的感質這種可能性。但他卻進一步精鍊了相反的感質問題，並認為這是功能主義的一個主要問題。功能主義及物理主義是否能避免相反的感質問題和不見的感質問題這兩個問題，這本身仍是一個懸而未決的問題。

納格爾(Nagel)指出，意識狀態是主觀的：要充分地理解它們，一個人就必須知道它在這樣的狀態中像是什麼樣子，但一個人只能通過採取主體經驗立場來做到這一點。物理狀態則與此相反地是客觀的(即非主觀的)狀態。物理學試圖通過抽象掉任何主體的經驗立場來描述世界。按照納格爾，現象上的心靈狀態是否能化約為物理狀態這一問題，主要繫於主觀的狀態能否被化約為客觀狀態這一問題之上。但納格爾宣稱，就目前而論，我們根本不知道這種化約如何可能。納格爾建議說，意識也許只可能被一種尚未發現的非物理且非心靈的基本性質(稱為原始心靈性質)加以解釋；納格爾的想法是：主觀的經驗觀點也許是由原始心靈性質和物理性質所構成。他因此宣稱說，泛物理主義應加以嚴肅考慮。傑克森、克里夫(James Van Cleve)和區門(David Chalmers)論證說意識屬性是基本、不可化約的巨象性質，是突發的；區門還同情某種的泛物理主義。馬金(Colin McGinn)宣稱意識性質可能可以用腦的性質來化約地加以解釋，但我們的心靈似乎在概念上接近於這些解釋性的性質：我們不能將它們概念化，正如一隻貓不能將一個平方根的性質概念化一樣。丹內特企圖用伴隨的行為主義語詞來解釋意識。羅森舍(David Rosenthal)論證意識只是一種特殊的意向性，意識狀態只是我們能以一種直接的方式去相信我們正在某種狀態的意向性。爵茨基、萊鏗(William Lycan)及泰(Michael Tye)論證說，意識的性質是意向性性質，而且可以用物理的方式加以化約。丘奇藍(Patricia Churchland)認為意識現象可以被化約為神經現象。勞(Brian Loar)爭論說，感質或者等同於腦神經狀態，或者等同於腦神經功能。希爾(Christopher Hill)論證說，感質等同於腦神經狀態。勞和希爾企圖解釋掉心物等同命題的偶然性，但他們解釋的方式不同於克里奇解釋掉水是H_2O 的偶然性的方式，因為他們認為這種解釋方式是行不通的。他們的解釋訴諸於現象概念與神經與功能概念在概念角色上的差異。他們說，雖然這些概念不同，但他們卻對應於相同的性質。意識的本質仍是一個有爭議性的問題。

參見 action theory 行動理論；cognitive science 認知科學；connectionism 連結論；folk psychology 常民心理學；intentionality 意向性；meaning 意義；philosophy of language 語言哲學；philosophy of science 科學哲學；physicalism 物理主義

B.P.M.撰　王文方審訂

philosophy of organism　**機體哲學**　見 Whitehead 懷德海

philosophy of psychology　**心理學哲學**　心理學哲學，是心理學在哲學上的探討。心理學的脫離哲學，開始於十九世紀德國的實驗主義者(experimentalists)，尤其是費希納(Fechner, 1801-87)、漢霍茲(Helmholtz, 1821-94)與馮特(Wundt, 1832-1920)等人。在二十世紀的前半，兩者的分家在此世紀完成，到目前為此，在大部分的大學裡，都有了獨立的心理學系。心理學家有他們自己的期刊、專業團體與廣泛被採用的實驗方法——雖然並非使用在所有的心理學領域(最早關於心理治療有效性的實驗性研究在 1963 年才出現)。然而，不管這種「獨立」(autonomy)的成就，如果心理與哲學間的關係仍要繼續，其問題依然與關聯的本質有關。

行為主義者(behaviorist)約翰・華生(John Watson)在他 1913 年具開創性的論文《由行為主義者看待心理學》(*Psychology as the Behaviorist Views It*)裡主張一個較為極端的看法——認為實際上所有這樣的關聯都該被切斷。

華生批評心理學家，甚至是實驗主義者，他們依賴內省的方法(introspective methods)，而且把意識(consciousness)變成他們學科裡的主要議題。他主張心理學成為自然科學裡純粹客觀實驗的一支，且心理學理論的目標，為「預測與控制行為」，故它排除所有涉及意識的部分。把行為變成心理學研究裡的唯一主題，我們避免偏袒「那些因為古老而受到尊重的哲學玄想遺跡」——那些標準的心物問題(mind-body problem)，像是互動論(interactionism) 與平行論(parallelism)等相互競爭的理論。在後來出版於 1925 年的著作，華生宣布行為主義的成功威脅到了哲學的存在，他寫道：「當行為主義的觀點變成主流的思想時，我們就很難找個位置給那個稱為哲學的東西。哲學已死，完全的死了，除非有新問題產生，以作為新哲學的基礎，否則世界已看到了它最後的偉大哲學家。」

一個新的問題出現了，那便是行為主義的可信度問題。華生對於他的觀點——「預測與控制行為應該是心理學的唯一目標」，並未提出任何論證。就像一些反行為主義者(anti-behaviorists)所主張的：如果試圖解釋行為同時也是合理的，則這樣的目標能否在沒有任何心智因素的情況下達成，就會變成一個經驗性的問題。華生與他的繼承者，如史金納(B. F. Skinner)，並未提出任何可信的經驗證據，相反的，他們主要依賴於哲學的證明以排除對心智因素的假定。因此，行為主義者實際上保證了心理學哲學家們在面對傳統的心物問題時，至少有一個額外的工作：分析與批評行為主義本身。

雖然行為主義與心物問題從來就不是心理學哲學唯一探討的問題，但當所謂的認知革命在美國心理學界發生時，心理學在 1950 年代發展出了更豐富的研究主題。這些主題包括了先天知識(innate knowledge)與轉換語法(transformational grammars)的獲得、意向性(intentionality)、心智呈現(mental representation)的本質、功能論(functionalism)、心智影像(mental imagery)、思想語言(the language of thought)與最近的連結論(connectionism)。這些主題許多認知心理學家都很感興趣，再加上其他的學科，如語言學家與人工智慧(artificial intelligence)，他們一起產生了一個新的學科，即認知科學(cognitive science)。因此，在各種形式的行為主義式微後，便有了認知主義(cognitivism)的興起，許多心理學哲學家與心理學家有了更進一步的合作。擴大的合作可不只是因為研究主題的增加，也因為哲學裡方法學的改變。約在 1945-75 年間，概念的分析同時主導了美國與英國的心理學哲學與其相關的學科——心靈哲學。許多哲學家認為哲學在本質上屬於先驗的學科，故這些哲學家很少引用心理學家們實證的研究。然而，在最近的幾十年，心理學哲學家變得比較實證，至少在某種意義上比較會注意到心理學家實證研究的細節。結果使得哲學家與心理學家之間的交換增加。

雖然在最近美國的心理學哲學家對認知心理學的興趣占了主導地位，對於經驗研究新的強調，同時也反應在那些不與認知心理學直接相關的哲學研究上。舉例來說，心理學哲學家在最近幾年所寫的書，有以心理分析臨床基礎的書，有談行為治療與行為修正之基礎的書，也有關於自我欺騙(self-deception)的書。對於經驗資料的著重被自然主義者

(naturalists)向前更推進了一步，他們認為至少在知識論(epistemology)，也可能在所有的哲學領域上，哲學問題應該被取代為實證心理學的問題，或者問題應在心理學或相關的學科上以實證的研究來回答。現在要預測自然主義者的結果是言之過早，但這個新的嘗試可能會是華生所喜歡的。因為推到極端，自然主義(naturalism)可能會讓哲學依賴心理學，而不是心理學依賴哲學，這可以增加華生所希望的——進一步提高心理學的自主性。

參見 behaviorism 行為主義；cognitive science 認知科學；naturalism 自然主義；philosophy of mind 心靈哲學

E.Er.撰　林志明審訂

philosophy of religion　宗教哲學　一個專門研究宗教現象的哲學分支。儘管宗教一般都是複雜的理論和實踐系統，包括神話和儀式，哲學家們傾向於著重在評價宗教真理的宣稱。在主要的有神論傳統、猶太教、基督宗教及伊斯蘭教那裡，最重要的宣稱是有關上帝的存在、本質和活動。這樣的傳統一般將上帝理解為像人那樣的，祂是無肉身的、永恆的、自由的、全能的、全知的、宇宙的創造者和維持者，以及人類服從和崇拜的適當對象。一個重要的問題是這種人類宗教活動對象的概念是否一致；另一個問題是這樣的一個存有是否確實存在。宗教哲學家們一直在尋找這兩個問題的理性的答案。

主要的有神論傳統在兩種宗教真理之間做了區分，一種是可用人類理性獨立地發現和認識的，另一種是只能透過一種特殊的神的開啟或啟示(revelation)知道的。比如，按照亞奎納(Aquinas)的說法，上帝的存在及關於神的本質的一些事情，是可以獨立地憑著人類理性證明的，但像三位一體和道成肉身(the Trinity and Incarnation)這樣的基督宗教教義是不能這樣來證明的，它們之所以為人所知是因為上帝已經啟示給了他們。關於這樣的啟示是怎樣發生的，有神論者們有不同的意見；主要的啟示的工具，人們認為有宗教經驗、一位受到了默示的宗教領袖的教導、一個宗教團體的神聖的經典、一個特定教會的傳統。基督宗教傳統所持守為啟示內容的宗教教義常常被描述為信仰之事。須知，這樣的傳統一般認為信仰不僅僅是相信教義，包括對上帝深深地信靠不疑的態度。然而，就大多數的解釋而言，信仰包括教義的相信，所以在宗教領域本身就有信仰與理性的對立。解決這一對立的一個方法——當然不是唯一的方法——是想像啟示的內容被分成了兩個部分。一方面，有那些可用人類理性知道的、但仍是啟示一部分的教義；上帝的存在能被人類理性獨立地證明就是這樣一種教義。這樣的教義可為某些人在理性證明的基礎上接受；而另一些缺乏理性的證明，是以啟示的權威接受它們。另一方面，有些教義是人類理性不能夠知道的，知道它們的唯一根據是啟示的權威。它們是信仰的對象甚於理性的對象，並且常常被描寫成信仰的奧秘。信仰的唯一對象與理性如何聯繫起來，有神論者對這個問題意見紛紜。一種觀點是，儘管它們超乎理性，卻與理性是和諧的；另一種觀點則認為，它們與理性相反。那些認為這樣的教義應該被接受而不管它們事實上違反了理性，或正因為其違反理性而如此接受的人，被稱為「虔敬主義者」(fideists)；有名的口號「因其荒謬，故我相信」(I believe because it is absurd〔*credo quia absurdum*〕)淋漓盡致地表達了極端虔敬主義的風格。許多學者即因為齊克果(Kierkegaard)強調了拿撒勒(Nazareth)的耶穌即道成肉身的上帝之基督教義的悖論本質，而將他視為一個虔敬主義者。

近代宗教哲學家絕大多數都把注意力集中在這樣的一些主題上，可以不用事先預設某一個別傳統關於啟示所宣稱的真理，並且將信仰的奧祕的探討留給了各傳統內的神學家。一大部分試圖澄清上帝概念的哲學工作，是由那些顯示了與傳統概念不一致的難題(puzzles)所引發的。有一類難題是關於上帝本質的個別宣稱的一致。想想傳統的「上帝全能」的斷言。對此教義的反省產生了一個有名的問題：上帝能夠創造一個重得甚至連祂自己都舉不起的石頭嗎?不管如何回答這一問題，看來至少有一件事甚至是上帝都做不到的，亦即創造一個這樣的石頭或舉起一個這樣的石頭，所以看來甚至上帝都不是全能的。這樣的難題激發哲學家們以一種更能明確說明與一個全能的存有一致的能力的範圍，以嘗試分析全能的概念。在這樣的嘗試成功的範圍內，他們促進了對上帝及其本質概念的一種更深的理解，另一個難題與上帝的二個或多個屬性之間的邏輯一致性有關。想一想上帝既不變又全知這一說法。一個不變的存有是一個不能經歷內在變化的存有，一個全知的存有則是一個知道一切真理且不相信謬誤的存有。假如上帝是全知的，則看來上帝就必須先知道再相信現在是星期二，而不是相信現在是星期三，然後才知道從而相信現在是星期三、而不相信現在是星期二。假如是這樣，上帝的信念就有變化，而由於信念的變化是內在的變化，上帝就不是不變的了。所以看來假如上帝是全知的，上帝就不是不變的。對此難題的解決將進一步豐富對上帝概念的哲學理解。

當然，詳細分析上帝概念的一致性是一回事，在啟示之外去確知這麼一個存有真的存在又是一回事。對上帝存在的證明會產生這樣的知識，評價這樣的證明是「自然神學」(natural theology)的任務。與「啟示神學」(revealed theology)相反的是，自然神學侷限於人類理性可知的前提假設，即不需要來自超自然來源的特殊啟示。曾有許多人希望這樣的自然宗教知識能夠普遍地交流，並且會因為它的合理性(rationality)而證明有一種全人類都可適用的宗教實踐。這樣一種宗教會是一種自然宗教。自然神學史已產生了形形色色的上帝存在的證明。其中主要的四種是：存有論證(ontological arguments)、宇宙論論證(cosmological arguments)、目的論論證(teleological arguments)，以及道德論證(moral arguments)。

最早的和最著名的一個「本體論論證」是坎特伯里的安瑟倫(Anselm of Canterbury)在其《論證篇》(*Proslogion*)第二章裡提出來的。從上帝的概念推出上帝的存在是一個大膽的嘗試：我們理解的上帝是一個完美的存有(a perfect being)，無法設想有什麼比之更偉大。因為我們有這個概念，上帝至少作為理解的對象存在於我們的心靈裡。或者上帝只存在於心靈裡，或者上帝既存在於理智裡又存在於外在的實在。假如上帝只存在於理智裡，我們就可以設想有一個存有之偉大，勝過了那個我們不能設想有比它更偉大的存有，亦即一個同時還存在於外在實在的存有。既然設想一個偉大過不能有比之更偉大者的概念是不一致的，上帝就不能只存在於理智了。所以上帝不僅存在於理智，還存在於外在的實在中。

對此論證的最著名的批判是康德(Kant)所提出的，他認為存在並不是一個真實的述詞。在康德看來，真實的述詞有助於決定一個概念的內容，從而成為它的定義的一部分。但是說屬於某個概念的事物存在，並不能對其內容有所增加；康德說，在一百元真錢和一百元想像的錢之間並沒有概念內容上的區別。所以是否存在著與一個概念相對應的東西，這是不能夠用定義來解決的。上帝的存在不能夠從一個完美的存有的概念推出來，因為存在並不包含在一個完美的存有的概念或定義裡。

當代的哲學討論集中在一個形式上稍有不同的本體論論證上。在《論證篇》第三章，安瑟倫說，對不可設想有物比之更偉大者，我們是不能設想祂不存在的，所以祂必然存在。沿著這一路線，像哈茨霍恩(Charles Hartshorne)、馬孔(Norman Malcolm)和普蘭廷格(Alvin Plantinga)都堅決主張，上帝不能夠是一個只存在於某些可能世界裡、而不存在於另一些可能世界裡的適然的存有(a contingent being)。一個完美的存有的存在要不是必然的，存在於一切可能世界裡，不然就是不可能的，上帝不存在於任何可能世界裡。按這種觀點，只要一個完美的存有存在是可能的，上帝就存在於一切的可能世界裡，故而也存在於現實的世界裡。這種證明的關鍵前提是假設一個完美的存有的存在是可能的；它並非顯然為真並且是可以不算非理性地加以拒絕的。因此，普蘭廷格同意該證明並沒有證實或建立其結論，但他堅持認為它使得接受上帝的存在成為合理的了。

各種形式的「宇宙論論證」的關鍵前提是關於世界的普遍類型的顯然事實的說法。第一原因的論證開始於這麼一種觀察，現在有正在經歷變化的事物和導致變化的事物。假如某物是一個這類變化的原因、只是由於它自身是由別物引起變化的，則就會有一個無限長的變化因果鏈了；但該論證認為，不可能有一個無限長的因果鏈。所以有這樣一個東西，它引起別物的變化，但它本身不是由別物引起變化的，這就是第一原因。許多批評這種論證的人否認不能有一個無限的因果倒退或因果鏈的假設。該論證還沒有能夠顯示只存在一個第一原因，也沒有證明一個第一原因必須有像全知、全能、全善這樣的神聖屬性。

還有一種更吸引當代哲學家注意的宇宙論論證，就是從適然性(contingency)到必然性(necessity)的論證。它起於這麼一種觀察，存在著「適然的存有」(contingent beings)——可能會不存在的存有。既然適然的存有並不邏輯地必然存在，一個適然的存有就必定是由某個其他的存有而導致存在的，否則的話，就不能解釋它為何存在而不是不存在了。適然存有的因果鏈要不是有一個第一者，一個不是被別的適然存有引起的適然存有，不然它就是無限長的。一方面，假如該因果鏈有一個第一者，則有一個必要的存有(necessary being)存在且引起了它。因為，作為適然者，第一者必定有一個原因，但它的原因不能是另一個適然存有。所以它的原因必是非適然的(non-contingent)，即一個不能不存在故必然存在的存有。另一方面，假如該因果鏈無限長，則一個必然的存有存在、且導致了作為一個總體的該因果鏈。這是因為該因果鏈作為一個總體自身是適然的，它要求有一個非適然的原因，該原因不能是這個因果鏈的一部分。在兩種情形裡，都是假如有適然存有，便有一個必然存有存在。所以，既然適然的存有確實存在，就有一個必然的存有導致它們的存在。該證明的批評者攻擊的是它的這個假設，即每個適然存有的存在必定有一個解釋。在拒絕每個適然之物的存有都有一個充足的原因的原則下，他們論證說，至少有些適然存有的存在只是一個無法解釋的無情事實。即使充足理由原則為真，其真理性也並非顯然，所以否定它算不上非理性。相應地，羅威(William Rowe, b.1931)總結說，這種宇宙論論證並未證明上帝的存在，但在該論證是否顯示出有神論的信念是合理的這件事上，他仍視其為一開放問題。

「目的論論證」的起點是自然界中的目的導向現象。比如亞奎納一開始就宣稱，我們看到缺乏理智的事物為了一個目的而行動，以取得最好的效果。現代科學已經摒棄了這種普遍的形上目的論，但許多生物系統似乎顯示了非凡的為適應某一目的而調節手段的本領。正如培利(William Paley, 1743-1805)所堅持的，眼適於看，它的各部分以複雜的方式協作起來以產生視力。這暗示了這樣的生物系統與人造物之間的一種類似，後者眾所周知乃是理智設計的產物。以那些與機械有關的語詞來說，這種類比(analogy)基於這麼一種觀點，即世界作為一個總體像一個的由眾多小機器構成的巨大機器。機器是由有理智的人類設計者構思出來的。有什麼果就必有什麼因，作為總體的世界及其諸多部分因此可能是一個與人類相似、但比人偉大的有理智者的設計的產物。由於這種證明有賴於類比，人稱之為上帝存在的「類比論證」(analogical argument)；由於它說世界的存在是一個理智設計者的產物，故而又稱「設計論證」(design argument)。

休姆(Hume)在他的《自然宗教對話錄》(*Dialogues Concerning Natural Religion*)一書裡讓設計論證受到了批評。如果像大多數學者所認為的那樣，書中人物斐洛(Philo)代表休姆的話，休姆就實際上並不反對這種論證。然而他確實認為，只能在極弱的意義上說宇宙秩序的原因可能與人類理智有一點遙遠的類似。這種論證並不排除多神論(polytheism)；或許是許多不同的低一級的神設計了獅子和老虎。此外，與人工產品作類比，會使人覺得宇宙的設計者並不是從虛無中創造宇宙的，而不過是把秩序加在早已存在的質料之上。由於宇宙中善惡相混，該證明也不能顯示宇宙設計者在道德上是可欽佩的，從而是值得服從和敬拜的。自休姆以來，達爾文式(Darwinian)的解釋的出現進一步削弱了設計論證，該主義用天擇(natural selection)來解釋生物的種種適應(biological adaptations)，這對那些以智性設計所做的解釋提出了強烈的挑戰。

有些支持上帝存在的「道德論證」，符合於「推論到最佳解釋」(inference to the best explanation)的典型。有人論證說，道德依賴於上帝意志的假設為道德義務的客觀性提供了最好的解釋。康德的道德論證也許是這種類型最為人所知的樣本，但它採取了不同的路線。就康德看來，完全的善(the complete good)由完美的德行和對此德行的至高的幸福的回報構成，德行之值得獎賞相應程度的幸福是因為它使得一個人值得幸福。假如道德要命令理性效忠於它的話，完全的善就必定是一個真正的可能性，故而實踐理性(practical reason)就有權設想一些條件是必要的，以保證獲得它的可能性。人們都知道，自然及其規律是不能提供這樣的保證的；在此世，顯然常常是有德者受苦，作惡者享福。即使自然規律的運作會按每個人的道德給予相應的幸福，這也只會是偶然的巧合，所以有限的道德實踐者不會與其德行相稱地獲得其該得的幸福。所以實踐理性在設定有一個全知全能全善的超自然行動者，來保證有限的實踐者獲得與他們的德行相稱的獎賞上是合理的，即使理論理性(theoretical reason)對這樣的一個存有一無所知。這種道德論證明的批判者否認我們有必要假設在德行與幸福之間有系統的連接，以具有好的理由成為道德的。實際上，做這樣的假設可能只會引誘人為了幸福的目的、而非為了德行自身的目的去培養德行。

因此，這些論證似乎沒有一個可以單一確定地證明上帝的存在；然而，它們之中的一些也許能合起來證明上帝存在。根據斯溫伯恩(Richard Swinburne)的看法，宇宙論的、目的論的，以及道德論的論證分別都增加了上帝存在的可能性(probability)，即便它們沒有一個使得上帝的存在比之不存在更為可能。他說，但是一旦加上諸如從神的護佑的事件(providential occurrences)和宗教經驗而來的證明，有神論之可信就變得大於不可信了。不論他正確與否，用我們的全部證據來判斷有神論信念的合理性看來卻是對的。

還有一個例子被提出以反對有神論。宗教哲學家們對於反對上帝存在的論證感到興趣，而要求我們承認我們所有的證據包含了許多對上帝的相信的合理性的否定，似乎亦是公正的。「惡問題」(the problem of evil)被視為對有神論的最強的反駁。有兩種罪惡可被劃分開來。「道德罪惡」(Moral evil)起於道德實踐者的邪惡行為和他們製造的壞的後果，其中一例就是無辜者的受苦。若罪惡行為從神學上被視為反對上帝，它們就會被當作罪。「自然罪惡」(Natural evils)顯然是起於非人格的自然力量的運動的壞的後果，比如像地震和流行病這樣的自然災害使人類和動物受苦。兩種罪惡都使人問，為何一個全知全能全善的存有會允許它們存在。自然神學(theodicy)試圖回答這個問題，以為上帝對待人類的方式辯護。

當然，否認這一問題的預設是可能的。有些思想家認為罪惡是虛假的；有些則認為神是有侷限的，故而缺乏力量或知識來阻止罪惡發生。假如接受該問題的預設，自然神學的最有力的計策就會是宣稱上帝允許的每一個罪惡都是產生更大的善所必需的，或者是避免更糟的結果所必需的。這種觀點的最強形式是萊布尼茲(Leibniz)所提出的這個世界是一切可能世界中最好的世界的理論。人類由於其認知上的侷限性，不太可能理解必須有惡的參與的更大的善的所有詳情，即便我們假定了這類的善是存在的；然而，我們可以理解有些惡是怎樣有助於獲得善的。根據希克(John Hick, b.1922)的靈魂塑造自然神學

(the soul-making theodicy)——該理論根源於一個可追溯至愛任紐(Irenaeus)的傳統——像同情這樣的人性品質若非是回應苦難便不可能存在，所以罪惡在道德品質的形成中扮演了一個必然的角色。但這條思想路線似乎沒有提供一個完整的自然神論，因為許多人所不知的動物的苦難和兒童的受虐待常常是毀滅、而不是增強道德特質。

近來的哲學討論常常集中在這麼一個主張上，即：一個全知、全能、全善的存有之存在，以及罪惡或一定量的罪惡之存在，二者在邏輯上是不一致的。這是罪惡的邏輯問題，對它的最成功的回答是自由意志辯護。與自然神論不同，這一辯護並不思索上帝允許罪惡的原因，而只是論證上帝的存在與罪惡的存在並不矛盾。其關鍵觀念為，道德的善，若離開了不可因果地決定的自由行動者的自由的行動，就是不能夠存在的。假如上帝意在製造道德的善，上帝就必須創造自由的受造者，這樣神聖的全能就因上帝給予人類的自由而受到了限制。既然如此受造物有作惡的自由，上帝就可能不曾創造一個含有道德善但無道德惡的世界了。普蘭廷格將這一辯護由道德罪惡擴大到自然罪惡，提出也可能一切自然的罪惡都是由非人類的位格如撒旦及其同伙製造的。普蘭廷格和斯溫伯恩也致力於罪惡的可能性問題，即罪惡的存在與上帝存在的假設不符或使得它不大可能。他們都認為並非如此。

最後，值得一提的是當代宗教哲學家成果豐富的另外三個主題。對宗教語言的意義與用法的重要研究，是因邏輯實證主義(logical positivism)說神學語言「在認知上無意義」(cognitively meaningless)而引起的。為了對抗各種哲學的反對意見，對諸如三位一體、道成肉身和耶穌的受死救贖(Atonement)這樣的基督宗教教義的辯護，近來已為那些有志修琢出一種清晰的基督宗教哲學的人們所提出。對宗教多元主義(religious pluralism)的日益增長的欣賞，既激發了吾人對宗教合理性的文化相對性等相關問題的興趣，同時也開始鼓舞了比較的宗教哲學(comparative philosophy of religions)之走向。這類工作有助於使宗教哲學成為一個活生生的和多姿多彩的研究領域。

參見 Aquinas 亞奎納；divine attributes 神的屬性；divine foreknowledge 神的預知；free will problem 自由意志問題；mysticism 神祕主義；paradoxes of omnipotence 全能悖論；theodicy 辯神論；theological naturalism 神學自然主義

P.L.Q.撰　丁福寧審訂

philosophy of science　科學哲學　哲學的一個分支，它著眼於對科學的方法和結果進行批判地檢查。科學哲學的一個分支，方法論(methodology)，則密切地和知識論相關。方法論探究科學方法，科學由它而抵達所置定的世界之真理，方法論也批判地探究這些方法的所謂理性基礎。科學理論在什麼意義上被接受、證據和假說之間的驗證關係之本質、科學主張能被觀察資料否證到什麼程度等等議題，都是方法論的關切。科學哲學的另一些分支則關注被置定的科學結果之意義與內容，而且密切地相關了形上學和語言哲學。被檢查的典型問題是科學定律的本性，指涉不可觀測物的科學理論之認知內容，和科學說明的結構。最後，科學哲學探究來自具體科學的特別結果之特別的基礎問題，典型問題可能是時空理論的形上學預設、機率在統計物理學中的角色、量子論中的測量之解釋、演化生物學中的說明結構等等。

假說的可信性之概念(Concepts of the credibility of hypotheses)　當科學假說有爭議時，假說是否可信的議題就產生了一些重要的概念，如下：

「歸納主義」(inductivism)，是這樣的觀點：假說可以由於特別的案例落在預測的範圍之下而獲得成功，使得假說能得到證據的支持。

如果有人採納歸納推論的原則——即未來就像過去，那麼他會受到一種懷疑的反對，即「如果案例的任何種類的『相似性』都被允許的話，這個規則就是內容空洞，甚至自我矛盾。」為了恢復內容和對規則的一致性，同樣也為了其他方法論的目的，支持者頻頻宣稱只有那些「自然類」(natural kinds)，邊界分明的一組「純正」性質，才能在科學假說的形構中被容許。

被稱作科學的「假設演繹模型」(hypothetico-deductive model)的觀點認為：理論首先是科學家想像的創造性假說，繼而為了求證的目的，才面對從假說演繹而來的觀察預測。這個模型對比於如下觀點：假說的發現，是從累積的觀察資料中，以某種方式「生成」的。

「當假說對資料提供了『最佳說明』(best explanatory account)的程度時，假說就被印證了」，這觀點通常被稱作「逆推」(abduction)，有時稱作「最佳說明推論」(inference to the best explanation)。

所謂證據承載假說的關係：「能為假說的真提供正當理由(warranting its truth)，但一般而言，並不能完全保證它一定是真(guaranteeing that truth)」，被稱作「驗證」。像歸納主義一類的方法論說明，贊成這類「證據提供正當理由」，並頻繁地說及證據是「使一個假說可得到機率性的驗證」(making a hypothesis probable)，但並不能「完全確定地建立假說」(establishing it with certainty)。

在驗證的脈絡中，「機率」被認為是擁有定量內容的諸命題之間的關係，而且被機率的形式理論所描述。它被認為衡量一命題對另一命題的「支持程度」(degree of support)，例如，證據敘述對其所宣稱支持的假說的支持程度。

科學方法論者通常主張科學的特性是收斂(convergence)(或趨同)。這是一種主張，相信科學理論在它們的歷史順序上，是收斂到一個終極的，最後的與理想理論。有時，這個最終的理論被說成真理的，因為它符應了「實在世界」(corresponds to the real world)，就如實在論對收斂的說明。在實效主義者的版本中，這個終極理論是定義中的真理標準(defining standard of truth)。

有時據稱在選擇最合理的理論時，一個依據是理論的「簡潔性」(simplicity)，它超過了理論與觀察資料的吻合。對於簡潔性的衡量，這個論題有多種版本，一些強調理論的形式元素、其他則強調理論是否做了較少的「存有論承諾」(ontological commitment)。

有時據稱在選擇相信哪一個理論時，科學社群(scientific community)會傾向接受與「對科學信念做出最少改變的資料」相容的理論，而該信念是來自於先前所抱持的理論。「方法學的保守論」(methodological conservatism)的相信者，可能也會嘗試捍衛這類知識的保守論，當成合理的規範。

能夠決定性地演示(show)一個科學假說是假的實驗，稱作為該假說的「判決實驗」(crucial experiment)。許多哲學家則主張：一假說是因應理論而變化，而且只有與其他理論假說聯合時，才能面對觀察資料；沒有絕對的判定性的判決實驗能存在。

假說結構的概念(Concepts of the structure of hypotheses)　在考察科學假說的結構時，一些會碰到必要的概念如下：

在假說對世界的說明考量中，科學置定了新穎的存在物(entities)和性質，這些存在物和性質頻繁地被宣稱無法由直接觀察來掌握。一個理論就是一組設定了這些存在物和性質的假說集合。一些科學哲學家把一個理論的「邏輯論結」(logical consequences)分成兩類：有些只指稱可觀察事物與特徵，有些指稱不可觀察的事物。種種理論的化約論、消除論、工具論的進路，都同意一個理論完整的認知內容已被它的「觀察語句」(observation sentences)所報告的觀察結果窮盡了，但支持理論的實在論說明者，則拒絕這個主張。

「工具論」(instrumentalism)是如下的一種觀點：在一個理論中，與觀察結果不直接相關的部分，絕不該被視為真正指稱了什麼，而是作為「純語言工具」(mere linguistic instrument)容許吾人從在觀察上「可詳細描述的假設」(specifiable posits)中導出觀察結果。從這個觀點看，被認為指稱了不可觀察物的詞語無法有真正的指稱，而且，包含這些類詞語的單個非觀察語句，在單獨考慮上，不是真正地真或假。

「檢證論」(verificationism)是下列這個學說的一般名稱：以某些方式來看，一個斷說的語意內容被如下條件所窮盡了——即視為保證了對該斷說的接受或拒絕的條件。有很多檢證論學說的版本，嘗試公平地對待經驗論的主張(一個斷說的內容就是它的經驗結果之總體)與多樣的反化約論者對意義的直覺。

「理論語句必須嚴格地能翻譯成單獨被觀察詞所表達的語句，這樣，理論斷說才有真正的認知學內容」這樣的學說，有時稱作「操作論」(operationalism)。經過「操作」而決定了一個量度有一個特定的值(具有觀察上的特徵)，這正是「把該量度歸屬給一個物件」的意義。

通常被稱作「語意整體論」(semantic holism)的觀點是，理論中的語詞之意義被這些語詞在(作為整體的)理論中所扮演的角色而固定下來。根據語意整體論者，我們不能訴諸於觀察詞來為「理論詞」(theoretical terms)下定義，而是，所有理論詞的意義，是由於作為整體的理論之結構而「一整群」地給出。在驗證理論中的一個有關的學說是：驗證強化的是整體理論，而不是它們的個別論斷(一次驗證一個)。這就是「驗證的整體論」(confirmational holism)。

為了瞭解認知內容的另一個概念，把一個理論的所有語句連合起來，然後用一個「述詞變項」(predicate variables)來取代語句中的每個理論詞，並將如此引入的所有述詞變項加上存在量號(existentially quantify)，這就是一個(有限公理化)理論的蘭姆西語句(Ramsey sentence)。這語句可以單用觀察詞彙來建立，而且和原來理論有相同的邏輯結果。一些哲學家通常宣稱：一個理論的蘭姆西語句，窮盡了該理論的認知內容。蘭姆西語句被設想為「定義」了原理論中的理論詞之意義，卻有同樣的經驗結果；然而，由於斷說理論性質的存在，有時據稱此語句保留了理論的實在論詮釋(realist construal)。後一種主張由於蘭姆西語句的「純表徵性」(merely representational)的解釋之存在，而受到質疑。

據說理論通常是這麼地相關的，即一個理論可化約到另一個。研究理論彼此間的關係，在這個脈絡中，就是研究「理論之間的化約」(intertheoretic reduction)。這類化約主張可以有其哲學根源，如所謂物質對象化約到感覺與料(sense-data)，或者時空關係化約到因果關係；或者它們也可以是科學發現，如光波理論化約到電磁輻射理論。很多化約關係的「模型」存在，配合不同種類或不同案例的化約。

「科學實在論」(scientific realism)這個語詞有很多不同的用法。其中共同的斷定是，把自己描述為科學實在論者的人，宣稱「成熟」的科學理論典型地指稱了世界的真實特徵，過去科學理論被否證的歷史，並不能對當代理論的真實宣稱抱持固執的懷疑態度，提供一個良好的理由，而且被假想指稱了不可觀察物的理論語詞，應當把它們指稱的對象當成是實在的，而不能以某種工具論的方式來重新解釋。

「內在實在論」(internal realism)拒絕「過去曾被接受的理論被否證之後，就變成不實在的」這種主張。可是，內在實在論對「真理論對應實在世界的」的「形上學」宣稱抱持懷疑態度，或者，也懷疑「能以徹底的非知識語詞來詮釋的任何真理觀念」。就理論能夠收斂到某一終極的「真」理論時，真理的觀念必須被理解為某種版本的「裴爾斯式的真理理念」(Peircian idea of truth)——「最終被保證的可斷說性」(ultimate warranted assertability)。

「不完全決定論旨」(underdetermination thesis)是這樣一種主張：在理論本身的說明結構中指涉了世界的不可觀察特徵的任何理論，總會遭遇敵對理論，它們和原理論不相容，卻與所有可能的觀察資料(可以被視為原理論的印證資料)相容。

為擁有「似定律的力量」(lawlike force)的通則稱為自然律(law of nature)。一些人建議擁有似定律力量的通則之判準是：對於被表達為「逆實條件」(counterfactual conditions)的宣稱之真值的支持能力；亦即在證據的基礎上被歸納地驗證的能力，而該證據是落在這通性之範圍下的唯一適當的次集；而且該通則在這簡單、系統化的通則階層體系中，擁有一個適當的位置(此階層體系對於世界的基礎科學理論而言是重要的)。

將科學定律應用到給定的實際情境時，通常被圈限在定律的預測所持有的條件之內，此條件為「情境中所有其他、未加以特別描述的特徵都是在正常狀況下(normal)」。這樣一種限定資格的條件被稱為「假如所有其他情況均正常」條款(ceteris paribus clause)(或者「如果沒有其他異常情況」條款)。但這類「所有其他情況均正常」的宣稱通常不能被滿足，因而揭開了關於科學宣稱的「開放組織」的重要問題。

「決定論」是這樣一種主張：世界在某個時間所處狀態之完整詳細的描述，沿著自然律的約束，就足以確定世界在任何其他時間的完整狀態。這不該和全體可預測性(total predictability)的主張相混淆，因為即使決定論為真，在原則上，我們仍然無法獲得世界在某一時間的完整狀態之知識。

物理理論的基礎之概念(Concepts of the foundations of physical theories)　最後，在討論物理學理論——特別是在時空理論和量子論——的基礎時，有一些重大的概念如下：

「關係論」(relationism)是這種學說：時間和空間必須被想成一群空間和時間關係，存在於宇宙的物質成分之間。關係論者拒絕把「空間本身」當成凌駕或超越世界物質內容的一個額外的成分。「實體論」(substantivalism)則是這種學說：「空間本身」必須被設定為世界的一個額外的成分，凌駕或超出世界的一般物質。

「馬赫原理」(Mach's principle)要求所有的物理現象，包括牛頓(Newton)用來論證實體論立場的慣性力之存在，都該用純粹關係論的語詞來說明。馬赫沉思牛頓對「力」(the forces)的說明(透過相關於「空間本身」的加速運動)，可以被另一個對加速運動的說明所取代(即訴諸於測試目標相關於宇宙的其餘物質〔恆星〕之加速運動)。

在量子論中，主張存在一定的「共軛」(conjugate)量，像是位置和動量，不能同時在任意精確的程度上來決定，就是「不確定性原理」(uncertainty principle)。這樣一種同時精確「決定」的闕如，究竟只是我們對該系統的知識之侷限，還是反之，是該系統在同時擁有「共軛」量的精確值之上的侷限？這個議題是量子力學解釋的基本問題。

「貝爾定理」(Bell's theorem)是一個數學結果，它的目標在於演示(showing)對於「沒有因果互動的系統」(causally non-interactive systems)之間的統計關聯的說明，不能總是依賴於這樣的設定：當這兩個系統在過去確實相互作用時，獨立值(independent values)是為了兩個系統當中的每一個之某一特徵而固定下來的，該特徵決定了它們未來被觀察到的行為。這類「局部隱變量」(local hidden variables)的存在矛盾於量子力學的關聯預測。這個結果顯示量子力學有一個深層的「非局部」本質。

在比那些詳細描述一個系統的量子狀態之變項更深的層次上，能獲得作為在變項之上的平均值之量子機率與關聯嗎？如果這樣的量存在，就叫做「隱變量」。人們已經提議了很多不同類型的隱變量：決定論的、隨機的、局部的、非局部的等等。置定某些類型的隱變量，會在矛盾於量子理論預測的量子層次上，迫使機率的結果出現——這有大量的證據了。

「互補性」(complementarity)是尼爾斯．玻爾(Niels Bohr)所使用的一個語詞，描述他視為被量子理論所揭開的世界之基本結構。有時它用來指示這樣的物理量，它們出現在隸屬於不確定性關係之下的共軛對。有時，它被用於更廣泛地把這類面向描述為一種能力：

即把世界的波圖像(a wave picture of world)中的某些現象，以及世界的粒子圖像中的其他現象，包括在一起的能力。而這暗示著沒有一個圖像能公正地面對所有的實驗結果。

量子理論的正統公式置定了量子態得以演變的兩個不同的方式。當系統「未被觀測」時，量子態根據決定論式的薛丁格方程式(Shrödinger equation)而演變。可是，當系統被「測量」時，它遭到一個不連續的「波包坍塌」(collapse of the wave packet)，而變成一個新的量子態——被測量過程的結果所決定。理解如何調和測量過程與系統的動態演變之定律，就是「測量難題」(measurement problem)。

守恆和對稱(Conservation and symmetry)　很多重要的物理學原理規定某一物理量是守恆的，亦即，它的量隨著時間改變而保持不變。早期的守恆原理是物質(質量)、能量和動量這三個物理量。這些量在相對論的動量-能量守恆原理中被合併在一起。其他一些守恆定律(像重子數量〔baryon number〕的守恆)則出現在基本粒子理論中。在物理理論中，對稱表達了世界的某一結構性的特徵，在某一變換之下的不變性。例子在空間中有轉換和旋轉的不變性，以及從一種等速運動的參考架構轉換到另一個參考架構時的不變性。這類對稱表達了此事實：和對稱轉換有關聯的系統，以相似的物理演變而行為。一些對稱關聯了時空，像上文所提的那些；而其他的(比如在所謂規格轉換之下的電磁對稱)則和時空無關。數學家愛瑪．諾德(Emma Noether)有一個非常重要的成果，演示了每一個守恆定律都可以從一個聯想上的底層對稱之存在中引導出來。

混沌理論和混沌系統(Chaos theory and chaotic systems)　在決定論系統的科學研究之歷史中，說明的典範是從系統的最初狀態之詳細定義，而做出系統的未來狀態之預測。可是，為了使這樣一個預則有用處，每個導致未來狀態的相鄰初始狀態都彼此緊密相接。現在我們知道這種情況僅僅是例外。一般而言，決定論系統通常是「混沌系統」，亦即，即使彼此非常緊密的初始狀態，也會在短短的時間間隔內，導致彼此快速分歧的未來狀態。

為了描述這類混沌系統的動力結構，科學家已發展了「混沌理論」來提供廣泛的有用概念。該理論研究一個系統的特徵，能決定它的演變是混沌的或非混沌的，並且為刻畫混沌運動的諸類型之特性，提供了必要的描述範疇。

隨機性(Randomness)　一個隨機序列(random sequence)和一個有序序列(orderly sequence)的直觀區別，在機率理論的基礎和動力系統的科學研究扮演一個要角。但是什麼是隨機序列？隨機性的主觀主義定義對準介入者(agent)在其知識的基礎上，無能力決定序列的未來情況。隨機性的客觀主義定義尋求毋需指涉任何介入者的知識就能刻畫其特徵。定義客觀隨機性的一些進路是：一種是要求原初序列和由此序列而可以「機械地」選出的次序列，有相同的機率；另一種是若一序列通過了隨機性的每一個「有效地可建構的」(effectively constructible)統計測試，則定義它為隨機的。另一個刻畫客觀隨機性的企圖是將一個序列的長度和用來產生此序列的電腦程式之長度做比較。其基本觀念是：如果用以產生此序列所需的電腦程式和序列本身一樣長，則它是隨機的。

參見 confirmation 驗證；Duhem 杜恩；explanation 說明；hypothetico-deductive method 假設演繹法；lawlike generalization 似定律的通則；philosophy of the social sciences 社會科學哲學；scientific realism 科學實在論；theoretical term 理論術語

L.S.撰　陳瑞麟審訂

philosophy of the social sciences　社會科學哲學　是對社會科學的邏輯(logic)與種種方法(method)的研究。核心問題包括：一個好的社會性說明有哪些判準？社會科學與自然科學(natural sciences)(如果有區別的話)如何區分開？社會性研究是否有其特有的方法？

社會科學的斷言應該透過哪些經驗性的程序加以評價？是否有無法化約的社會性法則？社會現象之間是否有因果關係？社會性的事實與規律是否需要某種形式的化約，將它們化約為有關個體的事實？理論在社會性的說明中扮演著什麼角色？社會科學的哲學就是要提供一種對社會科學的解釋去回答這些問題。

社會科學的哲學，和自然科學的哲學一樣，都有描述性(descriptive)的一面與規範性(prescriptive)的一面。一方面，它的研究領域乃是「關於」社會科學的——亦即實際上發生於社會科學文獻中的那些解釋、方法、經驗性論證、理論、假設等等。這意味著：哲學家必須對社會科學研究的許多領域具備淵博的知識，才能夠對社會科學做出一種適切地相應於科學家們的實踐的分析。但另一方面，它的研究領域也是知識論的(epistemic)：它涉及了一個觀念：科學的理論與假設都是被當作真(true)或可能(probable)而被提出的，並且都是基於合理的(rational)(經驗的〔empirical〕的或理論的〔theoretical〕)理由而獲得證成的。當哲學家認為，現有的社會科學方法與實踐不如預期地那麼能夠促進真理時，便會想要對這些方法提供一種批判性的評價。哲學事業的這二個面向顯示了：我們應該將社會科學的哲學設想為對現有的社會科學實踐的一種理性的重構——一種雖受現有的實踐引導，但同時卻又藉由指出某些有問題的假定、推論形式與說明架構而超越現有實踐的重構。

關於社會科學與自然科學之間的關係的看法，哲學家們之間意見並不一致。有一種立場是自然主義(naturalism)，在這種立場看來，社會科學的方法應緊密符合自然科學的方法。這種立場與物理主義(physicalism)密切相關，這種學說認為：所有較高層次的現象與規律(包括社會現象)，最終都可以化約為一些物理個體與支配這些物理個體物的法則。另一種觀點則認為：社會科學本來就不同於自然科學。這種觀點認為，社會現象在形上學(metaphysically)上是可以與自然現象區別開來的，因為社會現象是意向性的(intentional)——它們依賴於個體之有意義的行動。根據這種觀點，自然現象固然容許因果性(causal)的說明，但社會現象卻要求意向性的說明。這種反自然主義(anti-naturalist)的立場也主張：在適合自然科學與社會科學的方法之間，有一種相應的差異。擁護理解(*Verstehen*)方法者認為，對人類行動有一種直觀性解釋(intuitive interpretation)的方法，這種方法大大不同於自然科學中的研究方法。

在社會科學的哲學中，有一個重要的學派就是源自「人類行動之有意義性」(the meaningfulness of human action)這項事實的。解釋性的社會學(interpretive sociology)主張：社會研究的目標，乃是要在文化上具有特殊意義的種種安排的脈絡之中，去提供對人類行為的種種解釋。這種研究進路在文學文本(texts)與社會現象之間做了一個類比：二者都是由許多有意義的元素所構成的複雜系統，而解釋者的目標則是要提供對這些元素的一種解釋，使它們變得有意義。就這一點而言，社會科學包含著某種解釋學的(hermeneutic)探討：它要求解釋者必須梳理出隱藏於某一特定的「社會行為的複合體」(complex of social behavior)背後的意義，就像一個文學批評家必須對一個複雜的文學文本的意義整理出一種解釋一樣。韋伯(Weber)對於資本主義(capitalism)與新教倫理(Protestant ethic)之間的關係的處理，就是這種研究進路的一個例子。韋伯試圖找出：在西歐文化中，是哪些元素在這種環境下形塑著人的行動，終致產生了資本主義。在這種說法裡，喀爾文教(Calvinism)與資本主義都是由一些價值與意義構成的歷史上獨特的複合體，而藉由看看資本主義是如何相應於喀爾文教義的種種「意義上的結構」，我們便可以更好地理解資本主義的產生。

解釋性的社會學家們經常拿「社會現象的有意義性」(the meaningfulness of social phenomena)這項事實去意指：對社會現象不容許作因果說明。然而，事實上我們有可能在接受

「社會現象源自於個體的目的性行動」(social phenomena derive from the purposive actions of individuals)的觀念的同時，卻不必放棄對社會現象提供因果說明的目標。因為，我們必須將「二個事件或狀態之間的因果關係」(a causal relation between two events or conditions)這個一般觀念與「受到嚴格的自然法則因果決定」(causal determination through strict laws of nature)這個較特殊的觀念區分開來。的確，社會現象極少是由嚴格的自然法則(laws of nature)導出的；戰爭之產生於之前的政治緊張的方式，不同於地震之產生於之前的板塊構造(plate tectonics)。然而，由於非決定論式(non-deterministic)的因果關係確實可以由個別的人的選擇中導出來，因此，社會現象顯然容許因果說明，而事實上大多數的社會性說明也都依賴著對種種社會事件與過程之間的因果關係的確定(例如下述主張：一個國家的行政管理能力，乃是決定一場革命性運動成敗的重要因果因素)。因果說明的一個主要目標，就是要發現那些存在於事件之前、並且如果在現象之間有這種由法則支配的規律便會產生這個事件的充分條件。說「C 是事件 E 的原因」，就是在斷定「C 的出現，在由社會性的過程與機制所構成的場域 F 的脈絡中，導致了 E(或增加了 E 出現的可能性)」。「因果機制」(causal mechanism；亦即一系列由「因」導致「果」的事件或行動)這個觀念，對於社會科學中的因果論證而言，乃是一核心的觀念。假定有人認為：「某個電車線路之由市中心延伸到郊區」這件事件造成了市中心的公立學校的衰頹。則為了要做出這種主張，他就必須提供某種關於社會與政治機制的說明去連結前件與結論。

社會科學中的因果說明的一個重要的變種，是唯物論式(materialist)的說明。這種類型的說明，乃是試圖藉由社會現象在其脈絡中發生的那個物質環境的種種特徵，去說明某一社會特徵。經常出現於「唯物論式的說明」中的那些「環境的特徵」(features of the environment)包括了地形和氣候；因此有時候有人會認為：邊遠地區的盜匪威脅，是由於崎嶇的地形使國家較難以有效的鎮壓盜匪。但唯物論式的說明所涉及的，也可以是社會的物質需要，例如生產食物與其他消費品以維繫人口的需要。因此，馬克思(Marx)認為，推動財產關係與政治制度發展的，乃是「生產力」(productive forces；技術〔technology〕)的發展。在上述二種情況中，唯物論式的說明都必須涉及「人的行動力」(human agency)這項事實(亦即：人能夠基於他們的願望與信念而做出審慎的選擇)，才可能完成整個說明；在「盜匪」的例子中，整個說明依賴於一項事實：這些盜匪足夠明智，可以了解，他們的存活遠景在邊陲比在核心為佳。如此一來，唯物論式的說明同樣也接受了一點，那就是：社會現象依賴於個體的目的性行動。

社會科學的哲學的一個核心議題乃是：「社會性規律」(social regularities)與「關於個體的事實」(facts about individuals)二者之間的關係。方法論的個體主義(methodological individualism)乃是一種斷言「關於個體的事實」優先於「關於社會性實體(social entities)的事實」的立場。這種學說採取了三種形式：一種關於社會性實體的主張，一種關於社會性概念(social concepts)的主張，以及一種關於社會性規律的主張。第一種版本認為：社會性的實體都可以化約為一些「個體的集合」(ensembles of individuals)，例如：一個保險公司可以化約為雇員、監督者、經營者與擁有者的集合，他們的種種行動就構成了公司。同樣的，有時候有人會主張：社會性的概念都必須化約為一些只包括個體的概念，例如：「一個社會階級(a social class)」這概念可以藉由一些只適合於個體及其行為的概念加以定義。最後，有時候還有人會主張：社會性的規律都必須由一些「個體行為的規律」(regularities of individual behavior)導出。反對「方法論的個體主義」的立場則有許多種。有一種極端的情況是方法論的整體主義(methodological holism)，這種學說認為：所有社會性的實體、事實與法則，都是自主且不可化約的；例如，像「國家」(state)這樣的種種社會性的結構，都具有一些獨立於在結構中占有位置的個別的人之種種信念與目的之外的動態性質。介於前述兩種立場之間的一種「第三種立場」則認為：每一個社會性的說明，都必須要有一些「微觀基礎」(microfoundations)；這是一種在個體層次上對環境所做的說明，這種說明讓個體以使他們如此觀察的社會性規律的方式去行為。如果我們觀察到，某一場工業罷工成功地持續了一段時期，則想要藉由指出罷工聯盟的成員在贏得他們的要求時所得到的共同利益去說明這個環境，便不是充分的說明。我們還需要有關於個別的聯盟成員的環境的資訊，去了解他們之所以投入這種公共目標的誘因。但這種「微觀基礎」並未要求社會性的說明必須以「非社會性的概念」表達；相反的，個別行為者的環境的特徵，是可以用社會性的語詞描述的。

大多數的說明理論都有一個核心觀念：說明依賴於支配著所探討的現象的普遍法則。因此，電子動力學法則(laws of electrodynamics)的發現，使我們得以說明一系列的電磁現象。但是社會現象卻是導源於具有目的性的男女的種種行動的；如此，有哪些規律可以作為我們進行社會性說明的基礎呢？在社會科學中，下述觀念乃是一個富有成果的研究架構：男人與女人都是理性的，因此我們可以將他們的行為說成是某種關於獲得他們的個別目的之手段的理性思考的結果。這個事實則產生了一組關於個別行為的規律，讓我們得以用來作為社會性說明的基礎。我們可以將某些複雜的社會現象，說成是大量的個別行動者由於在某種具有結構性的選擇環境中擁有我所設定的一組目標，所產生的集合性結果。

社會科學家們常會傾向於對社會現象進行功能性的說明(functional explanations)。所謂「對一項社會性特徵進行一種功能性的說明」(a functional explanation of a social feature)乃是指：藉由此特徵對於作為一個整體的社會系統之後續運作所具有的種種有益的結果，去說明該特徵的現存與持續。例如，有人可能會認為，在勞工階級的英國之所以會有許多運動俱樂部，乃是因為這些俱樂部提供了勞工階級人民一種消耗能量的途徑，免得這能量投入於對抗某種剝削制度(exploitative system)的鬥爭中，從而削弱了社會的穩定性。這種類型的說明，乃是以一種生物學(biology)與社會學之間的類比為基礎的。生物學家們藉由物種對於「再生產上的適切性」(reproductive fitness)的貢獻去說明物種的特性，而社會學家們有時候則會藉由某些社會性特徵對於「社會性」(social)的適切性的貢獻，去說明這些特徵。然而，這種類比卻是具有誤導作用的，因為，有一項在生物學的領域中能夠建立起「功能性」(functionality)的一般性的機制，並不存在於社會學的領域。這機制就是「自然淘汰」(natural selection)的機制，一個物種乃是透過這種機制而獲得一組在地區上最佳的特徵的。然而，在社會學的領域中，我們卻看不到類似的過程在發生作用；因此，我們沒有理由假定：某些社會性的特徵之所以存在，乃是因為它們對於作為一個整體的社會(或社會中的某些重要的次系統)的利益具有有益的結果。因此，對社會現象所做的功能性解釋，必須佐以對於隱藏於所假定的功能性關係背後的因果過程的某些特定論述。

參見 causation 因果關係；decision theory 決策論；explanation 說明；philosophy of science 科學的哲學；*Verstehen* 理解

D.E.L.撰　張旺山審訂

Philo the Megarian　麥加拉的費羅　見 Megarians 麥加拉學者

phrase marker　短語構成　見 ambiguity 歧義

phrase structure　詞組結構　見 parsing 語法剖析

P

phrastic　指陳內容　見 prescriptivism 規範主義

***phronesis*　實踐智慧**　見 Aristotle 亞里斯多德

physicalism　物理主義　這個詞最廣泛的意義，是唯物論用在心靈本質的問題上。物理主義是如下的論題，即無論存在或出現的任何事物，最終都是由物理實體所組成，依此解釋，吾人稱之為存有論的物理主義。但有時候「物理主義」被用來指涉如下的論題，即無論存在或出現的任何事物，完全地可用物理學的字彙來描述。這樣的觀點不是落入心靈的化約論(reductionism)，就是跟隨著心靈的取消論(eliminativism)。化約論的觀點是，心理學的解釋，包括用「民俗心理學」(folk-psychological)概念像是信念和慾望所做的解釋，都可以化約為可用物理學字彙明確陳述的解釋，這就蘊涵著在心理學的解釋中指涉到的實體，完全地可用物理學術語來描述；取消論的觀點認為，心理學的解釋中的術語沒有對應任何事物，而只有採用物理學術語的解釋才是正確的說明。

「物理主義」這個詞項被認為是源自維也納學派(Vienna Circle)，而當時化約論者的看法最初對一種行為主義的看法有利：認為心理的述句可轉譯成主要為假設條件句，並用物理詞彙表達的行為述句。費格爾(Herbert Feigl)、思馬特(Smart)及其他人所支持的心(理)物(理)同一理論(psychophysical identity theory)，有時也稱為類型物理主義(type physicalism)，在意義上是有些不同的化約論者。他們主張心靈狀態和事件等同於神經生理學的狀態和事件。雖然這理論不認為分析的與保留意義的心靈述句可被翻譯為物理主義的述句，但它認為，藉由綜合的「連結規律」(bridge laws)，將心靈類型等同於物理類型，原則上心靈述句可被翻譯為物理主義的述句，至少在律則上心靈述句等同於物理主義的述句(如果在連結規律中的詞項為嚴格的指示者，則等同將是必然的)。功能論對心靈的說明經常典型地否認這種轉譯的可能性，這是基於相同的心靈狀態可能會有許多不同的物理實現，而且即使有時在物理上未曾如此發生，但在邏輯上卻是可能的，即應以非物理的狀態來瞭解心靈狀態。

在費格爾的經典論文〈「心靈的」和「物理的」〉(The〔mental〕and the〔physical〕, 1958)中，他將「物理的」區分為兩種意義：「物理的 1」和「物理的 2」。「物理的 1」實際上是「科學的」同義詞，應用於任何「一個對時空世界融貫且充分的描述及解釋性闡述的本質部分」。「物理的 2」指的是「概念和律則的類型，原則上它們對非生命過程的說明和預測是足夠的」(果真如此，假設笛卡兒式的二元論為真，如果這是可能的，那麼，一旦統整非物質的靈魂和物質性的軀體間互動的科學已經發展，則描述前者的概念就算是物理的 1 了)。如果物理主義被解析為一種存有論學說，它聲稱任何存在或出現的事物，完全是由組成非生命事物及過程的實體所建構而成。如果物理主義被解析為一涉及描述及說明的論題之化約論或取消論時，它的主張是，一字彙足以描述和解釋非生命事物及過程，它便足以描述並解釋任何存在的事物。

雖然第二個論題似乎蘊涵了第一個論題，但第一個論題卻沒有蘊涵第二個論題。可質疑的是，究竟「對存在事物『完全的』描述」是否有意義。許多存有論的物理主義者(唯物論者)認為，不只是心理的解釋，就像用生物學這種特殊科學術語來表達的解釋，要化約成以物理學術語表達的解釋，都是不可能的。他們對這類化約的反對，不僅是關切用純粹物理術語來描述(例如)生物現象或心理現象會是拙劣的，也介意這樣的描述必然會漏失一些只能以生物學、心理學等概念來明確陳述的重要律則和通則。

如果存有論的物理主義者(唯物論者)不認可將心理學化約到物理學，他們也不會承認任何一類的同一理論，主張心靈或心理學描述所用的實體等同於由物理學描述所充分刻畫的實體。如前所述，功能論的唯物論者否定了在心靈實體和物理實體間存在著類型與類型同一性(type-type identities)。對於甚至承認個例與個例同一性(token-token identities)的唯物論者，某些功能論的唯物論者予以否定，主張任何心理事件都可能會有不同的物理組成，所以心理事件不等同於任何依純粹物理分類系統來說明的個別化事件。

參見 naturalism 自然主義；philosophy of mind 心靈哲學；reduction 化約；unity of science 科學的統一

S.Sho.撰　徐光台審訂

physical realization　物理落實　見 reduction 化約

physician-assisted suicide　醫師協助自殺　見 bioethics 生物倫理學

***physis*　自然**　希臘字，意為「自然」(nature)，原先用來指稱一有生命之物的本性或本質(亞里斯多德《形上學》〔Aristotle, *Metaphysics*〕V.4)。亞里斯多德在《物理學》(*Physics*)第二書第一節中定義 *physis* 一詞，視為是來自一物本身的運動和靜止的原因，亞里斯多德認定為是該物的形式，而非其質料。該詞亦用來指稱自然世界整體。「自然」(*physis*)常用以與「技藝」(*techne*)對比。在倫理學中，則與「成規」(*nomos*)對比，例如，在柏拉圖的《哥加斯》(*Gorgias*, 482e ff.)篇中，卡立可勒斯(Callicles)所言，他區別自然的正義與成規的正義。

參見 Aristotle 亞里斯多德；Plato 柏拉圖；*techne* 技藝

W.J.P 撰　沈清松審訂

***pi*　蔽**　中國哲學術語，意味著「屏障」(screen)、「遮蔽」(shelter)、「覆蓋」(cover)。「蔽」是荀子(Hsün Tzu)對於心靈的愚昧與無知的隱喻，在這種狀況下，心靈的正常功能諸如思想、記憶、想像、判斷被阻塞了。簡而言之，「蔽」是一種阻塞心靈的認知作用的東西。當心靈處於蔽的狀態中時，理性就不能適當的運轉。「蔽」的相對狀態是心靈的澄明，它是獲得知識的前提條件。

A.S.C.撰　林安梧審訂

Piaget, Jean　皮亞傑，尚(1896-1980)　瑞士心理學家與認識論學家，他對認知發展研究的問題、理論和方法，深具影響。有關皮亞傑著作的哲學詮釋和實際涵義，學者仍在爭議之中。皮亞傑致力於研究發生認識論(genetic epistemology)，也就是探討知識是如何經由我們與物體之間不斷發展的認識關係，而建構起來的經驗研究。皮亞傑假設我們與物體之間的認識關係，是由我們與物體間，日漸複雜的行為互動，形成的累進組織所建構出來的。成年人的認知系統既不是由史金納(Skinner)描述的學習歷程所習得的，也不是基因所決定的，而是由上述的累進組織所構成的。這認知系統來自特定互動的組織，其特徵由互動對象的特質，與兒童現有的認知系統所共同決定；前者對認知組織塑造的歷程是「調適」(accommodation)，後者對認知組織塑造的歷程是「同化」(assimilation)。朝向「均衡」(equilibrium)狀態發展的傾向改變了互動的本質，同時也為認知系統帶來了變化。皮亞傑對認知發展這研究領域所做的重要貢獻，在於對人類從出生到青少年時期認知系統在組織上的變化，做了詳細描述與分類。這一部分的理論著重兒童在理解空間、時間、因果、數量、長度、重量及道德等事物的認知改變。皮亞傑的主要著作包括《兒童的數字概念》(*The Child's Conception of Number*, 1941)、《生物學與知識》(*Biology and Knowledge*, 1967)、《發生認識論》(*Genetic Epistemology*, 1970)、《心理學與認識論》

(*Psychology and Epistemology*, 1970)。
參見 epistemology 知識論
R.A.Sa.撰 俞懿嫻審訂

Pico della Mirandola, Giovanni　皮科．戴拉．米蘭多拉，喬凡尼(1463-94)　義大利哲學家。他於 1486 年提出九百條論題，並希望在羅馬進行公開辯論。但其中的十三條受到羅馬教廷的一個專門委員會的批評。當皮科在《辯護書》(*Apology*)為自己辯護時，羅馬教宗宣布全部九百條論題為有罪。皮科逃到了法國，但在 1488 年，他受到了短暫的囚禁，釋放之後，他回到了佛羅倫斯，潛心於私人研究。他希望完成《論柏拉圖與亞里斯多德的一致性》(*Concord of Plato and Aristotle*)一書，但只寫出了其中的一部分，即《論存有與一》(*On Being and the One*, 1492)，他在其中試圖用亞奎納(Aquinas)與基督宗教的思想，去調合柏拉圖與亞里斯多德(Aristotle)關於上帝的存有與統一性(unity)的觀點。

皮科常被描述為一個調和論者(syncretist)，但實際上他表明基督宗教真理優先於隱密文獻中發現的「古代神學」(prisca theologia)或古代智慧。雖然他對魔術與占星術感興趣，但在《赫普塔波》(*Heptaplus*, 1489)一書中改變了對它們的態度，其中包含有對〈創世紀〉的神祕解釋，在他死後出版的《反對占星術》(*Disputations Against Astrology*)一文中，他對兩者都予以拒絕，這篇論文是非常技術性的，人類的自由問題由於沒有直接關係，而未被提及。這一點足以使人們對將皮科哲學解釋為對人的自由與尊嚴的禮讚的流行見解產生懷疑。皮科最著名的著作《論人的尊嚴》(*On the Dignity of Man*, 1486)一直被看得非常的重要，這一篇簡短的演說試圖為九百條論題的爭論作一介紹，標題是他死後人們加上去的。皮科一向被解釋成這樣：人從其他的受造物中分別開來，有完全的自由去形成他自己的本性。事實上，正如在《赫普塔波》中表明的，皮科將人看作是一個小宇宙(microcosm)，在他身上包含著天使的、天體的、與基本的世界。因此人被牢固的限定在自然的層次中(the hierarchy of nature)，是世界之間的結合與聯繫。在他的演說中對自由的強調是種倫理上的強調：人在善與惡之間自由的選擇。
E.J.A.撰 丁福寧審訂

picture theory of meaning　意義圖像理論　見 meaning 意義；Wittgenstein 維根斯坦

***pien*　辯**　中國墨家(Mohist)對於辯論的專門術語，被定義為「針對相反主張所提出的論點」(contending over converse claims)，它關注於是否「合乎事實」(fit the facts)的選擇與分辨。對於荀子，一如各種不同的感官皆有其適當的對象一般，「辯」特指區分心靈狀態(怒、哀、愛、恨，和慾望)的能力。「辯」很明顯地被使用在證成的脈絡當中，而作為在倫理學的論證中的一個階段。另外，「辯」乃是將過去的倫理經驗對比於當前生活的「難題」(hard cases)而形成的正當理由。
A.S.C.撰 林安梧審訂

***pien che*　辯者**　見 School of Names 名家

Pierre d'Ailly　皮埃爾．德埃利　見 d'Ailly 德埃利

pineal gland　松果腺　見 Descartes 笛卡兒；philosophy of mind 心靈哲學

pistis **信念** 見 divided line 分割線

Plantinga, Alvin 普蘭廷格，艾爾文(b.1932) 二十世紀最重要的美國哲學家之一。他的觀念在許多方面決定了宗教哲學領域的討論方向。他對分析知識論(analytic epistemology)和模態形上學(metaphysics of modality)也有相當分量的理論貢獻。普蘭廷格現在是諾特丹大學(University of Notre Dame)宗教哲學中心主任，以及約翰・歐布萊恩講座哲學教授(John O'Brien Professor of Philosophy)。

普蘭廷格的宗教哲學以宗教信念的知識論為研究重點。他在《上帝與他者心靈》(*God and Other Minds*, 1967)一書中提出了一個主張，這個主張可以界定他的根本立場——即或自然神學提出的論證無法成功地證立上帝存在的信念，這個信念仍可以是合理的。這個主張在 1980 年代出版的一系列論文中得到進一步發展，他在這些論文中提出論證闡述他所謂的「歸正宗知識論」(Reformed Epistemology)立場。普蘭廷格從喀爾文(John Calvin)、巴芬克(Herman Bavinck)、巴爾特(Karl Barth)等神學家的著作中獲得啟迪，推斷有神論信念是「恰當地基本的」(properly basic)，這類信念是藉由直接經驗而非其他信念而獲得證立。這個立場在〈理性與上帝存在的信念〉(Reason and Belief in God,出自 Plantinga and Wolterstorff 編輯 *Faith and Rationality*, 1983)一文中獲得最徹底的討論。

普蘭廷格在早期著作中對知識性證立採取內在論觀點(internalist view of epistemic justification)。他後來轉向外在論(externalism)，辯稱如果基本的有神論信念是真實的和以恰當的方式產生，這個信念就可以被視為知識。他在〈證立與有神論〉(Justification and Theism, *Faith and Philosophy*, 1987)一文中繼續發展這個進路。這些觀念讓他發展出一套徹底的外在論。這個知識論理論最先在 1989 年的吉福德講座(Gifford Lectures)中提出，後來在《理證：當下的辯論》(*Warrant: The Current Debate*, 1993)和《理證與恰當功能》(*Warrant and Proper Function*, 1993)二書中發表。這個理論已經成為當代分析知識論的辯論焦點。

普蘭廷格也是在模態形上學領域中居主導地位的一位理論家。《必然性之性質》(*The Nature of Necessity*, 1974)一書發展出一套可能世界語意學(possible worlds semantics)，這套理論已經成為相關論著的標準。他把可能世界定義為彼此一致之事態的最大集合，這種分析以一種實在論的方式調和唯名論觀點(nominalist conceptions)和極端物化論觀點(extreme reificationist conceptions)的衝突。在《必然性之性質》的最後兩章，普蘭廷格把他的模態形上學應用在宗教哲學的兩個經典問題上。他提出被許多人認為最具權威的一種自由意志辯護(free will defense)，藉以反駁惡的問題。他也提出一種模態版本的存有論論證(ontological argument)，這個版本的存有論論證所引起的迴響，是自安瑟倫(Anselm)最先提出存有論論證以來，在歷史中出現的任何版本所不及。

參見 epistemology 知識論；evidentialism 證據主義；philosophy of religion 宗教哲學；possible worlds 可能世界

J.F.S.撰 劉若韶審訂

Plato 柏拉圖(427-347 B.C.) 古希臘傑出哲學家，其主要貢獻在於提出可觀察世界是不可觀察和不變的「理型」(Forms)界不完美之摹本的思想，以及他認為最好的人生就是對理型界中這些神聖對象的熱愛。

生平及其影響 柏拉圖出生於雅典一個有政治影響力的貴族家庭，年輕時代就受到蘇格拉底(Socrates)的影響，並在蘇格拉底因不敬神罪被處以死刑後，放棄從事政治的抱負。他到南義大利和西西里島(Sicily)的旅行經歷，使得他與畢達哥拉斯(Pythagoras)的追隨者有較為密切的聯繫。畢達哥拉斯對數學的研究，在柏拉圖的思想發展中扮演了一個重要的角色。他也與赫拉克利特斯(Heraclitus)的追隨者克拉底魯斯(Cratylus)認識，並受到他們關於世界處於不間斷的流變之中的思想所影響。他著書立說反對普羅塔哥拉斯(Protagoras)的相對主義以及德謨克利特斯(Democritus)所採用的純粹物質的解釋方式。在他忠實的追隨者狄昂(Dion)的力勸下，他捲入了希臘世界最富有的城邦西拉克斯(Syracus)的政治中，但他對西拉克斯僭主狄奧尼修斯二世(Dionysius II)思想的塑造的努力卻完全失敗。在柏拉圖的《書信》(*Epistles*)中敘述了這些痛苦的經歷，而其中最長且最重要的當屬第七封信。儘管這些書信的可靠性存在爭議，但至少作者對柏拉圖的生平瞭若指掌當無多大疑問。在西元前 387 年第一次訪問西西里島之後，柏拉圖建立了學園(the Academy)——致力於研究和教學的友好社團，並根據它建立在雅典郊區這一神聖的地點而命名。作為政治訓練中心的柏拉圖學園，其與完全致力於修辭學研究的伊索克拉底斯(the school of Isocrates)學校相抗衡。學園中最著名的學生是亞里斯多德(Aristotle)，他十七歲入學園(當時柏拉圖已六十歲)，且駐足二十年之久。

著作年表　柏拉圖的許多著作採用蘇格拉底(Socrates)與其他幾位演說家進行對話的形式。其著述延續約五十年，這使得學者們尋求柏拉圖哲學發展的模型。逐漸複雜的寫作形式(stylometric)的測試，已被用來計算對話錄中語言使用的相似之處。古代原始資料指出，《法律》(*Laws*)是柏拉圖最後的著作。現在，一致的看法是：《法律》的風格與其他幾本對話錄的風格有著許多相似之處，因此這些對話錄肯定是後期的作品；這些對話錄包括《詭辯家》(*Sophist*)，《政治家》(*Statesman*)和《斐利布斯》(*Philebus*)(可能是以此順序而寫)。寫作形式的測試也支持把柏拉圖的其他著作粗略地分為早期和中期。例如，《辯護》(*Apology*)、《卡麥迪斯》(*Charmides*)、《克萊多》(*Crito*)、《尤希弗羅》(*Euthyphro*)、《小希庇阿斯》(*Hippias Minor*)、《伊翁》(*Ion*)、《萊齊斯》(*Laches*)，以及《普羅塔哥拉斯》(*Protagoras*)(以字母順序排列)被廣泛認為是早期著作；而《斐多》(*Phaedo*)、《饗宴》(*Symposium*)、《理想國》(*Republic*)、《斐德羅斯》(*Phaedrus*)(可能以此順序所寫)被認為屬於中期著作。但在有些情況下，難以說出或者不可能分辨出大致上屬於同一時期的兩部對話錄誰先誰後，特別是早期對話錄更是如此。最有爭議的問題集中在《泰密爾斯》(*Timaeus*)的年代排序：寫作形式的測試常把它與後期對話錄放在一起，儘管一些學者認為其中的哲學學說已在晚期對話錄中被放棄，並因而把它歸為中期作品。根本的問題是，柏拉圖是否放棄了中期對話錄中的主要學說。

早期與中期對話錄　早期對話典型地描述了蘇格拉底與那些自鳴得意地認為自己懂得像勇敢、虔誠、美這些一般價值概念的對話者之間的遭遇。例如，在以尤希弗羅(Euthyphro)為名的對話錄《尤希弗羅》中，尤希弗羅否認告發其父為不虔誠的行為，但在蘇格拉底的再三追問下，他不能說出所有虔誠的行為所共有的特質為何，所有的虔誠行為因藉此特質而真正稱得上是虔誠的。蘇格拉底自稱不知道「什麼是 X？」這些問題的答案，而這正與他在《辯護》中所主張的特殊地人類智慧的形式在於認識到自己知之甚少。在這些早期對話錄中，蘇格拉底企圖尋找出一在哲學上可說明的理論，這一理論將使我們對規範語詞的運用有所依據。但卻未成功。

《米諾》與這些早期對話錄相似——它問德性行(virtue)是什麼，而未能找到答案——但它超出早期對話錄並標示著柏拉圖思想的轉折。《米諾》首次提出了方法論問題：如果一個人沒有知識，那他又如何能僅僅透過蘇格拉底在早期對話錄中提出的問題而獲得知識呢？為表明這種可能性，柏拉圖論證即使一個對幾何學一無所知的奴隸，透過質問也能夠開始學這學科。這篇對話錄提出了據此方法我們有學習能力的解釋：靈魂在進入肉體之前已獲得知識，而當我們學習時，我們實際上是「回憶」(recollecting)起我們從前已經知道而後來又忘記的東西。這種對靈魂和我們的學習能力的大膽推測與蘇格拉底在

《辯護》中曖昧的立場形成對照。在《辯護》中蘇格拉底不確定死人是完全喪失意識還是在陰間繼續活動。《米諾》中顯而易見的對靈魂不朽的自信得到了《斐多》、《理想國》和《斐德羅斯》中論證的支持。在這些對話中，柏拉圖以對靈魂的本性及其學習能力的形上學的思考支持其關於美好人生是什麼的思想。然而早期對話錄中的蘇格拉底幾乎完全專注於研究倫理問題，且對於我們能否回答這些問題持悲觀態度，柏拉圖自《米諾》開始，終其餘生，自信地斷言，若我們把倫理問題和形上學問題放在一起進行探討，我們便能回答蘇格拉底的問題。

理型　《斐多》是柏拉圖明確地指出他常稱之為「理型」(Forms)或「觀念」(Ideas)的抽象對象存在的第一篇對話錄(後一用法應謹慎，因為這些對象不是思想的創造物，而是獨立於思想而存在；柏拉圖常用來給這些抽象對象命名之獨一無二的希臘文是 eidos 和 idea)。這些理型是永恆的，不變的和不具體的；因為它們是感覺不到的，我們只能通過思想認識它們。柏拉圖認為，把兩條相等的棍棒等同於相等本身(Equality itself)，或把美的物體等同於美本身(Beauty itself)，是錯誤的。他說，畢竟我們可能誤把兩個相等的棍棒看作不相等的，但我們從不會受制於錯覺而誤把相等本身看作不相等的。不變和不具體的理型，是蘇格拉底式的探究所假設的那種對象；每一個虔誠的行為與其他虔誠的行為的共同之處在於它對同樣一個事物，亦即虔誠的理型，具有某種關係，這稱為「參與」(participation)。在這個意義上，是虔誠的理型使得虔誠行為虔誠，是相等的理型使得兩個相等的棍棒相等。當我們說這些棍棒是相等的，這些行為是虔誠的，我們暗中地訴諸於一相等的標準或虔誠的標準，就像某人在說某人的畫像是一個人時，她在訴諸於一個標準一樣。當然，塗在一畫布上的顏料不是一個人；反而，它之所以被正確地稱為一個人，是因為它與一個完全不同的對象具有一定的關係。柏拉圖正是依據此法，主張理型是我們許多用詞所參照的東西，即使這些東西與感官向我們展現的是完全不同類的對象。

愛　對柏拉圖來說，理型不僅僅是加到我們關於存在物名單上的一個獨特的項目。反而，它們是道德與宗教靈感的源泉。因此，理型的發現是人生決定性的轉捩點。在《饗宴》中，一個虛構的名叫蒂俄提瑪(Diotima)的女祭司描述了這一進程。這篇對話包括一系列讚美愛的言論，在篇尾以對蘇格拉底為激勵他最著名的愛慕者艾爾希巴爾德斯(Alcibiades)所作的熱情洋溢的回應做了精采的描述為結束。根據蒂俄提瑪的說明，那些在愛戀中的人在尋找某種他們還未理解的東西；無論他們是否認識到這一點，他們都在尋求永遠地擁有善(the good)，且只有通過某種生產性的活動才能得到它。肉體的愛使人類得以永遠存在並達到一種較低形式的不朽，而更美的後代是統治城市、塑造未來一代道德品質的那些人的後代。至上的愛是最終把自身與美的理型結合在一起的那種愛，因為這是所有事物中最美的東西並提供了愛美之人最大的幸福。人們藉著通過不同階段感情的執著和理解而向上昇起，來發展對美的理型的愛。人們從受到人體美的吸引開始，逐步達到對所有其他美的事物之美的欣賞；進而對人的靈魂中的美的認識日益加強，這導致人們對習俗、法律和知識體系之美更加深深地依戀；這種感情上的增長和見識日益深遠的過程最後以發現美自身的永恆不變的美為頂點。

如果「柏拉圖式的愛」是標示一種完全沒有肉體吸引和表現的純粹精神的關係，那麼柏拉圖的肉慾的激情理論並不為這種愛背書。柏拉圖所主張的是：肉體接觸的慾望應予以限制，這樣才不致於破壞能在人的關係中完成的更大的善。他的性傾向(與他同時代的許多人的傾向一樣)明顯具有同性戀性質，在一個男人受到另一個男人肉體上的吸引時，他重視的是道德的增長，但在《法律》第一卷中，他譴責同性戀的性行為，因為性行為應純粹以繁衍後代為目的。

柏拉圖關於愛的思想在《斐德羅斯》中得到進一步發展。情人的渴望以及彼此的肉體吸引使得其對一般的規範視若無睹，且不熱中於人際關係：因此正確的愛是四種神聖的狂熱中的一種。這種四重分類系統後來被當作一種正確的方法論典型來用。自《斐德羅斯》開始，分類——柏拉圖稱作「種類的合與分」——成為哲學家所用的最重要的方法，而這一方法在《詭辯家》、《政治家》和《斐利布斯》等後期作品中極其充分地被運用。大概是這類的分類方法促使亞里斯多德在範疇和生物學分類方面產生興趣。

《理想國》 理型成為道德原理和形上學的理論中心在《理想國》中得到最充分的發展。這篇對話試圖確定做一個正義的(just)人是不是一個人的最大利益。人們一般假定，如果一個人做了壞事而未被發覺，不正義是有利的，而正義的行為僅為他人利益服務。柏拉圖試圖向人表明：正好相反，如果正確理解正義的話，它是如此重要的善，以致人們可為它做出任何犧牲。為支持這一驚人的論點，他描繪了一個理想的政治城邦。在那裡，我們可以看到正義的大寫(writ large)，因而我們將更容易地在個體的靈魂中找到正義。柏拉圖論述，理想的城邦應進行激進的改革。它應為那些受到特別訓練的哲學家們所統治，因為他們對善的理型的理解使得他們對日常事務有著較深刻的見解。他們所受的教育與一個囚犯所受的教育相對照。這個囚犯曾在一個洞穴裡凝視著人造燈光照耀下的影子；在被釋放後，離開洞穴，終於看到了太陽；由此，他經準備後返回洞穴，看到了到底是什麼造成了那些東西的影子。統治者生活裡的一切設計都是為了促進他們對社會的忠誠：禁止他們享有私有財產，他們的性生活按照優生學考慮而受到控制，且他們不應知道誰是他們的子女。政治權力的職位對婦女開放，男女生理上的差異無論如何都不能剝奪他們擔任政治職位所需的智力上和道德上的能力。詩人的作品應受到審慎控制，因為傳統詩人的錯誤道德觀念對一般公眾有著強大且有害的影響。哲學的反省應取代流行的詩歌，成為指導道德教育的力量。

根據柏拉圖的思想，使這個城邦達到理想正義的是，城邦的每一個成員必須從事一種工作，這一工作是某人天生適合去做並經特殊地訓練。統治者應完全適合治理城邦；士兵們能最好地執行統治者的命令；由農民、工匠、建築工人等組成的從事經濟活動的階級，愉快地做他們的工作並把制定法律和執行法律的任務交給他人。因此，使得一個人的靈魂正義的是同一個原則：靈魂的每一個部分必須適當地完成其工作。靈魂中具有理解和推理能力的那部分必須統治；使得我們能夠發怒並具有競爭精神之武斷的那部分，必須給予我們的理解力它所需要的力量；我們的食色之慾必須加以訓練，以便它們只尋求理性許可的那些對象。僅對人的理性進行教育還不夠，因為如果情感和慾望未加以正當訓練，它們就會壓倒理性。正義的個人是充分地把靈魂的這些要素整合起來的那些人。他們不是未加思索地遵循規則目錄；相反地，他們能公正對待他人，是來自於他們擁有平衡的心理條件。正義之人的典範是哲學家，因為理性就在它熱情地依戀於最清晰的對象——理型時進行統治。這顯示，正義是有利的因為依戀那些最有價值的對象的正是靈魂中真正正義的那部分。我們生命的價值有賴於我們所致力的對象的價值。那些認為不正義是有利的人假定：財富、統治權或肉體慾望的快樂是最有價值的；他們的錯誤在於，他們對何種對象值得熱愛的理解是有限的。

後期對話錄 《理想國》並不包括柏拉圖關於道德或形上學問題的最後思想。例如，雖他在最後的著作《法律》，在理想上仍堅持廢除家庭和私有財產，但他詳盡地描述了保留家庭和私有財產以及其他許多一般的政治生活制度的次好國家。在這樣一個國家裡，法律上的君權繼續受到重視；政治上的職位應通過選舉和抽籤確定人選，地方行政官員受制於仔細的監督和檢舉。權力被劃分到幾個議會和政府機構中，且哲學式的訓練並非參與政治事務的一種必要條件。這個次好的國家仍與近代自由民主世界有所區別——詩作與私生活的許多層面受到嚴密的控制，而無神論是要被判處死刑的——但值得注意的是，柏拉圖在《理想國》未對民眾參與政治做出讓步，卻花了很大精力在他最後的作品中為民眾參與政治尋找適當的位置。

柏拉圖的形上學思想也繼續得到發展，並且若把其著作當作一個整體來詮釋，最困難的問題可能是如何掌握其形上學思想進一步發展的方向。理解其後期形上學思想的一個眾所周知的障礙是《巴門尼德斯》(*Parmenides*)所造成的，因為在那篇對話錄中，我們發現了對理型論之批判的沒有被回應的一個問題系列。例如，這篇對話錄中說，若有理由斷定有大的理型(任選一個例子)存在，那麼，同樣有充分理由斷定有無數個這一類型的理型存在。「第一個」(first)大的理型必須存在，因為根據柏拉圖，每當有許多事物是大的，就有使其成為大的大的理型存在；但現在，這論證持續著，如果我們把這個大的理型與其他大的事物一起考慮，我們就應承認，還有使大的事物和大自身成其為大的另一個理型存在。這樣的論證可無限地追尋下去，但那種認為應有無數個這一類型的理型存在的思想看來是荒謬的(在古代，這一論證被稱為「第三人」〔the Third Man〕。因為它主張，除了第二類型的對象稱作「人」〔man〕——人的理型——甚至還有第三種類型的對象存在)。

柏拉圖對這種異議和其他異議有何反應？他在《巴門尼德斯》中說，我們必須持續確認這類對象的存在，因為語言和思想需要它們。但他對這種詰難未做出直接反應，而是著手對統一性概念進行相當冗長的檢視，並對此得出明顯相互衝突的結論。這些自相矛盾的說法是否僅僅是表面的，以及這種對統一性的論述是否包含著對於對早期理型論批判的答覆，還很難解釋。但無論如何，柏拉圖顯然繼續堅持不變的實在的存在；真正的困難在於柏拉圖是否修改以及他是如何修改他早期的觀點。

在《泰密爾斯》中，柏拉圖似乎根本未做修改——雖然有一些寫作形式證據支持相反的觀點，但這一事實使得一些學者相信，這篇著作是在《巴門尼德斯》對理型論提出對詰難之前就寫好的。這篇對話錄描述了一個神聖的但並非一萬能的工匠是如何盡其有限的能力，藉著不變的理型作為典範，不斷創造出這些模型的不定的影像。而把無序的宇宙物質改造成為和諧的宇宙。創造出來的宇宙被視為是神聖的理智的靈魂所統治的一個單一的活的有機體；時間自身與宇宙俱在，它是理型永恆本性的影像；而空間並非神聖的工匠所創，而是所有變化在其中發生的無特性的容器。宇宙的基本成分不是像某些思想家所主張的地、風、火及水；相反地，這些元素是由平面組成的，而這些平面又依次形成基本的三角形。《泰密爾斯》試圖表明，為了理解變化的宇宙的有序本性，雖然必須借助於除理念以外的許多其他類型的對象——靈魂、三角形、空間——但最科學的解釋是將物理世界描繪成為一個有目的的、極為近似於這些不變的和永恆的對象固有的完美的模型。

然而，在《斐利布斯》中，理型並未扮演重要角色。這篇後期對話錄中包含著柏拉圖對什麼是善這一問題的最完整的回答。他論證說，快樂與理智本身都不能與善等量齊觀，因為沒有人會對那種只包含快樂與理智兩者之中的一個，而完全缺乏另一個的人生感到滿意。然而，善被視為均衡、美及真理；理智則被列為高於快樂的一種善，因為它更接近於均衡、美及真理。在這篇對話錄裡，就像在中期對話錄一樣，柏拉圖主張，對善的正確理解需要形上學的基礎。為了評價快樂在人的生活中的作用，我們需要適用於所有其他認識領域的一種方法論。特別是我們必須認識到，任何一件事情都可置於四個範疇之中：有限、無限、有限與無限的混合，以及這種混合的理智上的創造。在這一方案之中，理型的定位被置於何處並不明確。雖然《斐利布斯》像《理想國》一樣借助形上學來回答現實問題，但這裡的形上學恰好與以前的形上學不一樣。

雖然我們很自然地把柏拉圖當作一個哲學著作的作者，但他卻把書寫文字視為低於口頭用語而為一種學習與教授的工具。柏拉圖在《斐德羅斯》中充分闡明了書寫文字所有的弊端。毫無疑問地，柏拉圖在學園中充分參與了哲學辯論，且至少在一個場合曾向一般聽眾講過課。亞里斯多德的一個名叫阿里斯托克塞那斯(Aristoxenus)的學生曾告訴我們，柏拉圖的許多聽眾曾對柏拉圖在一次演講中主張至善是一，表示困惑與失望。我們可以有把握地假定，柏拉圖曾在談話中提出過重要的哲學思想，然而這些思想觀點未列入其成文的著作中。亞里斯多德在《物理學》第四卷第二章提到柏拉圖的一個未成文的學說是，而在《形上學》第一卷第六章中，亞里斯多德將其歸於柏拉圖的高深莫測的主張——理型應以數的語詞來解釋，而理型進而由一和大與小二元形成——看來僅被解釋於討論之中。有些學者看重〈第七封書信〉(the Seventh Letter)中的陳述。在這封信中，最根本的哲學問題仍是未成文的。因為使用了後來關於柏拉圖未成文學說的證據，這些學者把信中的對話當作更深奧的卻又是隱藏的真理的指示牌來讀。然而，第七封書信的可靠性是一個有爭議的問題。無論如何，既然亞里斯多德本人把柏拉圖的中後期對話當作柏拉圖哲學不加掩飾地敘述，我們有穩固的基礎採用同樣方式。

參見 Aristotle 亞里斯多德；commentaries on Plato 對柏拉圖的註釋；Neoplatonism 新柏拉圖主義；Socrates 蘇格拉底

R.Kr.撰　徐學庸審訂

Plato, commentaries on　對柏拉圖的註釋　見 commentaries on Plato 對柏拉圖的註釋

Platonic form　柏拉圖的理型　見 form 形式；Plato 柏拉圖

pleasure　快樂　見 Epicureanism 伊比鳩魯主義；hedonism 享樂主義

pleasure, katastematic　靜態的快樂　見 Epicureanism 伊比鳩魯主義

pleasure, kinetic　動力的快樂　見 Epicureanism 伊比鳩魯主義

pleasure principle　快感原則　見 Freud 弗洛伊德

Plekhanov, Georgy Valentinovich　普列漢諾夫，葛歐濟・瓦冷提諾維齊(1856-1918)　俄國革命運動領袖型的理論家，也是俄國馬克思主義(Marxism)之父。在其成年之後的生命大部分活在俄國之外的異域過流亡的日子，他於 1883 年在瑞士創建第一個俄國馬克思主義者的團體——勞動解放社(the Emancipation of Labor，成為俄國社會民主工人黨〔Social Democratic Workers' party〕的前身)。在哲學方面，他努力把馬克思(Marx)與恩格斯(Engles)的觀點系統化和向外散布，用「辯證唯物主義」(dialectical materialism)之名使它大眾化。在理解歷史方面，普列漢諾夫大部分守住正統馬克思主義者的立場，聲稱歷史的發展不隨人們的意志來改變或加速。他不相信俄國在二十世紀第一個十年內能夠進行無產階級的革命。因之，在 1903 年社會民主黨分裂時，他反對布爾塞維克派。同時他並非一個幼稚的經濟決定論者：他接受地理、心理及其他因素，作為歷史改變的動力。在認識論(epistemology)方面，普列漢諾夫同意康德(Kant)的說法：人們無法知道事物的自身，不過他聲稱我們的感覺可以視為一種「楔形文字」(hieroglyphs)，針對外頭實在的元素一點一點地與其相互配當(resembling)，而非一點一滴地加以模倣、照映。在倫理學(ethics)方面，普列漢諾夫企圖用康德的學說來補充馬克思之不足，在階級的分析上佐以道德的說詞。其理由為普世之中存有一項放諸四海而皆準的倫理原則，那就是應把人類視為目

的(ends)，而非手段(means)之原則。就因為這些說詞及其他方面的看法，使得普列漢諾夫的馬克思主義之觀點與列寧(Lenin)之立場相左，這也是他的哲學在史達林(Stalin)時代橫遭馬列教條主義者(Marxist-Leninists)鄙視與拒絕的因由。

參見 Russian philosophy 俄國哲學

J.P.Sc.撰　洪鎌德審訂

plenitude, principle of　充足原理　見 principle of plenitude 充足原理

pleonetetic logic　複數量詞邏輯　見 pluralitive logic 複數量詞邏輯

Plotinus　普羅提納斯(A.D. 204-70)　希臘羅馬時期的新柏拉圖主義(Neoplatonist)哲學家。生於埃及，雖然毫無疑問的其祖先來自希臘，但他仍然在亞歷山卓(Alexandria)師從阿蒙尼烏斯．薩卡斯(Ammonius Saccus, 232-43)學習柏拉圖哲學；然後，在參加了一次羅馬皇帝高第安三世(Gordian Ⅲ)遠征波斯(Persians)的短暫冒險失敗之後，他於西元 244 年來到了羅馬，繼續教授哲學直至去世。他受到許多顯赫人物的支持，包括加利努斯皇帝(Gallienus)和皇后。他的兩個高足是阿美留斯(Amelius)與波菲利(Prophyry)，後者將他的哲學散論編輯為《九章集》(〔*Enneads*〕如此稱之是因為波菲利將其編排為共六集，每集都有九章)。前三集是講物理世界及我們與它的關係，第四集講靈魂，第五集講理智，第六集是關於「太一」(the One)的。儘管按照年代順序編排的論文或許是可信的，這在他為《普羅提納斯的生平》(*Life of Plotinus*)寫的序文中有提到，但波菲利的編排延用至今。《九章集》中重要的部分有 I.1；I.2；I.6；Ⅱ.4；Ⅱ.8；Ⅲ.2-3；Ⅲ.6；Ⅲ.7；Ⅳ.3-4；V.1；V.3；Ⅵ.4-5；Ⅵ.7；Ⅵ.8；Ⅵ.9；和Ⅲ.8；V.8；V.5；及Ⅱ.9(這是波菲利將一篇完整的文章拆散而來的，它廣泛的涉及了普羅提納斯的哲學思想，以攻擊諾斯替教為旨歸)。

普羅提納斯把他自己看作是柏拉圖(Plato)的忠實的詮釋者(尤見於《九章集》V.1；他遠遠不止於此。柏拉圖主義在五個世紀中獲得了很大的發展。這一發展的過程中，亞里斯多德主義(Aristotelianism)與斯多噶主義(Stoicism)多被使用，普羅提納斯是此一發展的繼承者，這使得他與柏拉圖有所區隔。

參見 emanationism 流出說；Neoplatonism 新柏拉圖主義

J.M.D 撰　徐學庸審訂

pluralism　多元論　一種探討世界的哲學觀點，強調多樣性而非單一性，多重性而非統一性，差異性而非同一性。哲學上的多元論是在古希臘「一、多」問題(the problem of the one and the many)的討論中產生的。以恩培多克利斯(Empedocles)、阿那撒哥拉斯(Anaxagoras)與原子論者(路西帕斯〔Leucippus〕與德謨克利特斯〔Democritus〕)為典型代表，主張現實世界是由多重的實體複合而成。堅守這樣的立場，他們反對受伊利亞學派(Eleatic School)(巴門尼德斯〔Parmenides〕)認為現實是一個永恆不可分的統一體。因此，多元論被認為在哲學上對比於一元論。

在西方思想(Occidental thought)的發展中，多元論不僅對比於一元論(monism)，而且對比於二元論(dualism)。哲學的二元論認為有二種、而且只有兩種存在。笛卡兒(Descartes)提出了兩種實體，一種是有思想無廣延，一種是有廣延而無思想的實體，這是哲學二元論最清晰的範例。因此，多元論也可以是對比於一元論與二元論的另一種哲學立場。

作為一種形上學的主張，多元論有實體多元論(substantival pluralism)與屬性多元論(Attributive pluralism)的區別。「實體的多元論」認為世界是由多重不可相互化約的實體所組成。「屬性的多元論」則認為種類的多重性並非出現在組成世界的實體上，而是在屬性的差異性與不同的性質。無論如何，多元論不僅僅是一種形上學的主張，而且也是一種解釋的規約原則(regulative principle)，它要求不同的解釋原則與概念系統，必須顧及自然的繁多事態及人類經驗的不同面向。

最近的哲學思潮有重新開始重視多元論的趨勢。特別是美國實用主義(American pragmatism)的發展，詹姆士(James)的《多元宇宙》(*A Pluralistic Universe*, 1909)一書，深刻生動地表述了多元論。在後期的維根斯坦(Wittgenstein)的思想中，多元論也佔一席之地，他特別強調語言遊戲(language games)在日常語言使用中的多元性。在目前後現代哲學的發展(李歐塔〔Jean-François Lyotard〕)，有明顯的多元論取向。它強調符號(signifiers)、範例體(phrase regimens)、對話類型(genres of discourse)與敘述策略(narrational strategies)的多元性。主張思想、話語、行為的聯合與統一，逐漸被「人類經驗是屬於不同和異質的世界」之主張所取代。

多元論在當代的思想中開啟了後形上學的時代。愈來愈少的人關心傳統形上學與知識論的主張，解決自然的實體與屬性的問題；反而更多轉向探求社會實踐的多樣性，以及語言、對話和敘述在展現人類事件的多重性。

參見 Dewey 杜威；postmodern 後現代；pragmatism 實用主義；speculative philosophy 思辯哲學

C.O.S.撰　陳瑤華審訂

pluralitive logic　複數量詞邏輯　有關「許多的」(many)、「大多數的」(most)、「很少的」(few)等(包括「五分之四」、「超過百分之四十五等等」)量化詞的邏輯。試考慮：

(1)「幾乎所有的 F 都是 G」

(2)「幾乎所有的 F 都不是 G」

(3)「大多數的 F 是 G」

(4)「大多數的 F 不是 G」

(5)「許多的 F 是 G」

(6)「許多的 F 不是 G」

(1)亦即，「幾乎所有的 F 都是 G」，和(6)是互相矛盾的；(2)和(5)以及(3)和(4)也是互相矛盾的。(1)和(2)不能同時為真(也就是說，它們是對立的)；同樣，(3)和(4)也不能同時為真，而(5)和(6)則不能同時為假(也就是說，它們是次對立的)。甚者，(1)蘊涵(3)而(3)蘊涵(5)；(2)蘊涵(4)而(4)蘊涵(6)。因此，(1)至(6)形成了一個更普遍的對立方陣(square of opposition)。

有人認為(3)在超過一半以上的F是G時為真，但這種說法讓「大多數的」一詞變得不必要地精確(unnecessarily precise)起來，因為「大多數的」一詞並不是「超過一半以上的」之意。雖然許多的複數量化詞是模糊的詞，但它們之間的邏輯關係卻是很清楚的。同樣的，你當然可以將「許多的」定義為相對於某一脈絡而言，「至少有 n 個」。但這樣的定義方式不但破壞了「許多的」一詞的模糊性，也無法運用在任意大的或無限論域的情況裡。

「很少的」、「大多數的」和「許多的」是二位的量化詞，這是較一般量化詞更為普遍化的量化詞。像「所有的」(all)或「有些」(some)這樣的一元量化詞意指一種二階的性質；比方說，「有些東西是F」意指「F這樣的性質有例子存在」，而「所有的F是G」則意指「是F但不是G這樣的性質沒有例子存在」。普遍化的量化詞則意指一種二階的關係。「大多數的F是G」意指一種F和G之間的二位關係，而這樣的二位關係並不能被化約為F和G的真值關係。事實上，沒有一個標準的複數量化詞可以在初階邏輯中被定義。

參見 formal logic 形式邏輯；square of opposition 對立方陣；vagueness 模糊性

S.L.R.撰　王文方審訂

plurality of causes　原因的多樣性　約翰・斯圖亞特・彌爾(J. S. Mill)使用的概念，單一結果有一個以上的原因：亦即，不同事件類型的個例(tokens of different event types)導致(causing)相同事件類型的不同個例。原因的多樣性不同於由一個事件的多重決定(overdetermination)，後者指由一個以上的實際的或潛在的個別原因來決定。例如，一隻動物的死亡有原因的多樣性：它可能死於飢餓、死於失血、死於頭部受猛擊等等。彌爾認為這些情況很重要，因為他看到了原因的多樣性之存在為他決定原因的四種方法增添了很多問題。彌爾的一致性方法(Mill's method of agreement)在面對這問題時特別脆弱：當事件具有一種類型以上的原因時，該方法即會失效，因為該方法假定原因對其結果是必然的。

實際上，原因的多樣性對這個世界而言，是個老生常談的事實，因為很少的原因對其結果而言是必然的。除非背景條件得到巨細靡遺的描述，抑或結果類型(the effect type)的同一性非常狹義地被界定，否則幾乎所有的事件都免不了原因的多樣性。例如，只有當人們假定電燈開關沒有短路、電路仍然正常運作等等，或只有當人們假定，在使用「電燈亮了」這片語意指電燈以正常的方式亮了，按下開關才是燈光亮了的必然原因。

參見 causation 因果關係；Mill, J. S.約翰・斯圖亞特・彌爾；Mill's methods 彌爾方法；type-token distinction 型類／個例之區分

B.E.撰　陳瑞麟審訂

Plutarch of Athens　雅典的普魯塔克　見 Neoplatonism 新柏拉圖主義

Plutarch of Chaeronea　查羅尼亞的普魯塔克　見 Academy 學園；Middle Platonism 中期柏拉圖主義

PM　數學原理　見附錄：特殊符號與邏輯記號

***pneuma*　氣息**　見 Stoicism 斯多噶主義

***Po-hu tung*　《白虎通》**　(*White Tiger Hall Consultations*)中國後漢時代(Later Han dynasty)儒家(Confucian)重要著作。西元 79 年後漢章帝在皇宮內白虎堂召集群儒博士通論古代經典學說及其註解，白虎通就是這一次會議的結論記錄。書分四十三條篇目，試圖有系統地解釋儒家聖王修身齊家治國之道。《白虎通》強調帝王應有的專有極度權力，並闡論一個以陰陽氣論(yin-yang theory)為中心的宇宙論(cosmology)和人性論(moral psychology)，為漢皇朝提供了一個全面性社會政治哲學思維的基本藍圖。從儒家政治學的出發點，仁政當然是非常重要，但是皇帝有責任和權力用武力鎮壓騷亂。儒家的理想社會是基於一個有等級差別的倫理關係架構，在這方面《白虎通》提出一套對後世影響極大的三綱六紀(three bonds and six relationships)理論，以確保社會國家的紀律，繁榮和穩定。《白虎通》認為人性是陽氣所生，需要悉心栽培養育成為聖賢之至善，而人的情慾則是以陰氣為本，需要以禮教來收斂和控制。《白虎通》為漢代儒家思想做了一個正統的總結，並結束了當時儒家經學傳統爭論極為激烈的今古文之爭(the debate between the Old

Text school and the New Text school)。

參見 Confucianism 儒家；*yin, yang* 陰陽

A.K.L.C.撰　陳金樑審訂

***poiēsis*　製造**　希臘文，意為「製造」(production)，針對外在目的的行為。在亞里斯多德(Aristotle)那裡，製造與行動(*proxis*)相反。它是工匠(例如建築、旨在建成房屋)的特徵。因此它也是一種過程(*kinēsis*)。對亞里斯多德而言，德性的運用由於涉及自己是自己的原因，不能算是「製造」。涉及德性的知識因此與涉及工匠的知識是不一樣的。

R.C.撰　王文方審訂

Poincaré, Jules Henri　龐卡黑，朱勒・安利(1854-1912)　法國數學家，重要的科學哲學家。生於南錫(Nancy)一個傑出的家庭，在他小的時候，就顯露了其在數學方面的卓越才能。他在「礦冶學校」(École des Mines)學習，並在完成數學博士學位時(1879)，曾任礦冶工程師。在 1881 年，他被巴黎大學任命為教授，此後直到去世，他一直在該校教授數學、物理與天文學。他在微分方程，代數拓樸學與數論等理論方面做出具有原創性的貢獻，使他成為他那個時代的卓越數學家。他幾乎出版了五百篇科技論文，及三部關於科學哲學方面並被廣泛閱讀的書籍：《科學和假說》(*Science and Hypothesis*, 1902)、《科學的價值》(*The Value of Science*, 1905)和《科學與方法》(*Science and Method*, 1908)。

龐卡黑的科學哲學是通過數學形成的。幾何公理既不是先天綜合的，也不是經驗的；它們只是更應當地被理解為「定義」(definitions)。因此，在物理應用時，當一套公理優於另一套公理，這選擇實際上是「約定」(convention)；它被選擇，是受到簡單與表達方便這幾個標準所支配，而不是因為任何幾何而被認定為「正確」(correct)。雖然歐基里德(Euclidean)幾何被用作描述空間的物體運動，但是，問這物理空間是否「真」如歐基里德幾何學所描述，則是毫無意義的問題。在數學上的發現與在物理中的發現相似，但是，前者是人類心靈的建造，而後者卻不得不與獨立於心靈之外的自然秩序配合。

科學提供了一個既方便又豐富的方式來表現不同層次感覺間的關係，使得形成可依賴的預測。這些感覺反映造成它們自身的世界；科學(有限的)客觀性來自於此一事實，但科學並不意味著決定那深層世界的本質。約定，那些不可能被規則所決定的選擇，進入各個層次的物理科學。像能量不滅定律這樣的原則，在表面上顯得是經驗的，但事實上，這些原則是科學家如對待不明確定義般所選擇出來的假設。在可選擇假設之間的決定也與約定相關：例如，一個特殊曲線的選擇代表了一個數據的點的有限集合需要判斷這兩者之間何者較為簡單。

特別是我們必須區分兩種假設。從觀察得出的歸納普遍化(「真正普遍化」〔real generalizations〕)在有限制的意義上，因為它們永遠可以被進一步精確化，所以是假設的。然後是理論(「普通的假設」〔indifferent hypotheses〕)，它們假設更為深層的個體與結構。這些個體或許看來具有解釋性，但嚴格地說，它們只不過是在計算中有用的工具而已。若是要求原子理論具有「解釋力」(explain)，就表示原子必須存在。然而在科學中唯一被允許的訴求方式，即直接實驗(directly by experiment)裡，這卻是無法證實的。在他去世前不久，龐卡黑承認裴林(Perrin)對愛因斯坦(Einstein)關於「布朗運動」(Brownian motion)所作假設的證實實驗，再加上他專心排列十二項著名計算阿佛喀陀常數(Avogadro's number)的實驗方法，組成一個等同於原子存在的實驗證明：「我們可以說，因為我們可以計算它們，所以我們看到它們……，現在化學家的原子是真實的。」

參見 conventionalism 約定論；philosophy of mathematics 數學哲學

E. M.撰　苑舉正審訂

polarity　極端　不同現象、辭項或概念之間的關係，使得其中一方雖然與另一方對立，卻無法避免地需要另一方，就像是磁石中南極與北極的關係。在應用到辭項或概念時，極端蘊涵著，其中一項的意義包含另一項的意義。這是「概念上」的極端。而辭項在「存在上」是極端的，如果其中一方的個例不能脫離另一方的個例而存在。第二種意義蘊涵了第一種。供、需與善、惡是概念極端的例子。南、北和買、賣是存在極端的例子。有些極端概念是對立的，像是真和假。有些則是「相關的」(correlative)，像是問題和答案：一個答案是對於一個問題的回答，而一個問題要求一個答案，但問題可以是答案，答案也可以是問題。這個概念並不限於一對，可以擴充而有相互的互相依賴性(mutual interdependence)、多極性(multipolarity)。

參見 meaning 意義；philosophy of language 語言哲學

M.G.S.撰　林正弘審訂

Polish logic　波蘭邏輯　1919-39 年在波蘭所研究、解釋和教授的邏輯。在兩次大戰之間，一些在工作上的同事，如盧卡西維茨(Jan Łukasiewicz)、柯塔賓斯基(Tadeusz Kotarbiński)及萊希涅夫斯基(Stanisław Leśniewski)，在一些學生及後來的合作者如阿弗雷德・塔斯基(Alfred Tarski)、耶日・斯盧派基(Jerzy Słupecki)、斯坦尼斯瓦夫・亞希科夫斯基(Stanisław Jaskowski)和博萊斯瓦夫・索博欽科斯基(Bolesław Sobociński)的幫助下，與華沙(Warsaw)的一些數學家和其他地方的哲學同行如卡西米爾・艾杜凱維奇(Kasimir Ajdukiewicz)和塔德烏什・切茹夫斯基(Tadeusz Czeẓowski)一起使華沙成為一個國際知名的邏輯、後設邏輯、語意學和數學基礎的研究中心。華沙學派也曾支配了波蘭哲學，使波蘭成為甚至在中學裡也介紹現代邏輯的國家。

三位奠基人都是在利沃夫(Lvov)，在卡西米爾・特瓦道斯基(Kasimir Twardowski, 1866-1938)指導下獲得博士學位。卡西米爾・特瓦道斯基是兩次大戰之間獨立波蘭一些主要思想家的良師。二十九歲時他從維也納來到波蘭主持哲學講座時，他必須在專注於自己的研究和在波蘭組織哲學研究之間進行抉擇。他的一生主要奉獻給了社會服務，從而成為現代波蘭哲學的奠基人。

特瓦道斯基在個體概念和集合概念之間所做的非正式區分，影響了哲學和科學的分類，並分別在本體論和物績學(Mereology)方面預示了萊希涅夫斯基的形式公理體系。波蘭邏輯中另一個重要的公共遺產，是特瓦道斯基對於過程-結果的歧義性的強調。他把這個區分用來消除歧義，並用來改進他的老師布倫塔諾(Brentano)對心靈活動的解釋，布倫塔諾認為心靈活動是有意義的(「有意向的」〔intentional〕)事件，但特瓦道斯基認為我們應區分：(1)心靈活動所「意向」的對象及(2)它的相應的「意義」或「主觀」的內容，以及其相關的特性或結構(藉著這些特性或結構心靈得以「意向」它的「對象」——亦即，可以「意指」如此如此)。

特瓦道斯基的學說——特別是他對於心靈活動的「內容」與「對象」的詳盡分析，促成了邁農(Meinong)的事物理論，而且它把胡塞爾(Husserl)的現象學、安東・馬蒂(Anton Marty)的哲學語法，與他們共同的老師、亞里斯多德主義者、學院式的經驗主義者布倫塔諾的描述心理學連在一起；因此他把維也納和劍橋的分析運動的源頭連在一起。特瓦道斯基關於內容和判斷之邏輯哲學的演講，為科學的語意學打好了基礎；他對於布爾代數的證明，打開了數理邏輯之門；他關於事物一般理論的現象學觀念，指向萊希涅夫斯基的本體論。特瓦道斯基的助產個性、正直的品格、傳統哲學的堅實基礎，以及勤奮的訓練(在早晨六點鐘講課)，與他在反對非理性主義、教條主義、懷疑主義和心理主義時，對古典亞里斯多德的真理符合說的實在主義做出之捍衛，影響了他的許多學生，也使得他們在眾多領域得以成為波蘭思想的領袖。但是，比他的任何學說更有影響的是，他精確的哲學理想。哲學作為一種嚴格科學的批評原理和邏輯分析，作為一種精確定義和概念闡明的原理，他的學派不是關於「教條」的，而是關於「方法」的學派。由於在各自不同的方向共同保持著這個方法論遺產，而且也受到特瓦道斯基本人所鼓勵去學習更多他所知道的數理邏輯，他的學生們在邏輯方面很早就受到弗雷格(Frege)和胡塞爾對邏輯心理主義的批評，以及弗雷格、施羅德(Schröder)、懷德海(Whitehead)和羅素(Russell)以邏輯重建古典數學的影響。

從 1908 年到 1915 年在華沙任職前，盧卡西維茨在利沃夫任職講師時，把數理邏輯引入波蘭。對萊希涅夫斯基來說，這個新近從德國學成歸來的馬蒂(Marty)語言哲學的熱衷者的盧卡西維茨之 1910 年的著作《亞里斯多德矛盾律批判》(*Critique of Aristotle's priniple of contradiction*)，簡直是在 1911 年的一個天大的「啟示」(revelation)。其中盧卡西維茨談到許多類似羅素的悖論，這些悖論縈繞了他接下來的十一年。由於在邏輯上駁斥了特瓦道斯基波蘭學派的抽象柏拉圖理論，他找出了自己的解答；而且在受到萊昂・赫維斯泰克(Leon Chwistek)的影響下，超出了漢斯・科爾內留斯(Hans Cornelius)和萊昂・派特拉茨基(Leon Petrażycki)的影響，盧卡西維茨發展了他自己的「積極的唯名論」(constructively nominalist)基礎。

1919 年，柯塔賓斯基和萊希涅夫斯基在華沙與盧卡西維茨會合。在華沙，他們吸引了許多學生，其中第一代的有塔斯基、索博欽科斯基、斯盧派基，第二代的有安杰伊・莫斯托夫斯基(Andrzej Mostowski)和切斯瓦夫・雷金沃斯基(Czesław Lejewski)。當戰爭爆發時，倖存者流散各地，後設邏輯學家莫爾哈耶・馬奇斯伯格(Morchaj Wajsberg)、莫里茨・普雷斯布格爾(Moritz Presburger)和阿道夫・林登鮑姆(Adolf Lindenbaum)被蓋世太保殺害或「失蹤」。盧卡西維茨逐漸把注意力集中於邏輯史(特別是亞里斯多德〔Aristotle〕和斯多噶〔Stoics〕邏輯的重建)，以及關於三段論和命題邏輯的演繹問題。他有關邏輯機率、三值或多值邏輯、模態演算等等的想法，反映了他在戰前與柯塔賓斯基和萊希涅夫斯基就真理的狀態(不變的、永恆的、或兩者？)，特別是當涉及到將來的偶然性，在交換意見時已經具備的看法。萊希涅夫斯基則集中精力發展他的「邏輯」體系。他把許多有啟發性的後設邏輯細節和語意學洞見，傳授給了塔斯基，後者儘管偏向於透過權宜假設簡化後設數學演繹，但與萊希涅夫斯基、盧卡西維茨和艾杜凱維奇一樣確信：只有形式化的語言才能被做成邏輯一貫的對象，「並且」也才能成為嚴格科學的研究工具。柯塔賓斯基吸收了萊希涅夫斯基的謂詞邏輯以捍衛他的「物論」(reism)(作為萊希涅夫斯基本體論的「一種」可能應用)，使他的「具體主義」(concretist)計畫更能奏效，即把抽象概念翻譯成有關具體事物用語的計畫；並使他對心靈活動或傾向的「模倣」解釋予以合理化。由於繼承了特瓦道斯基的角色成為文化領袖和導師，柯塔賓斯基及他的同事積極推動邏輯研究，(例如)他在 1929 年發表了有關知識論、形式邏輯和科學方法論的文章。而這些文獻成為學生的必讀物，而且他也與盧卡西維茨及艾杜凱維奇改編了一本簡明的教科書，提高了波蘭哲學討論的水平。亞希科夫斯基透過萊希涅夫斯基自 1916 年以來所使用的假設方法，發表了「自然演繹體系」(natural deduction)。艾杜凱維奇把他的語法建立在萊希涅夫斯基的邏輯語法基礎上，而且通過他的探究批判，影響了柯塔賓斯基的「物論」(reist)和「具體主義」(concretist)的表述方式。

在波蘭，艾杜凱維奇是最為接近維也納邏輯實證主義(Vienna Circle)的一個人。他透過考查科學理論和語言中約定和意義原理的作用；透過區別意義的公理、演繹的和經驗的規則，給語言哲學和科學哲學帶來了新的深刻進展。他對於語言、世界圖像、同義詞、翻譯、分析性、語言約定的分析理論，以及他透過釋義的哲學闡明方法，預示了卡納普(Carnap)、費格爾(Feigl)和蒯因(Quine)的見解。但是，波蘭的思想家們，在他們共同的方法論遺產和對外延邏輯的一般堅持之外，他們很少有共同的主張，而且在與維也納實證主義者的交流中，他們「太冷靜」(too sober)(盧卡西維茨說)，以至於未能加入橫掃一切的反形上學宣言運動中。就像特瓦道斯基一樣，他們透過重新表述問題，使之能更清楚地改進理智，而成為傳統表述的批評者；他們不排斥形上學，而是尋求改造形上學之法。事實上，除了赫維斯泰克(Chwistek)之外，數學家揚・斯列金斯基(Jan Ślezyński)、歷史學家I.M.博亨斯基(I. M. Bocheński)、Z.A.喬登(Z. A. Jordan)，以及揚・薩拉姆卡(Jan Salamucha)，還有現象學家羅曼・殷佳登(Roman Ingarden)，這些波蘭邏輯的關鍵人物都是特瓦道斯基的哲學後裔。

參見 Kotarbiński 柯塔賓斯基；Leśniewski 萊希涅夫斯基；Łukasiewicz 盧卡西維茨

E.C.L.撰　王文方審訂

Polish notation　波蘭式記號　見 logical notation 邏輯記號

political obligation　政治義務　見 political philosophy 政治哲學

political philosophy　政治哲學　是對種種強制性制度(coercive institutions)的性質與理據的研究。「強制性制度」的範圍包括：小自家庭、大至民族國家及世界性組織(如：聯合國〔United Nations〕)。這種制度的特徵是：它們至少有時候會運用暴力或暴力的威脅去控制其成員的行為。要證成這種強制性制度是正當的，就必須說明：這些制度所具有的權威有一種要求服從的權利；並且，它們的成員也相應地有一種服從它們的義務，也就是說，這些制度對其成員擁有正當的政治權威。

古典的政治哲學家們(如：柏拉圖〔Plato〕與亞里斯多德〔Aristotle〕)的主要興趣，主要是想要為城邦(如：雅典〔Athens〕或斯巴達〔Sparta〕)提供理據。但就歷史而言，當一些更大的強制性制度成為可能並且可欲的時候，政治哲學家們也開始想要證成它們的正當性了。在十七世紀以後，大多數政治哲學家的關注焦點都是想為民族國家(nation-state)提供某種理據，這些民族國家對正當性權威的主張，是受限於地理疆界和民族性的。但偶而也會有一些政治哲學家(這在十九世紀和二十世紀尤其常見)，想要為各種形式的「世界政府」(world government，這種「世界政府」甚至擁有比目前的「聯合國」〔United Nations〕所行使的更多的權力)提供某種理據。最近這幾年來，女性主義(feminist)的政治哲學家們則向家庭制度的權威提出了許多重要的挑戰。

無政府主義(anarchism，來自希臘文的 *anarchos*，意為「沒有政府」)則拒斥了政治哲學的這項中心課題。它堅持認為：沒有任何強制性的制度是正當的。蒲魯東(Proudhon)這位第一個把自己說成是無政府主義者的政治哲學家堅信：所有的強制性制度都應當被基於自願的契約性協議的社會和經濟組織所取代，他並且倡議朝向無政府主義之和平的轉變。其他的無政府主義者(尤其是布朗基〔Blanqui〕和巴枯寧〔Bakunin〕)，則主張必須使用暴力去摧毀強制性制度的力量。無政府主義鼓舞了無政府的工團主義運動(anarcho-syndicalist movement)，例如俄國內戰期間的馬克諾(Makhno)和他的追隨者、西班牙(Spanish)內戰期間的一些西班牙無政府主義者、以及法國 1968 年的「五月事件」(May Events)中的一些無政府主義的「左派份子」(gauchistes)等。

然而，大多數的政治哲學家都還是想要證成強制性制度的正當性的；他們之間的不同僅僅在於：他們對於「哪一種的強制性制度才是正當的」這個問題抱有不同的看法。導源於洛克(Locke)著作的自由主義(liberalism)認為：當強制性的制度促進了自由權(liberty)時，這種制度便是正當的。對洛克而言，自由權需要有某種具有議會式(parliamentary)政府的立憲君主制(constitutional monarchy)的保障。但後來，這種自由權的理念卻至少產生了兩種不同的解釋。似乎最接近洛克的觀點，乃是目前往往被稱為(政治的)「自由放任主義」(libertarianism)的古典自由主義(classical liberalism)。這種形式的自由主義，將加諸自由權的種種限制解釋成一些積極的行為(亦即一些「作為」(acts of commission))：一些積極防止人民去做(否則他們便很可能會做)某些事情的行為。根據這種觀點，未幫助那些需要幫助的人民，並沒有限制到他們的自由權。自由放任主義者認為，當自由權以這種方式被解釋的時候，唯一具有正當性的國家，便只能是一種「最小的國家」(minimal state)或防衛暴力、偷竊與欺詐的「守夜人國家」(night-watchman state)。相反的，在導源於格林(T. H. Green)著作的那種形式的自由主義、亦即「福利自由主義」(welfare liberalism)中，加諸自由權的種種限制則被解釋成不僅包括那些積極的行為、還包括一些消極的行為(亦即一些「不作為」〔acts of omission〕)：一些消極防止人民去做(否則他們便很可能會做)某些事情的行為。根據這種觀點，未幫助那些需要幫助的人民，便是限制了他們的自由權。福利自由主義者認為，當我們以這種方式解釋自由權時，一個福利國家的種種強制性制度便必須能夠保障某種社會上最起碼的平等的機會，才算是正當的。沒有人會否認：當自由權作某種福利國家解釋時，的確是需要某種形式的福利國家的；但是，當自由權作某種自由放任主義解釋時，是否真的需要某種「最小的國家」，則是有爭議的。鬩爭的問題是：當窮人被阻止從富人的剩餘占有(surplus possessions)中獲得他們為了生存所必需的東西時，窮人的自由權是否受到了限制。如果這種「阻止」確實限制了窮人的自由權，那麼，人們就可以論證：窮人的自由權應當優先於富人在運用這些剩餘占有去追求奢侈目的時所擁有的「不受干涉」的自由權。在這種方式下，我們可以說：即使將自由權的理想作某種自由放任主義的解釋，具有正當性的也將是某種「福利國家」，而不是某種「最小的國家」。

無論是自由放任主義還是福利自由主義，二者都認同個人主義(individualism)。這種觀點認為：個人的權利才是基本的，而強制性制度的行動則唯有在促進個人權利時才是正當的。導源於黑格爾(Hegel)著作的社群主義(communitarianism)，則堅決拒斥個人主義。社群主義認為，個人的權利並不是基本的，並且，集體可以有一些獨立於、甚至對立於自由主義者認為是「個人的權利」(right of individuals)的權利。在社群主義者看來，個人乃是由種種制度以及他們作為其中一部分的種種實踐活動所構成的，並且他們的種種權利與義務，也都來自這些制度和實踐活動。法西斯主義(fascism)則是社群主義的一種極端形式，倡議某種威權式的國家，在這種國家中，個人僅擁有一些有限的權利。在其國家社會主義(National Socialism，納粹〔Nazi〕)的變種裡，法西斯主義同時也是反猶太主義(anti-Semitic)和軍國主義(militarist)。

相對於自由主義和社群主義，社會主義(socialism)則以「平等」為基本理想，並認為強制性制度唯有在促進平等時才是正當的。在資本主義社會裡，生產工具為相對少數人所擁有和控制，且主要被用來維護他們的利益；社會主義者則主張控制生產工具，並試圖運用它們去追求公共福利。根據馬克思的觀點，社會主義社會的分配原則乃是：各盡所能、 按需分配(from each according to ability, to each according to needs)。然而，在不同的社會主義者之間，對於「在一個社會主義社會中，誰應當控制生產工具」這個問題，也有意見上的分歧。在列寧(Lenin)所主張的社會主義版本中，那些控制生產工具者也是一些菁英，而這些菁英和他們所要取代的資本主義菁英之間的不同，似乎只在他們所追求的目的上。在發達的資本主義社會裡，國防、警察、消防、收入的再分配、以及環境保護等，都已經受到民主制的控制。民主制或「民治」(government by the people)被認為可以在這些範圍內適用，且可以取得某種形式的代表。社會主義者則認為應該進一步擴大民主控制的範圍，使其包括對生產工具的控制，理由是：那些支持在上述被認可的範圍中可以適用民主控制的論證，同樣也支持可以對生產工具進行民主控制。此外，根據馬克思的觀點，當人們在社會中所從事的大部分勞動都變成了為其自身的報酬、從而使有差別的金錢上的報酬普遍地成為不必要時，社會主義本身將會轉變成共產主義(communism)。如此一來，社會中的分配便可以根據「各盡所能、按需分配」的原則進行。

基本上，上述的所有政治觀點，都否認了女人也擁有和男人一樣的基本權利。相反的，女性主義，則(幾乎由其定義就說明了)是一種認為女人和男人具有相同的基本權利的政治觀點。在最近幾年裡，大多數政治哲學家都開始贊同女人和男人具有相同的基本權利，但卻鮮少有人真正認真探討女性主義者們認為最為重要的一些問題，如：在家庭結構中，不同的責任與義務應如何分擔。

上述的每一個政治觀點，都必須內在地與外在地(藉由與其他觀點的比較)加以評價。一旦這樣做了之後，它們在實踐上的可取之處，也許就不會如此不同了。例如，如果福利自由主義者承認，他們所認為的基本權利也應該適用於遠方的人們和將來的世代，那麼，他們也許也會贊同社會主義者所堅持的那種程度的平等。

不管它們實際上要求的是什麼，上述這些政治觀點都認為：只要某些要求沒有得到滿足，「公民不服從」(civil disobedience)、甚至革命便是正當的。「公民不服從」乃是為了引起人們注意到有關當局未能符合某些基本的道德要求而採取的一種非法行動，例如：1955 年在美國阿拉巴馬州(Alabama)蒙哥馬利市(Montgomery)，羅莎・帕克斯（Rosa Parks）女士在巴士上拒絕依照當地法令規定將座位讓給一位白人。當這種非法行動是一種使有關當局改變法律以更符合某些基本的道德要求之最好方法時，公民的不服從便是正當的。相反的，革命性的行動則唯有當它是糾正有關當局徹底未能滿足某些基本的道德要求之唯一途徑時，才是正當的。當革命性的行動具有正當性時，人民就不再負有服從有關當局的任何政治義務了；換句話說：他們在道德上已經不再需要服從有關當局了，儘管他們很可能還是繼續服從(如：出於習慣或基於恐懼)。

當前的政治哲學的焦點，集中於社群主義與自由主義之間的爭論。為了護衛社群主義的觀點，麥金泰爾(Alasdair MacIntyre)論證道：終歸而言，所有形式的自由主義都是企圖要分開「界定正確行動的規則」(rules defining right action)與「關於人類價值的構想」(conceptions of the human good)。就這一點而言，他認為所有這些形式的自由主義都一定會失敗，因為，「界定正確行動的規則」是不可能完全獨立於某種「關於價值的構想」(a conception of the good)而獲得充分證成的。對這種類型的批評，某些自由主義者已公開地承認，他們的觀點確實不是獨立於某種「關於價值的構想」而建立起來的。例如，洛爾斯(Rawls)最近就明確地表示，他的自由主義需要某種關於政治價值的構想，雖然這不是一種整全性的(comprehensive)關於價值的構想。由此可見，社群主義者與自由主義者之間的爭論，必定會引發一場關於他們彼此間相競爭的「價值的構想」之比較性評價。不幸的是，當代的社群主義者對於他們的觀點需要什麼特殊的「價值的構想」，尚未有成熟的見解。

參見 ethics 倫理學；justice 正義；liberalism 自由主義；political theory 政治理論；social philosophy 社會哲學

J.P.St.撰　張旺山審訂

political theory　政治理論　是對於政治生活之經驗上、規範上以及概念上的面向的一種反省。沒有任何主題是所有的政治理論家都在研究或都應當研究的，沒有哪些程序是必須採取的，也沒有被公認為具有權威性的學說。「政治理論」的意義在於其不斷變動的應用，而不在任何基本的性質。然而，在那些實踐這種活動長逾二十五個世紀之久的人們當中，我們還是有可能分辨出某些主要的傾向。

大約在十七世紀之後，一個主要問題乃是：如何才能最佳地證成某些人對於其他人的政治支配。這個問題又從屬於另一個始終指導著並組織著最早的政治理論的議題，即：是什麼構成了最佳形式的政體(political regime)。較早期的思想家們由於假定了政治上的聯合乃是神意所規定的或自然而然必定會有的人類特性，因此常探問一個問題：哪一種形態的政治上的聯合最有助於為人類實現善。這種「問題上的改變」(change in question)，一方面顯示了政治理論與政治實踐之間具有易變卻親密的關係，一方面則反映了並有助於加強人們對於「人類生而平等」(natural human equality)這個公設的接受，使人們拒斥「某些人對於其他人具有神或自然所賦與的特殊權威」的說法的可能性。只有少數十七世紀之後的思想家接受了這種可能性，之所以如此，也許是因為這個公設使他們認定：沒有任何統治形式是可以被證成的，但問題的轉變的確改變了政治理論的議程。如今，關於「共識」、「個人的自由與權利」、「作為構成正義的一個組成成分之平等的各種形式」、「對於政府之權威與權力之民主式的以及其他形式的控制」(這些都不是古代或中世紀的政治思想家首要關心的問題)變成了政治理論的核心議題。

在政治理論中一再發生的種種傾向與張力，也可以根據貫穿於不同的歷史時期的一些向度加以簡別出來。就其最著名的一些代表而言，政治理論乃是哲學的一個組成部分。系統性的思想家們(systematic thinkers，如：柏拉圖〔Plato〕和亞里斯多德〔Aristotle〕、奧古斯丁〔Augustine〕，和亞奎納〔Aquinas〕、霍布斯〔Hobbes〕和黑格爾〔Hegel〕)，往往將他們的政治思想納入哲學體系中，而與他們的倫理學(ethics)和神學(theology)、形上學(metaphysics)和認識論(epistemology)相互支持。政治的論證和其他任何論證一樣，都必須滿足邏輯(logic)、真理(truth)和證成(justification)的相同判準(criteria)；一個政治學說也必須在實在的本性中奠基。其他的政治理論家們則與經驗科學相結盟，而不與哲學結盟。他們往往將焦點集中在「權力」(power)問題上，並試圖針對特定時間與地點的政府與政策，做出一些精確的論述和以事實為基礎的評估。亞里斯多德的《政治學》(*Politics*)一書的第四到第六章，乃是這種「政治理論」的想法的肇始；後來的孟德斯鳩(Montesquieu)、馬克思(Marx)、和許多功利主義(utilitarianism)者都是這種「政治理論」構想的代表，並且，這也是二十世紀學院中的政治的理論化工作在數量上最佔優勢的形式。然而，另一些人(如：蘇格拉底〔Socrates〕、馬基維利〔Machiavelli〕、盧梭〔Rousseau〕等人以及二十世紀的思想家如洛爾斯〔John Rawls〕)，則混合了前面提到的各種方式，但認為他們自己主要是在追求能夠改善自己的政治社會的實際目標。

參見 political philosophy 政治哲學；social philosophy 社會哲學

R.E.F.撰　張旺山審訂

polyadic　多元的　見 degree 級

Polyaenus　波利亞奴斯　見 Epicureanism 伊比鳩魯主義

polysemy　一字多義　見 ambiguity 歧義

polysyllogism　多重三段論證　指一系列的三段論證，其中每一論證的結論都變成下一個論證的前提。在這個系列中，凡其結論被用作另一個論證前提的論證，被叫做「前三段論」(prosyllogism)，而引用別的推論結論作為其前提的論證，則被叫做「後三段論」(episyllogism)。為了舉例，讓我們採用最簡單的多重三段論標準形式來做說明：

(α)
(1)所有的 B 都是 A
(2)所有的 C 都是 B
(3)所以，所有的 C 都是 A
(β)
(4)所有的 C 都是 A
(5)所有的 D 都是 C
(6)所以，所有的 D 都是 A

這組多重三段論證中的第一組(α)是前三段論，因為它的結論(3)，在第二推論中被當成前提。這第二組(β)是後三段論，因為它用了第一組推論中的結論(3)，且把它當作本身推論中的前提(4)。應當指出的是，「前三段論」與「後三段論」是相對性的詞語。而且，一個多重三段論證可以由二個以上的三段論證所組成。

參見 syllogism 三段論式

I.Bo.撰　王文方審訂

Pomponazzi, Pietro　彭波那齊，皮托(1462-1525)　義大利哲學家，屬於亞里斯多德派，他曾任教於帕多瓦(Padua)大學和波隆納(Bologna)大學。在《論咒法》(*De incantationibus*〔*On Incantations*〕, 1556)中，他把世界看作是一系列自然原因，它能夠清楚地解釋神奇的現象。人類從屬於世界的自然秩序，然而，神的預定(divine predestination)與人的自由是可以並行不悖的(《論命運》〔*De fato*[*On Fate*], 1567〕)。此外，他對什麼是被自然理性(natural reason)所證明，什麼是由於信仰而被接受，這二者之間進行了區別，並主張，既然在駁斥與支持人的個別靈魂不朽這一點上有爭論，那麼，這信念就只能在信仰的基礎上被接受(《論靈魂不朽》〔*De immortalitate animae*[*On the Immortality of the Soul*], 1516〕)。他在《護教篇》(*Apologia*, 1518)和《辯護篇》(*Defensorium*, 1519)中，辯護了他對不朽的看法。這三部書(後來)被重印為《原因論叢》(*Tractatus acutissimi*, 1525)。

彭波那齊的作品一直是很有影響力的，直到十七世紀，當亞里斯多德主義在大學裡停止作為主要的哲學來教授時，其影響力才有所減弱。十八世紀自由思想家曾又對其自然理性和信仰之間的區分表示興趣。

P.Gar.撰　丁福寧審訂

***pons asinorum*　橋引**　拉丁語，意為「橋」(bridge)，指亞里斯多德(Aristotle)藉由尋求適當的中詞來證明某一直言命題所發展出來的方法論。例如，為要證明某一全稱肯定命題，我們應先考慮是否能找到某一蘊涵大詞 P，卻被小詞 S 蘊涵的性質。如果我們果真找到這樣一個性質，我們就可以用它的名稱作為中詞，來構作一個「所有的 S 都是 P」的三段論式證明。舉「所有的人都會死」為例。我們發覺「是一個有機體」便指涉一個蘊涵大詞「會死」，卻被小詞 S「人」蘊涵的性質。因此，「是一個有機體」就可以被用來構作一個「所有的人都會死」的三段論式證明。但如果我們要證明的是一個否定的命題，我們就尚需考慮那些與大詞或小詞不相容的性質。最後，如果要證明的是一個特稱的命題，則我們尚需考慮那些蘊涵主詞的性質。

參見 syllogism 三段論式

I.Bo.撰　王文方審訂

Popper, Karl Raimund　波普爾，卡爾·雷姆德(1902-94)　奧裔英國哲學家，以在科學哲學、社會與政治哲學上的貢獻最為有名。畢業於維也納大學(University of Vienna)(1928年獲哲學博士學位)，並曾在紐西蘭(New Zealand)講授哲學十餘年，後來到倫敦經濟學院(London School of Economics)(1946-69)任高級講師，然後擔任邏輯與科學方法的教授。1965年授封為爵士，1976年當選為英國皇家協會會員，並在1982年獲頒榮譽院士(參見其自傳，《無止境的探尋》〔*Unended Quest*〕, 1976)。

波普爾反對邏輯實證論(logical positivism)有關認知意義的可檢證性判準(verifiability criterion of cognitive significance)，主張科學是以其方法為特徵：經驗科學與偽科學(pseudo-science)及形上學的劃界判準是可否證性(falsifiability)(《探究的邏輯》〔*Logik der Forschung*, 1934〕；英譯為《科學發現的邏輯》〔*The Logic of Scientific Discovery*, 1959〕)。根據否證主義(falsificationism)的看法，科學的增長，甚至包括真理的探求，不是藉由支持證據的蒐集累積，而是經由一無止盡的探索歷程，包括設定問題、提出暫時的解決方案(tentative solutions)——提出臆測性解答——以及錯誤排除(error elimination)的一再循環；也就是對科學假說的演繹結果進行嚴格的檢驗，並竭力反駁失敗的臆測性假設(《臆測與反駁》〔*Conjectures and Refutations*, 1963〕)。由於臆測性假設並非推論而得，而進行嚴格反駁也不是歸納的工作，因而不存在所謂的歸納推論或歸納邏輯。更一般地說，波普爾將批判(criticism)置於合理性的核心位置，從而使傳統的證成主義者(justificationist)，不論是堅持要對科學假說給出決定性或無決定性的證明(proof)、或給出某種程度的證實(confirmation)，或給出正面的論證(positive argument)，全都遭到了反駁。

波普爾復活了康德(Kant)哲學的中心問題，用一種不妥協的實在論和客觀主義，加上現代邏輯工具，以及知識上達爾文(Darwin)式的演化觀點，解決了休姆(Hume)的歸納法問題，卻不致陷入非理性主義(《客觀知識》〔*Objective Knowledge*, 1972〕)。至於其他長遠的重大貢獻，波普爾還有機率論(probability theory)之公理化(《科學發現的邏輯》〔*The Logic of Scientific Discovery*, 1959〕)；對機率論的解釋，尤其是以傾向性對機率做解釋(《科學發現的邏輯之附冊》〔*Postscript to The Logic of Scientific Discovery*, 3vols. 1982-83〕)；以及對其他哲學問題的貢獻(見其與愛克爾斯〔John C. Eccles〕合著的《自我及其大腦》〔*The Self and Its Brain*, 1977〕)。

波普爾的社會哲學跟他的認識論一樣是反權威的。既然假定我們能夠預測人類的未來是一歷史主義的錯誤(見《歷史主義的貧困》〔The Poverty of Historicism, 1957〕)，在一個鼓勵批判且允許不使用暴力更迭統治者的開放社會(open society)中，社會制度的首要任務就必定不是大規模的烏托邦計畫，而是經由細部的改革(piecemeal reform)，將可避免的痛苦減到最低限度。僅有這種方式，才能對社會制度的成敗做出真正的評鑑，也才真正是從經驗中去學習(見其《開放社會及其敵人》〔*The Open Society and Its Enemies*, 1945〕)。

參見 confirmation 驗證；Darwinism 達爾文主義；historicism 歷史主義；logical positivism 邏輯實證主義；philosophy of science 科學哲學；probability 機率；problem of induction 歸納法問題；rationality 理性

D.W.M.撰　莊文瑞審訂

Porphyry　波菲利(c.232-c.304)　希臘的新柏拉圖主義哲學家，其影響僅次於普羅提納斯(Plotinus)。他出生於蒂爾(Tyre)，因而有時被稱作腓尼基的波菲利。在他年輕的時候，他去過雅典，他在那裡吸收了朗基納斯(Longinus)的柏拉圖主義，朗基納斯曾在亞歷山卓受到阿蒙尼烏斯(Ammonius)的影響。波菲利於西元 263 年去羅馬，在此，他成為普羅提納斯的門徒，普羅提納斯也曾受到過阿蒙尼烏斯的影響。波菲利一直在羅馬居住，直到西元 269 年，因為這時普羅提納斯鼓勵他外出旅行，以治癒其嚴重的抑鬱症，他因而前往西西里旅行。他在那裡待了幾年，然後回到羅馬，並接管普羅提納斯的學校。他大約死於羅馬。

波菲利並不是因為他的獨創性思想而聞名，他似乎已把自己獻給對亞里斯多德(Aristotle)的邏輯的解釋，且護衛普羅提納斯對新柏拉圖主義的解釋。在西西里的那幾年裡，波菲利寫下了兩本著名的書，一本是較長的《對抗基督徒》(*Against the Christians*)，但僅留下其殘存部分；另一本是《導論》(*Isagoge*)。這本《入門》一書旨在對一些概念給予基本的闡釋，而掌握這些概念對理解亞里斯多德的範疇(Categories)是很必要的，這本書被波依修(Boethius)譯成拉丁文，且在中世紀時期，隨亞里斯多德的《工具論》(*Organon*)和邏輯論文一起被出版。這一版本中的內容大概促進了在十二世紀關於所謂的共相問題(the so-called problem of universals)的討論，在羅馬居住的後一段時期裡，波菲利收集了普羅提納斯的著作，把它們編輯且組織成一個他自己的——而不是普羅提納斯的——系統，即以九篇論文為一組，共有六組，因而被叫做《九章集》(*Enneads*)。波菲利為他的這版書作序寫到，這是一部提供頗多訊息的普羅提納斯的傳記，不久以後，波菲利便去世了。

參見 Neoplatonism 新柏拉圖主義；Plotinus 普羅提納斯；tree of Porphyry 波菲利之樹

W.E.M.撰　丁福寧審訂

***Port-Royal Logic*　波爾羅亞爾邏輯**　原名為《思維的藝術》(*La logique, ou L'art de penser*)，是一篇關於邏輯、語言、方法的論文，且由阿爾諾(Antoine Arnauld)與尼柯爾(Pierre Nicole, 1625-95)合寫，可能是在巴斯卡(Pascal)的幫助下完成的。他們都是隱居者(solitaires)，且與波爾羅亞爾的修道會(the convent at Port-Royal-des-Champs)保持聯繫，這是法國冉森主義的精神和智力中心。原來，這本書是作為給呂涅斯公爵(the Duc de Luynes)的兒子看的一本教導手冊；不久後，這本《邏輯》(*Logic*)便被進一步擴充且出版。(第一版本出現於 1662 年，但一直不斷地由其作者進行修改、擴充、重寫，直到 1685 年時，在法國已出現了六個版本)。

這部作品展現了某種語言理論，這個語言理論是由阿爾諾和克勞德．朗舍羅(Claude Lancelot)在《一般的和合理的語法》(*Grammaire générale et raisonnée*, 1660)提出的；這部作品也反映了某些教育原則，此教育原則被具體地表現在由波爾羅亞爾開辦的「小學校」(little schools)的課程裡。這部作品的內容還充滿著阿爾諾一生所奉獻的笛卡兒主義想法。在這本書出版後，《邏輯》的影響逐漸擴大到超出冉森主義的範圍。而且，它不久便在十七世紀的法國成為一個標準手冊，以便進行嚴格地思考。它最後終於成為教科書而被法國學校採用。其作者宣稱他們的目標是使思想變得更精確，以便更好地區分正確與錯誤——在哲學上和神學上——且發展健全的判斷。他們尤其想消除經院哲學家們的錯誤和混亂。邏輯是「為了指導自己和他人，將推理指向知識的藝術。」這種藝術主要在於反省心靈的四種主要操作方式，即：設想(conceiving)、判斷(judging)、推理(reasoning)和次序(ordering)。相應地，《邏輯》也因而被分成四個部分：關於觀念和概念、關於判斷、關於推理，以及關於方法。

S.N.撰　王文方審訂

Posidonius　波西多尼亞斯　見 Academy 學園；commentaries on Plato 對柏拉圖的註釋；

Stoicism 斯多噶主義

positional qualities　位置的性　見 qualities 性

positive and negative freedom　積極與消極自由　前者意謂個人能夠自我決定的範圍，後者則意謂個人能免受其他人干涉的範圍。更明確地說，積極自由是指個人能控制自己的人生，或者說能支配他自己。在此意義上，這個詞語非常接近「自主權」(autonomy)。那種能夠阻礙進行自我決定的力量通常被認為是源自內部的，例如慾望或激情。可以說，這種自由的觀念始自柏拉圖(Plato)，根據他的主張，當靈魂的各部分之間正確地彼此互相關聯，那麼，這個人是自由的，例如，靈魂的理性部分控制其他部分。積極自由的擁護者還包括史賓諾莎(Spinoza)、盧梭(Rousseau)、康德(Kant)和黑格爾(Hegel)。

消極自由是指如果一個人沒有被他人阻止做某事，那麼，這個人是自由的。如果另一個人使某人不能做某事，或使用強制手段阻止某人做某事，那麼，我們就可以說這個人被阻止了做某事。因此，如果個人在消極意義上的不自由並不是人為因素所造成的話，那麼，這個人便在消極的意義上是自由的。「消極自由」這一詞語是邊沁(Bentham)所創造的，以表示沒有強制性。消極自由的擁護者還包括霍布斯(Hobbes)、洛克(Locke)和休姆(Hume)。

參見 free will problem 自由意志問題；Kant 康德；political philosophy 政治哲學

G.D.撰　蘇文流審訂

positive duty　積極的責任　見 duty 責任

positive feedback　積極反饋　見 cybernetics 控制論

positive freedom　積極的自由　見 positive and negative freedom 積極與消極自由

positive morality　積極的道德　見 jurisprudence 法理學

positivism, legal　法實證主義　見 jurisprudence 法理學；legal positivism 法實證主義

positivism, logical　邏輯實證主義　見 Comte 孔德；logical positivism 邏輯實證主義

possibilia　可能的事物　見 necessity 必然性；possible worlds 可能世界

possibilist　可能論者　見 epistemic logic 知態邏輯

possibility　可能性　見 necessity 必然性

possibility, epistemic　知識的可能性　見 epistemic logic 知態邏輯

possible worlds　可能世界　可供選擇的世界；藉此，人們可以思考各種的可能性。按照這樣的可能世界來思考可能性這一想法，在萊布尼茲哲學神學(Leibnizian philosophical theology)和近幾十年的模態邏輯的發展，以及對於模態邏輯的哲學思考中起著非常重要

的作用。但是，在上述這兩個脈絡裡，對可能世界的想法所採取的形式和它們的用途，還是有著很大的不同。

萊布尼茲(Leibniz)用它來解釋自己的創造論。在他看來，上帝的心靈必然地，且永恆地包含祂本來能夠創造的無限多的可能世界的想法，但上帝選擇了這些當中最好的去實現它，因而創造了它(相似的觀點也可以在萊布尼茲的同時代人，馬勒布朗士〔Malebranche〕的思想中找到。)可能世界便是可供上帝選擇的完整世界。其之所以稱為「可能」，至少是因為它們在邏輯上是一致的；至於它們是否還需要一些東西，以使它們像完整的世界一樣，則在萊布尼茲的解釋中是一個很困難的問題。而它們之所以是完整，則是因為它們是可能的事物之總體；每一個都包含一個整個的(可能的)宇宙，具有最寬廣的空間範圍和其各自的時間歷史(如果它是在空間和時間上有序的話)。可能世界在時間上的完整性值得強調。如果「明天的世界」是一個比「今天的世界」還要「好的世界」，那麼，它們仍然將是同樣的「可能世界」(現實中的世界)的一部分；因為，對這現實中的「世界」來說，它包括自始至終事實上發生了的事件和將要發生的事件。此處所謂的完整性還擴大到每一個細節，以致最小的鳥在重量上一毫克的不同也會創造一個不同的可能世界。然而，這可能世界的完整性會被一種方式所限制。萊布尼茲把這世界說成是有限事物的集合體。由於可能世界為供上帝創造的可選擇世界，它們因此不可以包括上帝，或者有關於上帝的每一件事。由於這個及其他一些原因，在萊布尼茲的思想中，我們不太清楚是否可以把可能性與真於某些世界的條件相等同，也不太清楚是否可以把必然性與真於所有世界的條件相等同。

然而，在最近的關於模態邏輯(有關可能性、必然性及其他概念，如，涉及時間和道德，在形式上頗為類似的概念的邏輯)的可能世界語意學的發展中，上述這樣的等同關係是經常被假設的。模態邏輯語意論最根本的想法是，諸如有效、健全、和完備之類的概念能夠以模型論中建構的可能世界集來下定義。自從1950年代晚期以來，邏輯學家們已經透過這種方法獲得了許多重要的結論，而此方法最有名的倡導者則是索爾．克里奇(Saul Kripke)。這些證明中一些有趣的證明是依賴於可選擇世界之間所謂「可進入性」(accessibility)關係來定義的。從直覺上來說，一個世界是可以從另一個世界進入的，若且惟若前者對後者而言是可能的(或從後者的觀點來看，是可能的)。不同的可進入性關係界定了不同的模態邏輯系統(例如，根據該關係是否是反身的，或傳遞的，或對稱的，我們就會有不同的模態邏輯系統)。

這些方法的純形式上的結果已經被確立了。但是，將可能世界語意學應用在形上學的概念上，則是相當具有爭議性的。有些爭論是與有關不同種類的可能性和必然性的形上學問題相關的。尤其有爭議的，也是許多興趣的焦點的，則是如何根據在不同的可能世界中個體的等同或不等同，來理解有關特殊個體(*de re*)模態論斷(比方說：我不可能成為音樂演奏者)。

同樣地，我們也有些關於將可能世界語意論應用在虛擬條件句的適用性的爭論，這是由羅伯特．斯塔爾那克(Robert Stalnaker)與大衛．路易斯(David Lewis)所展開的，儘管這個爭論明顯地產生了許多有趣的形式上的結果。在這條進路上，「如果它是A，那麼它也將是B」這樣的虛擬語句的真值條件是：在所有A為真的可能世界當中，有些B為真的世界要比B為假的任一世界，都與現實世界更相似。

最具有爭論性的題目之一，則是可能世界自身的本質。數學邏輯學家不必關心這個問題；純粹為了數學的目的而言，各種各樣的物體，無論是真實的或是虛構的，都可以被看作具有世界的特性。但是，如果形上學上的模態問題(如，是否存在著比我們曾經看到的，更多的可能的顏色)應該根據可能世界來理解，那麼，世界的性質問題則必須嚴肅處理。一些哲學家會認為世界的觀念上沒有任何嚴肅的形上學上的作用。另一極端是，大衛．路易斯堅持主張把可能世界看作是具體事物的總和，認為可能世界是與現實世界同一種類的事物，它們是由行星、人等這樣的實體構成的。根據這種觀點，現實世界的現實性僅在於它是「這個」世界，這個世界便是我們位於其中的世界；撇開了它與我們、或我們的語言行為之間的關係以外，在形上學上來講，這個現實的世界與僅僅可能的世界之間，沒有什麼不同。許多哲學家發現這個結果是違反直覺的，也發現具體的無限多可能世界是一個奢侈的本體論；但是，路易斯認為，他的觀點能夠使模態(包括邏輯上與因果上)和一些諸如命題這樣的觀念，被還原成更具體的觀點。其他一些哲學家認為的確存在著非現實的可能世界，但是，它們是一種與現實具體的宇宙完全不同的實體——一個命題集，或者可能是一些其他的「抽象的」(abstract)物體。萊布尼茲便持這種觀點，他認為可能世界僅存在於上帝的心裡，是上帝思考的意向性的對象。

參見 counterfactuals 非現實句；Kripke semantics 克里奇語意學；modal logic 模態邏輯

R.M.A.撰　王文方審訂

possible worlds semantics　**可能世界語意學**　見 Kripke semantics 克里奇語意學；possible worlds 可能世界

postcard paradox　**明信片悖論**　見 semantic paradoxes 語意悖論

Post-complete　**頗思特完備性**　見 completeness 完備性

post hoc, ergo propter hoc　**職是之故**　見 informal fallacy 非形式謬誤

postmodern　**後現代**　後現代是(或關於)現代哲學及其預設的一套複雜回應，而非對任何引發哲學運動的實質教條與哲學問題的認同。雖然對於現代哲學的準確預設基礎是什麼並沒有共識，而且對於哪些哲學家是這些預設的例證也沒有認定，但後現代哲學典型地反對基礎論(foundationalism)、本質論(essentialism)和實在論(realism)。例如對羅逖(Rorty)來說，應該拋開的預設，是十六、十七、十八世紀的主要哲學家所共有的基礎論的假定。對尼采(Nietzsche)、海德格(Heidegger)、傅科(Foucault)、德希達(Derrida)而言，被挑戰而放置一旁的預設就如形上學本身那樣久遠，最好的例證可能是柏拉圖(Plato)。後現代哲學甚至還透過李歐塔(Lyotard)被賦予了在現代哲學「之前」的特徵，這是因為在某種意義上，哲學現代主義的預設來自於一種傾向，它先前的、未經闡述的信念已經是後現代的。

因此，後現代哲學被有用地看作是一套複雜的概念，它包括如下要素：反(或者是後)認識論立場、反本質主義、反實在主義、反基礎論、反對先驗的論證(transcendental arguments)和先驗的觀點(transcendental standpoints)、拒絕作為精確再現(representation)的知識圖象、拒絕與實在符應的真理、反對教條描述的特定觀點；拒絕具有決定意義的辭彙，如被認為是無論何時、何人、何地，都無條件地具有約束力的原則、區別及描述。另外，它也懷疑那些也許最能被辯證唯物論(dialectical materialism)所展現的宏大敘事與後設敘事。

這些是後現代哲學所拒絕的一部分。後現代哲學也拒絕把這些反對觀點歸類為相對主義(relativism)、懷疑主義(skepticism)，或虛無主義(nihilism)。它也以斥之為後現代「在場的形上學」(the metaphysics of presence)，反對那種被二元對立所推動的解釋系統，將

之視為是一種傳統的、不可能的假定夢想，企圖建立一個完整、唯一且封閉的解釋系統。從積極來看，我們經常會發現下列理念：一種對理性的中立性和權威性觀念的批判(包括它所堅持的無所不在的性別化〔gendered〕、歷史化〔historical〕和種族中心主義〔ethnocentric〕的特徵)；一種由詞語-世界對應(word-world mappings)的社會建構概念；一種信守於歷史主義的傾向；一種對於在一方面從認識論，另一方面從知識社會學之間對比的終極情況(ultimate status)之批判；一種對自主、理性主體觀念的解消；一種堅持在知識的獲得與生產中分工的人為化地位；以及一種對於啟蒙運動及其意識形態的曖昧態度。

許多這類的思想成分或與此相關者，早在歐洲與英語系國家中，以及在「後現代」詞語開始成為普遍現象之前，已經逐漸地出現在反對知識的著名理論裡。在英語系國家的哲學中，它最初採用的形式是杜威(Dewey)(以及實用主義〔pragmatism〕)對實證主義(positivism)的反對、孔恩(Kuhn)早期對科學實踐的重新描述，以及維根斯坦(Wittgenstein)對語言遊戲(language game)的再現特徵的堅持；從塞拉斯(Sellars)到戴維森(Davidson)和蒯因(Quine)對所謂「所予的神話」(the myth of the given)的批判、自然化認識論(epistemology naturalized)的出現，以及資料特徵的描述依賴性，這受限於描述-依賴理論(在孔恩、塞拉斯、蒯因和亞瑟・芬尼〔Arthur Fine〕——或許在所有科學哲學的建構者中都如此)。

在歐洲，許多與後結構主義(poststructuralism)相同的選擇性關聯也明顯地浮現出來，甚至在此之前已有如下跡象：其痕跡可明顯見於海德格(後來見於德希達)對胡塞爾(Husserl)哲學中仍殘留著的笛卡兒主義(Cartesianism)的攻擊；拒絕胡塞爾的本質描述(*Wesensanschauungen*)觀念；索緒爾(Saussure)及結構主義對於那個攻擊自我透明主體(self-transparent subject)的先驗表徵立場之自主性與融貫性所發動的批判；德希達對「在場形上學」(the metaphysics of presence)的解構；傅科對「認識概念」(*epistemes*)的重新描述；法語與英語世界中的社會建構主義者(constructivists)的會合；對使滿足條件成為可能的語言的攻擊，這表示對於在大西洋兩岸之間所追求的充分和必要條件論述的顧慮；以及李歐塔的多次干涉，特別是針對宏大敘事(grand narratives)的批判。

許多與後現代哲學的選擇性關聯，也表現在針對西方傳統所理解的道德哲學所提出的挑戰中看出來，它們不僅見於德國與法國哲學，也見於麥金泰爾(MacIntyre)、威廉斯(Williams)、娜思包姆(Nussbaum)、約翰・麥多威(John McDowell)等人的作品當中對「道德準則」的重新評價。後現代批判的力量或許最能在部分女性主義理論所提出的挑戰中被看出來，正如在裘迪絲・伯特勒(Judith Butler)與海倫娜・西松(Hélène Cixous)與性別理論的著作中通常所見那樣。由於正是在性別理論中，「理性」——這本身在共有哲學傳統中運作的概念，被重新描述成(通常具爭論的)一個性別化的、家長式的、同性戀的及選擇性的概念。

「後現代」這專有名詞在哲學中的定義較不清楚，相對於如後現代建築等其他領域，它在哲學的應用上也不確定與有分歧。在後現代建築學中，這個概念是比較清楚的。它以較清楚的方式驅除現代主義，並以對現代主義建築的反對力量的形式出現，這是對由瓦爾特・格羅皮斯(Walter Gropius)，亨利・勒・科比西埃(Henri Le Corbusier)和米茲・范・德・羅厄(Mies van der Rohe)等人所開創的工作和傳統，特別是所謂的國際風格(International Style)的揚棄。在後現代建築中，現代建築原則中的抽象性，幾何的純粹性及簡單性，已被多種意義(multivocity)與多元主義(pluralism)所取代，這表現為將建築物視為符號與表徵(signifiers)的新興趣，及對它們相關的潛力與資源感興趣。另外，現代主義者熱切渴望建築的無時間性(timelessness)，這觀念本身是很重要的，它被後現代主義者解讀為是允諾科學與技術美好新世界發展的圖像，這是一種對工業革命無批判性的熱切歌頌的期盼，它本身被認為是一種最具實質性的表達。這種對無時間性的期盼，在後現代建築中被一種直接和自覺的向歷史開放，以及與歷史保持聯繫的觀念所取代。就因為這相對特殊的後現代建築概念，使查理斯・詹克斯(Charles Jencks)能寫下這一句話：「現代建築於 1972 年 7 月 15 日下午 3 點 32 分死於密蘇里州聖路易斯市。」可惜，針對後現代哲學並沒有辦法寫出相似的句子。

參見 anti-realism 反實在論；deconstruction 解構；Foucault 傅科；foundationalism 基礎主義；Lyotard 李歐塔；Rorty 羅逖；social constructivism 社會建構主義；structuralism 結構主義

B.M.撰　苑舉正審訂

post-structuralism　後結構主義　見 Continental philosophy 歐陸哲學；Lyotard 李歐塔；structuralism 結構主義

potency　潛能　亞里斯多德(Aristotle)用語，一種與行動相關的能力。我們不需要接受教導，便能理解「X 能做 Y」與「X 在做 Y」的區別，後者的意思是，一個行為在實際上實行了。一個行動者(agent)有某種做某事的能力，這並不是像從個人的過去行為中得出的概括這樣的純粹預言。亞里斯多德用建築師的例子，來指明某人能夠建造，然後面對麥加拉反駁(the Megaric objection)，僅當他實際上建造了的時候，他才能被叫做建築師。很清楚，一個正在做某事的人是有能力做某事的，但是，亞里斯多德認為，一個正在打盹的木匠是有能力釘東西和鋸東西的。建立在像木匠這樣的，已獲得了技能上的潛能來自於那些已獲得或未獲得該技能的人的潛能。一個沒有掌握技能的工人可以被叫做「在潛能上」的建築工人，而不是在他已經獲得，並且可以運用該技能的意義上，而是在他能夠獲得這項技能的意義上來說的。在獲得與運用中，「潛能」指事實上——或者是事實上的技能的獲得，或者是其事實上的運用。這些相關性產生於亞里斯多德對變化(change)與變成(becoming)的分析。從沒有這項技能，到開始獲得這項技能，對於這項技能來說，是具有潛能的。從沒有某種形狀的木頭，開始變成具有某種形狀。在這形狀被形成的木頭當中，潛能被現實化了。潛能不能與未形成形狀的保持一致，也不能與亞里斯多德所稱作的匱乏(privation)保持一致。匱乏是在具有能力P的主體中，對P的否定。根據亞里斯多德的觀點，巴門尼德(Parmenides)認為匱乏與潛能的一致，使他導致否認變化。如何使非 P 變成 P 呢?這正是非 P 主體，即變化所歸屬於的、不受變化影響的，具有達到 X 的潛能。

參見 Aristotle 亞里斯多德

R.M.撰　丁福寧審訂

potentiality, first　第一潛能　見 Aristotle 亞里斯多德

potentiality, second　第二潛能　見 Aristotle 亞里斯多德

***pour soi*　為己存有**　見 Sartre 沙特

poverty of the stimulus　刺激之貧乏　刺激之貧乏是心理學上的現象，當行為之刺激沒有範圍限制(stimulus-unbound)時所表現出來的，因此，直接用物理上的名詞來表示的直接刺激，便無法完全地控制行為。人類將刺激以許多方式分類，並且，以許多群似乎影響我們何時、為何與如何回應的因素來分類——我們的背景信念、語言的技能、對刺激

的假設等等。假設一個正在參觀博物館的人，注意到了一幅她從未見過的畫。仔細思量著這幅她所不熟悉的畫，她說：「這是馬勒(Mahler)的音樂與濟慈(Keats)的詩之炫耀的視覺綜合」。如果刺激(畫)控制了回應，那麼她所說的，產生於對先前類似刺激的回應。由於刺激之貧乏，這個刺激(畫)便不會發出這樣的控制。當然，必定有某種回應的影響力給予那幅畫，因為如果畫沒有任何回應的影響力，她便不會說出上述的那段話來。然而，她所說的話可能超出了參觀者的制約(conditioning)與學習歷史(learning history)。或許，她過去從未以音樂與詩來談論畫作。語言學家瓊姆斯基(Noam Chomsky)使用刺激貧乏作為他批評史金納(B. F. Skinner)之《口語行為》(*Verbal Behavior*, 1957)的中心主張。瓊姆斯基認為大部分的人類行為都無法預測，當然也沒有必不可少的刺激控制。

G.A.G.撰　劉希文審訂

power　能　傾向(disposition)；產生某結果之能力(ability)或性能(capacity)。有一個傳統(洛克〔Locke〕屬於此傳統)區分主動(active)能與被動(passive)能。刀子有主動能以切開蘋果，而蘋果有被動能被刀子切開。然而這區分似乎主要是文法上的。兩種能協調一致地起作用：一粒鹽溶於水之能及水之能溶一粒鹽，它們是相應的(reciprocal)，而且同時顯現。

人有時認為能或傾向是對象(objects)間之關係性質，亦即對象與對象處於一種適切的關係才具有之性質。但是，如果我們區分能及其顯現(manifestation)(我們得這麼做)，並允許一對象可能有從未顯現之能(一粒鹽一直有可溶性，即使從未〔發生〕溶解)，那麼一對象似乎能有一能，即使令它顯現之適當相應的另一半一直不存在。這就是洛克之「次性」(secondary qualities)(各種顏色、各種聲音，等等)觀(《人類悟性論》(*An Essay concerning Human Understanding*, 1690)，他以對象之次性為，對象在觀察者產生某種感覺經驗之能。

認真考慮能之哲學家對於後面問題之意見並不一致：能是內在的、「內建的」(built into)性質嗎？(馬汀〔C. B. Martin〕辯護「能是內在的性質」之說，而這說法似乎早就是洛克之觀點)或者，性質與性質所賦予之能之間的關聯是偶然的，或許依於偶然的自然律(laws of nature)(這是阿姆斯壯〔Amstrong〕所背書之立場)？鹽之可溶性是本來就內建到鹽之特性或者它是因於(i)鹽之有某種「第一序」(first-order)的性質及(ii)種種自然律，而有的「第二序」(second-order)性質？

能之化歸式分析(reductive analysis)雖然有影響力，但進行得不佳。假定有一粒鹽可溶於水。這是說，如果把鹽放入水中，它就會溶解嗎？不。想像鹽被放入水中，一技師進行干擾，強行加上一電磁場，使得鹽不會溶。倘若附上「其他事物若均相同」之條款(到「把鹽放入水中，就會溶解」)，以排除「阻礙」性的條件，便得面對「循環」(circularity)之指責：我們會發現我們得訴諸能，才能徵定哪些其他事物得相同的。顯然，能是我們的世界之基本特徵。

參見 disposition 傾向；qualities 性；relation 關係；supervenience 伴隨性

J.F.H.撰　龔維正審訂

power set　冪集合　見 set theory 集合論

practical argument　實踐論證　見 practical reasoning 實踐推理

practical attitude　實踐態度　見 practical reasoning 實踐推理

P

practical freedom　實踐的自由　見 free will problem 自由意志問題

practical judgment　實踐判斷　見 *akrasia* 意志軟弱

practical logic　實踐邏輯　見 informal logic 非形式邏輯

practical modality　實踐模態　見 free will problem 自由意志問題

practical rationality　實踐的理性　見 rationality 理性

practical reason　實踐理性　一種關於論證與證明的推理能力，應用於規定或選擇行為。在這一範圍內，哲學上所關心的問題是關於實際思考過程，通過這思考過程，行為計畫被形成，並在實踐中實施。第二個主要的論題是，實踐理性在決定行為準則中，擔任什麼樣的作用(如果有的話)。這裡，有兩種基本立場。

「工具主義」(instrumentalism)以休姆(Hume)為代表，休姆認為，理性「是」而且「只應當是」感情的奴隸。根據工具主義的觀點，理性憑它自己是不可能直接影響行為的。它可以間接地做到這一點，通過揭露事實而引發行為動機。它在識別手段-目的的關係(means-end relations)上有必不可少的功能，通過這功能，我們可以達到目的。但是，沒有任何一種目的是被理性所「設置」(set)的，所有的目的都是由「感情」(passions)設置的——通過我們的認識能力所理解的東西，引起存在於我們之中的慾望或厭惡的衝動。單從這一點並不能推出倫理動機可還原成純粹的慾望與厭惡，行動的不同過程只是建基於快樂與痛苦之上。這裡還可能有特殊的倫理感情，或者獨立的道德命令在它們自身內部有一種特殊能力，來引起平常的慾望與厭惡。然而，工具理性經常與以下觀點相關聯：快樂與痛苦，幸福與不幸，是價值與非價值的唯一對象，因而是唯一可能的行為動機。因此，道德命令必須建立在這些動機之上，且實踐理性僅作為從屬於愛好傾向的東西，而產生作用。

與工具理性不同的是康德所提倡的觀點，即實踐理性是規範原則的「自主性」(autonomous)來源，能夠獨立於平常的慾望與厭惡促進行為。根據這種觀點，感情缺少內在的道德涵義，實踐理性的功能是，通過形成適用於所有理性行動者、並在實踐理性自身的操作中建立的規範原則，來限制它們的促進作用。這種理論把道德原則看作是建立在一致性的基礎上的，以及對一切理性行動者的自主性的無偏的尊敬。為了在道德上能被接受，行為原則必須是能夠普遍化的，以致一切理性行動者能夠用這種方式行動，否則會自我推翻或不一致。

這兩種觀點都有優點與缺點。工具理性給出了一個關於實踐理性的功能，與人類動機的來源的更簡單的解釋；但是，通過把願望放在首位，引進了很強的主觀因素，因而提出了一個道德原則如何能夠普遍適用的問題。康德主義的方法給出了更多的承諾，因為它使得普遍性對於道德行為的任一種類型來說，都是本質的；但是，這更為複雜，實踐理性能帶來內在動機的力量這一觀點在面臨著挑戰。

參見 instrumentalism 工具主義；Kant 康德；motivational internalism 動機內在論；practical reasoning 實踐推理；rationality 理性

H.J.M.撰　王巍審訂

practical reasoning　實踐推理　是一種推理過程，通過這種推理過程，支持或反對構成行為的意圖的形成和實行。一個實踐推理的內容稱為「實踐論證」(practical argument)。實踐論證可以很複雜，但通常可以簡化成三段論的形式。關於實踐推理的重要論題包括：它怎樣與理論推理有關、它是否是一個因果過程，以及它如何被評估。

實踐推理的理論傾向於分為兩個基本範疇。其中一種觀點是，實踐推理的本質特徵與理論推理基本上沒有不同。使實踐推理具有實踐性的，是其主題與動機；下例是一個真確的實踐三段論(practical syllogism)：

鍛鍊對我有好處。

慢跑是一種鍛鍊。

因此，慢跑對我有好處。

這個論證有實踐主題，而且也與意向形成有關，所以在動機上也是具有實踐性的。它在整體上是由命題構成，這些命題正是信念狀態的內容。因此在原則上，一個行動者可以無意或不願去慢跑，仍會接受這個結論。意向的形成需要另外的步驟。然而，如果意向的內容不能成為命題，那麼這一步驟就其本身而言，不能算作實踐推理，除非這樣的推理能夠用到嚴格意義上的實踐心靈狀態的內容。因此，許多哲學家要求實踐三段論應是如下這樣：

我願意鍛煉。

慢跑是一種鍛鍊。

因此，我將去慢跑。

這是，第一個前提是表願的，且被理解為代表一個慾望的內容，其結論是一個「決定」(decision)或行為意向的形成。這些內容無所謂真與假，所以不是命題。

把實踐推理的內容限定在命題範圍之內的理論有其有利的地方，即它們允許根據熟悉的邏輯原則，對這樣的推理進行評價。那些允許納入祈願內容的觀點，則蘊涵了需要更為複雜的評價方式。然而它們在理性的支持下，更能研究意向形成的過程；而且根據以自願意志為結論的三段論，能夠被擴展到包括意向的執行。兩種解釋都必須處理自欺欺人的情況，在這種情況中一個行動者用來證明一個決定是正確的，並不是行動產生的原因；除此之外，還有意志軟弱(akrasia)的情況，在這裡行動者認為某一行動更優越，然而卻實施了另一個。

因為心靈內容總是很抽象的，所以它自己不能是行為的原因。但是，它所屬的狀態與事件——願望、信念等——能算作原因，而且能為行為提供決定論式的解釋。反決定論者反對這一步驟，而尋求通過僅由心靈內容所帶來的目的論或證明力量，來解釋行為。

實踐三段論經常將極其複雜的思考過程提綱挈領，在這過程中，各種各樣的選擇被考慮，每個都有其各自的積極與消極方面。一些哲學家認為，當成功地做出推論時，這一過程會在考慮了所有事情，即根據所有相關的，得出判斷哪個行動是最好的。實踐推理能夠用多種多樣的方式進行評估。一些人關心推理過程本身：它是否是及時地、恰當地考慮相關的選擇，以及它是否在邏輯上成立。另一些人關心的是處理實踐推理的產物。決定可能被認為是不理性的，如果它們導出不相容的意向，或者與行動者認為可能的信念相衝突。如果它們與行動者的最大利益相衝突，也會受到批評。最後，一個行動者的意向可能不與道德標準一致。這些評價意向的方式之間的關係，對倫理學基礎來說也是重要的。

參見 action theory 行動理論；*akrasia* 意志軟弱；intuition 直覺；practition 實踐性；reasons for action 行動理由；volition 意志

H.J.M.撰　王巍審訂

practical syllogism　實踐三段論　見 practical reasoning 實踐推理

practical wisdom　實踐智慧　見 Aristotle 亞里斯多德

practition　實踐性　卡斯塔內達(Castañeda)的用語，表示實踐思維中的特有的內容(content)。每一個實踐性內容都把某個行動表徵成「得被做的事情」(something to be done)，也就是說，得被打算、得被命令、得被推薦等的事情，而不是表徵成一種完成(accomplishment)或(將完成之)預報(prediction)。因而，不像命題，實踐性內容沒有真值，但是，它們可以是有效論證的一部分，且有類似於真理的值：如「詹姆斯，熄掉你的雪茄！」這一命令似乎是「合理的」(legitimate)，如果詹姆斯在擁擠的汽車裡吸煙的話。實踐性內容之承認，直接與許多其他領域有關。

參見 action theory 行動理論；Castañeda 卡斯塔內達；deontic logic 規範邏輯；free will problem 自由意志問題；practical reasoning 實踐推理

T.K.撰　陳瑤華審訂

praedicabilia　謂項　見 predicables 謂項

***praedicamenta*　範疇**　(單數為*praedicamentum*)中世紀哲學中，亞里斯多德的十個範疇為：實體、量、質、關係、地點、時間、位置(即，方向——如，垂直的)、擁有、行動，和被動性。這些是所有的類當中十個最普遍的類。除了實體之外，其餘的範疇都被看作是偶然的。這十個類究竟是語言中範疇詞的分類，還是在超語言實在中本體論的分類，曾經引發了不少爭論。一些作者認為，範疇主要是語言學的，超語言的實在則是根據一些、但不是全部的範疇來加以劃分。但大多數作者認為，無論如何，每一個事物(可能除了上帝之外)的確都屬於某一個範疇。但是，那些相信複合意義(*complexe significabile*)的作者們，則把複合意義通常看作不屬於任何的範疇。

參見 Aristotle 亞里斯多德；*complexe significabile* 複合意義；*genus generalissimum* 最普遍的類

P.V.S.撰　王文方審訂

pragmatic ambiguity　語用上的歧義　見 ambiguity 歧義

pragmatic contradiction　語用矛盾　語用矛盾是一種矛盾，但這種矛盾是因語言的使用而產生，而不是邏輯(語意)上的矛盾。「如果 A 是真的，則 B 不可能是錯的」，倘若如此，我們便說：在邏輯上 A 蘊涵著 B；與此相對，如果在大多數(但並不必然地是所有)語境中，說「A」能夠合理地被看作是指示「B」是真的，那麼，A 便在語用上蘊涵著 B。因此，如果我說，「天在下雨」，那麼，我所說的，並不在邏輯上蘊涵著我相信在下雨，因為就算我不相信在下雨，下雨仍是可能的。甚者，我正說出「天在下雨」這個「說出」的動作或事實，也不在邏輯上蘊涵著我相信，因為我就算不信，我也可以這樣說。然而，我所說的「天在下雨」，卻在語用上蘊涵著我相信在下雨。因為正常情況下，我說這句話，能合理地被認為是指示著我相信在下雨這一事實。相應地，如果我說「天在下雨，但我不相信在下雨」，那麼，我的說法便是在語用上矛盾。這句話的第一部分(「天在下雨」)在邏輯上並不蘊涵著第二部分(「我不相信在下雨」)的否定；但是，我所說的第一部分卻在語用上蘊涵著第二部分的否定。

參見 implicature 語用蘊涵；presupposition 預設

R.Fo.撰　王文方審訂

pragmatic maxim　實用的格準　見 Peirce 裴爾斯

pragmatics　語用學　見 philosophy of language 語言哲學；speech act theory 言說行動理論；theory of signs 記號論

pragmatic theory of truth　實用主義的真理理論　見 pragmatism 實用主義；truth 真理

pragmatism　實用主義　這種哲學強調理論與實踐的關係，並把透過有方向行動的結果而顯露出來的經驗與自然的連續性，看作反省的起點。經驗是有機體和環境之間的持續互動，換言之，主體與客體都在此過程中被構成。當以理性加以排序時，起初的狀況，根據當時的目標(亦即有意圖地)而審慎地轉化為被認為是更加被欲求的後續情況。因此，知識乃是被利益與價值所引導。既然客體的實在不能先於經驗而被了解，那麼，唯有將真理之宣稱視為在實驗上決定的條件之滿足，亦即視為探究之結果，才能加以證成。

作為一場哲學運動，實用主義首先由裴爾斯(Peirce)在 1870 年代早期，於麻薩諸塞州劍橋(Cambridge, Massachusetts)的形上學俱樂部形成；詹姆士(James)於 1898 年對加州大學柏克萊校區哲學學會做的講演中，稱它為一種獨特的立場，後來更由芝加哥學派(Chicago School)進一步加以發揮，尤其是杜威(Dewey)、米德(Mead)和亞當斯(Jane Addams, 1860-1935)。它受達爾文影響把人類經驗(包括認識活動)了解成具有歷史偶然性的發展歷程，從而強調理論與實踐、知識與行動、事實與價值的相互關連性。劉易士(C. I. Lewis)的先天實用主義(pragmatic a priori)與蒯因(W. V. Quine)對分析-綜合(analytic-synthetic)的反對進一步發展了這些見解。

知識是工具性的——一種為了滿意地組織經驗的工具。概念是信念的習慣或行動的規則。真理不能單獨由認識論的判準決定，因為這些判準的恰當性不能獨立於欲追求的目標與欲實現的價值而被決定。在歷史上特定文化情境中出現的價值，它們在理智上的恰當程度，僅在於它們能在何種程度上令人滿意地解決問題，而被證明值得加以保存。根據實用主義的真理理論，真理是在經驗過程中被確定的信念，因而是會出錯的，有待進一步修正。裴爾斯認為，真的信念乃是代表不斷受到確認的實在對象，直到這些對象會合到最終的決定；詹姆士認為，真理是有價值的引導；根據杜威的探究理論，則是未決定狀況向能導致有保證的肯斷的決定狀況之轉變。

實用主義的倫理學是自然主義的、多元主義的、發展和實驗的。它反省影響倫理系統的動機，考察個人如何將其個人價值與社會價值有所區別的發展進程；把道德判斷置於專屬個人或專屬社會的問題情境中，並主張作為終極決定判準的生命價值乃是成長，而決定這種成長的因素包括所有受到實際或預想結果之影響者。

實用主義具有原創性的跨學科發展也繼續影響著人文學科。霍姆斯(Oliver Wendell Holmes)是形上學俱樂部的成員，後來成為美國最高法院的法官，他發展了實用主義的法學理論。裴爾斯的實用主義原則(意義存在於可想像的實際效果中)和他的記號三元論(triadic theory of signs)，則發展成記號學領域。詹姆士的《心理學原理》(*Principles of Psychology*, 1890)不僅在北美建立了實驗心理學，也使哲學的關注點從對理性的抽象分析轉移到生物上與心靈上的連續性。反射弧理論(The reflex arc theory)被重新建造成一套知覺、感受、思考與行為的互動圈，且與意識的選擇性興趣相聯，而成為徹底經驗主義的基礎。米德的關於自我與心靈在社會行動中出現的理論，與杜威對個人與社會的分析，影響了人文科學。杜威視教育為社區導向的理論，以成長在心理學上的發展階段為基礎，並以全面參與民主社會為目標，成為進步教育的哲學基礎。

參見 contextualism 脈絡論；Dewey 杜威；James 詹姆士；naturalism 自然主義；Peirce 裴爾斯

C.H.S.撰　朱建民審訂

pragmatism, ethical　倫理實用主義　見 moral epistemology 道德認識論

praxis　實踐　源自希臘語 *prasso*，意為「做」、「行動」之意　亞里斯多德(Aristotle)認為思想與行動的領域構成了人的倫理與政治生活，這是與邏輯和認識論的理論設計(*theoria*)相反的。因之，「實踐」(praxis)是透過與「理論」的相反比較，而被定義為一種「活動」(practice)。

在西方哲學的歷史中，實踐的概念在各種哲學用語中佔有一席的地位。馬克思(Marx)及新馬克思主義者把這個概念聯繫到歷史解釋的生產典範(a production paradigm)之上。在諸事物的框架安排裡，活動構成了生產與交易的關係。這些活動被看作人類社會與經濟歷史中主要的形態。「實踐」的字源裡頭也有*pragma*(行為、事情、實用之意)的意思，這就構成美國實用主義(American pragmatism)用字的原意。近年間實踐的概念影響了批判理論的學派之形成。其中實踐的表現物(performatives)同言說(discourse)、溝通、社會實踐等等分開的現象有直接的聯繫。

當前有關實踐的文獻之中心哲學議題為理論與實踐的關係，它聯繫到不帶價值判斷的科學之問題。一般的著力點為排除或顛覆傳統上把理論與實踐分開為兩截的方式，改而承認以實踐為取向的理論努力，也就是以實踐為取向之理論努力預先體會了理論的建構，或是把實踐的形成當做僅僅是理論的應用來看待。強調價值中立的立場之「純理論」計畫，或是把實踐只看做是工具，這兩種看法都缺乏真識與卓見，因而遭受學界棄置。是故一個聯貫融通的哲學任務為理解人類的思想與實踐必須在每日的溝通、習慣、技巧與社會實踐的背景下展開，這些每日的行事就造成現世的傳承，也就是吾人繼承之物。

參見 critical theory 批判理論；Marx 馬克思；Marxism 馬克思主義

C.O.S.撰　洪鎌德審訂

Praxis school　實踐學派　發源於沙格列卜(Zagreb)與伯爾格萊德(Belgrade)的南斯拉夫哲學學派。其年代為 1964 年至 1974 年，該學派在上述年代出版了戰後被各方推重的馬克思主義雜誌《實踐》(*Praxis*)之國際版。就在這段時期中，它舉辦了寇枯拉(Korcula)夏令營而吸引西方世界的學者與會。在縮小規模之下，在克羅齊亞(Croatia)的杜布洛夫尼克(Dubrovnik)續辦夏令營開展社會哲學課程。實踐哲學派的開創者包括皮特洛維齊(Gajo Petrovic，屬沙格列卜)，康爾格(Milan Kangrga，也屬沙格列卜)和馬科維齊(Mihailo Markovic，屬柏爾格萊德)。該學派另外一位著名的成員為史托雅諾維齊(Svetozar Stojanovic，也屬伯爾格萊德)和第二代的領導人福列哥(Gvozden Flego，屬沙格列卜)。

實踐學派強調青年馬克思的著作，而把教條的馬克思主義置於嚴厲的批判之下。他們分別馬克思(Marx)與恩格斯(Engels)不同的作品，強調異化和人類機靈創新的概念使得個人與社會的關係有了更佳的理解。通過馬克思「無情的、嚴酷的批判」之呼籲，該學派鼓吹東西陣營公開的質詢與言論的自由。

該學派中最重要與最具有創意的哲學家，無疑地為克羅齊亞的二十世紀思想大師之皮特絡維齊(1927-93)。他大聲疾呼(1)要把哲學理解為對現存事物徹底的、根本的批判；(2)要理解人類為實踐和創造性的生物。後者演變為把人理解為天生的革命者。當今人們追

憶他時，總不忘他的兩本傑作：《二十世紀中葉的馬克思》(*Marx in the Mid-Twentieth Century*)和《哲學與革命》(*Philosophie und Revolution*)。康爾格(b. 1923)也強調人的創造性，不過卻堅持理解人類為生產者，也就是把自然加以人類化的生產者。透過不同的學科，諸如美學、哲學人類學、知識理論、本體論和社會思想，人類倫理的問題性可以獲得落實。馬科維齊(b. 1923)為柏爾格萊德八傑之一，最著名的貢獻為意義之理論(theory of meaning)，這一理論導致他發展了社會主義的人本思想、人文主義。在西方他廣被閱讀之著作為《從富裕到實踐：哲學與社會批判》(*From Affluence to Praxis: Philosophy and Social Criticism*)。

參見 Marxism 馬克思主義；praxis 實踐

J.Bi.&H.P.撰　洪鎌德審訂

preanalytic　前分析的　考慮過，但仍幼稚的；常識性的；沒有被先入的明說的理論化所污染的；「前分析的」被用來說判斷，進而引申用來說奠基這種判斷之信念與直覺。前分析的判斷常用來檢驗哲學主張。在所有的事情都考慮過後，我們總是優先選擇那些與前分析判斷一致的理論，而不是那些與前分析判斷不一致的理論，儘管大多數理論學家都表示，願意根據後來的探究，修正前分析的評斷。如此，人可以把一個前分析判斷看成是一個給定主題之哲學思考之起點。公正(justice)就是給每個人應得的份嗎？前分析地看，似乎是這樣。然而，對種種具體實例的注意，可能會使我們採取另一個觀點。即使在這種情況下，我們恐怕也不見得完全放棄前分析判斷。反而，我們努力地調和看起來競爭而彼此不調和的判斷，以能最佳化總體的協調一致之方式來做調整。

參見 pretheoretical 前理論的；reflective equilibrium 反思平衡

J.F.H.撰　龔維正審訂

precising definition　精化定義　見 definition 定義

precognition　前知　見 parapsychology 特異心理學

preconscious　前意識　見 Freud 弗洛伊德

pre-Critical　前批判　見 Kant 康德

predestination　宿命　見 free will problem 自由意志問題

predicables　謂項　也寫作「*praedicabilia*」，有時也被稱作「*the quinque voces*」(五個字〔five words〕)，在中世紀哲學中指：類、次類、類差、差異性、偶然性，這五個能夠用來謂述事物的主要謂項。這一個清單來自於波菲利(Porphyry)的《導論》(*Isagoge*)一書。它是否只是指語言學上的謂詞，還是也適用於超語言學上的共相，這是曾被激烈爭論的問題。

那些具有偶然性質的事物，即使沒有這些偶然性，也可以存在；其他的謂項則必然地屬於那些具有這些謂項的東西。(不幸的是，亞里斯多德／波菲利的「不可分開的偶然性質」(inseparable accident)的觀念，則讓這裡所做的區分變得模糊起來)類與次類是自然類；而其他的謂項則不是自然的。凡不是最窄的自然類都是一個類；而不是最寬廣的自然類則都是一個次類。(一些類也是一個次類)偶然性質不是一個類，但卻是與某個類有相同外延。一個類差必然地屬於那些具有類差的東西，但它既不是自然的類，也不與其具有相同的外延。

參見 accident 偶然性；definition 定義；*praedicamenta* 範疇；proprium 偶然性質

P.V.S.撰　王文方審訂

predicate　**邏輯述詞**　見 grammar 文法；logical subject 邏輯主詞

predicate, projectible　**可投射述詞**　見 grue paradox 綠藍悖論

predicate calculus　**述詞演算**　見 formal logic 形式邏輯

predicate hierarchy　**謂詞層系**　見 hierarchy 層系

predicate logic　**述詞邏輯**　見 formal logic 形式邏輯

predication　**用述詞謂述**　見 qualities 性

predication, 'is' of　**「是」的謂述之意**　見 is Be 動詞

predicative property　**謂述性質**　見 type theory 類型論

prediction　**預測**　見 philosophy of science 科學哲學

prediction paradox　**預測悖論**　見 paradox 悖論

preemptive cause　**優先原因**　見 causation 因果關係

preestablished harmony　**預立和諧說**　見 Leibniz 萊布尼茲；philosophy of mind 心靈哲學

preexistence　**先存**　當靈魂或精神被視為可分離，並能夠獨立存在於形體時，先於目前形體之個別靈魂或精神的存在。目前的形體往往被描述為靈魂的投胎轉世。柏拉圖(Plato)筆下的蘇格拉底(Socrates)在對話中數次提到這樣的學說，最著名的是《理想國》(*Republic*)第 5 卷中的艾爾(Er)神話。這項學說有別於靈魂的其他兩種教說：其一為創造論(creationism)，主張個別的人類靈魂直接由上帝所創造，另一個是遺傳論(traducianism)，認為就像生物世代中，軀體生下軀體，新人類的靈魂也是由親代的靈魂所生下。在印度教中，輪迴的循環代表了靈魂或「我」(*Ātman*)在完成解脫(*moksha*)前的流離和試煉時期。

F.J.C.撰　林鎮國審訂

preface paradox　**序言悖論**　見 semantic paradoxes 語意悖論

preference　**偏好**　見 decision theory 決策論

preference logics　偏好邏輯　見 decision theory 決策論

preference satisfaction utilitarianism　滿足偏好式的效益主義　見 Hare 赫爾

prehension　攝持　見 Whitehead 懷德海

premise　前提　見 argument 論證

premise, major　大前提　見 syllogism 三段論式

premise, minor　小前提　見 syllogism 三段論式

prenex normal form　前束範式　見 normal form 範式

prescriptive definition　規創定義　見 definition 定義

prescriptive meaning　規範意義　見 meaning 意義

prescriptivism　規範主義　此理論主張，評價式的判斷(evaluative judgments)必然(necessarily)具有規範的意義(prescriptive meaning)。規範主義與「非認知主義」(noncognitivism)及「道德上的反實在論」(moral antirealism)有所關聯；規範主義認為道德語言(moral language)是以下這麼一回事：當你說你認為人應該(ought)做某種行為(act)，但自己卻在相關的狀況下沒有採取(committed)這種行為，那麼，或者你所說的話不夠真誠(insincerely)，或者你在使用「應該」(ought)這兩個字時，並非純然從一種道德的意義上(純粹的感覺上〔full-blooded sense〕)來談。規範主義之所以在倫理學中占有一席之地，可以說歸功於英國哲學家赫爾(R. M. Hare)。赫爾的創見之一是，他提出了「主要的評價語詞」(primarily evaluative)，以及「次要的評價語詞」(secondarily evaluative)兩者之間的區別。我們在使用次要的評價語詞時，例如「心-軟的」(soft-hearted)、「純潔的」(chaste)等，其規範的意義也許有很大的不同，但其描述的(性)意義(descriptive meanings)卻相對地保持不變(constant)。主要的評價語詞之使用，也就是當我們說出如「好的」(good)、「壞的」(bad)、「對的」(right)、「錯的」(wrong)、「應該」(ought)與「必須」(must)等字眼時，其情況則恰好相反。例如，有人賦予「錯的」這個字眼的描述性意義是「被上帝所禁止」(forbidden by God)，有人則賦予「造成社會衝突」(causes social conflict)為其描述性意義，也還有人提出其他不同的描述性意義；但是，因為他們在使用「錯的」這個字眼時，都具有相同的規範意義，所以他們使用的是同一個概念(same concept)。

赫爾也提出了「指陳內容」(phrastics)與「示意內容」(neustics)兩者之間的區分，這或多或少是為了要顯示道德判斷(moral judgments)在具有規範性意義的同時，也能夠和一般的直述語句(indicative sentences)一樣，具有相同的邏輯關係(logical relation)。指陳內容(phrastic)，或者一般所謂的內容(content)，在直述語句及規範語句(prescriptive sentences)中可以是相同的；例如，「山姆要離開」(Sam's leaving)不僅是「山姆將要離開了」(Sam will leave)這個直述語句的「指陳內容」，也是「山姆應該要離開了」(Sam ought to leave)這個規範語句的「指陳內容」。赫爾在 1952 年所出版的《道德的語言》(*Language of Morals*)一書中指出，示意內容(neustics)標示出語句的樣態(mood)；也就是說，從其示意

內容我們就可以看出某個句子是否為「直述句」(indicative)、「命令句」(imperative)或者「質問句」(interrogative)等。然而，在其1989年《心靈》(*Mind*)的一篇文章以及1997年所寫的《在倫理學中分類》(*Sorting Out Ethics*)裡面，他用「示意的」(neustic)這個詞來指涉一種同意或承諾的符號(sign of subscription)，而改用「轉向的」(tropic)這個詞來指涉語句樣態的標記(sign of mood)。

如果一個道德判斷要具有「可普遍性」(universalizable)，那麼規範性將是極為重要的；因為，如此一來，我們便可以使用像「黃金法則」(golden rule-style)這種類型的道德推理(moral reasoning)。

參見 emotivism 情緒論；ethics 倫理學；Hare 赫爾；universalizability 可被普遍化性

B.W.H.撰　米建國審訂

present-aim theory　當下目標理論　見 Parfit 巴費特

pre-Socratics　先蘇格拉底學派　乃指沒有被蘇格拉底(Socrates)影響的早期希臘哲學家(一般說來，他們生活在蘇格拉底之前，但是，有些則與他同時代，或甚至比他年輕)。這種分類(儘管不是術語)可上溯到亞里斯多德(Aristotle)，他認為蘇格拉底的人道主義及對倫理問題的強調，在哲學歷史上，是一個轉折點。亞里斯多德正確地認識到，先蘇格拉底的哲學家強調的是自然哲學和宇宙論，而不是倫理學。亞里斯多德稱讚他們發現了物質原理，並尋求自然物的原因，但是，他批評他們沒有強調事物的構成因素(形式因)與價值或目的(目的因)。

不幸的是，除了少數殘篇斷簡外，先蘇格拉底哲學家的作品沒有留存下來，所以，對於他們觀點的證據乃基於後來學者間接的報告與批評。為了重建先蘇格拉底哲學家們的思想，學者們已開始收集、尋求古代原始資料的記載，並辨識先蘇格拉底哲學家的引文。當現代研究在解釋古代證據中已暴露了缺點時，致使先蘇格拉底哲學家的觀點的重建立基於盡可能保持他們自己原來話語基礎上，這點成為註釋的基本原則。由於我們的證據具有殘篇斷簡或衍生出來的性質，因而，即使一個哲學家的系統，有時其根本原理也存有爭議。然而，我們可以說，歸功於現代史學研究的方法，現在我們可以比古代證據，即是我們的第二來源，理解得更好。

我們最好的第二來源便是亞里斯多德。他生活在先蘇格拉底之後不久的年代裡，而且引用他們的大部分作品。他是從他自己的理論立場來解釋他的前輩們，但是，任何歷史學家必須根據理論背景來解釋哲學家的觀點。既然我們有大量的亞里斯多德的作品，那麼，我們能夠懂得他的系統，並且能夠過濾掉他的偏見。他的同事希奧弗拉斯特(Theophrastus)是第一個專業的哲學歷史學家。他通過採用亞里斯多德的總體結構，系統地討論了先蘇格拉底的理論。不幸的是，他的作品也遺失了，但是，卻留下來許多殘篇斷簡和部分結論。事實上，在希奧弗拉斯特之後的所有古代證據，都是依靠他的作品來大致理解早期哲學家，有時是通過他作品的摘要。在古代的晚期，傳記成為重要的種類時，傳記學家收集事實，奇聞軼事，誹謗，編年史(經常建立在粗魯的先見的假設基礎上)，書的題目表，和學派領袖的更替，這些都提供了有價值的資訊。

通過重建古代理論，我們能夠滿懷自信地追蹤先蘇格拉底的大致發展輪廓。最早的一批哲學家是米勒斯學派(Milesians)，是在西元前六世紀，生活於小亞細亞的愛歐尼亞(Ionian)海岸的米勒斯城(Miletus)的哲學家。他們脫離了神話解釋的傳統，其中包括與自然相違背的事，通過簡單的物理假說來解釋所有現象。亞里斯多德把米勒斯學派看作是物質一元論者，因為他們提出了物質的來源是水或「無限」(apeiron)或氣。但是，他們的物質來源可能不像亞里斯多德的想法去解釋一切變化的連續性物質，而是將物質來源視為一個被轉換成不同物質的原初物質。

畢達哥拉斯(Pythagoras)從愛歐尼亞遷移到義大利南部，建立了一個畢達哥拉斯學派的學校，他們相信靈魂轉變，而且數字是一切實在(reality)的基礎。因為畢達哥拉斯與其早期追隨者沒有出版任何作品，所以，很難詳細地追蹤其發展與影響。赫拉克利特斯(Heraclitus)回到愛歐尼亞後批評了米勒斯學派，因為他認為，如果物質變化成另一種物質，那麼，轉換的過程要比出現在變化循環中的物質更重要。因而他選擇了一個不固定的物質「火」(fire)作為他的物質來源，並且強調對立的統一性。巴門尼德斯(Parmenides)與伊利亞學派(Eleatic School)批評了物質轉換理論所假設的非存在的觀念。一個人甚至不能想像或談論非存在(not-being)；因而，任何預先假定非存在的概念必須被排除。但是，基本的生成觀念，區分觀念以及變化觀念，一般來說都預先假定了非存在，因而也必須被拋棄。伊利亞學派的分析引出了一個更進一步的結論，在巴門尼德斯那裡還很模糊，但在麥里塞斯那裡卻已很明顯，即：只有一個物質，就是「存在」(what-is)。既然這種物質無論如何也不生成和變化，也沒有內部的不同，所以，這個世界是一個單一的、無變化的同質的個體。

巴門尼德斯的觀點看上去似乎削弱了自然哲學的基礎。在巴門尼德斯以後希望繼續研究自然哲學的哲學家，被強迫承認一個給定的物質的生成，與內部的不同是不可能的事實。但是，為了調和自然歷程，他們提出了不變化的多元性、同質的元素學說，如恩培多克利斯(Empedocles)的四元素說，阿那撒哥拉斯(Anaxagoras)的基本質料說，德謨克利特斯(Democritus)的原子說；他們通過安排與再安排，能夠產生宇宙及存在於宇宙之中的事物。由於終極的物質是持久永恆的，所以在世界上，沒有真正的生成與滅亡；但是，像化學組合，混合或運動這樣的一些有限的變化能夠在經驗世界中解釋變化現象。因此，當「多元論者」(pluralists)拒絕伊利亞學派較為積極批判的同時，他們將學派的原則納於他們自己的系統中。

作為對理論批評者的回應，先蘇格拉底哲學家，發展出更多更複雜的系統。總的說來，他們將焦點集中於宇宙論和自然哲學；擁護理性與自然，反對神話傳統。然而，先蘇格拉底學派已經受到了批評：一方面是興趣太窄，僅侷限於科學，另一方面則是不具有充分的科學性格(指實驗上的)。在這兩種批評當中，也有一些公正的：有人說他們的興趣既寬也窄，因他們至少在為科學和哲學觀念提供框架中，取得了具有重要意義的概念上的進步。他們雖然從未發展過深奧的倫理學、邏輯、認識論，形上學理論，也未發明證實的實驗方法，但是，他們確實引進了一些概念，這些概念最終成為當代宇宙論，生物學，文化進化論，還有原子論、遺傳學，與社會契約論的基礎。因為蘇格拉底的革命使哲學走向彼此不同的道路，所以，先蘇格拉底學派消亡了。但是，這第一批哲學家為深遂的四世紀的哲學家柏拉圖與亞里斯多德系統，及偉大的希臘學派(Hellenistic schools)、伊比鳩魯學派(Epicureanism)、斯多噶學派(Stoicism)與懷疑論的基本原則，提供了豐富的靈感。

參見 Eleatic School 伊利亞學派；Ionian philosophy 愛歐尼亞哲學；Milesians 米勒學者；Parmenides 巴門尼德斯；Pythagoras 畢達哥拉斯

D.W.G.撰　苑舉正審訂

presupposition　預設　(1)是一種語句之間的關係或陳述(statements)之間的關係，與蘊涵(entailment)和斷言(assertion)有關，但不同於蘊涵和斷言；(2)是一個言說者認為在斷言之同時被人所理解的東西。第一個觀念是語意上的，第二個是語用上的。

語意上的預設觀念由史陶生(Strawson)在攻擊羅素(Russell)的描述詞理論(theory of descriptions)時引入，而這可能已為弗雷格(Frege)所預見。史陶生論證：「法國當今的國王是禿頭的」(The present king of France is bald)並不是如羅素所認為地蘊涵(entail)「有一個法國當今的國王」，而是預設。語意上的預設可以這樣定義：若一個語句或陳述 S 蘊涵 S'，而且 S 之否定也蘊涵 S'，則 S 預設 S'。S'是 S 之真或假的一個條件。因而，史陶生論證，既然「有一個法國當今的國王」為假，那麼「法國當今的國王是禿頭的」便既不真也不假。如此理解之下，蘊涵(entailment)定義了預設，但預設又不同於蘊涵。既然預設是斷言為真或為假之先決條件(precondition)，那麼，它也不同於斷言。

語用上的預設觀念並不訴諸真假之條件，而是對比說話者預設的，以及說話者在說話時斷言的。因而，某個說「法國當今的國王是禿頭的」的人預設——他相信有一個法國當今的國王，而且也相信，他的聽者也相信有一個法國當今的國王——有一個法國當今的國王，並斷言這個國王是禿頭的。如此理解之下，預設是說話者認為理所當然的信念；如果這些信念為假，那麼，說出來的話便在某種意義上不恰當，但是，並不能因此推出，說出的句子缺少真假值。這兩種「預設」觀念在邏輯上是獨立的。根據語意學的徵定，預設是語句或陳述間的關係，同時，預設與斷言之間有真假值之中間灰色地帶(gaps)。根據語用學的徵定，是說話者，而不是語句或陳述，有預設，同時，不必有真假值之中間灰色地帶。許多哲學家與語言學家認為那些過去認為是語意上的預設之例子(也包括上面所討論的例子)，是語用現象。有一些人否定，語意上的預設存在。(因為)若不否定這種預設存在，有關預設之(其他)直覺不支持後面觀點：自然語言有真假值之中間灰色地帶，而且我們需要三值(three-valued)邏輯來準確地表達自然語言的語意學。

預設也與暗示(implicature)不同。如果某人報告說，他剛扯破了衣服，然後你說：「拐角處有家裁縫店。」你的話暗示(implicate)這家店是開的。(但)這暗示不是語意學上的預設，因為，如果店沒開，人並不傾向說你的斷言既不真也不假。它也不是語用上的預設，因為它並不是你相信聽者也相信的東西。

參見 implication 蘊涵；implicature 語用蘊涵；many-valued logic 多值邏輯

R.B.撰　龔維正審訂

pretheoretical　前理論的　意即「獨立於理論的」(independent of theory)。更明確地來說，根據一些哲學家的看法，一個命題是前理論的，若且唯若，它的可信與否，並不依靠理論上的種種考慮，也不依靠對理論分析的種種考慮。「前分析的」(preanalytic)一詞經常被當作是「前理論的」一詞的同義語來使用，但是，前者與分析(analysis)相配對，比與理論相配對，來得更為恰當。一些哲學家把「前理論的命題」(pretheoretical propositions)的特色，描述為「直覺上」(intuitively)可信或不可信的。他們主張：這樣的命題能夠對哲學的理論化活動作如下的規範：一般說來，一個恰當的哲學理論，不應當(因為蘊涵直覺上不可信的命題，而)與「直覺上可信的命題」(intuitively plausible propositions)互相衝突；而且更應當蘊涵直覺上可信的命題。又有一些哲學家認為：理論上的考慮可以推翻「直覺」——「直覺上可信的命題」這一意義下的直覺——如果全體的理論融貫性(或反思的平衡性〔reflective equilibrium〕)因此而有所增進的話。

參見 analytic philosophy 分析哲學；intuition 直覺；metaphilosophy 元哲學；ordinary language philosophy 日常語言哲學；preanalytic 前分析的；reflective equilibrium 反思平衡

P.K.M.撰　趙之振審訂

Price, Richard　皮萊士，理察(1723-91)　威爾斯(Welsh)之反對英國國教教義的牧師、保險精算師、道德哲學家。其主要著作《道德中首要問題論評》(*A Review of the Principal Question in Morals*, 1758)為倫理學上的理性主義進行辯護。他主張悟性直接知覺到行為之簡單、客觀的道德性。我們對道德真理的直觀知識，是與對道德動機同意、反對的感覺伴隨而來的。皮萊士也在預期壽命、公共財政、年金保險上發表具影響力的文章；此外，他將其亡友貝耶斯(Thomas Bayes)論及貝耶斯定理(Bayes's theorem)的文章遞交皇家學會；另外，他還為美國與法國的革命辯護。柏克(Burke)的《對法國革命的反思》(*Reflections on the Revolution in France*)即對皮萊士之佈道的回應。

J.W.A.撰　林正弘審訂

Prichard, H(arold) A(rthur)　普里查德，哈諾得・亞瑟(1871-1947)　英國哲學家，牛津直覺主義學派(Oxford school of intuitionism)的奠基者。身為牛津大學的研究員與教授，他出版了《康德的知識理論》(*Kant's Theory of Knowledge*, 1909)和許多論文，收集在《道德義務》(*Moral Obligation*, 1949, 1968)，和《知識與知覺》(*Knowledge and Perception*, 1950)兩書當中。他在其知識理論當中，跟隨威爾遜(Cook Wilson)，是實在論者(realist)。他認為，透過在具體情況下的直接的知覺，我們獲得關於共相(universals)和關於二者之間必然聯繫的知識，他並且闡述了一個關於我們對物質事物知識的理論。在〈道德哲學建立在錯誤上？〉(Does Moral Philosophy Rest on a Mistake?, 1912)一文當中，他強烈地主張，認為關於義務的一般理論是可能的此一觀點乃是錯誤的。沒有一個單一原則能夠窮盡為何義務行為是應為的之多種原因。只有靠在個別情況下的直接感知(direct perception)，我們才能知道我們應當從事的。藉著這篇論文，他建立了牛津直覺主義學派，並經由此派學者中之羅斯(W. D. Ross)進一步發展。

參見 ethics 倫理學；Ross 羅斯

J.B.S.撰　陳文團、王喆審訂

Priestley, Joseph　普里斯利，約瑟夫(1733-1804)　英國實驗化學家、神學家和哲學家。在 1774 年時，他由於加熱氧化汞而首度得到氧。雖然他繼續偏愛燃素假說(phlogiston hypothesis)，但他的工作大幅地削弱了燃素觀念的可信度。他發現了很多氣體，包括氨、二氧化硫、一氧化碳和氫氯酸(鹽酸)。在研究釀酒桶上的二氧化碳層當中，他想出了在壓力下溶解二氧化碳的念頭。結果是，「蘇打水」風靡全歐洲。

他的《政府論》(*Essay on Government*, 1768)，影響了傑佛遜(Jefferson)在「美國獨立宣言」(American Declaration of Independence)中的觀念。此論文對邊沁(Bentham)的效益主義也有貢獻，提供了「最大多數人的最大幸福」這句名言。普里斯利修正了洛克(Locke)、休姆(Hume)和哈特里(Hartley)的聯想論(associationism)，堅持聯想「在形成天性」與「它對道德觀念發展的效應」之間截然不同。在這項區分的基礎上，他反對休姆而論證：個體道德情感的差異，是在教育過程中透過觀念的聯想而造成的結果。赫爾維修(Helvétius)已預期了這個觀念。普里斯利曾當過反英國國教的公理教會之牧師。他不合時宜地強調個人自由，使他遷居美國的賓夕凡尼亞(Pennsylvania)，在那兒渡過餘生。

R.E.B.撰　陳瑞麟審訂

prima facie duty　初步義務　見 duty 責任；Ross 羅斯

prima facie evidence　初步證據　見 evidence 證據

prima facie justification **表面上證據確鑿的** 見 justification 證成

prima facie right **表面的權利** 見 rights 權利

primarily valuative word **主要的價值性語詞** 見 prescriptivism 規範主義

primary process **原過程** 見 Freud 弗洛伊德

primary qualities **初性** 見 qualities 性

primary rule **第一序的規則** 見 Hart 哈特

primary substance **主要實體** 見 Aristotle 亞里斯多德

prime matter **原質** 見 hylomorphism 形質論

prime mover **第一推動者** 宇宙中運動(變化)的最初根源和原因。亞里斯多德(Aristotle)闡述了這個觀念。它在猶太教、基督宗教和伊斯蘭教關於上帝的思想中占有重要地位。按照亞里斯多德的看法，在運動中(處於變化過程中)的事物，是從一種潛能(potentiality)的狀態向一種實現(actuality)的狀態轉化。例如，正在被加熱的水具有熱的潛能，處在成就熱的實現的過程中。如果變化的原因必須本身實際處在它所導致的狀態中，那麼，沒有東西可以導致自身的運動；任何處在運動狀態的事物都是被另一事物所推動。否則，某物就會具有同一狀態的潛能和實現。因此，水具有熱的潛能，它只有在具有熱的實現之它物(火)的推動之下才會有所變化。第一推動者是運動的最初原因，因此，它本身必然不處在運動狀態中；它是一個不動的推動者。

亞奎納(Aquinas)和其他神學家將上帝視為第一推動者，即所有運動的終極原因。對這些神學家來說，這個證明有一本身不動之第一推動者存在的論證，在他們以理性為基礎證明上帝存在的種種嘗試中，是最主要的一種論證。許多現代思想家對這種第一推動者論證表示懷疑，理由是一物的運動由它物引起，而它物的運動又由第三物引起，以此類推，及於無窮，這在邏輯上不是沒有可能的。第一推動者論證的辯護者則指出，這種論證預設有兩種不同的因果系列，一種是有時間性的，另一種則是同時的，他們宣稱現代思想家的反對意見只成功地駁斥有時間性的因果系列。

參見 agent causation 主體因；Aquinas 亞奎納；Aristotle 亞里斯多德

W.L.R.撰　劉若韶審訂

primitive symbol **初始符號** 見 logistic system 邏輯斯蒂系統

principium individuationis **個體化原理** 個體具有特殊性的原因(或基礎)：相對於共相，是什麼使某事物為一個體。比如，是什麼使一隻名叫米琳娜的貓具有其個體性而與「貓」這一共相概念有區別。首次提出個體化原理是在中世紀。古典作家們大都忽略了這個問題，他們對本體論的探討主要放在共相問題上(the problem of universals)。引發對個體化原理的討論的重要文獻首見於波依修(Boethius)的著述中。從波依修到 1150 年，對個體化的討論總是成為更迫切的問題，特別是從共相問題的脈絡中討論。1150 年之

後，個體化問題逐漸成為人們關注的焦點。到十三世紀末，它已成了一個獨立的論題，在亞奎納(Aquinas)和鄧斯・斯各多(Duns Scotus)的著作中尤其如此。

許多早期的近代哲學家將個體問題視為認識論問題而非形上學的問題，他們著重在個體的可辨識性，而非個體的原因(笛卡兒〔Descartes〕)。除了極少數的例外(波普爾〔Karl Popper〕)，二十世紀的哲學家都遵循認識論的方法(史陶生〔P. F. Strawson〕)。

參見 individuation 個體化；metaphysics 形上學

J.J.E.G.撰　丁福寧審訂

principle of bivalence　二值原則　此原則為：任何(有意義的)陳述句（statement）或者為真，或者為假。此原則常與排中律（the principle of excluded middle）混為一談。設「Tp」表示「p 為真」，「$T{\sim}p$」表示「p 為假」，或者使用標準邏輯標記法，二值原則可表示為「$Tp \vee T{\sim}p$」，而排中律為「$T(p \vee {\sim}p)$」。藉由機率論（probability theory）可證明它們是不同的邏輯律則。根據這一理論，「Tp」可表示為「$Pr(p) = 1$」。在「p」所有可能的真假值情況中，二值原則「$(Pr〔p〕= 1) \vee (Pr〔{\sim}p〕= 1〕$」並不皆為真——例如，當「$p$」表示「擲骰子的結果為六」時，二值原則就不成立(這個命題只有 1/6 的機率，而「${\sim}p$」則有 5/6 的機率)——但排中命題「$Pr(p \vee {\sim}p) = 1$」在「p」所有確定的真值下皆為真，包括上述機率那個情況。如果我們允許某些(有意義的)述句沒有真假值「或」機率，並區分外在的否定「${\sim}Tp$」與內在的否定「$T{\sim}p$」，就可以把二值原則與排中律二者和不矛盾律（principle of non-contradiction）區別開來。不矛盾律可表示為「${\sim}(Tp \cdot T{\sim}p)$」，即等值於「${\sim}Tp \vee {\sim}T{\sim}p$」。標準的真值涵應邏輯(truth-functional logic)無視「p」和「Tp」或是「${\sim}Tp$」和「$T{\sim}p$」之間的不同，因此就不能區分這三個原則。某些邏輯哲學家不認為有這一差別存在於三律則之間。

參見 many-valued logic 多值邏輯；Philosophy of logic 邏輯哲學；vagueness 模糊性

R.P.撰　古秀鈴、楊金穆審訂

principle of charity　慈善原則　見 meaning 意義

principle of comprehension　涵括原則　見 set theory 集合論

principle of concretion　具體化原則　見 Whitehead 懷德海

principle of conservation　守恆原則　見 philosophy of science 科學哲學

principle of contradiction　矛盾律　此原則為：一述句（statement）與此句的否定不能同時為真；亦稱為不矛盾（non-contradiction）原則。它可以與二值原則區別開來，而在某些有爭議的假定下，它還可以與排中律區別開來；但在真值函應邏輯（truth-functional logic）中，則視三者為等同。而就形式邏輯之外的話來說，亞里斯多德(Aristotle)對(不)矛盾律進行了最好地闡述：「沒有任何事物能在某一方面同時為真又同時為假。」

參見 laws of thought 思維律則；principle of bivalence 二值原則

R.P.撰　古秀鈴、楊金穆審訂

principle of determinism　決定論原理　見 Mill's methods 彌爾方法

P

principle of dominance　宰制原則　見 Newcomb's paradox 紐康伯悖論

principle of double effect　雙果律　我們意圖的行為結果，以及並非我們有意造成但卻能預見的行為結果之間，在道德上是有差別的。根據雙果律，如果識字率的提高意味著自殺率也會上揚，從事教育工作者也不應被指責為促使人們去自殺。在預見到病人的壽命會因使用止痛劑而縮短時，一個內科醫師還是可以給病人止痛劑，因為醫師並非有意要縮短病人的壽命，止痛才是目的；所以，直接給予毒藥是被禁止的。一個軍隊對一個合法軍事目標的攻擊，在沒有意圖要帶來大量平民死傷的狀況下，可以被接受且視為不可避免的行動。

傳統的道德神學家們堅持，有些禁令是毫無例外的，如不可殺害無辜，但同時他們運用雙果律，解決道德難題以及避免道德的死胡同。傳統道德神學家認為，某個人的行為可以造成一項被禁止的結果，但條件是：(1)他的行為同時還產生一個好的結果，(2)他不將壞的結果作為目的或手段，(3)他不是透過壞的結果來產生好的結果，而且(4)好的結果在重要性上超過了壞的結果。

一些當代哲學家與羅馬天主教神學家認為，經過修正的雙果律，為生死交關之事提供了唯一正當的辯護，甚至當被殺者並非無辜的情況下。他們放棄對因果序列做任何限制，因此，如果為了挽救母親的生命，切斷未出生胎兒的頭，被認為是正當的。但他們反對死刑，因為要求實施死刑的人，是以被定罪者的性命，滿足他們自己的計畫。他們也降低了條件(4)的重要性，因為(4)要求比較好壞結果的重要性，但各種善之間是不可共量的，無法比較。

結果論者(consequentialists)拒絕接受雙果律；還有某些人認為，真正關鍵的區分在於：我們的行為所導致的結果，和不是我們所引起、只是湊巧發生的事，這些人和結果論者一樣反對雙果律。以較合理的觀點看，雙果律並不預設毫無例外的道德禁令，而只預設一些比初步義務(prima facie duties)稍強的規範。去證成對一個道德要求的閃爍其辭的規避，要比去證成對道德要求的直接違背容易些——雖說有時直接的違背是被許可的。在這樣的理解下，雙果律在審慎行事上來說，是一個行動指南，卻不能取代審慎(prudence)本身。

參見 ethics 倫理學；euthanasia 安樂死；intention 意圖；just war theory 正義戰爭理論

P.E.D.撰　謝世民、吳妍儀審訂

principle of excluded middle　排中律　此原則為：任何(有意義的)陳述句（statement）與此句之否定（negation）所形成的選言命題（disjunction）恆真；例如：「要不有一棵高 500 呎的樹，要不就沒有這樣一棵樹」。這一原則常與二值原則相混淆。

參見 principle of bivalence 二值原則

R.P.撰　古秀鈴、楊金穆審訂

principle of generic consistency　總屬的一致性原則　見 universalizability 可被普遍化性

principle of indifference　無分軒輊原則　依據「理由相當」而分配機率的規則。按照這一原則，當支持一事件的「理由份量」與支持另一事件的「理由份量」相等時，兩個事件應當分配以同樣的機率。按照這一原則，當有 n 個相互排斥和集體窮盡的事件，並且沒有理由支持其中一個勝過另一個，那麼我們應當是「無分軒輊的」，此 n 個事件中的每一個事件的機率都應當是 1/n(這些事件是同等可能的)。這一原則通常與伯努利(Bernoulli)(《推測的技術》〔*Ars Conjectandi*, 1713〕)，拉普拉斯(Laplace)(《機率的分析理論》〔*Théorie analytique des probabilités*, 1812〕)和凱因斯(J. M. Keynes)(《論機率》〔*A Treatise on Probability*, 1921〕)的名字聯繫在一起。這一原則同時賦予機率主觀解釋(「信任度」)和邏輯解釋(「部分邏輯衍推」)的可能性。此原則成立的理由之一，是在完全無知的情況下，也就沒有理由支持一個事件勝過支持另一事件，我們就應當分配以同樣的機率。但是有人反駁說，「任何」分配機率的行為，就表示具有「某些」知識。而且，此原則的若干看來自然的應用，包括非線性相關的變數，會導致一些數學矛盾，例如凱因斯所指出的伯特蘭(Bertrand)悖論。

參見 Bertrand's paradox 伯特蘭悖論；equiprobable 機率相同的；Keynes 凱因斯；Laplace 拉普拉斯；probability 機率

E.Ee.撰　李國偉審訂

principle of insufficient reason　不充足理由原理　這一原理是指，如果某事物的存有(情形)沒有充足的理由(或解釋)，則該事物就不會存在(那情形)。該原理在西方哲學與科學史當中有著重要的意義。該原理被阿基米德(Archimedes)用來討論，由中心支點開始的某距離某重量槓桿將保持不動，在沒有充足的理由說明為什麼它沿一個路線而不是另一個路線運動。從阿那西曼德(Anaximander)到萊布尼茲(Leibniz)等哲學家運用它來討論各種形上學論題。

無差別原理(principle of indifference)可以被視為不充足理由原理運用到機率的一種特殊情形，如果有人將無差別原理作以下的讀法：如果有著N個相互排除和完盡的事件，和沒有充足理由相信它們其中任何一個較其他任何一個更具概然(probable)，因而它們沒有一個較其他來得更概然。「同理類推」(parity of reasons)的觀念與無差別原理聯合起來時，在這情況下，就是和無充足理由去贊同一結果甚於另一個的觀念有關。它的重要性就在於，因不充足理由原理是邏輯的與更常見的充足理由原理相等。(如果真是如此，則有可說明其何以成為如此的充足理由——這意味著無差別原理是充足理由原理的邏輯結果。若是如此，我們就可以理解為什麼有許多人傾向於相信無差別原理是一種有關機率的先天真理(an a priori truth about probabilities)，由於這是將機率運用到最基本的所謂的先驗推理原理、充足理由原理。我們不會感到意外的是，無差別原理本身是否為所謂的先天真理在機率理論中是有爭議的，正如充足理由原理是否具備所謂先天真理的性質，一般在哲學上是有爭議的。

參見 principle of indifference 無分軒輊原則；probability 機率

R.H.K.撰　丁福寧審訂

principle of limited variety　受限變體原理　見 Mill's methods 彌爾方法

principle of logical form　邏輯形式原則　見 logical form 邏輯形式

principle of maximizing expected utility　預期效用最大化原則　見 Newcomb's paradox 紐康伯悖論

principle of non-contradiction　不矛盾原則　見 principle of contradiction 矛盾律

principle of parsimony　節約原則　見 Ockham's razor 奧坎剃刀

principle of perfection **完善原則** 見 Leibniz 萊布尼茲

principle of plenitude **充足原理** 這樣一個原理，即任何一種真正的可能性(genuine possibility)都被實現(realized)或被現實化(actualized)。「存有的滿全」(fullness of being)原理為勒夫喬伊(A. O. Lovejoy)所命名，後者證實在西方科學與哲學史當中貫穿著共同的假定，從柏拉圖(Plato)到普羅提納斯(Plotinus)(將無窮無盡的神聖的生產力與之相聯繫)，從奧古斯丁(Augustine)與其他中世紀哲學家到近代理性主義者(史賓諾莎〔Spinoza〕與萊布尼茲〔Leibniz〕)及啟蒙運動。勒夫喬伊充分地與存有的巨大鏈條相聯繫，這一觀點認為，宇宙是一存有的層次(a hierarchy of beings)，在它之中每一可能的形式被現實化。在十八世紀，這一原理被「時間化」(temporalized)了：每一創造物的可能形式都將被現實——不是在任何時代都必需的——而是在一些「時間的滿全」階段。有關充分的重要性就在於與充足理由原理的結合(任一事物都有一個存在或不存在的充足理由〔原因或解釋〕)，充分是指如果沒有某物不存在的充足理由(即真正的可能)，那麼，則存在——與充足理由的否定形式的邏輯等同：假如某物不存在，則有其不存在的充足理由。
R.H.K.撰　丁福寧審訂

principle of proportionality **比例性原理** 見 Cajetan 卡其坦

principle of self-determination **自決原則** 見 self-determination 自決

principle of subsidiarity **輔助原則** 見 subsidiarity 輔助

principle of sufficient reason **充足理由原理** 見 Leibniz 萊布尼茲；principle of insufficient reason 不充足理由原理

principle of the anomalism of the mental **心理異常原則** 見 philosophy of mind 心靈哲學

principle of the conservation of matter **物質守恆原理** 見 philosophy of science 科學哲學

principle of uncertainty **不確定性原理** 見 philosophy of science 科學哲學；quantum mechanics 量子力學

principle of universality **普遍性原則** 見 universalizability 可被普遍化性

principle of universalizability **可被普遍化性原則** 見 universalizability 可被普遍化性

principle of unlimited comprehension **無害的無限制涵括原理** 見 set theory 集合論

principle of utility **功利原則** 見 utilitarianism 效益主義

principle of verifiability **可檢證性原則** 一個有關意義的主張：簡單說，一個語句是有意義的便有一個檢證該語句的方法。換言之，如果一個語句沒有這種方法，也就是說，如果它與一個可以檢證確實為真或為假的方法沒有聯繫，則它是無意義的。原本引進的檢證原則之目的，在於從「傾向於對事實有意義陳述句」(apt to make a significant statement of fact)的語句區分出「無意義的」(nonsensical)或「偽」(pseudo-)語句。作為情緒理論(emotive theory)內容的一部分，例如，道德論述(字面上，認知上)是無意義的，因此，它是非事實的。並且，依據可檢證性原則，1920年代中歐的邏輯實證主義者希望去除掉「形上學論述」(metaphysical discourse)對真實性的主張。那麼，是否如實在論者(realists)所宣稱，有一個外在於心靈的實在，或者如唯心論者(idealists)所宣稱，全部實在是否由「觀念」(ideas)或「表象」(appearance)組成的，則是一個「無意義的偽問題」(meaningless pseudo-problem)。

可檢證性原則不容許所有形上學語句具有意義的形式，被證明是不可能(進一步講，它將懷疑投向自己的立場，它如何檢證「自己」〔it〕的原則)。所以，例如在《語言、真理與邏輯》(*Language, Truth and Logic*)的第一版，艾耶爾(Ayer)建議：如果一個語句是可檢證的，因而是有意義的，那麼某觀察語句能夠從這個語句及其他特定的前提共同被推導出來，而不能單獨從那些其他前提中推導出來。但這卻產生任一形上學語句M是有意義的結果，因為「若M，則O」總是一個適當的前提，這裡O是一個觀察句。在第二版的序言當中，艾耶爾，提供了一個更加精細的說明：M是直接可檢證的，如果它是一個觀察語句，連結某些確定的觀察語句，或它蘊涵不能僅從其所產生的觀察語句。M是間接可檢證的，如果它連結其他確定的前提，蘊涵某些直接可檢證的語句，這些語句不能從M連結的其他特定前提所產生，而且這些附加的前提若不是分析的，就是直接可檢證的(或是獨立間接可檢證的語句)。如此，新的可檢證性原則就成了：所有語句以及僅僅直接或間接可檢證的語句是「真正有意義的」(literally meaningful)。不幸的是，艾耶爾的修正容許了任何非分析的語句。假設M是任一形上學語句，O_1和O_2是任何一對邏輯上彼此獨立的觀察語句。試考慮語句A：「O_1或(非M且非O_2)」。A蘊涵O_1，並連結O_2。但是單獨的O_2並不蘊涵O_1。這樣A便是直接可檢證的。因此，既然M連結A蘊涵O_1，O_1不僅由A所蘊涵，那麼M是間接可檢證的。各種補救措都嘗試過了，但沒有一個獲得成功。

參見 logical positivism 邏輯實證主義；meaning 意義；verificationism 檢證論；Vienna Circle 維也納學派

E.L.撰　苑舉正審訂

priority, conceptual　概念先行性　見 dependence 依賴關係

prior probability　事前機率　見 Bayes's theorem 貝氏定理

***prisca theologica*　古代神學**　見 Ficino 費希諾

prisoner's dilemma　囚犯兩難　賽局理論(game theory)中的一個問題，或者更廣義上來說，也屬於理性抉擇理論(the theory of rational choice)中的問題。這一名稱來自為人所熟知的協議認罪情境：兩個罪犯(羅賓〔Robin〕與卡洛〔Carol〕)被分別審訊，並提供了同樣的交換條件：如果其中一個罪犯招認(「背叛」)而另一個不，坦白者將被免予起訴，另一個則會被判重刑。如果兩人均對犯罪事實供認不諱，則兩人都將接受中等的刑期。如果兩人均保持沉默(互相合作)，則兩人都將因較輕的罪行而從輕發落，這樣便出現了以下四種可能結果：

(1)羅賓招供從而得以豁免，而卡洛因保持沉默而被課以重刑。

(2)兩人均保持沉默，被判輕刑。

(3)兩人都招認，且都服中等的刑期。

(4)羅賓保持沉默而被課以重刑，而卡洛因招供而免於起訴。

對羅賓來說，(1)是最好的結果，接下來較好的結果依序為(2)、(3)、(4)。對卡洛來說，(4)為最好的結果，接下來較好的結果依序為(2)、(3)、(1)。因此，兩個罪犯會各自如此推理：「我的同謀可能招供，或保持沉默。如果他招供，則我為了避免所謂「當笨蛋的報應」(sucker's payoff)——豁免他卻嚴懲我，也不得不做出同樣的舉動。如果他保持沉默，則我必須招供，因為這樣可以換來對我最好的結果——免於被起訴。這樣，無論我的同伙怎麼做，我都必須招供。」在這樣的情況下，兩人都會招供，有效地使對方得不到比(3)更好的結果，即使兩人都同意選擇(2)乃第二最佳方案。

原來由 A. W. 塔克(A. W. Tucker)提供的這個範例故事，雖說發生在監獄裡，但不能模糊的事實是：在許多種的社會互動中都可以看到相同的架構。一般而言，每當任意兩個陣營必須做出同時或獨立的選擇，而在選擇範圍中的各選項，所帶來的可能報酬具有協議認罪故事中的次序架構，則這他們就是處於囚犯兩難的情境。外交官、談判家、顧客和銷售者經常發現自己身陷其中。如果同一組當事者雙方多次面對同樣的選擇，那麼，他們便將其稱之為「反覆」(iterated)囚犯兩難。

此外，在多人的互動中，也存在著關於合作與衝突的類似問題：如所謂的「多」人囚犯兩難(n-person prisoner's dilemmas)，或搭便車問題(free rider problems)。公共財供應提供了一個例證。假定有一個我們都需要的公共財，諸如清潔的空氣，國防，公共電台等。假定這些公共財只能由集體行為來提供，其中每一位貢獻者都付出一些代價；但不必每個人都得付出才能得到這些公共財。假設我們全都覺得有這些公共物資比沒有好，而且對我們每個人來說，最好的結果莫過於不付任何代價而能享受公共財。所以我們每個人將會如此推論：「別人可能會付出足夠貢獻，靠他們自己而得到這些公共財，也可能不會。如果他們果真付出貢獻創造出這些公共財，那麼我就能毫無代價地得到這一利益，對我來說這是最佳選擇，所以我應該不要做任何貢獻。如果其他人的貢獻不足以共同創造這一利益，而成敗關鍵繫於我一身的可能性極低，所以，我仍然應該選擇不做任何貢獻。」顯而易見，如果我們每個人都這麼推論，我們將無法得到我們所需的公共財。諸如此類的集體行動問題，柏拉圖(Plato)以降的哲學家們早已注意到了。然而，關於集體行動問題的現行術語、賽局理論精準的系統表述、經驗研究、以及系統化的哲學發展，在 1950 年代才開始出現。

參見 game theory 賽局理論；social choice theory 社會選擇理論

L.C.B.撰　謝世民、吳妍儀審訂

privacy, epistemic　認識上的私有性　見 epistemic privacy 認識上的私有性

private language argument　私有語言論證　一種論證，用來證明不可能存在一種只有一個人會說的語言——在本質上私有，其他人原則上無法理解之語言。除了這論證的內在興趣外，它還關涉到語言規則和語意，以及行為主義、獨我論和現象論之討論。這論證與維根斯坦(Wittgenstein)的《哲學探索》(*Philosophical Investigations*, 1958)有密切關係。這論證之準確結構仍有爭議；儘管也還會有不同意見，下面的解釋應該可以作為標準本來看。

這論證先假定，某人用記號(signs)指那些對有感覺的他而言為私密的感覺；隨後設法證明這假定不可能成立，因為，不可能找到標準去判別，是正確還是錯誤地使用了記號去指再出現的同一感覺。維根斯坦假定，他為某種感覺之反覆出現作日記；他把這種感

覺和記號「S」相聯繫，凡是有這個感覺的日子，便在日曆上做下此記號。他發現記號與感覺之聯繫模糊不清，因為我們不可能賦予「S」一個普通的定義(〔而〕這〔普通的定義〕會使其意義為公共可理解)，甚或一個實指定義也做不到。他進一步論述到，在往後的日子，記號「S」之正確或錯誤登錄，會沒差別。與記號「S」相聯繫的最初感覺不再呈現，因此無法把它和後來出現的我們以為是相同的感覺相比較。他頂多只能宣稱他記得最初感覺之性狀，斷定它與今天的感覺為同一種。然而，既然記憶無法肯定它自己的準確性，那麼也就不可能測定他今天是否正確記得記號與感覺之最初聯繫。因此，沒有正確再使用記號「S」之標準。由是可知，我們不可能使得後面兩觀念有意義或可理解：正確地再使用「S」及私有語言。

以上論證只是懷疑人能有指私有心靈事件(private mental occurences)之語詞，並未批評較廣義的私有語言，而後者的語詞並不限於指感覺之記號。支持維根斯坦的論證的人會把該論證一般化，並宣稱，挑感覺為例，只是為了強調正確與錯誤運用語詞之間的差別會不存在。他們認為，如果一語言含有指公共可理解的對象的語詞，而此對象仍為此語言使用者所私有，那麼我們仍然沒有該語詞再正確使用之判準。因此這種較廣義的私有語言觀念，同樣地內在不一致。

參見 philosophy of language 語言哲學；problem of other minds 他人心靈問題；Wittgenstein 維根斯坦

R.B.撰　龔維正審訂

privation　匱乏　如果擁有某個東西是自然的或是好的，欠缺這個東西就是匱乏。這個詞彙與惡本身只是善的缺乏(*privatio boni*)此一觀念有密切關係。傳統有神論宗教認為，上帝以外的萬物都是上帝自虛無中創造出來的(creation *ex nihilo*)。既然上帝是完美的，那麼祂也只能創造善的事物，因此，上帝原初創造的一切，從最複雜的到最簡單的受造物，被創造時都完全是善的。最初的創造不包含任何種類的惡。那麼，惡是什麼，它又是怎樣來到這個世界上的呢？惡是善的匱乏這個觀念並不意味——舉例來說——因為一塊石頭缺乏諸如意識、勇氣等善的品質，它就擁有某種程度的惡。只有當一事物欠缺某些應該擁有的善時，它才擁有某種程度的惡。在原初的創造中，每一事物都擁有它應該擁有的善。按照奧古斯丁(Augustine)的說法，當擁有自由意志的受造物捨棄高於自身的善，轉而追求較低級的、次等的善，惡便來到這個世界上。舉例來說，當人類放棄至善(上帝)，轉而追求一己之善，變得傲慢、自私、邪惡，在此意義下他們便成為邪惡，因此應該遭受另一類惡的折磨，即痛苦與懲罰。這種關於惡的起源的解釋需要面對一些問題，其中之一是要提出說明，為什麼完全善的受造物會運用它的自由，捨棄至善而選擇較低等的善。

參見 philosophy of religion 宗教哲學

W.L.R.撰　劉若韶審訂

privileged access　具有優位性的接觸進路　每個人對於自己心靈內容所具有的特別「覺知」(awareness)，以「第一人稱的」(first-person)方式獲得。自從笛卡兒(Descartes)以來，許多哲學家都主張人們能夠察覺他們自己心靈的當下狀態(the occurrent state of their own minds)，並且此一察覺的方式與其他兩種情況有明確的區別：一是與位格察覺物體的方式有所不同，一是與人們察覺其他人的心理狀態之方式有所不同。

笛卡兒的支持者們用以下四個方式來論述這種「領悟」(apprehension)所具有的優位性。它在因果關係上及認識上都是直接發生，而不需透過外在因素。我們對於物體及物體性質的了解，都要透過存在於空間中的其他因素的介入才能獲得，這些因素是「因」，而我們獲得的知識是「果」；但是，我們對於自己心靈狀態的了解卻不用涉及這種因果的連鎖效應。而且，我們對於物理性質的信念必須訴諸於「物理性質在我們感官經驗中出現的方式」才能夠予以證成，但是人們對於自己的心靈狀態的信念，則不必訴諸於任何其他種類東西的性質來證成。我如何證成那張我在上面寫字的紙是白色的？我必須指出：它在正常的燈光下看來顯然是白色的。相較於此，如果我自己相信「白色」這一性質在我的視覺經驗中出現，則這一信念就似乎是「自我證成的」(self-justifying)。

其次，笛卡兒的支持者主張：我們對於目前心靈內容的領悟，基於其絕對確定性，在認識上是具有優位性的。所謂絕對確定性包括三種性質，即：「絕對確實」、「不容矯正」，以及「無庸置疑」(infallibility, incorrigibility, and indubitability)一個判斷「絕對確實」，意即它不會是錯誤的；它被相信之後，就會遞衍出「它是真的」這一性質(即使有關於目前心靈內容的判斷並不必然是真的)。「不容矯正」的意義是：它不能被他人或者是該主體自己在稍後的另一時間點上所推翻或修正。「無庸置疑」的意義是：一個主體沒有任何質疑它的根據。有時哲學家會聲稱主體對於他自己當下正在發生的心靈狀態是無所不知的：如果有一個性質出現在他的經驗之中，他就會知道。

主體對於他自己心靈當下內容所具有的優位性接觸進路，可以是必然的，也可以是偶然的。例如，有關於「不容矯正」這一性質，觀點比較強烈的支持者們認為主體對於自己當下心靈狀態所提出的「第一人稱的」報告是不會被「與其衝突的證據」所推翻的——所謂「與其衝突的證據」是指：例如，針對主體所描述的心靈狀態，又有人提出一種與這心靈狀態有所聯繫的大腦狀態解讀，但是與主體的敘述有所衝突。他們指出：我們對於此一聯繫的了解，端視「對於心靈狀態的第一人稱報告」。如果有一份對於大腦狀態的解讀指出我正處於痛苦之中，但我卻誠摯不欺地宣稱我不痛苦，那麼，「那一類型的腦部狀態」及「疼痛」之間的連繫律則必定有所錯誤。支持比較極端的觀點的人認為，雖然每一個人目前都具有描述自己心靈內容現狀的權威性，但某些證據還是會推翻這種權威(例如，對於腦部狀態的衝突性的解讀這種證據)，即使每一個人所提供的證據都是來自於更早的「第一人稱報告」。

觀點比較弱的支持者也可能根據更一般性的理由而否認「絕對確實」(infallibility)這一性質。當我們在對任何事物(包括一個當下的心靈狀態)進行判斷時，若我們要把它判定為具有特定的性質 P，似乎我們要先記住性質 P 是什麼，但記憶似乎永遠都會有錯誤出現。即使對於心靈當下狀態的判斷總是會出錯，但這種判斷也許比其他判斷更容易直接地被證成。因此，「具有優位性的進路」之存在仍是可能的，只不過這種進路是比較缺乏力量的。

在二十世紀，賴爾(Ryle)透過分析「內省」(introspection)來攻擊「具有優位性的進路」這一概念；「內省」是：對於一個人的思想或者行為的「覺知」，藉由「行為的傾向」而獲得——所謂「行為的傾向」是指，當一個主體被要求時，就會針對他自己的心靈狀態進行記憶報告。雖然有些對於心靈狀態的行為主義分析與功能主義分析也許具有說服力(例如，對於信仰等認知狀態的分析)，但是對於諸如「感覺」或者「意象」等當下心靈狀態的解釋，卻根本說不上是有什麼具有說服力。對於觀點比較強烈的支持者的攻擊，是由威福利德．塞拉斯(Wilfrid Sellars)所提出。根據其學說，在我們可以經由訓練，以不透過推論的方式來針對自己感官經驗的性質提出報告之前，必須學習如何利用整個概念體系統來回應公開的物理對象；在我透過學習學會如何報告一個紅色的感官印象之前，我必須先學習如何回應紅色的物體，然後藉此知道顏色的概念系統，以及不同顏色概念間的邏輯關係。因此，我絕對不可能把我自己的心靈狀態當成一穩固的知識基礎，也就是說，憑藉著它開始去學習其他知識。

即使這種獲得概念的秩序是必然被決定的，但是，一旦所需的概念被獲得，那麼人們對於他們自己心靈狀態的接觸進路，在某些已經指出的方面上，也許還是具有優位性的。吾人對於自己的心靈狀態的信念可能還是比，例如，對於物理性質的信念更易於直接證成。

參見 certainty 確定性；foundationalism 基礎主義；immediacy 直接；perception 知覺

A.H.G.撰　黃慶明審訂

pro attitude　順向態度　指對一事物或事況的支持的傾向(favorable disposition)。儘管一些哲學家把順向態度等同於欲望(desires)，但「順向態度」一詞更常用來涵蓋更廣範圍的心靈之意動狀態(conative states of mind)，包括需求(wants)、情感(feelings)、願望(wishes)、價值(values)及種種行動規範(principles)。我之視某種我看到的行動進程為道德上必要，以及我之視它為一種自利滿足之根源(a source of selfish satisfaction)，這些同樣都算是對該行動之目的(the object of that action)之順向態度。人們大多認為，有意的行動，或更一般地說的有理由的行動，部分地必須基於一個或更多順向態度。如果我去商店買一些蕪菁，那麼，除了我認為去商店有助於買蕪菁之外，我一定對買蕪菁這件事還有某個順向態度。

參見 action theory 行動理論；practical reasoning 實踐推理

J.F.H.撰　龔維正審訂

probabilism　概然論　見 Medina 梅地那

probabilistic automaton　機率自動機　見 computer theory 計算機理論；self-reproducing automaton 自我複製自動機

probabilistic causation　或然性因果作用理論　見 causation 因果關係

probabilistic disposition　概率傾向　見 disposition 傾向

probabilistic independence　機率獨立性　見 probability 機率

probabilistic law　概率定律　見 causal law 因果定律

probability　機率　能附加於各種項目(諸如命題、事件和事件類型)的一種數值，度量了這些項目可以或應當被期望——或者它們具有「自己的趨勢傾向」，即獨立於我們心理上的期望——會是真的、會發生或作為例示(取決於值所附加的項目的類型)的程度。對機率除了有多重讀解外，也有兩種主要的機率理論：這就是抽象形式演算和對演算的解釋。抽象形式演算使用公理刻畫機率函數的形式屬性，函數的自變元通常是集合，或某種布爾代數(Boolean algebra)的元素。在應用中，機率函數的自變元與機率的意義一樣，是由機率的解釋所提供的。

最著名的公理化系統為科爾莫戈羅夫(Kolmogorov)所做(《機率論基礎》〔*Foundations of the Theory of Probability*, 1933〕)。機率函數 Pr 滿足的三條公理分別為：(1)對所有 X 而言，$Pr(X)\geq 0$；(2)$Pr(X) = 1$，如果 X 是必然的(例如，如果是命題，就是一個重言式(tautology)；如果是事件，就是一個必然事件；如果是集合，就是一個「全集合」(universal set))；以及(3)，$Pr(X \vee Y) = Pr(X) + Pr(Y)$(在此「∨」可以指邏輯析取，或指集合論中的聯集)，如果 X 和 Y 是相互排斥的(如果是命題，$X \& Y$ 就是一種矛盾；如果是事件，它們不能同時發生；如果是集合，它們在集合論中的交集就是空集合)。公理(3)被稱做有限加性(finite additivity)，有時它被推廣為涉及命題的無限析取或集合的無限聯集的可數加性。條件機率 $Pr(X/Y)$(當「Y 給定」或「視 Y 而定」時 X 的機率)的定義是 $Pr(X \& Y)/Pr(Y)$。我們說項目 X 在統計上(或機率上)正相關或負相關於項目 Y，要看 $Pr(X/Y)$是大於還是小於 $Pr(X/\sim Y)$而定，(在此 $\sim Y$ 是對命題 Y 的否定，或斷言事件 Y 不發生，或是集合 Y 的補集合)；如果等式成立，則稱 X 是在統計上(或機率上)獨立於 Y。所有這三種機率關係都是對稱性，有時可用「機率有關」(probabilistic relevance)的術語代替「相關」(correlation)。由公理可以導出某些熟知的定理：例如，(4)$Pr(\sim X) = 1 - Pr(X)$；(5)$Pr(X \vee Y) = Pr(X) + Pr(Y) - Pr(X \& Y)$(對所有 X 和 Y 而言)；以及(6)(貝氏定理的簡單形式)$Pr(X/Y) = Pr(Y/X)Pr(X)/Pr(Y)$。因此，機率的抽象形式演算允許從某些項目的機率來演算另外一些項目的機率。

主要的機率解釋包括古典式、相對頻率式(relative frequency)、傾向式(propensity)、邏輯式和主觀式。根據古典式解釋，一事件的機率(例如任意拋擲硬幣以求取其正面)，是有利於該事件的「相等可能性」(或等機率事件)總數和全體相等可能性總數之間的比例。根據由范恩(Venn)(《機率之邏輯》〔*The Logic of Chance*, 1866〕)和萊辛巴哈(Reichenbach)(《機率理論》〔*The Theory of Probability*, 1935〕)發展的相對頻率解釋，在一個「參考類」(reference class)裡把機率附加在事件的集合上。若 W 是參考類，n 是 W 中事件的數目，而 m 則是在 W 之內 X 中的事件的數目，那麼，X 相對於 W 的機率即為 m/n。因為各種概念上的和技術上的原因，這種「實際有限相對頻率」(actual finite relative frequency)的解釋已被改進為各種無限的和假設無限的相對頻率解釋，在此機率根據處在程度增長有限(嵌套)的總體中的相對頻率的序列極限而得到定義，有時涉及到一實際總體的假設無限外延。導致這些進展的理由涉及(比如)機率針對有限總體對 i/n 形式的種種值的人為限制，在此 n 指參考類的大小；涉及在現實世界中發生「純屬巧合」的可能性，這些巧合未必反映出相關事件涉及的真正的實質趨向；以及通常是把機率想像分配給單一事件，但相對頻率解釋把機率分配給事件的集合(這叫做「單一事件問題」，也稱做「參考類問題」)。這些問題激發人們發展了機率的傾向式解釋，根據這種解釋，機率或多或少是一種初始觀念，它用於衡量一給定物理情境產生設定類型結果，或產生設定類型結果的「長程的」相對頻率的實質趨向。

伯努利(Jacob Bernoulli)於 1713 年在《推測的技術》(*Ars Conjectandi*)一書中證明了一種機率定理，有時該定理被稱為「伯努利定理」，或稱做弱大數定理(the weak law of large numbers)，也以「第一極限定理」(the first limit theorem)而聞名，該定理對於頻率解釋的闡述至關重要。該定理的大意是說在長時間後，頻率逐漸趨向機率。舉例而言，設想在隨意一擲中某項硬幣正面朝上的機率是 0.5，並讓 e 代表任何大於 0 的數目。那麼，該定理就意味著，當投擲數無限增長時，正面朝上的頻率與 0.5 之間的誤差在 e 之內的機率接近 1。更一般地說，讓 p 代表一次實驗產生結果 O 的機率，並假定這種機率在重復實驗時保持不變。在 n 次試驗之後，就會有 f_n 的頻率產生 O 的結果。定理指出，對任何大於 0 的數目 d 和 e 而言，都存在著一個 n，使得發生 $|p - f_n| < e$ 的機率(P)與 1 相差在 $d(P > 1 - d)$之內。伯努利也顯示了怎樣為給定的 d，e 和 p 的值計算這種 n。重要的是注意到該定理關心的是，對長時段的頻率的機率，而非確定性。也應注意到當實驗重複進行時，O 的機率 p 會保持不變的假設，以使實驗結果在機率上獨立於先前的結果。

剛剛描述過的種種機率解釋有時被稱做「客觀的」、「統計的」或「經驗的」解釋，這是因為，根據這些解釋機率值取決於現實發生的事情，或是取決於現實給定的物理情境趨向產生的事情——而不是僅僅取決於相關事件(或命題)之間的邏輯關係，或是取決於我們應合理地期望發生或合理地相信的事情。與這些解釋形成對比的是，還存在著所謂的「邏輯的」或「主觀的」的機率解釋。卡納普(Carnap)(〈機率的兩個概念〉(The Two Concepts of Probability)，載於《哲學與現象學研究》〔*Philosophy and Phenomenological Research*, 1945〕)把第二種概念稱做(機率)$_1$，把第一種概念稱做(機率)$_2$，從而明顯地區別了它們。

所謂的邏輯解釋與卡納普密不可分(參見他的《機率的邏輯基礎》〔*Logical Foundations of Probability*, 1950〕；和《歸納方法的連續體》〔*Continuum of Inductive Methods*, 1952〕)，根據這種解釋，給定一命題*Y*，命題*X*的機率即是「*Y*邏輯蘊涵*X*的程度」。卡納普發展了一系列精巧入微的邏輯機率系統，其中包括種種個別的系統，它們的區別在於人們重新計算機率時，在邏輯上和理性上恰巧對新信息產生的敏感程度。當然，在邏輯機率、合理性、信念和信念修正(belief revision)諸觀念之間存在著聯繫。給定 *Y* 之後 *X* 的機率以「邏輯-機率」解釋來看，就應該是當一理性者了解 *Y*(利用了充分背景知識)後，相信 *X* 的程度。在此，信念觀念暗示了一種主觀的(有時也稱做認知的、部分信念的或信念度)機率解釋，而機率修正觀念則暗示著歸納法的概念：邏輯的和主觀的機率解釋都被稱做「歸納機率」(inductive probability)——這是一種標誌著從經驗中得到理性認識的形式手段。

根據主觀式機率解釋，一個命題的機率即為某人相信該命題所達到程度的一種度量，發展這種解釋的人包括：蘭姆西(Ramsey)(〈真理和機率〉〔Truth and Probability〕，載其《數學的基礎與其他論文集》〔*Foundations of Mathemafics and other Essay*, 1926〕)；狄菲尼提(Definetti)(〈預見的邏輯規律和主觀上的根源〉〔Foresight: Its Logical Laws, Its Subjective Sources, 1937〕，該論文由小基伯格〔H. Kyburg, Jr.〕英譯並收在斯莫克勒編輯的《主觀機率研究》〔H. E. Smokler, *Studies in Subjective Probability*, 1964〕)；薩維奇(Savage)(《統計學的基礎》〔*The Foundations of Statistics*, 1954〕)等人。當然，主觀機率會因人而異。為了使之成為機率的一種解釋方式，使得相關公理得到滿足，並非所有人都算數——只有那些理性的或具有「連貫性的」(coherent)的人們才應當算數。有些理論家已經找到了合理性和機率上的相信程度之間的聯繫，他們根據的是在賭博中設立具有連貫性的投注賠率的種種做法(這些做法要避免某種「荷蘭式賭定理」(Dutch book)的產生——即某種強迫賭博者喪失無論何種賭注的賭博狀況)，至於其他一些學者，他們則用更為普遍的決策論術語描述了合理性與機率相信度之間的聯繫。

參見 Bayes's theorem 貝氏定理；Carnap 卡納普；Dutch book 荷蘭式賭博；induction 歸納法；propensity 傾向性；Reichenbach 萊辛巴哈

E.Ee.撰　李國偉審訂

probability, prior　事前機率　見 Bayes's theorem 貝氏定理

probability function　機率函數　見 Bayesian rationality 貝耶斯主義的合理性

problematic judgment　或然性判斷　見 Kant 康德

problematic modality　可疑模態　見 modality 模態

P

problem of evil　惡的問題　見 philosophy of religion 宗教哲學

problem of induction　歸納法問題　此問題首先由休姆(Hume)提出，它關係到由已觀察事實推論未觀察事實的邏輯基礎。儘管爭論焦點常常集中在對未來事件的預測(例如，預測日蝕的發生)，但也同樣可以用於對過去事實的推論(例如，恐龍的滅絕)，以及對超出直接觀察範圍之外的當前事件的推測(例如，在白天時段行星的運動)。休姆之前，古代懷疑論者早已經注意到，諸如上述提到的推論無法具有「確定性」(certainty)；他們認識到，由過去和現在到將來，其中不可能有演證的(demonstrative)(即演繹的)推論。然而，休姆進一步指出更深層的困難：如此推演出來的結論，我們能賦予它「任何」(any)程度可信的證成(justified)嗎？他的問題是，是否有某種非論證的或歸納的推論，讓我們賦予可信度上任何程度的證成。

根據休姆的觀點，我們由已觀察推論未觀察，是基於人們從自然中所發現的規律。例如，我們相信地球、太陽、月亮的運動都是有規律的模式(根據牛頓力學)，於是在此基礎上，天文家預測日蝕、月蝕。然而休姆注意到，所有關於此種齊一性(uniformities)的證據，是由我們過去與現在的經驗所構成；通過將這些齊一性用於這些天體的未來變化，我們是由已觀察去推論未觀察。在一般情況下都是如此。當我們由已觀察推論未觀察時，依賴的便是自然的齊一性。而我們相信自然是合理齊一的，又是基於我們過去這類齊一的經驗。如果我們推論自然界在將來仍是齊一的，我們是由已觀察推論未觀察，而此種推論恰好又需加以證成。這樣，我們因此陷入循環論證。

因為如休姆所強調的，大部分由已觀察對未觀察的推理都基於因果關係，所以他對因果性進行了分析，試圖確知因果性是否可以在不同事件之間提供一種必然的聯繫，且可將此種聯繫作為此類推論的基礎。他的結論是否定的。我們不可能建立起這種先驗的聯繫，因為從原因不可能推導出結果的性質，例如，我們不能由下雪的現象推論出冷的感覺，而不是熱的感覺。同樣，我們也不能由結果推導出原因的性質，例如，看到鑽石，我們也不能推導出它是在高溫高壓下形成的。所有這些觀察都基於過去的經驗。如果我們推論雪將使人感到冷，或鑽石將能在高溫高壓下產生，我們再次由已觀察推論未觀察。

此外，如果我們認真觀察一些我們認為存在因果關係的事例，我們也不可能發現原因與結果之間的必然聯繫，或者從原因導致結果的任何力量。我們只能觀察到某類的一個事件(例如，喝水)在前發生，接著另一類的一個事件(止渴)發生。又如，我們注意到兩類事件顯示出一種經常性的連結；即無論何時，當第一類事件發生之後，第二類事件便緊隨其後出現。我們並不能後驗的發現任何必然聯繫或因果力量；我們只能確立優先性、相鄰性，及其與現在的經常性連結。如果我們堅持認為此種經常性連結在未來事件中依然存在，我們便是在作另一個由已觀察到未觀察的推論。然而，把因果關係作為基礎去證成由已觀察到未觀察的推論，我們又陷入了循環論證。

休姆得出了一個懷疑的結論，認為由已觀察推論出未觀察，亦即歸納推理或非論證的推論，根本不能獲得理性的或邏輯的證成。這樣的推論只是基於習俗與習慣。自然只是賦予了我們一種傾向性，推斷過去事件與未來事件是相似的。由於觀察到一類事件的發生，隨之經常伴隨另一類事件的出現，當我們在經驗裡遇見第一類事件時，心理上便期望第二類的事件的將會出現。這樣的期望並不能建立起一種理性的證成。

儘管休姆用尋常的事例顯示這一問題，他所提出的觀點，卻戳中了最精細的經驗科學的要害；因為，所有這些學科都包容著由已觀察現象對未觀察事實的推論。雖然複雜的理論經常在使用，但休姆的問題依然有意義。他的問題的意義，決不僅僅限於簡單列舉的歸納法。

哲學家們以不同的方式對歸納法問題進行回應。康德(Kant)求助於綜合的先驗(synthetic a priori)原理。二十世紀的許多哲學家基於語言的混亂性，把這個問題看作假問題，以取消問題代替了解決問題。卡納普(Carnap)堅持歸納直覺(inductive intuition)是必不可少的。萊辛巴哈(Reichenbach)提出了一種實用的證明(a pragmatic vindication)。古德曼(Goodman)建議，利用他提出的關於歸納法的新謎題，取代休姆的舊謎題。波普爾(Popper)接受休姆懷疑論是確實的，主張演繹主義(deductivism)。他認為，歸納法是無法證實的，也是不必要的。在所有這些解釋中，沒有一種被廣泛認為是正確的。

參見 causation 因果關係；grue paradox 綠藍悖論；Hume 休姆；skepticism 懷疑論；uniformity of nature 自然的齊一性

W.C.S.撰　苑舉正審訂

problem of other minds　他人心靈問題　「一個人能有什麼合理的依據去相信他人和自己同樣具有意識和心靈？」之問題。每個人由於擁有意識，因而可以覺知(aware of)自己的意識狀態(state of consciousness)，並因此得知自己有一個心靈；但是他人的心靈狀態，可就不能以同樣的方式對自己顯而易見了。

對這個問題的解決，哲學的行為主義者(philosophical behaviorists)的嘗試頗具影響力。根據賴爾(Ryle)《心靈概念》(*The Concept of Mind*, 1949)中的看法，心靈並非物理機器中的精靈，(大體上)是人的智性行為傾向(dispositions)及對感官刺激之外顯(overtly)反應傾向之總和。既然以心靈傾向(mentalistic dispositions)為特性的行為已經對他人為可觀察的，那麼所謂「他人心靈問題」也就容易解決了：它僅起於有關心靈之概念之混淆。賴爾的反對者通常願意接受，所謂的傾向可以證明他人有「心靈」，或是一個有受感的存有者(sentient being)；但是他們並不願意承認那些傾向能夠證明，他人真正有情感(feelings)、思想及感覺經驗(sensory experiences)。他們由此出發，產生他人心靈問題之修正版；此版可以稱作「他人經驗問題」(problem of other-person experiences)。

早期對「他人心靈問題」進行解決之努力，可以看作是對「他人經驗問題」的解決之嘗試。根據約翰．斯圖亞特．彌爾(J. S. Mill)的《威廉．漢密爾頓爵士的哲學之檢視》(*Examination of Sir William Hamilton's Philosophy*, 1865)，利用類比論證，一個人可以辯護他之相信他人擁有各種感覺及其他主觀經驗。發展那類比之初，人先注意到他自己的經驗與外顯或公開的現象是如何關聯的。一個人可能會注意到，當他被大頭針刺就有痛感，並且對疼痛的反應是退縮身體，同時還會喊「哎唷」。下一步就是注意他人的行為及條件。既然他人在肉體上與自己非常相似，我們便可以合理地結論到：當他人被大頭針刺傷、有退縮身體的反應，並喊「哎唷」，那麼他們也有痛感。彌爾稱，對於涉及其他類型的心靈狀態及對其他類型的行為與條件之類推，加強我們相信他人(真正有)經驗。

雖然人們普遍承認，類比論證為不可觀察的現象(的存在)，提供了合理可接受的理據，但對他人經驗的類推卻在 1960 年代被那些受到維根斯坦(Wittgenstein)《哲學探索》(*Philosophical Investigations*, 1953)之影響的哲學家有力地抨擊。他們的爭論焦點在於，任何使用(類比)論證的人必須假定，單單從他自己，他就知道什麼是感覺、什麼是思想。他們認為維根斯坦的私有語言論證推翻了這一假定。私有語言論證證明我們要學會什麼是感覺與思想，一定得通過後面過程：學習大家可理解的(publicly understandable)、包含著適當心理語彙的語言。這些批評指出，一個人要理解這些語詞，一定要能夠正確地把這些語詞用至他人及自己；而這一點之能確立，全靠這些語詞，如「疼痛」、「抑鬱」，關聯到行為性的判準(behavioral criteria)。當他人的行為滿足了這些判準，一個人便知道這些語詞正確地用到他人，從而有充分的理由相信他人有問題中的經驗。這樣，公正地理解關於心理狀態之一致融貫的想法所需之先決條件，「消解」(dissolved)了所謂的他人經驗問題。

維根斯坦的觀點，可以這樣描述，即「內在過程需要外在判準」，這一點在1970年代對哲學家們失去了吸引力。一個重要的看法是：如果痛感是一種不同於與它相伴的行為之真實存在，那麼，所謂的痛之行為便不能藉純語言論證成為痛之呈現之充分證據(adequate evidence)；而經驗歸納的證據便成為必要的。與維根斯坦相反，既然一個人只有擁有痛感才能知道疼痛是什麼，那麼一個人之相信他人間或擁有和自己相當一樣的痛感，顯然必須基於一種以類比為核心的論證。似乎再沒有其他策略是可能的。

參見 behaviorism 行為主義；philosophy of mind 心靈哲學；private language argument 私有語言論證；Wittgenstein 維根斯坦

B.A.撰　龔維正審訂

problem of the criterion　判準問題　這是一個知識論問題，之所以出現，是因為人們企圖明確表達知識的「判準」，並確定知識的「範圍」。懷疑論者與非懷疑論的哲學家，對於我們知道什麼、或者我們知道多少，各持不同觀點。我們能否有關於外在世界、他心(other minds)、過去乃至未來的知識呢？任何答案都有賴於知識的正確判準。這個問題的產生，與下面兩個命題乍看之下的合理性有關：

(1)要辨認出知識的具體事例，並因此確定知識的範圍，我們必須先知道知識的判準。

(2)要知道知識的判準，也就是說把正確與錯誤的判準區分開來，我們必須先能夠辨認出知識的具體事例。

根據古希臘懷疑論者的論證，我們既無法知道知識的範圍，也不能知道知識的判準，因為(1)和(2)都成立。然而，這裡還有三種進一步的可能性。首先，如果(2)正確而(1)錯誤，即便我們不了解知識的判準，我們也可以認識具體事例。其次，如果(1)正確而(2)錯誤，即便我們沒有先認識知識的具體事例，也可確定知識的判準。第三，(1)和(2)可能都是錯誤的；這樣，不了解知識的判準，我們也可以確定知識的範圍，反之亦然。齊桑姆(Chisholm)特別關注這個問題，他把以上三種可能性中的第一種，稱為「特例主義」(particularism)，第三種稱為「方法主義」(methodism)。休姆(Hume)對經驗知識的範圍持懷疑態度，屬於方法主義者。里德(Reid)與穆爾(Moore)是特例主義者，他們反對休姆的懷疑論，因為休姆將明顯屬於知識的事例，變成了不可知的事例。齊桑姆贊同特例主義者的觀點，因為他相信，除非一個人知道從該算是知識的具體事例開始，否則，任何知識判準的選擇都將是沒有根據的，也是武斷的。方法主義者則把這個論證顛倒過來：對於任何具體事例，如果不基於某個判準就確認算是知識，他們認為這樣的確認是教條化的，並因此加以拒斥。

參見 skepticism 懷疑論

M.St.撰　謝世民、吳妍儀審訂

problem of the single case　單一事件問題　見 probability 機率；propensity 傾向性

problem of the speckled hen　帶斑點母雞問題　這一問題由賴爾(Ryle)提出，用以反對艾耶爾(Ayer)以「感覺資料」(sense-data)分析知覺(perception)。若按艾耶爾的分析方法所示，如果我看到一隻有斑點的母雞(指在良好的光線等條件下)，我即是在了解一個關於斑點的感覺資料。此種方法進一步顯示，這一感覺資料所包含的斑點似乎恰好與我看母雞時所看到的斑點數目相同；而且它會馬上向我顯示到底有多少個斑點。因此，好像如果我看母雞時看到了許多斑點，那麼感覺資料便確實包含許多斑點，而且我立即會獲知到底有多少斑點。現在假定我看到了一百多個斑點，那麼我所了解的資料也必然包含一百多個斑點。也許材料本身包含一百三十二個斑點，那麼這種分析的進一步推論便顯得荒謬，即我馬上便會得知斑點數目確實是一百三十二個。擺脫這種荒謬的一種辦法，是否認我得到的感覺資料的確包含一百三十二個斑點——或者任何其他較大的、確定的數目——這是因為我根本不可能準確看出那樣大的數目。此種分析方法有一個弱點，有些哲學家就認為是一種「自相矛盾」——就是感覺資料可以包含許多斑點，但又不能有大數 n 表示資料包含有 n 個斑點。

參見 perception 知覺；vagueness 模糊性

R.Ke.撰　李國偉審訂

proceduralism　程序主義　見 jurisprudence 法理學

process philosophy　歷程哲學　見 Whitehead 懷德海

process-product ambiguity　過程-產品之歧義　過程-產品之歧義，是當一個名詞可以指稱到一個過程(或活動)或是可以指稱一個過程(或活動)所會產生的產品時，所會發生的歧義。例如：「定義是困難的」(The definition was difficult)，它可以指「下定義」這件事是個難執行的活動，也可以指定義者所下的定義(definiens；一種字的形式，它與被定義〔being defined〕是相同的)很難被理解。另一個例子，「寫作(the writing)吸引了她的注意」這句話並未說明，引起她興趣的，是寫作的活動，還是該活動的成品。哲學上，用來揭露過程-產品歧義的詞，包括「分析」(analysis)、「解釋」(explanation)、「推論」(inference)、「思考」(thought)等。

P.Mac.撰　劉希文審訂

process theology　歷程神學　受懷德海(Whitehead)或哈茨霍恩(Hartshorne)強烈影響的任何神學；更通泛地說，任何把過程與變化視為一切現實存有者(actual beings)——包括上帝——的基本特徵之神學。那些最受懷德海和哈茨霍恩影響的神學版本，都同樣深信構成歷程神學最顯著的論題是：儘管上帝的某種抽象特徵(如，愛)保持定常，上帝卻不斷地在成長中；上帝與每一個實際的存有者相關，也受到其活動所影響；每一實際存有者都有某種自我決定性，上帝的力量被確認為誘導的力量(power to lure)，即企圖誘導(attempt to persuade)實際存有者成為上帝所期望的樣子。這些論題與共通於西方有神論傳統的上帝觀念，有重大的差異；根據傳統觀念，上帝是永恆不變的，實在與生物無關，因為上帝並不受生物的活動所影響，祂有能力做上帝依邏輯而可能做的任何事(全能的〔omnipotence〕)。歷程神學家們也不同意上帝可以知道未來世界的一切細節，而主張上帝只能知道那些由於過去事件發展而必然造成的未來之細節。他們宣稱，這只是可見未來的一小類事件、甚至更遙遠未來的更小事件之抽象特徵而已。因為他們對神力的理解，以及對生物的自我決定性之肯定，所以他們宣稱提供了一套更適當的神義學(theodicy)。他們的批評者宣稱，如果他們對上帝權力的觀念是正確的話，將會使上帝不值得崇拜。一些人也主張他們對上帝的知識的觀念，偏愛一個更傳統的全知觀念。

雖然懷德海和哈茨霍恩都是哲學家而不是神學家，歷程神學在神學家之中更有影響力。它是當代美國新教神學的主流，也吸引了一些羅馬公教會神學家的注意。它也影響了一些聖經學者，他們企圖發展一個獨特的歷程詮釋學。

參見 philosophy of religion 宗教哲學；Whitehead 懷德海

J.A.K.撰　陳瑞麟審訂

Proclus　普羅克勒斯　見 commentaries on Plato 對柏拉圖的註釋；Hellenistic philosophy 希臘化時期哲學；Neoplatonism 新柏拉圖主義

Prodicus　普羅底柯斯　見 Sophists 智者

production theory　生產理論　是分析生產要素轉化為消費品的經濟理論。資本主義的經濟理論假定有理想的市場(ideal markets)，企業運用資本(capital)、勞動力(labor)、原料(raw materials)這三種要素來生產。生產的原則是追求利潤極大化(指收益〔revenues〕與支出〔costs〕之差)。因此企業所要做的決策是：要生產多少數量、產品的定價、確定三種生產要素的比例、購進生產要素的價格。在接近完全競爭的市場裡，企業對價格的控制力很微弱，因此企業所需做的決策，就是儘量降低生產要素的使用。企業對生產要素組合運用的範圍，視它所掌握的生產技術而定。如果企業的技術水平不一，或者企業對技術變化的反應不一，那就會產生既有趣又複雜的各種狀況。此外，如果生產規模影響到可運用的技術，那麼企業的決策過程就更微妙了。以上的各種情況，會導致競爭的不完全性。

馬克思派的經濟學家(Marxian economists)認為，這種生產理論所使用的概念，具有規範性的意涵。實際上，大企業的資本總是被小部分非生產者的特權階層掌握，而勞動力則和其他生產要素，都被視為一種商品。這會讓人以為，利潤主要是因資本而來，所以就應屬於資本所有者。馬克思派認為，勞動力才是利潤的來源，所以勞動者有權獲得比市場價格更高的工資。

參見 perfect competition 完全競爭；philosophy of economics 經濟哲學

A.N.撰　賴建誠審訂

productive reason　生產性的理性　見 theoretical reason 理論理性

professional ethics　專業倫理　意指下列一項或多項意思：(1)有理據的道德價值，它們應當用來約束專業人士之工作；(2)實際上指引專業團體之道德價值，無論這些價值是(a)專業團體所宣揚的倫理守則，或者是(b)專業人士之實際信念及行動；(3)有關上述意義之專業倫理的研究，這種研究可以是(i)規範性(normative)探究(哲學的探究)，研究什麼價值值得專業人士追求，亦可以是(ii)描述性(descriptive)探究(科學的探究)，研究專業團體之實際信念及行動。專業價值(professional values)包括義務及權利之原則、美德及個人的道德理想，亞當斯(Jane Addams)、史懷哲(Albert Schweitzer)及馬歇爾(Thurgood Marshall)的生活都是這些美德與理想之體現。

專業的界定可以從專門知識、社會組織、專門服務來規定，而特別重要的是從促進個別的公共價值(public good)之共同承擔(shared commitments)來界定，例如醫藥促進健康、法律促進公義、教育促進學習。這些共同承擔令得專業人士對客戶、雇主等負上特殊責任：提供服務、保密、事先知會並取得同意、忠誠。這些責任都涉及理論上與實踐上的議題，主要的理論性議題是，如何了解專業倫理信守的價值與更普遍的價值(例如人權)之關係。而很多實踐上的難題，關涉的是如何去平衡相互衝突的責任，例如當保密的訊息可能拯救到無辜的第三者之生命時，那麼律師應如何做呢？其他實踐上的議題是，在特定的場合下如何應用這些責任，這裡牽涉到含混性(vagueness)及不確定性的問題。例如尊重病人的自主性，那麼當患絕症的病人想了結自己性命時，這責任究竟是禁止、容許還是要求醫生去協助這病人呢？同樣重要的問題還有：當追逐私利而危害到道德價值時，那麼如何疏解此利益衝突。

參見 applied ethics 應用倫理學；bioethics 生物倫理學

M.W.M.撰　盧傑雄審訂

programming language　程式語言　見 computer theory 計算機理論

programs, modal logic of　程序的模態邏輯　見 dynamic logic 動態邏輯

projectible predicate　可投射述詞　見 grue paradox 綠藍悖論

projection　企向　見 Heidegger 海德格

projectivism　投射主義　見 moral psychology 道德心理學

prolepsis　預先獲得的觀念　見 Epicureanism 伊比鳩魯主義；Hellenistic philosophy 希臘化時期哲學

proof　證明　見 proof theory 證明論

proof, finitary　有限證明　見 Hilbert's Program 希爾伯特計畫

proof, indirect　間接證明　見 *reductio ad absurdum* 歸謬證法

proof by recursion　遞推證明　也稱作數學歸納(mathematical induction)證明，一種最終證明有關自然數之普遍命題為真之方法。(自然)數系統被理解為始於數 1 之無窮元素序列，而每一個在後的元素都為其先行元素的(直接)後繼元素。一數的(直接)後繼元素乃是那個數與 1 的和。為了能夠應用這種方法以證明每個數都具有某種選定性質(chosen property)，有必要證明兩個常被分別稱為「基本步驟」(basis step)和「歸納步驟」(inductive step)的輔助命題。基本步驟即：1 有選定性質；歸納步驟即：任何具有選定性質的數之後繼元素也是一個具有選定性質的數(換言之，對每一個數 n 而言，如果 n 具有選定性質，那麼 n 的後繼元素也有選定性質)。歸納步驟本身是一個可用遞推來證明的普遍命題。

最平常用的，通過遞推證明的定理例子，是一讓人印象深刻的事實，即前 n 個奇數之和等於 n 之平方，這在柏拉圖(Plato)時代以前便已為人所知。萊布尼茲(Leibniz)曾經顯著地提到了這一命題需要，而且有一證明。它可用一般形式表達如後：對每一個數 n 而言，前 n 個奇數的總和等於 n^2。$1 = 1^2$，$(1 + 3) = 2^2$，$(1 + 3 + 5) = 3^2$，如此類推。

自狄摩根(De Morgan)時代以來被稱作數學歸納原理(the principle of mathematical induction)之命題，通常用作嚴格陳構的遞推證明之前提，即：每個是 1 的，也同時是每個數及其後繼元素之性質，毫無例外地是每一個數之性質。皮亞諾(Peano, 1858-1932)在他於 1889 年所做的算術公理化(或自然數論)的工作中把數學歸納原理當作公理。此原理之第一個得到公認的陳構歸功於巴斯卡(Pascal)。

參見 De Morgan 狄摩根；omega 歐米茄；philosophy of mathematics 數學哲學

J.Cor.撰　龔維正審訂

proof-theoretic reflection principles　證明論的反映原理　見 reflection principles 反映原理

proof theory　證明論　數理邏輯的一個分支，由大衛・希爾伯特(David Hilbert)在 1920 年代為了完成「希爾伯特計畫」(Hilbert's Program)而建立。該計畫中強調的基礎問題(foundational probloms)，於世紀之交成形，並由希爾伯特在巴黎召開的國際數學家大會(1900 年)上所做的著名演講中提出。這些問題與康托(Cantor)和戴德金(Dedekind)對於分析之基礎的研究密切相關；但這些問題也與他們和克羅涅克(Kronecker)關於數學之本質的觀點衝突有關，以及建立一種完全不受限制的集合或重數(multiplicity)概念的困難有關。在那一時代，希爾伯特的中心問題是關於康托觀點下的集合的一致性問題(the consistency of sets)。希爾伯特建議一致性集合(重數)的存在性，例如實數的存在性，可由對一合適的、特徵化的公理系統的一致性證明來得到保證；但對於如何做到這一點卻只提供了極為含糊的暗示。四年之後，在放棄了通常的做法和他自己早年的想法後，希爾伯特提出了一種新方法來對付《邏輯與算術基礎》(*Über die Grundlagen der Logik und der Arithmetik*, 1904)一書中的理論的一致性問題。這種方法首先需要給邏輯與數學在一起嚴格的形式化，其次，需要使得有限語法結構(the finite syntactic configurations)在上述的聯合形式化(the joint formalism)中成為數學物件，並通過數學論證而顯示矛盾式不能從中推導出。

希爾伯特在隨後的年月中一直講授有關數學基礎的問題，儘管如此，直到 1920 年左右人們才開始對於證明論技術上的發展和哲學上的澄清，以及其目的開始有進展。首先是對邏輯演算詳盡的描述，並對數學的某些部分在合適的系統下審慎的發展。前者可見於希爾伯特和阿克曼(Ackermann)合著的著作《理論邏輯概要》(*Grundzüge der theoretischen Logik*, 1928)；後者則可見於希爾伯特和柏內斯(Bernays)合著的著作《數學基礎》第二卷(*Grundlagen der Mathematik II*, 1939)的補充第四部分中。這裡預設了由希爾伯特引入的後設數學(metamathematics)和數學的明確區分。對完成一致性計畫的目的而言，後設數學如今被設定為算術中一個極弱的部分，即所謂的「有限主義數學」(finitist mathematics)，據信它對應於數學中由建構主義者(constructivists)如克羅涅克(Kronecker)和布勞爾(Brouwer)所接受的部分。此外的後設數學課題涉及理論的完備性(completeness)和可決定性(decidability)。希爾伯特的∈-演算(∈-calculus)是尋求一致性問題之解決的最重要的技術。

後設數學問題吸引了眾多非常優秀的(具有哲學興趣的)年輕數學家們的注意力；他們中有保羅・柏內斯(Paul Bernays)、威爾海姆・阿克曼(Wilhelm Ackermann)、約翰・馮・諾曼(John von Neumann)、雅克・赫爾布蘭德(Jacques Herbrand)、杰哈德・根臣(Gerhard Gentzen)和科特・舒特(Kurt Schütte)。相較於所期望的，1920 年代所取得的成果就不免令人失望了，阿克曼、馮・諾伊曼和赫爾布蘭德等人，基本上為具有非常受限制的數學歸納原則的算術建立了一致性。關於一致性證明的有限主義考慮所具有的侷限到了 1931 年，隨著哥德爾不完備定理(Gödel's incompleteness theorems)的發表而變得昭然若揭。有關述詞邏輯決定問題(the decision problem for predicate logic；即希爾伯特的「決定問題」〔Entscheidungsproblem〕)的特例亦已得到解決；該問題的一般可解決性，若依哥德爾 1931 年論文所得出的某些結論來看，是不可能的。對該問題不可解決性的實際證明要等到 1936 年，隨著「機械程序」(mechanical procedure)或「演算法」(algorithm)概念的澄清才算告一段落；而這是由丘奇(Church)和涂林(Turing)的工作所完成的。

證明論的更進一步發展大致有兩種互補的趨勢：(1)能得到「建構的」(constructive)一致性證明的後設數學架構的擴展；以及(2)某些數學的形式化改進，而這些數學是在比集合論或完全二階算術(full second-order arithmetic)更弱的理論中。前一種趨勢始於哥德爾和根臣 1933 年的工作，建立了完全古典算術對於直觀主義算術的相對一致性；它導致了 1970 年代和 1980 年代完成的二階算術的強子系統對於建構序數的直觀主義理論(intuitionistic theories of contructive ordinals)的相對一致性證明。後一種趨勢可以追溯到魏爾(Weyl)的著作《連續體》(*Das Kontinuum*, 1918)，並於 1970 年代達到高潮，當時證明數學分析的古典結果，可以在初階算術的保守擴展中形式地獲得。對後設數學研究而言，根臣引入串列演算(sequent calculi)和使用依據建構序數(constructive ordinals)的超限歸納法(transfinite induction)就變得非常重要，可以說和哥德爾的有限類型的原始遞歸泛函(primitive recursive functionals of finite type)一樣重要。證明論的方法與成果，不令人感到意外的，在計算機科學中扮演重要的角色。

證明論的研究成果肇因於數學基礎問題研究，其外顯的目的在於將數學實踐中的強理論(如集合論或二階算術)，認識論地化約至哲學意義重大的弱理論(如原始遞歸算術)。由於在強理論中數學的形式化處理對後設數學進路(metamathematical approach)而言是至關重要的，也由於計畫性目標可以視為對環繞著強理論的哲學問題(例如集合論中無限集的本質)加以規避的一種方法，希爾伯特的哲學立場通常被等同於形式主義(formalism)——根據弗雷格的《幾何學基礎》(*Über die Grundlagen der Geometrie*, 1903-06)和布勞爾的就職演講《直觀主義和形式主義》(*Intuitionism and Formalism*, 1912)的意義上使用的形式主義。儘管在 1920 年代，不能說希爾伯特的言談論辯完全沒有支持上述觀點，但是，基於平衡，他的哲學觀卻發展成為一種複雜微妙的工具主義(a sophisticated instrumentalism)——如果是根據里斯特・納格爾(Ernest Nagel)的明智意義(《科學的結構》〔*The Structure of Science*, 1961〕)的看法。希爾伯特的觀點是一種強調數學理論之內容動機的工具主義；這一點非常清晰地表述在希爾伯特和柏內斯合著的《數學基礎》第一卷(*Grundlagen der Mathematik I*, 1934)第一章中。柏內斯在數學哲學的廣泛問題背景下，對證明論的研究做了持久的哲學分析：他那極富穿透力的論文持續影響達五十餘年，並被收集為《數學哲學論集》(*Abhandlungen zur Philosophie der Mathematik*, 1976)。

參見 consistency 一致性；formalization 形式化；Gödel's incompleteness theorems 哥德爾不完備定理；Hilbert's program 希爾伯特計畫；metamathematics 後設數學

W.S.撰　李瑞麟審訂

propensity　傾向性　是指某一客體或系統產生某結果或效果的一種非規律的或非必然的因果傾向(causal disposition)。傾向性的本質是概然的。一個骰子如果擲出 6 點，則有 1/6「強度」的傾向性，擲出 3 點或 4 點則有 1/3 強的傾向性。但是傾向性只在決定論失效時才適合被討論。強度通常被認為在 0 與 1 之間變化。

波普爾(Popper)把傾向性觀念視為一種新的物理學或形上學的假說，與力的觀念同樣新穎。像裴爾斯(Peirce)一樣，他把傾向性用來解釋單一事例的或然性(概率)的宣稱：例如，某個放射性原子在一千六百年中衰變的或然性是 1/2。在相對頻率的解釋上，或然性宣稱是針對大類的屬性(性質)，比如在某大類中出現某結果的相對頻率，這就不是對單一事例而言。然而單一事例的宣稱在量子理論中似乎卻很平常。波普爾倡導量子理論的傾向性解釋。傾向性也是非決定論或概然性因果理論的主要特徵。

關於傾向性，已有各種互相競爭的理論出現，是取決於不同的複雜系統。如機會或實驗性設置或安排(像一枚硬幣或投擲裝置)，取決於這類裝置的元項(entities；如硬幣自身)，以及取決於這類設置特定的試驗過程。長期性理論(long-run theories)把傾向性解釋為長期檢驗結果的傾向(dispositions)，指長期檢驗所產生的某種相對出現頻率，或概率的分配；有時這又被稱為傾向性的「呈現」(manifest)或「顯示」(display)。對照來看，單一事例理論(single-case theories)則把傾向性解釋為產生特定結果的單個檢驗所出現的傾向；它們的存在，不是指它們的強度，是由某種特定結果所顯示。在此狀況中，出現的頻率提供給傾向性強度正面支持的證據。然而，上述兩種理論結果經常不一樣；只有足夠長的檢驗觀察下，它們的概率值才會很接近。

參見 causation 因果關係；determinism 決定論；disposition 傾向；Peirce 裴爾斯；probability 概率、或然率；quantum mechanics 量子力學

D.S.撰　莊文瑞審訂

proper class　**真類**　見 class 類

properly basic belief　**恰當基本信念**　見 evidentialism 證據主義；Plantinga 普蘭廷格

proper names, causal theory of　**專有名稱的因果理論**　見 causal theory of proper names 專有名稱的因果理論

proper sensibles　**真正的感覺對象**　見 Aristotle 亞里斯多德

proper symbol　**適當符號**　見 syncategoremata 隨伴範疇語詞

properties of terms, doctrine of　**學說的術語的屬性**　見 Sherwood 舍伍德

property　**性質**　可粗釋為：屬性(attribute)、特徵(characteristic)、特性(feature)、徵相(trait)或面相(aspect)。

內涵性(Intensionality)　有兩種談及性質的明顯方式。首先，(性質)作為可用來謂述的(predicables)或那有例子的(instantiables)。例如，紅性質可以用來謂述紅的對象(the property red is predicable of red objects)；紅的對象是紅性質的例子。性質之所以是內涵性的東西，是就著下面意思說的：不同的性質能夠用來謂述完全相同的東西而為真(distinct properties can be truly predicated of exactly the same things)(亦即，不同的性質能有完全相同的東西作為例子)：性質「是有腎的動物」≠ 性質「是有心臟的動物」，雖然這兩類動物有相同的成員。性質因此不同於集合(聚合、類集)；因為集合滿足外延(extensionality)原則：如果兩集合有相同的元素，它們就相等。第二種談及性質的明顯方式是通過抽象性質語詞(property abstracts)，像「『是 F』性質」。這種語言表詞就下面語意學的(與存有學的相對)意義而為內涵性的：「『是 F』性質」與「『是 G』性質」這兩個表詞能指不同的性質，即使述詞「F」和「G」謂述相同的事物而為真。(弗雷格〔Frege〕、羅素〔Russell〕、卡納普〔Carnap〕等的)標準解釋是：「『是 F』性質」指(denotes)述詞「F」表達的性質。因為述詞「F」與述詞「G」可以不是同義詞，卻謂述相同事物而為真，所以「是 F」與「是 G」這兩個抽象性質語詞指不同的性質。

同一性標準(identity criteria)　一些哲學家認為：若兩性質必然有相同的例子，則它們是同一性質。其他哲學家則認為這種同一性標準只對特定子集的性質成立，亦即只對純

然質性的(purely qualitative)性質成立，而此標準對「複合的(complex)性質」(例如，關係性的〔relational〕、析取性的〔disjunctive〕、條件性的〔conditional〕，或否定的〔negative〕性質)不成立。根據這一理論，兩複合的性質需有相同的形式(form)，而且它們的純然質性的成素相同，它們才為同一。

存有論地位(Ontological status)　因為性質是共相(universal)的一種，所以關於共相之存有論地位的各種通常觀點，在性質方面也都有對應：唯名論：只有殊物(particulars)(或許加上，殊物的集合)存在；因此，或者性質不存在，或者它們可以還原(依卡納普等之觀點)至殊物的集合(其中也許包括並不現實存在而只是可能的殊物)。概念論：性質存在，但是依於心靈而存在。實在論：性質獨立於心靈而存在。實在論有兩主要版本。溫和的實在論(in rebus realism)：性質只跟隨著它的實例存在。極端的實在論(*ante rem* realism)：即使沒有性質之實例時，性質也存在。例如，「是一個重逾一噸的人」之性質沒有實例；但是，人可以合理認為該性質確實存在。畢竟該性質似乎就是「是一個重逾一噸的人」這個述詞所表達的。

本質與偶性(Essence and accident)　一個東西(entity)之性質可分為兩類：對該東西而言為本質的性質與對它而言為偶然的性質。如果該東西不是某性質的例子時，該東西就必然不可能存在，那麼該性質對該東西而言是本質的。如果該東西不是某性質的例子時，該東西仍可能存在，那麼該性質對該東西而言是偶然的。「是一個數」(being a number)是九之本質性質，「是行星之總數」是九之偶然性質。某些哲學家認為所有的性質或者於其本性是本質的(essential by nature)，或者於其本性是偶然的(accidental by nature)。若一性質可成為一東西之本質，而且它必為每一是其實例的東西的本質，則它於其本性是本質的。如此，自我同一之性質就於其本性是本質的。然而，是否某物之本質一定於其本性是本質的？對這問題仍然眾說紛紜。下面是一個備選的反例(a candidate counterexample)。如果一汽車在給定情況下大聲逆燃，大聲似乎是與之相連的砰然巨響之本質。不大聲，那特定巨響就不存在。如果該車逆燃聲音較輕，則特定砰然巨響就不存在；而代以一種完全不同的砰，一個輕砰。比較而言，如果一人說話大聲，大聲僅是他的偶性；他可以不大聲而存在。這樣，大聲看起來是個反例：雖然它確是某些殊物之本質的性質，它不是於其本性就是本質的。(回應亞里斯多德〔Aristotle〕，)人可以答道：一聲巨砰與大聲的人分別以不同的方式例示了大聲，更一般地說，性質能以不同的方式被謂述(或被例示)。如果是這樣，則人應在定義「於其本性是本質的」與「於其本性是偶然的」時明確表明要定義的是哪一種謂述(或例示)。這麼一來，反例也許就完全消失了。如果性質確實能以不同的方式被謂述(或被例示)，則前面關於意向性、同一性標準，以及性質的存有論地位的大多論述應予相應修正。

參見 essentialism 本質論；intensionality 內涵性；relation 關係

G.B.撰　龔維正審訂

property, accidental　偶然性質　見 relation 關係

property, Cambridge　劍橋性質　見 Cambridge change 劍橋改變

property, consequential　隨之發生的性質　見 supervenience 伴隨性

property, extrinsic　外在屬性　見 relation 關係

property, hereditary　遺傳關係　見 relation 關係

property, impredicative　不謂述性質　見 type theory 類型論

property, intrinsic　內部屬性　見 relation 關係

property, non-predicative　非謂述性質　見 type theory 類型論

property, phenomenal　現象的性質　見 qualia 感質

property, predicative　謂述的性質　見 type theory 類型論

proportionality, principle of　比例性原理　見 Cajetan 卡其坦

proposition　命題　是一個抽象對象，它關聯一個人的某一信念、慾望或其他心理態度，經常典型地用語言來表達，其中包含一個心理動詞(「認為」、「否認」、「懷疑」等)與接著的一個子句。其中的心理狀態就稱為命題態度。當我相信雪是白的時候，我的立場是相信「雪是白的」這個命題。當我希望質子不會衰變時，(心理動詞)希望將我連結到「質子不會衰變」這個命題上。一命題可成為不同行為者多樣態度的共同對象：「質子不會衰變」可以是我相信、我希望、你恐懼的對象。

表達一態度的語句也被用來表達關聯的命題。因為「質子不會衰變」等同於我的希望，所以我的希望將我連結到這個命題。因此，這個命題可以是這個語句和其他所有同義句所分享的意義，不論此命題是(中文、)英文還是其他語文(例如，德文：質子不會衰變〔*die Protonen werden nicht zerfallen*〕)。

簡言之，這是命題的傳統學說。雖然在某些形式是不可或缺的，但要將思維及語言理論化，仍困難重重。

某些批評者將任何對意義的說明，視為是命題的多餘包袱。但是除非這是一種唯名論的表述，否則便令人困惑不解。任何意義的系統理論，再加上一套裝置組織(或性質)，便可以讓我們建構出似命題的對象。例如，語句 S 所表達的命題，可能和某組決定了 S 的意義的特徵是等同的。其他具有相同特徵的語句，便會表達相同的命題。結合命題與語句的一個自然的方式，就是讓其中的特徵成為在語意上具有顯著特徵的字詞，並由這些字詞建立語句。命題因而獲得了語句的邏輯結構：它們是原子式的、條件式的、有關存在的等等。但是，將命題視為意義的觀點和命題持有真值的傳統觀點結合在一起，則產生困難。它假定了，表達相同命題的兩語句具有相同的真值(的確，語句是藉著它們所表達的命題而有其真值)。然而，如果命題也就是意義，那麼這項原則便失敗了，因為語句中有指示詞要素：雖然「我是蒼白的」具有單一意義，但對它的兩種說法可有不同的真值。吾人或可建議如此回應：語句 S 所表達的命題，同時取決於 S 的語言學意義和 S 中指示詞要素的所指。但這顯示出命題是一種相當技術性的概念，而不只是需要談到意義來激發的概念。

命題產生了像是(命題)態度的對象等相關問題。我相信「我是蒼白的」可能為真，但你相信「你是蒼白的」就可能為假。因此，我們的信念應該是採用了不同的命題對象。然而，我們各自會用相同的句子「我是蒼白的」來表達我們的信念。直覺上，你的信念和我的信念亦扮演了相似的認知角色。我們可能會選擇日曬、著衣等等，來保持我們美

好的容貌。因此，在用相同句子這個相同性之下，卻隱藏對不同命題對象的指定，我們的態度在這項重要意味上似乎相同。顯然，(例如)以信念特徵作為命題態度，充其量只是一個較細緻而多半未知的說明中的一項成分而已。

在牽涉指示性的複雜情況以外，命題繼承了關於意義的標準困難。試想如下的兩信念，即暮星(Hesperus，金星的別名)為一行星和晨星(Phosphorus，金星的另一別名)為一行星。似乎某人可以有其中一個信念而沒有另一個信念，因此，它們是人們對不同命題的態度。此一差異顯然反映了「暮星為一行星」和「晨星為一行星」兩句子在意義上的差別，其原則為非同義句表述不同的命題。但是何者造成了意義的差別並不清楚。當語句在邏輯文法結構及其語詞的所指一致時，它們的特殊意義必須依賴於某些未被界定的更細微的特徵。因此，我們的命題概念也只受到部分界定(即使此處〔不同〕語句表述相同命題的這項觀念，是不容易被駁倒的)。

上述困難顯示，並非命題概念是無效的，而是它屬於一個仍在初步發展的描述計畫。問題在於，解決伴隨而來的問題時，意義概念和信念概念也徹底地陷入困難中(通過此一困惑，對命題之懷疑論或肇因於這項觀察)。例如，對於命題是被構成的抽象存在，吾人可以合理地假定，它代表了語句的真值所依賴的特徵。因而，常識上一語句為真，是因為它所表達的命題。但是，如何將在一特定脈絡中使用的字詞組成一特定命題？缺了問題的答案，吾人仍無法解釋為何一特定語句為真。類似地，吾人無法將信念「解釋」為相信一個命題，因為只有思維的實存理論，才會揭露心靈是如何「相信」一個命題，以及它做了什麼而使人相信此一命題而非另一命題。因此，吾人尚未把握到一個令人滿意的命題學說。

參見 abstract entity 抽象實體；indexical 索引詞；intentionality 意向性；meaning 意義；property 性質

S.J.W.撰　徐光台審訂

proposition, maximal　**最大命題**　見 topics 論題

propositional act　**命題(的心理)作為**　見 proposition 命題

propositional attitude　**命題態度**　見 philosophy of mind 心靈哲學；proposition 命題

propositional calculus　**命題演算**　見 formal logic 形式邏輯

propositional connective　**命題連接詞**　見 sentential connective 語句連接詞

propositional content　**命題內容**　見 circular reasoning 循環論證

propositional function　**命題函數**　是一種運作符(operation)，當把某物當成是它的引數時(或把好幾個事物當成是它的引數時)，它會產生真假值作為該函數對該引數的值。這一用法預設了真假值也是一種事物。

函數可以是一位的、二位的、三位的等等。一位的命題函數能應用於一事物之上，當這樣應用時，它產生一個真假值。例如，「是一個質數」(being a prime number)這一命題函數應用於數字 2 之上時，產生了真值；而當否定被應用於真值之上時，則產生了假值。二位命題函數可應用於有序的兩個事物之上，當這樣應用時，它會產生一個真假值。例如，「處於某地北部」(being north of)這一命題函數應用於紐約和波士頓這兩個有序的事

物時，產生了假值。當實質蘊涵這個二位命題函數應用於假值和真值這兩個有序的事物時，就會產生真值。

「命題函數」這一術語有第二種用法，指的是這樣的一種操作：當把某物當成是它的引數時(或把好幾個事物當成是它的引數時)，它會產生命題作為該函數對該引數的值。例如，「是一個質數」這一命題函數應用於數字 2 之上時，產生了 2 是一個質數這樣的命題。「處於某地北部」這一命題函數應用於紐約和波士頓這兩個有序的事物時，產生了紐約在波士頓的北部的命題。這一用法預設說命題本身也是一種事物。

在第三種用法中，「命題函數」指有變數自由出現的句子。因此，「x 是一個質數」、「p 並不是真的」，「x 在 y 的北部」以及「如果 p 則 q」等，都是在此意義上的命題函數。

C.S.撰　王文方審訂

propositional justification　**命題證成**　見 epistemology 知識論

propositional knowledge　**命題性的知識**　見 epistemology 知識論

propositional object　**命題對象**　見 proposition 命題

propositional opacity　**命題的不透明**　一個子句無法表達任何特定的命題(尤其針對代名詞或指示詞的出現)。若有個信念是關於個體牽涉到與命題的關係，而且命題的一部分是表現個體的方式，則沒有指出信念者表現個體方式之信念特質描述，可以被稱為是「命題的不透明」。它們並未顯示所有命題的元素。舉例來說：「我兒子的黑管老師認為他應該試試低音鼓」是命題的不透明，因為「他」並沒有指出我兒子——約翰的老師如何表現約翰，如：作為他的學生、作為我的兒子、作為正在演奏的男孩等等。如果由羅素(Russell)來設想這樣的命題，例子裡的特質描述是不適當的，有時命題會包含個體本身作為元素之一，因為接著命題的元素(約翰)會被指稱到。

一般而言，如果其中子句的表達並未指稱到命題的元素，則一個命題態度的特質描述是命題不透明的。如果其中子句做了指稱，則它就是命題透明的。通常，一個名詞的指稱物有異於相對應的命題元素時，指稱的不透明結構常被作為命題透明的屬性(attributions)。

參見 *de dicto* 關於命題的；knowledge *de re* 對象知識；proposition 命題；referentially transparent 指稱上透明的

T.M.撰　呂健吉審訂

propositional operator　**命題的運作詞**　見 sentential connective 語句連接詞

propositional representation　**命題表徵**　見 cognitive science 認知科學

propositional theory of meaning　**意義的命題理論**　見 meaning 意義

propositional verb　**命題(的心理)動詞**　見 proposition 命題

proprietates terminorum　**詞項屬性**　拉丁文，意為「詞項屬性」(properties of terms)。在從十二世紀開始的中世紀邏輯學中，「詞項屬性」一詞指範疇類語詞的語意特性。對

大多數的作者來說，這些屬性僅當詞項出現在命題的脈絡時才應用得上。這類屬性到底包括哪些及其理論為何，常隨作者不同而各異，但通常包括(1)設指(*suppositio*)。某些作者增加了(2)名稱(*appellatio*；「名稱」〔appellating〕、「名」〔naming〕、「稱呼」〔calling〕，通常語設指沒有明顯區別)，意指可用以命名事物，或論斷事物，或用以論斷目前存在事物的性質。例如：「哲學家」在「一些哲學家是聰明的」這一句子中指的是今天活著的哲學家。(3)擴充(*ampliatio*；「擴大」〔ampliation〕、「擴展」〔broadening〕)，意指可用以談論過去的或未來的或可能的事物的性質。「哲學家」這一指稱在「一些哲學家是聰明的」句中被擴展了。(4)限定(*restrictio*；「限制」〔restriction〕、「縮小」〔narrowing〕)，意指可用以限制討論事物屬於當前存在的事物(例如「哲學家」就被限制在「一些哲學家是聰明的」這一句中)，或使其含義在常規用法中變窄(例如「哲學家」在「一些希臘哲學家是聰明的」一句中就是受限制的)的特性。(5)聯繫(*copulatio*；「連接」〔copulation〕、「匹配」〔coupling〕)，這是形容詞(例如「聰明的」在「一些哲學家是聰明的」一句中)的指涉，或說它是聯繫動詞的語意功能。不同的作者有時也給這些術語其他的意義。名稱尤其被賦予了很不相同的解釋。特別是，對布里丹(Buridan)及其他十四世紀大陸哲學家(Continental authors)而言，「名稱」意指「內涵」(connotation)。在十三世紀後，「限定」和「聯繫」則有被漠視的趨勢，或被馬馬虎虎地對待。

參見 *suppositio* 設指

P.V.S.撰　王文方審訂

proprioception　自覺　見 perception 知覺

***proprium*　偶然性質**　波菲利(Porphyry)的五個謂項之一，通常翻譯為「屬性」(property)或「性質」(attribute)；但這裡千萬不要把它與現代這些詞的廣泛含義相混淆，在現代的用法中，事物的任一特徵都可以被說成是屬性。偶然性質是次類的非必然屬性(個體或類都沒有所謂的偶然性質，雖然它們可以有其他界定性的性質)。偶然性質真於某些次類的一切成員，對其他事物而言則為假。偶然性質在次類的真實定義中不會被提到，因此對後者來說不是必要的性質。但它卻可以從次類的真實定義中多多少少推衍出來。一個偶然性質的標準例子是幽默(使人發笑的能力)作為人這一次類的偶然性質。「人」的真實定義是「理性的動物」，這裡沒有涉及到任何使人發笑的能力。然而任何能笑者不僅具有發聲的生理器官(對動物來說也是這樣)，同時具有理解幽默的智慧與洞察力(因而是理性的)。反過來說，任何理性的動物將同時既具有發笑所要求的聲調和弦與橫膈膜(因為它是動物，儘管這一推論看來似乎太快)，又具有洞察笑話關鍵而必要的精神能力(因為他是理性的)。因此任何理性的動物都具有發笑的能力。簡言之，每個人都是能笑的，而能笑的也都是人。但是，幽默卻不是人的必然屬性。

參見 essentialism 本質論；Porphyry 波菲利；predicables 謂項

P.V.S.撰　王文方審訂

prosyllogism　前三段論　見 polysyllogism 多重三段論證

Protagoras　普羅塔哥拉斯　見 Sophists 智者

protasis　條件子句　見 counterfactuals 非現實句

Protestant ethic　基督新教倫理　見 Weber 韋伯

Protestant principle　基督新教原理　見 Tillich 田立克

protocol statement　記錄陳述句　構成經驗知識基礎的陳述句之一。此術語由基礎論支持者所提出，他們相信，為了避免最極端的懷疑論，人們必須把信念默認為被證成的，而不是推論(inference)的結果。如果所有被證成的信念都是推論地獲得證成，那麼為了證成一個命題 P 建立在另一命題 E 基礎上的信念，人們將必須證成 E 與 E 驗證 P 兩者的信念。但是如果所有的證成都是推論的，則為了證成 E 的信念，人們需要從某些其他可證成的命題來推斷，如此以至無窮。避免這一倒退的唯一方式，是找到某個無須從其他某一真實推論而可知的陳述句。

同意經驗知識有基礎的哲學家並不一定在這些基礎為何物的問題上達成一致。英國經驗論者把偶然的記錄陳述句的種類限制在描述心靈內容的命題(感覺，信念，恐懼，慾望，等等)；即使在這裡，描述精神狀態的陳述句將是一個僅對該狀態中的人而言的記錄陳述句。然而，其他一些哲學家將使記錄陳述句至少包含關於立即直接的物理環境的斷言。一個為記錄陳述句而給定的可能似真性(答案)，取決於人們如何分析非推論性的證成。一些哲學家依賴於熟悉(acquaintance)的觀念。當人們直接熟悉何者使事物為真時，他對該事物的信念是無須推論地證成。其他一些哲學家依賴某種意義上自我呈現狀態的觀念。仍有其他哲學家企圖根據錯誤的不可設想性(inconceivability)來理解這個理念。

試圖維護非推論性證成的融貫概念的主要困難在於：找出給予充分概念內容作為論證前提的記錄陳述句的說明，同時如何避免概念的應用總是帶來的錯誤可能性及推論必要性的指責。

參見 epistemology 知識論；foundationalism 基礎主義

R.A.F.撰　苑舉正審訂

protothetic　原型論　見 laws of thought 思維律則；Leśniewski 萊希涅夫斯基

prototype theory　範本理論　一理論，根據這一理論人類的認知(cognition)牽涉「範疇」(categories)之展開，而一範疇之展開係有組織地以某些固定的樣本(stereotypical exemplars)為核心。範本理論與傳統的理論不同，後者認為我們用來思維的概念之個體化，是藉由界劃性的充分必要條件來形成。範本理論的倡導者則認為，譬如我們關於鳥之概念由一不定界的概念「空間」(an indefinitely bounded conceptual〔space〕)組成，其中知更鳥與麻雀在中心，而雞與企鵝則在邊緣——雖然這一範疇在不同的文化或群體中有不同的組織方式。範疇之成員資格不是完全有或完全沒有(all-or-nothing)，而是程度性的(a matter of degree)。這種範疇概念原初是維根斯坦(Wittgenstein)的家族相似性(family resemblance)觀念所啟發的，維根斯坦自已則在一不同的背景發展家族相似性觀念。羅蕬(Eleanor Rosch)在其著作中第一個詳細討論並給予經驗的可信性(empirical credibility)(例如，〈論知覺的和語意的範疇之內部結構〉〔On the Internal Structure of Perceptual and Semantic Categories〕，1973 年)。

參見 artificial intelligence 人工智慧；philosophy of mind 心靈哲學；Wittgenstein 維根斯坦

J.F.H.撰　龔維正審訂

Proudhon, Pierre-Joseph　蒲魯東，皮埃爾・約瑟夫(1809-65)　法國社會主義理論家兼

無政府(安那其〔anarchism〕)主義之父。他在 1840 年出版《何謂財產？》(*What Is Property?*)一書之後，聲名大噪。這部著作包含了他主要的理念。

他論述生產資料的擁有者攫奪了工人部分的勞動。因之「財產就是盜竊」(property is theft)。為了使每個工人能夠處理他的勞動，必須限制資本與大規模的財產。國家廢除大規模私產為當務之急，至少超過了國家排難解紛、控制社會關係的紊亂。為此他強調在交易體系中進行嚴肅改革的必要。由於經濟與社會大部分仰賴信用制度，蒲魯東主張設立大眾銀行(popular banks)，採無息貸款方式協助貧民。這種互助論(mutualism)可以啟動現實、轉化為自由的個人所組成的公正與無剝削的社會。一旦階級敵對與政治權威消失，社會將變成一種組合，在此組合裡人群可以經營社群的〔共同體的〕與工業集體的生活。進一步可以朝一個生機活潑充滿活力的世界聯盟發展，也就是建立在自我管理基礎上的世界性聯合體。社會科學主要的職責在於把這種社會發展過程的內在邏輯彰顯出來。

蒲魯東的觀點影響了無政府主義者，民粹主義者(巴枯寧〔Bakunin〕、赫爾岑〔Herzen〕)和工團主義者(朱列士〔Jaurès〕)。他自我管理的想法也激發了其後、蘇維埃(soviets，委員會)的概念。他是以小生產者與小農的觀點來批評當代社會的不公與不平。儘管他眾說紛陳，而其理論也稍嫌幼稚，他的學說卻吸引他那個時代不少人的注意，也引起馬克思(Marx)強烈的抨擊，後者的攻擊見於其作品《神聖家族》(*The Holy Family*)與《哲學的貧困》(*The Poverty of Philosophy*)兩書之上。

G.Fl.撰　洪鎌德審訂

provability predicate　證明性述詞　見 Gödel's incompleteness theorems 哥德爾不完備定理

prudence　審慎　見 ethics 倫理學

pseudohallucination　偽幻覺　一種非欺騙性的(non-deceptive)幻覺。人可以認為普通的幻覺包含兩部分：(i)感覺之部分，人們經驗到一個影像(image)或可感覺的一節事件(sensory episode)，此經驗在多方面類似於真實的(veridical)知覺，除了它是非真實的之外；(ii)認知之部分，人認為(或傾向於認為)該影像或可感覺的一節事件是真實的。偽幻覺類似於幻覺，但是缺乏第二部分。人在經驗偽幻覺時，會察知自己的知覺不是真實的。這一術語似乎源自畫家康丁斯基(Wassily Kandinsky)，他(在 1885 年)用它來徵定一系列明顯由毒品引起的影像，這些影像由他的一個朋友經驗到並予以思考。這些影像出現時，這個朋友認知到它們的不真實性。康丁斯基的描述為雅斯培(Jaspers)所討論(在他的《普通精神病理學》〔*General Psychopathology*, 1916〕一書中)，並因此進入臨床學(clinical lore)中。偽幻覺可以由幾種產生幻覺之病理條件或單純由疲勞、情感災難或孤獨所引起。如此，一個司機在夜深時可能會對路上不存在的對象或人影做出反應，同時立即意識到自己的錯誤。

參見 perception 知覺

J.F.H.撰　龔維正審訂

pseudo-overdeterminism　偽過度決定論　見 causation 因果關係

pseudorandomness　偽隨機性　見 computer theory 計算機理論

P

psychoanalysis　精神分析　見 Freud 弗洛伊德

psycholinguistics　心理語言學　是一個科際整合的研究領域，這個領域使用語言學對語言的理論描述，來探究語言產生、辨識和習得的心理過程。對這個領域的適切描述和主要問題的界定，學界存在相當大的差異。在心理學和語言學萌芽前，哲學家便討論過目前在心理語言學中所研究的許多問題。但這個結合了心理學和語言學的自覺科際整合領域，則是在這兩個學科誕生後不久即出現。(梅林格〔Meringer〕早在 1895 年的一本書中就用了「*psycholingisch-linguistische*」這樣的形容詞。)

心理語言學的各種國家傳統，在 1920 年代期間持續著穩建但相當低調的活動；在 1930 和 1940 年代反而有些消退，原因是語言學和心理學界中反唯心論者的態度。在此一時期，前蘇聯(USSR)的心理語言學研究，雖然受到了官方的鎮壓，反而較為活躍。他們絕大部分都受到了維托斯基(L. S. Vygotsky)(《思維和語言》〔*Thought and Language*, 1934〕)的啟發。

好些個似乎無相關性的因素導致了心理語言學於 1950 年代的重生；最重要的莫過於 1953 年夏天於印地安納大學(Indiana University)所舉辦的一次研討會，這次的研討會的結果是出版了歐斯古(C. E. Osgood)和西貝克(T. A. Sebeok)所編輯的《心理語言學：理論和研究問題概覽》(*Psycholinguistics: A Survey of Theory and Research Problems*, 1954)一書。這是一本真正的科際整合著作，由十幾名作者所共同撰寫，撰稿者試圖分析並調和三項不同的進路：源自心理學的學習理論、描述語言學，以及訊息理論(主要來自於工程學)。這本書產生了廣泛的衝擊，且導致了許多進一步的探究；但隨著語言學中瓊姆斯基(Chomskyan)的革命性學說產生和心理學中轉向認知研究的方向，這個領域的本質在此書出版之後發生迅速地改變。以上兩個因素並非毫不相關：瓊姆斯基在《語法結構》(*Syntactic Structures*)一書中理論的正面貢獻，影響層面遠不及他對史金納(B. F. Skinner)《口語行為》(*Verbal Behavior*)的負面評論(見《語言》〔*Language*, 1959〕)。

對於語言的理解及產生，瓊姆斯基反對經驗論與行為主義觀點。在這種觀點中，語言只不過是更複雜行為形式的展現；瓊姆斯基揭明其理性主義立場，並主張習得和使用語言的能力是天賦的，且是人類獨有的。他強調了語言創造力的面向，也就是說幾乎人所聽到或生產的每個語句都是新的。他的前提之一是自然語言中語句的無限這個仍有爭議性的主張。但我們可以給出一個較不具爭議性的論證：在英語中，我們可組成上千萬個五字句，儘管說話者可能從未聽過這些句子，聽到時卻可即刻理解。瓊姆斯基的研究提供了揭開人類心靈的一個非常特殊之特徵的可能遠景。但這個遠景被反對者加以限制，認為語言學理論只描述了理想說話者的心智能力。許多心理語言學家於 1960 和 1970 年代花了無數的時間，在實際說話者雜亂無章的語言行為下，尋找深層心智能力的蛛絲馬跡。

在 1970 年代期間，一方面瓊姆斯基不斷地修改他的語法及語意理論，導致許多顯著的變革，另有各種其他語言學理論模式提出討論；另一方面，心理學家產生了一系列具建設性的研究問題，這些研究問題逐漸地遠離了瓊姆斯基式思考的起點。當代的心理語言學的要旨在說明語音、音韻、語法、語意和語用對語言處理過程所造成的影響。

心理語言學研究並未導出太多具有哲學重要性的清晰結論。例如，幾十年來的動物研究已揭示出，其他的物種能夠使用人類語言的相當多的部分；但這些部分對於人類語言而言有多核心，則仍有極大的爭議性。目前，研究清楚地指出了詞頻和共用發音部位的重要性；以及聽者辨識語音並將其歸於音位，或者辨識某個視覺模式並辨認其為某個字母，不只靠模式本身的物理特性，並且還靠其他不必然相鄰的模式的性質。物理上相同的模式可能在一脈絡(或語境)中被聽成 d，而在另一脈絡(或語境)中被聽成 t。學者也廣泛接受了以下的立場：人類語言能力中至少有一小部分，特別是那些涉及閱讀和口語辨識的能力，是相對孤立於其他的認知過程外的。幼兒的研究顯示了，兒童早在八個月大時便習得了他們的自然語言在統計上具重要性的模式特徵，這個結果暗示語言習得的確是牽涉到一組自動且表面無法觀察的複雜機制。

參見 Chomsky 瓊姆斯基；cognitive science 認知科學；grammar 文法；philosophy of language 語言哲學

R.E.G.撰　黃居仁審訂

psychological behaviorism　**心理學的行為主義**　見 behaviorism 行為主義

psychological certainty　**心理學的確定性**　見 certainty 確定性

psychological continuity　**心理的延續性**　見 personal identity 人格同一性

psychological egoism　**心理利己主義**　見 egoism 利己主義

psychological eudaimonism　**心理的幸福論**　見 eudaimonism 幸福論

psychological hedonism　**心理的享樂主義**　見 hedonism 享樂主義

psychological immediacy　**心理上的直接**　見 immediacy 直接

psychological solipsism　**心理獨我論**　見 solipsism 獨我論

psychologism　**心理主義**　見 Husserl 胡塞爾

psychology, analytical　**分析心理學**　見 Jung 榮格

psychology, autonomy of　**心理學學門的自主性(心理學學術的自主性)**　見 philosophy of psychology 心理學哲學

psychology, philosophical　**哲學心理學**　見 philosophy of mind 心靈哲學

psychology, philosophy of　**心理學哲學**　見 philosophy of psychology 心理學哲學

psychophysical identity　**心(理)物(理)同一**　見 physicalism 物理主義

psychophysical parallelism　**心物平行論**　見 philosophy of mind 心靈哲學

psychophysics　**心理物理學**　見 Fechner 費希納

psychosemantic theory　**心理語意論**　見 philosophy of mind 心靈哲學

public good　公共財　見 common good 共利；philosophy of economics 經濟哲學；social choice theory 社會選擇理論

Pufendorf, Samuel　普芬道夫，塞穆爾(1632-94)　德國歷史學家與自然法理論家(theorist of natural law)。普芬道夫受格羅秀斯(Grotius)與霍布斯(Hobbes)的影響。他把人們描繪成好爭論的與愛爭吵的，但是同時需要相互的合作與幫助。自然法(natural law)顯示了人們如何能在追求各自相衝突的計畫時彼此共同生活。為了使關於道德的宗教爭論最小化，普芬道夫發現一條單從可觀察的事實中推導出自然法的途徑，然而他認為神聖行動對道德來說是必要的。

他用上帝創造人類本質的意志論論述(voluntarist account)展開了他大部頭的拉丁文著作《論自然法與萬民法》(*On the Law of Nature and of Nations*, 1672)：若是人們具有上帝賦予的本性(nature)，則某些法律對人而言必然是有效的，但是只有上帝能決定人之本性，如此一來，人的本性指出了上帝對吾人的意志。於是，關於人們自身可觀察的事實便向其顯示了上帝要求人們遵守之法律內容。因為人們如此明顯地需要彼此的協助，所以首要的法律即致力於增加人之社會性，亦即人們共同生活的意願。所有其他法律指示能達致此一目標的行動。

在解釋他認為對社會生活朝向人的複雜本性所指向的高級文化水平發展而言重要的法律時，普芬道夫分析了一個完整的法律體系必須涵蓋的所有主要論點。他提出了婚姻法、財產法、繼承法、契約法及戰時與平時國際關係法的基礎。他也發展了格羅秀斯的個人權利理論，首次宣稱除非對每一權利而言存在著約束他人的責任，否則該權利是無意義的。透過把義務當作基本概念，他顯示了完善的和不完善義務(duties)與權利的重要區別。在確立財產理論的過程中，他提出了後來由亞當・史密斯(Adam Smith)發展的財富歷史社會學之初步大綱。普芬道夫關於自然法的著作一直被作為整個歐洲的教科書超過一個世紀之久，且比任何其他處理該主題的著作得到更廣泛地閱讀。

參見 duty 責任；Grotius 格羅秀斯；Hobbes 霍布斯；natural law 自然法

J.B.S.撰　陳文團、王喆審訂

punishment　懲罰　一種法律制裁的明晰形式，它首先是由它(對觸犯者而言)痛苦的或不愉快的性質所顯明，其次是由施加制裁的理由所顯明，而這必須是因為觸犯者觸犯了社會的規範。這三種屬性沒有任何一種對「懲罰」一詞的適當使用而言是嚴格地必要條件。也許，自然而然有不愉快的後果會降臨於觸犯者之上，以至於我們會說：他已經被懲罰得夠了。在某一種特定的案例中，結果也許對特定的觸犯者來說未必是不愉快的，例如對一個被虐待狂以其所最喜愛的自虐方式加以懲罰。此外，施行懲罰的原因也可以不是因為觸犯社會規範，例如施行懲罰為了要嚇阻人們從事其他類似行為。

在對懲罰的討論中，「定義之終止」(definitional stop)的理論企圖通過以分析命題的方式把懲罰和報應主義(retributivism)連在一起。報應主義的理論認為，懲罰乃是由觸犯者在道德上應受的賞罰來獲得正當化。依此觀點，一個做出錯誤行為的人應該受到懲罰，這一應受的懲罰性是公平懲罰的充分且必要條件。據此觀點，對應受懲罰者的懲罰本身即是善的，其不需要由這種懲罰可能獲得的任何其他善的結果來自我正當化，例如能預防犯罪。報應主義不應和下列兩種觀點相混淆：一是懲罰能滿足報復心切的公民的感情；二是懲罰使公民無法以機敏的行動將法律拿到自己的手中。後面這兩類觀點都是功利主義式的。報應主義也並非這樣的觀點(有時稱之為「弱的」或「消極的」報應主義)，即「只有」應受報應者才應被懲罰，因為應受懲罰性，依這樣一種觀點，典型上只能作為懲罰有限的，而非正當化的條件來運作。被認知為「定義之終止」的這種主張表示，如果懲罰真的是懲罰，它就其欲自我正當化而言，便必須是報應性的。為了防止未來的犯罪而施加不好的處置，這不叫懲罰，而應用另一名詞，通常以「犧牲無辜者以求嚇阻未來犯罪者的懲罰」(telishment)稱之。

對非報應性懲罰(或是犧牲無辜者以求嚇阻未來犯罪者的懲罰)的正當化理由是嚇阻。依此觀點，這種懲罰的好處就是可以預防未來的犯罪行為，在此名義下，不好的懲罰則獲得正當性。如果懲罰的施行是為了預防觸犯者本身未來再犯罪的行動，它就是「特定的」或「特殊的」嚇阻方式；如果施行懲罰是為了預防其他人從事未來的犯罪行動，它就是「普遍性的」嚇阻方式。在上面兩者中任一事例，對一個行動的懲罰乃由其未來的效果，即對未來行動者犯罪行為的嚇阻來得到正當化。在嚇阻的觀念中存在某種模糊性，因為存在不同的機制在影響潛在的犯罪者，使得潛在的犯罪者並未成為我們在討論懲罰的例子中真正的犯罪者：這種(以嚇阻為目的)懲罰可以透過恐懼，或透過較溫和地教育可能的犯罪者，使之打消犯罪念頭來獲得其效果。

參見 ethics 倫理學；justice 正義；philosophy of law 法律哲學；telishment 犧牲無辜者以求嚇阻未來犯罪者的懲罰

M.S.M.撰　林立審訂

pure concept　純粹概念　見 Kant 康德

pure reason　純粹理性　見 Kant 康德

purpose　理由　見 intention 意圖

purposive explanation　目的說明　見 philosophy of science 科學哲學

Pūrva Mīmāmsā　前彌曼差派　見 Mīmāmsā 彌曼差派

Putnam, Hilary　帕特南，哈利(b.1926)　帕特南是美國哲學家，他在語言哲學、科學哲學、心靈哲學、數理邏輯和形上學都做出重要的貢獻。他在1951年於加州大學(University of California，洛杉磯分校)獲得哲學博士學位，並且曾於西北(Northwestern)、普林斯頓(Princeton)、麻省理工(MIT)及哈佛(Harvard)等大學教學。1950年代末他和戴維斯(Martin Davis)及羅賓森(Julia Robinson)共同去證明希爾伯特(Hilbert)的第十問題的不可解決性(1970由馬提亞瑟維奇〔Yuri Matiyasevich〕完成)。帕特南拒斥數學上的柏拉圖主義和約定主義，同時他預設邏輯並不全然免於經驗的修正，例如量子力學可以要求拋棄古典邏輯，在這樣的預設下，帕特南探究了數學真理和邏輯必然性的概念。

在1950年代和1960年代，帕特南提倡功能主義，功能主義是一種原創性的心靈理論，在此種理論中，人類被理解為涂林機(Turing machine，電腦)，而心靈狀態則是功能狀態或計算機式的狀態。而當這個理論被許多當代認知科學研究當作預設時，帕特南他自己卻放棄了這個看法(於《表徵與實在》〔*Representation and Reality*, 1988〕)，他論證，真正的意向性不能被化約到計算機狀態，因為(1)信念的內容是被外在於個體的事實所決定的，以及(2)只有藉由將我們的信念系統視作一個整體來詮釋信念的內容，信念的內容才能被個體化(意義的整體論)。

帕特南對功能主義的批評依賴於他和克里奇在1960年代末和1970年代初分別發展出的「新的指涉理論」(new theory of reference)，有時或稱「因果指涉理論」或「直接指涉理論」(causal or direct theory)。現今有許多哲學家和科學家擁抱這個理論。在〈「意義」的意義〉(The Meaning of 'Meaning', 1975)一文中，帕特南宣稱，自然種類詞項，如「水」，是決定於關於世界的事實，這包括水的微粒子物理學結構(H_2O)和言說者的語言踐行，但是不包括言說者的內在心靈狀態。

在他學術生涯早期，帕特南提倡科學實在論並拒斥約定論，他論證，如果對理論實體(如電子)沒有一個實在論的承諾，那麼科學的成功將是一個「奇蹟」。在1976年，他廣為人知的放棄了形上學的實在論而轉向「內部實在論」(internal realism)，內部實在論不承認獨立於心靈而存在的對象，並且相對於概念網絡來談形上學。在一系列模型-理論的論證中，帕特南挑戰形上學的實在論的這個預設：一個知識論上理想的理論仍有錯誤的可能。他認為這個預設要求一個不合理地「奇蹟」般的指稱理論。針對相同的目的，他試圖證明我們不是「桶中大腦」以及徹底的懷疑論是不融貫的(《理性、真理與歷史》〔*Reason, Truth and History*, 1981〕)。近年來，在攻擊形上學的實在論對「唯一真理理論」(one true theory)的承諾時，他強調了概念的相對性；在他的〈杜威演講集〉(Dewey Lectures, 1994)中，他對直接感覺實在論之辯護，呈現了他和日常「實在論」站在同一陣線。

逐漸地有人認識到在帕特南的作品之下存在著整全性，這點有助於更正他易於「改變心意」的惡名。這些人認為帕特南一向一致地尋求給下列兩個概念合理公平的待遇：一般常識和科學的「真實世界」，以及人類特有表徵世界的方法。在1990年代，他逐漸把精力放在我們「對世界的道德圖像」：他帶領著一股美國實用主義的重生潮流，攻擊了事實-價值(fact-value)的二分想法，建構了一個拒斥相對論和權威主義的道德觀。帕特南的影響於今日已跨越哲學和科學，來到文學理論、認知語言學和神學的領域。

參見causal theory of proper names 專有名稱的因果理論；functionalism 功能主義；meaning 意義；philosophy of language 語言哲學；philosophy of science 科學哲學

D.L.A.撰　林從一審訂

Pyrrhonian Skepticism　皮浪的懷疑論　見 skepticism 懷疑論；Skeptics 懷疑學派

Pyrrho of Elis　埃里斯的皮浪(c.365-c.270 B.C.)　希臘哲學家，被稱為懷疑主義的創始者。與蘇格拉底一樣，他沒有寫下任何東西，但是以具有鼓動性觀念和平靜的舉止令許多人印象深刻。他的鎮定為伊比鳩魯(Epicurus)所崇拜；他不動心的態度(attitude of indifference)影響了早期斯多噶主義；他對知識的攻擊為懷疑學園派所繼承；兩個世紀以後，懷疑主義的復興採用了他的名字。他的許多觀念為更早的思想家所預見，其中突出的是德謨克利特斯(Democritus)。但是皮浪拒絕所有感覺與信念(beliefs)的真實性，從而把懷疑推到了新的和根本的極致。在古代的軼聞中，他被描述為十分奇怪的人，他對一般的感覺很少留心，因而他的朋友經常把他從十分危險的境地中挽救回來；但是一些人仍然認為他活到了九十歲。據說他曾經模倣過「赤裸的老師」(如被希臘人稱為印度婆羅門教者)，後者是他在隨同亞歷山大大帝(Alexander the Great)出訪時遇見的。

皮浪的主要記述者與評論者是費里斯的蒂孟(Timon of Phlius, c.325-c.235 B.C.)。他保存最好的著作《諷刺》(*Silloi*〔*Lampoons*〕)，是對荷馬史詩的拙劣模倣，在書中他嘲笑許多哲學家對下層世界假想的探訪的企圖。根據泰門的描述，皮浪是一個「否定的教條主義者」(negative dogmatist)，他確信知識是不可能的，不是因為我們的認知工具失誤，而是因為世界根本上是非決定性的：事物自身無所謂冷與熱，或者好與壞。然而泰門明確提出，皮浪懷疑主義的關鍵及其影響的主要源泉在於其努力實現的倫理目標：藉著訓練自己對所有知覺與價值的漠視，他希望達到心靈的寧靜。

參見 Academy 學園；Democritus 德謨克利特斯；Epicureanism 伊比鳩魯主義；Skeptics 懷疑學派；Stoicism 斯多噶主義

S.A.W.撰　丁福寧審訂

Pythagoras　畢達哥拉斯(570?-495? B.C.)　先蘇格拉底時最有名的希臘哲學家。他於西元前 530 年從薩摩斯島(Samos；遠離小亞細亞)遷移到克羅敦(Croton；南義大利)。在那裡他建立了一種嚴格的生活方式的會社。他們在南義大利產生了重大的政治影響並引起當地人民的反對，結果是其會議廳被燒毀，最後這個畢達哥拉斯式的會社在西元前四世紀消失了。

畢達哥拉斯的名聲隨著時間的流逝而倍增。柏拉圖(Plato)學園的直接繼承者把真正的哲學視為畢達哥拉斯原始洞見的一種闡發。到依安布里裘斯(Iamblichus)時代(西元三世紀晚期)，畢達哥拉斯主義與柏拉圖主義實際上已走向統一。有關畢達哥拉斯及其他畢達哥拉斯主義者的偽作在西元前三世紀開始產生。最後，任何一位根據合諧的數學關係規範自然世界的思想家(例如克普勒〔Kepler〕)皆被稱作畢達哥拉斯主學派信徒。

現代學術界指出，畢達哥拉斯不是一位科學家、數學家，或者是體系哲學家。他似乎沒有寫任何文章。早期證據顯示他因介紹「輪迴定理」(metempsychosis)而成名，根據這一定理心靈是不朽的，它在人和動物被賦予肉體時再生。他建立了規則來淨化心靈(包括禁食豆子以及對於訓練記憶的強調)。對自然世界的一般反映如「數字是最明智的」及「數字是最美的，最和諧的事物」均以口述的方式保留。對數字神祕力量的信念在對「四元」(tetractys)的尊敬也可以看出(四元：數 1-4 加至被尊敬的數字 10)。關於球型天體的和諧定理——天體依據數而運動並產生音樂——可回溯至畢達哥拉斯。

基於其在後來傳統中的名聲，通常認定畢達哥拉斯的思想比上述所說的更豐富。然而，柏拉圖則只把他當成一種會社生活方式的奠基人(《理想國》〔*Republic*〕，600a9)。在對先蘇格拉底哲學的描述中，亞里斯多德(Aristotle)自己沒有提到畢達哥拉斯這個人，但是他將所謂的「畢達哥拉斯學派」這個稱呼，訂在西元前五世紀。

參見 Archytas 阿爾居塔；Philolaus 費羅勞斯

C.A.H.撰　苑舉正審訂

Pythagoreanism　畢達哥拉斯主義　見 Pythagoras 畢達哥拉斯

Q

quale　感質　見 qualia 感質

qualia　感質　(單數：quale)指心理狀態或心靈事件的性質(properties)，特別是指在感覺(sensations)與知覺狀態(perceptual states)，決定有它們時「到底是像怎麼一回事」的那些性質。「現象的性質」(phenomenal properties)與「質的特徵」(qualitative features)有時與「感質」被當作同義地加以使用。痛與癢在感覺上的不同被認為是在於其「質的特性」(qualitative character)，即它們的感質的不同。對那些對知覺經驗接受「作用-對象」(act-object)的看法的人而言，感質可能就包括了諸如被視為感覺與料(sense-data)性質的「現象的紅」(phenomenal redness)與「現象的圓」(phenomenal roundness)、「現象物」(phenomenal objects)，或視域的部分(portions of the visual field)。然而那些反對「作用-對象」看法的人，並不因而拒絕感質；一個支持對知覺經驗做副詞式分析的人，在否認在任何意義下可說經驗本身是紅色之餘，可以主張因一個經驗所具有的感質，而使「紅色地知覺到」(sensing redly)的經驗成為事實。感質被認為是具有感質的狀態的非意向性的(non-intentional)，即非表徵性的(non-representational)的特徵。所以在「光譜反轉」(spectrum inversion)的例子中，一個人經驗到綠(person's experiences of green)，是「性質上地」(qualitatively)如同另一個人經驗到紅(person's experiences of red)一般，而且反之亦然，則當兩人觀察成熟的蕃茄時，他們可能會有相似的意向特徵(intentional features)(二者皆是關於〔of〕紅的、圓的、凸出的面)，但卻有不同的感質。

對心靈持物理論及功能論看法提出批評的人，曾從光譜反轉及其他的「感質反轉」，以及從沒有物理或功能的描述可以告訴我們聞咖啡「究竟是像怎麼一回事」，而推論出這些說法皆無法安置感質。為這些看法做辯護者則被分成那些認為他們的看法可以安置感質，以及那些認為感質是個哲學上的迷思，因此認為沒有東西需要加以安置的人。

參見 philosophy of mind 心靈哲學；qualities 性

S.Sho.撰　方萬全審訂

qualisign　性質記號　見 Peirce 裴爾斯

qualitative identity　質的同一　見 identity 同一性

qualitative predicate　性質述詞　試圖解決綠藍悖論(grue paradox)所設置的一種述詞。(1)由語法上(syntactic)來看，性質述詞是語法上幾近簡單的述詞。然而此處「簡單」是相對於某一語言的基本述詞之選擇。例如中文(或英文)中，「綠的」(green)與「藍的」(blue)是基本述詞，然而「綠藍的」(grue)與「藍綠的」(bleen)卻必須透過定義(例如分別定義為「x 在時間 T 之前被觀察且 x 是綠的，或 x 在時間 T 之前未被觀察且 x 是藍的」、「x 在時間 T 之前被觀察且 x 是藍的，或 x 在時間 T 之前未被觀察且 x 是綠的」)引進。(2)由語意上(semantic)來看，性質述詞是一種相應於(對我們而言)「自然」性質的述詞，或在語意上容易瞭解的述詞。例如綠色(greenness)的性質是容易理解且自然的；而綠藍色(grueness)的性質則是造作的。(3)從本體論上(ontological)來看，性質述詞這種述詞將性質編造為真實世界的因果或模態結構(causal or modal structure)，但綠藍性則否。

參見 grue paradox 綠藍悖論；property 性質

D.A.J.撰　林正弘審訂

qualities　性　性質(properties)或特徵(characteristics)。有下面三種專門的哲學含義：

(1)性是物理性質、或一些物理性質的邏輯組構(logical construction)或傾向(disposition)。物理性質，如質量、形狀與電荷等，是物體藉之進入因果關係的性質。一些物理性質的邏輯組構包括這些性質之合取(conjunction)與析取(disjunction)。「是 10 ± 0.02 公分長」就是一種析取式的性質(disjunctive property)。物體的傾向是物體在某種特定條件下進入因果交互作用之潛能(potential)。例如，一物體可溶於水，若且唯若如果它在足量的純水中便會分解。(洛克〔Locke〕有一很複雜的能〔power〕理論。據他的理論，物體之傾向是一種能，人之意志也是一種能。現代的「傾向」觀念則不包括人的意志。)於是，說一物體有某種傾向，蘊涵(implies)下面形式的假設性條件(subjuncitve condition)：如果什麼什麼發生於某物之上，則可導致某物如何如何；例如，「我的花瓶易碎」蘊涵「如果它遭受足夠強度的打擊，它就會破碎」。(人對「物理性質是否與傾向不同」的問題仍有爭議。)人常區分三種性。初性(primary qualities)是物理性質或其邏輯組構。次性(secondary qualities)是在適當條件下相對於某種現象類產生感官經驗的傾向。「某物有次性 Q」蘊涵「如果某物在標準條件(normal conditions)下被知覺，則物體對知覺者呈現性質Q」，例如，如果紅是次性，則「你的上衣是紅的」蘊涵「如果在標準條件下來看它，它看起來是紅的(it would look like red)」。洛克把下列性質視為次性：種種顏色、種種味道、種種氣味、種種聲音、冷與熱。第三性(tertiary qualities)也是一種傾向，但是不同於次性(例如易碎性)。(與洛克相對，顏色實在論〔color realism〕者認為顏色是初性或第三性；所以「X 是黃的」在邏輯上獨立於下面事實：X 在種種條件下看來是黃的。因為不同光譜的反射比〔spectral reflectances〕可呈現為同一種蔭黑度的黃色〔the same shade of yellow〕，一些顏色實在論者就認為任一種蔭黑度的黃色都是一種析取式的性質，而其中的成素是一些光譜的反射比。)

(2)假設在一種知覺之表徵理論(representative theory of perception)中，性，如同洛克所認為，有兩種特徵：性是物體產生人類感官經驗(在某些理論是產生感覺與料〔sense data〕)之能(或傾向)；而且，在此感官經驗，性(qualities)被表作(are represented as)物體的內在(intrinsic)性質。物體的內在性質獨立於其所處環境。因此某一物體的精確複製將具有其原型的全部內在性質，而且 x 的任一內在性質決不具有後面形式：x 與 y 處在如此如此的關係。洛克認為初性是廣延(extension)(大小〔size〕)、外形(figure)(形狀〔shape〕)、運動或靜止、堅固性(不可入性)以及數；初性在知覺中被正確地表作物體的內在性質，而(在(1)中列出的)次性則在知覺中被錯誤地表作物體的內在性質。(洛克似乎誤把數當成物體的一種性。)位置的性(positional qualities)則是用物體中的點與其周圍環境的相對位置來定義的：形狀、大小、運動與靜止(都屬於這一類的性)。由於大多數洛克(所謂)的初性是位置性的，一些非位置性的(non-positional)也需要佔有位置。在洛克看來，堅固性即是如此，雖然有些人(休姆〔Hume〕)認為堅固性其實並非初性。

(3)初性是所有的物質(matter)共同具有的，而且與物質不可分割；次性不是物體中真實的性，而只是物體通過其初性在我們產生感覺效應的物體的能。(這是洛克的「性」字的另一種用法。「初性」之「初」有「真實」之義，而真實性質是洛克當時科學中的形上學預設。)

性不同於用述詞對它們之表徵(representations of them in predications)。有時，同一種性通過不同的方式，即以不同的述詞來表徵：如「那是水」與「那是 H_2O」。性與用述詞去表徵它們之方式不同，這導致洛克派的學者可能把某些性錯誤地用某些述詞去表徵。用述詞說物體之種種方式，有時被用來定義性；(例如，)有時用假設條件句(subjunctive conditionals)來定義傾向(見(1)中關於「次性」的定義)，而析取式的性質用選言說法來定義。用述詞說(predictions)之方式也用於定義「(彼此)獨立的(independent)性」如後：兩個性 P、Q 彼此獨立，當且僅當對於任一物 x 來說，用「P」去說 x(the prediction of P)獨立於用「Q」去說 x，(也即是說，「x 是 P」與「x 是 Q」在邏輯上彼此獨立)；圓與紅彼此獨立，圓與三角則相互依賴。(如果兩個特定的〔determinate〕性〔例如圓與三角〕，屬於同一可定者〔the same determinable〕〔例如形態〕，那麼它們相互依賴，但如果兩個特定的性〔例如正方與紅〕，屬於不同可定者〔例如分屬形狀與顏色〕，那麼它們彼此獨立。)

參見 disposition 傾向；property 性質；qualia 感質

E.W.A.撰　龔維正審訂

quality　質　見 syllogism 三段論式

quantification　量化　指對某一開放式前置一個或多個量化詞(如「對所有的 x」、「對某些 y」)。一句量化句(或被量化句)的形成過程是這樣的：先形成開放式，(這是通過使用變元來替換語句中確定類型的表式的結果)，然後把那些變元的量詞放在這一式子的最前段。舉例來說，從「比爾討厭瑪麗」這個語句中，我們先用 x 和 y 分別來替換「比爾」和「瑪麗」，因而形成「x 討厭 y」這個開放式，再前設兩個量詞「對所有的 x」與「對某些 y」而得到這樣一個量化的句子：「對所有的 x 與某些 y 而言，x 討厭 y」(「所有人都討厭某些人」)。

在「指涉性量化」(referential quantification)中，只有指涉項能被變元所替換。可替換的指涉項是變元的代換者。變元的值是所有那些可替換的指涉項所指涉的對象。所以，在前面的例子裡「對所有 x 及某些 y 來說，x 討厭 y」就是一種指涉性量化。指涉人的名項(如「比爾」、「瑪麗」)是變元「x」與「y」的代換者。這些個別的人則是變元的值。

在「替代性量化」(substitutional quantification)中，任何一個詞項都能被變元所替換。替代某詞項的變元具有代表被替換項所屬的詞項類。例如，從「比爾與瑪麗結婚」這一表達式中，我們可以先用 R 去取代「與……結婚」，再透過前設量詞「對某些 R 來說」而形成替代性量化「對某些 R 來說，比爾 R 瑪麗」。這不是一種指涉性量化，因為「R」的代換者是二元的謂詞而不是指涉詞。

指涉性量化是一種對象性的量化。這種量化句之真值條件，是由量化詞的變元的值來決定的。因此，「對所有 v 而言，ϕv」這一表式，在「ϕv」真於所有變元「v」的值時為真；「對某些 v 而言，ϕv」這一表式，則在「ϕv」真於變元「v」的某些值時為真。一個替代性量化的真或假，則取決於透過代換項代替被量化的公式中的變元所形成的句子之真假。例如，「對某 R 而言，比爾 R 瑪麗」為真，若且唯若，「比爾 R 瑪麗」的某些語句形式為真。

在古典邏輯學中，全稱量詞「對所有 x 而言」是由否定詞和存在量詞「對某些 x 而言」來定義的：「對所有 x 而言」是「並非對某些 x 而言不」的縮寫。類似地，存在量詞也可以由否定詞或與全稱量詞來定義。在直覺邏輯中，情況卻並非如此。在直覺邏輯中上述兩種量詞都被認為是初基的(primitive)。

參見 formal logic 形式邏輯；philosophy of logic 邏輯哲學

C.S.撰　王文方審訂

quantificational shift fallacy　量變謬誤　見 formal fallacy 形式謬誤

quantification theory, elementary　基本量詞化理論　見 formal logic 形式邏輯

quantifier　量詞　見 formal logic 形式邏輯；pluralitive logic 複數量詞邏輯

quantifier elimination　量詞消去法　見 universal instantiation 全稱例示

quantifier shift fallacy　量詞轉換謬誤　見 formal fallacy 形式謬誤

quantifying in　量化入　指在一個不透明的〔語句〕建構(construction)外使用量號(quantifier)，以企圖去約束此建構內的變元(variable)，此程序之合法性首先由蒯因(Quine)提出質疑。一個不透明的建構即為排拒等同的可代換性的一個建構。在諸多例子中，引號的建構、命題態度的動詞，與邏輯的模態都會產生不透明的建構。例如，「six」(6)在下面句：

(1)「six」正好含有三個字母。

中的位置是不透明的，因為若把「six」以相同指稱的(codesignate)名詞「緊接在 5 後面的繼數」(the immediate successor of five)代換之，就會讓原來為真的句子成為假的句子 ：

(1')「the immediate successor of five」正好含有三個字母。

相似地，「地球」的位置在：

(2)湯姆相信地球是可居住的。

中是不透明的，如果把「地球」換成相同指稱的「離太陽的第三顆行星」，就可能使得湯姆會肯定的句子變成他會加以否定的句子：

(2')湯姆相信離太陽的第三顆行星是可居住的。

最後，「9」(與「7」)的位置在：

(3)必然地，(9 > 7)。

中是不透明的，因為把 9 以相同指稱的「主要行星的數目」代換之，會讓原來為真的句子成為假的句子：

(3')必然地，(主要行星之數目> 7)。

蒯因認為因為在不透明建構中的位置排拒同一的可代換性，故它們無法有意義地被量化。因此，下列三個量化的句子是無意義的：

(1")(Ex)('x'>7)，

(2")(Ex)(湯姆相信 x 是可以居住的)，

(3")(Ex)必然地，(x> 7)。

(1")、(2")與(3")是無意義的，因為在每一句裡面第二次出現的‘x’都不是當作一般(非本質論者的)量化方式的變元使用。在(1")裡面第二次出現的‘x’作為一個名稱來指稱英文的第 24 個字母。在(2")與(3")裡面第二次出現的‘x’不當成變元，因為它們不允許所有相同指稱名詞作為代換項，而不改變語句的真假值。因此，它們也許可以把東西當作變元的值，能這麼做也唯有當東西以某特定的方式被指稱時，例如：透過它們的內涵性或必要性的特質來加以指稱。故蒯因認為，除非我們默許內涵論或本質論者的形上學，大致言之，我們無法量化入不透明的脈絡。

參見 intensionality 內涵性；meaning 意義；substitutivity *salva veritate* 保存真值之替換

R.F.G.撰　方萬全審訂

quantity　量　見 magnitude 量度；syllogism 三段論式

quantum logic　量子邏輯　一種邏輯系統，它的模型是從量子力學系統的數學表式法導出的非布爾代數(non-Boolean algebras)(從形式化來說，古典邏輯的模型是布爾代數)。這是文獻中量子邏輯的核心觀念，雖然量子邏輯這個稱呼也涵蓋為闡明量子力學結構及其與古典力學關係而涉及的種種模態邏輯(modal logics)，對話邏輯(dialogics)和操作邏輯(operational logics)。古典力學系統中的動力學量(位置、動量、能量等)形成了交換代數，而該系統的動力學屬性(如位置落在特定範圍內的屬性，動量大於零的屬性等)則形成布爾代數。從古典力學到量子力學的轉變，包括從動力學量的交換代數轉變到所謂可觀察物(observable)的非交換代數的。一種理解從古典力學到量子力學的觀念革命的方式，是考察從布爾代數轉變為以非布爾代數表示力學系統的動力屬性的關係，也就是把運用於宇宙的基本物理過程的邏輯，從布爾的古典邏輯轉變成非布爾的量子邏輯。量子邏輯的概念由貝克霍夫(G. Birkhoff)和馮・諾曼(J. von Neumann)在 1936 年的一份經典文獻中予以發展(雖然馮・諾曼已在 1927 年首先提出了這一概念)。

因為式子表達方式的不同，區分古典邏輯與量子邏輯的特色也大異其趣。在貝克霍夫-馮諾曼邏輯中，古典邏輯的分配律失效，但這決非其他型量子邏輯的通性。從格里森(Gleason)定理可導出，在一般條件下，非布爾模型不允許二值同態的存在。也就是說，量子力學系統的動力屬性，不能劃分為系統所有者，及系統所無者兩類，而仍然能保持代數的結構。等價地說，對系統的可觀察物的賦值也不能保持代數結構。針對可觀察物的有限集合，這一結果分別由科青(S. Kochen)與斯培克(E. P. Specker)獨立證明(1967)。由此可推出以下的結論，為可觀察物度量結果而設置的量子力學，它的狀態函數的玻恩解釋(Born interpretation)所得來的機率，如果要保持代數結構，就不能從系統的動力屬性的各種集合的機率分布中導出。或者說分配給可觀察物的各種可能值的集合(其中一個集合假設是具體的)，如果要保持代數結構，也不可能由狀態函數之外的隱變量來決定。貝爾(Bell)定理(1964)可以排除滿足局部條件的隱變量，而科青-斯培克定理卻把量子邏輯的非布爾律與量子力學不可能經隱變量擴充關聯起來，後者之中分配給可觀察物的值受限於可觀察物的代數結構。

參見 Boolean algebra 布爾代數；philosophy of science 科學哲學；quantum mechanics 量子力學

J.Bub 撰　李國偉審訂

quantum mechanics　量子力學　也稱量子理論(quantum theory)，是一門規範原子(atomic)與次原子(subatomic)尺度的科學。量子力學由海森堡(Werner Heisenberg；矩陣力學〔matrix mechanics〕, 1925)和薛丁格(Erwin Schrödinger；波動力學〔wave mechanics〕, 1926)獨立發展。它引入機率及似乎無法抵銷其影響的測量行為，從而打破傳統關於物體運動及其相互作用的處理方式。在被廣泛應用的薛丁格版中，量子力學以所謂的「狀態函數」(state function)(換言之，狀態向量〔state vector〕或函數 Ψ 而與任一物理系統發生聯繫。此函數隨著時間而變化(time-dependent)。表示系統演化之隨時轉變，此狀態函數則與主方程式(master equation)，也就是我們所知的薛丁格方程一致。此外，系統也和「可觀察項」(observables)有關：包括(在理論上)可測量的量，像位置(position)，動量(momentum)、能量(energy)，以及一些在傳統分析中沒有得到好的表述的量，例如自旋(spin)。根據玻恩(Born)的解釋(1926)，狀態函數可作工具性理解：對可觀察項的任何可能值而言，狀態函數可以計算出我們對此觀察項的測量，得到特定值的機率有多少。

可觀察項和狀態函數的形式性(formal properties)意謂著：某些觀察偶項(pairs of observables；如某定向的線性動量和在此方向上的位置)，彼此互不相容。因為沒有一個狀態函數可同時決定此二觀察項的精確值。此即海森堡不確定性原理(uncertainty principle；亦即，不可能決定性原理〔indeterminacy principle〕，或只稱為不確定性原理)的定性述敘(qualitative statement)。就定量而言，該定理為人們同時精確測定互不相容的觀察偶項立下精確的限制。但對單獨的可觀察項(如只測量位置，或只測量動量)而言，確定值的測量卻無相應限制。不確定性原理有時也可用互補性來理解，這是玻爾(Niels Bohr)提出的一般觀點。根據這一觀點，量子現象及對它的觀察之間的聯繫，使我們有關動量與位置的傳統概念分裂成彼此排斥的兩組，二者都要得到完整理解，但在任何特定實驗條件下，卻只有一組可應用。一些人認為這意味著一種本體論，認為量子物體實際上沒有不可共容觀察項的瞬間值；亦即，沒有動量與位置的瞬間值。其他人則認為，測量物質的位置將導致其動量產生不可控制的變化。此動量變化吻合了瞬間精確性的限制。依此限制，我們可建立不確定原理。不過，這些處理不確定原理的方式，還是有其爭議性。

哲學上有趣的部分從量子力學對經典物理學(classical physics)的破壞處產生：也就是說，決定論(或因果律〔causality〕)明顯破壞掉了，因與量子力學中不可逆的統計性相悖；實在論或觀察者的獨立性也明顯衰落，因與量子力學中測量的基本角色不符。這兩種特徵都與解釋不同測量結果機率性(probabilities)的狀態函數有關。愛因斯坦(Einstein)特別批評在此基礎上的理論，並於 1935 年在一個著名的思想實驗(thought experiment)中指出，假定不存在超距作用(no action-at-a-distance)，人們就必須把狀態函數看作是對單個系統中真實的物理狀態不完整的描述，於是量子力學僅是一種暫時性的理論(provisional theory)。愛因斯坦的例子包括兩個短暫相互作用然後分離的系統，但在此方式下單獨實施於每一系統的不同測量的結果之間，卻表現出不可思議的相關性。物理學家波姆(David Bohm)在 1951 年簡化了愛因斯坦的例子，此後(於 1957 年)又指出，該例子可通過實驗來理解。物理學家貝爾(John S. Bell)隨後提出了與愛因斯坦例子相似的位置假說(locality assumption, 1964)，其中包涵可以描述獨立系統狀態的變數(factors)，此即所謂的隱變量(hidden variables)。位置假說要求在愛因斯坦-波姆實驗中，要有兩個空間上已隔出來的系統，以確保隱變量的測量不會受到另一相關變量測量的立即影響。貝爾闡釋說，根據所謂貝爾不等式的不等式系統，位置假說(與另一個關於隱變量的假說相聯繫)限制了測量結果的或然性，而確定的量子系統中的或然性違反了貝爾不等式。這就是貝爾定理。許多愛因斯坦-波姆式的實驗被用來檢驗貝爾不等式。雖然其結果並不一致，但在實驗數據上都支持量子理論而反對貝爾不等式。近期的研究試圖評價這些結果的含義，包括在何種程度上可以排斥隱變量(見庫欣〔J. Cushing〕與麥庫林〔E. McMullin〕編，《量子理論的哲學結果》〔*Philosophical Consequences of Quantum Theory*〕, 1989)。

愛因斯坦批評量子理論在描述上的不完整性，引發了其他的問題。其中尤為突出的是愛因斯坦與薛丁格的關係，即薛丁格貓的「綠藍」(gruesome)悖論。在此，一隻貓被關在一個封閉的櫥櫃中，櫥櫃中的放射性原子在接下來的一小時內發生衰變的機率為 50％。如果該原子發生衰變，它將觸動繼電器(relay)而使吸附其上的錘子下落，並打破一只裝有足以殺死這隻貓的氫氰酸的玻璃瓶。根據薛丁格方程，在一小時後，整個原子＋繼電器＋鐵錘＋玻璃瓶的系統的狀態是：如果我們觀察這隻貓，那麼發現其生(或死)的可能性各為 50％。然而，這可推出其狀態的不確定性結果，即這隻貓既沒有死，也非活著。這樣一來，確定的事實如何產生？何時產生？是否該觀察行動自身的工具性導致了被觀察結果的產生，該結果是否由某種特殊的隨機過程而致，或是否存在其他可與確定的測量結果相容的方法？這就是所謂的量子測量問題，同時它也是一個活躍的研究領域。

參見 determinism 決定論；Einstein 愛因斯坦；field theory 場論；philosophy of science 科學哲學；relativity 相對論

A.F.撰　許全義、傅大為審訂

quasi-indicator　近似指示詞　卡斯塔內達(Castañeda)的術語，用來表示言說者或思考者有的索引指涉(indexical reference)。如果約翰說：「我餓了」，那麼用「約翰聲稱我餓了」來報導這件事(what he said)便是不對的，因為「我」作為一個索引字(an indexical)，表達言說者之指涉，而不是約翰之指涉。然而，即使「約翰聲稱約翰餓了」仍未能表達他的斷言之索引的部分。我們得用「約翰聲稱他自己餓了」來表達，這裡的「他自己」就是一個近似指示詞，用以描述約翰之指涉作為自我的他自己(John's reference to himself qua self)。因為索引指涉之主觀性及觀點性，我們無法把握他人索引指涉之確切內容，然而近似索引式的表徵是可能的，因為我們普遍通過相同的「索引表徵模式」(indexical modes of representation)來面對世界。如果這些模式是不能再化歸的(irreducible)，那麼近似指示詞對於描述他人的思想與經驗來說，就是不可或缺的。如此，它們就不等同於任何先行詞(antecedents)，也不能用任何先行詞代替，先行詞出現在近似指示詞所隸屬的心理動詞的範圍(scope)之外。

參見 Castañeda 卡斯塔內達；guise theory 偽裝理論；indexical 索引詞；scope 範圍

T.K.撰　陳瑤華審訂

quasi-quotes　半括號　見 corners 角符號

***quaternio terminorum*　四名詞錯誤**　見 syllogism 三段論式

quiddity　本質　見 Avicenna 阿維森納；essentialism 本質論

Quine, W(illard) V(an) O(rman)　蒯因，威拉・馮・歐曼(b.1908)　美國哲學家及邏輯學家，因為駁斥分析-綜合區分(analytic-synthetic distinction)，以及擁護外延主義(extensionalism)、自然主義(naturalism)、物理主義(physicalism)、經驗論(empiricism)及整體論(holism)而聞名。1932 年，蒯因於哈佛(Harvard)拿到博士學位。在四年的博士後研究之後，他於 1936 年獲得了哈佛的教職。在 1978 年從教職退休之前，他都一直待在那裡。

蒯因於六十年間發表了許多的期刊論文，並出版了二十多本書。他的著作觸及許多領域，包括邏輯(logic)、邏輯哲學(philosophy of logic)、集合論(set theory)、語言哲學(philosophy of language)、心靈哲學(philosophy of mind)、科學哲學(philosophy of science)、形上學(metaphysics)、知識論(epistemology)以及倫理學(ethics)。他的論著中最具影響力的是〈數學邏輯的新基礎〉(New Foundations for Mathematical Logic, 1936)、〈經驗主義的兩項獨斷〉(Two Dogmas of Empiricism, 1951)、〈自然化知識論〉(Epistemology Naturalized, 1969)，還有《文字與對象》(*Word and Object*, 1960)。在〈新基礎〉一文中，他發展了一種集合論，這種集合論在不依據羅素(Russell)的類型理論之下，避免了羅素的悖論(paradox)。然而，蒯因追隨哲梅羅(Ernst Zermelo)，放棄了一個集合決定於每項成員條件的假定。〈新基礎〉的系統仍持續地受到數學家們廣泛討論。

駁斥他所認為之邏輯經驗論的兩個獨斷則始於〈兩項獨斷〉。首先是所謂的分析-綜合區分；其次是化約論(reductionism)的弱形式(weak form)，大意是，每一個綜合陳述句都牽涉到單獨的一組確證經驗，和單獨的一組薄弱經驗。蒯因反對第一個獨斷(dogma)，主張無論過去與未來(then-current)，都不會有任何刻劃分析性(characterize analyticity)(例如，「一陳述句是分析的，若且唯若它僅基於其意義而為真」)的嘗試，能足以清晰地辨到這點，而任何相似的(similar)特性描述，都終歸要失敗。蒯因也反對第二項獨斷，主張對於一理論中的陳述句與經驗之間的關係，一個較為正確的說明是整體論而非化約論，也就是說，只有作為一個共同體(corporate body)，一理論中的陳述句才真正面對了經驗的裁奪。蒯因總結出，駁斥這兩項經驗論的獨斷，其結果為(1)將思辨形上學(speculative metaphysics)及自然科學之間的假定界線模糊化(blurring)，以及(2)轉向了實用主義(pragmatism)。

在〈自然化知識論〉之中，蒯因主張支持知識論的自然化：過去的知識論(第一哲學)無法將科學建立在比科學更穩固的基礎之上，故而應該由對下列兩者的科學說明來取代：我們是如何獲得對世界的全盤理論，還有，為何它運作得這麼好。

在蒯因最著名的著作《文字與對象》之中，他主張支持(1)自然化的知識論，(2)支持物理主義(physicalism)以反對現象論(phenomenalism)及心物二元論(mind-body dualism)，還有(3)支持外延性(extensionality)以對抗內涵性(intensionality)。他亦(4)發展了一種行為主義(behavioristic)的語句意義概念，(5)將語言學習理論化，(6)思索指涉的個體發生(ontogenesis of reference)，(7)解釋各種形式的歧義性(ambiguity)和模糊性(vagueness)，(8)推舉組織化之語言的標準，以消除歧義性和模糊性，同時使得理論的邏輯和存有學承諾(ontic commitments)變得清晰(「存在便是成為受限變元的值」〔to be is to be the value of a bound variable〕)，(9)反對量化的模態邏輯(modal logic)以及其所預設的本質論(essentialism)，(10)贊成在數學中的柏拉圖實在論(Platonic realism)，(11)贊成科學實在論(scientific realism)而反對工具主義(instrumentalism)，(12)發展一種哲學分析作為解釋的觀點，(13)反對分析性而贊成整體論(holism)，(14)拒斥對命題的默認(countenancing propositions)，還有(15)主張理論語句的意義是不確定的，且詞項的指涉無法測定。蒯因的後續著作多半致力於總結、釐清，並擴展在《文字與對象》中所發現的主題。

參見 analytic-synthetic distinction 分析-綜合區分；empiricism 經驗主義；extensionalism 外延論；holism 整體論；naturalism 自然主義；naturalistic epistemology 自然主義知識論；physicalism 物理主義

R.F.G.撰　古秀鈴、楊金穆審訂

quinque voces **五個字**　見 predicables 謂項

R

R

Rabad　拉巴德　見 Ibn Daud 伊本・達烏德

racetrack paradox　跑道悖論　見 Zeno's paradoxes 芝諾悖論

racism　種族主義　基於種族分級的社會實踐而有的敵意、鄙視、高傲或偏見，社會、經濟和政治不平等措施的廣泛現象，經常隨著這樣的分級而產生。最典型的例子包括納粹的意識形態「雅利安優秀人種」(Aryan master race)、美洲的蓄奴、二十世紀南非的種族隔離制度(apartheid)、美國南北戰爭之後的世紀，限制非裔留在南方聯邦的「種族歧視法」(Jim Crow law)和種族隔離的傳統。

社會理論學者們對於種族主義本質上是一種種族劣等的信念或意識形態、基於種族而有的社會壓迫系統、對話的形式、差別對待或鄙視或殘酷的態度(表現為個人或集體行為)，仍有許多的爭論。以上的的任何一種作為種族主義之本質都有偏頗之處，支持者必須說明，為何其他人亦可以透過其他不同的本質而成為種族主義者。有一些理論學者們否認種族主義具有任何本質，堅持那只是歷史現實的變化而已。不過，這些理論學者們必須解釋，是什麼使每一個現實成為種族主義的事例。理論學者們對於哪些人是種族主義者，哪些事情、哪些情境會使人成為種族主義者，並沒有定論，有些認為種族主義僅限於強權，其他則認為它是受壓制者的某種反應。前者必須解釋，為何強權對於種族主義而言是必要的，哪一種強權？(經濟或政治？普遍或限於特定情境？)是哪些人或哪些事？(種族主義的個人？他們種族的團體？)。雖然表面上大家都認為種族主義令人反感，但對於它的主要缺陷，是認知上的(不理性、偏見)、經濟上的／審議式的(無效率的)或道德上的(不必要的痛苦、不平等的對待)，卻意見相左。最後，種族主義和帶有歧義及爭論的種族概念之間，有著複合的關係。簡單來說，種族主義預設種族分級的合法性，也預設種族的形上之實在。然而，有些人認為種族主義是先於種族，假借種族分級之名，主要的用意其實在解釋和合理化族群對族群的壓迫。

這個詞語源自於稱謂十九世紀的歐洲所興起的種族本質及種族劣等的偽科學理論，這些理論曾為納粹所認可。二次世界大戰後，美國公民運動(civil rights movement)的興起，這個詞語用來涵蓋更廣泛的信念、態度、組織和實踐。目前人會對各種不同的種族主義之指控，如無意識的、倒轉的(covert)、組織的、父權的、良性的、反種族的、自由的、甚至是逆向(reverse)的種族主義，有所耳聞。廣泛而言，種族主義牽涉漠視、不理性、不講道理、不正義和其他才智與道德上的邪惡，時至今日，除了在自責的狀況下，沒有人會願意接受將自我及信念等分級，等同於種族主義者。結果造成以種族主義者來說明任何事物，除了非常令人意外的情況之外，都是十分嚴重的指控和經常熱烈爭執的焦點所在。

參見 justice 正義；political philosophy 政治哲學；social philosophy 社會哲學

J.L.A.G.撰　陳瑤華審訂

radical translation　徹底翻譯　見 indeterminacy of translation 翻譯的不確定性

Rāmānuja　羅摩孥闍(1017?-1137?)　建立限定不二一元論吠檀多傳統的印度哲學家，

他的有神論體系為印度教虔信(Bhakti)教派提供了理論基礎。他最重要的著作包括《吉祥釋》(*Sribhāṣya*，註解跋達羅衍那〔Badarayana〕的《梵經》〔*Brahma-Sūtras*〕，於中提出得以與商羯羅〔Shaṅkara〕《梵經釋》相抗衡的解釋)、《梵歌釋》(*Gītā-bhāśya*，註解《薄伽梵歌》(*Bhagavad Gita*)及《吠陀義攝》(*Vedārthasamgraha*，註釋《奧義書》〔*Upanishads*〕)。他否定自然神學，對不二一元論吠檀多提出有力的批評，且系統地陳述了虔信派有神論。

參見 Viśistadvaita Vedanta 限定不二一元論吠檀多

K.E.Y.撰　何建興審訂

ramified type theory　**分枝類型論**　見 type theory 類型論

Ramist movement　**拉莫斯主義者運動**　見 Ramus 拉莫斯

Ramsey, Frank Plumpton　**蘭姆西，弗蘭克・普蘭普頓**(1903-30)　英國有影響的邏輯與數學哲學家。他主要的興趣是邏輯與哲學，但他英年早逝後數十年，他的一份著作觸發了經濟學研究的新領域，而另一份著作裡的組合定理，在純數學中開啟了所謂「蘭姆西理論」(Ramsey theory)(《經濟學報》〔*Economic Journal*, 1927, 1928〕；《倫敦數學學會會誌》〔*Proc. London Math. Soc.*, 1928〕)。在其有生之年，蘭姆西在劍橋之外的哲學聲譽，主要建立於他對懷德海(Whitehead)與羅素(Russell)合著的《數學原理》(*Principia Mathematica*)的結構的修改，他強化了使數學化約到該書第一卷中新的邏輯系統的主張——這種化約最終被維根斯坦(Wittgenstein)評價為邏輯真理其實是同義反復。蘭姆西通過大量簡化羅素的類型的分枝理論，並排除了難以辯護的化約公理(《倫敦數學學會會誌》，1925)，來澄清邏輯主義描述數學的圖像。他的哲學著作大多在身後出版。由布萊斯懷特(Richard Braithwaite)所整理的原則(《數學的基礎……》〔*The Foundations of Mathematics...*, 1931〕)，在梅勒(D. H. Mellor)的版本(《哲學文集》〔*Philosophical Papers*, 1990〕)中相當完整地保存下來。其他重要程度不盡一致的論文收集在下列兩書：《關於哲學、機率與數學的筆記》(*Notes on Philosophy, Probability and Mathematics*；加拉沃蒂〔M. C. Galavotti〕編，1991)及《論真理》(*On Truth*；雷歇〔Nicholas Rescher〕及梅傑〔Ulrich Majer〕合編，1991)。

在大學時代，蘭姆西就曾觀察到對真理的充裕性描述「使得我們能立刻排除一些有關真理的理論，例如「是真的」意味著「起作用」或「符合」，因為顯然「p 起作用」與「p 符合」並不等於「p」。後來，在其典範著作〈真理與機率〉(*Truth and Probability*, 1926)中，他重新提出知識與信念作為與真理普遍聯繫的主要問題的觀點，分析了在非確定選擇的理論框架中作為判斷模式的機率。薩維奇(L. J. Savage)肯定他的貢獻，並進一步重新整理(《統計學的基礎》〔*Foundations of Statistics*, 1954〕)，形成了目前佔主導地位的關於理性決策的貝氏觀點的理論基礎。在翻譯維根斯坦《邏輯哲學論》(*Tractatus Logico-Philosophicus*)一書的過程中，蘭姆西初試他的哲學啼聲。他的譯本在 1922 年問世，他為該書寫的一篇長的批判性評述，是他第一篇有分量的哲學論著。後來他影響了維根斯坦拋棄《邏輯哲學論》的立場，維根斯坦在《哲學探索》(*Philosophical Investigations*, 1953)一書的前言中坦白承認。

蘭姆西身後出版的原則好似一個金礦。例如：〈命題〉(Propositions, 1929)把公理化科學理論的理論詞項(T、U、等等)視為變元，而理論的內容是由「蘭姆西語句」(Ramsey sentence)傳達，就是說對某個 T、U 等等，理論的公理為真，而「蘭姆西語句」的非邏輯詞項則都具有可觀察性。另一個例子：〈普遍命題與因果律〉(General Propositions and Causality, 1929)的一處註解中為條件句的可接受性提供了「蘭姆西檢驗」(Ramsey test)，就是在你的背景信念上加進條件語句的假設部分(做最低限度的修正使得擴充不會產生矛盾)，當結論部分能推衍出來的時候，就接受整個條件句。

參見 Bayesian rationality 貝耶斯主義的合理性；probability 機率；truth 真理

R.J.撰　李國偉審訂

Ramsey-eliminability　蘭姆西項排除法　見 Beth's definability theorem 貝斯的可定義性定理

Ramsey sentence　蘭姆西語句　見 philosophy of mind 心靈哲學；philosophy of science 科學哲學

Ramsey test　蘭姆西檢驗　見 Ramsey 蘭姆西

Ramus, Petrus　拉莫斯，皮查斯　皮埃爾·德·拉·拉米(Pierre de La Ramée, 1515-1572)，法國哲學家，他質疑亞里斯多德(Aristotle)的權威性，並影響了整個十七世紀的邏輯方法與教學。他於 1543 年出版了《辯證教學十五卷》(*Dialecticae institutions libri XV*)，1555 年改寫為《辯證法》(*Dialectique*)，這是法國的第一部哲學著作。他被法蘭西斯一世(François I)任命為巴黎大學的第一位欽定講座教授，在此講學直到 1572 年在聖茂德使徒祭日大屠殺(the St. Bartholomew's Day Massacre)中被殺。

拉莫斯懷疑我們可以必然地直覺到亞里斯多德的理性三段論所要求的主要前提。他轉而根據柏拉圖(Plato)的學說，提出邏輯如果「蘇格拉底化」(Socratizing)會產生更為可行，且豐富的結果。就像阿奎可拉(Agricola)和史騰(Sturm)一樣，他修改了修辭學和文雅教育(liberal arts)傳統的「發明、判斷、實踐」等概念，在判斷的核心放入了「方法」。這樣循序漸進，我們便能夠「讀到」自然的「論證」，因為它們是以自然的道理為模範，最後便能夠仿效上帝創造的道理。他常常以表格圖示的方式說明他的結論——如同霍布斯(Hobbes)在《利維坦》(*Leviathan*)的第九章所做。他仔細地以表格顯示出已知的事項，以及還需要進一步調查的事項；對拉莫斯而言，從發明到判斷的過程是連續的。

拉莫斯的著作在一世紀間約出了七百五十版，在新興的新教(Protestant)大學和美洲移民中，促進了「拉莫斯主義者」(Ramist)運動。他影響了歐洲的培根(Bacon)、霍布斯、彌爾頓(Milton)、方法主義(Methodism)、劍橋柏拉圖主義(Cambridge Platonism)、奧斯德(Alsted)，以及美洲清教徒(Puritan)、胡克(Hooker)和公理會主義(Congregationalism)。拉莫斯的邏輯時有不一致處，使得他在邏輯史上沒有重要的地位。但他大量的著作及這些著作的迅速流行，使他在哲學與教育上頗具貢獻。他藉著使用日常語言，將哲學的嚴謹和修辭的深刻性及說服力密切地連結，也將學問的世界帶給了「一般人」。

C.Wa.撰　俞懿嫻審訂

randomness　隨機性　見 philosophy of science 科學哲學

range　值域　見 relation 關係

Rashdall, Hastings　萊斯道，哈斯汀斯(1858-1924)　英國歷史學家、神學家，以及人格觀念論者(personal idealist)。萊斯道雖承認柏克萊(Berkeley)需要康德(Kant)的修正，但他仍捍衛柏克萊所說的，物體只相對於心靈存在。從這點他結論出上帝心靈(divine mind)存在，用以保證自然的存在及道德的客觀性。在他最重要的哲學著作《善惡論》(*The Theory of Good and Evil*, 1907)中，萊斯道論證，行為是對或錯取決於它們是否產生幸福(well-being)，而快樂(pleasure)與德性傾向為幸福的構成要素。萊斯道自創「理想的效益主義」(ideal utilitarianism)一詞表述其觀點。

參見 utilitarianism 效益主義

J.W.A.撰　林正弘審訂

rational choice theory　理性抉擇理論　見 decision theory 決策論

rationalism　理性主義　一種視理性(reason)為優於其他獲取知識之途徑，甚或視其為達到知識之唯一途徑的立場。它最常見於作為一個認識論中的觀點，就傳統而言，在此它與經驗主義(empiricism)相對照，後者在認識上把感覺視為最主要的(這裡主要是區分關於認識上的經驗主義與關於觀念與概念上的經驗主義；前者對立於理性主義，後者對立於先天觀念〔innate ideas〕的學說)。亦可見於宗教哲學中，用來指稱反對把天啟作為宗教知識的核心者；又見於倫理學中，指稱反對在感情、移情或其他非理性基礎上建立或推導出倫理規則者。

「理性主義」這一術語並不統稱一單獨明確的哲學立場，在有些看法中理性可佔有優先地位，而有些對認識的看法卻與這立場相對。甚且，「理性」這一術語也不是完全明晰的。它常指稱一種區別於感覺、想像、記憶的心靈能力，是先天(a priori)知識的基礎。然而對理性尚有其他的理解，例如有巴斯卡(Pascal)將理性對反於「心的認識」(knowledge of the heart)之較狹義的理解(《沉思錄》〔*Pensées*〕第 110 節)，或霍布斯(Hobbes)在《利維坦》(*Leviathan*)第 1 章第 5 節中提出之對理性進行計算的理解。

該術語因而可被應用於從古至今的許多哲學立場中。在古典理論裡，「理性主義」與「經驗主義」特指醫學上的兩大學派，前者主要偏重在認識人的身體裡隱然運作的理論，後者偏重於直接的臨床經驗。這一術語亦可被用來表徵柏拉圖(Plato)及其後新柏拉圖主義者(Neoplatonists)的觀點，兩者都認為我們具有走向主宰現實的形式和一般原則的純粹理智之進路，同時拒斥將那些形式不完美地實現於物質世界中的感性認知。

在晚近的哲學著作中，「理性主義」這一術語與十七世紀一群哲學家的立場最為密切相連，他們是笛卡兒(Descartes)、史賓諾莎(Spinoza)、萊布尼茲(Leibniz)，時而包括馬勒布朗士(Malebranche)。這些思想家常被統歸於大陸理性主義者(Continental rationalists)，通常和所謂的英國經驗主義者(British empiricists)相對立，後者包含洛克(Locke)、柏克萊(Berkeley)及休姆(Hume)。大陸理性主義者取得一定的共識：即我們有一條非經驗與理性的進路，可走向關於世界存在方式的真理；他們並都以為理性優先於起源於感官的認知。這些哲學家亦傾向於把數學當作知識的一般模式。但這些共同觀點是以十分不相同的方式發展出來的。

笛卡兒聲稱從數學中獲得靈感——此處數學不作通常意義的理解，是指對古人的分析。根據笛卡兒的觀點，我們是從直接為理性所認知的第一原則出發(即《沉思錄》〔*Meditations*〕中的「我思我在」〔*cogito ergo sum*〕)，這在其《指導心智的規則》(*Rules for the Direction of the Mind*)一書中被稱作直觀(intuition)；所有其他的認識是從這裡演繹出來的。《沉思錄》一書旨在彰顯理性的這一能力是值得信賴的。另外，一般而言，感覺是不可信賴的，它使我們誤把感覺性質當成廣延物體的實在性質，把我們帶入亞里斯多德的虛假哲學(the false philosophy of Aristotle)及士林哲學主義(Scholasticism)當中。笛卡兒並不排斥感覺；在《沉思錄》第 6 章中他主張，感覺在涉及保存生命的情況下通常是正確的。也許弔詭的是，實驗對笛卡兒的科學工作是重要的。雖然如此，他的首要興趣在於對實驗揭露的現象進行理論上的說明，因為其立場不明確，所以他或許曾把實驗視為直覺與推理的輔助工具，或者視為次優的方法，可以運用在對純粹理性而言過於複雜的問題上。馬勒布朗士繼笛卡兒之後，在《真理的探索》(*Search after Truth*)一書中提出類似觀點，雖然他與笛卡兒不同，強調原罪是我們有信賴感覺之傾向的原因。

史賓諾莎的認識模式是歐氏幾何，正如其在《倫理學》(*Ethics*)的幾何形式中實現的一樣。史賓諾莎明顯主張，我們無法通過感覺獲取對世界的適當觀念(《倫理學》第 2 卷，命題 16-31)。在《倫理學》一書中，他為感覺找到了一個他稱為第一種與第二種認識的角色，而且在早期著作《知性改進論》(*Emendation of the Intellect*)裡，他主張感覺可作為達到真實知識的輔助手段。但在史賓諾莎看來，感覺是不完美的，同時與直觀，也就是第三種認識相比，它遠遠具有較低的價值，在後者第三種的認識中，感性經驗是被排除在外的。史賓諾莎的理性主義蘊涵在《倫理學》的核心命題中，據此，「觀念間的秩序與聯繫同樣是事物間的秩序與聯繫」(《倫理學》第 2 卷，命題 7)，這使人能直接從觀念間的邏輯聯繫中推導出物體及物質世界狀態間的因果聯繫。

萊布尼茲透過許多方式強調理性優於感性。在年輕時，他相信透過建構一種邏輯語言，其結構反映出世界中概念間的關係結構，即可能計算出每個命題的真值(truth-value)來。此一觀點被反思在他成熟的思想中，蘊涵於如下的學說裡：在每一個真理中，謂詞概念包含於主詞概念裡，以至於一旦人們可運用神的眼光(而他承認我們是無法做到的)，他們就能不訴諸經驗，規定任何一命題的真偽(《形上學論》〔*Discourse on Metaphysics*〕第 8 節)。萊布尼茲同時主張，所有的真理都建立在兩種基本原理上，不矛盾律(the law of non-contradiction)——對必然的真理而言，和充足理由律(the principle of sufficient reason)——對偶然的真理而言(《單子論》〔*Monadology*〕第 31 節)。這兩種原理被認作是先天的。而且至少在原則上，所有命題的真值皆可被規定為先天的。這個論點也反映在他的物理學實踐中，他從因果同等原理(the principle of the equality of cause and effect)中推導出許多運動定律，而這些都可在充足理由律的基礎上被認作是先天的。然而說到古典醫學的經驗學派時，萊布尼茲卻承認：「在四分之三的行動中，我們全然是個經驗主義者」(《單子論》第 28 節)。

所謂的大陸理性主義者都用自己的方式表述理性優於感性。但是「大陸理性主義」的一般指稱卻出現得很晚，大約在十九世紀才出現。對於與大陸理性主義者同時代的人而言，其間分歧的學說較共同的學說更讓人留下深刻的印象，所以當時並沒有形成一種同質性的思想流派。

參見 a priori 先驗；empiricism 經驗主義；intuition 直覺

D.Garb.撰　汪文聖審訂

rationalism, Continental　大陸理性主義　見 rationalism 理性主義

rationalism, moral　道德理性主義　見 moral sense theory 道德感覺的理論

rationality　理性　理性就其基本意義而言，是一個規範的概念，哲學家一般試圖以下面這樣的方式表述它：任何一個行為、信念或欲求，若它是理性的，我們就應該選擇它。然而，積極的表述實際上並沒有達成普遍共識，因為經常有許多相衝突的行動、信念和

欲求都被認為是理性的。將那些理性的事物與理性的要求等同起來，取消理性地允許這個的範疇。不理性似乎是一個更基本規範的範疇，因為不理性雖然有相互衝突的實質定義，但大家都同意，不理性的行為、信念或欲求是必須避免的。

理性也是一個描述性的概念，指向智能，通常包括使用語言的能力，以此區別植物及大多數的其他動物。一些非人的動物如海豚和黑猩猩是否具有理性，在這樣的意義下是有爭論的。

「理論的理性」(theoretical rationality)應用於信念；不理性的信念是與我們應該知道的部分有明顯的衝突，這種不理性的信念之表述與精神病學表述錯覺相同。這是相對於個人(person-relative)的概念，因為與某個個人認為應該知道的部分，有明顯的衝突，並不一定就與其他人認為應該知道的部分，有明顯的衝突。基於這點，任何信念若沒有不理性，則可被視為理性的。有許多理性的信念之積極表述，例如：(1)信念是自明的(self-evident)，或是依值得信賴的程序從其他自明的信念推導而得的，(2)信念與絕大多數者的信念一致；但這些積極的表述遭到嚴重的反對。

「實踐的理性」(practical rationality)則應用於行為。對某些哲學家而言，它等同於「工具的理性」(instrumental rationality)。按照這種通常稱之為「工具主義」(instrumentalism)的觀點，理性的行為僅僅意味著以最大化效益來達成目的的行為。然而，大多數哲學家意識到，實現某一目的也許會與實現其他目的相衝突，因此認為理性的行為能夠成為達成目的的最佳選擇，只有當這些目的足以被設想成為一個建立的系統。其他人補充說，所有這些目標，必須是個人所選出最能提供完整知識和理解達到這些目的的狀態者。依照後者所論述的理性行為，目的的系統是所有人自己的選擇，除了一致性外，並沒有外在的立場(external standpoint)可以理性地評價這類系統。因此，對一個具有特定目的體系的個人而言，道德地行動將會是不理性的。另一種理性行為的說法則非相對於個人。按照這種觀點，理性地行動是依可普遍化的原則而行動，因此對某人而言的理性必須是對每個人而言的理性。其中一種看法認為理性地行動必須是道德地行動，因此所有不道德的行動都是不理性的行動。

然而，如果稱某個行為是不理性的，就是宣示每一個人都將認為它總是會被避免的，那麼，為了自身或朋友謀福利，既不是不理性地採取不道德的行動，也不是不理性地採取道德的行動，即使採取那樣的行動會違背個人目的的系統。只有消極地表述理性的部分和那些不是不理性的部分，使道德的或按照自身目的系統的行動都是理性上可允許的，就算這些目的只達到最低程度的客觀標準，也可以是充分的。

參見 epistemology 知識論；ethics 倫理學；practical reasoning 實踐推理；theoretical reason 理論的理性

B.Ge.撰　陳瑤華審訂

rationality, epistemic　**認知的理性**　見 irrationality 非理性

rationality, instrumental　**工具的理性**　見 rationality 理性

rationality, practical　**實踐的理性**　見 rationality 理性

rationality, theoretical　**理論的理性**　見 rationality 理性

rationalization　**合理化**　(1)一種訴諸理由對人的行動或態度所做的表面解釋(apparent explanation)，儘管所提出的理由與事實不符，只要解釋得通，所提出的理由將證成這個

人的行動或態度或者為這個人的行為辯護；(2)從理性的觀點所做出的解釋或詮釋(interpretation)。在第(1)個意思，合理化是一種偽解釋(pseudo-explanations)，通常出發點是為了把一個人的行動或態度從對他有利的角度去說明。這種合理化有時包括自欺(self-deception)。按照個人對(自己有利的)證成之觀點，合理化有可能證成行動——藉著列舉做它之完善的理由——儘管行動者並未根據這些理由而行動，也不配承受如此行動的美譽。在第(2)個意思(一種因戴維森〔Donald Davidson〕而在哲學中普遍起來的意思)，有意的行動之合理化是以行動者(真實根據)的理由而做出的真正(genuine)解釋。根據這一觀點，為羅伯特在澤德商店購物提供合理化的解釋或「合理化」此事，是藉著指出他這麼做所(真實)根據的(一些)理由：如，他想要購買一把最好的切菜刀，而他相信城裡的澤德商店販售最好的刀具。(〔不僅是行動者，〕行動者行動所依據的理由本身也可以說是合理化了這個行動)。信念、欲望和意圖也可以相同的方式合理化。在每一種情況，合理化都在一定程度上，從說它是合理的人的角度，把被合理化的事情展示成合理的。

參見 rationality 理性；reasons for action 行動理由；self-deception 自欺

A.R.M.撰　龔維正審訂

rational number　有理數　見 mathematical analysis 數學分析學

rational psychology　合理性心理學　心靈的先驗研究。這是十八與十九世紀心理學的重要成分，而其代表人物與根植於偶發經驗的經驗心理學(empirical psychology)分庭抗禮。「合理性的心理」一詞亦可指一種擁有合理(rationality)特質的心靈，或心靈的形態。目前的心靈哲學裡有許多合理性心理的討論，不過此概念顯然有歧義。其一，合理性意指可理解(intelligibility)，這乃是心靈成其為心靈所必須具備的最低限度通貫性(coherence)，譬如諸慾望(desires)或推想(inferences)之間的通貫性。例如戴維森(Donald Davidson)、許多功能主義者(functionalist)及某些決策論(decision theory)學者都相信，人受這類意義下的合理性法則所規制，而有信念(beliefs)與慾望(desires)的恰當歸派，所以，心靈要是擁有信念與慾望的話，就必定受制於此法則。其二，合理性又意指理據圓滿(justification)。某人的心理具備了這項特質，亦即其心理一如理由(reasons)所要求的樣態；比方那個人的推想和慾望有正當理由給予恰如其份的支持，因而是理據圓滿的(to be justified)。理據圓滿意涵下的合理性，是一種規範性的(normative)特性，而某些心靈似乎欠缺此特性。儘管這兩種合理性顯然不同，但心靈哲學的某些重要成果意謂著，這兩種意涵其實已經瓦解了，或者至少意謂著，有中介性或重要的意涵存在著，因而有起碼很類似規範性法則的事物，在規制著我們的心理。

參見 philosophy of mind 心靈哲學

J.R.M.撰　吳瑞媛、劉盈成審訂

rational reconstruction　理性重構　也稱邏輯重構，將某一概念類型中的討論，翻譯到另一概念類型中的討論，其目的在於使前者中可表達的每一事(或每一重要之事)在後者中也盡可能清晰地(或明白地)得以表達。一個廣為人知的例子存在於卡納普(Carnap)的著作《世界的邏輯結構》(*Der Logische Aufbau der Welt*)中，卡納普試圖把涉及物理對象的語句(如：「有一張棕色的圓桌」)翻譯成涉及感官經驗的直接對象的語句(「具有如此的色彩特徵和形狀的色塊呈現(給我)」)。他這樣做的動機主要是受到經驗論看法的影響，認為直接的感官經驗在概念上先於其他每一事物，包括我們關於物理對象的觀念。除談及直接感官經驗之外，卡納普還訴諸邏輯學與集合論(set theory)。但由於後二者難以與嚴格的經驗論相調和，所以他的語句翻譯理論即使成功，也不能完全為經驗主義提供辯護。

參見 definition 定義；logical positivism 邏輯實證論；phenomenalism 現象論

T.Y.撰　王文方審訂

ratio recta **直接引述** 見 indirect discourse 間接引述

ratio scale **比例尺規** 見 magnitude 量度

ravens paradox **烏鴉悖論** 見 confirmation 驗證

Rawls, John **洛爾斯，約翰**(b.1921) 美國哲學家，被公認為二十世紀佔領導地位的政治哲學家之一，他的《正義論》(*A Theory of Justice*, 1971)已成為政治哲學之基本文獻。雖然他在後來的《政治的自由主義》(*Political Liberalism*, 1993)中修改其理論，俾使其公正思想體系(conception of justice)能與自由多元主義(liberal pluralism)相容，然而其公正思想體系之核心仍舊不變。

洛爾斯借助洛克(Locke)、盧梭(Rousseau)及康德(Kant)之自由民主的社會契約論傳統(the liberal and democratic social contract traditions)，論證最合理的公正原則(the most reasonable principles of justice)乃係大家從一個公平的境況(a fair position)出發，都將會同意接受的那些原則。由於這些原則決定一個社會的政治憲制(political constitution)、經濟體系(economy)及財產(property)之規則(此即社會的「基本結構」〔basic structure〕)的公正性，故此洛爾斯將公平協議的境況(a fair agreement situation)，視為一個大家都是同樣地公平無偏的境況(impartially situated as equals)。在這個被稱為原初的境況(original position)中，大家都被一假設的「無知之幕」(veil of ignorance)所遮蔽，這無知之幕撤銷了有關各自殊異之知識，這包括有關才能、財富、社會地位、宗教及哲學觀、個別的價值觀等知識。

洛爾斯認為在這個假設的原初境況中，大家將會拒絕功利主義(utilitarianism)、完美主義(perfectionism)及直覺主義(intuitionist)的觀點，他們將會無異議地接受公平式的公正(justice as fairness)。這個公正思想體系主要由兩個原則構成。第一個原則說：某些自由(liberties)是基本的(basic)而又是平等地給予大家的。良心自由(liberty of conscience)、思想自由、結社自由、平等的政治自由、人格的自由及完整(freedom and integrity of the person)、維繫法治的自由，皆是基本自由，因為它們都是人們運用其兩種「道德能力」(moral powers)所必需者。這兩種道德能力是：一、有理性(rational)，對自己之好惡有能力抱持一合理的構想；二、有公正感(a sense of justice)，能夠了解、應用公正的要求，並且有能力出於公正的要求而行動。在參與社會合作活動(social cooperation)中，由於這兩種能力使得每個人成為自由及負責任的主體(a free and responsible agent)，故此這些能力構成了自由及平等的道德人格(free and equal moral persons)之根本要素(essential interests)。

第二個公正原則稱為「差異原則」(the difference principle)，它規定在權利(rights)、權力(powers)及特權(privileges)的分配上，可容許有什麼差異。在一個公正社會中，可能存在財富、收入、權力及地位之不平等，差異原則正是要確定這些不平等之界限。這個原則說：首先，社會位置是開放給大家的，並且每個人皆有公平的平等機會競爭到這些社會位置。其次，財富、收入、社會權力及位置之不平等，唯有在以下情況被容許：不平等令得社會中最不利的階層(the least advantaged class)受益最大。

在分配財富與收入上，差異原則涵蘊的結果是，社會中最不利的階層(在公正的經濟體系中)會處於更好的境況(比起在其他可行的經濟體系中)。不過，這個原則不可違犯第一個公正原則之「優先性」，此即，不可為了其他利益而犧牲平等的基本自由。例如，不可為了改善社會中最不利的階層之經濟狀況，而限制他們的投票權。一項基本自由，唯有在為了維護其他的基本自由的條件下，才能被加以限制。

洛爾斯宣稱在這兩個公正原則下，大家在公正社會中分享著的基本自由，對社會中最不利的階層達致最大的價值(《正義論》，頁 205)。基本自由之優先性涵蘊一個自由平等的社會(a liberal egalitarian society)，在其中每個人都確保有適當的資源有效地運用其基本自由，並且成為獨立的(independent)及自主的(self-governing)人。因此，公正社會就是由一個自由-民主憲制(liberal-democratic constitution)治理的社會，在其中基本自由得到保障，每個公民皆有平等地有效的權利去參與選舉及影響立法。經濟上，公正社會體現的是一個修正過的市場體系(它進行大規模的財富與收入的分配)，這個市場體系要麼是一個生產手段(means of production)有廣泛所有權(widespread ownership)的「財產-擁有的民主」(property-owning democracy)，要麼是一個自由社會主義(liberal socialism)。

參見 contractarianism 契約論；justice 正義；Kant 康德；liberalism 自由主義；rights 權利；utilitarianism 效益主義

S.Fr.撰　盧傑雄審訂

Ray, John　雷伊，約翰(1627-1705)　英國自然學家，其有關動植物的結構與習性之著作引出了在分類方法論(methodology of classification)上的重要結論，並給予自然神學中的設計論證(design argument)強烈的動力。在一份早期的論文中，他強調一個物種(species)的決定性特徵是那些由種子所傳遞的特徵，因為顏色、氣味、尺寸等，會隨著氣候與養分的差異而有所不同。動物領域中的相似情況意味著，正確的分類基礎應該是結構上的。但是我們無法認識到真正的本質。我們對於自然的經驗，是一連續體(continuum)；而出於實用上的考量，親屬關係的判定，最好使用多重的標準。雷伊在《簡論集》(*Dissertatio Brevis*, 1696)與《經過修正的方法》(*Methodus Emendata*, 1703)兩本書中提出其成熟理論。而《創造中所展現的上帝智慧》(*The Wisdom of God Manifested in the Works of the Creation*, 1691 及三個修訂版)則是簡介雷伊自己科學學習過程的一本暢銷書，本書後來被許多設計論證的倡導者模仿及採用。在哲學上，他仰賴於其他人，從西塞羅(Cicero)到卡德沃絲(Cudworth)，後繼者則有培利(Paley)。

M.A.St.撰　林正弘審訂

Rāzī, al　拉齊　見 al-Rāzī 拉齊

reactive attitude　反應式態度　見 Strawson 史陶生

real assent　真正贊同　見 Newman 紐曼

real definition　真實定義　見 definition 定義

real distinction　真實區分　見 *fundamentum divisionis* 劃分之基礎

real essence　真實本質　見 essentialism 本質論

realism, direct　直接實在論　見 direct realism 直接實在論

realism, internal　內在實在論　見 philosophy of science 科學哲學

realism, metaphysical　形上學實在論　見 Armstrong 阿姆斯壯；metaphysical realism 形上學實在論

realism, modal　模態實在論　見 Lewis, David 路易士，大衛．K

realism, moral　道德實在論　見 moral realism 道德實在論

realism, naive　樸素實在論　見 perception 知覺

realism, perceptual　知覺實在論　見 perception 知覺

realism, scientific　科學實在論　見 philosophy of science 科學哲學；Sellars, Wilfrid 塞拉斯，威福利德

realism, Scotistic　斯各多實在論　見 Duns Scotus 鄧斯．斯各多

realism *ante rem*　極端的實在論　見 property 性質

realism *in rebus*　溫和的實在論　見 property 性質

reality　實在界　在標準的哲學用法中，用以指諸事物的實際面貌，以與其「表象」(appearance)相對照。表象與特定感受者或感受群體對事物的看法相關。實在界有時被說成是在兩個面向上獨立(two-way-independent)於表象。這意味著現象不能決定實在。首先，對於實在界的性質，不管我們基於其表象而達到何種程度的共識，我們總是可以想像實在界其實與其表象是有別的。第二，實在界並不需要任何的表象：實在界也許超越一切我們所能有的考察。或許，實在界總是有可能被知覺；或許，當觀察者被合適地安置，條件也不會導致錯誤時，觀察者或許能有對於實在界的表象經驗。然而這種可能性似乎是建立在實在界的事實之上。與此相反地，現象主義(phenomenalism)者則認為實在的事實其實可透過上述這樣模擬的表象來加以解釋，但他們並未能提供恰當的非循環性的分析。

這種與經驗相獨立的實在界概念有時被稱作「客觀實在」(objective reality)。然而，笛卡兒(Descartes)則在不同的意義上使用這一述語，將它與「形式實在」(formal reality)或「真實實在」(actual reality)相對照。笛卡兒認為在一個事件的原因中，總有與在其結果中至少一樣多的實在存在；他並且在下述陳述中運用這一原則：「在觀念的原因中有一定的形式實在或真實實在，這些實在與在觀念中的客觀實在一樣地多。」觀念的「客觀實在」在此似乎與它所具有的表徵有關，而「事實的」或「形式的」實在則與獨立於心靈的實在相關。於是乎，上面所引的原則便把觀念的原因的性質，與觀念內容的表徵聯繫起來。笛卡兒在此主要是想將此原理運用於上帝與物質世界的觀念上。

參見 Descartes 笛卡兒

G.Fo.撰　王文方審訂

reality principle　**現實原則**　見 Freud 弗洛伊德

realizability, multiple　**多重的實現性**　見 functionalism 功能主義

realization　**實現**　見 philosophy of mind 心靈哲學

realization, physical　**物理落實**　見 reduction 化約

real mathematics　**真實數學**　見 Hilbert's Program 希爾伯特計畫

real number　**實數**　見 mathematical analysis 數學分析學

real proposition　**真實命題**　見 Hilbert's Program 希爾伯特計畫

reason　**理性**　見 practical reason 實踐理性；theoretical reason 理論理性

reason, all-things-considered　**通盤考慮理由**　見 reasons for action 行動理由

reason, evidential　**證據理由**　見 epistemology 知識論

reason, exciting　**興起的理由**　見 Hutcheson 哈屈森

reason, explaining　**解釋性理由**　見 reasons for action 行動理由

reason, justifying　**證成理由**　見 Hutcheson 哈屈森

reason, normative　**規範性理由**　見 reasons for action 行動理由

reason, objective　**客觀理由**　見 reasons for action 行動理由

reason, overriding　**決定性理由**　見 reasons for action 行動理由

reason, practical　**實踐理性**　見 Kant 康德；practical reason 實踐理性

reason, principle of sufficient　**充足理由原理**　見 Leibniz 萊布尼茲

reason, productive　**生產性的理性**　見 theoretical reason 理論理性

reason, pure　**純粹理性**　見 Kant 康德

reason, subjective　**主觀理由**　見 reasons for action 行動理由

reason, theoretical　理論理性　見 theoretical reason 理論理性

reasoning　論證　見 circular reasoning 循環論證；Kant 康德；practical reasoning 實踐推理

reasoning, circular　循環論證　見 circular reasoning 循環論證

reasoning, demonstrative　證明性推思　見 inference 推理

reasons externalism　理由外在論　見 externalism 外在論

reasons for action　行動理由　引起或證立行動的思考；它可以是主觀的，也可以是客觀的。「主觀理由」(subjective reason)是行動者為支持一系列行動而作的思考，不管是否真的支持該行動。「客觀理由」(objective reason)指真的支持一系列行動的理由，而不考慮實施人是否對它有所意識。被引為理由的要不就是事實的，要不就是價值的；但事實被當作理由時，價值也與之相關。因此香煙中含有尼古丁這一事實成為不吸煙的理由，只是因為尼古丁具有不想要的效果。最重要的評價理由是「規範性理由」(normative reasons)——也就是思考所具有的(例如)倫理的力量。事實在與規範性思考聯繫時成為「義務性理由」(obligating reasons)，使義務得以形成。於是在幫助窮人的義務這一觀念中，他人飢餓這一事實是賑濟的義務性理由。

行動理由作為信念、慾望及其他心靈狀態的內容，被納入實踐性思維之中。但並非人所具有的所有理由都要引發相應的行為。因此我可能意識到納稅的義務，但納稅的原因卻是害怕處罰；如果是這樣的話，那只有我的畏懼感才是我行動的「解釋性理由」(「explaining reason」)。「決定性理由」(「overriding reason」)是優先於其他理由的理由。通常主張道德理由在客觀上優先於其他理由，在主觀上也應該這樣做。最後還可提到「通盤考慮理由」(「all-things-considered reason」)——完成所有思考之後被當作應該怎麼做的最終的決定性的理由。

參見 practical reason 實踐理性；reasons for belief 相信之理由

H.J.M.撰　王巍審訂

reasons for belief　相信之理由　粗糙地說，相信之基礎。「相信」(belief)一詞通常既用來表示一種特定的心理狀態(psychological state)，相信(believing)之狀態，也用以表示被相信的特定意向性內容(intentional content)或命題(proposition)。相信之理由也呈現類似的雙重性。譬如，當命題 p 對命題 q 有某種適當的保證(warranting)關係時，人可認為命題 p 提供規範性的理由(normative reason)給人去相信命題 q。同時，p 可以為相信 q 提供極佳的理由，即使事實上沒人相信 p 或 q。與此相對地，如果我相信 p，又視 p 為相信 q 之理由(依前述意義的「p 提供規範性的理由給人去相信 q」)，那麼 p 是一個我持的理由以相信 q。當然，我有理由相信無數個碰巧在未來都沒機會去相信的命題。然而，假定 p 是我相信 q 之理由。在此情況下，我必須同時相信 p 與 q，而且 p 必須是相信 q 之理由——或者，無論如何，我必須如此認為。可以是這樣：此外，我必須相信 q，至少部分是因為我相信 p。

在上面那些意思，理由一定是知態性的(epistemic)，亦即理由必須考慮證據(evidence)、導向真理(truth-conduciveness)等等。然而不是所有的相信之理由都是這種類型的。解釋

性理由(explanatory reason)，即我為何相信 p 之理由，也許只是我之有或我之如何有此信念的一個解釋。也許我相信 p 是因為我被洗腦或頭部受到重擊，或我對此信念有很強的非知態性的動機(non-epistemic motives)。(當然，我可以在無懈可擊的知態基礎上堅持一相信。果然如此，我之相信 p 可以既保證又解釋我之相信 q)這類反思通向和後面概念有關的問題：一給定相信之全面的(overall)或「各方面都顧及的」(all-things-considered)的合理性(reasonableness)。一些哲學家(例如克利福特〔Clifford〕)認為相信之合理性完全依賴於其知態性的地位(epistemic standing)：我之相信 p 對我而言是合理的，如果我之相信有知態性的合理性；只要是涉及相信，知態性的理由是壓倒性的。其他的站在詹姆士(James)這一邊的哲學家，則把重點放在相信在我們心理系統中的角色，他們認為各種非知態性的顧慮可以影響持某給定相信之合理性。假定我有「p 為假」之某種證據，但我去相信 p 可以實質地得益。如果，真的如此，同時我之相信 p 在實踐上的利(practical advantages)大過害，那麼看來似乎明顯的是，我之相信 p，對我而言，在某種周全顧慮之意義上是合理的。

參見 Pascal 巴斯卡；reasons for action 行動理由

J.F.H.撰　龔維正審訂

reasons internalism　內因主義理性、理由內在論　見 externalism 外在論

rebirth, wheel of　再生之輪　見 Buddhism 佛教；*saṁsāra* 輪迴

recognition, rule of　承認規則　見 jurisprudence 法理學

recollection　回憶說　見 Plato 柏拉圖；survival 死後生存

reconstruction　重構　見 rational reconstruction 理性重構

reconstruction, logical　邏輯重構　見 rational reconstruction 理性重構

reconstruction, rational　理性重構　見 rational reconstruction 理性重構

Rectification of Names　名稱的校正　見 *cheng ming* 正名

recurrence, eternal　無窮循環、永恆回歸　見 eternal return 無窮回復

recursion, definition by　以迴歸方式做的定義　見 definition 定義

recursion, proof by　遞推證明　見 proof by recursion 遞推證明

recursive function theory　遞推函數論　一個相當新的數學領域，始於研究一極特定的算術函數之集合，此種函數稱為遞推函數。嚴格說來，遞推函數論是高等算術(數論或自然數論)之一支，其論域為非負整數：0、1、2 等。然而其技術及結果不像傳統的數論。遞推函數集合之定義方式，明顯表示每一遞推函數可被計算(computed or calculated)。名為「丘奇論題」(Church's thesis)之假設，亦即每一可算的函數是遞推的，常作為遞推函

數論之公理。遞推函數論在當代數學哲學中扮演重要角色，特別是在知識論方面的議題。

參見 Church's thesis 丘奇論題；computability 可計算性；philosophy of mathematics 數學哲學；proof by recursion 遞推證明

J.Cor.撰　龔維正審訂

redintegration　重整作用　一個心理學上的過程(process)，類似或涉及了古典制約(conditioning)。重整作用中，情境裡的某個特徵會使人們對整個原始情境加以回想、想像或再次編輯。在打開一包香煙的時候，某人可能會想像整個過程，包括劃火柴、點燃香煙、並一口口地抽著。重整作用被當作行為治療的一種方法，例如：當某人想要戒煙時，便先讓他聞些不好的氣味、並讓他看看患有肺癌之肺的圖片，然後，再允許他抽煙。如果難聞的氣味與想像畫面，壓過了想抽煙的增強心理，這個人可能就會拒絕抽煙。

從哲學層面來思考，重整作用有其重要性，這是基於兩個理由。一、此過程在審慎思考時具有關鍵性。重整作用將一個遠程的行為，置於現時慎思的焦點裡，據此可以有助於保護遠程的興趣。二、重整作用提供了一個角色給視覺影像，藉由它來產生行為。影像被當作是重整作用的典範例子。在回憶起肺癌的圖片後，某個人可能就會避免抽煙。

參見 cognitive psychotherapy 認知心理療法；conditioning 制約

G.A.G.撰　劉希文審訂

reducibility, axiom of　可約簡性公理　見 type theory 類型論

reduct, Craig　克雷格化約　見 Craig's interpolation theorem 克雷格插值定理

***reductio ad absurdum*　歸謬證法**　(1)原理(A⊃～A)⊃～A 與(～A⊃A)⊃A。(2)論證形式「如果 A 則 B，非 B；因此，非 A」和「如果非 A 則 B，非 B；因此，A」，以及符合這種形式的論證。也被稱之為「間接證明法」(the method of indirect proof)。(3)推理的原則允許(i)從 A 中導出矛盾來推論出非 A；以及(ii)從非 A 中導出矛盾來推論出 A。這兩條原則在古典邏輯學中成立，並在具有雙重否定律(double negation)的任一邏輯中等值。然而直觀主義邏輯學(intuitionist logic)卻只有原則(i)成立而原則(ii)不成立。

參見 double negation 雙重否定；mathematical intuitionism 數學直觀主義

G.F.S.撰　李瑞麟審訂

reduction　化約　以一種表達來代替另一種表達，乍看之下，二種表達的指稱不同。所謂化約，在可一致應用的顯晰定義(explicit definitions)、脈絡定義(contextual definitions)、或僅適合有限範圍的脈絡之代換的意含下，才有意義可言。因而，作者們談論的是化約的概念分析，特別在分析哲學早期時。尤其是在感覺與料理論中，物理對象(的談論)被假設為可以藉由顯晰定義或其他形式的概念分析，而化約為感覺與料(的談論)。

邏輯實證論者，最初先藉由顯晰定義，後來又利用其他設計(如卡納普〔Carnap〕的化約句)，來討論理論詞彙到觀察詞彙的化約。這些語句訴諸於測試條件述詞 T(例如：「被放入水中」)，和展示述詞 D(例如：「溶解了」)，來引入傾向詞或其他「非觀察」詞 S(例如：「是可溶於水的」)，得到$(\forall x)[Tx \supset (Dx \supset Sx)]$，其中「⊃」表示「實質條件」。對 S 不出現的否定化約句則採用如下形式：$(\forall x)[NTx \supset (NDx \supset \sim Sx)]$。為了合併述詞對 T 與 TD 及 $\sim D$ 與 ND，卡納普指出一個雙條件化約語句：$(\forall x)[Tx \supset (Dx \equiv Sx)]$。像很多不同的化約企圖，化約句沒有達成「被化約詞」S 的替代，因為當測試條件 T 無法應

用時，它們就無法確定 *S* 的應用。

在數學哲學中，邏輯主義主張所有的數學都可以化約為邏輯，亦即，所有的數學語詞都可以用邏輯的語彙來定義，而且所有數學定理都可以從被這些定義補足的邏輯法則中導出。羅素(Russell)的《數學原理》(*Principia Mathematica*)實現了這個方案的大部分，可是在嚴格的認知下，羅素化約的基礎，以我們今天的稱呼來看，更像是集合論(set theory)而不是邏輯。許多人現在已接受數學可以化約到集合論上，但只有在化約不是只能有單一種的意義上才這麼認為。舉例來說，自然數可以很恰當地被模塑為(modeled as)等數集合(equinumerous set)或馮．諾曼序數(von Neumann ordinals)。這個化約的非獨一無二性產生了很嚴重的困難，因為它暗示集合論化約很難為數目或其他數學對象「實際是什麼」的問題帶來啟迪。

對比於上述情況，我們以為科學理論毫不曖昧地告訴我們，水是 H_2O，而溫度是平均轉換動能(mean translational kinetic energy)。在科學中理論化約的考察，企圖分析一個環境——在該環境中，一個「進行化約的理論」(reducing theory)顯得是在告訴我們，被一個「被化約的理論」(reduced theory)所描述的對象之組成和性質。最簡單的考慮跟從下列的一般化約樣型(pattern of reduction)：吾人至少用顯晰定義的形式，為出現在「被化約理論」中而沒有出現在「進行化約的理論」中的所有語詞，提供一個「同一敘述」(identity statements)或「橋律」(bridge laws)。然後，吾人論證「被化約理論」可由定義所論證的「進行化約的理論」中演繹出來。舉例來說，熱力學定律據說可以從統計力學的定律中演繹出來，而「溫度只是平均轉換動能」及「壓力是動量平均轉送」敘述也是一樣。

如何理解同一敘述或橋律？採用經驗研究來驗證像「溫度是平均轉換動能」的敘述。然而，一些人已論證這類敘述頂多只構成偶然的關聯，而非嚴格的同一。另一方面，如果相關的語詞與其外延不是以分析定義來中介，同一敘述就可以被類比為兩個名稱之間的同一，如「西塞羅是圖里」(Cicero is Tully)，在此需要經驗研究來建立兩個名稱碰巧有相同的指稱對象。

人們可以種種不同的方式來推廣理論化約的觀念。吾人可能要求能滿足從進行化約的理論中演繹出「被化約理論」的橋律，而毋須要求橋律採取顯式同一敘述或雙條件關聯句的形式。某些作者已聚焦在這一事實上——即在實踐中一個「進行化約的理論」T_2，修正或改進了「被化約理論」T_1，以致它實在只是一個修正或改進的 T_1*，它可以由 T_2 和橋律演繹出來。一些人因此而把「化約」這個詞語應用到任一組成對的理論，其中第二個理論以說明「第一個理論的精確程度和它如何產生誤差」的方式，來修正或擴展了第一種理論。在這個擴張的意義上，相對論據說化約了牛頓力學。

社會科學，特別是心理學，原則上可以化約到物理學嗎？這個企望可支持所謂的(心物)同一理論(identity theory of mind and body)，特別是解決了心靈哲學中的重要問題，像是心物問題和他心問題(problem of other minds)。很多人(雖然不是所有人)現在懷疑能否把心靈的性質與其他專業學科的性質，同一於複雜的物理性質。舉一個經濟學的例子來例證這點(改寫自弗德〔Fodor〕)，在恰當的環境下任一物理對象都可當作貨幣來用。如此，這類企望似乎在發現其形式為「作為貨幣單元就是……」的封閉有限的敘述，而且出現在後半句的敘述只能來自物理學(雖然一些人想要在提供化約上承認無限多的定義)。類似地，吾人懷疑像疼痛一類的屬性頂多只是無限多種可能的物理落實之功能性質。由於相信有限穩定定義的化約是不可得的，很多作者試著表達如下觀點：心靈性質在某種方式上仍是物理的，儘管如此，它們是隨附有機體所擁有的物理性質而發生的(supervene on the physical properties)。

事實上，出現在心靈性質上的困難同樣也出現在溫度這個典例上，也許出現在所有理論化約的一般範例上。只有在氣體——理想化的氣體上，溫度才等於平均轉換動能。在其他物質中，要落實溫度，必須化約成相當不同的物理機制。溫度在更精確的意義上被描述為一種功能性質，相關於物體之間的熱傳機制。原則上，我們可以用不可限定的方式來落實所需要的機制。

在大多數可能進行嚴格同一的理論化約的案例中，我們已代之以物理落實(physical realization)、構成和或個例的關係，這一點很恰當地由計算機的性質來例證(取自康明斯〔Cummins〕)。計算機的性質可以由如下種種方式而在物理上實現：如由算盤、由具有齒輪和槓桿的裝置、由具有真空管和矽晶片的儀器。而且，在恰當環境下，可由不可勝數的其他裝置來實現。或許很多在科學上使用「化約」的人，是在物理落實而非嚴格同一的意義上來意想這個語詞。

讓我們把注意力侷限在具有物理落實意義「化約」之性質，如計算機，具有特定溫度，以及當成貨幣的例子。是否一物體可被視為具有上述性質，不僅將依賴於該物體的物理性質，也要依賴於脈絡的種種環境。相關語言使用者的內涵構成了相關環境的合理候選對象。至少在很多情況中，脈絡依賴性產生了，因為性質構成了一種功能性質，其中相關的功能系統(計算、熱傳導、貨幣系統等)比問題中負載性質的物件還要大得多。這些例子引發出下述問題：是否很多(或許所有的)心靈性質，都不可消除地依賴於有心靈性質的有機體和其外在事物間的關係。

參見 explanation 說明；philosophy of science 科學哲學；supervenience 伴隨性；unity of science 科學的統一

P.Te.撰　陳瑞麟審訂

reduction, phenomenological　**現象學還原**　見 Husserl 胡塞爾

reduction base　**化約基礎**　見 reduction 化約

reductionism　**化約論**　見 reduction 化約

reductionism, explanatory　**解釋性化約論**　見 methodological holism 方法論的整體主義

reduction sentence　**化約句**　在一階語言(first-order language)中，給定一個時空點的述詞 Q_3，對 Q_3 而言，只要述詞 Q_1 和 Q_2 被一致地應用到相同的時空點，那麼任何這個形式：$(x)\,[Q_1x\supset(Q_2x\supset Q_3x)]$普遍句子 S_1 就是化約句。如果 S_1 具有上述的給定形式，而 S_2 具有$(x)\ [Q_4x\supset(Q_5\supset\sim Q_6)]$形式，而且要不是 S_1 是 Q_3 的化約句，就是 S_2 是$\sim Q_3$ 的化約句，$\{S_1, S_2\}$這語句對就是 Q_3 的化約句對(reduction pair)。如果 $Q_1 = Q_4$ 而且 $Q_2 = \sim Q_5$，則 S_1 和 S_2 的連詞即等於 Q_3 的雙條件化約句，有如此形式：$(x)\,[Q_1\,(\,(Q_3\equiv Q_2)]$。

這些概念由卡納普(Carnap)引入，發表在《科學哲學》(*Philosophy of Science*, 1936-37)期刊上的〈可檢驗性與意義〉(Testability and Meaning)一文中，以便把意義的可檢證性判準(verifiability criterion of meaning)修改成可驗證性條件(confirmability condition)，在該條件裡，語詞可以由一連串的化約句對而引入有意義的科學論述中，而非由定義。這個修改的誘因似乎是為了配合科學論述中的傾向述詞(disposition predicates)之用。卡納普提議由 Q_3 的雙條件化約句來說明 Q_3 這傾向述詞。卡納普進路的一個重要的但具爭議性的特點是，在說明傾向述詞，避免訴諸於非外延的條件句(non-extensional conditionals)。

參見 Carnap 卡納普；reduction 化約；verificationism 檢證論

I.L.撰　陳瑞麟審訂

reductive naturalism　化約的自然主義　見 naturalism 自然主義

redundancy theory of truth　真理的多餘理論　見 truth 真理

reference　指稱　見 meaning 意義；philosophy of language 語言哲學；theory of descriptions 描述詞理論

reference, causal-historical theory of　指稱之因果歷史理論　見 philosophy of language 語言哲學

reference, description theory of　指稱之描述詞理論　見 philosophy of language 語言哲學

reference, direct　直接指稱　見 causal theory of proper names 專有名稱的因果理論

reference, historical theory of　指稱之歷史理論　見 philosophy of language 語言哲學

reference, inscrutability of　指稱的不確定　見 indeterminacy of translation 翻譯的不確定性

reference, new theory of　新的指涉理論　見 Putnam 帕特南

reference, class　參考類　見 probability 機率

referential　指稱的　見 referentially transparent 指稱上透明的

referentially transparent　指稱上透明的　在「…t…」句子裡，一個單數名詞t的出現，是指稱上透明的(或純粹指稱的)，若且唯若「…t…」的真假值依賴於t的指稱物(referent)是否滿足開放句子「…x…」；由 t 的指稱物所滿足的「…x…」將會保證「…t…」為真，並且，此個體不滿足「…x…」亦會保證「…t…」為假。「波士頓(Boston)是個城市」為真，若且唯若「波士頓」的指稱物滿足開放句子「x 是座城市」，故「波士頓」的出現是指稱上透明的。但在「『Boston』這個表達式有六個字母」的句子中，引號中名詞的長度，而不是波士頓的特徵，決定此句子之真假值，故波士頓的出現不是指稱上透明的。

根據弗雷格式(Fregean)的意義理論，任何複雜表達式(那且是有意義的單元)的指稱是其部分的指稱物之函數(function)。在這樣的脈絡下，指稱詞 t 之出現在一個有意義的表達式「…t…」是指稱上透明(或純粹指稱的)，若且唯若t的指稱物對「…x…」的指稱有所貢獻。「波士頓的周圍地區」此一表達式之所以指稱某特定地區，乃是因為「波士頓」的指稱物(以及由「x 的周圍地區」所表達的指稱物或函數的外延)的關係。

指稱詞 t 在一個有意義的表達式「…t…」的一個出現是「指稱上不透明的」(referentially opaque)，若且唯若它不是指稱上透明的。因此，若 t 出現於「…t…」中是指稱上不透明的，則「…t…」的真假值依賴於其他事物而非 t 的指稱物是否滿足「…x…」。

雖然這些定義應用於指稱詞的出現，「指稱上的不透明」與「指稱上的透明」二詞，主要是用來對字詞的語言脈絡分類為指稱上不透明的。如果 t 純粹指稱地出現於 S 而不是純粹指稱地出現於C(S)，則C( )是一個指稱上不透明的脈絡。但我們必須對此做限定：對 t 於 S 內的那個出現，C( )是一個指稱上不透明的脈絡。這不表示(如果沒有進一步的論證)對字詞在語句中可放入 C( )中的其他出現而言，C( )是一個指稱上不透明的脈絡。

引號的脈絡、命題態度與模態，因為它們可能產生指稱上的不透明而被廣泛地注意。試想：

(1)約翰相信行星的數目小於 8。

(2)約翰相信 9 小於 8。

若(1)為真但(2)不是，則不是「行星的數目」就是「8」有一個出現是非純粹指稱的，因為雖然二個表達式是有相同指稱的(co-referential)，這些句子的真假值卻不相同。但在下面的句子中：

(3)行星的數目小於 8。

(4)9 小於 8。

這些表達式具有純粹指稱的出現。在(3)與(4)當中，整個句子的真假值依賴於「行星的數目」的指稱物是否滿足「x 小於 8」。因為(3)和(4)裡這些表達式的出現是純粹指稱的，但(1)(2)裡的則否，「約翰相信( )」之脈絡，至少對二個單稱詞之一的相關的出現是指稱上不透明的脈絡。有些人認為在(2)當中，「9」的出現是純粹指稱的，因為整個句子的真假值依賴於其指稱物，即 9，是否滿足了開放句子「約翰相信 x 小於 8」。此種說法要求我們對這樣的句子(信念語句與其他語句)的滿足(satisfaction)概念，能夠理解，以及顯示滿足概念可應用於手邊的情況(句子(2))。能否做到這些事是有爭議的。另一方面在句子(1)中，其真假值並非由 9(「行星的數目」的指稱物)是否滿足開放句子而定，故其出現不是純粹指稱的。

模態(modal)脈絡產生相似的問題：

(5)必然地，9 是奇數。

(6)必然地，行星的數目是奇數。

如果(5)為真而(6)不為真，則至少其中一個表達式沒有純粹指稱的出現，雖然這二者在「必然地，____」的脈絡中的非模態的句子裡，皆是純粹指稱的。因此，此一脈絡對至少這些名詞其中的一個的出現，是指稱上不透明的。

根據另一個進路，真正單稱詞總是指稱地出現，而「行星的數目」並非一個真正的單稱詞。例如羅素(Russell)的確定描述詞理論，提供了涉及確定描述詞的句子的另一個方式的語意分析。這將使我們能夠說，即使像(3)和(4)的簡單句，其語法與語意的結構上非常地不同，因此產生了問題的相似性——相同指稱詞看起來相似的出現——看來只是表面的。

參見 *de dicto* 關於命題的；quantifying in 量化入；substitutivity *salva veritate* 保存真值之替換

T.M.撰　方萬全審訂

referential occurrence　**指稱發生**　見 quantifying in 量化入

referential opacity　**指涉上的不透明性**　見 referentially transparent 指稱上透明的

referential quantification　**指涉性量化**　見 quantification 量化

referential theory of meaning　意義指涉理論　見 meaning 意義；philosophy of language 語言哲學

reflection principles　反映原理　與形式公理系統正確性有關的兩種內在的命題。

(1)證明論的反映原理(proof-theoretic reflection principles)適用於能有效表現出來的系統 *S*，系統 *S* 包含一點點的初等數論，這點數論足夠用來算術化其自身的語法概念，正如哥德爾(Kurt Gödel)在 1931 年關於不完備性所做的程度。假設 $Prov_S(x)$表示 *x* 是 *S* 中某個可證明命題的哥德爾數，還假設對 *S* 的任何一個命題 *A* 而言，n_A 是 *A* 的哥德爾數。適用於 *S* 的最弱的反映原理是由 $Prov_S(n_A)\rightarrow A$ 這種形式命題所構成的集合 *Rfn*(*S*)。命題 $Prov_S(n_A)\rightarrow A$ 表示，如果 *A* 能在 *S* 中得到證明，那麼 *A*(是真實的)。Con_S 這個表示 *S* 一致性的命題，是 *Rfn*(S)的一個結論(通過把 *A* 取代為不可證明的命題獲得)。因而根據哥德爾的第二不完備性定理，如果 *S* 是一致的，那麼 *Rfn*(*S*)就比 *S* 要強些。反映原理作為一個克服不完備性的系統手段被用於序數邏輯的構造中。

(2)集合論的反映原理(set-theoretic reflection principles)適用於公理集合論系統 *S*，例如 ZF(哲梅羅-弗蘭克爾〔Zermelo-Fraenkel〕集合論)就是這樣的系統。此原理的簡單形式可如下說明，任何以 *S* 語言表達的屬性 *A*，如果對討論域裡「所有」集合成立，則已經與討論域中一部分成立，該部分與某 *x* 具有共同的外延。表達的形式是 $A\rightarrow(\exists x)A^{x}$，其中 A^{x} 裡所有約束 *A* 的量詞都是相對於 *x* 而言的。與證明論的反映原理不同之處，這些集合論反映原理可作為 ZF 定理而被建立起來。

參見 Gödel's incompleteness theorems 哥德爾不完備定理；ordinal logic 序數邏輯；set theory 集合論

S.Fe.撰　李國偉審訂

reflective equilibrium　反思平衡　正如一般的理解，指證成評估原則和理論(justifying evaluative principles and theories)的融貫方法。這種方法係由古德曼(Goodman)首次描述，建議可用它來證成演繹和歸納原則。根據古德曼在《事實、虛構與預測》(*Fact, Fiction and Forecast*, 1965)的觀點，一個特定的演繹推理的證成，是透過與演繹原則的一致，但是這些原則本身的證成，則是透過與已被接受演繹實踐的一致。那麼，這個觀念說，被證成的推理和原則來自一個相互調適的過程，在其中，原則在與我們無法接受的推理一致的時候被修正；特定推理則在與我們不願意修正的規則發生衝突時被拒絕。因此，原則和推理在認識上都不具有特殊地位。至少在原則上，一切都可能被修正。

洛爾斯(John Rawls)更進一步清楚明確地說明了反思平衡這種方法，而且把它應用於倫理學。根據洛爾斯的觀點(《正義論》〔*A Theory of Justice*, 1971〕)，探究始於經過思考的道德判斷，即那些我們有信心和擺脫一般錯誤的判斷，例如，忽視事實、不充分思考、情緒衝動。根據「狹義的反思平衡」(narrow reflective equilibrium)，倫理原則透過一個相互調適的過程，與我們經過思考的道德判斷相融貫而被證成。然而，洛爾斯追求一種「廣義的反思平衡」(wide reflective equilibrium)。透過思考選擇狹義平衡所接受的道德概念，加上有助於決定這些概念的哲學論證，即可獲得廣義平衡。然後，在狹義平衡中所接受的原則與經過思考的道德判斷因而適當地調適。一個理解廣義反思平衡的方式，即依照經過思考的道德判斷與道德原則相互調適的過程，構造信念融貫體系的努力(正如同在狹義平衡之中)，再加上那些在支持或反對選擇道德概念的論證，出現的背景如哲學的、社會的、科學的，以及其他相關信念，例如，有關人類本質的形上觀點。正如在古德曼最初的建議中，所有相關的判斷、原則或理論都不具有特殊地位：它們都會受到修正。

參見 coherentism 融貫論；Rawls 洛爾斯

M.R.D.撰　苑舉正審訂

reflexive　反身的　見 relation 關係

reformed epistemology　歸正宗知識論　見 existentialism 存在主義；Plantinga 普蘭廷格

regional supervenience　局部伴隨論　見 supervenience 伴隨性

regress　後退　見 infinite regress argument 無窮後退論證；vicious regress 惡性後退

regress argument　後退論證　見 epistemic regress argument 知識的後退論證；infinite regress argument 無窮後退論證

regression analysis　迴歸分析　統計理論的一部分，該理論是關於數據分析的，其目的是推論出假定的獨立(迴歸)變量與相依(反應)變量之間的線性函數關係。一個典型的例子是關於莊稼的產量與肥料的相關性。一般說來，肥料用得越多，產量越高。但是也有例外，如果用垂直的曲線在圖上表示莊稼的產量，用橫軸表示所使用的肥料的量，那麼得到的點就不一定落在一條直線上。這可能是由於隨機波動(包括度量錯誤，不能再生長的條件或者自然的不確定性)或者是沒有考慮其他相關的獨立變項(諸如降雨量)。在任何情況下，從任何得到的「分布圖」裡，在數學上可能得到一條最相稱的線。方式之一大致是找到這樣一條線，它使一條線與集中起來的數據點之間的平均絕對距離減到最小。更為常見的是，這些距離之平方平均值被減到最小(這是「最小平方」〔least squares〕法)。如果有超過一個獨立變量被懷疑的話，那麼就可運用多重迴歸理論，該理論考慮多重迴歸變量。這能有助於我們把包含在迴歸中的「誤差項」(error term)減到最小。碰到特別複雜的計算時就必須使用計算機。對下述情形須特別小心，即一種規律似的、因果關係的相依性，在迴歸變量的可能範圍內，並非真正的(或近似的)線性(例如，在某些應用裡較多的肥料對莊稼是有利的，但太多則反而有害)。

參見 curve-fitting problem 曲線擬合問題

E.Ee.撰　李國偉審訂

regressor variable　迴歸變量　見 regression analysis 迴歸分析

regularity theory of causation　因果關係的規律性理論　見 causation 因果關係

regulative principle　制約性原理　見 Kant 康德

Reichenbach, Hans　萊辛巴哈，漢斯(1891-1953)　德國科學哲學家和邏輯經驗主義(logical empiricism)運動的主要領袖。生於漢堡(Hamburg)，他就讀的大學有柏林(Berlin)、慕尼黑(Munich)和哥廷根(Göttingen)諸大學，學習了短期的工程學之後，轉而攻讀數學、哲學和物理學。他於 1915 年在埃朗根(Erlangen)獲得哲學博士學位，學位論文是關於概率的數學和哲學的觀點，於 1916 年在哥廷根通過國家考試獲得一個數學和物理學學位。1933 年，因為希特勒(Hitler)掌權，他逃往伊斯坦堡(Istanbul)，然後去了加州大學洛杉磯分校(the University of California at Los Angeles)，在那兒一直到去世。在離開德國前，他是柏林大學的科學哲學教授、邏輯經驗主義柏林小組的領袖，與愛因斯坦(Einstein)有密切的交往。他和卡納普一起創辦了《知識》(*Erkenntnis*)，這是二次大戰前最主要的科學哲學期刊。

在其生涯的早期曾追隨過康德(Kant)哲學，但為時不長，之後萊辛巴哈拋棄了先驗綜合的觀念，主要原因是受到愛因斯坦的相對論的影響。之後，他仍然為經驗主義的鬥士，且堅持一種認知意義之可檢證性理論的概率(probabilitistic)看法。然而，他從未接受維也納學派的邏輯實證主義(logical positivism)；其實，他清楚明白地把其關於知識論的重要著作《經驗與預測》(*Experience and Prediction*, 1938)說成是對邏輯實證主義的拒絕。特別是他的「邏輯經驗主義」旨在反對現象論(phenomenalism)而贊同物理主義，並接受科學實在論和堅持對科學意義與科學知識進行徹底的概率分析，在這兩方面，他都拋棄了現象論。

萊辛巴哈的主要著作傳播範圍很廣。在《概率與歸納法》(*Probability and Induction*)一書中，他主張概率的頻率解釋(frequency interpretation)以及提出歸納法實用的證成(justification)。在其時空哲學中，他捍衛了幾何學和同時性(simultaneity)的約定性。對於量子力學的基礎，它採用三值邏輯來處理因果關係的異例(anomalies)。其主要著作內容涉及到知識論、邏輯、自然法則、反事實性條件陳述句(counterfactuals)和模態(modalities)等領域。他在去世前幾乎完成了《時間方向》(*The Direction of Time*)一書，該書在其逝世後出版(1956)。

參見 Carnap 卡納普；logical positivism 邏輯實證主義；philosophy of science 科學哲學；problem of induction 歸納法問題；Vienna Circle 維也納學派

W.C.S.撰　苑舉正審訂

Reid, Thomas　里德，湯瑪斯(1710-96)　蘇格蘭哲學家，為普通常識(Common sense)辯護，並對休姆(Hume)揭示的印象和觀念理論(theory of impressions and ideas)加以批判。他比休姆剛好大一歲，生於蘇格蘭史特恩(Strachan, Scotland)地方。氏早慧，年十二就赴阿伯丁郡(Aberdeen)上馬里夏學院(Marischal College)，受業於湯瑪斯・布萊克威爾(Thomas Blackwell)和喬治・特恩布爾(George Turnbull)門下。顯然地，里德深受特恩布爾之影響。特氏認為有關感官和內省事實方面的認識不會受到推理作用而動搖，他更認為意志作用(volition)是由經驗得知的唯一行動力量(active power)。特恩布爾(Turnbull)為普通常識辯護時仍然披著柏克萊(Berkeley)的外衣。里德使出渾身解數拋棄那件外衣，但自特氏手中接下捍衛普通常識的任務。

1751 年，里德晉升為阿伯丁國王學院(King's College of Aberdeen)的校董兼講師。在該學院內，他和約翰・格里高里(John Gregory)籌建了阿伯丁哲學學會(the Aberdeen Philosophical Society)；學會兩週聚會一次，經常討論休姆。1764 年，里德出版了他的《人類心靈探討——以普通常識的原則為基礎》(*Inquiry into the Human Mind on the Principles of Common Sense*)；同年，他接下了亞當・史密斯(Adam Smith)留下來的空缺，成為葛拉斯高舊學院(the Old College at Glasgow)道德哲學的講座教授。1780 年以後，他不再講課授徒，把全副精力投注於他的後期作品上：《關於思想能力的討論》(*Essays on the Intellectual Powers*, 1785)和《關於行動力量的討論》(*Essays on the Active Powers*, 1788)。里德對十八世紀的蘇格蘭、歐陸有很大的影響；自此以後，他在英國和美國也不時有些迴響。

里德認為，他主要的貢獻之一就是駁斥休姆有關印象和觀念的理論。里德可能在他十幾歲時就相信柏克萊所提的一項真理：心理直接認識到的永遠是某個觀念。不過，他後來研究休姆的《人性論》(*Treatise*)，他得到一種看法：柏克萊的這種學說，即有關觀念的理論，是無法與普通常識調和的；這跟柏克萊自己的想法剛好相反。里德說過，休姆嚴密地推展觀念理論並且依此推導其必有之結論。里德毫不含糊地判定這些結論是荒謬的。依照這類結論，我們得否認對於身體(body)(或譯物體)和心靈(mind)具備任何知識；更叫人吃驚的是，我們得否認對於身心能有任何概念(conceptions of these things)。

休姆的觀念理論之所以會導致這些結論，在里德看來是因為下面的緣故：對休姆來說，觀念乃是褪色的感官印象(faded impressions of sense)，亦即萎退的感覺(faded sensations)。感覺不會是物質事物的性質，跟具有該性質的物體(或譯事物)(object)更無有相像之處。試以運動為例。運動是物體的性質；在運動中物體由一處轉換至另一處。但是，我們心靈中引起的視力上的感覺(visual sensation)並不是物體處所的改變，那種感覺只是心靈的一種活動(an activity of mind)。兩者之間毫無相像之處。如果呈現於心靈之前的永遠只是某種感覺，不管這種感覺是鮮活的(vivacious)或是褪色的(faded)，那麼除了對事物有感覺而外，我們不可能獲致事物的任何概念。因此，我們不可能有物質事物及其性質的任何概念。更糟的是，我們也不可能對我們的心靈形成任何概念，因為心靈也不是感覺，而依照觀念理論，只有感覺才可直接呈現於心靈之前。最後同時也更為荒謬的是，我們對於過去的經驗以及任何現今不存在的任何事物都不可能有概念。因為直接呈現於心靈之前的感覺只有當下的存在性(exist presently)而已。由此得知，我們對性質、物體、心靈以及現今不存在之物都不可能有任何概念。這是荒誕的，因為大家都明白，我們可以對所有這些事物做思考，即便是從未存在過的事物我們也可以加以思索。里德提示，解決之道在於放棄觀念理論，另謀出路。

很多人認為里德對休姆並不公允，認為他曲解了休姆。不過，里德《探討》(*Inquiry*)一書的稿本曾經布雷爾醫生(Dr. Blair)轉呈休姆過目；在回信中，休姆並未表示他受到曲解或受到不公允的處理。姑且不論里德對休姆的批評到底有哪些中肯之處，里德自己的有關人類知能(human faculities)及其原理的中心學說，的確是因為研究休姆哲學的邏輯歸向而發展出來的。知能乃天生的固有能力(innate powers)，其中包含有概念能力(powers of conception)和信念能力(powers of conviction)。在休姆觀念理論失敗之處，里德建立一種天賦的概念作用的理論(a nativist theory of conception)；這是他回應休姆的一種策略。當觀念理論，即印象和觀念學說，未能說明我們對事物、性質、身體、心靈、過去的事物、非存在的事物具有概念時，里德假定我們的概念作用源自心靈的一種知能(faculty)；換句話說，源自天賦的概念能力。

這樣的思路反映了里德對休姆的推崇；他認為休姆是他那個時代最偉大的形上學家，因為休姆把某種概念作用理論(a theory of conception)會導致的結果都加以揭示出來。休姆的這一理論，可以稱之為聯想主義(associationism)；根據此一理論，我們的概念都是連結感覺的結果。在休姆的聯想主義失敗之處，里德另立新說：他假定概念起自概念作用的天生能力，這種能力是依據心靈起始的(原有的〔original〕)第一原理(first principles)來顯現的。這些假定並不被當做先驗的必要條件(a priori necessities)，而是被看做是經驗性的假設。因此，里德提醒道，有些跡象(marks)讓我們能覺察出一個天生第一原理在起作用的情形：這包括這類作用出現得很早、在人類中很普遍，並且很難加以抗拒。里德主張，讓我們產生有關性質、身體、心靈概念的那些心靈運作都帶有這類跡象；他認為我們能下結論說：這些運作是呈示第一原理的。特別要提醒讀者的是，里德認為自然在賦予我們天生能力方面是很儉約的：除了讓我們顯現概念作用所必要的天生能力而外不會多給我們其他的。因此，在發展他自己的天生能力心理學方面，里德其實是一個拘儉的經驗主義者(a parsimonious empiricist)。

里德把他的知覺理論(theory of perception)做了很詳盡的推衍，而且此一推衍出人意表地導致他護持非歐幾何(non-Euclidean geometry)的看法。的確，儘管康德錯誤地為歐氏幾何設定先驗必然性(a priori necessity)，里德卻推展非歐幾何來說明視覺空間(visual space)的經驗性特點。里德的知覺理論是他的經驗主義的一個例證。在《探討》一書中，他說：感覺(此乃心靈運作)和留在感覺器官上的印象(此乃材料)讓我們產生了初性(primary qualities)和次性(secondary qualities)的概念。各個感覺讓我們產生了次性乃感覺之成因這樣的原初概念。它們(指感覺)是訊號，暗示著這些次性的存在。氣味的感覺暗示事物中有一種性質是造成這種感覺的成因，儘管這成因的性格(除了能造成這種感覺之外)我們是一無所知。因此，我們對次性所具有的原初概念是對於感覺的某種未知的成因(some unknown cause)所具有的相對性概念。不過，我們初性的概念卻不一樣；這種不一樣之處，並非如洛克(Locke)所表示的，是由於此時感覺與初性的相似性(因為正如柏克萊注意到的，感覺與性質絕無相似性可言)，而是因為初性概念是清楚而明辨的(clear and distinct)。這裡(對初性)的感覺仍然是一種訊號，暗示著一個對於初性的確定概念，如物體運動的概念；是這種確定的概念，而不是對未知事物的概念，才引發了這類(對初性的)感覺。

由感覺訊號所暗示的這些對性質的概念，其實是吾人天然稟賦(natural constitution)的原理運作之結果。這種訊號固然提示了關於性質的概念，同時也提示有關這些性質的某個物體(some object)的概念。這個物體的概念仍然是相對的，它只是一個具有那些性質的主體(a subject)概念而已。倘若遇到物理性的性質，那個物體的概念就該是一個物質性的物體概念。作為心靈活動的種種感覺固然提示性質的存在，但它們並不是感官知覺的全部訊號。某些落在感覺器官上的印象，因為器官本身是物質性的，也能引發有關性質的概念，特別是我們有關視覺上的外物形體的概念——即東西的可見形狀。里德特別強調形狀(的概念)不來自感覺(no sensation of shape)。當然，色彩的感覺是存在的；但是有些犯青光眼病的人能看見色彩卻看不見形狀，這類經驗讓里德相信光有色彩的感覺不足以提示我們有關視覺上的外物形體的概念。

里德在視覺方面的詳盡說明，特別是對於看見外物形體這一現象的理論，是他學說中最為精采的部分。他問說：我們在眼睛上接受到的是什麼樣的資料？他的回答是：這些資料必定落在眼球的圓形表面上，然後再經由內部處理(processed within)。因此，視覺空間，以眼睛圓形表面獲得的資訊為依據，乃是一個三維投影；視覺空間的幾何就是彎曲空間的非歐幾何。里德更進一步很正確地推導出這種空間的特性；比如說，這個空間的三角形之內角和大於 180°，因而違反了(歐氏幾何的)平行線公設。我們可以藉此說，里德發現了有一種非歐幾何是在解釋上可滿足的(satisfiable)；里德並且堅稱這種非歐幾何才能正確無誤地描繪視覺空間(不是觸覺空間，他認為觸覺空間是歐氏幾何式的)。從他的知覺訊號理論觀點來看，視覺上的形體概念的例子有助於釐清他的知覺訊號學說。我們並不是知覺到訊號，然後推論到訊號所指的東西。這裡，里德相信休姆所說的，這個推論不會有推理作用的支持；里德認為在這種情形下，推理作用是多餘的。落在眼睛表面的資訊讓我們直接產生視覺上的形體概念。的確，當這些訊號在心靈上引發視覺形體概念時，這些訊號行進得毫不引起注意。感官訊號跟它們所指示的外在事物的關係起始就是由心靈的一種第一原理所促成的，不需要使用到理性。

第一原理能產生我們關於性質和物體的概念，同時也產生關於性質、物體存在的信念(convictions)。我們自然會問對這些信念我們有什麼證據。第一原理在產出概念的同時也產出了信念，但我們對這些性質、物體存在的信念又有什麼證據呢？我們有感官所提供的證據，有天賦知能提供的證據，但這些就是我們全部可能的證據了。里德的看法是：由吾人知能原初原理產生的這些(對事物、性質的)信念乃是當下就得到證立的(immediately justified)。不過，我們的知能是會犯錯的，因此，我們原初擁有的信念所能具備的證立理由會有被推翻的可能。

敘寫到此，里德對休姆的回應就比較明朗了。為了說明我們對於物體的信念，我們必須放棄休姆的觀念理論，因為該理論連物體的概念都無法提供。我們必須一方面發掘能產出物體及其性質的概念和信念的那些原初的第一原理(original first principles)，另一方面要找出原理來說明我們對於過去的信念、對於其他思考存在物(即他心存在)的信念以及有關道德的信念。正如知覺的第一原理產出當下存在物的信念一樣，記憶的第一原理產出有關過去事物存在的信念，證言(testimony)的原理產出有關具有思想的他人的信念，而道德的原理產出吾人的義務信念。

里德在知覺知能、記憶知能之旁竟然也主張吾人具備道德知能(a moral faculty)，著實令人驚訝。人一旦對某行動有了某種看法(形成某種概念)，人的道德知能會產生有關該行動的正義和不正義的概念，以回應該行動的某種概念。里德很敏銳地指出，人們對於同一行動會有不同的概念(看法〔conceive in different ways〕)。花掉一筆錢這件事，在我看來也許是一項感恩之舉，但你可能認為是一種不必要的浪費。我們怎樣看待一個行動取決於我們的道德教育，但是一旦對行動有了某種特別的看法(概念)，我們的道德知能對它的反應便是原初的(original)，而且對所有具備該道德知能的人說都是一樣的。因此，道德判斷的不同不是出於道德知能原理(principles of the moral faculty)，而是由於我們對行動有不同之概念(看法)。這個道德知能學說再一次證明跟休姆的道德哲學是針鋒相對的；因為照里德的講法，不論是什麼事情，像是許諾、契約訂定、財產歸屬，只要是牽涉到對它們做出正義與不正義的判別，這些判斷均來自我們的自然天賦知能(natural faculties)，而不是依靠任何不自然的因素(anything artificial)。

里德對常識辯解的策略是相當清楚的。他認為，依照印象和觀念逐步推衍，休姆已經證實了我們對外物、過往事件、他人的思想、道德以及我們的心靈都無法有任何信念。但這些信念是擺明的事實；哲學如果要對它們做說明，便只有一條路可以選擇：設定內在天生的知能(innate faculties)的假設，用來說明信念實源自這些知能。可是，對這些信念我們有怎樣的證據呢？里德認為，證據就是信仰的根基(the ground of belief)；我們的證據乃是我們的知能提供的。我們的知能會不會欺矇我們呢？里德回答說，我們知能的第一原理的特色乃是：它們並非是靠不住的(they are not fallacious；意即：它們相當可靠；注意，此處並未說它們永不犯錯〔infallible!〕)。為什麼我們要認定它們相當可靠？首先，這種想法很難抗拒；不管我們對這些原理——普通常識的原理做怎樣的挑戰，它們在日常生活上總是大獲全勝。在日常生活上，不管我們願意或不願意，我們都信賴這些知能。其次，任何哲學都依賴下面的假設：我們的知能並非是靠不住的。此處，里德對休姆採用了一種人身攻擊的論證方式(ad hominem argument)來反對他；不過，這一攻擊很有哲學力量。里德說，面對一個決定不相信任何知能的全然懷疑者(total skeptic)，最好的回應是以手掩口不發一言。但是，休姆到底還信賴理性與意識；當他懷疑其他知能的時候，他實在犯了實踐上不一致(pragmatic inconsistency)的錯誤。這些知能(同理性和意識)同出一源(from the same shop)。里德認為，當一個人懷疑其中一個的時候，他就沒有權利去信賴其他的知能。我們的知能都不是永不犯錯的(they are not infallabile)，因此，由於我們沒有任何理由厚此薄彼，我們在起始處(at the outset)只好信賴它們全體，或者一個也不加以信賴。我們知能的第一原理是值得信賴的。它們不只可以說明我們的信念，同時也是這些信念的根基和證據。這種天賦學說(nativism)是證立的原初發動機。

里德在他的原初知覺(original perception)理論之外，還輔以一個習得知覺(acquired perception)的理論；這些習得知覺吸收了由習慣和聯想而來的效果，比如說知覺到一輛擦身而過的四輪大馬車。他把習得的知覺跟推理的結果(effects of reasoning)做了一個區分。輔助原初知覺最重要的一種方式就是透過一般概念(general conceptions)。這些一般概念是由下列歷程獲得的：我們把注意力投注於個體的個別特性(individual quality)上，如：一張紙的那個白色性質；這個歷程里德稱之為抽離作用(abstraction)。由個別特性(individual quality)進一步加以推廣，就可以抵達白的共相(the universal whiteness)的一般概念；此時白的共相乃是諸多個體所共有者也。

里德是一個思想複雜的名目論者(nominalist，或譯為唯名論者)；他認為只有個體存在；不過，他所謂的個體乃是指個體的個物(individual objects)以及個體特性(individual quality)。理由是：個體特性明顯地存在，而且我們需要它們進一步做概推(generalization)的基礎。從一個個體做概推，我們必須要有該個體像什麼(what it is like)的概念；如果我們要避免循環論證或無限後退這類的錯誤，那麼這個概念決不能是一般化的(general)。該概念必須是個體特性的概念，例如：這張紙的那個白色性質，該性質只是該張紙單獨所具有者。共相(universals)雖然可以用來述說個體以明確表達我們的知識，但決不孤立存在。我們可以對共相做思索，就像我們可以思索半人半馬的怪物那樣；它們雖然可成為思想之對象，可以用來述說存在之個體，但它們本身決不存在。概推並非起自存在論(ontology)之必然要求，而是居於方便設計的需要(utility)。是我們而不是自然，將事物以各種對我們有用(useful)的方式加以分門別類。這就導致某種意義分工理論(a division-of-labor theory of meaning)，因為一般概推的概念就是一般語詞(general words)的意義。因此，在各個有專家的領域，如科學或法律的領域，我們遵從專家的意見，讓他們去決定該領域哪些才是最有用的一般概推概念。

里德在前述的思想力量(the intellectual powers)理論之外，更輔以有關我們行動力量(the active powers)的理論；我們行動力量可以造就行動。他的行動力量理論包含行動原理(the principles of action)。這些原理包括有動物原理——無需理解便起作用之原理；但他的行動力量理論最為突出、在哲學上格外重要的部分是他的行動理性原理(the rational principles of action)理論：在這類原理中包含有理解與意志(understanding and will)。這些理性原理就是每當我們對要實行的行動有了概念而且意欲去實行的時候所具備的原理。因此，行動總是包含有意志或意願(欲)的動作(an act of will or volition)。意志或意欲就里德了解的情形而言，並不是指哲學中那類隱晦難明的想像物，而只不過是指決定並下決心啟動的那類司空見慣的活動(the commonplace activities of deciding and resolving to act)而已。

里德是一個自由意志論者(libertarian)。他主張，我們的自由(liberty or freedom)駁倒了必然性或決定論的原理(the principle of necessity of determinism)。自由需要有意欲一行動的力量，也需要有對該行動無所意欲的力量。必然性告訴我們：我們的任何一個行動都是必然會發生的，因此，我們對該一行動沒有力量生出無所意欲。就自由而言，如果只是指我們依我們的意志行動，那是不夠充分的；休姆就未認識到這一點。(要緊的是：)我們同時必須有力量來決定什麼是我們所意欲的。理由是：意志是達到行動目的的手段；任何人對手段若欠缺力量，那麼他也就對目的欠缺力量。

對我們的意志決定具有行動力量的這一學說立基於里德的行動力量理論的中心原理上：這個原理就是行動者構成行動因的原理(the principle of agent causation)。意志或意欲動作的學說並不會像批評者講的會導致無限後退，因為我的意志動作是一種最基本的因果作用之運用而已，是一個行動者(an agent)的效力因果歷程(the efficient causality)而已。我就是我的意志動作之效力因(the efficient cause)。我的意志動作無須乎有另一個先前的意志動作來做它的原因，因為我的意志動作就是我運用我的造因力量(causal power)之結果。這個事實也推翻了一項對自由學說的反駁理由；該理由是說，如果我的行動不是必然會發生的，那麼它便是偶然性的(fortuitous，可意譯為「毫無道理的」)。我的行動仍然其來有自(are caused)，而不是偶然的；它們不是必然會發生，因為我就是它們的成因(caused by me)。

有人也許想追問，我們是如何知道我們是自由的？這種懷疑其實跟其他的懷疑沒有什麼不同，我們也可以用相同的方式加以回答，即：我們的自由信念是一種天賦自然的、原初的信念，其根基其實來自我們的知能。任何人帶著兩個相同的銅板預備購物付鈔時，他必定會相信他可以使用兩個銅板中的任何一個；而且，他的情況跟布里丹的驢子(the ass of Buridan)不一樣，他可充分地運用力量去意欲(選取)其中之某一個或另外一個。自由的信念是原初的，並非哲學的發明物，它來自我們自然知能的第一原理。這些原理值得信賴，並不是靠不住的。我們知能的第一原理有如鏈子上的環節彼此串連在一起；我們舉起任何環節必定是把整個鏈子都抬了起來，否則，單個的環節是毫無用處的。這些原理集合起來，便構成真實哲學(true philosophy)、科學與實際生活的基礎；沒有它們，我們將使自己走入懷疑論和絕望的黑坑。

參見 agent causation 主體因；empiricism 經驗主義；Hume 休姆；immediacy 直接；perception 知覺；Scottish common sense philosophy 蘇格蘭常識哲學

K.L.撰　葉新雲審訂

reify　**加以具體化**　見 hypostasis 實體化

Reimarus, Hermann Samuel　**賴馬魯斯，赫爾曼・薩默埃爾**(1694-1768)　德國哲學家，生於漢堡，在耶拿(Jean)大學接受哲學和神學的教育，大半生在漢堡的一所中學教東方語言。他最重要的著作是關於自然的宗教之論叢：《自然宗教的首要真理論叢》(*Abhandlungen von den vornehmsten Wahrheiten der natürlichen Religion*, 1754)、邏輯的教科書《理性學》(*Vernunftlehre*, 1756)，以及一本關於動物本能的有趣著作《動物本能的一般研究》(*Allgemeine Betrachtungen über die Triebe der Tiere*, 1760)。然而，他目前最為人知的著作其實是《上帝的理性崇拜者之辯護辯》(*Apologie oder Schutzschrift für die vernünf tigen Verehrer Gottes*〔*Apology for or Defense of the Rational Worshipers of God*〕)，在他逝世後於 1774-77 年出版。在這部著作中，賴馬魯斯改變了他的自然神學之立場，而且公開地擁護英國傳統的一神論。該著作之出版引發爭論，對於德國神學的發展有深遠的影響。儘管賴馬魯斯基本上仍然是沃爾夫(Wolff)的追隨者，但在他邏輯和心理學的討論中，經常對沃爾夫的理性主義採取批判的態度。

參見 Wolff 沃爾夫

M.K.撰　陳瑤華審訂

Reinhold, Karl Leonhard　**賴因霍爾德，卡爾・萊昂哈德**(1743-1819)　奧地利哲學家，既是康德(Kant)的宣傳者又是康德的批評者。他是耶拿大學(University of Jena)於 1787 年設立的批判哲學講席的首任教授。他的《關於康德哲學的信札》(*Briefe über die Kantische Philosophie*, 1786/87)有助於宣傳康德主義。賴因霍爾德也指出，有必要以嚴格的演繹系統之形式更「科學」地闡述批判哲學，即在這系統中，一切能從唯一的第一原則(「意識原則」〔the principle of consciousness〕)那裡推導出來。他試圖用基礎哲學(*Elementarphilosophie*〔Elementary Philosophy or Philosophy of the Elements〕)來滿足這個需要，而基礎哲學則被闡述於他所著之《關於人類表象力的新理論的嘗試》(*Versuch einer neuen Theorie des menschlichen Vorstellungsvermögens*〔*Attempt at a New Theory of the Human*

Faculty of Representation〕, 1789)、《論對哲學家之迄今的誤解之糾正》(*Beyträge zur Berichtigung bisheriger Missverständnisse der Philosophen* I〔*Contributions to the Correction of the Prevailing Misunderstandings of Philosophers*〕, 1790)和《論哲學知識之基礎》(*Ueber das Fundament des philosophischen Wissens*〔*On the Foundation of Philosophical Knowledge*〕, 1791)。他對康德出發點的二元性及其演繹之權宜(ad hoc)特徵的批判，導致了對先驗觀念論要求更一致的說明，而他完成這一任務的策略激勵了其他人(最重要的有費希特)去尋找哲學之更「基礎的」(fundamental)第一原則。賴因霍爾德後來先是成為費希特的「知識學」(*Wissenschaftslehre*)熱心的擁護者，然後又成為巴迪利(Bardili)的「理性的實在論」(rational realism)的熱心的擁護者，而最後則採用一種新的「語言學的」解決哲學問題的方法。

參見 Fichte 費希特；Kant 康德；neo-Kantianism 新康德主義

D.Br 撰　鄺錦倫審訂

reism　實存主義　也叫具體主義(concretism)，這樣一種理論，即認為基本的存有物(entities)是具體的客體(concrete objects)。實存主義與唯名論(nominalism)不同，在於共相問題(the problem of universals)不是其理論的唯一的動機，通常也不是其主要的動機。有三種類型的實存主義可區分如下。

(1)布倫塔諾(Brentano)認為，每一個客體都是具體的或者個別的事物。他說，實體(substances)、實體的組合體、實體的組成部分和實體的個別性質是唯一存在的事物。根本沒有什麼像客體的存在或存有(the existence or being of an object)這樣的事物，也沒有不存在的客體(non-existent objects)。該說法的一個結果是，思想的對象(思想所涉及的事物)總是一個個別的客體而非一個命題。例如，「這張紙是白的」這個思想，是關於這張紙的而非關於「這張紙是白的」這個命題的。邁農(Meinong)抨擊了布倫塔諾的具體主義，且以論證指出，思想是關於「客觀事實」(objectives)而非客體(objects)的。

(2)造了「實存主義」這語詞的柯塔賓斯基(Kotarbiński)認為，唯有具體的客體存在是一個基本原則。儘管東西可以是硬的或軟的、紅的或藍的，但根本沒什麼諸如硬、軟、紅、藍這樣的東西。含有抽象字詞的語句或者嚴格地說是無意義的，或者可被轉換成不含任何抽象字詞的語句。柯塔賓斯基既是一個唯名論者又是一個唯物論者。(布倫塔諾則是唯名論者和二元論者。)

(3)馬薩里克(Thomas Garrigue Masaryk)的具體主義與前二者完全不同。就他而言，具體主義是這樣一種理論，即人的所有認知能力都參與在認識的每一項活動：理性、官能、情感和意志之中。

參見 Brentano 布倫塔諾；Kotarbiński 柯塔賓斯基；Meinong 邁農

A.P.M.撰　丁福寧審訂

relation　關係　是有二或多項的性質(如，愛或之間)，或此類性質的外延(extension)。在集合論裡，關係是任何有序對(ordered pairs)的集合(或三元組等等，但這些可以化約至有序對)。為簡化起見，這裡使用集合論語言來做形式說明，雖然後面會使用到內涵的(intensional)(性質-理論的)觀點。

關係 R 的項(terms)是構成 R 的有序對裡的元素，也就是用 R 把它們關聯起來的對象。把 R 裡所有有序對的第一項收集起來造成的集合 D，稱為 R 的定義域(domain)。任何把 D 當做子集合的集合，也可稱為 R 的定義域。類似地，所有這些有序對的第二項構成值域(range，也稱為相對域〔counterdomain〕或逆域〔converse domain〕)，或者構成值域的子集合。有一個集合 U，而 R 是笛卡兒積(Cartesian product)U × U(U 所有有序對的集合)的子集合。

關係可以是：

(1)反身的(reflexive；或展現反身性〔reflexivity〕)：對所有的 a 來說，aRa。這是說，一個反身的關係，就像是同一性，所有的東西與自己本身都有這種關係。舉例來說：a 的重量與 b 一樣；或全域的關係(universal relation)，即對所有的 a 與 b 來說，都有 aRb 的關係。

(2)對稱的(symmetrical；或展現對稱性〔symmetry〕)：對所有的 a 與 b 來說，aRb→bRa。在一個對稱的關係中，項的順序是可以顛倒過來的。舉例來說：a 是 b 的手足；a 與 b 有公約數(common devisor)。並且，空關係(null relation)也是對稱的，在此情況下，任何個體與任何其他個體都不發生關係。

(3)傳遞的(transitive；或展現傳遞性〔transitivity〕)：對所有的 a、b 與 c，(aRb & bRc→aRc)。傳遞的關係由一個中間項引渡過去。舉例來說：a 小於 b，a 是 b 的祖先。因此，若 a 小於 b 且 b 小於 c，則 a 小於 c：小於的關係由中間項 b 引渡過去。

(4)反對稱的(antisymmetrical)：對所有的 a 與 b，(aRb & bRa)→Ra = b。

(5)三分的、連結的或全部的(trichotomous, connected, or total〔trichotomy〕)：對所有的 a 與 b，aRb∨bRa∨a = b。

(6)非對稱的(asymmetrical)：不存在 a 與 b，使得 aRb & bRa。

(7)函數的(functional)：對所有的 a、b 與 c，(aRb & aRc→)b = c。在函數關係中(也可以稱為是一個函數)，每個前項唯一地決定了後項。

R 是不反身的(non-reflective)，如果它不是反身的，即如果條件(1)至少在一個個體 a 上不成立。R 是不對稱的(non-symmetric)，如果條件(2)至少在一對個體(a, b)上不成立。不傳遞的(non-transitive)也可類似地理解。R 是非反身的(irreflexive〔aliorelative〕)，如果條件(1)對任何個體 a 都不成立；R 是非傳遞的(intransitive)，如果條件(3)對任何個體 a、b 與 c 都不成立。因此，瞭解(understands)是不反身的，因為有些事物不瞭解它們本身，但不是非反身的，因為有些事物瞭解本身；愛(loves)是不對稱的，但不是非對稱的；作為表親(being a cousin of)是不傳遞的，但不是像作為媽媽(being mother of)那樣是非傳遞的。

(1)至(3)定義了等價關係(equivalence relation)(例如，數的相等關係或人群裡相同年齡的關係)。一類事物彼此之間都以等價關係 R 關聯起來，它們就構成一個等價類(equivalence class)。(1) (3) (4)定義了偏序(partial order)，(3) (5)與(6)定義了線性序(linear order)。相似的性質定義了其他重要的類，如束(lattice)與布爾代數(Boolean algebra)。關係 R 的逆(converse)是所有滿足 aRb 的有序對(b, a)的集合，關係 R 的補(complement)是所有滿足——aRb(即 aRb 不成立)的有序對(a, b)的集合。

一個更複雜的例子可以顯示使用關係字彙的威力。R 的前行者(ancestral)是所有滿足下述條件的有序對(a, b)的集合，即 aRb 或有有限多的 $c_1, c_2, c_3, \ldots c_n$ 使得 aRc_1, $c_1 R c_2$, $c_2 R c_3, \ldots$ 與 c_nRb。弗雷格(Frege)在他的數論著作中首先引進前行者關係：自然數正是那些在後繼者(successor-of)關係下，把 0 當做前行者的物件。等價地，它們是所有包含 0，並且會在後繼者關係下封閉的集合的交集(這可在二階邏輯中加以形式化)。弗雷格的觀念有許多應用。例如，給定集合 U，U 上的關係 R 與性質 F。U 的元素 a 是(就 R 而言)遺傳地有(hereditarily)F，如果 a 有性質 F，而且任何個體 b 在關係 R 之下以 a 為前行者，則 b 也有性質 F。因此我們說這裡的 F 有遺傳性質。假若 a 是有限的，它的元素是有限的、它的元素的元素是有限的，等等，則我們稱集合 a(在作為元素的關係下)是遺傳的有限。遺傳的有限集合(或對任何不可接近基數 k 而言，基數小於 k 的遺傳集合)在所有集合構成的宇類(universe)裡形成一個重要子宇類。

哲學上對關係的討論，通常把關係當做性質(或集合)的特例。因此唯名論者(nominalist)與柏拉圖主義者(Platonist)對於關係的真實性有不同的看法，因為他們對一般性質的真實性也有不同的看法。類似的，一項重要的關聯是與形式語意的關聯，在形式語意中關係習慣被當做是(關係的)述詞的指稱(denotation)。對於本質(essence)觀念的爭論也仍然相干。我們說 *a* 對 *b* 有一個內在關係(internal relation)R，假如 *a* 以 R 與 *b* 發生的關係，對 *a* 而言是一個本質的性質；否則 *a* 對 *b* 就是一個外在關係(external relation)。如果本質-偶然的區分是被接受的，則一個事物的本質性質似乎包括它與其他事物的特定關係，故我們必須接受內在關係。考慮空間裡的一個點，離開它在某個系統裡的位置，它就失去了身分。數的狀況也是一樣的。考慮我的手，如果它不是發展成我身體的一部分，它可能就不是相同的東西了。假如我不可能有其他雙親——也就是說，如果有可能有個人很像我，卻有不同的雙親，那個人就一定不是我——因此，我也是與其他事物，就是我的雙親，有著內在關係。相似的論證可以對一般的生物體、人造物品與自然物體產生許多的內在關係。內在關係也可以存在於性質與關係本身之中。圓本質地是一種形狀，而大於(larger than)的關係本質地是小於(smaller than)關係的逆。

另有一種類似的情形，我們說 *a* 與 *b* 的關係是內部的(intrinsic)，如果它單純依賴於 *a* 與 *b* 如何；我們說 *a* 與 *b* 的關係是外部的(extrinsic)，如果它們的關係是因為與其他事物的關係而產生。因此，高於(higher than)內部地關係著阿爾卑斯山與阿帕拉契山。我喜歡看前者勝於後者，在山脈間建立一個外部的關係。注意，這個區別是模糊的(內在-外在的區分也有模糊性)。有人可以主張阿爾卑斯山高於阿帕拉契山，是因為它們的關係還相關於其他的事物，如空間、光線或測量桿。

另一個特別涉及關係理論的問題是，假定性質存在，關係是否真實？有些人反對唯名論的程度，可能只會接受單項性質。雖然這樣的主張有歷史上的重要性(如在柏拉圖與布雷德利〔Bradley〕)，但它們都已消失。既然在當代邏輯與語意學裡關係是不可或缺的，就不能再嚴肅地把關係看做比單項性質低級。因此關係目前在哲學上幾乎沒有獨立區分的意義。

參見 essentialism 本質論；identity 同一性；metaphysics 形上學；possible worlds 可能世界；set theory 集合論；space 空間

S.J.W.撰　李國偉審訂

relationalism　關係論　見 field theory 場論

relational logic　關係邏輯學　指由裴爾斯(Peirce)於 1870 到 1882 年間起始的，對(二元)關係的性質和對(二元)關係的運算的形式研究。因此，在關係邏輯學中，人們可以考察特殊種類的關係的形式性質，諸如傳遞關係(transitive relations)、非對稱關係(asymmetrical relations)、或者特定類型的序(orderings of certain types)等等。或者，人們將專注於各種各樣的運算，諸如形成相反關係或相關的積的運算。用於這樣的研究中的形式演繹系統一般稱之為「關係的演算」(calculi of relations)。

參見 relation 關係

G.F.S.撰　李瑞麟審訂

relational semantics　關係語意學　見 Kripke semantics 克里奇語意學

R

relationism 關係論 見 philosophy of science 科學哲學

relative identity 相對同一性 見 identity 同一性

relative threshold 相對門檻 見 Fechner 費希納

relative time 相對時間 見 time 時間

relational value 相對價值 見 value 價值

relativism 相對主義 否定存在某些種類的普遍真理的學說。有兩種主要形式：認知相對主義和倫理相對主義。認知相對主義(cognitive relativism)認為不存在關於世界的普遍真理。世界沒有內在的特徵，只有不同的理解它的方法。希臘智者普羅塔哥拉斯(Protagoras)是有史以來第一位持有這種觀點的人，他說，「人是萬物的尺度；是存在的事物存在的尺度，也是不存在的事物不存在的理由。」古德曼(Goodman)、帕特南(Putnam)和羅逖(Rorty)是當代持有相對主義觀點的哲學家。例如，羅逖說：「『客觀真理』只不過是我們目前持有的關於怎樣解釋正在發生的事情最好的觀點。」認知相對主義的批評者強調說，它自我指涉地不融貫，因為它把其陳述作為普遍的真理提了出來，而非只是相對地說是如此。倫理相對主義(ethical relativism)是這樣一種理論，它認為不存在普遍有效的道德原則(moral principles)：所有的道德原則都只是相對於文化或個人的選擇而有效。倫理相對主義又可分為兩種：「慣例論」(conventionalism)認為，道德原則相對於一種特定的文化或社會的風俗習慣來說有效；「主觀主義」(subjectivism)認為個人的選擇是決定道德原則有效性的條件。其箴言為，道德存在於道德持有者的眼中。正如海明威(Ernest Hemingway)所寫的，「迄今為止，關於道德我只知道道德是過後你感覺好的東西，不道德是過後你感覺差的東西。」

慣例論的倫理相對主義包含兩個命題：「多樣性命題」(a diversity thesis)指在道德上被認可的對錯隨社會的不同而不同，因此不存在被所有社會接受的道德原則；「依賴性命題」(a dependency thesis)指所有的道德原則的有效性源於文化的認同。相對主義者從這兩個觀念中得出結論，認為不存在普遍有效的適用於各地和每個時期的普遍道德原則。第一個命題(多樣性命題)或者就稱為文化相對主義，是人類學的；它的道德原則因社會不同而不同。雖然倫理相對主義者和非相對主義者都明顯地接受文化相對主義，但是文化相對主義經常被與倫理相對主義的規範命題混淆起來。

倫理相對主義的對立是「倫理客觀主義」(ethical objectivism)，它主張，雖然各種文化在其道德原則方面可能不一樣，但是有些道德原則是具有普遍有效性的。例如，即便一種文化不認可要阻止無謂的傷害這樣一種義務，該原則仍然是有效的，因而該文化必須承認這一點。有兩種倫理客觀主義：強和弱的。強客觀主義，有時被稱作「絕對主義」(absolutism)，認為只存在一種真實的道德體系，該體系有具體的道德規則。《舊約》中的古代以色列的倫理學有成百上千條法規，它們是絕對主義的一個代表。弱客觀主義認為，存在一個「核心道德」(core morality)，一套確定的普遍有效的原則(通常包括嚴禁濫殺無辜、偷盜、不守諾言和撒謊)。但是弱客觀主義認為存在一個不確定的領域，在該領域中相對主義是合法的，例如，在關於性習俗和財富的規定方面。兩種客觀主義都認同被稱為「應用相對主義」(appilcation relativism)的觀點，即努力把道德規則應用到規則之間存在衝突的地方，或者可以不同方式應用規則的地方。例如，古代卡拉克人(the ancient

Callactians)吃其亡故的父母，但是卻禁止做埋葬他們這種非人的行徑，認為這樣做是不敬的；而現代社會關於怎樣處理故去的親人有相反的態度；但是兩種做法都說明了尊敬死者的相同的原則。

根據客觀主義，文化或者生活的形式至少在下面三個方面不能說明一個合適的道德社會：(1)人們不夠有智慧讓基本的原則變得恰當；(2)他們承受很大的壓力，因此按照道德原則來過日子太麻煩；(3)為(1)和(2)的結合。

倫理相對主義有時候和「倫理懷疑主義」(ethical skepticism)混淆起來，後者是這樣一種觀點，即我們無法知道是否存在有效的道德原則。「倫理虛無主義」(ethical nihilism)認為，不存在有效的道德原則。麥凱(J. L. Mackie)的「錯誤理論」(error theory)就是該觀點的一種形式。麥凱認為，雖然我們都認為一些道德原則是正確的，但是有一些引人注目的相反的論證。

倫理客觀主義必須與「道德實在論」(moral realism)區分開來，後者是這樣一種觀點，即有效的道德原則是真實的，不依賴於人的選擇。客觀主義可能是一種「倫理構造主義」(ethical constructivism)，洛爾斯(John Rawls)是其代表，根據倫理構造主義，客觀原則只是那樣一些原則，即公正的人假託無知之名做出選擇。也就是說，道德原則不是真正獨立於所假設的人的選擇，而是由那些選擇構造的結果。

參見 ethical objectivism 倫理客觀主義；ethics 倫理學；moral epistemology 道德認識論；moral realism 道德實在論；skepticism 懷疑論

L.P.P.撰　丁福寧審訂

relativism, cultural　文化相對主義　見 relativism 相對主義

relativism, ethical　倫理相對主義　見 relativism 相對主義

relativism, scientific　科學相對主義　見 theory-laden 背負理論的

relativity　相對論　應用於愛因斯坦(Einstein)的電動力學(electrodynamics)(狹義相對論〔special relativity, 1905〕)和重力(廣義相對論〔general relativity, 1916〕)理論的詞語，因為兩者都認為，某些先前被認為是客觀的物理量，實際上是「相對於」(relative to)觀察者的運動狀態。它們被稱作「狹義的」(特殊的)和「廣義的」(一般的)，是因為在狹義相對論中，電動力學定律決定一種受侷限的運動參考架構(kinematical reference frames)，即「慣性架構」(inertial frames)；而在廣義相對論中，慣性架構與其他架構之間的區別變成了相對的區別。

狹義相對論(Special relativity)　古典力學沒有區別等速運動和靜止：在物理學上可偵測到的並非速度而是加速度，如此等速運動的不同狀態在物理上是等值的。但是古典電動力學把光描述成波動，它以定速穿過「乙太」(ether)媒介。如此引導出光的測量速度是依賴於觀察者相對於媒介的運動。當干涉儀實驗(interferometer experiments)建議光速獨立於光源的運動時，洛倫茲(H. A. Lorentz)提議運動中的物件關聯了穿過乙太的運動方向(當它們的局部時間延長時)，這個效果掩蓋了光速的差異。然而，愛因斯坦把干涉儀實驗結果和很多不同指示(即乙太中的等速運動和靜止之間的理論區分，缺乏經驗上的內容)聯結起來。因而他設定，在電動力學中如同在力學中一般，等速運動的所有狀態都是等值的。為了說明這個明顯的悖謬：即不同速度的觀察者都量到相同的光速，他批評了同時性(simultaneity)的「絕對的」測量或者獨立於參考架構的測量之想法：相隔一段距離的

兩事件之同時性(即兩事件同時發生)只能透過某種信號傳遞(signaling)來建立，但實驗建議光是唯一的具有不變速度的信號，而且在相對運動中的用光信號來決定同時性的觀察者會得到不同的結果。進一步，既然時間和長度的客觀測量預設了絕對的同時性，相對運動中的觀察者也將會得到不同的時間和長度。所以，洛倫茲收縮和膨脹(Lorentz's contraction and dilatation)不是物質效應，而是同時性、長度和時間與觀察者運動的相對性之共同結果。但是這種從電動力學定律的不變性中引出的相對性，以及理論的不變內容以幾何學的方式而被表達在「閔可夫斯基時空」(Minkowski spacetime)中。邏輯經驗論者把這個理論視為概念分析的例證：即對一個概念(時間)的知識論分析如何消除經驗論上多餘的觀念(絕對同時性)。

廣義相對論(General relativity)　狹義相對論使光速成為所有因果歷程的限制，而且需要牛頓(Newton)的重力理論(重力作為超距作用〔action at a distance〕)之修正。廣義相對論則把重力併入「時空」(space-time)的幾何學：不是讓具質量的物體直接相互作用，而是質量體造成時空的彎曲(curvature)。如此，落體的路徑代表的不是因受到力量作用而從平直時空的直線路徑中偏離，而是一個彎曲時空的「最直的」(straightest)路徑。儘管時空在局部上(locally)是閔可夫斯基式的，但是它的全體結構依賴於質能(mass-energy)的分布。在這個理論背後的洞見是重力質量和慣性質量的等值：既然一個給定的重力場同等地影響了所有物體，那麼重量和加速度的慣性力便不可區分。這暗示了牛頓理論家把自由落體分解成慣性成分和加速度成分是任意的，而且自由落體的路徑本身是時空結構的不變基礎。

廣義相對論的一個哲學動機是去擴展運動的相對性。愛因斯坦把狹義相對論那種受限種類的等效參考架構看成一個「知識的缺陷」，他尋找能應用到任何參考架構的定律。他的靈感來自馬赫(Mach)對牛頓的批評，馬赫批評牛頓在「絕對」旋轉和「相對」旋轉(相對於像「固定恆星」一類的可觀察物體的旋轉)之間所做的區分。愛因斯坦把馬赫的批評形構成一個基本原理：既然只有相對運動才可觀察，局部的慣性效果應該由整個宇宙的質量分布和與相對於它們的運動來說明。因此，不只是速度和靜止，而且普遍的運動都是相對的。

愛因斯坦希望由消除慣性架構和自由落體架構的區別來實現這個推廣。可是，因為自由落體仍然是特別的運動狀態，所以非重力加速度仍然可偵測到，而且絕對旋轉仍然不同於相對旋轉。愛因斯坦也認為運動的相對性導致他的理論之廣義協變(general covariance)(座標獨立性〔coordinate-independence〕)——即座標系統的普遍等值意指運動狀態的普遍等值。可是，現在很清楚的是，廣義協變性是物理理論的一個數學性質，不是關於運動的直接涵義。所以，廣義相對論並不能如愛因斯坦所意想般地「推廣」運動的相對性。它的偉大成就是重力和幾何學的統一，以及把狹義相對論推廣到隨意彎曲的時空，使得宇宙結構的現代研究成為可能。

參見 Einstein 愛因斯坦；field theory 場論；philosophy of science 科學哲學；space-time 時空

R.D.撰　陳瑞麟審訂

relativity, general　**廣義相對論**　見 relativity 相對論

relativity, perceptual　**知覺的相對性**　見 perception 知覺

relativity, special　**狹義相對論**　見 relativity 相對論

relativity, theory of　相對論　見 relativity 相對論

relativity of knowledge　知識的相對性　見 Mannheim 曼海姆

relevance logic　相干邏輯　指某一類的邏輯學和邏輯哲學，它們非常堅持：一個有效推論的前提必須是與結論相關的。標準或古典邏輯包含了一些違背前述要求的推論，例如展開律(spread law)，即任何命題都是一個矛盾命題的邏輯結果。相干邏輯起源於威爾海姆・阿克曼(Wilhelm Ackermann)於 1956 年出版的書中的某個「嚴格蘊涵」(strenge Implikation)系統。阿克曼的觀點被安德森(Alan Anderson)和貝爾納普(Nuel Belnap)所接受，且在 1959 年和安德森去世的 1974 年之間的一系列論文中更進一步地加以發展。安德森和貝爾納普在《蘊涵：相干邏輯和必然性》(*Entailment: The Logic of Relevance and Necessity*, vol. 1, 1975; vol. 2, 1992)這部著作裡，首次將安德森、貝爾納普及其他學者的研究結果加以匯集起來。

到安德森去世時，對相干邏輯學的大量研究正方興未艾且仍在繼續。除了前提和結論之間的相關性這個相當含糊的一致想法外，另外還有一種技術上的標準，經常被用來區分相干邏輯與其他邏輯，這個標準是貝爾納普於 1960 年時所提出，它只適用於命題邏輯(那時當時關注的主要焦點)：相關性的必要條件在於前提和結論必須共有一個(命題的)變項。

早期的注意力集中在有關蘊涵(entailment)的系統 E 和一個稱之為「憑票蘊涵」(ticket entailment)的系統 T。兩者都是劉易士(C. I. Lewis)的嚴格蘊涵邏輯系統 S4 和古典真值函數邏輯系統的子系統(即在 E 和 T 裡「→」中的邏輯結果就是 S4 裡「⥽」和古典邏輯學裡「⊃」的邏輯結果)。除了否認展開律以外，另一個被否認的最著名的推論是外延析取的析取三段論式(DS)(等質於實質蘊涵的分離法則)：$A \vee B$，¬ A.∴.B。被否認的理由是顯而易見的，如果我們接受簡化律(Simplification)和增加律(Addition)的話：簡化律讓我們從 A & ¬A 推論到每一個合取項，而增加律則把第一個合取項變為 $A \vee B$。因此，除非 DS 被否認，否則展開律就會隨之而來。

自從 1960 年代後期以來，人們的注意力開始轉向相關蘊涵(relevant implication)的 R 系統，(相關蘊涵 R 由 E 加上換位律(permutation)所構成)，延伸 E 及 R 的研究混合系統(由 R 及 R 加上混合律〔mingle law〕$A \to (A \to A)$所構成)，並開始研究無收縮定理之邏輯(contraction-free logic)，這些邏輯特別否認收縮律，收縮定理的一個形式是$(A \to (A \to B)) \to (A \to B)$。R 減去收縮定理稱為 RW，RW 與近來常被研究的線性邏輯之間的差別在，RW 接受「&」對「∨」的分配律，但線性邏輯則否認這種分配律的有效性。

像線性邏輯一樣，相干邏輯包含有真值函項和非真值函項連接詞。然而，與線性邏輯不同的是，R、E 和 T 是不可決定的(這在命題邏輯中是不平常的)。這個結論於 1984 年才取得。在 1970 年代初期，幾位獨立研究的學者把相干邏輯納入可能世界的語意學中。相干邏輯也具有公理化、自然演繹和序列推理(sequent)等等的表現形式。一個技術性結果已引起人們的注意，即儘管相干邏輯否認 DS，但它們都接受阿克曼的第三條規則(Ackermann's rule Gamma)：即如果 $A \vee B$ 和(¬A 都是定理的話，那麼 B 也是定理。最近一個引起驚訝的結果是相干算術(由量化系統 R 及皮亞諾公設〔Peano's postulates〕所構成的公理化系統)並不承認阿克曼的第三條規則。

參見 implication 蘊涵；modal logic 模態邏輯

S.L.R.撰　王文方審訂

R

relevant alternative 相干選擇 見 contextualism 脈絡論

reliabilism 可靠論 知識論中的一種理論，這種理論認為：使某個信念成為知識或在認識上是被證成的，乃在於它與真理之間可靠的聯繫。大衛・阿姆斯壯(David Armstrong)拿一個可靠地表示溫度的溫度計，來跟一可靠地表示真理的信念作類比，以此引發出可靠論。阿姆斯壯說：如果自然中存在一個像律則一樣的關聯來保證信念是真的，那麼信念便有資格作為知識了。爵茨基(Dretske)、高德曼(Goldman)、諾齊克(Nozick)等人提出了一類具有法則充分性的解釋，此即是逆實的進路(counterfactual approach)。這一進路的一個典型的表述是說：如果一個信念是真的，而且除非這信念是真的，否則認知者採取這信念的理由是不會成立的，那麼，這個信念就有資格作為知識了。舉例來說，如果某人相信電話鈴在響，「電話鈴在響」又是真的，而且除非電話鈴真的在響，否則他具有的一種特定的聽覺經驗是不會發生的，那麼，他便是知道電話鈴在響了。以一個稍微不同的表述來說：如果某人相信一個命題，這命題又是真的，而且如果它不是真的話，他便不會相信它，那麼，他便知道這一個命題了。以上例言之，假使電話鈴不在響，那麼，由於他不會具有上述那樣的聽覺經驗，他便不會相信電話在響了。這一類的解釋，都受到這樣的一個觀念所指引，此即要知道一個命題，信念只是「偶然地」(accidentally)真是不夠的。相反地，信念或者獲得信念的模式，必須「緊跟著」(track)真理、與真理「掛鉤」(hook up with)或「指示」(indicate)真理。

被證成的信念跟知識不一樣，它不需要保證為真或與真理「掛鉤」，因為一個被證成的信念自身不需要是真的。然而，可靠論者卻堅持：「被證成的信念」這一概念與真理之獲取，也是具有某種的關聯。根據高德曼對於可靠性歷程之解釋，一個信念之享有證成的地位，乃是依賴於產生或維護這信念的種種心理歷程。被證成的信念，便是由適當的心理歷程所產生的；而不被證成的信念，則是由不適當的歷程所產生的。例如，由知覺、記憶、內省、和「好」的推理所產生或保存的信念，便是證成的；而由預感、一廂情願的想法、或「壞」的推理所產生的信念，就是不被證成的。為什麼第一組的歷程是適當的而第二組卻是不適當的呢？此中的差異，似乎就在於它們的可靠性。在經由知覺、內省、或「好」的推理所產生的信念當中，有很高的比例是真的；但是經由預感、一廂情願的想法、或「壞」的推理所產生的信念，卻只有很低的比例是真的。因此，使得一個信念之所以是被證成的，乃在於它是產自一系列可靠的形成信念的歷程。

可靠論是一種知識論的外在論，因為它使知識或證成依賴於諸如「與真理的關聯」(truth connections)或「真理之比率」(truth ratios)這樣的要素，而這些要素是處於認知者的心靈之外，從而不一定是他所能夠獲取得到的。然而，可靠論往往也強調內在的要素，例如，與信念相關的認知歷程。歷程可靠論是自然主義的知識論的一種形式，因為它集中關注於認知的運作，並因此替認知心理學在知識論中扮演某種角色，先行開闢了道路。

參見 epistemology 知識論；naturalistic epistemology 自然主義知識論；perception 知覺

A.I.G.撰　趙之振審訂

religion, natural 自然宗教 見 natural religion 自然宗教；philosophy of religion 宗教哲學

religion, philosophy of 宗教哲學 見 natural religion 自然宗教；philosophy of religion 宗教哲學

reminiscence 回憶 見 Plato 柏拉圖

Renouvier, Charles　雷努維耶，夏爾(1815-1903)　受康德(Kant)和孔德(Comte)影響的法國哲學家；後者是他的老師之一。然而，雷努維耶對這兩位哲學家的很多觀點都有所駁斥，而規畫著自己的步驟。他強調所有事物皆有其不可化約的多元性和個體性，反對他同時代的絕對觀念論(absolute idealism)潮流。他把人的個體性關聯到非決定論(indeterminism)和自由上。行為者(agents)一旦達到這樣一種程度，即他們不受其他事物所決定而是自我決定的，那麼他們就是獨特的個體。非決定論也延伸到物質世界和知識領域。他駁斥絕對的確定性(certitude)，卻捍衛邏輯和數學法則的普遍性。在政治學和宗教上，他強調個人自由和良心的自由。他對於多元性、非決定論、自由、創新和過程的強調，影響了詹姆士(James)，並通過詹姆士而影響了美國的實用主義(pragmatism)。

參見 free will problem 自由意志問題

R.H.K.撰　丁福寧審訂

replacement, axiom of　替代公理　見 set theory 集合論

representation, mental　心靈表徵　見 cognitive science 認知科學

representationalism　呈現論　見 Rorty 羅逖

representational scheme　表現規畫　見 Gödel's incompleteness theorems 哥德爾不完備定理

representational theory of art　藝術的重現理論　見 mimesis 模倣

representational theory of memory　記憶表徵理論　見 memory 記憶

representation theorem　表徵定理　見 magnitude 量度

representative realism　表象實在論　見 perception 知覺

repression　抑制　見 Freud 弗洛伊德

republicanism, classical　古典共和主義　見 classical republicanism 古典共和主義

***rerum natura*　事物的性質**　拉丁語，意為「事物的性質」(the nature of things)，形上學。該短語還能被更狹義地用以意味物質實在的性質，而且它通常對一切實在預設著一種自然主義的觀點(naturalistic view)。盧克萊修斯(Lucretius)的史詩《物性論》(*De rerum natura*)就是一套伊比鳩魯學派的物理學(Epicurean physics)，旨在為伊比鳩魯道德體系奠基。

A.P.M.撰　丁福寧審訂

***res cogitans*　思想性的實體**　見 Descartes 笛卡兒

***res extensa*　廣袤性實體**　見 Descartes 笛卡兒

residues, method of　剩餘法　見 Mill's methods 彌爾方法

respondent conditioning　反射訓練　見 behaviorism 行為主義

response variable　反應變量　見 regression analysis 迴歸分析

responsibility　責任　指一種條件，存在於行為主體跟他的行為、或行為後果之間的關聯。對於一個主體的評價是否適切，主體所負的責任總是考量的必要條件之一；有時甚至只要考量主體所負的責任，就可以完全決定對他的評價。責任並沒有一個統一的定義，而是許多相關的特殊概念。

角色責任(role responsibility)　主體等同於他們所扮演的社會角色，比如說身為父母或教授。通常職責(duty)與這些角色相關——去照顧孩子們的需要，去上課和出版研究論文。一個處於特定社會角色中的人必須「負責」(responsible for)這些職責的執行；一個能實踐這些職責的人就是一個「負責的人」(a responsible person)，或者說此人「行為負責」(behaving responsibly)。

因果責任(causal responsibility)　事件(包含但不限於人類的行為)因果上導致其他事件。作為原因的事件必須為其影響「負責」。因果責任並不蘊涵意識；物體和自然現象可能也有因果責任。

得承擔褒貶獎懲之責任(liability responsibility)　褒貶能夠合宜，行為主體必須具備某些條件，這些條件限制行為當時、或面對結果時，行為主體的心理狀態。符合這些限制，即是符合了有義務被褒貶(liability for praise or blame)的基本必要條件；這也就是「得承擔褒貶獎懲之責任」一詞的由來。這些條件限制包括：意圖(intention)、知識、是否不顧後果、是否沒有錯誤、不是由於意外、也不是出於毫無選擇。一個有能力承擔褒貶責任的人，也可能在某些場合失去負責的能力；比如出現(認知)錯誤時。

能力責任(capacity responsibility)　褒貶假設了某種程度的智識與情緒能力。舉個例，嚴重智能障礙或年紀太小的主體，沒有能力符合「得承擔褒貶責任」的條件。他們不能「負責」，是因為他們沒有能力負責。

道德與法律共同體現並尊重這些區分；差別只在於法律是以制度化、形式化的方式體現它們。對於責任的最終歸屬——相當於對行為主體的真正褒貶評價——一般標準下要求後三種責任都要求成立。第一種責任(角色責任)則補充某些對褒貶的規範性標準。

參見 causation 因果關係；diminished capacity 能力不足；free will 自由意志；Hart 哈特；intention 意圖；*mens rea* 犯罪意念

R.A.Sh.撰　謝世民、吳妍儀審訂

responsibility, diminished　責任不足　見 diminished capacity 能力不足

restricted quantification　侷限量化　見 formal logic 形式邏輯

***restrictio*　限定**　見 *proprietates terminorum* 詞項屬性

resultance　效應　一種關係，所指的是：某物或事件擁有一種性質(效應性質，有時稱為結果性質)是由於此物或事件擁有某一個或某一組其他性質而導致的。此觀點為，事物的性質可以整理成相關聯的層級，某些性質比其他性質更為基本，且引發了其他性質，

而後者即肇因於前者。例如，一圖形擁有三角形的性質，是因為它擁有一組性質，包括了它是一個平面圖像、擁有三個邊等等；前者由後者所造就。一物體易碎(具有易碎的性質)是因為擁有某種分子結構。

我們常說像正義或善這類道德性質是效應性質：一行為之所以正確乃是因為它擁有其他性質。這些例子明白顯示了，在效應性質和其基礎性質之間的必然連結關係之本質，隨情況而有所不同的。在幾何學的例子裡，三角形這個概念本身就以其效應關係為基礎，而易碎性則和造就這種易碎性的基礎性質因果律則上相關，但在道德的情況中，效應關係無疑地可說是既非概念性也非因果性的。

參見 constitution 構成；naturalism 自然主義；supervenience 伴隨性

M.C.T.撰　林正弘審訂

resultant attribute　結果的屬性　見 supervenience 伴隨性

retributive justice　報應正義　見 justice 正義；punishment 懲罰

retributivism　報應主義　見 punishment 懲罰

retrocausation　同時因　見 causation 因果關係

return, eternal　無窮回復　見 eternal return 無窮回復

revelation　啟示　見 philosophy of religion 宗教哲學

revisionary metaphysics　修正形上學　見 metaphysics 形上學

Rhazes　拉齊斯　見 al-Rāzī 拉齊

Richard Kilvington　理查德・基爾威頓　見 Kilvington 基爾威頓

Richard Rufus　理查德・魯弗斯　也稱為康沃爾的理查德(Richard of Cornwall, d. c. 1260)，在西方拉丁世紀最早撰寫一些對亞里斯多德(Aristotle)之註釋的英國哲神學家。他的註釋並不是粗略的概要；它們含括著有證據支持的哲學討論。理查德是巴黎的一名藝術教師，在那裡他與哈爾斯的亞歷山大(Alexander of Hales)共同研究；他也深深受到羅伯特・格洛塞德斯特(Robert Grosseteste)的影響。他於 1238 年離開了巴黎且加入聖方濟修會(the Franciscan order)；他在英格蘭被授命為神父。1256 年，他成為在牛津之聖方濟研究室(the Franciscan studium)的評議教師；根據羅傑・培根(Roger Bacon)所言，他是十三世紀後半葉在牛津最具影響力的哲神學家。

除了他對亞里斯多德的註解之外，理查德還寫了兩本對彼得・隆巴德(Peter Lombard)之《言詞錄》(*Sentences*)的註解(c.1250, c.1254)。其中第一本，他毫不客氣地借用了羅培爾特・格洛塞德斯特、哈爾斯的亞歷山大，以及理查德・費晒克爾(Richard Fishacre)等人的觀點；第二本註解是對與他同時代而較年輕的學者聖・波拿文都拉(St. Bonaventure)在巴黎所做演講的批判摘要。理查德・魯弗斯是中世紀第一位衝力理論(the theory of impetus)的擁護者；其關於拋物運動(projectile motion)的觀點乃為方濟・梅約尼斯(Franciscus

Meyronnes)所引述。他也提倡其他首先由約翰內斯·菲洛波努斯(Johannes Philoponus)所提出的論證。在反對世界的永恆性時，他論證道：(1)過去的時間必須是有限的，因為它已經被通過了，以及(2)世界不會是永恆的，因為如果世界沒有開始，將不會有時間在今天之前同樣也不會在明天之前發生。他也論證，如果世界不曾「從無中」(*ex nihilo*)被創造出來，則第一原因(the first cause)將是易變的。羅培爾特·格洛塞德斯特在其對亞里斯多德《物理學》(*Physics*)的註釋中，引述了理查德之論證中的一項以反對世界的永恆性。

在神學方面，理查德否定了安瑟倫(Anselm)的存有論證(ontological argument)之有效性，但是，先於鄧斯·斯各多(Duns Scotus)，他論證，一自立不依於他者之存有者的存在可由其自身的可能性而被推斷出來。如同鄧斯·斯各多一樣，他使用形式區分(formal distinction)作為解釋的工具；在提出他自己的觀點時，鄧斯·斯各多引用了理查德之形式區分的定義。

理查德簡單扼要地、甚至可說是隱密地陳述了他的哲學思想；其拉丁文的文體風格有時是怪異的，它的特徵在於天外飛來一句，在這突然插入的語句中，他向上帝、他自己，以及讀者提出問題。他躊躇於系統神學(systematic theology)對神學家的價值，遵從聖經的揭露以之為神學討論的原始論壇。於系統神學上，他強調亞里斯多德的哲學與邏輯。他是一位知名的邏輯學家；有些學者相信，他是作為一抽象論大師(Magister Abstractionum)而被知的著名邏輯學家。雖然他毫不客氣地借助於其同時代的學者，但仍為一淵博富創意的哲學家。

參見 Alexander of Hales 哈爾斯的亞歷山大；Bonaventure 聖·波拿文都拉；Grosseteste 格洛塞德斯特；Peter Lombard 彼得·隆巴德

R.W.撰　蕭宏恩審訂

Richard's paradox　**理查德悖論**　見 semantic paradoxes 語意悖論

Rickert, Heinrich　**李凱爾特，海因里希**　見 neo-Kantianism 新康德主義

Ricoeur, Paul　**呂格爾，保羅**(b.1913)　法國詮釋學家、現象學家，曾在法國幾所大學、那不勒斯大學、耶魯大學和芝加哥大學擔任教授。他曾獲得法國、德國、和義大利的幾座大獎。他是二十幾本書的作者，這些書也都已翻譯為多國語言。其最著名的作品包含《自由與自然：意志與非意志》(*Freedom and Nature: The Voluntary and Involuntary*)、《弗洛伊德與哲學：詮釋論》(*Freud and Philosophy: An Essay of Interpretation*)、《詮釋的衝突：詮釋學論集》(*The Conflict of Interpretation: Essay in Hermeneutics*)、《詮釋的規則：對語言中的意義創造的多學科研究》(*The Rule of the Metaphor: Multi-Disciplinary Studies of the Creation of Meaning in Language*)、《時間與敘事》(*Time and Narrative*)、《自我宛如他者》(*Oneself as Another*)等。他早期與法國存在主義者馬塞爾(Marcel)的研讀，結果形成一本研究馬塞爾的專書，其後又出版了一系列與馬塞爾的對話。

呂格爾的哲學思想特色在於信仰與理性之間持續的張力。他長期投注於個人的意義與基督信仰，這些都反映在他的詮釋學旅途中、他對「精神」(Esprit)運動的貢獻、和他對慕尼也(Emmanuel Mounier)著作的興趣中。後者也可以在他對人在探求意義時，行動和言說的不可分割性的強調中見之。他認為，在吾人對歷史和小說的理解中，有必要轉向文本了解其情節，視為是了解任何反省性經驗的指南。最後，沒有任何可以用來證實意義的形上學或知識論的基礎，只能說我們人的本性如此，因而可能性常會呈現在我們面前。呂格爾嘗試透過其詮釋現象學提出說明。隨之而來的存在詮釋學，則受到理性對經

驗的探問的限制，以及理性透過象徵語言和和寓言來超越該限制的努力。自由和意義得以實現在倫理的實踐過程中，然倫理本身就是在存在的行動中興起的，也因此超越了形式倫理學所作的、僅屬本性意志的區分。從呂格爾晚年的著作中可以清楚看出，他拒斥任何形式的基礎主義，包含現象學、虛無主義、和簡單的懷疑論。他認為，自我與他者透過一種互動相依的辯證，超越了黑格爾主義或馬克思主義較為機械化的模式，人透過受苦和道德行動，能夠達至自我了解，並且被他者所了解。

參見 Hegel 黑格爾；hermeneutics 詮釋學；Husserl 胡塞爾；Marcel 馬塞爾；phenomenology 現象學

J.Bi.撰　沈清松審訂

Riemann, G. F. B.　黎曼，G. F. B.　見 non-Euclidean geometry 非歐幾里德幾何學

right, absolute　絕對權利　見 rights 權利

right, prima facie　表面的權利　見 rights 權利

right action　正當行為　見 ethics 倫理學

rightness, objective　客觀正確　見 objective rightness 客觀正確

rightness, subjective　主觀正確　見 objective rightness 客觀正確

right of nature　自然權利　見 Hobbes 霍布斯

rights　權利　指由法律、道德、規則、或其他規範所賦予的某些擁有者之有利的地位。關於權利是「在什麼意義下」是一些「利益」(advantages)的問題，並沒有一致的意見。意志理論(will theories)認為，權利助益了擁有者的意志，使其凌越相衝突的另一造的意志；利益理論(interest theories)則認為，權利乃是為了保護或促進權利擁有者的利益。霍菲爾德(Hohfeld)鑑別了四種法律上的利益(legal advantages)：自由權(liberties)、請求權(claims)、權力(powers)和豁免權(immunities)。

「權利」概念源於羅馬法學(Roman jurisprudence)，後來則藉由自然法理論而被擴展到倫理學上。正如實定法(positive law，人類的立法者所立之法)賦予了法律上的各種權利一樣，自然法則賦予了自然權利(natural rights)。各種權利可根據其各自的來源而被分類為許多不同種類的規則。法律上的各種權利，乃是在一個社會的法律保護下的一些有利地位。其他種類的制度性的權利，則是由各種私人組織、一個社會的道德律、或甚至某種遊戲的規則所賦予的。那些將自然法和道德法則等同起來的人，常會也將自然權利與道德權利等同起來，但有些人則將自然權利限定於一些我們最基本的權利的範圍之內，而將它們與一般的道德權利相對照。但另外一些人則否認道德權利是「自然」的，因為他們相信，道德權利乃是由一個人的社會之種種習俗或實際存在的道德(positive morality)所賦予的。

一個人總是由於擁有某個地位而擁有某項特定權利的。因此，權利也可以根據地位而加以分類。「公民權利」(civil rights)乃是一個人作為公民所擁有的權利；人權(human rights)則是一個人由於是「人」所擁有的權利。大抵諸如婦女的權利、兒童的權利、病人的權利和黑人權利等等，也是類似的分類法。

「人權」在倫理學中所扮演的角色，和自然權利曾經扮演過的角色極為相似。這部分是因為，對於「上帝存在」(existence of God)的種種本體論(ontological)上的懷疑，降低了人們對於以往被認為包含在上帝的神聖命令中的任何自然法的接受度，而對於以往被認為是「自明的」(self-evident)的道德真理的種種知識論上的懷疑，則使許多人拒絕接受以往被當作是「理性的指令」的任何自然法。雖然還是經常有人提倡「自然權利乃是建立在人性的基礎之上」的托馬斯主義(Thomistic)式的觀點，但大多數的道德哲學家都不再接受這種觀點中透過「人的本質性目的」去界定「人性」的那種目的論(teleological)式的想法了。取而代之的，是一種似乎較為簡單的方式，亦即：直接訴諸於一些必然適用於所有人的基本權利——一個人只因為他具有「作為」(as)一個人的地位，就擁有這些權利。「人權」迄今仍然在一種非常廣的「存在」(即：獨立於人的任何行動或制度而存在)的意義上，被看作是「自然」的。這一點說明了：何以這些「人權」能夠被當作一種獨立的標準而用來批評政府與其他組織的法律和政策。由於「人權」是根據地位而非來源而加以分類的，因而也就產生了另一種種類的一些「人權」，這些「人權」是制度性的、而非「自然」的。由國際協定(如：「歐洲人權公約」〔European Convention on Human Rights〕)納入各法律體系中的「人權」，就是這種種類的人權。

有些人主張：自然權利乃是一些純消極性的權利(如：不被任意監禁的權利)；但人權的涵蓋面則更廣，還包括了一些積極的社會與經濟上的權利(如：要求社會安全和起碼的生活水平的權利)。但是根據定義，這種說法顯然是不對的。傳統的自然法理論家(如：格羅秀斯〔Grotius〕和洛克〔Locke〕)將自然權利說成是一些「權力」(powers)，並將這些「權力」與自由權(liberties)、而非與請求權(claims)聯繫在一起。儘管現代的各人權宣言都典型地包括了一些社會和經濟上的權利，但這些宣言都假定了：這些權利就是傳統意義上的「政治權利」(political rights)。

權利也常會被根據其形式上的特性而加以分類。例如：「不被傷害的權利」乃是一項「消極的權利」(a negative right)，因為它課人以一項「不去傷害」的消極義務；而債權人要求償債的權利則是一項「積極的權利」(a passive right)，因為它課人以一項必須償債的積極義務。但要求償債的權利，同時也是一項被動的權利，因為債務畢竟是「被」償還的；但「自衛」的權利則是一項主動的權利，因為「保衛自已」畢竟得是主動的。此外，對物的權利(a right in rem)乃是一種排除所有第二造的權利；但對人的權利(a right in personam)則只排除另一個或少數幾個人的權利。這種區分又與哈特(H. L. A. Hart)對「普遍的權利」和「特殊的權利」之間所作的區分不盡相同。哈特所謂的「普遍的權利」，乃是每個人針對每個人所擁有的權利(如：言論自由的權利)；而「特殊的權利」則是指產生於特殊關係(如：債權人與債務人之間或丈夫與妻子之間)的權利。

在概念上，「權利」是與「義務」相對而言的，因為權利是一些利益(advantages)，而義務則是一些不利條件(disadvantages)。然而，許多法學家和哲學家還是認為，權利和義務在邏輯在上是互相關聯的。這一點對於各種「請求權」而言似乎是對的，據此，債權人要求償債的權利即蘊涵著債務人負有必須償債的義務，反之亦然。但是，自由權(如：一個人把車子停在自己的房子前的權利)之邏輯上的相關物，卻是一個人沒有任何「不這麼做」的義務。在拉斐爾(D. D. Raphael)對「接受權」(rights of recipience)和「行動權」(rights of action)之間所做的區分所顯示的，就是這種對比。

有時候，說「某人有做某事的權利」，只是說「他用這種方式做事不是錯誤的」。這種「權利」，一般稱之為弱意義上的「權利」。但更常見的情形乃是：斷言「某人有做某事的權利」，並不意味著將這權利付諸實行就是正確的。因此，我可以有權利拒絕幫助一個朋友，即使我這樣做對我來說是錯誤的。

最後，許多哲學家還區分了絕對的權利(absolute rights)與表面的權利(prima facie rights)。絕對權利在其範圍內乃是永遠有效的，亦即永遠不利於某個第二造的；但表面的權利則唯有當該權利的根據為某一相反的、更強的理由所超越時，才會不利於第二造。

參見 duty 責任；Hohfeld 霍菲爾德；natural law 自然法；philosophy of law 法律哲學；political philosophy 政治哲學

C.We.撰　張旺山審訂

rights, Hohfeldian　霍菲爾德式的權利　見 Hohfeld 霍菲爾德

rights, imperfect　不完善的權利　見 Grotius 格羅秀斯

rights, legal　法律上的權利　見 rights 權利

rights, natural　自然權利　見 rights 權利

rights, perfect　有效的權利　見 rights 權利

rigid designator　嚴格指示詞　見 meaning 意義

rigorism　嚴格主義　指這樣一種觀點，認為道德只存在於一套簡單或絕對的道德準則之中，該套準則可由理性找出，適用於所有時期的所有的人。人們經常說，康德(Kant)的關於絕對命令的學說是嚴格主義式的。反對嚴格主義的兩種主要意見是在於：(1)有些道德準則並非普遍適用——例如，「應該遵守諾言」只適用於存在承諾習慣的地方；(2)有些能被普遍遵守的準則是荒唐的——例如，當太陽昇起之時大家應該單腿獨立。近來解釋康德的學者針對這些反對意見而為康德辯護，他們論證說，康德心中的「準則」(rules)是為生活得更好而有的一般指導原則，這些指導原則事實上是普遍的且與實際相關的，或認為康德根本就不是一個嚴格主義者，他把道德價值看作主要源於行為者的品格而非遵守準則。

R.C.撰　王文方審訂

rigorous duty　嚴格責任　見 duty 責任

ring of Gyges　吉格斯的指環　一個能使戴它者隱形的指環，在柏拉圖的《理想國》(*Republic* 第二書，359b-360d)中論及。其中，葛勞肯(Glaucon)說到一個故事，有一個人發現了這指環，用它來篡奪王位；其意在辯稱，那些行為正義的人，只是缺乏不義的行為能力，因此不得已而如此做。葛勞肯辯稱，如果能夠避免不義帶來的逞罰，每個人都會願意成為不義的。

參見 Plato 柏拉圖；Socrates 蘇格拉底

W.J.P.撰　沈清松審訂

robot　機器人　見 computer theory 計算機理論

role responsibility　角色責任　見 responsibility 責任

R

Rorty, Richard　羅逖，理察(b.1931)　美國哲學家，以其在哲學與文化上關心的議題廣泛著稱。他在芝加哥(Chicago)與耶魯(Yale)大學受教育，先後任教於魏斯理(Wellesley)、普林斯頓(Princeton)、維吉尼亞(Virginia)、史丹佛(Stanford)等大學。早期，他主要投入分析哲學(analytic philosophy)的主流領域；例如在心靈哲學(philosophy of mind)領域，他曾為取消說物質主義(eliminative materialism)提出一套重要的辯護。不過到了 1979 年，他發表了《哲學與自然之鏡》(*Philosophy and the Mirror of Nature*)，支持者與譴責者承認該書對分析哲學構成了徹底的批判。這本書受到的讚賞與辱罵往往都起自誤解，可是毫無疑問，羅逖對英美許多哲學家的基本預設質疑有加，對歐陸非分析式的哲學則惺惺相惜。

追根究柢，羅逖的立場既不屬於分析(除了文體的清晰)、也不屬於歐陸(除了文化涵蓋面的廣博)。相反，他的觀點乃是實用主義(pragmatism)，是詹姆士(William James)、佩爾斯(Charles Sanders Peirce)、杜威(John Dewey)充分美國式的哲學思考方式在今天的現身。照羅逖的解讀，從笛卡兒(Rene Descartes)以降直到邏輯實證論(logical positivism)，近代哲學一直受呈現論(representationalism)的支配，而實用主義的意義正是企圖推翻呈現論。呈現論主張，人類能夠直接接觸到的，只是呈現著世界的眾多意念(ideas)，而無法接觸到世界本身。若要判斷人類獲得的「呈現」是否與真實世界相稱，唯有哲學才能提供判斷的判準。

《哲學與自然之鏡》的主要攻勢，就是打掉呈現論的威風，其方法則分二途：一方面指出，在經典的近代哲學家例如笛卡兒、洛克(John Locke)、康德(Kant)的思想裡，呈現論作為預設其實缺乏理據；另一方面則指出，塞拉斯(Wilfrid Sellars)和蒯因(W. V. O. Quine)等分析哲學家業已揭露，當代知識論(epistemology)的呈現論前提是有內部矛盾的。由於照羅逖的看法，近代哲學的整個知識論宏圖乃是由呈現論所界定的，呈現論的失敗，遂迫使我們必須放棄知識論的構想，從而也必須放棄傳統賦予哲學的優位認知角色。而企圖為人類知識找尋合理或為真的非呈現論基礎，羅逖也認為毫無意義。說到最後，凡是得到我們認知社群同意的信念，我們就可以視為有理據而接受；至於「真」，那只是一個榮譽頭銜，用來冠在我們認為「徹底有理據」的信念頭上。

羅逖形容他自己的正面立場是「自由主義的反諷態度」(liberal ironism)。他的自由主義很典型，視所有個人的自由為基本價值：首要是免於受苦的自由，但其次也包括了按照自己認為最重要的價值去安頓一己生命的自由。羅逖區分「公共領域」與「私人領域」：在公共領域，我們都接受自由主義對於普遍自由的認同，在私人領域，我們追求自己的特定價值觀。他所謂的反諷態度，反映著他體認到，這些公共與私人價值，除了我們的深厚(但是其來實屬於偶然)認同之外，再無其他基礎；也反映著他對於許許多多私人價值雖能欣賞，但並不同意的態度。羅逖重視文學和文學批評，認為相對於傳統哲學，它們更能為自由主義社會的公民提供合適的敏感度，以理解他人的需要和價值。

參見 analytic philosophy 分析哲學；continental philosophy 歐陸哲學；pragmatism 實用主義；Quine 蒯因；Sellars, Wilfrid 塞拉斯，威福利德

G.G.撰　錢永祥審訂

Roscelin de Compiègne　孔比耶納的羅塞林(c.1050-c.1125)　法國哲學家與邏輯學家，當他將其邏輯的教導(logical teachings)應用於三位一體的教理(the doctrine of the Trinity)時，被捲入了神學的論爭之中。由於他的著作幾乎都沒有存留下來，所以我們必須倚賴於坎特伯里的安瑟倫(Anselm of Canterbury)，以及彼得・亞伯拉(Peter Abelard)所言與其觀點相對反的敘述來了解，此二人公開地反對他的立場。

至今一般認為羅塞林所主張而最為人所熟知的觀點大概就是：共相(universals)只不過

是當一個字詞被發音出來時所產生的一口氣罷了！在這個觀點上，他反對時下許多神學家所持的觀點，亦即，一共相有其一相應而不依於言語的實存，而且總得是那般多之不同個體的實在。羅塞林反感於認為不同事物能是某一事物的任何一種提議，也許就是因為如此而使得他在關於上帝之三個位格(the three persons of God)的思索上，導向一聽起來令人感到懷疑地像似三位異體說(tritheism)的異端立場。羅塞林也明白地主張，事物的質性(quality)並非異於擁有其之主體(subject)的元目(entity)。此一主張指出，羅塞林或許否定了，在亞里斯多德範疇內之不同於實體(substance)之諸項目(terms)意味著任何不同於實體的事物。

十二世紀最早的一位邏輯學家亞伯拉(Abelard)，大約在 1095 年左右，在羅塞林的指導下從事研究，而於共相的問題上無可懷疑地受到他的影響。羅塞林之於共相是言詞上的元目之觀點，在中世紀的思想中仍然保持為一重要的選擇。否則，他的立場不會在繼起的年代中顯得那般地被流傳。

參見 abstract entity 抽象實體；metaphysics 形上學

M.M.T.撰　蕭宏恩審訂

Rosenzweig, Franz　羅森茨維格，弗朗茨(1886-1929)　德國哲學家和猶太神學家，作為宗教存在主義創始人之一而知名。他早期與猶太教的關係並不密切，而且曾幾乎歸信基督教。在猶太會堂的一次宗教經歷使其改變了主意而又回到了猶太教。他的主要哲學著作有二卷本的《黑格爾和國家》(*Hegel and the State*, 1920)及其代表作《救贖之星》(*The Star of Redemption*, 1921)。

羅森茨維格在第一次世界大戰的經歷使他拒絕接受絕對觀念論(absolute idealism)，理由是它無法解釋死亡之孤獨和終極性。羅森茨維格沒有去尋找存在背後的統一原理，而是以在經驗中「給出」的三個獨立的現實，上帝、自我和世界，開始其哲學論述。他稱自己的方法是「極端的經驗主義」(radical empiricism)，他解釋上帝、自我和世界是怎樣被三種最基本的關係，創造、啟示和救贖，連接在一起的。在啟示中，上帝不以口頭方式傳達聲明，而只是現身，對崇拜者要求愛和奉獻。

參見 existentialism 存在主義；Jewish philosophy 猶太哲學

K.See.撰　鄺錦倫審訂

Rosmini-Serbati, Antonio　羅斯米尼-塞爾巴蒂，安東尼奧(1797-1855)　義大利哲學家、天主教司鐸、教宗庇護九世(Pope Pius IX)的顧問，支持教會凌駕於文人政府之上(新歸爾甫主義〔Neo-Guelphism〕)。羅斯米尼主要關注兩件事：人類知識之客觀性，以及天主教傳統思想內的哲學思想之綜合性。在其《觀念起源新論》(*Nuovo saggio sull'origine delle idee*〔*New Essay on the Origin of Ideas*〕, 1830)中，他把一切人類知識中的普遍先天直觀(universal a priori intuitive)成份等同於那提供了可能或理想存有的觀念(the notion of a possible or ideal being)之存有觀念。世上的一切都是通過智性知覺(intellectual perception)而被認知的，智性知覺綜合了感覺和存有的觀念。除了由上帝直接賦予的存有觀念之外，所有的觀念都源出於抽象。人類知識的客觀性依賴於其在存有觀念中的普遍根源。哲學和宗教之間的和諧源於下述事實，即一切人類知識都是神的啟示的結果。羅斯米尼的思想受到奧古斯丁(Augustine)和亞奎納(Aquinas)的影響，他被激勵著嘗試尋求解決理性主義和經驗主義不同需求的方法。

P.Gar.撰　丁福寧審訂

Ross, W(illiam) D(avid)　羅斯，威廉・大衛(1877-1971)　英國亞里斯多德學者、道德哲學家。生於愛丁堡，先後就讀於愛丁堡大學(University of Edinburgh)、牛津大學伯利爾學院(Balliol College, Oxford)。他先是莫頓學院(Merton College)的研究員，而後成為奧瑞爾學院(Oriel)的研究員、導師，最後升任院長。他曾任牛津大學副校長(1941-44)、大不列顛研究院(British Academy)院長(1936-40)。為了表彰他對國家的貢獻，1938 年他受封爵位。

羅斯是一位極為傑出的古典學者：他編輯了牛津版亞里斯多德英譯全集(1908-31)，而且自己翻譯了其中的《形上學》(*Metaphysics*)和《倫理學》(*Ethics*)。他的著作《亞里斯多德》(*Aristotle*, 1923)，把亞里斯多德的作品視為整體，做出極具洞見的說明。《康德的倫理學理論》(*Kant's Ethical theory*, 1954)則是評註康德的《倫理學基本原理》(*The Groundwork of Ethics*)。

他對哲學的主要貢獻，在於倫理學：他的兩本著作《正確與善》(*The Right and the Good*, 1930)和《倫理學基礎》(*Foundations of Ethics*, 1939)，其中表述的觀點在英語國家掀起一場爭論，為時長達十年左右。他認為，「正確」和「善」是經驗上無法給出定義的詞語；但受過教育且成熟的人，能直覺地知道「正確」與「善」所指出的客觀性質。最初我們是在特別的實例中認識它們，然後通過「直覺歸納」(intuitive induction)得到關於它們的一般原理。(他認為，每個倫理理論都必須容許至少一個直覺存在)因此，對道德原理的知識，就像是對幾何學原理的知識。就「行為」是行為主體所引起的這層意義而言，「正確的」(「盡責的」)適用於評價行為(人沒有責任要依良善的動機行動，一項正確的行為也可能會有一個不好的動機)。「道德上的善」主要適用於評價導致行為發生的慾望。他譴責效益主義，把所有責任視為增加每個受影響者的福祉，而事實上我們有很強烈的特殊義務，來遵守諾言、賠償傷害、回報所得到的服務、根據功績價值分配福祉、增進大眾利益(他承認這一點很重要)、也為我們自己增進福祉(只在知識與品德方面)，以及不傷害他人(一般說來，這方面的責任比帶來利益更重要)。我們有這些「初步的」義務(〔prima facie〕duties)，這是不言自明的(self-evident)，但這些義務之所以只是「初步的義務」，是因為只在重要的初步義務之間沒有衝突時，它們才是實際的義務，否則它們只是初步義務；而當初步義務之間相互牴觸時，人所應做的，即是最能滿足所有這些義務的事情——雖然該做什麼是判斷的問題，並非不言自明。(雖然他批判效益主義，他卻承認，公眾以他們的直覺支持這些初步原則，可用效益主義立場加以證成)為了因應各式各樣的反例，羅斯引入了複雜的概念，比如說：如果實現諾言不會給接受諾言者帶來利益(彼此又有這種瞭解)，那麼這個諾言是沒有約束力的；而如果是很久以前許下的諾言，或者是隨意許下的諾言，諾言就更沒有約束力。

羅斯主張，只有四種事態(states of affairs)本身是好的：對盡一己之責(美德)的慾望、知識、快樂，以及根據應得的程度來分配幸福。在四者之中，美德比任何大量的知識或快樂都更有價值。在《倫理學基礎》一書中，他認為美德和快樂並非同一種意義上的善：美德是「令人悅慕的」(admirable)，但是快樂只是慾望的對象，而且是「值得滿足的對象」之一(因此「善」所指稱的特性不限於一種)。

參見 duty 責任；ethics 倫理學；moral epistemology 道德認識論；self-evidence 自明

R.B.B.撰　謝世民、吳妍儀審訂

Rousseau, Jean-Jacques　盧梭，讓-雅克(1712-1778)　生於瑞士的法國哲學家、論文作家、小說家和音樂家，尤以其關於社會自由和社會權利、教育和宗教的理論而富盛名。生於日內瓦，盧梭主要憑自學成才，十多歲時遷居法國。大半生中他反覆遷徙於巴黎和外省之間，幾次出國(包括到蘇格蘭與休姆〔Hume〕相處)，還回過日內瓦一次，在那兒他又回歸新教信仰(早期他曾從新教轉信天主教)。他曾是狄德羅(Diderot)和其他「哲學家」(philosophes)的朋友，並被邀為《百科全書》(*Encyclopedia*)撰寫有關音樂文章。

盧梭的作品至少可從三個觀點來認識。作為一個社會契約理論家，他試圖建構一種假設的自然狀態以解釋當代的人類狀況。這發展出某種哲學人類學，它同時給我們提供了一種人性理論和一系列關於社會組織的實用看法。作為一個社會評論家，他論述了教育和社會組織實際與理想的形式。作為一個道德家，他不停地試圖透過某種普遍的政治行動與協議把個人與公民組織起來。

在《論人類不平等的基礎和起源》(*Discourse on the Origin and Foundation of Inequality Among Mankind*, 1755)一書中，盧梭提出了一種幾乎是有關人性的田園詩(idyllic)觀點。在本質上，除了其特有在物種上的同情心之外，人起初與動物幾乎沒有差別。後來，透過一個對理性和語言發展的解釋，他提出人如何能夠在保持同情心的同時，遠離自然而認識到他們的個人自我。這導致「自然社區」(natural community)，盧梭認為這是與人性完美時刻最接近的東西。私有財產很快地隨分工而生了，然後因為私有財產所造成的階級，導致人們發現它們彼此疏離。因此，生於自由的人，現在發現自己身處束縛之中。《社會契約論》(*The Social Contract or Principles of Political Rights*, 1762)有一個更大的抱負。在提出立法者實際作用和公共意志(general will)概念的解釋，盧梭試圖通過提出解決特殊和普遍、個人和公民、現實和道德之間衝突的方法，來為好政府提供一個基礎。當自由地同意一個社會契約並且放棄自己的權利時，個人同時就被保障以契約的自由與平等。只有透過成為公民，個人才可以全面實現自由和行使其道德權利和義務。儘管個人在本質上是好的，但是他必須隨時防止被支配或支配他人。

在他稱之為公共意志這種道德／政治行為的優越形式中，盧梭針對個人自由與利益的問題找到解答。作為公民的個人會用「我將會」(I will)取代「我必須」(I must)，當他同意公共意志時，也可用「我預定會」(I shall)。公共意志是一種普遍的力量或陳述，因而它比任何特殊的意志更高尚。在追求個人利益的同時，公民同時也在追求社群的利益；特殊與普遍因而相結合。個人參與者在實現自我的同時，也實現所有人的利益。

作為一個講究實際的政治評論員，盧梭知道普遍和特殊並非總是一致。為此，他引用了立法者(legislator)的觀念，該觀念允許公民個人如社會存在般實現自我，並透過普遍同意行使個人的權利。在多數人的意志和公共意志不同的時候，立法者就會灌輸正確的道德／政治的理解。這會在法律中表示出來。儘管主權在民，但盧梭並不要求政治行為是直接的，雖然所有的政府都應該是民主的，但是，從代議民主制(representative democracy)(在小型社會裡更適合)到強大的君主政體(在大型民族國家裡更適合)，各種不同政府都是可以接受的。為了支持社會的團結和穩定，盧梭提出一種所有公民都接受與參與的公民宗教(civic religion)。他早期關於教育的著作及後來有關波蘭和科西嘉(Corsica)政府的實際論述，反映了他對自然和道德發展的關注和對歷史及地理的思考。

參見 social contract 社會契約

J.Bi.撰　苑舉正審訂

Royce, Josiah　魯一士，約西亞(1855-1916)　美國哲學家，因其實用主義式觀念論(pragmatic idealism)、忠誠倫理學(ethics of loyalty)，以及社群理論(theory of community)而聞名。他在柏克萊(Berkeley)、約翰．霍普金斯(Johns Hopkins)接受教育，後來又負笈德國，自 1882 年起開始在哈佛大學(Harvard)教授哲學。

魯一士認為，要在人類經驗中的真實邪惡面前，解釋真理、終極意義以及實在，我們必須要有一個絕對者或永恆者的概念。為了在個人與絕對者(the absolute)之間取得妥協，他在《世界與個人》(*The World and the Individual*, 1899, 1901)一書中設置了絕對意志與思想(Absolute Will and Thought)以表達世界具體而可區別的個體狀態(the concrete and differentiated individuality of the world)。

魯一士把個人的自我視為道德的，同時也是有罪的；自我是透過社會互動、透過社群的經驗，以及透過社群與自我等兩方面的詮釋而發展出來的。自我是經過一個生命計畫而建構出來的，因為忠於一個終極目標而成為自我。但是，自我限制(self-limitation)與利己主義(egoism)——兩項人類的罪惡——會阻礙個人達成其目標，也因此可能使得生命成為無意義的失敗。故而自我需要被解救，這是宗教向我們透露的訊息——魯一士在《哲學的宗教面向》(*The Religious Aspects of Philosophy*, 1885)與《宗教洞見的來源》(*The Sources of Religious Insight*, 1912)中如是主張。

對於魯一士而言，社群是救贖的工具。在《忠誠的哲學》(*The Philosophy of Loyalty,* 1908)一書中，他發展出一種人人皆以忠誠相對待的倫理學(an ethics of loyalty to loyalty)，也就是說，把「忠誠」推己及人，延伸到人類社群之中。在《基督宗教的問題》(*The Problem of Christianity*, 1913)一書裡，魯一士提出一種學說，主張社群能夠克服「個人主義-集體主義」之間的兩難(the individualism-collectivism dilemma)，造就個人意志與社會意志兩者之間的純粹融合。

社群是透過「詮釋」方得以建構出來的——所謂詮釋，是指一種中介調停的歷程(a mediative process)，兩種觀念、兩個目標、兩個人在這歷程中取得妥協，獲致共同的意義與共同的理解。詮釋的歷程所牽涉到的，是一種對於自我的尊崇——自我被視為是觀念與目的動源(dynamos)，擁有詮釋的意志(the will to interpret)，對意義的不完整與觀點的狹隘會感到不滿，具互惠性(reciprocity)，也具相互性(mutuality)。在《基督宗教的問題》一書中，「絕對者」即是「詮釋與希望的社群」(Community of Interpretation and Hope)——在其中，一連串綿延不斷的詮釋活動與具有意義的行為無窮盡地累積。因此，個人在這社群中的貢獻絕不會被忽略抹煞，而是成為神聖生命中不可或缺的要素。

劉易士(C. I. Lewis)、霍金(William Ernest Hocking)、維納(Norbert Wiener)、桑塔耶那(Santayana)與艾略特(T. S. Eliot)等人，都是魯一士的學生中極具影響力的佼佼者。

J.A.K.K.撰　林正弘審訂

Rufus, Richard　魯弗斯，理查德　見 Richard Rufus 理查德．魯弗斯

rule, primary　第一序的規則　見 Hart 哈特

rule, secondary　第二序的規則　見 Hart 哈特

rule of addition　附加原則　見 disjunction introduction 析取引入

rule of conjunction　連言引入規則　見 conjunction introduction 連言引入

rule of detachment　分離規則　見 lottery paradox 彩票悖論

rule of double negation　雙重否定原則　見 double negation 雙重否定

rule of inference　推理原則　見 logistic system 邏輯斯蒂系統

rule of law　法治　指一個井然有序的法律系統中，大體上形式化或程序化的一組特質。一般說來，這些特性包括：對獨攬權力的禁止(立法者也受制於法)；法律的一般性、預見性、清晰性和一致性(能指導行為)；在合理程度上易於使用、架構公平而能審理案件的法庭。當前關於法治的討論，集中於兩個主要問題：(1)就法律系統的概念而言，要實現法治到什麼程度才算是一個法律系統？(2)法治與一個法律制度的實質道德價值之間，到底有什麼樣的關聯？

參見 philosophy of law 法律哲學，political philosophy 政治哲學

P.S.撰　謝世民、吳妍儀審訂

rule of recognition　承認規則　見 Hart 哈特；jurisprudence 法理學

rule of simplification　簡化規則　見 conjunction elimination 連言消去

rule of total evidence　總體證據的原則　見 induction 歸納法

rule utilitarianism　規則效益主義　見 utilitarianism 效益主義

Ruling Argument　主要論證　見 Megarians 麥加拉學者

Russell, Bertrand (Arthur William)　羅素，伯特蘭．亞瑟．威廉(1872-1970)　英國哲學家、邏輯學家、社會改革家和文學家，分析哲學創始者之一。出生於貴族政治家庭。羅素的興趣總是在政治和哲學之間。四歲時喪父喪母，由祖母撫養成人。其祖母在家庭教師的幫助下在家裡對羅素進行教育。他從 1890 年到 1893 年在劍橋大學(Cambridge)學習數學，其間他轉向哲學。

在家裡，他吸收了約翰．斯圖亞特．彌爾(J. S. Mill)的自由主義，但沒有吸收其經驗主義。在劍橋大學的他受到新黑格爾主義，特別是麥克塔格特(McTaggart)、渥德(Ward，他的導師)和布雷德利(Bradley)的觀念論的影響。其早期邏輯學觀點受布雷德利，特別是布雷德利排斥心理主義的觀點的影響最深。但是，像渥德和麥克塔格特一樣，他不接受布雷德利的形上學的一元論，卻贊同多元論(或單子論)。即便作為一個觀念論者，他也認為科學知識是最有用的，哲學應該以它為中心建立起來。他的觀點後來經歷了很多變化，但關於科學的這個信念、多元論和反心理主義卻仍然是固定不變的。

1895 年，羅素提出了以超驗的論證(transcendental arguments)來發展科學的觀念論的百科全書的想法，目的是建立特殊的科學之所以成為可能的種種條件。羅素的第一本哲學著作《論幾何學基礎》(*An Essay on the Foundations of Geometry*, 1897)，是該項計畫的組成部分，正像他這一時期其他的有關物理學和算術的文章(大多數未完成和出版)一樣(見其《論文集》〔*Collected Papers*, 1-2 卷〕)。與康德(Kant)形成對比的，羅素聲言要採取與其反心理主義一致的純邏輯學方法來從事超驗的論證。然而，在這種情況下用純演繹的論證來代替它們必須既可能又可取。另外一個問題產生於與非對稱性的關係中，這樣的關係若被當作內在關係來對待的話，會導致矛盾，但是這樣的關係對任何數學的處理而言都是必要的。羅素通過放棄觀念論(包括內在關係和康德的方法論)於 1898 年解決了這兩個問題。他把這稱為他哲學中的一次真正的革命。他與其劍橋大學的同時代的人穆

爾(G. E. Moore)一起，採用了極端的柏拉圖主義的實在論，這種實在論雖然在《萊布尼茲哲學的批判的解說》(*A Critical Exposition of the Philosophy of Leibniz*, 1900)一書裡先前出現過，但是在《數學原理》(*Principles of Mathematics*, 1903)一書中得到了全面的闡述。

在那時，羅素的科學著作主要集中在純數學上面，但是在 1900 年他發現皮亞諾(Peano)的符號邏輯之前，新的哲學沒有取得什麼進步，符號邏輯帶來了希望，即純數學在沒有康德的直覺或者超驗論證的情況下也能夠論述。在這種基礎上，羅素提出了「邏輯主義」(logicism)認為整個純數學有可能經由演繹源於邏輯原理，這是他獨立於弗雷格(Frege)得到的一種觀點，弗雷格持有類似且更嚴格的觀點，但是羅素只是在後來才發現了弗雷格的著作。邏輯主義是在《數學原理》中提出來的，它的發展用了羅素往後的十年時間，當時羅素的合作者是懷德海(A. N. Whitehead)。他們的研究結果出現在《數學原理》(*Principia Mathematica*, 1910-1913, 3 卷)中；在《數學原理》裡，詳細的求導給了康托的集合論(Cantor's set theory)、有窮和超窮算術和測量理論的基本部分。作為羅素的邏輯主義一個例證，《數學原理》很大程度上依賴於數學的先驗算術化，例如，從未被清晰地處理的分析問題；儘管有這些有利條件，還有許多領域仍然被遺漏了，例如抽象代數和統計學。然而，羅素未出版的論文(《論文集》，4-5 卷)中包含《數學原理》不曾包含的邏輯新發明，例如，對丘奇的拉姆達演算(Church's lambda-calculus)的預測。

根據羅素的極端實在論，一切可被指示的事物都是擁有存有(being)(雖然不必然存在)的「詞」(term)。命題就是藉著關係對詞的組合產生的複雜詞。詞既非語言學的又非心理學的。哲學的首要任務是把命題分析為命題成分。邏輯命題在這方面是獨一無二的，即當命題中的任何一個詞(除了邏輯的常數)被「任何」其他的詞代替時，它們仍然是真的。

1901 年羅素發現，這個觀點成為自我指涉的悖論(self-referential paradoxes)的犧牲品。例如，如果任何一些詞語組合為一個新詞的話，所有詞語的組合是一個有別於任何詞語的詞語。這類悖論最著名的被叫作羅素悖論(Russell's paradox)。羅素的解決是「類型理論」(the theory of types)，該理論通過把詞和短語分成由相互脫節的亞類(subclasses)組成的複雜等級以防止自我指涉。例如，短語「所有的詞語」是無意義的，除非它限於指定類型的詞，而且一種特定類型的詞的組合成為一個不同類型的詞。該理論的一種簡單形式出現在《數學原理》(附錄 A)之中，但是它沒有消除所有的悖論。羅素在〈以類型理論為基礎的數學邏輯〉(Mathematical Logic as Based on the Theory of Types, 1908)和《數學原理》(*Principia*)中提出了一種更複雜的形式，該形式消除了所有的悖論。從 1903 年到 1908 年，羅素試圖藉著找到其他避免悖論的方法來維護他早期對邏輯的解釋，這些方法包括一種完善的類和關係替代理論(substitutional theory of classes and relations)(於他逝世後發表在《論分析》〔*Essays in Analysis*, 1974〕，和《論文集》第 5 卷中)。羅素的邏輯主義類型理論的其他代價在於大大增加了由此產生的系統的複雜性和承認可簡化性(reducibility)這一有問題的公理。

羅素的極端實在論的另外兩個難題產生了重要的結果：(1)「我遇到蒯因」和「我遇到一個男人」是不同的命題，即使當蒯因是我遇到的那個男人時。在《數學原理》中，第一個命題包含一個男人，而第二個命題包含一個指稱概念(a denoting concept)，它指稱那個男人。指稱概念類似於弗雷格的含義(senses)；它們都是意義，都有指稱。當其中之一出現在一個命題中時，該命題不是關於該概念的，而是關於其指稱的。該理論要求存在某種方法，以使某個指稱概念、而非指稱可被指稱。羅素在付出很大的努力之後，在〈論指稱〉(On Denoting, 1905)一文中得出結論，認為這是不可能的，而且他藉著其摹狀詞理論(theory of descriptions)排除了指稱概念是指稱短語(denoting phrases)和其指稱之間的中介的看法。羅素動用一階謂詞邏輯(first-order predicate logic)(在廣大的實例範圍內，雖然不是全面的)證明了指稱短語怎樣才能被排除而有利於謂項和量化的變項，可用「邏輯上的專名」(logically proper names)來代替指稱短語。(這些都是熟悉的物體的名字——在日常語言中由「這」和「那」來表示。他認為，大多數名字是被掩飾的限定摹狀詞(disguised definite descriptions)。類似的技術在別的地方也適用於其他種類的表達(例如，類名詞)，產生了更為一般的「不完全符號理論」(theory of incomplete symbols)。一個重要的結果在於某個理論的本體論的承諾可以藉著重新表述該理論而被簡化為排除明顯有問題的指稱存有物(entities)的表達式。(2)不完全符號理論也有助於解決極端實在論的認識問題，即怎樣解釋並不存在的詞的知識，以及真假命題間的區別問題。首先，該理論解釋了關於大範圍事物的知識是怎樣藉著親識(acquaintance)小範圍事物的知識而獲得的。其次，命題的表達被視為不完全符號，並藉由羅素的多重關係判斷理論(multiple relation theory of judgment)排除以利於命題的組成成分和一命題的態度。

這些創新標誌著羅素極端實在論的終結，雖然在下述方面他仍然是位柏拉圖主義者：他把共相包括在親識的事物(objects of acquaintance)之中。羅素把他的 1898 年之後的所有哲學說成是「邏輯原子論」(logical atomism)，因而表明某些種類的事物被看作是基本的，其他種類事物則藉著精確的邏輯方法是由它們造成的。因此它依賴於歸約(reduction)，並使歸約在早期分析哲學中成了一個重要的概念。隨著羅素邏輯學的發展，隨著更加哲學化的結論從其應用中被獲得，邏輯原子論發生了變化，但是這個標籤現在最常地被用於業經修正的實在論，這是羅素從 1905 年到 1919 年就持有的實在論。從 1900 年開始，邏輯對羅素的哲學是至關重要的，他著作的豐富和作為一個哲學家的重要性源於他把新的邏輯應用於古老的問題之中。

1910 年，羅素在劍橋大學當講師。在那裡，他的興趣轉向了認識論。在寫作頗受歡迎的《哲學問題》(*Problems of Philosophy*, 1912)一書的過程中，他第一次開始欣賞英國經驗主義者的著作，特別是休姆(Hume)和柏克萊(Berkeley)的著作。他認為經驗知識是以對感覺材料的直接親識(direct acquaintance)為基礎的，物質本身被認為是對感覺材料的最好的解釋，而關於物質我們只有通過描述得來的知識。不久他對這個觀點感到不滿意了，取而代之的是提出物質是在邏輯上由感覺材料和不被感覺的可感物構成的，因此排除了物體即感覺的原因的可疑觀點。這個提議受到《數學原理》成功地構造了的數學概念的鼓舞。他計畫寫一部巨著，即「知識理論」(Theory of Knowledge)，該書準備採用多重關係理論(multiple relation theory)，把其對親識(acquaintance)的解釋延伸到信念(belief)和推論(inference)上面(《論文集》，第 7 卷)。然而，這項工程由於受到維根斯坦對多重關係理論的批判而夭折了，因而羅素只發表了那些討論認識的部分。然而，對物質的解釋仍在繼續，至少是扼要地存在於《我們關於外在世界的知識》(*Our Knowledge of the External World*, 1914)，雖然唯一詳細的解釋後來是由卡納普(Carnap)完成的。根據羅素的解釋，物體是這樣一系列的可感物(series of sensibilia)，它們遵循著物理學的規律。某個心靈所知道的可感物(感覺材料)給那個心靈關於物質世界的知識提供了經驗的基礎。這個理論雖然不等同於現象論，但是卻類似於它。羅素把該理論看作是對奧坎剃刀(Ockham's razor)的應用，藉著這種方式假設的存有物(entities)可由邏輯的構造(logical constructions)來替代。他用了很多時間來了解現代物理學，包括相對論和量子理論；在《物的分析》(*The Analysts of Matter*, 1927)一書中，他把那些理論的基本觀點併入到他對物質世界的解釋之中。在該書中，他不再把可感物當作世界的基本成分，取而代之的則是事件(events)，事件是「中性的」，因為在本質上既非物質的也非精神的。

1916 年，羅素因為政治原因被劍橋大學解聘，從那時起，他不得不依靠寫作和公開發表演說來維持生計。他最受歡迎的演說〈邏輯原子論的哲學〉(The Philosophy of Logical

Atomism, 1918)就是這種情況的一個例子。這些演講構成了一種間歇期的著作，它回顧了 1905 年到 1910 年間的邏輯學成就，強調了它們對哲學的重要性，同時評估了由維根斯坦對多重關係理論的批判而引發的問題。1919 年，羅素的心靈哲學(philosophy of mind)發生了實質性的變化，部分是出於對那些批評的回應。這些批評見於〈論命題：它們是什麼及它們怎樣意指〉(On Propositions: What Thay Are and How They Mean, 1919)和《心靈分析》(*The Analysis of Mind*, 1921)，在其中，它們受當時代的潮流在心理學、特別是行為主義的影響是顯而易見的。羅素放棄了認為心靈(mind)在物質世界的基本成分之中的觀點，而採取了中立一元論(neutral monism)，該理論已受到馬赫(Mach)、詹姆士(James)和美國新實在論者的支持。根據羅素的中立一元論，心靈是由一系列的事件構成的，這些事件被主觀的瞬時關係(同時性、連續性)和某種特別的(記憶的)因果關係規律證明是互相聯繫著的。他用這種方法解釋下面這個明顯的事實，即「休姆不能發現他自己不是特有的」。為取代多重關係理論，羅素把信念的內容與意象(意象命題)和詞語(詞語命題)等同起來，它們被理解為某些種類的事件；而且根據相似和因果關係來分析真理(「作為」一致性)。

從 1938 年到 1944 年羅素在美國居住，在那兒，他寫《意義與真理的探討》(*An Inquiry into Meaning and Truth*, 1940)和他頗受歡迎的《西方哲學史》(*A History of Western Philosophy*, 1945)。他對哲學的關注從形上學轉到認識論領域，並於 1944 年返回劍橋大學後繼續從事該領域的研究。在劍橋大學他完成了他最後一部主要的哲學著作。《人類知識：其範圍與限度》(*Human Knowledge: Its Scope and Limits*, 1948)。羅素早期的認識論體系包含了根據被證實的真實信仰對知識所作的分析(雖然下述這一點已被提了出來，即他並非故意防止葛第爾〔Edmund Gettier〕對該分析的反對)；包括了對認識的正當性(epistemic justification)的分析，它把可謬主義(fallibilism)和弱經驗主義與基礎主義結合在一起，這種基礎主義給連貫性騰出了空間。這個體系在《探討》(*An Inquiry*)和《人類知識》(*Human Knowledge*)兩書中被保留下來了，但是發現了兩種變化，它們減少了基礎主義的和經驗主義的成分卻突出了可謬主義的成分。首先，人類知識的範圍被縮小了。羅素早已用主觀主義代替了其早期的穆爾主義的有關價值的效果論。(可把〈倫理學基礎〉〔The Elements of Ethics, 1910〕與《宗教與科學》〔*Religion and Science*, 1935〕，或者《倫理學和政治學中的人類社會》〔*Human Society in Ethic and Politics*, 1954〕進行對照)。因此，被認為是對固有價值的自明判斷的事物現被看作是對慾望的非認識的表達。另外，其時羅素轉變了其早期的信念，即演繹推理能產生新知識。第二，在人類知識中所能達到的證實程度在所有層次上都被降低了。關於知覺信念的基礎問題，羅素承認，關於物體的知識(在《探討》一書中，「對感覺材料的親識」被「注意到知覺的發生」所替代)向某種知覺信念提供了某種非推理的證明，它被埋在層層的「詮釋」和甚至是最早的知覺過程諸階段中潛在的無意識推理之下。關於在推論上被證明是正確的信念的結構，羅素在《人類知識》中得出這樣一個結論：受限制的歸納法一般是不保存真值的(它預示了古德曼〔Nelson Goodman〕的「歸納法的新難題」)。對萊辛巴哈(Reichenbach)和凱因斯(Keynes)關於概然率(probability)著作的思考使他得出結論，認為某些「假設」對提供用於證明種種歸納是正確的前項概率是必需的，認為唯一可能讓人相信這些假設的證明不是在於它們的自明性，而是在於隨之而來的某人整個信念體系的全面的一致性程度的增加上面。最後，羅素對確定性的要求並沒有得到滿足，因為他覺得自己是被迫做出如下的結論，即「所有人類知識都是不確定、不準確和片面的。有關此一學說我們沒有發現任何限制。」

羅素於 1919 年及其後寫的嚴格的哲學著作一般來說比其早期著作的影響要小。邏輯實證論和日常語言哲學的大行其道也使其影響失色不少。他同意邏輯實證論者對邏輯和科學的重視，雖然他不贊成他們的形上學不可知論。但是他對日常語言邏輯的厭惡是毫不掩飾的。在《我的哲學發展》(*My Philosophical Development*, 1959)一書中，他指責日常語言哲學的實踐者放棄理解世界的嘗試，「那個嚴肅的重要的任務，它是哲學從古至今所追求的。」

參見 Frege 弗雷格；logical construction 邏輯建構；logicism 邏輯主義；perception 知覺；set-theoretic paradoxes 集合論悖論；set theory 集合論；theory of descriptions 描述詞理論；type theory 類型論；Whitehead 懷德海

N.G. & D.B.M.撰　丁福寧審訂

Russell's paradox　羅素悖論　見 set-theoretic paradoxes 集合論悖論

Russian nihilism　俄國虛無主義　為虛無主義的一種形式，為主要出現在 1860 年代俄國的一種現象。有異於一般文化虛無主義(cultural nihilism)，也就是有異於尼采(Nietzsche)後期所抨擊(在 1880 年代的)所有價值去掉價值之「死巷」(dead end)，俄國的虛無主義是未來取向的，也是「具有工具性的」(instrumental)，頌揚的是未來的可能性，而非當今的現實性。俄國虛無主義鼓吹對過去與現在的「消滅」(包括形式上與字義上的消滅)，也就是藉未來的名義，為了尚未落實的社會的與文化的價值之體現，而放棄當前與過去的社會與文化價值。1842 年巴枯寧揭示虛無主義的基本主題：「否定業已存在之物……為的是要使尚未降臨的未來獲得好處。」在俄國虛無主義最著名的文學範例為屠格涅夫的小說《父與子》(*Fathers and Sons*, 1862)中的要角巴札洛夫(Bazarov)。俄國虛無主義最善於表述的發言人則為皮沙列夫(Dmitri Pisarev, 1840-68)。他與巴札洛夫相同，倡說文化的反浪漫主義(anti-Romanticism)、哲學的反唯心主義(anti-idealism)，以及對自然科學能夠解決社會與道德問題深具信心。皮沙列夫宣稱：「只有在(實驗室中四肢展開的)青蛙身上……俄人的解放才會找到。」同時他也表述了可以權充俄國虛無主義的宣言：「凡能被砸碎的東西就該砸碎；凡能經得起襲擊者就讓它存活下去；凡是打成碎片者便成為廢物；現在正打，歪打，右打，左打，都無所謂。」

參見 Russian philosophy 俄國哲學

G.L.K.撰　洪鎌德審訂

Russian philosophy　俄國哲學　為俄國思想家所產生的哲學，不限於俄國本土，也包括俄人移民的異域。時間上從十八世紀中葉至現代。俄國本身未出現文藝復興(Renaissance)。不過十八世紀初彼得大帝打開對「西方的窗戶」(window to the West)，也使俄國開始接受西方哲學的影響。俄國思辨哲學可以說肇始於這一時期，思想家史科窩羅達(Gregory Skovoroda, 1722-94)的對話、寓言和詩詞中透露反啟蒙運動的氣息。反之，啟蒙運動思想家拉底斯契夫(Alexander Radishchev, 1749-1802)的社會論文、形上學論述與詩詞也可視為俄國思辨哲學的雛型。

直到十九世紀最後一季(大約是 1875 年)，俄國思想家當中最具原創力與影響力者，大都是學院以外的人物。從此之後，不論是在俄國本土，還是流放西方的俄國重要哲學家包括貝迪也夫(Berdyaev)和薛斯托夫(Lev Shestov, 1866-1938)都曾任教大學。十九世紀的俄國思想家，雖受大學教育，卻不擁有高級學位。其中唯一的大學教授拉甫羅夫(Peter Lavrov, 1823-1900)(在 1850 年代)教授數學與科學，而非哲學。假使我們將此期的俄國哲學與德國哲學做一個比較，那就顯得天差地別。德國大學擁有哲學大師如沃爾夫(Wolff)、康德(Kant)、費希特(Fichte)、謝林(Schelling)、黑格爾(Hegel)、狄爾泰(Dilthey)。不過我們如果再比較俄國哲學與英法哲學，那麼對比就沒有那樣懸殊。俄國大學中的哲學教授未曾出現過像培根(Francis Bacon)、霍布斯(Hobbes)、洛克(Locke)、柏克萊(Berkeley)、休姆(Hume)、邊沁(Bentham)、約翰・斯圖亞特・穆勒(J. S. Mill)與斯賓塞(Spencer)那樣著名的學者。反之，在法國著名的哲人如蒙田(Montaigne)、笛卡兒(Descartes)、巴斯卡(Pascal)、盧梭(Rousseau)和孔德(Comte)都不是學院中的教授。這點與俄國情況相似。

俄國哲學家因為不是出身專業(non-professional)，而帶有「玩票」(amateur)的性質，因此直到十九世紀末葉多不注意哲學技巧與專業，也就是忽視邏輯(logic)、知識論(epistemology)、語言哲學(philosophy of language)、科學哲學。反之，他們致力的是哲學人類學(philosophical anthropology)、倫理學(ethics)、社會與政治哲學、歷史哲學和宗教哲學。

比起任何西方的文化傳統來，俄國的哲學與思辨、小說、詩詞關聯密切。一方面，偉大的小說家像托爾斯泰(Tolstoy)和杜斯妥也夫斯基(Dostoevsky)、大詩人像帕士特納克(Pasternak)與卜洛茲基 (Brodsky)都曾致力範圍廣闊的哲學反思。他方面，哲學家像史科窩羅達(Skovoroda)、霍米也科夫(Alexei Khomyakov, 1804-60)和索羅維也夫(Vladimir Solovyov, 1853-1900)都是才華橫溢的詩人。同時，思想家像赫爾岑(Herzen)、李翁提也夫(Konstantin Leontyev, 1831-91)和反對列寧的馬克思主義者柏格達諾夫(Alexander Bogdanov, 1873-1928)，則以小說、短篇故事及傳記彰顯他們的文學特質。像羅札諾夫(Vasily Rozanov, 1856-1919)與薛斯托夫(Shestov)這類俄國思想家雖不寫「純文學」(*belles lettres*)，卻在文藝界贏取讚賞，為的是他們光輝四射散文體，以及警言文體。

十九世紀俄國思想家——特別是 1820 年代至 1830 年代的查達也夫(Pyotr Chaadaev, 1794-1856)、1840 年代至 1850 年代俄化派與西化派的論戰、1860 年代至 1870 年代民粹主義者的論述——所致力專注的主題表面上似乎各有特色，事實則非如此。俄國與西歐關係的爭議，以及俄國走向現代化的「特別道路」(special path)之爭論，並非俄國思想家專有的與特別的反思。這種爭議也發生在西班牙(「西班牙與歐洲」〔Spain and Europe〕，德國(德國的「特別道路」〔*Sonderweg*〕係由俄文 *osobyi put'*翻譯過來)和波蘭(「波蘭的問題」〔the Polish Question〕)等國的思想界。

使用一般寬泛的詞謂，我們可以把俄國哲學的內容勾勒其特徵如下：它趨向於烏托邦主義(utopianism)、最高綱領論(maximalism)、道德教條化(moralism)與人的救贖神學(soteriology)。先討論救贖的說詞。俄國是在 1830 年代引進黑格爾的學說，不只把黑格爾的學說當成完整的哲學體系加以介紹引入，主要是把它當作世俗化解放的工具看待。同樣地，1860 年代引進達爾文(Darwinism)的學說，1890 年代引進馬克思主義。索羅維也夫兩項主要學說，就在歷史的層次和政治社會層次上出現了烏托邦的想法。早期他主張「自由的神治」(free theocracy)，企圖結合羅馬教宗的精神權威與俄國沙皇的世俗權威。後期他宣揚普世聯合(ecumenical)的說法，認為把東方(東方正教)〔Russian Orthodox〕與西方(羅馬天主教)〔Roman Catholic〕的教會合成一體，建構單一的「普世(*vselenskaia*〔universal〕)教會」，這將使誓反教把哲學與神學融為一爐的「誓反原則」(Protestant principle)獲得落實。最高綱領論則出現在薛斯托夫的理論中，特別是涉及個人的層次與宗教的層次之上。他認為上帝為唯一能夠使「天下萬事萬物化為可能」(all things are possible)之宇宙主宰，應當能夠把既發生的事故使它不發生，也能改變人類無可回復的厄運，例如疾病、畸型、瘋癲、死亡等等。最高綱領論與道德教條論合為一體，出現在費多羅夫(Nikolai Fyodorov 1829-1903)宇宙論與「科學-技藝」(scientific-technological)的層次上。他主張作為「兒子輩」(the sons)的所有人類應善盡道德義務，共同合力回復「先父輩」(the fathers)的生命，而非藉「進步的理念」(theory of progress)把先父們推入墳墓中。

俄國思想家當中因為學說重點與設準之不同，要把他們歸類顯得不易。不過仍舊可以把他們的學說聯繫到政治光譜或意識形態的光譜之上：

(1)俄國哲學家幾乎一致拒斥惡名昭彰的笛卡兒與休姆(Hume)所提「別人心靈的問題」(problem of other minds)，把這一問題非問題化。他們對人類宗教上或世俗交往上的社群性與和解精神(*sobornost'*)的深信不疑，使他們深切懷疑左鄰右舍的哀號與淌血是否「真的」(really)陷入痛苦中。

(2)除了西化派之外，大部分的俄國思想家看待西方主要的哲學觀點與學說(從蘇格拉底的「認識你自己」(know thyself)到笛卡兒「我思故我在」〔*cogito*〕)，都認為太個人化、太知識化，而沒有考慮到人身的整體。

(3)無論是反馬克思主義者的赫爾岑(其代表性口號「行動的哲學」〔philosophy of the act〕)和費多羅夫(其說詞：「投射性」〔projective〕的共同任務)，還是早期俄國馬克思主義者，都異口同聲反對「西方」(Western)把思想與行動分成兩截。不過當他們在強調理論與實踐合一時，問題仍舊無法解答：是誰把理論與實踐合一？合一的形式究竟是什麼？史達林(Stalin)統治時期破綻百出的馬列主義的「哲學」(philosophy)奢談合一，卻不曾給自由真正落實的機會。事實上，史達林給思想與自由下達踐踏粉碎的種種限制與壓迫。

自 1982 年以來，俄國過去曾遭遇迫害與忽視的宗教和思辨哲學家之作品，已廣獲再版，也引起了熱烈的討論。在眾多思想家中包括了費多羅夫(Fyodorov)、索羅維也夫(Solovyov)、李翁提也夫(Leontyev)、羅札諾夫(Rozanov)、貝迪也夫(Berdyaev)、薛斯托夫(Shestov)，以及研究胡塞爾哲學(Husserlian)的施佩特(Shpet)等人。

參見 Bakunin 巴枯寧；Berdyaev 貝迪也夫；Herzen 赫爾岑；Lenin 列寧；Plekhanov 普列漢諾夫；Russian nihilism 俄國虛無主義；Solovyov 索羅維也夫

G.L.K.撰　洪鎌德審訂

Ryle, Gilbert　賴爾，吉爾伯特(1900-76)　英國分析哲學家，以其對心靈哲學的貢獻和對笛卡兒主義(Cartesianism)的批駁而聞名。

著名的代表作是《心靈概念》(The Concept of Mind 1949)，該書對他所稱的「笛卡兒二元論」進行了批駁，並捍衛了一種邏輯行為主義(logical behaviorism)。他把這種二元論叫作「機器裡的鬼魂」教條：機器指身體，身體是有形的可公共觀察的；而鬼魂則是喻心靈，它被看作是一個私有或祕密的場所，在裡面發生了感官知覺、意識、內在知覺等的事件。因而人就是這樣的一個心靈和一個身體的結合，心靈通過執行意志來操縱身體。賴爾對這種觀點的批駁既尖銳集中又多姿多采。他發現，這種觀點源於一種範疇的錯誤(category mistake)，即，把關於心靈過程的陳述與關於身體過程的陳述錯誤地視為是屬同一個範疇。這是關於心靈陳述和心靈概念的邏輯中的一個錯誤，也導致了同樣錯誤的形上學理論，即一個人是由兩個相互分離的不同(儘管以某種方式相聯繫)元目——一個心靈和一個身體——所組成。的確，關於有形物的陳述是關於事物和其變化的陳述，但是關於心靈的陳述卻不是，尤其不是關於所謂「心靈」事物的陳述。這兩種陳述實不屬於同一個範疇。為了證明這一點，賴爾提出各種論證，包括心靈與身體之間不可能有因果關係的論證，和無限後退的論證。為了建立其論證，賴爾研究了心靈語詞的用法(亦即其邏輯)，他發現心靈陳述所實際能告訴我們的，就是人的某些可被觀見的活動——包括正在進行的及有傾向做出的活動。例如，理智地做某事，即是以某種方式做具體的事情和使自己的行為適應環境，而不是像「機器裡的鬼魂」教條所指的那樣進行兩種行為，其中之一是心靈的思維行為，由是而產生另一獨立的身體行為。賴爾用了許多對於心靈語詞用法的敏銳而細緻入微的分析，來支持他這種立場。

賴爾的其他著作有很多是關於哲學方法論的，這種方法論支持下述論點(這是《心的概念》的主要內容)，即哲學問題和教條經常是源於概念的混淆，即源於有關語言邏輯的錯誤而生。在這方面的重要文獻，包括頗具影響的文章〈系統地誤導的表達式〉(Systematically Misleading Expressions)和《兩難》(*Dilemmas,* 1954)一書。賴爾一生對希臘哲學頗感興趣，他最後一部主要著作《柏拉圖的進步》(*Plato's Progress*)，是對柏拉圖觀點的變化、學園派(Academy)的角色、柏拉圖對話錄的目的和用途，以及柏拉圖與錫拉庫扎(Syracuse)統治者的關係，提出了頗富新意的假說。

參見 behaviorism 行為主義；category 範疇；philosophy of mind 心靈哲學；Wittgenstein 維特根斯坦

J.W.M.撰　謝仲明審訂

S

S5　S5系統　見 modal logic 模態邏輯

Saadiah Gaon　薩阿迪亞・加翁(882-942)　猶太解經學家、哲學家、禮儀學家、語法學家和詞典學家。出生於埃及法尤姆(Fayyūm)，二十歲時就已編撰其第一部希伯來語詞典。可能是為了逃避因其對卡拉教派(the Karaite，聖經主義派〔biblicist〕，反猶太法典〔anti-Talmudic〕)的抨擊而引發對抗性反擊，他搬遷到提伯利阿斯城(Tiberias)。在那裡，他掌握了語意分析的歸納法技藝，該方法是由穆斯林的穆爾太齊賴派(Mu'tazilites)在捍衛其理性主義的一神論和唯意志論的神義論過程中首創的。在語言學上，他向瑪索拉的編纂者(Masoretes)和禮拜儀式詩人學習，在哲學上，他向受穆爾太齊賴派影響的伊拉克的拉卡(Raqqa)之猶太形上學家達馬德・穆開米斯(Daūd al-Muqammiṣ)和突尼西亞的凱拉望(Qayrawan)之以撒・以色列利(Isaac Israeli)學習，後者是一位新柏拉圖主義化的醫師，其時這位年輕的哲學家與他建立通信往返。但是薩阿迪亞的系統觀使他進步神速並優於他的老師們，該系統觀在其開創性的編年史、祈禱書和比喻綱要中已有所表現，他還從譯成阿拉伯文的柏拉圖著作中孕育出他的思想(但是似乎從亞里斯多德〔Aristotle〕那裡獲取的不是很多)。他採用天文學的、數學的和猶太律法學專家的論據，成功地捍衛了傳統的希伯來曆法，從而樹立了自己的聲望。後來他被召至巴格達而變成「加翁」(Gaon，希伯來語，意為「閣下」〔Eminence〕)，或出任蓬派迪塔(Pumpedita)的古代猶太法典學院院長，其時該院幾乎面臨關閉。他對猶太教法學專家的財產法之詮釋，以及他寫給遠至西班牙的猶太人團體的信函，重振了學院的權威，但是他和美索不達米亞猶太人懷疑宗教教義的世俗首領的一場爭論，導致他被罷免職務而且遭監禁六載，還被剝奪了司法權。他鑽研科學的宇宙論，把很多聖經著作譯成阿拉伯文，並附有哲學的詮釋和主題介紹。大約在西元 933 年，他完成了《批判性抉擇信仰和宣示之書》(*The Book of Critically Chosen Beliefs and Convictions*)，該書係猶太教的第一部哲學大全。其中十篇用阿拉伯文寫的論文捍衛和定義了創造天地、一神論、人的責任和美德、神義論、自然的報應、復活、不朽和報償、以色列人的贖罪，以及有道德的生活種種主題，這十篇論文以較長篇幅介紹了知識論，這在中世紀的論著中是與眾不同的。

薩阿迪亞論證說，就人的幸福而言，任何一件單獨好事都是不夠的；每一件事若孤立開來，都是有害的。猶太教典《托拉》(*Torah*)調和了最令人滿意的大雜燴：食欲和性欲、生育、開化、禁欲、政治、理智、虔智、鎮定。繼拉齊(al-Rhāzī, d. 925 or 932)之後，薩阿迪亞論證說，在這個世界上，既然破壞總是戰勝建樹，那麼痛苦就總是要多於歡樂；因此(正如猶太教法學專家和穆爾太齊賴派的神義論中所說的一樣)，必須假定上帝在來世會糾正這種不平衡。的確，正義是上帝創世的目標——不但善人應得到獎賞，而且所有的人都會獲得應有的報應：灑給善人的光即是折磨惡人的火。但是人們如果應該得到報應甚至報償的話，那麼現世就不僅僅只是一間候客室。真實性本身就成了一種價值：無辜的人們沒有被直接告知他們的痛苦是一次試煉，或者對他們的檢驗是不正當的。只有透過不受干擾地忍受其痛苦，他們才能表現出那些使他們值得獲得最高獎賞的特性。在與美索不達米亞猶太人的世俗首領令人感動地言歸於好後，薩阿迪亞作為閣下終其一生。他的唯意志論、自然主義和理性主義為邁蒙尼德(Maimonides)打下了哲學基礎，而他的歸納詮釋學成為了批判釋經學(critical hermeneutics)的基礎。

參見 Jewish philosophy 猶太哲學
L.E.G.撰　蔡源林審訂

sage　聖人　見 *sheng* 聖

Saint Petersburg paradox　聖彼得斯堡悖論　一個關於賭博的悖論，該悖論促成了預期利潤(expected return)和預期效用(expected utility)的區分。丹尼爾·貝爾努利(Daniel Bernoulli)於 1738 年在聖·彼得斯堡的一家定期刊物上發表了該悖論。它涉及到像類似這樣的賭博：如果第一次投擲硬幣時出現正面(有頭像者)，就贏得二美元；倘若直到第二次才出現正面，就贏得四美元；假如直到第三次才出現正面，就贏得八美元，等等。該賭博的預期利潤是(1/2)2 + (1/4)4 + (1/8)8 + ...，或者是 1 + 1 + 1 + ...，即，是無限的。但是恐怕無人會為了這樣的賭博一擲千金。因此，預期的利潤似乎決定不了理智的選擇。貝爾努利論證說，其實是預期的效用決定著理智的選擇。他還相信財富的效用和財富的量的對數是成正比例的。在他對該賭博的假設下，這種賭博具有有限的預期效用，而且人們愛大筆的錢會勝過愛這樣的賭博。然而，二十世紀的一個關於這個悖論的新版本(被認為是卡爾·門格〔Karl Menger〕提出的)重構了該賭博，用效用支付來替代貨幣支付，結果是在新的賭博版本中有無限的預期效用。既然恐怕無人會用很多效用來和賭博交換，預期效用本身似乎也決定不了理性的選擇。解決該悖論的方法仍在爭論中。
參見 decision theory 決策論；empirical decision theory 經驗決策理論
P.We.撰　王文方審訂

Saint-Simon　聖西門伯爵　本名 Claude-Henri de Rouvroy(1760-1825)，法國社會改革家。貴族出身，最初加入開明的自由主義的資產階級的行列。其牛頓學說式的兩部著作《給一日內瓦居民的信》(*Letters to an Inhabitant of Geneva*, 1803)和《十九世紀科學著作導論》(*Introduction to Scientific Works of the Nineteenth Century*, 1808)擁護孔多塞(Condorcet)的關於科學和技術進步的視野。和奧古斯特·孔德(Auguste Comte)一樣，他也抱著實證主義(positivism)哲學的歷史觀：即認為科學戰勝形上學。寫於戰時的《論歐洲社會的改組》(*The Reorganization of European Society*, 1814)竭力促成建立一個歐洲議會體系來保證和平與團結。從科學主義過渡到和平主義(pacifism)後，他更進一步地邁向了實業主義(industrialism)。

1817 年，在德·梅斯特(de Maistre)和博納爾(Bonald)兩位神權政治思想家的影響下，聖西門放棄了古典的自由主義經濟，並且拒絕自由放任(laissez-faire)的資本主義。《實業制度》(*The Industrial System*, 1820)一書，為階級制度國家、技術專家統治的社會、和計畫經濟設計了方案。未來的工業社會是以生產力和合作的原則為基礎的，且是由一個理性的、高效的階層、實業家們(藝術家、科學家和技術人員)來領導的。他論證說，實證主義和社會大公無私的連結、理性的生產技術與社會的團結一致的連結，以及相互依賴性會克服窮人的困難。實業主義預示了社會主義，而社會主義為以愛為統治法律，即《新基督教》(*The New Christianity*, 1825)一書所寫的世界末日時代奠下路基。這部烏托邦式的專著顯示了聖西門對保守的天主教和新教個人主義的替代選擇，也成了聖西門主義者，一個烏托邦社會主義者的宗派派系的經典著作。
J.-L.S.撰　苑舉正審訂

Sakti　性力　在印度教思想中意指被表徵為濕婆神(Siva)之妻的力量或能量。性力被視為是陰性、活動的神性面向(而與陽性、被動的神性面向形成對比)，能影響宇宙的創造、維持與分解，且擁有智性、意志、知識和行動等模式。

K.E.Y.撰　何建興審訂

Saktism　性力派　見 Sakti 性力

***salva veritate*　保存真值之替換**　見 substitutivity *salva veritate* 保存真值之替換

***sāmādhi*　三摩地**　梵文字詞，意為「心意集中」(concentration)、「超意識狀態」、「意識的轉化狀態」。在印度哲學傳統中，這字詞由於為帕檀遮利(Patañjali，second century B.C.)的瑜伽(Yoga)系統所使用而廣為人知。依據此系統，人的目標在於獲得自我(self)的自由，以使其本性實為純粹意識的自我能擺脫種種物質性存在模式的限制。一般認為，透過一系列的瑜伽修行，自我能擺脫業的束縛，終而進入其作為靈明獨照之意識的源始狀態，此狀態即稱為「三昧」或「三摩地」。印度哲學系統對意識的本質、心的概念和自我的觀念，有很多認識論和形上學的探問並為之爭論不休。哲學家們也想了解，已經達到三昧的瑜伽行者是否仍受到世俗道德規範的限制。這議題同尼采(Nietzsche)價值重估的觀念相類似。

參見 Nietzsche 尼采

D.K.C.撰　何建興審訂

***samanantara-pratyaya*　等無間緣**　表達某種因果關係的佛教術語，意為「直接地前行且相似的條件(immediately antecedent〔*anantara*〕and similar〔*sama*〕condition)」。根據佛教的因果理論，每一存在物都是諸剎那事件的連續體。這些剎那事件可能以種種方式彼此因果相連，其中一種即為「等無間緣」一詞所表示。這種因果聯繫強調，每一剎那事件有一直接前行的同類事件作為其存在的必要條件。譬如，某連續體中的一感受剎那之所以發生的諸必要條件中，必定包含該連續體中某一直接前行之感受剎那的發生。

P.J.G.撰　何建興審訂

***samatha*　止**　佛教術語，意為「寂靜」(tranquillity)或「平靜」(calm)。這字詞描述一種禪定修習及透過這修習所達致的意識狀態。「止」的涵養在於降低心識的情感層次，終而臻至情緒不復存在的意識狀態。由於所有種類的情緒紛擾都可能會阻礙對事物實相的清明知覺與理解，該意識狀態遂為人賦予了解脫的意含；情感的減損因此有助於獲得真確的認識。設計用來減損情感的禪定修習在本質上是一種心意的專注。

參見 *jhāna* 禪定；*vipassanā* 觀

P.J.G.撰　何建興審訂

Samhita　本集　見 Vedas 吠陀

Śaṁkara　商羯羅　見 Shaṅkara 商羯羅

saṁsāra　輪迴　梵文字詞，意為「流轉」(going around)，在印度教思想中意指造成人生困境的反覆重生之循環。輪迴是靈魂由此世至他世，此身至他身的轉世過程中，不斷來去的生死循環。它是業力法則的展現，人的行為會在未來成熟為果報，以某種形態、地位及性格的人身於未來世顯現，一般人超脫輪迴的希望渺茫。在一些思想體系裡，業(karma)、重生和輪迴之間的關係體現一高度機械化的宇宙酬償法則，據此法則，人的行為造成他自己應得的獎賞或懲罰。對有神論者而言，神是輪迴的終極控制者，祂能打破和調節生死輪環，藉由祂的慈悲或恩惠，人可以擺脫過去行為的繫縛而免於再受轉世之苦。

參見 avatar 化身

R.N.Mi.撰　何建興審訂

Sanches, Francisco　桑切斯，弗朗西斯科(c.1551-1623)　葡萄牙出生的哲學家和物理學家。在法國南部長大，在蒙彼利埃大學(Montpellier)獲得醫學學位。從醫十年後，出任圖盧茲大學(Toulouse)的哲學教授，後來又任醫學教授。

他最重要的著作《論無物被知》(*Quod nihil scitur*〔*That Nothing is Known*〕, 1581)是懷疑論證的經典。在他寫此書的同時，他的表兄蒙田寫了〈為萊門德．塞邦辯護〉(Apology for Raimund Sebond)一文，嚴格地批評了亞里斯多德(Aristotle)的認識論。桑切斯是從宣稱自己甚至不知道是否一無所知開始的。隨後他考察了亞里斯多德的下述觀點：科學是由某些藉由證明而從真實的定義中得到的知識構成的。首先，我們沒有這樣的定義，因為我們所有的定義僅僅是事物的任意的名稱。亞里斯多德的證明理論是無用的，因為在三段論證的推理過程中，結論必須是作為前提的證據的一部分。譬如，除非一個人知道蘇格拉底是會死的，他怎能知道所有的人會死？而且，倘若一個人挑選了正確的前提條件，那麼任何事情都可以通過三段論證的推理得到證實。這不能產生真正的知識。更進一步說，我們無法經由原因認識任何事物，因為一個人會被迫要求知道原因的原因，以及這些原因的原因，以至無窮。

桑切斯還駁斥了柏拉圖(Plato)的認識論，因為數學知識是關於觀念而非真實的個體。數學只是假設的，它與經驗的相關性是未知的。真正的科學是由關於一個事物的準確無誤的知識構成的。每一個特殊的事物是在它自己和藉著它自己被理解。這樣的知識只能由上帝獲得。我們無法一個一個地研究客體，因為它們都是相互聯繫和銜接的。我們的官能也不完全可靠。因此，真正的知識是人無法得到的。藉著運用「科學的方法」(係由桑切斯第一次使用的一個詞語)，我們所能做的就是搜集細微的經驗訊息並且對其進行謹慎的判斷。其觀點在十七世紀是眾所周知的，而且可能啟發了加森地(Gassendi)和其他人的「溫和的懷疑主義」。

參見 skepticism 懷疑論

R.H.P.撰　丁福寧審訂

sanction　制裁　其作用旨在處罰或報償的任何事物。對社會的制裁(social sanctions)、法律的制裁(legal sanctions)、內心的制裁(internal sanctions)和宗教的制裁(religious sanctions)做區分，是很實用的。社會的制裁是法外的壓力，由其他人施加給行為者。例如，如果我們以某些方式行為舉止，他人或許會不信任我們、排斥我們、甚至在肉體上攻擊我們。法律的制裁包括肉體的懲罰、監禁、罰款、收回合法經營權或者禁止出境、以及其他的懲罰。內心的制裁可能不僅包括罪惡感，而且還包括幫助他人而獲得感同身受的快樂，或者做正確之事而得到良心上的滿足。神的制裁(如果有的話)則是在我們生前或死後，由某一個神賜予我們的獎賞或懲罰。

關於制裁存在著一些重要的哲學問題。是否應該把法律定義為規則，違反了它就會引起國家的懲罰？假如不存在關於某種行為的社會制裁，那我們是否有依某種特定方式做該行為的道德義務？如果沒有，那麼對道德義務做習俗論式的解釋(conventionalist account)，似乎是不可避免的了。再者，在何種程度上，外部和內心制裁的聯合作用，才能使合乎理性的利己主義(〔rational egoism〕或謹慎〔prudence〕、自利〔self-interest〕)和道德相一致？

B.W.H.撰　謝世民、吳妍儀審訂

Śaṅkara　商羯羅　見 Shaṅkara 商羯羅

Sankhya-Yoga　數論-瑜伽學派　以非物質的神我(*purusha*)和物質的自性(*prakṛti*，原質)為根本實在的印度教思想系統。自性由質輕、微細的喜德(*sattva*)、質重、粗糙的闇德(*tamas*)及活動的憂德(*rajas*)所組成，而——在某個意義上——為物質、力量、空間和時間的來源。數論的物理論藉由考察其構成分子的性質來解釋複合物。

宇宙恆常地擺動於上述三德不相混合和它們相互混合的狀態。三德相混合時，它們組合成物理對象，其中有些更成為某些神我的肉身，且造成輪迴轉世。神我本質上是被動的，種種心理屬性僅屬於自性與神我的結合物，這使得批評家們質問說，在物理元素離異之後，吾人應該如何解釋各個心靈(mind)的個體性。數論派的回答是，各個神我有它自己的輪迴史。批評家們(如正理-勝論學派的哲學家們)並不滿意這樣的答案，因為這答案無法顯示出各個神我間理應具有的根本區分。這樣的批判也與不二論吠檀多及其他形態的吠檀多理論相關，對前者而言，一切神我間的區分但為幻相，後者則認為心靈在本質上——而非在與自性結合時——具有意識。數論派聲稱，並不可能有自無中突現的性質，所以任何結果或效應必然在某個意義上預先存在於原因內。

參見 Hinduism 印度教

K.E.Y.撰　何建興審訂

Santayana, George　桑塔耶那，喬治(1863-1952)　桑塔耶那為西班牙裔美國哲學家與作家。孩提時抵達美國，在哈佛大學受教育，後晉升為該校教授。桑氏觀點由於其著作《美感》(*The Sense of Beauty*, 1896)而第一次為人所知，書中認為美是客觀化的愉悅(pleasure)。他在《理性生活》(*The Life of Reason*, 5 vols., 1905)中所提出的著名自然主義看法，則是通過日常生活、社會、藝術、宗教和科學以追溯人類的創造性。他否認其哲學曾有過任何改變，但是呈現其思想成熟期看法的兩本作品——《懷疑主義與動物信仰》(*Skepticism and Animal Faith*, 1923)和《存有的領域》(*The Realms of Being*, 4 vols., 1927-40)——則審慎地表達某種存有論意涵、而非強調他早期作品中所表現的現象學色彩。

依據桑塔耶那的看法，人類是偶然才生活在物質世界的動物。(人類的)反省應該等同於人類那種專注於吃喝與逃避的基本行為，而動物信念的哲學就是釐清那些含藏於這類行為中的信念，並且是關連於直接意識與信念兩者之對象的某種實在論。知識是以象徵性辭彙(symbolic terms)所表達的真實信念。作為象徵，此信念構成了感官、詩歌和宗教的絕美世界；作為知識，此信念則引導成功的行為並受其檢驗。

桑氏曾受教於威廉・詹姆士(William James)。他強調行為的首要性，這點頗近於杜威(Dewey)的想法。但是一般而言，他並不是個實用主義者。他把自然視為人類行為所形構而成的場域；並把覺知(sentience)視為孤立的、私有的，而經驗即是處於此異化世界中的覺知之流動(flow)。雖然他認同柏拉圖(Plato)，認為形式獨立於心靈而存在，並且也同意叔本華(Schopenhauer)關於人類前景黯淡的說法，不過他還是最贊同亞里斯多德(Aristotle)。

桑氏成熟期的四域存有論區分了「本質」(essence)與「材料」(matter)。本質是明確性(definiteness)的形式。在數量上，本質是無窮盡的，且包含了可能的一切事物。其永恆性使它們不具因果性，因為它們是可能性，所以無法實現自身。而材料則是一種無理序(surd)與不具形式的力量，藉由篩選本質以現實化而產生物質世界。真理是一個經由材料與形式的交疊而產生的存有域：它是本質的永恆紀錄，在世界史(的進程)中，這些本質於現在、過去與未來都會被實現。精神或意識不能被化約成產生其自身的物質有機性動機。精神或意識是由一連串的行為或直覺所構成，它們的對象是本質，然而其時間距離式的綜合本性則使本質無效。

有機選擇性(organic selectivity)是價值的源泉。依此，每一個有機體的善，是其本性的某種功能。桑塔耶那想得很簡單：某些這類的善是不可約分的(incommensurable)；同時也悲觀地認為：它們彼此之間不能相容。在有利的情形下，短時間之內，某種理性的生活或最和諧滿足之生活是可能的。人類的最大成就就在於精神的生活，在這種生活中，吾人克服了動物性的偏私與(超越)所有的評價活動，以享受永恆本質的直覺。桑氏把精神性等同於那種宗教與正確哲學所能夠提供的最好情況。這並不能讓我們逃離有限與死亡，卻能使我們超脫煩憂而直覺到永恆。

桑塔耶那的精緻觀點博得眾多的仰慕者，卻甚少跟隨者。其思想系統完足一貫且把各元素——例如物質主義與柏拉圖主義——予以思辨地綜合，而這樣的綜合迄今為止仍被視為是不可能調和的。他的嫻熟寫作方式使其著作深富啟發與愉悅意義，縱使其不少的特殊觀點遭致其他哲學家的非難。

J.La.撰　林維杰審訂

Sapir-Whorf hypothesis　沙帕-伍夫假設　廣義而言，指的是人的知覺、思想和行為會受到人的語言影響的斷言。該假設以班傑明．李．沙帕(Benjamin Lee Whorf, 1897-1941)及其老師愛德華．伍夫(Edward Sapir, 1884-1939)之名來命名。我們可以根據語言影響的程度，來對這個假設區分出幾種版本；最強的版本是：語言會完全地、無法改變地決定我們知覺、思想和行為的基本結構。該假設最激進的主張是：現實世界是由語言所建構的，不同結構的語言建構不同的、無法共量的現實世界。

參見 linguistic relativity 語言相對性；philosophy of language 語言哲學；social constructivism 社會建構主義

T.Y.撰　王文方審訂

Sartre, Jean-Paul　沙特，尚-保羅(1905-80)　法國哲學家及作家，二次大戰後存在主義(existentialism)的主要倡導者。其哲學核心為寶貴的自由概念及伴隨而來的個人責任感。在他死前幾年的一次晤談中，他堅持，他從未停止相信「最後，人往往要為他的所做所為負責」(in the end one is always responsible for what is made of one)，這只是他早期鮮明口號的稍事修訂，此早期口號即為「人造就了自身」(man makes himself)。的確，作為黑格爾(Hegel)、馬克思(Marx)、胡塞爾(Husserl)及海德格(Heidegger)的研究者，也因為他自己身體的虛弱及戰爭的悲劇，沙特必然十分明瞭人類自由的許多限制及阻礙，但作為一個笛卡兒主義者(Cartesian)，他從未偏離笛卡兒(Descartes)有關人類意識所作的經典圖像，意識是自由的，並不同於它所處的物理世界。沙特告訴了我們，人類從未從他的「境遇」(situation)當中獲得自由，即使他往往有否定(或解消)這種境遇，並且試圖改變它的自由。成為人類、享有自覺，就是擁有想像的自由、選擇的自由，且對一個人的命運負責。

作為一名學生，沙特著迷於胡塞爾的新哲學方法，現象學(phenomenology)。他的第一篇論文便直接對胡塞爾做回應，且應用了現象學的方法。他於 1936 年論〈幻覺〉(The Imagination)一文，建立了隨後許多想法的基礎：我們在這個世界中，那想像異於這個世界的顯著自由，及(追隨康德〔Kant〕)這種能力知會了我們所有經驗。在《自我的超越》(*The Transcendence of the Ego*, 1937)中，他重新思考了胡塞爾的核心觀點「現象學的還原」(phenomenological reduction)(檢驗意識本身本質結構的觀點)，並主張(追隨海德格)我們無法在檢驗意識的同時，卻沒有認知到世界中實際客體的真實。換句話說，不會有這樣的「還原」(reduction)。在他的小說《嘔吐》(*Nausea*, 1938)中，沙特在一個延伸的例子裡造就了這項論點：他令人厭煩而又常嘔吐的敘事者，在公園遇到了一株結滿瘤的栗樹，且本能地驚覺它的存在是「給定的」，並且是完全無法「解消的」(irreducible)。在《自我的超越》中，沙特亦重新思考了自我(self)的概念，而胡塞爾則(如許多早期的哲學家一般)將它等同為意識。但沙特主張，自我並不在意識「之中」(in)，更非等同於意識。自我是在，「世界之中，像他者的自我一樣」(in the world, like the self of another.)。換句話說，自我是一種在世界中和其他人一起的持續規劃；它並不只是本身的自我知覺(self-awareness)或自我意識(self-consciousness)如「我思，故我在」(I think, therefore I am)一般。

這種自我和意識的區分，以及對於將自我視為單純的自我意識的觀念，為沙特最偉大的哲學論述，也就是《存在與虛無》(*L'être et le néant*〔*Being and Nothingness*〕, 1943)，提供了架構。它的結構毫不諱言是笛卡兒式的，意識(為己存有〔being-for-itself; *pour soi*〕)在一邊，單純事物的存在(在己存有〔being-in-itself; *en soi*〕)在另一邊(這措詞源自於黑格爾)。但沙特並沒有落入笛卡兒的陷阱，將這兩種存有指定為不同的「實體」(substances)。取而代之的是，沙特將意識描述為「無」(nothing)，「並非事物」(not a thing)而為一種活動，是「從無處來的一陣風吹向世界」(a wind blowing from nowhere toward the world)。沙特在發展這項主題時，往往引用自內心深處而來(visceral)的隱喻(metaphor)(像是「蜷曲在存有核心的蟲」〔a worm coiled in the heart of being〕)，但對哲學讀者而言，他們多半在康德較無隱喻的著作中，熟悉沙特所論述的東西。康德亦對這類的愚論(謬誤推理〔paralogisms〕)提出警告，即將意識本身理解為一種(可能的)意識客體(object of consciousness)，而非建構意識客體(objects)的活動。(就像照相機的鏡頭永遠無法看見自己，而在鏡子中只能看見自己的反映，意識永遠無法視自己為意識，而只是透過它對客體的經驗，知覺到自己，「為了自己」〔for itself〕。)從存有學的角度而言，我們可以將「虛無」(nothingness)思考成「無-物-性」(no-thing-ness)，比起那些會把它變成奇怪事物的說法，這是一種較不粗暴的建議。

透過意識的虛無及其活動，「否定」(negation)進入了世界，即我們能夠想像這個世界異於它實際存在的那個樣子，且必然不可避免地想像「我們異於我們」似乎成為的那個樣子(ourselves other than we seem to be)。而由於意識為虛無，它並不歸屬於因果規則(rules of causality)。《存在與虛無》的論證核心及沙特對人類自由之首要堅持，在於他認為意識無法以因果的角度來理解。它往往是自決的(self-determining)，就像「是其所非，非其所是」(it always is what it is not, and is not what it is)，一種好玩的悖論，指涉到我們往往處於選擇的過程之中這項事實。

意識是無(nothing)，但自我往往要成為某物。在我們的生命過程中，我們累積了一堆事實，那是我們的「真相」(true)，我們的「現實性」(facticity)，但在我們的生活中，我們仍然自由地在發展新的規劃和野心，即我們的「超越」(transcendence)之中，想像新的可能性，改革自己，並重新詮釋我們的現實性。這種不確定性意味著我們永遠不會固定「是」(be)任何事物，當我們試著要將自己建構為某種特殊事物，不管是一種社會角色

(警察、服務生)，或是某種特質(害羞、知性、怯懦)時，我們都處於「不良信念」(bad faith)。「不良信念」錯誤地將我們視為某種固定且安置好的事物(沙特完全否定弗洛伊德〔Freud〕及其理論所主張的，潛意識決定了我們的人格及行為)。但是，若將我們視為擁有無限可能的存在物，且忽略所有我們的選擇必須限制在一般事實和情況中進行，這同樣也是「不良信念」。一方面，我們不斷試著定義我們自己；另一方面，我們總有從我們所成為的事物逃開的自由，且往往對我們所造就的事物負有責任。然而，在現實性和自由之間，往往沒有簡單的解答或「平衡」(balance)，而是一種辯證或緊張關係。結果是我們那種想成為神，又想同時「在己」(in-itself)和「為己」(for-itself)的挫折慾望。但這與其說是褻瀆神，不如說是絕望的表達，一種存有學原罪(form of ontological original sin)的形式，不可能同時自由而又成為我們所想要的。

然而，生命對沙特來說更為複雜。在對等於「在己存有」及「為己存有」之外，沙特宣稱還有第三個基本的存有學範疇：「對他存有」(being-for-others)，它並非前兩個範疇的衍生物。說它不是衍生物，是堅持我們對他者的知識並非推導出來的，例如，藉由某種類比論證，從他人的行為，並且，我們自己也不是全然藉由自我決定及有關於我們的事實而建構起來的。對於我們的「對他存有」經驗，沙特在他所謂的「注視」(the look〔*le regard*〕)中，給了我們一個冷酷但卻熟悉的日常生活例子。某人撞見我們「正在」(in the act)做某種羞愧的事，而我們發現我們以他們的角度定義自己(大概也反抗這種定義)。在《聖惹內》(*Saint Genet*, 1953)中，沙特反倒將十歲的惹內(Jean Genet)描寫成小偷。因此，我們也傾向於在我們所做的判斷中相互「撞見」(catch)，且往往以不討人喜歡的角度相互定義。但是，在我們對自己的感受中，這些判斷變成了一項基本而無法避免的成分，而它們實際上也導致了衝突，那是在他的劇本《沒有出口》(*No Exit*, 1943)中，如此基本而且令人挫折的衝突。沙特讓他的一個角色說出了這句名言，「別人都宛若地獄」(Hell is other people)。

在他的後期著作中，特別是《辯證理性批判》(*Critique of Dialectical Reason*, 1958-59)，沙特逐漸轉向政治，特別是，朝向以存在主義的原理為馬克思主義(Marxism)辯護。這蘊涵了拒絕唯物主義者決定論(materialist determinism)，但它也需要一種新的團結感(solidarity)(或者沙特渴望追隨海德格所稱的「共存」〔Mitsein〕或「與他人存在」〔being with others〕)。因此，在後期著作中，他奮力找尋克服衝突和孤立，或者說他在《存在與虛無》中所描述的「中產階級」(bourgeois)意識的方法。毫不令人驚訝地(因為他持續的政治活動)，他在參與革命中找到了。與他拒斥中產階級的自我中心協同一致，沙特拒絕了1964年頒給他的諾貝爾文學獎。

參見 Continental philosophy 歐陸哲學；existentialism 存在主義；Marxism 馬克思主義；phenomenology 現象學

R.C.So.撰　苑舉正審訂

***sat/chit/ānanda*　真、智、樂**　或 *saccidānanda*，將最高真實詮表為存在、智性和喜樂(existence, intelligence, bliss)的三個梵文字詞。商羯羅(Shaṅkara)等不二一元論吠檀多思想家藉這詞組以指示，絕對者(Brahman，梵)之為存在、純粹意識及絕對價值或自由三者整一的狀態。這三者不應看作是限定大梵的屬性或附加物，而只是用來表達人所體會到的梵之本性的概念。存在(*sat*)也是真理(*satyam*)，這強調說，梵作為存在自身——而不是與另一事物相對的存在物——而為人所認識。智性(*chit*)是純粹意識，意即無對象的意識；喜樂(ānanda)既是無限自由與無窮可能的體驗，也是超越塵世之樂和解脫二者的至福。印度教有神論者將真、智、樂理解為至上神的屬性。

參見 Advaita 不二一元論；Brahman 梵；Vedanta 吠檀多

R.N.Mi.撰　何建興審訂

satisfaction　滿足　由塔斯基(Tarski)提出的一個語意學的輔助概念，目的是要給包含量詞的語言的真值下一個遞歸的定義。直覺上，滿足關係的成立包含了自由變量(free variables)的公式(例如「Building(x) & Tall(x)」)，以及對象(諸如「帝國大廈」)或者對象序列，並當且僅當該公式「成立於」(hold of)或者「適用於」(apply to)這些對象。因此，Building(x) & Tall(x)只被所有高的建築物所滿足，而~Tall(x_1) & Taller(x_1, x_2)被任何一組對象所滿足，只要其中第一個對象(與 x_1 相對應)不高，但是仍然比第二個(與 x_2 相對應)高一些。

當用含有自由變量的公式所構做出的句子，來定義語言的真值時，「滿足」這概念是必要的，因為真和假的概念不直接適用於這些「開放」的公式。因此，我們不能根據這個開放公式 Building(x) & Tall(x)的真或假，來表示句子∃x(Building(x) & Tall(x))(某個建築物是高的)的真值，這是因為前者既不是真的也不是假的。但是要注意，當且僅當這個公式滿足於某個對象，這個句子才是真的。由於我們可以為(可能是開放的)公式給出一個關於滿足概念的遞歸定義，這使我們在給真下定義時能運用這個輔助概念。

參見 semantic paradoxes 語意悖論；tarski 塔斯基；truth 真理

J.Et.撰　李瑞麟審訂

satisfaction conditions　滿足條件　見 Searle 瑟爾

satisfiable　可滿足　指一組句子有一個共用的模型(或結構)，在該模型的解釋下該組句子均為真。在現代邏輯學中，滿足性(satisfiability)類比於語法中或者證明論中一致性(consistency)這個概念，也就是任何明確矛盾的不可證明性(the unprovability of any explicit contradiction)。初階邏輯的完備性定理(the completeness theorem for first-order logic)，即所有有效(valid)的句子都是可被證明的，可以用滿足性來表示；語法的一致性蘊涵了滿足性。該定理不必然適用於初階邏輯的外延。對二階邏輯的任何合理(sound)證明系統來說，存在一個不可滿足的句子集合，而且不會從這個集合(根據二階邏輯)推導出任何矛盾。這是根據哥德爾不完備定理(Gödel's incompleteness theorem)。初階邏輯模型論的最重要結果之一與滿足性有關：由哥德爾於 1936 年提出的緊緻性定理(compactness theorem)指出，如果一個句子集合的任何有限子集均是可滿足的話，則該集合本身也是可滿足的。緊緻性定理可由初階邏輯的完備性定理立刻導出，而且是證明句子集合一致性的一個相當有效的方法。

參見 compactness theorem 緊緻性定理；completeness 完備性；Gödel's incompleteness theorems 哥德爾不完備定理；model theory 模型論；proof theory 證明論

Z.G.S.撰　李瑞麟審訂

satisfice　滿意就好　只要求夠好的，或做得夠好即可，而非要求最多的或是最好的。滿意就好是「使滿足」(satisfy)的消退形式，經濟學家赫伯特・西蒙(Herbert Simon)和其他人，用它來說明非最適化的選擇和行為。有些經濟學家認為，由於時間或訊息的侷限性，會使得個人、公司或政府，想把快樂、利潤、市場占有率(market share)、收益(revenues)或其他想得到的結果極大化，而這種想法是達不到的，或是不該這麼做的。因此，退而求其次，如果能感到滿意就好，那也是合理性的，雖然這還比不上理想的合理性。很多正統經濟學家認為，人能夠而且應該依據極大化(maximizing)或最適化(optimizing)的原則來做選擇，但是「滿意就好」的模型，已經在經濟學、演化生物學和哲學等諸多領域中運用。

生物學家有時認為，演化的變動主要是根據「夠好」(good enough)，或對環境的壓力有令人滿意的適應(satisficing adaptations)即可，而非必然要對環境的壓力有最適化的調整(optimal adjustments)。但是在哲學裡，最近常使用「滿意就好」這個觀念的，是倫理學和理性選擇理論(rational choice theory)這兩個領域。經濟學家通常認為，只有在決策時遇到不必要的制約條件，才會接受「滿意就好」的概念。某些學門會把滿意就好視為完全可以接受的概念。在倫理學裡，最近對於道德滿足(moral satisficing)這個觀點已有共識。例如，某人捐贈一大筆錢給慈善事業，但這筆錢還是少於他所能捐贈的。我們可以用效用主義的方式，來呈現「滿意就好」的意義：只要能正面地或是以更寬容的方式來做出貢獻(而非以極大化的方式)，對人類的幸福有益即可。在這種情況下，就可以說他們的行為從道德上來說是正當的。邊沁(Bentham)最初提出的「效用原則」(principle of utility)和波普爾(Popper)的「消極效用主義」(negative utilitarianism)，是兩個滿意就好效用主義(satisficing utilitarianism)的例子。應該注意的是，「滿意就好」效用主義，比起「效用最適化」(optimizing forms)來說有一項優點：容易從外在的形式來計算道德的優越程度(supererogatory degrees of moral excellence)。甚者，任何把道德滿足視作可容許性(permissible)的道德觀點，就讓在那種情況——最適地超越單純的可接受性(acceptable)——中的道德超責(moral supererogation)可以成立(make room for)。雖然道德滿足小於最適的道德行為，但或許會比在同樣環境下，所做出的「只能容許」的行為，更值得稱讚。也就是說，有些「道德滿足」，其實可以視為職責之外的(supererogatory)滿意。

最近研究個人理性選擇的著作中，有些哲學家論證說，「滿意」本身其實就是可以接受的，而非只是次佳的。西蒙也同意，企業家可以只追求滿意的利潤或市場占有率，而非追求其極限值(maximun)。有些哲學家進一步聲稱，有時我們會根據已擁有的，或正在享受的利益，而理性十足地拒絕唾手可得的更佳利益。我們會對已經吃過的感到滿足，不會考慮吃第二塊派的成本；雖然願意承認還想再享用一份，但卻會拒絕地說：「我已經夠了。」這樣的例子，是否可以說是真正的拒絕(因為已經夠好而拒絕更好的)，這還是可以爭論的問題。然而有些哲學家認為，有時可以用理性來要求「滿足」，但要把理性最適化，卻是不可接受的。在對享受過的東西沒有完全滿意的情況下，不斷地從食物或性追求快樂，似乎是被迫的，而非理性的。如果對這些物品的態度具有真正的理智，那就不會貪得無饜：到某個程度之後就夠了，也不想再要了，即使「能」(could)因而再得到更多的快樂。

其實「滿足」有時有其實用上的理由，這個論點使人想到亞里斯多德(Aristotle)的觀點，說節制在本質上是合理的，而不只是一種獲得日後享樂、避免將來痛苦和疾病的必要方式(這種方式是伊比鳩魯派〔Epicureans〕對節制〔moderation〕的觀點)。「滿足」這個觀念的最重要倡導者，或許就是柏拉圖(Plato)，他在《斐利布斯》(*Philebus*)中說，如果要把快樂當作對我們有益的事，那就必須有衡量或限制我們(渴望)快樂的標準。從既定的資源中，貪得無饜地去索取快樂是無益的。根據這種觀點，節制性的滿足，是使人獲益並興盛的必要前提，而不只是對個人利益或財富積累的一種理性節制。

參見 decision theory 決策論；Hedonism 享樂主義；Rationality 理性；utilitarianism 效益主義

M.A.Sl.撰　賴建誠審訂

saturated　飽和的　見 Frege 弗雷格

Saussure, Ferdinand de　索緒爾，費南特．德(1857-1913)　瑞士語言學家及結構語言學

派的創立者。他在語言學方面的研究，對後來法國結構主義哲學的發展有重要影響，也對於結構人類學、結構主義的文學批判及當代符號學，有同樣重大影響。他對語言學研究的鑽研，主要是受惠於萊比錫大學(the University of Leipzig)的哥第爾(Georg Curtius)，以及萊斯(Leskien)和布魯曼(Brugmann)這般未來的新文法學家(Junggrammatiker)。在出版了他重要的《論印歐語言中母音的原始系統》(*Mémoire sur le système primitif des voyelles dans les langues indo-européenes*, 1879)之後，索緒爾前往巴黎，參加了「語言學學會」(Société Linguistique)並教授比較文法。1891 年，他回到了瑞士，在日內瓦大學教梵文、比較文法及普通語言學。他的主要著作《普通語言學課程》(*Course on General Linguistics*, 1916)，則是在他辭世之後，由學生的筆記和他的原始講稿整合而成。

《普通語言學課程》反對一般歷史及比較哲學對語言的進路，提出索緒爾所謂的語言學之科學模型，這模型部分是借自於涂爾幹(Durkheim)。它視語言(*la langue*)的「社會事實」(social fact)為其對象，以別於個別言說事件(*la parole*)的多樣性，亦與語言(*le langage*)自身有所區隔，後者則是由言說事件和文法規則共同形成的普遍歷史本身。藉著將實踐言說的獨特及偶然元素分離出來，索緒爾因此把語言(*la langue*)視為語言學要素及規則的客觀集合，作為一個系統，它左右著實際社群中對語言的特定使用。

一般認為，正由於系統的一致性和語言的普遍性，使得索緒爾對語言學的處理，原則上借重於靜態或共時的(synchronic)面向，而非歷史或歷時的(diachronic)面向。對索緒爾而言，語言系統是符號的「倉庫」(treasury)或「檔案室」(depository)，而每個語言符號的基本單位，其本身具有兩個面向，一為音素成分(即「意指」〔the signifier〕)，另一為語意成分(即「所意」〔the signified〕)。他稱前者為「聽覺的」(acoustical)或「聲音的」(sound)影像，因而也可以用書寫的方式來呈現圖像，後者則為「概念」(concept)或「意義」(meaning)。索緒爾將意指釋為想像或記憶中語言聲音的再現，即一種「心理現象」(psychological phenomenon)，以對應於語音實際發聲的確定範圍。它的明確性質來自於特定語言中，它與其他意指之間的分別。每一個意指的功能，作為明確的實體，就是要傳達特定的意義——或為「所意」概念——而這純粹是由約定成俗的結合所安排出來的。

雖然意指和所意之間的關係造成了索緒爾所謂符號的「確定」(positive)事實，符號的語言學價值(它精確的描述斷定)終究是來自它在整體語言系統中的位置，也就是在語詞的縱向聚合關係(paradigmatic relation)與橫向組合關係(syntagmatic relation)中，予以結構及功能上的區分。意指在差異區分中得以指出；意指與其相關的所意概念則是任意結合的；符號唯有透過它們在整體語言系統中的配置，才能下其所做的斷定：這些事實使得索緒爾主張，語言主要是一種封閉的差異(difference)形式系統，而對語言的研究基本上是由它自主的結構性判定來支配的。

這樣一來，語言學不過是一般社會符號系統研究中的一部分，也就是索緒爾所謂符號學(semiology)的這樣廣泛科學。索緒爾的洞見被後來的日內瓦(Geneva)、布拉格(Prague)及哥本哈根(Copenhagen)語言學學派所採納，也被俄國形式主義者(formalists)所接受，還被法國及其他地方的結構主義者予以進一步地發展，以及近來針對文學批評(literary criticism)、社會人類學(social anthropology)及精神分析(psychoanalysis)的符號學進路所發揮。

參見 meaning 意義；philosophy of language 語言哲學；structuralism 結構主義；theory of signs 記號論

D.Al.撰　蔡錚雲審訂

scalar implicature　**程度推論**　見 implicature 語用蘊涵

scepticism　**懷疑主義**　見 skepticism 懷疑論

S

劍橋哲學辭典

Schadenfreude　幸災樂禍　見 value 價值

Scheler, Max　舍勒，馬克斯(1874-1928)　德國現象學家、社會哲學家和知識社會學家。生於慕尼黑(Munich)，就讀於耶拿大學(Jena)；1907 年回到慕尼黑後，與現象學有了接觸，特別是早期胡塞爾(Husserl)和其慕尼黑派的追隨者的實在論的觀點。舍勒早期的著作是關於倫理學的現象學研究，該研究導致了其最後成形的價值理論：他描述了同情和怨恨的道德感受，還寫了一本《倫理學中的形式主義和實質價值倫理學》(*Formalism in Ethics and a Non-Formal Ethics of Value*, 1913)，批評了康德(Kant)的形式主義和理性主義。第一次世界大戰期間，他是一位強烈的民族主義者，寫了一些文章來支持戰爭；這些文章也是對現代文化的哲學批判，反對「盎格魯-撒克遜」的自然主義以及理性分析。儘管他後來形成了更廣泛的共同體概念，但對現代性的這類批判，仍然是他寫作的一個經常性的主題。戰後，他轉向了天主教，這使他把現象學的描述應用到宗教的現象和感情之上，後來他又轉向了關於人類學和自然科學的主題。

舍勒現象學方法的核心，是關於本質的客觀性的概念，這些本質儘管包含在經驗中，但卻是先天的，獨立於認識者的。對舍勒而言，價值雖說不是柏拉圖式的，但卻是這類客觀的本質。它們的客觀性在直接的經驗和感情中，憑直覺即可被理解，正如我們在體驗音樂中的美，而不只是聽到一些聲音一樣。舍勒在價值評判或看待價值的觀(它們在歷史是相對的和可變的)和價值(它們是獨立的和不變的)之間做了區分。存在四種這樣的價值：快樂、活力、精神和宗教，其等級的劃分既可直接直觀到，也可按照各種各樣諸如持續的時間和獨立性這樣可感知的標準建立起來。與這些價值相對應的是各式各樣的人，他們不是價值的創造者而是價值的發現者、歷史的揭示者和典範：「消費的藝術家」、英雄、天才和聖徒。類似的價值等級也適用於社會的形式，社會的最高層是教會，或是一個團結博愛的基督教共同體。舍勒批判了消滅等級的自由主義傾向，因為它破壞了等級的劃分，導致了種種形式的怨恨、個人主義和民族主義，這些全都代表了錯誤的價值序列。

參見 Husserl 胡塞爾；Kant 康德；naturalism 自然主義；phenomenology 現象學

J.Bo.撰　顧忠華審訂

Schelling, Friedrich Wilhelm Joseph　謝林，弗里德里希·威廉·約瑟夫(1775-1854)　德國哲學家，他思想的變化涵蓋了德國觀念論(German idealism)的整個歷史。作為一個施瓦本人(Schwabian)，謝林早先就讀於圖賓根(Tübingen)，和荷爾德林(Hölderlin)及黑格爾(Hegel)是同窗好友。年輕的謝林是費希特(Fichte)的《知識學》(*Wissenschaftslehre*)的熱心講解者，而且早年就寫了好幾篇講解知識學的文章。他在萊比錫(Leipzig)大學學習了自然科學和數學後，於 1798 年在耶拿(Jena)加入了費希特的學術圈子。這時候，在諸如《關於教條主義與批判的哲學書信》(*Philosophische Briefe über Dogmatismus und Kritizismus*〔*Philosophical Letters on Dogmatism and Criticism*〕, 1795)這樣的著作中，謝林表現出了對費希特哲學的懷疑(尤其是後者關於自然的論述)和對史賓諾莎(Spinoza)的濃厚興趣。然後他開始撰述體系化的「自然哲學」(Naturphilosophie〔philosophy of nature〕)，其中自然較之於牛頓(Newton)的科學或先驗觀念論(transcendental idealism)受到全面的對待。在他關於這個主題的許多出版物中，比較重要的有《關於自然哲學的諸觀念》(*Ideen zu einer Philosophie der Natur*〔*Ideas concerning a Philosophy of Nature*〕, 1797)和《論世界靈魂》(*Von der Weltseele*〔*On the World-Soul*〕, 1798)。

先驗觀念論試圖從自由的自我置定之原初行為中推導出客觀的經驗，而謝林的自然哲學卻試圖從客體推導出意識。自然哲學從「純客觀性」(pure objectivity)開始，試圖顯示自然之無意識的自我發展過程，最終達到自然本身之自我呈示(self-representation)的境況。自然哲學的方法在基本上是先驗的(a priori)：它從自然之統一性概念開始，然後通過把自然解釋為對反力或「極性」(polarities)構成的「體系」(system)來描述其「多樣性」(diversity)，對反力或極性體現於更為複雜的組織層次(Potenzen)之中。

在耶拿，謝林和小說家蒂克(Tieck)及施萊格爾兄弟(the Schlegel brothers)過從甚密，繼而對藝術發生了興趣。這種新的興趣在其《先驗觀念論體系》(*System des transzendentalen Idealismus*, 1800)一書中表現得非常明顯；該書描述了從純粹的主觀性(自我意識)到客觀性(非我或自然之必然設定)的過程；書中最富創新精神和影響力的是其結論部分；該書幾乎是以費希特的《知識學》為原型寫就的，而結論卻把藝術當作是對哲學任務的具體完成。在審美體驗中，主觀和客觀，理想和現實，二者的同一性成為體驗的自我本身的一個對象(object)。

對謝林而言，先驗觀念論和自然哲學本是一個更大、更具包容性的系統的兩個互補的組成部分，他把該系統叫做同一性(Identity)系統或者絕對觀念論(Absolute Idealism)，並在一系列著作中對此進行了詳細的闡述；這些著作包括《我的哲學體系之闡述》(*Darstellung meines Systems der Philosophie*〔*Presentation of My System of Philosophy*〕, 1801)、《布魯諾》(*Bruno*, 1802)和《關於學術研究方法的講演》(*Vorlesungen über die Methode des akademischen Studiums*〔*Lectures on the Method of Academic Study*〕, 1803)。該系統最顯著的特徵是，它從一個關於思維和存在的統一性的大膽論斷開始，即從一個關於「自我同一的絕對者」(the self-identical Absolute)的觀念開始，這一觀念被說成是所有知識的第一個預設。既然被這個系統作為起點的同一性超越了每一個可被設想的差異，那麼它也被描述成「無差別的點」(point of indifference)。從這個「無差別的」起點開始，謝林逐漸把現實看作是一個整體，看成是一個有差別的系統；其中統一性是通過種種諸如實體和屬性、原因和結果、吸引和排斥等綜合關係而得以維持的。就像其自然哲學一樣地，謝林的同一性體系把在位階上相關聯的不同層次的觀念用作基本的組織原則。問題顯然在於，「無差別的」絕對者與有差別的要素所組成的系統之間的明確關係，這問題可說已成了謝林後來的哲學思維的綱領。

從 1803 年到 1841 年，謝林在巴伐利亞(Bavaria)繼續開展其同一性體系，並探索藝術哲學和自然哲學。然而，這段時期其思想最顯著的特徵，是對宗教和波墨(Boehme)的神哲學著作有了新的興趣；波墨對謝林的影響，在謝林的《對人類自由之本質的哲學探索》(*Philosophische Untersuchungen über das Wesen der menschlichen Freiheit*〔*Philosophical Investigations concerning the Nature of Human Freedom*〕, 1809)一書中是很顯著的；該書常被理解為已經預示了日後的存在主義。他也對人類歷史做思辨性的理解，寫了《世代》(*Die Weltalter*)一書，但沒有出版；他也經常講授哲學史。

1841 年，謝林遷到柏林，在那裡他講授新的天啟哲學和神話哲學，他把這種哲學說成是「肯定哲學」(positive philosophy)，以示和康德(Kant)、費希特和黑格爾的純「否定」(negative)哲學相區別。有些學者把謝林去世後才出版的這些講義，看作是謝林自己漫長的哲學發展和整個德國觀念論的最高成就。

參見 Fichte 費希特；Hegel 黑格爾；Kant 康德

D.Br.撰　鄺錦倫審訂

***schema*　架構形式**　見 thema 基礎規則

schemata **圖式** 見 Kant 康德

schematic form **語型形式** 見 logical form 邏輯形式

scheme **句式** 也作 schema(複數：schemata)，一個後設語言的架構或樣模(frame or template)，藉有限的方式，也常藉一個小條件(a side condition)決定如何填句式中之空白或佔位記號(placeholder)，終而定出一個無限多語句之集合(an infinite set of sentences)，亦即定出其中的句例。語句「或者是：阿柏論辯，或者不是：阿柏論辯」是後面中文的排中律句式(excluded middle scheme)之一句例：「或者是：____，或者不是：____」(either...or it is not the case that...)，其中的兩個空白必須填入同一個(完構直述的)(well-formed declarative)中文句。由於一階數論不能有限地公理化，使用數學歸納法句式(mathematical induction scheme)有效地定出一個無限多公理之集合：「如果零使得____，而且每一數之後繼元素使得____，也使得____，那麼每一數使得____」，於此，四個空白必須填入同一算術開放句，像「它先於它自身的後繼元素」或「它是有限的」。最有名的句式是塔斯基(Tarski)的句式 *T*：「____是一真語句，若且唯若____」，於此，第二個空白必須填入一語句，第一個則填入該語句之名稱。

參見 convention T 約定 T；logical form 邏輯形式；metalanguage 後設語言；open formula 開放式；philosophy of mathematics 數學哲學；Tarski 塔斯基

J.Cor.撰 龔維正審訂

Schiller, Johann Christoph Friedrich von **席勒，約翰·克里斯托夫·弗里德里希·封** (1759-1805) 德國詩人、劇作家和哲學家。他與同事賴因霍爾德(Reinhold)和費希特(Fichte)一起參加了系統地修正康德的先驗觀念論(Kant's transcendental idealism)的工作。儘管他眾所周知的理論貢獻是在美學上，但是他卻抱有更為普遍的哲學野心；他提出了下述問題的一種新的解決，即批判哲學的和人性的「系統統一」(systematic unity)問題。他最有價值的哲學著作《審美教育書簡》(*Briefe über die ästhetische Erziehung des Menschen*〔*Letters on the Aesthetic Education of Man*〕, 1794/95)考察了自然的必然性和實踐的自由之間的關係，提出了康德曾提出過的兩個問題：一個受自然必然性和欲望支配的人怎能知道他自己是自由的，因而能夠做出自主的道德行為？人性的兩方面——自然的、感覺的一面和理性的、超感覺的一面——怎樣才能和諧統一？在二者與下述兩種人——即那些使原則從屬於感情的人和那些堅持認為人應該使感情從屬於原則的人——的對照下，席勒除了在自然領域和自由領域之間設定了一個居間領域，還設定了有一種能在情感的和理性的衝動間加以調節的第三個基本的人性驅力(human drive)。這第三種衝動被稱為「遊戲衝動」(play impulse)，它所依附的那個居間領域即藝術和美之領域。透過培養遊戲衝動(即藉由「美育」〔aesthetic education〕)，人們不但從情感的束縛中解脫出來並第一次看到人的實踐的自由，而且變得能協調自己本性的理性面和情感面。有關在某種狀態中對立面同時既被取消又被保留的想法，以及那調合自由和必然性的具體方案，不僅深深地影響了如謝林(Schelling)、黑格爾(Hegel)這些後起思想家，也促進了德國觀念論(German idealism)之發展。

參見 Fichte 費希特；idealism 觀念論；Kant 康德；neo-Kantianism 新康德主義；Schelling 謝林

D.Br.撰 鄺錦倫審訂

Schlegel, Friedrich von **施萊格爾，弗里德里希·馮**(1772-1829) 德國文學批評家和哲

學家、德國浪漫主義的主要代表之一。《關於希臘詩歌研究》(*On the Study of Greek Poetry*, 1795)一書中，施萊格爾為區分古典文學和浪漫文學，以及伸張文學現代性的意識奠定了基礎。他和其兄弟奧古斯特・威廉(August Wilhelm)一起編輯了《雅典娜神殿》(*Athenaeum*, 1798-1800)，該刊物是德國浪漫主義的主要理論喉舌，它以搜集作品斷片而聞名，那是批評溝通的一種新的方式。施萊格爾是浪漫主義反諷理論(the Romantic theory of irony)的創始人，該理論是屬於非辯證的哲學和文學寫作的形式，它從蘇格拉底的反諷獲得啟發，並將之與費希特(Fichte)的肯定和否定、「自我創造」(self-creation)和「自我毀滅」(self-annihilation)的思維過程結合起來。與其反諷理論緊密相連的是施萊格爾的語言和理解理論(詮釋學〔hermeneutics〕)。對語言的批判反思，促進了對「完全溝通的必然性和不可能性」(*Critical Fragments*, No. 108)的具有諷刺意味的了解；對理解的批判反思，揭示了包含在每個理解行為之中某特定量的不可理解性(incomprehensibility)和「積極的不理解性」(positive not-understanding)(*On Incomprehensibility*, 1800)。施萊格爾的著作對德國浪漫主義的歷史意識的崛起是必不可少的。其《論古代和近代文學》(*On Ancient and Modern Literature*, 1812)被譽為以現代的和廣泛比較的方式，闡述了第一部文學史。其《歷史哲學》(*Philosophy of History*, 1828)、《生命哲學》(*Philosophy of Life*, 1828)，以及《語言哲學》(*Philosophy of Language*, 1829)以一種基督教的和人格主義(personalistic)類型的哲學思維觀點，與黑格爾的哲學相對抗。施萊格爾於 1808 年改宗天主教。

參見 Fichte 費希特

E.Beh.撰　彭文本審訂

Schleiermacher, Friedrich　施萊爾馬赫，弗里德里希(1768-1834)　德國哲學家，一位在後康德派觀念主義者中工作的「批判實在論者」。在哲學和科學上，他假定了一些先驗因素，尤其在他關於辯證論的講稿中，他也主張整合但在歷史上為偶然的經驗的作用。他反對黑格爾的意見，認為這兩者的發展並不是邏輯的。施萊爾馬赫是現代一般詮釋學的創造者，也是現代神學與宗教研究之父。他是女權的主張者，也與洪堡德(Humboldt)共同建立了柏林大學(1808-10)，他在那裡任教直到 1834 年。他也是第一位把柏拉圖譯為德文的人。

施萊爾馬赫在迄今出版的哲學史上地位雖不高，其實是名不當實。由於他的本職在神學，也因此哲學出版品較少，不過他經常運用論證嚴謹的論述講授哲學課，諸如希臘哲學、哲學史、辯證論、詮釋學和批評論、心靈哲學(philosophy of mind，心理學〔psychology〕)、倫理學、政治學、美學和教育哲學等。從 1980 年代開始，他的作品集和龐大的書信集得以出版，計有四十冊的校刊版，還有龐大的施萊爾馬赫研究與翻譯叢書。其中非常精采、嶄新面世的二十冊，是討論自由、最高善、價值等的作品，前此只出現過一些片段，其實對於完整了解施萊爾馬赫的思想非常重要，如今幸得最先出版。他大部分的見解在他於早期浪漫主義運動中成名之前(1796-1806)便已形成，其中最值得注意的是他顯著的宗教性與開明派的見解。

參見 hermeneutics 詮釋學

T.N.T.撰　沈清松審訂

Schlick, Moritz　石里克，莫里茲　見 Vienna Circle 維也納學派

Scholasticism　士林哲學　是中世紀晚期西方歐洲學院中所發展的一組教學與治學之技巧，其中包含註釋與專題討論。「士林哲學」一詞，源自拉丁文「院士」(*scholasticus*)，

十二世紀時指學院之院長。「士林哲學之方法」，一般是從法學院——特別是在波隆納(Bologna)——開始使用，後由幾位學者，如亞伯拉(Abelard)與彼得．隆巴德(Peter Lombard)的介紹，而使用於哲學與神學中。在十三世紀新興之大學中，大學課程的標準化及亞里斯多德著作之廣泛影響(雖然亞氏之著作剛傳入歐洲時一度受到懷疑)，使得士林哲學之方法更為完整，直到十六世紀初的教育改革，此方法方失去其主要的地位。

嚴格而言，沒有所謂的士林哲學。此名詞開始使用時，即預設晚期中世紀歐洲之大學只教授一種哲學，但事實上這種哲學並不存在。十六世紀末、十七世紀之初在大學外之哲學運動，以及十九世紀末、二十世紀初期所興起之「新士林哲學家」，覺得此種預設有其效果，受到他們影響，學術界方使用此一名稱。開始的時候，單一名稱促使學者們努力為中世紀晚期的哲學思想尋找共同的核心內容。近期則致力於發現士林哲學的學者們所使用的方法的特點，同時擴大「士林哲學」延伸之範圍，以包含晚期古典時代及拜占庭時期之學派。

但在十七世紀之對立學派中，以及在「新士林哲學家」中，皆認為「士林哲學」指向某一學派之思想，其核心思想為實體與依附體。按照笛卡兒(Descartes)與洛克(Locke)的敘述，士林哲學家所接受的，是每一組合體由一「元形」(substantial form)與實在的依附形式(accidental forms)組成。這些形式指向物體可感覺之性質：如顏色、形狀與溫度。士林哲學的思想家也承認自然與非自然之變動的明顯區分。

參見 neo-Scholasticism 新士林哲學

C.G.Norm.撰　蕭宏恩審訂

Scholastic method　士林方法　見 Scholasticism 士林哲學

School of Laws　法家　見 Chinese Legalism 中國法家

School of Names　名家　指戰國時期(Warring States period, 403-211 B.C.)一群聯繫鬆散的中國哲學家，也以「辯者」(Dialecticians or Sophists)而聞名。最著名的有惠施(Hui Shih)和公孫龍子(Kung-sun Lung Tzu)。這些辯者儘管對名稱(names)和實在(reality)之間的關係感興趣，但他們也關注像相對性(relativity)、觀點論(perspectivism)、空間(space)、時間(time)、因果關係(causality)、本質主義(essentialism)、共相論(universalism)和殊相論(particularism)這樣的問題。然而，或許比他們的論題更為重要的是其方法論。就像他們的名稱所表示的那樣，辯者們喜愛語言遊戲(language games)和邏輯悖論(logical puzzles)問題。他們不但把邏輯和理性的論證作為打敗哲學上的對手的武器，而且還當做使論證本身更形突出的工具。像「今日適越而昔來」(I go to Yüeh today but arrived yesterday)和「白馬非馬」(A white horse is not a horse)這樣的悖論今天還繼續引起哲學的討論。然而與之同時代的失意的孔子信徒、道家和法家人物則責備詭辯家們在抽象概念和悖論問題(puzzles)上浪費時間，指責他們為爭辯而爭辯地屈從於理智主義(intellectualism)。後來隨著儒家思想(Confucianism)逐漸成為國家的意識形態，名家在漢代初期(early Han dynasty，西元前 206-後 220 年)沒落消失。當時儒家思想最有代表性的詮釋者荀子(Hsün Tzu)在其著作中吸收了相當多名家學者的概念。

參見 Chinese Philosophy 中國哲學；Hsün Tzu 荀子；Kung-sun Lung Tzu 公孫龍子

R.P.P.& R.T.A.撰　林安梧審訂

Schopenhauer, Arthur　叔本華，亞瑟(1788-1860)　德國哲學家。生於但澤(Danzing)，

因孩提時代經常旅行，因而分別於德國、法國和英格蘭等地接受教育。母親為小說家，與文壇來往密切，叔本華因此得以認識歌德(Goethe)、施萊格爾(Schlegel)和格林(Grimm)兄弟。他分別在哥廷根大學(the University of Göttingen)和柏林大學學習醫學和哲學，1813年在耶拿大學(the University of Jena)獲得博士學位。成年後，大多數時間都住在法蘭克福，最後在該地去世。

叔本華的博士學位論文《論充足理由律的四重根》(*On the Fourfold Root of the Principle of Sufficient Reason* , 1813)為他後來的所有哲學研究打下了基礎。表象的世界(等同於康德的現象世界〔Kant's phenomenal world〕)由「充足理由律」(the principle of sufficient reason)所支配：「每個可能的對象……都和其他的對象處在必然的關係中，一方面是被決定的，另一方面則起決定的作用」(《作為意志和表象的世界》〔*the World as Will and Representation*〕)。因此，意識的每一個對象都能夠用它與其他對象的關係來加以解釋。

叔本華哲學的系統表述見於《作為意志和表象的世界》(1818)一書。其他的著作有《論視覺和顏色》(*On Vision and Colors*, 1815)；〈論自然界的意志〉(On the Will in Nature, 1836)和〈論道德的基礎〉(On the Foundation of Morality)共同構成《倫理學的兩個基本問題》(*The Two Fundamental Problems of Ethics*, 1841)；《作為意志和表象的世界》的第二版(1844)，本書包括了第二卷的論文集；《論充足理由律的四重根》的增補和修訂版(1847)；以及《文學小品和補遺》(*Parerga and Paralipomena*, a series of essays, 1851)論文選集。這些著作的觀念和叔本華在《作為意志和表象的世界》一書裡所表達的主要思想是一致的。

叔本華體系裡最重要的設準在於：意志是根本的實在，他把這種意志和康德的物自身(thing-in-itself)等同起來。與康德不同的是，叔本華認為人只要能經驗到內在於自己身體中的意志和實在(reality)，就能夠直接認識到物自身。根據他的觀點，每個現象都具有一個可以互相比對的內部實在。因此「意志」(will)這個詞就能夠擴展到所有事物的內在本質。此外，由於數字只跟現象世界相關，因此，作為物自身的意志本身即是一(one)而非多。雖然如此，不同類型的事物卻也會彰顯出不同程度的意志。叔本華援引柏拉圖(Plato)的理型說(Ideas 或〔Forms〕)來解釋上述這些差異性。理型是現象世界中各種事物的普遍原型。總括來看，理型本身會形成一個階序。在日常經驗中，我們通常會忽視掉它們，反而把注意力集中於各個殊相以及它們和我們的具體關係上面。然而，在審美體驗中，我們會在殊相中辨認出普遍的理念；與此同時，作為美的觀照者，我們便會成為「普遍認知主體」(the universal subject of knowledge)。

審美經驗也會平息我們心中的意志。對叔本華而言，意志的完全寂靜是人類的理想所在，儘管這是很難達成的狀態。因為意志是基本的形上學原則，我們的生活都受到意志控制，因此，生活必定充滿各種鬥爭、衝突和不滿。叔本華受佛教的影響，認為所有的生命都在受苦，只有去除慾望才能永久地擺脫痛苦(這與審美經驗暫時中止慾望正好相反)，然而這只有聖人才能做到，聖人以某種內在行為斷絕慾望，該活動被稱為「對生活意志的否定」(denial of the will to live)。聖人徹底領悟到，正是同一個意志，驅動著所有的現象，並且認識到，與之爭鬥和競爭是無濟於事的，進而順應天命(achieve resignation)。這種人能夠實現所有宗教的倫理理想——因為體認到萬物均為一體，因此能與萬物同情。

參見 Kant 康德；Plato 柏拉圖

K.M.H.撰　陳懷恩審訂

Schröder-Bernstein theorem　薛若德-伯恩斯坦定理　指相互支配的集合(mutually dominant sets)必定同樣大小(equinumerous)這樣一個定理。我們說集合 B 支配集合 A，當且只當(有一個映射〔be mapped〕將)集合 A 的每一個元素映至集合 B 的一個獨特的元素(也就是集合 A 的任兩個不同元素不能映至集合 B 的同一元素，但可能集合 B 的一些元素會剩下)。直觀地說，如果集合 A 受集合 B 支配，那麼集合 B 至少有和集合 A 一樣多的元素。根據這種直觀，人們會期望，如果集合 A 受集合 B 支配，集合 B 也受集合 A 支配，那麼集合 A 和 B 就是同樣大小(即正如上述一樣，A 映至 B，而且 B 沒有元素被剩下)。這就是薛若德-伯恩斯坦定理。用基數(cardinal numbers)來表示，該定理就是：如果 $k \leqq \lambda$ 和 $\lambda \leqq k$，那麼 $k = \lambda$。儘管該定理的陳述很簡單，但它的證明並不簡單。

參見 set theory 集合論

P.Mad.撰　李瑞麟審訂

Schrödinger, Erwin　薛丁格，厄文(1887-1961)　奧地利物理學家，因 1926 年發表的五篇論文而享譽於世。在這些論文中他發現薛丁格波方程式(Schrödinger wave equation)，而且創立了現代波動力學。為了此成就，他於 1933 年獲得諾貝爾物理獎(與保羅・狄拉克〔Paul Dirac〕共享)。像愛因斯坦(Einstein)，薛丁格對量子力學哥本哈根詮釋(the Copenhagen interpretation of quantum mechanics)的批判立場相當堅定，但終究沒有成功。薛丁格捍衛了下述觀點(他得之於波茲曼〔Boltzmann〕)：即理論應該給出一個產生可觀察現象的真實歷程之時空連續圖像。薛丁格實在論的科學哲學在波動力學的創發中扮演重要的角色。儘管他對ψ函數(psi function，薛丁格波方程式裡的一個著名函數)的物理解釋很快地被捨棄了，但是他研究量子力學的進路仍然留存在德布洛依(Louis de Broglie)和波姆(David Bohm)的理論中。

參見 quantum mechanics 量子力學

M.C.撰　陳瑞麟審訂

Schrödinger cat paradox　薛丁格貓的悖論　見 quantum mechanics 量子力學

Schrödinger equation　薛丁格方程　見 quantum mechanics 量子力學

Schulze, Gottlob Ernst　舒爾茨，戈特洛布・恩斯特(1761-1833)　德國哲學家，目前以尖銳和深具影響力的早期批評康德和賴因霍爾德(Reinhold)而聞名。他曾執教於維藤貝格(Wittenberg)、黑爾姆斯泰特(Helmstedt)和哥廷根(Göttingen)大學。他最著名的學生之一是叔本華(Schopenhauer)，而叔本華的康德理解確定受到舒爾茨解釋的影響。舒爾茨最重要的著作是《埃尼西德穆斯》(*Aenesidemus*, 1792)，或稱為《論賴因霍爾德先生在耶拿提出的基礎哲學——懷疑論之捍衛》(*On the Elementary Philosophy Put Forward by Mr. Reinhold in Jena. Together with a Defense of Skepticism*)。這本書從根本上改變了康德式哲學之討論。最早批評康德者認為康德是類似於休姆(Hume)的懷疑論者。康德主義者，如賴因霍爾德曾論證批判哲學不僅是懷疑論的反對者，而且包括對懷疑論唯一可能的反駁。舒爾茨試圖顯示，康德主義若被構作為下面這樣的學說：懷疑「物自體」存在或不存在知識上的可能性，那麼，它不能反駁懷疑論。他論證康德及其追隨者犯了懷疑的循環論證，預先設定這樣的事物存在，並與我們有因果上的互動。舒爾茨的《埃尼西德穆斯》不但強烈地影響到費希特和黑格爾，也影響康德學派。

M.K.撰　陳瑤華審訂

science, philosophy of　科學哲學　見 philosophy of science 科學哲學

***scientia media*　中介科學**　見 middle knowledge 中間知識

***scientia universalis*　普遍知識**　見 Leibniz 萊布尼茲

scientific behaviorism　科學行為主義　見 behaviorism 行為主義

scientific determinism　科學決定論　見 determinism 決定論

scientific realism　科學實在論　此觀點認為，科學研究和科學理論的主要內容，是獨立於我們對它的知識而存在的，而科學的目的則是描述並解釋世界可觀察和無法觀察到的面向。科學實在論與邏輯經驗論以及社會建構論恰成對比。

早期的科學實在論的論證只是簡單地主張：在科學耀眼的成果和方法下，唯一使得科學的成功不致於為一項奇蹟的哲學，便是實在論。對科學實在論的表述，重點是置於理論知識的對象：即理論、律則及存在體(entity)。有一個特別強烈的科學實在論論證(出於帕特南〔Putnam〕和波以〔Richard Boyd〕)是：在成熟科學(諸如物理學、化學及生物學的某些領域)中，僅當我們假設其中的理論至少接近真實，且其核心理論詞語至少部分有所指涉(帕特南已不再持這樣的觀點)，科學方法論的工具可靠性才能得到充分解釋。

科學實在論較為膽怯的版本，並不對成熟理論之近似真理作推論。例如，海肯(Ian Hacking)的「存在體實在論」(entity realism, 1983)主張：對設定的存在體做工具性的操作，以造成更進一步的結果，這便賦予我們合法的基礎，得以在存有學上承認理論存在體(而不是承認律則或理論)。韓弗瑞(Paul Humphrey)的「嚴格實在論」(austere realism, 1989)則主張：只有在理論上承認觀察不到的結構或傾向，才能解釋科學探究之觀察結果的穩定性。在波以(1983)、基契爾(Philip Kitcher, 1993)、彌勒(Richard Miller, 1987)、牛頓-史密斯(William Newton-Smith, 1981)及特勞特(J. D. Trout, 1998)的作品中，都可發現不同版本的科學實在論。雖然它們之間有所差異，但這些實在論版本都和邏輯經驗論相左，承認對無法觀察到之現象的知識不僅是可能的，而且還是事實。同樣的，科學實在論的所有論證都是逆推式的(abductive)；它們主張，背景理論的近似真理，或者理論存在體和律則之存在，都替有關於科學理論或實踐的某些重要事實，提供了最佳的解釋。

科學實在論者強調真實存在體與僅僅是有用的建構物之間的差異，並主張實在論為科學的成功提供了較佳的說明。此外，科學實在論從科學的歷史和實踐中擷取證據，並為科學的成功提供解釋，而這些解釋是用來彰顯這類據證所具有的動態而不平均的特質。大多數科學實在論的論證都和自然主義的版本共存。反實在論的對手則主張，實在論從工具之可靠性而轉到真理，當中犯了丐題的謬誤。然而，實在論者回答，這類形式批判是不相干的；解釋者論證的結構是歸納性的，其原則為後驗式的。

參見 explanation 說明；metaphysics 形上學；philosophy of science 科學哲學；social constructivism 社會建構主義

J.D.T.撰　趙之振審訂

scientific relativism　科學相對主義　見 theory-laden 背負理論的

scope　範圍　語句(或命題)之「部分」(part)，而在一給定解釋下，一給定語詞「應用」(apply)到這一部分。如果語句「阿柏不相信小本已死」被解釋作表達命題「阿柏相信下

面不是事實：小本已死」，「不」之範圍是「小本已死」；倘原句解釋作「下面不是事實：阿柏相信小本已死」，「不」之範圍是原句之其餘部分，亦即「阿柏相信小本已死」。在第一個情形，我們有一窄範圍。在第二個情形，我們有一寬範圍。如果語句「每一數不是偶數」用窄範圍去解釋，它表達假命題「每一數是非偶數」，此命題邏輯上與命題「沒有一個數是偶數」等值。倘採寬範圍，它表達真命題「不是每一數是偶數」，此命題等值於真命題「某些數是非偶數」。在普通的語句解釋下，「卡爾是一無情的(hardened)累犯」中的「無情的」之範圍是窄範圍，而「丹是人們說的(alleged)罪犯」中的「人們說的」之範圍是寬範圍。因此，「卡爾是一無情的累犯」邏輯上蘊涵「卡爾是一累犯」，而「丹是人們說的罪犯」等值於「人們說了(allegedly)，丹是罪犯」，而這並不蘊涵「丹是罪犯」。在分析結構性歧義(structural ambiguity)，及在理解一語句之文法形式(grammatical form)與這語句所表之命題之邏輯形式(logical form)之差異時，把範圍納入考慮是有用的。在一邏輯完善的語言，文法形式反映邏輯形式，也就沒有結構性歧義，而一詞語之範圍由其語脈便可以唯一地決定。

參見ambiguity 歧義；converse 逆命題; converse, outer and inner 外反轉和內反轉命題；relation 關係；structural ambiguity 結構性歧義

J.Cor.撰　龔維正審訂

scope ambiguity　範圍上的歧義　見 ambiguity 歧義

scope of operators　運算元範圍　見 ambiguity 歧義；scope 範圍

Scotistic realism　斯各多實在論　見 Duns Scotus 鄧斯・斯各多

Scottigena　史各弟吉納　見 Erigena 伊里吉納

Scottish common sense philosophy　蘇格蘭常識哲學　由里德(Reid)於十八世紀後期發展的一種全面性的哲學立場。里德的觀點得到好幾位蘇格蘭宣傳家的普及推廣，其中最成功者當數杜考德・史特瓦(Dugald Stewart)。通過他們的推廣，常識哲學在十九世紀上半葉幾乎成為英國哲學的正統。普林斯頓(Princeton)和費城(Philadelphia)大學更將之介紹到美國，之後直到十九世紀後期常識主義一直受到廣泛的注意與講授。里德早期的追隨者畢提(Beattie)和奧斯瓦德(Oswald)的著作與里德本人的著作一樣，在德國被康德(Kant)和其他人閱讀；而里德的觀點在後拿破崙時期的法國也受到廣泛的講授。

常識哲學家的主要論敵是休姆(Hume)。里德在休姆的懷疑主義中看到了笛卡兒(Descartes)論點(洛克〔Locke〕亦接受此種論點)所無法避免的結果，亦即：我們並不直接知覺外在對象，直接知覺的對象是存在於心靈中的某種事物。里德反對這個觀點，他主張，知覺既包括由感官所獲得的感覺，也包括某些憑直覺就知道的一般真理或原則，它們一起產生了關於外在對象的知識。他也指出還有許多其他憑直覺知道的一般原則(包括道德原則在內)，是所有正常人都可以獲知的。因此他得出一個結論，無論什麼時候，只要哲學的論證與常識相違背，那麼，該哲學必定是錯誤的。

史特瓦對里德尖銳而具原創性的理論做了一些改變，但其主要成就在於透過課堂上的能言善辯，以及寫出受到廣泛使用的教科書，來推廣里德的理論。常識主義的學說捍衛經過深思熟慮的一般人觀點，這樣的主義被許多人用來辯護基督教在宗教和道德上的既存價值體系。里德曾為自由意志辯護，而且還為自明的道德公理開列了一個很長的清單。

不過，即使這個清單能夠合理地被看成是他那個時代的常識的部分，但這並不表示奧斯瓦德認為自明的某些宗教學說也同樣屬於常識。里德沒有提供任何嚴格的檢證方法來說明什麼東西能被視為是自明的。後來的常識論者所主張的那種簡單的直覺主義自然就成為別人攻擊的目標，例如彌爾(J. S. Mill)。批評者認為任何訴諸自明性的做法，只是證成既得利益的手段。惠威爾(Whewell)在其科學哲學和倫理學中，以及希季維克(Sidgwick)在其道德理論中都承認里德學說的貢獻，並且試圖消除里德的方法所可能遭受到的誤用。不過，他們在這樣做的時候也改變了常識理論，使之超出了里德和其追隨者思考的框架。

參見 Hume 休姆；Moore 穆爾；Reid 里德；Sidgwick 希季維克

J.B.S.撰　孫效智審訂

Scotus, John Duns　斯各多，約翰·鄧斯　見 Duns Scotus 鄧斯·斯各多

script　腳本　見 cognitive science 認知科學

sea battle　海戰　見 Aristotle 亞里斯多德

Searle, John R.　瑟爾，約翰(b.1932)　瑟爾是一位美國哲學家，於牛津(Oxford)獲得博士學位，其專長為語言哲學和心靈哲學。瑟爾的哲學主要受弗雷格(Frege)、維根斯坦(Wittgenstein)和奧斯汀(J. L. Austin)等人的影響。他是言說行動理論(speech act theory)創始人之一，同時也對意向性、意識、制訂的事實等議題做出重要的貢獻。

語言　在《言說行動：一個語言哲學的論文》(*Speech Acts: An Essay in the Philosophy of Language*, 1969)一書中，瑟爾整合了以下幾個哲學觀點和方法：修訂版的弗雷格對於語句的效力和內容之間的區分、修訂版的弗雷格對於單一指稱和謂述之間的區分、奧斯汀對於言說行動的分析、葛來斯(Grice)對言說者意義的分析。瑟爾於該書中致力於探究以下假說：一個自然語言的語意可以被視為對作為隱藏基礎的構成規則的一個約定俗成的實現，而以言行事行動(illocutionary act)正是依這些規則而做出的行動。瑟爾將這個分析於《表達和意義》(*Expression and Meaning*, 1979)一書中擴展至對非文字以及間接的以言行事行動的研究，並且試圖以這個分析方法去說明鄧內朗(Donnellan)所提出的指稱和屬性賦予之間的區分；進一步地，瑟爾對以言行事行動做出一個影響深遠的分類，這個分類以下列兩點為分類根據：言說行動的目的；文字與世界之間的合應方向的對比面向。

語言與心靈　《意向性：一個心靈哲學的論文》(*Intentionality: An Essay in the Philosophy of Mind*, 1983)一書為瑟爾在言說行動上的早期工作提供了基礎。在此書中，一個自然語言的語意被視為心靈的一個結果；此處，心靈(亦即固有意向性)加諸於對象(一個語言中的表達式)滿足或指向性條件，這意謂著，一個語言中的表達式只能衍生地具有意向性。對瑟爾而言，感官知覺和行動比信念更為根本，而他所主張的滿足條件本質上是弗雷格式的(亦即，一般和單一的區分)，同時它們也是內在的——意義是在頭裡、意義是關聯到一個以非意向性狀態所構成的背景裡、意義是關聯到一個其他意向性狀態所構成的網絡中。在這個想法中，瑟爾的語言哲學變成他的心靈哲學的一支。

心靈　瑟爾於〈心靈、大腦和程式〉(Minds, Brains and Programs, 1980)一文中提出了著名的中文房(Chinese room)論證，該論證駁斥強意思下的人工智慧觀點，該觀點主張，對一個機器作適當的程式建入，將足以賦予該機器意向性。中文房論證大體如下：假設有一個只懂英文的人，在一間有一套英文說明的工作手冊和其他工作上需要的配備的房

間工作。這個人的工作是將房外遞進來的中文符號串，按工作手冊的規定，組合出新的中文符號串遞出去。此人雖然懂英文，但他不知道遞進和遞出的符號是中文，手冊只有符號串間轉換的形式規定，但沒表明那些符號是中文字，亦沒說明那些符號表達什麼意思。在這樣的情形下，即使那符號轉換手冊設計得極完善，此人也能非常熟練的按規定工作，懂中文的人遞進中文寫的問題，他馬上就能遞出懂中文的人來看是恰當且令人滿意的一串符號作為回答，但是在中文房工作的那人仍不能被說成是懂中文的。中文房的那個人其實代表任何計算機，瑟爾正是要主張，沒有任何計算機具有意向性狀態，其最基本的理由是，計算機狀態是語法地被個體化的，而意向性狀態是語意地被個體化的。瑟爾在《心靈的重新發現》(*The Rediscovery of the Mind*, 1992)一書中持續攻擊將大腦視為數位計算機的想法，並且主張一種非化約論式的生物自然主義(biological naturalism)，在該主張中，意向性，如水的流動性，是一高階特徵，而此特徵肇因並實現於大腦中。

社會　在《社會實在性的建構》(*The Construction of Social Reality*, 1995)一書中，瑟爾發展了他的實在論式的世界觀。這個世界觀中，世界始於一個以微粒子和力所構成的獨立世界，經過演化往上發展出一些具有意識和意向性的生物系統，進一步地，當人們加諸事物一些地位的特徵，眾所承認和接受的社會事實便被創造出來。

參見 direction of fit 契合方向；intentionality 意向性；meaning 意義；philosophy of language 語言哲學；speech act theory 語言行動理論

R.M.H.撰　林從一審訂

second actualization　**第二實現**　見 Aristotle 亞里斯多德

secondarily evaluative word　**次要的評價語詞**　見 prescriptivism 規範主義

secondary process　**次過程**　見 Freud 弗洛伊德

secondary qualities　**次性**　見 qualities 性

secondary rule　**第二序的規則**　見 Hart 哈特

secondary substance　**次要實體**　見 Aristotle 亞里斯多德

second imposition　**第二謂詞**　見 imposition 謂詞

second intention　**第二意向詞**　見 imposition 謂詞

second law of thermodynamics　**熱力學第二定律**　見 entropy 熵

secondness　**第二性**　見 Peirce 裴爾斯

second-order　**二階**　見 order 階

second-order logic　**二階邏輯**　一種邏輯，它所討論的語言包含除了涉及物件的變量外，還包括涉及關係、函數或那些對象的類的變量。某種形式語言的某種模型或解釋，通常包括了一個討論域。該討論域即該語言在所涉模型中論及的東西。遊走於該討論域的變元稱做一階變元(first-order variables)。如果該語言只包括一階變元，它就被稱為一階語言(first-order language)，即歸屬於一階邏輯(first-order logic)之內。有些語言也包含涉及屬性、關係、函數或討論域元素的類等變元，它們就是二階變元。只包含一階變元和二階變元的語言稱為二階語言。像「存在一個由所有質數和唯有質數所共有的屬性」這樣的句子，是可以直接用二階語言表達出來的，因為約束量詞涉及到屬性。

也存在著屬性的屬性、屬性的關係，以及其他諸如此類的東西。例如，考慮「*P* 具有無窮外延」所表述的是屬性的屬性，或「*P* 的外延比 *Q* 小」所表達的關係。具遊走於這類項的變元的語言就叫做三階語言。這種建構能夠不斷繼續下去，產生出四階語言，等等。如果一種語言至少是二階的，那麼就叫做高階的(higher-order)。二階語言的演繹系統可從一階語言的演繹系統中獲得，只需直截了當地擴充約束一階變元量詞的種種公理和規則。或許再包含一個包容公理表列(axiom scheme of comprehension)：對每個不包含自由出現的 *P* 的式子Φ，都有 $\exists P\forall x\,(Px \equiv \Phi(x))$。這個表列「斷言」(asserts)每個式子決定一個屬性的外延。如果語言具有涉及函數的變元，那麼或許還有某種版本的選擇公理(the axiom of choice)：$\forall R(\forall x\exists yRxy\rightarrow \exists f\forall xRxfx)$。在二階邏輯的標準語意中，一個給定語言的模型和一階語言的模型是一樣定義的。關係變元遊走於討論域中的所有關係，函數變元遊走於從討論域到討論域的所有函數等等。在非標準(或稱韓金〔Henkin〕)語意中，每一個模型的組成份子包括：一個討論域和關於這個討論域的一組特殊的關係、函數等等，但可能不包括每一種關係或函數。模型裡二階變元遊走的範圍就是這些特殊的集合。事實上，韓金語意把二階語言看做是多類型(multi-sorted)的一階語言。

參見 formal logic 形式邏輯；formal semantics 形式語言的語意論；philosophy of logic 邏輯哲學

S.Sha.撰　李國偉審訂

second potentiality　第二潛能　見 Aristotle 亞里斯多德

second Thomism　第二多瑪斯主義　見 Thomism 多瑪斯主義

***secundum quid*　某一方面**　某一方面，或者有所限定的。有些推理的謬誤可能產生於把有條件為真的東西(secundum quid)與無條件的或絕對的或整體而言為真的東西(simpliciter)相混淆，反之亦然。草莓總體而言是紅色的，但是就其種籽而言，它是黑色的，而非紅色的。因為忽視了上述差異，人們會錯誤地推論出草莓既是紅色的又不是紅色的結論。另外，某個小偷(在某個方面)是個好廚師，但是不能接著說他(整體而言)是個好人。亞里斯多德(Aristotle)在其《詭辯的駁斥》(*Sophistical Refutations*)一書中第一次清楚明確地分別了以偏概全或以全代偏的謬誤。該書同時也包含了一些有關說謊者悖論的令人費解的評論，這使得在中世紀時，說謊者悖論常被看作是這類以偏概全或以全代偏謬誤的例子。

參見 paradox 悖論

P.V.S.撰　王文方審訂

security strategy　安全策略　見 maximin strategy 最大化策略

seeing, epistemic　知態的看見　見 Dretske 爵茨基

S

劍橋哲學辭典

seeing, non-epistemic　非知態的看見　見 Dretske 爵茨基

selection　選擇　見 philosophy of biology 生物哲學

self, bundle theory of　自我的集束理論　見 bundle theory 集束理論

self-consciousness　自我意識　見 *de dicto* 關於命題的；knowledge by acquaintance 由親知而來的知識；philosophy of mind 心靈哲學

self-control　自我控制　見 *akrasia* 意志軟弱

self-deception　自欺　指(1)迴避令人不快的真理和(關於自己或者世界的)痛苦話題的有目的的行為；(2)非有意的否認、迴避過程或有偏差的感知；(3)由諸如疏忽、錯誤的信念，一廂情願的想法，未經證實的見解或者缺乏清醒意識這樣的行為或過程產生的心靈狀態。因為這些原因，父母往往會誇大孩子的優點，情人漠視感情得不到回報的明顯信號，暴食者將對食物的需要理性化，因癌症瀕臨死亡的病人假裝健康狀況好轉了。

在有些語境中，「自欺」一詞是中性的且不隱含批評之意。欺騙自己甚至是可取的，其結果是編造必要謊言來增加幸福，或提高克服困難的能力。在另外一些語境中，「自欺」具有否定的內涵，暗示著壞信仰、虛假意識或伯特勒(Joseph Butler)所稱的「內心的虛偽」(inner hypocrisy)——即拒絕承認我們惡行、性格缺陷或者重大的責任。存在主義哲學家如齊克果(Kierkegaard)、海德格(Heidegger)和這方面最著名的沙特(Sartre，《存在與虛無》〔*Being and Nothingness*, 1943〕)，他們譴責自欺是不真實地(不誠實、懦弱地)拒絕面對重要但極痛苦的真相，特別是關於自由、責任和死亡的真相。然而，芬加利特(Herbert Fingarette)論證說自欺在道德上是模稜兩可的——既非明顯地應受指責，也非明顯地沒有過錯——結果要視它如何削弱理性行動的能力而定(《自欺》〔*Self-Deception*, 1969〕)。

有意的自欺觀念似乎是悖理的。在欺騙他人時，我們通常知道真相所在，以此作引導向人陳述與真相相反的錯誤，並誤導他們相信那個錯誤。似乎有五個困難阻礙像欺騙別人一樣欺騙自己。

(1)就人與人之間的欺騙而言，是一個人知道另一個人所不知道的一些事情。然而，自欺者一直知道事情的真相，因此他們似乎做不到讓自己無知。解決辦法之一在於認為，自欺是漸漸發生的，最初知道的真相逐漸湮沒消失了。或者自欺可能只是懷疑而非知道真相，然後他就漠視了相關的證據。

(2)如果意識隱含著對自己的自覺行動的知曉的意思，那麼所謂有意欺騙自己的想法本身就是自我推翻的，因為此時我仍然知道我想逃避的真相。沙特的辦法是把自欺看作自發的未受到清晰反省的。弗洛伊德(Freud)的方法在於把自欺設想成無意識的壓抑。

(3)自欺者似乎相信他們同時使自己不相信的東西，但那怎麼可能呢？或許他們讓兩個相互牴觸的信念之一，置於無意識或不充分的意識之中。

(4)自欺暗示著有意地去製造信念，但這似乎是不可能的，因為人們不能任意地選擇相信什麼。或許通過對證據加以有選擇的忽略和關注，就可以間接地控制信念。

(5)某人中的一部分(作為欺騙者)似乎操縱著另一部分(作為受害者)，但是如此極端的分裂意味著多重人格紊亂而非自欺。或許我們是由「次我」(subselves)構成的——即由人格中相對統一的種種要素組成的。抑或在這一點上，也許我們應該拋棄把人與人之間的

欺騙當作理解自欺的一種模式的看法。

參見 *akrasia* 意志軟弱；Freud 弗洛伊德；philosophy of mind 心靈哲學

M.W.M.撰　王巍審訂

self-determination　自決　指的是一個在政治上獨立的政治共同體所擁有的自主性；嚴而言之，也就是在某個疆域之內的最高權力(主權)。在國際法上，自決原則(principle of self-determination)看來似乎賦予了每個人自決的權利，不過這個原則的詮釋仍有爭議。就現有國家而論，自決原則要求國家的主權得到承認，國內事務不受外力干預。可是一旦涉及次級社群的自決，自決原則會導出分離的要求，與現有的主權主張發生衝突。另一方面，什麼樣的非自治群體才適用自決原則？從民族(national)詮釋自決原則，會認為文化或者民族單位乃是適合主張自決的主體，但是以區域(regional)為著眼點詮釋自決原則，則會將自決的權利賦予範圍明確的區域裡的人口，不管他們在文化或民族上的歸屬。這中間的差異，反映著自決原則的根源有二：民族主義(nationalism)和國民主權理論(popular sovereignty)，分別演成了上述兩種詮釋。不過這種差異，卻令這個原則的應用枝節橫生。

參見 political philosophy 政治哲學

T.K.撰　錢永祥審訂

self-evidence　自明　指「自明的」此一性質。雖然有時假命題也可呈現出自明的性質，但只有真命題(或真理)才可以是自明的。一般認為，某個真命題是自明的，若且唯若對此命題的恰當理解可「證成」(justified)對此命題的信念。某些觀點則進一步主張，如果我們以此理解為基礎而「相信」(believe)某個自明命題，那麼我們便可「知道」(know)此命題。某些自明命題是「明顯的」(obvious)，例如「所有的雄鹿都是雄的」；但其他的則否，因為我們需要經過大量的反思才能恰當地理解這些命題，如「奴隸制度是錯的」與「沒有錯誤的知識」等。並非所有的明顯命題都是自明的；例如，明顯地，當我們放開手中的石頭後，石頭將會掉落地面，但我們對此主張的適當理解並不能證成我們對它的信念。明顯命題是當認知者對此命題擁有適當的理解之後，即直接向認知者顯現其真理的命題；但明顯命題的「明顯性」(obviousness)有時乃源自於廣為人知且廣被接受的經驗事實，而非理解。所有的「分析命題」(analytical proposition)都是自明的，反之不然。

雖有疑義，但「如果 *A* 比 *B* 老，那麼 *B* 比 *A* 年輕」，以及「沒有任何東西可以同時是紅的又是綠的」等命題通常被視為自明的非分析命題。所有的自明命題都是必然的，因為我們不能只憑藉理解來證成對偶然命題的信念。然而，並非所有的必然命題都是自明的，例如「水是 H_2O」，以及「溫度是分子運動的度量」等皆非自明的必然命題。某些命題可以呈現出自明的性質，雖然它們並不具有此性質。比如說，在我們開始考慮教宗是否是單身漢之前，「所有未婚成年男子都是單身漢」這個命題乍看之下一直是自明的。某些命題在某些人看來是自明的，但對其他人而言則否，即使這些命題本身不可能同時是又不是自明的。自明命題可經由非經驗的或「先驗的」(a priori)管道得知，但某些可先驗地得知的命題不是自明的，例如某些冗長艱澀的數學推理結論。

參見 analytic-synthetic distinction 分析-綜合區分；a priori 先驗；Kant 康德；necessity 必然性；rationalism 理性主義

B.R.撰　簡國榮審訂

self-interest theory　自身利益的理論　見 Parfit 巴費特

self-justification　自我證成　見 epistemology 知識論

self-love　自愛(自我之愛)　見 Butler 伯特勒；egoism 利己主義

self-organizing system　自組織系統　見 computer theory 計算機理論

self-presenting　自我呈現　在邁農(Meinong)的哲學中，指具有立刻向我們的思想呈現的能力——它為所有心理狀態所共有。在邁農看來，任何一種心理狀態都不能用其他的方法被呈現在我們的思想中，例如間接通過洛克(Locke)的「反思觀念」(idea of reflection)做到這一點。能理解一種心理狀態的唯一途徑是經歷它、「活過」它。因此，理解一個外部客體的經驗具有一個雙重呈現的功能：(1)通過「內容」把客體呈現在我們的思想中；(2)作為它自己的「準內容」，使自身呈現在我們的思想中。當代的齊桑姆(Roderick Chisholm)部分地以一個自我呈現的相關概念作為其解釋經驗知識的基礎。(根據齊桑姆的說法——這裡我們省略它的定義——所有的自我呈現都是心理性質的，但是卻不能反過來說；例如，因為配偶的去世而感到抑鬱就非自我呈現性質的)。在齊桑姆的知識論中，自我呈現的狀態以下述方式成為確定性的源泉：如果 *F* 是一個自我呈現的狀態，那麼，要確定一個人處於狀態 *F* 中，只需他處於而且相信自己處於狀態 *F* 中。

參見 Brentano 布倫塔諾；Meinong 邁農；philosophy of mind 心靈哲學

R.Ke.撰　李國偉審訂

self-reference, paradoxes of　自我指涉悖論　見 Russell 羅素；type theory 類型論

self-referential incoherence　自我指涉的不融貫性　乃是某一斷言或理論的一種內在的缺陷：如果(1)這斷言或理論必須滿足的一些要求已經被確立了，(2)這斷言或理論本身接受這樣的要求，(3)這斷言或理論並沒有滿足這要求；那麼，這斷言或理論就會有上述的缺陷。最著名的例子是邏輯實證論(logical positivism)的意義判準，這判準要求一切有意義的斷言要嘛是恆真句(同義反覆，tautology)，要嘛是在經驗上可得到驗證的；然而這判準本身卻兩者都不是。一個可能的早期例子可見於休姆(Hume)。要是當時圖書館管理員遵從休姆的忠告，來處理那些既不包含「有關量或數之抽象推理」(abstract reasoning concerning quantity or number)也不包含「有關事實和存在之實驗推理」(experimental reasoning concerning matter of fact and existence)的書卷的話，那麼，他自己的著作或許早就被付之一炬了。維根斯坦(Wittgenstein)則顯示了公然的反抗：當他了解到《邏輯哲學論》(*Tractatus*)中的命題並不「圖示」(picture)世界的時候，便建議讀者在「爬上去後就把梯子丟掉」。至於任何建立「合理的可接受性」(rational acceptability)之判準的基礎主義理論，而它本身卻無法符合這判準的，便是自我指涉的不融貫性在知識論上的例子。

參見 Hume 休姆；logical positivism 邏輯實證論

W.Has.撰　趙之振審訂

self-reproducing automaton　自我複製自動機　一種由馮・諾曼(von Neumann)首次採用的自我複製的形式模型。他先嘗試一種直觀的機器人模型，後來歸結到定義明確的胞腔自動機模型。設想一系列由機器人零件製成，並在這樣的零件的環境裡運作的機械自動裝置。其中有電腦組件(開關、記憶元件、線路等)、輸入-輸出組件(感測元件、顯示元件)、動作組件(擒拿和移動元件、接合和切斷元件)、直條(用來支撐結構和用於儲存帶)。

還有能使機器人工作和四處走動的能源。這五類組件足夠用來製造機器人，這種機器人能製造各種各樣的物件，甚至包括其他機器人在內。

很明顯，這些組件也足夠用來製造任何有限自動機(finite automaton)類型機器人。然後附加感測和動作組件於這種機器人上，以便它能用直條製造一個可以無止盡延拓的儲存帶。(「空白帶」〔blank tape〕由按順序連接起來的條組成，機器人把信息儲存帶上的方法是在聯結點上安裝或不安裝條)如果它的有限自動機部分能執行程式，並且能力足夠大的話，那麼這樣的一個機器人就是一個萬能計算機器人(參見萬能涂林機〔a universal Turing machine〕)。

萬能計算機器人能被擴大形成萬能製造機器人——一種能根據給定描述條件製造任何機器人的機器人。假設 r 是任意一個裝配了可以無止盡延拓的帶子的機器人，假設 $F(r)$ 是其有限部分的描述，還假設 $T(r)$是其帶子上的信息。現取一個萬能計算機器人來，再加上感測和動作元件及程式，以便於當 $F(r)$與 $T(r)$相接寫在帶子上時，這個擴充的萬能計算機能如下操作。首先，它讀出 $F(r)$的說明，找到需要的組件，然後製造 r 的有限部分。其次，它製造一條空白帶，而且把它附在 r 的有限部分上，然後把 $T(r)$的信息從自己的帶子上複製到新帶子上。如此擴充的萬能計算機器人就成為萬能製造器(universal constructor)。因為當它以書寫在帶子上的信息$F(r)$、$T(r)$開始時，它就會製造出有$T(r)$在帶子上的 r 的拷貝。

把萬能製造器應用到它自身就產生了機器人的自我複製。稍微改裝一下萬能製造器，以便當只有說明 $F(r)$的信息寫在帶子上時，它就製造 r 的有限部分，然後連上一條寫有$F(r)$的帶子。把這種類型的萬能製造器叫做 C_u。現在把 C_u 的說明 $F(C_u)$寫在其自身的帶子上，然後啟動它。C_u首先讀到該說明，然後在格狀空間的空白處拷貝其自身的有限部分。接著它把一條空白帶加到新製造出來的東西上，而且在上面複寫$F(C_u)$。因此，有$F(C_u)$在其帶子上的 C_u 就製造出另一個有 $F(C_u)$在其帶子上的 C_u 的拷貝。這就是自動機的自我複製。

這個會自我複製的機器人模型是很有普遍性的。為了更進一步發展自我複製的邏輯，馮．諾曼首先把有限自動機的概念擴展為無限的胞腔自動機(cellular automaton)的概念，後者由「胞腔」組成陣列或「空間」，每個胞腔包含相同的有限自動裝置。他挑選了一個無限的方格陣列來做自我複製的模型，而且他為每一個單元(胞腔)具體指定了一個特別的具有二十九個狀態的自動裝置。每個自動裝置直接與其四個鄰居連接，鄰居間的溝通需要一或兩個時間單位。

一個胞腔的二十九個狀態可分成三類。有一個空白態代表一個沒有活動的空區域。有十二個狀態用於開關、儲存和溝通，只要有足夠大的胞腔空間，任何有限自動機都可以根據這些狀態製造出來。還有十六個狀態用於模擬建構和解構。馮．諾曼挑選的這二十九個狀態可以使得非空白胞腔的領域能夠進行計算和生長，也就是說，激發一條胞腔的通路連向空白區域，把該區域的胞腔轉變為胞腔自動機。某個特別的胞腔自動機可以鑲嵌在這個空間裡，只要選擇好有限區域胞腔的初始狀態，而所有其他胞腔則設定在空白狀態。萬能計算機是由一個具有足夠能力的有限自動機與其帶子組成。帶子是長度可以無止盡延拓的一排胞腔，每個胞腔有兩種相異狀態用來代表比特。有限自動機用一條製造臂(construction arm)來達到這些胞腔，這條臂在帶子上相連的一排排胞腔間前後伸展。當這個有限自動機啟動後，就會執行儲存在帶子上的程式了。

萬能製造器是從擴充萬能計算機(參見：機器人模型〔the robot model〕)得到。它增加了一條製造臂，另外還增加了一個操作它的有限自動機控制器。控制器把信號輸送到臂上，讓它延伸到胞腔空間的空白區域，並且在該區域四處移動，改變那個區域胞腔的狀態。在萬能製造器把該區域轉換成一個胞腔自動機之後，它就指揮製造臂啟動這個新的自動機，然後從那裡撤回。胞腔自動機的自我複製就像在機器人模型中一樣，是把萬能的製造器應用到自身之上。

如今，需要與計算機互動的人，廣泛地研究以胞腔自動機作為物理和有機系統的抽象模型(參見伯克斯〔Arthur W. Burks〕的〈馮．諾曼的自我複製自動機〉〔*Von Neumann's Self-Reproducing Automata*〕，載於《馮．諾曼論計算機和計算機理論文集》〔*Papers of John von Neumann on Computers and Computer Theory*〕，由阿斯布雷〔William Aspray〕和伯克斯編輯，1987)。人造生命的研究是用計算機模擬胞腔自動機和相關自動機的衍生物。胞腔自動機組織有時也用於高度平行的計算機中。

參見 artificial intelligence 人工智慧；artificial life 人工生命；computer theory 計算機理論；Turing machine 涂林機

A.W.B.撰　李國偉審訂

Sellars, Roy Wood　塞拉斯，羅伊．伍德　見 New Realism 新實在論

Sellars, Wilfrid　塞拉斯，威福利德(1912-89)　美國哲學家，本世紀最偉大的系統哲學家之一，羅伊．伍德．塞拉斯(Roy Wood Sellars)之子。他最具影響力且具有代表性的作品是〈經驗主義和心靈哲學〉(Empiricism and the Philosophy of Mind, 1956)，以及〈哲學與人的科學形象〉(Philosophy and the Scientific Image of Man, 1960)。塞拉斯式的系統可以勾勒如下。

既與(given)的神話　論旨(1)：古典經驗論(基礎論)主張，我們對常識、客觀物理客體世界的信念，最終只被世界在感覺經驗中呈現自身的方式所證成。論旨(2)：古典經驗論典型上也堅持感覺經驗(a)不是這個世界的部分，且(b)不是一種像思考或相信之類的概念認知的形式。論旨(3)：由(1)和(2a)，古典經驗主義結論，我們對物理世界的知識是從感覺經驗所推論出來的。論旨(4)：因為推論是從知識中導出知識，所以感覺經驗本身必須是一種知識形式。論旨(1)-(4)合起來就是既與學說。每一個論題個別而言都是可能的。塞拉斯認為知識是一種概念認知，因而他論證(2a)和(4)不相容。由於做了既與學說是假的結論，塞拉斯主張古典經驗論是個神話。

實證系統　從對物理科學的理論說明所做的分析中，塞拉斯結論，設定理論存有物只有在下列條件下才能被證成：即需要理論定律——即指涉理論存有物的律則性通則——來說明某些特殊的觀察現象，而對這類觀察現象而言，透過毫無例外之觀察定律還是無法說明。塞拉斯反對任何對觀察的古典經驗主義詮釋，他同意某些非推論知識的解說是需要的，以使得被認知的理論說明有意義。他認為，要把感官刺激(觀察報告)直接反應所得出的言詞視為非推論的知識，則要(a)它們擁有憑據，也就是說，發生在良好的情況之下，以確保它們可靠地指出環境中的某些物理性質(像是形狀)，並且被語言社群接受為擁有這項性質；還有(b)述說者有著他們擁有這項權威的正當信念。

塞拉斯宣稱，某些知覺條件誘導一般人得到和常識架構所建立起來的說明原則不一致的觀察報告。因此，我們有可能會自發性地表達出，一物體在日光下所見為綠色，而在室內所見為藍色，並認為它並沒有歷經任何會改變其顏色的過程。塞拉斯在這種衝突傾向中，看見了原初概念架構的痕跡，這種概念架構的緊張關係藉著引入感覺經驗的概念而受到部分解決。這些經驗為理論存有物，因為它們被設定來說明某些觀察現象——對這些觀察現象而言，並不存在毫無例外的觀察定律可以說明。這個例子可以為出現在常識信念架構中的理論說明過程，提供一種典範，這種常識信念架構，塞拉斯稱之為「鮮明形象」(manifest image)，這是一種過程，本身便是他概念變遷的理性動態理論的模型，

這種概念變遷發生於鮮明形象及科學——科學形象之中。因為在智人之中，真實的概念演化過程可能和這種理性動態模式不合，所以塞拉斯將這些動態模式視為出現於某方式的某些假設的理想歷史(神話)之中，而且在該方式中，從某些概念上的原初起點，我們可以假定出必要的理論說明。

鮮明形象，就像引發它的原理論一樣，本身隸屬於終究在科學形象中獲得解決的種種緊張關係。因為後者的形象包含了一種物質客體和人的形上學理論，和其前項架構的形上學理論並不一致，所以塞拉斯視鮮明形象被其後繼者取代。根據塞拉斯所贊同的裴爾斯式(Peircean)真理概念，科學形象是唯一真實的形象。就此而言，塞拉斯是一名科學實在論者。

然而，也存在一個重要意義，在這個意義下，塞拉斯並非一名科學實在論者：儘管塞拉斯不信任古典經驗主義，他認為感覺經驗的內具本質產生了概念化，不再只是單純的感官刺激，卻還不算是知識的內容。受到康德(Kant)的啟發，塞拉斯視鮮明形象為一種康德式的「現象世界」(phenomenal world)，這種世界存在為一種認知建構，它雖然缺乏理想的事實性真理，但卻部分地受到感覺經驗的內在特徵所引導。這並非塞拉斯所反對的(分析式的)現象論。此外，感覺經驗的特殊方法論角色甚至在科學形象本身之中，也都有效力。

心靈、知覺和語意學理論　心靈：在鮮明形象中，思想是由意向性所賦予的私人經歷。它們被稱為內在語言，為理論存有物，它們的因果及意向性質，分別被公開語言的推論及語意性質所模釋。它們是在行為主義的一個原理論中被引入，那是賴爾式(Rylean)的架構，為了要對行為者提供理論說明，通常伴隨著語言上的公開推理。

知覺：在鮮明形象中，感覺經驗即感官印象，以二維的、有色的物理複製品來模釋的人格狀態，而且是在知覺的副詞理論的理論語言中被引入，以便說明為什麼當某些可知覺的性質並沒有呈現時，卻能夠看起來好像它出現了。

語意學：一個簡單的述詞 p 在語言 L 中的意義，是 p 在 L 中所扮演的角色，根據三組語言規則來定義：語言字彙規則、語言學內部的規則、語言的新發展規則。這項說明亦支持唯名論者(nominalist)對抽象存有物的處理。p 的個例在 L 中的角色之指認，可以在說話者的語言中明白地完成，只要藉著說出 L 中的 p 是述詞集合的一個成員，而且扮演如同展示述詞一樣的角色就可以了。因此，一個說中文的人可以說「*rot*」在德文中扮演了「紅」在中文中所具有的語意角色。

在單一的哲學探究網中，塞拉斯把科學和形上學視為自主的要素。塞拉斯主義因而對如下的觀點提出了一種重要的另類選擇：即根本真實的東西，是由科學語言的邏輯結構所決定的。塞拉斯亦見到普通語言表達了信念的常識架構，並以它自己的方式、形上學和理論存有物，組成了一種原理論。因此，他亦對以下觀點提出了重要的另類選擇：即哲學關心的不是什麼是終極真實，而是像「真實」(real)這樣的詞在普通語言中到底意味著什麼。

參見 epistemology 知識論；metaphysical realism 形上學實在論；ordinary language philosophy 日常語言哲學

T.V.撰　陳瑞麟審訂

semantic atomism　語意學原子論　見 semantic holism 語意學的整體論

semantic completeness　語意學完全性　見 completeness 完備性

semantic compositionality　語意構造性　見 meaning 意義

semantic consequence　語意結果　見 modal logic 模態邏輯

semantic consistency　語意一致性　見 consistency 一致性

semantic holism　語意學的整體論　關於表述本質的一個形上學的論題，根據該論題，一個符號的意義與包含這個符號在內的表述的整個系統有關。因此，一種語言表達只有在一種語言的脈絡中才可能有意義；一種假設只有在一種理論的脈絡中才可能有意義；一個概念只在這種信念系統的脈絡下才可能有意向性(intentionality)。有關內容整體論，已深刻地影響了當代語言和心理理論的各方面，它不但表現在哲學方面，而且表現在語言學、文學理論、人工智能、心理學和認知科學各方面。當代語意學整體論者包括戴維森(Davidson)、蒯因(Quine)、吉爾伯特・哈曼(Gilbert Harman)、哈特立・菲爾德(Hartry Field)以及瑟爾(Searle)。

因為語意學整體論是一個形上學而非語意學論題，所以兩位理論家可能會在語意事實方面意見一致，但是在語意學整體論方面卻有分歧。例如在塔斯基(Tarski)的作品裡沒有什麼能確定由一個絕對真理理論的定理所表達的語意事實是否為整體論的。然而，戴維森作為一個語意學整體論者卻論證，一種自然語言 *L* 的語意學理論的正確形式是語言 *L* 絕對真理理論。語意學理論像其他理論一樣，沒必要顯示其形上學的許諾。

整體論有一些令人驚訝的推論。試看以下一例。「弗蘭克林・羅斯福(Franklin D. Roosevelt，他逝世時美國還只有四十八個州)不相信美國有五十個州，但是我相信。」語意學整體論認為「州」(State)在我們口中是什麼意思，要視我們關於「州」的信念的整體性而定，因而也包括我們關於有多少個州存在的信念。隨之而來的事實似乎是，他和我用「州」指的必定是不同的東西；因此，如果他說「阿拉斯加不是一個州」而我說「阿拉斯加是一個州」，我們並沒有不一致。這種論證的方法產生了種種令人驚訝的斷言，諸如：自然語言一般說來並不是相互可譯的(蒯因、索緒爾〔Saussure〕)；可能並不存在關於文本意義的事實(帕特南〔Putnam〕、德希達〔Derrida〕)；以及基本假設迥異的科學理論是「經驗上不可共量的」(empirically incommensurable)(費耶阿本〔P. Feyerabend〕、孔恩〔Kuhn〕)。

對那些發覺語意學整體論的推論不合己意的人來說，有三種互相排斥的回答：語意學原子論(semantic atomism)、語意學分子論(semantic molecularism)和語意學虛無論(semantic nihilism)。

語意學原子論者認為，任何表述(語言的、心理的〔mental〕或其他方面的)的意義都不是由任何其他表述的意義確定的。歷史上，十八、十九世紀的英美哲學家們認為，某個 *X* 的觀念是關於 X 的，是由於該理念在物理上類似於 *X* 的。如今相似理論不再被認為是切實可行的，但是一些當代的語意學原子論者仍然認為，基本的語意關係存在於概念和所涉及的事物之間，而不在概念本身之中。這些哲學家包括：德雷斯克(Dretske)、斯坦普(Dennis Stampe)、弗德(Fodor)和米立肯(Ruth Millikan)。

語意學分子論與語意學整體論一樣，認為某個語言 *L* 中表述的意義，是被它與語言 *L* 中的其他表述的意義關係所決定，但是，它有一點不同於整體論，即意義不是由它與語言 *L* 中所有其他表述的關係所決定。語意學分子論者與蒯因相反，他們同意下面的觀點，即對語言 *L* 中任何一個表述 *e* 而言，在原則上都有一個區分「語言 *L* 中其意義決定 *e* 的意義的表述」與「語言 *L* 中其意義不決定 *e* 的意義的表述」的方式。傳統上，這種原則上的界定是由分析/綜合的區分所支持。語言 *L* 中作為 *e* 的意義構成的那些表述是與 *e* 分析地聯繫在一起的，而那些不是作為 *e* 的意義構成的表述則是綜合地與 *e* 相聯繫。

意義分子論在那些拒絕整體論的哲學家當中，似乎代表著最普遍的一種立場。當代的意義分子論者包括德維特(Michael Devitt)、杜米特(Dummett)、布洛克(Ned Block)和培里(John Perry)。

語意學虛無論或許是對整體論導致的結果中，最激進的回應。嚴格說，它是這樣一種觀點，即語意學特性是不存在的。嚴格說，心理狀態是不存在的；語詞缺乏意義。至少為了科學的目的(也許還為了其他的目的)，我們必須拋棄下述觀念，即人是道德或理性的行為人(agents)，而且他們是根據其信念和慾望來行動。語意虛無論者包括珮特麗莎・丘奇藍(Patricia Churchland)、保羅・丘奇藍(Paul Churchland)、斯第奇(Stephen Stich)、丹內特(Dennett)，有時候還包括蒯因。

參見 analytic-synthetic distinction 分析-綜合區分；meaning 意義；philosophy of mind 心靈哲學

E.L.撰　苑舉正審訂

semantic molecularism　語意學分子主義　見 semantic holism 語意學的整體論

semantic nihilism　語意學虛無主義　見 semantic holism 語意學的整體論

semantic paradoxes　語意悖論　各種與真理、述詞(predication)和可定義性(definability)等和語意概念有關的悖論的彙集。在這些悖論中，說謊者悖論(the liar paradox)是最古老和最廣為人知的。由歐布利德斯(Eubulides)提出，目的在於反對亞里斯多德(Aristotle)的真理符合說(correspondence theory of truth)。當我們試圖對一個斷言自身虛假性的句子或論點進行評價的時候，說謊者悖論便以其最簡單的形式出現了，例如：

(A)句子(A)是不真的。

句子(A)似乎不可能是真的，因為只有當它所表達的是事實，即：如果它不為真的時候，句子(A)才可以是真的。因此，句子(A)不是真的，但是另一方面，這正好是句子(A)所宣稱的，那麼它似乎是真的。

幾種說謊者悖論的不同形式分別被賦予不同的名字，明信片悖論(the postcard paradox)，也被稱為說謊者迴圈(liar cycle)，乃是設想一張明信片，在其中一面有句子(B)，而在另一面有句子(C)：

(B)在名信片另一面的句子是真的。

(C)在名信片另一面的句子是假的。

這裡，這兩個句子不可能有一致的真值。在序言悖論(the preface paradox)中，設想一本書一開始便聲明這本書中至少有一個句子是虛假的。如果後面的某一個句子是虛假的，那麼這個聲明無疑是真的。但是如果書的其餘部分的句子全為真，那麼最初的那個句子是真的當且僅當它是假的。序言悖論是若干偶然說謊者(contingent liars)的例子之一，它可以是具有一個沒有問題的真值，或者是悖理的，而這視其他的聲明(在這種情形下，就是書中其餘的句子)的真值而定。和序言悖論相關的，是伊比蒙尼迪斯悖論(Epimenedes' paradox)：身為一個克里特人，伊比蒙尼迪斯據說聲明所有的克里特人都是說謊者(all Cretans are liars)。在下列兩種情形之下，這句話是悖理的：它被解釋為所有的克里特人永遠在說謊，或者如果伊比蒙尼迪斯除了這句話之外沒說謊，則解釋為所有的克里特人都有時候說謊。第一種情形是說謊者悖論的一種變形，而第二種情形是偶然說謊者的例子。

其他語意悖論包括貝里悖論(Berry's paradox)、理查德悖論(Richard's paradox)和格瑞林悖論(Grelling's paradox)。前兩者涉及數的可定義性概念。貝里悖論一開始就指出，整數的命名(或描述)是由有限的一串音節構成。因此，連續三個音節的 twenty-five 命名了二十五，而連續七個音節的 the sum of three and seven 命名了十。現在考慮一下所有少於十九個音節(英語)的組合。其中，有很多是無意義的(如bababa)，而有些有意義卻並不命名整數(如 artichoke)，而其中有些命名了整數(如 the sum of three and seven)。因為只有有限多的英語音節，那麼它們的組合也只能有限多，因此只有有限多的整數用它們來命名。當我們考慮連續十八個音節的 the smallest integer not nameable in less than nineteen syllables (不可用少於十九個音節來命名的整數中的最小整數)時，貝里悖論即產生了。這個敘述似乎是對一個整數非常清楚明白的描述。但是，如果這個敘述命名某個整數 n，那麼 n 就可以用少於十九個的音節來命名，因此，它就不被該敘述所描述。

理查德悖論運用對角論證(diagonal construction)建立了一個類似的悖論描述。設想一個表列由字符(包括空白和標點符號)組成的所有的有限長字串所構成，而且這一表列依類似辭典中的方式排列。對該表列進行刪除使得它只包含在 0 和 1 之間的實數的英語定義。然後考慮下列定義：令 r 是介於 0 和 1 之間的實數(以十進制表示)，如果由表列中第 k 個數字命名的數字的小數點以下第 k 位小數是 1 的話，定義 r 的第 k 位小數是 0，在其他情形則是定義 r 的第 k 位小數是 1。這個描述似乎定義了一個不同於表列上的任何已定義數字的實數。例如，r 不可能由表列上的第 237 個字串給出定義，因為 r 至少會在其第 237 位小數上不同於那個數字。但是，如果該描述真的給 1 和 0 之間的實數下定義的話，那麼描述本身也應列在表列之上。因而非常清楚的是，它不可能定義出給一個不同於它自己所定義數字的數字。顯然地，當且只當這個定義不出現在這個表列上時，這個定義才能界定出一個 0 和 1 之間的實數。

也稱為異質性悖論(the paradox of heterologicality)的格列林悖論包含了兩個述詞，定義如下：對於任一述詞，如果適用於其自身的話，則我們稱其為「自符合邏輯的」(autological)。因此，「多音節的」(polysyllabic)和「短」(short)是自符合邏輯的，因為「多音節的」是多音節的，而「短」也是短的。相反的，如果一個述詞不是自符合邏輯的，則它就是異質的(heterological)。我們考慮的問題是：是否述詞「異質的」是異質的？如果我們的答案是肯定的，那麼「異質的」就適用於自身——因此是自符合邏輯的，而非異質的；但是如果答案是否定的，那麼，它就不適用於自身——因此是異質的，結果又一次和我們的答案相矛盾。

語意悖論使邏輯學和語言哲學方面的重要發展得以進行，最為著名的是由羅素(Russell)和塔斯基(Tarski)所從事的工作。羅素建立了類型的分支理論(ramified theory of types)來統一處理所有的語意悖論。羅素的類型理論，是藉由引入關於公式和定義新述詞的複雜語法條件來避免悖論。在由此導出的語言中，像那些用於表述貝里悖論和理查德悖論的定義，被視為是形(構)成不當的(ill-formed)，因為它們在量詞上作用於一個包括它們自身在內的敘述表列，違背了羅素所稱的惡性循環(論證)原則(vicious circle principle)。根據語法學的理由，類型理論把適用於自身的、或適用於更大的包含那些相同的述詞的表達式排除在外。通過這種方法，說謊者悖論和格列林悖論在一種與類型理論相符的語言內是無法建立起來的。

塔斯基對說謊者悖論的關注，產生了兩個極其重要的邏輯學方面的貢獻：他在語意技巧上發展了對形式化語言之述詞真值的定義，以及證明了塔斯基定理。塔斯基式語意學借助下述方式避免了說謊者悖論：以稱作 L 的某形式語言出發，在語言 L 中任何語意概念都不能表述，因此說謊者悖論從中亦不能得到表達。然後塔斯基使用另一種語言，稱之為後設語言(metalanguage)，使用遞歸技巧來定義「在語言 L 中為真」這一述詞(the predicate *true-in-L*)，該述詞正好適用於原來的語言 L 中的真句子。說謊者悖論並不出現在後設語言中，因為對於句子

(D)句子(D)並非在語言 *L* 中為真。

而言，如果能用後設語言表達，那麼它就是真的。(它之所以是真的因為(D)並非語言 *L* 中的句子，因而「更進一步」的不是語言*L*的一個真句子)然後，表達後設語言真值的述詞可用另一種語言，稱作後設後設語言來給出定義，依此類推，結果導致了一系列的互相一致的表達真值述詞。

塔斯基定理應用說謊者悖論證明了邏輯學的一個重要結果。該定理聲稱，算術初階語言(first-order language)的表達真值述詞不能在算術中給出定義。也就是說，如果我們可以設計出一個用數表示算術句子的系統性方法的話，那麼就不可能定義這樣一種算術述詞，用於描述所有表示真的算術句的數所成的集合。該定理藉由下述事實可以得到證明：如果這樣一個述詞可給出定義的話，那麼我們就能構造一個算術句子，該句子是真的當且只當它不是真的。這是說謊者悖論中句子(A)的算術版本。

羅素和塔斯基解決語意悖論的方法使許多哲學家都感到不滿意，因為他們的方法基本上是限定語言構造方法以避免出現悖論。但是，在人造語言中能避免悖論這一事實本身，在解釋為什麼自然語言中，或者在可以形成悖論的人造語言中會碰到悖論是哪兒出了錯時，卻並沒有給出令人滿意的說明。在克里奇(S. Kripke)的《真理論概要》(*Outline of a Theory of Truth*, 1975)之後，最近關於說謊者悖論的著作，考察了能夠形成悖論的語言，而且試圖提供盡可能保持直覺概念的關於真的一致性描述。

參見 set-theoretic paradoxes 集合論悖論；truth 真理；type theory 類型論

J.Et.撰　李瑞麟審訂

semantics　**語意學**　見 formal semantics 形式語言的語意論；philosophy of language 語言哲學

semantics, conceptual role　**概念作用語意學**　見 meaning 意義；philosophy of mind 心靈哲學

semantics, extensionalist　**外延論者的語意學**　見 extensionalism 外延論

semantics, Kripke　**克里奇語意學**　見 Kripke semantics 克里奇語意學

semantics, linguistic　**語言語意學**　philosophy of language 語言哲學

semantics, non-standard　**非標準的語意學**　見 second-order logic 二階邏輯

semantics, outer domain　**外域語意學**　見 free logic 自由邏輯

semantics, possible worlds　**可能世界語意學**　見 Kripke semantics 克里奇語意學；possible worlds 可能世界

semantics, situation　**情境語意學**　見 possible worlds 可能世界

semantics, standard　**標準的語意學**　見 second-order logic 二階邏輯

semantics, supervaluation　超值語意學　見 free logic 自由邏輯

semantics, Tarskian　塔斯基語意論　見 formal semantics 形式語言的語意論

semantics, truth-conditional　真值條件語意學　見 meaning 意義

semantic solipsism　語意的獨我論　見 solipsism 獨我論

semantic tableaux　語意樹　見 philosophy of logic 邏輯哲學

semantic theory of truth　真理的語意理論　見 truth 真理

semantic truth　語意學真理　見 truth 真理

semi-order　半有序　見 ordering 排序

semiosis　符號探究　源自希臘語 *sēmeiōsis*，意為「符號的觀察」。「符號探究」是符號、對象和心靈三者之間的關係的意涵。符號學(semiotic)是研究「符號探究」的科學。聖多瑪斯的約翰(John of Saint Thomas)和裴爾斯(Peirce)的符號學皆包含了以下兩個不同的部分：意涵的關係和符號的分類。對他們而言，意涵的關係是三元關係，它不能被化約成以下從屬於它的三個二元關係的總和：符號-對象、符號-心靈、對象-心靈。一個符號對一個心靈表徵一個對象，就如同 *A* 給 *B* 一個禮物。和一般所認不同的，「符號探究」並不僅僅是以一個符號-對象二元關係和一個符號-心靈二元關係組合而成，因為這些二元關係缺乏本然的意向性去將心靈和對象統合起來。相同的，「符號探究」並不僅僅包含一個符號-對象二元關係和一個對象-心靈二元關係，它還包括統合符號和對象的意向。

在多瑪斯的士林邏輯(Scholastic logic)中，符號-對象二元關係是一個範疇關係(categorial relation〔*secundum esse*〕)，亦即，列屬亞里斯多德(Aristotle)的關係範疇中的一個本質關係，而符號-心靈二元關係是一個先驗的關係(transcendental relation〔*secundum dici*〕)，亦即，一個僅僅是類比意義下的關係。因此，對多瑪斯而言，「符號探究」形式上的理據主要以符號-對象二元關係構成。而在裴爾斯的邏輯中，符號-對象二元關係和符號-心靈二元關係皆只是具有的「符號探究」的潛質而已，因此古埃及文字在羅塞達石板(Rosetta Stone)發現之前只是具有符號的潛質，就如同對一個沒有注意到它的汽車駕駛而言，一個道路標誌只是一個具有成為符號可能性的東西。

符號的歸類通常依憑著「符號探究」的邏輯，因此根據符號和它們的對象之間的關係，多瑪斯將符號區分成自然符號(natural signs，煙作為火的符號)、風俗符號(customary sings，桌上的餐巾作為晚餐將上桌的符號)以及創設的符號(stipulated signs，如新製文字的確定)；多瑪斯也依符號和心靈之間的關係將符號做了以下的分類：一個工具的符號(instrumental sing)必須先被認作一個對象，它才能有其意涵(例如一個書寫的字或一個徵兆)；一個形式的符號(formal sign)在它能指引心靈至它的對象之前，其本身並毋須先被認作一個對象。形式符號並不作為我們認識的對象，而是作為我們認識對象的途徑。另一方面，所有工具對象皆預設在認知中的形式符號的行動。裴爾斯也有類似的作法，他根據符號和以下三種東西的關係將符號區分成三類：它們自己、它們的對象和它們的詮

釋者(通常是心靈)。莫理斯(Charles Morris)緊緊地跟隨裴爾斯的作法，將符號彼此之間的關係稱之為「符號探究」的語法面向，將符號和詮釋者之間的關係稱之為「符號探究」的實用面向。

參見 John of Saint Thomas 聖多瑪斯的約翰；Peirce 裴爾斯；theory of signs 記號論

J.B.M.撰　林從一審訂

semiotic　符號學　見 theory of signs 記號論

Seneca, Lucius Annaeus　塞涅卡，呂西烏・安那厄斯　見 Stoicism 斯多噶主義

***sensa*　感覺**　見 perception 知覺

sensationalism　感覺主義　感覺主義是這樣的信念，認為一切的心靈狀態——特別是認知狀態——都是透過組合或連結，從感覺得來的。這信念時常與另一觀點相結合，這觀點認為：對於我們的信念，感覺提供了唯一的證據；或者偶爾也結合這樣的觀點：關於世界的陳述句，可以毫無損失地化約為關於感覺的陳述句。

在近代，霍布斯(Hobbes)是第一位重要的感覺主義者。他寫道：「在人類心靈中，沒有一個概念不是最初全部地或部分地由感覺器官而生的，其餘皆是由此原本而來。」不過，在十八世紀，這樣的信念特別顯著突出，這主要是由於洛克(Locke)的影響之故。洛克本人並不是感覺主義者，因為他把心靈對自身種種運作的反省，也看作是觀念的一個獨立的來源；但是，他對簡單觀念與複合觀念的區分，卻被十八世紀的感覺主義者，如孔迪拉克(Condillac)與哈特里(Hartley)，用來解釋「與感覺似乎有所距離的概念，卻如何可以從感覺得來」；又為了解釋簡單觀念事實上如何結合之種種特殊方式，孔迪拉克與哈特里則訴諸洛克所描述的第二項工具：觀念的連結。

感覺主義者主張：「基本的」感覺，亦即建築我們心靈生命的材料，並不是我們意志所能控制的，它們獨立於我們的判斷，免於被詮釋，而且是非連續的、原子式的，我們對它們的認識是不會錯的。十九世紀的感覺主義者，試圖以這樣的建築材料來解釋知覺；他們特別費力去處理我們對時間與空間之知覺。十九世紀後期的批評者，如渥德(Ward)或詹姆士(James)，提出了有力的論證，來反對把知覺化約為感覺；他們聲稱：知覺所包含的，不只是被動地接受(或重組與連結)一點一點不連續又不可修正的資訊而已。他們促成了觀點的轉變，轉向一種功能主義的觀點，這觀點與生物學的流行趨勢結合得更為緊密；自此，感覺主義便一蹶不振了。

參見 empiricism 經驗主義；Hobbes 霍布斯；perception 知覺

K.P.W.撰　趙之振審訂

sense　意含　見 meaning 意義

sense, direct　直接意義　見 oblique context 間接脈絡

sense, indirect　間接意義　見 oblique context 間接脈絡

sense-data　感覺資料與感性材料　見 perception 知覺

sense-datum theory　感覺資料理論　見 phenomenalism 現象論

sense qualia　感覺感質　見 qualia 感質

senses, special　特殊感覺　見 faculty psychology 機能心理學

sensibilia　可感物　(單數是 sensibile)據羅素(Russell)的用法，是指那些沒有人在此刻知覺到它們的東西，但它們在每一方面就像是清醒知覺時的對象。

如果一個人是直接實在論者，而且相信吾人在感官知覺中意識到的對象，就是一般物理對象，那麼可感物當然就是沒有人(在此刻)正意識到的物理對象。依據常識，假定普通對象在沒有人意識到它們時，仍然持續存在，這就推出「可感物」存在。可是，如果吾人(如同羅素般)相信在普通意義上的知覺中，吾人意識到的是心中的某種觀念，所謂的感覺與料(sense-datum)，那麼「可感物」的存在地位就有問題了。「可感物」結果成為未被感覺到的感覺與料。在感覺與料的某種尋常的概念上，這就像未感受到的痛；因為感覺與料的存在，依賴於我們(某人)對它的知覺。(這類事物)的存在就是被知覺(見柏克萊〔Berkeley〕的「存在就是被知覺」〔*esse est percipii*〕)。可是，如果吾人把感覺與料的觀念擴張到吾人在感官知覺中(直接地)意識到的任何東西(如穆爾〔Moore〕就傾向這麼主張)，則「可感物」可能存在或可能不存在。它視我們在感官知覺中直接意識到的是什麼——物理對象或感覺與料——而定(當然，也依恃於當對象沒有被知覺時，它是否持續存在而定)。如果直接實在論是對的，當沒有被觀察時的馬和樹是「可感物」。馬和樹的表面(front surfaces)(穆爾一度把它們視為感覺與料的東西)也是「可感物」。如果直接實在論是錯的，我們知覺到的是「心中的觀念」，則「可感物」是否存在就依恃於是否這類觀念能隔離任何心靈而存在。

參見 perception 知覺；Russell 羅素

F.D.撰　陳瑞麟審訂

sensible intuition　感性直觀　見 Kant 康德

sensibles, common　共同可感知者　見 Aristotle 亞里斯多德；*sensus communis* 共通感

sensibles, proper　真正的感覺　見 Aristotle 亞里斯多德

sensibles, special　特殊的感覺對象　見 Aristotle 亞里斯多德；faculty psychology 機能心理學

sensorium　感覺中樞　感覺中樞是人類或其他動物大腦中感覺產生的部位與原因。這個名詞不是當代心理學的說法；它屬於前行為的(prebehavioral)、前科學的心理學，尤其是十七、十八世紀時。只有那些有感覺中樞的生物，才被認為是能夠具有身體上的或是知覺上的感覺。有些思想家相信，當感覺中樞被激發的時候，也產生肌肉的活動與動作。

G.A.G.撰　劉希文審訂

***sensum*　感受**　見 perception 知覺

sensus communis **共通感** 一認知能力，乃五種感官(the five senses)的報告處。在亞里斯多德的《論靈魂》(*On the Soul*)第II卷第1至2章首先為之論證，雖然「共通感」(common sense)一辭最先是在士林哲學的思想中被介紹出來。亞里斯多德言及性質向量(magnitude)這般為多於一種感官所知覺者即為共同可感知者(common sensibles)。欲認出共同可感知者，他聲稱，我們必須擁有一單一的認知力(cognitive power)去彼此比較由不同感官接收而來之諸多性質(quality)。奧古斯丁(Augustine)言及，「內在感官」(inner senses)判斷諸感官是否適當地運作，而且覺察動物是否有所覺知(《論自由抉擇》第II卷第3-5章〔*De libero arbitrio* II.3-5〕)。亞奎納(Aquinas)(《論靈魂》第II卷，13.370)(*In De anima* II, 13.370)堅持，我們也是經由共通感而感知我們活著。他說到，共通感使用外在感官以得知感覺形式，為認知力的運作準備了它所接收的感覺象(sensible species)，認知力即可認出是實在物(real thing)引發了感覺象。

參見 Aquinas 亞奎納；Aristotle 亞里斯多德

J.Lo.撰 蕭宏恩審訂

sentence, basic **基本語句** 見 foundationalism 基礎主義

sentential calculus **語句演算** 見 formal logic 形式邏輯

sentential connective **語句連接詞** 亦叫作語句運作詞、命題連接詞及命題的運作詞。它是諸如「和」(and)、「或者」(or)、或「如果……則」(if...then)這些詞或片語，是用來把原子語句——即非複合句——組成複合句。語句連接詞在形式上可定義為含有空白的一個表達式，當這些空白被句子替代以後，就得到了一個複合句子。例如，「如果____則____」(if ____ then ____)和「____或____」(____ or ____)是句子連接詞，所以我們能用語句來代替空白而得到複合句，如「如果天晴則我們就能去游泳」和「我們可以去游泳或待在家裡」。

古典邏輯只運用真值函數的連接詞；因為這樣，複合句的真假值才能被代替空白的語句的真假值所決定。標準真值函數連接詞有「和」、「或者」、「不」、「如果……則」、「若且唯若」(if and only if)。但除了真值函數的連接詞外，我們還有非真值函數的連接詞，諸如「有可能____」(it is possible that ____)和「____因為____」(____ because ____)。

參見 formal logic 形式邏輯；operator 運作符；truth table 真值表

V.K.撰 王文方審訂

sentential operator **語句作用詞** 見 sentential connective 語句連接詞

sentiment **情感** 見 sentimentalism 情感主義

sentimentalism **情感主義** 流行於十八世紀的理論，主張知識論或道德的陳述是來自於情感。雖然情感主義與感覺主義(sensationalism)皆為經驗論的觀點，但後者將所有的知識建立在感覺上，經驗撞擊在感官之上。情感主義者或許會允許觀念來自於感覺，但主張觀念與感覺之間的某些關係是內在地獲得的，也就是說，來自於反省之後的情感。道德情感主義者，如沙佛茲伯里(Shaftesbury)、哈屈森(Hutcheson)，及休姆(Hume)，主張一性格特質的優點／善(virtue)或缺點／惡(vice)是由贊成或反對情感來建立的。

休姆，最完全的情感主義者，也主張所有有關於這世界的信念都決定於情感。照他的分析，當我們形成一個信念時，我們依賴於理性的兩個因果上相關聯的經驗，如，火與熱。但他指出，這樣的因果的關聯性是依賴必然性的觀念(the notion of necessity)——兩個知覺將總是如此的連接——且在知覺本身之中沒有任何的事物提供了這必然性的觀念。必然連接性的觀念，不來自於知覺本身，而是來自於一情感：我們對於一個建立在另一個經驗之上的經驗的期待的情感。同樣地，我們對於實體的觀念(在一客體中經驗的統一性)及對於自我的觀念(在一主體中經驗的統一性)都以情感為基礎。但是這些必然性的，實體的，以及自我的形上學的觀念是「虛構的觀念」(fictions)，它們是想像的創作藉以說明在這外在世界中的某事物，然而道德情感並不是為了說明外在世界。

參見 Hume 休姆；Hutcheson 哈屈森；moral sense theory 道德感覺的理論；sensationalism 感覺主義；Shaftesbury 沙佛茲伯里

E.S.R.撰　徐學庸審訂

separation, axiom of　分離公理　見 axiom of comprehension 內涵公理；set theory 集合論

separation of law and morals　法律與道德的分離　見 Hart 哈特

sequent calculus　串列演算　見 cut-elimination theorem 割除消去定理

set　集合　見 set theory 集合論

set, singleton　第一元素集合　見 set theory 集合論

set, well-ordered　良序的集合　見 set-theoretic paradoxes 集合論悖論

set-theoretic paradoxes　集合論悖論　一些顯示集合論某些主要概念之難點的悖論。其中最著名的有羅素悖論(Russell's paradox)、布拉里-佛提悖論(Burali-Forti's paradox)和康托悖論(Cantor's paradox)。

由羅素(Bertrand Russell)於 1901 年發現的羅素悖論，是集合論悖論中最簡單者(也是最有問題者)。由羅素悖論我們能直接從康托的無限制的涵括公設系(unrestricted comprehens ion schema)中導出一個矛盾。這種公設系宣稱，包含作為自由變量的 x 的任何公式 $P(x)$，都有一個集合 $\{x \mid P(x)\}$，而該集合的元素就是那些恰好滿足 $P(x)$ 的物件。為了導出矛盾，把 $P(x)$ 看作是公式 $x\in x$，且讓 z 是集合 $\{x \mid x\in x\}$。集合 z 的存在是由涵括公設系所保證。因此，z 就是由那些並非自身之元素的物件所構成的集合。現在我們追問，z 本身是否是 z 的一個元素呢？如果回答是肯定的，那麼我們可以得出結論，z 必須符合 z 中元素所滿足的條件，也就是，z「不能」是 z 的一個元素。但是，如果答案是否定的，那麼既然 z 不是其自身的一個元素，它就符合 z 中元素所滿足的條件，因此 z 是 z 的一個元素。

所有現代的集合論公理化，都經由限定斷定集合存在的原理來避開羅素悖論。最簡單的限定是用分離公設系(separation schema)來取代無限制的涵括公設系。分離公設系聲稱，假定任何一個集合 A 和公式 $P(x)$，就會有一個集合 $\{x\in A \mid P(x)\}$，它的元素就是 A 的元素中符合 $P(x)$ 者。如果我們現在把 $P(x)$ 當作是公式 $x\notin x$，那麼分離公設系就保證了集合 $z_A=\{x\in A \mid x\notin x\}$ 的存在。然後我們就可以運用羅素的推理來證明這個結果，即 z_A 不可能是最初的集合 A 的一個元素。(假若它是 A 的一個元素，那麼我們就能證明，它是自

己的一個元素當且只當它不是自己的一個元素。因此，它就不是 A 的一個元素)而這個結果並非有問題的，因此羅素悖論就被避免了。

布拉里-佛提悖論(Burali-Forti paradox)和康托悖論有時候以大小悖論(paradoxes of size)而著名，這是因為它們說明有些集合過大以至於不能被認為是集合。由西薩．布拉里-佛提(Cesare Burali-Forte)發現的布拉里-佛提悖論是關於所有序數(ordinal numbers)的集合。在康托的集合論中，一個序數可被(保序地一對一)對應於任何一個良序的集合。(如果一個集合的任意非空子集合均有一個最小元素，那麼這個集合就是良序的。)但是康托的集合論也保證了由所有序數構成的集合的存在，這又是因為無限制的涵括公設系的緣故。這個所有序數的集合是良序的，因此可與一個序數相對應。但是可以證明這個對應的序數比該集合中的任何一個序數都要大些，因而也大於任何序數。

康托悖論涉及到所有集合的集合的基數。「基數」(Cardinality)是在集合論中所使用的另一個關於大小的概念：某集合 A 被說成比某集合 B 具有更大的基數，當且只當 B 能一對一地映射(one-to-one onto)到 A 的一個子集上，但是 A 不能如此映射到 B 或者它的任何子集上。康托的主要研究成果之一在於某集合 A 的所有子集的集合(稱為 A 的冪集〔power set〕)比這個集合 A 有更大的基數。如果把這個結果應用到所有集合的集合 V 上，我們就能得出結論，V的冪集比 V 有更大的基數。但是，在 V 的冪集中的每一個集合也在 V 之中(因為 V 包含所有的集合)，因此 V 的冪集不可能有比 V 更大的基數。從而我們就有了一個矛盾的說法。

像羅素悖論一樣，這兩個悖論都是由無限制的涵括公設系產生的，它們都藉由使用較弱的集合存在原理作為替代來避免悖論。各種強於分離公設系的原理被用於獲得一個合適的集合論，而且也有很多不同的公理化被提了出來。但是，這些悖論的教益在於，任何一個集合存在的原理都不能蘊涵羅素集合、所有序數的集合、或者所有集合的集合的存在，否則就會招致矛盾。

參見 semantic paradoxes 語意悖論；set theory 集合論

J.Et.撰　李瑞麟審訂

set-theoretic reflection principles　集合論的反映原則　見 reflection principles 反映原理

set theory　集合論　對集合的研究，範圍包括從諸如一套百科全書或一副紙牌等熟悉的例子，到諸如自然數的集合或者一條線上諸點的集合，或者從一個集合 A 到另一個集合 B 的函數的集合等數學例子在內。集合可用兩種基本方法來表示：通過一個表列(例如，$\{0, 2, 4, 6, 8\}$)，和作為某屬性的外延(extension)(例如，{x|x 是一個小於 10 的偶自然數}，被讀作「包含所有 x 的集合，其中 x 是一個小於 10 的偶自然數」)。集合論中最基本的關係是「從屬關係」(membership)，例如「2 是自然數集合中的一個元素」(用符號表示：2∈{x|x 是一個偶自然數})。從屬關係是確定的，也就是說，對一個特定的集合而言，任何物件或者在該集合中、或者不在該集合中，沒有含糊或模稜兩可的地方。集合的同一性完全是由其元素(members or elements)確定的(也就是說，集合是外延而非內含的〔intensional〕)。因此{x| x 是人類}和{x| x 是無毛的兩足動物}是相同的集合，因為它們有相同的元素。

可能的最小集合是「空集合」或「零集」(the empty or null set)，也就是無元素的集合(根據外延性，不可能有多於一個以上的空集合)。空集合可以表示為，例如，$\{x|x\neq x\}$，但是最為常見的是用符號表示為$\emptyset$或{}。如果集合 A 的每個元素都是集合 B 的元素的話，A 稱為 B 的「子集」(subset)，或 B 稱為 A 的「上集」(superset)，符號記為 $A\subseteq$B。

因此，所有偶自然數的集合是所有自然數集合的子集，而任何集合都是空集合的上集。A 和 B 兩個集合的「聯集」(union)是其元素為 A 的元素或 B 的元素的集合——符號表為 $A\cup B=\{x|x\in A$ 或者 $x\in B\}$——所以偶自然數的集合和奇自然數的集合的聯集，即是所有自然數的集合。A 和 B 兩集合的「交集」(intersection)是 A 和 B 兩集合公有的元素所成的集合——符號表為 $A\cap B=\{x|\ x\in A$ 且 $x\in B\}$——所以偶自然數的集合和質自然數(prime natural numbers)的集合的交集，就是「單一元素集」(singleton set){2}，其唯一元素是2。交集為空集合的兩個集合稱為「不相交」(disjoint)，例如，偶自然數的集合和奇自然數的集合即不相交。最後，集合 A 和集合 B 之間的「差集」(difference)，是其元素為 A 的元素而不是 B 的元素的集合——符號表為 $A-B=\{x|\ x\in A$ 且 $x\notin B\}$——因此，5 和 20 之間的奇數的集合減去質自然數的集合是{9, 15}。

按照外延性，集合的元素表列的順序並不重要，如{1, 2, 3} = {2, 3, 1}。為了引入次序(ordering)的概念，我們需要 a 和 b 的「有序對」(the ordered pair)的概念——符號表為 (a,b)或 $\langle a,b\rangle$。有序對的要點在於，兩個有序對相等，當且只當它們的第一項是相等的和它們的第二項也是相等時。有各種方式可達成這一點，但其中最常用的形式則是「庫拉托斯基有序對」(Kuratowski ordered pair)：(a, b)被定義為$\{\{a\},\{a, b\}\}$。根據該定義，可以證明：

$(a, b) = (c, d)$，當且只當 $a = c$ 和 $b = d$。

A 和 B 兩集合的「卡氏積」(the Cartesian product)是一個由有序對構成的集合，其有序對均滿足第一項屬於 A，而第二項屬於 B 的性質——符號表為 $A\times B=\{x|\ x=(a,b)$，其中 $a\in A$ 和 $b\in B\}$。可用同樣的方法來造出有序三元組$(a, b, c)=((a, b), c)$；有序的四元組$(a, b, c, d)=((a, b, c), d)$；並通過外延，可形成對任意有限 n 的 n 元組。

只要使用這些簡單的建築材料，古典數學的所有對象都可在集合論內部構成。例如，關係可被定義為有序對構成的集合——因此自然數中的後繼關係(the successor relation)就成了{(0, 1),(1, 2),(2, 3)...}——而函數則是一種不同時包含形如(a, b)和(a, c)有序對的關係——因此後繼關係是一個函數。自然數本身可等同於各種集合序列，其中最通常的定義法是有限的馮．諾曼「序數」(von Neumann ordinal numbers)：$\emptyset,\{\emptyset\},\{\emptyset,\{\emptyset\},\{\emptyset\},\{\emptyset\},\{\emptyset,\{\emptyset\}\}\},\ldots$(根據這種定義，$0=\emptyset$，$1=\{\emptyset\}$，$2=\{\emptyset,\{\emptyset\}\}$，餘類推。每一個數 n 都有 n 個元素，n 的後繼者是 $n\cup\{n\}$，且 $n<m$ 當且只當 $n\in m$。)加法和乘法可以被定義，皮亞諾公理(the Peano axioms)則能被證明(根據集合論的公理，如下述)。負數、有理數、實數、複數、幾何空間，以及其他難以理解的數學對象都可以被視同為集合，而關於它們的一般數學結果也可以被證明。從這種意義上來說，集合論為數學提供了一個基礎。

從歷史上看，集合論產生於十九世紀末期。在有關算術基礎的著作中，弗雷格(Frege)把自然數等同於某些概念的外延，例如，數字 2 是所有恰好包括兩個事物的概念的集合——用符號代表，即 $2=\{x|\ x$ 是一個概念，有不同的事物 a 和 b 屬於 x，且任何屬於 x 的事物非 a 即 $b\}$。康托(Cantor)在探究三角級數理論(theory of trigonometric series)中的一個問題時開始關注複雜點集合(complex sets)。為了描述這些集合的性質，康托在引入上述的有限序數的概念之後，引入了無窮序數的概念。其中的第一個無窮序數，ω，是{0, 1, 2, ...}，用馮．諾曼的術語可理解為所有有限序數構成的集合。在ω之後，後繼函數產生了$\omega+1=\omega\cup\{\omega\}=\{0, 1, 2, \ldots, n, n+1, \ldots, \omega\}$，然後$\omega+2=(\omega+1)+1=\{0, 1, 2, \ldots, \omega, \omega+1\}$，$\omega+3=(\omega+2)+1=\{0, 1, 2, \ldots, \omega, \omega+1, \omega+2\}$等等；在這些之後$\omega+\omega=\{0, 1, 2, \ldots, \omega, \omega+1, \omega+2, \ldots, (\omega+n), (\omega+n)+1, \ldots\}$，以下類推。

序數是為了標明次序關係中的位置而定出來的。例如，考慮重新調整自然數的次序關係，其中奇數被放在偶數之後：0, 2, 4, 6, ..., 1, 3, 5, 7, ...。4 這個數位於這一序列的第三位置，而 5 卻位於第($\omega + 2$)位。而有限數也具有基數的(cardinal)功能；它們告訴我們有多少個東西。在這種情形下無限序數不太有用：自然數集合在通常的次序時即是ω，但是在上述(奇數被放在偶數之後)次序下自然數集合相當於一個更大的序數$\omega + \omega$的結構。對於「到底有多少個自然數？」的答案，應該與數字的排列順序無關。因而超限序數(the transfinite ordinals)並不提供一個穩定的測度來應用於無窮集合的大小。

何種情形下兩個無限集有相同的大小？從一方面來看，所有偶自然數的集合明顯地小於所有的自然數的集合；另一方面，通過用 0 對 0，1 對 2，2 對 4，3 對 6，一般說來就是n對 $2n$的映射關係，這兩個集合的元素可以完全同時一一對應。這個問題過去一直困擾著自伽利略(Galileo)以來的數學家們，但是康托則把 A 和 B 兩集合之間的存在一一對應關係視為「A 與 B 同樣大小」的定義。這種想法與我們對有限集大小的理解是一致的，而且它蘊涵著偶自然數集合與所有自然數的集合與$\omega + 1$ 和$\omega + 2$ 和$\omega + \omega$和$\omega + \omega$(還有其他)都有相同的大小。這類無窮集合稱為「可數的」(countable)，它們的元素個數，也就是第一個無限基數，是$\aleph_0$。康托還證明了集合A的所有子集構成的集合，其大小要大於 A。因此有無窮多個基數大於$\aleph_0$，記成$\aleph_1, \aleph_2$，等等。

不幸的是，早期的集合論常導致悖論。其中最著名的是羅素悖論(Russell's paradox)，源自於若考慮一個「並非以其自身作為元素的所有集合」之集合R，那麼，是否$R \in R$？如果是的話，那麼該集合就不是自身之元素，而如果不是的話，那 R 就是自身之元素。布拉里-佛提悖論(the Burali-Forti paradox)則涉及到所有序數的集合Ω：Ω本身滿足了序數的條件，因此$\Omega \in \Omega$，即$\Omega < \Omega$(矛盾)。類似的問題也在所有基數的集合，和所有集合的集合發生。在所有這些情形中，問題都出在似乎無害的「無限制涵括」(unlimited comprehension)原則之上，即對任何一個性質 P 而言，都有一個集合$\{x| x$ 滿足 $P\}$。

就在二十世紀初，哲梅羅(Zermelo)試圖通過改進一系列集合論公理的操作，使已知的種種衍生的悖論無法實現，而使集合論得以系統化。他提出了以下的公理：「外延性」(extensionality)公理(有相同元素的兩個集合是相同的)，「配對」(pairing)公理(對任何 a 和b而言，都有一個集合$\{a,b\}$)、「分離」(separation)公理(對任何集合A和性質P而言，存在有一個集合$\{x| x\in A$ 且 x 滿足 $P\}$)、「冪集合」(power set)公理(對任何集合 A 而言，都有一個集合$\{x| x\subseteq A\}$)；「聯集」公理(對集合構成的集合 F 而言，都有一個集合$\{x|$ 存在某一個 A 使得 $x\in A$ 且 $A\in F\}$——這可以產生 $A\cup B$，先通過配對原理 $F=\{A,B\}$，再用聯集公理)；「無窮集」(infinity)公理(ω存在)；以及「選擇」(choice)公理(對任何由非空集合構成的集合而言，都有一個集合正好由從該集合每一元素〔也是集合〕之中挑一元素出來所構成)。(選擇公理有很多等價的定理，包括良序定理〔the well-ordering theorem〕——即每個集都可以是良序的——和佐恩引理〔Zorn's lemma〕——即如果在偏序集〔a partially ordered set〕之中的每一鏈〔chain〕都有一個上限〔an upper bound〕的話，那麼該集合就有一個極大元素〔a maximal element〕。)分離公理(the axiom of separation)藉由先前給定一個集合 A，對 A 的元素使用性質 P 來分離，以此來限定無限制涵括公理(unlimited comprehension)；如此一來有麻煩的集合(像羅素悖論那樣試圖完全收集帶有性質 P 的所有集合)就不可能成立。其時關於哲梅羅的公理最引人爭議的是選擇公理，因為它在沒有給出任何有關如何「選擇」的規則的前提下，設定選擇集的存在(這個選擇集從可能是無限多的非空集合的每一個集合中挑選一個元素)。因為種種哲學的原因和(數學上)實際的原因，選擇公理現在在沒有很多爭議的情況下被接受了。

後來，弗蘭克爾(Fraenkel)和斯科倫(Skolem)構想出了「替代公理」(the axiom of replacement)(如果A是一個集合，且A的每一個元素a分別被某個b所代替，那麼就存在一個包含所有這種b的集合)，而斯科倫則把替代公理和分離公理以初階邏輯(first-order logic)

的公理系(schemata)表達使之更為精確。當代集合論的最後一個公理是「基礎」(foundation)公理，該公理確保集合是由一系列的階段形成的，這稱為「疊代層級體系」(the iterative hierarchy)(以一些非集合〔non-set〕開始，然後形成包含這些非集合的所有可能的集合，接著形成包含至今已形成的事物的所有可能的集合，然後形成的包含這些集合的所有可能的集合，等等)，集合疊代依層級建立這個圖像，可與以往的由概念外延這種觀念形成對照，它們有時候分別被稱為數學的集合觀(the mathematical notions of collection)和邏輯的集合觀(the logical notions of collection)。早期種種關於悖論和選擇公理的爭論可以追溯到在這兩者之間缺乏明顯的區別那個時代。

哲梅羅前五個公理(除了選擇公理之外)，加上基礎公理形成了通常叫做 Z 的系統；ZC 則是 Z 加上了選擇公理。Z 加上替代公理就成了 ZF，代表 Zermelo-Fraenkel，再加上選擇公理就成了 ZFC，即現在最廣泛使用的集合論。ZFC 的一致性(consistency)不能用標準的數學方法來證明，但是數十年來對該系統的經驗，和由疊代概念提供的強烈的直覺印象表明它是一致的。儘管 ZFC 對所有的普通數學而言是足夠的，但是它不能回答一些自然的集合論問題(例如，連續體問題〔the continuum problem〕)。這導致人們研究新的公理(諸如大基數假設〔the large cardinal assumptions〕)，但是對於這些新加入的原則人們還沒有達成一致的共識。

參見 Cantor 康托；class 類；continuum problem 連續體問題；Gödel's incompleteness theorems 哥德爾不完備定理；philosophy of mathematics 數學哲學；set-theoretic paradoxes 集合論悖論

P.Mad.撰　李瑞麟審訂

seven emotions (the)　七種情感　見 Korean philosophy 朝鮮哲學

Seven Worthies of the Bamboo Grove　竹林七賢　見 Neo-Taoism 玄學

Sextus Empiricus　塞克斯都．恩披里可(third century A.D.)　希臘懷疑論哲學家，其著作是我們認識極端懷疑論(即皮浪主義〔Pyrrhonism〕)的主要來源。我們對於他個人幾乎是一無所知。他似乎是位醫生，可能是在亞歷山卓的一所懷疑學派學校的教師。傳世的著作有《皮浪主義綱要》(*Hypotoposes, Outlines of Pyrrhonism*)以及一系列懷疑論的批判文章：即《反教條主義者》(*Against the Dogmatists*)，它就很多學科中的前提和條件提出異議，這些學科包括物理學、數學、修辭學和倫理學。在這些著作中，塞克斯都總結了在他之前的懷疑論者的觀點並使之條理化。

《皮浪主義綱要》試圖以指出什麼是懷疑主義開始，以解釋懷疑論者使用的術語，說明皮浪的懷疑主義與其他所謂的懷疑論觀點的差異，說明對懷疑主義的慣常理解是怎樣被反駁的。

塞克斯都指出，希臘時期的主要哲學、斯多噶主義、伊比鳩魯主義和學園派懷疑主義(代表否定的教條主義)，聲稱它們會帶來心靈的寧靜，即*ataraxia*。不幸的是，教條主義信徒因為察覺到了可能針對他或她的懷疑論，會更困擾。然後，藉著懸置判斷(*epoche*)，他或她就會發現正在尋覓的寧靜。皮浪的懷疑主義是一種心理衛生學或心理療法，它能治療患有教條主義或急躁症的。它像一劑瀉藥，不但出空了污物且它自身。為了導致這種事態發生，需要有一連串能使人懸置判斷的懷疑論論證。第一串論證是早期懷疑論者阿奈西德摩斯(Anesidemus)的十個比喻(tropes)。其次是五個關於因果關係的比喻。最後是關於知識標準的比喻。早期懷疑論者的十個比喻強調人與動物之間、人與人之間和個體內在的感覺經歷的可變性。迴異和相互衝突的經歷帶來了關於被感知的客體像什麼的衝突。任何試圖超越現象做出判斷和斷定非自明的東西的努力，都需要有某種方法以決定選擇怎樣的與料。這就需要一個標準。由於在採用什麼標準方面存在著不一致，我們就需要有一個標準的標準，等等。我們或者接受一個任意的標準或者陷入無窮後退的境地。同樣，如果我們試圖證明任何東西，我們都需要有一個關於構成證據的事物的標準。如果我們為某個證明理論提供一個證明，那麼這就將是一個循環推論過程，結果陷入另一個無窮後退的境地。

塞克斯都的大部分論述都在向斯多噶派邏輯學發出挑戰，該邏輯聲稱，明顯的記號(signs)能揭示不自明的東西。也可能存在著這樣的記號，它們間接地暗示暫時不自明的東西，諸如煙表明有火，但是在明顯的和不明顯的記號之間任何假設的聯繫都會受到挑戰和懷疑。塞克斯都後來把一組組懷疑論證應用到各種具體的學科——物理學、數學、音樂、語法、倫理學——之上，以表明人應該中止對這些領域裡的任何知識斷言進行任何判斷。塞克斯都否認他是教條主義地論說這一切：他只是在表明他在特定時刻的感受。他希望身染急躁症的教條主義者們能被治癒並被引向寧靜，不管懷疑論的論證會是多麼的好或多麼的差。

參見 skepticism 懷疑論；Skeptics 懷疑學派；Stoicism 斯多噶主義

R.H.P.撰　丁福寧審訂

Shaftesbury　沙佛茲伯里　全稱「沙佛茲伯里伯爵三世大人」(Third Earl of Shaftesbury)，是安東尼・艾許利・庫伯(Anthony Ashley Cooper, 1671-1713)的尊稱；英國哲學家與政治家，係「道德感理論」(moral sense theory)的原創人。他生於德賽郡溫朋市的聖吉爾斯地區(Wimborne St. Giles Dorsetshire)。他是英國的輝格黨人，曾擔任三年的下議院議員，其後以伯爵的身分巡視上議院的會議。沙佛茲伯里將道德感的概念引入英國的道德哲學之中——他主張道德感是人類所特有的心靈能力，其中包含了反省(reflection)與感覺(feeling)，同時也構成了人類分辨對錯的能力。他有時將道德感類比於一種所謂的美感(aesthetic sense)——一種特殊的能力，我們藉由它，並透過情感(emotions)，而察知到那些——根據他柏拉圖式的觀點——構成美(beauty)的均衡與和諧。

對沙佛茲伯里而言，每個創造物都有「私有的善或利益」(private good or interest)，這是因它們本身的構造而會自然傾向的目的。但除了這種善之外，也有其他種類的善——特別是，公眾的善(public good)，以及作為一個有感存在(sentient being)的善(沒有其他限定〔without qualification〕)。個別生物的善是由其「自然愛好」(natural affections)的傾向來定義的——而自然愛好則是傾向於對於生物自身所處的自然當中的「普遍體系」(universal system)能有所貢獻，亦即，欲促進公眾的善。因為人類能夠反省行動與愛好(包括他們自己與別人的)，所以他們能夠經驗到的不僅僅是對於物理刺激的情感反應(emotional responses)，也包含對於心智對象的情感反應(比方說對一個人悲憫或同情的思想有情感反應)。所以，人類能夠感知——並透過行動獲得——一種特定的善，亦即：德行(virtue)。對於一個有德行、健全的人而言，他的自然慾望與愛好是處於一個和諧的狀態的(其私有的善便包含於其中)，同時也與公眾的善相互協調。

沙佛茲伯里嘗試在私愛(self-love)與仁愛(benevolence)之間取得妥協，部分原因是為了回應霍布斯(Hobbes)所主張的利己主義(egoism)——後者主張，事實上，每個人的行動都是受到私利的驅使。其次，他用心理的和諧與公眾的和諧來定義道德，也是為了回應過去曾經擔任他家庭教師的洛克(Locke)所主張之「神聖意志論」(divine Voluntarism)——洛克認為，自然的律則與道德的律則都是源自上帝的意志。而根據沙氏的觀點，道德獨立於宗教而存在，只是信仰上帝可以滋養對於普遍體系的愛，藉此發展出最高程度的德行。

他的理論將十八世紀關於道德情感的觀念做了一番普遍化的精煉；道德感理論於焉而生：情感(sentiments)——在某些情況下——是對與錯的知覺，或者說，構成了對與錯的知覺。

沙佛茲伯里的幾篇論文收錄於三卷《人的性格、風俗、見解與時代》(*Characteristics of Men, Manners, Opinions, Times*, 1714 第二版)之中。此外，他還寫了許多斯多噶式的道德與宗教沉思作品，看法頗似埃比克提特斯(Epictetus)與奧勒利烏斯(Marcus Aurelius)。他對於道德情感的觀念對哈屈森(Hutcheson)與休姆(Hume)兩人的倫理理論產生了莫大影響，而後兩人則發展出對於道德感更為精細、屬於自己的說法。

參見 Hobbes 霍布斯；Hume 休姆；Hutcheson 哈屈森；moral sense theory 道德感覺的理論

E.S.R.撰　林正弘審訂

shamanism　薩滿教　見 Korean philosophy 朝鮮哲學

***shan, o*　善、惡**　分別對應於 good 和 evil 的漢語詞。善惡是中國哲學家首要關注的兩件事：儒家(Confucianism)要行善去惡，而道家(Taoism)想超越善惡。事實上道家預設人具有達到更高的超凡脫俗水平的能力。中國哲學家經常討論有關人性的善惡問題。孟子(Mencius)相信性本善；他的對手告子(Kao Tzu)認為性無善無惡；荀子(Hsün Tzu)相信性惡；揚雄(Yang Hsiung)認為性善惡混。大多數中國哲學家相信人能行善；他們也認為惡是無需解釋的自然的東西。

參見 Confucianism 儒家；hsing 性；Hsün Tzu 荀子；Mencius 孟子；Taoism 道學；Yang Hsiung 揚雄

S.-h.L.撰　劉述先審訂

***shang ti*　上帝**　中文，意為「最高祖先」(high ancestor)，「神」(God)。上帝——在強大的擬人實體意義上與天同義——負責諸如國家的政治時運這樣的事情。有些人推測最初上帝只是商朝(Shang)時期一個神，後來被周朝征服者等同於他們的「天」。「上帝」這個詞語也用來翻譯西文「God」。

參見 *t'ien* 天

B.W.V.N.撰　林安梧審訂

Shang Yang　商鞅　也被稱作商公(Lord Shang, d.338 B.C.)，中國政治家。作為秦國(Ch'in)的宰相和傑出的法家(Legalist)，他強調「法」(法律〔law〕，或者更廣義地說，公正的獎罰標準)對社會政治的重要性。商鞅強調，農業和戰爭是強國的兩個關鍵。然而，人是自私而理性的行動者(self-interested rational actors)。他們希望避免艱苦的勞作和戰死沙場危險，這與統治者強國的願望是不一致的。統治者相應地必須依賴嚴厲的懲罰和實際的獎賞來保證民眾的合作。

參見 Chinese Legalism 中國法家

R.P.P. & R.T.A.撰　林安梧審訂

Shaṅkara　商羯羅(A.D. 788-820)　建立印度教不二一元論吠檀多(Advaita Vedanta)學派的印度哲學家。他的主要著作包括解釋跋達羅衍那(Badarayana)《梵經》(*Brahma-Sūtras*)的《梵經釋》(*Brahma-Sūtra-Bhāṣya*)和註解《薄伽梵歌》(*Bhagavad Gita*)的《梵歌釋》(*Gītā-Bhāyṣa*)。商羯羅先熱切地護衛身心二元論，心靈與心外事物的多元性存在及一神論，然後再訴諸聖典(*sruti*)——即《吠陀》(*Vedas*)與《奧義書》(*Upanishads*)——和神祕的解脫體驗，將二元論、實在論和有神論貶為幻相(現象層次)，以支持以離德梵(*nirguna*)為唯一存在的一元論(實在層次)。有些詮釋者以形上學而非認識論的方式解讀這兩種層次間的差異，但這並非商羯羅一元論的正解。

參見 Advaita 不二一元論；Vedanta 吠檀多

K.E.Y.撰　何建興審訂

Shao Yung　邵雍(1011-77)　中國哲學家，一個有爭議的新儒家(Neo-Confucian)人物。他在《皇極經世》(*Ultimate Principles Governing the World*)中提出對《易經》(*I-Ching*)的象數學理解。邵雍注意到《易經》用數字詞語表示了某些宇宙特性。他得出結論，宇宙本身一定是以數字關係為基礎的，而《易經》就是它的密碼，這就是為什麼《易經》可用來預測未來的緣故。邵雍的其中一張《易經》六角星形圖(charts of the *I-Ching*'s hexagrams)引起了萊布尼茲(Leibniz)的注意，後者注意到，六角星形如此排列，可以解釋為用二進制來描述 0-63 的數。邵雍或許並不知道這點，而萊布尼茲是次序顛倒地理解他的排列的，但是他們有共同的信念，即某些數字序列揭示了宇宙的結構。

P.J.I.撰　林安梧審訂

Sheffer stroke　謝弗之撇　也叫選擇性否定(alternative denial)，為一個二元的真值函數連接詞，通常用符號「|」來表示。其邏輯力可以用「～」和「&」藉下面的脈絡定義來表示：$p \mid q$ = Df～(p & q)。謝弗之撇的重要性在於它可以表達真值函數邏輯的任何完構式。因此，由於｛～,∨｝是一個在表達上完全的集合(expressively complete set)，把～p 定義為 $p \mid p$ 並把 $p \vee q$ 定義為$(p \mid p) \mid (q \mid q)$使得初基連接詞更進一步地減少到一個變為可能。

I.Bo.撰　王文方審訂

***shen*　神**　中文，意為「神明」(spirit)、「精神的」(spiritual)、「神聖的」(numinous)、「通神意的」(demonic)。在早期的文本中，「神」用來指各種各樣的自然神，強調神既認知又實踐的效力(因此人們向他們尋求忠告和救助)。後來「神」逐漸用來描述大自然的運行，它通過精神(spiritual)力以達到目的，在像《莊子》(*Chuang Tzu*)、《荀子》(*Hsün Tzu*)和《易經》(*I-Ching*)這樣的文本中，神不再指示一個東西而是一種與宇宙共鳴的狀態，在這樣的一種狀態裡，聖人能夠契入某個事件，某種環境，某個人或者某本書的「精神」裡面，而且成功地預見事件的過程，對其做出反應並加以導正。

P.J.I.撰　林安梧審訂

***sheng*　聖**　中文，意即「聖人」(the sage)、「賢明」(sagehood)。這是中國人所認為人達到非凡成就和造詣的概念。道家(Taoism)哲學最初關注的「聖」，不僅僅意味著對事件的自然秩序的合拍或適應，也意味著對於異常的事件與現象的合拍與適應。在另一方面，古典的儒家(Confucianism)卻專注於天(Heaven)與人理想的合一，這種天人合一在解決人類問題方面具有重要的倫理意義。新儒家(Neo-Confucianism)則把「聖」當做一個像道德共同體那樣可以實現的宇宙理想來關注。用張載(Chang Tsai)的話說，「乾稱父，坤稱母，予茲渺焉，混然中處……民吾同胞，物吾與也。」(Heaven is my father and Earth is my mother, and even such a small creature as I finds an intimate place in their midst....All people are my brothers and sisters, and all things are my companions.)在儒家中，「聖」(聖人)常被視為知識廣博且能洞悉事物、事件和世間人事的道德意義。「聖」的這種理想與君子形

成了對照，君子是起模範作用的個人，體現基本的符合道德風範的優點(仁、義、禮、智)，但是容易犯錯誤，特別是在對人生正在變化的狀況做出反應時。對孔子(Confucius)而言，「聖」(賢明)更像是一完滿道德人格抽象的、最高的理想，是道德生活的一種理想境界，而非可能實現的目標。他曾說，他並不希冀能遇上一位聖人，只希冀能遇上一位君子。在另一個方面，對其著名的追隨者，例如孟子(Mencius)、荀子(Hsün Tzu)和新儒家信徒來說，聖是在人力所能及的範圍內可以實現的理想。

參見 Confucianism 儒家；Mencius 孟子

A.S.C.撰　林安梧審訂

Shen Pu-hai　申不害(d.337 B.C.)　中國法家(Legalist)派哲學家，強調「術」，即控制官僚的實用方法或技術，統治者依靠它來制約官僚的權力並確保他們服從。這些方法包括：公正執行公開頒布的有效法律，任人唯賢，官僚的互相監督，最為重要的是「刑名」——根據官銜或規定的義務(名)與表現(刑)是否相符來確定獎罰。對申不害而言，法律是一個確保社會和官僚秩序更為實用的方法。

參見 *hsing, ming* 形、名

R.P.P. & R.T.A.撰　林安梧審訂

Shen Tao　慎到　也叫慎子(Shen Tzu, 350?-275? B.C.)，中國哲學家，與法家(Legalism)、道家(Taoism)和黃老(Huang-Lao)學派都有聯繫，在《莊子》(*Chuang Tzu*)一書中慎到被說成是一個率真的自然主義者(naturalist)，主張個人應拋棄知識而完全依循於「道」(the Way)；他鼓吹法治，在法治的條件下，法律必須公正，公開頒布，只有必要時才能修改法律，而且必須與「道」相符合。他對法家理論的重要貢獻在於統治者必須依靠「勢」(政治控制或者由於職位掌握的權力)的觀點。慎氏的法是法家的實用有效的法(the pragmatic positive law)而非黃老的自然法(natural law)。

參見 Huang-Lao 黃老；Taoism 道學

R.P.P. & R.T.A.撰　林安梧審訂

Shepherd, Mary　薛弗爾德，瑪麗(d.1847)　蘇格蘭哲學家，主要哲學著作有《論因果關係》(*An Essay on the Relation of Cause and Effect*, 1824)，《外在宇宙知覺論文集》(*Essays on the Perception of an External Universe*, 1827)。前文討論了她認為休姆(Hume)因果論(associative account to causation)中值得懷疑的結論。此外，她抨擊威廉・勞倫斯(William Lawrence, 1783-1867)採用休姆因果連繫論，以之立論凡心靈功能均可還原於生理(physiological)功能。第二本著作集中於休姆所遭質疑的有關外在世界(external world)懷疑主義(skepticism)，她致力於劃清和柏克萊(Berkeley)不同之立場。薛弗爾德捲入和約翰・費恩(John Fearn)一場公開論戰，費恩出版了她所寄給他的針對其著作的幾點評論，和他的詳盡回應。薛弗爾德則在雜誌《弗列澤》(*Fraser's*, 1832)中以一篇〈瑪麗・薛弗爾德女士之形上學〉(Lady Mary Shepherd's Metaphysics)巧妙地駁斥了費恩帶有笑裡藏刀的攻擊。

參見 Berkeley 柏克萊；Hume 休姆

M.At.撰　吳秀瑾審訂

Sherwood, William　舍伍德，威廉　威廉・舍伍德也叫 William Shyreswood (1200/10-1266/71)，英國邏輯學家，於 1235 年到 1250 年間在牛津大學和巴黎大學講授

邏輯學。他是三位偉大的摘要著作家中最早的一位，受威廉·舍伍德很大影響的另兩位著作家分別是西班牙的彼得(Peter of Spain)和奧克塞爾的朗貝爾(Lambert of Auxerre，全盛時期為 1250 年)。

舍伍德的主要著作有《邏輯學導論》(*Introductiones in Logicam*)、《合用詞》(*Syncategoremata*)、《無解》(*De insolubilibus*)和《責任》(*Obligationes*；最近有些人對最後一部著作的作者為誰表示了嚴肅的懷疑)。因為M.格拉布曼(M. Grabmann)於 1937 年出版了舍伍德的《邏輯學導論》一書，邏輯史學家對這位有重大影響的中世紀邏輯學家表示了極大的關注。雖然《邏輯學導論》的前四章僅在提出了亞里斯多德的《工具論》(Aristotle's *Organon*)一書中的基本概念，而最後一章則乾淨俐落地展開了《詭辯的駁斥》(*Sophistical Refutations*)一書，但是其第五章闡述了舍伍德著名的關於名項特性的學說，即關於意義(signification)、推測(supposition)、連接(conjunction)和名稱(appellation)等等——因此這類邏輯有一個別名即「名項論」(terminist)。這些有關邏輯／語意的討論，連同其對不能單獨作用的詞語(即合用詞)的討論，構成了所謂的「現代邏輯學」(Logica moderna)。這是和早期亞里斯多德學派的「舊邏輯學」(Logica vetus)或「新邏輯學」(logica nova)相對立的邏輯。

名項論學說，和對不能單獨作用的詞語的分析，特別是「所有的」(all)、「不」(no)、「沒有東西」(nothing)、「只有」(only)、「不」(not)、「開始」(begins)、「停止」(ceases)、「必然的」(necessarily)、「如果」(if)、「和」(and)，以及「或者」(or)的分析，可以說是構成了舍伍德的邏輯哲學。他不但區分了範疇詞(categorematic)(描述的)和合用詞(邏輯的)，而且說明了一些詞在一些脈絡中是怎樣被用作範疇詞，但在另一些脈絡中卻是被用作合用詞。他認識到了詞的順序和邏輯函數詞範圍的重要性；他還先期提出合成命題和簡單命題的分類。在《責任》一書中(如果的確是他寫的)，他試圖說明種種形式論證發生的條件。在《無解》中，他則論述了自我指涉的悖論和解決方法。理解舍伍德的邏輯學對理解從中世紀後期到奧坎(Ockham)的「新邏輯學」(*logica moderna*)是非常重要的。

I.Bo.撰　王文方審訂

***shih*¹　勢**　中文，意為「戰略優勢」(strategic advantage)。「勢」原本是軍事哲學家眼中一個起決定作用的重要觀念，後來被其他古典學派的某些人，包括法家(韓非子〔Han Fei Tzu〕)和儒家(荀子〔Hsün Tzu〕)所借用。像禮儀(禮)和言說(言)一樣，「勢」是一種話語論述的層面(a level of discourse)，通過該層面人們可以主動地增大自己所處位置的作用並擴大其影響。在軍事文獻中，「勢」最常見的一個比喻是石弓上拉緊的箭，強調有利的位置、時機和準確性。「勢」(像一般內在的秩序一樣)始於對具體細節的全盤考量。戰事或有效能的政府行政不是作為單一和孤立的事件發生的，而是在一個獨一無二的自然、社會和政治條件的廣闊範圍內展開的，這些條件根據一種普遍的模式而產生，這種模式不但可以衡諸個人之利害被預知而且可以被駕馭。正是這些具體條件的結構發生的變化決定了一個人在任何時點的地位和影響，而且賦予他以做出決定的取向。「勢」包括難以捉摸的力量諸如士氣、機遇、時機、心理學及後勤(logistic)等等。

參見 Chinese Legalism 中國法家；Confucianism 儒家

R.P.P. & R.T.A.撰　林安梧審訂

***shih*²　士**　中文，意為「學者、武士」(scholar-knight)和「家臣」(service)。在秦朝前的幾個主要諸侯國(the centeral states of preimperial China)的家臣中，「士」是有權的貴族階

級中較低級的指揮階層，負責戰事和宮廷事務，包括官方文件、禮儀和法律。大多數受過禮(rites)、樂(music)、射(archery)、御(charioteering)、書(writing)、數(counting)「六藝」(six arts)訓練的早期哲學家，都屬於這個階層。因為沒有世襲的職務，他們靠的是他們自己的機智和專業技能謀生，這促成了知識份子活力的激發和戰國時期(Warring States China, B.C. 403-211)廣泛的社會流變。

參見 Shen Pu-hai 申不害

R.P.P. & R.T.A.撰　林安梧審訂

ship of Theseus　第修斯的船　希臘英雄第修斯的船，按照普魯塔克(Plutarch)的《第修斯傳》(*Life of Theseus*, 23)，雅典人將之保存下來，所採用的方法則是逐一更換船上的板材。這便興起了關於長時間之後該船的同一性問題的一個古典論辯：如果說一條船的板材在一段時間中一塊一塊地更換，到底從什麼時候開始，它不再是同一條船？如果原船板在被替換之後，被用來造另一條新船，其結構與第一條完全相同，到底哪一條船最有資格宣稱是原船？

參見 identity 同一性；individuation 個體化；personal identity 人格同一性

W.J.P.撰　沈清松審訂

Shpet, Gustav Gustavovich　施佩特，古斯塔夫・古斯塔歐維齊(1879-1937)　居於領導地位，影響力重大的俄國現象論者，也是受各方推崇的胡塞爾(Husserl)的學生兼朋友。他是俄國大革命(1917 年 10 月)之前，使現象學(phenomenology)在俄國得以發展的重要人物。施佩特於 1906 年畢業於基輔大學(Kiev University)，陪伴其導師齊爾帕諾夫(Chelpanov)於 1907 年去莫斯科，開始其莫斯科大學研究所課程(1910 年獲得碩士學位，1916 年獲得哲學博士學位)。1912 至 1913 年間他赴德國哥廷根(Göttingen)遊學，受教於胡塞爾，參與後者所主持的研討會。從此奠立兩人深厚的友誼，表現在 1918 年間兩人的通訊之上。1914 年施佩特出版一本《沉思錄》(*Iavlenie i smysl*；《表象與感覺》〔*Appearance and Sense*〕)係在受到胡塞爾《邏輯研究》(*Logical Investigations*)，特別是 1913 年出版的《理念 I》(*Ideas* I)二書的讀後感之激勵後的作品。在 1914 年至 1927 年間他又出版六本著作討論的題目廣泛，包括歷史、赫爾岑(Herzen)、俄國哲學(Russian philosophy)、美學(aesthetics)、民族心理學(ethnic psychology)和語文。他不但創辦，也主編《思與言》(*Mysl' i slovo*〔*Thought and Word*〕)學刊，這是一部哲學年鑑，出現於 1918 至 1921 年間。1935 年他遭逮捕，被判放逐於國內。在流放的艱困情境下，他完成了黑格爾《精神現象學》(*Phenomenology*)的俄文翻譯本。該譯本於 1959 年出版，但他早已於 1937 年 11 月被行刑處死。

參見 Husserl 胡塞爾；Russian philosophy 俄國哲學

P.T.G.撰　洪鎌德審訂

shriek operator　驚歎號算符　見附錄：特殊符號與邏輯記號

***shu*[1]　術**　中文，意為「治國才能」(technique of statecraft)。由申不害(Shen Pu-hai)和其他法家學派哲學家所提出，法家(Legalist)把它們看做是執政者保證政府平穩而有效運作的手段。「術」最著名的內容包括(1)刑名(accountability)：官員的責任和義務要清楚明確地做出規定，而且要不時地在規定的責任(名)和表現(刑)之間做出比較。(2)無為(doing nothing)：國家這一部機器的引擎是由群臣所構成的，即他們是此機器中最主要、能使其

運作的組件，他們受明確頒布的法律(法)所指導，而高高在其上的統治者乃為政府權威的體現，因此統治者接受因成功而有的讚揚，而把失誤的指責歸於臣下；(3)「無形」(showing nothing)：統治者隱身幕後，不露喜惡且不提出任何意見，統治者不但避免了公眾的監視，而且更進一步地鼓勵人們把個人的神祕性作為所有事物最高價值的理想。

R.P.P. & R.T.A.撰　林安梧審訂

***shu*[2]** **恕**　見 *chung, shu* 忠、恕

Shyreswood, Willianm　舍伍德，威廉　見 Sherwood 舍伍德

Sidgwick, Henry　希季維克，亨利(1838-1900)　英國哲學家，經濟學家和教育家。其著作以《倫理學方法》(*The Methods of Ethics*, 1874)最為著名，他也撰寫了一本仍有參考價值的《倫理學史綱要》(*Outlines of the History of Ethics*, 1886)，此外他還有關於經濟、政治、文學和所謂心理現象的諸多研究。最後，他深入參與了劍橋大學第一所女子學院的成立事務，並在其中任教。

在《倫理學方法》一書中，希季維克試圖評估普通人做道德決定時所採用的主要方法背後的理性基礎。他認為一般的「倫理學方法」可分成三類：其一可以透過直覺主義這樣的哲學理論來表達。直覺主義主張我們能(透過直覺)當下覺察出什麼樣的個別行為是正確的，或者什麼樣的規範或一般原則是應該遵循的。另一個方法是哲學利己主義。這個觀點主張，在每一行為中我們應該盡可能為自己謀取最大利益。第三種廣泛使用的方法以效益主義為代表，效益主義主張，在每種情況下我們應該盡可能地為行為所涉及的一切相關人士帶來最大的利益。問題是：是否以上任何一個或所有這些觀點都能被理性捍衛呢？它們彼此又是如何互相關聯？

以上述方式來建構哲學問題，希季維克所做的是，以他那個時代的常識道德觀來考察主要的道德哲學理論。這樣的作法成為非常重要的方法。他認為，沒有任何一種與常識極端相悖的理論能夠被人們接受。直覺主義源自伯特勒(Butler)、由里德(Reid)所傳播、並在維多利亞時代由惠威爾(Whewell)加以有系統地鋪陳，它被廣泛地認為能有效地捍衛基督教的倫理。至於利己主義則被很多人認為是實踐理性最清楚明確的一種模式，而且也經常被認為能與基督教信仰相容。彌爾(J. S. Mill)則主張，效益主義才是既合乎理性又符合常識。不過，無論這些理論與常識道德的關係如何，它們彼此之間似乎的確有著嚴重的衝突。

考察所有主要的、常識性的道德誡律和規則(如應該信守承諾)，希季維克論證說，沒有一條規則是真正不言自明或在直覺上確定的。我們期望規則能解答實際問題，但每一條規則總在某些時候不能發揮指引解答的功能。他發現效益主義能提供一種複雜的方法來彌補這些缺陷，但最終能證成效益主義的是在直覺上為真的那些非常一般的公理，例如在某種情形下是正確的，在任何與此相似的情形下也必定是正確的；又例如我們應該以一般性的善為目標，而不該只追求特定的善。因此，直覺主義和效益主義可以互相調和。把它們結合起來後，就會產生一種完整的、可以被證成的，並且和常識一致的倫理學方法。

那麼，利己主義如何呢？它能提供像效益主義一樣完整的方法，也包含了一個自明的公理，但是其結果卻與效益主義常相矛盾，因此這裡就存在一個嚴重的問題。指導我們為一般利益而行動的方法(效益主義)和告訴人們只為自己利益而行動的方法(利己主義)同樣合理，且都基於不言自明的公理，然而，這兩種方法卻指出互相矛盾的方向。顯然，

實踐理性在根本上似乎是不相融貫的，而希季維克對於這個問題則束手無策。

希季維克令人沮喪的結論未被普遍接受，但是其《倫理學方法》被廣泛地認為是關於道德哲學最好的著作之一，其對古典效益主義的解釋至今尚未被超越。他對於道德的一般地位和個別道德概念的討論，一直是清晰和敏銳的哲學論述的典範。他對利己主義和效益主義間關係的洞察，也大大地激勵了各種有價值的研究。而他提出道德問題的方法，亦即透過追問合乎常識的信念和最有效的理論兩者之間的關係，在很大程度上已為二十世紀的倫理學界定了討論的方向。

參見 Butler 伯特勒；egoism 利己主義；intuition 直覺；utilitarianism 效益主義

J.B.S.撰　孫效智審訂

Siger of Brabant　布拉邦的西格爾(c.1240-84)　法國哲學家，1260 至 1270 年代，熱烈地投入在巴黎大學的文學院中，以及在文學院和神學院之間的哲學爭論與政治爭論。一般認為他是「基進亞里斯多德主義」(radical Aristotelianism)之領導者，其思想源自亞氏之《論原因》(*Liber de causis*)、阿維森納(Avicenna)和阿威羅斯(Averroes)。他主張萬物由第一原因一系列之流出而形成。世界及各種類之物體(包括人類)皆永恆不朽。人之靈魂分享單一的主動理智。

並沒有好的理由可資認為希傑主張雙重真理，即神學真理與自然哲學真理。他常假藉「哲學家」之口發表理論，故無法辨明其真正的主張為何。欲知道他的主張不正統的程度，以及這些是否是他在文學院教課時對哲學文本的代表性詮釋，也相當困難。無論如何，1276 年他被傳往法國教會法庭，但他逃走了。雖然他並非因異端被逮捕，但 1277 年的宣判與他的教學有關。1284 年，他在奧維都(Orvieto，當時教宗的所在地)被他的祕書刺殺身亡。

C.G.Norm.撰　蕭宏恩審訂

sign　記號　見 theory of signs 記號論

sign, conventional　約定記號　見 theory of signs 記號論

sign, formal　形式的符號　見 semiosis 符號探究

sign, instrumental　工具的符號　見 semiosis 符號探究

sign, natural　自然記號　見 theory of signs 記號論

signified　所意　見 signifier 意指

signifier　意指　語音或書寫符號，此概念的現代形式出自於瑞士(Swiss)語言學家索緒爾(Saussure)。索緒爾拋棄符號(sign)的舊有觀念和指涉(referent)，區分符號為意指與所意(signified)。所意是概念；意指是語音，或是書寫。根據索緒爾，兩者的關係完全是獨斷的(arbitrary)，因為意指依不同的語言而有所不同。根據不同的母語，我們唸出或寫出牛為「*vache*」、「cow」，或「*vaca*」，但是他們的所意(概念〔concept〕)都是一樣的。

參見 Saussure 索緒爾；semiosis 符號探究

M.Ro.撰　吳秀瑾審訂

signs, theory of　記號論　見 theory of signs 記號論

***silhak*　實學**　見 Korean philosophy 朝鮮哲學

similarity, exact　完全的相似性　見 identity 同一性

Simmel, Georg　齊美爾，蓋歐格(1858-1918)　德國哲學家，是作為一種獨立學科的社會學的創立者之一。生於柏林(Berlin)並在該地接受教育，後來成為柏林大學一位頗受歡迎的講師。但與眾不同的興趣和非專業的寫作技巧，或許妨礙他成為一名正式的教授，一直到 1914 年，他才在斯特拉斯堡大學(Strasbourg)當上了教授。四年後便故去了。

其著作涉及的範圍，從通常的哲學論題——倫理學、歷史哲學、教育學、宗教，以及康德(Kant)、叔本華(Schopenhauer)和尼采(Nietzsche)等哲學家們——到有關林布蘭特(Rembrandt)、歌德(Goethe)和貨幣哲學等等包羅萬象。他就形形色色的藝術家和詩人、不同的城市，以及像愛情、冒險、恥辱這樣的主題，和如何充當一名陌生人，還有很多具體的社會學論題寫了許多評論。齊美爾被認為是一位文化哲學家，他用一種富於洞察力的、超然的而非學院的、非系統的方法來思考他的主題。儘管在其晚年他簡述了自成一體的「生命哲學」(*Lebensphilosophie*〔philosophy of life〕)，認為所有的著作和文化結構是人的不同類型經驗的產物，但是齊美爾仍然保留著最初的對洞悉具體論題之多樣性的興趣。

R.H.W.撰　顧忠華審訂

simple ordering　簡單排序　見 ordering 排序

simple supposition　簡單設指　見 *suppositio* 設指

simple theory of types　簡單類型論　見 type theory 類型論

simplicity　簡潔性、單純　見 curve-fitting problem 曲線擬合問題；divine attributes 神的屬性；philosophy of science 科學哲學

Simplicius　沁布利修斯(sixth century A.D.)　希臘新柏拉圖主義(Neoplatonist)哲學家，生於現代土耳其(Turkey)東南海岸的奇里奇亞(Cilicia)。其保存下來的著作有對亞里斯多德(Aristotle)的《論天體》(*On the Heavens*)、《物理學》(*Physics*)和《範疇論》(*Categories*)以及埃比克提特斯(Epictetus)的《倫理學手冊》(*Encheiridion*)的註釋。對亞里斯多德的《論靈魂》(*On the Soul*)的註釋為沁布利修斯所著的真實性是具爭議性的。在亞歷山卓城他師承阿蒙尼烏斯(Ammonius)，在雅典師承達瑪西烏斯(Damascius)，是已知的柏拉圖主義者學派(the Platonist school)的最後一位主事者。查士丁尼(Justinian)於 529 年關閉了這個學派。二、三年後，一群哲學家，包括達瑪西烏斯和沁布利修斯，訪問薩薩諾(the Sassanian)國王克斯勞一世(Khosrow I；克斯羅斯〔Chosroes〕)的宮廷，但是不久他們在獲得保證能有權利保留他們自己的信念之下返回了拜占庭帝國。一般都認為，沁布利修斯的現存的著作如果不是全部，也大多數著於他與克斯勞在一起之後的那一時期。但是對於沁布利修斯在那裡度過了其最後的歲月(雅典〔Athens〕和哈蘭〔Harran〕最近都被提了出來)，或他是否繼續講授哲學這兩點皆無共識。他的註釋與那個時期保存下來的大多數的註釋不同，是學者型的論文而非教學用的講義。

沁布利修斯對亞里斯多德著作的註釋，在現存的這一類型註釋中是最有價值的。他是我們關於前蘇格拉底哲學家(pre-Socratic)的很多斷簡殘篇的來源，且他經常從現已遺失的註釋和哲學著作中援引材料。他是一位非常堅定的新柏拉圖主義者，確信在柏拉圖和亞里斯多德哲學之間沒有嚴重的分歧。早期學者的觀點認為，他對《倫理學手冊》的註釋包含了一種與亞歷山卓相關聯的較溫和的柏拉圖主義，現在一般都已被否定。沁布利修斯對基督徒約翰·菲洛波努斯(John Philoponus)的攻擊作回應時，帶有敵意地捍衛世界的永恆性，這表現出了在地中海世界正式信奉基督宗教大約三個世紀後的同時期異教主義的智性論的活力(intellectual vitality of paganism)。

參見 commentaries on Aristotle 對亞里斯多德的註釋

I.M.撰　徐學庸審訂

simplification, rule of　簡化規則　見 conjunction elimination 連言消去

simulation theory　摹擬理論　摹擬理論意指一個人藉著摹擬，再現他人的心理活動與程序，即在此人本身產生相似的活動與程序。藉著摹擬可以預測產物或結果；或者，在已知狀況之下，從他人的起點測試假設。例如，自己用同樣的前提來作推論，藉此去預期另一個以同一前提，在理論或實踐上推演時會產生的結果；或者，在已知結果為何的情況下，回推(retroduces)前提。以實踐理性而言，從同樣前提作推論，實踐理性的典型要求是參考指標的調整，像是空間、時間，以及個人觀點(point of view)的轉動，目的為求將一個人置入與其現有不同，卻是另一個人實際與認識的情境。可能的話，人也可以補償他者的(other's)理性能力與專業知識的程度，或者調整一己的個性與外貌，像演員一樣地融入他者的背景。即使當在他者角色扮演中不足以做出決斷時，這些調整使本人可以對行動抉擇有/沒有吸引力的之間作區辨。他可能會對前項行動有所準備，卻對後項行動感到驚訝。

摹擬理論通常被認為是有時被稱為「理論之理論」(theory theory)的假說替代選擇；這理論構成晚近心靈哲學許多的基礎：即我們對人類有常識理解的基礎，在於一個推斷的理論，一種「通俗心理學」(folk psychology)，它斷言解釋行為的心理狀態、事件與程序是不可觀察的。有些人認為，摹擬理論切入哲學家們之間彼此爭辯之中，他們有的認為「通俗心理學」是可信的理論，另一些人(如「消除唯物論者們」〔the eliminative materialists〕)則拒絕如此認為。

不同於以「移情理解」(empathic understanding)與「歷史重現」(historical reenactment)為主題的早期文獻，關於摹擬理論的討論，通常集中在經驗層次的發現研究上，特別是「發展心理學」(developmental psychology)的實驗結果。這些發現也會將可能達致摹擬的機制加以理論化。該機制讓人聯想至一般用於與世界互動的計量資源，但卻不讓它們連結運作，因而它們所輸出的內容並不是「授與的」(endorsed)，或是運作出來的，其輸入當然亦不僅是那些會約制某人自身行為的部分。

雖然摹擬理論研究者們同意，對他人心理狀態的歸屬主要是靠摹擬，不過他們在有關自我歸屬性質上，有不同的意見。有些學者(特別是羅伯特·古登〔Robert Gordon〕與詹·希爾〔Jane Heal〕，各自獨立地提出此理論)提出「非-內省的論述」(non-introspectionist account)，另一些(特別是古德曼〔Goldman〕)則傾向於一個較為傳統式的內省論述。

摹擬理論影響了發展心理學，以及心靈哲學(philosophy of mind)之外的哲學分枝，特別是美學(aesthetics)與社會科學哲學(philosophy of the social sciences)。有些哲學家認為傳統

哲學的論題深受摹擬理論的啟發，像是「他心問題」(the problem of other minds)、「指示曖昧性」(referential opacity)、「廣／狹內容」(broad and narrow content)，以及「自我知識的特質」(peculiarities of self-knowledge)。

參見 empathy 移情；folk psychology 常民心理學；Goldman 哥德曼；philosophy of mind 心靈哲學；problem of other minds 他人心靈問題；*Verstehen* 理解

R.M.G 撰　苑舉正審訂

simulator, universal　萬能模擬器　見 computer theory 計算機理論

simultaneity　同時性　見 relativity 相對論

sin　原罪　見 philosophy of religion 宗教哲學

***sine qua non*　無此則不**　見 *conditio sine qua non* 必要條件

single case, problem of the　單一事件問題　見 probability 機率；propensity 傾向性

singleton set　單一元素集　見 set theory 集合論

singular causal relation　單一因果關係　見 philosophy of mind 心靈哲學

singular causal statement　單一因果陳述　見 causation 因果關係；covering law model 涵蓋律模式

singular term　獨一項　一種表達形式，諸如「宙斯」、「總統」、或者「我最喜愛的椅子」，可用作語意上的主述句子(a subject-predicate sentence)的語法主語。相對地，一個「一般項」(a general term)諸如「桌子」或「天鵝」可用作述詞(that can serve in predicative position)。人們經常說，獨一項是在規定的使用範圍場合，只能指涉，或表面上只能指涉獨一無二對象的一個詞或短語；而一般項則可指涉多於一個的對象。因此，獨一項作為一個表達式，在量詞規則(例如全稱例示〔universal instantiation〕和存在通則化〔existential generalization〕)或等號的應用中，可以取代個體變量(individual variables)或者被它們所取代。

參見 theory of descriptions 描述詞理論

G.F.S.撰　李瑞麟審訂

***Sinn*　意思**　見 Frege 弗雷格

sinsign　單一記號　見 Peirce 裴爾斯

***Sittlichkeit*　倫理生活**　見 Hegel 黑格爾

situation ethics　情境倫理學　一種反理論的、依個案處理(case-by-case)的應用倫理學，二次大戰後約二十年來主要在歐美一些宗教圈中流行。它的特性是：堅持每一個道德上

的選擇，必決定於某人所處的特定脈絡或情境——即，考慮行為的各種可能過程，在特定的情境中會帶來的後果，而由此決定。在這種程度上，情境倫理學與行為效益主義(act utilitarianism)、以及傳統的決疑法(casuistry)相似。但是與效益主義形成對照的是，情境倫理學不認為，在各種非特定的義務與理想(例如：基督教的愛和人道主義)之外，還存在著普遍的、甚至是固定的道德原則。相對於傳統的決疑法，情境倫理學拒絕根據一種情況制定出普遍的方針，或者把一種情況的顯著特徵進行歸類，以便作為慣例。情境倫理學反理論的立場非常徹底，因此持這一立場的論者，都不曾詳細地描述：情境倫理學與結果論(consequentialism)、存在主義(existentialism)、直覺主義(intuitionism)、人格主義(personalism)、實用主義(pragmatism)、相對主義(relativism)，或其他看來相似的哲學觀點之間，究竟有何關聯。

參見 casuistry 決疑法；ethics 倫理學；utilitarianism 效益主義；virtue ethics 德行倫理學

L.C.B.撰　謝世民、吳妍儀審訂

situation semantics　情境語意論　見 possible worlds 可能世界

situation theory　情境理論　見 model theory 模型論

Siva　濕婆　與毗師孥神(Vishnu)、梵神(Brahman)同為印度教三大主神之一，祂是業與輪迴的控制者，是生命的毀滅者也是賜予者。在濕婆派(Saivism)裡，祂和祂的配偶性力女神(Sakti)一同為人所崇拜。濕婆派將很多神祇看作是濕婆神的不同形相，多神論遂而轉化為一神論。

K.E.Y.撰　何建興審訂

six emotions (the)　六情　見 *ch'ing* 情

skepticism　懷疑論　從最廣泛的意義上來說，意為拒絕承認存在任何知識或證成(justification)。懷疑論若不是部分的(partial)，就是是全面的(total)；不是實踐的(practical)，便是理論的(theoretical)。如果是理論的，它可以是溫和(moderate)的或極端的(radical)，也可以是關於知識的或是關於證成的。

若且唯若懷疑論被限於特定的信念或命題範圍之內，它才是「部分的」(partial)；若且唯若它不是如此被限制時，它才是「全部的」(total)。如果是部分的，那它就可能受到高度限制，如同認為宗教只是鴉片的懷疑論一樣；或者更廣闊一些，不僅宗教被叫做鴉片，而且歷史也被說成是謊言，形上學被認為是毫無意義的時候也是一樣。

若且唯若懷疑論是一種刻意不承認信和不信的態度，而且或許(但並非必要)還伴隨著給人們一種勸告的承諾——信與不信都是一樣的，那麼這種懷疑論才是「實踐」(practical)的懷疑論(當然，實踐懷疑論也可能是全面的，或是部分的，但如果它是部分的，它就或多或少是普遍的)。

懷疑論是「理論的」，若且唯若它不對任何某種或某幾種知識(證成信念)的想法有承諾。這樣的懷疑論有幾種變體。它是「溫和且全面」(moderate and total)的懷疑論，若且唯若它認為無論在什麼地方，都不存在某種超級知識(superknowledge)(任何被超級證成的信念)，即便在邏輯學和數學或者在對現有經驗的回顧中都如此。那麼。「激進且全面」(radical and total)的懷疑論是指，若且唯若它根本就不承認是普通知識(已證明是合理的信念)的存在。另一方面，若且唯若懷疑認為某一特定具體種類 K 或者某些特定具體種類K_1……K_n(少於這些種類的總和)的特定超級知識(被超級證成的信念)不存在，那麼，它才是「溫和且部分」(moderate and partial)的懷疑論。最後，若且唯若這種懷疑論認為，甚至是K種類或K_1……K_n種類的任何普通知識(被證成的信念)都不存在時，那麼它就是「激進且部分」(radical and partial)的懷疑論。

希臘的懷疑論可追溯到蘇格拉底(Socrate)認識論中的節制觀(modesty)。由於受到柏拉圖(Plato)和亞里斯多德(Aristotle)豐富的理論鑑別力的抑制，這種節制的觀點在由阿爾克西勞(Arcesilaus)並且後來是卡奈阿德斯(Carneades)領導的學園派懷疑論中重新被確定。在這個時期，開始了一段學園派懷疑論者、斯多噶派的芝諾(Stoics Zeno)和(之後的)克呂西波(Chrysippus)，及其追隨者相對抗的長時間爭論。曠日持久的爭論(儘管有時很激烈)緩和了相互對立的觀點，但是在達成一致的觀點前，埃尼西德穆斯(Anesidemus)和學園派決裂了，並重新主張皮浪(Pyrrho)的論證傳統。皮浪沒有著作，但是他關於懷疑論的講稿被一個叫蒂孟(Timon，西元前三世紀)的學生保存著。在保留了兩個多世紀後，新皮浪主義由塞克斯都・恩披里可(Sextus Empiricus)於西元二世紀做出了總結(《皮浪學說要旨》〔*Outlines of Pyrrhonism*〕和《相反數學》〔*Adversus mathematicos*〕)。因此，懷疑論作為一個流派結束了，但卻也成為了一種哲學傳統，它在之後很長的一段時間內持續地發揮著影響力，至今依然如此。它不僅對西塞羅(Cicero)(《學園派哲學》〔*Academica*〕和《論神性》〔*De natura deorum*〕)、奥古斯丁(《反學園派哲學》〔*Contra academicos*〕)和蒙田(《為雷蒙・塞邦辯護》〔*Apology for Raimund Sebond*〕)，而且對西方歷史傳統中的偉大哲學家，從笛卡兒(Descartes)到黑格爾(Hegel)都產生了強烈的影響。在歐洲大陸和英語世界，懷疑論的新浪潮持續了數十年，並伴隨著邏輯實證論(logical positivism)、解構主義(deconstructionism)、歷史主義(historicism)、新實用主義(neopragmatism)、相對主義(relativism)以及傅科(Foucault)(作為權力面具的知識)、德希達(Derrida)(解構哲學)、蒯因(Quine)(不可確定性〔indeterminacy〕和排除主義〔eliminativism〕)、庫恩(Kuhn)(不可共量性)和羅逖(Rorty)(團結性勝過客觀性，教化勝過研究)的著作。與此同時，懷疑論的潮流也不斷湧現於有關哲學傳統的形上學、認識論和倫理學等等的著作和論文之中。

將實踐懷疑論所提出的認知不介入(cognitive disengagement)與斯多噶學派所珍視的情感不介入(affective disengagement)作一比較，是很有趣的事情(特別是從它引發了學園派懷疑論和斯多噶派長期分裂的，也是導致希臘哲學中之主要對立的角度來觀之)。如果相信和喜愛是正面的，不相信和不喜愛是負面的，那麼我們對一特定事情感到幸福(正面的)或不幸福(負面的)的程度，是由我們對該事情的相信／不相信，以及喜愛／不喜愛所導致的結果來決定。害怕不幸福導致人在超出個人所能控制的正反兩面的事情上，都按照斯多噶學派的方式，不以情感去介入。這是一種實踐的情感「懷疑論」。同樣地，如果相信和真是正面的，同時以不相信和假作為它的負面，那麼我們關於一件特定事情的正確(正面的)或者錯誤(負面的)程度，是由我們對那同一事情的相信／不相信和真／偽的結果決定的(在此，在同樣的事情中，爭論中的真或偽的正面和負面的程度，是由對某種「理論上的重要性」〔theoretical importance〕來決定的，儘管人們可以用兩選一的方式把+1 的價值指定給所有的真，而給把-1 的價值指定給所有的偽)。害怕錯誤會導致人在任何牽涉到犯錯誤風險的情形中，都從認知約定的立場而懷疑地不介入。這就是「實踐的認識懷疑論」(practical cognitive skepticism)。

我們希望獲得幸福而避免不幸。這就導致斯多噶式的不介入。我們希望獲得真理而避免錯誤，這就導致懷疑式的不介入，即實踐的懷疑論。每個學派都選擇保守的方針，至於是上述所指的推論中的哪一種當然是選擇性的。因為追求避免不幸，斯多噶派也取消了相應的幸福的可能性；而為了避免錯誤，懷疑論者也取消了相應地獲得真理的可能性。這兩種相似的方針都訴諸於我們天性中保守的一面，因而將在那些堅定不移地想要讓避免風險成為最高目標的人之生活中，佔據著合理的主導地位。如果我們認為這種慾望合理的話，它就勢必會導致相應之結果。

現代認識論和現代哲學誕生之際，懷疑論在笛卡兒手裡是作為手段使用的。笛卡兒的懷疑論只是方法論的，但對比古代的懷疑論，它卻深奧微妙且內容豐富。西方哲學從笛卡兒到黑格爾的廣大領域中，懷疑論也是一種主要的，或許是「最」主要(the main)的勢力。懷疑論儘管在哲學史上聲名顯赫，但是過去數十年來遭受了冷落，直到在最近幾年才重新獲得廣泛的注意，甚至喝采。最近一些具影響力的議論發展蓬勃，以至於我們承認不知道自己不是在作夢。然而，他們也堅持認為，當有人面前燃燒著火時，他仍然是可以知道的。其關鍵在於把知識當作對其對象真理的一種適當的反應來分析：所需要的是主體通過其信念去「追蹤」(track)他所相信的事情的真相(S「追蹤」*P*的真相：若且唯若*P*是假的，S將不相信*P*)。當這樣一種關於追蹤的分析與知識的追蹤觀聯繫在一起時，就使人能夠解釋他是如何知道火的事情的，即便所有他知道的也只是夢罷了。這裡至關重要的事實在於，若*P*在邏輯上蘊涵*Q*，即便無法追蹤*Q*的真相，人們仍然有可能追蹤*P*的真相(諾齊克〔R. Nozick〕，《哲學解釋》〔*Philosophical Explanations*, 1981〕)。

這種進路的文獻資料中出現許多問題。似乎特別讓人困惑的問題在於，儘管該進路能使我們理解關於我們周圍環境的偶然知識是如何「可能」(possible)的，但是追蹤的說明卻無法解釋，這樣的知識對於我們而言是「真實」(actual)的。為了解釋人怎樣知道他面前有火(F)，依循追蹤說明，人大概會求助於他追蹤*F*真相的方法。然而這幾乎會立即演繹地導致人們認為，他不是在作夢：即非*D*。但是根據追蹤解釋，這不是人所能知道的事情。因此，人們該怎樣解釋他做出上述判斷的合理性呢？所有問題中最麻煩之處在於，因為追蹤說明，人們如今陷入了結合下述論證形式的困境：我對*p*很有把握，但是根本不知道是否是*p*。這似乎前後不一致。

笛卡兒主義者對夢的論證在最近有關懷疑論的討論中扮演了很重要的角色，它可闡述如下(司陶德〔Barry Stroud〕《哲學懷疑論的意義》〔*The Significance of Philosophical Scepticism*, 1984〕)：人們知道，如果他知道*F*，那麼他就不是在作夢。在這種情形裡，如果人真的知道*F*，那麼他必定知道他不是在作夢。然而，一個人無法知道自己不是在作夢，因此人不知道*F*、*Q*、*E*、*D*。為什麼人不能知道他不是在作夢？因為，為了知道這一點，人就需要知道他已經通過了某種測驗，某種以確定他是否在作夢的經驗程序。但是，任何這類假設的測驗(例如，擰自己)可能是夢中的一部分，而夢見自己通過了測驗並不足以表明自己不在作夢。然而，難道人不是在事實上親眼目睹了那把火，而且是在清醒的狀態(而非夢中)通過了測驗，這些東西難道不能夠與他知道火、知道自己是清醒的相容嗎？並非如此，根據論證，因為人們為了知道火，需要有關於自己清醒狀態的「先前」(prior)知識。但是為了知道人處在清醒狀態，人需要關於測驗程序的結果的「更先前」的知識。但是這反過來需要有關於人是清醒的，而不是在作夢的更先前的知識。因而我們便陷入了一個惡性循環。

我們可以認為，即便在缺乏任何實證測驗結果，或者至多聯繫到有關這種實證結果的同層級(不是更先前的)知識之時，仍有可能知道人不在作夢。在這種情形中，人如何知道自己的清醒狀態呢？或許是通過動用某種可靠的能力相信有清醒狀態才知道的東西；或許是通過它與人其他的整體信念體系的融貫(coherent)而知道的；或許兩者都是。但是人們還可進一步地問，如果上述這些東西是一個人能夠知道自己清醒狀態的方法，那麼這個答案是不是就讓我們得出了下面A形式的理論呢？

(A)p 是人所知道(有理由地相信)的命題，若且唯若人滿足了關於它的條件 C。

若是如此，那麼我們不就因為關於我們怎樣知道——是什麼證明我們的相信是合理的——(A)本身這個問題陷入了一個惡性的循環？這極不明顯，因為我們在知道自己是清醒的之前，必須先接受某個關於清醒狀態的測驗程序，以及知道自己在做實證測驗的要求，這本身就是一個似乎同樣可以導出像(A)一樣的原理的要求。至少下面這一點是非自明的，即為什麼外部論者(externalist)或融貫論者對關於我們怎樣知道我們是清醒的看法，應該較下述之(基礎論者〔foundationalist〕的？)觀點(即為了知道我們是清醒的，我們在認識論上需要有更早的知識，一種不須預設即已經獲得的關於外部世界的知識的方法來加以檢驗)更為密切地關聯於類似(A)的原則。關於怎樣證明類似(A)同樣的原理是合理的問題，是著名(惡名遠揚)的「標準問題」(problem of the criterion)的延續，標準問題在十六世紀和二十世紀曾兩度被人們所提出(齊桑姆，《知識論》〔Roderick Chisholm, *Theory of Knowledge*, 1966, 1977, and 1988)〕，但它早已被古代的懷疑論者以「迂迴」(diallelus)的名稱廣泛地使用了。

在對具有由(A)形式所表示的一般知識或證明的解釋方面，我們被告知，它們的不適當性可用下面的例子來揭示。假設我們想知道我們到底是怎樣知道有關外部世界的任何知識的話，一部分的答案在於我們通過知道鄰居的小車的位置(在其車道上)，從而知道鄰居的位置。當然這頂多只是一個最終令人滿意答案的開始(例如，如果它是遞歸的〔recursive〕)，但是就其目前狀態來看，如果沒有補充信息，這部分答案是不能令人滿意的。在此，異議是基於對兩種訴求所進行的對照：一方面，在對我們的一般知識或者證明進行解釋的過程中，知識論者訴求於像(A)一樣的原理；另一方面，在解釋關於外部世界現實的知識時，則訴求於車的位置。這種對照被認定為在解釋我們一般知識或證明的企圖時，起著決定性的作用。但是這兩種訴求是彼此相關地類似的嗎？一個重要的差異在於，在小車的例子中，我們解釋(關於外部世界的)某一類型的某些知識在某個主體 S 中的存在，必須通過訴求於同一類型的另外一些知識在 S 中的存在。因此，如果我們的目的在於解釋這一類的「任何」(any)知識「總是」(ever)如何產生的話(除非這種說明剛開始，而且在一定的時間內會變成遞歸的)，那麼，問題就會立即產生。當然，(A)現在在理論上說是很有希望的，在這一方面，向(A)形式給出答案的理論家們正在做的事情，必定是相似於我們在小車例子中的主角所做的事情，該主角試圖為某一類型的知識是怎樣產生的，提供出一般性的解釋。然而，還有一個重要的區別，即以對(A)形式給出一般性解釋為目的的理論家，在解釋某個主體 S 是怎樣獲得知識(證明是合理的信念)時，不必把任何類型的任何知識歸於該主體。因為沒必要要求(A)原理一定得訴諸條件 *C*，*C* 是包括把任何知識都歸諸於該主體的條件。的確，在聲稱(A)本身滿足條件 *C*，而且正是這一點解釋了人們是怎樣知道(A)的時候，我們或許的確使自己去知道(A)，或者至少被證明相信它是正確的。但是果真如此的話，那麼它就是嚴肅地對任何事情做出任何解釋的任何人不可避免的命運。它與以下看法截然不同，後者部分解釋了人們是怎樣知道或合理地相信某件事的，這種看法包括了同一類型的知識主張或被證明的信念的主張。總之，就像在人相信自己是醒著的情形中一樣，對(A)形式之某事的信念可說是可被知道的，且人們在這樣說的時候，他並不因而承諾自己去增添一個偏愛(A)的隱蔽理由，甚至保留這樣的一個理由。當然，人是參與在證明相信(A)是有道理的事情中的，或許甚至具有關於(A)的知識。但我們並不清楚，證明相信(A)的唯一方法，在於通過提供贊成(A)的原因，或者在於只有給出足夠贊成(A)的原因，他才能夠算是知道(A)。因為我們經常在缺乏如此給定的原因時知道一些事情。因此，常常可以經由回憶，通過某一扇門而進入一個不只一扇門敞開的房間的方式，來仔細思考人的知識。關於解釋人怎樣認識的問題，最終又回到(A)，採取訴諸於知識能力或融貫證成力量—或兩者皆採用的形式。

近來有關思想性質及表徵意義(representation)的說明，瓦解掉對思想性質全面懷疑的傳統，它們的動力被終止，迫使此議題獨自發展，而且限制於現階段的獨我論(solipsism)思想。但或許有一個方法可以在一開始便抑制住懷疑論，即在有意義的語言或思想的要求下，質疑它有意義地成立之可能性。我們可以考量一下我們如何掌握住周遭可能對象的可觀察形狀與色彩性質。這種掌握似乎有一部分是由於我們的識別能力所組成。當我們識別出一個形狀或顏色，想必是根據一個我們已有的形狀或色彩的明確影響來判別。當我們適當地關聯到(如：明亮的光線、睜開的雙眼等)周遭環境所呈現的形狀或顏色時，我們有系統地被放入一個清晰明確的狀態 *X*。而之所以會讓一個人的思想狀態呈現為某一些範圍而非其他的東西，可說是該狀態藉由系統性的因果關係而相繫於該人在正常環境下所呈現的範圍。

懷疑論隧道的盡頭此刻閃耀著一道光亮。現在所懷疑的，是傳統懷疑思想的融貫性了。的確，前幾個世紀的前輩們，他們將本質化約為心靈的企圖可能走錯了方向。因為除了透過了解一個人如何因果地關聯於他的環境之外，我們無法脫離具體內容而了解他的心靈，我們也別無他法去了解他的心靈所具有的內容。如果真實環境的存在也被投注了懷疑，也就等於割斷了理性地描述自己心靈的能力，或是感受心靈內容的信心。那麼，或許，人就無由成為「桶中之腦」(brain in a vat)了。因此，當代許多基於語言以及有意義語言要素的想法，因而建議許多知識必須已經為我們而存在，使我們能夠針對環境實體作有意義的思考，也使我們能夠質疑它的存在。若是如此，激進的懷疑論便已經回答了自己所出的難題。因為若是我們能夠如此深入地理解了對周遭真實存在的激進懷疑論，那麼我們便已經深刻地知道了關於實在的複雜論題了。

參見 Academy 學園；closure 封閉性；Descartes 笛卡兒；epistemology 知識論；foundationalism 基礎主義；justification 證成；Skeptics 懷疑學派

E.S.撰　苑舉正審訂

skepticism, moral　道德懷疑論　見 moral skepticism 道德懷疑論

Skeptics　懷疑學派　指那些古代思想家，他們進行一系列的論證，表明知識是不可能的(學園派懷疑主義)，或者沒有足夠的和精確的證據可資證明是否知識是可能的。如果是後一種情況，那麼這些思想家就主張懸置對所有有關知識的問題進行判斷(皮浪的懷疑主義)。

學園派懷疑主義的名字源於這一事實：在西元前三世紀於柏拉圖(Plato)的學園內形成，始於蘇格拉底的陳述「我所知的一切是我不知任何事情」。該學派由阿爾克西勞(Arcesilaus, c.268-241)和卡奈阿德斯(Carneades, c.213-129)發展為一系列主要是針對斯多噶派的論證，企圖表明沒有什麼是可知的。學園派提出了一系列的問題以顯示我們認為通過感官知道的東西可能是不可靠的，以及我們不能確定我們推理的可靠性。我們沒有一個可靠的標準以確定我們的那一個判斷是對或錯的。任何獲得知識的聲稱都要包括超越直接經驗範圍的某種因素。如果這樣的聲稱建構知識，那麼我們就應該知道某些不可能是錯誤的東西。證明該聲稱的證據只能以我們的感官和理性為基礎，而這兩者在一定程度上都是不可靠的。因此，學園派認為沒有什麼東西是確定的。我們能獲取的至多只是或然的信息。

據說卡奈阿德斯創立了一種驗證理論(verification theory)和某種概率論(probabilism)，它們在某些方面與現代的實用主義者(pragmatists)和實證論者(positivists)的理論相似。

學園派懷疑主義直到西元前一世紀都支配著柏拉圖學園的哲學探討。當西塞羅(Cicero)成為學園的學生時，學園派從懷疑主義轉向一種折衷主義的哲學。該派關於懷疑論證收於西塞羅的著作《學園派哲學》(*Academia*)和《論諸神的本性》(*De natura deorum*)中，見於奧古斯丁的《反學園派》(*Contra academicos*)的有關論述，還見於由提奧奇尼斯．拉爾提烏斯(Diogenes Laertius)提供的的希臘哲學家生平的概要中。

懷疑論思想在皮浪懷疑論學派那裡找到了另一個園地，或許還與亞歷山大港的醫學方法論派有聯繫。皮浪運動發源於埃里斯的皮浪(Pyrrho of Elis, c.360-257 B.C.)和其學生蒂孟(Timon, c.315-225 B.C.)。關於皮浪的傳說表明他並非理論家而是實踐懷疑論者，他不做出任何超越直接經驗範圍的判斷。據說他曾拒絕就看起來像馬車的東西是否會撞擊他做出判斷，他還經常受到學生的援救，因為他不做出任何承諾。他所關注的很明顯是倫理方面的問題。他試圖避免可能是由接受任何價值理論而導致的不幸福。如果理論根本是不可信的，那麼接受它就會導致精神上的苦惱。

皮浪的懷疑主義在理論上的形成歸功於埃尼西德穆斯(Aenesidemus, c.100-40 B.C.)。皮浪主義者認為教條主義哲學家和學園派懷疑論者發表的主張太多，前者說有些事情是可知的，而後者卻說沒有什麼事情是可知的。皮浪主義者懸置對所有其證據互相矛盾的問題進行判斷，包括任何事情是否可以被認識的問題。

皮浪主義者運用由阿爾克西勞和卡奈阿德斯建立的相同種類的論證中的一部分。埃尼西德穆及其追隨者把那些論證編成一套套的「比喻」或一系列導致懸置對各種問題做出判斷的方法。十個一套，八個一套，五個一套和二個一套的比喻出現在皮浪主義者倖存的著作和塞克斯都．恩披里可(Sextus Empiricus)(三世紀時的皮浪主義教師)的著作中。每套比喻都提供對超越現象獲取的知識懸置判斷的建議，那些比喻試圖表明，對任何知識的獲取來說，無論是支持或者反對它的證據都能提供。在人們之間的不一致、人的經驗的多樣性、在不同條件下人的判斷的搖擺，例如處在疾病、酒醉狀態等等，都指向支持和反對每一次知識獲取的證據的反面。任何我們用來審查、衡量證據的標準也可能遭到違反該標準的知識獲取的對抗。

考慮到這種情形，皮浪的懷疑論者試圖避免讓自己去關注任何各類的問題。他們甚至不去關注他們提出的論證是否有理這樣的問題。對他們而言，懷疑主義不是一種可陳述的理論，而是一種對抗或支持或反對任何超越現象的，和處理非自明事物的知識斷言之證據的能力或心理態度。這種對抗產生了衡等性(equipollence)，一種相對立證據間的平衡，該平衡導致對任何問題懸置判斷。懸置判斷產生一種叫做「無所繫心」(*ataraxia*)的精神狀態，是安靜、心靈的平和、或未被煩憂的狀態。在這樣一種狀態裡，懷疑論者不再關心也不必擔心超越現象的事情或為它們所困擾。皮浪主義者極力聲明，懷疑主義是醫治一種叫做「教條主義」或急躁病的方法。教條主義者就非自明的事情發表意見，然後為這些意見是否正確而困擾。這種煩擾變成一種精神疾病或心理紊亂。皮浪主義者(他們通常是些醫生)，告訴病人他們應該如何和為什麼應該懸置判斷，藉著這種方式而不是教條主義化來減輕其痛苦。然後，疾病就會消失，病人也會處於一種平靜狀態，即希臘化時期教條主義哲學家所追求的那種心靈的平靜。

皮浪主義者與學園派懷疑論者不同，他們不是消極的教條主義者。他們認為，知識既不是可能的也不是不可能的。在讓懷疑論證和證據的恆等性來消除教條式的斷言時，他們仍然是尋覓者。這種作法消除了所有的教條也消除了自身。在這以後，皮浪主義者不以教條的方式活著，他們順其自然，遵循直覺經驗和所有社會的法律及風俗習慣，不對它們進行判斷，也不對關於它們的任何觀點表態。在這種情形中，皮浪主義者就不會有煩惱，而且仍然能自發地和依照法律及風俗習慣而立身行事。

皮浪主義的運動於西元三世紀消失，原因可能是因為它不再被認為是對當時強有力的宗教運動的一種替代。在文藝復興之前，只出現過微弱的皮浪主義痕跡，其時塞克斯都和西塞羅的著作被重新發現，而且被像蒙田(Montaigne)和夏隆(Charron)這樣的思想家用來建立一種近代的懷疑論觀點。

參見 Sextus Empiricus 塞克斯都・恩披里可；skepticism 懷疑論

R.H.P.撰　丁福寧審訂

Skolem, Thoralf　斯科倫，索拉夫(1887-1963)　挪威數學家，作為數理邏輯的開拓者，他對遞迴論、集合論(特別是於 1922 年提出置換公理)和模型理論都有重要的貢獻。他在數理哲學方面最重要的成果有：(向下的)羅文漢-斯科倫定理(〔Downward〕Löwenheim-Skolem theorem, 1919, 1922)，該定理的第一個證明涉及把式子改寫為斯科倫範式；還有證明存在與標準模型不同構的(一階)算術模型(1933-34)。兩個成果都顯示用一階邏輯表述數學理論會發生極端的非範疇性，因此使斯科倫對應用形式系統，特別是集合論，作為數學基礎產生了懷疑。非標準模型的存在事實上是完備性定理和第一非完備性定理(哥德爾〔Gödel〕，1930, 1931)的結果，因為它們合在一起表明，(如果算術是一致的)一定存在著這樣的算術句子，它在標準模型中是真的，但在其他一些非同構的模型裡則是假的。斯科倫的結果描述了一種建立這樣模型的一般方法。通過運用完備性定理的直接結果緊緻性定理，斯科倫定理現在能很容易得到證明。

羅文漢-斯科倫定理產生了一個類似的刻畫問題，即斯科倫於 1922 年提出的(現在稱為)斯科倫悖論。大致說來，如果一階集合論有一個模型，那麼它必須有一個可數的模型，在其中連續體是可數集，因此很明顯是一個非標準的模型。這和康托定理並不矛盾，因為可數模型不包含作為元素的函數，該函數把其自然數一對一地映射到它的連續體上，儘管在這個模型「以外」一定存在著這樣的一個函數。該結果雖然通常被看做是在限制一階邏輯的能力，但在方法上而言是非常好用的，它提供了哥德爾於 1938 年和柯亨(Cohen)於 1963 年證明連續體假設獨立於其他一般集合論公理的基礎。斯科倫於 1922 年部分地預見到了獨立性結果與可數模型存在性間的聯繫。

參見 Cantor 康托；compactness theorem 緊緻性定理；Gödel's incompleteness theorems 哥德爾不完備定理；Löwenheim-Skolem theorem 羅文漢-斯科倫定理；model theory 模型論

M.H.撰　李國偉審訂

Skolem-Löwenheim theorem　斯科倫-羅文漢定理　見 Löwenheim-Skolem theorem 羅文漢-斯科倫定理

Skolem normal form　斯科倫範式　見 normal form 範式

Skolem's paradox　斯科倫悖論　見 Löwenheim-Skolem theorem 羅文漢-斯科倫定理；Skolem 斯科倫

slave morality　奴隸道德　見 Nietzsche 尼采

slippery slope argument　滑坡論證　一種有下面形式的論證：一個本身明顯無可反對的行動會產生一連串事件，這些事件最終導致不想要的後果。這個比喻描繪處於滑坡邊上的人邁出第一步後，不可避免地會滑到坡底。例如，有時候人們論證說，自願的安樂死不應該成為合法，因為這會導致殺死我們不想殺死的人，像殘障人士或老人，而又違背他們的意願。有些滑坡論證的目的是要揭示：人應該阻止正在發生的一連串的事件；例如，人們曾論證說，鎮壓一國的共產主義革命是必要的，否則不能防止共產主義通過所謂的骨牌效應傳遍整個地區。假定了可疑的(dubious)原因的滑坡論證經常被歸為一般稱作錯誤原因之謬誤(fallacy of the false cause)之一種。這個論證有時候也被稱作「楔子論證」(the wedge argament)。至於滑坡論證有哪些種類之問題，學者有一些不同的看法。有些學者把該術語限於有評價結論(evaluative conclusion)的論證，而其他一些學者則更廣泛地來理解該術語，把其他的連鎖推理論證(sorites arguments)也包括進來。

參見 sorites paradox 堆垛悖論；vagueness 模糊性

W.T.撰　龔維正審訂

Smart, J(ohn) J(amieson) C(arswell)　思馬特，約翰・約明生・卡斯威爾(b.1920)　生於英國，澳大利亞哲學家。其名常與三個哲學主張連在一塊：心物等同論(mind-body identity theory)、科學實在論(scientific realism)及功利主義(utilitarianism)。他是賴爾(Ryle)的學生，反對邏輯行為主義，主張後來被稱為的「澳大利亞唯物論」(Australian materialism)。澳大利亞唯物論的主張是：(如同阿姆斯壯〔Armstrong〕讓思馬特所了解的)，心靈程序和狀態不能以行為傾向來解釋。為了讓日常談論心靈的談話有意義，我們必須將心靈程序和狀態當作是人腦程序和狀態的另一種稱呼而已。在其同事普雷斯(U. T. Place)的刺激下，思馬特在〈感覺和大腦程序〉(Sensations and Brain Processes，收錄於《哲學評論》〔*Philosophical Review*, 1959〕)一文中發展了他心腦等同的理論。該篇論文已是二十世紀哲學中的一篇主要作品。

思馬特支持將心靈做唯物分析的主要理由是，這樣的做法與科學的發現相一致，並給我們做簡單的心靈圖像。他贊成科學的實在論，反對現象論及工具論之流，並認為只要常識的看法仍與科學相符即應予以保留。他的《哲學與科學實在論》(*Philosophy and Scientific Realism*, 1963)一書強力陳述了一種對世界的物理圖像。他強力地論證說，如果我們真的嚴肅看待科學，我們就會認為這個宇宙是個四維的宇宙(four-dimensional picture of the universe)，並把時間流逝的經驗當作純粹是幻象而已。

他也發表了一些維護功利主義的論文，其中最有名的是他和威廉斯(Bernard Williams)所著的《功利主義，其支持及其反對》(*Utilitarianism, For and Against*, 1973)。當功利主義者已越來越稀少，且大部分傾向於規則功利主義之時，思馬特為行動功利主義重新注入了新生命。

參見 philosophy of mind 心靈哲學；scientific realism 科學實在論；utilitarianism 效益主義

P.P.撰　王文方審訂

Smith, Adam　史密斯，亞當(1723-90)　蘇格蘭經濟學家和哲學家，現代政治經濟學的創始者之一，也是倫理學和道德心理學的主要創立者之一。第一部著作是《道德情操論》(*The Theory of Moral Sentiments*, 1759)，此書使他迅速成名，並受到休姆(Hume)、柏克(Burke)、康德(Kant)等大思想家的讚許。此書試圖回答兩個問題：道德是如何構成的？我們通過哪些心理原則，來確定這個或那個合乎道德，或反之？他對第一個問題的回答，把古代斯多噶學派(Stoic)與亞里斯多德式的(Aristotelian)道德觀點，和源於哈屈森(Hutcheson)與其他人的現代觀點結合在一起。他對第二個問題的回答，建立在休姆的「同理心」(sympathy)理論(也就是我們在想像中，把自己置於他人的處境)，以及建立在「公正的旁觀者(impartial spectator)」這個觀點的基礎上。史密斯對美德(virtue)和道德心理學(the psychology of moral)的形而上學與神學觀點，表示徹底地懷疑。道德哲學家應該以理性道德行為者(reasonable moral actor)的自我理解(self-understanding)，作為基本的指南。史密斯論述的範圍，包括財富的動機，以及宗教和政治狂熱主義(political fanaticism)的心理因素等諸多題材。

史密斯的第二部著作，是影響深遠的《國富論》(*An Inquiry into the Nature and Causes of the Wealth of Nations*, 1776)。此書試圖解釋經濟、政治和宗教的市場自由化，在適當地規範後，為什麼會比獨佔更有效率，而且更符合自然的本質、更能得到公正旁觀者的讚許。史密斯的這兩本書，試圖表明道德和自由何以能夠互相補充，他對後來稱為「資本主義」(capitalism)的這個體制如何會有使人失去人性(dehumanizing)的力量，有非常深切的了解，他試圖從規範自由教育和適切組織化的宗教組織中，尋找補救之道。

史密斯生前未能完成其學說體系，該體系包括對「自然法理學」(natural jurisprudence)的分析。他對法理學(jurisprudence)和修辭學(rhetoric)的見解，有些學生記下了筆記，還有幾篇論述科學史進展和美術的論文，都令人印象深刻。

參見 Hume 休姆；ideal observer 理想觀察者；liberalism 自由主義；philosophy of economics 經濟哲學；sentimentalism 情感主義；virtue ethics 德行倫理學

C.L.G.撰　賴建誠審訂

social action　社會行動　人類行動的一個子類，涉及到行為者之間的相互作用，以及他們的相互定位，或者是人類團體的行動。儘管所有可理解的行動，在某種意義上說都是社會行動，但是社會行動對其他行動應有指導作用。帕森斯(Talcott Parsons, 1902-79)在其「雙重偶然性」概念中，把握住了社會行動的區別性特徵，類似的概念也由其他哲學家和社會學家建立起來，其中包括韋伯(Weber)、米德(G. H. Mead)和維根斯坦(Wittgenstein)。儘管個別地來看，行動者實現其目的，僅僅取決於某種偶然事實，但是社會行動在其他行動者如何對這個行動者的作為做出反應，以及該行動者又怎樣對其他行動者做出反應等等方面，也是偶然的。一個行動者成功地進行交際，例如，不僅僅通過現存符號系統中找到某個合適的表達方式，而且還通過理解其他行動者將是怎樣理解他的。

博奕理論(Game theory)對理性的行動者選擇和策略的相互依賴性進行分析時，描述並解釋了每一種雙重偶然性。博奕在其他兩個方面也是有意義的。第一，它們例證了社會互動的認知要求，正像米德在對行動者的角色扮演進行分析時那樣：作為主體(I〔主我〕)，我是其他人的對象(me〔客我〕)，能和其他人一起，就互動關係自身(普遍化的他人)採取第三者的眼光。第二，博奕由共同的規則來規範且通過符號意義來表達。維根斯坦的私有語言論證證實規則不能通過私下的方式遵守。諸如彼得．溫區(Peter Winch)等哲學家從該論證中得出結論，認為遵守規則是具有區別性社會行動的一個基本特徵。

有些行動，就只能在團體中進行的意義上來說，是社會的。個體主義者(諸如韋伯、厄爾斯特〔Jon Elster〕和圖美拉〔Raimo Tuomela〕)認為，這些行動可以作為每個個體行動的總和來分析。但整體論者(諸如馬克思〔Marx〕、迪爾凱姆〔Durkheim〕和吉爾伯特〔Margaret Gilbert〕)拒絕這種簡化做法，他們論證說，在社會行動中行動者必須把自己看作是行為集體的一員。整體論者有強硬和溫和的兩類：強硬的整體論者，諸如迪爾凱姆和黑格爾(Hegel)，把集體這個主體看作是單數，看作是一個社會的集體意識。溫和的整體論者，諸如吉爾伯特和哈伯瑪斯(Habermas)，他們認為社會行動有多個而非單個的集體主體。整體論者一般說來，透過涉及更大的語境和行動序列，諸如共享的符號系統或者社會制度，來建立其觀點的合理性。因此，對社會行動的解釋不僅涉及到行動者相互的期望，而且涉及到這些更大的，有因果關係的語境共享的意義和協調機制。然後社會行動理論必須解釋社會秩序的產生，種種解釋方案包括從霍布斯(Hobbes)的強制權威到帕森斯的關於在團體成員中共有目標的價值共識等等。

參見 action theory 行動理論；holism 整體論；philosophy of the social sciences 社會科學哲學；Weber 韋伯

J.Bo.撰　顧忠華審訂

social biology　社會生物學　從生物學的角度來理解社會行為，尤其是人類的社會行為；它經常跟社會達爾文主義(social Darwinism)的政治哲學相關聯。

達爾文(Darwin)在《物種起源》(*Origin of Species*)裡，突顯了在有機體演化當中的「社會」(social)行為之意義，而在《人類起源》(*Descent of Man*)裡，他指出這種行為對人類的意義。他主張這是天擇的產物，但直到 1964 年，才由英國生物學家威廉．漢密爾頓(William Hamilton)精準地指出這種行為如何能夠演化，亦即經由「親族選擇」(kin selection)這種對生物的近親福祉有益的方式。從此以後，其他類型的解釋也被提出來，將這個理論擴展到非親族(non-relatives)上面。最著名的是自我描述的「相互的利他主義」(reciprocal altruism)。

社會生物學在 1975 年變得惡名昭彰，當時，愛德華．威爾遜(Edward O. Wilson)出版了一本有關這個主題的重要論著：《社會生物學：新的綜合》(*Sociobiology: The New Synthesis*)。這本書被指控性別歧視以及種族歧視，因為威爾遜暗示，西方社會制度具有生物學上的先天性，因而就某個角度來看，男性比女性更強壯，更具有攻擊性，本性上在性方面更為關係雜亂。批評者主張，所有的社會生物學事實上就是社會達爾文主義的明證，而社會達爾文主義是十九世紀的一種哲學，此哲學的提出，更主要是歸因於赫柏．史賓塞(Herbert Spencer)而非查理斯．達爾文，一般都相信，這使得極端自由放任的經濟以及不加約束的社會生存競爭合法化。這樣的指控是非常嚴重的，因為正如穆爾(Moore)在其《倫理學原理》(*Principia Ethica*, 1903)一書所指出的，史賓塞確實犯了自然主義的謬誤(naturalistic fallacy)，因為他企圖從世界的「實然」(is)這樣的途徑，導出世界的「應然」(ought)。夠自然的，社會生物學(social biology)或正如現在更為人所知的「社會生物學」(sociobiology)的捍衛者，強烈地否認他們的科學只是用另一個名稱的右翼意識形態。他們指出許多基於生物學而導出十分不同之社會結論的人。最為人知的是俄國無政府主義者克魯泡特金(Kropotkin)，他主張社會是恰當地奠基於生物學上互相幫助的傾向上。

關於當代的辯論，這樣說也許最公平，亦即社會生物學，尤其是關於人類的，應用在所有的社會族群上，並不是總是能夠展現它充分的敏感性——雖然我們可以確定，像 1930 年代法西斯主義政權的粗糙的種族主義從不曾出現過。現在，的確，從生物學的角度去研究社會行為，是生命科學當中最令人振奮以及向前移動的一個分支。

參見 Darwinism 達爾文主義；evolutionary epistemology 演化知識論；Philosophy of biology 生物哲學；Political philosophy 政治哲學

M.Ru.撰　徐佐銘審訂

social choice theory　社會選擇理論　研究一個族群主體的理性行為(the rational action of a group of agents)的理論。重要的社會選擇(social choices)，是在為團體從各項可能的方案中做出決策。這些方案可能只是為團體內的某些成員設計，或更一般性地說，是屬於「公共財」(public goods)：一旦提供出來，就無人會被拒絕享受的財貨。社會選擇理論最主要的面向，或許就是關於理性的個人，如何在社會的脈絡下做出選擇。因為對個人來說，某件事情是否為理性，必須視其他人是否也認為這是理性的事情，反之亦然；因此，這些選擇就具有「策略性」(strategic)的面向。囚犯的困境理論(prisoner's dilemma)顯示，調和個人和集體的理性選擇非常困難，尤其是在非動態的條件下。然而有很多種情境，特別是在提供公共財的情境中，單純的囚犯困境是可以避免的，也是可以處理的。但協調問題(coordination problems)仍然存在。個人會覺得在整個事情的過程中，若能遵守「據契約地」(contractually)或「依慣例地」(conventionally)行事，就能給大家帶來更大的利益，雖然表面上看來，這對某些個人而言並非效用最大化。建立這些契約或慣例的合理性，是社會選擇理論的主要問題之一，因為如果一個理性的行為者，先是同意合作但繼而食言，而變成坐享他人集體努力的「搭便車者」(freerider)，那麼協調就沒有意義了。其他形式的不合作行為，諸如違反社會規則，或是隱瞞自己的偏好等等，都會製造類似的難題。霍布斯(Hobbes)試圖以下列的方式來解決這些問題：民眾同意最高統治者的權威，統治者的懲罰權會使不合作的行為，成為無吸引力的選擇。也有人論證說，如果把理性的概念，用正確的方法延伸超出效用極大化之外，那麼合作就會是理性的。其他的論證則強調，對合作者而言，不計自身的利益反而會帶來諸多好處。

社會選擇理論的另一個主要面向，是在研究強大的中央權威(a powerful central authority)或社會計畫者(social planner)的理性行為，他們的任務是要使社會利益最佳化。雖然中央計畫者可以由理性的個體來任命，但這部分的理論，僅僅假設制度是預先存在的。計畫者如果能預先知道各種商品所能帶來的社會利益或效用，就可以把各種資源分配來生產各種商品。然而，當計畫者必須考慮動態因素時，所牽涉的技術問題就會更困難。這種經濟成長理論，對世代之間衝突的重要倫理問題，尚無法解決。

更擾人的問題是下列的假設：個人的效用函數具有社會的類比性。我們可以用數學證明，若以大多數投票的結果來做決策，可以導致不具遞移性(intransitive)的社會選擇排序(social orderings)；因此，投票通常不適合作為計畫者所應遵循的過程。此外，在非常一般化的條件下，沒有一種方法可以把個體的偏好，加總成計畫者所需要的那種具有一致性的社會選擇。

參見 Arrow's paradox 亞羅悖論；game theory 賽局理論；philosophy of economics 經濟學哲學；prisoner's dilemma 囚犯兩難

A.N.撰　賴建誠審訂

social constructivism　社會建構主義　亦稱社會建設主義(social constructionism)，指任何宣稱某些領域中之知識是社會實踐和體制之成果的觀點，或是相關社會群體間之互動和協商之成果。溫和版主張社會因素形成對世界之詮釋，強硬些的觀點主張世界，或是其中重要部分是由理論、實踐與體制所構成。支持者往往從溫和版走向強硬觀，堅稱只有透過吾人之詮釋，才能通向世界之管道。同時，堅持獨立實在這樣的概念，充其量，是一不相關之抽象，最糟的是，是不一致的概念(此哲學立場和同名的社會和發展心理學，雖然遙遙相關，但是不盡相同，後者相關人物如皮亞傑〔Piaget〕和李・維托斯基〔Lev Vygotsky〕，他們認為學習是主體主動建構知識之過程)。

社會建構主義立足於康德(Kant)之觀念論，康德主張我們不能認知物自身，而且我們對世界知識之可能性僅能透過在初始經驗中植入思考之先天範疇，康德認為吾人以之詮釋和建構世界之範疇是先驗給予。當代建構主義者則相信相關概念和相關實踐隨著群體或歷史時期之不同而有所不同。因為沒有獨立的標準可以評價不同概念系統，社會建構主義自然而然地走向相對主義。

社會建構主義觀點普遍被認為出於孔恩之《科學革命之結構》(Kuhn's *The Structure of Scientific Revolutions*)，他的立論是：科學中的觀察與方法是深深依賴於理論的(Theory-dependent)，並認為抱持根本不同的假設(或典範)的科學家實際上是居住於不同世界中。

孔恩因此提供了一種科學觀，既不同於科學實在論(主張依賴於理論的方法可以使我們認知獨立於理論之世界)，也不同於經驗論(劃清理論與觀察之界線)。

孔恩不願意接受其觀點中明顯的激進結論，但其作品一直影響近來科學的社會研究，支持者主張接受相對主義和強硬建構主義。另一影響是布魯兒(David Bloor)和巴尼斯(Barry Barnes)所擁護的對稱性原則，主張社會學家應該以同樣的方式解釋對科學觀點之接受性，不管這些觀點是真、是假。這樣的方法在柯林斯(Harry Collins)、沃爾佳(Steve Woolgar)和其他人的作品中得到闡明。建構主義的主題亦顯見於科學的女性主義批評家如哈定(Sandra Harding)和哈樂葳(Donna Haraway)，也出現在拉脫(Bruno Latour)的複雜觀點中。

批評家如波以(Richard Boyd)和基契爾(Philip Kitcher)，雖然讚賞建構主義者詳盡的個案研究，但是宣稱建構主義的正面論證是謬誤的，對實際科學實踐的說明不能令人滿意，同時，就像觀念論和相對主義的其他版本一樣，建構主義的一致論點亦是可疑的。

參見 anti-realism 反實在論；ethical constructivism 倫理建構論；feminist epistemology 女性主義知識論；Kant 康德；Kuhn 孔恩；mathematical constructivism 數學建構主義；relativism 相對主義

P.Gas.撰　吳秀瑾審訂

social contract　社會契約　一種在人民和統治者之間或在一個社群的人們之間的協定。社會契約的觀念被用於不同的論證中，這些論證有所差異：它們旨在證立或者解釋什麼(例如國家、公正的概念和道德)、它們把證明合理的問題看作是什麼，以及它們是否預設一個道德理論或者它們旨在成就一種道德理論。

傳統上，這個問題用在試圖解釋統治者的政治義務的本質和／或統治者對其子民的責任。像柏拉圖(Plato)、霍布斯(Hobbes)、洛克(Locke)、盧梭(Rousseau)和康德(Kant)這樣的哲學家曾論證說，人們發現「自然狀態」(state of nature)(有些人認為也是前社會的)中的生活是多麼艱難，因此他們同意要不就是相互一起，要不就是與預期中的統治者一起，去創造一個大家相信會大為改善他或她生活的政治制度。注意，因為該論證把政治或社會的內聚力作為個人之間的協定的產物來解釋，所以它就使這些個人在概念先於政治或社會單位。馬克思(Marx)和其他社會主義者及社群主義者，駁斥了用這種概念來說明個人與其所在的政治和社會團體間的關係。

政治社會中真有過社會契約嗎？休姆(Hume)嘲笑了真有這種契約的看法，他追問是什麼價值觀使得人們相信協定能夠解釋現實政治義務。儘管許多社會契約理論家承認，在社群中幾乎從來不曾有過一個明確的協定行為，但是他們堅持認為，當社會成員從事某些活動，並通過這些活動對統治政府表示默許(tacit consent)時，這樣一個協定就被含蓄地達成了。至於什麼樣的活動構成了所提供的默許尚有爭議：柏拉圖和洛克堅持認為，接受利益就足以表示這樣的默許；但另外一些人卻認為，對那些把我們不曾要求過的利益強加給我們的人具有義務是錯誤的。以下這一點也不明確，即如果一個人只給政府以默許，那麼他需負多少責任？

我們該如何理解建立一個政權的社會契約的條件呢？當人們同意服從統治者時，是否正如霍布斯試圖論證的那樣，他們把自己的權力也拱手讓給了他嗎，或者正如洛克所認為的那樣，他們只是把權力借給他，保留從他那裡在適當時候收回的權利？如果權力只是借給統治者，那麼假若統治者違反了借貸的條件，反叛統治者就可被寬恕。但是如果人們是交出權力，那麼就不存在這樣的條件了，人們通過革命收回權力就不能被證明是正當的。

儘管圍繞對社會契約論證的理解存在一些爭論，但它們對現代民主國家的發展是很重要的：政府是由人們創造的觀點，人們能夠也應該對政府進行評判，如果認為必要的話可以推翻它，這使十八和十九世紀政體的民主形式得到了發展。美國和法國的革命家明確承認，他們對像洛克和盧梭這樣的社會契約理論家的幫助表示感激。

在二十世紀，社會契約理論被用作一種給道德概念下定義的手段(例如正義理論)。根據這些概念，社會契約理論發覺對個人關注在發展下述理論時是有用的，即駁斥那些讓個人為集體的利益去犧牲自己的觀點(例如功利主義)。

參見 contractarianism 契約論；Hobbes 霍布斯；political philosophy 政治哲學；Rousseau 盧梭

J.Ham.撰　王巍審訂

social Darwinism　社會達爾文主義　見 Darwinism 達爾文主義；social philosophy 社會哲學

social epistemology　社會知識論　研究知識之社會向度或社會的決定因素，或是研究各種社會因素如何以種種的方式來促進或干擾知識之追求。有些作者是鬆散地使用「知識」(knowledge)這個詞語，它是用來指稱信念而已。依照他們的觀點，社會知識論應該只描述社會因素如何影響信念，而不關心這些信念是否為合理或是真的。例如很多科學歷史學家和社會學家，當他們以人類學家研究土著文化那樣的精神來研究科學實踐時，他們對科學家之建構物是否有所指涉，或他們的信念是真抑是假，都是保持中立的立場。另外一些人則試圖去顯示，一些像政治的或職業的利益這樣的社會要素，在因果上確是起作用的；並且利用這樣的研究結果，來拆穿任何賦予科學的客觀主義的虛偽面目。還有另外一些作者，保留了社會知識論當中的規範性與批判性的向度，但是並不預設社會的實踐必然會削弱客觀性；即使知識是被理解為真的或合理的信念，社會實踐仍可以促進知識的獲取。我們有一種社會實踐，此便是對權威意見之信任；這種實踐是能夠產生真理的，如果被相信的權威是真正的權威的話；在一個要求知識分工的複雜世界裡，這樣的信任或許也是完全合理的。在有利的環境之下，甚至一名科學家對知識以外的興趣，譬如職業上的報酬，亦未必與真理相對立。制度的條款，例如一些有關證據的司法的法規，提供了另一個社會要素的例子；排除性的法規也許事實上可導致真相或在判決時的準確性，如果被排除的證據會傾向誤導陪審團或使之產生偏見的話。

參見 epistemology 知識論；Mannheim 曼海姆；reliabilism 可靠論

A.I.G.撰　趙之振審訂

social ethics　社會倫理學　見 social philosophy 社會哲學

socialism　社會主義　見 political philosophy 政治哲學

social philosophy　社會哲學　泛指關於社會的哲學，包括社會科學(social science，及其許多組成部分如經濟學〔economics〕和歷史學〔history〕等)的哲學、政治哲學(political philosophy)、今日所說的「倫理學」(ethics)的大部分，以及法律哲學(philosophy of law)。但我們可以區分開兩種較狹隘的意義。就其中的一種意義而言，社會哲學乃是關於社會的概念性理論，包括社會之研究的理論，亦即上面提到的那些哲學性的研究之共同部分。就另一種意義而言，則社會哲學乃是一種規範性的研究，即道德哲學中關於社會行動和一般個體與社會在一般意義下相連的那個部分。

第一個狹義意義下的社會哲學的核心課題，乃是要弄清楚「社會」(society)的正確意思或概念。這將包括對「社會」做出一項適當的定義；於是問題就在於，哪些概念對哪些目的來說要好些，以及它們彼此間的關係又是如何。因此，我們可以區分開關於社會之「薄」(thin)的和「厚」(thick)的概念。前者將簡別出我們在停止談論「社會」前所能說的那最小的部分——比如說，一些彼此互相影響的人們，他們的行動影響著他們的夥伴們的行為。而那些較「厚」些的構想，則將進一步加上諸如社群規則、目標、風俗習慣和理想等等這類的東西。一個重要的經驗性問題乃是：任何互相影響著的團體是否的確沒有這類東西，以及如果現實的社會所擁有的那些規則等等之間有任何共通的東西的話，這「共同的東西」又是什麼？

描述性的社會哲學(descriptive social philosophy)顯然將接壤於社會科學本身(如果不是併入於其中，例如併入於社會學〔sociology〕、社會心理學〔social psychology〕或者經濟學之中的話)。某些社會哲學的觀點會傾向於將某一社會科學當作是顯然較其他社會科學更為典型的而與之聯合起來，例如：個體論的觀點傾向於與經濟學結合，而整體論的觀點則傾向於與社會學相結合。

一個主要的方法論(methodological)爭論，是關於整體論(holism)與個體論(individualism)的爭論。整體論認為，(至少某些)社會團體必須被當作是一些不能化約為其成員的統一體而加以研究：只通過理解其成員的活動和動機，我們是不能理解一個社會的。個體論則不承認社會是「有機體」(organisms)，並認為只有在這種方式下我們才能理解社會。

德國古典社會學家們(例如：韋伯〔Weber〕)區分開了社會(*Gesellschaft*)與社群(*Gemeinschaft*)。「社會」的典範乃是自願性的聯合，例如一個西洋棋俱樂部，其活動乃是為了追求某一團體特有的目標而特意加入該團體的一些人之協調性的活動；而「社群」的成員則在該團體中找到自己的身分(認同)。因此，「法國人」並不是一個其成員聯合具有相同想法的人共組法國「社會」的團體。他們在有各自獨立的個別目的之前，已經是法國人了。整體論者基本上將社會看做是一個社群。個體論者們則雖然同意有這樣的團體，卻不認為它們需要一種特有的、不可化約的集體性質的說明，換言之，他們不認為：為了要理解法國人，我們就必須了解(比如說，相較於德國人等等)典型的個別法國人是如何行為的。西方經濟學的方法，展現了方法學的個體論的分析趨勢的典型，表明了我們可以藉由個別的經濟行為者的理性行動而理解大規模的經濟現象(參考：亞當・史密斯〔Adam Smith〕的「看不見的手」〔invisible hand〕的論題：每個經濟行為者都只追求他自己的利益，但結果卻導致整體的宏觀現象的利益)。

另外一個廣泛的議題，則是關於意向性的特徵描述與說明在這些領域中的角色。一般人總是藉著行為的目的去說明行為，並且他們顯然會用一些依賴於語言的公共規則和許多其他規則的語詞來表述這些目的。要理解一個社會，我們就必須和生活於這個社會的人們的自我理解掛勾(這種觀點被稱為「理解」〔*Verstehen*〕)。

最近的科學哲學著作則提出了另一個問題：意向性概念對任何事物的說明真的有那麼根本嗎？還是我們終究必須將人看作是在某種意義下的「物質系統」(material systems，例如某種像電腦一樣的東西)？對於「以資料處理的方式複製人的智能」的計畫(參見：人工智慧〔artificial intelligence〕)而言，主要的一些問題乃是由互動的表徵方面提出來的。此外，我們也應該注意到：新近誕生的社會生物學(sociobiology)，乃是說明社會現象的一個重要源頭。

至於規範性的社會哲學，無可避免地會傾向於併入政治學或倫理學之中，特別是併入倫理學中探討人們(尤其是在一些大團體中，在關聯於一些社會制度或社會結構時)應該如何對待他人的這一部分。這部分的倫理學是與下面這個意義的倫理學相對照的，即：倫理學被理解為是在探討個別的人可以如何為自己獲得好的生活。所有這類的理論，都會強調社會關係的重要性；但是，如果一個人的理論給個人留下了很大的選擇空間的話，那麼有關個體所選擇的利益的理論，都仍然有可能有一種不同的主題。

社會哲學在規範上的種種介入，在一些重要的方式下，是與前述的「規範性的社會哲學」相平行的。個體論者認為，一個社會的利益必須藉由這個社會的個別成員的利益加以分析。有一種始終具有特殊重要性的觀點認為，社會必須尊重個人的權利，試圖藉此阻止某些被宣稱可以提升作為一個整體的社會利益的行動。機體論(organicist)的哲學家(如：黑格爾〔Hegel〕)則認為，情形正好相反：國家或民族是高於個人的，個人事實上是從屬於國家的，並且個體對於他們所屬的團體負有某些基本的義務。這種觀點之純法西斯主義式的版本，今日已很少見了，但仍然有一些較為良性的版本，則以修正過的形式繼續存在著，其中尤其值得注意的，乃是社群主義者(communitarians)所提出的版本。社會主義(socialism)，尤其是共產主義(communism)，雖然最初的焦點是放在社會的經濟方面的，卻始終都是典型的機體論的觀點。

社會主義與共產主義的極端對立面，則表現在自由放任主義者(libertarians)的身上，他們認為，個人的自由權(right to individual liberty)乃是社會的基礎，任何制度都不得踐踏這種權利。自由放任主義者認為，社會應嚴格地被當作一種聯合、一種「社會」(Gesellschaft)來對待，儘管他們也可能並不否認，社會就個別的發生史而言乃是一種「社群」(Gemeinschaft)。他們或許會同意，(例如)宗教性的團體不能被完全理解為一些各自獨立的個體。然而，自由放任主義者還是認為，宗教的和文化的實踐，是不可以被社會所干涉、甚至支持的。自由放任主義者乃是一些自由市場經濟的方法之堅決支持者，反對國家對個人事務之任何種類的干預。鼓吹「社會上最適者的生存」(survival of the socially fittest)之社會達爾文主義(social Darwinism)，有時候會與自由放任主義的觀點結合起來。

如果對上述議題有任何標準觀點的話，則這種觀點必定是結合了個體論和整體論的某些元素的。今日典型的社會哲學家們，大致上都接受：無論個別的成員願不願意，社會總是有一些義務的，這些義務包括：支持全體共享的教育、健康，和某種程度的福利。但是他們也同意，個人權利應該受到尊重，特別是像言論自由和宗教自由這些民權。問題是：如何將這二組顯然大相逕庭的觀念結合成一個融貫的整體(洛爾斯〔John Rawls〕著名的《正義論》〔*Theory of Justice*, 1971〕一書，就是試圖解決這個問題的一部當代經典)。

參見 ethics 倫理學；methodological holism 方法論的整體論；philosophy of the social sciences 社會科學哲學；political philosophy 政治哲學

J.Na.撰　張旺山審訂

social sciences, philosophy of the　社會科學哲學　見 philosophy of the social sciences 社會科學哲學

Socinianism　索西奴主義　非正統基督信仰的宗教運動，十六世紀起源於義大利改革家萊利烏・索西奴(Laelius Socinus，義大利文是 *Sozzini*, 1525-62)及其侄子弗斯都・索西奴(Faustus Socinus)的著作。出生於錫耶納(Siena)的一個貴族家庭，萊利烏閱讀了大量的神學著作。受義大利的福音運動(the evangelical movement)影響，他與著名的新教改革家們，包括喀爾文(Calvin)和梅蘭希頓(Melanchthon)，有了來往，其中某些人還對他的正統性提出質疑。在回應中，他寫了一個信仰聲明(其少數保存下來的著作之一)。萊利烏去世後，其侄兒便繼承了他的衣缽。弗斯都的著作(包括有《論聖經的權威性》〔*On the Authority of Scripture*, 1570〕；《論救世主耶穌基督》〔*On the Savior Jesus Christ*,

1578〕；以及《論預定論》〔*On Predestination*, 1578〕)表達出其異端的(heterodox)觀點。弗斯都相信基督在本性上完全是人，相信靈魂在本性上並非不朽(儘管對信仰者來說會有選擇性的復活〔selective resurrection〕)，也相信在禱告中向基督祈求只是被容許的而非一種要求；此外，他以論證反對預定論。於 1578 年所寫的著作出版以後，弗斯都應邀來到時蘭西瓦尼亞(Transylvania)和波蘭，在那裡的新教教會內展開辯論。其後他決定在波蘭永久地定居下來，而波蘭在其孜孜不倦的努力下，成了索西奴運動的中心。這個運動最重要的文獻，是於 1605 年(弗斯都去逝後不久)出版的《拉科夫教理問答》(*Racovian Catechism*)。總部設在拉科夫(Racov)的波蘭小兄弟會(the Minor church of Poland)，成為索西奴運動的焦點所在。它的學院吸引了成百上千的學生，其出版社出版了多種語言的著作，以捍衛索西奴的理念。

索西奴主義，正如《拉科夫教理問答》和其他那些由弗斯都的波蘭弟子收集起來的著作所表述的那樣，涉及了萊利烏和弗斯都・索西奴的觀點，尤以後者為然，還有波蘭小兄弟會(Polish Minor church，成立於 1556 年)的反三位一體的觀點(the anti-Trinitarian views)。索西奴主義接受基督的訊息是上帝的最後啟示這一觀點，但認為基督只是人，而不是神；駁斥靈魂本性的不朽，但是卻為信仰者有選擇性地復活的觀點辯護；駁斥三位一體的教義(the doctrine of the Trinity)；強調人的自由意志，反對預定論；捍衛和平主義(pacifism)以及教會與國家的分立；並且論證說，理性——而非教義、教條傳統或是教會權威——必須成為《聖經》的最終解釋者。其上帝觀是時間論式的(temporalistic)：上帝的永恆是時時都存在(existence at all times)，而不是無時間性的(timelessness)；而且上帝只有在未來的自由行動發生時，才會知道它們(在這些方面，索西奴式的上帝觀預示了近代歷程神學〔modern process theology〕的某些面向)索西奴主義雖於 1658 年在波蘭遭到鎮壓，但在此之前，它已傳播到其他包括荷蘭(在那裡該主義吸引了阿明尼烏〔Arminius〕的追隨者)和英國等歐洲國家，在那裡它影響了劍橋學派的柏拉圖主義者(the Cambridge Platonists)、洛克(Locke)和其他哲學家，以及像牛頓(Newton)那樣的科學家。在英國，它也影響了神體一位論(Unitarianism)的發展，而且與其關係密切。

參見 Trinitarianism 三位一體主義

R.H.K.撰　丁福寧審訂

Socinus, Faustus　索西奴，弗斯都　見 Socinianism 索西奴主義

Socinus, Laelus　索西奴，萊利烏　見 Socinianism 索西奴主義

sociobiology　社會生物學　見 social biology 社會生物學

sociological jurisprudence　社會學法學　見 jurisprudence 法理學

sociology of knowledge　知識社會學　見 Mannheim 曼海姆

Socrates　蘇格拉底(469-399 B.C.)　希臘哲學家，審視生活的模範，以其「只有這樣的生活才值得過下去」(only such a life is worth)的名言而著名。雖然他不曾寫過著作，但是他的思想和生活方式對與他同時代的許多人產生了深刻的影響。並且，通過柏拉圖(Plato)在其早期的著作中對他的描述，他成為了後代哲學家的靈感和觀點的主要源泉。他的日常工作是與任何願意和他辯論的人進行針鋒相對的公開的交談。作為一個富有智慧、道

德完整性、具有人格魅力、在物質上自我克制的人，他向其同胞的道德滿足感提出了挑戰，因為他們不能回答像「什麼是德性？」(What is virtue?)這樣的問題，而這使他們感到難堪——如果我們想知道怎樣才能活得最好，他認為我們必須回答這樣的問題。他的觀點和人格使他在青年人中贏得了一群忠誠的追隨者，但他一直沒有得到普遍的尊敬。有人正式的指控他拒絕承認城邦的保護神，而引進其他的新神，以及敗壞年輕人。一天他受到一個大的陪審團(有五百人其代表性的規模)的審判，並以微小的差距被判有罪：只要有三十個陪審員投不同的票，他就可獲判無罪的。陪審團選擇的懲罰是死刑，被判服用毒藥，或許是毒芹，來執行死刑。

他為什麼受審且被判有罪？部分答案可見於柏拉圖的《辯護》(*Apology*)，該篇對話錄是蘇格拉底在受審時所作的辯護詞。他說，多年來他被錯誤地描繪成是用科學的理論來推翻傳統的神祇，再用自然力來取而代之的人；還被描繪成如何在法庭上使軟弱的辯護變得強有力，並在給人提供私人指導時收取費用的人。這是蘇格拉底在亞里斯托芬尼斯(Aristophanes)的一個名叫《雲》(*Clouds*)的劇本中被刻劃的形象，該劇於西元前 423 年首次公演。亞里斯托芬尼斯並不想在該劇中確實地描繪蘇格拉底，劇中的那個寡廉鮮恥的丑角本不可能贏得像柏拉圖這樣的嚴肅的道德家的熱愛。亞里斯托芬尼斯把西元前五世紀各種各樣的思想家的多種性格揉合在一起，且把這樣的揉合體取名為「蘇格拉底」，因為那個真正的蘇格拉底是那個時代頗有爭議的數名知識份子之一。

儘管如此，也不能說對蘇格拉底的指控或亞里斯托芬尼斯的漫畫式的描述是完全地無中生有。塞諾芬(Xenophon)的《回憶錄》(*Memorabilia*)和柏拉圖的《尤希弗羅》(*Euthyphro*)都說蘇格拉底引起了人們的懷疑，因他認為某個神的徵兆或聲音出現在他面前而且給了他如何行動的有用指導。因為他聲稱具有特別的和個人的神聖的靈感源泉，蘇格拉底很可能被認為在向城邦對宗教事務的獨有的控制權提出挑戰。他不願意服從城邦這一點，在柏拉圖的《辯護》中得到了證實，在該篇中他說，假如有人命令他停止追問一些哲學問題，他或許必須違背這種命令，因為他認為哲學問題是為宗教目的服務的。在《尤希弗羅》中，他試圖為向神祇獻祭和採取其他的儀式尋求一個合理的基礎；但他沒有發現這種基礎，而且暗示任何人也都沒有這種基礎。這樣一種向傳統宗教儀式的挑戰很容易使人懷疑他是無神論者，而且讓人相信對他正式的指控的確是可信的。

而且，蘇格拉底在柏拉圖的早期對話(還有塞諾芬的《回憶錄》)中所發表的聲明，那些聲明很容易冒犯他同時代人的政治敏感性。他認為只有那些對政治事務有過特殊研究的人才能參與決策。因為政治是一種技藝，而在其他所有的技藝中，只有那些精通該技藝者才能被委以重任。雅典是一個民主城邦，每一個公民都有法律所規定的制訂政策的平等權利，因而蘇格拉底在政治學專家與精通其他技藝者的作用之間所作的類比，可能被視為對雅典政治平等主義(egalitarianism)的一種威脅。對他的政治忠誠的懷疑，儘管在對他的正式的指控中沒有提出，便很容易左右一些陪審員投票判他有罪。

蘇格拉底不僅是柏拉圖早期對話錄中的主角，也是塞諾芬的《回憶錄》中的主角，而且在很多方面他們的描述是相互一致的。然而也有一些重要的差別。在《回憶錄》中，蘇格拉底教導紳士為了公民的目的所需要知道的任何事務。他滿腦子老生常談的忠告，而且從不為其提出的問題所困擾；例如，他知道什麼是德性，並把德性等同於遵守法律。他的觀點並不具威脅性或爭議性，且總是受到其對話者的贊同。相反地，柏拉圖的蘇格拉底則是一位困惑的提問者，他只知道自己對道德一無所知。他的對話者有時被他的問題弄得心煩意亂，而且因為不能回答他的問題而憂心忡忡。有時候他被論證的要點所引導而得出具爭議的結論。這樣一個蘇格拉底很容易樹敵，而塞諾芬的蘇格拉底則有時候太「好」(good)以至於失真。

但要牢記的重點是，只有柏拉圖的早期著作才應該作為對歷史上的蘇格拉底的確切描述來閱讀。柏拉圖自己的理論，正如在其中期和晚期的對話錄中所闡述的那樣，進入了歷史上的蘇格拉底從未探索過的哲學領域——儘管在中期的(和一些晚期的)對話錄中，一個名叫蘇格拉底的人物仍然是主要的談話者。亞里斯多德告訴我們，蘇格拉底使自己侷限於倫理問題上，他並沒有假設一個分離的稱為「理型」(Forms)或「觀念」(Ideas)的不可察覺和永恆的抽象實體領域的存在。儘管在《斐多》(*Phaedo*)和《理想國》(*Republic*)這樣的柏拉圖對話錄中，那位稱作蘇格拉底的人物肯定了這些對象的存在。但是亞里斯多德把這個談話者當作是柏拉圖自己哲學的一個傳聲筒，而只把那些我們在柏拉圖早期著作中發現的見解歸於蘇格拉底，這些早期的著作有《辯護》、《卡麥迪斯》(*Charmides*)、《克萊多》(*Crito*)、《尤希弗羅》、《小希庇阿斯》(*Hippias Minor*)、《大希庇阿斯》(*Hippias Major*)、《伊翁》(*Ion*)、《萊齊斯》(*Laches*)、《萊西斯》(*Lysis*)、和《普羅塔哥拉斯》(*Protagoras*)。蘇格拉底幾乎只關注道德哲學；而柏拉圖卻將注意力置於形上學、知識論、物理學理論、數學、語言和政治哲學的探討。

當我們這樣區分蘇格拉底和柏拉圖的哲學時，我們發現了他們思想中的連續性——例如，在早期對話錄中提出的問題在《理想國》中有了答案——但是存在著重要的差別。對於蘇格拉底來說道德只是智性的問題：它只涉及到認識什麼東西對人而言是善的；一旦我們解決了這個問題，我們就會做我們該做的。因為他把德性和知識等同起來，蘇格拉底經常在有道德和掌握任何普通的知識和技能——例如烹飪、建築或者幾何學之間進行類比。而掌握這些知識和技能並不包括情緒的訓練。相反地，柏拉圖肯定強大的情緒推動力的存在，如果情緒沒有受過理智的訓練，情緒推動力能使我們偏離我們自己的善。他否認蘇格拉底的假設，即一旦人知道了自己的善在何方，情緒就不會抗拒理智。

在柏拉圖的《辯護》中，蘇格拉底說，他唯一的知識就是他一無所知，但是據此推論說他也沒有關於道德的信念，那或許是錯誤的。道德信念是通過艱難的推理過程樹立的。他認為：未經檢驗的生活是不值得過下去的，被不正義地對待比做不正義的事要好，理解道德的事情即是唯一的無條件的善，德性是一切知識的形式且德性與德性之間是不可分離的，死亡不是邪惡，善人不能夠被傷害；神祇擁有人所缺乏的智慧而且行為從不違反道德，等等。他不認為這些命題是信仰的條文，但是隨時準備去捍衛其中的任何一項；因為他能向他的對話者表明，他們的信念應該使他們接受這些結論，雖然它們或許似是而非。

蘇格拉底能夠捍衛其信念而且使它們接受智性的詳細檢驗，但是他為什麼說自己是沒有知識的人——除了知道自己無知以外？答案在於，他假設只有完全精通任何領域的專家才能聲稱自己獲得那個領域的知識或智慧；例如，只有當一個人掌握了航海的技術時，他才有航海的知識，才能回答所有關於這個主題的問題，也才能訓練他人去航海。根據這個很高的知識標準來判斷，蘇格拉底幾乎不能稱自己是一個道德專家，因為他不能回答他提出的問題，而且不能告訴他人怎樣才能成為有德之人。儘管他檢驗了他的道德信念而且能為它們提供理由——這使他產生了優於其同時代的人的感覺——但是他認為自己離道德完美的理想還很遠，而道德完美的理想包括對所有道德事務的全面了解。這種對所有人缺乏道德和智性的敏銳感覺在很大程度上解釋了蘇格拉底的訴求，就好像他對同胞公民的自高自大的輕視極有可能地導致了他的死亡一樣。

參見 Aristotle 亞里斯多德；Plato 柏拉圖；Socratic intellctualism 蘇格拉底的主智主義

R.Kr.撰　徐學庸審訂

Socratic intellectualism　蘇格拉底的主智主義　主張道德的善或德性只存在於知識中，

意謂如果吾人知道什麼是善和惡，就必能成為一位善人，並且循道德上正確的方式而行動。該主張和語詞源於蘇格拉底；由此而來的推論是蘇格拉底另一項主張：沒有道德上的弱點或道德薄弱(*akrasia*)——所有錯誤行為都是由於行為者的無知。蘇格拉底在柏拉圖的對話錄《普羅塔哥拉斯篇》(*Protagoras*)中捍衛了這一觀點。

有兩種方法來理解蘇格拉底觀點——善的知識足夠從事正確行為：(1)所有的慾望都是理性的，其被關切的事物是被相信為善的東西；因此，知道什麼是善的行為者就不會產生悖於那種知識去行為的慾望；(2)非理性的慾望存在，但是善的知識有足夠的動力來克服它們。柏拉圖和亞里斯多德放棄蘇格拉底的主智主義，他們兩人都認為情緒的性質是道德性格的主要部分。不過，他們保留了蘇格拉底的這個觀點，即有一種知識或智慧能確保正確的行為——但是該知識預設了先前對情感的訓練和塑造。後來，蘇格拉底的主智主義又重新出現，並因成為斯多噶學派的主要學說而盛行了很長一段時期。

參見 motivational internalism 動機內在論；Socrates 蘇格拉底；Stoicism 斯多噶學派

D.T.D.撰　苑舉正審訂

Socratic irony　蘇格拉底式諷刺　一種間接式的溝通方式，在柏拉圖早期著作中，蘇格拉底經常使用，主旨在於一面不是真心地讚美對手的能力，同時又揭露他們的無知；或者，蘇格拉底貶抑他自己的能力，例如，否定他自己有知識。關於蘇格拉底是否真誠地貶抑自己，則詮釋者的看法不一。

參見 Plato 柏拉圖；Socrates 蘇格拉底

W.J.P.撰　沈清松審訂

Socratic method　蘇格拉底的方法　見 Socrates 蘇格拉底

Socratic paradoxes　蘇格拉底詭論　與蘇格拉底相關的一組論點(theses)，而這組論點違反大多數人所共有的道德或實踐之看法。雖然一般對蘇格拉底詭論之確切數目沒有共識，但是下面每一個主張都曾被認為是其中之一：(1)因為沒人欲求惡事，任何進行惡事者都非自願去做。(2)因為德行即知識(virtue is knowledge)，任何人做道德上不正確的事，都非自願。(3)受到不正義的對待比去做不正義的事好。前面兩個主張與意志軟弱(weakness of will or *akrasia*)有關。人有時會認為第一個主張的主題是考慮利益得失方面的軟弱(prudential weakness)，而第二個主張之主題則是道德的軟弱(moral weakness)；(1)中所指的「惡事」並不限於道德上的。可想而知，人們對蘇格拉底詭論提出了各種彼此不相容的解釋。

參見 *akrasia* 意志軟弱；Plato 柏拉圖；Socrates 蘇格拉底

A.R.M.撰　龔維正審訂

soft determinism　溫和決定論　見 free will problem 自由意志問題

software　軟體　見 computer theory 計算機理論

solipsism　獨我論　此論點謂，存在著第一人稱觀點(first-person perspective)，由於其擁有專屬且不可化約的特性，我們遂以各種不同的方式而隔絕於其他任何可能存在的人或外在事物(我們因此置身於許多與任何可能的人或事物隔離的狀態中)。這個學說與「自我中心主義」(egocentricism)相關，但又有所區別。

有(湯瑪斯・內格爾〔Thomas Nagel〕所提出的)一種獨我論認為：我們皆隔絕於其他有感覺的存有，因為我們永遠不可能適切地了解它們的經驗(「感覺經驗的獨我論」〔empathic solipsism〕)。另一種獨我論則立基於這樣的理論：一切字詞的意義或指涉對象都是心理元項(mental entities)，獨為該名語言使用者所理解(「語意的獨我論」〔semantic solipsism〕)。其中有狹義的一說可以回溯到維根斯坦(Wittgenstein)，謂第一人稱的心理狀態歸派，其意涵在根本上完全不同於第二或第三人稱的歸派(「心理獨我論」〔psychological solipsism〕)。極端的語意獨我論可以導致這樣的主張：唯一能有意義地說他存在(exist)的事物，乃是我們自己或我們的心理狀態(「存有學的獨我論」〔ontological solipsism〕)。對外於我們心靈的世界存在持懷疑的態度，有時也被視為一種知識論上的獨我論(epistemological solipsism)，因為它主張，對於這個世界，我們處於知識上的隔絕；而其部分原因在於，藉第一人稱之徑通向心靈狀態，具有知識上的優先性。

除了這些實質的獨我論觀點之外，又有若干形態屬於「方法上的獨我論」(methodological solipsism)。其說謂，對於一有感覺的存有物，當我們試圖訴諸他們所相信、所意欲、所希望與所恐懼者來解釋他們行為時，我們應該將這些心理狀態僅等同於心靈或大腦內部，而非外部所發生的事件。因為只有前者方能對身體的行為作貼近而充份的因果解釋。

參見 Descartes 笛卡兒；egocentric predicament 自我中心的困境；philosophy of mind 心靈哲學；private language argument 私有語言論證；skepticism 懷疑論

T.V.撰　吳瑞媛、劉盈成審訂

Solovyov, Vladimir　索羅維也夫，弗拉德米爾(1853-1900)　俄國哲學家、神學家、散文家與詩人。索羅維也夫除了為思辨哲學(speculative philosophy)撰寫主要論文與對話之外，還出版過敏感的文學批評，也對當代社會、政治、教會的問題撰成散文加以評論。他的韻文細膩有致兼婉約高雅。他輕鬆的韻文則充盈詼諧的創意。

索羅維也夫以理論的概念與詩的象徵手法所形塑的「神聖的蘇菲亞」(Divine Sophia)之神祕性形象，嚴重地影響二十世紀初葉俄國象徵派詩人。他強調在「神與人的過程」(divine-human process)中人扮演的角色創造了宇宙的與歷史的事物。他這種強調導致俄國東正教衛道之士的控告，指摘其學說為異端邪說。索羅維也夫符合理性主義對「善之證成」(正當化)，特別是證實歷史、社會、個人生活中的善良，是受到柏拉圖(Plato)、史賓諾莎(Spinoza)，尤其是黑格爾(Hegel)的影響。可是在他臨終前(在其作品《戰爭、進步與歷史終結三談》〔*Three Conversations on War, Progress, and the End of History,* 1900〕中)卻相反地提出一個涉及宇宙與歷史災難的末世觀，包括指出在廿一世紀世上將出現反基督的事物。

在倫理學(ethics)、社會哲學(social philosophy)、歷史哲學(philosophy of history)和文化理論(theory of culture)當中，索羅維也夫既是一位幹勁十足的普世(大同)主義者(ecumenist)，也是一位「良好的歐洲人」(good European)，因為他既肯定「個別人身」(individual human person，俄文 *lichnost'*)的內在價值，也贊成「個別國家或民族」(individual nation or people，俄文 *narodnost'*)之內在價值，但他斥責個人與氏族的層次上將這些價值貶抑為自私自利(egoism)與民族主義(nationalism)。他把英國民族的成果——莎士比亞(Shakespeare)與拜倫(Byron)的作品，柏克萊(Berkeley)與牛頓(Newton)的成就——來與大英帝國對外擴張的壓迫與破壞作一對照。在反對種族的、民族的和宗教的排他性與自我中心之同時，索羅維也夫相當一貫地反對他那個時代裡日漸增大的仇視外人以及反猶太人運動。

自 1988 年之後，在俄國長期遭到壓制的索羅維也夫之作品，或是有關他學說的著作，已逐步解禁重刊。對他的哲學與神學重新解釋也開始出現。

參見 Russian philosophy 俄國哲學

G.L.K.撰　洪鎌德審訂

Son Buddhism　**禪宗佛教**　見 Korean philosophy 朝鮮哲學

sophia　**智慧**　見 Aristotle 亞里斯多德

sophismata　**機巧句**　(單數：*sophisma*)描述某些語意學或邏輯課題的語句，這些課題與合用詞(syncategorematic terms)，或不具有獨立意指(signification)的語詞之分析有關。在十三世紀至十六世紀，機巧句是用來分析語意學或邏輯與更廣義的哲學問題之間的關係。舉例來說，在「蘇格拉底兩次看到柏拉圖以外的每一個人」此一語句中，合用詞「在……以外」(besides〔*praeter*〕)是歧義的，因為，這可能意味「蘇格拉底兩次都看不見柏拉圖，但卻看見其他每一個人」，也可能意味「蘇格拉底除了曾一度看不見柏拉圖以外，他兩次都看見每一個人」。羅吉爾・培根(Roger Bacon)使用這個合用詞來討論(就上述例子來說)「兩次」和「在……以外」這兩個語詞之指涉範圍的「周延」(distribution)所包含的歧義。舍伍德(William Sherwood)使用機巧句來說明他的「包含歧義的合用詞之周延」法則的可應用性；偽西班牙的彼得(Pseudo-Peter of Spain)則使用機巧句來推論「如果一個命題部分是假的，它可以藉著例外而成為真；但是如果一個命題完全是假的，則不可能藉著例外而成為真」此一法則。在每一種情形，哲學家使用合用詞的歧義意指來分析更廣泛的哲學問題。這句機巧句：「每一個人必然是一個動物」，因為合用詞「每一」(every)而產生歧義，這導向更廣泛的哲學問題。在 1270 年代，達西亞的波依修(Boethius of Dacia)探討這個機巧句在無人存在時是否仍然適用，從而對這個機巧句做出分析。當認知對象消滅，那麼，從對命題的理解推衍出來的知識是否也一併消滅？在無人存在的時候，「人」是否仍有意指？如果我們可以正確地稱述一個殊種(species)所隸屬的共類(genus)，那個共類在殊種中的性質是否與最終用來區別不同殊種的性質有別，或者至少在概念上可以辨識？在這個情況下，機巧句證明是陳述士林哲學所包含的形上學與知識論問題的有用途徑。

參見 Bacon, Roger 培根，羅傑；Sherwood 舍伍德；syncategoremata 隨伴範疇語詞

S.E.L.撰　劉若韶審訂

Sophists　**智者**　一些古代希臘人，大約與蘇格拉底(Socrates)同時代，他們為酬勞而傳授教導修辭、哲學和如何達到成功的人生。他們是典型的街頭巡遊者(itinerants)，走訪過希臘世界大部分地區，並常在奧林匹亞(Olympia)和德爾菲(Delphi)等群眾集會的地方拋頭露面。他們是希臘學術和正在變化中的文化二者總合中的一部分，在這種文化訴求之下，先前的非正式的教育方式已顯不足。例如，雅典社會普遍可見的好辯論習性要求有人在談說技巧上進行指導，這一點由智者們幫助完成。智者們常被說成是智慧騙子(因此「詭辯」〔sophism〕才有了貶義的用法)，他們為了賺錢教授詭辯式的推理，而在另一個方面，卻極端地充當「維多利亞式」(Victorian)的道德家和教育家。而真實情況卻複雜得多，他們並非同一個學派，因此觀點沒有太多共同之處。他們特別關注倫理學(不像早期的哲學家，他們強調物理學的探究)以及有關法律、風俗習慣(*nomos*)和自然(*phusis*)之間的關係。

阿布德拉的普羅塔哥拉斯(Protagoras of Abdera, c.490-c.420 B.C.)是最著名的，也可能是第一位智者。他經常去雅典，成了雅典領袖伯里克利(Pericles)的友人；因而他被邀赴圖

裡(Thurii)殖民地，起草當地的法典(西元前 444 年)。根據後來的一些記載，他離開雅典時死於一次船難，在此之前，他以不敬神的罪名受到了審判(他聲稱因為人的侷限性和問題的困難，他對神祇一無所知)。關於他的工作我們只有一些簡短的引文，他的「真理」(Truth；也以「投擲」〔Throws〕而著稱，即怎樣推翻對手的論證)以其最著名的聲明開始：「人是萬物的尺度——是存在者存在的尺度，也是不存在者不存在的尺度。」這也就是說，並不存在客觀的真理，世界對於每個人來說就是它對於那個人所呈現的樣子。那麼技能有什麼用呢？有技能的人用有效的方式改變他人的感覺。例如，大夫能改變病人的感覺，結果他變健康了。普羅塔哥拉斯教其學生「把軟弱的論證變得更強」，即改變人們關於論證價值的感覺(亞里斯托芬尼斯〔Aristophanes〕譏諷普羅塔哥拉斯讓非正義的論證擊敗正義的論證)。對於倫理的論證來說亦如此：法律和習俗只是人所達成的協定的產物。但是，因為法律和習俗產生於最有用的經驗，它們應該被遵循，而非是去遵循自然。沒有某種的感覺或判斷比其他的感覺或判斷來得更為真實，但是其中一些較有用，因而更有用的那些應該被遵循。

哥加斯(Gorgias, c.483-376)是恩培多克利斯(Empedocles)的學生。他所居住的城邦西西里(Sicily)的萊昂蒂尼(Leontini)於西元前 427 年，任命他作為大使，被派往雅典。他的出使很成功，雅典人對其辯才感到很驚賞。像其他智者一樣，他也收取指導費且在宗教節日上發表演說。哥加斯否認他教授德性，取而代之的是，他培養聰明的演說者。他堅持認為不同的人有不同的德性：例如，女性的德性就不同於男性的。因此沒有真理(即便有我們也無法知曉)，我們必須依靠意見，因而能改變人們看法的演說就有很大的威力——比由其他任何技能產生的威力都更大些(在其〈贊海倫〉〔Encomium on Helen〕一文中，他論證說：海倫離開梅內勞斯〔Menelaus〕和帕利斯〔Paris〕一起私奔是因為她被帕利斯的說詞說服了，所以她不必為其行為負責)。哥加斯的〈論不存在的事物〉(About What Doesn't Exist)一文中的兩段文字倖存了下來；在該文中，他論證說，什麼都不存在，即使確實有什麼存在，我們也無法知曉它，即使我們能知道一些東西存在，我們也無法向任何人解釋它們。我們無法知道任何事物，因為我們所想的一些事物不存在，因而我們沒有辦法判斷我們所想的那些事物是否存在。我們不能表達我們可能擁有的任何知識，因為沒有兩個人能同時想起同一個事物，因為相同的一個事物不會出現在兩個地方，還因為我們在說話時使用詞語，而不是使用顏色、形狀或實物(這或許只是在戲仿巴門尼德斯〔Parmenides〕只有一個事物存在的論證)。

安提奉(Antiphon, fifth century)或許應與演說家安提奉(d.411)有所區分。我們現在還保存有後者的一些演說詞。關於他的生平，我們一無所知(如果他和那位演說家有別的話)，除了後來的作家對他有些簡短的引語以外，我們有他的〈論真理〉(On Truth)一文寫在草稿紙上的兩個片段。在這兩個片段中，他論證：只是因為目擊者在場，導致我們的行為將會影響到自己的聲譽，我們才必須遵循法律和習俗；否則我們應該遵循自然，而在自然經常與所遵循的習俗不一致。習俗由人們達成的協定所建立，因而只有當他人知道時，違反習俗才是有害的，然而自然的要求(不同於習俗)不能無所妨礙地被忽視。安提奉認為理性的行為是利己的，而正義則要求與利己主義相反的行為——利己主義是柏拉圖(Plato)在《理想國》(*Republic*)中所批判的立場。安提奉還是一位唯物主義者：他指出床的本質是木材，因為如果埋在地下床能生長的話，所長的也是木材，而不是床。他的觀點是亞里斯多德(Aristotle)在《物理學》(*Physics*)中所關注的主要問題之一，因為亞里斯多德在《範疇篇》(*Categories*)中承認，通過變化的持續狀態是對實體最好的檢驗，但他不願承認物質就是實體。

希庇阿斯(Hippias, fifth century)來自伯羅奔尼撒半島(Peloponnesus)的埃利斯(Elis)，他

的城邦派他做大使。他在奧林匹亞節上參加了做好準備但不用講稿的演講比賽。他的記憶力驚人。或許是妄自尊大和嚴肅有加，柏拉圖在兩部標有其名的對話錄裡三番兩次地取笑他。他是個博學者，聲稱什麼都能做，包括演講和裁剪衣服；他寫了一本書，收集了他認為是最好的其他人話語。根據某個記載，他在數學上有一個發現(二次方程式，第一條不同於希臘人知道的圓的弧線)。在《普羅塔哥拉斯篇》(*Protagoras*)中，柏拉圖讓希庇阿斯對比本性和習俗，結論是後者經常強凌於前者。

普羅底柯斯(Prodicus, fifth century)來自斯克拉濟斯(Cyclades)群島的豈奧斯島(Ceos)。他的城邦經常讓他擔負一些外交使命。很明顯他收費很高。他的演講分兩類：一類收費五十德拉克馬(drachmas)，另一類只收一德拉克馬(蘇格拉底開玩笑說，如果他付得起五十德拉克馬，他就學會了怎樣正確措詞了；亞里斯多德則說，當普羅底柯斯在演講中增添一些振奮人心的東西來保持聽眾的注意力時，他就把它叫做「錯過了價值五十德拉克馬的演講」)。我們至少保留了他一份演講的內容，該演講的題目是「赫拉克勒斯的選擇」(Choice of Heracles)，其中包含了有害的道德觀。蘇格拉底因為普羅底柯斯強調正確的措詞和區分同義詞而對他褒獎有加。他對神學的起源抱自然主義的觀點：有用的事物通常被視作是神祗。

H.A.I.撰　苑舉正審訂

Sorel, Georges　索雷爾，喬治(1847-1922)　法國社會主義活動家和哲學家，他最著名的著作是《對暴力的思索》(*Reflections on Violence*, 1906)，該書透視無產階級暴力和對神話的解釋，發展革命工會主義(revolutionary syndicalism)的觀點。早期是一個擁護漸進民主改革的類似馬克思主義者，索雷爾最後發展出一種極為主觀的歷史唯物論詮釋，其中雖然依舊保留無產階級革命的觀念，但它並非經由理性而是經由神話來理解。他在很大程度上是出於反對法國啟蒙運動的經驗主義與社會學研究中的統計構架。

相較於馬克思(Marx)和恩格斯(Engels)的觀念，認為革命發生在當無產階級透過了解他們與資本主義社會生產工具的真正關係而獲得階級意識時，索雷爾運用神話而非理性作為詮釋社會整體的正確方法。神話體諒對資產階級理性主義必要的反應，也允許社會理論家通過革命暴力的真實性來否認現狀。通過承認現狀的不合理性，神話允許了解社會的可能性及其必要的反應，即通過無產階級革命的人類解放。馬克思主義是神話，因為它並容資本主義制度的不可化約性(irreducibility)與對其的否定，即暴力的無產階級革命。在該發展過程的中間階段，是激進的工會主義，它把工人組織起來反對資產階級當局，在工人中逐漸發展無產階級革命神話，允許他們在革命後設法得到一個工人和農民統治與合作的社會體制。實現這一切的媒介是總罷工，其目標在於透過被肯定的暴力來加速資產階級的崩潰和最終消除。如果實現這些，無產階級將把社會帶入一個沒有階級的和諧的歷史階段。通過強調自發性概念，索雷爾認為他已經解決了當時見於很多革命文學作品中，有關政黨和未來官僚體制方面的迫切問題。在其晚年，他同時對列寧(Lenin)和墨索里尼(Mussolini)的著作都頗感興趣。

參見 Marxism 馬克思主義；political philosophy 政治哲學

J.Bi.撰　苑舉正審訂

sorites　連鎖式三段論　一種由定言命題所組成的論證，可以呈現(或分解)為一系列的定言三段論，使得序列中的每個三段論的結論(除了最後一個以外)都是序列中下一個三段論的前提。一個例子是，「所有的貓都是貓科動物；所有的貓科動物都是哺乳類；所有的哺乳類都是溫血動物；因此，所有的貓都是溫血動物」。這個連鎖式三段論可視為是由兩個三段論所組成，即「所有的貓都是貓科動物；所有的貓科動物都是哺乳類；因此，所有的貓都是哺乳類」，以及「所有的貓都是哺乳類；所有的哺乳類都是溫血動物；因此，所有的貓都是溫血動物」。一個連鎖式三段論是有效的，若且唯若它所分解成的每個定言三段論都是有效的。在這個例子中，連鎖式三段論分解成了二個以巴巴拉(Barbara)模式說出的三段論；因為任何巴巴拉模式說出的三段論都是有效的，所以這個連鎖式三段論有效。

參見 syllogism 三段論

R.W.B.撰　李國偉審訂

sorites paradox　堆垛悖論　源於希臘文 *soros*，即「堆」(heap)之意；任何關於堆垛及其成分的悖論。更廣泛地說，是關於次第成堆（gradations）的悖論。一粒沙子成不了堆，進而，在不夠成堆的沙子上再加上一粒沙子似乎仍然成不了堆(如果一粒沙子成不了堆，兩粒也還是不行；如果兩粒成不了堆，三粒也還是不行；以此類推)。然而，這似乎會導致一種荒謬的結果，即不論有多少的沙子，都不夠多到可成堆。

以相反的方式亦可發展類似的悖論。一百萬粒沙子當然可堆成堆，從堆裡拿走一粒，剩下的也還總是一堆。而這似乎導致即便只有一粒沙子也能成堆的謬論。

這些堆垛悖論在古代即已聞名(與西元前四世紀米勒斯（Miletus）的歐布利德斯(Eubulides)有關)，其後，類似的悖論也以此稱之。有一百萬根頭髮的人一定不是禿頭，而脫落一根頭髮不會成禿頭。這似乎導致了即使根本沒有頭髮的人也不是禿子的謬論。再看一堵漆過的長牆(上百碼或上百英哩長)。牆的左手邊明顯漆成紅色，但其後有一段濃淡深淺的漸層，而右手邊明顯是黃色。用一個雙扇小窗戶隨時可框出牆壁一小部分。從最初的位置開始，將它慢慢地向右移，每移動一次，窗戶左手邊的部分正好框住了先前右手邊框住過的那部分。相對於牆壁，窗戶實在太小了，以至於在任何位置你都無法區分框住部分之間顏色上的差別。當窗戶在最左邊時，兩個框出的部分都一定是紅色的。但是當窗戶漸向右移，右框的顏色仍舊看似和左框一樣，也就是先前認定的紅色，因此，似乎也必須把右框的顏色也叫作紅色。但是如此就會導致了把明顯是黃色的部分說成紅色的謬誤。

正如這些例子所示，生物動態的發展過程亦有異曲同工之妙。蝌蚪逐漸地變成青蛙，然而如果你分析關於這個過程的影片(motion picture)，我們似乎無法找到相鄰的兩組畫面(two adjacent frames)，來區別較早的一個是蝌蚪，晚一點的是青蛙。因此，你也許會論證說：如果某物在某特定一刻是蝌蚪，那麼在百萬分之一秒之後它一定也仍是蝌蚪，而這似乎導致了一個謬論，即蝌蚪永遠不可能變成青蛙。

對這個悖論的大多數回應是否認「大前提」，即下面這個聲明：如果你不能用 n 粒沙子堆成堆，那麼你也不能用 $n+1$ 粒沙子堆成堆。這個困難在於，在古典邏輯裡否定該前提與存在一個明顯的分割點的命題是同等的：比如存在一數目 n，n 粒沙子不夠成堆，而 $n+1$ 就能成堆。就堆垛而言，存在一明顯分割點的聲明或許並非如此毫無道理(或許對沙子這樣的東西而言，四是最小的能夠成堆的數目)，但是對顏色和蝌蚪而言似乎是非常不合理的。

對堆垛悖論的回應主要有兩類。其一是儘管明顯不知道，或許根本不可能知道分割點在哪兒，但是在每個這樣的例子當中都認為有分割點存在著。另外一種回應是訴諸非古典邏輯的發展，人們可以在這門邏輯學中拒絕接受大前提而不必認同明顯切割點的存在。如今，並沒有這種非古典邏輯學可以全然免除困難。也因此，堆垛悖論仍然受到當代哲學家的關注。

參見 many-valued logic 多值邏輯；vagueness 模糊性

R.M.S.撰　古秀鈴、楊金穆審訂

sortal　分類　見 natural kind 自然類；sortal predicate 分類述詞

sortal predicate　分類述詞　大致說來，指一種述詞，它能適用在事物上而表明該事物屬於哪一類，並暗指那種事物互相等同的條件為何。「人」、「綠蘋果」、「規則的六角形」和「煤堆」等一般都被認為是分類述詞。而「高」、「綠色的東西」和「煤」一般則被認為非分類述詞。對這種區分的清楚和準確的定義是很難達到的。分類述詞有時候是由下面的方式來說明的，即它們提供一個計數的標準或者它們不適用於它們所適用的事物的部分；但是每一種說明都有一些困難存在。

這個概念近來出現在各種哲學論題的討論中。阿克曼(Robert Ackermann)和其他人認為，任何可由觀察加以肯證的科學規律都需要使用分類述詞。因而，儘管「所有不黑的事物都不是烏鴉」在邏輯上等值於「所有的烏鴉都是黑色的」(後者在假設上是一個科學規律)，但由於「不黑的事物」不是一個分類述詞，因而前者不能透過觀察而得到肯證(因此不是一個科學規律)。威金斯(David Wiggins)和其他人討論了下面這個觀點，即所有同一性斷言都與分類述詞有關，因為對「$a = b$」這一斷言的適當反應總是「a 和 b 是一樣的什麼？」。華萊士(John Wallace)論證說，將述詞邏輯的量化詞「相對化於」分類述詞是有好處的。這樣做法之後，「所有的人都會死」可寫成$\forall x$〔m〕Dx，而非$\forall x(Mx \rightarrow Dx)$。賴特(Crispin Wright)指出，「是自然數」這個述詞是一個分類述詞這個想法，對弗雷格(Frege)的(或者其他任何)數論柏拉圖主義來說是極其重要的。「分類」(sortal)這個詞作為一個哲學術語很明顯最早見於洛克(Locke)的《人類悟性論》(*Essay Concerning Human Understanding*)。洛克論證說，所謂的種或類的本質(不與一件物的真實的本質不同)不過是通名(general name)或分類名所代表的抽象觀念。但「分類」在洛克的《人類悟性論》中只出現過一次。它在當代哲學術語中的流行或許應歸功於史陶生(P. F. Strawson)的《論個體》(*Individuals*)一書。其更一般性的觀念則至少可追溯到亞里斯多德(Aristotle)的《範疇論》(*Categories*)中的「次要實體」(second substance)的概念。

參見 Aristotle 亞里斯多德；causal law 因果定律；essentialism 本質論；philosophy of language 語言哲學

S.T.K.撰　王文方審訂

Soto, Domingo de　索托，多明哥．德(1494-1560)　西班牙的道明會(Dominican)神學家和哲學家。生於塞哥維亞(Segovia)，在埃納雷斯堡(Alcalá de Henares)和巴黎接受教育，任教於塞哥維亞和薩拉曼卡(Salamanca)等大學，並在特利騰大公會議(the Council of Trent)時被查理五世(Charles V)任命為神聖羅馬帝國的官方代表。在索托的許多著作中，他對亞里斯多德(Aristotle)的《物理學》(*Physics*)和《論靈魂》(*On the Soul*)的評註特別突出。他還寫了一本論及恩寵性質的書和一篇討論法律的重要論述。

索托是西班牙多瑪斯主義學派(the school of Spanish Thomism)的早期成員之一，但是他並沒有一直服膺於亞奎納(Aquinas)。他反對本質與存在的真實區分說(the doctrine of the real distinction between essence and existence)，而採納鄧斯．斯各多(Duns Scotus)的立場，亦即，人類悟性(understanding)的原初對象通常是不確定的存有者(indeterminate being in general)。撇開形上學和神學不談，索托的法律哲學和政治理論在歷史上有其重要性。與他的老師維多利亞(Vitoria)相反的是，他主張，法律源自於悟性，而非源自於立法者的意志。他還區分了自然法(natural law)和實證法(positive law)；後者出於立法者的決定，前者則以自然為基礎。索托是國際法通論的創始者。

參見 Aquinas 亞奎納；philosophy of law 法律哲學

J.J.E.G.撰　丁福寧審訂

soul　靈魂　也叫做精神(spirit)，被認為只存在於生物裡的一個存有物，與希臘語*psyche*和拉丁語 *anima* 相對應。既然瀕臨死亡的有機體和生物上，剛死亡的軀體之間幾乎不存在物質差異，自從柏拉圖(Plato)時代以來，很多哲學家都聲稱，靈魂是有機體的非物質成分。因為只有物質才被認為會腐朽，柏拉圖把靈魂的非物質性看作是它的不朽性的根據。無論是柏拉圖還是亞里斯多德(Aristotle)，都不認為只有人才有靈魂；亞里斯多德認為動物和植物都有靈魂，此乃就它們都表現出一些活的功能而言。與柏拉圖不同，亞里斯多德否認靈魂可以從一個物種轉移到另一個物種，或者從一個軀體轉移到另一個軀體；他更對靈魂脫離軀體的能力表示懷疑——大致說來，即靈魂沒有了軀體還活著並且在起作用。笛卡兒(Descartes)論證說，只有人才有靈魂，而靈魂的非物質性使自由成為可能，即便人的軀體從屬於確定的物理學規律。作為思想、記憶、情感、慾望和行為的主體，靈魂被認為是使自我意識成為可能的存有物，它把同時發生的經歷區別為同一個人的經歷或者不同人的經歷，說明位格的同一性(personal identity)或者一個人從生到死的連續的同一性。二元論者論證說，為了解釋意識和不朽的可能性，靈魂與軀體必須區分開來。唯物主義者論證說，意識完全是複雜的物理過程的產物。

參見 Descartes 笛卡兒；personal identity 人格同一性；Plato 柏拉圖；survival 死後生存

W.E.M.撰　丁福寧審訂

soundness　合理　(1)(論證的)有效(valid)和具有所有真前提的屬性；(2)(邏輯的)在特定方面不是太周密的屬性。如果邏輯 L 的每個定理是有效的，那麼 L 具有「弱合理性」(weak soundness)。如果對任意句子的集合Γ來說，通過使用L即可從Γ中推論出的句子都是Γ的邏輯結論(logical consequence)，那麼 L 具有「強合理性」(strong soundness)。

參見 completeness 完備性；logical consequence 邏輯結論；logical form 邏輯形式；valid 有效的

G.F.S.撰　李瑞麟審訂

soundness, strong　強合理性　見 soundness 合理

soundness, weak　弱合理性　見 soundness 合理

sovereignty, divine　神的至高權威　見 divine attributes 神的屬性

space　空間　一個具有幾個維度的伸展流形(an extended manifold of several dimensions)，其中維度的數目對應了變量的數目，而在流形中的定位需要變量來界定；特別是三維流形，有物理對象置身其間，其相互位置和距離就是相關於這一三維流形而被定義著。

古代希臘原子論把空間定義為無限虛空，原子在其間運動；但是，空間是有限還是無限，以及是否虛空存在，仍然有爭議。亞里斯多德(Aristotle)把宇宙描述為一個有限的充滿物質的空間(a finite plenum)，而且把空間化約成物理事物的所有場所之聚集(aggregate)。他的觀點影響深遠，一直到文藝復興時期的新柏拉圖主義、哥白尼的革命(Copernican revolution)和原子論的復興，才重新引入了無限均質的空間，以作為基本的宇宙論

假定。

與更進一步爭論相關的是：由早期近代天文學假定的空間，是否該被視為獨立存在的事物，或是物體的空間關係之抽象。對運動相對性的興趣鼓動了後一種觀點，但是牛頓(Newton)指出，力學預設了運動之間的絕對區別，而且得出結論說，絕對空間必定根據運動的基本定律而被設定(《自然哲學的數學原理》〔*Principia*, 1687〕)。萊布尼茲(Leibniz)從不可識別事物的同一性而論證支持關係的觀點：空間的各部分彼此間無法互相區分，因而它們不能是獨立存在的事物。相對論物理學藉由揭示空間和空間關係只是依賴觀察者的時空結構，從而解決了原初的爭論。

其間，康德(Kant)曾宣稱，空間與它的歐幾里德結構(Euclidean structure)，既非「物自身」(thing-in-itself)，也非物自身的關係，而是外部直觀的先驗形式，如此，康德把空間形上學的爭論轉移到知識論基礎上。他的觀點受到了下列發展的挑戰：十九世紀非歐幾里德幾何學的精心闡述；赫姆霍茲(Helmholtz)則論證直觀和物理空間兩者都是透過經驗研究才能得知；最後是相對論使用了非歐幾里德幾何學。精確地說，在人的空間知覺中天生具備什麼樣的幾何學預設，以及什麼必須從經驗中學習，這些仍然是心理學研究的主題。

參見 relativity 相對論；space-time 時空；time 時間

R.D.撰　陳瑞麟審訂

space, absolute　絕對空間　見 space 空間

space, life　生活空間　見 Lewin 勒溫

space, mathematical　數學空間　見 space 空間

space, phase　拓樸空間　見 state 狀態

space, state　狀態矢量空間　見 state 狀態

space-time　時空　一個四維的連續體(four-dimensional continuum)，組合了三維空間和時間，以便用幾何學來再現(represent)運動。每一點是一個事件的定位，所有的點穿越時間而一起再現了「世界」(the world)；在連續體中的路徑(世界線〔worldlines〕)再現了運動粒子的動態歷史(dynamical histories)，所以筆直的世界線對應了等速運動；常數時間值的三維切面(「空間似的超平面」(spacelike hypersurface)或者「同時的切片」(simultaneity slices)在一個特定時刻上再現了所有空間。

當康德(Kant)把「現象世界」(phenomenal world)表象為由作為垂直軸的空間和時間來定義的平面時(《就職論文》〔*Inaugural Dissertation*, 1770〕)，以及當拉格朗治(Joseph Louis Lagrange, 1736-1814)把力學指稱為「四維解析幾何學」時，就預示了「時空」的觀念。但是古典力學假定一個同時性(simultaneity)的普遍標準，所以可以分開處理空間和時間。只有當愛因斯坦(Einstein)批評絕對同時性並使光速成為一個普遍常數時，「時空」概念才被明顯地發展。數學家閔可夫斯基(Hermann Minkowski)於 1908 年展示，狹義相對論不依賴觀察者的結構可由四維度的量測空間再現：相對運動中的觀察者在長度和時間區間上不一致，但是在一個組合空間和時間量度的四維區間上一致。閔可夫斯基的模型使廣義相對論成為可能，廣義相對論把重力描述為存在質量的「時空」曲率，而落體

的路徑則是彎曲時空中最直的世界線。

參見 Einstein 愛因斯坦；relativity 相對論；space 空間；time 時間

R.D.撰　陳瑞麟審訂

spatiotemporal continuity　時空連續性　一正常行為之客體的軌道或時空路徑之性質。設一時空路徑為一系列可能的時空位置，每一位置都(在一選定的座標系統中)以一包含了時間(此即其時間成分)及空間量(此即其空間成分)的有序對來表示。這樣的路徑將會在時空上具有連續性，倘若相對於任何被選為座標系統的惰性架構，它是這樣的：(1)對於每一個序列的片斷而言，這個片斷成員中的時間成分都形成了一種連續的時間間隔；而且(2)對於任何兩個在時間成分(ti 和 tj)具有差異的序列成員 $< ti, Vi >$ 及 $< tj, Vj >$ 而言，若 Vi 和 Vj(即空間成分)在形狀、大小或位置上有所不同，那麼，在序列的這兩個成員之間，會存在一成員，它的空間成分在這些方面和 Vi 及 Vj 之相似程度，較上述兩成員之間的相似程度來得大。

這個觀念之所以會有哲學旨趣，部分是因為它牽連到時間過程中的同一性(identity)及因果關係的觀念。且不管考慮到量子時所要求的那類限制，物質客體(至少是我們所熟悉的那種宏觀的客體)顯然無法經歷不連續的位置改變，且不能在其歷史中有時間的斷層，因此，這類客體所走過的時空路徑，顯然必須具有時空上的連續性。更具爭議性的主張是：時空連續性及某種關乎一些其他性質的連續性，對於以下一類客體的同一性而言既充分同樣也必要——舉例來說，如果一時空上連續的路徑是如此的：占有此序列中每一成員之空間成分的，乃是對某一時間的一張桌子之描述，而此一時間正是此成員的時間成分，那麼，便存在著一張單一的桌子，對於它的描述，是遵循了上述時空連續的路徑的。否定這項主張的人有時會堅持：物質客體的同一性需要進一步要求，亦即要求後來的狀態對先前的狀態，有因果和逆實(counterfactual)的相依關係(意即若其他情況皆同〔*ceteris paribus*〕，那麼，如果這張桌子昨天已經不同了，則現在也會相應地不同)。由於看來因果鏈必須遵循時空連續性的路徑，所以情況可能是：就跨時間(transtemporal)的同一性需要時空連續性來說，之所以如此，是因為跨時間的因果關係需要時空連續性。

參見 personal identity 人格同一性；time slice 時片

S.Sho.撰　趙之振審訂

speaker's meaning　說話者的意義　見 meaning 意義

special relativity　狹義相對論　見 relativity 相對論

special senses　特殊感覺　見 Aristotle 亞里斯多德；faculty psychology 機能心理學

special sensibles　特殊的感覺對象　見 Aristotle 亞里斯多德；faculty psychology 機能心理學

species　次類　見 definition 定義

species, intentional　具意向性的種、意向殊種　見 Aquinas 亞奎納；Aristotle 亞里斯多德

speciesism　物種主義　見 moral status 道德地位

species problem　物種問題　見 philosophy of biology 生物哲學

specious present　虛擬的現在　在過去和未來之間所假定的一段時間。這個詞是克雷(E. R. Clay)在《選擇：一個心理學上的研究》(*The Alternative: A Study in Psychology*, 1882)一書中首先提出的，而後為詹姆士(James)在其《心理學原理》(*Principles of Psychology*, 1890)一書的第 15 章中所引用。克雷質疑「現在」(present)作為一個「資料」(datum)，是我們經驗中的「現在」所給予我們的。「這個資料所指涉到的現在其實是過去的一部分——一個最近的過去，欺騙性地(delusively)被當成是中介於過去與未來的一段無害的時間(benign time)。我們稱其為虛擬的現在，而稱被視為是過去的過去為明顯的過去(obvious past)。」

對詹姆士而言，這個立場能夠支持他的論點。他認為意識是一個流(stream)，只有概念上的構築(conceptual addition)，才能將之分割成部分；亦即，只有當我們將過去、現在、未來分派到在實際經驗中其實是無間隙的流(seamless flow)之時，才有部分可言。詹姆士主張「實際上所認知到的現在，不是像刃端(knife-edge)一般，而是如同馬鞍(saddle-back)狀的」，是一種我們以整體方式來經驗的「連續體」(ducatum)，只有在反省注視之時，才能「區別它的開始與結束」。

雖然克雷用「欺騙性」來形容現在這一段時間的資料，但我們可以說，它更是始終難以捉摸的(perpetually elusive)。因為在我們當下擁有的我們的經驗之時，它總是沈浸在回溯與期望之中。與一般的看法相反，我們的意識其實並沒有一個單獨的經驗，它是單一且沒有關係的，不論是朝前或往後。

參見 time 時間

J.J.M.撰　林正弘審訂

speckled hen　斑點雞　見 problem of the speckled hen 帶斑點母雞問題

spectrum inversion　光譜反轉　見 qualia 感質

speculative philosophy　思辯哲學　一種理論運用的形式，它運用於可驗證的觀察之外；作為一種特別的哲學進路，它主要的目標是為了構作一個世界觀的完整圖像，包括整個實在界(reality)。思辯哲學企圖結合宇宙的存在、本質、靈魂和上帝的反思。目標設定在一種統一的原型(unifying matrix)和全面納入的體系(overarching system)，用以解釋宇宙學、心理學和神學的深沉判斷。

黑格爾(Hegel)的絕對觀念論(absolute idealism)，尤其是他晚期思想的發展，典型地展示了思辯哲學運用的必要條件。他的觀念論系統提供一種人類思想範疇的統一性觀點，人類思想範疇是相互對立的，透過這樣的相互對立而逐漸(發展和)實現。思辯的思想傾向於高度重視普遍性、整體性和統一性；卻邊緣化自然和社會世界具體的特性。這種系統原理的激進運用，適合統一人類經驗，思辯哲學致力於全面地理解和解釋科學、道德、藝術和宗教這些文化領域的結構性關係。

參見 Hegel 黑格爾

C.O.S.撰　陳瑤華審訂

speculative reason 思辨理性 見 practical reasoning 實踐推理

speech act theory 言說行動理論 語言使用(language use)之理論，有時稱作語用學(pragmatics)，與意義(meaning)理論或語意學(semantics)相對。根據意義與使用(meaning-use)之區分，該理論系統地把能用言語做的事歸類，而且詳細解說所用話語之意義決定、不足以決定和不決定這些事之方式。此外，它基於說話者的意謂(speaker meaning)和語言的意謂(linguistic meaning)之差別，以求徵定(characterize)溝通意向(communicative intention)之性質和人如何表達和認出溝通意向。

言說行動是一種有意的行動(intentional action)。一般而言，同樣的說話，對應言說者的不同的意圖，可形成許多不同的(儘管是相關的)行動。除了有意用發出一連串聲音來構成一個英文語句之外，用奧斯汀(J. L. Austin)(《怎樣以話語做事》〔*How to Do Things with Words*, 1962〕)的術語說，說語句「門開著」的人有可能打算做(1)單純話語行動(the locutionary act)，即說某扇門開著(表達命題「某扇門開著」)，(2)非單純話語行動(即以言行事行動〔the illocutionary act〕)，即陳述門開著(表達「門開著」之信念)，(3)以言取效行動(the perlocutioary act)，即讓其聽者相信門開著。這樣做時，他可以是在執行一間接(要求)之言說行動，即請求(以言行事)聽者關門和使(以言取效)聽者關門。

言說行動理論的首要關切在於以言行事行動。這種行動可用許多方法分類。陳述、預測和回答是斷言式(constatives)的例子；請求、命令和允許是指令式(directives)的例子；答應、提議、賭是承諾式(commissives)的例子；而問候、道歉和祝賀是承認式(acknowlegdements)的例子。這些都是溝通性的(communicative)以言行事行動，其中每一種都根據言說者表達的心理狀態類型來區分。成功的溝通取決於聽者認知到言說者想要表達有某內容的某心理狀態。另一方面，符合慣例的(conventional)以言行事行動，則完成常規制度性的(institutional)事況或對其有官方正式的影響。前者的例子有：任命、辭職、宣判和延期；後者的例子有：徵(稅)、宣告無罪、保證和分級(見肯特・巴赫〔Kent Bach〕和羅伯特・M・哈尼胥〔Robert M. Harnish〕《語言溝通和言說行動》〔*Linguistic Communication and Speech Acts*, 1979〕)。

一個言說所展示的行動類型決定它有什麼樣的以言行事的語力(illocutionary force)。在「門開著」這個例子中，該言說具有陳述和請求兩種語力。一個語句的以言行事語力潛能(illocutionary force potential)是一種直接照字面展示出來的語力，例如，「門開著」直接照字面是展示陳述而非請求。以言行事行動之恰當得體之條件(felicity conditions)不僅與其溝通上的或慣例通認的成功有關，而且與真誠、合適和有效用有關。

明示的行事言說(explicit performative utterance)是這樣一種以言行事行動，其行動由一個簡單現在式的直述句(an indicative sentence in the simple present tense)來表示，同時以動詞指稱被做的行動類型，例如，「I apologize for everything I did」(我為我做的一切道歉)和「You are requested not to smoke」(請你不要吸煙)。副詞「特此」(hereby)可用在行事動詞(performative verb)(apologize〔道歉〕和 request〔請求〕)之前，來表示正在進行的言說乃是展現行事言說。看看指稱行動的動詞能否用來做(問題中的)事，是一區分以言行事行動和以言取效行動的好方法。奧斯汀利用行事言說之現象來揭露後面普遍的哲學錯誤：基本的語言使用是做陳述。

參見 Austin, J. L. 奧斯汀，J. L. ; philosophy of language 語言哲學

K.B.撰　龔維正審訂

Spencer, Herbert 史賓塞，赫伯特(1820-1903)　英國哲學家、社會改革家和《經濟學

人》(*The Economist*)的編輯。史賓塞採納了十九世紀的實證論傾向：宇宙唯一可靠的知識應該在科學中發掘。他的倫理學追隨邊沁(Bentham)和彌爾(J. S. Mill)，也主張效益主義：快樂和痛苦是價值的判準，此價值作為個人的幸福與不幸的記號。他在多年來的多本著作中闡明他的綜合哲學，此哲學(在生物學和心理學上)假定了「拉馬克式的演(進)化」(Lamarckian evolution)：給定一個特別的環境，每種動物都有一種傾向，在沒有不適應的干預條件下，使自己成為最終想要變成的模樣。這些傾向在遺傳的後天習慣中表現出來。史賓塞不接受物種只是因為偶然變異與天擇而產生的觀點：直接適應受限的環境是生物變化的主要原因。演(進)化也包括社會在一個諸個體間的動態平衡之方向上進步：人的狀況是可以完善的，因為人的能力完全適應社會生活，它意味著邪惡和不道德終將消失。他的演(進)化觀念早於達爾文(Darwin)主要著作的出版；華萊士(A. R. Wallace)受到他的著作之影響。

R.E.B.撰　陳瑞麟審訂

Speusippus　史攸西帕斯　見 Academy 學園

Spinoza, Baruch　史賓諾莎，巴魯赫(1632-77)　荷蘭形上學家，知識論家，心理學家，道德哲學家，政治理論家和宗教哲學家，一般將他視為十七世紀理性主義最重要的人物之一。

生平與著作　阿姆斯特丹的猶太社區中出生與接受教育，二十二歲時他捨棄原有的名字「巴魯赫」(Baruch)，改用拉丁名字「貝奈狄克特」(Benedict)。

1652 年和 1656 年間，他在恩德(Francis van den Enden)的指導下學習研究笛卡兒(Descartes)哲學。由於他發展出非正統的神性觀點(而且無法恪守猶太儀式)，於 1656 年被逐出猶太社區。他畢生待在荷蘭；1660 年離開阿姆斯特丹之後，先後移居萊因斯堡(Rijnsburg)、福爾堡(Voorburg)和海牙(Hague)。他部分靠著磨鏡片維生，並且他的光學理論在十七世紀的科學探究上占有重要地位。他與主智的領導人物萊布尼茲(Leibniz)、惠更斯(Huygens)與亨利．歐爾登伯格(Henry Oldenberg)熟識，他拒絕海德堡大學(University of Heidelberg)的教授一職，部分原因在於會干擾他理智的自由。四十四歲時，因肺癆而早逝。

史賓諾莎生前以本名發表的著作只有一部，即《笛卡兒的哲學原理》(*Principles of Descartes's Philosophy*〔*Renati Des Cartes Principiorum Philosophiae*〕*Pars I et II*, 1663)，他企圖用「幾何學次序」或稱為「幾何學方法」(geometrical order or geometrical method)重新闡釋笛卡兒《哲學原理》(*Principles of Philosophy*)的第一與第二部分。以歐幾里德(Euclid)的《元素》(*Elements*)與笛卡兒稱做綜合的方法為模範，史賓諾莎的「幾何學次序」始於一系列的定義與公設，按定義與公設而來的是各種獲得證明的命題，必要的地方還繹理或附釋。這部著作起初是致力於教授笛卡兒的《哲學原理》給私下的一位學生而寫，後來奠定了他成為笛卡兒哲學之闡釋者的資格。史賓諾莎的《神學政治論》(*Theological-Political Treatise*〔*Tractatus Theologico-Politicus*〕)則匿名發表於 1670 年。死後，他圈內友人替他出版《遺著全集》(*Opera Postuma*, 1677)，其中包括他的代表作：《倫理學，用幾何學次序證明》(*Eheica, Ordine Geometrico Demonstrata*)。《遺著全集》還包括他早年未完成的《知性改善論》(*Tractatus de Intellectus Emendatione*)，晚期未完成的《政治論》(*Tractatus Politicus*)，《希伯來文法書》(*Hebrew Grammar*)與《書信集》(*Correspondence*)。他早年未發表的，在許多方面皆為《倫理學》前趨的《簡論神、人及其福祉》(*Korte Vorhandelung van God, de Mensch en deszelvs Welsand*)，則於十九世紀重新被發現與出版。

兩篇署名史賓諾莎的科學簡論：《論彩虹》(*On the Rainbow*)與《論機率》(*On the Calculation of Chances*)，是否為其所寫仍受爭議。

形上學　史賓諾莎經常使用「神，或即自然」(*Deus, sive Natura*)一詞，神與自然同一是其形上學的核心思想。由於主張這樣的同一，他的形上學通常被視為一種泛神論(pantheism)與／或自然主義(naturalism)的說法。然而，雖然史賓諾莎是從形上學開始發展他的哲學，但是其形上學最終是為著倫理學而服務。由於其自然化的神不具有任何欲求或目的，所以人之倫理學不能出自神的命令。更恰當地說，史賓諾莎式的倫理學是要從恰當理解神性及其在人性中的展現，尋求論證人類獲致最大利益的方式。要成功追求到這樣的利益，在於具備恰當的知識，得以增進對激情的控制並促進協作的行動。

如同笛卡兒，史賓諾莎的存有學由實體與其屬性(笛卡兒稱作「主要屬性」〔principal attributes〕)及其模態(modes)所組成。在《倫理學》中，史賓諾莎將「實體」界定為「存在於自身之中，並且透過自身而被理解的東西」；「屬性」界定為「理智知覺到構成一個實體之本質的東西」；而「模態」則界定為「一個實體的影響，或是在另一個之中而透過它也能被理解的東西」。當笛卡兒從嚴格的意義上認為只有神是實體時，他也從第二層的意義上認為有兩種受造的實體，每一種實體皆具有它的主要屬性：有形實體，其唯一的主要屬性是延展性；精神實體，其唯一的主要屬性是思維。相反地，史賓諾莎一貫地主張實體只有一個。因此，他的形上學是一種實體一元論(substantial monism)。這唯一的實體乃是神，史賓諾莎將之界定為「絕對無限的存有，也就是，由無限多的屬性所構成的實體，每一屬性皆展現出一個永恆無限的本質」。因此，笛卡兒是將每一受造的實體賦予一個主要屬性，史賓諾莎則是主張唯一的實體具有無限多的屬性，每一屬性皆依其方式無限地展現出神性。然而，在這些無限多的屬性中，人只能理解其中的兩種：延展性與思維。在各種屬性之中，神的模態有兩種：無限模態，即各種屬性的普遍特徵，例如自然律；有限模態，即實體之局部而有限的樣態。在此，存在著有限模態的無限連鎖序列。

笛卡兒將人視為由兩種不同實體所合成的真實統一體，兩種不同實體分別是思維的靈魂與延展的身體，彼此之間有著因果的交互作用。相反地，史賓諾莎將人視為神的一種有限模態，是以思維的模態與延展的模態同時存在於神之中。他主張每一種延展的模態實在上等同於思維的模態，即等同於那個延展模態的「觀念」。人的心靈乃是身體的觀念，於是推論出人的心靈與人的身體實在是同一種東西，只是在兩種不同的屬性之下來理解。它們實在是同一的，所以無所謂心靈與身體的因果交互作用；但是，發生在心靈上的東西與發生在身體上的東西則是一種完全的「平行論」(parallelism)。每一種延展模態皆具有一個對應而等同的思維模態(無論如何，基本上會是如此），所以史賓諾莎認為每一種延展模態「皆有幾分生機」；他的看法因而是一種泛靈說(panpsychism)。

史賓諾莎之形上學的另一個主要特徵在於他的必然主義(necessitarianism)，引述他的用語，即「事物不能以不同於它們已被創造出來的方式與次序來創造」，這樣的必然主義，出自他主張神必然存在(他提出若干種論證，其中包括存有學論證的說法)與萬物由神性所衍生而必然如此存在的學說。因此，雖然他沒有使用必然主義一詞，卻接受一個對充足理由律(the principle of sufficient reason)的非常強烈的說法。《倫理學》的一開始，他界定事物在完全按其本性來決定其行動時，事物乃是自由的。神唯有在——祂的行動完全由其本性的必然性所決定，並且對祂來說沒有外在於祂的東西——這樣的意義下，乃是完全自由的。儘管如此，《倫理學》後面部分則論述人類在過著某種生活情況下，所能獲致的相對的自由。因此，在探究自由與決定論之關係上，史賓諾莎是一位相容論者。「意志自由」意味著沒有因果的決定，然而，這是對存有者之行動的真實原因缺乏認知才造成的幻覺。史賓諾莎主張，認知到一切發生皆是因果地被決定，具有一種積極撫慰人心的力量，有助於控制激情。

知識論與心理學　如同其他的理性主義者，史賓諾莎區分了兩種表象能力：想像與理智。想像是形成事物的意象上之表象的能力，最終源自於感官的機制；理智是形成事物恰當的而非僅意象的概念。他也區分出三種「層次的知識」。第一種也是最低層次的知識稱做「意見或想像」(*opinio, imaginatio*)。它包含「偶發或模糊的經驗」(*experientia vaga*)以及「道聽途說，或僅僅按跡象得來的知識」；由於係以感官知覺自身造成的混淆與殘缺不全為基礎，因此是一種不恰當的知識。第二種層次的知識，他稱做理性(*ratio*)；乃以「共同概念」(common notions，也就是，「一切人類所共有，事物在部分與整體上同樣有之」的特性）或以事物之性質(相對於本質而言）為基礎的恰當知識。第三種層次的知識，他稱做直覺的知識(*scientia intuitiva*）；是從對神的本質或屬性的恰當知識進展到對事物之本質的恰當知識，循序這樣合宜的次序，也從原因進展到了結果。雖然第二與第三種層次的知識皆為恰當的知識，然而後者優於前者，因為它不僅是某物之是為如此的確實知識，而且還是某物如何是又為什麼是如此的確實知識。

由於只有一個實體——神——世界上的個別事物就不能以不同實體做區分。相反地，神的每一種屬性之內在性質的樣態與區分中，有諸多具有持續傾向的形態，它們構成了個別事物(發生於延展屬性下時，史賓諾莎乃將這些形態稱做「運動與靜止的固定比例〔fixed proportions of motion and rest〕」。)雖然這些個別事物因而是唯一實體的模態，本身並不是實體，但是每一個別事物皆有其本性或本質，即以其特有的形態與機制來維護它自身的存在。這種自我保存的傾向，史賓諾莎稱之為「性向」(*conatus*；有時也譯做「努力」〔endeavor〕)。每一個別事物皆有某些性向。一個個別事物完全按其自身的本性(也就是，按其自我保存的機制)就能解釋或理解其發生的活動時，個別事物乃是主動的；然而，必須通過加諸於其上的其他力量的本性才能解釋或理解其發生的活動時，個別事物則是被動的。因此，每一事物竭盡其所能地力圖維護它自身的存在；並且凡是增援這樣的自我保存的東西，乃構成為那個個別事物的利益。

史賓諾莎之特殊的人之心理學是對普遍的性向學說所做的一種應用。此一應用乃訴諸於人類若干獨特的特質：人類藉由他們的感官知覺形成對其他人的意象上的表像；人類複雜到足以經歷他們行動能力的增強與減弱；而且人類能夠從事理性活動。他的心理學的基本概念是慾望，即「性向」自身，尤其是指人意識到性向被導向去獲得某一特殊的對象；快樂，即是行動能力的增強；痛苦，則是行動能力的減弱。他以這些基本的情緒推導出其他的情緒，將它們界定為是在特定的情況中，與特定的原因以及(或者)與特定的對象連結在一起時所發生的情緒。當一個人是他(她)自己情緒的恰當原因時，這些情緒乃是主動的情緒；反之，則為被動的激情。慾望與快樂可以是主動的情緒也可以是被動的激情，端視情況而定；但是痛苦只能是一種被動的激情。史賓諾莎並不否認有利他主義的現象：人之自我保存的機制以及人的慾望可變成是以許多對象為焦點，包括為了所愛的人或對象的福祉——甚至自我傷害。然而，由於他將人的一切動機，包括利他的動機，皆化約為換取增進自我利益的努力，因此他的理論是一種有待論辯的、心理學上的自我論。

倫理學　史賓諾莎的倫理學理論並不是以一套道德命令為形式。他反而是藉由客觀地思考人的行為與嗜好——「就如同它是一個線、面、體的問題一般」——尋求論證人之真正利益的所在。他主張，真正掌握到受證實之真理的讀者們，將會僅根據此事實本身就受到激發而生活。因此，史賓諾莎式的倫理學尋求呈現人「受到理性的指導」時，是如何地行動；按此方式的行動同時是德行的行動或有力量的行動。一切由理解而產生的行為——也就是，一切德行的行為——可歸因於特質的力量(他稱之為「堅毅」〔*fortitudo*〕)。這樣的德行的行為可進一步區分成兩類：一類是那些起因於堅強(他稱之為「勇敢」〔*animositas*〕)或「藉此每一個人完全根據理性的命令，努力去保存他自己的存在之慾望」；另一類是那些起因於「高貴」(*generositas*)或「藉此每一個人完全根據理性的命令，努力在友誼中幫助和聯合所有其他的人之慾望」。因此，有德之人並不單單在追求私利，而在尋求與其他人的合作；以愛報恨；舉止端正，無所欺騙；在政治社會中使自己與其他人聯合在一起。雖然如此，幫助其他人並且使自己與其他人聯合在一起的最終理由是「沒有比人更有益於人」——也就是，因為這麼做有助於自己的利益，尤其是有助於自己對知識的追求，一種可以與人分享又無損失的善。雖然史賓諾莎主張，我們一般使用「善」與「惡」的辭彙，僅僅是在敘述主觀的表象——因此，我們所欲求的東西，乃稱之為「善」，我們尋求迴避的東西，則稱之為「惡」——但他提議哲學上將「善」界定為「我們確實知道是有益於我們的東西」，「惡」則界定為「我們確實知道會有礙於我們成為某些善的主人的東西」。由於神是完美的而且不具有任何欲求，所以推論出沒有任何對神是善或惡的東西。即使史賓諾莎強調有可共同分享的善的存在以及與其他人合作具倫理上的重要性(有用的)，但是他最終訴諸於行為者的利益，使其倫理學成為一種有待論辯的、倫理學上的自我論。然而，這並非一種享樂主義；儘管他凸顯快樂，但是人行為的最終目的卻是為著達到更高層次的完美或行動能力，快樂只是人增進自我完成的一個指標而已。

自我保存的機制受外力驅使或扭曲的人，乃為激情所束縛；相反地，由於對真實利益之所在有真正理解，因而成功地只去追求那種利益的人，乃是自由的。因此，史賓諾莎也以一個理想的「自由人」來表達受理性的指導而過著德行生活之概念。總之，自由人乃尋求理解自己也理解自然。恰當的知識，尤其指第三種層次的知識，導向受祝福與心靈的平靜，以及對神的理智之愛。受祝福不是德行的報償，反倒是德行生活之完整的一面。人的心靈自身是神之無限睿智的一部分，恰當的知識則是那無限睿智之永恆的一面。因此，當人獲得知識，人自己的心靈就有更大的部分成為與永恆之物同一，人也變得較少依賴於——與較少被擾亂於——自己處身的環境的局部力量。因此，自由人「不去設想死亡，他的智慧在於沉思生命，不在沉思死亡。」然而，正如人之恰當的知識實在是神之無限睿智的一個永恆部分，所以受祝福的結果、心靈的平靜以及理智之愛，實在可當成是神自己永恆的「情感」生活之側面。雖然這賦予了自由人一種受祝福的不朽，卻不是個人的不朽，因為人格的基本特質，即感覺與記憶，並非永恆的。更恰當地說，自由人是在他有生之年完成對整體的恰當知識，即自身始終是永恆知識之漸增的參與，以致死去時，自由人的心靈已變成與永恆同一。因此，這並非人死去的時候，而是在人活著的時候就可以參與其中的「不朽」。

政治學與哲學神學　史賓諾莎的政治理論，如同霍布斯(Hobbes)的，視權利與權力相等無異。人民將權利讓渡給國家，目的在於國家可以提供保護。然而，霍布斯將這種社會契約視為近乎絕對，至此人民除了保有抗拒死亡的權利以外，乃將所有的權利皆讓渡出來。相反地，史賓諾莎則強調人民在完全瞭解到他們自己的利益時，不會讓渡他們追求自己利益的權利；因此，任何真正的國家之權力與權利總是受限於國家執行其法令，以便轉變人民持續增進他們對自己利益的理解之實際能力。此外，他對個人追求自己利益的本性的這一概念要比霍布斯的寬廣，因為對他而言，一個人自己真正的利益不單單在抵禦死亡與追求快樂，而在於獲得帶來幸福與使人得以參與永恆之中的恰當知識。所以，有別於霍布斯，史賓諾莎主張一個有限度的立憲國家，國家提倡表達的自由與宗教寬容。如此的國家——自身乃為一個個體——竭盡所能地維護它自己的存在，並且提供給它的人民最穩固也最有益的形式的政府。

在他的《神學政治論》裡，他也處理世俗宗教，聖經的解釋以及它們與國家福祉的關係。他將《舊約聖經》的先知描述為具有個體的性格，他們以鮮活的想像力造就出古代希伯來國家政治價值的訊息。他運用一種自然主義的觀點與歷史的詮釋方法——即後來對聖經所做的「更高的評論」預作準備，他尋求呈現出聖經的作者們一致地只將正義與慈悲視為救世的根本，因而獨斷提出的命令是無法得到聖經支持的。所以，世俗宗教應該只提出這兩條命令——向大多數的心靈，以富想像力的方式表述它們，將它們視為神聖的立法者允諾會給予報償的命令。至於少數較富哲學性的因而倚賴理智的人，將會認知到人之心理學的自然律需要慈悲與正義作為快樂的條件，並且認知到凡夫俗子解釋為人格神的干預下所允諾給予報償的東西，事實上，皆為德行生活的自然結果。

由於他主張神與自然同一以及他對世俗宗教的處理態度，史賓諾莎同時代的人通常將他的哲學當成一種偽裝薄弱的無神論。弔詭的是，十九世紀的浪漫主義卻熱烈地擁抱他的泛神論；諾瓦里斯(Novalis)的名言，即稱他為「陶醉於神的人」。事實上，史賓諾莎多數用來描述自然的特質，皆是西方神學家已用來描述神的：史賓諾莎的自然是無限的、是永恆的、是必然地存在、是存有學論證的對象、是一切事物的第一因、是全知的，並且存有者的沉思產生出幸福、理智之愛以及參與了一種不朽或永生。所以，史賓諾莎證實上帝存在的主張絕非只是遁詞，但是他拒絕接受神為人格的神或有目的的行動；也拒絕接受一切事物的善或惡取決於神的觀點；或者說，是拒絕接受一種牽涉記憶的人格性的不朽。

他影響到聖經評論的歷史與文學之外(不只是諾瓦里斯，像是作家渥茲華斯〔Wordsworth〕、考勒瑞治〔Coleridge〕、海涅〔Heine〕、雪萊〔Shelley〕、愛略特〔George Eliot〕、桑德〔George Sand〕、毛姆〔Somerset Maugham〕、伯奇斯〔Jorge Luis Borges〕與瑪拉姆德〔Bernard Malamud〕），也影響到二十世紀迥然不同的思想家，如弗洛伊德(Freud)和愛因斯坦(Einstein)的哲學觀。當代的物理學家也有人看出他的一元論形上學已預見二十世紀的場域形上學(field metaphysics)。更直接地說，史賓諾莎乃是領導知性的先驅，他影響了二十世紀的決定論(determinism)與自然主義(naturalism)以及心物同一論(the mind-body identity theory)的思想。

參見 Descartes 笛卡兒；Leibniz 萊布尼茲；rationalism 理性主義

D.Garr.撰　張鼎國審訂

Spir, Afrikan　斯皮爾，阿菲利坎(1837-90)　德國哲學家。在克里米亞戰爭中他以一名俄國軍官的身份參戰。他並非大學教師，但他用德語和法語出版了一些書。其主要著作有：《對現實知識確定性的探究》(*Forschung nach der Gewissheit in der Erkenntnis der Wirklichkeit*〔*Inquiry concerning Certainty in the Knowledge of Actuality*〕, 1869)和兩卷本的《思維與實在：對更新批判哲學的嘗試》(*Denken und Wirklichkeit: Versuch einer Erneuerung der kritischen Philosophie*〔*Thought and Actuality: Attempt at a Revival of Critical Philosophy*〕, 1873)。

《思維與實在》提出了一種立基於現象世界和絕對實在徹底分離的形上學。對於「無條件者」(unconditioned)，我們所能知道的一切是，它必須與同一性原則一致。在保留康德(Kant)不可知的物自身(unknowable thing-in-itself)的同時，斯皮爾卻主張時間的經驗實在性；時間在直接的經驗中被給予我們，而且依賴於我們感覺到一個連續繼起的不同狀態系列之經驗。哲學的目的在於達到基本和直接的確定性。在其 1883-84 年所編的全集中之作品，只有篇幅相對上較小的一部作品《是與非》(*Right and Wrong*)被譯成英語

(1954)。

在尼采(Nietzsche)的著作中有不少地方提及斯皮爾，這表明尼采的一些重要概念受到斯皮爾對變化及時間性的分析，以及他關於現象世界和「真實世界」分離的概念之積極與消極的影響。

G.J.S.撰　林立審訂

spirit　精神　見 soul 靈魂

spirit, Absolute　絕對精神　見 Hegel 黑格爾

spissitude　精神度　見 More, Henry 摩爾，亨利

split brain effects　裂腦效應　是當大腦接合處(cerebral commisures)受損時，在行為上所產生一個廣博系列的影響，它逐漸被認為可以用來說明大腦功能的不對稱現象。人類的大腦有相當程度的左右功能分化，或不對稱，以影響行為。最明顯的例子是某一手的熟練(handedness)。在 1860 年代，鮑伊勞德(Bouillaud)、達克斯(Dax)與布羅卡(Broca)發現，單側腦傷的影響，顯示了左半腦優先涉入語言。在 1960 年代，對大腦功能左右不對稱的支持，被那些兩個腦半球聯結被外科手術分離之病人的相關研究所加強了。

裂腦效應來自於大腦接合處的斷裂受損，尤其是胼胝體(corpus callosum)處的受損，它是傳達兩大腦半球間聯繫的神經結構。裂腦手術(commisurotomies)在 1940 年代便被用來控制嚴重的癲癇。它的目的是讓兩個大腦半球各自完整、並功能獨立。從 1960 年代開始，布根(J. E. Bogen)、加薩尼加(M. S. Gazzaniga)與史伯力(R. W. Sperry)做了一系列心理測驗，以評估兩個大腦半球各自不同的能力。對大腦不對稱程度的評定，取決於一項小心控制的實驗設計，其中，不相連接的半腦，對周邊線索的接受被限定住。他們的實驗得到了一個廣博系列的顯著成果。舉例來說，當我們把鑰匙放在病人的一個手上，而把另一個類似的物品放在病人的另一個手上時，病人無法將這兩個物品配對；病人無法叫出放在他左手裡之東西的名稱，但當東西放在他的右手時，他卻可以叫出名稱。

研究者認為這樣的結果可以確定下列的結論：言談、書寫與計算能力，有清楚的左半腦側化(left hemisphere)(對慣用右手的病人來說)，使得右半腦無法回應言談、書寫，或是十分簡單的計算。通常的結論是：左半腦專門從事字詞的與分析性的思考，而右半腦專門從事於較多的空間，以及綜合性的思考。但這種差異的明確特徵與程度，在正常人身上則是比較不明顯。

R.C.R.撰　劉希文審訂

spontaneity, liberty of　自發性的自由　見 free will problem 自由意志問題；Hume 休姆

spread law　展開律　見 relevance logic 相干邏輯

square of opposition　對立方陣　直言命題(categorical propositions)之間各種邏輯關係的圖示(模態和假言命題之間的關係也曾用過方陣圖去表示過)。兩個命題被稱作是相互矛盾的命題(contradictories)，如果其中一個一定是真的，而另一個一定是假的。兩個命題被稱作是相互對立的命題(contraries)，如果它們兩個不能同時為真，卻能夠同時為假。兩個命題被稱作是相互次對立的命題(sub-contraries)，如果至少其中一個是真的，儘管兩

S

劍橋哲學辭典

個都可能為真。最後，兩個命題被稱作是具有差等的關係(subalternation)，如果其中一個(稱為上位命題〔superaltern〕)蘊涵另一個命題(稱為下位命題〔subaltern〕)，但反之不然。

把這些定義應用到四種直言命題時，我們發現「所有 *S* 是 *P*」(*SaP*)和「有些 *S* 不是 *P*」(*SoP*)是矛盾命題；「沒有 *S* 是 *P*」(*SeP*)和「有些 *S* 是 *P*」(*SiP*)也是矛盾命題。「所有 *S* 是 *P*」(*SaP*)和「沒有 *S* 是 *P*」(*SeP*)是對立命題；「有些 *S* 是 *P*」(*SiP*)和「有些 *S* 不是 *P*」(*SoP*)則是次對立命題。「有些 *S* 是 *P*」(*SiP*)是「所有 *S* 是 *P*」(*SaP*)的下位命題。「有些 *S* 不是 *P*」(*SoP*)則是「沒有 *S* 是 *P*」(*SeP*)的下位命題。這些關係可以在對立方陣裡以圖表示出來：

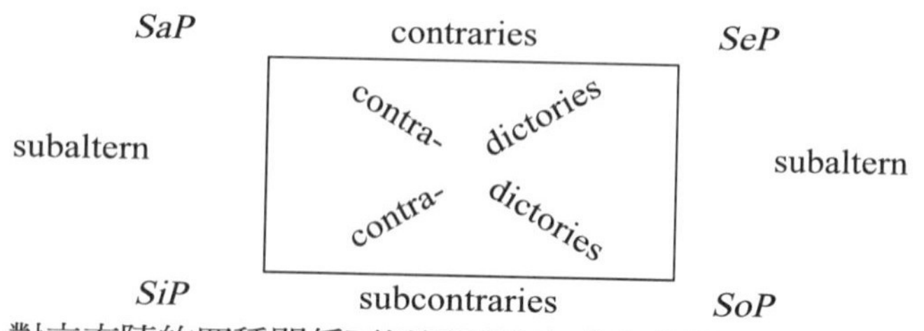

對立方陣的四種關係可以用下述方式去表示：

矛盾命題：$SaP \equiv \sim SoP$，$SeP \equiv \sim SiP$

對立命題：$\sim(SaP \,\&\, SeP)$ or $SaP \rightarrow \sim SeP$

次對立命題：$SiP \vee SoP$

差等：$SaP \rightarrow SiP$，$SeP \rightarrow SoP$

這四種關係如果要成立，必須滿足一個基本的存在假設：用作命題主詞項的詞語必須有東西滿足它，不能是空的(例如，「人」有東西滿足它，而「小精靈」則是空的)。只有矛盾的對立可以不依賴這種假設。現代對直言命題的解釋排除了存在的假設，因而，只有矛盾的對立仍然留在方陣中。

參見 syllogism 三段論式

I.Bo.撰　王文方審訂

square of opposition, modal　模態的對立方陣　見 contingent 偶然的

stadium paradox　運動場悖論　見 Zeno's paradoxes 芝諾悖論

Stagirite　斯塔吉拉人　見 Aristotle 亞里斯多德

standard analysis　標準分析學　見 mathematical analysis 數學分析學

standard interpretation　標準解釋　見 formal semantics 形式語言的語意論

standard model　標準模型　一個就像「非標準模型」那樣的詞語，在涉及某些數學結構的知識(部分地)系統化的理論時被使用，例如，具有加法、乘法與後繼函數(the successor function)的自然數結構，或者具有次序關係、加法及乘法的實數結構。任何與這種確知的數學結構(this intended mathematical structure)同構(isomorphic)的模型是該理論的「標準模型」，而任何其他的非同構的模型則是「非標準」模型。因為皮亞諾(Peano)算術是不完備的(incomplete)，它有一致的外延且該外延沒有標準模型。但是完全數論(complete number theory)也有非標準可數模型(所謂完全數論，即是關於自然數的所有真的初階句子的集合)。這首先由斯科倫(Skolem)於 1934 年證明。

範疇性理論(categorical theories)沒有非標準的模型。集合論是否有標準模型則並不清楚，儘管其可數模型一定被視為非標準模型。斯科倫悖論(Skolem paradox)指出，對於任一公理化集合論，例如哲梅羅(Zermelo)和弗蘭克爾(Fraenkel)的ZF，有一個可數模型，儘管集合論似乎斷言不可數集合的存在。很多其他重要的數學結構，都不能被初階公理的範疇集合(a categorical set of first-order axioms)來表述其特性，因而可有非標準模型存在。美國哲學家帕特南(Hilary Putnam)論證說，這個事實對語言哲學中關於實在論(realism)的爭論具有重要的涵義。如果公理不能用來掌握集合的「直觀」(intuitive)觀念，那還有什麼能掌握它呢？他的一些反對者指出，在二階邏輯中範疇性表述(categorical characterizations)經常是可能的。但是帕特南反駁，由二階邏輯形式化的「使用」(the use of the formalism of second-order logic)，對於二階邏輯意圖用的解釋(the intended interpretation)並不是固定不變的——在此所謂「使用」(use)是根據我們知道的二階邏輯的推論規則來決定的。而且，範疇性理論有時候是信息貧乏的(uninformative)。

參見 categorical theory 範疇性理論；Gödel's incompleteness theorems 哥德爾不完備定理；set theory 集合論

Z.G.S.撰　李瑞麟審訂

standard semantics　標準語意　見 second-order logic 二階邏輯

state　狀態　物體或系統「存在」的基本方式；物體或系統的基本、內在性質，且是此物體或系統的其他性質的基礎。瞬時狀態(instantaneous state)在特定的時間裡的狀態。狀態變數(state variables)是一個其值隨時間變化而變化的狀態要素。在古典牛頓力學(classical or Newtonian mechanics)中，某個 *n* 粒子系統的瞬時狀態在特定的時間包含了 *n* 粒子的位置和動量(由於速度而成倍增加的質量)。其他的力學特性則是那些粒子態的作用。基本以及導衍出的性質(儘管有可能被誤導)，經常被稱作可觀察量(observables)。一個系統可能狀態的集合，可說成是一個抽象的相空間(phase space)或者狀態空間(state space)，每一個狀態變數(的成分)都有向度或者座標系。

在量子理論(quantum theory)中，態並不固定可觀察量的特別質，只有可觀察量的概率(或然性)，在特別測定的情況下假定有特別的值。對實證論或工具論來說，確定一個量子的狀態只不過是為計算這樣的概率(或然性)提供一種推測方式。對實在論而言，就不只是那樣了——例如，它指的是一個量子系統概率上的排列或傾向基礎。希爾伯特(Hilbert)空間的向量是表示可能的狀態，而向量的埃爾米特算子(Hermitian operators)則是表示可觀察量。

參見 disposition 傾向；instrumentalism 工具主義；probability 機率；propensity 傾向性；quantum mechanics 量子力學；state of affairs 事態

D.S.撰　莊文瑞審訂

state, liberal theory of the　自由主義的國家理論　見 Locke 洛克；political philosophy 政治哲學

state, political　政治狀態　見 political philosophy 政治哲學

state, description　狀態描述　見 Carnap 卡納普

state function　狀態函數　見 quantum mechanics 量子力學

statement, basic　基本的陳述句　見 foundationalism 基礎主義

statement form　陳述形式　見 logical form 邏輯形式

state of affairs　事態　由一個陳述語句(declarative sentence)的名詞化(nominalization)所表達的某種可能性、現實性或不可能性(陳述語句「這個骰子出六點」〔This die comes up six〕可因為被改說為「這個骰子出六點」〔that this die comes up six〕這句話，或者「這個骰子顯現六點」〔this die's coming up six〕的類似結構而被名詞化。由此而來的名詞化可解釋為給相應的命題或事態命名)。

事態有幾種類型。一些是「可能」(possible)事態，或者可能性。考慮某一粒骰子下次被擲時出現六點的可能性。這種可能性是一種事態，其「補充狀態」(complement)——骰子下次被擲時「不」(not)出六點——也是一種事態。另外還存在著一種事態，這種事態使該骰子出六點與它「不」出六點相互「連接」(conjoins)。「這種」(this)(矛盾的)事態當然「不是」(not)一種可能性，不是一種可能事態。而且，每種現實的事態都有一種非現實的事態，即它的補充狀態。

所以，每一個命題都有一個事態：可能或不可能的，現實或不現實的。有想法主張命題「是」(be)事態，有些人則把事實看作是現實的事態，也有其他人則傾向於把它們定義為真的命題。如果命題「是」事態，那麼事實當然「既是」(both)現實的事態，又是真命題。

非常廣義地說，事件只是可能事態；從狹義上說，它們是偶然的事態；更狹義地說，它們是偶然的「和」特殊的事態，僅牽涉在 n 長度中，因為個體序列所形成的 n 個附加性質例證。再更狹義地說，事件只是那些蘊涵「變化」的特殊和偶然的事態。一個棒球在一整段時間裡保持是圓的，從這種狹義的定義而言不算是一個事件，而僅僅是那個棒球的「狀態」(state)，它與被一根球棒打擊到的事件不一樣。

參見 condition 條件；proposition 命題

E.S.撰　苑舉正審訂

state of nature　自然狀態　見 Hobbes 霍布斯；Locke 洛克

state space　狀態矢量空間　見 state 狀態

state table　狀態表　見 Turing machine 涂林機

state variable　態變數　見 state 狀態

state verb　狀態動詞　見 action verb 行動動詞

statistical explanation　統計說明　一種說明，被表達在一個說明性的論證中，這種論證擁有宣示統計機率的前提和結論。這些論證了包括從更普遍的定律中演繹出較不普遍的定律，而且只有在其定律蘊涵著有關統計機率的宣稱時，才與其他這類的說明不同。

二十世紀後半的多數哲學討論，已集中在事件而非定律的統計說明上。這類型的論證

被納格爾(Ernest Nagel)在「機率說明」(probabilistic explanation)的標題之下(《科學的結構》〔*The Structure of Science*, 1961〕)並被韓培爾(《科學說明的諸面向》〔Hemple, *Aspects of Scientific Explanation*, 1965〕)當作「歸納統計」(inductive statistical)說明而予以討論。說明項包含一個陳述，斷言某一個給定的系統，符應了幾種方式其中之一種；這些方式被在某類型的實驗或試驗上所獲得的可能結果之樣本空間(sample space)所詳細描述了。而且，在該種實驗上的一個事件(由樣品空間中的一組點來代表)之統計機率，也是為了每一個這樣的事件而給定的。因而，該敘述可能斷言，統計機率在 n 次投擲中硬幣正面的相對頻率 r/n 的統計機率幾乎是 1，接近單一次投擲時硬幣正面的統計機率 p。其中，樣本空間由在 n 次投擲中 2^n 次硬幣正面和反面的可能系列所構成。納格爾和韓培爾把這樣的統計機率陳述理解為涵蓋律，以使事件的歸納統計說明(inductive-statistical explanation)和演繹規律說明成為兩種涵蓋律說明。

這說明項(explanans)還擁有一種主張，即在統計假定中提到的那種實驗已經發生了(例如，硬幣投擲了 n 次)。被說明項(explanandum)則斷定某種事件已出現了(例如，硬幣在 n 次投擲中大約 r 次出現正面)。

在很多情況下，這種實驗可以同等地被描述為其他種實驗的 n 次重複(如投擲一個硬幣，重複一千次)，或者被描述為一次這種實驗的完成(硬幣的千次投擲)。因此，即使當我們關心的是說明眾多現象，對事件的統計說明總可被詮釋為從統計機率的假定中所導出的「單個案例」之結論。然而，很多作者頗具爭議地把量子力學的統計說明和靜力學、遺傳學和社會科學的統計說明進行對比：量子力學的統計說明據說對統計機率要求「單例」(single cases)的傾向解釋(propensity interpretation)；其餘學科則據說要求一種頻率解釋(frequency interpretation)。

這種統計說明的說明論證之結構，具有直接推論的形式，即從統計機率的假設和已經發生並產生結果的實驗而直接推論。直接推論的一個具爭議的面向是參考種類(reference class)的問題。自從十九世紀以來，統計機率已被理解相對於實驗被描述的方式。像范恩(J. Venn)、裴爾斯(C. S. Peirce)、費雪(R. A. Fisher)和萊辛巴哈(Reichenbach)一類的作者，一直在關心如何決定直接的推論，該以哪種實驗為基礎：即當研究的實驗可以用幾種方法來正確描述，而且相對於不同種類的描述，可能結果的統計機率可以是不同的時候，直接推論要以哪種實驗為基礎。對參考種類問題最為全面的討論，可在基伯格(H. E. Kyburg)的作品中找到(例如，《機率和合理信念的邏輯》〔*Probability and the Logic of Rational Belief*, 1961〕)。韓培爾將它的重要性認知為歸納統計說明中的「知識歧義性」(epistemic ambiguity)。

歸納接受(inductive acceptance)的問題也引起了爭議。說明性直接推論可以成為已出現的結果事件的主觀機率之判斷嗎？可以做出這種判斷嗎——已出現的結果事件被歸納地接受了？結果的其他評估模式適當嗎？韓培爾對歸納-統計說明的「非連言性」(nonconjunctiveness)的討論是從基柏格早期對直接推論的看法中引導而來的，基柏格以為高機率是接受的充分條件。由於捨棄高機率的充分性(李維《與真理博奕》〔I. Levi, *Gambling with Truth*, 1967〕)，或者由於全然拒絕在歸納統計說明裡的直接推論包含了歸納接受(傑弗瑞〈統計說明對統計推論〉〔R. C. Jeffrey, Statistical Explanation vs. Statistical Inference〕，在《紀念韓培爾論文集》〔*Essays in Honor of C. G. Hempel*, 1969〕中)，非連言性的問題已被避開了。

參見 causation 因果關係；explanation 說明

I.L.撰　陳瑞麟審訂

statistical independence　統計的獨立性　見 probability 機率

statistical law　統計定律　見 causal law 因果定律

statistical probability　統計機率　見 probability 機率

Steiner, Rudolf　斯坦拿，魯道夫(1861-1925)　奧地利精神論者和人智論的創立者。他受的是要作一名科學家的陶成，他編輯了歌德(Goethe)的科學著作，並從 1889 到 1896 年間籌備編輯歌德的標準版全集。斯坦拿的主要著作《自由的哲學》(*Die Philosophie der Freiheit*)於 1894 年出版。他的《費里德里希·尼采：反抗其時代的鬥士》(*Friedrich Nietzsche: Ein Kämpfer gegen seine Zeit*, 1895)由瑪格麗特·德里斯(Margaret deRis)於 1960 年以《費里德里希·尼采：為自由而戰的鬥士》(*Friedrich Nietzsche: Fighter for Freedom*)為書名譯成英語。

斯坦拿在柏林的一所工人學院任教，並編輯一本文學期刊《文學雜誌》(*Magazin für Literatur*)。1901 年他接受了一種精神論的主張，即強調一種超越感覺經驗的、由「更高的自我」獲得的知識形式。他認為，人先前已經通過像夢一樣的意識狀態，被和精神的進程相協調一致了，但是人因為全神貫注於物質實體而偏離了這種意識。通過訓練，個體能重新獲得感知精神世界的固有能力。斯坦拿關於這個主題的著作有《精神活動的哲學》(*The Philosophy of Spiritual Activity*, 1894)、《神祕學大綱》(*Occult Science: An Outline*, 1913)、《論人之謎》(*On the Riddle of Man*, 1916)，以及《論靈魂之謎》(*On the Riddles of the Soul*, 1917)，其最後的著作是他的自傳(1924)。

為了推展其學說，他成立了人智學會(1912)和一所「精神學」(spiritual science)的學校，校名叫歌德學校，位在瑞士的巴塞爾(Basel)附近。他的著作激發了沃爾朵夫學派運動(the Waldorf School movement)，該運動涵蓋到大約八十所兒童學校。他建立的人智論運動在歐洲和美國仍然活絡。

G.J.S.撰　林立審訂

Stephen, Sir Leslie　史帝芬，萊斯利爵士(1832—1904)　英國文學評論家、編輯、思想史家和哲學家。他是著名的《英國人物傳記詞典》(*Dictionary of National Biography*)的首任主編，自己也寫了好幾百個條目。成長於一個宗教色彩濃厚的家庭，但他喪失了信仰，因而花了很多時間試圖建構一個道德的、知識的世界觀來取代信仰。其有關思想史的主要著作，兩卷的《十八世紀英國思想史》(*History of English Thought in the Eighteenth Century*, 1876)及三卷的《英國效益主義者》(*English Utilitarians*, 1900)都可以被看成是上述企圖的部分成果，另一部純哲學著作《倫理學》(*Science of Ethics*, 1882)也是如此。在這部書裡他試圖發展一種進化論的道德理論。由於史帝芬在哲學方法上缺乏耐心，因此他的進化倫理學(evolutionary ethics)並沒有解決什麼問題——其中有些問題還被他的朋友亨利·希季維克(Henry Sidgwick)所指出。此外，在論述上，他也沒有超越同一時期出版的相關主題的另外幾部著作。他的思想史有時很淺薄，而且其興趣的焦點與我們這個時代也已大不相同；不過，其涉及範圍的廣度和所運用的知識的學術性，仍使得它們具有一定的參考價值。

參見 Darwinism 達爾文主義

J.B.S.撰　孫效智審訂

Stewart, Dugald　史特瓦，杜考德　見 Scottish common sense philosophy 蘇格蘭常識哲學

Stillingfleet, Edward　史蒂林弗利特，艾德華(1635-99)　英國的神學者及論客，以《伊雷內研究》(*Irenicum*, 1659)首度博得聲名，並用自然律學說反對宗教的派系意識。他的《神聖的起源》(*Origines Sacrae*, 1662)表面上討論的是聖經紀錄如何優越於其他古代歷史的形式，而在歷史證據的道德確定性、證言的權威性，以及奇蹟的可信度上，蔚為該時代的博學研究。他折衷地吸取由古代到劍橋柏拉圖主義者的哲學，而深受笛卡兒式的觀念理論所影響，但後來卻因為笛卡兒主義的機械論傾向而拒絕笛卡兒主義。他花了三十年的時間為正統新教信仰的道德確定性編寫小冊子，以對抗他所認為之羅馬天主教「反理性」的信念。這導致了和唯一神教和自然神教作者的爭論，他們主張：神祕的教義，如三位一體說(Trinity)，同樣和「清晰明瞭」的觀念對立。而托蘭德(John Toland)於《基督教並不神祕》(*Christianity not Mysterious*, 1696)中使用了洛克(Locke)之非笛卡兒式的「新」觀念理論，使他感到驚慌，並於他最後的數年致力於對洛克的挑戰，以證明他自己的正統性。此爭議廣泛地遍及於實體、本質和位格(person)的概念，以及信心及確定性的概念。洛克在此公開的爭論中毫不寬容地予以還擊，但在他《人類悟性論》(*The Essay on Human Understanding*)的第四版(1700)中，卻悄悄地修改了曾經激怒史蒂林弗利特的某些段落。

參見 Cambridge Platonists 劍橋柏拉圖主義者；deism 自然神論；Descartes 笛卡兒；Locke 洛克

M.A.St.撰　林正弘審訂

stipulative definition　約定定義　見 definition 定義

Stirner, Max　施蒂納，邁克斯(1805-56)　卡斯柏・施密特(Kasper Schmidt)的筆名，主張一種激進的個人主義的德國哲學家。他生於拜魯特(Bayreuth)，先是任教於大學預備文科中學，後任教於一所柏林女子學院。他翻譯了亞當・史密斯(Adam Smith)的《國富論》(*Wealth of Nations*)，其翻譯成為該書權威的德文本；他亦常向《萊茵報》(*Rhenische Zeitung*)投稿。他最重要的著作是《獨一的自我及其獨特性》(*Der Einzige und sein Eigenthum*, 1845)，由拜因頓(Steven T. Byington)以《自我及其自我性》(*The Ego and His Own*, 1907)為書名譯成英文。他的第二本書是《反動的歷史》(*Die Geschichte der Reaktion*, 1852)。

施蒂納的思想是對黑格爾(Hegel)的反動，且一度與左翼黑格爾主義者為盟。他強調意志和本能先於理智，並提出一種激進的無政府個人主義。每一個個體都是獨一無二的，而獨立的自我是根本的價值和實在。施蒂納抨擊國家、宗教的觀念，以及像「人性」這樣的抽象概念為「幽靈」；它們是騙人的幻想；是錯誤實體化的殘餘。他對自我主義極力捍衛，以致個體被認為沒有責任或義務可言，特別是對國家不負有責任和義務。他鼓勵個體反抗國家的主宰和控制。施蒂納在十九和二十世紀的無政府主義者之中頗有吸引力。生命的唯一目標就是培養「獨一性」(uniqueness)或「自我性」(ownness)。恩格斯(Engels))和馬克思(Marx)在《德意志意識形態》(*German Ideology*)一書中(以「聖馬克思」〔Saint Marx〕為題)詳細地駁斥了他的觀點。由於他激進的個人主義理論並沒有清楚地陳述倫理的要求，故被描述成是一種虛無主義的自我主義。

參見 Hegel 黑格爾

G.J.S.撰　林立審訂

stochastic process　隨機歷程　一種隨時間的推移，根據機率原則而非決定論原則演變的歷程。這樣的歷程也稱作散漫歷程(random process)，但是「隨機的」並不意味著全然地無秩序。控制一個隨機或散漫歷程的演化原理，儘管是機率性的，但在形式上仍然精確。例如，假設某個歷程以離散式相繼階段(discrete successive stages)而展開，再假設給定任何初始串列的階段，$S_1, S_2, ..., S_n$，那麼，下一個階段 S_{n+1} 是 S 狀態的可能性乃是一個精確的機率；而且它是 S'的可能性也有一個精確的機率，如此類推到該序列階段的一切可能的相繼過程。這些機率稱做躍遷機率(transition probabilities)。這種演變序列叫做時間離散(discrete-time)的隨機歷程，或者時間離散的散漫歷程。

當躍遷機率只依賴這階段序列中的最後一個階段時，理論上很重要的特例出現了。當一個演變的歷程有著被稱做時間離散的馬可夫歷程(Markov process)。這種歷程的一個簡單例子是一個人根據硬幣的正面或反面，而採取要不是前進一步就是後退一步的行為；移動的機率原理總是應用到其人當前的位置上。

隨機過程的後繼階段毋須是離散的。如果它們是連續的，就構成了「連續時間」(continuous-time)的隨機歷程或者散漫歷程。

隨機歷程的數學理論在科學和科技領域中有很多應用。流行病的演化、土壤酸蝕的歷程，以及金屬裂口的擴大，都提供了隨機歷程的合格模型，上述所提的僅是一些研究領域。

參見 determinism 決定論；probability 機率；regression analysis 迴歸分析

T.H.撰　陳瑞麟審訂

Stoicism　斯多噶主義　構成希臘化時期哲學(Hellenistic philosophy)的三大主要運動之一，創立者是西提姆的芝諾(Zeno of Citium, 334-262 B.C.)，他的後繼者是克雷安賽斯(Cleanthes, 331-232 B.C.)。但該學派的第三任主事者克呂西普斯(Chrysippus, c.280-c.206)，是該運動的最偉大的闡釋者和最多產的作家。這三人是早期斯多噶主義(Early Stoicism)的主要代表人物。除了克雷安賽斯很短的〈宙斯頌〉(Hymn to Zeus)之外，早期斯多噶主義者寫的著作沒有一部是完整保存下來的。因而我們得依靠意見的記述，孤立的引文，以及第二手的資料，其中大多數的資料是具敵意的。儘管如此，尚能收集出對該體系一相當連貫的解釋。

斯多噶學派(Stoic)的世界是一個理想的有機體，其所有的部分都為了整體利益而互相作用。該有機體浸透在神聖的理性(*logos*)，其整個發展由天意所命定，在永無止境的循環中從一個世界的發展階段到下一個階段絲毫不差地重複著，每一個階段都以一場大火(*ekpyrosis*)作為結束。只有物體確實「存在」(exist)而且能相互作用。物體是無限可分的且不包含虛空。在最底層，世界可被分解為一個主動原則，神，和一個被動原則，物質，或許兩者都是物質性的。從它們，在較高層次，產生了四大要素氣、火、土和水，它們自己間的相互作用與神和物質間的作用的相似：氣和火，分開地或結合地，是主動理性的力量，被稱為氣息(希臘文*pneuma*，拉丁文*spiritus*)，而土和水則構成被動的基層，在其上面這些作用因為物體的非粒子狀結構和它「完全徹底」(through and through)的混合能力而完全地互相貫通。大多數物理分析是在這個較高層次上進行的，而呼吸(*pneuma*)成為物理學和生物學上一個重要的概念。一個事物的性質由其氣息構成，它有一額外的作用，即賦予事物內聚力因而賦予它本質上的同一性(an essential identity)。在無生物中，這種統一的氣息被稱為狀態(*hexis*)；在植物中，被稱為本性(*physis*)；在動物中，被稱為「靈魂」(soul)。即使是靈魂的性質，例如正義，也是氣息的部分，它們因此也是物體：唯其如此它們才可能擁有明顯的因果效應。四種非物質的東西被認為是：位置、虛空(它包圍著世界)、時間和所說之物(*lekta*，意義參見下文)；這些東西並非確實「存在」——它們缺乏互動的物質力——但是作為在這世界中具有某些客觀的立場的事物，它們至少是「某種東西」(somethings)。與柏拉圖(Plato)的「理型」(Forms)相同的共相被認為是概念(*ennoemata*)；這種方便的虛構物甚至都沒有贏得「某種東西」的地位。

斯多噶學派的倫理學建立在，只有德性才是善，只有罪惡才是惡的原則上。其他事物在習慣上被賦予一「中性的」(*adiaphora*)的價值。儘管有一些例如健康，財富，和榮譽，自然而然被人「偏愛」(*proegmena*)；而它們的對立面卻「遭受厭惡」(*apoproegmena*)。即使擁有這些中性的事物與幸福無關，但是從出生以來它們就作為我們所選擇的合適的事項，每一個正確的選擇就是一種「適當的工作」(*kathekon*)——這尚未成為道德上的善行，而且是我們朝著「依照自然而生活」(living in accordance with nature)的最終目標(*telos*)邁出的一步。隨著我們的理性的發展，合適的選擇變得更複雜，而少了一些直覺性。例如，有時候犧牲你的健康或財富或許與自然的安排更相一致，在這種情況下這樣做就成了你的「適當的工作」。在世界的藍圖中，你扮演一特殊的角色，而道德的進步(*prokope*)在於學習扮演這一角色。這種進步包括擴大你的自然的「親切感」(*oikeiosis*)：最初對你自身和你自己的部分的關注，後來擴展到與你親近的人，最後擴展到全人類。那是斯多噶學派通向正義之路。然而，正義和其他所有的德性事實上只能在聖人中找到，即理想化的完美地理性的人，完全與神的宇宙藍圖一致。斯多噶主義者懷疑是否有聖人存在，雖然他們有著至少把蘇格拉底(Socrates)當作曾經出現過的聖人的傾向。根據斯多噶學派的似是而非的原則，所有的罪過都是同等的，聖人全然為善，其他每個人都全然為惡。聖人的行為，不管與「適當的工作」在外表上有多麼相似，有一完全不同的特性：它們又被稱「正確的行為」(*katorthomata*)。因為完全根據「正確的理由」行動，聖人以其「免於激情」(*apatheia*)為特性：道德上錯誤的衝動，或激情，根本上是把中性的事物錯當作善或惡所犯的知識的錯誤，而聖人的評判則總是正確的。只有聖人是幸福的和真正是自由的，其生活與神聖的藍圖完全地一致。所有人的生活都是由天意設計所預定的，是無所不包的命運的因果關係；然而，作為他們的行為的主要原因，善與惡同樣要為他們的行為負責：決定論和道德是完全相容的。

斯多噶學派的知識論為認識的確定性的存在辯護，以對抗新學園(New Academy)的抨擊。信念被說成是對一個印象(*phantasia*)的認可(*synkatathesis*)，即把一些感性的或反思的印象的命題內容當成真實的。確定性通過「認知的印象」(*phantasia kataleptike*)而獲得，即對外在事實的一個自明的感性表象，這外在的事實被稱為是一般的常識。出於這類印象組合，我們獲得了一般的概念(*prolepseis*)且變得理性。智性的最高狀態是知識(*episteme*)；其中所有的認識都相互支持，因而「根據理性是不可動搖的」(unshakable by reason)；知識是智者的特權。其他所有的人都處在意見(*doxa*)或無知的狀態。儘管如此，認知的印象對所有的人而言可作為一項「真理的標準」(criterion of truth)。一個更重要的標準是一般的概念，也稱作共同概念及共同觀念(*koinai ennoiai*)；它們在哲學論證中經常被使用。儘管它們事實上依賴於經驗，但聽起來更像是與生俱來的直覺，似乎是不容置疑的。

與亞里斯多德(Aristotle)的語詞邏輯(logic of terms)相對照下，斯多噶學派的邏輯是命題式的(propositional)。基本單位是簡單命題(*axioma*)，是真和假的主要載體。三段論證也運用於複雜的命題——條件的，連接的和選言的命題——且依賴於五個「不能證明的」(indemonstrable)推論圖式(其他的命題在稱為論題〔themata〕的四條規則的幫助下可簡化為推論圖式)。所有這些事物都屬於「可說的事物」(sayables)或「可表達的事物」(expressibles)(*lekta*)之類。語詞是物體(空氣的振動部分)；和外部的物體是一樣的，但是像由

「……行走」(...walks)所表達的描述詞，以及整個句子的意義，例如，「蘇格拉底行走」(Socrates walks)，是非物質的可表達的事物。思想和句子的結構及內容，是藉由把它們鋪陳在可表達的事物上來分析，但是可表達的事物自身在因果關係上是無活動力的。

習慣上，人們把該派的第二階段稱之為「中期斯多噶主義」(Middle Stoicism)。它在巴內提烏斯(Panaetius)和波西多尼亞斯(Posidonius)的領導下主要在羅德島(Rhodes)發展。他們二位曾對西塞羅(Cicero)具有影響力的著作(西元前一世紀中葉)中關於斯多噶主義的描述產生了影響。巴內提烏斯(c.185-c.110)緩和了斯多噶學派的一些立場，其倫理學更為實用，較少地關注理想化的聖人。波西多尼亞斯(c.135-c.50)使斯多噶主義對柏拉圖和亞里斯多德的思想的採用更趨開放，復興了柏拉圖的靈魂裡包含非理性成份的思想。

第三個階段，「羅馬斯多噶主義」(Roman Stoicism)，是著作得以大量地保存下來的唯一斯多噶哲學時代。該階段以更年輕的賽涅卡(Seneca, A.D. c.1-65)，埃比克提特斯(Epictetus, A.D. c.55-c.135)及馬庫斯・奧勒利烏留(A.D. 121-80)為代表。巴內提烏斯業已樹立起來的那種趨勢得以繼續，且更為關注實用的和個人的倫理學。很多著名的羅馬政治家是斯多噶主義者。

西元二世紀後，斯多噶主義作為一個體系開始式微，但是其用詞和概念在那以前就已成為古代思想不可抹煞的部分。通過西塞羅和賽涅卡的著作，它對文藝復興時期的倫理和政治思想的影響是極為深遠的。

參見 Cicero 西塞羅；doxographers 古希臘哲學家各種主張的編輯者和註釋者；Hellenistic philosophy 希臘化時期哲學

D.N.S.撰　徐學庸審訂

Stoicism, Middle　中期斯多噶主義　見 Stoicism 斯多噶主義

stone paradox　石頭悖論　見 paradoxes of omnipotence 全能悖論

Stout, George Frederick　史托特，喬治・弗雷德里克(1860-1944)　史托特是英國心理學家與哲學家，是渥德(Ward)的學生，受到赫爾巴特(Herbart)及布倫塔諾(Brentano)的影響。他從 1892 到 1920 年是《心靈》(*Mind*)雜誌的編輯。他追隨渥德反對聯想主義(associationism)和感覺主義(sensationlism)，主張分析心靈為主動的而非被動的，包含有認知、感覺和情意之活動。史托特強調注意力是心靈的最基本的功能，而且論辯說所有心靈活動與行為都有目的導向性(goal-directedness)，這樣的看法大大地影響了麥獨孤(McDougall)的動力心理學(hormic psychology)。為了強調心理活動是首位的，他重新解釋了一些傳統聯想主義的觀點，例如，連結性(contiguity)聯想的連結之為一種被動的機械過程，被他重新解釋為，由注意力興趣之連續性所造成的連結(continuity of attentional interests)所造成的連結。他與布倫塔諾一同論辯主張，心靈表徵(mental representation)包含了「思想的指涉(thought reference)」，指到一個真實的對象，之所以能夠這樣地指涉是經由表徵，而此表徵就像洛克(Locke)的「觀念」(idea)一樣，本身是思想的對象(object of thought)。在哲學方面，他受到了穆爾(Moore)和羅素(Russell)的影響。其主要著作有《分析心理學》(*Analytic Psychology*, 1896)和《心理學手冊》(*Manual of psychology*, 1899)。

參見 associationism 聯想論；Brentano 布倫塔諾；sensationalism 感覺主義

T.H.L.撰　劉希文審訂

St. Petersburg paradox　聖彼得斯堡悖論　見 Saint Petersburg paradox 聖彼得斯堡悖論

strategy　策略　見 game theory 賽局理論

Straton　斯特拉頓　見 Peripatetic School 逍遙學派

Strato of Lampsacus　蘭普薩庫斯的斯特拉頓(c.335-c.267 B.C.)　希臘哲學家和博學者，因為其在自然科學裡的革新觀念而得「物理學家」這一綽號。繼希奧弗拉斯特(Theophrastus)後成為呂克昂(Lyceum)學院的領袖。早期他在亞歷山大港(Alexandria)做王室的教師，學生包括阿里斯塔曲斯(Aristarchus)，他設計了第一個以日心測量的模型。斯特拉頓寫了很多著作，但只有殘片和摘要保存了下來。這些隻字片語顯示，他批評了早期理論家的抽象概念分析，同時密切關注經驗的證據。他抨擊的目標包括原子論的論證(atomist arguments)，即除非存在一個虛空，否則運動是不可能的；還有亞里斯多德(Aristotle)的物質完全是連續的論點。斯特拉頓論證說，自然裡沒有虛空存在，但是物質能自然地滲透，因為它們係有帶孔穴的小口袋。他對壓力和吸力的研究對古代生理學(physiology)產生了很大的影響。在動力學上，他指出物體沒有輕的特性，只有或多或少的重量。

參見 Hellenistic philosophy 希臘化時期哲學；Lyceum 呂克昂

S.A.W.撰　丁福寧審訂

Strawson, Sir Peter　史陶生，彼得爵士(b. 1919)　英國哲學家，在邏輯、形上學及康德(Kant)研究三方面有重要貢獻。他一直在牛津(Oxford)任職，為該大學當代的哲學大師。

〈論指涉〉(On Referring, 1950)是他最早的一篇重要論文。該文指出，羅素(Russell)的描述詞理論(theory of descriptions)在處理「指涉表式」(referring expressions)時有所缺失，因為羅素做了一個「虛假的三分」：語句要不然是真，要不然是假，要不然是無意義。但史陶生指出，某些帶有無指涉的描述詞(empty descriptions)的語句是有意義而「非真非假」的，原因是一般對於指涉表式之用法，是有所預設的，而當此預設未被符合時，便產生上述情況。在其論證中，史陶生亦指羅素未能對「確定描述詞」(definite descriptions)的日常使用，給予應有的注意。史陶生第一本書《邏輯理論導論》(*Introduction to Logical Theory*, 1952)的中心主題，便是對形式邏輯之抽象基模(schemata)及日常語言所包含的推論的多樣性和多變性，做一番對照。

在《個體》(*Individuals*, 1959)一書中，史陶生將數十年來被實證論者批評得一無是處的形上學，重新建立為一可敬的哲學學門。但他所開發的，只是所謂的「描述的」(descriptive)形上學——即只是對吾人概念架構(conceptual scheme)的基本特性做出闡明——而他各個論證，大都以語言哲學為基礎：例如說，「基本殊相」(basic particulars)就是那些指涉的基本對象，而講者對它們的辨識及再辨識所依靠的時空及類別條件，就構成了所謂基本範疇(basic categories)。史陶生有三個論證特別有名，分別是：(1)縱使在一個純然聽覺的世界，以經驗為基礎的客觀指涉，仍然需要有一類似空間之「物」，方為可能；(2)個人——作為兼具物理特性和心理特性的負載者——是一類基本殊相，因為自我指涉已預設了對他人的指涉；(3)「質料安立」(feature-placing)之論述，例如「現在這裡正在下雪」之類，是「最基層的命題」，而對於殊相之指涉，正是透過這層命題才能進入論述之中。

史陶生另一本書，《意義的界限》(*The Bounds of Sense*, 1966)，是對康德的理論哲學提供了一種批判性的解讀。他的目標，是企圖開解康德依其先驗觀念論(transcendental idealism)之先驗論證(transcendental arguments)所建立而史陶生認為十分深奧的真理——這些真理是關乎客觀經驗和判斷之預設的。但有人批評史陶生，認為他所獲致之立場並不穩固：先驗論證只能告訴我們必須假設什麼。因為康德的觀念論，正是把此項假設所能涵蓋的範圍，限於表象之內，故如果放棄康德的觀念論，我們便無從對世界之必為如何做出結論，除非我們補加一個檢證論的(verificationist)主張：如果要能使此等假設有意義，我們就必須有能力檢證它們。在他下一本書《某些形態的懷疑主義和自然主義》(*Skepticism and Naturalism: Some Varieties*, 1985)中，史陶生承認：先驗論證只限於描述的形上學，而不應以為它們可為我們的概念架構提供一個外在的證成(justification)；事實上，這種外在的證定是不可能也無需要的。在這關節上，史陶生轉而借重於休姆(Hume)而非康德，謂我們的推理終止於那些我們本性上趨於接受的無可質疑的信念，因為正只有這些信念，才讓我們有可能提出問題。在早期的一篇著名論文，史陶生在自由意志的爭辯上，便已提出極為近似的論點：他忠告那些要為我們日常所持的譴責或感激之態度做辯護的人，不要企圖在那種以超因果的自由意志為對象的「恐慌形上學」(panicky metaphysics)中尋找根據，而只需要——亦只能夠——切實地面對我們對這些「反應式」(reactive)態度所抱之不可動搖的信念，因為我們正是透過這些態度來宣示我們對「個人」(persons)此基本範疇的執著。

參見 free will problem 自由意志問題；Kant 康德；ordinary language philosophy 日常語言哲學；paradigm case argument 範例論證；presupposition 預設；Russell 羅素；theory of descriptions 描述詞理論；transcendental argument 先驗論證

T.R.B.撰　謝仲明審訂

strict conditional　**嚴格條件句**　見 counterfactuals 逆實句；implication 蘊涵

strict duty　**嚴格的義務**　見 Kant 康德

strict identity　**嚴格同一性**　見 identity 同一性

strict implication　**嚴格蘊涵**　見 implication 蘊涵

strict partial order　**嚴格部分有序**　見 ordering 排序

stroke notation　**撇號**　見 Sheffer stroke 謝弗之撇

strong semantic completeness　**強語意完備性**　見 completeness 完備性

strong soundness　**強合理性**　見 soundness 合理

strong supervenience　**強伴隨性**　見 supervenience 伴隨性

structural ambiguity　**結構上的歧義**　見 ambiguity 歧義

structuralism　**結構主義**　一個獨特而範圍又極廣，從 1950 到 1970 年代，主要在法國，對社會及人文科學所進行的豐富研究。將結構主義描述為一種運動並非易事，因為受到結構主義影響的各個學門在採用這方法時已做了修正，例如人類學、哲學、文學理論、精神分析、政治理論、甚至數學。儘管如此，一般認為結構主義的組織原則源自於二十世紀初葉索緒爾(Saussure)的著作，而索緒爾正是結構語言學的創立者。在駁斥歷史及哲學對語言學的流行看法之餘，他提出了一種語言學的「科學」(scientific)模型，視其為元素及規則之一封閉系統，用以說明意義的產生與社會的交流。受到涂爾幹(Durkheim)「社會事實」(social fact)概念——即心理及社會秩序匯集所在的客觀領域——的啟發，索緒爾認為語言是將實際語言社群所共享的各式各樣符號儲存起來。個別符號是由兩種元素所構成，其一是音素上的意指(signifier)，或是獨特的聲音元素；另一是對應的意義，或為所意(signified)的元素。符號的聲音及意義元素之間關係的界定則為任意而來的，也就是基於習慣所結合，既非來自於說話主體的個人傾向所致，亦非來自任何外在指涉的考量。每一個個別意指的獨特性或同一性，皆是由它在較大的集合中，和其他意指之間的差異關係所賦予；因此，語言的每一個基本單位，其本身便是與系統內其他元素之間的差異產生的。這種差異及結構關係的原則，被查普茲寇依(Troubetzkoy)擴展在音素的序列上，由此，母音差異所界定的組合便形成了所有語言音素的構造。最後，對索緒爾而言，封閉的符號組合是由一個文法、音素和語法的規則系統來掌管。語言因而從它本身自主的組織中獲得意義，藉以確保其溝通上的功能。

由於語言是一般社會符號系統中的首要例子，結構性的說明或許可以作為一種範例模型，以便認識到這類社會系統的可理解性——以及，它在更廣泛的社會與人文科學關懷上之顯著關係。這項意涵是由索緒爾自己在其《普通語言學課程》(*Course on General Linguistics*, 1916)中提出，而被法國人類學家李維史陀(Claude Lévi-Strauss)大幅度地加以發揮——一般均認為他才是現代結構主義的創立者——從其《親屬的基礎結構》(*Elementary Structure of Kinship*, 1949)起，他就在社會人類學領域裡進行廣泛的分析。李維史陀主張，社會本身是根據某種重要的溝通及交換形式組織而成，不論它指的是資訊、知識或神話，甚至是其成員自身。社會現象的組成便因此可以透過其圍繞在底層的結構詳加說明，而得以釐清；整體來看，它證明出一種較為深刻且包含全部的社會理性。一如語言分析，這些社會結構不是藉著直接觀察所揭曉，而是由觀察到的經驗資料所推論及演繹出來的。此外，由於這些結構是特定關係的模型，並在探討時展現出其組成元素的差異性質，以致結構分析不但可隨時形式化，還能夠有各式各樣的廣泛運用。例如，英國的李區(Edmund Leach)在社會人類學的領域從事這些分析；在美國，瓊姆斯基(Chomsk y)將結構主義的洞見應用到語言學理論及心靈哲學；義大利的艾柯(Eco)在社會及文學符號學領域中進行廣泛的結構主義分析。

明白到語言乃一種由規則所控制的社會符號系統，以及有效溝通端賴於說話者運用語言本身符碼中的資源，結構主義者的進路在處理富有意義的論述時，便無意傾向於傳統對「主體性」(subjectivity)和「歷史」(history)較多的考量。在這個進路所衍生的後結構主義當中，諸如：法國哲學家傅科(Foucault)，就專注於模倣和再現(representation)等各種知識型論述所造成的「主體」(subject)，以及知識和權力等制度性的角色在自然和社會科學中所形成且延續的個別「學科」(disciplines)。傅科認為，這些學科隨之掌管了我們對瘋狂、犯罪、懲罰、性慾等等的理論和實踐概念，而這些概念共同地將個別主體「正常化」(normalize)到它們現有的地步。同樣地，在精神分析的領域裡，拉岡(Lacan)自索緒爾及李維史陀的作品中，來強調弗洛伊德(Freud)對語言的關切，並主張，作為一組有決定性的符碼，語言正是架構出主體的潛意識。然而，成問題的也就在這個語言的動力論(dynamism)上，包括了隱喻(metaphor)、轉喻(metonymy)、濃縮(condensation)、置換(displacement)等等，它將社會符號引進於主體的形構(constitution)之中。阿圖塞(Althusser)將結構主義方法論的原則用在他對馬克思主義(Marxism)的分析上，特別是在理解下層結構和上層結構的形成時，矛盾所扮演的角色成就出歷史辯證法。他的說明隨同了馬克思對費爾巴哈(Feuerbach)的駁斥，當下否定掉傳統主體性及人文主義的戲碼，表現出對「歷史唯物論」(historical materialism)的「科學」分析，基本上，它是反歷史主義(anti-historicist)的，卻又對現實的政治事務眷戀不已。對阿圖塞而言，這樣的哲學分析提供一種「客觀」(objective)的洞見，有助於社會現實的歷史轉換。

結構主義者對傳統主體性及歷史觀點所延伸的限制，戲劇性地改變了他們所同時處理的：從事於有意義論述之個體，以及對一般語言上可說明的客體領域。這種研究旨趣的改向(特別是在法國，由於巴特〔Barthes〕和塞瑞斯〔Michel Serres〕在詩學、文化符號學及溝通理論的領域中具有影響力的著作)，造成了一系列獨創的分析，也引發了結構主義方法論的支持者及較傳統傾向的思想學派(如現象學〔phenomenology〕、存在主義〔existentialism〕、馬克思主義〔Marxism〕，以及經驗和實證主義者〔positivist〕的科學哲學)之間的激烈爭端。這些爭議成為一種推動的力量，對於 1980 年代及其後的哲學發展而言，它開啟了對解構及後現代理論的後續討論。

這些後結構主義的思想家對社會現象的組織，或許不如對它們的原初構造及後續動力更來得關切些。因此，主體和歷史的問題——或者用更廣泛的說法，時間性本身——又再度地被捲入。新的討論受到對語言更具決定性的評價所煽動，並在他們拒絕系統性形上學的整體傾向中，走向了反黑格爾主義(anti-Hegelian)。在結構主義之後的討論中，海德格(Heidegger)對傳統形上學的批判，便是其中的主要影響之一，重新去檢視尼采(Nietzsche)對「系譜學」(genealogy)的早期說明，他的反本質主義(anti-essentialism)，以及其動態的「權力意志」(will to power)學說，亦具同樣的效應。此外，許多後結構主義哲學家強調，弗洛伊德的原慾力(libido)及潛意識概念不僅在理解主體上乃決定性的因素，在理解語言使用的深層修辭及情感成份時，也是決定性的要素。參與這股爭議的哲學家和評論家，洋洋灑灑地多到令人吃驚的地步，最初，他們是由當代的結構主義思想家所構成的，後續的回應和批判性重估則形成了活躍於法國知識界的後結構主義時期。這類人物像是呂格爾(Ricoeur)、列維納斯(Emmanuel Levinas)、克莉絲緹娃(Kristeva)、布蘭蕭(Maurice Blanchot)、德希達(Derrida)、德勒茲(Gilles Deleuze)、郭達力(Félix Guattari)、李歐塔(Lyotard)、布希亞(Jean Baudrillard)、拉古-拉巴特(Philippe Lacoue-Lacbarthe)、南西(Jean-Luc Nancy)及伊莉嘉蕾(Irigaray)，開創了一系列已具國際性風範的當代反思。

參見 Continental philosophy 歐陸哲學；deconstruction 解構；Foucault 傅科；Heidegger 海德格；Lacan 拉岡；Lyotard 李歐塔；postmodern 後現代；Saussure 索緒爾

D.Al.撰　蔡錚雲審訂

structuralism, mathematical　數學結構主義　見 mathematical structuralism 數學結構主義

structure　結構　見 grammar 文法；philosophy of language 語言哲學；transformation rule 轉換規則

structure, deep　深層結構　見 grammar 文法；philosophy of language 語言哲學；transformation rule 轉換規則

structure, surface　表層結構　見 grammar 文法；philosophy of language 語言哲學；transformation rule 轉換規則

structure description　結構描述　見 Carnap 卡納普

stuff　質料　見 metaphysics 形上學

***Sturm und Drang*　暴風雨和熱望、狂飆**　見 Goethe 歌德

Suárez, Francisco　蘇阿雷，弗朗西斯科(1548-1617)　又被稱為卓越的博士(Doctor Eximius)，西班牙耶穌會哲學家和神學家。生於格拉納達(Granada)，就學於薩拉曼卡(Salamanca)，任教於薩拉曼卡、羅馬、考因布拉(Coimbra)及其他重要大學。蘇阿雷的重要著作有：《論法律》(*De legibus*〔*On Law*〕, 1612)、《論三位一體》(*De Deo uno et trino*〔*On the Trinity*〕, 1606)、《論靈魂》(*De anima*〔*On the Soul*〕, 1621)，以及浩瀚而不朽的《形上學研究》(*Disputationes metaphysicae*〔*Metaphysical Disputations*〕, 1597)。《形上學研究》在哲學史上占有獨一無二的地位，它是西方所寫的第一部關於形上學的系統而完整的著作，並非是對亞里斯多德(Aristotle)的《形上學》(*Metaphysics*)的評註。該書包含了五十四個議題，討論了當時所知的每一個形上學問題。它立刻產生了持久不息的影響，見於歐洲和拉丁美洲士林哲學的著作中，以及近代哲學家諸如笛卡兒(Descartes)、萊布尼茲(Leibniz)、沃爾夫(Wolff)和叔本華(Schopenhauer)的著作中。

蘇阿雷對哲學的主要貢獻在於形上學、認識論和法律哲學。在這三個領域中，他受到亞里斯多德和亞奎納(Aquinas)的影響，儘管他也從奧坎(Ockham)、鄧斯・斯各多(Duns Scotus)和其他一些人那裡受到啟發。在形上學方面，蘇阿雷以其關於形上學、存有和個體化之本質的觀點而著名。形上學是「存有就作為真實的存有」的科學，其研究的確切對象是存有的客體概念。對形上學對象的這種理解經常被視為為早期近代形上學的理論開闢了道路。在近代形上學的理論中，形上學的對象是心智的。對蘇阿雷而言，存有的概念是藉著類比(analogy)從存在於事物中的相似性推論出來的。對他來說存在的實在是由個體組成的：存在的每一個事物都是個體，包括實體(substances)及其特性(properties)、偶然(accidents)、原理(principles)和成分(components)。他把個體性理解為不可交際性(incommunicability)，即個體不能分成與其自身一樣的特殊種類的實體。個體化的原理是「存有物」(entity)，並將存有物與「就其存在之本質」(essence as it exists)等同起來。這個原理既適用於實體也適用於其特性、偶然、原理和成份。

在認識論上，蘇阿雷的觀點有兩個較為突出：(1)理智在沒有必須求助於反思的情況下透過一個合適和分離的概念來認識個體，這是一個支持經驗主義認識論的觀點，在經驗主義認識論裡，和多瑪斯主義(Thomism)相反，個體的知識不是透過共相來傳遞的；(2)關於中間知識(middle knowledge〔*scientia media*〕)的觀點，中間知識是神擁有的關於每一個自由的人在一切可能的情境裡所作所為的知識。這個概念被蘇阿雷和默里納(Molina)用來解釋神在沒有侵害自由意志的情況下怎樣控制人的行為。

在法律哲學領域裡，蘇阿雷是位創新的思想家，他的觀念影響了格羅秀斯(Grotius)。就他而言，法律根本是一種意志的作為(an act of the will)，而非像亞奎納所認為是理性立法(an ordinance of reason)的結果。法律分為永恆的、神的、自然的，以及人的法律。人的法律是建立在自然律和神律上，非人創造的結果。

參見 individuation 個體化；metaphysics 形上學

J.J.E.G.撰　丁福寧審訂

subaltern　下位命題　見 square of opposition 對立方陣

subcontrary　相互次對立的命題　見 square of opposition 對立方陣

subdoxastic　亞相信的　用來說一種心靈狀態，人假設此狀態，以解釋某些顯然不是根據推論得出的信念(non-inferential beliefs)之產生及其特徵。這些首次由斯第奇(Stephen P. Stich)在其〈信念與亞信狀態〉(*Beliefs and Subdoxastic States*, 1978)一文中進行了討論。比如說，我可以根據一些我無法說清楚的微妙線索，形成「你是抑鬱的」之信念。人可以認為負責這種信念(形成)的心理機制，亞相信的收存關於這些線索的資訊。儘管亞相信狀態在某些方面與信念相似——它也有意向性內容(intentional content)，也導引行為，也能證成信念——但是它至少在兩個方面與完全正式的信狀態(fully-fledged doxastic states)或信念不同。首先，如上所述，人大多不能內察到亞相信狀態；我可能無法描述(產生)我的信念(「你是抑鬱的」)之基礎，即便經過反省也無法。其次，亞相信狀態似乎與行動者的信念綜體不處於推論關係；我對「你的前額皺起」之亞相信察覺(appreciation)，可能促使我相信你是抑鬱的，但是，與「你的前額皺起」之信念不同的是，在同時有其他信念之際，此亞相信狀態不一定再導出一個關於你的容貌的信念。

參見 belief 信念

J.F.H.撰　龔維正審訂

subject　主詞　見 grammar 文法；logical subject 邏輯主詞

subjective probability　主觀機率　見 probability 機率

subjective reason　主觀理由　見 reasons for action 行動理由

subjective rightness　主觀正確　見 objective rightness 客觀正確

subjectivism　主觀主義　任何試圖以一種主觀的方式，去理解某種似乎是有客觀真假可言的判斷之哲學觀點——這些有客觀真假可言的判斷獨立於我們所信念、欲想，或者希望之外。成為一個主觀主義者有兩個路徑。第一個路徑是去斷言說，這些似乎是有客觀真假可言的判斷，其實只是關於我們自己的態度、信念、情感等等的判斷(它們還是判斷)。另一個路徑是去否認判斷是有真假可言的，並認為判斷只是偽裝的命令或是態度的表達等等(它們不再是判斷)。例如，在倫理學上，第二類的主觀主義即主張道德判斷只是我們正面或負面的態度表達。這又叫作情緒論。規範論也是第二種主觀主義中的一種；它指出道德判斷其實是一種命令——即：說「*X* 是善」就等於說：「去做 *X*」。把道德當成是約定俗成的觀點(我們大多數人都同意的觀點)也可被看作為主觀主義的理論，不過這屬於第一種的主觀主義。然而，主觀主義不限於在倫理學上。根據認識理性的主觀主義觀點，理性信念的標準是個體(或個體所處的那一個社群)所贊同的標準(只要他或他們熱衷於相信真理而不相信假理)。同樣，現象論者可被視為對有關物質對象的陳述進行主觀的解釋，因為在他們看來，這樣的陳述可以被理解為有關我們經驗過程的複雜陳述。

參見 emotivism 情緒論；epistemology 知識論；ethical objectivism 倫理客觀主義；ideal observer 理想觀察者

R.Fo.撰　王文方審訂

subjectivism, moral　道德主觀主義　見 ethics 倫理學

subject-object dichotomy　主客二分　思維者和其所思之物的區分。這種區分並不是唯一的，因為主體也可能會變成客體，就像在反身(reflexive)的自我意識(self-conscious)思

維中，將主體(subject)視為是其意向的客體(intended object)。二分的涵義不必然意味任何事物要非主體就是客體，因為在一種邏輯地可能的世界中可以不存在著思維者，於是便可以有獨立於心靈(mind-independent)的事物，它既非主體也非客體。是否有非思維(non-thinking)的事物，它們在實際的世界中不是思維的客體，這端賴於在邏輯中用「我們可以想到存在的每樣事物」(We can think of everything that exists)這樣的思維及表達來意想每一個別事物是否充分。這種二分法是一種相互牽連的區分，它區分了思維者及其所思之物，其中，每一個都預設了另一個。如果不存在主體，那麼，在真實的意義中就不存在客體，反之亦然。

主客二分在大多數的西方傳統中是被確認的，在歐陸哲學(Continental philosophy)中尤其是如此，它從康德(Kant)開始而貫徹於費希特(Fichte)、謝林(Schelling)、黑格爾(Hegel)和叔本華(Schopenhauer)等人的觀念論思想中。於意向主義的哲學(intentionalist philosophy)中它亦表現得十分明顯，如布倫塔諾(Brentano)的經驗心理學(empirical psychology)，邁農(Meinong)、瑪里(Ernst Mally, 1879-1944)和特瓦道斯基(Twardowski)的對象理論(the object theory)，以及胡塞爾(Husserl)的超驗現象學(transcendental phenomenology)等等。主客二分受到有些神祕主義者(mysticisms)的反對，它被斥為哲學上的二元性虛構(fiction of duality)，笛卡兒的心物二元論(Cartesian mind-body dualism)是其中最特別的例子，並被神祕主義者批判為一種混淆(confusion)，它妨礙了心靈認知到它和世界本質上(essential)的同一性(oneness)，並助長了不必要的智性及道德兩難(moral dilemmas)。

參見 Brentano 布倫塔諾；Continental philosophy 歐陸哲學；Husserl 胡塞爾；intentionality 意向性；phenomenology 現象學

D.J.撰　游淙祺審訂

subjunctive conditional　虛擬條件句　見 counterfactuals 逆實句

sublation　揚棄　見 Hegel 黑格爾

sublime　崇高　由於物的無窮浩瀚或廣袤無際(如穹蒼或海洋)，或物的巨大力量(如洶湧波濤、崇山峻嶺、懸崖峭壁)，所引發的一種感覺。用康德(Kant)的術語來說，前者是「數量上的崇高」(mathematically sublime)，後者是「動態上的崇高」(dynamically sublime)。雖然崇高的經驗相當令人不舒服，但仍會伴隨某種愉悅的快感：讓人享受被征服的感覺。根據康德的觀點，之所以感到愉悅，是因為知道自己擁有不受制於感覺，卻賦予感覺以合理性的理性力量。因此，崇高感不僅揭露出感官經驗的限制性(因此會有不愉快的感覺)，同時也展現出自我心靈的力量(因此會有愉快的感覺)。

在十八、九世紀的美學理論中，崇高是一個極為重要的概念。1674 年，由於朗基納斯(Longinus)《論崇高》(*Peri hypsous*〔*On the Sublime*〕)譯本的出版，因而激起對崇高概念的反省。此外，二十世紀末之思潮中所出現的「後現代崇高」(postmodern sublime)思想，則是探討藝術問題的基礎。由於美與物的可觀賞之形式有關，而崇高則與無法呈現於感官的無形之物有關。因而，崇高感之所以被納入「美感」(the aesthetic)批判之中——所謂美感是指感性的呈現，在於把崇高感看成是理解何謂藝術的重要途徑。也可以從政治的觀點來解讀，亦即，所謂崇高，與對抗宰制有關；而所謂美，則與接受傳統既有之社會形式或結構有關。

參見 aesthetic property 美感特質；aesthetics 美學；beauty 美

S.L.F.撰　劉千美審訂

S

subset　子集　見 set theory 集合論

subsidiarity　輔助　是社會秩序和共利(common good)的一項基本原則，指導一個政治共同體之內上位與下位社團之間的關係。積極而言，輔助原則主張，由各種促進人類自我實現的社會資源和制度所形成的共利，將由個人以及他們的志願性結合所展現的自由而有創意的主動性所培育。因此，國家除了在維持公共性的有利事物(public good)(法律、公共秩序、公共道德)方面有其直接角色之外，在鼓勵共利的其他方面，也有間接的角色可以扮演，那就是對個人或社團提供協助(subsidium)，只要他們的活動在工作、休閒、藝文、學術、宗教方面有助於人們合作性的自我實現。消極而言，輔助原則主張，上位(也就是涵蓋較廣)的組合，雖然必須監控、管制，和協調下位的組合以及個人，但是只要沒有違背共利之虞，即不可以吞噬、取代，或者破壞他們的自由創意與行動。

這種偏好個人和社會主動性的立場，主張者根據的理由不一。有人指出要國家擔負千頭萬緒局部性的事務會有礙效益，相對而言，讓掌握著社會的共有經濟、學術、藝文資源的次級團體以及個人釋放他們的自由、創造潛能，自然更合效益。不過這個立場深一層的理由，還是在於一種觀點：人的發達(flourishing)，關鍵之處在於個人從事自我導引的自由、志願團體從事自治的自由，而人類在個人的和合作性的主動安排之下，可以發達得最成功圓滿，不是消極地享用或者接受他人的安排所能比者。

參見 common good 共利；justice 正義；liberalism 自由主義；political philosophy 政治哲學

J.B.M.撰　錢永祥審訂

subsistence　抽象存在　(德語「存在」〔*Bestand*〕的英譯)，當代哲學名詞，特別是邁農(Meinong)哲學體系裡的說法，指一種屬於「觀念」(ideal)對象的存有(being)(諸如數學的對象、事態，以及相似性與差異性這類的抽象概念)。反之，屬於「實際」(real〔*wirklich*〕)對象中的存有叫作「存在」(existence〔*Existenz*〕)，它們基本上是由科學而非心理學和純數學來加以研究的事物。抽象存在和實存一起構成存有(being〔*Sein*〕)的領域。換言之，幾何學者所研究的抽象概念圖形在現實上並不存在——在現實世界的任何地方都發現不了它們——但是它們所具有的存有真實性並不比實存的物理對象少：這些圖像依舊為「有」(there are such figures)。

然而，存有一詞並無法窮盡物體或事物的領域。意向性(intentionality)的心理現象表明確實「有」(there are)(以某種意義下的「有」而言)一些既非實際存在也不是抽象存在的客體。每個意向性狀態都會指向一個對象，儘管有人會覬覦希望之鑽(Hope Diamond)或者渴望歐洲的統一，但是他也會覬覦一個非-實際存在的物體，或者渴望某種非-抽象存在的事態。如果一個人覬覦一個非-實際存在的鑽石，那麼，便有(以某種意義下的「有」而言)他所覬覦的這件事物——這個物體出現在某人的心靈狀態中——而且該事物還具有某些特性，例如，它是鑽石。因此，我們可以說這個事物存在於「如其存有」(*Sosein*，「如是存有」〔being thus〕或者「斷定」〔predication〕或者「具有特性」〔having properties〕)的領域，這個領域包含了客體總和的範疇。客體如不具有任何種類的存有性質，或實際存在或抽象存在，即屬於非存有(*Nichtsein*)。一般說來，我們並不能根據一個物體的屬性來判斷它是存有或非存有(但也有例外：圓的正方形，單單根據其性質就不可能抽象地存在)。因而邁農(Meinong)堅持主張，物的狀態(objecthood)是「獨立存有的」(ausserseiend)，亦即獨立於實際存在和抽象存在之外而存有著的。

參見 abstract entity 抽象實體；Meinong 邁農；metaphysics 形上學

P.v.I.撰　陳懷恩審訂

sub specie aeternitatis **在永恆的形相下** 見 Spinoza 史賓諾莎

substance **實體** 正如亞里斯多德(Aristotle)在《範疇篇》(*Categories*)裡所定義的那樣，實體就是既不可斷定為任何事物的屬性，也不可作為某個方面或特性而呈現於任何事物之中的東西。他提供的例子是一個個別的人和一匹個別的馬。我們可以將「是一匹馬」斷言在一個東西之上，但卻不能將一匹馬斷言在一個東西之上；馬也不處在某物之中。他還認為只有實體才能經歷變化而保持自我同一性。所有其他事物都是實體的偶然屬性，且只是作為實體的某一面向、性質、實體間的關係，或實體的種類(亞里斯多德稱此為次〔secondary〕實體)。作為偶然屬性的一個例子是某一個人的膚色(the color)，而第二實體的一個例子則是他作為一個人類的存在(his being a man)。

對洛克(Locke)而言，實體即是在個體中其屬性所從屬的那一部分。由於我們只能觀察而且只能知道事物的屬性，因此實體是不可知的。洛克的定義很明顯根植於亞里斯多德的定義，但是後者並沒有懷疑論的色彩。事實上，洛克的定義在意義上與亞里斯多德關於質料(matter)的定義更接近一些，因而最好被看作是「基質」(substratum)的同義詞。實體也可被認為能獨立存在於任何其他事物。這種定義也根植於亞里斯多德的定義。但是，由於被過於拘泥地理解，導致了史賓諾莎(Spinoza)的觀點：只可能存在唯一的一個實體，那就是實在的總和或神。

第四種關於「實體」的定義是一般所常見的，即「事物所由構造的原料」。這個定義與洛克有關，但是缺乏後者的懷疑論涵義。它也與亞里斯多德有關質料的涵義相對應，至少是接近於質料，例如，青銅雕塑中的青銅(亞里斯多德把個體事物分析成由質料和形式所組成)。這個關於質料的概念在哲學上具有重要的意義，因為它表達了一種觀念，該觀念對我們從常識或從科學上來了解世界都是至關重要的。否認實體存在的哲學家們諸如休姆(Hume)認為，個體事物只是屬性之束，即，僅僅是通常歸結為它們的種種屬性，而且他們通常還認為，個體事物不能變化；它們只是瞬間事件的系列，而非在時間中持久的事物。

參見 bundle theory 集束理論；property 性質

P.Bu.撰　王文方審訂

substance, primary **主要實體** 見 Aristotle 亞里斯多德

substance, secondary **次要實體** 見 Aristotle 亞里斯多德

substance causation **實體因果關係** 見 agent causation 主體因

substance-function **本體-功用** 見 *t'i, yung* 體、用

substantial form **實體形式** 見 form 形式；hylomorphism 形質論

substantialism **實體論** 實體論是一種觀點，認為最初基的、最根本的存在物即實體，其他一切事物的存在都要依賴於它們，或者作為其屬性，或者作為它們間的一種關係。對「實體」的定義不同，就會導致不同版本的實體論。

參見 substance 實體

P.Bu.撰　王文方審訂

substantival causation　實質因果關係　見 causation 因果關係

substantivalism　實體論　見 philosophy of science 科學哲學

substantive pluralism　實體多元論　見 pluralism 多元論

substitutability *salva veritate*　保存真值之替換　見 substitutivity *salva veritate* 保存真值之替換

substitutional quantification　替代性量化　見 quantification 量化

substitutivity *salva veritate*　保存真值之替換　當兩個表式滿足下面的條件時，即：在某一個句子中以其一替換另一的出現，並不會改變原來句子的真假值(真或假)時，我們便說該兩個表式在該脈絡中互相展現了「保存真值之替換」或「保存真值之可替換性」(*salva veritate* 原義為「保存真理」)。如果在一項討論中，我們所要談的顯然是真值的保存，那麼我們也可以簡單地說該兩個表式互相展現了替換性，或互可替換性。

萊布尼茲(Leibniz)提議以兩個名項(terms)在每一個命題中均展示「保存真值之可替換性」，來作為這兩個名項等同的充分且必要條件——即：這兩個名項指涉同一個事物的充分且必要條件。但正如萊布尼茲自己已經注意到的，這個標準似乎有些例外的時候。如果一個句子出現在某一個具有下列片語的脈絡中，如有關心理的動詞(比方說，「相信」或「渴望」等等)、表達模態(modality)的片語(比方說「必然地」、「可能地」等等)，或某些有關時態的表式(諸如「這種情形很快將發生」)等等，那麼，兩個名項可能會指涉同一個事物，但卻在這樣的句子中不能(保存真值地)相互替換。出現在引號中的表式，或者既被提及(mention)又被使用(use)的表式(參見蒯因〔Quine〕的例子，「焦爾焦內〔Giorgione〕被如此稱呼是因為其身材」)，也同樣不表現出(保存真值地)可替換性。

弗雷格(Frege)主張，像上述這樣的不可替換性應該由下面的事實來解釋。即，在這樣的脈絡中，這些表式並不指涉其通常的指稱，而是指涉其通常的意義或者這些表式本身。

參見 quantifying in 量化入；referentially transparent 指稱上透明的

C.A.A.撰　王文方審訂

substrate　基層　見 substance 實體

substratum　基質　見 Berkeley 柏克萊；substance 實體

subsumption theory of explanation　說明的涵括理論　見 covering law model 涵蓋律模式

sufficient condition　充分條件　見 condition 條件

sufficient reason, principle of　充足理由原理　見 Leibniz 萊布尼茲

Sufism　蘇菲主義　源自阿拉伯語*ṣūfī*，意為「神祕修行者」(mystic)伊斯蘭神祕主義，阿拉伯文是 *taṣawwuf*。蘇菲主義在哲學上具有重要意義的面向，在於其早期的心理學和

後期的認識論和本體論。

早期的禁慾主義、內省和對如《可蘭經》(*Koran*)所描述的神及來世的冥想之實踐，最終在古典蘇菲派(八至十一世紀)裡發展成神祕修行者的精神旅程，該旅程的相繼階段被用一套複雜的心理學術語來表述。蘇菲修行者區分了兩個層次的精神成就：第一個是「果位」(*maqāmāt*)成就，可以透過個人的努力、自我克制和精神修煉(例如，*tawakkul*，即，「無私地相信安拉」和*ṣabr*，即「忍耐」等)獲得。他們共有的特徵是蘇菲修行者透過有意志的活動和審慎的行為，抑制自我及所伴隨的對塵世事物和情感的牽掛，以便更容易達到接下來的「狀態」(*aḥwāl*)的層次，這是由於安拉的恩寵而賜給他的。這些狀態終抵於密契追求的目標，即最終的至福狀態，它們被蘇菲修行者根據其傾向以各種不同的方式確認為聖愛(*maḥabba*，日後成為*ʿishq*)、密契知識(*maʿrifa*)、自我意識的全部喪失、隨之而來的對安拉全神關注，以及透過安拉而生活(*fanāʾ and baqāʾ*)。描述這些階段和狀態的語言是隱喻的、象徵性的而非描述性的。

蘇菲主義最初遭到當局和正統派的懷疑，後來在十一世紀主要透過安薩里(al-Ghazālī, d.1111)的著作融入主流的信仰。在安薩里之後，先前齊頭並進的蘇菲主義的理論和實踐兩方面開始以不同的方式向前發展。在大眾的層面，蘇菲主義的實踐和教導在教友會和教團裡建制化了，自此以後，教友會和教團在所有伊斯蘭社會，特別是在從未享有權益的下層社會產生非常重要的作用。教團的生活不外乎由上師給走蘇菲派之路的新手嚴格地傳授入門祕訣。儘管也被給予了理論上的教導，密契修行者的目標基本上在於透過修持，主要是透過重複念誦宗教頌詞(*dhikr*)來獲取的。在知識份子中，蘇菲主義得到了哲學的詞彙和術語。早期蘇菲派的所有傾向，以及源於阿拉伯哲學的新柏拉圖主義流出說的要素，在伊本．阿拉比(Ibn ʿArabī, d.1240)的不朽著作中成為一個複雜而多面的「神智學」(theosophy)體系。這個體系依賴於「存有一體」(*waḥdat al-wujūd*)這樣的重要概念，根據這個概念，安拉是唯一的存有和唯一的實在，而整個創造構成了安拉一系列動態和連續的自我顯示。個體若將這些顯示的總體集於一身，便可成為創世的原型和認識安拉所透過的媒介，那麼他就成為「完人」，是和先知穆罕默德(Muhammad)一樣的人。密契修行者的追求表現為在經驗上(認識論上)把顯示的層次追溯到起源處，並達成最接近於「完人」的境地。伊本．阿拉比完全主宰蘇菲主義的神祕思想，後來主要在由各種伊斯蘭語言寫成的詩歌中被表現出來，而其思想的某些方面則在薩法維德時代(Safavid times)被重新介紹到阿拉伯哲學裡。

參見 al-Ghazālī 安薩里；Arabic philosophy 阿拉伯哲學

D.Gu.撰　蔡源林審訂

suicide, assisted　協助下的自殺　見 bioethics 生物倫理學

***summum bonum*　最高善**　拉丁語，意為「最高善」(highest good)，相對於此，所有其他事物最多指具有工具性的價值(價值只在它們能夠產生出最高善時)。

最高善的哲學解釋大部分具有目的論(teleological)的色彩。最高善對他們而言，等同於人類天性所追求的一些目的或目標。這些自然的目的和目標有很大的差異：對有神論者來說，這個目標是上帝；對理性主義者(rationalist)而言，目標在於理性地把握實在界(real)；對享樂主義(hedonism)來說，它是快樂……等等。不過，最高善並不一定要從目的論的觀點來理解。或許可以假設，通過某一直覺過程，就知道某一種類的事物是「本質地善」(intrinsically good)。根據這樣的一種觀點，相關的對比不在於作為目標的善與作為達到這個目標的手段之善，也不在於純粹自身的善與結合其他要素的善(外在地善

〔extrinsically good〕)。穆爾(Moore)的立場是這種最高善觀點的最佳事例。

最高善必須剛好是一元或是某一類事物嗎？是的，在這個範圍內：雖然人肯定能結合多元論(認為存在很多、不能相互化約的善)和最高善是「複合物」(complex)的斷言，不過，最高善的概念仍典型地專屬於一元論者(單一善的信奉者)，而非多元論者。

J.A.M.撰　陳瑤華審訂

***summum genus*　最高類**　見 *genus generalissimum* 最普遍的類

Sung Hsing　宋鈃　也叫宋子(Sung Tzu, c.360-290 B.C.)中國哲學家，與墨家(Mohism)和黃老(Huang-Lao)學派有聯繫。他是稷下學宮(Chi-hsia Academy)的成員。該學宮位於齊國(Ch'i)，為戰國晚期(late Warring States)吸引各派知識份子的中心。其墨家的觀念包括對「兼相利」、「尚簡」、「尚賢」(meritocracy)和「非攻」的強調。他因為下述信仰而受到道家的莊子(Chuang Tzu)的讚賞，即人根本的慾望和需要是很少的，人應注重內心的修養而非社會的評價。把內心的清靜和政治實踐主義(activism)結合起來正是黃老派思想的特徵。

參見 Mohism 墨家

R.P.P. & R.T.A.撰　林安梧審訂

***śūnyatā*　空性**　梵文字詞，意為「空」(emptiness)。一些印度佛教哲學家主張，凡存在者必然具有空的性質。如果某物是空的，它並不具有任何本質或固有的性質(*svabhāva*，自性)，也就是說，它的存在和本性都依待於其他事物或事件。因此，「一切皆空」的論題意味著，「一切事物都因果地依待於他物」。空性的辯護者批駁與此論題相矛盾的種種主張，認為那些主張不融貫因而不值得肯認。對空性的否定意味著對恆常與非偶然性的肯定：如果某物在某方面不是空的，它在該方面就是恆常和非偶然的。

參見 Buddhism 佛教；Mādhyamika 中觀學派；Nāgārjuna 龍樹

P.J.G.撰　何建興審訂

Sun Yat-sen　孫逸仙(1866-1925)　中國政治家，1911 年成立的中華民國(Republic of China)的締造者。作為醫學博士受教於英國，後來成為一個革命家，結束了中國最後一個王朝的統治。他成立了國民黨(Nationalist Party)，倡導所謂三民主義(Three People's Principles)：即民族主義、民權主義和民生主義(the nationalist，democratic，and socialist principles)。他聲稱繼承了儒家道統(the Confucian Way)。孫逸仙採取了與共產黨(the Communists)合作的政策，但他的繼位者蔣介石(Chiang Kai-shek, 1887-1975)與共產黨分裂了。他被認為是一位為共產主義革命開路的資產階級民主人士，現在在中國大陸也受到尊敬。

參見 Chinese philosophy 中國哲學

S.-h.L.撰　劉述先審訂

superaltern　上位命題　見 square of opposition 對立方陣

superego　超我　見 Freud 弗洛伊德

supererogation　超義務　超出義務要求之上的性質。有時候超義務的行為等同於道德上善的行為，在於它是道德上(可以)鼓勵，卻非道德上必須的性質。有時候它等同於道德上推崇的行為，例如，指向崇高的道德特性之行為。通常道德上為善的行為也就是道德上推崇的行為，反之亦然；因此，這兩種超義務的行為雖然完全不同，但並沒有得到清楚地區分，這並不令人意外。

某一類特定的行為一般認為不是道德上必須的，例如，捐助慈善事業，雖然道德會鼓勵人這樣做；不過，如果一個人很富有卻只捐助很少的一點點，那麼，超義務的部分在於他的行為在道德上為善，但在道德上推崇的意義下卻非超義務，因為他的行為並沒有指向崇高的道德特性。某一類特定的行為一般認為是道德上必須的，例如遵守諾言；不過，當遵守諾言的危害或危害的風險，遠大於不守諾言的危害而作為不守諾言的理由時，那麼，遵守諾言就是一種超義務，因為它是道德上推崇的行為。

有一種版本的「結果論」(consequentialism)聲稱：道德總是要求每個人去做能夠產生最佳結果的事。根據這樣的理論，並沒有一種道德上(可以)鼓勵但不必須的行為；因此，對持有這樣立場的人，如果超義務的行為存在，它們一定是道德上推崇的。非結果論的很多版本也無法說明道德上鼓勵，但不必須的行為；因此，如果他們贊同超義務的行為，那麼，他們必須把它們看做是道德上必須的行為，由於這些行為需付出個人重大的代價，如果不做的話，也可以得到原諒。

主張所有的行為是道德上必須的、禁止的，或是無關道德的，會使超義務的行為具有道德上的善行之意義，無法擁有穩固的地位。詞語誤用的結果，會使人認為沒有道德上(可以)鼓勵的行為，不是道德上必須的行為。康德(Kant)和彌爾(Mill)都區分了完全(perfect)的義務和不完全(imperfect)的義務，承認不完全的義務並未特別規定道德上必須去做的行為。不過，既然他們使用了「義務」一詞，就很容易把「義務」所涵蓋的行為都認為是道德上必須的。

為了避免將所有道德上鼓勵的行為就是道德上必須的，方法之一就是避免通常「義務」一詞在哲學上的誤用。「完全的義務」可以「道德規則所要求的行為」來取代，而「不完全義務」則可以「道德理念所鼓勵的行為」來取代。無論如何，理論包括道德上為善的意義之超義務，必須區別「超義務」的意義和「道德上鼓勵」的意義，即指向行為者具有崇高的道德品性。正如以上所言，所有道德上善的行為並非即是道德上推崇的行為，而所有道德上推崇的行為就是道德上善的行為，即使有一種特別的行為擁有上述兩種意義的超義務。

參見 duty 責任；ethics 倫理學；utilitarianism 效益主義

B.Ge.撰　陳瑤華審訂

superman　超人　見 Nietzsche 尼采

supernaturalism　超自然主義　見 miracle 神蹟；naturalism 自然主義；theological naturalism 神學自然主義

supernatural theology　超自然神學　見 *theologia naturalis* 自然神學

superseding cause　更迭因　見 causation 因果關係

superset　上集　見 set theory 集合論

supervaluation　至極定值　見 set theory 集合論；vagueness 模糊性

S

supervaluations, method of　至極定值的方法　見 vagueness 模糊性

supervaluation semantics　超值語意學　見 free logic 自由邏輯

supervenience　伴隨性　在一種特質或事實與另一種性質與事實之間的依賴關係。例如，穆爾(Moore)認為「內在價值」(intrinsic value)的性質是以恰當的方式隸屬於某些非道德的性質(儘管他沒有使用「伴隨著」這個詞)。正如他所指出的，「如果一個指定的事物在某種程度上擁有某一種內在價值，則不只同樣的事物在任何情況下在同樣的程度上一定擁有這種內在價值，而且任何恰好與它類似的事物在任何情況下在恰好在相同的程度上都擁有它」(《哲學研究》〔*Philosophical Studies*, 1922〕)。伴隨性的概念，像性質與性質間的關係，它的本質上是這樣的：*A* 類的性質伴隨著 *B* 類的性質而發生，若且唯若兩個事物在其 *A*——性質上不能有所不同而在 *B*——性質上卻無所不同。所謂伴隨著其他性質而發生的性質經常被稱為隨之發生的(consequential)性質，特別是在倫理學中；意思是如果某事例示了某個道德性質，則它是由於那樣出現，也就是說，例示了一些低程度的性質伴隨著某個有該道德性質的〔非因果關係〕的結果。

在另一種相關的意義上，伴隨性是一類論述與另一類論述的特徵相比較。該詞被赫爾(Hare)在道德理論中再次相關地如此使用。赫爾寫道：

> 首先，讓我們以「好」這個特徵為例，它是伴隨著而來的。假如我們說，「聖・弗朗西斯是位好人」。在邏輯上就不可能這樣說：或許有另外一個人正好處於和聖・弗朗西斯一樣的情形中，而且這個人的行為與聖・弗朗西斯的相同，但是他卻不是一個好人。(《道德語言》〔*The Language of Morals*, 1952〕)

赫爾的意思在於把「好」(good)運用到一事物，但卻不使用在恰好與之相似的所有關於非道德的方面的事物之上，這是對道德語言的誤用，也是違背道德論述的邏輯。赫爾是後設倫理學的非實在論者(metaethical irrealist)。他否認有道德性質或事實的存在。故對他而言，道德性質的伴隨性是道德論述和判斷的一個特徵，而非兩類性質或兩類事實之間的一種關係。伴隨性這個概念在形上學和心靈哲學裡已被非常廣泛地運用，通常如上述的第一種意義上使用。這種用法在戴維森(Donald Davidson)先為使用，他在表述有關物理和心理性質或狀態類型之間的關係時使用，這個概念用來表明這兩個性質之間的明確的位置，從而避免把心理性質化約為物理性質。他寫道：

> 儘管我所描述的這種立場否認存在著心理物理學規律，但是它與下述的觀點是一致的，即心靈特徵在某種意義上是依賴於物理特徵或伴隨物理特徵產生的。這種伴隨發生可能被用來指，不可能存在兩種在所有物理方面都相同但在某些心靈方面卻不同的事件，或者指一個物體如果沒有在某些物理方面發生變化，它也不可能在某些心理方面發生變化。這種依賴性或者伴隨性不會蘊涵著通過規律或定義而被化約。(《心靈事件》〔*Mental Events*, 1970〕)

有關伴隨著的各種各樣論點在形上學和心靈哲學中被提了出來，它們通常(儘管並非總是)與自然主義的形上學的立場，在某種意義上不具有強烈化約主義色彩有系統地表述。例如，經常有人斷言，心靈性質和事實是伴隨神經生物學性質，或化學性質和事實而產生的。更廣泛地說，所有的性質和事實都是伴隨著物理學所描述的那些性質和事實而產生的。

很多人關注怎樣系統地表達伴隨性的論點，以及怎樣描述伴隨性自身的特徵。人們已經區分了弱的和強的伴隨性。前者斷言在任何一個可能世界 *w* 裡，其中任何兩個個體在性質 *A* 上不一樣，則在性質 *B* 上也不一樣；後者斷言對任何兩個個體 *i* 和 *j* 而言，或是

在一個可能世界裡或是在兩個不同的可能世界裡，如果 i 和 j 在性質 A 上不同，那麼它們也在性質 B 上也不同。有些時候有人聲稱，像穆爾或者赫爾那樣的對伴隨的傳統表述，只清楚地表達了弱的伴隨性，而強的伴隨性則會有必要表達相關的決定或者依賴關係。然而有時候有人會回答說，傳統的自然語言表述，事實上的確表達了強的伴隨性，而表達了弱的伴隨性的表述則是誤解。

有關怎樣最好地表達伴隨性論點的問題也與固有及非固有內在性質的問題相聯。例如，用大街上那棟磚瓦建築物例示的「是銀行」(being a bank)的性質，並非隨那棟建築物本身所固有的內在物理性質所產生的；毋寧說，這棟建築物具有這個社會和機構的性質依賴於更廣的事實與特性的領域，其中這些事實和特性與促成銀行的社會機構有關。「伴隨性的基礎」(supervenience base)這個術語經常用來指稱實體和偶發事件的領域，它們的較低層面的特性和關係用某個個體(像大街的那棟磚瓦房)共同強化一些較高層面的特性(像「是銀行」)。

有時候，之所以表述伴隨性的論點，是為了順利地向性質和事實提供寬闊的伴隨基礎。例如，認為物理事實決定所有事實的觀點，有時候被表達成「泛伴隨論」(global supervenience)，它斷言，任何兩個物理的可能世界，如果在某個方面不一樣，那麼在某個物理方面也不一樣。有時候這種觀點被表達成所謂的「局部伴隨論」(regional supervenience)，它斷言對任何兩個時空區域 r 和 s 而言，它們或在一個物理上可能世界裡或者在兩個不同的世界裡，如果 r 和 s 在某個內在性質不同，那麼它們在某個內在的物理性質方面也有所不同。

參見 naturalism 自然主義；philosophy of mind 心靈哲學；resultance 效應

T.E.H.撰　王文方審訂

supervenient behaviorism　伴隨行為主義　見 philosophy of mind 心靈哲學

***suppositio*　設指**　拉丁語，意為「設指」(supposition)，在中世紀意為「指涉」(supposition)。設指的理論乃是詞項屬性理論(the theory of proprietates terminorum)中的最重要的概念，於十二世紀提出，並被反覆地推敲和討論直到現代早期。有兩個主要的部分(其名已改用現代方便術語)。

(1)專有設指理論。通常把設指分為針對個體的「人稱」(personal)指稱(儘管叫做「人稱」，但不一定指人)、針對類和次類的「簡單」(simple)指稱，以及針對口頭或者筆頭表式的「物質」(material)指稱。因此，「人」在「每個人都是動物」的句子中是人稱設指，在「人是一個物種」中是簡單設指，在「人(Man)是單音節字」中是物質設指。該理論也討論一個詞的指稱是怎樣受到時態和模態因素的影響。

(2)關於人稱設指的「模式」(modes)理論。設指理論的這部分把人稱設指分為「單個的」(discrete)(「蘇格拉底」在「蘇格拉底是一個人」中)、「決定的」(determinate)(「人」在「某些人是希臘人」中)、「混合和分配的」(confused and distributive)(「人」在「每個人都是動物」中)和「單單混合的」(merely confused)(「動物」在「每個人都是動物」中)。設指理論的這個第二部分究竟有何目的，是一件有爭議的事情。到十四世紀末期，在一些作者那裡它已變成某種量化詞理論。設指這個術語在中世紀還有一種普通的意思，意為「假設」(assumption)、「假說」(hypothesis)。

P.V.S.撰　王文方審訂

supposition, material　物質設指　見 *suppositio* 設指

supposition, personal　人稱設指　見 *suppositio* 設指

supposition, simple　簡單設指　見 *suppositio* 設指

sure-thing principle　確定事物原則　見 Allais's paradox 阿萊斯悖論；decision theory 決策論

surface grammar　表層文法　見 grammar 文法

surface structure　表層結構　見 grammar 文法；philosophy of language 語言哲學

surplus value　剩餘價值　見 Marx 馬克思

survival　死後生存　人在生物意義上死亡後繼續存在。如果這樣理解的話，死後生存只屬於在這一時候或那一時候，是生物體的存有，不屬於在任何時候都不肉身化的存有(正如天使被說成是的那樣)，也不屬於被具體化但不是生物體的存有(比如電腦)。以下理論並不屬於死後生存的理論：即認為死後人的個體意識被吸收到一種宇宙意識之中，或認為人只有透過其後代才能繼續生存(他們否認作為一個個體的自己的繼續存在)。儘管死後生存並不必然意味著不朽或任何來世的獎與罰之類的東西，但是很多關於死後生存的理論都具體表現了這些特徵。

關於死後生存的理論表示了對身體重要性的不同態度。一些哲學家堅持認為，人沒有了自己的身體是無法死後生存的，特別是那些擁護復活學說的人；亞奎納(Aquinas)就持這樣一種觀點。其他哲學家包括畢達哥拉斯派成員(the Pythagoreans)則認為，考慮到靈魂會進入到同一物種的某個身體內，甚至轉投到另一個物種的某個身體內，人能夠在其他的身體內死後生存。還有一些哲學家包括柏拉圖(Plato)或許還有畢達哥拉斯派成員聲稱，任何身體都不是必要的，可以透過擺脫肉身化而完全獲得死後生存。關於精神生活的重要性則有一系列相似的觀點。一些人諸如洛克(Locke)認為，同一人的死後生存，要求他記憶其曾經歷過的特殊事情。相反地，柏拉圖的回憶學說則認為，人沒有經驗的記憶也能死後生存；一個人所典型地記憶的一切是非個人的必然真理。

哲學家們透過各種各樣的思維實驗來測驗肉體因素對靈魂因素的相對重要性，這些實驗中的下述一個是很典型的。假如一個人的全部心理生活——記憶、技能和性格特徵——用某種方法複製到數據庫裡，而且從該人的記憶裡全部抹掉，只剩下一個活著的徹底遺忘者。再進一步假設，該人的心理生活轉入另一個完全遺忘的身體內。這個人還活著嗎？如果活著，那是作為誰活著呢？

參見 personal identity 人格同一性；soul 靈魂

W.E.M.撰　丁福寧審訂

sustaining cause　持續的原因　見 causation 因果關係

sutra　經　源自梵文字詞*sūtra*，意為「線」(thread)、「規則」(precept)，指表達印度教或佛教教義的單一偈頌或格言(經句)，或是它們的彙集。經句通常含有專技詞語，並將文法、祭儀、詩律和哲學論爭的規則編碼化以方便記誦，而藉口傳方式傳承知識。但是，這也造成它們在未加註解的情況下幾乎不可理解。

經的寫作形態常見於哲學傳統中。跋達羅衍那(Badharana)的《梵經》(*Brahma-Sūtras*)即是一序列經句所構成的經書，這些經句在吠檀多學派裡貴為權威，但是商羯羅(Shaṅkara)、羅摩拏闍(Rāmānuja)和馬德瓦(Madhva)等人卻各自提出很不同的解釋。佛教的經文一般比印度教有較多的陳述，因而比較容易理解。《三藏》(*Tripiṭaka*)是一部經集，佛教傳統以之為阿難(Ananda)在第一次僧團會議所背誦出，每部經都由「如是我聞」(Thus have I heard)句引入。上座部和大乘佛教都有論及宗教與哲學議題的經書。

K.E.Y.撰　何建興審訂

Swedenborgianism　新耶路撒冷教會主義　由一世界運動所傳布的通神學(theosophy)，由伊曼紐爾・斯威登堡(Emanuel Swedenborg, 1688-1772)的追隨者於 1788 年在倫敦發起並建立新耶路撒冷教會。斯威登堡是瑞典的自然哲學家、理想主義者和聖經闡釋者。作為有關地質學和宇宙學著作的作者，他於《自然主義原理》(*Principia Rerum Naturalium*, 1734)一書中，把理性主義(笛卡兒的)和經驗主義(洛克的)傳統融合到自然哲學裡，提出了機械宇宙論與聖經啟示之間的和諧。由於受到萊布尼茲(Leibniz)、馬勒布朗士(Malebranche)、柏拉圖主義和新柏拉圖主義的啟發，他於《符號的祕訣》(*A Hieroglyphic Key*, 1741)中，發展了一種對應學說來解釋靈與肉、自然與精神世界的關係，並且把它應用到聖經闡釋中。吸引很多人追隨這個「精神靈見者」(Spirit-Seer)的原因，在於他根據波墨(Boehme)和神祕的預言傳統來進行通神學的思辨，而他在這樣的傳統上成績是非常突出的，這些都表現在《天國的神祕》(*Heavenly Arcana*, 1749-56)中。

J.-L.S.撰　苑舉正審訂

Swinburne, Richard　斯溫伯恩，理查(b.1934)　英國宗教哲學家與科學哲學家。在科學哲學領域中，他撰文討論肯證理論(confirmation theory)與時空哲學。他的宗教哲學著作就二十世紀英國哲學家的哲學神學研究來說，是最具雄心的一項工程。第一部分是由三部著作構成，討論有神論信念的融貫性和證立，以及由這個信念所指導的一種生活的合理性：《有神論之融貫性》(*The Coherence of Theism*, 1977)、《上帝之存在》(*The Existence of God*, 1979)與《信仰與理性》(*Faith and Reason*, 1981)。自斯溫伯恩在 1985 年成為牛津大學諾路特講座基督宗教哲學教授(Nolloth Professor of the Philosophy of the Christian Religion)以後，他針對基督宗教最核心的教義撰寫了四本著作：《義務與神人和合》(*Responsibility and Atonement*, 1989)、《啟示》(*Revelation*, 1992)、《基督宗教的上帝》(*The Christian God*, 1994)，以及《天佑與惡的問題》(*Providence and the Problem of Evil*, 1998)。

在關於有神論信念的三部著作中，最有趣的特徵就是對自然神學的理論貢獻。斯溫伯恩運用貝氏推理(Bayesian reasoning)為有神論建構一個複合論證，他辯稱有神論的概然率，因為諸如宇宙之存在和秩序、意識之存在、人類行善之機會、歷史之模式、神蹟之證據，以及宗教經驗等因素而得以提升。惡的存在並不成為否定上帝存在的理由。就我們的整體證據來說，有神論的概然率比非有神論大。在討論基督宗教教義的四部著作中，他就原罪、神人和合、天國、地獄、三位一體(Trinity)、道成肉身(Incarnation)，以及天佑等基督宗教教義加以闡述和辯護。他也分析主張某些基督宗教教義是啟示真理的理據，並為一套基督宗教神義論(theodicy)提出論證，以回應惡的問題。

參見 Bayesian rationality 貝耶斯主義的合理性；philosophy of religion 宗教哲學；Trinitarianism 三位一體主義

P.L.Q.撰　劉若韶審訂

syllogism　三段論式　用亞里斯多德(Aristotle)的話說，指「某種話語，其中陳述了某些事，而與陳述之事不同的某事便由它們而必然地得出」(《前分析論》〔*Prior Analytics*〕, 24b 18)。三段論式通常有三種：直言假言和選言三段論式。以下按上述順序依次論述之。

直言三段論式(The categorical syllogism)　這是一種論證，包含三個直言命題，兩個用作前提，一個用作結論。例如：「一些大學生是幸福的；所有的大學生都是高中畢業生；因此，一些高中畢業生是幸福的。」如果一個三段論式是有效的，那麼前提必須與結論密切相關，以至於不可能兩個前提是真的而結論卻是假的。直言命題一共有四種：全稱肯定或者 *A* 命題——「所有的 *S* 是 *P*」或者「*SaP*」；全稱否定或 *E* 命題——「沒有 *S* 是 *P*」，或者「*SeP*」；特稱肯定或者 I 命題——「有些 *S* 是 *P*」，或者「*SiP*」；以及特稱否定或 O 命題：「有些 *S* 不是 *P*」，或「*SoP*」。直言三段論式的中介基礎是在前提和結論中用作主詞或謂詞的詞項。在任何直言三段論式中一定而且只有三個詞項，即大詞、小詞、中詞。違反這種基本的結構規則就被稱為四名詞錯誤(the fallacy of four terms〔*quaternio terminorum*〕)例如：「任何 right 東西都是有用的；我只有一隻手是 right；因此我只有一隻手是有用的。」這裡「right」在兩個語脈中不是同一個意思，因而超過了三個詞項，所以該直言三段論式就不是真正的三段論式。

三段論式的詞項是可以根據它們在三段論式中的位置而加以認知和定義的。結論的謂詞是大詞，結論的主詞是小詞，在每個前提中出現一次但不在結論中出現的詞是中詞。當詞項在各種直言命題中被使用時，它或者是周延的(distribute；代表其外延的每個成份)或者是不周延的。關於周延有一個簡單的規則：全稱命題(*SaP* 和 *SeP*)周延其主詞；否定命題(*SeP* 和 *SoP*)周延其謂詞。在一個 I 命題中沒有詞是周延的。

人們已經提出了很多套判斷直言三段論式有效性的規則。下面這一套「傳統的」規則摘自《波爾羅亞爾邏輯》(*Port-Royal Logic*, 1662)一書。

規則一：中詞必須至少周延一次。違反的例子：「所有的貓是動物；有些動物不吃肝；因此有些貓不吃肝。」中詞「動物」用作肯定命題的謂詞，所以沒有在第一個或小前提中被周延；它也沒有在第二個或大前提中被周延，因為它用作特殊命題的主詞；所以它是不周延的中詞的錯誤(the fallacy of undistributed middle)。

規則二：一個詞如果在前提中不周延，那麼在結論中也不能周延。違反的例子：「所有的狗都是食肉的；花不是狗；因此花不是食肉的。」這裡，大詞「食肉的」在結論中周延，因為它用作否定命題的謂項，但是不在前提中周延，因為它用作肯定命題的謂詞；因而犯了大詞不當的錯誤(the fallacy of illicit major term)。違反規則二的另一個例子：「所有的學生是幸福的人；罪犯不是學生；因此幸福的人不是罪犯。」這裡，小詞「幸福的人」在結論裡周延，但在小前提中卻不周延；因而犯了小詞不當的錯誤(the fallacy of illicit minor term)。

規則三：從兩個否定的前提中不能得出任何結論。違反的例子：「狗不是貓；一些狗不喜歡肝，因此一些貓不喜歡肝。」這裡，規則一得到了滿足，因為中項「狗」在小前提中是周延的；規則二也得到了滿足，因為小詞「貓」和大詞「喜歡肝的事物」在前提中周延，從而沒有違反第二項周延規則。只有根據規則三我們才能宣布這個三段論式是無效的。

規則四：不能從兩個肯定的前提中得出一個否定的結論。違反的例子：「所有受過教育的人都盡心關懷他們的孩子；所有盡心關懷孩子的人都是窮人；因此一些窮人沒有受過教育。」這裡，只有依照質量規則即規則四，我們才能聲言這個三段論式是無效的。

規則五：結論必須從弱前提中導出，即，如果前提中有一個是否定的，那麼結論一定是否定的，如果前提中有一個是特稱的，那麼結論一定是特稱的。

規則六：從兩個特稱前提中得不出什麼。讓我們給出這條規則的一個間接的證明。如果兩個特稱前提都是肯定的，那麼就沒有周延的詞，從而不周延中詞錯誤就不可避免了。為了避免這種錯誤，我們就得使前提之一變成否定的，這就導致了周延的謂詞成了中詞。但根據規則五，那麼結論必須是否定的；因此，大詞會在結論中周延。為了避免違反規則二，我們必須在大前提中周延那個詞。但它不可能處於主詞的位置，因為只有全稱命題周延其主詞，而根據假設，兩個前提都是特稱的。但我們不能使用已被用來周延中詞的同一個否定前提；我們必須使另一個特稱前提變成否定的。但接下來我們就違反了規則三。因此，任何想使一個包含兩個特稱命題的三段論式有效的努力都會違反一個或更多的三段論式的基本規則(這套規則假定 A 和 E 命題有存在預設，因而某個 I 或 O 命題會從一集全稱前提中合法地得出來)。

直言三段論式可以根據格(figure)和式(mood)來分類。直言三段論式的格指由與大小詞有關的中詞的可能位置所確定的模式。在「現代邏輯學」(modern logic)裡，我們可以區分四個三段論式的格。如果用「M」代表中詞，「P」代表大詞、「S」代表小詞，這四個格可描述如下：

格 1	格 2	格 3	格 4
M 是 P	P 是 M	M 是 P	P 是 M
S 是 M	S 是 M	M 是 S	M 是 S
故 S 是 P	故 S 是 P	故 S 是 P	故 S 是 P

亞里斯多德只認識了三個三段論式的格。他似乎只考慮兩個前提和存在於其中的三個詞的外延，然後就提問說，如果有結論的話，從那些前提中能得出什麼樣的結論？後來的結果是，他的程序只給三個格騰出了空間：一個格是，在其中大詞是一個前提的主詞也是另一個前提的謂詞；另一個格是，在其中大詞是兩個前提的謂詞；第三個格是，在其中大詞是兩個前提的主詞。中世紀的人都追隨他，儘管他們也認為所謂倒過來的第一格(即，第一格的式與其結論或是簡單地或是偶然地反轉過來)也是正當的。一些中世紀的人(比如阿爾巴拉格〔Albalag〕)和從萊布尼茲(Leibniz)以來的大多數現代人都認識到第四格是個不同的格，他們不根據外延而是根據詞在結論中的位置來考慮三段論式的格，並且把結論中的 *S* 詞當作是小詞，而 *P* 詞則當作是大詞。

直言三段論式的「式」是由出現在前提和結論中的直言命題所決定的形態，其決定的方法是視這些命題的質與量為何來決定的。這例如，「動物不是植物；所有的貓是動物，因而貓不是植物」「(*MeP*, *SaM*/∴*SeP*)」，這是第一格裡 EAE 式的一個三段論。「所有的金屬都導電；石頭不導電，因此石頭不是金屬」「(*PaM*, *SeM*/∴*SeP*)」是第二格裡的 AEE 式的一個三段論。在四種三段論格中，共有二百五十六個可能的式，但其中只有二十四個是有效的(因為 A 和 E 命題的非存在處理，在現代邏輯學裡只有十九個有效)。為了記憶及為了便於參考，人們給有效的程式取了名字，每個元音字母代表一種直言命題。其中最著名的是「巴巴拉」(Barbara)，代表第一格「所有的 *M* 是 *P*，所有的 *S* 是 *M*，因此所有的 *S* 是 *P*」這樣的式。

假言三段論式(The hypothetical syllogism)　純假言三段論式這樣一種論證，其中兩個前提和結論都是假設的或條件的命題；例如，「如果太陽在照耀，就暖和；如果暖和，植物就會生長；因此，如果太陽在照耀，植物就會生長。」符號上，這個論證形式可由「$A \rightarrow B, B \rightarrow C / \therefore A \rightarrow C$」來表示。亞里斯多德並不認識假言三段論，但其學生希奧弗拉斯特(Theophrastus)預見了它，儘管從他所舉的例子來看——「如果人存在，那麼動物就存在；如果動物存在，那麼實體就存在；因此，如果人存在，那麼實體就存在」—

—我們並不太清楚這是否可被視為名項邏輯的原則或命題邏輯的原則。麥加拉和斯多噶派(Megaric-Stoic)的哲學家們及波依修(Boethius)徹底地把假言命題和三段論式，看作是演繹推理的最一般理論的原則。

混合假言三段論包含一個假言前提和一個直言前提，並從此推斷出一個直言命題的結論，例如「如果太陽在照耀，那麼植物就會生長；太陽在照耀；因此植物會生長。」在符號上，這個論證可由「$P \rightarrow Q, P / \therefore Q$」來表示。這個論證形式在古代由斯多噶派成員清楚而明確地表述為不能證明的命題之一，現在則是稱為「前件肯定律」(modus ponens)。混合三段論的另一個同樣重要的形式是「$P \rightarrow Q, \sim Q / \therefore \sim P$」，其現代名稱為「後件否定律」(modus tollens)。

選言三段論(The disjunctive syllogism)　這是這樣的一種論證：其主要的前提是析取，另一個前提是對其中一個析取項的否定，其結論則是那個保留的析取項。例如，「天在下雨或我要去散步；但是天不在下雨；因此我要去散步。」選言前提的「或」是排斥性的還是包含性的，這一點並不是總是很清楚的。符號邏輯通過運用兩個不同的符號而去掉了這種歧義性，從而清楚地區分了弱的包含性的「或」「$P \vee Q$」和強的排斥性「或」「$P \veebar Q$」；前者在不是兩個析取項都是假的情形下為真；如果正好一個析取項是真的而一個析取項是假的，那麼後者就是真的。「選言三段論」的定義先假定主要的前提是包含性的或是弱的析取，在這種基礎之上，下列兩種形式都是有效的：「$P \vee Q, \sim P / \therefore Q$」和「$P \vee Q, \sim Q / \therefore P$」。如果析取前提是排斥性的，我們就有四種有效的論證形式，因而在此我們必須說它們是排斥性的選言三段論。排斥性的選言三段論被定義為這樣的論證：或者我們從一個排斥性的析取和某一析取項的否定，推斷出另一析取項——「$\mathrm{P} \veebar \mathrm{Q}, \sim \mathrm{P} / \therefore \mathrm{Q}$」，以及「$\mathrm{P} \veebar \mathrm{Q}, \sim \mathrm{Q} / \therefore \mathrm{P}$」(*modus tollendo ponens*)；或者我們從一個排斥性的析取和其析取項之一，推斷出另一析取項的否定來——「$\mathrm{P} \veebar \mathrm{Q}, \mathrm{P} / \therefore \sim \mathrm{Q}$」，和「$\mathrm{P} \veebar \mathrm{Q}, \mathrm{Q} / \therefore \sim \mathrm{P}$」(*modus ponendo tollens*)。

I.Bo.撰　王文方審訂

syllogism, demonstrative　證明的三段論證　見 Aristotle 亞里斯多德

syllogism, practical　實踐三段論　見 practical reasoning 實踐推理

symbol　符號　見 Peirce 裴爾斯；syncategoremata 隨伴範疇語詞

symbol, complete　完全符號　見 syncategoremata 隨伴範疇語詞

symbol, improper　不適當符號　見 syncategoremata 隨伴範疇語詞

symbol, incomplete　不完全符號　見 syncategoremata 隨伴範疇語詞

symbol, primitive　初始符號　見 logistic system 邏輯斯蒂系統

symbol, proper　適當符號　見 syncategoremata 隨伴範疇語詞

symbolic logic　符號邏輯　見 formal logic 形式邏輯

symmetrical　對稱的　見 relation 關係

symmetry　對稱　見 philosophy of science 科學哲學

symmetry thesis　對稱論題　見 covering law model 涵蓋律模式；philosophy of science 科學哲學

symptom　徵狀　見 criterion 判準

synaesthesia　連帶感覺　是一種意識經驗，在此經驗之中，通常聯結於一種感覺形態(sensory modality)的性質，(似乎是)被另一種感覺形態所感知到。例子包括聽得到的與觸得到的視覺，像是「響亮的陽光」與「柔軟的月光」，以及看得見的身體感覺，例如「黑暗的思慮」、「明亮的微笑」等。連帶感覺有二個特質在哲學上是有趣的：一、此經驗可以用來判斷感覺隱喻(metaphor)與明喻(simile)之適當性，如鮑德賴若斯(Baudelaire)的「甜美如雙簧管」(sweet as oboes)。只有當雙簧管的聲音聽起來甜美的時候，這個隱喻才是適當的。二、它挑戰了將一般感覺與外部感覺區分開來的方式。舉例來說，一般認為味覺(taste)不只不像是聽覺、嗅覺或其他任何的感覺，而且與那些感覺不相同，因為味覺包含了味道的經驗而不是聲音的經驗。但在連帶感覺裡，一個人可以嘗到聲音(甜美的雙簧管音)。

G.A.G.撰　劉希文審訂

syncategoremata　隨伴範疇語詞　(1)在文法裡，指不能用作直言命題的主詞或謂詞的詞。相對應的是範疇語詞(categoremata)，即能這樣做的詞。例如，「和」(and)、「如果」(if)、「每一個」(every)、「因為」(because)、「由於」(insofar)和「在……下」(under)是隨伴範疇語詞，而「狗」、「光滑的」和「歌唱」(動詞第三人稱單數)是範疇語詞。這種用法源於五世紀拉丁語語法家普里西安(Priscian)。它似乎是這兩類詞的最早的用法，而且和下述其他方法一起持續用到後來的時期。(2)在中世紀邏輯學裡，從十二世紀以來，這種區別變成一種語意上的區別。範疇語詞是那些具有一個(確定的)獨立意義的詞。隨伴範疇語詞卻不具有任何獨立的意義(或者，照一些人的說法，沒有一個確定的意義)，只有和一個範疇語詞合用的命題裡才會有意義。前述例子在這裡仍適用。(3)中世紀邏輯學不但區分了範疇語詞和隨伴範疇語詞，而且還區分了一個詞的範疇用法和隨伴用法。最重要的是「is」這個詞，它可以範疇地使用，意為「存在」(「蘇格拉底 is」意為「蘇格拉底存在著」)，也可以隨伴地使用，作為一個連結(聯繫)詞(蘇格拉底是哲學家)。其他詞也可以這樣被處理。因此，「整個」(whole)一詞在「整個表面是白色的」中被說成是隨伴地當量詞使用的(從該句中可以推論出表面的每一部分也都是白色的)，但是「整個」一詞在「整個表面的面積是二平方英尺」中則是範疇地使用的(從該句中就不能推論出表面的每一部分的面積是兩平方英尺)。(4)在中世紀邏輯學裡，隨伴範疇語詞有時候被用來指能用作直言命題主項或者謂項的詞，但是當它們這樣用時會妨礙標準的邏輯推理模式。

最遭非議的例子是「沒有東西」(nothing)這個詞。如果沒有東西比永恆的幸福要好，以及微熱的茶比沒有東西好，那麼它仍然不會(通過「比較好」〔better than〕的傳遞性)導致下述結果：即微熱的茶比永恆的幸福好。再想想動詞「開始」(begins)。一切紅的東西是有顏色的，但是並非開始成為紅色的一切東西都開始成為有顏色的(它們可能早就有顏色了)。這樣的詞之所以被歸類為隨伴範疇語詞，是因為若我們對包含有它們的命題做分析(被稱為 *expositio*)，我們會在這些命題中發現存在意義(1)或意義(2)上所謂的「隨伴範疇語詞」。因此，對「蘋果開始紅了」的分析會顯示了早些時候它不是紅色的，而「不」一詞則在(1)和(2)的意義上都是隨伴範疇語詞。(5)在現代邏輯學裡，意義(2)被延伸到適用於所有的邏輯符號，不僅僅只適用於自然語言中的詞。在這種用法裡，範疇語詞也被稱為「適當符號」(proper symbols)或「完全符號」(complete symbols)，而隨伴範疇語詞則被稱為「不適當符號」(improper symbols)或「不完全符號」(incomplete symbols)。在現代形式語意學(formal semantics)的術語裡，範疇語詞的意義由語言的模型(models)來確定的，而隨伴範疇語詞的意義則透過模型中對語言的各種表式指定其真值條件而加以確定的。

參見 formal semantics 形式語言的語意論；quantification 量化；syllogism 三段論式

P.V.S.撰　王文方審訂

syncategorematic　合用的　見 logical form 邏輯形式；syncategoremata 隨伴範疇語詞

synderesis　道德良知　在中世紀道德神學中，意為「良心」。聖哲羅姆(St. Jerome)使用了這個詞，後來就固定下來了，因為彼得・隆巴德(Peter Lombard)把它列為其《言詞錄》(*Sentences*)一書的一部分。儘管有這個出處，亞奎納(Aquinas)還是把道德良知(synderesis)和「良心」(conscience)區分開來了。對亞奎納而言，道德良知是對道德秩序(即自然法則)的最普通原則的類似於習慣(quasi-habitual)的理解，而良心是把這樣的知識應用到轉瞬即逝不可重複的環境裡。

良心與知識(knowledge)一樣也是有歧義的：知識可能是知者的一種心理狀態，或者是知者所知道的東西；但是，良心像道德良知一樣，是典型地用於心理狀態的。不過，有時候良心用來包括一般的道德知識及此時此刻對其的應用；但是道德良知的內容是最一般的誡律，而良心的內容，如果是一般知識的話，也是較不一般的誡律。既然良心可能會犯錯，那麼就會出現下述問題：道德良知和其目標即自然律誡條，是否會因為不良的行為或教養而被遮蔽乃至忘記？亞奎納認為，儘管遺忘可能發生，但是共同道德知識不可能完全從人的心靈中被抹去。這是亞里斯多德主義學說的一個翻版，亞里斯多德主義認為，知識起點很容易被理解，因而理解它們即是人所特有的一個標誌。不管人的行為是怎樣地悖逆反常，仍然需要做的兩件事是：全面認識到應該揚善避惡，並辨識人的一些本質上的優點。

參見 Aquinas 亞奎納；Aristotle 亞里斯多德；ethics 倫理學

R.M.撰　丁福寧審訂

syndicalism　工會主義　見 Sorel 索雷爾

synechism　連續論　見 Peirce 裴爾斯；tychism 機緣論

synergism　神人協同論　在基督教救世神學(Christian soteriology)裡，指人的自由意志的意識和神的恩典在皈依和重生過程中的合作。神人協同論在腓力・梅蘭希頓(Philip Melanchthon, 1497-1569)所激發的爭議下，成為十六世紀路德主義(Lutheranism)的一個課題。在伊拉斯謨斯(Erasmus)的影響下，梅蘭希頓在其《一般職責》(*Common Places*)的 1533 年版本中提到好行為的三個原因：「神的話(the Word)、聖靈(the Holy Spirit)和意志(the will)」。在普費費恩格(Pfeffinger)，一位腓力主義者(Philipist)的擁護下，神人協同論受到了正統派、得救預定論者(predestinarian)和莫內格主義派(monergist party)的阿姆斯多夫(Amsdorf)和弗萊修斯(Flacius)的攻擊。阿姆斯多夫和弗萊修斯反駁了格內希阿-路德主義(Gnesio-Lutheranism)。接踵而來的《和諧的原則》(*Formula of Concord*, 1577)使莫內格主義成為合法。神人協同論在對人的理智和解救能力不加批判地相信(貝拉基亞主義〔Pelagianism〕和自然神論〔deism〕)和排他式的對神的旨意力量的相信(喀爾文主義〔Calvinist〕和路德的信仰主義)之間採行中間立場。天主教、阿明尼烏斯派(Arminianism)、基督教聖公會(Anglicanism)、衛理公會宗教會(Methodism)，以及十九、二十世紀的自由主義的新教都宣稱了有關神人協同論的觀點。

參見 Erasmus 伊拉斯謨斯；fideism 信仰主義；justification by faith 因信稱義

J.-L.S.撰　苑舉正審訂

synergy　神人協同　見 synergism 神人協同論

synonymous definition　同義定義　見 definition 定義

synonymy　同義　見 meaning 意義

syntactic ambiguity　語法的歧義　見 ambiguity 歧義

syntactic consistency　語法一致性　見 consistency 一致性

syntactic term　語法的字詞　見 grammar 文法

syntax　語法　見 grammar 文法

syntax, logical　邏輯語法　見 logical syntax 邏輯語法

synthesis　合題　見 Hegel 黑格爾

synthetic　綜合的　見 analytic-synthetic distinction 分析-綜合區分

synthetic a priori　先天綜合　見 a priori 先驗；Kant 康德

Syrian school　敘利亞學派　見 Middle Platonism 中期柏拉圖主義

Syrianus　賽瑞亞內斯　見 commentaries on Aristotle 對亞里斯多德的註釋；Middle Platonism 中期柏拉圖主義

system, axiomatic　公理系統　見 axiomatic method 公理法

system, interpretive　解釋系統　見 operationalism 操作主義

S

system, logical 邏輯系統 見 formal semantics 形式語言的語意論；logistic system 邏輯斯蒂系統

systems analysis 系統分析 見 cognitive science 認知科學；computer theory 計算機理論；systems theory 系統論

systems theory 系統論 關於現象的抽象組合，即獨立於現象的實體(substance)、類型、存在的空間或時間尺度的跨學科研究。它研究所有複雜實體共有的原理和能被用來描述實體的(通常是數學的)模式。

系統論由生物學家馮貝塔朗菲(Ludwig von Bertalanffy)於 1940 年代提出，後由阿什比(Ross Ashby，《控制論導論》〔*Introduction to Cybernetics*, 1956〕)進一步發展。馮貝塔朗菲一方面反對化約論，另方面又試圖重振科學的統一。他強調說，真正的系統對其環境是開放的而且相互影響，這樣的系統因為不斷地演化，會獲取新品質的、浮顯的新屬性。系統論不是把實體(例如，人體)化約到其部分(例如器官或細胞)的屬性，而是把注意力放在其部分的排列組合和它們聯繫成的整體(參見：整體論)。這個特別的組合決定一個系統，該系統獨立於組成成分的具體實體(例如，粒子、細胞、電晶體、人)。因此，同樣的組合概念和原理就可為不同學科(物理學、生物學、應用科學、社會學等)所用，而且為它們的統一提供了一個基礎。系統概念包括：系統-環境的邊界、輸入、輸出、過程、狀態、層級、目標定向性和信息。

系統論的發展相當多元化(參見克勒爾《系統科學面面觀》〔Klir, *Facets of Systems Science*, 1991〕)，包括概念基礎和哲學(例如，邦奇〔Bunge〕、巴姆〔Bahm〕和拉斯洛〔Laszlo〕的哲學)、數學模式和信息論(例如，梅薩羅維奇〔Mesarovic〕和克勒爾的著作)，以及實際應用。數學系統論源於發展電流迴路和其他系統之間的同構，應用系統論包括工程、計算、生態、管理和家庭心理療法。

系統分析(systems analysis)獨立於系統論而得到發展，把系統原理應用到幫助決策者在考慮多種目標、限制和資源時解決如下問題：辨識、重組、最優化和控制一個系統(通常是一個社會-技術組織)。它的目標在確定行為的可能過程，以及風險代價和利益。系統論和控制論聯繫密切，與系統動力學的聯繫也同樣密切，系統動力學模擬耦合變項構成網絡(a network of coupled variables)的發生變化(例如，福瑞斯特〔Jay Forrester〕和羅馬俱樂部的「世界動力學〔world dynamics〕」模式)。相關的觀點也用於正在興起的「複雜科學」(sciences of complexity)，它研究互相影響的因素的自我組合和異質網絡，與下述一些領域有聯繫，諸如極不平衡熱力學、混沌動力學、人造生命、人工生命、神經網絡和計算機模擬等等。

參見 artificial intelligence 人工智慧；computer theory 計算機理論；information theory 信息論

F.H. & C.J.撰　李國偉審訂

***szu* 私** 見 *kung, szu* 公、私

T

table of categories　範疇表　見 Kant 康德

table of judgments　判斷邏輯表　見 Kant 康德

***tabula rasa*　白板**　見 Leibniz 萊布尼茲；Locke 洛克

tacit consent　默許　見 social contract 社會契約

tacit knowledge　默晦的知識　見 epistemology 知識論

***Ta-hsüeh*　《大學》**　中國儒家經典《禮記》(*Book of Rites*)的一篇。它的標準英譯名是 *Great Learning*。朱熹(Chu Hsi)著意校訂了《大學》原文(成書於西元前三或二世紀)，使它獨立成典，作為「四書」(Four Books)之一。他視之為孔子的語錄(quotation)及孔門弟子曾子的註解，但他對原文的校釋亦受到質疑。

《大學》教導統治者如何通過自我修養給他的國家帶來秩序。原文的討論中有許多涉及「格物」，這是自我修養的第一步，但未予闡明。《大學》宣稱，一個人內在的德性或邪惡對他人必然是彰顯而易見的。德首先在人的家庭關係中表現自身，然後可作為家庭和國家秩序的範例。

參見 Confucianism 儒家

B.W.V.N.撰　林安梧審訂

Tai Chen　戴震(1724-77)　中國語言學家、哲學家、數學家和天文學家。考據學派(主張研究證據〔evidential research〕)的著名人物。戴震抨擊新儒家(Neo-Confucian)的「理」(*li*〔pattern〕)「氣」(*ch'i*〔ether〕)二元論，認為理只是氣的條理、結構。用倫理學的術語說，「理」即是「情之不爽失者」(feelings that do not err)。在《孟子字義疏證》(*Meng-tzu tzu-yi shu-cheng*〔*Meanings of Terms in the Mencius Explained and Attested*〕)中，戴氏運用儒家的黃金律(golden rule)——不是一決定正確行為的形式準則，而是一鑑別過程(篩除不當慾望而僅允許恰當慾望)，能改進(inform)人的行為——論證了從單純意見(opinions)進展到不得置疑(不變的規範〔undeviating standards〕)。從「自然」(natural)慾望開始，人用黃金律檢驗他的普遍化能力，進而鑑別出那些與必然(necessary)一致的慾望。人本能地k'o(認可〔approves of〕)「必然」(necessary)，戴氏宣稱，這即是孟子所謂的道德行為之「悅樂」(joy)。

參見 Mencius 孟子

P.J.I.撰　林安梧審訂

***t'ai-chi*　太極**　中國術語。此概念最初由《易經》「繫辭」(the Appended Remarks of the *I-Ching*)發展而來。在《易》的系統中先有太極(*t'ai chi*，the Great Ultimate)，太極生兩儀(the Two Modes)(陰和陽〔yin and yang〕)；兩儀生四象(the Four Forms)(太陰、太陽、少陰、少陽〔major and minor yin and yang〕)；四象生八卦(the Eight Trigrams)。周敦頤

(Chou Tun-yi, 1017-73)在他的《太極圖說》(*Explanation of the Diagram of the Great Ultimate*)中提出「無極而太極」(Non-ultimate and also the Great Ultimate)，從而引起爭論。朱熹(Chu Hsi, 1130-1200)同意周氏的命題，並把太極釋為理(*li*，principle)，認為太極無形而有理(formless on the one hand and has principle on the other hand)。

參見 *ch'ien, k'un* 乾、坤；Chou Tun-yi 周敦頤；Chu Hsi 朱熹

S.-h.L.撰　劉述先審訂

T'ang Chün-i　唐君毅(1909-78)　中國哲學家，當代新儒家主要代表。1949 年與錢穆(Ch'ien Mu)共同創立香港新亞書院(New Asia College)。他承認通過熊十力(Hsiung Shih-li)(1885-1968)的影響，得以認識中國哲學的真精神。1958 年，發表了一份由他起草，張君勱(Carsun Chang, 1887-1969)、徐復觀(Hsü Fu-kuan, 1903-82)，和牟宗三(Mou Tsung-san, 1909-95)署名的宣言。宣言批評時下的漢學研究膚淺而不充分，堅持認為中國必須向西方學習科學和民主，西方也必須從中國文化中學習溫潤惻怛之情、文化悠久的智慧與天下一家的情懷。

參見 Ch'ien Mu 錢穆；Chinese philosophy 中國哲學；Hsiung Shih-li 熊十力；Hsü Fu-kuan 徐復觀

S.-h.L.撰　劉述先審訂

T'an Ssu-t'ung　譚嗣同(1864-98)　中國哲學家，晚清時期，與康有為(K'ang Yu-wei)、梁啟超(Liang Ch'i-ch'ao)關係至為密切。他的思想混雜，融儒(Confucianism)、墨(Mohism)、道(Taoism)、佛(Buddhism)、基督宗教(Christianity)與西方科學(Western science)於一爐。他的《仁學》(*Jen-hsüeh*〔philosophy of humanity〕)把仁(humanity)等同於以太(ether)，一種宇宙力，為天人合一提出新解。仁為一切存在與生物之源，也即真實本身。1898 年他參與百日維新運動(the Hundred Days Reform)，失敗殉道，其榜樣激發了後來許多革命志士的熱情。

參見 K'ang Yu-wei 康有為；Liang Ch'i-ch'ao 梁啟超

S.-h.L.撰　劉述先審訂

***tao*　道**　中文，意為「道路」(path)、「方式」(way)、「說明」(account)。從道路、途徑、方式的字面意義看，「道」意味著做某事(如生活，組織社會等)的方式，尤其是特定的個人或思想派別所提倡的方式(「師道」，「墨家之道」等)。「道」也常指做某事的特定方法、正確方法(如「疏於此道久矣」)。「道」還指描述一種方法或使之具體化的語言學說明。最後，在一些文獻中，「道」指形而上的實在，例如，在新儒學中，「道」等同於「理」。而在有些行文中，「道」的意義難以述說。

參見 *li'* 理；Neo-Confucianism 新儒學

B.W.V.N.撰　林安梧審訂

***tao-hsin, jen-hsin*　道心、人心**　中國新儒家(Neo-Confucian philosophers)哲學術語，用以區別依據於道的心(the mind according to the Way〔道心〕)和服從人為私欲的心(the mind according to man's artificial desires；人心)。當一個人率性而行，不妄加分別(responds spontaneously without making discrimination)，他就是據道而行，他隨境遇的變化而自然地愉快、悲哀、憤怒或高興。但當一個人的本性疏遠了道，他的行為就只是為了自身利益，放縱情慾，背離中庸。在儒家傳統中，聖賢和大人效法天，而普通人則被鼓勵去效法君子(*chün-tzu*)。

參見 Neo-Confucianism 新儒學；*t'ien-li, jen-yü* 天理、人欲

S.-h.L.撰　劉述先審訂

Taoism　道家　中國哲學中與道家(School of the Way)一致的學說，為莊子(Chuang Tzu)和老子(Lao Tzu)所主張。該術語也可指黃老學派(Huang-Lao School)；新道家(Neo-Taoists)如王弼(Wang Pi)、郭象(Kuo Hsiang)，以及道教(Tao-chiao，一形式龐雜的宗教運動)。這裡只討論道家。

道家因「道」(Way)而得名。幾乎所有派別的中國思想家都使用這一術語，道家最早用它描述包羅萬象的宇宙構造和動態。道家相信(1)世界應當有道存在，進一步說，有道存在；(2)人類能夠理解它，並需要具備和遵循這種知識，以便和世界協調共存；(3)世界曾處在這種狀態。大多數早期中國的思想家都具有類似的信念，但道家有所不同，它斷言「道」是不可列舉的(codifiable)，實際上是不可言說的(ineffable)。道家因此是形而上的和道德的實在論者(metaphysical and ethical realists)，但也是一種獨特的認識論上的懷疑論者(epistemological skeptics)、語言的懷疑論者(language skeptics)。道家進一步否認人能夠成功地求得道。道家的自我修養過程不是「益」(accumulation)，而是「損」(paring away)。人必須解除社會組織，拋棄文明限制，杜絕理性思考，而代之以人的自然(spontaneous)傾向來引導人自身。只有「虛」(*hsü*〔tenuous〕)心，人才會領會宇宙的「理」(pattern)，並「無為」(non-action)地生存。

雖然具有明顯的家族類似(family resemblance)，老子和莊子的道學仍然是有區別的。老子提倡原始的烏托邦(utopianism)，在其中人們過一種小農業社區的簡樸生活，不關心鄰近村莊所發生的事。由於放棄了諸如書寫的文明成就，人們保持著結繩記事。老子指責人類的「聰明」(celverness)把「人」(human)強加於「天」(Heaven)，以至於招致了世上諸多邪惡。在他看來，觀念(notion)(如美)引起它的反面，只會增加憂慮和不快；頌揚一種美德，如仁慈，只會鼓勵人們偽裝這種美德。老子主張「返回」(turning back)智力蒙昧，順從直覺(intuition)和本能(instinct)的時代。為了實現這個主張，必須由道家的聖人來施行統治，如果智識之人「膽敢妄為」(dare to act)的話，就強制他們接受這個主張。

莊子強調改變自己而不是社會。他也是某種反理性主義者(anti-rationalist)，把智慧看做「知道怎樣做」(knowing how)，而不是「知道有什麼」(knowing what)。他透過一些技藝精妙者的表演將道的典範表現出來。這樣的個人身懷無以名狀的絕藝入於人世，展現道家的所有美德。他們心「虛」(empty)而無偏見，故能隨境知「理」；他們率性而動，故「自然」；他們不驅迫事物，故「無為」。他們與道相合，過著無爭的生活；他們「逍遙」(walk without touching the ground)於世間。

參見 Neo-Taoism 玄學；*tao* 道

P.J.I.撰　林安梧審訂

***Tao Te Ching*　《道德經》**　見 Lao Tzu 老子

***tao-t'ung*　道統**　中國術語，意為「道的傳承的正統路線」。根據朱熹(Chu Hsi, 1130-1200)的意見(他是第一個使用該術語的人)，這條傳承路線可以上溯至古代的聖王、孔子(Confucius)及孟子(Mencius)。自孟子以降，這條路線中斷。只是到宋代，才由二程兄弟接續。有趣的是，這條路線排除了一些重要的儒家學者，如荀子(Hsün Tzu, fl. 298-238 B.C.)和董仲舒(Tung Chung-shu, c.179-c.104 B.C.)。道統觀念可以追溯到韓愈(Han Yü, 768-824)和孟子。

參見 Chu Hsi 朱熹；Confucianism 儒家；Confucius 孔子；Han Yü 韓愈；Hsün Tzu 荀子；Mencius 孟子；Neo-Confucianism 新儒學；Tung Chung-shu 董仲舒

S.-h.L.撰　劉述先審訂

Tarski, Alfred　塔斯基，阿弗雷德(1901-83)　美籍波蘭數學家、邏輯學家、邏輯哲學家，因其在 1930 年代對真理(truth)概念及歸結(consequence)概念的研究而聞名。在一語法精確、完全解釋了的語言中，他對真理概念的分析，產生了真理之定義並清晰捍衛了真理之符應說(the correspondence theory of truth)。下面那種句子是現在所謂的塔斯基式的雙條件句(Tarskian biconditional)：「語句『每個完全數(perfect number)是偶數』為真，當且僅當每個完全數是偶數。」塔斯基的主要哲學洞見之一是：每一個塔斯基式的雙條件句都是(用他的話來說)真理之部分定義(partial definition)；所有塔斯基式雙條件句之右邊部分總括了一給定形式語言中的所有語句，因此，所有的塔斯基式雙條件句合起來，構成「真理」之隱性定義(implicit definition)，可適用於那給定形式語言中的語句。這個洞見因其深入淺出，已經成為現代分析哲學的要目。並且，實效地把定義真理之哲學問題化歸成後面的邏輯問題：建立一個不但有定義之形式，又以每一塔斯基雙條件句為歸結之單一語句。塔斯基對此問題的解答就是著名的塔斯基真理定義，事實上每本數理邏輯教科書都用了由此定義衍生之真理定義。

塔斯基第二個最為公認的哲學成就是他對歸結概念之分析和說明。用於論證時，歸結可與有效(validity)交互定義：一給定結論是一給定前提集合(premise-set)之歸結，當且僅當由給定結論和給定前提集合構成的論證是有效的；反之，一個給定論證是有效的，當且僅當它的結論是它的前提集合之歸結。在發現真理定義後不久，塔斯基即提出歸結之「無反對模型」(no-countermodels)定義：一個給定語句是一給定語句集合之歸結，當且僅當這語句集合的每個模型都是該語句的模型(換言之，當且僅當無法把其中的非邏輯字詞如此解釋，以使得該語句為假，而集合中的所有語句為真)。正如蒯因(Quine)強調過的，這個定義把「邏輯必然性」這個模態(modal)觀念，化歸成語法和語意之結合體，這樣一來，避免了模態(modalities)和／或「可能世界」(possible worlds)之引入。

在真理及歸結之決定性研究之後，塔斯基把大部分精力投入了更純粹的數學研究。例如，回應哥德爾(Gödel)證明算術是不完備(incomplete)和不可決定的(undecidable)，塔斯基證明代數和幾何學既完備又可決定。塔斯基的真理定義和歸結定義見於他 1956 年出版的論文集《邏輯學、語意學、後設數學》(*Logic, Semantics, Metamathematics*, 1983 年第二版)：真理定義見第 8 篇論文，第 152-278 頁；歸結定義見第 16 篇論文，第 409-20 頁。他已發表的論文，總近三千頁，自 1986 年以來，由吉凡特(S. Givant)和麥肯尼齊(R. Mckenizie)編輯成四卷的《阿弗雷德・塔斯基論文集》(*Alfred Tarski, Collected Papers*)，全部上市。

參見 Gödel's incompleteness theorems 哥德爾不完備定理；logical consequence 邏輯結論；truth 真理

J.Cor.撰　龔維正審訂

Tarskian biconditional　塔斯基式雙條件句　見 convention T 約定 T；Tarski 塔斯基

Tarskian satisfaction　塔斯基式的滿足　見 satisfaction 滿足

Tarskian semantics　塔斯基語意論　見 formal semantics 形式語言的語意論

T

Tarski's theorem　塔斯基定理　見 semantic paradoxes 語意悖論

Tarski's (T) schema　塔斯基(T)圖式　見 truth 真理

task verb　任務動詞　見 action verb 行動動詞

tautology　恆真句　一個其否定是不一致(inconsistent)或(自相)矛盾(〔self-〕contradictory)的命題，如「蘇格拉底是蘇格拉底」，「每個人或是男性，或是非男性」，「沒有人既是男性，又是非男性」，「每個人都與自身同一」，「如果蘇格拉底是人，那麼蘇格拉底是人」。一個是恆真句之否定命題(或在邏輯上與恆真句之否定等值的命題)叫做(自相)矛盾命題。根據古典邏輯，一命題之為恆真句之充分必要條件(necessary and sufficient condition)是它被它自身的否定命題所蘊涵；而一命題之為矛盾句(contradiction)之充分必要條件是它蘊涵它自身的否定命題。恆真句在邏輯上為必然(logically necessary)，而矛盾句在邏輯上為不可能(logically impossible)。

從認識上說，任何命題只要由純粹邏輯推理便知為真，它就是恆真句；而任何命題只要由純邏輯推理便知為假，那麼，它就是矛盾句。對這兩個陳述之反轉(converses)(是否成立)，古典邏輯學家們之意見並不一致。每個與恆真句有相同邏輯形式的命題都是恆真句；而每個與矛盾句有相同邏輯形式的命題都是矛盾句。因此，恆真句有時又被說成是因形式而真；而矛盾句則被說成是因形式而假，「是恆真句」(being tautology)和「是矛盾句」(恆真性〔tautologousness〕和矛盾性)是形式性質(formal properties)。由於一命題之邏輯形式由它的邏輯字詞(「所有」、「有些」、「是」等等)所決定，故恆真句有時被認為因它的邏輯字詞而真；同樣地，矛盾句也如此。

由於恆真句並不排除任何邏輯可能性，所以人有時說它們是「空的」(empty)或「不提供資訊的」(uninformative)；人甚至傾向於否認它們是真正的命題，否認關於它們的知識是真正的知識。由於每個矛盾句「包括」(inclueds)(蘊涵〔implies〕)所有邏輯可能性(這些可能性合起來當然不一致)，所以，矛盾句有時被說成是「過度提供資訊的」(overinformative)。人因(前述兩種彼此)相對反的理由(for opposite reasons)，有時認為恆真句和矛盾句是「無用的」。更精確地說，根據古典邏輯，被每一命題所蘊涵，是恆真句之充分必要條件；蘊涵每一命題，則是矛盾句之充分必要條件。

數理邏輯，特別是模型理論(model theory)和模態邏輯(modal logic)的某些發展，似乎支持了萊布尼茲(Leibniz)的把「在所有可能的世界為真」(true in all possible worlds)一語與恆真句關聯到一起。有一特定的恆真句子集叫作「真值函應恆真句」(truth-functional tautologies)，這類恆真句因特定的邏輯字詞(logical terms)子類，即因真值函應連詞(truth-functional connectives)(「和」、「或」、「非」、「如果」等等)而真。而有些邏輯著作中之「恆真句」一詞只表真值函應恆真句，因此，廣義的「恆真句」一詞改用其他詞語，像「邏輯真理」(logical truth)代替。塔斯基(Tarski)、哥德爾(Gödel)、羅素(Russell)及其他許多邏輯學家都是廣義地用「恆真句」這個詞，但它的狹義用法也很流行。

人所知為恆真句的命題常常舉來作先驗知識(a priori knowledge)的例子。在數學哲學中，邏輯主義(logicism)的邏輯系統假設(logistic hypothesis)是這樣的命題：每一純(pure)數學的真命題都是恆真句。有些作者嚴格區分作「是恆真句」之形式性質和「是邏輯律則」(being a law of logic)之非形式的後設邏輯性質(non-formal metalogic property)。例如，「一是一」(one is one)不是後設邏輯的，但它是個恆真句，而「沒有恆真句是矛盾句」是後設邏輯的，但卻不是個恆真句。

參見 laws of thought 思維律則；logical form 邏輯形式；logicism 邏輯主義
J.Cor.撰　龔維正審訂

Taylor, Charles　泰勒，查理斯(b.1931)　加拿大哲學家和現代性歷史學家。泰勒受教於麥吉爾(McGill)和牛津(Oxford)，亦在這些大學任教。他的作品廣泛地具分析性，雖然他一貫地反對 1950 年代和 1960 年代的分析哲學主流之實證主義(positivist)、自然主義(naturalistic)和還原主義(reductionist)傾向。

比方說，他是行為主義(behaviourism)的強烈反對者，捍衛社會科學詮釋本質，反對任何企圖將社會科學方法學還原於自然科學。泰勒在哲學史上亦有重要著作，尤其是有關黑格爾(Hegel)，他的作品涉及歐陸哲學家(Continental philosophers)，如海德格(Heidegger)和梅洛龐蒂(Merleau-Ponty)。他對政治理論亦有貢獻，著述有關當代政治課題如多元文化主義(multiculturalism)(如：《本真性的倫理學》〔*The Ethics of Authenticity*, 1991〕)，往往特別指向加拿大政治，他在魁北克(Quebec)一直扮演活躍的政治角色。

泰勒最重要的著作《自我之來源》(*Sources of the Self*, 1989)，是對自我的現代概念生成的歷史和批判研究。正如多數現代性批評家，泰勒拒絕以全然的科學或自然主義的(naturalistic)詞彙來建構自我同一性(identity)的現代傾向，立論這些建構引向一自我概念，這樣的自我概念不再能理解吾人作為道德主體(moral agents)這樣不可否認的經驗。他以歷史模式發展其批判，通過討論激進啟蒙(如洛克〔Locke〕)將自我還原到原子化個人(atomic individual)，除了他自己的觀念與慾望外，基本地脫離於所有其他事物。

但是，不同於多數批評者，泰勒卻也在現代性中發現了自我概念更豐富的泉源，包括自我內在性的概念，該概念可遠追溯至奧古斯丁(Augustine)，但是透過蒙田(Montaigne)和笛卡兒(Descartes)的顯著現代方式加以發揚；肯定日常生活(我們作為其中之參與者)，尤其是和改革運動相結合；亦肯定表現主義(比如：浪漫主義者)，自我藉擁抱和說明最深刻的自然之聲中實現自我。泰勒認為這些泉源建構了現代自我，不同於激進啟蒙(radical Enlightenment)理性的「個別自我」(punctual self)，是有意義的道德行動者。無論如何，他建議恰當的現代自我概念進一步需要人的內在性(inwardness)與神之關係。此建議至今尚未發展。

參見 enlightenment 啟蒙運動；personal identity 人格同一性；philosophy of mind 心靈哲學
G.G.撰　吳秀瑾審訂

Taylor, Harriet　泰勒，哈麗雅特(1807-58)　英國女性主義者，作家約翰．彌爾(J. S. Mill)的妻子。彌爾稱她是他所遇到過的「最出色的人」(most admirable person)。但是，根據她的評論家的意見，泰勒是「一個愚蠢的女人」，「慣於喋喋不休地重複彌爾所說的話。」儘管彌爾可能誇大了她在道德和智力方面的優點，但她關於婚姻、婦女解放，以及寬容等作品，還是影響了他的《女性之卑屈》(*Subjection of Women*)和《論自由》(*On Liberty*)。在《女性解放》(*The Enfranchisement of Women*)一書中，泰勒反對盛行的「家庭天使」(angel in the house)型的婦女理想，她論證說，把婦女限制在家中，妨礙兩性的發展。泰勒是一個自成一格的女性主義(feminist)哲學家，她甚至比彌爾更強烈地主張婦女有權在教育、法律、經濟等方面與男性享有同樣的機會。
R.T.撰　吳秀瑾審訂

***te*　德**　中文，意為「德性」(moral charisma)或「善」(virtue)。「德」的最初用法指「天」(Heaven)授與統治者的品質，它使他的臣民心甘情願地服從他的統治。傳統認為，

「德」較之「刑」，不僅在道德上更為可取，而且作為手段也更為有效。一個人要成為道德楷模，有德性是必要條件，但傳統思想家對於有道德是否足以表明「德」的受命，以及「德」的受命是否使一個人更有道德等問題眾說紛紜。「德」不久也用來指善，既指有助於人類文明的品德(仁慈，勇敢等)，也指各種事物的具體優點。

B.W.V.N.撰　林安梧審訂

***techne*　技藝**　在希臘文中，指「技術」、「手藝」，是一種基於普遍原則且能傳授的人類巧技。以這種意義來說，像木工這種手工技能便是技藝，而像醫學和算術這樣的知識，也是技藝。根據柏拉圖(Plato)《哥加斯》(*Gorgias*, 501a)，真正的技藝有其特定的內容，並能夠理性地說明自身的活動。亞里斯多德(Aristotle)在《形上學》(*Metaphysics*, I. 1)區分了技藝和經驗的不同，技藝涉及了普遍的原理和原因的知識，並且能傳授他人。有時像在《尼可瑪古倫理學》(*Nicomachean Ethics*, VI.4)中，「技藝」的概念相對於理論的或實踐的藝能，限指創作的藝能。而技藝及其創作往往與「自然」(*physis*)(《物理學》〔*Physics* I.1〕)是對比的概念。

參見 Aristotle 亞里斯多德；*physis* 自然；Plato 柏拉圖

W.J.P.撰　俞懿嫻審訂

Teichmüller, Gustav　泰希穆勒，古斯塔夫(1832-88)　德國哲學家，他致力於哲學史的研究工作，並且發展一種知識理論和一種建立在這些歷史研究基礎上的形上學觀。他出生於布朗許維(Braunschweig)，曾在哥廷根(Gottingen)和巴塞爾教書，受到洛采(Lotze)和萊布尼茲(Leibnize)的影響。他的主要著作是《亞里斯多德主義研究》(*Aristotelische Forsohungen*〔*Aristotelian Investigations*〕, 1867-73)、《真實與假象的世界》(*Die wirkliche und scheinbare Welt*〔*The Actual and the Apparent World*〕, 1882)。另外還有《論靈魂不朽》(*Ueber die Unsterblichkeit der Seele*, 1874)、《概念史研究》(*Studien zur Geschichte der Begriffe*, 1874)、《達爾文主義與哲學》(*Darwinismus und Philosophie*, 1877)、《論愛的本質》(*Ueber das Wesen der Liebe*, 1879)、《宗教哲學》(*Religionsphilosophie*, 1886)，以及死後出版的《對心理學與邏輯學的新奠基》(*Neue Grundlegung der Psychologie und Logik*, 1889)。

泰希穆勒主張直接經驗的自我——「我」，是最根本的實在，概念世界是他的建構活動之投射。立基於對形上學史的研究，以及他對萊布尼茲單子論的好感，他認為每一種形上學體系都包含部分真理，並把每一種形上學立場解釋為一種關於複雜實在(complex reality)的觀點。透過思考關於實在的各種形上學闡述和個人直接經驗的主觀性(subjectivity)，泰希穆勒為他自己的哲學立場定名為「觀點主義」(perspectivism)。他的著作通過其對尼采(Nietzsche)的哲學反省之衝擊，影響了後來的歐洲思想。尼采在發展其知識的觀點理論時，很可能就是受到他的影響。

參見 Leibniz 萊布尼茲；Lotze 洛采

G.J.S.撰　林立審訂

Teilhard de Chardin, Pierre　德日進(1881-1955)　法國的古生物學家、耶穌會神父及哲學家。他的哲學研究雖在死後才出版，但在生前已受到熱烈討論。他的著作在教會中產生了重大爭議，主要關懷是在傳統的基督教教條和現代科學所提供的劇烈進步之間，帶來有力且寬容的調和。他的哲學涵蓋了對宇宙論、生物學、物理學、人類學、社會理論及神學的系統反省，這些反省是出於他對生命、能量及物質本質的強烈興趣，也是出於他對人類精神的深刻尊重。

德日進在接近里昂(Lyons)的耶穌會蒙格學院(the Jesuit college of Mongré)接受哲學和數學教育。他十八歲進入耶穌會，並於 1911 年受命為神父。他繼續在艾克斯(Aix-en-Provence)、拉瓦(Laval)及該隱(Caen)就學，同樣也在澤西島(Isle of Jersey)和英國的哈斯丁(Hastings)學習。

戰爭結束後回到巴黎，他開始在自然史博物館(Museum of Natural History)和天主教學院(Institut Catholique)研究生物學、地質學和古生物學，並於 1922 年得到地質學博士學位。1923 年，就在擔任天主教學院地質學教授後不久，他便赴中國從事田野調查。他的調查導致 1929 年北京人(*Sinanthropus pekinensis*)的發現，他認為這「或許是最接近類人猿和人類間可資追查的演化線索」。就在這個時期，德日進開始著手撰寫他的主要理論著作《人的現象》(*The Phenomenon of Man*, 1955)。在這本書中，他強調演化發展的深刻連續性，以及人性如何由動物的領域浮現。他主張現有的演化理論完全可和基督教學說相容。而最能夠刻劃他的思想要旨，或許便是演化理論和他自己的基督教神學的綜合。

德日進演化軌跡的最前端，也就是他所謂創生的「阿法點」(Alpha point)。從這點出發，任何有機物(organic)和無機物(inorganic)之間沒有絕對的斷層。事實上，物質(matter)和精神(spirit)是同一宇宙物質的兩種「階段」(stages)或「面向」(aspects)。這些從一狀態到另一狀態的轉換，可以說是根據相關發展的、組織的和複雜性的狀態，相應於軀體和精神、外在和內在之間所做的轉換。因此對德日進而言如此，對柏格森(Bergson)更是如此(德日進深受他的著作所影響)。演化發展是由最簡單的物質和能量(energy)的組成(他稱之為岩石圈〔the lithosphere〕)開始，經由植物和動物的組織(生物圈〔the biosphere〕)，一直到複雜的、情感的和認知的人類生命的形成(心靈圈〔the noosphere〕)。就此而言，演化是一種「漸進的物質精神化」(progressive spiritualization of matter)的過程。他將這視為一種直線發生的歷程，可說是「導向演化」(directed evolution)或「創世紀」(Genesis)，在其中，物質會經過朝向精神演進與複雜化的歷程，產生不可逆轉的質變。

明確地說，德日進的說法是想克服前科學(prescientific)的世界觀，這種世界觀多半為陳舊且站不住腳的形上學二元論(metaphysical dualism)。他希望能實現科學與宗教之間建設性的整合。演化的終點，即他所謂的「歐米茄點」(Omega point)，會是基督的完全呈現，具體表現在普遍的人類社會中。顯而易見地，這種觀點是一種基督教的泛神論。德日進提出了一種極為個人的、精神的展望，這不僅得自於多瑪斯主義(Thomism)的神學傳統，還得自於保羅式的新柏拉圖主義(Pauline Neoplatonism)和基督教神祕主義(Christian mysticism)的神學傳統，特別是從艾克哈特(Meister Eckhart)到布魯勒(Cardinal Bérulle)和馬勒布朗士(Malebranche)的那個傳統。

D.Al.撰　俞懿嫻審訂

telekinesis　**心靈致動**　見 parapsychology 特異心理學

teleofunctionalism　**目的功能論**　見 Fodor 弗德

teleological argument　**目的論論證**　見 philosophy of religion 宗教哲學

teleological ethics　**目的論倫理學**　見 ethics 倫理學

teleological explanation　**目的論解釋**　見 teleology 目的論

teleological law　目的論定律　見 causal law 因果定律

teleological suspension of the ethical　倫理生活之目的論上的中止　見 Kierkegaard 齊克果

teleology　目的論　哲學的學說，主張自然界的所有事物，或者至少是有意向性的行為者(intentional agents)，是目的取向的(goal-directed)或是在功能上是有組織的。柏拉圖(Plato)首先提出，自然界的結構可以通過這樣的方式去理解，也就是把它比擬為一個有意向性的行為者之行為，即「外在的目的論」(external teleology)。例如，人類可以預期未來，並且以計算過的方式去行為，以便實現他們的意圖。亞里斯多德(Aristotle)賦予自然本身以目的——「內在的目的論」(internal teleology)。每種東西具有它自身的最終原因，而實體(entities)是如此地構成，以至於它們傾向於實現這個目標。天體盡其所能地按照近乎完美的圓周軌道運行，因為那是它們的本性，而馬生出其他的馬，因為那也是牠們的本性。自然神論者(natural theologians)把這兩種目的論觀點結合在一起，參照一個至善、全知、全能的上帝之意向，去解釋所有的現象。上帝是如此構造這個世界，以至於每一個存在物都被賦予傾向，去實現上帝給它自己的本性。達爾文(Darwin)以非目的論的方式，去解釋生物界的目的論特徵。演化過程本身並非有目的的，但它導致了有機的組織系統和有目的的行為者。

今天的哲學家承認有意向性的行為和有功能的組織，但在解釋二者時，試圖不訴諸一個超自然的行為者或是比較形上學種類的內在本性。取而代之，他們用電腦控制學的方式(cybernetically)去定義「功能」(function)，訴諸這樣的語詞：在變動的條件下，持續朝向一個目標的狀態。或者用原因學的方式(etiologically)去定義，訴諸歸因的語詞：一個構造或行動導致一個目標狀態的實現。這些定義面臨反例的砲轟，此反例是設計用來顯示，所提的條件或者不是必要的、不充分的，或者兩者兼具；例如，喪失目的物，太多目標，或是功能上相等。趨勢是縮小目的論解釋的範圍，從所有的自然界，縮小到經由天擇所引起的那些實體的組織，到人類行為這個目的論最後的庇護所。行為主義者曾經企圖消除目的論的這個最後殘跡。正如天擇使歸因於生物的目標變成多餘，用行為的結果這種語詞來說明行為的選擇，是被設計用來使得任何指涉人類的意向變成沒有必要。

參見 mechanistic explanation 機械論的解釋

D.L.H.撰　徐佐銘審訂

telepathy　心靈感應　見 parapsychology 特異心理學

Telesio, Bernardino　特勒蕭，伯納迪諾(1509-88)　義大利哲學家，他早期的科學經驗論(scientific empiricism)影響了法蘭西斯・培根(Francis Bacon)和伽利略(Galileo)。他曾在帕多瓦(Padua)就學，並於 1535 年在那裡完成了博士學位，然後在那不勒斯(Naples)和科森扎(Cosenza)從事哲學研究而未擔任大學職務。他的主要著作，即九卷本的《論事物之本性：以其原理為依據》(*De rerum natura iuxta propria principia*〔*On the Nature of Things according to Their Principles*〕, 1586)，含有一種根據自然本身的原理以詮釋自然之企圖。特勒蕭把自然原理歸結為：熱和冷這兩種無形體的動力，以及有形體和被動的物質底基(physical substratum)。他論證說，當兩種動力充滿整個自然，並賦有感覺時，那麼，整個自然便具有了某種程度的感覺。人類和動物共同具有一種叫做精神(spirit)的物質實體(material substance)，它由熱所產生並與身體共存。神也賜與人和動物心智(mind)。特勒蕭熟悉阿威羅斯主義者(Averroistic)和亞歷山大主義者(Alexandrist)對亞里斯多德(Aristotle)的詮釋，但是，他放棄了這兩種詮釋。他批評亞里斯多德的《物理學》(*Physics*)，並宣稱研究自然訴諸感官比訴諸理智更有益。

P.Gar.撰　丁福寧審訂

telishment　犧牲無辜者以求嚇阻未來犯罪者的懲罰　對一個被懷疑有犯行的人施予懲罰，但官方知道實際上他是清白的，他之所以仍被懲罰是為了嚇阻未來(可能的)犯罪者。因此，就懲罰本來是指需要被懲罰者之所以受到嚴厲的對待應是罪有應得的而言，犧牲無辜者以求嚇阻未來犯罪者的懲罰不能算是懲罰。犧牲無辜者以求嚇阻未來犯罪者的懲罰，傳統上是作為一種挑戰功利主義倫理學(更廣泛地說，結果論)的思想實驗而被提出來的。因為功利主義這樣的理論有時似乎可替犧牲無辜者以求嚇阻未來犯罪者的懲罰提供辯護。

參見 punishment 懲罰

M.S.M.撰　林立審訂

***telos*　目的**　古希臘語詞，意為「終點」，或「意圖」。目的(*telos*)不僅是希臘倫理學，也是希臘科學的關鍵概念。人類的目的是善的生活，人類活動的價值根據他們是否趨向或表現出這個目的來判斷。植物、動物，甚至無生命的事物，也被認為具有目的，它們的活動和關係也能通過目的而得到理解和評價。雖然目的可能是某種超越人類活動和感性事物的東西，誠如柏拉圖(Plato)所認為的，但它也不必是脫離自然的東西。例如，亞里斯多德(Aristotle)就把目的視為感性事物的內在形式。因此，事物的目的就是它所應當是的；而且，一般來說，當事物企圖維護它自身時，它是在追求它的目的。亞里斯多德的觀點指出，「自然中的目的」(purpose in nature)不必意味著超越自然的一「較高」(higher)的目的。然而，他的內在目的並不排除「更高的」(higher)目的；而且，亞里斯多德的目的論被中世紀的思想家強行用作一種通過自然理解神的作用的框架。現代思想家們反對古代和中世紀思想家們賦予目的的重要作用，他們用機械論和法則的分析來取代它。

E.C.H.撰　徐學庸審訂

temperance　節制　見 cardinal virtues 基本德行

template　樣模　見 cognitive science 認知科學

temporal becoming　時間流變　見 time 時間

tensed identity　時態的同一性　見 identity 同一性

tense logic　時態邏輯　古典邏輯的延伸，由普賴爾(Arthur Prior)所提出(《過去、現在、將來》〔*Past, Present, and Future*, 1967〕)，使用運算詞 P 和 F 去代表過去時態和將來時態，或「情況曾是……」和「情況將是……」。古典或數理邏輯是作為不變的數學真理邏輯而得到發展的，我們只需借用數學的人工語法，在古典邏輯中引入關於「時間」(times)和「瞬間」(instants)的量化詞，就能將古典邏輯用於時態討論上。因此，對「情況將已經是 p」這樣的句子，雖然普賴爾用符號簡單記作 Fp，而古典邏輯則表述為：「有(存在)瞬間 t 和(存在)瞬間 t'，t(是)後於現在而 t'則(是)早於 t，在 t'時 p 為真，」或 $\exists t \exists t'$

$(t_{\circ} < t \wedge t' < t \wedge p(t'))$(上述括號中的「是」或「存在」應被理解為無時態性的)。普賴爾時態邏輯的部分動機是語言學的(為了建立一種比古典邏輯更接近自然語言的形式)，部分則是形上學的(為了避免對瞬間這樣的東西做出本體論承諾)。許多人做了很多努力去尋找與各種關於瞬間中早晚順序結構的古典敘述等值的時態邏輯規則，例如，「在任何兩個瞬間之間，有另一個瞬間」與下列公理具有同等效力：$\mathrm{P}p \rightarrow \mathrm{PP}p$ 和 $\mathrm{F}p \rightarrow \mathrm{FF}p$。使用 P 和F可表達的，比用關於瞬間的量化詞可表達的要少許多，漢斯．坎普(Hans Kamp)和另外一些人因而進一步引入了表示「自從」(since)和「直到」(until)或「現在」(now)和「那時」(then)的運算詞。這些運算詞與量化詞的結合顯得特別重要，如在下列句子中：「當他在位時，所有現在譴責他的人，那時都稱讚他。」

由於時態與語氣密切相關，故時態邏輯與模態邏輯也密切相關(正如克里奇的模態邏輯模型包括一集的「世界」和「x 是 y 的一種可能」這樣的關係 R 一樣，時態邏輯的模型則包括一集的「瞬間」和「x 早於 y」這樣的關係 R。這樣一來，瞬間雖從語法或證明理論中被排除，但卻重新出現在語意論或模型論中)。模態和時態都涉及在有關未來偶然性的命題中，普賴爾的動機之一，就是希望建立一種形式理論，以便能夠在其中闡明關於這個主題的各種觀點，包括古代的、中世紀的，以及現代早期的邏輯學家們的觀點(例如亞里斯多德〔Aristotle〕與他的「明天海戰」〔sea fight tomorrow〕、狄奧多羅斯．克洛諾斯〔Diodorus Cronos〕和他的「主人論證」〔Master Argument〕，以及從奧坎〔Ockham〕到裴爾斯〔Peirce〕的觀點等等)。

比普賴爾時態邏輯著作方面更早的先驅，則是詹．盧卡西維茨(Jan Łukasiewicz)關於多值邏輯的著作，這部著作主要研究的是未來偶然式的問題。和時態及語氣相關的還有「方面」(aspect)，有關這個語法範疇的時態邏輯也已被發展出來(按照時間的歷程而非瞬間來判斷表式的值)。與模態邏輯相同，時態邏輯也是計算機理論科學集中研究的對象，尤其是在與發展可以表達和證明程式的性質的語言上。因此，各種時態邏輯的變種(諸如動態邏輯〔dynamic logic〕或程序邏輯〔process logic〕等等)往往在科技而非哲學目的下，得到了廣泛地發展。

參見 future contingents 未來偶然性；many-valued logic 多值邏輯

J.Bur.撰　王文方審訂

Teresa of Ávila, Saint　阿維拉的聖德蕾莎(1515-82)　西班牙修道士、密契主義者，以及靈性論叢(spiritual treatises)的作者。二十二歲時在阿維拉加入了加爾慕羅修會(the Carmelite order)，德雷莎花費了下一個二十五年以找尋祈禱儀式內的輔導。不管那些各種各樣駑鈍的靈性指導者，她似乎已然經歷了許多密契經驗，而且亦似乎逐漸地得致關於內在生命(interior life)的重要發現。1560年之後，德雷莎因著加入在西班牙加爾慕羅修會之修女中的改革團體而承擔一公眾人物的角色。她的餘年即從事改革，其間最為出名的就是她結交了十架約翰(John of the Cross)。她也寫成了若干著作，包括一部靈性的自傳(《生活》〔*Vida*〕)與兩部靈性上的傑作，《完美之道》(*Way of Perfection*)與《內心的城堡》(*Interior Castle*)。後二者，尤其是《內心的城堡》，提出了有關靈魂之激情、活動、能力，和基礎的哲學意見。它們主要的動機是為教導讀者，如何藉著連續不斷的降服而朝向居住在靈魂中心之三位一體的神進展。

M.D.J.撰　蕭宏恩審訂

term　項、詞　見 relation 關係；Russell 羅素；syllogism 三段論式

term, major　大詞　見 syllogism 三段論式

term, minor　小詞　見 syllogism 三段論式

term, observation　觀察項　見 philosophy of science 科學哲學

term, transcendental　先驗術語　見 transcendentals 超越性

terminist logic　唯名論邏輯　一邏輯學派，起於十二世紀的歐洲，且在大學內一直有其優勢直到人文主義的(humanistic)改革才告一段落。其主要目的在於闡明命題的邏輯形式(「解說」〔the exposition〕)，而在與士林哲學論辯的背景中不斷發展。其中心理論是關切詞項的屬性，尤其在乎假設(supposition)，且從事的是當代的量化理論(quantification theory)。在此學派中，重要的邏輯學家包括：西班牙的彼得(Peter of Spain)、威廉・舍伍德(William Sherwood)、華爾德・布萊(Walter Burley)、威廉・海特斯拜里(William Heytesbury)，以及威尼斯的保羅(Paul of Venice)。

參見 Burley 布萊；Heytesbury 海特斯拜里；Paul of Venice 威尼斯的保羅；Peter of Spain 西班牙的彼得；Sherwood 舍伍德

J.Lo.撰　蕭宏恩審訂

***terminus ad quem*　終點**　見 *terminus a quo* 由之開始的界限

***terminus a quo*　由之開始的界限**　拉丁語，意為「由之開始的界限」(term from which)，某過程的起點；而 *terminus ad quem* 則是終點。例如，變化是從某狀態(起點〔*terminus a quo*〕)開始，並進行到某狀態(終點〔*terminus ad quem*〕)而結束的過程。尤其，在蘋果的成熟過程中，綠蘋果是 *terminus a quo*，而紅蘋果則是 *terminus ad quem*。

A.P.M.撰　丁福寧審訂

tertiary qualities　第三性　見 qualities 性

Tertullian　德爾圖良(A.D. c.155-c.240)　拉丁神學家，基督宗教教會早期的一位神父。一個來自迦太基(Carthage)的俗人，他將三位一體(the Trinity)的教義奠基於概念和語言上。雖然對哲學(「雅典與耶路撒冷有什麼關係」？)和理性(「因為不可能，所以確定」)表現出敵意，德爾圖良仍埋首於斯多噶主義(Stoicism)中。他雖譴責所有不接受基督宗教教義的規範傳統指導的折衷主義(eclecticism)，卻又常用哲學的論證和斯多噶派的概念(如：上帝和靈魂的有形性〔corporeality〕)。除了堅持《新約》(*the New Testament*)傳道者的唯一權威性，他也加入孟他主義(Montanism)，這一主義教導說：聖靈仍舊是關於道德戒律的鼓舞人心的預言。對聖靈的關注，德爾圖良思考內在於上帝的區別(他用一個新詞描述這個區別：「三位一體」〔*trinitas*〕)。上帝是一個「實體」(subatance)但有三個「位格」(persons)：是一沒有分割的複合體。聖父、聖子及聖靈是不同的，但同等地參與一個神之中。這三位性只顯現在上帝對這世界所做的「配置」(economy)的暫時的活動中。後來的正統學說(如，亞賽納西烏斯〔Athanasius〕、大巴西耳〔Basil the Great〕、奧古斯丁)，提出一三位一體學說是具永恆性的、與「內在性的」(immanent)，即，內在於上帝的存有。

參見 Montanism 孟他主義；Stoicism 斯多噶主義；Trinitarianism 三位一體主義

A.E.L.撰　徐學庸審訂

testability　可檢驗性　或譯可測試性；在科學中，理論承受實驗檢驗(測試)的能力。在自然科學中，理論照慣例要受到實驗的檢驗，這些檢驗免不了要詳細嚴格地控制可變因子。可檢驗性的特點不是對自然運作之單純觀察，而是對這類運作進行規畫地、設計地干預。從邏輯上看，檢驗採用這樣的形式：由獲得肯定的檢驗結果，尋求理論的驗證(confirmation)。我們可以把一個理論表徵為一個假說和一個初始條件的敘述之連言，$(H \cdot A)$。這連言演繹地蘊涵了可檢驗的或觀察的結果 O。因此，$(H \cdot A) \rightarrow O$。如果得到結果 O，那麼，$(H \cdot A)$就可說是「被驗證了」或「成為可能的」(rendered probable)。但這類驗證並不是決定性的；O也可能被很多不同理論所蘊涵，因而也被很多不同理論所說明。為了這個理由，波普爾(Popper)主張理論的可檢驗性應該尋求否證(disconfirmations or falsifications)。邏輯架構

$$\begin{array}{l} (H \cdot A) \rightarrow O \\ \text{非 } O \\ \hline \text{非}(H \cdot A) \end{array}$$

是演繹有效的，因此明顯是決定性的。

在這個觀點上，科學進步不是由於發現真理，而是由於拋棄錯誤。可檢驗性成為可否證性(falsfiability)。這個演繹架構(否定後件式〔modus tollens〕)也可應用在決斷檢驗(crucial tests)的分析。考慮兩個假說 H_1 和 H_2，兩者皆用來說明某現象。H_1 預測對於某檢驗條件 C 而言，我們有檢驗結果「如果 C 則 e_1」；而 H_2 則預測對於檢驗條件 C，我們也有結果「如果 C 則 e_2」。在此，e_1 和 e_2 在邏輯並不相容。假如實驗否證「如果 C 則 e_1」(e_1 在實際上並未作為實驗結果而出現)，則假說 H_1 為假，這意味著 H_2 為真。起先據說傅科(J. B. L. Foucault)的實驗決定性地否證了光本質的微粒理論(corpuscular theory)，因而決定性地建立了它的對手——光的波理論(wave theory)——的真。

這個對決斷實驗的說明，忽略了某些邏輯要點，以及在科學中輔助假說的角色。正如杜恩(Duhem)指出，以一個孤立於其他假定的假說來面對眾多事實，就算曾有過，也很稀少。再者，從邏輯上說，一個假說和它的輔助假定與初始條件的連言之否證「非$(H \cdot A)$」，邏輯地等值於「非 H 或非 A」，檢驗結果本身無法保證該選擇哪一個項目(H 或 A)來拒絕。杜恩進一步暗示，拒絕一個複雜理論的任何組成部分，是建基在證據之外的考量(如簡易性和豐富性)，而非由於否定的檢驗結果。接受了杜恩的觀點引導蒯因(Quine)建議理論必須面對經驗整體的裁決，沒有單一假說能孤立地被檢驗。可檢驗性和可否證性的原初概念把科學方法詮釋為為假設演繹法。這些實驗邏輯重建上的困難，導致科學哲學家們偏愛一種科學方法的理論，即建立在機率邏輯上的經驗支持。

參見 crucial experiment 判決性實驗；Duhem 杜恩；hypothetico-deductive method 假設演繹法；probability 機率

R.E.B.撰　陳瑞麟審訂

testimony　證言　一種告訴的行為，包括一切表面有意圖傳送訊息的「斷言」(assertion)。廣義地說，私人書信、著作及其他旨在包含事實資訊的出版品等皆可構成證言。證言可以是「誠摯的」(sincere)或不誠摯的，也可表達知識或沒有根據的偏見。當某個證言被用來表達知識時，它是正確地被相信，而它所表達的知識則被播散到附近或遙遠的閱聽人。二手知識可被進一步地傳遞，產生一個綿長的證言之鏈，但這些證言之鏈總是始於某個目擊者或專家的報導。

任何擁有共同語言的社會團體都有潛力憑藉證言之助，分享個人經由知覺與推論所取得的獨特知識成果。在先進社會中，專業化的知識蒐集創造，以及透過口述或書寫證言的知識傳播活動，皆是基本的知識社會學事實，而每個人大部分的知識與信念也都源自於證言。

何時我們應該相信他人的證言，以及相信他人證言的「知識授權」(epistemological entitlement)之基礎又是什麼，這問題乃是知識論的重要問題。證言的化約主義者主張，這種授權必定得由我們相信我們所知覺到的事物是如此，以及根據熟悉的普遍原則而從此信念中進行推論的授權中引導出來參見休姆〔Hume〕在《人類理解力研究》〔*Enquiry into human understanding*〕第 10 節的討論)。這個觀點主張，我們可以知覺到某人告知我們某命題「*p*」，但我們只能透過有關這個人的可靠性此一額外經驗知識，從推論中而得知「*p*」。相形之下，反化約論者認為，存在一個相信他人證言的普遍授權；雖然一旦我們知道證言人是不可信賴(或喜於撒謊或無能)的，此一授權就會被否定；但我們不需積極地尋求她是可信賴的經驗知識來支持我們的授權。反化約主義者因此將證言視為知識的一個獨立來源，如知覺、推論與記憶一樣。反化約主義也被下列超驗論證所支持：我們的許多信念皆源自證言，而這些信念都是知識；此一事實無法被主張證言的可靠性不能被獨立確認的化約主義所解釋；所以，化約主義必定是錯誤的。雖然所有源自過去證言的信念的可靠性，有可能無法同時被確認，但有時我們的確可以不循環地確定某人的某主張很有可能是正確的：比如說，如果我們的經驗顯示此人對該種事物的可靠性有很好的紀錄。

參見 epistemology 知識論；Hume 休姆；inferential knowledge 推論知識

E.F.撰　陳瑞麟審訂

Tetens, Johann Nicolas　特滕斯，約翰·尼可拉斯(1736-1807)　德國哲學家和心理學家，有德國的洛克(Locke)之稱。在羅斯托克(Rostock)和哥本哈根(Copenhagen)完成學業，他先後執教於比措(Bützow)和基爾(Kiel)(直至 1789 年)。在丹麥(1790-1807)他開始另一個成功的生涯，作為國家公務員，這使他無暇從事哲學研究。

特滕斯是沃爾夫(Wolff)和康德時期最重要的德國哲學家之一，像康德(Kant)一樣(康德深受他的影響)，試圖在經驗主義和理性主義之間找出一條中間道路。他最重要的著作《關於人的本質及其發展的哲學嘗試》(*Philosophische Versuche über die menschliche Natur und ihre Entwicklung*〔*Philosophical Essays on Human Nature and its Development*〕, 1777)，這本書在康德《純粹理性批判》(*Critique of Pure Reason*)之前，預示了德國哲學未來的發展。特滕斯遵循洛克的心理學方法，傾向於休姆(Hume)的自然主義。但是，他比休姆更徹底地區分了理性和感覺，並試圖證明理性的基本原理如何保證了人類知識的客觀性。

M.K.撰　陳瑤華審訂

Tetractys　四元　見 Pythagoras 畢達哥拉斯

Thales of Miletus　米勒斯的泰勒斯(fl. c.585 B.C.)　一位希臘哲學家，據說是希臘七賢之一。他也被認為是第一位哲學家，米勒斯學派(Milesians)的奠基人。據說，泰勒斯同時也是工程師、天文學家、數學家和政治家。甚至早期希臘的原始記載他的學說只能透過傳聞而來。他說水是「太初」(*archē*)，地像一個木筏浮在水上，磁石有靈魂，一切事物都充滿了神靈。泰勒斯不單單企圖解釋超自然現象，也企圖解釋自然現象，他的哲學在追隨者阿西那曼德(Anaximander)的哲學中開花結果。

參見 pre-Socratics 先蘇格拉底學派

D.W.G.撰　苑舉正審訂

thema　基礎規則　複數形為：themata，在斯多噶學派(Stoic)的邏輯中，用來將論證形式化約為基本形式的基礎規則。斯多噶哲學家用他們的架構形式(*schēmea*, or *tropos*)來分析論證。他們用數字來代表主張以呈現形式；例如：「若第一，則第二；而第一成立；因此推得第二。」某些形式是不必證明的；其他則根據基礎規則(themata)被化約成不必證明的論證形式；例如，如果 *R* 從 *P* & *Q* 而來；∼*Q* 從 *P* &∼*R*。這五個不必證明的論證是：(1)前項肯定法(*modus ponens*)；(2)後項否定法(*modus tollens*)；(3)非(*P* 且 *Q*)再者，*p*，所以非 *Q*；(4)*P* 或 *Q* 而非兩者，*P*，所以非∼*Q*；(5)選言三段論法(disjunctive syllogism)。基礎規則有四個，但證實它們的證據並不完備，但是對命題邏輯來說，可以發展出一種完善而一致的系統，它和我們所擁有的證據相互一致(參見底奧傑尼．賴爾提斯《哲學家傳記》〔Diogenes Laertius, *Lives of the Philosophers*, 771-881〕，簡介了斯多噶學派的論證理論；其他的證據更是到處都有)。

參見 doxographers 古希臘哲學家各種主張的編輯者和註釋者；formal logic 形式邏輯；logical form 邏輯形式；Stoicism 斯多噶主義

H.A.I.撰　苑舉正審訂

Themistius　戴米思德斯　見 commentaries on Aristotle 對亞里斯多德的註釋

theodicy　辯神論　源自希臘語 *theos*，意為「神」(God)和「正義」(*dikē*)；捍衛上帝的正義和善，面對因為世上惡的現象(「惡」指任何種類的邪惡事態)所引起的對上帝之懷疑和反對。有許多類型的辯神論曾受到重視並嚴格地討論過，這裡只能概述其中的幾種。

(1)有一種論點認為，惡在邏輯上對於更大的善是必要的(如艱難的情境之於某種德行的完全實現之事例)，以至於一個全能者(簡言之，一個能力不受邏輯上地偶然性限制者)，有一個道德上的充足理由，為了達成善而引發或允許惡的存在。萊布尼茲(Leibniz)在他的《辯神論》(*Theodicy*, 1710)中，有企圖完成這類辯神論特別完整的討論。根據他的觀點，儘管現實世界充滿了惡，上帝仍然有充足的理由創造世界，因為它是所有可能的世界中之最好的世界，現實中所有的惡都是世界組成不可或缺的一部分，以至於省略它們其中的任何部分，都會破壞整體的設計。姑且不論現實的惡對於更大的善是否真的有必要性，這樣的進路所面對的問題在於：理論是否錯誤地以目的之假定而證成手段。

(2)另一種重要的辯神論類型是在於追溯出某些或所有，由上帝所創造的人類（或其他存在物：如天使）的不道德的自由活動之惡的根源。這種進路的支持者假定受造物的自由活動有重大價值，同時邏輯上，卻與上帝對受造物行動的因果控制本身無法相容。由此推出上帝不干預惡是必要的，雖然惡本身對於所產生的自由之善並非必要。這為上帝不干預惡提供了道德上充足的理由。這類辯神論的主要任務是解釋上帝為什麼會允許惡之存在，惡本身並非造物的自由選擇，而只是擁有這種選擇最大部分的後果。

(3)另有一種類型的辯神論，致力於以放棄上帝的全能之理論，來保全上帝之全善，雖然在主要的一神論宗教的正統傳統中較不被接受，但這種辯神論對於古代和現代的神學家都具有影響力。根據這個觀點，上帝從因果方面(而非邏輯上)無法防止許多惡，雖然祂充分地致力於廣大的善。目前這種進路的主要倡導者是以過程神學著稱的神學運動，基本上受到懷德海(Whitehead)之啟發；這種理論依據關於因果關聯本性的複雜形上學理論。

(4)其他的辯神論的焦點集中於結果而非起源。有些宗教信仰認為，上帝對被造的人藉賦予能力顯示特別的仁慈(特別是宗教的稟賦，如能夠與神交流這樣的至善)，這些天賦可能在來生或在現世的宗教體驗中顯示。這種進路有可能與另一種類型的辯神論相結合，或為那些認為上帝之所允許惡的理由超出了我們的理解力之外的人所接受。

參見 divine attributes 神的屬性；free will problem 自由意志問題；philosophy of religion 宗教哲學；process theology 歷程哲學

R.M.A.撰　陳瑤華審訂

Theodorus　特奧多羅斯　見 Cyrenaics 居勒尼學派

***theologia naturalis*　自然神學**　拉丁語，意為「自然神學」（natural theology）。使用了其他哲學領域的理性標準和研究方法的神學。傳統上，自然神學的中心問題是上帝存在之證明和惡的問題。與自然神學相反地，超自然神學(supernatural theology)所使用的是一些被認定為上帝所啟示的方法，並把那些近似超出理性可接受的領域之外的信念當作事實加以接受。依靠先知或教宗解決事實問題這種做法，對超自然神學是可接受的，但對自然神學則不。沒有什麼能阻止自然神學家去分析超自然神學家可能自信地加以運用的概念，如啟示、奇蹟、不可錯誤性(infallibility)以及三位一體(Trinity)教義等。

神學家們常常在兩個領域工作，如安瑟倫(Anselm)和亞奎納(Aquinas)所做的。休姆(Hume)因其對傳統神學的卓越批評，當得起「自然的反神學家」(natural anti-theologian)之稱號。

參見 philosophy of religion 宗教哲學

A.P.M.撰　丁福寧審訂

theological creationism　神學的創造論　見 preexistence 先存

theological naturalism　神學自然主義　發展一種自然主義上帝觀的嘗試。作為一種哲學主張，自然主義主張，(1)了解什麼事物存在的唯一可靠方法，是援用自先進科學的方法；(2)那些方法的應用證實了這樣的見解，即構成實在界的要素或者是物質的，或者在因果關係上依賴物質事物及其變化。由於「超自然主義」(supernaturalism)斷言上帝是純精神的，而且並不在因果關係上依賴物質事物，自然主義者認為，或者人們必須把對上帝的信仰視為沒有理性根據的東西而予以拋棄，或者人們必須重構上帝的概念，使之與自然主義一致。重構上帝概念的早期嘗試包括費爾巴哈(Feuerbach)和孔德(Comte)的著作。就二十世紀的美國自然主義來說，發展一種自然主義上帝觀的最重要的努力，來自杜威(Dewey)和亨利・納爾遜・魏曼(Henry Nelson Wieman, 1884-1975)。在《共同信仰》(*A Common Faith*)一書中，杜威提出一種觀點，把上帝視為從人類想像力中產生出來的各種理想目標——使我們產生慾望和行動的目標——的統一。他指出超自然主義是一種原始需要的產物，這種需要要求把種種慾望的對象——最大的理想——轉化為已經存在的實在之物。

與杜威的想法不同，魏曼主張把神看作自然界的一個過程，如果人類在他們的生活中僅僅順從這個自然歷程的作用，祂可以讓人類實現他們可能實現的最好狀況。在較早期的著作中，他把上帝視為一個宇宙過程，不僅以人類的善為目的，而且實際上創造了人類生命。後來他把上帝等同於創造的交換過程，這是一個只在已經存在的人類社會內部發生的過程。儘管魏曼的上帝並不像杜威的理想目標一般是人類的創造物，人們為什麼應該向一個沒有思想和目的之自然界歷程付出愛與奉獻，令人難以理解。因此，儘管杜威的上帝(理想目標)缺乏創造能力，祂還是可以有資格成為愛和奉獻的對象，但是，魏曼的上帝(自然歷程)雖具有創造力，值得我們關心和注意，卻似乎不足以成為愛和奉獻的對象。如此一來，上述兩種觀點都無法滿足與傳統上帝觀念聯在一起的兩個基本特徵：具有創造能力，以及成為無上的愛與奉獻的恰當對象。

參見 naturalism 自然主義；philosophy of religion 宗教哲學；process theology 歷程神學

W.L.R.撰　劉若韶審訂

theological virtues　神學的德性　見 Aquinas 亞奎納

theological voluntarism　神學唯意志論　見 voluntarism 唯意志論

theology, natural　自然神學　見 philosophy of religion 宗教哲學；*theologia naturalis* 自然神學

theology, philosophical　哲學神學　見 metaphysics 形上學

theology, supernatural　超自然神學　見 *theologia naturalis* 自然神學

theology of liberation　解放神學　見 Latin American philosophy 拉丁美洲哲學

Theophrastus　希奧弗拉斯特　見 Hellenistic philosophy 希臘化時期哲學；Peripatetic School 逍遙學派

theorem　定理　見 axiomatic method 公理法；deduction 演繹法

theoretical concept　理論概念　見 theoretical term 理論術語

theoretical construct　理論構想　見 theoretical term 理論術語

theoretical entity　理論實體　見 theoretical term 理論術語

theoretical identity　理論的等同　見 philosophy of mind 心靈哲學

theoretical judgment　理論判斷　見 theoretical reason 理論理性

theoretical rationality　理論的理性　見 rationality 理性

theoretical reason　理論理性　傳統上指一種能力或才能，它的範圍在於理論知識或理論探究；更廣泛地說，指一種致力於確認各種真理的能力(有時亦稱為思辯理性)。在《形上學》(*Metaphysics*)第 6 卷(Book 6)，亞里斯多德(Aristotle)認定數學、物理學和神學是理論理性的主題內容。傳統上，理論理性有別於實踐理性(practical reason)，後面這種能力

的作用在於決定行為向善之指導方針，和熟慮恰當的行動。亞里斯多德也將理論理性對比於生產性的理性(productive reason)，後者主要和「製造」(making)有關，諸如造船、雕刻、治療等等。

康德(Kant)不僅將理論理性與實踐理性區分開來，而且(有時)也將它和範疇所源自的知性能力(the faculty of understanding)相區隔。理論理性自身中包含先驗概念(a priori concepts)(「理性之理念」〔ideas of reason〕)，約束著(regulate)知性的活動。它預設自然界有系統式的統一性，設定科學探究的目標，並決定「經驗真理之判準」(《純粹理性批判》〔*Critique of Pure Reason*〕)。根據康德的理解，理論理性試圖把握一種解釋上的完整性(completeness)，一種存有之無條件性(unconditionedness)，這些都超出經驗中的可能性。

理性作為一種能力或才能，可看成是理論理性和(廣義理解的)實踐理性一起組成的混合物，或是理論功能和實踐功能之統一體。有一些註釋家認為，亞里斯多德側重於前者，而康德側重於後者。理性有時與經驗(experience)相對，有時與情感(emotion)、欲望(desire)相對，有時又與信仰(faith)相對。理性出現在人類身上，人常認為它構成了人與非人的動物之基本差異；理性有時被看作是人類天性中的神性(devine)部分。蘇格拉底(Socrates)在柏拉圖(Plato)的《斐利布斯》(*Philebus*)中，把理性描繪成「天地之王」(king of heaven and earth)。在霍布斯(Hobbes)的《利維坦》(*Leviathan*)中，理性更顯得醒目和重要，他堅決主張理性，「當我們視其為心靈的能力之一時……，它就只是一種普遍名稱(general names)之序列(consequences)之計算——即，加和減——而普遍名稱是我們為了記載和表明我們思想而協議出的」。

參見 practical reason 實踐理性；rationality 理性

A.R.M.撰　龔維正審訂

theoretical reasoning　理論推理　見 practical reasoning 實踐推理

theoretical term　理論術語　出現於科學理論中的術語，意圖指涉不可觀察的實體(entity)(如「電子」)、性質(如「分子的單原子性」〔the 'monatomicity of a molecule'〕、或關係(如「更大的電阻」〔greater electrical resistance〕)。由於工具主義者(instrumentalists)否認有任何這樣的不可觀察之物的存在，所以用「意圖」(purport to)這樣的指涉。儘管如此，工具主義者也承認，科學理論如像物質的原子理論，對於組織我們的觀察知識及預測未來經驗，也可以是有用的工具。相反的，「科學實在論者」(scientific realists)認為，至少某些理論術語(如「夸克」〔quark〕或「中微子」〔neutrino〕)，實際上指示那些並非直接可觀察但實際存在的實體。但是，工具主義者和科學實在論者都同意理論術語與這樣的觀察術語相對，如「繩」(rope)、「光滑」(smooth)、「聲音大於」(louder than)等等這些可觀察的實體、性質或關係。

許多哲學的爭論集中在如何描述可觀察之物和不可觀察之物的區別。伽利略(Galileo)用他的望遠鏡觀測了木星的衛星嗎？我們在顯微鏡下觀察了細菌嗎？物理學家們觀察了在氣泡室(bubble chambers)裡的電子嗎？天文學家們用微中子計數器(neutrino counters)觀察了超新星(supernova)的爆炸嗎？我們觀察了一般的物體嗎？或者，感覺材料(sense-deta)是唯一可觀察之物？果真有觀察術語嗎？還是所有術語都是理論負載的(theory-laden)？

如果把科學理論當作一種半形式化的(semiformal)公理系統，那麼「理論術語」就具有另一個重要意義。這樣一來，自然可以考慮把它的詞彙分為三部分：(1)邏輯和數學術語；(2)得自普通語言或其他理論的術語；以及(3)構成特定理論的專有詞彙的理論術語。

例如，熱力學應用(1)類術語於數目和數學運算；(2)類中的術語如「壓力」(pressure)和「體積」(volume)等在許多物理學分支學科中常見的術語；(3)類中「溫度」(temperature)、「熱」(heat)、「熵」(entropy)等術語是熱力學的專有術語。在上述第二類意義上，理論術語甚至不必要是意圖指涉不可觀察之物。例如，雖然溫度的精確度量的測定需要特殊儀器，但溫度仍是可觀察的性質。

即使理論不被當作公理系統，它們的技術術語也能被認為是理論的。這樣的術語不必是意圖指涉不可觀察之物，也不應是一種特定理論的獨有性質的術語。例如，物理學中的「功」(work)，這個物理學中常用的詞，在某些情況下，卻具有與它的平常用法完全不同的意義。

理論術語的意義已經引起了一些嚴重的問題。一些哲學家堅持，為了使它們成為有意義的，必須給它們下可操作的定義。另一些人則求助於配套定義(coordinative definitions)，以保證至少公理理論得到部分闡明。可檢證性標準已經被訴求，以確保包含這種術語的科學理論具有意義。

一個「理論概念」(theoretical concept)(或構想〔construct〕)是一個由前述任何意義上的理論術語所表達的概念。「理論實體」(theoretical entity)這個術語常用於指涉不可觀察之物，但這個用法是混淆的，部分原因是如果不引入特定詞彙，我們能談論的對象太小，以至不能直接感覺。例如，藤黃膠微粒(spheres of gamboge；一種黃色樹脂)，它的直徑小於 10^{-6} 公尺，它是由皮蘭(Jean Perrin)在一次具有歷史意義的重要實驗中所計算出來的。

參見 operationalism 操作主義；philosophy of science 科學哲學

W.C.S.撰　苑舉正審訂

theoretical underdetermination　理論的弱決定論、理論的不完全決定　見 operationalism 操作主義；theory-laden 背負理論的

***theoria*　理論活動**　見 Aristotle 亞里斯多德

theory, scientific　科學理論　見 philosophy of science 科學哲學

theory-laden　背負理論的　或譯「負擔理論的」、「負載理論的」、「預設理論的」。依賴於理論的，特別是指那些被知覺或被記錄下來的東西，免不了理論上的解釋。在邏輯經驗主義興盛時期，卡納普(Carnap)和其他人認為在觀察詞(obsevvational terms)和理論詞(theroretical terms)之間，可以畫出固定的區分。後來漢森(N. R. Hanson)、費耶阿本(Paul Feyerabend)和其他人則質疑這個區分，並論證也許所有觀察都是背負理論的：要不是因為我們對世界的知覺被感覺的、語言的和文化的差異染上色彩了；就是因為在觀察和理論之間做出截然區分的企圖都沒有成功。這個轉移帶來了大量的哲學問題。如果我們接受徹底的背負理論的觀念，理論選擇的相對主義就變得可能成立。因為存在許多敵對的理論，每一個都以它自己的觀察證據為條件，所以我們似乎就不得不根據證據之外的理由來做它們之間的選擇，因為沒有中立於理論的觀察可用。最令人困惑的是，相對主義認為，如果承認背負理論性，就理論對證據的關係而言，任一個理論就和其他理論一樣好。相對主義者結合了背負理論的論旨和觀察證據無法完全決定理論論旨的所謂事實，而產生了這樣的觀念：不管有多少另種理論，都可以被相同的證據所支持。問題變成了什麼條件約束了(constrain)理論之間的選擇。如果背負理論的觀察不能約束這樣的選擇，那麼科學家個人的主觀偏愛，或為科學家團體都同意的同行行為規則，就變成運作上的

約束。驗證的邏輯似乎在本質上就被個人特質和社會因素玷染了，對科學合理性的真正觀念造成威脅。

參見 confirmation 驗證；epistemology 知識論；hypothetico-deductive method 假設演繹法；incommensurability 不可共量性；testability 可檢驗性

R.E.B.撰　陳瑞麟審訂

theory of appearing　呈現論　指這樣的一種理論：知覺到一個對象也就是該對象以某種方式(如看起來圓、看起來像石頭、聞起來像醋、聽起來吵或嘗起來苦等等的方式)呈現給我。在經過相當解釋後，幾乎沒有人不會接受這個公式。但是，呈現論把這個公式看作是最基本的知覺的特點，而且不可再進一步分析。它把「如此這般地向主體 S 呈現」當作最基本的，一種在經驗中可以容易地辨認且不可化約的關係，也不能再進一步定義。這種理論的好處在保存我們日常的看法，即認為在正常的知覺中，我們是直接覺察到自然環境中的對象，而不是透過非物理的感覺與料、感覺印象，或其他什麼媒介。當一棵樹以某種方式呈現給我的時候，我直接覺察到的是這棵樹而不是其他什麼東西。這樣的知覺中包括「有」感覺經驗這麼一回事，但那種經驗是由這棵樹向我顯現的方式所構成的。

呈現論在本世紀初頗盛行，後來受到普賴斯(Price)、布洛德(Broad)和齊桑姆(Chisholm)的批評衝擊，幾乎銷聲匿跡。呈現論所遇到的困難是：在完全是幻覺的經驗中，呈現給主體的是什麼？也許呈現論最有說服力的方面是它逼真地描述了知覺經驗的特徵。

參見 perception 知覺

W.P.A.撰　王文方審訂

theory of descriptions　描述詞理論　含描述詞的語句之分析，最初由羅素(Russell)提出。描述詞包括不特定(indefinite)描述詞，如「一頭象」(an elephant)，和特定(definite)描述詞，如「四之正平方根」(the positive square root of four)。根據羅素的分析，描述詞是「不完全的符號」(incomplete symbols)，它只在其他符號構成的語境中，即只在包含它的語句之語境中，才有意義。雖然「美國第一任總統」這些字看起來組成一個檢出特定個人的單稱詞(singular term)，就像「喬治．華盛頓」這個名稱一樣，但羅素還是認為描述詞並不是指稱詞(referring expressions)，而且描述詞會在它們所出現的句子的邏輯形式(logical form)之正確表達中被「分析掉」。相對於邏輯形式而言，「美國第一任總統很高」這句話的文法形式(grammatical form)完全是誤導的。

根據羅素對不特定描述詞的分析，句子「我曾看見一個男人」(I saw a man)斷說，至少有一個東西是男人，而且我看見了那東西——用符號表示，即 $(Ex)(Mx \& Sx)$。像是單稱詞的語詞(apparent singular term)「一個男人」之角色由存在量限符號(existential quantifier)「(Ex)」和它所約束的變元(variables)所替換，而這個像是單稱詞的語詞在分析中消失。至於一個包含特定描述詞的句子如「法國當今的國王是禿頭」(The present king of France is bald)，則斷定了三件事：至少一個東西是法國當今的國王，至多一個東西是法國當今的國王，以及那東西是禿頭的——用符號表示，即 $(Ex)\{[Fx \& (y)(Fy \supset y = x)] \& Bx\}$。像是指涉詞的語詞(apparent referring expression)「法國當今的國王」又再一次地被分析掉了，它的角色改由它所出現的句子之邏輯形式之符號表式中的量限符號和變元來擔任。在此符號表式中沒有什麼成分是單稱指稱詞(singular referring expression)。

羅素認為，這個分析至少解決了三個由描述詞造成的難題。第一個難題是：怎麼可能(既然)「喬治四世想要知道司各特是否是《威弗利》的作者」為真，而「喬治四世想要知道是否司各特是司各特」為假？司各特是《威弗利》的作者，所以，表面上我們應能用「司各特」來替換「《威弗利》的作者」，並從第一個句子推出第二個句子，但我們不能。根據羅素的分析，(這是因為：)「喬治四世想要知道是否司各特是《威弗利》的作者」(如果理解正確的話)並不包含可用「司各特」這個名字去替換的(特定描述)語詞「《威弗利》的作者」。第二個難題涉及排中律(the law of excluded middle)，它規定或者「法國當今的國王是禿頭」，或者「法國當今的國王不是禿頭」，其中一個必為真；問題是禿子和非禿子的名單中皆沒有法國當今的國王。羅素的解答是：「法國當今的國王不是禿頭的」確為真，只要它被理解為「沒有這種情況：只有一個人是法國當今的國王而且是禿頭的」，亦即，$\sim(\mathrm{E}x)\{[\mathrm{F}x \,\&\, (y)[\mathrm{F}y \supset y = x)]\& \,\mathrm{B}x\}$。最後一個難題是：「沒有法國當今的國王」或「法國當今的國王不存在」怎麼可能真？——如果「法國現國王」是一個檢出某人的指稱語詞，我們怎能正確否認那東西存在呢？因為依羅素的理論，描述詞並不是指稱語詞，所以他很容易證明「至少且至多有(即，只有)一個法國當今的國王」這個斷言之否定為真，即$\sim(\mathrm{E}x)[\mathrm{F}x \,\&\, (y)(\mathrm{F}y \supset y = x)]$為真。

史陶生(Strawson)首先向羅素的理論提出了真正的挑戰，他論證到，「法國當今的國王是禿頭」不是蘊涵，而是預設「有一個法國當今的國王」，故前者並不因後者的假而為假，而只是失去了真假值。史陶生為後面的自然觀點辯護：特定描述詞當然是指稱語詞，用來檢出事物以供作謂述(predication)。晚近，鄧內朗(Keith Donnellan)指出，羅素和史陶生兩個都忽視了特定描述詞有兩種用法。當用來謂述什麼時(Used attributively)，人用特定描述詞說出關於某東西而為真之訊息(say something about whatever it is true of)。如果一句子是這麼用時，這用法與羅素的分析相合。當用來指涉什麼時(Used referrentially)，人用特定描述詞檢出某東西，但可能(單就描述詞而言，)沒有正確描述它。例如某人看見一個身著警服的醉漢，他可能會說：「街角那警察醉了！(The cop on the corner is drunk)」鄧內朗會說，即使這人是個身著警服的醉酒的演員，說話者也已指涉了他，而且正確就著他說他醉了(and truly said of him that he was drunk)。如果由於某種原因使得(單就描述詞而言的)描述必須正確，正好像一個人說：「街角那警察有權開超速罰單」，而其中的描述必須正確一樣，那麼，這種用法就是謂述性的(attributive)；而且，因為「街角那警察」沒有正確描述任何人，那麼也就沒有人被說到有權開超速罰單。鄧內朗批評羅素忽視了描述詞的指涉用法，批評史陶生既不承認謂述性用法，又主張在指涉用法方面，僅當(單就描述詞而言的)描述對某東西為真，人們才可以用特定描述詞指涉那東西。人們一直在討論史陶生和鄧內朗的批評，並因此在語意學和言說行動(speech act)理論，在語意學和語用學之區分，在語意指涉和說話者指涉之區分等等，產生了有用的成果。

參見 causal theory of proper names 專有名稱的因果理論；presupposition 預設；Russell 羅素

R.B.撰　龔維正審訂

theory of effluxes　流溢說　見 Democritus 德謨克利特斯

theory of Forms　理型論　見 Plato 柏拉圖

theory of frequency　頻率論　見 probability 機率

theory of relativity　相對論　見 relativity 相對論

theory of signs　記號論　討論信息承載元目(information-carrying entity)、溝通、信息傳

遞的哲學理論、科學理論。洛克(Locke)使用「符號學」(semiotic)這個詞指稱研究記號與意義的學科；經由裴爾斯(Peirce)與查理斯．莫理斯(Charles Morris)著作的影響，這個詞得到更廣泛地使用。關於語言符號的符號學研究可區分成三個領域：語用學(pragmatics)——研究人、動物或機器如計算機使用符號的方式；語意學(semantics)——從符號的使用中抽離出來，研究符號與其意義之間的關係；語法學(syntax)——從符號的使用和意義中抽離出來，研究符號與符號之間的關係。在歐洲使用的是一個幾乎相同的術語「符號學」(semiology)，為瑞士語言學家費南特．德．索緒爾(Ferdinand de Saussure)首先提出的。

廣義來說，「記號」指任何信息承載元目，包括語言符號、動物的動作標記、地圖、路標、圖示、圖片、模型等等。例如我們以冒煙作為失火的記號，以交叉路口上的紅燈作為要求駕駛停車的記號。純就語言而言，言說時的言語表達——例如聲韻特徵(語調、重音)，以及附屬於語言所產生的特徵(強音、聲調、手勢、臉部表情等等)——及字詞和語句等都是廣義上的記號。裴爾斯把記號定義成「代表某物的某些方面或身分的東西」，並將記號區分成三種：「符號」(symbol)、「象符」(icon)與「指符」(index)。

符號又稱「約定記號」(conventional sign)，其乃自然語言形式中特有的記號，與其指涉對象沒有任何有意義的物理符應或相似之處(事實證明，許多十分不同的記號可以指涉同類對象)，而且，在記號之出現與其指稱對象之間沒有相互關係。

指符又稱「自然記號」(natural sign)，此種記號之出現與其指稱對象之出現具有因果上或統計上的相互關係，而且其產生並非出於刻意。因此我們可以說，打呵欠是倦睏的自然記號，鳥鳴也許是警告的自然記號。在語言現象裡，提高說話聲調是憤怒的記號。

象符是這樣的記號，其形式相應或類似於其指稱對象或其指稱對象的特徵。例如裁縫師拿給顧客看的樣本是象符，因為這樣本是類似於一件有顏色、式樣和質地的織物的記號。在語言現象裡的例子是擬聲語——如「嗡嗡聲」。一般來說，記號之所以為象符，與約定俗成和文化都有關係。

參見 grammar 文法；meaning 意義；philosophy of language 語言哲學；semiosis 符號探究

W.K.W.撰　莊文瑞審訂

theory of types　**類型理論**　見 type theory 類型論

theory theory　**理論之理論**　見 simulation theory 摹擬理論

theosophy　**通神論**　任何哲學的神祕主義，特別是那些聲稱以數學和科學為基礎的神祕主義，如畢達哥拉斯主義(Pythagoreanism)、新柏拉圖主義(Neoplatonism)或諾斯替教(gnosticism)。印度吠陀教(Vedic Hinduism)，以及佛教、道教、伊斯蘭蘇菲教(Islamic Sufism)的某些面向，也可以被認為是通神論的。

更狹義言之，「通神論」可以指斯韋登伯格(Swedenborg)、斯坦拿(Steiner)或海倫娜．彼得羅芙娜．勃拉瓦茨基夫人(Madame Helena Petrovna Blavatsky, 1831-91)的哲學。斯韋登伯格的通神論最初包括了理性主義的宇宙論(由笛卡兒和萊布尼茲哲學的某些要素啟發而來)和基督宗教神祕主義。斯韋登伯格詳細說明以解釋靈魂與肉體之間的相互聯繫。斯坦拿的通神論是對標準科學理論的反應，它聲稱與一般科學同樣嚴格，但因納入了某些關於實在的精神的真理(spiritual truths)而又有所勝出。根據他的通神論，實在(reality)是有機的，且由其自身之本而發展著。真正的知識是直覺的而非曲折散漫的。勃拉瓦茨基夫人於 1875 年建立了通神學會。她的觀點雖是取自各方，卻受到印度哲學神祕成分的強烈影響。

參見 mysticism 神祕主義；Steiner 斯坦拿；Swedenborgianism 新耶路撒冷教會主義

A.P.M.撰　丁福寧審訂

Theravada Buddhism　上座部佛教　見 Buddhism 佛教

thermodynamics, first law of　熱力學第一定律　見 entropy 熵

thermodynamics, second law of　熱力學第二定律　見 entropy 熵

thesis　正題　見 Hegel 黑格爾

theurgy　巫術　見 Neoplatonism 新柏拉圖主義

thing　事物　見 metaphysics 形上學

thing-in-itself　物自身　見 Kant 康德

Third Man argument　第三者論證　見 Plato 柏拉圖

thirdness　第三性　見 Peirce 裴爾斯

thisness　此性　見 haecceity 此性、個體性

Thomas Aquinas　多瑪斯・亞奎納　見 Aquinas 亞奎納

Thomism　多瑪斯主義　多瑪斯・亞奎納(Thomas Aquinas)之神學與哲學。這個術語被廣泛地應用於不同時代的各式思想家身上，這些思想家在其自己之哲學思索與神學思索都受到亞奎納思想的重大影響。於此，三個不同時代與三個不同群體的思想家必須要區分開來：那些大約在 1274 年他去世後五十年支持他的學者、某些活躍於「第二多瑪斯主義」(Second Thomism)時代(十六至十七世紀)相當高明的詮釋者與註解者，以及許多十九世紀晚期至二十世紀在其自己的著作中曾深受亞奎納影響之各式思想家們。

十三與十四世紀的多瑪斯主義　雖然亞奎納的天賦在他自己的一生中被許多人所承認，但是他的一些觀點卻直接被其他士林哲學思想家所爭論。例如，論爭圍繞於以下他的幾個觀點：其關於在人內只有一個實體元形(substantial form)的辯護；其所聲稱的，原質(prime matter)是純粹潛能的，因而不能沒有某種實體元形而持續其存在，即便是藉由神的力量；其所強調的，人類理智在選擇行動中的角色；他所信持的，靈魂與其力量之間有一實在的區別；以及他所辯護的，於受造物內，本質與存在活動(存在〔*esse*〕)是某種客觀的或「實在的」(real)而非只是一心靈從屬的(mind-dependent)構成。

亞奎納的某些立場直接或間接地包含在 1277 年為巴黎的斯蒂芬・天彼主教(Bishop Stephen Tempier)所責難的二百一十九個命題之中，其關於在人內只有一單一實體元形的辯護於 1277 年時在牛津為羅伯特・基爾瓦德比總主教(Robert Kilwardby Archbishop)所責難，連同於 1284 年與 1286 年時為其任坎特伯里總主教(Archbishop of Canterbury)的後繼

者約翰・培坎(John Peckham)再度禁止。只當1323年亞奎納被追諡為聖者後，在巴黎的禁令方就他們所觸及其教導範圍而被撤銷(於1325年)。甚至在他自己的道明修會(Dominican order)內，對他某些觀點的不認同也在他去世後的頭十年內發展著，儘管修會高度同情地支持他的主張。早期英國道明修會關於其一般觀點的辯護者，包括：威廉・霍滕(William Hothum, d.1298)、理查・克納普魏爾(Richard Knapwell, d. c.1288)、羅伯特・歐福特(Robert Orford, b. after 1250, fl. 1290-95)、多瑪斯・蘇頓(Thomas Sutton, d. c.1315?)，以及威廉・馬可勒斯費得(William Macclesfield, d.1303)。法國道明修會的多瑪斯主義者包括：特里利亞的貝爾納(Bernard of Trilia, d.1292)、於當今比利時(Belgium)境內之萊辛斯的吉爾斯(Giles of Lessines, d. c.1304?)、巴黎的約翰・桂道(John Quidort of Paris, d. 1306)、歐威的伯納德(Bernard of Auvergne, d. after 1307)、赫爾維・奈德勒克(Herve Nedelec, d.1323)、貝勒虞的亞孟(Armand of Bellevue, fl. 1316-34)，以及威廉・彼得・哥丁(William Peter Godin, d.1336)。在巴黎的俗世大師，歐威的彼得(Peter of Auvergne, d.1304)，就在他於其自己的觀點上保有相當獨立性時，卻十分通曉亞奎納的思想，而且完成了一些他對亞里斯多德的註解。

十六與十七世紀的多瑪斯主義　有時是以第二多瑪斯主義時期(the period of Second Thomism)為人所熟知，這個復興的原動力得自於十五世紀初葉的作者約翰・卡普雷奧路斯(John Capreolus, 1380-1444)所著之《多瑪斯神學的辯護》(*Defenses of Thomas's Theology*〔*Defensiones theologiae Divi Thomae*〕)一書，一部關於《言詞錄》(*Sentences*)的註釋。一些十五世紀的道明會士及在德國大學的俗世教師們也有所貢獻，他們是：卡斯帕・格倫華爾(Kaspar Grunwald)(弗萊堡〔Freiburg〕)；哥內留斯・史尼克(Cornelius Sneek)與約翰・斯多普(John Stoppe)(羅斯多克〔Rostock〕)；布里克森塔的列歐納(Leonard of Brixental)(維也納〔Vienna〕)；赫倫堡的哲拉德(Gerard of Heerenberg)、赫倫堡的藍伯(Lambert of Heerenberg)，與約翰・維蘇(John Versor)(都在克隆大學〔Cologne〕)；艾爾頓的哲哈德(Gerhard of Elten)；以及在比利時卡爾特教團的德尼斯(Denis the Carthusian)。在十六世紀關於多瑪斯之不同的註釋者中顯著傑出的有：鐸馬索・德・維歐(Tommaso de Vio)(樞機主教)、卡其坦(Cajetan)、費拉拉的法蘭西・敘衛斯德(Francis Sylvester of Ferrara)、弗朗西斯科・德・維多利亞(Francisco de Vitoria)(薩拉曼卡〔Salamanca〕)，以及法蘭西斯柯的學生多明哥・德・索托(Domingo de Soto)與美基奧・加諾(Melchior Cano)。在十七世紀初葉的多瑪斯主義者中，最為重要的是聖多瑪斯的約翰(John of St. Thomas)，他在皮亞森查(Piacenza)、馬德里(Madrid)，以及亞卡拉(Alcalá)等大學講學，而最為出名的就是其《哲學教本》(*Cursus philosophicus*)與《神學教本》(*Cursus theologicus*)。

由十九世紀初葉到二十世紀中葉之間　關於亞奎納的研究在道明修會的範圍之外曾被大規模的放棄，而且在大部分羅馬天主教的學院與學校中，教授著一種笛卡兒主義的(Cartesian)與蘇亞雷主義的(Suarezian)士林哲學(Scholasticism)。在成為教宗良十三世(Pope Leo XIII)很久之前，約亞金・培西(Joachim Pecci)與他的兄弟約瑟夫(Joseph)於1846年時曾設法在培魯吉亞(Perugia)的教區學校(diocesan seminary)引介多瑪斯主義哲學的教導。更早時已有幾位學者做過這方面的努力，他們是：萬桑佐・布徹底(Vincenzo Buzzetti, 1778-1824)、布徹底的學生塞拉芬諾(Serafino)與多曼尼柯・蘇爾迪(Domenico Sordi)，以及達巴業利・達格勒齊歐(Taparelli d'Aglezio)，達巴業利於1824年時成為羅馬諾學院(Collegio Romano)(額我略大學〔Gregorian University〕)的校長。

良(Leo)的《永恆之父》(*Aeterni Patris*)通諭(encyclical)(1879)標誌了在部分羅馬天主教會裡，培育對多瑪斯・亞奎納之哲學與神學的研究的官方努力。這個意圖是欲藉由亞奎納獨創性的著作為哲學與神學的學生做準備，以處理起自當代思想的問題。列奧尼那的委員會(Leonine Commission)是為出版關於所有亞奎納著作的一種批判版本而設立；這個努力一直持續至今。重要的多瑪斯主義研究中心逐漸發展出來，像是：在魯汶(Louvain)的哲學高級研究所(the Higher Institute of Philosophy)(由梅西哀樞機主教所創建)、在法國之邵舍瓦的道明學派(Dominican School of Saulchoir)，以及在多倫多(Toronto)的聖座中世紀研究學院(the Pontifical Institute of Mediaeval Studies)。羅馬、比利時，以及法國之不同群體的耶穌會士(Jesuit)承認在他們個人的(personal)哲學反省上深深受惠於亞奎納。在美國的大學內也有專注的努力，像是：美國天主教大學(The Catholic University of America)、聖路易大學(St. Louis University)、聖母(Notre Dame)、福特漢(Fordham)、瑪格利特(Marquette)與波士頓(Boston)學院等等，只能簡略提及，還有在森林河(River Forest)的道明修會會士。

十九與二十世紀在這樣的努力中所產生的許多拉丁文手冊，其最大弱點是缺乏歷史敏感度與專門知識，此一缺憾導致不實在(unreal)與高度抽象呈現(highly abstract presentation)的一種「亞里斯多德-多瑪斯主義的」(Aristotlian-Thomistic)哲學。透過對亞奎納思想與中世紀通泛的哲學與神學發展堅實的歷史探究，這個弱點得以大規模地加以彌補，擁護於此的學者像是：德尼弗勒(H. Denifle)、烏爾夫(M. De Wulf)、格拉曼(M. Grabmann)、曼多內(P. Mandonnet)、斯登堡根(F. Van Steenberghen)、吉爾松(E. Gilson)與許多他在多倫多的學生，以及許許多多更為近代的與當代的學者們。很多這方面的歷史工作持續至今，在天主教的學術圈內與圈外都有學者在進行。

同時，眾多二十世紀學者的一部分已浮現出對亞奎納思想之詮釋的醒目轉變。諸如下述可為之做見證：卡其坦與聖多瑪斯的約翰之強烈地影響馬利坦(Maritain)的多瑪斯主義；更為根植於歷史基礎的研究，則由吉爾松與斯登堡根以相當不同的方式發展；由蓋傑(L. Geiger)與法卜洛(C. Fabro)以非常不同的呈現強調了亞奎納分享的形上學(the metaphysics of participation)；對存在(*esse*)的強調，乃由吉爾松與許多其他學者助長，但仍然為其他的詮釋者所反對；因超驗多瑪斯主義(Transcendental Thomism)而聞名的運動，最初是由魯塞洛(P. Rousselot)與馬雷夏(J. Marechal)(在與康德的對話中)所發起；還有關於將多瑪斯哲學(以及其他中世紀哲學)描述成一基督徒哲學之恰當性的長期論爭。為數漸增的非天主教思想家如今集中更多的注意力於亞奎納，而且他們帶入其文本的多樣背景，將無可懷疑地導致其他更為有趣的詮釋且將其思想應用於當代所關心的事件上。

參見 Aquinas 亞奎納；Gilson 吉爾松；John of Saint Thomas 聖多瑪斯的約翰；Maritain 馬利坦；Neo-Thomism 新多瑪斯主義

J.F.W.撰　蕭宏恩審訂

Thomson, Judith Jarvis　湯姆森，茱蒂斯．葉維斯(b.1929)　美國的分析哲學家，以對於道德哲學方面貢獻良多著稱，特別是〈捍衛墮胎〉(A Defense of Abortion, 1971)一文。湯姆森從 1964 年開始任教於麻省理工學院(M.I.T)。她的著作集中於探討道德哲學的議題，特別是權利的問題，以及一些形上學的議題，如人穿越時間的同一性和事件的存有論。她的《行為和其他事件》(*Acts and Other Event*, 1977)探討人類行動，並提供事件部分與整體關係的分析。

〈捍衛墮胎〉不僅影響到日後這個議題的討論，而且是當代哲學中最受到廣泛討論的文獻。訴諸類比於墮胎的想像情節，湯姆森論證即使胚胎被假定為人，它的權利在很多情況中都不可能高於懷孕女性之權利。這篇論文促使一種墮胎權利的論證，並不一定需要轉向討論胚胎是否為人的問題。許多湯姆森的文章，包括〈優先雇用〉(Preferential Hiring, 1973)、〈隱私權〉(The Right of privacy, 1973)和〈殺害、任其死與推車問題〉

(Killing, Letting Die, and the Trolley Problem, 1976)提出有關什麼建構一種權利侵犯的問題，以及何時道德上允許侵犯某種權利之問題。這些都被收在《權利、重構和風險：道德理論文集》(*Right, Restitution and Risk: Essays in Moral Theory*, 1986)。湯姆森的《權利之界域》(*The Realm of Right*, 1990)提供一種有關人類權利的系統性理解，提出第一：擁有權利是怎樣的一回事，第二：我們具有那些權利。

湯姆森著作最特別的地方在於非常清晰明確的風格，以及對於具有高度創意的例子之信賴。對她的著作而言，例子的確定性反映一種方法上的說服力，我們對於現實和想像的例子之觀點為道德的理論化探討(moral theorizing)提供內容。

參見 action theory 行動理論；ethics 倫理學；rights 權利

A.E.B.撰　陳瑤華審訂

Thoreau, Henry David　梭羅，亨利・大衛(1817-62)　美國博物學家、作家。出身於麻薩諸塞州(Massachusetts)的康科德(Concord)，在哈佛學成後(1833-37)，回到康科德，從事自然研究和寫作，過著一種小學教員、土地測量員和家庭鉛筆製造商的簡樸生活。評論者強調他一生的三個方面：他對於康科德地區動植物的熱愛和深入研究，《華爾騰或林中生活》(*Walden*, 1854；又譯：湖濱散記)記錄了這些研究及對它們的哲學思考；他對於簡單的自然生活持續不斷的追求，如此避免了生活的「默然絕望」(quiet desperation)；他的公民非暴力反抗行動(acts of civil disobedience)。最後一方面多少有點誇大其詞，不付人頭稅以示抗議並非梭羅的發明。但是，他的論文〈論公民對政府的抗爭〉(Resistance to Civil Government)使他的抗議得以流芳後世，並在多年後影響了像甘地(Gandhi)、小馬丁・路德・金恩(Martin Luther King, Jr.)這樣的人。梭羅最後甚至冒著很大的危險幫助逃亡奴隸，然而他還是認為他自己是一個自然的學生而不是社會改革家。

參見 transcendentalism 超驗主義

E.H.M.撰　葉新雲審訂

thought, language of　思想語言　見 meaning 意義；Mentalese 心靈語言；philosophy of language 語言哲學

thought experiment　思想實驗　由想像一種情境，以及想像能對它說些什麼(也可以想它會發生什麼，但很少這樣想)來檢驗假說的技術。哲學家們常用這技術來論證支持(或反對)一個概念的意義或可應用性的假說。例如，洛克(Locke)想像了王子和皮匠之間心靈轉換，以便用來論證建基在記憶的連續而非肉體連續上的人格同一性。為論證同時性的相對性，愛因斯坦(Einstein)想像了兩位觀察閃電的觀察者——一位在列車上，另一位在列車外的月台上。根據一些學者，伽利略(Galileo)只是想像了這樣的試驗：把兩個五磅重物用一根細線綁在一起，以便論證較重的物體不會掉得比較快。最後這類型的思想實驗很罕見，因為它們只能用在一個人完全熟悉想像情境的結果之場合。

J.A.K.撰　陳瑞麟審訂

Thrasymachus　士拉西瑪秋斯(fl. 427 B.C.)　希臘哲士，比第尼亞(Bithynia)人。主要因為是柏拉圖《理想國》(*Republic*)第一書中人物而被人所知。他在整個希臘地區廣泛旅行、講學，在雅典以身為教師和修辭論著的作者而聞名。唯一現存的斷簡，是士拉西瑪秋斯為一雅典公民在集會中使用而著的演講稿，當時雅典於比羅奔尼斯戰爭(Peloponnesian War)中出師不利，文稿顯示他關切政府的效率、呼籲雅典人認清共同利益，放棄派

系。其他有關士拉西瑪秋斯對於政治事務的見解，唯一的資料來源是柏拉圖的《理想國》，一般學者接受其中關於士拉西瑪秋斯的說法，至少有一半是真的。士拉西瑪秋斯被說成是蘇格拉底(Socrates)的對手，聲稱正義只是強者，也就是統治者的利益。因此，從被統治者的觀點看來，正義都是為某個別人的利益服務的，至於統治者若只尋求自己的利益，便是不義的。

參見 Sophists 智者

P.Wo.撰　沈清松審訂

Three Profound Treatises　三玄　見 Neo-Taoism 玄學

three-valued logic　三值邏輯　見 many-valued logic 多值邏輯

three ways　三個途徑　見 Bonaventure 聖・波拿文都拉

threshold, absolute　絕對門檻　見 Fechner 費希納

threshold, relative　相對門檻　見 Fechner 費希納

***t'i, yung*　體、用**　中國術語。英譯名常分別作「本體」(substance)和「功用」(function)。程頤(Ch'eng Yi, 1033-1107)在《易傳》(*Commentary to the Book of Changes*)序中說：「體用一源，顯微無間(substance and function come from the same source，and there is no gap between the manifest and the hidden)。」這樣的思想是中國思維方式的特點。朱熹(Chu Hsi, 1130-1200)把這對概念用於他的人性論；他認為仁(*jen*〔humanity〕)是性(nature)、是體，而愛(love)是情(feeling)、是用。後來清代(1644-1912)的張之洞(Chang Chih-tung, 1837-1909)曾提倡中學為體，西學為用。

參見 Chinese philosophy 中國哲學；Chu Hsi 朱熹

S.-h.L.撰　劉述先審訂

***t'ien*　天**　中文，意為：「天」(heaven)、「上天」(sky)。天有一系列用法，從最擬人化的到最不擬人化的。在終極意義上，「天」與「上帝」等同。天被說成是有意欲的，而且從事有目的的活動，如授「天命」(the Mandate of Heaven)。「天命」有政治的和道德的用法。它可以是賜於有德的個人的統治命令；也可以是適用於每個個體的道德命令，特別當道德內具於人之天性中時。在另一終極意義上，像荀子(Hsün Tzu)那樣的思想家們把「天」等同於自然法則。即使在「天」有時被擬人化使用的文獻中，天與「命」也是同義詞(在命運的意義上)或僅指上天。佛教(Buddhism)傳入中國後，「天堂」(Hall of Heaven)一詞則用來指死後靈魂歸依的極樂世界。

參見 *Chung-Yung*《中庸》；*hsing* 性；*ming* 命；*shang ti* 上帝

B.W.V.N.撰　林安梧審訂

***t'ien-jen ho-i*　天人合一**　中文，指天(Heaven)和人的關係。大部分古代中國哲人都同意天人合一的理想：即天或事件的自然秩序與人事的和諧一致。但在實現這個理想願景的方法上，他們觀點不一。道家(Taoists)，即老子(Lao Tzu)和莊子(Chuang Tzu)，主張順應自然事變，絲毫不加人為干預。儒家(Confucians)強調統治者和人民的德行如仁(benevolence)、義(rightness)、禮(propriety)的修養。一些後來的儒家以及墨子(Mo Tzu)強調天人的相互影響和反應或相互作用。也許最有特色的儒家天人合一概念是荀子(Hsün Tzu)的命題(thesis)：「天生人成」(Heaven provides resources for completion by human efforts.)。

A.S.C.撰　林安梧審訂

***t'ien-li, jen-yü*　天理、人欲**　中國術語，字面意思分別是「天的原理」(heavenly principles)和「人的慾望」(human desires)。宋明新儒家哲人(Sung-Ming Neo-Confucian philosophers)相信，天使我們能了解理並能按照它們行事。因此，我們必須盡最大努力存天理而去人欲。飢而食，這是按照天理行事。但當人渴望美味，他唯一所關心的事只是慾望的滿足，這就是人欲。新儒家哲人並未提倡禁欲主義，他們只是勸戒我們不要成為我們放縱的、非本性的、虛假的「人」欲的奴隸。

參見 Neo-Confucianism 新儒學；*tao-hsin, jen-hsin* 道心、人心

S.-h.L.撰　劉述先審訂

***t'ien ming*　天命**　見 *ming* 命

Tillers　農家學派　見 Hsü Hsing 許行

Tillich, Paul　田立克，保羅(1886-1965)　在德國出生的美國哲學家、神學家。出生於東德施塔爾采德耳(Starzeddel)。受過哲學和神學教育，1912年被任命為普魯士福音教會(the Prussian Evangelical Church)牧師。在第一次世界大戰期間，他作為隨軍牧師服役，後來在柏林、馬堡(Marburg)、德勒斯登(Dresden)、萊比錫、法蘭克福等地教書。1933年11月，在被納粹停職後，他移居美國。1955年以前，他先後執教於哥倫比亞大學、協和神學院(Union Theological Seminary)，而後又在哈佛和芝加哥大學教書直到逝世。他是一個受歡迎的傳道士和演說家。在美國，他藉著下列著述贏得了大批追隨者：《新教紀元》(*The Protestant Era*, 1948)、《系統神學》(*Systematic Theology*，三卷：1951, 1957, 1963)、《存在的勇氣》(*The Courage to Be*, 1952)、《信仰的動力》(*Dynamics of Faith*, 1957)。他偶爾不合常規的生活方式，以及他的調和然而新穎的思想，游離於神學和其他文化要素——特別是藝術、文學、政治思想及濃厚的心理學——的「邊緣之上」，相信宗教應當涉入到人類存在的所有方面及其最中心。

儘管具有獨特的「存有學」詞彙，田立克的思想深受從奧古斯丁(Augustine)到謝林(Schelling)、叔本華(Schopenhauer)、馬克思(Marx)、尼采(Nietzsche)和弗洛伊德(Freud)以來的唯意志論(voluntarism)傳統的影響。它是一種系統神——他的「相互關係方法」(method of correlation)。每一時代都有它獨特的契機(*kairos*)，即「危機」(crisis)或「時間的圓滿」(fullness of time)，亦即適於創造性思想和活動的時間。在德國威瑪(Weimar Germany)時期，田立克認為是宗教社會主義的成熟時期。在二次大戰後的美國，他較關注於心理學的主題：身處死亡、無意義和罪惡的焦慮中，人人都在尋求存在的勇氣，只有藉著避免非存有的深淵(the abyss of non-being)(在惡魔中湧出)，以及將個人的無條件的信仰——「終極關懷」(ultimate concern)——不置於任何一個別的存有(例如上帝)上，但置於存有本身(Being-Itself；「高於上帝的上帝」〔the God above God〕、存有的基礎〔the ground of being〕)，存在的勇氣方能獲得。這是「新教原理」(Protestant principle)的要點，它不允許把終極關懷寄於任何有限和受限的實在(包括國家、種族、宗教習俗，以及符號)。

田立克在二次大戰後特別有影響力。為許多人，他代表對現代文化深度的一種受歡迎的開放的批判，既反對這個世界的著魔似的偶像崇拜(如在國家社會主義〔National Socialism〕中)，也反對在信仰方面有關文化源頭的宗教學派的否認(如在巴特的新正統學說〔Barthian neo-orthodoxy〕中)。

參見 Augustine 奧古斯丁；existentialism 存在主義；Freud 弗洛伊德；Nietzsche 尼采

W.L.S.撰　丁福寧審訂

time　時間　「永恆的運動形象(a moving image of eternity)」(柏拉圖〔Plato〕)；「關於之前和之後的運動之數目」(亞里斯多德〔Aristotle〕)；「在運動中的靈魂之生命，當靈魂從一個行為或經驗階段過度到下一個階段」(普羅提納斯〔Plotinus〕)；「過去事物的呈現，記憶；現在事物的呈現，視覺；未來事物的呈現，預期」(奧古斯丁〔Augustine〕)。這些定義，就像所有把時間的本質濃縮為某個簡潔的公式之企圖般，都是毫無助益的循環，因為它們應用了歷時的觀念。雖然時間可能太基本，以致無法容許定義，但是，哲學家仍然藉由我們通常怎樣經驗和談論時間的分析，以及科學意見的分析，回答了許多關於時間的問題，並取得某種進展，藉此澄清且深化我們對時間是什麼的理解。以下列舉爭議中較重要的一些論點的樣本。

時間流變(temporal becoming)**與時間的 A 理論和 B 理論**　根據 B 理論，時間不過是個固定的「B-系列」事件，從在先者進行到在後者。A 理論則要求，這些事件也形成一個「A-系列」，從未來通過現在而進入過去，並相關著這些規定而轉移(shift)。較後一種變化，通常被指稱為「時間流變」，它引起著名的糾結：什麼做了這轉移？這種轉移又包含了什麼？通常據說是現在(present)或當前(now)轉移到始終稍後的時間(ever-later times)。這見解很快地導致荒謬。「現在」和「當前」像「這時」(this time)一樣，慣於被用來指稱一個時刻(a moment of time)。因此，說現在轉移到稍後的時間，蘊涵此刻時間——現在——將變成另一時刻，如此不再與自己同一！有時，轉移的東西是「當前性」(nowness)或「現在性」(presentness)這樣的性質。問題是，每個事件在某時，亦即當它出現時，都擁有這性質。因此，凡是必須把某事件界定為當前單純者(being now simpliciter)的是，它現在有當前性這性質。但這是一個惡性的無限後退之起點，因為在每一階段，我們都使用一個未修飾的「當前」，正是這個語詞被認為應藉著當前性的性質來進行分析。如果事件是從未來向現在，從現在向過去而變化，如同「時間流變」的要求般，它們必定相關了某種神祕的超驗東西(mysterious transcendent entity)而發生，因為在諸事件和／或諸時間之間的時間關係不能有所變化。轉移的本質同樣令人困惑，因為它必須出現在一定特定的比率上；但變化率(a rate of change)免不了一種變化(one kind of time)與時間變化(a change of time)之間的比較。如此，這是用時間變化來比擬時間變化，似乎導致同義反覆，即時間以每秒一秒的比率流逝或轉移，的確荒謬，因為這根本不是變化率。有人說流變自成一類(sui generis)，因此抗拒分析，企圖規避這些糾結。這使他位在於神祕傾向的柏格森(Bergson)一邊，柏格森認為，只有透過難以言喻的直觀，才能認知流變。

為了逃開這既糾結又神祕主義似的危機，也為了滿足科學那種非透視地觀察世界的需求，B 理論企圖透過語言化約，把 A 系列化約成 B 系列。在化約中，一個報導事件為過去、現在或未來的時間指引命題(temporal indexical proposition)，被展示為同一於一個非指引命題——此命題報導該事件和另一事件之間的同時或在先的關係。一般承認，這種化約無法成功，因為，一般而言，沒有指引命題會同一於非指引命題，這正是由於如下事實：我們可以對其中之一有命題態度(propositional attitude)，而不必對另一個也有。例如，我可以相信當前正在下雨而毋需相信在 t_7 時刻下雨(無時態〔tenselessly〕)。支持流變的朋友已從化約的失敗中得到這個錯誤教訓——有一個神祕的X先生在那兒做著「這個轉移」。他們忽略了如下事實：兩個語句子可以表達不同的命題，但卻報導一件相同的事件或事態，例如：「這是水」和「這是H_2O分子聚合物」，雖然意義不同，但卻報導相同的事態——因為水不過就是H_2O分子聚合物。

有人可能會主張，指引句和非指引句的適當使用，影響是相同的：「喬治在這時(在現在)逃走」的時間指標在 t_7，與下列不同義的語句「喬治在 t_7 時間逃走(無時態)」，報導了共同的內容，因為喬治在這時逃走與喬治在 t_7 時刻逃走是相同的事件，因為這時就是 t_7。這造成了相同的存有論化約(ontological reduction)，即把事件的流變化約到它們彼此間所承受的時間關係，正如語言的化約。「共同報導化約」也顯示了「心理化約」(psychological reduction)的荒謬性，根據心理化約，一個現在的事件，需要相關到知覺者；而和另一事件或時間有時間關係的事件，則不需要相關知覺者。既然喬治在這時逃走與喬治在 t_7 時間逃走是同一的，我們將得到完全相同的事件，既有又沒有需要相關到知覺者這樣的性質，因而違背了萊布尼茲律(Leibniz's law)——同一者是不可辨別的。

連續時間(continuous time)**對比離散時間**(discrete time)　假定時間的片刻(instants)由於「早於」(earlier to)的關係R，而被排序成為線性的(linear ordered)。首先，說此排序是連續的，蘊涵了密集性(density)或無限可分性(infinite divisibility)：對於任何片刻 i_1 和 i_2 以致 Ri_1i_2，必有一片刻 i_3，使得 Ri_1i_3 且 Ri_3i_2。但連續性蘊涵更多，因為密集性容許片刻與片刻之間的「中斷」(gap)，正如有理數(rational number)。(試把 R 想作「小於」關係，而 i_n 想作有理數)為了排除中斷，從而保證真正的連續性，有必要在密集性上增加每個片刻的收斂序列(convergent sequence)，都有一個極限(limit)。精確地說，我們需要每對片刻之間的間距測量(distance measure)$d(\ ,\ )$，其中 $d(\mathrm{i}_m, \mathrm{i}_n)$被解釋為 i_m 和 i_n 之間的時間流逝(the lapse of time)。那麼，真正的連續性的必備條件就是，對任何片刻 $i_1, i_2, i_3, \ldots$的任何序列來說，如果當 $m, n \to \infty$時 $d(i_m, i_n) \to 0$，則存在一個極限的片刻 i_l 使得當 $n \to \infty$時 $d(i_n, i_l) \to 0$。有理數顯然缺乏類似的性質。但是，藉由在收斂序列上加上極限點，而使得有理數完備，就可以產生實數線(the real number line)，一個純正的連續體(continuum)。

時間作為連續體的觀念，已經招致很多非議；甚至反對連續體本身的觀念。如此，時間不能由無持續性的片刻(durationless instants)所組成，也遭到了非議，因為這類片刻的疊加並不能產生非零的持續。現代測量理論解決了這個反論。萊布尼茲曾堅持，連續體不能由點組成，因為在任何(有限封閉的)區間中的點，都可以和一個更小的次區間形成一對一的對應關係，如此矛盾於「整體大於其任何局部」這個公理。萊布尼茲認為是矛盾特徵的東西，現在被認為是無窮集(infinite collections)或總數(totalities)的定義特徵。

現代的芝諾主義者們(Zenoians)，儘管承認連續體這數學學說的可行性，甚至承認它應用在物理學上的有效性，但仍會拒絕把它應用到實際生活上的變化之可能性。懷德海(Whitehead)提出了一個二分法的悖論(類似芝諾悖論〔Zeno's paradox〕)，以便證示事物不能以連續的方式持續存在(endure)。因為，如果事物被設想為持續存在於(i_1, i_2)這時間區間時，那麼，事物首先必須持續存在到 i_1 和 i_2 中途的 i_3 片刻；但是，在它持續存在到 i_3 片刻之前，它必須首先持續存在到 i_1 和 i_3 的中途 i_4 片刻等等。這個悖論的誘惑力在於一個隱含的擬人化要求(anthropomorphic demand)，即自然的運作必須透過人類行為者的概念來理解。因此，它要求物理學者們描述的連續變化(像一位賽跑者由進行一種跑過的距離永遠在減少的無限跑步，而橫越一個單位的空間距離一類的)，可以被用為執行這項事蹟的行為指導之法門。當然，這是不可能的，因為它未詳細指定最初或最終的作為，如同指導人類行為的法門必須指定的。但是，要求擬人化，就顯然使得這個二分法的展開變得可疑，而且反對履行這「超級任務」的可能性之論證也變得可疑。反實在論者可能拒絕，由於我們接受一個應用數學連續性原理的物理理論，所以我們許諾了真實生活的變化是連續的，但是，這相當不同於芝諾的主張：這種變化不可能是連續的。

為了堅持時間是離散的，需要的不只是捨棄連續體，也要同樣捨棄密集性。放棄兩者中的任何一個都與時間一維性的直觀相衝突。(關於維度性〔dimensionality〕的拓樸分析如何蘊涵了離散空間的維度是零的說明，見胡維奇〔W. Hurewicz〕的《維度理論》〔*Dimension Theory*, 1941〕)許多哲學和物理學文獻擁有對離散時間(由「時點」〔chronons〕或「時間原子」〔temporal atoms〕構成)的思辨，但至今這種假設的東西，還不能被整合成令人滿意的理論。

絕對時間(absolute time)**對比於相對時間**(relative time)**與關係時間**(relational time)　在《自然哲學的原理》(*Principia*)一書補註中，牛頓(Newton)宣稱「絕對的、真實的與數學的時間，獨自且從其自己的本質，均等地流動(flows equably)而毋需相關於任何外在事物。」牛頓所謂的絕對時間至少有五個相關意義。首先，他認為，對諸事件而言，有一個獨立於參考架構(frame-independent)的同時性關係。第二，他認為，對非同時的諸事件來說，有一個獨立於參考架構的持續時間之測量。他使用「均等流動」不是指稱上文那種的神祕的「時間流變」，而是內含了絕對性的第二個意義，並且部分地指示了兩種進一步的絕對性。為了鑑識後者，請注意「均等地流動」被「毋需相關於任何外在事物」所修飾。在此，牛頓是在斷定(第三種意義的「絕對」)，即使物質體的分布與運動不同，兩個事件之間的時間經過還是同質的時間。他也預假了絕對性的相關形式(第四種意義)，根據它，時間的尺度(the metric of time)內在於時間區間(temporal interval)。

萊布尼茲的時間哲學與牛頓「絕對的」前兩個意義上是一致，主張時間擁有非相對的或獨立於架構的本性。可是，在「絕對的」第四個意義上，萊布尼茲正好對立於牛頓。根據萊布尼茲的時間的關係性概念(relational conception of time)，任何有關時間區間長度的任何議論，都必須透過區間與外在尺度標準的關係之議論，才能被解決。進而，萊布尼茲使用他的充足理由律和不可辨認者的同一性原理，反對「絕對」的第五個意義——隱含在牛頓時間哲學中——時間是物理事件被置放於其中的支撐體。相反地，時間的關係觀點主張，時間不是凌駕或高於事件的關係結構的東西。

愛因斯坦(Einstein)的狹義和廣義相對論對爭議的各方都有直接的意義。狹義相對論要求捨棄獨立於架構的同時性和持續存在的觀念。對任何一對在閔可夫斯基的時空(Minkowski space-time)中，具有空間特徵的相關事件而言，都存在著一個慣性架構(inertial frame)，在架構中，事件是同時的；在另一個架構中，第一個事件是時間上的在先；而且還有第三個架構，第二個事件則是時間上的在先。而且，在兩個具有時間特徵的相關事件之間的時間區間，依賴於連結它們的世界線(worldline)。事實上，對任何$\varepsilon > 0$，不管多小，總有真正長度$< \varepsilon$的世界線，聯結了這兩個事件(這就是所謂的孿生子悖論〔twin paradox〕的本質)。廣義相對論捨棄了第三種意義的絕對性，因為它蘊涵了時空的尺度結構，以愛因斯坦的場方程式(Einstein's field equation)所指定的方式，與質-能的分布共變(covaries with the distribution of mass-energy)。但是，絕對時間-相對時間之爭議的核心——當聚焦在「絕對」的第四和第五種意義上時——並沒有被相對論的考察所解決。的確，辯論兩方的對手都宣稱：他們從狹義和廣義相對論中找到了對他們命題的支持。

參見 Einstein 愛因斯坦；metaphysics 形上學；relativity 相對論；space 空間；space-time 時空

J.Ea. & R.M.Ga.撰　陳瑞麟審訂

time lag argument　時間延遲論證　見 perception 知覺

time slice　時片　任何存在於某時間間隔之具體事項的時分或時段；一個四維對象的三維截面。要把對象設想為由時片或時段所組成，必須把它設想為在很大程度上以與空間相關的方式而與時間有關：設想為通過時間和空間的「延展」(extending)，而非通過時間的「持續」(enduring)。正如把一個由空間的諸部分組成的物體，設想為一個由存在於不同位置的諸部分組成的整體一樣；一個由時片組成的對象，也被設想為是一個由存在於連續時間中的時分或時段組成的整體；因此，正如一個空間整體，僅僅部分地出現在任何不包括它的所有空間部分的空間中一樣，一個由時片組成的時間整體，也僅僅部分地出現在任何不包括它的所有時分的時段內。

相比之下，一個「延續者」(continuant)是一個最常被理解為通過時間「持續」的事項，即它整個地出現在它存在的每一瞬間。為了把一個對象設想為延續者，必須把它設想為以極不同於它與空間關係的方式與時間有關。一個延續者並不通過時間和空間「延展」；它並不因它的連續部分在不同時間存在，而存在於不同的時間；在每個不同時間整個出現的是延續者本身。因此，為了把一個對象設想為延續者，必須把它設想為完全不由時段(temporal stages)或時片組成。「延續者」還有另一個並不常見的用法，在這種用法中，延續者被理解為任何存在於某時段的事項，無論它是該事項的整體，還是僅僅出現在該事項存在的每一時刻的它的某部分。根據這個用法，由時片組成的實在，毋寧是延續者而不是另外某種事項。

哲學家們討論了普通的對象，如洋白菜和國王是通過時間持續呢(是延續者)，還是僅僅通過時間延展(是時片的連續)。一些人論證說，為了理解變化的可能性，我們必須把這樣的對象設想為時片的連續；另一些人論證說，為了同樣的理由，我們必須把這樣的對象設想為延續者。如果一個對象變化，那麼它就與自身相區別。一些人論證說，在下列情況下這是可能的：僅當一個對象由不同的連續時段組成；這樣一來，變化將只是一個對象的連續時分(temporal parts)的不同。其他人論證說，這個觀點將使變化成為不可能；一個事物連續時分的不同與它的空間部分的不同相比，同樣不意味著事物已經變化。

參見 metaphysics 形上學；Whitehead 懷德海

P.F.撰　許全義、傅大為審訂

Timon of Philius　費里斯的蒂孟　見 Skeptics 懷疑學派

Tindal, Matthew　廷達爾，馬修　見 deism 自然神論

Tisberi, William　特斯拜里，威廉　見 Heytesbury 海特斯拜里

token　個例　見 action theory 行動理論；type-token distinction 型類／個例之區分

token epiphenomenalism　個例副象論　見 philosophy of mind 心靈哲學

token physicalism　個例物理主義　見 philosophy of mind 心靈哲學

token-reflexive　反身記號　在言語或書寫活動中指到自身的語詞(expression)，如「當下這記號(this token)」。這術語為萊辛巴哈(Reichenbach)所造，他猜想所有其語意值(semantical values)部分地依賴於言說之語境特徵的語詞，亦即脈參指示詞(indexicals)，都是反身物理記號，並都可以用「當下這記號」一詞來定義。他提出：「我」之意思與「說

出當下這記號的人」之意思相同；「現在」之意思與「當下這記號被說出的時間」相同；「這個桌子」意思與「伴隨當下這記號的姿勢指向的桌子」相同等等。(羅素〔Russell〕在討論自我中心特稱命題(egocentric particulars)時也有多少類似的提議)許多人認為萊辛巴哈的猜想是錯誤的，雖然「我」確實是檢出了說出用「我」記號的人，但它與「說出當下這記號的人」並不同義。正如卡普蘭(David Kaplan)所注意到的，如果萊辛巴哈的猜想成立，「如果沒有人說出當下這記號，那麼我將不存在」就真。

參見 egocentric particular 自我中心特稱；indexical 索引詞

R.B.撰　龔維正審訂

token-token identity　個例與個例同一性　見 philosophy of mind 心靈哲學

Toletus, Francisco　托萊圖斯，弗蘭西斯科(1532-96)　西班牙耶穌會神學家和哲學家。出生於科爾多瓦(Córdoba)，曾就讀於瓦倫西亞(Valencia)、薩拉曼卡(Salamanca)和羅馬。於1594年成為第一個耶穌會樞機主教(Jesuit cardinal)。他曾為亞里斯多德數部著作做註，還註解了亞奎納(Aquinas)的《神學大全》(*Summa theologiae*)。

托萊圖斯遵循多瑪斯主義路線，但在一些細節上背離了多瑪斯主義。他認為個人直接為理智所主，主動理智(agent intellect)和可能理智(possible intellect)是同樣的能力。他不僅駁斥多瑪斯主義關於本質和存在之間真實區分的學說，也駁斥了那藉由被指稱物質而成立的個體化之多瑪斯學說；對托萊圖斯而言，個體化(individuation)來自形式。

參見 Aquinas 亞奎納

J.J.E.G.撰　丁福寧審訂

tonk　同克　語句連接詞，其意義和邏輯特性完全由下列兩條規則(或公理)所表徵：

(1)[$P \rightarrow (P$ tonk $Q)$]以及

(2)[(P tonk $Q) \rightarrow Q$]

如果把(1)和(2)加於任何正常系統(normal system)，那麼，每個 Q 都可以從任何 P 推得。阿瑟．普賴爾(Arthur Prior)發明「同克」以證明演繹的合法性(deductive validity)不應被設想為僅僅依賴於從語法上任意規定的規則或公理。我們可以依據「同克」不是自然的、有意義的概念而禁止「同克」，但我們也可以純粹以語法的理由禁止它。例如，我們可以要求，對每一個連詞 C 來說，C-引入規則(C-introduction rule)

[(xxx) →(...C...)]

和 C-消去規則(C-elimination rule)

[(---C---) →(yyy)]

這兩規則須滿足：(yyy)為(xxx)的一部分，或與(xxx)以某種語法方式相關。

參見 relevance logic 相干邏輯

D.H.撰　李瑞麟審訂

top-down　由上到下的　見 cognitive science 認知科學

topic-neutral　論題中立　在一辭項的兩個或多個存有學詮釋之間不做表態。思馬特(J. J. C. Smart)(在1959年)提出，內省報告可以被視為是論題中立的：它是由中立於「二元論形上學」(dualistic metaphysics)及「唯物論形上學」(materialistic metaphysics)之間的辭項所組成的。舉例來說，當某人主張他有一個略呈黃色之橘子的殘像，這便等於是說，

「『有某件事正在進行，它便像是如下情形發生時所正在進行的事物一樣』：當我睜開眼，醒著，而且有一個橘子在適當的光線下呈現在我面前，亦即，當我真的看見一個橘子之時」。以思馬特的用語來說，雙引號的部分是論題中立的；它指涉到一事件，但對於它是物質的，還是非物質的，則不予承諾。這個辭並不限定在對二元論與唯物論的保持中立上。思馬特認為論題中立的描述是由「似邏輯」(quasi-logical)的文字所組成，因此當我們需要對一個觀點做較為保留的表達時，這類的描述是很適切的。

參見 philosophy of mind 心靈哲學

D.C.D.撰　林正弘審訂

topics　論題　對論辯(argumentation)所採取之一般策略的分析，後來則指分析三段論推理(syllogistic reasoning)的一類著作。亞里斯多德(Aristotle)認為論證型式的分析(或者稱為「論辯」)是描述辯證推理之術最好的工具；他也用這個詞彙來指稱論辯策略在產生一個論證時所依循的原理。後來，亞里斯多德的古典詮釋者(特別是西塞羅〔Cicero〕等拉丁修辭學家)把亞里斯多德對辯證推理理論的討論發展成一種哲學型式。波依修(Boethius)討論「論題」的著作是後世古典學者擴充「論題」領域的一種典型。對他來說，一個「論題」或者是自明地真的全稱普遍句，也稱為「最大命題」(maximal proposition)，或者是「差別」(differentia)，即由確定一個最大命題的共類(genus)和殊種(species)的一些特徵所構成的集合中之一員。「人是一種理性動物」是一個最大命題，「從共類」則是顯示這個最大命題是關於共類的一個「差別」；這個最大命題與上述「差別」相仿，都是一個「論題」。由於波依修相信辯證推理所產生的是定言(categorical)而非假言(conditional)的結論，他認為一個論證的發現涵衍中詞(middle term)的發現，中詞的作用在於聯繫結論中兩個本來沒有關係的詞彙。「差別」是這些中詞的共類，一個人藉著選擇「差別」來建構論證，由此決定了能夠導出結論的中詞。

在十一世紀，波依修的最大命題與「差別」的邏輯結構被應用在假言三段論(hypothetical syllogism)的研究之上。十二世紀的理論家如彼得・亞伯拉(Peter Abelard)則把「論題」結構的應用延伸至定言三段論(categorical syllogism)。到了十三世紀，西班牙的彼得(Peter of Spain)、羅伯特・基爾瓦德比(Robert Kilwardby)與達西亞的波依修(Boethius of Dacia)把「論題」結構的應用侷限在定言三段論，主要應用在那些包含非必然與概然前提的定言三段論。不到一百年的時間，藉討論「論題」結構對三段論推理的評估被歸入討論推論的文獻中，後者描述涵蘊、涵衍與存在於命題之間的推論關係。儘管推論理論(theory of consequences)成為理解命題之間關係的一個進路，可以溯源至波依修邏輯或者還有斯多噶派邏輯(Stoic logic)，它是在十三世紀，當布萊(Walter Burley)認識到命題邏輯的邏輯意義時，才變得顯著。

參見 Abelard 亞伯拉；Aristotle 亞里斯多德；Boethius 波依修；Burley 布萊；Cicero 西塞羅；Kilwardby 基爾瓦德比；Peter of Spain 西班牙的彼得；syllogism 三段論式

S.E.L.撰　劉若韶審訂

total　總體　見 relation 關係

total evidence, rule of　整體證據的原則　見 induction 歸納法

total ordering　完全排序　見 ordering 排序

toxin puzzle　毒藥難題　關於意圖及實踐理性的難題，由格瑞戈力·卡夫卡(Gregory Kavka)所提出。一個值得信賴的億萬富翁提供你一百萬美元，要你今晚意圖明天喝下某種毒藥。你確信他可以不依於你的所作所為，讀出你的意圖。那種毒藥會使你痛苦地病上一天，但是你得喝它才能得到獎金。不可「玩花樣」、不可有「外在的動機」(external incentives)，或遺忘相關的細節，以形成贏得賞金的意圖(prize-winning intention)。例如，如果有催眠師「把(明天喝毒藥的)意圖植入」給你或僱一個職業殺手殺你，使你未喝毒藥，那麼你將不會得到錢。如果你在今晚午夜過後沒違背任何規則，你形成了一個明天喝毒藥的意圖，那麼明早醒來你會發現一百萬美元在你的銀行戶頭。(另一方面，不幸的是)你(明早)極可能為了一百萬美元而飲藥。你能在不違背任何規則的情況下，今天晚上意圖明天會飲藥嗎？初看之下，你沒理由飲藥，而且有絕佳的理由不飲藥。有可能你會從這一點推論出你將躲避飲藥這件事，而相信你將躲避飲藥這件事，似乎又與你意圖去飲藥不一致。儘管如此，當供以這樣的毒藥交易，許多哲學文獻的報導都是：(可能的)人獲得(這筆)意外之財。

參見 action theory 行動理論；intention 意圖；practical reasoning 實踐推理

A.R.M.撰　龔維正審訂

Toynbee, Arnold　湯恩比，阿諾爾德　見 philosophy of history 歷史哲學

tracking　追蹤　見 Nozick 諾齊克；reliabilism 可靠論；skepticism 懷疑論

Tractarian　論文期　見 analytic philosophy 分析哲學；Wittgenstein 維根斯坦

traducianism　靈魂遺傳論　見 creation *ex nihilo* 從無中創造；preexistence 先存

transcendence　超絕　廣義而言，指從事物之中升起或超出其他事物的性質(實際上總是被圖像式地理解)；在哲學中，指存有某個意義上較高的性質。如上帝這般的存有，可說具有超絕的意義，不僅在於祂的至高無上，而且在於祂相較於其他事物所具有的完善，所具有無與倫比的至高無上。上帝的超絕或外在於或超於塵世之外，一些思想家將它對比和關聯於上帝的的內在性(immanence)或存在於世界之內。

在中世紀的邏輯哲學中，如「存有」和「一」這樣的詞語，並非專屬於任何亞里斯多德式的範疇或謂詞的類型(如實體、性質和關係)，但可以用來稱謂屬於它們的任何事物(或無物)者，便被稱為「超絕的」(transcendental)。在康德的《純粹理性批判》(*Critique of Pure Reason*)中，宣稱(錯誤地)擁有使我們越過可能經驗之限制的原則，被稱為「超絕的」；而那些屬於非經驗之思想，從經驗的可能性及限制建立並獲得結論者則稱為「超驗的」(transcendental)。因此一個超驗的論證就是一種從經驗之所以可能的方式，導出任何經驗世界必定為真的結論。

超絕主義(transcendentalism)是十九世紀中葉新英格蘭的一種哲學或宗教的運動，在主要代表者拉爾夫·瓦爾多·愛默生(Ralph Waldo Emerson)的思想中，它的特性是信仰對人類本性中的超絕(精神性的和神聖的)原則。

參見 Emerson 愛默生；immanence 內存；Kant 康德；philosophy of religion 宗教哲學；transcendental argument 先驗論證；transcendentalism 超驗主義

R.M.A.撰　陳瑤華審訂

transcendental　先驗的、超絕的　見 Kant 康德；transcendence 超絕

transcendental analytic　先驗分析論　見 Kant 康德

transcendental argument　先驗論證　闡明某種基本現象可能性之條件的論證，這個現象的存在在提出該論證的哲學語境中是沒有異議或爭議的。這樣一個論證得自於如下演繹：即從斷言某基本現象的存在(如有意義的論說，客觀事態的概念化或做出允諾的實踐)這個前提，到斷言某些適於該對象的有關的、真實的可能條件的存在這個結論。該術語來自康德(Kant)的《純粹理性批判》(*Critique of Pure Reason*)，該書提出了數個這樣的論證。

康德先驗論證的典範是「知性純粹概念的先驗演繹」(Transcendental Deduction of the Pure Concepts of Understanding)。在其中康德論證了某種純粹的或先天的概念(範疇〔the categories〕)的「客觀有效性」(objective validity)，是經驗可能性的條件。所謂擁有經驗所必需的概念有實體和原因等等。它們的先驗性在於這個事實：即這些概念的實例並不直接在感官經驗中，以經驗的概念如「紅」的例證的方式被給予。這個事實曾產生了休姆(Hume)在這種所謂的先天概念的一致性問題上的懷疑主義。現在，如果這些概念確有客觀有效性，正如康德在反對休姆時所力圖證明的，那麼，世界就包含有這概念的真實實例。在一個關於經驗可能性的條件的先驗論證中，關鍵是確認擁有經驗所必需的某種特徵。然後它是這樣地被論證的，即如不滿足某些實在的條件，經驗就不可能具有這個特徵。在這個先驗演繹中，康德所關注的經驗特徵是經驗主體能夠意識到幾個不同的內在狀態都屬於一個單一的意識。關於康德的論證實際上是如何展開的，眾說紛紜，儘管大部分人似乎都清楚他注意到了範疇在判斷中，在我們內在狀態的綜合或連結中的作用。在這判斷中被指出，這樣的綜合對於我們意識到這些內在狀態，即一直保持相同自己的這個狀態是必須的。

另一個著名的先驗論證——《純粹理性批判》中的「觀念論的反駁」(refutation of Idealism)——與先驗演繹同樣有著顯著的特徵。這個反駁產生於這樣的前提：即我們意識到我們自己的存在是在時間中確定的，即知道我們的一些內部情狀的時間順序。根據這個反駁，這種知識的可能性的條件是我們對於在我們之外、本身在空間中的對象存在的意識。如果我們確有這種意識，那將推翻笛卡兒(Descartes)系統所闡述的懷疑觀點：我們不具有不同於我們的心智和我們的內在狀態的關於空間世界的存在的知識。

那麼，我們已經考察過的康德的兩個先驗論證，都斷定某種懷疑論見解的錯誤是其存在著甚至為懷疑論所承認的某現象可能性的條件(經驗的擁有；關於我們自己內在狀態的時間事實的知識)。這樣一來，我們就能分離出一個有趣的次一級的先驗論證：這些論證本性上是反懷疑論的。司陶德(Barry Stroud)已經提出這樣的問題，亦即，是否這種論證依賴於某種被廢止的檢證主義(verificationism)，根據這種檢證主義，語言的存在或概念化，要求懷疑論所質疑的知識的可靠性(因為檢證主義要求那些表達相關概念的有意義的句子，如「有一些桌子」，必須為在感官經驗中被給予的東西所可檢證)。依賴於頗有爭議的前提本身是不受歡迎的。司陶德進一步論證道：這樣的依賴使得反懷疑論的先驗論證所體現的任何內容成為不必要的(因為唯有被廢止的前提才會駁倒懷疑論)。司陶德對於反懷疑論的先驗論證的懷疑是否建立在可靠的基礎上，也是眾說紛云。這些懷疑是否與那些論證有關，也不清楚：這些論證並非來自斷言語言的存在或概念化的前提，但相反卻更密切地與康德的樣式一致。即使如此，反懷疑論的先驗論證也未受到廣泛接受。這明顯地是由於揭示一個甚至懷疑論者也將贊成的現象的真實可能的條件，並非一件易

事。

參見 Kant 康德；skepticism 懷疑論

A.B.撰　彭文本審訂

transcendental deduction　先驗演繹　見 Kant 康德

transcendental dialectic　超越辯證法　見 dialectic 辯證法

transcendental ego　先驗自我　見 Kant 康德

***transcendentalia*　超越性**　見 transcendentals 超越性

transcendental idealism　先驗觀念論　見 Kant 康德

transcendentalism　超驗主義　由一群新英格蘭知識分子所主張的宗教-哲學觀點，其中最重要的有愛默生(Emerson)、梭羅(Thoreau)、西奧多・帕克(Theodore Parker)等。從考勒瑞治(Samuel Taylor Coleridge)開始採用的區別，是唯一把超驗俱樂部(建於 1836 年)的成員統一起來的紐帶：理解和理性(understanding and reason)之間的區別，前者提供不確定的關於現象的知識；後者提供通過直覺所獲得的關於必然真理的先驗知識。超驗主義者堅持認為哲學真理只有通過理性才可達到。理性是所有人共同的能力，除非由於外在生活和接受僅僅是第二手的傳統信仰作為真理，而毀滅了它。幾乎在其他所有方面都存在著分歧。愛默生是一個理想主義者，而帕克則是一個自然實在論者，他們有著互相矛盾的先驗直覺。愛默生、梭羅和帕克拒絕接受基督教超自然的面向，指出它明確的地域狹隘性和社會發展；而馬許(James Marsh)、赫奇(Frederick Henry Hedge)和亨利(Caleb Henry)則留在基督教會中。超驗主義所受的影響極其龐雜，這解釋了意見的多樣化。例如，愛默生受到柏拉圖傳統、德國浪漫主義、東方宗教和自然詩人的影響；而帕克則受到現代科學、里德(Reid)和科辛(Cousin)的(他們也強調先驗直覺)蘇格蘭實在主義，以及德國聖經考證學者的影響。

愛默生、梭羅和帕克也被他們所否定的信念聯繫到一起。他們不僅拋棄喀爾文主義(Calvinism)，而且也拋棄一位論(Unitarianism)；他們拒斥一般的現實成就概念，而代之以一種亞里斯多德(Aristotle)型的自我實現(它強調理性和道德自我是人類的本質，譴責個體隨興的自我實現，後者讚賞個體的獨特〔unique〕東西，認為那才構成人們的真實價值)。

參見 Emerson 愛默生；Thoreau 梭羅

E.H.M.撰　葉新雲審訂

transcendental number　超越數　見 mathematical analysis 數學分析學

transcendentals　超越性　也稱為「先驗性」(*transcendentalia*)，應用於一切事物而無關乎事物之存有學的種類或範疇的一些術語或概念。這種術語或概念之為超越的(transcendental)乃在這樣一個意義之下：它們超越一切分類的範疇，或在這些範疇之上。關於超越性的古典學說，在中世紀晚期發展得相當完備，它預設了亞里斯多德(Aristotle)的存有學，根據此存有學，一切存有都是可歸屬在十個最高類別——亞里斯多德的十範疇——

中之一的實體(substance)或附質(accident)。在這樣的架構中，「存有」(being，希臘文為 *on*，拉丁文為 *ens*)自身並非一個範疇，因為所有範疇皆表徵出多種的存有。但亦非一凌駕於實體與附質的十範疇之上的範疇，一種終極類別(an ultimate genus)而十範疇為其之殊種(species)。這是因為「存有」是同音異義的(homonymous)或多義的(equivocal)，此即，每一範疇之成員並不能藉由它們是存有而分享單一的類別性質或本性。此十範疇等同於十個無可化約的、最為基本的存有方式。因而，「存有」超越世界的範疇結構：在存有學上可分類的一切任何事物是一存有，而關於任何事物說其為一存有，並不等同於說其是作為區別於其他種類之事物的某一種類的成員。

根據此古典學說，「存有」是最原初的超越性(primary transcendental)，然而，還有其他以相似的方式超越範疇的術語或概念。除了「存有」之外，最為一般所認可的超越性是：「一」(one〔*unum*〕)、「真」(true〔*verum*〕)與「善」(good〔*bonum*〕)；雖然某些中世紀哲學家亦認可其為：「事物」(thing〔*res*〕)、「某物」(something〔*aliquid*〕)與「美」(beautiful〔*pulchrum*〕)。這些其他的術語或概念之所以是超越的，因為它們應用於既予事物的存有學基礎，正是相同於那藉之而使得事物能被稱為一存有的存有學基礎。例如，帶有某種善之本性的事物，即是在指明它為那本性之一事物的活動上有好的行使，而好好地行使此活動即是要實現那樣的本性到達某種程度。而關於一事物要實現其本性至某種程度亦正是在於此一事物擁有存有。因此，一事物得以為善，所憑藉之實現性或性質，正是那些藉之而使其擁有存有者。在此一理由之既予下，中世紀哲學家堅持超越性的術語是可轉換的(convertible〔*convertuntur*〕)或是外延可等同的(「經常所依於支撐者」〔*idem secundum supposita*〕)。然而，它們卻非同義的(synonymous)，因為它們是意向上可區分的(「依於理性的分別」〔*differunt secundum rationem*〕)。這些第二序位的超越性(secondary transcendentals)有時候是被刻劃為那必然與之伴隨而生的存有之屬性(「事件」〔*passiones*〕)。

在當代時期，此超越的(the transcendental)之理念(notion)最初即與康德(Kant)相聯結，康德在其哲學中使「超驗的」(transcendental)成為一主要的專門術語。為康德來說，此術語不再意味著那超越範疇之分類者，而是那在提供我們的經驗以基礎或結構的意義上而言超越於我們的經驗者。例如，康德承認，直觀(intuition)的純粹形式(空間與時間)及悟性(understanding)的純粹概念(諸如實體與原因這樣的範疇)於此意義上是超驗的。這種形式與概念建構出經驗的可能性條件。

參見 Aristotle 亞里斯多德；Kant 康德

S.Ma.撰　蕭宏恩審訂

transcendental subjectivity　**先驗主體性**　見 Merleau-Ponty 梅洛龐蒂

transcendental terms　**先驗術語**　見 transcendentals 超越性

transeunt causation　**外來因**　見 agent causation 主體因

transferable utility　**可轉移的效用**　見 game theory 賽局理論

transfinite induction　**超窮歸納**　見 mathematical induction 數學歸納法

transfinite number　**超窮數**　在集合論中無窮大的基數或序數。

參見 continuum problem 連續體問題；set theory 集合論

P.Mad.撰　李瑞麟審訂

transformational grammar　轉換文法　見 grammar 文法

transformation rule　轉換規則　一個公設系(an axiom-schema)或推論規則。轉換規則因此就是一個用來把合式公式(well-formed formulas)的集合(也可能是空集合)轉換成一個公式的規則，而在轉換中，只對合式公式擷取語法訊息(syntactic information)。公設系和推論規則這樣的概念，正是建立真正嚴格的演繹推理科學的關鍵之一。在 1950 年代，這個想法被引入語言學，從而產生了「轉換規則」觀念。這樣一個規則把樹狀結構轉換成樹狀結構，把它從句子的「深層結構」(the deep structure；用來決定它的語意解釋〔semantic interpretation〕)轉換成句子的「表面結構」(the surface structure；用來決定它的語音學解釋〔phonetic interpretation〕)。

參見 grammar 文法；logistic system 邏輯斯蒂系統

G.F.S.撰　李瑞麟審訂

transitive　傳遞的　見 relation 關係

transitive closure　傳遞封閉　見 ancestral 本源

translation, radical　徹底翻譯　見 indeterminacy of translation 翻譯的不確定性

transparent　透明的　見 referentially transparent 指稱上透明的

transparent context　透明脈絡　見 referentially transparent 指稱上透明的

transubstantiation　實體轉化　由一實體轉為另一實體之變化。亞里斯多德(Aristotle)形上學將實體(substances)和它們所具有的偶性(accidents)區別開來；如此，蘇格拉底(Socrates)是一個實體，而扁鼻子則是他的一個偶性。羅馬天主教會和東正教會即訴諸實體轉化，以解釋耶穌基督是如何真實地臨在於聖體聖事(Eucharist)中，當餅和酒被祝聖時，整個餅和酒的實體轉變成基督的身體和血，但餅和酒的形狀、顏色、味道等這類偶性卻在此一轉變後繼續存在。這似乎迫使著信徒們相信，這些繼續存在的偶性接下來或是為基督所具有，抑或不為任何實體所具有。路德(Luther)以「共同體」(consubstantiation)提出了另一種解釋，避開了這個困難的選擇：祝聖之後，在聖體聖事中餅和酒的實體與基督的身體和血共存，它們被結合，但每一個卻又保持不變。

P.L.Q.撰　丁福寧審訂

transvaluation of values　價值的重估　見 Nietzsche 尼采

transversality　橫越性　藉著承認他者的他性，一種「差異連結」(Unterschied))——海德格術語，指稱一種藉著差異而形成的聯繫性——因而超越了自我或自性的至高地位。這一新觀念是由許多不同的哲學家所採用，像梅洛龐蒂(Merleau-Ponty)、沙特(Sartre)、德勒茲(Gilles Deleuze)和瓜達力(Félix Guattari)等，「橫越性」概念的提出，是為了在一

急速邁向地球村的世界中，用來替代歐洲中心的真理觀。「普遍性」一直是一歐洲中心的概念，因為西方的特殊性被普遍化了，然而其他地區的特殊性則仍然被視為特殊的。然而，由於真理的中心處處都在，而其界線則無處可尋，因此真理應是多元中心，並且是關聯性的。尤其值得注意的是，美國現象學家施拉格(Calvin O. Schrag)在採用「橫越性」概念方面的努力，他一方面區別絕對主義與相對主義兩極端，另方面也區別現代性的全體化作法，和後現代的零碎化傾向。

參見 Heidegger 海德格；Merleau-Ponty 梅洛龐蒂；phenomenology 現象學；Sartre 沙特

H.Y.J.撰　沈清松審訂

tree of Porphyry　波菲利之樹　一種產生於亞里斯多德(Aristotle)《範疇篇》(*Categories*)的邏輯和形上學組織，被波菲利和後來的作者系統化了的結構。在實體範疇中，一棵樹開始於作為它的最高類的實體(highest genus)，且藉一對對立物把種區分為相互排斥共同耗盡的從屬的類(subordinate genera)，稱作殊異(differentiae)，產生出比如物質的和非物質的實體。透過殊異區分的過程一直繼續到最低的種(species)，即不可再分的種。「人類」這個種據說是最低的種，它的推出可以從下列程式得到再現：「腐朽的、理性的、有感覺的、有生命的、物質實體」。

參見 Aristotle 亞里斯多德；*infima species* 最小的種；Porphyry 波菲利

W.E.M.撰　丁福寧審訂

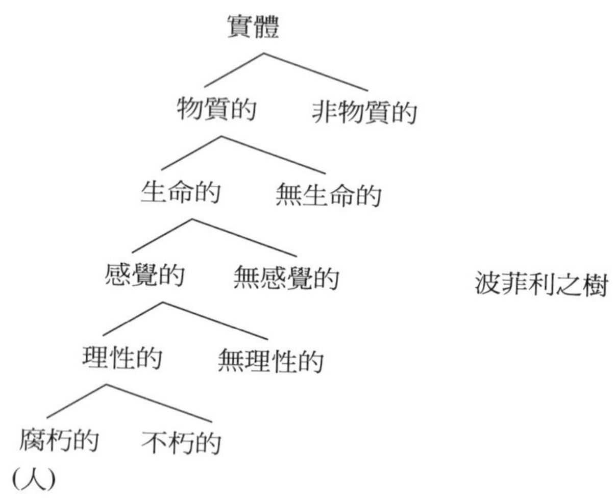

波菲利之樹

trichotomous　三分律的　見 relation 關係

trichotomy, law of　三分律　見 choice sequence 選擇序列；relation 關係

Trinitarianism　三位一體主義　主張神是由三個位格所組成之神學教義。構成神聖三位一體(the Holy Trinity)的三個位格，是聖父、聖子(即耶穌基督)和聖神(Holy Spirit or Holy Ghost，或譯「聖靈」)。根據傳統的說法，三位格的每一位格都是上帝，然而它們並非三個上帝，而只是一個上帝。根據傳統的說法，三位格只不過是一個實體。在亞奎納(Aquinas)看來，上帝存在可以由人類理性來證明，但三位格的存在卻無法被證明，而只得透過啟示來認識。根據基督宗教傳統，啟示包括了關於三位格之間的關係的訊息，這些關係確立了使三位格相互區別的每一位的確切屬性。這樣一來，由於聖父生聖子，聖

父的確切屬性就是父性；聖子的確切屬性就是子性；流出(procession；或遣發〔spiration〕)則是聖神的確切屬性。關於流出的分歧意見，已把東西方基督宗教區別開來。東正教教會(the Eastern Orthodox church)教導說，聖神是從(from)聖父「到」(through)聖子而流出的。在西方基督宗教中，則廣泛接受雙重流出說(a theory of double procession)；根據此說，聖神是由聖父「暨」(and)聖子而流出。這個分歧就被認識為 *filioque*(即「暨聖子」)爭議，因為它起因於此一事實，即：西方基督宗教已接受把這個拉丁用語加入尼西亞信經(Nicene Creed)，東正教卻不接受。「神體一位論」(*unitarianism*)則否認上帝具有三個位格，並因此堅決否定耶穌的神性。猶太教和伊斯蘭教的一神教信仰即是神體一位論式的，但也有某些神體一位論者以基督徒自居。

參見 philosophy of religion 宗教哲學

P.L.Q.撰　丁福寧審訂

Trinity　三位一體　見 Trinitarianism 三位一體主義

Troeltsch, Ernst　特勒爾奇，恩斯特(1865-1923)　德國哲學家，歷史學家。他的主要目的是為神學提供一個科學基礎。他先後在埃朗根(Erlangen)、哥廷根(Göttingen)(跟從裡徹爾〔Ritschl〕和拉加德〔Lagarde〕)和柏林受教育，先在海德堡(Heidelberg)教神學，後在柏林教哲學。他的劃時代的著作《神學中的歷史和教義方法》(On Historical and Dogmatical Method in Theology, 1896)，開啟了宗教歷史學派。他在神學(《先驗宗教》〔*The Religious Apriori*, 1904〕)、哲學、社會學和歷史(《歷史主義及其問題》〔*Historicism and Its Problems*, 1922〕)方面具有巨大的影響。特勒爾奇宣稱，只有從宗教意識的歷史和發展中引申出來的宗教哲學，才能於各種科學中鞏固宗教的科學性，並推動基督教策略對抗唯物主義(materialism)、自然主義(naturalism)、懷疑主義(skepticism)、唯美主義(aestheticism)和泛神論(pantheism)。

他的歷史學傑作《新教教義及其進步》(*Protestantism and Progress*, 1906)論證說，早期新教教義是一種阻滯現代文化發展的中世紀天主教的修正。作為一個社會學家，他在《基督教會的社會學說》(*The Social Teachings of the Christian Churches*, 1912)中，面對兩個問題：是外在因素限制了宗教信仰及運動呢？還是相反，宗教信仰和運動影響了社會和文化？從基督教社會歷史中，他推論出三種類型的基督教理念的社會學自我構成物：教堂、教派和祕密宗教儀式。

J.-L.S.撰　苑舉正審訂

trope　抽象的殊項、喻　在新近的哲學用法中，「trope」指「抽象的殊項(abstract particular)」；出現在特定場合和時間的一種性質之實例(an instance of a property)，如這本書的封面顏色或這一頁的頁面顏色。這一頁的白色和前一頁的白色是兩個不同的抽象的殊項，既不同於例現於這兩頁的普遍白色(the universal whiteness that instantiated in both pages)，也不同於頁本身；儘管這頁的白色不可能獨立於這頁而存在，但這頁可以染上另外的色。或許是威廉斯(D. C. Williams)起的頭，許多哲學家都論證說，如果我們要完成一個適切的形上學，那麼，我們的存有論(ontology)一定得包括抽象的殊項。

在較普通的用法，「trope」(喻)是指比喻(a figure of speech)，或以比喻的方式，不是在一語詞之一般字面意義下，使用一語詞。隱喻(metaphor)和反語(irony)都屬於喻的範圍。如果你正在幫助某人搬一張玻璃桌，但脫手了，你的同伴會說：「咳，你真的幫了個大忙！」她的話多半是反語，想說的是你一點兒忙也幫不上。一個重要的問題是，為了說明這個句子的反語用法，我們是否必須假定這句話除字面意思(literal meaning)外，還有反語意思(ironical meaning)。更概括地說，一個可用來表達兩個不同隱喻的句子，除了它的字面意思外，還有兩個隱喻的意思嗎？——而且，如果它可以表達一種誇張，那麼就還有一個誇張意思，等等？許多哲學家和其他一些自亞里斯多德(Aristotle)以來的理論家回答說是，認為一語句除了字面意義之外，還有喻意(figurative meaning)。最近，不願增加句子意思的哲學家們否認句子有任何非字面的意思，他們致力於解釋一個句子怎麼能用來作反語，如果它並無反語意義或意思的話。對於該從語意，還是從語用，來解釋隱喻之問題，此類哲學家的立場並不一致。語意的解釋會假定，隱喻起於語意規則之背離。一個重要的語用學進路是葛來思(Grice)的提議：隱喻可以歸類到更一般的交談暗示(conversational implicature)現象下。

參見 implicature 語用蘊涵；metaphor 隱喻；metaphysics 形上學；Skeptics 懷疑學派

R.B.撰　龔維正審訂

Trotter, Catherine　**特羅特爾，凱薩琳**　見 Cockburn 考克朋

truth　**真理**　那些與實在相符合、詳細記述實際的事實的命題的性質。科學的目的是去發現其領域中哪些命題是真的，即哪些命題具有真理性；哲學對於真理的中心考慮則是去發現真理的本質。因此，哲學要問的不是哪些是真的，而是什麼是真理？當我們說一個命題是真的時候，我們關於它所說的究竟是什麼？這個問題的重要性在於真理概念所展開的原理之多樣性及其深度。我們通常會認為：真理是科學探索的真正目標和自然結果；真信念是有用的；語句的意義取決於使它為真的條件；正確的推理會保存真理等等。因此，如果我們想要理解、評估，並使這些知識論的、倫理學的、語意的和邏輯的觀點更為精鍊，那麼，關於真理本性的某些說明似乎就是必需的。但是，眾所周知，一直不是一件容易掌握的事。

「雪是白的」這樣的信念之所以為真，得歸因於外部世界的某些特徵：即「雪是白的」這個事實。同樣，「狗會叫」這樣的信念之所以為真，是因為「狗會叫」這個事實。這種瑣碎的觀察導致關於真理的或許是最自然的，而且最廣泛被持有的解釋：「符合說」(correspondence theory)。根據這種理論，一個信念(陳述、句子、命題等)是真的，如果存在著與它相符合的事實。這個亞里斯多德(Aristotle)哲學的觀點本身是無可非議的。但是，如果它要提供一個完整的真理理論——而且，如果它不僅僅是想提供一種斷說「*P* 為真，若且唯若 *P*」的圖示說明而已，而還想要求更多的東西——那麼，它必須補充說明什麼是事實，以及一個信念與一個事實相符合是什麼意思，但這些正是符合說困難的地方。

符合說的一個流行的替代理論是真理的可檢證性(verifiability)理論。這個理論可能具有許多形式。其中之一是整體論式的：即一個信念當它是一個「和諧」一致的完整信念系統的一部分時，才可被證實。這就是著名的真理「融貫論」(coherence theory)，且為布雷德利(Bradley)和布蘭德・布蘭查德(Brand Blanchard)所發展。另一個解釋由杜米特(Dummett)和帕特南(Putnam)所提出，它包括如下假定：對每一個命題來說，都有某種讓我們決定是否應當相信它的特殊程序。根據這個解釋，說一個命題是真的，就是說它將被適當的程序所證實。在數學中，這相當於將真理與可證明性的概念等同，這種理論有時又稱為「直覺主義的真理論」(intuitionistic truth)。這樣的一些理論目的在於避免模糊的形上學觀念，並解釋「可知性」(knowability)和真理之間的密切關係。但是它們似乎誇大了這種關係的密切程度：因為我們很容易地想像一個陳述，它雖是真的，但超出了我們證

明它為真的能力。

關於真理的第三個重要解釋是詹姆士(James)的「實用論」(pragmatic theory)。正如我們剛才看到的，可證實論者選擇了真理的一個突出性質，並把它認作是真理的本質。同樣，實用論者集中於另一個重要特徵——即真信念是行動的可靠基礎——並把它認作是真理的真正本性。真的假設被定義為那些產生可欲結果的行動的假設。在此，我們又有了一個有關真理的說明，它具有單一的、有趣的解釋特徵。但是，反對意見再一次地集中在它所假定的真理及其所謂的分析項(analysans)之間的關係——這關係即效用的關係——似乎過於密切了。即使真信念傾向於助長成功，但建立在真信念基礎之上的行動卻常常導致災難；而錯誤假設，雖然純屬偶然，卻也能產生極好的結果。

關於真理較無爭議的幾個說法之一是，「雪是白的」這個命題為真，若且唯若雪是白的；「說謊是錯誤的」這個命題為真，若且唯若說謊是錯誤的。傳統真理理論承認這個說法，但認為它不足以構成理論。而且，正如我們所見，傳統真理理論進一步以其他原理去補充它，如：「*X* 是真的，若且唯若 *X* 具有性質 *P*」(如符合於實在，有可證實性、或適於作為行動的根據等等)，據以說明真理究竟是什麼。但有許多反傳統理論的看法則根本否認需要任何這種進一步的說明。例如，我們可以假設(因而站在蘭姆西〔Ramsey〕、艾耶爾〔Ayer〕和史陶生〔Strawson〕一邊)真理的基本理論僅僅包括相當這樣等值形式的東西：「命題 *p* 是真的，若且唯若 *p*」(但我們必須排除像「這個命題為假」這樣的句子，因為它會產生矛盾)。

這個所謂的「壓縮理論」(deflationary theory)，在蒯因(W. V. Quine)之後，連同對於我們之所以具有真理觀念的理由一起被提出：即「真理」這個觀念的作用並不是在描述命題，(正如我們可能天真地從它的語法形式推論出來那樣)，而是在使我們能夠建構某種通則。例如：「愛因斯坦(Einstein)說的是真的」，直覺上等於下列無限連結句：「如果愛因斯坦說，沒有東西的運動比光快，那麼，沒有東西的運動比光快；而且如果愛因斯坦說，永遠不應製造核武，那麼就永遠不應製造核武……等等」。如果沒有真值謂詞，我們就不可能有這個形式的陳述。此外，壓縮論者論證說，真值謂詞的所有合理使用——包括科學、邏輯、語意學、形上學中的那些使用——都只能是這個通則化作用的表現，而前式的那個等值架構，即「命題 *p* 是真的，若且唯若 *p*」只是在解釋這個真值述詞的這個功能而已。

在壓縮論的陣營內部，有許多相互對立的提議。根據弗雷格(Frege)所謂的「多餘理論」(redundancy theory)，「*p* 是真的」與「*p*」意思完全相同；而「最簡式理論」(minimalist theory)則乾脆假定這樣的命題必然相等。其他的壓縮論者懷疑命題的存在，而且把句子認為是真理的基本媒介。因此，「去引號理論」(disquotation theory)認為真理掌握在所謂的「去引號原則」當中：即「*p* 是真的」，若且唯若「*p*」。更有甚者，塔斯基(Tarski)不把去引號原則(也叫「塔斯基(T)圖式」〔Tarski's (T) schema〕)，認作是本身充分的理論，而認作是任何充分有關真理的定義必須蘊涵的結果。他自己的解釋說明了，如何使用某些形式語言的初基常名及謂詞，去給這種語言中的所有句子下一個明確的真理定義。這就是著名的真理的「語意理論」(semantic theory)。

參見 epistemology 知識論；metaphysical realism 形上學實在論；semantic holism 語意學的整體論；set-theoretic paradoxes 集合論悖論

P.Hor.撰　王文方審訂

truth, coherence theory of　真理之融貫理論　見 truth 真理

truth, correspondence theory of　真理的符合說　見 truth 真理

truth, disquotation theory of　真理的去引號理論　見 truth 真理

truth, pragmatic theory of　實用主義的真理理論　見 pragmatism 實用主義；truth 真理

truth, redundancy theory of　真理的多餘理論　見 truth 真理

truth, semantic theory of　真理的語意理論　見 truth 真理

truth-conditional semantics　真值條件語意學　見 meaning 意義

truth-conditional theory of meaning　意義真值條件理論　見 meaning 意義

truth conditions　真值條件　見 truth 真理

truth definition　真理定義　見 truth 真理

truth-functions　真值函數　見 truth table 真值表

truthlikeness　似真性　卡爾・波普爾(Karl Popper)在 1960 年引入的術語，用以闡明如下觀念：一個理論可能比另一個理論更符合實在、或更接近真理，或者更逼真(more verisimilitude)。我們必須把似真性和機率區別開來，前者組合了真理和資訊內容；機率則隨內容的缺乏而增加。假定把所有真和假句子分別歸類 T 類和 F 類，且假定 A 和 B 是演繹語句的密閉集合。根據波普爾的質性定義(qualitative definition)，A 比 B 更具似真性，若且唯若 $B \cap T \subseteq A \cap T$($B$ 與 T 的交集，包含於或等於 A 與 T 的交集)而且 $A \cap F \subseteq B \cap F$($A$ 與 T 的交集，包含於或等於 B 與 T 的交集)，又包含的其中之一是嚴格的。尤其是當 A 和 B 不等值而且都為真時，A 比 B 更具似真性，若且唯若 A 邏輯地蘊涵 B。大衛・米勒(David Miller)和帕韋爾・梯趣(Pavel Tichý)在 1974 年證明波普爾的定義不能應用到假理論的比較上：如果 A 比 B 更具似真性，那麼 A 必定為真。

自 1970 年代中期以來，對似真性的新進路已經建基在相似性的概念上：述句 A 的似真性程度依賴於從 A 所容許的事態到真狀態之間的距離(distance)。在格拉漢・歐迪(Graham Oddie)的《類似真理》(*Likeness to Truth*, 1986)中，這依賴性被平均函數(average function)所表達；在伊卡・尼尼羅托(Ilkka Niiniluoto)的《似真性》(*Truthlikeness*, 1987)中，則被表述為最小距離和所有距離總合的權重平均值(weighted average)。逼真度概念也被使用在知識意涵上，以便表達「在可獲得的證據上顯現的理論」有多麼接近真實的合理評價。

參見 confirmation 驗證；information theory 信息論；instrumentalism 工具主義；probability 機率

I.N.撰　陳瑞麟審訂

truthmaker principle　真理製造者原則　見 Armstrong 阿姆斯壯

truth predicate　真值述詞　見 semantic paradoxes 語意悖論

truth table　真值表　表格呈現一或多個真值函數、真值函數算子、或者真值函數或真值函數算子的表示式(諸如命題邏輯的完構式)。在此表格呈現中，每一列都對真值函數的論元(argument)或真值函數算子，呈現了一種可能的真值安排。因此，表格中所有列的集合，呈現了對這些論元的所有可能真值安排。以下的簡單真值表，呈現了否定和連言的真值函數算子。

P	*Q*	非 *P*	*P* 且 *Q*
T	T	F	T
T	F	F	F
F	T	T	F
F	F	T	F

由於真值表呈現了對真值函數論元的所有可能真值安排，因此，真值表是快速確定命題邏輯性質的有用方法。例如，若真值表中一欄的所有項目全都表現出一命題為真，那麼，此命題對於其最終組成命題的所有可能真值安排而言均為真；在這種清況下，我們稱此命題為邏輯地真或套套邏輯地為真：也就是一種套套邏輯(tautology)(也稱為恆真式、重言式)。若真值表中一欄的所有項目全都表現出一命題為假，那麼，此命題對於其最終組成命題的所有可能真值安排而言均為假，我們便稱此命題為邏輯地假或套套邏輯地為假：也就是一種矛盾(contradiction)。若一命題既非套套邏輯也非矛盾，我們便稱其為偶然(contingency)。以上的真值表顯示了，「非 *P*」和「*P* 且 *Q*」均為偶然。

真值表是確定單一命題邏輯性質的有用方法，基於同樣的理由，真值表對於確認論證是否有效也很有用。有效論證會使得其所有前提為真而結論為假不可能出現(在相關的真值表中沒有這樣的一列)。因此，以上的真值表顯示了「*P* 且 *Q*，因此，*P*」，是有效的論證。

參見 contingent 偶然的；formal logic 形式邏輯；tautology 恆真句

R.W.B.撰　李國偉審訂

truth-table method　真值表方法　見 truth table 真值表

truth-value　真值　最狹義的說法是，當命題分別被視為真或假時，我們認為命題所持有或呈現之 T (代表「真」〔true〕)或 F (代表「假」〔false〕)值的其中之一。較廣義而言，在不同的認知或知識狀態範圍中，當一命題被視為持有一類可能值其中之一時，真值便是我們認為此命題所持有之值域中的任何一項。例如，某些哲學家談論真值 I (代表「不確定」〔indeterminate〕)，當不確定一命題為真或假時，便視此命題為具有 I 值。如果一個邏輯系統用了特定數目 *n* 個真值，我們便稱其為 *n* 值邏輯系統；最簡單的有用邏輯系統具有二項真值，即 T 和 F，因此我們稱其為二值。以真值作為論元(argument)，而函數值也是真值的函數，稱為真值函數。命題邏輯中的真值表法，就是藉由使用表格呈現，展現了真值函數的概念。

參見 truth table 真值表

R.W.B.撰　李國偉審訂

truth-value gaps　真假值缺口模式　見 many-valued logic 多值邏輯；presupposition 預設

truth-value semantics　真值語意學　對形式系統（formal system）的解釋。在這種系統中，句式（formula）的真值（truth-value）完全取決於它的原子次句式（atomic subformulas)(在此指具有適當定義的原子次句式)指派到的真值。該名稱(label)是由休格斯・勒伯雷(Hugues Leblanc)提出。例如，就一階述詞邏輯(first-order predicate logic)的真值解釋而言，句式$\forall xFx$在一模型(model)中為真，若且唯若(if and only if)它的所有實例(instance)Fm、Fn……為真，而這些句式的真值亦僅由該模型所確定。相反的，根據標準的塔斯基式(Tarskian)或對象式(objectual)的解釋，$\forall xFx$在某一模型中為真，若且唯若此模型之論域(domain)中的所有對象(object)都是在此模型中可解釋為F之集合中的元素。如此，述詞邏輯的真值語意學包括了量詞(quantifier)的替代性解釋(substitutional interpretation)和詞語(term)及述詞的「非外延性」(non-denotational)解釋。如果 t_1、t_2……，是某一階語言的所有詞語，那麼，存在有滿足$\{\exists x\text{-}Fx, Ft_1, Ft_2...\}$之集合的對象模型(objectual model)，但沒有滿足該集合的真值解釋。然而，我們能藉由適當地限定一致性(consistency)和推論(consequence)的定義，以保證真值語意學的確陳述了標準邏輯。例如，L語言中，句式的集合Γ是一致的，如果藉由重寫一些詞語而得到Γ，且Γ被某種真值分配所滿足，或者，藉由給 L 增加一些詞語而得到語言L^+，而使得Γ因某分配給L^+原子的真值而被滿足。

真值語意學既有專技意義，也有哲學意義。從技術上而言，它使一階述詞邏輯具完備性(completeness)，而且允許從命題邏輯自然地獲得其他類型的形式系統。從哲學上而言，它使得下列事實具有戲劇性：某人關於世界的理論陳述，本身並不決定他的本體論承諾。至少可能的是，解釋一階句式而不指涉特定的對象域，解釋高階句式而不指涉特定的關係域和性質域。

真值語意學的觀念至少可以追溯至貝斯(E. W. Beth)在1959年論一階述詞邏輯的著述，以及舒特(K. Schutte)1960年論簡單類型論(type theory)的著述。在近幾年中，二階邏輯(second-order logics)，模態和時態邏輯(modal and tense logics)、直覺邏輯(intuitionistic logic)和集合論(set theory)已發展類似的語意學。

參見 formal semantics 形式語言的語意論；meaning 意義；quantification 量化；truth table 真值表

S.T.K.撰　古秀鈴、楊金穆審訂

Tsou Yen　鄒衍(350?-270? B.C.)　中國宇宙論學者，稷下學官(Chi-Hsia Academy)的成員，用陰陽五行(yin-yang five-phases)思考朝代循環，從而成為有極大影響的政治人物。鄒衍相信自然秩序、人類秩序以及兩者的關係，都受陰陽和五行(土、木、金、火、水〔earth, wood, metal, fire, and water〕)能動的相互作用的支配，並可由此得到理解。他的政治名聲得自下列觀念：王朝的興衰與五行相關並具有相同的循環週期形式：土、木、金、火、水。因此，黃帝(Yellow Emperor)統治(相應於土行)之後是夏(〔Hsia〕，木)、商(〔Shang〕，金)和周(〔Chou〕，火)諸朝。鄒衍稱，水行佔上風標誌著周朝的結束和新王朝的開始。

參見 Chinese philosophy 中國哲學

R.P.P. & R.T.A.撰　林安梧審訂

Tung Chung-shu　董仲舒(c.179-c.104 B.C.)　中國哲學家，因對答漢武帝(Emperor Wu)的問題而著名的漢朝學者，這些對答在西元前136年幫助儒學成為朝廷意理。他曾著《春秋繁露》(*Luxuriant Gems of the Spring and Autumn Annals*)，該書表明他從古典文獻所記錄的歷史事件中，讀出了道德信息可以用於未來的歷史。董氏的教導實際上頗不同於孔(Confucius)、孟(Mencius)的教導。他相信天不變道亦不變，並主張所謂的三綱(Three Bonds)：君為臣綱、父為子綱、夫為妻綱。這些綱領給儒學增加了保守的印記，以至於統治者樂於把它應用於禮教實踐以制定官方儒學。他的哲學中也摻雜了許多來自陰陽家的觀念。他相信歷史是循環的，五德(five powers，木、火、土、金、水)相互交替。在自然事務和人事之間有嚴格的對應關係。他把自然災害看作是警告統治者修德、不濫用權力的信號。

參見 Confucianism 儒家；Confucius 孔子；Mencius 孟子

S.-h.L.撰　劉述先審訂

***tu quoque*　回說你也是**　見 informal fallacy 非形式謬誤

Turing degree　涂林度　見 degree of unsolvability 不可解度

Turing machine　涂林機　一種抽象自動機或想像的計算機，具有一個有限自動機，在一條長度可以無止盡延長的儲存帶上運作。有限自動機為該機器提供計算的能力。儲存帶用於輸入、輸出及做計算；至於萬能的涂林機，它也可描述出另一台涂林機。

啟動時，儲存帶上只有有限個方格裡有符號，而其餘方格是空的。涂林機的有限自動機部分包含有限個內部狀態，它們按照時間 $t = 0, 1, 2, \ldots$ 的步驟，一步一步地運轉。在每一個時間步驟，自動機檢視當時關注的帶上方格，可能會改變那格的內容，然後把帶子向左或向右移動，再變換它的內部狀態。

控制這一系列動作的法則是定向的，並且由狀態表定義好。對每一個內部狀態及自動機檢視下的每一個帶上符號(或空格)來說，狀態表描述了自動機執行的動作，並且給出了自動機下一個內部狀態。

由於一個機器只有有限個內部狀態和帶上符號，所以它的狀態表在長度上就是有限的，於是就能儲存在一個帶上。有一種萬能涂林機 M_u，它能模擬所有涂林機(包括它自身)：當任一涂林機 M 的狀態表寫在 M_u 的帶上時，萬能涂林機 M_u 將執行與 M 所執行的同樣的輸入—輸出計算。對於任何給定的輸入，M_u 利用 M 的狀態表計算 M 在這些輸入上的全部操作歷程。

涂林機可以被想像成一種概念工具，用來枚舉無窮集合的元素(例如一種形式語言的定理)；或被想像成一種判定機(例如判定任何真值函數式子是否為重言式)。涂林證明存有定義明確的邏輯問題，它卻不可能由任何機器來解決；特別是，任何機器都不可能解決停機問題。

涂林關於機器的定義是純理論的，它不是機器的實際規格。在發明現代電子計算機以後，他建議做一種測試，用來判斷是否有一部計算機，在推理和智力創造能力方面與人類有「同樣的表現」(behaviorally equivalent)。

「涂林測試」是一種「黑盒子」(black box)式的實驗，涂林視之為判定計算機能否思維的方法。兩間房子裝上同樣的輸入-輸出裝置，它們通向外面的一個實驗者。一間房子裡有一個人，而另一間則安放一部寫好程式的電子計算機，人和機器都與實驗者保持通訊聯繫。通過發布指令和提問，實驗者設法確定哪個房間是計算機，哪個房間是人。如果實驗者不能區分出差別，這種結果是計算機和人能一樣思想的有力證據。更直接說，它證明計算機和人在所有被測試的行為方面是等價的。由於計算機是有限自動機，也許最有意義的測試任務是做有關不可數無窮的創造性數學。

參見 behaviorism 行為主義；computer theory 計算機理論；Gödel's incompleteness theorems 哥德爾不完備定理；infinity 無限；Löwenheim-Skolem theorem 羅文漢-斯科倫定理

A.W.B.撰　李國偉審訂

Turing machine functionalism　涂林機式的功能主義　見 functionalism 功能主義

Turing test　涂林測試　見 Turing machine 涂林機

Turnbull, George　騰布爾，喬治(1698-1748)　蘇格蘭的道德感哲學家(moral sense philosopher)、教育理論家。他於 1721 年至 1727 年間短暫地在亞伯丁(Aberdeen)擔任攝政哲學家，也是雷德(Reid)的老師。他的《道德與基督教哲學原理》(*Principles of Moral and Christian Philosophy*, 1740)及《論道德與公民法的性質與來源》(*Discourse upon the Nature and Origin of Moral and Civil Laws*, 1741)顯示出他是那些企圖在牛頓模型下重鑄道德哲學，從人類心理學「透過實驗方式」得到道德法則的哲學家中最有系統的一個。他在《古代繪畫論》(*A Treatise on Ancient Painting*, 1740)與《德育教育之觀察》(*Observations Upon Liberal Education*, 1742)及其他較小部作品中，讚揚歷史與藝術是教授德性與自然宗教的基礎訓練。

參見 moral sense theory 道德感覺的理論

M.A.St.撰　林正弘審訂

Twardowski　特瓦道斯基　見 act-object psychology 動作-對象心理學；Polish logic 波蘭邏輯

Twin-Earth　孿地球　一個虛構的，帕特南(Hilary Putnam)在一個思想實驗首次造訪的行星，該實驗的目的之一是證明「『意義』恰恰不在腦中」(〈「意義」之意義〉〔The Meaning of 'Meaning', 1975〕)。孿地球與地球完全一樣，只有一個明顯的不同：即在孿地球上，池塘、河流和冰箱中的結冰盤不含H_2O，而是含XYZ，一種表面上與水無法區別，但含有不同化學成分的液體。根據帕特南的想法，儘管孿地球上的一些居民與地球上的居民很相似，但孿地球人說出的「水(water)」並不意謂水。水是 H_2O，而在孿地球上，「水」這個詞指的是不同的物質(substance)，即XYZ，孿水(Twin-water)。帕特南藉此想說的是，至少一些我們的語詞之意義，以及一些我們的思想之意涵，部分地取決於事物在我們頭腦之外處於怎樣的狀況。兩個「至分子層次完全相同的東西」(molecular duplicates)，(亦即)兩個行動者，其心靈生命有質相似性，可能藉他們的言語，意謂非常不同的東西，想著完全不同的思想。雖然孿地球已經成了哲學家們發展意義理論和心靈內容(mental content)理論的流行的中途站，但仍有哲學家把孿地球視為毫無希望的遙遠異鄉，懷疑能夠從在那裡進行的研究，引出關於我們地球情況之有用結論。

參見 meaning 意義；philosophy of language 語言哲學

J.F.H.撰　龔維正審訂

tychism　機緣論　英文字源來自希臘語 *tyche*。這是裴爾斯的學說，認為在宇宙中有絕對的機緣(chance)存在，而宇宙的基本法則是或然的或不精確的。裴爾斯的機緣論是他的演化宇宙論的一部分，根據該理論，自然之一切規律性，都是成長與發展的產物，亦即演化的結果。這些自然律隨時間的推移而發展，逐漸變得嚴格而精確。那些表面看來是決定性的物理定律，其實是一些基本的、或然律的法則的限例而已。所有其他的法則中，最根本的是「所有事物都有獲取習慣(habits)之傾向」；裴爾斯稱此「習慣律」(synechism〔the Law of Habit〕)。在他的宇宙論中，他的機緣論與有關自然之連續性的連續論(synechism)學說是相關聯的；他的連續論包含了「心靈和物質的連續性」(the continuity of mind and matter)的學說；裴爾斯有時把這個觀點表述為：「物質是無力的心靈」(matter is effete mind)。

R.Hi.撰　趙之振審訂

type　類型　見 action theory 行動理論；Darwinism 達爾文主義；determinism 決定論；type theory 類型論；type-token distinction 型類／個例之區分

type epiphenomenalism　類型副象論　見 philosophy of mind 心靈哲學

type physicalism　類型物理主義　見 physicalism 物理主義

type, simple theory of　簡單類型論　見 type theory 類型論

types, theory of　類型理論　見 type theory 類型論

type theory　類型論　廣義上指主張任何存在的事物可以分成自然的，也許是相互排斥的範疇或「類型」的理論。在現代的討論中，「類型論」首先指羅素(Russell)在《數學原理》(*The Principles of Mathematics*, 1903)中所描述的邏輯類型論(theory of logical type)。稱它為「邏輯」類型論是因為它的目的僅在於把事物分類成最一般的範疇，而這些範疇又是任何一個適當的邏輯理論所預設的。羅素認為他的類型理論解決了他所發現的、並以他的名字命名的著名的悖論。該悖論如下：常識告訴我們，某些集合是其自身的元素(如所有集合的集合)，而另一些集合則不是這樣(如哲學家的集合)。假定 R 是這樣的集合，其所有元素正好是後一類的那些集合，即那些不是自身元素的集合所組成；那麼，R 是自己的一個元素嗎？如果是，那麼，它就是所有不是自身元素的集合所構成的集合中的元素之一，而因此它就不是自身的元素。另一方面，如果 R 不是自身的元素，那麼，它就滿足了作為它自己的元素的條件，且因此是自身的元素。二者皆會導致矛盾。

羅素認為，該悖論的根源在於假定了集合及其元素構成一個單一的、同質的邏輯類型。與此相反，他建議把邏輯世界分層為一個組織嚴密的類型「階層體系」(hierarchy)。在此階層體系中，個體構成最低的類型，即 0 類型(為了便於說明，可以把個體看作日常事物，如椅子和人)。類型 1 由個體的集合組成，類型 2 由個體的集合的集合組成，類型 3 由個體的集合的集合的集合所組成等等。因此，與同質的邏輯體系不同的是，在類型階層體系中，一個類的元素必須都屬於一個單一的邏輯類型 n，而該集合本身則屬於上一級更高的類型 $n+1$。(羅素在《原理》〔*Principles*)中的描述在某些細節上不同於這裡的說明)

羅素悖論不能從這個「階層體系」的概念中產生。因為一個集合的成員必須都屬於相同的邏輯類型，因而沒有像 R 這樣的集合，R 的定義使跨越了「所有」類型界限。更確切地說，對每一類型 n 而言，只存在類 R_n 這樣的集合，它是 n 類型中所有不是自身元素的集合的集合。由於 R_n 本身是類型 $n+1$，故悖論不成立。從 R_n 不是自身的元素這個假定(事實上它不屬於任何一類，他跨越了這個類型體系的界線)，不再能推出它滿足它自己的構成元素條件，因為這些條件只適用於類型 n 的東西。

大部分形式類型論，包括羅素自己的類型論，都極力主張從語法上限定簡單類型論的集合元素資格，如 a 可能被斷定為 b 的元素，僅當 b 屬於比 a 高一級的類型。在這種理論中，R 的定義，從而悖論本身，甚至不可能被語言表達。

在簡單類型級系中，許多悖論仍完好無損地存在著。其中最著名的就是「語意」(semantic)悖論，眾所周知，因為它們明顯涉及諸如「真」這樣的語意概念，如在下列說謊者悖論的例子中。假定埃庇米尼德斯(Epimenides)宣稱，今天他所斷言的所有命題都是假的；也假定這就是他今天所斷言的唯一命題。由此我們馬上可以得出結論，在這種情況下，他斷言的命題是真的，若且唯若它是假的。為了解釋這樣的悖論，羅素被帶到更精確，而且實質上更複雜的系統，即著名的「分枝類型論」(ramified type theory)。他在 1908 年的論文〈建立在類型論基礎上的數理邏輯〉(Mathematical Logic as Based on the Theory of Types)中，詳細論述了這種理論。在分枝理論中，「命題」(propositions)和「性質」(properties)(或按羅素的述語來說，叫「命題函數」〔propositional functions〕)在類型論體系中開始發揮中心作用。命題被理解為句子在形上學和語意學上的對應物，也就是句子所表達的東西；而性質被理解為「開放語句」(open sentences)的對應物，像「x是一個哲學家」，它包含用一個可變的變數「x」以代替一個名詞。為了把語言表達式與它們的語意學對應物區別出來，可以用「x是一個哲學家」來代表「$\hat{x}$是一個哲學家」所表達的性質；而且可以用「亞里斯多德是一個哲學家」來代表「亞里斯多德是一個哲學家」所表達的命題。當「...a...」是一個真命題時，我們便說性質「...$\hat{x}$...」對個體a而言是真的；而當「...a...」是一個假命題時，我們便說性質「... $\hat{x}$ ...」對個體 a 而言是假的(其中「...a...」是用「a」替換了「...$\hat{x}$ ...」中的「$\hat{x}$」的結果)。因此，「$\hat{x}$是一個哲學家」對亞里斯多德而言就是真的。性質 P 的意義域(range of significance)是所有 P 對其而言為真或為假的對象的集合。當 a 在 P 的意義域中時，a 就是 P 的可能的引數(a is a possible argument for P if it is in P's range of significance)。

在分枝類型理論中，除了集合的階層外，我們還有性質的階層：首先是個體的性質(即它的意義域被限於個體的性質)，然後是個體性質的性質等等。如此一來，正如在簡單類型論中一樣，性質的類型必須高於它的可能引數的類型。因此，羅素悖論的另一版本——R 為這樣的性質「對其自身不為真的性質」($\hat{x}$ is a property that is not true of itself)——就得以避免。繼法國數學家安利·龐卡黑(Henri Poincaré)之後，羅素把語意悖論的根據追溯至一種不當「自我指涉」(self-reference)。例如在說謊者悖論中，埃庇米尼德斯用命題p 斷言說所有他今天所做出的斷言(而 p 本身屬於它們)都是假的。p 因此在下述意義上自我指涉，即它——或更確切地說，表達它的句子——「量入了」(quantifies over；即使用了指涉「所有」或「有些」事物的量化詞)p 本身包含在其中的事物集。語意學悖論之根源因此就被找出來了。羅素用稱為「壞循環的原則」(vicious circle principle；VCP)去排除所有出現在性質和命題中的這種自我指涉。說謊者命題 p 及類似命題因此就有效地從合法命題領域驅逐出去，從而不可能產生語意學悖論。

VCP 原則與簡單類型理論的結合，產生了一個建立在更複雜類型上的分枝類型論。此理論關鍵的概念是事物的「階」(order)概念。一個個體的階，如同它的類型，是 0。但是，一個性質的階，不僅超出它的可能引數的階(如在簡單類型論中一模一樣)，而且超出它所量化的事物的階。因此，類型 1 的性質如「$\hat{x}$ 是一個哲學家」及「$\hat{x}$ 和所有其他哲學家一樣聰明」，都是「第一階」性質，因為它們僅僅真於個體，而且，在第二個例子裡，它們僅僅量入了個體。這些性質，其階只超出了它們可能引數的階一階，就被稱為「謂述的」(predicative)性質，而且相對於它們的意義域來說，屬於最低的可能階。相反地，考慮一下「x 有一個偉大哲學家的所有(第一階)性質」這個性質(稱之為 Q)，與上述情況一樣，也是個體的性質。但是，由於 Q 量入了第一階性質，所以根據 VDP 不能把它算在第一階性質中間。故在分枝類型論中，Q 是個體的第二階性質，且因此是非謂述的。像 Q 一樣，性質「$\hat{x}$ 是所有偉大哲學家的(第一階)性質」也是第二階的，因為它的意義域是由一階對象組成(而且它僅量化了 0 階對象)；但由於它是第一階性質的性質，故它是謂述的。我們可以用同樣的方式定義個體的第三階性質、第一階性質的第三階性質、個體的第二階性質的第三階性質、第一階性質的第二階性質的第三階性質，然後，以同樣方式定義第四階性質，第五階性質等等，以至無窮。

在羅素看來，分枝類型論的一個嚴重缺陷是，對於古典數學而言，它是一個不恰當的基礎。最著名的困難是許多傳統定理訴諸於違背 VCP 的定義，儘管這些定義是不矛盾的。例如，一個著名的實數分析定理，主張每一個實數的鄰近的集都有一個最小的上限。在分枝類型理論中，實數被認為等同於有理數的某些謂述的性質。根據這樣的等式，通常的程序是把實數鄰近的集 S 的最小上限定義為「S 中的某實數真於 x」(稱此性質作 b)，然後證明這個性質本身是具有必要特徵的實數。但是，b 量入了實數。因此，根據 VCP，b 本身不能被認為是實數：雖然 b 屬於與實數相同的類，雖然 b 與實數都真於同類的事物，但 b 必須被歸入比實數更高的「階」。所以，與古典定理相反，S 不具有一個最小的上限。羅素引入一個特殊的公理，「可約簡性公理」(the axiom of reducibility)，以消除這個困難。可約簡性是說，對任何性質 P 而言，實際上都存在著一個謂述性質 Q，它與 P 完全真於相同的事物。可約簡性因此保證，有一個直謂性質 b' 與 b 真於相同的有理數。由於實數是謂述的，因此屬於與 b' 相同的階，這表明，b' 是一個實數，而且因此，S 最終也有一個最低上限，正如傳統定理所要求的。可約簡性的一般作用因此也就是消除分枝類型論的嚴苛數學結果，而不削弱它避開語意悖論的能力。

參見 hierarchy 層系；paradox 悖論；Russell 羅素

C.M.撰　王文方審訂

type theory, ramified　分枝類型論　見 type theory 類型論

type-token distinction　型類／個例之區分　如裴爾斯(Peirce)所勾畫的，指一個範疇(category)與該範疇的一個成員之區分。人們認為一個個體(individual)或個例例示了一個型類(exemplify a type)；一個個例具有徵定該型類之性質(property)。在哲學裡，常把這個區分用於語言表詞(linguistic expressions)及心靈狀態(mental states)，但它也能用於對象(objects)、事件(events)、性質和事況(states of affairs)。與之相關的是型類個體化和個例個體化之區分(distinction between type and token individuation)，以及性質相同(qualitative identity)和數量相同(numerical identity)之區分。同一型類的不同個例，如兩隻螞蟻，可能在性質上相同，但卻不可能在量上相同。不顧後面易起爭議的形上學觀點：「每一個個體皆有一個本質，皆有一個它本質上所屬的型類」，每一個體(常常同時)屬於許多型類，儘管為了某種理論的或實踐的目的，它可以(只)屬於一個特別突出的型類(例如昆蟲學家的螞蟻或野餐者的愛管閑事者)。

語言哲學中的型類／個例區分則用來標明語言表詞(像字詞和語句，它們是語言學的研究對象)及說或寫活動的產物(它們是言說行動理論〔speech act theory〕的研究對象)之不同。混淆兩者便可能導致把言說者的意謂(speaker meaning)和字詞或語句的意謂這兩件事混為一談(正如葛來思〔Grice〕所注意到的)。一個表詞是一個語言上的型類，而且可以反覆使用，然而一個型類的個例只能被產生一次，儘管它當然可以被再造(被複製)。一個作者寫了一篇論文(一個型類)，而且產生了一篇手稿(一個個例)，手稿可能有許多複本(更多的個例)。一個型類的個例不同於一個型類之出現(occurrence)。在先前的語句裡，「型類」這個詞出現了兩次，在那語句之每一次印下的字跡中，都有那個詞的兩個個例。

在心靈哲學中，型類／個例區分是對比後面兩種物理主義(physicalism)之基礎：型類／

型類同一(type-type identity)理論或型類物理主義，與個例／個例同一(token-token identity)理論或個例物理主義。

參見 action theory 行動理論；Peirce 裴爾斯；philosophy of mind 心靈哲學

K.B.撰 龔維正審訂

type-type identity **類型與類型同一性** 見 philosophy of mind 心靈哲學

tzu jan **自然** 中文，意為「自然地」(naturally)、「自發地」(spontaneity)或「本身如此地」(so-of-itself)。它是道家(Taoists)描述作用者(agents)的理想狀態和活動性質的專門術語。對等的概念是「無為」(non-action)，特別在《道德經》(*Tao Te Ching*)中。道家尋求擺脫理性的「人」(human)的觀點，回歸自然的「天」的趨向。那時，行為將是無自我意識的(unself-conscious)，而且我們及我們的所為將是「自然的」(spontaneous)。王充(Wang Ch'ung)在《論衡》(*Lun Heng*)54 章對道家這種觀念提出了早期的批評。後來的思想家們把這個術語用來支持他們自己的立場。例如，新儒家把特定的家族義務和特定的社會義務認作「自然」，一如其視某些美德的傾向為「自然」一樣。

參見 Neo-Taoism 玄學；Taoism 道學

P.J.I.撰 林安梧審訂

U

***Übermensch*　超人**　見 Nietzsche 尼采

Udana　烏達那　見 Nyāya-Vaishesika 正理-勝論學派

Unamuno, Miguel de　烏納穆諾，彌格爾・得(1864-1936)　西班牙哲學家、學者和文學家。他出生於畢爾巴鄂市(Bilbao)，在畢爾巴鄂和馬德里求學，並於薩拉曼卡(Salamanca)教授希臘文和哲學。他對於西班牙政府的公開抨擊使得他被大學除名，並且於 1924 到 1930 間受到流放，1936 年又被再次免除了校長職位。

烏納穆諾是西班牙文學史上一位重要人物。像奧爾特嘉・依・嘉塞特(Ortega y Gasset)那樣，他的目的在於從生活本身的複雜感情和理智幅度中掌握生活，而不是以科學化的方式描述世界。因此，他熱愛小說，並以此作為表達自己觀點的手段。烏納穆諾可以被視為存在主義的先驅之一。他寫過一些富有哲理性的重要小說，一篇關於《唐吉訶德》(*Don Quijote*)的評論(1905)，以及若干詩歌和戲劇。他的哲學觀點在《生命的悲劇意義》(*Del sentimiento trágico de la vida*〔*The Tragic Sense of Life*〕, 1913)裡得到了最為清晰的表達。

烏納穆諾覺察到了彌漫於整個人生命的「悲劇性意義」，後者是從我們對不朽的渴求和死亡的必然性中產生的。在這一困境中，人必須拋棄所有理性主義主張來擁抱信仰。信仰代表著真正的生活(authentic life)，而理性只能導致絕望，但是信仰永遠不能完全地取代理性。在這二者之間被撕扯著的我們，只能在信仰那裡尋求到希望。這是因為，理性只涉及抽象，而我們是「有血有肉的」，只有藉著信奉一理想才能尋求到完美。

J.J.E.G.撰　丁福寧審訂

unary quantifier　一元量化詞　見 pluralitive logic 複數量詞邏輯

uncertainty principle　不確定性原理　見 philosophy of science 科學哲學；quantum mechanics 量子力學

unconscious　潛意識　見 Freud 弗洛伊德；Jung 榮格

uncountable　不可數的　見 Cantor 康托

undecidable　不可決定的　見 conventionalism 約定論

undefeated　不被推翻的　見 epistemology 知識論

undemonstrable argument　不必證明的論證　見 thema 基礎規則

underdetermination, perceptual　知覺的弱決定論　見 figure-ground 圖形-背景

U

underdetermination, theoretical　理論的弱決定論、理論的不完全決定　見 operationalism 操作主義；theory-laden 背負理論的

underdetermination thesis　不完全決定論旨　見 philosophy of science 科學哲學

understanding　理解　見 Dilthey 狄爾泰；explanation 說明；*Verstehen* 理解

understanding, categories of the　知性範疇　見 Kant 康德

unexpected examination paradox　不能預期的考試悖論　這是一個有關信念和預測的悖論。其中一個版本是：一位老師可以對該班做出下列宣告，並按照其內容而行動：「在下個星期的某一天，我將為你們安排一次考試。它所舉行的時間就算到了要臨考的那天早晨，你們也不會有什麼充分理由去相信考試會在那天發生。」但是如果他是星期五宣布的這些話，他是否可能做不到他說過他將做的事情，比方說，將考試安排在下一個星期三？這一悖論弔詭之處在於，事實上，不能預測的考試是不可能發生的。讓我們來假設一下，這位老師把他的威脅變成了事實，把兩部分方法都實現。例如，他將安排一次考試，而且這次考試是不能預測的。那麼，他不可能把這一考試安排在星期五(假設星期五是那個星期最後一個可能的日子)。因為，到星期五的早餐時間時，我們就會知道，在此之前的所有日子都是沒有考試的，我們將有充足的理由相信考試會在星期五舉行。所以，把考試放在星期五舉行和安排一次不能預測的考試是不一致的。出於同樣的推理，考試也不可能在星期四舉行。從我們先前的結論出發，即考試不可能拖延到星期五，我們可以知道，當星期四的早晨來臨時，此前的所有日子都是沒有考試的，那麼它將不得不在星期四舉行。而如果的確是在星期四舉行的話，這一考試又不是意外的了。所以，該考試也不可能在星期四舉行。相似的推理證明，那個星期的每一天都不能安排考試，這樣的推理還說明，該老師能夠將他的威脅付諸實施的假設必須被拋棄掉。這是矛盾的，因為很清楚的是，這位老師不能夠將他的威脅付諸實施。

參見 paradox 悖論

R.M.S.撰　王文方審訂

unified science　統一科學　見 unity of science 科學的統一

uniformity of nature　自然的齊一性　這被認為是歸納法得以有效的必備條件。例如，歸納性很強的論證，「太陽在過去的每一天都升起；所以，太陽明天將升起」，這裡就事先假定了，在未來將和過去一致的意義上，自然是齊一的。這裡體現了對周日循環的敬畏。

蘇格蘭經驗論者(Scottish empiricist)休姆(Hume)第一個明確指出，在歸納推理中，自然的齊一性是一個本質的假定。休姆聲稱，因為未來將和過去一樣的信仰是不可能建立在經驗的基礎之上的——這是因為未來還沒有被觀察到——歸納法不能被證明是合乎理性的。為了維護歸納法而訴諸自然齊一性，不是丐題(question-begging)就是不當的形上學(metaphysical)。培根(Francis Bacon)的「枚舉法」(induction by enumeration)和約翰・斯圖亞特・彌爾(J. S. Mill)的「實驗研究五方法」(five methods of experimental inquiry)都預先假定了自然的齊一。修艾爾(Whewell)訴諸於自然的齊一性，則是為了說明「歸納法的一致性」，而假說解釋資料的傾向並不同於它起初提出來要解釋的材料。出於和休姆類似

的原因，波普爾(Popper)認為，我們對自然齊一性的相信事實上是一種信仰。萊辛巴哈(Reichenbach)聲稱，儘管這一信仰在一個歸納推理的示例之前不能夠被證明是合理的，但是它的先決條件卻被成功的歸納證明了。

要想制定一個關於自然齊一性的哲學表述，要求既能表達清楚又能增進知識，這已經被證明並不容易。自然在所有方面都是齊一的說法看起來有些矛盾，因為歸納推理總是注意某些區別(例如，從當前到未來，從觀察到的到未觀察的，等等)；而且，自然在某些方面是齊一的說法看起來沒什麼價值。因為，自然的任何兩個部分，不管它們如何不同，總會在某些方面有相似之處。

在這個世界上(或在材料中)，並不是所有被觀察到的規律性都能用來支持成功的歸納推理；並不是所有的統一性，用古德曼(Goodman)的術語來說，都是「可投射的」(projectible)。因此科學哲學家們提出了形形色色的投射規則，包括諸如簡單性和解釋力量這樣的概念，以便把支持成功歸納的(並且因此被用來代表真正偶然的聯繫)、那些觀察到的模式和那些非本質的或不合邏輯的模式區別開來。

參見 causation 因果關係；grue paradox 綠藍悖論；lawlike generalization 似定律的通則；problem of induction 歸納法問題

J.D.T.撰　許全義、傅大為審訂

union　聯集　見 set theory 集合論

unitarianism　神體一位論　見 Trinitarianism 三位一體主義

unity, organic　有機單一體　見 organic 有機的

unity in diversity　多樣中的統一　美學的一個原則，指審美對象的諸部分必須融貫或結合，同時又有所差異到足以容許對象是複雜的。這一原則定義了在判斷審美對象時，所使用的形式要件。如果一個對象沒有充分的統一性(例如，一堆色片的堆集，卻沒有任何可資識別的模式)，它就是混沌的或者缺乏和諧的；它只是一聚集(a collection)，而非一對象(object)。但如果它沒有充分的多樣性(例如，一幅整個由缺乏內在差異的單色的油畫)，就會非常單調。因此，審美對象所欲求的形式模式是這樣的：每一個複雜的部分彼此之間有重大的差異，但又能互相匹配形成一個相互依存的整體，以致任何部分的變化，整體的意義或特徵也會有所改變。

參見 aesthetics 美學；organic 有機的

J.A.K.撰　陳瑞麟審訂

unity of science　科學的統一　一種情境：經驗科學的所有分支形成了一個被稱作「統一科學」(unified science)的融貫系統。統一科學有時被擴張到包括形式科學(例如，邏輯學和數學的分支)。「科學的統一」也被用來指稱一個目標是「統一科學」的研究方案。

(人類)對科學統一的興趣有一段長遠的歷史，根源有很多，包括古代原子論(atomism)和法國百科全書派的作品。二十世紀，這個興趣顯著地出現在邏輯經驗論(見紐拉特〔Otto Neurath〕等人的《統一科學的國際百科全書》〔*International Encyclopedia of Unified Science*, vol.I, 1938〕)。邏輯經驗論者原初想用統一的科學語言——特別是，一種普遍的觀察語言——來構思統一科學。在任何科學分支中的所有定律和理論敘述都應當被翻譯成這樣一種觀察語言，否則也該適當地關聯到這種語言的語句。除了遭到觀察與理論區分

的技術困難之外，統一科學的概念還留下了這樣的可能性：某一分支的現象可能需要特別的概念和假設，在說明上獨立於其他的分支。

科學統一的另一概念需要所有科學的分支，都是由能被化約的理論組成的：即，所有非基本分支的諸理論都要能化約到基本理論上(通常假定它是某個未來的物理學)。這些化約可能以逐步的方式進行；一個過度簡化的例子是心理學化約到生物學，以及生物學化約到化學和化學化約到物理學。將理論 T_2 化約到理論 T_1 的條件是很複雜的，除了包括 T_2 和 T_1 的存有論的辨認外，還有用 T_1 的定律來說明 T_2 定律，加上適當聯結語句。為了科學的統一而產成的普遍研究方案，這些化約的條件能夠用基本理論統一的條件來補充。(見柯塞《科學的統一》〔Robert L. Causey, *Unity of Science*, 1977〕)。

採納這個研究方案，並不能使吾人許諾這樣一個命題：有一天將會達成完全的統一；後者基本上是個經驗命題。這個方案受到了批評，一些人論證對於一些特別的理論，化約是不可能的，或者某些科學的分支是自主的。例如，一些作者為自主生物學的觀點辯護，根據此觀點，生物科學不可被化約為物理科學。生機論(vitalism)設定了非物理屬性或者生命力(vital force)——據信它們出現於活的有機體上。最近的新生機論避免這些設定，但企圖提供經驗理由來反對化約生物學的可行性。另外，之前有時候，已有論證來反對心理學到生理學的可化約性和社會科學到心理學的可化約性。這些爭論指示了科學統一的理念之持續的知識重要意義，以及它所包含的廣闊範圍的問題。

參見 explanation 說明；philosophy of science 科學哲學；philosophy of the social sciences 社會科學哲學；reduction 化約

R.L.C.撰　陳瑞麟審訂

universal　普遍的　見 metaphysics 形上學

universal, concrete　具體的普遍　見 Hegel 黑格爾

universal characteristic　普遍記號　見 Leibniz 萊布尼茲

universal constructor　萬能製造機　見 self-reproducing automaton 自我複製自動機

universal disposition　普遍的傾向　見 disposition 傾向

universal generalization　全稱通則化　見 universal instantiation 全稱例示

universal grammar　普遍文法　見 Chomsky 瓊姆斯基；grammar 文法

universal instantiation　全稱例示　又稱「全稱量詞消去法」(universal quantifier elimination)。指：(1)論證形式「每一事物都是ϕ，因此 *a* 是ϕ」，以及符合這種形式的論證。(2)推理規則，從每一事物都是ϕ的前提，推論出任一給定的事物是ϕ。在古典邏輯中，所有的項都被用來指涉論域(the domain of discourse)中的事物，該規則即為，從$(v)A[v]$中，人們可以推出 $A[t]$，這是用項 t 來取代 $A[v]$中所有自由出現的 v。然而，如果非指涉項(non-denoting terms)被採用的話，就像在自由邏輯(free logic)中那樣，這一規則就需要一個具有$(\exists u)\, u=t$形式的輔助性前提了，以便確保項 t 在變量 v 的變動範圍內指謂某些東西。類似地在模態邏輯(modal logic)裡，有時有一些並不指涉「真正個體」(genuine individuals)(變量所對應範圍的事物)的項，可能會需要一個輔助性前提。(3)在高階邏輯(higher-order logic)中的推理規則，從$(X)A[X]$中可以推論出$A[F]$，其中F是語法範疇中的一表達式(例如，n元述詞)且符合於X的範疇(例如，n元述詞變量〔predicate variable〕)。

G.F.S.撰　李瑞麟審訂

universality, principle of　普遍性原則　見 universalizability 可被普遍化性

universalizability　可被普遍化性　(1)從1920年代起，蘊涵在康德(Kant)對其斷言命令的第一種敘述中的標準——要僅僅依照這樣的格律來行為，即你同時能意欲其成為普遍的(道德)律——經常被稱之為普遍性原則。若是一條行為的格律或原則能滿足此項測試，就可以被稱為「可被普遍化的」，因此，也就是道德上可接受的；反之，就是不可被普遍化的，因而是違反(道德)義務的。(2)可被普遍化性的第二個意義是相關聯於赫爾(Hare)在1950年代的著作而被發展出來的。對赫爾來說，可被普遍化性是「一切帶有描述性意義的判斷所共有的」。因此，不止是規範性的主張(道德和評價性的判斷)，而是連經驗性的陳述也是可被普遍化的。雖然，赫爾描述了這般的可被普遍化性可被算入道德立論之中，對赫爾來說，「對可被普遍化性的冒犯是邏輯性的，而非道德性的」。因此，雖說對康德而言，並非一切格律都是可被普遍化的，依赫爾的觀點，它們全都是可被普遍化的，因為它們全都有描述性的意義。(3)可被普遍化性的第三種意義也是出現在赫爾的思想中，「可被普遍化性」指涉了可被普遍化性原則。「對一個人來說正確(或錯誤)的事情在相似環境中對任何相似的人來說，也是正確(或錯誤)的」這個原則同希季維克(Sidgwick)在《倫理學方法》(*The Methods of Ethics*)一書中所稱正義原則是一致的。而在辛格(M. G. Singer, b.1926)的《倫理學中的普遍化》(*The Generalization in Ethics*, 1961)一書中，稱此原則為普遍化原則，且被認為是在所有道德推理的形式原則，而且因此也是對一切道德判斷的支點據稱的特性(即可被普遍化的特性)之解釋。「A 做 x 這件事是正確的」這樣一個特稱判斷的形式被認為蘊涵這樣的內容，即任何與A有重大相似性的人，在重大相似情況下做任何x類的事情都是正確的。可被普遍化性的特性(即假設一個普遍規則之特性)被認為是對於規範性的陳述為真，但並非對所有經驗性的或描述性的陳述都為真。普遍化原則(Generalization Principle, GP)被認為被包含在「普遍化論證」(Generalization Argument, GA)之中：此論證即「如果每個人做x的後果都是不可欲求的，反之，沒人做x的後果將不會是不可欲求的，那麼，在沒有可以正當化的理由下，沒有一個人應該做x」。此一論證是道德推論的形式，它和斷言命令(categorical imperative, CI)雖然並不完全一致，但卻相似。一個據稱的相似性是：如果普遍化原則被包含在普遍化論證裡，那麼，它也被包含在斷言命令裡。這或可以用來幫助解釋康德的可被普遍化性檢驗之道德上的重要性。(4)「可被普遍化性」這個術語更進一步的意義擴展出現在阿蘭·蓋維茲(Alan Gewirth)的《理性和道德》(*Reason and Morality*, 1978)一書中，他把「可被普遍化性的邏輯原則」以如下方式陳述：「如果某謂詞P屬於主詞S，因為S具有Q的性質……，那麼，P必須同樣屬於所有其他的具有Q性質的主詞$S1$、$S2$……，Sn」。可被普遍化性原則「在其道德的應用中」是從可被普遍化性的邏輯原則中被演繹出來的，並且被預設在蓋維茲的「總屬的一致性原則」(Principle of Generic Consistency)中。「要以和你行動的接受者及你自身之總屬的權利相一致的方式來行動」此一原則被拿來供給一個決定重大相似性與差異性的先天決定性的方式，因此，即運用可被普遍化性原則的先天決定性方式。

可被普遍化性原則是一種形式原則。然而，在意義(1)中的可被普遍化性，是意欲要作為一條道德的實質原則。

參見 ethics 倫理學；Kant 康德

M.G.S.撰　林立審訂

universalizability, principle of　可被普遍化性原則　見 universalizability 可被普遍化性

universal quantifier　全稱量詞　見 formal logic 形式邏輯

universal relation　全域的關係　見 relation 關係

universal simulator　普遍模擬　見 computer theory 計算機理論

universe of discourse　論域　討論中所涉及的，通常是有限制的個體集合(class of individuals)，而討論者預設它的存在，它也在某一義構成討論之終極對象。一旦建立了論域，詞語如「每一東西」或「某些東西」便分別指涉論域中的每一東西或某些東西。論域之概念起於狄摩根(De Morgan)於 1846 年之構想，而詞語則是在八年後由布爾(Boole)所造。如果一討論是用解釋過的標準一階(first-order)語言形式化，人便視其論域為解釋之「領域」，亦即變元之值域。蒯因(Quine)及其他哲學家強調，論域表徵討論者之存有上的承諾(ontological commitment)。雖然把一特定學問中之討論之論域限制到定義域(domain)可達到語詞之經濟性，但是一特定學問中之討論之論域常比該學問之定義域還廣。

參見 domain 定義域；formal logic 形式邏輯；model theory 模型論；ontological commitment 存有論承諾；variable 變數

J.Cor.撰　龔維正審訂

unmoved mover　不動的推動者　見 prime mover 第一推動者

unsaturated　不飽和的　見 Frege 弗雷格

unsolvability, degree of　不可解度　見 degree of unsolvability 不可解度

Upanishads　奧義書　一組古代印度教的哲學典籍，或是指這些典籍所包含的玄奧教義。「奧義書」一詞也有學生「近坐」於導師身旁的意思。西元八世紀時，商羯羅(Shaṅkara)視某些《奧義書》為吠檀多教義的權威來源，這些包括 *Aitreya*、*Bṛhadāranyaka*、*Chāndogya*、*Īśa*、*Katha*、*Kauṣitāki*、*Kena*、*Maitrī*、*Muṇḍaka*、*Praśna*、*Svetāśvatara*、*Taittirīya* 等《奧義書》。這些古典的《奧義書》再加上《吠檀多經》(*Vedānta Sūtras*，即《梵經》)，就構成吠檀多學派最權威的教義來源。《吠檀多經》是一系列格言警句，約於西元前 200 年至西元 200 年間編寫成，傳統上認為是跋達羅衍那(Bādarāyana)所著。這部經如果沒有註解的話，實在難以卒讀，商羯羅、羅摩拏闍(Rāmānuja)及馬德瓦(Madhva)等人都以各自的方式詮解該書。

對吠檀多學派而言，《奧義書》是《吠陀》(*Vedas*)的終點，這是因為前者不僅完成了永恆真理的語言傳達，還揭示了《吠陀》所預設的根本智慧。雖說名為「奧義書」的典籍在宗教知識之重要性、宗教福祉之優先性，以及宗教訓練之必要性等要點上意見一致，它們在宇宙創造過程的動因、模式及產物等方面，卻各自有內容迥異的宇宙論觀點，且對梵與真我諸概念有不同的解釋。

參見 Brahman 梵；Rāmānuja 羅摩拏闍；Shaṅkara 商羯羅；Vedanta 吠檀多

K.E.Y.撰　何建興審訂

use-mention distinction　使用-提及的區分　使用-提及的區分是二種名詞出現於談話中的方式；當它們指稱或斷說某事時，它們是被使用的(used)，而當它們被用來展示該詞本身以考慮該詞的特質時，他們是被提及的(mentioned)。如果我說，「瑪莉很悲傷」，我使用「瑪莉」這個名詞來指稱瑪莉，以便我可以描述她具有悲傷的特質。但若我說「瑪莉(Mary)有四個字母」，我在書寫或言談中提及了瑪莉的名字，以顯示這個名詞的特質是由四個字母所拼成的。當一個詞被使用時，包含它的句子出現於卡納普(Carnap)所謂的實質的模式(material mode)中；當一個詞被使用時，它出現於形式的(formal)模式中，因此是在後設語言(metalanguage，一個用來談論另一種語言的語言)中。單引號或類似角號的使用是一般用來區分「提及」與「使用」的設計。

這樣的區分十分重要，因為當沒有發現使用-提及的區分時，會出現由使用-提及混淆所造成的推論謬誤，尤其是當名詞的指稱物(referent)就是語言的元件(entities)時。想想下列的推論：

(1)有些句子以中文寫成。

(2)有些句子以中文寫成。

此論證看起來好像是主張「所有具有『*P*因此*P*』形式的論證都是循環論證」的反例。但或者(1)斷說(asserts)有些句子是以中文寫成，或者它顯示(exhibiting)一個以中文寫成的句子，因而提供證據(provides evidence)以支持結論(2)。在第一種情況下，這個句子被使用來在前題與結論中斷說相同的真理，故此論證仍然是循環的。在第二情況下，這個句子被提及而非使用，因此，論證在這樣的解釋下不是循環論證，因為它不再具有「*P* 因此 *P*」的形式，而有著截然不同的形式：「*P* 是一個以中文寫成的句子，因此 *P*」。

參見 circular reasoning 循環論證；metalanguage 後設語言；philosophy of language 語言哲學；type-token distinction 型類／個例之區分

D.J.撰　王文方審訂

use theory of meaning　意義的使用理論　見 meaning 意義；philosophy of language 語言哲學

utilitarianism　效益主義　這種道德理論主張：如果這項行為跟主體的其他行為選擇比起來，對於會被影響的所有人，至少一樣有好處(或有效益)，則這個行為在道德上是正確的；而且，道德上正確的行為，一定是跟其他行為選擇相較之下，對於會被影響的所有人，至少一樣有好處。效益主義最知名的提倡者是彌爾(J. S. Mill)，他主張最大幸福原則(或稱效益原則)：永遠為了製造最大幸福而行動。關於效益主義是否是一種適切或真正的道德理論，有兩類議題處於論戰的中心地位：第一個議題是，效益主義是否可以得到清晰明確的系統化闡述與應用？如何得到系統化的闡述與應用？其次，效益主義的道德蘊涵在某些特定狀況下是否可以接受？或者反而對效益主義構成了駁斥？

系統化闡述的問題(Issues of formulation)　系統化闡述的一個中心問題就是：如何定義效益，以及它是否可以按照效益主義所要求的方式進行評估。早期的效益主義者往往持有某種快樂主義(hedonism)的觀點，認為只有快樂和沒有痛苦才有效益，或者內在的價值。因為某物具有內在價值，指的是對它本身有價值，而與它的後果或跟其他東西的關聯分開。另一方面，只要某物能夠產生某種具有內在價值的東西，我們就認為它有工具價值。絕大多數的效益主義者都認為，用快樂主義來解釋效益實在是太狹隘了，因為除了快樂以外，還有很多東西人們認為具有內在價值。一些非快樂主義者(non-hedonism)把效益定義為幸福，但如何給幸福一個合適的定義？在他們之間又存在著很大分歧。幸福同樣也被批評為太狹隘，以至於不能詳盡地論述效益或內在價值；例如，許多人很看重成就，但並非僅僅因為幸福可能隨之而來。有時效益主義被如此理解：效益主義認為有效益的不是快樂，就是幸福。而「結果主義」(consequentialism)則被視為一種更寬廣的觀點，它認為道德正確的行為是將善最大化的行為，不論我們對善做何種理解。在此，我們對效益主義做較寬廣的詮釋；有些哲學家把這種詮釋保留給結果主義。認為快樂主義把效益解釋得太狹隘的多數效益主義者們聲稱，效益是人們已知偏好或期望的滿足。這種觀點對於人們究竟期望何物，保持中立態度，所以不同的人實際上所欲求、看重的經驗與事物、以及它們的完整多樣性，都可以得到解釋。最後，「理想效益主義者(ideal utilitarian)」認為，某些事物或經驗，如知識或自主狀態，無論人們是否看重、偏好、或因之感到快樂，都是有內在價值或善的。

不管一個效益主義者採取哪一種效益觀，為了應用道德正確性的效益主義標準，必須讓行為的良性影響或後果，有可能量化或度量。例如，幸福效益主義，必須計算一個特定行為，或其他可能方案，對於一個特定的人來說是否能夠產生更大的幸福；這被稱為「個人內部的效益比較」(intrapersonal utility comparison)。這種度量方法可以引進基數的效益單位，其中，幸福的數量單位被分配給不同的行為(例如，預期中約翰從行為 *a* 中得到的三十個單位，從替代行為 *b* 中得到的二十五個單位)，或者，只有排序的效益度量也是可能的，在此一個行為與其他可替代行為相比較，以產生多或少的幸福而排列。既然幾乎所有有趣與困難的道德問題，都涉及多於一人的幸福，效益主義要求計算在可能的行為選擇之中，對受到影響的所有人，哪一個能產生最大幸福；這被稱為「人際間的效益比較」(interpersonal utility comparison)。許多有關個人行為、或公共政策的日常判斷，隱然依賴於人際間的效益比較；例如，一家人對於在海濱還是山谷度假，就整體而言最愉快而互相爭執。一些效益主義的批評者懷疑，進行人際間的效益比較是否可行。

系統化闡述的另一問題是，效益原則究竟該應用到個別行為，還是某些形式的道德規則。根據「行為效益主義」(act utilitarianism)，每個行為的正確或錯誤都取決於，跟其他可能選擇相比，它產生的效用。然而，即使是行為效益主義者也承認，一般約定俗成的原則，如「信守諾言」在大部分場合很實用，因為遵循它們一般都會使效益最大化。另一方面，根據「規則效益主義」(rule utilitarianism)，不只在實踐中、也在理論上，評價個別行為，都得看它們是否符合一個正確的道德規則，而且效益主義標準只應用到一般規則上。一些規則效益主義者認為，如果行為受某規則容許，而在這個行為者所處的社會中，對這一規則的一般接受會使效益最大化，它們就算是正當的；如果它們被這樣的規則所禁止，那麼它們就是錯誤的。規則效益主義還有很多形式，對到底是行為效益主義還是規則效益主義正確，效益主義者們仍爭執不已。

道德蘊涵(moral implications)　絕大多數關於效益主義的爭論都聚焦到它的道德蘊涵上。批評者認為，它的蘊涵和絕大多數人所認為的道德判斷，有著嚴重的衝突，這是拒絕效益主義的有利理由。支持者則認為，一方面有些衝突在對效益主義有較適當瞭解之後，將消失於無形；另一方面，剩下未決的衝突該讓我們對那些道德判斷存疑，而非懷疑效益主義。一個重要的爭論牽涉到效益主義對分配正義的蘊涵。效益主義要求，在個人行為和公共政策中，要追求效益最大化而毋須考慮它在不同人之間的分配，因此，效益主義似乎忽略了個人權利，忽略了個人是否在道德上享有某種特定的利益或負擔，而且也默許了人與人之間的巨大不平等；例如，一些批評者指責，根據效益主義的觀點，如果奴隸制度對奴隸主帶來的效益，在價值上超過對奴隸造成的負擔，且比起該社會中其他可能的制度，它能帶來更多效益，那奴隸制度在道德上就可被證成了。效益主義者的典型辯護是，在現實世界中，比起批評者指控效益主義錯誤地支持著的行為，實際上總是有比較好的選擇。例如，沒有一個曾存在過的奴隸制度，被合理地視為最大化了該社會的效益。效益主義的辯護者通常還試圖證明，批評者指責他們忽略了的道德考慮，效益主義確實已經考慮了。例如，效益主義者通常訴諸金錢的「邊際效用遞減」(declining marginal utility)——對人們來說，他們原來擁有的財產越多，同樣的金錢邊際增長，對人會產生的效益(例如，幸福)卻越來越少——這多少支持了收入分配中的公平觀點。

爭論還來自於，道德原則是否應該(對於)「主體中立」(agent-neutral)或者——至少在某些情況下——「主體相對」(agent-relative)。效益主義給予每個人相同的道德目標——行為必須使每個人的效益最大化，它是主體中立的；而主體相對原則給不同的人以不同的道德目標。主體相對原則的辯護者聲稱，一個被普遍接受的道德規則，如禁止濫殺無辜，應被理解為告訴每個當事人他／她不能殺人，即使這麼做是阻止他人進行更大規模屠殺的唯一辦法。這樣一來，一個非效益主義者的主體相對禁令反映了下述的普遍道德觀念：每個人都為自己所做的事情承擔特殊的道德責任，這比阻止他人相同錯誤行為的責任要大一些。一般道德信念也允許人們對他們自己的計畫和所承擔的義務，賦予特殊的重要性。如，不顧其他孩子更為迫切的需要，而在一定程度上對自己的孩子偏袒；對自己家庭的主體相對責任，反映了這些道德觀，而主體中立的效益主義則很顯然是不這麼做的。

對於中立性和相對性的爭論，和效益主義最終的一項爭議有關。批評者指責道，效益主義使道德要求太苛刻，因為它要求每個人總是盡可能使效益最大化。比如說，比起讀本書或者看場電影，一個人幾乎總是可以利用他的時間和資源來做更有益的事情——救濟貧困。批評者認為，這使得道德錯誤地要求「超義務」(supererogatory)——的行為，雖然值得讚賞，卻已經超過職責所驅、並不是道德上必須要做的。在此，效益主義經常聲稱：一般道德觀點犯有嚴重的錯誤，而且道德可以要求一個人為了別人的利益，而犧牲更多的個人利益，到超乎一般認定的程度。毫無疑問，在這裡以及其他許多狀況下，效益主義的道德蘊涵和一般的道德信念有著顯著衝突——爭論在於，這應當被看作是反對常識的道德信念，還是反對效益主義？

參見 ethics 倫理學；hedonism 享樂主義；justice 正義；Kant 康德；Moore 穆爾

D.W.B.撰　謝世民、吳妍儀審訂

utility　效益　見 utilitarianism 效益主義

utility, cardinal　基數效益　見 utilitarianism 效益主義

utility, ordinal　序數效用　見 utilitarianism 效益主義

utility, transferable　可轉移的效用　見 game theory 賽局理論；utilitarianism 效益主義

utility function　效益功能　見 utilitarianism 效益主義

Uttara Mīmamsā　後彌曼差(派)　見 Advaita 不二一元論；Vedanta 吠檀多

utterer's meaning　言談者的意義　見 meaning 意義

vacuous truth　空泛的真理　見 implication 蘊涵

vagueness　模糊性　表詞(expression)之一性質，由此而有(所謂的)「邊界事例」(borderline case)。邊界事例就是後面這種事例：把一個表詞應用於一特定對象(之名稱)時，並不產生一有明確真假值的表詞；也就是說，問題中的那段語言並非毫無疑義地應用於對象，卻也非無法應用。

這種說法並未決斷問題中的那些表詞為何(可以是整個句子、個別的字、名稱或單稱詞、述詞或普遍詞〔general terms〕)，但大部分的討論都集中在模糊的普遍詞，並認為其他類型的詞項不模糊(例外於此點的是，人們已注意到模糊對象之可能性，模糊對象使單稱詞之指稱關係模糊)。該說法也未決斷表詞之所以缺乏明確真假值的可能原因。如果這種不確定性是出於無法獲得充分的資訊，以決定一詞項的可用或不可用(例如，我們確定這個詞項不是可用，便是不可用，但我們只是沒有足夠的資訊決定之)，那麼，這有時便稱為「知態的模糊性」(epistemic vagueness)。稱此為模糊性有些誤導，因為不像真正的模糊性，知態的模糊性在獲得更多的資訊後便會消失(「天空中存在 1.89×10^{6}到 1.9×10^{6}顆星」，這是知態上的模糊，但這不是一般接受的「模糊」一詞所指的模糊)。

「模糊性」亦可用來徵定非語言的項目，像概念、記憶和對象，同樣也可以徵定半語言的(semilinguistic)項目，像陳述(statement)和命題(proposition)。探討模糊性議題所涉及的許多爭議，也衝擊到其他的哲學議題，像是真假值「斷層」(truth-value gap)的存在(之問題)(既非真亦非假的直述句)，還有多值邏輯之(概念是否有)說服力(之問題)。至於其他相關的爭議則有命題的本質，以及命題是否一定非真即假。在此我們將焦點集中在語言的模糊性，它本身是以普遍詞來顯現，因為就是這種不確定性定義了大部分研究者所謂的模糊性；而這也導致了某些思想學派去「消除模糊性」，或者建構不會呈顯出模糊性的語言。

語言上的模糊性有時和其他的語言現象相混淆：即普遍性、歧義性，還有開放的構造(open texture)。陳述可以是通稱的(general)(例如，「某些獨輪手推車是紅的」、「所有的昆蟲都有觸角」)，而如果沒有其他模糊性影響它們，它們便為真或假，而不會是曖昧或模糊的。詞項可以是通稱(general)(例如，「人」、「狗」)而不模糊。這些普遍詞應用於許多不同的對象，卻不因此而模糊；此外，它們應用於不同「種類」的對象(「人」應用於男人和女人)，這樣的事實也不表示它們是模糊或多義的。一模糊的詞項牽涉邊界事例——對於此詞項是否(可以)應用於某對象，正好沒有正確的答案的一種完全確定的情況——而通稱時並不如此。歧義的語詞(包括結構上歧義的句子在內)也沒有這項特徵(除非它們也含有模糊的詞項)。反而是，一歧義句提供完全確定的情況，亦即我們可以同時正確地肯定這個句子也否定這個句子，這全憑歧義所允許的斷言中的哪一個受到肯定或否定。如果一詞項完全只注意其意義的某個面相，就是沒有考慮到其他的可能面相，那麼，這樣的詞項是審慎開放構造的。因此，當對象就在這其他面相有所變化時，就不清楚這詞項是否應用得上對象了。開放構造雖然和模糊性相關，但卻是一個不同的觀念。創造這個詞語的弗立德利希・威斯曼(Friedrich Waismann)是這樣說的：「開放構造……像是模糊性之可能性(the possibility of vagueness)。」

模糊性長久以來便是邏輯和語言哲學家的芒刺。和模糊性有關的難題中，最古老的是西塞羅(Cicero)所表達的連鎖式(sorites)詭論(即「沙堆」〔heap〕詭論)(《學園》〔*Academica*, 93〕)：一粒沙不會造成一堆沙，而將一粒沙加入不是一堆沙的某物中，也不會造出一堆沙；因此，沙堆不存在。這類詭論傳統上被視為是伊利亞的芝諾(Zeno of Elea)之作，他說，一粒玉米落下不會發出聲音，所以，傾倒一籃玉米粒，也不會發出聲音。「連鎖式」這個詞亦用於一連串有這類形式的詭論，像是禿頭者難題(*falakros*，「禿頭者」；提奧奇尼斯・拉爾提烏斯，《文法》〔Diogenes Laertius, *Grammatica* II, 1, 45〕)：沒有頭髮的人是禿頭，在禿頭上加一根頭髮還是禿頭；因此，所有的人都是禿頭。這些連鎖式詭論的原始版本是歐布利德斯(Eubulides)之作(提奧奇尼斯・拉爾提烏斯〔Diogenes Laertius〕II, 108)：「二是很少，不是嗎？那麼三不也是，四不也是，一直到十不也是嗎？因為二是很少，因此十也是很少。」(理解)這些詭論的關鍵在於用(上述現象)之下的某種連續來分析模糊性，隨著這種連續，便發生了無法知覺或不顯要的變化。幾乎現代所有對模糊性之邏輯之說明，都假定了這是正確的模糊性分析，並使它們的邏輯能處理這類模糊性。但我們將在下面看到，也存在其他種類的模糊性。

尋找連鎖型詭論的解答，不斷地激發人對他類語意學(alternative semantics)做更多研究。某些哲學家，像是弗雷格(Frege)，將模糊性視為自然語言的普遍缺失，而力促採用人工語言，以使得每一個述詞都全然精確又沒有邊界事例。羅素(Russell)亦認為，模糊性徹底感染了自然語言，但卻認為對於日常使用及言談而言，這是不可避免，甚至是有益的。儘管偶有論證說明模糊性是語用而非語意現象，但模糊性不可能不與自然語言相繫(伴隨著哲學邏輯學家自找的，將自然語言語意學形式化的任務)，這種態度導致了現代作者去探究他類邏輯(logics)，以切當地(adequately)徵定模糊性，亦即解明我們有的，對那些含有模糊述詞的語句之真、假、必然真、有效性等之前理論(pretheoretic)信念。某些近期作者亦主張，模糊的語言削弱了實在論，並且，它顯示了我們的概念「並不融貫」(incoherent)。

很久以前就看出來，引進「不確定」(indeterminate)作為第三種真值之嘗試，並沒有解決任何事，這(只)是把述詞之(可)用與不(可)用之間的一個明確劃分代以兩個明確劃分。類似的評論可以用來反對採用任一種有限多值邏輯以徵定模糊性。在 1960 年代晚期和 1970 年代早期，模糊邏輯(fuzzy logic)被引入了哲學世界。實際上，1930 年代所重申的塔斯基-盧卡西維茨(Tarski-Łukasiewicz)無限多值邏輯，是模糊邏輯的附屬利益之一，據說是切當地徵定模糊性。相對於古典邏輯的二值(真和假)，在模糊邏輯中，語句被允許採用由 0 到 1 的任何實數作為真值。直覺上，語句的值愈接近 1，該語句就「愈真」。否定句的值則是 1 減去非否定句的值；連言(conjunction)被視為是最小值函數(minimum function)，而選言(disjunction)被視為是最大值函數(maximum function)。(因此，連言取「最少為真的」連言項〔"the least" true conjunct〕之值，而選言則取「最多為真的」選言項〔"the most" true disjunct〕之值。)因為模糊句最高程度既非真也非假，它們的值被定在接近 0.5。結果是，如果Φ是最高程度的模糊，那麼，它的否定($\sim\Phi$)也是，而連言($\Phi \,\&\, \sim\Phi$) 及選言($\sim\Phi \vee \sim\Phi$)也是。某些理論家反對這些結果，但捍衛摸糊邏輯的人支持這些結果。

某些理論家企圖運用模態邏輯(modal logic)，掌握模糊性之難於捉摸的邏輯，於是有了算子(operator)$\Box\Phi$(意謂「Φ是明確的(definite)」)和$\Diamond\Phi$(意謂「Φ是模糊的」)。用這種方式產生的邏輯是獨特的，因為$\Box(\Phi \,\&\, \Psi) \rightarrow (\Box\Phi \,\&\, \Box\Psi)$不是一個定理。例如，($p \,\&\, \sim p$)很明確地為假，因此是明確的；因此，$\Box(p \,\&\, \sim p)$。然而，$p$ 和$\sim p$ 都不必是明確的(技術上而言，它是一非克里奇式的常態〔non-Kripke-normal〕模態邏輯)。一些其他的特點則有：($\Box\Phi \leftrightarrow \Box\sim\Phi$)為一定理，而($\Box\Phi \rightarrow \Diamond\Phi$)則不是。它也有難題，像($\Diamond\Phi \rightarrow \Box\Diamond\Phi$)是否

為一定理，還有一般的套疊模態(iterated modalities in general)之問題。模態邏輯對模糊性的處理除了作為一種普遍知態邏輯的部分以外(也就是說，模態邏輯可視為是一種對所謂的知態模糊性的說明)，並沒有吸引許多支持者。

第三種被人提倡作為模糊性之邏輯解釋之方向的是至極定值(supervaluation)的方法(有時稱為「至極真」〔supertruth〕)。此處的基本概念是，允許一句子中的模糊述詞以一任意方式「精確化」(precisified)。如此，對於「塔克修士是禿頭」(Friar Tuck is bald)這個句子，我們任意選擇一個精確的頭髮數目，以畫出禿頭和非禿頭的界線。在這定值(valuation)，塔克修士不是明確為禿頭，就是明確為非禿頭，而那句子不是真便是假。接下來，我們改變定值，以使得禿頭和非禿頭界線不同，等等。在所有的定值中為真的語句，被視為是「真正真(really true)」或「至極真(supertrue)」；在所有的定值中為假的語句，則為「真正假」或「至極假」。所有其他(的語句)則為模糊。注意，在這種模糊概念中，如果 Φ 是模糊的，則 $\sim\Phi$ 也是。然而，和模糊邏輯不同的是，「$\Phi \& \sim\Phi$」並未被定值為模糊，它在每個定值均為假，因而是至極假。而「$\Phi \vee \sim\Phi$」則為至極真。某些人把這些視為是至極定值法的優點，且視為是反對整個模糊邏輯方案的一個論證。

事實上，似乎至少有兩種不同類型的(語言)模糊性，而根本不清楚的是，前述的任何邏輯進路可以處理二者。在未進入細節的情況下，我們只能指出，前面所討論的「連鎖式模糊性」，假定了在一連續刻度尺之上的次序；而就是這種在一連續刻度尺之上的(兩)鄰近點的不可區分性，產生了邊界事例。然而有些模糊詞項的例子並沒有這樣的刻度尺。一個典型的例子是「宗教」(religion)：許多要素和決定一社會性的踐行(social practice)是否為宗教有關。全無這些性質，保證不是一宗教，而都有了這些性質，則保證是一宗教。然而，這裡沒有連鎖式的連續變化；例如，要區分出擁有這些性質中的四種和擁有其中的五種是很容易的，不像在連鎖式的情況無法察覺這類變化。以現在這種模糊性類型，我們雖然能夠區分出這些不同的情況，卻還是不知道是否要稱一踐行為宗教。此外，在決定是否一踐行為宗教時，某些性質(或某些性質的結合)要比其他性質或其他性質結合更重要或更突出。我們可稱此為「家族相似性的模糊」(family resemblance vagueness)：存在許多具有不同程度重要性之清晰可辨的條件，而家族相似的模糊便歸因於對後面問題沒有明確的答案，即對於詞項使用而言，哪些條件，以及多少這樣的條件才是必須的？其他家族相似性的模糊之例子為「精神分裂患者」(schizophrenia sufferer)、「性別倒錯」(sexual perversion)，以及值得尊重的「遊戲」(game)。

家族相似性的模糊的一種特殊子集，產生於一對通常同時發生(於同一對象)，但偶爾會出現於不同對象的性質。例如，想想「支流」(tributary)。當兩河相會，一支通常會被視為是另一支的支流。其中，成為一支流而非主流的相關性質為：相對的水量和相對的長度。通常，兩河中較短的一條流量較小，在此情況下它便是另一條河的支流。但這兩種性質偶爾不會同時出現(於同一條河)，於是便產生了衝突，而引發了一種模糊性，我們可以稱之為「衝突模糊性」(conflict vagueness)。「支流」這個詞之所以模糊，是因為它的背景條件允許了這樣的衝突：當這兩項性質出現於不同的對象時，便會有邊界事例存在。

結論是：牽涉模糊性的基本哲學問題是(1)切當地徵定模糊性現象，以及(2)以這些(模糊)詞項來徵定我們的推理能力。這些都是古代哲學家的問題，而今仍是現代哲學家的問題。

參見 definition 定義；meaning 意義；philosophy of language 語言哲學；truth 真理

F.J.P. & I.Be.撰　龔維正審訂

Vaihinger, Hans　費英格，漢斯(1852-1933)　德國哲學家，以《「若似」的哲學》(*Die Philosophie des Als Ob*, 1911；英文版〔*The Philosophy of "As If"*〕於 1924 年由奧格登〔C.K. Ogden〕譯成)一書最為著名。他是受到叔本華(Schopenhauer)和尼采的影響的新康德主義者。他所註釋的康德之《純粹理性批判》(*Critique of Pure Reason*, 1881，兩卷)，仍是一部入門的標準著作。費英格是康德學會(Kant Society)和《康德研究》(*Kant-Studien*)的創始人之一。《「若似」的哲學》牽涉這樣的觀點，認為價值和理想僅僅同於「虛構」(fiction)，為「生活」(life)服務，即使它們是非理性的也罷。我們必須「若似」它們是真的那樣有所行動，因為它們具有生物上的實用性。

M.K.撰　陳瑤華審訂

Vair, Guillaume du　愛爾，吉爾隆・杜　見 du Vair 杜・愛爾

Valentinianism　瓦倫丁主義　一種源於亞歷山卓(Alexandrian)的基督教諾斯底主義(gnosticism)形式，由瓦倫丁(Valentinus)在二世紀建立，並由狄奧多圖斯(Theodotus)和赫拉克利翁(Heracleon)分別傳播於東西方基督教界。對每個諾斯底教徒、異教徒或基督教徒而言，知識導致了可消失的物質世界的拯救。因此，瓦倫丁主義激起了德爾圖良(Tertullian)《反瓦倫丁》(*Adversus Valentinianos*)和艾雷尼艾斯(Irenaeus)《反宗派》(*Adversus haereses*)的著名的反駁。後者駁斥了瓦倫丁主義者認為「創造源於虛無」(*creatio ex nihilo*)的觀點。瓦倫丁被認為是《自然星辰女神》(*Peri trion phuseon*)、《福音書的真理》(*Evangelium veritatis*)和《論復活》(*Treatise on the Resurrection*)的作者。因為這些著作只留下了一些片斷，他的新柏拉圖的宇宙演化論主要是透過其反對者和評論家(希波呂托斯〔Hippolytus〕、亞歷山卓的克萊門特〔Clement of Alexandria〕)，以及在哈馬迪村(Nag Hammadi)的手抄本中得到的。為瞭解釋創造和邪惡的起源，瓦倫丁把上帝(最初的天父)和造物主(巨匠造物主〔Demiurge〕)分開，而且把在流出、散發(創造)和贖罪過程中的主要作用歸於智慧(Sophia)。

參見 creation *ex nihilo* 從無中創造；Gnosticism 諾斯替主義

J.-L.S.撰　苑舉正審訂

Valentinus　瓦倫丁(A.D. 100-65)　基督宗教諾斯底派教師的代表。他出生於亞歷山卓城，在此地任教直到他於 135 年遷到羅馬。作為一個二元論者，他建立了複雜的宇宙學，在其中上帝天父(Bythos，或深遂的未知者〔Deep Unknown〕)與女性沉默(feminine silence; Sige)結合，並在愛的流溢之中產生了連續三十個神聖的流溢(divine emanations)或世代(aeons)，構成了 Pleroma(神性的完滿，fullness of the Godhead)。每一次流溢按等級安排列成一級級的存在，逐漸地遠離天父因而神性也逐漸減少。最低級的溢流，智慧(Sophia，索菲亞〔wisdom〕)屈服於激情，而且不顧其力所不及這一事實，企圖到達天父那裡，結果天父使其墜落。在這個過程中，她引發了物質宇宙的創造(裡面寓居著邪惡)而從神性的完滿中喪失了神聖火花。神的要素體現在那些蒙揀選的人身上。耶穌基督是一個世代(an aeon)，和天父近似，被派來拯救靈魂使之獲得完滿的神性。他寫了一部福音。他的派別因為祝聖女性司鐸和女先知而在早期教會頗為著名。

參見 Basilides 巴西里德斯；gnosticism 諾斯替主義

L.P.P.撰　丁福寧審訂

valid　有效的　一種特性，指當一個合式公式(well-formed formulas)、論證、論證形式

或者推論規則，在某一個方面在邏輯上是正確的。如果一個合式公式在每一認可的(對其非邏輯符號進行的)重新解釋下都是真的，那麼它就是有效的。(如果「真值空隙」〔truth-value gaps〕或多種真值〔multiple truth-values〕被允許的話，那麼這裡的「真」或許可用「非假」〔non-false〕代替，或者用「特指」真值〔designated truth-value〕代替。)一個論證是有效的即是如果不可能所有的前提都是真的而結論則是假的話。一個論證形式(公設系〔schema〕)是有效的即是如果符合該形式的每一個論證是有效的。一個推論的規則是有效的即是如果它不會有從所有真的前提中得出一個假的結論的情形的話。

參見 free logic 自由邏輯；many-valued logic 多值邏輯

G.F.S.撰　李瑞麟審訂

Valla, Lorenzo　瓦拉，羅倫佐(c.1407-57)　瓦拉是義大利的人文主義者與歷史學家，他在帕維亞(Pavia)教授修辭學，其後擔任阿芬索一世國王(King Alfonso，位於那不勒斯的亞拉岡那〔Aragona in Naples〕)的秘書與在教宗尼可拉斯五世(Pope Nicholas V)時，在羅馬擔任教宗的秘書。在他的《論愉悅》或《論真正的善》(*On Pleasure* or *On the True Good*, 1431-34)對話錄中，分別有斯多噶(Stoic)學派與伊比鳩魯(Epicurean)學派的對話者分別陳述出他們的倫理學觀點，瓦拉接著從基督徒的觀點出發，對此加以批評。此著作常被視為是對伊比鳩魯派的享樂主義(hedonism)的辯護，因為瓦拉將善與愉悅等同；但他認為基督徒只能在天堂才能得到愉悅。他對基督教的愉悅所做的描述反映了當時文藝復興(Renaissance)對於生命喜悅的態度，並或許因此促成瓦拉有被當成享樂主義的名聲。在後來的著作——《論自由意志》(*On Free Will*, 1435-1448)一書中，瓦拉討論了神性的預知與人類自由的衝突，並反對當時廣被接受而有支配性的波依修(Boethius)之解決方案。瓦拉區分了神的知識與神的意志，但在神的意志與人類自由二者明顯的衝突間，瓦拉否認能有理性的解決之道。作為歷史學家，他以《君士坦丁的遺產》(*The Donation of Constantine*, 1440)一書聞名，在書中，他斥責一份有名文件為偽託——根據此份文件，中世紀的法學家與神學家才認為教宗有權利行使世俗的權力。

P.Gar.撰　黃冠閔審訂

value　價值　指某物之所值。哲學家們已經區分出以下這幾種主要的形式：內在的(intrinsic)、工具的(instrumental)、固有的(inherent)和關係的(relational)價值。內在的價值被認為是基本的，許多其他的價值要根據它來界定。在許多詳細解說內在價值概念的嘗試中，有些主要是處理價值的根源，而另一些則將某種情緒和慾望的「合宜性」(fittingness)或「適切性」(appropriateness)的概念應用在價值上。穆爾(Moore)贊同第一種，而布倫塔諾(Brentano)則贊同第二種。支持第一種觀點的人認為，X的內在價值是只有X依賴其內在本質才擁有的價值。因此，若某事態——例如史密斯感受到快樂——具有內在的價值的話，其主要的根源只能來自於內在的本質。第二種觀點的追隨者則根據適合一個事物「在己和為己」(in and for itself；或者說為了自身的緣故〔for its own sake〕)的各種情緒和慾望來解釋內在的價值。因此，若且唯若X在己且為己地值得欲求，或者說，任何人在己且為己地喜愛X本身是合宜的或者適當的，就可以說X具有內在的價值(或者X本質上是好的)。因而，只要史密斯感受到快樂的事態在本質上是有價值的，那麼這個事態是由於它自己的緣故，或是任何人在己且為己地喜愛那種事態是合宜地這一點而值得欲求的。

關於其他價值的形式，我們可以說，若且唯若X對某個具有內在價值的事物而言是一種手段，或者在因果關係上導致了該事物，那麼X即具有工具性的價值(instrumental value)。而洗個熱水澡是使他達到快樂目的的手段，或者在因果關係上使他產生快樂，那麼洗熱水澡具有工具性的價值，或者「具有作為一種手段的價值」。同樣，如果健康是內在地有價值的話，而運動是獲得健康的一種手段，那麼運動具有工具性的價值。若且唯若對於 X 的體驗、知覺或默觀具有內在的價值，則 X 具有固有的價值(inherent value)。如果對一幕絢麗晚霞的經驗是內在地有價值的話，那麼這幕絢麗的晚霞就具有固有的價值。若且唯若 X 是某個整體 W 的一部分，而 X 對於 W 的價值有所貢獻，那麼 X 具有貢獻的價值(contributory value)。如果 W 是由史密斯滿意與布朗滿意的事實構成的整體，那麼史密斯滿意的這個事實對 W 的價值產生貢獻，因而史密斯的滿意就具有貢獻價值。我們的例子說明了，某事物可能具有貢獻價值卻沒有工具價值，因為史密斯滿意不是構成 W 的一種手段，嚴格說，它不引致或者在因果關係上對 W 產生貢獻。由於工具價值和貢獻價值之間的區分，我們可以說某種經驗和活動如果內在地是有價值的生活的一部分，而且對生活的價值有貢獻的話，那麼它們能具有貢獻價值，即使它們不是達成生活價值的手段。最後，若且唯若 X 藉由其與另一事物的某種關係而擁有價值，我們可以說 X 具有關係的價值(relational value)。工具價值(Instrumental)、固有價值(inherent)，與貢獻價值(contributory value)等都可以被解釋為關係價值的一種形式。然而，我們還可以接受其他形式的關係價值，譬如，我們或許可以認為，X 藉由被 S 所欲求，或者假設 S「得到充分的資訊」(fully informed)並且「是理性的」(rational)，S 就會欲求 X，因而 X 對 S 有價值。

有些哲學家為內在價值的有機性(organicity)辯護。譬如，穆爾認為，一個整體的內在價值並不必然等同於其各部分內在價值的總和。根據這種看法，一個具有內在善的部分之臨在或許會貶抑了其整體的內在價值，而一個內在為惡的部分之臨在反倒可能提升其所屬整體的內在價值。有機性的辯護者有時舉出同樂(*Mitfreude*)和幸災樂禍(*Schadenfreude*)的例子來說明他們的觀點。假設鍾斯誤信史密斯生活幸福，而布朗誤信葛雷遭到不幸，但是鍾斯為史密斯生活幸福感到高興，布朗則為葛雷的不幸幸災樂禍。前者是同樂的事例，後者則是幸災樂禍的例子，即使二者都是一種高興的情緒且二者整體中都沒有內在為惡的部分，但前者顯然比後者具有內在善的價值。每一個整體的價值都不是其部分價值的「總和」。

參見 ethics 倫理學；hedonism 享樂主義；Moore 穆爾；property 性質；utilitarianism 效益主義；value theory 價值理論

N.M.L 撰　黃藿審訂

value, cognitive　**認知價值**　見 Frege 弗雷格

value, contributive　**貢獻價值**　見 value 價值

value, inherent　**固有的價值**　見 value 價值

value, instrumental　**工具的價值**　見 value 價值

value, intrinsic　**內在價值**　見 value 價值

value, surplus　**剩餘價值**　見 Marx 馬克思

value of a variable　**變元的值**　見 ontological commitment 存有論承諾；variable 變數

value theory　價值理論　也被稱為價值學(axiology)，是哲學的一個分支，探討價值的本質和哪些事物具有價值。廣義來說，價值理論涉及各種形式的價值，諸如美與醜的審美價值(aesthetic values)，是非對錯、義務、德與惡的倫理價值(ethical values)，以及證成(justification)和缺乏證成的知識論價值(epistemic values)。從狹義面來理解，價值理論探討的是：哪些東西是內在地有價值的，或者最終是值得的且其自身就是可欲求的，並帶有與工具的、固有的和貢獻的價值相關的概念。當廣義地理解時，倫理學的研究可被視為價值理論的一分支，但是如若狹義地理解，價值理論可被視作倫理學的一個分支。

從比較狹義的形式來看，價值理論主要的一項問題在於：什麼東西就其本身而言是可欲的？一種傳統的答案是快樂主義(hedonism)。快樂主義大致上持下面幾種觀點：(1)唯一內在為善的經驗或事態是那些包含快樂的經驗或事態，而唯一內在為惡的經驗或事態是那些含有痛苦的經驗或事態；(2)所有的經驗或事態，如果它包含的快樂比痛苦多，就是內在為善的，而所有的經驗或快樂，如果包含的痛苦比快樂多，就是內在為惡的；(3)任何經驗或事態由於是快樂的或包含快樂，因而是內在為善的，而任何經驗或事態由於是痛苦的或包含痛苦的，因而是內在為惡的。快樂主義被諸如伊比鳩魯(Epicurus)、邊沁(Bentham)、希季維克(Sidgwick)，和以有顯著條件限制下的彌爾(J. S. Mill)等哲學家們所捍衛。其他哲學家，諸如劉易士(C. I. Lewis)，或許還有布蘭沙德(Brand Blanshard)，都認為凡是內在或終究可欲的東西是顯示為「令人滿意」的經驗，在這種經驗中，快樂只不過是一種令人滿意的形式。另一些哲學家則體認，具有內在價值的除了快樂或滿意之外，還有很多東西。價值多元論者(value pluralists)包括有穆爾(Moore)、萊斯道(Rashdall)、羅斯(Ross)、布倫塔諾(Brentano)、哈特曼(Hartmann)和舍勒(Scheler)。除了某種快樂之外，這些思想家把下面部分或者全部視為內在為善的：意識與成功人生、知識與洞見、道德德行與有德的行動、友誼與互愛、美與審美經驗、利益的公正分配和自我表現。

上面提到的哲學家，如果不是全部，也有許多位，都區分了本身具有價值的或自身就是可欲的東西，以及具有工具性價值的東西。此外，他們還認為，凡是本身就是可欲的或者內在為善的事物，是否具有價值，並不基於人們對它感興趣。這兩種觀點都受到其他價值理論家的質疑。例如，杜威(Dewey)批判根據以目的充當解決相衝突的衝動和慾望的手段的程度來決定我們接受或放棄它們，來作內在為善的東西或者作為目的為善的事物，與作為手段為善的事物之間任何明顯的區分。培里(Perry)否認，任何東西如非一個興趣的對象，能具有價值。的確，培里聲稱，「X 是有價值的」意味著「有人對 X 感興趣」，正是主體對一個事物有興趣這一點賦予它以價值。由於培里認為一個事物的價值在於主體對那件事物的興趣，其價值理論即是一種主觀論(subjective theory)而與客觀論(objective theory)形成鮮明的對比，後者認為事物是否有價值並不基於主體的興趣或態度。有些哲學家們因為不滿意價值基於主體的實際興趣和理論的這種看法，提出其他各種代替方案，包括一種理論，主張一件事物的價值基於主體如果是完全理性，或者其慾望是依據充分的資訊，願意欲求什麼或者對什麼有興趣。這樣的理論可被稱作「與事實相反的」(counterfactual)欲求理論，因為它們認為價值並不基於主體的實際興趣，而是基於主體願意欲求什麼，如果某些條件實際上沒有滿全(obtain)，而準備滿全的話。

價值理論也與價值的本質有關。有些哲學家否認「X 是善」或者「X 具有內在的善」這種形態的語句，嚴格來說，能有真或假。關於其他形式的倫理論述，他們聲稱，任何人講出這些語句，要麼是表達其情緒態度，要麼是在規範或者稱讚某事。另外一些哲學家則認為，這樣的語句能表達何為真或假，但是不同意價值的本質和類似「善」、「惡」和「比較好」這樣的價值詞語的意義。一些哲學家，譬如穆爾，認為，在「X 具有內在的善」這樣一個真理的形式中，「善」指一種簡單的、不可分析的、非自然的屬性(property)，不等同或不能被任何「自然」屬性諸如快樂或者渴望所分析。穆爾的觀點是一種非自然主義(non-naturalism)。其他哲學家，譬如布倫塔諾(Brentano)，則認為「善」是個綜合範疇(syncategorematic)的表達語詞；因而儘管它影響語句的意義，它根本不指涉一種屬性或關係。還有些哲學家認為，「X 是善的」和「X 具有內在的善」可用自然的或非倫理的詞語來分析。這種關於價值的自然主義(naturalism)由培里提出說明，他認為「X 是有價值的」意即「X 是一個令人感興趣的對象」。價值理論的歷史中充滿了種種進行其他自然主義分析的嘗試，其中一些根據快樂或理性慾望的對象來認定或分析「善」。很多哲學家論證說，自然主義在知識論的基礎上是可取的。例如，如果「X是有價值的」意即「X 是一個令人感興趣的對象」，那麼為了知道某物是否有價值，只要知道它是否是某人感興趣的對象。我們對於價值的知識在種類上和我們對於其他任何經驗事實的知識根本沒有不同。然而，這個論證在反對非自然主義時並不是決定性的，因為到底有沒有穆爾認為是根本價值認知的那種先天綜合知識，人們並不清楚。此外，人們是否不能把有關價值的非自然主義和一種廣義的經驗認識論結合起來，這一點也不清楚，而廣義的經驗認識論把某種經驗當作是價值信念的知識論根據。

參見 ethics 倫理學；eudaimonism 幸福論；hedonism 享樂主義；Moore 穆爾；value 價值

N.M.L.撰　黃藿審訂

Vanini, Giulio Cesare　瓦尼尼，吉利爾・切薩雷(c.1584-1619)　義大利哲學家，文藝復興時期的亞里斯多德主義者，其研究領域為法律和神學。後來他當了隱修士(monk)，周遊了整個歐洲。發誓放棄國籍後，他便教授醫學並且行醫。他被宗教法庭判決燒死在火刑柱上。其主要著作有四卷之對話錄《論自然的祕密、女王和必朽的存有的女神》(*De admirandis naturae reginae deaeque mortalium arcanis*〔*On the Secrets of Nature, Queen and Goddess of Mortal Beings*〕, 1616)。他受阿威羅斯(Averroes)和彭波納齊(Pietro Pomponazzi)的影響，他認為後者是他的老師。

瓦尼尼駁斥啟示宗教，並聲稱上帝是內在於自然的。世界由一種必然的自然秩序所統治而且是永恆的。像阿威羅斯一樣，他否認人的靈魂之不朽性和非物質性。像彭波納齊一樣，他否認奇蹟的存在，並聲言所有表面上非尋常的現象都可被指出其具有自然原因且為預先決定的。儘管缺乏任何原創性的貢獻，但從十七世紀下半葉開始，瓦尼尼被視為自由和無神論思想的象徵而頗受歡迎。

P.Gar.撰　丁福寧審訂

Vardhamāna Jnātrputra　耆那教聖者大雄的本名　見 Mahāvīra 大雄

variable　變數　變數為邏輯和數學中的符號，在解釋中它通常與值域(range of values)相關聯。所謂值域，即一定的事物集，其中的每一個元素都可暫時被指定為該變數的值(value of the variable)。如果一個變數出現在某一數學或邏輯的表式中，而為要使該表式獲得一定的語意值——指涉、真值或其他意義等等——我們必須先對該變數賦予一定的值時，我們就說該變數在該數學或邏輯表式中的出現為自由的出現(a free occurrence)。假設我們將一個語意值指定給某一個變數，而將同樣的值亦賦予給一個常數(constant)；如果某一個表式包含剛才那個變數的自由出現，那麼，該表式在該變項所指定的值之下所得的值，與將該表式所有的變數替換為該常數時所得的值，在標準的狀況下是一樣的。當一個變數不是自由地出現時，我們就說它的出現是約束的出現(bound occurrence)。

參見 formal logic 形式邏輯；logical syntax 邏輯語法；quantification 量化；well-formed formula 合式公式

C.A.A.撰　王文方審訂

variable, bound　**約束變元**　見 ontological commitment 存有論承諾；variable 變數

variable, free　**自由變量**　見 variable 變數

variable, regressor　**迴歸變量**　見 regression analysis 迴歸分析

variable, response　**反應變量**　見 regression analysis 迴歸分析

variable, state　**態變數**　見 state 狀態

variable, value of　**變數的值**　見 ontological commitment 存有論承諾；variable 變數

variable sum game　**變量可變遊戲**　見 game theory 賽局理論

vāsanā　**習氣**　佛教哲學術語，意為「傾向」(tendency)。這是一種解釋性(說明的)範疇，用以顯示雖然約定俗成地稱為「人」的事件連續體(continua of events)中並無任何持續存在的事物，他們仍可以在這樣的形上學基礎上談論人們所具有的傾向或能力。依據這個形上學，當我們論及人們有做這事或做那事——如嫉妒、好色或憤怒等——的傾向時，即意味著在事件連續體中存有業(karma)的種子，這些種子會在某些時候成熟，因而產生從事某些行動的傾向。

參見 *ālaya-vijñāna* 阿賴耶識

P.J.G.撰　何建興審訂

Vasubandhu　**世親**(fourth-fifth century A.D.)　印度哲學家，大乘瑜伽行派的佛教學者。他著有《阿毗達磨俱舍論》(*Abhidharmakosá*，阿毗達磨是佛教哲學與心理學的彙編)和《唯識二十論》(*Vimśatikā*)。他認為心識只是一觀念流，並無心外之物存在。他批駁主張直接實在論和表象實在論的佛教論者，論證說，夢的經驗似乎以獨立於做夢者、且處於空間中的事物為對象，但事實上這些事物並不以那樣的方式存在。

參見 Buddhism 佛教

K.E.Y.撰　何建興審訂

Vauvenargues, Luc de Clapiers de　**沃文納哥，呂克·德·克拉波爾耶**(1715-47)　法國軍官和世俗道德學家(secular moralist)。很小的時候他就發現了普魯塔克(Plutarch)，他批判地採用斯多噶學派的唯心主義(Stoic idealism)。因為貧窮、無名和孤單，他志在爭取榮譽。儘管波瀾起伏，他的軍事生涯幾乎沒給他什麼回報。由於身體差，他於 1744 年退役而從事寫作。他於 1747 年出版了《人類心靈知識導論》(*Introduction to the Knowledge of the Human Mind*)，後又出版了《沉思與格言》(*Reflections and Maxims*)。伏爾泰(Voltaire)和米拉博(Mirabeau)贊揚了他富有活力的不拘一格思想，這思想旨在教人們怎樣生活。沃文納哥是個自然神論者(deist)和樂觀主義者(optimist)，他對波舒哀(Bossuet)的基督教的悲觀主義(pessimism)和拉·羅什富科(La Rochefoucauld's)的世俗悲觀主義都同樣加以拒絕。他力主人的自由和自然的善，但是否認社會和政治的平等。作為一個熱愛強壯德行和有

崇高熱情的人，沃文納哥撰寫了令人難忘的格言而且善長於人物刻畫。他的全集於 1862 年出版。

參見 deism 自然神論

J.-L.S.撰　苑舉正審訂

Vázquez, Gabriel　瓦茲奎，加布里爾(1549-1604)　西班牙耶穌會(Jesuit)神學家和哲學家。生於比利亞埃斯庫薩・得・阿羅(Villaescusa de Haro)，受教於阿爾卡拉大學(Alcalá de Henares)，任教於奧卡尼亞(Ocaña)、馬德里(Madrid)、阿爾卡拉(Alcalá)和羅馬等大學。他是個著作豐富的作家；他在哲學上最重要的著作，就是關於亞奎納《神學大全》(Aquinas, *Summa Theologiae*)的註解。

瓦茲奎深受亞奎納的影響，但是在一些重要方面他不同於亞奎納，反而表現出對奧古斯丁(Augustine)的明顯傾向。他不僅反對多瑪斯主義關於本質和存在的真實區分說(the Thomistic doctrine of the real distinction between essence and existence)，也拒絕那認為由量所指稱的質料(*materia signata quantitate*)即是個體化的原理(the principle of individuation)的立場。他並沒有採用亞奎納證明上帝存在的五路論證，而是偏好某一種類似於後來康德所使用的道德論證，同時他也偏好目的論證。服膺於奧古斯丁的緣故，他把身體與靈魂的結合描述成兩部分的結合。最後，瓦茲奎以一種方式修正了托萊圖斯(Toletus)和蘇阿雷(Suárez)有關形式概念和客觀概念的學說，這種方式有利於早期近代哲學中觀念論(idealism)的發展。他之所以能做到這一點，是由於他把事物得以被認識(的過程中)所依賴的認識活動(*conceptus formalis*)，直接當作其所認識到的事物(*conceptus objectivus*)之實際存有(*esse*)。

參見 Aquinas 亞奎納；Augustine 奧古斯丁；essentialism 本質論；idealism 觀念論；Suárez 蘇阿雷；Toletus 托萊圖斯

J.J.E.G.撰　丁福寧審訂

Vedanta　吠檀多　也稱後彌曼差(Uttara Mīmāmsā)，印度教六派哲學中最具影響力的學派。它大量吸收其他學派的哲學內容，聲稱提供《吠陀》(*Vedas*)、《奧義書》(*Upanishads*)和《薄伽梵歌》(*Bhagavad Gita*)等聖典最正確的解釋。有關這些典籍的爭議在性質上既是哲學性的，也是宗教性的，要點在於應該以一神論還是一元論的觀點來解讀它們。以一神論的觀點解讀，它們肯認且教導一全知全能的人格梵的存在，這人格神在嬉遊中(不是出於需要，但有其道德嚴肅性)不斷地維持物質世界和諸意識性自我的存在，而諸意識性自我的最高善就在於與人格梵建立適切的關繫。以一元論的觀點解讀，這些典籍宣說一無屬性、不可言喻的大梵的存在，無知者不識大梵，只認識梵所顯現的雜多物體與心靈，乃至某個人格神；批評家們則問說，這些顯現物到底對誰顯現呢。

羅摩孥闍(Rāmānuja, 1017-1137)和馬德瓦(Madhva, b.1238)是一神論吠檀多傳統的兩位偉大思想家。商羯羅(Shaṅkara, 788-820?)代表不二一元論吠檀多(Advaita Vedanta)，他主張上述的聖典應以一元論觀點解讀，對他而言，以多元的世界形相顯現的其實是一渾然的統體(seamless unity)；人們常將他的觀點同布雷德利(Bradley)的絕對唯心論相提並論。馬德瓦是二元論吠檀多(Dvaita Vedanta)的主要提倡者，這學派堅決主張一神論的詮解方式；對他而言，具有多元形相的世界無非是它自身的顯現，它雖依待於梵而存在，卻明顯不同於梵。羅摩孥闍是限定不二一元論吠檀多(Viśistadvaita Vedanta)的宗師，他以顯現的多元世界無非是梵的身體(因而有別於馬德瓦)，同時視這身體為異於全能之人格梵的實在物(因而不同於商羯羅)。

參見 Bradley 布雷德利；Brahman 梵；Hinduism 印度教

K.E.Y.撰　何建興審訂

Vedas　吠陀　印度教最早的聖典。「Veda」本義為含有有關終極實在之本性的知識的典籍。《吠陀》先以口傳方式流傳，約於西元前一千四百年起一千年間編集成書，並區分為四部本集：《梨俱吠陀》(*Rg Veda*，一千零二十八首讚歌，部分含有宇宙論思想)、《沙摩吠陀》(*Sāma Veda*，伴隨祭祀的詠歌)、《夜柔吠陀》(*Yajur Veda*，祭祀的祭詞和真言)，以及《阿闥婆吠陀》(*Atharva Veda*，密咒、神話和傳說)。「吠陀」一詞也指稱《梵書》(*Brāhmanas*，前述吠陀書的儀式與神學的註釋)、《森林書》(*Āranyakas*，主要由隱居於森林而從事冥想的人所作)及《奧義書》(*Upanishads*)。早期的吠陀典籍關切有關儀式與獻祭的種種實踐，《奧義書》則較完整地反思理論性神聖知識。

所有這些典籍都被視為是天啟聖典(*śruti*)，據信其內容表達了非來自人或神的永恆智慧，並由「洞見」這內容的聖者所傳承，藉口傳方式為後人所聽聞。它們所涵蓋的範圍，包括有關如何藉讚歌與祭詞正確地執行祭祀的教說，乃至有關大梵、人類和宇宙之本質的解釋。與天啟聖典相對的是聖傳典籍(*smṛti*)，後者是人們針對前者所做的註釋。《薄伽梵歌》(*Bhagavad Gita*)嚴格說來應算是聖傳典籍，實際上卻形同天啟聖典。

K.E.Y.撰　何建興審訂

veil of ignorance　無知之幕　見 Rawls 洛爾斯

velleity　不完全意志　見 volition 意志

Venn diagram　范恩圖解　由邏輯學家范恩(John Venn)所提出的一種邏輯圖解，標準的形式陳述句(下面列有四種)可由兩個適當標記後的交叉圓來表示，如下：

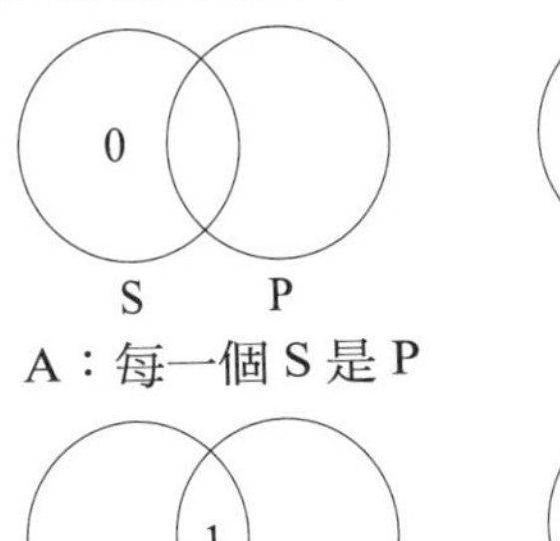

A：每一個 S 是 P

I：某些 S 是 P

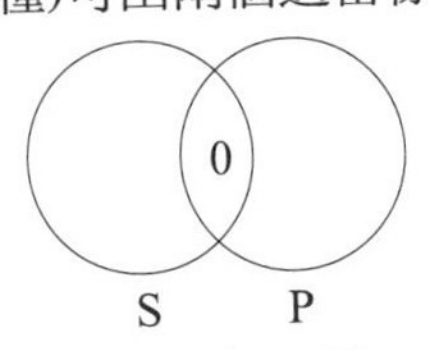

E：沒有 S 是 P

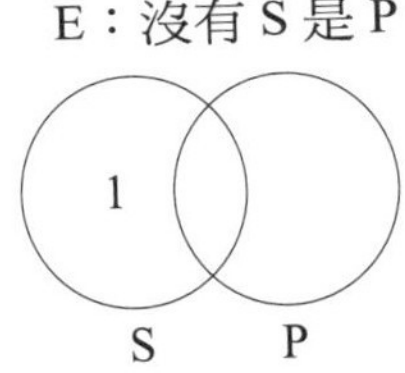

O：某些 S 不是 P

三段論證（syllogism）則由三個交圓表示，範例如下：

每一個 M 是 P
每一個 S 是 M
———
每一個 S 是 P

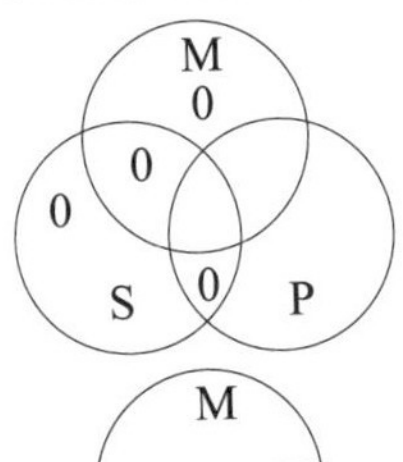

沒有 M 是 P
每一個 S 是 M
———
沒有 S 是 P

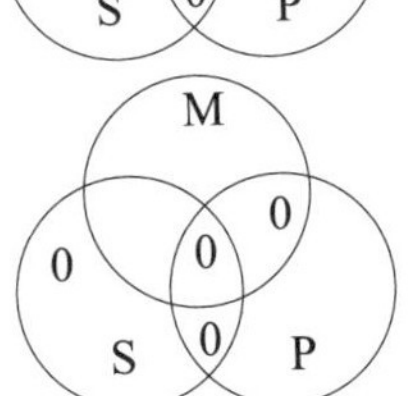

如果遵循某些簡單的規則，例如，「先圖解全稱的前提」，那麼在一個有效的三段論中，前提之圖解自動就會呈現出一個表示結論圖解。在一個無效的三段論中，前提之圖解就不會自動呈現出一個表示結論圖解，如下：

每一個 P 是 M
每一個 S 是 M
———
每一個 S 是 P

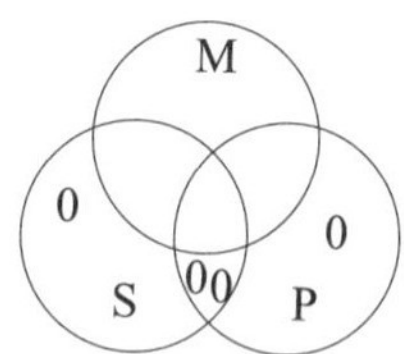

對初學者而言，范恩圖解不如歐勒圖(Euler diagrams)易懂。

參見 Euler diagram 歐勒圖；syllogism 三段論式

R.P.撰　古秀鈴、楊金穆審訂

verifiability, principle of　**可檢證性原則**　見 principle of verifiability 可檢證性原則

verifiability theory of meaning　**意義可證實性理論**　見 meaning 意義；philosophy of language 語言哲學；verificationism 檢證論

verificationism　**檢證論**　是一種關於什麼東西決定意義的形上學理論：某個陳述句的意義在於其檢證的方法中。因此，檢證論完全不同於把意義和真值條件(truth conditions)等同起來的這樣一種解釋；這一點隱含於弗雷格(Frege)的著作中，而在維根斯坦(Wittgenstein)的《邏輯哲學論》(*Tractatus*)中極為明顯，也在戴維森(Davidson)的著作之中到處可見。例如，在戴維森的理論中，意義理論最關鍵的概念是真與假。

當代檢證論者在牛津大學(Oxford)的哲學教授杜米特(Michael Dummett)的影響下，提出他們視為是真實概念(concept of truth)的一種限制，而不是具有意義的一個標準。一般來說，在現代檢證論語意學中，觀察陳述句沒有給予檢證以重要的位置；同時，現代檢證論不是化約論(reductionist)。因此，很多哲學家把蒯因(Quine)的〈經驗主義的兩個教條〉(Two Dogmas of Empiricism)理解為，對檢證論的拒絕。這是因為，他們沒有注意到一個重要的區別。蒯因所拒絕的，並不是檢證論，而是「化約論」(reductionism)，亦即，該理論認為，每一個陳述句都有一系列相應的先驗(a priori)決定的檢證條件。就檢證論而言，化約論本質上是非常狹隘的；而檢證論在上述關於檢證是否是整體論式的(holistic)這一點上，則持中立的立場。最後，現代檢證論與邏輯哲學和邏輯數學中的修正論聯繫在一起(例如，拒絕二值原則〔principle of bivalence〕)，則是完全不同於傳統的檢證論。

參見 logical positivism 邏輯實證主義；meaning 意義；principle of verifiability 可檢證性原則；Vienna Circle 維也納學派

E. L.撰　苑舉正審訂

verisimitude　**逼真**　見 truthlikeness 似真性

Verstehen　**理解**　德語，「理解」、「詮釋」之意。人文科學中的一種方法，旨在從「行動者的觀點」重構意義。這樣一種方法使得行動者怎樣理解他們自己變得很重要，例如，當文化人類學家試圖從「當地人的觀點」來理解其象徵和實踐的時候。這種意義上的理解經常與解釋(*Erklärung*)形成對照。鑒於解釋根據一般的規律發現原因，而且是站在一個局外人的角度，而理解卻旨在從一個局內人的角度澄清意義，即某一個行為或某種表達對行動者而言所具有的意義。這種區別經常是自然科學和人文科學之間更進一

步從方法論和本體論來加以區分的基礎。自然科學的資料可以是依賴於理論的，在這種意義上說它是詮釋性(interpretive)的，而人文科學卻是「雙重」詮釋性的，它們試圖詮釋這個主體對其行為和實踐所作的詮釋。人文科學目的不在於解釋行動而在於理解意義、文本和類似文本的東西。行為、手工物品和社會關係都類似於文本，在其中它們對人這個主體有意義而且被人賦予意義。因此，理解的方式否認了「科學的統一性」觀點，該觀點典型地代表著經驗論者和實證論者所作的解釋觀。然而，另外一些哲學家諸如韋伯，則力主反對這樣一種二分法，而且斷言社會科學尤其要結合解釋和理解這兩個特徵，而心理分析和意識形態理論則統一了這兩種方法。

即便在擁護這種方法的人當中，理解的性質自然也存有爭議。狄爾泰(Dilthey)和其他新康德主義者提出，理解是對行動者主觀視角的想像性再經歷，而維根斯坦(Wittgenstein)及其追隨者則指出動機和原因之間的明顯區別，而且通過把某個行動與它所遵循的相關規則或準則聯繫起來，來理解動機。在兩種情況中，人文科學都旨在理解：文本和與文本類似的東西，對於行動者來說真正意味著什麼。近來德國詮釋學隨海德格(Heidegger)之後，論證說，理解不是指學科的特殊方法，也不單純指認知和理論的成就，而是指所有人類存在的實際方式，即存在於世界中的境況，這種境況投射出各種可能性。因而所有的理解就成為解釋，其本身是包括自然科學在內的所有人類行動的一個普遍特徵。理解獲得成功的標準的也自然存有爭議，特別是，有很多哲學家否認它構成一種方法。如果所有的理解都是解釋，那麼就不存在沒有預設的、中性的資料，可以把理解放到經驗中去加以檢驗。因此理解不是方法而是行動，在其中，文本和詮釋者之間存在一個「視域的融合」。諸如連貫性、介入傳統的能力或者增強對話這樣的標準，是否適用於此，要視各種各樣的詮釋類型、目的和語境而定。

參見 Dilthey 狄爾泰；explanation 說明；Heidegger 海德格；hermeneutics 詮釋學；unity of science 科學的統一

J.Bo.撰　顧忠華審訂

verum　真值「真」　見附錄：特殊符號與邏輯記號

vibratinuncle　小振動　見 Hartley 哈特里

vice　惡　見 virtue ethics 德行倫理學

vicious circle principle　壞循環的原則　見 type theory 類型論

vicious regress　惡性後退　一種在某種意義不可接受的後退，此種後退由無限序列的項(an infinite series of items)組成，其中每個項在某種意義上都是依於一個同類的前項，例如，無限序列的事件，其中每一個事件都是由前一個事件引起的。人之所以認為後退是惡性的，可能是因為人認為那種後退不可能或者它的存在與所知道為真的事物不一致。「某事物會導致一種惡性後退」這樣的主張經常作為歸謬(*reductio ad absurdum*)論證策略的一部分。人可以在亞奎納(Aquinas)找到這方面的一個例子：原因的無窮後退是惡性的，所以有一個沒有原因的原因(uncaused cause)。回應此論證的人有時認為這種後退其實不是惡性的，因而論證不成立。

一個更令人信服的惡性後退之例子由後面原理產生：一個人之能知道一個字詞的意義一定得基於他對其他字詞的先在理解(prior understanding)。如果這個原理正確，那麼一個人之能知道一個詞(W_1)的意義只有基於他對其他字詞(W_2 和 W_3)的意義的先在理解。而繼續應用該原理便有：一個人之能知道這些詞(W_2和W_3)的意義只有再基於他對其他字詞的意義的先在理解。這就導致了無限後退。因為沒有人在生下之初就了解任何字詞(的意義)，那麼，這種後退就意謂著，(生下來的以後也)沒有人會了解任何字詞的意義。但這明顯為誤。既然這種後退的存在和一個明顯的真理(亦即人能瞭解字詞之意義)不一致，那麼我們可以結論到：這種後退是惡性的，而且導致它的原理為誤。

參見 epistemic regress argument 知識的後退論證；reductio ad absurdum 歸謬證法

W.T.撰　龔維正審訂

Vico, Giambattista　維科，詹巴蒂斯塔(1668-1744)　義大利哲學家，現代歷史哲學、文化哲學和神話哲學的創建者。終其一生都在拿波里(Naples)或附近地區渡過，並在當地的大學中教授拉丁語雄辯術(1699-1741)。在維科生存的年代裡，宗教法庭在拿波里一直是相當重要的力量。維科人生的轉折點，便在於他被宗教法庭解除了民法教授的職位(1723)，儘管維科對此事深感不公和失望，但這卻正是促使他撰寫出主要哲學著作的緣由。1735年，維科被波旁王朝的查理(Charles of Bourbon)任命為皇家史官。

維科的重要著作是《新科學》(*New Science*〔*La scienza nuova*〕, 1725)，他在1730年全面修訂此書，出版了第二版的定本。事實上，在1720年代中，維科即曾以拉丁文出版過三部相互關聯的法學著作，書名均為《普通法》(*Universal Law*)。在其中一部裡，維科就描繪了他對於民族歷史生活的「新科學」(new science)概念的想法。在此之前，維科的主要著作包括《論我們這個時代的研究方法》(*On the Study Methods of Our Time* , 1709)，他從人類教育的層面比較了古代人和近代人的差別；《論義大利民族最古老的智慧》(*On the Most Ancient Wisdom of the Italians*, 1710)則批判了笛卡兒的形上學概念。他的《自傳》(*Autobiography*, 1728-31)則開啟了現代思想自傳的概念。

維科哲學的基本原理是「真理即人造物」(the true id the made〔*verum ipsum factum*〕)。換言之，維科認為：真理和人造事物是同義詞，兩詞可以互相置換。這個原理正是維科「科學」(*scientia, scienza*；真知、知識)的中心思想所在。對維科而言，只有那些能夠產生這種語詞相互置換的主題學科，才有科學可言。例如：數學科學可以存在，因為數學真理就是我們所創造出來的。同樣的，關於民族歷史生活的世俗世界的科學也可以存在，因為世俗世界的事物也都是我們所創造出來的，因此我們就有可能擁有這樣一門科學。作為自我世界的創造者，我們就像作為造物主的上帝一樣，既能造其所知，並且也知其所造，因此，我們也就能夠擁有自本自根的知識(knowledge *per caussas*，藉由本原本因，或從內部所獲得的知識)。然而在自然科學當中，我們卻只能擁有某種「覺識」(*conscientia*；某種意識或感認)，而非知識(*scientia*)，因為自然中的事物並不是被認知者所創造出來的。

維科的「新科學」既是一門說明「人如何創造歷史」原理的學問，同時也是對「上帝在歷史上所做的工」所做的描述。維科提出：所有的民族都會在由天命所主控的狀態下，在歷史當中循環興衰(*corsi e ricorsi*)。這個由各民族所組成的世界，或者用維科所引用的奧古斯丁名言(Augustinian phrase)來說——「這座人類的大城市」，會顯示出「理想永恆歷史」的三個階段化模式。首先，每個民族都會經歷諸神的時代(在這時，人們以諸神的名義來進行思考)，再進入英雄時代(其時，人們以英雄的個性來型塑所有的美德和風俗)，最後再進入人的時代(到了這時，所有的神聖感都喪失了，生活變得奢侈和虛偽，思想也變得抽象和無效)；因此，世界又必須重新開始循環。在前兩個階段裡，人類所有的生活和思想都會受到「想像」(*fantasia*)的基本動力支配，而人類更通過以「想像共性」(*universali fantastici*)這種能夠形成經驗的能力來賦予世界次序。換言之，這兩個階段均由「詩性智慧」(*sapienza poetica*)所支配。維科的歷史、社會和知識概念都以神話思想概念作為基礎，他同時也將神話思想視為人類世界的起源。對維科來說，想像是人類心靈最基本的能力，透過想像，人們會將真實的和被創造出來的東西加以轉換，進而創造出神話和諸神，而這些神話和諸神正是所有歷史循環的基礎所在。

米舍萊(Michelet)是維科思想在十九世紀最主要的擁護者，他以維科的觀念為基礎，發展出自己的歷史哲學。考勒瑞治(Coleridge)則是維科觀點在英國的主要傳播者。喬哀思(James Joyce)用《新科學》作為他的小說《芬尼根守靈》(*Finnegans Wake*)的子結構，他在書中的第一個句子中，就用拉丁文開了維科名字的玩笑:「透過那有用維科的再版」(by a commodius vicus of recirculation)。克羅齊(Croce)在二十世紀復興了維科的哲學思想，他希望將維科視為義大利的黑格爾(Hegel)。維科的觀點一直是霍克海默(Horkheimer)、柏林(Berlin)這樣的大哲學思想家，或是像里奇(Edmund Leach)這樣的人類學家，和韋勒克(René Wellek)和里德(Herbert Read)這樣的文學批評家所進行分析的主題。

參見 Croce 克羅齊；philosophy of history 歷史哲學

D.P.V.撰　陳懷恩審訂

Vienna Circle　維也納學派　一群哲學家和科學家，他們從 1922 年到 1938 年在維也納定期聚會進行討論，提出了有關科學知識之自我意識的革命概念。該學派在蒲朗克(Philip Planck)學生石里克(Moritz Schlick)抵達維也納後，由數學家漢斯・漢恩(Hans Hahn)提議，延續戰前與物理學家弗蘭克(Philip Frank)和社會科學家紐拉特(Otto Neurath)所共組的一個論壇。卡納普(Carnap)於 1926 年加入(從 1931 年起在布拉格)；其他成員還包括費格爾(Herbert Feigl，從 1930 年起在美國愛阿華州)、威斯曼(Friedrich Waismann)、伯格曼(Gustav Bergmann)、克拉夫特(Viktor Kraft)和馮尤霍什(Bela Von Juhos)。該學派在維也納的親近人士包括哥德爾(Kurt Gödel)、門格(Karl Menger)、考夫曼(Felix Kaufmann)和齊爾澤(Edgar Zilsel)。(波普爾〔K. Popper〕既非會員也非親近人士)。在其形成期間，學派的活動限於討論會(很多是關於維根斯坦的《邏輯哲學論》〔*Tractatus*〕)。1929 年學派進入其公開期，成立了恩斯特・馬赫學會(Verein Ernst Mach)，由卡納普、漢恩、紐拉特發表了其宣言：〈科學的世界觀：維也納學派〉(Wissenchaftliche Weltauffassung: Der Wiener Kreis，被譯成英文，發表於紐拉特的《經驗社會與社會學》〔*Empiricism and Sociology*, 1973〕)，弗蘭克和石里克編輯了首套一系列哲學專著。該學派也開始與各自獨立但方向大致相似的「柏林經驗哲學協會」(Berlin Society of Empirical Philosophy)合作，成員包括萊辛巴哈(Reichenbach)、格雷林(Kurt Grelling)、勒溫(Kurt Lewin)、克勞斯(Friedrich Kraus)、杜比斯拉夫(Walter Dubislav)、韓培爾(C. G. Hempel)、馮米澤斯(Richard Von Mises)：兩個團體一起分別在布拉格和柯尼斯堡(Königsberg)召開了他們的公開會議，獲得更名為《認識》(*Erkenntnis*)的哲學雜誌的編輯權；稍後組織召開了「統一科學國際會議」(the international Unity of Science congress)。從 1934 年起，主要成員的逝世和離散(漢恩於 1934 年去世，紐拉特於 1934 年去了荷蘭，卡納普於 1935 年去了美國，石里克於 1936 年去世)並不意味著維也納學派哲學的消亡。透過早期來訪者(艾耶爾〔Ayer〕、納格爾〔Ernest Negal〕、蒯因〔Quine〕)，以及移民美國的那些成員和合作者(卡納普、哥德爾、弗蘭克、韓培爾和萊辛巴哈)後續的著作，該學派的邏輯實證主義(萊辛巴哈和紐拉特獨自偏好「邏輯經驗主義」這個名字)對分析哲學的發展影響很大。

該學派討論所關懷的，是形式和物理科學的哲學。儘管個人著作所涵蓋的範圍較為廣泛，但主要是其對科學的態度，顯現該學派在當時中歐哲學運動之中的地位。該學派拒絕傳統哲學知識論的需求，對知識訴求賦予超越科學的證實。在這方面，該學派靠向一個突出的奧地利傳統(此為該學派的歷史學家紐拉特的一個論點)：在德國的大部分地區，科學和哲學於十九世紀就已經分開了。當然，從赫姆霍茲(Helmholtz)開始，又掀起了一個運動，試圖把康德(Kantian)傳統的科學名聲與德國觀念論的思辨性格區分開來。然而，1880 年後，新康德主義者堅持知識論的自主性，把早期的同路人貶為「實證主義者」。可是，化約科學知識訴求的計畫，以及對所剩下的部分予以合法化得到了如馬赫等經驗論者的廣泛支持。對自然現象的全面描述而非解釋，成了理論家的任務，他們不再以哲學為基礎，而是在他們偏好的經驗程序的用處之中去尋找基礎。與實證主義者相似，維也納學派認為康德對於客觀性之可能的答案，即「先驗綜合的」(*synthetic a priori*)是不理想的。此外，該學派和約定論(conventionalist)先驅龐卡黑(Poincaré)和杜恩(Duhem)都發現，康德的答案與形式科學的結果相矛盾。黎曼(Riemann)的幾何學顯示，關於物理空間的幾何學問題可以有一個以上的答案：即物理空間是歐基里德(Euclidean)幾何學的還是非歐基里德幾何學的？這個發現使愛因斯坦(Einstein)和加入學派前的石里克(《當代物理學中的時空》〔*Space and Time in Contemporary Physics*, 1917〕)論證說，相對論表明，康德關於時空是固定不變的先天綜合直觀形式的觀念是站不住腳的。可是，弗雷格(Frege)的反心理論批判卻也顯示，經驗論不能解釋算數知識，這使得約定論者不再作實證主義式的夢想，以經驗理論連結事實描述和科學原理之間的鴻溝。那麼，維也納學派如何捍衛他們的訴求，即科學提供知識呢(這訴求遭到這只是約定的世界觀之一，這種批評)？

該學派面對組成約定問題的挑戰。在超越康德和馬赫之上所建立的自我形象，他們在相對論裡獲得典範答案：他們認為，不可化約的測量約定(irreducible conventions of measurement)具有廣泛涵義，它們如同聚點所形成的圖象，與純粹事實有所區別。經驗理論被視為創造出來之陳述的邏輯結構，但它們卻可以透過可被觀察所證實的預測結果，解釋經驗的輸入。維也納學派以重新概念化先天和後天探求之間的關係來捍衛經驗論。首先，以偏向弗雷格與羅素(Russell)的邏輯論(logicism)以及在維根斯坦(Wittgenstein)有關重言式(tautology)概念的指導下，算術被認為是邏輯的一部分，而且被當作完全是分析的，沒有任何經驗內容；其真理被認為，可由透過前提和形式符號系統的規則所能證實的東西而代表(卡納普於 1934 年出版的《語言的邏輯句法》〔*Logical Syntax of Language*〕融合哥德爾不完全的結果，聲言並非每個這樣的證實都能展現於那些足以代表古典算術的系統之中)。先天綜合對形式科學而言是不必要的，因為它的所有結果都不是綜合的。第二，該學派採用檢證論(verificationism)：假設經驗概念，若無法分辨其可應用的範圍，即被排斥於科學之外。不可觀察事物的詞語則透過邏輯程序，經由可觀察事物的詞語加以重構。只有在得到這樣的重構之下，科學中理論性的部分才能保持其經驗的特徵(這種化約立場的目的經常並不明確，並且早先的激進立場也逐漸趨於緩和；而萊辛巴哈卻認為有關觀察和理論的陳述之間的關係是或然的)。經驗科學也不需要先天綜合；它所有的陳述都是後天的。

結合這種透過表達邏輯形式分析而能確立表達之組合價值的觀點，檢證論展現了科學知識的訴求及消除形而上學。任何不能與科學一致的意義，都注定與知識訴求無關(萊辛巴哈並不同意此觀點)。因為該學派也注意長期有關科學中設置無條件價值陳述的禁忌，其後設倫理學立場也大致以支持非認知主義為特徵。然而，其成員不只是視價值判斷「僅為」(mere)感覺表達的情緒主義者，他們還試圖區分價值判斷中事實和價值的內容。像從事後設倫理學的石里克(《倫理學問題》〔*Questions of Ethics*, 1930〕)就區分了價值判斷的表達成份(X 渴望 Y)，和他們所隱含的描述成份(做 Z 以實現目的 Y)，而且認為，如果隱含的描述為真而且也真有所表達的慾望的話，這種根植於道德原則之中的要求即包含有效性。這種對規範概念所作的分析，並沒有使得該概念變得毫無意義，但卻准許對倫理體系加以心理學和社會學的研究；門格的形式研究(《道德、決策和社會組織》〔*Morality, Decision and Social Organization*, 1934〕)證明對決策理論是有影響的。

認為知識要求結構性代表的符號學觀點，密切地與數學的基礎研究結合，並在弗雷格、羅素與維根斯坦的「新」(new)邏輯上發展，於其中量化理論(quantification theory)逐漸出現。新的研究成果很快地被整合了起來(儘管頗有爭議)，而卡納普的著作則反映了邏輯概念本身的發展。在《邏輯句法》(*Logical Syntas*)一書中，面對形式科學的基礎上，他採用了「容忍的原則」(Principle of Tolerance)：邏輯(和語言)的選擇是約定的，除了一致性的要求之外，它只受制於實用的因素。所使用的語言形式和其他選擇的區別必須盡可能準確地陳述；至於說一個邏輯語言構架整體是否正確地表示實在，則在認知上是個毫無意義的問題。可是，檢證原則的地位究竟何在呢？卡納普認為，該原則並不是一種發現，而是關於未來科學語言的使用的「建議」(proposal)，這種看法值得受到重視，因為它不但描述出了他自身的約定論的特徵，而且還展現了該學派的「語言學轉向」(linguistic turn)；根據這一「轉向」的說法，哲學關注的是表示的方法，而非被表示物的性質。維也納學派所「發現」(discovered)的，是科學在什麼程度上是約定的：它的檢證論是配合科學理論化中創造力的建議，而不是配合唯心主義的建議。

為了要使一個經驗訴求有意義，它需要實際地被證實或者只是潛在地被證實，或者它是可錯的，或者它只是潛在地可檢驗的，為了做到這項需要，是通過目前的方法或將來的方法，這些都是 1930 年代的討論主題。有關不可觀察事物和科學經驗基礎本質之理論論述地位的議題，與該學派的約定論是否能夠避免唯心主義和形上學的問題，具有同等的重要性。石里克在早期作品《知識的一般理論》(*General Theory of Knowledge*, 1918，第 2 版 1925)和弗蘭克在《因果關係法則及其限制》(*The Causal Law and Its Limitations*, 1932)所提的觀點，經由卡納普在〈科學統一的邏輯基礎〉《科學統一的基礎》第一章第一節(Logical Foundations of the Unity of Science, *Foundations of the Unity of Science* I.1, 1938)一文中闡述，描述理論語言成為未被詮釋的演算，它透過部分定義與完全詮釋的觀察語言相連接。這樣的工具主義在其經驗依據上，需要明顯區分觀察和理論詞語嗎？能維持這樣的區分嗎？

思考一下「科學統一」(unity of science thesis)的論題。根據所有成員同意的方法論立場，所有的科學都遵循同樣的標準：不若前人聲稱可以在「解釋」(explanation)和「理解」(understanding)上，區分自然科學與社會(或文化)科學，他們聲稱沒有基礎方法論差異可以做到這個區別。根據後設語言學的觀點，所有科學知識的對象都可用「普遍」(universal)的語言來理解。「物理主義」(physicalism)斷言，這就是論及物理對象的語言。儘管維也納學派的所有成員都同意這一點，但他們對物理主義的理解不同，這一點在所謂的記錄句子(protocol sentence)辯論中顯得很清楚(有關科學統一論題的規範邏輯觀點只是在後來才被清楚地區分：對於是否所有科學法則被化約為物理法則的議題，紐拉特不同於他人)。很明顯，這個辯論牽涉科學證據陳述的形式、內容和知識地位的問題。石里克不可修正的「確認」(affirmations)談的，是陳述中的現象狀態，但它自身並非科學語言中的一部分(〈知識基礎〉〔The Foundation of Knowledge, 1934〕，譯於艾耶爾〔Ayer〕編輯《邏輯實證主義》〔*Logical Positivism*〕)。卡納普則在該議題上發生改變，他從提議方法論上唯我論的記錄語言中不可修正的陳述，在可錯情況中，轉譯成物理主義的體系語言(1931 年，見《統一科學》〔*Unity of Science*, 1934〕)，經由體系語言中被視如檢驗中的一個靜止時間點的可修正的陳述(1932)，達到科學觀察語言的可修正的陳述(1935 年，見〈可檢驗性與意義〉〔Testability and Meaning〕，《科學哲學》〔*Philosophy of Science*, 1936-37〕)。這些變化部分是由紐拉特促成的，他提出可修正的「記錄陳述」

(Protocol Statements)及其他事物，透過混合純粹物理主義的口語以及科學語言所構成的「普遍話語」(universal slang)，說出觀察者與被觀察物之間的關係(〈記錄句子陳述〉〔Protocol Statements, 1932，譯於艾耶爾編輯的《邏輯實證主義》)。最終，這些觀點回答了不同的研究項目。既然大家都同意，所有科學的陳述都是假設的，那麼關於這些陳述的「基礎」問題，就涉及到維也納學派哲學的本質。對石里克而言，哲學成了確定意義的活動(受到維根斯坦的啟發)；卡納普則把研究哲學當作知識訴求的理性重建，並只牽涉到萊辛巴哈所稱的「證實的脈絡」(context of justification)(其邏輯的方面，而非「發現的脈絡」〔context of discovery〕)；紐拉特則完全用一種自然主義的、多學科與經驗的研究方法來取代哲學，並用這種方法把科學當成一種獨特的話語實踐來研究，這樣就防止出現有關統一科學的正統觀念。

維也納學派既非一個單一整體的，也不必然是一個化約論的哲學運動，而且，當他們對相關知識論預設立場所引發的問題所做的回應被釐清之後，急忙將他們納入英國經驗論傳統的作法，誤解了他們對基礎論在形式與內容二分上所作的抗拒。在當時當地，維也納學派僅是一種少數的聲音；其理論中，作為啟蒙思想再生的社會政治部分(某些人〔如紐拉特〕比另一些人〔如石里克〕更強調此部分)，從根本上反對基本形而上學的蔓延，現在逐漸獲得承認。在 1960 年代化約論的邏輯實證主義「死亡」(death)之後，歷史上的維也納學派以分析哲學史本身多重目標的姿態重新出現，在本質上顯示種種不同的推理方式，對後實證主義的科學理論仍具有重要意義。

參見 meaning 意義；operationalism 操作主義；philosophy of science 科學哲學；reduction 化約；unity of science 科學的統一

T.U.撰　苑舉正審訂

Vijñānavāda　唯識學派　西元四世紀印度佛教的唯心論學派(idealist school)。該學派在重要的認識論與形上學議題上，同佛教中觀學派(Mādhyamika，以相對主義與虛無主義觀點著稱)、佛教實在論學派及當時各種印度教哲學流派有激烈的論爭。中觀哲學運用有效的辯證法來顯示諸如原因、實體、自我等一般哲學概念的矛盾；儘管唯識學派在這一點上同意中觀學派的見解，它卻進一步就吾人心識及其構作物的起源與存在狀態提出了嶄新的解釋。有別於中觀學者「實在是空(*śūnyatā*)」的觀點，唯識學者們主張，實在無非是心或意識(*vijñāna*)。唯識學派也稱為瑜伽行派(Yogācāra)，其唯心論(idealism)與西哲柏克萊(Berkeley)的主觀唯心論十分近似。與所有印度佛教宗派的過程本體論(process ontology)若合符節，唯識學者認為心或意識並不是實體，而是不斷變化的觀念或印象流(an ever-changing stream of ideas or impressions)。

參見 Buddhism 佛教

D.K.C.撰　何建興審訂

***vijñapti*　識表**　印度佛教字詞，意為「表象」(representation)，為一些哲學家用來指稱某種心識活動，該心識活動似乎有一意向的對象，且似乎表象出某心識外的實在，或傳達給心識主體有關該實在的訊息。該字詞主要為具有唯心論傾向的佛教徒所使用，後者宣稱，除了識表或傳達性的心識事件外並沒有其他事物存在，此外，吾人不需要假定任何心識外事物的存在即可圓滿地解釋人類經驗。為了辯護這個極具爭議性的觀點，印度佛教徒發展出不少與西方唯心論論證頗為類似的論證

P.J.G.撰　何建興審訂

Vio, Tommaso de　維奧，托馬索・得　見 Cajetan 卡其坦

violence　暴力　(1)使用武力導致身體受傷、死亡或毀壞(身體暴力)；(2)無論是否使用武力，藉著侮辱、剝奪或洗腦，導致心理或情感受到嚴重傷害(心理暴力)；(3)更廣義地說，對於被視為有價值、神聖或是被珍視的事物加以褻瀆、污辱、污損，或表示不敬的態度(即對之「施暴」)；(4)自然界中的極度的物理力量，像颶風、暴風和地震等等。

身體暴力是可以針對人、動物或財產而發的。在頭兩種情況中，主要顯示在傷害、疼痛、受苦和死亡現象中；在第三種情況中，則是顯示在非法性及非正當性(對財產的暴力破壞，如果是未獲授權的行為，則典型地被視為是暴力)。心理傷害主要適用於人，可被理解為對值得尊敬的人的傷害。但也可適用於較高等的動物(像某些實驗的破壞性心理效果，例如，在涉及孤立和剝奪動物權利的實驗中)。環境保護者有時論及對環境的暴力，意味對自然界的破壞和蔑視。

有時候，暴力的概念被用來描述一個人在道德上其所不贊同的行為和實踐。在這種程度上它有一種規範性的力量，但是這對暴力是否是錯的這一點上有了先入為主之見。另一方面，人們會認為，使他人遭受傷害或死亡這樣的事情只在乍看之下是錯誤的(即，在所有相同的其他事情上都是錯誤的)。這賦予暴力一個規範性的性格，建立起其第一眼印象之錯誤性。但是它也讓使用暴力的終極道德正當化問題處於懸而未決之中。既有的種種身體和心理暴力實踐——例如戰爭、死刑——建構了制度化的暴力。不法的或法律途徑之外的一些做法，諸如警戒主義(vigilantism)、拷打、國家恐怖主義(例如，殺手隊)也是如此。有時候，無政府主義者認為法院、監獄和維護國家所必須的警察都是暴力。種族主義和性別歧視可被認為是體制化的暴力，因為它們關係到心理和身體兩者的暴力。

參見 nonviolence 非暴力

R.L.H.撰　林立審訂

***vipassanā*　觀**　巴利(Pali)語詞，意為「洞察」(insight)、「辨識」(discernment)，印度佛教學者以此詞描述一種禪定修習及透過這修習所達致的意識狀態。禪定修習旨在使修行者以與佛教形上學範疇相一致的方式來知覺和認識。由於這形上學是分解式的，關注部分甚於整體，因此該修行法也是分析和解構式的。修行者應將日常經驗中所知覺到的組合體和連續體分解為轉瞬即逝的事件，培養對這類事件的知覺，直到他不再經驗持續存在的日常事物，而是依轉瞬即逝的事件來體驗世界為止。達到這樣的意識狀態稱為觀的成就。

P.J.G.撰　何建興審訂

***virtù*　德行**　見 classical republicanism 古典共和主義；Machiavelli 馬基維利

virtue, epistemic　認知的德行　見 virtue epistemology 德行知識論

virtue epistemology　德行知識論　是知識論的一個分支，認為有關認知方面的德行，在掌握證成(justification)或認知，或者這兩者，都具有核心的地位。認知的德行指的是人的品質，它有助於發現真理、避免錯誤，或者(有助於)其他理智上有價值的目標。順著亞里斯多德的脈絡，我們應該將這些德行，與其他一些品質，像是有智慧或好的判斷力，區別開出來，後者是實踐成功的理智基礎——但未必是理智的。

然而，認知的德行這個概念的重要性，以及達到某種程度的定義，是有賴於更多知識

論的討論。對那些偏向以自然主義來解釋知識者(比如說，以信念形式所言的「可靠」〔reliable〕方式)而言，將任何有益真理的性質(truth-conducive quality)，或合宜的操作認知機制，稱為是認知的德行，是有道理的。並沒有特別的理由限制認知的德行於可辨認的個人性質之內：某種很高的數學能力就可算是一種認知的德行。對那些偏向以「規範性」(normative)來理解知識的人而言，對應於認知的德行(或邪惡)之觀念會比較狹隘，它會把認知的德行侷限在個人特性(如公平無私或粗心大意)之內，這些特性的運用連結於與信念的倫理學(ethics of belief)。

參見 reliabilism 可靠論；virtue ethics 德行倫理學

J.A.M.撰　陳瑤華審訂

virtue ethics　德行倫理學　亦稱為以德行為基礎的倫理學(virtue-based ethics)和以行為者為基礎的倫理學(agent-based ethics)，德行在這樣的道德觀點或理論中具有核心或獨立的地位。因此，它不僅僅只是(顯示)既有理論所提供的德行之解釋。有一些人會認為，德行倫理學的原則性的主張是關於「道德主體」(moral subject)——即，在行為主體一生中，她應該注意修養自己(或他人)的德行。另外一些人則認為，德行倫理學主要是關於道德理論學家——即描繪我們道德思想的構架時，道德理論學家應集中於關注德行。後者可以被緩和地構想為(下列)主張：相較於其他的道德概念，道德的德行並沒有更不根本。在這種形態的德行倫理學中，德行之所以獨立於其他道德概念，一般來說，在於道德德行的特性或行為，不能化約為道德義務或權利的基本斷言，或以非人格的價值為基礎來證成。德行倫理學亦可以被強烈地構想為(下列)主張：道德的德行比其他道德概念更為基本。在這樣一種德行倫理學中，德行是基本的，亦即，其他道德概念的斷言不但可化約為道德德行的基礎斷言，而且以它們為基礎才得以證成。德行倫理學的諸種形式，在文藝復興前的西方哲學中已占有主導的優勢地位，這在亞里斯多德特別顯著，而在柏拉圖和亞奎納(Aquinas)亦然。許多古代和中世紀哲學家認同關於德行倫理學的強解釋。這樣的觀點比較專注於性格(character)而抽象的的行為，將違法的行為與邪惡的行為等同起來，也就是說，對一個有品德的人而言，這樣的行為與性格不合。依此，一個有品德的人被定義為氣質上與人類之繁衍興盛相關的人。根據這些觀點，雖然一個品格優良的人，或其他仔細觀察她的人，也許可以提出她用以指導其行為的原則或規則(或者其行為至少在表面上與那些原則或規則是一致的)，但是，這些原則並非證成道德的終極源泉。相反地，這些原則的證成取決於：被認可的行為是否與一個有品德的人的性格相符合。

對亞里斯多德而言，人類的繁衍興盛與德行之間的關係是概念上的。(他認為道德的德行作為品性，受理性的適當指導而選擇，並且界定繁衍興盛的生活為依循德行而生活。)雖然有關德行的大多數解釋都把德行與有品德的人類的繁衍興盛關聯起來，但這還有其他的可能性存在。原則上，與德行相關的(不論是因果關係上的還是概念上的)繁衍興盛，有可能是德性的主體自身，也可能是一些德行的受益者，或者是更多受其影響的團體——行為者所在的社群——或者，是所有的人，甚至是普遍有情生命的繁衍興盛。

對古希臘的哲學家而言，人類天性通常被構想為有目的性的，它確定了這種繁衍興盛的內容。中世紀基督教的作者重新解釋這個繁衍興盛的內容，認為德行所帶來的生命之繁衍興盛，超越了過去之死亡，並認為人類的繁衍興盛不只是人性中的固有能力和意向之完成，而且是神聖的計畫之實現。在二十世紀後期所理解的德行倫理學中，有一些學者認為，在決定德行所帶來的繁衍興盛之內容時，我們不該訴諸人性中固有的目的和神聖意志。這些學者寧願將繁衍興盛理解為人如何渡過其一生，如何與她的文化、歷史傳統的標準相呼應。

依照亞里斯多德最一般性的說法，一個事物可稱為是有品德的，在於它的一些性質促成且維持它的正常運作。道德的德行是使人能活得美好。這裡「使」的用法有歧義。亞里斯多德和其他的前現代思想家認為德行與過良好生活之間的關係是概念上的，現代的道德理論家卻總是因果地理解這樣的關係。他們共通地認為德行是性格的特徵，該特徵使人習慣於去做那些可以獨立地等同於道德上所需要做的事，或者去做最好的事情(根據某些理論，對這個人而言是最好的；根據另一些理論，對他人而言是最好的)。例如，富蘭克林(Benjamin Franklin)認為崇尚節儉是品德高尚的表現，因為節儉較少導致生活的煩惱。根據這種觀點，深切地關注他人的福祉，具有道德上的重要意義，只有當這樣的關注激發人們實際採取幫助行動時(才成立)。簡言之，仁慈是一種德行，因它助長慈善的品行；誠實是一種德行，因為它助長實話實說；忠誠是一種德行，因為它助長遵守承諾等等。回應這種現代主義哲學的觀點，近來德行倫理學的擁護者否認道德的德行源於事先所決定的正確行為或最佳事況。有一些學者，特別是自由主義(liberalism)的特定思想家，將德行看作是道德思想的一個部分，與義務所屬的部分區隔開來，它們之間只具有鬆散的關聯。對他們而言，德行的生活(及理論)有其自主的領域。德行和義務各自有它獨立的證成根據，德行主要涉及到個人的人格「理想」、自我形象或生活目標的行構(conception)，而義務和權利則被認為是源於調節人際關係的社會規則。

德行倫理學的擁護者認為，較之更當代的其他替代學說，德行倫理學仍有某些優勢。他們論證說，德行倫理學具有合宜的具體性，因為它以人性的事實或以特殊文化傳承具體發展的事實為基礎來建立道德，相對比之下，當代的學者試圖以主觀偏愛或抽象理性的原則來建立道德。德行倫理學的擁護者還宣稱，德行倫理學在專注於較少被意識到的動機層次方面，更接近人類心理學的真實——例如在討論相對穩定的性情、習慣和長期的目標——在這些方面，現代倫理學將焦點放在受原則和規則所指導的決策(decision making)上。有一些人認為，德行倫理學提供了一個有關道德的生活比較全面和完整的理解，超越了行為所包含了需要、目標、好惡，擴大到人是怎樣的人和人要成為怎樣的人。德行倫理學的擁護者還認為，如果行為的當事人對於所處的情境，及那些只有堅守德行才可以達成的機會，缺乏一顆敏感的心和領受力，那麼，她們根本就無法合宜地應用那些現代主義的倫理學理論所提供規則，去導引她們的行為。根據這樣的觀點，除非她們的德行，提供有關目的充分的明晰性和抗拒誘惑的恆常心，行為的當事人也不可能會遵循那些規則。

許多反對德行倫理學的意見具有(一種追求)現代的形式。批評者認為，德行倫理學太陳舊了，因為它依賴人性的解釋，而目的論使得這些解釋過於老舊；而且循環，因為它根據德行來定義正確的行為，又根據正確的行為來定義德行；德行倫理學(所界定的德行)也是任意的、與現代社會並不相干，因為哪一些事物建構人類的繁衍興盛，或哪一些性情可以達到這樣的繁衍興盛，在當今並沒有公認的標準；而且它沒有實用價值，因為當德行相互衝突時，它無法提供仲裁；德行倫理學也是自我本位式的，因為它最後將主體的道德注意力，導向自己而非他人；最後，德行倫理學是宿命論的，因為它會使行為的道德最後隨著人的素質、教養和機會而改變。或許有些德行倫理學的觀點可以躲開大部分的反意見，但是，並非每一種形式的德行倫理學都可聲稱自己擁有上述的所有優點。

參見 Aquinas 亞奎納；Aristotle 亞里斯多德；ethics 倫理學；Plato 柏拉圖

J.L.A.G.撰　陳瑤華審訂

virtues, cardinal　基本的德行　見 cardinal virtues 基本德行

virtues, theological　神學的德性　見 Aquinas 亞奎納

virtue theory　德性理論　見 virtue ethics 德行倫理學

Vishnu　毗師拏　源自梵文字詞 Viṣṇu，印度教主神，毗師拏派(Vaishṇavite)信徒的上主。毗師拏派哲學家認為，吠陀經典中的「梵」(Brahman)一字指稱的實即毗師拏。後來的典籍將毗師拏和另兩個主神統合起來，而為(一體)三相(*trimūrti*)，即絕對者的三種形相，其中梵神(Brahma，梵天)是創造神，毗師拏是護持神，而濕婆(Siva)是毀滅神。這個不甚普及的觀念為現代思想家們所運用，而將這些神說成是無形相絕對者的三種形相。馬德瓦(Madhva)和羅摩拏闍(Rāmānuja)以毗師拏為最高神，擁有無限的良善性質，且優於不二一元論思想家的無屬性絕對者。毗師拏派思想家將毗師拏和《吠陀》的宇宙原人(Puruśa)及創造神(Prājapati，生主)視為同一，且賦予毗師拏可將祂和至上存在之其他代表等同的種種稱號。祂是宇宙的創造者、護持者和毀滅者。毗師拏神因化身理論而著稱，依這理論，祂藉不同的形相降生世間以宏揚正義。透過這理論及片段或面向(vyūhas)的概念，毗師拏派信徒得以將其他的神祇、英雄崇拜和救世神話融入到他們的教義中。在早期的吠陀文獻裡，毗師拏是個小神，以其橫跨宇宙的「三大步」得名，這「三大步」顯示祂彌綸萬物。在史詩時期(400 B.C.-A.D. 400)，毗師拏成為印度最受歡迎的神明之一，表徵祂的神像具有深色皮膚且手持海螺和鐵餅。毗師拏的配偶通常是吉祥女神(Laksmī)，坐騎則是金翅鳥迦樓羅(Garuda)。

參見 avatar 化身；Brahman 梵

R.N.Mi.撰　何建興審訂

Viśistadvaita Vedanta　限定不二一元論吠檀多　以梵為獨立存在、全知全能的人格神的一種印度教形式。梵恆常地維持心靈與物體所組成之世界的存在，由於梵可作用於世界的一部分，而不需先作用於另一部分，且由於世界顯示(雖同時也覆遮)梵的本性，世界被看作是梵的身體。人若能向梵表示悔罪與信賴，梵將會寬宥他的罪過，賜予他恩惠以了脫生死輪迴。

參見 Hinduism 印度教

K.E.Y.撰　何建興審訂

vitalism　生機論　見 philosophy of biology 生物哲學

vital lie　有益謊言　(1)當謊言產生希望、自信、自尊、心靈健康或者創造性的時候，用於自欺(或者對自己說謊)的一種情況；(2)有助於人們應付困難的錯誤信念，或者沒有被證實為合理的態度；(3)對他人說的一種謊言，旨在促進他們的幸福。例如，關於某人在工作或者人際關係會獲得成功、而實際是自欺的樂觀想法，它會帶來希望、幹勁、豐富生活的意義和增加成功的機會。易卜生(Henrick Ibsen)把「生活謊言」(life-lies)生動地描述成幸福所必需的(《野鴨子》〔*The Wild Duck*, 1884〕)，而奧尼爾(Eugene O'Neill)則把「白日夢」說成必要的精神支持(《賣冰人誘惑》〔*The Iceman Cometh*, 1939〕)。尼采贊同從前的「虔誠幻覺」(pious illusion)或「神怪故事」(holy fictions)，它們把個人和社會從恥辱和負罪感之中解脫出來(《論歷史對生活的利弊》〔*On the Advantage and Disadvantage of History for Life*, 1874〕)；席勒(Schiller)讚賞適度的虛榮和自大，因為它們有助於樹立自尊心(《信念問題》〔*Problems of Belief*, 1924〕)。

參見 bad faith 壞信仰；false consciousness 虛假意識

M.W.M.撰　王巍審訂

Vitoria, Francisco de　維多利亞，弗朗西斯科・德(1492/93-1546)　西班牙籍道明會(Dominican)法學家、政治哲學家和神學家，被認為是近代國際法的創立者。生於維多利亞(Vitoria)或者布爾戈斯(Burgos)，就讀並執教於巴黎聖雅克學院(the College of Saint-Jacques)，在那裡他遇到了伊拉斯謨斯(Erasmus)和比韋斯(Vives)。他還在瓦拉多利德(Valladolid)的聖格雷戈里奧學院(the College of San Gregorio)和薩拉曼卡大學(Salamanca)執教過。

他最有名的著作，是他在薩拉曼卡大學舉行的十二次公開演說的筆記(relectiones)，這些是在他逝世後於 1557 年出版。有兩本筆記特別傑出：*De Indis* 和 *De jure belli*。針對那些因美洲大陸的發現和殖民化而帶來的法律和政治議題，在這兩本筆記中都有所回應。與馬利安納(Mariana)的契約阿利烏主義(constract Arianism)相比較，維多利亞認為政治的社會是我們的自然國家(natural state)。這種國家旨在促進共同利益和保護公民的權利。公民權是由出生地(*jus solis*)而非由血統所決定(*jus sanguini*)。國家的權威存在於政體之中，但是之所以被轉移到統治者那裡乃是為了適當的實施。政府的最佳形式是君主制，因為它在捍衛個人自由的同時也保留了社會行動所必需的統一性。人除了屬於個別的國家之社會之外，還屬於國際社會。這個社會擁有自身的主權和法律，它們規定了國家(states)的權利和義務。這些法律構成了國家的法律(the law of nations〔*jus gentium*〕)。

J.J.E.G.撰　丁福寧審訂

Vives, Juan Luis　比韋斯，胡安・路易斯(1492?-1540)　西班牙人文主義者和教師。生於瓦倫西亞(Valencia)，就讀於巴黎大學(1509-14)，大半生是在弗蘭德斯(Flanders)渡過。與其友伊拉斯謨斯(Erasmus)一起整理了一本被廣泛使用的有關奧古斯丁《上帝之城》(*De civitate Dei*)的評註(commentary)(1522)。從 1523 到 1528 年，比韋斯訪問了英格蘭，任教於牛津大學，成為摩爾(More)的朋友，與阿拉貢的凱瑟林(Catherine of Aragon)交往甚密。在巴黎時，比韋斯否定了中世紀邏輯學的用途(《反假辯證法》〔*Adversus pseudodialecticos*, 1520〕)，提出用辯證法取而代之，強調豐富的推理和清楚、有說服力的說明(《所應教學科》〔*De tradendis disciplinis*, 1532〕)。他的方法部分受到阿格里科(Rudolph Agricola)的鼓舞，可能對拉米斯(Peter Ramus)有所影響。

在神學方面，比韋斯不如伊拉斯謨斯或摩爾有興趣，但在哲學的深度上則超過他們兩人。作為他那個時代的一位偉大的教師，他提出了一項教育計畫，該計畫用能指導行為的實用可能性來代替亞里斯多德學派(Aristotelian)的思辨確定性理想。比韋斯擴大了婦女教育的範圍(《論基督婦女的教育》〔*De institutione feminae Christianae*, 1524〕)，致力於教授古典拉丁文(《拉丁語文練習》〔*Exercitatio linguae latinae*, 1538〕)。作為反對土耳其人的歐洲統一鬥士，他宣揚這樣一種信仰，即國際秩序(*De Concordia*, 1526)依賴於對激情的控制(《論靈魂與生命》〔*De anima et vita*, 1538〕)。作為一個社會改革家，他倡導福利的世俗化(《論給窮人的扶助》〔*De subventione pauperum*, 1526〕)、反對濫用法律術語(*Aedes legum*, 1520)；儘管其猶太血統父母成了宗教法庭的犧牲品，他仍然是個天主教徒，而且設法寫些東西為基督教辯護，卻不在有爭議的神學問題上支持某一方(《論信仰的真理》〔*De veritate fidei*, 1543〕)。

C.G.Nore.撰　吳秀瑾審訂

volition　意志　發動行動的心靈事件。「意欲」(to will)有時作為「意志」的動詞形式。意志的概念深植於現代哲學，當代哲學家把意志等同於一些日常的心靈事件，例如意向(intentions)、或信念加上慾望，從而使該概念有所改變。特別是在當代理論的裝點之下，意志往往成為了複雜的心靈事件，內含認知的、情感的以及意圖的(conative)等要素。意圖要素乃是行為的推動力，亦即其背後的動機。不完全意志(velleity)，是自身不足以發動行為的動能要素。「意欲」是一種功能或一組能力，能引生發動行為的心靈事件。

關於意志在行動中所扮演的角色，有三種理論。第一種是還原論(reductive account)，行動等同於引發身體舉動(bodily behavior)之心靈事件(意志)的完整因果序列，舉例而言，彌爾(J. S. Mill)就如此論證道：「什麼是行動？那不是一樣事物，而是兩樣相續的事物：稱為意志的心靈狀態，以及隨之而來的效果……兩者共同構成了行動。」(《邏輯》〔*Logic*〕)瑪麗舉起手臂，實乃「是」瑪麗的心靈狀態使她的手臂舉了起來，單單是瑪麗的意志狀態，或者手臂的舉起，都不能自身稱為行動；確切地說，完整因果序列(由因到果〔causing〕)才是行動。這一論證的主要困難在於，其還原論的狀態是難以為繼的，我們無法不提及行動而又要描繪意志及其引起的身體舉動。

第二種非還原的理論(non-reductive)，可分為二類。其一是將行動等同為發動意志，其二是將行動等同為意志的效果。以前者來說，意志即行動，身體的舉動僅僅是因果關係的結局，柏克萊(Berkeley)就強烈主張這個論點：「……一旦考慮到意志……就要認為心靈是主動的……。摘取眼前這朵花時，我是主動的，因為我靠手的動作去摘，而此動作是我意志的結果」(《三篇對話錄》〔*Three Dialogues*〕)。本世紀，普里查德(Prichard)上承了這一理論，認為「行動即是意欲某樣事物」(to act is really to will something)(《道德義務論》〔*Moral Obligation*, 1949〕)。據此，「意欲」是無比獨特的(*sui generis*)(雖然在不同的著述中，普里查德將意欲等同為個人做某件事的心理設定之行動)，就此而言，意志是意欲的行動。這一主張遭到賴爾(Ryle)的攻擊(《心的概念》〔*Concept of Mind*, 1949〕)，賴爾論證道，普里查德的主張將導致無限後退的謬誤，因為要意欲做某件事，一個人必須意欲「意欲做某件事」，如此永無止境。但賴爾的說法也受到反駁，認為後退終會停止；除了為了意欲必須有的那種意欲外，並不須要有另外的訴求。賴爾的另一個批評較為有力，認為「意志」是反啟蒙藝術的詞語，「意志乃是個矯揉造作的人為概念，我們必須研究某些專家的理論以找出它是如何被操控的……(它就像是)『燃素』與『動物靈魂』……現在已沒有任何用途了。」(《心的概念》)。

另一理論是行動的因果理論，將行動等同於以意志為因而做成的結果。舉例來說，洛克(Locke)就是如此論證：「意志或意願是心靈的行動，此心靈思以產生行動，從而發揮其力量促成之……。意志不是別的，就是心靈的特殊決斷……心靈憑藉意志，對其能駕馭的行動，力圖引生之，持續之，或終止之。」(《人類悟性論》〔*Essay concerning Human Understanding*〕)這是功能性描述，因為事件之為行動，乃在於其扮演造成結果的原因角色。瑪麗的手臂舉起之算是瑪莉舉手之行動，在於它是瑪莉舉手意志造成的結果，若是她手臂因為神經痙攣而舉起，就不能算是行動，即使從從照片上看起來，這兩個舉動一模一樣。

為了回應賴爾指控，當代的因果論的理論家傾向將意志與日常心靈事件等同，舉例來說，戴維森(Davidson)將行動的原因解釋為信念加上慾望，而威福利德．塞拉斯(Wilfrid Sellars)認為意志是此時此地想要做某件事的意向；然而，即使因果理論言之成理，卻仍必須面對兩個難題：首先，有不少反例顯示，先發的心靈事件與肉身動作是由不規則的因果之鏈(wayward causal chain)聯繫的；其次，是對這些心靈事件(如意圖)要提出有啟發性的說明，能持平地看待意圖要素。

參見 action theory 行動理論；free will problem 自由意志問題；practical reasoning 實踐推理；wayward causal chain 逸軌因果序列

M.B.撰　戚國雄審訂

Voltaire　伏爾泰　法蘭西斯-馬里・阿魯埃(François-Marie Arouet, 1694-1778)的筆名，法國哲學家和作家，早期作為劇作家和詩人而成名，後來成為牛頓式自然哲學具影響力的推廣者。其經久不衰的名望，仰仗於他關於宗教和道德問題尖刻詼諧的評論(特別是《哲學信札》〔*Philosophical Letters*, 1734〕和《哲學辭典》〔*Philosophical Dictionary*, 1764〕)、他傑出的小說，和針對舊體制(*ancien régime*)的不公正所做的熱情洋溢的論辨。用懷德海(Whitehead)的話說，在當代專業化的學科意義上，與其說他是個哲學家，倒不如說他是個百科全書家(philosophe)。他有關形上學(metaphysics)和知識論(epistemology)的觀點大部分是從洛克(Locke)那裡借來的，他在停留於英格蘭期間(1726-28)，認識並強烈崇拜洛克和牛頓(Newton)的著作。他位於偉大法國文學道德家之列，蒙田(Montaigne)、巴斯卡(Pascal)、狄德羅(Diderot)和卡繆(Camus)也在此列。

伏爾泰的觀點是懷疑的(skeptical)、經驗的(empiriscal)和人文主義的(humanistic)。他的懷疑論不是笛卡兒(Descartes)那種激進的(radical)懷疑論。但是他否認我們能獲得對系統哲學家(例如萊布尼茲〔Leibniz〕)有關形上學重大斷言，或制度性宗教的教義神學的恰當支持。伏爾泰的經驗主義要求我們滿足於日常經驗有限和可能出錯的知識，滿足於其通過經驗科學的方法而得到的發展。他的人文主義以其經驗主義的懷疑論為基礎，呼籲宗教和社會寬容：在迫害那些於基本的哲學和神學問題上不同意我們觀點的人時，我們誰也沒有可被證明為正當的足夠理由。伏爾泰的實證論(positive)觀點在於，我們人類的狀況，儘管有其缺陷和危險存在，嚴格來說，與不確定的(dubious)超驗領域(transcendental realms)的威脅與承諾沒有任何聯繫，仍是富有意義的(meaning)和可以安頓的(livable)。

伏爾泰關於宗教的觀點能很好地說明其態度。儘管他認為，關於三位一體(the Trinity)或道成肉身(the Incarnation)的教義是一派胡言，但他確信一個善良上帝的真實性，這個善良的上帝通過我們的道德感，囑咐我們像兄弟姐妹一樣地相互友愛。的確，他發現正是這種道德感憤恨對體制制度化基督教的不寬容。他最深刻的宗教思考涉及到惡的問題(problem of evil)，見於他的「里斯本地震詩」(Poem of the Lisbon Earthquake)和經典故事《聖賢》(*Zadig*, 1747)和《憨第德》(*Candide*, 1759)。他拒絕過分樂觀的觀點(在《憨第德》中，龐洛斯博士〔Dr. Pangloss〕所持以之來嘲諷萊布尼茲)，即在我們的日常生活中能見到上帝之手(the hand of providence)的干預，但是他承認善良的上帝不會(像極端的自然神論〔deism〕認為的那樣)讓其宇宙盲目地運轉。不管在下述思想中會存在什麼樣的形上學真理(metaphysical truth)，即認為「全都是為了所有可能世界(all possible worlds)中有益的好處著眼」，伏爾泰認為，這種觀念作為對邪惡的實踐回應是極為荒唐可笑的，取而代之的是他提出的解決特定局部問題的具體行為：「我們必須耕種我們的花園。」他建議以具體的行動來解決特殊的區域性問題：「我們必須耕耘我們的花園(We must cultivate our garden)。」

伏爾泰一直是一個頗有爭議的人物。威爾・杜朗(Will Durant)認為他是「最偉大的人」，而約瑟夫・德・梅斯特(Joseph de Maistre)則認為「崇拜伏爾泰是腐朽靈魂(corrupt soul)的正確無誤的記號(infallible sign)。」或我們有足夠的理由可以說，他用不同尋常的魔力和智慧來寫作人性的根本價值觀，它們或許不是非常核心部分，卻也是對我們的人性必不可少的。

參見 *Encyclopedia* 百科全書；Leibniz 萊布尼茲

G.G.撰　吳秀瑾審訂

voluntarism　唯意志論　將我們控制現象的能力，當作是正確理解該現象的本質的哲學觀點。因此，倫理上的唯意志論主張為，定義正確與錯誤行為的標準在某種意義上而言是由我們來選擇的。信念唯意志論認為：我們對本身所相信的東西擁有廣泛的控制力，我們能選擇相信哪些東西。神學唯意志論是信念唯意志論的一個特例，這種唯意志論意味著，宗教信仰需要一種本質的選擇因素；證據本身無法決定信仰什麼東西。這種觀點與巴斯卡(Pascal)、齊克果(Kierkegaard)和詹姆士(James)非常類似。歷史唯意志論的學說為，人類意志在歷史中是一個主要的因素。而這種觀點是與馬克思主義的歷史觀相反的。最後，形上學的唯意志論者如叔本華(Schopenhauer)主張，世界的基本構成原則不是理性或道德秩序的化身，而是意志；這種意志，對叔本華而言，也就是遍布在自然界的每一角落，為生存而努力的無意義的奮鬥意志。

參見 epistemology 知識論

R.Fo.撰　王文方審訂

voluntarism, doxastic　信念唯意志論　見 voluntarism 唯意志論

voluntarism, ethical　倫理的唯意志論　見 natural law 自然法

voluntarism, metaphysical　形上學的唯意志論　見 voluntarism 唯意志論

voluntarism, theological　神學唯意志論　見 voluntarism 唯意志論

voluntary act　意志行動　見 action theory 行動理論

voluntary euthanasia　自願安樂死　見 euthanasia 安樂死

von Neumann, John　馮・諾曼，約翰(1903-57)　匈牙利裔美國數學家、物理學家、邏輯學家、經濟學家、工程師和計算機科學家。生於布達佩斯，受教育於匈牙利、瑞士和德國。1930 年訪問普林斯頓大學，1933 年擔任普林斯頓高等研究院(the Institute for Advanced Study at Princeton)的教授。他在純數學領域裡最重要的工作是關於希爾伯特(Hilbert)空間裡的算子環研究。在量子力學中，他證明矩陣力學與波動力學是等價的；而且論證說，量子力學不能被放入基本上是決定論的體系中。他在集合論和數理邏輯方面取得了重要的成果，而且推動希爾伯特方案想利用數學證明數學的一致性，一直到他受到哥德爾的不完備性定理(Gödel's incompleteness theorems)的衝擊為止。他建立了數學的博弈論，而且後來把它應用到經濟學中。

在這些眾多不同的領域中，馮・諾曼表現了分析論題和建立數學形式體系的非凡能力，這種數學形式體系回答了關於該論題的基本問題；邏輯學中的形式化是該過程的一種特殊情況，其中論題是語言和推理。隨著二次世界大戰的到來，馮・諾曼把他非凡的分析能力轉向實用的流體力學、彈道學和核爆炸領域。1945 年，他開始研究電子計算機的設計、使用和理論。後來，他成為美國政府的一位主要的科學家。

馮・諾曼對現代電子計算機的硬體設計有一定的貢獻，而且他發明了最早的現代程式語言。借用這種語言，一個程式能改變其自身指令的地址，因此可以把相同的子程式使

用在不同的數據結構上，也可以編寫程式來處理程序。馮・諾曼提議用計算機探索極度複雜的現象，諸如震波的不連續性質。他開始建立自動機理論，該理論可以涵蓋計算機、通訊和控制系統、以及自然有機體，生物演化和社會。為此，他開始進行機率自動機和自我複製及胞腔自動機的研究。

參見 cognitive science 認知科學；computer theory 計算機理論；cybernetics 控制論；philosophy of mimd 心靈哲學；self-reproducing automaton 自我複製自動機

A.W.B.撰　李國偉審訂

von Wright, G. H.　馮・萊特，G・H(b.1916)　芬蘭哲學家，二十世紀最有影響力的分析哲學家之一。他的早期作品受到邏輯經驗論的影響，主要在於邏輯、機率和歸納，包括模態和義務邏輯、規範和行動的邏輯、偏愛邏輯(preference logic)、時態邏輯(tense logic)、因果性和決定論上的貢獻。在 1970 年代期間，他在行為的說明(explanation)上的觀念，有助於連結分析傳統與歐陸的詮釋學。他最重要的貢獻是《歸納和機率論》(*A Treatise on Induction and Probability*, 1951)，本書發展了一個消除性的歸納(eliminative induction)之系統，它使用了充分必要條件的概念。

在 1939 年馮萊特去劍橋與布洛德(Broad)會面，也去聽維根斯坦(Wittgenstein)講課。和穆爾(Moore)的例行討論也深深影響了他。1948 年馮萊特繼任維根斯坦在劍橋大學的教授職位。維根斯坦在 1951 年死後，馮萊特回到赫爾辛基(Helsinki)。他和安絲康(Anscombe)與里斯(Rush Rhees)一同編輯維根斯坦的遺稿。這格外豐富的作品之研讀、組織、系統化與出版，變成他的生平任務。

在劍橋的歲月裡，馮萊特對種種模態(modalities；真、義務、知態)的邏輯性質產生興趣。《模態邏輯議論》(*An Essay in Modal Logic*, 1951)在句法學上研究模態邏輯的種種演繹系統。該年他也在《心靈》(*Mind*)期刊發表了他的著名論文〈義務邏輯〉(Deontic Logic)。該篇論文使他成為現代義務邏輯的創建者。這些邏輯作品深深地影響了分析哲學，尤其是行動理論(action theory)。馮萊特區分了技術義務(technical oughts)(工具-目的關係〔means-ends relationship〕)和由規範權威(norm-authority)所發號施令的規範。他的《規範和行為》(*Norm and Action*, 1963)討論有關規範的存在和規範敘述的真值的哲學問題。他在後設倫理學(metaethics)的主要作品是《多樣的善》(*The Varieties of Goodness*, 1963)。

在《說明和理解》(*Explanation and Understanding*, 1971)一書中，他轉向人文科學(human science)的哲學問題。他為因果性的操控觀點(manipulation view)辯護，這觀點指出行為的概念對原因的概念而言是基礎性的：人類行為不能被因果性的法則所說明，而是必須由意向性來理解(be understood intentionally)。意向性的基本模型是實踐三段論式(practical syllogism)，它由行為與欲想(wants)和信念(beliefs)的邏輯關聯來說明行為。這部著作有時被描繪為反實證論的分析詮釋學(analytical hermeneutics)，為分析哲學與歐陸哲學搭起橋樑。他在真值、知識、模態性、似定律性(lawlikeness)、因果性、決定論、規範和實踐推論上的研究，於 1983-1984 年以《哲學論文》(*Philosophical Papers*)之名而集結出版。

1961 年馮萊特成為芬蘭學術院(Academy of Finland)的成員，芬蘭給予科學家的最高榮譽。多年來，他以瑞典文和芬蘭文在思想史和文化哲學方面寫了許多議論鏗鏘的論文。他漸漸地變成現代科學-技術文明、它對理性的狹隘工具性概念，以及它的進步神話之批判者。他的對和平、人權與人和自然的和諧共存的公眾訴求，使他成為北歐國家(Scandinavian countries)中最受敬重的知識分子。

參見 action theory 行動理論；deontic logic 規範邏輯；epistemic logic 知態邏輯；practical reasoning 實踐推理；problem of induction 歸納法問題；Wittgenstein 維根斯坦

I.N.撰　陳瑞麟審訂

***Vorstellung*　表象**　見 perception 知覺

vortex theory　渦漩理論　見 Descartes 笛卡兒

voting paradox　投票悖論　是指這樣的可能性：如果有三個候選人 A、B 和 C 參加民主方式選舉，至少有三個選舉人，並且他們被要求在成對的候選人中做出順序式的選擇，若誰比另一人獲得更多票就算將之擊敗的話，則 A 可擊敗 B，B 又可擊敗 C，而 C 又可擊敗 A(當選舉人的偏好順序是 ABC、BCA 和 CAB 的話，就會造成上述結果)。因此，儘管每個個別的投票人對候選人的偏好都有明顯的先後順序，但是，集體上卻可能產生循環偏好，導致個體和多數群體的偏好順序並不一致。雖然這個事實不是一個邏輯的悖論，但它使許多社會選擇的分析家感到困惑。它也可能在道德上產生困惑，因為它似乎告訴我們，多數決原則可以是如此變幻無常的。例如，假設我們以順序式的方式對一對對的候選人做出投票，勝者在每一步都面對一個新的候選人。如果候選人皆得到循環式的多數之支持，那麼，最後一位進入選戰的候選人將贏得最後致勝的一票。因此，對投票順序的控制可能會決定投票的結果。

在電影和其他品味的問題方面，容易發現對候選事物的循環偏愛的。因此，投票悖論的問題明顯地是真實的，而不只是一個邏輯上的設計。但它重要嗎？體制可透過——依如上所示的方式——以成對及順序式的形態來阻礙循環多數證據的產生。我們對其進行投票的某些議題會引起不能產生循環的偏好模式。例如，如果我們的議題就某些主要的政治議題 (如福利方案)是一種單面向的自由主義和保守主義二者擇一的問題，那麼，不可能有人能選擇比花費在現狀更多同時也更少的錢，因此，每個人只可能表現出單峰(single-peaked)的偏好，即有如其偏好由峰頂往山峰的其中一邊(也就是說，花費的錢不是更多就是更少)的方向落下。如果所有重要的議題和議題的組合都具有這樣的偏好結構，那麼投票悖論就不重要了。研究公共選擇的學者都廣泛地認為，在很多議題上，集體的選擇不是單峰的，或者因此對議題的組合而言亦是如此。所以，集體的選擇會是非常混亂的。它們所顯示的順序可能是源於體制的操縱。如果這是正確的，我們或許會懷疑，在主權在(選)民的意義下，民主是否為一個一貫的概念。

參見 Arrow's paradox 亞羅悖論；decision theory 決策論；social choice theory 社會選擇理論

R.Har.撰　林立審訂

W

wang, pa **王、霸** 中國政治學名詞，其涵義分別是「聖王」(king)、「霸主」(hegemon)。一個真正的「王」擁有「天(之)命(令)」(Mandate of Heaven)，靠「德」而非「力」(force)來統治。「霸」之體制是在中國的君主喪失實力的時期內發展起來的。當時，為了結束政治上的混亂局面，各國貴族中最有權力的那些人被任命為「伯」(霸)，並在「王」在位之時實際地統治著國家。中國的戰國時期(Warring States period, 403-221 B.C.)各國統治者，不顧是否具有「霸」的力量或是否擁有「王」的統治權，紛紛自封為「王」。在這以後，「皇帝」或「帝」(Emperor)之稱取代了「王」。

B.W.V.N.撰　林安梧審訂

Wang Ch'ung　王充(A.D. 27-100?)　中國哲學家，通常被認為是後漢(25-220)最有獨立思考的思想家。他寫了《論衡》(*Lun-heng*〔*Balanced Inquiries*〕)。自董仲舒(Tung Chung-shu)以來，天人合一(the unity of man and nature)的儒學教義淪為天人相互感應(mutual influence)，充斥了奇異現象和災變之說。王充對這些迷信之談深表懷疑。他甚至敢於挑戰孔(Confucius)、孟(Mencius)的權威。他的世界觀是自然主義的。依他的說法，世間萬事萬物乃物質力量(「氣」)相互作用的結果。他拒斥目的論(teleological point of view)，相信宿命論的觀點(fatalistic point of view)。

參見 Tung Chung-shu 董仲舒

S.-h.L.撰　劉述先審訂

Wang Fu-chih　王夫之(1619-92)　中國哲學家，創造型的儒學(Confucian)思想家。他攻擊新儒家的「理」(pattern)「氣」(ether)二元論，而論證出：「理」是個別的「器」(implements/things and events)的條理化結構，而個別的「器」是由「氣」組成的。王夫之拒絕任何先驗形而上學(transcendental ontology)，相信社會是進化的、是隨時間而變好的。他被中國當代的馬克思主義思想家(Marxist)奉為「唯物主義者」(materialist)(儘管這一術語對他並不適用，這一點可從他對邵雍〔Shao Yung〕的批評看出)。王夫之攻擊邵雍對世界過分「客觀化」(objective)的描述，認為所有這類形式化的表達之所以是失敗的，就在於它們忽視了直覺(intuition)，而這恰恰是我們用以通達活生生的、宇宙神性(spiritual)的唯一渠道。

參見 Confucianism 儒家

P.J.I.撰　林安梧審訂

Wang Pi　王弼(A.D. 226-49)　中國玄學 (Mysterious Learning)學派的哲學家。他與其他諸如郭象(Kuo Hsiang)等思想家，合稱為新道家(Neo-Taoist)。不像相信世界是自我生成(self-generated)的郭象，王弼宣稱世界源於一種可稱為「無」(non-being)的神祕的、混沌未分的狀態。但同時像郭象一樣，王弼尊孔子為唯一真正的聖人，因為老子(Lao Tzu)、莊子(Chuang Tzu)只會「談論」(talked about)「無」，而孔子才真體現了「無」。王弼因發展了「理」(pattern)的觀念，第一次成雙地使用「體」(substance)、「用」(function)概念而顯示了其哲學史上的重要性。他對於人們早已熟知的《道德經》(*Tao Te Ching*)的註釋，深刻而持久地影響著中國後來的思想。

參見 Neo-Taoism 玄學；Taoism 道學

P.J.I.撰　林安梧審訂

Wang Yang-ming　王陽明(1472-1529)　以其「知行合一」(the unity of knowledge and action)與「良知」(善的先天知識)等學說而著稱的中國哲學家。繼陸象山(Lu Hsiang-shan)之後，陽明因其堅持對「心」(mind)與「理」(〔原則、道理〕〔principle,reason〕)的同一性而被了解為形而上學唯心主義者(metaphysical idealist)。王陽明的哲學最根本的關切在於回答這樣一個問題：一個人怎樣成就為儒家聖人(聖)。這個問題只有在對儒家「仁」的理想或道德共同體的宇宙理想的理解、關懷的觀照下才可理喻。王陽明提醒他的弟子，人倫生活中這種理想的具體意義不會隨任何主張的終結而磨滅。他強調人在追求「仁」的歷程中，必須克盡任何私欲。不像朱熹(Chu Hsi)，王陽明對對於周遭世界中現存事物的原理的經驗性探求不感興趣。對於他來說，「事物」(things)無非是道德意志的對象。探究事物(格物〔to investigate things〕)就在於端正人心(正心〔to rectify one's mind〕)、去除邪念並行善。「正心」首先包括的是對道德知識與行為相統一(知行合一)的體認，其次是在「仁」的理想的觀照下拓展道德關切的領域，而不在於對事實性知識的廣泛追究。

參見 *chih-hsing ho-I* 知行合一；Confucianism 儒家；*liang-chih* 良知

A.S.C.撰　林安梧審訂

want-belief model　慾望-信仰模式　見 intention 意圖

Ward, James　渥德，詹姆士(1843-1925)　渥德是英國哲學家與心理學家。受洛釆(Lotze)、赫爾巴特(Herbart)和布倫塔諾(Brentano)的影響。渥德尖銳地批評培因(Bain)的聯想主義，以及和聯想主義同盟的十九世紀化約式自然主義(reductive naturalism)。他的心理學反對聯想主義者的感覺主義(associationists' sensationism)，那種感覺主義視心靈為被動的、能力僅為接受感覺的，而且僅由認知表徵所構成。渥德強調心靈內在的主動性，而且他像康德(Kant)一樣認為，那是一種推論的先驗存在，而且是必然存在、能夠感覺的自我(ego)或主體(subject)，而更為重要的是能夠有動力，並藉由注意力和意志的活動來塑造經驗和行為。因著這種對注意力和意志的強調，渥德的心理學近似於他同時代人詹姆士(James)的思想。而在其形上學思想，渥德反對自然主義者的機械唯物論(naturalists' mechanistic materialism)，而另外提倡一種帶目的論色彩的精神一元論(spiritualistic monism)。儘管渥德對聯想主義和自然主義提出了批評，但他只成為一個過渡性的人物，他的影響力是有限的。雖然渥德同情科學的心理學——他藉著於 1891 年在劍橋建立的心理學實驗室而創建了科學的心理學——但是，他和他的學生史托特(Stout)代表的卻是英國「扶手椅心理學」(armchair psychology)的最後者。經由史托特，渥德也影響了麥獨孤(McDougall)的動力心理學(hormic psychology)。渥德的主要著作是「心理學」(Psychology，《大英百科全書》〔*Encyclopedia Britannica*, 9th ed., 1886〕)，並重寫之為《心理學原理》(*Psychological Principles*, 1918)。

參見 associationism 聯想論；James 詹姆士；Kant 康德

T.H.L.撰　劉希文審訂

warranted assertability　被探究過得到保證的可斷言性　見 Dewey 杜威

Warsaw School　華沙學派　見 Polish logic 波蘭邏輯

wave mechanics　波動力學　見 quantum mechanics 量子力學

wayward causal chain　逸軌因果序列　對一關鍵概念加以因果分析，而其中所指涉的因果序列走偏了。因果分析是為例如指涉(reference)、行動(action)、解釋(explanation)、知識、創作這些關鍵概念而提出的。主要有兩種逸軌(或偏離)的因果序列使得因果分析失效：(1) 一種逸軌因果序列是在依循預設(prescribe)的因果路徑的情況下而所預期的事件(event)並沒有發生；(2)另一種是所預期的事件發生了，但並不是依循預設的因果路徑。以行動為例，有人提出一種分析：一個人之所作所為是一項行動，若且唯若(if and only if) 此人之所為是其信念(beliefs)與慾望(desires)所致使的。而逸軌因果序列的可能性摧毀了這套分析。就情況(1)，試想：在登山時，約翰發覺自己正以繩索支撐著另一個人。他想使自己脫離險境，並且相信鬆開自己緊握的手便能夠脫離。他的信念與慾望讓他失控而鬆了手。雖然依循了預設的因果路徑，但是接著發生的事件——鬆開手，卻不是行動。就情況(2)而言，設若哈利想殺掉他有錢的叔叔，而且他相信可以在家裡找到他叔叔。他的信念與慾望驅使他胡亂開車，而撞死了一個行人，這個行人恰巧就是他的叔叔。殺人一事是發生了，但並不是依循預設的因果路徑，而是哈利所作所為的一項意外結果。

參見 Action theory 行動理論

M.B.撰　吳瑞媛、劉盈成審訂

weak law of large numbers　弱大數法則　見 Bernoulli's theorem 伯努利定理；probability 機率

weakness of will　意志軟弱　見 *akrasia* 意志軟弱

weak semantic completeness　弱語意完備性　見 completeness 完備性

weak soundness　弱合理性　見 soundness 合理

weak supervenience　弱的伴隨性　見 supervenience 伴隨性

Weber, Max　韋伯，馬克斯(1864-1920)　德國社會理論家和社會學家。成長於柏林(Berlin)一個充滿寬容氣氛的知識分子家庭。他在海德堡(Heidelberg)教授經濟學，這裡，他活動的圈子裡有一些領導時代潮流的社會學家、哲學家，如齊美爾(Simmel)與盧卡奇(Lukacs)。儘管韋伯在 1889 年的一場神經衰弱之後，放棄了他的教授職務，他在公眾生活中仍很重要，他是草擬凡爾賽和平條約和魏瑪憲法的委員會顧問。

韋伯的社會理論，從哲學上說，既受新康德主義又受尼采(Nietzsche)的影響，這就在一個既以大量精力專注於西方理性主義，又在倫理上屬於「非認知主義者」(non-cognitivist)的理論家身上造成了張力。他在關於法律、城市化等論題方面，寫了許多比較性作品，還對促成資本主義興起的文化因素進行了可貴的研究，這就是《基督新教倫理與資本主義精神》(*The Protestant Ethic and the Spirit of Capitalism*, 1904)一書。但是他在社會理論上主要的、綜合性的著作是《經濟與社會》(*Economy and Society*, 1914)，它包括了一個基本社會學概念的方法論導論，並受到許多社會科學哲學家一再討論。

韋伯著作的一個主要的理論目標是：去理解社會進程怎樣變得理性化，接著把自黑格爾(Hegel)以來德國歷史哲學的那些特定的主題，作為社會理論的一部分。例如，文化，在被韋伯視為有普遍意義的西方社會「世界觀的解除魔咒」過程中變得理性化了。但是，由於他關於行動的目的理性理論和倫理上的非認知主義，韋伯把理性化單單限定在有明確的目的或手段——目的理性(*Zweckrationalität*)的擴展這層意義上。有理性的行動意味著選擇實現目標的最有效的手段，暗含著對個人行動和選擇後果的判斷。相反，價值理性包含指向至高目的的行動，在這裡，對後果的考慮是不相關的。儘管就行動指導、組織人的行動來說，行動是理性的，對目的、價值的選擇自身不是一個關於理性的、科學的判斷的問題。事實上，對於韋伯，這意味著政治是兩個不可化約的、競爭性終極目的之間的鬥爭場所。在此，上帝與魔鬼爭鬥，有感召力的領袖發明新的上帝和價值。然而，職業政治家應該依指向後果的責任倫理而非依指向抽象原則或終極目標的信念倫理而行事。韋伯還相信理性化帶來了「價值領域」的分化，而這種分化再也不可能被理性所統一，藝術、科學、倫理有它們各自的「邏輯」。

韋伯有影響力的方法論著作，拋棄了科學的實證主義哲學，卻呼喚「價值中立」。他接受了新康德主義在自然與人文科學之間所作的分界，這一分界在他那些受李凱爾特(Rickert)影響的日子裡盛行著。因為人的社會行動是有目的、有意義的，社會科學的解釋，必須與它所研究的行動者的價值、觀念相關。與實證主義相反，韋伯看到了人文科學方法論中的意義理解乃是不可去除的元素。例如，他批判了邏輯實證主義的行動相符觀念，因為這種觀念沒能指向行動者對理性的信仰。但是，對於韋伯，理解並不是直覺或情理體會，並不排除因果分析，理性能夠是理由。於是，社會科學的理解必須具有因果和意義的妥當性。韋伯也認為，對大規模的、宏觀社會現象的充分解釋需要「理念型」建構，此建構是對複雜的經驗現象，如宗派、權威、甚至新教倫理的共同特徵抽象、總結出來的。韋伯主義的理念型既非僅僅描述性的、亦非純啟發式的，而是對不同的歷史、文化情境中的各種現象所進行的成功理論分析所要求的結果。

韋伯將理性視做對世界解除魔咒的分析，與目的理性的拓展，促使他斷言：理性和進步有可能走向它們的反面——這是一個極大地影響了批判理論的觀念。韋伯有一個嚴厲的「時代診斷」和一個悲觀的歷史哲學。在《新教倫理》這本書的末尾，韋伯警告說，理性主義正在使價值資源變得乾枯，正在營造一個日益膨脹的官僚化的牢籠，這些正在導致社會生活中意義和自由的喪失。依韋伯看來，現代理性的這些基本衝突是不可能獲得解決的。

參見 critical theory 批判理論；Dilthey 狄爾泰；explanation 說明；philosophy of the social sciences 社會科學哲學

J.Bo.撰　顧忠華審訂

Weber's law　韋伯感知律　見 Fechner 費希納

wedge argument　楔子論證　見 slippery slope argument 滑坡論證

Weil, Simone　薇依，西蒙(1909-43)　法國宗教哲學家和作家。出生於巴黎，薇依曾經師從哲學家阿蘭(Alain)，其後成為最早從高等師範學校(École Normale Superieure)畢業的幾位女性之一。薇依在法國幾所中學任教期間，介入了激進左派政治，她的早期著作即涉及社會問題與勞動。這些著作也顯示出一種嘗試，即建構一種對人類認知十分重要的行動理論。這個嘗試最早在她的學位論文〈笛卡兒哲學中的科學與知覺〉(Science and Perception in Descartes)中顯露出來，其後在〈對社會壓迫原因及自由之反思〉(Reflections concerning the Causes of Social Oppression and Liberty)一文對馬克思(Marx)、資本主義、技術官僚治國等批判中也可以發現。薇依相信人類不可能逃離肉體生命中某些基本的和嚴酷的必然性，她努力尋求一種方法，可以透過將勞動加以組織，使心靈可以理解並且認同那種必然性，從而實現自由與尊嚴。

薇依於 1934 至 35 年在三家工廠工作，藉以檢驗她的理論，經過一整年的時間，薇依早期的那種樂觀被她稱為「苦痛」(*malheur*)的發現所擊碎，這「苦」是對一個人的摧毀，這種摧毀是沒有任何人可以接受的。但是，三個重要的宗教體驗，又促使她嘗試把問題放置在一個更大的脈絡之中。她提出論證指陳肉體生命中的必然性服從超越的善，然後以基督道成肉身和被釘在十字架上作為自甘卑微的典範，藉著這些論證和典範，嘗試指出苦難可以是有目的的，也可以在道德上讓人有所啟迪。這其中的關鍵是要同意放棄讓擁有權力成為最終目的，以及放棄由那種權力所構成的社會人格。這是一個「專注」(attention)和「解除創造」(decreation)的過程，藉著這個過程，人可以揭下一層面紗，那層面紗讓人除了自身以外無法領會在任何其他事物身上的善，尤其讓人與上帝隔離。她視上帝為在自甘卑微(self-emptying)和道成肉身(incarnation)的過程中彰顯的善，視創造為一種來自捨棄而非能力的行為。

在其有生之年的最後幾個月裡，當她在倫敦為「自由法國」(Free French)工作，薇依的社會和宗教關懷匯合起來，這種現象在《對根的需求》(*The Need for Roots*)一書中尤其明顯。薇依先對社會權利加以批判，然後以義務取而代之，她一方面嘗試指出，現代社會已經如何在欠缺合法性的情況下成為價值的重心，另一方面也嘗試指出，如果要讓文化把人類植根於比他們自身更終極的事物之中，文化需要如何重構。薇依回到她較早期的課題上來，她主張為使這種扎根出現，體力勞動必須成為文化的精神核心。當這本書還在寫作之中，薇依就因肺結核逝世。

薇依的哲學常被認為具有密契主義和調合論色彩，這套哲學很大程度上受一種對柏拉圖的創造性解讀所影響(例如她的《基督宗教對古代希臘人的啟迪》〔*Intimations of Christianity Among the Ancient Greeks* 〕)，同時也受馬克思、阿蘭和基督宗教影響。但是，最近的研究也認為她對社會、道德和宗教哲學有重要貢獻。她對行為和人的問題的關注與維根斯坦(Wittgenstein)無異。

參見 Marx 馬克思；philosophy of religion 宗教哲學

E.O.S.撰　劉若韶審訂

welfare economics　福利經濟學　見 philosophy of economics 經濟哲學

welfare liberalism　福利自由主義　見 political philosophy 政治哲學

well-formed formula　合式公式　指邏輯學家們研究的人工語言中的語法上正確形成的句子或述詞。合式公式有時稱為 wff (英語讀成 woof)，或簡稱為「公式」(formula)。描述一種語言的公式，需要賦予這種語言一種「語法」(syntax)或「文法」(grammar)，而這種語法是由詞彙(vocabulary；這種語言使用的符號清單；符號分類歸入不同的語法範疇)和「形成規則」(formation rules；純粹形式的或語法上的規定，其中說明何種式子是文法上正確成型的，而何者不是)。根據公式是否包含自由變量(free variables)(變量不受量詞限制)可將公式區分為開放式的(open)或封閉式的(closed)。封閉式公式，例如$(x)(Fx\supset Gx)$，是句子(sentences)，是可能賦予真假值的(the potential bearers of truth-values)。而開放式公式，如 $Fx\supset Gx$，可以用下列三種方式中一種來處理。在一些情況下，這些(開放式)公式與封閉式公式是同等的，由於在此情形下自由變量被當作(某些特定物件的)名稱(names)來處理。在另一些情況下，開放式公式是述詞，在此，自由變量被當作項(terms)的位置代詞(place holders)來處理。其他一些情況下，自由變量被視為自動被全稱量詞限定(implicitly bound by universal quantifiers)，因而將開放式公式變成了句子。

參見 formal logic 形式邏輯；logical constant 邏輯常項；logical syntax 邏輯語法；quantification 量化

G.F.S.撰　李瑞麟審訂

well-ordered set　良序的集合　見 mathematical induction 數學歸納法；set-theoretic paradoxes 集合論悖論

well ordering　良序　見 ordering 排序

***Weltanschauung*　世界觀**　見 Dilthey 狄爾泰

***Wertrationalität*　價值理性**　見 Weber 韋伯

Westermarck, Edward　韋斯特馬克，愛德華(1862-1939)　芬蘭人類學家和哲學家。他畢生研究習俗和文化道德。他的主要著作《道德觀念的起源與發展》(*The Origin and Development of Moral Ideas*, 1906-08)和《倫理相對性》(*Ethical Relativity*, 1932)都批判道德原則表達客觀價值這個觀點。在捍衛倫理相對主義時，他論證道德判斷不是以理性，而是以情感為基礎。他一方面承認文化的多樣性本身並不能證明倫理的相對性，但同時他聲稱：文化間的差異是如此廣泛、深刻，以至於構成了傾向於相對主義(relativism)的強大前提。

參見 ethical objectivism 倫理客觀主義；relativism 相對主義

L.P.P.撰　丁福寧審訂

wff　合式公式　見 well-formed formula 合式公式

wheel of rebirth　再生之輪　見 Buddhism 佛教；saṁsāra 輪迴

Whewell, William　修艾爾，威廉(1794-1866)　英國歷史學家、天文學家和科學哲學家。從 1841 年至 1866 年，他是劍橋三一學院(Trinity College)的院長。修艾爾、赫歇爾(J. F. W. Herschel)和彌爾(J. S. Mill)進一步地發展了早期培根在歸納方面的工作，他們企圖創立歸納邏輯，一個既能發現經驗的通則，又能證明它們是必然的方法學。

修艾爾的科學方法論是建立在他對歸納科學歷史的閱讀之上。他認為歸納從一種非推論的行動開始，把觀念置放在經驗資料上，一種「綰合」(colligations)——在「新的眼光」下看事實的方法。「綰合」將經驗資料進行推廣時，必須滿足三個「真值檢驗」(test of truth)。首先，綰合必須在經驗上是適當的；它們必須說明給定的經驗資料。但任何數目的觀念都可以適當地說明給定的經驗資料，所以，需要一個更嚴格的檢驗。其次，因為綰合引入通則，它們必須能應用到那些尚未獲得的事件或對象的性質：即必須能提供成功的預測，由此擴大了支持綰合的證據。第三，最好的歸納是這樣的：支持種種假說(最初被認為涵蓋了不相關聯的各種經驗資料)的證據，「沒有按部就班地聯合起來」，提供了諸歸納的「統合」(consilience)。統合表達了那些達成了大幅度的簡易性、普遍性、統一性和演繹穩固的理論之特徵。況且，統合也是理論為必然真的檢驗。這意味著很多人認為只有理論實用價值的簡易性和統一力，也有其知識的地位。因此，修艾爾為科學實在論提供了一個強有力的論證。修艾爾為統合理論所舉的例子是牛頓(Newton)的萬有引力理論，它涵蓋了許多相異的現象，從重物運動到潮汐運動，以及光的波動理論(它既說明了光通過晶體而產生的極化〔polarization〕，又說明了物體邊緣的色彩)。有證據顯示修艾爾的方法學被馬克思威爾(Maxwell)應用了，他在劍橋設計了極有影響的卡門迪許實驗室(Cavendish Laboratories)。裴爾斯(Peirce)和馬赫(Mach)偏愛修艾爾對方法的說明，更勝於彌爾的經驗歸納理論。

參見 explanation 說明；philosophy of science 科學哲學

R.E.B.撰　陳瑞麟審訂

Whichcote, Benjamin　惠奇寇特，班傑明　見 Cambridge Platonists 劍橋柏拉圖主義者

Whitehead, Alfred North　懷德海，阿弗列．諾斯(1861-1947)　懷德海是英國數學家、邏輯學家、科學哲學家和形上學家。他先受教於度塞郡(Dorsetshire)的雄堡中學(Sherborne School)，而後在劍橋三一學院(Trinity College, Cambridge)接受教育，他是一位具有豐富知識背景的一流數學家。1885 年，懷德海成為三一學院的一名教員，一直在那兒擔任教職到 1910 年。在 1890 年代初期，主修數學的羅素(Bertrand Russell)進入了三一學院就讀。到了 1900 年代初期，羅素不僅是懷德海的學生與朋友，而且成為他在三一學院的同事。他們各自寫了一本關於代數的書，懷德海的《普遍代數論》(*A Treatise on Universal Algebra*)使他在 1903 年獲選進入皇家學會(the Royal Society)。而後他們在討論中發現各自計畫撰寫的第二本書有很多相近之處，於是他們計畫合作，共寫一卷，預計花一年左右的時間完成。而事實上，他們那劃時代的著作《數學原理》(*Principia Mathematica*)共三卷，在十年之後才終於問世，這本書正式展開了現代符號邏輯。

在 1910 到 1920 年代間，懷德海和羅素各奔東西，他們對一次世界大戰的反應完全不同，對於學問的興趣和傾向也產生了分歧。懷德海在倫敦期間(1910-1924)常被視為是他三階段學術生涯的第二階段。倫敦大學(the University of London)的行政工作使他參與影響技職教育實務。在這十年裡(1914-1924)，懷德海擔任皇家科學技術學院(Imperial College of Science and Technology)教授的職務，並曾任倫敦大學科學院院長、學術委員會主席(該委員會負責管理倫敦教育事務)，並且擔任金匠學院(Goldsmith's College)的管理委員會主席。他的著作《教育目標》(*The Aims of Education*, 1928)一書正是他多年來教育實務體驗的結集。在學問上，他的興趣轉向科學哲學的論題。在 1919 至 1922 年期間，他發表了《自然知識原理的探究》(*An Enquiry Concerning the Principles of Natural Knowledge*)、《自然的概念》(*The Concept of Nature*)和《相對性原理》(*The Principle of Relativity*)，第三本書使他在 1931 年當選英國科學院院士。

1924 年，懷德海六十三歲，他的所處環境和學術研究有了巨大的改變，展開了他人生事業的第三個階段。在環境的改變上，雖然過去沒有正式從事過哲學研究，他仍接受了哈佛大學(Harvard University)的邀請，擔任哲學教授，直到 1937 年退休為止。在學術研究上，他從科學哲學轉向了形上學。懷德海的早期研究假定自然的自足性(the self-containedness of nature)，他說「自然對心靈是封閉的」(nature is closed to mind)。自然哲學根據這假定的抽象層級考察自然。懷德海認定哲學是「對抽象的批判」(the critic of abstractions)，這個觀點出自《科學與現代世界》(*Science and the Modern World* , 1925)一書。牛頓科學及他的哲學假設交織出現在這本書中。該書指出隨著二十世紀相對論的發展，科

學已經把過去主宰哲學假定的、牛頓式的觀念拋諸腦後了；而這些哲學假定本身也已不再適合解釋我們的具體經驗。作為抽象批判的哲學必須認識到「自然對心靈是封閉的」假設有其侷限性，進而超越這樣的抽象推理，把哲學推向更深入，更能與科學發展相協調，更能合理地把人類當作自然一份子的理論系統。《科學與現代世界》只是大致勾劃了這樣的一種哲學體系。1929年，懷德海發表了他的宏偉之作，《歷程與真際》(*Process and Reality*)。在這卷副標題為《論宇宙論》(*An Essay in Cosmology*)書中，懷德海完成了他對形上學理解的最終階段。這本書通常被認為是所謂的「歷程哲學」(process philosophy)的核心文獻，然而懷德海本人往往把這思想體系說成是「機體哲學」(philosophy of organism)。

《歷程與真際》以最能闡明懷德海形上學傾向的句子作為開場白：「這些文章是根據從笛卡兒(Descartes)到休姆(Hume)的哲學思想所作的」。笛卡兒修改傳統的實體概念，使之適於自己的目的。通過假定存在兩種獨特、殊異的、不依賴於他物而獨立自存的實體——心靈和物質，開啟了哲學思想的新階段。這個假定使得認識論在哲學的領域中取得優勢：如果認識源自一個獨立自存、與外在事物相隔離的心靈實體所取得的經驗，那麼哲學所面臨的挑戰是：如何使心靈與外在實體建立起這樣的一種關係。當他提到「到休姆」時，懷德海表達了一個信念，他確信從休姆——以更委婉的方式，他也提到了桑塔耶那(Santayana)——的哲學就可以看出：如果以笛卡兒的形上學假定出發，懷疑主義是不可避免的。當代哲學家已經論及「哲學的終結」。從懷德海的眼光看來，這種說法預設了一種對哲學本質相當狹隘的看法。不錯，一個由認識論主導的哲學時代是結束了。懷德海針對「哲學的終結」的回應的是：所有認識論上的困難，從根本上來說無非是偽裝了的形上學的困難。我們必須返回到笛卡兒的起點，以一種新的進路取代實體形上學。這種新進路將避免認識論的陷阱，進而能趕上與那演化論事實同步的科學理解，以取代笛卡兒時代簡單得多的物理學。正是基於這些考慮，懷德海提出了他的形上學基本範疇——「現行機緣」(actual occasion)。

現行機緣不是固定不變的、實體性的東西，而是一個歷程，一個形成的歷程，一個把眾多現行機緣交織在一起的「攝持」(prehensions)——這是「體會」(apprehension)的一個初始形式，意指無意識地「想到」、「感到」的過程，而這樣的「攝持」出現即逝。懷德海將這交織在一起的歷程稱為承繼過去的「共生」(concrescence)。一個「現行單元」(actual entity)就是「共生」的歷程——是現行單元與自己過去結合所形成的共生歷程。懷德海的認識實在論(epistemological realism)的種子，就植根於這個基礎上，他說：「機體哲學與康德(Kant)哲學相反……，在康德看來，世界是由主體所呈現；而在機體哲學看來，主體是由世界所呈現。」人們常把懷德海的現行機緣與萊布尼茲(Leibniz)的單子作比較。為了避免誤解，這裡要說明的是：單子是「無窗戶的」(windowless)；而現行機緣卻是「全方位開放的」(all window)。這好比一個人依據亞里斯多德(Aristotle)的範疇系統，問說如果實體範疇的優勢被關係範疇所取代，會導致怎樣的後果？結果將是懷德海式的現行機緣將成為典範的存有。

從笛卡兒心靈實體(mental substance)與物質實體(material substance)二分的二元論(dualism)，到他自己提出現行單元的觀念，懷德海一直在從事抽象批判的哲學活動。他認為心靈與物質都是從具體實物中抽象出來的產物。它們是重要的抽象觀念，是日常思維所必需的。更重要的是，它們是十七世紀至十九世紀科學思維取得重大進展上，不可或缺的觀念。事實上懷德海似乎早在科學哲學階段，便已依據「心靈對自然是封閉的」的觀念進行抽象思考了。後來他才逐漸認識到：雖然這些抽象觀念對某些方面的研究是不可或缺的，但在哲學的層面上，正如休姆所說，它們將是一場災難。在思考心靈與物質的本體源頭時，懷德海認為笛卡兒犯了所謂的「具體性錯置的謬誤」(fallacy of misplaced concreteness)，現行機緣的範疇才是完全真實與具體的。這種新取向所要做的挑戰，也是《歷程與真際》企圖要嘗試的：如何由眾多現行機緣的集合來展現心靈與物質結構間的關聯。或許最為重要的是，如果這樣的嘗試成功了，那麼以哲學的眼光來看，生物學(biology)將和物理學(physics)站在同一個立足點上；而形上學(metaphysics)也將正視人類的課題，把人類視為自然的一部分。那麼，一些如動物權利、環境倫理學(environmental ethics)之類的現代課題，將得到新的視野。

懷德海的最後兩本書，《觀念的歷險》(*Adventures of Ideas*, 1933)和《思想的形態》(*Modes of Thought*, 1938)不像《歷程與真際》那麼有專技性，讀起來較為輕鬆容易。在這兩本書中，《觀念的歷險》顯然更為重要，這本書是對文明觀念的一種哲學研究。懷德海認為文明社會的變遷受到兩種力量的驅使，一方面是獸性，一種難以抗拒的、無意識的衝動；另一方面是明確的憧憬和普遍的信念。這兩種力量分別代表了古羅馬(ancient Roman)世界中的野蠻人和基督教精神(Christianity)，工業革命(industrial revolution) 時代的蒸汽(steam)和民主(democracy)。懷德海在《觀念的歷險》中關切由明確憧憬、信念和理想作為社會變革的手段。他尤其著重於說明合乎時代的理想和需要，這些理想和憧憬隨時受到哲學理解範圍的限制，這是因為這些理想和憧憬產生和發揮影響力的過程之中，只能以哲學論述所允許的形式表達出來。在《觀念的歷險》的最後部分，懷德海依照他的機體哲學所允許的表現形式和表達方式，把合乎我們這個時代的理想和憧憬表達出來。美、真、歷險、熱情、愛以及和平等觀念都在《歷程與真際》一書中，以專技性的理解方式清楚地說明白了。但在《觀念的歷險》一書中，懷德海較少運用專技性的語言，而以一種柏拉圖(Plato)《理想國》(*Republic*)回憶錄式的方法，一種詩意譬喻的風格，表達他的理念。這本書能讓那些即使不理解《歷程與真際》的讀者也能讀得懂；當然同時也為那些已經把握了《歷程與真際》的讀者提供更為豐富、更有意蘊的內容。在《觀念的歷險》中，懷德海指出：柏拉圖的後期思想是「圍繞著七個交織在一起的觀念打轉的，即理型(The Ideas)、物理元素(The Physical Elements)、心靈(The Psyche)、愛(The Eros)、和諧(The Harmony)、數學關係(The Mathematical Relations)，以及容器(The Receptacle，即空間)。這些觀念在古代文明趨於死亡，進入現代世界黎明之際的今日，對我們像從前一樣重要」。懷德海以新穎、現代的方式重新運用這些觀念。如果不熟悉他的形上學，讀《觀念的歷險》能使我們把握到他所謂「宇宙的愛」(the Eros of the Universe)的意義；而如果從《歷程與真際》中熟悉了上帝的原初性(the Primordial Nature)和後效性(the Consequent Nature)觀念，那麼《觀念的歷險》中所展示的意義，會有更深刻的認識。

以狹隘的、教條的、派別的意義而言，懷德海是不信教的。他把自己的立場明確地比作亞里斯多德。他總是不帶情緒地探討形上學體系中關於上帝的存在和本性問題。他對這些問題的討論主要見於《科學與現代世界》第十一章、《歷程與真際》的最後一章和《形成中的宗教》(*Religion in the Making* , 1926)。這些思想是以高度概括的方式表達的，或許正因如此，懷德海思想所激發的討論，很大部分集中在神學家的圈子裡。他的觀點必須放在宗教理解的獨特模式的脈絡中，才能予以闡明發揮。就好比許多現代神學家，在反省亞奎納(Aquinas)的神學與亞里斯多德形上學之間的關係時，忍不住要把亞奎納看作是懷德海理論中的亞里斯多德。歷程神學(process theology)或由哈茨霍恩(Hartshorne)——歷程神學的一個主要領導者——所指稱的新古典神學(Neo-Classical Theology)一直是一個供懷德海觀點大量發揮、綻放光芒的舞台。

懷德海是一個性情溫和、說話慢聲細氣的人，從不專橫，也不攻擊人。他總是鼓勵他的學生獨自走出去，發展個人的創造性潛力。由於他不願意限制學生，使得他成了眾所周知的寬容評分人。據說，在他的一門課上，如果得了「甲下」(A-)其實是等同於不及格的。盧西恩・布萊司(Lucien Price)在《懷德海對話錄》(*Dialogues of Alfred North Whitehead*)中，依年代順序記載了他在懷德海家中許多次的夜間討論，他是如此描繪懷德海的：

他的臉，平和、發著寧靜的光，還時常發出微笑；氣色白裡透紅；他的眼睛，閃耀的藍、明澈，如同孩子般天真無邪，卻又帶著深度的智慧，常常笑著並且透露著幽默感。他的身材削瘦、有些虛弱，而且被畢生當學者的辛勞壓彎了腰。他是慈祥的，在他身上找不出一絲一毫的邪念；雖然有令人畏懼的個人威儀，卻從未出口過刺傷人心的字眼。

參見 Leibniz 萊布尼茲；metaphysics 形上學；process theology 歷程神學；Russell 羅素

D.W.S.撰　俞懿嫻審訂

white horse paradox　**白馬悖論**　見 Kung-sun Lung Tzu 公孫龍子

wide content　**廣義內容**　見 philosophy of mind 心靈哲學

wide reflective equilibrium　**廣義的反思平衡**　見 reflective equilibrium 反思平衡

will　**意志**　見 volition 意志

will, general　**公共意志**　見 Rousseau 盧梭

will, weakness of　**意志軟弱**　見 *akrasia* 意志軟弱

Wille　**意志**　見 Kant 康德

William Ockham　**威廉・奧坎**　見 Ockham 奧坎

William of Alnwick　**阿尼威克的威廉**(d.1333)　英國聖方濟修會的神學家。在巴黎，威廉在鄧斯・斯各多(Duns Scotus)的指導下從事研究，而且寫了《巴黎會報》(*Reportatio Pariseinsia*)，一本關於鄧斯・斯各多之教義最重要的資料來源。而在其自己的著作中，威廉反對鄧斯・斯各多對存有(being)與「此性」(*haecceitas*)之一義性(univocity)的觀點。他的某些觀點遭到了奧坎(Ockham)的攻擊。

參見 Duns Scotus 鄧斯・斯各多；haecceity 此性、個體性

J.Lo.撰　蕭宏恩審訂

William of Auvergne　**阿威尼翁的威廉**(c.1190-1249)　法國哲學家，生於奧里拉克(Aurillac)，任教於巴黎，且於 1228 年成為巴黎的主教。對其所處時代之新亞里斯多德主義(new Aristotelianism)的批判，他堅持靈魂乃為一個體(individual)，只有理智活動的不朽形式，以至於為身體與感覺則需要一第二形式(second form)。雖然他拒絕接受主動理智(agent intellect)的觀念，但是他卻將靈魂描述為：同時反映存在於上帝心靈內的範本觀念(exemplary ideas)，以及感性之單一個體(sensible singulars)的一面鏡子。在鄧斯・斯各多(Duns Scotus)表態之後，他將存有(being)設想為共通於一般存在之每一事物的某一事物，但拒絕接受阿維森納(Avicenna)所言上帝必然產生宇宙的學說，並論證祂創造的活動是不

拘於一切限定的。他是我們所稱奧古斯丁主義(Augustinianism)之複合觀念(the complex of ideas)的第一個範例，再下去就是由哈爾斯的亞歷山大(Alexander of Hales)直到波拿文都拉(Bonaventure)以及其他聖方濟修會的思想家，形成了一離異於斯各多哲學的不同觀點。

參見 Augustine 奧古斯丁；Duns Scotus 鄧斯．斯各多

J.Lo.撰　蕭宏恩審訂

William of Auxerre　奧歇里的威廉(c.1140-1231)　法國神學家及巴黎大學著名的文法、藝術與神學教師。1231 年，他被教宗額我略九世(Pope Gregory IX)指派至一為了教義的純正而負責編撰亞里斯多德著作的委員會任職。此委員會從未提出過一份報告，或許有部分原因是由於威廉稍後在同一年去世的緣故。

威廉的主要著作《黃金大全》(*Summa aurea*, 1215-20)，聲稱為試圖調和中世紀哲學中奧古斯丁主義(Augustinian)與亞里斯多德主義(Aritotelian)之傳統最早的系統著作之一。譬如說，威廉調和了亞里斯多德主義者所認可之關於人類的認知，是起自於物質理智(material intellect)對來自具體事物(corporeal things)之外在之像(species)或感性表象(sensible representation)的接收，以及奧古斯丁主義者之觀念，即：如果沒有一內心的、超自然的光照(illumination)，則不可能理解任何學科的原理。他也首先將為上帝所獨有之非被造的完全幸福(perfect happiness)與屬人的不完全幸福(imperfect happiness)之間做了神學上的區分。威廉也是首先表述出在後世成為上帝的絕對力量與被注定之力量間之重要區分的學者之一，其與波傑爾的吉伯特(Gilbert of Poitiers)一致，採取上帝能改變過去的絕對說法。

《黃金大全》一書幫助形構了後來在同一世紀活躍的幾位重要哲學家與神學家的思想，包括：大亞爾伯(Albertus Magnus)、波拿文都拉(Bonaventure)與亞奎納(Aquinas)。威廉在整個十四與十五世紀期間仍然保持著在神學討論上的權威地位。

參見 Aristotle 亞里斯多德；Augustine 奧古斯丁

J.A.Z.撰　蕭宏恩審訂

William of Heytesbury　海特斯拜里的威廉　見 Heytesbury 海特斯拜里

William of Moerbeke　莫爾伯克的威廉(c.1215-1286)　法國學者，乃十三世紀將哲學與自然科學的著作由希臘文翻譯成拉丁文之最為重要的翻譯者。曾加入道明修會(the Dominicans)且在希臘語區(Greek-speaking territories)度過一段時間，威廉曾在教廷服務，而後成為柯林斯(Corinth)地區的(天主教)總主教(1278-c.1286)。但是，他自 1260 年代開始持續工作，一直是作為一謹慎的與有意隨順字義的翻譯者。威廉是首位將亞里斯多德的一些最為重要的著作翻譯成拉丁文的人，這些著作包括：《政治學》(*Politics*)、《詩學》(*Poetics*)，以及《動物誌》(*History of Animals*)。他重新翻譯或修訂了一些亞里斯多德其他著作的較早期翻譯。威廉也提供了由阿芙羅迪西亞斯的亞歷山大(Alexander of Aphrodisias)、戴米思德斯(Themistius)、阿蒙尼烏斯(Ammonius)、約翰．菲洛波努斯(John Philoponus)，以及沁布利修斯(Simplicius)註解亞里斯多德之最早的拉丁譯文；此外，他的成果還包括成為希臘光學、數學，以及醫學的代表人物。當威廉提出普羅克勒斯(Proclus)的《神學原理》(*Elements of Theology*)一書最早的拉丁文譯本時，西方世界的讀者們至少能夠認出《論原因》(*Liber de causis*)一書為一部出自普羅克勒斯所編纂的阿拉伯匯編書，而非一部亞里斯多德的著作。

M.D.J.撰　蕭宏恩審訂

William of Sherwood　舍伍德的威廉　見 Sherwood 舍伍德

Williams, Bernard　威廉斯，博納德(b.1929)　英國哲學家，在許多領域都有重大貢獻，不過主要以道德學家知名。他在倫理學上的進路，在《倫理學與哲學的界限》(*Ethics and the Limits of Philosophy*, 1985)一書裡有所表明，其特色在於一套範圍廣泛的懷疑論(skepticism)，並主要指出，學院道德哲學沒有能力幫助人們反思地過一種倫理生活。

這套懷疑論證的一系，攻擊實踐理性這個想法本身。在威廉斯看來，說一個行動主體擁有實踐理由，等於是說他擁有某種狀態，他的行動可望用這個狀態來說明。因此，這種理由必定是該行動者現有動機組合中的一項，或者屬於該行動者經過正確推理之後可望獲得的新動機組合中的一項。根據這些最低度的假定，威廉斯指出，在這種將理由視為內在理由的看法之下，理性本身勢必無法主導實踐。

道德實在論(moral realism)的主張，也會受到威廉斯相關的懷疑論的衝擊。這裡，他的根據不僅是他針對實在論所持的一般性立場，也涉及了他有關現代社會本性的看法。針對內在實在論(internal realism)，威廉斯一貫主張，對於我們所持的世界構想進行反思，可望發展出一套對於世界的看法，這種看法可以最大程度地獨立於我們自己將世界構想成絕對觀念的獨特方式。而同樣的絕對性，他認為對倫理思考是種奢望。我們的倫理思考，應該看做是去建構一種倫理生活形式的一個途徑，而不是關於生命該如何操持的倫理真理。現代社會中普遍的反思和徹底的多元將無法使人再認為，倫理概念為概念的使用者提供了知識。

現代性在理論的層次上將我們的倫理實踐扭曲，形成了所謂的道德體系(morality system)。所謂道德體系的想法是化約論(reductionism)的、以義務為注意焦點、基礎在於各種關於承擔與責任的虛構。對於這類虛構，威廉斯在《羞恥與必然》(*Shame and Necessity*, 1993)提出挑戰。在他看來，多數學院道德哲學都是在道德體系的潛移默化之下成形的，康德主義(Kantianism)和效益主義(utilitarianism)之類明確屬於現代的觀點，壟斷了當代爭論的進行方向，對於這種爭論方向如何起源於關於倫理領域的扭曲理解，卻沒有付出充分的注意。

威廉斯的看法並不是徹底的懷疑論；對於真理、真誠的生活、以及個人主義的價值，他篤信有加。最近，他著力於將長期以來尼采(Nietzsche)對於他的倫理哲學的潛在影響正式提出來討論。他的晚近著作，正式為上述這些理想提供了一套旨在辯白的「譜系」(genealogical)式的敘述。

參見 externalism 外在論；morality 道德；moral realism 道德實在論；Nietzsche 尼采；practical reason 實踐理性

A.T.撰　錢永祥審訂

***Willkür*　任意地**　見 Kant 康德

will to believe　相信的意志　見 James 詹姆士

will to power　權力意志　見 Nietzsche 尼采

Wilson, John Cook　威爾森，約翰・庫克(1849-1915)　英國邏輯學家、牛津大學實在論者。庫克・威爾森在成為牛津大學威克漢邏輯講座教授(Wykeham Professor of Logic)之前曾從學格林(T. H. Green)，並領導牛津學派與當時日益牢固的絕對觀念論(absolute idealism)抗衡。他作為教師比作為作家更具影響，其主要著作《述句與推論》(*Statement and*

Inference)是由他的論文草稿、討論哲學的往返信件，以及邏輯課的大量不一致的講稿，在他死後重新編輯而成。作為數理邏輯的堅實批判者，庫克・威爾森認為邏輯乃思想之研究，一種統合思想即是知識本身，或是依賴知識成立的活動。他主張知識涉及對對象之理解，但對象在大部分情況是獨立於理解活動；他還主張知識之定義無法不循環，他訴諸知識的日常用法來辯護這觀點。威爾森有許多觀點都由後來的約瑟夫(H. W. B. Joseph, 1867-1944)繼承，特別是他的《邏輯導論》(*Introduction to Logic*, 1906)。約瑟夫駁斥「符號邏輯」，企圖順著庫克・威爾森的路線重振傳統邏輯。為此他詳細闡述亞里斯多德(Aristotle)，並將其與觀念論邏輯學家的洞見結合起來。除了約瑟夫之外，庫克・威爾森還對包括普里查德(Prichard)與羅斯(Ross)在內的後代牛津哲學家有著決定性影響。

J.W.A.撰　林正弘審訂

Windelband, Wilhelm　文德爾班，威爾海姆(1848-1915)　德國哲學家和巴登學派(Baden)的新康德主義發起人。他在費舍(Kuno Fischer, 1824-1907)、洛采(Lotze)手下學習，後來先後在蘇黎世(Zürich)、弗萊堡(Freiburg)、斯特拉斯堡(Strasbourg)和海德堡(Heidelberg)等大學擔任教授。文德爾班給予巴登新康德主義學派以康德價值論這一獨特標識作為其批判哲學的核心。他以其哲學史上的開創性工作而獲得廣泛承認。在其哲學史中，不是以哲學家人物，而是以問題為討論的焦點和闡述的組織原則。他的出名還在於他對知識的劃分，這最初出現在他(一篇名為)〈歷史和自然科學〉(*Geschichte und Naturwissenschaft*〔History and Natural Science〕, 1894)(的演說)中。這一劃分在以下兩種知識之間，一種是律則性知識(nomothetic knowledge)，這是大多數自然科學所尋求的(普遍定律的發現為的是掌握自然)；一種是獨特性知識(idiographic knowledge)，這是歷史科學所追求的(對實在的個別和獨特面向之描述，其目的為自我確證)。他最重要的學生、在海德堡大學繼承人李凱爾特(Heinrich Rickert, 1863-1936)，為歷史科學的方法論做出了持續的貢獻。

參見 neo-Kantianism 新康德主義

H.v.d.L.撰　彭文本審訂

wisdom　智慧　對事物的最高原理之一種理解，其作用乃是作為真正理想人類生活的指導。從先蘇(pre-Socratues)時代的哲學家直到柏拉圖(Plato)為止，這樣的看法始終是一貫的。不過，亞里斯多德(Aristotle)做了一個區分，他把智慧分成理論智慧(theoretical wisdom, *sophia*)和實踐智慧(practical wisdom, *phronesis*)；前者是思想德性(the intellectual virtue)，讓擁有它的人傾向以事物的終極原因(the ultimate causes)(即形上學 metaphysics)來掌握實在的特性，而後者是終極實踐德性(the ultimate practical virtue)，讓擁有它的人對生活行為傾向做出正確判斷。理論智慧把真實理解同徒有廣泛資訊的情形對比起來，而實踐智慧卻把正確判斷跟徒有技能熟練的情形加以對比。這種理論與實踐智慧的區分貫穿到中世紀，並持續到我們的時代；這從我們使用「智慧」一詞的用法可以得到明證：我們用「智慧」一方面指最高種類的知識，另一方面也指在行為事物上正確判斷的能力。

參見 Aristotle 亞里斯多德；practical reason 實踐理性；theoretical reason 理論理性

C.F.D.撰　葉新雲審訂

Wittgenstein, Ludwig　維根斯坦，路德威格(1889-1951)　出生於奧地利的英國哲學家，二十世紀最富原創性與挑戰性的哲學作家之一。他出生於維也納，來自於一個已同化於當地社會的猶太家庭。他赴英國求學，最後在劍橋成為羅素(Russell)的得意門生。在一次世界大戰初，他返回奧地利，但於 1928 年又回到了劍橋，並先後以研究員及教授的資格任教。儘管他在英國渡過了大部分的教職生涯，維根斯坦卻從未脫離其奧地利的背景。他的著作以一種獨特的方式，將來自於盎格魯—薩克遜與歐洲大陸傳統的觀念揉合在一起。他的思想是以深度的懷疑論而著稱，但他同時又始終確信，總有一些重要的東西可以從傳統哲學的事業中解救出來。在他的《藍皮書》(*Blue Book*, 1958)中，他指出他的工作是「過去被稱為哲學這一主題的子嗣之一」。

當讀者首次閱讀維根斯坦的著作時，最打動他們的，是其作品獨特的構作形式。它們通常是由一些短小、獨立的筆記條目組成，這些條目按順序編號，而且在較完整的作品中，明顯地經過了極為精心的篩選和編排。這些條目的範圍包括從邏輯、心靈、意義、理解、行為、觀看(seeing)、數學和知識等極為技術性的討論，一直到關於倫理、文化、藝術和人生意義的銘言式評論。正因為其作品之廣博特性，看待問題時的獨到觀點，以及迷人的風格，維根斯坦的著作已被公認為既能吸引專業的哲學家，在更普遍的形式上又能使一般性哲學愛好者著迷。他的著作和他的不凡身世與人格，已經引發出非常多的詮釋作品。但以他桀傲不馴的態度而言，他的思想能否完全融入學院哲學之中，是引人質疑的。更可能的是，像巴斯卡(Pascal)和尼采(Nietzsche)一樣，他仍將成為哲學中一個難於解讀的文本。

從早期開始，維根斯坦就深受「哲學問題能通過對語言研究的關注而解決」此一觀點的影響——這一思想可能得自於毛特納(Fritz Mauthner)的《通向一個語言的批判》(*Beiträge zu einer Kritik der Sprache* , 1901-02)。儘管直至其後期思想才最明顯地顯現這一點，維根斯坦與毛特納的關係實際上明顯地體現在他哲學發展的各個階段。

直至最近，藉由一段很長的醞思期(dormancy)作為界線，人們才一般地把維根斯坦的工作分為兩個截然不同的階段。依照這個劃分方式，早期(「論文期」〔Tractarian〕)是《邏輯哲學論》(*Tractates Logico-Philosophicus* , 1921)階段，該書是維根斯坦在一次世界大戰的戰壕裡撰寫的；後期是《哲學探索》(*Philosophical Investigations* , 1953)期，該書是在 1936 年到 1948 年之間所構做的。但是把他的工作劃分成這兩個階段已經被證明是一種誤導。首先，雖然他的思想變化是明顯的，但維根斯坦對傳統哲學始終抱有一種批判的態度，並堅持把哲學引導向一個新的方向。其次，一般的劃分觀點不能夠解釋以下事實：即使在 1920 到 1928 年之間，當維根斯坦脫離了哲學方面的實際工作，他仍然廣泛地閱讀哲學或準哲學方面的作品；並在 1928 年至 1936 年之間，他又重新恢復了對哲學研究的興趣，並就哲學問題進行了大量的寫作。他過世後所被發表的作品，如《藍皮書和褐皮書》(*The Blue and Brown Books*)、《哲學文法》(*Philosophical Grammar*)、《哲學評論》(*Philosophical Remarks*)和《與維也納學派的對話》(*Conversations with the Vienna Circle*)，使得人們認識到維根斯坦思想的發展有一個中期階段，在此期間，他探索了大量的哲學問題和觀點——這可視為前、後期之間的一個過渡階段。

前期　身為一個非常成功的實業家和工程師的兒子，維根斯坦早年在柏林(Berlin)和曼徹斯特(Manchester)學工程，這些早年受教育的痕跡明顯地流露在他的整個寫作活動中。但是他的興趣很快地轉向數學和數學基礎，在探求這方面問題的過程中，他熟識了羅素、弗雷格(Frege)以及他們的作品。這兩個人持久而深刻地影響了維根斯坦，雖然他後來轉而批判、拒絕了他們的觀點。這種影響在《邏輯哲學論》中體現得格外明顯，該書可解讀為把羅素原子論(atomism)與弗雷格先驗論(apriorism)調和起來的一種企圖。但與此同時，該書也受到了其他一些極為不同的、非技術性關懷的影響。早在轉向系統的哲學(systematic philosophy)研究以前，維根斯坦就深受叔本華(Schopenhauer)的思想(其思想在《作為意志和表象的世界》〔*The World as Will and Representation* 〕一書中被清楚地表達出來)的影響；而在第一次世界大戰服役期間，他又恢復了對叔本華的形上學、倫理學、美學和神祕世界觀的興趣。這些觀念所產生的合流明顯地表現在《邏輯哲學論》中，並賦予該書一種特殊的風格。

《邏輯哲學論》是以一種令人生畏的壓縮形式寫成的，它企圖去表明傳統哲學完全奠基在對「我們語言的邏輯」(the logic of our language)的誤解之上。步弗雷格、羅素之後塵，維根斯坦論證道：每一個有意義的句子都必須有一個精確的邏輯結構；而這種邏輯結構可能隱藏在句子的語法表層的外衣之下，因而為了使之變得明顯，就得進行最精細的分析。維根斯坦堅信：這種分析將確證每一個有意義的句子，要麼是另一個更簡單的句子的真值函項(truth functions)，或是由簡單名稱(simple names)組成的原子命題(atomic sentence)。他進一步論證，每一個原子命題都是一種可能事態(state of affairs)的邏輯圖像，因此，每一個事態必定有一種與描繪它的原子命題嚴格相似的形式結構。他稱此為「意義的圖像理論」(picture theory of meaning)——正如一般的稱法——並運用這種理論，從他對原子命題結構的觀察中，導出關於世界性質的結論。他特別地斷定，雖然我們不能完全地測定，但世界自身必定有一個嚴格的邏輯結構。他還認為，相應於真實的原子命題，世界首先是由事實(facts)構成，而非由事物(things)構成，而這些事實又是簡單事物(simple objects)的組合體，正如原子命題是由簡單名稱所構成的一樣。因為他是從關於語言性質的立場得出這些形上學的結論，維根斯坦認為沒有必要去描述那些簡單事物、它們的組合物以及由它們組成的事實到底是什麼模樣。結果，在對它們的特性進行詮釋的詮釋者彼此之間，存在著許多的不確定和分歧。

大部分《邏輯哲學論》的陳述，是關於維根斯坦對語言和世界之邏輯結構的說明，不難理解，該書的這些部分成為那些關心符號邏輯及其應用等問題的哲學家之興趣所在。但是，對於維根斯坦本人來說，該書最重要的部分是書尾所做出關於哲學的幾個負面結論，尤其是：從嚴格的意義上說，所有不能反映事物組成的原子圖像的句子，以及它們的真值函項，是無意義的。他歸納出這樣的句子有：倫理學和美學命題、論及人生意義的命題、邏輯命題，事實上還有所有的哲學命題，最後就是《邏輯哲學論》中包含的所有命題，這些都是嚴格地無意義的；它們本想說出一些重要的東西，可是它們通過文字所盡力表達的東西只能靠自我顯現出來。

於是，維根斯坦得出結論：那些理解《邏輯哲學論》在說些什麼的人，終將會把其中所有命題當作為無意義的東西而拋棄掉。這正如一個人，將爬過後的梯子扔掉。一旦某人到達了這個層級，就不再有意願去談論哲學命題，他將正確地看待這個世界，然後承認唯一嚴格的、有意義的命題，都是關於自然科學的命題；但是那些命題又無法觸及到人類生活中真正重要的東西，即神祕(mystical)的東西。這東西只能在靜默中被沉思。正如《邏輯哲學論》最後一個命題所宣稱的：「對於不能說的，就應該保持沉默」。

中期　很自然地，維根斯坦在完成《邏輯哲學論》之後，就不再從事學術工作了。他受訓成為一位老師，在奧地利山區教了幾年的小學。1920 年代中期，他還為他姐姐建了一所房子，這也許可視為是對《邏輯哲學論》中的邏輯、美學、倫理學觀念給予一種視覺表達的企圖。在那些年，他為後來的發展孕育出幾種相關的興趣。在學校的經歷，把他的注意力轉到孩童學習語言的方法和某種文化陶成的整體過程之上。他還培養了對心理學的興趣，閱讀了弗洛伊德(Freud)和其他心理學家的著作。儘管他對弗洛伊德心理分析工作的理論解釋始終反感，但卻仍為這種分析活動本身所深深吸引，以至於後來他把自己的作品說成是治療性格的(therapeutic)。在這個醞思期，維根斯坦還結識了維也納學派的成員，他們把他的《邏輯哲學論》奉為他們學派的核心讀本之一。維根斯坦甚至還一度接受了該學派成員所倡導的意義實證主義原則(positivist principle of meaning)，依此原則，一句話的意義在於它被證實的方法。他後來將這一點改造入一個更開闊的宣稱之中，即句子的意義在於其使用(use)。

維根斯坦在中期所邁出的決定性的一步是拋棄了《邏輯哲學論》中所持的信念，即有意義的句子必定有一個準確的(隱藏的)邏輯結構，以及隨之而來的信念：這種結構對應於這些句子所描述的事實的邏輯結構。的確，《邏輯哲學論》開展於一個假定之上，即描述世界的所有不同的符號工具必須依照與其相同的底層邏輯來建構。在某種意義上，《邏輯哲學論》中只有一種有意義的語言，由此，人被認定能理解世間的邏輯結構。在中期，維根斯坦總結出這種學說構成了一種無保證的形上學，並且，《邏輯哲學論》本身被它所企圖克服的東西，即對語言的邏輯的誤解，瓦解掉了。先前，他曾認為形上學有可能建立在邏輯之上，而現在卻斷定形上學會指引哲學家進入一片漆黑之中。他再次把注意力轉回到語言上，總結出：他在《邏輯哲學論》中關於語言所說的所有東西幾乎都是錯誤的。而事實上，有許多種不同結構的各種不同語言，它們能夠滿足於許多不同的特定需求。語言並非由邏輯結構嚴格地拼合起來的，實際上是由多種多樣的更簡單的次結構或「語言遊戲」(language games)所組成的。句子不能被看成是事實的邏輯圖像，句子的簡單構成成份也不能充當簡單事物的名稱。

這些對語言的全新反思，為維根斯坦提供了幫助，首先是對於思考人類心靈本性，特別是私人經驗與物理世界之間的關係，用來反對笛卡兒學派(Cartesian)關於心靈實體存在的想法。維根斯坦論證出「我」(I)這個詞不能充當任何東西的名稱，而只發生於意指注意力指向某一特定東西的表達之中。至少有一段時間，他也認為透過兩種語言(基本經驗語言〔a primary language of experience〕和物理第二語言〔a secondary language of physics〕)能夠解釋清楚私人體驗和物理世界之間的差別。這種雙重語言觀，在《哲學評論》和《藍皮書》中都有明顯的表現，而後來仍然被維根斯坦放棄了，轉而贊同如下的假設：我們對內在現象的把握，依賴於外在的「標準」(criteria)。自 1930 年代中期以來，他又恢復了對數學哲學的興趣。與弗雷格、羅素不同的是，他費盡艱辛地論證出數學的任何部分都不可還原為純粹的邏輯。相反地，他開始把數學描述成我們自然歷史的一部分，是由眾多不同的語言遊戲所組成的。他還堅持，這些遊戲的意義依賴於數學公式所投入的使用之中。應用數學中被證實的原理，他認為數學公式的意義在於證明。這些關於數學哲學的論述，一直保留在維根斯坦那幾本最富爭議性而也最缺乏探討的著作中。

後期　維根斯坦的中期思想，是以在一個廣闊而又流變的面向進行密集的哲學探索為特徵。然而，到 1936 年，他的思想終於在一個更穩固的框架之下，再次確定。此時期，他開始詳盡地闡述這些最為出名的觀點。他圍繞弗雷格、羅素所設計的邏輯，來建構他早期的工作，現在，他則主要是投身於日常語言的實際操作中。這使他貼近了由穆爾(Moore)所復興的英國常識哲學傳統，並使他成為 1950 年代在牛津興起的日常語言學派的教父。在《哲學研究》中，維根斯坦強調：我們所說的「符號」(symbols)、「單詞」(words)和「句子」(sentences)有無數種不同的用法。哲學的任務就是獲得對這些繁多的用法的清楚表達觀念，繼而消解掉哲學和形上學的難題。這些難題是由對語言使用的關注不夠所造成的，它們也只有通過仔細地回溯造成這些難題的語言步驟來得到解決。

維根斯坦因此認為哲學是一種描述性的、分析性的，而最終是「治療性」的活動。在其《哲學研究》中，他開始展示出關於意義(包括《邏輯哲學論》中的邏輯原子主義)、概念的性質、邏輯必然性、規則的遵從(rule-following)和心-身問題(mind-body problem)的普遍哲學觀念，這些用法都是由於我們對語言如何運作的掌握不足而導致的。在該書最具影響力的章節之一中，他論證：概念詞並不能截然地指涉一個完整的概念，而是指被貼上該概念標簽的事物之間的「家族類似性」(family resemblance)。他還認為，邏輯必然性源自語言約定，規則並不能決定它們自身的應用，規則的遵從預設了規律性的活動。

再者，我們語言中的語詞，只有在存在著它們正確應用的公共標準之條件下，才有意義。於是，他斷定，不存在完全的私人語言(private language)，也就是那種原則上只有在訴說個人內在經驗時才使用的語言。

私人語言的論證引發了大量的討論。其詮釋者們不僅在其論證的結構、在相關維根斯坦文本中，而且在他是否認為語言必定是社會性的種種問題上眾說紛紜。因為他說過：想要表達內在經驗，就必須存在著可供利用的、外在的與公共的標準，所以他經常被說成是在倡導一種邏輯行為主義(logical behaviorism)，但是事實上，他又沒有在任何地方否認內在狀態的存在。他所說的只是，我們對一個人的痛苦之理解，關聯於對痛苦之自然與語言之表達。

在《哲學研究》中，維根斯坦反覆地把注意力引向語言必須學習的這個事實上。他說，這種學習基本上是一個反覆灌輸和訓練的過程。在學習一種語言的過程中，孩子是被啟蒙於一種生活形式。在維根斯坦晚期工作中，「生活形式」(form of life)這一概念被用來指涉自然和社會文化環境的整體複雜性，這種環境預設了我們對語言和這個世界的獨特理解。在 1948 年至 1951 年辭世為止，他的工作詳細地闡述了這些概念，這些筆記現在已經以《論確定性》(*On Certainty*)為題出版。他在這些筆記中堅持：每一個信念總是構成整體世界觀的信念系統之一部分。每一個信念的確證或否證都預設了這樣的一個系統，並內在於這個系統之中。儘管有這些看法，但他並不是在倡導一種相對主義(relativism)，他倡導的是一種假定了世界最終決定了什麼樣的語言遊戲能夠進行的「自然主義」(naturalism)。

維根斯坦最後的筆記，生動地舉例說明了貫穿他思想歷程中所有變化的基本關切之連續性。因為這些筆記，再次地揭示出他如何保持著對所有哲學理論的懷疑態度，如何理解他自己所從事的工作，就是削弱任何理論化所需要的企圖。《論確定性》中的所有考慮，明顯地既反對哲學懷疑論者，也反對那些想要駁斥懷疑論的哲學家。在反對哲學懷疑論者時，他堅持：存在著真正的知識，但是這種知識總是零散的，而且也並非絕對地可靠；它是由我們所聽到的、讀到的事物，被教導到我們身上的、以及我們所承接的東西所做的修正而構成的。我們沒有一個普遍性的理由去懷疑這個承接下來的知識體，一般而言，我們不會去懷疑它，實際上，我們也從未懷疑。但是，《論確定性》也論證不可能以絕對確定的命題，來拒斥懷疑論；就像當笛卡兒宣稱：「我思，故我在」(I think, therefore I am.)，或像摩爾說：「我當然知道這是一隻手」(I know for certain that this is a hand here.)時的不可懷疑。維根斯坦論證道：諸如此類的命題被認為是確定的這個事實，只是表明它們在我們的語言遊戲裡，扮演著不可或缺的以及標準化的角色，這些命題是我們語言遊戲的思想所流過的河床。此類命題不能認為是表達了形上學真理。這裡還是這樣的結論：所有哲學論爭必須走向終結；但這種終結不是一個絕對、自明的真理，而僅是人類自然活動中的一種模樣。

參見 Frege 弗雷格；meaning 意義；ordinary language philosophy 日常語言哲學；private language argument 私人語言論爭；Russell 羅素；Vienna Circle 納也納學派

H.S.撰　苑舉正審訂

Wodeham, Adam de　渥德漢姆，亞當・德(c.1295-1358)　英國聖方濟修會的哲神學家，他在倫敦、諾威齊(Norwich)，以及牛津講授彼得・隆巴德(Peter Lombard)的《言詞錄》(*Sentences*)。他出版的著作包括：《論不可分割性》(*Tractatus de indivisibilibus*)；他的《第二演講錄》(*Lectura secunda*)(諾威奇的演講)；以及一本由歐依塔的亨利・托汀(Henry Totting of Oyta)對其在牛津演講的簡略記載，於 1512 年由約翰・梅傑(John Major)出版。

而渥德漢姆主要的著作，在牛津的演講集(the Oxford lecture)本身，則一直沒有出版。

作為一鄧斯．斯各多(Duns Scotus)的卓越詮釋者，他參見了其原始手稿，渥德漢姆認為鄧斯．斯各多是聖方濟修會最偉大的博士。威廉．奧坎(William Ockham)，渥德漢姆的老師，是另一位對渥德漢姆的哲學神學(philosophical theology)影響最大的人。渥德漢姆為奧坎的觀點做辯護以對抗由華爾德．查頓(Walter Chatton)所著手的攻擊；他也為奧坎的《邏輯大全》(*Summa logicae*)作序。渥德漢姆自身的影響力足與奧坎相抗衡。在眾多作者中，他對之有相當大影響的是：瑞米尼的格瑞哥里(Gregory of Rimini)、米爾康特的約翰(John of Mirecourt)、奧特赫古爾的尼古拉(Nicholas of Autrecourt)、皮埃爾．德埃利(Pierre d'Ailly)、彼得．柴豐(Peter Ceffons)、亞豐索．華加斯(Alfonso Vargas)、甘迪亞的彼得(Peter of Candia，亞歷山大五世〔Alexander V〕)、歐依塔的亨利．托汀(Henry Totting of Oyta)，以及約翰．梅傑。

渥德漢姆的神學著作是為了一位對語意學(semantics)、邏輯學(logic)，以及中世紀數學物理學(medieval mathematical physics)的流行議題有非常嫻熟了解的聽眾所寫的。相反於鄧斯．斯各多與奧坎，渥德漢姆論證感覺的與理智的靈魂是沒有區別的。他更進一步發展直觀認知理論(the theory of intuitive cognition)，將我們自身的理智(intellect)、意志(will)，以及記憶(memory)之活動的理智直觀(intellectual intuition)與對外在對象的感覺直觀(sensory intuition)區分開來。依於渥德漢姆，根據經驗的科學知識能植基於直觀。他區分了明顯性(evidence)的不同等級，而且承認感官知覺(sensory perception)有可能產生錯誤。雖然如此，它們卻能夠形成科學知識的基礎，因為它們是可信賴的；錯誤可被理性(reason)與經驗所糾正。在語意學的理論上，渥德漢姆為此一觀點辯護，即：科學知識的直接對象是為「有意義的複合」(*complexe significabile*)，這即是所設計要指出的結論。

參見 Duns Scotus 鄧斯．斯各多；Ockham 奧坎；Peter Lombard 彼得．隆巴德

R.W.撰　蕭宏恩審訂

Wolff, Christian　沃爾夫，克里斯汀(1679-1754)　德國哲學家和德國十八世紀早期世俗理性主義(secular rationalism)的最有力的倡導者。儘管他屬於路德教派(Lutheran)，但早年在天主教布列斯勞(Catholic Breslau)的教育，使他對亞奎納(Aquinas)、蘇阿雷(Suārez)的士林哲學與較為近代的思想資源都很熟悉。他以一篇討論數學方法在倫理學上的運用的學位論文(1703)，結束了他後來在萊比錫大學的研究。正是這篇論文使他受到了萊布尼茲(Leibniz)的關注。以後他一直與萊布尼茲保持書信往來，直到萊布尼茲逝世(1716)。他也因此以萊布尼茲哲學的傳播者而出名，當然他的觀點並非單獨來自萊布尼茲。他於1706 年(正是這一年，他發表了主導德國大學數十年之久的數學教科書和綱要)被任命在哈勒大學(Halle)教授數學，但他於 1709 年起也同時開始講授哲學。他的校長(離職)演說《論中國的實踐哲學》(*On the Practical Philosophy of the Chinese*, 1721)即宣稱，為了達至道德和政治推理的妥當原則，天啟乃至對上帝的信仰都是不必要的；這造成了他與哈勒虔敬主義者們(Halle Pietists)的緊張關係上升，此外在 1723 年時，他們不僅迫使他被解職，而且還真的使他被驅逐出境。沃爾夫隨之在馬堡大學(Marburg)立刻受到了歡迎，在那裡，他成了思想自由的英雄；他直到腓特烈大帝(Frederick the Great)於 1740 年登基時才重返普魯士，也才恢復了他在哈勒的教職。

沃爾夫曾發表一系列關於邏輯、形上學、倫理學、政治學、自然神學、目的論方面的書(1713-24)，在其中，他創立了現代德國的哲學術語學。在其晚年，他還用拉丁文發表一系列更為廣泛的著作。這些著作拓展、修正了他的德文著作，同時也增添了關於自然法、實定法、經濟學方面的文章(1723-1755)。他接受將邏輯劃分為概念、判斷和推理的

傳統作法，這影響了康德《純粹理性批判》(*Critique of Pure Reason*, 1781-87)一書的結構，甚至影響了黑格爾的《邏輯學》(Hegel's *Science of Logic*, 1816)。他的形上學包括：一般存有論(general ontology)，還有理性宇宙論、理性心理學和理性神學這些特殊學門(康德用先驗感性論〔transcendental aesthetic〕、先驗分析論〔transcendental analytic〕取代了沃爾夫的一般存有論，又在他的先驗辯證論〔transcendental dialectic〕中拆除了沃爾夫的特殊形上學)。

沃爾夫的形上學大量吸收了萊布尼茲，但也利用了笛卡兒(Descartes)，甚至經驗論者洛克(Locke)的思想。在方法論上，他盡力去從邏輯同一律(logical law of identity)推導出充足理由律(principle of sufficient reason)(正如萊布尼茲 1680 年代末發表的作品，而不是 1700 年代發表過的作品)。實質上，他的德國形上學是以重建笛卡兒的「我思」(cogito)論證為開端，然後論證一種單純、非物質的靈魂，其全部機能可還原為表象形式(forms of representation)並能與物體達到預定和諧的關係。沃爾夫想把哲學建立於單一原理上的努力，儘管相繼遭到克魯修斯(Crusius)、康德的排斥，還是繼續影響了德國觀念論，如後來的賴因霍爾德(Reinhold)、費希特(Fichte)、黑格爾。他從靈魂的獨特、表象能力出發而開啟形上學的做法，不僅繼續影響了賴因霍爾德、費希特等後起作者，而且也影響了康德對統覺的先驗統一(the transcendental unity of apperception)的構想。

儘管有形上學方面的學術影響，沃爾夫對德國文化的重要性不止於神學的倫理學，更在於其理性主義式的倫理學。他論證道德價值在於人之客觀本質之完善，而人之本質在於理智和意志(後者依賴於前者)，而理智和意志，因寓居於肉體，其健全依賴於肉體的健全。由此可見，道德要求理智和意志、肉體及促成這些要素和諧聯繫的外在條件的完善。每個人有義務去完善此一本質的各個方面，但在實踐上要做到這樣，得在個人份內去做才最為有效；因此，對自身的義務要優先於對他人、乃至對上帝的義務。因為快樂是完美的感性標誌，所以沃爾夫的完美主義(perfectionism)類似於當時代的功利主義(utilitarianism)。由於他認為人的完善能夠獨立於任何天啟而被人類理性所理解，沃爾夫加入了當時包括沙佛茲伯里(Shaftesbury)、哈屈森(Hutcheson)在內的英國啟蒙運動者，來論證道德不依賴於神的命令；相反的，對神命的認同有賴於對道德的一種先行的理解(儘管道德確實要求對神的崇敬，因而中國的無神論的道德，雖然就目前發展而言是良性的，是不完美的)。正是這一學說使沃爾夫陷於生命的危險中，但該學說在他所處世紀的餘下時間裡產生了巨大的回應，當然影響了康德。

參見 Kant 康德；Leibniz 萊布尼茲

P.Gu.撰　彭文本審訂

Wollaston, William　沃萊斯頓，威廉(1659-1724)　英國道德學家，因論辯行為的不道德在於它們蘊涵假命題而著稱。身為一位副校長，稍後又擔任神職，沃萊斯頓在他出版的《描述自然的宗教》(*The Religion of Nature Delineated*, 1722)一書中主張：宗教與道德的基礎是互相依賴的，上帝已預先設置了理性(或真理)與幸福間的和諧，由於不正確陳述而與真理相抵觸的行為，也就阻礙了人類幸福且是邪惡的。舉例來說，如果一個人偷了別人的錶，他錯誤地表示這錶是他的，因而使得偷錶是錯誤的行為。沃萊斯頓的觀點，特別是道德須是普遍且必然的真理，是受到理性主義者古德沃茲(Ralph Cudworth)與克拉克(Clarke)的影響。在許多批評他的人中，最有名的就是休姆(Hume)，他堅稱沃萊斯頓的理論含有一荒謬之處：任何隱藏於公共觀點(public view)(如，不貞)的行為，並未傳達假命題，因此也不是非道德的。

E.S.R.撰　林正弘審訂

Wollstonecraft, Mary　沃斯頓克拉芙特，瑪麗(1759-97)　英國作家和女性主義者，其著作《女權辯》(*A Vindication of the Rights of Women*, 1792)是女性主義哲學經典。她的攻擊對象是盧梭(Rousseau)，目的是反擊盧梭提供女孩分別不同的教育，主張盧梭推薦給女孩的，男孩也適用。沃斯頓克拉芙特認為改善女性教育是必要的，使她們能夠肯定其為人之權利，並發展有利益於人類美德之能力。她亦寫就《男權辯》(*A Vindication of the Rights of Men* , 1790)：攻擊艾德蒙・柏克(Edmund Burke)所著之有關法國大革命的小冊子。她也寫小說、論文、遊記和童書。

參見 feminist philosophy 女性主義哲學

M.At.撰　吳秀瑾審訂

woof　合式公式　見 well-formed formula 合式公式

works, justification by　因作工而釋罪　見 justification by faith 因信稱義

worldline　世界線　見 space-time 時空

worldview　世界觀　見 Dilthey 狄爾泰

Wright, Chauncey　賴特，強希(1830-75)　美國哲學家、數學家。他於 1852 年畢業於哈佛(Harvard)，受聘於期刊《美國星曆》(*American Ephemeris*)至 1872 年為止。他的哲學討論刺激並吸引了包括裴爾斯(Peirce)、詹姆士(James)、霍爾姆斯(Oliver Wendell Holmes, Jr.)等人在內的許多人的注意。他們以為他為他們的「智力拳擊師」(intellectual boxing master)。賴特最終接受了英國的經驗主義，尤其是彌爾(J. S. Mill)的思想，而儘管在達爾文主義(Darwinian)影響下，他拋棄了經驗論者關於普遍性命題只是從個別中概括出來的這一論斷，而大大修正了彌爾的觀點。賴特卻聲稱科學理論是有待進一步完善的假說，並堅持道德原則是不可化約的而不需要功利性證明。儘管他否認了關於共相(universals)的概括論；他卻不是嚴格意義上的實用主義者，因為對他來說，一個像裴爾斯所舉的「這塊鑽石是硬的」這樣的低層次的經驗性命題不是一個假設，而是一個自我完備、不可化約的陳述。

參見 Prirce 裴爾斯；pragmatism 實用主義

E.H.M.撰　葉新雲審訂

Wright, G. H. von　萊特，G・H・馮　見 von Wright 馮・萊特

***wu*　無**　見 *yu, wu* 有、無

***wu-hsing*　五行**　中文，意味著五種狀態、過程或元素(five phases,processes,or elements)。這五個狀態——土(earth)、木(wood)、金(metal)、火(fire)和水(water)連同陰陽(yin and yang)，共同構成了戰國時期(Warring States Period，西元前 403-221 年)和漢朝初期(early Han dynasty，西元前 206-後 220 年)所發展的中國天人相應宇宙論(correlative cosmologies)的基礎。這些宇宙觀假定了一種人類世界與自然秩序之間的關係。於是這五個狀態相應於人類歷史上各朝代循環性興亡的更替模式、亦相應於社會政治秩序和君主每月例行的祭典儀式、相應於音樂的節奏和韻味、甚至相應於身體的各器官。早期宇宙論

者，如鄒衍的目標是把人類秩序通過以五行為中介，納入與自然秩序相和諧的關係之中；而漢代宇宙論者和長生術的追求者卻試圖通過操縱五行，尤其是體內五行的運轉，以求控制自然、延長壽命。

R.P.P. & R.T.A.撰　林安梧審訂

Wundt, Wilhelm Maximilien　馮特，威爾翰・馬西米蘭(1832-1920)　馮特是德國哲學家與心理學家，科學心理學的奠基者。儘管他接受的是成為一個內科醫生的訓練，他後來轉向了哲學，並且在 1879 年在萊比錫大學建立了第一個公認的心理學實驗室。對馮特來說，心理學是一門關於意識經驗的科學，那是一個不久後就被行為主義所壓過的定義。馮特的心理學包括兩個部門：一個是所謂的生理心理學(《生理心理學基礎》(*Grundzuge der physiologischen Psychologie*, 3 vols., 1873-74；只有第 5 版的第 1 卷於 1910 年被譯成了英文)，這個著作主要是對費希納(Fechner)的心理物理學(psychophysics)中所廣泛建立模型之立即經驗(immediate experience)的實驗性研究；他的另一個著作是通俗心理學《通俗心理學》(*Volkerpsychologie*, 10 vols., 1900-20；部分被譯在英文的《手勢語言》〔*The Language of Gestures*, 1973〕)；另一個是對較高心靈過程的非實驗性研究，這是透過這些過程的產物——語言、神話和習俗——來進行的。雖然馮特是一個驚人的研究者與作者，並且被尊稱為心理學的奠基人，但他的理論產生的影響卻微乎其微，遠不如他的研究方法。作為他那個時代最典型的德國學者，他也寫遍了整個哲學領域，包括邏輯學與倫理學。

T.H.L.撰　劉希文審訂

***wu wei*　無為**　中國哲學詞語，這是個與道家(Taoism)有關的詞，而且通常被解釋為「不作為」(non-action)。實際上它同時在道家與道家以外的其他學派的文獻中被使用，使用它來描述一種理想的存在狀態或一種理想的政治形式，只是不同的學派文獻對其有不同之詮釋。在《莊子》(*Chuang Tzu*)裡，它被描述為一種存在的狀態，而人在此狀態中，完全擺脫了任何預先懷抱的目標、計畫，就連道德理想也泯去了。在《老子》(*Lao Tzu*)裡，它指的是對世俗目標追求的捨棄，同時它也描述一種理想的政治形式，一個不教導人民行為標準(包括日常道的準則)也不將之加諸其上的政治形式。在其他文本裡，它有時被用來描述不勉而中的道德行為；有時也用來表示統治者沒有積極參與政府運作的需要，這種「無為」或源自於君主的知人善任與賢臣為君主所樹立的道德典範所感動而受命，或源自於由德高望重的統治者所建立的有效運作的政府機制。

參見 Taoism 道學

K.-l.S.撰　林安梧審訂

Wyclif, John　威克里夫，約翰(c.1330-84)　英國神學家與宗教改革者。他生命的大部分時間都在牛津大學從事一俗世的文書工作、教授哲學，而在後期教授神學以及大量地撰寫此兩個領域的著述。他的殘存著作所表達的思想模式為一種極端的實在論(extreme realism)，在此，他的思想助長了波希米亞(Bohemian)哲學(即隨後的胡賽特〔Hussite〕哲學)，與那些在布拉格(Prague)教學的德國大師們之哲學相互分裂。他的哲學總綱不但為他在共相(universals)上的教導具有最大的影響力，而且大規模地處理了決定論(determinism)的問題；這些討論為他後來個別處理聖餐(Eucharist)及教會的同一性之問題奠立了基礎。他對英國哲學的影響因著教會對其觀念之逐漸成長的敵對狀態、對其許多教義的責難、對其追隨者的迫害，以及對其著作的損毀而受到了嚴酷的限制。

A.Hu.撰　蕭宏恩審訂

Xenocrates　塞諾克拉底斯　見 Academy 學園

Xenophanes　色諾芬尼(c.570-c.475 B.C.)　古希臘哲學家，關於神的理想化概念的支持者，也是先蘇格拉底(pre-Socratics)時期提出認識論觀點的第一人。生於科洛芬(Colophon)小亞細亞沿岸一個叫愛歐尼亞(Ionian)的希臘城市，年輕時遷居希臘西部(西西里和南義大利)。米勒斯學派(Milesians)對他的理性主義的形成影響是相當明顯的。他是第一個先蘇哲學家，他不但留有古代記錄，也有一些清楚的語錄在他手中整理出來——出自他的「諷刺文章」(*Silloi*)與其他的言教詩集(didactic poerty)。

色諾芬尼攻擊荷馬(Homer)、赫希俄德(Hesiod)的世界觀與希臘傳統的虔敬行為。這種虔敬行為認為詩人們把道德淪喪歸於諸神是令人憤怒的。傳統的宗教反映了宗教上的偏見(北方人的神有金髮；非洲人的神有黑髮)。的確，擬人化的神，反映了終極的偏見，而這只是人類以自我為中心的偏見(「如果牛、馬、獅子……能夠畫神的像呢……」，片斷 15)。只有唯一一個「至上」(greatest)的神，無論是形體還是精神上，祂全然不像人，祂不借助器官也能洞察，祂「不動」(without moving)而純憑思想的力量就能導致變化。彩虹不是源自宙斯(Zeus)的信號，而只是一種特殊的雲層組織。太陽或月亮神也不是神。天空中所有現象，為難以捕捉的「宙斯雙生子」(Twin Sons of Zeus，聖伊莫思的火〔St. Elmo's fire〕)太陽、月亮和星星，都是雲組織的各種形態。沒有神祕的地獄，地球常見的各地層伸向地下無限處。宇宙唯一的界限，是在我們腳下可見的位於大地與天空之間的地平線。顯然，色諾芬尼是用一種防止誤解的認識論說明(他所提供的只是一種猜想)，來沖淡他的神學與宇宙論的立場。

在古希臘後期，色諾芬尼逐漸被視為伊利亞學派(Eleatic School)的創始人。他的教訓與巴門尼德斯(Parmenides)和麥里塞斯(Melissus)的教訓相融合。這似乎來自於色諾芬尼對於「太一」(the oneness)與「明確神不移動」 (the utter immobility of God)的強調。

參見 Eleatic School 伊利亞學派；pre-Socratics 先蘇格拉底學派

A.P.D.M.撰　苑舉正審訂

Xenphon　色諾芬(c.430-c.350 B.C.)　希臘戰士和歷史學家。是蘇格拉底(Socratics)的幾篇對話錄中，關於歷史、教育、政治理論和其他話題的重要作品的作者。他愛好哲學，是一個敏銳而有智慧的「社會思想家」(social thinker)，他對於倫理與社會的觀點影響了好幾個世紀。他對蘇格拉底人格，及其倫理上重要性的洞見，為柏拉圖(Plato)那個比較有名的蘇格拉底觀點，提供了極有價值的補充和修正。

色諾芬的蘇格拉底對話錄，是除了柏拉圖對話錄之外倖存完整的記錄，它幫助我們獲得一幅作為文學範本的蘇格拉底對話的更廣闊的圖景。他的記錄也提供了關於蘇格拉底跟隨者們，如安提斯特尼(Antisthenes)、歐西彼底斯(Alcibiades)的人格和思想的珍貴證明。色諾芬最擅長、最豐富的有關蘇格拉底著作是《回憶錄》(*Memorabilia*)或《蘇格拉底回憶錄》(*Memoirs of Socrates*)，該篇強調了蘇格拉底的自我滿足及對同胞們友愛的觀念。色諾芬的《蘇格拉底申辯辭》(*Apology of Socrates*)與他的《宴會集》(*Symposium*)可能是作為對柏拉圖的《申辯辭》(*Apology*)和《宴會集》(*Symposium*)的回應而作的。

色諾芬關於蘇格拉底談治家的對話《家政篇》(*Oeconomicus*)對於它所蘊涵的社會理論與對古雅典婦女的角色與地位說明的證據，是極有價值的。

參見 Socrates 蘇格拉底

D.R.M.撰　苑舉正審訂

yang　陽　見 yin, yang 陰、陽

Yang Chu　楊朱　也叫楊子(Yang Tzu, c. 370-319 B.C.)。這個中國哲學家之所以有名，在於他「拔一毛而利天下，不為也」(one ought not sacrifice even a single hair to save the whole world)的主張(此為孟子所歸結者)。作為一個利己的個人主義者(egoistist)和享樂主義者(hedonist)而備受批判的楊朱是一個視肉體完整、健康、長壽重於名譽、財貨和權力的個性化人物。他相信一個人的肉體和年壽是由「天」(Heaven)賦予的，他有義務(這實際上也是一種天性)去保持身體健康、頤養天年，與認可享樂主義的縱慾恰恰相反，這種天賦予的義務需要節制和規矩。

R.P.P. & R.T.A.撰　林安梧審訂

Yang Hsiung　揚雄(53 B.C.-A.D. 18)　中國哲學家，寫過兩本書：《太玄經》(*Tai-hsüan ching*〔關於極度玄奧的原則的經典〕)，是對《易經》(*I-Ching*)的模倣；《法言》(*Fa-yen*〔準則性言說〕)，是對《論語》(*Analects*)的模倣。前者被他的同時代人所忽視，而後者則在他的時代很流行。他的思想是折衷的。他是中國思想史上第一個提出人性是善惡相混合學說(the doctrine of human nature as a mixture of good and evil)的人，他以此來迴避孟子(Mencius)、荀子(Hsün Tzu)這兩個極端。

參見 Hsün Tzu 荀子；Mencius 孟子

S.-h.L.撰　劉述先審訂

Yen Yuan　顏元(1635-1704)　中國的傳統主義者(traditionalist)和社會批判者。像王夫之(Wang Fu-chih)，他攻擊新儒家(Neo-Confucian)的形而上學二元論(metaphysical dualism)，認為新儒家的觀點彷若是粗暴的玄想，模糊了儒學的真實性。朱熹(Chu Hsi)把「格物」(investigation things)解釋為去發現某個稱為「理」(pattern)的超驗「物」(transcendent〔thing〕)；而王陽明(Wang Yang-ming)把「格物」理解為正某個人的念頭(rectifying one's thoughts)；但顏元論證「格物」為通過熟悉而獲取某種知識，即意味著對傳統禮儀、規矩的「親身」(hands-on)踐履。為「證明」(proof)宋明理學(新儒學)的錯誤，顏元還指出了它在社會、政治上的失敗。像許多人一樣，顏元還是堅信儒學不僅是對的，也是管用的，它之所以對世界改造失敗了，只可理解為個人把握、運用「道」(Way)的失誤。

參見 Confucianism 儒家；Wang Fu-chih 王夫之

P.J.I.撰　林安梧審訂

***yi*　義**　中文，也許早期意味著一種「尊嚴感」(sense of honor)，而後來用來說人指引自我的合宜或正當的方式 (當這樣運用時，它通常解釋為「正確」〔rightness〕、「義務」〔duty〕)，也用來說人對於行使合宜與正當行為的允諾 (當這樣使用時，它經常解釋為「正當、公正」〔rightousness〕、「義務感」〔dutifulness〕)。對於墨家(Mohists)，「義」取決於給公眾帶來的好處，在此，利益是作為秩序、社會繁榮等方面來理解的。對儒家(Confucians)，「義」的行為是指合乎傳統標準的行為，當然同時也要求根據義對這些標準的修正。「義」並不取決於某些特定的行為規則，而是取決於在一個既

與的行動脈絡下，對於相關考慮的衡量(權)。「義」在行使合宜與正當行為的堅定承諾(甚至在逆境中也堅強持守)的意義中，是儒家倫理理想的一個重要成分。

K.-l.S.撰　林安梧審訂

***Yi Ching*　《易經》**　見 *I-Ching* 《易經》

***yin, yang*　陰、陽**　在中國哲學的古典傳統中用來表達對立、差異的隱喻。最初，它們指示一座山背陽、向陽的兩面，後來逐漸意味著在事物之間某種特定的關係下一物「遮蔽」(overshadows)另一物的這種狀態。陰陽並不是幫助我們區分事物的「原則」(principles)或「本質」(essences)，而是描述在世間中流變、具體的事物間相互關聯、相互作用的範疇。陰陽通常總是描述各獨特事項間的構成性關係，為「解讀」(reading)在這些事項中所得到的各區分提供一個詞匯。在這種對比關係所捕捉到的對立面的互補本質，表達了相互性、相互依賴性、多樣性，以及表達了被認為內在於世界且穩定世界的生生不息的創造力。世間差別眾相則完全可以透過這種對比關係而加以說明。

參見 Chinese Philosophy 中國哲學

R.P.P. & R.T.A.撰　林安梧審訂

Yoga　瑜伽　見 Sankhya-Yoga 數論-瑜伽學派

Yogācarā Buddhism　瑜伽行派佛學　見 Buddhism 佛教

Young Hegelians　青年黑格爾主義者　見 Hegel 黑格爾

***yü*　欲**　中文，表示「欲念」(desire)。一個人對性或食物有慾望，但他也能對做一個更有德行的人有欲求。「欲」與「惡」(aversion)相對，「惡」的對象同「欲」一樣範圍廣泛。自從佛學(Buddhism)引入中國(China)以來，一些思想家聲稱無「欲」與「惡」是自我修養的理想境界。當然，總的說來，具有一點點「欲」、「惡」一直被人們認為是道德完善所必需的。

B.W.V.N.撰　林安梧審訂

***yu, wu*　有、無**　從字面上說，分別表示「有東西」(having)與「無東西」(nothing)的中國術語。它們經常英譯為「存在」(being)與「非存在」(non-being)。但是中國人從未發展出巴門尼德斯(Parmenides)意義上的「存在」(Being)、「非存在」(Non-Being)這對相互矛盾的概念。在《道德經》(*Tao Te Ching*)第二章中，老子(Lao Tzu)說：「有無相生」(being and non-being produce each other)，它們似乎是一對相互依存的概念。但是在第四十章，老子又說：「有生於無」(being comes from non-being)。可見，對道家(Taoism)來說，「無」比「有」更為基本；而對儒學(Confucianism)來說則正相反。這兩種傳統被後來的學者視為有互補關係。

參見 Chinese philosophy 中國哲學；Confucianism 儒家；Lao Tzu 老子；Parmenides 巴門尼德斯；Taoism 道學

S.-h.L.撰　劉述先審訂

***yung*　勇**　中文，通常解釋為「勇氣」(courage)或「勇敢」(bravery)。「勇」在中國哲學不同的文本裡有不同形式的描述，諸如意欲雪恥、與人爭鬥或毫無畏懼。儒家(Confucians)提倡為「義」(rightness)所引導的「勇」，方是「勇」的理想形式。一個理想的「勇」者是完全地將自己託付於「義」的人，甚至在面臨生死存亡之際時，他也願意捨身取義。而一個人若能行無愧於心，那麼這個人將免於恐懼與不確定感。

K.-l.S.撰　林安梧審訂

Z

Z　哲梅羅集合論公理系統　見 set theory 集合論

Zabarella, Jacopo　贊巴雷拉，雅各伯(1532-89)　義大利亞里斯多德主義哲學家，在帕多瓦大學(the University of Padua)教書。他寫了關於亞里斯多德(Aristotle)《物理學》(*Physics*)與《論靈魂》(*On the Soul*)的註解，也討論過如阿威羅斯(Averroes)等其他的詮釋者。然而，他最有創見的貢獻是在邏輯學方面的著作《邏輯全集》(*Opera logica*，1578)。贊巴雷拉認為邏輯學是為哲學分析提供所必需的工具的一門預備性研究。這兩件工具是程序(order)與方法(method)：程序教我們如何組織一個學門的內容以便更容易地理解它；方法教我們如何做三段論式的推論。贊巴雷拉將其他詮釋者所劃分的各種程序與方法，化約為構成性(compositive)和分解性(resolutive)的程序和方法。從第一原理到其結果的構成性程序，適用於理論性學門；從意欲的目的到適於實現這種目的的手段的分解性程序，適用於實用型學門。這種劃分其實大多已存在於亞里斯多德體系中，贊巴雷拉則對方法提供了一套具原創性的分析。構成性方法從普遍原理中推論出個殊的結果；分解性方法則以個殊的結果推論出原初的原理，正如歸納推理或由果推因的推理中所做的一樣。贊巴雷拉的術語被認為極可能影響了伽利略(Galileo)的力學。

P.Gar.撰　丁福寧審訂

Zarathustra　查拉圖斯特拉　見 Nietzsche 尼采；Zoroastrianism 瑣羅亞斯德教

ZC　加上選擇公理的哲梅羅集合論公理系統　見 set theory 集合論

Zeigarnik effect　雷格尼克效應　對未完成工作的選擇性回想，以對照於已經完成的工作。此效果以雷格尼克(Bluma Zeigarnik)的名字為名，雷格尼克是勒溫(K. Lewin)的學生，他發現了這個效應，並於 1927 年在一篇發表於《心理學研究》(*Psychologische Forschung*)的論文裡描述此效應。首先，先給受試者一系列小工作，像是倒著數數、穿珠子等可以快速完成的工作。其中，有一半的工作都中斷了。受試者接著對這些小工作的回想，傾向於被中斷的工作。雷格尼克下結論說，回想會受動機的影響，而不只是受連結強度的影響。

這個效果被認為是相關於弗洛伊德(Freud)的主張——未完成的願望是持久的。勒溫試圖從場論(field theory)推導出此效應，他認為想要達成某個目標的企圖，會產生一種張力，這種張力要等到目標完成後才會消失；如果將這樣的企圖打斷，會造成受試者一種傾向於回想的張力。至於造成雷格尼克效應的因素，就如同此效應的意義，還未被清楚理解。

R.C.R.撰　劉希文審訂

Zen　禪宗　見 Buddhism 佛學

Zeno of Citium　西提姆的芝諾　見 Stoicism 斯多噶主義

Zeno of Elea　伊利亞的芝諾　見 pre-Socratics 先蘇格拉底學派

Zeno's paradoxes　芝諾悖論　與空間、運動有關的四道悖論，由伊利亞（Elea）的芝諾(fifth century B.C.)提出：跑道、阿奇里斯與烏龜、運動場和箭矢。借助於第二手資料，尤其是靠亞里斯多德(Aristotle)，我們才知道芝諾的論證。

跑道悖論(The racetrack paradox)　一個運動員為到達跑道的終點，首先必須完成無數次不同的路程：他到達了中點，接著又到達了中點與終點之間的中心點，再又到達這個新中點與終點的中間點，依此類推。但一個人要完成這無窮系列的路程是邏輯上不可能的，所以運動員永遠達不到跑道的終點。既然這和終點有多遠並無關係——無論是一尺、一寸或一微米，這個論証，如果圓融的話，證明了所有的運動都是不可能的。移向任何一點都涉及了無限的歷程，而這無限的歷程是不可能被完成的。

阿奇里斯與烏龜悖論(The paradox of Achilles and the tortoise)　阿奇里斯跑得比烏龜快得多，所以為他們安排比賽時，給予烏龜先跑的優先權。芝諾論證道，無論阿奇里斯跑得多快，也無論賽程延續多久，他永遠不能趕上烏龜。因為，阿奇里斯首先必須到達烏龜起跑的地方。而儘管烏龜跑得慢，卻從不懈怠；而當阿奇里斯努力完成烏龜先跑出的那段路程時，烏龜已往前爬了一小段，於是下一步阿奇里斯所必須做的就是達成烏龜剛爬過的那段新路。當他這樣做時，烏龜仍又往前爬一點。無論兩者間距維持多小，阿奇里斯都必須花時間去追趕，而在此同時，烏龜不停往前又將衍生一個新的差距。於是，無論阿奇里斯跑得多快，為了不被他趕上，烏龜所必須做的就是不要停下來。

運動場悖論(The stadium paradox)　設想三個相等的立方體，A、B、C，其邊長均為「l」，沿一條線排列。當 A 在右方以垂直於直線的方向移動「l」時，與此同時，以同樣的速度，C 同樣以垂直於直線的方向向左移「l」。A 移動「1/2」(相對於 B)與 A 移動「l」(相對於 C)所花的時間相等。於是，用亞里斯多德(Aristotle)的話說，「他(芝諾)認為，這可推論出一半的時間等於其一倍」。(《物理學》〔*Physics*〕259b35)

飛矢悖論(The arrow paradox)　在時間上的任何一點，飛矢總是「佔據與其大小相等的空間」，這意味著在任何時間點上，飛矢並不在動，因為運動須耗費一段時長，而每一瞬間只可設想為一個點，不是時長。由此便可推斷：飛矢在任何一時刻點上是靜止的，也就不會移動。飛矢悖論適用於一切事物：沒有事物移動。

學者們對芝諾本人設想這些悖論的用意沒有定論。沒有證據顯示他為悖論提供了「解決之道」。一種論點是認為它們只是建構「多（multiplicity）是幻覺、實在是一個不可分的整體」此計畫之一部分。這個論証可重構如下：如果你承認實在可分割成連續不斷的各部分，你將面臨這些難以成立的悖論，所以你必須把實在理解為一個不可分的整體。

參見 Paradox 悖論；Pre-Socratics 先蘇格拉底學派；time 時間

R.M.S.撰　古秀鈴、楊金穆審訂

Zeno the Stoic　斯多噶的芝諾　見 Stoicism 斯多噶主義

Zermelo　哲梅羅　見 Quine 蒯因；set theory 集合論

zero-sum game　此失彼得博奕　見 game theory 賽局理論

ZF　哲梅羅弗蘭克集合論公理系統　見 set theory 集合論

ZFC　加上選擇公理的哲梅羅弗蘭克集合論公理系統　見 independence results 獨立性結果

Zohar　佐哈爾　見 cabala 卡巴拉

Zorn's lemma　佐恩引理　見 set theory 集合論

Zoroaster　瑣羅亞斯德　見 Zoroastrianism 瑣羅亞斯德教

Zoroastrianism　瑣羅亞斯德教　古伊朗的民族宗教。瑣羅亞斯德教在西元七世紀之後因為改宗伊斯蘭教的趨勢而突然衰落下去。在現今剩下大約十萬信徒中，四分之三是住在西印度或來自西印度的波斯人，其餘則是伊朗的瑣羅亞斯德教徒。此一傳統與其先知等同起來；他的名字在波斯語叫查拉圖士特拉(Zarathushtra)，並保留在德文裡，但是瑣羅亞斯德此一名字乃是古希臘的譯名，且是大多數其他現代歐洲語言所用的形式。

瑣羅亞斯德歌頌阿胡拉・馬茲達(Ahura Mazda，「智慧之主」〔the Wise Lord〕)的讚歌叫《哥塔斯》(*Gathas*)，它們與歌頌其他神明的儀式讚歌混雜在一起，蒐集於《阿維斯塔》(*Avesta*)。在其中，瑣羅亞斯德尋求確證：善必將戰勝惡，阿胡拉・馬茲達將在其先知使命中成為他的保護者。《哥塔斯》期許人類，透過聯合正義之力量，反對邪惡，必將接受極樂，在來世永享福祉。

對於學者來說，文本和先知本人之年代是一件捉摸不定的事，但是瑣羅亞斯德在阿契曼尼德帝國(Achaemenid empire)興起(西元前六世紀)之前的某個時候的伊朗某個地方生活著，這是可確定的。他對阿胡拉・馬茲達的信仰，反映在《哥塔斯》裡，並逐步融入古老的印度-伊朗宗教其他流派中。我們是從《阿維斯塔》讚歌和該教的儀式活動中看到這一切。他們敬奉這一系列在功能上與印度《吠陀》(*Vedas*)諸神相似的伊朗神明。一種共同的印度-伊朗傳承決定性地體現在《阿維斯塔》與《吠陀》之間在語言和內容上的相似性。古典的瑣羅亞斯德派正統並沒有完全用阿胡拉・馬茲達取代印度-伊朗諸神，而是把諸神合併入這種傳統，認定他們是阿胡拉・馬茲達的使者。

阿契曼尼德國王們(從西元前六世紀至西元前四世紀)在他們的碑銘中提到過阿胡拉・馬茲達，但未提瑣羅亞斯德。帕提亞人(即安息人)，從西元前三世紀至西元三世紀，特別強調到了印度-伊朗眾神中的米瑟拉(Mithra)。但是，正是在自三世紀至七世紀統治伊朗的薩桑尼王朝(the Sasanians)之下，瑣羅亞斯德教才成為建制宗教。

一個突出的教義是關於善惡之間鬥爭的說教。從宇宙創世到最後的對決或審判的期間，「智慧之主」阿胡拉・馬茲達(或叫歐爾馬茲達〔Ohrmazd〕，依薩桑尼王朝時代的巴勒維語)被困在與惡神安格拉・曼紐(Angra Mainyu，依巴勒維語，阿里曼〔Ahriman〕)的鬥爭裡。教義在《哥塔斯》文本的一個意涵上有所擴展，尤其是第 30 節裡的內容上，認為善與惡一開始是走在一起的，然後建立了生命與無生命的界域，並判定二者鬥爭最後優勢將朝向正義的一方，而非邪惡的一方。

在薩桑尼王朝時代，有一種確認阿胡拉・馬茲達的無限、萬能、全知的瞑想式關注，這些特質大概標示出地中海哲學的影響。例如，在《本達希辛》(*Bundahishn*)，一部巴勒維文化的宇宙論、末世論之敘事，刻畫阿胡拉・馬茲達為向四方開展之無限者，而惡神為受限於一方的、且注定終將滅亡。

這個教義被稱為二元論的，因為該說法認為(起碼在薩桑尼王朝時代)善神的力量會遭到惡神的力量挑戰。今天的瑣羅亞斯德教徒確認他們是一神論者，不崇拜惡神。但是這個歸類就其歷史的方面來看是成立的，瑣羅亞斯德教表明了一種「倫理」的二元論，即有善、惡兩種勢力。儘管物質世界會遭受廢物與腐朽等的儀式上之污染，究竟它是神的創造物，在潛在上仍保持著道德上的善。這是與本體論上的二元論相對立的，如同在諾斯替和摩尼教中二元論的教義，主張物質世界本身只是精神的墮落並被陷溺於物質裡的結果。

在十九世紀，瑣羅亞斯德教的那些新近傳入歐洲的文本，造成了對其先知關注倫理問題的體認。無論如何，尼采(Nietzsche)在其《查拉圖斯特拉如是說》(*Thus Spake Zarathustra*)的價值，卻是他自身的，而不是古代先知們的。儘管標題是引人注目的，但尼采與歷史上的瑣羅亞斯德教的關聯只是在主題上的而已，因為其作品是以神諭的方式來表達有關善與惡的觀念。

W.G.O.撰　蔡源林審訂

Zweckrationalität　**目的理性**　見 Weber 韋伯

附錄

特殊符號與邏輯記號

以下是邏輯符號的通常用法(儘管還有其他符號)。這些符號也可能會以其他字型出現(例如‘P’、‘P’、‘**P**’都表示‘*P*’)。

—
~
¬
N
&
∧
•
K
∨
⊻
∨̇
†
A
⊃
→
⇒
C
≡
↔
⇔
E
∀
Π
∃
Σ
M
◇
L
□
⥽ 所有這些及其他邏輯符號，見 logical notation 邏輯記號

| 見 Sheffer stroke 謝弗之撇

&
∧
⋀ 用於表示一個(可能為無窮多句的)公式集的合取。

∨
⋁ 用於表示一個(可能為無窮多句的)公式集的合取。

⊤ (1)任一恆真句的簡寫。(2)對任何解釋方式均有真值(truth-value)「真」(verum)的邏輯常量。(3)真值「真」的符號記法。

⊥ (1)任一矛盾句的簡寫。(2)對任何解釋方式均有真值「假」(falsum)的邏輯常量。(3)真值「假」的符號記法。

∃!
E! 是「存在有唯一的」的簡寫(讀作「E 驚嘆號」，其中「!」被稱為驚嘆號算符〔shriek openator〕)。

P
F 見 tense logic 時態邏輯

G 「必將是那樣」的簡寫。

H 「過去總是那樣」的簡寫。

K_a 見 epistemic logic 知態邏輯；KK-thesis 雙知論題

B_a 「*a* 相信那樣」的簡寫。

O
O(/) 見 deontic logic 規範邏輯

P 「*P* 是可允許的」的簡寫，常定義為「~*O*~」。

P(/) 常定義為「~*O*(~/)」和表示條件性允許。

>
□→ 用來表示虛擬條件式；在一些特定情形下，表示與事實相反的條件句

或因果條件句。

$A(t/x)$ 表示以項「t」取代公式 A 中所有出現的變量 x 所得結果。

℩ 表示一種開放語句的算子(被稱為確定描述詞算子〔definite description operator〕或伊歐塔算子〔iota operator〕)，用以形成確定描述詞。$(\iota x)\phi x$ 於是被讀成「這個 ϕ」。見 theory of descriptions 描述詞理論。

^ 表示一種開放語句的算子，用以形成集合或性質的名稱(也就是抽離〔abstract〕)。$\hat{x}\phi x$ 指所有 ϕs 所構成的集或作為一個 ϕ 的性質。

ϵ (1)∈的變體。(2)表示一種開放語句的算子，用以形成易普西隆項(epsilon terms)。$\epsilon\chi\phi\chi$ 表示一個 ϕ(如果〔至少〕有一個這種個體)或者表示任意的個體(如果沒有這種個體)。

λ 見 combinatory logic 組合邏輯

PC 見 formal logic 形式邏輯

I / IC 指直覺主義命題演算。見 intuitionism 直覺主義

S4 / S5 見 modal logic 模態邏輯

MP / ⊃E 見 modus ponens 取拒式

MT 見 modus tollens 拒取式

&I / ∧I 見 conjunction introduction 連言引入

∨I 見 disjunction introduction 析取引入

&E / ∧E 見 conjunction elimination 連言消去

∨E 見 disjunction elimination 選言消去

DN 見 double negation 雙重否定

DS 析取三段論。見 syllogism 三段論式

CP / ⊃I 見 conditional proof 條件證明

RAA 見 reductio ad absurdum 歸謬證法

UG / ∀G 全稱通則化。

EG / ∃G 見 existential generalization 存在推廣

UI / ∀I 見 universal instantiation 全稱例示

EI / ∃I 見 existential instantiation 存在舉例

PM 「數學原理」的縮寫，此書由懷德海(Whitehead)與羅素共同纂寫。見 Russell 羅素；type theory 類型論

⊢ (1)表示可推導關係。「$\Gamma \vdash A$」，於是成了「A 可從公式集合 Γ 推導出來」之簡寫。(2)用以表示定理。於是「$\vdash A$」成了「A 是一個定理」之簡寫。(3)弗雷格(Frege)的斷言符號(assertion sign)，用來表示一個命題被判斷為真。

$\vdash_L$ 用來表示邏輯 L 中的定理或邏輯 L 中的可推導關係。

$\vdash_T$ 用來表示理論 T 中的真或可證明性。

⊨ 見 logical consequence 邏輯結論

$\|\ \|$　用來形成某個語言學項的一個語義值的名稱。依照α的語法範疇，$\|\alpha\|$可以是一個體、一真值、一內涵、一命題或一個可能世界的集。

$\in$, $\{\}$, $\subseteq$, $\cup$, $\cap$, $\emptyset$, $\langle\rangle$, $\aleph_0$　見 set theory 集合論

Λ, O　「ϕ」的變體。

$\subset$　用來表示一個集合是另一個集合的真子集這樣的事實。$X \subset Y$ 當且僅當 $X \subseteq Y$ 且 $X \neq Y$。

$\mathscr{P}$　用來指一個集合的冪集(即所有子集組成的集合)。

$\cup$　用來形成一組集合的聯集的名符。於是，集合 $\cup_{i \in I} X_i$ 包含元素 a 當且僅當 a 在某一個 X_i 中。

$\cap$　用來形成一組集合的交集的名符。於是集合 $\cap_{i \in I} X_i$ 包含元素 a 當且僅當 a 在所有的 X_i 中。

ω　見 omega 歐米茄；set theory 集合論

×　用來形成兩個集合的笛卡兒乘積的名符。於是 $X \times Y$ 是所有的有序對構成的集合，其中第一項來自集合 X，第二個來自集合 Y。見 set theory 集合論

D^n　指由集合 D 的元素構成的所有有序 n 維組所成的集合。

～　用來表示集合大小(或基數)的相同性。

$\lesssim$　用來表示一個集合小於或等於另一個集合。

$<$　用來表示一個集合(在大小上)小於另一個集合。

ZF, ZFC　見 set theory 集合論

AC　選擇公理，如果集合 X 是由非空集合組成且其任兩元素不相交，則存在一個集合(集合 X 的選擇集合)，它與集合 X 的每個元素恰好有一個共同元素。

CH　見 continuum problem 連續體問題

GCH　表示「廣義連續體假說」(generalized continuum hypothesis)，即是對任何一個無窮集 X 而言，沒有一個集合其基數介於集合 X 與 X 的冪集之間。

Σ^0_1, Σ_1　用來指某種算術命題，就是從原子公式以真值函項連接詞或有界全稱量詞構成的公式，在此式之前再加上零個或若干個存在量詞所得的命題。見 hierarchy 層系

Π^0_1, Π_1　用來指某種算術命題，就是從原子公式以真值函項連接詞或有界存在量詞構成的公式，在此式之前再加上零個或若干個全稱量詞所得的命題。見 hierarchy 層系

PA　表示「皮亞諾算術」(Peano arithmetic)，指基於皮亞諾公設的算術理論。見 Peano postulates 皮亞諾公設

$\mathcal{N}$　指「預定算術模型」，以自然數集作為其定義域，有零這個常量符號及加、乘、後繼函數等函數符號，並依一般算術的方式來解釋這些符號。見 model theory 模型論

$\left.\begin{matrix} T_n \\ M_n \end{matrix}\right\}$ 表「在一個給定的所有涂林機之列表中的第 n 個機器」。

CT　見 Church's thesis 丘奇論題

$\left.\begin{matrix} Pr \\ Pr(|) \end{matrix}\right\}$ 見 probability 機率

⌜ ⌝　見 corners 角符號

∴　「於是」的簡寫。

@　「現實世界」的名符(讀為「A round」，如同 D.路易士(D. Lewis)所言「環繞於此」(A round here)。

G.F.S.撰　李瑞麟審訂

人名索引

在本辭典中所提到的大部分哲學家都是辭條主題，非屬辭條主題，但爲撰寫者所提及的，羅列於下：

Boethius of Dacia: double truth, *sophismata,* topics
Bogdanov, Alexander: Russian philosophy
Bohm, David: quantum mechanics
Bohr, Niels: philosophy of science, quantum mechanics
Bolyai, János: non-Euclidean geometry, philosophy of mathematics
BonJour, Laurence: epistemic deontologism
Boole, George: Boolean algebra
Bouillard, Jean Baptiste: modularity, split brain effects
Bowne, Borden Parker: personalism
Boyd, Richard: scientific realism, social constructivism
Brahe, Tycho: Keplo
Braudel, Fernand: philosophy of history
Breuer, Josef: Freud
Bridgman, P.: operationalism
Brightman, Edgar Sheffield: personalism
Broca, Pierre-Paul: modularity, split brain effects
Bromberger, Sylvain: covering law model
Buchman, Frank: Buchmanism
Büchner, Ludwig: neo-Kantianism
Bunge, Mario: Latin American philosophy, systems theory
Burali-Forte, Cesare: set-theoretic paradoxes
Burge, Tyler: meaning, philosophy of mind
Burks, Arthur W.: computer theory, self-reproducing automata
Butler, Judith: postmodern
Buzzetti, Vincenzo: Thomism
Calcidius: commentaries on Plato
Calvenus Taurus: Middle Platonism
Camp, J.: philosophy of language, philosophy of mind
Campbell, Donald: evolutionary epistemology
Cano, Melchior: Thomism
Čapek, Karel: computer theory
Capreolus, John: Thomism
Carson, Rachel: environmental philosophy
Carter, Brandon: doomsday argument
Casaubon, Isaac: hermetism
Caso, Antonio: Latin American philosophy
Castoriadis, Cornelius: Lyotard
Cauchy, A. L.: calculus
Celestius: Pelagianism
Chaadaev, Pyotr: Russian philosophy
Chalmers, David: philosophy of mind
Chatton, Walter: Wodeham
Chenu, M.-D.: Neo-Thomism
Chinul, Pojo: Korean philosophy
Chong, Yag-yong: Korean philosophy
Christina of Sweden: Descartes
Chubb, Thomas: deism
Chwistek, Leon: Polish logic
Cixous, Hélène: postmodern
Clark, Romane: operator theory of adverbs
Clarke, W. Norris: Neo-Thomism
Clitomachus: New Academy
Coase, Ronald: Coase theorem
Cohen, Morris R.: naturalism
Cohen, Paul J.: forcing, independence results
Coleridge, Samuel Taylor: literary theory, transcendentalism
Colet, John: Erasmus
Collins, Anthony: Clarke, deism
Conrad-Martius, Hedwig: Continental philosophy
Coreth, Emerich: Neo-Thomism
Craig, William: Craig's interpolation theorem
Crantor: commentaries on Plato
Cronius: commentaries on Plato
Crysostom, John: patristic authors
Czeżowski, Tadeusz: Polish logic
Darden, Lindley: cognitive science
Deleuze, Gilles: Continental philosophy, Lyotard, structuralism, transversality
Demetrius of Phaleron: Lyceum
d'Etaples, Jacques Lefèvre: hermetism
Deústua, Alejandro Octavio: Latin American philosophy
Devitt, Michael: semantic holism
Devlin, Lord Patrick: Hart, legal moralism
de Vries, Hugo: Mendel
Dicaearchus: Lyceum
Dickie, George: institutional theory of art
Diels, Hermann: doxographers
Diogenes Laertius: doxographers
Dirichlet, Peter: philosophy of mathematics
Dōgen: Japanese philosophy
Donnellan, Keith: causal theory of proper

Harding, Sandra: social constructivism

Harman, Gilbert: meaning, naturalistic epistemology, semantic holism

Harrington, James: classical republicanism

Harris, Zelling: philosophy of language

Harsanyi, John C.: decision theory

Hayek, F. A. von: historicism

Heal, Jane: simulation theory

Hebb, D. O.: hologram

Hedge, Frederick Henry: transcendentalism

Heisenberg, Werner: quantum mechanics

Helm, Georg: energeticism

Henry, Caleb: transcendentalism

Herbert of Cherbury, Edward: deism

Herbrand, Jacques: cut-elimination theorem, proof theory

Hermeias: Alexandrian School, commentaries on Plato

Hermes Trismegistus: Bruno, Ficino, hermetism

Herpocration of Argus: commentaries on Plato

Herschel, J. F. W.: Mill's methods, Whewell

Heyting, Arend: mathematical intuitionism

Hick, John: philosophy of religion

Hicks, John: decison theory

Hilary of Poitiers: patristic authors

Hill, Christopher: philosophy of mind

Hilpinen, Risto: Hintikka

Hippolytus: Valentinianism

Hocking, Ernest: Royce

Höfler, Alois: act-object psychology

Ho Lin: Chinese philosophy

Holmes, Oliver Wendell, Jr.: pragmatism

Holt, Edwin B: New Realism, Perry

Honderich, Ted: philosophy of mind

Honoré, H. M.: Hart

Hothum, William: Thomism

Ho Yen: Neo-Taoism

Hull, C. L.: behaviorism

Hull, David: evolutionary epistemology, naturalistic epistemology

Humphreys, Paul: scientific realism

Huxley, Thomas Henry: agnosticism, evolutionary epistemology, Mansel

Ibn ʿAdī, Yaḩyā: Arabic philosophy

Ibn ʿArabī: Arabic philosophy, Sufism

Ibn aṭ-Ṭayyib, Abū-l-Faraj: Arabic philosophy

Ibn Suwār, al-Hasan: Arabic philosophy

Ibn Taymiyya: Averroes

Ibn Ṭumlūs: Arabic philosophy

Ibn Yūnus, Mattā: Arabic philosophy

Ibn Zurʿa, ʿĪsā: Arabic philosophy

Ingenieros, José: Latin American philosophy

Irenaeus: patristic authors

Isidorus: Damascius

Jackson, Frank: awareness, philosophy of mind

Jakobson, Roman: Kristeva

Jalamucha, Jan: Polish logic

James, Alice: James

Jansen, Cornelius: Jansenism

Jaskowski, Stanisław: Polish logic

Jeffrey, R. C.: Bayesian rationality, statistical explanation

Jerome: patristic authors

John of La Rochelle: Alexander of Hales

John of Mirecourt: d'Ailly, Wodeham

Jordan, Z. A.: Polish logic

Joseph, H. W. B.: Wilson

Justin Martyr: patristic authors

Kafka, Franz: existentialism

Kahneman, Daniel: empirical decision theory

Kamp, Hans: operator theory of adverbs, tense logic

Kane, Robert: free will problem

Kanger, Stig: Kripke semantics

Kangrga, Milan: Praxis school

Kaplan, David: indexical, Marcus, meaning, paradox, token-reflexive

Kaufmann, Felix: Vienna Circle

Kavka, Gregory: toxin puzzle

Kelsen, Hans: basic norm, jurisprudence, legal positivism

Keynes, John Neville: Johnson

Khomyakov, Alexei: Russian philosophy

King, Martin Luther, Jr: nonviolence, Thoreau

Kitcher, Philip: evolutionary epistemology, naturalistic epistemology, philosophy of mathematics, scientific realism, social constructivism

Kleene, Stephen C.: choice sequence,

Church's thesis, computability, cut-elimination theorem, hierarchy, many-valued logic, mathematical intuitionism, ordinal logic, philosophy of mathematics
Kleutgen, Joseph: Neo-Thomism
Knapwell, Richard: Thomism
Knudson, Albert: personalism
Knuuttila, Simo: Hintikka
Kojève, Alexander: Hegel
Kolmogorov, Andrei N.: probability
Korn, Alejandro: Latin American philosophy
Korsch, Karl: Marxism
Kraft, Viktor: Vienna Circle
Kraus, Freidrich: Vienna Circle
Kreisel, Georg: choice sequence, philosophy of mathematics
Kūkai: Japanese philosophy
Kuo Hsiang: Neo-Taoism
Kutsch, Martin: Hintikka
Kyburg Henry E.: lottery paradox, statistical explanation
Lacan, Jacques: structuralism
Lacoue-Labarthe, Philippe: structuralism
Lactantius: patristic authors
La Forge, Louis de: occasionalism
Lagarrigue, Jorge: Latin American philosophy
Lagarrigue, Juan Enrique: Latin American philosophy
Lagarrigue, Luis: Latin American philosophy
Lagrange, Joseph Louis: calculus, space-time
Lakatos, Imre: philosophy of mathematics
Lakoff, George: cognitive science
Lamarck, J.-B. de: Darwinism
Lambert of Auxerre: Bacon, Roger
Langacker, Ronald W.: cognitive science
Lange, C.: James-Lange theory
Langer, Susanne K.: Cassirer, expression theory of art
La Rochefoucauld: Vauvenargues
Laudan, Larry: naturalistic epistemology
Lawrence, William: Shepard
Leach, Edmund: structuralism
Leblanc, Hugues: truth-value semantics
Lefort, Claude: Lyotard
Legendre Adrian Marie: curve-fitting problem, Euclidean geometry
Lehrer, Keith: certainty
Lejewski, Czesław: Polish logic
Leontyev, Konstantin: Russian philosophy
Leopold, Aldo: environmental philosophy
LePore, Ernest: philosophy of mind
Leslie, John: doomsday argument
Levi, Isaac: statistical explanation
Lévi-Strauss, Claude: structuralism
Lewes, George Henry: philosophy of mind
Liebmann, Otto: neo-Kantianism
Lindebaum, Adolf: Polish logic
Lipps, Theodor: *Einfühlung*
Lipsius, Justus: du Vair
Liu Shu-hsien: Chinese philosophy
Loar, Brian: Fodor, philosophy of mind
Loewer, Barry: philosophy of mind
Lombard, Lawrence B.: event
Lonergan, Bernard: Neo-Thomism
Lorentz, H. A.: relativity
Lorenz, Konrad: evolutionary epistemology
Lovejoy, Arthur O.: Critical Realism, dualism, principle of plenitude
Löwenheim, Leopold: Löwenheim-Skolem theorem
Luria, Isaac: cabala
Lycan, William G.: functionalism, homunculus, philosophy of mind
Macclesfield, William: Thomism
McDowell, John: postmodern
McGinn, Colin: philosophy of mind
Mackie J. L.: moral realism, relativism
Maddy, Penelope: philosophy of mathematics
Maine de Biran: Condillac
Major, John: Duns Scotus, Wodeham
Majsberg, Morchaj: Polish logic
Mally, Ernst: Meinong, subject-object dichotomy
Mandeville Bernard: Hutcheson
Maréchal, Joseph: Neo-Thomism, Thomism
Mariátegue, José Carlos: Latin American philosophy
Markov, A. A.: philosophy of mathematics
Markovic, Mihailo: Praxis school
Marsh, James: transcendentalism
Marshall, Alfred: decision theory
Marshall, Thurgood: professional ethics
Martin, C. B.: power

Petrovic, Gajo: Praxis school
Pfander, Alexander: Continental philosophy
Philo: Megarians
Philo of Alexandria: Middle Platonism
Pieper, Josef: Neo-Thomism
Pietarinen, Juhani: Hintikka
Pigou, A. C.: decision theory
Pisarev, Dmitri: Russian nihilism
Pitkin, Walter: New Realism
Place, U. T.: philosophy of mind, Smart
Planck, Max: Vienna Circle
Playfair, J.: Euclidean geometry
Plessner, Helmuth: philosophical anthropology
Pletho: Neoplatonism
Pollock, John: naturalistic epistemology
Popkin, Richard: Pascal
Post, Emil: Church's thesis, consistency, many-valued logic
Post, John F.: naturalism
Praechter, Karl: Alexandrian School
Pratt, J. B.: Critical Realism
Presburger, Moritz: Polish logic
Price, H. H.: conceptualism, given, theory of appearing
Prior, Arthur: tense logic, tonk
Pseudo-Dionysius: Gerson
Pseudo-Peter of Spain: *sophismata*
Pylyshyn, Zenon: cognitive science, connectionism
Quidort, John: Thomism
Radhakrishnan, Sarvepalli:avatar
Radishchev, Alexander: Russian philosophy
Rahner, Karl: Neo-Thomism
Raiffa, Howard: decision theory
Ramos, Samuel: Latin American philosophy
Rantala, Veikko: Hintikka
Reich, Wilhelm: Marxism
Reiter, Raymond: default logic
Rescher, Nicholas: naturalistic epistemology
Rhees, Rush: von Wright
Ricardo, David: Mill, J. S.
Richards, I. A.: literary theory
Riehl, Alois: neo-Kantianism
Ripa, Jean de: Gerson
Robinson, Abraham: calculus, Peano postulates, philosophy of mathematics
Rogers, A. K.: Critical Realism
Romero, Francisco: Latin American philosophy
Rosch, Eleanor: prototype theory
Rosenthal, David: philosophy of mind
Ross, Lee: empirical decision theory
Roussel, Raymond: Foucault
Rousselot, Pierre: Neo-Thomism, Thomism
Rowe, William: philosophy of religion
Rozanov, Vasily: Russian philosophy
Rubio, Antonio: Latin American philosophy
Ruge, Arnold: Hegel
Rumelhart, David: cognitive science
Ruse, Michael: evolutionary epistemology
Rust, George: Cambridge Platonists
Rutherforth, Samuel: Cockburn
Ruysbroeck, Jan van: Albertus Magnus, Gerson
Saccheri, G.: Euclidean geometry
Sandu, Gabriel: Hintikka
Sapir, Edward: Sapir-Whorf hypothesis
Savage, L. J.: Allais's paradox, decision theory, probability, Ramsey
Sayre, Kenneth: information theory
Schacter, Daniel: cognitive science
Schank, Roger: cognitive science
Scheffler, Israel: philosophy of education
Schiffer, Stephen: meaning, philosophy of mind
Schlegel, August Wilhelm: Schlegel
Schlick Moritz: Hempel
Schrag, Calvin O.: transversality
Schröder, Ernst: Peirce
Schütte, Kurt: proof theory, truth-value semantics
Schweitzer, Albert: professional ethics
Scriven, Michael: covering law model
Sebond, Raimund: Montaigne
Sen, Amartya: Nussbaum
Serres, Michel: structuralism
Shannon, Claude: information theory
Shepard, Roger: cognitive science
Shestov, Lev: Russian philosophy
Shoemaker, Sydney: philosophy of mind
Shūzō, Kuki: Japanese philosophy
Simon, Herbert: Church's thesis, cognitive science, empirical decision theory, modularity,

中英名詞對照表

以下是本辭典所有辭條名的中英對照，依中文的筆劃順序，讀者可以藉此表，由中文查索英文辭條。

〇劃

A-系列　A-series
A 命題　A-proposition
Be 動詞　is
B-系列　B-series
E-命題　E-proposition
I 命題　I-proposition
「is」的等同意義　identity, 'is' of
NN 定理　NN thesis
n-元(組)　*n*-tuple
O-命題　O-proposition
S5　S5 系統

一劃

一元量化詞　unary quantifier
一元論　monism
一多問題　one-many problem
一字多義　polysemy
一定可能錯主義　fallibilism
一致性　consistency
一致性公理　axiom of consistency
一般項　general term

二劃

七種情感　seven emotions (the)
二元　Dyad
二元論　dualism
二元論吠檀多　Dvaita Vedanta
二元屬性理論　dual-attribute theory
二分法悖論　dichotomy paradox
二位的量化詞　binary quantifier
二律背反　antinomy
二值原則　principle of bivalence
二階　second-order
二階邏輯　second-order logic
人工生命　artificial life
人工智慧　artificial intelligence
人工語言　artificial language
人文主義　humanism
人文科學　*Geisteswissenschaften*
人文科學　human sciences
人心　*jen hsin*
人身攻擊式的論證
argumentum ad hominem
人性　human nature
人的同一關係　identity of persons
人格　personality
人格主義　personalism
人格同一性　personal identity
人格階段　person stage
人欲　*jen-yü*
人造性　artifactuality
人智論　anthroposophy
人稱設指　personal supposition
人際間的效益　interpersonal utility
人權　human rights
八正道　Eightfold Path
十八世紀法國革命哲學家　*philosophes*

三劃

三分律　law of trichotomy
三分律的　trichotomous
三玄　Three Profound Treatises
三位一體　Trinity
三位一體主義　Trinitarianism
三段論式　syllogism
三值邏輯　three-valued logic
三個途徑　three ways
三摩地　*sāmādhi*
下位命題　Subaltern
下飽和集合　downward saturated set
下層屬性　determinate
上位命題　superaltern
上帝　God
上帝　*shang ti*
上帝存在之一致同意論證　common-consent arguments for the existence of God
上帝存在的道德論證

moral argument for God's existence
上帝的參與　*concursus dei*
上帝誡命(神聖命令理論)
divine command theory
上帝誡命倫理學　divine command ethics
上座部佛教　Theravada Buddhism
上集　superset
上層屬性　determinable
士　*shih*[2]
士拉西瑪秋斯　Thrasymachus
士林方法　Scholastic method
士林哲學　Scholasticism
大亞爾伯　Albert the Great
大前提　major premise
大乘佛教　Mahayana Buddhism
大馬士革的約翰　John of Damascus
大陸理性主義　continental rationalism
大詞　major term
大詞不當的錯誤
illicit process of the major
大雄　Mahāvirā
大數法則　law of large numbers
大衛　David
《大學》　*Great Learning*
《大學》　*Ta-hsüeh*
凡是在理智中的沒有不是早已在感覺中的
Nihil est in intellectu quod non prius fuerit in sensu
乞求(迴避)問題　begging the question
女性主義知識論　feminist epistemology
女性主義哲學　feminist philosophy
子集　subset
小人功能主義　homuncular functionalism
《小自然》　Parva naturalia
小前提　minor premise
小乘佛教　Hinayana Buddhism
小振動　vibratiuncle
小詞　minor term
小詞不當的錯誤
illicit process of the minor
小矮人　homunculus
工具主義　instrumentalism
工具的制約作用　instrumental conditioning
工具的理性　instrumental rationality
工具的符號　instrumental sign
工具的價值　instrumental value
工具論　*Organon*
工會主義　syndicalism
干涉主義　paternalism

四劃

不一致的三段式　inconsistent triad
不二一元論　Advaita
不充足理由　insufficient reason
不充足理由原理
principle of insufficient reason
不可共量性　incommensurability
不可決定的　undecidable
不可枚舉　indenumerable
不可糾止性　incorrigibility
不可相容的　incompossible
不可能決定性原理　indeterminacy principle
不可區別者的同一性
identity of indiscernibles
不可傳遞的　non-transitive
不可解命題　*insolubilia*
不可解度　degree of unsolvability
不可數名詞　mass noun
不可數的　uncountable
不必證明的論證　undemonstrable argument
不用說型的論證　*a fortiori* argument
不矛盾原則　principle of non-contradiction
不朽　immortality
不作為　non-action
不完全決定論旨　underdetermination thesis
不完全符號　incompleteness symbol
不完全責任　imperfect duty
不完全意志　velleity
不完備定理　incompleteness theorem
不完備性　incompleteness
不完善的權利　imperfect rights
不見的感質問題　absent qualia
不具體形　non-embodiment
不定性論證　indeterminacy argument
不定詞子句　*dictum*
不相交的　disjoint
不相容論　incompatibilism
不能預期的考試悖論
unexpected examination paradox
不動的推動者　unmoved mover
不被推翻的　undefeated
不規則一元論　anomalous monism
不透明的脈絡　opaque context
不透明結構　opaque construction

不滅　*akśara*
不飽和的　unsaturated
不對稱的　non-symmetric
不滿或好惡理論　boo-hurrah theory
不確定　indeterminate
不確定性原理　principle of uncertainty
不適當符號　improper symbol
不謂述性質　impredicative property
不壞　*ahantā*
中介客體　*obiectum quo*
中介科學　*scientia media*
中文房論證　Chinese room argument
中央神經系統狀態唯物主義
central state materialism
中立　neutrality
中立一元論　neutral monism
中性的　*adiaphora*
《中庸》　*Chung-yung*
中國法家　Chinese Legalism
中國哲學　Chinese philosophy
中期柏拉圖主義　Middle Platonism
中期斯多噶主義　Middle Stoicism
中間知識　middle knowledge
中間變量　intervening variable
中道　doctrine of the mean
中道　middle way
中觀學派　Mādhyamika
丹內特，丹尼爾・克雷蒙
Dennett, Daniel C(lement)
互斥選言　exclusive disjunction
互為主體理論　intersubjectivity
互補性　complementarity
五行　*wu-hsing*
五個字　*quinque voces*
五路論證　Five Ways
五種狀態　five phases
仁　*jen*
仁慈　benevolence
元　adicity
元哲學　metaphilosophy
元極　entelechy
內反轉命題　inner converse
內因主義理性　reasons internalism
內在必然性　internal necessity
內在因　immanent causation
內在性　inwardness
內在的否定　internal negation
內在理由　internal reason
內在實在論　internal realism
內在價值　intrinsic value
內在欲望　intrinsic desire
內在關係　internal relation
內在屬性　intrinsic property
內存　immanence
內含的量度　intensive magnitude
內省　introspection
內容　content
內容外在主義　content externalism
內格爾，湯瑪斯　Nagel, Thomas
內涵　comprehension
內涵　intension
內涵公理　axiom of comprehension
內涵性　intensionality
內涵邏輯　intensional logic
內部關係　intrinsic relation
內隱的定義　implicit definition
內覺　interoception
內攝作用　introjection
六情　six emotions (the)
公、私　*kung, szu*
公平式的公正　justice as fairness
公平無私　impartiality
公民人道主義　civic humanism
公民不服從　civil disobedience
公民權利　civil rights
公共財　public good
公共意志　general will
公孫龍子　Kung-sun Lung Tzu
公理　axiom
公理系統　axiomatic system
公理法　axiomatic method
公設系　axiom schema
分式　formula
分枝類型論　ramified type theory
分析　analysis
分析心理學　analytical psychology
分析功能主義　analytical functionalism
分析件　analysans
分析法學　analytical jurisprudence
分析的　analytic
分析的層系　analytic hierarchy
分析哲學　analytic philosophy
分析悖論　paradox of analysis
分析-綜合區分　analytic-synthetic distinction

分析適切性　adequacy, analytic
分配的正義　distributive justice
分配律　distributive laws
分割　partition
分割的謬誤　fallacy of division
分割線　divided line
分解性　decomposability
分層系統　hierarchical system
分離公理　axiom of separation
分離規則　rule of detachment
分類　sortal
分類述詞　sortal predicate
化身　avatar
化約　reduction
化約句　reduction sentence
化約的自然主義　reductive naturalism
化約基礎　reduction base
化約論　reductionism
厄洛斯　Eros
反宇宙論　acosmism
反有效　contravalid
反身的　reflexive
反身記號　token-reflexive
反例　counterinstance
反剃刀　anti-razor
反思平衡　reflective equilibrium
反映原理　reflection principles
反省觀念　ideas of reflection
反射訓練　respondent conditioning
反規範論　antinomianism
反詰　elenchus
反實在論　anti-realism
反對　contraries
反對稱的　antisymmetrical
反駁的無知　ignoratio elenchi
反應式態度　reactive attitude
反應變量　response variable
反題　antithesis
反饋　feedback
天　Heaven
天　*t'ien*
天人合一　*t'ien -jen ho-i*
天生論　innatism
天命　*t'ien ming*
天理、人欲　*t'ien-li, jen-yü*
天賦觀念　innate idea
天擇　natural selection
太極　t'ai-chi
孔子　Confucius
孔子　K'ung Tzu
孔夫子　Kung Fu-tzu
孔比耶納的羅塞林　Roscelin de Compiègne
孔丘　K'ung Ch'iu
孔多塞，瑪爾基・德
Condorcet, Marquis de
孔多塞優勝者　Condorcet winner
孔迪拉克，葉迪恩・波內・德
Condillac, Étienne Bonnot de
孔恩，湯瑪斯・塞繆爾
Kuhn, Thomas S(amuel)
孔德，奧古斯特　Comte, Auguste
巴什拉，加斯頓　Bachelard, Gaston
巴內堤烏斯　Panaetius
巴巴拉　Barbara
巴西里德斯　Basilides
巴克廷　Bakhtin, Mikhail Mikhailovich
巴貝奇，查理斯　Babbage, Charles
巴拉塞爾斯　Paracelsus
巴門尼德斯　Parmenides
巴思的阿德拉爾德　Adelard of Bath
巴枯寧，米哈伊　Bakunin, Mikhail
巴特，羅蘭　Barthes, Roland
巴勒茲，多明哥　Bañez, Domingo
巴斯卡，布萊斯　Pascal, Blaise
巴斯卡的賭注　Pascal's wager
巴登學派　Baden School
巴費特，德瑞克　Parfit, Derek
巴爾肯公式　Barcan formula
巴爾格，約翰　Balguy, John
巴赫，保羅・昂利・迪特里希・德
Holbach, Paul-Henri-Dietrich d'
巴戴耶，喬治　Bataille, Georges
幻覺經驗　hallucination
幻覺經驗論證　argument from hallucination
心　heart
心　*hsin*[1]
心(理)物(理)同一　psychophysical identity
心物平行論　psychophysical parallelism
心物體問題　mind-body problem
心理上的直接　psychological immediacy
心理主義　psychologism
心理利己主義　psychological egoism
心理物理學　psychophysics
心理的享樂主義　psychological hedonism

心理的幸福論　psychological eudaimonism
心理的延續性　psychological continuity
心理的異常　anomalism of the mental
心理異常原則
principle of the anomalism of the mental
心理語言學　psycholinguistics
心理語意論　psychosemantic theory
心理學的行為主義
psychological behaviorism
心理學的確定性　psychological certainty
心理學的學術自主性
autonomy of psychology
心理學哲學　Philosophy of psychology
心理學學門的自主性
autonomy of psychology
心理獨我論　psychological solipsism
心靈內容的因果理論
causal theory of mental content
心靈主義　mentalism
心靈因果理論　causal theory of mind
心靈的計算理論
computational theories of mind
心靈的偶像　idols of the mind
心靈表徵　mental representation
心靈致動　telekinesis
心靈哲學　philosophy of mind
心靈感應　telepathy
心靈語言　Mentalese
支配　dominate
文化相對主義　cultural relativism
文法　grammar
文法主詞　grammatical subject
文法形式　grammatical form
文法的邏輯述詞　grammatical predicate
文德爾班，威爾海姆　Windelband, Wilhelm
文學哲學　philosophy of literature
文學理論　literary theory
方東美　Fang Thomé H.
方法上的獨我論　methodological solipsism
方法主義　methodism
方法論　methodology
方法論上的懷疑　methodic doubt
方法論自然主義　methodological naturalism
方法論的個體主義
methodological individualism
方法論的整體論　methodological holism
方法論懷疑論　methodological skepticism
方法學保守論　methodological conservatism
日本哲學　Japanese philosophy
日常語言哲學
ordinary language philosophy
止　*samatha*
比例尺規　ratio scale
比例性原理　principle of proportionality
比例類比　analogy of proportion
比韋斯，胡安・路易斯　Vives, Juan Luis
毛澤東　Mao Tse-tung
父權主義　patriarchalism
牛津直覺主義學派
Oxford school of intuitionism
牛津哲學　Oxford philosophy
牛津算學團體　Oxford Calculators
牛津學派直觀主義
intuitionism, Oxford school of
牛頓，伊撒卡爵士　Newton, Sir Isaac
牛頓學說　Newtonian
犬儒克拉特斯　Crates the Cynic
犬儒學派　Cynics
犬儒學派的提奧奇尼斯　Diogenes the Cynic
王、霸　*wang, pa*
王夫之　Wang Fu-chih
王充　Wang Ch'ung
王弼　Wang Pi
王陽明　Wang Yang-ming

五劃

世界改良論　meliorism
世界線　worldline
世界觀　*Weltanschauung*
世界觀　worldview
世親　Vasubandhu
《白虎通》　*Po-hu tung*
丘奇，阿隆佐　Church, Alonzo
丘奇定理　Church's theorem
丘奇-涂林論點　Church-Turing thesis
丘奇論題　Church's thesis
丘奇藍，保羅・M　Churchland, Paul M.
丘奇藍，珮特麗莎・史密斯
Churchland, Patricia Smith
主人論證　master argument
主客二分　subject-object dichotomy
主要評價語詞　primarily valuative word
主要實體　primary substance
主要論證　Ruling Argument

主動行動　act of commission
主動的　commission
主動能　active power
主詞　subject
主體中立　agent-neutral
主體因　agent causation
主體相對　agent-relative
主觀主義　subjectivism
主觀正確　subjective rightness
主觀理由　subjective reason
主觀機率　subjective probability
乏晰集合　fuzzy set
乏晰邏輯　fuzzy logic
以色列利，以撒　Israeli, Isaac
以行為者為基礎的倫理學
agent-based ethics
以言行事　performative
以言行事的語力　illocutionary force
以言行事語力潛能
illocutionary force potential
以言取效行動　perlocutionary act
以迴歸方式做的定義
recursion, definition by
以經驗為根據的意義　empirical meaning
以撒．以色列利　Isaac Israeli
他人心靈問題　problem of other minds
他性理由　exclusionary reason
他律　heteronomy
仙　*hsien*
冉森主義　Jansenism
出現　occurrent
出現、復臨　parousia
出現的狀態　occurrent state
加上選擇公理的哲梅羅弗蘭克集合論公理系
統　ZFC
加上選擇公理的哲梅羅集合論公理系統
ZC
加以具體化　reify
加以實體化　hypostatize
加森地，皮埃爾　Gassendi, Pierre
功利原則　principle of utility
功能主義　functionalism
功能性的說明　functional explanation
功能法學　functional jurisprudence
包含　containment
半有序　semi-order
半括號　quasi-quotes
卡巴拉　Cabala
卡巴拉　kabala
卡氏積　Cartesian product
卡弗偉，那撒內爾　Culverwel, Nathaniel
卡西勒，恩斯特　Cassirer, Ernst
卡其坦　Cajetan
卡奈阿德斯　Carneades
卡門迪許，瑪格莉特　Cavendish, Margaret
卡洛，路易斯　Carroll, Lewis
卡納普，魯道夫　Carnap, Rudolf
卡斯塔內達，海克特
Castañeda, Hector-Neri
卡維爾，史丹力．路易斯
Cavell, Stanley Louis
卡德沃絲，達瑪莉思　Cudworth, Damaris
卡賴里，湯瑪士　Carlyle, Thomas
卡繆，阿爾伯特　Camus, Albert
可允許性　permissibility
可否證性　falsifiability
可投射述詞　projectible predieate
可決定性　decidability
可決定的　decidable
可糾止性　corrigibility
可信性　credibility
可相容的　compossible
可約簡性公理　axiom of reducibility
可計算性　computability
可計算的　computable
可能世界　possible worlds
可能世界語意學　possible worlds semantics
可能性　possibility
可能性相同　equipossible
可能的事物　possibilia
可能論者　possibilist
可推斷性聯繫　deducibility relation
可被普遍化性　universalizability
可被普遍化性原則
principle of universalizability
可被廢除性　defeasibility
可設想性　conceivability
可普遍化性　generalizability
可感物　sensibilia
可滿足　satisfiable
可疑模態　problematic modality
可數名詞　count noun
可數的　countable
可數的　denumerable

可靠論　reliabilism
可檢證性原則　principle of verifiability
可檢驗性　testability
可斷言性條件　assertability, conditions
可轉移的效用　transferable utility
古代自由　liberty of the ancients
古代原子論　ancient atomism
古代神學　*prisca theologica*
古希臘哲學家各種主張的編輯者和註釋者
doxographers
古杜拉，路易　Couturat, Louis
古典共和主義　classical republicanism
古典自由主義　classical liberalism
古典制約　classical conditioning
古爾諾，安托瓦內・奧古斯丁
Cournot, Antoine-Augustin
古德沃茲，拉爾夫　Cudworth, Ralph
古德曼，尼爾森　Goodman, Nelson
史各弟吉納　Scottigena
史托特，喬治・弗雷德里克
Stout, George Frederick
史攸西帕斯　Speusippus
史帝芬，萊斯利爵士　Stephen, Sir Leslie
史特瓦，杜考德　Stewart, Dugald
史密斯，亞當　Smith, Adam
史陶生，彼得爵士　Strawson, Sir Peter
史蒂林弗利特，艾德華
Stillingfleet, Edward
史賓塞，赫伯特　Spencer, Herbert
史賓諾莎，巴魯赫　Spinoza, Baruch
句式　scheme
句法的一致性　consistency, syntactic
四元　Tetractys
四元素　four elements
四名詞錯誤　fallacy of four terms
四名詞錯誤　*quaternio terminorum*
四因　four cause
四書　Four Books
四體液　four humors
囚犯兩難　Prisoner's dilemma
外反轉和內反轉命題
converse, outer and inner
外反轉命題　outer converse
外在原因　external reason
外在欲望　extrinsic desire
外在論　externalism
外在關係　external relation
外否定　external negation
外來因　transeunt causation
外延　extension
外延性公理　axiom of extensionality
外延性論題　extensionality thesis
外延的抽象　extensive abstraction
外延的量度　extensive magnitude
外延的意義　denotative meaning
外延論　extensionalism
外延論者的語意學　semantics, extensionalist
外域語意學　outer domain semantics
外部的關係　extrinsic relation
外部屬性　extrinsic property
外覺　exteroception
外顯的定義　explicit definition
奴斯　*noûs*
奴隸道德　slave morality
尼古拉・克立夫茲　Nicholas Kryfts
尼古拉・羅巴切夫斯基
Lobachevsky, Nikolai
尼采，弗里德里希・威爾漢
Nietzsche, Friedrich Wilhelm
尼撒的額我略　Gregory of Nyssa
市場的偶像　idols of the marketplace
布伯，馬丁　Buber, Martin
布里丹，尚　Buridan, Jean
布里丹的驢子　Buridan's ass
布拉邦的西格爾　Siger of Brabant
布拉里-佛提悖論　Burali-Forte paradox
布洛赫，恩斯特　Bloch, Ernst
布洛德，查理・頓巴
Broad, C(harlie) D(unbar)
布倫斯維克，里奧　Brunschvicg, Léon
布倫塔諾，費蘭茲　Brentano, Franz
布倫塔諾題論　Brentano's thesis
布勞爾，路茨根・伊格伯塔斯・揚
Brouwer, Luitzgen Egbertus Jan
布斯科維胥，羅傑・約瑟夫
Boscovich, Roger Joseph
布萊，華爾德　Burley, Walter
布雷德瓦丁・湯瑪斯
Bradwardine, Thomas
布雷德利，法蘭西斯・赫伯
Bradley, F(rancis) H(erbert)
布爾，喬治　Boole, George
布爾代數　Boolean algebra
布赫曼主義　Buchmanism

布魯諾，喬爾達諾　Bruno, Giordano
布羅代爾，莫瑞斯　Blondel, Maurice
布蘭特，理查德・B　Brandt, Richard B.
平行分散處理　parallel distributed processing
平行論　parallelism
弗里斯，雅可比・弗里德里希
Fries, Jakob Friedrich
弗拉德，羅伯特　Fludd, Robert
弗格森，亞當　Ferguson, Adam
弗雷格，高特羅　Frege, Gottlob
弗雷格-紀治論點　Frege-Geach point
弗德，傑瑞・A　Fodor, Jerry A.
弗蘭西斯科・托萊圖斯　Toletus, Francisco
必要條件　*conditio sine qua non*
必要條件　necessary condition
必然性　*ananke*
必然性　necessity
必然的　apodictic
必然的　necessary
必然明顯的　apodictic
必然真　necessary truth
必然論　necessitarianism
「必須」研究　*obligationes*
本我　id
本真性　authenticity
本集　Samhita
本源　ancestral
本質　essence
本質　quiddity
本質性質　essential property
本質直觀　eidetic intuition
本質論　essentialism
本體　*noumenon*
本體世界　noumenal world
本體-功用　substance-function
本體神學　onto-theology
本體論　ontology
未來偶然性　future contingents
正名　*cheng ming*
正始玄學　*Cheng-shih hsüan-hsüeh*
正理-勝論學派　Nyāya-Vaishesika
正當化訴諸戰爭　*jus ad bellum*
正當行為　right action
正義　justice
正義戰爭理論　just war theory
正題　thesis
民主　democracy
民族誌　ethnography
民族學　ethnology
永恆　eternity
永恆的　everlasting
永恆哲學　*philosophia perennis*
永恆回歸　eternal recurrence
永恆迴歸原則　law of eternal return
犯罪意念　*mens rea*
玄學　Neo-Taoism
瓦尼尼，吉利爾・切薩雷
Vanini, Giulio Cesare
瓦拉，羅倫佐　Valla, Lorenzo
瓦倫丁　Valentinus
瓦倫丁主義　Valentinianism
瓦茲奎，加布里爾　Vázquez, Gabriel
甘地，莫漢德斯・卡若姆奇德
Gandhi, Mohandas Karamchand
生成文法　generative grammar
生成性文本　genotext
生命　life
生命冊　book of life
生命哲學　*Lebensphilosophie*
生命衝力　*élan vital*
生物倫理學　bioethics
生物哲學　philosophy of biology
生物學的自主性　autonomy of biology
生物學的自然主義　biological naturalism
生物體　organism
生活世界　*Lebenswelt*
生活世界　life world
生活形式　form of life
生活空間　life space
生產性的理性　productive reason
生產理論　production theory
生殖成就　fitness
生態女性主義　ecofeminism
生機論　vitalism
用述詞謂述　predication
田立克，保羅　Tillich, Paul
由下到上的　bottom-up
由上到下的　top-down
由之開始的界限　*terminus a quo*
由自身存有者　*ens a se*
由描述而來的知識
knowledge by description
由親知而來的知識
knowledge by acquaintance

申不害　Shen Pu-hai
白吃午餐的人　free rider
白板　*tabula rasa*
白馬悖論　white horse paradox
皮亞傑，尚　Piaget, Jean
皮亞諾，爵賽普　Peano, Giuseppe
皮亞諾公設　Peano postulates
皮亞諾算術　PA
皮坦奈的阿爾克西勞　Arcesilaus of Pitane
皮科・戴拉・米蘭多拉，喬凡尼
Pico della Mirandola, Giovanni
皮埃爾・德埃利　Pierre d'Ailly
皮浪的懷疑論　Pyrrhonian Skepticism
皮萊士，理察　Price, Richard
目的　*telos*
目的王國　kingdom of ends
目的功能論　teleofunctionalism
目的因　final cause
目的自身　end in itself
目的理性　*Zweckrationalität*
目的說明　purposive explanation
目的論　teleology
目的論定律　teleological law
目的論的功能　function, teleological
目的論倫理學　teleological ethics
目的論解釋　teleological explanation
目的論論證　teleological argument
目標導向系統　goal-directed system
矛盾　contradiction
矛盾律　principle of contradiction
石里克，莫里茲　Schlick, Moritz
石頭悖論　paradox of the stone
示意內容　neustic
穴居者的偶像　idols of the cave
充分條件　sufficient condition
充分性　adequation
充足原理　principle of plenitude
充足理由原理　principle of sufficient reason

六劃

交叉例證　experimentum *crusis*
交易理論　bargaining theory
交換的正義　commutative justice
交集　intersection
伊比鳩魯　Epicurus
伊比鳩魯主義　Epicureanism
伊比蒙尼迪斯悖論　Epimenides paradox
伊本・巴哲，阿布・巴卡
Ibn Bājja, Abu Bakr
伊本・西那　Ibn Sīnā
伊本・迦比諾，所羅門
Ibn Gabirol, Solomon
伊本・達烏德，亞伯拉罕
Ibn Daud, Abraham
伊本・圖斐利，阿布・巴卡
Ibn Ṭufayl, Abu Bakr
伊本・赫勒敦，阿布都拉赫曼
Ibn Khaldūn, ʻAsbdurrahmān
伊本・魯西德　Ibn Rushd
伊利亞的芝諾　Zeno of Elea
伊利亞學派　Eleatic School
伊里吉納，約翰・史各都
Erigena, John Scotus
伊拉斯謨斯，德西戴瑞斯
Erasmus, Desiderius
伊莉嘉蕾，露絲　Irigaray, Luce
伊斯蘭教哲學　Islamic philosophy
伊斯蘭教新柏拉圖主義
Islamic Neoplatonism
伊歐塔算子　iota operator
休姆，大衛　Hume, David
伏爾泰　Voltaire
任務動詞　task verb
任意地　*Willkür*
企向　projection
光禿禿的個體　bare particular
光譜反轉　spectrum inversion
先天綜合　synthetic a priori
先天論　nativism
先存　preexistence
先行原因　cause, preemptive
先蘇格拉底學派　pre-Socratics
先驗　a priori
先驗分析論　transcendental analytic
先驗主體性　transcendental subjectivity
先驗自我　transcendental ego
先驗的　transcendental
先驗的觀念論　idealism, transcendental
先驗術語　transcendental terms
先驗演繹　transcendental deduction
先驗綜合　synthetic a priori
先驗論證　a priori argument
先驗論證　transcendental argument
先驗證成　a priori justification

先驗觀念論　transcendental idealism
全子集代數　full subset algebra
全知　omniscience
全知悖論　paradox of omniscience
全息圖　hologram
全能　omnipotence
全能悖論　paradoxes of omnipotence
全域的關係　universal relation
全善　omnibenevolence
全稱例示　universal instantiation
全稱通則化　universal generalization
全稱量詞　universal quantifier
《考因布拉系列評論》
Cursus Coninbricensis
共生　concrescence
共同可感知者　common sensibles
共同結果　common effects
共同概念　common notions
共同體　consubstantiation
共利　common good
共現　compresence
共產主義　communitarianism
共通感　sensus communis
共變法　concomitant variation, method of
再生之輪　wheel of rebirth
列子　Lieh Tzu
列文・本・杰書姆　Levi ben Gershom
列寧，烏拉迪米爾・伊利齊
Leinin, Vladimir Ilich
列維納斯，艾曼努爾　Levinas, Emmanuel
印度哲學　Indian philosophy
印度教　Hinduism
印象　impression
印證的整體論　confirmational holism
印證悖論　paradoxes of confirmation
吉格斯的指環　ring of Gyges
吉爾伯第，威賽如　Gioberti, Vincenzo
吉爾松，艾堤耶內　Gilson, Étienne
同一本體　homoousian
同一性　identity
同一律　law of identity
同一論　identity theory
同共法　method of agreement
同共法與差異法
joint method of agreement and difference
同克　tonk
同型論　isomorphism
同音異義　homonymy
同時因　concurrent cause
同時因　retrocausation
同時性　simultaneity
同格定義　coordinative definition
同情的論證　*argumentum ad misericordiam*
同義定義　synonymous definition
同義詞　synonymy
同態的　homological
同態映射　Homomorphism
同構映射　isomorphism
同樂　Mitfreude
各部分相同　homoeomery
各部分相同的　homoeomerity
各部相同的　homoeomerous
名目本質　nominal essence
名目定義　nominal definition
名家　*ming chia*
名家　school of Names
名詞化　nominalization
名詞的因果理論　name, causal theory of
名詞的描述性理論
descriptivist theory of names
名稱　*apellatio*
名稱　appellation
名稱的校正　Rectification of Names
合式公式　well-formed formula
合式公式　wff
合式公式　woof
合取範式　conjunctive normal form
合理　soundness
合理化　rationalization
合理性心理學　rational psychology
合題　synthesis
因己存在　aseity
因己存在　perseity
因作工而釋罪　justification by works
因果上的依賴關係　causal dependence
因果上的直接　causal immediacy
因果決定論　causal determinism
因果定律　causal law
因果的封閉性　causal closure
因果的逆實分析
counterfactual analysis of causation
因果的過度決定　causal overdetermination
因果的認知理論
knowledge, causal theory of

因果的操縱分析
causation, manipulation analysis of
因果責任　causal responsibility
因果鏈　causal chain
因果關係　causation
因果關係決策論　causal decision theory
因果關係的規律性理論
regularity theory of causation
因信稱義　justification by faith
回說你也是　*tu quoque*
回憶　*anamnesis*
回憶　reminiscence
回憶說　recollection
在己　per se
在永恆的形相下　sub specie aeternitatis
在言行為　illocutionary act
在討論中使用待證明的規則
petitio principii
在場的形上學　metaphysics of presence
多之上的一　one over many
多元的　polyadic
多元論　pluralism
多重三段論證　polysyllogism
多重的實現性　multiple realizability
多重省略三段論式　epicheirema
多重問題謬誤　fallacy of many questions
多值邏輯　many-valued logic
多瑪斯・亞奎納　Thomas Aquinas
多瑪斯主義　Thomism
多樣中的統一　unity in diversity
多樣關係理論　multiple-relation theory
字面意義　literal meaning
存在　*en soi*
存在　existence
存在上的極端　*existential polarity*
存在主義　existentialism
存在即被知覺　*Esse est percipi*
存在性命題　existential proposition
存在的線圖　existential graph
存在哲學　Existenz philosophy
存在推廣　existential generalization
存在量詞　existential quantifier
存在輸入　existential import
存在舉例　existential instantiation
存有　being
存有上的獨我論　ontological solipsism
存有主義　ontologism
存有的巨大鏈條　great chain of being
存有論上的依賴關係
ontological dependence
存有論承諾　ontological commitment
存有論的先行性　ontological priority
存有論證　ontological argument
存而不論　*epoché*
宇宙論　cosmology
宇宙論論證　cosmological argument
守恆　conservation
守恆原則　principle of conservation
安尼色里斯　Anniceris
安尼克拉伊歐　Anniceraioi
安布羅斯，聖　Ambrose, Saint
安全策略　security strategy
安提奉　Antiphon
安提帕特　Antipater
安提斯特尼　Antisthenes
安絲康，傑楚德・伊莉莎白・馬格瑞特
Anscombe, G(ertrude) E(lizabeth) M(argaret)
安瑟倫　Anselm
安樂死　euthanasia
安薩里，阿布・哈米德
al-Ghazālī, Abu Hamid
式　mood
成本收益分析　cost-benefit analysis
成就動詞　achievement verb
曲線擬合問題　curve-fitting problem
有、無　*yu, wu*
有分識　bhavaṅga
有功績的義務　meritorious duty
有序 n-元組　ordered *n*-tuple
有序對　ordered pair
有帕雷托優越感的　Pareto-superior
有限主義　finitism
有限自動機　finite automaton
有限證明　finitary proof
有效的　valid
有效恩典　efficacious grace
有效程序　effective procedure
有效權利　perfect right
有益謊言　vital lie
有理數　rational number
有機的　organic
有機單一體　organic unity
有關命題的必然性　*de dicto necessity*
朱熹　Chu Hsi

次性　secondary qualities
次要的評價語詞
secondarily evaluative word
次要實體　secondary substance
次過程　secondary process
次類　species
此失彼得博奕　zero-sum game
此在　*Dasein*
此性　haecceity
此性　thisness
死後生存　survival
牟宗三　Mou Tsung-san
百科全書　*Encyclopedia*
百科全書派　encyclopedists
竹林七賢
Seven Worthies Of The Bamboo Grove
米勒斯的阿那西曼尼斯
Anaximenes of Miletus
米勒斯的泰勒斯　Thales of Miletus
米勒斯學者　Milesians
米斯卡瓦伊　Miskawayh
米德，喬治・赫伯特　Mead, George Herbert
老子　Lao Tzu
考因布拉註釋　Coimbra commentaries
考克朋，凱薩琳・特羅特爾
Cockburn, Catherine (Trotter)
考試悖論　paradox of the examination
自己存有者　ens ex se
自主權　autonomy
自由　liberty
自由主義　liberalism
自由判斷　*liberum arbitrium*
自由的自發性　liberty of spontaneity
白由美　free beauty
自由意志問題　free will problem
自由意志辯護　free will defense
自由權　liberty
自由權　liberty right
自由變量　free variable
自由邏輯　free logic
自因　*causa sui*
自自組織系統　self-organizing system
自我　ego
自我中心的困境　egocentric predicament
自我中心的特稱　egocentric particular
自我之愛　self-love
自我呈現　self-presenting
自我的集束理論　bundle theory of the self
自我知識　knowledge *de se*
自我指涉的不融貫性
self-referential incoherence
自我指涉悖論　paradoxes of self-reference
自我控制　self-control
自我意識　self-consciousness
自我複製自動機
self-reproducing automaton
自我論的結果論　egoistic consequentialism
自我證成　self-justification
自決　self-determination
自決原則　principle of self-determination
自身　*An Sich*
自身利益的理論　self-interest theory
自制　continence
自明　*notum per se*
自明　self-evidence
自動化理論　automata theory
自動作用意識　automatism, conscious
自動機　automaton
自符合邏輯的　autological
自欺　self-deception
自欺悖論　paradox of self-deception
自然　naturalness
自然　*physis*
自然　*tzu jan*
自然之光　light of nature
自然之光　*lumen naturale*
自然之光　natural light
自然主義　naturalism
自然主義的謬誤　naturalistic fallacy
自然主義知識論　naturalistic epistemology
白然宗教　natural religion
自然法　natural law
自然狀態　state of nature
自然的齊一性　uniformity of nature
自然律　law of nature
自然哲學　natural philosophy
自然哲學　*Naturphilosophie*
自然神論　deism
自然神學　natural theology
自然神學　Naturwissenschaften
自然神學　theologia naturalis
自然記號　natural sign
自然責任　natural duty
自然意蘊　natural meaning

自然罪惡　natural evil
自然演繹法　natural deduction
自然語言　natural language
自然數　natural number
自然類　natural kind
自然權利　natural right
自然權利　right of nature
自給自足　autarkia
自愛　self-love
自願安樂死　voluntary euthanasia
自覺　proprioception
至善論　perfectionism
至極定值　supervaluation
至極定值的方法　method of supervaluations
色諾芬　Xenphon
色諾芬尼　Xenophanes
艾克哈特，約翰　Eckhart, Johannes
艾克哈特師長　Meister Eckhart
艾柯，溫貝托　Eco, Umberto
艾耶爾，阿弗雷德・朱利斯
Ayer, A(lfred) J(ules)
艾絲特，瑪莉　Astell, Mary
艾爾神話　myth of Er
艾爾斯頓，威廉・P　Alston, William P.
艾爾維修，克勞迪・亞德里安
Helvétius, Claude Adrien
行(動)個例　act(ion)-token
行(動)類型　act(ion)-type
行為主義　behaviorism
行為治療　behavior therapy
行為效益主義　act utilitarianism
行為等價　behavioral equivalence
行為-對象的區分　act-object distinction
行動主義　behavioralism
行動哲學　philosophy of action
行動動詞　action verb
行動理由　reasons for action
行動理論　action theory
衣林，伊凡・亞歷山德絡維齊
Il'in, Ivan Aleksandrovich
西格蒙，弗洛伊德　Freud, Sigmund
西班牙的彼得　Peter of Spain
西梅爾，格奧爾格　Simmel, Georg
西提姆的芝諾　Zeno of Citium
西塞羅，馬庫斯・圖里奧斯
Cicero, Marcus Tullius

七劃

串列演算　sequent calculus
位　arity
位元　bit
位格　personhood
位置的性　positional qualities
位置假說　locality assumption
伴隨行為主義　behaviorism, supervenient
伴隨行為主義　supervenient behaviorism
伴隨性　supervenience
伴隨性基礎　base, supervenience
佛　Buddha
佛西卡，皮德魯・達　Fonseca, Pedro da
佛音　Buddhagosa
佛教　Buddhism
何恩海姆，希奧弗拉斯特・波姆巴士圖斯・馮　Hohenheim, Theophrastus Bombastus von
何晏　Ho Yen
佐哈爾　Zohar
佐恩引理　Zorn's lemma
伽利略・伽利萊　Galileo Galilei
似定律的通則　lawlike generalization
似定律的敘述　lawlike statement
似真性　truthlikeness
伯努利定理　Bernoulli's theorem
伯格曼，古斯塔夫　Bergmann, Gustav
伯特勒，約瑟夫　Butler, Joseph
伯特蘭的悖論　Bertrand's paradox
伯特蘭的盒子悖論　Bertrand's box paradox
低階函映演算　lower functional calculus
克利布斯　Krebs
克利福特，威廉・基頓
Clifford, W(illiam) K(ingdon)
克呂西普斯　Chrysippus
克里奇，索爾・阿隆　Kripke, Saul A(aron)
克里奇語意學　Kripke semantics
克里索羅斯　Chrysorrhoas
克拉克，塞繆爾　Clarke, Samuel
克拉底魯斯　Cratylus Zeyl
克勒，沃夫更　Köhler, Wolfgang
克莉斯緹娃，茱莉亞　Kristeva, Julia
克勞塞，卡爾・克里斯提安・弗雷德里希
Krause, Karl Christian Friedrich
克普勒，喬漢尼斯　Kepler, Johannes
克萊斯加，哈斯達伊　Crescas, Hasdai
克萊斯特，翰里希・馮　Kleist, Heinrich von
克萊爾旺斯的伯納德　Bernard of Clairvaux

克雷安賽斯　Cleanthes
克雷格化約　Craig reduct
克雷格定理　Craig's theorem
克雷格插值定理
Craig's interpolation theorem
克魯泡特金，彼得・亞歷克西維齊
Kropotkin, petr alekseevich
克魯修斯，君士坦丁・奧古斯特
Crusius, Christian August
克羅敦的尤里圖斯　Eurytus of Croton
克羅敦的阿爾刻邁翁　Alcmaeon of Croton
克羅齊，貝納德托　Croce, Benedetto
免於激情　apatheia
判決性實驗　crucial experiment
判準　criterion
判準的聯繫　criteriological connection
判準問題　problem of the criterion
判準學　criteriology
判斷　judgment
判斷邏輯表　logical table of judgments
判斷邏輯表　table of judgments
利　*li*[3]
利己主義　egoism
利他主義　altruism
利奎耶，朱利斯　Lequier, Jules
否定　negation
否定完備的　negation-complete
否定前件　denying the antecedent
否定前件的謬誤
fallacy of denying the antecedent
否證　falsification
呈現性文本　phenotext
呈現論　representationalism
呈現論　theory of appearing
《呂氏春秋》　*Lü-shih ch'un-ch'iu*
呂克昂　Lyceum
呂格爾，保羅　Ricoeur, Paul
君子　chün-tzu
告子　Kao Tzu
吠陀　Vedas
吠檀多　Vedanta
坊丹的哥弗雷　Godfrey of Fontaines
坎貝爾，諾曼・羅伯特
Campbell, Norman Robert
孝　*hsiao*
完全否定　complete negation
完全性組合　completeness, combinatory
完全的相似性　exact similarity
完全排序　total ordering
完全符號　complete symbol
完全責任　perfect duty
完全競爭　perfect competition
完型　Gestalt
完型心理學　Gestalt psychology
完備性　completeness
完備性定理　completeness theorem
完善原則　principle of perfection
完善權利　perfect right
宋銒　Sung Hsing
局限量化　restricted quantification
局部伴隨論　regional supervenience
巫術　theurgy
希季維克，亨利　Sidgwick, Henry
希帕蒂亞　Hypatia
希波克拉提斯　Hippocrates
希奧弗拉斯特　Theophrastus
希爾伯特，大衛　Hilbert, David
希爾伯特計畫　Hilbert's Program
希臘化時期哲學　Hellenistic philosophy
希臘懷疑主義　Greek Skepticism
序言悖論　preface paradox
序型歐米茄　order type omega
序數效用　ordinal utility
序數邏輯　ordinal logic
形上學　metaphysics
形上學必然性　metaphysical necessity
形上學自由主義
metaphysical libertarianism
形上學自然主義　metaphysical naturalism
形上學的確定性　metaphysical certainty
形上學唯意志論　metaphysical voluntarism
形上學實在論　metaphysical realism
形上學整體論　metaphysical holism
形名　hsing-ming
形式　form
形式、本質　*eidos*
形式上的區分　formal distinction
形式化　formalization
形式化　formalize
形式主義　formalism
形式的可學習性理論
formal learnability theory
形式正義　formal justice
形式因　formal cause

形式的符號　formal sign
形式規則　formation rule
形式實在　formal reality
形式語言　formal language
形式語言的語意論　formal semantics
形式模式　formal mode
形式謬誤　formal fallacy
形式邏輯　formal logic
形而上　*hsing-erh-shang*
形質論　hylomorphism
志　*chih*[2]
快感原則　pleasure principle
快樂　pleasure
快樂量表　hedonic calculus
我-你關係　I-Thou relationship
我思故我在　*Cogito ergo sum*
我思論證　cogito argument
我慢　*ahaṁkāra*
技藝　techne
批判性的法律研究　critical legal studies
批判哲學　critical philosophy
批判理論　critical theory
批判實在論　Critical Realism
批判觀念論　Critical idealism
折衷主義　eclecticism
投入感受　*Einfühlung*
投射主義　projectivism
投票悖論　voting paradox
抑制　repression
更迭因　superseding cause
李凱爾特，海因里希　Rickert, Heinrich
李歐塔，尚・法蘭西斯
Lyotard, Jean-François
李翺　Li Ao
杜・愛爾，吉爾隆　du Vair, Guillaume
杜卡斯，庫特・約翰　Ducasse, C(urt) J(ohn)
杜米特，麥克・A・E
Dummett, Michael A. E.
杜威，約翰　Dewey, John
杜恩，皮埃爾・莫利斯・瑪利安
Duhem, Pierre-Maurice-Marie
杜恩命題　Duhem thesis
杜恩-蒯因命題　Duhem-Quine thesis
杜格森，查理斯・魯特維治
Dodgson, Charles Lutwidge
沙佛茲伯里　Shaftesbury
沙帕-伍夫假設　Sapir-Whorf hypothesis
沙特，尚-保羅　Sartre, Jean-Paul
沁布利修斯　Simplicius
決定定律　deterministic law
決定性理由　overriding reason
決定論　determinism
決定論原理　principle of determinism
決定樹　decision tree
決策論　decision theory
決疑法　casuistry
沃文納哥，呂克・德・克拉波爾耶
Vauvenargues, Luc de Clapiers de
沃斯頓克拉芙特，瑪麗
Wollstonecraft, Mary
沃萊斯頓，威廉　Wollaston, William
沃爾夫，克里斯汀　Wolff, Christian
狄奧多羅斯・克洛諾斯　Deodorus Cronos
狄爾泰，威廉　Dilthey, Wilhelm
狄德羅，丹尼斯　Diderot, Denis
狄摩根，奧古斯特斯　De Morgan, Augustus
狄摩根定律　De Morgan's laws
狂樂　*ānanda*
私　szu
私有語言論證　private language argument
系統分析　systems analysis
系統論　systems theory
系譜　genealogy
良心　conscience
良序　well ordering
良序的集合　well-ordered set
良知　liang-chih
角色責任　role responsibility
角括號　corner quotes
角符號　corners
言說行動理論　speech act theory
言談者的意義　utterer's meaning
貝氏定理　Bayes's theorem
貝氏法則　Bayes's rule
貝卡尼，西撒拉　Beccaria, Cesare
貝克霍夫-馮・諾曼邏輯
Birkhoff-von Neumann logic
貝里悖論　Berry's paradox
貝拉基亞　Pelagius
貝拉基亞主義　Pelagianism
貝耶斯主義的合理性　Bayesian rationality
貝耶斯主義者　Bayesian
貝迪也夫，尼古拉斯　Berdyaev, Nicolas
貝斯的可定義性定理

Beth's definability theorem
貝爾定理　Bell's theorem
貝磊克，弗里德里希・埃都瓦
Beneke, Friedrich Eduard
身體的延續性　bodily continuity
辛尼都斯的歐多克索斯　Eudoxus of Cnidus
辛提卡，雅可　Hintikka, Jaakko
辛提卡集合　Hintikka set
里德，湯瑪斯　Reid, Thomas
阮籍　Juan Chi

八劃
《易經》　*I-Ching*
《易經》　*Yi Ching*
事件　event
事件因果關係　event causation
事件的　episodic
事物　thing
事物的性質　rerum natura
事物模態　modality *de re*
事前機率　prior probability
事實　fact
事實內容　factual content
事實與價值的區別　fact-value distinction
事態　state of affairs
亞伯拉，彼得　Abailard, Pierre
亞伯拉，彼得　Abelard, Peter
亞利安主義　Arianism
亞里斯多德　Aristotle
亞奎納，聖・多瑪斯
Aquinas, Saint Thomas
亞相信的　subdoxastic
亞當・德・渥德漢姆　Adam de Wodeham
亞爾比奴斯　Albinus
亞爾伯・馬格努斯　Albertus Magnus
亞爾希奴斯　Alcinous
亞歷山大，沙穆　Alexander, Samuel
亞歷山卓的克萊門特
Clement of Alexandria
亞歷山卓學派　Alexandrian School
亞賽納西烏斯　Athanasius
亞羅定理　Arrow's theorem
亞羅悖論　Arrow's paradox
享樂主義　hedonism
享樂主義悖論　hedonistic paradox
京都學派　Kyoto School
依安布里克斯　Iamblichus
依附美　dependent beauty
依索克拉底斯　Isocrates
依賴關係　dependence
使用中的定義　definition in use
使用-提及的區分　use-mention distinction
使役動詞　causative verb
例示　exemplification
來自惡的論證　argument from evil
佩西瓦爾，湯瑪斯　Percival, Tomas
兩個世界之間的可進入性
accessibility between two worlds
兩難推理　dilemma
具有優位性的接觸進路　privileged access
具體化原則　principle of concretion
具體主義　concretism
具體性錯置的謬誤
fallacy of misplaced concreteness
具體的普遍　concrete universal
典範　paradigm
(函項的)論證　argument (of a function)
(函數的)作用　application (of a function)
函數上的完備性　functional completeness
函數抽象化　functional abstraction
函數的　functional
函數相關　Functional dependence
刺激之貧乏　poverty of the stimulus
制止　deterrence
制度　institution
制約　conditioning
制約性原理　regulative principle
制裁　sanction
協助下的自殺　assisted suicide
協調問題　coordination problem
取拒式　modus ponens
取補詞的運算　complementation
叔本華，亞瑟　Schopenhauer, Arthur
受限變體原理　principle of limited variety
和平主義　pacifism
和諍論　*Hwajaeng-non*
周延地　distributively
周延性　distribution
周敦頤　Chou Tun-yi
命　ming
命題　proposition
命題(的心理)行為　propositional act
命題(的心理)動詞　propositional verb
命題內容　propositional content

命題函數　propositional function
命題性的知識　propositional knowledge
命題的不透明　propositional opacity
命題的意義理論
propositional theory of meaning
命題知識　knowledge de dicto
命題表徵　propositional representation
命題連接詞　propositional connective
命題運作符　propositional operator
命題對象　propositional object
命題態度　propositional attitude
命題演算　propositional calculus
命題證成　propositional justification
固有價值　inherent value
坤　*k'un*
孟子　Mencius
孟子　Meng-tzu
孟他主義　Montanism
孟他努斯　Montanus
孟納夫坦規則　M'Naghten rule
孟軻　Meng K'o
孟德斯鳩
Montesquieu, Baron de La Brède et de
孟德爾，葛雷格　Mendel, Gregor
孟德爾遺傳學　Mendelian genetics
孤立論證　isolation argument
宗教哲學　philosophy of religion
定向自動機　deterministic automaton
定言令式　categorical imperative
定理　theorem
定義　definition
定義分析　analytical, definition
定義主義者　definist
定義域　domain
定義項　definiens
定義論的謬誤　definist fallacy
居勒尼的阿里斯底波　Aristippus of Cyrene
居勒尼學派　Cyrenaics
岡格彥，喬治　Canguilhem, Georges
帕多瓦的馬西留斯　Marsilius of Padua
帕特南，哈利　Putnam, Hilary
帕雷托效能　Pareto efficiency
帕雷托最佳狀況　Pareto optimality
幸災樂禍　*Schadenfreude*
幸福　*eudaimonia*
幸福　happiness
幸福論　eudaimonism
幸福學　felicific calculus
底比斯的克拉特斯　Crates of Thebes
延續者　continuant
彼得・亞伯拉　Peter Abelard
彼得・隆巴德　Peter Lombard
忠、恕　chung, shu
忽略限定條件的謬誤
fallacy of secundum quid
性　hsing
性　qualities
性力　Sakti
性力派　Saktism
性別理論　gender theory
性質　property
性質述詞　qualitative predicate
性質記號　qualisign
或然性判斷　problematic judgment
所有的都是以及所有的都不是
dici de omni et nullo
所有的都是以及所有的都不是
dictum de omni et nullo
所思　noema
所產的自然　*natura naturata*
所意　signified
承認規則　rule of recognition
承擔褒貶獎懲之責任　liability responsibility
承諾式　commissive
拉・拉米，皮埃爾　La Ramée, Pierre
拉丁美洲哲學　Latin American philosophy
拉巴德　Rabad
拉布里奧拉，安東尼奧　Labriola, Antonio
拉里薩的斐羅　Philo of Larisa
拉佩瑞爾，愛薩卡　La Peyrère, Isaac
拉姆達抽象　Lambda-abstraction
拉姆達詞項　lambda-term
拉姆達演算　lambda-calculus
拉姆達算子　lambda-operator
拉岡，雅克　Lacan, Jacques
拉美特利，朱林・阿弗瑞・德
La Mettrie, Julien Offroy de
拉莫斯，皮查斯　Ramus, Petrus
拉莫斯主義者運動　Ramist movement
拉普拉斯，皮埃爾・西蒙・得
Laplace, Pierre Simon de
拉菲特，皮埃爾　Laffitte, Pierre
拉齊　Rāzī, al
拉齊，阿布・巴克爾　al-Rāzī, Abu Bakr

拉齊斯　Rhazes
拒取式　*modus tollens*
拓樸空間　phase space
抽納　abduction
抽象　abstraction
抽象化公理　axiom of abstraction
抽象存在　subsistence
抽象事物　abstracta
抽象的殊項　trope
抽象實體　abstract entity
抽離　abstract
放入括弧　bracketing
易普西隆　epsilon
明信片悖論　postcard paradox
明晰定義　explicit definition
明顯性　obviousness
杰文斯，威廉・史丹利
Jevons, William Stanley
杰森。尚・德　Gerson, Jean de
杰森尼德　Gersonides
松果腺　pineal gland
析取範式　disjunctive normal form
歧義　ambiguity
波丁，尚　Bodin, Jean
波以耳，羅伯　Boyle, Robert
波西多尼亞斯　Posidonius
波西米亞的伊莉莎白　Elizabeth of Bohemia
波利亞奴斯　Polyaenus
波依修，亞尼希烏・曼流斯・塞維利諾
Boethius, Anicius Manlius Severinus
波娃，西蒙・德　Beauvoir, Simone de
波拿文都拉，聖　Bonaventure, Saint
波茲曼，路德維希　Boltzmann, Ludwig
波動力學　wave mechanics
波普爾，卡爾・雷姆德
Popper, Karl Raimund
波菲利　Porphyry
波菲利之樹　tree of Porphyry
波爾扎諾，伯納德　Bolzano, Bernard
波爾羅亞爾邏輯　*Port-Royal Logic*
波墨，雅各　Boehme, Jakob
波蘭式記號　Polish notation
波蘭邏輯　Polish logic
法　dharma
法　*fa*
法西斯主義　fascism
法形式主義　legal formalism
法拉比，阿布・納瑟　al-Fārābī, Abu Nasr
法拉比，阿爾　Fārābī, al-
法治　rule of law
法則記號　legisign
法律上的特權　legal privilege
法律上的責任　legal liability
法律上的無能力　legal disability
法律上的無權利　legal no-right
法律上的義務　legal duty
法律上的豁免權　legal immunity
法律上的權力　legal power
法律上的權利　legal right
法律的強制理論　command theory of law
法律倫理學　legal ethics
法律原則　legal principle
法律哲學　philosophy of law
法律規則　legal rule
法律道德主義　legal moralism
法律與道德的分離
separation of law and morals
法家　*fa-chia*
法家　School of Laws
法朗吉　phalanx
法國位格主義　French personalism
法理學　jurisprudence
法理學形式主義　formalism, jurisprudential
法實在論　legal realism
法實證主義　legal positivism
法稱　Dharmakīrti
法蘭克納，威廉・K　Frankena, William K.
法蘭克福式的案例　Frankfurt-style case
法蘭克福學派　Frankfurt School
泛心論　panpsychism
泛伴隨論　global supervenience
泛神論　pantheism
泛神論論戰　Pantheismusstreit
泛邏輯主義　panlogism
爭論術　eristic
物力論　dynamism
物自身　*Ding an sich*
物自身　thing-in-itself
物活論　hylozoism
物理主義　physicalism
物理落實　physical realization
物種主義　speciesism
物種問題　species problem
物質　matter

物質守恆原理
principle of the conservation of matter
物質設指　material supposition
狀態　state
狀態矢量空間　state space
狀態函數　state function
狀態表　state table
狀態動詞　state verb
狀態描述　state description
盲視　blindsight
直言命題　categorical proposition
直接　immediacy
直接引述　direct discourse
直接引述　ratio recta
直接知識　direct knowledge
直接指稱　direct reference
直接推論　immediate inference
直接意向　direct intention
直接意義　direct sense
直接實在論　direct realism
直接激情　direct passions
直覺　intuition
直覺歸納　intuitive induction
直覺邏輯　intuitionist logic
直觀　*Anschauung*
直觀　intuitions
知　*chih*[1]
知行合一　*chin-hsing ho-i*
知性範疇　categories of the understanding
知情者悖論　paradox of the knower
知態的看見　seeing, epistemic
知態邏輯　epistemic logic
知識上的直接　epistemic immediacy
知識先行　epistemic priority
知識的可允許性　epistemic permissibility
知識的可能性　epistemic possibility
知識的可理解性　epistemic accessibility
知識的因果理論　causal theory of knowledge
知識的依賴關係　epistemic dependence
知識的後退論證　epistemic regress argument
知識的相對性　relativity of knowledge
知識的原則　epistemic principle
知識的連貫理論
coherence theory of knowledge
知識的確定性　epistemic certainty
知識的證成　epistemic justification
知識社會學　sociology of knowledge

知識義務論　epistemic deontologism
知識論　epistemology
知識學　epistemics
知識整體論　epistemic holism
知覺　*aisthesis*
知覺　percept
知覺　perception
知覺因果理論　causal theory of perception
知覺的相對性　perceptual relativity
知覺的弱決定論
underdetermination, perceptual
知覺實在論　perceptual realism
社會　*Gesellschaft*
社會主義　socialism
社會生物學　social biology
社會生物學　sociobioiogy
社會行動　social action
社會知識論　social epistemology
社會契約　social contract
社會建構主義　constructionism, social
社會建構主義　social constructivism
社會科學哲學
philosophy of the social sciences
社會倫理學　social ethics
社會哲學　social philosophy
社會達爾文主義　social Darwinism
社會學法學　sociological jurisprudence
社會選擇理論　social choice theory
社群　*Gemeinschaft*
社群主義　communism
空性　*Śūnyatā*
空泛的真理　vacuous truth
空間　space
空關係　null relation
空類　null class
肯定後件　affirming the consequent
肯定假言命題後件的謬誤
fallacy of affirming the consequent
舍伍德，威廉　Sherwood, William
舍伍德，威廉　Shyreswood, William
舍伍德的威廉　William of Sherwood
舍勒，馬克思　Scheler, Max
芝諾悖論　Zeno's paradoxes
初序等價　elementary equivalence
初步義務　prima facie duty
初步證據　prima facie evidence
初始符號　primitive symbol

初性 primary qualities
初階 first-order
初階邏輯 first-order logic
表述上的完備性 expressive completeness
表述性的邏輯主義 expressibility logicism
表面上證據確鑿的 prima facie justification
表面的權利 prima facie right
表現主義 expressionism
表現規畫 representational scheme
表象 *vorstellung*
表象實在論 representative realism
表意文字 ideographic
表達的意義 expressive meaning
表層文法 surface grammar
表層結構 surface structure
表徵定理 representation theorem
近似指示詞 quasi-indicator
邵雍 Shao Yung
金姆，葉格王 Kim, Jaegwon
金迪 Kindī, al-
金迪，阿布・玉素甫 al-Kindī, Abu Yusuf
門德爾森，摩西 Mendelssohn, Moses
阿尼威克的威廉 William of Alnwick
阿布那薩 Abunaser
阿布拉巴內爾，以撒・本・猶大
Abrabanel, Isaac ben Judah
阿布拉巴內爾，猶大 Abrabanel, Judah
阿布德拉特 Abderite
阿布德拉學派 Abdera, School of
阿多諾，希爾多・維森廣德
Adorno, Theodor Wiesengrund
阿伽披 agape
阿那西曼德 Anaximander
阿那撒哥拉斯 Anaxagoras
阿里烏斯 Arius
阿奇里斯悖論 Achilles paradox
阿姆斯壯，大衛・M
Armstrong, David M.
阿帕米亞的紐美尼烏斯
Numenius of Apamea
阿拉伯哲學 Arabic philosophy
阿明尼烏主義 Arminianism
阿波羅尼亞的提奧奇尼斯
Diogenes of Apollonia
阿法拉比烏斯 Alpharabius
阿芙羅迪西亞斯的亞歷山大
Alexander of Aphrodisias
阿芬那留斯，理查 Avenarius, Richard
阿芬帕斯 Avempace
阿威尼翁的威廉 William of Auvergne
阿威羅斯 Averroes
阿毗達磨 *abhidharma*
阿胡拉・馬茲達 Ahura Mazda
阿迪卡斯 Atticus
阿基米德排序 Archimedian ordering
阿斯卡隆的安蒂歐克斯
Antiochus of Ascalon
阿斯帕西烏斯 Aspasius
阿萊斯的悖論 Allais's paradox
阿圖塞，路易 Althusser, Louis
阿爾居塔 Archytas
阿爾諾，安托瓦內 Arnauld, Antoine
阿維拉的聖德蕾莎 Teresa of Ávila, Saint
阿維斯卜洛 Avicebron
阿維森納 Avicenna
阿蒙尼烏斯 Ammonius
阿魯埃，法蘭西斯-馬里
Arouet, François-Marie
阿諾爾德・湯恩比 Toynbee, Arnold
阿賴耶識 *ālaya-vijñāna*
附加原則 rule of addition
附加規則 adjunction
青年黑格爾主義者 Young Hegelians
非還原主義的唯物主義
non-reductive materialism
非反身的 aliorelative
非反身的 irreflexive
非各部分相同的 anhomoeomerous
非自反的 non-reflexive
非自然屬性 non-natural properties
非形式謬誤 informal fallacy
非形式邏輯 informal logic
非命題知識 non-propositional knowledge
非知態的看見 seeing, non-epistemic
非表述定義 impredicative definition
非洲哲學 African philosophy
非理性 irrationality
非單調邏輯 non-monotonic logic
非實體 immaterial
非實體主義 immaterialism
非對稱的 asymmetrical
非認知主義 noncognitivism
非認知的 non-epistemic
非暴力 *ahiṁsā*

非暴力　nonviolence
非標準分析　non-standard analysis
非標準的語意學　semantics, non-standard
非標準解釋　non-standard interpretation
非標準語意學　non-standard semantics
非標準模型　non-standard model
非歐幾里德幾何學　non-Euclidean geometry
非複製原則　non-duplication principle
非謂述性質　non-predicative property
非還原的物理主義
non-reductive physicalism

九劃

「是」的存在之意　existence, 'is' of
「是」的謂述之意　predication, 'is' of
昆布蘭，理查　Cumberland, Richard
信　doxa
信　*hsin*[2]
信仰　faith
信仰之飛躍　leap of faith
信仰-慾望模式　belief-desire model
信念　belief
信念　*pistis*
信念或知識的整體論　doxastic holism
信念修正　belief revision
信念倫理學　ethics of belief
信念唯意志論　doxastic voluntarism
信念程度　degree of belief
信的或與信有關的　doxastic
信封悖論　envelope paradox
信息論　information theory
信息論的語意學
information-theoretic semantics
保存真值之替換　*salva veritate*
保存真值之替換
substitutability *salva veritate*
保存真值之替換　substitutivity salva veritate
保存真值的互可替換性
intersubstitutivity salva veritate
保存真值的可替換性
interchangeability salva veritate
俗民方法論　ethnomethodology
俄國哲學　Russian philosophy
俄國虛無主義　Russian nihilism
前三段論　prosyllogism
前分析的　preanalytic
前件　antecedent
前批判　pre-Critical
前束範式　prenex normal form
前知　precognition
前理論的　pretheoretical
前提　premise
前意識　preconscious
前彌曼差派　Pūrva Mīmāmsā
前饋　feedforward
勇　*yung*
勇氣　courage
品格　character
哈伯瑪斯，約登　Habermas, Jürgen
哈屈森，法蘭西斯　Hutcheson, Francis
哈特，赫伯・里歐奈爾・阿多弗斯
Hart, H(erbert) L(ionel) A(dolphus)
哈特里，大衛　Hartley, David
哈特曼，尼古萊　Hartmann, Nicolai
哈特曼，埃都瓦・馮　Hartmann, Eduard von
哈茨霍恩，查理斯　Hartshorne, Charles
哈勒維，猶大　Ha-Levi, Judah
哈曼，約翰・喬治　Hamann, Johann Georg
哈登堡，弗里德瑞希・馮
Hardenberg, Friedrich von
哈爾坦完備性的　Halldén-complete
哈爾斯的亞歷山大　Alexander of Hales
型類／個例之區分　type-token distinction
契合方向　direction of fit
契約論　contractarianism
威尼斯的保羅　Paul of Venice
威克里夫，約翰　Wyclif, John
威廉，阿尼威克的　Alnwick, William of
威廉・奧坎　William Ockham
威廉斯，博納德　Williams, Bernard
威爾森，約翰・庫克　Wilson, John Cook
宣說的　apophantic
客觀主義　objectivism
客觀正確　objective rightness
客觀身體　objective body
客觀率　objective probability
客觀理由　objective reason
客觀實在　objective reality
封閉式公式　closed formula
封閉性　closure
封閉循環　closed loop
封閉語句　closed sentence
建言引入規則　rule of conjunction
建構　construct

建構的經驗論　constructive empiricism
待說明項　explanandum
律則性　nomothetic
後三段論　episyllogism
後件　consequent
後退　regress
後退論證　regress argument
後現代　postmodern
後設定理　metatheorem
後設倫理學　metaethics
後設倫理學的相對主義
metaethical relativism
後設理論　metatheory
後設語言　metalanguage
後設數學　metamathematics
後設邏輯　metalogic
後結構主義　post-structuralism
後彌曼差(派)　Uttara Mīmamsā
後驗　a posteriori
思馬特，約翰・約明生・卡斯威爾
Smart, J(ohn) J(amieson) C(arswell)
思想　*dianoia*
思想上的區分　mental distinction
思想性的實體　*res cogitans*
思想實驗　thought experiment
思想語言　language of thought
思維　mind
思維律則　laws of thought
思慮　deliberation
思辨理性　speculative reason
思辯哲學　speculative philosophy
恰當基本信念　proper basic belief
恰當得體之條件　felicity conditions
恆真句　tautology
持久　perdurance
持續的原因　sustaining cause
指代法　anaphora
指代項　anaphor
指示代名詞　demonstrative
指示詞　indicator word
指定含義　prescriptive meaning
指涉　nominatum
指涉上的不透明性　referential opacity
指涉之因果理論　causal theory of reference
指涉性量化　referential quantification
指陳內容　phrastic
指稱　reference
指稱上透明的　referentially transparent
指稱之因果歷史理論
causal-historical theory of reference
指稱之描述詞理論
reference, description theory of
指稱之歷史理論
historical theory of reference
指稱的　referential
指稱的不確定　inscrutability of reference
指稱發生　referential occurrence
指稱概念　denoting concept
指謂　denotation
政治自由主義　libertarianism, political
政治狀態　state, political
政治哲學　political philosophy
政治理論　political theory
政治義務　political obligation
施佩特，古斯塔夫・古斯塔歐維齊
Shpet, Gustav Gustavovich
施萊格爾，弗里德里希・馮
Schlegel, Friedrich von
施萊爾馬赫，弗里德里希
Schleiermacher, Friedrich
施蒂納，邁克斯　Stirner, Max
既與　given
既與的神話　myth of the given
某一方面　*secundum quid*
架構形式　*schema*
柯亨，赫爾曼　Cohen, Hermann
柯林吾，羅賓・喬治
Collingwood, R(obin) G(eorge)
柯塔賓斯基，塔迪斯　Kotarbiński, Tadeusz
查拉圖斯特拉　Zarathustra
查爾特的伯納德　Bernard of Chartres
查羅尼亞的普魯塔克　Plutarch of Chaeronea
柏克，艾德蒙　Burke, Edmund
柏克萊，喬治　Berkeley, George
柏拉圖　Plato
柏拉圖的理型　Platonic form
柏林，以撒　Berlin, Isaiah
柏格森，亨利・路易斯
Bergson, Henri Louis
毒藥難題　toxin puzzle
毗師孥　Vishnu
洪堡德，威廉・馮　Humboldt, Wilhelm von
洞穴寓言　allegory of the cave
活動動詞　activity verb

洛克，約翰　Locke, John
洛波爾德，弗里德里希　Leopold, Friedrich
洛采，魯道夫・哈曼
Lotze, Rudolf Hermann
洛爾斯，約翰　Rawls, John
為己存有　*pour soi*
玻恩的解釋　Born interpretation
省略　omission
省略三段論式　enthymeme
省略行動　act of omission
省略型歧義　ambiguity, elliptic
省略語　ellipsis
相干選擇　relevant alternative
相干邏輯　relevance logic
相互矛盾的命題　contradictories
相互次對立的命題　subcontrary
相反例證　counterexample
相反的感質問題　inverted qualia
相信之理由　reasons for belief
相信的意志　will to believe
相容論　compatibilism
相容選言　inclusive disjunction
相對主義　relativism
相對同一性　relative identity
相對門檻　relative threshold
相對時間　relative time
相對域　counterdomain
相對價值　relative value
相對論　relativity
相對論　theory of relativity
相關性　correlativity
看不見的手　invisible hand
科多摩，格勞德　Cordemoy, Géraud de
科利爾，亞瑟　Collier, Arthur
科辛，維克特　Cousin, Victor
科學行為主義　scientific behaviorism
科學決定論　scientific determinism
科學的統一　unity of science
科學知識　*episteme*
科學相對主義　scientific relativism
科學哲學　philosophy of science
科學理論　theory, scientific
科學實在論　scientific realism
突現　emergence
突發唯物主義　emergent materialism
紀治，彼得　Geach, Peter
約束變元　bound variable
約定 T　convention T
約定式語用蘊涵　conventional implicature
約定定義　stipulative definition
約定俗成　convention
約定記號　conventional sign
約定論　conventionalism
約翰・達瑪森　John Damascene
約翰內斯・菲洛波努斯
Johannes Philoponus
約翰遜，威廉・恩尼斯特
Johnson, W(illiam) E(rnest)
美　beauty
美感形式　aesthetic form
美感形式主義　aesthetic formalism
美感特質　aesthetic property
美感態度　aesthetic attitude
美學　aesthetics
耐久　endurance
背負理論的　theory-laden
胡宏　Hu Hung
胡塞爾，愛德蒙　Husserl, Edmund
胡適　Hu Shih
胞腔自動機　cellular automaton
范恩圖解　Venn diagram
若且唯若　iff
英國經驗主義　empiricism, British
英國經驗主義者　British empiricists
衍異　*différance*
計算的　computational
計算機建模　modeling, computer
計算機理論　computer theory
計算機程式　computer program
計算機編制模型　computer modeling
述詞演算　predicate calculus
述詞邏輯　predicate logic
重述模態　iterated modality
重音謬誤　fallacy of accent
重構　reconstruction
重整作用　redintegration
限定　*restrictio*
限定不二一元論吠檀多
Viśistadvaita Vedanta

十劃

《紛爭》　*diffésrend*
流出說　emanationism
流溢物　effluences

流溢說 theory of effluxes
流數 fluxion
流數法 calculus, fluxional
流變 becoming
涉類句 generic sentence
韋伯，馬克思 Weber, Max
韋伯感知律 Weber's law
韋斯特馬克，愛德華
Westermarck, Edward
飛矢悖論 arrow paradox
值域 range
借助開放性問題的立論
open question argument
回溯的因果關聯 backward causation
個人內部的效益 intrapersonal utility
個人主義 individualism
個例 token
個例物理主義 token physicalism
個例副象論 token epiphenomenalism
個例與個例同一性 token-token identity
個體 individual
個體化 individuation
個體化原理 *principium individuationis*
個體的計算法 calculus of individuals
個體性 haecceity
修正形上學 revisionary metaphysics
修艾爾，威廉 Whewell, William
倫理二元論 ethical dualism
倫理生活 *Sittlichkeit*
倫理生活之目的論上的中止
teleological suspension of the ethical
倫理利己主義 ethical egoism
倫理享樂主義 ethical hedonism
倫理幸福論 ethical eudaimonism
倫理的自然主義 ethical naturalism
倫理的唯意志論 voluntarism, ethical
倫理直覺主義 ethical intuitionism
倫理客觀主義 ethical objectivism
倫理建構論 ethical constructivism
倫理相對主義 ethical relativism
倫理慣例論 ethical conventionalism
倫理絕對主義 ethical absolutism
倫理虛無主義 ethical nihilism
倫理學 ethics
倫理學形式主義 formalism, ethical
倫理學的自律 autonomy of ethics
倫理學實用主義 ethical pragmatism
倫理懷疑主義 ethical skepticism
倉猝普遍化謬誤
hasty generalization, fallacy of
兼容系統 adaptive system
兼愛 *chien ai*
剖析樹 parse tree
原因 *aitia*
原因的多樣性 plurality of causes
原因誤認 non causa pro causa
原初情境 original position
原型 archetype
原型論 protothetic
原罪 sin
原過程 primary process
原質 prime matter
唐君毅 T'ang Chün-i
哥加斯 Gorgias
哥白尼革命 Copernican revolution
哥克爾，魯道夫 Göckel, Rudolph
哥廷根學派 Göttingen School
哥德文，威廉 Godwin, William
哥德曼，阿爾閔・艾拉
Goldman, Alvin I(ra)
哥德爾，柯特 Gödel, Kurt
哥德爾不完備定理
Gödel's incompleteness theorems
哥德爾編碼 Gödel numbering
哲梅羅 Zermelo
哲梅羅弗蘭克集合論公理系統 ZF
哲梅羅集合論公理系統 Z
哲學人類學 philosophical anthropology
哲學心理學 philosophical psychology
哲學的行為主義 philosophical behaviorism
哲學神學 philosophical theology
哲學虛無主義 nihilism, philosophical
埃比克提特斯 Epictetus
埃尼西德穆斯 Aenesidemus
埃尼西德穆斯 Anesidemus
埃利，皮埃爾・德 Ailly, Pierre d'
埃利亞斯 Elias
埃利斯的希庇阿斯 Hippias of Elis
埃里斯的皮浪 Pyrrho of Elis
埃默沙的耐密修斯 Nemesius of Emesa
夏隆，皮埃爾 Charron, Pierre
娜思包姆，瑪莎・克拉文
Nussbaum, Martha C(raven)
孫逸仙 Sun Yat-Sen

宰制原則　principle of dominance
家族類似性　family resemblance
展開律　spread law
差別　differentia
差異法　method of difference
差異原則　difference principle
差集　difference
席勒，約翰・克里斯托夫・弗里德里希・馮
Schiller, Johann Christoph Friedrich von
庫克・威爾遜，約翰　Cook Wilson, John
庫薩　Cusa
庫薩努斯　Cusanus
庫薩的尼古拉　Nicholas of Cusa
弱大數法則　weak law of large numbers
弱合理性　weak soundness
弱的伴隨性　weak supervenience
弱語意完備性　weak semantic completeness
徐復觀　Hsü Fu-kuan
恕　*shu²*
恩格斯，弗里德里希　Engels, Friedrich
恩培多克利斯　Empedocles
悟性道德　*noemata moralia*
悖論　paradox
效益　utility
效益主義　utilitarianism
效益功能　utility function
效應　resultance
時片　time slice
時空　space-time
時空連續性　spatiotemporal continuity
時間　*kála*
時間　time
時間延遲論證　time lag argument
時間的 A 理論　A-theory of time
時間的 B 理論　B-theory of time
時間流變　temporal becoming
時態的同一性　tensed identity
時態邏輯　tense logic
朗佛吉，路易斯德　La Forge, Louis de
朗格，弗里德里希・阿爾伯特
Lange, Friedrich Albert
朗基納斯　Longinus
框架　frame
根特的亨利　Henry of Ghent
根據關係　basis relation
桑切斯，弗朗西斯科　Sanches, Francisco
桑塔耶那，喬治　Santayana, George
格　figure
格里森定理　Gleason's theorem
格拉威爾，約瑟夫　Glanvill, Joseph
格林，多瑪士・希爾
Green, T(homas) H(ill)
格林克斯，阿諾德　Geulincx, Arnold
格物致知　*ko wu, chih chih*
格律　maxim
格洛塞德斯特，羅伯特　Grosseteste, Robert
格瑞林悖論　Grelling's paradox
格雷西・依・莫拉雷斯，鮑特薩
Gracián y Morales, Baltasar
格羅，休・德　Groot, Huigh de
格羅秀斯，休格　Grotius, Hugo
殊相(個殊事物)　particular
殷佳登，羅曼・維多德　Ingarden, Roman Witold
氣　*ch'i*
氣性　*hexis*
氣息　*pneuma*
泰希穆勒，古斯塔夫　Teichmüller, Gustav
泰勒，哈麗雅特　Taylor, Harriet
泰勒，查理斯　Taylor, Charles
消除歸納法　eliminative induction
消極反饋　negative feedback
非自願安樂死　involuntary euthanasia
消極安樂死　passive euthanasia
消極自由　negative freedom
消極自由　negative liberty
消極的責任　negative duty
海克爾，恩斯特　Haeckel, Ernst
海特斯拜里，威廉　Heytesbury, William
海特斯拜里，海特斯貝里斯
Hentisberi, Hentisberus
海特斯拜里的威廉　William of Heytesbury
海森堡不確定性原理
Heisenberg uncertainty principle
海森堡的不可能決定性原理
Heisenberg indeterminacy principle
海德格，馬汀　Heidegger, Martin
海德堡學派　Heidelberg school
海戰　sea battle
烏納穆諾，彌格爾・得　Unamuno, Miguel de
烏達那　Udana
烏鴉悖論　paradox of the ravens
烏鴉悖論　ravens paradox
特瓦道斯基　Twardowski

特例主義　particularism
特定假說　ad hoc hypothesis
特定描述詞　definite description
特殊命題　particular proposition
特殊的感覺對象　special sensibles
特殊感覺　special senses
特勒爾奇，恩斯特　Troeltsch, Ernst
特勒蕭，伯納迪諾　Telesio, Bernardino
特異心理學　parapsychology
特斯拜里，威廉　Tisberi, William
特奧多羅斯　Theodorus
特置假設　ad hoc
特滕斯，約翰·尼可拉斯
Tetens, Johann Nicolas
特羅特爾，凱薩琳　Trotter, Catherine
狹義內容　narrow content
狹義的反思平衡
narrow reflective equilibrium
狹義相對論　special relativity
真、智、樂　*sat/chit/ānanda*
真正的感覺對象　proper sensibles
真正贊同　real assent
真我　*Ātman*
真知　noesis
真值　truth-value
真值「真」　*verum*
真值「假」　falsum
真值函項　truth-functions
真值表　truth table
真值表方法　truth-table method
真值述詞　truth predicate
真值條件　truth conditions
真值條件語意學　truth-conditional semantics
真值語意學　truth-value semantics
真假值缺口模式　truth-value gaps
真理　truth
真理之融貫理論　coherence theory of truth
真理定義　truth definition
真理的去引號理論
disquotation theory of truth
真理的多餘理論　redundancy theory of truth
真理的符合說
correspondence theory of truth
真理的最簡式理論
minimalist theory of truth
真理的減縮理論　deflationary theory of truth
真理的語意理論　semantic theory of truth
真理製造者原則　truthmaker principle
真理模態　alethic modalities
真蒂萊，喬萬尼　Gentile, Giovanni
真實本質　real essence
真實命題　real proposition
真實定義　real definition
真實區分　real distinction
真實實在　actual reality
真實數學　real mathematics
真類　proper class
矩陣力學　matrix mechanics
破壞性兩難推理　destructive dilemma
祕教信仰　hermeticism
祕教信仰　hermetism
神　*shen*
神人協同　synergy
神人協同論　synergism
神宗佛教　*Son Buddhism*
神的至高權威　divine sovereignty
神的預知　divine foreknowledge
神的屬性　divine attributes
神祕主義　mysticism
神祕體驗　mystical experience
神經科學　neuroscience
神經哲學　neurophilosophy
神經網　neural net
神經網路模擬　neural network modeling
神學自然主義　theological naturalism
神學的創造論　theological creationism
神學的德性　theological virtues
神學唯意志論　theological voluntarism
神蹟　miracle
神體一位論　unitarianism
素樸實在論　naive realism
索引　index
索引詞　indexical
索托，多明哥·德　Soto, Domingo de
索西奴，萊利烏　Socinus, Laelus
索西奴主義　Socinianism
索西尼，弗斯都　Socinus, Faustus
索雷爾，喬治　Sorel, Georges
索爾斯伯利的約翰　John of Salisbury
索緒爾，費南特·德
Saussure, Ferdinand de
索羅維也夫，弗拉德米爾
Solovyov, Vladimir
純粹理性　pure reason

純粹理性觀念　ideas of pure reason
純粹概念　pure concept
紐拉特，奧托　Neurath, Otto
紐曼，約翰．亨利　Newman, John Henry
紐康伯悖論　Newcomb's paradox
紐康伯問題　Newcomb's problem
級　degree
納托爾普，P．G　Natorp, Paul Gerhard
納格爾，里斯特　Nagel, Ernest
耆那教　Jainism
耆那教聖者大雄的本名
Vardhamāna Jnātrputra
脅迫　coercion
脈絡定義　contextual definition
脈絡原則　context principle
脈絡論　contextualism
能　power
能力　*energeia*
能力不足　diminished capacity
能力責任　capacity responsibility
能思　noesis
能產的自然　*natura naturans*
荒謬　absurd
荒謬性　absurdity
茵芬的馬西留斯　Marsilius of Inghen
荀子　Hsün Tzu
虔信　*bhakti*
記號　sign
記號論　theory of signs
記憶　memory
記憶心像論　image theory of memory
記憶因果　mnemic causation
記憶表徵理論
representational theory of memory
記憶發生　occurrent memory
記憶傾向性理論
dispositional theory of memory
記錄陳述句　protocol statement
貢獻價值　contributive value
貢獻價值　contributory value
起源的錯誤　genetic fallacy
逆同一性語句　counteridenticals
逆命題　converse
逆域　converse domain
逆實句　counterfactuals
逆關係　converse relation
退化事例　degenerate case
迴歸分析　regression analysis
迴歸變量　regressor variable
追蹤　tracking
馬孔，諾曼　Malcolm, Norman
馬可夫歷程　Markov process
馬克思，卡爾　Marx, Karl
馬克思主義　Marxism
馬克思威爾，詹姆斯．克洛克
Maxwell, James Clerk
馬利安納，瓊安．德　Mariana, Juan de
馬利坦，雅克　Maritain, Jacques
馬修．廷達爾　Tindal, Matthew
馬庫色，哈伯特　Marcuse, Herbert
馬庫斯，露絲．巴坎　Marcus, Ruth Barcan
馬庫斯．奧勒利烏斯　Marcus Aurelius
馬勒布朗士，尼克拉斯
Malebranche, Nicolas
馬基維利，尼可羅　Machiavelli, Niccolò
馬基維利主義　Machiavellianism
馬堡學派　Marburg School
馬提南，詹姆士　Martineau, James
馬塞爾，加俾爾　Marcel, Gabriel
馬道拉的阿布雷烏斯　Apuleius of Madaura
馬赫，恩斯特　Mach, Ernst
馬赫原理　Mach's principle
馬德瓦　Madhva
高克藍尼烏斯，魯道夫斯
Goclenius, Rudolphus
高斯，卡爾．弗里德里希
Gauss, Carl Friedrich
高階　higher order
高階邏輯　higher-order logic
高達美，漢斯-格奧爾格
Gadamer, Hans-Georg
訒爾伯，海因里希　Czolbe, Heinrich
涂林度　Turing degree
涂林測試　Turing test
涂林機　Turing machine
涂林機式的功能
Turing machine functionalism

十一劃

《淮南子》　*Huai Nan Tzu*
乾、坤　*ch'ien, k'un*
偽幻覺　pseudohallucination
偽裝理論　guise theory
偽過度決定論　pseudo-overdeterminism

偽隨機性　pseudorandomness
停機問題　halting problem
「假如所有其他情況均正常」條款
ceteris paribus clause
假快樂　false pleasure
假言三段論　hypothetical syllogism
假言令式　hypothetical imperative
假的兩難推理　false dilemma
假設同意　hypothetical consent
假設建構　hypothetical construct
假設演繹法　hypothetico-deductive method
偶因論　occasionalism
偶性　accident
偶性主義　accidentalism
偶然地　*per accidens*
偶然性質　accidental property
偶然性質　*proprium*
偶然性謬誤　fallacy of accident
偶然的　contingent
偶然的實體　*ens per accidens*
偶然通則　accidental generalization
偶然說謊者　contingent liar
偶發觀念　adventitious ideas
偏好　preference
偏好邏輯　preference logics
偏序　partial order
偏信　partial belief
副詞理論　adverbial theory
副詞運符理論　operator theory of adverbs
副象論　epiphenomenalism
勒胡，皮埃爾　Leroux, Pierre
勒溫，庫特　Lewin, Kurt
動力心理學　hormic psychology
動力因　efficient cause
動力的快樂　kinetic pleasure
動作-內容-對象心理學
act-content-object-psychology
動作-對象心理學　act-object psychology
動物信念　animal faith
動態邏輯　dynamic logic
動機　motivation
動機內在論　motivational internalism
動機外在論　externalism, motivational
動機說明　motivational explanation
區間尺規　interval scale
參考類　reference class
參與　participation

曼那帝的馬里西歐　Marsilio dei Mainardine
曼海姆，卡爾　Mannheim, Karl
曼瑟，亨利・朗格維利
Mansel, Henry Longueville
商業倫理學　business ethics
商鞅　Shang Yang
商羯羅　Śaṁkara
商羯羅　Shaṅkara
問題邏輯　logic, erotetic
唯才主義者　meritarian
唯才是用制度　meritocracy
唯名論　nominalism
唯名論邏輯　terminist logic
唯物主義　materialism
唯信論　fideism
唯能論　energeticism
唯能論　energetism, energism
唯意志論　voluntarism
唯識　*citta-mātra*
唯識學派　*Vijñānavāda*
國家自由理論　liberal theory of the state
堆垛悖論　paradox of the heap
堆垛悖論　sorites paradox
堆積悖論　heap paradox
基本句　base clause
基本行動　basic action
基本的陳述句　basic statement
基本信念　basic belief
基本殊相　basic particular
基本規範　basic norm
基本規範　*Grundnorm*
基本量詞化理論
elementary quantification theory
基本語句　basic sentence
基本德行　cardinal virtues
基督新教倫理　Protestant ethic
基督新教原理　Protestant principle
基爾瓦德比，羅伯特　Kilwardby, Robert
基爾威頓，理查德　Kilvington, Richard
基爾靈頓，理查德　Chillington, Richard
基層　substrate
基數　cardinality
基數效益　cardinal utility
基數的範疇性　categorical-in-power
基質　substratum
基礎公理　foundation axiom
基礎主義　foundationalism

基礎句　basis clause
基礎命題　basic proposition
基礎規則　ground rule
基礎規則　thema
基礎關係　basing relation
執行的謬誤　performative fallacy
執著　*abhinivesha*
培因，亞歷山大　Bain, Alexander
培利，威廉　Paley, William
培里，拉爾夫・巴頓　Perry, Ralph Barton
培根，法蘭西斯　Bacon, Francis
培根，羅傑　Bacon, Roger
培爾，皮埃爾　Bayle, Pierre
婆羅門主義　Brahmanism
寇斯定理　Coase theorem
宿命　predestination
宿命論　fatalism
專有名稱的因果理論
causal theory of proper names
專業倫理　professional ethics
崇高　sublime
常民心理學　folk psychology
常識主義　common sensism
常識哲學　common sense philosophy
帶斑點母雞問題
problem of the speckled hen
康士坦，班雅明　Constant, Benjamin
康托，格奧爾格　Cantor, Georg
康托定理　Cantor's theorem
康托悖論　Cantor's paradox
康有為　K'ang Yu-wei
康帕內拉，托馬索　Campanella, Tommaso
康威，安娜　Conway, Anne
康德，伊曼努爾　Kant, Immanuel
張載　Chang Tsai
強合理性　strong soundness
強伴隨性　strong supervenience
強決定論　hard determinism
強語意完備性　strong semantic completeness
彩票悖論　lottery paradox
從自身而產生的　*a se*
從無中創造　creation *ex nihilo*
情　*ch'ing*
情感　sentiment
情感主義　sentimentalism
情境倫理學　situation ethics
情境理論　situation theory
情境語意論　situation semantics
情緒　emotion
情緒用詞組合法　emotive conjugation
情緒意義　emotive meaning
情緒論　emotivism
控制　control
控制論　cybernetics
接近　contiguity
推衍　derivation
推衍性的邏輯主義　derivational logicism
推理　inference
推理的無效　defeat of reasons
推理原則　rule of inference
推理演算　*calculus ratiocinator*
推論　illation
推論本能　illative sense
推論性的證成　inferential justification
推論的　illative
推論知識　inferential knowledge
推論規則　inference rule
推導　forcing
排中律　principle of excluded middle
排外主義　eliminativism
排斥性的選言三段論式
modus ponendo tollens
排斥性的離斷律　*modus tollendo ponens*
排列移動悖論　moving rows paradox
排序　ordering
排除式唯物論　eliminative materialism
教父作者　patristic authors
教育哲學　philosophy of education
教派佛教　Buddhism, *Kyo-hak*
教條主義　dogmatism
教會的父親　church fathers
教會會議至上主義　conciliarism
啟示　revelation
啟發規則　heuristics
啟蒙運動　Enlightenment
敘利亞學派　Syrian school
敘述主義　descriptivism
晦澀　opacity
梁啟超　Liang Ch'i-ch'ao
梁漱溟　Liang Sou-ming
梵　Brahman
梵天　Brahma
桶中大腦　brain in a vat
梭羅，亨利・大衛　Thoreau, Henry David

梅地那，巴特羅米爾　Medina, Bartolomeo
梅西埃，德希黑-約瑟夫
Mercier, Désiré-Joseph
梅洛龐蒂，墨利斯　Merleau-Ponty, Maurice
梅斯特，約瑟夫・邁利・德
Maistre, Joseph-Marie de
梅森納，馬林　Mersenne, Marin
梅蒙，所羅門　Maimon, Salomon
梅蘭希頓，腓力　Melanchthon, Philip
條件　condition
條件子句　protasis
條件句　conditional
條件命題　conditional proposition
條件概率　conditional probability
條件證明　conditional proof
欲　*yü*
清楚而明確的觀念　clear and distinct idea
混合假言三段論
mixed hypothetical syllogism
混沌系統　chaotic system
混沌理論　chaos theory
涵括公設系　comprehension schema
涵括原則　principle of comprehension
涵衍中詞　middle term
涵蓋律說明　explanation, covering law
涵蓋律模式　covering law model
深層結構　deep structure
球型天體的和諧定理
harmony of the spheres
理　*li*[1]
理、道　*logos*
理一分殊　*li-i-fen-shu*
理由　excuse
理由　purpose
理由內在論　reasons internalism
理由外在論　reasons externalism
理由相當　parity of reasons
理性　rationality
理性　reason
理性主義　rationalism
理性抉擇理論　rational choice theory
理性的存有　*ens rationis*
理性重構　rational reconstruction
理型論　theory of Forms
理查德・基爾威頓　Richard Kilvington
理查德・魯弗斯　Richard Rufus
理查德悖論　Richard's paradox

理氣　*li-ch'i*
理智世界　intelligible world
理智的　noetic
理想市場　ideal market
理想命題　ideal proposition
理想的效益主義　ideal utilitarianism
理想語言　ideal language
理想數學　ideal mathematics
理想類型　ideal type
理想觀察者　ideal observer
理解　understanding
理解　*Verstehen*
理論之理論　theory theory
理論判斷　theoretical judgment
理論的同一關係　identity, theoretical
理論的弱決定論
theoretical underdetermination
理論的不完全決定
theoretical underdetermination
理論的理性　theoretical rationality
理論的等同　theoretical identity
理論的概念　concept theoretical
理論活動　*theoria*
理論推理　theoretical reasoning
理論理性　theoretical reason
理論術語　theoretical term
理論意義　"Fido"-Fido theory of meaning
理論概念　theoretical concept
理論實體　theoretical entity
理論構想　theoretical construct
理髮師悖論　barber paradox
現代主義　modernism
現代自由　liberty of the moderns
現行機緣　actual occasion
現象　phenomena
現象世界　phenomenal world
現象的身體　phenomenal body
現象的性質　phenomenal property
現象論　phenomenalism
現象學　phenomenology
現象學態度　phenomenological attitude
現象學還原　phenomenological reduction
現實主義　actualism
「現實世界」的名符　a round
現實性　actuality
現實性　facticity
現實的無限　actual infinite

現實原則　reality principle
畢提，詹姆士　Beattie, James
畢達哥拉斯　Pythagoras
畢達哥拉斯主義　Pythagoreanism
異一致性　paraconsistency
異化　alienation
異例　anomaly
異常邏輯　deviant logic
異質的　heterological
移情　empathy
笛卡兒，列納　Descartes, René
笛卡兒二元論　Cartesian dualism
笛卡兒之惡魔　Cartesian demon
笛卡兒主義　Cartesianism
笛卡兒交互作用主義
Cartesian interactionism
笛卡兒學派　Cartesian circle
第一元素集合　set, singleton
第一因論證　first cause argument
第一序的規則　primary rule
第一性　firstness
第一格第一式　Barbara
第一哲學　first philosophy
第一推動者　first mover
第一推動者　prime mover
第一意向詞　first intention
第一極限定理　first limit theorem
第一實現　first actualization
第一潛能　first potentiality
第一謂詞　first imposition
第二多瑪斯主義　second Thomism
第二序的規則　secondary rule
第二性　secondness
第二意向詞　second intention
第二實現　second actualization
第二潛能　second potentiality
第二謂詞　second imposition
第三性　tertiary qualities
第三性　thirdness
第三者論證　Third Man argument
第四條件問題　fourth condition problem
第四種條件　fourth condition
第修斯的船　ship of Theseus
符號　symbol
符號探究　semiosis
符應　adequation
符號學　semiotic
符號邏輯　symbolic logic
細微知覺理論
doctrine of minute perceptions
組合的意圖　compositional intention
組合邏輯　combinatory logic
組成的謬誤　fallacy of composition
組合性　compositionality
終結的證據　conclusive evidence
終點　*terminus ad quem*
習氣　*vāsanā*
脫離肉體　disembodiment
莫利納克斯問題　Molyneux question
莫斯卡，賈塔諾　Mosca, Gaetano
莫頓學派　Merton School
莫爾伯克的威廉　William of Moerbeke
莊子　Chuang Tzu
荷爾德林，約翰·克里斯蒂安·弗里德里希
Hölderlin, Johann Christian Friedrich
荷瑪克斯　Hermarchus
荷蘭式賭博　Dutch book
荷蘭式賭博定理　Dutch book theorem
荷蘭式賭博論證　Dutch book argument
術　*shu*[1]
被分析件　analysandum
被定義項　definiendum
被探究過得到保證的可斷言性
warranted assertability
被動能　passive power
規定戰爭以何種方式方能被允許進行
jus in bello
規則效益主義　rule utilitarianism
規律必然的　nomic
規律必然的　nomological
規律的必然性　nomic necessity
規創定義　prescriptive definition
規範　norm
規範主義　prescriptivism
規範性理由　normative reason
規範的　normative
規範相對主義　normative relativism
規範倫理學　normative ethics
規範悖論　deontic paradoxes
規範運作符　deontic operator
規範邏輯　deontic logic
許行　Hsü Hsing
設指　*suppositio*
設計論證　argument from design

設難的　aporetic
責任　duty
責任　responsibility
責任不足　diminished responsibility
軟體　software
逍遙學派　Peripatetic School
逍遙學派　Peripatos
通神論　theosophy
通訊理論　communication theory
通過描述所獲的知識
description, knowledge by
通盤考慮理由　all-things-considered reason
連言　conjunction
連言引入　conjunction introduction
連言消去　conjunction elimination
連帶感覺　synaesthesia
連接　*copulatio*
連接性　connected
連結論　connectionism
連鎖式三段論　sorites
連續論　synechism
連續體假說　continuum hypothesis
連續體問題　CH
連續體問題　continuum problem
造化神　demiurge
造善特徵　good-making characteristic
造像　imaging
透明的　transparent
透明脈絡　transparent context
透視力　clairvoyance
部分有序　partial ordering
部分函數　partial function
部分學　mereology
部分學的實在論　mereological essentialism
部分學意義的總和　mereological sum
部份文本　*lemmata*
部份論的本質主義
mereological essentialism
部落的偶像　idols of the tribe
郭象　Kuo Hsiang
陪審團定理　jury theorem
陪審團越法　jury nullification
陳述句形式　statement form
陳獻章　Ch'en Hsien-chang
陸象山　Lu Hsiang-shan
陰、陽　*yin, yang*
陰性空間　*chora*

章學誠　Chang Hsüeh-ch'eng
麥加拉的費羅　Philo the Megarian
麥加拉學者　Megarians
麥考錫，詹姆斯　McCosh, James
麥克塔格特，約翰・麥克塔格特・伊利思
McTaggart, John McTaggart Ellis
麥金泰爾，阿拉斯戴爾　MacIntyre, Alasdair
麥獨孤，威廉　McDougall, William
統一科學　unified science
統合　concilience
統合　consilience
統計定律　statistical law
統計的獨立性　statistical independence
統計說明　statistical explanation
統計機率　statistical probability
統覺　apperception

十二劃

傅立葉，佛朗沙-瑪莉-查理斯
Fourier, François-Marie-Charles
傅科，米榭爾　Foucault, Michel
傅特，斐莉帕　Foot, Philippa
最大化策略　maximin strategy
最大命題　maximal proposition
最大幸福原則　greatest happiness principle
最小化策略　minimax strategy
最小平方方法　least squares method
最小的種　*infima species*
最低成本迴避者　cheapest-cost avoider
最完美的存有　*ens perfectissimo*
最佳說明推論
inference to the best explanation
最初原因　first cause
最真實的存有　*ens realissimum*
最高善　*summum bonum*
最高類　*summum genus*
最普遍的類　*genus generalissimum*
凱因斯，約翰・麥納德
Keynes, John Maynard
凱拉姆　*kalam*
凱瑞悖論　Kerry's paradox
凱爾德，艾德華　Caird, Edward
割除消去定理　cut-elimination theorem
創造論　creationism
剩餘法　method of residues
剩餘價值　surplus value
勞諾達的提奧奇尼斯　Diogenes of Lonoanda

喀爾文，約翰　Calvin, John
單一元素集　single set
單一因果陳述　singular causal statement
單一因果關係　singular causal relation
單一事件問題　problem of the single case
單一神論　henotheism
單一記號　sinsign
單子　monad
單子論　monadology
單向化約句　one-way reduction sentence
單純　simplicity
單純話語行動　locutionary act
單論性　monotonic
場論　field theory
報應主義　retributivism
報應正義　retributive justice
尊嚴　dignity
嵇康　Hsi K'ang
幾何學的約定論　geometric conventionlism
彭波那齊，皮托　Pomponazzi, Pietro
循環定義　diallelon
循環現象　circularity
循環定義　circularity
循環主義　circularity
循環論證　circular reasoning
循環論證　diallelus
惡　vice
惡性後退　vicious regress
惡的問題　problem of evil
惠更斯，克裡斯蒂安　Huygens, Christiaan
惠奇寇特，班傑明　Whichcote, Benjamin
惠施　Hui Shih
描述形上學　descriptive metaphysics
描述性突現　descriptive emergence
描述意義　descriptive meaning
描述相對主義　descriptive relativism
描述突現論　descriptive emergentism
描述個體論　descriptive individualism
描述詞之謂述用法
attributive use of descriptions
描述詞理論　theory of descriptions
提奧奇尼斯．拉爾提烏斯
Diogenes Laertius
換位法　conversion
換值法　obversion
換質位命題　contrapositive
換質位法　contraposition
揚棄　sublation
揚雄　Yang Hsiung
斑點雞　speckled hen
斐洛．猶大厄斯　Philo Judaous
斯皮爾，阿菲利坎　Spir, Afrikan
斯各多，約翰．鄧斯　Scotus, John Duns
斯各多實在論　Scotistic realism
斯多噶主義　Stoicism
斯多噶的芝諾　Zeno the Stoic
斯坦拿，魯道夫　Steiner, Rudolf
斯科倫，索拉夫　Skolem, Thoralf
斯科倫悖論　Skolem's paradox
斯科倫範式　Skolem normal form
斯科倫-羅文漢定理
Skolem-Löwenheim theorem
斯特拉頓　Straton
斯塔吉拉人　Stagirite
斯溫伯恩，理查　Swinburne, Richard
普列漢諾夫，葛歐濟．瓦冷提諾維齊
Plekhanov, Georgy Valentinovich
普里查德，哈諾得．亞瑟
Prichard, H(arold) A(rthur)
普里斯利，約瑟夫　Priestley, Joseph
普芬道夫，塞穆爾　Pufendorf, Samuel
普通系統論　general systems theory
普通法理學　general jurisprudence
普遍化原則　generalization principle
普遍化論證　generalization argument
普遍文法　universal grammar
普遍性　generality
普遍性原則　principle of universality
普遍的　universal
普遍的傾向　universal disposition
普遍知識　*scientia universalis*
普遍記號　universal characteristic
普遍模擬　universal simulator
普羅克勒斯　Proclus
普羅底柯斯　Prodicus
普羅提納斯　Plotinus
普羅塔哥拉斯　Protagoras
普蘭廷格，艾爾文　Plantinga, Alvin
智性　*chit*
智者　Sophists
智慧　*sophia*
智慧　wisdom
替代公理　axiom of replacement
替代性量化　substitutional quantification

朝鮮哲學　Korean philosophy
渥德，詹姆士　Ward, James
渥德漢姆，亞當・德　Wodeham, Adam de
渦漩理論　vortex theory
湯姆森，茱蒂斯・葉維斯
Thomson, Judith Jarvis
測量　measurement
測量理論　measurement, theory of
透視法－觀點主義　perspectivism
焦竑　Chiao Hung
焦慮　Angst
焦點意義　focal meaning
無　*ex nihilo*
無　*wu*
無中不能生有　*Nihil ex nihilo fit*
無分軒輊原則　principle of indifference
無可抗辯的博士　*Doctor Irrefragabilis*
無此則不　*sine qua non*
無我論　*anattāvāda*
無所繫心　*ataraxia*
無明　*avidya*
無法自制　incontinence
無知之幕　veil of ignorance
無知的論證　*argumentum ad ignorantium*
無知論　agnosticism
無知學　agnoiology
無政府主義　anarchism
無為　*wu wei*
無限　*apeiron*
無限　infinity
無限分析說　doctrine of infinite analysis
無害的無限制涵括原理
principle of unlimited comprehension
無神論　*atheism*
無神論　*Atheismusstreit*
無道德主義者　amoralist
無疑性　indubitability
無窮回復　eternal return
無窮後退論證　infinite regress argument
無窮循環　eternal recurrence
無窮集公理　axiom of infinity
無窮邏輯　infinitary logic
無贅　irredundant
無關乎結論謬誤
fallacy of irrelevant conclusion
猶太哲學　Jewish philosophy
發生的信念　occurrent belief
發生認識論　genetic epistemology
發現的邏輯　logical of discovery
短語構成　phrase marker
硬體　hardware
程序的模態邏輯　modal logic of programs
程式語言　programming language
程序主義　proceduralism
程度推論　scalar implicature
程頤　Ch'eng Yi
程顥　Ch'eng Hao
等同的不可區別性
indiscernibility of identicals
等同條件　equivalence condition
等同論　identity thesis
等值　equivalence
等無間緣　*samanantara-pratyaya*
等價關係　equivalence relation
等價類　equivalence class
策略　strategy
粟米悖論　millet paradox
結果　consequence
結果子句　apodosis
結果的屬性　resultant attribute
結果論　consequentialism
結果論證　consequence argument
結果關係　consequence relation
結構　structure
結構上的歧義　structural ambiguity
結構主義　structuralism
結構描述　structure description
結論性的證成　conclusive justification
絕佳導師　Doctor Mirabilis
絕望　accidie
絕對　absolute, the
絕對空間　absolute space
絕對門檻　absolute threshold
絕對時間　absolute time
絕對精神　Absolute Spirit
絕對確實　infallibility
絕對權利　absolute right
絡論　lattice theory
善　*agathon*
善　good
善、惡　*shan, o*
舒爾茨，戈特洛布・恩斯特
Schulze, Gottlob Ernst
華沙學派　Warsaw School

萊布尼茲，哥特弗里德·威爾翰 Leibniz, Gottfried Wilhelm
萊布尼茲定律 Leibniz's law
萊希涅夫斯基，斯坦斯勞 Leśniewski, Stanisław
萊辛，哥特候·阿夫萊恩 Lessing, Gotthold Ephraim
萊辛巴哈，漢斯 Reichenbach, Hans
萊特，G·H·馮 Wright, G. H. von
萊斯道，哈斯汀斯 Rashdall, Hastings
菲洛波努斯，約翰內斯 Philoponus, John
菲勞德烏斯 Philodemus
菲奧雷斯的約阿基姆 Joachim of Floris
虛 *hsü*
虛空 *ākāśa*
虛假意識 false consciousness
虛無 *Néant*
虛構 fiction
虛構主義 fictionalism
虛擬的現在 specious present
虛擬條件句 subjunctive conditional
裂腦效應 split brain effects
視角主義 perspectivism
詞組結構 phrase structure
詞項屬性 *proprietates terminorum*
訴諸大眾的論證 *argumentum ad populum*
訴諸共識的論證 *argumentum consensus*
訴諸武力的論證 *argumentum ad baculum*
訴諸謙遜的論證 *argumentum ad verecundiam*
訴諸權威的論證 argument from authority
象符 icon
費希特，約翰·哥特利勃 Fichte, Johann Gottlieb
費希納，古斯塔伍·泰爾德 Fechner, Gustav Theodor
費希納定律 Fechner's law
費希諾，馬許里斯 Ficino, Marsilio
費里斯的蒂孟 Timon of Philius
費英格，漢斯 Vaihinger, Hans
費馬的最後定理 Fermat's last theorem
費爾巴哈，路德維希·阿德雷亞斯 Feuerbach, Ludwig Adreas
費爾曼，羅伯特 Filmer, Robert
費羅勞斯 Philolaus
隆巴德，彼得 Lombard, Peter
超人 overman
超人 superman
超人 *Übermensch*
超自然主義 supernaturalism
超自然神學 supernatural theology
超我 superego
超定義 overdetermination
超值語意學 semantics supervaluation
超絕 transcendence
超絕的 transcendental
超越性 *transcendentalia*
超越性 transcendentals
超越數 transcendental number
超越辯證法 transcendental dialectic
超距作用 action at a distance
超感知覺 extrasensory perception
超義務 supererogation
超窮數 transfinite number
超窮歸納 transfinite induction
超驗主義 transcendentalism
跑道悖論 racetrack paradox
逸軌因果序列 wayward causal chain
逸軌因果鏈 deviant causal chain
鄂蘭，漢娜 Arendt, Hannah
量 quantity
量子力學 quantum mechanics
量子邏輯 quantum logic
量化 quantification
量化入 quantifying in
量度 magnitude
量詞 quantifier
量詞消去法 quantifier elimination
量詞轉換謬誤 quantifier shift fallacy
量變謬誤 quantificational shift fallacy
閔可夫斯基時空 Minkowski space-time
開放式 open formula
開放社會 open society
開放循環 open loop
開放結構 open texture
開放語句 open sentence
間接引述 indirect discourse
間接引述 *oratio obliqua*
間接言說行動 indirect speech act
間接的結果論 indirect consequentialism
間接的激情 indirect passions
間接知識 indirect knowledge
間接脈絡 oblique context
間接推理 mediate inference

間接意義　indirect sense
間接意圖　indirect intention
間接證明　indirect proof
階　order
陽　yang
雅可比，弗里德里希・海因里希
Jacobi, Friedrich Heinrich
雅可布・阿明尼烏　Arminius, Jacobus
雅典的克拉底魯斯　Cratylus of Athens
雅典的阿爾奇勞斯　Archelaus of Athens
雅典的普魯塔克　Plutarch of Athens
雅典柏拉圖學園　Athenian Academy
雅典學派　Athenian School
雅斯培，卡爾・希爾多
Jaspers, Karl Theodor
集合　set
集合論　set theory
集合論的反映原則
set-theoretic reflection principles
集合論悖論　class paradox
集合論悖論　paradoxes of set theory
集合論悖論　set-theoretic paradoxes
集束理論　bundle theory
集體　collectivity
集體潛意識　collective unconscious
項　term
詞　term
順世論　Cārvāka
順向態度　pro attitude
馮・萊特，G・H　von Wright, G. H.
馮・諾曼，約翰　von Neumann, John
馮友蘭　Fung Yu-lan
馮特，威爾翰・馬西米蘭
Wundt, Wilhelm Maximilien
黃老　Huang-Lao
黃宗羲　Huang Tsung-hsi
黃金中道　golden mean
黑格爾，喬治・威爾翰・弗雷德里希
Hegel, Georg Wilhelm Friedrich
黑盒子　black box

十三劃

漠不關心的自由　liberty of indifference
傳遞的　transitive
傳遞封閉　transitive closure
僅當　just in case
傾向　disposition
傾向性　propensity
傾向性地相信　dispositional belief
傾向於相信　dispositional to believe
傾向狀態　dispositional state
催生法　maieutic
勢　*shih*[1]
圓點式記號　dot notation
塞克斯都・恩披里可　Sextus Empiricus
塞拉斯，威福利德　Sellars, Wilfrid
塞拉斯，羅伊・伍德　Sellars, Roy Wood
塞涅卡，呂西烏・安那厄斯
Seneca, Lucius Annaeus
塞爾蘇斯　Celsus
塞諾克拉底斯　Xenocrates
塔斯基(T)圖式　Tarski's (T) schema
塔斯基，阿弗雷德　Tarski, Alfred
塔斯基式的滿足　Tarskian satisfaction
塔斯基式雙條件句　Tarskian biconditional
塔斯基定理　Tarski's theorem
塔斯基語意論　Tarskian semantics
奧古斯丁　Augustine
奧利威，彼得・約翰　Olivi, Peter John
奧利根　Origen
奧坎，威廉　Occam, William
奧坎，威廉　Ockham, William
奧坎剃刀　Ockham's razor
奧林庇歐多魯斯　Olympiodorus
奧特赫古爾的尼古拉　Nicolas of Autrecourt
奧勒利烏斯，馬庫斯　Aurelius, Marcus
奧斯汀，約翰　Austin, John
奧斯汀，約翰・朗修
Austin, J(ohn) L(angshaw)
奧斯瓦德，W　Ostwald, Wilhelm
奧歇里的威廉　William of Auxerre
奧義書　Upanishads
奧爾特嘉・依・嘉塞特，喬塞
Ortega y Gasset, José
奧爾菲主義　Orphism
奧爾菲斯　Orpheus
嫌惡治療　aversion therapy
微化約　microreduction
微積分學　calculus
意向行為分析　noetic analysis
意向性　intentionality
意向殊種　intentional species
意向對象　intentional object
意向對象　noema

意向對象分析法　noematic analysis
意志　volition
意志　will
意志　*Wille*
意志行動　voluntary act
意志堅強　*encrateia*
意志軟弱　*acrasia*
意志軟弱　*akrasia*
意志軟弱　weakness of will
意思　*Sinn*
意指　signifier
意動行為　ideo-motor action
意義　meaning
意義　*Bedeutung*
意義　sense
意義之觀念形成理論
ideational theory of meaning
意義支配理論
dispositional theory of meaning
意義指涉理論　referential theory of meaning
意義可證實性理論
verifiability theory of meaning
意義的使用理論　use theory of meaning
意義的意象理論　image theory of meaning
意義的概念角色理論
conceptual role theory of meaning
意義真值條件理論
truth-conditional theory of meaning
意義圖像理論　picture theory of meaning
意義觀念化理論　idea theory of meaning
意義假說　meaning postulate

意義整體論　meaning, holism
意解　interpretant
意圖　intention
意圖的　conative
意圖謬誤　intentional fallacy
意識　consciousness
意識內容　*lekton*
意識形態　ideology
慈善原則　principle of charity
感受　*sensum*
感官證據　evidence of senses
感性直觀　sensible intuition
感質　quale
感質　qualia
感覺　*sensa*
感覺中樞　sensorium
感覺主義　sensationalism
感覺感質　sense qualia
感覺經驗的獨我論　empathic solipsism
感覺資料理論　sense-datum theory
感覺資料與感性材料　sense-data
感覺觀念　ideas of sensation
想法　notion
想像　*Phantasia*
想像力　imagination
愛因斯坦，阿爾伯特　Einstein, Albert
愛的倫理學　ethics of love
愛爾，吉爾隆・杜　Vair, Guillaume du
愛德華茲，強納生　Edwards, Jonathan
愛歐尼亞哲學　Ionian Philosophy
愛默生，拉爾夫・瓦爾多
Emerson, Ralph Waldo
愛默生至善論　Emersonian perfectionism
慎到　Shen Tao
敬　*ching*
敬拜對象　ārādhya
新士林哲學　neo-Scholasticism
新弗里斯學派　neo-Friesian School
新多瑪斯主義　Neo-Thomism
新的指涉理論　new theory of reference
新柏拉圖主義　Neoplatonism
新耶路撒冷教會主義　Swedenborgianism
新康德主義　neo-Kantianism
新實在論　New Realism
新歐幾里德幾何學　neo-Euclidean geometry
新儒學　Neo-Confucianism
新學園　New Academy
暗箱　camera obscura
業　karma
業的　karmic
楔子論證　wedge argument
極大一致集合　maximal consistent set
極端　polarity
極端事例　limiting case
極端的實在論　*ante rem realism*
概念　*Begriff*
概念　concept
概念上的直接　conceptual immediacy
概念上的極端　conceptual polarity
概念分析　conceptual analysis
概念先行性　conceptual priority
概念式的贊同　notional assent

概念作用語意學　conceptual role semantics
概念真理　conceptual truth
概念論　conceptualism
或然性因果作用理論　probabilistic causation
概率定率　probabilistic law
概率傾向　probabilistic disposition
概率獨立性　probabilistic independence
概然論　probabilism
楊朱　Yang Chu
滅盡定　*nirodha-samapātti*
溫和決定論　determinism, soft
溫和決定論　soft determinism
溫和的基礎主義　modest foundationalism
溫和的實在論　*in rebus* realism
滑坡論證　slippery slope argument
煉金術　alchemy
瑟爾，約翰　Searle, John R.
瑞米尼的格瑞哥里　Gregory of Rimini
瑜伽　Yoga
瑜伽行派佛學　Yogācarā Buddhism
當下目標理論　present-aim theory
萬有在神論　panentheism
萬有復興　apocatastasis
萬能符號　*characteristica universalis*
萬能製造機　universal constructor
萬能模擬器　simulator, universal
稠密的秩序　dense ordering
節制　temperance
節約原則　principle of parsimony
經　sutra
經常連結　constant conjunction
經濟哲學　philosophy of economics
經驗　empirical
經驗　*Erfahrung*
經驗主義　empiricism
經驗主義的機率　empirical probability
經驗自我　empirical ego
經驗決策理論　empirical decision theory
經驗類比　analogies of experience
義　*yi*
義務　obligation
義務性理由　obligating reason
義務論倫理學　deontological ethics
義涵　connotation
聖　*sheng*
聖人　sage
聖多瑪斯的約翰　John of Saint Thomas
聖西門伯爵　Saint-Simon
聖彼得斯堡悖論　Saint Petersburg paradox
聖彼得斯堡悖論　St. Petersburg paradox
聖傳書　*āgama*
聖職人員　beneficence
腳本　script
葛來思，H・保羅　Grice, H. P(aul)
葛洪　Ko Hung
葛第爾式範例　Gettier-style example
葛第爾問題　Gettier problem
葛雷，約翰　Gay, John
葛蘭西，安東尼奧　Gramsci, Antonio
董仲舒　Tung Chung-shu
補　complement
補詞　complementary term
補類　complementary class
解放哲學　philosophy of liberation
解放神學　theology of liberation
解析的馬克思主義　analytic Marxism
解脫　*moksha*
解構　deconstruction
解釋　*Erklärung*
解釋　interpretation
解釋系統　interpretive system
解釋性化約論　explanatory reductionism
解釋性的突現　explanatory emergence
解釋性理由　explaining reason
該烏斯　Gaius
誠　*ch'eng*
詮釋學　hermeneutics
詮釋學循環　hermeneutic circle
詹姆士，威廉　James, William
詹姆士-朗格理論　James-Lange theory
賈誼　Chia Yi
路西帕斯　Leucippus
路易士，大衛・K　Lewis, David K.
路易士，凱里夫・斯塔里斯
Lewis, C(live) S(taples)
路易斯・德・默里納　Luis de Molina
路德，馬丁　Luther, Martin
農家　*nung chia*
農家學派　Agriculture School
農家學派　Tillers
運作符　operator
運動　motion
運動場悖論　stadium paradox
運算元範圍　scope of operators

道　*tao*
道心、人心　*tao-hsin, jen-hsin*
道統　*tao-t'ung*
道德　morality
道德心理學　moral psychology
道德主觀主義　moral subjectivism
道德地位　moral status
道德良知　synderesis
道德兩難　moral dilemma
道德的確定性　moral certainty
道德客體　moral patient
道德重整運動
Moral Rearmament Movement
道德理性主義　moral rationalism
《道德經》　*Tao Te Ching*
道德感覺的理論　moral sense theory
道德罪惡　moral evil
道德實在論　moral realism
道德認識論　moral epistemology
道德懷疑論　moral skepticism
道德觀　moral point of view
道家　Taoism
達爾文，查理斯　Darwin, Charles
達爾文主義　Darwinism
達瑪西烏斯　Damascius
達瑪森，約翰　Damascene, John
達蘭貝，尚．里．隆得
d'Alembert, Jean Le Rond
逼真　verisimitude
違反責任的律令悖論
contrary-to-duty imperative
違理論　antilogism
過程-產品之歧義　process-product ambiguity
鄒衍　Tsou Yen
雷伊，約翰　Ray, John
雷努維耶，夏爾　Renouvier, Charles
雷格尼克效應　Zeigarnik effect
預立和諧說　preestablished harmony
預先獲得的觀念　prolepsis
預設　presupposition
預設邏輯　default logic
預期利潤　expected return
預期效用　expected utility
預期效用最大化原則
principle of maximizing expected utility
預測　prediction
預測悖論　prediction paradox

頑固的設計者　designator, rigid
飽和的　saturated
劃分之基礎　fundamentum divisionis
劃界　demarcation
匱乏　privation
圖式　schemata
圖形-背景　figure-ground
圖徵　depiction
夢的論證　dream argument

十四劃

寡頭政治　oligarchy
實力均等　equipollence
實用主義　pragmatism
實用主義的真理理論
pragmatic theory of truth
實用的格準　pragmatic maxim
實在界　reality
實存　actualist
實存主義　reism
實存的　existential
實有　dravyasat
實指定義　ostensive definition
實現　realization
實現動詞　accomplishment verb
實然性　facticity
實然與應然的區別　is-ought distinction
實然與應然的問題　is-ought problem
實際的例示　instantiation
實數　real number
實體因果關係　substance causation
實質因果關係　substantival causation
實質條件句　material conditional
實質等值　material equivalence
實質適切性　material adequacy
實質蘊涵形式　material implication
實質蘊涵悖論
paradoxes of material implication
實踐　praxis
實踐三段論　practical syllogism
實踐判斷　practical judgment
實踐性　practition
實踐的自由　practical freedom
實踐的理性　practical rationality
實踐模態　practical modality
實踐推理　practical reasoning
實踐理性　practical reason

實踐理性觀念　ideas of practical reason
實踐智慧　phronesis
實踐智慧　practical wisdom
實踐態度　practical attitude
實踐論證　practical argument
實踐學派　Praxis school
實踐邏輯　practical logic
實學　*silhak*
實體　*dravya*
實體　*ousia*
實體　substance
實體化　hypostasis
實體多元論　substantive pluralism
實體的形式　substantial form
實體相同　*homoousios*
實體論　substantialism
實體論　substantivalism
實體轉化　transubstantiation
(對知識)有所擴充的判斷
ampliative judgment
對立方陣　square of opposition
對角化　diagonalization
對角程序　diagonal procedure
對亞里斯多德的註釋
commentaries on Aristotle
對映結構　enantiamorphs
對柏拉圖的註釋　commentaries on Plato
對象性量化　objectual quantification
對象知識　knowledge *de re*
對象理論學說　*Gegenstandstheorie*
對象語言　object language
對話論　dialogism
對稱　symmetry
對稱的　symmetrical
對稱論題　symmetry thesis
對應理論　counterpart theory
徹底翻譯　radical translation
態變數　state variable
撇號　stroke notation
榮、辱　*jung, ju*
榮格，卡爾・古斯塔夫　Jung, Carl Gustav
構成　constitution
構成的原理　constitutive principle
構造性二難推理　constructive dilemma
歌德，約翰・沃爾夫柑・馮
Goethe, Johann Wolfgang von
歌德巴赫猜想　Goldbach's conjecture
演化　evolution
演化心理學　evolutionary psychology
演化知識論　evolutionary epistemology
演化倫理學　evolutionary ethics
演繹定理　deduction theorem
演繹法　*apagoge*
演繹法　deduction
演繹的完備性　deductive completeness
演繹的封閉　deductive closure
演繹的說明　deductive explanation
演繹的論證　deductive justification
演繹規律模式　deductive-nomological model
演繹-規律模式　D-N model
漢密爾頓，威廉　Hamilton, William
滿足　satisfaction
滿足偏好式的效益主義
preference satisfaction utilitarianism
滿足條件　satisfaction conditions
滿意就好　satisfice
熊十力　Hsiung Shih-li
瑣羅亞斯德　Zoroaster
瑣羅亞斯德教　Zoroastrianism
福利自由主義　welfare liberalism
福利經濟學　welfare economics
福迪斯，大衛　Fordyce, David
種族主義　racism
管子　Kuan Tzu
算法　algorithm
算法上的可計算性　computability, algorithmic
算法函數　algorithmic function
算符　functor
算術的層系　arithmetic hierarchy
精化定義　precising definition
精神　*Geist*
精神　spirit
精神分析　psychoanalysis
精神度　spissitude
精神運動　Esprit movement
綰合　colligation
綜合的　synthetic
綠藍悖論　grue paradox
緊緻性　compactness
緊緻性定理　compactness theorem
維也納學派　Vienna Circle
維多利亞，弗朗西斯科・德
Vitoria, Francisco de
維科，詹巴蒂斯塔　Vico, Giambattista

維根斯坦，路德威格　Wittgenstein, Ludwig
維奧，托馬索・得　Vio, Tommaso de
與事實相反的條件式
contrary-to-fact conditional
與問題有關的　erotetic
蒙田，米榭爾・德　Montaigne, Michel de
蒙地卡羅謬誤　Monte Carlo fallacy
蒙塔哥文法　Montague grammar
蒲魯東，皮埃爾・約瑟夫
Proudhon, Pierre Joseph
蓋倫　Galen
裴爾斯，查理斯・桑德斯
Peirce, Charles S(anders)
裴爾斯定律　Peirce's law
製造　*poiēsis*
語句作用詞　sentential operator
語句連接詞　sentential connective
語句演算　sentential calculus
語句模態　modality *de dicto*
語用上的歧義　pragmatic ambiguity
語用矛盾　pragmatic contradiction
語用學　pragmatics
語用蘊涵　conversational implicature
語用蘊涵　implicature
語言分析　linguistic analysis
語言行動　linguistic performance
語言決定論　linguistic determinism
語言相對性　linguistic relativity
語言哲學　philosophy of language
語言哲學　linguistic philosophy
語言能力　linguistic competence
語言遊戲　language game
語言語意學　linguistic semantics
語言學哲學　philosophy of linguistics
語法　syntax
語法一致性　syntactic consistency
語法的字詞　syntactic term
語法的歧義性　syntactic ambiguity
語法的直覺知識　*grammaticality intuitions*
語法剖析　parsing
語法範疇語詞的　syncategorematic
語型形式　schematic form
語詞的歧義　lexical ambiguity
語詞排列(順序)　lexical ordering
語意一致性　semantic consistency
語意性質　character, semantic
語意的獨我論　semantic solipsism
語意悖論　semantic paradoxes
語意結果　semantic consequence
語意構造性　semantic compositionality
語意學　semantics
語意學分子主義　semantic molecularism
語意學完全性　semantic completeness
語意學的整體論　semantic holism
語意學原子論　semantic atomism
語意學真理　semantic truth
語意學虛無主義　semantic nihilism
語意樹　semantic tableaux
認知心理學　cognitive psychology
認知心理療法　cognitive psychotherapy
認知失調　cognitive dissonance
認知的理性　epistemic rationality
認知的德行　epistemic virtue
認知的建構　cognitive architecture
認知科學　cognitive science
認知意義　cognitive meaning
認知價值　cognitive value
認識上的外在論
externalism, epistemological
認識上的私有性　epistemic privacy
認識內在論　internalism, epistemological
認識的　epistemic
認識的機率　epistemic probability
認識邏輯的運作符　epistemic operator
說明　explanation
說明　*dictum*
說明定義　persuasive definition
說明的涵括理論
subsumption theory of explanation
說明項　explanans
說話者的本意　speaker's meaning
說謊者悖論　liar paradox
說謊者迴圈　liar cycle
赫吉修斯　Hegesiuas
赫姆霍茲，赫曼・馮
Helmholtz, Hermann von
赫拉克利特斯　Heraclitus
赫爾，理察・梅林　Hare, R(ichard) M(ervyn)
赫爾巴特，約翰・弗里德里希
Herbart, Johann Friedrich
赫爾岑，亞歷山大　Herzen, Alexander
赫德，約翰・哥德弗利・馮
Herder, Johann Gottfried von
模糊邏輯　fuzzy logic

輔助　subsidiarity
輔助原則　principle of subsidiarity
遞推函數論　recursive function theory
遞推證明　proof by recursion
需要被解釋的命題　exponible
頗思特完備性　Post-complete
齊克果，索倫·阿拜
Kierkegaard, Søren Aabye
齊桑姆，羅德理克·米爾頓
Chisholm, Roderick Milton
蒯因，威拉·馮·歐曼
Quine, W(illard) V(an) O(rman)

十五劃
價值　value
價值的重估　transvaluation of values
價值理性　*Wertrationalität*
價值理論　value theory
價值學　axiology
劇場的偶像　idols of the theater
劉少奇　Liu Shao-ch'I
劉宗周　Liu Tsung-chou
劉易士，凱倫斯·愛文
Lewis, C(larence) I(rving)
劍橋改變　Cambridge change
劍橋性質　Cambridge property
劍橋柏拉圖主義者　Cambridge Platonists
墮胎　abortion
審判日論證　doomsday argument
審慎　prudence
層　level
層系　hierarchy
廣袤性實體　*res extensa*
廣義內容　wide content
廣義的反思平衡　wide reflective equilibrium
廣義相對論　general relativity
廣義連續體假說　GCH
廣義連續體假說
generalized continuum hypothesis
廣義量詞　generalized quantifier
影子　*eikasia*
德　*te*
德·拉·拉米，皮埃爾　de la Ramée, Pierre
德·波娃，西蒙　de Beauvoir, Simone
德·梅斯特，約瑟夫·邁利
de Maistre, Joseph-Marie
德巴赫，保羅·昂利·迪特里希
d'Holbach, Paul-Henri-Dietrich, Baron
德日進　Teilhard de Chardin, Pierre
德行　*arete*
德行　*virtù*
德行的　aretaic
德行知識論　virtue epistemology
德行倫理學　virtue ethics
德行理論　virtue theory
德希達，雅克　Derrida, Jacques
德沃肯，隆納德·M　Dworkin, Ronald M.
德埃利，皮埃爾　d'Ailly, Pierre
德爾圖良　Tertullian
德謨克利特斯　Democritus
慾望-信仰模式　want-belief model
慾望-信念模式　desire-belief model
摩尼　Mani
摩尼教　Manichaeanism
摩西·本·邁蒙　Moses ben Maimon
摩耶　*māyā*
摩訶婆羅多　Mahabharata
摩爾，托馬斯　More, Sir Thomas
摩爾，亨利　More, Henry
摹擬理論　simulation theory
數　number
數目的同一　numerical identity
數理邏輯　mathematical logic
數論　number theory
數論-瑜伽學派　Sankhya-Yoga
數學分析學　mathematical analysis
數學函數　mathematical function
數學直觀主義　mathematical intuitionism
數學空間　mathematical space
數學建構主義　mathematical constructivism
數學原理　PM
數學哲學　philosophy of mathematics
數學結構主義　mathematical structuralism
數學歸納法　mathematical induction
暴力　violence
暴風雨和熱望、狂飆　*Sturm und Drang*
樣態　mode
樣模　template
標準　norm
標準分析學　standard analysis
標準的解釋　interpretation standard
標準的語意學　semantics standard
標準解釋　standard interpretation
標準語意　standard semantics

標準模型　standard model
模型　model
模型集合　model set
模型說　exemplarism
模型論　model theory
模倣　mimesis
模組性　modularity
模稜兩可　equivocation
模稜兩可的謬誤　fallacy of equivocation
模糊性　vagueness
模態　modality
模態的對立方陣　modal square of opposition
模態實在論　modal realism
模態邏輯　modal logic
歐米茄　omega
歐米茄一致性　omega-consistent
歐米茄完備性　omega-complete
歐米茄值　omega-valued
歐米茄規則　omega rule
歐克秀，米榭爾　Oakeshott, Michael
歐勒圖　Euler diagram
歐陸哲學　Continental philosophy
歐幾里德　Euclid
歐幾里德幾何學　Euclidean geometry
歐鏗，魯道夫　Eucken, Rudolf
《潛夫論》　*Ch'ien-fu Lun*
潛能　*dunamis*
潛能　*dynamis*
潛能　potency
潛意識　unconscious
潘恩，多瑪斯　Paine, Thomas
熱力學第一定律
first law of thermodynamics
熱力學第二定律
second law of thermodynamics
確定事物原則　sure-thing principle
確定性　certainty
確定描述詞算子
definite description operator
確認性程度　degree of confirmation
箭矢悖論　flying arrow paradox
範本理論　prototype theory
範式　normal form
範例論證　paradigm case argument
範圍　scope
範圍上的歧義　scope ambiguity
範疇　category
範疇　*praedicamenta*
範疇不變　category-preserving
範疇文法　categorical grammar
範疇表　table of categories
範疇性　categoricity
範疇性理論　categorical theory
範疇的　categorematic
範疇的演繹法　deduction of the categories
範疇語詞　*categorematica*
範疇論　category theory
範疇錯誤　category mistake
線性序　linear order
蔽　*pi*
複合意義　*complexe significabile*
複合意義　*complexum significabile*
複數量詞邏輯　pleonetetic logic
複數量詞邏輯　pluralitive logic
請求權　claim right
論文期　Tractarian
《論語》　*Analects*
《論語》　*Lun Yu*
論域　universe of discourse
論理倫理學　discourse ethics
論題　topics
論題中立　topic-neutral
論證　argument
論證　reasoning
論證之對應條件句
corresponding conditional
賭徒的謬誤　gambler's fallacy
質　quality
質的同一　qualitative identity
質料　*hyle*
質料　stuff
質料因　material cause
質料安立論述　feature-placing discourse
質料模式　material mode
輪迴　*saṁsāra*
輪迴定理　metempsychosis
適然的存在　contingent being
適當符號　proper symbol
適應　adaptation
鄧斯．斯各多，約翰　Duns Scotus, John
魯一士，約西亞　Royce, Josiah
魯弗斯，理查德　Rufus, Richard
黎曼，G．F．B　Riemann, G. F. B.
墨子　Mo Tzu

墨家　Mohism
墨家流派　Mohist School
墨翟　Mo Ti
熵　entropy
鞏固　entrenchment

十六劃

《導論》　*Isagoge*
儒　*ju*
儒家　Confucianism
冪集合　power set
學園　Academy
學園派懷疑主義　Academic Skepticism
學說的術語的屬性
properties of terms, doctrine of
操作主義　operationalism
操作定義　operational definition
操作性條件反射　operant conditioning
整體論　holism
整體論系統　holistic system
整體類似　homoiousian
橫越性　transversality
橋引　*pons asinorum*
橋律　bridge law
擇中的學說　doctrine of the mean
機巧句　*sophismata*
機能心理學　faculty psychology
機械狀態　machine state
機械論法學　mechanical jurisprudence
機械論的解釋　mechanistic explanation
機率　probability
機率自動機　probabilistic automaton
機率函數　probability function
機率的頻率說
Frequency theory of probability
機率相同的　equiprobable
機會　chance
機緣論　tychism
機器人　robot
機器狀態功能主義
machine state functionalism
機器裡的鬼魂　ghost in the machine
機體哲學　philosophy of organism
機體說　organicism
歷史主義　historicism
歷史決定論　historical determinism
歷史性　historicality
歷史性　historicity
歷史法學　historical jurisprudence
歷史哲學　philosophy of history
歷史唯物主義　historical materialism
歷程哲學　process philosophy
歷程神學　process theology
澳大利亞唯物論　Australian materialism
激情　passion
激情　passions
獨一項　singular term
獨立性　independence
獨立性結果　independence results
獨我論　solipsism
盧卡西維茨，詹　Łukasiewicz, Jan
盧卡奇，喬治　Lukács, Georg
盧克萊修斯　Lucretius
盧梭，讓-雅克　Rousseau, Jean-Jacques
盧祿，雷蒙　Llull, Ramon
盧祿，雷蒙　Lull, Raymond
積極反饋　positive feedback
積極安樂死　active euthanasia
積極的自由　positive freedom
積極的責任　positive duty
積極的道德　positive morality
積極與消極自由
positive and negative freedom
穆爾，喬治．愛德華
Moore, G(eorge) E(dward)
穆爾悖論　Moore's paradox
興起的理由　exciting reason
融貫論　coherentism
諾瓦里斯　Novalis
諾曼，約翰．馮　Neumann, John von
諾斯替主義　gnosticism
諾齊克，羅伯特　Nozick, Robert
謂詞　imposition
謂述性質　predicative property
謂詞層系　predicate hierarchy
謂項　praedicabilia
謂項　predicables
賴因霍爾德，卡爾．萊昂哈德
Reinhold, Karl Leonhard
賴特，強希　Wright, Chauncey
賴馬魯斯，赫爾曼．薩默埃爾
Reimarus, Hermann Samuel
賴爾，吉爾伯特　Ryle, Gilbert
輸出　exportation

選言三段論　disjunctive syllogism
選言引入　disjunction introduction
選言命題　disjunctive proposition
選言消去　disjunction elimination
選言推理　disjunction
選擇　selection
選擇公理　AC
選擇公理　axiom of choice
選擇序列　choice sequence
選擇性否定　alternative denial
遺傳關係　hereditary property
錯誤原因的謬誤　fallacy of false cause
錯誤理論　error theory
錯覺論證　argument from illusion
錢穆　Ch'ien Mu
隨之發生的性質　consequential property
隨伴範疇語詞　syncategoremata
隨機性　randomness
隨機歷程　stochastic process
霍布斯，托馬斯　Hobbes, Thomas
霍克海默，馬克斯　Horkheimer, Max
霍菲爾德，魏斯萊・紐康伯
Hohfeld, Wesley Newcomb
霍菲爾德式的權利　rights, Hohfeldian
靜態的快樂　Katastematic pleasure
頻率論　theory of frequency
鮑士瑪，歐伊特斯・考克
Bouwsma, O(ets) K(olk)
鮑姆嘉通，亞歷山大・高蒂利布
Baumgarten, Alexander Gottlieb
鮑桑葵，伯納德　Bosanquet, Bernard
鴨兔圖　duck-rabbit
默里納，路易斯・德　Molina, Luis de
默晦的知識　tacit knowledge
默許　tacit consent
龍樹　Nāgārjuna

十七劃

優先原因　preemptive cause
彌曼差派　Mīmāmsā
彌爾，約翰・斯圖亞特　Mill, John Stuart
彌爾，詹姆斯　Mill, James
彌爾方法　Mill's methods
應用倫理學　applied ethics
應和　congruence
應得　desert
應然-實問題　ought-is problem

戴安道，雅達・高文
Danto, Arthur Coleman
戴米思德斯　Themistius
戴維森，唐納　Davidson, Donald
戴德金，理查　Dedekind, Richard
戴德金分割　Dedekind cut
戴震　Tai Chen
檢證的邏輯　logical of validation
檢證論　verificationism
濕婆　Siva
爵茨基，弗雷得　Dretske, Fred
獲知狀態下的允許　informed consent
環境倫理學　environmental ethics
環境哲學　environmental philosophy
矯正的正義　corrective justice
禪佛教　Buddhism, *Son*
禪宗　*Kyo-hak* Buddhism
禪宗　Zen
禪宗佛教　Buddhism, Zen
禪定　*jhāna*
總量恆定遊戲　constant sum game
總屬的一致性原則
principle of generic consistency
總體　total
總體證據的原則　rule of total evidence
聯結詞　copula
聯集　union
聯想論　associationism
臆測　conjecture
薄伽梵歌　Bhagavad Gita
薛丁格，厄文　Schrödinger, Erwin
薛丁格方程　Schrödinger equation
薛丁格貓的悖論　Schrödinger cat paradox
薛弗爾德，瑪麗　Shepherd, Mary
薛若德-伯恩斯坦定理
Schröder-Bernstein theorem
薇依，西蒙　Weil, Simone
謝弗之撇　Sheffer stroke
謝林，弗里德里希・威廉・約瑟夫
Schelling, Friedrich Wilhelm Joseph
賽局理論　game theory
賽瑞亞內斯　Syrianus
趨同收斂　convergence
邁特勞得魯斯　Metrodorus
邁農，亞歷修斯　Meinong, Alexius
邁蒙尼德　Maimonides
隱含定義　implicit definition

隱相內容　latent content
隱喻　metaphor
隱意圖性　oblique intention
隱變量　hidden variable
韓金語意論　Henkin semantics
韓非子　Han Fei Tzu
韓培爾，卡爾古斯塔夫
Hempel, Carl G(ustav)
韓培爾-歐本海默模式
Hempel-Oppenheim model
韓愈　Han Yü
點金石　philosopher's stone

十八劃

擴充　*ampliatio*
擴增性推理　ampliative inference
斷言　assertion
斷言式　constative
斷言的　assertoric
斷言記號　assertion sign
歸正宗知識論　reformed epistemology
歸因理論　attribution theory
歸納　*epapogē*
歸納子句　inductive clause
歸納主義　inductivism
歸納定義　inductive definition
歸納法　induction
歸納法之新困惑　new riddle of induction
歸納法問題　problem of induction
歸納說明　inductive explanation
歸納機率　inductive probability
歸納證成　inductive justification
歸責主義　ascriptivism
歸謬證法　*reductio ad absurdum*
禮　*li*[2]
《禮記》　*Li Chi*
簡化規則　rule of simplification
簡單排序　simple ordering
簡單設指　simple supposition
簡單類型論　simple theory of types
簡潔性　simplicity
翻譯的不確定性
indeterminacy of translation
職是之故　*cum hoc ergo propter hoc*
職是之故　*post hoc, ergo propter hoc*
薩卡斯・阿蒙尼烏斯　Ammonius Saccas
薩克森的阿爾伯特　Albert of Saxony
薩里，安　Ghazālī, al-
薩阿迪亞・加翁　Saadiah Gaon
薩滿教　shamanism
薩摩斯的麥里塞斯　Melissus of Samos
藍綠　bleen
謬誤　fallacy
豐特奈爾，伯納德・里・波威爾・德
Fontenelle, Bernard Le Bovier de
轉換文法　transformational grammar
轉換規則　transformation rule
醫師協助自殺　physician-assisted suicide
醫療倫理學　medical ethics
釐清　eduction
離散時間　discrete time
雜多　manifold
雜訊　noise
雙果律　principle of double effect
雙知論題　KK-thesis
雙重否定　double negation
雙重否定定律　law of double negation
雙重否定原則　rule of double negation
雙重面向理論　double aspect theory
雙重面向理論　dual-aspect theory
雙重真理　double truth
雙重論證　amphiboly
雙條件化約句　bilateral reduction sentence
雙條件句　biconditional
額我略一世　Gregory I
顏元　Yen Yuan
顏色實在論　color realism

十九劃

壞信仰　bad faith
壞循環的原則　vicious circle principle
龐卡黑，朱勒・安利　Poincaré, Jules Henri
懲罰　punishment
懷疑方法　method of doubt
懷疑主義　Scepticism
懷疑論　skepticism
懷疑學派　Skeptics
懷德海，阿弗列・諾斯
Whitehead, Alfred North
瓊姆斯基語言之層級
Chomsky hierarchy of languages
瓊姆斯基，諾姆　Chomsky, Noam
穩固　entrenchment
羅文漢-斯科倫定理

Löwenheim-Skolem theorem
羅素，伯特蘭・亞瑟・威廉
Russell, Bertrand (Arthur William)
羅素悖論　Russell's paradox
羅馬的吉爾斯　Giles of Rome
羅逖，理察　Rorty, Richard
羅斯，威廉・大衛　Ross, W(illiam) D(avid)
羅斯米尼-塞爾巴蒂，安東尼奧
Rosmini-Serbati, Antonio
羅森茨維格，弗朗茨　Rosenzweig, Franz
羅德島的安卓尼庫斯　Andronicus of Rhodes
羅摩孥闍　Rāmānuja
藝術的重現理論
representational theory of art
藝術表現理論　expression theory of art
藝術哲學　philosophy of art
藝術習俗議定理論　institutional theory of art
藝術模倣理論　mimetic theory of art
識表　*vijñapti*
證成　justification
證成的論證　*argumentum ad judicium*
證成的融貫理論
coherence theory of justification
證成理由　justifying reason
證言　testimony
證明　demonstration
證明　proof
證明性述詞　provability predicate
證明性推思　demonstrative reasoning
證明性推論　demonstrative inference
證明的三段論證　demonstrative syllogism
證明論　proof theory
證明論的反映原理
proof-theoretic reflection principle
證據　evidence
證據主義　evidentialism
證據理由　evidential reason
譚嗣同　T'an Ssu-t'ung
贊巴雷拉，雅各伯　Zabarella, Jacopo
邊沁，傑瑞米　Bentham, Jeremy
邊界事例　borderline case
邊際效用　marginal utility
邊際效用遞減　declining marginal utility
關於上帝存在的證明
God, arguments for the existence of
關於自我　*de se*
關於事物的　*de re*
關於命題的　*de dicto*
關於某個事物的必然性　*de re* necessity
關係　relation
關係的演算　calculi of relations
關係語意學　relational semantics
關係論　relationalism
關係論　relationism
(關係)場　field (of a relation)
關係邏輯學　relational logic
難題　*aporia*
類　class
類　genus
類及類差定義　*per genus et differentiam*
類比論證　analogical argument
類比論證　argument from analogy
類比斷言　analogical predication
類型　type
類型物理主義　type physicalism
類型副象論　type epiphenomenalism
類型理論　theory of types
類型與類型同一性　type-type identity
類型論　type theory
類差　differentia
類演算　calculus of classes
嚴格主義　rigorism
嚴格同一性　strict identity
嚴格的義務　strict duty
嚴格指示詞　rigid designator
嚴格條件句　strict conditional
嚴格責任　rigorous duty
嚴格部分有序　strict partial order
嚴格蘊涵　strict implication
嚴格蘊涵悖論
paradoxes of strict implication
懸而未決的自由　liberty of indifference

二十劃以上

徵狀　symptom
繼起法則　law of succession
蘇阿雷，弗朗西斯科　Suárez, Francisco
蘇格拉底　Socrates
蘇格拉底式諷刺　Socratic irony
蘇格拉底的方法　Socratic method
蘇格拉底的主智主義
Socratic intellectualism
蘇格拉底詭論　Socratic paradoxes
蘇格蘭人約翰　John the Scot

蘇格蘭常識哲學
Scottish common sense philosophy
蘇菲主義　Sufism
蘊涵　entailment
蘊涵　implication
蘊涵悖論　implication, paradoxes of
覺知　awareness
覺知之質缺如　absent qualia
騰布爾，喬治　Turnbull, George
屬我　*ādhyātman*
屬性　attribute
屬性多元論　attributive pluralism
攝持　prehension
犧牲無辜者以求嚇阻未來犯罪者的懲罰
telishment
蘭伯特，約翰・亨里希
Lambert, Johann Heinrich
蘭貝，尚・里・隆得・達
Alembert, Jean Le Rond d'
蘭姆西，弗蘭克・普蘭普頓
Ramsey, Frank Plumpton
蘭姆西項排除法　Ramsey-eliminability
蘭姆西語句　Ramsey sentence
蘭姆西檢驗　Ramsey test
蘭普薩庫斯的斯特拉頓
Strato of Lampsacus
辯　*pien*
辯士　dialecticians
辯者　*pien che*
辯神論　theodicy
辯證法　dialectic
辯證法的論證　dialectical argument
辯證唯物主義　dialectical materialism
霸　*pa*
孿地球　Twin-Earth
權　*ch'üan*
權力意志　will to power
權利　rights
疊代層級體系　iterative hierarchy
變元的值　value of a variable
變化　change
變化　*kinesis*
變易之書　*Book of Changes*
變量可變遊戲　variable sum game
變數　variable
變數的值　variable, value of
邏各斯　*logoi*
邏各斯中心論　logocentric
邏輯上的確定性　logical certainty
邏輯文法　logical grammar
邏輯主詞　logical subject
邏輯主義　logicism
邏輯必然　logical necessity
邏輯全知　omniscience, logical
邏輯行為主義　logical behaviorism
邏輯完善語言　logically perfect language
邏輯形式　logical form
邏輯形式的原理　logical form, principle of
邏輯形式原則　principle of logical form
邏輯系統　logical system
邏輯和　logical sum
邏輯的先行性　logical priority
邏輯的依賴關係　logical dependence
邏輯的常項　constant, logical
邏輯直接　logical immediacy
邏輯建構　logical construction
邏輯指示詞　logical indicator
邏輯述詞　logical predicate
邏輯述詞　predicate
邏輯重構　logical reconstruction
邏輯原子論　logical atomism
邏輯哲學　philosophy of logic
邏輯悖論　logical paradoxes
邏輯真理的語言理論
linguistic theory of logical truth
邏輯記號　logical notation
邏輯專名　logically proper name
邏輯常項　logical constant
邏輯斯蒂系統　logistic system
邏輯結論　logical consequence
邏輯虛構物　logical fiction
邏輯經驗主義　logical empiricism
邏輯實證主義　logical positivism
邏輯語法　logical syntax
邏輯線圖　logical graph
邏輯機械論　logical mechanism
邏輯機率　logical probability
邏輯獨立性　logical independence
邏輯積　logical product
邏輯蘊涵　logical implication
顯相內容　manifest content
驚人的蘊涵　*consequentia mirabilis*
驚歎號算符　shriek operator
驗證　confirmation

體、用　*t'i, yung*
體行動悖論　aspectual action paradox
體液　humors
體現　embodiment
體驗　*Erlebnis*
體驗主義　experientialism
讓・普安索　Jean Poinsot
靈魂　soul
靈魂遺傳論　traducianism
觀　*vipassanā*
觀念　idea
觀念論　idealism
觀念聯想　association of ideas
觀察　observation
觀察詞　observation term
觀察語句　observation sentence
觀察語言　observation language
驢句子　donkey sentences

英文版編輯顧問群

William P. Alston, *Syracuse University*
D. M. Armstrong, *University of Sydney*
Arthur W. Burks, *University of Michigan*
Hector-Neri Castañeda,
Indiana University (deceased)
Roderick M. Chisholm,
Brown University (deceased)
Patricia Smith Churchland,
University of California, San Diego
Arthur C. Danto, *Columbia University*
Fred Dretske, *Stanford University*
Dagfinn Føllesdal, *University of Oslo*
Daniel Garber, *University of Chicago*
Alan Gewirth, *University of Chicago*
Russell Hardin, *New York University*
William L. Harper,
University of Western Ontario
T. H. Irwin, *Cornell University*
David Kaplan,
University of California, Los Angeles
Norman Kretzmann,
Cornell University (deceased)
J. R. Lucas,
Merton College, University of Oxford
Sally McConnell-Ginet,
Cornell University
Michael S. Moore,
University of Pennsylvania
Alexander Nehamas, *Princeton University*
Martha C. Nussbaum,
University of Chicago
Onora O'Neill, *University of Cambridge*
John Perry, *Stanford University*
Richard Rorty, *Stanford University*
John R. Searle,
University of California, Berkeley
Raimo Tuomela, *University of Helsinki*
Bas van Fraassen, *Princeton University*
Allen W. Wood, *Yale University*

英文版辭條撰寫者

Mitchell Aboulafia (M.Ab.), *University of Houston, Clear Lake*: Mead

Frederick Adams (F.A.), *Central Michigan University*: algorithm, bit, cybernetics, Dretske, information theory, mathematical function, non-monotonic logic

Marilyn McCord Adams (M.M.A.), *Yale University*: Anselm, Ockham, Ockham's razor

Robert M. Adams (R.M.A.), *Yale University*: agape, possible worlds, theodicy, transcendence

Laird Addis (L.A.), *University of Iowa:* holism, Mannheim, methodological holism

James W. Allard (J.W.A.), *Montana State University*: absolute; Alexander; Bosanquet; Bradley; Caird; Ferguson; Glanvil; Green; McCosh; McTaggart; Mansel; Martineau; More, Thomas; Price; Rashdall; Wilson

David Allison (D.Al.), *State University of New York, Stony Brook*: Saussure, structuralism, Teilhard de Chardin

Claudio de Almeida (C.d.A.), *Pontífica Universidade Católica do Rio Grande do Sol*: Moore's paradox

William P. Alston (W.P.A.), *Syracuse University*: theory of appearing

Karl Ameriks (K.A.), *University of Notre Dame*: Kant

C. Anthony Anderson (C.A.A.), *University of California, Santa Barbara*: degree, intensional logic, substitutivity *salva veritate,* variable

David Leech Anderson (D.L.A.), *Illinois State University*: Putnam

Roger Ariew (R.Ar.), *Virginia Polytechnic Institute and State University*: crucial experiment, Duhem, Kuhn

David Armstrong (D.Ar.), *University of Texas, Austin*: Longinus, Lucretius, Marcus Aurelius

E. J. Ashworth (E.J.A.), *University of Waterloo*: Bruno, Campanella, Ficino, Fonseca, Gerson, Paracelsus, Pico della Mirandola

Margaret Atherton (M.At.), *University of Wisconsin, Milwaukee*: Astell; Cavendish; Cudworth, Damaris; Elizabeth of Bohemia; Shepherd; Wollstonecraft

Bruce Aune (B.A.), *University of Massachusetts, Amherst*: fallibilism, problem of other minds

Edward Wilson Averill (E.W.A.), *Texas Tech University*: qualities

Kent Bach (K.B.), *San Francisco State University*: action verb, criterion, metalanguage, speech act theory, type-token distinction

Lynne Rudder Baker (L.R.B.), *University of Massachusetts, Amherst*: functionalism

Thomas R. Baldwin (T.R.B.), *University of York*: Anscombe, Strawson

Jon Barwise (J.Ba.), *Indiana University*: compactness theorem, infinitary logic

George Bealer (G.B.), *University of Colorado*: property

William Bechtel (W.B.), *Washington University*: cognitive science, connectionism

Lawrence C. Becker (L.C.B.), *College of William and Mary*: meritarian, meritocracy, prisoner's dilemma, situation ethics

Mark A. Bedau (M.A.B.), *Reed College*: artificial life

Ernst Behler (E.Beh.), *University of Washington*: Novalis, Schlegel

José A. Benardete (J.A.B.), *Syracuse University*: infinity

Ermanno Bencivenga (E.Ben.), *University of California, Irvine*: existential generalization, existential instantiation, free logic

Jan Berg (J.Be.), *Technische Universität München*: Bolzano

Robert L. Bernasconi (R.L.B.), *University of Memphis*: Gadamer

Bernard Berofsky (B.B.), *Columbia University*: determinism, necessitarianism

Rod Bertolet (R.B.), *Purdue University:* presupposition, private language argument, theory of descriptions, token-reflexive, trope

Charles J. Beyer (C.J.B.), *State University of New York, Buffalo*: Montesquieu

Joseph Bien (J.Bi.), *University of Missouri, Columbia*: French personalism, Lukáca, Ricoeur, Rousseau, Sorel

Joseph Bien (J.Bi.), *University of Missouri, Columbia;* and **Heinz Paetzold (H.P.),** *University of Hamburg*: Praxis school

Peg Birmingham (P.Bi.), *DePaul University*: Irigaray

Ivan Boh (I.Bo.), *Ohio State University: conditio sine qua non,* enthymeme, epicheirema, eristic, imposition, logical notation, notation, obversion, Paul of Venice, Peter of Spain, polysyllogism, *pons asinorum,* Sheffer stroke, Sherwood, square of opposition, syllogism

James Bohman (J.Bo.), *St. Louis University*: Adorno, critical theory, *Erlebnis,* Frankfurt School, Habermas, hermeneutics, Horkheimer, Marcuse, Scheler, social action, *Verstehen,* Weber

Daniel Bonevac (D.Bo.), *University of Texas, Austin*: philosophy of logic

Laurence BonJour (L.B.), *University of Washington*: a priori, Broad, coherence theory of truth

William J. Bouwsma (W.J.B.), *University of California, Berkeley*: Calvin

Raymond D. Bradley (R.D.B.), *Simon Fraser University*: contingent, infinite regress argument, necessity

Myles Brand (M.B.), *Indiana University*: volition, wayward causal chain

Richard B. Brandt (R.B.B.), *University of Michigan*: Bentham, Ross

Michael E. Bratman (M.E.B.), *Stanford University*: intention

Stephen E. Braude (S.E.B.), *University of Maryland, Baltimore*: parapsychology

Daniel Breazeale (D.Br.), *University of Kentucky*: Fichte, Hölderlin, Jacobi, Reinhold, Schelling, Schiller

David O. Brink (D.O.B.), *University of California, San Diego*: emotivism, ethical constructivism, moral realism

Gordon G. Brittan, Jr. (G.G.B.), *Montana State University*: Enlightenment

Dan W. Brock (D.W.B.), *Brown University*: bioethics, utilitarianism

Anthony Brueckner (A.B.), *University of California, Santa Barbara*: lottery paradox, transcendental argument

Jeffrey Bub (J.Bub), *University of Maryland, College Park*: quantum logic

Ann E. Bumpus (A.E.B.), *Dartmouth College:* Thomson

Robert W. Burch (R.W.B.), *Texas A & M University*: antilogism, biconditional, conjunction, contraposition, contraries, contravalid, converse, disjunctive proposition, iff, inconsistent triad, logical product, negation, partition, sorites, truth table, truth-value

John Burgess (J.Bur.), *Princeton University*: forcing, independence results, tense logic

Arthur W. Burks (A.W.B.), *University of Michigan*: Babbage, computer theory, self-reproducing automaton, Turing machine, von Neumann

Panayot Butchvarov (P.Bu.), *University of Iowa*: conceptualism; first philosophy; Hartmann, N.; metaphysical realism; metaphysics; natural philosophy; substance; substantialism

Robert E. Butts (R.E.B.), *University of Western Ontario*: Bacon, Francis; Campbell; Eudoxus of Cnidus; functional dependence; Galileo; hypothetico-deductive method; incommensurability; Jevons; lawlike generalization; Priestley; Spencer; testability; theory-laden; Whewell

David Carr (D.C.), *Emory University:* philosophy of history

Neël Carroll (N.C.), *University of Wisconsin, Madison*: Carlyle, Danto

Edward S. Casey (E.S.C.), *State University of New York, Stony Brook*: Jung

Victor Caston (V.C.), *Brown University:* Alexander of Aphrodisias, *energeia, lekton,* *phantasia*

Victor Caston (V.C.), *Brown University;*and **Stephen A. White (S.A.W.),** *University of Texas, Austin*: Andronicus of Rhodes, Antiochus of Ascalon

Albert Casullo (A.C.), *University of Nebraska, Lincoln*: bundle theory, compresence, identity of indiscernibles

Robert L. Causey (R.L.C.), *University of Texas, Austin*: magnitude, unity of science

Alan K. L. Chan (A.K.L.C.), *National University of Singapore*: *Ch'ien-fu Lun,* Ho Yen, *hsien,* Hsi K'ang, *hsing-ming,* Juan Chi, Ko Hung, Neo-Taoism, *Po-hu tung*

Deen K.Chatterjee (D.K.C.), *University of Utah*: *abhinivesha ahantā, ākāśa, anattāvāda, arādhya, avidya,* dharma, *samādhi,* Vijñānavāda

Roderick M. Chisholm (R.M.C.), *Brown University*: Ducasse

Brian P. Copenhaver (B.P.C.), *University of California, Riverside*: hermetism

John Corcoran (J.Cor.), *State University of New York, Buffalo*: axiomatic method; borderline case; categoricity; Church; conditional; convention T; converse, outer and inner; corresponding conditional; degenerate case; De Morgan; domain; ellipsis; laws of thought; limiting case; logical form; logical subject; material adequacy; mathematical analysis; omega; proof by recursion; recursive function; scheme; scope; Tarski; tautology; universe of discourse

John Cottingham (J.Cot.), *University of Reading*: *Cogito ergo sum,* Descartes

Roger Crisp (R.C.), *St. Anne's College, University of Oxford*: *agathon,* Anniceris, *aporia,* Arcesilaus of Pitane, *epagogé,* Eros, form, *logos, poiēsis*, rigorism

Frederick J. Crosson (F.J.C.), *University of Notre Dame*: Newman, noetic, preexistence

Antonio S. Cua (A.S.C.), *The Catholic University of America*: *chih*[1]; *chih-hsing ho-i*; *ch'üan*; *chün-tzu*; Hsün Tzu; *jung, ju*; *kung, szu*; *liang-chih*; *Li Chi*; *li-ch'i*; Lu Hsiang-shan; *pi*; *pien*; *sheng*; *t'ien-jen `ho-i*; Wang Yang-ming

Phillip D. Cummins (P.D.C.), *University of Iowa*: Bayle

Martin Curd (M.C.), *Purdue University*: Boltzmann, energeticism, Maxwell, Schrödinger

Stephen L. Darwall (S.L.D.), *University of Michigan*: Butler, Frankena

Wayne A. Davis (W.A.D.), *Georgetown University*: analytic-synthetic distinction; counterfactuals; inferential knowledge; Lewis, D. K.

Timothy Joseph Day (T.J.D.), *University of Alabama, Birmingham*: logical indicator, operator theory of adverbs

John Deigh (J.D.), *Northwestern University*: ethics, motivational internalism

C. F. Delaney (C.F.D.), *University of Notre Dame*: Critical Realism, Dewey, hypostasis, instrumentalism, New Realism, personalism, wisdom

Daniel C. Dennett (D.C.D.), *Tufts University*: homunculus, intentionality, Mentalese, mentalism, topic-neutral

Michael R. DePaul (M.R.D.), *University of Notre Dame*: coherentism, reflective equilibrium

Michael Detlefsen (M.D.), *University of Notre Dame*: Brouwer, Gödel's incompleteness theorems, Hilbert, Hilbert's Program, metamathematics

Daniel Trent Devereux (D.T.D.), *University of Virginia*: eudaimonism, Socratic intellectualism

Philip E. Devine (P.E.D.), *Providence College*: euthanasia, principle of double effect

John M. Dillon (J.M.D.), *Trinity College, Dublin*: Alexandrian School, Ammonius Saccas, commentaries on Aristotle, commentaries on Plato, Damascius, Johannes Philoponus, Middle Platonism, Neoplatonism, Numenius of Apamea, Plotinus

Martin C. Dillon (M.C.D.), *Binghamton University*: Derrida, *différance*

Robert DiSalle (R.D.), *University of Western Ontario*: Helmholtz, relativity, space, space-time

Alan Donagan (A.D.), *California Institute of Technology*: Collingwood

Fred Dretske (F.D.), *Stanford University*: perception, sensibilia

Wilhelm Dupré (W.D.), *The Catholic Univer-*

sity of the Netherlands: Jaspers

Gerald Dworkin (G.D.), *University of California, Davis*: paternalism, positive and negative freedom

John Earman (J.Ea.), and **Richard M. Gale (R.M.Ga.)**, *University of Pittsburgh*: time

Ellery Eells (E.Ee.), *University of Wisconsin, Madison*: equiprobable, principle of indifference, probility, regression analysis

Catherine Z. Elgin (C.Z.E.), *Harvard University*: Goodman

Berent Enç (B.E.), *University of Wisconsin, Madison*: motivational explanation, paradigm, paradigm case argument, plurality of causes

Ronald P. Endicott (R.P.E.), *Arkansas State University*: Churchland, Patricia; Churchland, Paul

Edward Erwin (E.Er.), *University of Miami*: philosophy of psychology

John Etchemendy (J.Et.), *Stanford University*: logical consequence, paradox, satisfaction, semantic paradoxes, set-theoretic paradoxes

C. Stephen Evans (C.S.E.), *Calvin College*: *Angst*, Kierkegaard

Susan L. Feagin (S.L.F.), *University of Missouri, Kansas City*: aesthetic attitude, aesthetic property, aesthetics, beauty, expression theory of art, institutional theory of art, sublime

Solomon Feferman (S.Fe.), *Stanford University*: ordinal logic, reflection principles

Richard Feldman (R.Fe.),*University of Rochester*: epistemic privacy, evidence, knowledge by acquaintance, knowledge *de re*

Arthur Fine (A.F.), *Northwestern University*: Einstein, quantum mechanics

Maurice A. Finocchiaro (M.A.F.), *University of Nevada, Las Vegas*: Gramsci, Mosca

Richard E. Flathman (R.E.F.), *Johns Hopkins University*: Arendt, Oakeshott, political theory

Gvozden Flego (G.Fl.), *University of Zagreb*: Blondel, Fourier, Proudhon

Richard Foley (R.Fo.), *Rutgers University*: analysis, pragmatic contradiction, subjectivism, voluntarism

Graeme Forbes (G.Fo.), *Tulane University*: modal logic, operator, order, ordering, reality

Malcolm R. Forster (M.R.F.), *University of Wisconsin, Madison*: curve-fitting problem

Daniel Fouke (D.F.), *University of Dayton*: Pascal

Patrick Francken (P.F.), *Illinois State University*: time slice

Samuel Freeman (S.Fr.), *University of Pennsylvania*: Rawls

Elizabeth Fricker (E.F.), *Magdalen College, University of Oxford*: testimony

Miranda Fricker (M.F.), *Heythrop College, University of London*: feminist epistemology

Michael Friedman (M.F.), *Indiana University*: Hempel

Richard A. Fumerton (R.A.F.), *University of Iowa*: Ayer, logical positivism, phenomenalism, protocol statement

Alan Gabbey (A.G.), *Barnard College*: Boyle; Cambridge Platonists; More, Henry

Pieranna Garavaso (P.Gar.), *University of Minnesota, Morris*: Beccaria, Cajetan, Gentile, Gioberti, Joachim of Floris, Labriola, Marsillius of Padua, Medina, Pomponazzi, Rosmini-Serbati, Telesio, Valla, Vanini, Zabarella

Daniel Garber (D.Garb.), *University of Chicago*: Cordemoy, Geulincx, Goclenius, La Forge, mode, rationalism

Jorge L. A. Garcia (J.L.A.G.), *Rutgers University*: cardinal virtues, racism, virture ethics

Don Garrett (D. Garr.), *University of North Carolina, Chapel Hill*: Spinoza

Philip Gasper (P.Gas.), *College of Notre Dame*: anti-realism, social constructivism

Berys Gaut (B.Ga.), *University of Saint Andrews*: consequentialism, depiction, fiction, intentional fallacy

Bernard Gert (B.Ge.), *Dartmouth College;* applied ethics, Hobbes, morality, rationality, supererogation

Roger F. Gibson (R.F.G.), *Washington University*: corners, indeterminacy of translation, oblique context, ontological commitment, quantifying in, Quine

Carl Ginet (C.G.), *Cornell University*: memory, paradox of analysis

Alan H. Goldman (A.H.G.), *University of Mi-*

ami: privileged access

Alvin I. Goldman (A.I.G.), *University of Arizona*: naturalistic epistemology, reliabilism, socila epistemology

Alfonso Gömez-Lobo (A.G.-L.), *Georgetown University*: *hexis,* peripatetic School

Lenn E. Goodman (L.E.G.), *Vanderbilt University*: al-Rāzī, Averroes, Avicenna, Ibn Daud, Maimonides, Miskawayh, Saadiah

Robert M. Gordon (R.M.G.), *University of Missouri, St. Louis*: emotion, empathy, James-Lange theory, simulation theory

Jorge J. E. Gracia (J.J.E.G.), *State University of New York, Buffalo*: Bañez, Gracián y Morales, individuation, John of Saint Thomas, Latin American philosophy, Mariana, Molina, Ortega y Gassett, *principium individuationis,* Soto, Suárez, Toletus, Unamuno, Vázquez, Vitoria

Daniel W. Graham (D.W.G.), *Brigham Young University*: Anaxagoras, Anaximander, Anaximenes of Miletus, ancient atomism, *apeiron,* Democritus, Empedocles, Heraclitus, Leucippus, Milesians, pre-Socratics, Thales

George A. Graham (G.A.G.), *University of Alabama, Birmingham*: associationism, attribution theory, behavior therapy, cognitive dissonance, conditioning, intervening variable, poverty of the stimulus, redintegration, sensorium, synaesthesia

Richard E. Grandy (R.E.G.), *Rice University*: Grice, Löwenheim-Skolem theorem, psycholinguistics

I. Grattan-Guinness (I.G.-G.), *Middlesex Polytechnic University*: calculus, Euclidean geometry, non-Euclidean geometry, Peano postulates

John Greco (J.G.), *Fordham University*: inference to the best explanation

Philip T. Grier (P.T.G.), *Dickinson College*: Il'in, Kropotkin, Shpet

Nicholas Griffin (N.G.), *McMastr University*: emotive conjugation, mnemic causation

Nicholas Griffin (N.G.), *McMaster University;* and **David B. Martens (D.B.M.),** *Mount Royal College*: Russell

David A. Griffiths (D.A.G.), *University of Victoria*: Leroux

Paul J. Griffiths (P.J.G.), *University of Chicago*: *abhidharma, ālaya-vijñāna, bhavaṅga, citta-mātra, dravyasat, jhāna, nirodha-samāpatti, samanantara-pratyaya, samatha, śūnyatā, vāsanā, vijñapti, vipassanā*

Charles L. Griswold, Jr. (C.L.G.), *Boston University*: Smith

Charles B. Guignon (C.B.G.), *University of Vermont*: Heidegger

Pete A. Y. Gunter (P.A.Y.G.), *University of North Texas*: Bergson

Dimitri Gutas (D.Gu.),*Yale University*: Arabic philosophy, Ibn Khaldūn, *Sufism*

Gary Gutting (G.G.), *University of Notre Dame*: Bachelard; Canguilhem; Foucault; Lacan; MacIntyre; Rorty; Taylor, Charles; Voltaire

Paul Guyer (P.Gu.), *University of Pennsylvania*: Baumgarten, Cavell, Wolff

Kyame Gyekye (K.G.), *University of Ghana*: African philosophy

Oscar A. Haac (O.A.H.), *New York City*: Condillac, Constant, Cousin

Michael Hallett (M.H.), *McGill University*: Cantor, Dedekind, Skolem

Edward C. Halper (E.C.H.), *University of Georgia*: *aitia, autarkia, dianoia,* elenchus, *noûs,* one-many problem, one over many, *ousia, telos*

Jean Hampton (J. Ham.), *University of Arizona*: contractarianism, social contract

R. James Hankinson (R.J.H.), *University of Texas, Austin*: Galen, Hippocrates

K. R. Hanley (K.R.H.), *Le Moyne College*: Marcel

Russell Hardin (R.Har.), *New York University*: game theory, Pareto efficiency, voting paradox

Robert M. Harnish (R.M.H.), *University of Arizona*: Searle

William Harper (W.Har.),*University of Western Ontario*: natural kind

David Harrah (D.H.), *University of California, Riverside*: axiom of consistency, cuteliminaiton theorem, erotetic, fuzzy set, tonk

William Hasker (W.Has.), *Huntington College*: evidentialism, justification by faith, middle knowledge, self-referential incoherence

John Haugeland (J.Hau.), *University of Pittsburgh*: artificial intelligence

Roger Hausheer (R.Hau.), *University of Bradford*: Berlin

William Heald (W.He.), *University of Iowa*: Bergmann

Peter Heath (P.He.), *University of Virginia*: Austin, J. L.; Carroll

John Heil (J.F.H.), *Davidson College*: analytic philosophy, awareness, blindsight, Dennett, direct realism, doxastic, Kim, Molyneux question, ordinary language philosophy, power, preanalytic, pro attitude, prototype theory, pseudohallucination, reasons for belief, subdoxastic, Twin-Earth

Francis Heylighen (F.H.), *Free University of Brussels;* and **Cliff Joslyn (C.J.),** *State University of New York, Binghamton*: systems theory

Kathleen Marie Higgins (K.M.H.), *University of Texas, Austin*: Schopenhauer

Risto Hilpinen (R.Hi.), *University of Miami and University of Turku*: epistemic logic, epistemic principle, KK-thesis, Peirce, tychism

Harold T. Hodes (H.T.H.), *Cornell University*: degree of unsolvability hierarchy, lambda-calculus, logicism

Joshua Hoffman (J.Ho.), and **Gary Rosenkrantz (G.Ro.),** *University of North Carolina, Greensboro*: Boscovich, life, mereology, organism, perdurance

Alan Holland (A.Ho.), *University of Lancaster*: environmental philosophy

Robert L. Holmes (R.L.H.), *University of Rochester*: Gandhi, just war theory, nonviolence, pacifism, violence

Brad W. Hooker (B.W.H.), *University of Reading*: ascriptivism, Brandt, casuistry, descriptivism, Hare, justice, prescriptivism, sanction

Terence E. Horgan (T.E.H.), *University of Memphis*: folk psychology, supervenience

Tamara Horowitz (T.H.), *University of Pittsburgh*: entropy, stochastic process

Paul Horwich (P.Hor.), *Massachusetts Institute of Technology*: truth

Paul Hoβfeld (P.Hoβ.), *Albertus Magnus Institut*: Albertus Magnus

Anne Hudson (A.Hu.), *Lady Margaret Hall, University of Oxford*: Wyclif

Deal W. Hudson (D.W.H.), *Fordham University*: Gilson, Maritain, Mercier, NeoThomism

Garl A. Huffman (C.A.H.), *DePauw University*: Archytas, Philolaus, Pythagoras

David L. Hull (D.L.H.), *Northwestern University*: Darwinism, mechanistic explanation, Mendel, philosophy of biology, teleology

Patricia Huntington (P.Hu.),*Loyola University of Chicago*: Kristeva

Rosalind Hursthouse (R.Hu.), *Open University*: Foot

Ronald E. Hustwit (R.E.H.), *College of Wooster*: Bouwsma

Sarah Hutton (S.H.), *London*: Cockburn, Conway

Harry A. Ide (H.A.I.),*University of Nebraska, Lincoln*: Cynics, Cyrenaics, Sophists, thema

Philip J. Ivanhoe (P.J.I.), *University of Michigan*: Chang Hsüeh-ch'eng; Chang Tsai; Ch'eng Hao, Ch'eng Yi; *ch'i*; *ching*; Chou Tun-yi; *hsin*[2]; *hsü;* Huang-Lao; *I-Ching*; Kuo Hsiang; *li*[1]; Shao Yung; *shen*; Tai Chen; Taoism; *tzu jan*; Wang Fu-chih; Wang Pi; Yen Yuan

Alfred L. Ivry (A.L.I.), *New York University*: al-Fārābī, al-Ghāzali, cabala, Ibn Gabirol, Jewish philosophy

Dale Jacquette (D.J.), *Pennsylvania State University*: abstract entity, act-object psychology, Brentano, extensionalism, haecceity, impredicative definition, Meinong, subject-object dichotomy, use-mention distinction

Richard Jeffrey (R.J.), *Princeton University*: Bayes's theorem, computability, decision theory, Ramsey

David Alan Johnson (D.A.J.), *Yeshiva University*: Bayesian rationality, doomsday agrument, envelope paradox, grue paradox, qualitative predicate

Edward Johnson (E.J.), *University of New Orleans*: moral status, personhood

Mark D. Jordan (M.D.J.), *University of Notre Dame*: Ambrose, Augustine, Bernard of Chartres, Eckhart, Lull, patristic authors, Teresa of Ávila, William of Moerbeke

Hwa Yol Jung (H.Y.J.), *Moravian College*: Bakhtin, transversality

Robert Hillary Kane (R.H.K.), *University of*

Texas, Austin: Arminius, Bloch, book of life, Lequier, *liberum arbitrium,* principle of insufficient reason, principle of plenitude, Renouvier, Socinianism

Tomis Kapitan (T.K.), *Northern Illinois University*: free will problem, guise theory, practition, quasi-indicator, self-determination

Jacquelyn Ann K. Kegley (J.A.K.K.), *California State University, Bakersfield*: Royce

James A. Keller (J.A.K.), *Wofford College*: process theology, thought experiment, unity in diversity

Ralph Kennedy (R.Ke.), *Wake Forest University*: Dutch book, Dutch book argument, Dutch book theorem, enantiamorphs, gambler's fallacy, homomorphism, problem of the speckled hen, self-presenting

Jaegwon Kim (J.K.), *Brown University*: causal law, causation, explanation

Yersu Kim (Y.K.), *Seoul National University*: Korean philosophy

Patricia Kitcher (P.K.), *Columbia University*: Beattie

Peter D. Klein (P.D.K.), *Rutgers University*: certainty, closure

E. D. Klemke (E.D.K.), *Iowa State University*: Moore

Virginia Klenk (V.K.), *Moorhead State University*: axiom of comprehension, comprehension, connected, copula, counterinstance, lexical ordering, normal form, order type omega, sentential connective

George L. Kline (G.L.K.),*Bryn Mawr College*: Bakunin, Berdyaev, Herzen, Russian nihilism, Russian philosophy, Solovyov

Simo Knuuttila (S.K.), *University of Helsinki*: future contingents

Joseph J. Kockelmans (J.J.K.), *Pennsylvania State University*: Continental philosophy, phenomenology

Konstantin Kolenda (K.K.), *Rice University*: humanism

Isaac Kramnick (I.K.), *Cornell University*: Burke

Richard Kraut (R.Kr.), *Northwestern University*: Plato, Socrates

Manfred Kuehn (M.K.), *Purdue University*: acosmism, Haeckel, Hamann, Hamilton, Herbart, Lambert, Maimon, Reimarus, Schulze, Tetens, Vaihinger

Steven T. Kuhn (S.T.K.), *Georgetown University*: decidability, deduction theorem, formalism, formalize, formal language, ideal language, is, Kripke semantics, sortal predicate, truth-value semantics

Henry E. Kyburg, Jr. (H.E.K.), *University of Rochester*: Carnap

John Lachs (J.La.), *Vanderbilt University*: Santayana

Stephen E. Lahey (S.E.L.), *Le Moyne College*: *insolubilia, obligationes, sophismata,* topics

Thomas H. Leahey (T.H.L.), *Virginia Commonwealth University*: Bain, camera obscura, faculty psychology, Fechner, Hartley, hologram, ideo-motor action, Köhler, Lewin, McDougall, Stout, Ward, Wundt

Joo Heung Lee (J.H.L.), *Wright College*: Bataille

Keith Lehrer (K.L.), *University of Arizona*: Reid

Dorothy Leland (D.Le.), *Purdue University*: embodiment

Noah M. Lemos (N.M.L.), *De Pauw University*: false pleasure, Perry, value, value theory

Ernest LePore (E.L.), *Rutgers University*: Davidson, *de dicto,* holism, principle of verifiability, semantic holism, verificationism

Isaac Levi (I.L.), *Columbia University*: Bernoulli's theorem; Nagel, Ernest; reduction sentence; statistical explanation

Andrew Levine (A.L.), *University of Wisconsin, Madison*: Althusser

Alan E. Lewis (A.E.L.), *Austin Presbyterian Theological Seminary*: Arianism, Athanasius, Clement of Alexandria, henotheism, *homoousious,* Montanism, Pelagianism, Tertullian

Daniel E. Little (D.E.L.), *Bucknell University*: ethnography, ethnology, ethnomethodology, philosophy of the social sciences

Shu-hsien Liu (S.-h.L.), *Chinese University of Hong Kong*: Ch'en Hsien-chang; *ch'eng;* Chia Yi; *ch'ien, k'un*; Ch'ien Mu; Chinese philosophy; Chu Hsi; Fang; Fung Yu-lan; Han Yü; *hsing-erh-shang*; Hsiung Shih-li; Hsü Fu-kuan;

Huang Tsung-hsi; Hu Hung; Hu Shih; K'ang Yu-wei; Liang Ch'i-ch'ao; Liang Souming; Li Ao; *li-i-fen-shu*; Liu Shao-ch'i; Liu Tsung-chou; Mao Tse-tung; Mou Tsung-san; Neo-Confucianism; *shan, o*; Sun Yat-sen; *t'ai-chi*; T'ang Chün-i; T'an Ssu-tung; *tao-hsin, jen-hsin*; *tao-t'ung; t'i, yung*; *t'ien li, jen-yü*; Tung Chung-shu; Wang Ch'ung; Yang Hsiung; *yu, wu*

Shu-hsien Liu (S.-h.L.), *Chinese University of Hong Kong,* and **Alan K. L. Chan (A.K.L. C.),** *National University of Singapore*: Chiao Hung

Brian Loar (B.L.), *Rutgers University*: meaning

Lawrence B. Lombard (L.B.L.), *Wayne State University*: event

John Longeway (J.Lo.), *University of Wisconsin, Parkside*: Adelard of Bath, Albert of Saxony, Boehme, Erigena, Fludd, Gregory I, John of Damascus, Marsilius of Inghen, Nemesius of Emesa, Nicholas of Cusa, *Nihil ex nihilo fit, sensus communis,* terminist logic, William of Alnwick, William of Auvergne

Michael J. Loux (M.J.L.), *University of Notre Dame*: essentialism

E. J. Lowe (E.J.L.), *University of Durham*: Armstrong, Dummett

Steven Luper (S.L.), *Trinity University,* San Antonio: Nozick

Eugene C. Luschei (E.C.L.), *Brown University*: Kotarbiński, Leśniewski, Polish logic

William G. Lycan (W.G.L.), *University of North Carolina, Chapel Hill*: philosophy of language

David Lyons (D.Ly.), *Boston University*: Hart

William L. McBride (W.L.M.), *Purdue University*: existentialism, Marx, Marxism

Storrs McCall (S.Mc.), *McGill University*: Łukasiewicz

Hugh J. McCann (H.J.M.), *Texas A & M University*: action theory, practical reason, practical reasoning, reasons for action

Robert N. McCauley (R.N.Mc.), *Emory University*: evolutionary psychology

John J. McDermott (J.J.M.), *Texas A & M University*: Emerson, James, specious present

Scott MacDonald (S.Ma.), *Cornell University*: Boethius, Peter Lombard, transcendentals

Ralph McInerny (R.M.), *University of Notre Dame*: neo-Scholasticism, *philosophia perennis,* potency, synderesis

Thomas McKay (T.M.), *Syracuse University*: connotation, denotation, indirect discourse, propositional opacity, referentially transparent

Louis H. Mackey (L.H.M.), *University of Texas, Austin*: literary theory, philosophy of literature

Penelope Mackie (P.Mac.), *University of Birmingham*: compossible, counterpart theory, organic, organicism, process-product ambiguity

Michael McKinsey (M.M.), *Wayne State University*: anaphora, implicature, indexical

Brian P. McLaughlin (B.P.M.), *Rutgers University*: philosophy of mind

Ernan McMullin (E.M.), *University of Notre Dame*: Kepler, Mach, Poincaré

Edward H. Madden (E.H.M.), *University of Kentucky*: Thoreau, transcendentalism, Wright

Penelope Maddy (P.Mad.), *University of California, Irvine*: class, complementary class, continuum problem, maximal consistent set, Schröder-Bernstein theorem, set theory, transfinite number

G. B. Madison (G.B.M.), *McMaster University*: Merleau-Ponty

Bernd Magnus (B.M.), *University of California, Riverside*: postmodern

Rudolf A. Makkreel (R.A.M.), *Emory University*: Dilthey, *Einfühlung*

William E. Mann (W.E.M.), *University of Vermont*: accidentalism, Bernard of Clairvaux, *concursus dei, dictum de omni et nullo,* emanationism, eternal return, *infima species,* mystical experience, mysticism, *Nihil est in intellectu quod non prius fuerit in sensu,* paradoxes of omnipotence, Porphyry, soul, survival, tree of Porphyry

Peter Markie (P.Mar.), *University of Missouri, Columbia*: egocentric particular, egocentric predicament

Jean-Pierre Marquis (J.-P.M.), *University of Montreal*: category theory

A. Marras (A.M.), *University of Western On-*

tario: behaviorism

Mike W. Martin (M.W.M.), *Chapman College*: bad faith, false consciousness, institution, professional ethics, self-deception, vital lie

A. P. Martinich (A.P.M.), *University of Texas, Austin*: distribution, *ens a se, ens rationis, ens realissimum, fundamentum divisionis, notum per se, obiectum quo,* pantheism, *Pantheismusstreit,* reism, *rerum natura, terminus a quo, theologia naturalis,* theosophy

Jack W. Meiland (J.W.M.), *University of Michigan*: category, category mistake, Ryle

Alfred R. Mele (A.R.M.), *Davidson College*: accidie, *akrasia,* control, extrinsic desire, motivation, rationalization, Socratic paradoxes, theoretical reason, toxin puzzle

Joseph R. Mendola (J.R.M.), *University of Nebraska, Lincoln*: informed consent, moral psychology, rational psychology

Christopher Menzel (C.M.), *Texas A & M University*: alethic modalities, type theory

Michael J. Meyer (M.J.M.), *Santa Clara University*: character, dignity, Percival

David W. Miller (D.W.M.), *University of Warwick*: demarcation, Poper

Robert N. Minor (R.N.Mi.), *University of Kansas*: *ādhyātman, ahaṁkāra, ahiṁsā, akśara,* avatar, *bhakti, saṁsāra, sat/chit/ānanda,* Vishnu

Phillip Mitsis (P.Mi.), *Cornell University*: Cicero

James A. Montmarquet (J.A.M.), *Tennessee State University*: hedonism, perfectionism, *summum bonum,* virtue epistemology

Michael S. Moore (M.S.M.), *University of Pennsylvania*: basic norm, cheapestcost avoider, critical legal studies, *mens rea,* M'Naghten rule, punishment, telishment

Donald R. Morrison (D.R.M.), *Rice University*: Xenophon

Stephen J. Morse (S.J.M.), *University of Pennsylvania*: diminished capacity

Paul K. Moser (P.K.M.), *Loyola University of Chicago*: belief, epistemic regress argument, epistemology, foundationalism, irrationality, metaphilosophy, pretheoretical

Alexander P. D. Mourelatos (A.P.D.M.), *University of Texas, Austin*: Abderites, Eleatic School, homoeomerous, hylozoism, Ionian philosophy, Melissus of Samos, Orphism, Parmenides, Xenophanes

Ian Mueller (I.M.), *University of Chicago*: Celsus, doxographers, Hypatia, Simplicius

James Bernard Murphy (J.B.M.), *Dartmouth College*: common good, semiosis, subsidiarity

Steven Nadler (S.N.), *University of Wisconsin, Madison*: Arnauld, Malebranche, occasionalism, *Port-Royal Logic*

Jan Narveson (J.Na.), *University of Waterloo*: social philosophy

Alan Nelson (A.N.), *University of California, Irvine*: Arrow's paradox; ideal market; Keynes; Mill, James; perfect competition; production theory; social choice theory

Jerome Neu (J.Ne.), *University of California, Santa Cruz*: Freud

Kai Nielsen (K.N.), *University of Calgary*: Engels, historicism

Ilkka Niiniluoto (I.N.), *University of Helsinki*: coverng law model, truthlikeness, von Wright

Carlos G. Noreña (C.G.Nore.), *University of California, Santa Cruz*: Vives

Calvin G. Normore (C.G.Norm.), *University of Toronto*: Kilwardby, Scholasticism, Siger of Brabant

David Fate Norton (D.F.N.), *McGill University*: Hume

Donald Nute (D.N.), *University of Georgia*: default logic, defeasibility, intension

David S. Oderberg (D.S.O.), *University of Reading*: Geach

Steve Odin (S.O.), *University of Hawaii*: Japanese philosophy

Willard G. Oxtoby (W.G.O.), *University of Toronto*:Zoroastrianism

Heinz Paetzold (H.P.), *University of Hamburg*: Bodin, Erasmus, Helvétius

George S. Pappas (G.S.P.), *Ohio State University*: basing relation, Berkeley, idea, immaterialism

Anthony J. Parel (A.J.P.), *University of Calgary*: Machiavelli

R. P. Peerenboom (R.P.P.), and **Roger T. Ames (R.T.A.),** *University of Hawaii*: Chinese Legalism; Hsü Hsing; *Huai Nan Tzu;* Hui Shih;

Kuan Tzu; Lieh Tzu; *Lüshih ch'un-ch'iu;* Moh-ism; School of Names; Shang Yang; Shen Pu-Hai; Shen Tao; *shih[1]; shih[2]; shu[1];* Sung Hsing; Tsou Yen; *wu-hsing;* Yang Chu; yin, yang

Francis Jeffry Pelletier (F.J.P.), and **István Berkeley (I.Be.),** *University of Alberta*: vagueness

Adriaan T. Peperzak (A.T.P.), *Loyola University of Chicago*: Levinas

Philip Pettit (P.P.), *Australian National University*: Smart

Edmund L. Pincoffs (E.L.P.), *University of Texas, Austin*: Austin, John

Robert B. Pippin (R.B.P.), *University of Chicago*: Hegel

Alvin Plantinga (A.P.), *University of Notre Dame*: Alston

Louis P. Pojman (L.P.P.), *United States Military Academy, West Point*: agnoiology, agnosticism, apocatastasis, atheism, Basilides, Buchmanism, gnosticism, Gregory of Nyssa, meliorism, Origen, relativism, Valentinus, Westermarck

Richard H. Popkin (R.H.P.), *University of California, Los Angeles*: Charron, HaLevi, Mendelssohn, Montaigne, Sanches, Sextus Empiricus, Skeptics

John F. Post (J.F.P.), *Vanderbilt University*: naturalism

Carl J. Posy (C.J.P.), *Duke University*: choice sequence, mathematical intuitionism, philosophy of mathematics

William J. Prior (W.J.P.), *Santa Clara University*: *ananke,* divided line, *physis,* ring of Gyges, ship of Theseus, Socratic irony, *techne*

Richard Purtill (R.P.), *Western Washington University*: *a fortiori* argument, argument, *consequentia mirabilis,* equipollence, equivalence, Euler diagram, principle of bivalence, principle of contradiction, principle of excluded middle, Venn diagram

Philip L. Quinn (P.L.Q.), *University of Notre Dame*: divine command ethics, double truth, philosophy of religion, Swinburne, transubstantiation, Trinitarianism

Elizabeth S. Radcliffe (E.S.R.), *Santa Clara University*: *Gay,* Hutcheson, moral sense theory, sentimentalism, Shaftesbury, Wollaston

Diana Raffman (D.R.), *Ohio State University;* and **Walter Sinnott-Armstrong (W.S.-A.),** *Dartmouth College*: Marcus

Gerard Raulet (G.Ra.), *Groupe de Recherche sur la Culture de Weimar, Paris*: Kleist, Lessing

Stephen L. Read (S.L.R.), *University of St. Andrews*: exponible, many-valued logic, pluralitive logic, relevance logic

Nicholas Rescher (N.R.), *University of Pittsburgh*: idealism

Henry S. Richardson (H.S.R.), *Georgetown University*: Nussbaum

Robert C. Richardson (R.C.R.), *University of Cincinnati*: black box, figure-ground,heuristics, modularity, split brain effects, Zeigarnik effect

Thomas Ricketts (T.R.), *University of Pennsylvania*: Frege

Mark Roberts (M.Ro.), *State University of New York, Stony Brook*: Barthes, signifier

Alexander Rosenberg (A.R.), *University of Georgia*: Coase theorem, philosophy of economics

William L. Rowe (W.L.R.), *Purdue University*: agent causation, antinomianism, *causa sui,* Clarke, immanence, prime mover, privation, theological naturalism

T. M. Rudavsky (T.M.R.), *Ohio State University*: Abrabanel, Isaac; Abrabanel, Judah; Crescas

Michael Ruse (M.Ru.), *University of Guelph*: creationism, evolutionary epistemology, social biology

Bruce Russell (B.R.), *Wayne State University*: definist, duty, egoism, good-making characteristic, intuition, self-evidence

Lilly-Marlene Russow (L.-M.R.), *Purdue University*: imagination

R. M. Sainsbury (R.M.S.), *King's College, University of London*: sorites paradox, unexpected examination paradox, Zeno's paradoxes

Nathan Salmon (N.S.), *University of California, Santa Barbara*: Kripke

Wesley C. Salmon (W.C.S.), *University of Pittsburgh*: confirmation, problem of induction, Reichenbach, theoretical term

David H. Sanford (D.H.S.), *Duke University*: circular reasoning, determinable, implication, indiscernibility of identicalse, inference, Johnson

Marco Santambrogio (M.Sa.), *University of Cagliari*: Eco

David Sapire (D.S.), *University of The Witwatersrand*: disposition, propensity, state

Ruth A. Saunders (R.A.Sa.), *Wayne State University*: Piaget

Geoffrey Sayre-McCord (G.S.-M.), *University of North Carolina, Chapel Hill*: factvalue distinction

Charles Sayward (C.S.), *University of Nebraska, Lincoln*: conventionalism, deduction, diagonal procedure, formal semantics, open formula, propositional function, quantification

James P. Scanlan (J.P.Sc.), *Ohio State University*: Lenin, Plekhanov

Richard Schacht (R.Sc.), *University of Illinois, Urbana-Champaign*: Nietzsche, philosophical anthropology

Frederick F. Schmitt (F.F.S.), *University of Illinois, Urbana-Champaign*: Goldman

Jerome B. Schneewind (J.B.S.), *Johns Hopkins University*: *classical* republicanism, Crusius, Cumberland, du Vair, Filmer, Godwin, Grotius, human nature, Natural law, Prichard, Pufendorf, Scottish common sense philosophy, Sidgwick, Stephen

Calvin O. Schrag (C.O.S.), *Purdue University*: pluralism, praxis, speculative philosophy

Alan D. Schrift (A.D.S.), *Grinnell College*: Lyotard

George F. Schumm (G.F.S.), *Ohio State University*: Boolean algebra, completeness, conditional proof, conjunction elimination, conjunction introduction, De Morgan's laws dilemma, disjunction elimination, disjunction introduction, distributive laws, double negation, existential import, exportation, formal logic, Hintikka set, logical constant, logistic system, meaning postulate, *modus ponens, modus tollens,* paraconsistency, Peirce's law, *reductio ad absurdum,* relational logic, singular term, soundness, transformation rule, universal instantiation, valid, well-formed formula, Appendix of Special Symbols

Jean-Loup Seban (J.-L.S.), *Faculté Universitaire de Théologie Protestante de Bruxelles*: Brunschvicg, Cournot, Couturat, d'Ailly, d'Alembert, de Maistre, d'Holbach, Diderot, *Encyclopedia,* Fontenelle, Huygens, Jansenism, Laffitte, La Mettrie, La Peyrère, Luther, Saint-Simon, Swedenborgianism, synergism, Troeltsch, Valentinianism, Vauvenargues

David N. Sedley (D.N.S.), *Christ's College, University of Cambridge*: Epicureanism, Hellenistic philosophy, Stoicism

Kenneth Seeskin (K. See.), *Northwestern University*: Buber, Rosenzweig

Krister Segerberg (K.Seg.), *University of Uppsala*: dynamic logic

Charlene Haddock Seigfried (C.H.S.), *Purdue University*: Paine, pragmatism

Dennis M. Senchuk (D.M.S.), *Indiana University*: philosophy of education

James F. Sennett (J.F.S.), *McNeese State University*: Plantinga

William Lad Sessions (W.L.S.), *Washington and Lee University*: Tillich

Stewart Shapiro (S.Sha.), *Ohio State University*: effective procedure, mathematical structuralism, second-order logic

Donald W. Sherburne (D.W.S.), *Vanderbilt University*: Whitehead

Roger A. Shiner (R.A.Sh.), *University of Alberta*: Dworkin, jury nullification, legal realism, philosophy of law, responsibility

Sydney Shoemaker (S.Sho.), *Cornell University*: Malcolm, personal identity, physicalism, qualia, spatiotemporal continuity

Robert K. Shope (R.K.S.), *University of Massachusetts, Boston*: Lewis, C. I.

Kwong-loi Shun (K.-l.S.), *University of California, Berkeley*: *chih*[2]; Chuang Tzu; *chung, shu;* Confucianism; Confucius; Four Books; Han Fei Tzu; *hsing; jen;* Kao Tzu; *ko wu, chih chih; li*[3]*;* Mo Tzu; *wu wei; yi; yung*

Wilfried Sieg (W.S.), *Carnegie-Mellon University*: Church's thesis, consistency, formalization, proof theory

Marcus G. Singer (M.G.S.), *University of Wisconsin, Madison*: moral epistemology, polarity, universalizability

Georgette Sinkler (G.S.), *University of Illinois, Chicago*: Bacon, Roger; Gregory of Rimini; Grosseteste; John of Salisburg

Walter Sinnott-Armstrong (W.S.-A.), *Dartmouth College*: impartiality, moral dilemma, moral skepticism

Matti T. Sintonen (M.T.S.), *University of Helsinki*: Hintikka

Lawrence Sklar (L.S.), *University of Michigan*: philosophy of science

Brian Skyrms (B.Sk.), *University of California, Irvine*: induction, inductivism, mathematical induction, maximin strategy

Robert C. Sleigh (R.C.Sl.), *University of Massachusetts, Amherst*: Leibniz

Michael Anthony Slote (M.A.Sl.), *University of Maryland, College Park*: satisfice

Hans Sluga (H.S.), *University of California, Berkeley*: Wittgenstein

Barry Smith (B.Sm.), *State University of New York, Buffalo*: Ingarden

Michael Smith (M.Sm.), *Australian National University*: direction of fit, moral rationalism

Robin Smith (R.Sm.), *Texas A & M University*: dialectic

Robert Sokolowski (R.So.), *The Catholic University of America*: Husserl

Robert C. Solomon (R.C.So.), *University of Texas, Austin*: Camus, Sartre

Philip Soper (P.S.), *University of Michigan*: civil disobedience, jurisprudence, legal moralism, legal positivism, rule of law

Ernest Sosa (E.S.), *Brown University*: Chisholm, condition, justification, skepticism, state of affairs

Paul Vincent Spade (P.V.S.), *Indiana University*: *complexe significabile, genus generalissimum,* Heytesbury, Kilvington, *praedicamenta,* predicables, *proprietates terminorum, proprium, secundum quid, suppositio,* syncategoremata

T. L. S. Sprigge (T.L.S.S.), *University of Edinburgh*: ethical objectivism, panpsychism

Eric O. Springsted (E.O.S.), *Illinois College*: Weil

George J. Stack (G.J.S.), *State University of New York, Brockport*: Avenarius; Beneke; Czolbe; Hartmann, E. von; Lange; Spir, Steiner; Stirner; Teichmüller

Jason Stanley (J.Sta.), *Cornell University*: Chomsky

Sören Stenlund (S.St.), *Uppsala University*: combinatory logic

James P. Sterba (J.P.St.), *University of Notre Dame*: ideology, political philosophy

Josef Stern (J.Ste.), *University of Chicago*: Gersonides, Philo Judaeus

Matthias Steup (M.St.), *Saint Cloud State University*: Clifford, diallelon, epistemic deontologism, problem of the criterion

M. A. Stewart (M.A.St.), *University of Lancaster*: Fordyce, Ray, Stillingfleet, Turnbull

Frederick Suppe (F.S.), *University of Maryland, College Park*: abduction, eduction, modality, operationalism

Jere Paul Surber (J.P.Su.), *University of Denver*: *Erfahrung,* Feuerbach, Herder, Humboldt, Krause, *Lebensphilosophie,* Lotze

Zeno G. Swijtink (Z.G.S.), *Indiana University*: Beth's definability theorem, categorical theory, Craig's interpolation theorem, model theory, satisfiable, standard model

Richard Swinburne (R.Sw.), *Oriel College, University of Oxford*: miracle

Edith Dudley Sulla (E.D.S.), *North Carolina State University*: Oxford Calculators

Paul Teller (P.Te.), *University of California, Davis*: field theory, reduction

Larry S. Temkin (L.S.T.), *Rutgers University*: Parfit

H. S. Thayer (H.S.T.), *City University of New York*: Newton

Alan Thomas (A.T.), *University of Kent at Canterbury*: Williams

Terrence N. Tice (T.N.T.), *University of Michigan*: Schleiermacher

Paul Tidman (P.Ti.), *Mount Union College*: conceivability

Mark C. Timmons (M.C.T.), *University of Memphis*: constitution; ideal observer; Nagel, Thomas; objective rightness; resultance

William Tolhurst (W.T.), *Northern Illinois University*: externalism, free rider, slippery slope argument, vicious regress

James E. Tomberlin (J.E.T.), *California State University, Northridge*: Castañeda, deontic logic, deontic paradoxes

Rosemarie Tong (R.T.), *University of North Carolina, Charlotte*: feminist philosophy; Taylor, Harriet

J. D. Trout (J.D.T.), *Loyola University of Chicago*: alchemy, belief revision, empirical decision theory, scientific realism, uniformity of nature

Martin M. Tweedale (M.M.T.), *University of Alberta*: Abelard, Roscelin

Thomas Uebel (T.U.), *London School of Economics*: Vienna Circle

James Van Cleve (J.V.C.), *Brown University*: dependence

Harry van der Linden (H.v.d.L.), *Butler University*: Cohen, neo-Kantianism, Windelband

Peter van Inwagen (P.v.I.), *University of Notre Dame*: substance

Bryan W. Van Norden (B.W.V.N.), *Vassar College*: *cheng ming; ch'ing; Chung-yung; fa; hsiao; hsin*[1]*;* Kung-sun Lung Tzu; Lao Tzu; *li*[2]*;* Mencius; *ming; shang ti; Tahsüeh; tao; te; t'ien; wang, pa; yü*

Donald Phillip Verene (D.P.V.), *Emory University*: Cassirer, Croce, Vico

Thomas Vinci (T.V.), *Dalhousie University*: given; immediacy; Sellars, Wilfrid; solipsism

Donald Wayne Viney (D.W.V.), *Pittsburgh State University*: Hartshorne

Barbara Von Eckardt (B.V.E.), *University of Nebraska, Lincoln*: Fodor

Steven J. Wagner (S.J.W.), *University of Illinois, Urbana-Champaign*: accident, Cambridge change, identity, *per accidens,* proposition, relation

William J. Wainwright (W.J.Wa.), *University of Wisconsin, Milwaukee*: deism, demiurge, Edwards, natural religion, Paley

Paul E. Walker (P.E.W.), *University of Chicago*: *al-Kindī, Ibn Bājja, Ibn Ṭufayl, Islamic Neoplatonism, kalam*

Robert E. Wall (R.E.W.), *University of Texas, Austin*: donkey sentences, formal learnability theory, grammar, parsing

Craig Walton (C.Wa.), *University of Nevada, Las Vegas*: Ramus

Douglas Walton (D.W.), *University of Winnipeg*: informal fallacy, informal logic

Richard A. Watson (R.A.W.), *Washington University*: dualism, Gassendi, Mersenne

Michael V. Wedin (M.V.W.), *University of California, Davis*: Aristotle

Rudolph H. Weingartner (R.H.W.), *University of Pittsburgh*: Simmel

Paul Weirich (P.We.), *University of Missouri, Columbia*: Allais's paradox, bargaining theory, Bertrand's box paradox, Bertrand's paradox, Comte, condorcet, Laplace, Newcomb's paradox, Saint Petersburg paradox

Paul J. Weithman (P.J.W.), *University of Notre Dame*: liberalism

Carl Wellman (C.We.), *Washington University*: Hohfeld, rights

Howard Wettstein (H.W.), *University of California, Riverside*: causal theory of proper names

Samuel C. Wheeler Ⅲ (S.C.W.), *University of Connecticut*: deconstruction

Stephen A. White (S.A.W.), *University of Texas, Austin*: Lyceum, Megarians, myth of Er, Pyrrho of Elis, Strato of Lampsacus

Edward R. Wierenga (E.R.W.), *University of Rochester*: creation *ex nihilo,* disembodiment, divine attributes, divine foreknowledge, paradox of omniscience

Michael Williams (M.W.), *Northwestern University*: contextualism, logical construction

Fred Wilson (F.W.), *University of Toronto*: Mill, J. S.; Mill's methods

W. Kent Wilson (W.K.W.), *University of Illinois, Chicago*: ambiguity, count noun, equivocation formal fallacy, linguistic relativity, open texture, theory of signs

Kenneth P. Winkler (K.P.W.), *Wellesley College*: Collier, sensationalism

John F. Wippel (J.F.W.), *The Catholic University of America*: Aquinas, Giles of Rome, Godfrey of Fontaines, Henry of Ghent, Thomism

Allan B. Wolter (A.B.W.), *The Catolic University of America*: Duns Scotus

Nicholas P. Wolterstorff (N.P.W.), *Yale University*: aesthetic formalism, empiricism, Locke, metaphor, mimesis

Rega Wood (R.W.), *New Haven, Conn.*: Alexander of Hales, Burley, Olivi, Richard Rufus, Wodeham

W. Jay Wood (W.J.Wo.), *Wheaton College*: Lewis, C. S.

Paul Woodruff (P.Wo), *University of Texas Austin*: Academy, *arete, dunamis,* entelechy, Gorgias, *hyle,* hylomorphism, Isocrates, New Academy, Thrasymachus

Takashi Yagisawa (T.Y.), *California State University, Northridge*: definiendum, definition, intensionality, logical syntax, rational reconstruction, Sapir-Whorf hypothesis

Yutaka Yamamoto (Y.Y.), *University of New Hampshire*: cognitive psychotherapy

Keith E. Yandell (K.E.Y.), *University of W isconsin, Madison*: Advaita, *āgama, Ātman,* Bhagavad Gita, Brahman, Buddha, Buddhagosa, Buddhism, Cārvāka, Dharmakīrti, *dravya,* Dvaita Vedanta, Hinduism, Jainism, *kāla,* karma, Madhva, Mādhyamika, Mahāvīra, Manichaeanism, *māyā,* Mīmāmsā, Nāgārjuna, Nyāya-Vaishesika, Rāmānuja, Sakti, Sankhya-Yoga, Shaṅkara, Siva, sutra, Upanishads, Vasubandhu, Vedanta, Vedas, Viśistadvaita Vedanta

Günter Zoller (G.Z.), *Ludwig Maximillian University, Munich*: Goethe

Jack A. Zupko (J.A.Z.), *San Diego State University*: Bonaventure, Buridan, Nicholas of Autrecourt, William of Auxerre

中文版審訂者

丁崇貞：Fordyce, David

丁福寧：Abrabanel, Isaac ben Judah; Abrabanel, Judah; accidentalism; agnoiology; agnosticism; apocatastasis; Arminius, Jacobus; atheism; Bañez, Domingo; Basilides; Beccaria, Cesare; Bernard of Clairvaux; Bloch, Ernst; book of life; Bruno, Giordano; Buchmanism; Cajetan; Calvin, John; Campanella, Tommaso; Charron, Pierre; *concursus dei*; *creation ex nihilo*; Crescas, Hasdai; deism; demiurge; *dictum de omni et nullo*; disembodiment; distribution; divine attributes; divine foreknowledge; Duns Scotus, John; Edwards, Jonathan; emanationism; *ens a se*; *ens rationis*; *ens realissimum*; eternal return; Ficino, Marsilio; Fonseca, Pedro da; fundamentum divisionis; Gentile, Giovanni; Gerson, Jean de; Gersonides; Gioberti, Vincenzo; gnosticism; Graciány Morales, Baltasar; Gregory of Nyssa; Ha-Levi, Judah; individuation; infima species; Joachim of Floris; John of Saint Thomas; Labriola, Antonio; Latin American philosophy; Lequier, Jules; Lewis, C(live) S(taples); *liberum arbitrium*; Lyceum; Marcel, Gabriel; Mariana, Juan de; Marsilius of Padua; Medina, Bartolomeo; Megarians; meliorism; Mendelssohn, Moses; Molina, Luis de; Montaigne, Michel de; mystical experience; mysticism; myth of Er; natural religion; neo-Scholasticism; *Nihil est in intellectu quod non prius fuerit in sensu*; *notum per se*; *obiectum quo*; Origen; Ortega y Gasset, José; pantheism; Pantheismusstreit; Paracelsus; paradoxes of omnipotence; Philo Judaeus; philosophia perennis; philosophy of religion; Pico della Mirandola, Giovanni; Pomponazzi, Pietro; Porphyry; potency; *principium individuationis*; principle of insufficient reason; principle of plenitude; Pyrrho of Elis; reism; relativism; Renouvier, Charles; *rerum natura*; Rosmini-Serbati, Antonio; Russell, Bertrand (Arthur William); Sanches, Francisco; Sextus Empiricus; Skeptics; Socinianism; Soto, Domingo de; soul; Strato of Lampsacus; Suárez, Francisco; survival; synderesis; Telesio, Bernardino; *terminus a quo*; *theologia naturalis*; theosophy; Tillich, Paul; Toletus, Francisco; transubstantiation; tree of Porphyry; Trinitarianism; Unamuno, Miguel de; Vázquez, Gabriel; Valentinus; Vanini, Giulio Cesare; Vitoria, Francisco de; Westermarck, Edward; Zabarella, Jacopo

方萬全：Fodor, Jerry A.; Frege, Gottlob; James-Lange theory; quantifying in; qualia referentially transparent

王文方： abduction; *a fortiori* argument; *agathon*; alethic modalities; analysis; anaphora; Anniceris; aporia; Arcesilaus of Pitane; argument; Armstrong, David M.; Arnauld, Antoine; axiom of comprehension; bargaining theory; Bertrand's paradox; bundle theory; Cambridge change; causal theory of proper names; Churchland, Patricia Smith; Churchland, Paul M.; circular reasoning; *Cogito ergo sum*; *complexe significabile*; comprehension; compresence; conceptualism; *conditio sine qua non*; connected; connotation; consequentia mirabilis; contextualism; contingent; conventionalism; copula; counterinstance; decidability; deduction; deduction theorem; definiendum; definition; degree; Descartes, René; determinable; determinism; diagonal procedure; Dummett, Michael A. E.; eduction; enthymeme; *epapogē*; epicheirema; equipollence; eristic; Eros; erotetic; Euler diagram; exponible; first philosophy; folk psychology; forcing; form; formal semantics; formalism; formalize; future contingents; *genus generalissimum*; Hartmann, Nicolai; Heytesbury, William; Hintikka, Jaakko; homunculus; ideal language; identity of indiscernibles; imagination; implication; implicature; imposition; independence results; indexical; indirect discourse; indiscernibility of identicals; inference; infinite regress argument; intensional logic; intensionality; is; Johnson, W(illiam) E(rnest); Kilvington, Richard; Kotarbiński, Tadeusz; Kripke semantics; Laplace, Pierre Simon de; Leśniewski, Stanistaw; lexical ordering; logical indicator; logical notation; logical syntax; *logos*; Łukasiewicz, Jan; Malebranche, Nicolas; Marcus, Ruth Barcan; Meinong, Alexius; Mentalese; mentalism; metaphysical realism; metaphysics; modal logic; modality; natural philosophy; necessitarianism; necessity; Newcomb's paradox; normal form; oblique context; obversion; occasionalism; open formula; operationalism; operator; operator theory of adverbs; order; order type omega; ordering; Paul of Venice; Peter of Spain; philosophy of logic; philosophy of mind; pluralitive logic; *poiēsis*; Polish logic; polysyllogism; *pons asinorum*; *Port-Royal* logic; possible worlds; *praedicamenta*; pragmatic contradiction; predicables; propositional function; *proprietates terminorum*; *proprium*; quantification; rational reconstruction; reality; relevance logic; rigorism; Saint Petersburg paradox; Sapir-Whorf hypothesis; *secundum quid*; sentential connective; Sheffer stroke; Sherwood, William; Smart, J(ohn) J(amieson) C(arswell); sortal predicate; square of opposition; subjectivism; substance; substantialism; substitutivity *salva veritate*; supervenience; *suppositio*; syllogism; syncategoremata; tense logic; theory of appearing; truth; type theory; unexpected examination paradox; use-mention distinction; variable; voluntarism

王祥齡、劉梅琴：Korean philosophy; Japanese philosophy

王巍：action theory; bad faith; Behaviorism; Castañeda, Hector-Neri; contractarianism; deontic logic; deontic paradoxes; false consciousness; practical reason; practical reasoning; reasons for action; vital lie; self-deception; social contract

古秀鈴、楊金穆：equivalence; formal lang uage; Oxford Calculators; philosophy of economics; principle of bivalence; principle of contradiction; principle of excluded middle; sorites paradox; truth-value semantics; Venn diagram; Zeno's paradoxes

朱建民：James, William; Mead, George Herbert; pragmatism

江金太：Blondel, Maurice; Comte, Auguste; Condorcet; Ferguson,Adam

米建國：paradigm case argument; presciptivism; meaning

何志青：personal identity

何信全：justice

何建興：*abhidharma*; *abhinivesha*; *ādhyātman*; Advaita; *āgama*; *ahaṁkāra*; *ahantā*; *ahiṁsā*; *ākāśa*; *ālaya-vijñāna*; *anattāvāda*; *ārādhya*; *Ātman*; avatar; *avidya*; Bhagavad Gita; *bhakti*; *bhavaṅga*; Brahman; Buddha; Buddhagosa; Buddhism; Cārvāka; *citta-mātra*; dharma; Dharmakīrti; *dravya; dravyasat*; Dvaita Vedanta; Hinduism; Jainism; *jhāna*; *kāla*; karma; Mādhyamika; Madhva; Mīmāmsā; *māyā*; Nāgārjuna; *nirodha-samapātti*; Nyāya-Vaishesika; Rāmānuja; *sāmādhi*; *saṁsāra*; Sakti; *samanantara-pratyaya*; *samatha*; Sankhya-Yoga; *sat/chit/ānanda*; Shaṅkara; Siva; *śūnyatā*; sutra; Upanishads; *vāsanā*; Vasubandhu; V edanta; Vedas; Viśistadvaita Vedanta; Vijñānavāda; *vijñapti; vipassanā*; Vishnu

吳秀瑾：anti-realism; Astell, Mary; Bachela rd, Gaston; Barthes, Roland; Canguilhem, Georges; Cavendish, Margaret; Cudworth, Damaris; deconstruction; Derrida, Jacques; différance; Elizabeth of Bohemia; Foucault, Michel; Lacan, Jacques; Lyotard, Jean-François; Paternalism; Shepherd, Mary; signifier; social constructivism; Taylor, Charles; Taylor, Harriet; Vives, Juan Luis; Voltaire; Wollstonecraft, Mary

吳瑞媛、劉盈成：emotion; immediacy; informed consent; intention; motivational internalism; rational psychology; solipsism; wayward causal chain

吕健吉：corners; donkey sentences; propositional opacity

李國偉：algorithm; antilogism; Babbage, Charles; Bayes's theorem; Bertrand's box paradox; biconditional; bit; Cantor, Georg; Carroll, Lewis; category theory; choice sequence; combinatory logic; computability; computer theory; conjunction; contraposition; contraries; contravalid; converse; curve-fitting problem; cybernetics; decision theory; Dedekind, Richard; default logic; degree of unsolvability; disjunctive proposition; Dutch book; Dutch book argument; Dutch book theorem; dynamic logic; effective procedure; enantiamorphs; equiprobable; existential generalization; existential instantiation; free logic; gambler's fallacy; hierarchy; homomorphism; iff; inconsistent triad; infinity; information theory; lambda-calculus; logical product; logicism; lottery paradox; mathematical function; mathematical intuitionism; mathematical structuralism; negation; non-monotonic logic; ordinal logic; philosophy of mathematics; principle of indifference; probability; problem of the speckled hen; quantum logic; Ramsey, Frank Plumpton; reflection principles; regression analysis; relation; second-order logic; self-presenting; self-reproducing automaton; Skolem, Thoralf; sorites; system theory; truth table; truth-value; Turing machine; von Neumann, John

李瑞麟：axiom of consistency; Beth's definability theorem; Boolean algebra; Brouwer, Luitzgen Egbertus Jan; calculus; categorical theory; Church's thesis; class; compactness theorem; complementary class; completeness; conditional proof; conjunction elimination; conjunction introduction; consistency; continuum problem; Craig's interpolation theorem; cut-elimination theorem; De Morgan's laws; dilemma; disjunction elimination; disjunction introduction; distributive laws; double negation; Euclidean geometry; existential import; exportation; formal logic; formalization; fuzzy set; Gödel's incompleteness theorems; Hilbert, David; Hilbert's Program; Hintikka set; infinitary logic; logical consequence; logical constant; logistic system; Löwenheim-Skolem theorem; maximal consistent set; meaning postulate; metamathematics; model theory; *modus ponens*; *modus tollens*; non-Euclidean geometry; paraconsistency; paradox; Peano postulates; Peirce's law; proof theory; *reductio a d absurdum*; relational logic; satisfaction; satisfiable; Schröder-Bernstein theorem; semantic paradoxes; set theory; set-theoretic paradoxes; singular term; soundness; standard model; tonk; transfinite number; transformation rule; universal instantiation; valid; well-formed formula

李瑞麟、鄭若望：Grice, H. P(aul)

沈清松：agent causation; *ananke*; antinomianism; *arete*; Bakhtin, Mikhail Mikhailovich; Bergson, Henri Louis; *causa sui*; Continental philosophy; divided line; dualism; *dunamis*; Enlightenment; entelechy; French personalism; Gadamer, Hans-Georg; Gassendi, Pierre; Gorgias; Heidegger, Martin; Husserl, Edmund; *hyle*; hylomorphism; Isocrates; Mersenne, Marin; New Academy; phenomenology; *physis*; Ricoeur, Paul; ring of Gyges; Schleiermacher, Friedrich; ship of Theseus; Socratic irony; Thrasymachus; transversality

汪文聖：Cicero, Marcus Tullius; Peripatetic School; rationalism

林　立：Avenarius, Richard; basic norm; Beneke, Friedrich Eduard; cheapest-cost avoider; critical legal studies; Czolbe, Heinrich; fact-value distinction; game theory; Gandhi, Mohandas Karamchand; Hartmann, Eduard von; just war theory; Lange, Friedrich Albert; *mens rea*; M'Naghten rule; moral epistemology; nonviolence; pacifism; Pareto efficiency; punishment; Spir, Afrikan; Steiner, Rudolf; Stirner, Max; Teichmüller, Gustav; telishment; universalizability; violence; voting paradox

林正弘： absolute, the; Alexander, Samuel; analytic-synthetic distinction; ancestral; a priori; Bacon, Roger; Bradley, F(rancis) H(erbert); Broad, C(harlie) D(unbar); Caird, Edward; causal law; causation; coherence theory of truth; constitution; Cordemoy, Géraud de; counterfactuals; explanation; Gay, John; Geulincx, Arnold; Glanvill, Joseph; Goclenius, Rudolphus; Green, T(homas) H(ill); Gregory of Rimini; Grosseteste, Robert; grue paradox; *hexis*; Hutchson, Francis; induction; inductivism; inferential knowledge; impredicative definition; John of Salisbury; La Forge, Louis de; Mansel, Henry Longueville; Martineau, James; mathematical induction; Mctaggart, John McTaggart Ellis; mode; moral sense theory; More, Sir Thomas; Mosca, Gaetano; Nagel, Thomas; noetic; Parfit, Derek; partition; polarity; Price, Richard; qualitative predicate; Rashdall, Hastings; Ray, John; resultance; Royce, Josiah; Shaftesbury; specious present; Stillingfleet, Edward; topic-neutral; Turnbull, George; Wilson, John Cook; Wollaston, William

林安梧：Chang Hsüeh-ch'eng; Chang Tsai; Ch'eng Hao, Ch'eng Yi; *cheng ming*; *ch'i*; *chih*[1]; *chih*[2]; *chih-hsing ho-i*; Chinese Legalism; *ching*; *ch'ing;* Chou Tun-yi; *ch'üan*; Chuang Tzu; *chung, shu*; *Chung-yung*; Confucianism; *chün-tzu*; Confucius; *fa*; Four Books; *Han Fei Tzu*; *hsü*; Hsü Hsing; Hsün Tzu; *hsiao*; *hsin*[1]; *hsin*[2]; *hsing*; *Huai Nan Tzu*; Huang-Lao; Hui Shih; *I-Ching*; *jen*; *jung, ju*; Kao Tzu; *ko wu, chih chih*; Kuan Tzu; *kung, szu*; Kung-sun Lung Tzu; Kuo Hsiang; *Li Chi*; *li*[1]; *li*[2]; *li*[3]; *liang-chih*; *li-ch'i*; Lieh Tzu; Lu Hsiang-shan; *Lü-shih ch'un-ch'iu*; Mencius; *ming*; Mo Tzu; Mohism; *pi*; *pien*; School of Names; *shang ti*; Shang Yang; Shao Yung; *shen*; Shen Pu-hai; Shen Tao; *sheng*; *shih*[1]; *shih*[2]; *shu*[1]; Sung Hsing; *t'ien*; *t'ien-jen ho-i*; *Ta-hsüeh*; Tai Chen; *tao*; Taoism; *te*; Tsou Yen; *tzu jan*; Wang Fu-chih; Wang Pi; Wang Yang-ming; *wang, pa*; *wu wei*; *wu-hsing*; *yü*; Yang Chu; Yen Yuan; *yi*; yin, yang; *yung*

林志明：Kristeva, Julia; philosophy of psychology

林從一：act-object psychology; event; Chomsky, Noam; Searle, John R.; Kripke, Saul A(aron); Putnam, Hilary; semiosis; Davidson, Donald

林維杰：Bosanquet, Bernard; Cavell, Stanley Louis; Santayana, George

林鎮國：hermetism; preexistence

俞懿嫻：Academy; Beattie, James; environmental philosophy; Hume, David; Leibniz, Gottfried Wilhelm; Leroux, Pierre; Montesquieu; Piaget, Jean; Ramus, Petrus; *techne*; Teilhard de Chardin, Pierre; Whitehead, Alfred North

洪漢鼎：denotation; extensionalism

洪鎌德：Althusser, Louis; Bakunin, Mikhail; Berdyaev, Nicolas; Engels, Friedrich; Fourier, François-Marie-Charles; Herzen, Alexander; historicism; Kropotkin, Petr Alekseevich; Lenin, Vladimir Ilich; Il'in, Ivan Aleksandrovich; Mannheim, Karl; Marx, Karl; Marxism; Plekhanov, Georgy Valentinovich; praxis; Praxis school; Proudhon, Pierre-Joseph; Russian nihilism; Russian philosophy; Shpet, Gustav Gustavovich; Solovyon, Vladimir

苑舉正：Abderites; Anaxagoras; Anaximander; Anaximenes of Miletus; ancient atomism; *apeiron*; Archytas; Ayer, A(lfred) J(ules); Bataille, Georges; Brunschvicg, Léon; Camus, Albert; C arnap, Rudolf; coherentism; Condillac, Étienne Bonnot de; condition; confirmation; Constant, Benjamin; Cournot, Antoine-Augustin; Cousin, Victor; Couturat, Louis; crucial `experiment; Cynics; Cyrenaics; d'Ailly, Pierre; d'Alembert, Jean Le Rond; d'Holbach, Paul-Henri-Dietrich, Baron; *de dicto*; de Maistre, Joseph-Marie; Democritus; Diderot, Denis; Duhem, Pierre-Maurice-Marie; Eleatic School; emotivism; empathy; Empedocles; Encyclopedia; epistemology; ethical constructivism; eudaimonism; Fontenelle, Bernard Le Bovier de; Galen; Heraclitus; Hippocrates; homoeomerous; Huygens, Christiaan; hylozoism; impartiality; Ionian philosophy; Jansenism; justification; Kepler, Johannes; Kleist, Heinrich von; La Mettrie, Julien Offroy de; La Peyrère, Isaac; Laffitte, Pierre; Lessing, Gotthold Ephraim; Leucippus; Levinas, Emmanuel; logical positi vism; Lukács, Georg; Luther, Martin; Mach, Ernst; Melissus of Samos; metaphilosophy; Milesians; moral dilemma; moral realism; moral skepticism; Orphism; Parmenides; phenomenalism; Philolaus; Poincaré, Jules Henri; postmodern; pre-Socratics; principle of verifiability; problem of induction; protocol statement; Pythagoras; reflective equilibrium; Reichenbach, Hans; Rousseau, Jean-Jacques; Saint-Simon; Sartre, Jean-Paul; semantic holism; simulation theory; skepticism; Socratic intellectualism; Sophists; Sorel, Georges; state of affairs; Swedenborgianism; synergism; Thales of Miletus; thema; theoretical term; Troeltsch, Ernst; Valentinianism; Vauvenargues, Luc de Clapiers de; verificationism; Vienna Circle; Wittgenstein, Ludwig; Xenophanes; Xenophon

孫效智：Boyle, Robert; objective rightness; Scottish common sense philosophy; Sidgwick,

Henry; Stephen, Sir Leslie

徐光台：indeterminacy of translation; physicalism; proposition

徐佐銘：creationism; Darwinism; evolutionary epistemology; McCosh, James; mechanistic explanation; Mendel, Gregor; philosophy of biology; social biology; teleology

徐學庸：*aitia*; Alexander of Aphrodisias; Alexandrian School; Ammonius Saccas; Andronicus of Rhodes; Antiochus of Ascalon; Arianism; Aristotle; Athanasius; *autarkia*; Celsus; Clement of Alexandria; commentaries on Aristotle; commentaries on Plato; Damascius; dialectic; *dianoia*; doxographers; elenchus; *energeia*; Epicureanism; Hellenistic philosophy; henotheism; *homoousios*; Hypatia; Johannes Philoponus; *lekton*; Longinus; Lucretius; Marcus Aurelius; Middle Platonism; Montanism; Moore, G(eorge) E(dward); Moore's paradox; Neoplatonism; *noûs*; Numenius of Apamea; one over many; one-many problem; *ousia*; Pelagianism; phantasia; Plato; Plotinus; sentimentalism; Simplicius; Socrates; Stoicism; *telos*; Tertullian

袁保新：Lao Tzu

馬　森：philosophy of literature; Goethe, Johann Wolfgang von; literary theory

張旺山：Arendt, Hannah; Bodin, Jean; Dilthey, Wilhelm; *Einfühlung*; Erasmus, Desiderius; *Erfahrung*; ethnography; ethnology; ethnomethodology; Feuerbach, Ludwig Andreas; Hart, H(erbert) L(ionel) A(dolphus); Helvétius, Claude Adrien; Herder, Johann Gottfried von; Hohfeld, Wesley Newcomb; Humboldt, Wilhelm von; ideology; Krause, Karl Christian Friedrich; *Lebensphilosophie*; Lotze, Rudolf Hermann; Nozick, Robert; Oakeshott, Michael; philosophy of the social sciences; political philosophy; political theory; rights; social philosophy

張鼎國：Spinoza, Baruch

張福建：Burke, Edmund; Paine, Thomas

戚國雄：ethics; moral psychology; volition

莊文瑞：ambiguity; count noun; demarcation; disposition; equivocation; formal fallacy; Goodman, Nelson; linguistic relativity; Mill, John Stuart; Mill's methods; open texture; Popper, Karl Raimund; propensity; state; theory of signs

許功餘：McDougall, William

郭博文：Collingwood, R(obin) G(eorge); philosophy of history

許全義、傅大為：alchemy; Einstein, Albert; feminist philosophy; incommensurability; Newton, Sir Isaac; paradigm; quantum mechanics; time slice; uniformity of nature

陳文團、王　喆：classical republicanism; Crusius, Christian August; Cumberland, Richard; du Vair, Guillaume; Filmer, Robert; Godwin, William; Grotius, Hugo; human nature; natural law; Prichard, H(arold) A(rthur); Pufendorf, Samuel

陳金樑：*Ch'ien-fu Lun*; Ho Yen; Hsi K'ang; *hsien*; *hsing-ming*; Juan Chi; Ko Hung; Neo-Taoism; *Po-hu tung*

陳瑞麟：Bacon, Francis; Bayesian rationality; Bernoulli's theorem; Boltzmann, Ludwig; Cambridge Platonists; Campbell, Norman Robert; cognitive psychotherapy; consequentialism; covering law model; depiction; doomsday argument; energeticism; entropy; envelope paradox; Eudoxus of Cnidus; fiction; field theory; functional dependence; Galileo Galilei; given; Goldman, Alvin I(ra)Helmholtz, Hermann von; Hempel, Carl G(ustav); hypothetico-deductive method; inference to the best explanation; intentional fallacy; Jevons, William Stanley; lawlike generalization; Lewis, David K.; Machiavelli, Niccolò; magnitude; maximin strategy; Maxwell, James Clerk; More, Henry; motivational explanation; Nagel, Ernest; parapsychology; Pascal, Blaise; perception; philosophy of science; plurality of causes; Priestley, Joseph; process theology; reduction; reduction sentence; relativity; Schrödinger, Erwin; Sellars, Wilfrid; sensibilia; space; space-time; Spencer, Herbert; statistical explanation; stochastic process; testability; testim ony; theory-laden; thought experiment; time; truthlikeness; unity in diversity; unity of science; von Wright, G. H.; Whewell, William

陳瑤華：acosmism; agape; Butler, Joseph; cardinal virtues; character; Cockburn, Catherine (Trotter); Conway, Anne; dignity; Frankena, William K.; free will problem; guise theory;

Haeckel, Ernst; Hamann, Johann Georg; Hamilton, William; hedonism; Herbart, Johann Friedrich; Hobbes, Thomas; Lambert, Johann Heinrich; Maimon, Salomon; Percival, Thomas; perfectionism; pluralism; practition; quasi-indicator; racism; rationality; Reimarus, Hermann Samuel; Schulze, Gottlob Ernst; speculative philosophy; *summum bonum*; supererogation; Tetens, Johann Nicolas; theodicy; Thomson, Judith Jarvis; transcendence; Vaihinger, Hans; virtue epistemology; virtue ethics

陳懷恩：basing relation; Berkeley, George; Cassirer, Ernst; Croce, Benedetto; embodiment; idea; immaterialism; Ingarden, Roman Witold; Irigaray, Luce; Schopenhauer, Arthur; subsistence; Vico, Giambattista

彭文本：Baumgarten, Alexander Gottlieb; Cohen, Hermann; Kant, Immanuel; neo-Kantianism; Novalis; Schlegel, Friedrich von; transcendental argument; Windelband, Wilhelm; Wolff, Christian

游淙祺：Brentano, Franz; subject-object dichotomy

黃　藿：false pleasure; Jaspers, Karl Theodor; Perry, Ralph Barton; philosophy of education; value; value theory

黃居仁：parsing; psycholinguistics

黃冠閔：abstract entity; accident; Allais's paradox; existentialism; haecceity; Valla, Lorenzo

黃柏棋：Newman, John Henry

黃慶明：privileged access

楊世雄：Gramsci, Antonio

葉新雲：African philosophy; Critical Realism; Dewey, John; Emerson, Ralph Waldo; hypostasis; instrumentalism; New Realism; Nietzsche, Friedrich Wilhelm; personalism; philosophical anthropology; Reid, Thomas; Thoreau, Henry David; transcendentalism; wisdom; Wright, Chauncey

趙之振：belief; belief revision; Bouwsma, O (ets) K(olk); certainty; Chisholm, Roderick Milton; closure; conceivability; defeasibility; dependence; empirical decision theory; empiricism; epistemic logic; epistemic principle; epistemic regress argument; evidentialism; feminist epistemology; formal learnability theory; foundationalism; grammar; holism; identity; intension; justification by faith; KK-thesis; Kuhn, Thomas S(amuel); Lewis, C(larence) I (rving); logical construction; methodological holism; middle knowledge; naturalism; naturalistic epistemology; ontological commitment; Peirce, Charles S(anders); pretheoretical; reliabilism; scientific realism; self-referential incoherence; sensationalism; social epistemology; spatiotemporal continuity; tychism

劉千美：aesthetic attitude; aesthetic formalism; aesthetic property; aesthetics; beauty; expression theory of art; institutional theory of art; sublime

劉希文：artificial intelligence; artificial life; associationism; attribution theory; Bain, Alexander; behavior therapy; Bergmann, Gustav; black box; Boscovich, Roger Joseph; camera obscura; cognitive dissonance; cognitive science; compossible; conditioning; connectionism; counterpart theory; egocentric particular; egocentric predicament; emotive conjugation; faculty psychology; Fechner, Gustav Theodor; figure-ground; Hartley, David; heuristics; hologram; ideo-motor action; intervening variable; Köhler,Wolfgang; Lewin, Kurt; life; mereology; metaphor; mimesis; mnemic causation; modularity; organic; organicism; organism; perdurance; poverty of the stimulus; process-product ambiguity; redintegration; sensorium; split brain effects; Stout, George Frederick; synaesthesia; Ward, James; Wundt, Wilhelm Maximilien; Zeigarnik effect

劉孟奇：Coase theorem; philosophy of economics

劉若韶：Alston, William P.; Bayle, Pierre; Clarke, Samuel; divine command ethics; double truth; Hartshorne, Charles; immanence; *insolubilia*; Manichaeanism; miracle; obligationes; Paley, William; paradox of omniscience; Plantinga, Alvin; prime mover; privation; *sophismata*; Swinburne, Richard; theological naturalism; topics; Weil, Simone

劉述先：Ch'en Hsien-chang; *ch'eng*; Ch'ien Mu; *ch'ien, k'un*; Chia Yi; Chiao Hung; Chinese philosophy; Chu Hsi; Fang, Thomé H.; Fung Yu-lan; Han Yü; Hsü Fu-kuan; *hsing-erh-shang*; Hsiung Shih-li; Hu Hung; Hu Shih; Huang Tsung-hsi; K'ang Yu-wei; Li Ao; Liang Ch'i-ch'ao; Liang

Sou-ming; *li-i-fen-shu*; Liu Shao-ch'i; Liu Tsung-chou; Mao Tse-tung; Mou Tsung-san; Neo-Confucianism; *shan, o*; Sun Yat-sen; *t'ai-chi*; T'an Ssu-t'ung; T'ang Chün-i; *t'ien li, jen-yü*; *t'i-yung*; *tao-hsin, jen-hsin*; *tao-t'ung*; Tung Chung-shu; Wang Ch'ung; Yang Hsiung; *yu, wu*

蔡源林：al-Fārābī, Abu Nasr; al-Ghazālī, Abu Hamid; al-Kindī, Abu Yusuf; al-Rāzī, Abu Bakr; Arabic philosophy; Averroes; Avicenna; cabala; Ibn Bājja, Abu Bakr; Ibn Daud, Abraham; Ibn Gabirol, Solomon; Ibn Khaldūn, Ȧbdurrahmān; Ibn Ṭufayl, Abu Bakr; Islamic Neoplatonism; Jewish philosophy; *kalam*; Maimonides; Miskawayh; Saadiah Gaon; Sufism; Zoroastrianism

蔡錚雲：Saussure, Ferdinand de; Freud, Sigmund; structuralism

盧傑雄：direction of fit; institution; moral rationalism; professional ethics; Rawls, John

蕭宏恩：Abelard, Peter; Adelard of Bath; Albert of Saxony; Albertus Magnus; Alexander of Hales Ambrose, Saint; Anselm; Aquinas, Saint Thomas; Augustine; Bernard of Chartres; bioethics; Boehme, Jakob; Boethius, Anicius Manlius Severinus; Bonaventure, Saint; Buridan, Jean; Burley, Walter; Collier, Arthur; Eckhart, Johannes; Erigena, John Scotus; essentialism; evolutionary psychology; Fludd, Robert; Giles of Rome; Gilson, Étienne; Godfrey of Fontaines; Gregory I; Henry of Ghent; humanism; ideal observer; informal fallacy; informal logic; irrationality; John of Damascus; Kilwardby, Robert; Locke, John; Lull, Raymond; Maritain, Jacques; Marsilius of Inghen; Mercier, Désiré-Joseph; Nemesius of Emesa; Neo-Thomism; Nicholas of Autrecourt; Nicholas of Cusa; Nihil ex nihilo fit; Ockham, William; Ockham's razor; Olivi, Peter John; patristic authors; Peter Lombard; Richard Rufus; Roscelin de Compiègne; Scholasticism; *sensus communis*; Siger of Brabant; Teresa of Ávila, Saint; terminist logic; Thomism; transcendental s; William of Alnwick; William of Auvergne; William of Auxerre; William of Moerbeke; Wodeham, Adam de; Wyclif, John

賴建誠：Arrow's paradox; ideal market; Keynes, John Maynard; Mill, James; perfect competition; production theory; satisfice; Smith, Adam; social choice theory

錢永祥：applied ethics; Berlin, Isaiah; common good; liberalism; MacIntyre, Alasdair; morality; Nussbaum, Martha C(raven); Rorty, Richard; self-determination; subsidiarity; Williams, Bernard

戴　華：Malcolm, Norman; *per accidens*

謝世民、吳妍儀：ascriptivism; Austin, John; Bentham, Jeremy; Brandt, Richard B.; casuistry; civil disobedience; Clifford, W(illiam) K(ingdon); descriptivism; diallelon; diminished capacity; Dworkin, Ronald M.; epistemic deontologism; euthanasia; Hare, R(ichard) M(ervyn); jurisprudence; jury nullification; legal moralism; legal positivism; legal realism; meritarian; meritocracy; moral status; personhood; philosophy of law; principle of double effect; prisoner's dilemma; problem of the criterion; responsibility; Ross, W(illiam) D(avid); rule of law; sanction; situation ethics;
utilitarianism

謝仲明：Anscombe, G(ertrude) E(lizabeth) M(argaret); Austin, J(ohn) L(angshaw); Carlyle, Thomas; category; category mistake; Danto, Arthur Coleman; Foot, Philippa; Geach, Peter; Ryle, Gilbert; Strawson, Sir Peter

簡國榮：definist; duty; egoism; ethical objectivism; good-making characteristic; intuition; panpsychism;
self-evidence

鄺錦倫：Angst; Buber, Martin; Fichte, Johann Gottlieb; Hölderlin, Johann Christian Friedrich; Hegel, Georg Wilhelm Friedrich; idealism; Jacobi, Friedrich Heinrich; Kierkegaard, Sϕren Aabye; Reinhold, Karl Leonhard; Rosenzweig, Franz; Schelling, Friedrich Wilhelm Joseph; Schiller, Johann Christoph Friedrich von

蘇文流：positive and negative freedom

顧忠華：Adorno, Theodor Wiesengrund; critical theory; Erlebnis; Frankfurt School; Habermas, Jürgen; hermeneutics; Horkheimer, Max; Marcuse, Herbert; Scheler, Max; Simmel, Georg; social action;
Verstehen; Weber, Max

龔卓軍：Eco,.Umberto; Jung, Carl Gustav;

Merleau-Ponty, Maurice

龔維正：accidie; action verb; akrasia; analytic philosophy; awareness; axiomatic method; blindsight; Bolzano, Bernard; borderline case; categoricity; Church, Alonzo; conditional; control; convention T; converse, outer and inner; corresponding conditional; criterion; De Morgan, Augustus; degenerate case; Dennett, Daniel C(lement); direct realism; domain; doxastic; Dretske, Fred; Ducasse, C(urt) J(ohn); ellipsis; epistemic privacy; evidence; externalism; extrinsic desire; fallibilism; free rider; functionalism; Kim, Jaegwon; knowledge by acquaintance; knowledge de re; laws of thought; limiting case; logical form; logical subject; material adequacy; mathematical analysis; memory; metalanguage; Molyneux question; motivation; omega; ordinary language philosophy; paradox of analysis; philosophy of language; power; preanalytic; presupposition; private language argument; pro attitude; problem of other minds; proof by recursion; property; prototype theory; pseudohallucination; qualities; rationalization; reasons for belief; recursive function theory; scheme; scope; slippery slope argument; Socratic paradoxes; speech act theory; subdoxastic; Tarski, Alfred; tautology; theoretical reason; theory of descriptions; token-reflexive; toxin puzzle; trope; Twin-Earth; type-token distinction; universe of discourse; vagueness; vicious regress

中文版譯者

丁崇貞：Fordyce, David

王文方：abduction; *a fortiori* argument; *agathon*; alethic modalities; analysis; anaphora; Anniceris; *aporia*; Arcesilaus of Pitane; argument; Armstrong, David M.; Arnauld, Antoine; axiom of comprehension; bargaining theory; B ertrand's paradox; bundle theory; Churchland, Patricia Smith; Churchland, Paul M.; circular reasoning; *Cogito ergo sum1a*; *complexe significabile*; comprehension; compresence; conceptualism; *conditio sine qua non*; connected; consequentia mirabilis; contingent; conventionalism; copula; counterinstance; decidability; deduction; deduction theorem; definiendum; definition; degree; Descartes, René; determinable; determinism; diagonal procedure; Dummett, Michael A. E.; eduction; enthymeme; *epapogē*; epicheirema; equipollence; eristic; Eros; erotetic; Euler diagram; exponible; first philosophy; folk psychology; forcing; form; formal semantics; formalism; formalize; future contingents; *genus generalissimum*; Hartmann, Nicolai; Heytesbury, William; Hintikka, Jaakko; homunculus; ideal language; identity of indiscernibles; imagination; implication; implicature; imposition; independence results; indexical; indiscernibility of identicals; inference; infinite regress argument; intensional logic; intensionality; is; Johnson, W(illiam) E (rnest); Kilvington, Richard; Kotarbiński, Tadeusz; Kripke semantics; Laplace, Pierre Simon de; Leśniewski, Stanistaw; lexical ordering; logical indicator; logical notation; logical syntax; *logos*; Łukasiewicz, Jan; Malebranche, Nicolas; Marcus, Ruth Barcan; Mentalese; mentalism; metaphysical realism; metaphysics; modal logic; modality; natural philosophy; necessitarianism; necessity; Newcomb's paradox; normal form; obversion; occasionalism; open formula; operationalism; operator; operator theory of adverbs; order; order type omega; ordering; Paul of Venice; Peter of Spain; philosophy of logic; philosophy of mind; pluralitive logic; *poiēsis*; Polish logic; polysyllogism; *pons asinorum*; *Port-Royal logic*; possible worlds; *praedicamenta*; pragmatic contradiction; predicables; propositional function; *proprietates terminorum*; *proprium*; quantification; rational reconstruction; reality; relevance logic; rigorism; Saint Petersburg paradox; Sapir-Whorf hypothesis; *secundum quid*; sentential connective; Sheffer stroke; Sherwood, William; Smart, J(ohn) J(amieson) C(arswell); sortal predicate; square of opposition; subjectivism; substance; substantialism; substitutivity *salva veritate*; supervenience; *suppositio*; syllogism; syncategoremata; tense logic; theory of appearing; truth; type theory; unexpected examination paradox; variable; voluntarism

王思迅：中文版序(Audi)

王　喆：classical republicanism; Crusius, Christian August; Cumberland, Richard; du Vair Guillaume; Filmer, Robert; Godwin William; Grotius, Hugo; human nature; natural law; Prichard, H(arold) A(rthur); Pufendorf, Samuel

王　巍：action theory; bad faith; Behaviorism; Castañeda, Hector-Neri; contractarianism; deontic logic; deontic paradoxes; false consciousness; practical reason; practical reasoning; reasons for action; vital lie; self-deception; social contract

古秀鈴：equivalence; principle of bivaleuce; principle of contradiction; principle of excluded middle; Venn diagram; sorites paradox; Zeno's paradoxes; Bertrand's paradox; formal language; truth-value semantics; Grosseteste, Robert; Gregory of Rimini; Wollaston, William; Hutcheson, Francis

何建興：*śūnyatā*

吳妍儀：ascriptivism; Austin, John; Bentham, Jeremy; Brandt, Richard B.; casuistry; civil disobedience; Clifford, W(illiam) K(ingdon); descriptivism; diallelon; diminished capacity; Dworkin, Ronald M.; epistemic deontologism; euthanasia; Hare, R(ichard) M(ervyn); jurisprudence; jury nullification; legal moralism; legal positivism; legal realism; meritarian; meritocracy; moral status; personhood; philosophy of law; problem of the criterion; principle of double effect; prisoner's dilemma; responsibility; Ross, W(illiam) D(avid); rule of law; sanction; situation ethics; utilitarianism

吳秀瑾：anti-realism; Astell, Mary; Barthes, Roland; Canguilhem, Georges; Cavendish, Margaret; Cudworth, Damaris; deconstruction; Derrida, Jacques; différance; Elizabeth of Bohemia; Foucault, Michel; Lyotard, Jean-Franç ois; Paternalism; Shepherd, Mary; signifier; social constructivism; Taylor, Charles; Wollstonecraft, May

呂姿瑩：immediacy; wayward causal chain; solipsism

李國偉：algorithm; Babbage, Charles; Bayes's theorem; bit; Cantor, Georg; category theory; choice sequence; combinatory logic; computability; computer theory; curve-fitting problem; cybernetics; decision theory; Dedekind, Richard; degree of unsolvability; Dutch book; Dutch book argument; Ducth book theorem; dynamic logic; effective procedure; enantiamorphs; equiprobable; existential generalization; existential instantiation; free logic; gambler's fallacy; hierarchy; homomorphism; infinity; information theory; lambda-calculus; logicism; lottery paradox; mathematical function; mathematical intuitionism; mathematical structuralism; non-monotonic logic; ordinal logic; philosophy of mathematics; principle of indifference; probability; problem of the speckled hen; quantum logic; Ramsey, Frank Plumpton; reflection principles; regression analysis; second-order logic; self-presenting; self-reproducing automaton; Skolem, Thoralf; sorites; system theory; Turing machine; von Neumann, John

李瑞麟：axiom of consistency; Beth's definability theorem; calculus; Church's thesis; completeness; consistency; continuum problem; cut-elimination theorem; formal logic; Gödel's incompleteness theorems; Hilbert's Program; infinitary logic; Löwenheim-Skolem theorem; metamathematics; model theory; Peano postulates; proof theory; set theory; standard model; 特殊符號與邏輯記號

沈清松：agent causation; *ananke*; antinomianism; *arete*; Bakhtin, Mikhail Mikhailovich; Bergson, Henri Louis; *causa sui*; Continental philosophy; divided line; dualism; *dunamis*; Enlightenment; entelechy; French personalism; Gadamer, Hans-Georg; Gassendi, Pierre; Gorgias; Heidegger, Martin; Husserl, Edmund; *hyle*; hylomorphism; Isocrates; Mersenne, Marin; New Academy; phenomenology; *physis*; Ricoeur, Paul; ring of Gyges; Schleiermacher, Friedrich; ship of Theseus; Socratic irony; Thrasymachus; transversality

林秀萍：accident; artificial intelligence; artificial life; associationism; attribution theory; behavior therapy; black box; Boscovich, Roger Joseph; Brentano, Franz; Cambridge change; causal theory of proper names; cognitive dissonance; cognitive science; compossible; conditioning; connectionism; connotation; contextualism; corners; counterpart theory; denotation; donkey sentences; essentialism; existentialism; extensionalsim; figure-ground; Geulincx, Arnold; haecceity; humanism; Hutcheson, Francis; ideal observer; impredicative definition; indirect discourse; John of Salisbury; life; McTaggart, John Mctaggart Ellis; mereology; modularity; moral psychology; Ockham's razor; organic; organicism; organism; perdurance; philosophy of psychology; poverty of stimulus; process-product ambiguity; propositional opacity; quantifying in; redintegration; referentially transparent; relation; sensorium; split brain effects; synaesthesia; use-mention distinction; Valla, Lorenzo; Zeigarnik effect

林從一：event; act-object psychology; Chomsky, Noam; Searle, John R.; Kripke, Saul A(aron); Putnam, Hilary; semiosis; Davidson, Donald

洪鎌德：Althusser, Louis; Bakunin, Mikhail;

Berdyaev, Nicolas; Engels, Friedrich; Fourier, François-Marie-Charles; Herzen, Alexander; historicism; Kropotkin, Petr Alekseevich; Lenin, Vladimir Ilich; Il'in, Ivan Aleksandrovich; Mannheim, Karl; Marx, Karl; Marxism; Plekhanov, Georgy Valentinovich; praxis; Praxis school; Proudhon, Pierre-Joseph; Russian nihilism; Russian philosophy; Shpet, Gustav Gustavovich; Solovyon, Vladimir

苑舉正：Bataille, Georges; Levinas, Emmanuel

孫效智：objective rightness

徐佐銘：creationism; Darwinism; evolutionary epistemology; McCosh, James; mechanistic explanation; Mendel, Gregor; philosophy of biology; social biology; teleology

徐學庸：dialectic; Moore's paradox; one over many; sentimentalism

張旺山：Arendt, Hannah; Bodin, Jean; Dilthey, Wilhelm; *Einfühlung*; Erasmus, Desiderius; *Erfahrung*; ethnography; ethnology; ethnomethodology; Feuerbach, Ludwig Andreas; Hart, H(erbert) L(ionel) A(dolphus); Helvétius, Claude Adrien; Herder, Johann Gottfried von; Hohfeld, Wesley Newcomb; Humboldt, Wilhelm von; ideology; Krause, Karl Christian Friedrich; *Lebensphilosophie*; Lotze, Rudolf Hermann; Nozick, Robert; Oakeshott, Michael; philosophy of the social sciences; political philosophy; political theory; rights; social philosophy

張福建：Burke, Edmund; Paine, Thomas

莊文瑞：ambiguity; count noun; demarcation; disposition; equivocation; formal fallacy; Goodman, Nelson; linguistic relativity; Mill, John Stuart; Mill's methods; open texture; Popper, Karl Raimund; propensity; state; theory of signs

許功餘：McDougall, William

郭博文：Collingwood, R(obin) G(eorge); philosophy of history

陳金樑：*Ch'ien-fu Lun*; Ho Yen; *hsien*; Hsi K'ang; *hsing-ming*; Juan Chi; Ko Hung; Neo-Taoism; *Po-hu tung*

陳瑞麟：Bacon, Francis; Bayesian rationality; Bernoulli's theorem; Boltzmann, Ludwig; Campbell, Norman Robert; consequentialism; covering law model; depiction; doomsday argument; energeticism; entropy; envelope paradox; Eudoxus of Cnidus; fiction; field theory; functional dependence; Galileo Galilei; Goldman, Alvin I(ra) Helmholtz, Hermann von; Hempel, Carl G(ustav); hypothetico-deductive method; inference to the best explanation; intentional fallacy; Jevons, William Stanley; lawlike generalization; Lewis, David K.; magnitude; maximin strategy; Maxwell, James Clerk; motivational explanation; Nagel, Ernest; parapsychology; Pascal, Blaise; perception; philosophy of science; plurality of causes; Priestley, Joseph; process theology; reduction; reduction sentence; relativity; Schrödinger, Erwin; sensibilia; space; space-time; Spencer, Herbert; statistical explanation; stochastic process; testability; theory-laden; thought experiment; time; truthlikeness; unity in diversity; unity of science; von Wright, G. H.; Whewell, William

陳榮彬：Malcolm, Norman; meaning; mode; moral sense theory; Newnam, John Henry; Ockham, William; Oxford Calculators; paradigm case argument; Parfit, Derek; parsing; *per accidens*; personal identity; prescriptivism; privileged access; Ray, John; Royce, Josiah; Shaftesbury

陳瑤華：character; dignity; Frankena, William K.; free will problem; hedonism; racism; Thomson, Judith Jarvis; virtue ethics

陳懷恩：basing relation; Berkeley, George; embodiment; Ingarden, Roman Witold; Irigaray, Luce; subsistence; Vico, Giambattista

曾瑾佩：Scottish common sense philosophy; Sidgwick, Henry; Stephen, Sir Leslie

黃　藿：false pleasure; Jaspers, Karl Theodor; Perry, Ralph Barton; philosophy of education; value; value theory

楊淳婷：empathy; ethics; Freud, Sigmund; given; Jung, Carl Gustav; simulation theory; volition

葉新雲：Reid, Thomas

蒲世豪：a priori; absolute, the; Alexander, Samuel; analytic-synthetic distinction; Bradley, F(rancis) Herbert; Broad, C(harlie) D(unbar); Caird, Edward; causal law; coherence theory of truth; Cordemoy,Géraud de; explanation; Gay, John; Glanvill, Joseph; Green, T(homas) H(ill);

Gregory of Rimini; induction; inductivism; inferential knowledge; Mansel, Henry Longueville; Martineau, James; mathematical induction; More, Sir Thomas; Mosca, Gaetano; Price, Richard; qualitative predicate; Rashdall, Hastings; Turnbull, George; Wilson, John Cook

趙之振：Bouwsma, O(ets) K(olk); certainty; closure; conceivability; defeasibility; dependence; empiricism; epistemic logic; epistemic principle; epistemic regress argument; evidentialism; intension; justification by faith; KK-thesis; Lewis, C(larence) I(rving); middle knowledge; naturalism; naturalistic epistemology; Peirce, Charles S(anders); pretheoretical; reliabilism; self-referential ncoherence; sensationalism; social epistemology; tychism

趙茂林：belief; Chisholm, Roderick Milton; Lao Tzu

劉千美：aesthetic attitude; aesthetic formalism; aesthetic property; aesthetics; beauty; expression theory of art; institutional theory of art; sublime

劉光中：Goclenius, Rudolphus; Grosseteste, Robert; La Forge, Louis de; qualia; specious present; Wollaston, William

劉希文：heuristics

劉孟奇：Coase theorem; philosophy of economics

劉盈成：emotion; immediacy; informed consent; intention; motivational internalism; rational psychology; solipsism; wayward causal chain

劉若韶：Alston, William P.; divine command ethics; double truth; Hartshorne, Charles; insolubilia; miracle; obligationes; Paley, William; paradox of omniscience; Plantinga, Alvin; sophismata; Swinburne, Richard; topics

劉梅琴：Korean philosophy; Japanese philosophy

歐陽敏：abstract entity; Academy; Allais's Paradox; ancestral; Anselm, Saint; antilogism; Bacon, Roger; Beattie, James; belief revision; Bertrand's box paradox; biconditional; bioethics; Boyle, Robert; Cambridge Platonists; Camus, Albert; Carroll, Lewis; causation; cognitive psychotherapy; Collier, Arthur; Condillac, Étienne Bonnot de; conjunction; Constant, Benjamin; constitution; contraposition; contraries; contravalid; converse; counterfactuals; Cousin, Victor; default logic; disjunctive proposition; empirical decision theory; environmental philosophy; evolutionary psychology; feminist epistemology; Fodor, Jerry A.; formal learnability theory; Frege, Gottlob; grammar; grue paradox; hermetism; hexis; holism; identity; iff; immediacy; inconsitent triad; indeterminacy of translation; irrationality; James-Lange theory; Kleist, Heinrich von; Kristeva, Julia; Kuhn, Thomas S(amuel); Leroux, Pierre; Lessing, Gotthold Ephraim; Locke, John; logical construction; logical product; Meinong, Alexius; me thodological holism; More, Henry; Nagel, Thomas; natural kind; negation; noetic; objective rightness; oblique context; ontological commitment; partition; physicalism; polarity; preexistence; proposition; psycholinguistics; Quine, W(illard) V(an) O(rman); resultance; Rarnus, Petrus; Sartre, Jean-Paul; Saussure, Ferdinand de; scientific realism; Sellars, Wilfrid; sorites; spatiotemporal continuity; Stillingfleet, Edward; structuralism; subject-object dichotomy; *techne*; Teilhard de Chardin, Pierre; topic-neutral; truth table; truth-value; vagueness; 第一版序; 第二版序; 後摺口; 封底。

蔡佩青：mode; Parfit, Derek; specious present; topic-neutral

蔡幸芝：Spinoza, Baruch

蔡政宏：a priori; absolute, the; Alexander, Samuel; analytic-synthetic distinction; Bradley, F(ancis) H(erbcrt); Broad, C(harlie) D(unbar); Caird, Edward; causal law; coherence theory of truth; Cordemoy, Géraud de; explanation; Gay, John; Glanvill, Joseph; Goclenius, Rudolphus; Green, T(homas) H(ill); impredicative definition; inductivisminferential knowledge; La Forge, Louis de; Mansel, Henry Longueville; Martineau, James; More, Sir Thomas; Mosca, Gaetano; Nagel, Thomas; Price, Richard; qualitative predicate; Rashdall, Hadtings; Turnbull, George; Wilson, John Cook

鄭若望：Grice, H. P(aul)

冀劍制：Bain, Alexander; Bergmann, Gustav; camera obscura; egocentric particular; egocentric predicament; emotive conjugation; faculty psychology; Fechner, Gustav Theodor; Hartley, David; hologram; ideo-motor action; Köhler, Wolfgang; Lewin, Kurt; metaphor; mimesis; mnemic causation; Montesquieu, Baron de la Bred et de; Stout, George Frederick; Ward, James; Whitehead, Alfred North; Wundt, Wilhelm Maximilien

盧傑雄：direction of fit; institution; moral rationalism; professional ethics; Rawls, John

蕭宏恩：Adelard of Bath; Albert of Saxony; Albertus Magnus; Alexander of Hales; Ambrose, Saint; Aquinas, Saint Thomas; Augustine; Bernard of Chartres; Boehme, Jakob; Boethius, Anicius Manlius Severinus; Bonaventure, Saint; Buridan, Jean; Burley, Walter; Eckhart, Johannes; Erigena, John Scotus; Fludd, Robert; Giles of Rome; Gilson, Étienne; Godfrey of Fontaines; Gregory I; Henry of Ghent; John of Damascus; Kilwardby, Robert; Lull, Raymond; Maritain, Jacques; Marsilius of Inghen; Mercier, Désiré-Joseph; Nemesius of Emesa; Neo-Thomism; Nicholas of Autrecourt; Nicholas of Cusa; *Nihil ex nihilo fit*; Olivi, Peter John; patristic authors; Peter Lombard; Richard Rufus; Roscelin de Compiègne; Scholasticism; *sensus communis*; Siger of Brabant; Teresa of Ávila, Saint; terminist logic; Thomism; transcendentals; William of Alnwick; William of Auvergne; William of Auxerre; William of Moerbeke; Wodeham, Adam de; Wyclif, John

賴建誠：Arrow's paradox; ideal market; Keynes, John Maynard; Mill, James; perfect competition production theory; satisfice; Smith , Adam; social choice theory

錢永祥：applied ethics; Berlin, Isaiah; common good; liberalism; MacIntyre, Alasdair; morality; Nussbaum, Martha C(raven); Rorty, Richard; self-determination; subsidiarity; Williams, Bernard

謝仲明：Anscombe, G(ertrude) E(lizabeth) M (argaret); Carlyle, Thomas; Danto, Arthur Coleman; Foot, Philippa; Geach, Peter; Strawson, Sir Peter

饒偉立：definist; duty; egoism; ethical objectivism; good-making characteristic; Hintikka, Jaakko; Hume, David; intuition; Leibniz, Gottfried Wilhelm; Machiavelli, Niccolò; panpsychism; Piaget, Jean; self-evidence; testimony

顧忠華：Adorno, Theodor Wiesengrund; Habermas, Jürgen; Horkheimer, Max; Marcuse, Herbert

龔卓軍：Eco,.Umberto; Merleau-Ponty, Maurice

龔維正：accidie; action verb; *akrasia*; analytic philosophy; awareness; axiomatic method; blindsight; Bolzano, Bernard; borderline case; categoricity; Church, Alonzo; conditional; control; convention T; converse, outer and inner; corresponding conditional; criterion; De Morgan, Augustus; degenerate case; Dennett, Daniel C(lement); direct realism; domain; doxastic; Dretske, Fred; Ducasse, C(urt) J(ohn); ellipsis; epistemic privacy; evidence; externalism; extrinsic desire; fallibilism; free rider; functionalism; Kim, Jaegwon; knowledge by acquaintance; knowledge *de re*; laws of thought; limiting case; logical form; logical subject; material adequacy; mathematical analysis; memory; metalanguage; Molyneux question; motivation; omega; ordinary language philosophy; paradox of analysis; philosophy of language; power; preanalytic; presupposition; private language argument; pro attitude; problem of other minds; proof by recursion; property; prototype theory; pseudohallucination; qualities; rationalization; reasons for belief; recursive function theory; scheme; scope; slippery slope argument; Socratic paradoxes; speech act theory; subdoxastic; Tarski, Alfred; tautology; theoretical reason; theory of descriptions; token-reflexive; toxin puzzle; trope; Twin-Earth; type-token distinction; universe of discourse; vicious regress

※本書翻譯初稿由北京皮力、李軍、季運、張純、張曉林、梁楓、莫中國、彭運生、詹宇國、盧東棟共同提供

國家圖書館出版品預行編目資料

劍橋哲學辭典／羅伯特・奧迪(Robert Audi)英文主編；
王思迅主編. - 初版. - 臺北市：貓頭鷹出版：
城邦文化發行, 2002[民 91]
　　面；　　公分
含索引
譯自：The Cambridge dictionary of Philosophy
ISBN 986-12-0085-1(精裝)
1. 哲學－字典,辭典

104　　　　　　　　　　　91005125